國家社會科學基金重點項目（編號11AZD062）
湖北省學術著作出版專項資金資助項目
中國語言文學一流學科建設文庫

二十五史藝文經籍志著録小説資料集

王齊洲 總主編

第一卷

本卷主編 王齊洲

漢書藝文志及兩漢書補志著録小説資料集（第一册）

本册編纂 王齊洲 揣松森 盧世華

長江出版傳媒
湖北人民出版社

圖書在版編目(CIP)數據

漢書藝文志及兩漢書補志著録小説資料集 / 王齊洲主編. — 武漢 : 湖北人民出版社, 2021.6

ISBN 978-7-216-10060-1

Ⅰ. ①漢… Ⅱ. ①王… Ⅲ. ①古典小説 - 研究資料 - 匯編 - 中國 Ⅳ. ①I207.41

中國版本圖書館CIP數據核字(2020)第203553號

責任編輯：劉婉玲
胡　濤
鄭如琴
封面設計：董　昀
責任校對：范承勇
責任印製：肖迎軍

出版發行:湖北人民出版社　**地址**:武漢市雄楚大道268號
印刷:武漢科源印刷設計有限公司　**郵編**:430070
開本:787毫米×1092毫米　1/16　**印張**:106.25
字數:2040千字　**插頁**:12
版次:2021年6月第1版　**印次**:2021年6月第1次印刷
書號:ISBN 978-7-216-10060-1　**定價**:450.00元（全四册）

本社網址：http://www.hbpp.com.cn
本社旗艦店：http://hbrmcbs.tmall.com
讀者服務部電話：027-87679656
投訴舉報電話：027-87679757
（圖書如出現印裝質量問題，由本社負責調换）

總　序

王齊洲

小説是文學的主要體裁之一，現代以來更是反映一個民族文化創新能力和文學創作水準的主要標志，其優秀作品已經成爲人們的主要精神食糧和各民族文化交流的重要載體。中國古代小説是中國小説的主體部分，其成就可與世界上任何一個國家或民族的古代小説相媲美。繼承和發揚中國古代小説的優良傳統，借鑒其豐富的創作經驗，無疑對當前的小説創作和文學繁榮具有重要意義，對中國新時代文化建設也不無裨益。而要做到這一點，必須首先進行古代小説文獻的整理與研究，因爲這是瞭解、繼承、發揚、借鑒的基礎，有了這個扎實的基礎，再進行文學的、藝術的、文化的、歷史的、社會的、政治的、宗教的、民俗的等研究，纔能更好地實現古代小説的當代價值。

需要説明的是，中國小説之名雖然很早就見於《莊子・外物》，但那主要是指稱戰國時期不關君國大事的一種辯説活動，以及這種活動所産生的言説效果，其明確指稱一種文本却是從漢代開始的。《漢書・藝文志》在《諸子略》中著録了十五家小説，并在類序中説："小説家者流，蓋出於稗官。街談巷語，道聽途説者之所造也。孔子曰：'雖小道，必有可觀者焉！致遠恐泥，是以君子弗爲也。'然亦弗滅也。閭里小知者之所及，亦使綴而不忘。如或一言可采，此亦芻蕘狂夫之議也。"[①]這是從"王官之學"的角度給小説家及其作品所下的定義。兩千多年來，正統史學家和文學家都頗爲一致地接受了這一定義，認爲小説是"街談巷語，道聽途説者之所造"，屬於"芻蕘狂夫之議"的"小道"，不能登大雅之堂。歷代正史藝文志或經籍志所著録的都是這類小説。即使後來在"説話"技藝基礎上發展出来的話本小説和章回小説，雖然正史藝文經籍志并不著録它們，但人們也仍然將這些小説與"王官之學"聯繫起來，以小説家爲"稗官"，稱小説作品爲"稗官野史"，是一種不入流的"閑書"。近代以來，中國引進西方的思想文化觀念，西方近代小説觀念也隨之輸入中國，人們纔對小説的認識發生了根本性變化，以爲小説是文學的重要體裁，是社會和人生的形象記録，可以反過來影響社會與人生，因此

---

① 班固撰、顔師古注：《漢書》卷三十《藝文志》，《二十五史》本，上海：上海古籍出版社、上海書店影印，1986年，第531頁。

值得世人關注并給予足够的重視。

一、百年來中國古代小説文獻整理與研究成績輝煌

中國自1902年梁啓超《論小説與群治之關係》提出“小説界革命”[①]，提倡新小説以新民以來，經過王國維、章太炎、王無生等學者對通俗小説的揄揚[②]，胡適將白話通俗小説論定爲明清“一代之文學”[③]，魯迅在北京大學和師範大學講授中國小説史課程并出版《中國小説史略》[④]，小説受到了前所未有的重視，逐步發展成爲現代文學家族中最爲顯赫的一員。而學界對於中國古代小説也從始而鄙夷、否定，繼而有所肯定，再向全面深入探討的方向發展，志怪、志人、傳奇、話本、章回小説，無不有學者潛心研究，尤其對於長篇白話通俗小説，更是出現了一波又一波研究熱潮，形成20世紀中國古代文學研究的靚麗景觀。

在上述大背景下，中國古代小説文獻整理與研究也受到各方面重視，取得了前所未有的成績。整理文獻，書目是嚮導。1907年，黄人《小説小話》“講史”類列出通俗小説書目91種，開中國古代通俗小説書目研究之先河。其後鄭振鐸的《中國小説提要》（1925年）、《明清二代平話集》（1931年），馬廉的《舊本〈三國演義〉版本的調查》（1929年），趙孝孟的《〈水滸傳〉版木録》（1932年），

---

① 在梁啓超提出“小説界革命”之前，尚有嚴復和夏曾佑在《〈國聞報〉附印説部緣起》（1897年）中提出小説“爲正史之根”，其“入人之深，行世之遠，幾幾出於經史之上”；康有爲《聞菽園居士欲爲政變説部詩以速之》（1900年）詩云：“經史不如八股盛，八股無如小説何。”重視小説漸成風氣，而梁啓超振臂疾呼，影響大增。

② 王國維《紅樓夢評論》云：“《紅樓夢》自足爲我國美術上之唯一大著作，則其作者之姓名與其著書之年月，固當爲唯一考證之題目。”（原載《教育叢書》1904年第76—78、80—81號。）章太炎《文學論略》云：“近世小説，其爲街談巷語，《水滸傳》《儒林外史》……此皆無害爲雅者。”（原載《國粹學報》1906年第2卷第4—9册。）王無生（天僇生）在《中國歷代小説史論》中提出：“吾以爲欲振興吾國小説，不可不先知吾國小説之歷史。……章回體以施耐庵之《水滸》爲先聲，彈詞體以楊升庵《廿一史彈詞》爲最古。數百年來，厥體大盛，以《紅樓夢》《天雨花》二書爲代表。其餘作者，無慮數百家，亦頗有名著云。”（原載《月月小説》1907年第1卷第11期。）又在《中國三大小説家論贊》中云：“使施耐庵而生於歐美也，則其人之著作，當與柏拉圖、巴枯寧、托爾斯泰、迭蓋司（今譯狄更斯——引者）諸氏相抗衡。”（原載《月月小説》1908年第2卷第2期。）

③ 胡適《文學改良芻議》云：“文學者，隨時代而變遷者也。一時代有一時代之文學今人猶有鄙夷白話小説爲文學小道者，不知施耐庵、曹雪芹、吴趼人，皆文學之正宗，而駢文律詩乃真小道耳。”此文原載1917年1月1日《新青年》第2卷第5號，後收入《胡適文存》卷1（1921年），又收入《新文學評論》（1923年）。

④ 魯迅1920年在北京大學和師範大學講授中國小説史課程時編印有油印本《小説史大略》，後增補修訂爲《中國小説史略》，1923年12月北京新潮社出版上卷，1924年6月出版下卷。此前，尚有三部小説史著作發表，它們是：張静廬《中國小説史大綱》（1920年6月上海泰東圖書局出版，1921年增訂再版，約2萬字），郭希汾（紹虞）《中國小説史略》（上海中國書局1921年5月出版，編譯自日本漢學家鹽谷温《支那文學概論講話》之一節，約3萬字），廬隱《中國小説史略》（刊《晨報》副刊《文學旬刊》第3—11號，1923年6月—9月）。魯迅《中國小説史略》是當時最具代表性和權威性的小説史著作。

孫楷第的《中國通俗小説提要》（1931年），《日本東京所見中國小説書目提要》（1932年），墨者的《稀見清末小説目》（1940年），都是20世紀上半葉中國通俗小説書目的代表作。而1933年北平圖書館出版的孫楷第的《中國通俗小説書目》則代表了當時通俗小説書目的整體水準。

利用現代印刷技術刊行明清通俗小説始自清末，《申報館叢書》排印“章回小説類”20餘種（1875—1890年）爲始作俑者。1920年，上海亞東圖書館排印出版汪原放用新式標點整理的《水滸傳》，標志着中國古代長篇通俗小説文獻進行現代學術整理的開始。其後，《儒林外史》《紅樓夢》《三國志演義》《水滸續集》《西游記》《老殘游記》《海上花列傳》《官場現行記》《兒女英雄傳》《醒世姻緣傳》《三俠五義》《鏡花緣》等長篇通俗小説被陸續整理出版。與此同時，胡適的《〈水滸傳〉考證》（1920年）、《〈紅樓夢〉考證》（1921年）、《〈三國志演義〉序》（1922年）、《〈西游記〉考證》（1923年）、《〈鏡花緣〉的引論》（1923年）、《〈三俠五義〉序》（1925年）、《〈兒女英雄傳〉序》（1925年）、《〈海上花列傳〉序》（1926年）、《〈官場現形記〉序》（1927年）、《〈醒世姻緣傳〉考證》（1931年）等相繼發表，推動着人們對長篇通俗小説的持續關注，也調動了大家的研究熱情。20世紀30年代施蟄存主編的《中國文學珍本叢書》、鄭振鐸編輯的《世界文庫》、平襟亞編輯的《國學珍本叢書》等，都收録了一些通俗小説名著，推動了通俗小説的進一步普及。1932年山西介休發現明萬曆刊本《新刻金瓶梅詞話》，次年以“古佚小説刊行會”名義影印發行，更掀起了訪求古佚小説的新高潮。

與此或前或後，楊守敬、董康、王古魯等赴日本訪書，發現了一些中土久佚的中國古代小説，如唐傳奇《游仙窟》、話本或擬話本《新槧大唐三藏法師取經記》《元刊全相平話五種》《新編五代史平話》《剪燈新話》《清平山堂話本》《古今小説》《拍案驚奇》《熊龍峰四種小説》《醉醒石》《鼓掌絶塵》，以及從《盤古至唐虞傳》到《剿闖通俗小説》等一大批歷史演義小説，將其介紹給國内讀者。鄭振鐸、向達、劉修業、戴望舒等則遠赴歐洲，探訪歐洲所藏中國古代小説，擴大了人們對中國古代小説文獻的瞭解範圍，也發現了一些中土散佚的古代小説和國内没有的小説珍貴版本。[①]

1899年在甘肅敦煌千佛洞發現二萬餘卷藏書，其中有被王國維稱爲“通俗小

---

① 鄭振鐸撰有《巴黎國家圖書館中之中國小説與戲曲》（《小説月報》1927年11月10日第18卷第11期）、向達撰有《瀛涯瑣志——記牛津所藏的中文書》（《國立北平圖書館館刊》1935年10月第10卷第5期）、劉修業撰有《海外所藏中國小説戲曲閲後記》（《圖書季刊》1939年6月新1卷1期）、戴望舒撰有《蠖廬瑣記·愛斯高里亞爾静院所藏中國小説戲曲》（香港《星島日報》1941年3月10日）。

説”[①]的變文和話本，受到學者們的關注，有關的文獻整理研究工作也逐步展開。1924年羅振玉輯印的《敦煌零拾》便收録了《季布歌》《降魔變文》《〈維摩詰經〉講經文》《歡喜國王緣》等。1925年劉復（半農）輯録的《敦煌掇瑣》“小説類”收録《韓朋賦》等14種。許地山、胡適、鄭振鐸、向達、陳寅恪、董璠、傅芸子、關德棟等都對變文和話本進行了卓有成效的研究。

新中國成立後，百廢待興，文化建設的一項重要工作就是整理出版長篇通俗小説“四大名著”。聶紺弩、張友鸞整理的《水滸傳》70回本1952年率先由人民文學出版社出版，鄭振鐸、吴曉鈴、王利器等整理的《水滸傳》120回本1954年也在人民文學出版社面世。俞平伯、華粹深、李鼎芳、啓功整理的《紅樓夢》程乙本1953年由作家出版社出版，啓功注釋、周汝昌等校點的《紅樓夢》1957年也由人民文學出版社出版。其間，《三國演義》、《西游記》、《儒林外史》、《封神演義》、《水滸後傳》、《西游補》、《鏡花緣》、《説唐》、《説岳全傳》、《三俠五義》、“四大譴責小説”等一批古代優秀長篇通俗小説被陸續整理出版，大都有多種整理本面世。傅惜華編輯的《宋元話本集》（1955年）、路工編輯的《明清平話小説集》（1958年）、吴曉鈴等選注的《話本選》（1959年）、中華書局上海編輯所編輯的《話本選注》（1960年），同樣受到人們的喜愛。王重民、王慶菽、向達、周一良、啓功、曾毅公等編輯整理出版的《敦煌變文集》（1957年），有力地推動了敦煌變文的研究。

改革開放以來，《金瓶梅》《歧路燈》《緑野仙踪》《隋煬帝艷史》《女仙外史》《玉嬌梨》《平山冷燕》及一大批世情小説、才子佳人小説、公案小説、神魔小説、黑幕小説、狹邪小説也得到整理出版。在20世紀80—90年代形成通俗白話小説文獻整理出版的新高潮。周紹良、白化文1957年編輯完成的《敦煌變文論文録》，也於1982年出版。而1997年中華書局出版的黄征、張涌泉編輯校注的《敦煌變文校注》集敦煌變文編校之大成，促進了敦煌變文和話本小説的研究。

近百年來，在通俗白話小説作品整理出版受到社會歡迎的同時，有關文獻資料的收集整理與研究工作也一直受到大家的重視，先後出版了一批有影響的小説文獻資料與研究著作。如蔣瑞藻的《小説考證》（1911—1919年）、錢静方的《小説叢考》（1913—1914年）、顛公的《小説叢譚》（1914年）、胡適的《吴敬梓年譜》（1922年）、魯迅的《小説舊聞鈔》（1926年）、容肇祖的《明馮夢龍的生平及其著述》（1931年）、孫楷第的《李笠翁與〈十二樓〉》（1935年）、劉復（半農）的《〈西游補〉作者董若雨傳》（1935年）、孔另境的《中國小説史料》（1936年）、陳汝衡的《説書小史》（1936年）、阿英的“小説四談”（1936—

① 王國維：《敦煌發見唐朝之通俗詩及通俗小説》，《東方學術》1920年4月。

1981年），葉德均的《戲曲小説叢考》（1957年）、王曉傳（利器）的《元明清三代禁毀小説戲曲史料》（1958年）、孫楷第的《小説旁證》（1998年）、馬蹄疾的《〈水滸〉資料彙編》（1980年）、譚正璧的《三言二拍資料》（1980年）、劉德隆等的《劉鶚及〈老殘游記〉資料》（1985年）、侯忠義和王汝梅的《〈金瓶梅〉資料彙編》（1985年）、黄霖的《〈金瓶梅〉資料彙編》（2004年）、蔡鐵鷹的《〈西游記〉資料彙編》（2010年）等。誕生了不少大家公認的專門家，如通俗小説書目專家孫楷第（代表作有《中國通俗小説書目》《日本東京所見小説書目》等）、長篇通俗小説資料專家朱一玄（代表作有《〈三國演義〉資料彙編》《〈水滸傳〉資料彙編》《〈西游記〉資料彙編》《〈金瓶梅〉資料彙編》《〈紅樓夢〉資料彙編》《〈儒林外史〉資料彙編》等）、晚清小説史專家阿英（代表作有《晚清小説史》《晚清文學叢鈔・小説卷》等）、話本小説專家胡士瑩（代表作《話本小説概論》）。江蘇省社會科學院明清小説研究中心組織編纂的《中國通俗小説總目提要》（1990年）可説是對中國近百年通俗小説文獻整理研究成果的一次較爲系統的總結。石昌渝主編的《中國古代小説總目（白話卷）》（2004年）則在上書的基礎上做了一定篩選并有新的發現與發展。

二、小説定義的紛争影響了中國史志子部小説的文獻整理與研究

需要特别指出的是，中國古代小説有兩類：一類是二十五史《藝文志》或《經籍志》著録的文言小説，通稱史志子部小説；一類是不爲史志著録而流行於民間的通俗小説，也稱白話小説。前者是正統的小説，後者是非正統的小説。兩類小説雖各有特點，但一直相互影響、相互促進，構成中國古代小説發展的奇特景觀。然而，現代人心目中的小説，其實是由西方現代觀念所界定的小説，它離明清白話通俗小説較近，而離中國傳統史志子部小説較遠。因此，就中國古代小説文獻整理與研究而言，近百年來人們把注意力主要集中在白話通俗小説上而較爲忽視史志子部小説，便是很自然的事。以上我們的回顧，也主要集中在白話通俗小説。在白話通俗小説文獻的整理與研究方面，學界的觀念相對來説較爲一致，工作自然就順手一些；而對於中國史志子部著録的文言小説，大家的看法就有了較多的分歧，操作起來也就困難得多。

當然，應該承認，近百年來中國史志子部小説文獻的整理與研究工作也一直有人在做。例如，《師曠》《燕丹子》《山海經》《博物志》《西京雜記》《搜神記》《搜神後記》《拾遺記》《八代談藪》《世説新語》《殷芸小説》《游仙窟》《隋唐嘉話》《雲仙散録》《朝野僉載》《玄怪録》《續玄怪録》《大唐新語》《博異志》《集異志》《酉陽雜俎》《裴鉶傳奇》《獨異志》《宣室志》《劇談録》《開元天寶遺事》《太平廣記》《青瑣高議》《東坡志林》《仇池筆記》《夷堅志》《續夷堅志》《唐語林》《類説》《緑窗新語》《醉翁談録》《剪燈新話》《效顰集》《語林》《今世説》《稗家粹編》《虞初新志》《聊齋志異》《閱微草堂筆記》《子不語》《諧鐸》等，便都有較好的整理本問世。然而，這些整理與研究是孤立的，零散的，不成系統的。整理者和研究者往往考慮的是這部書本身的意義和價值，却并未從史志著録的角度來界定其類别和地位。即是説，人們并没有因爲它們爲史志子部小説所著録而影響對這些作品的判斷，甚至并非因爲史志著録其爲小説而認定其爲小説。這些著作有些是以“歷代史料筆記叢刊”，或是“宋元筆記叢書”爲名目來整理出版的，即是説，這些書在整理者或出版人看來并不一定是小説，便有力地證明了這一點。

百年來，史志子部小説的輯佚、考證和叙録工作同樣也有人做，成績也不容否認。例如，魯迅輯録的《古小説鉤沉》（1909—1911年）、《唐宋傳奇集》（1927—1928年）[①]，葉德輝輯録的《唐開元小説六種》（1911年），汪辟疆校録的《唐人小説》（1930年），余嘉錫輯證的《殷芸小説輯證》（1942年），周楞伽輯注的《裴鉶傳奇》（1980年），程毅中輯校的《玄怪録》《續玄怪録》（1982年），盧文暉輯注的《師曠》（1985年），陳尚君輯校的《集異記》（2000年）、《玉堂閑話》（2004年），以及嚴懋垣的《魏晋南北朝志怪小説書録附考證》（1940年），傅惜華的《六朝志怪小説之存逸》（1944年），李劍國的《唐前志怪小説集釋》（1986年）、《唐代志怪傳奇叙録》（1997年），周勳初的《唐人筆記小説考索》（1996年），周紹良的《唐傳奇箋證》（2000年）等，便是頗有代表性的著作。不過，這些著作是就某一類或某一部小説來進行文獻收集整理和研究，還没有自覺地按照史志子部小説著録進行小説文獻資料系統整理的構想和運作。

至於總集類作品的編纂，也時有出現，然而，其所編纂的往往是古代小説的某一部分而非全部，所采用的多爲選編與集成的方法。即是説，整理者并没有全面關注中國史志子部小説的歷史事實，而是按照自己的理解來選擇他們認爲是小説的作品，將其彙集在一起。如中華書局出版的程毅中編輯的《古體小説鈔》（宋元卷，1995年；明代卷，2001年；清代卷，2001年），陝西人民出版社、中華書局出版的李時人編輯的《全唐五代小説》（1998年、2014年），即其代表。而更多的是采用“筆記小説”或“筆記”的概念來彙編史志子部小説的一些作品，如民國時期上海進步書局編輯出版的《歷代筆記小説大觀》（江蘇廣陵古籍刻印社1983年重印），商務印書館香港分館出版的江畬經編輯的《歷代小説筆記選》（上海書店1983年重

① 魯迅《古小説鉤沉》輯録於1909—1911年，1912年發表《古小説鉤沉序》，此書正式出版在魯迅逝世後的1939年，收入由魯迅先生紀念委員會編纂的《魯迅全集》中。《唐宋傳奇集》，上海北新書局1927年12月出版上册，1928年2月出版下册。

印；廣東人民出版社1984年重印），臺灣新興書局有限公司編輯出版的《筆記小説大觀叢刊》（1984年），河北教育出版社編輯出版的《歷代筆記小説集成》（1995年），上海古籍出版社編輯出版的《新編歷代筆記小説大觀》（1999—2007年），齊魯書社編輯出版的《歷代筆記小説叢書》（2004年），中華書局編輯出版的《歷代史料筆記叢刊》（1960—2006年），三秦出版社出版的陶敏主編的《全唐五代筆記》（2012年），大象出版社出版的上海師範大學古籍所整理的《全宋筆記》（2003年）等叢書類書，確實包含有大量史志子部小説作品。這些都是很有意義的工作，所取得的成績也應該充分肯定。然而，由於“筆記”“筆記小説”等概念并不等同於史志子部之“小説”，且收什麽不收什麽，往往靠編輯者主觀確定，標準也大多是現代的，所以在嚴格意義上我們還不能説已經對中國史志子部小説文獻進行了全面系統的整理。

改革開放以來，學界做過系統整理和研究中國史志子部小説文獻的不懈努力，編輯了不少小説書目或小説資料，以作爲治史志子部小説的門徑，取得了可觀的成績。如書目類有程毅中的《古小説簡目》（1981年），袁行霈、侯忠義的《中國文言小説書目》（1981年）；書目提要類有寧稼雨的《中國文言小説總目提要》（1996年），劉世德主編的《中國古代小説百科全書》（1998年），石昌渝主編的《中國古代小説總目（文言卷）》（2004年），朱一玄、寧稼雨、陳桂聲的《中國古代小説總目提要》（2005年）等；小説資料類有侯忠義的《中國文言小説參考資料》（1985年）、丁錫根的《中國歷代小説序跋集》（1996年）等，這些都是試圖對中國史志小説或文言小説進行系統清理，以摸清古小説的家底，以便進一步做好文獻整理與研究的工作。然而，由於古今小説觀念的差異以及各自理解的不同，大家在確定哪些作品屬於小説哪些不屬於小説的問題上出現了分歧，并没有能够形成完全一致的意見。

例如，劉世德在《中國古代小説百科全書·前言》中説：“如果完全依據今天通行的小説的概念，那麽，一大批的古代文言小説勢必無緣進入我們的這部百科全書。而如果完全依據古人的種種有關小説的概念，那麽，我們的這部百科全書又將顯得内容蕪雜、大而無當。因此，對待古人的小説概念和今人的小説概念，我們既不擯棄前者，也不拒絶後者；既尊重前者，也采納後者，力求把二者結合起來，加以靈活地運用——這就是我們所遵循的原則。”①這一原則簡單概括就是，宋以前從寬，宋以後從嚴。所謂從寬，即基本遵從古人的觀念。所謂從嚴，即主要采用今人的觀念。然而，寬嚴的尺度如何把握，就衹能取决於編者的認識和態度了。而一書

① 劉世德、程毅中、劉輝主編：《中國古代小説百科全書·前言》，北京：中國大百科全書出版社，1993年，第1頁。

之中兩種標準，總讓人感覺彆扭和無奈。

寧稼雨在編寫《中國文言小説總目提要》時也基本采用同樣的方法，不過他的理解却有所不同。他後來説："他們（指劉世德先生們——引者）對其具體做法的陳述，從'總目'的角度考慮，我仍然覺得有些模糊和不足。比如，對宋以前的文言小説，如果按照他們的意見，事實上還有一些可以入選的作品。比如南北朝時期的《宋拾遺》《宋齊語録》《類林》等作品，完全是晋代《郭子》、《語林》、《殷芸小説》（此爲南朝小説——引者）一類作品的流變。劉知幾在《史通·雜述》中也將其與《世説新語》《西京雜記》一類作品等量齊觀。所以儘管史志小説家中没有著録，然而却有充足理由將其列入志人或雜俎小説中。至於南北朝至唐代志怪一類的作品，可以入選的就更多了。"因此，他在書中所確定的劃定文言小説界限的原則是："在尊重古人小説概念的前提下，以歷代公私書目小説類著録的作品爲基本依據，用今人的小説概念對其進行遴選釐定，將完全不是小説的作品剔除出去，將歷代書目小説家中没有著録、然而又確實可與當時的小説相同，或能接近今人小説概念的作品選入進來。"[①]這樣，他所著録的小説有的比歷代公私書目著録的小説目録要寬，有的則要嚴，而寬嚴尺度的掌握，當然全靠他個人對作品的判斷。

袁行霈、侯忠義編纂《中國文言小説書目》，處理原則又有所不同。其《凡例》云："古今小説概念不同，以今例古，其中多有不類小説者。爲保存歷史面目，本書不以今之小説概念作取捨標準，而悉以傳統目録學所謂小説家書爲收録依據。"[②]然而，他們的努力仍然受到質疑，石昌渝便指出："雖然該書'凡例'稱'本書以審慎、完備爲目標，凡曾見於小説家類之文言小説，一般均予收録'，却仍然不够審慎和完備。如果不以個别人的看法，而依據傳統目録學的經典意見，像《剪燈新話》《剪燈餘話》《嬌紅記》《鍾情麗集》《懷春雅集》《覓燈因話》《燕山外史》等等這類明顯出自虚構的作品就不能著録；如果這類小説可以入選，那麽像《劉生覓蓮記》《尋芳雅集》《花神三妙傳》《天緣奇遇》《如意君傳》《痴婆子傳》等等作品未予著録，就是一個疏漏。"[③]顯然，這是因爲他們對傳統目録學小説著録標準的理解不同所導致的分歧。也就是説，即使將問題局限在傳統目録學的範圍之内，學術界也很難形成統一意見。

有鑒於此，石昌渝主編《中國古代小説總目》時，"采取寧寬勿缺的方針，除了著録文學門類的小説作品之外，還將古代主要公私書目著録的'小説家類'作品

---

① 寧稼雨：《文言小説界限與分類之我見》，《明清小説研究》1998年第4期。
② 袁行霈、侯忠義：《中國文言小説書目·凡例》，北京：北京大學出版社，1981年，第1頁。
③ 石昌渝：《中國小説源流論》，北京：生活·讀書·新知三聯書店，1994年，第12頁。

也一概收録，對於其中非叙事性的作品則在提要正文中加以説明”[①]。然而，爲了“與古代目録學傳統接軌”，將古代主要公私書目著録的“小説家類”作品一概收録，而爲了突出“作爲文學門類的小説”，又將上述書目失載的“許多確爲文學門類的小説作品”一并收録，呈現出不古不今、不中不西的複雜面貌，中國古代小説的概念就更加模糊了。程毅中曾感嘆：“古人所謂的小説，我們今天很難給它定性。我們想編一部新的古代小説書目，就會在收書標準上遇到很大的麻煩。我曾試圖編一本古小説簡目，想把已經失傳的書也包括在内。不想衹是現存的書都無法定性，已經失傳的書如果衹憑前人書目的著録就太寬大無邊了，結果衹能知難而退了。”[②]

既然中國古代小説的概念不清，事實不明，連編輯一個大家都能接受的古代小説書目都這麽困難，而已經編寫的中國古代小説書目入選作品又多有不同，即是説，大家并没有形成對中國古代小説的一致意見，那麽，探討有關中國古代小説的歷史及其特點也就衹好各説各話了。例如，有關中國小説起源的意見就至少有先秦説、西漢説、魏晋説、六朝説、唐代説等多種。而從文體着眼討論中國古代小説的形成和發展，大家的看法也各不相同。之所以出現如此狀況，除了古代小説觀念與現代小説觀念的差異之外，也存在今人對古人的誤解乃至曲解，以及古代小説觀念一直處在發展變化之中讓今人難以捉摸等原因。同樣是古人編纂的目録，其着眼點可能并不一樣，而今人往往做一樣的理解；同樣是古人對小説的論述，不同時代作者的文化視角可能并不相同，而今人却做了相同的解讀。另外，古今知識體系的差别，也造成了今人對古代小説觀念的隔膜。以今律古、以西律中成爲普遍現象，妨礙了今人與古人的對話和交流。其實，與古人溝通就應該從尊重古人開始，在這裏，貫徹陳寅恪提倡的“瞭解之同情”態度以達致“真瞭解”尤爲緊要：“所謂真瞭解者，必神游冥想，與立説之古人，處於同一境界，而對於其持論所以不得不如是之苦心孤詣，表一種之同情，始能批評其學説之是非得失，而無隔閡膚廓之論。否則數千年前之陳言舊説，與今日之情勢迥殊，何一不可以可笑可怪目之乎？”[③]我們并不贊成美國學者夏志清所言：“除非我們以西方小説的尺度來考察，我們將無法給予中國小説以完全公正的評價。”[④]事實也許正好相反，除非我們真正尊重古人，對古人有“真瞭解”，否則我們將無法給予中國古代小説以真正客觀的認識和完全公正的評價。何况，古人的小説觀念也不是亘古不變，不是小説的所謂本質决定了小説的存在，而是小説的存在决定了人們對它的認識，唐以前的小説觀念與

① 石昌渝主編：《中國古代小説總目》（文言卷）“凡例”，太原：山西教育出版社，2004年。
② 程毅中：《中國古代小説的文獻研究》，收入《程毅中文存》，北京：中華書局，2006年，第19頁。
③ 劉夢溪主編：《中國現代學術經典·陳寅恪卷》，石家莊：河北教育出版社，2002年，第839頁。
④ 夏志清：《中國古典小説導論》，合肥：安徽文藝出版社，1988年，第359頁。

宋以後的小説觀念便不太一樣，宋、元、明、清各代也有差異，而我們却用一個固定的標準去要求不斷變化着的小説，能不圓鑿方枘嗎？

毫無疑問，人們關於小説定義的争論影響了對於中國古代小説文獻的系統整理和研究，尤其是對於史志子部小説文獻的系統整理和研究，却也促使我們思考：是否可以先擱置争議，尋求其他的解决辦法，以推動中國古代小説文獻的系統整理和研究？應該説，這種辦法是有的。

三、以史志著録爲依據來整理編纂古代小説文獻是一種較爲穩妥的方法

從以上的簡要回顧可以看出，由於受西方現代小説觀念的影響，中國古代小説文獻的整理與研究雖然取得了可觀的成績，但也存在明顯的問題。最主要的問題是，由於人們恪守西方現代小説觀念，因而始終缺乏文化本位意識和學術主體意識，不願意承認或不願意完全承認中國歷代正史《藝文志》或《經籍志》著録的小説就是小説，儘管人們花了很大力氣來調和古今小説的差異，却又始終找不到大家都能够接受的且符合中國歷史實際的處理辦法。這樣的局面，相對來説對中國古代白話通俗小説文獻的整理與研究的影響要小一些，而對中國史志子部小説的影響則要大得多。因此，當前中國古代小説文獻的整理與研究應該將重點放在史志子部小説方面，以彌補一個世紀以來所形成的兩類小説文獻整理與研究失衡的缺憾，還原中國古代小説事實上包括史志子部小説和白話通俗小説的原生形態，以利於大家的瞭解、研究、開發和利用。

在西方現代觀念中，“小説是用散文寫成的具有某種長度的虚構故事”[①]。在中國古代，與西方小説觀念比較接近的是不被二十五史《藝文志》或《經籍志》著録的白話通俗小説，而二十五史《藝文志》或《經籍志》著録的小説却有着與西方現代小説頗爲不同的觀念和很不相同的面貌。這裏所説的二十五史，是學術界對歷代官修正史的統稱，包括《史記》《漢書》《後漢書》《三國志》《晋書》《宋書》《南齊書》《梁書》《陳書》《魏書》《北齊書》《周書》《南史》《北史》《隋書》《舊唐書》《新唐書》《舊五代史》《新五代史》《宋史》《遼史》《金史》《元史》《明史》《清史稿》。而《藝文志》則創始於《漢書》，著録當時傳世的漢及漢以前文獻，《隋書》和《舊唐書》則稱《經籍志》。自《漢書·藝文志》中《諸子略》小説家類著録小説作品目録開始，經過《隋書·經籍志》調整爲在四部之子部著録小説目録以後，中國歷代史志無不沿襲。即使有一些正史未設《藝文志》或《經籍志》，也有後人替其補做。有些正史雖在《藝文志》或《經籍志》中著録了小説，但或有所遺漏，清人也做了補録。因此，就各個朝代而言，正

---

① 愛·摩·福斯特：《小説面面觀》，廣州：花城出版社，1985年，第3頁。

史《藝文志》或《經籍志》（含補志）對文獻的著録是基本完整的，它們所禀承的小説觀念也是大體一致的。二十五史《藝文志》《經籍志》或補志所著録的小説，具體有：班固《漢書・藝文志》15部，姚振宗《漢書藝文志拾補》13部，顧櫰三《補後漢書藝文志》12部，姚振宗《後漢藝文志》5部，曾樸《補後漢書藝文志并考》2部，姚振宗《三國藝文志》3部，侯康《補三國藝文志》2部，秦榮光《補晋書藝文志》30部，丁國鈞《補晋書藝文志》14部，文廷式《補晋書藝文志》27部，吴士鑒《補晋書經籍志》9部，黄逢元《補晋書藝文志》13部，聶崇岐《補宋書藝文志》2部，陳述《補南齊書藝文志》2部，徐崇《補南北史藝文志》5部，魏徵《隋書・經籍志》25部，劉昫《舊唐書・經籍志》14部，歐陽修《新唐書・藝文志》123部，陳鱣《續唐書・經籍志》30部，顧櫰三《補五代史藝文志》63部，汪振民《補南唐藝文志》19部，脱脱《宋史・藝文志》362部，倪燦《宋史藝文志補》52部，錢大昕《補元史藝文志》16部，倪燦《補遼金元藝文志》35部，金門詔《補三史藝文志》6部，龔顯曾《金藝文志補録》5部，孫德謙《金史藝文略》3部，張廷玉《明史・藝文志》127部，趙爾巽《清史稿・藝文志》65部，武作臣《清史稿藝文志補編》54部，總計1153部。其中，宋及以前各志均通著歷代文獻，故小説著録有所重複，去除重複，二十五史藝文經籍志及補志共著録小説實爲1000部左右。今人王紹曾主編《清史稿藝文志拾遺》著録古體小説511種（不含通俗小説和翻譯小説），因觀念與古人明顯有異，故不計入。

《漢書・藝文志》認爲小説家“出於稗官”，以其爲“街談巷語，道聽途説者之所造”[①]。受其影響，歷代史志也多從政教和學術的角度來理解小説，將其列於諸子之末，或“似子而淺薄”，或“近史而悠謬”[②]，形成“古凡雜説短記，不本經典者，概比小道，謂之小説”[③]的傳統觀念。因此，史志子部小説成了最爲龐雜的一個門類，舉凡朝政軍國大事和帝王將相紀傳之外的逸聞趣事、典章細故、民情風俗、海外奇談，儒家經典和秦漢諸子之外的雜説短記、文化娱樂、奇技淫巧、茶藝酒譜，無不歸之於小説。例如，包羅萬象的《博物志》，搜奇記異的《列異傳》，記載鬼神的《搜神記》，記載笑話的《啓顔録》，記載器物的《器准圖》，記載秘畫的《古今藝術》，記載茶道的《茶經》，記載花道的《花品》，記載酒道的《酒譜》，記載錢事的《錢譜》，以及《筍譜》《竹譜》《荔枝譜》《庭萱譜》，各種筆記、雜俎、辨訂、閑談，等等，統統被攬入小説。這些雖非朝政軍國的大事，也非治國理政的宏論，但却與人們的文化消費和日常生活息息相關。古人

---

① 班固：《漢書》卷三十，《二十五史》本，第581頁。
② 魯迅：《中國小説史略》，北京：人民文學出版社，1973年，第3頁。
③ 翟灝：《通俗編》卷二，《叢書集成初編》本，上海：商務印書館，1937年，第24頁。

視其爲“小道”，固然降低了小説的文化地位，但也使得小説能够容納社會生活的方方面面，反映文化的點點滴滴，成爲中國歷史文獻中最爲豐富、最爲生動、最有情趣、最能反映當時社會生活面貌的細部特徵的一個特殊門類。這是中國古代小説的民族特色，也是中國古代小説有别於西方現代小説的關鍵所在。

那麽，如何尋找既符合中國歷史實際又切實可行的辦法，來促進中國古代小説文獻的全面系統整理與研究工作的深入開展呢？我們以爲，這種辦法就是尊重歷史，尊重古人，以歷代正史《藝文志》或《經籍志》的著録爲依據，全面系統收集整理有關文獻資料，并開展對它們的研究。因爲正史代表着占社會統治地位的主流文化的歷史觀念、文化觀念、思想觀念和價值觀念，而正史《藝文志》或《經籍志》則代表着主流學術對當時知識形態的系統認識和學術分類。抓住了史志子部小説，也就抓住了中國古代小説的主體形態；理解了史志子部小説，也就理解了中國古代小説的基本觀念。與其無休止地討論中國古代小説觀念應該是什麽，哪些作品應該算作小説，不如先去瞭解古人到底將哪些作品歸類爲小説，尤其是代表正統思想的史志目録的子部小説（家）類究竟著録了哪些作品，這種著録在不同時代有哪些變化，這些作品的面貌究竟如何，時人或後人是如何認識它們的，等等。弄清楚了這些問題，也就弄清楚了占主流地位的中國古代的小説觀念，弄清楚了中國如何從古代的小説觀念演變至現代的小説觀念，古今小説有何聯繫與區别，今天的小説該如何發展，等等。這種方法，説到底，是一種歷史還原的方法，其核心是以中國文化和傳統學術爲本位。當然，這并不排斥在認識和闡釋史志目録及其作品時參照西方現代小説的思想和觀念，從而尋找古今融通的管道和中西對話的平臺，以促進當下小説觀念的發展和小説創作的進步。

20世紀中國古代小説文獻整理與研究主要采用西方現代小説觀念，强調小説的故事性和虚構性，因此，它所重視和接納的主要是流行於民間的白話通俗小説和有故事情節的部分文言小説，不少中國史志子部小説未能進入文獻整理研究者的視野，甚至有人根本不承認它們是小説。中國史志子部小説的文獻整理與研究也就不可能全面展開，許多有價值的文化資源便得不到合理的開發和利用。然而，隨着中國經濟的發展和國力的提升，中國文化越來越受到世界各國人民的關注和喜愛，中國學者的文化本位意識和學術本土意識也日益增强。現實需要我們對中國傳統文化重新定位，反思西方現代小説觀念對中國史志子部小説的歧視、誤讀和曲解，發掘中國史志子部小説的歷史價值和文化價值，以推進中國現代文化的本土化進程，促進中國文化與世界各民族文化的平等對話和正常交流。中國史志子部小説是中華傳統文化的重要組成部分，有着鮮明的歷史特點和民族特色，保存着豐厚的民族文化資源，不能僅僅按照西方現代學科觀念將其簡單地理解爲一個文學門類，必須按照其本來面目進行正確的歷史定位、系統整理、綜合研究和合理開發，以促進中國文化的發展。這些數量龐大的史志子部小説中不僅有大量小説精品，而且是研究中國歷史文化特别是民俗文化和社會生活史的重要資料寶庫，值得我們重視和珍惜，也需要我們發掘、整理和研究。

二十五史《藝文志》或《經籍志》著録小説文獻整理與研究是在中國新時代文化建設的大潮中，順應本土化學術發展的要求而進行的一項文化基礎建設工程。它以中華文化爲本位，準確、全面、完整、系統地收集整理二十五史《藝文志》或《經籍志》著録小説的全部文獻資料，摸清史志子部小説的全部家底，全面清理中國古代小説遺産，不僅能够幫助我們正確認識中國古代小説的歷史形態和民族特點，深入研究中國古代小説，而且能够促進我們對於中國歷史、地理、文化、教育、宗教、民俗、科技、工藝等方面的研究，對繼承民族文化遺産、促進新時期文學發展和文化建設，都具有毋庸置疑的重要意義和現實價值。我們有理由相信，隨着二十五史《藝文志》或《經籍志》著録小説的文獻整理與研究的深入，中國古代小説研究的整體水準必將跨上一個新臺階。

末了，需要説明的是，二十五史《藝文志》或《經籍志》著録的小説屬於古體小説範疇[①]，然而，它并非中國古體小説的全部，中國古體小説還包括歷代私家書目所著録的小説，這些小説有不少并不爲史志所收録。如果説史志子部小説主要反映了正統小説觀念，代表着官方的立場，那麽，私家書目所著録的小説則主要體現了民間的立場和非正統小説觀念。而正是官方與民間、正統與非正統的互攝互動，構成了中國古體小説的真實歷史圖景。如果我們能够在史志子部小説文獻整理與研究的基礎上，再進一步開展對私家書目所著録的小説文獻整理與研究，那麽，中國古體小説的文獻整理與研究就更加完整，更加全面，更加系統，也更加豐富了。我們應該有所期待。

---

① 中國古代史志子部小説都是文言小説，其他官私書目所著録的小説也基本上是文言小説，這與宋以後廣泛流傳民間的白話通俗小説明顯不同。魯迅稱這些文言小説爲“古小説”，著有《古小説鉤沉》，今人程毅中著有《古小説簡目》，中華書局則以“古體小説叢刊”出版這類小説的整理本，以與近體小説（白話通俗小説）相區别。本書即在此意義上采用古體小説的概念。

第一卷前言

中國文化典籍傳説始於伏羲，所謂“古者伏羲氏之王天下也，始畫八卦，造書契，以代結繩之政，由是文籍生焉”。這一傳説尚没有得到考古學證明。《尚書·多士》云“惟殷先人，有册有典，殷革夏命”，認爲殷商是有典籍的，而殷商典籍已經得到考古學證明，15萬片出土刻字甲骨反映出當時文字的成熟和文化的繁榮。周代統治者重視文獻傳承和典籍積纍，所謂《三墳》《五典》《八索》《九丘》，以及《周易》《世本》《詩》《書》等，藏於秘府，播在衆口。春秋、戰國時期，各國都有史官，以記載本國的歷史和保存傳世文獻，孔子能够“删《詩》《書》，定《禮》《樂》，列五始於《春秋》，興十翼於《易》道”，也得益於這些傳世文獻和魯國《春秋》。秦統一中國後，“奮虎狼之心，剗先代之迹，焚《詩》《書》，坑儒士，以刀筆吏爲師，制挾書之令，學者逃難，竄伏山林，或失本經，口以傳説”，文獻典籍經受一次浩劫。西漢代秦，秦咸陽宫中的圖籍因蕭何的保護得以存留。漢惠帝雖除挾書之令，但不重文籍。至漢文帝時，纔開始重視《詩》《書》，“天下衆書往往頗出”，於是置博士，立學官，倡文學。“武帝置太史公，命天下計書先上太史，副上丞相，開獻書之路，置寫書之官。外有太常、太史、博士之藏，内有延閣、廣内、秘室之府”，於是圖籍大盛。漢成帝時，“秘藏之書，頗有亡散。乃使謁者陳農求遺書於天下，命光禄大夫劉向校經傳諸子詩賦，步兵校尉任宏校兵書，太史令尹咸校數術，太醫監李柱國校方技。每一書就，向輒撰爲一録，論其指歸，辨其訛謬，叙而奏之”，時又别集衆録，謂之《别録》。劉向死後，哀帝使其子劉歆嗣父之業，“乃徙温室中書於天禄閣上。歆遂總括群篇，撮其指要，著爲《七略》”。

中國傳統古體小説著録於正史，最早爲東漢班固的《漢書·藝文志》（簡稱《漢志》），其後正史《藝文志》或《經籍志》紛紛仿效。而《漢志》是在西漢劉向《别録》和劉歆《七略》的基礎上“删其要”而成，它其實代表了兩漢學者對於小説家之小説的普遍認識。《漢志》諸子略小説家在著録15家小説作品之後，有小序云：“小説家者流，蓋出於稗官。街談巷語，道聽途説者之所造也。孔子曰：‘雖小道，必有可觀者焉！致遠恐泥，是以君子弗爲也。’然亦弗滅也。閭里小知者之所及，亦使綴而不忘。如或一言可采，此亦芻蕘狂夫之議也。”這一認識成爲其後兩千年來人們對於小説家和小説作品的普遍認識，并規範着歷代正史對於小説的著録。正統史學家們雖然將古體小説概比“小道”，誡以“君子弗爲”，但畢竟將其納入了主流文化系統，這與白話通俗小説之完全被排斥在主流文化之外、歷代正史從不著録頗爲不同。然而，《漢志》所著録之小説家之小説，其時代或近或遠，其事迹或顯或隱，其著述或真或僞，其作品或存或佚，前人雖然做過一些輯佚和探討的工作，但至今仍有許多問題疑莫能明。全面系統地收集《漢志》著録小説的相關資料，弄清《漢志》小説家的基本史實和著作情況，不僅能够幫助我們瞭解中國傳統小説的初始面貌，進一步認識中國傳統小説的文體特點，而且能够促進我們對中國小説民族特色的認識，推動中國小説史研究的深入發展，意義十分重大。

需要指出的是，《漢志》所著録的小説并非漢代小説之全部，衹是西漢及西漢前小説的一部分。有鑒於此，清人姚振宗撰《漢書藝文志拾補》對其加以補充，共補録小説作品13部。有的衹録書名未題撰者，有的題有撰者或存有争議。儘管如此，有此補録，西漢及以前的小説作品名目可稱大體完備。由於范曄《後漢書》未設《藝文志》，故東漢小説書目未録入正史。清人顧懷三撰《補後漢書藝文志》補録小説11部、姚振宗撰《後漢藝文志》補録小説5部、曾樸撰《補後漢書藝文志并考》補録小説2部，三書除去重複，共補録小説14部。這些作品絶大多數都題有撰者，雖然是否真是他們所撰或存有争議，却爲我們研究這些作品的成書和流傳提供了重要資訊。因此，要全面瞭解兩漢小説家及其作品，清人的補志是重要的路標。我們可以循此收集相關小説作家作品的文獻資料，以便更爲全面地認識漢代小説家及其作品。

本卷輯録《漢書・藝文志》及兩漢書補志著録小説資料，包括小説作者生平事迹、小説作品序跋、評論、歷代官私書目和其他相關研究資料。分爲四册：第一册爲《漢書・藝文志》著録小説資料輯録，第二册爲《漢書藝文志拾補》補録《周王游行記》和《穆天子傳》資料輯録，第三册爲《漢書藝文志拾補》補録其他11部小説資料輯録，第四册爲《補後漢書藝文志》《後漢藝文志》《補後漢書藝文志并考》補録東漢小説資料輯録。所録文獻資料力求準確、系統、完備，以供研究者參考。

凡　例

——本册以班固《漢書·藝文志》諸子略小説家著録的小説爲依據，收集有關小説作者的生平事迹、作品序跋評論及歷代官私書目等相關資料，原則上不收作品原文或佚文；因《漢書·藝文志》所著録的小説多已散佚，且部分佚文又存在争議，故酌收部分佚文，以備研究者參考。

——《漢書·藝文志》諸子略小説家著録小説從《伊尹説》到《百家》共15家，衹録書名，未題撰者，間有注釋。本册所收小説資料，以作品爲單位，按《漢書·藝文志》著録小説作品次序排列。

——本册資料以小説爲單位，各部小説按照《漢書·藝文志》著録順序排列，所收資料原文以資料作者生年和資料産生年代先後爲序，作者生年無考者按其活動年代酌處，資料作者無考者按資料産生的年代爲據，所有資料均注明所依據的版本；著名叢書多有重印，且出版社、出版時間不一，故衹注叢書名，不注出版社、出版年。

——小説作者生平資料的收録，以作者當時履歷交游和傳記資料爲主，當時無作者相關傳記者，則以後代正史和方志人物傳記爲主（包括各種傳説資料）；後代方志人物傳記轉抄正史和前代方志人物傳記者，則不重複收録。

——所收資料力求準確、完整、全面、系統，後人轉引前人資料，一般不再列出，個别重要者題録作者和書名，以備參考；後人研究或評論小説作家和作品者，不計長短一律收録，以備進一步研究參考；資料篇幅過長者，衹選録與作者和作品内容相關部分。

——所收資料僅限於古文，近人用古文或淺近文言撰寫之研究成果，以1949年底爲斷，此後發表者一律不收；重要者則在按語中作適當交代。

——每部小説資料後均附編輯者按語，對小説作者生平、作品成書年代、作品内容、版本流傳及後人研究情况等作簡要評述，以供讀者和研究者參考。

目　録

伊尹説

鄭氏箋，孔穎達疏《毛詩正義》卷二十之四《商頌·長發》：

昔在中葉，有震且業。允也天子，降予卿士。實維阿衡，實左右商王。（阿衡，伊尹也；左右，助也。箋云：阿，倚；衡，平也。伊尹，湯所依倚而取平，故以爲官名。商王，湯也。……《正義》曰：以言左右商王，則是功最大者，成湯佐命之臣唯伊尹耳，故知阿衡是伊尹也。伊是其氏，尹，正也，言其能正天下，故謂之伊尹。阿衡則其官名也。《君奭》曰：在昔成湯既受命時，則有若伊尹，格於皇天；在太甲時，則有若保衡，格於上帝。注云：伊尹名摯，湯以爲阿衡，至大甲改曰保衡。阿衡、保衡皆公官，然則伊尹、摯、阿衡、保衡，一人也。彼注阿衡爲公官，此言卿士者，三公兼卿士也。）（《十三經注疏》本，中華書局，1980年）

黄懷信等《逸周書彙校集注》卷七《王會解》：

《伊尹朝獻·商書》（不《周書》，録中以事類來附。）

湯問伊尹曰："諸侯來獻，或無馬牛之所生而獻遠方之物，事實相反，不利。今吾欲因其地勢所有獻之，必易得而不貴，其爲四方獻令。"伊尹受命，於是爲四方令曰：臣請正東符婁、仇州、伊慮、漚深、九夷、十蠻、越漚、鬋髮文身，請令以魚皮之鞞、□鰂之醬、鮫盾、利劍爲獻。正南甌鄧、桂國、損子、產里、百濮、九菌，請令以珠璣、瑇瑁、象齒、文犀、翠羽、菌鶴、短狗爲獻。正西昆侖、狗國、鬼親、枳己、闟耳、貫胸、雕題、離丘、漆齒，請令以丹青、白旄、紕罽、江歷、龍角、神龜爲獻。正北空同、大夏、莎車、姑他、旦略、豹胡、戎翟、匈奴、樓煩、月氐、孅犁、其龍、東胡，請令以橐駝、白玉、野馬、騊駼、駃騠、良弓爲獻。湯曰：善。（上海古籍出版社，2007年）

鍾肇鵬《鬻子校理》卷下《湯政天下至紂第七》：

湯之治天下也，（湯姓子，名履，字天乙。除虐去殘曰湯。征葛伯放桀，順取天下以理也。）得慶誧（《守山閣》本作"輔"，《百子》本作"誧"。）、伊尹、湟里且、東門虛、南門蠋、西門疕（《守山閣》本作"疵"，《百子》本作"疕"，與《道藏》本同。）、北門側。（伊尹，有莘氏媵臣，以爲相。東門等，并姓名也。）得七大夫佐，以治天下，而天下治。（七大夫皆有賢行，斥救弼諧，故得天下咸乂也。）二十七世，（自湯至紂父子兄弟相承，二十七代也。）積歲五百七十六歲至紂。（夏曰歲。此除即位之年也。）（《新編諸子集成續編》本，中華書局，2010年）

張純一《晏子春秋校注》卷一《内篇諫上第一》：

景公舉兵將伐宋，師過泰山，公夢見二丈夫立而怒，其怒甚盛。公恐，覺，辟門召占夢者至。公曰："今夕吾夢二丈夫立而怒，不知其所言，其怒甚盛。吾猶識其狀，識其聲。"占夢者曰："師過泰山而不用事，故泰山之神怒也。請趣召祝史祠乎泰山則可。"公曰："諾。"明日，晏子朝見，公告之如占夢之言也。公曰："占夢者之言曰：'師過泰山而不用事，故泰山之神怒也。'今使人召祝史祠之。"晏子俯，有間，對曰："占夢者不識也。此非泰山之神，是宋之先湯與伊尹也。"公疑，以爲泰山神。晏子曰："公疑之，則嬰請言湯、伊尹之狀也。湯皙而長，頤以髯，（舊"湯"下有"質"字，"頤"訛"顔"。）兑上豐下，倨身而揚聲。"公曰："然，是已。""伊尹黑而短，蓬而髯，（孫云："'蓬'，《太平御覽》作'蓬頭'。"純一案：《荀子·非相篇》云："伊尹之狀，面無鬚麋。"注："麋與眉同。"義與此異。）豐上兑下，僂身而下聲。（僂身，曲背也。）"公曰："然，是已。今若何？"晏子曰："夫湯、太甲、武丁、祖乙，天下之盛君也，不宜無後。今惟宋耳，而公伐之，故湯、伊尹怒。請散師以平宋。"景公不用，終伐宋。晏子曰："公伐無罪之國，（元刻本如此。浙局本脱"公"字。言伐無罪之國，具有非攻之意。）以怒明神，不易行以續蓄，（續蓄，義不可通。"蓄"當爲"菑"，字之形誤。言既干神怒，仍不改行，適以續蓄耳。菑，古災字。）進師以近過，（"進"上疑脱"終"字，與上句對文。）非嬰所知也。師若果進，軍必有殃。"軍進再舍，鼓毀將殪。公乃辭乎晏子，散師，不果伐宋。（《新編諸子集成續編》本，中華書局，2014年）

朱熹《四書章句集注·論語集注》卷六《顔淵》：

樊遲退，見子夏。曰："鄉也吾見於夫子而問知，子曰，'舉直錯諸枉，能使枉者直'，何謂也？"（遲以夫子之言，專爲知者之事。又未達所以能使枉者直之理。）子夏曰："富哉言乎！（嘆其所包者廣，不止言知。）舜有天下，選於衆，舉皋陶，不仁者遠矣。湯有天下，選於衆，舉伊尹，不仁者遠矣。"（伊尹，湯之相也。不仁者遠，言人皆化而爲仁，不見有不仁者，若其遠去爾，所謂使枉者直也。子夏蓋有以知夫子之兼仁知而言矣。程子曰："聖人之語，因人而變化，雖若有淺近者，而其包含無所不盡，觀於此章可見矣。非若他人之言，語近則遺遠，語

遠則不知近也。”）（《新編諸子集成》本，中華書局，1983年）

孫詒讓《墨子閒詁》卷一《所染》：

非獨染絲然也，國亦有染。舜染於許由、伯陽，禹染於皋陶、伯益，湯染於伊尹、仲虺，武王染於太公、周公。此四王者所染當，故王天下，立爲天子，功名蔽天地。舉天下之仁義顯人，必稱此四王者。

同上，卷二《尚賢上》：

故古者堯舉舜於服澤之陽，授之政，天下平；禹舉益於陰方之中，授之政，九州成；湯舉伊尹於庖厨之中，（《史記·殷本紀》：“阿衡欲奸湯而無由，乃爲有莘氏媵臣，負鼎俎，以滋味説湯。”畢云：“《韓非子》云：‘上古有湯，至聖也。伊尹，至智也，然且七十説而不受，身執鼎俎爲庖宰，昵近習親，湯乃僅知其賢而舉之。’《文選》注云：‘魯連子曰：伊尹負鼎佩刀以干湯得意，故尊爲宰舍。’又云：‘《文子》曰：伊尹負鼎而干湯。’”）授之政，其謀得；文王舉閎夭、泰顛於罝罔之中，授之政，西土服。

同上，《尚賢中》：

伊摯，有莘氏女之私臣，親爲庖人，湯得之，舉以爲己相，與接天下之政，治天下之民。

同上，《尚賢下》：

昔伊尹爲莘氏女師僕，（畢云：“僕，佚也。女師，見《詩》云‘言告師氏’。”王云：“‘僕’即‘佚’之訛。此謂有莘氏以伊尹媵女，非以爲僕也。《説文》：‘佚，送也。吕不韋曰：有侁氏以伊尹佚女。’侁、莘同。今本《吕氏春秋·本味篇》‘佚’作‘媵’。經傳皆作‘媵’，而‘佚’字罕見。唯《墨子》書有之，而字形與‘僕’相似，因訛而爲‘僕’。《淮南·時則篇》‘其曲佚筥筐’，今本‘佚’作‘僕’，誤與此同。”俞云：“‘師’當爲‘私’，聲之誤。僕猶臣也。《禮記·禮運篇》‘仕於公曰臣，仕於家曰僕’，是臣、僕一也。私僕猶曰私臣。《中篇》曰‘伊摯，有莘氏女之私臣’。”案：王説近是。）使爲庖人，湯得而舉之，立爲三公，使接天下之政，治天下之民。……是故堯之舉舜也，湯之舉伊尹也，武丁之舉傅説也，豈以爲骨肉之親、無故富貴、面目美好者哉？惟法其言，用其謀，行其道，上可而利天，中可而利鬼，下可而利人，是故推而上之。……

是故昔者堯有舜，舜有禹，禹有皋陶，湯有小臣，（此即上文所謂伊尹爲有莘氏女師僕也。……《吕氏春秋・尊師篇》云："湯師小臣"，高注云："小臣謂伊尹。"）武王有閎夭、泰顛、南宫括、散宜生，而天下和，庶民阜。……尚賢者，天鬼百姓之利，而政事之本也。

同上，卷十二《貴義》：

子墨子曰："……且主君亦嘗聞湯之説乎？（"主君"，謂穆賀也。）昔者，湯將往見伊尹，令彭氏之子御。彭氏之子半道而問曰：'君將何之？'湯曰：'將往見伊尹。'彭氏之子曰：'伊尹，天下之賤人也。（《尚賢中篇》云"伊摯，有莘氏女之私臣，親爲庖人"，故曰天下之賤人。）若君欲見之，（吴鈔本"若君"作"君若"。）亦令召問焉，彼受賜矣。'湯曰：'非女所知也。（吴鈔本"女"作"汝"。）今有藥此，（蘇云："'藥'下當脱'於'字。"）食之則耳加聰，目加明，則吾必説而强食之。今夫伊尹之於我國也，譬之良醫善藥也。而子不欲我見伊尹，是子不欲吾善也。'因下彭氏之子，不使御。彼苟然，然後可也。"（盧云："此下疑有脱文。"詒讓案：此七字與上文亦不相應，上下似并有脱誤。）（《新編諸子集成》本，中華書局，2001年）

許富宏《鬼谷子集校集注・忤合第六》：

古之善背向者，乃協四海，包諸侯，忤合之地而化轉之，然後求合。（陶弘景曰：言古之深識背向之理者，乃合同四海，兼并諸侯，驅置忤合之地，然後設法變化而轉移之。衆心即從，乃求其真王而與之合也。高金體曰：忤合天地者，觀天意之向背也。）故伊尹五就湯，五就桀，而不能有所明，然後合於湯；吕尚三就文王，三入殷，而不能有所明，然後合於文王。（陶弘景曰：伊尹、吕尚所以就桀、紂者，所以忤之令不疑。彼既不疑，然後得合於真主矣。蕭登福曰：《孟子・告子下篇》："五就湯，五就桀者，伊尹也。"《竹書紀年》夏桀十四年："扁帥師伐岷山。"《太平御覽》卷一百三十五引《竹書紀年》："後桀伐岷山，進女於桀二人，曰琬，曰琰。桀受二女，無子，刻其名於筲華之玉，筲是琬，華是琰，而棄其元妃於洛，曰末喜氏。末喜氏以與伊尹交，遂以間夏。"《竹書紀年》夏桀十七年，商使伊尹來朝。《竹書紀年》夏桀二十年，伊尹歸於商，及汝鳩、汝方，會於北門。按：由上述之記載看來，伊尹於夏桀十七年入使於夏，於二十年歸商，在桀處達三四年之久。而《竹書紀年》復云："末喜氏以與伊尹交，遂以間夏。"則知伊尹之入夏，乃在爲湯行反間計。）此知天命之鉗，故歸之不疑也。（陶弘景曰：以天命繫於殷湯、文王，故二臣歸二主，不疑也。尹桐陽曰：天命鉗繫於湯、文。）（《新編諸子集成續編》本，中華書局，2008年）

楊伯峻《列子集釋》卷一《天瑞》：

思士不妻而感，思女不夫而孕。后稷生乎巨迹，伊尹生乎空桑。（《傳記》曰：伊尹母居伊水之上，既孕，夢有神告之曰："臼水出而東走，無顧！"明日視臼出水，告其鄰，東走，十里而顧，其邑盡爲水，身因化爲空桑。有莘氏女子采桑，得嬰兒於空桑之中，故命之曰伊尹，而獻其君。令庖人養之。長而賢，爲殷湯相。）……（《新編諸子集成》本，中華書局，1979年）

朱熹《四書章句集注·孟子集注》卷九《萬章章句上》：

萬章問曰："人有言'伊尹以割烹要湯'有諸？"（按《史記》"伊尹欲行道以致君而無由，乃爲有莘氏之媵臣，負鼎俎以滋味説湯，致於王道"。蓋戰國時有爲此説者。）孟子曰："否，不然。伊尹耕於有莘之野，而樂堯、舜之道焉。非其義也，非其道也，禄之以天下，弗顧也；繫馬千駟，弗視也。非其義也，非其道也，一介不以與人，一介不以取諸人。湯使人以幣聘之，囂囂然曰：'我何以湯之聘幣爲哉？我豈若處畎畝之中，由是以樂堯舜之道哉？'湯三使往聘之，既而翻然改曰：'與我處畎畝之中，由是以樂堯、舜之道，吾豈若使是君爲堯、舜之君哉？吾豈若使是民爲堯舜之民哉？吾豈若於吾身親見之哉？天之生此民也，使先知覺後知，使先覺覺後覺也。予，天民之先覺者也；予將以斯道覺斯民也。非予覺之，而誰也？'思天下之民匹夫匹婦有不被堯、舜之澤者，若己推而内之溝中。其自任以天下之重如此，故就湯而説之以伐夏救民。（《書》曰："昔先正保衡作我先王，曰'予弗克俾厥後爲堯舜，其心愧耻，若撻於市'。一夫不獲，則曰'時予之辜'。"孟子之言蓋取諸此。是時夏桀無道，暴虐其民，故欲使湯伐夏以救之。徐氏曰："伊尹樂堯、舜之道。堯、舜揖遜，而伊尹説湯以伐夏者，時之不同，義則一也。"）吾未聞枉己而正人者也，况辱己以正天下者乎？聖人之行不同也，或遠或近，或去或不去，歸潔其身而已矣。（辱己甚於枉己，正天下難於正人。若伊尹以割烹要湯，辱己甚矣，何以正天下乎？遠，謂隱遁也。近，謂仕近君也。言聖人之行雖不必同，然其要歸，在潔其身而已。伊尹豈肯以割烹要湯哉？）吾聞其以堯、舜之道要湯，未聞以割烹也。《伊訓》曰：'天誅造攻自牧宫，朕載自亳。'"（《新編諸子集成》本，中華書局，1983年）

郭象注，成玄英疏《莊子注疏》卷九《讓王》：

湯將伐桀，因卞隨而謀，卞隨曰："非吾事也。"湯曰："孰可？"曰："吾不知也。"湯又因務光而謀，務光曰："非吾事也。"湯曰："孰可？"曰："吾不知也。"湯曰："伊尹何如？"曰："强力忍垢，吾不知其他也。"（疏……姓伊名尹，字贄，佐世之賢人也。忍，耐也。垢，耻辱也。既欲阻兵，必須强力之士；方將弑主，亦藉耐羞之人。他外之能，吾不知也。）湯遂與伊尹謀伐桀，克之。以讓卞隨，卞隨辭曰：“后之伐桀也謀乎我，必以我爲賊也；勝桀而讓我，必〔以〕我爲貪也。吾生乎亂世，而無道之人再來漫我以其辱行，吾不忍數聞也！”乃自投稠水而死。湯又讓務光，曰：“知者謀之，武者遂之，仁者居之，古之道也。吾子胡不立乎？”務光辭曰：“廢上，非義也；殺民，非仁也；人犯其難，我享其利，非廉也。吾聞之曰：非其義者，不受其禄；無道之世，不踐其土。況尊我乎！吾不忍久見也。”乃負石而自沉於廬水。（中華書局，2011年）

洪興祖《楚辭補注》卷三《天問章句》：

緣鵠飾玉，后帝是饗。（后帝，謂殷湯也。言伊尹始仕，因緣烹鵠鳥之羹，修玉鼎，以事於湯。湯賢之，遂以爲相也。補曰：《史記》：阿衡欲干湯而無由，乃爲有莘氏媵臣，負鼎俎，以滋味説湯，致於王道。《淮南》云：伊尹憂天下之不治，調和五味，負鼎俎而行。注云：負鼎俎，調五味，欲其調陰陽，行其道。《孟子》云：吾聞以堯、舜之道要湯，未聞割烹也。伊尹負鼎干湯，猶太公屠釣之類，於傳有之。孟子不以爲然者，慮後世貪鄙之徒，托此以自進耳。若謂初無負鼎之説，則古書皆不可信乎？）何承謀夏桀，終以滅喪？（言湯遂承用伊尹之謀，而伐夏桀，終以滅亡也。一無“夏”字。喪，一作□。補曰：此言伊尹承事湯以謀夏桀也。喪，去聲。）帝乃降觀，下逢伊摯。（帝，謂湯也。摯，伊尹名也。言湯出觀風俗，乃憂下民，博選於衆，而逢伊尹，舉以爲相也。乃，一作力，注同。）何條放致罰，而黎服大説？（條，鳴條也。黎，衆也。説，喜也。言湯行天之罰，以誅於桀，放之鳴條之野，天下衆民大喜悦也。服，一作伏。補曰：《書》云：伊尹相湯伐桀，遂與桀戰於鳴條之野。又曰：造攻自鳴條，朕載自亳。注云：鳴條在安邑之西。《史記》：桀敗於有娀之虚，奔於鳴條。此言條放者，自鳴條放之也。致罰者，《湯誥》所謂致天之罰也。黎，謂群黎百姓也。湯以臣放君，而黎民説服者，代虐以寛故也。《天對》云：條罰巢放，民用潰厥疣，以夷於膚，夫曷不謠？）……

成湯東巡，有莘爰極。（有莘，國名。爰，於也。極，至也。言湯東巡狩，至有莘國，以爲婚姻也。）何乞彼小臣，而吉妃是得？（小臣謂伊尹也。言湯東巡狩，從有莘氏乞匄伊尹，因得吉善之妃，以爲内輔也。補曰：《孟子》曰：伊尹耕於有莘之野，湯三使往聘之。《史記》曰：阿衡欲干湯而無由，乃爲有莘氏媵臣。《列女傳》云：湯妃，有莘氏之女，明而有序。《左傳》以后稷之妃爲吉人，與此吉妃同意。）水濱之木，得彼小子。夫何惡之，媵有莘之婦？（小子，謂伊尹。媵，送也。言伊尹母妊身，夢神女告之曰：“臼竈生蛙，亟去無顧。”居無幾何，臼竈中生蛙，母去東走，顧視其邑，盡爲大水，母因溺死，化爲空桑之木。水乾之後，有小兒啼水涯，人取養之。既長大，有殊才。有莘惡伊尹從木中出，因以送女也。一無“彼”字。補曰：濱，水際也，送女從嫁曰媵。《列子》曰：伊尹生乎空桑。注云：伊尹母居伊水之上，既孕，夢有神告之曰：“臼水出而東走，無顧。”明日，視臼出水，告其鄰，東走十里，而顧視其邑，盡爲水，身因化爲空桑。有莘氏女子采桑，得嬰兒於空桑之中，故命之曰伊尹，而獻其君，令庖人養之。長而賢，爲殷湯相。）湯出重泉，夫何罪尤？不勝心伐帝，夫誰使挑之？（中華書局，1983年）

王先慎《韓非子集解》卷一《難言》：

上古有湯至聖也，伊尹至智也。夫至智説至聖，然且七十説而不受，身執鼎俎爲庖宰，昵近習親，而湯乃僅知其賢而用之。故曰：以至智説至聖未必至而見受，伊尹説湯是也；以智説愚必不聽，文王説紂是也。

同上，卷四《説難》：

伊尹爲宰，百里奚爲虜，皆所以干其上也。此二人者，皆聖人也，然猶不能無役身以進，如此其污也。今以吾言爲宰虜，而可以聽用而振世，此非能仕之所耻也。

同上，卷十五《難一》：

……故伊尹以中國爲亂，道爲宰於湯；百里奚以秦爲亂，道爲虜於穆公。皆憂天下之害，趨一國之患，不辭卑辱，故謂之仁義。

同上，《難二》：

伊尹自以爲宰干湯，百里奚自以爲虜干穆公。虜，所辱也；宰，所羞也。蒙羞辱而接君上，賢者之憂世急也。（《新編諸子集成》本，中華書局，1998年）

許維遹《吕氏春秋集釋》卷二仲春紀第二《當染》：

非獨染絲然也，國亦有染。舜染於許由、伯陽，禹染於皋陶、伯益，湯染於伊尹、仲虺，（湯，契後十二世孫王癸之子也，名天乙。伊尹湯相，《詩》云：“實惟阿衡，實左右商王。”仲虺居薛，爲湯之左相，皆賢德也。孟子曰王者師臣也。）武王染於太公望、周公旦。此四王者所染當，故王天下，立爲天子，功名蔽天地，舉天下之仁義顯人必稱此四王者。

同上，卷三季春紀第三《先己》：

湯問於伊尹曰：“欲取天下若何？”伊尹對曰：“欲取天下，天下不可取。可取，身將先取。”

同上，卷四孟夏紀第四《尊師》：

……湯師小臣。（小臣謂伊尹。李慈銘曰：“注‘小臣謂伊尹’，《新序》引《吕子》同。予謂以伊尹謂小臣，已不甚辭，而《吕氏》此處所舉十聖六賢之師皆人名，何伊尹獨以小臣稱？疑‘小’當是‘卞’字之誤，‘卞臣’即卞隨耳，臣有隨義，音亦通轉。湯師卞隨，正與上文堯師子州支父、舜師許由一例。《墨子·尚賢下篇》有‘湯有小臣’語，然其《中篇》曰‘伊摯，有莘氏女之私臣’，《下篇》又曰‘伊尹爲莘氏女師僕’，皆以伊尹與舜及傅説并言。此處湯有小臣，則與禹有臯陶、武王有太顛、閎夭、南宫括、散宜生并言，則小臣亦是誤字，未必指伊尹也。《楚辭·天問》‘成湯東巡，有莘爰極，何乞彼小臣，而吉妃是得’，王逸注‘小臣謂伊尹’，此言伊尹本爲有莘之小臣耳。高誘蓋因此而附會。”維遹案：古書多稱伊尹爲“小臣”，《齊侯鎛鐘》云：“伊小臣者，伊尹也。”雖《離俗篇》有湯伐桀，“因卞隨而謀之”之語，李説終難定耳。）

同上，卷十四孝行覽第二《本味》：

有侁氏女子采桑，得嬰兒於空桑之中，獻之其君。其君令烰人養之，察其所以然，曰：“其母居伊水之上，孕，夢有神告之曰：‘臼出水而東走，毋顧。’明日，視臼出水，告其鄰，東走十里，而顧，其邑盡爲水，身因化爲空桑。”故命之曰伊尹。此伊尹生空桑之故也。長而賢。湯聞伊尹，使人請之有侁氏。有侁氏不可。伊尹亦欲歸湯，湯於是請取婦爲婚。有侁氏喜，以伊尹媵女。故賢主之求有道之士無不以也，有道之士求賢主無不行也，相得然後樂。不謀而親，不約而信，相爲殫智竭力，犯危行苦，志歡樂之，此功名所以大成也固不獨。士有孤而自恃，人主有奮而好獨者，則名號必廢熄，社稷必危殆。故黄帝立四面，堯、舜得伯陽、續耳然後成，凡賢人之德有以知之也。

湯得伊尹，祓之於廟，爝以爟火，衅以犧猳。明日，設朝而見之。説湯以至味。（梁玉繩曰：“《漢·藝文志》小説家有《伊尹説》二十七篇。《史·司馬相如傳》索隱稱應劭引伊尹書，《説文》櫨字、秏字注亦引伊尹之言，豈《本味》一篇出於《伊尹説》歟？然孟堅謂：‘其語淺薄，似依托也。’”）湯曰：“可對而爲乎？”對曰：“君之國小，不足以具之，爲天子然後可具。夫三群之蟲，水居者腥，肉玃者臊，草食者羶，臭惡猶美，皆有所以。凡味之本，水最爲始。五味三材，九沸九變，火爲之紀。時疾時徐，滅腥去臊除羶，必以其勝，無失其理。調和之事，必以甘酸苦辛鹹，先後多少，其齊甚微，皆有自起。鼎中之變，精妙微纖，口弗能言，志不能喻，若射御之微，陰陽之化，四時之數。故久而不弊，熟而不爛，甘而不噥，酸而不酷，鹹而不減，辛而不烈，澹而不薄，肥而不膑。肉之美者：猩猩之唇，貛貛之炙，隽觾之翠，述蕩之掔，旄象之約。流沙之西，丹山之南，有鳳之丸，沃民所食。魚之美者：洞庭之鱄，東海之鮞，醴水之魚，名曰朱鱉，六足，有珠百碧。藿水之魚，名曰鰩，其狀若鯉而有翼，常從西海夜飛游於東海。菜之美者：昆侖之蘋，壽木之華。指姑之東，中容之國，有赤木、玄木之葉焉。餘瞀之南，南極之崖，有菜，其名曰嘉樹，其色若碧。陽華之芸。雲夢之芹。具區之菁。浸淵之草，名曰土英。和之美者：陽樸之薑，招摇之桂，越駱之菌，鱣鮪之醢，大夏之鹽。宰揭之露，其色如玉。長澤之卵。飯之美者：玄山之禾，不周之粟，陽山之穄，南海之秬。水之美者：三危之露，昆侖之井。沮江之丘，名曰摇水。曰山之水。高泉之山，其上有涌泉焉，冀州之原。果之美者：沙棠之實。常山之北，投淵之上，有百果焉，群帝所食。箕山之東，青鳥之所，有甘櫨焉。江浦之橘，雲夢之柚，漢上石耳。所以致之，馬之美者，青龍之匹，遺風之乘。非先爲天子，不可得而具。天子不可强爲，必先知道。道者，止彼在己，己成而天子成，天子成則至味具。故審近所以知遠也，成己所以成人也。聖人之道要矣，豈越越多業哉！”

同上，卷十五慎大覽第三《慎大》：

桀爲無道，暴戾頑貪，天下顫恐而患之，言者不同，紛紛分分，其情難得。干辛任威，凌轢諸侯，以及兆民，賢良鬱怨。殺彼龍逢，以服群凶，衆庶泯泯，皆有遠志，莫敢直言，其生若驚。大臣同患，弗周而畔。桀愈自賢，矜過善非，主道重塞，國人大崩。湯乃惕懼，憂天下之不寧，欲令伊尹往視曠夏，恐其不信，湯由親自射伊尹。伊尹奔夏三年，反報於亳，曰：“桀迷惑於末嬉，好彼琬琰，不恤其衆，衆志不堪，上下相疾，民心積怨，皆曰：‘上天弗恤，夏命其卒。’”湯謂伊尹曰：“若告我曠夏盡如詩。”湯與伊尹盟，以示必滅夏。伊尹又復往視曠夏，聽於末嬉。末嬉言曰：“今昔天子夢西方有日，東方有日，兩日相與鬥，西方日勝，東方日不勝。”伊尹以告湯。商涸旱，湯猶發師，以信伊尹之盟，故令師從東方出於國，西以進。未接刃而桀走，逐之至大沙，身體離散，爲天下戮。不可正諫，雖後悔之，將可奈何？湯立爲天子，夏民大説，如得慈親，朝不易位，農不去疇，商不變肆，親郼如夏。此之謂至公，此之謂至安，此之謂至信。盡行伊尹之盟，不避旱殃，祖伊尹世世享商。

同上，卷十九離俗覽第七《離俗》：

湯將伐桀，因卞隨而謀，卞隨辭曰：“非吾事也。”湯曰：“孰可？”卞隨曰：“吾不知也。”湯又因務光而謀，務光曰：“非吾事也。”湯曰：“孰可？”

務光曰："吾不知也。"湯曰："伊尹何如？"務光曰："强力忍詬，吾不知其他也。"湯遂與伊尹謀夏伐桀，克之。（《新編諸子集成》本，中華書局，2009年）

王利器《新語校注》卷上《慎微》：

夫建大功於天下者必先修於閨門之内，垂大名於萬世者必先行之於纖微之事。是以伊尹負鼎，居於有莘之野，修道德於草廬之下，躬執農夫之作，意懷帝王之道，身在衡門之裏，志圖八極之表，故釋負鼎之志，爲天子之佐，克夏立商，誅逆征暴，除天下之患，辟殘賊之類，然後海内治，百姓寧。（《新編諸子集成》本，中華書局，1986 年）

許維遹校釋《韓詩外傳集釋》卷二《第二十二章》：

昔者桀爲酒池糟堤，縱靡靡之樂，一鼓而牛飲者三千人。群臣皆相持而歌，"江水沛兮，舟楫敗兮。我王廢兮，趣歸於亳，亳亦大兮。"又曰："樂兮樂兮，四牡驕兮，六轡沃兮。去不善兮從善，何不樂兮！"伊尹知大命之將至，（"至"舊作"去"。沈本、毛本、劉本亦作"去"，下同。元本、鍾本、黄本、楊本、程本作"至"，下同。又"大"字鍾本作"天"，下同。維遹案：本或作"至"，是，今據正，下同。《新序·刺奢篇》作"伊尹知天命之至"，《尚書大傳》作"吾大命格兮"，"格"與"至"同義。）舉觴告桀，曰："君王不聽臣言，大命至矣！亡無日矣！"桀拍然而抃，盍然而笑，曰："子又妖言矣。吾有天下，猶天之有日也。日有亡乎？日亡吾亦亡也。"於是伊尹接履而趨，遂適於湯，湯以爲相。可謂適彼樂土，爰得其所矣。《詩》曰："逝將去汝，適彼樂土。適彼樂土，爰得我所。"

同上，卷三《第二章》：

有殷之時，穀生湯之廷，三日而大拱。湯問伊尹曰："何物也？"對曰："穀樹也。"湯問："何爲而生於此？"伊尹曰："穀之出澤野物也，今生天子之庭，（趙懷玉云："庭"當作"廷"。）殆不吉也。"湯曰："奈何？"伊尹曰："臣聞妖者禍之先，祥者福之先。見妖而爲善，則禍不至，（維遹案："則禍"，元本、程本、趙本作"即禍"。）見祥而爲不善，則福不臻。"湯乃齋戒静處，夙興夜寐，吊死問疾，赦過賑窮，七日而穀亡。妖孽不見，國家其昌。（"其"字舊脱。元本、沈本亦無"其"字，鍾本、黄本、楊本、程本、劉本有"其"字，張本、毛本作"而國昌"。維遹案：本或有"其"字，是，今據補。）《詩》曰："畏天之威，于時保之。"（中華書局，1980年）

孫之騄輯《尚書大傳》卷二《商書》：

伊尹母孕，行汲水，化爲枯桑。其夫尋至水濱，見桑穴中有兒，乃收養之。

夏人飲酒，醉者持不醉者，不醉者持醉者，相和而歌曰："盍歸於亳，亳亦大矣。"故伊尹退而閑居，深聽樂聲，更曰："覺兮較兮，吾大命格兮。去不善而就善，何樂兮！"伊尹入告於桀（一作王）曰："大命之亡（一作去）有日矣。"桀啞笑曰："天之有日，猶吾之有民（一作人）。日有亡哉？日亡吾亦亡矣。"是以伊尹遂去夏適湯。

鄭玄曰：深聽樂聲，思其故也。是時伊尹仕桀。覺兮，謂先知者。較兮，謂直道者也。格，至也。吾，謂桀也。自比於天，言常在也。比於日，言去復來也。

伊尹相湯伐桀，戰於鳴條。（《春秋地名考》引《大傳》。）（《文淵閣四庫全書》本）

劉安《淮南子》卷十一《齊俗訓》：

……故伊尹之興土功也，修脛者使之蹠钁，强脊者使之負土，眇者使之準，傴者使之塗，各有所宜而人性齊矣。

同上，卷十三《氾論訓》：

夫百里奚之飯牛，伊尹之負鼎，（伊尹負鼎俎，調五味，以干湯，卒爲賢相。）太公之鼓刀，甯戚之商歌，其美有存焉者矣。衆人見其位之卑賤，事之污辱，而不知其大略，以爲不肖。及其爲天子三公，而立爲諸侯賢相，乃始信於異衆也。夫發於鼎俎之間，出於屠酤之肆，解於縲紲之中，興於牛頷之下，洗之以湯沐，祓之以爟火，立之於本朝之上，倚之於三公之位，内不慚於國家，外不愧於諸侯，符勢有以内合。

同上，卷十九《修務訓》：

若以布衣徒步之人觀之，則伊尹負鼎而干湯，吕望鼓刀而入周，伯里奚轉鬻，管仲束縛，孔子無黔突，墨子無暖席。是以聖人不高山，不廣河，蒙恥辱以干世主，非以貪禄慕位，欲事起天下利而除萬民之害。

同上，卷二十《泰族訓》：

伊尹憂天下之不治，調和五味，負鼎俎而行，（伊尹七十説湯而不用，於是負鼎俎，調五味，僅然後得用。）五就桀，五就湯，將欲以濁爲清，以危爲寧也。……當今之世，醜必托於善以自爲解，邪必蒙正以自爲辟，游不論國，仕不擇官，行不辟污，曰伊尹之道也……此使君子小人，紛擾淆亂，莫知其是非者也。（河南大學出版社，2010年）

司馬遷撰，裴駰集解，司馬貞索隱，張守節正義《史記》卷三《殷本紀》：

湯征諸侯。葛伯不祀，湯始伐之。湯曰："予有言：人視水見形，視民知治不。"伊尹曰："明哉！言能聽，道乃進。君國子民，爲善者皆在王官。勉哉，勉哉！"湯曰："汝不能敬命，予大罰殛之，無有攸赦。"作《湯征》。

伊尹名阿衡。（《索隱》：《孫子兵書》："伊尹名摯。"孔安國亦曰"伊摯"。然解者以阿衡爲官名。按：阿，倚也；衡，平也。言依倚而取平。《書》曰"惟嗣王弗惠於阿衡"，亦曰保衡，皆伊尹之官號，非名也。皇甫謐云："伊尹，力牧之後，生於空桑。"又《吕氏春秋》云："有侁氏女采桑，得嬰兒於空桑。母居伊水，命曰伊尹。"尹，正也，謂湯使之正天下。）阿衡欲奸湯而無由，乃爲有莘氏媵臣，（《集解》：《列女傳》曰："湯妃有莘氏之女。"《正義》：《括地志》云："古莘國，在汴州陳留縣東五里，故莘城是也。"《陳留風俗傳》云："陳留外黄有莘昌亭，本宋地，莘氏邑也。"媵，翊剩反。《爾雅》云："媵，將，送也。"）負鼎俎，以滋味説湯，致於王道。或曰，伊尹處士，湯使人聘迎之，五反然後肯往從湯，言素王及九主之事。（《集解》：劉向《别録》曰："九主者，有法君、專君、授君、勞君、等君、寄君、破君、國君、三歲社君，凡九品，圖畫其形。"《索隱》：按素王者太素上皇，其道質素，故稱素王。九主者，三皇、五帝及夏禹也。或曰，九主謂九皇也。然按注劉向所稱九主，載之《七録》，名稱甚奇，不知所憑據耳。法君，謂用法嚴急之君，若秦孝公及始皇等也。勞君，謂勤勞天下，若禹、稷等也。等君，等者平也，謂定等威，均禄賞，若高祖封功臣，侯雍齒也。授君，謂人君不能自理，而政歸其臣，若燕王噲授子之，禹授益之比也。專君，謂專己獨斷，不任賢臣，若漢宣之比也。破君，謂輕敵致寇，國滅君死，若楚戊、吴濞等是也。寄君，謂人困於下，主驕於上，離析可待，故孟軻謂之"寄君"也。國君，"國"當爲"固"字之訛耳。固，謂完城郭，利甲兵，而不修德，若三苗、智伯之類也。三歲社君，謂在繦褓而主社稷，若周成王、漢昭、平等是也。又注本九主，謂法君、勞君、等君、專君、授君、破君、國君，以三歲社君爲二，恐非。）湯舉任以國政。伊尹去湯適夏。既醜有夏，復歸於亳。入自北門，遇女鳩、女房，作《女鳩》《女房》。（《集解》：孔安國曰："鳩、房二人，湯之賢臣也。二篇言所以醜夏而還之意也。"）

湯崩，太子太丁未立而卒，於是乃立太丁之弟外丙，是爲帝外丙。帝外丙即位三年，崩，立外丙之弟中壬，是爲帝中壬。帝中壬即位四年，崩，伊尹乃立太丁之子太甲。太甲，成湯適長孫也，是爲帝太甲。帝太甲元年，伊尹作《伊訓》，作《肆命》，作《徂后》。

帝太甲既立三年，不明，暴虐，不遵湯法，亂德，於是伊尹放之於桐宫。三年，伊尹攝行政當國，以朝諸侯。

帝太甲居桐宫三年，悔過自責，反善，於是伊尹乃迎帝太甲而授之政。帝太甲修德，諸侯咸歸殷，百姓以寧。伊尹嘉之，乃作《太甲訓》三篇，褒帝太甲，稱太宗。

太宗崩，子沃丁立。帝沃丁之時，伊尹卒。既葬伊尹於亳，（《集解》：《皇覽》："伊尹冢在濟陰己氏平利鄉，亳近己氏。"《正義》：《括地志》云："伊尹墓在洛州偃師縣西北八里。又云宋州楚丘縣西北十五里有伊尹墓，恐非也。"《帝王世紀》："伊尹名摯，爲湯相，號阿衡，年百歲卒，大霧三日，沃丁以天子禮葬之。"）咎單遂訓伊尹事，作《沃丁》。

……（《索隱》：述贊曰：……玄王啓商，伊尹負俎。上開三面，下獻九主。……）

同上，卷一百十七《司馬相如列傳》：

"於是乎盧橘夏孰，（《索隱》：應劭曰："《伊尹書》曰'果之美者，箕山之東，青鳥之所，有盧橘，夏孰'。"）黄甘橙楱，枇杷橪柹，楟柰厚朴，梬棗楊梅，櫻桃蒲陶，隱夫薁棣，榙㯬荔枝，羅乎後宫，列乎北園。……"（中華書局，1999年）

劉向撰，向宗魯校證《説苑校證》卷一《君道》：

湯問伊尹曰："三公、九卿、二十七大夫、八十一元士，知之有道乎？"伊尹對曰："昔者，堯見人而知，舜任人然後知，禹以成功舉之。夫三君之舉賢，皆異道而成功，然尚有失者，況無法度而任己直意用人，必大失矣。故君使臣自貢其能，則萬一之不失矣。"（《漢志》道家《伊尹》五十一篇，小説家《伊尹》二十七篇。馬國翰以此爲《伊尹書》佚文。）

同上，卷二《臣術》：

湯問伊尹曰："三公、九卿、大夫、列士，其相去何如？"伊尹對曰："三公者，知通於大道，應變而不窮，辯於萬物之情，（《治要》"辯"作"辨"。）通於天道者也。其言足以調陰陽，正四時，節風雨，（《御覽》二百六引李固《奏記》曰："湯問伊尹：'公卿大夫，其相去如何？'伊尹對曰：'三公智通大道，應變不窮者也，其言足以調陰陽，正四時，節風雨，非大罪不遜位。'即用此文。"）如是者舉以爲三公，故三公之事，常在於道也。九卿者，不失四時，通溝渠，（"通"下舊有"於"字，案文例不當有，涉上"通於大道"而衍，《書鈔》五十九兩引皆無"於"字，今據删，《世紀》亦無"於"字。）修堤防，樹五穀，通於地理者也。能通不能通，能利不能利，如此者，舉以爲九卿，故九卿之事，常在於德也。大夫者，出入與民同衆，（關曰：“‘衆’疑‘樂’之誤。”承周案：《世紀》“衆”作“象”。）取去與民同利，通於人事，行猶舉繩，不傷於言，言足法於世，不害於身，通於關梁，實於府庫。如是者，舉以爲大夫，故大夫之事，常在於仁也。列士者，知義而不失其心，事功而不獨專其賞，忠政强諫，而無有奸詐，去私立公，而言有法度。如是者，舉以爲列士，故列士之事，常在於義也。故道、德、仁、義定而天下正，凡此四者，明王臣而不臣。”湯曰：“何謂臣而不臣？”伊尹對曰：“君之所不名臣者四：諸父臣而不名，諸兄臣而不名，先王之臣臣而不名，盛德之士臣而不名，是謂大順也。”（案《孝經鈎命决》云：“王者所常不臣者三：謂二王之後，妻之父母，夷、狄之君。”又云：“暫所不臣者五：謂師也，三老也，五更也，祭尸也，大將軍也。”《白虎通・王者不臣篇》説略同，皆與此異。《禮・喪服》大功章傳曰：“始封之君不臣諸父昆弟，封君不臣諸父而臣昆弟，封君之孫盡臣諸父昆弟。”則專爲諸侯初封者言，亦非此所説。惟《白虎通・封公侯篇》、《公羊》桓四年注、五不名之説，與此合，皆《公羊》家言，此獨逸上大夫，疑亦有脱誤。馬國翰以爲《伊尹書》佚文。）

湯問伊尹曰：（《世紀》“伊尹”作“伊摯”。）“古者所以立三公、九卿、大夫、列士者，何也？”伊尹對曰：“三公者，所以參王事也；九卿者，所以參三公也；大夫者，所以參九卿也；列士者，所以參大夫也。故參而有參，是謂事宗，事宗不失，外内若一。”（亦見《五行大義》二十二引《帝王世紀》。）（彼文此條在上條前。馬國翰以爲《伊尹書》佚文。）

同上，卷八《尊賢》：

鄒子説梁王曰：“伊尹故有莘氏之媵臣也，湯立以爲三公，天下之治太平。管仲故城陰之狗盗也，天下之庸夫也，齊桓公得之，以爲仲父。百里奚乞食於路，傳賣五羊之皮，秦穆公委之以政。甯戚故將車之人，叩轅行歌於康之衢，桓公任之以國。司馬喜髕腳於宋，而卒相中山。范雎折脅拉齒於魏，而後爲應侯。太公望，故老婦之出夫也，朝歌之屠佐也，棘津迎客之舍人也，年七十而相周，九十而封齊。故《詩》云：‘緜緜之葛，在於曠野，良工得之，以爲絺紵。良工不得，枯死於野。’以上七士者，不遇明君聖主，幾行乞丐，枯死於中野，譬猶緜緜之葛矣。”

同上，卷十三《權謀》：

湯欲伐桀。伊尹曰：“請阻乏貢職，以觀夏動。”［關曰：“‘乏’當作‘之’。《殷本紀》標注引此章作‘請阻之貢職，以觀其動’。”承周案：《御覽》四百五十引“乏”作“之”，（“之”猶“其”也。）而《類聚》十二、《御覽》八十三作“請且乏貢職，以觀夏動”。是舊有二本，義俱可通。今本則校者參定，故與諸引皆不合。］桀怒，起九夷之師以伐之。伊尹曰："未可！彼尚猶能起九夷之師，是罪在我也。"湯乃謝罪請服，復入貢職。明年，又不供貢職。桀怒，起九夷之師，九夷之師不起。伊尹曰："可矣！"湯乃興師伐而殘之，遷桀南巢氏焉。（中華書局，1987年）

劉向編著，石光瑛校釋《新序校釋》卷六《刺奢》：

桀作瑶臺，罷民力，（罷與疲同。《説文·网部》："罷，遣有罪也。從网能，言有賢能而入网，而貰遣之。《周禮》曰議能之辟。"是也。又《疒部》："疲，勞也，從疒，皮聲。"二義判然不同，經傳多假罷爲疲。）殫民財。爲酒池糟堤，（以酒爲池，以糟爲堤。）縱靡靡之樂，（靡靡，曼聲。）一鼓而牛飲者三千人。（一鼓，以鼓爲節也。如牛之飲然，縱酒無度。《外傳》二無"一鼓"二字及"人"字，非是，當依本書補入。）群臣相持歌曰：（《尚書大傳·湯誓》云："夏人飲酒，醉者持不醉者，不醉者持醉者，相和而歌。"《外傳》作"群臣皆相持而歌"，無"曰"字。）"江水沛沛兮，舟楫敗兮，我王廢兮，趣歸薄兮，薄亦大兮。"又曰："樂兮樂兮，四牡蹻兮，六轡沃兮，去不善而從善，何不樂兮？"伊尹知天命之去，（"天命"，《大傳》《外傳》作"大命"。"去"，宋本、嘉靖本作"至"，《通鑒前編》引同，《外傳》作"將至"。趙校云："林本作'去'，下文'大命至矣'句同。"案：下句本書所無，然依文誼言，此時伊尹在桀，自桀言之，則當作"去"爲是。《外傳》"大命去矣"句，尤不當作"至"。大命去，即《蕩》詩所謂"大命以傾"也，作"至"字無理。《大傳》云"大命之亡有日矣"，可以爲證。若謂"至"是指湯，則告桀而言大命在湯，且以至爲内辭，尤不入情。今從衆本。）舉觴而告桀曰："君王不聽臣之言，亡無日矣。"（無日，不可以日計，喻其速也。《大傳》作"大命之亡有日矣"，謂隨日而至，其意亦同。《外傳》無"之"字，中多"大命去矣"句。）桀拍然而作，（《大傳》作"憪然嘆"，《外傳》作"拍然而抃"，俗本"拍"又訛"相"，當依本書校正，"抃"亦形近之誤。）啞然而笑曰：（"啞"，《外傳》作"嗑"，俗本作"盍"，亦形近之誤。）"子何妖言，（妖言，妖妄之言。《外傳》作"子又妖言矣"。）吾有天下，如天之有日也。（《外傳》"如"作"猶"。）日有亡乎，（四字各本皆奪，據《通鑒前編》引補。《大傳》"乎"作"哉"。《外傳》亦有此四字。）日亡吾亦亡矣。"（《御覽》一百七十七作"伊尹諫之，桀曰：吾有天下，猶天之有日，日亡乎，吾亡矣"。）於是伊尹接履而趣，（"伊尹"二字各本并奪，《通鑒前編》引亦無之，依文義似不可省，今據《外傳》補。接讀爲戢，斂也，謂急於去，不及内履也。……一曰，接履謂前後步履相接，喻行之速，非是。趣讀爲趨，二字通用，《外傳》正作"趨"。）遂適湯，湯立爲相。［顧炎武謂古無相之官名，惠棟、俞樾均主其説。皮氏錫瑞謂古云相某君，是虚字，不以爲官。古文《尚書》“爰立作相”，誤沿漢制而不覺。《左傳》“仲虺爲湯左相”，亦可疑。案：《左氏襄二十五年傳》：“崔杼立（景公）而相之，慶封爲左相。”是明明有相之名矣。……古總百官爲之長者謂冢宰。相之本誼，當爲瞽者執持之杖，其字從目從木，會意。（《説文·目部》：相，省視也。蓋已不得其義。）瞽者恃杖以爲助，故引申爲瞽相義，又引申爲一切助導之義。臣之助君稱相，義即取此，連稱之則爲宰相。其訓省視者，瞽不能視物，相反爲訓之例也。《史記·孔子世家》：“孔子爲魯司寇，攝行相事。”曰攝事，則必有實職，不得泛作贊助解。《公羊隱五年傳》曰：“天子三公者何？天子之相也。”尤足證相之名不始於漢。《尚書·顧命》“伯相命士須材”，《正義》：“召公爲二伯，相王室，故曰伯相。”相之稱古矣，謂沿秦稱猶不可，况云漢制。不思丞相之名，明見《始皇紀》及《李斯傳》耶。皮氏經生，疏於史學，不可以據。《外傳》作“遂適於湯，湯以爲相”。］故伊尹去夏入殷，（“夏”，宋本作“官”。盧文弨曰：“《大傳》作夏。”案：《通鑒前編》引《新序》亦作“夏”，是舊本如此，作“官”者誤。子政《進荀子表》引亦作“夏”，今從衆本。《外傳》無此二句，“爲相”下即接云“可謂適彼樂土，爰得其所矣”。《詩》曰：“逝將去女，適彼樂土。適彼樂土，爰得我所。”與本書異。）殷王而夏亡。（中華書局，2001年）

劉向集録，范祥雍箋證《戰國策箋證》卷十七《楚四·客説春申君曰》：

……客又説春申君曰：“昔伊尹去夏入殷，殷王而夏亡。管仲去魯入齊，魯弱而齊强。夫賢者之所在，其君未嘗不尊，國未嘗不榮也。今孫子，天下賢人也，君何辭之？”春申君又曰：“善。”於是使人請孫子於趙。

同上，《楚考烈王無子》：

春申君相楚二十五年，考烈王病。朱英謂春申君曰：“世有無妄之福，又有無妄之禍。今君處無妄之世，以事無妄之主，安不有無妄之人乎？”春申君曰：“何謂無妄之福？”曰：“君相楚二十餘年矣，雖名爲相國，實楚王也。五子皆相諸侯，今王疾甚，旦暮且崩，太子衰弱，疾而不起，而君相少主，因而代立當國，如伊尹、周公。王長而反政，不即遂南面稱孤，因而有楚國。此所謂無妄之福也。”……

同上，卷二十一《趙四·馮忌請見趙王》：

昔者堯見舜於草茅之中，席隴畝而蔭庇桑，陰移而授天下。伊尹負鼎俎而干湯，姓名未著而授三公。使夫交淺者不可以深談，則天下不傳而三公不得也。

同上，卷三十《燕二・蘇代爲奉陽君説燕》：

蘇代爲奉陽君説燕於趙以伐齊……因之燕，謂昭王曰："……堯、舜之賢而死，禹、湯之知而死，孟賁之勇而死，烏獲之力而死，生之物固有不死者乎？在必然之物，以成所欲，王何疑焉？臣以爲不若逃而去之。……故臣雖爲之不累燕，又不欲王。伊尹再逃湯而之桀，再逃桀而之湯，果與鳴條之戰，而以湯爲天子。……"（上海古籍出版社，2006年）

黄暉《論衡校釋》卷一《逢遇篇》：

伍員、帛喜（宜讀作"伯嚭"字），俱事夫差，帛喜尊重，伍員誅死。此異操而同主也。或操同而主異，亦有遇不遇，伊尹、箕子是也。伊尹、箕子，才俱也，伊尹爲相，箕子爲奴；伊尹遇成湯，箕子遇商紂也。夫以賢事賢君，君欲爲治，臣以賢才輔之，趨捨偶合，其遇固宜；以賢事惡君，君不欲爲治，臣以忠行佐之，操志乖忤，不遇固宜。

同上，卷二《吉驗篇》：

伊尹且生之時，其母夢人謂己曰："臼出水，疾東走，毋顧！"（"毋"舊作"母"。楊曰："母"當作"毋"，程本作"母"誤。暉按：楊説是也。各本誤同，朱校元本字正作"毋"。《吕氏春秋・本味篇》作"毋顧"。《楚辭・天問》王注、《列子・天瑞篇》注并作"無顧"。今據正。）明旦，視臼出水，即東走十里。（楊曰："即"，坊本訛作"既"。暉按：各本并誤，朱校元本、天啓本作"即"。）顧其鄉，皆爲水矣。伊尹命不當没，故其母感夢而走，推此以論，歷陽之都，其策命若伊尹之類，必有先時感動在他地之效。

同上，卷三《偶會篇》：

夏殷之朝適窮，桀、紂之惡適稔；商周之數適起，湯、武之德適豐。關龍逢殺，箕子、比干囚死，當桀、紂惡盛之時，亦二子命訖之期也。任伊尹之言，納吕望之議，湯、武且興之會，亦二臣當用之際也。人臣命有吉凶，賢不肖之主與之相逢。文玉時當昌，吕望命當貴；高宗治當平，傅説德當遂。非文王、高宗爲二臣生，吕望、傅説爲兩君出也。君明臣賢，光曜相察，上修下治，度數相得。（度數，謂天之曆數。相得，猶言相中、相合也。漢人常語。下"相得"同。）

同上，卷十八《感類篇》：

難之曰："伊尹相湯伐夏，爲民興利除害，致天下太平。湯死，復相大甲。大甲佚豫，放之桐宫，攝政三年，乃退復位。[（《孟子・萬章上》："伊尹相湯，以王於天下。湯崩，太丁未立，外丙二年，仲壬四年，太甲顛覆湯之典刑，伊尹放之於桐。三年，太甲悔過，自怨自艾，於桐處仁遷義，三年，以聽伊尹之訓己也，復歸於亳。”鄭曰：（《史殷紀集解》。）“桐，地名也。有王離宫焉。”史公亦云：“桐宫。”并與仲壬合。僞孔以爲湯葬地，非也。］周公曰：‘伊尹格於皇天。’（見《尚書·君奭》。格，至也。孫星衍曰：“湯得伊尹輔佐，成功，升配於天。”按：漢儒并謂伊尹也，《孔彪碑》云：“伊尹之體，格於皇天。”《漢書·王莽傳》：“伊尹、周公咸有聖德，假於皇天。”可證。孫説非。江聲謂“升封於天”，亦非。謂伊尹功德升格皇天也。）天所宜彰也。伊尹死時，天何以不爲雷雨？”應曰：“以《百雨（兩）篇》曰：（先孫曰:“百雨”當作“百兩”。《漢書·儒林傳》云：“世所傳《百兩篇》者，出東萊張霸，分析二十九篇以爲數十。又采《左氏傳》《書叙》爲作首尾，凡百二篇。”）‘伊尹死，大霧三日。’”大霧三日，亂氣矣，非天怒之變也。

同上，卷二十一《死僞篇》：

齊景公將伐宋，師過太山，公夢二丈人立而怒甚盛。公告晏子，晏子曰：“是宋之先，湯與伊尹也。”公疑以爲泰山神。晏子曰：“公疑之，則嬰請言湯、伊尹之狀。湯皙，以（而）長頤（頭）以髯，［此文當作：“湯皙，（句。）而長頭以髯。”］鋭上而豐下，据（倨）身而揚聲。”公曰：“然！是已！”“伊尹黑而短，蓬（頭）而髯，（當作“蓬頭而髯”。若脱“頭”字，“蓬”字無所狀矣。《晏子·内篇諫上》今本亦脱“頭”字。《御覽》三七四、又三九九引《晏子》正作“蓬頭而髯”。此文蓋後人據誤本《晏子》妄删之。）豐上而鋭下，僂身而下聲。”公曰：“然，是已。今奈何？”晏子曰：“夫湯、太甲、武丁、祖乙，天下之盛君也，不宜無後。今唯宋耳，而公伐之，故湯、伊尹怒，請散師和於宋。”公不用，終伐宋，軍果敗。（《晏子春秋》曰：“景公不用，終伐宋。晏子曰：‘伐無罪之國，以怒明神。不易行以續蓄，進師以近過，非嬰所聞也。師若果進，軍必有殃。’軍進再合，鼓毁將殪。公乃辭乎晏子，散師，不果伐宋。”）夫湯、伊尹有知，惡景公之伐宋，故見夢盛怒以禁止之。景公不止，軍果不吉。

曰：夫景公亦曾夢見彗星，其時彗星不出，然而夢見之者，見彗星其實非。夢見湯、伊尹，實亦非也。或時景公軍敗不吉之象也。晏子信夢，明言湯、伊尹之形，景公順晏子之言，然而是之。秦并天下，絶伊尹之後，（“絶”字下當有“湯”字。）遂至於今湯、伊尹不祀，何以不怒乎！（舊本段。盼遂案：《漢書·成帝紀》：“綏和元年，詔封孔吉爲殷紹嘉侯。三月，進爵爲公。地百里。”司馬彪《續漢書·百官志》：“光武建武五年，封殷後孔安爲殷紹嘉公。十三年，改安爲宋公，以爲漢賓，在三公上。”是成湯之靈在兩漢未嘗放而不祀也。仲壬此言，殆失考矣。）

同上，卷二十六《知實篇》：

孟子又曰："非其君不事，非其民不使，治則進，亂則退，伯夷也。何事非君，何使非民，治亦進，亂亦進，伊尹也。可以仕則仕，可以已則已，可以久則久，可以速則速，孔子也。皆古之聖人也。"又曰："聖人，百世之師也，伯夷、柳下惠是也。故聞伯夷之風者，頑夫廉，懦夫有立志；聞柳下惠之風者，薄夫敦，鄙夫寬。奮乎百世之上，百世之下聞之者，莫不興起，非聖而若是乎？（"而"讀作"能"。）而況親炙之乎？"（見《孟子·盡心下篇》。"頑夫廉"，錢大昕謂當作"貪夫廉"。説見《率性篇》。）夫伊尹、伯夷、柳下惠不及孔子，而孟子皆曰"聖人"者，賢聖同類，可以共一稱也。宰予曰："以予觀於夫子，賢於堯、舜遠矣。"（見《孟子·公孫丑上篇》。）孔子聖，宜言"聖於堯、舜"，而言"賢"者，聖賢相出入，故其名稱相貿易也。（《新編諸子集成》本，中華書局，1990年）

班固撰，顔師古注《漢書》卷三十《藝文志·諸子略》道家：

《伊尹》五十一篇。（湯相。）

同上，小説家：

《伊尹説》二十七篇。（其語淺薄，似依托也。）（中華書局，1962年）

王符撰，汪繼培箋，彭鐸校正《潛夫論箋校正》卷一《贊學》：

天地所貴者人也，聖人之所尚者義也，德義之所成者智也，明智之所求者學問也。雖有至聖，不生而知；雖有至材，不生而能。故《志》曰：黄帝師風后，顓頊師老彭，帝嚳師祝融，堯師務成，舜師紀后，禹師墨如，湯師伊尹，文、武師姜尚，周公師庶秀，孔子師老聃。若此言之而信，則人不可以不就師矣。夫此十一君者，皆上聖也，猶待學問，其智乃博，其德乃碩，而况於凡人乎？

同上，卷五《實邊》：

伊尹之佐湯也，設輕重而通有無，損積餘以補不足，故殷治而君尊。（《新編諸子集成》）本，中華書局，1985年）

杜氏注，孔穎達疏《春秋左傳注疏》卷末附杜預《左傳後序》：

大康元年三月，吴寇始平，余自江陵還襄陽，解甲休兵，乃申杼舊意，修成

《春秋釋例》及《經傳集解》始訖。會汲郡汲縣有發其界内舊冢者，大得古書，皆簡編，科斗文字。發冢者不以爲意，往往散亂。科斗書久廢，推尋不能盡通。始者藏在秘府，余晚得見之。所記大凡七十五卷，多雜碎怪妄，不可訓知。

同上，孔穎達《正義》：

正義曰：王隱《晋書·束晳傳》云：大康元年，汲郡民盜發魏安釐王冢，得竹書漆字科斗之文。科斗文者，周時古文也。其字頭粗尾細，似科斗之蟲，故俗名之焉。大凡七十五卷，《晋書》有其目録。其六十八卷皆有名題，其七卷折簡碎雜不可名題。……《史記·魏世家》云：哀王二十三年卒，子昭王立。十九年卒，子安釐王立。哀王是安釐王之祖，故安釐王之冢藏哀王時之書。哀王二十一年，是赧王之十七年，并下秦、韓、趙、楚、燕、齊之年，皆《史記·六國年表》文也。竹書説伊尹傳之事與書序大乖，杜不見古文，唯以書序考正。疑伏生昏忘虚傳此事，又疑竹簡雜記未足取審。今據古文《尚書》説伊尹之事，與左氏符同，明是竹書不可盡信。杜以紀年記事大似《春秋》之經，知古之史官記事如此，爲其有益於左氏，令人知左氏不妄，故略記之以附集解之末。（《文淵閣四庫全書》本）

葛洪《抱朴子》卷七《良規》：

抱朴子曰："周公之攝王位，伊尹之黜太甲，霍光之廢昌邑，孫琳之退少帝，謂之捨道用權，以安社稷。然周公之放逐狼跋，流言載路；伊尹終於受戮，大霧三日；霍光幾於及身，家亦尋滅；孫綝桑蔭未移，首足異所。皆笑音未絶，而號咷已及矣。……"

同上，卷二十二《行品》：

抱朴子曰："……若令士之易別，如鷦鷯之與鴻鵠，狐兔之與龍麟者，則四凶不得官於堯朝，管、蔡不得幾危宗周，仲尼無澹臺之失，延陵無捐金之恨，伊尹無七十之勞，項羽無嫌范之悔矣。……"

同上，卷三十八《博喻》：

抱朴子曰："膚表或不可以論中，望貌或不可以核能。仲尼似喪家之狗，公旦類朴斫之材，咎繇面如蒙倛，伊尹形若槁骸，及龍陽、宋朝，猶土偶之冠夜光，藉孺、董、鄧，猶錦紈之裹塵埃也。"（《諸子集成》本，上海書店，1986年）

劉勰著，范文瀾注《文心雕龍注》卷四《諸子》：

……唯英才特達，則炳曜垂文，騰其姓氏，懸諸日月焉。昔風后、力牧、伊尹，咸其流也。篇述者，蓋上古遺語，而戰伐所記者也。

同上，《論説》：

説之善者，伊尹以論味隆殷，太公以辨釣興周。（人民文學出版社，1958年）

賈思勰《齊民要術》卷一《種穀》：

《氾勝之書》：《區種法》曰："湯有旱灾，伊尹作爲區田，教民糞種，負水澆稼。區田以糞氣爲美，非必須良田也。諸山陵近邑，高危傾阪，及邱城上，皆可爲區田。區田不耕旁地，庶盡地力。

"凡區種，不先治地，便荒地爲之。以畝爲率，令一畝之地，長十八丈，廣四丈八尺；當横分八十八丈，作十五町；町間分爲十四道，以通行人，道廣一尺五寸；町皆廣一尺五寸，長四丈八尺。尺直横鑿町作溝，溝一尺，深亦一尺。積壤於溝間，相去亦一尺。嘗悉以一尺地積壤，不相受令弘。作二尺地以積壤，種禾黍於溝間，夾溝爲兩行，去溝兩邊各二寸半，中央相去五寸，旁行相去亦五寸。一溝容四十四株，一畝合萬五千七百五十株。種禾麥，令上有一寸土，不可令過一寸，亦不可令減一寸。凡區種麥，令相去二寸一行，一溝容五十二株，一畝凡四萬五千五百五十株。麥上土，令厚二寸。凡區種大豆，令相去一尺二寸，一溝容九株，一畝凡六千四百八十株。（禾一斗有五萬一千餘粒，黍亦少此少許。大豆一斗一萬五千餘粒。）區種荏，令相去三尺，胡麻，相去一尺。區種天旱常溉之，一畝常收百斛。

"上農夫區方深各六寸，間相去九寸。一畝三千七百區。一日作千區。區種粟二十粒；美糞一升，合土和之。畝用種二升。秋收區别三升粟，畝收百斛。丁男長女治十畝。十畝收千石。歲食三十六石，支二十六年。中農夫區方七寸，深六寸，相去二尺。一畝千二十七區。用種一升。收粟五十一石。一日作三百區。下農夫區方九寸，深六寸，相去二尺。一畝五百六十七區。用種六升，收二十八石。一日作二百區。（諺曰："頃不比畝善。"謂多惡不如少善也。昔兖州刺史劉仁之老成懿德，謂余言曰："昔在洛陽，於宅田以七十步之地域爲區田，收粟三十六石。"然則一畝之收，有過百石矣。少地之家，所宜遵用也。）

"區中草生茇之，區間草以剗剗之。若以鋤鋤，苗長不能耘之者，以鉤鐮比地，刈其草矣。"（中華書局，1956年）

蕭統編，李善注《文選》卷三十四《七發》（枚叔）：

客曰："犓牛之腴，菜以筍蒲。肥狗之和，冒以山膚。楚苗之食，安胡之飰，摶之不解，一啜而散。於是使伊尹煎熬，易牙調和。熊蹯之臑，勺藥之醬。薄耆之炙，鮮鯉之鱠。秋黄之蘇，白露之茹。蘭英之酒，酌以滌口。山梁之餐，豢豹之胎。小飦大歠，如湯沃雪。此亦天下之至美也，太子能强起嘗之乎？”

同上，卷三十五《七命》（張景陽）：

大夫曰：“大梁之黍，瓊山之禾，唐稷播其根，農帝嘗其華。爾乃六禽殊珍，四膳異肴。窮海之錯，極陸之毛。伊公爨鼎，庖丁揮刀。（伊公，伊尹也。）味重九沸，和兼勺藥。晨鳧露鵠，霜鷄黄雀。圓案星亂，方丈華錯。封熊之蹯，翰音之蹠。蠵髀猩脣，髦殘象白。靈淵之龜，萊黄之鮐。丹穴之鷚，玄豹之胎。燀以秋橙，酤以春梅。接以商王之箸，承以帝辛之杯。范公之鱗，出自九溪。赬尾丹腮，紫翼青鬐。爾乃命支離，飛霜鍔。紅肌綺散，素膚雪落。婁子之豪不能厠其細，秋蟬之翼不足擬其薄。繁肴既闋，亦有寒羞。商山之果，漢皋之榛。析龍眼之房，剖椰子之殼。芳旨萬選，承意代奏。乃有荆南烏程、豫北竹葉。浮蟻星沸，飛華萍接。玄石嘗其味，儀氏進其法。傾罍一朝，可以流湎千日。單醪投川，可使三軍告捷。斯人神之所歆羨，觀聽之所煒曄也，子豈能强起而御之乎？”（中華書局，1977年）

蕭繹《金樓子》卷第一《興王篇》：

伊尹號阿衡，阿衡欲干湯而無由，乃爲有莘氏媵臣，負鼎俎，以滋味説湯，致於王道。湯謂之曰：“自進非道也。”乃令還其本居，使人聘迎之，五反然後從之，任以國政。白狼銜劍，有神人身虎首，獻玉鏡、白狐九尾。諸國貢玉盤，入自北門，遇女房，作《女房之歌》。（案：《書序》作遇女鳩、女房。）（《叢書集成初編》本，中華書局，1985年）

歐陽詢等《藝文類聚》卷十二帝王部二《殷成湯》：

《尚書·湯誓》曰：伊尹相湯伐桀，升自陑，遂與桀戰於鳴條之野。……

《尚書大傳》曰：夏人飲酒，醉者持不醉者，不醉者持醉者，相和而歌曰：“盍歸於亳，盍歸於亳上，亳亦大矣。”故伊尹退而閑居，深聽樂聲，（思其故也，是時伊尹仕桀。）更曰：“覺兮較兮，吾大命格兮。（覺兮，謂先知者。較兮，謂直道者也。格，至也。吾，語桀也。）去不善而就善，何樂兮！”伊尹入告於桀曰：“大命之亡有日矣。”桀啞笑曰：“天之有日，猶吾之有民也。日亡吾亦亡矣。”是以伊尹遂去夏適湯。……

魏陳王曹植《殷湯贊》曰：殷湯伐夏，諸侯振仰。放桀鳴條，南面以王。桑林之禱，炎灾克償。伊尹佐治，可謂賢相。

同上，卷十五后妃部《后妃》：

晋成公綏詩曰：天地不獨立，造化由陰陽。乾坤垂覆載，日月耀重光。治國先家道，立教起閨房。二妃濟有虞，三母隆周王。塗山興大禹，有莘佐成湯。齊晋霸諸侯，皆賴姬與姜。《關雎》思賢妃，此言安可忘。又曰：殷湯令妃，有莘之女。仁教内修，度義以處。清謐后宫，九嬪有序。伊尹爲媵臣，遂做元輔。

同上，卷十八人部二《老》：

《尸子》曰：湯問伊尹曰："壽可爲耶？"伊尹曰："王欲之則可爲，弗欲則不可爲也。"

同上，卷二十二人部六《品藻》：

魏夏侯玄《樂毅論》曰：夫求古賢之意，宜以大者遠者先之，必迂迴而難通，然後已焉可也。觀樂生報燕惠王之書，其殆庶乎知機，合道以終始者與？其喻昭王曰："伊尹放太甲而不疑，太甲受放而不怨。是以天下爲心者也。"

同上，卷四十五職官部一《相國》：

《齊職儀》曰：相國，緑綬，衮冕服。湯以伊尹爲左相，仲虺爲右相。高宗得説，因立爲相。魏襄王以公孫衍爲相國。趙孝成王以廉頗爲相國。

同上，卷五十三治政部下《薦舉》：

（魏陳思王曹植）又表曰：……昔伊尹之爲媵臣，至賤也；吕尚之處屠釣，至陋也。及其見舉於湯、文，誠道合志同，豈復假近習之薦，因左右之介哉？

同上，卷八十五百穀部《秔》：

梁庾肩吾《謝賚粳米啓》曰：出梁國租，（句有脱文。）兼水陸之殊品。伊尹説而不至，石崇豪所未及。遇處嘿之得賓，同朗之舉著。（句有脱文。）長河可塞，上德無訓。（中華書局，1965年）

李昉等《太平御覽》卷十五天部十五《霧》：

《帝王世紀》……又曰：帝沃丁八年，伊尹卒，年百有餘歲。天霧三日。沃丁葬以天子之禮，祀以太牢，親自臨喪三年，以報大德焉。

同上，卷五十三地部十八《丘》：

伏韜《北征記》曰：博望城内有成湯、伊尹、箕子冢，今皆爲丘。

同上，卷八十二皇王部七《帝桀》：

《帝王世紀》曰：帝桀淫虐有才，力能伸鈎索鐵，手搏熊虎。多求美女以充後宫，爲瓊室、瑶臺、金柱三千。始以瓦爲屋，以望雲雨。大進侏儒倡優，爲爛漫之樂，設奇偉之戲，縱靡靡之聲，日夜與妹喜及宫女飲酒。常置妹喜於膝上，妹喜好聞裂繒之聲，桀爲發裂繒，以順適其意。以人駕車。肉山脯林，以爲酒池，一鼓而牛飲者三千餘人，醉而溺水。以虎入市而視其驚。伊尹舉觴造桀，諫曰："君王不聽群臣之言，亡無日矣。"桀聞析然，啞然嘆曰："子又妖言矣。天之有日，由吾之有民。日亡吾乃亡也。"兩日鬥蝕，鬼呼於國，桀醉不寤。湯來伐桀，以乙卯日戰於鳴條之野，桀未戰而敗績。湯追至大涉，遂禽桀於焦，放之歷山。乃與妹喜及諸嬖妾同舟浮海，奔於南巢之山而死。

同上，卷八十三皇王部八《殷帝成湯》：

《書》曰：伊尹相湯伐桀，升自陑，遂與桀戰於鳴條之野。

《尚書大傳》……又曰：夏人飲，醉者持不醉者，不醉者持醉者，相和而歌曰："盍歸於亳，盍歸於亳。亳亦大矣。"故伊尹退而閑居，深聽樂聲，（思其故也。是時伊尹仕桀。）更曰："覺兮較兮，吾大命格兮。（覺，乃謂先知者。較兮，謂直道者。格，至也。）去不善而就善，何樂兮！"伊尹入告於桀曰："大命之亡有日矣。"桀啞然笑曰："天之有日，猶吾之有民也。日亡吾亦亡矣。"是以伊尹遂去夏適湯。

同上，《帝仲壬》：

《瑣語》曰：仲壬四年崩，伊尹放太甲，乃自立四年。

同上，《帝太甲》：

《尚書》曰：太甲既立，不明，伊尹放諸桐。三年復歸於亳，思庸。（念帝道也。）

《帝王世紀》曰：太甲反位又不怨，故更尊伊尹曰保衡。即《春秋傳》所謂"伊尹放太甲，卒爲明王"是也。太甲修政，殷道中興，號太宗。《孔叢》所謂"憂思三年，追悔前愆，起而即政，謂之明王"者也。一名祖甲，享國三十三年。

《帝王紀》曰：桐宫蓋殷之墓地，有離宫可居，在鄴西南。杜預《春秋後序》曰："《紀年》稱：'殷仲壬即位，居亳，其卿士伊尹。仲壬崩，伊尹放太甲於桐，乃自立也。伊尹即位於太甲十年，太甲潛出自桐，殺伊尹。'"

同上，《帝沃丁》：

《帝王世紀》曰：伊尹卒，大霧三日。沃丁葬以天子禮，資之三年，以報大德。

同上，卷一百五十八州郡部四河南道上《東京開封府》：

《古史考》曰：伊尹生於空桑，陳留有空桑故城。

同上，卷二百四職官部二《丞相上》：

又《君奭》曰：我聞在昔，成湯既受命，則有伊尹，格於皇天。……

《齊職儀》曰：相國，緑綟綬，衮冕服。湯以伊尹爲宰相，仲虺爲右相。高宗得傅説，立爲相。魏襄王以公孫衍爲相邦。趙孝成王以廉頗爲相國。

同上，卷二百六職官部四《太保》：

《齊職儀》：殷太甲時，伊尹爲太保。周成王時，召公爲太保。

同上，《總叙三公》：

李固《奏記》曰：湯問伊尹："公卿大夫，其相何如？"伊尹對曰："三公，智通大道，應變不窮者也。其言足以調陰陽，正四時，節風雨，非大罪不遜位。"

同上，卷三百六十三人事部四《形體》：

《晏子春秋》曰：伊尹倨身。湯傴。

同上，卷三百七十四人事部十五《鬚髯》：

《晏子》曰：湯長頭而髯。伊尹蓬頭而髯。

同上，卷三百七十八人事部十九《短中國人》：

《古文瑣語》曰：齊景公伐宋，至曲陵，夢見有短丈夫賓於前。晏子曰："君所夢何如哉？"公曰："其賓者甚短，大上小下，其言甚怒，好俯。"晏子曰："則如是，伊尹也。伊尹甚大而短，大上小下，赤色而髯，其言好俯而下聲。"公曰："是矣。"晏子曰："是怒君師，不如違之。"遂不果伐宋。

同上，卷三百八十八人事部二十九《聲》：

《春秋演孔圖》曰：伊尹大而短，赤色而髯，好俯而下聲。

同上，卷三百九十九人事部四十《應夢》：

《晏子春秋》曰：景公舉兵將伐宋，過太山，公夢見二丈夫，意怒甚盛。公問占夢，曰："師過太山不用事，太山神怒也。"公問晏子，晏子曰："非泰山之神也。宋之先湯與伊尹也。湯修以長髯，兑上而豐下，倨身高聲。伊尹黑短，蓬頭而髯，豐上兑下，僂身下聲。"公曰："然。"

同上，卷四百四人事部四十五《師》：

桓譚《新論》……又曰：昔殷之伊尹，周之太公，秦之百里奚，雖咸有天才，然皆年七十餘乃升爲王霸師。

同上，卷四百二十九人事部七十《公平》：

《任子》曰：以義事主不私其己，以仁接人不謀其欲。火佚焚家，家不罪火，食過傷人，人不罪食，以其積之於仁義無私害也。伊尹放太甲，太甲無怨心，管仲黜伯氏無怨言，以其積之於公正，無私惡也。

同上，卷四百五十人事部九十一《權謀下》：

《戰國策》……又曰：湯欲伐桀，伊尹曰："請阻之貢職，以觀其動。"桀怒，起九夷之師以伐之。伊尹曰："未可。彼尚猶能起九夷之師，是罪我也。"湯乃謝罪請服，復入貢職。明年，又不貢職。桀怒，起九夷之師，九夷之師不起。伊尹曰："可矣。"湯乃興師伐而殘之，遷桀南巢焉。

同上，卷四百七十二人事部一百一十三《富下》：

太史公《素王妙論》……又曰：黄帝設五法，布之天下，用之無窮。蓋世有能知，莫不尊榮，如范子可謂曉之矣。子貢、吕不韋之徒頗預焉。自是以後無其人，曠絶一百有餘年。管子設輕重九府，行伊尹之術，則桓公以霸，九合諸侯，一匡天下。范蠡爲越相，三江五湖之間，民富國强，卒以擒吴。功成而弗居，變名易姓，之陶，自謂朱公，行十術之計，二十一年之間，三致千萬，再散與貧。

同上，卷四百七十四人事部一百一十五《禮賢》：

劉縚《先聖本紀》曰：伊尹耕於有莘之野，王馳往見之。彭氏子諫曰："伊尹賤人，可徒致之，君無辱車乘。"王曰："夫一草之本可已天子病者，天子難欣喜食之。子誠不欲，樂人病也。"遂黜彭氏之子。

同上，卷六百七十四道部十六《理所》：

《真誥》……又曰：越雋郡卭都縣，有小山名蒙治山，其高無逾。伊尹於此學道，上芝英金液草，服之，度世治，應奎宿。

同上，卷七百六十三器物部八《椎》：

《周生列子》曰：昔伊尹操商梠，姬公揮周機，管子執齊鉞，范蠡奮越椎。

同上，卷八百二十二産資部二《耕》：

《孟子》曰：伊尹耕於有莘之野，湯躬詣之，伊尹囂然弗顧。

同上，卷八百七十八咎征部五《霧》：

《抱朴子》曰：伊尹受戮，大霧三日。

同上，卷一千百卉部七《萑葦》：

《吕氏春秋》……又曰：湯始得伊尹，祓之於廟，熏以萑葦。（中華書局，1960年）

翟汝文《忠惠集》卷八《再上曾内翰書》：

……故以伊尹説湯，五就而後見聽，以賢舜事聖堯，三年而後乃相之也。（《文淵閣四庫全書》本）

羅泌《路史》卷二十三後紀十四《夏后紀下·帝履癸》：

伊贄，帝之酒保也，醜夏而耕於商陜。（伊尹也。）商契之後有子履者，天錫勇智，得禹之録，齊聖廣淵，不殖貨利，不邇聲色，以七十里爲方伯，法三聖，用三俊，克寬克仁，明德祀，賢於諸侯。聞贄之賢，三枉聘而不至，馳即見之，既而幡然就商，説以伐夏救民。於是每進之。夏桀俞自賢，矯誣上天，簡賢附勢，率遏衆力，窮父兄，耻功臣，不任其遇。女鳩、女方，夏賢臣也，亦遂去之。贄既醜夏，三年復歸於亳，遇諸北門蟬連，嘆知夏命之將墜也，乃遂相商。（《文淵閣四庫全書》本）

王應麟著，張三夕、楊毅點校《漢藝文志考證》卷六《道》：

《伊尹》五十一篇。

《説苑·臣術篇》《吕氏春秋》皆引“伊尹對湯問”。（《周書·王會》有“伊尹朝獻《商書》”。）愚謂孟子稱伊尹曰：“天之生此民也，使先知覺後知，使先覺覺後覺也。予，天民之先覺者也。予將以斯道覺斯民也，非予覺之而誰也？”伊尹所謂“道豈老氏”，所謂“道乎志”，於兵權謀省《伊尹》《太公》，而入道家，蓋戰國權謀之士著書而托之伊尹也。《湯誓·序》曰：“伊尹相湯伐桀，升自陑。”孔安國謂出其不意，豈知伊尹者哉？傳伊尹之言者，孟子一人而已。

同上，卷七《小説》：

《伊尹説》二十七篇。

《司馬相如傳注》：應劭曰：“《伊尹書》曰：‘箕山之東，青島之所，有盧橘夏孰。’”《吕氏春秋》：伊尹説湯以至味。（箕山之東，青島之所，有甘櫨焉。即應劭所引，蓋戰國之士謂伊尹以割烹要湯，故爲是説。孟子辯之詳矣。）《史記·殷本紀》：伊尹從湯言素王及九主之事。注引劉向《别録》曰：“九主者，有法君、專君、授君、勞君、寄君、等君、破君、國君、三歲任君，凡九品，圖畫其形。”（中華書局，2011年）

王應麟《玉海》卷五十五《藝文》著書雜著《商伊尹書》：

《漢志·道家》：《伊尹》五十一篇，（湯相）小説家《伊尹説》二十七篇。（其語淺薄，似依托也。）

司馬相如《上林賦》：盧橘夏孰。應劭注：《伊尹書》曰：“箕山之東，青島之所，有盧橘夏熟。”

《説苑·臣術》引湯問伊尹。

《汲冢周書》有伊尹朝獻商書。（廣陵書社，2003年）

王應麟著，閻若璩、何焯、全祖望注《困學紀聞》卷二《書》：

《史記》：“湯征諸侯，葛伯不祀，湯始伐之。湯曰：‘予有言，人視水見形，視民知治不。’伊尹曰：‘明哉！言能聽，道乃進，君國子民，爲善者皆在王官。勉哉！勉哉！’湯曰：‘汝不能敬命，予大罰殛之，無有攸赦。’作《湯征》。”豈孔壁逸篇，太史公亦見之乎？後有補《湯征》者，（何云：白居易。）蓋未之考。（四庫本有：若璩按：補《湯征》乃白居易文，載《尚書古文疏證》卷五第七十二條。）

《孟子》云：“伊尹萊朱。”注：“萊朱，亦湯賢臣。一曰：仲虺是也。”《春秋傳》曰：“仲虺居薛，爲湯左相。”是則伊尹爲右相。《唐·宰相世系表》：“仲虺爲湯左相，臣扈、祖己皆其胄裔也。”（原注：未詳所據。）（全云：原注四字是正文。）

《漢·律曆志》引《伊訓》“伊尹祀於先王，誕資有牧方明”，説者謂祀先王於方明。朱文公曰：“‘方’當作‘乃’，即所謂乃明言烈祖之成德。”（繼序按：“方明”見《儀禮·覲禮》，非“乃明”之誤。）（四庫本有：若璩按：此亦有辯，見《尚書古文疏證》卷一第六條。）

桑穀之祥，大戊問伊陟。《韓詩外傳》以爲“穀生湯之廷，三日而大拱”，湯問伊尹，誤也。（閻云：《吕氏春秋》亦同。）《漢·五行志》劉向以爲“殷道既衰，高宗承敝而起，怠於政事，故桑穀之異見”，又誤也。《書大傳》謂“武丁之時，先王道虧，刑罰犯，桑穀俱生於朝，武丁問諸祖己”，劉向蓋襲《大傳》之誤。（閻云：按，《説苑》記於太戊世，又記於武丁世。繼序按：《班史》志《五行》，引劉向語，屬之高宗；志《藝文》則云“桑穀共生太戊以興”，又與《書序》《史記》同。）

伊尹之始終，《書序》備矣。陸士衡《豪士賦序》“伊生抱明，允以嬰戮”，蓋惑於《汲冢紀年》之妄説也。皇甫謐云“伊尹百有餘歲”，應劭云“周公年九十九”，王充《論衡》云“召公百八十”，故趙岐注《孟子》云：“壽若召公。”

伊尹以“辯言亂政”戒其君，盤庚以“度乃口”告其民，商俗利口，其敝久矣。邵子曰：“天下將治，則人必尚行；天下將亂，則人必尚言。”周公訓成王“勿以憸人”，所以反商之敝也。張釋之諫文帝“超遷嗇夫”，所以監秦之失也。《周官》曰“無以利口”，《冏命》曰“無以巧言”，此周之家法；將相功臣，少文多質，安静之吏，悃愊無華，此漢之家法。（何云：意本蘇傳。全云：此漢文、景時家法，武帝以後則一變矣。試讀《史》《漢》文、景兩朝列傳，如張蒼、申屠嘉、周亞夫、竇嬰，皆少文多質，循吏則文翁亦安静者。自是以後，人才日出，漢治日衰矣。）

因岱柴而封禪，因時巡而逸游，因《洛書》而崇飾符瑞，因建極而雜糅正邪，因享多儀而立享上之説。塞忠諫謂之浮言，錮君子謂之朋比，慘礉少恩曰威克厥愛，違衆妄動曰惟克果斷。其甚焉者，丕之奪漢，托之舜、禹；衍之篡齊，托之湯武；邵陵、海西之廢，托之伊尹；新都之攝，臨湖之變，托之周公。侮聖言以文奸慝，豈經之過哉！

同上，卷三《詩》：

《韓詩外傳》：“高子問於孟子曰：‘夫嫁娶者，非己所自親也，衛女何以得編於《詩》也？’孟子曰：‘有衛女之志則可，無衛女之志則怠。若伊尹於太甲，有伊尹之志則可，無伊尹之志則篡。’”

“敬之，群臣進戒嗣王。”《荀子》云：“天子即位，上卿進曰：‘能除患則爲福。’中卿進曰：‘先事慮事，先患慮患。’下卿進曰：‘敬戒無怠。’”群臣進戒始以敬，三卿授策終以敬，此心學之原也。伊尹訓太甲曰：“祗厥身。”召畢告康王曰：“今王敬之哉。”皆以此爲告君第一義。

同上，卷四《周禮》：

盬鹽，引池而化，《山海經》“鹽販之澤”，《穆天子傳》“至於鹽”，晋郇瑕氏之地，而猗頓用是起者也。散鹽，煮水而成，《夏書》青州之貢，《職方》幽州之利，齊之渠展，燕之遼東，而宿沙初作者也。形鹽，掘地以出之，周公閱所云“鹽虎形”也。飴鹽，於戎以取之，伊尹所云“和之美”者，大夏之鹽也。後周四鹽之政仿此。古者川澤之饒，與民共之。自《海王》之篇，祈望之守，作俑於齊，至漢二十倍於古。考之《漢志》，鹽官三十有五，唐有鹽之縣一百五。本朝鹽所出者十二路，爲池二，爲監七，爲場二十二，爲井六百有九，法益詳而利無遺矣。

同上，卷八《孟子》：

孟子，學伊尹者也。（全云：孟子祇是伊尹一路上人，若顔子，便近乎時。韓子氣象近孟。）“當今之世，捨我其誰也！”是亦聖之任。（閻云：孟子自云學孔子。）

同上，卷十《諸子》：

《鬼谷子·午合篇》：“伊尹五就桀，五就湯，然後合於湯。吕尚三入殷朝，三就文王，然後合於文王。”（原注：《孫子·用間篇》當參考。伊、吕聖人之耦，豈詭遇求獲者？此戰國辯士之誣聖賢也。伊尹三聘而起，太公辟紂海濱，當取信於《孟子》。閻云：王氏竟忘伊尹事出《孟子》。）

同上，卷十一《考史》：

“太甲既立三年，伊尹放之於桐宫。居桐宫三年，悔過反善，伊尹乃迎而授之政”，謂太甲歸亳之歲已爲即位六年，遷説妄也。［閻云：按《孟子》叙太甲，亦兩“三年”字，蓋凡六年而後復歸亳，與今孔《書》異。（四庫本多“詳《尚書古文疏證》卷四第六十條”十三字）何云：按，閻説似精核。其實《孟子》兩“三年”字與《史記》不同。《孟子》“伊尹放之於桐宫三年”，則非既立三年也；云“於桐處仁遷義三年”，即上三年之内以漸悔過遷善，則非先後六年也。雖有兩“三年”字，不當忘其皆有“於桐”字。］（上海古籍出版社，2015年）

羅願《爾雅翼》卷首《王應麟後序》：

《王會》“芣苢”，《伊尹書》“盧橘”，荒異物其誰咨？（《上林賦》“盧橘”注，應劭引《伊尹書》曰：“箕山之東，青鳥之所，有盧橘夏熟。”晋灼曰：“盧，黑也。”愚按：蘇子瞻詩以盧橘爲枇杷，張嘉甫嘗辨其非矣。《西漢·藝文志》有《伊尹》五十一篇，注：“湯相。”）（《文淵閣四庫全書》本）

陸佃解《鶡冠子·世兵第十二》：

伊尹酒保，太公屠牛，管子作革，百里奚官奴，海内荒亂，立爲世師。

同上，《備知第十三》：

昔湯用伊尹，周用太公，秦用百里，楚用申麃，齊用管子，此數大夫之所以高世者，皆亡國之忠臣所以死也。（《叢書集成初編》本）

朱右《白雲稿》卷一騷賦《九規·擬淵》：

莘摯耕於大漠之野兮，樂堯舜以自資。五就湯五就桀兮，匪玄聖其誰能？起天乙湯而放太甲兮，又何損益乎後來？傳説之托辰星兮，將胥靡以終老。托幽夢之斯須兮，又中興乎帝造。山有木兮木有枝，樂有瞽兮瞽有相。天民寄兮君師微，斯人兮奚所尚？

同上，《述統》：

三苗悛，舜禪禹，啓續似，繼志傳業保孫子。帝降王，天下之勢日趨下。桀不軌，驅民去愚暗，愚暗棄爾祖，天乙相時應天順人有慚懼。阿衡輔帝，太甲敗度縱禮，聽藐藐未遠，亟反改過處仁斯道廓！（《文淵閣四庫全書》本）

楊慎《升庵全集》卷六十九《牢丸》：

《藝文類聚》束晳《餅賦》有牢丸之目，蓋食具名也。東坡詩以“牢九具”對“真一酒”，誠工矣，然不知爲何物。後見《酉陽雜俎》引《伊尹書》“有籠上牢丸湯中牢丸”九字。詩人貪奇趁韵，而不知其誤，雖東坡亦不能免也。（牢丸，今湯餅也。）（《文淵閣四庫全書》本）

陳士元《名疑》卷一：

湯臣伊尹名摯，一作贄。《史記》云名阿衡，一云號阿衡，一云“尹，正也。伊尹，伊國之尹也”。皇甫謐云：“伊尹，力牧之後，生於空桑。”《吕氏春秋》云：有侁氏女采桑，得嬰兒於空桑，後居伊水，命曰伊尹。一云：伊尹，伊耆氏之後。而《世紀》以爲有莘氏之媵臣。《年紀》又謂伊尹交於妺喜，遂間夏，均妄。《殷本紀》云："伊尹從湯，言素王及九主之事。"《劉向别録》云："九主者，有法君、專君、授君、勞君、等君、寄君、破君、國君、三歲社君，凡九品。"國君，一作固君，謂完城郭，利兵甲，而不修德之君也。《索隱》云："寄君者，謂人困於下，主驕於上，離析可待，故孟軻謂之寄君。"今軻書無此語。（《文淵閣四庫全書》本）

岳濬、法敏等《山東通志》卷三十二《陵墓志》曹州府曹縣：

伊尹墓。（在縣東南古楚丘城北十四里。《史記》：帝沃丁葬伊尹於亳。《皇覽》曰：伊尹冢在濟陰己氏縣平利鄉是也。己氏在縣境内。）（《文淵閣四庫全書》本）

胡應麟《少室山房筆叢》卷三《經籍會通》三"班藝文志所録"條：

班《藝文志》所録，次序頗淆，今稍據時代列之。漢以兵取天下，故論兵書特盛。楊僕、任宏所輯一百八十二家，固取不過數十家，其目尚多依托，自餘可知。

《神農》二十篇，（農家。）又《兵法》一篇。（兵家。）《黄帝》十六篇，（兵家。）又《經》四篇，又《銘》六篇，又《君臣》十篇，又《雜》五十八篇，（俱道家。）又《説》四十篇。（小説家。）《蚩尤》二篇。（兵形勢家。）《太乙兵法》一篇。《天乙兵法》三十五篇。《封胡》五篇。《風后》十三篇。《力牧》十五篇。《鵊冶子》一篇。《鬼容區》三篇。（俱兵陰陽。）《大禹》二十七篇。（農家。）《天乙》三篇。（謂即成湯，非前《太乙》也。小説家。）《務成子》十一篇。（小説。）《伊尹》五十一篇。（道家。）又二十七篇。（小説。）《辛甲》二十九篇。《鬻熊》二十二篇。《太公》二百三十七篇。（俱道家。）《尹佚》二篇。（墨家。）《師曠》八篇。《萇弘》十五篇。（俱兵陰陽家。）《孔甲盤盂》二十六篇。（雜家。）（上海書店，2001年）

顧起元《説略》卷十三《典述》中"諸子儒家則有"條：

諸子儒家則有《晏子春秋》（齊晏嬰。）……小説家則有《伊尹説》、《鬻子説》、《周考》、《師曠》、《務成子》、《宋子》、《黄帝説》、《虞初周説》、《燕丹子》、《青史子》、《宋玉子》、《郭子》（晋中郎澄。）、《猗玕子》（元結。）、《乾𦠆子》（温庭筠。）。（《文淵閣四庫全書》本）

查慎行《敬業堂詩集》卷二十《閱陳留縣志雜題十絶句補其所不載》：

幡然臺外野雲黄，畎畝餘風重此鄉。不解後人偏好誕，每從田叟問空桑。（伊

尹生空桑，語出《吕氏春秋》。）（《文淵閣四庫全書》本）

何焯《義門讀書記》卷十六《前漢書》“小説家伊尹説”條：

小説家《伊尹説》二十七篇，依托之書皆入小説，弗爲弗滅，斯舉衷矣。（《文淵閣四庫全書》本）

徐文靖《竹書紀年統箋》卷五《太甲》：

箋按：《殷本紀》帝仲壬即位，四年崩，伊尹乃立太丁之子太甲。太甲，成湯嫡長孫也。名至。

元年辛巳，王即位，居亳，命卿士伊尹。

箋按：《書叙》曰：成湯既没，太甲元年，伊尹作《伊訓》《肆命》《徂后》。《書》曰：惟元祀二月乙丑，伊尹祀於先王，奉嗣王祇。伊尹乃明言烈祖之成德以訓於王是也。《史記正義》曰：湯即位，都南亳，後徙西亳。《書》：三亳阪尹，偃師爲西亳，蒙爲北亳，即景亳，穀熟爲南亳也。《括地志》：亳故城在偃師縣西十四里。又《唐志》：大衍曆推太甲二年壬午歲冬至應在女六度。今據《竹書》，太甲元年辛巳，則二年爲壬午不爽也。

伊尹放太甲於桐，乃自立。

箋按：《書・太甲》上曰：惟嗣王不惠於阿衡，伊尹曰：予弗狎，予弗順，營於桐宫，密邇先王，其訓無俾，世迷王徂，桐宫居憂。蔡仲默引吴氏曰：太甲既即位於仲壬之柩前，方居憂於仲壬之殯側是也。《殷本紀》：帝太甲既立三年，不明，暴虐，不遵湯法，亂德，於是伊尹放之於桐宫。三年，伊尹攝行政當國，以朝諸侯。《孔傳》曰：桐，湯葬地。鄭氏曰：有王離宫焉。《太康地記》曰：尸鄉南有亳阪，東有桐城，太甲所放處也。《正義》曰：尸鄉在偃師西南五里。《通鑒》：太甲即位，不明厥德，顛覆湯之典型，伊尹放之於桐宫。注曰：桐，湯墓所在，平陽府曲沃縣西南有桐鄉城，世傳伊尹放太甲於桐即此。按是時太甲居亳，在河南偃師，豈有遠之曲沃之理？自當從《太康記》也。

（附注）約按：伊尹自立，蓋誤以攝政爲真爾。

箋按：陳氏越石曰：臣之忠，有幸而忠者也。君之立，有幸而立者也。殷之君臣，皆幸而成者。噫！浞浞接踵，羿羿比肩，君可放乎哉？其後新取於西，魏取於東，司馬之有天下，其始也未嘗不伊不周，其終也未嘗不羿不浞，皆取伊周以爲嚆矢也。《孟子》曰：“無伊尹之志，則篡也。”有旨哉！

七年，王潛出於桐，殺伊尹。

箋按：《文選》陸士衡《豪士賦》注引《紀年》：太甲潛出自桐，殺伊尹。考《竹書紀年》，事使與經史扶同，獨太甲潛出自桐殺尹一事，敢立異議，不顧事之有無者。彼見乎三晋處晋君於端氏，田和遷康公於海上，往往托伊尹放太甲之美名，明示其可以潛爲之謀而殺之，故設爲太甲殺尹之説，所以寒奸臣之膽而壯衰君之氣也。如《春秋外傳》褒姒與伊尹比而亡夏，妲己與膠鬲比而亡周，豈必實有是事哉？

天大霧三日。乃立其子伊陟、伊奮，命復其父之田宅而中分之。

箋按：《書叙》曰：太甲既立，不明，伊尹放諸桐。三年後歸於亳，思庸伊尹，作《太甲》三篇。夫豈有七年仍在桐者？此疑爲後人所羼入也。《爾雅》：地氣發、天不應曰霧，霧謂之晦。郭注：言晦冥。邢昺曰：霧又名晦，《春秋·僖十五年》己卯晦震夷伯之廟，《公羊》《穀梁》皆云晦冥也。

（附注）約按：此文與前後不類，蓋後世所益。（《二十二子》本，上海古籍出版社，1986年）

程大中《四書逸箋》卷六《四書人物遺事》（已見《人物考》《聚考》諸書者不録，緯書、小説怪誕之言不録）：

伊尹，帝之酒保也。（《鶡冠子》）

伊尹之興土功也，修脛者使之踏钁，强脊（四庫本作瘠）者使之負土，眇者使之準，傴者使之塗。（《淮南子》）

伊尹死，大霧三日。（《論衡》）

同上，《雜記》（此下類記四書所載人物雜事，不必備録，録其少見而可信者）“記體形”：

伊尹之裝，面無鬚麋（同“鬚眉”）。

同上，“記撰著”：

《伊尹》五十一篇。（伊尹著。此列道家者流。又小説家載《伊尹説》二十七篇，注云：“其言淺薄，似依托也。”）（《叢書集成初編》本）

嚴可均《全上古三代文》卷一《伊尹》：

伊尹名摯，姓伊名尹，有侁之空桑人也。初仕桀，歸相湯，爲阿衡。太甲尊爲保衡。

同上，《伊訓》

惟太甲元年，十有二月乙丑朔，伊尹祀於先王，誕資有牧方明。（《漢書·律曆志》引《伊訓》）

天誅造攻自牧宮，朕載自亳。（《孟子》）

載浮在亳。（《堯典》疏云。鄭注《寶典》引《伊訓》）

往自三届。（同上）

從諫而不拂，微諫而不倦，爲上則明，爲下則遜。（《荀子·臣道》引《書》。楊倞云："《書·伊訓》也。"）

同上，《四方獻令》

湯問伊尹曰："諸侯來獻，或無馬牛之所生。而獻遠方之物，事實相反，不利。今吾欲因其地勢所有獻之（本脱"而"字，從《文選》左思《咏史詩》注引補），必易得而不貴。其爲四方獻令。"伊尹受命，於是爲四方令曰："臣請正東符屢、仇州、伊慮、漚深、九夷、十蠻、越漚、鬋髮、文身，請令以魚皮之鞞，鯸鰂之醬（鯸字本空白，從《北堂書鈔》一百四十六引補），鮫瞂利劍爲獻。正南甌鄧、桂國、損子、産里、百濮、九菌，請令以珠璣、玳瑁、象齒、文犀、翠羽、菌鶴、短狗爲獻。正西昆侖、狗國、鬼親、枳己、闟耳、貫胸、雕題、離丘、漆齒，請令以丹青、白旄、紕罽、江歷、龍角、神龜爲獻。正北空同、大夏、莎車、姑他、旦略、豹胡（一作"貌胡"）、代翟、匈奴、樓煩、月氏、韱犁、其龍、東胡，請令以橐駝、白玉、野馬、騊駼、駃騠、良弓爲獻。"湯曰："善。"（《周書·王會》）

同上，《説湯》

湯得伊尹，祓之於廟，熏以萑葦（此四字本脱，從《風俗通·祀典》《續漢書·禮儀志》中注引補），爝以爟火，釁以犧猳。明日設朝而見之，説湯以至味。湯曰："可得（本作"可對"，從《御覽》八百四十九校改）而爲乎？"對曰："君之國小，不足以具之。爲天子，然後可具。夫三群之蟲，水居者腥，肉獾者臊，草食者羶。臭恶猶美，皆有所以。凡味之本，水最爲始。五味三材，九沸九變，火之爲紀，時疾時徐，滅腥去臊除羶，必以其勝，無失其理。調和之事，必以甘、酸、苦、辛、鹹。先後多少，其齊甚微，皆有自起。鼎中之變，精妙微纖，口弗能言，志弗能喻。若射御之微，陰陽之化，四時之數。故久而不弊，熟而不爛，甘而不噥，酸而不嚛（本作"酷"，從《玉篇》引改），鹹而不減，辛而不烈，澹而不薄，肥而不腴。肉之美者，猩猩之唇，貛貛之炙，雋觾（《文選·七命》注作"巂燕"）之翠，述蕩之腕，旄象之約。流沙之西，丹山之南，有鳳之丸，沃民所食。魚之美者，洞庭之鱄，東海之鮞。醴水之魚，名曰朱鱉，六足有珠百碧（疑當作"若碧"）。藿水之魚名曰鰩，其狀若鯉而有翼，常從西海夜飛，游於東海。菜之美者，昆侖之蘋，壽木之華。指姑（《齊民要術》十引作"括姑"）之東，中容之國，有赤木玄木之葉焉。餘瞀之南，南極之崖，有菜，其名曰嘉樹，其色若碧。陽華之芸，雲夢之芹（《説文》作"莒"），具區之菁，浸淵之草，名曰土英。和之美者，陽樸之薑，招摇之桂，越駱之菌，鱣鮪之醢，大夏之鹽，宰揭之露（《開元占經》一百一作"雩揭之露"，《初學記》二、《御覽》十二作"揭雩之露"。宋本《初學記》作"揭蕚"），其色如玉，長澤之卵。飯之美者，玄山之禾，不周之粟，陽山之穄，南海之秬。水之美者，三危之露，昆侖之井，沮江之丘，名曰摇水，曰山（疑當作"白山"）之水，高泉之山，其上有涌泉焉。冀州之原，果之美者，沙棠之實。常山之北，投淵之上，有百果焉，群帝所食。箕山之東，青鳥之所，有甘櫨焉。江浦之橘，雲夢之柚，漢上石耳，所以致之。馬之美者，青龍之匹，遺風之乘。非先爲天子，不可得而具。天子不可强爲，必先知道。道者止彼在已，已成而天子成，天子成則至味具。"（《吕氏春秋·本味》案：《漢書·藝文志》道家有《伊尹》五十一篇，小説家有《伊尹説》二十七篇。本注："其語淺薄，似依托也。"此疑即小説家之一篇。《孟子》："伊尹以割烹要湯。"謂此篇也。）

同上，《對湯問》

湯問於伊尹曰："欲取天下，若何？"伊尹對曰："欲取天下，天下不可取。可取，身將先取。"（《吕氏春秋·先己》）

湯問伊尹曰："三公九卿，二十七大夫，八十一元士，知之有道乎？"伊尹對曰："昔者堯見人而知，舜任人然後知，禹以成功舉之。夫三君之舉賢，皆異道而成功，然尚有失者。况無法度而任己，直意用人，必大失矣。故君使臣自貢其能，則萬一之不失矣。王者何以選賢？夫王者，得賢材以自輔，然後治也。雖有堯舜之明，而股肱不備，則主恩不流，化澤不行。故明君在上，慎於擇士，務於求賢。設四佐以自輔，有英俊以治官。尊其爵，重其禄。賢者進以顯榮，罷者退而勞力，是以主無遺憂，下無邪慝。百官能治，臣下樂職。恩流群生，潤澤草木。昔者虞舜左禹右皋陶，不下堂而天下治，此使能之效也。"（《説苑·君道》）

湯問伊尹曰："三公九卿，大夫列士，其相去何如？"伊尹對曰："三公者，知通於大道，應變而不窮。辯於萬物之情，通於天道者也。其言足以調陰陽，正四時，節風雨，如是者舉以爲三公。故三公之事常在於道也。九卿者，不失四時，通於溝渠，修堤防，樹五穀，通於地理者也。能通不能通，能利不能利，如是者舉以爲九卿，故九卿之事常在於德也。大夫者，出入與民同衆，取去與民同利。通於人事，行猶舉繩，不傷於言。言之於世，不害於身。通於關梁，實於府庫。如是者舉以爲大夫，故大夫之事常在於仁也。列士者，知義而不失其心，事功而不獨專其賞，忠政强諫而無有奸詐，去私立公而言有法度，如是者舉以爲列士。故列士之事常在於義也。故道德仁義定而天下正。凡此四者，明王臣而不臣。”湯曰：“何謂臣而不臣？”伊尹對曰：“君之所不名臣者四：諸父臣而不名，諸兄臣而不名，先王之臣臣而不名，盛德之士臣而不名，是謂大順也。”（《説苑·臣術》、《五行大義》第二十二篇引《帝王世紀》）

湯問伊尹曰：“古者所以立三公九卿大夫列士者，何也？”伊尹對曰：“三公者，所以參王事也。九卿者，所以參三公也。大夫者，所以參九卿也。列士者，所以參大夫也。故參而有參，是謂事宗。事宗不失，外内若一。”（同上）（中華書局，1958 年）

沈欽韓《漢書藝文志疏證》卷二諸子略道家：

《伊尹》五十一篇。

《吕覽·本味篇》“伊尹説湯以至味”，全引其文。應劭《上林賦》注作《伊尹書》，則戰國先有其書也。《逸書·王會篇》又載伊尹四方獻令。《殷本紀》：“伊尹從湯言素王九主之事。”（《史記集解》引劉向《别録》曰：“九主者，有法君、專君、授君、勞君、等君、寄君、破君、國君、三歲社君，凡九品，圖畫其形。”按：此劉向依其本書，故能次第言之。）《説苑·君道篇》：“伊尹對湯曰：‘昔者堯見人而知，舜任人然後知，禹以成功舉之。’”并就其書所采也。

同上，卷二諸子略小説家：

《伊尹説》二十七篇。（其語淺薄，似依托也。）

《説苑·君道》《臣術》并有湯問伊尹答，其語誠淺薄。（《二十五史藝文經籍志考補萃編》本，清華大學出版社，2011年）

馬國翰《玉函山房輯佚書》子編道家類《〈伊尹書〉序》：

《伊尹書》一卷，商伊摯撰。《史記·殷本紀》云：“伊尹名阿衡，欲干湯而無由，乃爲有莘氏媵臣，負鼎俎，以滋味説湯，致於王道。”案皇甫謐《帝王世紀》云：“初，力牧之後曰伊摯，耕於有莘之野。”是伊尹名摯也。《詩·商頌·長發》鄭康成箋：“阿，倚也；衡，平也。伊尹，湯所依，倚而取平，故以爲官名。”是阿衡乃伊尹官號，非名也。孟子辨伊尹割烹要湯之事，云：“伊尹耕於有莘之野，而樂堯、舜之道焉。”云湯使人以幣聘之，云湯三使往聘之。出處甚明如此，何史遷誤信戰國游士之談，而以爲媵臣負鼎俎，重誣之也。《漢書·藝文志》道家《伊尹》五十一篇，注“湯相”。又小説家《伊尹説》二十七篇，注“其語淺薄，似依托也”。隋、唐《志》均不著録，佚已久。兹從《逸周書》、《吕氏春秋》、《齊民要術》、劉向《七略》、《别録》、《説苑》、《尸子》等書，輯得十一篇，其有篇目可考者五篇，餘俱收入雜篇，録爲一帙。《四方令》《區田法》及論公卿大夫列士體國經野，與周公規模不異。《本味》一篇，要即鹽梅和羹之旨，而以奇偉之筆出之，不知者遂以割烹傅會，而有庖人酒保之枝辭也。至於“九主”之名，及阻職貢之策，與戰國術士語近，殆所謂依托者乎？今亦不能區分，統裒一編，依《班志》入道家云。

歷城馬國翰竹吾甫。（《續修四庫全書》本）

姚振宗《漢書藝文志條理》卷二之上《諸子略》道家：

《史・殷本紀》：伊尹名阿衡。阿衡欲干湯而無由，乃爲有莘氏媵臣，負鼎俎，以滋味説湯，致於王道。或曰，伊尹處士，湯使人聘迎之，五反然後肯往從湯，言素王及九主之事。湯舉任以國政。伊尹去湯適夏。既醜有夏，復歸於亳。入自北門，遇女鳩、女房，作《女鳩》《女房》。湯踐天子位，平定海内，伊尹作《咸有一德》。湯崩，太子太丁未立而卒，於是乃立太丁之弟外丙。帝外丙即位二年，崩，立外丙之弟中壬。帝中壬即位四年，崩，伊尹乃立太丁之子太甲。太甲，成湯嫡長孫也。帝太甲元年，伊尹作《伊訓》，作《肆命》，作《徂后》。帝太甲既立三年，不明，暴虐，不遵湯法，亂德，於是伊尹放之於桐宫。三年，伊尹攝行政當國，以朝諸侯。帝太甲居桐宫三年，悔過自責，反善，於是伊尹乃迎帝太甲而授之政。帝太甲修德，諸侯咸歸殷，百姓以寧。伊尹嘉之，乃作《太甲訓》三篇，褒帝太甲，稱太宗。太宗崩，子沃丁立。帝沃丁之時，伊尹卒。既葬伊尹於亳，咎單遂訓伊尹事，作《沃丁》。

劉向《别録》曰：“九主者，有法君、專君、授君、勞君、等君、寄君、破君、國君、三歲社君，凡九品，圖畫其形。”《索隱》：“按：素王者，太素上皇，其道質素，故稱素王。九主者，三皇、五帝及夏禹也。或曰，九主謂九皇也。然按注劉向所稱九主，載之《七録》（案當是《七略》），名稱甚奇，不知所憑據耳。法君，謂用法嚴急之君，若秦孝公及始皇等也。勞君，謂勤勞天下，若禹、稷等也。等君，等者平也，謂定等威，均禄賞，若高祖封功臣，侯雍齒也。授君，謂人君不能自理，而政歸其臣，若燕王噲授子之、禹授益之比也。專君，謂專己獨斷，不任賢臣，若漢宣之比也。破君，謂輕敵致寇，國滅君死，若楚戊、吴濞等是也。寄君，謂人困於下，主驕於上，離析可待，故孟軻謂之‘寄君’也。國君，‘國’當爲‘固’字之訛耳。固，謂完城郭，利甲兵，而不修德，若三苗、智伯之類也。三歲社君，謂在繦褓而主社稷，若周成王、漢昭、平等是也。”（案《别録》此條是裴駰《集解》所引，《索隱》引法君以下云云，亦是裴駰爲之，司馬貞取以重申前説耳。而其説頗謬，叙次亦不依《别録》，未詳其故。）

本書《人表》伊尹列第二等上中仁人。梁玉繩曰：“伊尹始見《商書》。伊，氏。尹，字。名摯，力牧之後。母居伊水上，生於空桑，黑而短，蓬而髯，豐上兑下，僂身下聲，爲湯右相。亦曰伊子，亦曰依伯，亦曰伊生，亦曰依公，亦曰尹摯，亦曰阿衡，亦曰猗衡，亦曰太阿，亦曰保衡，亦曰元聖，亦曰小臣，亦曰小子。年百餘歲，以沃丁八年卒，大霧三日。沃丁葬以天子禮。冢在濟陰己氏平利鄉。”高誘《淮南子·修務訓》注：伊尹處於有莘之野，執鼎俎，和五味，以干湯，欲調陰陽行其道。

王氏《考證》曰：“《説苑·臣術篇》《吕氏春秋》皆引伊尹對湯問。《周書·王會》有伊尹朝獻《商書》。愚謂孟子稱伊尹曰：‘天之生此民也，使先知覺後知，使先覺覺後覺也。予，天民之先覺者也，非予覺之，而誰也？’伊尹所謂道，豈老氏所謂道乎？《志》於兵權謀省《伊尹》《太公》，而入道家，蓋戰國權謀之士著書而托之伊尹也。《湯誓》序曰：‘伊尹相湯伐桀，升自陑。’孔安國謂出其不意，豈知伊尹者哉？傳伊尹之言者，孟子一人而已。”

嚴可均《全上古三代文編》曰：“伊尹名摯，姓伊字尹，有侁之空桑人。初仕桀，歸相湯，爲阿衡，太甲尊爲保衡。《漢志》道家有《伊尹》五十一篇。今輯存《伊訓》五條、《四方獻令》一篇、《對湯問》四條。”

馬國翰輯本序曰：“孟子辨伊尹割烹要湯之事，云‘伊尹耕於有莘之野，而樂堯、舜之道焉’，云‘湯使人以幣聘之’，云‘湯三使往聘之’，出處甚明如此，何史遷誤信戰國游士之談，而以爲媵臣負鼎俎，重誣之也。《漢志》道家《伊尹》五十一篇，注‘湯相’。又小説家《伊尹説》二十七篇，注‘其語淺薄，似依托也’。隋、唐《志》均不著録，佚已久。兹從《逸周書》《吕氏春秋》《齊民要術》《七略》《别録》《説苑》《尸子》等書輯得十一篇，其有篇目可考者五篇：曰《四方令》，曰《本味》，曰《先己》，曰《九主》，曰《區田法》。餘俱收入《雜篇》，録爲一帙。《四方令》《區田法》及論公卿大夫列士體國經野，與周公規模不異。《本味》一篇，要即鹽梅和羹之旨，而以奇偉之筆出之，不知者遂以割烹傅會，而有庖人酒保之枝辭也。至於九主之名，及阻職貢之策，與戰國術士語近，殆所謂依托者乎？今亦不能區分，依《班志》入道家云。”

案道家之言托始黄帝，史言伊尹從湯言素王之事，蓋亦述黄、虞之言爲多，此其所以爲道家之祖，而老子猶其後起者也。又太史公《素王妙論》云：“管子設輕重九府，行伊尹之術，則桓公以霸。”是管仲《輕重》《九府》等篇本之於伊尹是書。

同上，卷二之下《諸子略》小説家：

《伊尹説》二十七篇。其語淺薄，似依托也。

《孟子》：“萬章問曰：‘人有言伊尹以割烹要湯，有諸？’孟子曰：‘否，不然。吾聞其以堯、舜之道要湯，未聞以割烹也。’”

王氏《考證》：“《吕氏春秋》‘伊尹説湯以至味’云云，蓋戰國之士謂伊尹以割烹要湯，故爲是説，孟子辯之詳矣。”

何義門《讀書記》曰：“小説家《伊尹説》二十七篇，依托之書，皆入小説，弗爲弗滅，斯舉衷矣。”

嚴可均《三代文編》曰：“《漢志》小説家有《伊尹説》二十七篇，本注‘其語淺薄，似依托也’。《吕氏春秋·本味篇》疑即小説家之一篇，《孟子》‘伊尹以割烹要湯’謂此篇也。”

梁玉繩《吕子校補》曰：“《漢·藝文志》小説家有《伊尹説》二十七篇，《司馬相如傳》索隱稱應劭引《伊尹書》，《説文》櫨字、秏字注引伊尹之言，豈《本味》一篇出於《伊尹説》歟？”（按應劭所引及《説文》兩字所注，皆見於《本味篇》，故梁氏有是言。）（《二十五史補編》本，中華書局，1956年）

趙爾巽等《清史稿》卷一百四十七《藝文三》道家類：

商《伊尹書》一卷，馬國翰輯。（《二十五史》本，上海古籍出版社、上海書店，1986年）

梁啓超《漢書藝文志諸子略考釋》道家：

《伊尹》五十一篇。湯相。

今佚。《隋志》已不著録。

伊尹時已有著作傳後，且篇數多至五十餘，此可斷其必誣。然孟子已徵引伊尹言論多條，則孟子時已有所謂《伊尹書》者可知。《逸周書》有“伊尹獻令”，其起原亦頗古也。但以入道家，於義恐無取。

同上，《漢志諸子略各書存佚真僞表》道家者流：

《伊尹》，入“已佚”類“有遺篇遺説可考輯者”目，以爲“依托”。

同上，小説家者流：

《伊尹説》，入“已佚”類“全佚”目。（《飲冰室合集》本，中華書局，1989年）

羅焌《諸子學述》上編《諸子書之真僞及存佚表》：

諸子名稱		《漢書・藝文志》	《隋書・經籍志》	《唐書・經籍志》	現時存佚	考證
道家	伊尹	五十一篇，注云：“湯相。”又小説家《伊尹説》二十七篇，注云：“其語淺薄，似依托也。”案此引注云，皆班固自注，後并同	亡	亡	清歷城馬氏國翰《玉函山房輯佚書・子編》《伊尹書》一卷。烏程嚴氏可均輯《上古三代文》中，《伊尹文》一節。今人寧鄉錢維驥有輯本，未刊	宋王應麟《漢志考證》云：“《漢志》於兵權謀省伊尹、太公而入道家。蓋戰國權謀之士，著書而托之伊尹也。”今考馬、嚴二氏所輯，皆本周書、尸子、吕子、韓嬰、劉向之書。是爲先秦所依托也
小説家	伊尹説	二十七篇。注云：“其語淺薄，似依托也。”案此疑即道家《伊尹》五十一篇中別出者也	無	無	嚴可均云：“《吕子・本味篇》載伊尹説湯以至味。此疑即小説家《伊尹説》之一篇，《孟子》伊尹以割烹要湯，謂此篇也。”	

同上，中編《道家・伊尹》：

伊尹名摯，字尹，姓伊，力牧之後，（《史記索隱》引《世紀》。）有侁之空桑人。（侁一作㜪，通作莘。《括地志》云：“古莘國在汴州陳留縣東五里故莘城。”《一統志》云：“空桑城在陳留縣南十五里。”）初事夏桀，後相商湯爲阿衡。（《詩・商頌》箋云：“阿，倚也。衡，平也。伊尹，湯所依倚而取平，故以爲官名。”）太甲尊爲保衡。（《書・君奭篇》鄭注云：“保，安也。言天下所取安，所取平。阿衡、保衡，此皆三公之官，當時爲之號也。”）《漢志》道家，《伊尹》五十一篇；小説家，《伊尹説》二十七篇，此二十七篇蓋即從五十一篇中別出者。書佚已久，後人輯本不爲分家。茲但取其説之衷於道者，分別述之。

先己　《吕子・先己篇》云：湯問於伊尹曰：“欲取天下若何？”伊尹對曰：

“欲取天下，天下不可取。可取，身將先取。”（《老子》曰：“取天下常以無事。”河上公注云：“取，治也。”朱駿聲曰：“將，讀爲當。”）［凡事之本，必先治身。（舊校云：“治一作取。”）嗇其大寶，用其新，棄其陳，腠理遂通。（嗇，謂少費也。大寶，即下文所謂精氣。用新棄陳，即《莊子·刻意篇》所云“吐故納新”，《淮南·泰族篇》所云“呼而出故，吸而入新”也。腠，謂津液滲泄之所。理，謂文理逢會之中。）精氣日新，邪氣盡去，及其天年，（俞樾曰：“及當爲夂字之誤。夂，古文終字。”）此之謂真人。（《莊子·刻意篇》云：“能體純素，謂之真人。”《淮南·精神篇》所云：“所謂真人者，性合於道也。”）昔者先聖王成其身而天下成，治其身而天下治。故善響者不於響，於聲；善影者不於影，於形；爲天下者不於天下，於身。（聲善則響善，形善則影善，身治則天下治。爲，治也。）《詩》曰：“淑人君子，其儀不忒。其儀不忒，正是四國。”言正諸身也。］（“凡事之本”以至“不於天下於身”，乃《吕子》推論之詞，馬氏并輯爲《伊尹書》，誤矣。）

案《莊子》云：“道之真，以治身，其緒餘以爲國家，其土苴以治天下。由此觀之，帝王之功，聖人之餘事也，非所以完身養生也。”（《讓王篇》文，又見《吕子·貴生篇》。）故老子有言：“貴以身於天下，（以身貴於天下也。一説，於，猶爲也。）則可以托天下；愛以身於天下，則可以寄天下。”（第十三章，又見《莊子·在宥篇》。）此《吕子》所以云“爲天下者不於天下，於身”也。《淮南子》云：“是故天下之事不可爲也，因其自然而推之。”（《原道篇》）又云：“故天下神器，不可爲也。”（二語本《老子》二十九章，高誘注云：“爲，治也。”）與伊尹“天下不可取”之義正同。《吕子·先己篇》末引孔子曰：“不出於門户而天下治者，其惟知反於己身者乎！”此與老子“不出户知天下”意同，亦即伊尹先取己身則可取天下之義也。

又案《吕子》以“嗇其大寶，用新棄陳，精氣日新，終其天年”諸語，申明伊尹治身之義。蓋道家之治身，原以養生爲主。儒家亦然，曾子言心廣體胖，孟子之言見面盎背，公孫尼之言養氣，董仲舒之言養身，胥是道也。

《尸子》引：（本《藝文類聚》卷十八引《尸子》。）湯問伊尹曰：“壽可爲耶？”伊尹曰：“王欲之則可爲，弗欲則不可爲也。”

案孔子曰：“仁者壽。”又曰：“仁遠乎哉？我欲仁，斯仁至矣。”然則欲得其壽者，自勉於仁而已。此亦孔子所謂“反於己身”之意也。

任重　《孟子·萬章篇》云：伊尹曰：“何事非君？何使非民？”（朱注云：“言所事即君，所使即民，無不可事之君，無不可使之民也。”）治亦進，亂亦進。曰：“天之生斯民也，使先知覺後知，使先覺覺後覺。予，天民之先覺者也，予將以斯道覺斯民也，非予覺之而誰也？”思天下之民，匹夫匹婦有不與被堯舜之澤者，若已推而内之溝中，其自任以天下之重也。（孟子云：“禹思天下有溺者，由己溺之也。稷思天下有飢者，由己飢之也。是以如是其急也。”皆自任以天下之重者也。）

案伊尹言行，孟子數稱之，又稱伊尹爲古聖人，（《公孫丑上》）又稱曰：“伊尹，聖之任者也。”（《萬章下篇》）凡後世之以天下爲己任者，皆伊尹之徒也。宋儒周子雖志伊尹之所志，而僅稱伊尹爲大賢，（《詳見《通書·志學章》）殆亦孟子所云“不同道”者乎！（公孫丑曰：“伯夷、伊尹何如？”孟子曰：“不同道。”）

附録　《吕子·本味篇》。（略。）

案許慎《説文》㑂字下，引此篇“有侁氏以伊尹㑂女”句，稱“吕不韋曰”；秏字下，引“飯之美者，玄山之禾，南海之秏”三句，稱“伊尹曰”；櫨字下，引“果之美者，箕山之東，青鳧之所，有甘櫨焉”四句，稱“伊尹曰”。而應劭注《子虚賦》引此四句則稱“伊尹書”。然則此篇自伊尹説湯以上，皆吕子之言；以下皆伊尹之言。實則吕子采諸《伊尹書》者也。嚴可均曰：“此疑即小説家《伊尹説》之一篇。”《孟子》萬章問：“人言伊尹以割烹要湯，有諸？”謂此篇也。今案篇末云：“天子不可强爲，必先知道。道者亡彼在己，己成而天子成，天子成則至味具。”全歸重於修己治身之道。馬驌稱其“先設珍異而曲終奏雅”，其議至平，即屬小説家言，亦有可觀者，因全録之。至翟灝所云：“《伊尹説》乃怪誕猥鄙之小説，何足掛脣？”（《四書考異》下《條考》卅一。）抑何言之過歟！（商務印書館，1935年）

顧實《漢書藝文志講疏》三《諸子略·小説》：

《伊尹》五十一篇。（相湯。）

亡。《吕覽·本味篇》述伊尹之言，當出此書。司馬遷曰：“伊尹從湯，言素王九主之事。”（《史記·殷本紀》）則所謂君人南面之術也。馬國翰有輯本。（商務印書館，1929年）

《伊尹説》二十七篇。（其語淺薄，似依托也。）

亡。道家名《伊尹》，此名《伊尹説》，必非一書。禮家之《明堂陰陽》，與《明堂陰陽説》爲二書，可比證，然亦可明道家、小説家一本矣。（上海古籍出版社，2009 年）

陳朝爵《漢書藝文志約説》卷二《諸子略·道家》：

《伊尹》五十一篇。（湯相。亡。）

王應麟曰：“《説苑》《吕氏春秋》皆引伊尹，《志》於兵權謀省《伊尹》

《太公》而入道家，蓋戰國權謀之士著書而托之伊尹也。《孟子》言伊尹‘將以斯道覺斯民’。伊尹所謂道，豈老氏所謂道乎？”葉德輝曰：“《殷本紀》引伊尹從湯言素王九主之事，《齊民要術》引氾勝之述伊尹區田法，《韓詩外傳》引伊尹對湯問，皆王氏所未見。”（《二十五史藝文經籍考補萃編》本，清華大學出版社，2012年）

魯迅《中國小説史略》第三篇《〈漢書·藝文志〉所載小説》：

《漢志》之叙小説家，以爲“出於稗官”，如淳曰：“細米爲稗。街談巷説，甚細碎之言也。王者欲知里巷風俗，故立稗官，使稱説之。”（本注）其所録小説，今皆不存，故莫得而深考，然審察名目，乃殊不似有采自民間，如《詩》之《國風》者。其中依托古人者七，曰：《伊尹説》《鬻子説》《師曠》《務成子》《宋子》《天乙》《黄帝》。記古事者二，曰：《周考》《青史子》，皆不言何時作。明著漢代者四家，曰：《封禪方説》《待詔臣饒心術》《臣壽周紀》《虞初周説》。《待詔臣安成未央術》與《百家》，雖亦不云何時作，而依其次第，自亦漢人。

《漢志》道家有《伊尹説》五十一篇，今佚；在小説家之二十七篇亦不可考，《史記·司馬相如傳》注引《伊尹書》曰：“箕山之東，青鳥之所，有盧橘夏熟。”當是遺文之僅存者。《吕氏春秋·本味篇》述伊尹以至味説湯，亦云“青鳥之所有甘櫨”，説極詳盡，然文豐贍而意淺薄，蓋亦本《伊尹書》。伊尹以割烹要湯，孟子所詳辯，則此殆戰國之士之所爲矣。（上海古籍出版社，1998年）

張壽林《伊尹篇》：

伊尹，殷商開國之名臣也。相成湯而王天下，致治之才，蓋有足多。孟子云：“伊尹聖之任者也。”故士之稱道昔賢，周、吕而外，群推楷模。第遷書既不爲傳，《殷記》靡得其詳。雖故書所記，勳績可稽；然史實傳説，既多淆混，文人好奇，不免緣飾。且《紀年》所載，則擅行篡奪，乃不克終其天年。是儒者之説，蓋多溢美。壽林往稽載籍，竊實疑之，用是比佽群言，從而考辯，去其僞而存其真，爲《伊尹篇》，蓋亦惡紫之近朱也。

伊尹，不詳其姓氏，“尹”蓋古昔君相師保之官，《書·皋陶謨》：“庶尹克諧。”《顧命》：“百尹御事。”《立政》：“大史尹伯。”是其明證。“伊”之爲其姓氏，抑爲其名字，則不復可稽。其名稱於卜辭凡八見：“癸巳卜來□伊尹。”（《前編》卷八第一頁）“癸丑子來丁彡伊尹。”（《書契菁華》第十一頁）“丙寅貞又□□于伊尹二牢。”（《後編》卷上第十二頁）“癸巳卜，又□伐與伊，其×大乙，彤……”（同上）“癸酉貞卜，大乙伊，其……”（同上）“其射三牢蟲伊。”（《戩壽堂殷墟文字》第九頁）“己未王□貞，伊□羊衆牛

□日。”（同上）“癸酉卜，右伊五示。”（羅氏拓本）稱伊尹者三見，稱伊者五見，是“伊”之爲其姓氏可知也。又卜辭人名，屢見“寅尹”，海寧王氏《古史新證》云：“古音寅亦如伊，故陸法言《切韵》‘寅’兼脂真二韵，而《唐韵》以降仍之，疑亦即伊尹。”是伊尹亦作寅尹，或單稱伊。《孫子·用間篇》及《墨子》《楚辭》，并以伊尹名摯，後人因之，或稱伊摯。然伊尹名摯，經傳未聞，不足徵信。《詩·長發》云：“昔在中葉，有震切業，允也君子，降于卿士。實惟阿衡，實左右商王。”傳：“阿衡，伊尹也。”箋：“阿，倚；衡，平也。湯所依倚而取平，故以爲官名。至太甲改爲保衡。保，安也。言天下所取安，所取平，阿衡、保衡，此皆三公之官，當時爲之號也。”史遷據之，因謂：“伊尹，名阿衡。”然《書·君奭篇》云：“成湯既受命，時則有若伊尹，格於皇天。在太甲時，則有若保衡。”是伊尹、保衡，初非一人，故大名崔氏辯之云：“余按《書》云：‘成湯既受命，時則有若伊尹，格於皇天。在太甲時，則有若保衡。’則是伊尹、保衡爲二人明甚。安有同是一人，而兩舉之，一則屬之成湯，一則屬之太甲，變其稱謂，以爲奇乎？”（《商考信録》卷一）第金壇段氏，獨持異説，其言曰：“伊與阿，尹與衡，皆雙聲，即一語之轉。”（《説文解字注》伊字條下）桐城馬氏《毛詩傳箋通釋》，從而附之，以證《毛傳》阿衡伊尹之説，亦謂：“阿衡蓋師保之官，特設是官名以寵異之，後以雙聲轉而爲伊尹，及太甲時，改曰保衡。”不知“阿衡”之稱，卜辭不見，雙聲疊韵，事有偶合，《君奭》文意甚明，初未可以一聲之轉，爲伊尹阿衡一人之證。要之伊尹之名，蓋以官稱，年代荒遠，其名氏殆不可考，不得以“摯”或“阿衡”爲其名也。

伊尹雖爲殷初名臣，然其先世已不可知。《吕氏春秋·本味篇》云：“有侁氏女子，采桑得嬰兒於空桑之中，獻之其君，其君令烰人養之，察其所以然，曰：‘其母居伊水之上孕，夢有神告之曰：“臼出水而東走，毋顧。”明日視臼出水，告其鄉鄰，東走十里而顧，其邑盡爲水，身因化爲空桑，故命之曰伊尹。此伊尹生空桑之故也。’”又《史記索隱》引皇甫謐之言曰：“伊尹力牧之後，生於空桑。”或以爲有侁氏子，或以爲力牧之後，并出秦漢文士傳説之詞，初非史實。蓋古昔民智未開，古聖先賢，多出感生，必有靈異，所謂“俗人好奇，不奇言不信也”。且桑林復爲古昔聖地，遂初傳説，古之聖賢，多生於是，伊尹生於空桑之説，殆亦由此種傳説之所緣飾。至於伊尹之稱，本出官名，伊水之稱，尤不可信。

夫相人之術，學者非之，世俗妄誕，於古昔聖賢，輒矜其異狀以爲奇。《荀子·非相篇》稱：“伊尹之狀，面無鬚麋。”《帝王世紀》稱伊尹之狀：“色黑面短，僂身而下聲。”蓋亦文士想像之辭，大名崔氏謂：“短黑僂身云者，亦皆戰國策士抑揚之詞，非事實。”於理最爲得之。

伊尹生於夏桀之世，虐政荒淫，民勞莫息，天下騷然。孟子謂：“伊尹耕於有莘之野而樂堯舜之道焉。非其義也，非其道也，禄之以天下，弗顧也；繫馬千駟，弗視也。非其義也，非其道也，一介不以與人，一介不以取諸人。”雖爲儒者之言，然於理爲近。至其致仕之由，則説者不一，《史記·殷本紀》云：“衡欲干湯而無由，乃爲有莘氏媵臣，負鼎俎以滋味説湯致於王道。或曰伊尹處士，湯使人聘迎之，五反然後肯往。”“或曰”者，疑詞也，蓋史遷於此，已深致其疑，故并存之以遺來者。然伊尹負鼎俎以要湯，固戰國文士間流行之傳説，先秦諸子，没没言之。其始似出於刑墨之徒，墨子《尚賢篇》云：“昔伊尹爲有莘氏女師僕，使之爲庖人，湯得而舉之。”其説之見於先秦諸子者，蓋始於此，至兹以降，説者尤繁。韓非子云：“上古有湯至聖也，伊尹至智也，夫至智説至聖，然且七十説而不受；身執鼎俎爲庖宰，昵近親習，而湯乃僅知其賢而用之。”又云：“伊尹爲宰，百里奚爲虜，皆所以干其上也。此二人者，皆聖人也，然猶不能無役身以進，如此其污也。”《鶡冠子》云：“伊尹酒保，立爲世師。”《魯連子》云：“伊尹負鼎佩刀，以干湯得意，故尊宰舍。”是伊尹負鼎俎以要湯之説，固甚傳於當時，而墨氏刑名之徒，尤樂道之。然儒家者流，則從而非之，《孟子》云：“萬章問曰：‘人有言：伊尹以割烹要湯，有諸？’孟子曰：‘否，不然。……吾未聞枉己而正人者也，况辱己以正天下者乎？聖人之行不同也，或遠，或近，或去，或不去，歸潔其身而已矣。吾聞其以堯舜之道要湯，未聞以割烹也。’”足證當時有此傳説，與儒家者流，傳説異驅，故孟子因萬章之問以駁之，然吾儕適足據此以證其説之出於刑墨，故儒者非之。蓋儒家者流，言必稱堯舜，伊尹復爲儒者之典型，故必稱其以堯舜干湯也。且《論語》云：“子夏曰：‘……湯有天下，選於衆，舉伊尹，不仁者遠矣。’”是以孟子因之，遂謂：“湯使人以幣聘之，囂囂然曰：‘我何以湯之聘幣爲哉？我豈若處畎畝之中，由是以樂堯舜之道哉？’湯三使往聘之，既而幡然改曰：‘與我處畎畝之中，由是以樂堯舜之道，吾豈若使是君爲堯舜之君哉？吾豈若使是民爲堯舜之民哉？吾豈若於吾身親見之哉？天之生此民也，使先知覺後知，使先覺覺後覺也；予，天民之先覺者也，予將以斯道覺斯民也。非予覺之而誰也？’思天下之民匹夫匹婦有不被堯舜之澤者，若己推而内之溝中，其自任以天下之重如此。故就湯而説之以伐夏救民。”又托之伊尹言云：“何事非君，何使非民，治亦進，亂亦進。”全以儒家思想爲其中心。不知聘迎之説，亦非儒者之所創見，墨子固亦稱之，其言曰：“湯往見伊尹，令彭氏之子御。彭氏之子半道而問曰：‘君將何之？’湯曰：‘將往見伊尹。’彭氏之子曰：‘伊尹，天下之賤人也，君若欲見之，亦令召問焉，彼受賜矣。’湯曰：‘非汝所知也。今有藥於此，食之則耳加聰，目加明，則吾必説而强食之。今夫伊尹之於我國也，譬之良醫善藥也，而子不欲我見伊尹，是子不欲我善也。’因下彭氏之子，不使御。”其説信否，雖不可憑，然迎聘之説，不始於儒者，即可推想而知也。由是言之，是伊尹登仕，先秦傳説，已多紛歧。然當此之時，雖甲是乙非，莫衷一是，猶不失原始傳説之素地。殆夫秦漢，文學之士，乃强爲牽合，附會既多，增飾尤衆，《吕氏春秋·本味篇》云：“湯聞伊尹，使人請之有侁氏，有侁氏不可，伊尹意欲歸湯，湯於是請取婦爲婚，有侁氏喜，以伊尹爲媵送女。……湯得伊尹，袚之於廟，爝以爟火，釁以犧猳，明日設朝而見之，説湯以至味。湯曰：‘可對而爲乎？’對曰：‘君之國小，不足以具之，爲天子然後可具。夫三群之蟲，水居者腥，肉獿者臊，草食者羶。臭惡尤美，皆有所以。凡味之本，水爲最始，五味三材，九沸九變。火之爲紀，時疾時徐，滅腥，去臊，除羶，必以其勝，無失其理。調和之事，必以甘酸苦辛鹹，先後多少，其齊甚微，皆有自起。鼎中之變，精妙微纖，口弗能言，志弗能喻，若射御之微，陰陽之化，四時之數，故久而不弊，熟而不爛，甘而不噥，酸而不酷，鹹而不減，辛而不烈，澹而不薄，肥而不腴。肉之美者，猩猩之脣，貛貛之靈，隽觾之翠，述蕩之掔，旄象之約。流沙之西，丹山之南，有鳳之丸，沃民所食。魚之美者，洞庭之鱄，東海之鮞，醴水之魚，名曰朱鱉，六足，有珠百碧。雚水之魚，名曰鰩，其狀若鯉而有翼，常從西海夜飛，游於東海。菜之美者，昆侖之蘋；壽木之華；指姑之東，中容之國，有赤木玄之葉焉，餘瞀之南，南極之崖，有菜，其名曰嘉樹，其色若碧，陽華之芸，雲夢之芹，具區之菁，浸淵之草，名曰士英。和之美者，陽樸之薑，招摇之桂，越駱之菌，鱣鮪之醢，大夏之鹽，宰揭之露，其色如玉，長澤之卵。飯之美者，玄山之禾，不周之粟，陽山之穄，南海之秬。水之美者，三危之露，昆侖之井，沮江之丘，名曰摇水，曰山之水，高泉之山，其上有涌泉焉，冀州之原。果之美者，沙棠之實，常山之北，投淵之上，有百果焉，群帝所食，箕山之東，青鳥之所，有甘櫨焉，江浦之橘，雲夢之柚，漢上石耳，所以致之。馬之美者，青龍之匹，遺風之乘。非先爲天子，不可得而具。天子不可强爲，必先知道，道者止彼在己，己成而天子成，天子成而至味具，故審近所以知遠也，成己所以成人也；聖王之道，要矣，豈越越多業哉！”侈陳事物，文豐而意淺，全篇戰國策士之詞，且以聘迎割烹，并爲一説，牽强附會，緣飾益多，蓋吾華古史，由層纍而構成，時世愈晚，則去史實傳説之素地也亦愈遠，輾轉流傳，增飾比附，遂淆混而不復可分。《帝王世紀》云：“湯思賢夢見有人負鼎抗俎，對己而笑。寤而占曰：‘鼎爲和味，俎者割截，天下豈有人爲吾宰者哉？’初力牧之後，曰伊摯，耕於有莘之野，湯聞以幣聘。有莘之君留而不進。湯乃求婚於有莘之君，遂嫁女於湯，以摯爲媵臣。至亳，乃負鼎抱俎見湯也。”其説蓋本《吕覽》，然《楚辭·天問》實開其端，其言曰：“成湯東巡，有莘爰極。何乞彼小臣，而吉妃是得？”王逸之作注也，亦持兩端，既謂：“伊尹始仕，因緣烹鵠鳥之羹，修玉鼎之事於湯，湯賢之遂以爲相。”又謂：“湯東巡狩之有莘國，以爲婚姻，從有莘氏乞匄伊尹，因得吉善之妃，以爲内輔也。”又云：“湯出觀風俗，乃憂下民，博選於衆而逢伊尹，舉以爲相也。”陸賈《新語》亦云：“伊尹負鼎屈於有莘之野，修達德於草廬之下，躬親農夫之作，意懷帝王之道。身在衡門之裏，志圖八極之表，故釋負鼎之志，爲天子之佐。”是秦漢以還，於伊尹登仕之由，已混淆莫辯，宜乎史遷之致其疑也。至於《後漢書·馮衍傳》注引《帝王世紀》之説云：“（伊摯）年七十而不遇，湯聞其賢，設朝而見之。”則尤出附會，按之年世，殊不足信，大名崔氏駁之云：“伊尹相湯以王天下，其在湯朝必歷有年所，其後又相外丙、仲壬、太甲、沃丁，不下數十年，則伊尹之遇湯，當在中年，以爲七十，誂矣。”雖其推論年世，或不適合，然其辯伊尹七十遇湯之謬，實無異議。又迎聘之説，或曰“三往”（如《孟子》所載），或謂“五反”（如《殷紀》所述），此正傳説之本色，且“三”“五”虚數，初非定詞，從而辯之，反失之泥。總之伊尹登仕之由，已不可考，迎聘割烹之説，要皆先秦文士之傳説，輾轉附會，真象益失。“盡信書不如無書。”吾儕亦不過以傳説視之，知秦漢之士，於伊尹致仕之由，其解釋爲如此耳。

《宋書·符瑞志》云：“伊摯將應湯命，夢乘船過日月之旁。”《宋書》晚出，不知其果何所依據，且符瑞之言，尤不可信。伊尹就湯，經傳所記，并以爲立致相位，然《論語》既謂湯有天下，始選於衆；而舉伊尹，是伊尹之相湯，當在湯有天下之後。且《齊侯鎛鐘》云：“虩虩成唐，有嚴在帝所，博受天命，□伐迹同，敗厥靈師，伊小臣惟補，咸有九州，處禹之堵。”述成湯（成唐即成湯）之事，而云“伊小臣惟補”，里安孫氏，謂古籍多稱伊尹爲小臣。《墨子·尚賢篇》云：“湯有小臣。”孫氏《閒詁》云：“此即上文所謂伊尹……《楚辭·天問》云：‘成湯東巡，有莘爰極，何乞彼小臣，而吉妃是得？’王注云：‘小臣謂伊尹也。’《吕氏春秋·遵師篇》云：‘湯師小臣。’高注云：‘小臣謂伊尹。’”是伊尹就湯，初非立致相位，姑爲小臣，既乃任以國政。王逸《楚辭章句》云：“湯初奉伊尹，以爲凡臣耳，復知其實，乃以備輔翼承疑用其謀也。”殆近之矣。

伊尹之佐湯也，《史記·殷本紀》云：“湯征諸侯，葛伯不祀，湯始伐之。湯曰：‘予有言，人視水見形，視民知治不？’伊尹曰：‘明哉！言能聽，道乃進。君國子民爲善者皆在王官。勉哉，勉哉！’湯曰：‘汝不能敬予命，大罰殛之，無有攸赦。’作《湯征》。”據《僞書序》以爲説。然《詩·商頌》記湯之伐韋顧、昆吾、夏桀，而爲葛，孟子言湯以仇餉征葛，復異於《史記》之言，且辭皆繁碎，不類詩書，殆因逸書“葛伯仇餉”一語，從而附會，是以嘉定王氏《十七史商榷》云：“此乃殘章零句，不能成篇，史遷受諸安國而戴之。”王氏於此，蓋已志其疑，且“作《湯征》”句下，接“伊尹名阿衡”云云，文亦不辭，歸安崔氏《史記探源》謂爲：“後人據書序竄入。”允矣。

伊尹輔商，其功績首在佐成湯以伐夏桀，然其事迹，亦非如後此傳説之複雜，蓋書闕有間，其詳已不可考，後人好奇，從而緣飾，愈附會愈失其真。春秋以前，關於夏商之史料，世不多見，然《書·君奭篇》及《齊侯鎛鐘》，具嘗言伊尹佐湯伐桀之事，《書·君奭篇》云："在昔成湯既受命，時則有若伊尹，格於皇天。"《齊侯鎛鐘》云："虩虩成唐（湯），有嚴在帝所。塼（敷）受天命，□（剪）伐頣（夏）司（鎛銘作"同"，當以"司"爲是，"司"通"祀"），敗厥靈師，伊小臣惟補（輔），咸有九州，處禹之堵。"（從郭沫若釋文）稽其所紀，僅謂成湯受天命，伊尹佐之，剪伐夏祀，處禹之堵，而不及其他，殆夫戰國以下，增飾遂多。孟子謂："伊尹五就湯，五就桀。"後人因之，遂有伊尹去湯仕桀之説，《吕氏春秋·愼大篇》云："桀爲無道，暴戾頑貪，天下顫恐而患之，言者不同，紛紛分分，其情難得。干辛任威，凌轢諸侯，以及兆民。賢良鬱怨，殺彼龍逢，以服群凶。衆庶泯泯，皆有遠志，莫敢直言，其生若驚。大臣同患，弗周而畔。桀愈自賢，矜過善非，主道重塞，國人大崩。湯乃惕懼，憂天下之不寧，欲令伊尹往視曠夏，恐其不信，湯由親自射伊尹。伊尹奔夏，三年反報於亳，曰：'桀迷惑於末嬉，好彼琬琰，不恤其衆。衆志不堪，上下相疾，民心積怨，皆曰："上天弗恤，夏命其卒。"'湯謂伊尹曰：'若告我曠夏盡如詩。'湯與伊尹盟，以示必滅夏。伊尹又復往視曠夏，聽於末嬉。末嬉言曰：'今昔天子，夢西方有日，東方有日，兩日相與鬥，西方日勝，東方日不勝。'伊尹以告湯。商涸旱，湯猶發師以信伊尹之盟。故令師從東方出於國西以進，未接刃而桀走，逐之至大沙，身體離散，爲天下戮。不可正諫，雖後悔之，將可奈何？湯立爲天子，夏民大説，如得慈親，朝不易位，農不去疇，商不變肆，親郼如夏。此之謂至公，此之謂至安，此之謂至信。盡行伊尹之盟，不避旱殃，祖伊尹世世享商。"劉向《新序》，多探春秋之漢初軼聞舊説，亦載伊尹就桀勸諫之詞，其言曰："桀作瑶臺，罷民力，殫民財，爲酒池糟堤，縱靡靡之樂，一鼓而牛飲者三千人，群臣相持歌曰：'江水沛沛兮，舟楫敗兮，我王廢兮，趣歸薄兮，薄亦大兮。'又曰：'樂兮樂兮，四牡蹻兮，六轡沃兮，去不善而從善，何不樂兮？'伊尹知天命之至，舉觴而告桀曰：'君王不聽臣之言，亡無日矣。'桀拍然而作，啞然而笑曰：'子何妖言？吾有天下，如天之有日也。日有亡乎？日亡吾亦亡矣。'於是接履而趣，遂適湯，湯立爲相。故伊尹去官入殷，殷王而夏亡。"《尚書大傳》説亦類是，而略異其辭云曰："夏人飲酒，醉者持不醉者，不醉者持醉者，相和而歌曰：'盍歸於薄，盍歸於薄，薄亦大矣。'伊尹退而閑居，深聽樂聲。更曰：'覺兮覺兮，吾大命格兮。去不善而就善，何樂兮。'薄，湯之都也。"《史記·殷本紀》亦載《僞書序》云："伊尹去湯就適夏，既醜有夏，復歸於亳。入自北門，遇女鳩、女房，作《女鳩》《女房》。"雖傳聞異詞，不一其説，要皆因《孟子》"五就湯，五就桀"一語，從而飾增。

然伊尹仕桀，春秋以前，載籍不聞，是《孟子》之説，已有足疑，大名崔氏云："孟子書中，有'伊尹五就湯，五就桀'之語，論者因之，或以爲伊尹罪。余按：孟子辯伊尹要湯事，稱其非義非道禄以天下弗顧。湯以幣聘，猶不肯往，必無一旦無故去商而欲輔桀之事。即就桀矣，桀之暴戾，不可化誨，伊尹豈不見之？即由亳而適夏，復由夏而適亳，一已足矣，五何爲焉？《孟子》稱伊尹言'何事非君'，而《史記》載《書序》復有'醜夏歸亳'之事，然則伊尹固嘗適夏，或仕於桀，或未嘗仕於桀，或如孟子在梁爲齊客卿者然，皆可未知。惜乎《女鳩》《女房》之篇已亡，其事不可詳考，要之五就湯五就桀，則必無之事也。"於伊尹五就湯五就桀之説，辯之允矣。《吕氏春秋》蓋知其説之不可通，因謂伊尹就桀，乃受湯命往視曠夏，故恐其不信而射之，非所以仕也。陽湖孫氏《尚書今古文注疏》云："伊尹適夏者，趙注《孟子》云：'伊尹爲湯見貢於桀，不用而歸湯。'案：《射義》古者諸侯有貢士於天子之制，蓋伊尹爲湯貢士而適夏也。"雖與《吕覽》之説解釋各異，然相異適足以相成，其欲爲《孟子》伊尹就湯之説，求一解釋則一也。不知因《孟子》有伊尹就湯之説，乃有《吕覽》往視曠夏之説，因《吕覽》有伊尹往視曠夏之説，然後有史遷"醜夏歸亳"之紀，有《新序》勸諫之辭，演變之迹，顯然可稽。《孟子》之説，既不可信，則雖强爲解釋增飾，其又奚益？至於《女鳩》《女房》之作，出於《書序》，蓋周秦文士之僞托，尤不可信，史遷據之而作紀，失之疏矣。

初成湯之將伐桀也，故書所載，嘉謨宏猷，多出伊尹。成湯蓋師事之而王天下，故《孟子》謂："湯之欲伊尹，學焉而後臣之，故不勞而王。"《吕氏春秋·尊師篇》亦謂："湯師小臣。"小臣者，伊尹也。其嘉謀密計，勸諫之辭，先秦諸子，尤樂道之，《吕覽·先己篇》云："湯問於伊尹曰：'欲取天下若何？'伊尹對曰：'欲取天下，天下不可取。可取，身將先取。凡事之本，必先治身，嗇其大寶，用其新，棄其陳，腠理遂通，精氣日新，邪氣盡去，及其天年，此之謂真人。'"此蓋因儒家修身治國平天下之説，從而附會。《尸子》云："湯問伊尹曰：'可爲邪？'伊尹曰：'王欲之則可爲，弗欲則不可爲也。'"《吕覽》之説，蓋亦類是，全爲戰國策士之辭，托之伊尹，以爲己説之證。劉向《説苑》亦謂："湯欲伐桀，伊尹曰：'請阻乏貢職，以觀其動。'桀怒，起九夷之師以伐之，伊尹曰：'未可，彼尚猶能起九夷之師，是罪在我也。'湯乃謝罪請服，復入貢職。明年，又不供貢職，桀怒，起九夷之師，九夷之師不起。伊尹曰：'可矣。'湯乃興師伐而殘之，遷桀南巢氏焉。"是亦戰國之時，智取力争者之説，非成湯伊尹之伐也。大名崔氏辯之云："聖人之伐暴，以民困已極，不得已往而救之耳，非有心於取天下也。烏有姑試伐之，以觀其可取與否者哉！且九夷之去夏遠矣，湯與桀近在千里之内，而夏氏方引領以待偕亡，九夷之師於緩急何濟焉？"蓋戰國游説之士，多喜妄談古人，以爲己説之證；且人之恒情，好以己度人，以今度古，以不肖度聖賢，往往習見當世如此，乃從而附會，雖徑庭懸隔，終不自知，此吾華古史之所以多訛也。

《詩·商頌》云：“武王載旆，有虔秉鉞。如火烈烈，則莫我敢曷。苞有三蘖，莫遂莫達。九有有截，韋顧既伐，昆吾夏桀。”湯之初國小，其力且不足以伐昆吾，殆夫韋顧既滅，地廣兵强，乃伐昆吾，進而伐夏。故《史記·殷本紀》云：“夏桀爲虐政淫荒，而諸侯昆吾氏爲亂。湯乃興師，率諸侯，伊尹從湯，湯自把鉞，以伐昆吾，遂伐桀。……桀敗於有娀之虚，桀奔於鳴條，夏師敗績。”是成湯之王天下，蓋成之漸，所謂“十一征而無敵於天下”（《孟子》）也。始伐韋顧，次及昆吾，最後乃伐夏桀，或皆由於伊尹之助也。故《孟子》云：“伊尹相湯，以王天下。”又引《伊訓》曰：“天誅造攻自牧宫，朕載自亳。”蓋伊尹之相湯，當在既伐夏桀之後，而不當在就湯之始也。

《史記·殷本紀》云：“湯既勝夏，欲遷其社，不可，作夏社。伊尹報，於是諸侯畢服，湯乃踐天子位，平定海内。”又云：“伊尹作《咸有一德》。”皆據《僞書序》以爲説，《書序》蓋劉歆所作，托之孔子，因穿鑿《史記》，以竄宅其鬼蜮，宜乎歸安崔氏謂其爲後人竄入也。

伊尹相湯，雖多匡助，然稽其政績，則年代荒遠，不復可考，世俗無知，必從而緣飾，馬氏《繹史》引《氾勝之書》云：“湯有旱灾，伊尹作爲區田，教民糞種，負水澆稼，收之畝百石。”又引《大紀》云：“伊尹言於王，發莊山之金鑄幣，通有無於四方，以賑救之，民是以不困。”夫區田之説，出於晚周，發金鑄幣，尤非商初所宜有，區説阿會，殆無疑義。《淮南子》又謂：“伊尹之興土功也，修脛者使之蹠钁，强脊者使之負土，眇者使之準，傴者使之塗，各有所宜，而人性齊矣。”《周書》云：“湯問伊尹曰：‘諸侯來獻，或無牛馬之所生，而獻遠方之物，事實相反不利，今我欲因其地勢所有獻之，必易得而不貴，其爲四方獻令。’伊尹受命，於是爲四方令曰：‘臣請正東符婁仇州，伊慮漚深，九夷十蠻越漚，剪髮文身，請令以魚皮之鞞，□鰂之醬，鮫厳利劍爲獻。正南甌鄧、桂國、損子、産里、百濮、九菌，請令以珠璣玳瑁、象齒、文犀、翠羽、菌鶴、短狗爲獻。正西昆侖、狗國、鬼親、枳已、闟耳、貫胸、雕題、離丘、漆齒，請令以丹青、白旄、紕罽、江歷、龍角、神龜爲獻。正北空同、大夏、莎車、姑他、旦略、貌胡、代翟、匈奴、樓煩、月氏、孅犁、其龍、東胡，請令以橐駝、白玉、野馬、騊駼、駃騠、良弓爲獻。’湯曰：‘善。’”夫《淮南王書》，折中先秦諸子，其説出於戰國文士想像之辭，固不待辯。《周書》之説，要亦後人之所僞托，不寧商初土地，未必如是之廣，即其所舉，似亦因《山海經》而附會成篇，僞托之迹，顯然可見。此外劉向《説苑·君道》《臣術》兩篇，亦載成湯、伊尹問答之辭，《君道篇》云：“湯問伊尹曰：‘三公九卿，二十七大夫，八十一元士，知之有道乎？’伊尹對曰：‘昔者堯見人而知，舜任人然後知，禹以成功舉之。夫三君之舉賢，皆異道而成功，然尚有失者。況無法度而任己，直意用人，必大失矣。故君使臣自貢其能，則萬一之不失矣。王者何以選賢？夫王者，得賢材以自輔然後治也；雖有堯舜之明，而股肱不備，則主恩不流，化澤不行。故明君在上，慎於擇士，務於求賢。設四佐以自輔，有英俊以治官。尊其爵，重其禄。賢者進以顯榮，罷者退而勞力，是以主無遺憂，下無邪慝，百官能治，臣下樂職。恩流群生，潤澤草木。昔者虞舜左禹右臯陶，不下堂而天下治，此使能之效也。’”《臣術篇》云：“湯問伊尹曰：‘三公，九卿，大夫，列士，其相去何如？’伊尹對曰：‘三公者，知通於大道，應變而無窮，辯於萬物之情，通於天道者也。其言足以調陰陽，正四時，節風雨，如是者舉以爲三公。故三公之事，常在於道也。九卿者，不失四時，通於溝渠，修堤防，樹五穀，通於地理者也。能通不能通，能利不能利，如此者舉以爲九卿。故九卿之事，常在於德也。大夫者，出入與民同衆，取去與民同利，通於人事，行猶舉繩，不傷於言，言之於世，不害於身，通於關梁，實於府庫，如是者舉以爲大夫。故大夫之事，常在於仁也。列士者，知義而不失其心，事功而不獨專其賞，忠政强諫而無有奸詐，去私立公，而言有法度，如是者舉以爲列士。故列士之事，常在於義也。故道德仁義定而天下正。凡此四者，明王臣而不臣。’湯曰：‘何謂臣而不臣？’伊尹對曰：‘君之所不名臣者四：諸父，臣而不名；諸兄，臣而不名；先王之臣，臣而不名；盛德之士，臣而不名。是謂大順也。’”又云：“湯問伊尹曰：‘古者所以立三公、九卿、大夫、列士者，何也？’伊尹對曰：‘三公者，所以參五事也；九卿者，所以參三公也；大夫者，所以參九卿也；列士者，所以參大夫也。故參而有參，是謂事宗，事宗不失，外内若一。’”凡此之類，皆漢人依托之辭。蓋《説苑》一書，多采雜説，以爲法戒，王氏《困學紀聞》已斥其述紀之誤。其載伊尹之説，糅合儒道，類皆漢人思想，尤不可信。班固《漢書・藝文志》道家有《伊尹》五十一篇，小説家有《伊尹説》二十七篇，殆亦類此，并出後人依托。蓋世俗好奇，尤喜誇飾。桀紂無道，天下惡皆歸焉，伊尹聖者，天下之美皆歸焉，此伊尹相湯，後世論治績者之所以必稽也。

伊尹既相成湯，以王天下，成湯既没，太子未立。《史記・殷本紀》云：“湯崩，太子、太丁未立而卒，於是乃立太丁弟外丙，是爲帝外丙。帝外丙即位三年（《孟子》作二年），崩，立外丙之弟中壬，是爲帝中壬。帝中壬即位，四年崩，伊尹乃立太丁之子太甲。太甲，成湯嫡長孫也，是爲帝太甲。”其説蓋本《孟子》，考之卜辭，差爲近是。然商代繼統之法，以弟及爲主，而以子繼輔之，無弟則傳之子，事有定然，必謂伊尹立之者，史遷增之也。又云：“太甲元年，伊尹作《伊訓》，作《肆命》，作《徂后》。”是亦劉歆之徒，因《書序》而穿鑿附會。《漢書・律曆志》引《伊訓》云：“惟太甲元年十有二月乙丑朔，伊尹祀於先王，誕資有牧方明。”與《伊訓》之文不同，是其作僞之迹，彰然可見矣。

夫以人臣而放其君，賢者不爲，然伊尹之放太甲，獨見稱於儒者。《孟子》云：“太甲顛覆湯之典刑，伊尹放之於桐。三年，太甲悔過，自怨自艾，於桐處仁遷義，三年，以聽伊尹之訓己也，復歸於亳。”《僞書序》云：“太甲既立，不明，伊尹放諸桐。三年，復歸於亳，思庸伊尹作《太甲》三篇。”《史記》因之，遂謂：“帝太甲既立，三年不明，暴虐，不遵湯法，亂德，於是，伊尹放之桐宫。三年，伊尹攝行政，當國以朝諸侯。帝太甲居桐宫三年，悔過自責，反善，於是伊尹乃迎太甲而授之政。帝太甲修德，諸侯咸歸殷，百姓以寧。伊尹嘉之，乃作《太甲訓》三篇，褒帝太甲，稱太宗。”後人習聞其説，以爲伊尹聖賢，伐暴君以救民，輔暗主以允德，忠正之氣，蓋與天地同其不朽。然《晋書·束晳傳》引《竹書紀年》云：“仲壬崩，伊尹放太甲於桐，乃自立也。伊尹即位於太甲七年，太甲潜出自桐，殺伊尹。乃立伊陟、伊奮，命復其父之田宅而中分之。”與儒家傳説，適得其反。世俗之士，習於舊聞，覩此乃大駭，因加删削，别爲僞本。或則力斥其非，曲爲解説。羅泌之論曰：“周公之抱冲子，太甲之居桐，接在諒陰時也。古者君薨，太子諒陰，百官總己以聽冢宰三年，滕之父兄曰：‘吾先君莫之行，魯先君亦莫之行。’則此禮之廢已久，太甲之事，宜後世弗及知也。元祀十二月王始居陰，百官聽於冢宰，此喪之常紀，非攝也。嗣王不明，故因其諒陰處之於桐，謂之放者，自内而外之辭，抗世子之謂云爾，非廢也。三年奉歸於亳，是其復之時，非再立也。”然三年諒陰，儒者之禮，固不得移之於太甲，此蓋習於儒者之言，曲爲阿附，以證伊尹之爲賢者。大名崔氏考證史實，時多精義，然於此亦終不免爲故説所愚，力斥《紀年》之妄，其言曰：“余按：《孟子》云：‘太甲悔過，自怨自艾，於桐，處仁遷義。三年以聽伊尹之訓己也。復歸於亳。’又云：‘太甲賢又反之，民大説。’《傳》云：‘伊尹放太甲而相之。’《史記》云：‘沃丁之時，伊尹卒。既葬伊尹於亳，咎單遂訓伊尹事，作《沃丁》。是則伊尹自復太甲，太甲并無潜出之事，太甲復位之後，伊尹仍爲之相，臣沃丁時始卒，未嘗死於太甲之世明矣。……蓋自戰國以後，風俗日頹，見利忘義。世俗之人，習見而以爲固然，遂妄意古人之亦如是。”崔氏崇經，故據《孟子》以難《紀年》，殊不思《孟子》不過與魏安釐王時之史官同時，且孟子不在史職，聞見初弗逮史官之確，司馬遷又不及見秦時所焚之諸侯史記，其記述不過踵《孟子》而已，何足據之以難《竹書》？（梁任公説）故以肊見言之，則《紀年》之説，雖異於儒者之言，按之事理，或較儒者之説爲近真，至少亦當時戰國以前流行傳説之一。請舉數證，以明吾説。

今本《紀年》，已非原本，蓋出宋、明文士，雜糅竄補。太甲之殺伊尹，雖不見於今本，然論者或因今本《紀年》之僞，而疑其事之不足信。不知太甲之殺伊尹，《晋書·束晳》《王接》兩傳，俱嘗稱引，此皆原書初出土時諸人所親見，信而有徵者。且凡人作僞，必投合於時代心理，以期見信於人，伊尹經秦漢儒者之鼓吹，早有其神聖不可侵犯之地位，安有晋時作僞書者，而欲立此異説，資人集矢？是《竹書》有此記載，適足以證其不僞。此其可信者一也。（梁任公先生説）

左氏襄二十一年《傳》云：“秋，欒盈出奔楚，宣子殺箕遺、黄淵、嘉父、司空靖、邴豫、董叔、邴師、申書、羊舌虎、叔羆，囚伯華、叔向、籍偃。人謂叔向曰：‘子離於罪，其爲不知乎？’叔向曰：‘與其死亡若何？《詩》曰：“優哉游哉，聊以卒歲。”知也。’欒王鮒見叔向曰：‘吾爲子請。’叔向弗應。出，不拜。其人皆咎叔向。叔向曰：‘必祁大夫。’室老聞之，曰：‘欒王鮒言於君無不行，求赦吾子，吾子不許。祁大夫所不能也，而曰“必由之”，何也？’叔向曰：‘欒王鮒，從君者也，何能行？祁大夫外舉不棄仇，内舉不失親，其獨遺我乎？《詩》曰：“有覺德行，四國順之。”夫子，覺者也。’晋侯問叔向之罪於欒王鮒，對曰：‘不棄其親，其有焉。’於是祁奚老矣，聞之，乘馹而見宣子，曰：‘《詩》曰：“惠我無疆，子孫保之。”《書》曰：“聖有暮勳，明徵定保。”夫謀而鮮過，惠訓不倦者，叔向有焉，社稷之固也。猶將十世宥之，以勸能者；今壹不免其身，以棄社稷，不亦惑乎？鯀殛而禹興。伊尹放大甲而相之，卒無怨色。管、蔡爲戮，周公右王。若之何其以虎也棄社稷？子爲善，誰敢不勉？多殺何爲？’宣子説，與之乘，以言諸公而免之。不見叔向而歸，叔向亦不告免焉而朝。”竊疑“伊尹放太甲而相之，卒無怨色”一語，已非左氏原文，而爲劉歆之徒所改竄。觀祁奚之意，蓋以伊尹之放太甲，太甲潛出而殺伊尹，復相其子，卒毋怨色，以論叔向之宜免而復用。劉歆之徒，以其説之不容於儒者，故曲爲阿附，以圓其説。杜氏之序《左傳》也，於此已志其疑。其《春秋左氏傳後序》云：“《左氏傳》，‘伊尹放太甲而相之，卒無怨色’。然則太甲雖見放，還殺伊尹，而猶以其子爲相也。此爲大與《尚書叙》説太甲事乖異。不知老叟之伏生，或致昏殆，將此古書亦當時雜記，未足以取實也。”與《紀年》之説，適相發明。而大名崔氏，乃以所謂“無怨”者，非謂立陟也，曲爲之説，失之疏矣。此其所以可信者二也。

太甲之殺伊尹，其事始見於《竹書》，則其事之流傳，當在戰國以前。然戰國之際，儒墨之徒，方以仁愛要天下，不去篡奪，且以伊尹相成湯，伐夏桀，爲儒者之典型，故諱言其事，然猶不欲妄改史實，故於伊尹之相太甲，乃無一語及之。使伊尹果嘗輔暗主以允德，則以孔子之樂道昔賢，於堯舜之禪受，於周公之輔成王，莫不推崇備至，何以於伊尹之輔暗主，獨無片語及之耶？且《孟子·盡心篇》云：“公孫丑曰：‘伊尹曰：“予不狎於不順。”放太甲於桐，民大悦。太甲賢，又反之，民大悦。賢者之爲人臣也，其君不賢，則固可放歟？’孟子曰：‘有伊尹之志，則可；無伊尹之志，則篡也。’”此其語，適足以證《紀年》之不僞，蓋公孫丑以當時傳説，有伊尹篡奪，而太甲殺之之説，不容於儒家，因作是語，以志其疑。且“不狎於不順”一語，放棄之意，彰然可見，故《孟子》因其説而非之，初不知其説之適足以爲《紀年》之反證也。此其所以可信者三也。

《孟子》記伊尹之放太甲也，一則曰：“三年，以聽伊尹之訓己也，復歸於亳。”再則曰：“太甲賢，又反之。”是孟子之意，謂伊尹既放太甲，及其賢而反之，初未嘗相太甲也。即僞古文《尚書》，亦無一語及伊尹之相太甲，且《咸有一德》云：“伊尹既復政厥辟，將告歸。”則是太甲歸亳，伊尹翩然歸矣。使伊尹果如孟子之言而復政，卒無怨色，則何爲而必告歸耶？此蓋既造爲復政之説，因更造告歸之説，以隱飾太甲歸亳，伊尹所以不復立朝也。後人因《左傳》有“伊尹放太甲而相之”之語，遂不復辯其僞，又因《書·君奭篇》云：“在太甲時，則有若保衡。”乃以保衡爲伊尹，爲太甲歸後，伊尹奉之而爲相，輾轉相傳，訛謬益多，不知伊尹保衡，初非一人，（其證見前）何得復相太甲？凡此之類，要皆出於劉歆之徒，穿鑿附會。此其所以可信者四也。

綜觀以上四證，是《紀年》之説，雖異於儒者，然實較儒者之説爲信也。且以情理論之，伊尹爲人，既非超人異類，殷商禮法，又不如儒家理想之周密，則位逼謀篡，而太甲殺之，正春秋以前，傳説之本色，何足爲奇？然儒家者流，其視伊尹，蓋如神聖之不可侵犯，是以諱言其事，相與隱飾，然猶不敢妄增史實。秦漢之士，乃因儒者之説，造爲復政，以爲政治之工具。觀霍光之將廢昌邑也，告田延年曰：“古有之乎？”延年對曰：“有之。昔伊尹廢太甲以安定社稷，後世稱謂忠臣。將軍誠能行之，亦漢室之伊尹也。”光計遂決。可以見矣。及劉歆之徒，更以保衡爲伊尹，改竄史實，以爲伊尹既復政於太甲，遂爲之相，輾轉附會，而真像盡失，遂不復有人知太甲之殺伊尹。惟《竹書》猶存，吾儕乃得藉此以觀伊尹傳説之真像，亦云幸矣。

《史記·殷本紀》云：“太宗崩，子沃丁立。帝沃丁之時，伊尹卒。既葬伊尹於亳，咎單遂訓伊尹事作《沃丁》。”是亦劉歆之徒，因《僞書序》改竄之辭。《帝王世紀》云：“沃丁八年，伊尹卒，百有餘歲，大霧三日，沃丁葬之以爲天子之禮，祀以大牢，親自臨喪三年，以報大德。”并出後人想像附會，不可憑信。蓋秦漢儒者，既造爲復政之説，又謂伊尹復相太甲，故不得不造爲是説，以窟宅其鬼蜮。然沃丁之立，去成湯即位，已七十餘年，不得不謂伊尹之壽，百有餘歲。不知七十古稀，百餘之齡，猶不多觀。往昔學者，於古人事迹，往往不得其解，輒增壽以實之，伊尹百歲，猶其少焉者也。

伊尹既歿，其子見於《書·君奭篇》者曰伊陟，相帝太戊。見於《紀年》者曰伊陟、伊奮，皆相太甲。伊陟行迹，見於《史記·殷本紀》及《帝王世紀》，真僞混淆，不可考辯，别詳《伊陟篇》。伊奮事迹，則捨《竹書》而外，已不復可考矣。

《漢志》道家有《伊尹説》五十一篇，今佚。在小説家之二十七篇亦不可考。

《史記·司馬相如傳》注引《伊尹書》云："箕山之東，青鳥之所，有盧橘夏熟。"當是其造文，與《吕氏春秋·本味篇》述伊尹以至味要湯之説正同，文豐而淺薄，殆皆戰國文士之所爲。又僞古文《尚書》，伊尹之書凡五篇，曰《伊訓》，曰《太甲》三篇，曰《咸有一德》。文義既多淺易，文勢頗雜排偶，非惟不類夏商間文字，且亦不類先秦人作品，蓋後人掇拾經傳逸書，聊綴成篇，清儒考證，久成定讞，固不勞吾儕之辭廢也。

《莊子》云："兩善必多溢美之言，兩惡必多溢惡之言。"余作《伊尹篇》既盡，蓋益信其説之不謬也。夫吾華古史，由層纍而構成，史實之演變，如滚雪球，轉動之時間愈久，則球體之積雪也亦愈厚。流傳之年代愈遠，則史實之緣飾也以愈多。舉天下之暴虐，皆歸於桀紂；舉天下之德義，皆歸於堯舜。彼伊尹者，其史實之演變，蓋亦類是。其始也擅行篡奪而喪其生命，輾轉流傳，乃循循然以爲無疵，儒家者流，且從而譽之，以爲輔暗王以允德，不惜起之於地下以相太甲，冒之爲聖賢，奉之爲楷模。卒使世俗之士，信之而無或疑。然雪球之滚積雖厚，終不禁日光之烘照；史實之緣飾雖繁，要不敵史家之考證。苟吾儕以老吏斷獄之態臨之，固必得確證，以辯其非躂。此伊尹傳説演變之迹，所以卒大白於兹世，而無復駁雜之譏也。嗚呼！似是而非者，孔子之所惡也。先儒之緒言具在，其更取而深思之哉！

二十二年三月二十日（《女師學院期刊》，1933年第1期）

蔣伯潜《諸子通考》下編《諸子著述考·縱横家農家小説家之書》：

《伊尹説》二十七篇。自注曰："其言淺薄，似依托也。"王應麟曰："《司馬相如傳注》引《伊尹書》。《殷紀》：'伊尹從湯，言素王及九主之事。'注引劉向《别録》曰：'九主者，有法君、專君、授君、勞君、寄君、等君、破君、國君、三歲仕君，凡九品，圖畫其形。'殆出此書。"（見《漢書補注》引。）今按道家有《伊尹》，此又有《伊尹説》，當非同書。顧實謂此猶《明堂陰陽》與《明堂陰陽説》。但《明堂陰陽説》乃解説《明堂陰陽》者，當與道家所録《老子》之"傳""説"相類。此《伊尹説》當輯録關於伊尹之傳説故事而成，非道家《伊尹》之傳説，故録之小説家耳。（浙江古籍出版社，1985年）

案：伊尹名摯，一作贄，傳爲商初賢臣。生於空桑，有莘之君命烰人養之。長而賢。夏桀時耕於有莘之野，湯使人聘迎之，五反然後肯往從湯。相湯伐桀救民，以天下爲己任。商湯立，尊之爲阿衡。一説爲有莘氏媵臣，負鼎俎，以滋味説湯，致於王道。湯崩，立外丙。外丙崩，立仲壬。仲壬崩，立太甲。太甲暴虐，伊尹放之於桐宫，攝行當國。三年，太甲悔過返善，乃迎太甲而授之政。（一説伊尹放太甲而自立，太甲潜出桐宫，殺之。然伊尹在有商尊祟幾於商王，觀甲骨卜辭自知，若果自立被殺，不當如是受祟。）太甲尊爲保衡。沃丁時卒，沃丁以天子之禮葬之於亳。孔子曰："湯有天下，選於衆，舉伊尹，不仁者遠矣。"孟子稱："伊尹，聖之任者也。"《尚書·胤征》説伊尹作有《汝鳩》《汝方》，《史記·殷本紀》説伊尹作有《女鳩》《女房》《咸有一德》《伊訓》《肆命》《徂后》及《太甲》。今《尚書》有《咸有一德》《伊訓》《太甲》三篇。

《漢書·藝文志》道家有《伊尹》五十一篇，小説家有《伊尹説》二十七篇。伊尹雖爲先秦諸子所景仰，但儒、道兩家取徑不同。儒家强調其"何事非君，何使非民，治亦進，退亦進"，祇承認其"以堯舜之道要湯"，不承認其"以割烹要湯"。道家則强調伊尹"强力忍垢"。《吕氏春秋·先己篇》載湯問伊尹："欲取天下，何如？"伊尹曰："欲取天下，天下不可取；可取，身將先取。"《淮南子·泰族訓》云："伊尹憂天下之不治，調和五味，負鼎俎而行，五就桀，五就湯，欲將以濁爲清，以危爲寧也。……游不論國，仕不擇官，行不辟污，曰伊尹之道也。"這些記載均有鮮明道家色彩。可見伊尹在秦漢之際已是道家面目，故《漢志》道家首列《伊尹》五十一篇。《漢志》道家《伊尹》中是否含有《汝鳩》《汝方》《肆命》《徂后》等《尚書》未收之篇，不得而知。揆諸情理，以上諸篇當時已佚，不然應收入《尚書》。而《逸周書·王會》載伊尹"四方獻令"，當是伊尹傳聞之遺存。孟子稱"自有生民以來，未有孔子也"，以爲伊尹不能與孔子相提并論，戰國中期以後伊尹在儒家學者中影響力减弱。而《莊子》及秦漢間道家對伊尹頗多推崇，故《漢志》所著録之道家《伊尹》，應是戰國中後期以來道家所述之伊尹學説，此學説當合於"强力忍垢"之内涵，故入道家類。而《伊尹説》者，解説《伊尹》大義，輔以閭巷傳説，實小説家之流。漢武帝罷黜百家、獨尊儒術，儒家經、説受到重視，故解説儒家者入六藝或儒家類，不入小説家類。漢初推崇黄老之學，道家亦尊寵一時，故不獨《老子》有多家解説，其他道家亦多有解説者。《老子》爲可靠文獻，道家尊之爲《道德經》，故其解説可自成家，《漢志》仍在道家類著録；《伊尹》乃集合道家傳説而成，本與儒家之説不合，亦不如《老子》有系統條理，其解説者祇能是道聽途説，不本經傳，故《伊尹説》列入小説家類。

《伊尹説》二十七篇何時成書不可考。《吕氏春秋·本味篇》述伊尹以至味説湯事頗詳，并未説來自何書。魯迅云"蓋亦本《伊尹書》"，實爲推測之辭，并無確證。然儒家不信"割烹要湯"事，故此事當是道家所傳。其事雖有道家之理，却頗多里巷之説。伊尹故事，播在人口，傳聞異詞，《本味篇》據以載入，其爲解説《伊尹》之小説家言蓋亦明矣。清人嚴可均云："《吕氏春秋·本味》……此疑即小説家之一篇；《孟子》‘伊尹以割烹要湯’，謂此篇也。”觀其文辭風格，洵爲卓見。梁玉繩也贊成此説，他在《吕子校補》中云：“《漢志》小説家有《伊尹説》二十七篇，《司馬相如傳》索隱稱應劭引《伊尹書》，《説文》櫨字、秏字注亦引伊尹之言，豈《本味》一篇出於《伊尹説》歟？”余嘉錫以爲：“古書所引黄帝、成湯、伊尹、師曠語，未必出於小説家。王應麟《漢志考證》，以賈誼書及《史記》所稱湯曰爲天乙書，殊無以見其必然也。然謂《吕氏春秋·本味篇》爲出於小説家之《伊尹説》，則甚確。”并詳引翟灝《四書考異》以證明“王説之確”。《伊尹説》之内容風格大略類此。以此類推，《説苑·君道》之論君主知人擇士，《臣術》之論三公九卿，也許即《伊尹説》遺篇。如《説苑·臣術》載伊尹語云：“三公者，知通於大道，應變而不窮，辨於萬物之情，通於天道也。其言足以調陰陽，正四時，節風雨，如是者舉以爲三公。九卿者，不失四時，通於溝渠，修堤防，樹五穀，通於地理者也。能通不能通，能利不能利，如是者舉以爲九卿。”亦爲有道家之理而多里巷之説，所謂“其語淺薄，似依托也”。《伊尹説》成書年代不會太早，可能在秦漢之際。《史記·司馬相如列傳》唐司馬貞索隱引應劭云：“《伊尹書》曰：‘果之美者，箕山之東，青鳥之所，有盧橘夏熟。’”如《伊尹書》疑即小説家《伊尹説》，則東漢後期此書仍在。今本應劭《風俗通義》不載，乃因宋以後《風俗通義》缺失太甚所致。魏晋以降，不見有人再引《伊尹説》，則小説家《伊尹説》已失傳矣。清人馬國翰有輯本一卷，收入《玉函山房輯佚書》，有嫏嬛館本、楚南書局本；《子編》道家類亦收入。

鬻子説

杜預注，孔穎達疏《春秋左傳正義》卷十六《僖公二十六年》：

夔子不祀祝融與鬻熊，楚人讓之，對曰："我先王熊摯有疾，鬼神弗赦而自竄於夔。吾是以失楚，又何祀焉？"秋，楚成得臣、鬥宜申帥師滅夔，以夔子歸。（《十三經注疏》本，中華書局，1980年）

慎到撰，錢熙祚校《慎子》之《逸文》：

周成王問鬻子曰："寡人聞聖人在上位，使民富且壽。若夫富，則可爲也；若夫壽，則在天乎？"鬻子對曰："夫聖王在上位，天下無軍兵之事，故諸侯不私相攻，而民不私相鬥也，則民得盡一生矣。聖王在上，則君積於德化，而民積於用力，故婦人爲其所衣，丈夫爲其所食，則民無凍餓，民得二生矣。聖人在上，則君積於仁，吏積於愛，民積於順，則刑罰廢，而無夭遏之誅，民則得三生矣。聖王在上，則使人有時，而用之有節，則民無癘疾，民得四生矣。（按賈誼《新書》有此文。）（《諸子集成》本，上海書店，1986年）

楊伯峻《列子集釋》卷第一《天瑞篇》：

粥熊（梁章鉅曰：諸子書以《鬻子》爲最古，然其書有二。《漢書·藝文志》道家《鬻子説》二十二篇，又小説家《鬻子説》十九篇。《列子》所引《鬻子》凡三條，皆黄老清静之説，與今本不類，疑即道家二十二篇之文。伯峻案：今本《鬻子》一卷，自宋人葉夢得以來多疑其僞，而《四庫全書提要》疑其爲"唐以來好事之流，依仿賈誼所引，撰爲贋本"，蓋可信。《釋文》云：粥音育。粥熊，周文王師，封於楚，著子書二十二篇。）曰："運轉亡已，天地密移，疇覺之哉？故物損於彼者盈於此，成於此者虧於彼。損盈成虧，隨世隨死。往來相接，間不可省，疇覺之哉？凡一氣不頓進，一形不頓虧；亦不覺其成，亦不覺其虧。亦如人自世至老，貌色智態，亡日不異；皮膚爪髮，隨世隨落，非嬰孩時有停而不易也。間不可覺，俟至後知。"

同上，卷第二《黄帝篇》：

鬻子曰："欲剛，必以柔守之；欲强，必以弱保之。積於柔必剛，積於弱必强。觀其所積，以知禍福之鄉。强勝不若己，至於若己者剛；柔勝出於己者，其力不可量。"（伯峻案：鬻子所云又見《淮南子·原道訓》《文子·道原篇》，皆不云鬻子之言。）

同上，卷第六《力命篇》：

鬻熊（注：鬻熊，文王師也。）語文王曰："自長非所增，自短非所損。算之所亡若何？"

同上，卷第七《楊朱篇》：

鬻子曰："去名者無憂。"（《新編諸子集成》本，中華書局，1979年）

賈誼撰，閻振益、鍾夏校注《新書校注》卷九《修政語下》：

周文王問於鬻子曰："敢問君子將入其職，則其於民也何如？"鬻子對曰："唯，疑。請以上世之政詔於君王。政曰：君子將入其職，則其於民也，旭旭然如日之始出也。"周文王曰："受命矣。"曰："君子既入其職，則其於民也何若？"對曰："君子既入其職，則其於民也，暵暵然如日之正中。"周文王曰："受命矣。"曰："君子既去其職，則其於民也何若？"對曰："君子既去其職，則其於民也，暗暗然如日之已入也。故君子將入而旭旭者，義先聞也；既入而暵暵者，民保其福也；既去而暗暗者，民失其教也。"周文王曰："受命矣。"

周武王問於鬻子曰："寡人願守而必存，攻而必得，戰而必勝，則吾爲此奈何？"鬻子曰："唯，疑。攻守而戰乎同器，而和與嚴其備也。故曰：和可以守，而嚴可以守，而嚴不若和之固也；和可以攻，而嚴可以攻，而嚴不若和之得也；和可以戰，而嚴可以戰，而嚴不若和之勝也。則唯由和而可也。故諸侯發政施令，政平於人者，謂之文政矣；諸侯接士而使吏，禮恭於人者，謂之文禮矣；諸侯聽獄斷刑，仁於治，陳於行。其由此守而不存，攻而不得，戰而不勝者，自古而至於今，自天地之闢也，未之嘗聞也。今也，君王欲守而必存，攻而必得，戰而必勝，則唯由此也爲可也。"周武王曰："受命矣。"

周成王年六歲，即位享國，親以其身見於鬻子之家而問焉，曰："昔者先王與帝修道而道修，寡人之望也，亦願以教。敢問興國之道奈何？"鬻子對曰："唯，疑。請以上世之政詔於君王。政曰：興國之道，君思善則行之，君聞善則行之，君知善則行之。位敬而常之，行信而長之，則興國之道也。"周成王曰："受命矣。"

周成王曰："敢問於道之要奈何？"粥子對曰："唯，疑。請以上世之政詔於君王。政曰：爲人下者敬而肅，爲人上者恭而仁，爲人君者敬士愛民，以終其身，此道之要也。"周成王曰："受命矣。"

周成工曰："敢問治國之道若何？"粥子曰："唯，疑。請以上世之政詔於君王。政曰：治國之道，上忠於主，而中敬其士，而下愛其民。故上忠其主者，非以道義則無以入忠也；而中敬其士，不以禮節無以諭敬也；下愛其民，非以忠信則無以諭愛也。故忠信行於民，禮節諭於士，道義入於上，則治國之道也。雖治天下者，由此而已。"周成王曰："受命矣。"

周成王曰："寡人聞之，有上人者，有下人者，有賢人者，有不肖人者，有智人者，有愚人者。敢問上下之人，何以爲異？"粥子對曰："唯，疑。請以上世之政詔於君王。政曰：凡人者，若賤若貴，若幼若老，聞道志而藏之，知道善而行之，上人矣；聞道而弗取藏也，知道而弗取行也，則謂之下人也。故夫行者善則謂之賢人矣，行者惡則謂之不肖矣。故夫言者善則謂之智矣，言者不善則謂之愚矣。故智愚之人有其辭矣，賢不肖之人别其行矣，上下之人等其志矣。"周成王曰："受命矣。"

周成王曰："寡人聞之，聖王在上位，使民富且壽云。若夫富，則可爲也；若夫壽，則不在天乎？"粥子曰："唯，疑。請以上世之政詔於君王。政曰：聖王在上位，則天下不死軍兵之事。故諸侯不私相攻，而民不私相鬥，閥不私相煞也。故聖王在上位，則民免於一死而得一生矣。聖王在上，則君積於道，而吏積於德，而民積於用力。故婦爲其所衣，丈夫爲其所食，則民無凍餒矣。故聖王在上，則民免於二死而得二生矣。聖王在上，則君積於仁，而吏積於愛，而民積於順，則刑罰廢矣。而民無夭遏之誅。故聖王在上，則民免於三死而得三生矣。聖王在上，則使民有時，而用之有節，則民無厲疾。故聖王在上，則民免於四死而得四生矣。聖王在上，則使盈境内興賢良，以禁邪惡。故賢人必用而不肖人不作，則已得其命矣。故夫富且壽者，聖王之功也。"周成王曰："受命矣。"（《新編諸子集成》本，中華書局，2000年）

司馬遷撰，裴駰集解，司馬貞索隱，張守節正義《史記》卷四《周本紀》：

公季卒，子昌立，是爲西伯。西伯曰文王，遵后稷、公劉之業，則古公、公季之法，篤仁，敬老，慈少。禮下賢者，日中不暇食以待士，士以此多歸之。伯夷、叔齊在孤竹，聞西伯善養老，盍往歸之。太顛、閎夭、散宜生、鬻子、辛甲大夫之徒皆往歸之。（《集解》：劉向《别録》曰："鬻子名熊，封於楚。辛甲，故殷之臣，事紂。蓋七十五諫而不聽，去至周，召公與語，賢之，告文王，文王親自迎之，以爲公卿，封長子。"長子，今上黨所治縣是也。）

同上，卷二十七《天官書》：

天子微，諸侯力政，五伯代興，更爲主命。自是之後，衆暴寡，大并小。秦、楚、吴、越，夷狄也，爲强伯。（《正義》：秦祖非子初邑於秦，地在西戎。楚子鬻熊始封丹陽，荆蠻。吴太伯居吴，周章因封吴，號勾吴。越祖少康之子初封於越，以守禹祀，地稱東越。皆戎狄之地，故言夷狄也。後秦穆、楚莊、吴闔閭、越勾踐皆得封爲伯也。）

同上，卷四十《楚世家》：

楚之先祖出自帝顓頊高陽。高陽者，黄帝之孫，昌意之子也。高陽生稱，稱生卷章，卷章生重黎。重黎爲帝嚳高辛居火正，甚有功，能光融天下，帝嚳命曰祝融。共工氏作亂，帝嚳使重黎誅之而不盡。帝乃以庚寅日誅重黎，而以其弟吴回爲重黎後，復居火正爲祝融。

吴回生陸終。陸終生子六人，坼剖而産焉。其長一曰昆吾；二曰參胡；三曰彭祖；四曰會人；五曰曹姓；六曰季連，芈姓，楚其後也。昆吾氏，夏之時嘗爲侯伯，桀之時湯滅之。彭祖氏，殷之時嘗爲侯伯，殷之末世滅彭祖氏。季連生附沮，附沮生穴熊。其後中微，或在中國，或在蠻夷，弗能紀其世。

周文王之時，季連之苗裔曰鬻熊。鬻熊子事文王，蚤卒。其子曰熊麗。熊麗生熊狂，熊狂生熊繹。

熊繹當周成王之時，舉文、武勤勞之後嗣，而封熊繹於楚蠻，封以子男之田，姓芈氏，居丹陽。（《集解》：徐廣曰："在南郡枝江縣。"《正義》：潁容云《傳例》云："楚居丹陽，今枝江縣故城是也。"《括地志》云："歸州巴東縣東南四里歸故城，楚子熊繹之始國也。又熊繹墓在歸州秭歸縣。《輿地志》云秭歸縣東有丹陽城，周回八里，熊繹始封也。"）楚子熊繹與魯公伯禽、衛康叔子牟、晋侯燮、齊太公子吕伋俱事成王。

（楚武王）三十五年，楚伐隨。隨曰："我無罪。"楚曰："我蠻夷也。今諸侯皆爲叛相侵，或相殺。我有敝甲，欲以觀中國之政，請王室尊吾號。"隨人爲之周，請尊楚，王室不聽，還報楚。三十七年，楚熊通怒曰："吾先鬻熊，文王之師也，蚤終。成王舉我先公，乃以子男田令居楚，蠻夷皆率服，而王不加位，我自尊耳。"乃自立，爲武王，與隨人盟而去。於是始開濮地而有之。

（楚成王）三十九年，魯僖公來請兵以伐齊，楚使申侯將兵伐齊，取穀，置齊桓公子雍焉。齊桓公七子皆奔楚，楚盡以爲上大夫。滅夔，夔不祀祝融、鬻熊故也。

同上，卷一百三十《太史公自序》：

重黎業之，吴回接之；殷之季世，粥子牒之。周用熊繹，熊渠是續。莊王之賢，乃復國陳；既赦鄭伯，班師華元。懷王客死，蘭咎屈原；好諛信讒，楚并於秦。嘉莊王之義，作楚世家第十。（中華書局，1982年）

班固撰，顔師古注《漢書》卷三十《藝文志》第十諸子略道家：

《鬻子》二十二篇。（名熊，爲周師，自文王以下問焉，周封爲楚祖。師古曰：鬻音弋六反。）

同上，小説家：

《鬻子説》十九篇。（後世所加。）（中華書局，1962年）

王符著，汪繼培箋，彭鐸校正《潛夫論箋校正》卷九《志氏姓》：

芈姓之裔熊嚴，成王封之於楚，是謂粥熊，又號粥子。（按《史記·楚世家》，鬻融子事文王，蚤卒，成王封其曾孫熊繹於楚。熊嚴則熊繹六世孫也。此合熊嚴、粥熊爲一人，誤矣。）生四人，伯霜、仲雪、叔熊、季紃。（《鄭語》。）紃嗣爲荆子，或封於夔，或封於越。（《鄭語》云："芈姓夔、越，不足命也。"僖二十六年《左傳》："夔子曰：'我先王熊摯有疾，鬼神弗赦，而自竄於夔。'"杜注："熊摯，楚嫡子，有疾不得嗣位，故别封爲夔子。"《楚世家正義》引宋均《樂緯》注，以熊摯爲熊渠嫡嗣。《世家》又云："熊渠立少子執疵爲越章王。"此文似以封夔、越章者爲伯霜、仲雪諸人。）夔子不祀祝融、粥熊，楚伐滅。（僖廿六年《左傳》。"滅"下當脱"之"字。鐸按：《傳》作"楚人讓之"，當據補"之"字。）公族有楚季氏、（下云："楚季者，王子敖之曾孫。"《元和姓纂》引《世本》云："楚若敖生楚季，因氏焉。"鐸按：《氏族略》四同。）列宗氏、鬥强氏、（《氏族略》五引《世本》云："若敖生鬥强，因氏焉。"）良臣氏、（"良"，舊作"艮"，據《後紀》八改。鐸按：秦氏《世本輯補》引正作"良臣氏"。）耆氏、門氏、（《後紀》八有耆門氏。鐸按：此疑當作"鬬耆氏"。《氏族略》四引《英賢傳》云："鬬伯比之孫鬬耆仕晋，因氏焉。""鬬"或作"鬥"，因誤作"門"，又倒在下。）侯氏、季融氏、（《元和姓纂》引《世本》云："楚鬥廉生季融，子孫氏焉。"）仲熊氏、（《後紀》八"熊"作"雄"，注云："《潛夫論》作'熊'，非。"鐸按：《姓纂》一宋、《氏族略》四并作"仲熊氏"。）子季氏、（《古今姓氏書辨證》引《世本》云："楚公族。"鐸按：《姓纂》六止同，脱"世本"二字。）陽氏、（昭十七年《左傳》"楚陽匄爲令尹"，杜注："陽匄，穆王曾孫令尹子瑕。"疏引《世本》："穆王生王子揚，揚生尹，尹生令尹匄。"按"揚"蓋"陽"之誤，匄以王父字爲氏。鐸按：廿七年《傳》有陽匄子陽令終。）無鉤氏、（"鉤"舊作"鈞"，據《氏族略》三、《後紀》八、《廣韵》十虞“無”字注改。無鈎即薳章字，見下。）蔿氏、（《左傳》亦作“薳”。《氏族略》三云：“薳章食邑於薳，故以命氏。”鐸按：蔿、薳同字，歌、寒對轉。）善氏、陽氏、（陽氏已見上，此誤。）昭氏、景氏、（《離騷序》云：“三閭之職，掌王族三姓曰屈、昭、景。”）嚴氏、（《元和姓纂》云：“楚莊王支孫以謚爲姓，避明帝諱改爲嚴氏。”）嬰齊氏、（《氏族略》四云：“楚穆王之子公子嬰齊之後。”按公子嬰齊字子重，見《左傳》。鐸按：見宣十一年《傳》杜注。）來氏、（《氏族略》三引《風俗通》云：“楚有來英。”）來纖氏、即氏、申氏、（申氏見下。）訽氏、（“訽”《後紀》八作“鈎”。按《廣韵》十八諄“鈎”字注引《風俗通》云：“鈎姓，楚大夫元鈎之後。”《元和姓纂》、《氏族略》四并同。）沈氏、（《氏族略》云：“楚有沈邑。楚莊王之子公子貞封於沈鹿，故爲沈氏。”）賀氏、咸氏、（“咸”疑“箴”。《元和姓纂》云：“箴氏，楚大夫箴尹鬥克黄之後，子孫以官爲氏。”按箴尹克黄見宣四年《左傳》。）吉白氏、伍氏、（宣十二年《左傳》楚伍參，杜注：“伍奢之祖父。”）沈瀸氏、余推氏、公建氏、（“公”疑是“子”。《元和姓纂》有子建氏，楚平王太子建之後。按太子建見昭十九年《左傳》。鐸按：《氏族略》四引《風俗通》有公建氏。）子南氏、（《氏族略》三云：“楚莊王之子公子追舒之後，爲子南氏。”公子追舒字子南，見《左傳》。鐸按：襄十五年《傳》杜注。）子庚氏、（《氏族略》三云：“楚公子午字子庚，其後以王父字爲氏。”按襄十二年《左傳》杜注：“子庚，莊王子午也。”）子午氏、（《元和姓纂》引《世本》云：“楚公子午之後。”）子西氏、（舊脱“子”字，據《後紀》八補。《氏族略》三云：“楚公子申字子西之後。”按昭廿六年《左傳》杜注：“子西，平王之長庶。”）王孫、田公氏、（《荀子·非十二子篇》楊瓊注引《世本》：“楚平王孫有田公它成。”按“王孫”下脱“氏”字。哀十一年《左傳》云：“子胥使於齊，屬其子於鮑氏，爲王孫氏。”）舒堅氏、（《元和姓纂》云：“《潛夫論》楚公族有舒堅文叔爲大夫。”《氏族略》四同。按《潛夫論》無“文叔爲大夫”之文，當别引他書，而傳寫失之。）魯陽氏、（《楚語》“惠王以梁與魯陽文子”，韋昭注：“文子，平王之孫，司馬子期子魯陽公也。”）黑肱氏，（《氏族略》四云：“楚共王之子公子黑肱之後。”按公子黑肱字子晳，見襄廿七年《左傳》。）皆芈姓也。（《新編諸子集成》本，中華書局，1985年）

劉勰著，范文瀾注《文心雕龍注》卷四《諸子》：

至鬻熊知道，而文王諮詢，餘文遺事，録爲《鬻子》。子自肇始，莫先於兹。（子自當作子目，謂子之名目也。留存《事始》引《文心》曰：“鬻熊作書，題爲《鬻子》。”《鐵橋漫稿》五《鬻子叙》曰：“《漢志》道家‘《鬻子》二十二篇。名熊，爲周師，自文王以下問焉。周封爲楚祖’。又小説家‘《鬻子説》十九篇，後世所加’。《隋志》道家《鬻子》一卷。《舊唐志》改入小説家。《新唐志》仍歸道家。今世流傳僅永徽中華州鄭縣尉逄行珪注本，凡十四篇爲一卷。《道藏》作二卷，在顛字型大小，注甚疏蔓；又分篇瑣碎，所題甲乙，故作顛倒羼亂，以瞀惑後人。宋又有陸佃校本，分行珪十四篇爲十五篇，瑣碎尤甚；又棼其次第，不足存。案《群書治要》所載起訖如行珪，而第二篇至第十三篇聯爲一篇，則行珪十四篇僅當三篇。《意林》稱今一卷六篇，末後所載多出昔文王見鬻子一條，則行珪十四篇未足六篇。行珪姓名不他見，其人爲唐人與否，其本爲唐本與否，未敢知之。”《四庫提要》曰：“考《漢書·藝文志》道家《鬻子》二十二篇，又小説家《鬻子説》十九篇，是當時本有二書。《列子》引《鬻子》凡三條，皆黄、老清静之説，與今本不類，疑即道家二十二篇之文。今本所載與賈誼《新書》所引六條文格略同，疑即小説家之《鬻子説》也。今本或唐以來好事之流，依仿賈誼所引，撰爲贋本，亦未可知。觀其標題甲乙，故爲佚脱錯亂之狀，而誼書所引則無一條之偶合，豈非有心相避，而巧匿其文，使讀者互相檢驗，生其信心歟！且其篇名冗贅，古無此體，又每篇寥寥數言，詞旨膚淺，决非三代舊文。姑以流傳既久，存備一家耳。”）及伯陽識禮，而仲尼訪問，爰序道德，以冠百氏。（《史記·老莊列傳》：“老子者，姓李氏，名耳，字伯陽，謚曰聃。老子之子名宗，宗爲魏將，封於段干。”孔子問禮於老聃，見《禮記·曾子問篇》，當可信。惟著《道德經》之老子，當即其子爲魏將者，時代遠在孔子後，不得爲孔子師。）然則鬻惟文友，李實孔師，聖賢并世，而經子異流矣。（彦和意謂鬻子、老子皆賢者，故其遺文稱子，其實述老子學者亦尊五千言爲經，《漢志》道家所著《鄰氏經傳》《傅氏》《徐氏經説》是也。）（人民文學出版社，1958年）

傅亞庶《劉子校釋》卷十《九流章五十五》：

道者，鬻熊、老聃、關尹、龐涓、莊周之類也。以空虚爲本，清净爲心，謙抑爲德，卑弱爲行。處無爲之事，行不言之教，裁成宇宙不見其迹，亭毒萬物不有其功。然而薄者，全棄忠孝，杜絶仁義，專任清虚，欲以爲治也。（《新編諸子集成》本，中華書局，1998年）

歐陽詢《藝文類聚》卷十一帝王部一《禹夏后氏》：

鬻子曰：禹投（《太平御覽》八十二作“據”。）一饋而七起，曰：“吾不恐四海之士留於道路也，恐其留吾門也。”是以四海之士皆至，禹當朝廷，門可以羅雀。

同上，卷二十三人部七《鑒誡》：

鬻子曰：昔周公使康叔守殷，戒之曰："無煞不辜，寧失有罪，亦有無罪而見誅，無有有功而不賞。慎之！"

同上，卷四十四樂部四《筍簴》：

鬻子曰：大禹爲銘於筍簴，銘言曰："教寡人以道者擊鼓，教以義者擊鐘，教以事者振鐸，語以憂者擊磬，語以訟獄者揮鞀。"（上海古籍出版社，1982年）

虞世南撰，陳禹謨補注《北堂書鈔》卷八帝王部《勤勞》：

夫負妻戴，（今案見《御覽》七十八引《尸子》）一饋十起。（……《鬻子》校勘記謂一饋而七十起……）

同上，卷九帝王部《納諫》：

語寡人以獄訟者揮鞀，［《鬻子》曰：禹之治天下也，以五聲聽。門懸鐘、鼓、鐸、磬，而置鞀，以待四海之士。爲銘於簨簴曰："語寡人以獄訟者揮鞀。"《鬻子注》云：獄訟之事務於疾速，故揮鞀以陳之。（補）］教寡人以事者振鐸，［《鬻子注》云：鐸，金鈴木舌也，所以事務有可行爲，所欲言者以振鐸也。（補）］教寡人以義者擊鐘，［《鬻子注》云：鐘，金聲也，以合於義，故教義者擊鐘也。（補）］語寡人以憂者擊磬，［《鬻子注》云：憂者聲悲，磬聲消燥而近於悲，故憂而擊磬也。（補）］教寡人以道者擊鼓，［《鬻子注》云：鼓以動物，故動合於道也。（補）］禹拜昌言。

同上，卷十一帝王部《用賢》：

顓頊年十五而佐黄帝，帝嚳年十五而佐帝顓頊。（《鬻子》）

問鬻子民得四生。［鬻子對周成王曰："聖王在上位，則天下不死軍兵之事，民免於一死而得一生矣。君積於道，而吏積於德，而民積於用力，則民無凍餒，民免於二死而得二生矣。君積於仁，而吏積於愛，而民積於順，則刑罰廢，民免於三死而得三生矣。使民有時，而用之有節，則民無厲疾，民免於四死而得四生矣。"（補）］

同上，卷四十九設官部一《宰相篇》：

以治天下。［《鬻子》云：禹之治天下也，得皋陶，得杜子業，得既子，得施子黯，得季子寧，得然子堪，得輕子玉，得七大夫以治天下，而天下治。湯得慶誧、伊尹、湟里且、東門虚、南門蝡、西門疵、北門側，得七大夫佐以治天下，而

天下治。（附）]

顓頊十五佐黄帝。[《鬻子》云：昔者顓頊年十五而佐黄帝，二十而治天下。其治天下也，上緣黄帝之道而行之，學黄帝之道而常之。（補）]

帝嚳十五佐顓頊。[又云：昔者帝嚳年十五而佐帝顓頊，三十而治天下。其治天下也，上緣黄帝之道而明之，學帝顓頊之道而行之。（補）]

同上，卷七十七設官部二十九《吏》：

福歸於君。[《鬻子》云：昔之帝王所以爲明者，以其吏也。昔之君子其所以爲功者，以其民也。功最於吏，福歸於君。（補）]

萬人愛之。[《鬻子》云：民者，至卑者也，而使之取吏焉，必取所愛。故十人愛之，則十人之吏也。百人愛之，則百人之吏也。千人愛之，則千人之吏也。萬人愛之，則萬人之吏也。故萬人之吏，選卿相矣。（補）]

同上，卷一百十七武功部五《陣》：

起自黄鳥，訖於赤甫。[《鬻子》云：武王伐紂，虎旅百萬，陳於商郊，起自黄鳥，訖於赤甫，走如疾風，聲如振霆，武王乃使太公把旄以麾之，紂軍反走。（補）]

同上，卷一百二十一武功部九《鐸》：

教事振鐸。[《鬻子》云：禹之治天下，以五聲聽政。門懸鐘、鼓、鐸、磬，而置鞀，以待四海之士。爲銘於簨簴曰："教寡人以道者擊鼓，教寡人以義者擊鐘，教寡人以事者振鐸，語寡人以憂者擊磬，語寡人以獄訟者揮鞀。"此之謂五聲。（補）]

同上，卷一百四十三酒食部《總篇》：

嘗據一饋而七十起。（《鬻子》云：禹嘗據一饋而七十起，日中而不暇飽食。）（天津古籍出版社，1988年）

魏徵等《隋書》卷三《煬帝紀上》：

（大業五年）冬十月癸亥，詔曰："優德尚齒，載之典訓，尊事乞言，義彰膠序。鬻熊爲師，取非筋力，方叔元老，克壯其猷。……"

同上，卷三十四《經籍志三》子道家：

《鬻子》一卷。（周文王師鬻熊撰。）（中華書局，1973年）

馬總撰，王天海、王韌校釋《意林校釋》卷一：

《鬻子》一卷。（《藝文志》云：名熊，著子二十二篇，今一卷六篇。）

發政施令，爲天下福，謂之道；上下相親，謂之和；不求而得，謂之信；除天下之害，謂之仁。信而能和者，帝王之器。

聖王在位，百里有一士猶無有也；王道衰，千里一士則猶比肩也。

知善不行，謂之狂；知惡不改，謂之惑。

昔文王見鬻子年九十，文王曰："嘻，老矣。"鬻子曰："若使臣捕虎逐麋，臣已老矣；坐策國事，臣年尚少。"（《新編諸子集成》本，中華書局，2014年）

鍾肇鵬《鬻子校理》附録逄行珪《進〈鬻子〉表》：

臣行珪言，臣聞結繩以往，書疏蔑然。文字之初，教義斯起。記言之史設，褒貶之迹聿興；書事之官置，勸誡之門由啓。於是國版稠叠，謨訓昭彰。唱贊之道以弘，闡揚之理兹暢。德業彌縟，英華日新。雕琢性情，振其徽烈。逮乎周文作聖，鬻子稱賢。意合道同，實申師傅。鬻子以文王降已，大啓心期，明宣布政之方，廣立輔成之策，足使萬機留想，一代咸休。稽古有宗，發明耳目。尋其著述之旨，探其斥救之辭，莫不原道心以裁章，研神理而啓沃。彌綸彝訓，經緯區中，不徒贊説微言，務於遺翰而已。鬻熊爲諸子之首，文王則聖德之宗。熊既文王之師，書乃政教之體。雖篇軸殘缺，提舉猶備紀綱。譬彼盤盂，發揚有愈。

臣家傳儒素，積習忠良，睹明主奉師之蹤，覽賢者盡義之道，循環徵究，妙極機神；敢率至愚，爲之注解。研覃析理，以叙私情。剪截浮辭，用申狂瞽。伏惟陛下則天垂訓，越極宣風。稽太上之至和，興帝王之炯誡。股肱諒直，獻替無疑。大舉賢良，寧濟區宇。四海革面，八表宅心。務本修文，垂拱無事。臣以草萊卑賤，識度庸淺，荷堯沐舜，擊壤謳歌。周施政教之端，屬聽太平之咏。志存綴輯，以述矢言。簡牘難周，辭意斯拙。謹以繕寫，奉獻闕庭。庶日月昭明，布餘暉於漏隙；時雨咸洎，灑餘潤於纖枯。望希塵露之資，豈議沉舟之楫。天威咫尺，神魄震驚，謹上表以聞，伏聽慈旨。謹言。

永徽四年十一月二十六日華州鄭縣尉臣逄行珪上。

同上，《〈鬻子〉序》：

鬻子名熊，楚人，周文王之師也。年九十見文王，王曰："老矣。"鬻子曰："使臣捕獸逐麋，已老矣。使臣坐策國事，尚少也。"文王師之。著書二十二篇，名曰《鬻子》。子者，男子之美稱。賢不逮聖，不以爲經，用題紀標子。因據劉氏九流，即道流也。遭秦暴亂，書記略盡。《鬻子》雖不預焚燒，編秩由此殘缺。依《漢書・藝文志》惟有六篇，今此本乃有十四篇，未詳孰是？篇或錯亂，文多遺闕。至敷演大道，銓撰明史，闡域中之教化，論刑德之是非，雖卷軸不全，而其門可見。然鄧林之枝、荆山之玉，君子餘文，可得觀矣。鬻子博懷道德，善謀政事，故使周文屈節，大聖諮詢。情存帝王之道，辭多斥救之要。理致通遠，旨趣恢弘，實先達之奥言，爲諸子之首唱。織組仁義，經緯家邦。垂勸誡之風，陳弘濟之術。王者覽之，可以理國。吏者遵之，可以從政。足使賢者勵志，不肖者滌心。《語》曰："《詩》三百，一言以蔽之曰：思無邪。"言而不朽，可爲龜鏡。鬻子論道，無邪之謂歟！幸以休務之隙，披閲子史，而書籍實繁，不能精備。至於此子，頗復留心。尋其立迹之端，探其闡教之旨，豈如寓言迂恢，馳術飛辯者矣。亦乃字重千金，辭高萬歲。聊爲注解，略起指歸。馳心於萬古之上，寄懷於千載之下。庶垂道見志，懸諸日月，將來君子，幸無忽焉。（《新編諸子集成續編》本，中華書局，2010年）

柳宗元《柳河東集》卷十一志《覃季子墓銘》：

覃季子，其人生愛書。貧甚，尤介特，不苟受施。讀經傳言其説數家，推太史公、班固書下到今，横豎鉤貫，又且數十家，通爲書，號《覃子史纂》。又取《鬻》《老》《管》《莊》《子思》《晏》《孟》下到今，（《鬻子》，書名。名熊，爲周師，自文王以下問焉。《漢志》：《鬻子》二十二篇。鬻音育。）其術自儒、墨、名、法，至於狗彘草木凡有益於世者，爲《子纂》又百有若干家。（上海古籍出版社，1974年）

柳宗元《柳河東集》卷十一志《覃季子墓銘》：

覃季子，其人生愛書。貧甚，尤介特，不苟受施。讀經傳言其説數家，推太史公、班固書下到今，横豎鉤貫，又且數十家，通爲書，號《覃子史纂》。又取《鬻》《老》《管》《莊》《子思》《晏》《孟》下到今，（鬻音育。鬻熊也，周人，有書名《鬻子》一卷。）其術自儒、墨、名、法，至於狗彘草木凡有益於世者，爲《子纂》又百有若干家。（《欽定四庫全書薈要》本，吉林出版集團有限公司，2005年）

白居易原本，孔傳續撰《白孔六帖》卷二十七《賢德》：

人之清者爲賢。

賢不肖之杖。（《鬻子》）

同上，卷二十八《剛》：

欲剛必柔。（《鬻子》曰：欲剛，必以柔守之；强，必以弱保之。積於柔必

剛，積於弱必强。）（《文淵閣四庫全書》本）

［日］藤原佐世《日本國見在書目録》道家廿六：

《鬻子》一卷。（周文王師鬻熊撰。）（中華書局，1991年）

賀復徵《文章辨體彙選》卷七百八十雜著八《代荀卿與楚春申君書》（唐·劉軻）：

自重黎爲火正，光融天下；鬻熊有歸德，教西伯弟子。（《文淵閣四庫全書》本）

劉昫等《舊唐書》卷四十七《經籍志下》丙部卷下子録小説家：

《鬻子》一卷。（鬻熊撰。）（中華書局，1975年）

李昉等《太平御覽》卷首《經史圖書綱目》：

《鬻子》。

同上，卷七十九皇王部四《黄帝軒轅氏》：

《鬻子》曰：黄帝年十歲，知神農之非而改其政。

同上，卷八十二皇王部七《夏帝禹》：

《鬻子》曰：禹之治天下也，以五聲聽。門縣鼓、鐘、鐸、磬，而置鞀於簨簴，曰："教寡人以道者擊鼓，教寡人以義者擊鐘，教寡人以事者振鐸，語寡人以憂者擊磬，語寡人以訟獄者揮鞀。"此之謂五聲。是以禹嘗據饋而七起，日中不暇食。於是四海之士皆至。

同上，卷三百一兵部三十二《陣》：

《鬻子》曰：武王伐紂，虎旅百萬，陳於商郊，起自黄鳥，訖於赤甫，走如疾風，聲如震霆，武王乃使太公把旄以麾之，紂軍反走。

同上，卷三百三十八兵部六十九《鞀》：

《鬻子》曰：禹之治天下也，懸五聲以聽，曰："語寡人以獄訟者揮鞀（音挑）。"

同上，《鐸》：

《鬻子》曰：禹之治天下也，以五聲聽，銘於簨簴曰："教寡人以事者振鐸。"

同上，卷三百四十一兵部七十二《旍》：

《鬻子》曰：武王伐紂，乃命太公把旍以麾之，紂軍反走。

同上，卷三百六十人事部一《敘人》：

《鬻子》曰：天地闢萬物，生人爲正焉。人化而爲善，禽獸化而爲惡，人而不善者謂之禽獸。

同上，卷三百八十三人事部二十四《壽老》：

《鬻子》曰：鬻子年九十見文王，文王曰："嘻，老矣。"鬻子曰："若使臣捕虎逐鹿，則老矣；使臣策國事，則臣年尚少。"因立爲師。

同上，卷四百三人事部四十四《道德》：

《鬻子》曰：發政施命，爲天下福，謂之道。

同上，卷四百一十九人事部六十《仁德》：

《鬻子》曰：除天下之害，謂之仁。

同上，卷四百三十人事部七十一《信》：

《鬻子》曰：上下相親謂之和，不求而得謂之信。

同上，卷四百五十九人事部一百《鑒戒下》：

《鬻子》曰：昔周公使康叔守商，戒之曰："無殺不辜，寧失有罪，亦有無罪而見誅，亦有有功而不賞，慎之！"

同上，卷四百七十五人事部一百十六《待士》：

《鬻子》曰：吾不恐四海之士留於道路也，吾恐其留門庭，是以四海之士皆至。

同上，卷四百九十人事部一百三十一《迷忘》：

《鬻子》曰：文王問曰："人有大忘乎？"對曰："大忘，知其身之惡而不改也，以賊其身，乃喪其軀，有行如此之謂大忘。"

同上，卷四百九十九人事部一百四十《真愚》：

《鬻子》曰：愚者不自謂愚，而愚見於言語，愚者雖自謂智人，皆謂之愚也。

同上，卷七百三十九疾病部二《狂》：

《鬻子》曰：昔魯周公曰："吾聞之於政也，知善不行者謂之狂，知惡不改者謂之惑。夫狂與惑者，聖人之戒也。"

同上，卷八百四十九飲食部七《食下》：

《鬻子》曰：禹嘗據一饋而七起，日中不暇飽食，曰："吾不畏士留道路，吾恐其留吾門庭，四海民不至也。"（中華書局，1960年）

王欽若等《册府元龜》卷八百五十四總録部《立言》：

《鬻子》二十二篇。（名熊，爲周師，自穆王以下問焉，周封爲楚祖。鬻音弋六反。）（中華書局，1960年）

王堯臣等《崇文總目》卷三道家類：

《鬻子》一卷。鬻熊撰。原釋：《藝文志》二十六篇，其八篇亡，特存此十四篇耳。（巽巖李氏引，見《文獻通考》。）

侗按《漢志》：二十二篇。（《叢書集成初編》本，中華書局，1985年）

歐陽修、宋祁《唐書》卷五十九《藝文志三》丙部子録道家類：

《鬻子》一卷。（鬻熊。）

逄行珪注《鬻子》一卷。（鄭縣尉。）（中華書局，1975年）

宋敏求《唐大詔令集》卷六十一異姓王《册張柬之漢陽郡王文》：

咨古者之命官也，有德尊以爵，有功尊以禄，用能百揆時叙，庶績共凝，詳其建利之迹也。異姓則鬻熊封之於楚，宗子則召奭宅之於燕……

同上，《册崔玄暐博陵郡王文》：

……昔賞及（四庫本下有"於"字）鬻熊，聿封於楚；功尊（四庫本下有"於"字）盧（四庫本"盧"作"臧"）綰，乃建於燕。異姓分王，抑惟前典；憲章故事，疇庶載功，是用命爾。（學林出版社，1992年）

覺羅石麟等《山西通志》卷二百二十《藝文三十九》賦二《感山賦并序》（宋·崔伯易）：

……既而少進曰："問阜財得阜民之法，問治山得治國之風。且昔者將大有爲之君，必有所不召之臣，欲有謀焉，則就之。不得已而後起，有學焉而後臣者，有不可得而臣者。今山之隱逸，亦如是而後至乎？”曰：“莫可得而知也。神農之於悉諸，黄帝之於崆峒，顓頊之於緣圖，高辛之於柏招，帝堯之於務成，帝舜之於尹壽，禹之於國先生，湯之於伊尹，文王之於鬻熊，武王之於尚父，周公之於虢叔，齊桓之於管仲，然尊德樂道，説者如此也。吾觀之彼數子者之心，將如是而已乎？莫可得而知也。”（《文淵閣四庫全書》本）

陸佃《陶山集》卷十一《〈鬻子〉序》：

鬻子名熊，楚人也。九十適周，文王曰：“先生老矣。”對曰：“使臣捕獸逐麋，則熊老矣。若使坐籌國事，臣尚少焉。”文王師之。著書二十二篇，實諸子濫觴之始。今十有五篇者，蓋闕。而《列子·天瑞篇》稱：“熊曰：運轉無已，天地密移，疇覺之哉。”其《力命篇》又稱“熊語文王曰：自長非所增，自短非所損”者，即《南華》藏舟、鳧鶴之義也，而今其書無之，則熊之嘉言要旨亡者多矣，可不惜哉！文字脱謬，爲之校正四字，增者七，減者八，注百有五十二字云。（中華書局，1985年）

李石《方舟集》卷十八《巫山凝真仙人詞》：

夏禹、楚襄君兮殊世，鬻熊、宋玉臣兮異德。（《文淵閣四庫全書》本）

鄭樵《通志》卷三下《三王紀》第三下《周》：

文王昌襲公季爲西伯。及武王王天下，追謚文王。文王遵后稷、公劉之業，則古公、公季之法，篤仁，優老，慈少，禮賢。日中不暇食以待士，士以此多歸之。伯夷、叔齊兄弟辭國而歸文王，曰：“吾聞西伯善養老，盍歸乎來？”太顛、閎夭、散宜生、南宮適、鬻子、辛甲大夫之徒皆歸之。鬻子名熊，時年九十，西伯曰：“子老矣。”鬻子曰：“捕虎逐麋，臣已老矣；坐而籌策，臣尚少也。”封於楚。

同上，卷二十八《氏族略》第四《以名爲氏·楚人名》：

熊氏。（楚鬻熊之後，以名爲氏。望出南昌、江陵。）

臣謹按：古之諸侯，傳國者爲諸侯則稱國，支庶非諸侯乃稱氏。今楚有國稱王，而其君世稱熊氏，蠻夷之道也。

鬻氏。（芈姓，祝融之後。周文王師鬻熊，受封於楚，著《鬻熊子》，鬻拳之後也。《姓苑》云建平有此姓氏。）

同上，卷三十《氏族略》第六《同名異實》：

楚氏有二：鬻熊之後，以國爲氏。魯林楚之後，以名爲氏。

同上，卷六十七《藝文略》第五道家一諸子：

《鬻子》，一卷。（周文王師楚人鬻熊撰，唐鄭縣尉逢行珪注。）

又，三卷。（王觀注。）（中華書局，1995年）

晁公武撰，孫猛校證《郡齋讀書志校證》卷第十一子類總論道家類：

《鬻子》一卷。（袁本前志、後志未收。）

右楚鬻熊撰。按《漢志》云："爲周師，自文王以下問焉。周封爲楚祖。"凡二十二篇。今存者十四篇。唐逢行珪注，永徽中上於朝。叙稱見文王時行年九十，而書載周公封康叔事，蓋著書時已百歲矣。

同上，趙希弁《讀書附志》卷上《諸子類》：

《鬻子》十四篇。

右楚人鬻熊之書也，逢行珪序而注之。《漢・藝文志》云"《鬻子》六篇"，今此本乃十四篇，未詳孰是。然篇或錯亂，又多遺闕，行珪之説已然矣。《唐・藝文志》列於《老子》之前，蓋謂其爲文王師也。（上海古籍出版社，2011年）

趙希弁《郡齋讀書後志》卷二：

三十三種已見《附志》，今不重刊，開書目如後：

《鬻子》十卷。（《文淵閣四庫全書》本）

高似孫《子略》卷一《鬻子》：

《魏相奏記》載霍光曰："文王見鬻子年九十餘，文王曰：'噫，老矣。'鬻子曰：'君若使臣捕虎逐麛，臣已老矣。若使坐策國事，臣年尚少。'文王善之，遂以爲師。"今觀其書，則曰："發政施仁謂之道，上下相親謂之和，不求而得謂之信，除天下之害謂之仁。"其所以啓文王者决矣。其與太公之遇文王有相合者。太公之言曰："君有六守：仁、義、忠、信、勇、謀。"又曰："鷙鳥將擊，卑飛翩翼；虎狼將擊，弭耳俯伏；聖人將動，必有愚色。"尤决於啓文王者矣。非二公之言殊相經緯。然其書辭意大略淆雜，若《大誥》《洛誥》之所以爲書者，是亦漢儒之所綴輯者乎？太公又曰："天下非一人之天下，天下之天下也。"奇矣！《藝文志》叙鬻子名熊，著書二十二篇，今一卷六篇。唐貞元間，柳伯存嘗言"子書起於鬻熊"，此語亦佳，因録之。永徽中，逢行珪爲之序曰"《漢志》所載六篇，此

本凡十四篇”。予家所傳乃篇十有二。（《四部備要》本）

陳振孫《直齋書録解題》卷九道家類：

《鬻子》一卷。

鬻熊爲周文王師，封於楚，爲始祖。《漢志》云爾。書凡二十二篇，今書十五篇。陸佃農師所校。

《鬻子注》一卷。

唐鄭縣尉逢行珪撰。止十四篇，蓋中間以二章合而爲一，故視陸本又少一篇。此書甲乙篇次，皆不可曉。二本前後亦不同。姑兩存之。（上海古籍出版社，1987年）

王柏《魯齋集》卷四《詛楚文辭并序》：

鬻熊拓地，城池雄深。三閭既放，舉國昏昏。（《文淵閣四庫全書》本）

戴埴《鼠璞》卷上《鬻熊孟嘗》：

鬻熊年九十見周，文王曰：“老矣。”鬻子曰：“捕虎逐麋，臣已老矣。使坐而策國事，尚少也。”孟嘗謂楚丘先生春秋高、多遺忘矣，楚丘曰：“使拔距投石，追車赴馬，何暇見老？深謀遠計，役精神而决嫌疑，吾始壯矣。”周家尊事黄耇，不過乞言，非勞其筋力，强之以事也。大夫七十致仕，禮之常也。間有特異之賢，尊而禮之，任其德而不任其力也。使鞭鈍策朽以盡瘁於群有司，何補於其國哉！（中華書局，1985年）

黄震《黄氏日抄》卷五十五《讀諸子一・鬻子》：

鬻子名熊。逢行珪序其書云：“熊，楚人，年九十見文王。王曰：‘老矣。’熊曰：‘使臣捕獸逐麋，已老矣。使臣坐策國事，尚少也。’文王遂師之。”故其書首之以文王問。此必戰國處士假托之辭，蓋自《漢・藝文志》已有其篇目。其語亦多可采，如“以知其身之惡而不改爲大忘”，如以“自謂賢者爲不肖”，如曰“察吏於民”，凡皆足以警世。其餘則載五帝禹湯之政，皆主得人。文亦不煩，異乎諸子之寓言虚誕者矣。然每篇多以“政曰”起語，而以“昔者”追述文王之問；既托文王，而下又云魯周公；且亦未知自稱“政曰”者爲誰。逢行珪既不能明言，而反釋以爲政術之間，則非辭矣。（《文淵閣四庫全書》本）

方仁榮、鄭瑶《景定嚴州續志》卷四《書籍》：

郡有經、史、詩文、方書凡八十種，今志其目：

……《鬻子》……（中華書局，1985年）

王應麟著，張三夕、楊毅點校《漢藝文志考證》卷六《道》：

《鬻子》二十二篇。

太史公序《楚世家》曰：“重、黎業之，吴回接之，殷之季世，粥子牒之。”劉向《别録》云：“鬻子名熊，封於楚。”劉勰曰：“鬻熊知道，而文王咨謀。諸子肇始，莫先於斯。”唐逄行珪注一卷，十四篇。（《序》云：“卷軸不全，而其門可見。”）賈誼《新書》引“文王、武王、成王問粥子”。《列子·天瑞篇》引粥熊曰：“運轉無已，天地密移，疇覺之哉。”《力命篇》引粥熊語文王曰：“自長非所增，自短非所損。”（陸佃曰：“《列子》所稱即《南華》藏舟、鳧鶴之義也，今其書無之。則熊之嘉言要旨，亡者多矣。”）又小説有《鬻子説》十九篇，後世所加。（中華書局，2011年）

王應麟《玉海》卷五十三《藝文》諸子《鬻子》：

《漢志》道家二十二篇，名熊，爲周師，自文王以下問焉。小説家《鬻子説》十九篇，後世所加。

《唐志》道家一百三十七家，始於《鬻子》一卷，永徽中逄行珪注。（行珪《序》云十四篇。）

《書目》雜家十四篇，鬻熊，楚之先也，爲周文王師，著書二十二篇。今本十四篇。（始於大道文王問。）

《列子·天瑞篇》：鬻熊曰：“運轉無已，天地密移。”《力命篇》鬻熊語文王曰：“自長非所增，自短非所損。”

《文心雕龍》：鬻熊知道，而文王咨謀。諸子肇始，莫先於斯。

賈誼《新書》引文王、武王、成王問鬻子。（廣陵書社，2003年）

王應麟著，閻若璩、何焯、全祖望注《困學紀聞》卷十《諸子》：

鬻熊爲周文王師，著書二十二篇，諸子之最先者，今存十四篇。《列子·天瑞篇》引“運轉無已，天地密移”，《力命篇》引語文王曰：“自長非所增，自短非所損。”《賈誼書》引文王、武王、成王問，皆今書所無。（上海古籍出版社，2015年）

郝經《陵川集》卷三《石門》：

鬻熊文王師，南服始數乘。後來爲霸國，春秋每譏評。（《文淵閣四庫全書》本）

馬端臨《文獻通考》卷一百三《宗廟考》十三《功臣配享》：

（乾德）二年十一月，太常博士聶宗義上言：准祠令周文王以太公配。唐天寶七載以師鬻熊及太公望配，伏緣太公已封，武、成王春秋釋奠望，自今止以鬻熊配享。奏可。

同上，卷二百十一《經籍考》三十八子道家：

《鬻子》一卷。

晁氏曰：楚鬻熊撰。按《漢志》云："爲周師，自文王以下問焉，周封爲楚祖。"凡二十二篇，今存者十四篇，唐逢行珪注，永徽中上於朝。叙稱見文王時行年九十，而書載周公封康叔事，蓋著書時百餘歲矣。

石林葉氏曰：世傳《鬻子》一卷，出祖無擇家。《漢・藝文志》本二十二篇，載之道家。鬻熊，文王所師，不知何以名道家。而小説家亦别出十九卷，亦莫知孰是，又何以名小説。今一卷，止十四篇，本唐永徽中逢行珪所獻。其文大略，古人著書不應爾。廖仲容《子鈔》云六篇，馬總《意林》亦然。其所載辭略與行珪先後差不倫，恐行珪書或有附益云。

巽岩李氏曰：《藝文志》二十六篇，今十四篇，《崇文總目》以爲其八篇亡，特存此十四篇耳。某謂劉向父子及班固所著録者，或有他本，此蓋後世所依托也。熊既年九十始遇文王，胡乃尚説三監、曲阜時，何邪？又文多殘闕，卷第與目篇皆錯亂，甚者幾不可曉，而注尤謬誤。然不敢以意删定，姑存之以俟考。

高氏《子略》曰：《魏相奏記》載霍光曰："文王見鬻子年九十餘，文王曰：'噫，老矣。'鬻子曰：'君若使臣捕虎逐麋，臣已老矣；若使坐策國事，臣年尚少。'文王善之，遂以爲師。"今觀其書，則曰："發政施仁謂之道，上下相親謂之和，不求而得謂之信，除天下之害謂之仁。"其所以啓文王者决矣。其與太公之遇文王有相合者。太公之言曰："君有六守：仁、義、忠、信、勇、謀。"又曰："鷙鳥將擊，卑飛翩翼；虎狼將擊，弭耳俯伏；聖人將動，必有愚色。"尤决於啓文王者矣。非二公之言殊相經緯，然其書辭意大略淆雜，若《大誥》《洛誥》之所以爲書者，是亦漢儒之所綴輯者乎？太公又曰："天下非一人之天下，天下之天下也。"奇矣！《藝文志》叙鬻子名熊，著書二十二篇，今一卷六篇。唐貞元間，柳伯存嘗言"子書起於鬻熊"，此語亦佳，因録之。永徽中，逢行珪爲之序曰："《漢志》所載六篇，此本凡十四篇。"予家所傳乃十有二篇。

陳氏曰：《漢志》云二十二篇，今書十五篇，陸佃農師所校。唐鄭縣尉逢行珪注止十四篇，蓋中間以二章合而爲一，故視陸本又少一篇。此書甲乙篇次，皆不可曉。二本前後亦不同，姑兩存之。（中華書局，1986年）

吴萊《淵穎集》卷十一《讀諸子・鬻子》：

嗟嗟文後師，下及周公政。豈待戰無爲，戎衣天下定。（商務印書館，1937年）

脱脱等《宋史》卷二百五《藝文志四》子類雜家類：

《鬻熊子》一卷。

同上，卷二百六《藝文志五》子類小説類：

逄行珪《鬻子注》一卷。（中華書局，1985年）

宋濂《諸子辯·鬻子》：

《鬻子》一卷，楚鬻熊撰。熊爲周文王師，封爲楚祖，著書二十二篇，蓋子書之始也。《藝文志》屬之道家，而小説家又别出十九卷。今世所傳者，出祖無擇所藏，止十四篇。《崇文總目》謂其八篇已亡，信矣。

其文質，其義弘，實爲古書無疑。第年代久邈，篇章舛錯，而經漢儒補綴之手，要不得爲完書。黄氏疑爲戰國處士所托，則非也。序稱熊見文王時年已九十，其書頗及三監曲阜時事，蓋非熊自著，或者其徒名"政"者之所記歟？不然，何有稱"昔者文王有問於鬻子"云！（樸社，1928年）

楊士奇《東里文集》卷六《熊氏族譜序》：

今天下姓氏，皆古天子諸侯之後，其先功德之被人者廣，則其流澤後世久遠而蕃碩，自然之理也。春秋、戰國之際，惟楚地廣民衆，則其上之所以被於人者，宜亦廣且衆矣。楚，鬻熊之後，以名爲氏，當是時，諸侯稱國者未嘗稱氏，惟楚國之君世稱熊氏。熊望出南昌江陵，數百年來，南昌之熊最盛，支分派别跨數邑，《詩》《書》纓組，連續赫奕，非他姓可擬，豈非其先之被於人者廣且衆，故其流澤至於今未艾歟！（中華書局，1998年）

李夢陽《空同集》卷四十七《明故博平王教授蕭君墓志銘》：

夫聖賢未有不由師而成者，而况其他乎？故岐伯、卞隨、務光、鬻熊之倫，以微加貴而不謂之過；軒、堯、舜、文諸人，以尊下卑而靡謂之詘。故曰：非師曷質，非學曷能？（《文淵閣四庫全書》本）

楊慎《升菴集》卷四十六《鬻子》：

鬻熊，文王時人，著書二十二篇，子書莫先焉。今其存者十四篇，皆無可取，後人贋本無疑也。按賈誼《新書》所引《鬻子》七條，如云："和可以守，而嚴可以守，而嚴不若和之固也。和可以攻，而嚴可以攻，而嚴不若和之德也。和可以戰，而嚴可以戰，而嚴不若和之勝也。則惟由和而可也。"又云："治國之道，上忠於主，而中敬其士，而下愛其民。故上忠其主者，非以道義則無以入忠也；而中敬其士，非以禮節則無以諭敬也；下愛其民，非以忠信則無以行愛也。”又曰：“聖王在上位，則天下不死軍兵，民免於死而得一生矣；聖王在上位，而民無凍餒，民免於二死而得二生矣；聖王在上位，民無夭閼，民免於三死而得三生矣；聖王在上位，則民無厲疾，民免於四死而得四生矣。”是皆正言確論也，今之所傳有是乎？又《文選》注引《鬻子》：“武王率兵車以伐紂，紂虎旅百萬陣於商郊，起自黄鳥，至於赤斧，三軍之士，莫不失色。”今本無，知其爲僞書矣。曷取賈誼書中七條傳之，以冠於書，亦愈於傳贋售僞也。

同上，《王嘉》：

……嗚呼，子書之奥妙不傳者何限，而今乃傳《鬻子》《子華子》。唐詩之佳而不行者無算，而世乃盛傳許渾、胡曾。小説之可觀者多矣，而《天寶遺事》《杜詩僞蘇注》至名家亦爲所惑，且引用焉。噫！

同上，卷五十《兩鬻熊》：

《漢·藝文志》：《鬻子》二十二篇，注云：“名熊，爲周師，文王以下問焉。周封之爲楚祖。”此一鬻熊也。唐玄宗天寶六載，詔祀夏禹於安邑，以宗伯鬻熊秩，宗伯夷配。此夏之鬻熊也。然鬻熊事夏禹爲宗伯，經傳無明文，不知何所據也。（《文淵閣四庫全書》本）

高儒《百川書志》卷七子道家：

《鬻子》一卷。楚鬻熊撰。華州鄭縣尉逢行珪注，凡十四篇。（《續修四庫全書》本）

晁瑮《晁氏寶文堂書目》卷上子：

《鬻子》。（天泉刻。）（《續修四庫全書》本）

佚名《江漢叢談》卷一《鬻子》：

仁卿問：“鬻子（熊）年九十爲文王師？”答曰：《世説》云：鬻子，楚之先也。年九十見文王，王曰：“老矣。”鬻子曰：“使臣捕獸逐麋，已老矣。坐策國事，臣尚少也。”（《鬻子題辭》同。）宋景濂（濂）謂：《鬻子書》二十二篇，《藝文志》屬之道家，而小説家又别出十九卷。今世所傳者，出祖擇之（無擇），所藏止十四篇。其文質，其義弘，實爲古書無疑。近時沈子（津）《百家類纂》則以《鬻子》屬之雜家云。余謂成王封鬻熊曾孫繹於楚之丹陽（即今枝江），賜以子男之田，蓋以鬻子嘗有勤勞，封其後以報之。事載《左傳》《國語》《吕覽》

《風俗通》等書甚明。而《孟子》稱伯夷、太公二老歸文王，而不及鬻子。桓君山（譚）《新論》云："殷之伊尹，周之太公，秦之百里奚，咸有大才，皆年七十乃升爲王霸師。"君山言太公，亦不及鬻子。此其故何也？韓嬰《韓詩外傳》云："文王師於錫疇子斯。"劉子政（向）《新序》云："文王學於時子思。"玆皆不經見，豈可謂鬻子非文王師邪？《戰國策》云："楚丘先生年七十往見孟嘗君（田文），孟嘗君曰：'先生老矣，春秋高矣，多遺忘矣，何以教文？'楚丘先生曰：'君謂我老，將使我投石超距乎？追車赴馬乎？逐麋鹿、搏虎豹乎？吾則老矣。將使我深計遠謀乎？定猶豫而決嫌疑乎？出正辭而當諸侯乎？吾乃始壯，何老之有！'"是楚丘先生之言，蓋祖述鬻子耳。

同上，卷二《三楚》：

楚中山川靈秀，篤生前哲，備載《楚紀》。余嘗謂楚人以藝文儒業稱者，有四祖焉。鬻子爲成周子書之祖，屈原爲春秋騷賦之祖，襄陽杜子美爲盛唐律詩之祖，道州周茂叔（敦頤）接群聖千載不傳之秘，又爲有宋道學之祖也。（《文淵閣四庫全書》本）

余寅《同姓名録》卷一《鬻熊二》：

夏鬻熊，大禹用之爲宗伯，因進爲廟配。

周鬻熊，文王事之爲宗師，因封爲楚祖。（上海古籍出版社，1992年）

陳耀文《天中記》卷二十師弟《文王師》：

文王爲西伯，鬻熊者爲文王師，有功於文王，早卒。及武王滅殷，未之封也。成王舉勤勞之後，封其魯孫熊繹爲楚子。（《史記》）《魏相奏記》載霍光曰："文王見鬻子年九十餘，文王曰：'噫，老矣。'鬻子曰：'君若使臣捕虎逐麋，臣已老矣。若使坐策國事，臣年尚少。'文王善之，遂以爲師。"（高氏《子略》）鬻子事二説不同，已難憑矣。今其書《慎誅篇》乃云"昔者魯周公使康叔往守於殷，戒之"云云，是信書耶？

同上，卷三十九壽《九十爲師》：

鬻子名熊，楚人。年九十見文王，王曰："老矣。"鬻子曰："使臣捕獸逐麋，已老矣。使臣坐策國事，尚少也。"文王師之。著書二十二篇，名曰《鬻子》。（《鬻子》）

世傳鬻子九十餘始遇文王，而書乃載三監、曲阜事，篇名次第，皆錯亂不可曉，蓋殘闕書也。（《序》）《史・楚世家》：周文王之時，季連之苗裔曰鬻熊，鬻熊子事文王，早卒。楚武王熊通怒曰：“吾先鬻熊，文王之師也，早終。成王舉我先公，乃以子男田，令居楚。”今書云“昔者魯周公”，又曰“周公使康叔往封於殷”，皆文王後事也，其爲僞書無疑，而無舉以證之者。（《文淵閣四庫全書》本）

王世貞《弇州四部稿》卷一百十二文部《讀〈鬻子〉》：

《鬻子》，僞書也。其文辭雖不悖謬於道，要之至淺陋者掇拾先賢之遺而加飾之耳。謂禹據一饋而七十起，非三吐之卮言乎？七十起何其勞也！禹得七大夫，如杜、季、施皆非夏氏因生之姓。至所謂東門虚、南門蠕、西門疵、北門側，幾乎戲矣。夫鬻子九十而爲文王師也，乃末篇曰“昔者魯周公使康叔往守於殷”，何哉？阮逸僞《元經》，李荃僞《陰符》，劉歆僞《周禮》，固矣，猶能文其辭，未有如《鬻子》之淺陋者也。雖然，使僞而近也，毋寧僞而遠也乎？近則惑。

同上，卷一百六十五説部《宛委餘編十》：

大臣老居位者：……鬻熊九十而爲文王師。……其他未可悉紀。

同上，卷一百六十七説部《宛委餘編十二》：

姓有百家，有千家，若千家則《姓苑》所不載者多。今據古人所有而頗僻者記之。

鬻。周文王師鬻熊。（《文淵閣四庫全書》本）

焦竑《國史經籍志》卷四上子類道家諸子：

《鬻子》一卷。（楚鬻熊撰，唐逄行珪注。）

《鬻子注》三卷。（王觀注。）

同上，卷六糾繆《宋·藝文志》：

《鬻子注》入小説，非。（《續修四庫全書》本）

陳第《世善堂藏書目録》卷上諸子百家類諸子：

《鬻子》一卷十二篇。（《續修四庫全書》本）

胡應麟《少室山房筆叢》卷三《經籍會通三》“班藝文志所録”條：

班《藝文志》所録，次序頗淆，今稍據時代列之。漢以兵取天下，故論兵書特盛。楊僕、任宏所輯一百八十二，二家固取不過數十家，其目尚多依托，自餘可知。

《神農》二十篇，（農家。）又《兵法》一篇。（兵家。）《黄帝》十六篇，

（兵家。）又《經》四篇，又《銘》六篇，又《君臣》十篇，又《雜》五十八篇，（俱道家。）又《説》四十篇。（小説家。）《蚩尤》二篇。（兵形勢家。）《太乙兵法》一篇。《天乙兵法》三十五篇。《封胡》五篇。《風后》十三篇。《力牧》十五篇。《鵊治子》一篇。《鬼容區》三篇。（俱兵陰陽。）《大禹》二十七篇。（農家。）《天乙》三篇。（謂即成湯，非前《太乙》也。小説家。）《務成子》十一篇。（小説。）《伊尹》五十一篇。（道家。）又二十七篇。（小説。）《辛甲》二十九篇。《鬻熊》二十二篇。《太公》二百二十七篇。（俱道家。）《尹佚》二篇。（墨家。）《師曠》八篇。《萇弘》十五篇。（俱兵陰陽家。）《孔甲盤盂》二十六篇。（雜家。）

同上，“王伯厚困學紀聞云”條：

案《紀聞》所載，今見賈誼《新書》中。意古必尚有其書，紀録帝王格言者，或散見雜家，如《鬻子》之類，今其名不可得矣。

同上，“先秦兩漢間子書”條：

先秦兩漢間子書，名同者甚衆，蓋皆以姓爲稱故爾。然其書傳者甚希，又非文義所急，故往往知其一，不知其二。雖博雅之士，或知其二，未必知其三四也。今據劉氏《七略》、鄭氏《通志》及《御覽》《元龜》等類書，條載十數類於左。自備忘忽云爾，非示諸大方也。

二鬻子：一道家，（二十二篇。）一小説。（十九篇。俱稱熊，未必一人也。）

同上，卷二十九《九流緒論下》“今子書傳於世”條：

今子書傳於世而最先者惟《鬻子》，其書概舉修身治國之術，實雜家言也，與柱下、漆園宗旨迥異。而《漢志》列於道家，諸史藝文及諸家目録，靡不因之。雖或以爲疑，而迄莫能定。余謂班氏義例，咸規歆、向，不應謬誤若斯。載讀《漢志》小説家，有《鬻子》一十九篇，乃釋然悟曰：“此今所傳《鬻子》乎？”蓋《鬻子》道家言者，漢末已亡，而小説家尚傳於後，後人不能精核，遂以道家所列當之，故歷世紛紛，名實咸爽。《漢志》故灼然明也。輒記於此，俟博洽君子定焉。

同上，“漢藝文志所謂小説”條：

《漢・藝文志》所謂小説，雖曰街談巷語，實與後世博物志怪等書迥别，蓋亦雜家者流，稍錯以事耳。如所列《伊尹》二十七篇、《黄帝》四十篇、《成湯》三篇，立義命名，動依聖哲，豈後世所謂小説乎？又《務成子》一篇，注稱堯問。《宋子》十八篇，注言黄老。《臣饒》二十五篇，注言心術。《安成》一篇，注言養生。皆非後世所謂小説也。則今傳《鬻子》爲小説，而非道家，尚奚疑哉？（又《青史子》五十七篇，楊用修所自引數條，皆雜論治道，殊不類今小説。）

同上，“青史子云古禮”條：

按：《青史子》班氏所列小説家，其文義傳者乃如此，信《鬻子》之爲小説也。葉夢得、宋景濂，并以此書兩見爲疑，而不敢定其非道家者，政小説二字所誤。執余指以求之，當瞭然矣。（用修所引《青史》見賈誼《新書》，作者青史氏。）

同上，“王長公讀諸子”條：

王長公讀諸子云：“《鬻熊》，僞書也。”考班《志》《鬻子注》，道家下以爲鬻熊，小説下以爲後人所加，則孟堅固以小説之《鬻子》爲僞。長公之言益信，而余説亦不誣矣。

同上，“鬻子章次篇名”條：

《鬻子》章次篇名，前人論者，咸以殘缺不可曉。余初讀尤漫然，載閲之覺其詞頗質奥，雖非真出熊手，要爲秦、漢前書。因反覆紬繹之，乃知此書之存，視舊纔十之一，而篇名章次，錯亂混淆之甚，宜宋以來諸家未有得其要領者也。蓋古《鬻子》本書，篇名章次，與《莊》《列》不同，而絶與今傳《關尹子》類。所謂《撰吏》《道符》等目，即《關尹》之《一宇》《二柱》等篇也。《撰吏下》有五帝等目，《道符下》有三王等目，即《一宇篇》之“盆沼”等章，《二柱篇》之“盌盂”等章也。《關尹》九篇，而每篇章次少者六七，多者十餘，更互闡發，以竟一篇之義。故每章之語雖極寥寥，而不覺其簡。《鬻子》二十二篇，律以《關尹》，則今傳短章總之當不下百數十。（如今傳本篇下第五、第八等目，悉篇中章次，非書中篇次，細繹自明。）而東京之後，兵火殘逸，至唐所存，僅此一十四條。當時注者鹵莽，苟欲庶幾前代全書，遂以每章當其一篇，而僅以爲缺其八，故今讀之寥寥枯寂，若本末略無足觀者。又其篇章既混，而先後復淆，後人因益厭棄弗省。余既幸得其説，輒稍爲更定之，雖缺者不可復完，而章次篇名，咸中舊解，亦謂旦暮遇之者也。（又《賈誼》引十三章附。）

同上，“楊用修云鬻熊”條：

楊用修云：鬻熊著書二十二篇，子書莫先焉。今其存者十四篇，皆無可取，似後人贋本無疑也。案賈誼《新書》所引云："和可以守，而嚴可以守，而嚴不若和之固也。和可以攻，而嚴可以攻，而嚴不若和之得也。和可以戰，而嚴可以戰，而嚴不若和之勝也。則惟由和而可也。"又云："治國之道，上忠於主，而中敬其士，而下愛其民。故上忠其主者，非以道義則無以入忠也；而中敬其士，非以禮節則無以諭敬也；下愛其民，非以忠信則無以行愛也。"又曰："聖人在上位，則天下不死軍兵之事，民免於一死而得一生矣；聖王在上位，而民無凍餒，民免於二死而得二生矣；聖王在上位，民無夭閼之誅，民免於三死而得三生矣；聖王在上位，則民無厲疾，民免於四死而得四生矣。"是皆正言確論也，今之所傳有是乎？又《文選》注引《鬻子》："武王率兵車以伐紂，紂虎旅百萬，陣於商郊，起自黄鳥，至於赤斧，三軍之士，莫不失色。"今本無之，知爲僞書矣。右楊氏《丹鉛録》所載，可補《鬻子》之缺，因録此。余考誼《大政篇》所引，尚有六條，暇當總輯，合今傳十四篇，稍次先後爲一編。

同上，卷三十一《四部正訛中》"今鬻子非道家言"條：

今《鬻子》非道家言，余既詳辯之矣。然道家固實有《鬻子》。列禦寇《天瑞篇》引其説云："運轉亡已，天地密移，疇覺之哉？故物損於彼者盈於此，成於此者虧於彼，損盈成虧，隨生隨死，往來相接，間不可省，疇覺之哉？凡一氣不頓進，一形不頓虧，亦不覺其成，不覺其虧。亦如人自生至老，貌色智態，亡日不異，皮膚爪髮，隨生隨落，非嬰孩時有停而不易也。間不可覺，俟至後知。"又《力命》《楊朱》二篇皆引其語。其爲道家言，居然可見，蓋必古有此書，如《黄帝》《楊朱》之屬，《列子》稱之，至漢尚存，班氏以列道家亡怪也。若其人文王所師與否，《列》所引爲文王所師之人與否，悉無據，不可信。夫太公之事，見於《詩》《書》，東海之封，傳於百世，世尚疑之，况不經見聖賢之口，如鬻子乎？（《列》亦言鬻熊語文王，然每與老聃同列，謂楚祖者非也。）

同上，"鬻子前輩去取"條：

《鬻子》，前輩去取殊不一。宋太史謂其文質，其義弘，余讀之信然。第如王長公所稱七大夫，其名姓誠有可疑者，决匪商末周初文字。黄東發以戰國依托，近之。

同上，"今所傳鬻子"條：

今所傳《鬻子》十四篇，有文王問而及三監、曲阜事，人率疑之。然伊尹、太公，年俱百數十歲，考《竹書》，太公没尚在康王世，熊以九十遇西伯，而管、蔡之叛，周公之薨，俱在成王時，律以太公，則談及二事亡足怪。但其書體兼儒雜，既絶不類《列子》所引語，而《列》所引語亦略不見篇中，故知其決匪道家，然亦未必小説家之舊。大概後人掇拾殘剩，而補苴綴緝之功亡萬一焉，故其章次篇名皆混淆錯亂，視他子書，特寥落無足觀。自宋李仁父已疑之，而王長公尤極言其僞。乃余則以不惟其書可疑，熊之遇西伯亦僞也，蓋因太公事傅會。若《列》所引鬻熊，自是當時有道者，不必據文王言。（《史記》稱鬻熊事文王者，蚤夭，故封其子孫爲楚祖。而此以九十遇文，可笑至此。蓋二鬻熊，明甚。）

同上，“高似孫諝子書”條：

高似孫諝子書起於鬻熊，此不然。《漢志》道家有《伊尹》五十一篇、《黄帝書》四種共三十八篇、（《列子》所引《黄帝書》，當出此四家。）《力牧》二十八篇，雜家有《孔甲》二十六篇、《大禹》三十七篇，農家有《神農》二十篇，小説家有《伊尹》二十七篇，皆鬻熊前子書，率僞書也。惟以子稱者，似起於熊，而小説有《務成子》，亦熊前。若今傳子書，故當首此耳。（上海書店，2001年）

祁承㸁《六家詩名物疏》卷首儒家・周：

《鬻子》二卷，一册。楚人鬻熊著。見《子彙》。逢行珪注。（《續修四庫全書》本，919册）

顧起元《説略》卷十三《典述》中“諸子儒家則有”條：

諸子儒家則有《晏子春秋》（齊晏嬰）……小説家則有《伊尹説》、《鬻子説》、《周考》、《師曠》、《務成子》、《宋子》、《黄帝説》、《虞初周説》、《燕丹子》、《青史子》、《宋玉子》、《郭子》（晋中郎澄）、《猗犴子》（元結）、《乾膢子》（温庭筠）……（《文淵閣四庫全書》本）

徐𤊹《徐氏家藏書目》卷三子部諸子類：

《鬻子》一卷。（熊。）（《續修四庫全書》本）

馮復京《六家詩名物疏》卷首《引用書目・雜家》：

《鬻子》。（《文淵閣四庫全書》本）

錢謙益《絳雲樓書目》卷二子總類：

《十二子書》：《鬻子》。

同上，子道：

《鬻子》。（《續修四庫全書》本）

白雲霽《道藏目録詳注》卷四《太玄部·顛字型大小》：

《鬻子》。（二卷。華州鄭縣尉逄行珪注。）

鬻子，楚人，名熊，周文王之師也。著書二十四篇，敷演大道，詮譔明史，闡域中之教化，論刑德之是非。雖卷軸不全，而其門可見矣。（中華書局，1997年）

朱鶴齡《愚菴小集》卷十三雜著一《書〈太平御覽〉後》：

《御覽》所引三墳書、汲冢書、《子華子》、《鬻子》、《孔叢子》、師曠《禽經》之類，都係僞書，朱元晦、方希直皆已辨之。然出自漢魏人之手，雖碔砆亦與璠璵等價。（上海古籍出版社，1979年）

錢曾《錢遵王述古堂藏書目録》卷五子：

《鬻子》三卷一本。（抄。）（《續修四庫全書》本）

季振宜《季滄葦藏書目》宋元雜板書子部：

《二十家子》（十六本）：《鬻子》。（《續修四庫全書》本）

田雯《古歡堂集》卷三十四《讀〈鬻子〉跋》：

鬻熊，楚人，年九十見文王，王曰："老矣。"鬻子曰："使臣捕獸逐麋，已老矣。使臣坐策國事，尚少也。"文王師之。著書十二篇，前人謂其理致通遠，旨趣恢宏，織組仁義，經緯家邦，實先達之真言，爲諸子之首唱。愚以爲其文俚，其詞淺，必後世僞作之書，無足稱述也。且其中引魯周公、衛康叔，年代相去遠甚，讀者察之。按賈誼《新書》所引《鬻子》七條，皆正言確論，兹本無之。又《文選》引《鬻子》："武王率兵車以伐紂，紂虎旅百萬，列於商郊，起自黄鳥，至於赤斧，三軍之士，莫不失色。"今本亦無，知爲僞書無疑矣。（《文淵閣四庫全書》本）

閻若璩《四書釋地》又續《西伯善養老》：

馬貴與言："古人養老之禮，有養於鄉者，有養於國者。"余謂《孟子》"制其田里，教之樹畜"節，便是西伯養老於鄉。若伯夷、太公往歸，暨鬻熊、辛甲大夫之徒，自養於國學，則西伯親袒割牲，執醬而饋，執爵而酳，祝鯁在前，祝噎在後，又不待云矣。（《學海堂皇清經解》本）

姚際恒《古今僞書考》：

世傳子書，始於《鬻子》。《漢志》道家有《鬻子》二十二篇，小説家有《鬻子説》十九篇。（本注云：後世所加。）今一卷僅十四篇，唐逢行珪所上。案《史·楚世家》熊通曰："吾先鬻熊，文王之師也，蚤終。"叙稱見文王時，行年九十，非矣。又書載三監、曲阜事，壽亦不應如是永也。是其人之事已謬然莫考，而况其書乎？論之者，葉正則、宋景濂皆以兩見《漢志》爲疑，莫知此書誰屬。胡元瑞則以屬小説家，亦臆説也。高似孫以爲漢儒綴輯。李仁父以爲後世依托。王弇州疑其七大夫之名。楊用修歷引賈誼書及《文選注》所引《鬻子》，今皆無之。此足見其大略矣。（《知不足齋叢書》本，樸社，1929年）

張尚瑗《〈左傳〉折諸》卷首下《同姓名録》：

鬻熊二：夏鬻熊，大夏用之爲宗伯；一爲文王之師，封於楚，爲楚祖。

同上，卷六《僖公·夔子不祀祝融與鬻熊》：

鬻熊爲周師，自文王以下問焉，受封爲楚祖。《漢·藝文志》道家者流有《鬻子》二十二篇。（《文淵閣四庫全書》本）

儲大文《存研樓文集》卷十雜著《鬻熊》：

鬻熊博懷道德，善謀政事，幽綜造化，遠則不遺，明暢神理，静守以正。年九十見周文王，王曰："耄矣。"鬻熊曰："使臣捕獸逐麋，則耄矣；坐策國事，猶未也。"文王問："君子職於民何？"曰："君子將入而旭旭者，義先聞也。既入而暵暵者，民保其福也。既去而暗暗者，民失其教也。"武王問守攻戰，曰："由和而可也。政平於人謂之文政，禮恭於人謂之文禮，治入於人謂之文治。夫治陳於刑而仁行焉。由此守而不存，攻而不得，戰而不勝，未之有也。"成王問興國之道，曰："思善則行之，立教而常行信，而長爲天下福，謂之道。上下相親，謂之和。民不求而得所欲，謂之信。除天下之害，謂之仁。仁與信，和與道，帝王之器也。"蓋《鬻子》二十二篇，今存十四篇。賈誼《新書》止述七篇云。夫鬻熊之明暢善謀，實與太公埒。太公鷹揚，而鬻熊静守以正裁，坐策國事，是故齊侯而楚子。其功烈雖殊，其道揆則鈞也。（《文淵閣四庫全書》本）

劉於義等《陝西通志》卷二十八《祠祀一》西安府咸陽縣附古祠廟：

宋太祖朝嘗詔修先代帝王祠廟，令太常禮院重定配享功臣，周文武以師鬻熊配，武王以召公配，成王以周公旦、唐叔虞配，康王以太公畢公配。（《揮塵前録》）（《文淵閣四庫全書》本）

鄂爾泰等《雲南通志》卷七附《書籍·五華書院藏書》子部中雜家：

《諸子奇賞》共五十一卷，三函，二十六本：

《鬻子》。（《文淵閣四庫全書》本）

謝旻等《江南通志》卷一百九十二《藝文志》子部儒家：

（宋）《鬻子注》一卷。（如皋王觀。）（《文淵閣四庫全書》本）

彭元瑞等《欽定天禄琳琅書目後編》卷十六明版子部：

《五子全書》。（一函，三册。）

不著彙刻人名氏。……《鬻子》一卷，凡十四篇。唐尉逄行珪注，前有行珪序并進表。（《續修四庫全書》本）

弘曆《乾隆御製詩四集》卷十七古今體《彙輯四庫全書聯句有序》：

（御製）鬻熊著述肇於荆，申韓衹以刑名失。莊老惟因荒誕輕，自一家言難盡棄。（《文淵閣四庫全書》本）

嵇璜等《欽定續通志》卷一百六十四《校讎略》：

逄行珪《鬻子注》一卷。

焦竑曰："入小説非。"

臣等謹案，焦氏《經籍志》入道家。（《文淵閣四庫全書》本）

永瑢等《四庫全書總目》卷一百十七子部二十七雜家類一雜學之屬《鬻子》提要：

《鬻子》一卷（兩江總督采進本），舊本題周鬻熊撰。《崇文總目》作十四篇，高似孫《子略》作十二篇，陳振孫《書録解題》稱陸佃所校十五篇。此本題唐逄行珪注，凡十四篇，蓋即《崇文總目》所著録也。考《漢書·藝文志》道家《鬻子》二十二篇，又小説家《鬻子説》十九篇，是當時本有二書。《列子》引《鬻子》凡三條，皆黄、老清静之説，與今本不類，疑即道家二十二篇之文。今本所載與賈誼《新書》所引六條，文格略同，疑即小説家之《鬻子説》也。杜預《左傳注》，稱鬻熊爲祝融十二世孫，孔穎達疏謂不知出何書。《史記》載鬻熊子事文王，早卒。其子曰熊麗，熊麗生熊狂，熊狂生熊繹。成王時舉文、武勤勞之後嗣，受封於楚。《漢書》載魏相奏記霍光稱文王見鬻子，年九十餘。雖所説小異，然大約文、武時人。今其書乃有"昔者魯周公"語，又有"昔者魯周公使康叔往守於殷"語，而賈誼《新書》亦引其成王問答凡五條，時代殊不相及。劉勰《文心雕龍》云："鬻熊知道，文王諮詢。遺文餘事，録爲《鬻子》。"則裒輯成編，不出熊手。流傳附益，或構虚詞，故《漢志》别入小説家歟？獨是僞《四八目》一書見北齊陽休之序録，凡古來帝王輔佐有數可紀者，靡不具載，而此書所列禹七大夫皋陶、杜子業、既子、施子黯、季子寧、然子堪、輕子玉，湯七大夫慶誧、伊尹、湟里且、東門虚、南門蝡、西門疵、北門側，皆具有姓名，獨不見收。似乎六朝之末尚無此本。或唐以來好事之流，依仿賈誼所引，撰爲贋本，亦未可知。觀其標題甲乙，故爲佚脱錯亂之狀，而誼書所引則無一條之偶合，豈非有心相避，而巧匿其文，使讀者互相檢驗，生其信心歟？且其篇名冗贅，古無此體，又每篇寥寥數言，詞旨膚淺，决非三代舊文。姑以流傳既久，存備一家耳。卷首有逄行珪序及永徽四年進書表，自署華州鄭縣尉。里居未詳。（中華書局，1965年）

永瑢等《四庫全書簡明目録》卷十三子部十雜家類：

《鬻子》一卷。

舊本題周鬻熊撰，蓋依托也。《漢志》載於道家者二十二篇，載於小説家者十九篇，此本疑即小説家所載。《崇文總目》作十四篇，《子略》作十二篇，《書録解題》作十五篇。此本篇數與《崇文總目》合。其注爲唐逄行珪撰，亦無深義。以舊本存之耳。（上海古籍出版社，1985年）

崔述《豐鎬考信録》卷一：

《史記》文王臣有鬻子。劉向《别録》云："鬻子名熊，封於楚。"今所傳《鬻子》書有與文王、武王問答之語，《列子》及賈誼《新書》頗述之。由是世稱鬻熊爲文、武師云。余案書中所載問答之言，皆淺陋無深意義，亦多近黄、老，明係後人之所僞托。且熊繹之事康王，楚靈王嘗述之矣。靈王好爲誇張大言者，若其祖果爲文、武師，何容默而不述乎？（《叢書集成初編》本）

梁玉繩《漢書人表考》卷三：

粥熊。（師古曰：文王師也。粥，音弋六反。）粥熊始見《列子·天瑞》，本作鬻熊。（《左》僖二十六）祝融十二世孫，（杜注）楚先封鬻，夏、商因爲姓。（《路史·國名記》三）名熊。（《漢書·藝文志》）亦曰鬻熊子。（《史記·世家》）亦曰鬻子。（《史記·周紀》及《藝文志》《列子·黄帝》作粥子）年九十見文王，（《路史·後紀》八注引《鬻子》書）爲文、武師，（《漢書·地理志》）周封爲楚祖。（《藝文志》）（《叢書集成初編》本）

徐國相等《湖廣通志》卷四《沿革志》長沙府：

附考：按《詩·商頌》"奮伐荆楚"，《毛傳》以爲荆州之楚國，《史記》亦云“楚蠻之地”，是楚地不始於周之封國。又今長沙之地號曰熊湘，《史記·五帝紀》“南至於江，登熊、湘”，二山名也，俗乃謂楚鬻熊始封於此。楚自周成王以封熊繹，非鬻熊。又楚始封在秭歸之丹陽城，非長沙。杜佑又云古三苗國，三苗“左洞庭，右彭蠡”，非其地也。

同上，卷五十一《人物志》總部行業：

周鬻熊。鬻子名熊，楚人。年九十餘見文王，王曰：“老矣。”鬻子曰：“使臣捕獸逐麋，已老矣。使臣坐策國事，尚少也。”文王師之。著書二十二篇，名曰《鬻子》，周封爲楚祖。按鬻子壽最高，成王時猶存。其書今傳十四篇，賈誼《新書》止述七篇。

同上，卷一百二《藝文志》序《大隱山人稿序》（明·李維楨）：

楚出顓頊高陽，而苗裔曰鬻熊，爲文王師，諸子實自此始。至繹而封，至通而强，其子孫以邑、以官、以字、以氏爲氏。

同上，卷一百十八《雜紀志·鬻熊》：

鬻熊，《丹鉛録》云唐天寶六載，詔祀夏禹於安邑，以宗伯鬻熊，秩宗伯夷配，此夏之鬻熊也。《漢·藝文志》：《鬻子》二十二篇，注云：“名熊，爲周師，文王以下問焉，周封之爲楚祖。”此則周之鬻熊也。舊志引《丹鉛録》所述《漢志》之説，并引劉向《别録》云“鬻子名熊，封於楚”，遂謂鬻熊始封於楚，而熊繹復封於丹陽。考《左傳》“昔我先王熊繹”，杜注：“楚始封君。”《史記》：季連之裔曰鬻熊，鬻熊子事文王，蚤卒。當周成王之時，舉文武勤勞之後嗣，而封熊繹於楚，胙以子男之田，居丹陽。又楚武王三十七年，隨爲楚之周，請尊楚號王，不聽，楚熊通怒曰：“吾先鬻熊，文王之師也，早終。成王舉我先公，乃以子男田，令居楚漢。”《地志》：丹陽郡丹陽，注：楚之先熊繹所封。又楚地翼軫分野，今之南郡、江夏、零陵、桂陽、武陵、長沙及漢中、汝南郡盡楚分也。周成王時，封文、武先師鬻熊之曾孫熊繹於荆，爲楚子，居丹陽。是鬻熊原未受封，至熊繹始封於丹陽也。（《文淵閣四庫全書》本）

孫星衍《平津館鑒藏書籍記》補遺：

《十二子書》。《鬻子》一卷。題華州鄭縣尉逄行珪注，前有《鬻子序》，永徽四年逄行珪《進鬻子表》。（《續修四庫全書》本）

鍾肇鵬《鬻子校理》附録《石蘊玉〈獨學廬初稿·讀鬻子〉》：

鬻子者名熊，楚之先世也。年九十而見文王。文王曰：老矣。鬻子曰：使臣捕獸逐麋，已老矣。使臣坐策國事，尚少焉。於是文王師之。著書二十二篇。今存者十四篇而已。然讀其書載魯周公使康叔守殷之文，可異焉。夫史稱鬻子見文王時年九十矣，豈有更閱數十年當周公命康叔之時，其人尚在，且著書傳其事之理？則今之十四篇亦非真本也。意者古有其書，久而散亡，好事者從編殘簡斷之餘，思欲網羅舊聞，求其書而不可得，因竊取其義而爲之耳。然邪？否邪？（《新編諸子集成續編》本，中華書局，2010年）

凌揚藻《蠡勺編》卷二十《鬻子》：

陳直齋言："《鬻子》一卷，凡二十二篇。今書十五篇，陸佃農師所校。"又言："《鬻子注》一卷。唐鄭縣尉逢行珪撰。止十四篇，中合二章以爲一，故視陸本又少一篇。其甲乙篇次，皆不可曉。二本前後亦不同，姑兩存之。"楊升庵曰："鬻子，文王時人，著書二十二篇，子書莫先焉。（《漢·藝文志》云：鬻熊爲文王師，封於楚，爲始祖。）今其存者十四篇，皆無可取，後人贋本無疑也。"又云："賈誼《新書》所引《鬻子》七條，皆正言確論，今之所傳有是乎？又《文選》注引《鬻子》'武王率兵車以伐紂'一條，今本亦無，曷不取賈誼書中七條補之，以冠子書，亦愈於傳贋售僞也。"明末錢塘楊之森秀夫從賈太傅《修政論》録出《鬻子》七則，補行珪本之闕，可謂成升庵之志矣。又唐天寶六載詔祀夏禹於安邑，以宗伯鬻熊、秩宗伯夷配，此夏之鬻熊也。升庵謂鬻熊事夏禹爲宗伯，經傳無明文，不知何所據也。（《續修四庫全書》本）

嚴可均《全上古三代文》卷九《鬻熊》：

鬻熊姓羋，名熊，祝融之後陸終第六子季連之裔。年九十見文王，文王以爲師。至武王、成王，皆師事之。成王大封異姓，會先卒，子熊麗、孫熊狂亦卒，因封其曾孫熊繹於楚，子孫皆以熊爲氏。傳三十一世四十三君。有《鬻子》一卷。（案《史記·楚世家》："鬻熊子事文王，蚤卒。熊通曰：'吾先鬻熊文，王之師也。蚤終。'"而《鬻子》書言年九十見文王，而有武王問、成王問，及康叔封衛事，計其年宜過百一二十，則蚤卒蚤終，謂不及受封先卒耳，非不壽之謂也。）

《鬻子》。（案《漢書·藝文志》道家《鬻子》二十二篇，小説家《鬻熊説》一篇，《隋書·經籍志》僅道家一卷，《意林》一卷六篇。今本逄行珪注十四篇，以《群書治要》校之，實三篇見存。不録，録其佚文。）（商務印書館，1999年）

嚴可均《鐵橋漫稿》卷五《〈鬻子〉叙》：

《漢志》道家：“《鬻子》二十二篇。名熊，爲周師，自文王已下問焉。周封爲楚祖。”又小説家：“《鬻子説》十九篇，後世所加。”《隋志》道家《鬻子》一卷，《舊唐志》改入小説家。按隋、唐人所見皆道家殘本，其小説家本梁時已佚失，劉昫移道家本當之，非也。《新唐志》仍歸道家。今世流傳僅唐永徽中華州鄭縣尉逄行珪注本，凡十四篇，爲一卷。《道藏》作二卷，在顛字型大小。注甚疏蔓，又分篇瑣碎，所題甲乙故作顛倒羼辭，以瞀惑後人。宋又有陸佃校本，分行珪十四篇爲十五篇，瑣碎尤甚。又棼其次第，不足存。案《群書治要》所載起迄如行珪，而第二篇至第十三篇聊爲一篇，則行珪十四篇僅當三篇。《意林》稱今一卷六篇，末後所載多出“昔文王見鬻子”一條，則行珪十四篇未足六篇。行珪姓名不他見，其人爲唐人與否，其本爲唐本與否，未敢知之。鬻子年九十見文王，而其書有成王問及康叔封衛事，蓋《鬻子》非鬻熊一人之語。案《史記·楚世家》曰：“鬻熊子事文王，早卒。其子曰熊麗，熊麗生熊狂，熊狂生熊繹。熊繹當周成王之時，舉文、武勤勞之後嗣，而封熊繹於楚蠻。熊繹與魯公伯禽、衛康叔子牟、晋侯燮、齊太公子吕伋俱事成王。”又曰：“熊通怒曰：‘吾先鬻熊，文王之師也，早終。成王舉我先公，乃以子男田令居楚。’”云“早卒”“早終”者，謂鬻熊未及受封而卒而終，非不壽之謂也。蓋文王師爲鬻熊，成王問爲熊繹，中間隔熊麗、熊狂兩世。《鬻子》非專記鬻熊之語，故其書於文王、周公、康叔皆曰“昔者”。“昔者”，後乎鬻子言之也。古書不必手著，《鬻子》蓋康王、昭王後周史臣所録，或鬻子子孫記述先世嘉言，爲楚國之令典，即《史記》序傳所謂“重黎業之，吴回接之，殷之季世，鬻熊牒之。周用熊繹，熊渠是續”者也。昭十二年《左傳》楚靈王曰：“昔我先王熊繹，跋涉山林，以事天子。”是楚之始封爲熊繹，非鬻熊，與《楚世家》正同。劉向博極群書，《周本紀》集解引《别録》乃言“鬻子名熊，封於楚”，與《左傳》《史記》違異，不若《漢志》“周封爲楚祖”之無語病也。諸子以《鬻子》爲最早。神農、黄帝、大禹、伊尹等書，疑皆依托，今亦不傳。傳者《本草》有後世地名，《六韜》言騎戰，皆不在《鬻子》前。劉勰曰：“鬻熊知道，而文王咨謀，諸子肇始，莫先於斯。”誠哉是言！惜世無善本，乃搜輯群書，重加編録，增益闕遺，改正訛誤，定著一卷。先采《列子》，次采賈誼書，後載今本，補以唐、宋人類書。其行珪注及篇題，任其别行，所不取焉。

嘉慶乙亥歲秋八月，烏程嚴可均謹叙。（《續修四庫全書》本）

周中孚《鄭堂讀書記》卷三十六子部一之上儒家類：

《鬻子》一卷。（《墨海金壺》本。）

舊題周鬻熊撰，唐逄行珪注。（鬻熊，周文王之師也。成王時，舉文武勤勞之後嗣，其元孫熊繹受封於楚。行珪里貫未詳，官華州鄭縣尉。）《四庫全書》著録。案《漢志》道家載《鬻子》二十二篇，注云："名熊，爲周師，自文王以下問焉，周初封爲楚祖。"又小説家載《鬻子説》十九篇，注云："後世所加。"是兩漢時即有二書。《隋志》（道家）止載《鬻子》一卷，注云："周文王師鬻熊撰。"《舊唐志》（小説家類）、《新唐志》（俱同道家類），《新唐志》又載行珪注《鬻子》一卷。《崇文目》（道家類）、《讀書志》（道家類）、附志（諸子類）、《通志》（道家類）、《書録解題》（道家類）、《宋志》（入雜家類），所載皆行珪注本也。惟陳氏别出無注本一卷，云："《漢志》凡二十二篇，今書十五篇，陸佃所校。"又於注本下云："止十四篇，蓋中間以二章合二爲一，故視陸本又少一篇。"此書甲乙篇次皆不可曉，二本前後亦不同。李巽嚴（心傳）謂劉向父子及班固所著録者或有他本，此蓋後世所依托也。熊既年九十始遇文王，何乃尚説三監、曲阜時何耶？又文多殘闕，卷第與篇名皆錯亂，甚者幾不可曉，而注尤謬誤。（見《通考》引。）竊謂《崇文目》及晁、陳諸家，但知《漢志》道家有《鬻子》，而不知《漢志》小説家有《鬻子説》，故以二十二篇較其存佚。夫道家之《鬻子》久佚矣，今所存者蓋小説家之《鬻子説》殘本也。又《志》稱其"後世所加"，則非周初舊文可知。其語淺薄，猶之《伊尹説》之二十七篇、《師曠》之六篇耳，（俱見《漢志》小説家。）不足爲異。特其篇目之冗贅，恐西漢以前尚無此體，而行珪不知辯證，具爲注釋，此與其全注皆無深義者也。然唐以前已有此篇目，則固信而有徵矣。至是書所載禹七大夫、湯七大夫諸人，考僞本陶（潛）《聖賢群輔録》不引及之，或偶未及見此書耳，亦不足爲異也。前有（行珪）原序及永徽四年進表。此本從文瀾閣本寫出校梓，故冠以提要一篇。（《宋元明清書目題跋叢刊》本，中華書局，2006年）

沈欽韓《漢書藝文志疏證》卷二諸子略道家：

《鬻子》二十二篇。

《隋志》：《鬻子》一卷。唐、宋著録皆以冠道家。葉夢得曰："今一卷，止十四篇，本唐永徽中逢行珪所獻。其文太略，廖仲容《子鈔》（當作"庾"。《隋志》：梁黟令庾仲容《子鈔》三十卷）、馬總《意林》并云六篇。其所載與行珪先後不倫，恐行珪或有附益。"按：今亦有十四篇，標題甲乙數目雜亂不可曉，又短僿不成章。而《列子・天瑞》《黄帝》《力命》三篇引《鬻子》。《賈誼・修政語下篇》周文王、武王、成王問於鬻子，有七章，皆本書所無，其糟粕耳。

同上，卷二諸子略小説家：

《鬻子説》十九篇。

《舊唐志》於小説家亦載《鬻子》一卷。《文選注》三十六《鬻子》曰："武王率兵車以伐紂，紂虎旅百萬陳於商郊，起自黄鳥（《御覽》三百一引作"赤鳥"。），至於赤斧。三軍之士，靡不失色。武王乃命太公把旄以麾之，紂軍反走。"（《御覽》三百八十三引鬻子年九十見文王事。）按：此類小説也。（《二十五史藝文經籍志考補萃編》本，清華大學出版社，2011年）

范欽藏，范邦甸撰《天一閣書目》卷三之一子部雜家類：

《五子書》十六卷。《鬻子》，周鬻熊撰。宋永徽四年華州鄭縣尉逢行珪注并序，云："鬻子名熊，楚人，周文王之師也。年九十見文王，王曰：'老矣。'鬻子曰：'使臣捕獸逐麋，已老矣。使臣坐策國事，尚少焉。'文王師之。著書二十二篇，名曰《鬻子》。遭秦暴亂，書記略盡。《鬻子》雖不預焚燒，編秩由此殘缺。"

《五子書》八卷。（刊本。）明嘉靖甲辰歐陽清重刊本并序，云："《五子書》者，《鬻子》十四篇一卷，《子華子》十篇二卷，《鶡冠子》十九篇三卷，《尹文子》二篇、《公孫龍子》六篇各一卷。故刻在關中，有取而刻之括者，久未及校。予始讀之，爲之改誤若干字，漶漫脱落者補正之，刻乃完好可觀。"（《續修四庫全書》本）

宋翔鳳《過庭録》卷十三《鬻子》：

《漢書·藝文志》道家："《鬻子》二十二篇。名熊，爲周師，自文王以下問焉。周封爲楚祖。"又小説家："《鬻子説》十九篇。後世所加。"（案：後世説鬻子者不知大道，故列於小説。）《史記·楚世家》："周文王之時，季連之苗裔曰鬻熊。鬻熊子事文王，早卒。其子曰熊麗。熊麗生熊狂，熊狂生熊繹。熊繹當周成王之時，舉文、武勤勞之後嗣，而封熊繹於楚，封以子男之田，姓芈氏，居丹陽。"（注：徐廣曰："在南郡枝江縣。"案：此注非也。説見前。）楚子熊繹與魯公伯禽、衛康叔子牟、晋侯燮、齊太公子吕伋俱事成王。案：《史記》言鬻熊子事文王者，謂鬻熊之子以早卒，故名遂不著。自鬻熊至熊繹，已五世，爲玄孫，而與伯禽、吕伋同事成王，則鬻熊在文王時年過艾耆，故爲周師。自文王以下，三世皆從問道。賈子《新書·修政語下篇》云：周成王年二十即位享國，親以其身見於粥子之家。（案：《説文》鬻，從䰜，米聲，隸省作粥。）蓋其時鬻熊已有百歲，即《禮記》問百年者，就見之也。鬻熊老，不能就封，其後熊麗、熊狂當又卒，故成王以封熊繹，猶伯禽封魯也。《鬻子》書已不傳。今傳逢行珪注《鬻子》，乃是僞書。惟《新書·修政語》二篇，當采自《鬻子》。凡文王以下問者，皆在下篇。其上篇載黄帝、顓頊、帝嚳、堯、舜、禹、湯之言，皆鬻子所述，以告文王以下者也。道家之言，皆托始黄帝，故《七略》列於道家，而以爲人君南面之術，固治天下之書也。

《列子·天瑞篇》："粥熊曰：運轉無已，天地密移，疇覺之哉。"又《力命篇》："粥熊語文王曰：（張湛注：鬻熊，文王師也。）自長非所增，自短非所損。"案：此引《鬻子》在《修政語》之外。（《續修四庫全書》本）

邵懿辰撰，邵章續録《增訂四庫全書簡明目録標注》卷第十三子部十雜家類：

《鬻子》一卷。舊本題周鬻熊撰，蓋依托也。其注爲唐逄行珪撰。

綿眇閣本，别六子全書本，十二子本，子彙本，墨海金壺本，守山閣刊本，近人刊二十二子本，明自得軒刻楊慎評本、即諸子褒異本，明嘉靖甲辰刊五子本，道藏本二卷。

朱修伯曰：嘉靖間刊《子彙》，以此書爲首，入儒家。萬曆間又重刊。每書後有潛庵跋，未詳其人。所刊諸子，多據善本，抱經千里，均未及此。

辰案：《南雍志》稱，《子彙》凡二十四子，司業周子義校刻。或曰：潛庵，乃余有丁别號也。

（續録）明弘治丙辰楊一清提陜學校刊五子本，子書百種本，湖北先正遺書本。（上海古籍出版社，1979年）

楊紹和《宋存書室宋元秘本書目》卷三子部明本：

明鈔本《鬻子》一册。（《續修四庫全書》本）

楊紹和《楹書隅録》卷三子部：

明鈔本《鬻子》一册。（不分卷。）

天啓乙丑除夜録完。

無款識印記，不知爲誰氏所藏，中遇宋諱尚有缺避，當從宋本録出者。寫校甚精，珍笈也。（《續修四庫全書》本，上海古籍出版社，2004年）

陸心源《皕宋樓藏書志》卷五十五子部雜家類一雜學之屬：

《鬻子》一卷。（明嘉靖刊本。）周鬻熊撰，唐華州鄭縣尉逄行珪注。

逄行珪序。

逄行珪上表。（永徽四年。）

《鬻子》一卷。（明充德書院刊本。）周鬻熊撰。（《續修四庫全書》本）

陸心源著，鄭曉霞輯校《儀顧堂集輯校》卷五《讀〈鬻子〉》：

《漢志》道家："《鬻子》二十二篇。名熊，爲周師，自文王以下問焉，周封爲楚祖。"又小説家："《鬻子説》十九篇。後世所加。"今本爲唐永徽間華州鄭縣尉逢行珪注本，凡十四篇。又有宋陸農師校本，無注，分十四篇爲十五篇，尤爲瑣碎。據《群書治要》所載起訖，知行珪本合爲三篇。然《意林》《北堂書鈔》《文選》注所引往往爲今本所無，則已非唐之舊矣。劉勰曰："鬻熊知道，而文王諮謀。諸子肇始，莫先於斯。"愚以爲熊爲文王師，其言宜足與謨誥相發明，乃率多泛然無當之言，何歟？其謂禹一饋而七十起，與周公一飯三吐哺之言同，蓋出於後人依托，無疑也。《漢志》所載當爲戰國人所僞爲。今所傳本，又必魏、晋以後掇拾而成。《列子》、賈誼《新書》本非秦漢之舊，其所引亦不足信，僞中之僞，故其言淺陋如此也。（廣陵書社，2015年）

丁丙藏，丁仁撰《八千卷樓書目》子部雜家類雜學之屬：

《鬻子》一卷。（舊本題周鬻熊撰。《守山閣》本、《子彙》本、《子書百種》本。）（《續修四庫全書》本）

姚振宗《隋書經籍志考證》卷二十五子部二道家：

《鬻子》一卷，周文王師鬻熊撰。

《史記·周本紀》：西伯遵后稷、公劉之業，則古公、公季之法，士多歸之。伯夷、叔齊在孤竹，往歸之。太顛、閎夭、散宜生、鬻子、辛甲大夫之徒皆往歸之。

又《楚世家》：楚之先祖出自帝顓頊高陽。高陽者，黄帝之孫，昌意之子也。高陽生稱，稱生卷章，卷章生重黎。重黎爲帝嚳高辛居火正，帝嚳命曰祝融。共工氏作亂，帝嚳使重黎誅之而不盡。帝乃以庚寅日誅重黎，而以其弟吴回爲重黎後，復居火正爲祝融。吴回生陸終。陸終生子六人，六曰季連，芈姓，楚其後也。季連生附沮，附沮生穴熊。其後中微，或在中國，或在蠻夷，弗能紀其世。周文王之時，季連之苗裔曰鬻熊，子事文王，蚤卒。其子曰熊麗，熊麗生熊狂，熊狂生熊繹。當周成王之時，舉文、武勤勞之後嗣，而封熊繹於楚蠻，封以子男之田，姓芈氏，居丹陽。楚子熊繹與魯公伯禽、衛康叔子牟、晋侯燮、齊太公子吕伋俱事成王。

劉向《别録》曰：鬻子名熊，封於楚。（案，此條見《周本紀》集解，封於楚者爲鬻子曾孫熊繹，與《藝文志》引文異，疑裴駰誤節其文。）

《漢書·藝文志》：《鬻子》二十二篇。名熊，爲周師，自文王以下問焉，周初封爲楚祖。又小説家：《鬻子説》十九篇。後世所加。

又《古今人表》：第三等粥熊。錢塘梁玉繩《考》曰："粥熊始見《列子·天瑞篇》，本作鬻熊，祝融十二世孫。楚先封鬻，夏商間因爲姓。名熊，亦曰鬻熊子，亦曰鬻子。年九十見文王，爲文、武師，周封爲楚祖。”

梁劉勰《文心雕龍・諸子篇》：鬻熊知道，而文王諮詢，餘文遺事，録爲《鬻子》。子之肇始，莫先於兹。

《唐書・藝文志》：《鬻子》一卷。逄行珪注《鬻子》一卷。注云鄭縣尉。

《宋史・藝文志》雜家：《鬻熊子》一卷。

《崇文總目》：《鬻子》一卷。《藝文志》二十二篇，其八篇亡，特存此十四篇耳。

晁氏《讀書志》：《漢志》二十二篇，今存者十四篇，唐逄行珪注，永徽中上於朝。叙稱見文王時行年九十，而書載周公封康叔事，蓋著書時已百餘歲矣。

陳氏《書録解題》曰：鬻熊爲周文王師，封於楚，爲始祖。《漢志》云爾。書凡二十二篇，今書十五篇，陸佃農師所校。

又曰：《鬻子注》一卷，唐鄭縣尉逄行珪注，止十四篇，蓋中間以二章合而爲一，故視陸本又少一篇。此書甲乙篇次，皆不可曉。二本前後亦不同，姑兩存之。

高似孫《子略》曰：其書辭意大略淆雜，《藝文志》叙著書二十二篇，今一卷六篇。唐貞元間，柳伯存嘗言“子書起於鬻熊”。永徽中，逄行珪爲之序凡十篇。予家所傳乃篇十有二。

明宋濂《諸子辯》曰：《鬻子》蓋子書之始也。今世所傳者，出祖無擇所藏，止十四篇。《崇文總目》謂其八篇已亡，信矣。其文質，其義弘，實爲古書無疑。第年代久邈，篇章舛錯，要不得爲完書。黄氏擬爲戰國處士所托，則非也。其書非熊自著，或者其徒名“政”者之所記歟？不然，何有稱“昔者文王有問於鬻子”云？

《四庫提要》雜家：《鬻子》一卷，舊本題周鬻熊撰。《崇文總目》作十四篇，高似孫《子略》作十二篇，陳振孫《書録解題》稱陸佃所校十五篇。此本題唐逄行珪注，凡十四篇，蓋即《崇文總目》所著録也。考《漢書・藝文志》道家《鬻子説》二十二篇，又小説家《鬻子説》十九篇，是當時本有二書。《列子》引《鬻子》凡三條，皆黄、老清静之説，與今本不類，疑即道家二十二篇之文。今本所載與賈誼《新書》所引六條，文格略同，疑即小説家之《鬻子説》也。又曰：此本或唐以來好事之流，依仿賈誼所引，撰爲贋本，觀其標題甲乙，故爲佚脱錯亂之狀，而誼書所引則無一條之偶合，豈非有心相避，而巧匿其文，使讀者互相檢驗，生其信心歟？且其篇名冗贅，古無此體，又每篇寥寥數言，詞旨膚淺，决非三代舊文。姑以流傳既久，存備一家耳。卷首有逄行珪序及永徽四年進書表，自署華州鄭縣尉。里居未詳。

長洲宋翔鳳《過庭録》曰：《鬻子》書已不傳，今傳逄行珪注《鬻子》，乃是僞書。惟賈誼《新書・修政語》二篇當采自《鬻子》，凡文王以下問者皆在下篇，其上篇載黄帝、顓頊、帝嚳、堯、舜、禹、湯之言，皆鬻子所述，以告文王以下者也。

烏程嚴可均《鐵橋漫稿·鬻子叙》曰：今世流傳僅唐永徽中華州鄭縣尉逄行珪注本，凡十四篇，爲一卷。《道藏》作二卷，在顛字型大小。注甚疏蔓，又分篇瑣碎。宋又有陸佃校本，分行珪十四篇爲十五篇，瑣碎尤甚。又棼其次第，不足存。案《群書治要》所載起迄如行珪，而第二篇至第十三篇聊爲一篇，則行珪十四篇僅當三篇。《意林》稱今一卷六篇，末後所載多出"昔文王見鬻子"一條，則行珪十四篇未足六篇。行珪姓名不他見，其人爲唐人與否，其本爲唐本與否，未敢知之。鬻子年九十見文王，而其書有成王問及康叔封衛事，蓋《鬻子》非鬻熊一人之語。案《史記·楚世家》曰："鬻熊子事文王，早卒。"又曰："熊通怒曰：'吾先鬻熊，文王之師也，早終。成王舉我先公，乃以子男田令居楚。'"云"早卒""早終"者，謂鬻熊不及受封而卒而終，非不壽之謂也。蓋文王師爲鬻熊，成王問爲熊繹，中間隔熊麗、熊狂兩世。《鬻子》非專記鬻熊之語，故其書於文王、周公、康叔皆曰"昔者"。"昔者"，後乎鬻子言之也。古書不必手著，《鬻子》蓋康王、昭王後周史臣所録，或鬻子子孫記述先世嘉言，爲楚國之令典，即《史記》序傳所謂"重黎業之，吴回接之，殷之季世，鬻熊牒之。周用熊繹，熊渠是續"者也。諸子以《鬻子》爲最早。神農、黄帝、大禹、伊尹等書，疑皆依托，今亦不傳。傳者《本草》有後世地名，《六韜》言騎戰，皆不在《鬻子》前。劉勰曰："諸子肇始，莫先於斯。"誠哉是言！惜世無善本，乃搜輯群書，重加編録，增益闕遺，改正訛誤，定著一卷。先采《列子》，次采賈誼書，後載今本，補以唐、宋人類書。其行珪注及篇題，任其别行，所不取焉。（又自撰《四録堂類集目録》曰《鬻子》一卷，可均輯。）

又《三代文編》曰：鬻熊，姓芈名熊，祝融之後，陸終第六子季連之裔。年九十見文王，文王以爲師，至武王、成王、皆師事之。成王大封異姓，會先卒，子熊麗、孫熊狂亦卒，因封其曾孫熊繹於楚。子孫皆以熊爲氏，傳三十一世，四十三君。有《鬻子》一卷。今本逄行珪注十四篇，以《群書治要》校之，實三篇，見存不録，録其佚文，凡十四條。（《續修四庫全書》本）

姚振宗《漢書藝文志條理》卷二之上《諸子略》道家：

《鬻子》二十二篇。名熊，爲周師，自文王以下問焉，周封爲楚祖。

《史·周本紀》："西伯遵后稷、公劉之業，則古公、公季之法，士多歸之。伯夷、叔齊在孤竹，往歸之。太顛、閎夭、散宜生、鬻子、辛甲大夫之徒皆往歸之。"

又《楚世家》："楚之先祖出自帝顓頊高陽。高陽者，黄帝之孫，昌意之子也。高陽生稱，稱生卷章，卷章生重黎。重黎爲帝嚳高辛居火正，帝嚳命曰祝融。

共工氏作亂，帝嚳使重黎誅之而不盡。帝乃以庚寅日誅重黎，而以其弟吳回爲重黎後，復居火正，爲祝融。吳回生陸終。陸終生子六人，六曰季連，羋姓，楚其後也。季連生附沮，附沮生穴熊。其後中微，或在中國，或在蠻夷，弗能紀其世。周文王之時，季連之苗裔曰鬻熊。子事文王，蚤卒。其子曰熊麗。熊麗生熊狂，熊狂生熊繹。熊繹當周成王之時，舉文、武勤勞之後嗣，而封熊繹於楚蠻，封以子男之田，姓羋氏，居丹陽。楚子熊繹與魯公伯禽、衛康叔子牟、晋侯燮、齊太公子吕伋俱事成王。"（《漢書·地理志》：周成王時，封文武先師鬻熊之曾孫熊繹於荆蠻，爲楚子，居丹陽。）

劉向《别録》曰："鬻子名熊，封於楚。"（按此一條見《周本紀》集解，疑引之者誤節其文。）

本書《人表》粥熊列第三等上下。梁玉繩曰："粥熊始見《列子·天瑞》，本作鬻熊，祝融十二世孫。楚先封鬻，夏商間因爲姓。名熊。亦曰鬻熊子，亦曰鬻子。年九十見文王，爲文、武師，周封爲楚祖。"

《文心雕龍·諸子篇》："鬻熊知道，而文王諮詢，餘文遺事，録爲鬻子。子之肇始，莫先於兹。"

《隋書·經籍志》："《鬻子》一卷，周文王師鬻熊撰。"《唐書·藝文志》："《鬻子》一卷。"《宋史·藝文志》雜家："《鬻熊子》一卷。"

長洲宋翔鳳《過庭録》曰："《鬻子》書已不傳，今傳逄行珪注《鬻子》，乃是僞書。惟賈誼《新書·修政語》二篇當采自《鬻子》，凡文王以下問者皆在下篇，其上篇載黄帝、顓頊、帝嚳、堯、舜、禹、湯之言，皆鬻子所述，以告文王以下者也。道家之言皆托始黄帝，故《七略》以爲人君南面之術，固治天下之書也。"

嚴可均輯本序曰："《漢志》道家《鬻子》二十二篇，今世流傳僅唐永徽中逄行珪注本，凡十四篇，爲一卷。注甚疏蔓，又分篇瑣碎，所題甲乙，故作顛倒羼辭，以瞀惑後人。宋又有陸佃校本，分行珪十四篇爲十五篇，瑣碎尤甚，又棼其次第，不足存。案《群書治要》所載起迄如行珪，而第二篇至第十三篇聊爲一篇，則行珪十四篇僅當三篇。《意林》稱今一卷六篇，末後所載多出'昔文王見鬻子'一條，則行珪十四篇未足六篇。鬻子年九十見文王，而其書有成王問，及康叔封衛事，蓋《鬻子》非專記鬻熊一人之語，故其書於文王、周公、康叔皆曰'昔者'。昔者，後乎鬻子言之也。古書不必手著，《鬻子》蓋康王、昭王後周史臣所録，或鬻子子孫記述先世嘉言，爲楚國之令典，即《史記》序傳所謂'重黎業之，吳回接之。殷之季世，鬻熊牒之。周用熊繹，熊渠是續'者也。昭十二年《左傳》楚靈王曰：'昔我先王熊繹，跋涉山林，以事天子。'是楚之始封爲熊繹，非鬻熊，與《楚世家》正同。劉向博極群書，《周本紀》集解引《别録》乃言'鬻子名熊，封於楚’，與《左傳》《史記》違異，不若《漢志》‘周封爲楚祖’之無語病也。諸子以《鬻子》爲最早，惜世無善本，乃蒐輯群書，重加編録，增益闕遺，改正訛誤，定著一卷。先采《列子》，次采賈誼書，後載今本，補以唐、宋人類書。其行珪注及篇題，任其别行，所不取焉。”

又《三代文編》：“鬻熊，姓芈名熊，祝融之後，陸終第六子季連之裔。年九十見文王，文王以爲師，至武王、成王，皆師事之。成王大封異姓，會先卒，子熊麗、孫熊狂亦卒，因封其曾孫熊繹於楚。子孫皆以熊爲氏，傳三十一世，四十三君。有《鬻子》一卷十四篇，以《群書治要》校之，實三篇，見存不録，録其佚文，凡十四條。”

同上，卷二之下《諸子略》小説家：

《鬻子説》十九篇。後世所加。

鬻子有書二十二篇，見前道家。

《唐書·經籍志》：“《鬻子》一卷，鬻熊撰。”（按《隋志》《新唐志》并入道家，《宋志》入雜家，唯此入小説家，今據以録於此。）

《四庫》雜家提要曰：“《漢書·藝文志》道家《鬻子》二十二篇，又小説家《鬻子説》十九篇，是當時本有二書。《列子》引《鬻子》凡三條，皆黄老清静之説，與今本不類，疑即道家二十二篇之文。今本所載與賈誼《新書》所引六條，文格略同，疑即小説家之《鬻子説》也。”

嚴可均《漫稿》曰：“《漢志》道家《鬻子》二十二篇，又小説家《鬻子説》十九篇，後世所加。《隋志》道家《鬻子》一卷，《舊唐志》改入小説家。按隋、唐人所見皆道家殘本，其小説家本梁時已佚失，劉昫移道家本當之，非也。”（按此謂“小説家本梁時已佚失”，根據《隋志》以爲之説也，最足憑信。）（《二十五史補編》本，中華書局，1955年）

鍾肇鵬《鬻子校理》附録《葉德輝〈校輯鬻子序〉》：

楚爲春秋時强大之國，其民俗尚武，至今猶有遺風。逮乎戰國之世，則有屈原、宋玉、唐勒、景差諸人造作騷賦，接風雅之宗傳，爲詞章之初祖。文武遞嬗，至於今日。雖魯號秉禮，莫能尚焉。或爲天地清淑之氣，始於西北，而盛於東南、中原。魯居極東，楚國極南。泰山、黄河、衡岳、洞庭之英靈，旁薄鬱積，而鍾於人。南方火維，故秉五烈之性。火有文明之象，故文學彬彬，同於鄒魯。不然，由周以來，何以人文化成，千載相望，如此之盛哉！不知楚之開國，始於鬻熊，史遷稱其爲文王師。賈誼書亦載其歷事文、武、成王三朝問治之語。班《書·藝文志》道家有“《鬻子》二十二篇”。注云：“爲周師，自文王以下問焉。周封爲楚祖。”而小説家復重出“《鬻子説》十九篇”。注云：“後世所加。”然有書而後云“加”，足見當時鬻子著書之多，流風衍被，遂成文治之國。雖曰地氣使然，故其先君先公教澤之留貽有以致此耳！余姓出於楚之葉公，世家南陽。自宋南渡，遷越遷吴，號爲望族。乃始封之地，子姓無多。且自宋以來，通德聞人，類皆著籍於吴越。楚則闃然無聞。然則數典忘祖，誰之咎也。曩者南皮張孝達制軍闢兩湖書院於湖北，其崇祀鄉賢，以楚祖鬻子居首。獨《鬻子》一書，自逄行珪注本盛行，世無由别其真僞。湖北官書局所刻《百子》中有此書，校讎未爲精善。余見日本所刻《群書治要》多引唐以前經史子部，乃知今世傳本，即由其中抄撮而成。其强分章名，則沿《道藏》本之陋。自餘他書所引，出於《治要》以外者，概未采録，甚非所以飫讀者之心，而張楚軍之職也。爰據舊本，删去逄注，存其章名，復以《列子》、賈誼《新書》、《意林》、《文選》注、《太平御覽》所載佚文附之，釐爲二卷。欲使楚之人，家有其書；吾之宗，世守其學。則以《鬻子》之學治楚，其效必速於黄、老之治漢，申、韓之治蜀焉。而屈、宋之徒賡其相接，以存中原之文獻，立終古之强國，不亦懿歟！壬辰春正月，長沙葉德輝叙。（《新編諸子集成續編》本，中華書局，2010年）

梁啓超《漢書藝文志諸子略考釋》道家：

《鬻子》二十二篇。名熊，爲周師，文王以下問焉，周封爲楚祖。

已佚。今所存一卷十四篇，蓋唐以後人所僞造。

鬻熊之名，始見《史記·楚世家》。其人容或有之，然謂其有著書，實屬難信。此二十二者，當是戰國秦漢間人依托耳。今存之一卷本，又僞中出僞，其書爲唐永徽中逄行珪所獻，與庾仲容《子鈔》、馬總《意林》所言篇數不符。《列子》引《鬻子》三條，今本亦無有。《四庫提要》謂唐人剿賈誼《新書》作爲贋本，諒矣。

同上，小説家：

以上今皆佚，《隋志》已不著録。惟《唐志》小説家有《鬻子説》一卷，不知是否原書。

右諸書與别部有連者，道家有《伊尹》五十一篇、《鬻子》二十二篇，此復有《伊尹説》《鬻子説》；兵陰陽家有《師曠》八篇，此復有六篇；五行家有《務成子灾異應》十四卷，房中家有《務成子陰道》三十六卷，此復有《務成子》十一篇。考其區别所由，蓋以書之内容、體例爲分類也。《文選注》三十一引桓譚《新論》云：“小説家合叢殘小語，近取譬論，以作短篇。”蓋小説家之特色如此。據此，則道家之《伊尹》《鬻子》蓋以莊言發攄理論，小説家之《伊尹説》《鬻子說》則“叢殘小語”及“譬喻短篇”也。餘可類推。

同上，《漢志諸子略各書存佚真僞表》道家者流：

《鬻子》，入“已佚”類“原佚而後人僞托或補竄者”目，以爲“原書恐已依托，今傳者全僞”。

同上，小說家者流：

《鬻子說》，入“已佚”類“全佚”目。（《飲冰室合集》本，中華書局，1989年）

羅焌《諸子學述》上編《諸子書之真僞及存佚表》：

諸子名稱		《漢書·藝文志》	《隋書·經籍志》	《唐書·經籍志》	現時存佚	考　證
道家	鬻子	二十二篇。注云：“名熊，爲周師。自文王以下問焉，周封爲楚祖。”又小說家《鬻子說》十九篇	一卷。小說家無	無。小說家有《鬻子》一卷。《新唐書·藝文志》仍歸入道家，而小說家無	存一卷，凡十四篇。嚴輯佚文十四節。近人湘潭葉德輝亦有輯本二卷，刊《觀古堂叢書》中。案明嘉靖間刊《子彙》以《鬻子》爲首，列於儒家，未詳所據	沈欽韓曰：“《鬻子》，《唐》《宋》著録皆以冠道家。”葉夢得云：“今一卷止十四篇，本唐永徽中逄行珪所獻，庾仲容《子抄》、馬總《意林》并云六篇，其所載與行珪本不倫，恐行珪或有附益。”案，今十四篇標題甲乙，數目雜亂不可曉，又短僿不成章。而《列子》三引《鬻子》，賈誼書述《鬻子》七章，皆今書所無。今本其糟粕耳
小說家	鬻子說	十九篇。注云：“後世所加。”案據《隋》《唐志》所載互異，疑與道家《鬻子》同一書	無。道家有《鬻子》一卷	一卷。案道家無《鬻子》，故《新唐志》道家有，小說家無	存，見道家	

同上，中編《道家・鬻子》（鬻亦作粥，古字通用）：

鬻子姓芈，（芈本字作嬭。薛尚功《鐘鼎款識》載《楚南和鐘銘》云：楚王賸邛仲嬭南和鐘。案即《左氏春秋・文元年傳》之江芈，邛即春秋江國之本字。）名熊，祝融之後，陸終第六子季連之裔。年九十，見周文王。文王曰："嘻！老矣！"鬻子曰："若使臣捕虎逐麋，則臣已老矣；使臣坐策國事，則臣年尚少。"因立爲師。至武王、成王，皆師事之。成王大封異姓，會先卒，子熊麗、孫熊狂亦卒，因封其曾孫熊繹於楚，子孫皆以熊爲氏。《漢志》道家，《粥子》二十二篇；小説家，《鬻子説》十九篇。《隋志》，《鬻子》一卷列道家。《舊唐志》，《鬻子》一卷列小説家，《新唐志》又列道家。今存一卷，止十四篇，本唐永徽中逄行珪所獻。近儒亦多輯佚本，何者爲道家，何者爲小説，不能辨也。兹兼采而别擇之，略述於下。（今本《鬻子》蓋小説家言，此不具述。）

天運　《列子・天瑞篇》云：粥熊曰："運轉亡已，天地密移，疇覺之哉？故物損於此者盈於彼，成於此者虧於彼。損盈成虧，隨世隨死。（世，生也。《列子》書多以世爲生。）往來相接，間不可省，疇覺之哉？"凡一氣不頓進，一形不頓虧，亦不覺其成，不覺其虧。亦如人自世至老，（世亦生也。）貌色智態，（態讀爲能。）亡日不異，皮膚爪髮，隨世隨落，非嬰孩時有停而不易也。間不可覺，俟至後知。（據嚴輯本，則"凡一氣"以下，皆列子引申語也。）

張湛《列子注》云："夫萬物與化爲體，體隨化而遷，化不暫停，物豈守故？故向之形生，非今形生，俯仰之間，已涉萬變。氣散形朽，非一旦頓至，而昧者操必化之器，托不停之運，自謂變化可逃，不亦悲乎！成者方自謂成，而已虧矣；生者方自謂生，潛已死矣。皆在冥中而潛化，固非耳目所瞻察。形色髮膚，新故相换，猶不可識，況妙於此者乎？"今案張注，洵足發明粥子及列子之精意，然其言受彼時佛學之影響，亦甚深也。

道要　賈誼《新書・修政語下》云：周成王曰："敢問於道之要，奈何？"鬻子曰："唯。（句）疑（疑讀爲擬）請以上世之政，詔於君王。政（政蓋古政典也）曰：爲人下者敬而肅，爲人上者恭而仁，爲人君者敬士愛民以終其身。此道之要也。"周成王曰："受命矣。"《列子・黄帝篇》云："天下有常勝之道，有不常勝之道。常勝之道曰柔，常不勝之道曰强。二者亦（亦讀爲難易之易）知，而人未之知。故上古之言，强先（先猶勝也）不已若者，柔先出於己者。先不已若者，至於若已，則殆矣。先出於己者，亡所殆矣。以此勝一身若徒。以此任天下若徒。（勝亦任也，若徒謂如無事然。）謂不勝而自勝，不任而自任。鬻子曰："欲剛必以柔守之，欲强必以弱保之。（張注云：守柔，不以求剛而自剛，保弱，不以求强而自强，故剛强者，非欲之所能致也。）積於柔必剛，積於弱必强。觀其所積，以知福禍之鄉。强勝不若已，至於若已者剛。（張注云：必有折也。《説文》云：剛强斷也。）柔勝出於己者，其力不可量。”老聃曰：兵强則滅，木强則折，柔弱者生之徒，堅强者死之徒。（《老子・七十六章》文小異。）

案：鬻子守己，則以柔弱。即老子所云“柔弱勝剛强”也。治人則以恭敬，即孔子所云“恭己正南面”也。（《漢志》稱道家清虚以自守，卑弱以自持，君人南面之術也。）其曰：“去名者無憂。”（《列子・楊朱篇》引《鬻子》曰。）則道家尚無名之義也。其語文王曰：“自長非所增，自短非所損，算之所亡若何？”（張注云：算猶智也。案，算猶數也。亡若何，猶言無奈何。本《列子・力命篇》引鬻熊語。）則道家順自然之義也。至道之要，其在斯乎？

治國　賈誼《新書・修政語下》云：

周成王曰：“敢問治國之道若何？”鬻子對曰：“唯。疑請以上世之政詔於君王。《政》曰：治國之道，上忠於主，而中敬其士，而下愛其民。故上忠其主者，非以道義則無以入忠也；而中敬其士，不以禮節無以諭敬也；而下愛其民，非以忠信則無以諭愛也。故忠信行於民，而禮節諭於士，道義入於主，則治國之道也。雖治天下者由此而已。”周成王曰：“受命矣。”

案鬻子以道義、禮節、忠信爲治國之道，與太公以道德、仁義爲得天下之道，殆無以異。此《隋志》經籍所爲以《鬻子》冠道家之首，明刊《子彙》徑以《鬻子》列入儒家也。

民生　賈誼《新書・修政語下》云：周成王曰：“寡人聞之，聖王在上位，使民富且壽云。若夫富則可爲也，若夫壽，則不在天乎？”粥子曰：“唯。疑請以上世之政，詔於君王。《政》曰：聖王在上位，則天下不死軍兵之事，故諸侯不私相攻，而民不私相鬥鬩，不私相殺也。故聖王在上位，則民免於一死而得一生矣。聖王在上，則君積於道而吏積於德，而民積用於力，故婦人爲其所衣，丈夫爲其所食，則民無凍餒矣。故聖王在上，則民免於二死而得二生矣。聖王在上，則君積於仁而吏積於愛，而民積於順，則刑罰廢矣，而民無大過之誅。故聖王在上，則民免於三死而得三生矣。聖王在上則使民有時，而用之有節，則民無厲疾矣。故聖王在上，則民免於四死而得四生矣。故聖王在上，則使盈境内，興賢良以禁邪惡，故賢人必用，而不肖人不作，則已得其命矣。故夫富且壽者，聖王之功也。”周成王曰：“受命矣。”

案此所云民生，僅就人民生命而言，尚未切籌國民生計。蓋鬻子本道家，亦尚無爲之治者，人人能保全其壽命，則生計自在其中，此斯民之所以但求免死而得生也。（商務印書館，1935年）

顧實《漢書藝文志講疏》三《諸子略》道家：

《鬻子》二十二篇。（名熊，爲周師，自文王以下問焉，周封爲楚祖。師古曰："鬻音弋六反。"）

殘。（清《四庫》雜家類著録《鬻子》一卷。）小説家亦有《鬻子》。《隋志》道家《鬻子》一卷，小説家無。《舊唐志》小説家《鬻子》一卷，道家無。《新唐書》仍歸道家，蓋本一書而轉輾相録，今斷從《隋志》。葉夢得曰："今一卷止十四篇，本唐永徽中逄行珪所獻。庾仲容《子鈔》云六篇，馬總《意林》亦然。其所載辭，略與行珪先後差不倫。"（《文獻通考》）嚴可均曰："《史記·楚世家》：'鬻熊子事文王，蚤卒。其子曰熊麗，熊麗生熊狂，熊狂生熊繹。熊繹當周成王時。蓋文王師爲鬻熊，成王問爲熊繹，中間隔熊麗、熊狂兩世，《鬻子》非專記鬻熊之語。故其書於文王、周公、康叔，皆曰昔者。昔者，後乎鬻子之言也。古書不必手著，《鬻子》蓋康王、昭王後，史臣所録，或鬻子子孫所記。今世流傳逄行珪注本。宋又有陸佃校本，分爲十五篇，瑣碎尤甚。逄本，《道藏》作兩卷。（以上《鐵橋漫稿》。）以《群書治要》《文選注》《意林》等書校對，無甚異同。《文選·宣德皇后令注》引'武王率兵車以伐紂，紂虎旅百萬，陣於商郊，起自黄鳥（《御覽》三百一引作赤烏。），至於赤斧，三軍之士，靡不失色。武王乃命太公把白旄以麾之，紂軍敗走'。今本無之，則視唐本又多殘缺矣。"（以上見戊申《國粹學報》《藏書志》。）嚴説是也。蓋逄本去其妄爲標題，猶古本殘帙，而非僞作，故與僞《列子》所引三條不類，而與《賈子》所引六條甚相類也。（《賈子·大政篇》。蓋《賈子》文正有本。清《四庫》據僞《列子》謂此即小説家之《鬻子》，不知其説與班注、《賈子》俱不合也。）葉德輝亦有輯本。

同上，小説：

《鬻子説》十九篇。（後世所加。）

亡。道家名《鬻子》，此名《鬻子説》，亦必非一書。與《伊尹説》一書正同例。（上海古籍出版社，2009年）

陳朝爵《漢書藝文志約説》卷二諸子略道家：

《鬻子》二十二篇。（名熊，爲周師，自文王以下問焉。周封爲楚祖。殘。）

劉勰曰："鬻熊知道，而文王諮謀。餘文遺事，録爲《鬻子》。子自肇始，莫先於斯。"案，此梁代論《鬻子》語，未知當時所存幾卷。今所傳一卷。《隋志》在道家，《舊唐書》在小説家，《新唐書》仍歸道家。自葉正則、高似孫輩皆疑之。嚴可均曰："《史記》鬻熊三傳至熊繹，蓋文王師爲熊，成王問爲繹。《鬻子》非專記鬻熊之語，古書不必手著，《鬻子》蓋後世史臣所録，或子孫所記。今世傳唐逄行珪注本，分十五篇，瑣碎尤甚。"案，嚴説極通，與劉勰"餘文遺事録爲《鬻子》"説合，蓋自孔、孟之書，亦非手著，世之以此而疑古書之僞者，多未達耳。錢坫曰："鬻，《説文》從䰜米聲。此以米爲聲，讀即同米。楚之姓芈，芈音米，古假借用'鬻'，故稱芈熊爲鬻熊。今獨同祝，非也。"案，前説似創而甚碻。鉉本《説文》鬻音武悲切，云今俗音之六切，是宋以前本爲縻音，"鬻"字之借爲"芈"，實非臆説。至《史記》序《楚世家》作"粥子"者，則又因"鬻"字而減省爲之，正錢氏所云"經傳經後代俗手轉寫致誤"耳。

同上，卷二諸子略小説家：

《鬻子説》十九篇。（後世所加。亡。）

顧實曰："道家名《伊尹》，名《鬻子》，此名《伊尹説》《鬻子説》，必非一書。然亦可明道家、小説一本矣。"案，顧説甚塙，但"一本"二字尚未安。大抵古之小説家，多托於於道家神仙之事，傅會詭異，以動人觀聽。所謂某某説者，即如今世所謂"演義"。其事既托於古，仍號爲伊尹、鬻子、天乙、黄帝。班氏云"淺薄似依托"，云"後世所加"，云"迂誕"，於小説深察其本矣。（《二十五史藝文經籍志考補萃編》本，清華大學出版社，2012年）

魯迅《中國小説史略》第三篇《〈漢書·藝文志〉所載小説》：

《漢志》之叙小説家，以爲"出於稗官"，如淳曰，"細米爲稗。街談巷説，甚細碎之言也。王者欲知里巷風俗，故立稗官，使稱説之。"（本注）其所録小説，今皆不存，故莫得而深考，然審察名目，乃殊不似有采自民間，如《詩》之《國風》者。其中依托古人者七，曰：《伊尹説》《鬻子説》《師曠》《務成子》《宋子》《天乙》《黄帝》。記古事者二，曰：《周考》《青史子》，皆不言何時作。明著漢代者四家，曰：《封禪方説》《待詔臣饒心術》《臣壽周紀》《虞初周説》。《待詔臣安成未央術》與《百家》，雖亦不云何時作，而依其次第，自亦漢人。

《漢志》道家有《鬻子》二十一篇，今僅存一卷，或以其語淺薄，疑非道家言。然唐宋人所引逸文，又有與今本《鬻子》頗不類者，則殆真非道家言也。

武王率兵車以伐紂。紂虎旅百萬，陣於商郊，起自黄烏，至於赤斧，走如疾風，聲如振霆。三軍之士，靡不失色。武王乃命太公把白旄以麾之，紂軍反走。（《文選李善注》及《太平御覽》三百一）（上海古籍出版社，1998年）

蔣伯潛《諸子通考》下編《諸子著述考·道家之書三》：

《漢志》道家又有《鬻子》二十二篇。自注曰："名熊，爲周師，自文王以下問焉；周封爲楚祖。"鬻熊勳業，雖不逮太公，要亦周初之名臣。則其書當亦戰國時好事者所掇拾增附而成，與《太公》同。至於今存之本，則又非《漢志》所録之舊矣。約而言之，其證凡四：（一）《鬻子序》稱熊見文王年已九十。按《史記·楚世家》曰："熊通曰：'吾先鬻熊，文王師也，蚤終。'"如見文王年已九十，則爲耄耋之人，安得云"蚤終"乎？書中載三監及曲阜事，并曰"昔者魯周公"云云，"昔者魯周公使康叔往守於殷"云云。此皆成王時事，而曰"昔者"。賈誼《新書》又引鬻熊與成王問答五事。如熊於年九十時見文王，而至成王時尚存，則其年壽直逾百歲矣，安得云"蚤終"乎？但《楚世家》亦曰："鬻熊子事文王，早卒，其子曰熊麗，熊麗生熊狂，熊狂生熊繹。成王時，舉文武勤勞之後嗣，而繹受封於楚。"繹爲熊之曾孫，受封於成王之時，則熊之早卒，又宜若可信。熊之早卒可信，則其書言成王時事爲不可信矣。其所謂"九十見文王"者，殆因太公八十遇文王，而由此影射傅會之談耳。姚際恒《古今僞書考》評《鬻子》曰："其人之事已悠謬莫考，而況其書？"誠哉是言也。（二）《四八目》一書，見於北齊楊休之《叙録》。此書出六朝人僞造，已有定論。其中於古帝王之輔佐，掇記甚詳備。《鬻子》所記禹有七大夫，（皋陶之外，尚有六人，曰杜子業既子施子黯季子寧然子堪輕子玉。此六人之姓名，孰爲二字，孰爲三字，已無從知之。）湯有七大夫，（慶輔、伊尹、湟里居、東門虛、南門蠕、西門疵、北門側。伊尹之外，六大夫均不見他書，後五人之姓名均極怪。）俱不見於《四八目》中。則六朝時尚無今本《鬻子》明矣。（此王世貞説，見《四庫書目提要》引。）（三）賈誼《新書·大政篇》所引六條，均不見今本《鬻子》中。《四庫書目提要》謂其"有心相避，巧匿其文，使讀者互相檢驗，生其信心"。按《列子·天瑞》《力命》《楊朱》三篇所引，亦不見於今本《鬻子》中。作僞者讀書不多，或竟未及收羅，亦未可知也。（四）《四庫書目提要》又曰："其篇目冗贅，古無此體；又每篇寥寥數言，詞旨膚淺，决非三代舊文。"則以其篇名文章按之，亦非周秦之書矣。總之，今存《鬻子》，蓋出六朝以後人所僞造，非《漢志》所録之原書，故葉德輝嘗另輯《鬻子》云。

同上，《縱横家農家小説家之書》：

《鬻子説》十九篇。自注曰："後世所加。"《唐志》小説家亦有《鬻子》一卷，疑即此書。道家有《鬻子》，此又有《鬻子説》，與上《伊尹説》正同。《文選注》三十六所引《鬻子》，記武王伐紂故事，《御覽》三百八十三引鬻子年九十見文王事，當出此書。（浙江古籍出版社，1985年）

劉咸炘《子疏定本·老徒裔》弟三《鬻子書》：

《七略》道家二十二篇，《意林》録一卷六篇，今存唐逄行珪注十四篇。葉夢得謂《意林》所載與行珪本先後不同，恐行珪有附益。王先謙謂今本標題甲乙書目雜亂不可曉，又短僾不成章，而《列子》、賈誼所引皆本書所無，今本其糟粕耳。按今本短節蓋後人妄分，（宋陸佃本十五篇，乃多分一篇，嚴可均謂以《群書治要》校僅三篇，非也，《治要》亦零條，無由知是幾篇。）篇目亦出後加，其文則不見爲附益。譚獻（《復堂日記》）謂以《賈子新書》所載校之，不至有碔砆之嘆，是也。按鬻熊時無子書，此乃後人追述緒論，《賈子》所引每段答語皆云“請以上世之政詔於君王，政曰”云云，今逢本則“政曰”在每段之首，其書所説純正無悖義，蓋皆述先王之緒論，稱引五帝從黄帝以下舜、禹以上，其謂：“君子非人，不出之於辭而施之於行。非非者行是，惡惡者行善，而道論矣。”又曰：“民者吏之程也，民者至卑也，而使之取吏焉。”皆精。至其逸文若《列子》引“天地密移，損益成虧，欲剛必以柔守之，欲强必以弱保之”諸條，則頗類《老經》，但不深耳。《七略》入之道家，蓋以此。《提要》謂《列子》所引乃道家説，今本乃小説家之《鬻子》，非也。陸心源謂熊爲文王師，其言宜足與謨誥相發明，乃多泛然無當之言，蓋出於後人依托。此乃後人過高之論。又謂《列子》、賈誼書非秦、漢之舊，所引不足信，尤過矣。嚴可均謂《鬻子》非鬻子一人之語，文王師爲鬻熊，成王問爲熊繹，中間隔熊麗、熊狂兩世，非專記鬻熊之語，故其書於文王、周公、康叔皆曰昔者。昔者，後乎鬻子言之也。古書不必手著，蓋康王、昭王後周史臣所録，或子孫記述先世嘉言，爲楚國令典，即《史記・序傳》所謂“重黎業之，吴回接之，殷之季世，鬻熊牒之，周用熊繹，熊渠是續”者也。此説甚確。是書本《國語》之流，道家者流，出於史官，楚多道家，蓋始於鬻子歟？雖爲官書，亦私書之濫觴矣。故論列於首，可以見道家之源焉。（《劉咸炘學術論集》本，廣西師範大學出版社，2007年）

張之洞撰，范希曾補正《書目答問補正》卷三子部周秦諸子：

右周秦諸子。（《鬻子》《子華子》皆僞書，《尉繚子》尤謬，不録。《六韜》《關尹》《鄧析》《燕丹》，僞而近古。）（中華書局，1981年）

案：鬻子，姓芈，名熊。鬻，古音米，省作粥，故一作粥子。帝嚳高辛火正祝融之後、陸終子季連之裔。相傳年九十見文王，文王尊爲師，武王、成王皆師事之，并有所問，然未及受封而卒。至成王時，舉文、武勤勞之後嗣，鬻熊子熊麗、孫熊狂均亡，封其曾孫熊繹以子男，居楚蠻之丹陽。而鬻熊被封爲楚祖，爲後嗣世代祭祀。唐、宋時官祠詔與文王配享。

《鬻子説》，《漢書・藝文志》諸子略小説家著録十九篇，注曰：“後世所加。”又有道家《鬻子》二十二篇，注曰：“名熊，爲周師，自文王以下問焉。周封爲楚祖。”如同《伊尹説》乃是對《伊尹》之解説，《鬻子説》亦當爲解説《鬻子》之書，故道家之《鬻子》與小説家之《鬻子説》應是兩書。然後世衹傳《鬻子》，未見《鬻子説》，或著録於道家，或著録於小説家，或著録於雜家。《隋書·經籍志》子部道家著録《鬻子》一卷，注云“周文王師鬻熊撰”。《舊唐書·經籍志》丙部子録小説家著録《鬻子》一卷，題鬻熊撰。《新唐書·藝文志》丙部子録道家著録《鬻子》一卷，題鬻熊撰；又録《逢行珪注鬻子》一卷，注云“鄭縣尉”。逢行珪在《郡齋讀書志》《直齋書録解題》等書中作逄行珪。“逢”本作“逄”，商諸侯有逄伯陵，《莊子》中有逢蒙，東漢有逢萌、逢絲，然“逢”“逄”二字本易相混，後之言姓者皆作“逢”，很難説“逢”“逄”誰正誰誤，《百家姓》有“逢”姓而無“逄”姓，因此依姓讀爲“逢”比較穩妥。唐以後，逢注本《鬻子》通行，而古本《鬻子》失傳。《宋史·藝文志》子部小説類著録逢行珪《鬻子注》一卷。《四庫全書總目》入子部雜家類，且注云“浙江總督采進本”，而此本正是逢注本。凡此種種，説明唐以後各《史志》所著録之《鬻子》均爲逢行珪注本。至於馬總《意林》所引《鬻子》六篇本，《文獻通考》引高似孫《子略》所收十二篇本，《文獻通考》稱陸佃所校十五篇本，皆是一書，衹是歸類、分合不同而已。

今傳逢注本《鬻子》是《漢志》著録道家《鬻子》二十二篇之殘篇斷簡，原本成書當在秦漢以前。逢注本序云：“鬻子名熊……著書二十二篇，名曰《鬻子》。子者，男子之美稱。賢不逮聖，不以爲經，用題紀標子。因據劉氏九流，即道流也。遭秦暴亂，書記略盡。《鬻子》雖不預焚燒，編秩由此殘缺。依《漢書·藝文志》惟有六篇，今此本乃有十四篇，未詳孰是？篇或錯亂，文多遺闕。至敷演大道，銓撰明史，闡域中之教化，論刑德之是非，雖卷軸不全，而其門可見。然鄧林之枝、荊山之玉，君子餘文，可得觀矣。鬻子博懷道德，善謀政事，故使周文屈節，大聖諮詢。情存帝王之道，辭多斥救之要。理致通遠，旨趣恢弘，實先達之奧言，爲諸子之首唱。織組仁義，經緯家邦。垂勸誡之風，陳弘濟之術。王者覽之，可以理國。吏者遵之，可以從政。足使賢者勵志，不肖者滌心。”《鬻子》一書當然不是鬻熊自撰，而是由後人根據傳聞“裒集成編”。而《漢志》著録之小説家《鬻子説》十九篇爲“後世所加”，極可能産生在漢初黄老道家盛行之時。《鬻子説》在隋唐已不傳，故《隋志》小説家不載，其散佚大概在魏晉南北朝時期。

今傳逢注本《鬻子》後人多有疑其爲僞者，如宋李燾、葉夢得，明楊慎，清崔述、四庫館臣，民國姚際恒、梁啓超等。考《文選》李善注多引《鬻子》，與今傳逢注本《鬻子》文多相合，如《文選》卷十六江淹《恨賦》注引《鬻子》：“君王欲緣五常之道而不失，則可以長矣。”與逢注本《鬻子·貴道》最末一句同，僅“長矣”逄本爲“長久”；《文選》卷三十謝靈運《齋中讀書》注引《鬻子》：“禹治天下，朝廷之間，可以羅雀也。”逄注本《鬻子·上禹政》爲：“是以禹當朝廷間也，可以羅爵。”“爵”“雀”，古今字。《文選》卷三十六王融《永明九年策秀才文》注引《鬻子》：“昔大禹治天下，以五聲聽治，爲銘於筍簴曰：教寡人以道者擊鼓，教寡人以義者擊鐘，教寡人以事者振鐸，語寡人以憂者擊磬，語寡人以獄者揮鞀。”逄注本《鬻子·上禹政》爲：“禹之治天下也，以五聲聽，門懸鐘、鼓、鐸、磬，而置鞀，以得四海之士，爲銘於簨簴曰：教寡人以道者擊鼓，教寡人以義者擊鐘，教寡人以事者振鐸，語寡人以憂者擊磬，教寡人以獄訟者揮鞀。此之謂五聲。”《文選》卷三十八任昉《爲蕭揚州薦士表》注引《鬻子》：“吾聞之於政也，知善不行者謂之狂，知惡不改者謂之惑。夫狂與惑者，聖人之戒也。”逄注本《鬻子·曲阜》全同，僅前有“昔者魯周公曰”一語。逄行珪與李善爲同時人，《文選》注引《鬻子》又與逄注本《鬻子》原文略同，説明他們各有所本，且爲前代所留傳，不然，二人不可能同時造假而偶合。四庫館臣以《四八目》不載《鬻子》所提禹、湯七大夫而斷定“似乎六朝之末尚無此本。或唐以來好事之流依仿賈誼所引，撰爲贋本，亦未可知”，純爲揣測之詞，不足爲據。《四庫提要》云“賈誼《新書》亦引其成王問答凡五條”，亦誤。其實賈誼所引爲六條，其中一條與文王問答，一條與武王問答，四條與成王問答。至於謂“觀其標題甲乙，故爲佚脱錯亂之狀，而誼書所引則無一條之偶合，豈非有心相避而巧匿其文，使讀者互相檢驗，生其信心歟”亦爲勇於置疑之説。而换一角度，其文“佚脱錯亂之狀”，正是該書流傳日久、散佚脱落之表徵。説“誼書所引（與該書）則無一條之偶合”，亦不盡是事實。其實賈誼《新書》與今本《鬻子》多有相似之説，稍作比對即知。此外，楊慎《丹鉛録》以爲逄注本《鬻子》不載賈誼《新書》所引之文，以及“《文選》注引《鬻子》‘武王率兵車以伐紂，紂虎旅百萬，陣於商郊，起至黄鳥，至於赤斧，三軍之士莫不失色’。今本無之”，從而斷定其爲“僞書”，亦難以服讀者之心。胡應麟《少室山房筆叢·九流緒論下》又謂今本《鬻子》“概舉修身治國之術”“與柱下、漆園宗旨迥異”，以爲其非道家言。此亦因不瞭解早期道家不避談禮，故亦有修身治國之術，《莊子》有孔子問禮於老子之記載，湖北荊門郭店出土楚簡《老子》甲、乙、丙本均無攻擊儒家禮義之言辭，而鬻子乃楚族先祖和楚人精神之源，其思想對春秋戰國時期的道家或有影響，但起始并非嚴格意義之道家，故不應以老莊思想爲規範來判斷其非道家言。也許正因爲《鬻子》思想不全合於老莊思想，它纔可能真正是楚地傳留之鬻熊學説，而不是後人僞造。錢熙祚《校勘記》云：“馬總《意林》，其目一遵庾仲容《子鈔》，所引《鬻子》與今本同，則非唐人僞撰明甚。”顧實《漢書藝文志講疏》云：“逄本去其妄爲標題，猶爲古本殘帙，而非僞作。”鍾肇鵬《鬻子校理》則以爲逄本是隋唐前人隨手摘録的一個鈔本，不是逄氏作僞。孫猛《日本國見在書目録詳考》云：“逄本除第四、一三篇外，其餘多見《北堂書鈔》《藝文類聚》《群書治要》所引；且《北堂書鈔》、《藝文類聚》、《群書治要》、《文選》注、《初學記》、《長短經》所引，多不見《意林》却見逄本，故唐時傳本或有二：一爲馬總所見一卷六篇，一爲衆家及逄行珪所見一卷十四篇。”《列子·天瑞》引《鬻子》云：“物損於彼者盈於此，成於此者虧於彼。損盈成虧，隨世隨死。”《列子·黄帝》引《鬻子》云：“欲剛，必以柔守之；欲强，必以弱保之。積於柔必剛，積於弱必强。觀其所積，以知禍福之鄉。”這與老莊“清虛自守，卑弱自持”“以柔克剛，以弱勝强”的旨趣相合，將《鬻子》列爲道家之祖至爲允當。

《鬻子》有一卷本和二卷本。一卷本主要有《十二子》本、《五子書》本、《子彙》本、《諸子褒異》本、《四庫全書》本、《墨海金壺》本，均爲逄行珪注本。另有明《楊升庵先生評注先秦五子全書》本、歸有光輯評《諸子彙函》本、謝汝韶注《二十家子書》本，清任兆麟選輯《述記》本。二卷本主要有《正統道藏》本，明楊之森補輯《養素軒叢録》本、《廿二子全書》本、《子書百家》本、《百子全書》本，清錢熙祚輯逸《守山閣叢書》本，民國葉德輝校輯《觀古堂所著書》本。今通行本二種：一爲鍾肇鵬《鬻子校理》，收入《新編諸子集成》，中華書局2010年出版；一爲張京華《鬻子箋證》，華東師範大學出版社2012年出版。

周考

班固撰，顔師古注《漢書》卷三十《藝文志》第十諸子略小説家：

《周考》七十六篇。（考周事也。）（中華書局，1962年）

王應麟《玉海》卷四十六《藝文》古史《周考》：

《漢志》小説家：《周考》七十六篇。（考周事也。）（廣陵書社，2003 年）

顧起元《説略》卷十三《典述》中“諸子儒家則有晏子春秋”條：

諸子儒家則有《晏子春秋》（齊晏嬰）……小説家則有《伊尹説》、《鬻子説》、《周考》、《師曠》、《務成子》、《宋子》、《黄帝説》、《虞初周説》、《燕丹子》、《青史子》、《宋王（玉）子》、《郭子》（晋中郎澄）、《猗犴子》（元結）、《乾膘子》（温庭筠）。……（《文淵閣四庫全書》本）

章學誠著，王重民通解《校讎通義通解》卷三《漢志諸子》：

小説家之《周考》七十六篇，《青史子》五十七篇，其書雖不可知，然班固注《周考》云：“考周事也。”注《青史子》云：“古史官記事也。”則其書非尚書所部，即春秋所次矣。觀《大戴禮·保傅篇》引青史氏之《記》，則其書亦不儕於小説也。（上海古籍出版社，1987年）

姚振宗《漢書藝文志條理》卷二之下《諸子略》小説家：

《周考》七十六篇。考周事也。

章學誠《校讎通義》曰：“小説家之《周考》七十六篇，班固注云‘考周事也’，則其書不當儕於小説也。”（以爲當部於《尚書》家，不可爲訓。）（《二十五史補編》本，中華書局，1955年）

梁啓超《漢志諸子略各書存佚真僞表》小説家者流：

《周考》，入“已佚”類“全佚者”目。（《二十五史藝文經籍志考補萃編》本，第

五卷，清華大學出版社，2012年）

顧實《漢書藝文志講疏》三《諸子略》小説家：

《周考》七十六篇。（考周事也。）

亡。（上海古籍出版社，2009年）

魯迅《中國小説史略》第三篇《〈漢書·藝文志〉所載小説》：

《漢志》之叙小説家，以爲“出於稗官”，如淳曰，“細米爲稗。街談巷説，甚細碎之言也。王者欲知里巷風俗，故立稗官，使稱説之。”（本注）其所録小説，今皆不存，故莫得而深考，然審察名目，乃殊不似有采自民間，如《詩》之《國風》者。其中依托古人者七，曰：《伊尹説》《鬻子説》《師曠》《務成子》《宋子》《天乙》《黄帝》。記古事者二，曰：《周考》《青史子》，皆不言何時作。明著漢代者四家，曰：《封禪方説》《待詔臣饒心術》《臣壽周紀》《虞初周説》。《待詔臣安成未央術》與《百家》，雖亦不云何時作，而依其次第，自亦漢人。（上海古籍出版社，1998年）

蔣伯潛《諸子通考》之《諸子著述考·縱横家農家小説家之書》：

右小説家書十五種，均亡。以其書名度之，約可分爲四類：（一）《周考》《周紀》《青史子》之屬，爲野史軼聞之類；（二）《伊尹説》《鬻子説》……所録故事以人爲中心，爲外史别傳之類；（三）《封禪方説》《心術》《未央術》，乃方士所作，爲《齊諧》《搜神》之類；（四）《宋子》蓋記宋銒言近指遠之辭，實寓言之類。此皆得之“街談巷議、道聽途説”者，故名之曰小説家也。（浙江古籍出版社，1985年）

案：《周考》七十六篇，班固注曰：“考周事也。”其書早亡，《隋書·經籍志》及以後均未見正史著録，王應麟《玉海》所録衹是轉抄《漢志》，并非當時仍有是書，故對其内容也無任何説明。今亦無從窺測其所考何事。張舜徽《漢書藝文志通釋》以爲“此云《周考》，猶言叢考也。周乃周遍、周普無所不包之意”，“小説家之《周考》，蓋雜記叢殘小語、短淺瑣事以成一編，故爲書至七十六篇之多。其中或及周代佚聞者，見者遽目爲專考周事，非也”。説它記叢殘小語、短淺瑣事，或爲近理，而强解“周”爲周遍、周普之意，進而否定其爲“考周事”之書，與班固所言相悖，則不足爲據。因爲劉向、劉歆、班固所著録之書均爲親見之書，班固之注説自然比後人純爲揣測要可信得多。因此，在没有直接證據的情况下，還是以《周考》爲“考周事”之事比較妥當。書當成於秦漢之際，魏晋南北朝亡佚，佚文未見。

青史子

賈誼撰，閻振益、鍾夏校注《新書校注》卷十《胎教》：

青史氏之《記》曰：古者胎教之道，王后有身，七月而就蔞室，太師持銅而御户左，太宰持斗而御户右，太卜持蓍龜而御堂下，諸官皆以其職御於門内。比三月者，王后所求聲音非禮樂，則太師撫樂而稱不習；所求滋味者非正味，則太宰荷斗而不敢煎調，而曰不敢以侍王太子。太子生而立，太師吹銅曰聲中某律，太宰曰滋味上某，太卜曰命云某。

然後，爲王太子懸弧之禮義。東方之弧以梧，梧者，東方之草，春木也；其牲以鷄，鷄者，東方之牲也。南方之弧以柳，柳者，南方之草，夏木也；其牲以狗，狗者，南方之牲也。中央之弧以桑，桑者，中央之木也；其牲以牛，牛者，中央之牲也。西方之弧以棘，棘者，西方之草也，秋木也；其牲以羊，羊者，西方之牲也。北方之弧以棗，棗者，北方之草，冬木也；其牲以彘，彘者，北方之牲也。五弧五分矢，東方射東方，南方射南方，中央射中央，西方射西方，北方射北方，皆三射。其四弧具，其餘各二分矢，懸諸國四通門之左；中央之弧亦具，餘二分矢，懸諸社稷門之左。

然後，卜王太子名，上毋取於天，下毋取於土，毋取於名山通谷，毋悖於鄉俗。是故君子名難知而易諱也，此所以養隱之道也。（《新編諸子集成》本，中華書局，2000年）

王聘珍《大戴禮記解詁》卷三《保傅》：

青史氏之《記》曰：（王聘珍注：“盧注云：‘一曰《青史子》。’聘珍謂：《漢書·藝文志》：‘小説家：《青史子》五十七篇。古史官記事也。’”）古者胎教，王后腹之七月，而就宴室。太史持銅而御户左，太宰持斗而御户右。（王聘珍注：“史”當爲“師”。）比及三月者，王后所求聲音非禮樂，則太師緼瑟而稱不習。所求滋味者非正味，則太宰倚斗而言曰：“不敢以待王太子。”太子生而泣，太師吹銅曰：“聲中某律。”太宰曰：“滋味上某。”然後卜名，上無取於天，下無取於墬，中無取於名山通谷，無拂於鄉俗，是故君子名難知而易諱也。此所以養恩之道。

古者年八歲而出就外舍，學小藝焉，履小節焉；束髮而就大學，學大藝焉，履大節焉。居則習禮文，行則鳴佩玉，升車則聞和鸞之聲，是以非僻之心無自入也。在衡爲鸞，在軾爲和，馬動而鸞鳴，鸞鳴而和應，聲曰和，和則敬，此御之節也。上車以和鸞爲節，下車以佩玉爲度，上有雙衡，下有雙璜，衝牙、玭珠以納其間，琚瑀以雜之。行以《采茨》，趨以《肆夏》，步環中規，折還中矩，進則揖之，退則揚之，然後玉鏘鳴也。古之爲路車也，蓋圓以象天，二十八橑以象列星，軫方以象地，三十幅以象月。故仰則觀天文，俯則察地理，前視則睹鸞和之聲，側聽則觀四時之運。此巾車教之道也。（中華書局，1983年）

班固撰，顔師古注《漢書》卷三十《藝文志第十》諸子略小説家：

《青史子》五十七篇。（古史官記事也。）（中華書局，1962年）

應劭撰，王利器校注《風俗通義校注》卷八祀典《雄鷄》：

俗説：鷄鳴將旦，爲人起居；門亦昏閉晨開，扞難守固；禮貴報功，故門户用鷄也。

《青史子書》（《漢書·藝文志·小説家》有《青史子》五十七篇，本注："古史官記事也。"《通志·氏族略》引賈執《姓氏英賢録》："青史子，晋太史董狐之子，受封青史之田，因氏焉。《漢書·藝文志》：'青史子著書。'"案書亡，馬國翰有輯本，亦見丁晏《佚禮扶微》。）説："鷄者，東方之牲也，（《賈子新書·胎教篇》引《青史氏記》説王太子懸弧之禮儀曰："東方之弧以梧，梧者，東方之木，春也；其牲以鷄，鷄者，東方之牲也。"）歲終更始，平秩東作，萬物觸户而出，故以鷄祀祭也。"

太史丞鄧平説："臘者，所以迎刑送德也。大寒至，常恐陰勝，故以戌日臘。戌者，土氣也，用其日殺鷄以謝刑德，雄著門，雌著户，以和陰陽，調寒暑，節風雨也。"

謹按：《春秋左氏傳》："周大夫賓孟適郊，見雄鷄自斷其尾，歸以告景王曰：'憚其爲犧也。'"《山海經》曰："祠鬼神皆以雄鷄。"魯郊祀常以丹鷄，祝曰："以斯翰音赤羽，去魯侯之咎。"今人卒得鬼刺痱，悟，殺雄鷄以傅其心上，病賊風者，作鷄散，東門鷄頭可以治蠱。由此言之：鷄主以禦死辟惡也。（中華書局，1981年）

劉勰著，范文瀾注《文心雕龍注》卷四《諸子》：

逮及七國力政，俊乂蜂起：孟軻膺儒以磬折，莊周述道以翱翔；墨翟執儉確之教，尹文課名實之符；野老治國於地利，騶子養政於天文，申商刀鋸以制理，鬼谷脣吻以策勳；尸佼兼總於雜術，青史曲綴以街談，承流而枝附者，不可勝算。并飛辯以馳術，餍禄而餘榮矣。（人民文學出版社，1958年）

虞世南撰，陳禹謨補注《北堂書鈔》卷二十二帝王部《太子》：

太師持銅，太宰持升。［《大戴禮》：《青史記》曰："古者胎教，王后腹之七月而就宴室，太史持銅而御户左，太宰持升而御户右。"（補）］

升西階。

見南郊。

射四方。

同上，卷五十五設官部七《太史》：

青史記事。（《漢書·藝文志》云：《青史子》五十七篇。注曰：古史官記事也。）

同上，卷一百五十五歲時部三《蜡臘》：

歲終更始，祀以鷄。［又云：《青史子書説》："鷄者，東方之牲也。歲終更始，辨秩東作，萬物觸户而出，故以鷄祀祭也。"（續補）］（天津古籍出版社，1988年）

魏徵等《隋書》卷三十四《經籍三》子小説：

梁有《青史子》一卷，亡。（中華書局，1973年）

杜甫著，仇兆鰲注《杜詩詳注》卷十二《章梓州橘亭餞成都竇少尹》：

秋日野亭千橘香，玉杯錦席高雲凉。主人送客何所作，行酒賦詩殊未央。衰老應爲難離别，賢聲此去有輝光。預傳籍籍新京兆，青史無勞數趙張。（《漢·藝文志》：《青史子》五十七篇。古人以竹爲簡，寫書，殺其青，故曰青史。）（中華書局，1979年）

鄭樵《通志》卷二十八《氏族略四》以官爲氏：

青史氏。（《英賢傳》，晋太史董狐之子，受封青史之田，因氏焉。《漢書·藝文志》，青史子，著書。）

同上，卷六十八《藝文略六》諸子類小説：

《青史子》，一卷。（中華書局，1995年）

朱熹《儀禮經傳通解》卷四《内治》：

青史氏之《記》曰：古者胎教之道，王后腹之七月，而就宴室。（宴室，夾室，次宴寢也，亦曰側室。自王后已下有子曰震，女史皆以金環止御。王后比七月就宴室，夫人婦嬪即以三月就其側室，皆閉房而處也。王后以七月爲節者，君聽天下之内政，自諸侯以下同之也。賈誼《新書》“七月”作“十月”，“宴室”作“蔞室”。）太師持銅而御户左，太宰持升而御户右，太卜持蓍龜而御堂下，諸官皆以其職御於門内。比三月者，王后所求聲音非禮樂，則太師撫樂而稱不習。所求滋味者非正味，則太宰荷升不敢煎調，而曰：“不敢以待王太子。”（《新書》“升”作“斗”，“荷”作“倚”，“待”作“侍”。《大戴記》）

右胎教。

太子生而泣，太師吹銅曰“聲中某律”，太宰曰“滋味上某”，太卜曰“命云某”，然後爲王太子。（賈誼《新書》）國君世子生，告於君，接以大牢，宰掌具。（接，讀爲捷。注疏并見前篇。）三日，卜士負之，吉者宿齋，朝服寢門外，詩負之。射人以桑弧蓬矢六，射天地四方，（射天地之射，食亦反。詩之言承也。桑弧蓬矢，本大古也。天地四方，男子所有事也。承，如字，徐音拯救之拯。大，音泰。疏曰：詩，持也，承也，謂以手承下抱負之。蓬者，禦亂之草。桑者，衆木之本。“天地四方，男子所有事”者，謂上事天，下事地，旁禦四方之難也。）保受乃負之。（代士也。保，保母。）宰醴負子，賜之束帛。（醴當爲禮，聲之誤也。禮以一獻之禮酬之以幣也。疏曰：還用士禮也。）卜士之妻，大夫之妾，使食子。（食子，不使君妾，適妾有敵義，不相褻以勞辱事也。士妻，大夫之妾，謂時自有子。適，本亦作“嫡”，丁匿反。）凡接子擇日，冢子則大牢，（天子世子也。冢，大也。冢子猶言長子，通於下也。）國君世子亦太牢。（皆謂長子。）其非冢子，則皆降一等。（謂冢子之弟及衆妾之子生也。天子諸侯少牢，大夫特豕，士特豚，庶人猶特豚也。疏曰：“庶人猶特豚”者，蓋以禮窮而與士同也。）異爲孺子室於宫中，擇於諸母與可者，必求其寬裕慈惠、温良恭敬、慎而寡言者，使爲子師，其次爲慈母，其次爲保母，皆居子室。（此人君養子之禮也。諸母，衆妾也。可者，傅御之屬也。子師，教示以善道者。慈母，知其嗜欲者。保母，安其居處者。士妻，食乳之而已。食，音嗣。疏曰：此文雖據諸侯，其實兼大夫士也。今按：《列女傳》“可”作“阿”，即所謂阿保也，《後漢書》有“阿母”。詳此經文，鄭作注時，字猶未誤也。）他人無事不往。三月之末，擇日剪髮爲鬌，男角女羈，否則男左女右。世子，則君沐浴朝服，夫人亦如之。皆立於阼階西鄉，世婦抱子升自西階，君名之，乃降。適子庶子見於外寢，撫其首，咳而名之。禮帥初，無辭。公庶子生，就側室。三月之末，其母沐浴朝服見於君，（擯者以其子見。君有所賜，君名之，衆子則使有司名之。）食子者三年而出，見於公宫則劬。

右生子。（《朱子全書》本，上海古籍出版社、安徽教育出版社，2002年）

郭知達《九家集注杜詩》卷十二古詩《贈鄭十八》：

……古人日已遠，青史字不泯。（薛云：應劭《風俗通》曰："青史善著書。"青史者，人姓名。趙云：上兩句，公自言。青史，殺青竹簡之史，蓋猶或黄絹或黄紙所書爲之黄卷耳。劉峻《答劉青陵書》"青簡尚新"，江文通"俱啓丹册，并圖青史"，薛夢符補遺乃引應劭《風俗通》云云，不知薛何自而得此《風俗通》之謬與？或别有所紀，字偶相犯，亦不可知。不泯，《詩》"靡國不泯"，《選》"盛德不泯"。）（《文淵閣四庫全書》本）

孫奕《履齋示兒編（附校補）》卷十五雜記《人物通稱》：

人有名青史，應劭《風俗通》曰"青史善著書"，即青史者，人姓名也。書亦名青史，杜甫《贈鄭十八》曰"古人日已遠，青史字不泯"，注云"殺青爲竹簡之史也"。（中華書局，1985年）

鄧名世《古今姓氏書辨證》卷十七十五青《青史》：

《英賢傳》云："晋太史董狐之子，受封於青史，因氏焉。"《漢·藝文志》有《青史氏》，其書五十七篇。世以史書總謂之青史，其説蓋起於此。（江西人民出版社，2006年）

王應麟著，張三夕、楊毅點校《漢藝文志考證》卷七《小説》：

《青史子》五十七篇。

《風俗通義》引《青史子書》。《大戴禮·保傅篇》：青史氏之《記》曰"古者胎教"。《隋志》：梁有《青史子》一卷。（《文心雕龍》云："青史曲綴於街談。"）（中華書局，2011年）

王應麟《玉海》卷三十七《藝文》書《青史氏記》：

《大戴禮·保傅篇》：青史氏之《記》曰"古者胎教"。

《漢志·小説家》：《青史子》五十七篇，古史官記事也。（《風俗通義》引《青史子書》。）

《隋志》：梁有《青史子》一卷。

《文心雕龍》：青史曲綴於街談。

同上，卷四十六《藝文》古史《青史氏記》：

見書類。《風俗通義》引《青史子書》。

同上，卷五十八《藝文》傳《青史氏記》：

青史氏之《記》曰：（注：《青史子》。）“古者胎教，王后腹之七月而就宴室，太史持銅而御户左，太宰持升（一作斗。）而御户右。”（《新書》云：“太卜持龜蓍而御堂下，諸官皆以其職御於門内。”）“比及三月，王后所求聲音非禮樂，則太師緼瑟而稱不習；所求滋味者非正味，則太宰倚升（《新書》云荷斗），而言曰‘不敢以待王太子’。太子生而泣，太師吹銅曰‘聲中某律’，太宰曰‘滋味上某’。（《新書》云：‘太卜曰命云某。’）然後卜名，上無取於天，下無取於墜，中無取於名山通谷，無拂於鄉俗，是故君子名難知而易避也。”（廣陵書社，2003年）

王應麟《姓氏急就篇》卷下《姓氏》：

左史太南王侯青。（青史氏，漢小説家有《青史子》，《大戴·保傅篇》青史氏之《記》。）（《文淵閣四庫全書》本）

楊慎《丹鉛餘録》卷五“青史子載古禮”條：

《青史子》載古禮，男子生而射天地四方，其文云：“東方之弧以梧，梧者，東方之草，春木也。南方之弧以柳，柳者，南方之草，夏木也。中央之弧以桑，桑者，中央之木也。西方之弧以棘，棘者，西方之草，秋木也。北方之弧以棗，棗者，北方之草，冬木也。”是木亦可稱草也。《青史子》，《漢志》五十三篇，今存者《胎教》一篇而已，其首曰“古者胎教之道，王后有身瑞七月而就蔞室，太師持銅而御户左，太宰持升而御户右。此三月者，王后所求聲音非禮樂，則太師撫樂緼瑟而稱不習。所求滋味非正味，則太宰荷斗倚升而不敢煎調”云云。其文義古雅。嗚呼！古書之不傳者何限？惜哉！（《文淵閣四庫全書》本）

陳耀文《天中記》卷五十一總木《五方》：

古禮，男子生而射天地四方，其文云：“東方之弧以梧桐者，東方之草，春木也；南方之弧以柳，柳者，南方之草，夏木也；中央之弧以桑，桑者，中央之木也；西方之弧以棘，棘者，西方之草，秋木也；北方之弧以棗，棗者，北方之草，冬木也。”（《青史子》）（《文淵閣四庫全書》本）

凌迪知《萬姓統譜》卷一百三十一下平聲九青《青史》：

青史。（《英賢傳》："晋太史董狐之子，受封青史之田，因氏焉。"）

（漢）青史子。（著書，見《藝文志》。）（《文淵閣四庫全書》本）

焦竑《國史經籍志》卷四下子類小説家：

《青史子》一卷。（《明史藝文志補編·附編》下册，商務印書館，1959年）

胡應麟《少室山房筆叢》卷二十九《九流緒論下》"漢藝文志所謂小説"條：

《漢·藝文志》所謂小説，雖曰街談巷語，實與後世博物志怪等書迥别，蓋亦雜家者流，稍錯以事耳。如所列《伊尹》二十七篇、《黄帝》四十篇、《成湯》三篇，立義命名，動依聖哲，豈後世所謂小説乎？又《務成子》一篇，注稱堯問。《宋子》十八篇，注言黄老。《臣饒》二十五篇，注言心術。《安成》一篇，注言養生。皆非後世所謂小説也。則今傳《鬻子》爲小説，而非道家，尚奚疑哉？（又《青史子》五十七篇，楊用修所自引數條，皆雜論治道，殊不類今小説。）

同上，"青史子云古禮"條：

《青史子》云："古禮，男子生而射天地四方，其文云：'東方之弧以梧，梧者，東方之草，春木也。南方之弧以柳，柳者，南方之草，夏木也。中央之弧以桑，桑者，中央之木也。西方之弧以棘，棘者，西方之草，秋木也。北方之弧以棗，棗者，北方之草，冬木也。'"是木亦可稱草也。《青史子》，《漢志》五十三篇，今存者《胎教》一篇而已，其首曰"古者胎教之道，王后有娠瑞，七月而就蔞室，太師持銅而御户左，太宰持升而御户右。此三月者，王后所求聲音非禮樂，則太師撫樂緼瑟而稱不習。所求滋味非正味，則太宰荷斗倚升而不敢煎調"云云。其文義古雅。嗚呼！古書之不傳者何限？惜哉！右見楊用修《丹鉛録》。按：《青史子》班氏所列小説家，其文義傳者乃如此，信《鬻子》之爲小説也。葉夢得、宋景濂，并以此書兩見爲疑，而不敢定其非道家者，政小説二字所誤。執余指以求之，當瞭然矣。（用修所引《青史》見賈誼《新書》，作者青史氏。）（上海書店，2001年）

顧起元《説略》卷十三《典述中》"諸子儒家則有"條：

諸子儒家則有《晏子春秋》（齊晏嬰）……小説家則有《伊尹説》、《鬻子説》、《周考》、《師曠》、《務成子》、《宋子》、《黄帝説》、《虞初周説》、《燕丹子》、《青史子》、《宋王子》、《郭子》（晋中郎澄）、《猗犴子》（元結）、《乾𦠆子》（温庭筠）……（《文淵閣四庫全書》本）

李日華《六研齋筆記》二筆卷三“古禮男子生具弧矢”條：

古禮，男子生，具弧矢以射四方。《青史子》載其弧有四時之别，春以梧，夏以柳，夏季以桑，秋以棘，冬以棗。《青史子》，《漢志》五十三篇，今存者《胎教》一篇。（鳳凰出版社，2010年）

馮復京《六家詩名物疏》卷首《引用書目·雜家》：

《青史子》。（《文淵閣四庫全書》本）

方以智《通雅》卷三《釋詁》（綴集）“青史言汗青也”條：

青史，言汗青也。《藝文志》有《青史子》五十七篇，《風俗通》引《青史子書》，《大戴禮·保傅篇》“青史氏之《記》曰：古者胎教”，《隋志》有梁《青史子》一卷，《文心雕龍》云“青史曲綴於街談”，《新書》載《青史氏》言就於蔞室一則，即胎教之文也。古者，殺竹青以成文，曰汗青，以削刀書之。元美曰“汗灸”，去其汗，故不蠹。此青史所由名也。《北史》言，劉向受詔校書，每一書竟，輒言“臣向書，長水校尉臣恭書，太常博士書中外書，合若干本以相比較，然後殺青”。“《列子》定著八篇，或字誤以‘盡’爲‘進’，以‘賢’爲‘形’，及在新書有棧校讎從中書已定，以殺青書。”《風俗通》曰：“劉向典校書籍，皆先書竹爲易刊，定可繕寫者，以上素也。”《吴祐傳》父恢，欲殺青簡寫經書，祐諫止。注謂“汗青”。孔子韋編三絶，顔淵鐵鏑三折，皆指竹書。揚雄鉛槧，亦書竹板者也。（《文淵閣四庫全書》本）

覺羅石麟等《山西通志》卷六十四《氏族一》二字姓《青史》：

陸璟獻《英賢傳》：“晋太史董狐之子，受封青史之田，因氏焉。”（《文淵閣四庫全書》本）

何琇《樵香小記》卷上《青史子》：

賈誼《新書》引青史氏之《記》言太子生事，其文與《禮經》相表裏。《漢志》，《青史子》五十七篇，乃列小説家，疑其他文駁雜也。（中華書局，1985年）

章學誠著，王重民通解《校讎通義通解》卷三《漢志諸子》：

小説家之《周考》七十六篇，《青史子》五十七篇，其書雖不可知，然班固注《周考》云：“考周事也。”注《青史子》云：“古史官記事也。”則其書非《尚書》所部，即《春秋》所次矣。觀《大戴禮·保傅篇》引青史氏之《記》，則其書亦不儕於小説也。（上海古籍出版社，1987年）

永瑢等《四庫全書總目》卷九十一子部一儒家類一《新書》提要：

《新書》十卷（通行本）……且其中爲《漢書》所不載者，雖往往類《説苑》《新序》《韓詩外傳》，然如青史氏之《記》，具載胎教之古禮；《修政語》上、下兩篇，多帝王之遺訓；《保傅篇》《容經篇》并敷陳古典，具有源本。

同上，卷一百四十子部五十小説家類一《類序》：

張衡《西京賦》曰："小説九百，本自虞初。"《漢書・藝文志》載《虞初周説》九百四十三篇，注稱武帝時方士，則小説興於武帝時矣。故《伊尹説》以下九家，班固多注依托也。（《漢書・藝文志》注，凡不著姓名者，皆班固自注。）然屈原《天問》雜陳神怪，多莫知所出，意即小説家言。而《漢志》所載《青史子》五十七篇，賈誼《新書・保傅篇》中先引之，則其來已久，特盛於虞初耳。（中華書局，1965 年）

沈欽韓《漢書藝文志疏證》卷二《諸子略》小説家：

《青史子》五十七篇。（古史官記事也。）

《新書・胎教篇》："青史氏記胎教。"《隋志》：梁有《青史子》一卷，録一卷。《風俗通》："《青史子》書説：鷄者，東方之牲也，歲終更始，辨秩東作，萬物觸户而出，故以鷄祀祭也。"（《二十五史藝文經籍志考補萃編》本，清華大學出版社，2011年）

馬國翰《玉函山房輯佚書》子部小説家《青史子序》：

《青史子》一卷，青史氏撰，不詳何人。賈執《姓氏英賢録》云："晋太史董狐之子受封青史之田，因氏焉。《漢・藝文志》青史子著書。"按《漢志》小説十五家，《青史子》五十七篇，注："古史官記事也。"《隋》《唐志》不著録，佚已久。考《大戴禮記》、賈誼《新書》并引青史氏之《記》，此佚説之僅存者，據輯校録。書中言胎教之法、懸弧之禮、巾車之道，具有典則，班固列入小説家，必有所見，然不可考，仍依編次云。而歷城馬國翰竹吾甫。（《續修四庫全書》本）

姚振宗《漢書藝文志條理》卷二之下《諸子略》小説家：

《青史子》五十七篇。古史官記事也。

《文心雕龍・諸子篇》曰："青史曲綴以街談。"

《隋書・經籍志》：梁有《青史子》一卷，亡。

鄭樵《氏族略》：以官爲氏者，有青史氏，《英賢傳》云："晋太史董狐之子受封青史之田，因氏焉。"《漢書・藝文志》青史子著書。

鄧名世《古今姓氏書辨證》：《漢・藝文志》有青史氏，其書五十七篇。世以史書總謂之青史，其説蓋起於此。

王氏《考證》：《風俗通義》引“青史子書”，《大戴禮・保傅篇》引“青史氏之記”。

馬國翰輯本序曰：“《漢志》小説家《青史子》五十七篇。《隋》《唐志》不著録，佚已久。《大戴禮記》、賈誼《新書》并引‘青史氏之記’，此佚説之僅存者，據輯校録。書中言胎教之法，懸弧之禮，巾車之道，具有典則。”

章學誠《校讎通義》曰：“小説家之《青史子》五十七篇，其書雖不可知，然觀《大戴・保傅篇》所引，則其書亦不儕於小説也。”（按劉勰言“曲綴以街談”，此其所以爲小説家言，安得以殘文斷其全書乎？）（《二十五史補編》本，中華書局，1955年）

姚振宗《隋書經籍志考證》卷三十二子部九小説家：

梁有《青史子》一卷，亡。

《漢書・藝文志》：《青史子》五十七篇。古史官記事也。

《文心雕龍・諸子篇》曰：青史曲綴以街談。

《通志・氏族略》：以官爲氏者有青史氏。《英賢傳》云，晋太史董狐之子，受封青史之田，因氏焉。《漢書・藝文志》青史子著書。

鄧名世《古今姓氏書辨證》：《漢・藝文志》有《青史氏》，其書五十七篇。世以史書總謂之青史，其説蓋起於此。

王氏《漢書藝文志考證》：《風俗通義》引《青史子書》，《大戴禮・保傅篇》（引）：青史氏之《記》。

馬氏《玉函山房輯本序》曰：《漢志》小説十五家，《青史子》五十七篇，古史官記事也。《隋》《唐志》不著録，佚已久。考《大戴記》、賈誼《新書》并引青史氏之《記》，此佚説之僅存者，據輯校録。書中言胎教之法、懸弧之禮、巾車之道，具有典則，班氏列入小説家，必有所見，然不可考矣。（《二十五史補編》本，中華書局，1955 年）

趙爾巽等《清史稿》卷一百四十七藝文三小説類：

《青史子》一卷，馬國翰輯。（中華書局，1976年）

梁啓超《漢志諸子略各書存佚真僞表》小説家者流：

《青史子》，入“已佚”類“有遺篇遺説可考輯者”目。（《二十五史藝文經籍志考補萃編》本，清華大學出版社，2012年）

羅焌《諸子學述》上編《諸子書之真僞及存佚表》：

諸子名稱		《漢書·藝文志》	《隋書·經籍志》	《唐書·經籍志》	現時存佚	考證
小説家	青史子	五十七篇。注云："古史官記事也。"	注云："梁有《青史子》一卷，亡。"	亡	馬輯一卷	

（華東師範大學出版社，2008年）

顧實《漢書藝文志講疏》三《諸子略》小説：

《青史子》五十七篇。（古史官記事也。）

亡。青史氏之記，述古胎教。（《大戴禮·保傅篇》）劉勰曰："《青史》曲綴於街談。"（《文心雕龍·諸子篇》）馬國翰有輯本，亦見丁晏《佚禮扶微》。（上海古籍出版社，1987年，162頁）

陳朝爵《漢書藝文志約説》卷二《諸子略》小説家：

《青史子》五十七篇。（古史官，記事也。亡。）

王應麟曰："《風俗通義》引《青史子書》，《大戴禮·保傅篇》：'青史氏之《記》曰古者胎教。'《文心雕龍》曰：'青史曲綴於街談。'"周壽昌曰："賈執《姓氏英賢録》：晋太史董狐之子，受封青史之田，因氏焉。"（《二十五史藝文經籍志考補萃編》本，清華大學出版社，2012年）

魯迅《中國小説史略》第一篇《史家對於小説之著録及論述》：

右所録十五家，梁時已僅存《青史子》一卷，至隋亦佚；惟據班固注，則諸書大抵或托古人，或記古事，托人者似子而淺薄，記事者近史而悠謬者也。

同上，第三篇《〈漢書·藝文志〉所載小説》：

《漢志》之叙小説家，以爲"出於稗官"，如淳曰："細米爲稗。街談巷説，甚細碎之言也。王者欲知里巷風俗，故立稗官，使稱説之。"（本注）其所録小説，今皆不存，故莫得而深考，然審察名目，乃殊不似有采自民間，如《詩》之《國風》者。其中依托古人者七，曰：《伊尹説》《鬻子説》《師曠》《務成子》《宋子》《天乙》《黄帝》。記古事者二，曰：《周考》《青史子》，皆不言何時作。明著漢代者四家，曰：《封禪方説》《待詔臣饒心術》《臣壽周紀》《虞初周説》。《待詔臣安成未央術》與《百家》，雖亦不云何時作，而依其次第，自亦漢人。

青史子爲古之史官，然不知在何時。其書隋世已佚，劉知幾《史通》云"《青史》由（曲）綴於街談"者，蓋據《漢志》言之，非逮唐而復出也。遺文今存三事，皆言禮，亦不知當時何以入小説。

古者胎教，王后腹之七月而就宴室，太史持銅而御户左，太宰持斗而御户右，太卜持蓍龜而御堂下，諸官皆以其職御於門内。比及三月者，王后所求聲音非禮樂，則太史緼瑟而稱不習，所求滋味者非正味，則太宰倚斗而不敢煎調，而言曰："不敢以待王太子。"太子生而泣，太史吹銅曰"聲中某律"，太宰曰"滋味上某"，太卜曰"命云某"。然後爲王太子懸弧之禮義。……（《大戴禮記·保傅篇》，賈誼《新書·胎教十事》。）

古者年八歲而出就外舍，學小藝焉，履小節焉；束髮而就大學，學大藝焉，履大節焉。居則習禮文，行則鳴珮玉，升車則聞和鸞之聲，是以非僻之心無自入也。……古之爲路車也，蓋圓以象天，二十八橑以象列星，軫方以象地，三十輻以象月。故仰則觀天文，俯則察地理，前視則睹鸞和之聲，側聽則觀四時之運：此巾車教之道也。（《大戴禮記·保傅篇》）

鷄者，東方之畜也。歲終更始，辨秩東作，萬物觸户而出，故以鷄祀祭也。（《風俗通義》八）（上海古籍出版社，1998年）

蔣伯潛《諸子通考》下編《諸子著述考·縱横家農家小説家之書》：

《青史子》五十七篇。自注曰："古史官記事也。"周壽昌曰："案賈執《姓氏英賢録》云：'晋太史董狐之子，受封青史之田，因氏焉。'"王應麟曰："《風俗通義》引《青史子書》。《大戴禮·保傅氏》：'青史氏之《記》曰："古者胎教……"云。'"《隋志》：梁有《青史子》一卷。《文心雕龍》曰："《青史》曲綴於街談。"（并見《漢書補注》引。）馬國翰有輯本。并見近人丁福保之《佚禮扶微》中。（浙江古籍出版社，1985年）

案：青史子爲何時人，無載籍可考。《通志·氏族略》引賈執《姓氏英賢録》云："晋太史董狐之子受封青史之田，因氏焉。"似乎青史子爲晋太史董狐之後。然遍查先秦典籍，并無相關記載。漢應劭《風俗通義·姓氏篇》，南朝何承天《姓苑》、王僧孺《百家譜》亦不見記載，不知賈執何據。蓋《漢書·藝文志》注云"古史官記事也"，而晋太史董狐爲春秋時期著名史官，賈氏故生此聯想，亦未可知。

《青史子》，《漢書·藝文志》諸子略小説家著録五十七篇，班固注曰："古史官記事也。"此書漢初賈誼《新書》、《大戴禮記》均引作青史氏之

《記》，是關於“胎教”的。應劭《風俗通義》引作《青史子》，是關於“以鷄祀祭”的。其成書至遲不晚於西漢初年。現存三則佚文，兩則是胎教，一則是祀祭，其内容或爲古史所記禮典。既然其總量有五十七篇之多，很可能還有其他内容。孫奕《示兒編》引應劭《風俗通》曰“青史善著書”，似即指此書而言。《文心雕龍·諸子篇》云：“青史曲綴以街談。”或即其他内容中之駁雜者而言。今所存三則，其言甚典，以至章學誠以爲不當入小説家，然此亦可見漢代小説之特點。《隋書·經籍志》載：“梁有《青史子》一卷，亡。”則此書從漢至梁，五十七篇之作僅剩一卷之殘，而此一卷於梁、隋間又亡矣。魯迅《古小説鉤沉》從《新書》《大戴禮記》《風俗通義》輯得《青史子》佚文三則，而原文説明出自《青史子》或青史氏之《記》者實際衹有“古者胎教”和“以鷄祀祭”二則，《大戴禮記》所云“巾車教”一則并未説明引自《青史子》，儘管它緊接“古之胎教”一則後，但并非言胎教，語義亦不連續，故是否即《青史子》佚文，尚存疑問。考懸弧之禮，《禮記·内則》云：“國君世子生，告於君，接以大牢，宰掌具。三日，卜士負之，吉者宿齊，朝服寢門外，詩負之。射人以桑弧蓬矢六，射天地四方，保受乃負之。宰醴負子，賜之束帛。卜士之妻，大夫之妾，使食子。”《禮記·射義》亦云：“故男子生，桑弧，蓬矢六，以射天地四方。天地四方者，男子之所有事也。故必先有志於其所有事，然後敢用穀也，飯食之謂也。”《文選》卷二十九棗據《雜詩》：“士生則懸弧，有事在四方。”可見懸弧確是古代男子出生後禮儀之一。而《青史子》之不同有二：一是將射“天地四方”改成射東、南、西、北、中央“五方”；二是將六枝“桑弧蓬矢”改成與五方配合之梧弧、柳弧、桑弧、棘弧、棗弧，同時還配上五方之牲。因此，《青史子》雖談禮儀，却并不規範，有道聽途説之嫌。此或是《漢志》將其列入小説家之原因。五方、五木、五牲等，可能與秦漢時五色、五帝、五德有關。將五帝與五色、五方相配合，在漢初已經完成。而五帝各有其名字，則出於漢代讖緯家，《春秋緯·文耀鉤》所説最詳。古時朝代更替要改正朔，易服色，變犧牲，殊徽號，異器制。傳説中五方之帝自然也有不同服色、犧牲、徽號、器制，此或是五方五帝配五木、五牲之由。如《樂府詩集》卷四載《青帝雲門舞》云：“甲在日，鳥在星。禮東後，奠蒼君。樹春旗，命青史。候雁還，東風起。歌木德，舞震宫。四濱石，龍門祠。孟之月，陽之天。億斯慶，兆斯年。”“蒼君”即青帝，一名蒼帝。與青帝相伴者有春旗、青史、候雁、東風等，故此“青史”即指青帝之史。同卷《赤帝雲門舞》云：“純陽之月樂炎精，赤雀丹書飛送迎。”赤帝有“赤雀丹書”，青帝有“春旗青史”，正相對應。因青帝與東方、青色、春天聯繫在一起，故而有春旗、青史之稱。而青史既可以指其史書，亦可指其史臣，即青史子。因此，頗疑《青史子》乃托青帝史官之稱，所記大概與五方之帝的民間信仰相關，其“五方之射”和“以鷄祀祭”也可以作爲證明，《漢志》著録入小説家，宜也。魯迅《古小説鈎沉》輯有三條；清人馬國翰有輯本，一卷。

師曠

黄懷信等《逸周書彙校集注》卷九《太子晋解》：

晋平公使叔譽於周，見太子晋而與之言。五稱而五窮，逡巡而退，其不遂。歸告□曰："太子晋行年十五，而臣弗能與言。君請歸聲就、復與田。若不反，及有天下，將以爲誅。"平公將歸之，師曠不可，曰："請使瞑臣往與之言，若能幪予，反而復之。"［（集注）孔晁云：師曠，晋大夫。無目，故稱瞑。幪，復也。度謀還與否也。］師曠見太子，稱曰："吾聞王子之語高於泰山，夜寢不寐，晝居不安，不遠長道，而求一言。"王子應之曰："吾聞太師將來，甚喜而又懼。吾年甚少，見子而懾，盡忘吾其度。"師曠曰："吾聞王子，古之君子，甚成不驕，自晋始如周，行不知勞。"王子應之曰："古之君子，其行至慎；天下施關，道路無限。百姓悦之，相將而遠；遠人來歡，視道如尺。"師曠告善。又稱曰："古之君子，其行可則。由舜而下，其孰有廣德？"王子應之曰："如舜者天。舜居其所，以利天下，奉翼遠人，皆得己仁。此之謂天。如禹者聖。勞而不居，以利天下，好取不好與，必度其正，是謂之聖。如文王者，其大道仁，其小道惠。三分天下，而有其二，敬人無方，服事於商。既有其衆，而返失其身。此之謂仁。如武王者義。殺一人而以利天下，異姓、同姓各得之謂義。"師曠告善，又稱曰："宣辦各命，異姓惡方，王侯君公，何以爲尊，何以爲上？"王子應之曰："人生而重丈夫，謂之胄子；胄子成人，能治上官，謂之士；士率衆時作，謂之曰伯；伯能移善於衆，與百姓同，謂之公；公能樹名與物天道俱，謂之侯；侯能成群，謂之君；君有廣德，分任諸侯而敦信，曰予一人。善至於四海，曰天子；達於四荒，曰天王；四荒至，莫有怨訾，乃登爲帝。"師曠罄然，又稱曰："温恭敦敏，方德不改，聞物□□，下學以起，尚登帝臣，乃參天子，自古誰？"王子應之曰："穆穆虞舜，明明赫赫，立義治律，萬物皆作，分均天財，萬物熙熙，非舜而誰能？"師曠東躅其足曰："善哉！善哉！"王子曰："太師何舉足驟？"師曠曰："天寒足躅，是以數也。"王子曰："請入坐。"遂敷席注瑟。師曠歌《無射》曰："國誠寧矣，遠人來觀。修義經矣，好樂無荒。"乃注瑟於王子。王子歌《嶠》曰："何自南極，至於北極，絶境越國，弗愁道遠？"師曠蹶然起曰："瞑臣請歸！"王子賜之乘車四馬，曰："太師亦善御之？"師曠對曰："御，吾未之學也。"王子曰："汝不爲夫《詩》？《詩》云‘馬之剛矣，轡之柔矣。馬亦不剛，轡亦不柔。志氣麃麃，取予不疑’。以是御之。”師曠對曰：“瞑臣無見，爲人辯也，唯耳之恃，而耳又寡聞而易窮。王子，汝將爲天下宗乎！”王子曰：“太師，何汝賤我乎？自太昊以下，至於堯、舜、禹，未有一姓而再有天下者。夫人當時而不伐，天何可得？且吾聞汝之人年長短，告吾。”師曠對曰：“汝聲清汗，汝色赤白。火色不壽。”王子曰：“吾後三年上賓於帝所，汝慎無言，□將及汝。”師曠歸，未及三年，告死者至。（上海古籍出版社，2007年）

王利器《文子疏義》卷第二《精誠》“老子曰冬日之陽”條：

老子曰：“冬日之陽，夏日之陰，萬物歸之，而莫之使，極自然。至精之感，弗召自來，不去而往，窈窈冥冥，不知所爲者而功自成。……皋陶喑而爲大理，天下無虐刑，何貴乎言者也。師曠瞽而爲太宰，晋國無亂政，何貴乎見者也。不言之令，不視之見，聖人所以爲師也。……”

同上，卷第十二《上禮》“老子曰古者”條：

老子曰：“古者，被髮而無卷領以王天下，其德生而不殺，與而不奪，天下非其服，同懷其德。……五帝異道而德覆天下，三王殊事而名施後世，因時而變者也。譬猶師曠之調五音也，所推移上下，無常尺寸以度，而靡不中者。故通於樂之情者能作，言有本主於中，而知規矩鉤繩之所用者能治人。……”（中華書局，2000年）

朱熹《孟子集注》卷七《離婁章句上》：

孟子曰：“離婁之明，公輸子之巧，不以規矩，不能成方員；師曠之聰，不以六律，不能正五音；堯舜之道，不以仁政，不能平治天下。（師曠，晋之樂師，知音者也。）……”

同上，卷十一《告子章句上》：

孟子曰：“……至於味，天下期於易牙，是天下之口相似也。惟耳亦然。至於聲，天下期於師曠，是天下之耳相似也。（師曠，能審音者也。言師曠所和之音，則天下皆以爲美也。）惟目亦然。至於子都，天下莫不知其姣也。不知子都之姣者，無目者也。……”（中華書局，1983年）

楊伯峻《列子集釋》卷第五《湯問篇》：

江浦之間生麽蟲，其名曰焦螟，群飛而集於蚊睫，弗相觸也。棲宿去來，蚊弗覺也。離朱、子羽方晝拭眥揚眉而望之，弗見其形；䶠俞、師曠方夜擿耳俛首而聽之，（《釋文》云：䶠俞、師曠，皆古之聰耳人也。擿音惕。俛音免。）弗聞其聲。（注：師曠，晋平公時人，夏革無緣得稱之，此後著書記事者潤益其辭耳。夫用心智賴耳目以視聽者，未能見至微之物也。）……

瓠巴鼓琴而鳥舞魚躍，鄭師文聞之，棄家從師襄游。柱指鈞弦，三年不成章。師襄曰："子可以歸矣。"師文捨其琴，嘆曰："文非弦之不能鈞，非章之不能成。文所存者不在弦，所志者不在聲。内不得於心，外不應於器，故不敢發手而動弦。且小假之，以觀其後。"無幾何，復見師襄。師襄曰："子之琴何如？"師文曰："得之矣。請嘗試之。"於是當春而叩商弦以召南吕，凉風忽至，草木成實。及秋而叩角弦以激夾鐘，温風徐回，草木發榮。當夏而叩羽弦以召黄鐘，霜雪交下，川池暴沍。及冬而叩徵弦以激蕤賓，陽光熾烈，堅冰立散。將終，命宮而總四弦，則景風翔，慶雲浮，甘露降，澧泉涌。師襄乃撫心高蹈曰："微矣子之彈也！雖師曠之清角，（注：師曠爲晋平公奏清角，一奏之，有白雲從西北起；再奏之，大風至而雨隨之；三奏之，裂帷幕，破俎豆，飛廊瓦，左右皆奔走，平公恐伏，晋國大旱，赤地三年。平公得聲者或吉或凶也。）鄒衍之吹律，亡以加之。彼將挾琴執管而從子之後耳！"（中華書局，1979年）

郭慶藩《莊子集釋》卷一《齊物論》：

是非之彰也，道之所以虧也。道之所以虧，愛之所以成。果且有成與虧乎哉？果且無成與虧乎哉？有成與虧，故昭氏之鼓琴也；無成與虧，故昭氏之不鼓琴也。昭文之鼓琴也，師曠之枝策也，惠子之據梧也，三子之知幾乎，[（注）幾，盡也。夫三子者，皆欲辨非己所以明以明之，故知盡慮窮，形勞神倦，或枝策假寐，或據梧而瞑。（疏）師曠，字子野，晋平公樂師，甚知音律。支，柱也。策，打鼓枝（杖）也，亦言擊節枝（杖）也。梧，琴也；今謂不爾。昭文已能鼓琴，何容二人共同一伎？况檢典籍，無惠子善琴之文。而言據梧者，祇是以梧几而據之談説，猶隱几者也。幾，盡也。昭文善能鼓琴，師曠妙知音律，惠施好談名理。而三子之性，禀自天然，各以己能明示於世。世既不悟，己又疲怠，遂使柱策假寐，或復憑几而瞑。三子之能，咸盡於此。（釋文）"枝策"，司馬云：枝，柱也。策，杖也。崔云：舉杖以擊節。"據梧"音吾。司馬云：梧，琴也。崔云：琴瑟也。"之知"音智。"而瞑"亡千反。]皆其盛者也，故載之末年。唯其好之也以異於彼，其好之也欲以明之。彼非所明而明之，故以堅白之昧終。而其子又以文之綸終，終身無成。若是而可謂成乎？雖我亦成也。若是而不可謂成乎？物與我無成也。

同上，卷四《駢拇》：

是故駢於明者，亂五色，淫文章，青黄黼黻之煌煌非乎？而離朱是已。多於聰者，亂五聲，淫六律，金石絲竹黄鐘大吕之聲非乎？而師曠是已。［（注）夫有耳目者，未嘗以慕聾盲自困也，所困常在於希離慕曠，則離、曠雖性聰明，乃是亂耳目之主也。（疏）五聲，謂宫、商、角、徵、羽也。六律，黄鐘、大吕、姑洗、蕤賓、無射、夾鐘之徒是也。六律陽，六吕陰，總十二也。金、石、絲、竹、匏、土、革、木，此八音也。非乎，言滯著此聲音，豈非是師曠乎。師曠，字子野，晋平公樂師，極知音律。言離、曠二子素分聰明，庸昧之徒横生希慕，既失本性，寧不困乎!然則離、曠聰明，乃是亂耳目之主也。（釋文）“五聲”本亦作五音。“師曠”司馬云：晋賢大夫也，善音律，能致鬼神。《史記》云：冀州南和人，生而無目。］枝於仁者，擢德塞性以收名聲，使天下簧鼓以奉不及之法非乎？而曾、史是已。駢於辯者，纍瓦結繩竄句，游心於堅白同異之間，而敝跬譽無用之言非乎？而楊、墨是已。故此皆多駢旁枝之道，非天下之至正也。

且夫屬其性乎仁義者，雖通如曾、史，非吾所謂臧也；屬其性於五味，雖通如俞兒，非吾所謂臧也；屬其性乎五聲，雖通如師曠，非吾所謂聰也；屬其性乎五色，雖通如離朱，非吾所謂明也。［（注）不付之於我而屬之於彼，則雖通之如彼，而我已喪矣。故各任其耳目之用，而不係於離、曠，乃聰明也。（疏）夫離朱、師曠，禀分聰明，率性而能，非關學致。今乃矯性僞情，捨己效物，雖然通達，未足稱善也。］吾所謂臧者，非仁義之謂也，臧於其德而已矣；吾所謂臧者，非所謂仁義之謂也，任其性命之情而已矣；吾所謂聰者，非謂其聞彼也，自聞而已矣；吾所謂明者，非謂其見彼也，自見而已矣。

同上，《胠篋》：

故絶聖棄知，大盗乃止；擿玉毁珠，小盗不起；焚符破璽，而民樸鄙；掊斗折衡，而民不争；殫殘天下之聖法，而民始可與論議。擢亂六律，鑠絶竽瑟，塞瞽曠之耳，而天下始人含其聰矣；滅文章，散五采，膠離朱之目，而天下始人含其明矣；［（注）夫聲色離、曠，有耳目者之所貴也。受生有分，而以所貴引之，則性命喪矣。若乃毁其所貴，棄彼任我，則聰明各全，人含其真也。（疏）擢，拔也。鑠，消也。竽形與笙相似，并布管於匏内，施簧於管端。瑟長八尺一寸，闊一尺八寸，二十七弦，伏犧造也。夫耳淫宫徵，慕師曠之聰；目滯玄黄，希離朱之視；所以心神奔馳，耳目竭喪。既而拔管絶弦，消經絶緯；毁《黄華》之曲，棄《白雪》之歌；滅黼黻之文，散紅紫之采。故膠離朱之目，除矯效之端；塞瞽曠之耳，去亂群之帥。然後人皆自得，物無喪我，極耳之所聽而反聽無聲，恣目之能視而内視無色，天機自張，無爲之至也，豈有明暗優劣於其間哉！是以天下和平，萬物同德。

率己聞見，故人含其聰明。含，懷養也。（釋文）“鑠絶”郭李詩灼反，向徐音藥。崔云：燒斷之也。“竽”徐音于。“瑟”本亦作笙。“塞瞽曠”崔本作杜，云：塞也。盧文弨曰：今本無瞽字。“膠”音交，徐古孝反。“喪矣”息浪反。］毁絶鉤繩而棄規矩，攦工倕之指，而天下始人有其巧矣。故曰“大巧若拙”。削曾、史之行，鉗楊、墨之口，攘棄仁義，而天下之德始玄同矣。彼人含其明，則天下不鑠矣；人含其聰，則天下不累矣；人含其知，則天下不惑矣；人含其德，則天下不僻矣。彼曾、史、楊、墨、師曠、工倕、離朱，皆外立其德而以爚亂天下者也，法之無所用也。（中華書局，2011年）

杜預注、孔穎達疏《春秋左傳正義》卷三十二《襄公十四年》：

師曠侍於晋侯。（師曠，晋樂大師子野。）晋侯曰：“衛人出其君，不亦甚乎？”對曰：“或者其君實甚。良君將賞善而刑淫，養民如子，蓋之如天，容之如地。民奉其君，愛之如父母，仰之如日月，敬之如神明，畏之如雷霆，其可出乎？夫君，神之主而民之望也。若困民之主，匱神乏祀，百姓絶望，社稷無主，將安用之？弗去何爲？天生民而立之君，使司牧之，勿使失性。有君而爲之貳，（貳，卿佐。）使師保之，勿使過度。是故天子有公，諸侯有卿，卿置側室，（側室，支子之官。）大夫有貳宗，士有朋友，庶人、工、商、皂、隸、牧、圉皆有親昵，以相輔佐也。善則賞之，（賞謂宣揚。）過則匡之，（匡，正也。）患則救之，（救其難也。）失則革之。（革，更也。）自王以下，各有父兄子弟，以補察其政。（補其愆過，察其得失。）史爲書，（謂大史君舉則書。）瞽爲詩，（瞽盲者爲詩以風刺。）工誦箴諫，［工，樂人也，誦箴諫之辭。（疏）正義曰：《儀禮》通謂樂人爲工，工亦瞽也。詩辭自是箴諫，而箴諫之辭或有非詩者，如《虞箴》之類，其文似詩而别，且諫者萬端，非獨詩箴而已。詩必播之於樂，餘或直誦其言，與歌誦小别，故使工瞽異文也。《周語》云：“師箴瞍賦矇誦。”亦是因事而異文耳。］大夫規誨，［規正諫誨其君。（疏）正義曰：規亦諫也。鄭玄《詩箋》云：規者正圓之器，以恩親正君曰規。然則物有不圓者，規之使圓；行有不周者，正之使備，猶規正物然，故云規正諫誨其君也。］士傳言，（士卑不得徑達，聞君過失，傳告大夫。）庶人謗，［庶人不與政，聞君過，則誹謗。（疏）正義曰：庶人卑賤，不與政教，聞君過失，不得諫争，得在外誹謗之。謗，謂言其過失，使在上聞之而自改，亦是諫之類也。］商旅於市，（旅，陳也。陳其貨物，以示時所貴尚。）百工獻藝。（獻其技藝，以喻政事。）故《夏書》曰：‘遒人以木鐸徇於路，（《逸書》遒人，行人之官也。木鐸，木舌金鈴。徇於路，求歌謡之言。）官師相規，（官師大夫，自相規諫。）工執藝事以諫。（所謂獻藝。）’正月孟春，於是乎有之，諫失常也。（有遒人徇路之事。）天之愛民甚矣，豈其使一人肆於民上，

（肆，放也。）以從其淫，而棄天地之性？必不然矣。”（《傳》善師曠能因問盡言。）

同上，卷三十三《襄公十八年》：

丙寅晦，齊師夜遁。師曠告晉侯曰：“鳥烏之聲樂，齊師其遁。”（鳥烏得空營，故樂也。）邢伯告中行伯曰：“有班馬之聲，（夜遁，馬不相見，故鳴班别也。）齊師其遁。”叔向告晉侯曰：“城上有烏，齊師其遁。”十一月丁卯朔，入平陰，遂從齊師。

晉人聞有楚師，師曠曰：“不害。吾驟歌北風，又歌南風；南風不競，（歌者吹律以咏八風，南風音微，故曰不競也。師曠唯歌南北風者，聽晉楚之强弱。）多死聲。楚必無功。”董叔曰：“天道多在西北，（歲在豕韋，月又建亥，故曰多在西北。）南師不時，必無功。”叔向曰：“在其君之德也。”（言天時地利不如人和。）

同上，卷三十七《襄公二十六年》：

二十六年春，秦伯之弟鍼如晉修成，叔向命召行人子員。行人子朱曰：“朱也當御。”三云，叔向不應。子朱怒，曰：“班爵同，何以黜朱於朝？”撫劍從之。叔向曰：“秦、晉不和久矣！今日之事，幸而集，晉國賴之。不集，三軍暴骨。子員道二國之言無私，子常易之。奸以事君者，吾所能御也。”拂衣從之。（拂衣搴裳也。）人救之。平公曰：“晉其庶乎！吾臣之所争者大。”師曠曰：“公室懼卑。臣不心競而力争。（謂二子不心競爲忠而撫劍拂衣。）不務德而争善，（争謂所行爲善。）私欲已侈，能無卑乎？”（私欲侈則公義廢。）

同上，卷四十《襄公三十年》：

三月癸未，晉悼夫人食輿人之城杞者。（輿，衆也。城杞在往年。）絳縣人或年長矣，無子，而往與於食。有與疑年，使之年。（使言其年。）曰：“臣小人也，不知紀年。臣生之歲，正月甲子朔，四百有四十五，甲子矣。其季於今，三之一也。”（所稱正月謂夏正月也。三分六甲之一得甲子甲戌盡癸未。）吏走問諸朝。（皆不知，故問之。）師曠曰：“魯叔仲惠伯會郤成子於承匡之歲也。［在文子一年。（疏）正義曰：劉炫云：傳之叙事自可以魯爲主，若載人語，則當如其本言。此師曠晉人自道晉事，當云郤成子會魯叔仲惠伯，所以云叔仲惠伯會郤成子於承匡之歲者，丘明意在以魯爲主，遂使此言反耳。丘明尚不免於此，况後解説者乎？今知非者，凡魯史所記云公卿會某侯者，皆據公卿往會他，若他來會我，則以他爲文，君衛侯會公於遝、鄭伯會公於棐是也。今郤成子在承匡，魯往會之，以晋爲主，晋人之言正是其宜。劉炫以爲晋人不當稱叔仲惠伯會郤成子，以爲丘明之誤，恐非也。］是歲也，狄伐魯。叔孫莊叔於是乎敗狄於鹹，獲長狄僑如，及虺也豹也，而皆以名其子。七十三年矣。”［叔孫僑如、叔孫豹皆取長狄名。（疏）正義曰：敗狄於鹹事在彼歲，未必其年頓生三子。當是欲表其功，雖在後生子，追以前事名之。］史趙曰：“亥有二首六身，下二如身，是其日數也。”士文伯曰：“然則二萬二千六百有六旬也。”趙孟問其縣大夫，則其屬也。召之而謝過焉，曰：“武不才，任君之大事，以晋國之多虞，不能由吾子，使吾子辱在泥塗久矣，武之罪也。敢謝不才。”遂仕之，使助爲政。辭以老。與之田，使爲君復陶，以爲絳縣師，而廢其輿尉。

於是魯使者在晋，歸以語諸大夫。季武子曰：“晋未可媮也。（媮，薄也。）有趙孟以爲大夫，有伯瑕以爲佐，有史趙、師曠而咨度焉，有叔向、女齊以師保其君。其朝多君子，其庸可媮乎！勉事之而後可。”（《傳》言晋所以强，不失諸侯，且明歷也。）

同上，卷四十四《昭公八年》：

八年春，石言於晋魏榆。晋侯問於師曠曰：“石何故言？”對曰：“石不能言，或馮焉。（謂有精神馮依石而言。）不然，民聽濫也。［濫，失也。（疏）正義曰：或民聽濫失實，無言而妄稱有言也。］抑臣又聞之曰（抑，疑辭。）：‘作事不時，怨讟動於民，則有非言之物而言。’今宫室崇侈，民力彫盡，（彫，傷也。）怨讟并作，莫保其性。（性，命也。民不敢自保其性命。）石言，不亦宜乎？”於是晋侯方築虒祁之宫。（虒祁，地名，在絳西四十里，臨汾水。）叔向曰：“子野之言，君子哉！（子野，師曠字。）君子之言，信而有徵，故怨遠於其身。（怨咎遠其身也。）小人之言，僭而無徵，故怨咎及之。《詩》曰：‘哀哉不能言，匪舌是出，唯躬是瘁。哿矣能言，巧言如流，俾躬處休。’其是之謂乎！是宫也成，諸侯必叛，君必有咎，夫子知之矣。”（爲十年晋侯彪卒傳。）

同上，卷四十五《昭公九年》：

晋荀盈如齊逆女，（自爲逆。）還，六月，卒於戲陽。（魏郡内黄縣北有戲陽城。）殯於絳，未葬。晋侯飲酒樂。膳宰屠蒯趨入，請佐公使尊。（公之使人執尊酌酒，請爲之佐。）許之。（公許之。）而遂酌以飲工，［工，樂師師曠也。（疏）正義曰：《禮記・檀弓》説此事云：“鄭悼子卒，未葬。平公飲酒，師曠、李調侍。”知工即師曠也，外嬖叔即李調也。］曰：“女爲君耳，將司聰也。［樂所以聰耳。（疏）正義曰：樂以和心，聲從耳入，故樂者所以聰耳。大師掌樂務，使君聰，故爲君耳將司聰也。］辰在子卯，謂之疾日。（疾，惡也。紂以甲子喪，桀以乙卯亡，故國君以爲忌日。）君徹宴樂，學人捨業，爲疾故也。君之卿佐，是爲股肱。股肱或虧，何痛如之？（言痛疾過於忌日。）女弗聞而樂，是不聰也。”（不聞是義而作樂。）又飲外嬖嬖叔，（外都大夫之嬖者。）曰：“女爲君目，將司明也。（職在外，故主視。）服以旌禮，（旌，表也。）禮以行事，（事，政令。）事有其物，（物，類也。）物有其容。（容，貌也。）今君之容，非其物也，（有卿佐之，喪而作樂歡會，故曰非其物。）而女不見，是不明也。”亦自飲也，曰：“味以行氣，氣以實志，（氣和則志充。）志以定言，（在心爲志，發口爲言。）言以出令。臣實司味，二御失官，而君弗命，臣之罪也。”［工與嬖叔侍御，君者失官，不聰明。（疏）正義曰：調和飲食之味以養之，所以行人氣也。氣得和順，所以充人志也。志意充滿，慮之於心，所以定言語也。詳審言語，宜之於口，所以出號令也。臣實主掌食味，今工師不聽，叔也不明，二侍御者并失其官，而君不出令以罪之，必是食味失宜，是臣之罪也。］公説，徹酒。初，公欲廢知氏而立其外嬖，爲是悛而止。［説，音悦。知，音智。（疏）正義曰：公心欲廢知氏，故輕悼子之喪，不廢飲酒。得蒯以禮責之，乃知君臣義重，其禮不可輒廢，爲是悛而止。悛，改也，改革前意也。《禮記》記此事，飲酒事同，而其言盡别。《記》是傳聞，故與此異。二者必有一謬，當《傳》實而《記》虛也。］秋八月，使荀躒佐下軍以説焉。（躒，荀盈之子知文子也，佐下軍，代父也。説，自解説。）（《十三經注疏》本，中華書局，1980年）

徐元誥《國語集釋》卷十四《晋語八》：

平公説新聲，（説，樂也。新聲者，衛靈公將如晋，舍於濮水之上，聞琴聲焉甚哀，使師涓以琴寫之。至晋，爲平公鼓之，師曠撫其手而止之曰：“止！此亡國之音也。昔師延爲紂作靡靡之樂，後而自沈於濮水之中，聞此聲者，必於濮於之上乎！”）師曠曰：“公室其將卑乎！（師曠，晋主樂大師子野。）君之明兆於衰矣。（兆，形也。《太平御覽·樂部七》引《國語》如是。）夫樂以開山川之風也，以耀德於廣遠也。風德以廣之，風山川以遠之，風物以聽之，修詩以咏之，修禮以節之。夫德廣遠而有時節，是以遠服而邇不遷。”

秦景公使其弟鍼來求成，（景公，秦穆公之玄孫、桓公之子。鍼，後子伯車也。在魯襄二十六年。）叔向命召行人子員。行人子朱曰：“朱也在此。”叔向曰：“召子員。”子朱曰：“朱也當御。”叔向曰：“肸也欲子員之對客也。”子朱怒曰：“皆君之臣也，班爵同，何以黜朱也？”撫劍就之。叔向曰：“秦晋不和久矣，今日之事幸而集，（集，成也。）子孫饗之。（饗，饗其福。饗，或爲“賴”。）不集，三軍之士暴骨。（必復戰國。）夫子員導賓主之言無私，子常易之。（易，變也。）奸以事君者，吾所能御也。”拂衣從之。（拂，褰也。元誥按：從，謂從子朱之劍。）人救之。平公聞之曰："晋其庶乎，（庶幾於興。）吾臣之所争者大。"師曠侍，曰："公室懼卑，其臣不心競而力争。"（中華書局，2002年）

王先謙《荀子集解》卷十九《大略篇》：

天下之人，唯各特意哉，然而有所共予也。（特意，謂人人殊意。予，讀爲與。盧文弨曰："唯"，元刻作"雖"。王念孫曰："唯"，即"雖"字，説見《經義述聞》桓十四年《穀梁傳》。）言味者予易牙，言音者予師曠，言治者予三王。（易牙，齊桓公宰夫，知味者。師曠，晋平公樂師，知音者。）三王既已定法度、制禮樂而傳之，有不用而改自作，何以異於變易牙之和、更師曠之律？無三王之法，天下不待亡，國不待死。飲而不食者，蟬也；不飲不食者，浮蝣也。（《新編諸子集成》本，中華書局，1988年）

韓非著，王先慎集解《韓非子集解》卷三《十過》：

奚謂好音？昔者，衛靈公將之晋，至濮水之上，税車而放馬，設舍以宿。夜分，而聞鼓新聲者而説之，使人問左右，盡報弗聞。乃召師涓而告之曰："有鼓新聲者，使人問左右，盡報弗聞，其狀似鬼神，子爲我聽而寫之。"（先慎曰：各本無"我"字。《史記·樂書》、《論衡·紀妖篇》、《御覽》五百七十九引有"我"字，今據補。）師涓曰："諾。"因静坐撫琴而寫之。（先慎曰：《初學記》十五引"琴"作"瑟"。）師涓明日報曰："臣得之矣，而未習也，請復一宿習之。"靈公曰："諾。"因復留宿，明日而習之，遂去之晋。晋平公觴之於施夷之臺，（盧文弨曰：似即《左傳》所云"虒祁之宫"。顧廣圻曰：《史記》"夷"作"惠"。《正義》曰："一本'虒祁之宫'。"先慎曰：《御覽》引此作"虒祁之臺"，《事類賦》十一引"虒祈"二字倒。）酒酣，靈公起曰：（王念孫曰：舊本"曰"上衍"公"字，今據《論衡》删。顧廣圻曰："起"下有脱字。先慎曰：《史記》無"起公"二字，彼删"起"字，此衍"公"字，惟《論衡》不誤。顧氏不知"公"字衍文，故疑有脱字，今依王删。）"有新聲，願請以示。"平公曰："善。"乃召師涓，令坐師曠之旁，援琴鼓之。（先慎曰：《拾補》"鼓"下旁注"撫"字。盧文弨曰："撫"，《藏》本作"鼓"。先慎案：趙本"鼓"作"撫"。案"撫"字涉下而誤，《史記》《論衡》均作"鼓"。《御覽》、《藝文類聚》四十一引亦作"鼓"。）未終，師曠撫止之，（先慎曰：《史記》《論衡》"止"上有"而"字。）曰："此亡國之聲，不可遂也。"（王先謙曰："遂"，竟也。謂終曲。）平公曰："此道奚出？"（王念孫曰："此道奚出"，本作"此奚道出"。"道"者，由也。言此聲何由出也。《史記》作"是何道出"，《論衡》作“此何道出”，皆其明證矣。《孤憤篇》“法術之士奚道得進”，《晏子春秋·雜篇》“景公問魯昭公曰‘君何年之少而棄國之蚤，奚道至於此乎’”，《呂氏春秋·有度篇》“客問季子曰‘若雖知之，奚道知其不爲私’”，《史記·趙世家》“簡子曰‘此其母賤翟婢也，奚道貴哉’”，義并與此同。今作“此道奚出”者，後人不知“道”字之義而妄改之耳。）師曠曰：“此師延之所作，與紂爲靡靡之樂也。及武王伐紂，師延東走，至於濮水而自投，故聞此聲者必於濮水之上。先聞此聲者其國必削，不可遂。”平公曰：“寡人所好者音也，（盧文弨曰：“也”字，《藏》本無。）子其使遂之。”師涓鼓究之。平公問師曠曰：（先慎曰：乾道本“曠”作“涓”。顧廣圻云：今本“涓”作“曠”。先慎案：上下文均作“曠”，《藝文類聚》九十引正作“曠”，今據改。）“此所謂何聲也？”師曠曰：“此所謂清商也。”公曰：“清商固最悲乎？”師曠曰：“不如清徵。”公曰：“清徵可得而聞乎？”師曠曰：“不可。古之聽清徵者，皆有德義之君也。（先慎曰：《藝文類聚》引“聽”上有“得”字。）今吾君德薄，不足以聽。”平公曰：“寡人之所好者音也，願試聽之。”（盧文弨曰：“試”，黄本作“示”。先慎曰：《藝文類聚》、《御覽》引并同黄本“試”作“示”，誤。又《藝文類聚》九十、《御覽》九百一十六引作“得試之乎”，亦非原文。）師曠不得已，援琴而鼓。一奏之，有玄鶴二八（先慎曰：《事類賦》十一引脱“八”字，《藝文類聚》與此同。）道（從也。）南方來，集於郎門之垝；（“郎”“廊”同。“垝”，與《禮記·喪大記》“中屋履危”之“危”同。顧廣圻曰：“垝”，他書又作“危”。先慎曰：《藝文類聚》九十作“道南方來，集於郭門之扈”，《事類賦》引“道”作“自”，“郎”作“郭”，“垝”作“邑”，又九百一十六引作“廟門之扈”；《論衡》作“郭門之上危”。案“郭”爲“郎”之誤，“廟”爲“廊”之誤，“邑”“扈”并“危”之誤。本書作“垝”，疑本是“上危”二字，校者誤改并爲一字。《史記·魏世家》：“痤因上屋騎危。”“危”在上，故曰“上危”，即後世所謂屋山，俗稱屋脊。）再奏之，而列；（盧文弨曰：“而”下《風俗通義·聲音篇》有“成”字。先慎曰：《御覽》九百十六引作“再奏成行而列”。五百七十九引作“成列”，無“而”字。《藝文類聚》引作“再奏而列”。）三奏之，延頸而鳴，舒翼而舞，音中宫商之聲，聲聞於天。平公大説，坐者皆喜。平公提觴而起，爲師曠壽。反坐而問曰：（先慎曰：乾道本無“坐”字。盧文弨云：“坐”字脱，《藏》本、凌本皆有。顧廣圻云：有“坐”字是也，《史記》有。先慎案：《論衡》亦有，今從《藏》本、凌本增。）“音莫悲於清徵乎？”師曠曰：“不如清角。”平公曰：“清角可得而聞乎？”師曠曰：“不可。昔者黄帝合鬼神於西泰山之上，（盧文弨曰：“黄”，《藏》本、張本作“皇”，《文選·赭白馬賦》注引亦作“皇”，古通用。先慎曰：舊本無“西”字。《論衡》、《藝文類聚》、《御覽》七十九、又九百一十五、又九百三十三引“泰山”上有“西”字，今據補。又《御覽》五百七十九及《事類賦》引作“西山”，無“泰”字，脱也。有小泰山稱東泰山，故泰山爲西泰山，淺人妄删“西”字耳。）駕象車而六蛟龍，（先慎曰：《論衡》《事類賦》并無“而”字。）畢方（神名也。）并鎋，（先慎曰：《論衡》“鎋”作“轄”。）蚩尤居前，風伯進掃，（顧廣圻曰：“進”當作“迅”。先慎曰：《論衡》、《御覽》引并作“進”，無作“迅”者，顧説非。《事類賦》引作“清途”，疑後人改之，非《韓子》原文也。）雨師灑道，虎狼在前，鬼神在後，騰蛇伏地，（盧文弨曰：“騰”，《藏》本作“螣”。先慎曰：《事類賦》“騰”作“蟲”。）鳳皇覆上，（先慎曰：《論衡》“鳳皇”作“白雲”。）大合鬼神，作爲清角。今主君德薄，（顧廣圻曰：“主”當作“吾”。先慎曰：《論衡》、《御覽》五百七十九引作“主”。）不足聽之；（先慎曰：《藝文類聚》一百、《事類賦》引“足”下并有“以”字。）聽之，將恐有敗。”平公曰：“寡人老矣，所好者音也，願遂聽之。”師曠不得已而鼓之。一奏，而有玄雲從西北方起；（盧文弨曰：“而”，《藏》本作“之”。先慎曰：“玄雲”，《樂書》作“白雲”，《論衡》、《藝文類聚》四十一、又一百、《事類賦》、《御覽》一百八十五、又五百七十九、八百七十九引無“玄”字，《北堂書鈔》一百九引有。）再奏之，大風至，大雨隨之，裂帷幕，破俎豆，隳廊瓦，（先慎曰：“隳”，《樂書》作“飛”。）坐者散走。平公恐懼，伏於廊室之間。（先慎曰：“室”，《樂書》作“屋”。）晋國大旱，赤地三年。（先慎曰：《事類賦》“三年”作“千里”。）平公之身遂癃病。（先慎曰：乾道本“癃”作“瘙”。盧文弨云：“瘙”，“癃”字之訛，宋本作“癃”。顧廣圻曰：“瘙”，正字作“癃”，《説文》：“罷病也。”先慎案：《論衡》、《藝文類聚》一百引作“癃”，今據改。）故曰：“不務聽治而好五音不已，則窮身之事也。”

同上，卷十三《外儲説右上》：

君所以治臣者有三：（一）勢不足以化則除之。師曠之對，晏子之説，皆合勢之易也，而道行之難，（顧廣圻曰：“合”作“舍”，形近誤。此“舍”與“道”“勢”與“行”皆相對。“行”，去聲讀之。《難一篇》“釋庸主之所易，道堯舜之所難”，又《難二篇》“不出乎莫不然之數，而道乎百無一之行”，句例同。王先謙曰：“道”，由也。“行”，如字，義順，不必讀去聲。）是與獸逐走也，未知除患。患之可除，在子夏之説《春秋》也：“善持勢者，蚤絶其奸萌。”……

右經

（一）賞之譽之不勸，罰之毁之不畏，四者加焉不變，則除之。

齊景公之晋，從平公飲，師曠侍坐。始坐，（先慎曰：乾道本無“始坐”二字。盧文弨云：“張本有。”顧廣圻云：“《藏》本有。”今據補。）景公問政於師曠曰：“太師將奚以教寡人？”師曠曰：“君必惠民而已。”（王先謙曰：以下文例之，句末當有“矣”字。）中坐，酒酣，將出，又復問政於師曠曰：“太師奚以教寡人？”曰：“君必惠民而已矣。”景公出之舍，師曠送之，又問政於師曠。師曠曰：“君必惠民而已矣。”景公歸思，未醒，而得師曠之所謂：（先慎曰：“歸”，謂歸其舍。“未醒”，承上酒酣言，寤寐思之，恍然有得，不待酒醒也。）公子尾、公子夏者，景公之二弟也，甚得齊民，家富貴而民説之，擬於公室，此危吾位者也。今謂我惠民者，使我與二弟争民邪！於是反國，發廩粟以賦衆貧，散府餘財以賜孤寡，（俞樾曰：“餘”字衍文。“散府財”與“發廩粟”相對爲文，不當有“餘”字，涉下文“府無餘財”而衍。）倉無陳粟，府無餘財；宫婦不御者出嫁之，七十受禄米，鬻德惠施於民也。（先慎曰：“惠施”當作“施惠”。）已與二弟争民。（顧廣圻云：今本“争”下有“民”字。“已”，讀爲“以”。盧文弨云：“已”字，張本作“不”。先慎案：“已”“以”古通，顧讀是。“争”下無“民”字，則句意不完，今據今本補。）居二年，二弟出走，公子夏逃楚，公子尾走晋。……

或曰：景公不知用勢，而師曠、晏子不知除患。夫獵者，托車輿之安，用六馬之足，使王良佐轡，則身不勞而易及輕獸矣。今釋車輿之利，捐六馬之足與王良之御，而下走逐獸，則雖樓季之足無時及獸矣。托良馬固車，則臧獲有餘。國者，君之車也；勢者，君之馬也。夫不處勢以禁誅擅愛之臣，而必德厚以與天下齊行以争民，（先慎曰：乾道本“民”作“名”。顧廣圻云：“天”字衍。《藏》本“名”作“民”，是也。見本書《難三篇》。先慎案：顧説是。《拾補》亦作“民”，今據改。）是皆不乘君之車，不因馬之利，釋車而下走者也。故曰：景公不知用勢之主也，而師曠、晏子不知除患之臣也。

同上，卷十五《難一》：

晋平公與群臣飲，飲酣，乃喟然嘆曰：“莫樂爲人君！惟其言而莫之違。”師曠侍坐於前，援琴撞之，公披衽而避，琴壞於壁。公曰：“太師誰撞？”師曠曰：“今者有小人言於側者，故撞之。”公曰：“寡人也。”師曠曰：“啞！（嘆息之聲。）是非君人者之言也。”左右請除之。（盧文弨曰：“除”當作“塗”，《淮南·齊俗訓》作“欲塗”。）公曰：“釋之，以爲寡人戒。”（先慎曰：《淮南子》此下有“孔子聞之曰：‘平公非不痛其體也，欲來諫者也。’韓子聞之曰：‘群臣失禮而弗誅，是縱過也，有以夫平公之不霸也。’”疑此下脱文。）

或曰：平公失君道，師曠失臣禮。夫非其行而誅其身，君之於臣也；非其行則陳其言，善諫不聽則遠其身者，臣之於君也。今師曠非平公之行，不陳人臣之諫，而行人主之誅，舉琴而親其體，是逆上下之位，而失人臣之禮也。夫爲人臣者，君有過則諫，諫不聽則輕爵禄以待之，（先慎曰："待"當作"去"。）此人臣之禮義也。（先慎曰："義"字衍。）今師曠非平公之過，舉琴而親其體，雖嚴父不加於子，而師曠行之於君，此大逆之術也。（顧廣圻曰："夫爲人臣者"至此六十一字當衍。乃舊注之錯入者耳。先慎曰：顧説非。此六十一字專指臣下言。"夫爲人臣者"至"此人臣之禮也"，申上"人臣之禮"；"師曠非平公之過"至"此大逆之術也"，申上"逆上下之位"；又以"嚴父不加於子"反譬而喻之，尤足見周、秦間之文法，非舊注所能及。且注家亦無此例也。）臣行大逆，平公喜而聽之，是失君道也。故平公之迹，不可明也，（先慎曰：趙本此及下"不可明也"，兩"明"字并作"行"。盧文弨云：《藏》本、張本作"明"，下同。馮云："行"宜作"明"。）使人主過於聽而不悟其失。師曠之行亦不可明也，使奸臣襲極諫而飾弑君之道。不可謂兩明，（顧廣圻曰："謂"字當衍。）此爲兩過。（顧廣圻曰：《藏》本同。今本"爲"作"謂"。先慎曰：顧説非，"爲""謂"同字。）故曰："平公失君道，師曠亦失臣禮矣。"

同上，《難二》：

晋平公問叔向曰："昔者齊桓公九合諸侯，一匡天下，不識臣之力也，君之力也？"（先慎曰：乾道本無"君之力也"四字。盧文弨云：孫貽穀云："《文選·四子講德論》注引作'臣之力邪君之力邪'，此脱四字。"顧廣圻云："識"下當有"君之力也"四字。"也"，讀爲邪，《新序》四作"乎"。先慎案：張榜本有"君之力也"四字，今據補。《御覽》六百二十引作"君之力臣之力"。）叔向對曰："管仲善制割，賓胥無善削縫，（言損益若女工翦削彌縫。）隰朋善純緣，（言增飾若女工之純緣也。顧廣圻曰：《新序》二人事互易。）衣成，君舉而服之，亦臣之力也，君何力之有？"師曠伏琴而笑之。公曰："太師奚笑也？"師曠對曰："臣笑叔向之對君也。凡爲人臣者，猶炮宰和五味而進之君，君弗食，孰敢强之也？臣請譬之：君者壤地也，臣者草木也，必壤地美然後草木碩大，亦君之力也，（先慎曰：乾道本無"也"字。盧文弨云："'也'字脱，張本有。"今據補。）臣何力之有？"

或曰：叔向、師曠之對，皆偏辭也。夫一匡天下，九合諸侯，美之大者也，非專君之力也，又非專臣之力也。昔者宫之奇在虞，僖負羈在曹，二臣之智，言中事，發中功，虞、曹俱亡者何也？此有其臣而無其君者也。且蹇叔處干而干亡，（俞樾云："干"，即"虞"也。……先慎按：俞説是。今本作"于"，形近而誤；或作"虞"者，不知"干"即"虞"而改爲"虞"也。）處秦而秦霸，非蹇叔愚於干而智於秦也，此有君與無臣也。（盧文弨曰：“與”，或改爲“而”。顧廣圻曰：“臣”當作“君”。）向曰“臣之力也”，不然矣。昔者桓公宮中二市，婦閭（里門也。）二百，（先慎曰：《周策》作“宮中七市，女閭七百”。）被髮而御婦人，得管仲爲五百長；失管仲得豎刁，而身死，蟲流出尸不葬。（先慎曰：“尸”當作“户”。）以爲非臣之力也，且不以管仲爲霸；以爲君之力也，且不以豎刁爲亂。昔者晉文公慕於齊女而忘歸，（先慎曰：乾道本“忘”作“亡”，盧文弨云：“‘亡’，張本作‘忘’。”顧廣圻曰：“《藏》本作‘忘’，是也。”今據改。）咎犯極諫，故使得反晉國。（先慎曰：乾道本無“得”字，盧文弨云：“‘得’字脱，一本有。”今據補。）故桓公以管仲合，文公以舅犯霸，（先慎曰：乾道本“文公”下無“以”字，顧廣圻云：“今本‘公’下有‘以’字，按依上文當有。”今據補。）而師曠曰“君之力也”，又不然矣。凡五霸所以能成功名於天下者，必君臣俱有力焉。故曰：“叔向、師曠之對，皆偏辭也。”（《新編諸子集成》本，中華書局，1998年）

高誘注《吕氏春秋》卷十一《仲冬紀》第十一《長見》：

晋平公鑄爲大鐘，使工聽之，皆以爲調矣。（平公，悼公之子。調，和也。）師曠曰：“不調，請更鑄之。”平公曰：“工皆以爲調矣。”師曠曰：“後世有知音者，將知鐘之不調也，臣竊爲君耻之。”至於師涓而果知鐘之不調也。是師曠欲善調鐘，以爲後世之知音者也。（《諸子集成》本，上海書店，1986年）

朱彬《禮記訓纂》卷四《檀弓下》：

知悼子卒，未葬，（注：“悼子，晋大夫荀盈，魯昭九年卒。”）平公飲酒，（注：“與群臣燕。平公，晋侯彪。”）師曠、李調侍，（注：“侍，與君飲也。《燕禮記》曰：‘請旅侍臣。’”）鼓鐘。（注：“樂作也。《燕禮》賓入門，奏《肆夏》，既獻，而樂闋。獻君亦如之。”《正義》：“鼓，猶奏也。”）杜蕢自外來，聞鐘聲，曰：“安在？”（注：“怪之也。杜蕢，或作屠蒯。”）曰：“在寢。”（注：“燕於寢。”）杜蕢入寢，歷階而升，酌曰：“曠飲斯。”又酌曰：“調飲斯。”又酌，堂上北面坐飲之，降，趨而出。（注：“三爵皆罰。”）平公呼而進之，曰：“蕢！曩者爾心或開予，是以不與爾言。（注：“曩，曏也，謂始來入時。開，謂諫争有所發起。”）爾飲曠，何也？”曰：“子卯不樂。（注：“紂以甲子死，桀以乙卯亡，王者謂之疾日，不可舉樂爲吉事，所以自戒懼。”《釋文》：“賈逵云：‘桀以乙卯日死，受以甲子日亡，故以爲戒。’鄭同。《漢書》翼奉説則不然。張晏曰：‘子刑卯，卯刑子，相刑之日，故以爲忌。而云夏、殷亡日，不推湯、武以興乎？’”顧炎武曰：“子，甲子也。卯，乙卯也。古人省文，但言子卯。翼奉乃謂‘子爲貪狼，卯爲陰賊’此術家之説，非經義也。”彬謂日刑不止子卯，張晏説亦非。）知悼子在堂，斯其爲子卯也大矣（注：“言大臣喪重於疾日也。《雜記》曰：‘君於卿大夫，比葬不食肉，比卒哭不舉樂。’”）曠也，大師也，不以詔，是以飲之也。”（注：“詔，告也。大師典奏樂。”）“爾飲調，何也？”曰：“調也，君之褻臣也，爲一飲一食，忘君之疾，是以飲之也。”（注：“言調貪酒食。褻，嬖也。近臣亦當規君疾憂。”《正義》：“臣當規正君過，唯欲行燕會，貪一飲一食，忘君違禮之疾而不諫。”）“爾飲，何也？”曰：“蕢也，宰夫也，非刀匕是供，又敢與知防，是以飲之也。”（注：“防，禁放溢。”《正義》：“皇氏云：‘非，不也。宰夫不以刀匕是共，乃又敢與諫争，越官侵職，是以飲也。’”）平公曰：“寡人亦有過焉，酌而飲寡人！”（注：“聞義則服。”）杜蕢洗而揚觶。（注：“舉爵於君也。《禮》揚作騰。揚，舉也；騰，送也。揚近，得之。”《説文》：“觶，《鄉飲酒》角也。《禮》曰：‘一人洗舉觶。’觶受四升。觗，觶或從辰。觝，《禮經》觶。”）公謂侍者曰：“如我死，則必毋廢斯爵也。”（注：“欲後世以爲戒。”）至於今，既畢獻，斯揚觶，謂之杜舉。（注：“此爵遂因杜蕢爲名。畢獻，獻賓與君。”《正義》：“按《春秋傳》與此不同，或二文互相足也。《春秋》昭九年《左傳》：‘晋侯飲酒，樂，膳宰屠蒯趨入，請佐公使尊，許之，而遂酌以飲工，曰：“女爲君耳，將司聰也。辰在子卯，謂之疾日。君徹宴樂，學人捨業，爲疾故也。君之卿佐，是爲股肱。股肱或虧，何痛如之？女弗聞而樂。是不聰也。”又飲外嬖嬖叔，曰：“女爲君目，將司明也。服以旌禮，禮以行事，事有其物，物有其容。今君之容，非其物也，而女不見，是不明也。”亦自飲也，曰：“味以行氣，氣以實志，志以定言，言以出令。臣實司味，二御失官，而君弗命，臣之罪也。”公説，徹酒。’”杜，通作“屠”，劉昌宗讀同都切。蕢，苦怪反。曩，乃黨反。匕，必季反。與，音預。觶，之豉反。）（中華書局，1996年）

劉安著，高誘注《淮南子》卷一《原道訓》：

離朱之明，察箴末於百步之外，不能見淵中之魚。師曠之聰，合八風之調，（師曠，晋平公樂師子野也。……）而不能聽十里之外。故任一人之能，不足以治三畝之宅也。修道理之數，因天地之自然，則六合不足均也。

同上，卷二《俶真訓》：

……若然者，偃其聰明而抱其太素，以利害爲塵垢，以死生爲晝夜，是故目觀玉輅琬象之狀，耳聽《白雪》《清角》之聲，不能以亂其神；（……《白雪》，師曠所奏太一五弦之琴樂曲，神物爲下降者。《清角》，商聲也。）登千仞之溪，臨蝯眩之岸，不足以滑其和。

同上，卷六《覽冥訓》：

昔者，師曠奏《白雪》之音，而神物爲之下降，風雨暴至，平公癃病，晋國赤地。（《白雪》，太乙五十弦琴瑟樂名也。神物，即神化之物，謂玄鶴之屬來至，無頭鬼類操戈以舞也。……）庶女叫天，雷電下擊，景公臺隕，支體傷折，海水大出。夫瞽師、庶女，位賤尚葈，權輕飛羽，然而專精厲意，委務積神，上通九天，激厲至精。由此觀之，上天之誅也，雖在壙虚幽閒，遼遠隱匿，重襲石室，界障險阻，其無所逃之，亦明矣。

同上，卷九《主術訓》：

……故皋陶瘖而爲大理，天下無虐刑，有貴於言者也。師曠瞽而爲太宰，晋無亂政，有貴於見者也。故不言之令，不視之見，此伏犧、神農之所以爲師也。

同上，卷十一《齊俗訓》：

晋平公出言而不當，師曠舉琴而撞之，跌衽宫壁，左右欲塗之，平公曰："捨之！以此爲寡人失。"孔子聞之，曰："平公非不痛其體也，欲來諫者也。"韓子聞之，曰："群臣失禮而弗誅，是縱過也。有以也夫，平公之不霸也！"

……故萇弘、師曠先知禍福，言無遺策，而不可與衆同職也；公孫龍折辯抗辭，别同異，離堅白，不可以衆同道也；北人無擇非舜而自投清泠之淵，不可以爲世儀；魯般、墨子以木爲鳶而飛之，三日不集，而不可使爲工也。

同上，卷十三《氾論訓》：

……故五帝異道而德覆天下，三王殊事而名施後世，此皆因時變而制禮樂者。譬猶師曠之施瑟柱也，所推移上下者無寸尺之度，而靡不中音。故通於禮樂之情者能作音，有本主於中，而以知榘彠之所周者也。

同上，卷十九《修務訓》：

昔晋平公令官爲鐘，鐘成，而示師曠，師曠曰："鐘音不調。"平公曰："寡人以示工，工皆以爲調。而以爲不調，何也？"師曠曰："使後世無知音者則已，若有知音者，必知鐘之不調。"故師曠之欲善調鐘也，以爲後之有知音者也。

同上，卷二十《泰族訓》：

三代之法不亡，而世不治者，無三代之智也。六律具存，而莫能聽者，無師曠之耳也。故法雖在，必待聖而後治；律雖具，必待耳而後聽。

師延爲平公鼓朝歌北鄙之音，（衛靈公宿於濮水之上，聞琴音，召師涓而寫之，蓋師延所爲紂作朝歌北鄙之音也。）師曠曰："此亡國之樂也。"（靈公進新聲平公，平公以問師曠，師曠曰："紂子師延作靡靡之樂。紂亡，師延東走，自投濮水而死。得此音必於濮上也。"）大息而撫之，所以防淫辟之風也。（《諸子集成》本，上海書店，1986年）

王利器校注《鹽鐵論校注》卷二《刺復》：

文學曰："輪子之製材木也，正其規矩而鑿枘調。師曠（梁玉繩《古今人表考》："師曠始見《逸書·太子晋解》。《左》襄十四、《晋語》八晋主樂大師，字子野。生而無目，見《莊子·駢拇》釋文；故自稱瞑臣，見《逸書》；又稱盲臣，見《説苑·建本》；亦曰晋野，見《抱朴子·博喻》《文選·笙賦》。"）之諧五音也，正其六律而宫商調。當世之工匠，不能調其鑿枘，則改規矩；不能協聲音，則變舊律……"

同上，卷五《相刺》：

大夫曰："橘柚生於江南，而民皆甘之於口，味同也；好音生於鄭、衛，［《吕氏春秋·淫辭篇》高誘注："鄭、衛之音，皆新聲，非雅樂，凡人所説也。"《淮南子·原道篇》："揚鄭、衛之浩樂。"高誘注："鄭聲，鄭（字當作'衛'……此當涉上文'鄭聲'而誤。）會晋平公，説新聲，使師延爲桑間、濮上之樂。濮在衛地，故鄭、衛之浩也，必爲鄭爲之俗樂。"《漢書·禮樂志》："應劭曰：'桑間，衛地；濮上，濮水之上；皆好新聲。'"］而人皆樂之於耳，聲同也。越人子臧、（"子臧"，原作"夷吾"，今據張敦仁説校改。）戎人由余，待譯而後通，而并顯齊、秦，人之心於善惡同也。故曾子倚山而吟，山鳥下翔；師曠鼓琴，百獸率舞。（《書鈔》一〇九引《韓子》："師曠鼓琴，有玄鶴銜明月珠，在庭中舞，失珠，曠掩口而笑。"今《韓子·十過篇》載鼓琴鶴舞，脱失珠事。《漢志》小説家有《師曠》六篇，原注："見《春秋》，其言淺薄，本與此同，似因托也。"這裏説師曠鼓琴，百獸率舞事，當即出《師曠》一書中。）未有善而不合，誠而不應者也。意未誠與？何故言而不見從，行而不合也。"

同上，《遵道》：

文學曰："師曠之調五音，（《孟子·離婁上》："師曠之聰，不以六律，不能正五音。"趙岐注："師曠，晋平公之樂太師也。"）不失宫商。聖王之治世，不離仁義。……"（中華書局，1992年）

司馬遷撰，裴駰集解，司馬貞索隱，張守節正義《史記》卷二十四《樂書》：

而衛靈公之時，將之晋，至於濮水之上舍。夜半時聞鼓琴聲，問左右，皆對曰“不聞”。乃召師涓曰：“吾聞鼓琴音，問左右，皆不聞。其狀似鬼神，爲我聽而寫之。”師涓曰：“諾。”因端坐援琴，聽而寫之。明日，曰：“臣得之矣，然未習也，請宿習之。”靈公曰：“可。”因復宿。明日，報曰：“習矣。”即去之晋，見晋平公。平公置酒於施惠之臺。酒酣，靈公曰：“今者來，聞新聲，請奏之。”平公曰：“可。”即令師涓坐師曠旁，援琴鼓之。未終，師曠撫而止之，曰：“此亡國之聲也，不可遂。”平公曰：“何道出？”師曠曰：“師延所作也。與紂爲靡靡之樂，武王伐紂，師延東走，自投濮水之中，故聞此聲必於濮水之上，先聞此聲者國削。”平公曰：“寡人所好者音也，願遂聞之。”師涓鼓而終之。

平公曰：“音無此最悲乎？”師曠曰：“有。”平公曰：“可得聞乎？”師曠曰：“君德義薄，不可以聽之。”平公曰：“寡人所好者音也，願聞之。”師曠不得已，援琴而鼓之。一奏之，有玄鶴二八集乎廊門；再奏之，延頸而鳴，舒翼而舞。

平公大喜，起而爲師曠壽。反坐，問曰：“音無此最悲乎？”師曠曰：“有。昔者黄帝以大合鬼神，今君德義薄，不足以聽之，聽之將敗。”平公曰：“寡人老矣，所好者音也，願遂聞之。”師曠不得已，援琴而鼓之。一奏之，有白雲從西北起；再奏之，大風至而雨隨之，飛廊瓦，左右皆奔走。平公恐懼，伏於廊屋之間。晋國大旱，赤地三年。

聽者或吉或凶。夫樂不可妄興也。

同上，卷二十五《律書》：

王者制事立法，物度軌則，壹稟於六律，六律爲萬事根本焉。

其於兵械尤所重，（《索隱》：按《易》稱“師出以律”，是於兵械尤重也。《正義》：内成曰器，外成曰械。械謂弓、矢、殳、矛、戈、戟。劉伯莊云：“吹律審聲，聽樂知政，師曠審歌，知晋楚之强弱，故云兵家尤所重。”）故云“望敵知吉凶，聞聲效勝負”，（《索隱》：《周禮》“太師執同律以聽軍聲而占其吉凶”是也。故《左傳》稱師曠知南風之不競，此即其類也。《正義》：《周禮》“太師執同律以聽軍聲而詔其吉凶”，《左傳》云師曠知南風之不競，即其類。）百王不易之道也。

同上，卷三十九《晋世家》：

十五年，悼公問治國於師曠。師曠曰：“唯仁義爲本。”冬，悼公卒，子平公彪立。（中華書局，1982年）

劉向編著，石光瑛校釋《新序校釋》卷一《雜事》：

衛國逐獻公，晋悼公謂師曠曰：［悼公注見前。師曠，晋太師掌樂者，曠其名也。（韋、服、杜注内外傳皆如此，《廣韵》以師爲姓，恐非。）字子野。（《左氏昭八年傳》）《莊子·駢拇篇》釋文云："冀州南和人，生而無目。"《郡國志》注引《皇覽》云："師曠藏在扶風漆縣。"（又見《御覽》五百六十卷引同。）《一統志》云：在平陽洪洞縣東南二十五里，又見泰安新泰東北，未詳孰是。《漢表》列五等。］"衛人出其君，不亦甚乎！"（甚，謂太過。）對曰："或者其君實甚也。（言過或在君。《左傳》無"也"字。）夫天生民而立之君，使司牧之，（司，主；牧，養也。使主養民之事。）無使失性。（性讀爲生，假借字也，下文"困民之性"同。《周語》"懋正其德而厚其性"，《晋語》"以厚民性"，兩性字亦讀爲生。韋注皆釋爲情性，非。《晋語》"凡民利是生"，生讀爲性，言好利乃民之性也。韋注謂爲民生利，亦殊不詞。蓋假借之不明久矣。性從生聲，古通用。此性字承上文司牧言，謂牧養之，使無失其生計也。《左氏》"無"作"勿"。）良君將賞善而除民患，（"除民患"，《左》作"刑淫"。）愛民如子，（"愛"，《左氏》作"養"。《詩》云"樂只君子，民之父母"也。）蓋之如天，（蓋，覆也，如天之無不覆幬也。）容之若地。（容，包容也。如地之無不容載也。"若"，《左氏》作"如"。如若義同，本書變如言若，互文耳。）民奉其君，愛之如父母，（《禮記·大學》曰："民之所好好之，民之所惡惡之，此之謂民之父母。"《孟子》曰："如此而後可以爲民之父母。"語本《尚書·洪範》曰："天子作民父母，以爲天下王也。"）仰之如日月，［《毛詩·東方之日》傳曰："日出東方，人君明盛，無不照察也。月盛於東方，君明於上，若日也，臣察於下，若月也。"《邶風·柏舟》箋曰："日，君象也；月，臣象也。"（《十月之交》傳：月臣道，日君道。箋語用此。）彼文皆以日月分喻君臣，此但統喻君人之明察。］敬之如神明，［如堯稱神宗（《汲郡古文》夏后受命於神宗，《路史·後紀》十三注：一云堯也。）禹稱神禹（《莊子·齊物論》）之類。《吕覽》引《夏書》曰："天子之德廣運，乃聖乃神。"（僞古文本此。）《左傳》曰："王甚神聖也。"］畏之若雷霆。［《毛詩·常武》："王奮厥武，如震如雷。"鄭箋曰："而震雷其聲，而勃怒其色。"（《詩》讀如爲而，古如而通用。）……《左氏》此下有"其可出乎"四字，語較圓足。］夫君，神之主也，（《孟子·萬章篇》曰："使之主祭，而百神享之。"）而民之望也。（望，瞻依也，凡言民之望者準此。《孟子》曰："寇至則先去以爲民望。"趙岐注曰："使百姓瞻望而效之。"蓋望有瞻訓，故以瞻望釋之，彼民望雖與此義别，而訓瞻則同。今本《左氏》無"而"字，阮元《校勘記》曰："宋本、淳熙本、岳本上句'也'字作'而'，與石經合。"）天之愛民甚矣，（《左傳》下接"若困民之主"云云，而此句敘在末處，此錯綜引之。）豈使一人肆於民上，（一人，訓君也。杜預曰："肆，放也。"《左傳》"豈"下多一"其"字。）以縱其淫，（"縱"，《左傳》作"從"，古字通用。《論語》"七十而從心所欲，不逾矩"，日本天文本"從"作"縱"。……）而棄天地之性乎？（《孝經》曰："天地之性，人爲貴。"及此性字皆讀爲生，説見上。一曰：天地以愛民爲心，必不縱一人而背其性。《左傳》無"乎"字。《漢書·谷永傳》曰："臣聞天生烝民不能相治，爲立王者以統理之。方制海内，非爲天子；列土封疆，非爲諸侯，皆以爲民也。垂三統，列三正，去無道，開有德，不私一姓，明天下乃天下之天下，非一人之天下也。"數語甚精，與此同意，漢儒去古未遠，尚明斯義，後世君權日尊，知此者鮮矣。）必不然矣。（言必無是理。）若困民之性，（困其生計。）乏民之祀，（下民字當作神，字之誤也。盧文弨曰："《左氏襄十四年傳》作'困民之主，匱神乏祀'，其文似不若此。"案匱神乏祀，文義難解。《釋文》云："乏本作之，誤也。"是陸本已作乏。近徐友蘭《群書拾補識語》云："此文《左氏》有訛，以上文神之主、民之望列之，當從沈果堂改主爲生，乏爲之。性生古字通，匱乏同義。"據注，字當作之甚明，乃宋本《國語》仍作乏祀，蓋淺人據誤本《左傳》改之。不知彼文匱神之祀，而困民之財，兩句相對，財所以治生者也。以彼證此，文義益明。汪氏中《國語》校文，亦謂依注則正文當作之。至本書下民字，又沿上句民字而訛也。）百姓絶望，社稷無主，（《左傳》曰："神所馮依，將在德矣。"主者，馮依之謂。）將焉用之，（"焉"，《左氏》作"安"，二字古通，經典習見。）不去何爲？"（"不"，《左氏》作"弗"。以上引《左氏》之文，先後微有不同。）公曰："善。"（《左氏》無此句。此章壘采用《左傳》文，《意林》及《北堂書鈔》九十八、《御覽》六百十、又六百十六，均引桓譚《新論》，言子政、子駿、伯玉父子，呻吟《左氏》，下至婢僕，皆能諷誦。《論衡·案書篇》曰："劉子政玩弄《左氏》，僮僕妻子皆呻吟之。"其論即本君山，君山親見三劉，語當可信。近人止援《漢書·劉歆傳》云"歆以爲左丘明好惡與聖人同，親見夫子，而《公羊》《穀梁》在七十子後，傳聞與親見，詳略不同，數以難向。向不能非間也，然猶自持其《穀梁》義"等語，以爲子政父子異學，必不用《左傳》。不知歆所執以非難者，指二傳之短，非以《左氏》難向也。向本治《穀梁》，自持其義，與呻吟《左氏》各爲一事，初不相涉。蓋鴻儒通人之學，與常士殊，君山、仲任，其言必非無據。就令與班書不合，猶當捨傳聞而信親見，况理無二致，語本相通。今《新序》《説苑》《列女傳》諸書具存，采用《左氏》者不一，何嘗有專己守殘黨同妒真之見乎。乃妄者又附會以爲歆之所加，殊屬武斷。觀西京諸儒，多專治一經，惟向博通六藝，著《五經通義》等書。於《詩》則兼治魯、韓，《春秋》則參取三傳，擬之東京，惟經神可以媲美，餘子不及也。）

晋平公閑居，師曠侍。（晋平公、師曠，注俱見前。侍，燕侍也。）平公曰："子生無目朕，（"朕"，舊本作"眹"。案《説文·目部》無眹，新附始收此字。鈕樹玉曰："《玉篇》無眹，《廣韵》云：眹，目童子也，又吉凶形兆，謂之兆眹。《周禮》瞽矇，注：鄭司農云：無目眹謂之瞽，有目眹而無見謂之矇。"段玉裁曰："眹俗作眹，朕從舟，舟之縫理也。引申之，凡縫皆曰朕，但有朕者，纔有縫而已。《釋名》曰：瞽，鼓也；瞑，瞑目平合如鼓皮也。鄭司農云無目朕謂之瞽，韋昭曰無目曰瞽，皆與許異。"以上段説，是也。……無目朕謂目全盲，并縫理無之。《莊子·駢拇篇》釋文，謂師曠生而無目，是其證。今從段説改眹爲朕。《御覽》四百二十八引無"朕"字。）甚矣子之墨墨也。"（墨墨，無所見之貌，古書多假作默默。《御覽》引本文亦作"默默"，下并同。）師曠對曰："天下有五墨墨，而臣不得與一焉。"（《御覽》"與"作"預"，俗。）平公曰："何謂也？"師曠曰："群臣行賂以采名譽，（"采"，《御覽》作"採"，字俗。行賂以采名譽，如以財結人主左右，使稱譽己，若隋廣之於文帝是也。又凡輕財厚施，要結人心，如《晏子》之稱陳氏，宋公子鮑施粟於國人，七十以上無不饋詒，皆是也。名者實所生，今以賂得之，心不可測也。）百姓侵冤，無所告訴，（"訴"，《御覽》作"愬"，字同。）而君不悟，此一墨墨也；忠臣不用，用臣不忠，下才處高，（高，高位。）不肖臨賢，而君不悟，此二墨墨也；奸臣欺詐，空虚府庫，以其少才，覆塞其惡，（覆塞，謂掩飾。智足拒諫，辯足飾非，使過惡不聞於上。）賢人逐，奸邪貴，（《御覽》作"邪臣貴"。）而君不悟，此三墨墨也；國貧民罷，（罷與疲同，聲近通用，詳《刺奢》首篇注。）上下不和，而好財用兵，嗜欲無厭，（所以國貧民罷，正由好財用兵嗜欲無厭所致，汲黯所以以多欲責武帝也。）諂諛之人，容容在旁，（容容，苟安取容之意。《説苑·臣術篇》："懷其智，藏其能……容容乎與世沉浮，上下左右觀望，如此者具臣也。"邪佞之臣，遇事碌碌無短長，亦似有和同之狀，此義之相因者也。《史記·淮陰侯傳》曰："百姓罷極怨望，容容無所倚。"彼文之容容，亦觀望無依之狀。顧炎武謂其與顒顒同，亦非，誼與此異。《御覽》引無"之人容容"四字。）而君不悟，此四墨墨也；至道不明，法令不行，吏民不正，百姓不安，（五墨墨中，此爲尤甚。至道不明，則是非淆亂，道德陵夷；法令不行，則人民無所保障；吏民不正，則賄賂公行，綱紀蕩佚。如此而百姓得安，未之聞也。《孟子》曰："上無理，下無學，賊民興，喪無日矣。"此之謂也。）而君不悟，此五墨墨也。國有五墨墨，而不危者，未之有也。臣之墨墨，小墨墨耳，（《御覽》引無此四字。）何害乎國家哉？"（平公之言，輕慢其臣，師曠因事納規，其言深切可味。）

同上，卷四《雜事》：

晋平公問於叔向曰：（平公、叔向，注并見一卷。《韓非子·難二篇》無“於”字。）“昔者，齊桓公九合諸侯，一匡天下，（注見前。《治要》引無“者”字。二句蓋古語，已先《論語》而有之矣。）不識其君之力乎，其臣之力乎？”（《御覽》八百六十一引此文云：“平公問叔向曰：齊桓公合諸侯，一匡天下，如是君不知臣力何也。”文誼訛奪不可讀。《韓非子·難二篇》作“不識臣之力也，君之力也”。古也邪通用，見《經傳釋詞》及《古書疑義舉例》。《文選·四子講德論》注引《韓子》文“也”皆作“邪”。）叔向對曰：“管仲善制割，（《説文·刀部》：“制，裁也。從刀從未。未，物成有滋味，可裁斷。一曰止也。”又云：“割，剥也。從刀，害聲。”或疑制當作剬，剬，斷也。古制剬二字多互混。案：《説文·衣部》：“裁，製衣也。”“製，裁衣也。”製與制通，故制下云裁也。亦謂裁衣，引申爲裁制百事之誼。此文裁衣爲喻，正用制字本誼，不當改作剬也。《韓子》文亦作“制”字。制當作剘。）隰朋善削縫，（“隰朋”，《韓》作“賓胥無”，注云：“言損益若女工剪削彌縫。”案：《治要》引本文“縫”作“齊”，蓋涉下“齊和”而誤。）賓胥無善純緣，（“純”，《治要》引作“補”。《韓子》“賓胥無”作“隰朋”，以二人事互易。注云：“言增飾若女工之純緣也。”案：《説文·糸部》：“純，絲也。”段注：“禮之純，釋爲緣，實即緣之音近假借也。”段説非是，禮之純與緣同誼，非假借字。）桓公知衣而已。亦其臣之力也。”師曠侍，曰：（師曠，見一卷注。凡言侍，皆侍坐也。）“臣請譬之以五味，（《御覽》引作“臣請以論五味”，誤。《左氏昭元年傳》“天有六氣，降生五味”，杜注：“謂金味辛，木味酸，水味鹹，火味苦，土味甘，皆由陰陽風雨而生。”案：杜解五味，依五行爲説，本於《洪範》，是也。）管仲善斷割之，（斷割，切剥之也。）隰朋善煎熬之，賓胥無善齊和之。（齊，讀爲劑，齊劑古今字。“和”當作“龢”，凡調龢字本言八音六律之相宜，協乎節奏。滋味之相配似之，故取爲名也。詳二卷《莊辛章》注。齊和，謂調劑和匀之。）羹以熟矣，（《治要》《御覽》引“以”作“已”，古以已字通。“熟”，俗字，當作孰爲正。）奉而進之，（《説文·収部》：“奉，承也。”案：奉承皆以下進上之稱，今人以諛人爲奉承，誼取諸此。《御覽》引無“奉”字。）而君不食，（而如古字通。）誰能彊之？（彊，勉彊也。《治要》作“强”。）亦其君之力也。”（“其”字各本奪，依《治要》引補，與上文“亦其臣之力也”文法相同。《御覽》八百六十一引此文甚略，盧氏采入佚文，誤矣。）

（中華書局，2001年）

劉向撰，向宗魯校證《説苑校證》卷一《君道》：

晋平公問於師曠（《楚辭章句》：“師曠，聖人，字子野，生無目而善聽，晋主樂太師。”《莊子·駢母篇》釋文引《史記》云：“冀州南和人，生而無目。”《淮南·主術篇》《文子·精誠篇》俱云：“師曠瞽而爲太宰。”）曰：“人君之道如何？”對曰：“人君之道，清净無爲，務在博愛，趨在任賢，廣開耳目，以察萬方，不固溺於流俗，（盧曰：“《太平御覽》六百二十‘固’作‘混’。”承周案：作“混”疑臆改，《後漢書·朱暉傳》注引仍作“固”，可證。劉恕《通鑒外紀》用此文，“固溺”作“牽掣”，亦不足據。）不拘繫於左右，廓然遠見，踔然獨立；屢省考績，以臨臣下。此人君之操也。”平公曰：“善。”（《漢志》小説家有《師曠》六篇，又陰陽《師曠》八篇，此蓋六篇佚文。）

同上，卷三《建本》：

晋平公問於師曠曰：“吾年七十，欲學，恐已暮矣。”師曠曰：“何不炳燭乎？”（“暮”字舊脱，依《法苑珠林》六十七、《御覽》三百八十三引增。《意林》雖訛，亦有“暮”字。“炳”或作“秉”，《大傳》作“執”，陳本引王伯申云：“‘執’當爲‘熱’，古‘爇’字，《説苑》作‘炳’，乃‘焫’之訛，‘焫’與‘爇’同。”）平公曰：“安有爲人臣而戲其君乎！”（劉曰：“‘其’，因上文誤衍。”）師曠曰：“盲臣安敢戲其君乎？臣聞之：少而好學，如日出之陽；壯而好學，如日中之光；老而好學，如炳燭之明。炳燭之明，孰與昧行乎？”平公曰：“善哉！”［此本《書大傳》，（《類聚》八十引。）或亦出《師曠》六篇中。《金樓子·立言篇》用此文。］

同上，卷十一《善説》：

晋平公問於師曠曰：“咎犯與趙衰孰賢？”對曰：“陽處父欲臣文公，因咎犯三年不達，因趙衰三日而達。智不知其士衆，（盧曰：“‘衆’字衍。”承周案：《貴德篇》亦以“士衆”連文，非衍。）不智也；知而不言，不忠也；欲言之而不敢，無勇也；言之而不聽，不賢也。”（此亦疑《師曠書》佚文。）

同上，卷十八《辨物》：

晋平公築虒祁之室，（盧校“室”作“臺”，曰：“‘室’訛。”承周案：各本皆作“室”。《左傳》云：“於是晋侯方築虒祁之宫。”《爾雅·釋宫》：“宫謂之室，室謂之宫。”“室”，猶“宫”也。）石有言者。平公問於師曠曰：“石何故言？”對曰：“石不能言，有神馮（憑）焉。（“有神”，《左傳》作“或”，《五行志》作“神或”。“有”與“或”通。）不然，民聽之濫也。臣聞之，作事不時，怨讟動於民，則有非言之物而言。今宫室崇侈，民力屈盡，百姓疾怨，莫安其性。石言不亦可乎？”（“可”，《左傳》作“宜”。案：此文本昭八年《左傳》，《漢書·五行志》亦載此事。）

晋平公出畋，見乳虎伏而不動，顧謂師曠曰：（《事類賦》二十一注引“顧”作“還”。）“吾聞之也，霸王之主出，則猛獸伏不敢起。今者寡人出見乳虎伏而不動，此其猛獸乎？”師曠曰：“鵲食蝟，蝟食鵔鸃，鵔鸃食豹，豹食駮，駮食虎。（盧曰：“‘鵔鸃’，《御覽》八百九十二作‘駿騀’。下云‘駿騀食駮，駮食虎’，無‘食豹豹’三字。鵔鸃食豹，誠可疑。但‘騀’字亦不見字書。《西山經》：‘中曲之山有獸焉，其狀如馬，而白身、黑尾、一角、虎牙爪，音如鼓，其名曰駮，是食虎豹。’”承周案：《御覽》八百九十二引實作“鵔鸃”，不作“駿騀”。惟“鵔”下有注云“音駿”耳。《類聚》九十三、《御覽》八百九十六亦皆作“鵔鸃”。）夫駮之狀有似駮馬。今者君之出，必驂駮馬而出畋乎？”公曰：“然。”師曠曰：“臣聞之，一自誣者窮，再自誣者辱，三自誣者死。今夫虎所以不動者，爲駮馬也，固非主君之德義也。君奈何一自誣乎？”（案：《管子·小問篇》：“桓公乘馬，虎望見之而伏。桓公問管仲曰：‘今者寡人乘馬，虎望見寡人而不敢行，其何故也？’管仲對曰：‘意者君乘駮馬而盤桓，迎日而馳乎？’公曰：‘然。’管仲對曰：‘此駮象也。駮食虎豹，故虎疑焉。’”其事與此相類。《爾雅翼》卷十八：“駮如馬，白身、黑尾、一角、鋸牙、虎爪，其音如鼓，喜食虎豹。蓋駮毛物既可觀，又似馬，故馬之色相類者，以駮名之。《管子》稱成公乘馬，虎望見之而伏，以問管仲。管仲曰：‘意者君乘駮馬而盤桓，迎日而馳乎？’公曰：‘然。’曰：‘此駮象也。駮食虎豹，故虎疑焉。’《説苑》亦稱晋平公出畋，見乳虎伏而不動，以問師曠。曠曰：‘鵲食蝟，蝟食鵔鸃，鵔鸃食豹，豹食駮，駮食虎。夫駮之狀有似駮馬。今者君之出，必驂駮馬而出畋乎？’公曰：‘然。’二説相似。是馬有自然似駮之獸者，因以駮名也。顧或言駮食虎豹，或言豹食駮，爲稍異也。”）平公異日出朝，有鳥環平公不去。平公顧謂師曠曰：“吾聞之也：霸王之主鳳下之。今者出朝，有鳥環寡人，終朝不去，是其鳳鳥乎？”師曠曰：“東方有鳥名諫珂，（“諫珂”，《御覽》九百二十七引作“端琦”，而六百九十四引仍與今本同。）其爲鳥也，文身而朱足，憎鳥而愛狐。（盧校改“鳥”作“烏”。案：《説文·鳥部》鷟下引《師曠》曰：“南方有鳥名曰羌鷟，黄頭赤目，五色皆備。”與此文相似，蓋皆《師曠》六篇中逸文也。）今者吾君必衣狐裘以出朝乎？”平公曰：“然。”師曠曰：“臣已嘗言之矣，一自誣者窮，再自誣者辱，三自誣者死。今鳥爲狐裘之故，非吾君之德義也。君奈何而再自誣乎？”平公不説。異日，置酒虒祁之臺，（“虒祁之臺”，《書鈔》百三十六引作“師夷之堂”。今本疑後人依上條及昭八年《左傳》改。）使郎中馬章布蒺藜於階上，（盧曰：“‘藜’，宋、元本俱作‘蔾’。下同。”承周案：明鈔本、經廠本亦作“蔾”。又案：《書鈔》引“章”作“薫”。）令人召師曠。師曠至，履而上堂。平公曰：“安有人臣履而上人主堂者乎？”師曠解履刺足，伏刺膝，（《書鈔》引“伏”上有“蒲”字，當據補。）仰天而嘆。公起引之，曰：“今者與叟戲，叟遽憂乎？”對曰：“憂。夫肉自生蟲，而還自食也。（舊本“食”作“失”，盧校改作“食”。案：明鈔本、經廠本皆作“食”，今從盧校。）木自生蠹，而還自刻也。人自興妖，而還自賊也。（案：《淮南子·説林篇》：“山生金反自刻，木生蠹反自食，人生事反自賊。”又見《文子·符言篇》。《吕氏春秋·雍塞篇》：“左右皆謂宋王曰：‘此所謂肉自生蟲者也。’”皆用此語。）五鼎之具，不當生藜藿。（“生”，《通鑒外紀》作“烹”，是。）人主堂廟，不當生蒺藜。”（“廟”，《外紀》作“殿”。）平公曰：“今爲之奈何？”師曠曰：“妖已在前，無可奈何。入來月八日，修百官，立太子，君將死矣。”至來月八日平旦，謂師曠曰：“叟以今日爲期，寡人如何？”師曠不樂，謁歸。歸未幾而平公死。乃知師曠神明矣！（中華書局，1987年）

洪興祖補注《楚辭補注》卷十六《九嘆章句·離世》（劉向）：

……余辭上參於天墬兮，旁引之於四時。指日月使延照兮，撫招摇以質正。立師曠俾端詞兮，（師曠，聖人也，字子野，生無目而善聽，晋平公時。端，正也。）命咎繇使并聽。……（中華書局，2007年）

汪榮寶《法言義疏》三《吾子卷第二》：

或問“蒼蠅、紅紫”，曰：“明視。”問“鄭、衛之似”，曰：“聽聰。”或曰：“朱、曠不世，如之何？”曰：“亦精之而已矣。”［（疏）……“朱、曠不世”者，朱，離婁；曠，師曠。《孟子·離婁》趙注曰：“離婁，古之明目者，黄帝時人。黄帝亡其玄珠，使離朱索之。離朱，即離婁也。”師曠，晋平公之樂太師也，其聽至聰。《莊子·駢拇》釋文云：“離朱，司馬云：‘黄帝時人，百步見秋毫之末，一云見千里針鋒。’《孟子》作離婁。”又云：“師曠，司馬云：‘晋賢大夫也，善音律，能致鬼神。’《史記》云：‘冀州南和人，生而無目。’”“不世”，謂不代有。“亦精之而已矣”者，精視則明，精聽則聰，人皆可爲，無待朱、曠。以喻讒諂奸慝，審查則自知，不必上智乃能辨也。］

同上，七《問神卷第五》：

或問：“聖人之作事，不能昭若日月乎？何後世之訔訔也！”曰：“瞽曠能默，瞽曠不能齊不齊之耳；狄牙能喊，狄牙不能齊不齊之口。”［（疏）……“瞽曠能默”者，師曠，見《吾子》疏。《周禮·春官·序官》云：“大師下大夫二人，小師上士四人，瞽矇上瞽四十人，中瞽百人，下瞽百有六十人。”鄭注云：“凡樂之歌，必使瞽矇爲焉。命其賢知者以爲大師、小師。晋杜蒯云：‘曠也，大師也。’鄭師農云：‘無目眹謂之瞽。’”賈疏云：“以其目無所睹見則心不移於聲音，故不使有目者爲之也。”孫疏云：“命其賢知者以爲大師、小師者，明大師、小師亦以瞽矇爲之。以其賢知，使爲瞽官之長，故殊異之而稱師也。”引晋杜蒯曰“曠也，大師也”者，《檀弓》文。曠即師曠。鄭意師曠亦瞽矇，以賢知而爲大師，故引以爲證。然則曠爲瞽矇之長，故謂之師曠，亦謂之瞽曠。《莊子·胠箧》云：“塞瞽曠之耳。”默謂口不言而心通。《論語》云：“默而識之。”皇疏云：“見事心師而口不言，謂之默識者也。”按：即所謂心不移於音聲。《解嘲》云：“知玄知默，守道之極。”］（中華書局，1987年）

黄暉《論衡校釋》卷五《感虚篇》：

傳書言：“師曠奏《白雪》之曲，而神物下降，風雨暴至，平公因之癃病，晋國赤地。”（《淮南·覽冥篇》文。高誘曰：“神物，即神化之物，謂玄鶴之屬來至，無頭鬼類操戈以舞也。癃病，篤疾。赤地，旱也。”《白雪》，注見下。暉按：玄鶴，見《韓非子》。無頭鬼，未聞。《説文》：“癃，罷病也。”《史記·平原君虞卿傳》：“有罷癃之病。”《素問》謂小便不通。）

或言：“師曠《清角》之曲，一奏之，有雲從西北起；（玄雲也。）再奏之，大風至，大雨隨之，裂帷幕，破俎豆，墮廊瓦，坐者散走，平公恐懼，伏乎廊室。（“乎”，《紀妖》作“于”，與《韓非子·十過篇》《史記·樂書》合。《御覽》七六七引《莊子》逸文亦記此事。）晋國大旱，赤地三年，平公癃病。”（《韓非子·十過篇》文。）夫《白雪》與《清角》，或同曲而異名，（《淮南·俶真篇》高注：“清角，商聲也。”《文選·南都賦》注引許慎《淮南》注：“清角，弦急，其聲清也。”）其禍敗同一實也。

傳書之家，載以爲是；世俗觀見，信以爲然。原省其實，殆虚言也。

夫《清角》何音之聲，而〔能〕致此？（“而”下脱“能”字。前文“魯陽公何人，而使日反”；“燕太子丹何人，而能動天”，與此句例同。下文“實者樂聲不能致此”，與此相應爲文。）〔曰〕：“《清角》，木音也，（“《清角》，木音也”以下十七字，仲任設辭，以答上文“《清角》何音”之問。“三尺之木”以下，又破其説。“清角”上當有“曰”字。今本脱之，則文不可通矣。今增。《春秋繁露·五行五事篇》：“風者，木之氣也，其音角。”）故致風而（雨）。［“而”當作“雨”，形近而誤。上文“《清角》之曲，再奏之，大風至，大雨隨止（之）”，下文“奏《清角》時，天偶風雨”，并其證。］如木爲風，（此五行家説也。風，土也，爲木妃，木克土，尚妻所好，故木爲風。《素問·五常政大論》注："風，木化也。"《淮南子·天文篇》注："風，木風也。"）雨與風俱。"三尺之木，數弦之聲，（《廣雅·釋樂》："神農氏琴，長三尺六寸六分，上有五弦，曰宫、商、角、徵、羽。文王增二弦，曰少宫、少商。"《初學記》引《琴操》亦云："長三尺六寸六分，廣六寸，五弦。"此云"三尺"，舉成數也。高誘於《淮南·覽冥篇》注云："《白雪》，太乙五十弦琴瑟樂名也。"吴承仕《淮南舊注校理》據《世本》《封禪書》，謂"琴"字誤衍。今按：仲任云長三尺，則知是"琴"。諸書并言瑟長七尺二寸也。高誘《淮南·俶真篇》注云："白雪，太乙五弦之琴。"是與仲任説同。《覽冥訓》注，誤衍"十"字、"瑟"字。云"太乙"，蓋别有本。後人以爲直據《史記》，故妄增之。）感動天地，何其神也？此復一哭崩城，（謂杞梁妻。）一嘆下霜之類也。（謂鄒衍。）

師曠能鼓《清角》，必有所受，非能質性生出之也。其初受學之時，宿昔習弄，非直一再奏也。審如傳書之言，師曠學《清角》時，風雨當至也。（齊曰："當"疑爲"常"字之誤。）

傳書言："瓠芭鼓瑟，淵（淫）魚出聽；（"淵"當作"淫"，唐人諱"淵"，省筆，與"淫"形近，故相亂也。《荀子·勸學篇》作"流魚"。"流"爲"沈"字之訛。《大戴禮·勸學篇》正作"沈魚"。"沈"即"淫"也，聲近字通。）師曠鼓琴，（諸書并作"伯牙"。）六馬仰秣。"或言："師曠鼓《清角（徵）》，（"清角"當作"清徵"，涉上下文"清角"而誤。上文已言奏清角，雲起，風雨至。此乃有玄鶴來，與奏清角兩事也。《韓非子·十過篇》《風俗通·聲音篇》、本書《紀妖篇》并云師曠爲平公奏清徵之曲，有玄鶴來也，是其切證。今據正。）一奏之，有玄鶴二八，自南方來，集於廊門之危；（《禮記·喪大記》："中屋履危。"注："危，棟上也。"《紀妖篇》"危"上有"上"字。《韓非子》作"垝"，亦無"上"字。王先慎曰："當作'上危'二字，危在上，故曰上危，即所謂屋山，俗稱屋脊。"）再奏之而列；（成行列也。）三奏之，延頸而鳴，舒翼而舞，（《楚詞·九嘆》王注："玄鶴，俊鳥也。師曠鼓琴，天下玄鶴，皆銜明月之珠以舞。"《書鈔》一〇九引《韓非子》亦云："師曠鼓琴，有玄鶴銜明月珠在庭中舞。"今本未見。）音中宫商之聲，聲吁於天。（《説文》："吁，驚也。"《韓非子》《風俗通》作"聞"。《紀妖篇》作"徹"。）平公大悦，坐者皆喜。"（《韓非子·十過篇》文。）《尚書》曰："擊石拊石，百獸率舞。"（《堯典》文。鄭曰："石，磬也。百獸，服不氏所養者。磬有大小，擊大石磬，拊小石磬，則感百獸相率而舞。仲任與鄭氏義同，是今古文説無異也。）此雖奇怪，然尚可信。何則？鳥獸好悲聲，耳與人耳同也。（上"耳"字，疑涉"聲"字訛衍。盧氏《龍城札記》二："魏、晋以前，皆尚悲音。蓋絲聲木哀也。”）禽獸見人欲食，（“欲”疑“飲”字形誤。）亦欲食之。（盼遂案：上“欲”當爲“之”，涉下句“欲食”而誤，亦由“欲”與“之”草體形近致誤。）聞人之樂，何爲不樂？

然而“魚聽”“仰秣”“玄鶴延頸”“百獸率舞”，蓋且其實；風雨音之至，晋國大旱，赤地三年，平公癃病，殆虚言也。

或時奏《清角》時，天偶風雨，風雨之後，晋國適旱；平公好樂，喜笑過度，偶發癃病。傳書之家，信以爲然，世人觀見，遂以爲實。實者樂聲不能致此。何以驗之？風雨暴至，是陰陽亂也。樂能亂陰陽，則亦能調陰陽也，王者何須修身正行，擴施善政？使鼓調陰陽之曲，和氣自至，太平自立矣。

同上，卷十八《感類篇》：

師曠奏《白雪》之曲，雷電下擊；鼓《清角》之音，風雨暴至。（注《感虚篇》。）苟爲（盼遂案：“爲”與“謂”字通用。）雷雨爲天怒，天何憎於《白雪》《清角》，而怒師曠爲之乎？此雷雨之難也。

同上，卷二十二《紀妖篇》：

衛靈公將之晋，至濮水之上，夜聞鼓新聲者，説之，使人問之，左右皆報弗聞。召師涓而告之，曰：“有鼓新聲者，使人問左右，盡報弗聞。其狀似鬼，子爲我聽而寫之。”師涓曰：“諾。”因静坐撫琴而寫之。明日報曰：“臣得之矣！然而未習。請更宿而習之。”靈公曰：“諾。”因復宿。明日已習，遂去之晋。晋平公觴之施夷之臺。（“施夷”即“虒祁”，聲之轉也。《左·昭八年傳》：“晋侯方築虒祁之宫。”預曰：“虒祁，地名也，在絳州西四十里，臨汾水也。”《春秋大事表》七之三：“今平陽府曲沃縣西四十九里，有虒祁宫址，地連絳州之聞喜縣界。”盼遂案：《史記·樂書》作施惠之臺。《論》作施夷，與《韓非子·十過》同。《左傳》作虒祁宫，音相同也。）酒酣，靈公起曰：“有新聲，願請奏以示公。”公曰：“善。”乃召師涓，令坐師曠之旁，援琴鼓之。未終，曠撫而止之，曰：“此亡國之聲，不可遂也。”（王先謙曰：“遂，竟也，謂曲終。”）平公曰：“此何道出？”（王念孫曰：“道者，由也。言此聲何由出也。”）師曠曰：“此師延所作淫聲，（盼遂案：《史記·殷本紀》：“紂使師涓作新淫聲。”《楚辭·九懷》：“惜師延之浮渚兮。”王逸章句：“師延，殷紂之臣也。爲紂作新聲。”洪氏《補注》引《史記》亦作師延。）與紂爲靡靡之樂也。（《吕覽·本生篇》注：“紂使樂師作朝歌北鄙靡靡之樂，以爲淫亂。”）武王誅紂，懸之白旄，師延東走，至濮水而自投，（高誘曰：“紂之太師，以此音自投於濮水。”）故聞此聲者，必於濮水之上。先聞此聲者，其國削，不可遂也。”平公曰：“寡人

〔所〕好者音也，（孫曰：下文云："寡人所好者音也。"又云："寡人老矣，所好者音也。"語例并同。疑此句"寡人"下脱"所"字。《韓非子·十過篇》《史記·樂書》并有"所"字。朱説同。）子其使遂之。"師涓鼓究之。平公曰："此所謂何聲也？"師曠曰："此所謂清商。"公曰："清商固最悲乎？"師曠曰："不如清徵。"公曰："清徵可得聞乎？"師曠曰："不可。古之得聽清徵者，皆有德義之君也。今吾君德薄，不足以聽之。"公曰："寡人所好者音也，願試聽之。"師曠不得已，援琴鼓之。一奏，有玄鶴二八從南方來，集於郭（廊）門之上危；［先孫曰：《異虚篇》作"郎門之危"，是也。（按：當作《感虚》。"郎"，各本并作"廊"。）下云："廊瓦。"（各本正作廊。）又云："廊室。""廓"亦當作"廊"。郎、郭、廊、廓，并形之誤。《韓非子·十過篇》作"郎門之垝"。（危、垝字通。《喪大記》云："中屋履危。"）盼遂案：《儀禮》鄭注："危，棟上也。"孫氏失引。］再奏而列；三奏，延頸而鳴，舒翼而舞。音中宫商之聲，聲徹於天。平公大悦，坐者皆喜。平公提觴而起，爲師曠壽，反坐而問曰："樂莫悲於清徵乎？"師曠曰："不如清角。"平公曰："清角可得聞乎？"師曠曰："不可。昔者黄帝合鬼神於西大山之上，（王先謙曰："小泰山稱東泰山，故泰山爲西泰山。"）駕象輿，六玄（交）龍，（孫曰：《韓非子》作"蛟龍"。疑"玄"爲"交"字之誤。暉按：孫説是也。《風俗通·聲音篇》亦作"交龍"。《墨子》："黄帝合鬼神於泰山，駕象車，六蛟龍。"《文選·七發》："六駕交龍。"李注："以蛟龍若馬而駕之，其數六也。"）畢方并轄，（《文選·東京賦》薛注："畢方，父老神也。"盼遂案：《山海經》："鳥名畢方，見則其色有訛火。"《白澤圖》作"必方"，云："火之精也。"）蚩尤居前，風伯進掃，雨師灑道，虎狼在前，鬼神在後，蟲蛇伏地，白雲覆上，大合鬼神，乃作爲清角。今主君德薄，不足以聽之。聽之，將恐有敗。"平公曰："寡人老矣，所好者音也，願遂聽之。"師曠不得已而鼓之。一奏之，有雲從西北起；再奏之，風至，大雨隨之，（"風"上疑脱"大"字。《感虚篇》《韓非子·十過篇》《史記》補《樂書》并作"大風"。）裂帷幕，破俎豆，墮廊瓦。坐者散走。平公恐懼，伏於廊室。（盼遂案："廊室"下應依《史記》《韓非》補"之間"二字。古者廊下無室，不得云廊室也。）晋國大旱，赤地三年。平公之身遂癃病。〔是〕何謂也？（"是"字據本篇文例補。）

曰：是非衛靈公國且削，則晋平公且病，若國且旱亡（之）妖也。（"若"猶"或"也。"亡"當作"之"，形近而誤。下文云："曰：是蓋襄子且勝之祥也。"又云："曰：皆始皇且死之妖也。"又云："曰：是高祖初起威勝之祥也。"又云："曰：是高祖將起，張良爲輔之祥也。"句例并同。盼遂案："亡"當爲"之"，隸形相近而誤。此言晋平公且病及國且旱之妖也。下文"是蓋襄子且勝之祥也”“是始皇且死之妖”，皆與此同例。）師曠曰：“先聞此聲者國削。”二國先聞之矣。

何〔以〕知新聲非師延所鼓也？（“何”下脱“以”字。下文云：“何以知天下不實告之也。”又云：“何以知簡子所見帝非實帝也。”又云：“何以知非霍太山之神也。”語例并同。）曰：師延自投濮水，形體腐於水中，精氣消於泥塗，安能復鼓琴？屈原自沉於江，（赴汨淵自沉而死。）屈原善著文，師延善鼓琴，如師延能鼓琴，則屈原能復書矣。楊子雲吊屈原，（《漢書・雄傳》：“作書往往摭《離騷》文而反之。自岷山投諸江流，以吊屈原，名曰《反離騷》。”）屈原何不報？屈原生時，文無不作，不能報子雲者，死爲泥塗，手既朽，無用書也。屈原手朽無用書，則師延指敗無用鼓琴矣。孔子當泗水而葬，泗水却流。（注《書虚篇》。）世謂孔子神而能却泗水。（盼遂案：《論衡》恒用“而”代“能”字。此“能”字，後人旁注“而”，誤入正文者。）孔子好教授，猶師延之好鼓琴也，師延能鼓琴於濮水之中，孔子何爲不能教授於泗水之側乎？（舊本段。）

問曰：“黄石審老父，老父審黄石耶？”曰：〔黄〕石不能爲老父，老父不能爲黄石。（“曰”下脱“黄”字，程本同。今依錢、黄、王、崇文本增。）妖祥之氣，見故驗也。（“故”疑“吉”字之誤。“吉”壞爲“古”，寫者妄作“故”。《吉驗篇》：“吉驗見於地，或以人物，或以禎祥，或以光氣。”下文“皆妖祥之氣，吉凶之端也”并其證。）何以明之？晋平公之時，石言魏榆。（《水經》洞過水注，服虔曰：“魏，晋邑。榆，州里名。”《元和郡志》：“太原郡榆次，漢舊縣，春秋時，晋魏榆地。《史記》秦莊襄王二年，使蒙驁攻趙魏榆。”《春秋大事表》七之三：“今山西太原府榆次縣西北有榆次故城。”）平公問於師曠曰：“石何故言？”對曰：“石不能言，或憑依也。（“或憑依也”，疑當作“神或憑也”。《左・昭八年傳》作“或馮焉”。杜注：“謂有精神馮依石而言。”明《左傳》本有“神”字，而今本脱之。日庫本正作“神或馮焉”，《漢書・五行志》同。《説苑・辨物篇》作“有神憑焉”。臧琳《經義雜記》、李賡芸《炳燭編》謂《左傳》脱“神”字，是也。阮元謂《漢志》有“神”字，爲後人依杜注增，失之。此文即後人習於《左傳》誤本而妄删“神”字。“依”字爲“馮”字旁注誤入正文。）不然，民聽偏（濫）也。”（“偏”，宋本作“濫”，正與《左傳》同。杜曰：“濫，失也。”夫石不能人言，則亦不能人形矣。石言，與始皇時石墜東郡，民刻之，無異也。刻爲文，言爲辭，辭之與文，一實也。民刻文，氣發言，民之與氣，一性也。夫石不能自刻，則亦不能言；不能言，則亦不能爲人矣。）

同上，卷三十《自紀篇》：

充書不能純美。或曰：“……蓋師曠調音，曲無不悲；狄牙和膳，肴無澹味。

然則通人造書，文無瑕穢。……”（《新編諸子集成》本，中華書局，1990年）

班固撰，顔師古注《漢書》卷三十《藝文志》六藝略樂家：

《雅琴師氏》八篇。（名中，東海人，傳言師曠後。）

同上，諸子略小説家：

《師曠》六篇。（見《春秋》，其言淺薄，本與此同，似因托也。）

同上，兵書略陰陽家：

《師曠》八篇。（晋平公臣。）

同上，卷八十七下《揚雄傳》：

揚子曰："……是故鍾期死，伯牙絶弦破琴而不肯與衆鼓；獿人亡，則匠石輟斤而不敢妄斫。師曠之調鐘，俟知音者之在後也；（應劭曰："晋平公鐘，工者以爲調矣，師曠曰：'臣竊聽之，知其不調也。'至於師涓，而果知鐘之不調。是師曠欲善調之鐘，爲後世之有知音。"）孔子作《春秋》，幾君子之前睹也。……"

同上，卷一百上《叙傳》：

主人曰："……若乃牙、曠清耳於管弦，離婁眇目於豪分；逢蒙絶技於弧矢，班輸権巧於斧斤；良、樂軼能於相馭，烏獲抗力於千鈞；龢、鵲發精於針石，研、桑心計於無垠。僕亦不任厠技於彼列，故密爾自娱於斯文。"（中華書局，1962年）

王符著，汪繼培箋，彭鐸校正《潛夫論箋校正》卷六《相列》：

《詩》所謂"天生烝民，有物有則"。是故人身體形貌皆有象類，骨法角肉各有分部，以著性命之期，顯貴賤之表，一人之身，而五行八卦之氣具焉。故師曠曰"赤色不壽"，火家性易滅也。（《逸周書·太子晋解》云："汝色赤白，火色不壽。"）《易》之《説卦》："《巽》爲人多白眼"，相揚四白者兵死，此猶金伐木也。（王先生云："四白，謂睛之上下左右皆露白，《易》所謂多白眼也。相婦人法：目有四白，五夫守宅。見《唐書·方技袁天綱傳》。"）

同上，卷九《志氏姓》：

周靈王之太子晋，幼有成德，聰明博達，（《風俗通·正失篇》云："《周書》稱靈王太子晋幼有盛德，聰明博達。"今《逸周書·太子晋解》不載此文，蓋脱佚也。）温恭敦敏。穀、洛水鬥，將毁王宫，王（"王"舊脱。）欲壅之。太子晉諫，以爲不順天心，不若修政。（以上本《周語》。）晉平公使叔譽聘於周，見太子，與之言，五稱而三窮，逡巡而退，歸告平公曰："太子晉行年十五，而譽弗能與言，（鐸按：臣對君不得自稱其字，"譽"當從《周書》作"臣"。）君請事之。"平公遣師曠見太子晉。太子晉與語，師曠服德，深相結也。乃問曠曰："吾聞太師能知人年之長短。"師曠對曰："女色赤白，女聲清汗，（《逸周書》二語互轉，《風俗通》與此同。鐸按：《風俗通》脱"汗"字。）火色不壽。"晉曰："然。吾後三年將上賓於帝，女慎無言，殃將及女。"其後三年而太子死。（以上本《逸周書》。）孔子聞之曰："惜夫！殺吾君也。"世人以其豫自知去期，故傳稱王子喬仙。（"孔子聞之"以下，亦見《風俗通》。"知"字舊脱，據《風俗通》補。《列仙傳》云："王子喬者，周靈王太子晉也。"《漢書·梅福傳》云："至今傳以爲仙。"）仙之後，其嗣避周難於晉，家於平陽，因（"因"舊作"田"。）氏王氏。（《唐書·宰相世系表》云："周靈王太子晉，以直諫廢爲庶人，其子宗敬爲司徒，時人號曰王家，因以爲氏。"）其後子孫世喜養性神仙之術。（《梅福傳》云："福居家，嘗以讀書養性爲事。"）（《新編諸子集成》本，中華書局，1985年）

鄭康成注《易緯是類謀》：

觸耀世出，師曠樞，推音算律，如以度知且。（觸耀而出者，謂師曠者得聖人之一體，故觸耀而生，其人能知曆數樞機之事，有能推五音之清濁、算律之長短，以知將來之事也。）（《緯書集成》本，河北人民出版社，1994年）

應劭撰，王利器校注《風俗通義校注》卷二《正失·葉令祠》：

《周書》稱：靈王太子晉，幼有盛德，聰明博達，師曠與言，弗能尚也。晉年十五，顧而問曰："吾聞太師能知人年之短長也。"師曠對曰："女色赤白，女聲清，女色不壽。"晉曰："然。吾後三年，將上賓於天，女慎無言，禍將及女。"其後太子果死。孔子聞之曰："惜殺吾君也。"後世以其自豫知其死，傳稱王子喬仙。

同上，卷六《聲音·瑟》：

謹按：《世本》："宓羲作瑟，長八尺一寸，四十五弦。"《黄帝書》："泰帝使素女鼓瑟而悲，帝禁不止，故破其瑟爲二十五弦。"《春秋》："師曠爲晉平公奏清徵之音，有玄鶴二八，從南方來，進（"進"，《韓非子·十過篇》、《史記·樂書》、《論衡·感虚篇》《紀妖篇》作"集"。）於廊門之危，（"危"，原作"扈"，《拾補》曰："當作'危'，《韓非》作'垝'。注：'棟端也。’”器案：《論衡》兩篇俱作“危”，《禮記·喪大記》：“中屋覆危。”注：“危，棟上也。”）再奏之而成列，三奏之則延鵛（“鵛”，《拾補》校作“頸”，案郎本、鍾本、《拔萃》本作“頸”，《韓非》《史記》《論衡》俱作“頸”，“鵛”是俗字。《游仙窟》注引作“頭”。又胡本、《拔萃》本“頸”下有“而鳴”二字。）舒翼而舞，（《類聚》四四、《文選·司馬彪〈贈山濤詩〉》注、顏延之《曲水詩序》注、劉伶《酒德頌》注引馬融《琴賦》：“昔師曠三奏而神物下降，玄鶴二八，軒舞於庭，何琴德之深哉！”又案：《楚辭·九嘆》王注：“師曠鼓瑟，天下玄鶴，皆銜明月之珠以舞。”《書鈔》一〇九、《初學記》十六引《韓非子》：“師曠鼓瑟，有玄鶴銜明月珠，在庭中舞。”疑即此事。)音中宫商，聲聞於天。平公大説，坐者皆喜，平公提觴而起，爲師曠壽，反坐而問曰：‘音莫悲於清徵乎？’（《論衡》“音”作“樂”。）師曠曰：‘不如清角。’平公曰：‘清角可得聞乎？’師曠曰：‘不可。昔黄帝駕象車，（《文選·上林賦》：“乘鏤象。”張揖注：“鏤象，象路也，以象牙鏤其車輅。”顏延年《馬賦》：“代驂象輿。”注引《韓子》此文及《孔叢子》云：“楚昭王以安車象飾，因宰予以遺孔子。”《楚辭》云：“雜瑶象以爲車。”）六交龍，（“六”字原無，今據《拾補》校補。《墨子》《韓非子》《論衡》俱有“六”字。駕四馬謂之駟，駕六馬謂之六。……《墨子》《韓非子》“交”作“蛟”。）畢方并轄，蚩尤居前，風伯進掃，雨師灑道，虎狼（“虎狼”下，《韓非子》《論衡·紀妖篇》多“在前，鬼神”四字。）在後，蟲蛇伏地，（“蟲蛇”，《韓非》作“騰蛇”，“伏地”下有“鳳皇覆上”四字；《論衡》有“白雲覆上”四字。）大合鬼神於太山之上，（“太山”，《韓非》作“泰山”，《御覽》七九引《韓子》《論衡》作“西太山”，王先慎曰：“小泰山稱東泰山，故泰山稱西泰山。”）作爲清角；（《莊子·天運篇》：“北門成問黄帝曰：‘帝張《咸池》之樂於洞庭之野……建之乙太清。’”蓋即謂清角也。）今主君德薄，不足以聽之，聽之，將恐有敗。’平公曰：‘寡人老矣，所好者音也，願遂聞之。’師曠不得已而鼓之，一奏之，有雲從西北起，再奏之，暴風亟至，大雨澧沛，裂帷幕，破俎豆，墮廊瓦，坐者散走，（“坐”上原有“凡”字，《拾補》云：“《韓》無。”《識語》云：“‘凡’乃‘瓦’之訛文，當去。”器案：徐校是，今據删。“散”字，郎本誤作“敗”字。）平公恐懼，伏於室側，（“側”，大德本誤描作“惻”。《韓非》作“伏於廊室之間”。）身遂疾痛，（“疾痛”，《韓非》《淮南子·覽冥篇》《論衡》俱作“癃病”。）晋國大旱，赤地三年。（《御覽》七六引《莊子》亦載此事。《後漢書·臧官傳》注：“赤地，言在地之物皆盡。”）故曰：不務德（《韓非》“德”作“聽”。）治而好五音，則窮身之事也。”（以上見《韓非子·十過篇》。）今瑟長五尺五寸，非正器也。（《爾雅·釋樂》：“大瑟謂之灑。”郭

注："長八尺一寸。"則此長五尺五寸者，豈所謂小瑟者耶。)(《新編諸子集成續編》本，中華書局，2010年)

嵇康《嵇中散集》卷五《聲無哀樂論》：

主人應之曰："……且師襄奏操，而仲尼睹文王之容；師涓進曲，而子野識亡國之音。寧復講詩而後下言，習禮然後立評哉？斯皆神妙獨見，不待留聞積日，而已綜其吉凶矣。是以前史以爲美談。……"

主人答曰："……爾爲聽聲者不以寡衆易思，察情者不以大小爲異，同出一身者，期於識之也。設使從下則子野之徒，亦當復操律鳴管，以考其音。知南風之盛衰，别雅、鄭之淫正也。夫食辛之與甚噱，薰目之與哀泣，同用出淚，使狄牙嘗之，必不言樂淚甜，而哀淚苦。斯可知矣。……"

秦客難曰："雖衆喻有隱，足招攻難，然其大理當有所就。若葛盧聞牛鳴，知其三子爲犧；師曠吹律，知南風不競，楚師必敗；羊舌母聽聞兒啼，而審其喪家。凡此數事，皆效於上世，是以咸見録載。推此而言，則盛衰吉凶，莫不存乎聲音矣。今若復謂之誣罔，則前言往記，皆爲棄物，無用之也。以言通論，未之或安。若能明斯所以，顯其所由，設二論俱濟，願重聞之。"

又難云："'師曠吹律，知南風不競，楚多死聲。'此又吾之所疑也。請問師曠吹律之時，楚國之風邪？則相去千里，聲不足達；若正識楚國來入律中邪？則楚南有吴、越，北有梁、宋，苟不見其原，奚以識之哉？凡陰陽憤激，然後成風；氣之相感，觸地而發；何得發楚庭，來入晋乎？且又律吕分四時之氣耳，時至而氣動，律應而灰移。皆自然相待，不假人以爲用也。上生下生，所以均五聲之和，叙剛柔之分也。然律有一定之聲，雖冬吹中吕，其音自滿而無損也。今以晋人之氣，吹無損之律，楚風安得來入其中，與爲盈縮邪？風無形，聲與律不通，則校理之地，無取於風律，不其然乎？豈獨師曠博物多識，自有以知勝敗之形，欲固衆心，而托以神微，若伯常騫之許景公壽哉？"(商務印書館，1937年)

范曄撰，李賢注《後漢書》卷三十上《蘇竟傳》：

竟時在南陽，與龔書曉之曰："……皇天所以眷顧踟躕，憂漢子孫者也。論者若不本之於天，參之於聖，猥以《師曠雜事》輕自眩惑，説士作書，亂夫大道，焉可信哉？"(《師曠雜事》，雜占之書也。《前書》曰陰陽書十六家，有《師曠》八篇也。)

同上，卷三十六《陳元傳》：

升等又曰："……夫明者獨見，不惑於朱紫；聽者獨聞，不謬於清濁，故離朱不爲巧眩移目，師曠不爲新聲易耳。（桓譚《新論》曰：“晋師曠善知音。衛靈公將之晋，宿於濮水之上，夜聞新聲，召師涓告之曰：‘爲我聽寫之。’曰：‘臣得之矣。’遂之晋。晋平公饗之，酒酣，靈公曰：‘有新聲，願奏之。’乃令師涓鼓琴。未終，師曠止之曰：‘此亡國之聲也。’”）……”

同上，卷七十《孔融傳》：

融報曰：“……朱、彭、寇、賈爲世壯士，愛惡相攻，能爲國憂。至於輕弱薄劣，猶昆蟲之相齧，適足還害其身，誠無所至也。晋侯嘉其臣所争者大，而師曠以爲不如心競。性既遲緩，與人無傷，雖出胯下之負，榆次之辱，不知貶毁之於己，猶蚊虻之一過也。……”

同上，卷七十八《吕强傳》：

昔師曠諫晋平公曰：“梁柱衣繡，民無褐衣；池有棄酒，士有渴死；厩馬秣粟，民有飢色。近臣不敢諫，遠臣不得暢。”此之謂也。（《説苑》咎犯諫晋文公之辭也。）

同上，卷八十二上《方術列傳叙》：

……若夫陰陽推步之學，往往見於墳記矣。然神經怪牒，玉策金繩，關扃於明靈之府，封縢於瑶壇之上者，靡得而窺也。至乃《河》《洛》之文，龜龍之圖，箕子之術，師曠之書，（占灾異之書也。今書《七志》有《師曠》六篇。）緯候之部，鈐决之符，皆所以探抽冥賾，參驗人區，時有可聞者焉。其流又有風角、遁甲、七政、元氣、六日七分、逢占、日者、挺專、須臾、孤虚之術，及望雲省氣、推處祥妖，時亦有以效於事也。……（中華書局，1965年）

王嘉撰，蕭綺録，齊治平校注《拾遺記》卷三《周靈王》：

師曠者，或云出於晋靈之世，以主樂官，妙辨音律，撰兵書萬篇。時人莫知其原裔，出没難詳也。晋平公時，以陰陽之學顯於當世。熏目爲瞽人，以絶塞衆慮，專心於星算音律之中。考鐘吕以定四時，無毫厘之異。《春秋》不記師曠出何帝之時。曠知命欲終，乃述《寶符》百卷。至戰國分争，其書滅絶矣。

晋平公使師曠奏清徵，師曠曰：“清徵不如清角也。”公曰：“清角可得聞乎？”師曠曰：“君德薄，不足以聽之；聽之，將恐敗。”公曰：“寡人老矣，所好者音，願遂聽之！”師曠不得已而鼓，一奏之，有雲從西北方起；再奏之，大風至，大雨隨之，擊帷幕，破俎豆，墮廊瓦。坐者散走，平公恐懼，伏於廊室。晋國大旱，赤地三年。平公之身遂病。

同上，卷七《魏》：

魏禪晉之歲，北闕下有白光如鳥雀之狀，時飛翔來去。有司聞奏帝所。羅之，得一白燕，以爲神物，於是以金爲樊，置於宮中。旬日不知所在。論者云："金德之瑞。昔師曠時，有白燕來巢。"檢《瑞應圖》，果如所論。白色叶於金德，師曠晉時人也，古今之義相符焉。（中華書局，1981年）

司馬彪撰，劉昭注補《後漢書志》第十九《郡國一》司隸右扶風：

漆，有漆水。（《皇覽》曰："有師曠冢，名師曠山。"）有鐵。（中華書局，1965年）

沈約《宋書》卷二十九《符瑞志下》：

白燕者，師曠時銜丹書來至。

玉羊，師曠時來至。（闕）

河精者，人頭魚身，師曠時所受讖也。（闕）（中華書局，1974年）

劉勰著，范文瀾注《文心雕龍注》卷二《樂府》：

匹夫庶婦，謳吟土風，詩官采言，樂盲被律，志感絲篁，氣變金石。是以師曠覘風於盛衰，季札鑒微於興廢，精之至也。（人民文學出版社，1958年）

江淹撰，胡之驥注《江文通集彙注》卷三《清思詩五首》（其二）：

師曠操雅操，（《瑞應圖》曰：師曠鼓琴，通於神明。）延子聆奇音。玄鶴徒翔舞，清角自浮沉。明珰東南逝，精絲西北臨。白雲瑶池曲，上使淚淫淫。（中華書局，1984年）

酈道元著，陳橋驛校證《水經注校證》卷六《澮水》：

澮水出河東絳縣東澮交東高山，西過其縣南，（……《古文瑣語》曰：晉平公與齊景公乘至於澮上，見乘白驂八駟以來，有大狸身而狐尾，隨平公之車。公問師曠，對首陽之神，有大狸身狐尾，其名曰者，飲酒得福，則徼之，蓋於是水之上也。）又西南過虒祁宮南。（宮在新田絳縣故城西四十里，晉平公之所搆也。時有石言於魏榆，晉侯以問師曠，曠曰：石不能言，或憑焉。臣聞之，作事不時，怨讟動於民，則有非言之物言也。今宮室崇侈，民力凋盡，石言不亦宜乎？叔向以爲子野之言，君子矣。其宮也，背汾面澮，西則兩川之交會也。《竹書紀年》曰：晉出公五年，澮絶於梁，即是水也。……）

同上，卷二十二《渠（沙水）》：

渠出滎陽北河，東南過中牟縣之北，又東至浚儀縣（……《陳留風俗傳》曰：縣有蒼頡、師曠城，上有列仙之吹臺，北有牧澤，澤中出蘭蒲，上多俊髦，衿帶牧澤，方十五里，俗謂之蒲關澤。即謂此矣。梁王增築，以爲吹臺。城隍夷滅，略存故迹，今層臺孤立於牧澤之右矣。其臺方百許步，即阮嗣宗《咏懷詩》所謂駕言發魏都，南向望吹臺，簫管有遺音，梁王安在哉？晋世喪亂，乞活憑居，削墮故基，遂成二層，上基猶方四五十步，高一丈餘，世謂之乞活臺，又謂之繁臺城。……）……

同上，卷三十一《㶏水》：

㶏水出南陽魯陽縣西之堯山，（……《春秋·襄公十八年》，楚伐鄭，次於魚陵，涉於魚齒之下，甚雨，楚師多凍，役徒幾盡。晋人聞有楚師，師曠曰：不害，吾驟歌《北風》，又歌《南風》，《南風》不競，多死聲，楚必無功矣。所涉即㶏水也。……）東北過潁川定陵縣西北，又東過郾縣南，東入於汝。（中華書局，2013年）

賈思勰《齊民要術》卷一《收種》：

《師曠占術》曰：杏多實不蟲者，來年秋禾善。五木者，五穀之先，欲知五穀，但視五木。擇其木盛者，來年多種之，萬不失一也。

同上，卷三《雜説》：

師曠占五穀貴賤法：常以十月朔日，占春糶貴賤。風從東來，春賤；逆此者貴。以四月朔占秋糶，風從南來、西來者，秋皆賤；逆此者貴。以正月朔占夏糶，風從南來、東來者，皆賤；逆此者貴。

師曠占五穀曰：正月甲戌日，大風東來折樹者穀熟；甲寅日大風西北來者貴；庚寅日風從西來者皆貴。二月甲戌日，風從南來者稻熟；乙卯日不雨，晴明，稻上場不熟。四月四日雨，稻熟；日月珥天下喜；十五日、十六日雨，晚稻善。日月蝕。

師曠占五穀早晚曰：粟米常以九月爲本，若貴賤不時，以最賤所之月爲本。粟以秋得本，貴在來夏；以冬得本，貴在來秋。此收穀遠近之期也，早晚以其時差之。粟米春夏貴，去年秋冬什七；到夏復貴，秋冬什九者，是陽道之極也。急糶之勿留，留則太賤也。

黄帝問師曠曰："欲知牛、馬貴賤？"〔對曰：〕"秋葵下有小葵生，牛貴；大葵不蟲，牛、馬賤。"……

《師曠占》曰：黄帝問曰："吾欲占藥善，一心可知不？"對曰："歲欲甘，甘草先生。（薺。）歲欲苦，苦草先生。（葶藶。）歲欲雨，雨草先生。（藕。）歲欲旱，旱草先生。（蒺藜。）歲欲荒，荒草先生。（蓬。）歲欲病，病草先生。（艾。）”（中華書局，1956年）

蕭統編，李善注《文選》卷三《東京賦》（張平子）：

凡人心是所學，體安所習。鮑肆不知其臭，玩其所以先入。咸池不齊，度於蛙咬，而衆聽或疑。能不惑者，其惟子野乎！……

同上，卷十七《洞簫賦》（王子淵）：

……故貪饕者聽之而廉隅兮，狼戾者聞之而不懟。剛毅强虣反仁恩兮，嘽啴逸豫戒其失。鍾期、牙、曠悵然而愕立兮，杞梁之妻不能爲其氣。師襄、嚴春不敢竄其巧兮，浸淫叔子遠其類。

同上，卷十八《長笛賦》（馬季長）：

……逮乎其上，匍匐伐取。挑截本末，規摹彠矩。夔、襄比律，子野協吕。……

同上，《笙賦》（潘安仁）：

爾乃促中筵，携友生。解嚴顔，擢幽情。披黄包以授甘，傾縹瓷以酌醽。光歧儼其偕列，雙鳳嘈以和鳴。晋野悚而投琴，况齊瑟與秦箏。……（中華書局，1977年）

蕭繹《金樓子》卷四《立言篇九上》：

晋平公問師曠曰："吾年已老，學將晚耶？"對曰："少好學者，如日盛陽；老好學者，如炳燭夜行。"追味斯言，可爲師也。

同上，卷五《志怪篇十二》：

《地鏡經》凡出三家，有師曠地鏡，有白澤地鏡，有六甲地鏡。三家之經，但説珍寶光氣。前金樓先生，是嵩高道士，多游名山，尋丹砂於石壁上，見有古文，見照寶物之秘方，用以照寶，遂獲金玉。（中華書局，1985年）

庾信撰，吴兆宜注《庾開府集箋注》卷二《哀江南賦并序》：

若夫立德立言，謨明寅亮，聲超於繫表，道高於河上，更不遇於浮丘，遂無言於師曠，以愛子而托人，知西陵而誰望？（《文淵閣四庫全書》本）

陸德明《經典釋文》卷二十七《莊子音義》中《駢拇》：

師曠。（司馬云："晋賢大夫也，善音律，能致鬼神。"《史記》云："冀州南和人，生而無目。"）（中華書局，1983年）

歐陽詢《藝文類聚》卷五歲時下《律》：

（表）周王褒《上新定鍾表》曰：萬物生象，始乎算數；天道運行，基乎步術。量有輕重，平以權衡；音有清濁，協乎律吕。是以周發聽聲，候春冬之生殺；師曠吹律，知晋楚之衰亡。……

同上，卷十六儲宫部《儲宫》：

（《春秋外傳》）又曰：師曠見太子晋曰："吾聞太子之語，高於太山，願聞一言。"太子曰："吾聞太師之來，喜而又懼。汝知人年長短吉凶也。"師曠曰："君色赤，君聲清，火色不壽。"太子曰："然。却後三年，吾上賓於帝。汝慎無言，殃將及汝。"太子時年十五，後三年而卒。

同上，卷十九人部三《笑》：

《瑣語》曰：師曠御晋平公鼓瑟，輟而笑曰："齊君與其嬖人戲，墜於床而傷其臂。"平公命人書之曰："某月某日，齊君戲而傷。"問之於齊侯，笑曰："然，有之。"

同上，卷四十四樂部四《琴》：

《蔡琰别傳》曰：琰，字文姬，蔡邕之女。年六歲，夜鼓琴，弦斷。琰曰："第二弦。"邕故斷一弦，而問之。琰曰："第四弦。"邕曰："偶得之矣。"琰曰："吴札觀化，知興亡之國；師曠吹律，識南風之不競。由此觀之，何足不知？"

（賦）後漢馬融《琴賦》曰：惟梧桐之所生，在衡山之峻陂。於是遨閑公子，中道失志，孤煢特行，懷閔抱思。昔師曠三奏，而神物下降，玄鶴二八，軒舞於庭，何琴德之深哉？

同上，《笛》：

（賦）楚宋玉《笛賦》曰：余嘗觀於衡山之陽，見奇篠異幹，罕節簡枝之叢生也。其處磅磄千仞，絶溪陵阜，隆崛萬丈，磐石雙起，丹水涌其左，醴泉流其右。師曠將爲《陽春》《北鄭》《白雪》之曲，取其雄焉。宋意將送荆卿於易水之上，得其雌焉。於是天旋少陰，白日西靡，命嚴春，使午子，延長鵶，奮玉手，摛朱脣，曜皓齒，頳顏臻，玉貌起，吟清商，追流徵。

同上，卷六十二居處部二《臺》：

《陳留風俗傳》曰：浚儀有師曠、倉頡城，城上有列仙吹臺。

同上，卷八十火部《燭》：

《尚書大傳》曰：晋平公問師曠曰："吾年七十，欲學，恐已暮。"師曠曰："臣聞老而學者，如執燭之明。執燭之明，孰與昧行？"公曰："善。"（事具禮部學篇。）

同上，卷八十一藥香草部上《草》：

《師曠占》曰：黄帝問師曠曰："吾欲知苦樂善惡，可知否？"對曰："歲欲豐，甘草先生；甘草，薺也。歲欲苦，苦草先生；苦草，葶藶也；歲欲惡，惡草先生；惡草，水藻也。歲欲旱，旱草先生；旱草，蒺藜也。歲欲疫，病草先生；病草，艾也。"

同上，卷八十二草部下《葵》：

《師曠占》曰：黄帝問師曠，曰："欲知牛、馬貴賤？"〔對曰：〕"秋葵下小葵生，牛、馬貴；大葵不蟲，牛、馬賤。"

同上，卷八十五百穀部《穀》：

《師曠占》曰：黄帝問，師曠曰："杏多實不蟲者，來年秋善。五木者，五穀之先；欲知五穀，但視五木。擇其木盛者，來年益種之。"

同上，卷八十七果部下《杏》：

《師曠占》曰：梅桃杏實多者，來年謂之穰。

《師曠占》曰：杏多實不蟲者，來年秋善。

同上，卷九十九祥瑞部下《馬》：

《瑞應圖》曰：玉馬者，王者清明尊賢則至。一本曰：玉澤馬者，師曠時來。

（上海古籍出版社，1982年）

魏徵等《隋書》卷三十四《經籍三》子・五行：

《師曠書》三卷。

《雜占夢書》一卷。（梁有《師曠占》五卷，《東方朔占》七卷，《黄帝太一雜占》十卷，《和菟鳥鳴書》《王喬解鳥語經》《嚏書》《耳鳴書》《目瞤書》各一卷，董仲舒《請禱圖》三卷，亡。）

同上，卷六十九《王劭傳》：

劭以古有鑽燧改火之義，近代廢絶，於是上表請變火，曰："……昔師曠食飯，云是勞薪所爨。晋平公使視之，果然車輞。……"上從之。

同上，卷七十五《何妥傳》：

紂爲無道，太師抱樂器以奔周。晋君德薄，師曠固惜清徵。（中華書局，1973年）

釋道世撰，周叔迦、蘇晋仁校注《法苑珠林校注》卷四《日月篇第三・地動部》：

《師曠占》曰："春雷始起，其音柏柏。格其霹靂者，所謂雄雷，旱氣也。其鳴依音，音不大霹靂者，所謂雌雷，水氣也。"

《師曠占》曰："春分雨雷有音，如雷非雷，音在地中。其所住者兵起。其下無雷而雷，名曰天狗，行不出三年，其國凶。"（中華書局，2003年）

劉知幾著，浦起龍通釋《史通通釋》卷五《采撰》：

況古今路阻，視聽壤隔，而談者或以前爲後，或以有爲無，涇渭一亂，莫之能辨。而後來穿鑿，喜出異同，不憑國史，别訊流俗。及其記事也，則有師曠將軒轅并世，公明與方朔同時；堯有八眉，夔唯一足；烏白馬角，救燕丹而免禍；犬吠雞鳴，逐劉安以高蹈。此之乖濫，往往有旃。

師曠軒轅并世。（《列子・湯問》：焦螟集於蚊睫，師曠俯耳，弗聞其聲。唯黄帝與容成子居空峒之上，砰然聞之若雷霆。又《齊民要術》：《師曠占》曰：黄帝問曰："吾欲占藥善一心可知否？"對曰："歲欲雨，雨草先生，藕；欲旱，旱草先生，蒺藜；欲荒，荒草先生，蓬；欲病，病草先生，艾。"《史記》：黄帝，少典之子，名軒轅。）（上海古籍出版社，2009年）

瞿曇悉達《開元占經》卷六十六《石氏中官二・少微星占》：

韓楊曰："天官圖簿，少微四星謂第一處士、第二博士、第三義士、第四大夫也。"（别書云，有五星，南端一星主真人，老子、許由也；第二星處士，孔子也；第三星工士，奚仲、魯班也；第四星術士，定鐘律，師曠也；第五星，能士，力舉九千鈞也。《天官書》曰：廷蕃西有墮星五。案圖簿止有四星，且韓楊又云異聞，今故兼録也。）

同上，卷一百一《霜占》：

《師曠占》曰："春夏一日有霜雲者，君父治政大嚴、大苦、大殺，天以示之。何以言之？霜威殺萬草，坐大殺也。見變如此，宜損威殺，重人命。"

同上，卷一百二《雷》：

《師曠占》曰："春雷始起，其音柏柏格格霹靂者，謂雄雷旱氣也；其鳴依依音音不大，霹靂者，謂雌雷，水氣也。春不雨，有雷音在地中，其所有兵起其下。"

同上，卷一百十一《八穀占·候八穀貴賤及歲雜物蠶善惡》：

《師曠占》曰："常以正月一日迄十二日以占十二月，以日易月，每歲黄氣，其氣爲差歲，風從西來、西南來，皆爲穀貴，從東即穀賤。"

《師曠占》曰："正月七日風從西北來起，荆地弱，來人民，霖變訟，六畜貴，穀亦貴，過度歲不善。"

同上，卷一百十四《器服休咎城邑宫殿怪異占·器用休徵·玉罛》：

《瑞應圖》曰："玉罛者，師曠時來至雜紫綬。"

同上，卷一百十八《馬休徵·玉馬》：

《瑞應圖》曰："王者精明尊賢，則玉馬至。又曰：師曠時，玉馬出。"

同上，卷一百十九《羊犬豕占·羊休徵·玉羊見》：

《瑞應圖》曰："鐘律調，五音當節，則玉羊見師曠時。"

同上，卷一百二十《龍魚蟲蛇占·龍龜魚蟲瑞·玉龜》：

《瑞應圖》曰："玉龜者，爲聖國出，師曠時至，以録讖書。"（岳麓書社，1994年）

無名氏《陰符經解》下篇：

瞽者善聽，聾者善視。絶利一源，用師十倍。三反晝夜，用師萬倍。

筌曰：人之耳目，皆分於心，而竟於神，心分則機不精，神竟則機不微。是以師曠薰目而聰耳，離朱漆耳而明目。任一源之利，而反用師於心，舉事發機，十

全成也。退思三反，經晝歷夜，思而後行，舉事發機，萬全成也。（《文淵閣四庫全書》本）

杜佑撰，王文錦等點校《通典》卷五十五禮十五吉禮十四《禳祈》：

漢制：厲殃，祀天地日月星辰四時陰陽之神，以師曠配之。其壇常祀以禳灾，兼用三代葦茭、桃梗。五月五日，朱索五色印，爲門户飾，以儺止惡氣。……

魏祀五郊、六宗及厲殃。……王肅云："厲殃，漢之淫祀耳。日月有常位，五帝有常典。師曠自是樂祖，無事於厲殃。厲殃同人非禮器，雄黄等非禮飾。漢文除祕祝，所以稱仁明也。"（中華書局，1988年）

李吉甫《元和郡縣志》卷十五河東道二晋州洪洞縣：

師曠祠，在縣東南二十五里。（《文淵閣四庫全書》本）

韓愈撰，馬其昶校注《韓昌黎集校注》卷四《送高閑上人序》：

苟可以寓其巧智，使機應於心，不挫於氣，則神完而守固，雖外物至，不膠於心。堯、舜、禹、湯治天下，養叔治射，庖丁治牛，師曠治音聲，（曠，字子野，晋平公時人。）扁鵲治病，僚之於丸，秋之於奕，伯倫之於酒，樂之終身不厭，奚暇外慕？夫外慕徙業者，皆不造其堂，不嚌其胾者也。（上海古籍出版社，1986年）

柳宗元《柳河東集》卷四十五《非國語下・新聲》：

平公説新聲，師曠曰："公室其將卑乎，君之明兆於衰矣。"

非曰：耳之於聲也，猶口之於味也，苟説新味，亦將卑乎？樂之説，吾於無射既言之矣。（上海古籍出版社，1974年）

劉昫等《舊唐書》卷四十七《經籍下》丙部子録五行類：

《師曠占書》一卷。

同上，卷一百九十上《徐齊聃傳》：

齊聃上疏曰："昔姬誦與伯禽同業，晋儲以師曠爲友，匪唯專賴師資，固亦詳觀近習。……"（中華書局，1975年）

馮繼先《春秋名號歸一圖》卷上晋：

師曠（襄十八、昭八。）

子野（字也。昭八。）

工（昭九。《傳》曰："酌以飲工。"工，謂樂師師曠也。）（《文淵閣四庫全書》本）

李昉等《太平御覽》卷首《經史圖書綱目》：

《師曠占》。

同上，卷十天部十《雨上》：

《師曠占》曰："候月知雨多少。入月一日、二日、三日，月色赤黃者，其月少雨；月色青者，其月多雨。常以五卯日候，西北有雲如群羊者，即有雨至矣。冬戊巳、春辰巳日雨，蝗蟲食禾稼；立春雨，傷五木；立秋日雨，害五穀。常以戊巳日，日入時、出時欲雨，日上有冠雲大者，即多雨；小者，少雨。"

同上，卷十三天部十三《雷》：

《師曠占》曰："春雨初起，其音恪恪霹靂者，所謂雄雷，旱氣也；其鳴依依音不大霹靂者，謂之雌雷，水氣也。"

又曰："春分有音如雷非雷，音在地中，其所住者兵起。其主無雲而雷，名曰天狗行，不出三年，其國亡。"

又曰："初雷從金門起，上旬旱，下田熟。一曰，歲中兵革起也。"

同上，卷十四天部十四《霜》：

《師曠占》曰："春夏一日有霜雪者，君治政大嚴刻、大殺，天以示之，宜損威殺，重人命。"

同上，卷十六時序部一《曆》：

《易是類謀》曰："其觸耀而出師曠，曆推音算，以度知旦。"（觸耀而出，謂師曠得聖人之一體，故觸耀而生。其人能曆數樞機之事，又能推五音知將來之事。）

同上，卷十七時序部二《歲》：

《師曠占》曰："黃帝問師曠曰：'吾欲知歲苦樂善惡，可知否？'師曠對曰：'歲欲豐，甘草先生，薺也；歲欲饑，苦草先生，葶藶也；歲欲惡，惡草先生，水藻也；歲欲旱，旱草先生，蒺藜也；歲欲溜，溜草先生，蓬也；歲欲病，病草先生，艾也。'"

同上，卷二十二時序部七《夏中》：

《師曠占》曰："春夏一日有霜雪者，君父治政大殿（都甸切）大殺，天以示之。何以言之？霜威殺萬草，坐大殺也。見變如此，宜損威殺、重人之命也。"

同上，卷四十地部五《首陽山》：

《瑣語》曰："晋平公與齊景公乘，至於澮，見人乘白驂八駟，以來平公之前。公問師曠曰：'有犬狸身而狐尾者乎？'師曠有頃而答曰：'有之。其名曰□□（四庫本作"來者"，此本爲五空格）。首陽之神飲酒霍太山而歸，其居於澮乎？見之甚善，君有喜焉。'"

同上，卷六十三地部二十八河南諸水《濮水》：

《史記》曰："晋平公令師涓鼓琴，未終，師曠止之曰：'亡國之音也。'平公曰：'是何道出？'答曰：'此師延所作也。與紂爲靡靡之樂。武王伐紂，師延東走，自投濮水之中。故聞此聲必於濮水之上。無〔凡〕聞此聲者國削。'問，果於濮上得之。"

同上，卷一百八十九居處部十七《井》：

師曠問天老曰："人家忌：臘日殺生於堂上，有血光，一不祥；井上種桃，花落井，二不祥也。"

同上，卷三百六十九人事部十《臂》：

《瑣語》曰："晋師曠晝侍平公鼓瑟，輟而笑曰：'齊君與嬖人戲，墜床傷臂。'公書記之。使問齊侯，果如其言。"

同上，卷三百八十五人事部二十六《幼智下》：

《尸子》曰："蒲衣生八歲，舜讓以天下；周王太子晋，生八年而服師曠。"

同上，卷三百九十一人事部三十二《笑》：

《瑣語》曰："師曠侍晋平公鼓瑟，輟而笑曰：'齊君與其嬖人戲，墜於床而傷其臂。'平公命人書之曰：'某年某月，齊君戲而傷。'問之於齊侯，笑曰：'然，有之。'"

同上，卷四百四十七人事部八十八《品藻下》：

何晏《冀州論》曰："……審聽知機，莫賢乎師曠。……"

同上，卷四百七十四人事部一百一十五《禮賢》：

皇甫士安《高士傳》……又曰："亥唐者，晋人也。晋平公時，朝多賢臣，祁奚、趙武、師曠、叔向皆爲卿大夫，名顯諸侯。唐獨守道不官，隱於窮巷。平公聞其賢，致禮與相見，而請事焉。平公待於門，唐曰：'入。'公乃入。唐曰：'坐。'公乃坐。唐曰：'食。'公乃食。唐之食公也，雖疏食菜羹，公不敢不飽。"

同上，卷五百一十九宗親部九《女》：

《蔡琰别傳》曰："琰，邕之女，年六歲。邕中夜鼓琴，弦絶，琰曰：'第二弦。'邕乃故絶一弦，琰曰：'第四弦。'邕曰：'汝偶得中之？'琰曰：'昔吴季札觀樂，知國之興亡；師曠吹律，識南風之不競。由此言之，何得不知？'邕奇之。"

同上，卷五百三十七禮儀部十六《巡狩》：

《黄帝太一密推》曰："師曠曰：'先知巡狩之年，當視太一與天目在四維之歲，法爲巡狩；若不出，則遣使者按行風俗。太一雖在四維，不出也；即出，知巡狩何方，以人主所在處之。'"

同上，卷五百六十禮儀部三十九《冢墓四》：

《皇覽・冢墓記》……又曰："師曠冢，在右扶風，名曰師曠山。人民不敢上其上。"

同上，卷五百七十八樂部十六《琴中》：

《大周正樂》曰："師襄子，夫子琴師也。方子春，教成連先生鼓琴，能化人情者也。成連先生，教伯牙鼓琴者也。鍾子期，善聽，知音者；子期死，伯牙終身不鼓琴者也。顔淵聽夫子琴，知周衰者也。涓子，操琴心玉篇者也。禽高，以琴養性，求仙於羅浮山中，鼓琴於郢中，奏《陽春》《白雪》者也。雍門周，以琴感孟嘗君悲者也。鄒忌，與齊王言琴事，以方正定德者也。榮啓期，對夫子彈琴，言三樂之事者也。禽孟，臨戀户死，而琴歌者也。應侯鼓，賈子對以取牛婦人者也。子桑，飢寒欲死，鼓琴而歌者也。師曠，爲晋平公探微（四庫本作"操徵"。），感玄鶴二七下舞者也。師涓，寫濮上琴聲者也。子夏，除喪，曰琴樂，曰不敢不至者也。閔子騫，除喪，曰彈琴不成聲者也。宓子賤，治單父，不下堂，彈琴而邑自理者也。踞轉鼓琴，春秋晋大夫張骼輔轢者也。衛師曹，衛獻公令師曹教公嬖妾，師曹鞭之，公怒之，鞭師曹三百者也。"

同上，卷五百七十九樂部十七《琴下》：

（《琴書》）又曰："師涓，紂之樂官也。善鼓琴，感駟馬嘘天仰秣。或曰師曠傳。雖二，疑即是一。"

《瑞應圖》曰："師曠鼓琴，通於神明，而白鵠翔。"

《琴書》曰："師曠，晋之樂官也。工於琴，能易寒暑，召風雨。爲晋平公鼓之，感玄鶴六下舞。"

同上，卷七百四十疾病部三《盲》：

《文子》曰："師曠瞽爲太師。"

同上，卷七百六十七雜物部二《瓦》：

《莊子》曰："師曠爲晋平公作《清角》。一奏，有雲從西北起；再奏，大雨，大風隨之，裂帷幕，破俎豆，墮廊瓦。平公懼，伏於室内。"

同上，卷八百三珍寶部二《珠下》：

孫柔之《瑞應圖》曰："晋平公鼓琴，有玄鶴二八而下，銜明珠，舞於庭。一鶴失珠，覓得而走，師曠掩口而笑。"

同上，卷八百三十七百穀部一《穀》：

師曠曰："杏多實不蟲者，來年秋喜。五穀之先，欲知五穀，但視五木。擇其木盛者，來年益種之。"

同上，卷八百六十飲食部十八《餠》：

《玄晏春秋》曰："衛倫過予而宴，論及於味，倫稱侍中劉子楊'食餠知鹽生精，味之至也'。予曰：'昔師曠識勞薪，易牙别淄澠。子揚之妙，抑末乎？'倫曰：'晋曠、齊牙，古之精也；魏之子揚，今妙也。子何間焉？'"

同上，卷八百七十八咎徵部五《霜》：

《師曠占》曰："春夏一日有霜者，君父母治政大嚴大殺，天以示之。何以言之？霜威殺萬草，坐不殺也。見變如此，宜損威殺，重人之命。"

同上，卷九百十七羽族部四《雉》：

《瑣語》曰："有鳥從飛西方來，白質，五色皆備，集平公之庭，相見如讓。公召叔向問之，叔向曰：'吾聞師曠曰：西方有白質鳥，五色皆備，其名曰翬。南方赤質，五色備，其名曰摇。其來爲吾君臣，其祥先至矣。’”

同上，卷九百十八羽族部五《鷄》：

《師曠占》曰：“長吏乘車出入行步道上，有鷄飛集車上者，雄還雌去。”

同上，卷九百五十二木部一《木上》：

《正論》曰：“師曠曰：‘人骨法，猶木有曲直，曲者爲輪，直者爲輿，檀宜作輻，榆宜作轂。’”（中華書局，1960年）

李昉等《文苑英華》卷七百七十一“喻對”《奔蜂對》（唐·陸龜蒙）：

晋悼公見奔蜂屬土於墉，負桑蟲而置之，若有言者，不勝其疑也，即召師曠，以詰其事。曠對曰：“奔蜂無子，負蟲而祝之。祝之不怠，故其形隨之而化也。”公駭其説，曠因從而理之曰：“伊蜂也，欲蟲肖巳之速，是故祝之誠。夫誠之感物，雖千品萬形之殊，未有不從而應之者也。誠之不達，感之不應，雖體質外均，而其心化爲他類矣。臣願以人事明之。在昔堯欲天下之治，祝舜以禪之，舜恐天下未治，祝禹以傳之，傳之誠，故三姓之天下，化爲一家之治也。是則堯、舜非不能化其子，蓋將傳其祝於至公也。是臣又敢以晋國事直啓王心，冀王之速悟。日者，曲沃桓叔恤民務德，有國之人被其祝，無幾而化之，雖晨風鬱林、魚龍趨潭，不是過也。逮乎獻公納士蔿之讒，逐群公子；伐麗戎而嬖其女，使太子將東山之師，龍凉玦離，顯以義絶，讒言卒行。見新城之酷，二公子繼踵而奔亡。當是時，懼獻公之毒，不啻狼虎之磨牙也，此則父化爲虎狼矣。既而使兵伐蒲，又加兵於屈，視其子之居，不啻寇戎之所聚也，此則子化爲寇戎矣。文公在外十九年，賢士五人爲之輔，公蚤夜而祝之，故異體化爲一身也。及夫齊桓妻以宗女，楚成待以諸侯，送之於秦，卒以得立，此則化於他國，不能化於父子。聞諸獻公未嘗誠而祝之也。是知善祝而他類化者，奔蜂也。不祝而己子離者，獻公也。君子謂公之智不如蜂，蜂猶能蕃其類，今君先有晋國，宜乎上保宗廟之基，下近（疑作“延”）百代之資，擇其可化而化之，無俾奔蜂逞術於君王。”悼公曰：“小問而大獲，孤之幸也。孤其念焉。”乃立其彪爲太子，而使田蘇爲傅。（中華書局，1966年）

樂史《太平寰宇記》卷一河南道一東京上開封府開封縣：

吹臺，在縣南五里。《陳留風俗傳》：“縣有蒼頡、師曠城，其城上有列仙吹臺，梁孝王亦增築焉。”朱梁開平二年改繁臺爲講武臺，此即吹臺也。其後有繁氏居其側，里人乃以姓呼之。

同上，卷四十三河東道四晋州洪洞縣：

師曠祠，在縣東南二十五里。

同上，卷四十七河東道八絳州：

（人物）師曠。（中華書局，2007年）

王欽若等《册府元龜》卷七百四十一陪臣部《規諫二》：

師曠，字子野，晋太師也。衛公出奔，師曠侍於晋侯。晋侯曰："衛人出其君，不亦甚乎？"對曰："或者其君實甚。良君將賞善而刑淫，養民如子，蓋之如天，容之如地。民奉其君，愛之如父母，仰之如日月，敬之如神明，畏之如雷霆。其可出乎？夫君，神之主而民之望也。若困民之主，匱神乏祀，百姓絶望，社稷無主，將安用之，弗去何爲？天生民而立之君，使司牧之，勿使失性。有君而爲之貳，使師保之，勿使過度。是故天子有公，諸侯有卿，卿置側室，大夫有貳宗，士有朋友，庶人工商皂隸牧圉皆有親暱，以相輔佐也。善則賞之，過則正之，患則救之，失則革之。自王以下，各有父兄子弟，以補察其政。史爲書，瞽爲詩，工誦箴諫，大夫規誨，士傳言，庶人謗，商旅於市，百工獻藝。故《夏書》曰：'遒人以木鐸徇於路，官師相規，工執藝事以諫。'正月孟春，於是乎有之，諫失常也。天之愛民甚矣，豈其使一人肆於民上，以從其淫，而棄天地之性？必不然矣。"石言於晋魏榆。晋侯問於師曠曰："石何故言？"對曰："石不能言，或馮焉。不然，民聽濫也。抑臣又聞之，曰'作事不時，怨讟動於民，則有非言之物而言'。今宫室崇侈，民力彫盡，怨讟并作，莫保其性，石言，不亦宜乎？"於是晋侯方築虒祁之宫。叔向曰："子野之言，君子哉！君子之言，信而有徵，故怨遠於其身。小人之言，僭而無徵，故怨咎及之。《詩》曰：'哀哉不能言，匪舌是出，惟躬是瘁。哿矣能言，巧言如流，俾躬處休。'其是之謂乎！是宫也成，諸侯必叛，君必有咎。夫子知之矣。"晋平公閑居，師曠侍坐。平公曰："子生無目，甚矣子之墨墨也。"師曠對曰："天下有五墨墨，而臣不得與一焉。"平公曰："何謂也？"師曠曰："群臣行賂以采名譽，百姓侵冤，無所告訴，而君不悟，此一墨墨也。忠臣不用，用臣不忠，下才處高，不肖臨賢，而君不悟，此二墨墨也。奸臣欺詐，空虚府庫，以其少才，覆塞其惡，賢人逐，奸邪貴，而君不悟，此三墨墨也。國貧民罷，上下不和，而好財用兵，嗜欲無厭，諂諛之人，容容在傍，而君不悟，此四墨墨也。至道不明，法令不行，吏民不正，百姓不安，而君不悟，此五墨墨也。國有五墨墨而不危者，未之有也。墨墨耳，何害乎國家哉？"

同上，卷八百五十六總録部《知音》：

師曠，晋太師也。初，衛靈公將之晋，至於濮水之上舍。夜半，聞鼓琴聲，問左右，皆對曰“不聞”。召師涓曰：“吾聞鼓琴音，問左右，皆不聞。其狀一似鬼神，爲我聽而寫之。”師涓曰：“諾。”因端坐援琴，聽而寫之。明日曰：“臣得之矣，然未習也。請宿習之。”靈公曰：“可。”因復宿。明日報曰：“習矣。”即去之晋。見晋平公，置酒於施惠之臺。酒酣，靈公曰：“今者來，聞新聲，請奏之。”平公曰：“可。”即令師涓坐師曠旁，援琴鼓之。未終，師曠撫而止之，曰：“此亡國之聲也，不可聽。”平公曰：“何道出？”師曠曰：“師延所作也。延與紂爲靡靡之樂。武王伐紂，師延東走，自投濮水之中。故聞此聲必於濮水之上。先聞此聲者國削。”平公曰：“寡人所好者音也，願遂聞之。”師涓鼓而終之。平公曰：“音無此最悲乎？”曠曰：“有。”平公曰：“可得聞乎？”師曠曰：“君德義薄，不可以聽之。”平公曰：“寡人所好者音也，願聞之。”師曠不得已，援琴而鼓之。一奏之，有玄鶴二八，集乎廊門；再奏之，延頸而鳴，舒翼而舞。平公大喜，起而爲師曠壽，反坐，問曰：“音無此最悲乎？”曠曰：“有。昔者黄帝以大合鬼神。今君德義薄，不足以聽之，聽之將敗。”平公曰：“寡人老矣，所好者音也，願遂聞之。”師曠不得已，援琴而鼓之。一奏之，有白雲從西北起；再奏之，大風至，而雨隨之，飛廊瓦。左右皆奔走，平公恐懼，伏於廊屋之間。晋國大旱，赤地三年。聽者或吉或凶。夫樂不可妄興也。又楚師伐鄭，晋人聞有楚師，師曠曰：“不害。吾驟歌北風，又歌南風，南風不競，多死聲，楚必無功。”董叔曰：“天道多在西北，南師不時，必無功。”叔向曰：“在其君德也。”後平公鑄爲鐘，使工聽之，皆以爲調矣。師曠曰：“不調，請更鑄之。”公曰：“吾皆爲調矣。”師曠曰：“後世有知音者，知鐘不調也。臣竊耻之。”至於師涓，而果知其鐘之不調也。（中華書局，1960年）

姚鉉《唐文粹》卷三十三上文丙吊古三《書師曠廟文》（袁皓）：

吟篁怨桐，天其聲乎？鏘石鏗金，天其文乎？擊革鳴絲，天其暢乎？匏土之韵，天其和乎？天有至音，寄斯八物。先生不生，斯音鬱鬱。先生既生，斯音在律。嗚呼！先生之耳，時可求也；先生之心，不可得也。天全，樂乎？先生之無神乎？愚固狂而不可攄。先生之有神乎？愚堅誠而乞其圖。先生之耳有神乎？化爲天下之耳。先生之心有神乎？化爲天下之心者。可以舒於今，然後家家知舜琴。（浙江人民出版社，1986年）

王堯臣等《崇文總目》卷四十二五行類上：

《師曠擇日法》一卷。（中華書局，1985年）

歐陽修、宋祁撰《唐書》卷五十九《藝文志三》丙部子録五行類：

《師曠占書》一卷。（中華書局，1975年）

歐陽修著，洪本健校箋《歐陽修詩文集校箋·居士集》卷八《夜坐彈琴有感二首呈聖俞》（其二）：

鍾子忽已死，伯牙其已乎！絶弦謝世人，知音從此無。瓠巴魚自躍，此事見於書。師曠嘗一鼓，群鶴舞空虛。吾恐二三説，其言皆過歟。不然古今人，愚智邈已殊。奈何人有耳，不及鳥與魚？

同上，《外集》卷二十三《書梅聖俞稿後》：

……堯舜之時，夔得之，以和人神，舞百獸。三代春秋之際，師襄、師曠、州鳩之徒得之，爲樂官，理國家，知興亡。周衰官失，樂器淪亡，散之河海。……（上海古籍出版社，2009年）

司馬光撰，胡三省音注《資治通鑒》卷一百八十六《高祖神堯大聖光孝皇帝上之中》：

（武德元年）禮部尚書李綱諫曰：“古者樂工不與士齒，雖賢如子野、師襄，皆世不易其業。（子野，晋樂師曠字。襄，魯樂師。）唯齊末，封曹妙達爲王安馬駒，爲開府，有國家者以爲殷鑒。今天下新定，建義功臣，行賞未遍，高才碩學，猶滯草萊，而先擢舞胡爲五品，使鳴玉曳組趨翔廊廟，非所以規模後世也。”（中華書局，1956年）

鄭獬《鄖溪集》卷二十三五言古詩《雜興三首》（其二）：

塊泥封兩耳，師曠亦爲聾。離朱捏兩目，觸面不得通。折弓斷其臂，安得爲逢蒙？白日照六合，光耀當天中。苟爲物所蝕，齯齒猶成童。君子誠其意，默通大化工。所以虞舜明，不在雙重瞳。（《文淵閣四庫全書》本）

黄庭堅《黄庭堅全集》外集卷第六《次韵孔四著作早行》：

……塵埃好在三尺桐，不疑萬世期子野。（《左傳》：昭八年，石言於晋魏榆。晋候問於師曠，對曰云云。叔向曰：“子野之言，君子哉！”注云：“子野，師曠字。”晋成公綏《琴賦》云：“伯牙彈而駟馬仰秣，子野揮而玄鶴翔鳴。”）（四川大學出版社，2001年）

歐陽忞《輿地廣記》卷五“四京”·開封：

蓼堤，梁孝王築，東至睢陽，長三百里。有吹臺，今曰繁臺，本晋師曠作之，梁孝王增築焉。（中華書局，1985年）

王當《春秋臣傳》卷十八《襄公二·晋師曠》：

師曠，字子野，晋樂師也。衛侯出奔，師曠侍於悼公，公曰：“衛人出其君，不亦甚乎？”對曰（略）。純門之役，楚師多凍，役徒幾盡。晋人聞有楚師，師曠曰：“不害。吾驟歌北風，又歌南風，南風不競，多死聲，楚必無功。”董叔曰：“天道多在西北，南師不時，必無功。”叔向曰：“在其君之德也。”平公説新聲，師曠曰：“公室其將卑乎？君之明兆於衰矣。夫樂以開山川之風，以耀德於廣遠也。”昭八年春，石言於魏榆。晋侯問於師曠曰：“石何故言？”對曰：“石不能言，或馮焉。不然，民聽濫也。抑臣聞之，作事不時，怨讟動於民，則有非言之物而言。今宫室崇侈，民力彫盡，怨讟并作，莫保其性，石言，不亦宜乎？”於是晋侯方築虒祁之宫。叔向曰：“子野之言，君子哉！君子之言，信而有徵，故怨遠於其身。小人之言，僭而無徵，故怨咎及之。是宫也成，諸侯必叛，夫子知之矣。”

贊曰：……孔子稱“子産古之遺愛，叔向古之遺直”，明非春秋之才也。師曠之博達，庶乎二子之風哉！（《文淵閣四庫全書》本）

葉廷珪《海録碎事》卷九下博物門《勞薪飯》：

師曠食飯，云是勞薪所炊，晋平公使視之，果然車軸。（上海辭書出版社，1989年）

曾慥《類説》卷三十四摭遺《論琴》：

舜作五弦琴，歌南風，思長養之德也。後增之文武二弦。師曠一曲未終，則大風雨隨，三年國大旱。甚哉，正聲之作，薄德者不可聽也！其曲不過《廣陵散》《風入松》《别鶴怨》十餘弄耳。今好琴者雜以新聲。悲夫！（《北京圖書館古籍珍本叢刊》本，書目文獻出版社，1988年）

鄭樵《通志》卷二十八《氏族略四·以名爲氏》晋人名：

曠氏。（《風俗通》，師曠之後。）

同上，《以官爲氏》：

師氏。（《風俗通》，師，樂人瞽者之稱。晋有師曠，魯有師乙，鄭有師悝、師觸、師蠲、師成也。宋師顔，爲翰林學士。建隆登科有師庚、師先，并眉州也；

師晞孟，汝州人。望出琅邪，平原，太原。）

同上，卷四十三《禮略二・吉禮下》葦茭桃梗（禳祠）：

漢制，厲殃，祀天地日月星辰四時陰陽之神，以師曠配之。其壇常祀以禳灾，兼用三代之儀，以葦茭桃梗。五月五日，朱索五色印爲門户飾，以儺止惡氣。

同上，卷四十九《樂略一・正聲》琴操五十七曲（九引）：

《霹靂引》，亦曰《吟白虎》，亦曰《舞玄鶴》。（楚商梁所作。商梁出游九皋之澤，遇風雷霹靂，懼而歸，作此引。又晉平公召師曠援琴而鼓，清徵一奏，有玄鶴二八來集，再奏而列，三奏延頸而鳴，舒翼而舞。所謂舞玄鶴者，蓋本於此。往往其音不殊，故合爲一，不然則本舞玄鶴之聲，而爲《霹靂引》。）

同上，卷六十六《藝文略四》史類第五食貨豢養：

《禽經》，一卷。（師曠撰。）

同上，卷六十八《藝文略六》五行類第八五行二陰陽：

《師曠書》，三卷。

《黄帝朔書》，一卷。（師曠、東方朔撰。）

同上，卷一百二十七《列傳》第四十晉《陳頵》：

結曰："張彦真以爲汝潁巧辯，恐不及青、徐儒雅也。"頵曰："彦真與元禮不協，故設過言老子、莊周生陳梁，伏羲、傳説、師曠、大項出陽夏。漢、魏二祖，起於沛、譙，準之衆州，莫之與比。"

同上，卷一百八十一《藝術傳》第一晉《師曠》：

師曠者，字子野，晉樂太師也。晉平公三年冬，楚公子午帥師伐鄭。晉人聞有楚師，師曠曰："不害。吾驟歌北風，又歌南風，南風不競，多死聲，楚必無功。"董叔曰："天道多在西北，南師不時，必無功。"叔向曰："其在君之德也。"既而，楚師多凍，役徒幾盡。二十四年春，有石言於魏榆。平公問於師曠曰："石何故言？"對曰："石不能言，或馮焉。不然，民聽濫也。抑臣又聞之，曰'作事不時，怨讟動於民，則有非言之物而言'。今宫室崇侈，民力彫盡，怨讟并作，莫保其性，石言，不亦宜乎？"於是平公方築虒祈之宫。叔向曰："子野之言，君子哉！君子之言，信而有徵，故怨遠於其身。小人之言，僭而無徵，故怨咎及之。《詩》曰'哀哉不能言，匪言是出。唯躬是瘁，哿矣能言。巧言如流，俾躬處休’，其是之謂乎？是宮也成，諸侯必叛，夫子知之矣。”

初，衛靈公將如晋，次於濮水之上。聞琴聲焉甚哀，使師涓以琴寫之，謂之新聲。至晋，爲平公鼓之，師曠撫其手而止之，曰：“止，此亡國之音也。昔師延爲紂作靡靡之樂，後而自沈於濮水之上，聞此聲者必於濮水之上乎？”其後，平公竟説之。師曠曰：“公室其將卑乎，君之明兆於衰矣。夫樂以開山川之風也，以耀德於廣遠也，風德以廣之，風山川以遠之，風物以聽之，循詩以咏之，循禮以節之。夫德廣遠，而有時節，是以遠服而邇不遷。今君説新聲，欲毋衰，得乎？”自是晋政在大夫，而公室遂衰焉。（中華書局，1987年）

李石《續博物志》卷二：

師曠奏清角，有鶴集廊門，延頸而鳴，飾翼而舞。今世有馴養之鶴，聞歌曲，拊掌而舞者，習之也。（中華書局，1985年）

林栗《周易經傳集解》卷四《師・初六》：

古者斷竹爲律，吹中聲以驗氣候。輕重長短，毫厘不差，度量權衡，於此而取則焉。是以後世法令，通謂之律，取其無差忒也。今此言否臧之凶，直謂法律爾，非謂吹律以聽軍聲也。若謂吹律以聽軍聲，一樂師之職耳。世無師曠，戰勝攻取固自若也，何以言其凶乎？（《文淵閣四庫全書》本）

羅願撰，石雲孫點校《爾雅翼》卷四釋草四《薺》：

薺既亭歷，其死同時，其生亦早，而所主不同。蓋師曠之占，以薺爲甘草，亭歷爲苦草，水藻爲惡草，蒺藜爲旱草，艾爲病草；歲將豐，或苦、惡、旱、疫，則輒有一草應而先生之。唯土以稼穡作甘，而薺又草之甘者，故以爲歲豐之候。

同上，卷十六釋鳥四《雕》：

師曠曰：“南方有鳥，名曰羌鷲，黄頭赤目，五色皆備。”《禽經》則云“雕以周之，鷲以就之”，言其所從搏擊之異，則其説不同。然則鷲乃雕之大者耳。鷲多黑色，則所謂皂雕是也。

同上，卷二十一釋獸四《狐》：

《詩》曰：“莫赤匪狐，莫黑匪烏。”言其上下并爲威虐，莫適擇也。今狐所在，烏輒群而噪之，蓋皆妖祥之禽，人之所去也。又師曠以爲：“東方有鳥，文身朱足，憎烏而愛狐。”然則狐可好，烏可惡。今并爲威虐，則莫適求愛憎之正矣。

同上，卷二十四釋蟲一《蜀》：

師曠《禽經》曰："蜀不獨宿。"不知何物也。蜀不獨宿，故以嘆獨宿者。於文，"獨"字從"蜀"，則蜀當獨處爾。（黄山書社，1991年）

葉適《習學記言》卷十《左傳·襄公一》：

師曠言立君之義，乃古人遺説，孟子蓋知之。後世之論殊不同，雖不可改，然古義不可不知也。孔子曰："所謂大臣者，以道事君，不可則止。"然則後世之論，亦不出於孔孟也。

同上，卷十一《左氏·襄公二》：

叔向非以私意進退人者，爲國事爾，然師曠謂不心競而力争，不務德而争善，語意深長。蓋横流薄俗日益其鬥耳。

同上，《七至二十二》：

師曠對石言，微及虒祁，而叔向以爲"信而有徵，故怨遠於其身"，蓋取諷爾。然屠蒯直入酌飲，而晋侯爲之徹酒，苟躒爲卿則諷，固不如諫也。古之置諫臣，不主諷也。（中華書局，1977年）

王楙《野客叢書》卷二十八《禽經》：

章茂深嘗得其婦翁石林所書《賀新郎詞》，首曰"睡起啼鶯語"，章疑其誤，頗詰之。石林曰："老夫嘗考之矣！流鶯不解語，啼鶯解語，見《禽經》。"僕因求之，《禽經》止一卷，不載所著人名，自漢《七略》、《隋·經籍志》、《唐·藝文志》、本朝《崇文書目》皆不載。觀其洞究物理，殆非常人所爲。觀《埤雅》及諸書述《禽經》所載，而今《禽經》無之，尚數十條。如"鶴以怨望，鴟以貪顧，雞以嗔視，鴨以怒睨，雀以猜懼，燕以狂盱，鶯以喜囀，烏以悲啼，鳶以飢鳴，鴿以潔唳，梟以凶叫，鴟以愁嘯""鵜飛則蜮沉，鵙鳴則蚓結""鵲俯鳴則陰，仰鳴則晴""陸生之鳥，咮多鋭而善啄，水生之鳥，咮多圓而善唼""短腳者多伏，長腳者多立"。凡此，在今書皆所不聞，疑《禽經》非全本。此語得之鮑夷白。僕又觀之，如"鷺目成而受胎，鶴影接而懷卵""鴛鴦交頸，野鵲傳枝"，此見《變化論》。"鶴以聲交，鵲以意交，鵁鶄以睛交而孕"，此見《爾雅疏》。"魚瞰，雞睨，鳥無肺胃，蜃無髒"，見《崇有論》。此類甚多，皆《禽經》所當收者。鮑夷白謂《禽經》非後人作。僕考古今群書類目，并無《禽經》；又觀《三國志》，陳長文引《牛經》《馬經》《鷹經》及諸《相印》《相笏》等經，謂皆出於漢世，獨不聞《禽經》之説。今《崇文書目》載《馬經》《鶴經》《駝經》《鷹

經》《龜經》，亦無《禽經》，疑後人所作。《埤雅》謂師曠作。（上海古籍出版社，1991年）

高似孫《緯略》卷一《貝經》：

師曠有《禽經》，浮邱公有《鶴經》，雖相畜亦有《牛經》《馬經》《狗經》，下至蟲魚有《龜經》《魚經》。朱仲所傳《貝經》怪奇，今録於此。……

同上，卷七《鹽生》：

《秦記》曰："會稽王道子，爲符朗設盛饌，朗曰：'鹽味少生。'"《元晏春秋》曰："衛倫稱劉子陽食餅，而知鹽生，精味之至。師曠善識味，平公賜之食，師曠曰：'此勞薪爲爨。'平公試問之，宰人曰：'用故車腳炊飯。'"晋武帝賜荀勗食，進飯，即謂座人曰："此勞薪炊飯也。"座者未之信，密遣問之，果是車腳炊也。蓋此之謂。（中華書局，1985年）

陳振孫《直齋書録解題》卷十二形法類：

《師曠禽經》一卷。

稱張華注。（上海古籍出版社，1987年）

黄震《古今紀要》卷一：

師曠。（因衛靈公無道見出，警悼公使受代；烏鳥聲樂知齊師遁；南風不競知楚無功；侍齊景鼓琴；笑叔向言齊相；謂叔向與子員不心由臣之力；石不能言；競而力争；知絳縣年。）（《文淵閣四庫全書》本）

王應麟著，張三夕、楊毅點校《漢藝文志考證》卷八《兵陰陽》：

《師曠》八篇。

《隋志》：《師曠書》三卷。《後漢·蘇竟傳》云："猥以師曠雜事，輕自眩惑。"注：雜占之書也。《方術傳·序》"師曠之書"注：今書《七志》有《師曠》六篇，占灾異。（《淮南子》曰："萇弘、師曠先知禍福，言無遺策。"又小説有《師曠》六篇。）（中華書局，2011年）

王應麟著，閻若璩、何焯、全祖望注《困學紀聞》卷六《左氏》：

師曠"驟歌北風，又歌南風"，服氏注："北風，無射、夾鐘以北；南風，姑洗、南吕以南。律是候氣之管，氣則風也。

臧孫於魯曰："國有人焉。"師慧於宋曰："必無人焉。"襄仲於秦曰："不有君子，其能國乎？”有士五人，晋文所以霸也；有太叔儀，有母弟鱄，衛獻所以入也；有趙孟，有伯瑕，有史趙、師曠，有叔向、女齊，晋所以未可婾也。曰“子無謂秦無人”，曰“無善人，則國從之”，國之存亡輕重，視其人之有無而已。舜有臣五人，武王有亂臣十人，殷有三仁，周有八士。之人也，始可謂之有。虞有宫之奇，項有范增，不能有其有矣。魏之窺吴，則曰“彼有人焉”；賈生言天下倒懸，則曰：“猶爲國有人乎？”此皆以人爲盛衰也。（何云：以賈生之言終之，深傷時無王導、謝安耳。）

《尸子》曰：“孝己事親，一夜而五起，視衣厚薄，枕之高下也。”又曰：“蒲衣生八年，舜讓以天下。周王太子晋生八年，而服師曠。”《漢書》稱孝己，《莊子》稱蒲衣子，其事見此。（原注：太子晋事見《周書》。）（上海古籍出版社，2015年）

王旭《蘭軒集》卷二五古《師曠廟》：

子野晋太師，知音古今善。胡爲有遺祠，乃在魯東縣？問俗知其鄉，懷賢起欽戀。古樂久崩亡，新聲日惑眩。斯人不可作，雅鄭何由辨？客行無牲酒，歌詩代陳奠。感慨千古心，因之此中見。（《文淵閣四庫全書》本）

陳元靚《歲時廣記》卷一春《驗歲草》：

黄帝問師曠曰：“吾欲若樂善心可知否？”對曰：“歲欲甘，甘草先生，薺是也。歲欲苦，苦草先生，葶藶是也。歲欲雨，雨草先生，藕是也。歲欲旱，旱草先生，蒺藜是也。歲欲流，流草先生，蓬是也。歲欲惡，惡草先生，水藻是也。歲欲病，病草先生，艾是也。皆以孟春占之。”（中華書局，1985年）

熊朋來《瑟譜》卷六《瑟譜後録》：

瑟曲如素女之《白雪》，皇娥之《天清》《地曠》，師曠之《無射》，靈均之《九歌》……（中華書局，1985年）

馬端臨《文獻通考》卷二百二十《經籍考》四十七子・形法：

師曠《禽經》一卷。

陳氏曰：“稱張華注。”（中華書局，1986年）

脱脱等《宋史》卷二百六《藝文五》小説類：

師曠《禽經》一卷。（張華注。）

同上，五行類：

《師曠擇日法》一卷。（假黄帝問答。）

《黄帝朔書》一卷。（托太公、師曠、東方朔撰。）（中華書局，1985 年）

陶宗儀《説郛》卷五下《春秋緯》（闕名）：

玉澤馬者，師曠時來。

同上，卷五十九上《玄晏春秋》（皇甫謐）：

衛倫以郎應，會於京師，過予，而論及於味。倫稱："魏故侍中劉子揚，食餅知鹽生精，味之至也。"予曰："昔師曠識勞薪，易牙别淄澠。子揚之妙，抑末乎。"倫曰："晋師曠、易牙，古之精也。魏之子揚，今之妙。子何間焉。"

同上，《玉符瑞圖·銜珠而舞》（顧野王）：

晋平公鼓琴，有玄鶴二八而下，銜明珠舞於庭，一鶴失珠，覓得而走，師曠掩口而笑。

同上，卷六十上《白鵠翔》：

師曠鼓琴，通於神明，而白鵠翔。

同上，卷六十二下《陳留風俗傳》（江微）：

浚儀有師曠、倉頡城，城上有列仙吹臺。

浚儀縣北有浚水，像而儀之，故曰浚儀。縣有倉頡、師曠城，上有列仙之吹臺。北有牧澤，中出蘭蒲，土多俊髦。今帶牧澤方一十五里，俗謂之蒲關澤。

同上，卷六十九下韓鄂《歲華紀麗》卷二《風》：

師曠驟歌。（《左傳》：師曠曰："吾驟歌北風，歌南風，南風不競。"注：歌者，吹律以咏。八風，南風者微，故曰不競。）

同上，卷一百孫廣《嘯旨·下鴻鵠章第七》：

《下鴻鵠》者，出於師曠清角之旨。

同上，《動地章第十》：

《動地》者，出於公孫，其音師曠清徵也。

同上，卷一百十五上唐鄭還古《博異志·敬元穎》：

仲躬乃當時命匠，令一信者與匠同入井中，但見異物，即令收之。至底，無别物，唯獲古銅鏡一枚，面闊七寸八分。仲躬令洗淨，安匣中，焚香以潔之，斯乃敬元穎者也。一更後，忽見元穎自門而入，直造燭前設拜，謂仲躬曰：“謝以生成之恩。煦衣濁水泥之下，某本師曠所鑄十二鏡之第七者也，其鑄時皆以日月爲大小之差，元穎則七月七日午時鑄者也。”（《文淵閣四庫全書》本）

劉基《郁離子》卷下《琴弦》：

晋平公作琴，大弦與小弦同，使師曠調之，終日不成章，公怪之。師曠曰：“夫琴大弦爲君，小弦爲臣，大小異能，合而成聲，無相奪倫，陰陽乃和。今君同之，失其統矣，夫豈瞽師所能調哉？”（《學津討原》本）

葉子奇《草木子》卷三《克謹篇》：

師曠云：“歲欲豐，甘草先生；（薺也。）歲欲苦，苦草先生；（葶藶也。）歲欲惡，惡草先生；（水藻也。）歲欲旱，旱草先生；（蒺藜也。）歲欲雨，雨草先生；（藕也。）歲欲病，病草先生；（艾也。）歲欲流，流草先生。（蓬也。）”（《元明史料筆記叢刊》本，中華書局，1959年）

梁益《詩傳旁通》卷七《小雅·彤弓之什·白駒》藿：

《師曠占術》曰：“五木者，五穀之先，欲知五穀，但視五木。”蓋五果分五行，所以表五穀也。（《文淵閣四庫全書》本）

李賢等《明一統志》卷二十平陽府《陵墓》：

師曠墓。（在洪洞縣東南二十里，近有祠。）（三秦出版社，1990年）

李夢陽《空同集》卷八雜調曲《師曠歌二首·玄鶴歌》：

宫筵肆兮哀弦拊，玄鶴降兮鳴且舞，呼烟侣兮嘯雲友。誰能爲此，師曠子。

同上，《白雲歌》：

招白雲兮會天鬼，雨冥冥兮風不止。君好音兮徒自苦，民悲嗟兮離棄女。（《文淵閣四庫全書》本）

吕柟《涇野子内篇》卷八《鷲峰東所語第十三》：

唐音問：“師曠，孟子取其善審音。及其侍鼓鐘，平公於子卯飲酒，何足爲審音？”先生曰：“師曠祇省得聲音高下節奏，若杜蕢之諫處，反得審音之實者也。使師曠而兼乎此，不止爲樂師矣。”（中華書局，1992年）

楊慎《升菴集》卷十六《續百一詩十五首》（其一）：

齊庭陳大吕，荆國起巫音。雪宫繁鐘鼓，朝雲進荒淫。韶濩既已遠，鳳鳥不復吟。中和變正則，哀怨蕩人心。師曠奏清角，晋壤飛祅祲。曲工知炯戒，燦言成良箴。樂象析理亂，誰言古猶今？

同上，卷四十二《三江味别》：

古有五行之官，水官得職，則能辨其性味，潜而復出，合而更分，皆可辨之。故師曠、易牙、俞兒、張華、王卲、陸羽、張又新、劉白芻、李季卿，品天下之水性味不同，蓋古水官之遺法。豈獨爲口腹哉？

同上，卷四十四《師開師曠》：

師開鼓琴以東方、西方之聲，而知室之朝夕；師曠吹律以南風、北風之聲，而知軍之勝敗。藝之精也，通乎天人，今之藝師有此乎？（師開事，見《晏子》。）

同上，卷七十《勞薪》：

王劭《奏改火疏》云：“昔晋師曠食飯，云是勞薪所炊，晋平公使視之厨，果然車輞。”今傳以爲符朗事，非也。

同上，卷七十二《吹臺》：

吹臺，即繁臺，本師曠吹臺，梁孝王增築。班史稱“平臺”，唐稱“吹臺”，又因謝惠連嘗爲《雪賦》，又名“雪臺”。（《文淵閣四庫全書》本）

高儒《百川書志》卷九子格物家：

師曠《禽經》一卷。晋太傅張華著。（《續修四庫全書》本）

晁瑮《晁氏寶文堂書目》卷下藝譜：

師曠《禽經》。（《續修四庫全書》本）

陳士元《名疑》卷三“客爲鷄鳴渡秦關”條：

食飯知勞薪所炊者，晋平公時有師曠，（見《隋書·王劭傳》。）而晋武帝時又有荀勗。（見勗本傳。）（《文淵閣四庫全書》本）

李時珍《本草綱目》卷一上序例上《引據古今經史百家書目》：

師曠《禽經》。（《文淵閣四庫全書》本）

焦竑《國史經籍志》卷四下子類五行家陰陽：

《師曠書》三卷。（《續修四庫全書》本）

陳第《世善堂藏書目録》卷下集類各家六形相風鑒：

《禽經》一卷。（師曠作，張華注。）（《續修四庫全書》本）

胡應麟《少室山房筆叢》卷三《經籍會通三》"班藝文志所録"條：

班《藝文志》所録，次序頗淆，今稍據時代列之。漢以兵取天下，故論兵書特盛。楊僕、任宏所輯一百八十二家，固取不過數十家，其目尚多依托，自餘可知。

《神農》二十篇，（農家。）又《兵法》一篇。（兵家。）《黄帝》十六篇，（兵家。）又《經》四篇，又《銘》六篇，又《君臣》十篇，又《雜》五十八篇，（俱道家。）又《説》四十篇。（小説家。）《蚩尤》二篇。（兵形勢家。）《太乙兵法》一篇。《天乙兵法》三十五篇。《封胡》五篇。《風后》十三篇。《力牧》十五篇。《鵊冶子》一篇。《鬼容區》三篇。（俱兵陰陽。）《大禹》二十七篇。（農家。）《天乙》三篇。（謂即成湯，非前《太乙》也。小説家。）《務成子》十一篇。（小説。）《伊尹》五十一篇。（道家。）又二十七篇。（小説。）《辛甲》二十九篇。《鬻熊》二十二篇。《太公》二百三十七篇。（俱道家。）《尹佚》二篇。（墨家。）《師曠》八篇。《萇弘》十五篇。（俱兵陰陽家。）《孔甲盤盂》二十六篇。（雜家。）（上海書店，2001年）

祁承㸁《澹生堂藏書目》子部一農家牧養：

《禽經》一卷，一册。師曠著，張華注。

同上，子部三類家：

《吕氏十種書》：《禽經》。

《百川學海》：師曠《禽經》。

《百名家書》：師曠《禽經》。

《格致叢書》：師曠《禽經》。

《天寶藏書》：《禽經》。（《續修四庫全書》本）

顧起元《説略》卷十三《典述》中"諸子儒家則有"條：

諸子儒家則有《晏子春秋》（齊晏嬰。）……小説家則有《伊尹説》、《鬻子説》、《周考》、《師曠》、《務成子》、《宋子》、《黄帝説》、《虞初周説》、《燕丹子》、《青史子》、《宋玉子》、《郭子》（晋中郎澄。）、《猗犴子》（元結。）、《乾膙子》（温庭筠。）。……

同上，卷二十五《食憲》"師曠荀勗"條：

師曠、荀勗、苻朗、皇甫謐、劉子陽，妙於味者也。（《文淵閣四庫全書》本）

徐𤊹《徐氏家藏書目》卷三子部農圃類：

《禽經》一卷。晋張華注，師曠著。（《續修四庫全書》本）

彭大翼《山堂肆考》卷四天文雨《戊申雨候》：

黄子發《相雨書》："常以戊申日候，日入時日上有冠雲，不問大小，黑者大雨，青者小雨。"《師曠占》曰："五卯日，候西北有雲如群羊者，雨至矣。"

同上，卷六天文雷《金門》：

《師曠占》曰："雷從金門起，上田旱，下田熟。"（《文淵閣四庫全書》本）

馮復京《六家詩名物疏》卷首《引用書目·小説家》：

師曠《禽經》。

同上，《天文曆數》：

《師曠占》。

同上，卷二十五《國風·秦一·駟鐵篇》鸞：

按：鸞，瑞鳥也。……一云："心識鐘律，鐘律調則至；至則鳴舞以和之。"説其形者雖不同，大都似鳳，五采。此鳥善鳴，師曠故言"鸞鳴噰噰，鳳鳴喈喈"。……

同上，卷四十《小雅·谷風之什一·四月篇》鶉：

師曠曰："南方有鳥，名曰羌鷲，黄頭赤目，五色皆備。"（《文淵閣四庫全書》本）

高濂《遵生八箋》卷三春時逸事《占草驗歲》：

師曠曰："薺先生，歲甘；葶藶先生，歲苦；藕先生，歲雨；蒺藜先生，歲旱；蓬草先生，歲欲流；水藻先生，歲欲惡；艾葉先生，歲欲病。皆以正月占之。"（中華書局，2013年）

錢謙益《絳雲樓書目》卷二雜藝類：

師曠《禽經》。（《續修四庫全書》本）

周嬰《卮林》卷三《釋王·禽經》：

長洲王勉夫楙《野客叢書》曰：章茂深嘗得其婦翁石林所書《賀新郎詞》，有曰"睡起啼鶯語"，章疑其誤，詰之。石林曰："老夫嘗考之矣。流鶯不解語，啼鶯解語，見《禽經》。"余因求之《禽經》，止一卷，不載所著人名。自漢《七略》、《隋·經籍志》、《唐·藝文志》、本朝《崇文書目》，皆不載。觀其洞究物理，殆非常人所爲。觀《埤雅》及諸書述《禽經》所載，而今《禽經》無之，尚數十條，如"鶴以怨望，鴟以貪顧，鷄以嗔睨，鴨以怒瞋，雀以猜瞿，燕以狂眄，視也""鶯以喜囀，烏以悲啼，鳶以飢鳴，鶴以潔唳，梟以凶叫，鴟以愁嘯，鳴也""鵜飛則蜮沉，鵙鳴則蚓結，鸛俯鳴則陰，仰鳴則晴""陸生之鳥，味多鋭而善啄，水生之鳥，味多圓而善唼，短腳者多伏，長腳者多立"。凡此在今書皆所不聞，疑《禽經》非全本。此語得之鮑夷白。与又觀之，如"鷺目成而受胎，鶴影接而懷卵，鴛鴦交頸，野鵲傳枝"，此見《變化論》；"鶴以聲交，鵲以意交，鵁鶄以睛交而孕"，此見《爾雅疏》；"魚瞰鷄睨，鳥無肺胃，蛤蜃無髒"，見《崇有論》。此類甚多，皆《禽經》所當收者。鮑夷白謂《禽經》非後人作。余考古今群書類目，并無《禽經》。又觀《三國志》陳長文引《牛經》《馬經》《鷹經》及諸《相印》《相笏》等經，謂皆出於漢世，獨不聞《禽經》之説。今《崇文書目》載《馬經》《鶴經》《駝經》《鷹經》《龜經》，亦無《禽經》，疑後人所作。《埤雅》謂師曠作。

釋曰：余觀世所傳《禽經》一卷，無甚佳談，而首有胡孝轅《序》云："《隋·藝文志》是書不著撰人名氏，《唐志》始作師曠。"案隋、唐《志》未有此書，至鄭氏《通志》乃有師曠《禽經》一卷，《宋史·藝文志》"師曠《禽經》一卷，張華注"。孝轅論篤者也，何宜踈謬如是？余謂《禽經》蓋唐、宋間好事者作。元豐時，陸佃作《埤雅》，淳熙初，羅願作《爾雅翼》，多所稱引，然所引皆今書所無，則勉夫疑爲殘缺者是也。《埤雅》引《禽經》曰："師曠《禽經》：青鳳謂之鶡，赤鳳謂之鶉，黄鳳謂之焉，白鳳謂之鷫，紫鳳謂之鷟。又曰：乾皋斷舌則坐歌，孔雀拍尾則立舞，人勝之也。（孫云：此下尚有"鷟入夜而歌，鳳入朝而舞，天勝之也”三句。）又曰：一鳥曰隹，二鳥曰雠，三鳥曰朋，四鳥曰乘，五鳥曰雇，六鳥曰鶂，七鳥曰鴕，八鳥曰鸞，九鳥曰鳩，十鳥曰鶓。又曰：陸鳥曰棲，水鳥曰宿，獨鳥曰止，衆鳥曰集。又曰：冠鳥性勇，帶鳥性仁，纓鳥性樂。又曰：山禽之味多短，水禽之味多長，山禽之尾多修，水禽之尾多促。又曰：鷹好跱，隼好翔，鳧好没，鷗好浮。又曰：雕以周之，鷲以就之，鷹以膺之，鶻以揩之，隼以尹之。又，鵻上無尋，鷚上無常，雉上有文，鷃上有赤。又，旋目其名鸐，交目其名鳽，方目其名旊。又曰：雁曰翁，鷄曰鴬，鶉曰鷟。又曰：霜傅强枝，鳥以武生者少；雪封枯原，鳥以文死者多。又，鸍鸍之信不如鳥，周周之智不如鴻。又，鴻雁愛力，遇風迅舉，孔雀愛毛，遇雨高止。又曰：鵜見異類差翅鳴，鷄見同類拊翼鳴。又，暮鳩鳴即小雨，朝鳶鳴即大風。又，拙者莫如鳩，巧者莫如鶻。又，鷹不擊伏，鶻不擊妊。又，鵲見蛇則噪而賁，孔見蛇則宛而躍。又曰：火爲鶾，亢爲鶴。又曰：鶴愛陰而惡陽，雁愛陽而惡陰。又曰：烏向啼背棲，燕背飛向宿。又曰：雀交不一，雉交不再。又，□者不上桑櫻，活者不下荏。又，鶇鳥不登山，鷸鳥不踏土。又，夏鵲生鶉，楚鳩生鶚。又曰：鷺啄則絲掩，鷹捕則角弭。又曰：淘河在岸則魚没，沸波在岸則魚涌。”《爾雅翼》引師曠《禽經》曰：“鳥之小而鷙者皆曰隼，大而鷙者皆曰鳩。又，烏鳴啞啞，鸞鳴噰噰，鳳鳴喈喈，凰鳴啾啾，雉鳴鷕鷕，鷄鳴咿咿，鶯鳴嚶嚶，鵲鳴唶唶，鴨鳴呷呷，鵠鳴咕咕，鴟鳴嗅嗅。又曰：其足，鴐謂之蹼，鴨謂之跗，鷄謂之蹠，鷹謂之骹，鴦謂之䟡，雕謂之髃。又，却近翠者能步，却近蒲者能躑。又曰：鸛生三子，一爲鶴，鶴生三子，一爲鶚。又曰：鶴老則聲下而不能高，近而不能袞。又曰：鷹鷄多秋生，雉鷄多冬死。又，蜀不獨宿，鸝必匹飛，鴟必單棲。又曰：凰以鳴鳴鳳，鳳以儀儀凰。又曰：朱鳶不攫肉，朱鷺不吞腥。又曰：鷙好風，鸍好雨，鵜好霜，鷺好露。”《埤雅》引之則作“颶好風，鸛惡雨，鸐好霜，鷺惡露”。凡此皆今書所闕者。至如“鶴以聲交而孕，鵲以音交而孕，鵁鶄以睛交而孕，鴝鵒以趾交而孕”，此已出《禽經》，今書有之。勉夫以爲見《爾雅疏》，《疏》何嘗有此語也？又“魚瞰鷄睆”出王褒賦中，而傳之《崇有論》。案《埤雅》蚌類引裴頠《崇有論》曰：“鳥無肺胃，蛤蜃無髒，蛭以空中而生，鼉以無胃而育。”又螢類引《崇有論》曰：“鳥無胃而生，螢無胃而育。”今《晋書·逸民論》無之，惟《藝文類聚》有引《埤雅》兩稱，詞復參錯，其誤則已審矣。且亦蠕動之類，以爲可補於《禽經》，斯不然矣。

（《文淵閣四庫全書》本）

董斯張《廣博物志》卷十四靈異三《神》：

晋平公至澮上，見人乘白驂八駟以來，有狸身而狐尾，去其車而隨公之車。公問師曠，師曠曰：“狸身而狐尾，其名曰首陽之神，飲酒於霍泰山而歸。其逢君於

澮乎？君其有喜焉。”（《古文瑣語》）

同上，卷二十九藝苑四《著作》：

師曠者，或出於晋靈之世，以主樂官，妙辨音律，撰兵書萬篇，時人莫知其原裔，出没難詳也。晋平公之時，熏目爲瞽人，以絶塞衆慮，專心於星算音律之中。考律吕以定四時，無毫厘之異。曠知命欲終，乃述《寶符》百卷，至戰國時其書絶滅矣。（《拾遺記》）

同上，卷三十四聲樂二《琴》：

師曠鼓琴，通於神明，玉羊、白鵲翾翔墜投。（《瑞應圖》）

月琴，晋師曠作，中爲月形，圖寫山水。（《琴譜》）

同上，卷三十七珍寶《玉》：

玉龜者，師曠時出河東之涯，爲聖圖出河，負録讖書。（《瑞應圖》）

同上，卷四十八鳥獸五《異鳥》：

《師曠》云：“南山有鳥，名曰羌鷲，黄頟赤目，五色皆備。”（《説文》）（《文淵閣四庫全書》本）

徐應秋《玉芝堂談薈》卷五《古今事相類》：

古今事多有相類者，拈出殊堪解頤，苦不能徧耳。如：……晋平公出言而不當，師曠舉琴而撞之，跌衽宫壁；魏文侯出言而不當，師經舉琴而撞之，中旒潰之。一見《淮南子》，一見劉向《説苑》。……因食辨勞薪，人知有荀勗，而不知有師曠。……

同上，卷八《古人博物》：

《宛委餘編》記古人博物者，今再詳訂之。……師曠知諫珂，（其鳥，文身、朱足，憎鳥而愛狐。）知駮，知首陽之神。（狸身狐尾。）……師曠知絳縣老人，又知太子晋年。……

同上，《聽音知吉凶》：

師開鼓琴以東方、西方之聲，而知室之朝夕；師曠吹律以南風、北風之聲，而知軍之勝敗，精之至也。（《文淵閣四庫全書》本）

黄淳耀《陶菴全集》卷四《史記評論·晋世家》：

晋悼公問治國於師曠，師曠曰："惟仁義爲本。"仁義二字，自孔、孟而外無人能道，而曠以一瞽蒙發之，大哉言乎！太史公書之，亦是特筆。（《文淵閣四庫全書》本）

白雲霽《道藏目録詳注》卷四正一部群字型大小：

《靈信經旨音》。（晋平公時，有道臣師曠，指天老經中微妙神法，通幽明未來之兆，接引於公，公乃一觀，觸事預知，乃命曰《靈信經旨》云。）（《文淵閣四庫全書》本）

施閏章《學餘堂詩集》卷十四《九日重登吹臺》：

登臺復何有，千春興未忘。佳辰得再至，懷古獨相望。師曠奮逸響，鼓吹來梁王。當時枚、馬輩，受簡競篇章。杜甫及高、李，接迹氣飛揚。何、李雖晚出，後先稍頡頏。往者不我待，四顧草茫茫。汴城百萬户，京雒何輝煌！苑囿成綺錯，宫觀分低昂。河伯摧名都，半爲沙礫場。含情采野菊，正對金樽黄。憑欄一把首，長風吹衣裳。猶憶登嵩丘，狂歌一慨慷。（《文淵閣四庫全書》本）

王夫之《尚書稗疏》卷一《益稷》"搏拊琴瑟"：

……瓠巴鼓瑟，游魚出聽；師曠奏清角，玄鶴來集；南卓擊羯鼓，群羊躑躅，言出稗官，不根而亡實。即令有之，一技之士固能之，而何待舜、夔？且使淫夫酣歌於室，而鸲鵒不翔；凶人狂哮於衢，而虎狼不至。何獨《韶》奏於庭，能動獸心而不爽耶？（《文淵閣四庫全書》本）

馬驌《繹史》卷一百五十九《名物訓詁中·鳥獸》：

《禽經》 鳳雄凰雌，亦曰瑞鶠，亦曰鷟鸑，羽族之君長也。鸞，瑞鳥，一曰鷄趣。首翼赤曰丹鳳，青曰羽翔，白曰化翼，玄曰陰翥，黄曰土符。鳳翥鸞舉，百羽從之。鳳靡鸞吪，百鳥瘞之。慈鳥反哺，白脰烏不祥，巨喙烏善驚，哀烏吟夜。鷙鳥之善搏者曰鶚。竊玄曰雕。鴘曰鵊。骨曰鶻。瞭曰鷂。鶣曰鸇。奪曰鷚。王鴡，鴡鳩，魚鷹也，亦曰白鷢，亦曰白鷹。雉，介鳥也，亦曰鳩。五采備曰翬，亦曰夏翟，亦曰鷂雉。朱黄曰鷩雉，白曰翰雉，玄曰海雉。首有采毛曰山鷄。頸有采囊曰避株。背有采羽曰翡翠。腹有采文曰錦鷄。鳲鳩，戴勝，布穀也，亦曰鴶鵴，亦曰獲穀，春耕候也。倉庚，黧黄，黄鳥也，亦曰楚雀，亦曰商庚，夏蠶候也。鷄、鸎惡其類。鴛鴦、玄鳥愛其類。鴰以水言，自北而南。鳩以山言，自南而北。鶴以聲交而孕。鵲以音感而孕。白鷁相眡而孕。鵁鶄睛交而孕。巂，巂周，子規也，啼必北向，江介曰子規，蜀右曰杜宇。隨楊越雉，鷓鴣也，飛必南翥，晋安曰懷南，江右曰逐隱。鶡，毅鳥也，毅不知死。鷗，信鳥也，信不知用。鶲，有文而貪，鳶不擊而貪。鵜志在水，鴛志在水。鳩拙而安，鴟巧而危。鳧，鶩之雜。鵬，鷺之潔。題鴂鳴而草衰，澤雉啼而麥齊，風翔則風，雨舞則雨，霜蜚則霜，露翥則露。林鳥朝嘲，水鳥夜啖。山鳥岩棲，原鳥地處。靈鵲兆喜，怪鵬塞耳。駕鵝野則義，豢則搏。水鶩澤則群，擾則逐。鸚鵡摩背而暗，鴝鵒剔舌而語。扶老强力，鵰鴒友弟。宋寮雝雝，鴻儀鷺序。鷃雀啁啁，下齊衆庶。鶼鶼，雄鷗雌庳。鳩鷄，雌前雄後。觳將生，子呼母應；雛既生，母呼子應。班鳩辨鵵，梟鴟害母。舒雁前鳴後和，群棲獨警，覆卵則鸛入水，鵝𦜆月。宵扈司夜，行扈司晝。雄翼掩左，雌翼掩右。物食長喙，穀食短味。搏則利觜，鳴則引吭。毛協四時，色合五方。羽物變化，轉於時令。乾道終始，以成物性。（世傳此經師曠作，僞托也。或以爲張華所作。《埤雅》《爾雅翼》多引《禽經》，語與此不同，附載於後。）

《古禽經》 青鳳謂之鶡，赤鳳謂之鶉，黄鳳謂之鸞，白鳳謂之肅，紫鳳謂之鷟。鶴愛陰而惡陽，雁愛陽而惡陰。鶴老則聲下而不能高，近而不能寮。旋目其名鸗，方目其名鴋，交目其名鳽。鳥之小而鷙者皆曰隼，大而鷙者皆曰鳩。烏鳴啞啞，鸞鳴噰噰，鳳鳴喈喈，凰鳴啾啾，雉鳴嘒嘒，鷄鳴呷呷，鶯鳴嚶嚶，鵲鳴唶唶，鴨鳴呷呷，鵠鳴咭咭，鵙鳴唄唄。郤近翠者能步，郤近蒲者能擲。朱鳶不攫肉，朱鷺不吞鯉。摯好風，鸍好雨，鶇好霜，鷺好露。陸鳥曰棲，水鳥曰宿，獨鳥曰止，衆鳥曰集。鸛俯鳴則陰，仰鳴則晴。鵝見異類差翅鳴，鷄見同類拊翅鳴。雖上無尋，鷚上無常，雉上有文，鷃上有赤。暮鳩鳴即小雨，朝鳶鳴即大風。鸇鸇之信不如鷹，周周之智不如鴻。淘河在岸則魚没，沸河有岸則魚涌。雕以周之，鷲以就之，鷹以膺之，鶻以搰之，隼以尹之。鴻雁愛力，遇風迅舉。孔雀愛毛，遇雨高止。雁曰翁，鷄曰鴬，鶉曰鶩。鷹不擊伏，鶻不擊妊。鶴以怨望，鴟以貪顧，鷄以嗔睨，鴨以怒瞋，雀以猜瞿，燕以狂盻，視也。鶯以喜囀，烏以悲啼，鳶以饑鳴，鶴以潔唳，梟以凶叫，鴟以愁嘯，鳴也。一鳥曰隹，二鳥曰雔，三鳥曰朋，四鳥曰乘，五鳥曰雇，六鳥曰鶂，七鳥曰鴕，八鳥曰鸞，九鳥曰鳩，十鳥曰鶾。拙者莫如鳩，巧者莫如鶻。鵲見蛇則噪而賁，孔見蛇則宛而躍。山禽之味多短，水禽之味多長，山禽之尾多修，水禽之尾多促。衡爲雀，虚爲燕，火爲鶉，亢爲鶴。鸛生三子一爲鶴。鳩生三子一爲鶚。鷹好峙，隼好翔，鳧好没，鷗好浮。乾皋斷舌則坐歌，孔雀拍尾則立舞，人勝之也。鸞入夜而歌，鳳入朝而舞，天勝之也。霜傳强枝，鳥以武生者少；雪封枯原，鳥以文死者多。雀交不一，雉交不再。冠鳥性勇，帶鳥性仁，纓鳥性樂。鵝飛則蜮沈，鵙鳴則蛇結。鵜鳥不登山，鶮鳥不踏土。（中華書局，2002年）

黄虞稷撰，瞿起鳳、潘景鄭整理《千頃堂書目》卷十五類書類：

又《廣説郛》八十卷。……

四卷：師曠《禽經》。（張華。）（上海古籍出版社，2001年）

錢曾《錢遵王述古堂藏書目録》卷六鳥獸：

《禽經》一卷一本。（抄。）（《續修四庫全書》本）

錢曾《讀書敏求記》卷二史豢養：

師曠《禽經》一卷。晋張華注。從元鈔録出，流俗本刊於《百川學海》中，文注混淆，改盡舊觀矣。（《續修四庫全書》本）

王士禎《居易録》卷十八：

洪洞范鄗鼎彪，西寄所著《理學備考》《廣備考》乞序。范，順治辛丑進士，養親不仕，隱居師曠故里，講洛、閩之學，河汾間人士多從授經。……（《文淵閣四庫全書》本）

鄧伯羔《藝彀》卷上《古人姓字不顯》：

古人姓字不經見者：……師曠字子野。（見《莊子疏》。）……

同上，《禽經》：

《禽經》不經見，傳是師曠作。（《文淵閣四庫全書》本）

張玉書《佩文韵府》卷八十二之三去聲二十三漾韵三《曠》：

（韵藻）師曠。（《禮記》：知悼子卒，未葬。平公飲酒，師曠、李調侍鼓鐘。杜蕢歷階而升，酌曰："曠飲斯。"平公呼而進之，曰："爾飲曠，何也？"曰："子卯不樂，知悼子在堂，斯其爲子卯也大矣。曠也，太師也，不以説，是以飲之也。"《左傳》：師曠侍於晋侯，晋侯曰："衛人出其君，不亦甚乎？"對曰："或者其君實甚。"《孟子》：師曠之聰，不以六律不能正五音。《漢書·藝文志》：《師曠》六篇。《淮南子》：師曠之聰，合八風之調，而不能聽十里之外。故任一人之能，不足以治三畝之宅也。《江淹詩》：師曠操雅操，延子聆奇音。庾信《賦》：更不遇於浮丘，遂無言於師曠。李山甫詩：三尺焦桐七條綫，子期師曠兩沉沉。陳陶詩：閑卧清秋憶師曠，好風摇動古松枝。）（《文淵閣四庫全書》本）

查慎行《敬業堂詩集》卷二十《游梁集·汴梁雜詩八首》（其八）：

新標禹廟鎮河濱，師曠臺邊迹已陳。獨向蒼茫時極目，誰當摇落不傷神。空倉雀鼠千村賦，故壘牛羊四戰塵。老傍人間多閲歷，漸無閑淚可沾巾。（上海古籍出版社，1986年）

陳元龍《歷代賦彙補遺》卷十二音樂《審音賦》（明·洪翼聖）：

秦人有韓秋者，抱琴而説魏王曰："余之琴彈，至三月而魏大治。"比及期年，其言不驗。於是洗心密室，冥搜音律之奥，寢食俱廢，而忽有神人至。問之，則答曰："余師曠也。以若之音而欲治魏，庸可幾乎？詰朝，余授爾音於汗漫之野。"及詰朝，果如約。師曠從白雲間冉冉下，韓秋跪而請授音。於是師曠彈商音，則見疾風倏至，寒雨颯來，羬羊股栗，蝪渠鳴哀，泑山之神殺草木以萎頹，魄氏之宫放悲響以喧豗。韓秋曰："此摇落衰變之音也，令人憯悽愴怳，苦弗能禁。請改音。"於是師曠彈羽音，則見雉飛入水，鴰鵙不鳴，雪霏霏兮敦題欲裂，冰皚皚兮湖灌無聲，虹藏影以凄凄，野怨咨以煢煢。韓秋曰："此觱發栗烈之音也，令人荒凉憭栗，沍弗能持。請改音。"於是師曠爲之弄角引徵，而繼之以宫，則見豺山發草，鯥魚躍波，薆葧蓬茸兮園卉之與松蘿，哤聒軿訇兮鵖鴹之與鴐鵝，爛春花之馥馥，芾夏條之峨峨。韓秋聞之而樂甚，曰："此融和恢炱之音也，何與前音殊邪？"師曠曰："陽舒陰肅兮，雖治化之交伸；扶陽抑陰兮，尤長人之貴仁。王與霸之世兮秋冬，皇與帝之世兮夏春，其音異，故所感亦異也。余之樂受之於夔，夔受之於素女，素女受之於大容，大容受之於黄帝，黄帝受之於廣成子，廣成子受之於天籟。今汝又受之余。而於治國乎何有？"韓秋砉然解曰："不圖爲音之至於斯也。"歸彈三月，而魏果大治。魏侯仰天笑曰："操是音也以往，調變天下可矣，豈惟魏？"（江蘇古籍出版社，1987年）

吴士玉等《子史精華》卷十地部五《水》：

性味不同。（《愼子》：師曠、易牙品天下之水，性味不同，蓋古水官之遺法，不獨爲口腹也。）（《文淵閣四庫全書》本）

劉於義等《陝西通志》卷七十一《陵墓二》延安府扶風縣附《疑冢》：

（周）晋太師師曠冢，在漆阮。（《縣志》。按《明一統志》，師曠墓在洪洞縣東南二十里。《濟南府志》，師曠墓在新泰縣北十五里。昔人俱疑之。然曠晋樂師，必不遠瘞於秦也。）（《文淵閣四庫全書》本）

王士俊等《河南通志》卷五十一《古迹》上開封府：

吹臺。（在府城東南三里許。按《九域志》即繁臺也，本師曠吹臺，漢梁孝王增築之，又名平臺。上有三賢祠，祀李白、杜甫、高適。天寶中，三人聚於梁宋，共飲吹臺之上，後人慕其高風，因祀之。今又建禹王廟。沈荃詩："梁王全盛日，置酒登此臺。層軒出霄漢，壯搆凌塵埃。當時侍從者，一一皆鄒枚。抽毫必金石，酌醴盈樽罍。日暇有餘樂，時清多俊才。歡娱極百年，盛事流九垓。我來過夷門，望古增徘徊。浮雲亘千里，宫觀成飛灰。平池走狐兔，阿閣生莓苔。霜雪日以零，風流日以頽。衰榮有如此，悢悢詎能裁？"）

同上，卷七十四《藝文》三詩七言律：

（清）張琦《吹臺》。（崔嵬百尺古吹臺，師曠於今不再來。李杜詩篇留短壁，金元戰壘遺荒堆。歌宫灰燼銷紅雪，堤柳焦枯漲緑苔。扶竹登高回首望，黄河一綫響如雷。）（《文淵閣四庫全書》本）

李鍇《尚史》卷四十六《晋諸臣傳·師曠》：

師曠，字子野，爲晋樂大師，初事悼公。悼公十四年（襄十四年），衛獻公出奔齊，曠侍於公，公曰："衛人出其君，不亦甚乎？"對曰："或者其君實甚。良君將賞善而刑淫，養民如子，蓋之如天，容之如地。民奉其君，愛之如父母，仰之如日月，敬之如神明，畏之如雷霆，其可出乎？夫君，神之主而民之望也。若困民之主，匱神乏祀，百姓絶望，社稷無主，將安用之，弗去何爲？天生民而立之君，使司收之，勿使失性。有君而爲之貳，使師保之，勿使過度。是故天子有公，諸侯有卿，卿置側室，大夫有貳宗，士有朋友，庶人工商皂隸牧圉皆有親暱，以相輔佐也。善則賞之，過則匡之，患則救之，失則革之。自王以下，各有父子兄弟，以補察其政。史爲書，瞽爲詩，工誦箴諫，大夫規誨，士傳言，庶人謗，商旅於市，百工獻藝。故《夏書》曰：'遒人以木鐸徇於路。官師相規，工執藝事以諫。'正月孟春，於是乎有之。諫失常也。天之愛民甚矣，豈其使一人肆於民上，以從其淫，而棄天地之性？必不然矣。"悼公薨，事平公。平公三年（襄十八年），齊伐魯，公會魯，同伐齊。齊侯御諸平陰，塹防門而守之。冬十月丙寅晦，齊師夜遁。曠告公曰："烏烏之聲樂，齊師其遁。"邢伯告荀偃曰："有班馬之聲，齊師其遁。"羊舌肸告公曰："城上有烏，齊師其遁。"十一月丁卯朔，入平陰，遂從齊師。鄭公子嘉將叛我，起楚師以去，諸大夫會鄭伯，從我伐齊。楚師伐鄭，次於魚陵。我聞有楚師，曠曰："不害。吾驟歌北方，又歌南風，南風不競，多死聲，楚必無功。"羊舌肸曰："在其君之德也。"十一年（襄二十六年），秦伯之弟鍼來修成，羊舌肸命召行人子員，行人子朱曰："朱也當御。"三云，肸不應。子朱怒曰："班爵同，何以黜朱於朝？"撫劍從之。肸曰："秦晋不和久矣，今日之事幸而集，晋國賴之；不集，三軍暴骨。子員道二國之言無私，子常易之。奸以事君者，吾所能御也？"拂衣從之。人救之。公曰："晋其庶乎！吾臣之所争者大。"曠曰："公室懼卑，臣不心競而力争，不務德而争善，私欲已侈，能無卑乎？"

《淮南子》："師曠瞽而爲大宰，晋無亂政，有貴於見者也。"《淮南子》："平公出言不當，師曠舉琴撞之，跌衽宫壁。左右欲塗之，公曰：'捨之，以爲寡人失。'"《韓非子》文繁而同。《説苑》作師經、魏文侯事。《淮南子》："平公問於師曠曰：'人君之道，如何？'對曰：'人君之道，清凈無爲，務在博愛，趨在任賢，不固溺於流俗，不拘繫於左右，此人君之操也。'"《淮南子》："平公曰：'吾年七十欲學，恐暮矣。'師曠曰：'何不炳燭乎？臣聞之，少而好學如日出之陽，壯而好學如日中之光，老而好學如炳燭之明。炳燭之明，孰與昧行乎？'"《淮南子》："平公問於師曠曰：'咎犯與趙衰孰賢？'對曰：'陽處父欲臣文公，因咎犯，三年不達；因趙衰，三日而達。不知其士，不智也；知而不言，不忠也；欲言而不敢，無勇也；言之而不聽，不賢也。'"《新序》："平公閑居，師曠侍。公曰：'子生無目，甚矣子之墨墨也。'對曰：'天下有五墨墨，而臣不與一焉。臣行賂以采譽，百姓侵冤無所訴，而君不悟，一也；忠臣不用，用臣不忠，下才處高，不肖臨賢，而君不悟，二也；奸臣欺詐，空虚府庫，以其少才，覆塞其惡，而君不悟，三也；國貧民罷，上下不和，好財用兵，嗜欲無厭，而君不悟，四也；至道不明，法令不行，吏民不正，百姓不安，而君不悟，五也。臣之墨墨，小墨墨耳。'"《古文瑣語》："師曠御平公鼓瑟，輟而笑曰：'齊君與其嬖戲，墜於床而傷其臂。'公命書之曰：'某月某日，齊君戲而傷。'"

二十四年（昭八年）春，石言於魏榆。公問於曠曰："石何故言？"對曰："石不能言，或馮焉。不然，民聽濫也。抑臣又聞之曰：'作事不時，怨讟動於民，則有非言之物而言。'今宫室崇侈，民力彫盡，怨讟并作，莫保其性，石言，不亦宜乎？"於是公方築虒祈之宫。羊舌肸曰："子野之言，君子哉！君子之言，信而有徵，故怨遠於其身。小人之言，僭而無徵，故怨及之。《詩》曰：'哀哉不能言，匪舌是出，唯躬是瘁。哿矣能言，巧言如流，俾躬處休。'其是之謂乎！是宫也成，諸侯必叛，君必有咎，夫子知之矣。"（《左傳》）

《古文瑣語》：平公至澮上，見人乘白驂八駟以來，狸身狐尾去其車而隨公。公問師曠，曠曰："其名曰首陽之神，飲酒霍太山而歸，其逢君子澮乎？君其有喜。"《古文瑣語》："有鳥從南來，質白，五色備，集平公之庭，相見如讓。公問叔向，向曰：'吾聞師曠曰，西方有白質鳥，五色備，其名曰翚；南方赤質，五色備，其名曰摇。來爲吾君臣，其祥先至矣。'"《説苑》："平公出畋，乳虎伏而不動，謂師曠曰：'吾聞霸主出則猛獸伏，今者乳虎伏而不動，此其猛獸乎？'

師曠曰：‘鵲食蝟，蝟食鵕鸃，鵕鸃食豹，豹食駮，駮食虎。夫駮之狀似駮馬。今君必驂駮馬。’公曰：‘然。’曰：‘臣聞，一自誣者窮，再自誣者辱，三自誣者死。今虎不動爲駮馬，非德義也，君何自誣乎？’平公出朝，有鳥環公不去，謂師曠曰：‘吾聞，霸王之主鳳下之。今者有鳥環寡人不去，是其鳳乎？’師曠曰：‘東方有鳥名諫珂，文身而朱足，憎鳥而愛狐。今君必衣狐裘。’公曰：‘然。’曰：‘鳥爲狐裘故，非德義也，君何再自誣乎？’平公置酒虒祈之臺，布蒺藜於階上，召師曠。師曠解履刺足，仰天而嘆曰：‘肉生蟲而自失，木生蠹而自刻，人興妖而自賊。五鼎之具，不當生藜藿；人主堂廟，不當生蒺藜。’公曰：‘爲之奈何？’曰：‘妖已在前，無可奈何。來月八日，君將死矣。’至日平旦，公謂師曠曰：‘今日如何？’師曠謁歸，未幾而公死。”

公說新聲。曠曰：“公室其將卑乎？君之明兆於衰矣。夫樂以開山川之風，以耀德於廣遠也，風德以廣之，風山川以遠之，風物以聽之，修詩以咏之，修禮以節之。夫德廣遠而有時節，是以遠服而邇不遷也。”（《國語》）

《韓非子》：“衛靈公將之晋，至濮水之上，聞鼓新聲者，使師涓撫琴而寫之。去之晋，以新聲示平公。師曠撫止之，曰：‘此亡國之聲也。師延與紂爲靡靡之樂也。及武王伐紂，師延走濮水而自投。聞此聲者，必於濮水之上。’平公曰：‘此何聲也？’曰：‘清商也。’公曰：‘清商固最悲乎？’曰：‘不如清徵。’公曰：‘願試聽之。’師曠援琴，一奏之，有玄鶴二八，延頸而鳴，舒翼而舞。音中宫商，聲聞於天。公曰：‘音莫悲於清徵乎？’曰：‘不如清角。’公曰：‘願試聽之。’師曠鼓之，雲起風至，大雨隨之，裂帷破俎，坐者散走。晋國大旱，平公癃病。”《淮南子》：“師曠奏白雪之音，神物爲之下，風雨暴至，平公癃病，晋國赤地。”《吕氏春秋》：“晋平公鑄大鐘。師曠曰：‘不調，請更鑄之。’公曰：‘工皆爲調矣。’曰：‘後有知音者，將知不調也。’至師涓，而果知鐘之不調。”《拾遺記》：“師曠或出於晋靈之世，主樂官，撰兵書萬篇。平公時，以陰陽之學顯。”

兵家有《師曠》八篇。（《漢書》）（《文淵閣四庫全書》本）

程大中《四書逸箋》卷六雜記《記撰著》：

《師曠》八篇。（晋師曠著。此列陰陽家。又小説家載《師曠》六篇，注云“其言淺薄，似依托之”。）（《叢書集成初編》本，中華書局，1985年）

乾隆《大清一統志》卷九十九平陽府《陵墓》：

（周）師曠墓。（在洪洞縣東南二十里。《元和志》：師曠祠，在洪洞縣東南二十五里。《新志》：有墓，在縣東南二十里師村東，廟在其側。）

同上，卷一百四十二泰安府《陵墓》：

（周）師曠墓。（在新泰縣東北十五里，有祠。）（《文淵閣四庫全書》本）

岳濬、法敏等《山東通志》卷三十二：

新泰縣周師曠墓，在縣東北十五里南師店，墓前有碑，籀篆十三行，古奥不可識。（《文淵閣四庫全書》本）

弘曆《御製詩二集》卷二十三古今體《師曠村》：

魯邑遥過師曠村，於今誰識六篇存？平治仁政伊予責，即景因思孟子言。（《文淵閣四庫全書》本）

佚名《禽經》附王謨《〈禽經〉跋》：

右師曠《禽經》一卷。自漢《七略》、《隋・經籍志》、《唐・藝文志》、宋《崇文書目》皆不載，陳氏《書録解題》始列其目，稱晋張華注。馬氏《文獻通考》因之，而陸氏《埤雅》亦引其説，則是書蓋唐、宋間人所作，而托名師曠。豈以其爲天下之至聰，必能洞察物理，而於《禽經》尤爲得氣之先者耶？如《説苑・博物篇》載：師曠告平公東方有鳥，名諫珂，其爲鳥也，文身而朱足，憎鳥而愛狐。又《説文・鷟》字下引師曠曰："南方有鳥，名曰羌鷟，黄頭赤目，五色皆備。"豈是經遺文，許氏猶及見之，書已久亡，而後人乃附會爲之耶？今考《禽經》，有無所謂鷟與諫珂者，但引子野説鳳云云以冠篇首，而其文實見《大戴禮記》《易本命篇》，以《家語》參之，則又子夏所聞山書之説也。以是而托之師曠，亦無稽矣。然則張華之注，其可信歟？亦非也。華死事在惠帝初年，而此書引郭景純注《爾雅》則東晋時人也，至引李膺《蜀志》、顧野王《符瑞圖》皆梁、陳間人，時代尤晚，絶足知此經注皆贋作。以行世既久，故仍從唐宋叢書中采出以厠於漢魏作者之後焉。汝上王謨識。（《漢魏叢書》本）

覺羅石麟等《山西通志》卷首《凡例》：

《舊志》方技附仙釋後，然晋之方技，較他國特爲奇古，如古董父、劉累之豢龍，師曠、師涓之曉音律，卜招父、桑田巫之占筮，蓋聶、衛綰之擊劍戲車，郭璞之數學，内史叔服、姑布子卿、李淳風之相術，扁鵲之爲醫利物濟時，類皆侔造化而通神靈，非尋常方技者比。故另志藝術一編。而物産舊附風俗後，今簡帙稍煩，故亦另編不附。

同上，卷十八《山川》二平陽府曲沃縣《澮水》：

《古文瑣語》曰：晋平公與齊景公乘，至於澮上，見乘白驂八駟以來，有犬狸身而狐尾，隨平公之車。公問，師曠對："首陽之神。有犬狸身狐尾，其名曰耇，飲酒得神則徹之，蓋於是水之上也。"

同上，卷五十七《古迹》一平陽府洪洞縣：

倉頡、師曠城。《元和》《郡國志》：倉頡與師子野所造。《路史》：倉頡都於陽武，終，葬衛之利鄉南，書人禋之。注：祥符故浚儀縣，即《春秋》之陽武，故高陽鄉也，有倉頡城。《陳留風俗傳》：縣有倉頡城，及列仙之吹臺。《地道記》：開封縣東北二十里，有倉垣城及廟墓。《輿地志》：城臨汴，西北有倉頡墳。城别仙臺，時宜無城，或後世緣其所都名之耶？然按《姓纂》"倉頡氏，馮翊人"，則其後世氏倉頡者爲之爾。《皇覽》云：墳高六尺，學書者俱往，上姓名投刺，祀之不絕。《九域志》：鳳翔有倉頡廟，今長安西南二里官張村有三寺者，記爲倉頡造書之堂。斯亦未然，豈亦馮翊者爲之與？今按《郡國志》收入。

……師曠故里，東南二十里師村里名昉此。師村東北，有師崗古洞。

……金《師曠廟碑》，大定初，趙廣聰撰文。

同上，卷六十四《氏族一》曠：

曠，師曠之後。

同上，卷一百九《人物九》平陽府：

（周）師曠，字子野，晋人。悼、平之世，爲晋樂師，時稱聰聖。度正音律，測明曆數，凡所論諫，必本仁義。衛人出君，悼公曰："衛人不已甚乎？"曠對曰："或者其君實甚。良君將賞善而刑淫，養民如子，愛之如天，容之如地。民奉其君，愛之如父母，仰之如日月，敬之如神明，畏之如雷霆，其可出乎？夫君，神之主而民之望也。若困民之主，匱神乏祀，百姓絶望，社稷無主，將安用之？"至如聞鳥烏聲樂，知齊師遁；歌南風不競，必楚無功。又告君以爲治、爲學之論，五墨、四不之諫，食筍知爲勞薪之炊，操黴料傷齊侯之臂，履蒺藜以必夭孽，聞石言而慨怨讟，知絳縣老人紀年，對周太子晋不壽，止師涓亡國之音，鼓清徵、清角之奏，狐、趙賢否之對，公室懼卑之言，無不悉中。《淮南子》曰："師曠瞽而爲太宰，晋國無亂政。"洪洞縣師村有曠祠墓。

同上，卷一百六十一《藝術叙》：

魏徵《藝術篇》析陰陽、卜筮、醫巫、音律、相術、技巧，而舉其尤著者曰：

“言陰陽則箕子，曉音律則師曠，叙卜筮則史扁、史蘇，論相術則内史叔服、姑布子卿，語醫則扁鵲，巧思則奚仲，咸思侔造化，通靈入妙。或弘道以濟時，或隱身以利物，此多産於晋。暨載於晋之紀乘者也。而例推其餘，代不乏人，一藝雖微，其成也艱矣。”

（周）師曠，字子野，晋樂師。審聲知音，時稱多聞。平公會諸侯，同討不庭，齊侯畏晋師之衆，脱歸。夜，曠告公曰：“烏烏之聲樂，齊師其遁。”果如其言。楚人伐鄭，乃曰：“無害。吾驟歌北風，又歌南風，南風不競，楚必無功。”既而果然。

師涓，晋樂師。《吕氏春秋》：“晋平公鑄大鐘，工皆以爲調矣，師曠曰：‘不調。後世有知音者，將知鐘之不調也。臣竊爲君耻之。’至於涓，而果知鐘之不調也。”

同上，卷一百六十四《祠廟一》平陽府洪洞縣：

師曠廟，一曰聰聖祠，在師村東百步。《韓非子》：晋平公令師曠鼓清角，一奏，雲從四方起；再奏，大風，雨隨之，裂帷幔，破俎豆，墮廊瓦。

《淮南子》：師曠瞽，而爲太宰，晋國無亂政。

金大定四年，鄉人文子義建廟三楹，後爲寢宫，前爲享亭，中肖像，趙廣聰撰記。元太定八年，里人任安仁，至正二十四年，里人楊政胥，重修，處士張守大撰記。云：“縣東二十里有聚落曰師，相傳爲子野故里。里之東百餘步，遺墓尚存，祠建墓旁。一云絳人。”明范弘嗣纂公言行各散見者，并後人文賦、詩歌，録爲四卷，曰《聰聖志》。

同上，卷一百七十二《陵墓一》平陽府洪洞縣：

（周）師曠墓，在縣南二十里，近有祠。

同上，卷一百七十五《經籍》子類：

（周）《師曠》六篇。

同上，雜類卜筮：

（周）《師曠占書》一卷。又《擇日法》一卷。（假黄帝問答。）

（漢）漢《黄帝朔書》一卷。（托太公、師曠、東方朔撰。）

同上，雜藝術：

（晋）張華注師曠《禽經》一卷。

同上，卷二百一《藝文二十》記一《師曠廟記》（唐・佚名）：

竊嘗考之春秋史傳，師氏世系，未得其詳，不敢以疑而傳，故闕而不序。公諱曠，字子野，師姓，河東古羊城人也。耳聰於聽，度正音律，測明曆數，仕晋二世，職樂太師。凡所論諫，必本仁義。

悼公即位之十五年，衛獻公以射鴻於囿，戒食而弗與，爲孫文子所逐。晋侯因公之侍而問之："衛人出其君，不亦甚乎？"公對曰："或者其君實甚。良君將賞善而罰淫，養民如子，蓋之如天，容之如地。民奉其君，愛之如父母，仰之如日月，敬之如神明，畏之如雷霆，其可出乎？夫君，神之主而民之望也。若困民之君，匱神乏祀，百姓絶望，社稷無主，將安用之，弗去何爲？天之愛民甚矣，其使一人肆於民上，以從其淫，而棄天地之性？必不然矣。"

平公彪立三年十月，會諸侯，尋溴梁之言，同討不庭。齊侯守於平陰，及登巫山，望晋師之衆而畏之，脱歸。於夜，公告晋侯曰："烏鳥之聲樂，齊師其遁矣。"果如其言。冬，楚子伐鄭，涉於魚齒之下，甚雨及之。晋人聞楚師而疑，公曰："無害。吾驟歌北風，又歌南風，不競多死聲，楚必無功。"其師果凍，役徒幾盡，而返。

秦伯之弟鍼如晋修成，叔向、子朱有撫劍、拂衣之忿，平公曰："晋其庶乎？吾臣之所力争者大。"公曰："公室懼卑。臣不思忠而恃力，不務德而競善，私欲已侈，能無卑乎？"

悼夫人食輿人城杞者。絳縣老人與之，食而疑年，使其實，曰："臣小人也，不知紀年。生之歲正月甲子朔，四百有四十五甲子矣，其季於今三之一也。吏莫之知。"走問諸朝。公曰："魯仲叔惠伯會郤成子於承匡之歲，七十三年矣。"時魯使在晋，歸以語季武子，曰："晋有師曠而咨度焉。君子在朝，其庸可媮乎？勉事之而後可。"

石言於魏榆。晋侯問於公曰："石何故言？"對曰："石不能言，或馮焉。不然，民聽濫矣。臣又聞之，作事不時，怨動於民，則有非言之物而言。今宫室崇侈，民力彫盡，謗讟并作，莫保其性。石言，不亦宜乎？"是時方築虒祁之宫。叔向曰："子野之言，君子哉！君子之言，信而有徵。是宫也成，諸侯必叛，君必有咎，夫子知之。"逾年而平公果卒。

衛靈公將之晋，舍於濮上。夜半，聞鼓琴聲，乃召師涓曰："吾聞琴音，狀似鬼神，爲我聽而寫之。"明日，師涓曰："臣寫而得之矣。"遂行見晋侯，會飲於施惠之臺。酒酣，靈公曰："今者未聞新聲，乃命師涓援琴而鼓。"公撫而止之，曰："此亡國。"曰："何謂也？"公曰："此師延與紂所爲靡靡之樂。武王伐紂，師延東走，自投濮水，故聞之者必於濮上。先聞此聲者國削。"晋侯曰："音無此最悲乎？"公曰："有。然君之德義薄，不可以聽。"不獲已爲鼓之。一奏，有玄鶴二八，集於廓門；再奏，延頸而鳴，舒翼而舞。晉侯大喜，起而爲公壽。公之於音，盡天下之至賾，豈徒區區與群生輩伍哉？無何，天不與明，丁斯時也。

於戲！周道即衰，列國不啻數百，而晋室强臣尸諸侯之盟者久矣。逮靈公至於厲，其間政失，而寖以微削。悼周始立大夫，以治國之本，勉而行之。於是振滯匡乏，施舍已責，民無謗言，所以復文襄之業。故九合而弗敢拒，三駕而莫與争。平公亦藉規誨，宣其明德，而諸侯莫不懷畏。公之力於晋，不爲不多矣。頌曰：有覺德行，四國順之。無競維人，四方其訓之。其是之謂與？

戰國以來，綿歷千載，行事久遠，而無所考信。僕亡敢臆説，但摭春秋之所載者，實書之。時太和二年，歲在壬戌，三月上巳日記。

同上，卷二百五《藝文二十四》記五《晋師曠廟記》（元・張守大）：

洪洞縣治之東二十里，有聚落曰師，流俗相傳以爲晋師曠子野之故里。里之東又百餘步，其遺丘尚存，傍立祠，爲師妥靈之所居。民時節薦享，罔不虔肅。水旱灾疫，凡有禱必應。歲既久，風雨飄剥，漸以圮毁。至正甲辰，里人楊震等相與謀曰："祠毁不治，日益壞，我輩爲師遺民，世共祀事，若弗因其舊而新是圖，將何以昭靈貺而答神休哉？"於是衆議協同，遂鳩工聚財，并力偕作，不數月而訖工。前堂後寢，焕焉一新，遠近瞻之，巍然壯觀。既落成，僉曰："惟是整飾之勞，不可無記。"乃屬余以記之。

余曰：師之聰，天下之至聰也。其於五音六律，皆能洞精奥賾，妙猶鬼神，不可測。故孟子亞聖稱之。按師當悼公、平公時，迹雖隱於樂官，而實參國議。若夫忠言讜論，匡主裕民之道，載諸《春秋左氏傳》者，已詳見於舊碑，余可略也。獨其間以師爲姓，而疑世系無所考者，似非也。蓋師既爲典樂太師，師則官號也，謂之曰師曠，猶曰師襄、師摯、師冕云爾。若是者，豈盡姓之謂哉？厥後之師姓者，乃因官以爲氏也。余聞祀典云："有功於民者則祀之。"昔師之生也，爲晋賢臣，其言行既有益於當時；没能福兹土，而水旱灾疫，有禱斯應，又以利乎後世。是則師之存没，皆有功於民矣。祀之，誠宜！今里人楊震等，仰德承休，而能維新祠宇，用意辛勤，終始不懈，於此亦可謂知所報矣。故爲之記。

同上，卷二百十八《藝文三十七》祭文《祭師曠廟文》（唐・袁皓）：

吟篁怨桐，天其聲乎？鏘石鏗金，天其文乎？擊革鳴絲，天其暢乎？匏土之韵，天其和乎？天有至音，寄斯八物。先生不生，斯音鬱鬱。先生既生，斯音在律。嗚呼！先生之耳，時可求也；先生之心，不可得也。大哉，樂乎！先生之無神乎？愚固狂而不可攄。先生之有神乎？愚堅誠而乞其圖。先生之耳有神乎？化爲天下之耳。先生之心有神乎？化爲天下之心。古者可以舒於今，然後家家知舜琴。

同上，卷二百二十四《藝文四十三》詩四七律下《師曠廟二首》（元・張守大）：

草緑東原霽景浮，杖藜閑步思悠悠。楊侯城外烟村古，師曠祠前野水流。遺俗不堪悲往事，新詩聊復記曾游。當年冠蓋俱塵土，衹見殘陽下故丘。

衰草寒烟子野祠，升堂拂蘚讀殘碑。知音迥出師涓右，典樂常懷晋悼時。已辨哀吟傳濮水，還因規諷及祁奚。淫哇此日知誰正，悵望遺墟有所思。

同上，卷二百二十六《藝文四十五》詩六七絶《師曠》（唐・周曇）：

老能勸學照餘生，似夜隨燈到處明。往行前言如不見，暗中無燭若爲行？

同上，卷二百二十八《雜志一》：

古小説家者流，蓋出於稗官，如淳謂“立稗官，使稱説閭巷風俗”是也。自周以前，有《務成子》十一篇，中多稱堯問；《師曠》六篇，事見《春秋》，此爲三晋稗編之宗。至唐開元後，而卷帙彌繁，衍且不翅張衡《西京賦》所謂“小説九百，本自虞初”者矣。其事涉晋疆，爰綴之，以備土風焉。（《文淵閣四庫全書》本）

許慎撰，段玉裁注《説文解字注》四篇上《鳥部》：

鷲（鷲鳥，黑色，多子。《師曠》曰：“南方有鳥，名曰羌鷲，黄頭赤目，五色皆備。”從鳥，就聲。）（中州古籍出版社，2006年）

鄂爾泰等《欽定授時通考》卷二天時《占驗總》附《星》：

《師曠占》：候月知雨多少，八月一日、二日、三日，月色赤黄者，其月少雨；月色青者，其月多雨。

同上，《風》：

《師曠占》：常以十月朔日，占春糴貴賤：風從東來，春賤；逆此者貴。以四月朔，占秋糴：風從南來、西來者，秋皆賤；逆此者貴。以正月朔占夏糴：風從南來、東來者，皆賤；逆此者貴。

同上，《雲霞》：

《師曠占》：常以五卯日候，西北有雲如群羊者，即有雨至。

同上，《草木》：

《師曠占術》：杏多實不蟲者，來年秋禾善。五木者，五穀之先，欲知五穀，但視五木。擇其木盛者，來年多種之，萬不失一也。

同上，卷三天時《春》：

《師曠占》：春雷初起，其音格格霹靂者，所謂雄雷，旱氣也；其鳴依依，音不大霹靂者，謂之雌雷，水氣也。

同上，《春》占驗：

《師曠占》：春辰巳日雨，蝗蟲食禾稼。

同上，《正月》占驗：

《師曠占》：立春雨，傷五禾。

同上，《二月》占驗：

《師曠占》：二月甲戌日，風從南來者，稻熟。

二月乙卯日，不雨晴明，稻上場不熟。

同上，卷五天時《九月》占驗：

《師曠占》：粟米常以九月爲本，若貴賤不時，以最賤之日爲本。粟以秋得本，貴在來夏。以冬得本，貴在來秋。此收穀遠近之期也。

同上，卷六天時《十月》占驗：

《師曠占》：五穀貴賤，常以十月朔日占，風從東來春賤，逆此者貴。（《文淵閣四庫全書》本）

永瑢等《四庫全書總目》卷一百十五子部二十五譜録類《禽經》提要：

《禽經》一卷（内府藏本），舊本題師曠撰，晋張華注。漢、隋、唐諸《志》及宋《崇文總目》，皆不著録。其引用，自陸佃《埤雅》始，其稱師曠，亦自佃始。其稱張華注，則見於左圭《百川學海》所刻。考書中“鷓鴣”一條稱“晋安”曰“懷南”、“江右”曰“逐隱”，春秋時安有是地名？其僞不待辨。張華晋人，而注引顧野王《瑞應圖》、任昉《述異記》，乃及見梁代之書，則注之僞亦不待辨。然其中又有僞中之僞。考王楙《野客叢書》載《埤雅》諸書所引，而楙時之本無之者，如“鶴以怨望，鴟以貪顧，鷄以睨視，鴨以怒睨，雀以猜懼，燕以狂盻，鶯以喜囀，烏以悲啼，鳶以飢鳴，鶴以潔唳，梟以凶叫，鴟以愁嘯”“鵜飛則蜮沉，鵙鳴則蚓結，鸛俯鳴則陰，仰鳴則晴”“陸生之鳥，味多鋭而善啄，水生之鳥，味多圓而善唼；短腳者多伏，長腳者多立”，凡數十條。是楙所見者非北宋之本。又楙書中辨“鶯遷”一條，引《禽經》“鶯鳴嚶嚶”，辨“杜詩白鷗没浩蕩”

一條，引《禽經》“梟善没，鷗善浮”，辨葉夢得詞“睡起啼鶯語”一條，引《禽經》“啼鶯解語，流鶯不解語”，今本又無之。馬驌《繹史》全録此書，而别取《埤雅》《爾雅翼》所引，今本不載者，附録於末，謂之《古禽經》。今考所載，楙已稱《禽經》無其文者，凡三條。其餘尚有“青鳳謂之鶡，赤鳳謂之鶉，黄鳳謂之焉，白鳳謂之肅，紫鳳謂之鷟”“鶴愛陰而惡陽，雁愛陽而惡陰”“鶴老則聲下而不能高，近而不能寮”“旋目其名鸓，方目其名鴋，交目其名鳭”“鳥之小而鷙者皆曰隼，大而鷙者皆曰鳩”“烏鳴啞啞，鸞鳴噰噰，鳳鳴喈喈，凰鳴啾啾，雉鳴嘒嘒，鷄鳴咿咿，鷽鳴嘤嘤，鵲鳴唶唶，鴨鳴呷呷，鴿鳴咕咕，賜鳴唄唄”“郤近翠者能步，却近蒲者能擲”“朱鳶不攫肉，朱鷺不吞鯉”“摯好風，鸍好雨，鵝好霜，鷺好露”“陸鳥曰棲，水鳥曰宿，獨鳥曰止，衆鳥曰集”“鵝見異類差翅鳴，鷄見同類拊翼鳴”“雝上無尋，鸈上無常”“雉上有文，鷃上有赤”“暮鳩鳴即小雨，朝鳶鳴則大風”“鷂鸇之信不如鷹，周周之智不如鴻”“淘河在岸則魚没，沸河在岸則魚涌”“雕以周之，鷲以就之，鷹以膺之，鶻以搰之，隼以尹之”“鴻雁愛力，遇風迅舉，孔雀愛毛，遇雨高止”“雁曰翁，鷄曰鴐，鶉曰鷹”“鷹不擊伏，鶻不擊妊”“一鳥曰隹，二鳥曰雔，三鳥曰朋，四鳥曰乘，五鳥曰鳸，六鳥曰鶂，七鳥曰鳴，八鳥曰鸞，九鳥曰鳩，十鳥曰鶾”“拙者莫如鳩，巧者莫如鵲”“鵲見蛇則噪而賁，孔見蛇則宛而躍”“山禽之味多短，水禽之味多長，山禽之尾多修，水禽之尾多促”“衡爲雀，虚爲燕，火爲鶉，亢爲鶴”“鸛生三子，一爲鶴，鳩生三，子一爲鶚”“鷹好峙，隼好翔，梟好没，鷗好浮”“乾皋斷舌則坐歌，孔雀拍尾則立舞，人勝之也；鸞入夜而歌，鳳入朝而舞，天勝之也”“霜傅强枝，鳥以武生者少，雪封枯原，鳥以文死者多”“雀交不一，雉交不再”“冠鳥性勇，帶鳥性仁，纓鳥性樂”“鵃鳥不登山，鷂鳥不踏土”諸條，其中有兩條爲楙所摘引，餘亦不云無其文，則今所見者，又非楙所見之本矣。觀“雕以周之”諸語，全類字説，疑即傳王氏學者所僞，故陸佃取之。此本爲左圭《百川學海》所載，則其僞當在南宋之末。流傳已數百年，文士往往引用，姑存備考，固亦無不可也。（中華書局，1965年）

永瑢等《四庫全書簡明目録》卷十二子部九譜録類草木禽魚之屬：

《禽經》七卷。舊本題師曠撰，晋張華注，皆依托也。然陸佃《埤雅》以下所引《禽經》，今本乃皆不載，又僞本中之僞本矣。以左圭《百川學海》所收，即是此本，知其僞在南宋之末。既已流爲丹青，今亦不能遽廢也。（上海古籍出版社，1985年）

沈欽韓《漢書藝文志疏證》卷二《諸子略》小説家：

《師曠》六篇。

《説苑·辨物篇》："晋平公出畋，見乳虎，伏而不動，顧謂師曠曰：'吾聞霸王之主出，則猛獸伏不敢起。今者寡人出見乳虎，伏而不動，此其猛獸乎？'師曠曰：'鵲食蝟，蝟食鵔鸃，鵔鸃食駮，駮食虎。夫駮之狀，有似駮馬。今者君之出，必驂駮馬乎？'公曰：'然。'師曠曰：'臣聞之，一自誣者窮，再自誣者辱，三自誣者死。'"云云。又《御覽》三百六十九《瑣語》曰："晋師曠晝侍平公，鼓瑟輟行，笑曰：'齊君與嬖人戲，墜床傷臂。'公書記之。使問齊侯，果如其言。"按：此類小説也。《説苑·君道》首載平公問師曠人君之道。

同上，卷三《兵書略》陰陽家：

《師曠》八篇。

《後書》蘇竟遺劉龔書曰："猥以《師曠雜事》，輕自眩惑，説士作書，亂夫大道。"按師曠有二，《齊民要術·雜説》："黄帝問師曠，欲知牛馬貴賤。'秋葵下有小葵生，牛貴；大葵不蟲，牛馬賤。'"《御覽》一百八十九師曠問天老曰："人家忌臘日殺生於堂上，有血光，一不祥也；井上種桃，花落井，二不祥也。"此黄帝之師曠矣。《御覽》十三又有《師曠占》。《隋志》：梁有《師曠占》五卷。《舊唐志》：《師曠占書》一卷。并在五行家。（《拾遺記》云撰兵書萬篇。）（《二十五史藝文經籍志考補萃編》本，清華大學出版社，2011年）

岳濬、法敏等《山東通志》卷九《古迹志（附宫室）》泰安府新泰縣：

師曠故里。（在縣東北十五里，今名南師店、北師店。）

同上，碑碣附（舊志碑碣附見於各州縣宫室之末，采輯不全，今裒括另爲一帙以附之）：

師曠墓碑。（《新泰志》：師曠墓前有碑，籀文十三行，古奥不可辨。）

同上，卷二十一《秩祀志》郡縣分祀泰安府：

師曠祠。（在縣東北十五里南師店墓前，元延佑三年建。）

同上，卷三十一《方伎志》方技總述：

按《舊志》所載，自三代以迄有明，僅二十八人。然如師襄、師曠名著於經，而不能詳其貫，飛衛、輪扁本子書之寓言，而不能核其實，謹删之。而取紀傳之有徵者，以補其數，且視《舊志》加增焉。仍以時統之，不分載郡邑。

同上，卷三十二《陵墓志》泰安府新泰縣：

（周）師曠墓。（在縣東北十五里南師店墓前，有碑籀篆十三行，字古奥不可識。）

同上，卷三十四《經籍志》子總目：

（周）師曠《樂書》六卷。（《文淵閣四庫全書》本）

邵懿辰撰，邵章續録《增訂四庫全書簡明目録標注》卷第十三子部九譜録類：

《禽經》一卷。舊本題師曠撰，晋張華注。

百川學海本，漢魏叢書本，格致叢書本，百名家書本，夷門廣牘本。

錢氏《敏求記》云：有舊鈔本，可正《百川學海》之訛誤。明刊吕氏十種本。

（續録）説郛本，唐宋叢書本。（上海古籍出版社，1979年）

丁丙藏，丁仁撰《八千卷樓書目》卷十二子部譜録類草木蟲魚之屬：

《禽經》一卷。（舊本題師曠撰，晋張華注。《百川》本、《説郛》、《唐宋叢書》本。）（《續修四庫全書》本）

陸心源《皕宋樓藏書志》卷五十四子部譜録類二：

師曠《禽經》一卷。（宋刊本。）晋太傅張華注。（《續修四庫全書》本）

姚振宗《漢書藝文志條理》卷二之下《諸子略》小説家：

《師曠》六篇。見《春秋》，其言淺薄，本與此同，似因托也。（一本“也”作“之”。）

《左·襄十四年傳》：師曠侍於晋侯。杜預曰：“師曠，晋樂大師子野。”

《孟子·離婁篇》：師曠之聰。趙岐曰：“師曠，晋平公之樂太師也，其聽至聰。”

本書《人表》師曠列第五等中中。梁玉繩曰：“師曠始見《逸書·太子晋解》、《左·襄十四》、《晋語》八。晋主樂大師，字子野，冀州南和人。生而無目，故自稱瞑臣，又稱盲臣，亦曰晋野。葬右扶風漆縣。《廣韵》注以師爲姓，非也。”

《後漢書·方術傳序》：“箕子之術，師曠之書。”注：“師曠占灾異之書也。今書《七志》有《師曠》六篇。”

按：王儉《七志》所載與本志篇數同，似猶爲《七略》原編。《隋志》五行家有《師曠書》三卷，在歲占諸書中，又占夢書中云“梁有《師曠占》五卷，亡”，或在此書，或在兵陰陽家，無以詳知。

又按：《説文・鳥部》引師曠説，今有《禽經》一卷，舊題師曠，疑即此六卷之佚出者。或以爲因《説文》所引而影附之，不得而詳矣。

同上，卷四《兵書略》陰陽家：

《師曠》八篇。晋平公臣。

師曠有書六篇，見《諸子》小説家。

《後漢書・蘇竟傳》："竟與劉歆兄子龔書曰：'猥以《師曠雜事》輕自眩惑，説士作書，亂夫大道，焉可信哉？'"章懷注曰："《師曠雜事》，雜占之書也。《前書》云陰陽書十六家，有《師曠》八篇也。"（《二十五史補編》本，中華書局，1956年）

姚振宗《隋書經籍志考證》卷三十六子部十三五行家：

《師曠書》三卷。

《左・襄十四》：師曠侍於晋侯。杜預曰："師曠，晋樂太師子野。"

《孟子・離婁篇》：師曠之聰。趙岐曰："師曠，晋平公之樂太師，其聽至聰。"

《漢書・藝文志》小説家：《師曠》六篇。見《春秋》，其言淺薄，本與此同，似因托也。又兵陰陽家：《師曠》八篇。晋平公臣。

又《人表》第五等中中師曠。錢塘梁玉繩《考》曰："師曠始見《逸書・太子晋解》、《左・襄十四》、《晋語》八。晋主樂大師，字子野，冀州南和人。生而無目，故自稱瞑臣，又稱盲臣，亦曰晋野。葬右扶風漆縣。《廣韵》注以師爲姓，非也。"

《後漢書・方術傳序》："師曠之書。"注："師曠占灾異之書也。今書《七志》有《師曠》六篇。"

又《蘇竟傳》："竟與劉歆兄子龔書曰：'猥以《師曠雜事》輕自眩惑。"章懷太子曰："《師曠雜事》，雜占之書也。《前書》云陰陽書十六家，有《師曠》八篇也。"

《唐書・經籍志》：《師曠占書》一卷。（《藝文志》同。）

《宋史・藝文志》：《師曠擇日法》一卷。

《孫氏祠堂書目》：《師曠占》一卷。洪頤煊集本。

案：據范書傳注所引《七志》，似宋齊時小説家之六篇猶傳，而兵陰陽家八篇亡矣。本《志》後文雜占類中引《七録》，又有《師曠占》五卷，此三卷殆即五卷之佚存。蓋自漢至齊六卷，梁五卷，隋三卷，唐一卷，宋僅存《擇日法》，今惟

有洪氏輯本焉。（又《金樓子·志怪篇》言師曠有《地境經》，詳見後第二十七類。）（《續修四庫全書》本）

姚振宗《漢書藝文志拾補·諸子略拾補》第二小説家者流：

右小説家者流，凡一十三家一十三部。（……又有東方朔《神異經》《十洲記》，伶元《飛燕外傳》，師曠《禽經》各一卷，并後人依托，不録。）（《二十五史補編》本，中華書局，1956年）

王仁俊《玉函山房輯佚書續編》之《史編總類》：

《師曠紀》一卷。

虯龍者，龍之無角者也。黄帝時有虯龍，白前身，有鱗角，背有名字，出圖。史禁或以授黄帝稽瑞。（《續修四庫全書》本）

梁啓超《漢書藝文志諸子略考釋》小説家：

右諸書與别部有連者，道家有《伊尹》五十一篇、《鬻子》二十二篇，此復有《伊尹説》《鬻子説》；兵陰陽家有《師曠》八篇，此復有六篇；五行家有《務成子灾異應》十四卷，房中家有《務成子陰道》三十六卷，此復有《務成子》十一篇。考其區别所由，蓋以書之内容、體例爲分類也。《文選注》三十一引桓譚《新論》云："小説家者，合叢殘小語，近取譬論，以作短篇。"蓋小説家之特色如此。據此，則道家之《伊尹》《鬻子》蓋以莊言發攄理論，小説家之《伊尹説》《鬻子説》則"叢殘小語"及"譬喻短篇"也。餘可類推。

同上，《漢志諸子略各書存佚真僞表》小説家者流：

《師曠》，入"已佚"類"有遺篇遺説可考輯者"目。（《飲冰室合集》本，中華書局，1989年）

羅焌《諸子學述》上編《諸子書之真僞及存佚表》：

諸子名稱		《漢書·藝文志》	《隋書·經籍志》	《唐書·經籍志》	現時存佚	考證
小説家	師曠	六篇。注云："見《春秋》，其言淺薄，不與此同，似因托也。"又兵陰陽家有《師曠》八篇。注云："晋平公臣。"案此六篇蓋即出於八篇中也	亡	亡	案《左傳》《國語》《吕子》《韓子》《淮南子》《説苑》《新序》載師曠言行甚多，輯録可爲一卷	

（商務印書館，1935年）

顧實《漢書藝文志講疏》三《諸子略》小説：

《師曠》六篇。（見《春秋》，其言淺薄，本與此同，似因托之。）

亡。兵陰陽家《師曠》八篇，蓋非同書。《師曠》曰："南方有鳥，其名羌鷲，黄頭赤目，五色皆備。"（《説文·鳥部》引。）或在此書。師曠事詳《周書》（《太子晋解》）、《左傳》（襄十四、昭十八）、《國語》（《晋語》八）、《韓非》（《十過篇》）、《吕覽》（《長見篇》）、《説苑》（《建本篇》）諸書。

同上，五《兵書略》兵陰陽：

《師曠》八篇。（晋平公臣。）

亡。李賢曰："雜占之書也。"（《後書·蘇竟傳》注。）（上海古籍出版社，2009年）

魯迅《中國小説史略》第三篇《〈漢書·藝文志〉所載小説》：

《漢志》之叙小説家，以爲"出於稗官"，如淳曰，"細米爲稗。街談巷説，甚細碎之言也。王者欲知里巷風俗，故立稗官，使稱説之。"（本注）其所録小説，今皆不存，故莫得而深考，然審察名目，乃殊不似有采自民間，如《詩》之《國風》者。其中依托古人者七，曰：《伊尹説》《鬻子説》《師曠》《務成子》《宋子》《天乙》《黄帝》。記古事者二，曰：《周考》《青史子》，皆不言何時作。明著漢代者四家，曰：《封禪方説》《待詔臣饒心術》《臣壽周紀》《虞初周説》。《待詔臣安成未央術》與《百家》，雖亦不云何時作，而依其次第，自亦漢人。

《漢志》兵陰陽家有《師曠》八篇，是雜占之書；在小説家者不可考，惟據本志注，知其多本《春秋》而已。《逸周書·太子晋》篇記師曠見太子，聆聲而知其不壽，太子亦自知"後三年當賓於帝所"，其説頗似小説家。（上海古籍出版社，1998年）

陳朝爵《漢書藝文志約説》卷二《諸子略》小説家：

《師曠》六篇。（見《春秋》，其言淺薄，本與此同，似因托之。）

顧實曰："兵陰陽家有《師曠》八篇，蓋非同書。"錢大昭云："《説文》鳥部'南方有鳥，名曰羌鷲'條，疑出此書。"案，今世《師曠禽經》雖疑唐代人作，或亦有所本。

同上，卷四《兵書略》兵陰陽：

《師曠》八篇。（晋平公臣。亡。）

王應麟曰："《後漢·蘇竟傳》云《師曠雜事》，注：'雜占書也。'"
（《二十五史藝文經籍志考補萃編》本，清華大學出版社，2012年）

蔣伯潛《諸子通考》下編《諸子著述考·縱横家農家小説家之書》：

《師曠》六篇。自注曰："見《春秋》。其言淺薄，本與此同，似因托之。"《説苑·君道篇》《辨物篇》、《御覽》三百六十九，并引師曠語。《説文·鳥部》亦引師曠語。《兵書略》兵陰陽家又有《師曠》八篇，疑非同書。師曠言行，見《左傳》《國語》及《周書·晋太子解》，《韓非子·十過篇》《吕氏春秋·長見篇》《説苑·建本篇》者亦不少。此書蓋由後人輯集師曠之遺言軼事而成者也。
（浙江古籍出版社，1985年）

案：師曠，瞽者，（一説生而無目，一説熏目以聰耳。）字子野，冀州南和人。耳聰善音，爲晋主樂太師。史書無傳，生卒年不可考。主要生活在晋悼公（前572年—前558年在位）、晋平公（前557年—前532年在位）年間。悼公時有"衛人出君"之對，公亦問及治政，主以"仁義爲本"。以審音、知聲超乎常人而爲世所重。平公爲太子，以曠爲師友。及即位，以爲主樂太師。《左傳》載有師曠事六件，均發生在晋平公時期。曠妙於音律，長於占術，且又博物，時有諷諫。其年長於平公，其卒與平公同時或稍後。關於其冢所在，有陝西右扶風、山東泰安府新泰縣、山西平陽府洪洞縣三説。師曠乃晋人，當以在洪洞縣爲是。其他兩處，或是後嗣遷居後所建。《漢書·藝文志》六藝略樂家有《雅琴師氏》八篇，注云："名中，東海人，傳言師曠後。"古者家傳其學，師曠之聲樂理論和審音知聲技術爲其後代所傳承當有可能。

《漢書·藝文志》諸子略小説家著録《師曠》六篇，注曰："見《春秋》，其言淺薄，本與此同，似因托之。"據班氏注，可推測小説家《師曠》六篇或即後人集《春秋》各傳中師曠事所成之編。曠言行見於《逸周書·太子晋解》，《左傳》襄公十四年、襄公十八年、襄公二十六年、襄公三十年、昭公八年、昭公九年，《國語·晋語》八，《吕氏春秋·長見》，《韓非子·十過》、《外儲説右上》、《難一》、《難二》，《禮記·檀弓下》，《説苑·君道》、《建本》、《善説》、《辨物》，《新序·雜事》，《水經注》引《瑣語》，《藝文類聚》引《春秋外傳》，《尚書大傳》等。曠身爲瞽者，却天下至聰，妙極音律，長於推占，必有諸多逸聞趣事，後人好奇，多所緣飾，也是情理中事。《左傳》所載數事多有所諷，歸於善政，而以"知南風不競""答絳縣老人"兩事多所誇飾。其他見於《逸周書》《韓非子》《説苑》《新序》諸事，更爲不經。如《説苑·善説》所載平公"七十欲學"事，而據《史記·晋世家》，平公壽數在四十歲上下。悼公立時年十四，當公元前572年，在位十五年崩，即公元前558年，年僅二十九歲。若悼公即位時生平公，悼公崩，平公十五岁即位，在位二十六年，纔四十一歲，何來年七十欲學事？此虚言不可信。按《水經注》《藝文類聚》《太平御覽》所引《瑣語》也有師曠故事，《瑣語》出自汲冢，爲戰國後期物，可知戰國時師曠逸聞較多。相比之下，《師曠》六篇乃集自《春秋》師曠事，算是典正之文。如果説孔子編纂《春秋》乃以《魯春秋》爲據，那麽《春秋左氏傳》則廣采各國史乘，其不被采録者則多散佚，或有“其言淺薄”而頗受民間歡迎者。而與《師曠》所記相類且“其言淺薄”之《春秋》可能就是《晋春秋》之軼聞逸事，其中載有像《韓非子·十過》《難一》和《逸周書·太子晋解》所記一類師曠故事，這類故事不便歸於哪一家。不過，《説苑》載云：“晋平公問於師曠曰：‘人君之道如何？’師曠曰：‘人君之道清静無爲，務在博愛，趨在任賢，廣開耳目，以察四方，不固溺於俗，不拘繫於左右，廓然遠見，踔然獨立，屢省考績，以臨臣下。此人君之操也。’”其思想似乎更傾向於主張“無爲而無不爲”之黄老道家。由於這類故事大多已摻入秦漢諸子雜傳中，小説家《師曠》遂逐漸失其傳。

師曠之聲樂理論常與軍政相聯繫，因鳥烏之聲樂，而知齊師其遁；歌南風不競，而知楚必無功，在《左傳》中已有記載。《漢書·藝文志·兵書略》陰陽家又有《師曠》八篇，應是推占之書。兵書略的兵陰陽與諸子略的陰陽家不同。“陰陽家者流，蓋出於羲和之官，敬順昊天，曆象日月星辰，敬授民時”；而“（兵）陰陽者，順時而發，推刑德，隨鬥擊，因五勝，假鬼神而爲助者也”。顔師古釋曰：“五勝，五行相勝也。”即是説，兵陰陽有陰陽占卜、五行推演之長。《後漢書·方術傳》云：“至乃《河》《洛》之文，龜龍之圖，箕子之術，師曠之書（占灾異之書也。今書《七志》有《師曠》六篇），緯候之部，鈐决之符，皆所以探抽冥賾，參驗人區，時有可聞者焉。”參見李賢注，可知此“師曠之書”乃兵陰陽家之《師曠》。《隋書·經籍志》五行類有《師曠書》三卷，又云“梁有《師曠占》五卷，亡”。《舊唐書·經籍志》有《師曠占書》一卷，《新唐書·藝文志》同。雖稱名與卷數不同，可能即是一書之傳。《宋史·藝文志》有《師曠擇日法》一卷，注稱“假黄帝問答”，蓋亦是依托之書。另外，《宋史·藝文志》五行類有《黄帝朔書》一卷，其注明言“托太公、師曠、東方朔撰”。《通志·藝文略》載：“《禽經》一卷，師曠撰。”并爲托名之作。所以托之師曠者，爲其精於律算，且博於名物也。今人盧文暉輯有《師曠——古小説輯佚》，上海古籍出版社1985年9月出版，是搜集師曠逸聞異事較多之一種。

務成子

尸佼撰，汪繼培輯《尸子》卷下：

務成昭之教舜曰："避天下之逆，從天下之順，天下不足取也；避天下之順，從天下之逆，天下不足失也。"（華東師範大學出版社，2009年）

荀况撰，王先謙集解《荀子集解》卷十八《成相篇》：

契玄王，生昭明，（《詩》曰"天命玄鳥，降而生商"，又曰"玄王桓撥"，皆謂契也。《史記》曰"契爲堯司徒，封於商，賜姓子氏""契卒，子昭明立"也。)居於砥石遷於商。（砥石，地名，未詳所在。或曰：即砥柱也。《左氏傳》曰："閼伯居商丘，相土因之。"相土，昭明子也。言契初居砥石，至孫相土，乃遷商丘也。）十有四世，乃有天乙是成湯。（《史記》曰"契卒，子昭明立。昭明卒，子相土立。相土卒，子昌若立。昌若卒，子曹圉立。曹圉卒，子冥立"，爲夏司空，勤其官，死於水，殷人郊之。"冥卒，子振立。振卒，子微立。微卒，子報丁立。報丁卒，子報乙立。報乙卒，子報丙立。報丙卒，子主壬立。主壬卒，子主癸立。主癸卒，子乙立。"是十四世也。）天乙湯，論舉當，身讓卞隨舉牟光。（《莊子》曰湯讓天下於卞隨、務光二人，不受，皆投水死。牟與務同也。俞樾曰：舉，當讀爲與，古"舉""與"字通。《周官・師氏職》曰"王舉則從"，鄭注曰："故書舉爲與。"《史記・吕后紀》"蒼天舉直"，徐廣曰："舉，一作與。"是其證也。）道古賢聖基必張。（道，説。古之賢聖，其業必張大也。）

同上，卷十九《大略篇》：

舜曰："維予從欲而治。"故禮之生，爲賢人以下至庶民也，非爲成聖也，然而亦所以成聖也。不學不成：堯學於君疇，舜學於務成昭，禹學於西王國。（"君疇"，《漢書古今人名表》作"尹壽"。又《漢・藝文志》小説家有《務成子》十一篇，昭，其名也。《尸子》曰："務成昭之教舜曰：'避天下之逆，從天下之順，天下不足取也。避天下之順，從天下之逆，天下不足失也。'"西王國，未詳所説。或曰：大禹生於西羌，西王國，西羌之賢人也。《新序》子夏對哀公曰："黄帝學於太墳，顓頊學於録圖，帝嚳學於赤松子，堯學於尹壽，舜學於務成跗，禹學於西王國，湯學於成子伯，文王學於時子思，武王學於郭叔。”此明聖人亦資於教也。盧文弨曰：案《新序》五“太填”作“大真”，《古今人名表》作“大填”，“録圖”作“緑圖”，《表》同。“尹壽”，元刻作“君壽”，宋本《新序》同。吴祕注《法言》，引《新序》作“君疇”。“成子伯”，《新序》作“威子伯”，“時子思”作“鉸時子思”。）（《新編諸子集成》本，中華書局，1988年）

韓嬰撰，許維遹校釋《韓詩外傳集釋》卷五第二十八章：

哀公問於子夏曰：“必學然後可以安國保民乎？”子夏曰：“不學而能安國保民者，未之有也。”哀公曰：“然則五帝有師乎？”子夏曰：“臣聞黄帝學乎大填，顓頊學乎禄圖，帝嚳學乎赤松子，堯學乎務成子附，舜學乎尹壽，（周廷寀云：《荀子·大略〔篇〕》：“堯學於君疇，舜學於務成昭。”《新序·雜事五》：“堯學於尹壽，舜學於務成跗。”《〔漢書古今〕人表》亦云：“尹壽，堯師。”此《傳》蓋文倒也。《漢書·藝文志》小説家有《務成子》十一篇，“尹”“君”，“壽”“疇”，“跗”“昭”，所傳聞異。“跗”與“附”通。維遹案：《白虎通·辟雍章》亦謂舜師尹壽。）禹學乎西王國，湯學乎貸子相，文王學乎錫疇子斯，武王學乎太公，周公學乎虢叔，仲尼學乎老聃。此十一聖人，未遭此師，則功業不能著乎天下，名號不能傳乎後世者也。”（《新編諸子集成》本，中華書局，1980年）

劉向編著，石光瑛校釋《新序校釋》卷五《雜事》：

魯哀公問子夏曰：“必學而後可以安國保民乎？”子夏曰：“不學而能安國保民者，未嘗聞也。”哀公曰：“然則五帝有師乎？”子夏曰：“有。臣聞黄帝學乎大真，顓頊學乎緑圖，帝嚳學乎赤松子，堯學乎尹壽，舜學乎務成跗，（盧文弨曰：“跗，《荀》作昭。”案：楊注引本書仍作“跗”。《外傳》云：“堯學乎務成子附，舜學乎尹壽。”附、跗，俱從付聲，古字通用。楊注引《尸子》有務成昭，教舜云云。又《漢·藝文志》小説家有《務成子》十一篇，班氏自注云：“稱堯問，非古語。”或其人跗字昭名也。《路史·後紀》十二作務成軺。軺、昭形音均近，蓋即一人。其云諸侯，未知所據。《潛夫論》又云：“舜師紀后。”后，君也，昭爲諸侯，豈即紀后與？但《路史》説多妄，不可據。又《漢志》五行家有《務成子灾異應》十四卷，房中家有《務成子陰道》三十六卷，蓋皆後人僞托者。）禹學乎西王國，湯學乎威子伯，文王學乎鉸時子斯，武王學乎郭叔，周公學乎太公，仲尼學乎老聃。此十一聖人，未遭此師，則功業不著乎天下，名號不傳乎千世。”（中華書局，2001年）

班固撰，顏師古注《漢書》卷三十《藝文志》諸子略小説家：

《務成子》十一篇。（稱堯問，非古語。）

同上，術數略五行家：

《務成子灾異應》十四卷。

同上，方技略房中家：

《務成子陰道》三十六卷。（中華書局，1962年）

班固撰，陳立疏証《白虎通疏證》卷六《辟雍》：

《論語讖》曰："五帝立師，三王制之。"帝顓頊師緑圖，帝嚳師赤松子，帝堯師務成子，帝舜師尹壽，禹師國先生，湯師伊尹，文王師吕望，武王師尚父，周公師虢叔，孔子師老聃。（此疑亦《論語讖》文。《韓詩外傳》云："臣聞黄帝學乎大撓，顓項學乎禄圖，帝嚳學乎湯疇子斯，武王學乎太公，周公學乎虢叔，仲尼學乎老聃。"《吕氏・尊師》云："神農師悉諸，黄帝師大撓，顓項師伯夷父，帝嚳師伯招，帝堯師子州支父，帝舜師許由，禹師大成贄，湯師小臣，文王、武王師吕望，孔子師老聃。"《潛夫論・贊學》云："黄帝師風后，顓項師老彭，帝嚳師祝融，帝堯師務成，帝舜師紀后，禹師墨如，湯師伊尹，文、武師姜尚，周公師庶秀，孔子師老聃。"《新序》："黄帝學乎大填撓，顓項學於緑圖，帝嚳學於赤松子，堯學乎尹壽，舜學乎務成，禹學於西王國，湯學於威子伯，文王學乎鉸時子斯，武王學乎虢叔。"皆與此互有同異。國先生蓋即西王國，《路史》作"西王悝"，注云："西王慖也。""慖"當"國"字之誤。務成子即《藝文志》之"《務成子》十一篇"也。"緑圖"兩字，本作"繆圖"。）（中華書局，1994年）

王符著，汪繼培箋，彭鐸校正《潛夫論箋校正》卷一《贊學》：

天地之所貴者人也，聖人之所尚者義也，德義之所成者智也，明智之所求者學問也。雖有至聖，不生而知；雖有至材，不生而能。故《志》曰：黄帝師風后，顓項師老彭，帝嚳師祝融，堯師務成，（《白虎通・辟雍篇》云："帝堯師務成子。"按《荀子・大略篇》云："堯學於君疇，舜學於務成昭。"《新序・雜事五》又作務成跗。）舜師紀后，禹師墨如，湯師伊尹，文武師姜尚，周公師庶季，孔子師老聃。若此言之而信，則人不可以不就師矣。夫此十一君者，皆上聖也，猶待學問，其智乃博，其德乃碩，而況於凡人乎？（中華書局，1985年）

應劭撰，王利器校注《風俗通義校注》卷二《東方朔》：

俗言：東方朔太白星精，黄帝時爲風后，堯時爲務成子，（《荀子·大略篇》："舜學於務成昭。"楊倞注引《尸子》："務成昭教舜。"《韓詩外傳》五："堯學乎務成子附。"《新序·雜事五》："舜學於務成。"《白虎通·辟雍篇》云："帝堯師務成子。"《潜夫論·贊學篇》："堯師務成。"《漢書·藝文志·諸子略》："《務成子》十一篇。"本注："稱堯問，非古語。"又《數術略》："《務成子灾異應》十四卷。"又《方技略》："《務成子陰道》三十六卷。"）周時爲老聃，在越爲范蠡，在齊爲鴟夷子皮。言其神聖能興王霸之業，變化無常。（中華書局，1981 年）

王嘉撰，蕭綺録，齊治平校注《拾遺記》卷四《燕昭王》：

昭王坐握日之臺參雲，上可捫日。時有黑鳥白頭，集王之所，銜洞光之珠，圓徑一尺。此珠色黑如漆，懸照於室内，百神不能隱其精靈。此珠出陰泉之底。陰泉在寒山之北，員水之中，言水波常圓轉而流也。有黑蚌飛翔，來去於五岳之上。昔黄帝時，務成子游寒山之嶺，得黑蚌在高崖之上，故知黑蚌能飛矣。至燕昭王時，有國獻於昭王。王取瑶漳之水，洗其沙泥，乃嗟嘆曰："自懸日月以來，見黑蚌生珠已八九十遇，此蚌千歲一生珠也。"珠漸輕細。昭王常懷此珠，當隆暑之月，體自輕涼，號曰"銷暑招涼之珠"也。（中華書局，1981年）

吴兢《貞觀政要》卷四《尊敬師傅第十》：

貞觀六年，詔曰："朕比尋討經史，明王聖帝，曷嘗無師傅哉？前所進令，遂不睹三師之位，意將未可。何以然？黄帝學大顛，顓頊學録圖，堯學尹壽，舜學務成昭，禹學西王國，湯學威子伯，文王學子期，武王學虢叔。前代聖王，未遭此師，則功業不著乎天下，名譽不傳乎載籍。况朕接百王之末，智不同聖人，其無師傅，安可以臨兆民者哉？《詩》不云乎：'不愆不忘，率由舊章。'夫不學，則不明古道，而能政致太平者未之有也！可即著令，置三師之位。"（中華書局，2009年）

林寶《元和姓纂》卷八十遇《務》：

堯有務成子，見《易傳》。《列仙傳》務光，夏時人。

同上，《務成》：

《吕氏春秋》："務成子，堯師也。"又《新序》子夏曰："舜學於務成附。"（《文淵閣四庫全書》本）

李昉等《太平廣記》卷一神仙一《老子》：

或云：上三皇時爲玄中法師，下三皇時爲金闕帝君，伏羲時爲鬱華子，神農時爲九靈老子，祝融時爲廣壽子，黄帝時爲廣成子，顓頊時爲赤精子，帝嚳時爲禄圖子，堯時爲務成子，舜時爲尹壽子，夏禹時爲真行子，殷湯時爲錫則子，文王時爲文邑先生，一云守藏史。（出《神仙傳》）（中華書局，1961年）

樂史《太平寰宇記》卷十二河南道十二亳州真源縣：

老子祠。崔元山《瀨鄉記》：老子祠，平生時教化學堂故基也。漢桓帝命邊韶爲文云："老子，伏羲時爲鬱華子，祝融時爲廣成子，黄帝時爲大成子，顓頊時爲赤精子，帝嚳時爲録回子，堯時爲務成子，皆有像。"（中華書局，2007年）

王欽若等《册府元龜》卷三十八帝王部《尊師》：

帝舜師許由，一云學乎務成跗。（中華書局，1960年）

張君房《雲笈七籤》卷二《混元混洞開闢劫運部·太上老君開天經》：

帝堯之時老君下爲師，號曰務成子，作《政事經》。

同上，卷二十八《二十八治·二十四治》：

第八北邙山治。

在東都洛陽縣，梁水在治左。務成子於此得道。大黄出東，穴泉南流。治應柳宿，仙聖發之，治王六十年。

同上，卷七十七《方藥·螢火丸方》：

劉子南者，漢冠軍將軍武威太守也，從道士尸公，受務成子螢火丸，辟病，除百鬼、虎狼、蚖蛇、師子、蜂蠆諸毒，及五兵白刃、賊盜凶害。

其方用雄黄、雌黄各二兩，螢火、鬼箭、蒺藜各一兩，鐵鎚柄燒令焦黑，煅爐中灰、羖羊角各一分，九物各如粉麵，以鷄子黄并丹雄鷄冠血，丸如杏仁大，作三角，絳囊盛五丸帶左臂上。從軍者繫腰中，居家懸户上，辟盜賊諸毒。

劉子南合而佩之。永平十二年行武威北，卒遇虜，大戰敗績，士從奔潰，獨爲寇所圍，矢下如雨，未至子南馬數尺矢輒墮地，終不能中傷。虜以爲神人也，乃解圍而去。子南以神方教其子及弟兄爲軍者，皆未嘗被傷，俱得其驗，傳世寶之。及漢末有青牛道士封君達，以傳安定皇甫隆，隆授魏武帝，乃稍傳於人間。一名冠軍丸，亦名武威丸，今載在《千金翼》中所稱也。

同上，卷一百《紀·軒轅本紀》：

又有《出軍大帥》《年命立成》各一卷，《太一兵曆》一卷，《黄帝出軍新用訣》一十二卷，《黄帝夏氏占兵氣》六卷（此書至夏后時重修之也。），《黄帝十八陣圖》二卷（諸葛亮重修爲《八陣之圖》。），《黄帝問玄女之法》三卷，《風后孤虚訣》二十卷，《務成子玄兵灾異占》十四卷，《鬼臾區兵法》三卷、《圖》一卷。（或作《鬼容區》。設兵法以來皆起於黄帝，亦後來增修也。）（華夏出版社，1996年）

范祖禹《帝學》卷一《帝舜有虞氏》：

帝舜有虞氏，若稽古，浚哲文明，温恭允塞，師曰許由，學於務成昭。務成昭教舜曰："避天下之逆，從天下之順，天下不足定也。避天下之順，從天下之逆，天下不足失也。"（内蒙古人民出版社，2002年）

鄭樵《通志》卷二十九《氏族略五》去聲：

務氏。（堯時有務成子，見《易傳》。《列仙傳》，務光，夏時人。）

同上，複姓：

務成氏。（《吕氏春秋》，務成子，堯師也。《新序》，子夏曰："舜學於務成跗。"）（中華書局，1987年）

羅泌《路史》卷二十《後紀》十一《陶唐氏》：

帝堯，陶唐氏，姬姓，……在位七年，民不作忒，鴟久逃於絶域，麒麟游於藪澤，則能信於人也。（《拾遺記》）嘉言罔伏，賢亡野遺，猶絀聰明，開肺意，捨己稽衆，師於善綣、許由、尹中，而學於務成子附。……

同上，卷二十一《後紀》十二《有虞氏》：

帝舜，有虞氏，姚姓，其先國於虞，始爲虞氏。……尚廣能賢以自輔，博學以成能，師紀后，拜蒲衣，親單卷，學於務成軺。問於務成軺曰："天下未治，何以使我？"對曰："避天下之逆，從天下之順，天下不足治也。避天下之順，從天下之逆，天下不足失也。"（《新序》作務成子跗，《荀子》作務成昭。）（《文淵閣四庫全書》本）

祝穆《古今事文類聚前集》卷二十帝系部潛龍舊學《帝王之師》：

黄帝師風后，顓頊師老彭，帝嚳師祝融，堯師務成昭，舜師紀后，禹師墨如，

湯師伊尹，文武師姜尚，周公師庶秀，孔子師老聃。此十一君皆聖人也，猶待學問。（王符《潛夫論》。）（《文淵閣四庫全書》本）

王應麟著，張三夕、楊毅點校《漢藝文志考證》卷七《小説》：

《務成子》十一篇。

《荀子》：舜學於務成昭。注：《尸子》曰："務成昭之教舜曰：'避天下之逆，從天下之順，天下不足取也。避天下之順，從天下之逆，天下不足失也。'"（中華書局，2011年）

王應麟《玉海》卷五十三《藝文》諸子《務成子》：

《漢志·小説家》十一篇，稱堯問，非古語。

《荀子·大略篇》：舜學於務成昭。注：《尸子》："務成昭之教舜，曰避逆從順，天下不足取。"

《新序》：子夏對哀公云云。（廣陵書社，2003年）

王應麟《姓氏急就篇》卷下《容廣盆伯老成》：

務成氏。《荀子》：舜學於務成昭。《藝文志》：《務成子》。（《文淵閣四庫全書》本）

釋念常《佛祖歷代通載》卷二十一大元《隨代爲帝王師僞》：

辨曰：……又言"老子在堯時爲務成子"者。案後漢應劭《風俗通》云："東方朔是太白星精，黄帝時爲風后，堯時爲務成子，周時爲老聃，在越時爲范蠡，在齊爲鴟子。"此則務成子乃東方朔，非干老子明矣，何得妄加鉤引，稱老子爲人師乎？案魯哀公問於子夏曰："五帝三皇皆有師乎？"子夏曰："有。臣聞黄帝學乎太真，顓頊學乎緑圖，帝嚳學乎赤松子，堯學乎尹壽，舜學乎務成跗，禹學乎西王國，湯學乎威子伯，文王學乎鉸時子斯，武王學乎郭政，周公學乎太公吕望。"上之所叙文極分明，而言老子代爲帝王師，何出言之狂悖哉！（《文淵閣四庫全書》本）

王義山《稼村類稿》卷二十二《事賀前宰相葉西澗除侍讀》：

嘗聞自古之爲君，大抵好臣其受教。以《虞書》而考，僅"稽古"之片辭，迨《説命》所陳，始曰"學"之一字。因以仰稽於二帝，從而歷考於三王，有若虢叔，有若南宫括，有若散宜生，固多輔翼。學於君疇，學於務成昭，學於西王國，猶切諮詢。此儒道之大，所以爲萬乘之師。（《文淵閣四庫全書》本）

陳基《夷白齋稿》卷三十一《志學齋記》：

古之聖人無不學。堯學乎尹壽，舜學乎務成跗，文王學乎師尚父，武王學乎郭叔，孔子之學無常師，然要其歸則祖述堯舜，憲章文武也。唐虞以降，聖人有其德無其位，言焉而爲天下法者，其惟孔子乎！（《文淵閣四庫全書》本）

陶宗儀《説郛》卷七《枕中書》（葛洪）：

務成子、力墨子爲岷山真人。今玄子、玉子爲岷山侯。（《文淵閣四庫全書》本）

黄佐《泰泉集》卷二《石流》：

務成昭，惟唐堯，欽明秉德群後朝，建禮縵縵歌慶霄，屈軼在廷豐不彫，茅茨土階以逍遥，望雲就日誰敢驕？（《文淵閣四庫全書》本）

王慎中《遵岩集》卷九《大學衍義補序》：

唐、虞、夏、商、周之盛帝顯王，記者皆言其有所受學之人，如君疇、務成昭、成伯子、西王國。諸所稱各從其代而實以氏名，雖不必其然，而堯、舜、禹、湯、文、武之自有其學則有必然者。（《文淵閣四庫全書》本）

陳士元《名疑》卷一：

舜師蒲衣、善卷、紀后、務成昭。善，一作單。卷，一作綣。紀，一作冀。昭，一作軺，一作跗，一作附。韓嬰又云："堯學乎務成子附。"《莊子》云："舜問乎丞。"注云舜師也。丞，一作承，《列子》又作烝。（《文淵閣四庫全書》本）

陳耀文《天中記》卷十一《五帝·教舜》：

務成昭之教舜曰："避天下之逆，從天下之順，天下不足取也。避天下之順，從天下之逆，天下不足失也。"（《尸子》）

同上，卷二十《師弟·聖師》：

天地之所貴者人也，聖人之所尚者義也，德義之所成者智也，明智之所求者學問也。雖有至聖，不生而智；雖有至材，不生而能。故《志》曰：黄帝師風后，顓頊師老彭，帝嚳師祝融，堯師務成，舜師紀后，禹師墨如，湯師伊尹，文武師姜尚，周公師庶秀，孔子師老聃。若此言之而信，則人不可以不就師矣。夫此十一君者皆上聖也，猶待學問，其智乃博，其德乃碩，而况於凡人乎？（《潛夫論》）哀公問於子夏曰："然則五帝有師乎？"子夏曰："臣聞黄帝學乎大墳，顓頊學乎禄圖，帝嚳學乎赤松子，堯學乎務成子附，舜學乎尹壽，禹學乎西王國，湯學乎貸子相，文王學乎錫疇子斯，武王學乎太公，周公學乎虢叔，仲尼學乎老聃。此十二聖人未遭此師，則功業不能著乎天下，名號不能傳乎後世者也。”（《韓詩》）神農師悉諸，黄帝師大撓，帝顓頊師伯夷父，帝嚳師伯招，帝堯師子州父，帝舜師許由，禹師大成贄，湯師小臣，文王、武王師吕望、周公旦。（《吕·尊師》）堯學於君疇，舜學於務成昭。（《荀子》）黄帝學於大真，堯學於尹壽，舜學於務成，湯學於成子伯，文王學於鉸時子思，武王學於郭叔。（《新序》）（廣陵書社，2007年）

王世貞《弇州四部稿》卷一百六十七説部《宛委餘編十二》：

姓有百家，有千家。若千家則《姓苑》所不載者多，今據古人所有而頗僻者記之：

務，堯臣務成子。……（《文淵閣四庫全書》本）

凌迪知《萬姓統譜》卷九十五去聲七遇《務》：

務成子。（夏時人。）

同上，卷一百三十五去聲七遇《務成》：

（上古）務成子。（堯師。——《吕氏春秋》。）

務成跗。（《新序》：子夏曰舜學於務成跗。）（《文淵閣四庫全書》本）

焦竑《國史經籍志》卷四上子類道家《黄庭經》：

《黄帝内景經》一卷。（務成子注。）

《黄庭内景保生延壽訣》一卷。（務成子注。）（《續修四庫全書》本）

胡應麟《少室山房筆叢》卷三《經籍會通三》“班藝文志所録”條：

班《藝文志》所録，次序頗淆，今稍據時代列之。漢以兵取天下，故論兵書特盛。楊僕、任宏所輯一百八十二家，固取不過數十家，其目尚多依托，自餘可知。

《神農》二十篇，（農家。）又《兵法》一篇。（兵家。）《黄帝》十六篇，（兵家。）又《經》四篇，又《銘》六篇，又《君臣》十篇，又《雜》五十八篇，（俱道家。）又《説》四十篇。（小説家。）《蚩尤》二篇。（兵形勢家。）《太乙兵法》一篇。《天乙兵法》三十五篇。《封胡》五篇。《風后》十三篇。《力牧》十五篇。《鵊治子》一篇。《鬼容區》三篇。（俱兵陰陽。）《大禹》二十七篇。（農家。）《天乙》三篇。（謂即成湯，非前《太乙》也。小説家。）《務成子》十一篇。（小説。）《伊尹》五十一篇。（道家。）又二十七篇。（小説。）

《辛甲》二十九篇。《鬻熊》二十二篇。《太公》二百三十七篇。（俱道家。）《尹佚》二篇。（墨家。）《師曠》八篇。《萇弘》十五篇。（俱兵陰陽家。）《孔甲盤盂》二十六篇。（雜家。）

同上，"先秦兩漢間子書"條：

先秦兩漢間子書，名同者甚衆，蓋皆以姓爲稱故爾，然其書傳者甚希，又非文義所急，故往往知其一不知其二，雖博雅之士或知其二，未必知其三四也。今據劉氏《七略》、鄭氏《通志》及《御覽》《元龜》等類書，條載十數類於左，自備忘忽云爾，非示諸大方也。

……三務成子：一小説，（十一篇。）一五行，（十四卷。）一房中。（三十六卷。）

同上，卷二十九《九流緒論下》"漢藝文志所謂小説"條：

《漢・藝文志》所謂小説，雖曰街談巷語，實與後世博物志怪等書迥别，蓋亦雜家者流，稍錯以事耳。如所列《伊尹》二十七篇、《黄帝》四十篇、《成湯》三篇，立義命名，動依聖哲，豈後世所謂小説乎？又《務成子》一篇，注稱堯問。《宋子》十八篇，注言黄老。《臣饒》二十五篇，注言心術。《臣成》一篇，注言養生。皆非後世所謂小説也。則今傳《鬻子》爲小説，而非道家，尚奚疑哉？（又《青史子》五十七篇，楊用修所引數條，皆雜論治道，殊不類今小説。）

同上，卷三十一《四部正譌中》"高似孫謂"條：

高似孫謂子書起於鬻熊，此不然。《漢志》道家有《伊尹》五十一篇、《黄帝書》四種共三十八篇（《列子》所引《黄帝書》，當出此四家。）、《力牧》二十八篇，雜家有《孔甲》二十六篇、《大禹》三十七篇，農家有《神農》二十篇，小説家有《伊尹》二十七篇，皆鬻熊前子書，率僞書也。惟以子稱者，似起於熊，而小説有《務成子》，亦熊前。若今傳子書，故當首此耳。（上海書店，2001年）

顧起元《説略》卷十三《典述中》"諸子儒家則有"條：

諸子儒家則有《晏子春秋》（齊晏嬰）……小説家則有《伊尹説》、《鬻子説》、《周考》、《師曠》、《務成子》、《宋子》、《黄帝説》、《虞初周説》、《燕丹子》、《青史子》、《宋王子》、《郭子》（晋中郎澄）、《猗玕子》（元結）、《乾膙子》（温庭筠）……（《文淵閣四庫全書》本）

董斯張《廣博物志》卷二《天道二》星：

東方朔太白星精，黄帝時爲風后，堯時爲務成子，周時爲老子，越爲范蠡，齊爲鴟夷，言其變化無常也。（《集仙傳》）

同上，卷十《斧扆中》：

堯學於君疇，舜學於務成昭。（《荀子》）

務成昭之教舜曰：“避天下之逆，從天下之順，天下不足取也。避天下之順，從天下之逆，天下不足失也。”（《尸子》）

同上，卷十二《靈異一》仙：

務成子，在唐堯時降於姑射山，説《玄德經》，教以謙遜之道。一云作《政事宣化經》各四十卷。（《真仙通鑒》）

同上，卷二十《人倫三》師：

堯師於善綣、許由、尹中，而學於務成子附。

黄帝學乎大撓，顓頊學乎禄圖，帝嚳學乎赤松子，堯學乎務成子附，舜學乎尹壽，禹學乎西王國，湯學乎貸相，文王學乎疇子斯，武王學乎太公，周公學乎虢叔，仲尼學乎老聃。（《韓詩外傳》）

同上，卷二十八《藝苑三》圖籍釋道經典附：

帝堯之時，老君下爲師，號曰務成子，作《政事經》。（《真誥》）（《文淵閣四庫全書》本）

張英等《淵鑒類函》卷五十二帝王部十三《好學一》：

《列國傳》曰：子夏曰：“黄帝學乎太真，顓頊學乎録圖，帝嚳學乎赤松子，堯學乎尹壽，舜學乎務成跗，禹學乎西王國，湯學乎威子伯，文王學乎鉸時子斯，武王學乎郭叔。此數聖人未遭此師，則功業不著乎天下，名號不傳乎千世。夫不學，不明古道，而能安國家者，未之有也。”（中國書店，1985年）

張玉書《佩文韵府》卷七之九上平聲七虞韵九《趺》：

（韵藻）務成跗。（《家語》：舜學乎務成跗。）

同上，卷三十四之五上聲四紙韵五《子》：

（韵藻）務成子。（《漢書·藝文志》：《務成子》十一篇，稱堯問，非古

語。《風俗通》：俗言東方朔太白星精，黄帝時爲風后，堯時爲務成子，周時爲老聃。）（《文淵閣四庫全書》本）

佚名《錢録》卷十六：

右辟兵錢，一面曰“去灾除凶”，一面曰“辟兵莫當”，旁作星文繞之。務成子所謂“琭琭如玉，連連如珠”者耶！（天津市古籍書店，1989年）

程大中《四書逸箋》卷六雜記《記學》：

堯學於君疇，（疑即尹壽之訛。）舜學於務成昭，禹學於西王國。（《荀子》）

堯學於尹壽，舜學於務成，湯學於成子伯，文王學於鉸時子思，武王學於郭叔。（《新序》）（《叢書集成初編》本）

茅星來《近思録集注》卷九《治法》：

明道先生論十事。一曰師傅：古者自天子達於庶人，必須師友，以成就其德業，故舜、禹、文、武之聖，亦皆有所從學。今師傅之職不修，友臣之義未著，所以尊德樂善之風未成於天下。（……云舜、禹、文、武之聖，皆有所從學者。按《荀子·大略篇》“堯學於君疇，舜學於務成昭，禹學於西王國”，劉向《新序》“子夏對哀公曰‘湯學於威子伯，文王學於鉸時子斯，武王學於郭叔’”。“君疇”，《漢書人物表》及劉向《新序》并作“尹壽”。“務成昭”，《新序》作“務成跗”。《白虎通》又云“堯師務成子，舜師尹壽”，但按《尸子》載務成昭教舜之語，則《白虎通》疑誤。又按《荀子》楊倞注引《新序》“威”作“成”，“斯”作“思”，無“鉸”字。）（《文淵閣四庫全書》本）

覺羅石麟等《山西通志》卷一百七十五《經籍》子類：

（唐）《務成子》十一篇。（堯師，稱堯問，非古語。）

同上，卷二百二十八《雜志一》：

古小説家者流，蓋出於稗官，如淳謂“立稗官，使稱説閭巷風俗”是也。自周以前有《務成子》十一篇，中多稱堯問，《師曠》六篇，事見《春秋》，此爲三晋稗編之宗。至唐開元後而卷帙彌繁衍，且不翅張衡《西京賦》所謂“小説九百，本自虞初”者矣。其事涉晋疆，爰綴之以備土風焉。（《文淵閣四庫全書》本）

沈欽韓《漢書藝文志疏證》卷二《諸子略》小説家：

《務成子》十一篇。

《荀子·大略篇》“舜學於務成昭”，《韓詩外傳》五“堯學於務成子”。附《志》與《外傳》同。楊倞引《尸子》曰：“務成昭之教舜曰：‘避天下之逆，從天下之順，天下不足收也；避天下之順，從天下之逆，天下不足失也。’”

同上，卷三《術數略》五行家：

《務成子災異應》十四卷。

《隋志》：《仙人務（脱“成”字）子傳神通黄帝登壇經》一卷。

同上，卷三《方技略》房中家：

《務成子陰道》三十六卷。

《雲笈七籤·老君開天經》：“帝堯之時，老君下爲師，號曰務成子，作《政事經》。”（《二十五史藝文經籍志考補萃編》本，清華大學出版社，2011 年）

姚振宗《漢書藝文志條理》卷二之下《諸子略》小説家：

《務成子》十一篇。稱堯問，非古語。

《荀子·大略篇》曰：“堯學於君疇，舜學於務成昭。”楊倞注曰：“君疇，《漢書·古今人表》作‘尹壽’，又《漢·藝文志》小説家有《務成子》十一篇，昭其名也，亦見《尸子》。又《新序》子夏對哀公曰‘舜學於務成跗’。”

林寶《元和姓纂》曰：“務成氏，《吕氏春秋》‘務成子，堯師也’。又《新序》子夏曰‘舜學於務成附’。”（《氏族略》引文同，“附”作“跗”。）

王氏《考證》：《荀子》“舜學於務成昭”注，《尸子》曰：“務成昭之教舜也曰：‘避天下之逆，從天下之順，天下不足取也。避天下之順，從天下之逆，天下不足失也。’”

《抱朴子·明本篇》：昔赤松子、王喬、琴高、老氏、彭祖、務成、鬱華皆真人，悉仕於世，不便遐遁。（按此則神仙家又以務成爲仙人。又，《金丹篇》引《務成子丹法》。）

按泰州宫夢仁《讀書紀數略》云“堯師務成昭，舜學於務成跗”，以爲兩人，未詳所據。

同上，卷五《數術略》五行家：

《務成子災異應》十四卷。

務成子有書十一篇，見《諸子》小説家。

按《隋志》五行家有《仙人務子傳神通黄帝登壇經》一卷。登壇亦術家之一端，《黄帝登壇經》疑即是書中之一事。其稱仙人務子傳神通，則後世術者所妄題轉寫，又脱“成”字歟？

同上，卷六《方技略》房中家：

《務成子陰道》三十六卷。

務成子有書十一篇，見《諸子》小説家。又有《灾異應》十四卷，見《數術》五行家。

《抱朴子·明本篇》：昔赤松子、王喬、琴高、老氏、彭祖、務成、鬱華皆真人，悉仕於世，不便遐遁。

高似孫《緯略》曰：“《黄庭經》極修煉吐納之妙，有務成子注。”

按《抱朴子·金丹篇》又引《務成子丹法》，或在是書。（《二十五史補編》本，中華書局，1956年）

姚振宗《三國藝文志》卷四集部道書類：

《務成子丹法》。（《漢志》小説家、五行家、房中家并有務成子書。詳見《漢志條理》。）（《二十五史補編》本，中華書局，1956年）

梁啓超《漢書藝文志諸子略考釋》小説家：

右諸書與别部有連者，道家有《伊尹》五十一篇、《鬻子》二十二篇，此復有《伊尹説》《鬻子説》；兵陰陽家有《師曠》八篇，此復有六篇；五行家有《務成子灾異應》十四卷，房中家有《務成子陰道》三十六卷，此復有《務成子》十一篇。考其區别所由，蓋以書之内容、體例爲分類也。《文選注》三十一引桓譚《新論》云：“小説家者，合叢殘小語，近取譬論，以作短篇。”蓋小説家之特色如此。據此，則道家之《伊尹》《鬻子》蓋以莊言發攄理論，小説家之《伊尹説》《鬻子説》則“叢殘小語”及“譬喻短篇”也。餘可類推。

同上，《漢志諸子略各書存佚真僞表》小説家者流：

《務成子》，入“已佚”類“全佚”目。（《飲冰室合集》本，中華書局，1989年）

顧實《漢書藝文志講疏》三《諸子略》小説：

《務成子》十一篇。（稱堯問，非古語。）

亡。堯學於務成子附。（《韓詩外傳》五。）尸子曰：“務成昭之教舜曰，避天下之逆，從天下之順，天下不足取也；避天下之順，從天下之逆，天下不足失也。”（《荀子·大略篇》楊倞注引。）務成子附與務成昭，蓋即一人。自經《劉略》《班志》衡定，而荀卿、韓嬰所稱之務成子，儒者莫復掛齒矣。使如《尸子》所稱，而以爲詞旨淺顯，非古語，必文章爾雅，通一經之士不能曉。《史記·樂書》。）而後爲古耶？則漢武、新莽優爲之，此吾所以愈不能釋然於班氏之言也。

同上，《數術略》五行：

《務成子灾異應》十四卷。

亡。

同上，《方技略》房中：

《務成子陰道》二十六卷。

亡。（上海古籍出版社，1987年）

陳朝爵《漢書藝文志約説》卷二《諸子略》小説家：

《務成子》十一篇。（稱堯問，非古語。亡。）

沈欽韓曰：“《韓詩外傳》五‘堯學於務成子附’。”（依《韓外傳》本文補。）錢大昭曰：“《荀子·大略篇》：‘舜學於務成昭。’《尸子》云：‘務成昭教舜。’”又五行家有《務成子灾異應》，房中家有《務成子陰道》。案，此皆依托道家之名也。

同上，卷五《數術略》五行家：

《務成子灾異應》十四卷。（亡。）

姚明煇曰：“《吕氏春秋》：務成子，堯師也。”

同上，卷六《方技略》房中家：

《務成子陰道》三十六卷。（亡。）

數術五行家有《務成子灾異應》十四卷。（《二十五史藝文經籍志考補萃編》本，清華大學出版社，2012年）

魯迅《中國小説史略》第三篇《〈漢書·藝文志〉所載小説》：

《漢志》之敘小説家，以爲“出於稗官”，如淳曰：“細米爲稗。街談巷説，甚細碎之言也。王者欲知里巷風俗，故立稗官，使稱説之。”（本注）其所録小説，今皆不存，故莫得而深考，然審察名目，乃殊不似有采自民間，如《詩》之《國風》者。其中依托古人者七，曰：《伊尹説》《鬻子説》《師曠》《務成子》

《宋子》《天乙》《黄帝》。記古事者二，曰：《周考》《青史子》，皆不言何時作。明著漢代者四家，曰：《封禪方説》《待詔臣饒心術》《臣壽周紀》《虞初周説》。《待詔臣安成未央術》與《百家》，雖亦不云何時作，而依其次第，自亦漢人。

其餘諸家，皆不可考。今審其書名，依人則伊尹、鬻熊、師曠、黄帝，説事則封禪、養生，蓋多屬方士假托。惟青史子非是。又務成子名昭，見《荀子》，《尸子》嘗記其“避逆從順”之教；宋子名鈃，見《莊子》，《孟子》作宋牼，《韓非子》作宋榮子，《荀子》引子宋子曰“明見侮之不辱，使人不鬥”，則“黄老意”，然俱非方士之説也。（上海古籍出版社，1998年）

蔣伯潛《諸子通考》下編《諸子著述考・縱横家農家小説家之書》：

《務成子》十一篇。自注曰：“稱堯問，非古語。”《韓詩外傳》稱堯學於務成子。《荀子・大略》稱舜學於務成昭。務成子、務成昭爲一人否？不可考。蓋相傳古有務成子其人，故爲小説者附會依托之也。《數術略》五行家有《務成子灾異應》十四卷，《方技略》房中家有《務成子陰道》三十六卷，雖均依托務成子，當非同書。（浙江古籍出版社，1968年）

案：務成子，一名務成昭（或作軺），一名務成附（或作跗），相傳爲堯舜時人。或曰爲堯師，或曰爲舜師，無有定説。漢人多以爲堯師，故《漢志》注云“稱堯問”，即堯問政於務成子也。《荀子・大略篇》楊倞注引《尸子》：“務成昭之教舜曰：避天下之逆，從天下之順，天下不足取也。避天下之順，從天下之逆，天下不足失也。”這與《老子》的“反者，道之動”“柔之勝剛，弱之勝强”思想接近，則務成子近於道家。《雲笈七籤》卷二十八載《二十四治》：“北邙山治，在東都洛陽縣，梁水在治左，務成子在此得道。”又卷七十七載《螢火九方》：“劉子南者，漢冠軍將軍武威太守也，從道士尸公，受務成子螢火丸，辟病，除百鬼、虎狼、蚖蛇、師（獅）子、蜂蠆行毒，收五兵白刃、賊盗凶害。”此類傳説雖不能斷定出自務成子，但其説必定久遠，且道士尸公與戰國末年避禍蜀地的尸佼（即尸子）也能讓人産生聯想，從尸子傳務成子之教到尸公受務成子之方，其間亦有聯繫，小説家《務成子》應以此類傳説爲多。若此，則務成子之道既非道家之“君人南面之術”，亦非“曆象日月星辰，敬授民時”之陰陽術，而是摻和了陰陽五行和道家方術之小説家言，故其爲小説家。

《務成子》，《漢書・藝文志》諸子略小説家著録十一篇，注曰：“稱堯問，非古語。”若僅據《尸子》所述“避逆從順”之教，務成子之言不應云

“非古語”，亦不當入小説家，而參以《二十四治》《螢火九方》之類，則《務成子》真“非古語”，且正當入小説家。《尸子》乃尸佼晚年之作，錢穆《先秦諸子繫年》擬訂尸佼卒年爲公元前330年，則距秦統一尚有百餘年。據《史記·孟荀列傳》裴駰集解：“其《尸子》書，晋人也，名佼，秦相衛鞅客也。衛鞅商君謀事畫計，立法理民，未嘗不與佼規也。商君被刑，佼恐并誅，乃亡逃入蜀，自爲造此二十篇書，凡六萬餘言，卒因葬蜀。”若《尸子》所載務成子教舜語來源於《務成子》，則《務成子》成書當不晚於戰國中後期。不過，務成子本爲傳説人物，《務成子》一書也不過集合各類傳説而成，自“非古語”，也無統緒，故《漢志》著録入小説家。東漢後未見它書著録，則《務成子》已經失傳。

《漢志》除諸子略小説家類著録有《務成子》十一篇外，數術略尚著録有五行家《務成子災異應》十四卷，方技略著録有房中家《務成子陰道》三十六卷，均爲後人依托。宋代有務成子注《太上黄庭内景經》一卷（見《宋史·藝文志》）和務成子注《黄庭外景經》一卷（見《直齋書録解題》），説明務成子之影響在宋時仍然存在。自然，這些均爲後世依托，其出現與道教影響有關，此不具論。

宋子

尹文著，錢熙祚校《尹文子·大道上》：

世之所貴，同而貴之謂之俗；世之所用，同而用之謂之物。苟違於人，俗所不與；苟忮於衆，俗所共去。故人心皆殊而爲行若一，所好各異而資用必同。此俗之所齊，物之所飾。故所齊不可不慎，所飾不可不擇。昔齊桓好衣紫，闔境不鬻異采；楚莊愛細腰，一國皆有飢色。上之所以率下，乃治亂之所由也。故俗苟沴，必爲治以矯之；物苟溢，必立制以檢之。累於俗、飾於物者，不可與爲治矣。昔晉國苦奢，文公以儉矯之，乃衣不重帛，食不異肉。無幾時，國皆大布之衣，脱粟之飯。越王勾踐謀報吴，欲人之勇，路逢怒蛙而軾之。比及數年，民無長幼，臨敵雖湯火不避。居上者之難，如此之驗。聖王知人情之易動，故作樂以和之，制禮以節之。在下者不得用其私，故禮樂獨行。禮樂獨行，則私欲寝廢；私欲寝廢，則遭賢之與遭愚均矣。若使遭賢則治，遭愚則亂，是治亂係於賢愚，不係於禮樂。是聖人之術，與聖主而俱没，治世之法，逮易世而莫用，則亂多而治寡。亂多而治寡，則賢無所貴，愚無所賤矣。處名位雖不肖下愚，物不疏己，親疏係乎勢利，不係於不肖與仁賢。吾亦不敢據以爲天理，以爲地勢之自然者爾。今天地之間，不肖實衆，仁賢實寡。趨利之情，不肖特厚。廉恥之情，仁賢偏多。今以禮義招仁賢，所得仁賢者，萬不一焉；以名利招不肖，所得不肖者，觸地是焉。故曰禮義成君子，君子未必須禮義；名利治小人，小人不可無名利。

慶賞刑罰，君事也；守職效能，臣業也。君科功黜陟，故有慶賞刑罰；臣各慎所任，故有守職效能。君不可與臣業，臣不可侵君事。上下不相侵與，謂之名正。名正而法順也。接萬物使分别，海内使不雜。見侮不辱，見推不矜，禁暴息兵，救世之門。此仁君之德，可以爲主矣。守職分使不亂，慎所任而無私，飢飽一心，毁譽同慮，賞亦不忘，罰亦不怨。此居下之節，可爲人臣矣。

同上，《大道下》：

田子讀書，曰："堯時太平。"宋子曰："聖人之治以致此乎？"彭蒙在側，越次答曰："聖法之治以至此，非聖人之治也。"宋子曰："聖人與聖法何以異？"彭蒙曰："子之亂名甚矣。聖人者，自己出也；聖法者，自理出也。理出於己，己非理也；己能出理，理非己也。故聖人之治，獨治者也。聖法之治，則無不治矣。此萬世之利，惟聖人能該之。”宋子猶惑，質於田子。田子曰：“蒙之言然。”（《諸子集成》本，上海書店，1986年）

郭象注，成玄英疏《莊子注疏》卷一《逍遥游》：

故夫知效一官，行比一鄉，德合一君，而徵一國者，其自視也，亦若此矣。而宋榮子猶然笑之（〔疏〕子者，有德之稱。姓榮氏，宋人也。猶然，如是。榮子雖能忘有，未能譴無，故笑）。且舉世而譽之而不加勸，舉世而非之而不加沮，定乎内外之分，辯乎榮辱之境，斯已矣。彼其於世，未數數然也。雖然，猶有未樹也。

同上，卷十《天下》：

不累於俗，不飾於物，不苟於人，不忮於衆，願天下之安寧以活民命，人我之養，畢足而止，以此白心。古之道術有在於是者，宋鈃、尹文聞其風而悦之。［（疏）姓宋名鈃，姓尹名文，并齊宣王時人，同游稷下。宋著書一篇，尹著書二篇，咸師於黔而爲之名也。性與教合，故聞風悦愛。］作爲華山之冠以自表，接萬物以别宥爲始。［不欲令相犯錯。（疏）宥，區域也。始，本也。置立名教，應接人間，而區别萬有，用斯爲本也。］語心之容，命之曰心之行。［（疏）命，名也。發語吐辭，每令心容萬物，即名此容受而爲心行。］以聏合歡，以調海内。（强以其道聏合。調，令和也。）請欲置之以爲主。［二子請得若此者，立以爲物主也。（疏）聏，和也。用斯名教，和調四海，庶令同合。以得歡心。置立此人，以爲物主也。］見侮不辱，救民之鬥，禁攻寢兵，救世之戰。［所謂聏調也。（疏）寢，息也。防禁攻伐，止息干戈，意在調和，不許戰鬥，假令欺侮，不以爲辱。意在救世，所以然也。］以此周行天下，上説下教。雖天下不取，强聒而不捨者也。故曰：上下見厭而强見也。雖然，其爲人太多，其自爲太少，曰：“請欲固置五升之飯足矣。”先生恐不得飽，弟子雖飢，不忘天下，［宋鈃、尹文稱天下爲先生，自稱爲弟子也。（疏）宋、尹稱黔首爲先生，自謂爲弟子，先物後己故也。坦然之際，意在勤儉。置五升之飯爲一日之食，惟恐百姓之飢，不慮己身之餓，不忘天下，以此爲心。勤儉，故養蒼生也。用斯作法，晝夜不息矣。］日夜不休。曰：“我必得活哉！”圖傲乎救世之士哉！［揮斥高大之貌。（疏）圖傲，高大之貌也。言其强力忍垢，接濟黎元，雖未合道，可謂救世之人也。］曰：“君子不爲苛察，［務寬恕也。（疏）夫賢人君子，恕己寬容，終不用取捨之心苟且伺察於物也。］不以身假物。”［必自出其力也。（疏）立身求己，不必假物以成名也。］以爲無益於天下者，明之不如已也。［所以爲救世之士也。（疏）已，止也。苦心勞形，乖道逆物，既無益於宇内，明不如止而勿行。］以禁攻寢兵爲外，以情欲寡

淺爲内。其小大精粗。其行適至是而止。（中華書局，2011年）

孟軻撰，朱熹集注《孟子集注》卷十二《告子章句下》：

宋牼將之楚，孟子遇於石丘。（牼，口莖反。宋，姓；牼，名。石丘，地名。）曰："先生將何之？"（趙氏曰："學士年長者，故謂之先生。"）曰："吾聞秦楚構兵，我將見楚王説而罷之。楚王不悦，我將見秦王説而罷之。二王我將有所遇焉。"（時宋牼方欲見楚王，恐其不悦，則將見秦王也。遇，合也。按《莊子書》："有宋鈃者，禁攻寢兵，救世之戰。上説下教，强聒不捨。"《疏》云："齊宣王時人。"以事考之，疑即此人也。）曰："軻也請無問其詳，願聞其指。説之將何如？"曰："我將言其不利也。"曰："先生之志則大矣，先生之號則不可。先生以利説秦楚之王，秦楚之王悦於利，以罷三軍之師，是三軍之士樂罷而悦於利也。爲人臣者懷利以事其君，爲人子者懷利以事其父，爲人弟者懷利以事其兄，是君臣、父子、兄弟終去仁義，懷利以相接，然而不亡者，未之有也。先生以仁義説秦楚之王，秦楚之王悦於仁義，而罷三軍之師，是三軍之士樂罷而悦於仁義也。爲人臣者懷仁義以事其君，爲人子者懷仁義以事其父，爲人弟者懷仁義以事其兄，是君臣、父子、兄弟去利，懷仁義以相接也。然而不王者，未之有也。何必曰利？"（《四書章句集注》本，中華書局，1983年）

尸佼撰，汪繼培輯《尸子・廣澤篇》：

墨子貴兼，孔子貴公，皇子貴衷，田子貴均，列子貴虚，料子貴别囿。（孫本云："'囿'字，宋本《爾雅疏》作'原'。"按當作"别囿"。《吕氏春秋・去宥篇》云："鄰父有與人鄰者，有枯梧樹。其鄰之父言：'梧樹之不善也。'鄰人遽伐之，鄰父因請而以爲薪。其人不説，曰：'鄰者若此其險也，豈可爲之鄰哉？'此有所宥也。夫請以爲薪與弗請，此不可以疑枯梧樹之善與不善也。齊人有欲得金者，清旦披衣冠，往鬻金者之所，見人操金，攫而奪之。吏搏而束縛之，問曰：'人皆在焉，子攫人之金，何故？'對吏曰：'殊不見人，徒見金耳。'此真大有所宥也。夫人有所宥者，固以晝爲昏，以白爲黑，以堯爲桀，宥之爲敗亦大矣。亡國之主，其皆甚有所宥耶？故凡人必别宥然後知，别宥則能全其天矣。""宥"與"囿"通。《吕覽》之説蓋本料子。）其學之相非也，數世矣而已，皆弇於私也。天、帝、皇、后、辟、公、弘、廓、宏、溥、介、純、夏、幠、冢、晊、昄，皆大也，十有餘名而實一也。若使兼、公、虚、均、衷、平易、别宥一實也。（《歷代子家選刊》本，華東師範大學出版社，2009年）

荀卿撰，王先謙集解《荀子集解》卷三《非十二子篇》：

假今之世，飾邪説，交奸言，以梟亂天下，矞宇嵬瑣，使天下混然不知是非治亂之所存者有人矣。……不知壹天下、建國家之權稱，不知齊一天下，建立國家之權稱，言不知輕重。）上功用、大儉約而僈差等，［功用，功力也。大，讀若太。）言以功力爲上而過儉約也。僈，輕也。輕僈差等，謂欲使君臣上下同勞苦也。王念孫曰：上與尚同。大亦尚也。謂尊尚儉約也。《表記》“君子不自大其事，不自尚其功”，亦以“大”與“尚”并言之。《性惡篇》“大齊信而輕貨財”，隱三年《公羊傳》“故君子大居正”，并與此“大”字同義。楊讀大爲太，而以爲過儉約，失之。僈，讀爲曼。《廣雅》曰：“曼，無也。”……（李善注訓曼爲長，失之。）曼差等，即無差等，作“僈”者，借字耳。《富國篇》曰“墨子將上功勞苦，與百姓均事業，齊功勞”，正所謂無差等也。故下文云“曾不足以容辨異、縣君臣”。］曾不足以容辨異、縣君臣；［上下同等，則其中不容分别而縣（懸）隔君臣也。先謙案：《富國篇》云“群衆未縣（懸），則君臣未立也，無君以制臣，無上以制下”，即縣（懸）君臣之義。］然而其持之有故，其言之成理，足以欺惑愚衆，是墨翟、宋鈃也。（宋鈃，宋人，與孟子、尹文子、彭蒙、慎到同時。《孟子》作“宋牼”。牼與鈃同，音口莖反。）

同上，卷十一《天論篇》：

萬物爲道一偏，一物爲萬物一偏，愚者爲一物一偏，而自以爲知道，無知也。慎子有見於後，無見於先；老子有見於詘，無見於信；墨子有見於齊，無見於畸；宋子有見於少，無見於多。（宋子名鈃，宋人也，與孟子同時。下篇云：“宋子以人之情爲欲寡，而皆以己之情爲欲多，爲過也。”據此説，則是少而不見多也。鈃音形，又胡泠反。《漢書·藝文志》有《宋子》十八篇，班固曰：“荀卿道宋子，其言黄老意。”盧文弨曰：注引下篇，元刻作“宋子以人之情欲寡，而皆以己之情欲多，是過也”，與下篇合。但引書不必定全依本文，楊氏以“情欲”二字相連，慮人不明，故以兩“爲”字間之，不可謂衍文。今并下一“爲”字，皆從宋本。）有後而無先，則群衆無門；（夫群衆在上之開導，皆處後而不處先，群衆無門户也。）有詘而無信，則貴賤不分；（貴者伸而賤者詘，則分别矣。若皆貴柔弱卑下，則無貴賤之别矣。）有齊而無畸，則政令不施；（夫施政令，所以治不齊者。若上同，則政令何施也？）有少而無多，則群衆不化。（夫欲多，則可以勸誘爲善。若皆欲少，則何能化之？）《書》曰：“無有作好，遵王之道；無有作惡，遵王之路。”此之謂也。（《書·洪範》。以喻偏好則非遵王道也。）

同上，卷十二《正論篇》：

子宋子曰："明見侮之不辱，使人不鬥。（宋子，已解在《天論篇》。宋子言若能明侵侮而不以爲辱之義，則可使人不鬥也。《莊子》説宋子曰："見侮不辱，救民之鬥。"《尹文子》曰："見侮不辱，見推不矜，禁暴息兵，救世之鬥，此人君之德，可以爲王矣。"宋子蓋尹文弟子。何休注《公羊》曰："以子冠氏上者，著其師也。"言此者，蓋以難宋子之徒也。）人皆以見侮爲辱，故鬥也；知見侮之爲不辱，則不鬥矣。"應之曰：然則亦以人之情爲不惡侮乎？曰："惡而不辱也。"（雖惡其侮，而不以爲辱。惡，烏路反，下同。）曰：若是，則必不得所求焉。（求不鬥，必不得。）凡人之鬥也，必以其惡之爲説，非以其辱之爲故也。（凡鬥，在於惡，不在於辱也）今俳優、侏儒、狎徒詈侮而不鬥者，是豈鉅知見侮之爲不辱哉？（狎，戲也。鉅與遽同。言此倡優豈速遽知宋子有見侮不辱之論哉。謝本從盧校，注"豈"下無"速"字。王念孫曰：豈鉅知者，豈知也。鉅，亦豈也，古人自有複語耳。或言"豈鉅"，或言"豈遽"，或言"庸鉅"，或言"何遽"，其義一而已矣。（説見《漢書·陸賈傳》。）楊讀鉅爲遽，而云"豈速遽知"，失之。盧删注"速"字，各本皆有。先謙案：王説是。今依各本增。）然而不鬥者，不惡故也。今人或入其央瀆，竊其豬彘，（央瀆，中瀆也，如今人家出水溝也。）則援劍戟而逐之，不避死傷，是豈以喪豬爲辱也哉？然而不憚鬥者，惡之故也。雖以見侮爲辱也，不惡則不鬥；（不知宋子之論者也。）雖知見侮爲不辱，惡之則必鬥。（知宋子之論也。）然則鬥與不鬥邪，亡於辱之與不辱也，乃在於惡之與不惡也。夫今子宋子不能解人之惡侮，而務説人以勿辱也，豈不過甚矣哉！（解，達也。不知人情惡侮，而使見侮不辱，是過甚也。解，如字。説，讀爲税。）金舌弊口，猶將無益也。（金舌，以金爲舌。金舌弊口，以喻不言也。雖子宋子見侵侮，金舌弊口而不對，欲以率先，猶無益於不鬥也。揚子《法言》曰："金口而木舌。"金，或讀爲噤。盧文弨曰：上云"説人以勿辱"，此蓋言舌弊猶不見聽耳。一説：遒人木鐸，金口木舌，今即爲之金舌，振之至於口弊，亦何益哉。俞樾曰：金舌弊口，謂説人，非謂不言，楊注非也。此文當作"金口弊舌"。金，讀爲唫。《説文·口部》："唫，口急也。"弊，讀爲敝。言雖説之至於口唫舌敝，猶無益也。《戰國策·秦策》"舌敝耳聾"，此可證敝舌之義。今作"金舌弊口"，義不可通。據楊注引《法言》"金口而木舌"，又似本作"金口"者，豈爲後人改竄故歟？）不知其無益，則不知；（不知此説無益，是不知也。）知其無益也，直以欺人，則不仁。不仁不知，辱莫大焉。（發論而不仁不知，辱無過此也。）將以爲有益於人，則與無益於人也，［與，讀爲預。本謂有益於人，反預於無益人之論也。盧文弨曰：注"論"，宋本作"謂"。王念孫曰：楊説甚迂。余謂與，讀爲舉。（"舉"，古通作"與"，説見《經義述聞·禮運》。）舉，皆也。

（見《左傳》宣十七年注、哀六年注。）言其説皆無益於人也。］則得大辱而退耳。説莫病是矣。（本欲使人見侮不辱，反自得大辱也。）子宋子曰："見侮不辱。"應之曰：凡議，必將立隆正然後可也。（崇高正直，然後可也。先謙案：隆正，猶中正。下文"大隆"即"大中"也，説見《致士篇》。）無隆正，則是非不分而辨訟不决。故所聞曰："天下之大隆，是非之封界，分職名象之所起，王制是也。"（名，謂指名。象，謂法象。王制，謂王者之舊制。）故凡言議期命，是非以聖王爲師，［期，物之所會也；命，名物也：皆以聖王爲法也。王引之曰："是非"，當作"莫非"。正文云"莫非以聖王爲師"，故楊注云"皆以聖王爲師"，"皆"字正釋"莫非"二字。（凡本書中言"莫非""莫不"者，注悉以"皆"字釋之。）今本"莫非"作"是非"，則義不可通，蓋涉上文兩"是非"字而誤。］而聖王之分，榮辱是也。（聖王以榮辱爲人之大分，豈如宋子以見侮爲不辱哉？）是有兩端矣：（榮辱各有二也。）有義榮者，有埶（勢）榮者；有義辱者，有埶（勢）辱者。志意修，德行厚，知慮明，是榮之由中出者也，夫是之謂義榮。爵列尊，貢禄厚，形埶（勢）勝，（貢，謂所受貢賦，謂天子諸侯也。禄，謂受君之禄，卿相士大夫也。形埶，謂埶位也。）上爲天子諸侯，下爲卿相士大夫，是榮之從外至者也，夫是之謂勢榮。流淫、污僈，（污，穢行也。"僈"，當爲"漫"，已解在《榮辱篇》。）犯分、亂理，驕暴、貪利，是辱之由中出者也，夫是之謂義辱。詈侮捽搏，（捽，持頭也。搏，手擊也。）捶笞、臏腳，（捶、笞，皆杖擊也。臏，膝骨也。"腳"，古"脚"字。臏腳，謂刖其膝骨也。鄒陽曰："司馬喜臏腳於宋，卒相中山。"）斬、斷、枯、磔，（斷，如字。枯，棄市暴尸也。磔，車裂也。《周禮》"以疈辜祭四方百物"，注謂披磔牲體也。或者枯與疈辜義同歟？《韓子》曰："楚南之地，麗水之中生金，民多竊采之。采金之禁，得而輒辜磔，所辜磔甚衆，而民竊金不止。"疑"辜"即"枯"也。又《莊子》有"辜人"，謂犯罪應死之人也。王念孫曰：後説是也。《周禮·掌戮》"殺王之親者辜之"，鄭注曰："辜之言枯也，謂磔之。"）藉、靡、舌纆，（藉，見凌藉也，才夜反。靡，繫縛也，與縻義同，即謂胥縻也，謂刑徒之人以鐵鎖相連繫也。舌纆，未詳。或曰：《莊子》云"公孫龍口呿而不合，舌舉而不下"，謂辭窮，亦恥辱也。）是辱之由外至者也，夫是之謂埶（勢）辱。是榮辱之兩端也。故君子可以有埶（勢）辱，而不可以有義辱；小人可以有埶（勢）榮，而不可以有義榮。有埶（勢）辱無害爲堯，有埶（勢）榮無害爲桀。義榮、埶（勢）榮，唯君子然後兼有之；義辱、埶（勢）辱，唯小人然後兼有之。是榮辱之分也。聖王以爲法，士大夫以爲道，官人以爲守，百姓以爲成俗，萬世不能易也。［言上下皆以榮辱爲治也。士大夫，主教化者。官人，守職事之官也。王念孫曰：第四句本作"百姓以成俗"，與上三句對文。《晋語》注曰："爲，成也。"（《廣雅》同。）"以成俗”即“以爲俗”。今本“成”上有“爲”字，乃涉上三“爲”字而衍。吕本無“爲”字。《禮論篇》“官人以爲守，百姓以成俗”，“成”上亦無“爲”字。］今子宋子案不然，獨詘容爲己，慮一朝而改之，説必不行矣。（言宋子不知聖人以榮辱爲大分，獨欲屈容受辱爲己之道，其謀慮乃欲一朝而改聖王之法，説必不行矣。）譬之是猶以塼塗塞江海也，以焦僥而戴太山也，（塼塗，以塗壘塼也。焦僥，短人長三尺者。盧文弨曰：“塼”，俗字。《荀書》當本作“摶”。摶塗泥而塞江海，必無用矣。）蹎跌碎折，不待頃矣。（蹎與顛同，蹪也。頃，少頃也。郝懿行曰：蹎者，僵仆也。經典俱假借作“顛”，唯此是其本字。注云“蹎與顛同”，蓋不知“顛”乃假借耳。）二三子之善於子宋子者，殆不若止之，將恐得傷其體也。（二三子，慕宋子道者也。止，謂息其説也。傷其體，謂受大辱。盧文弨曰：得，未詳。或云：古與“礙”通。梵書以“㝵”爲“礙”，亦有所本。俞樾曰：“得”字無義，疑“復”字之誤。復者，反也。猶曰“將恐反傷其體也”。言子宋子之説非徒無益於人，或反以傷其體耳。）子宋子曰：“人之情欲寡，而皆以己之情爲欲多，是過也。”［宋子以凡人之情，所欲在少，不在多也。《莊子》説宋子曰“以禁攻寢兵爲外，以情欲寡少爲内”也。謝本從盧校作“欲爲多”。王念孫曰：“人之情”三字連讀，“欲寡”二字連讀，非以“情欲”連讀也。“而皆以己之情欲爲多”，吕本作“而以己之情爲欲多”，是也。（錢校本云：“監本作‘情爲欲多’。”）“己之情”三字連讀，“欲多”二字連讀。謂人皆以己之情爲欲多不欲寡也。自錢本始誤作“以己之情欲爲多”，則似以“情欲”二字連讀矣。（互見下條。）《天論篇》注引此正作“以己之情爲欲多”。先謙案：王説是，今從吕本改作“爲欲多”。］故率其群徒，辨其談説，明其譬稱，將使人知情欲之寡也。［稱，謂所宜也。稱，尺證反。“情欲之寡”，或爲“情之欲寡”也。王念孫曰：案或本是也。此謂宋子將使人知情之欲寡不欲多也。下文云“古之人以人之情爲欲多而不欲寡”“今子宋子以人之情爲欲寡而不欲多也”，（下“人之情”，各本作“是之情”。案“人之情”三字，上文凡七見，今據改。）是其證。楊本作“情欲之寡”，非。］應之曰：然則亦以人之情爲欲。（盧文弨曰：此“欲”字衍，句當連下。一説，當作“亦以人情爲不欲乎”。先謙案：前説是。）目不欲綦色，耳不欲綦聲，口不欲綦味，鼻不欲綦臭，形不欲綦佚。此五綦者，亦以人之情爲不欲乎？曰：“人之情欲是已。”（先謙案：欲是者，欲上五綦。）曰：若是，則説必不行矣。以人之情爲欲此五綦者而不欲多，譬之是猶以人之情爲欲富貴而不欲貨也，好美而惡西施也。古之人爲之不然。以人之情爲欲多而不欲寡，故賞以富厚而罰以殺損也，（謂以富厚賞之，以殺損罰之。殺，減也，所介反。）是百王之所同也。故上賢禄天下，次賢禄一國，下賢禄田邑，愿慤之民完衣食。（以人之情爲欲多，故使德重者受厚禄，下至愿慤之民，猶得完衣食，皆所以報其功。）今子宋子以是之情爲欲寡而不欲多也，然則先王以人之所不欲者賞而以人之所欲者罰邪？亂莫大焉。（如宋子之説，乃大亂之道。）今子宋子嚴然而好説，（嚴，讀爲儼。好説，自喜其説也。好，呼報反。）聚人徒，立師學，成文曲，［文曲，文章也。王念孫曰：成文曲，義不可通，“曲”當爲“典”，字之誤也。故楊注云：“文典，文章也。”（今本注文亦誤作“文曲”。）成文典，謂作《宋子》十八篇也。（見《藝文志》。）《非十二子篇》云“終日言成文典”，是其證。］然而説不免於以至治爲至亂也，豈不過甚矣哉！

同上，卷十五《解蔽篇》：

墨子蔽於用而不知文，宋子蔽於欲而不知得，（宋子以人之情，欲寡而不欲多，但任其所欲則自治也，蔽於此説而不知得欲之道也。俞樾曰：古“得”“德”字通用。“蔽於欲而不知德”，正與下句“慎子蔽於法而不知賢”一律，注失之。）慎子蔽於法而不知賢，申子蔽於勢而不知知，惠子蔽於辭而不知實，莊子蔽於天而不知人。故由用謂之道，盡利矣；由俗謂之道，盡嗛矣；（“俗”當爲“欲”。嗛與慊同，快也。言若從人所欲，不爲節限，則天下之道盡於快意也。嗛，口簟反。）由法謂之道，盡數矣；由勢謂之道，盡便矣；由辭謂之道，盡論矣；由天謂之道，盡因矣：此數具者，皆道之一隅也。

同上，卷十六《正名篇》

“見侮不辱”，“聖人不愛己”，“殺盜非殺人也”，此惑於用名以亂名者也。（“見侮不辱”，宋子之言也。“聖人不愛己”，未聞其説，似《莊子》之意。“殺盜非殺人也”，亦見《莊子》。《宋子》言“見侮不辱則使人不鬥”，或言“聖人不愛己而愛人”，《莊子》又云“殺盜賊不爲殺人”，言此三者，徒取其名，不究其實，是惑於用名以亂正名也。）驗之所以爲有名而觀其孰行，則能禁之矣。［驗其所爲有名，本由不喻之患，困廢之禍，因觀“見侮不辱”之説精孰可行與否，則能禁也。言必不可行也。王引之曰：“驗之所”下“以”字，及下文“驗之所緣”下“無”字，皆後人所增。據注云“驗其所爲有名”，“驗其所緣同異”，則上無“以”字，下無“無”字明甚。上文云“所爲有名，（“爲”即“以”也，説見《釋詞》。）與所緣以同異，不可不察也”，故此承上文而言之。又案：孰者，何也。（説見《釋詞》。）觀其孰行者，觀其何所行也。觀其孰調者，觀其何所調也。楊讀孰爲熟，而訓爲精熟，則義不可通。］“山淵平”，“情欲寡”，“芻豢不加甘，大鐘不加樂”，此惑於用實以亂名者也。（山淵平，即《莊子》云“山與澤平”也。情欲寡，即《宋子》云“人之情，欲寡”也。芻豢不加甘，大鐘不加樂，《墨子》之説也。古人以山爲高，以泉爲下，原其實，亦無定，但在當時所命耳，後世遂從而不改，亂名之人既以高下是古人之一言，未必物之實也，則我以山泉爲平，奚爲不可哉。古人言情欲多，我以爲寡，芻豢甘，大鐘樂，我盡以爲不然，亦可也。此惑於用實本無定，以亂古人之舊名也。）驗之所緣無以同異而觀其孰調，則能禁之矣。（驗其所緣同異，本由物一貫，則不可分别，故定其名而别之。今“山淵平”之説，以高爲下，以下爲高，若觀其精孰，得調理與否，則能禁惑於實而亂名者也。郭嵩燾曰：此三惑，仍承上言之。用名以亂名，則驗其所以爲名而觀其行，用實以亂名，則驗其所緣以爲同異而調使平，用名以亂實，則驗其制名之原而觀其所以爲辭受。苟用此三者，以明諸家立言之旨，所以爲正名也。此文“驗之所緣無以同異”，與前文不合，明“無”字衍文。）“非而謁楹有牛，馬非馬也”，此惑於用名以亂實者也。（非而謁楹有牛，未詳所出。馬非馬，是公孫龍白馬之説也。）驗之名約，以其所受悖其所辭，則能禁之矣。凡邪説辟言之離正道而擅作者，無不類於三惑者矣。故明君知其分而不與辨也。……

凡語治而待去欲者，無以道欲而困於有欲者也。（凡言治待使人盡去欲，然後爲治，則是無道欲之術，而反爲有欲者所困也。）凡語治而待寡欲者，無以節欲而困於多欲者也。（若待人之寡欲然後治之，則是無節欲之術，而反爲多欲者所困。故能導欲則欲自去矣，能節欲則欲自寡矣。）有欲無欲，異類也，生死也，非治亂也。（二者異類，如生死之殊，非治亂所繫。在於導欲則治，不導欲則亂也。王念孫曰：“生死也”三字，與上下文義不相屬，楊曲爲之説。“生死也”，當作“性之具也”。下文“性之具也”，即此句之衍文。有欲無欲，是生而然者也，故曰“性之具也”。“性之具也”，“情之數也”，二句相對爲文。）欲之多寡，異類也，情之數也，非治亂也。欲不待可得，而求者從所可。欲不待可得，所受乎天也；求者從所可，受乎心也。所受乎天之一欲，制於所受乎心之多，固難類所受乎天也。（此一節未詳，或恐脱誤耳。或曰：當爲“所受乎天之一欲，制於所受乎心之計”，其餘皆衍字也。）人之所欲，生甚矣，人之所惡，死甚矣，然而人有從生成死者，非不欲生而欲死也，不可以生而可以死也。（此明心制欲之義。）故欲過之而動不及，心止之也。（動，謂作爲也。言欲過多，而所作爲不及其欲，由心制止之也。先謙案：此文即以上生死明之。所欲有過於生，而動不及於求生者，心之中理止之也，故欲雖多，不傷於治；所欲不及於死，而動過之，自取死者，如鬥很亡身之類，心之失理使之也，故欲雖寡，無止於亂，此在心不在欲也。楊注似未全通。）心之所可中理，則欲雖多，奚傷於治！（所可，謂心以爲可也。言若心止之而中理，欲雖多，無害於治也。）欲不及而動過之，心使之也。心之所可失理，則欲雖寡，奚止於亂！（心使之失理，則欲雖寡，亦不能止亂。）故治亂在於心之所可，亡於情之所欲。（明在心不在欲。）不求之其所在，而求之其所亡，雖曰我得之，失之矣。（所在，心也。所亡，欲也。）性者，天之就也；情者，性之質也；欲者，情之應也。以所欲爲可得而求之，情之所必不免也；（性者成於天之自然，情者性之質體，欲又情之所應，所以人必不免於有欲也。）以爲可而道之，知所必出也。（心以欲爲可得而道達之，智慮必出於此也。）故雖爲守門，欲不可去，（夫人各有心，故雖至賤，亦不能去欲也。）性之具也，雖爲天子，欲不可盡。（具，全也。若全其性之所欲，雖爲天子，亦不能盡，秦皇漢武之比也。）欲雖不可盡，可以近盡也；［以，用也。近盡，近於盡欲也。言天子雖不可盡欲，若知道，則用可近盡而止之，不使故（放）肆之也。］欲雖不可去，求可節也。（雖至賤，亦不可去欲，若知道，則求節欲之道而爲之也。）所欲雖不可盡，求者猶近盡；欲雖不可去，所求不得，慮者欲節求也。（爲賤者之謀慮，皆在節其所求之欲也。）道者，進則近盡，退則節求，天下莫之若也。（道，謂中和之道，儒者之所守也。進退，亦謂貴賤也。道者，貴則可以知近盡，賤則可以知節求，天下莫及之也。）凡人莫不從其所可，而去其所不可。知道之莫之若也，而不從道者，無之有也。（知節欲無過於道，則皆從道也。）假之有人而欲南無多，而惡北無寡，豈爲夫南者之不可盡也，離南行而北走也哉？今人所欲無多，所惡無寡，豈爲夫所欲之不可盡也，離得欲之道而取所惡也哉？故可道而從之，奚以損之而亂！（可道，合道也。損，減也。言若合道則從之，奚以損亂而過此也。）不可道而離之，奚以益之而治！故知者論道而已矣，小家珍説之所願皆衰矣。（知治亂者，論合道與不合道而已矣，不在於有欲無欲也。能知此者，則宋墨之家自珍貴其説，願人之去欲、寡欲者皆衰矣。）（《新編諸子集成》本，中華書局，1988年）

韓非撰，王先慎集解《韓非子集解》卷十一《外儲説左上》：

（二）人主之聽言也，不以功用爲的，則説者多棘刺白馬之説；不以儀的爲關，則射者皆如羿也。……是以言有纖察微難而非務也，故李、惠、宋、墨皆畫策也；（顧廣圻曰："李"當作"季"。季良、惠施、宋鈃、墨翟也。）……

同上，卷十九《顯學》：

漆雕之議，不色撓，不目逃，行曲則違於臧獲，行直則怒於諸侯，世主以爲廉而禮之。宋榮子之議，（顧廣圻曰：《荀子·正論篇》云："子宋子曰：'見侮人之不辱，使人不鬥。'"又《天論》《解蔽》皆云"宋子"。《漢書·藝文志》《宋子》十八篇，在小説家，云："孫卿道宋子，其言黄老意。"先慎曰：《莊子·逍遥游》："宋榮子猶然笑之，且舉世譽之而不加勸，舉世非之而不加沮，定乎内外之分，辯乎榮辱之竟。"《釋文》："宋榮子，司馬、李云：'宋國人也。'崔云：'賢者也。'""宋榮"即宋鈃，"榮""鈃"偏旁相通，《月令》"腐草爲螢"，《吕覽》《淮南》作"蚈"。"榮"之爲"鈃"，猶"螢"之爲

“蚈”也。）設不鬥争，取不隨仇，不羞囹圄，見侮不辱，世主以爲寬而禮之。夫是漆雕之廉，將非宋榮之恕也；是宋榮之寬，將非漆雕之暴也。今寬廉恕暴俱在二子，人主兼而禮之。自愚誣之學，雜反之辭争，而人主俱聽之，故海内之士言無定術，行無常議。夫冰炭不同器而久，寒暑不兼時而至，雜反之學不兩立而治。今兼聽雜學繆行同異之辭，安得無亂乎！（中華書局，1998 年）

韓嬰撰，許維遹校釋《韓詩外傳集釋》卷四：

夫當世之愚，飾邪説，文奸言，以亂天下，欺惑衆愚，使混然不知是非治亂之所存者，則是范雎、魏牟、田文、莊周、慎到、田駢、墨翟、宋鈃、鄧析、惠施之徒也。此十子者，皆順非澤，聞見雜博，然而不師上古，不法先王，按往舊造説，務自爲工，道無所遇，二人相從，故曰十子者之工説，説皆不足合大道，美風俗，治綱紀。然其持之各有故，言之皆有理，足以欺惑衆愚，交亂樸鄙，則是十子之罪也。若夫總方略，一統類，齊言行，群天下之英傑，告之以大道，教之以至順，隩窔之間，衽席之上，簡然聖王之文具，沛然平世之俗起，工説者不能入也，十子者不能親也。無置錐之地，而王公不能與争名，則是聖人之未得志者也，仲尼是也。一天下，財萬物，長養人民，兼利天下，通達之屬莫不從服，工説者立息，十子者遷化，則聖人之得勢者，舜禹是也。仁人將何務哉？上法舜禹之制，下則仲尼之義，以務息十子之説。如是者，仁人之事畢矣，天下之害除矣，聖人之迹著矣。《詩》曰：“雨雪瀌瀌，曣晛聿消。”（中華書局，1980年）

班固撰，顔師古注《漢書》卷三十《藝文志》諸子略名家：

《尹文子》一篇。（説齊宣王。先公孫龍。師古曰：“劉向云與宋鈃俱游稷下。鈃音形。”）

同上，小説家：

《宋子》十八篇。（孫卿道宋子，其言黄老意。）（中華書局，1962年）

尹文《尹文子》卷首附仲長統《〈尹文子〉序》：

尹文子者，蓋出於周之尹氏。齊宣王時居稷下，與宋鈃、彭蒙、田駢同學於公孫龍，公孫龍稱之。著書一篇，多所彌綸。莊子曰：“不累於物，不苟於人，不忮於衆，願天下之安寧以活於民命，人我之養畢足而止之，以此白心，見侮不辱。”此其道也。而劉向亦以其學本於黄老，大較刑名家也，近爲誣矣。余黄初末，始到京師，繆熙伯以此書見示，意其玩之，而多脱誤，聊試條次，撰定爲上下篇，亦未能究其詳也。山陽仲長氏撰定。（《諸子集成》本，上海書店，1986年）

劉晝著，傅亞庶校釋《劉子校釋》卷十《九流章》：

名者，宋鈃、尹文、惠施、公孫龍之類也。其道正名，名不正則言不順。故定尊卑，正名分，愛平尚儉，禁攻寢兵。故作華山之冠，以表均平之制；則別宥之說，以示區分。然而薄者，捐本就末，分析明辨，苟析華辭也。（《新編諸子集成》本，中華書局，1998年）

陸德明《經典釋文》卷二十六《莊子音義上·逍遥游》：

宋榮子。（司馬、李云：宋國人也。崔云：賢者也。）猶然笑之。（崔、李云：猶笑貌。案謂猶以爲笑。）譽之。（音餘。）加沮。（慈吕反，敗也。）之竟。（居領反。）能復。（扶又反。）數數。（音朔，下同。徐：所禄反。一音桑縷反。司馬云：猶汲汲也。崔云：迫促意也。簡文：所喻反，謂計數。）故閒。（音閑，本亦作閑。）未樹。（司馬云：樹，立也。未立至德也。）

同上，卷二十八《莊子音義下·天下》：

忮。（之豉反，逆也。司馬、崔云：害也。《字書》云：很也。又音支。韋昭音洎。）白心。（崔云：明白其心也。白或作任。）宋鈃。（音形。徐：胡泠反。郭：音堅。）尹文。（崔云：齊宣王時人，著書一篇。）華山之冠。（華山上下均平，作冠象之，表己心均平也。）以别。（彼列反，又如字。）宥爲始。（始，首也。崔云：以別善惡，宥不及也。）聏。（崔本作胹，音而。郭音餌。司馬云：色厚貌。崔、郭、王云：和也。聏和萬物，物合則歡矣。一云調也。）合歡。（以道化物，和而調之，合意則歡。）强以。（其丈反，下皆同。）令合。（力呈反，下同。）上說。（音悦，又如字。）下教。（上謂國主也，悦上之教下也。一云說猶教也，上教教下也。）聒。（古活反，謂强聒其耳而語之也。）見厭。（於豔反，徐於贍反。）爲人。（于僞反，下自爲同。）圖傲。（五報反。）苛察。（音河。一本作苟。）（中華書局，1983年）

柳宗元《柳河東集》卷二十《吏商》：

或曰："君子謀道不謀富，子見孟子之對宋牼乎，何以利爲也？"柳子曰："君子有二道：誠而明者，不可教以利；明而誠者，利進而害退焉。吾爲是言，爲利而爲之者設也。或安而行之，或利而行之，及其成功一也。……"（上海人民出版社，1974年）

劉敞《公是集》卷三十五《送焦千之序》：

夫不汲汲於世者，固世所汲汲焉。不汲汲於世者，乃可以大行。王者不作，聖人之道衰，於是乎有宋墨之學以救攻止鬥，有蘇張之學以排患折難，有孫吴之學以强國勝兵，有商管之學以長材足用，外托號於仁以邀利，内寄名於忠以干權。（《文淵閣四庫全書》本）

洪邁《容齋續筆》卷十四《尹文子》：

《漢·藝文志》名家内有《尹文子》一篇，云："説齊宣王，先公孫龍。"劉歆云："其學本於黄老，居稷下，與宋鈃、彭蒙、田駢等同學於公孫龍。"今其書分爲上下兩卷，蓋漢末仲長統所銓次也。其文僅五千言，議論亦非純本黄老者。《大道篇》曰："道不足以治則用法，法不足以治則用術，術不足以治則用權，權不足以治則用勢，勢不足則反權，權用則反術，術用則反法，法用則反道，道用則無爲而自治。"又曰："爲善使人不能得從此獨善也，爲巧不能使人得爲此獨巧也。未盡善巧之理，爲善與衆行之，爲巧與衆能之，此善之善者，巧之巧者也。故所貴聖人之治，不貴其獨治，貴其能與衆共治。貴工倕之巧，不貴其獨巧，貴其能與衆共巧也。今世之人，行欲獨賢，事欲獨能，辯欲出群，勇欲絶衆。獨行之賢，不足以成化；獨能之事，不足以周務；出群之辯，不可爲户説；絶衆之勇，不可與正陳。凡此四者，亂之所由生。聖人任道立法，使賢愚不相棄，能鄙不相遺，此正治之術也。"詳味其言，頗流而入於兼愛。《莊子》末章叙天下之治方術者曰："不累於俗，不飾於物，不苟於人，不忮於衆，願天下之安寧，以活民命，人我之養畢足而止，以此白心。古之道術有在於是者，宋鈃、尹文聞其風而悦之。作爲華山之冠以自表，雖天下不取，强聒而不捨者也。其爲人太多，其自爲太少。"蓋亦盡其學云。《荀卿·非十二子》有宋鈃，而文不預。又别一書曰："《尹子》五卷，共十九篇。"其言論膚淺，多及釋氏，蓋晋宋時衲人所作，非此之謂也。（中華書局，2005年）

孫奕《示兒編》卷十九《字説·字異而義同》：

《孟子》云"宋牼"，《荀子》作"宋鈃"。（與牼同。）（《叢書集成初編》本，中華書局，1985年）

吕祖謙《宋文鑒》卷一百二十六雜著《續謚法》（劉敞）：

救攻上開曰鈃。（宋鈃。）（《文淵閣四庫全書》本）

吕祖謙《左氏博議》卷二十"趙盾納捷菑於邾"條：

蓋嘗觀戰國之際，諸子蜂起，終身蔽蒙者，置不足議。至若宋牼、淳于髡之徒，皆親嘗爲孟子之所折壘摧陣衄矣，終不肯幡然儒服，竟自名其家是非，不知操

術之誤，反顧平生肄習之勤，未能决然捨也。彼於呻吟占畢間尚戀戀不肯棄，况興師之衆征伐之重乎？（《文淵閣四庫全書》本）

李冶《敬齋古今黈》卷五"天下篇以禁攻寢兵爲外"條：

《天下篇》："以禁攻寢兵爲外，以情欲寡淺爲内，其小大精粗，其行適至是而止。"此數句，郭解以下屬彭蒙、田駢、慎到，吕解以上屬宋銒、尹文。郭説爲失，吕説爲得。（《文淵閣四庫全書》本）

戴侗《六書故》卷四《地理一》：

銒，經天切。《説文》曰"似鐘而頸長"，《字林》曰"似小鐘而長頸"，一曰"似壺而大"。《莊子》曰："求銒鐘也以束縛。"（按銒與鈃多貿亂，《莊子》宋銒，即孟子所遇宋牼也。牼、銒聲相近。郭讀爲堅，銒鐘之銒讀爲鉶，皆誤也。）（《文淵閣四庫全書》本）

王應麟著，張三夕、楊毅點校《漢藝文志考證》卷六《道》：

《田子》二十五篇。

……《尸子・廣澤篇》曰："墨子貴兼，孔子貴公，皇子貴衷，田子貴均，列子貴虚，料子貴别。"……西山真氏曰："莊生所述諸子，墨翟、禽滑釐其一也，宋銒、尹文其二也，彭蒙、田駢、慎到其三也，關尹、老聃其四也，莊周其五也，惠施其六也，異端之盛莫甚於此時。"

同上，卷七《名》：

《尹文子》一篇。

《莊子・天下篇》云："宋銒、尹文，其爲人太多，其自爲太少。"魏黄初末，山陽仲長氏得其書，始詮次爲上下二篇。（李獻臣云："仲長氏統也。"）晁氏曰："《序》稱當齊宣王時，居稷下，學於公孫龍。龍稱之。而《志》叙此書在龍書上。"顔師古謂文嘗説齊宣王，在龍之前。《史記》云："公孫龍客於平原君，君相趙惠文王。惠文王元年，齊宣没已四十餘歲矣，則知文非學於龍者也。今觀其書，雖專言刑名，然亦宗六藝，數稱仲尼，其叛道者蓋鮮，豈若龍之不宗賢聖，好怪妄言哉？"洪氏曰："劉歆云其學本於黄老，今其文僅五千言，亦非純本黄老者，頗流而入於兼愛。"《隋志》："二卷，周之處士，游齊稷下。"

同上，《小説》：

《宋子》十八篇。（孫卿道宋子。）

《荀子》云：“宋子有見於少，無見於多。”注：“宋鈃，宋人也，與孟子同時。”（《孟子》作宋牼。）又云：“宋子蔽於欲，而不知得。”又引子宋子曰：“明見侮之不辱，使人不鬥。”（注：《莊子》説宋子曰：“見侮不辱，救民之鬥。”宋子蓋尹文弟子。）又云子宋子曰：“人之情欲寡，而皆以己之情欲爲多是過也。”（中華書局，2011年）

王應麟《玉海》卷五十三《藝文》諸子《尹文子》：

《漢志》名家一篇，説齊宣王，先公孫龍。注：劉向云與宋鈃俱游稷下。

《隋志》：二卷。周之處士，游齊稷下。

《唐志》：一卷。

《書目》：二卷，齊人。劉向以其學本於黄老，居稷下，與宋鈃、彭蒙、田駢等同學於公孫龍。魏黄初末，山陽仲長氏得其書，始詮次爲上下二篇。（廣陵書社，2003年）

佚名《氏族大全》卷十七一送（二宋附）：

宋。（宫音。京兆。周武王封殷后於宋，其后以國爲氏。）

《華山冠》：宋鈃，齊宣王時人。《莊子》末章叙天下之治方術者多矣，宋鈃、尹文聞其風而説之，作爲華山之冠以自表。（《文淵閣四庫全書》本）

黄紹原編，熊忠舉要《古今韻會舉要》卷七平聲下八（庚與耕清通）：

牼。［《説文》牛膝下骨，引《左傳》宋司馬牼，字牛。《孟子》宋牼。平水韵。（增）］（《文淵閣四庫全書》本）

方孝孺《遜志齋集》卷四《讀荀子》：

道之不明，好勝者害之也。周衰，先王之遺言大法漫滅浸微，孔子出而修之，斯道皎然復章，聖人之業换然與天地同功。彼處士者，生於其後，務懷誹訕之心，以求異於前人，其心以爲堯舜之道，孔子既言之矣，復附而重言之，何以云云爲哉？於是各馳意於險怪詭僻涣散浩博之論，排擊破碎先聖人之道，以伸其嵬瑣一曲之偏智，若楊朱、墨翟、宋鈃、列禦寇、莊周、慎到之徒是也。（《文淵閣四庫全書》本）

歸有光《震川别集》卷一《六言六蔽》：

自昔聰明絶異者爲不少，而卒自叛於道而爲天下之罪人者，其始皆由於質之美。蓋以其聰明絶異之資，而自信其不該不偏（備）之見，以成其偏倚詭僻之行，則將何所不至！故曰：老子有見於屈無見於伸，慎子有見於後無見於先，宋子有見於少無見於多，墨子有見於齊無見於畸，莊子有見於天無見於人。有所見而有所不見，此美之所以爲蔽也。（《文淵閣四庫全書》本）

陳士元《名疑》卷二"左國世本"條：

《左》《國》《世本》《世紀》《年表》《人表》諸書，所載人名不同，如……宋鈃作宋牼。……（《文淵閣四庫全書》本）

陳士元《孟子雜記》卷三《辨名·宋牼》：

宋牼，即《左傳》宋司馬牼也。《莊子》《荀子》《尹文子》并作"宋鈃"。趙注：宋牼，宋人名。朱注：宋姓，牼名。（《文淵閣四庫全書》本）

胡應麟《少室山房筆叢》卷二十七《九流緒論上》"或又以彭蒙"條：

或又以彭蒙、田駢、慎到之屬，莊固有并舉數人者，是又不然。彼皆莊所同斥，故多寡亡論。老、關則周極尊之，朱既匪其倫，不容并列。禦寇雖莊所自出，或未躋於聃尹，故以二子概之。（周所舉墨翟、禽滑釐、彭蒙、田駢、老聃、關尹，皆一師一弟，宋鈃、尹文蓋亦當然。列與老不相及，故舉關尹也。）

同上，卷二十九《九流緒論下》"漢藝文志所謂小説"條：

《漢·藝文志》所謂小説，雖曰街談巷語，實與後世博物志怪等書迥别，蓋亦雜家者流，稍錯以事耳。如所列《伊尹》二十七篇、《黄帝》四十篇、《成湯》三篇，立義命名，動依聖哲，豈後世所謂小説乎？又《務成子》一篇，注稱堯問。《宋子》十八篇，注言黄老。《臣饒》二十五篇，注言心術。《臣成》一篇，注言養生。皆非後世所謂小説也。則今傳《鬻子》爲小説而非道家，尚奚疑哉？（又《青史子》五十七篇楊用修所引數條，皆雜論治道，殊不類今小説。）（上海書店，2001年）

胡應麟《少室山房集》卷八十三《二酉山房書目序》：

子則《老》《莊》《列氏》外，《宋鈃》《關尹》《淮南》《吕覽》盛行，星曆讖緯，間多湮没。（《文淵閣四庫全書》本）

顧起元《説略》卷十三《典述中》"諸子儒家則有晏子春秋"條：

諸子儒家則有《晏子春秋》（齊晏嬰）……小説家則有《伊尹説》、《鬻子説》、《周考》、《師曠》、《務成子》、《宋子》、《黄帝説》、《虞初周説》、《燕丹子》、《青史子》、《宋玉子》、《郭子》（晋中郎澄）、《猗犴子》（元結）、《乾䉵子》（温庭筠）。……（《文淵閣四庫全書》本）

方以智《通雅》卷一《疑始》“鈃銒一字”：

鈃，户經切，盛粥器也。又作銒。《漢書》“歠土刑”，單作刑。銒，經天切。《説文》曰“似鐘而頸長”。《字林》曰“似小鐘而長頸”，一曰“似壺而大”。《莊子》曰：“求銒鐘也以束縛。”按二字多亘亂。《莊子》“宋銒”，即《孟子》所謂“宋牼”。牼、銒聲相近。郭象讀爲堅，而銒鐘之銒讀爲鈃，皆誤也。智按：古硎亦作研，則鈃、銒之通用可知。銒之爲硜爲牼，則借耳。（《文淵閣四庫全書》本）

胡渭《禹貢錐指》卷十九《錫土姓》：

三代以上，姓氏判而爲二。三代以下，姓氏混而爲一。凡公族不得氏者，異邦人稱之，則以其國爲氏，亡國之餘亦然。春秋時若鄭詹、莒挐、邾庶其、鄭丹、宋朝、陳恒、蔡墨、郳甲之類，戰國時若宋牼、宋句踐、曹交、衛鞅、蔡澤、陳軫、毛遂、茅焦之類，皆以國氏，然未嘗以氏爲姓。其混而爲一，自司馬遷始也。（《文淵閣四庫全書》本）

閻若璩《四書釋地續・石邱》：

《集注》止云：“石邱，地名。”趙氏注：“宋牼，宋人。”參以《荀子・非十二子篇》“宋銒”注：“銒與牼同，宋人，與孟子、尹文子、彭蒙、慎到同時。”正合孫奭疏遂云“石邱，宋國地也”。蓋宋牼者宋人，將欲往楚，而孟子游宋，適相值於石邱之地。又《漢・藝文志》《尹文子》一篇，注云：“説齊宣王。劉向曰與宋銒俱游稷下。”《宋子》十八篇，注云：“孫卿道宋子。”《荀子》：“宋子有見於少，無見於多。”注：“宋子名銒，與孟子同時。”即見《漢・藝文志》者，余因悟齊宣王喜文學游説之士，自如騶衍、淳于髡、田駢、接予、慎到、環淵之徒七十六人，皆賜列第爲上大夫，不治而議論，是以齊稷下學士復盛。孟子固嘗與宋牼有雅，故於齊别去久之，忽邂逅石邱，呼以先生，請其所之，殆非未同而言者比也。獨怪所引《莊子書》有宋銒者，“禁攻寢兵，救世之戰”，本接“以此周行天下”一句，爲《集注》删，存“上説下教”語。不若删“上説下教”，接以“雖天下不取，强聒而不捨”爲尤合云。（《皇清經解》本）

徐文靖《管城碩記》卷二十三《正字通三・銒》：

銒，注云：音堅。《莊子》：求銒鐘也以束縛。銒與鈃别，《莊子》宋銒，即

《孟子》宋牼。郭象注讀鈃爲堅，而鈃鐘讀爲鉶，誤。鈃無形音。舊注又音形，非。

按：《穆天子傳》“至於鈃山之下”，郭璞注曰：“鈃音邢。”何謂無形音也？《荀子》曰：“其持之有故，言之成理，足以欺惑愚衆，是宋鈃也。”楊倞注曰：“宋鈃，宋人，《孟子》作宋牼。牼與鈃同，口莖反。”又昭二十年《左傳》“華牼”，陸氏《釋文》曰：“牼，苦耕反。”是鈃與牼皆有形音矣。（中華書局，1998年）

沈欽韓《漢書藝文志疏證》卷二《諸子略》小説家：

《宋子》十八篇。（孫卿道宋子，其言黄老意。）

《莊子·天下篇》宋鈃、尹文并稱。《尹文子下篇》：“田子讀書，曰：‘堯時太平。’宋子曰：‘聖人之治以致此乎？’”《荀子·正論》：“子宋子曰：明見侮之不辱，使人不鬥。人皆以此見侮爲辱，故鬥也。”又云：“子宋子曰：人之情欲寡，而皆以己之情欲爲多，是過也。”《非十二子》與墨翟同稱，則其言又類墨家。《孟子》之“宋牼”。（《二十五史藝文經籍志考補萃編》本，清華大學出版社，2011年）

馬國翰《玉函山房輯佚書》子編小説家類《〈宋子〉序》：

《宋子》一卷，周宋鈃撰。鈃，宋人。莊子、荀子并言其人，《孟子》作“宋牼”，《韓非子》作“宋榮子”，要是一人也。《漢志》小説家《宋子》十八篇，注：“孫卿道宋子，其言黄老意。”《隋》《唐志》不著目，佚已久。《莊子·天下篇》載其禁攻寢兵之事，并述其言。案《莊子》雖與尹文子并稱，今尹文子書尚存，無《莊子》所述之言。且以《孟》《荀》書證知，皆述鈃語，據補佚篇，附考爲帙。夫牼以利爲言，孟子以爲不可；異懸君臣，荀子以爲非。然其持之有故，言之成理者，以自以其術鳴也。歷城馬國翰竹吾甫。（《續修四庫全書》本）

姚振宗《漢書藝文志條理》卷二之下《諸子略》小説家：

《宋子》十八篇。孫卿道宋子，其言黄老意。

《孟子·告子篇》：宋牼將之楚，孟子遇於石丘。趙岐曰：“宋牼，宋人，名鈃。”孫奭《正義》曰：“牼與鈃同，口莖反。”

《莊子·天下篇》曰：墨子真天下之好也，宋鈃、尹文聞其風而悦之。

《荀子·非十二子篇》：不知壹天下、建國家之權稱，上功用、大儉約而漫差等，曾不足以容辨異、縣君臣；然而其持之有故，其言之成理，足以欺惑愚衆，是墨翟、宋鈃也。（楊倞曰：“宋鈃，宋人，與孟子、尹文子、彭蒙、慎到同時，《孟子》作‘宋牼’，與鈃同音。”）（劉向《尹文子書録》曰：“尹文子與宋鈃俱游稷下。”）

《韓非子·顯學篇》：宋榮子設不鬥争，取不隨仇，不羞囹圄，見侮不辱，世主以爲寬而禮之。（俞樾《莊子人名考》：《逍遥游》篇有宋榮子，司馬彪云“宋國人也”，崔云“賢者也”。榮與鈃聲亦相近，宋榮即宋鈃，宋鈃即宋牼。）

王氏《考證》：宋子蓋尹文弟子，《荀子》兩引宋子，又兩引子宋子。

馬國翰輯本序曰：“宋鈃，《孟子》作‘宋牼’，《韓非子》作‘宋榮子’，要皆是一人也。《漢志》小説家《宋子》十八篇，《隋》《唐志》不著目，佚已久。《莊子·天下篇》載其禁攻寢兵之事，并述其言。案《莊子》雖與尹文子并稱，今尹文子書尚存，無《莊子》所述之言，且以《孟》《荀》書證知，皆述鈃語，據補佚篇，附考爲帙。”（《二十五史補編》本，中華書局，1956年）

趙爾巽等《清史稿》卷一百四十七《藝文三》小説類：

周宋鈃《宋子》一卷，……（以上馬國翰輯）。（中華書局，1976年）

孫詒讓《墨子閒詁》附《墨子後語》卷上《墨學傳授考》第三：

又案：《陶潛集·聖賢群輔録》末附載三墨云：“不累於俗，不飾於物，不尊於名，（《莊子·天下篇》作‘不苛於人’。）不忮於衆，此宋鈃、尹文之墨。（‘鈃’，當從《莊子》作‘鈃’，即《孟子》之宋牼也。）裘褐爲衣，跂蹻爲服，日夜不休，以自苦爲極者，相里勤、五侯子之墨。俱誦《墨經》而背譎不同，相爲别墨。以堅白，（此亦本《莊子》而文義未全，豈僞者失其句讀，抑傳寫有脱誤邪？）此苦獲、己齒、鄧陵子之墨。”此别據《莊子·天下篇》爲三墨，與《韓非》書殊異。（北齊陽休之所編《陶集》即有此條。宋本《陶集》，宋庠《後記》云：“八儒三墨二條，此似後人妄加，非陶公本意。”）考《莊子》本以宋鈃、尹文别爲一家，不云亦爲墨氏之學。以所舉二人學術大略考之，其崇儉非鬥雖與墨氏相近，（《荀子·非十二子篇》以墨翟、宋鈃并稱。）而師承實迥異，乃强以充三墨之數，而《韓非》所云相夫氏之墨者，反置不取，不知果何據也？宋鈃書《漢書·藝文志》在小説家，云黄老意。尹文書在名家，今具存。其《大道上篇》云：“大道治者，則名、法、儒、墨自廢。”又云：“是道治者，謂之善人；藉名、法、儒、墨者，謂之不善人。”則二人皆不治墨氏之術，有明證矣。（近俞正燮《癸巳類稿·墨學論》亦以宋牼爲墨徒，誤與《群輔録》同。）《群輔録》本依托，不出淵明，而此條尤疏謬，今不據補録。（《新編諸子集成》本，中華書局，2001年）

章太炎《諸子學略説》：

次論小説家。周秦、西漢之小説，似與近世不同。如《周考》七十六篇、《青史子》五十七篇、《臣壽周紀》七篇、《虞初周説》九百四十三篇，與近世雜史相類，比於《西京雜記》《四朝聞見録》等，蓋差勝矣。賈誼嘗引《青史》，必非謬悠之説可知。如《伊尹説》二十七篇、《鬻子説》十九篇、《宋子》十八篇、《待詔臣安成未央術》一篇，則其言又兼黄老。《莊子·天下篇》舉宋鈃、尹文之術，列爲一家，荀卿亦與宋子相難。今尹文入名家，而宋子袛入小説，此又不可解者。以意揣之，宋子上説下教，强聒不捨。（見《莊子·天下篇》。）蓋有意於社會道德者。所列黄老諸家，宜亦同此。街談巷議，所以有益於民俗也。《笑林》以後，此指漸衰，非芻蕘之議矣。（《國粹學報·學篇》第二十一期）

梁啓超《漢書藝文志諸子略考釋·叙》：

……小説之異於前九家者，不在其涵義之内容，而在其所用文體之形式。桓子《新論》云“小説家合叢殘小語，近取譬論，以作短篇”。（《文選注》三十七引。）故小説中《宋子》十八篇，其所述蓋即宋鈃一家之學，優足與尹文、慎到……諸書抗衡，特以文體不同而歸類斯異。道家有《伊尹》《鬻子》，小説家復有《伊尹説》《鬻子説》，亦以文體示别而已。

同上，小説家：

《宋子》十八篇，原注云：“孫卿道宋子。”然則即《荀子·正論篇》之“子宋子”宋鈃也。其人爲戰國一大思想家，其書乃入小説，頗可詫異。案《正論篇》云“子宋子率其群徒，辨其談説，明其譬喻，將使人知情欲之寡也”。然則宋鈃最好談而善用譬，殆爲通俗講演體，專“取譬喻以作短書”。劉、班不辨其書之實質，而徒觀其形式，則入之小説家耳。此書之佚，殆爲我思想界最大損失之一矣。

同上，《漢志諸子略各書存佚真僞表》小説家者流：

《宋子》，入“已佚”類“有遺篇遺説可考輯者”目。（《飲冰室合集》本，中華書局，1989年）

羅焌《諸子學述》上編《諸子書之真僞及存佚表》：

諸子名稱		《漢書·藝文志》	《隋書·經籍志》	《唐書·經籍志》	現時存佚	考證
小説家	宋子	十八篇。注云："孫卿道宋子，其言黄老意。"馬國翰云："周宋鈃撰。鈃，宋人。《莊子》《荀子》并言其人。《孟子》作宋牼。《莊子》《韓子》作宋榮子，要是一人也。"	亡	亡	馬輯一卷，《附録》三條，今補二條。又案《荀子·正論篇》子宋子曰："明見侮之不辱，使人不鬥。"至篇末共兩節，皆駁宋子學説者，亦補入《附録》	案馬輯皆本《孟》《荀》《莊》《韓》四子，必可信據

（華東師範大學出版社，2008年）

顧實《〈莊子·天下篇〉講疏》附《考六家諸子擬年表·宋鈃》：

宋鈃，姓宋名鈃，宋人。（《莊子釋文》、《孟子》趙岐注、《荀子》楊倞注。）鈃亦作牼，作榮，皆一聲之轉。《孟子·告子篇》，宋牼以秦楚構兵而將見秦楚之王，與孟子遇於石丘，孟子稱之曰先生，則是宋鈃年長於孟子也。張宗泰《孟子諸國年表》，推定此秦楚構兵，在楚懷王十七年。（見焦循《孟子正義》引）《孟子世譜》言"孟子生於周烈王四年己酉，卒於赧王二十六年壬申"。萬斯同謂其説可信。（閻若璩《孟子生卒年月考》略同。）則楚懷王十七年，當周赧王之三年，時孟子年適六十歲也。假定宋鈃長於孟子十年左右，故孟子以先生稱之，則宋鈃年七十歲矣。故兹擬宋鈃年世，自周安王二十年，至周赧王十年，略當西紀元前382—前305年間。（《〈莊子·天下篇〉注疏四種》本，華夏出版社，2009年）

顧實《漢書藝文志講疏》三《諸子略》小説家：

《宋子》十八篇。（孫卿道宋子，其言黄老意。）

亡。宋子者宋鈃，（《荀子·非十二子篇》《莊子·天下篇》。）宋人也。（《孟子》趙注、《荀子》楊注。）鈃、牼、榮古字通，故亦曰宋牼，（《孟子·告子篇》。）亦曰宋榮子。（《莊子·逍遥游》《韓非子·顯學篇》。）與尹文同道，爲華山之冠以自表，接萬物以别宥爲始，以聏合驩，以調海内，故見侮不辱，救民之鬥，禁攻寢兵，救世之戰。以此周行天下，上説下教，雖天下不取，强聒而不捨者也。（《天下篇》。）此正小説家之模範也。《荀子》亦嘗引其説，（《正論篇》稱"子宋子曰"。）而以與墨翟同譏，曰："不知壹天下，建國家之

權稱。”（《非十二子篇》。）馬國翰有輯本。（上海古籍出版社，1987年）

陳朝爵《漢書藝文志約説》卷二《諸子略》小説家：

《宋子》十八篇。（孫卿道宋子，其言黄老意。亡。）

王應麟曰：“《荀子》云‘宋子有見於少，無見於多’，注：‘宋鈃，宋人也。’《孟子》作‘宋牼’。”顧實曰：“《天下篇》與尹文并稱，其上説下教，强聒不捨，正小説家之模範也。《逍遥游篇》又作‘宋榮子’。‘鈃’‘牼’‘榮’音近，古字通用。”（《二十五史藝文經籍志考補萃編》本，清華大學出版社，2012年）

魯迅《中國小説史略》第三篇《〈漢書·藝文志〉所載小説》：

《漢志》之叙小説家，以爲“出於稗官”，如淳曰：“細米爲稗。街談巷説，甚細碎之言也。王者欲知里巷風俗，故立稗官，使稱説之。”（本注）其所録小説，今皆不存，故莫得而深考，然審察名目，乃殊不似有采自民間，如《詩》之《國風》者。其中依托古人者七，曰：《伊尹説》《鬻子説》《師曠》《務成子》《宋子》《天乙》《黄帝》。記古事者二，曰：《周考》《青史子》，皆不言何時作。明著漢代者四家，曰：《封禪方説》《待詔臣饒心術》《臣壽周紀》《虞初周説》。《待詔臣安成未央術》與《百家》，雖亦不云何時作，而依其次第，自亦漢人。（上海古籍出版社，1998年）

錢穆《先秦諸子繫年》卷三《宋鈃考》：

《漢志》小説家《宋子》十八篇，班固云：“孫卿道宋子，其言黄老意。”又名家《尹文子》一篇，班云：“説齊宣王。”師古曰：“劉向云：與宋鈃俱游稷下。”今按《荀子》書以墨翟、宋鈃并稱，則鈃乃墨徒也。（陶潜《群輔録》以宋鈃尹文爲三墨之一，後世惟俞正燮《癸巳類稿》墨學論，亦以宋鈃爲墨徒，而孫詒讓《閒詁》非之，則古今知此者鮮矣。）班氏稱其書近黄老意者何？荀子曰：“子宋子曰：人之情欲寡，而皆以己之情爲欲多，是過也。”（《正論》）又曰：“宋子蔽於欲而不知得。”（《解蔽》）此老子所謂“少施寡欲，絶學無憂”，而稱“禍莫大於不知足，咎莫大於欲得”者也。又曰：“宋子有見於少，無見於多。”（《天論》）此老子所謂“少則得，多則惑”“爲道日損”“儉故能廣”“餘食贅行，有道不處”者也。又曰：“子宋子曰：明見侮之不辱，使人不鬥。”（《正論》）韓非亦言之，曰：“宋榮子之議，設不鬥争，取不隨仇，不羞囹圄，見侮不辱。”（《顯學》）此老子所謂“勇於不敢”“柔弱處上”“大白若辱”“知雄守雌”者也。莊子之稱之曰：“宋榮子，舉世譽之不加勸，舉世非之不加沮，定於内外之分，辨乎榮辱之境。”（《逍遥游》）此老子所謂“明道若昧，深不可識”“知我者希則我貴”者也。莊子又稱之，曰：“不累於俗，不飾於物，不苛於人，不忮於衆，願天下之安寧，以活民命，人我之養，畢足而止，以此白心。”（《天下篇》）此老子所謂“我有三寶，以慈爲先”“聖人不積，既以爲人己愈有，既以與人己欲多”者也。又曰：“宋子語心之容，命之曰心之行。”《韓非·顯學篇》：“是漆雕之廉，將非宋榮之恕，是宋榮之寬，將非漆雕之暴。”宋榮之恕與寬，即其所言心之容也。此《老子》所謂“知常容，容乃公”“聖人無常心，以百姓心爲心”也。又云：“接萬物以别宥爲始。”此老子“聖人常善救人，故無棄人，常善救物，故無棄物，是爲襲明”之旨也。又曰：“見侮不辱，救民之鬥，禁攻寢兵，救世之戰。”此最墨徒之精神，而老子所謂“大國不過欲兼畜人，小國不過欲入事人，兩者各得其所欲，大者宜爲下”“雖有甲兵，無所陳之”者也。余嘗謂黄老起於晚周，興於齊，又謂道原於墨。若宋子，宗墨氏之風，設教稷下，其殆黄老道德之開先耶？然所以入小説家者何？《莊子》曰：“以此周行天下，上説下教，雖天下不取，强聒而不捨。”（《天下篇》）又與尹文并稱。《尹文》書入名家。名家者流，大率取譬相喻，務在衆曉。故《漢志》評小説家亦曰“街談巷語，道聽途説者之所造也”，此宜與名家爲近。荀子譏宋説，亦以入溷攘豖爲譬。意《宋子》書多此類，所以歸之小説家，而實與當時名家辯士白馬非馬諸論相通流也。（劉晝《新論·九流篇》：“名家，宋鈃、尹文、惠施、公孫捷之類也。”孫詒讓《札迻》云：“檢《漢志》，無公孫捷，疑當作公孫，捷子。公孫謂公孫龍，捷子自爲一人。《漢志》公孫龍在名家，捷子在道家。”今按：劉氏以宋鈃爲名家首稱，正與余論相合。六朝學者，精研名理，猶知其義，後失則荒矣。）惜其書已佚，無可考證。約略可以推論者，僅此。至其行事亦不詳。《孟子》書有秦楚將構兵，孟子遇宋牼於石邱一節。張宗泰《孟子諸國年表》記曰：“當孟子時，齊秦所争惟魏。楚雖近秦，時方强盛，秦尚未敢與争。惟梁襄王元年癸卯，有楚與五國共擊秦不勝之事，而獨與秦戰，則在懷王十七年。孟子是年因燕畔去齊。”《孟子疏》：“石邱宋地。（樊云：“《一統志》石邱在衛輝齊胙城縣東，《疏》以爲宋地，是也。”）則孟子去齊之宋而遇宋牼也。”閻若璩云：“齊宣王喜文學游説之士，稷下學士復盛，孟子嘗與宋牼有雅，故邂逅石邱，呼以先生。”焦氏《正義》則謂：“牼蓋年長於孟子，故孟子以先生稱之，而自稱名。”今按其時孟子年已逾七十，而牼欲歷説秦楚，意氣猶健，年未能長於孟子。先生自是稷下學士先輩之通稱。孟子亦深敬其人，故遂自稱名爲謙耳。（宋牼欲罷秦楚兵而説之以利，孟子則主説之以仁義，此亦儒墨之異同也。）又荀卿《正論篇》屢及子宋子，曰：“今子宋子乃不然，獨詘客爲己，慮一朝而改之，説必不行矣。二三子之善於子宋子者，殆不若止之，將恐礙傷其身也。”又曰：“今子宋子嚴然而好説，聚人徒，立師學，成文典，然而説不免於以治爲至亂，豈不過甚矣哉？”凡此云云，足徵荀卿著書，宋鈃猶在，同居稷下，故其辭氣如是。余考荀卿年十五，始游學來齊，至宣王末年，荀卿年近四十。成學著書，當始其時。宋鈃之没，或值湣王之世，要與尹文相次。又考《鹽鐵論·論儒篇》，歷述湣王末世，稷下諸儒散亡，有慎到、接子、田駢、孫卿而無宋子、尹文，疑兩人或先卒。今姑定宋子遇孟軻於石邱年近五十，則其生當周顯王十年前，或視莊周稍晚。若壽及七十，則與莊卒年亦相先後。莊宋同時，故莊周著書亦時時稱述及之也。（《荀子》楊倞注：“宋鈃宋人，與孟子、尹文子、彭蒙、慎到同時。孟子作宋牼，與鈃同音，口莖反。”王先慎《韓非子集解》：“宋榮即宋鈃，榮、鈃偏旁相通。《月令》‘腐草爲螢’，《吕覽》《淮南》作‘蚈’。‘榮’與‘鈃’，猶‘螢’之爲‘蚈’也。”）

《莊子·天下篇》稱：“宋鈃、尹文接萬物，以别宥爲始。”别宥之説，又見《吕氏春秋·去宥篇》。謂：“鄰父有與人鄰者，有枯梧樹，其鄰之父言梧樹之不善也，鄰人遽伐之，鄰父因請以爲薪。其人不説，曰：‘鄰者若此其險也，豈可爲之鄰哉！’此有所宥也。夫請以爲薪，與弗請，此不可以疑枯梧樹之善與不善也。齊人有欲得金者，清旦被衣冠，往鬻金者之所，見人操金，攫而奪之。吏搏而束縛之，問曰：‘人皆在焉，子攫人之金，何故？’對曰：‘殊不見人，徒見金耳！’此真大有所宥也。夫人有所宥者，固以晝爲昏，以白爲黑，以堯爲桀。宥之爲敗亦大矣。亡國之主，皆甚有所宥耶。故人必别宥，然後知。别宥則能全其天矣。”此蓋宋尹别宥説之猶存者。（《吕氏》篇首即引東方墨者謝子，亦由宋尹墨徒，故引墨家事爲説。）其言亦就近取譬，類於街談巷語，故《漢志》以入小説家。余疑《吕氏·去宥》一篇，或取之《宋子》十八篇也。《尸子·廣澤篇》稱“料子貴别宥”，料子或疑即宋子。（馬叙倫《莊子義證》主其説，惟未有的證。又謂尸子正與宋子同時，則大謬。）（商務印書館，2001年）

郭沫若《青銅時代》之《宋鈃尹文遺著考》：

一

宋鈃和尹文在先秦諸子中應該要算是重要的一派，《莊子·天下篇》把他們歸爲一系，而與儒、墨、田駢、慎到、關尹、老聃、莊周、惠施并列，是七大派别中之一。《天下篇》的作者對於他們的學説有比較詳細的批評，我現在且先把它抄在下邊。

“不累於俗，不飾於物，不苟於人，不忮於衆，願天下之安寧，以活民命，人我之養畢足而止，以此白心。

古之道術有在於是者，宋鈃、尹文聞其風而悦之，作爲華山之冠以自表。

接萬物以别宥爲始。語心之容，命之曰‘心之行’。以聏合歡，以調海内。請

（情）欲寡（原誤作實）之以爲主。（原注：請與情通。寡字，隸書、草書均與實極相近，故誤爲實。下“請欲固寡”同。“情欲寡之”“情欲固寡”即下文“情欲寡淺”，此乃本派重要主張。）見侮不辱，救民之鬥；禁攻寢兵，救世之戰。以此周行天下，上説下教；雖天下不取，强聒而不捨者也。故曰：‘上下見厭而强見也。’

雖然，其爲人太多，其自爲太少。曰：‘請（情）欲固寡（原亦誤作實），五升之飯足矣。’先生恐不得飽，弟子雖飢，不忘天下，日夜不休。曰：“我必得活哉！”圖（倨）傲乎，救世之士哉！

曰：‘君子不爲苟察，（原注：苟察原作苛察，案乃形近而訛。荀子正名理論與本派相近，《不苟篇》言“君子説不貴苟察”，可爲證。）不以身假物。’以爲無益於天下者，明之不如已也。以禁攻寢兵爲外，以情欲寡淺爲内。其小大精粗，其行適至是而止。”

宋銒、尹文都是齊國稷下學士，以年輩而言，宋銒在先。宋銒在《孟子》書中作宋牼，孟子稱之爲“先生”，而自稱本名曰“軻”，足見宋長於孟，至少亦必上下年紀。尹文曾與齊湣王論士，見《吕氏春秋·正名篇》，提及“見侮不辱”義，其年輩稍後。大率宋、尹是師弟關係，宋在齊當在威王與宣王時代，尹則當在宣王與湣王時代。故在别的文獻中提到這派學説的時候，便專提宋而不提尹了。

《荀子》書中論到宋子的地方最多。《非十二子篇》把他和墨翟并列爲一項而加以非難。

“不知壹天下、建國家之權稱，上功用，大儉約，而僈差等。曾不足以容辨異，縣君臣。然而其持之有故，其言之成理，足以欺惑愚衆。是墨翟、宋銒也。”

《正論篇》屢稱之爲“子宋子”，而主要攻擊着他的“見侮不辱”與“人之情欲寡”的學説。又説他“儼然而好説，聚人徒，立師學，成文曲”，足見宋子有不少的門徒，而荀子本人在初年大約也師事過他，不然不會在宋子之上更冠以“子”字的。荀子思想受宋子影響的地方很多，例如《解蔽篇》的主旨其實就是“别宥”的發揮，論人的心智不宜有所蔽囿。《正名篇》所發揮的也不外是“不爲苟察”“無益於天下者，明之不如已也”的主張。就是孟子也很受了宋子的影響，“養心善於寡欲”可算是最顯著的一項了。

荀子對於寡欲主張是反對的，於《正論篇》的反對之外，於《解蔽篇》又説“宋子蔽於欲而不知得”。《正名篇》還有一大段：“凡語治而待去欲者，無以道（導）欲而困於有欲者也。凡語治而待寡欲者，無以節欲而困於多欲者也。”認爲這些都是“小家珍説”，雖然没有指名爲誰，我看主要也還是在反對宋子。

宋子又稱爲宋榮子。《韓非·顯學篇》有以宋榮子與漆雕氏之儒對比的一段。

“漆雕之議，不色撓，不目逃，行曲則違於臧獲，行直則怒於諸侯；世主以爲廉而禮之。宋榮子之議，設不鬥争，取不隨仇，不羞囹圄，見侮不辱；世主以爲寬而禮之。

夫是漆雕之廉，將非宋榮之恕也；是宋榮之寬，將非漆雕之暴也。今寬廉恕暴俱在二子，人主兼而禮之。”

這位宋榮子，毫無疑問地也就是宋鈃。王先慎謂：“榮鈃偏旁相通。《月令》腐草爲螢，《吕覽》《淮南》作蚈。榮之爲鈃猶螢之爲蚈也。”這是正確的。因此《莊子·逍遥游篇》的“夫智效一官，行比一鄉，德合一君，而（能）征一國者……宋榮子猶然笑之；且舉世而譽之而不加勸，舉世而非之而不加沮，定乎内外之分，辨乎榮辱之境，斯已矣；彼其於世，未數數然也”，這個宋榮子不用説也就是宋鈃了。

宋鈃在《尸子·廣澤篇》又誤爲料子，言“墨子貴兼，孔子貴公，皇子貴衷，田子貴均，列子貴虚，料子貴别囿。其學之相非也數世矣，而已皆掩於私也。”别囿即别宥。其遺説尚保存於《吕氏春秋·去尤》與《去宥》二篇。

“夫人有所宥者，固以晝爲昏，以白爲黑，以堯爲桀。宥之爲敗亦大矣。亡國之主其皆甚有所宥耶？故凡人必别宥然後知。别宥則能全其天矣。”（《去宥》）

“世之聽者多有所尤，多有所尤則聽必悖矣。所以尤者多故，其要必因人所喜與因人所惡。東面望者不見西牆，南鄉（嚮）視者不睹北方，意有所在也。”（《去尤》）

準此可知尤與宥均係囿之假借。《吕氏》書乃雜集他人成説而成，此二篇明係一篇之割裂，殆係采自宋子《小説》十八篇之一。别囿既即别宥，則料子自即爲宋子，料乃鈃之訛。準匡章稱章子，陳仲稱仲子，尹文稱文子（原注：《韓非·内儲説上》，載文子與齊王論賞罰之道爲“國之利器不可以示人”，自即尹文子無疑。）之例，則宋鈃自可稱爲鈃子，鈃與料字形是極相近的。

宋鈃、尹文皆有著作。《漢書·藝文志》，小説家中有“宋子十八篇”，班固注云：“孫卿道宋子，其言黄老意。”名家中有“《尹文子》一篇”，注云“説齊宣王”，顔師古引劉向云：“與宋鈃俱游稷下。”又《韓非·外儲説左上》，“言有纖察微難而非務也，故季、惠、宋、墨，皆畫策也”，這可見宋子也有名家的傾向，不限於尹文了。

宋子之書，今已失傳。傳世有黄初仲長氏序“《尹文子》”，僅《大道》一篇，分爲上下。學者頗有人信以爲真，案其實完全是假造的。文字膚陋，了無精義，自不用説。例如《大道上》云“接萬物使分，别海内使不雜，見侮不辱，見推不驚，禁暴息兵，救世之鬥”等語，完全蹈襲《莊子·天下篇》，而開首兩句便露出了馬脚。莊子所謂“接萬物以别宥爲始”，接者知之準備也（原注：《墨經》及《莊子·庚桑楚篇》均言：“知，接也。”）。别宥者使心無所蔽囿也，作僞者不明其義，竟當爲接觸與分别解，簡直是在大鬧笑話了。

根據這些資料，我們可以知道宋派學説的大概。它主要在談心與情，心欲其無拘束，情欲其寡淺，本“黄老意”，是道家的一派。主張見侮不辱，禁攻寢兵，因而也頗接近墨子，故荀卿以“墨翟、宋鈃”爲類。也談名理，但不主張苛察，而且反對苛察，雖然與惠施、公孫龍異撰，但因談名理，故亦被歸爲名家。孟子、荀子都尊敬宋鈃，而且都受了他的影響，可見和儒家的關係也并不很壞。

有了這個基本認識，我無心之間從現存的《管子》書中，發現了宋鈃、尹文的遺著，那便是《心術》《内業》《白心》《樞言》，那麽幾篇了。

《管子》書是一種雜膾，早就成爲學者間的公論了。那不僅不是管仲做的書，而且非作於一人，也非作於一時。它大率是戰國及其後的一批零碎著作的總集，一部分是齊國的舊檔案，一部分是漢時開獻書之令時由齊地匯獻而來的。劉向《校録》序云：

“所校讎中《管子》書三百八十九篇，太中大夫卜圭書二十七篇，臣富參書四十一篇，射聲校尉立書十一篇，太史書九十六篇，凡中外書五百六十四篇，以校除複重四百八十四篇，定著八十六篇，［原注：五六四減四八四，應爲八〇篇。此却多出六篇，不知何故。書中有《牧民解》《形勢解》《立政九敗解》《版法解》《明法解》五篇，本是《牧民》《形勢》《立政》《版法》《明法》等篇的解釋，在初或本合而不分，如《心術上篇》一樣。又《心術下篇》與《内業篇》重複（説詳本文），“校除”未盡。劉向《序録》，交代未清，故致數目不符耶？］殺青而書可繕寫。”

這把資料的來源説得很清楚，所謂“太史書”，應該就是齊國的舊檔案了。可惜劉向校書過於籠統，他因爲有一套獻書是稱爲“管子書”，於是他便把所定著的八十六篇（今亡十篇），也就定名爲“《管子》”了。真的，這裏不知道乾没了多少學者的著作。

宋鈃、尹文都是稷下先生，他們的著作在齊國史館裏自會有所保存，因而他們的書被雜竄在現存的《管子》書裏也是絲毫不足怪的事。我想不僅宋鈃、尹文遭了這樣的命運，就是其他的稷下先生們也一定有人遭了同樣的命運，這是值得我們慢慢地去進行細心的發掘的。

那麽，何以知道，《心術》《内業》《白心》《樞言》等篇是宋鈃、尹文的遺書呢？請讓我在下面加以解答吧。

二

莊子不明明告訴我們：宋鈃、尹文“不累於俗，不飾於物，不苟於人，不忮於衆，願天下之安寧，以活民命，人我之養畢足而止，以此白心”嗎？可知“白心”是這一學派的術語，而《白心篇》的内容也大抵都是不累不飾不苟不忮的這一些主張。莊子不又説過他們“語心之容，命之曰心之行”嗎？“心之行”其實就是“心術”，行與術都是道路的意思。《漢書·禮樂志》：“夫民有血氣心知之性，而無哀樂喜怒之常，應感而動，然後心術形焉。”顔師古注：“術，道徑也；心術，心之所由也。”可見“心術”二字的解釋也不外乎是“心之行”。而《心術下篇》言“心之形”如何如何，《内業》則言“心之刑”，或言“心之情”，刑與形字通，情與形義近，故“心之刑”，“心之形”，“心之情”，其實也就是“心之容”了。《心術》和《内業》的内容，也不外乎是别宥，寡欲，超乎榮辱，禁攻寢兵這些意思；而除這些之外還有更深一層的“黄老意”的根本義，也還有更含學術性的“不爲苟察”的名理論。假使我們肯細心地把這幾篇來和莊子的批評對照着讀，我們可以知道它們之間簡直有如影之隨形，響之應聲，差違的地方，差不多連絲毫也找不出的。

《心術》本分爲上下二篇，上篇分經分傳，前三分之一爲經，後三分之二爲傳。經蓋先生所作，傳蓋先生講述時，弟子所録。文極奥衍，與《道德經》無殊。

《心術下篇》是《内業篇》的副本，這是我的一個副次的發現。我曾經把《内業》來做底本，把《心術下篇》和它相同的節段比附上去，便發現了除一首一尾無可比附之外，《心術下篇》衹是《内業篇》的中段，而次序是紊亂了的。依着《内業》所得的新次序，比原有的次序讀起來更成條貫。因此，可知《心術下篇》衹是《内業》的另一種不全的底本，因爲脱簡的原故，不僅失掉了首尾，而且把次第都錯亂了。爲容易明瞭起見，我率性把兩者的比附寫在下邊吧。（《心術下篇》每一小節所標的數字，表示原有的次序。）

《内業篇》	《心術下篇》
（前略）	
凡道無根無莖，無葉無榮。萬物以生，萬物以成。命之曰道	（5）道，其本至也。至不（丕）至無，非人所而（能）亂。凡在有司執制者之利，非道也
天主正，地主平，人主安静。春秋冬夏，天之時也；山陵川谷，地之材也；喜怒取予，人之謀也。是故聖人與時變而不化，從物而不移。能正能静，然後能定。定心在中，耳目聰明，四枝堅固，可以爲精舍	（6）聖人之道若存若亡，援而用之，没世不亡。與時變而不化，應物而不移，日用之而不化

（續表）

《内業篇》	《心術下篇》
精也者，氣之精者也。氣，道（導）乃生，生乃思，思乃知，知乃止矣。凡心之形，過知失生。一物能化謂之神，一事能變謂之智。化不易氣，變不易智，唯執一之君子能爲此乎？執一不失，能君萬物。君子使物，不爲物使，得一之理。治心在於中，治言出於口，治事加於人，然則天下治矣。一言得而天下服，一言定而天下聽。公之謂也	（4）一氣能變曰精，一事能變曰智。慕選者所以等事也（句有誤，義不明），極變者所以應物也。慕選而不亂，極變而不煩，執一之君子。執一而不失，能君萬物，日月之與同光，天地之與同理，聖人裁物，不爲物使。必安是國安也，心治是國治也。治也者心也，安也者心也。治心在於中，治言出於口，治事加於民，故功作而民從，則百姓治矣。所以操者非刑也，所以危者非怒也，民人操，百姓治
形不正，德不來。中不静，心不治。正形攝德，天仁地義，則淫然而自至神明之極。照乎知萬物，中義守不忒。不以物亂官，不以官亂心，是謂中得	（1）形不正者德不來，中不精（静）者心不治。正形飾（飭）德，萬物畢得。翼然自來，神莫知其極。照知天下，通於四極。故曰無以物亂官，毋以官亂心，此之謂内德。是故義氣定然後反正，氣者身之充也，正者行之義也（原誤作“行者正之義也”）。充不美則心不得，行不正則民不服。是故聖人若天然，無私覆也，若地然，無私載也，私者亂天下者也。凡物載名而來，聖人因而財（裁）之而天下治。實不傷（爽），不亂於天下而天下治
有神在身，一往一來，莫之能思。失之必亂，得之必治。敬除其舍，精將自來。精（静）想思之，寧念治之。嚴容畏敬，精將自定。得之而勿捨，耳目不淫，心無他圖，正心在中，萬物得度。道滿天下，普在民所，民不能知也。一言之解，上察於天，下極於地，蟠滿九州	（12）是以聖人一言解之，上察於天，下察於地
何謂解之？在於心安。我心治，官乃治；我心安，官乃安。治之者、心也，安之者、心也。心以藏心，心之中又有心焉。彼心之心，意以先音（原作“音以先言”，依韵改），音然後形，形然後名，名然後使，（二名字原均作言）使然後治。不治必亂，亂乃死	（10）豈無利事哉？我無利心。豈無安處哉？我無安心。心之中又有心。意以先音（原誤爲言），音（原誤爲意）然後形，形然後思，思然後知

（續表）

《内業篇》	《心術下篇》
精存白生，其外安榮。内藏以爲泉原，浩然和平，以爲氣淵。淵之不涸，四體乃固。泉之不竭，九竅遂達（原作通，依韵改）。乃能窮天地，被四海。中無惑意，外無邪菑。心全於中，形全於外，不逢天菑，不遇人害。謂之聖人	（11）凡心之形，過知（思）失生（性）。是故内聚以爲原泉。原（此字以意補）之不竭，表裏遂達（原亦作通）。泉之不涸，四支堅固，能令用之，被服四固（原誤作囿）
人能正静，皮膚裕寬。耳目聰明，筋信（伸）而骨强。乃能戴大圜而履大方，鑒於大清，視於大明。敬慎無忒，日新其德。遍知天下，窮於四極。敬發其充，是謂内德。然而不反，此生之忒	（7）人能正静者，筋肕（韌）而骨强。能（而）戴者（諸）大圜，體乎大方，鏡者（諸）大清，視乎大明。正静不失，日新其德。昭知天下，通於四極（兩“者”字讀爲“諸”，原錯羼在“大圜”與“大清”下，今已正。《内業》文可證。）
凡道，必周必密，必寬必舒，必堅必固。守善勿捨，逐淫澤（釋）薄。既知其極，反於道德。全心在中，不可蔽匿；知（原誤作和）於形容，見於膚色。善氣迎人，親於弟兄；惡氣迎人，害於戎兵。不言之聲，疾於雷鼓。心氣之形，明於日月，察於父母。賞不足以勸善，刑不足以懲惡（原作過）。意氣得而天下服，心意定而天下聽	（8）金（全）心在中不可匿，外見於形容，可知於顔色。善氣迎人，親如弟兄；惡氣迎人，害於戈兵。不言之言，聞於雷鼓。金（全）心之形，明於日月，察於父母。昔者明王之愛天下，故天下可附；暴王之惡天下，故天下可去（原作離，依韵改）。故貨（賞）之不足以爲愛，刑之不足以爲惡；貨（賞）者愛之末也，刑者惡之末也
能摶乎？能一乎？能無卜筮而知吉凶（當作凶吉）乎？能止乎？能已乎？能勿求之人而得之己乎？思之思之，又重思之，思之而不通，鬼神將通之。非鬼神之力也，精氣之極也	（3）能專乎？能一乎？能毋卜筮而知凶吉乎？能止乎？能已乎？能毋問於人而自得之於己乎？故曰思之思之。〔思之〕不得，鬼神教之。非鬼神之力也，其精氣之極也
四體既正，血氣既静，一意摶心，耳目不淫，雖遠若近。思索生知，慢易生憂，暴傲生怨，憂鬱生疾，疾困乃死。思之而不捨，内困外薄；不早爲圖，生將巽舍。食莫若無飽，思莫若勿致。節適之齊，彼將自至	（2）專於意，一於心，耳目端，知遠之近（原誤爲“證”）

（續表）

《内業篇》	《心術下篇》
凡人之生也，天出其精，地出其形，合此以爲，人和乃生，不和不生。察和之道，其精不見，其徵不醜（原誤爲醜）。論治（淪洽）在心，此以長壽。忿怒之失度，乃爲之圖。節其五欲，去其二凶。不喜不怒，平正擅匈（胸）。凡人之生也，必以平正；所以失之，必以喜怒憂患。是故止怒莫若詩，去憂莫若樂，節樂莫若禮，守禮莫若敬，守敬莫若静。内静外敬，能反（返）其性，性將大定	（9）凡民之生也，必以正平，所以失之者，必以喜樂哀怒。節怒莫若樂，節樂莫若禮，守禮莫若敬，〔守敬莫若静〕。外敬而内静者，必反其性

二篇兩兩對照，雖互有詳略，而大抵相同，亦有可以比附之語，而錯雜於中，無法割裂者。如《心術》之“形然後思，思然後知；凡心之形，過知失生”，分明與《内業》之“氣，道乃生，生乃思，思乃知，知乃止矣。凡心之形，過知失生”相應，然兩者在本文中無法移易。又如前者之“心安是國安也，心治是國治也；治也者心也，安也者心也”，與後者之“我心治，官乃治；我心安，官乃安；治之者心也，安之者心也”亦分明相應，而亦無法移易。這怎麽説明呢？這是因爲兩家弟子紀録一先生之言，有詳有略，而亦有記憶不確，自行損益的地方。這和墨家三派所紀録的《尚賢》《尚同》諸篇一樣，雖然每篇分爲上中下，而實則大同小異。有這一現象，因而可以知道《心術下》與《内業》實在就是一篇，而且必是古本，可以説是得到了雙重的保證。

三

《心術上》的經文一開首説道：心在人的身體裏面，就像處在人君的地位一樣，五官九竅各有專司也就像百官分治的一樣；心的安頓得法，九竅也纔能够遵守着自己的理路。假使心一爲嗜欲所充滿了，那麽眼睛也就看不見顔色，耳朵也就聽不見聲音了。因而便主張静，不主張動，主張虚欲，不主張求知。

“虚其欲，神將入舍。掃除不潔，神乃留處。人皆欲智，而莫索其所以智乎。智乎智乎，投之海外（而）無自奪（乎）？求之者不得（如）處（虚？）之者。夫聖人無求也，故能虚。”

這不就是所謂“接萬物以别宥爲始”，“情欲寡之以爲主”的理論嗎？下邊的傳文，對於所引的這幾句話的詳細説明，更把“情欲寡淺”的意思明白地表示着。

“世人之所職者情也，（情字原作精，據俞曲園校改）去欲則寡（原作宣，以隸書形近而訛；下寡字亦作宣，則以重文致誤），寡則静矣。静則精，精則獨矣。獨則明，明則神矣。神者至貴〔者〕也，故館不辟除，則貴人不舍焉。故曰不潔則神不處。”

“人皆欲知（智）而莫索之其所以知。知（原奪），彼也；所以知，此也。不修之此，焉能知彼？修之此，莫能（如）虚矣。虚者無藏也，故曰〔去知〕。去知（此二字當重）則奚求矣？無藏則奚投矣？（投字原作設，據韵及經文“投之海外”而改。）無求無投則無慮；無慮則反覆（乎）虚矣。”

在這兒情和欲是分析着的，大體上欲是被認爲情之動，故去欲則情寡。神在原義上本是能伸萬物的天神，但後來轉變而爲了人的内在精神，使神得到與心相等的意義，大約是從這兒纔開始的。經文在下面又説道，“潔其宫，開其門，去私毋言，神明若存”，也不外是這個意思。傳文把宫解釋爲心，門解釋爲耳目，“潔之者去好惡也”，好惡去則心潔，耳目便六通四闢了。

既去好惡便無所謂榮辱。對於這樣的人，你殺也不能殺他，害也不能害他，因爲他不怕遭殺，不怕受害，故爾經文説：

“人之可殺，以其惡死也；其可不利，以其好利也。是以君子不怵乎好，不迫乎惡，恬愉無爲，去知與故。其應也非所設也，其動也非所取也。”

這不就是“見侮不辱”的基本理論嗎？傳文把這一節也講得非常周到。

“人迫於惡則失其所好，怵於好則忘其所惡，非道也。故曰不怵乎好，不迫乎惡。惡不失其理，欲不過其情，故曰君子。

恬愉無爲，去智與故，言虚素也。

其應非所設也，其動非所取也，此言因也。因也者捨己而以物爲法者也。感而後應，非所設也，緣理而動，非所取也。”

從這兒導引出名理論來，主張“捨己而以物爲法”，便是要采取純粹的客觀態度，不僅不能雜以好惡的情欲，而且不能雜以一切俗智世故的先入成見。

“物固有形，形固有名，名當謂之聖人。故必知不言〔之意〕、無爲之事，然後知道之紀。殊形異勢，與萬物異理（與上原衍不字），故可以爲天下始。”

這不就是“不爲苟察”的基本理論嗎？傳文更有詳細的發揮。

“物固有形，形固有名。此言〔名〕不得過實，實不得延名。姑形以形，以形務（侔）名。督言正名，故曰聖人。

不言之言，應也。應也者，以其爲之人者也。執其名，務其所以成（“務其”下原有“應”字，乃衍文），之（此）應之道也。

無爲之道，因也。因也者，無益無損也。以其形因爲之名，此因之術也，名者，聖人之所以紀萬物也。

人者，立於强，務於善，未（本）於能，動於故者也，聖人無之。無之則與物異矣（隨物而異之意）。異則虚。虚者，萬物之始也，故曰可以爲天下始。”

這種純粹的客觀態度，經中稱之爲“静因之道”，主張得十分徹底。

“過在自用，罪在變化，是故有道之君〔子〕，其處〔己〕也若無知，其應物也若偶之，静因之道也。”

傳謂：“自用則不虚，不虚則忤於物矣。變化則爲（僞）生，爲生則亂矣。故道貴因。因者因其能者（以）言所用也。”故這“自用”是自作聰明，“變化”就是歪曲現實的意思。理想是要辦到“若影之象形，響之應聲”。

“君子之處〔己〕也若無知，言至虚也。其應物也若偶之，言時適也。若影之象形，響之應聲也。故物至則應，過則舍矣。舍矣者言復所於虚也。”

以上是《心術上篇》的要義。

《心術下》和《内業》所敷陳的也不外是這些意思。“虚”字雖然没有再提到，而所説的差不多全部都是虚的道理。我現在單從《内業篇》引些精粹的句子在下邊，可以看出和《心術上》是怎樣保持着密切的平行。

“形不正，德不來。中不静，心不治。”

“定心在中，耳目聰明，四枝堅固，可以爲精舍。精也者，氣之精者也。”

“敬除其舍，精將自來。精（静）想思之，寧念治之，嚴容畏敬，精將至（自）定。”

“思索生知（巧詐），慢易生憂，暴傲生怨，憂鬱生疾，疾困乃死。思之而不捨，内困外薄；不早爲圖，生將巽舍。”

“節其五欲，去其二凶。不喜不怒，平正擅匈。”

這些意見和《心術上》没有什麽不同。但在《内業》裏面更保存了些别的資料，便是食無求飽和“救民之鬥”的基本理論。

“全心在中，不可蔽匿。知（原誤爲和）於形容，見於膚色。善氣迎人，親於弟兄；惡氣迎人，害於戎兵。”

“中無惑意，外無邪菑。心全於中，形全於外，不逢天菑，不遇人害。”

“食莫若無飽，思莫若勿致。節適之齊，彼將自至。”

這不就是“願天下之安寧以活民命，人我之養畢足而止”的基本理論嗎？食無求飽，當然“五升之飯足矣”了。對於食的方法特别注意，有一節專論到“食之道”的。

“凡食之道，大充，〔内〕傷而形不臧；大攝，骨枯而血沍。充攝之間，此謂和成，精之所舍而知之所生。”

“飢飽之失度，乃爲之圖。飽則疾動，飢則廣（曠）思，老則忘（原誤爲長，下同）慮。飽不疾動，氣不通於四末；飢不廣思，魄（原誤爲飽）而（乃）不發（原誤爲廢）；老不忘慮，困乃速竭。”

這談“食之道”和《天下篇》的批評也正有如桴鼓之相應。但這兒主張的是不可過飽，并不是有心歡迎飢，所謂“先生恐不得飽，弟子雖飢，不忘天下，日夕不休”，衹是莊子的譏諷而已。

《内業篇》中還有值得注意的是提出了一個“氣”的存在，更神而玄之，稱之爲“靈氣”或“精”。篇首篇尾的文字差不多就是對於這個氣或靈氣的叙述和贊美。

“大心而敢（放），寬氣而廣。其形安而不移，能守一而棄萬苛（奇）。見利不誘，見害不懼（這是“見侮不辱”的深一層義），寬舒而仁，獨樂其身，是謂靈氣（原誤作‘雲氣’，據下文改），意行似天。”

“靈氣在心，一來一逝。其細無内，其大無外；所以失之，以躁爲害。”

“凡物之精，此則爲生：下生五穀，上爲列星；流於天地之間，謂之鬼神；藏於胸中，謂之聖人。”

“是故此氣，杲乎如登於天，杳乎如入於淵，淖乎如在於海，卒乎如在於己。”

“是故此氣也，不可止以力而可安以德，不可呼以聲而可迎以意（原誤作音，依韵改）。敬守勿失，是謂成德。德成而智出，萬物果（畢）得。”

這種“靈氣”的强調，我們很可以看出便是孟子所説的“浩然之氣”的張本。孟子形容他的“浩然之氣”説：“其爲氣也，至大至剛，以直養而無害，則塞於天地之間。其爲氣也，配義與道，無是餒也，是集義所生者，非義襲而取之也。行有不慊於心，則餒矣。”（《孟子·公孫丑上》）孟子强調剛，强調義，而《内業》則强調寬，强調仁，多少有些不同；但無疑，孟子所説的，的確是翻版，請看他説出一個“配義與道”的道字便很不自然而無着落。《内業》和《心術》的基調是站在道家的立場的，返復咏嘆着本體的“道”以爲其學説的脊幹。這“道”化生萬物，抽繹萬理，無處不在，無時不在，無物不有，無方能囿。隨着作者的高興，可以稱之爲無，稱之爲虚，稱之爲心，稱之爲氣，稱之爲精，稱之爲神。

“道不遠而難極也，與人并赴而難得也。”——“道在天地之間也，其大無外，其小無内，故曰不遠而難極也。虚之與人無間，唯聖人得虚道，故曰并處而難得。”

“虚而無形謂之道。”——“天之道，虚其無形。虚則不屈，無形則無所位迕（牴牾）。無所牴牾，故遍流萬物而不變。”

“大道可安而不可説。”——“道也者，動不見其形，施不見其德，萬物皆以得，然莫知其極。故曰可安而不可説也。”（以上《心術上》，上經下傳，以——界之。）

“夫道者所以充形也，而人不能固。其往不復，其來不捨。謀（漠）乎莫聞其音，卒乎乃在於心，冥冥乎不見其形，淫淫乎與我俱生。不見其形，不聞其聲，而序其成，謂之道。”

“凡道無所，善心安愛（處）。心静氣理，道乃可止。彼道不遠，民得以產。

彼道不離，民因以和（原誤爲知，依韵改，離字古音在歌部）。是故卒乎其如可與索，眇眇乎其如窮無所。”

“道也者，口之所不能言也，目之所不能視也，耳之所不能聽也，所以修心而正形也。人之所失以死，所得以生也。事之所失以敗，所得以成也。”

“凡道，無根無莖，無葉無榮，萬物以生，萬物以成，命之曰道。”（以上《内業》）

就這樣，凡所咏嘆的道，都是道家所主張的本體的道，虚之則爲精神，實之則爲靈氣，本是一貫的東西。但在孟子咏嘆“浩然之氣”的時候，突然不倫不類地説出一個“道”字，豈不分明是一種贜品嗎?

四

準據上面的推論，我敢於説：《心術》和《内業》兩篇，毫無疑問是宋鈃、尹文一派的遺著，既見“黄老意”，也有“名家言”，而於别宥寡情，見侮不辱，食無求飽，救鬥寢兵，不求苟察，不假於物諸義無一不合。韓非子説宋榮子寬恕（原注：見《韓非子・顯學》），莊子又説宋榮子“舉世而譽之而不加勸，舉世而非之而不加沮，定乎内外之分，辨乎榮辱之境”（《莊子・逍遥游》），也無一不與這兩篇中的含義相符。

但還有更值得注意的，是他們采取道家的立場而却與儒墨旁通。救鬥寢兵，食無求飽，合乎墨家的節用非攻，故荀子把宋鈃與墨翟同舉。而合乎儒家的地方，則是他們并不非毁仁義禮樂。

“虚而無形謂之道，化育萬物謂之德，君臣父子人間之事謂之義，登降揖讓、貴賤有等、親疏之體謂之禮。”——“禮者因人之情，緣義之理，而爲之節文者也。故禮者謂有理也。〔有〕理也者，明分以喻義之意也。故禮出乎義，義出乎理，理因乎道（原誤爲宜）者也。”（《心術上》）

“凡人之生也，必以正平；所以失之者，必以喜樂哀怒。節怒莫若樂，節樂莫若禮，守禮莫若敬。外敬而内静者，必反其性。”（《心術上》）

“凡人之生也，必以平正；所以失之，必以喜怒憂患。是故止怒莫若詩，去憂莫若樂，節樂莫若禮，守禮莫若敬，守敬莫若静。内静外敬，能反其性，性將大定。”（《内業》）

像這些話，假使收在儒家的典籍裏面，誰也不會説它們有什麽不調和的地方。假使我們拘守着形式邏輯，或許也會有人根據這些話來反證《心術》《内業》諸篇是僞書，有點牛頭不對馬嘴。但是，情形并不那麽單純。在這《心術》《内業》諸篇中有旁通乎儒家的理論，倒更足以證明這些必然是宋鈃、尹文的著作。因爲黄老學説之所以成派，是對於儒墨斗争的一種反應。在這兒，初期的道家可能有一種合理的動態，便是站在黄老的立場以調和儒墨。我們發覺了《心術》與《内業》是宋鈃、尹文的遺著，算又把這個“失掉了的連環扣”找着了。雖然同屬道家，而宋鈃、尹文與環淵、莊周輩不同的地方，是前者是調和派，而後者是非調和派，後者是前者的發展。《天下篇》不正明白地説着嗎：“以聏合歡，以調海内”，這正是調和派的面貌。正因爲這樣，所以莊子不認他爲本家。也正因爲這樣，所以孟、荀都對於宋子表示敬意，而且很明顯地受了他的影響。

但《心術》與《内業》這兩篇，究竟是宋鈃的，還是尹文的呢？在兩篇的本身我們還找不出綫索來判定這個問題。這兒很可感謝的是還有《白心》一篇，綫索可在這裏面找着。

以《白心》名篇，不僅根據《天下篇》可以知道是這一學派的用語，而它的意義本身也就表明着這一學派的重要主張。它不外是“潔其宫”，“虚其欲”，“情欲寡淺”，或“别宥”的另一説法而已。所以它開頭兩句便透露着這一學派的中心思想，便是：“建當（常）立有（首），以靖（静）爲宗。”假使我們還須得更進一步，把篇中的要諦和莊子所撮述的大意比較一下的話，那也是很容易的事。

“不累於俗”——“非吾儀，雖利不爲；非吾當（常），雖利不行；非吾道，雖利不取。”

“不飾於物”——“能者無名，從事無事，審量出入而觀物所載。”

“不苟於人”——“天不爲一物枉其時，聖人亦不爲一人枉其法。（“聖人”上原衍“明君”二字，依丁士涵校改。）”

“不忮於衆”——“孰能棄名與功，而還與衆人同？……孰能去辯無巧，而還與衆人同道？”

救鬥救戰的精神，表現得很爲鮮明：

“兵之出，出於人。其人入（入人），入於身。”

“左者出者也，右者入者也。出者而（能）不傷人，入者自傷也。”

“兵不義，不可。强而驕者損其强；弱而驕者亟死亡。强而卑義（我），信（伸）其强；弱而卑義（我），免於罔（原作罪，依韵改）。是故驕之餘卑，卑之餘驕。”

其正名之意，即“不爲苛察”的宗旨，也説得很透徹：

“原始計實，本其所生。知其象則索其形，緣其理則知其情，索其端則知其名。……是以聖人之治也，静身以待之，物至而治之。正名自治，奇名自廢（依王引之校本）。名正法備，則聖人無事。”

“口無虚習也，手無虚指也，物至而命之耳。發於名聲，凝於體色，此其可諭者也。不發於名聲，不凝於體色，此其不可諭者也。及至於至（妄？）者，教存可也，教亡可也。”

“及至於至者”句不可通，第二個至字應該是妄字，形近而訛，顯然是説虚妄的名物聽它去，也就是所謂“以爲無益於天下者，明之不如已也”的意思了。

雖然没有説到食無求飽的話，但抽象地説到了一些忌諱飽滿的道理：

“日極則仄，月滿則虧。極之徒仄，滿之徒虧。”

“持而滿之，乃其殆也。名滿於天下，不若其已也。”

但有值得注意的，是《心術》與《内業》二篇裏面所没有十分發展的思想，在這兒却發展了出來。

“上之隨天，其次隨（和）人。人不倡不和，天不始不隨。”

這雖然也就是“静因之道”，但顯然和關尹也就是環淵的“未嘗先人，而常隨人”（《莊子·天下篇》）的主張相應。

“人言善亦勿聽，人言惡亦勿聽，持而待之，空然勿兩之，淑然自清。”

這雖然也就是“應物若偶”，但顯然是田駢、慎到派的“公而不党，易而無私，法（原誤作决）然無主，趣物而不兩”（《莊子·天下篇》）的態度。

“天或維之，地或載之。天莫之維，則天以墜矣；地莫之載，則地以沉矣。夫天不墜，地不沉，夫或維而載之也夫？又况於人？人有治之，辟（譬）之若夫雷鼓之動也。夫不能自摇者夫或摇之，夫或者何？若然者也。”

這很有點類似於所謂“接子之或使”（《莊子·則陽篇》）。接子或作捷子，也是稷下先生之一，“或使”是説有什麽在主宰。《天下篇》説“南方有倚人焉曰黄繚，問天地所以不墜不陷，風雨雷霆之故，惠施不辭而應，不慮而對，遍爲萬物説”。足見天地墜陷的問題，頗爲當時的學者所普遍關心，《莊子·天運篇》也有這同樣的傾向。但這都是比較後起的事。

尤其值得注意的是對於“中”的觀念特别加以强調。

“有中有中，孰能得夫中之衷乎？”

“若左若右，正中而已矣，縣乎日月無已也。”

“和以反中，形性相葆。一以無貳，是謂知道。”

雖然《内業篇》也説過“正心在中，萬物得度”，又屢言“全心在中”，“心全於中”，或“治心在於中”，中字都是内字的意思，與所謂正中的意思不同。不過《内業篇》也説過“不喜不怒，平正擅匈”或“心以藏心，心之中又有心”那樣的話，但没有像《白心篇》這樣顯明地强調“中”。這似乎又是受了“皇子貴衷”，“子莫執中”或子思的中庸之類的影響了。

也提出了一個“時”的觀念來，在一開首的“建常立首，以静爲宗”之次，便是“以時爲寶，以政爲儀”。政者正也，中也，這在上節已經説過，而“時”的詳細解釋則是：

“不可常居也，不可廢舍也，隨變以斷事也，知時以爲度也。”

意思是不可固定，也不可不固定，要在因事制宜，臨機應變。這很明顯地又是受了儒家的影響。孟子說，“孔子聖之時者也”，提倡《易》學一派的儒者也正特別强調這時與變。易是變易，又是不易，變易就是“不可常居”，不易就是“不可廢舍”了。

這些都顯然是進展。因此我們可以得到一個斷案，便是：《白心篇》與《心術》《内業》爲一系，而它的産生是要後些的。尹文是宋鈃的晚輩，因而我們也就可以說：《心術》和《内業》是宋鈃的著述或他的遺教，而《白心》則出於尹文了。這在《管子》書中也不無迹象可尋，便是《心術》與《白心》同在一卷，而《白心》是被編次在《心術》的直後。這不正表示着所據的原有資料本來是有一定的先後的嗎？那麽，《内業篇》爲什麽又編次得很後去了呢？這也不難說明，因爲那是另一組資料，來源不同。

五

就這樣，我感覺着我是把先秦諸子中的一個重要的學派發現了。有了這一發現，就好像重新找到了一節脱了節的連環扣一樣，道家本身的發展，以及它和儒墨兩派間的相互關係，纔容易求得出他們的條貫。宋鈃這一派，無疑是戰國時代的道家學派的前驅，而它的主要動向是在調和儒墨的。

還有《樞言》一篇，其中有好些思想或辭句，和《白心篇》有平行的地方。例如：“名正則治，名倚則亂。”“以卑爲卑，卑不可得；以尊爲尊，尊不可得。”“致德莫如先，應適（敵）莫如後。”“日益之而患少者惟忠，日損之而患多者惟欲。”這些都是很精粹的語句。但全篇的文字和思想都嫌駁雜，如無簡編的錯落竄雜，大約又是尹文子後人的零碎抄本了。

更其次想附帶着叙述的，便是在《孟子》書中所屢次見面的告子。這個人主張“生之謂性”，“人性無分於善不善”，“仁内義外”，時常和孟子論難而遭受到孟子的反對；但孟子也佩服他，說他比自己“先不動心”。這個人又見於《墨子·公孟篇》，墨子的二三子說他“勝爲仁”，但又因爲他反對墨子，便“請棄”他。據這些看來，儘管有人在說他是孟子的弟子（趙岐）或墨子的弟子（錢穆），但他分明是非儒非墨或亦儒亦墨。他的關於性的主張是道家的看法，而他不非毁仁義還保持着初期道家的面貌。最值得注意的是孟子在談浩然之氣的時候，引用了他的兩句話來加以批評：“不得於言勿求於心，不得於心勿求於氣”（《孟子·公孫丑上》），這分明是“毋以物亂官，毋以官亂心”（《管子·心術下》）的另一種說法，所不同的衹是告子把心作爲了思之官，而把氣（即是靈氣）放在了心主宰的地位而已。據此，我們可以得出一個斷案，便是告子也是宋鈃的一派，看來大約也就是游學於稷下的一位學士了。他可能與宋鈃是上下年紀，而在思想系統上則宋鈃是他的先生。

還有一點要附帶着叙述的，是稷下的一位辯者兒說的時代問題。《韓非·外儲説左上》説："兒説，宋人，善辯者也。持白馬非馬也，服齊稷下之辯者。乘白馬而過關，則顧白馬之賦。"我覺得這位兒説就是《戰國策·齊策》的齊貌辯（《吕覽·知士篇》作劑貌辨），《漢書·古今人表》作昆辯。蓋兒誤爲皃（古貌字），皃又誤爲昆。皃辯，兒説，蓋一字一名。貌辯在齊威、宣之世，是靖郭君的食客，曾經游於稷下是不會有問題的。貌辯"多疵"，《吕覽》作訾，是説他好爲怪論。《天下篇》"以堅白同異之辯相訾"，即此訾字義。又《吕覽·君守篇》言："魯鄙人遺宋元王閉，元王號令於國……莫之能解。兒説之弟子請往解之。"宋君之稱王者僅王偃一代而滅亡，《荀子·王霸篇》稱之爲宋獻，謂"索爲匹夫不可得"。獻元偃均一音之轉，元獻均非謚，其謚乃康王也。王偃當齊宣、湣之世。兒説之弟子既與王偃同時，兒説必在威、宣之世，與貌辯年代亦相符合。故余信兒説必爲貌辯無疑。

知道兒説即是貌辯，則可知在齊威、宣之世已有"白馬非馬"之説，這是宋銒、尹文要正名而"不爲苛察"的動機。白與馬離析而成爲各自獨立的觀念。白是一觀念，馬是一觀念，一加一爲二，故白加馬不是馬。這種觀念游戲的詭辯，在告子的思想中也有它的痕迹。告子是承認"白羽之白也猶白雪之白，白雪之白猶白玉之白"的，而"白馬之白"也"無以異於白人之白"，由各種白色的東西裏面抽出"白"的這個觀念來而使它成爲獨立的東西，可見告子也不免受了些兒説的影響，差不多快要跨進"苛察"的圈子裏面去了。

一九四四年八月二十九日

（《郭沫若全集·歷史編》，人民出版社，1982年）

顧頡剛《史林雜識初編》五十四《宋銒書入小説家》：

予昔治諸子，以爲宋銒其人爲孟、莊、荀、韓所俱道，實先秦之顯學，而《荀子·非十二子》以"墨翟、宋銒"并稱，《莊子·天下》又謂其"進攻、寢兵，救世之戰"，與墨子説同，是宋爲墨徒無疑。然其時代已後於墨子，故不能無參雜他家思想。《淮南·氾論》云："兼愛、尚賢、右鬼、非命，墨子之所以立也，而楊子非之。全生、保真，不以物累形，楊子之所立也，而孟子非之。"以"全生、保真，不以物累形"九字總括楊朱學説，最得其真象。而《天下》述宋銒之學曰："不累於俗，不飾於物，不苟於人，不忮於衆"，即"不以物累形"也。《荀子·正論》亦舉其説曰"見侮不辱"，曰"人之情欲寡"，即"全生、保真"也。《天下》又總述之曰"以禁攻、寢兵爲外，以情欲寡淺爲内"，是宋子生楊、墨之後，調和楊、墨之説以成其學，正猶孟子生楊、墨之後，兼反楊、墨之説以立其言也。宋、孟同時，同受楊、墨影響，而一則并蓄，一則兩攻，對映生趣如此。

前在《東方雜志》讀郭沫若同志《宋銒尹文遺著考》，謂《管子》一書爲齊地著作之總匯，宋鈃、尹文同爲稷下先生，其書當存於齊之史館，因雜入於今之《管子》。其中《心術上》《下》《内業》《白心》《樞言》五篇，以《天下篇》之“白心”及“接萬物以別宥爲始，語心之容，命之曰心之行”證之，實即宋、尹遺著之僅存者。既鑒定此大批材料，遂對此沉埋已久之先秦一重要學派得有甚多之發見，知宋子乃道家之前驅；且觀其不非毁仁義、禮樂，則并儒與墨而亦調和之。又謂告子言性、言心、言氣，在思想系統上實承接宋鈃，孟子“養心莫善於寡欲”之語亦即有“情欲寡”説之發揮，而《荀子·解蔽》論人心智不宜有所蔽囿又即引申其“別宥”説，於是宋子之學承前啓後之關係因以大明。此抗日戰争中第一篇考證文字也。

宋鈃上承儒、墨、楊三大學派而調和之，下又開尹、告、孟、荀諸家之學，其魄力偉矣，顧《漢書·藝文志》乃列《宋子》十八篇於小説家中，與淺薄之《伊尹》《師曠》，方士依托之《黄帝》《周説》同列，其故何也？此一問題，郭氏文未及作解，予試爲説之。

《吕氏春秋·有始覽》有《去尤篇》，末云：“解在乎齊人之欲得金也，及秦墨者之相妒也，皆有所乎尤也。”此兩事皆見《先識覽·去宥篇》，一若《去宥》爲《去尤》之傳者。郭氏謂“尤”與“宥”均“囿”之假借，此二篇殆采自《宋子》，是也。按《去尤》曰“東面望者不見西牆，南向視者不睹北方，意有所在也”，《去宥》曰“夫人有所宥者，固以晝爲昏，以白爲黑。……亡國之主其皆甚有所宥耶？故凡人必別宥然後知，別宥則能全其天矣”，知其所謂“囿”者即心理上之成見與錯覺，凡欲治人者必先自治其心，心治則客觀之真理見，故曰“接萬物以別宥爲始”也。

此兩篇中凡舉七例：《去尤》爲亡鈇疑鄰子、公息忌勸邾君爲甲以組、父譽子之美三事，《去宥》爲秦惠王拒墨者謝子、荆威王疏沈尹華、鄰父請取枯梧爲薪、齊人攫金於市四事。其中涉貴族者三，平民者四，而亡鈇、伐梧與攫金更富於故事之情調。第一事云：“人有亡鈇者，意其鄰之子，視其行步，竊鈇也；顔色，竊鈇也；言語，竊鈇也；動作、態度無爲而不竊鈇也。扫其谷而得其鈇，他日復見其鄰人之子，動作、態度無似竊鈇者。”第二事云：“鄰父有與人鄰者，有枯梧樹。其鄰之父言梧樹之不善也，鄰人遽伐之。鄰父因請而以爲薪。其人不説，曰：‘鄰者若此其險也，豈可爲之鄰哉！’”第三事云：“齊人有欲得金者，清旦被衣冠，往鬻金者之所，見人操金，攫而奪之。吏搏而束縛之，問曰：‘人皆在焉，子攫人之金，何故？’對吏曰：‘殊不見人，徒見金耳！’”此類故事，想《宋子》十八篇中必不在少。以其突梯滑稽，類於市井之談，遂使劉向、歆校書時視爲不雅馴而抑之。觀其序録曰“小説家者流蓋出於稗官，街談、巷語、道聽、途説者之所造也。……閭里小知者之所及，亦使綴而不忘；如或一言可采，此亦芻蕘狂夫之議也”，蓋以形式觀《宋子》，誠閭里小知矣。班固雖注云“孫卿道宋子，其言黄、老意”，其眼光已超出形式主義，然終不敢援之以入道家，則高文典册專制之害也。

原宋鈃之所以如是，原非如淳于髡、東方朔之流之好爲滑稽，乃含有通俗文學之意，取其爲群衆之生活常情，適其聽聞，便於藉以宣傳已所見到之真理。《天下篇》云：“以此周行天下，上説、下教，雖天下不取，强聒而不捨者也。故曰‘上下見厭而强見’也。”知其不獨游説君主，亦復向人民大衆説教，假事於鄰父、鄰子則最易得人瞭解。佛教徒爲便利説教，作《百喻經》，能近取譬，故其入人也深。宋鈃生於戰國而能若是，以全民爲其對象，强聒、强見以行其志，謂非奇傑乎哉！

按《宋子》一書，著録於《漢志》，知東漢固存；不見於《隋志》，則梁、隋世已亡。其亡佚之由，不知值董卓之亂耶，抑永嘉之亂耶？《列子》一書，據張湛序，爲晋室南渡時所裒集，其中有清談，有佛理，千餘年來學者討論，已確定爲魏晋作品。其中寓言十九，妙可解頤，有取資於莊吕書者，有取資於《山經》《穆傳》者。上述三喻，俱見《説符》之篇，固亦可謂爲録自吕氏書，然若其時《宋子》未亡，則亦有直接録自宋書之可能。且苟此三條録自宋書，則可知其所録者必不止此。《周穆王篇》記周尹氏治産，老役夫夢爲國君，《説符篇》記齊貧者從馬醫食，此“見侮不辱”之旨也。《黄帝篇》記海上人從漚鳥游，紀渻子養鬥鷄如木鷄，宋田夫欲獻曝於君，此“情欲寡淺”之旨也。《天瑞篇》記榮啓期答孔子，林類答子貢，杞人憂天墜，《黄帝篇》記梁鴦馴野禽獸，《周穆王篇》記宋陽里華子病忘，此“不以物累形”之旨也。《仲尼篇》記文摯方寸之地虚，《湯問篇》記詹何論釣，《説符篇》記楊子以多歧亡羊而戚然，楊布易衣而歸，其狗吠之，此“接萬物以别宥爲始”之旨也。此皆立喻設譬，利於上説下教，其義與宋鈃學説大同，似亦出於《宋子》之書。是則《宋子》雖亡，猶可依稀仿佛，得其遺文墜緒於《列子》書已。（上舉故事亦見於他書，如紀渻子養鬥鷄即見《莊子·達生篇》，然亦不能必其爲莊子説，以諸子書除宗旨不同外，凡所稱説皆不妨相襲。）

宋鈃氏宋，孟子遇之於石丘爲宋地，自是宋人，就近取材，其所舉故事遂以宋爲獨多，上舉獻曝、病忘二事外，《説符篇》又有宋人以玉爲楮葉，三年而成之故事，又有宋人家生白犢，父子相繼而盲之故事，此殆皆出於宋鈃書乎？就此一角度以觀戰國時書，則《孟子·公孫丑上》云：“宋人有閔其苗之不長而揠之者，芒芒然歸，謂其人曰：‘今日病矣，予助苗長矣！’其子趨而往視之，苗則槁矣！”《韓非子·説難》云：“宋有富人，天雨牆壞，其子曰：‘不築，必將有盜。’其鄰人之父亦云。暮而果大亡其財。其家甚智其子而疑鄰人之父。”同書《五蠹》云：“宋人有耕田者，田中有株，兔走觸株，折頸而死，因釋其耒而守株，冀復得兔，兔不可復得而身爲宋國笑。”此種故事之風格絶類《去尤》《去宥》所云，而皆謂爲宋人，豈宋人皆蠢愚至此哉？無乃孟、韓諸家援引宋鈃書以自張其説也。觀兩宋話本，北宋多説汴梁事，南宋多説臨安事，以其爲説話藝人集中地，俯拾之而即是。宋鈃生於宋，則其少壯之年所接觸者皆宋人事，而其所注目者無間乎上下，則亦有市井戲謔之詞，足佐劇談，亦可資以供説理之引據與夫聽者之啓發。觀《去宥》又言齊人攫金於市，殆其居齊時之所聞也。

《莊子·天下篇》評宋鈃曰："雖天下不取，强聒而不捨者也，故曰'上下見厭而强見'也。雖然，其爲人太多，其自爲太少。曰'請欲固置五升之飯足矣。先生恐不得飽；弟子雖飢，不忘天下！'日夜不休，曰'我必得活哉'，圖傲乎救世之士哉！"其救世熱情洋溢若此。而《列子·湯問篇》有愚公移山故事，述其言曰："雖我之死，有子存焉。子又生孫，孫又生子，子又有子，子又有孫，子子孫孫無窮匱也，而山不加增，何苦而不平！"此豈非日夜不休之"强聒"與"强見"之最積極之精神耶？然則北山愚公者，宋鈃之自道也；河曲智叟者，宋鈃所揮斥之號稱"救世之士"也。

凡玆所陳，予亦自慮蹈乎疑人竊鈇之戒，然在文獻資料極端缺乏之際，正不妨存此猜測以待討論。倘他日有第二汲冢之發見，再獲若干六國文獻者，予之假想其得證實一部分乎？（中華書局，1963年）

馮友蘭《中國哲學史》第七章《戰國時之"百家之學"·尹文宋牼》：

《莊子·天下篇》曰：不累於俗，不飾於物；不苟於人，不忮於衆。願天下之安寧，以活民命；人我之養，畢足而止；以此白心。古之道術有在於是者，宋牼、尹文，聞其風而悦之，作爲華山之冠以自表，接萬物以别宥爲始，語心之容，命之曰心之行，以聏合歡，以調海内。請欲置之以爲主，"見侮不辱"，救民之鬥。"禁攻寢兵"，救世之戰。以此周行天下，上説下教；雖天下不取，强聒而不捨者也。故曰："上下見厭而强見也。"雖然，其爲人太多，其自爲太少，曰："請欲固置；五升之飯足矣。先生恐不得飽，弟子雖飢，不忘天下。"日夜不休，曰："我必得活哉。"圖傲乎救世之士哉！曰"君子不爲苛察，不以身假物"，以爲無益於天下者，明之不如已也。以"禁攻寢兵"爲外，以"情欲寡淺"爲内，其小大精粗，其行適至是而止。（《莊子》卷十，頁三十至三十一。）

《孟子》曰：宋牼將之楚，孟子遇於石丘，曰："先生將何之？"曰："吾聞秦楚構兵，我將見楚王説而罷之。楚王不悦，我將見秦王説而罷之。二王我將有所遇焉。"曰："軻也請無問其詳，願聞其指。説之將何如？"曰："我將言其不利也。"（《告子》下，《孟子》卷十二，頁四至五。）

《莊子》曰：故夫知效一官，行比一鄉，德合一君，而徵一國者，其自視也亦若此矣。而宋榮子猶然笑之。且舉世譽之而不加勸，舉世非之而不加沮，定乎内外之分，辨乎榮辱之境，斯已矣。彼其於世，未數數然也；雖然，猶有未樹也。（《逍遥游》，《莊子》卷一，頁七至八。）

《荀子》曰：宋子有見於少，無見於多。（《天論篇》，《荀子》卷十一，頁二十五。）又曰：子宋子曰："明見侮之不辱，使人不鬥。人皆以見侮爲辱，故鬥也。知見侮之爲不辱，則不鬥也。"（《正論篇》，《荀子》卷十二，頁十八。）又曰：子宋子曰："人之情欲寡而皆以己之情欲爲多，是過也。"故率其群徒，辨其談説，明其譬稱，將使人知情欲之寡也。（《正論篇》，《荀子》卷十二，頁二十二。）又曰：宋子蔽於欲而不知得。（《解蔽篇》，《荀子》卷十五，頁五。）

韓非子曰：漆雕之議，不色撓，不目逃，行曲則違於臧獲，行直則怒於諸侯，世主以爲廉而禮之。宋榮之議，設不鬥争，取不隨仇，不羞囹圄，見侮不辱，世主以爲寬而禮之。夫是漆雕之廉，將非宋榮之恕也。是宋榮之寬，將非漆雕之暴也。（《顯學》，《韓非子》卷十九，頁八。）

劉向曰：（尹文子）與宋牼俱游稷下。（《漢書·藝文志》"《尹文子》一篇"顔師古注引，《漢書》卷三十，頁二十四。）

宋鈃、宋牼、宋榮乃一人。（説見唐鉞先生《尹文和〈尹文子〉》。）現在吾人對於尹文、宋牼之知識，略盡於此。

《荀子·非十二子篇》以宋鈃與墨翟爲一派。蓋宋牼主張"禁攻寢兵"，"其爲人太多，其自爲太少"。學説行事，均有與墨家同處。然《天下篇》謂其"以禁攻寢兵爲外，以情欲寡淺爲内"，是"禁攻寢兵"乃尹文、宋牼一派之學之一方面；其他"情欲寡淺"之一方面，則墨學所未講也。尹文、宋牼此一方面之學，似受楊學之影響。由此言之，則尹文、宋牼實合楊、墨爲一。（此點顧頡剛先生説，見所著《從〈吕氏春秋〉推測〈老子〉之成書年代》）而又各與之以心理學的根據（此點錢穆先生説，見所著《墨子》。惟錢先生僅言宋牼與墨學以心理學的根據）也。

就《莊子·天下篇》，及上所引他書，所説觀之，則尹文、宋牼之學説，有六要點：

（一）"接萬物以别宥爲始"；

（二）"語心之容，命之曰心之行"；

（三）"情欲寡"；

（四）"見侮不辱，救民之鬥"；

（五）"禁攻寢兵，救世之戰"；

（六）"願天下之安寧，以活民命；人我之養，畢足而止"。

第六點爲尹文、宋牼"周行天下，上説下教"之究竟目的。其中"願天下之安寧，以活民命”，乃其所取於墨學者；“人我之養，畢足而止”，則其所取於楊學者也。天下所以不安寧者，乃因有“民之鬥”與“世之戰”。鬥者個人與個人間之武力衝突；戰者乃國與國間之武力衝突也。爲“救世之戰”，故“禁攻寢兵”。此完全墨家之主張；尹文、宋牼繼續推行。且據《孟子》所説，宋牼將見秦、楚之王，説令罷兵。其所持理由，爲戰之“不利”，是亦墨家之説也。

爲“救民之鬥”，尹文、宋牼倡“見侮不辱”之説。“見侮不辱”，是尹文、宋牼一派之重要標語。所以《莊子》《荀子》《韓非子》《吕氏春秋》，皆沿用此四字。《荀子·正論篇》駁“見侮不辱，使人不鬥”之説，以爲人見侮而鬥，乃由於惡見侮，不必由於以見侮爲辱。所以雖信見侮非辱，但因不喜見侮，所以仍鬥。此駁甚有力；但宋子“見侮不辱”之言，并非全無理由。因“惡”或衹是個人心中不喜，但“辱”則有關所謂面子問題。許多人不是因爲實際所受之不快而與人争鬥，而是因爲要保全面子去争氣，所以宣傳“見侮不辱”，總可算是救民之鬥手段之一種。且尹文、宋牼所説“心之容”之義，似亦可爲荀子此駁之答復。

尹文、宋牼又“語心之容，命之曰心之行”。荀子謂宋牼“詘容爲己”。“容”即“詘容”之意。尹文、宋牼以爲争强好勝，非人心之自然趨向；詘屈寬容方是。故曰：“語心之容，命之曰心之行。”“心之行”，即心之自然的趨向也。《韓非子》所謂“宋榮之恕”，“宋榮之寬”，亦即指此。（此點錢穆先生説，見所著《墨子》。）人若能知此，則自不惡見辱，而人與人不鬥，國與國不戰。此尹文、宋牼所予墨學此方面之心理學的根據也。

《荀子·正論篇》“情欲爲多”“情欲之寡”，依下文應作“情爲欲多”“情之欲寡”。“欲”在此爲動詞。“情欲寡淺”，意謂人類本性要少不要多。蓋人雖“目欲綦色，耳欲綦聲，口欲綦味……”，但一人在一時内，所能實在享用者，極爲有限，所謂“鷦鷯巢於深林，不過一枝；偃鼠飲河，不過滿腹”。再則“五色令人目盲，五音令人耳聾，五味令人口爽。……”享用太多，無益反損。如人知此理，大約即情不欲多矣。尹文、宋牼謂人情本欲寡，固不合事實，其本意蓋欲使各人之享用皆適可而止，不求贏餘；所謂“人我之養，畢足而止”也。楊學教人節欲，此則謂人情本欲寡。人若能知此，則人自能節欲。此尹文、宋牼所予楊學之心理學的根據也。

“接萬物以别宥爲始”；“别宥”者，《吕氏春秋·去宥篇》云：鄰父有與人鄰者，有枯梧樹，其鄰之父言梧樹之不善也，其人遽伐之。鄰父因請而以爲薪。其人不悦曰：“鄰者若此其險也，豈可爲之鄰哉！”此有所宥也。夫請以爲薪與弗請，此不可以疑枯樹之善與不善也。齊人有欲得金者，清旦被衣冠往鬻金者之所，見人操金，攫而奪之。吏搏而束縛之，問曰：“人皆在焉，子攫人之金，何故？”對吏曰：“殊不見人，徒見金耳。”此真大有所宥也。夫人有所宥者，固以晝爲昏，以白爲黑，以堯爲桀；宥之所敗亦大矣。亡國之主，其皆甚有所宥邪？故凡人必别宥然後知。别宥則能全其天矣。（《吕氏春秋》卷十六，頁十八。）

“此有所宥也”，畢沅疑“宥”與囿同，謂有所拘礙而識不廣也。以下文觀之，猶言“蔽”耳。此所謂“囿”，即《莊子·秋水篇》所謂“拘於虚”，“篤於時”，“束於教”之類。《去宥篇》所謂“凡人必别宥然後知”，意謂凡人必能看透自己由地域、時代、政教、風俗，以及其他來源所養成之偏見，方能知事物之真相。蓋尹文、宋牼之意，以爲人之見侮爲辱，以情爲欲多，皆風俗習慣使然，非人之性本如此也。人之所以如此，皆由於有所宥。假如能識别此等囿，即知見侮本無可辱，情本不欲多。人皆知此，則自無競争戰鬥，即“天下”可“安寧”，“民命”可“活”；而“人我之養”，亦可“畢足而止”矣。此所以“接萬物以别宥爲始”也。（此點唐鉞先生説，見所著《尹文及〈尹文子〉》一文。原文見《清華學報》第四卷第一期。現有之《尹文子》，乃後人假托，説詳唐先生文中。）（華東師範大學出版社，2006年）

劉咸炘《子疏定本·墨宋》第五《宋鈃》：

宋鈃。［《莊子·逍遥游》《韓非·顯學》皆作宋榮子，《孟子》作宋牼（牼），皆聲轉。］

尹文。（劉向曰：“與宋鈃俱游稷下。”）

《莊子·逍遥游篇》述宋榮子之説曰：“舉世譽之而不加勸，舉世非之而不加沮。定乎内外之分，辨乎榮辱之境。”《天下篇》曰：“不累於俗，不飾於物，不苟於人，（劉師培曰：“苟當作苛。”）不忮於衆，（司馬、崔云：“忮，害也。”）願天下之安寧，以活民命，人我之養畢足而止，（足而止，即僅足。）以此白心。古之道術有在於是者，宋鈃、尹文，聞其風而悦之，作爲華山之冠以自表，（郭云：“華山上下均平。”）接萬物以别宥爲始，（奚曰：“宥即囿，辨其私囿，見《吕氏春秋·去宥》。”《釋文》：“始，首也。”）語心之容，（章炳麟讀容爲欲。馬叙倫曰：“猶言心之現象。”）命之曰心之行，（以上二句闕疑。）以聏合歡，（崔、郭、王曰：“聏，合也。”章炳麟曰：“聏即而，粘也。”）以調海内，請欲寘之以爲主。（梁啓超謂請當作情，連上爲句。唐鉞謂請欲寘之當作情欲寡少，寡誤寘，因誤寘。是也。）見侮不辱，（侮在彼，辱在我。）救民之鬥，禁攻寢兵，救世之戰。以此周行天下，上説下教，（上謂君，下謂民。）雖天下不取，强聒而不捨者也。故曰：上下見厭而强見也。（此亦不辱。）雖然，其爲人太多，其自爲太少，曰：‘請欲固寘五升之飯足矣。’（梁謂請當爲情。唐謂當作情欲固寡。是也。）先生恐不得飽，弟子雖飢，不忘天下，（郭曰：“稱天下爲先生，自稱爲弟子。”劉盼遂曰：“此莊子言先生，斥宋、尹。”按此説似隔上下文勢，且止云弟子不忘天下，亦未安。）日夜不休，曰：‘我必得活哉。’圖傲乎救世之士哉。（顧實曰：“言我豈必求己活哉，豈必圖傲救世之士哉。”此説近是。所謂白心也。唐讀圖傲乎屬上，謂我乃求活，非欲以富驕人，於文未順。）曰：‘君子不爲苛察，不以身假物。’（馬曰：“假疑爲役。”按：假物即徇物之意，如惠施之逐物，楊朱之縱欲也。）以爲無益於天下者，明之不如已也。以禁攻寢兵爲外，（其表幟。）以情欲寡淺爲内，（其根據。）其大小精粗，其行適至是而止。”

《荀子·解蔽》曰：“宋子蔽於欲而不知得……由欲謂之道，盡嗛矣。”又《天論》曰：“宋子有見於少，無見於多。”又《正論篇》駁宋子見侮不辱、使人不鬥之説及人之情欲寡之説，引宋子曰：“人皆以見侮爲辱，故鬥，知見侮之爲不辱，則不鬥矣。人之情欲寡，而皆以己之情欲爲多，是過也。”《正名篇》亦駁情欲寡之説。

《韓非·顯學》：“宋榮子設不鬥争，取不隨仇，不羞囹圄，見侮不辱。”

《七略》《宋子》十八篇，入小説家。《漢志》注曰：“孫卿道宋子，其言黄老意。”書今不存，鈃上説下教，必多引閭里瑣事，故入小説耳。世人多沿《群輔録》之説，以宋、尹爲墨之别派，然荀子雖以墨、宋合論，而莊子則分論之，雖有其同，必有其異。吾審《莊子·天下篇》，然後知二家有根本不同之處在也。墨之説以兼愛爲本，實以實利爲主，《天下篇》不駁其兼愛，而獨駁其非樂，蓋指其專計事利而不顧人情也。宋、尹之説，則以人情爲本，以《天下篇》兩段首較之，則可見矣。宋、尹之“不累於俗，不飾於物”，即墨之“不侈於後世，不靡於萬物，不暉於數度”也。宋、尹之“不苟於人，不忮於衆”，即墨之“以繩墨自矯”也。此皆其同也。宋、尹曰“以此白心”，而墨則曰“備世之急”，此則異矣。其同者，其形迹也；不同者，所持之故與其説之柢也。禁攻寢兵，亦墨、宋之所同，而墨之主此，以攻爲群之害，宋之主此，則以攻爲心所不忍。何以知其然耶？《天下篇》述宋、尹之論心曰：“語心之容，命之曰心之行，以聏合歡，以調海内。”昔之説此者大抵於詞例不順。吾以意度之，譯之曰：“論心之狀態，名之曰心之道，以和合歡，以調海内，蓋謂人心有同然，心之道在調和人我，此即“人之好善，誰不如我”之意，與性善之説相近，故孟子力排墨子，而於宋子則許其志。荀子主性惡，故於宋子之説辨之特詳，皆可以爲吾説之旁證者也。或曰：“墨子固以言利爲孟子所非，宋子亦以言利爲孟子所非，安見其異也？”曰：宋子之言利，特其號耳，其所以立此説，固基於白心，非爲群之效率也。

《荀子·解蔽》謂：“宋子蔽於欲而不知得。由欲謂之道，盡嗛矣。”昔人説此多不明，俞樾謂得當作德，是不詳讀《荀子》之臆説也。《荀子·正論》與《正名》二篇皆駁宋説，（《正名篇》末段尤詳，特未説明舉宋子，故人多不知。）

《正論》曰："宋子曰：'人之情欲寡。'然則亦以人之情，爲目不欲綦色，耳不欲綦聲，口不欲綦味，鼻不欲綦臭，形不欲綦佚。此五綦者，亦以人之情爲不欲乎？以人之情爲欲此五者而不欲多譬之，是猶以人之情爲欲富貴而不欲貨也，好美而惡西施也。"《正名》曰："欲不待可得，而求者從所可。以所欲爲可得而求之，情之所必不免也。"觀此所論，可以推知宋子言情欲寡，乃謂人不過求飽暖安全而止，即所謂嗛。嗛僅足之謂也。其他奢望，皆非本真。荀子則謂人既欲衣食，便欲綦其肥甘輕暖，雖不可得，亦欲之，况其可得則必求之。荀、宋二人皆主於節求，荀子謂惟其欲多，故須以禮節，而宋子則謂欲本無多，外此皆非本欲，此與老子爲腹不爲目，色令人盲，聲令人聾諸説相近。蓋欲以欲本寡之説教人反樸，猶之以見侮不辱之説教人止鬥也。其説殊迂而其意則欲治本，合觀見侮不辱、情欲寡之説，皆頗近於道家，《七略》謂其"言黄老意"，於此可見其非誣。《天下篇》之叙列諸子，以向内近道家者居後，而列宋、尹於墨、禽之後，田、慎之前，蓋亦以此。又述其言曰："君子不爲苛察，以爲無益於天下者，明之不如已。"此亦正與莊周所持同，墨翟務實用，尚知識，名辨、兵術無所不究，與此大異矣，然則謂二人爲墨之别者，其誤明矣。（《劉咸炘學術論集·子學編》，廣西師範大學出版社，2007年）

朱謙之《莊子原始》之一《〈逍遥游篇〉本於宋鈃説》：

案《莊子·天下篇》以宋鈃與尹文并稱，成玄英疏"宋尹并齊宣王時人，同游稷下，宋著書一篇，尹著書二篇"。《漢書·藝文志》小説家有《宋子》十八篇，原注云"孫卿道宋子，其言黄老意"；知即荀子屢稱之"子宋子"，《正論篇》"子宋子曰：人之情欲寡，而皆以己之情爲欲多，是過也"；《解蔽篇》"宋子蔽於欲而不知得"。《天論篇》"宋子有見於少，無見於多"；此即《天下篇》"情欲寡淺"與"其爲人太多其自爲太少"之説。又《正論篇》"子宋子曰：明見侮之不辱，使人不鬥"；《韓非子·顯學篇》"宋榮子之議，設不鬥争，取不隨仇，不羞囹圄，見侮不辱"；此即《天下篇》"見侮不辱，救民之鬥，禁攻寢兵，救世之戰"之旨。又《顯學篇》"是雕漆之廉，將非宋榮之恕；是宋榮之寬，將非雕漆之暴"；此云宋榮之恕與寬，亦與《天下篇》"君子不爲苛察"（郭注務寬恕也）同，且知宋榮即宋子爲一人，亦即《逍遥游篇》之宋榮子。梁玉繩曰："宋榮子即宋鈃，《荀子》言宋子見侮不辱，《韓子》言宋榮子義不設鬥，與《天下篇》言鈃諸語相同。"王先慎《韓非子集解》云："《莊子·逍遥游》，宋榮子猶然笑之，《釋文·宋榮子》司馬李云宋國人也，崔云賢者也，宋榮即宋鈃，榮、鈃偏旁相通，《月令》腐草爲螢，《吕覽》《淮南子》作蚈，榮之爲鈃，猶螢之爲蚈也。"劉師培《莊子校補》，馬叙倫《莊子義證》，均考證宋榮子即是宋鈃，"又即《孟子》之宋牼，榮、鈃、牼同耕類”，（《莊子義證》第一）《孟子·告子下》“宋牼將之楚，孟子遇於石丘，曰：‘先生將何之？’曰：‘吾聞秦楚構兵，吾將見楚王而罷之，楚王不悦，我將見秦王説而罷之，二王我將有遇焉’”；此與“禁攻寢兵”之説合。可見宋榮子、宋鈃子，宋子、宋榮與《孟子·告子》下之宋牼爲一人。《荀子·正論篇》攻擊“子宋子”，説他“儼然而游説，聚人徒，立師説，成文曲”；與《天下篇》“上説下教”同，可見有不少門徒。至其與尹文的關係，宋鈃在先，尹文在後，孟子呼宋牼爲先生，焦循《孟子正義》云“牼蓋年長於孟子，故孟子以先生稱之，而自稱名”，以其在稷下學士中，年輩稍長，故《天下篇》亦有“先生”之稱。今試就其與《逍遥游》之關係，考之如下：

（第一）就《逍遥游》的材料來説，此篇前半寄喻大鵬所到，蜩與小鳩不知，看他先説鯤化，次説鵬飛，此説南徙，次形容九萬里，次借水喻風，次叙蜩鳩，然後落出二蟲何知，（宣顯語）似此喻中夾喻，顯然爲小説家言，其引“《齊諧》者，志怪者也”（司馬彪及崔云齊諧人姓名，簡文云書名。）一節之後，又引“湯之問棘是已”，湯問齊諧，均言天池，述鯤鵬，顯係同一材料之重複，惟恐人之不信，故二次徵引，而最後乃作一斷語道：“而宋榮子猶然笑之”，可見此段故事，必出自宋榮子之書。即退一步言，亦必爲宋榮子之書所徵引，不然如何笑得起來？今案《漢書·藝文志》《宋子》十八篇入小説家類，小説家據班固云：“街談巷語道聽途説之流”，宋鈃之書所以入小説家類，一面固因其立論多所取譬，以致誤人，（《荀子·正論篇》“子宋子辨其談説，明其譬稱，將使人知情欲之寡也”）一面實因其書中多寓言文章。原書已亡，惟《逍遥游篇》，尚保存一二。又《天下篇》稱“宋鈃、尹文接萬物以别宥爲始”，别宥之説見《吕氏春秋·去宥篇》，亦爲小説家言，當爲宋鈃、尹文别宥説之遺文，録之如下：

“鄰父有與人鄰者，有枯梧樹。其鄰之父言梧樹之不善也，鄰人遽伐之。鄰父因請而以爲薪。其人不説，曰：‘鄰者若此其險也，豈可爲之鄰哉！’此有所宥也。夫請以爲薪與弗請，此不可以疑枯樹之善與不善也。

“齊人有欲得金者，清旦，被衣冠，往鬻金者之所，見人操金，攫而奪之。吏搏而束縛之，問曰：‘人皆在焉，子攫人之金，何故？’對吏曰：‘殊不見人，徒見金耳！’此真大有所宥也。夫人有所宥者，固以晝爲昏，以白爲黑，以堯爲桀，宥之爲敗亦大矣，亡國之主其皆甚有所宥耶，故凡人必有宥，然後知，别宥則能全其天矣。”

因爲宋子書多此類寓言，故歸小説家類，《莊子》寓言之多，實亦受其影響；而《逍遥游篇》所引寓言，則爲直接從宋鈃書中轉引而來，觀其間忽然插入“宋榮子”一段，已是絶大的證據了。

（第二）就是思想方法上説，《天下篇》述宋尹思想“以禁攻寢兵爲外，以情欲寡淺爲内；其小大精粗，其行適至是而止”（古抄卷子本小大作大小，而止作而已，意同）。此處内與外對，小於大對，精與粗對。成玄英疏云：

“自利利他，内外兩行，雖復小大有異，精粗稍殊，而立趨維綱，不過適是而已矣。”

案此即是《逍遥游》底根本思想方法，《逍遥游篇》“宋榮子定乎内外之分，辨乎榮辱之竟，斯已矣”；此“定乎内外之分”，即《天下篇》所謂“以禁攻寢兵爲外，以情欲寡淺爲内”。此“辨乎榮辱之竟”，即《天下篇》所謂“見侮不辱，救民之鬥”；《韓非子·顯學篇》所謂“宋榮子之讓，設不鬥争，取不隨仇，不羞囹圄，見侮不辱”也。但最可注意的，乃在於其“小大之辯”，“小大”二字乃是《逍遥游》一篇綱領，在於矛盾之中而求其内的統一，這就是莊子在方法論上所受宋銒的影響。本篇劈頭“北冥有魚，其名爲鯤，鯤之大不知其幾千里也”即總點出“大”字。“化而爲鳥，其名爲鵬，鵬之背不知其幾千里也”，此點出背之大。“摶扶揺而上者九萬里，去以六月息者也”，此言一去一息，動經半年，三千里言其遠；九萬里言其高；六月息言其久；以見其一大則無不大。（林雲銘語）但有大則有小，蜩爲小蟬，學鳩爲學飛的小鳩，以蜩與學鳩和鯤鵬對比，即以小與大對比。“小知不及大知，小年不及大年”；知有大小，年亦有大小。“朝菌不知晦朔，蟪蛄不知春秋”；此小年之例。“冥靈以五百歲爲春，五百歲爲秋”；此大年之一例。“大椿以八千歲爲春，八千歲爲秋”；此大年之第二例。而總結之曰“此小大之辯也”；接着便是“宋榮子猶然笑之”一段，蓋宋榮子之意，以爲“小大精粗，不過適是而止”，所以鯤鵬以大自足，蜩鳩以小自足，大的小的，雖然差别而同於放任自得，那就是絶對無差别了。《駢母篇》“鳥脛雖短，續之則憂；鶴脛雖長，斷之則悲，故性長非所斷，性短非所續”；也是説明大小長短都自有他的逍遥，萬物各滿足自己的本性，還有什麼差别可言？什麼鬥争可言？這乃是宋銒主張禁攻寢兵之思想方法的根據。其“見侮不辱”，亦因看破榮辱之相對界，而逍遥於榮辱之絶對界；意在救世，故不羞囹圄。《荀子·正論篇》“子宋子曰：明見侮之不辱，使人不鬥”，人皆以見侮爲辱，所以鬥；今知侮乃非侮，知見侮之爲不辱，則鬥梧於何有？本篇“彼且奚適也”重説兩句，此“適”即《天下篇》“適是而止”，可見其根本思想方法是從宋銒來的。

（第三）就思想内容上説，《天下篇》所述宋銒，“不累於物，不飾於俗……人我之養，畢足而止”；此與《逍遥游》“適莽蒼者三餐而返，腹猶果然；適百里者宿舂糧；適千里者三月聚糧”之意相同；所到的地方愈遠，則聚糧必聚多，然而人我之養畢足而止，不敢望有餘也。至於所云“請欲置五升之飯足矣，先生恐不得飽，弟子雖飢不忘天下，日夜不休曰我必得活哉”，這樣不多費心力於物質，但求五升之飯足矣，與《逍遥游》“鷦鷯巢於深林，不過一枝；偃鼠飲河，不過滿腹”

不是一樣地各適其適嗎？又《逍遥游》"是其塵垢粃糠猶將陶鑄堯舜者也，孰肯以物爲事"，此即《天下篇》"不以物假身"之説。"宋人資章甫而適諸越，越人斷髮文身無所用之"，又"魏王貽我大瓠之種……非不呺然大也，吾爲其無所用而掊之"，此即《天下篇》所云"以爲無益於天下者，明之不如已"。言凡於天下無所用之事事物物，皆可止而勿行也。由上種種，可見《逍遥游》一篇思想與宋鈃之説正合，這當然是莊子受了宋、尹影響而引申其説。又《天下篇》"接萬物以別宥爲始"，"宥"與"囿"同，《徐無鬼篇》之"囿於物"，正用"囿"字，其説亦與宋、尹"别宥"之説相通，可供參證。

但話雖如此，由莊子看來，宋鈃之説還是不澈底的，所以《天下篇》批評他"其爲人太多，其自爲太少"；此與《荀子·天論篇》"宋子有見於少無見於多"之考語正同。《逍遥游篇》於"宋榮子猶然笑之，且舉世譽之而不加勸，舉世非之而不加沮，定乎内外之分，辨乎榮辱之竟，斯已矣"以後，接着説"彼其於世未數數然也，雖然猶有未樹也"；前句言如宋子者，求之當世不常見如此之人，後句則似因其不免"弊弊焉以天下爲事"看出其未盡之點，可見逍遥游雖從宋鈃的思想脱胎出來，但仍然對他取一種批判的態度。故末了發明正旨，便以"乘天地之正而御六氣之變，以游無窮"自命，而歸結於"至人無己，神人無功，聖人無名"，以明無己、無功、無名之爲逍遥，以與宋榮子之猶有内外榮辱之見者分别出來。然而無論如何，《逍遥游》一篇實爲宋鈃思想之一個繼承，一個發展，這是没法否認的，所以《天下篇》雖認宋、尹的不澈底，却稱道他們"圖傲乎救世之士哉"！民國三十七年元旦（《文學》，1947年第2期）

胡哲敷《宋鈃思想述評》：

一、引言

宋鈃無專書，太史遷作《史記》，自謂述故事，整齊其世傳；然於宋鈃則未嘗述及。《莊子·天下篇》以宋鈃、尹文相提并論，《漢書·藝文志》《宋子》十八篇，其書入小説家，《隋志》已不著録，蓋散亡已久矣。然孟、莊、荀、韓書中，皆載其言論，而《荀子》尤甚非之，知宋子與孟、莊同時。劉向謂稷下先生之一，實當時一大思想家也。史遷作《孟荀傳》，并載其同時稷下先生如鄒衍、淳于髡、慎到、環淵、接子、田駢、騶奭、公孫龍、劇子、李悝、尸子、長盧、阿之吁子，而宋鈃、尹文獨未載；疑《孟荀傳》中，原有《墨子傳》，而宋鈃、尹文附焉。不然以墨子天下之好，自荀、孟、韓暨太史談皆重視之，而遷書衹載"蓋墨翟宋之大夫，善守禦，爲節用，或曰并孔子時，或曰在其後"聊聊二十四字，又復惝怳迷離，豈史遷繼父業之本意耶？兹裒輯各家有關宋子之言論，著成是篇，名曰《宋鈃思想述評》。喪亂之際，書籍莫備，率爾操觚，實多掛漏，博雅君子，其是正焉。

二、事迹

宋鈃之名，始見於《莊子・天下篇》，《孟子》作宋牼，楊倞注《荀子・非十二子篇》云“牼與鈃同”，趙岐《孟子》注云“宋牼，宋人，名牼”，《莊子・逍遥游》《韓非子・顯學篇》俱作宋榮子，王先慎《顯學篇》注云“宋榮即宋鈃，榮、鈃偏旁相通，《月令》‘腐草爲螢’，《吕覽》《淮南子》作‘蚈’，榮之爲鈃，猶螢之爲蚈也”。是宋鈃、宋牼、宋榮子皆一名而異稱耳。成玄英《莊子・天下篇》疏云：“宋、尹并齊宣王時人，同游稷下，宋著書一篇，尹著書兩篇，咸師於黔而爲之名也。”今案《漢書・藝文志》載《尹文子》一篇，在名家。師古曰：“劉向云與宋鈃俱游稷下。”小説家載《宋子》十八篇。宋書早佚，《尹文子》則《隋志》《唐・經籍志》皆作二卷，《唐・藝文志》載《尹文子》一卷，不知成疏所謂“宋書一篇”，何所據而云然？而所謂“咸師於黔”，豈《漢志》道家黔婁子歟？班固云：“齊隱士，守道不詘，威王下之。”《高士傳》載：“黔婁子，春秋齊高士。魯恭公聞其賢，遣使致禮，欲以爲相，辭不受。齊王又禮之，聘爲卿，又不就。貧甚，没而衾不蔽體，曾西曰：‘邪其被則斂矣。’其妻曰：‘邪而有餘，不若正而不足；先生以不足之故，能至於此，死而邪之，非先生意也。’曾子不能應。著書四篇，言道家之務，號黔婁子。”此語是否可據，姑不論，而成疏以外各家注《莊子》者，亦未道及，豈方外之言耶？

宋子生卒事迹，既無可考，惟在《孟子・告子下》載有宋牼將之楚，孟子見之於石丘一段。焦循《孟子正義》引閻若璩《四書釋地續》云：“齊宣王喜文學游説之士，自如鄒衍、淳于髡、田駢、慎到、環淵之徒七十六人，皆賜列第爲上大夫，不治而議論，是以齊稷下學士復盛。”孟子故嘗與宋牼有雅，故於齊别去久之，忽邂逅石邱，呼以先生，請其所之，殆非宋同而言者比也。石邱趙氏但云地名，錢穆《諸子繫年考辨》引樊云“《一統志》：石邱在衛輝齊胙城縣東”，《疏》以爲宋地，是也。張氏宗泰《孟子諸國年表説》云：“孟子時，齊秦所共争者惟魏，若楚雖近秦，時方强盛，秦尚未敢與争；惟梁襄王元年癸卯，有楚與五國共擊秦不勝之事，而獨與秦戰，則在襄王十七年，此事恰當孟子時。孟子是年因燕人畔去齊，疑孟子或有事於宋，而自宋至薛，因與宋牼遇於石邱。”今案孟子生於周烈王四年，合西元前三七二年，楚懷王十七年爲周赧王三年，合西元前三一二年，孟子是年六十一歲，而呼宋鈃爲先生，而自稱軻。趙岐云：“學士年長者故謂之先生。”然則宋鈃當殆七十許人，其生於安王二年之前後歟？

三、源流

《莊子·天下篇》述當時學派，而以宋鈃、尹文同一體系。若以墨翟、禽滑釐一段義同推之，則尹文乃宋鈃弟子，或如仲長氏所謂“同學”，而思想學風大端相同者。又莊子列宋、尹於墨家之後，荀卿凡論當時學術，輒以宋子尾墨子，是皆隱然以宋子爲墨家後輩。焦里堂《孟子正義》直曰：“《莊子·天下篇》云墨子真天下之好，宋鈃、尹文聞其風而悦之。”不惜删節《莊子》以就其意，是亦直認宋鈃、尹文爲墨子之一系矣。班固《藝文志》列尹文於名家，云：“説齊宣王，先公孫龍。”列宋子於小説家，云：“荀卿道宋子，其言黄老意。”今本尹文子署山陽仲長氏者序云：“尹文子者，蓋出於周之尹氏，齊宣王時居稷下，與宋鈃、彭蒙、田駢同學於公孫龍，公孫龍稱之。”然晁公武、高似孫俱謂：“公孫龍客於平原君，平原君相趙惠文王，趙惠文王元年，齊宣王没已四十餘年矣。”（一）則尹文之先於公孫龍者，殆以龍書載尹文對齊宣王語歟？然惟其在公孫龍前，龍始得引其言論，未必即能據爲師引弟子之言，何况今本公孫龍子固未可靠也？劉孔昭《新論·九流篇》：“名家宋鈃、尹文、惠施、公孫捷之類也。”孫詒讓《札迻》云：“檢《漢志》無公孫捷，疑當作公孫、捷子，公孫謂公孫龍，捷子自爲一人。《漢志》公孫龍在名家，捷子在道家。”綜上諸論，是宋鈃思想有墨家、道家、名家、小説家諸説，而皆各有其論據；然則宋鈃思想果誰屬乎？宋書今不存，所可據者唯《莊》《荀》諸書，而《莊子·天下篇》尤爲有系統之評述。曰：“不累於俗，不飾於物，不苟於人，不忮於衆，願天下之安寧，以活民命，人我之養畢足而止。以此白心，古之道術有在於是者，宋鈃、尹文聞其風而説之，作爲華山之冠以字表，接萬物以別宥爲始，語心之容命之曰心之行，以聏合歡，以調海内，請欲置之以爲主，見侮不辱，救民之鬥，禁攻寢兵，救世之戰，以此周行天下，上説下教，雖天下不取，强聒而不捨者也。故曰：‘上下見厭，而强見者也。’雖然，其爲人太多，其自爲太少。曰：‘請欲置五升之飯足矣，先生恐不得飽，弟子雖飢，不忘天下。’日夜不休，曰：‘我必得活哉。’圖傲乎救世之士哉！曰：‘君子不爲苛察，不以身假物。’以爲：‘無益於天下者，明之不如已也。’以禁攻寢兵爲外，以情欲寡淺爲内，其小大精粗，其行適至是而止。”即此可知宋子被稱爲道家、墨家、名家、小説家之理由矣！曰請欲，固置五升之飯足矣，以情欲寡淺爲内，此老子見素抱樸，少私寡欲之旨也。不累於俗，不飾於物，不苟於人，此《莊子·人間世》之旨也。曰“願天下之安寧以活民命”，曰“見侮不辱，救民之鬥，禁攻寢兵，救世之戰”，此墨家之所尚也。墨者之道以繩墨自矯，而備世之急，泛愛兼利，而非鬥，墨子稱道禹親自操橐耜，而九雜天下之川，腓無胈，脛無毛，沐甚雨，櫛疾風，置萬國，彼其日夜不休，以自苦爲極，則世俗之所爲侮者，又安足矣爲辱哉！此墨家救世精神足矣自豪者，宋子取其義，故曰圖傲乎救世之士哉！班固列尹文於名家，劉孔昭亦列宋銒於名家，蓋由二子接萬物以别宥爲首之故。别囿即辨别白黑是非善惡，與夫形器之種種名色，亦猶堅白同異、白馬非馬之説矣。《文選》注卅一引桓譚《新論》云："小説家者，合叢殘小語，近取譬論，以作短篇。"宋銒上説下教，雖天下不取，强聒而不捨，意其爲書，必善取譬論，以作短篇，力求通俗近人。劉歆、班固乃忽其實質，重其形式，列入小説家，亦其宜矣。雖然，宋子被稱爲道家、墨家、名家、小説家皆有其理由矣，然宋子究非道非墨非名非小説家也。道家之義主無爲而重自然，太史遷所謂"清淨自正，無爲自化"。宋子强聒不捨，上下見厭而强見，非道家之旨矣。墨子救世，以自苦爲趣，《莊子》所謂"其道大觳，使人憂，使人悲，其行難爲也。恐其不可以爲聖人之道，反天下之心，天下不堪"。宋子則人我之養畢足而止，曰我必得活哉，是宋子之救世，雖爲人太多，自爲太少，然終有一"我"在，未若墨子之摩頂放踵，利天下爲之。又其不苟於人，不忮於衆，以聏合歡，以調海内請欲，亦非若墨子之大觳，反天下之心，使人憂愁而不能堪也。宋子雖别囿，然視名家無用之辯，不急之察，苛察繳繞，使人善失其真者，彼皆以爲無益於天下者，明之不如已也。故曰君子不爲苛，不以身假物，然則其非名家明甚。至於小説家，殆亦以其書之形式略近，若夫街談巷語道聽途説者之所造，又豈宋子所視爲有益於天下者哉？戰國之世，百家争鳴，班氏謂各引一端，崇其所善，嘗意其所以各引一端，而不趨於一軌，甚至趨於極端以相詆毁，或始同而終異，或殊途而同歸，雖曰學者師承所致，以其所處之境有以使然，而學者之個性，亦其重要原因。荀卿明王道，述禮樂，循循然儒者也。韓非出於其門，而慘核寡恩，以法術自詡，盡反其師之道，豈荀卿之本意？孔老不相侔，而□年議論則多一致。陳相、陳辛先儒，而後入於農。他如告子夷之兼習儒、墨，慎到、田駢兼習道、法。《韓非・顯學篇》載儒分爲八，墨分爲三，是當時學者并無出主入奴之意，而出入之間乃當時恒有之事，故孟子曰"逃墨必歸於楊，逃楊必入於儒，歸斯受之而已"。然則宋銒思想其亦兼習道墨自成一體系乎？莊子稱宋銒以禁攻寢兵爲外，以情欲寡淺爲内，意宋子崇道家少私寡欲之旨，而不欲如槁木死灰之無益於天下。崇墨家禁攻寢兵之義，而不欲反天下之心，使天下不堪。而自成其以情欲寡淺爲體，禁攻寢兵爲用之思想，是則謂宋子爲名家小説家者固失之，謂宋子爲道家、墨家者，亦未爲得也。

四、别囿

《説文》："囿，苑有垣也，從囗，有聲。"引申之，凡淵奥處曰囿。又引申之，凡分别區域亦曰囿。《尸子・廣澤篇》云："料子貴别囿。"今人馬叙倫因别宥二字乃疑料子即宋子，實則當時各家無不重别囿者。《吕氏春秋・先識覽》有《去宥篇》，其言曰："鄰父有與人鄰者，有枯梧樹。其鄰之父言梧樹之不善也，鄰人遽伐之。鄰父因請而以爲薪。其人不説，曰：‘鄰者若此其險也，豈可爲之鄰哉！’此有所宥也。齊人有欲得金者，清旦，被衣冠，往鬻金者之所，見人操金，攫而奪之。吏搏而束縛之，問曰：‘人皆在焉，子攫人之金，何故？’對吏曰：‘殊不見人，徒見金耳！’此其大有所宥也。夫人有所宥者，固以晝爲昏，以白爲黑，以堯爲桀，宥之爲敗亦大矣。亡國之主，其皆甚有所宥耶？故凡人必别宥，然後知，别宥則能全其天矣。”汪繼培曰：“宥與囿通，别宥即去囿，謂去其所囿蔽也。”孔子所謂六言、六蔽。又曰：“不知言，無以知人也。”《易·繫辭傳》曰：“將叛者其辭慚，中心疑者其辭枝，吉人之辭寡，躁人之辭多，誣善之人其辭游，失其守者其辭屈。”《孟子》自許知言，曰：“詖辭知其所蔽。”《荀子·正名》《解蔽》，《莊子·齊物論》，而《墨子》書中尤多斯義，皆所以别宥也。《中庸》曰：身有所忿懥、恐懼、好樂、憂患，則不得其正。憤懥、恐懼、好樂、憂患，皆所謂宥，不去此宥，則心不能虚而有所容受，所謂視而不見，聽而不聞，視而不知其味，甚矣蔽之爲害也。故曰：凡人必有所囿然後知，囿别然後教始可入，是故諸家之設教，皆務先去囿，非獨宋鈃、尹文然也。别囿爲立説之工具，説既立則工具可存可廢。孔孟知言，亦未專論知言之法，使後人循其法以知言，惟名家諸子，則專重此而或不重彼，遂演成堅白同異、白馬、黄牛之辯，以工具爲目標矣。墨子之後爲别墨，荀卿儒家者流，而亦斤斤於辨析名實，綜明度數。今所傳《尹文子》，雖未必爲尹文親撰，然必與尹文有關。意宋、尹當時强聒天下而以别囿爲始，囿既别乃進以非攻、寢兵、情欲寡淺諸救世之道。人見其立言之先，輒諄諄然以别囿爲務，遂目之爲名家歟？然而宋子終非名家者，宋子自有其主要學説，而所别之囿，又專從心理上着眼，非若諸名家之重形式也。《天下篇》曰：“語心之容，命之曰心之行。”謂人類心理狀態，即人心之行爲，重視人類心理狀態以别囿，然後知其所囿之點，則言切而别之易。昔者淳于髡見梁惠王，再見而終無所言，惠王怪之，然後言其志在驅逐，志在聲音，一語乃三日無倦。淳于髡洞鑒惠王心容，故能去其囿而操縱其心之行。由心理狀態以審查其行，而去其囿，是由其動機而察其行爲謬誤之所在。奪金者清旦不見人，盗鈴者自掩其耳，其心理狀態皆有以異乎常人，所以異乎常人者欲得之心爲之也。宋子以此爲正名實之基礎，然後正名檢分，以定名分，則所定之名，所定之分，皆能洽乎人心，而孚乎事理。以此周行天下，上説下教，庶幾言之易入。至於“上下見厭”則當時所囿者深，宋子固夙知之，知之而猶强聒、强見者，救世心切，欲别囿而進以禁攻寢兵、情欲寡淺之大道也。

五、情欲寡

《天下篇》謂宋子“以情欲寡淺爲内”。“情欲寡”者，意謂人之欲望務欲其減少，是宋子寡情欲論耳。蓋宋子一切禁攻寢兵、救世之戰，皆以寡欲爲本。彼意世患起於多欲，欲無止境，故侵奪攻占之事起。宋子寡欲理論，各書均未載，《荀子·正論篇》末載："子宋子曰：'人之情欲寡，而皆以己之情爲欲多，是過也。'"他書則祇載宋子"情欲寡"三字而已，惟《正名篇》末段論寡欲之義甚具，意者宋子之説歟？不然，則本篇自"凡語治而待去欲"之一大段，竟與正名不類矣。或他篇荀子非宋子，而宋子之徒執其師説以相攻，故先攻寡欲，自"凡人之所取也"以下，又主寡欲。一人之論，未有自相剌謬如是之速且近也。荀書本三百二十篇，經劉向除複重以相補綴，脱簡間編，尋常事耳。或宋子寡欲理論，因此稍存，則亦幸矣。玆節録其文如左。

"凡人之取也，所欲未嘗粹而來也；其去也，所惡未嘗粹而往也；故人無動而不可以不與權俱。衡不正則重縣於仰，而人以爲輕，輕縣於俯，而人以爲重，此人所以惑於輕重也。權不正則禍托於欲，而人以爲福；福托於惡，而人以爲禍，此亦人所以惑於禍福也。道者古今之正權也。離道而内自擇則不知禍福之所托。……有嘗試深觀其隱而難其察者，志輕理而不重物者，無之有也；外重物而不内憂者，無之有也。行離理而不外危者，無之有也；外危而内不恐者，無之有也。心憂恐則口銜芻豢而不知其味也，耳聽鐘鼓而不知其聲，目視黼黻而不知其狀，輕暖平簟而體不知其安。"

此當爲宋子寡欲之論。觀此知宋子之意在求寡欲，而非求無欲。彼其所以求寡欲者，不欲以外物而嬰其心，意謂求養欲而縱情，求養性而危行，如是者意在養生，而實戕生；意在重己而實爲物所役。推宋子寡欲之義，蓋有二焉：一爲養生，一爲救世。《孟子》曰："養心莫善於寡欲，其爲人也寡欲，雖有不存焉者寡矣，其爲人也多欲，雖有存焉者寡矣。"惟寡欲然後不爲欲累。且凡人之取也，所欲未嘗粹而來；其去也，所惡未嘗粹而往也。所欲不來，所惡不往，則不能嬰其心，嬰其心而憂恐至，則雖有至味、至聲、至色、至逸弗能知也。如是者所欲雖逐，亦曷足貴乎？故宋子寡欲以養生，與老、莊養生之道殆無異焉。重精神而輕物質，重知足而惡貪婪，故曰心平愉，則所供養於耳目口體者，雖不及傭，亦可以安，此所謂重己役物之道也。所謂寡欲以救世者，蓋個人之欲不寡，而侈言救世者，未有不自欺而欺人者也。《孟子》稱墨子摩頂放踵，利天下爲之。墨子所謂道之德行曰："堂高三尺，土階三等，茅茨不翦，采椽不刮，食土簋，啜土刑，糲粱之食，藜霍之羹，夏日葛衣，冬日鹿裘，其送死桐棺三寸，舉音不盡其哀。"此《韓子》所謂："雖監門之服養，不虧於此矣。"惟其如是，故能形勞天下，腓無胈，脛無毛，沐甚雨，櫛疾風，雖枯槁而不捨。向使墨子多欲，食必膏粱，衣必文繡，居必華厦，出必安車，則墨子之道得行於天下者寡矣。宋子之欲，固置五升飯足矣，雖飢不忘天下。莊子譏其爲人太多，自爲太少，實則宋子之志，正如是耳。彼所以主寡欲者，爲欲達其“爲天下多，其私樂少”之願望。然則莊子之言，雖曰譽之可也。

宋子以其强聒、强見之精神，實其寡欲之教，而又“聚人徒，立師學，成文典”。當時之士，受其影響者必衆，而其學説足矣左右當時思想界之勢力必甚鉅。是以莊子譏之，荀子非之，而荀書之中尤諄諄焉。蓋荀卿重人力，戡天行，而主富强，不患人之多欲，而患人皆重其生而不爲世用。故主“養人之欲，給人之求，使欲必不窮乎物，物必不屈於欲，兩者相持而長”（《禮論篇》）。是以對寡欲之論，攻之尤力。《天論篇》曰：“宋子有見於少，無見於多。……有少而無多，則群衆不化。”《正論篇》曰：“然則亦以人之情爲目不遇綦色，耳不欲綦聲，口不欲綦味，鼻不欲綦臭，形不欲綦佚，此五綦者亦以人之情爲不欲乎？曰：人之情欲是已。曰：若是則説必不行矣。以人之情爲欲此五綦者，而不欲多，譬之是猶以人之情爲欲富貴，而不欲貨也，好美而惡西施也。古之人爲之不然，以人之情爲欲多而不欲寡，故賞以富厚，而罰以殺損也。是百王之所同也。故上賢禄天下，次賢禄一國，下賢禄田邑，愿愨之民完衣食。今子宋子以是之情爲欲寡而不欲多也，然則先王以人之所不欲者賞，而以人之所欲者罰邪？亂莫大焉！今子宋子儼然好説，聚人徒，立師學，成文典，然而説不免以至治爲至亂也。豈不過甚矣哉？”荀子此説甚辯，然未必宋子之意也。宋子所謂情欲寡，果謂情之本身即欲五綦之寡耶？抑就社會立言，人之於此五綦，務求其寡耶？由前之説，則受生於天者原如此，又何勞宋子之宣導？由後之説，則是希冀人人減少其情，欲其情之寡淺。然又知其事之非易，故强聒天下而不捨，使人我之養畢足而止，自以五升之飯爲足，是皆可爲宋子情欲寡爲希冀人人減少其欲望之明證。且《荀子・解蔽篇》曰：“宋子蔽於欲而不知得。”果宋子之意謂情之本身爲欲其少，則又何“欲”之爲蔽？意寡欲之説，與荀學衝突最烈，故荀子攻之亦最力。《解蔽篇》中之十蔽，而以欲爲蔽居首。他若《王霸篇》《正名篇》，發揮人之情欲，殆皆針對宋子而言。於是攻之之道，不厭其多方，而不覺自陷於無的之矢。《吕氏春秋・離俗覽》有“爲欲”一章，攻擊無欲寡欲之義甚詳，殆亦時人對宋子之徒而發歟？其略曰：

“使民無欲，上雖賢猶不能用。夫無欲者，其視爲天子也，與爲輿隸同；其視有天下也，與無立錐之地同；其視爲彭祖也，與爲殤子同。……會有一欲，則北至大夏，南至北户，西至三危，東至扶木，不敢亂矣。犯白刃，冒流矢，趣水火，不敢却也。晨寤興，務耕疾庸，楳爲煩辱，不敢休矣。故人之欲多者，其可得用亦多；人之欲少者，其得用亦少；無欲者，不可得用也。……”

此處所謂“欲使”，即利用人類之欲，以驅其犯白刃，冒流矢，趣水火，固亦自有其道。然可以滿人之欲而使之者富貴壽考，天下之犯白刃、冒流矢、趣水火者，未必皆欲在富貴壽考。欲在富貴壽考者，或已不可使之犯白刃、冒流矢、趣水火矣。欲在此而驅之彼，人將曰：“所欲未遂，而生或已喪矣，多欲者所不爲也。”蓋欲使之中人以下則可，若夫殺身成仁、捨生取義，彼果何所欲哉？然則《吕覽》之所攻擊者，亦未足爲宋子之徒病也。

《荀子·正名篇》末“語治而待去欲”一段，頗似反宋子者。其言曰：“凡語治而待去欲，無以道欲爲困於有欲者也。凡語治而待寡欲者，無以節欲，而困於多欲者也。”荀氏之論在以心爲主宰，以節欲、道欲，務使欲合乎理，則欲雖多無傷乎治；欲不合理，欲雖寡無濟於亂。治亂在心，不在欲。欲者與生俱生，人所不能免也。不能免，故惟有道之而不能去之。荀子固不欲民之去欲寡欲，然亦知“縱欲而不窮，則民心奮而不可説也”。（《富國篇》）“天下害生縱欲，欲惡同物，欲多而物寡，寡則必争矣。”（同上）荀子主禮治，故惡其争欲治之以禮，道之以節，使其中理，中理者合於禮也。宋子主寡欲而非主無欲，既云情欲其寡，即荀子節欲之義，彼欲人人之欲皆用之於濟世救民，日夜不休，强聒天下，是亦由多欲而道之者。然則荀子之論，雖自精核，亦無以難宋子。

六、禁攻寢兵與見侮不辱

禁攻寢兵，先秦各家所共有之義也。雖兵家終日以征伐爲賢，亦曰：“故兵之情，圍則禦，不得已則鬥。”（《孫子·九地篇》）“安國家之道，先戒爲寶。”（《吴子·料敵篇》）蓋兵凶戰危，不得已而用，將以禦侮也，猶必諄諄然戒之曰：“行不合道，舉不合義，而處大居貴，患必及之。”又曰：“凡制國治軍，必教之以禮，勵之以義，使有耻也。”是以老子貴不争，孔子尚禮讓，孟、荀以下蓋無不以攻伐爲戒者。墨子標兼愛之義，而以非攻寢兵爲達兼愛之途，形勞天下，突不得黔，爲欲禁當世之鬥，寢當世之兵。宋子周行天下，强聒不捨，志在救世之戰，是以禁攻寢兵爲宋子思想中心。接萬物以别宥爲始者，欲别以攻伐爲賢之囿，恐世之士爲所蔽也。情欲寡淺，爲禁攻寢兵治本之法，蓋一切攻戰，起於多欲。《老子》曰：“罪莫大於可欲，禍莫大於不知足。”此之謂矣。明見侮不辱亦教民不鬥之先一層意義。宋子禁攻寢兵之説，今不可考，觀其與孟子言説秦楚之兵，而主言其不利，是亦墨子非攻之一系也。當時飾攻戰者，每以義兵之名，掩飾人之耳目，墨子則一非之。意謂即曰攻戰，尚何有於義不義？其私心爲欲貪土地人民財富之利耳！墨子曰：“土地者，所有餘也。士民者，所不足也。今盡士民之死，嚴下上之患，以争虚城，則是棄所不足，而重所有餘也。爲政者若此，非國家之務者也。”又曰：“計其所自勝，無所可用也；計其所得，反不如所喪者之多。”（俱見《非攻中》）專就利害以歆勸當世，不啻耳提而面命之矣。宋子生當齊湣之世，正孫子、田忌、商鞅、吴起之流以攻伐相尚，益以蘇、張縱横之術，炫惑人主之時。宋子深稽若輩心理，在侵奪他人財物而自利，故直以不利示之。單刀直入，非唯有力之論，亦且直誅若輩之本心也。《吕氏春秋·孟秋紀》載有《蕩兵》《振亂》《禁塞》《懷寵》諸篇，皆云兵家之言，主以義兵征服天下，而反對救守、偃兵之說。墨子之徒非攻而主救守，禽滑釐等三百人執兵而爲宋城是也。《蕩兵》《懷寵》二篇，專對偃兵者言，意其對宋子之徒乎？文繁，兹不具引。意謂民之争鬥久矣，聖王有義兵而無寢兵，義兵將以誅暴君而拯苦民，鬥以弭鬥，雖鬥而志不在鬥，自古仁義之兵誅其君而吊其民，不亦救世已乎？然在宋子觀之，以鬥弭鬥，何異以水濟水，以火濟火？莊子所謂溢多也。且所謂義不義，亦至難言。《莊子》曰："此亦一是非，彼亦一是非。"交戰之國，莫不自義而非人之不義，則是皆義皆不義，而義之義失矣。是以宋子罷兵之策，在直陳利害，而不言其義不義，吾所謂鬥者心理言之也。欲根治此心病，則莫善於見侮不辱之説。見侮不辱爲宋子做人救世之心理根據，亦做人救世之最高理想。此義明於天下，則個人可以不苟於俗，不忮於衆，人人如是，則天下之戰自止。是以宋子持此義强聒天下，以與當世主攻伐者相抗衡，且自見於行，冀化導天下。《莊子》稱宋子："舉世而譽之而不加勸，舉世而非之而不加沮，定乎内外之分，辨乎榮辱之境。"（《逍遥游》）《韓子》曰："宋榮子之議，設不鬥争，取不隨仇，不羞囹圄，見侮不辱。"（《顯學篇》）彼探明世俗所謂是非榮辱者，固無所增損於己，而又無所增損於世，若爲世俗淺薄之論，變易其行，則人世可爲之事寡，而其人或將成向原之流矣。《韓子》曰："昔禹决江浚河，而民聚瓦石。子産開畝樹桑，鄭人謗訾。"（《顯學》）可知世俗之所謂毁譽榮辱，時或與真正之毁譽榮辱，極端相反。故所謂榮者未必可勸，而所謂侮者亦奚可辱？宋子見侮不辱之□，其在是乎？然而世之賢士，猶多重視此者，或欲利此衆口鑠金、積毁銷骨之力，裂滅榮辱名節，使戢戢者有所趨避乎？儒者教其明耻知類，重禮義，惜名節，故見侮不辱之説，往往與世俗不容，而荀子尤疾之。《正論篇》末載有宋子見侮不辱之説，與荀子反之之説，宋子之意在使民明見侮爲不辱，則可不鬥。彼之自行，爲不羞囹圄，舉世非之而不加沮。所以能若是者，見侮不辱之功也。昔者柳下惠蒙耻，因亂世而三黜不去。公冶長之非罪而入囹圄，皆可以謂之侮，而不必以爲辱。蓋侮由外至，辱由内發，無愧於心，雖有外侮，君子不與妄人難也。人能知侮與辱爲兩事，則凡事求其在我，鬥争之事，可以免矣。荀子所以反之者，蓋有二義：一則本於人類好惡之天性，使知榮辱，然後可以驅而之善，猶是前章導欲之意。設使民皆見侮不辱，非但違反人性，縱使能之，則寖假而無所刺激，善善惡惡之心亡，而榮辱是非之事舉無所勸於衷，心如槁木，縱不爲非，亦難以其爲善。此荀子所以亟非之也。荀子遵王制，王制之分，在於榮辱，榮辱之本，基於好惡。欲其好善而惡惡，故曰"榮辱之來，必象其德"（《勸學篇》）。荀子亦知此類虚文，或不足以厭宋子之心，故又疏陳義榮、勢榮、義辱、勢辱之號，以明榮辱雖若在外、在人，而實由己之内心形成。是道□先王以爲法，士大夫以爲道，官人以爲守，百姓以爲成俗，萬世不能易也。意先王本人好惡之性制爲榮辱之分，以化民成俗，由來久矣。今宋子欲以一朝而改之，縱使言之成理，亦必不可以易天下。故諄諄然告誡二三子之善於宋子者，不若止也。宋子欲從世俗心理上求改變，以救世之鬥，荀子則主以禮制防人之鬥，兩家皆主救世，方術不同，立言斯異，是亦所謂殊途而同歸乎？《吕氏春秋·先識覽》“正名”章載齊湣王與尹文論見侮不鬥一節，似就施行政教者言，殆以行政之力，易天下之心乎？

蓋宋子欲以見侮不辱之義，改變天下觀念，將執此新觀念爲禁攻寢兵之心理根據。此理想甚高，無如齊民之道，未可全恃心理以爲用，故尹文頗欲輔之以法。《韓子·内儲説上·七術篇》載齊王問尹文曰：“治國何如？”對曰：“夫賞罰之爲道，利器也，君固握之，不可以示人。”《説苑·君道篇》亦載尹文對齊宣王曰：“事寡易從，法省易因。”皆欲借政治之力，推行其見侮不辱之義也。見侮不辱之義堅信於民間，則禁攻寢兵之效可立著，商君之民勇於公戰，怯於私鬥，非性然也，教之使然。惟是鞭策而成，可以奏效一時，而不可爲永久之計，可以行於一方，而不可行於天下，此賞罰所以可恃而不可恃也。莊子未言宋、尹以賞罰爲利器，止載其强聒天下而不捨，豈其意原欲從人民心理上植見侮不辱之基，而爲天下萬世開太平，而與齊王偶及此乎？然此究非世俗之所能勝，時君世主，又方以攻伐爲賢。於是時人學者，相與非難之，此宋子之説所以終不行也。

七、結論

上來宋子思想四端：别囿、情欲寡、禁攻寢兵、見侮不辱是也。四者之中，又以情欲寡與禁攻寢兵爲主，别囿與見侮不辱皆其工具。然則宋子之學，乃取道、墨二家而折衷者歟？道家主寡欲，而或蔽於天而不知人，墨子《非攻》又或失之“其行難爲”。是以二家之論，往往一偏。宋子主寡欲則欲導其欲於救世，主進攻寢兵而不反天下之心，不忘天下，亦不自忘。是以其教易行，而人徒易聚。荀子所以力非之者，正見其舉足以左右當世，與荀子相對峙也。然而宋子之學卒不行於後世者，則其文典不存，人徒以寖假而寥落，此非特學術思想之不幸，抑亦社會之不幸也歟？西方唯物學者謂物質爲世界之主宰，凡人類一切行動喜怒哀樂胥不得不受物質之支配，其用意在求滿足人類之欲望。於是終其身以孜孜矻矻者，爲求物質之發展，與欲望之滿足。一人如是，人人如是，物質有限，欲壑無窮，相劘相劑，而争奪以起。今世所以殘忍暴戾、人道絶滅，無地而得安寧者，此一念之禍也。今其諸賢亦漸知假物質以滿足欲望，欲望終不可滿足，而人類之禍乃日烈。於是倡精神生活以濟其窮，冀以精神禦物質，以我爲主，以物爲客，財非其類，以養其類，不以所以養人者害人。然終非一二賢哲足以易其故者，則其受毒既深，非一朝可以清痞。宋子曰：“弟子雖飢，不忘天下。”又曰：“人我之養畢足而止。”其亦可以爲今世之針砭矣。

欲不寡則人世之争禍靡已，爲禍靡已，雖戰勝之國，計其所得要不如所喪之多，則知人世不可不禁攻寢兵者，非特爲其不義，亦且爲其不利耳！然舉世皆勝斯義，安得宋子一一别其囿乎？吾聞基督教□有云："有批汝左頰者，汝并右頰以承之；有奪汝外衣者，汝并内衣以與之。"此亦弭争之極義乎？不必有此事，但冀有此心，則争端可弭。是亦見侮不辱之義也。雖然，人欲無已，强者、黠者，或假此義以爲凌暴之資，而闒然求容之輩，且以自鳴曰："吾見侮不辱也。"夫豈先哲所及料者哉。

（注）一：哲案六國年表齊宣王立十九年，齊湣王立，趙惠文王元年齊湣王二十六年，則宣王之死纔二十五年耳。

二：張先生曰："苟者茍之誤。"《説文》言茍之字止句，是漢時俗書，茍、苟相亂，下言苛察，一本作苟，亦其例也。哲疑茍本字音亟。《説文》："茍，自急敕也，從羊省從勹口。"段注："急者，褊也；敕者，誡也。"蓋宋子於人務取寬大，不主急切褊狹。《韓非子·顯學篇》云："世主以爲寬而禮之。"又曰："夫是漆雕之廉，將非宋榮之恕也。"曰寬曰恕，正此處不茍之意。（《思想與時代》，1944年第30期）

蔣伯潛《諸子通考》下編《諸子著述考·縱横家農家小説家之書》：

《宋子》十八篇。自注曰："孫卿道宋子，其言黄老意。"按《荀子·非十二子篇》以宋鈃與墨翟同譏。《莊子·天下篇》亦言其"見侮不辱，救民之鬥；非攻寢兵，救世之戰"。即《荀子·解蔽篇》《正論篇》等評宋子，亦未嘗言其近於黄老也。班固所云，不知何指。其書入小説家者，殆如《天下篇》所云"上説下教，强聒不捨"，故爲淺近寓譬之言，使聽者易曉歟？馬國翰有輯本。（浙江古籍出版社，1985年）

蔣伯潛《諸子學纂要》第十二章《小説家——宋子》：

《漢志》所録小説家之書，也都已亡失。除班固注明依托者外，如《周考》《青史子》等，似乎是外史之類。最可注意的，是《宋子》一書。宋子，《孟子》作宋牼，《莊子·逍遥游》作宋榮子，《天子篇》作宋鈃，《韓非子》作宋榮。"牼""鈃""榮"，都是因字音底關係而轉變的。

《天下篇》尹文與宋鈃并舉。其言曰："不累於俗，不飾於物，不苟於人，不忮於衆；願天下之安寧，以活民命，人我之養畢足而止，以此白心，古之道術有在於是者。宋牼、尹文聞其風而悦之，作爲華山之冠以自表，接萬物以别宥爲始；語心之容，命之曰心之行，以聏合歡，以調海内，請欲置之以爲主。見侮不辱，救民之鬥；禁攻寢兵，救世之戰。以此周行天下，上説下教，雖天下不取，强聒而不捨者也。故曰上下見厭而强見也。雖然，其爲人太多，其自爲太少。曰：‘請欲固置，五升之飯足矣。先生恐不得飽；弟子雖飢，不忘天下。’日夜不休，曰：‘我必得活哉。’圖傲乎救世之士哉！曰：‘君子不爲苛察，不以身假物。’以爲無益於天下者，明之不如已也。以禁攻寢兵爲外，以情欲寡淺爲内；其大小精粗，其行適至是而止。”按《漢志》名家有《尹文子》。《説苑》尹文對齊宣王曰：“事寡易從，法省易因。”其書言有形者必有名，有名者未必有名。形而不名，未必失其方圓白黑之實。名而不可不尋，名以檢其差。故名以檢形，形以定名；名以定事，事以檢名云云。確爲名家之言。但現有之《尹文子》，乃後人假托，詳唐鉞《尹文及〈尹文子〉》。尹文之學説已無可據，且《漢志》列之名家，故本節但以述宋子爲主。

按《天下篇》所評述，宋子之學，首在“别宥”。畢沅疑“宥”與“囿”同，謂有所拘礙而識不廣也。《莊子・秋水篇》所謂“拘於墟”，“篤於時”，“束於教”，即人們由於地域、時代、政教習俗底拘束而生之偏見，即是有所“囿”；爲“囿”所蔽，則不能有真知灼見，故“接萬物”當以“别宥”爲始。“别”者，辨别；“别宥”者，自己能看透一切拘礙，而打破其偏見。《吕氏春秋・去宥篇》説“人有所宥者，固有晝爲昏，以白爲黑，以堯爲桀”，“亡國之主其皆甚有所宥”，并設二寓言以喻人之有所宥，而斷曰：“凡人必别宥然後知。”故宋子主張“接萬物以别宥爲始”。

宋子底要旨，可以分二方面述之。（一）近於墨家者，即以“見侮不辱，救民之鬥”，以“禁攻寢兵救世之戰”是。《荀子・正論篇》引宋子之言曰：“明見侮之不辱，使人不鬥。人皆以見侮爲辱，故鬥也。知見侮之不爲辱，則不鬥也。”《韓非子・顯學篇》曰：“宋榮之議，設不鬥争，取不隨仇，不羞囹圄，見侮不辱；世主以爲寬而禮之。”所謂“寬”者，即《天下篇》所説“語心之容，命之曰心之行”。容即寬容；“心之行”指心理的自然趨向而言。能寬容，故能見侮而不以爲辱，故能不與人鬥。此猶指人與人底關係；推而大之，則以禁攻寢兵、救世之戰，消弭國與國間的鬥争了。《孟子・告子篇》記宋牼聞秦楚構兵，將之楚説楚王而罷之。孟子問他：“説之將何如？”宋牼説：“我將言其不利也。”這種精神，與墨子正同；其以“不利”爲禁攻寢兵底理由，也同於墨子。（二）近於道家者，即“情欲寡淺”之説是。《荀子・正論篇》又曰：“子宋子曰：‘人之情欲寡，而皆以己之情爲欲多（原文作“情欲爲多”），是過也。’故率其群徒，辨其談説；明其譬稱，將使人知情之欲寡（原文作“情欲之寡”，均依馮友蘭説校改。）也。”《莊子・逍遥游》嘗有“鷦鷯巢林，不過一枝，偃鼠飲河，不過滿腹”之喻。吾人一時所能享用既極有限，故本不必欲多。但此是理論，事實上則人們固多貪多無厭者。故《荀子・天論篇》則云“宋子有見於少，無見於多”；《解蔽篇》

則云“宋子蔽於欲而不知得”。然宋子固以此爲其理論的根據，冀使人寡欲知足者。《漢志》自注曰“孫卿道宋子，其言黄老意”，即是因此。——能救民之鬥，救世之戰，則天下自安寧，而民命可活了；人人皆能寡欲知足，自然“人我之養畢足而止”了。

宋子之學如此，《漢志》所以列之小説家中者，殆以其“上説下教”，“明其譬稱”引史實故事，設寓言比喻，以期爲衆所共曉吧！（正中書局，1947年）

案：宋子，生卒年不詳。宋人。與孟軻、尹文、彭蒙、慎到同時，當齊威王、宣王間，爲齊稷下學者。其稱名不一，《孟子》作宋牼；《莊子·天下》《荀子·非十二子》作宋鈃；《莊子·逍遥游》《韓非子》作宋榮子或宋榮。“牼”“鈃”“榮”，一聲之轉，音相通。《孟子·告子下》云秦楚將戰，宋子打算以利説秦王、楚王寢兵，與孟子相遇於石丘，孟子勸其勿以利説二王寢兵，而應以仁義説二王寢兵。焦循《孟子正義》云：“牼蓋年長於孟子，故孟子以先生稱之而自稱名。”錢穆《宋鈃考》以爲此事當在楚懷王十七年（前312年），孟子年逾七十，故宋鈃“年未能長於孟子。先生自是稷下學士先輩之通稱。孟子亦深敬其人，故遂自稱名爲謙耳”。但戰國之時，争戰頻繁，秦楚構兵，本不限於史籍之所載。此次秦楚欲構兵，可能得自傳聞，并未實行。宋子之欲勸秦楚寢兵，亦不知是否成行。定孟、宋石丘之會之時間，實無確證。考《莊子·天下》將宋鈃、尹文放在墨翟、禽滑釐之後，彭蒙、田駢、慎到之前加以論述，《荀子·非十二子》將墨翟與宋鈃同譏，則宋鈃當與孟子同時或略早。郭沫若認爲：宋鈃與尹文同游稷下，“大率宋、尹是師弟關係，宋在齊但是在威王與宣王時代，尹則當在宣王與湣王時代”，或者近是。宋子在戰國中期自是一家，學兼道、墨，又講名實，故有人説他是墨家，有人説他是道家，有人説他是名家，然而，《漢志》道家、名家、墨家均未著録《宋子》，却在小説家著録《宋子》十八篇，并注云：“孫卿道宋子，其言黄老意。”是班固以爲《宋子》更近於黄老道家。而其不在道家著録《宋子》，是《宋子》不囿於黄老，而又兼采名、墨各家之説。但也非雜家，“雜家者流，蓋出於議官，兼儒墨，合名法，知國體之有此”（《漢書·藝文志》），《宋子》未能融會儒、法，故其不入雜家。郭沫若以爲：《管子》中“《心術》《内業》是宋鈃的著述或他的遺教”。“它主要在談心與情，心欲其無約束，情欲其寡淺，本‘黄老意’，是道家的一派。主張見侮不辱，禁攻寢兵，因而也頗近墨子，故荀卿以‘墨翟、宋鈃’爲類。也談名理，但不主張苛察，而且反對苛察，雖然與惠施、公孫龍異撰，但因談名理，故亦被歸爲名家。孟子、荀子都尊敬宋鈃，而且都受了他的影響，可知和儒家的關係也并不很壞。”宋鈃是“戰國時代道家學派的先驅，而它的主要動向是在調和儒墨的”。張舜徽《漢書藝文志通釋》云：“不解其十八篇之書，何以入之小説？此殆後人所撰集而後托名於宋子者，其言淺薄雜亂，不主一家，故歸諸小説家耳。使果如班注所云‘言黄老意’而甚專深，則必入道家矣。”所説甚爲有理。而《宋子》所以入小説家者，亦不全因“其言淺薄雜亂，不主一家”。余嘉錫以爲：“意者宋子‘率其群徒，辯其談説，明其譬稱’，不免如桓譚所謂‘合叢殘小語，近取譬論，以作短書’歟。蓋宋子之説，强聒而不捨，使人易厭，故不得不於談説之際，多爲譬喻，就耳目之所及，摭拾道聽途説以曲達其情，庶幾上説下教之時，使聽者爲之解頤，而其書遂不能如九家之閎深，流而入小説家矣。若其明見侮不辱而以人之情欲爲寡，則桓譚所謂‘治身理家有可觀之辭’也。”看來，宋鈃本不主一家之説，而小説家《宋鈃》其旨雖有黄老道家之意，其言却多“閭里小知者之所及”，“治身理家有可觀之辭”，故入於小説家。宋子“周行天下，上説下教”，以天下爲己任，儼然改良社會之實踐家，連孟子都不得不佩服其志大。想必其主張在當時戰亂頻仍之戰國社會影響甚巨，“聚人徒，立師學，成文典”（《荀子·正論》），可謂聲勢浩大，無怪乎荀子視其爲洪水猛獸，每有攻訐。《韓非子·顯學》還提及其學派，可見其學説直至戰國後期仍很有影響。

《宋子》，《漢書·藝文志》諸子略小説家著録十八篇，注曰：“孫卿道宋子，其言黄老意。”是班固以爲其言近於黄老道家，所以入於小説家者，爲其言多譬稱，爲閭里小知者之所及。是書《隋書·經籍志》未著録，則其亡已久。書雖不存，然據前人考證，確有遺文遺説可尋。錢穆《宋鈃考》認爲《吕氏春秋·去宥篇》“蓋宋、尹别宥説之猶存者”。朱謙之《莊子原始之一——〈逍遥游篇〉本於宋鈃説》認爲《莊子·逍遥游》“湯之問棘”等故事出自《宋子》書。郭沫若《宋鈃尹文遺著考》認爲《管子·心術》《内業》《白心》《樞言》四篇爲其遺著。今人林志鵬《宋鈃學派遺著考論》除認爲《管子·白心》《心術上》“經”的部分及《吕氏春秋·去尤》《去宥》爲宋鈃遺著外，還認爲楚竹書《彭祖》也是該派著作。綜合考量，《吕氏春秋·去尤》《去宥》最有可能爲其遺文，如其中“鄰父有與人鄰者”“齊有欲得金者”兩事，不但所講道理與其“别宥”説一致，而且其言説方式都通俗淺近，正是小説之本色。不僅此也，筆者推測，現存諸多“宋人”故事或許也是出自《宋子》，如《孟子》所載“揠苗助長”，《韓非子》所載“守株待兔”，《風俗通義》所引《百家書》“城門失火”等。并非宋人之多愚，實因宋鈃本宋人，其“上説下教”，“强聒不捨”，或爲通俗易懂、感染群衆起見，故造爲寓言多以宋人爲主人翁，以此勸誡國人，則更顯親切與深刻。

該書馬國翰有輯本，一卷。

天乙

鄭氏箋，孔穎達疏《毛詩正義》卷二十之三《商頌·那》：

猗與那與，置我鞀鼓。（《傳》：猗，嘆辭。那，多也。鞀鼓，樂之所成也。夏后氏足鼓，殷人置鼓，周人縣鼓。《箋》云：置，讀曰植。植鞀鼓者，爲楹貫而樹之，美湯受命伐桀定天下而作濩樂，故嘆之，多其改夏之制，乃始植我殷家之樂鞀與鼓也。鞀雖不植貫，而摇之亦植之類。）奏鼓簡簡，衎我烈祖。湯孫奏假，綏我思成。（《傳》：衎，樂也。烈祖，湯有功烈之祖也。假，大也。《箋》云：奏鼓，奏堂下之樂也。烈祖，湯也，湯孫太甲也。假，升。綏，安也。以金奏堂下諸縣，其聲和大簡簡然，以樂我功烈之祖成湯、湯孫太甲。又奏升堂之樂，弦歌之，乃安我心，所思而成之，謂神明來格也。《禮記》曰：齊之日，思其居處，思其笑語，思其志意，思其所樂，思其所嗜。齊三日，乃見其所爲齊者。祭之日入室，僾然必有見乎其位；周旋出户，肅然必有聞乎其容聲；出户而聽，愾然必有聞乎其嘆息之聲。此之謂思成。）鞀鼓淵淵，嘒嘒管聲。既和且平，依我磬聲。（《傳》：嘒嘒然，和也；平，正平也；依，倚也。磬聲之清者也，以象萬物之成。周尚臭，殷尚聲。《箋》云：磬，玉磬也。堂下諸縣與諸管聲皆和平，不相奪倫，又與玉磬之聲相依，亦謂和平也。玉磬尊，故異言之。）於赫湯孫，穆穆厥聲。庸鼓有斁，萬舞有奕。（《傳》：於赫湯孫，盛矣，湯爲人子孫也。大鐘曰庸，斁，斁然盛也。奕，奕然閑也。《箋》云：穆穆，美也。於，盛矣。湯孫，呼太甲也。此樂之美，其聲鐘鼓，則斁斁然有次序，其干舞又閑習。）我有嘉客，亦不夷懌。自古在昔，先民有作。温恭朝夕，執事有恪。（《傳》：夷，説也。先王稱之曰在古，古曰在昔，昔曰先民。有作，有所作也。恪，敬也。《箋》云：嘉客，謂二王后及諸侯來助祭者。我客之來助祭者，亦不説懌乎！言説懌也，乃大古而有此助祭之禮，非專於今也。其禮儀温温然恭敬，執事薦饌，則又敬也。）顧予烝嘗，湯孫之將。（《箋》云：顧，猶念也。將，猶扶助也。嘉客念我殷家有時祭之事而來者，乃太甲之扶助也，序助者之來意也。《疏》：毛以爲成湯崩後祀於其廟，詩人美湯功業，述而嘆之，曰：猗與湯之功亦甚多，而能制作濩樂，植立我殷家鞀與鼓也。既立一代之樂，用之以祭其先。祭之時廟中奏此鞀鼓，其聲簡簡然而和大也，以樂我有功烈之祖。湯之上祖有功烈者，謂契冥相土之屬也，既以樂祭祖而德當神明，故更述湯功，美其奏樂，言湯之能爲人子孫也。奏此大樂以祭鬼神，故得降福安我所思而得成也。思之所成者，正謂萬福來宜，天下和平也。又述祭時之樂，其鞀鼓之聲淵淵而和也，嘒嘒然而清烈者，是其管籥之聲、諸樂之音既以和諧且復齊平、不相奪倫，又依倚我玉磬之聲，與之和合，以其樂音和諧，更復嘆美成湯。於乎！赫然盛矣者，乃湯之爲人之子孫也。穆穆然而美者，其樂之音聲大鐘之鏞與所植之鼓。有斁然而盛，執其干戈爲萬舞者；有奕然而閑，習言其用樂之得宜也。於此之時，有王者之后及諸侯來助湯祭我，有嘉善之賓客矣。其助祭也，豈亦不夷悦而懌樂乎！言其夷悦而懌樂也。此助祭之法，乃從上古在於昔代先正之民，有作此助祭之禮，非專於今，故此嘉客依禮來助祭，其儀温温然而恭敬，早朝向夕，在於賓位，其執事薦饌，則有恭敬，此嘉賓所以來顧念我。此烝嘗之時，祭者正以湯爲人之子孫，亦有顯大之德所致也。以湯能制作禮樂，善爲子孫，嘉客助祭，鬼神降福，故陳其功德以歌頌之也。鄭以奏鼓以下皆述湯孫祭湯之事，烈祖正謂成湯，是殷家有功烈之祖也。湯孫奏假，謂太甲奏升堂之樂。綏我思成，謂神明來格，安我所思得成也。於赫湯孫，美太甲之盛。顧予烝嘗，謂嘉客念太甲之祭。湯孫之將，言來爲扶助太甲。唯此爲異，其文義略同。）

同上，《商頌·烈祖》：

嗟嗟烈祖，有秩斯祜。申錫無疆，及爾斯所。既載清酤，賚我思成。（《傳》：秩，常。申，重酤酒。賚，錫也。《箋》云：祜，福也。賚，讀如往來之來。嗟嗟乎我功烈之祖成湯，既有此王天下之常福，天又重賜之以無竟界之期，其福乃及女之此所。女，女中宗也，言承湯之業能興之也。既載清酒於尊，酌以祼獻，而神靈來至我致齊之所，思則用成。重言嗟嗟，美嘆之深。）亦有和羹，既戒既平。鬷假無言，時靡有争。綏我眉壽，黄耇無疆。（《傳》：戒，至。鬷，總；假，大也，總大。無言，無争也。《箋》云：和羹者，五味調腥熟，得節食之於人性安和，喻諸侯有和順之德也。我既祼獻，神靈來至，亦復由有和順之諸侯來助祭也。其在廟中，既恭肅敬戒矣，既齊立乎列矣，至於設薦進俎，又總升堂而齊一，皆服其職勸其事，寂然無言語者，無争訟者，此由其心平性和神靈用之，故安我以壽考之福歸美焉。）約軧錯衡，八鸞鶬鶬。以假以享，我受命溥將。自天降康，豐年穰穰。（《傳》：八鸞鶬鶬，言文德之有聲也。假，大也。《箋》云：約軧，轂餙也。鸞在鑣，四馬則八鸞。假，升也。享，獻也。將，猶助也。諸侯來助祭者，乘篆轂金飾錯衡之車，駕四馬，其鸞鶬鶬然聲和，言車服之得其正也。以此來朝，升堂獻其國之所有，於我受政教，至祭祀又溥助我，言得萬國之歡心也。天於是下平安之福，使年豐。）來假來饗，降福無疆。（《箋》云：享，謂獻酒使神享之也。諸侯助祭者來升堂來獻酒神靈，又下與我久長之福也。）顧予烝嘗，湯孫之將。（《箋》云：此祭中宗，諸侯來助之，所言湯孫之將者，中宗之享此祭，由湯之功，故本言之。《疏》：正義曰：毛以爲中宗崩後子孫祀之，中宗之有天下乃由成湯創業，作者述成湯之功，言其福流於後，故言嗟嗟乎我功烈之祖成湯也。有常者是此王天下之福，言當常王天下也。成湯既有此福，天又重賜我商家以無疆境之期，故得及爾中宗，以此處所也，謂能成湯之業復使中興也。中宗既有此業，故今祀之，既載清酒於樽酌以祼獻，以其潔敬之故，神明賜之我所思而得成，亦謂萬福來宜、天下和平也。其祭之時非直群臣而已，亦有和羹也。羹者五味調和，以喻諸侯有和順之德，此和順諸侯來在廟中，既肅敬而戒至矣，既齊立於列位矣，莫不總集大衆而能寂然無言語者。於時凡在廟中無有爭訟者，以此故神靈安我孝子以秀眉之壽，使得黃髮耇老無有疆境之福也。既言在廟助祭又本其初來之時，所乘之車以朱篆，約其長轂之軝以彩飾，錯置於衡之上，其八鸞之聲則鏘鏘然，以其太禮而來，以獻國之所有於我殷王，受其政教之命，至祭祀之時，又溥來助祭，由此得萬國之歡心，故從天下平安之福，故獲得豐年穰穰然，而每物豐多也。既言天使之豐，又說神降之福，中宗之神來至其坐矣，來享其祭矣，乃下與大福無有疆境也。又言諸侯所以來顧念我，此烝嘗之時，祭者乃由湯善爲人子孫，亦顯大之所致也。此祭中宗而引湯善爲子孫者，以湯是商家王業之所起，故歸功於湯。鄭以賚我思成，謂神靈來至我，孝子所思得成也。鬷假無言，謂總集升堂皆無言語也。以假以享，謂來朝升堂獻國之所有也。來假，謂諸侯來升堂獻酒。來饗，謂神來歆饗之。湯孫之將，正謂此時設祭之君諸侯來扶助之，然則此時祭者當是中宗子孫，而云湯孫者，中宗之饗此祭由湯之功，故本言之。雖中宗子孫，亦是湯遠孫，故亦得言湯孫也。）

同上，《商頌·玄鳥》：

天命玄鳥，降而生商，宅殷土芒芒。（《傳》：玄鳥，鳦也，春分玄鳥降，湯之先祖有娀氏女簡狄配高辛氏帝，帝率與之祈於郊禖而生契，故本其爲天所命，以玄鳥至而生焉。芒芒，大貌。《箋》云：降，下也；天使鳦下而生商者，謂鳦遺卵，娀氏之女簡狄吞之而生契，爲堯司徒，有功封商，堯知其後將興，又錫其姓焉。自契至湯，八遷始居亳之殷地而受命，國日以廣大芒芒然。湯之受命由契之功，故本其天意。）古帝命武湯，正域彼四方。方命厥后，奄有九有。（《傳》：正，長。域，有也。九有，九州也。《箋》云：古帝，天也。天帝命有威武之德者成湯，使之長有邦域，爲政於天下，方命其君，謂遍告諸侯也。湯有是德，故覆有九州爲之王也。）商之先后，受命不殆，在武丁孫子。（《傳》：武丁，高宗也。《箋》云：后，君也。商之先君受天命而行之，不解殆者在高宗之孫子，言高宗興湯之功法度明也。）武丁孫子，武王靡不勝。龍旂十乘，大糦是承。

（《傳》：勝，任也。《箋》云：交龍爲旂糦。黍，稷也。高宗之孫子有武功有王德於天下者，無所不勝服，乃有諸侯建龍旗者十乘，奉承黍稷而進之者，亦言得諸侯之歡心。十乘者二王，後八州之大國。）邦畿千里，維民所止，肇域彼四海。（《傳》：畿，疆也。《箋》云：止，猶居也。肇，當作兆，王畿千里之内，其民居安，乃後兆域正天下之經界，言其爲政自内及外。）四海來假，來假祁祁。景員維河，殷受命咸宜，百禄是何。（《傳》：景，大。員，均。何，任也。《箋》云：假，至也。祁祁，衆多也。員，古文作云。河之言何也，天下既蒙王之政令，皆得其所，而來朝覲貢獻，其至也祁祁然衆多，其所貢於殷大至。所云維言何乎，言殷王之受命皆其宜也。百禄是何，謂當擔負天之多福。《疏》：正義曰：毛以爲契母簡狄於春分玄鳥至日祈於高禖而生契，封商後世有此殷國，今以高宗有國本而美之，言上天命此玄鳥使下而生此商國，故契之子孫得言此殷，王其國境廣大芒芒然。既總言天命生商，又指陳商興之節，古之天帝命有威武之德者成湯，令長有彼四方之國，謂爲之君長，有其上地。天既命成湯爲長，又令四方歸之，方方命其諸侯之君，使歸成湯，故得同有此九州之民也。成湯既受天命，子孫又能循之商之先君，受天之命，年世延長，所以不至危殆者，在此高宗武丁善爲人之孫子也。此武丁爲人之子孫，行其先祖武德之王道，威德盛大，無所不勝任之也。故於此祀高宗也。乃有諸侯建龍旗者十乘來助殷祭，於祭之時有大黍稷之食，此諸侯於是奉承而進之，言高宗澤及天下，故子孫祭之，得萬國之歡心也。高宗前世殷政衰微，又述高宗能興之狀，殷之邦畿之内地方千里，維是民之所安止矣，然後始有彼四海。言高宗爲政先安畿内之民，後安四海之國，以爲己有，由此能有彼四海，故四海諸侯莫不來至。其來至也祁祁然，數甚衆多，此衆多諸侯其辭皆云殷王之政甚大均矣，維如河之潤物然，言其無不沾及也。成湯既受天命，子孫克循其道，則殷之受命皆得其宜，故百衆福禄，於是宜擔負之，高宗興殷之道，能爲四海所慶，故因其祀也述而歌之。鄭以爲簡狄吞鳦卵生契，故言天命玄鳥降而生商也。正域彼四方，言長有邦域爲政於四方，又以奄爲覆言，覆有九州爲之王也。又受命不怠，在武丁孫子，謂行之不解怠者在武丁之孫子，言高宗興湯之功，法度著明，以教戒後世子孫行之不解怠也。武王靡不勝，謂武丁孫子有武功有王德者，於天下無所不勝，由高宗功被後世，故子孫能服天下也。兆域彼四海，謂正天下之經界，爲營兆境域以至於彼四海也。景云維河，言諸侯大至，所言維云何乎，殷受命咸宜百禄是荷，即其言之所云也。唯此爲異，餘文義略同。）

同上，卷二十之四《商頌・長發》：

濬哲維商，長發其祥。洪水芒芒，禹敷下土方，外大國是疆，幅隕既長。（《傳》：濬，深。洪，大也。諸夏爲外。幅，廣也。隕，均也。《箋》云：長，猶久也。隕，當作圓，圓謂周也。深知乎維商家之德也，久發見其禎祥矣。乃用洪水，禹敷下土，正四方，定諸夏，廣大其竟界之時，始有王天下之萌兆，歷虞夏之世，故爲久也。）有娀方將，帝立子生商。（《傳》：有娀，契母也。將，大也。契生商也。《箋》云：帝，黑帝也。禹敷下土之時，有娀氏之國亦始廣大，有女簡狄吞鳦卵而生契，堯封之於商，後湯王因以爲天下號，故云帝立子生商。《疏》：正義曰：毛以爲有深智者維我商家之德也，昔在前世久發見其禎祥矣。其祥之見在何時乎，往者唐堯之末，有大水芒芒然，有大禹者敷廣下土，以正四方，京師之外大國於是畫其疆境，令使中國廣大均平既見長遠矣，於是時契已佐禹，是其禎祥久見也。又説商興之由有娀氏之女，方欲長大之時，天爲之生立其子而使之生商，謂上天佑契使賢而生有商國也。鄭以隕爲圓，言中國廣大而圓周也。有娀方將，謂有娀之國方始廣大，黑帝憑依簡狄使之有子，立其子使生商國，其文義略同傳。）玄王桓撥，受小國是達，受大國是達，率履不越，遂視既發。（《傳》：玄王，契也。桓，大。撥，治。履，禮也。《箋》云：承黑帝而立子，故謂契爲玄王。遂，猶遍也。發，行也。玄王廣大其政治，始堯封之商爲小國，舜之末年乃益其土地爲大國，皆能達其教令，使其民循禮不得逾越，乃遍省視之，教令則盡行也。）相土烈烈，海外有截。（《傳》：相土，契孫也。烈烈，威也。《箋》云：截，整齊也。相土居夏后之世，承契之業，入爲王官之伯，出長諸侯，其威武之盛，烈烈然四海之外率服，截爾整齊。《疏》：正義曰：截著斬斷之意，故爲齊也。相土是昭明之於契之孫也，故云居夏后之世，承契之業。契封商國，相土嗣之，止爲一國之君而已，不得威行海外。今云海外有截，故知入爲王官之伯，出長諸侯也。僖四年《左傳》管仲説太公爲王官之伯，云"五侯九伯，汝實征之，以夾輔周室"，是王官之伯分主東西，得征其所職之方，故得云威武烈烈。然而四海之外截而整齊，分主東西，則威加一面而已。而云四海者，不知所主何方，故總舉四海言之截然整齊，謂守其所職不敢内侵外畔也。王肅云：相土能繼契，四海之外截然整齊而治，言有烈烈之威，則相土在夏爲司馬之職掌征伐也。説《春秋》者亦以太公爲司馬之官，故得征五侯九伯，與鄭異也。）

帝命不違，至于湯齊。（《傳》：至湯與天心齊。《箋》云：帝命不違者，天之所以命契之事。世世行之，其德浸大，至於湯而當天心。）湯降不遲，聖敬日躋。昭假遲遲，上帝是祗。帝命式于九圍。（《傳》：不遲，言疾也。躋，升也。九圍，九州也。《箋》云：降，下。假，暇。祗，敬。式，用也。湯之下士尊賢甚疾，其聖敬之德日進，然而以其德聰明寬暇，天下之人遲遲然，言急於己而緩於人，天用是故愛敬之也。天於是又命之使用事於天下，言王之也。《疏》正義曰：上陳玄王相土，論商興所由，此下皆述成湯，指言興事，言天之所以命契之事，自契之後世世行而不違失天心，雖已漸大未能行同於天，至於成湯而動合天意，然後與天心齊也。因説成湯之行，湯之下士尊賢甚疾而不遲也，其聖明恭敬之德日升而不退也。以其聰明寬假，天下之人遲遲然而舒緩也。上天以是之故常愛敬之，故天命之使用事於九州爲天下王也。）

受小球大球，爲下國綴旒。何天之休？（《傳》：球，玉。綴，表。旒，章也。《箋》云：綴，猶結也。旒，旌旗之垂者也。休，美也。湯既爲天所命，則受小玉，謂尺二寸圭也。受大玉，謂珽也，長三尺。執圭搢珽以與諸侯會同結定，其心如旌旗之旒縿，著焉擔負天之美譽，爲衆所歸鄉。）不競不絿，不剛不柔。敷政優優，百禄是遒。（《傳》：絿，急也。優優，和也。遒，聚也。《箋》云：競，逐也，不逐不與人争前後。《疏》：正義曰：毛以爲上言用事九圍，此言用事之實。湯之用事也，受小球玉，謂尺二寸之鎮圭也；大球玉，謂三尺之珽也。受此二玉以作天子，爲下國諸侯之表章，能荷負天之美譽也。又述湯之行能致美譽之由。湯之性行，不争競，不急躁，不太剛猛，不太柔弱，舉事甚得其中，敷陳政教則優優而和美，以此之故百衆之禄於是聚而歸之，福禄聚歸能荷之也。鄭唯下國綴旒爲異言，湯受二玉與諸侯而會同，諸侯心繫天子，如旌旗之旒綴著於縿。餘同。）

受小共大共，爲下國駿厖。何天之龍？（《傳》：共，法。駿，大。厖，厚。龍，和也。《箋》云：共，執也。小共、大共，猶所執搢小球、大球也。駿之言俊也。龍當作寵，寵榮名之謂。）敷奏其勇，不震不動，不戁不竦，百禄是總。（《傳》：戁，恐。竦，懼也。《箋》云：不震不動，不可驚憚也。《疏》：正義曰：毛以爲此又言成湯之用事也。受小玉之法，受大玉之法，施之諸侯，成諸侯之性行，爲下國之大純厚，能荷負天之和道也。又述成湯之行，能荷天之和道所由，湯之陳進其勇，不可震，不可動，不戁恐，不竦懼，所征無敵，克平天下，百衆之禄於是總聚而歸之，故能荷天之和道也。鄭以爲此又覆述上章，言湯受小玉而執之，受大玉而執之，執此二玉與諸侯會同，爲下國作英俊厚德之君，能荷負天之榮寵。餘同。）

武王載旆，有虔秉鉞，如火烈烈，則莫我敢曷。（《傳》：武王，湯也。旆，旗也。虔，固。曷，害也。《箋》云：有之言又也，上既美其剛柔得中，勇敢不懼，於是有武功，有王德，及建旆興師出伐，又固持其鉞志在誅有罪也，其威勢如猛火之炎熾，誰敢禦害我。）苞有三蘖，莫遂莫達，九有有截。（《傳》：苞，本。蘖，餘也。《箋》云：苞，豐也。天豐大，先三正之，後世謂君以大國行天子之禮樂，然而無有能以德自遂建於天者，故天下歸鄉湯，九州齊一截然。）韋顧既伐，昆吾夏桀。（《傳》：有韋國者，有顧國者，有昆吾國者。《箋》云：韋豕、韋彭，姓也；顧、昆吾，皆己姓也。三國黨於桀惡，湯先伐韋、顧，克之。昆吾、夏桀，則同時誅也。《疏》：正義曰：毛以爲上言成湯進勇，此述爲勇之事。有有武功有王德之成湯，載其旌旗以出征伐，又能固執其鉞志在誅殺有罪，其威勢嚴猛如火之炎熾，烈烈然曾無於我成湯敢害之者。又述成湯得衆之由，二代既滅，封其支子爲王者之後，猶樹木既斬其根本，更有蘖生之條。言夏桀與二王之後，根本之上有三種蘖餘，承藉雖重，必無德行，莫有能以行申遂天意者，莫能以德自達於天者，天下諸國無所歸依，故九州諸侯截然齊整一而歸湯也。九州諸國既盡歸湯，雖有韋、顧、昆吾黨桀爲惡，成湯於是恭行天罰，韋、顧二國既已伐之，又伐昆吾之與夏桀，羣惡既盡，天下廓清，成湯於是乃即真爲天子。鄭唯以苞爲豐言天豐有三正之餘，使爲大國而不能遂達，故九州歸湯。餘同。）

昔在中葉，有震且業。允也天子，降于卿士。（《傳》：葉，世也。業，危也。《箋》云：中世謂相土也，震猶威也。相土始有征伐之威，以爲子孫討惡之業。湯遵而興之，信也。天命而子之，下予之卿士，謂生賢佐也。《春秋傳》曰：畏君之震，師徒橈敗。）實維阿衡，實左右商王。（《傳》：阿衡，伊尹也。左右，助也，《箋》云：阿，倚。衡，平也。伊尹，湯所依倚而取平，故以爲官名。商王，湯也。《疏》：正義曰：毛以爲既言成湯伐桀，又上本未興之時，及得臣之助云。昔在中間之世，謂成湯之前商爲諸侯之國，有震懼而且危怖矣。至於成湯乃有聖德言實也，上天子而愛之，下大賢之人予之使爲卿士，此卿士者實爲阿衡之官，實佐助我成湯，故能克桀而有天下，此皆上天之力。高宗祭又得禮，故因大禘之祭述而歌也。鄭以爲昔在中世，謂相土之時，有征伐之威，且爲子孫討惡之業，故成湯亦遵用其道，皇天子而愛之。餘同。）

同上，《商頌·殷武》：

撻彼殷武，奮伐荆楚。罙入其阻，裒荆之旅。（《傳》：撻，疾意也。殷武，殷王武丁也。荆楚，荆州之楚國也。罙，深。裒，聚也。《箋》云：有鐘鼓曰伐，罙冒也。殷道衰而楚人叛，高宗撻然奮揚威武，出兵伐之，冒入其險阻，謂逾方城之隘，克其軍，率而俘虜其士衆。）有截其所，湯孫之緒。（《箋》云：緒，業也。所，猶處也。高宗所伐之處，國邑皆服其罪，更自敕整截然齊壹，是乃湯孫太甲之等功業。《疏》：正義曰：毛以爲撻然而疾者，彼殷王之武丁也。又言其疾之意乃能奮揚其威武，往伐荆楚之國，深入其險阻之内，聚荆國之人衆俘虜而以歸也。既伐楚克之，則無往不服，有截然而齊整者，其高宗往伐之處所，是高宗之功乃湯之爲人子孫之業也。美高宗之伐與湯同也。鄭以罙爲冒，又以湯孫之緒爲太甲之等功業，高宗之功與太甲之等同也，餘同。）維女荆楚，居國南鄉。昔有成湯，自彼氐羌。莫敢不來享，莫敢不來王，曰商是常。（《傳》：鄉，所也。《箋》云：氐羌，夷狄國，在西方者也。享，獻也。世見曰王，維女楚國近在荆州之域，居中國之南方，而背叛乎。成湯之時，乃氐羌遠夷之國來獻來見，曰商王是吾常君也。此所用責楚之義，女乃遠夷之不如。《疏》：正義曰：氐羌之種漢世仍存，其居在秦隴之西，故知在西方者也。“享，獻”，《釋詁》文。氐羌遠夷，一世而一見於王，以經言來，故解之云世見，曰來王。秋官大行人云，九州之外謂之蕃國，世一見，謂其國父死子繼，嗣王即位乃來朝，是之謂世見也。言維汝荊楚則是以言告楚，故知此所用責楚之義，謂未伐之前先以此言告之。但此詩主美伐功，故上章先言伐事，此章盡五章叙未伐，本其告責之禮耳。）（《十三經注疏》本，中華書局，1980年）

鍾肇鵬《鬻子校理》卷下《湯政天下至紂第七》：

湯之治天下也，（湯姓子，名履，字天乙。除虐去殘曰湯。征葛伯放桀，順取天下以理也。）得慶誧（《守山閣》本作“輔”，《百子》本作“誧”。）、伊尹、湟里且、東門虚、南門蝡、西門疪（《守山閣》本作“疵”，《百子》本作“疪”，與《道藏》本同。）、北門側。（伊尹，有莘氏媵臣，以爲相。東門等，并姓名也。）得七大夫佐，以治天下，而天下治。（七大夫皆有賢行，斥救弼諧，故得天下咸乂也。）二十七世，（自湯至紂父子兄弟相承，二十七代也。）積歲五百七十六歲至紂。（夏曰歲。此除即位之年也。）（《新編諸子集成續編》本，中華書局，2010年）

朱熹《四書章句集注·論語集注》卷六《顔淵》：

樊遲退，見子夏。曰：“鄉也吾見於夫子而問知，子曰，‘舉直錯諸枉，能使枉者直’，何謂也？”（鄉，去聲。見，賢徧反。遲以夫子之言專爲知者之事，又未達所以能使枉者直之理。）子夏曰：“富哉言乎！（嘆其所包者廣，不止言知。）舜有天下，選於衆，舉皋陶，不仁者遠矣。湯有天下，選於衆，舉伊尹，不仁者遠矣。”（選，息戀反。陶，音遥。遠，如字。伊尹，湯之相也。不仁者遠，言人皆化而爲仁，不見有不仁者，若其遠去爾，所謂使枉者直也。子夏蓋有以知夫子之兼仁知而言矣。程子曰：“聖人之語，因人而變化，雖若有淺近者，而其包含無所不盡，觀於此章可見矣。非若他人之言，語近則遺遠，語遠則不知近也。”）

同上，卷十《堯曰》：

曰：“予小子履，敢用玄牡，敢昭告於皇皇后帝：有罪不敢赦。帝臣不蔽，簡在帝心。朕躬有罪，無以萬方；萬方有罪，罪在朕躬。”（此引《商書·湯誥》之辭。蓋湯既放桀而告諸侯也。與《書》文大同小異。曰上當有湯字。履，蓋湯名。用玄牡，夏尚黑，未變其禮也。簡，閲也。言桀有罪，己不敢赦。而天下賢人，皆上帝之臣，己不敢蔽。簡在帝心，惟帝所命。此述其初請命而伐桀之辭也。又言君有罪非民所致，民有罪實君所爲，見其厚於責己薄於責人之意。此其告諸侯之辭

也。）（《四書章句集注》本，中華書局，2012年）

孫詒讓《墨子閒詁》卷四《兼愛下》：

且不惟《禹誓》爲然，雖《湯説》即亦猶是也。（《周禮·大祝》六祈，六曰“説”，鄭注云：“説，以辭責之，用幣而已。”此下文亦云“以祠説於上帝鬼神”。若然，則説禮殷時已有之。《論語·堯曰篇》集解“孔安國云《墨子》引《湯誓》”、《國語·周語》内史過引《湯誓》，與此下文略同。韋注云：“《湯誓》，《商書》伐桀之誓也。今《湯誓》無此言，則已散亡矣。”案：孔安國引此作《湯誓》，或兼據《國語》文。《尚賢中篇》引《湯誓》，今《書》亦無之。）湯曰：（畢云：“今《湯誥》文。”）“惟予小子履，（《論語·堯曰篇》無“惟”字，孔注云：“履，殷湯名。此伐桀告天之文。”案：孔以此爲伐桀時事，《白虎通義·三正篇》及《周語》韋注説同。然據此後文，則是湯禱旱之辭，孔説蓋誤。《大戴禮記·少閒篇》云“乃有商履代興”，《白虎通義·姓名篇》云：“湯王後更名，爲子孫法，本名履也。”畢云：“孔書作‘肆台小子’。”）敢用玄牡，告於上天后，（《論語》作“敢昭告於皇皇后帝”，孔注云“殷家尚白，未變夏禮，故用玄牲。皇，大；后，君也。大大君帝，謂天帝也”。《白虎通義·三正篇》云：“《論語》曰‘予小子履’云云，此湯伐桀，告天以夏之牲也。”與《論語》孔注説同。《書·湯誥》孔疏云：“鄭玄解《論語》云‘用玄牡者，爲舜命禹事，於時總告五方之帝，莫適用，用皇天大帝之牲’，其意與孔異。”《國語·周語》“皇天嘉禹，胙以天下”，韋注亦引《論語》“帝臣不蔽”二語。又《詩·閟宫》孔疏云：“《論語》曰：皇皇后帝。《論語》説帝受終文祖，宜總祭五帝也。”并從鄭以此爲禹事，與《墨子》《尸子》説異。《御覽》八十三引《帝王世紀》載此文作“告於上天后土”，疑此“后”下亦脱“土”字。畢云：“孔書作‘上天神后’。”）曰：今天大旱，即當朕身履，（《帝王世紀》云：“湯自伐桀後，大旱七年，禱於桑林之社，其辭如此。”畢云：“詳此文，是湯禱旱文，《孔書》亦無此十字。）未知得罪於上下。（畢云：“《孔書》作‘未知獲戾於上下’。”）有善不敢蔽，有罪不敢赦，簡在帝心。（《論語集解》：“包咸云：‘順天奉法，有罪者不敢擅赦。’何晏云：‘言桀居帝臣之位，罪過不可隱蔽，以其簡在帝心故。’”案：《論語》作“帝臣不蔽”，何氏以爲指桀，與此義不合，非也。僞《湯誥》云“爾有善，朕弗敢蔽。罪當朕躬，弗敢自赦。惟簡在上帝之心”，孔傳云：“所以不蔽善人，不赦己罪，以其簡在天心故也。”孔疏云：“鄭玄注《論語》云：‘簡閱在天心，言天簡閱其善惡也。’”畢云：“皆與孔疏微異。”）萬方有罪，即當朕身，朕身有罪，無及萬方。”（孔安國云：“無以萬方，萬方不與也。萬方有罪，我身之過。”《群書治要》引《尸子·綽子篇》云：

"湯曰：朕身有罪，無及萬方，萬方有罪，朕身受之。"《帝王世紀》云"萬方有罪，即當朕躬，朕躬有罪，無及萬方。無以一人之不敏，使上帝鬼神傷民之命"，并與此文小異。畢云："俱與《孔書》微異。孔安國注《論語》'有罪不敢赦，帝臣不蔽，簡在帝心，朕躬有罪，無以萬方，萬方有罪，罪有朕躬'云：'《墨子》引《湯誓》，其辭若此。'《國語·周語》内史過引《湯誓》云：'余一人有罪，無以萬夫，萬夫有罪，在余一人。'"詒讓案：僞《湯誥》云："其爾萬方有罪，在予一人，予一人有罪，無以爾萬方"，孔傳云："在予一人，自責化不至；無用爾萬方，言非所及。"）即此言湯貴爲天子，富有天下，然且不憚以身爲犧牲，以祠説於上帝鬼神，（《吕氏春秋·順民篇》云："昔者湯克夏而正天下，天大旱，五年不收，湯乃以身禱於桑林，曰：'余一人有罪，無及萬夫，萬夫有罪，在余一人。無以一人之不敏，使上帝鬼神傷民之命。'於是剪其髮，𨟻其手，以身爲犧牲，用祈福於上帝。"與此文合。則《湯説》即禱桑林之辭也。《御覽》八十三引《尸子》及《帝王世紀》説，與《吕》略同。）即此湯兼也。雖子墨子之所謂兼者，於湯取法焉。

同上，卷五《非攻下》：

遝至乎夏王桀，天有䛔命，（畢云："'䛔'當是'誥'字。"詒讓案：䛔疑當爲"酷"，謂嚴命也。）日月不時，寒暑雜至，五穀焦死，鬼呼國，鶴鳴十夕餘。天乃命湯於鑣宫，（畢云："舊脱'天'字，據《文選》注增。鑣，《藝文類聚》引作'驪'，《文選》注作'鑣'。"王紹蘭云："'鑣宫'即《孟子》'牧宫'。天乃命湯於鑣宫，往而誅之，即'天誅造攻自牧宫'也。"案：《孟子·萬章篇》趙岐注云："牧宫，桀宫。"似與此"鑣宫"異，王説未塙。）用受夏之大命："夏德大亂，予既卒其命於天矣，往而誅之，必使女堪之。"（案："夏德大亂"以下四句，文義與下文重複，疑校書者附記異同，遂與正文淆亂。《文選·辯命論》《褚淵碑文》注兩引亦無此數語。）湯焉敢奉率其衆，是以鄉有夏之境，（王引之云："焉猶乃也。言湯既受天命，乃敢伐夏也。"王紹蘭云："'焉'之爲言於是也。"）帝乃使陰暴毁有夏之城。（陰，疑"降"之誤。）少少，有神來告曰："夏德大亂，往攻之，予必使汝大堪之。予既受命於天，天命融隆火（畢云："隆，疑作'降'，言命祝融降火。"王云："'降'與'隆'通，不煩改字，詳《尚賢中篇》。詒讓案：《國語·周語》内史過説夏亡，"回禄信於聆隧"，韋注云："回禄，火神；聆隧，地名。"《左昭十八年傳》鄭災，"禳火於玄冥、回禄"，孔疏云："楚之先吴回爲祝融，或云回禄即吴回也。"是融即回禄，此與《周語》所云即一事也。）於夏之城間西北之隅。"湯奉桀衆以克有，（蘇云："'有'下脱'夏'字。）屬諸侯於薄，（《禮記·經解》鄭注云："屬猶合也。”畢云：“此作‘薄’，是也。《管子·地數》云‘湯有七十里之薄’，《周書·殷祝解》云‘湯放桀而復薄’……又案：薄，惟《孟子》作‘亳’，非正字也。亳，京兆杜陵亭，見《説文》。别有亳王號湯，在今陝西三原縣，地各不同。）薦章天命，（《爾雅·釋詁》云：“薦，進也。”《儀禮·士冠禮》鄭注云：“章，明也。”）通於四方，而天下諸侯莫敢不賓服，則此湯之所以誅桀也。

同上，卷八《明鬼下》：

昔者夏王桀貴爲天子，富有天下，上詬天侮鬼，下殃傲天下之萬民，（王云：“‘殃傲’二字義不相屬，是‘殃殺’之誤。下文‘殷王紂殃傲天下之萬民’，同。”案：王説是也。此書“殺”字多訛爲“傲”，詳《尚賢中篇》。）祥上帝伐元山帝行，（伐，吴鈔本作“代”。“山帝”疑亦當爲“上帝”。畢云：“此句未詳。”）故於此乎天乃使湯至明罰焉。（畢云：“‘至’同‘致’。”）湯以車九兩，（《周禮·夏官叙官》云：“二十五人爲兩。”古者兵車一兩，卒二十五人，九兩止二百二十五人，於數太少，殆非也。此“九兩”疑當作“九十兩”。《吕氏春秋》云“良車七十乘”，數略相近。）鳥陣雁行，（《六韜·鳥雲澤兵》有鳥雲之陳，云：“所謂鳥雲者，鳥散而雲合，變化無窮者也。”）湯乘大贊，（畢云：“疑‘輦’字。”俞云：“畢非也。湯乘大贊，即《書序》所謂‘升自陑’者，枚傳云‘湯升道從陑，出其不意’，是也。《吕氏春秋·簡選篇》亦云‘登自鳴條’。蓋湯之伐桀，必由間道從高而下，故《書序》言‘升’，《吕覽》言‘登’，《墨子》言‘乘’，乘即升也、登也。《詩·七月篇》毛傳曰：‘乘，升也。’襄二十三年《左傳》杜注曰：‘乘，登也。’升陑、登鳴條皆以地言，但不能知其所在耳。”）犯遂下衆，人之螞遂，（畢云：“疑有誤字。”詒讓案：疑當作“犯逐夏衆，人之郊遂”。“逐”“遂”形誤。“夏”“下”，“郊”“螞”，聲誤。）王乎禽推哆、大戲。（畢云：“‘乎禽’當爲‘手禽’。或云乎同呼。《吕氏春秋·簡選》云：‘殷湯以良車七十乘，必死六千人，以戊子戰於郕，遂禽移、大犧。’高誘云：‘桀多力，能推大犧，因以爲號，而禽克之。’案‘移’，即推移，此書《所染》云‘夏桀染於干辛、推哆’，《古今人表》作‘雅侈’。此下又云‘推哆、大戲，生列兕虎，指畫殺人’，則推哆、大戲是人名無疑。‘哆’‘移’‘侈’、‘戲’‘犧’，皆音相近也。高誘注《吕氏春秋》誤。”）故昔夏王桀（“昔”下當有“者”字。）貴爲天子，富有天下，有勇力之人（畢云：“舊脱‘力’字、‘人’字，據《太平御覽》增。”）推哆、大戲，（《晏子春秋·内篇諫》上云；“推侈、大戲足走千里，手裂兕虎。”）生列兕虎，（生列，舊本作“主别”。畢云：“主别，《太平御覽》引作‘生捕’。”王云：“‘主别兕虎’本作‘生列兕虎’，‘列’即今‘裂’字也。……”）指畫殺人。

人民之衆兆億，侯盈厥澤陵，（《詩・周頌・下武》毛傳云："侯，維也。"）然不能以此圉鬼神之誅。（圉、禦字通。《詩・大雅・桑柔篇》"孔棘我圉"，鄭箋云："'圉'當作'禦'。"）此吾所謂鬼神之罰，不可爲富貴衆强、勇力强武、堅甲利兵者，此也。

同上，卷九《非命上》：

子墨子曰：古者湯封於亳，（畢云："當爲'薄'。《説文》云：'亳，京兆杜陵亭也。從高省，乇聲。'《史記集解》云：'徐廣曰：京兆杜縣有亳亭。'《索隱》云：'秦寧公與亳王戰，亳王奔戎，遂滅湯社。皇甫謐云：周桓王時自有亳王號湯，非殷也。'此亳在陕西長安縣南。若殷湯所封，是河南偃師之薄。《書傳》及本書亦多作'薄'，惟《孟子》作'亳'，蓋借音字，後人依改亂之。顧炎武不考《史記》，反以此譏許君地理之謬，是以不狂爲狂也。"）絶長繼短，（此云"絶長繼短"，猶《國策》云"斷長續短"也。）方地百里，與其百姓兼相愛、交相利，移則分，（畢云："言財多則分也。移，或'多'字。……'移'古通作'侈'字，'侈'亦是有餘之義。"）率其百姓以上尊天事鬼。是以天鬼富之，諸侯與之，百姓親之，賢士歸之，未殁其世，而王天下，政諸侯。（"政""正"通，正猶長也，詳《親士篇》。）

同上，卷十二《貴義》：

子墨子曰："……且主君亦嘗聞湯之説乎？（"主君"，謂穆賀也。）昔者，湯將往見伊尹，令彭氏之子御。彭氏之子半道而問曰：'君將何之？'湯曰：'將往見伊尹。'彭氏之子曰：'伊尹，天下之賤人也。（《尚賢中篇》云"伊摯，有莘氏女之私臣，親爲庖人"，故曰天下之賤人。）若君欲見之，（吴鈔本"若君"作"君若"。）亦令召問焉，彼受賜矣。'湯曰：'非女所知也。（吴鈔本"女"作"汝"。）今有藥此，（蘇云："'藥'下當脱'於'字。"）食之則耳加聰，目加明，則吾必説而强食之。今夫伊尹之於我國也，譬之良醫善藥也。而子不欲我見伊尹，是子不欲吾善也。'因下彭氏之子，不使御。彼苟然，然後可也。"（盧云："此下疑有脱文。"詒讓案：此七字與上文亦不相應，上下似并有脱佚。）

（《新編諸子集成》本，中華書局，2001年）

黎翔鳳《管子校注》卷二十三《輕重甲》：

桓公問管子曰："夫湯以七十里之薄，兼桀之天下，其故何也？"管子對曰："桀者冬不爲杠，（翔鳳案：《孟子・離婁下篇》："歲十一月徒杠成。"《音義》："張音杠，方橋也。"）夏不束柎，（何如璋云："束柎"者，以木爲桴，相比束之，浮水以渡也。夏水大，故須束柎。）以觀湅溺。弛牝虎充市，以觀其驚駭。至湯而不然，夷競而積粟，（翔鳳案：《曲禮》“在醜夷不争”，《史記·留侯世家》“皆陛下故等夷”，“夷”謂儕輩也，“夷競”猶“衆競”，非誤字。）飢者食之，寒者衣之，不資者振之，天下歸湯若流水。此桀之所以失其天下也。”桓公曰：“桀使湯得爲是，其故何也？”管子曰：“女華者，桀之所愛也，（張佩綸云：《竹書紀年》：“癸命扁伐岷山，岷山進女於桀二人，曰琬，曰琰。后愛二人，女無子焉，斫其名於苕華之玉，苕是琬，華是琰，而棄其元妃於洛曰末喜氏，以與伊尹交，遂以亡夏。”）湯事之以千金。曲逆者，桀之所善也，（張佩綸云：“曲逆”未詳。《墨子·所染篇》“夏桀染於干辛、推哆”，《明鬼篇》作“推哆、大戲”。《吕氏春秋·當然篇》“夏桀染於羊辛、歧踵戎”，高注：“羊辛、歧踵戎，桀之邪臣。”《慎大篇》作“干辛”，注：“干辛，桀之諛臣。”“曲逆”殆即其類歟？翔鳳案：臣事君以忠，大臣未有敢以逆爲名者，即以“逆”訓迎，“曲逆”亦非美詞。戰國時有曲逆縣，漢高帝封陳平爲曲逆侯，章帝醜其名，改爲蒲陰。《元和志》亦謂曲逆河之名不美，改爲方順河。愈信“曲逆”不能爲大臣之名。“曲逆”者，委曲迎合上意，此渾名也。《左》文十八年：“帝鴻氏有不才子，謂之渾敦。少皞氏有不才子，謂之窮奇。顓頊氏有不才子，謂之梼杌。縉雲氏有不才子，謂之饕餮。”舜父瞽叟，紂臣惡來，皆爲渾名。惡之則稱渾名，尊之則别有稱號。姜太公、管仲父、范亞父，皆非名也。古代有此風氣，則“曲逆”爲渾名，非真名也。以女華例之，本名琰，以其爲女寵而稱爲“華”，猶現代校花、交際花，亦非名也。“曲逆”之真名，當如《墨子》《吕氏春秋》所記也。）湯事之以千金。内則有女華之陰，外則有曲逆之陽，陰陽之議合，而得成其天子。此湯之陰謀也。”（《新編諸子集成》本，中華書局，2004年）

楊伯峻《列子集釋》卷五《湯問》：

殷湯問於夏革（《釋文》云：殷湯姓子，名履，字天乙。革音棘。夏棘字子棘，爲湯大夫。）曰：“古初有物乎？”夏革曰：“古初無物，今惡得物？後之人將謂今之無物，可乎？”殷湯曰：“然則物無先後乎？”夏革曰：“物之終始，初無極已。始或爲終，終或爲始，惡知其紀？然自物之外，自事之先，朕所不知也。”殷湯曰：“然則上下八方有極盡乎？”革曰：“不知也。”湯固問。革曰：“無則無極，有則有盡。朕何以知之？然無極之外復無無極，無盡之中復無無盡。無極復無無極，無盡復無無盡。朕以是知其無極無盡也，而不知其有極有盡也。”（知其無，則無所不知；不知其有，則乃是真知也。）

湯又問曰：“四海之外奚有？”革曰：“猶齊州也。”湯曰：“汝奚以實之？”革曰：“朕東行至營，人民猶是也。問營之東，復猶營也。西行至豳，人民猶是也。問豳之西，復猶豳也。朕以是知四海、四荒、四極之不異是也。故大小相含，無窮極也。含萬物者，亦如含天地。含萬物也故不窮，含天地也故無極。朕亦焉知天地之表不有大天地者乎？亦吾所不知也。然則天地亦物也。物有不足，故昔者女媧氏練五色石以補其闕，斷鼇之足以立四極。其後共工氏與顓頊争爲帝，怒而觸不周之山，折天柱，絶地維；故天傾西北，日月辰星就焉；地不滿東南，故百川水潦歸焉。”

湯又問：“物有巨細乎？有修短乎？有同異乎？”革曰：“渤海之東不知幾億萬里，有大壑焉，實惟無底之谷，其下無底，名曰歸墟。八紘九野之水，天漢之流，莫不注之，而無增無減焉。其中有五山焉：一曰岱輿，二曰員嶠，三曰方壺，四曰瀛洲，五曰蓬萊。其山高下周旋三萬里，其頂平處九千里。山之中間相去七萬里，以爲鄰居焉。其上臺觀皆金玉，其上禽獸皆純縞。珠玕之樹皆叢生，華實皆有滋味，食之皆不老不死。所居之人皆仙聖之種，一日一夕飛相往來者，不可數焉。而五山之根無所連箸，常隨潮波上下往還，不得暫峙焉。仙聖毒之，訴之於帝。帝恐流於西極，失群仙聖之居，乃命禺强使巨鼇十五舉首而戴之。迭爲三番，六萬歲一交焉。五山始峙而不動。而龍伯之國有大人，舉足不盈數步而暨五山之所，一釣而連六鼇，合負而趣歸其國，灼其骨以數焉。於是岱輿、員嶠二山流於北極，沉於大海，仙聖之播遷者巨億計。帝憑怒，侵減龍伯之國使阨，侵小龍伯之民使短。至伏羲、神農時，其國人猶數十丈。從中州以東四十萬里得僬僥國，人長一尺五寸。東北極有人名曰諍人，長九寸。荆之南有冥靈者，以五百歲爲春，五百歲爲秋。上古有大椿者，以八千歲爲春，八千歲爲秋。朽壤之上有菌芝者，生於朝，死於晦。春夏之月有蠓蚋者，因雨而生，見陽而死。終北之北有溟海者，天池也，有魚焉。其廣數千里，其長稱焉，其名爲鯤。有鳥焉，其名爲鵬，翼若垂天之雲，其體稱焉。世豈知有此物哉？大禹行而見之，伯益知而名之，夷堅聞而志之。江浦之間生麽蟲，其名曰焦螟，群飛而集於蚊睫，弗相觸也。棲宿去來，蚊弗覺也。離朱、子羽方晝拭眥揚眉而望之，弗見其形；觚俞、師曠方夜擿耳俯首而聽之，弗聞其聲。唯黄帝與容成子居空峒之上，同齋三月，心死形廢；徐以神視，塊然見之，若嵩山之阿；徐以氣聽，砰然聞之，若雷霆之聲。吴、楚之國有大木焉，其名爲柚。碧樹而冬生，實丹而味酸。食其皮汁，已憤厥之疾，齊州珍之，渡淮而北而化爲枳焉。鸜鵒不逾濟，貉逾汶則死矣；地氣然也。雖然，形氣異也，性鈞已，無相易已。生皆全已，分皆足已。吾何以識其巨細？何以識其修短？何以識其同異哉？”（《新編諸子集成》本，中華書局，1979年）

郭象注，成玄英疏《莊子注疏》卷一《逍遥游》：

湯之問棘也是已：［（疏）湯，是帝嚳之後，契之苗裔，姓子名履，字天乙。

母氏扶都，見白氣貫月，感而生湯。豐下鋭上，身長九尺。仕夏爲諸侯，有聖德，諸侯歸之。遭桀無道，囚於夏臺。後得免，乃與諸侯同盟於景亳之地，會桀於昆吾之虚，大戰於鳴條之野，桀奔於南巢。湯既克桀，讓天下於務光，務光不受。湯即位，乃都於亳，後改爲商，殷開基之主也。棘者，湯時賢人，亦云湯之博士。《列子》謂之夏革。革、棘聲類，蓋字之誤也。而棘既是賢人，湯師事之，故湯問於棘，詢其至道。云物性不同，各有素分，循而直往，因而任之。殷湯輕益，深有玄趣。莊子許其所問，故云是已。〕窮發之北，有冥海者，天池也。有魚焉，其廣數千里，未有知其修者，其名爲鯤。有鳥焉，其名爲鵬，背若泰山，翼若垂天之雲，摶扶搖羊角而上者九萬里，絶雲氣，負青天，然後圖南，且適南冥也。斥鴳笑之曰："彼且奚適！我騰躍而上，不過數仞而下，翱翔蓬蒿之間，此亦飛之至也，而彼且奚適也！"此小大之辯也。

同上，卷九《讓王》：

湯將伐桀，因卞隨而謀，卞隨曰："非吾事也。"湯曰："孰可？"曰："吾不知也。"湯又因務光而謀，務光曰："非吾事也。"湯曰："孰可？"曰："吾不知也。"湯曰："伊尹何如？"曰："强力忍垢，吾不知其他也。"湯遂與伊尹謀伐桀，克之。以讓卞隨，卞隨辭曰："后之伐桀也謀乎我，必以我爲賊也；勝桀而讓我，必〔以〕我爲貪也。吾生乎亂世，而無道之人再來漫我以其辱行，吾不忍數聞也！"乃自投稠水而死。湯又讓務光，曰："知者謀之，武者遂之，仁者居之，古之道也。吾子胡不立乎？"務光辭曰："廢上，非義也；殺民，非仁也；人犯其難，我享其利，非廉也。吾聞之曰：非其義者，不受其禄；無道之世，不踐其土。况尊我乎！吾不忍久見也。"乃負石而自沈於廬水。（中華書局，2011年）

王先謙《荀子集解》卷十八《成相篇》：

契玄王，生昭明，（《詩》曰"天命玄鳥，降而生商"，又曰"玄王桓撥"，皆謂契也。《史記》曰"契爲堯司徒，封於商，賜姓子氏""契卒，子昭明立"也。)居於砥石遷於商。（砥石，地名，未詳所在。或曰：即砥柱也。《左氏傳》曰："閼伯居商丘，相土因之。"相土，昭明子也。言契初居砥石，至孫相土，乃遷商丘也。）十有四世，乃有天乙是成湯。（《史記》曰"契卒，子昭明立。昭明卒，子相土立。相土卒，子昌若立。昌若卒，子曹圉立。曹圉卒，子冥立"，爲夏司空，勤其官，死於水，殷人郊之。"冥卒，子振立。振卒，子微立。微卒，子報丁立。報丁卒，子報乙立。報乙卒，子報丙立。報丙卒，子主壬立。主壬卒，子主癸立。主癸卒，子乙立。"是十四世也。）天乙湯，論舉當，身讓卞隨舉牟光。（《莊子》曰湯讓天下於卞隨、務光二人，不受，皆投水死。牟與務同也。俞樾曰：舉，當讀爲與，古“舉”“與”字通。《周官·師氏職》曰“王舉則從”，鄭注曰：“故書舉爲與。”《史記·吕后紀》“蒼天舉直”，徐廣曰：“舉，一作與。”是其證也。）道古賢聖基必張。（道，説。古之賢聖，基業必張大也。）

（《新編諸子集成》本，中華書局，1988年）

洪興祖《楚辭補注》卷三《天問章句》：

湯謀易旅，何以厚之？［湯，殷王也。旅，衆也。言殷湯欲變易夏衆，使之從己，獨何以厚待之乎？（補）曰：《書》云：攸徂之民，室家相慶，曰：傒予后，后來其蘇。湯之厚其衆，以德而已。］覆舟斟尋，何道取之？桀伐蒙山，何所得焉？妺嬉何肆，湯何殛焉？（言桀得妺嬉，肆其情意，故湯放之南巢也。）

……緣鵠飾玉，后帝是饗。［后帝，謂殷湯也。言伊尹始仕，因緣烹鵠鳥之羹，修玉鼎，以事於湯。湯賢之，遂以爲相也。（補）曰：《史記》：阿衡欲干湯而無由，乃爲有莘氏媵臣，負鼎俎，以滋味説湯，致於王道。《淮南》云：伊尹憂天下之不治，調和五味，負鼎俎而行。注云：負鼎俎，調五味，欲其調陰陽，行其道。《孟子》云：吾聞以堯舜之道要湯，未聞割烹也。伊尹負鼎干湯，猶太公屠釣之類，於傳有之。孟子不以爲然者，慮後世貪鄙之徒，托此以自進耳。若謂初無負鼎之説，則古書皆不可信乎？］何承謀夏桀，終以滅喪？［言湯遂承用伊尹之謀，而伐夏桀，終以滅亡也。一無“夏”字。……（補）曰：此言伊尹承事湯以謀夏桀也。喪，去聲。］帝乃降觀，下逢伊摯。（帝，謂湯也。摯，伊尹名也。言湯出觀風俗，乃憂下民，博選於衆，而逢伊尹，舉以爲相也。乃，一作力，注同。）何條放致罰，而黎服大説？［條，鳴條也。黎，衆也。説，喜也。言湯行天之罰，以誅於桀，放之鳴條之野，天下衆民大喜悦也。服，一作伏。（補）曰：《書》云：伊尹相湯伐桀，遂與桀戰於鳴條之野。又曰：造攻自鳴條，朕載自亳。注云：鳴條在安邑之西。《史記》：桀敗於有娀之虚，奔於鳴條。此言條放者，自鳴條放之也。致罰者，《湯誥》所謂致天之罰也。黎，謂群黎百姓也。湯以臣放君，而黎民説服者，代虐以寬故也。《天對》云：條伐巢放，民用濱厥疣，以夷於膚，夫曷不謡？］……

成湯東巡，有莘爰極。（有莘，國名。爰，於也。極，至也。言湯東巡狩，至有莘國，以爲婚姻也。）何乞彼小臣，而吉妃是得？（小臣，謂伊尹也。言湯東巡狩，從有莘氏乞匄伊尹，因得吉善之妃，以爲内輔也。補曰：《孟子》曰：伊尹耕於有莘之野，湯三使往聘之。《史記》曰：阿衡欲干湯而無由，乃爲有莘氏媵臣。《列女傳》云：湯妃，有莘氏之女，明而有序。《左傳》以后稷之妃爲吉人，與此吉妃同意。）水濱之木，得彼小子。夫何惡之，媵有莘之婦？［小子，謂伊尹。媵，送也。言伊尹母妊身，夢神女告之曰：“臼竈生蛙，亟去無顧。”居無幾何，臼竈中生蛙，母去東走，顧視其邑，盡爲大水，母因溺死，化爲空桑之木。水乾之後，有小兒啼水涯，人取養之。既長大，有殊才。有莘惡伊尹從木中出，因以送女也。一無“彼”字。（補）曰：濱，水際也。送女從嫁曰媵。《列子》曰：伊尹生乎空桑。注云：伊尹母居伊水之上，既孕，夢有神告之曰：“臼水出而東走，無顧。”明日，視臼水出，告其鄰，東走十里，而顧視其邑，盡爲水，身因化爲空桑。有莘氏女子采桑，得嬰兒於空桑之中，故命之曰伊尹，而獻其君，令庖人養之。長而賢，爲殷湯相。與注説小異，故并録之。］湯出重泉，夫何辠尤？［重泉，地名也。言桀拘湯於重泉，而復出之，夫何用罪法之不審也？（補）曰：辠，古罪字。尤，過也。《前漢志》：左馮翊有重泉。《史記》曰：夏桀不務德，百姓弗堪，乃召湯而囚之夏臺，已而釋之。］不勝心伐帝，夫誰使挑之？［帝，謂桀也。言湯不勝衆人之心，而以伐桀，誰使桀先挑之也？挑，一作祧。（補）曰：帝謂帝履癸，即桀也。挑，徒了切。《倉頡篇》云：挑，招呼也。《書》曰：造攻自鳴條，朕載自亳。《天對》云：湯行不類，重泉是囚。違虐立辟，實罪德之由。師馮怒以割，癸祧而讎。］（中華書局，1983年）

韓非著，王先慎集解《韓非子集解》卷一《難言》：

上古有湯至聖也，伊尹至智也。夫至智説至聖，然且七十説而不受，身執鼎俎爲庖宰，昵近習親，而湯乃僅知其賢而用之。故曰：以至智説至聖未必至而見受，伊尹説湯是也；以智説愚必不聽，文王説紂是也。

同上，卷七《説林上》：

湯以伐桀，而恐天下言己爲貪也，因乃讓天下於務光。而恐務光之受之也，乃使人説務光曰：“湯殺君而欲傳惡聲於子，故讓天下於子。”（先慎曰：言湯欲嫁名於務光，故讓務光以天下；受湯之天下，是并弑君之名而受之。）務光因自投於河。（《新編諸子集成》本，中華書局，1998年）

許維遹《吕氏春秋集釋》卷三《季春紀》第三《先己》：

湯問於伊尹曰：“欲取天下，若何？”伊尹對曰：“欲取天下，天下不可取。可取，身將先取。”

同上，卷四《孟夏紀》第四《尊師》：

神農師悉諸，黄帝師大撓，帝顓頊師伯夷父，帝嚳師伯招，帝堯師子州支父，帝舜師許由，禹師大成贄，湯師小臣，文王、武王師吕望、周公旦，齊桓公師管夷吾，晋文公師咎犯、隨會，秦穆公師百里奚、公孫枝，楚莊王師孫叔敖、沈尹巫，吴王闔閭師伍子胥、文之儀，越王句踐師范蠡、大夫種。此十聖人、六賢者，未有不尊師者也。今尊不至於帝，智不至於聖，而欲無尊師，奚由至哉？此五帝之所以絶，三代之所以滅。

同上，卷五《仲夏紀》第五《古樂》：

殷湯即位，夏爲無道，暴虐萬民，侵削諸侯，不用軌度，天下患之。湯於是率六州以討桀罪，功名大成，黔首安寧。湯乃命伊尹作爲《大護》，歌《晨露》，修《九招》《六列》，以見其善。

同上，卷六《季夏紀》第六《制樂》：

……故成湯之時，有穀生於庭，昏而生，比旦而大拱。（《書叙》云："伊陟相太戊，亳有桑穀祥，共生於朝。"太戊，太甲之孫，太康之子也，號爲中宗。滿兩手曰拱。湯生仲丁，仲丁生太甲，太甲生太康，太康生太戊，凡五君矣，此云湯之時，不亦謬乎？由此觀之，曝咸陽市門，無敢增損一字者，明畏不韋之勢耳。故揚子云恨不及其時，車載其金而歸也。）其吏請卜其故。湯退卜者曰："吾聞祥者福之先者也，見祥而爲不善，則福不至。妖者禍之先者也，見妖而爲善，則禍不至。"於是早朝晏退，問疾吊喪，務鎮撫百姓。三日而穀亡。

同上，卷八《仲秋紀》第八《簡選》：

殷湯良車七十乘，必死六千人，以戊子戰於郕，遂禽推移、大犧，登自鳴條，乃入巢門，遂有夏。桀既奔走，於是行大仁慈，以恤黔首，反桀之事，遂其賢良，順民所喜，遠近歸之，故王天下。

同上，卷九《季秋紀》第九《順民》：

昔者湯克夏而正天下，天大旱，五年不收，湯乃以身禱於桑林，曰："余一人有罪，無及萬夫。萬夫有罪，在余一人。無以一人之不敏，使上帝鬼神傷民之命。"於是翦其髪，鄜其手，以身爲犧牲，用祈福於上帝。民乃甚説，雨乃大至。則湯達乎鬼神之化，人事之傳也。

同上，卷十《孟冬紀》第十《異用》：

湯見祝網者，置四面，其祝曰："從天墜者，從地出者，從四方來者，皆離吾網。"湯曰："嘻！盡之矣。非桀其孰爲此也？"湯收其三面，置其一面，更教祝曰："昔蛛蝥作網罟，今之人學紓。欲左者左，欲右者右，欲高者高，欲下者下，吾取其犯命者。"漢南之國聞之曰："湯之德及禽獸矣。"四十國歸之。人置四面，未必得鳥。湯去其三面，置其一面，以網其四十國，非徒網鳥也。

同上，卷十四《孝行覽》第二《本味》：

有侁氏女子采桑，得嬰兒於空桑之中，獻之其君。其君令烰人養之，察其所以然，曰："其母居伊水之上，孕，夢有神告之曰：'臼出水而東走，毋顧。'明日，視臼出水，告其鄰，東走十里，而顧，其邑盡爲水，身因化爲空桑。"故命之曰伊尹。此伊尹生空桑之故也。長而賢。湯聞伊尹，使人請之有侁氏。有侁氏不可。伊尹亦欲歸湯，湯於是請取婦爲婚。有侁氏喜，以伊尹媵女。故賢主之求有道之士無不以也，有道之士求賢主無不行也，相得然後樂。不謀而親，不約而信，相爲殫智竭力，犯危行苦，志歡樂之，此功名所以大成也固不獨。士有孤而自恃，人主有奮而好獨者，則名號必廢熄，社稷必危殆。故黄帝立四面，堯、舜得伯陽、續耳然後成，凡賢人之德有以知之也。

湯得伊尹，祓之於廟，爝以爟火，釁以犧猳。明日，設朝而見之。説湯以至味。湯曰："可對而爲乎？"對曰："君之國小，不足以具之，爲天子然後可具。夫三群之蟲，水居者腥，肉玃者臊，草食者羶，臭惡猶美，皆有所以。凡味之本，水最爲始。五味三材，九沸九變，火爲之紀。時疾時徐，滅腥去臊除羶，必以其勝，無失其理。調和之事，必以甘酸苦辛鹹，先後多少，其齊甚微，皆有自起。鼎中之變，精妙微纖，口弗能言，志不能喻，若射御之微，陰陽之化，四時之數。故久而不弊，熟而不爛，甘而不噥，酸而不酷，鹹而不減，辛而不烈，澹而不薄，肥而不𦢈。肉之美者：猩猩之唇，獾獾之炙，雋觾之翠，述蕩之𢦤，旄象之約。流沙之西，丹山之南，有鳳之丸，沃民所食。魚之美者：洞庭之鱄，東海之鮞，醴水之魚，名曰朱鱉，六足，有珠百碧。雚水之魚，名曰鰩，其狀若鯉而有翼，常從西海夜飛，游於東海。菜之美者：昆侖之蘋，壽木之華。指姑之東，中容之國，有赤木、玄木之葉焉。餘瞀之南，南極之崖，有菜，其名曰嘉樹，其色若碧。陽華之芸，雲夢之芹，具區之菁。浸淵之草，名曰土英。和之美者：陽樸之薑，招摇之桂，越駱之菌，鱣鮪之醢，大夏之鹽。宰揭之露，其色如玉。長澤之卵。飯之美者：玄山之禾，不周之粟，陽山之穄，南海之秬。水之美者：三危之露，昆侖之井。沮江之丘，名曰摇水。曰山之水。高泉之山，其上有涌泉焉，冀州之原。果之美者：沙棠之實。常山之北，投淵之上，有百果焉，群帝所食。箕山之東，青鳥之所，有甘櫨焉。江浦之橘，雲夢之柚，漢上石耳。所以致之，馬之美者，青龍之匹，遺風之乘。非先爲天子，不可得而具。天子不可强爲，必先知道。道者，止彼在己，己成而天子成，天子成則至味具。故審近所以知遠也，成己所以成人也。聖人之道要矣，豈越越多業哉！"

同上，卷十五《慎大覽》第三《慎大》：

桀爲無道，暴戾頑貪，天下顫恐而患之，言者不同，紛紛分分，其情難得。干辛任威，凌轢諸侯，以及兆民，賢良鬱怨。殺彼龍逢，以服群凶，衆庶泯泯，皆有遠志，莫敢直言，其生若驚。大臣同患，弗周而畔。桀愈自賢，矜過善非，主道重塞，國人大崩。湯乃愓懼，憂天下之不寧，欲令伊尹往視曠夏，恐其不信，湯由親自射伊尹。伊尹奔夏三年，反報於亳，曰："桀迷惑於末嬉，好彼琬、琰，不恤其衆，衆志不堪，上下相疾，民心積怨，皆曰：'上天弗恤，夏命其卒。'"湯謂伊尹曰："若告我曠夏盡如詩。"湯與伊尹盟，以示必滅夏。伊尹又復往視曠夏，聽於末嬉。末嬉言曰："今昔天子夢西方有日，東方有日，兩日相與鬥，西方日勝，東方日不勝。"伊尹以告湯。商涸旱，湯猶發師，以信伊尹之盟，故令師從東方出於國，西以進。未接刃而桀走，逐之至大沙，身體離散，爲天下戮。不可正諫，雖後悔之，將可奈何？湯立爲天子，夏民大説，如得慈親，朝不易位，農不去疇，商不變肆，親郼如夏。此之謂至公，此之謂至安，此之謂至信。盡行伊尹之盟，不避旱殃，祖伊尹世世享商。

同上，卷十九《離俗覽》第七《離俗》：

湯將伐桀，因卞隨而謀，卞隨辭曰："非吾事也。"湯曰："孰可？"卞隨曰："吾不知也。"湯又因務光而謀，務光曰："非吾事也。"湯曰："孰可？"務光曰："吾不知也。"湯曰："伊尹何如？"務光曰："强力忍詬，吾不知其他也。"湯遂與伊尹謀夏伐桀，克之。以讓卞隨，卞隨辭曰："后之伐桀也，謀乎我，必以我爲賊也。勝桀而讓我，必以我爲貪也。吾生乎亂世，而無道之人再來詢我，吾不忍數聞也。"乃自投於潁水而死。湯又讓於務光曰："智者謀之，武者遂之，仁者居之，古之道也。吾子胡不位之？請相吾子。"務光辭曰："廢上，非義也。殺民，非仁也。人犯其難，我享其利，非廉也。吾聞之，非其義不受其利，無道之世不踐其土，况於尊我乎？吾不忍久見也。"乃負石而沉於募水。（中華書局，2009年）

孫之騄輯伏勝《尚書大傳》卷一《湯誓》：

桀無道，囚湯。後釋之，諸侯八譯來者六國。（《北堂書鈔》帝王部來遠）

湯放桀居中野，士民皆奔湯。桀與其屬五百人，南徙千里止於不齊，不齊士民往奔湯。桀與其屬五百人，徙於魯，魯士民復奔湯。桀曰："國，君之有也。吾聞海外有人。"與五百人俱去。（中華書局，1985年）

韓嬰撰，許維遹校釋《韓詩外傳集釋》卷二《第二十二章》：

昔者桀爲酒池糟堤，縱靡靡之樂，一鼓而牛飲者三千人。群臣皆相持而歌曰：“江水沛兮，舟楫敗兮。我王廢兮，趣歸於亳，亳亦大兮。”又曰：“樂兮樂兮，四牡驕兮，六轡沃兮。去不善兮從善，何不樂兮！”伊尹知大命之將至，（“至”舊作“去”。沈本、毛本、劉本亦作“去”，下同。元本、鍾本、黄本、楊本、程本作“至”，下同。又“大”字鍾本作“天”，下同。維遹案：本或作“至”，是，今據正，下同。《新序·刺奢篇》作“伊尹知天命之至”，《尚書大傳》作“吾大命格兮”，“格”與“至”同義。）舉觴告桀，曰：“君王不聽臣言，大命至矣！亡無日矣！”桀拍然而抃，盍然而笑，曰：“子又妖言矣。吾有天下，猶天之有日也。日有亡乎？日亡吾亦亡也。”於是伊尹接履而趨，遂適於湯，湯以爲相。可謂適彼樂土，爰得其所矣。《詩》曰：“逝將去汝，適彼樂土。適彼樂土，爰得我所。”

同上，卷三《第二章》：

有殷之時，穀生湯之廷，三日而大拱。湯問伊尹曰：“何物也？”對曰：“穀樹也。”湯問：“何爲而生於此？”伊尹曰：“穀之出澤野物也，今生天子之庭，（趙懷玉云：“庭”當作“廷”。）殆不吉也。”湯曰：“奈何？”伊尹曰：“臣聞妖者禍之先，祥者福之先。見妖而爲善，則禍不至，（維遹案：“則禍”，元本、程本、趙本作“即禍”。）見祥而爲不善，則福不臻。”湯乃齋戒静處，夙興夜寐，吊死問疾，赦過賑窮，七日而穀亡。妖孽不見，國家其昌。（“其”字舊脱。元本、沈本亦無“其”字，鍾本、黄本、楊本、程本、劉本有“其”字，張本、毛本作“而國昌”。維遹案：本或有“其”字，是，今據補。）《詩》曰：“畏天之威，于時保之。”

同上，卷八《第三十章》：

湯作《護》，聞其宫聲，使人温良而寬大。聞其商聲，使人方廉而好義。聞其角聲，使人惻隱而愛仁。聞其徵聲，使人樂養而好施。（維遹案：《史記·樂書》“養”作“善”。）聞其羽聲，使人恭敬而好禮。《詩》曰：“湯降不遲，聖敬日躋。”（中華書局，1980年）

賈誼撰，閻振益、鍾夏校注《新書校注》卷七《諭誠》：

湯見設網者四面張，祝曰：“自天下者，自地出者，自四方至者，皆罹我網。”湯曰：“嘻，盡之矣！非桀其孰能如此？”令去三面，捨一面，而教之祝曰：“蛛蝥作網，今之人修緒，欲左者左，欲右者右，欲高者高，欲下者下，吾請受其犯命者。”士民聞之，曰：“湯之德及禽獸矣，而況我乎！”於是下親其上。

同上，卷九《修政語上》：

湯曰：“學聖王之道者，譬其如日；静思而獨居，譬其若火。夫人捨學聖王之道而静居獨思，譬其若去日之明於庭，而就火之光於室也，然可以小見，而不可以大知。”是故明君而君子，貴尚學道而賤下獨思也。故諸君得賢而舉之，得賢而與之，譬其若登山乎；得不肖而舉之，得不肖而與之，譬其若下淵乎。故登山而望，其何不臨而何不見？凌遲而入淵，其孰不陷溺？是以明君慎其舉，而君子慎其與，然後福可必歸，菑可必去矣。

湯曰：“藥食嘗於卑，然後至於貴；藥言獻於貴，然後聞於卑。”故藥食嘗於卑然後至於貴，教也；藥言獻於貴然後聞於卑，道也。故使人味食然後食者，其得味也多；使人味言然後聞者，其得言也少。故以是明上之於言也，必自也聽之，必自也擇之，必自也聚之，必自也藏之，必自也行之。故道以數取之爲明，以數行之爲章，以數施之萬姓爲藏。是故求道者不以目而以心，取道者不以手而以耳，致道者以言，入道者以忠，積道者以信，樹道者以人。故人主有欲治安之心而無治安之政者，雖欲治安顯榮也弗得矣。故治安不可以虚成也，顯榮不可以虚得也。故明君敬士、察吏、愛民以參其極，非此者則四美不附矣。（《新編諸子集成》本，中華書局，2000年）

劉安《淮南子》卷八《本經訓》：

晚世之時，帝有桀、紂，爲琁室、瑶臺、象廊、玉床，紂爲肉圃、酒池，燎焚天下之財，罷苦萬民之力。刳諫者，剔孕婦，攘天下，虐百姓。於是湯乃以革車三百乘伐桀於南巢，放之夏臺，武王甲卒三千破紂牧野，殺之於宣室，天下寧定，百姓和集，是以稱湯、武之賢。

同上，卷十九《修務訓》：

湯夙興夜寐以致聰明，輕賦薄斂以寬民氓，布德施惠以振困窮，吊死問疾以養孤孀。百姓親附，政令流行，乃整兵鳴條，困夏南巢，譙以其過，放之歷山。此五聖者，天下之盛主，勞形盡慮，爲民興利除害而不懈。奉一爵酒不知於色，挈一石之尊則白汗交流，又況羸天下之憂而海内之事者乎？其重於尊亦遠也！且夫聖人者，不耻身之賤，而愧道之不行；不憂命之短，而憂百姓之窮。是故禹之爲水，以身解於陽盱之河。湯旱，以身禱於桑山之林。聖人憂民，如此其明也，而稱以“無爲”，豈不悖哉！（河南大學出版社，2010年）

司馬遷撰，裴駰集解，司馬貞索隱，張守節正義《史記》卷三《殷本紀》：

契卒，子昭明立。昭明卒，子相土立。相土卒，子昌若立。昌若卒，子曹圉立。曹圉卒，子冥立。冥卒，子振立。振卒，子微立。微卒，子報丁立。報丁卒，子報乙立。報乙卒，子報丙立。報丙卒，子主壬立。主壬卒，子主癸立。主癸卒，子天乙立，是爲成湯。（《集解》：張晏曰：“禹、湯，皆字也。二王去唐、虞之文，從高陽之質，故夏、殷之王皆以名爲號。”《謚法》曰：“除虐去殘曰湯。”《索隱》：湯名履，《書》曰“予小子履”是也。又稱天乙者，譙周云“夏、殷之禮，生稱王，死稱廟主，皆以帝名配之。天亦帝也，殷人尊湯，故曰天乙”。從契至湯凡十四代，故《國語》曰“玄王勤商，十四代興”。玄王，契也。）

成湯，自契至湯八遷。湯始居亳，從先王居，作《帝誥》。

湯征諸侯。葛伯不祀，湯始伐之。湯曰：“予有言：人視水見形，視民知治不。”伊尹曰：“明哉！言能聽，道乃進。君國子民，爲善者皆在王官。勉哉，勉哉！”湯曰：“汝不能敬命，予大罰殛之，無有攸赦。”作《湯征》。

伊尹名阿衡。（《索隱》：《孫子兵書》：“伊尹名摯。”孔安國亦曰“伊摯”。然解者以阿衡爲官名。按：阿，倚也，衡，平也。言依倚而取平。《書》曰“惟嗣王弗惠於阿衡”，亦曰保衡，皆伊尹之官號，非名也。皇甫謐云：“伊尹，力牧之後，生於空桑。”又《吕氏春秋》云：“有侁氏女采桑，得嬰兒於空桑。母居伊水，命曰伊尹。”尹，正也，謂湯使之正天下。）阿衡欲干湯而無由，乃爲有莘氏媵臣，（《集解》：《列女傳》曰：“湯妃有莘氏之女。”《正義》：《括地志》云：“古莘國，在汴州陳留縣東五里，故莘城是也。”《陳留風俗傳》云：“陳留外黄有莘昌亭，本宋地，莘氏邑也。”媵，翊剩反。《爾雅》云：“媵，將，送也。”）負鼎俎，以滋味説湯，致於王道。或曰，伊尹處士，湯使人聘迎之，五反然後肯往從湯，言素王及九主之事。（《集解》：劉向《别録》曰：“九主者，有法君、專君、授君、勞君、等君、寄君、破君、國君、三歲社君，凡九品，圖畫其形。”《索隱》按：素王者太素上皇，其道質素，故稱素王。九主者，三皇、五帝及夏禹也。或曰，九主謂九皇也。然按注劉向所稱九主，載之《七録》，名稱甚奇，不知所憑據耳。法君，謂用法嚴急之君，若秦孝公及始皇等也。勞君，謂勤勞天下，若禹、稷等也。等君，等者平也，謂定等威，均禄賞，若高祖封功臣，侯雍齒也。授君，謂人君不能自理，而政歸其臣，若燕王噲授子之，禹授益之比也。專君，謂專己獨斷，不任賢臣，若漢宣之比也。破君，謂輕敵致寇，國滅君死，若楚戊、吴濞等是也。寄君，謂人困於下，主驕於上，離析可待，故孟軻謂之“寄君”也。國君，“國”當爲“固”字之訛耳。固，謂完城郭，利甲兵，而不修德，若三苗、智伯之類也。三歲社君，謂在襁褓而主社稷，若周成王、漢昭、平等是也。又注本九主，謂法君、勞君、等君、專君、授君、破君、國君，以三歲社君爲二，恐非。）湯舉任以國政。伊尹去湯適夏。既醜有夏，復歸於亳。入自北門，遇女鳩、女房，作《女鳩》《女房》。（《集解》：孔安國曰："鳩、房二人，湯之賢臣也。二篇言所以醜夏而還之意也。"）

湯出，見野張網四面，祝曰："自天下四方皆入吾網。"湯曰："嘻，盡之矣！"乃去其三面，祝曰："欲左，左。欲右，右。不用命，乃入吾網。"諸侯聞之，曰："湯德至矣，及禽獸。"

當是時，夏桀爲虐政淫荒，而諸侯昆吾氏爲亂。湯乃興師率諸侯，伊尹從湯，湯自把鉞以伐昆吾，遂伐桀。湯曰："格女衆庶，來，女悉聽朕言。匪台小子敢行舉亂，有夏多罪，予維聞女衆言，夏氏有罪。予畏上帝，不敢不正。今夏多罪，天命殛之。今女有衆，女曰'我君不恤我衆，捨我嗇事而割政'。女其曰'有罪，其奈何'？夏王率止衆力，率奪夏國。有衆率怠不和，曰'是日何時喪？予與女皆亡'！夏德若兹，今朕必往。爾尚及予一人致天之罰，予其大理女。女毋不信，朕不食言。女不從誓言，予則帑僇女，無有攸赦。"以告令師，作《湯誓》。於是湯曰"吾甚武"，號曰武王。（《集解》：《詩》云："武王載旆，有虔秉鉞。"《毛傳》曰："武王，湯也。"）

桀敗於有娀之虚，桀奔於鳴條，夏師敗績。湯遂伐三嵕，俘厥寶玉，義伯、仲伯作《典寶》。湯既勝夏，欲遷其社，不可，作《夏社》。伊尹報。於是諸侯畢服，湯乃踐天子位，平定海内。

湯歸至於泰卷陶，中𤸪作誥。既絀夏命，還亳，作《湯誥》："維三月，王自至於東郊。告諸侯群后：'毋不有功於民，勤力乃事。予乃大罰殛女，毋予怨。'曰：'古禹、皋陶久勞於外，其有功乎民，民乃有安。東爲江，北爲濟，西爲河，南爲淮，四瀆已修，萬民乃有居。后稷降播，農殖百穀。三公咸有功於民，故后有立。昔蚩尤與其大夫作亂百姓，帝乃弗予，有狀。先王言不可不勉。'曰：'不道，毋之在國，女毋我怨。'"以令諸侯。伊尹作《咸有一德》，咎單作《明居》。

湯乃改正朔，易服色，上白，朝會以晝。

湯崩，（《集解》：《皇覽》曰："湯冢在濟陰亳縣北東郭，去縣三里。冢四方，方各十步，高七尺，上平，處平地。漢哀帝建平元年，大司空（御）史〔御〕長卿，案行水灾，因行湯冢。劉向曰：'殷湯無葬處。'"皇甫謐曰："即位十七年而踐天子位，爲天子十三年，年百歲而崩。"《索隱》：長卿，諸本皆作劫姓。按：《風俗通》有御氏，爲漢司空（御）史，其名長卿，明劫非也。亦有劫彌，不得爲御史。《正義》：《括地志》云："薄城北郭東三里平地有湯冢。"按：在蒙，即北薄也。又云洛州偃師縣東六里有湯冢，近桐宫，蓋此是也。）太子太丁未立而卒，於是乃立太丁之弟外丙，是爲帝外丙。帝外丙即位三年，崩，立外丙之弟中壬，是爲帝中壬。帝中壬即位四年，崩，伊尹乃立太丁之子太甲。太甲，成湯適長孫也，是爲帝太甲。帝太甲元年，伊尹作《伊訓》，作《肆命》，作《徂后》。

（《索隱述贊》：簡狄吞乙，是爲殷祖。玄王啓商，伊尹負俎。上開三面，下獻九主。旋師泰卷，繼相臣扈。遷囂圮耿，不常厥土。武乙無道，禍因射天。帝辛淫亂，拒諫賊賢。九侯見醢，炮烙興焉。黄鉞斯杖，白旗是懸。哀哉瓊室，殷祀用遷！）（中華書局，1982年）

劉向編著，石光瑛校釋《新序校釋》卷五《雜事》：

湯見祝網者，置四面，其祝曰："從天墜者，從地出者，從四方來者，皆離吾網。"湯曰："嘻，盡之矣，非桀其孰爲此。"乃解其三面，置其一面，更教之祝曰："昔蛛蝥作網，今之人循序，欲左者左，欲右者右，欲高者高，欲下者下，吾取其犯命者。"漢南之國聞之曰："湯之德及鳥獸矣。"四十國歸之。人置四面未必得鳥，湯去三面，置其一面，以網四十國，非徒網鳥也。

同上，卷六《刺奢》：

桀作瑶臺，罷民力，（罷與疲同。）殫民財。爲酒池糟堤，縱靡靡之樂，一鼓而牛飲者三千人。群臣相持歌曰："江水沛沛兮，舟楫敗兮，我王廢兮，趣歸薄兮，薄亦大兮。"又曰："樂兮樂兮，四牡蹻兮，六轡沃兮，去不善而從善，何不樂兮。"伊尹知天命之去，舉觴而告桀曰："君王不聽臣之言，亡無日矣。"桀拍然而作，啞然而笑曰："子何妖言，吾有天下，如天之有日也。日有亡乎，日亡吾亦亡矣。"於是伊尹接履而趣，遂適湯，湯立爲相。故伊尹去夏入殷，殷王而夏亡。（中華書局，2001年）

劉向撰，向宗魯校證《説苑校證》卷一《君道》：

湯問伊尹曰："三公、九卿、二十七大夫、八十一元士，知之有道乎？"伊尹對曰："昔者，堯見人而知，舜任人然後知，禹以成功舉之。夫三君之舉賢，皆異道而成功，然尚有失者，況無法度而任己直意用人，必大失矣。故君使臣自貢其能，則萬一之不失矣。"

湯之時，大旱七年，［舊或連上，盧曰："宋、元本皆提行。"承周案：明鈔本、楚府本、《纂注》本皆提行。又案《管子·山權數篇》《荀子·王霸篇》并云："湯七年旱。"《莊子·秋水篇》云："湯之時，八年七旱。"（《尚書大傳·殷傳》《賈子·憂民篇》《淮南·主術篇》皆以爲七年旱。）《墨子·七患篇》《吕氏·順民篇》，并云："五年旱。"《竹書紀年》自湯十九年至二十四年書旱，則是六年旱，他書引《吕氏》，或作七年、三年、四年，（見梁氏《校補》。）《論衡·感虚篇》云：“《書傳》言湯遭七年旱，或言五年。”］雒坼川竭，（川爲共名，雒爲别名，不可并稱，且單言“川竭”，亦不知何川，蓋此本“雒川竭”，後人臆加“坼”字，以與下文爲對耳。《後漢書·楊震傳》注、《御覽》三百五、又八百九十七引皆無“坼”字，《後漢書·周舉傳》注、《御覽》八十三引《帝王世紀》亦無“坼”字，則舊本皆作“雒川竭”也。）煎沙爛石，於是使人持三足鼎祝山川，［盧曰：“‘祝’，《御覽》八百七十九作‘祀’。”承周案：《後漢書·寇恂傳》注作“祀”，《御覽》三十五引亦作“祀”，（標題作《世説》，即《説苑》也。）《類聚》兩引及《選注》二十四、四十二皆作“祝”，《御覽》八十三引《世紀》亦作“祝”，則舊有二本也。］教之祝曰：“政不節邪？使人疾邪？（盧曰：“‘人’，《荀子·大略篇》作‘民’，《御覽》同。”承周案：《類聚》七十三、又一百、《御覽》三十五、又八百七十九，皆作“民”，《世紀》同。）苞苴行邪？（“苞苴”，見《詩·木瓜》毛傳。）讒夫昌邪？宫室營邪？［盧改“營”爲“榮”，云：“元本‘營’，今從宋本，與《荀子》《董子》《公羊》皆合。”承周案：《御覽》三十五作“榮”，有小注云：“華也。”《楊震傳》注、《周舉傳》注（引《世紀》）、《三家詩考》引《韓詩》皆作“榮”，似宋本爲得。而《類聚》七十三、《御覽》八百七十九，皆作“營”，《御覽》引《世紀》亦作“榮”。“榮”“營”通，《易》：“不可榮以禄。”虞作“營”。］女謁盛邪？何不雨之極也！”（盧曰：“‘極’，《御覽》‘甚’。”承周案：《御覽》兩引皆作“甚”，而《類聚》七十三、《後漢書》楊震、寇恂兩傳注引及《荀子》《世紀》皆作“極”，則舊有二本。）蓋言未已而天大雨，故天之應人，如影之隨形，響之效聲者也。詩云：“上下奠瘞，靡神不宗。”言疾旱也。［案此篇所載見《荀子·大略篇》，又《公羊桓五年》注文亦同，《疑》以爲《韓詩傳》文，《帝王世紀》亦紀此事。（見《御覽》八十三及《後漢書》鍾離意、周舉兩傳注。）又案湯禱桑林事，《墨子·兼愛下篇》、《尸子》（詳汪輯佚文。）、《尚書大傳》、《左傳》襄十年疏引、《吕氏·順民篇》、《淮南·主術》《修務》二篇，皆載之，即此事而説各異。魯僖公遭旱以六年自讓，事亦與此相類。（見《後漢書·黄瓊傳》及注引《考異郵》。）］

殷太戊時有桑穀生於庭，昏而生，比旦而拱，史請卜之湯廟，太戊從之。卜者曰：（《書序》云：“伊陟相太戊，亳有祥桑穀共生於朝，伊陟贊於巫咸，作《咸乂》四篇。”則此當爲伊陟語。《韓詩外傳》三以此爲伊尹語，惟《吕氏春秋·制樂篇》作“卜者曰”，與此合。）“吾聞之，祥者福之先者也，見祥而爲不善，則福不生；殃者禍之先者也，見殃而能爲善，則禍不至。”於是乃早朝而晏退，問疾吊喪，三日而桑穀自亡。（盧曰：“此與《書序》同。下一條以爲武丁，與《尚書大傳》《漢書·五行志》同。”承周案：《史記·殷本紀》《封禪書》《漢書·郊祀志》《藝文志》《論衡・感類篇》《家語・五儀篇》《帝王世紀》，亦皆以爲大戊事，與此條合。《吕氏・制樂篇》、《韓詩外傳》三，皆以爲成湯事，合之下條，是商代三見此事也。）

湯曰："藥食先嘗於卑，然後至於貴；藥言先獻於貴，然後聞於卑。"故藥食嘗乎卑，（"藥"下舊無"食"字，盧曰："'食'字脱，元本有。"承周案：宋本、明鈔本、楚府本皆有"食"字，《御覽》九百八十四引亦有，與《賈子》合，今據補。）然後至乎貴，教也；藥言獻於貴，然後聞於卑，道也。故使人味食然後食者，其得味也多；使人味言然後聞言者，（"言"字疑衍，《賈子》别本亦無"言"字，見盧校。）其得言也少。是以明王之言，必自他聽之，必自他聞之，必自他擇之，必自他取之，必自他聚之，必自他藏之，必自他行之。故道以數取之爲明，以數行之爲章，以數施之萬物爲藏。是故求道者不以目而以心，取道者不以手而以耳。（此本《賈子・修政語上》。）

同上，卷二《臣術》：

湯問伊尹曰："三公、九卿、大夫、列士，其相去何如？"伊尹對曰："三公者，知通於大道，應變而不窮，辯於萬物之情，（《治要》"辯"作"辨"。）通於天道者也。其言足以調陰陽，正四時，節風雨，（《御覽》二百六引李固《奏記》曰："湯問伊尹：'公卿大夫，其相去何如？'伊尹對曰：'三公智通大道，應變不窮者也，其言足以調陰陽，正四時，節風雨，非大罪不遂位。'即用此文。"）如是者舉以爲三公，故三公之事，常在於道也。九卿者，不失四時，通溝渠，（"通"下舊有"於"字，案文例不當有，涉上"通於大道"而衍，《書鈔》五十九兩引皆無"於"字，今據删，《世紀》亦無"於"字。）修堤防，樹五穀，通於地理者也。能通不能通，能利不能利，如此者，舉以爲九卿，故九卿之事，常在於德也。大夫者，出入與民同衆，（關曰："'衆'疑'樂'之誤。"承周案：《世紀》"衆"作"象"。）取去與民同利，通於人事，行猶舉繩，不傷於言，言足法於世，不害於身，通於關梁，實於府庫。如是者，舉以爲大夫，故大夫之事，常在於仁也。列士者，知義而不失其心，事功而不獨專其賞，忠政强諫，而無有奸詐，去私立公，而言有法度。如是者，舉以爲列士，故列士之事，常在於義也。故道、德、仁、義定而天下正，凡此四者，明王臣而不臣。"湯曰："何謂臣而不臣？"伊尹對曰："君之所不名臣者四：諸父臣而不名，諸兄臣而不名，先生之臣臣而不名，盛德之士臣而不名，是謂大順也。"

湯問伊尹曰："古者所以立三公、九卿、大夫、列士者，何也？"伊尹對曰："三公者，所以參王事也；九卿者，所以參三公也；大夫者，所以參九卿也；列士者，所以參大夫也。故參而有參，是謂事宗，事宗不失，外内若一。"

同上，卷三《建本》：

河間獻王曰："湯稱學聖王之道者，譬如日焉，静居獨思，譬如火焉，夫捨學聖王之道，若捨日之光，何乃獨思，若火之明也？（俞曰："文有脱誤，當作'夫捨學聖王之道而静居獨思，譬若捨日之明而就火之光也'，文義方明。《賈子·新書》載此文曰：'學聖王之道者，譬其如日，静居而獨思，譬若火。夫捨學聖王之道而静思獨居，譬其若去日之明於庭，而就火之光於室也。然可以小見而不可以大知。'其文較此爲詳，可據訂。"承周案：《困學紀聞》十引本書，無"何乃"二字。）可以見小耳，未可用大知，（"用"猶"以"。）惟學問可以廣明德慧也。"（馬國翰以爲《河間獻王書》佚文。今見《賈子·修政語上》。）

同上，卷八《尊賢》：

鄒子説梁王曰："伊尹故有莘氏之媵臣也，湯立以爲三公，天下之治太平。管仲故成陰之狗盗也，天下之庸夫也，齊桓得之，以爲仲父。百里奚乞食於路，傳賣五羊之皮，秦穆公委之以政。甯戚故將車之人，叩轅行歌於康之衢，桓公任之以國。司馬喜髕腳於宋，而卒相中山。范雎折脅拉齒於魏，而後爲應侯。太公望，故老婦之出夫也，朝歌之屠佐也，棘津迎客之舍人也，年七十而相周，九十而封齊。故《詩》云：'緜緜之葛，在于曠野，良工得之，以爲絺紵。良工不得，枯死于野。'此七士者，不遇明君聖主，幾行乞丐，枯死於中野，譬猶緜緜之葛矣。"

同上，卷十三《權謀》：

湯欲伐桀。伊尹曰："請阻乏貢職，以觀夏動。"［關曰："'乏'當作'之'。《殷本紀》標注引此章作'請阻之貢職，以觀其動'。"承周案：《御覽》四百五十引"乏"作"之"，（"之"猶"其"也。）而《類聚》十二、《御覽》八十三作"請且乏貢職，以觀夏動"。是舊有二本，義俱可通。今本則校者參定，故與諸引皆不合。］桀怒，起九夷之師以伐之。伊尹曰："未可！彼尚猶能起九夷之師，是罪在我也。"湯乃謝罪請服，復入貢職。明年，又不供貢職。桀怒，起九夷之師，九夷之師不起。伊尹曰："可矣！"湯乃興師伐而殘之，遷桀南巢氏焉。（《御覽》四百五十無"氏"字。《類聚》作"遷於南巢"。案《淮南·主術篇》云："困之鳴條，禽之焦門。"《修務篇》云："整兵鳴條，困夏南巢，譙以其過，放之歷山。"）（中華書局，1987年）

張仲清《越絶書譯注》卷三《吴内傳》：

湯獻牛荆之伯。之伯者，荆州之君也。湯行仁義，敬鬼神，天下皆一心歸之。當是時，荆伯未從也。湯於是乃飾犧牛以事。荆伯乃愧然曰："失事聖人禮。"乃委其誠心。此謂湯獻牛荆之伯也。殷湯遭夏桀無道，殘賊天下，於是湯用伊尹，行至聖之心。見桀無道虐行，故伐夏放桀，而王道興躍。革亂補弊，移風易俗，改制作新，海内畢貢，天下承風。湯以文聖，此之謂也。

同上，卷十三《外傳枕中》：

越王曰："寡人躬行節儉，下士求賢，不使名過實，此寡人所能行也。多貯穀，富百姓，此乃天時水旱，寧在一人耶？何以備之？"范子曰："百里之神，千里之君。湯執其中和，舉伊尹，收天下雄雋之士，練卒兵，率諸侯兵伐桀，爲天下除殘去賊，萬民皆歌而歸之。是所謂執其中和者。"（人民出版社，2009年）

班固《漢書》卷三十《藝文志》諸子略小説家：

《天乙》三篇。（天乙謂湯，其言非殷時，皆依托也。）（中華書局，1962年）

王符著，汪繼培箋，彭鐸校正《潛夫論箋校正》卷五《實邊》：

夫土地者，民之本也，誠不可久荒以開敵心。且扁鵲之治病也，審閉結而通鬱滯，虚者補之，實者瀉之，故病愈而名顯。伊尹之佐湯也，設輕重而通有無，損積餘以補不足，故殷治而君尊。（《管子·地數篇》云："昔日桀霸有天下，而用不足。湯有七十里之薄，而用有餘。伊尹善通移輕重，開闔决塞，通於高下徐疾之策，坐起之費時也。"）（《新編諸子集成》本，中華書局，1985年）

張華撰，范寧校正《博物志校正》卷七《異聞》：

齊景公伐宋，過泰山，夢二人怒。公謂太公之神，晏子謂宋祖湯與伊尹也。爲言其狀，湯皙容多髮，伊尹黑而短，即所夢也。景公進軍不聽，軍鼓毁，公怒，散軍伐宋。（中華書局，1980年）

沈約《宋書》卷二十七《志》第十七《符瑞》上：

高辛氏之世妃曰簡狄，以春分玄鳥至之日，從帝祀郊禖，與其妹浴於玄丘之水。有玄鳥銜卵而墜之，五色甚好，二人競取，覆以玉筐。簡狄先得而吞之，遂孕。胸剖而生契。長爲堯司徒，成功於民，受封於商。後十三世，生主癸。主癸之妃曰扶都，見白氣貫月，意感，以乙日生湯，號天乙。豐下鋭上，皙而有髯，句身而揚聲，身長九尺，臂有四肘，是曰殷湯。湯在亳，能修其德。伊摯將應湯命，夢乘船過日月之傍，湯乃東至於洛，觀帝堯之壇，沈璧退立，黄魚雙踴，黑鳥隨魚止於壇，化爲黑玉。又有黑龜，并赤文成字，言夏桀無道，湯當代之。檮杌之神，見於邳山。有神牽白狼銜鈎而入商朝。金德將盛，銀自山溢。湯將奉天命放桀，夢及

天而錫之，遂有天下。商人後改天下之號曰殷。（中華書局，1974年）

蕭統編，李善注《文選》卷三《東京賦》（張平子）：

慕天乙之弛罟，因教祝以懷民。（天乙，殷湯名也。弛，廢也。善曰：《吕氏春秋》曰：湯見罔置四面，湯拔其三面，置其一面，祝曰："昔蛛蝥作罔，今之人學紓。欲高者高，欲下者下，吾取其犯命者。"漢南之國聞之曰："湯德至禽獸。"三十國歸之。）

同上，卷五十四《辯命論》（劉孝標）：

天乙之時，焦金流石。（《史記》：天乙立，是爲成湯。《吕氏春秋》曰：成湯之旱，煎沙爛石。）（中華書局，1977年）

魏收《魏書》卷十九中《景穆十二王・任城王》：

（順疾徽等間之，遂爲《蠅賦》曰：）周昌拘於牖里，天乙囚於夏臺。伯奇爲之痛結，申生爲之蒙灾。（中華書局，1974年）

蕭繹《金樓子》卷第一《興王篇》：

成湯姓子，名履，字天乙。狼星之精，感黑龍而生。高天廣角隆準，手有縱理，如印綬之文。豐下兑上，晳而有鬚，長九尺四寸，八肘。凡有七號：一名姓生，二云履長，三云瘠肚，四云天成，五云天乙，六云地甲，七云成湯。成湯始居亳，從先王居，作《商誥》。湯征諸侯，葛伯不祀，湯始伐之。湯曰："汝不能敬命，予大伐殛之，無有攸赦。"作《湯征》。伊尹號阿衡，阿衡欲干湯而無由，乃爲有莘氏媵臣，負鼎俎，以滋味説湯，致於王道。湯謂之曰："自進非道也。"乃令還其本居，使人聘迎之，五反然後從之，任以國政。白狼銜劍，有神人身虎首，獻玉鏡、白狐九尾。諸國貢玉盤，入自北門，遇女房，作《女房之歌》。（案《書序》作遇女鳩、女房。）林樹久不花，一旦生如凰翼。湯出，見野張網四面，祝曰："自上下四方皆入吾網。"湯曰："噫！盡之矣。"乃去其三面，祝之曰："欲左左，欲右右，不用命，乃入吾網。"諸侯聞之曰："湯德至矣，及於禽獸。"當是時，夏桀爲虐政淫荒，而諸侯昆吾氏爲亂。湯乃興師率諸侯伐桀，敗於有娀氏之墟，奔於鳴條之野。乃改正朔、服色，朝諸侯。崩，葬於濟陰亳縣東北郭，去縣三里，冢高七尺。漢哀帝時遣大司空行湯冢。又説曰：殷湯無葬處，此言非焉。武丁、大戊，并賢君也。（中華書局，1985年）

庾信撰，吴兆宜注《庾開府集箋注》卷七贊《湯解祝網》：

連珠兩起，合玉雙沉。（《尚書中候》：天乙在亳，諸鄰國繦負歸德。東觀乎洛，降三分璧，黄魚雙躍，出濟於壇，化爲黑玉赤勒，曰玄精。天乙受神福，伐桀克。）穀爲祥樹，（《吕氏春秋》：成湯之時，有穀生庭，昏生至旦而大合拱。史請卜其故，湯退卜者曰："吾聞，見祥而爲不善，則福不至；見妖而爲善，則禍不至。"三日而穀亡。）桑成樂林。（《左傳》：襄公十年，宋公享晋侯於楚邱，請以《桑林》，荀罃辭。及著雍疾，卜《桑林》，見晋侯有間。《注》：《桑林》，殷天子之樂名。間，疾，差也。）三方落網，一面驅禽。德矣聖政，仁乎用心！（《文淵閣四庫全書》本）

陸德明《經典釋文》卷三《尚書音義上·湯誓第一》：

湯。（如字。馬云：俗儒以湯爲謚，或爲號。號者似非其意，言謚近之，然不在謚法，故無聞焉。及禹，俗儒以爲名，《帝系》禹名文命。《王侯世本》：湯名天乙。推此言之，禹豈復非謚乎？亦不在謚法，故疑焉。）（中華書局，1983年）

歐陽詢《藝文類聚》卷十二帝王部二《殷成湯》：

《春秋元命苞》曰：湯臂四肘，是謂神肘。

《尚書璇璣鈐》曰：湯受金符帝録，白狼銜鉤入殷朝。

《尚書中候》曰：天乙在亳，諸鄰國繦負歸德。東觀乎雒，降三分璧，黄魚雙躍，出濟於壇，化爲黑玉，赤勒曰："玄精天乙，受神福，伐桀克。"

《尚書·湯誓》曰：伊尹相湯伐桀，升自陑，遂與桀戰於鳴條之野。

《春秋元命苞》曰：湯之時，其民大樂，其救之於患害，故樂名《大護》。護者救也。一云：扶都感白氣而生湯。

《周書》曰：湯放桀而歸於亳，三千諸侯大會，湯取天子之璽，置之於天子之座左，復而再拜，從諸侯之位。湯曰："此天子之位，有道者可以處之矣。夫天下非一家之有也，有道者之有也。故天下者，唯有道者理之，唯有道者宜處之。"湯以此三讓，三千諸侯莫敢即位。然後湯即天子之位。

《孟子》曰：湯居亳，與葛伯爲鄰。葛伯不祀，湯使人問："何爲不祀？"曰："無以供犧牲。"湯遺之牛羊。葛伯得而食之，又不祀。湯又問之，曰："無以供粢盛。"湯使亳民爲之耕。老弱饋食，葛伯率衆要其酒肉黍稷者，遮而奪之，不以饗授者則殺之。有一童子，以黍肉餉，殺而奪焉。湯乃興師伐葛伯，天下聞之，皆曰："非富天下也，爲匹夫匹婦報仇也。"

《吕氏春秋》曰：成湯之時，有穀生於庭，昏生，至旦而大合拱。史請卜其故，湯退卜者曰："吾聞祥者福之先也，見祥而爲不善，則福不至；妖者禍之先也，見妖而爲善，則禍不至。”於是早朝晏退，問疾吊喪，務鎮撫百姓。三日而穀亡。

《尚書大傳》曰：夏人飲酒，醉者持不醉者，不醉者持醉者，相和而歌曰：“盍歸於亳，盍歸於亳上，亳亦大矣。”故伊尹退而閑居，深聽樂聲，（思其故也。是時伊尹仕桀。）更曰：“覺兮較兮，吾大命格兮。（覺兮，謂先知者。較兮，謂直道者也。格，至也。吾，語桀也。）去不善而就善，何樂兮！”伊尹入告於桀曰：“大命之亡有日矣。”桀啞笑曰：“天之有日，猶吾之有民也。日亡吾亦亡矣。”是以伊尹遂去夏適湯。

《説苑》曰：湯欲伐桀，伊尹請且乏貢職，以觀夏動。桀怒，起九夷之師。伊尹曰：“未可。彼尚能起九夷之師，是罪在我也。”湯乃謝請服，入貢職。明年，又乏貢職。桀起九夷之師，九夷之師不起。伊尹曰：“可矣。”湯乃興師伐桀，殘之，遷於南巢。

《帝王世紀》曰：成湯，一名帝乙。豐下鋭上，倨身而揚聲，長九尺，有聖德。諸侯有不義者，湯從而征之，誅其君，吊其民，天下咸悦。故東征則西夷怨，南征則北狄怨，曰：“奚爲而後我！”凡二十七征，而德施於諸侯。出，見羅者方祝曰：“從天下者，從地出者，四方來者，皆入吾羅。”湯曰：“嘻！盡之矣。非桀其孰能爲此哉！”乃命解其三面，而置其一面，更教之祝曰：“欲左者左，欲右者右，欲高者高，欲下者下，吾取其犯命者。”漢南諸侯聞之，咸曰：“湯之德至矣，澤及禽獸，况於人乎！”一時歸者三十六國。及夏桀無道，罪諫者，湯使人哭之。桀囚湯使於夏臺，而後釋之。諸侯由是咸叛桀附湯，同日貢職者五百國，三年而天下咸服。湯自伐桀後，大旱七年，殷史卜曰：“當以人禱。”湯曰：“吾所爲請雨者民也，若必以人禱，吾請自當。”遂齋戒，剪髮斷爪，以己爲牲，禱於桑林之社。言未已，而大雨，方數千里。湯踐天子位十三年，年百歲而崩。

（贊）魏陳王曹植《殷湯贊》曰：殷湯伐夏，諸侯振仰。放桀鳴條，南面以王。桑林之禱，炎灾克償。伊尹佐治，可謂賢相。

又《湯禱桑林贊》曰：惟殷之世，炎旱七年。湯禱桑林，祈福於天。剪髮離爪，自以爲牲。皇靈感應，時雨以零。

周庾信《湯解網贊》曰：連珠雨起，合玉雙沉。穀爲祥樹，桑成樂林。三方落網，一面驅禽。德以行政，仁乎用心。

同上，卷十五后妃部《后妃》：

（詩）晋成公綏詩曰：天地不獨立，造化由陰陽。乾坤垂覆載，日月耀重光。治國先家道，立教起閨房。二妃濟有虞，三母隆周王。塗山興大禹，有莘佐成湯。齊晋霸諸侯，皆賴姬與姜。關雎思賢妃，此言安可忘?

又曰：殷湯令妃，有莘之女。仁教内修，度義以處。清謐后宫，九嬪有序。尹爲媵臣，遂作元輔。（上海古籍出版社，1982年）

孔穎達《尚書正義》卷二《堯典》：

昔在帝堯，聰明文思，光宅天下。

《正義》曰：……言“堯”者，孔無明解。案下《傳》云：“虞，氏。舜，名。”然堯、舜相配爲義，既舜爲名，則堯亦名也。以此而言，禹、湯亦名。於下都無所解，而放勳、重華、文命，注隨其事而解其文以爲義，不爲堯、舜及禹之名。據此，似堯、舜及禹與湯相類，名則俱名，不應殊異。案鄭以下亦云：“虞，氏。舜，名。”與孔《傳》不殊。及鄭注《中候》，云：“重華，舜名。”則舜不得有二名。鄭注《禮記》云：“舜之言充。”是以舜爲號謚之名，則下注云：“舜，名，亦號謚之名也。”推此則孔君亦然。何以知之？既湯類堯、舜當爲名，而孔注《論語》曰“予小子履”，云“履是殷湯名”，是湯名履，而湯非名也。又此不云堯、舜是名，則堯及舜、禹非名於是明矣。既非名，而放勳、重華、文命蓋以爲三王之名，同於鄭玄矣。鄭知名者，以《帝系》云“禹名文命”，以上類之亦名。若然，名本題情記意，必有義者，蓋運命相符，名與運接，所以異於凡平。或說以其有義，皆以爲字。古代尚質，若名之不顯，何以著字？必不獲已，以爲非名非字可也。譙周以堯爲號，皇甫謐以放勳、重華、文命爲名。案《謚法》：“翼善傳聖曰堯，仁義盛明曰舜。”是堯、舜謚也，故馬融亦云謚也。又曰：“淵源流通曰禹，雲行雨施曰湯。”則禹、湯亦是謚法，而馬融云“禹湯不在《謚法》”，故疑之。將由《謚法》或本不同，故有致異；亦可本無禹、湯爲謚，後來所加，故或本曰“除虐去殘曰湯”，是以異也。《檀弓》曰：“死謚，周道也。”《周書》“謚法周公所作”，而得有堯、舜、禹、湯者，以周法死後乃追，故謂之爲謚。謚者，累也，累其行而號也，隨其行以名之，則死謚猶生號，因上世之生號，陳之爲死謚，明上代生死同稱。上世質，非至善至惡無號，故與周異。以此，堯、舜或云號，或云謚也。若然，湯名履。而《王侯世本》“湯名天乙”者，安國意蓋以湯受命之王，依殷法以乙日生名天乙，至將爲王，又改名爲履，故二名也，亦可安國不信《世本》無天乙之名。皇甫謐巧欲傅會，云“以乙日生，故名履，字天乙”。又云祖乙，亦云“乙日生，復名乙”，引《易緯》孔子所謂“天之錫命，故可同名”。既以天乙爲字，何云同名乎？斯又妄矣。號之曰堯者，《釋名》以爲“其尊高堯堯然，物莫之先，故謂之堯也”，《謚法》云“翼善傳聖曰堯”，堯者以天下之生善，因善欲禪之，故二八顯升，所謂爲翼。能傳位於聖人，天下爲公，此所以出衆而高也。言聰明者，據人近驗，則聽遠爲聰，見微爲明，若離婁之視明也，師曠之聽聰也；以耳目之聞見，喻聖人之智慧，兼知天下之事，故在於聞見而已，故以“聰明”言之。智之所用，用於天地，經緯天地謂之“文”，故以聰明之用爲文，須當其理，故又云“思”而會理也。（《十三經注疏》本，中華書局，1980年）

徐堅《初學記》卷九帝王部《總叙帝王》：

（叙事）商殷氏。《帝王世紀》曰：殷出自帝嚳，子姓也。主癸之妃曰扶都，見白氣貫月，意感，以乙日生湯，故名履，字天乙，是謂成湯。帝豐下鋭上，晳而有髯，倨身而揚聲，長九尺，臂四肘，有聖德。諸侯不義者，湯從而征之。將伐桀，先滅韋顧昆吾，遂戰於鳴條之野，桀奔於南巢之山。湯乃即天子之位，以水承金，始居亳。爲天子十三年，壽（四庫本作“年”）百歲而崩。湯娶有莘氏女爲正妃，生太子丁、外丙、仲壬。太子早卒，外丙代立。（皇甫謐云：“商之享（四庫本作“饗”）國也三十一王，是見居位者實三十王，而言三十一者，兼數太子丁也。自湯得位至紂，凡六百二十九年。成湯一，外丙二，仲壬三，太甲四，沃丁五，太庚六，小甲七，雍己八，太戊九，仲丁十，外壬十一，河亶甲十二，祖乙十三，祖辛十四，沃甲十五，祖丁十六，南庚十七，陽甲十八，盤庚十九，小辛二十，小乙二十一，武丁二十二，祖庚二十三，祖甲二十四，廩辛二十五，庚丁二十六，武乙（四庫本作“丁”）二十七，太丁二十八，帝乙二十九，紂三十。”《商書》曰：成湯既没，太甲元年。孔安國注云：“太甲，太丁子，湯孫也。太丁未立而卒，及湯没而太甲立，稱元年。”《謚法》：殘義損善曰紂。敗於牧野，懸首白旗，從黄帝至紂三十六世。紂二年納妲己，二十年囚文王，三十年武王觀兵於孟津。）（中華書局，2005年）

李昉等《太平御覽》卷五十三地部十八《丘》：

伏韜《北征記》曰：博望城内有成湯、伊尹、箕子冢，今皆爲丘。

同上，卷八十三皇王部八《殷帝成湯》：

《史記》曰：殷之祖契（音薛。），母曰簡狄，有娀氏之女，爲帝嚳次妃。三人行浴，見玄鳥墮其卵，簡狄取吞之，因孕生契。契長，佐禹治水有功，舜乃命契曰：“百姓不親，五品不遜，汝爲司徒，而敬敷五教，五教在寬。”封於商，賜姓子氏。契興於唐、虞、大禹之際，功業著於百姓，百姓以平。契卒，子昭明立。昭明卒，子相土立。相土卒，子昌若立。昌若卒，子曹圉立。曹圉卒，子冥立。冥卒，子振立。振卒，子微立。微卒，子報丁立。報丁卒，子報乙立。報乙卒，子報丙立。報丙卒，子主壬立。主壬卒，子主癸立。主癸卒，子天乙立，是爲成湯。

《帝王世紀》曰：成湯，一名帝乙，豐下鋭上，指有駢，倨身揚聲，長九尺，臂四肘，有聖德。諸侯有不義者，湯從而征之，誅其君，吊其民，天下咸悦。故東征則西夷怨，南征則北狄怨，曰："奚爲而後我？"故《仲虺誥》曰"徯我后，后來其蘇"者也。凡二十七征，而德施於諸侯焉。及夏桀無道，湯使人哭之，桀因湯於夏臺，而後釋之。諸侯由是咸叛桀附湯，同日貢職者五百國，三年而天下悉服。湯自伐桀後，大旱七年，洛川竭，使人持三足鼎祝於山川曰："欲不節耶？使民疾耶？苞苴行耶？讒夫昌耶？宫室營耶？女謁行耶？何不雨之極也！"殷史卜曰："當以人禱。"湯曰："吾所爲請雨者民也，若必以人禱，吾請自當。"遂齋戒，剪髮斷爪，以己爲牲，禱於桑林之社，曰："唯予小子履，敢用玄牲，告於上天后土曰：萬方有罪，罪在朕躬。朕躬有罪，無及萬方。無以一人之不敏，使上帝鬼神傷民之命。"言未已而大雨至，方數千里。

《河圖》曰：扶都見白氣貫月，感生黑帝湯。（《詩含神霧》《帝王世紀》并同。）

《洛書靈準聽》曰：黑帝子湯長八尺一寸，或曰七尺，連珠庭，臂二肘。

《春秋元命苞》曰：湯臂二肘，是謂神剛。又曰：湯之時，其民大樂，其救之於患害，故樂名《大護》。護者，救也。

《尚書璇璣鈐》曰：湯受金符，（金符，禹録。）白狼銜鉤入殷朝。（鉤，縛束之要，明湯得天下之要也。）

《尚書中候》曰：天乙在亳，諸鄰國繈負歸德。東觀乎洛，降三分沉璧，（降，下也。以厚三分之璧玉沉洛水。）退立，榮光不起。（沉畢，退而立，候神，榮光不起。）黄魚雙躍，出濟於壇。（魚者，無足翼，言桀孤特，無黨可伐也。黄者，所以遏水，今土歸湯則金助矣。濟，上也。雖祭，猶爲位告神，故有壇。）黑烏以雄，隨魚亦止，（黑烏，黑帝葉光紀之使。以，用也。）化爲黑玉，赤勒曰"玄精天乙，受神福，伐桀克"。（化，變也。勒，刻也。玄，水也。）三年天下悉合。（諸侯悉合歸之。）又曰：玄鳥翔水，遺卵於流。娀簡拾吞，生契封商。（玄鳥，燕也。翔水，徘徊於水上。娀，娀氏也。簡，簡狄也，契母名。商，國名。《詩》云"天命玄鳥，降而生商"是也。）

《書》曰：伊尹相湯伐桀，升自陑，遂與桀戰於鳴條之野。又曰：自契至於成湯八遷，湯始居亳，從先王居。

《尚書大傳》曰：湯之君民，聽寬而獄省。又曰：夏人飲，醉者持不醉者，不醉者持醉者，相和而歌曰："盍歸於亳，盍歸於亳，亳亦大矣。"故伊尹退而閑居，深聽樂聲，（思其故也。是時伊尹仕桀。）更曰："覺兮較兮，吾大命格兮。（覺兮，爲先知者。較兮，謂直道者。格，至也。）去不善而就善，何樂兮！"伊尹入告於桀曰："大命之亡有日矣。"桀啞然笑曰："天之有日，猶吾之有民也。日亡吾亦亡矣。"是以伊尹遂去夏適湯。又曰：湯放桀也，居中野，士民皆奔湯。桀與其屬五百人，南徙千里止於不齊，不齊民往奔湯。桀與其屬五百人徙於魯，魯士民復奔湯。桀曰："國，君之有也。吾聞海外有人。"與五百人俱去。又曰：湯放桀而歸於亳，三千諸侯大會。湯取天子之璽，置之於天子之坐左，復而再拜，從諸侯之位。湯曰："此天子之位，有道者可以處之矣。夫天下非一家之有也，唯有道者之有也，唯有道者宜處之。"湯以此三讓，三千諸侯莫敢即位。然後湯即天子之位。

《韓詩内傳》曰：湯爲天子十三年，年百歲而崩，葬於徵，今扶風徵陌是也。

《春秋演孔圖》曰：夏民不康，天果命湯。白虎戲朝，白雲入房。（白虎、白雲，皆金精也。）

《逸書》：成湯自契至湯八遷，湯始居亳。

《紀年》曰：湯有七名而九征。

《説苑》曰：湯欲伐桀，伊尹請且乏貢職，以觀夏動。桀怒，起九夷之師。伊尹曰："未可。彼尚能起九夷之師，是罪在我也。"湯乃謝服，入貢職。明年，又乏貢職。桀起九夷之師，九夷之師不起。伊尹曰："可矣。"湯乃興師。

《越絶書》曰：湯行仁義，敬神鬼，天下皆一心歸之。

《孟子》曰：湯居亳，與葛爲鄰。葛伯不祀，湯使人問之曰："何爲不祀？"曰："無以供犧牲也。"湯遺之牛羊，葛伯食之，又不祀。湯又問之，曰："無以供粢盛。"湯使亳民爲之耕。老弱饋食，葛伯率其民要其有酒食黍稻者，遮而奪之，不授則殺之。有童子以黍肉餉，殺而奪之。《書》曰"葛伯仇餉"，此之謂也。爲其殺是童子，湯乃興師伐葛。四海之内皆曰："非富天下也，爲匹夫匹婦復仇。"（言湯不以天下富，爲一夫一婦報仇也。）又曰：湯始征自葛，載十一征而無敵於天下。東面而征而西夷怨，南面而征而北狄怨，曰："奚爲後我！"民望之若大旱之望雨也，歸市者不（四庫本作"弗"）止，耕（四庫本作"芸"）者不變。誅其君，吊其民，如時雨降，民大悦。

《尸子》曰：湯之救旱，素車白馬布衣，身嬰白茅，以身爲牲。當此時也，弦歌鼓舞者禁之。

《吕氏春秋》曰：湯見祝網者，置四面，其祝曰："從天墜者，從地出者，從四方來者，皆羅吾網。"湯曰："嘻！盡之矣。非桀其孰能爲此？"湯取其三面，置其一面，更教祝之曰："昔蛛蝥作網罟，今之人學紓。欲左者左，欲右者右，欲高者高，欲下者下，吾取其犯命者。"漢南之國聞之曰："湯之德及禽獸矣。"於是四十國同時歸之。夫人置四面，未必得鳥，湯去三面，以網四十國，非徒網鳥也。又曰：成湯之時，有穀生於庭，夜而生，比旦而大拱。史請卜其故，湯曰："吾聞祥者福之先也，見祥而爲不善，則福不至；妖者禍之先也，見妖而爲善，則禍不至。"於是早朝晏退，問疾吊喪，鎮撫百姓，三日而穀亡。又曰：湯誅桀，功名大成，乃命伊尹作爲《大護》，歌《晨露》，修《九韶》《六列》，以見其善。

《淮南子》曰：湯夙興夜寐以致聰明，輕賦薄斂以寬民泯，布德施惠以賑困窮，吊死問疾以養孤孀，百姓親附，政令流行。（中華書局，1960年）

王欽若等《册府元龜》卷二帝王部《誕聖》：

湯母曰扶都，見白氣貫月，意感，以乙日生湯，故號天乙。

同上，卷三帝王部《名諱》：

殷湯名履，字天乙。（中華書局，1960年）

江休復《嘉祐雜志》：

洛陽北有山泉，即湯所禱桑林之地。有廟，即天乙之祠，俗號爲聖王。近因旱，中使請禱得雨，乃奏請封爲清淵侯。失於檢詳地志，致此謬。（《文淵閣四庫全書》本）

葉廷珪《海録碎事》卷七上聖賢人事部上聖賢門《四肘》：

湯以乙日生，故名履，字天乙。臂有四肘。（中華書局，2002 年）

鄭樵《通志》卷三上《三王紀》第三上《商湯》：

湯，亦曰成湯，亦曰履，亦曰天乙。以其用武得天下，故號曰武王。爲商家創業之祖，故廟曰烈祖。契之封商，本上洛，後世遷於亳，故京兆杜縣亳亭是也。司馬遷云“禹興西羌，湯起亳”，俱在西也。及湯有天下，始居於商邱，復命以亳，梁之穀熟是也。本帝嚳之都，故曰：“湯始居亳，從先王居。自契至成湯，凡八遷。”亳都有溵水在焉，故亦謂之殷。後世遷於囂，遷於相，遷於耿，遷於朝歌，而殷商之名未始偏廢，以開國受命之祖所以命也。湯爲夏方伯，得專征諸侯。與葛爲鄰，葛伯放而不祀，湯使問之，答以犧牲粢盛不給，湯使遺之牛羊，復使亳衆往爲之耕，其不祀自若。有餉者，葛伯殺之而奪其食，湯始征之。故曰：“湯征自葛始。東征西夷怨，南征北狄怨，皆曰：‘奚獨後予？后來其蘇。’”民之戴商久矣，夷狄且懷之，况中國乎？

伊尹，處士也，名摯，耕於有莘之野。湯使人以幣聘之，五反，然後往見湯，言素王及九主之事。或言伊尹爲有莘氏之媵臣，負鼎俎，以滋味説湯，致於王道。湯舉伊尹任以國政，伊尹乃進君國子民之人，皆在王官。湯以伊尹爲賢，而薦於桀。伊尹去湯適夏。既醜有夏，復歸於亳，入自北門，遇汝鳩、汝方，作《汝鳩》《汝方》之篇，以言其志也。

湯出見網於野者，張其四面而祝之曰：“自天下四方，皆入吾網。”湯曰：

“嘻！盡之矣。”去其三面，而更其祝曰：“欲左左，欲右右，欲高高，欲下下，不用命者，乃入吾網。”漢南諸侯聞之曰：“湯德至矣，及禽獸。”一時歸商者三十六國。或言四十國。有白狼銜鈎及黄金、黑玉之瑞。夏末，昆吾氏伯而爲亂。湯爲景亳之會，以徵兵於諸侯。湯親秉鉞，伐韋顧及昆吾。韋顧，昆吾之與國也，復黨於桀。湯既克三國，伊尹遂相湯伐桀。湯以費昌爲御，與桀戰於鳴條之野，夏師敗績。桀走保三朡，遂伐三朡，俘厥寶玉而放桀焉。伊尹報於諸侯，諸侯大會。湯再拜而從諸侯之位曰：“天命無常，惟歸有道。”三辭，諸侯莫敢當，乃踐天子位。

湯歸自夏，至於大坰，惟有慚德曰：“予恐來世以予爲口實。”蓋以臣伐君、以干戈取天下自湯始，所以慚也。故仲虺作誥以釋之。湯爲天子，反桀之事。遂其賢良，以寬治民，除其邪虐，徇民所欲，順天革命。改正朔，以建丑爲正月。或言湯作曆，不以正月朔旦爲節，更用十一月冬至爲元首，至周從之。服色尚白，朝會以晝，社用柏，或云社用石，葬植松，牲用白，以白爲徽號。朝燕服哻，冠而縞衣。十二寸爲尺。初置二相，以伊尹、仲虺爲之。湯謂伊尹曰：“每勤諸侯，遠獻方物，吾欲因其地之所有，易得不貴。”乃命伊尹爲獻令。初作囿，取禽獸以奉宗廟。簡士卒，習射御，以戒不虞。海外肅慎、北發、渠搜、氐羌來服。民無食者，以莊山之金鑄幣而賑之。

自伐桀之後，七年大旱，洛圻川竭，煎沙爛石。太史氏曰：“當以人禱。”湯曰：“請雨爲民也，若以人禱，吾自當之。”乃齊戒，翦髮斷爪，素車白馬，嬰以白茅，身爲犧牲，禱於桑林之社。持三足鼎，祝諸山川曰：“勿以予一人之不敏，俾上帝鬼神傷民之命。”仍以六事自責曰：“政不節與？民失職與？宫室崇與？婦謁盛與？苞苴行與？讒夫昌與？”言未訖，雨大作，方數千里。命伊尹作樂曰《大濩》，修《九韶》《六列》，聞宫聲使人温良而寬大，聞商聲使人方廉而好義，聞角聲使人惻隱而仁愛，聞徵聲使人樂養而好施，聞羽聲使人恭謹而好禮。湯令：未命之士不得朱軒及飛軨，不得乘飾車駢馬、衣文繡；命，然後得，以旌有德。

湯二十七征而天下服。在位十三年，年百歲，〔卒，〕葬濟陰。有莘氏生太丁、外丙、仲壬。太丁爲太子，早卒，而立其弟外丙。商人禘舜而祖契，郊冥而宗湯。上甲微能帥契者，故報焉。

臣謹按：劉向《别録》曰：“九主者，有法君、專君、授君、勞君、等君、寄君、破君、國君、三歲社君，凡九品，圖其形象。”又按：湯以水德王天下。又按《皇覽》曰：“湯冢，在濟陰亳縣北東郭外三里。冢四方，方各十步，高七尺。漢哀帝建平元年，大司空御史長卿，按行水灾，至湯冢。”劉向曰：“湯無葬處。”皇甫謐曰：“湯即諸侯位十七年，爲天子十三年，百歲而崩。”又按：湯聞伊尹賢，使人請於有莘氏，不可。伊尹亦欲歸湯，湯娶於有莘氏，乃以伊尹爲媵送女。湯得伊尹，祓之於廟，照之以爝，釁以犧豭。明日，設朝而見之。伊尹請湯以

至味，湯曰："可得而爲之乎？"對曰："君之國小，不足以具之。爲天子然後可。"因説湯以伐夏救民。（中華書局，1987年）

項安世《周易玩辭》卷三《帝乙歸妹》：

帝女下嫁之禮，至湯而備。湯嫁妹之辭曰："無以天子之富而驕諸侯。陰之從陽，女之順夫，天下之義也。往事爾夫，必以禮義。"湯稱天乙，或者亦稱帝乙乎？商王名多相同，以其皆用十干也。（《文淵閣四庫全書》本）

羅泌《路史》卷二十三《後紀》十四《夏后紀下·帝履癸》：

伊贄，帝之酒保也，醜夏而耕於商陜。（伊尹也）商契之後有子履者，天錫勇智，得禹之録，齊聖廣淵，不殖貨利，不邇聲色，以七十里爲方伯，法三聖，用三俊，克寬克仁，明德恤祀，賢於諸侯。聞贄之賢，三枉聘而不至，馳即見之。既而幡然就商，説以伐夏救民。於是每進之夏。桀俞自賢，矯誣上天，簡賢附勢，率遏衆力，窮父兄，耻功臣，不任其遇。女鳩、女方，夏賢臣也，亦遂去之。贄既醜夏，三年復歸於亳，遇諸北門蟬連，嘆知夏命之將墜也，乃遂相商。子履之沛，遇擘場四面羅者，一祝解而漢陰降。（《東京賦》"幕帝乙之弛罟"謂此。《子虚賦》以爲成湯好田，誤也。）爰循禮法，以覲天子，天子不説。既得仲虺、萊朱，於是有不譓者，從而征之。葛伯仇饟，初征自葛。而昆吾、韋、顧亦斬艾其民，粒食之民人，戮而不得以疾死。於是伐韋，伐顧，伐昆吾，以儆於桀。誅其君，吊其民，東征西怨。載十一而征，無敵於天下，二十有七征，而德施於諸侯，歸之者三十有六國。桀怒，以諛臣趙梁計，召而囚之均臺，置之重泉，嫌於死。履乃行賂，桀遂釋之，而賞之贄茅。子履，湯也，湯有膻行，天下之效之者且百國矣。又得慶誧、湟里沮、東門虚、南門壖、西門庇、北門側七大夫佐，司御門尹登恒爲佑，始試之弱密須氏，以爲武教。試得密須氏，而知所服桀矣。乃率六州攸徂之民以伐桀，始用玄牡昭告上天神后，誓於衆庶。良車七十乘，必死六千人，及桀戰於鳴條，敗諸娀虚。桀與其屬五百南徙千里，至於不齊。不齊之民去之，轉之郕，遂放之南巢氏。戮尹諧，滅斟觀、昆吾氏。湯乃復亳，會群後，退從諸臣之位，曰："天子之位，惟有道者處之。"三千諸侯無敢即，乃簡代夏，復禹功，修舜緒，爲副於天。反夏政，國遷鄗。將遷其社，不可，乃取璽書，發明德，作《八政》命於總章。遂賢良，築五庫，藏五兵，與民休息。爰封少康之後於杞，以郊禹。後分於曹東之僂，是爲東樓，生西樓公。（《文淵閣四庫全書》本）

魏了翁《尚書要義》卷一《堯典》七《殷法以乙日生名天乙》：

湯名履，而《王侯世本》"湯名天乙"者，安國意蓋以湯受命之王，依殷法

"以乙日生名天乙"，至將爲王，又改名爲履，故二名也，亦可。安國不信《世本》無天乙之名，皇甫謐巧欲傅會，云以乙日生，故名履字天乙。又云祖乙，亦云乙日生，復名乙，引《易緯》孔子所謂天之錫命，故可同名。既以天乙爲字，何云同名乎？（《文淵閣四庫全書》本）

王應麟著，張三夕、楊毅點校《漢藝文志考證》卷七《小説》：

《天乙》三篇。

賈誼書《修政語》引湯曰。（云云。）《史記・殷本紀》：湯曰："予有言：人視水見形，視民知治不。"（中華書局，2011年）

王應麟著，閻若璩、何焯、全祖望注《困學紀聞》卷一《易》：

阮逸云："《易》著人事，皆舉商、周。'帝乙歸妹''高宗伐鬼方''箕子之明夷'，商事也；'密雲不雨，自我西郊''王用亨於岐山'，周事也。"朱子發云："《革》存乎湯、武，《明夷》存乎文王、箕子，《復》存乎顔氏之子，故曰'存乎其人'。"朱文公謂："疑皆帝乙、高宗、箕子占得此爻。"（全云：解"存乎其人"句，頗附會。）

"君子道盛，小人自化。故舜、湯舉皋、伊，而不仁者遠。"玉泉喻氏（全云：名樗，字子才，龜山弟子。）云："《泰》'小人道消'，非消小人也，化小人爲君子也。"

"帝乙歸妹"，子夏傳謂湯之歸妹也。京房載湯嫁妹之辭曰："無以天子之尊而乘諸侯，無以天子之富而驕諸侯。陰之從陽，女之順夫，本天地之義也。往事爾夫，必以禮義。"荀爽對策，引"帝乙歸妹"，言"湯以娶禮歸其妹於諸侯也"。張説《鄎國公主銘》亦云："帝唐降女，天乙歸妹。"（何云：燕公文，不足據以證經。）若《左傳》筮遇《泰》之《需》，曰："微子啓，帝乙之元子也。"虞翻亦云"紂父"。二説不同，《正義》皆略之。（繼序按：《易緯乾鑿度》以《易》之"帝乙"爲成湯，鄭康成引以注《禮記・檀弓》。又按：《白虎通・姓名章》亦同。）

同上，卷二《書》：

漢初去聖未遠，帝王遺書猶有存者。《賈誼書・修政語》引黄帝曰："道若川谷之水，其出無已，其行無止。"……湯曰："學聖王之道者，譬其如日；静思而獨居，譬其若火。捨學聖之道而静居獨思，譬其若去日之明於庭，而就火之光於室也。可以小見而不可以大知。得賢而舉之，得賢而與之，譬其若登山乎；得不肖而舉之，得不肖而與之，譬其若下淵乎。是以明君慎其舉，而君子慎與。"又曰：

“藥食嘗於卑，然後至於貴；藥言獻於貴，然後聞於卑。求道者不以目而以心，取道不以手而以耳；致道者以言，入道者以忠，積道者以信，樹道者以人。”……（何云：皆似戰國諸子之語。若上古之書，必更簡質。）

“儆戒無虞”，絜齋解云：“……滿損謙益，捷於影響，人心豈可以自滿哉！”愚謂仲虺之誥成湯，召公之訓武王，戒其滿而自矜也。齊桓服楚，魏武得荆州，唐莊宗取汴，皆以滿失之。

蔡邕《銘論》：“殷湯有《甘誓》之勒。”

《左氏傳》“夏有觀、扈”，《漢》東郡有畔觀縣（原注：今開德府觀城。），（全云：以有扈氏與觀并稱，見於《春秋内傳》；以朱、均、管、蔡與觀并稱，見於《外傳》。而東郡之縣名畔觀，則其不良可知。惟是以五觀遂指爲太康之五弟，而因指洛汭之地爲觀，古人亦已疑之。深寧但以《尚書》駁詰，其韋、酈之説自相悖者，未盡抉也。夫東郡之畔觀，非洛汭也。觀既爲國，五國則不應聚於一方，一國則不可以容五子。況五觀據國以逆王命，又何須於洛汭之棲棲也。蓋五觀特國名，猶之三朡，今以太康之弟適有五，而以配之，則誣矣。《外傳》以爲夏啓之奸子。夫以追隨太康之弟而反曰奸子，曰畔，則必其從羿而後可矣。考《〔續〕漢書·郡國志》曰“衛，故觀國，姚姓”，乃恍然曰：畔觀，非夏之宗室也，而況以爲太康之同母乎！是足以輔深寧之説。）《楚語》士亹曰：“堯有丹朱，舜有商均，啓有五觀，湯有太甲，文王有管、蔡，是五王者，皆元德也，而有奸子。”韋昭注謂：“五觀，啓子，太康昆弟也。觀，洛汭之地。”《書序》曰：“太康失國，昆弟五人須於洛汭。”《水經注》亦云：“太康弟曰五觀。”愚謂五子述大禹之戒作歌，仁義之人，其言藹如也，豈朱、均、管、蔡之比？韋氏説非也。

《史記》“湯始居亳，從先王居，作《帝誥》”，《索隱》云：“一作偖。從先王居，故作《帝偖》。”

《史記》：“湯征諸侯，葛伯不祀，湯始伐之。湯曰：‘予有言，人視水見形，視民知治不。’伊尹曰：‘明哉！言能聽，道乃進，君國子民，爲善者皆在王官。勉哉！勉哉！’湯曰：‘汝不能敬命，予大罰殛之，無有攸赦。’作《湯征》。”豈孔壁逸篇，太史公亦見之乎？後有補《湯征》者，（何云：白居易。）蓋未之考。（四庫本有：若璩按：補《湯征》乃白居易文，載《尚書古文疏證》卷五第七十二條。）

《湯誓》“予則孥戮汝，罔有攸赦”，孔安國以爲：“古之用刑，父子兄弟罪不相及，今云者，權以脅之，使勿犯。”《酒誥》“予其殺”，安國以爲“擇罪重者而殺之”，吕居仁（全云：吕文靖公本中，字居仁，好問之子。）謂“安國能明聖人未盡之意，實有大功於聖人者”。

《仲虺之誥》，言仁之始也；《湯誥》，言性之始也；《太甲》，言誠之始也；《説命》，言學之始也，皆見於《商書》。“自古在昔，先民有作。温恭朝夕，執事有恪。先聖王之傳恭也”，亦見於《商頌》。孔子之傳有自來矣。

《孟子》云：“伊尹萊朱。”注：“萊朱，亦湯賢臣。一曰：仲虺是也。”《春秋傳》曰：“仲虺居薛，爲湯左相。”是則伊尹爲右相。《唐·宰相世系表》：“仲虺爲湯左相，臣扈、祖己皆其胄裔也。”（原注：未詳所據。）（全云：原注四字是正文。）

《漢·律曆志》引《伊訓》“伊尹祀於先王，誕資有牧方明”，説者謂祀先王於方明。朱文公曰：“‘方’當作‘乃’，即所謂‘乃明言烈祖之成德’。”（繼序按：“方明”見《儀禮·覲禮》，非“乃明”之誤。）（四庫本有：若璩按：此亦有辯，見《尚書古文疏證》卷一第六條。）

《大傳》引《盤庚》“若德明哉，湯任父言卑應言”，皆古文所無。

《論語》：“予小子履，敢用玄牡，敢昭告於皇皇后帝。”孔安國注云：“《墨子》引《湯誓》，其辭若此。”疏云：“《尚書·湯誓》無此文，而《湯誥》有之，又與此小異。唯《墨子》引《湯誓》，其辭與此正同。”（四庫本有：若璩按，辯見《尚書古文疏證》卷二第十九條。）

桑穀之祥，太戊問伊陟。《韓詩外傳》以爲“穀生湯之廷，三日而大拱，湯問伊尹”，誤也。（閻云：《吕氏春秋》亦同。）《漢·五行志》劉向以爲“殷道既衰，高宗承敝而起，怠於政事，故桑穀之異見”，又誤也。《書大傳》謂“武丁之時，先王道虧，刑罰犯，桑穀俱生於朝，武丁問諸祖已”，劉向蓋襲《大傳》之誤。（閻云：按，《説苑》記於太戊世，又記於武丁世。繼序按：《班史》志《五行》，引劉向語，屬之高宗；志《藝文》則云“桑穀共生太戊以興”，又與《書序》《史記》同。）

“巢伯來朝”，注云“南方之遠國”，《正義》謂南巢。李杞解曰：“成湯放桀於南巢，巢人納之。意者終商之世，義不朝商乎？誠如是，亦足以見巢之忠，商之盛德矣。商亡而周興，於是巢始來朝。”其説美矣，然無所據。

祖甲，孔安國、王肅云：“湯孫太甲也。”馬融、鄭玄云：“武丁子帝甲也。”《書正義》以鄭爲妄，《史記正義》按《帝王年代曆》，帝甲十六年，太甲三十三年，明王、孔説是。王肅云：“先中宗，後祖甲；先盛德，後有過。”（何云：曲爲之説。）蔡氏《書傳》從鄭説，謂非太甲。按邵子《經世書》，高宗五十九年，祖庚七年，祖甲三十三年，世次、歷年皆與《書》合，亦不以太甲爲祖甲。（何云：邵子《經世書》豈足爲據而妄引之乎？閻云：蔡《傳》謂祖甲非太甲，尤快在據下文“周公言自殷王中宗及高宗及祖甲及我周文王”，“及”云者，因其先後次第而枚舉之辭也。則祖甲之非太甲也明甚。）

《吕氏春秋·孝行覽》云：“《商書》曰：‘刑三百，罪莫重於不孝。’”

注：“商湯所制法也。”（原注：三百，商之刑；三千，周之刑，其繁簡可見。）

《易乾鑿度》曰：“《易》之‘帝乙’爲成湯，《書》之‘帝乙’六世王，名同不害以明功。”（原注：帝乙，湯玄孫之孫也。按《史記》，湯至帝乙二十九王，謂“六世王”，未詳。唐陳正節曰：“殷自成湯至帝乙十二君，其父子世六易。”謂“十二君”，亦未詳。）（閻云：按鄭康成注《禮記》，引《易説》末句作“天之錫命，疏可同名”，孔疏以帝乙即祖乙，正湯之六世孫，但未見《尚書》。）

禹有典則，貽厥子孫而有盤游無度者；湯以義禮，垂裕後昆而有顛覆典刑者，是以知嗣德之難也。宋武帝留葛燈籠、麻繩拂於陰室，唐太宗留柞木梳、黑角篦於寢宫，作法於儉，其弊猶侈，况以侈示後乎？（繩拂，元板作蠅拂。）

因岱柴而封禪，因時巡而逸游，因《洛書》而崇飾符瑞，因建極而雜糅正邪，因享多儀而立享上之説。塞忠諫謂之浮言，錮君子謂之朋比，慘礉少恩曰威克厥愛，違衆妄動曰惟克果斷。其甚焉者，丕之奪漢，托之舜、禹；衍之篡齊，托之湯、武；邵陵、海西之廢，托之伊尹；新都之攝，臨湖之變，托之周公。侮聖言以文奸慝，豈經之過哉！

《書大傳》載四海、河江、五湖、鉅野、鉅定、濟中、孟諸、隆谷、大都之貢物，此禹時也。《周書》載伊尹爲四方獻令，此湯時也。《王會》載八方會同，各以其職來獻，自稷慎以下，其贄物二十一；自義渠以下，其贄物二十；自高夷以下，其贄物十四；自權扶以下，其贄物九，此成王時也。愚謂《旅獒》之訓曰：“畢獻方物，惟服食器用珍異之貢。”恐非三代之制。

湯之《誥》曰：“惟皇上帝，降衷於下民。”武之《誓》曰：“惟人萬物之靈。”劉子所謂“天地之中”，子思所謂“天命之謂性”，孟子所謂“性善”，淵源遠矣。（全云：“靈”字稍淺。繼序按：今《湯誥》《泰誓》并僞《書》。《春秋傳》：“夫差曰：‘天降衷於吴。’”梁由靡曰：“以天之靈，鬼神降衷。”《後漢》：劉陶曰：“天地非人，無以爲靈。”）

同上，卷五《禮記》：

古之人文以達意，非有意於傳也。《湯盤銘》以《大學》傳，《虞人箴》《祈招詩》《讒鼎銘》以《左氏》傳，楚狂《滄浪之歌》以孔、孟氏之書傳。

同上，卷八《孟子》：

“周公思兼三王，以施四事”，注云：“四事，禹、湯、文、武所行事也。”而伏生《大傳》云：“周公兼思三王之道，以施於春、秋、冬、夏。”其説陋矣。

“惟尹躬暨湯，咸有一德，克享天心”，故湯曰“天吏”，尹曰“天民”。

弱而不可輕者，民也。古先哲王曰“敬民”，曰“畏民”。石守道（全云：徂徠先生石介，孫泰山弟子。）謂“湯以七十里亡夏，文王以百里亡商，陳勝以匹夫亡秦，民可不畏乎！”故曰“民爲貴”。（原注：太史公以陳涉與湯、武并言，涉豈能爲湯武哉？蓋楚、漢間豪傑之餘論也。閻云：趙威后對齊使者言：“苟無歲，何有民？苟無民，何有君？”戰國時猶有此高論。）

《論語》終於《堯曰篇》，《孟子》終於“堯、舜、湯、文、孔子”，而《荀子》亦終於《堯問》，其意一也。

同上，卷九《天道》：

星家有甘、石、巫咸三家。太史公謂“殷商巫咸”，考之《書》“伊陟贊於巫咸，作《咸乂》四篇”，又曰：“在太戊，巫咸乂王家。”孔安國云：“巫，氏也。”馬融謂“殷之巫也”，鄭康成謂“巫官”。孔穎達云：“咸、賢父子并爲大臣，必不世作巫官，言‘巫，氏’是也。”《後漢·天文志》乃云“湯則巫咸”。當以《書》爲正。（原注：《史記正義》：“巫咸，吴人，今蘇州常熟縣西海隅上有巫咸、巫賢冢，并識之，以廣異聞。”郭璞《巫咸山賦序》：“巫咸以鴻術爲帝堯之醫。”此又一巫咸也。全云：周以前，巫官非細職也，蓋重、黎之流，周以後始賤之。）

同上，卷十《諸子》：

河間獻王之言，惟見於《説苑》，（何云：獻王之言，亦見《春秋繁露》。閻云：欲以河間獻王德，代杜子春祀兩廡，以有功《周禮》爲最先。朱子云：“胡氏言使河間獻王爲君，董仲舒爲相，汲黯爲御史大夫，則漢治必盛。某謂如此差除，那裏得來？”河間獻王之言，亦見《春秋繁露》，謂：“衣服容貌者，所以説目也；聲言應對者，所以悦耳也；好惡去就者，所以悦心也。故君子衣服中而容貌恭，則目悦矣；言理應對遜，則耳悦矣；好仁厚而惡淺薄，就善人而遠僻圖，則心悦矣。”全云：閻氏謂河間獻王當從祀孔廟，以其有功《周禮》爲最先。予謂獻王豈特有功《周禮》一經哉，以毛萇爲《詩》博士，則《毛詩》之傳，其功也；貫公爲《春秋左氏》博士，則《左氏》之傳，其功也。漢廷未立學官，河間已有博士，其功大矣。至其所集雅樂，武帝存而不御。以致元、成時鄭聲繁興。然王禹、宋曄猶能明其義者，使哀帝能立之學官，《樂》豈亡乎？）謂：“堯存心於天下，加志於窮民，痛萬姓之罹罪，憂衆生之不遂也。有一民飢，則曰此我飢之也。有一人寒，則曰此我寒之也。一民有罪，則曰此我陷之也。仁昭而義立，德博而化廣，故不賞而民勸，不罰而民治。先恕而後教，是堯道也。”又曰：“禹稱：‘民無食，則我不能使也；功成而不利於人，則我不能勸也。’故疏河以導之，鑿江通於九派，釃五湖而定東海，民亦勞矣，然而不怨苦者，利歸於民也。”又曰：“湯稱學聖王之道，譬如日焉；静居獨思，譬如火焉。夫捨學聖王之道，若捨日之光。獨思，若火之明也，可以見小，未可用大知，惟學問可以廣明德慧也。”

“惟無以天下爲者，可以有天下。”此即舜、禹有天下而不與之意。湯武之征伐，非利天下也。無利天下之心，而與天下同其利，然後可以得天下。

《鬼谷子・午合篇》：“伊尹五就桀，五就湯，然後合於湯。吕尚三入殷朝，三就文王，然後合於文王。”（原注：《孫子・用間篇》當參考。伊、吕聖人之耦，豈詭遇求獲者？此戰國辯士之誣聖賢也。伊尹三聘而起，太公辟紂海濱，當取信於《孟子》。閻云：王氏竟忘伊尹事出《孟子》。）

《淮南・詮言訓》曰：“禹决江河，因水也；后稷播種樹穀，因地也；湯、武平暴亂，因時也。故天下可得而不可取也，霸王可受而不可求也。”張夫人諫苻堅之言，本於此。

同上，卷十一《考史》：

《自序》：“桀、紂失其道而湯、武作，周失其道而《春秋》作，秦失其政而陳涉發迹。”（何云：《自序》但言失道則失國耳。）夾漈鄭氏曰：“湯、武仗大義，平殘賊，《易》謂順天應人，烏可與陳涉同日而并議哉！”（何云：無謂。）

《宋世家》：“襄公之時，其大夫正考父美之，故追道契、湯、高宗，殷所以興，作《商頌》。”曹氏曰：“自戴公至襄公，凡一百五十有一年，正考甫既佐戴公，而能至於襄公之時作《頌》，何其壽耶？”朱子曰：“太史公蓋本《韓詩》之説。《頌》皆天子之事。非宋所有。其辭古奥，亦不類周世之文。”（何云：孟僖子之言可據以難。）

同上，卷十二《考史》：

漢高祖起布衣，滅秦、楚，自後世處之，必誇大功業，以爲軼堯、舜，駕湯、武矣。其赦令曰：“兵不得休八年，萬民與苦甚。今天下事畢，其赦天下殊死以下。”言甚簡而無自矜之意，此所以詒厥子孫享四百年之祚歟？（何云：論本子瞻《石鼓歌》。）

同上，卷十三《考史》：

明帝爲太子，諫光武曰：“有禹、湯之明，而失黄老養性之福。”夫禹、湯之道，堯、舜之道也。不以聖人之道養性，而取諸黄老，謂之“學通《尚書》”，可乎？以無逸之心，明立政之體，君道盡矣，何羡乎黄、老！（何云：虚誇大論。）

鍾離意謂“成湯遭旱，以六事自責”，本於《荀子》。黄瓊謂“魯僖遇旱，以六事自讓”，本於《春秋考異郵》。

嵇康，魏人。司馬昭惡其非湯、武，而死於非辜，未嘗一日事晋也。《晋史》有傳，康之羞也。後有良史，宜列於《魏書》。（何云：韓通附建隆，其類也。全云：韓通又是一例，今《宋史》以周三臣目之，則不以爲宋人也。嵇康則死於晋未篡之時，萬無入《晋書》之例，《魏志》已附康於《七子傳》，《晋史》復書。）

同上，卷十三《考史》：

自荆舒之學行，爲之徒者請禁讀史書。其後經筵不讀《國風》，而《湯誓》《泰誓》亦不進講。人君不知危亡之事，其效可睹矣。

同上，卷二十《雜識》：

成湯、周公，皆坐以待旦。康王晚朝，宣王晏起，則《關雎》作諷，姜后請愆，况朝而受業，爲士之職。（中華書局，2015年）

王應麟《玉海》卷三十一《聖文》御制碑銘《湯盤銘》：

《大學》：湯之《盤銘》曰：“苟日新，日日新，又日新。”《正義》：“湯沐浴之盤，而刻銘爲戒。”朱子曰：“湯以人之洗濯其心以去惡，如沐浴其身以去垢，故銘其盤。成湯所以反之而至聖者，正惟有得於此。故稱其德有曰：‘不邇聲色，不殖貨利，以義制事，以禮制心，從諫弗咈，改過不吝，與人不求備，檢身若不及。’皆足以見日新之實，至於所謂聖敬日躋，則言愈約，意愈切矣。伊尹自謂湯咸有一德，而於復政太甲之初，復以‘終始惟一，時乃日新’爲戒。周之武王，於几、席、觴、豆、刀、劍、户、牖莫不銘焉。蓋聞湯之風而興起者，於常用之器，各因事刻銘，以致戒欲，其常接乎目，每警乎心，而不至忽忘也。”

《墨子》：堯、舜、禹、湯書其事於竹帛，瑑之盤盂曰：“君子福大而愈懼，爵隆而益恭。”

《漢志·小説家》：《天乙》三篇，注：“謂湯，其言皆依托也。”

《選注》：《太公金匱》：“師尚父謂武王曰：‘舜之居人上，矜矜如履薄冰；湯之居人上，翼翼懼不敢息。’”

蔡邕《銘論》：殷湯有《甘誓》之勒。

《賈誼·新書》：湯曰：“學聖人之道者，譬其如日。”

同上，卷一百九十九《祥瑞》動物《湯黑玉》：

《商頌疏》：《中候洛予命》云：“天乙在亳，東觀於洛，黄魚雙躍，出濟於壇，黑鳥以洛隨魚亦止，化爲黑玉，赤勒曰‘元精天乙受神福’。”（廣陵書社，2003年）

羅璧《識遺》卷一《書史訛名》：

堯、舜、禹、湯，或以爲四聖人名，或以爲謚，或以爲號。以爲謚者，謚法始周，古未有也。以爲號者，索之舊説，謂孟子稱堯曰放勳、舜曰都君，屈原稱舜曰重華，（孔穎達《圖書疏》曰：《書》遭秦火，《舜典》最後出，江左蕭齊時，姚方興獻，《舜典》"重華"句乃方興所加。不知《離騷》先秦之書已有"差重華之不可迕""就重華而陳辭"等語，則孔《疏》亦難盡憑。）《書中候》稱禹曰文命。蓋"放勳"謂堯能依仿上世之功化，"重華"謂舜繼堯重光，"文命"謂禹布文德。然則堯、舜、禹、湯爲號，無義，名或近是。况堯命舜之辭曰"咨，汝舜"，舜命臣曰"咨，汝禹"，若稷、契，則知"舜""禹"盡名也。湯名，《論語》著曰"予小子履"，《世本》乃謂湯名天乙，皇甫謐《世紀》謂名履字天乙，（不知商代帝王以甲、乙、丙、丁爲次，則天乙乃湯别號。）至舜命棄爲稷養官也，在當時以稷與禹、皋陶并稱，名已覺混，及他書凡稱棄者并曰稷，不知夏以前祀柱爲稷，殷興始廢柱以棄代，謂稷可代棄名，非也。《殷史》："帝乙崩，子辛立，是爲紂。"則紂名辛，非受也。《尚書・西伯戡黎》及《武成》皆言商王受。二孔釋《書》謂："受、紂，音相亂。"鄭玄謂紂轉爲受，及名方曰"其在受德"。孔文釋"受德"紂字。余按：殷人名其惡曰紂，其轉紂爲受，或者僞書者過也；至謚法以殘書損義爲紂，亦未詳，殷無謚法而妄爾。《列子注》：伊尹生伊水之上，故姓從其地。屈原《離騷》、孫武兵書、吕不韋《春秋》、孔穎達《詩》、《書》疏皆著伊尹名摯。謂之尹者，正也，言能正天下，（鄭玄注尹言究，孔安國注尹。）故號伊尹。而《太甲》《伊訓》等篇述其言曰"惟尹躬克左右厥辟"，曰"惟尹躬先見於西邑夏"，曰"惟尹躬暨湯咸有一德"，皆指尹爲自稱之名。君前臣名以號與字，可乎？《史記索隱》著太公望姓名曰姜子牙，故《左傳》《毛詩》齊例稱姜，姜先封吕，他書復稱吕尚，以可師可尚也。《孫子兵書》存其名，猶稱吕牙。謂之太公望者，《史記》曰：文王遇吕尚於渭濱，曰："自吾先君太公曰：'當有聖人適周，周以興。'子真是耶？吾太公望子久矣。"則太公非爵，望亦非名也。後世不察，謬曰吕望、吕尚，蓋緣《史記》以太公望與周公旦并稱，又曰太公望北海人也，讀者從而亦訛。（《學海類編》本）

朱右《白雲稿》卷一《九規・擬淵》：

莘摯耕於大漠之野兮，樂堯舜以自資。五就湯五就桀兮，匪玄聖其誰能？起天乙湯而放太甲兮，又何損益乎後來？傳説之托辰星兮，將胥靡以終老。托幽夢之斯須兮，又中興乎帝造。山有木兮木有枝，樂有瞽兮瞽有相。天民寄兮君師微，斯人兮奚所尚？

同上，《九規·述統》：

三苗陖，舜禪禹，啓續似，繼志傳業保孫子。帝降王，天下之勢日趨下。桀不軌，驅民去愚暗，愚暗棄爾祖天乙，相時應天順人有慚懼。阿衡輔帝，太甲敗度縱禮聽藐藐，未遠亟反，改過處仁斯道廓！（《文淵閣四庫全書》本）

陳士元《論語類考》卷七《人物考·湯》：

元按：商湯，子姓，契之後。《商本紀》云："天乙立，是爲成湯。自契至湯十四代，凡八遷，湯始居亳。放桀於南巢，歸於亳，踐天子位，號曰商。自盤庚遷殷。"張晏云："禹、湯，皆字也。謚法云：除殘去虐曰湯。然湯名履，《書》云'予小子履'是也。"孔安國云："湯，初名天乙，爲王時改名履。"譙周云："夏、殷之禮，生稱王，死稱廟主，皆以帝名配之。天亦帝也。殷人尊湯，故曰天乙。"又《易》曰："帝乙歸妹。"《易傳》亦以"帝乙"爲湯名，是天乙即帝乙也。若然，紂之父亦曰帝乙，是祖孫同名矣。商王多以十干取名，湯之父曰主癸，主癸之父曰主壬，主壬之父曰報丙，報丙之父曰報乙。湯之後王又有祖乙，有小乙，有武乙。然則帝乙爲湯名，豈待後世稱廟主，而始有帝乙之名哉？又湯亦稱武王。《詩》云："武王載旆。"《毛傳》云："武王，湯也。"又《尚書璇璣鈐》云："湯受金符帝籙，白狼銜鈎。"《世紀》云："湯有聖德，諸侯不義者，湯從而征之，一時歸者三十六國。踐位十三年，壽百歲卒，葬亳北之濟陰。"（《文淵閣四庫全書》本）

陳士元《孟子雜記》卷三《辨名·湯》：

湯，名天乙，一名履。《易》稱帝乙，《詩》稱武王。（《文淵閣四庫全書》本）

陳士元《名疑》卷一：

商王成湯，名天乙，一云字湯，一云謚湯。一云名履，字天乙。商人謂之武王。《詩》云："武王載旆。"《毛傳》云："武王，湯也。"湯妃有莘氏女。莘，一作嫯，㜪、甡、洋古字通用。

同上，卷四：

湯名天乙，紂父亦名天乙。

湯長子名太丁，武乙之子亦名太丁。（《文淵閣四庫全書》本）

章潢《圖書編》卷七十八《歷代帝王統繫·商》：

成湯。（姓子氏，名履。帝嚳次妃簡狄生契，封於商，傳世十三曰天乙，是爲湯。伐夏桀而有天下，都亳，國號商，以水德王。聘伊尹以爲相，身爲犧牲以禱雨，作囿取禽獸以奉宗廟，製幣以救民，作樂曰大濩。在位十三年。）（《文淵閣四庫全書》本）

胡應麟《少室山房筆叢》卷三《經籍會通三》“班藝文志所録”條：

班《藝文志》所録，次序頗淆，今稍據時代列之。漢以兵取天下，故論兵書特盛。楊僕、任宏所輯一百八十二家，固取不過數十家，其目尚多依托，自餘可知。

《神農》二十篇，（農家。）又《兵法》一篇。（兵家。）《黄帝》十六篇，（兵家。）又《經》四篇，又《銘》六篇，又《君臣》十篇，又《雜》五十八篇，（俱道家。）又《説》四十篇。（小説家。）《蚩尤》二篇。（兵形勢家。）《太乙兵法》一篇。《天乙兵法》三十五篇。《封胡》五篇。《風后》十三篇。《力牧》十五篇。《鵊治子》一篇。《鬼容區》三篇。（俱兵陰陽。）《大禹》二十七篇。（農家。）《天乙》三篇。（謂即成湯，非前《太乙》也。小説家。）《務成子》十一篇。（小説。）《伊尹》五十一篇。（道家。）又二十七篇。（小説家。）《辛甲》二十九篇。《鬻熊》二十二篇。《太公》二百三十七篇。（俱道家。）《尹佚》二篇。（墨家。）《師曠》八篇。《萇弘》十五篇。（俱兵陰陽家。）《孔甲盤盂》二十六篇。（雜家。）（上海書店，2001年）

徐應秋《玉芝堂談薈》卷十四《父子同名》：

父子有同名者：……湯名天乙，紂父亦名天乙。湯長子名太丁，武乙之子亦名太丁。（《文淵閣四庫全書》本）

孫瑴《古微書》卷四《尚書中候》：

契後十三世生主癸。主癸之妃曰扶都，見白氣貫月，意感，以乙日生湯，號天乙。（按《易乾鑿度》：孔子曰：“自成湯至帝乙。帝乙，湯之玄孫之孫也。”此帝乙即湯也。殷録質，以生日爲名，順天性也。玄孫之孫，外絶恩矣，同以乙日生，疏可同名。湯以乙生，嫁妹本天地，正夫婦。夫婦正，則王教興矣。故曰《易》之“帝乙”爲成湯，《書》之“帝乙”六世王，同名不害以明功。賁居曰：“昔者桀名履癸，而湯之稱亦云‘予小子履’，足以知古人之質矣。”）湯牽白狼，握禹録。天乙在亳，諸鄰國繦負歸德。東觀於洛，習禮堯壇，降三分沉璧，（降，下也。以厚三分之璧玉沉洛水。）退立，榮光丕起。黄魚雙躍，出濟於壇。（魚者無足翼，言桀孤特無黨可代也。黄者土色，土所以遏水，今土歸湯。雖祭猶爲位告神，故有壇。）黑烏以雄，（黑烏叶光紀之使。以，用也。）隨魚亦止，化爲黑玉，赤勒曰“玄精天乙，受神福，代桀克”。三年，天下悉合。（按《吕覽》曰：桀爲無道，天下顫恐，無辜任威，國人大崩。湯欲令伊尹往視曠夏，恐其不信，湯乃自射伊尹。伊尹奔夏，三年反報於亳，曰："桀迷於妹嬉，好彼琬琰。不恤其衆，民心積怨，皆曰：'上天不恤，夏命其卒。'"湯與伊尹盟，以示必滅夏。伊尹又往視曠夏，聽於妹嬉之言，以告湯。湯良車七十乘，必死六千人，以戊子戰於郕，遂禽移大犧，登自鳴條，乃入巢門，遂有夏。民大悦，親鄣如夏。按《管子》曰：女華者，桀之所愛也，湯事之以千金。曲逆者，桀之所善也，湯事之以千金。内則有女華之陰，外則有曲逆之陽，陰陽之議合，而得成其天子。此湯之陰謀也。賁居曰："信斯言，則伊尹與妹嬉比而亡夏，固不謬矣。陰謀之端，乃開於聖人乎？雖然，非聖人亦不可以用陰謀。"）（《文淵閣四庫全書》本）

顧炎武《日知録》卷二《帝王名號》：

堯、舜、禹皆名也，古未有號，故帝王皆以名紀，臨文不諱也。（胡文定《修春秋札子》："臣聞古者不以名爲諱，《堯典》稱'有鰥在下曰虞舜'，則堯、舜者固二帝之名，而《堯典》乃虞氏史官所作，直載其君之名而不避也。"）考之《尚書》，帝曰"格汝舜""格汝禹"，名其臣也。堯崩之後，舜與其臣言，則曰"帝"。禹崩之後，《五子之歌》則曰"皇祖"，《胤征》則曰"先王"，無言堯、舜、禹者，不敢名其君也。自啓至發，皆名也。夏后氏之季，而始有以十干爲號者，桀之癸，商之報丁、報乙、報丙、主壬、主癸，皆號以代其名。（《白虎通》曰："殷質，以生日名子。"）自天乙至辛皆號也。（太甲、沃丁、仲丁、河亶甲、祖乙、盤庚，皆以爲書篇之名，惟其號也。）商之王著號不著名，而名之見於經者二：天乙之名履，辛之名受是也。（武庚亦是號，禄父乃名也。）曰湯，曰紂，則亦號也。（孔氏《西伯戡黎序傳》："受，紂也。音相亂。"）號則臣子所得而稱，故伊尹曰"惟尹躬暨湯"。《頌》曰"武湯"、曰"成湯"、曰"湯孫"也。（《微子之命》言"乃祖成湯"，《多士》言"爾先祖成湯"，皆對其臣子稱之。）曰文祖，曰藝祖，曰神宗，曰皇祖，曰烈祖，曰高祖，曰高后，曰中宗，曰高宗，而廟號起矣。曰玄王，曰武王，而謚立矣。曰大舜，曰神禹，曰大禹，曰成湯，曰寧王，而稱號繁矣。自夏以前，純乎質，故帝王有名而無號。自商以下寖乎文，故有名有號，而德之盛者，有謚以美之。於是周公因而制謚，自天子達於卿大夫，美惡皆有謚，而十干之號不立。（《史記·齊太公世家》：太公子丁公，丁公子乙公，乙公子癸公，猶用商人之稱。陸淳曰："《史記》《世本》厲王以前諸侯有謚者少，其後乃皆有謚。"）然王季以上不追謚，猶用商人之禮焉，此文質之中，而臣子之義也。嗚呼！此其所以爲聖人也歟？（安徽大學出版社，2007年）

徐文靖《竹書紀年統箋》卷四《帝癸》（一名桀）：

十五年，商侯履遷於亳。

十七年，商使伊尹來朝。

二十年，伊尹歸於商，及汝鳩、汝方會於北門。

二十一年，商師征有洛克之，遂征荆，荆降。

二十二年，商侯履來朝，命囚履於夏臺。

二十三年，釋商侯履，諸侯遂賓於商。

二十六年，商滅温。

二十八年，昆吾氏伐商，商會諸侯於景亳，遂征韋。商師取韋，遂征顧。太史令終古出奔商。

二十九年，商師取顧。三日并出。費伯昌出奔商。冬十月，鑿山穿陵，以通於河。

三十年，瞿山崩。殺其大夫關龍逢。商師征昆吾。冬，聆遂灾。

三十一年，商自陑征夏邑，克昆吾。大雷雨，戰於鳴條，夏師敗績。桀出奔三朡，商師征三朡，戰於郕，獲桀於焦門，放之於南巢。

同上，卷五《成湯》（名履）：

湯有七名而九征，放桀於南巢而還。諸侯八譯而來者，千八百國。奇肱氏以車至，乃同尊天乙履爲天子。三讓，遂即天子之位。初，高辛氏之世妃曰簡狄，以春分玄鳥至之日，從帝祀郊禖，與其妹浴於玄丘之水。有玄鳥銜卵而墜之，五色甚好，二人競取，覆以玉筐，簡狄先得而吞之，遂孕。胸剖而生契，長爲堯司徒，成功於民，受封於商。後十三世生主癸，主癸之妃曰扶都，見白氣貫月，意感，以乙日生湯，號天乙。豐下鋭上，皙而有髯，句身而揚聲，長九尺，臂有四肘，是爲成湯。湯在亳，能修其德。伊摯將應湯命，夢乘船過日月之傍。湯乃東至於洛，觀帝堯之壇，沉璧退立，黄魚雙踴，黑鳥隨之，止於壇，化爲黑玉。又有黑龜并赤文成字言："夏桀無道，湯當代之。"檮杌之神見於邳山，有神牽白狼銜鈎而入商朝，金德將盛，銀自山溢。湯將奉天命放桀，夢及天而舐之，遂有天下。商人後改天下之號曰殷。

十八年癸亥，王即位，居亳，始屋夏社。

十九年，大旱。氐羌來貢。

二十年，大旱。夏桀卒於亭山，禁弦歌舞。

二十一年，大旱。鑄金幣。

二十二年，大旱。

二十三年，大旱。

二十四年，大旱。王禱於桑林，雨。

二十五年，作《大濩》樂。初巡狩，定獻令。

二十七年，遷九鼎於商邑。

二十九年，陟。（《二十二子》本，上海古籍出版社，1986年）

閻若璩《四書釋地》又續《桐湯墓所在》：

《殷本紀》伊尹放太甲於桐宫，注似引鄭康成注《書序》語曰："桐，地名也，有王離宫焉。"初不指爲湯葬地。余以《後漢志》梁國虞縣有空桐地、有桐地、有桐亭，太甲所放處，應即在於此。虞，今歸德虞城縣，距湯都南亳僅七十里，方可伊尹既攝國政，復時時往桐訓太甲三年，不然如人言湯亳爲偃師，偃師去虞城八百余里，尹豈有縮地之術，分身以應乎？湯都仍屬穀熟鎮爲是。至湯墓，劉向博極群書者也，告成帝云"殷湯無葬處"。蓋直至哀帝建平元年，大司空御史長卿案行水灾，因行湯冢，始得之於汾陰亳縣北東郭。去縣三里，冢四方，方各十步，高七尺，上平，處平地。馬端臨曰："今河中府是。"故宋太祖乾德四年著諸祀典，迄今不易。雖有杜預湯冢在亳城中，魏王泰又在偃師縣東兩説，吾未敢以爲據。集注云云，亦偶誤本孔安國書傳耳。詳余《尚書古文疏證》卷第四。

同上，《履蓋湯名》：

履，殷湯名，孔安國《論語注》也。朱子易"殷"爲"蓋"，不過以成湯名。天乙既見《史記》，不應於此而復名履，故作疑辭。請問："紂名辛，亦既見《史記》，何《牧誓》曰'商王受'，《無逸》曰'殷王受'？豈非一人而有二名乎？"蓋必以生日名，子者殷之質處間錫嘉名，又殷之文且告天自稱名，播衆呼其名，豈尚復有可疑乎哉！（《皇清經解》本）

嚴可均《全上古三代文》卷一《商湯》：

湯姓子，名履。一名天乙。契十四世孫。即位十七年克夏，號曰武王。王十三年崩，年百歲。謚曰湯。一曰成湯，一曰武湯。

帝告

施章乃服，明上下。（《困學紀聞》二引《尚書大傳·帝告》）

湯征

湯曰："予有言，人視水見形，視民知治不。"伊尹曰："明哉。言能聽，道乃進。君國子民，爲善者皆在王官。勉哉！勉哉！"湯曰："汝不能敬命，予大罰殛之。無有攸赦。"（《史記·殷本紀》。案《孟子·滕文公篇》引"葛伯仇餉"。《梁惠王篇》引"湯一征自葛始"，又引"徯我后，后來其蘇"。《滕文公篇》引"湯始征自葛載"，又引"徯我后，后來其無罰"，皆《湯征》文。以《孔書》入《仲虺之誥》，故不録。）

湯誥

惟三月，王自至於東郊，告諸侯群后："毋不有功於民，勤力乃事。予乃大罰殛女，毋予怨。"曰："古禹、皋陶久勞於外，其有功於民，民乃有安。東爲江，北爲濟，西爲河，南爲淮，四瀆已修，萬民乃有居。后稷降，播農殖百穀。三公咸有功於民，故后有立。昔蚩尤與其大夫作亂百姓，帝乃弗予，有狀。先王言不可不勉。"曰："不道，毋之在國，女毋我怨。"（《史記·殷本紀》）

與諸侯誓

湯即天子之位，與諸侯誓曰："陰勝陽，即謂之變，而天弗施。雌勝雄，謂之亂，而人弗行。故諸侯之治政，在諸侯之大夫治與從。"（《周書·殷祝》）

政語

湯曰："學聖王之道者，譬如其日。静思而獨居，譬其若火。夫捨學聖之道而静居獨思，譬其若去日之明於庭，而就火之光於室也。然可以小見，而不可以大知。"（賈誼《新書·修政語》上。）

湯曰："藥食嘗於卑。然後至於貴。藥言獻於貴，然後聞於卑。"（同上，又見《説苑·君道》。）

嫁妹辭

無以天子之尊而乘諸侯，無以天子之富而驕諸侯。陰之從陽，女之順夫，本天地之義也。往事爾夫，必以禮義。（《困學紀聞》一京房引湯嫁妹之詞。）

盤銘

苟日新，日日新，又日新。（《禮記·大學》）

網祝

湯見設網者，四面張，祝曰："自天下者，自地出者，自四方至者，皆罹我網。"湯曰："嘻，盡之矣。非桀其孰能如此。"令去三面，捨一面而教之，祝曰："蛛蝥作網，今之人循緒。欲左者左，欲右者右，欲高者高，欲下者下，吾請受其犯命者。"（賈誼《新書·諭戒》。又見《吕氏春秋·異用》、《史記·殷本紀》、《新序》五，并小異。）

桑林禱

惟予小子履，敢用玄牡，告於上天后曰：今天大旱，即當朕身。履未知，得罪於上下。有善不敢蔽，有罪不敢赦，簡在帝心。萬方有罪，即當朕躬。朕躬有罪，無及萬方。（《墨子·兼愛》下引湯説。又《吕氏春秋·順民篇》："天大旱，五年不收，湯乃以身禱於桑林曰：'余一人有罪，無及萬夫。萬夫有罪，在余一人。無以一人之不敏，使上帝鬼神傷民之命。'"多末二語。其爲禱旱之詞，可以互證。而《周語·湯誓》曰："余一人有罪，無以萬夫。萬夫有罪，在余一人。"韋詔注："《湯誓》，《商書》伐桀之誓也。"今《湯誓》無此言，則散亡矣。又《論語·堯曰篇》孔安國注："此伐桀告天之文。"《墨子》引《湯誓》其詞若此，則與《墨子》顯異，所未詳也。）

政不節與？使民疾與？宫室崇與？婦謁盛與？苞苴行與？讒夫興與？（《荀子·大略篇》。又《公羊解詁》二引《韓詩傳》、《説苑·君道篇》、《御覽》八十三引《帝王世紀》，小異。）（上海古籍出版社，2009年）

沈欽韓《漢書藝文志疏證》卷二《諸子略》小説家：

《天乙》三篇。（天乙謂湯，其言非殷時，皆依托也。）

《新書·修政語篇》湯曰："學聖王之道者，譬其如日；静思而獨居，譬其若火。"又曰："藥食嘗於卑，然後至於貴；藥言獻於貴，然後聞於卑。"《説苑·君道》引湯同。

同上，卷三《方技略》房中家：

《湯盤庚陰道》二十卷。

《吕覽》："湯問伊尹曰：'欲取天下若何？'伊尹對曰：'凡事之本，必先治身。嗇其大寶用其新，棄其陳，腠理遂通，精氣日新，邪氣盡去，及其天年，此之謂真人。'"《抱朴子·極言》："按《彭祖經》云，自帝嚳佐堯，歷夏至殷爲大夫，殷王遣采女從問房中之術，行之有效，欲殺彭祖以絶其道。彭祖覺焉而逃去。"《御覽》六百六十八："商王問彭祖延年益壽之道。答曰：'思神念真，坐忘煉液，皆可以令人長壽。若泝流補腦之要，此甚難行，有懷棘履刃之危。諸經方三千首，皆示以始涉之門庭耳。'商王受具諸要行彭祖之永壽，但不能戒其淫欲耳。"（按房中家不及彭祖，而反題堯、舜、湯、盤庚之名，舛詭殊甚，當是妄人所録耳。）

《天一陰道》二十四卷。

天一即天乙，湯之名，雜錯出之。（《二十五史藝文經籍志考補萃編》本，清華大學出版社，2011年）

岳濬、法敏等《山東通志》卷八《圻封志·成湯》：

商王成湯，子姓名履。帝嚳次妃簡狄生契，封於商，傳世十三曰天乙，是爲湯。伐夏而有天下，都於亳，在位十三年崩，葬濟陰。（今湯陵在曹縣南二十里。詳《陵墓志》。）

同上，卷三十二《陵墓志》曹州府曹縣：

商成湯陵，在縣南二十里，有廟。《皇覽》云：湯冢，在濟陰亳縣北東郭是也。今河南偃師縣有湯陵，蓋本之《括地志》云。（《文淵閣四庫全書》本）

姚振宗《漢書藝文志條理》卷二之下《諸子略》小說家：

《天乙》三篇。天乙謂湯，其言非殷時，皆依托也。（非監本作者。）

王氏《考證》：賈誼書《修政語》引湯曰云云。《史記・殷本紀》湯曰："予有言：人視水見形，視民知治不。"

按王氏以此兩引謂即在此三篇中，亦約略言之耳。（《二十五史補編》本，中華書局，1956年）

梁啓超《漢志諸子略各書存佚真僞表》小說家者流：

《天乙》，入"已佚"類"全佚"目。（《二十五史藝文經籍志考補萃編》本，清華大學出版社，2012年）

顧實《漢書藝文志講疏》三《諸子略》小說家：

《天乙》三篇。（天乙謂湯，其言非殷時，皆依托也。）

亡。湯曰："學聖王之道者，譬其如日。静思而獨居，譬其若火。"（《賈子・修政語》上。）又曰："予有言，人視水見形，視民知治不。"（《史記・殷本紀》。）此賈誼、司馬遷之所述也，使亦在此《天乙》書中者，班氏之注，爲不辭矣。（上海古籍出版社，2009年）

陳朝爵《漢書藝文志約説》卷二《諸子略》小説家：

《天乙》三篇。（天乙謂湯，其言非殷時，皆依托也。亡。）

王應麟曰："《賈誼書・修政語》'湯曰'云云，《史記・殷本紀》'湯曰予有言'云云。"顧實謂："此賈誼、司馬遷所述也。使亦在此《天乙》書中者，班氏之注爲不辭。"案，古籍衆矣，賈、馬所引，未知所本，豈必在此小説篇中？（《二十五史藝文經籍志考補萃編》本，清華大學出版社，2012年）

魯迅《中國小説史略》第三篇《〈漢書・藝文志〉所載小説》：

《漢志》之叙小説家，以爲"出於稗官"，如淳曰："細米爲稗。街談巷説，甚細碎之言也。王者欲知里巷風俗，故立稗官，使稱説之。"（本注）其所録小説，今皆不存，故莫得而深考，然審察名目，乃殊不似有采自民間，如《詩》之《國風》者。其中依托古人者七，曰：《伊尹説》《鬻子説》《師曠》《務成子》

《宋子》《天乙》《黄帝》。記古事者二，曰：《周考》《青史子》，皆不言何時作。明著漢代者四家，曰：《封禪方説》《待詔臣饒心術》《臣壽周紀》《虞初周説》。《待詔臣安成未央術》與《百家》，雖亦不云何時作，而依其次第，自亦漢人。（上海古籍出版社，1998年）

案：天乙，子姓，契第十四代孫，殷商開國之君，世稱商湯或成湯。《史記·殷本紀》云："契卒，子昭明立；昭明卒，子相土立；相土卒，子昌若立；昌若卒，子曹圉立；曹圉卒，子冥立；冥卒，子振立；振卒，子微立；微卒，子報丁立；報丁卒，子報乙立；報乙卒，子報丙立；報丙卒，子主壬立；主壬卒，子主癸立；主癸卒，子天乙立，是爲成湯。"《荀子·成相》亦云："契玄王，生昭明，居於砥石遷於商，十有四世，乃有天乙是成湯。"關於天乙之名字，其説不一。一曰名天乙。一曰名履，字天乙，或尊稱天乙。對於湯，亦有不同説法。一曰字湯。一曰謚湯或號湯。傳説湯有聖德，諸侯有不義者，湯從而征之，誅其君，吊其民，天下咸悦。及夏桀無道，罪諫者，湯使人哭之，桀囚湯使於夏臺。諸侯由是咸叛桀附湯，三年而天下咸服。湯伐桀而有天下，都於薄（一説亳）。因大旱，以己爲犧牲，禱於桑林之社，雨大至。踐天子位十三年而崩。湯自稱"吾甚武"，因號武王，亦曰武湯。又因天下成平，故曰成湯。綜合各説，證以殷墟甲骨卜辭所記商王均以天干爲名，則天乙乃成湯之名，成湯乃天乙之謚，商湯、武湯則其異稱。天乙即帝乙，履亦爲其名。天乙之歷史功績主要是打敗夏桀而立商，其逸聞異事播在人口。《史記·殷本紀》載有他起用伊尹而滅夏之大致過程，説他作有《湯征》《湯誥》等。《墨子·兼愛》提及《湯説》，《逸周書·殷祝》載有湯《與諸侯誓》（後稱《湯誓》），賈誼《新書》引湯之《政語》，《禮記·大學》引湯作《盤銘》"苟日新，日日新，又日新"。今傳本《尚書》之《商書》有《湯征》《湯誥》。

《漢書·藝文志》諸子略小説家著録《天乙》三篇，注曰："天乙謂湯，其言非殷時，皆依托也。"據班固注可知，《天乙》三篇乃是後人依托，内容或是與湯相關的言論或故事集合，有歷史傳説，也有後人傅會。如《列子》《莊子》載"湯之問棘（一作革）"事，《韓非子》載"恐天下言己爲貪也"事，《吕氏春秋》、賈誼《新書》、司馬遷《史記》等載"湯見祝網者"事，劉向《説苑》載"伊尹阻湯職貢"事，《越絶書·吴内傳》載"湯獻牛荆之伯"事，以民間可理解之内容和形式解説成湯，大概是《天乙》基本特點。至於《新書·修政語上》所載："湯曰：學聖王之道者，譬其如日；静思而獨居，譬其若火。夫捨學聖之道而静居獨思，譬其若去日之明於庭，而就火之光於室也，然可以小見而不可以大知。”“湯曰：藥食嘗於卑，然後至於貴；藥言獻於貴，然後聞於卑。”《史記·殷本紀》所載“湯曰：予有言：人視水見形，視民知治不”。這些論説是否即小説家《天乙》之内容，不能確定。顧實有言：“此賈誼、司馬遷之所述也，使亦在此《天乙》書中者，班氏之注，爲不辭矣。”此説似乎有理。然堯、舜、禹、湯、文、武、周公，是儒家之偶像，賈誼、司馬遷正是按儒家之旨宣講成湯，若《天乙》中多載儒家之言，《漢志》當不會著録入小説家，而有關天乙之閭里傳説有如上述，即使如《新書》《史記》所引，亦既非儒家之正言，亦非道家之確論，且多“道聽途説者”之所造，“閭里小知者”之所及，故《漢志》録入小説家。班固之注本於其所見《天乙》之本文，應該有充分依據，不爲“不辭”。《天乙》三篇，漢以後未見著録或引用，蓋其亡佚已久，難確考矣。

黄帝説

楊伯峻《列子集釋》卷第一《天瑞篇》：

《黄帝書》曰：（惠棟曰：此老子所述也。老子之學蓋本黄帝，故漢世稱黄老。《釋文》云：黄帝姓公孫，名軒轅，得長生之道，在位一百年。按《漢書·藝文志》有《黄帝書》四篇，《黄帝君臣》一篇，《黄帝君臣》六篇，與道家相類。伯峻案：今本《藝文志》，《黄帝書》作《黄帝四經》，《黄帝銘》作十篇，班自注云，起六國時，與老相似也。又有《雜黄帝》五十八篇，班自注云，六國時賢者所作。）“谷神不死，［（注）古有此書，今已不存。夫谷虚而宅有，亦如《莊子》之稱環中。至虚無物，故謂谷神，本自無生，故曰不死。伯峻案：此《老子》第六章文。］是謂玄牝。［（注）《老子》有此一章，王弼注曰：“無形無影，無逆無違，處卑不動，守静不衰；谷以之成而不見其形，此至物也。處卑而不可得名，故謂之玄牝。”俞正燮曰：牝者，古人以爲溪谷；所謂玄牝者，如今言空洞。《朱子語類》云：“牝祇是木孔受枘能受的物事。玄牝者，至妙之牝，不是那一樣的牝。”其言若即若離。嘗深思之，玄者，《白虎通·五行篇》云，玄冥者，入冥也。是玄爲入牝者。《唐律·衛禁上》釋文云，有穴而可受入者爲牝。則玄牝之爲古語可知。爲表出之，儒者可勿復道矣。伯峻案：張注所引《老子》王弼注“故謂之玄牝”，今本作“故謂之天地之根”。《釋文》“無影”作“無景”，云：牝，毗忍切。景音影。］玄牝之門，是謂天地之根。綿綿若存，用之不勤。［（注）王弼曰：“門，玄牝之所由也。本其所由，與太極同體，故謂天地之根也。欲言存邪？不見其形；欲言亡邪？萬物以生，故曰綿綿若存。無物不成而不勞也，故曰不勤。”（解）谷虚而氣居其中，形虚而神處其内。玄者，妙而無體；牝者，應用無方。出生入死，無不因之，故曰門也。有形之本，故曰根也。視之不見，用之無窮，故曰若存者也。《解》“玄者”秦刻本作“元者”，清康熙帝名玄曄，蓋避其二名而改之也，今從《四解》本正。許維遹曰：勤當訓盡。《淮南子·原道訓》“纖微而不可勤”，高誘注：“勤猶盡也。”同篇，“用之而不勤”，高又注：“勤，勞也。”誤與張注同。仲父曰：牝門根勤爲韵，古音同在魂痕部。《釋文》云：綿，武延切。邪，以遮切，下同。］故生物者不生，化物者不化。［（注）《莊子》亦有此言。向秀注曰：吾之生也，非吾之所生，則生自生耳。生生者豈有物哉？故不生也。吾之化也，非物之所化，則化自化耳。化化者豈有物哉？無物也，故不化焉。若使生物者亦生，化物者亦化，則與物俱化，亦奚異於物？明夫不生不化者，然後能爲生化之本也。（解）此神爲生之主，能生物化物，無物能生化之者。王叔岷曰：注“故不生也”，“故”上疑脱“無物也”三字。“無物也，故不生也”與下文“無物也，故不化焉”相對而言。］自生自化，自形自色，自智自力，自消自息。［（注）皆自爾耳，豈有尸而爲之者哉？仲父曰：色力息爲韵，古音同在職德部。］謂之生化形色智力消息者，非也。”［（注）若有心於生化形色，則豈能官天地而府萬物，贍群生而不遺乎？（解）神之獨運，非物能使，若因情滯有同物生化，皆非道也。俞樾曰：“謂”當作“爲”，古書“謂”“爲”通用，説詳王氏引之《經傳釋詞》。上文云“自生自化，自形自色，自智自力，自消自息”，故此云“爲之生化形色智力消息者非也”。張湛注上文云，“皆自爾耳，豈有尸而爲之者哉”，正得其義。陶鴻慶曰：俞氏《平議》讀謂爲爲，非也。謂讀如《道德經》“同謂之無”之謂，此言萬物根於無形，無形則無名，而强爲之名者非矣。下文子列子曰“非其名也”，注云，“事有實著，非假名而後得也”，正合此旨。讀謂爲爲，義反淺矣。伯峻案：《注》“贍群生而不遺乎”，“贍”《藏》本、宋本、《四解》本皆作“瞻”，《釋文》世德堂本皆作“贍”，作“贍”者是也。《説文》“瞻，臨視也”。又新附，“贍，給也。”《孟子·公孫丑篇》注云：“贍，足也。”此當訓給訓足。又“遺”，《釋文》及世德堂本作“匱”，作“遺”者是也。其意謂若有心生化，則必有所偏，今官天地府萬物而無所遺失，則知是自生自化，非被生被化。俞讀謂爲爲，其義較順。陶駁疑未審。《釋文》“智”作“知”，“遺”作“匱”，云：知音智，下同。贍，時艷切。匱音饋，竭也。］

《黄帝書》曰：“形動不生形而生影，聲動不生聲而生響，［（注）夫有形必有影，有聲必有響，此自然而并生，俱出而俱没，豈有相資前後之差哉？郭象注《莊子》論之詳矣。而世之談者，以形動而影隨，聲出而響應。聖人則之以爲喻，明物動則失本，静則歸根，不復曲通影響之義也。《釋文》云：響，許兩切，後同。應，於證切。復，扶又切。］無動不生無而生有。”［（注）有之爲有，恃無以生；言生必由無，而無不生有。此運通之功必賴於無，故生動之稱，因事而立耳。（解）形有所生，不能生無，影響是也。神而無形，動則生有，萬類是也。盧文弨曰：《注》“而無不生有”，“不生”下當有“於”字。伯峻案：盧説不可信。此言有非無所生，不過由無而生耳。文意甚明，增“於”字反失之。《釋文》云：稱，尺證切。］

黄帝曰：“精神入其門，骨骸反其根，我尚何存？”［（注）何生之無形，何形之無氣，何氣之無靈？然則心智形骸，陰陽之一體，偏積之一氣；及其離形歸根，則反其真宅，而我無物焉。（解）凡人以形爲我，緣我則有情。情多者愛溺深，而情少者嗜欲薄。唯至人無我，了識其神。凡人不知，封執彌厚。令神歸乎真，形歸乎地，向時之我，竟何在耶？伯峻案：根存爲韵，古音同在文部。又《解》“封執”當作“封殖”，封殖見《左氏傳》昭二年。］

同上，卷第六《力命篇》：

《黄帝之書》云：“至人，居若死，動若械。”［（注）此舉無心之極。俞樾曰：“械”字無義。《釋文》云，“本又作戒”，實皆駭之假字也。《周官・大僕》“始崩戒鼓”，故書“戒”爲“駭”。《列子》原文蓋亦假戒爲駭，而寫者又從木作械耳。“居若死動若駭”，即“處女脱兔”之意。王叔岷曰:俞説非也。至人“心如死灰”，故其“居若死”；形如“槁木”，故其“動若械”。《注》“此舉無心之極”是也。戒亦借爲械。若以爲駭之假字，則非其旨矣。《莊子・庚桑楚篇》：“動不知所爲”，亦“動若械”之意。《釋文》云：械，户界切，本又作戒。］（《新編諸子集成》本，中華書局，1979年）

許維遹《吕氏春秋集釋》卷一《孟春紀》第一《去私》：

黄帝言曰：“聲禁重，色禁重，衣禁重，香禁重，味禁重，室禁重。”

同上，卷三《季春紀》第三《圜道》：

黄帝曰：“帝無常處也，有處者乃無處也。”

同上，卷十二《季冬紀》第十二《序意》：

文信侯曰：“嘗得學黄帝之所以誨顓頊矣：爰有大圜在上，大矩在下，汝能法之，爲民父母。”

同上，卷十三《有始覽》第一《應同》：

黄帝之時，天先見大螾大螻，黄帝曰：“土氣勝。”土氣勝，故其色尚黄，其事則土。

黄帝曰：“芒芒昧昧，因天之威，與元同氣。”

同上，卷十四《孝行覽》第二《遇合》：

故嫫母執乎黄帝，黄帝曰：“厲女德而弗忘，與女正而弗衰，雖惡奚傷？”

同上，卷二十六《士容論》第六《審時》：

黄帝曰："四時之不正也，正五穀而已矣。"（《新編諸子集成》本，中華書局，2009年）

賈誼撰，閻振益、鍾夏校注《新書校注》卷一《宗首》：

黄帝曰："日中必熭，操刀必割。"

同上，卷九《修政語上》：

黄帝曰："道若川谷之水，其出無已，其行無止。"（《新編諸子集成》本，中華書局，2000年）

王聘珍《大戴禮記解詁》卷七《五帝德》：

宰我問於孔子曰："昔者予聞諸榮伊令，黄帝三百年。請問黄帝者人邪？抑非人邪？何以至於三百年乎？"孔子曰："予！禹、湯、文、武、成王、周公，可勝觀也。夫黄帝尚矣，女何以爲？先生難言之。"宰我曰："上世之傳，隱微之説，卒業之辨，暗昏忽之意，非君子之道也，則予之問也固矣。"孔子曰："黄帝，少典之子也，曰軒轅。生而神靈，弱而能言，幼而慧齊，長而敦敏，成而聰明。治五氣，設五量，撫萬民，度四方，教熊羆貔豹虎，以與赤帝戰於版泉之野。三戰，然後得行其志。黄帝黼黻衣，大帶，黼裳，乘龍扆雲，以順天地之紀，幽明之故，死生之説，存亡之難。時播百穀草木，故教化淳鳥獸昆蟲，歷離日月星辰；極畋土石金玉，勞心力耳目，節用水火材物。生而民得其利百年，死而民畏其神百年，亡而民用其教百年，故曰三百年。"（中華書局，1983年）

司馬遷撰，裴駰集解，司馬貞索隱，張守節正義《史記》卷一《黄帝本紀》：

黄帝者，（《集解》徐廣曰："號有熊。"《索隱》案：有土德之瑞，土色黄，故稱黄帝，猶神農火德王而稱炎帝然也。此以黄帝爲五帝之首，蓋依《大戴禮·五帝德》。又譙周、宋均亦以爲然。而孔安國、皇甫謐《帝王代紀》及孫氏注《系本》并以伏犧、神農、黄帝爲三皇，少昊、高陽、高辛、唐、虞爲五帝。注"號有熊"者，以其本是有熊國君之子故也。亦號軒轅氏。皇甫謐云："居軒轅之丘，因以爲名，又以爲號。"又據《左傳》，亦號帝鴻氏也。《正義》：《輿地志》云："涿鹿本名彭城，黄帝初都，遷有熊也。"案：黄帝有熊國君，乃少典國君之次子，號曰有熊氏，又曰縉雲氏，又曰帝鴻氏，亦曰帝軒氏。母曰附寶，之祁野，見大電繞北斗樞星，感而懷孕，二十四月而生黄帝於壽丘。壽丘在魯東門之北，今在兖州曲阜縣東北六里。生日角龍顔，有景雲之瑞，以土德王，故曰黄帝。

封泰山，禪亭亭。亭亭在牟陰。）少典之子，（《集解》：譙周曰：“有熊國君，少典之子也。”皇甫謐曰：“有熊，今河南新鄭是也。”《索隱》：少典者，諸侯國號，非人名也。又案：《國語》云“少典娶有蟜氏女，生黄帝、炎帝”。然則炎帝亦少典之子。炎黄二帝雖則相承，如《帝王代紀》中間凡隔八帝，五百餘年。若以少典是其父名，豈黄帝經五百餘年而始代炎帝後爲天子乎？何其年之長也！又案：《秦本紀》云“顓頊氏之裔孫曰女修，吞鳥之卵而生大業，大業娶少典氏而生柏翳”。明少典是國號，非人名也。黄帝即少典氏後代之子孫，賈逵亦謂然，故《左傳》“高陽氏有才子八人”，亦謂其後代子孫而稱爲子是也。譙周字允南，蜀人，魏散騎常侍徵，不拜。此注所引者，是其人所著《古史考》之説也。皇甫謐字士安，晋人，號玄晏先生。今所引者，是其所作《帝王代紀》也。）姓公孫，名曰軒轅。（《索隱》案：皇甫謐云“黄帝生於壽丘，長於姬水，因以爲姓。居軒轅之丘，因以爲名，又以爲號”。是本姓公孫，長居姬水，因改姓姬。）生而神靈，弱而能言，幼而徇齊，長而敦敏，成而聰明。

軒轅之時，神農氏世衰。（《集解》：皇甫謐曰：“《易》稱庖犧氏没，神農氏作，是爲炎帝。”班固曰：“教民耕農，故號曰神農。”《索隱》：世衰，謂神農氏後代子孫道德衰薄，非指炎帝之身，即班固所謂“參盧”，皇甫謐所云“帝榆罔”是也。《正義》：《帝王世紀》云：“神農氏，姜姓也。母曰任姒，有蟜氏女，登爲少典妃，游華陽，有神龍首，感生炎帝。人身牛首，長於姜水。有聖德，以火德王，故號炎帝。初都陳，又徙魯。又曰魁隗氏，又曰連山氏，又曰列山氏。”《括地志》云：“厲山在隨州隨縣北百里，山東有石穴。〔昔〕神農生於厲鄉，所謂列山氏也。春秋時爲厲國。”）諸侯相侵伐，暴虐百姓，而神農氏弗能征。於是軒轅乃習用干戈，以征不享，諸侯咸來賓從。而蚩尤最爲暴，莫能伐。（《集解》：應劭曰：“蚩尤，古天子。”瓚曰：“《孔子三朝記》曰‘蚩尤，庶人之貪者’。”《索隱》案：此紀云“諸侯相侵伐，蚩尤最爲暴”，則蚩尤非爲天子也。又《管子》曰“蚩尤受盧山之金而作五兵”，明非庶人，蓋諸侯號也。劉向《别録》云“孔子見魯哀公問政，比三朝，退而爲此記，故曰《三朝》。凡七篇，并入《大戴記》”。今此注見《用兵篇》也。《正義》：《龍魚河圖》云：“黄帝攝政，有蚩尤兄弟八十一人，并獸身人語，銅頭鐵額，食沙石子，造立兵仗刀戟大弩，威振天下，誅殺無道，不慈仁。萬民欲令黄帝行天子事，黄帝以仁義不能禁止蚩尤，乃仰天而嘆。天遣玄女下授黄帝兵信神符，制伏蚩尤，帝因使之主兵，以制八方。蚩尤没後，天下復擾亂，黄帝遂畫蚩尤形像以威天下，天下咸謂蚩尤不死，八方萬邦皆爲弭服。”《山海經》云：“黄帝令應龍攻蚩尤。蚩尤請風伯、雨師以從，大風雨。黄帝乃下天女曰‘魃’，以止雨。雨止，遂殺蚩尤。”孔安國曰“九黎君號蚩尤”是也。）炎帝欲侵陵諸侯，諸侯咸歸軒轅。軒轅乃修德振兵，治五氣，藝五種，撫萬民，度四方，教熊羆貔貅貙虎，以與炎帝戰於阪泉之野。（《集解》：服虔曰："阪泉，地名。"皇甫謐曰："在上谷。"《正義》：阪音白板反。《括地志》云："阪泉，今名黄帝泉，在嬀州懷戎縣東五十六里。出五里至涿鹿東北，與涿水合。又有涿鹿故城，在嬀州東南五十里，本黄帝所都也。《晋太康地里志》云'涿鹿城東一里有阪泉，上有黄帝祠'。"案：阪泉之野則平野之地也。）三戰，然後得其志。蚩尤作亂，不用帝命。於是黄帝乃徵師諸侯，與蚩尤戰於涿鹿之野，（《集解》：服虔曰："涿鹿，山名，在涿郡。"張晏曰："涿鹿在上谷。"《索隱》：或作"濁鹿"，古今字異耳。案：《地理志》上谷有涿鹿縣，然則服虔云"在涿郡"者，誤也。）遂禽殺蚩尤。（《集解》：《皇覽》曰："蚩尤冢在東平郡壽張縣闞鄉城中，高七丈，民常十月祀之。有赤氣出，如匹絳帛，民名爲蚩尤旗。肩髀冢在山陽郡鉅野縣重聚，大小與闞冢等。傳言黄帝與蚩尤戰於涿鹿之野，黄帝殺之，身體異處，故别葬之。"《索隱》案：皇甫謐云"黄帝使應龍殺蚩尤於凶黎之谷"。或曰，黄帝斬蚩尤於中冀，因名其地曰"絶轡之野"。注："皇覽"，書名也。記先代冢墓之處，宜皇王之省覽，故曰《皇覽》。是魏人王象、繆襲等所撰也。）而諸侯咸尊軒轅爲天子，代神農氏，是爲黄帝。天下有不順者，黄帝從而征之，平者去之，披山通道，未嘗寧居。

東至於海，登丸山，及岱宗。西至於空桐，登鷄頭。（《索隱》：山名也。後漢王孟塞鷄頭道，在隴西。一曰崆峒山之别名。《正義》：《括地志》云："空桐山在肅州福禄縣東南六十里。《抱朴子内篇》云'黄帝西見中黄子，受九品之方，過空桐，從廣成子受自然之經'，即此山。"《括地志》又云："笄頭山一名崆峒山，在原州平高縣西百里，《禹貢》涇水所出。《輿地志》云或即鷄頭山也。酈元云蓋大隴山異名也。《莊子》云廣成子學道崆峒山，黄帝問道於廣成子，蓋在此。"案：二處崆峒皆云黄帝登之，未詳孰是。）南至於江，登熊、湘。北逐葷粥，合符釜山，而邑於涿鹿之阿。遷徙往來無常處，以師兵爲營衛。官名皆以雲命，爲雲師。置左右大監，監於萬國。萬國和，而鬼神山川封禪與爲多焉。獲寶鼎，迎日推筴。舉風后、力牧、常先、大鴻，（《集解》：鄭玄曰："風后，黄帝三公也。"班固曰："力牧，黄帝相也。"大鴻，見《封禪書》。《正義》：舉，任用。四人皆帝臣也。《帝王世紀》云："黄帝夢大風吹天下之塵垢皆去，又夢人執千鈞之弩，驅羊萬群。帝寤而嘆曰：'風爲號令，執政者也。垢去土，后在也。天下豈有姓風名后者哉？夫千鈞之弩，異力者也。驅羊數萬群，能牧民爲善者也，天下豈有姓力名牧者哉？'於是依二占而求之，得風后於海隅，登以爲相。得力牧於大澤，進以爲將。黄帝因著《占夢經》十一卷。"《藝文志》云："《風后兵法》十三篇，圖二卷，《孤虚》二十卷，《力牧兵法》十五篇。"鄭玄云："風后，黄帝之三公也。"案：黄帝仰天地置列侯衆官，以風后配上臺，天老配中臺，五聖配下臺，謂之三公也。《封禪書》云“鬼臾區號大鴻，黄帝大臣也。死葬雍，故鴻冢是”。《藝文志》云“《鬼容區兵法》三篇”也。）以治民。順天地之紀，幽明之占，死生之説，存亡之難。時播百穀草木，淳化鳥獸蟲蛾，旁羅日月星辰水波土石金玉，勞勤心力耳目，節用水火材物。有土德之瑞，故號黄帝。

太史公曰：學者多稱五帝，尚矣。然《尚書》獨載堯以來；而百家言黄帝，其文不雅馴，（《正義》：馴，訓也。謂百家之言皆非典雅之訓。）薦紳先生難言之。孔子所傳宰予問《五帝德》及《帝繫姓》，儒者或不傳。余嘗西至空桐，北過涿鹿，東漸於海，南浮江淮矣，至長老皆各往往稱黄帝、堯、舜之處，風教固殊焉，總之不離古文者近是。予觀《春秋》《國語》其發明《五帝德》《帝繫姓》章矣，顧弟弗深考，其所表見皆不虚。《書》缺有間矣，其軼乃時時見於他説。非好學深思，心知其意，固難爲淺見寡聞道也。余并論次，擇其言尤雅者，故著爲本紀書首。（《正義》：太史公據古文并諸子百家論次，擇其言語典雅者，故著爲《五帝本紀》，在《史記》百三十篇書之首。）

同上，卷十二《孝武本紀》：

其秋，上幸雍，且郊。或曰“五帝，泰一之佐也，宜立泰一而上親郊之”。上疑未定。齊人公孫卿曰：“今年得寶鼎，其冬辛巳朔旦冬至，與黄帝時等。”卿有札書曰：“黄帝得寶鼎宛（侯）〔朐〕，問於鬼臾區。區對曰：‘黄帝得寶鼎神筴，是歲己酉朔旦冬至，得天之紀，終而復始。’於是黄帝迎日推筴，後率二十歲得朔旦冬至，凡二十推，三百八十年，黄帝仙登於天。”卿因所忠欲奏之。所忠視其書不經，疑其妄書，謝曰：“寶鼎事已決矣，尚何以爲！”卿因嬖人奏之。上大説，召問卿。對曰：“受此書申功，申功已死。”上曰：“申功何人也？”卿曰：“申功，齊人也。與安期生通，受黄帝言，無書，獨有此鼎書。曰‘漢興復當黄帝之時。漢之聖者在高祖之孫且曾孫也。寶鼎出而與神通，封禪。封禪七十二王，唯黄帝得上泰山封’。申功曰：‘漢主亦當上封，上封則能仙登天矣。黄帝時萬諸侯，而神靈之封居七千。天下名山八，而三在蠻夷，五在中國。中國華山、首山、太室、泰山、東萊，此五山黄帝之所常游，與神會。黄帝且戰且學仙。患百姓非其道，乃斷斬非鬼神者。百餘歲然後得與神通。黄帝郊雍上帝，宿三月。鬼臾區號大鴻，死葬雍，故鴻冢是也。其後黄帝接萬靈明廷。明廷者，甘泉也。所謂寒門者，谷口也。黄帝采首山銅，鑄鼎於荆山下。鼎既成，有龍垂胡髯下迎黄帝。黄帝上騎，群臣後宫從上龍七十餘人，龍乃上去。餘小臣不得上，乃悉持龍髯，龍髯拔，墮黄帝之弓。百姓仰望黄帝既上天，乃抱其弓與龍胡髯號，故後世因名其處曰鼎湖，其弓曰烏號。’”於是天子曰：“嗟呼！吾誠得如黄帝，吾視去妻子如脱躧耳。”乃拜卿爲郎，東使候神於太室。（中華書局，1982年）

劉向撰，向宗魯校證《説苑校證》卷十五《指武》：

孝昭皇帝時，（盧曰：“‘昭’當作‘武’。”承周案：《漢書》云：“胡建，孝武天漢中守軍正丞。”建爲渭城令在昭帝時，相涉致誤。）北軍監御史爲奸，穿北門垣以爲賈區。胡建守北軍尉，（“守北軍尉”，《漢書》作“守軍正丞”。）貧無車馬，常步與走卒起居，所以慰愛走卒甚厚。建欲誅監御史，乃約其走卒曰：“我欲與公有所誅，吾言取之則取之，斬之則斬之。”於是當選士馬日，護軍諸校列坐堂皇上，（師古曰：“室無四壁曰皇。”）監御史亦坐，建從走卒趨至堂下拜謁，因上堂，走卒皆上，建跪指監御史曰：“取彼。”走卒前曳下堂，建曰：“斬之。”遂斬監御史。護軍及諸校皆愕驚，不知所以。建亦已有成奏在其懷，遂上奏以聞曰：“臣聞軍法，立武以威衆，誅惡以禁邪。今北軍監御史，公穿軍垣以求賈利，買賣以與士市，不立剛武之心、勇猛之意，以率先士大夫，尤失理不公。臣聞黄帝（盧曰：“‘黄’，元本‘皇’，古通。”）《理法》曰（盧曰：“‘理’，《漢書》‘李’，古通。”）：‘壘壁已具，行不由路，謂之奸人，奸人者殺。’臣謹以斬之，昧死以聞。“制曰：“《司馬法》曰：‘國容不入軍，軍容不入國也。’建有何疑焉！”建由是名興。後至渭城令死，至今渭城有其祠也。（《漢書·胡建傳》文略同。）

同上，卷十八《辨物》：

黄帝即位，惟聖恩承天，明道一修，惟仁是行，宇内和平。未見鳳凰，維思影像，夙夜晨興。於是乃問天老曰：“鳳像何如？”（“像”，舊作“儀”，盧校改“像”。）天老曰：“夫鳳鴻前麟後，蛇頸魚尾，鶴植鴛鴦思，麗化枯折所志，龍文龜身，燕喙鷄噣，駢翼而中注。首戴德，頂揭義，背負仁，心信智。食則有質，飲則有儀。往則有文，來則有嘉。晨鳴曰發明，晝鳴曰保長，飛鳴曰上翔，集鳴曰歸昌。翼挾義，衷抱忠，足履正，尾繫武。小聲合金，大聲合鼓。延頸奮翼，五光備舉。光興八風，氣降時雨。此謂鳳像。夫惟鳳爲能究萬物，隨天祉，象百狀，達於道。去則有灾，見則有福。覽九州，觀八極，備文武，正王國。嚴照四方，仁聖皆伏。故得鳳像之一者鳳過之，得二者鳳下之，得三者則春秋下之，得四者則四時下之，得五者則終身居之。”黄帝曰：“於戲，盛哉！”於是乃備黄冕，帶黄紳，齋於中宫。鳳乃蔽日而降。黄帝降自東階，西面啓首曰：（盧曰：“‘啓’，《外傳》‘稽’。”）“皇天降兹，（盧校從《外傳》改“兹”作“祉”。）敢不承命。”於是鳳乃遂集東囿，食帝竹實，棲帝梧樹，終身不去。（《文選·七命》注引《禮瑞命記》：“黄帝服黄服，帶黄冠，齊於宫。鳳乃蔽日而來，止帝園，食帝竹實，棲帝梧桐，終身不去。”《詩·卷阿》疏及昭十七年《左傳》疏引《白虎通》云：“黄帝之時，鳳皇蔽日而至東方，止於東園，食帝竹實，棲帝梧桐，終身

不去。”）（中華書局，1987年）

班固撰，顔師古注《漢書》卷三十《藝文志》諸子略道家：

《黄帝四經》四篇。

《黄帝銘》六篇。

《黄帝君臣》十篇。（起六國時，與《老子》相似也。）

《雜黄帝》五十八篇。（六國時賢者所作。）

同上，陰陽家：

《黄帝泰素》二十篇。（六國時韓諸公子所作。）

同上，小説家：

《黄帝説》四十篇。（迂誕依托。）

同上，《兵書略》陰陽家：

《黄帝》十六篇。（《圖》三卷。）

同上，《術數略》天文家：

《黄帝雜子氣》三十三篇。

同上，曆譜：

《黄帝五家曆》三十三卷。

同上，五行家：

《黄帝陰陽》二十五卷。

《黄帝諸子論陰陽》二十五卷。

同上，雜占家：

《黄帝長柳占夢》十一卷。

同上，《方技略》醫經：

《黄帝内經》十八卷。《外經》三十〔九〕（七）卷。（中華書局，1962年）

應劭撰，王利器校注《風俗通義校注》卷六聲音《瑟》：

謹按：《世本》："宓羲作瑟，長八尺一寸，四十五弦。"《黃帝書》："泰帝使素女鼓瑟而悲，（《文選》張平子《思玄賦》注引高誘《淮南子》注："素女，黃帝時方術之女也。"）帝禁不止，故破其瑟爲二十五弦。"［《爾雅·釋樂》疏、《廣韵》七櫛、《書鈔》一〇九、《通志·樂略》、《路史·後紀》十二注、《古今事物考》五引《世本》并云："庖羲氏作瑟五十弦，黃帝使素女鼓之，哀不自勝，乃破爲二十五弦，具二均聲。"與此異。《史記·封禪書》："太帝使素女鼓五十弦瑟，悲，帝禁不止，故破其瑟爲二十五弦。"（《補武紀》及《漢書·郊祀志》同）《書鈔》一〇九引《帝王世紀》："黃帝損庖羲之瑟爲二十五弦，長七尺二寸。"王嘉《拾遺記》："黃帝使素女鼓庖羲氏之瑟，滿席悲不能已，後破爲七尺二寸，二十五弦。"《御覽》五七六引《三禮圖》："雅瑟長八尺一寸，廣二尺八寸，二十三弦，其常用者十九弦，其餘四弦，謂之番嬴也。頌瑟七尺二寸，廣尺八寸，二十五弦盡用也。"］

同上，卷八祀典《桃梗葦茭畫虎》：

謹按：《黃帝書》：（《續漢書·禮儀志中》注、《歲時廣記》五、《群書類編故事》二引俱脱"書"字，《鼠璞》引"書"下有"稱"字。）"上古之時，有荼與鬱壘昆弟二人，性能執鬼，度朔山上立桃樹下，簡閲百鬼，無道理，妄爲人禍害，荼與鬱壘縛以葦索，執以食虎。"於是縣官常以臘除夕，飾桃人，垂葦茭，畫虎於門，皆追效於前事，冀以衛凶也。桃梗，梗者，更也，歲終更始受介祉也。（《新編諸子集成續編》本，中華書局，1981年）

蕭統編，李善注《文選》卷三《東京賦》（張平子）：

度朔作梗，守以鬱壘。神荼副焉，對操索葦。（東海中度朔山有二神，一曰神荼，二曰鬱壘，領衆鬼之惡害者，執以葦索而用食虎。善曰：《風俗通》曰：《黃帝書》上古時有神荼、鬱壘昆弟二人，性能執鬼。度朔山上有桃樹，下常簡閲百鬼，鬼無道理者，神荼與鬱壘持以葦索，執以飼虎。是故縣官常以臘祭夕，飾桃人，垂葦索，畫虎於門，以禦凶也。《毛詩傳》曰：梗，病也。謂爲人作梗病者。）目察區陬，司執遺鬼。（中華書局，1977年）

宗懍撰，宋金龍校注《荆楚歲時記》"正月一日"：

帖畫鷄，或斫鏤五采及土鷄於户上。造桃板著户，謂之仙木。繪二神貼户左右，左神荼右鬱壘，俗謂之門神。

按莊周云："有掛鷄於户，懸葦索於其上，插桃符於旁，百鬼畏之。"又魏時，人問議郎董勳云：“今正、臘旦，門前作烟火，桃神、絞索、松柏、殺鷄著門户，逐疫，禮歟？”勳答曰：“禮。十二月索室逐疫，釁門户，磔鷄，熯火行，故作火助行氣。桃，鬼所惡，畫作人首，可以有所收縛，不死之祥。”又桃者五行之精，能制百鬼，謂之仙木。《括地圖》曰：“桃都山有大桃樹，盤屈三千里。上有金鷄，日照則鳴。下有二神，一名鬱，一名壘，并執葦索，以伺不祥之鬼，得則殺之。”即無神荼之名。應劭《風俗通》曰：“《黄帝書》稱：‘上古之時，有神荼、鬱壘兄弟二人，住度朔山上桃樹下，簡百鬼。鬼妄搰人，援以葦索，執以食虎。’於是縣官以臘除夕飾桃人，垂葦索，畫虎於門，效前事也。”（山西人民出版社，1987年）

蕭繹《金樓子》卷五《志怪篇》：

東南有桃都（案，别卷引此作郁。）山，山有大桃樹，上有天鷄。日初出，照此桃，天鷄即鳴，天下之鷄感之而鳴。樹下有兩鬼，對樹持葦索，取不祥之鬼食之。今人正旦作兩桃人以索中置雄鷄，法乎此也。（中華書局，1985年）

歐陽詢《藝文類聚》卷八十六果部上《桃》：

《風俗通》曰：“《黄帝書》稱：‘上古之時，有兄弟二人荼與鬱律，度索山上桃樹下，簡百鬼，妄禍人則縛以葦索，執以食虎。’於是縣官以臘除夕，飾桃人，垂葦索，畫虎於門，效前事也。”（上海古籍出版社，1982年）

虞世南撰，陳禹謨補注《北堂書鈔》卷一百五十五歲時部三《蜡臘》：

畫虎禦凶。［《風俗通》云：“桃梗、葦茭、畫虎。謹案《黄帝書》：‘上古之時，有神荼與鬱壘兄弟二人，性能執鬼，度朔山上桃樹下，簡閲百鬼，無道理妄爲人禍害，荼與鬱壘縛以葦索，執以食虎。’於是縣官常以臘除夕，飾桃人，垂葦茭，畫虎於門者，追效於前事，冀以禦凶也。桃梗，梗者，更也，歲終更始受介祉也。”（補）］（天津古籍出版社，1988年）

李昉等《太平御覽》卷八百九十一獸部三《虎上》：

《風俗通》……又曰：桃梗、葦茭、畫虎。謹按《黄帝書》：“上古之時，有神荼與鬱壘兄弟二人，性能執鬼，度朔山上桃樹下，簡閲百鬼，鬼無道理，妄與人禍，神荼與鬱壘縛以葦索，執以食虎。”於是縣官常以臘除文飾桃人，畫虎於門，皆是追效前事，冀以禦凶也。

同上，卷九百六十七果部四《桃》：

《風俗通》曰：《黄帝書》稱："上古之時，兄弟二人曰荼與鬱律，度朔山上桃樹下，簡百鬼，鬼妄搰人，則援以葦索，執以食虎。"於是縣官以臘除夕，飾桃人，垂葦索，交畫虎於門，效前事也。（中華書局，1960年）

張君房《雲笈七籤》卷一百《軒轅本紀》：

帝置四史官，令沮誦、蒼頡、隸首、孔甲居其職，主圖籍也。又令蒼頡主人儀，孔甲始作盤盂，以代凹尊坯飲之朴。著《盤盂篇》，盤盂之誡也。帝作《巾几之法》以著經，黄帝書中通理，黄帝史謂之墳。墳，大也。……《黄帝書説》："東海有度索山，或曰度朔山，訛呼也。山有神荼、鬱壘神，能禦凶鬼，爲百姓除患，制驅儺之禮以象之。"（齊魯書社，2002年）

王應麟《玉海》卷二《天文》天文書上《黄帝星傳》：

《晋志》：三皇邁德，七曜順軌。黄帝創受河圖，始明休咎，故其《星傳》尚有存焉。高陽命重司天，黎司地。爰洎帝嚳，式序三辰。唐虞則羲和繼軌，有夏則昆吾紹德，年代綿邈，文籍靡傳。至殷之巫咸，周之史佚，格言遺記，於今不朽。其諸侯之史，則魯有梓慎，晋有卜偃，鄭有裨竈，宋有子韋，（《漢志》陰陽家《司星子韋》三篇。）齊有甘德，楚有唐蔑，趙有尹皋，魏有石申夫，皆掌著天文，各論圖驗。其巫咸、甘石之説，後代所宗。暴秦燔書，天官星占存而不毁。（葛洪釋渾天引《黄帝書》曰："天在地外，水在天外，水浮天而載地。"又引《黄帝占》："参應上將。"《河圖》云："歲星之精，流爲天棓，車區占星氣。"）

同上，卷二十八《聖文》雜御製《黄帝書》、《黄帝四經》、《丹書》（見銘類）：

《列子・天瑞》：《黄帝書》曰："谷神不死，是謂玄牝。玄牝之門，是謂天地之根。綿綿若存，用之不勤。"又曰："形動，不生形而生影；聲動，不生聲而生響；無動，不生無而生有。"（又黄帝曰："精神入其門。"）《力命篇》：《黄帝之書》云："至人，居若死，動若械。"（《列子》多引《黄帝書》，蓋古之微言，傳久而差者也。）

《晋・天文志》：《黄帝書》曰："天在地外，水在天外，水浮天而載地者也。"

《東京賦》注：《風俗通》曰："《黄帝書》：'上古時，有神荼、鬱壘。'"

《吕氏春秋》：《黄帝言》曰："聲色禁重。"黄帝曰："帝無常處也，有處者，乃無處也。芒昧因天之威，與元同氣。"黄帝曰："四時之不正也，正五穀而已矣。"又云："嘗得學黄帝之所以誨顓頊矣——爰有大圜在上，大矩在下，汝能法之，爲民父母。"

《六韜》：黄帝曰："一者，階於道，幾於神。"

《漢·藝文志》道家《黄帝四經》四篇，《黄帝銘》六篇，《黄帝君臣》十篇，（起六國時，與《老子》相似。）《雜黄帝》五十八篇，（六國時賢者所作。）陰陽家《黄帝泰素》二十篇。（六國時韓諸公子所作。）小説家《黄帝説》四十篇。兵陰陽《黄帝》十六篇，《圖》三卷。五行家《黄帝陰陽》二十五卷。醫經《黄帝内經》十八卷，《外經》三十七卷。

《史記》：黄帝老子言，《正義》曰："《黄帝道書》十卷。"（蓋公善治黄老言。曹參治齊，用黄老術。竇太后好黄老言。）

《後漢志·天文》：星官之書，自黄帝始，歷志黄帝，班示文章。

《隋志》：漢時諸子道書之流，有三十七家，大旨皆去健羡，處冲虚，其《黄帝》四篇、《老子》二篇，最得深旨。

《周禮》：外史掌三皇五帝之書。注：所謂三墳五典。

晋皇甫謐曰："黄帝創制於九經。"（唐殷敬順釋《列子》云："黄帝得長生之道，在位百年。"）

唐獨孤及《風后八陣圖記》云："得其遺制於《黄帝書》之外篇。"

梁肅《導引圖序》："朱少陽得其術於《黄帝外書》。"

賈誼《新書·修政語》：黄帝曰："道若川谷之水，其出無已，其行無止。"（上疏曰："黄帝曰：'日中必熭。'"注：見《六韜》。）

《淮南·繆稱訓》："黄帝曰：'芒芒昧昧，從天之道，與元同氣。'"（文物出版社，1992年）

王應麟著，張三夕、楊毅點校《漢藝文志考證》卷六《道》：

《黄帝四經》四篇，《黄帝銘》六篇。

《史記正義》：《黄帝道書》十卷。《隋志》：漢時道書之流三十七家，大旨皆去健羡，處冲虚。其《黄帝》四篇、《老子》二篇，最得深旨。（黄帝、老子之書，謂之黄老。《列子》引《黄帝書》。《吕氏春秋》引黄帝言。又曰："嘗得學黄帝之所以誨顓頊矣。"《賈誼》《淮南子》引黄帝曰。）朱文公曰："黄帝聰明神聖，得之於天，天下之理，無不知，天下之事，無不能。上而天地、陰陽、造化、發育之原，下而保神、練氣、愈疾、引年之術，庶物萬事之理，巨細精粗，洞然於胸次，是以其言有及之者，而世之言此者因自托焉，以信其説於後世。至戰國時，方術之士遂筆之書，以相傳授。如《列子》所引，與《素問》《握奇》之屬，蓋必有粗得遺言之仿佛者，如許行所道神農之言耳。周官外史所掌，三皇五帝之書，恐不但若此而已。”東萊吕氏曰：“漢初，黄老世有傳授，觀《樂毅傳贊》可考。”《皇覽·記陰謀》：黄帝《金人器銘》：武王問尚父曰：“五帝之誡，可得聞歟？”尚父曰：“黄帝之戒曰：‘吾之居民上也，摇摇恐夕不至朝。’故爲金人，三封其口，曰古之慎言。”（《金人銘》，蓋六篇之一也，亦見《家語》。）蔡邕《銘論》：“黄帝有《巾机》之法。”《皇王大紀》曰：“黄帝作《輿几之箴》，以警宴安。作《金几之銘》，以戒逸欲。”《黄帝内傳》一卷，《序》云：“籛鏗得之於衡山石室中，至劉向校書見之，遂傳於世。”（中華書局，2011年）

王應麟著，閻若璩、何焯、全祖望注《困學紀聞》卷二《書》：

《周官》“外史掌三皇五帝之書”，《春秋傳》所謂《三墳》《五典》是也。前賢謂：“皋、夔、稷、契有何書可讀？”理實未然。黄帝、顓頊之道在《丹書》，武王所以端絻東面而受於師尚父也。少皞氏之紀官，夫子所以見郯子而學焉也。孰謂無書可讀哉！（全云：趙清獻之言，不過一時以之折荆公耳。）

《吕氏春秋·序意》曰：“嘗得學黄帝之所以誨顓頊矣：‘爰有大圜在上，大矩在下，汝能法之，爲民父母。’不韋《十二紀》成於秦八年，歲在涒灘，上古之書猶存，前聖傳道之淵原猶可考也。

漢初去聖未遠，帝王遺書猶有存者。《賈誼書·修政語》引黄帝曰：“道若川谷之水，其出無已，其行無止。”顓頊曰：“至道不可過也，至義不可易也。功莫美於去惡而爲善，罪莫大於去善而爲惡。故非吾善善而已也，善緣善也；非惡惡而已也，惡緣惡也。吾日慎一日。”帝嚳曰：“緣巧者之事而學爲巧，行仁者之操而與爲仁也。故節仁之器以修其財，而身專其美矣。德莫高於博愛人，而政莫高於博利人。故政莫大於信，治莫大於仁。吾慎此而已矣。”……

《禹貢釋文》：“《周公職録》云：‘黄帝受命，風后受圖，割地布九州。’”《隋》《唐志》無此書，《太平御覽》引《太一式占》《周公城名録》有此三句。夾漈《通志·藝文略》：“《周公城名録》一卷。城、職字相似，恐傳寫之誤。”（原注：《世説》注云：“推《周公城録》，冶城宜是金陵本里。”《抱朴子·内篇·登涉》引《周公城名録》。）

《三墳》書無傳，宓犧唯《易》存，而商高所云“周天曆度”，（原注：《周髀》）《管子》所云“造六峜以迎陰陽”者，不復見。（原注：《管子·輕重戊篇》：“虙戲作，造六峜以迎陰陽，作九九之數以合天道，而天下化之。周人之王，循六峜，行陰陽。”“峜”字未詳。閻云：按王元美云：“峜，當讀如計，以‘企’有‘跂’音也。”辛文子號計研，漢碑作“峜研”，亦一證。）許行爲神農之言，晁錯述神農之教，列子稱黄帝之書，陰陽五行、兵法醫方，皆托之農、黄，而大道隱矣。今有山、氣、形之書，謂之《連山》《歸藏》《坤乾》，元豐中毛漸得之西京。或云："張天覺得之比陽民家，非古也。"（原注：《列子》引《黄帝書》，即《老子·谷神不死章》。）

同上，卷三《詩》：

《詩小傳》云："《詩》有夏正，無周正。《七月》陳王業，《六月》北伐，《十月之交》刺純陰用事而日食。……"蘇子由、陳少南皆以十月爲陽月，朱文公從之。《宋書·禮志》載魏史官之言曰："黄帝、顓頊、夏、殷、周、魯六曆，皆無推日蝕法，但有考課疏密而已。"

同上，卷四《周禮》：

劉徽《九章算經序》云："包犧氏始畫八卦，作九九之術，以合六爻之變。黄帝建曆紀，協律吕，隸首作數。周公制禮有九數。九數之流，則《九章》是矣。漢張蒼、耿壽昌皆善算，因舊文删補，故校其目，與古或異，而所論多近語。"

《太史》"大師抱天時"，注云："大出師，則太史主抱式，以知天時。"《史記·日者傳》"旋式正棋"，《唐六典》"太卜令三式曰：雷公、太一、六壬。其局以楓木爲天，棗心爲地"。六壬之説，許叔重曰："水者，準也。"生數一，成數五，以水數配之，爲六壬也。遁甲者，推六甲之陰而隱遁也，本黄帝、風后之術。孤虚者，一畫爲孤，無畫爲虚；二畫爲實，以六十甲子定四方，占其孤、虚、實，而向背之。（原注：《吴越春秋》計硯曰："孤、虚，謂天門、地户也。"）

同上，卷五《樂》：

房庶言以律生尺，蜀公謂黄帝之法也。司馬公謂："胡、李（全云：胡瑗、李照。）之律生於尺，房庶之律生於量，皆難以定是非。"

夏侯太初《辯樂論》："伏羲有網罟之歌，神農有豐年之咏，黄帝有龍衮之頌。"元次山《補樂歌》有《網罟》《豐年》二篇。《文心雕龍》云："二言肇於黄世，《竹彈》之謡是也。"（原注：《竹彈歌》見《吴越春秋》。）

同上，卷九《天道》：

《黄帝書》曰："天在地外，水在天外，水浮天而載地。"又曰："地在太虚之中，大氣舉之。"道書謂："風澤洞虚，金剛乘天。"佛書謂："地輪依水輪，水輪依風輪，風輪依虚空，虚空無所依。""風澤洞虚"者，風爲風輪，所謂"大氣舉之”也；澤爲水輪，所謂“浮天載地”也。“金剛乘天”者，道家謂之“剛風”，岐伯謂之“大氣”，葛稚川云“自地而上四千里之外，其氣剛勁”者是也。張湛解《列子・湯問》曰：“太虚無窮，天地有限。”朱文公曰：“天之形雖包於地之外，而其氣常行乎地之中。”則“風輪依虚空”可見矣。

信都芳曰：“渾天覆觀，以《靈憲》爲文；蓋天仰觀，以《周髀》爲法。”劉智謂：“黄帝爲蓋天，顓頊造渾儀。”《春秋文曜鉤》謂：“帝堯時，羲和立渾儀。”而本朝韓顯符《渾儀法要序》以爲伏羲立渾儀。未詳所出。

《後漢・天文志》：“黄帝始受《河圖鬥苞授》，規日月星辰之象，故星官之書自黄帝始。”鬥苞似是人名氏，當考。

《黄帝風經》曰：“調長祥和，天之善風也。折揚奔厲，天之怒風也。”（原注：見《御覽》。）《周官・小祝》：“寧風旱。”漢代田之法能風與旱。此昌黎所以訟風伯也。

同上，卷十《諸子》：

《皇覽・記陰謀》：“黄帝《金人器銘》：武王問尚父曰：‘五帝之誡可得聞乎？’尚父曰：‘黄帝之戒曰：吾之居民上也，摇摇恐夕不至朝，故爲金人，三封其口，曰古之慎言。’”按《漢・藝文志》“道家”有《黄帝銘》六篇，蔡邕《銘論》：“黄帝有《巾机》之法。”《皇覽》撰集於魏文帝時，漢《七略》之書猶存。《金人銘》蓋六篇之一也。

黄帝六相，一曰蚩尤。《通鑒外紀》改爲風后。

同上，卷十《諸子・莊子逸篇》：

游梟問雄黄曰：“今逐疫出魅，擊鼓呼噪，何也？”雄黄曰：“黔首多疾，黄帝氏立巫咸，使黔首沐浴齋戒，以通九竅；鳴鼓振鐸，以動其心；勞形趨步，以發陰陽之氣；飲酒茹蔥，以通五藏。夫擊鼓呼噪，逐疫出魅鬼，黔首不知，以爲魅祟也。”

同上，卷十《諸子》：

《六韜》曰：“冠雖弊，禮加之於首；履雖新，法踐之於地。”賈誼之言本此。《韓非子》亦云：“冠雖穿弊，必戴於頭；履雖五采，必踐之於地。”黄帝曰：“日中必熭，操刀必割。”顔注此語見《六韜》。“主上之操也”，語出《尉繚子》。

魏李蕭遠《運命論》：“張良受黄石之符，誦《三略》之説。”言《三略》者始見於此。（原注：漢光武詔引《黄石公記》，未有《三略》之名。）《含神霧》

云："風后爲黄帝師，又爲禹師。化爲老子，授張良書。"今有《素書》六篇，謂黄石公圯上授子房，世人多以《三略》爲是。荆公詩云："素書一卷天與之。"

同上，卷十一《考史·史記正誤》：

《五帝本紀》列黄帝、顓、辛、堯、舜，謂："孔子所告宰予，儒者或不傳。及《春秋》《國語》，發明五德、繫姓章矣。書缺有間，乃時見於他説。"五峰胡氏曰："仲尼繫《易》，歷叙製器致用、兼濟生民者，獨稱犧、農、黄帝、堯、舜氏，蓋以是爲五帝也，而顓、辛無聞焉。太史公所載，特形容之虚語爾。"朱文公曰："《易大傳》，孔聖之言；八卦，文字之祖。何故遺而不録？"

"武王追思先聖，乃褒封神農之後於焦，封黄帝之後於薊，封帝堯之後於祝，封帝舜之後於陳。"《禮記》正義曰："追思先聖乃封之，與《樂記》'未及下車'義反，當以《記》爲正。（繼序按：大封必於廟，因祭策命，豈可於車上行之？《樂記》乃甚言其速也。）

同上，卷十二《考史》：

"三皇之書，伏羲有《易》，神農有《本草》，黄帝有《素問》。《易》以卜筮存，《本草》《素問》以方技存，其天乎！"新安王晦叔云。（原注：程子曰："《素問》必出於戰國之末。"）

同上，卷二十《雜識》：

《太史公素王妙論》曰："諸稱富者，非貴其身得志也，乃貴恩覆子孫、澤及鄉里也。黄帝設五法，布之天下，用之無窮，蓋世有能知者，莫不尊親，如范子可謂曉之矣。管子設輕重九府，行伊尹之術，則桓公以霸。范蠡行十術之計，二十一年之間，三致千萬，再散與貧。"（原注：《史記正義》："《七略》云：司馬遷撰。"）利者，夫子所罕言。又曰："如不可求，從吾所好。"太史公著論，以素王名而言求富之術，豈以家貧無財賂，有激而云，如《貨殖傳》之意歟？然何足以爲"妙論"？（閻云：《隋·經籍志》子部五行有《太史公素王妙義》二卷，亡。王氏所引則見《太平御覽》者。《素王妙論》又有"范蠡本南陽人"一語，見《越世家》注。何云："妙論，意者猶云戲論也。"）（上海古籍出版社，2015年）

杜道堅《文子纘義》卷二《精誠篇》"老子曰心之精者"：

（纘義）《黄帝書》曰："天性人也，人心機也。"君者天地之心乎？心乃神明之府，情動乎中，言發乎外。善則千里之外應之，不善則千里之外違之。是以聖人在上，其化如神，不降席而匡天下。（《叢書集成初編》本，中華書局，1985年）

郝經《續後漢書》卷八十三下《録》第一下《道術異端・老莊》：

夫道即太極，太極即道。以其通行而言，則謂之道；以其至極而言，則謂之極。周乃謂道在太極之先，則以道爲虚無，以極爲形器。於是，漢儒又爲太極涵三爲一之説，則不知極。列禦寇書又屢衍《黄帝書》，如曰："谷神不死，是謂玄牝。玄牝之門，是謂天地根。綿綿若存，用之不勤。"又曰："形動，不生形而生影；聲動，不生聲而生響；無動，不生無而生有。形必終者也，天地終乎？與我皆終，終進乎不知也。"又曰："精神入其門，骨骸反其根，我尚奚存？"及《陰符經》等，大抵與《老子》同，故當世號爲黄老。蓋上古三皇之微言，傳之久而差者也。是以與周孔不類，其偏駁術數，反害至道，當其時猶未盛行，及莊周宗其説著書，於是自爲道家矣。（商務印書館，1937年）

胡應麟《少室山房筆叢》卷三十一《四部正訛中》"高似孫謂子書"條：

高似孫謂子書起於鬻熊，此不然。《漢志》道家有《伊尹》五十一篇、《黄帝書》四種共三十八篇（《列子》所引《黄帝書》，當出此四家。）、《力牧》二十八篇，雜家有《孔甲》二十六篇、《大禹》三十七篇，農家有《神農》二十篇，小説家有《伊尹》二十七篇，皆鬻熊前子書，率僞書也。惟以子稱者，似起於熊，而小説有《務成子》，亦熊前。若今傳子書，故當首此耳。（上海書店，2001年）

馮復京《六家詩名物疏》卷首《引用書目・天文曆數》：

《黄帝書》。

同上，卷一《國風・周南》一《關雎篇》瑟：

《黄帝書》云："泰帝使素女鼓瑟而悲，帝禁不止，故破五十弦爲二十五弦。"

同上，卷十三《國風・邶》五《新臺篇》水：

《黄帝書》云："天在地外，水在天外，水浮天而載地者也。"（《文淵閣四庫全書》本）

馬驌《繹史》卷五《黄帝紀》：

《吕氏春秋》：黄帝曰：芒昧，因天之威，與元同氣。黄帝言曰：聲禁重，色禁重，衣禁重，香禁重，味禁重，室禁重。（《漢書》道家，《黄帝四經》四篇。《黄帝銘》六篇。《黄帝君臣》十篇。《雜黄帝》五十八篇。小説家，《黄帝説》

四十篇。迂誕依托。《七略》：《盤盂書》者，其傳言孔甲爲之。孔甲，黄帝之史也。書盤盂中爲誡法，或於鼎，名曰銘。《黄帝巾几銘》：予居民上，摇摇恐夕不至朝，惕惕恐朝不及夕。兢兢栗栗，日慎一日。人莫躓於山，而躓於垤。）

《黄帝陰符經》：（上篇）觀天之道，執天之行，盡矣。故天有五賊，見之者昌。五賊在心，施行於天，宇宙在乎手，萬化生乎身。天性，人也。人心，機也。立天之道，以定人也。天發殺機，移星易宿。地發殺機，龍蛇起陸。人發殺機，天地反覆。天人合發，萬變定基。性有巧拙，可以伏藏。九竅之邪，在乎三要，可以動静。火生於木，禍發必克。奸生於國，時動必潰。知之修煉，謂之聖人。（中篇）天生天殺，道之理也。天地，萬物之盜；萬物，人之盜；人，萬物之盜。三盜既宜，三才既安。故曰：食其時，百骸理。動其機，萬化安。人知其神之神，不知不神之所以神也。日月有數，大小有定，聖功生焉，神明出焉。其盜，機也。天下莫能見，莫能知，君子得之固躬，小人得之輕命。（下篇）瞽者善聽，聾者善視，絶利一源，用師十倍。三反晝夜，用師萬倍。心生於物死於物，機在於目。天之無恩而大恩生，迅雷烈風，莫不蠢然，至樂性愚，至静性廉。天之至私，用之至公，禽之制在炁。生者死之根，死者生之根。恩生於害，害生於恩。愚人以天地文理聖，我以時物文理哲。人以愚虞聖，我以不愚虞聖。人以奇期聖，我以不奇期聖。故曰：沉水入火，自取滅亡。自然之道静，故天地萬物生。天地之道浸，故陰陽勝。陰陽相推而變化順矣，是故聖人知自然之道不可違，因而制之。至静之道，律曆所不能契。爰有奇器，是生萬象，八卦、甲子、神機、鬼藏、陰陽相勝之術，昭昭乎進乎象矣。（《陰符》四百餘言，世傳黄帝遺書也。義蘊無所不包，或謂兵法之鼻祖，或謂道德之權輿，諸子百氏悉在環域之中矣。）

《列子》：《黄帝書》曰：形動不生形而生影，聲動不生聲而生響，無動不生無而生有，形必終者也。天地終乎與我偕終，終進乎不知也。道終乎本無，始進乎本不久。有生則復於不生，有形則復於無形。不生者，非本不生者也。無形者，非本無形者也。生者，理之必終者也。終者，不得不終，亦如生者之不得不生。而欲恒其生，畫其終，惑於數也。精神者天之分，骨骸者地之分，屬天清而散，屬地濁而聚，精神離形，各歸其真，故謂之鬼。鬼，歸也，歸其真宅。黄帝曰：精神入其門，骨骸反其根，我尚何存？

《新書》：黄帝曰：道若川谷之水，其出無已，其行無止，故服人而不爲仇，分人而不譐者，惟其道矣。故播之於天下而不忘者，其惟道矣。是以道高比於天，道明比於日，道安比於山。故言之者見謂智，學之者見謂賢，守之者見謂信，樂之者見謂仁，行之者見謂聖人。故惟道不可竊也，不可以虚爲也。故黄帝職道義，經天地，紀人倫，序萬物，以信與仁，爲天下先，然後濟東海，入江内，取緑圖而濟積石，涉流沙，登於昆侖，於是還歸中國，以平天下。天下太平，唯躬道而已。

（中華書局，2002年）

姜宸英《湛園集》卷四論《黄老論》：

余考班氏書，爲黄帝書者幾家，爲老子書者幾家，大抵皆出於漢初人所爲。（《文淵閣四庫全書》本）

李鍇《尚史》卷二本紀一《軒轅本紀·黄帝》：

按《三墳》爲軒轅政典，然與《陰符》蓋皆附會，非黄帝之書。太史公所謂文不雅馴者近是，今并略之。（《文淵閣四庫全書》本）

嚴可均《全上古三代文》卷一《黄帝》：

帝姓公孫，名軒轅。一云姓姬。始服軒冕，號軒轅氏。一云居軒轅之丘，因以爲號，亦云帝軒氏。一云帝鴻氏，一云歸藏氏。有熊國君少典氏之子，亦號有熊氏。伐炎帝，殺蚩尤，以土德王，稱黄帝。在位百年，年百一十一。

道言

一者，階於道，機於神。（《六韜·兵道》十二）

芒芒昧昧，因天之威，與天同氣。（《文子·符言》、《上仁》、《吕氏春秋·應同》、《淮南子·繆稱訓》、《泰族訓》、《御覽》七十七。）

聲禁重，色禁重，衣禁重，香禁重，味禁重，室禁重。（《吕氏春秋·去私》）

帝無常處也。有處者，乃無處也。以言不刑蹇。（《吕氏春秋·圜道》）

厲女德而弗忘，與女正而弗衰，雖惡奚傷。（《吕氏春秋·遇合》）

四時之不正也，正五穀而已矣。（《吕氏春秋·審時》）

政語

日中必熭，操刀必割。（賈誼《新書·宗首》）

道若川谷之水，其出無已，其行無止。（賈誼《新書·修政語》上）

巾几銘

毋翕弱，毋俷德，毋違同，毋敖禮，毋謀非德，毋犯非義。（《路史·疏仡紀》“黄帝作巾几之銘”。案《後漢·朱穆傳》注：“黄帝作巾机之法。”即此。《漢志》道家有《黄帝銘》六篇）

金人銘

我，古之慎言人也，戒之哉！戒之哉！無多言，多言多敗。無多事，多事多患。安樂必戒，無行所悔。勿謂何傷，其禍將長。勿謂何害，其禍將大。勿謂無殘，其禍將然。勿謂莫聞，天妖伺人。熒熒不滅，炎炎奈何。涓涓不壅，將成江河。綿綿不絶，將成網羅。青青不伐，將尋斧柯。誠不能慎之，禍之根也。曰是何傷，禍之門也。强梁者不得其死，好勝者必遇其敵。盜怨主人，民害其貴。君子知天下之不可蓋也，故後之下之，使人慕之。執雌持下，莫能與之争者。人皆趨彼，我獨守此，衆人惑惑，我獨不從。内藏我知，不與人論技。我雖尊富，人莫害我。夫江河長百谷者，以其卑下也。天道無親，常與善人。戒之哉！戒之哉！（《説苑·敬慎》。案此銘舊無撰人名，據《太公陰謀》《太公金匱》，知即黄帝六銘之一。《金匱》僅載銘首廿餘字，今取《説苑》以足之。）

戒

余在民上，摇摇，恐夕不至朝。（《意林》一引《太公金匱》："武王問五帝之戒，可得聞乎？"太公曰："黄帝云。"）

丹書戒

施捨在心平，不幸乃弗聞過。禍福在所密，存亡在所用。下匿其私，用試其上。上操度量，以割其下。上下一日百戰。（《路史·疏仡紀》："黄帝用作戒於丹書。"又《韓非子·楊權》引末五語）

誨顓項

爰有大圜在上，大矩在下，汝能法之，爲民父母。（《吕氏春秋》·序意》："文信侯曰：'嘗得學黄帝之所以誨顓頊矣。'"）

黄雀占

黄者士精，赤者火熒。爵者賞也。余當立大功乎。黄雀者集也。（《御覽》八百七十二引《春秋考異郵》："黄帝將興，有黄雀赤頭立於日旁。""黄帝曰"，《藝文類聚》九十九引作。"黄帝占曰：'黄者，玉精。赤者，火熒。雀者，賞也。余當立。'"）

李法

壁壘已定，穿窬不繇路，是謂奸人。奸人者殺。（《漢書·胡建傳》）

兵法

甲子從北斗魁第一星起，順數至庚午，在第七剛星。至辛未，還從第六星逆數至丙子，又從第一星順數，盡六甲。（《五行大義》第五篇引《黄帝兵訣》。案《隋志》：《黄帝兵法雜要訣》一卷，此省詞。《隋志》：《黄帝兵法》共八種。又案《李法》《律法》《兵律》在其中。今輯《兵法》，次《李法》後。）

沈陰，日月俱無光，晝不見日，夜不見月星，皆有雲障之而不雨，此爲君臣俱有陰謀，兩敵相當，陰相圖議也。若晝陰，夜月出，君謀臣；夜陰，晝日出，臣謀君，下逆上也。（《開元占經》五引《黄帝用兵要法》，又十一引《黄帝用兵要訣》。）

日月暈，仰視之。須臾，忽有雲氣從傍入者，急隨雲以攻之，大勝。（《開元占經》八引《黄帝兵法》。）

熒惑出太白之陰，若不有分軍，必有他急，分大軍也。（《開元占經》二十一引《黄帝兵法》。）

太白與辰星俱出東方，西方國大敗。俱出西方，東方國大敗。若客主人俱出軍，在東方，東方軍敗。在西方，西方軍敗。言其表面軍也。在表者不善，不獲已，軍堅守可也。（《開元占經》二十二引《黄帝兵法》。）

出軍訣

牙旗者，將軍之精；金鼓者，將軍之氣，一軍之形候也。（《御覽》三百三十八。）（中華書局，1958年）

沈欽韓《漢書藝文志疏證》卷二《諸子略》小説家：

《黄帝説》四十篇。（迂誕，依托。）《封禪方説》十八篇。

此方士所本，史遷所云“其文不雅馴”。《通考》：《黄帝内傳》一卷。

同上，卷三《兵書略》陰陽家：

《黄帝》十六篇。

《胡建傳》：“《黄帝李法》曰：壁壘已定，穿窬不繇路，是謂奸人。奸人者殺。”然此非兵陰陽也。《太白陰經》引黄帝曰：“車間容車，隊間容隊，曲間容曲。”又云：“黄帝設八陣之行，車厢洞當，金也；車中黄，土也；烏雲鳥翔，火也；折衝，木也；龍騰却月，水也；雁行鵝鸛，天也；輪車，地也；飛翼浮阻，巽也。”此則類之矣。《隋志》：《黄帝問玄女兵法》四卷、《黄帝兵法雜要訣》一卷、《黄帝軍出大師年命立成》一卷、《黄帝太一兵曆》一卷，又《黄帝兵法孤虚雜記》一卷。（《唐志》大略同。）《御覽》十五《黄帝玄女戰法》曰：“黄帝與蚩尤戰，九戰不勝，黄帝歸於太山，三日三夜，大霧冥冥。有婦人，人首鳥行，黄帝稽首再拜，伏不敢起。婦人曰：‘吾，玄女也。子欲何問？’黄帝曰：‘小子願萬戰萬勝。’遂得戰法焉。”又三百三十九卷《黄帝出軍訣》曰：“始立牙之日，喜氣來應，旗幡指敵，或從風舉揮，揮終日繞竿，勇氣奔逸，是謂堂堂之陣，此大勝之徵。”（不具録。）

同上，卷三《術數略》天文家：

《黄帝雜子氣》三十三篇。

劉昭《天文志》注引《黄帝星經》。《晋・曆志》黄帝使車區占星咎。《隋志》天文家：《黄帝五星占》一卷。《御覽》八百七十八、又八百七十九《黄帝占軍氣訣》曰：“攻城有虹，欲敗之應。”又《黄帝占》曰：“日中三足烏見者，大旱，赤地。”（《晋書·天文志》：“黄帝創受河圖，始明休咎，故其《星傳》尚有存焉。”）

同上，五行家：

《黄帝陰陽》二十五卷。

《御覽》八十二《黄帝玄女占法》曰：“禹問於風后曰：‘吾聞黄帝有勝負之圖、六甲陰陽之道，今安在乎？’風后曰：‘黄帝藏會稽之山下。’”（《隋志》：《黄帝陰陽遁甲》六卷。）

同上，雜占家：

《黄帝長柳占夢》十一卷。

《詩箋》：“‘大人占之’，謂以聖人占夢之法占之。”皇甫謐云“黄帝夢得風后、力牧，因著《占夢經》十一卷”，蓋憑此而傅會。（《隋志·占夢書》下“梁有《黄帝太一雜占》十卷”。）

同上，《方技略》房中家：

《黄帝三王養陽方》二十卷。

《抱朴子·微旨篇》：“俗人聞黄帝以千二百女升天，便謂黄帝單以此事致長生。”（《二十五史藝文經籍志考補萃編》本，清華大學出版社，2011年）

姚振宗《漢書藝文志條理》卷二之上《諸子略》道家：

《黄帝四經》四篇。

《隋·經籍志》道佛篇曰：“漢時諸子，道書之流有三十七家，大旨皆去健羨，處冲虚而已。其《黄帝》四篇，《老子》二篇，最得深旨。”

王氏《考證》：黄帝、老子之書，謂之黄老。《列子》引《黄帝書》，《吕氏春秋》引“黄帝言”，又曰“嘗得學黄帝之所以誨顓頊矣”，《賈誼》《淮南子》引“黄帝曰”云云。

嚴可均《全上古文編》：帝姓公孫，名軒轅。一云姓姬，始服軒冕，號軒轅氏。一云居軒轅之丘，因以爲號。亦云帝軒氏，一云帝鴻氏，一云歸藏氏。有熊國君少典氏之子，亦號有熊氏。伐炎帝，殺蚩尤，以土德王，稱黄帝。在位百年，年百一十一。今輯《道言》凡六條，《政語》凡二條，《戒》一條，《丹書戒》一條，《誨顓頊》一條。

案太史公《素王妙論》曰：“諸稱富者，非貴其身，得志也乃貴，恩覆子孫，澤及鄉里也。黄帝設五法，布之天下，用之無窮。蓋世有能知者，莫不尊親，如范子可謂曉之矣。范蠡行十術之計，二十一年之間，三致千萬，再散與貧。”案《黄帝五法》當在此書中。

《黄帝銘》六篇。

《文心雕龍·銘箴篇》：銘者，名也。昔帝軒刻輿几以弼違，先聖鑒戒，其來久矣。

王氏《考證》：《皇覽·記陰謀》言《黄帝金人器銘》，《金人銘》蓋六篇之一也。蔡邕《銘論》：“黄帝有《巾机》之法。”《皇王大紀》曰：“黄帝作《輿几之箴》以警宴安，作《巾几之銘》，以戒逸欲。”

章學誠《校讎通義》曰：“《漢志》道家《黄帝銘》六篇，其書今既不可見。考《皇覽》《黄帝金人器銘》，及《皇王大紀》所謂《輿几之箴》《巾几之銘》，則六篇之旨可想見也。”

嚴可均《全上古文編》：《漢志》道家有《黄帝銘》六篇，《路史·疏仡紀》引《巾几銘》，《説苑·敬慎篇》引《金人銘》。案《巾几銘》，《後漢·朱穆傳》注“黄帝作巾机之法”，即此《金人銘》。舊無撰人，據《太公陰謀》《太公金匱》，知即《黄帝六銘》之一。《金匱》僅載銘首廿餘字，今取《説苑》足之。

《黄帝君臣》十篇。起六國時，與《老子》相似也。

《雜黄帝》五十八篇。六國時賢者所作。

《淮南子·修務篇》：世俗之人多尊古而賤今，故爲道者必托之於神農、黄帝而後能入説。亂世暗主，高遠其所從來，因而貴之。爲學者蔽於論而尊其所聞，相與危坐而稱之，正領而誦之。此見是非之分不明。

王氏《考證》：朱文公曰：“黄帝聰明神聖，得之於天，天下之理無不知，天下之事無不能。上而天地陰陽造化發育之原，下而保神練氣愈疾引年之術，庶物萬事之理，巨細精粗，洞然於胸次，是以其言有及之者，而世之言此者，因自托焉，以信其説於後世。至戰國時，方術之士遂筆之書，以相傳授。如《列子》所引，與《素問》《握奇》之屬，蓋必有粗得遺言之仿佛者，如許行所道神農之言耳。《周官》外史掌三皇五帝之書，恐不但若此而已。”

同上，卷二之下《諸子略》小説家：

《黄帝説》四十篇。迂誕依托。

《史·五帝本紀》贊：百家言黄帝，其文不雅馴，薦紳先生難言之。《正義》曰：“馴，訓也，謂百家之言皆非典雅之訓。”

《抱朴子·極言篇》：昔黄帝生而能言，役使百靈，可謂天授自然之體者也，猶復不能端坐而得道。故陟王屋而受丹經，到鼎湖而飛流珠，登崆峒而問廣成，之具茨而事大隗，適東岱而奉中黄，入金谷而諮涓子，論道養則資玄素二女，精推步則訪山稽、力牧，講占候則詢風后，著體診則受雷岐，審攻戰則納五音之策，窮神奸則記白澤之辭，相地理則書青鳥之説，救傷殘則綴金冶之術。故能畢該秘要，窮道盡真，遂升龍以高躋，與天地乎罔極也。又曰：黄帝及老子奉事太乙元君以受要訣。又曰：《荆山經》及《龍首記》皆云黄帝服神丹之後，龍來迎之。又曰：言黄帝仙者，見於道書及百家之説者甚多。

按《封禪書》言武帝時，齊人公孫卿有黄帝《鼎書》，言黄帝上登於天云云。又《文心雕龍·祝盟篇》云"黄帝有祝邪之文"，《鼎書》《祝邪文》及葛稚川言《荆山經》《龍首記》疑皆在此書中。（《二十五史補編》本，中華書局，1956年）

梁啓超《漢志諸子略各書存佚真僞表》小説家者流：

《黄帝説》，入"已佚"類"全佚"目。（《二十五史藝文經籍志考補萃編》本，清華大學出版社，2012年）

羅焌《諸子學述》上編《諸子書之真僞及存佚表》：

諸子名稱		《漢書·藝文志》	《隋書·經籍志》	《唐書·經籍志》	現時存佚	考證
道家	黄帝	《黄帝四經》四篇，《黄帝銘》六篇，《黄帝君臣》十篇。注云："起六國時，與老子相似也。"《雜黄帝》五十八篇，注云："六國時賢者所作。"	亡	亡	嚴輯《上古文》，《黄帝道言》六條，《政語》二條，《巾几銘》《金人銘》二條，其他十餘條	案班《志》，蓋以黄帝之書皆六國時人所作，故次録於此。劉勰所謂"上古遺語，戰代所記"者是也。參觀農家神農考證

同上，中編《道家·黄帝》：

黄帝姓公孫，名軒轅，一云姓姬，居軒轅之丘，因以爲名，又以爲號。有熊國君少典氏之子，亦號有熊氏。伐炎帝，殺蚩尤，以土德王，故稱黄帝。（參《史記·本紀》及《帝王世紀》。）《漢志》道家，《黄帝四經》四篇，《黄帝銘》六篇，又《黄帝君臣》十篇，則注云："起六國時，與老子相似。"《雜黄帝》五十八篇，注云："六國時賢者所作。"《隋志》以後無著録，書佚已久。清儒嚴可均輯佚文十數條，皆本秦漢以前諸子所引，蓋古代學黄帝道者所傳述之微言也。撮要分述於次。

道體　道本無形，然必有其本體，故古之論道者皆强爲之名，終不可以言思擬議者也。太公《六韜·兵道第十二》引：黄帝曰："一者階於道，機於神。"（階，基也，因也。機者，動之微也。）

案此即老子"道生一"之義。許慎《説文》解"一"字云："惟初太極，道立於一，造分天地，化成萬物。"立，猶見也。（《吕子·適威篇》高誘注。）全本老子"道生一，一生二，二生三，三生萬物"之説。太極之道不可見，見之於一，與"一階於道"之説亦同。孔子曰："陰陽不測之謂神。"（《易·繫辭上》。）孟子曰："聖而不可知之謂神。"（《告子章下》。）一本於道而動於神，萬物皆出於一，皆反於一，此言道體也。太公引以説兵道者，蓋後世百家之説，多探源於黄帝，惟其言不雅馴者，悉歸淘汰耳。

賈子《新書·修政語》上云：黄帝曰："道若川谷之水，其出無已，其行無止。"［故服人而不爲仇，分人而不譐者，惟其道矣。（服，用也。仇，讀爲酬，報也。分，猶遍也，予也。譐與噂同，謂相對談語也。供人之用而不爲報酬，普施於人而不相談語。）故播之於天下而不忘者，其惟道矣。（忘，讀爲亡。亡，失也。）是以道高比於天，道明比於日，道安比於山。故言之者見謂智，學之者見謂賢，守之者見謂信，樂之者見謂仁，行之者見謂聖人。故惟道不可竊也，不可以虚爲也。故黄帝職道義，經天地，紀人倫，序萬物，以信與仁爲天下先。然後濟東海，入江内，取緑圖，西濟積石，涉流沙，登於昆侖。於是還居中國，以平天下。天下太平，惟躬道而已。］（"故服人"以下一節，乃賈子之言，以其引申黄帝之説，故備録而識别之。下并同。）

案老子曰："譬道之在天下，猶川谷之於江海也。"（於，一本作在，一本作與。）又曰："天地之間，其猶橐籥乎！虚而不屈，動而愈出。"（屈，竭也。）又曰："上善若水，水善利萬物而不争。"（對辯曰争。）《内業篇》曰："道滿天下，普在民所，民不能知也。"其義皆與此節同。

《吕子·應同篇》引：（又見《文子·符言》《上仁》二篇，《淮南子·謬稱》《泰族》二篇引。）黄帝曰："芒芒昧昧，因天之威，與元同氣。"（《廣雅》云："威，德也。"《吕子》舊校云："威，一作道。"《易》九家注云："元者，氣之始也。"）

案芒昧即老子所謂"道之爲物，惟恍惟惚"，《莊子》所謂"至道之精，窈窈冥冥，至道之極，昏昏默默"也。因天之威，與元同氣，即孔子所謂"聖人與天地合其德"也。吕子又云："黄帝之時，天先見大螾大螻，（螾，蚯蚓。螻，螭也，若龍而黄，北方謂之地螻。）黄帝曰：'土氣勝。'土氣勝，故其色尚黄，其事則土。"此言天人感應之理，乃陰陽家五德終始説之所本，亦與元同氣之義也。

《吕子·圜道篇》引：黄帝曰："帝無常處也，有處者乃無處也。"（《論語·堯曰篇》孔注云："帝，天帝也。"《書·舜典》馬注云：："上帝，太一神。"《五經通義》云："天神之大者，曰昊天上帝，亦曰天皇大帝，亦曰太一。"案《易緯·乾鑿度》有"太一行九宫法"，逐年移宫，無常處也。《吕子·大樂篇》云："道也者，至精也，不可爲行，不可爲名，强爲之，謂之太一。"是太一即道也，道即帝也。《史記·天官書》云："中宫天極星，其一明者，太一常居也。"是太一有常處。然逐年下行九宫，實無常處也。高誘注："以無常處爲無爲，有處爲有爲。"其義可通，惟帝字之義未詳釋。）以言不刑蹇，圜道也。［八字爲《吕》書解釋之詞。俞樾《平議》是也。刑與形通。蹇，停也，凝也。《吕子·大樂篇》云："萬物所出造於太一，化於陰陽，萌芽以震，凝澻以形，（澻與蹇音同字通。）形體有處，莫不有聲。"刑蹇者，謂停滯。成形則有處矣。若無常處，則周流不居，是圜道也。］

案帝者，天帝，亦曰太一，實即天之道也。變動不居，雖有處而無常處。聖人因天之道者也，故老子曰："聖人無常心。"又曰："象帝之先。"

《列子·天瑞篇》云：［有生不生，有化不化；不生者能生生，不化者能化化；生者不能不生，化者不能不化，故常生常化。常生常化者，無時不生，無時不化。陰陽爾，四時爾，不生者疑獨，（《儀禮·士昏禮注》云："疑，正立自定之貌。"疑獨，謂疑然獨立也。）不化者往復。往復，（二字原脱，今補。）其際不可終；疑獨，其道不可窮。］《黄帝書》曰："谷神不死，是謂玄牝。（吴澄曰："谷以喻虚，虚則神存於中。不死，謂元氣常生而不死也。牝以喻元氣偄弱和柔，玄者讚美之辭。玄牝者，萬物之母也。"）玄牝之門，是謂天地之根。（吴澄曰："門謂所由以出，根謂所由以生。虚無自然者，天地之所由以生，故曰天地根。天地根者，天地之始也。"）綿綿若存，用之不勤。"（蘇轍曰："綿綿，微而不絶也。若存，存而不可見也。"王弼曰："欲言存邪？則不見其形。欲言亡邪？則萬物以之生。故曰綿綿若存。無物不成，用而不勞也。故曰用之不勤。"）［故生物者不生，化物者不化。自生自化，自形自色，自智自力，自消自息。（張湛曰："皆自爾耳，豈有尸而爲之者哉！"）謂之生化、形色、智力、消息者，非也。（張湛曰："若有心於生化、形色，則豈能官天地、府萬物、贍群生而不匱乎？"俞樾曰："謂當作爲，古書謂、爲通用。"）］

此引《黄帝書》六句，與《老子》第六章全同。班《志》云："《黄帝君臣》十篇，與《老子》相似。"唐殷敬順云："《黄帝書》與《道經》相類。"（《列子釋文》）清魏源則云："《老子》引古語。"（《老子本義上》）近人胡懷琛云："老子學説係祖述黄帝而來。"（見《國學彙編》二。）其説近是也。

《天瑞篇》又云：《黄帝書》曰："形動不生形而生影，聲動不生聲而生響，無動不生無而生有。"（形動生影，必借乎光明；生動生響，必通乎空氣；無動生有，必本乎無始無有之道也。）形，必終者也。天地終乎？與我偕終。（無則無極，有則有盡，故有形則必有終。天地，空中之一細物，有中之最巨者，其終必歸於盡，當其終盡時，亦與我同耳。）終進乎？不知也。（張湛曰："進當爲盡，《列子》盡字，例多作進。"案，謂天地之道果終盡乎？吾不能知也。）道終乎？（句。）本始無。（句。）進乎？（句。）本不久。（張湛曰："久當爲有。無始，故不終；無有，故不盡。"）有生則復於不生，有形則復於無形。不生者，非本不生者也；無形者，非本無形者也。（張湛曰："本不生者，初自無生無滅。本無形者，初自無聚無散。夫生生物者不生，形形物者無形，故能生形萬物而我體不變。今謂既生既形而復反於不生無形者，此固存亡之往復耳，非終始不變者也。"）生者，理之必終者也。終者不得不終，亦如生者之不得不生。而欲恒其生，畫其終，惑於數也。（恒，常也，長也。畫，止也。數，謂必然之理也。）精神者，天之久；骨骸者，地之久。（殷敬順曰："久音有，下同，本作又，篆文與久字相類。按《漢書》楊王孫曰：'精神者，天之有；骨骸者，地之有。'王孫常讀此經。今國子監本作分。"任大椿曰："今本久作分。即殷氏所云監本也。考《淮南子・精神訓》文高誘注，皆引此二語，與《漢書》文同，然則漢人所見本并作有，不作分。殷氏《釋文》謂久音有，從古本也。"）屬天清而散，屬地濁而聚。精神離形，各歸其真，故謂之鬼。鬼，歸也。歸其真宅。（張湛曰："真宅，太虚之域。"）黄帝曰："精神入其門，骨骸反其根，我尚何存？"（門即玄牝之門，根即天地之根。精神、骨骸和合爲身。形神既離，還諸天地，斯時我身，當在何處？）

案此言有生於無，仍反於無，無者，道之本體也。據佛説《圓覺經》云："我今此身，四大和合。所謂髮毛爪齒，皮肉筋骨，髓腦垢色，皆歸於地；唾涕膿血，津液涎沫，痰淚精氣，大小便利，皆歸於水；暖氣歸火；動轉歸風。四大各離，今者妄身，當在何處？即知此身畢竟無體，和合爲相，實同幻化。"此經譯於唐初，而與黄帝、列子之説適合。晋張湛《列子序》云："所明往往與佛經相參。"此其一端也。

又《力命篇》云：黄帝之書云："至人居若死，動若械。"（張湛曰："此舉無心之極。"）亦不知所以居，亦不知所以不居；亦不知所以動，亦不知所以不動；亦不以衆人之觀易其情貌，亦不謂衆人之不觀不易其情貌。（謂與爲古字通。張湛曰："不爲外物視聽改其度也。"）獨往獨來，獨出獨入，孰能礙之？

案《莊子・天下篇》云："不離於真謂之至人。"《逍遥游篇》云："至人無己。"《齊物論篇》云："形固可使如槁木，心固可使如死灰乎？"（郭象曰："夫任自然而忘是非者，其體中獨任天真，故止若立枯木，動若運槁枝，乃無心而自得也。"）其義皆合乎黄帝之書也。（案《列子》引《黄帝書》四條，嚴輯《全上古文》漏載。或曰："嚴氏蓋疑《列子》爲僞書也。"然則所輯《鬻子》文，何以又載《列子》四條乎？）

慎言 《説苑·敬慎篇》云：孔子之周，觀於太廟，右陛之前有金人焉，三緘其口而銘其背曰："我，（"我"字，據《路史·後紀五注》引《皇覽》記《太公陰謀》，及《御覽》引《太公金匱》增。）古之慎言人也。戒之哉！戒之哉！無多言，多言多敗；無多事，多事多害。（害，原作患，玆據《御覽》引改。）安樂必戒，無行所悔。（王肅曰："雖處安樂，必警戒也。所悔之事，不可復行。"）勿謂何傷，其禍將長；勿謂何害，其禍將大；勿謂何殘，其禍將然；（殘，亦傷也，害也。然，成也。）勿謂莫聞，天妖伺人。（妖，《説文》作媄，云：巧也。）熒熒不滅，炎炎奈何；涓涓不壅，將成江河；綿綿不絶，將成網羅；青青不伐，將尋斧柯。誠能慎之，福之根也。（福，原作禍；能上有不字。玆據《孔子家語》改。）曰：是何傷？禍之門也。强梁者不得其死，好勝者必遇其敵。（梁讀爲勍，勍亦强也。"强梁"句，《老子》四十二章引之。）盗怨主人，民害其貴。（《家語》作"盗憎主人，民怨其上"。蓋依《左氏傳》文改。）君子知天下之不可蓋也，故後之下之，使人慕之，執雌持下，莫能與之争者。人皆趨彼，我獨守此；衆人惑惑，我獨不徙。（徙，原作從，玆據《家語》校改。）内藏我知，不與人論技。我雖尊富，人莫害我。夫江河長百谷者，以其卑下也。（《老子》六十六章云："江海所以能爲百谷王者，以其善下之，故能爲百谷王。是以聖人欲上民，必以言下之；欲先民，必以身後之。是以聖人處上而民不重，處前而民不害，是以天下樂推而不厭。以其不争，故天下莫能與之争。"）天道無親，常與善人。（《太公陰謀》及《老子》七十九章，并有此二語。又《史記·伯夷傳》引作或曰：《後漢書·朗顗傳》引作《易》曰，蓋皆本於《黄帝銘》也。）戒之哉！戒之哉！"孔子顧謂弟子曰："記之，此言雖鄙而中事情。（鄙，俗也。鄙言，謂俗所傳言也。孔子尚文，故以《金人銘》爲鄙言，猶以先進禮樂爲野人也。）《詩》曰：'戰戰兢兢，如臨深淵，如履薄冰。'行身如此，豈以口遇禍哉？"案此銘皆韵語：敗、害韵，戒、悔韵，傷、長韵，害、大韵，殘、然韵，聞、人韵，何、河、羅、柯韵，根、門韵，死、敵韵，貴、蓋韵，下、慕、下、者韵，此、徙韵，知、技韵，我、下韵（轉音叶），親、人韵。

嚴氏可均曰："《金人銘》舊無撰人名，據《太公陰陽》《太公金匱》，知即《黄帝六銘》之一。《金匱》僅載《銘》首二十四字，今取《説苑》以足之。"案嚴説與《路史·後紀注》同，是也。此《銘》戒人多言多事。老子云："聖人處無爲之事，行不言之教。"又云："多言數窮，不如守中。"又云："知其雄，守其雌。"又云："善用人者爲之下，是爲不争之德。"《太公金匱》云："金人三緘其口，慎言語也。吾聞道自微而生，禍自微而成。慎終與始，完如金城。"皆祖述黄帝之學者也。（其餘文義相同者，前已注明。）

去私 《吕子·去私篇》云：天無私覆也，地無私載也，日月無私燭也，四時無私行也，行其德而萬物得遂長焉。黄帝言曰："聲禁重，（黄氏震云："重謂太過。"）色禁重，衣禁重，香禁重，味禁重，室禁重。"

案此言口之於味，目之於色，耳之於聲，鼻之於臭，四肢之於安逸，（即宫室、衣服之屬。）皆當去其太甚，不得從其一己之私。老子云："聖人去甚、去奢、去泰。"又云："聖人後其身而身先，外其身而身存。非以其無私邪，故能成其思。"皆本黄帝六禁之義也。或曰：六禁乃養生之術，與《老子》第十二章意同，然與《吕子》引書之意不合。今不從。

治民 《吕子·序意篇》云：文信侯曰："嘗得學黄帝之所以誨顓頊矣：'爰有大圜在上，大矩在下，汝能法之，爲民父母。'（高誘曰："圜，天也。矩，方地也。"案《爾雅》云："爰，曰也。"）蓋聞古之清世，是法天地……無爲而行。"

案法天地者，法其無爲也。天無爲而四時行，地無爲而萬物生，聖人無爲而先下化成。吕子亦尚黄老之學者，故高誘《吕氏春秋序》云："此書所尚，亦道德爲標的，以無爲爲綱紀。"蓋得黄帝治民之術矣。

魏徵《群書治要》卷三十一引《太公陰謀》云：武王問尚父曰："五帝之戒，可得聞乎？"（"得"字，據《意林》引《太公金匱》補。）尚父曰："黄帝之時戒曰：'吾之居民上也，摇摇，恐夕不至朝。'（摇摇，憂無告也。《意林》引《金匱》作："太公曰：黄帝云：'予在民上，摇摇，恐夕不至朝。'"）故爲金人三封其口曰：'古之慎言人也。'（十五字據《御覽》引增。《意林》引《金匱》作"故金人三緘其口，慎言語也"。）堯之居民上，振振如臨深川；舜之居民上，兢兢如履薄冰；禹之居民上，慄慄恐不滿日；湯之居民上，戰戰恐不見旦。"王曰："寡人今新并殷，居民上，翼翼懼不敢息。"（日本天明刊本《治要》，息作怠，誤，兹據《御覽》所引改正。案此文皆作韵語，摇與朝韵，振與川韵，競與冰韵，慄與日韵，戰與旦韵，翼與息韵，故知日本刊本誤也。）

案古之治民者，常自存恐懼之心；今之治民者，必使民存恐懼之心，此民生所以多艱也。讀黄帝此戒及《老子》七十四章、七十五章，庶可救其流弊乎！

《韓子·揚権篇》引：黄帝有言曰："上下一日百戰。"下匿其私，以試其上；上操度量，以割其下。（割，裁也，制也。）

案管子曰："黄帝之治天下也，其民不引而來，不推而往，不使而成，不禁而止。故黄帝之治也，置法而不變，使民安其法者也。"（《任法篇》）是黄帝本無爲而治，而此云操度量以割下者，蓋對於匿私試上之民，不得不斷之以法也。《漢書·胡建傳》引：

黄帝《李法》曰：（李讀爲理，治獄官也。黄帝時后土爲李。《李法》猶今刑律也。）“壁壘已定，穿窬不繇路，是謂奸人，奸人者殺。”

案《李法》數語，胡建引以斬監軍御史，孝武制稱建之用法無疑。（《説苑·指武篇》載此爲孝昭時事，傳聞異辭也。）考黄帝時至漢天漢中，已歷二千三百餘載，時殊世異，而斷獄者猶得引用古法，君主亦認爲有效，是黄帝之道，不僅“亡而民用其教百年”也。（本《大戴禮記》孔子語，見下。）

附録 《大戴禮記·五帝德篇》云：宰我問於孔子曰：“昔者，予聞榮伊言黄帝三百年，（予，宰我名。榮伊，人名。）請問：黄帝者，人邪？抑非人邪？何以至於三百年乎？”孔子曰：“予，（呼其名而告之也。）禹、湯、文、武、成王、周公可勝觀邪？夫黄帝尚矣，女何以爲？（孔廣森《補注》云：“此六君，子已不能盡知，黄帝久遠，何以問爲？”）先生難言之。”（孔《注》云：“上古之事，長者不能詳也。太史公曰：‘百家言黄帝，其言不雅馴，薦紳先生難言之。’”）宰我曰：“上世之傳，隱微之説，卒業之辨，暗忽之意，（謂窮究其事業而辨之，其意終荒忽而不明也。）非君子之道也。則予之問固矣。”（固，陋也。）孔子曰：“黄帝，少典之子也，曰軒轅。生而神靈，弱而能言，幼而慧齊，長而敦敏，成而聰明。治五氣，（王肅云：“五行之氣。”）設五量，（孔《注》云：“黄鐘之實，千二百黍而成龠，龠兩爲合，合十爲升，升十爲斗，斗十爲斛，是謂五量。”案詳見前《漢書·律曆志》。）撫萬民，度四方。（度地居民。）教熊、羆、貔、貅、豹、虎，以與赤帝戰於版泉之野，三戰然後得行其志。（司馬貞云：“此六猛獸，可以教戰。《周禮》有服不氏，掌教擾猛獸也。赤帝，神農氏之後。版泉，在上谷。”）黄帝黼黻衣，大帶黼裳，乘龍扆雲。（《周禮》曰：“馬八尺以上爲龍。”扆，如今屏風，樹之坐後，上畫雲氣，故曰扆雲。）以順天地之紀，幽明之故，死生之説，存亡之難。（孔《注》云：“若《内經·素問》之屬。”）時播百穀草木，淳化鳥獸昆蟲，曆離日月星辰，（淳，讀爲純；純，善也。離，謂次位之别也。曆離，謂以曆法次别七政也。）極畋土石金玉，（孔《注》云：“畋，治也。極，言至於四遠。”）勞勤心力耳目，節用水火材物。生而民得其利百年，死而民畏其神百年，亡而民用其教百年，故曰三百年。”（孔《注》云：“《山海經》曰：射者不敢西向，畏軒轅之臺。所謂畏其神也。亡，死之久也。”）

案太史公曰：“學者多稱五帝，尚矣。然《尚書》獨載堯以來，而百家言黄帝，其文不雅馴，薦紳先生難言之。孔子所傳宰予問《五帝德》及《帝繫姓》，儒者或不傳。（戴德及其從子聖，皆漢初儒者，然《大戴禮記》中有《五帝德》《帝繫》二篇，而《小戴禮記》不傳，故云或也。）……予觀《春秋》《國語》，其發明《五帝德》《帝繫姓》章矣。”今考《史記·黄帝本紀》多用大戴所傳《五帝德》及《帝繫》文，間亦采及他説，而於騎龍上天神怪之談，但附之《封禪書》，以見武帝之惑。且於《帝繫》末大書曰："黃帝崩，葬橋山。"則自秦漢以來方士者流造爲神仙之説悉附會諸黃帝者，不待辯矣。

又案孔子所稱黃帝之道，其曰順天地之紀，即《吕子》所引因天同元，及法大圜大矩之義也。其曰幽明之故，則《尉繚子·天官篇》引黃帝曰"先神先鬼，先稽我智"之義也。《史記》引作幽明之占，蓋即《五行大義》《開元占經》所引黃帝兵謀、兵法之類，張守節所謂"陰陽五行，黃帝占數而知之"是也。其曰死生之説，即《列子》所引"谷神不死""無動生有"之説也。其曰存亡之難，司馬貞云："存亡，猶安危也。難，猶説也。"孔廣森以"《素問》《靈樞》，黃帝、歧伯相問難"解之，似較切實。至若唐李筌所傳《黃帝陰符經》，明係僞書，後人以朱子曾爲考定文字，謂其時有精語，遂尊信之，斯又好古之弊矣。（商務印書館，1935年）

顧實《漢書藝文志講疏》三《諸子略》道家：

《黃帝四經》四篇。

亡。《隋志》曰："漢時諸子道書之流，有三十七家，大旨皆去健羡，處冲虛而已。其《黃帝》四篇，《老子》二篇，最得深旨。"（《道經》部。）蓋懸揣之談，《黃帝四經》，《隋志》已不著録也。王氏《考證》引《史記正義》曰"《黃帝道書》十卷"，（亦見《玉海》卷二十八。）未審其詳。《史記》稱黃老言，（《田叔傳》《張釋之傳》《晁錯傳》《儒林傳》《武安侯傳》《孟子荀卿傳》《申不害韓非傳》《汲黯鄭當時傳》。）稱黃帝、老子言，（《陳丞相世家》《外戚世家》《樂毅傳》《日者傳》。）無慮各數見，先黃帝而後老子者，宜也。《班志》乃抑黃帝於老子之後，蓋本二劉。或謂《谷神》一章，《列子》引作《黃帝書》，《黃帝書》正襲《老子》，故二劉校書抑之耳。然此正倒見《老子》襲《黃帝書》則可耳。《金人銘》一首，讀於孔子，是亦豈襲《老子》者哉。大抵漢氏百年之大計，在尊儒，故抑黃老。而《黃帝》之文，質勝而野，猶不若《老子》之辭簡意遠，故更抑置於後矣。今《黃帝書》雖亡，凡見引於《韓非》（《楊權篇》）、《吕覽》（《應同》《去私》《圜道》《遇合》《審時》等篇）、《賈子》（《宗首》、《修政》上）、《淮南》（《繆稱訓》《泰族訓》）、僞《列子》（《天瑞》《力命》）、僞《文子》（《符言》《上仁》）、《六韜》、《漢書》（賈誼《陳政事疏》）等書者，率多透宗之警語，不愧道家之鼻祖，但不識爲即此《四經》之文否耳。

《黃帝銘》六篇。

殘。《黃帝金人銘》見於《荀子》、（詳余自序。）《太公金匱》、劉向《説苑》。（王應麟《考證》據《皇覽》，嚴可均《全上古三代文》據《太公陰謀》《太公金匱》，知即《黄帝六銘》之一，取《説苑》足之。）《黄帝巾几銘》見於《路史》，（《疏仡紀》。）是六銘尚存其二也。孔子讀《金人銘》曰："此言雖鄙，而中事情。"（《説苑·敬慎篇》。）蓋孔子尚文，故鄙之耳。不知上古語質，不飾以文，此真草昧初狀。劉、班尊儒，從而抑之，斯無識已。劉勰曰："蓋上古遺語，而戰代所記。"（《文心雕龍·諸子篇》。）孔子尚得讀之，豈戰代所記哉？

《黄帝君臣》十篇。（起六國時，與《老子》相似也。）

亡。"慎到、田駢、接子、環淵皆學黄老道德之術。"（《史記·荀孟傳》。）前此未聞有此術也，故曰起六國時歟？云與《老子》相似者，明不同書，雜家《子晚子》亦云："齊人好議兵，與《司馬法》相似。"可證也。書不同而文句或有同者，魏晋人僞造《列子》引《老子·谷神章》，稱《黄帝書》曰，豈猶及見此書歟？《周官》外史掌三皇五帝之書。宰予問《黄帝》於孔子，孔子難之。（《大戴禮·五帝德》。）周室既衰，史播五帝之書於民間，則其書雖出於六國時，而實傳自上古也。《尸子》曰："黄帝取合己者四人，使治四方。"（《御覽》七十九。）《史記》曰："黄帝舉風后、力牧、常先、大鴻以治民，順天地之紀，幽明之占，死生之説，存亡之難。"（《五帝本紀》。）或皆出此書。

同上，《諸子略》小説家：

《黄帝説》四十篇。（迂誕依托。）

亡。（上海古籍出版社，2009年）

陳朝爵《漢書藝文志約説》卷二《諸子略》道家：

《黄帝銘》六篇。（殘。）

王應麟曰："《史記正義》：《黄帝道書》十卷。東萊吕氏曰：'漢初，黄老世有傳授，觀《樂毅傳》贊可考。'《皇覽》記武王問尚父言黄帝之戒，爲金人，三封其口。蔡邕《銘論》：'黄帝有《巾机》之法。'"《文心雕龍》曰："帝軒刻輿几以弼違。"顧實曰："今《黄帝書》雖亡，凡見引於《韓非》《吕覽》《賈子》《淮南》《列子》《文子》《六韜》《漢書》者，率多透宗之警語，不愧道家鼻祖。"李大防曰："班以黄帝書次《老》《莊》後者，以其書多出後人所撰述，非自著也。"

同上，卷四《兵書略》兵陰陽：

《黄帝》十六篇。（《圖》三卷。亡。）

沈欽韓曰：“《太白陰經》云：‘黄帝設八陣之形。’《隋志》：《黄帝問玄女兵法》四卷、《黄帝兵法雜要訣》一卷。”（《二十五史藝文經籍志考補萃編》本，清華大學出版社，2011年）

魯迅《中國小説史略》第三篇《〈漢書·藝文志〉所載小説》：

《漢志》之叙小説家，以爲“出於稗官”，如淳曰：“細米爲稗。街談巷説，甚細碎之言也。王者欲知里巷風俗，故立稗官，使稱説之。”（本注）其所録小説，今皆不存，故莫得而深考，然審察名目，乃殊不似有采自民間，如《詩》之《國風》者。其中依托古人者七，曰：《伊尹説》《鬻子説》《師曠》《務成子》《宋子》《天乙》《黄帝》。記古事者二，曰：《周考》《青史子》，皆不言何時作。明著漢代者四家，曰：《封禪方説》《待詔臣饒心術》《臣壽周紀》《虞初周説》。《待詔臣安成未央術》與《百家》，雖亦不云何時作，而依其次第，自亦漢人。（上海古籍出版社，1998年）

蔣伯潛《諸子通考》下編《諸子著述考·縱横家農家小説家之書》：

《黄帝説》四十篇。自注曰：“迂誕，依托。”按《史記·五帝本紀》曰：“百家言黄帝，其文不雅馴。”諸子之依托黄帝者多矣。此入小説家，殆不雅馴之尤者歟？（浙江古籍出版社，1985年）

景梅九《黄帝外紀》：

《拾遺記》曰：“軒轅出自有熊之國。母曰天樞，（與《古史》‘帝母曰附寶’異。）以戊己之日生，故以土德稱王也。（與《史記》‘育土德之瑞’，《索隱》注，‘炎帝火，黄帝土代之，即黄龍地螾見是也，螾，土精，大五六圍，長十餘丈’，亦異。）時有黄星之祥。考定曆紀，始造書契，服冕垂衣，故有衮龍之頌，變乘桴以造舟楫，水物爲之祥踴，滄海爲之恬波。泛河沉璧，有澤馬群鳴，山車滿野。吹玉律，正璿衡。置四史以主圖籍，使九行之士以統萬國——九行者，孝、慈、文、信、言、忠、恭、勇、義——以觀天地，以祠萬靈，亦爲九德之臣。熏風至，真人集，乃厭世於昆臺之上，（昆臺疑即昆侖，詳見《穆天子傳》。）留其冠、劍、佩、舄焉。昆臺者，鼎湖之極峻處也，立館於其下。帝乘雲龍而游。殊鄉絶域，至今望而祭焉。（黄帝之祭由來久矣。）帝以神金鑄器，皆銘題。及升遐後，群臣觀其銘，皆上古之字，多磨滅缺落。凡所造建，咸刊記其年時，辭迹皆質。（《史記》所謂‘其言不雅訓，薦紳先生難言之’者。）詔令百辟群臣受德教者，先列珪玉於蘭蒲席上，燃沉榆之香，舂雜寶爲屑，以沉榆之膠，和之爲泥以塗地，分别尊卑華戎之位也。（原注：事出《封禪記》。）帝使風后負書，常伯荷劍，且游洹流，夕歸陰浦，行萬里而一息。洹流如沙塵，足踐則陷，其深難測。大風吹沙如霧，中多神龍魚鱉，皆能飛翔。有石蕖，青色，堅而甚輕，從風靡靡，覆其波上，一莖百葉，千年一花。其地一名‘沙瀾’，言沙涌起而成波瀾也。仙人甯封食飛魚而死，二百年更生，故甯先生游沙海七言頌云：‘青蕖灼爍千載舒，百齡暫死餌飛魚。’則此花此魚也。”按《拾遺記》所記古事，而加能潤色，其中不無虚辭，讀者節取之可也。

《前漢書·郊祀志》：“今年得寶鼎，（武帝時得一鼎，鼎大，異於衆鼎，文鏤無款識，議者舉黄帝作鼎三，象天地人，以相比附。）其冬辛巳朔旦，冬至，與黄帝時等。卿有札書曰：‘黄帝得寶鼎神策，是歲己酉朔旦冬至，得天之紀，終而復始。於是黄帝迎日推策，後率二十歲復朔旦冬至，凡二十推，三百八十年，黄帝仙登於天。’卿又對武帝，言受此書申公。上問申公何人，對曰：‘齊人，與安期生通受黄帝言，無書，獨有此鼎書曰：‘漢興復當黄帝之時，曰漢之聖者，在高祖之孫，且曾孫也，寶鼎出而與神通封禪。封禪七十二王，唯黄帝得上泰山封。’申公曰：‘漢帝亦當上封，上封則能仙登天矣。黄帝時，萬諸侯，而神靈之封君七千，天下名山八，而三在蠻夷，五在中國，中國華山、首山、太室山、泰山、東萊山，此五山，黄帝之所常游，與神會。黄帝且戰且學仙，患百姓非其道，乃斷斬非鬼神者，百餘歲，然後得與神通。黄帝郊雍上帝，宿三月。鬼臾區號大鴻，死葬雍，故鴻冢是也。其後黄帝接萬靈明庭。明庭者，甘泉也。所謂寒門者，谷口也。黄帝采首山銅，鑄鼎於荆山下。鼎既成，有龍垂胡髯，下迎黄帝。黄帝上騎，群臣後宫從上龍七十餘人，龍乃上去。余小臣不得上，乃悉持龍髯，龍髯拔，墮，墮黄帝之弓。百姓仰望黄帝既上天，乃抱其弓與龍髯號，故後世因名其處曰鼎湖，其弓曰烏號。’於是天子曰嗟乎，吾誠得如黄帝，吾視去妻子如脱屣耳。”

按此乃方士之言，不足深信，而《子華子》載公仲承問程子一節，對此又作别解，雖亦傅會，而頗有合於道旨。其言曰：“人有常言，黄帝之治天下也，百神出而受天職於明堂之庭，帝乃采銅於首山，作大爐焉，鑄神鼎於山上。鼎成，群龍下迎，乘彼白雲，至於帝鄉。群小臣不得上升，攀龍之胡，力顫而絶，帝之弓裘墜焉。於是百姓奉之以長號，名之曰烏號之弓，而藏其衣冠於橋陵。信有之乎？程子曰：否！甚矣，世之好譎怪也。聖人與人同類也，類同則形同，形同則氣同，氣同則知識同矣。類異則形異，形異則氣異，氣異則知識異矣。人之所以相君長者類也，相使者形也，相管攝者氣也，相維持者知識也。人之異於龍，龍之異於鼎，鼎之異於雲，言之辨也，惡足以相感召而實使之耶？其不然也必矣。世之好譎怪也。吾聞之，太古之聖人，所以範世訓俗者，有直言者，有曲言者。直言者，直以情實也；曲言者，假以指喻也。言之致曲，則其傳也久，傳久而愈訛，則知者正之；訛甚而肴亂，則知者止之。夫黄帝之治天下也，其精微之感蕩，上浮而下沉，故爲百福之宗，則是百神受職於庭也。帝乃采銅者，煉剛質也。登彼首山，就高明也。作爲大爐，鼓陽化也。神鼎者熟物之器也，上水而下火，二氣升降以相濟，中和之實也。群龍者，衆陽器也。雲者，龍屬也；帝鄉者，靈臺之闗，而心術之變也。帝之謂所類也。形也，氣也，知識也，雖與人同然爾，然而每成而每上也。每成而每上，則其精微之所徹達，神明之所適，其去人也遠矣。群小臣，知識之所不及者也。攀龍之髯，有見於下也。不得上升，無見於上也。有見於下，無見於上者，士也。上下無見者，民也。弓裘衣冠者，帝所以善世制俗之具也。民無見也，懷其所以治我者而已矣。故帝之逝也，號以决其慕，藏以奉其傳，此假以指喻之言也，而人且亟傳之以相詆欺，甚矣世之好譎怪也！千世之後，必有人主好高而慕大，（將有先見之明。）以久生輕舉而爲羨慕者，其左右狡詐希寵之臣，又從而逢之，（人疑《子華子》出於漢儒僞造以就漢武者，以此。）是將甘心於黄帝之所造者矣。”（完全影照武帝封禪事及脱屣妻子之言。）

《郊祀志》又載：“武帝得寶鼎之次歲，北巡朔方，勒兵十餘萬，還，祭黄帝冢橋山，釋兵須如，上曰，吾聞黄帝不死，有冢何也？或對曰，黄帝以仙上天，群臣葬其衣冠。”（與《拾遺記》留上冠劍佩舄之語合。）（《中國邊疆》，1944年第3-4期）

劉咸炘《子疏定本·老徒裔》第三：

黄老者自秦漢以降，一術之民，彼托於黄老，非黄帝、老子本如是也。《淮南鴻烈》曰：“世俗之人多尊古而賤今，故爲道者必托之神農、黄帝而後入説。”朱元晦曰：“黄帝聰明神聖，得之於天，天下之理無不知，天下之事無不能，上而天地發育之原，下而保神練氣之術，洞然胸次，是以其言有及之者，世之言此者因自托焉，以信其説於後世。至戰國時，方術之士遂筆之書，以相傳授，蓋必粗得遺言之仿佛者。”按《七略》有《黄帝四經》四篇、《銘》六篇、《黄帝君臣》十篇、《雜黄帝》五十八篇，列於諸子之後，蓋以其爲戰國道家之作也。其逸文今可考者，《六韜》引一條，《吕覽·應同》《去私》《圜道》《遇合》《審時》《序意》、賈誼書《宗首》、《修政語》各引一條，《應同》之與元同氣，見道體之渾一，《圜道》之帝無常處，見道體之周遍，《修政》之道若川水，見道體之流行，《序意》之大圜大矩，則爲天圓地方之説，爲後來儒家乾坤禮樂、道家虚因上下諸義之所本，信乎其爲道術之宗也。六銘惟巾、几引見《路史》，嚴可均據《御覽》引《太公陰謀》《金匱》，定《説苑·敬慎篇》所載《金人銘》爲黄帝作，頗似，其文曰：“孔子之周，觀於太廟。右陛之前，有金人焉。三緘其口，而銘其背曰：‘古之慎言人也。戒之哉，戒之哉。無多言，多言多敗。無多事，多事多患。安樂必戒，無行所悔。勿謂何傷，其禍將長。勿謂何害，其禍將大。勿謂何殘，其禍將然。勿謂莫聞，天妖伺人。熒熒不滅，炎炎奈何。涓涓不壅，將成江河。綿綿不絶，將成網羅。青青不伐，將尋斧柯。誠能慎之，福之根也。曰是何傷，禍之門也。强梁者不得其死，好勝者必遇其敵。盗怨主人，民害其貴。君子知天下之不可上也，故下之；知衆人之不可先也，故後之。温恭慎德，使人慕之。執雌守下，人莫逾之。人皆趨彼，我獨守此。衆人惑惑，我獨不徙。内藏我智，不示人技。我雖尊高，人莫害我。夫江河長百谷者，以其卑下也。天道無親，常與善人。戒之哉，戒之哉。’孔子顧謂弟子曰：‘記之，此言雖鄙，而中事情。’”按此文多與《老經》同，若果遠有所受，可證《老經》多述古，既采入《家語》，儒者多誦習之，而不知實道家初旨也。故具録之。（上海科學技術文獻出版社，2009年）

案：黄帝姓公孫，名軒轅。一云姓姬，始服軒冕，號軒轅氏。一云居軒轅之丘，因以爲號。一云帝軒氏，一云帝鴻氏，一云歸藏氏。有熊國君少典氏之子，亦號有熊氏。爲中國文化始祖，司馬遷作《史記·五帝本紀》首列黄帝，説他“生而神靈，弱而能言，幼而徇齊，長而敦敏，成而聰明”。其時，神農氏世衰，諸侯相侵伐，暴虐百姓，神農氏不能征。黄帝乃修德振兵，與炎帝戰於阪泉之野，三戰然後得其志。於是，乃徵師諸侯，與蚩尤戰於涿鹿之野，遂擒殺蚩尤，以土德王，稱黄帝。《曆書》又云：“神農以前尚矣。蓋黄帝考定星曆，建立五行，起消息，正閏餘，於是有天地神祇物類之官，是謂五官，各司其序，不相亂也。民是以能有信，神是以能有明德，民神異業，敬而不瀆，故神降之嘉生，民以物享，灾禍不生，所求不匱。”人們將許多遠古發明創造與黄帝聯繫起來，如養蠶、冠冕、造字、律曆、舟事、醫學、算數、車乘、弓矢、棺槨等，皆謂創始於黄帝之時。顯然，黄帝自先秦至漢一直是一個神化人物，故司馬遷《五帝本紀》論贊云：“學者稱五帝，尚矣。然《尚書》獨載堯以來，而百家言黄帝，其文不雅馴，薦紳先生難言之。”不過，不同學術流派對黄帝態度不同。儒家“不語怪力亂神”，談古史祇及堯舜。道家、神仙家、陰陽家均喜説黄帝。《樂毅列傳》云：“樂臣公善修黄帝、老子之言，顯聞於齊，稱賢師。”興起於戰國末年的黄老道家在漢初頗受青睞，一度作爲統治思想。《陳丞相世家》云：“陳丞相平少時，本好黄帝、老子之術。”《外戚世家》又云：“竇太后好黄帝、老子言，帝及太子諸竇不得不讀《黄帝》《老子》，尊其術。”正因爲統治者好黄老之術，故《老子》在漢初有多種注本，而托名黄帝之書在漢代則頗爲盛行。《扁鵲倉公列傳》載文帝詔問臣意所學何書，臣意對以從其師臨菑元里公乘陽慶初得“古先道遺傳黄帝、扁鵲之脉書”。《漢志·諸子略》道家類著録有《黄帝四經》四篇、《黄帝銘》六篇、《黄帝君臣》十篇、《雜黄帝》五十八篇，陰陽家類著録有《黄帝泰素》

二十篇，《兵書略》兵陰陽類著録有《黄帝》十六篇、《圖》三卷，《數術略》天文類著録有《黄帝雜子氣》三十三篇，曆譜類著録有《黄帝五家曆》三十三卷，五行類著録有《黄帝陰陽》二十五卷、《黄帝諸子論陰陽》二十五卷，《方技略》醫經類著録有《黄帝内經》十八卷，經方類著録有《泰始黄帝扁鵲俞拊方》二十三卷、《神農黄帝食禁》七卷，房中類著録有《黄帝三王養陽方》二十卷，神仙類著録有《黄帝雜子步引》十二卷、《黄帝岐伯按摩》十卷、《黄帝雜子芝菌》十八卷、《黄帝雜子十九家方》二十一卷。這些托名黄帝的著作起於六國而盛於漢初，水準參差不齊，適應了當時社會需要。班固對此亦有説明，如著録入道家類之《黄帝君臣》“起六國時，與《老子》相似也”，《雜黄帝》爲“六國時賢者所作”，著録入陰陽家之《黄帝泰素》爲“六國時韓諸公子所作”。清人嚴可均輯《道言》凡六條，《政語》凡二條，《戒》一條，《丹書戒》一條，《誨顓項》一條。

《漢志·諸子略》小説家類著録有《黄帝説》四十篇，班固注云：“迂誕依托。”可見著者及時代不詳。應劭《風俗通義·祀典》引《黄帝書》記神荼與鬱壘捉鬼事云：“上古之時，有荼與鬱壘昆弟二人，性能執鬼。度朔山上章桃樹下，簡閲百鬼，無道理妄爲人禍害，荼與鬱壘縛以葦索，執以食虎。於是縣官常以臘除夕飾桃人、垂葦茭，畫虎於門。皆追效於前事，冀以衛凶也。桃梗，梗者更也，歲終更始受介祉也。”此類故事“迂誕”，正所謂“街談巷議、道聽途説者之所造”。今人袁行霈以爲：“方士常依托黄帝，執鬼又屬方術範圍，此書應是方士之書。”《漢志》小説家多爲方士之書，此《黄帝書》疑即小説《黄帝説》也，荼與鬱壘之類故事定當不少。此類書在漢初頗有影響。隨著漢武帝“罷黜百家，獨尊儒術”，黄老之言逐漸不爲社會所重，除醫經占卜等部分實用性作品流傳下來外，《漢志》所著録托名黄帝之作品大多失傳。小説家《黄帝説》也不例外。若上面分析可信，則此書漢末尚存，其散佚在魏晋以後也。

封禪方説

司馬遷《史記》卷二十八《封禪書》：

自古受命帝王曷嘗不封禪？蓋有無其應而用事者矣，未有睹符瑞見而不臻乎泰山者也。雖受命而功不至，至梁父矣而德不洽，洽矣而日有不暇給，是以即事用希。《傳》曰三年不爲禮，禮必廢；三年不爲樂，樂必壞。每世之隆，則封禪答焉，及衰而息，厥曠遠者千有餘載，近者數百載，故其儀闕然堙滅，其詳不可得而記聞云。《尚書》曰：舜在璇璣玉衡，以齊七政，遂類於上帝，禋於六宗，望山川，遍群神，輯五瑞，擇吉月日，見四岳諸牧還。瑞歲二月，東巡狩，至於岱宗。岱宗，泰山也。柴望秩於山川，遂覲東后。東后者，諸侯也。合時月正日，同律度量衡，修五禮五玉三帛二生一死贄。五月，巡狩至南岳。南岳，衡山也。八月，巡狩至西岳，西岳華山也。十一月，巡狩至北岳，北岳恒山也。皆如岱宗之禮。中岳，嵩高也，五載一巡狩。禹遵之，後十四世至帝孔甲，淫德好神，神瀆二龍去之。其後三世，湯伐桀，欲遷夏社，不可，作夏社。後八世至帝太戊，有桑穀生於廷，一暮大拱，懼。伊陟曰：妖不勝德，太戊修德，桑穀死。伊陟贊巫咸，巫咸之興自此始。後十四世帝武丁，得傅説爲相，殷復興焉，稱高宗。有雉登鼎耳雊，武丁懼，祖己曰修德，武丁從之，位以永寧。後五世，帝武乙慢神而震死。後三世，帝紂淫亂，武王伐之。由此觀之祇未嘗不肅祗，後稍怠慢也。

《周官》曰：冬日至，祀天於南郊，迎長日之至；夏日至，祭地祇，皆用樂舞，而神乃可得而禮也。天子祭天下名山大川，五岳視三公，四瀆視諸侯。諸侯祭其疆内名山大川。四瀆者江河淮濟也。天子曰明堂、辟雍，諸侯曰泮宫。周公既相成王，郊祀后稷以配天，宗祀文王於明堂以配上帝。自禹興而修社祀，后稷稼穡，故有稷祠郊社，所從來尚矣。自周克殷後十四世，世益衰，禮樂廢，諸侯恣行，而幽王爲犬戎所敗，周東徙雒邑，秦襄公攻戎救周，始列爲諸侯。秦襄公既侯，居西垂，自以爲主少皞之神，作西畤，祠白帝，其牲用駵駒、黄牛、羝羊各一云。其後十六年，秦文公東獵汧渭之間，卜居之而吉，文公夢黄蛇自天下屬地，其口止於鄜衍。文公問史敦，敦曰："此上帝之徵，君其祠之。"於是作鄜畤，用三牲郊祭白帝焉。自未作鄜畤也，而雍旁故有吴陽武畤，雍東有好畤，皆廢無祠。或曰自古以雍州積高，神明之隩，故立畤郊上帝，諸神祠皆聚云。蓋黄帝時嘗用事，雖晚周亦郊焉。其語不經見，縉紳者不道。作鄜畤後九年，文公獲若石云，於陳倉北阪城祠之。其神或歲不至，或歲數來，來也常以夜，光輝若流星，從東南來集於祠城，則若雄鷄，其聲殷云，野鷄夜雊。以一牢祠，命曰陳寶，作鄜畤。後七十八年，秦德公既立，卜居雍，後子孫飲馬於河，遂都雍，雍之諸祠自此興。用三百牢於鄜畤，作伏祠。磔狗邑四門以禦蠱菑。德公立二年卒，其後六年，秦宣公作密畤於渭南，祭青帝。其後十四年，秦繆公立，病卧五日不寤，寤乃言夢見上帝，上帝命繆公平晉亂，史書而記藏之府，而後世皆曰秦繆公上天。秦繆公即位九年，齊桓公既霸，會諸侯於葵丘而欲封禪，管仲曰："古者封泰山禪梁父者七十二家，而夷吾所記者十有二焉。昔無懷氏封泰山禪云云，虙羲封泰山禪云云，神農封泰山禪云云，炎帝封泰山禪云云，黄帝封泰山禪亭亭，顓頊封泰山禪云云，帝嚳封泰山禪云云，堯封泰山禪云云，舜封泰山禪云云，禹封泰山禪會稽，湯封泰山禪云云，周成王封泰山禪社首，皆受命然後得封禪。"桓公曰："寡人北伐山戎，過孤竹，西伐大夏，涉流沙，束馬懸車，上卑耳之山，南伐至召陵，登熊耳山以望江漢，兵車之會三，而乘車之會六，九合諸侯，一匡天下，諸侯莫違我。昔三代受命，亦何以異乎？"於是管仲睹桓公不可窮以辭，因設之以事曰："古之封禪，鄗上之黍，北里之禾，所以爲盛，江淮之間一茅三脊，所以爲藉也。東海致比目之魚，西海致比翼之鳥，然後物有不召而自至者十有五焉。今鳳皇麒麟不來，嘉穀不生，而蓬蒿藜莠茂鴟梟數至，而欲封禪，毋乃不可乎？"於是桓公乃止。是歲秦繆公内晉君夷吾，其後三置晉國之君平其亂。繆公立三十九年而卒，其後百有餘年而孔子論述六蓺。《傳》略言，易姓而王，封泰山禪乎梁父者七十餘王矣，其俎豆之禮不章，蓋難言之。或問禘之説，孔子曰："不知。知禘之説，其於天下也視其掌。"《詩》云"紂在位，文王受命，政不及泰山"。武王克殷二年，天下未寧而崩，爰周德之洽維成王，成王之封禪則近之矣。及後陪臣執政，季氏旅於泰山，仲尼譏之。是時萇弘以方事周靈王，諸侯莫朝周，周力少，萇弘乃明鬼神事，設射狸首。狸首者，諸侯之不來者，依物怪欲以致諸侯。諸侯不從，而晉人執殺萇弘，周人之言方怪者自萇弘。其後百餘年，秦靈公作吴陽上畤祭黄帝，作下畤祭炎帝。後四十八年，周太史儋見秦獻公，曰："秦始與周合，合而離五百歲當復合，合十七年而霸王出焉。"櫟陽雨金，秦獻公自以爲得金瑞，故作畦畤櫟陽而祀白帝。其後百二十歲而秦滅周，周之九鼎入於秦。或曰宋太丘社亡而鼎没於泗水彭城下，其後百一十五年而秦并天下。秦始皇既并天下而帝，或曰黄帝得土德，黄龍地螾見；夏得木德，青龍止於郊，草木暢茂；殷得金德，銀自山溢；周得火德，有赤烏之符。今秦變周水德之時，昔秦文公出獵獲黑龍，此其水德之瑞。於是秦更命河曰德水，以冬十月爲年首，色上黑，度以六爲名。音上大吕，事統上法。即帝位三年，東巡郡縣，祠騶嶧山，頌秦功業。於是徵從齊魯之儒生博士七十人至乎泰山下，諸儒生或議曰，古者封禪爲蒲車，惡傷山之土石草木，掃地而祭，席用葅秸，言其易遵也。始皇聞此議各乖異，難施用，由此絀儒生而遂除車道，上自泰山陽至巔，立石頌秦始皇帝德，明其得封也。從陰道下禪於梁父，其禮頗采太祝之祀雍上帝，所用而封藏皆秘之，世不得而記也。始皇之上泰山，中阪遇暴風雨，休於大樹下，諸儒生既絀，不得與用於封事之禮，聞始皇遇風雨則譏之，於是始皇遂東游海上行禮，祠名山大川及八神，求仙人羨門之屬，八神將自古而有之。或曰太公以來作之齊，所以爲齊以天齊也，其祀絶莫知。起時八神，一曰天主祠天齊，天齊淵水居臨菑南郊山下者；二曰地主祠泰山梁父，蓋天好陰，祠之必於高山之下小山之上，命曰畤，地貴陽，祭之必於澤中圜丘云；三曰兵主祠蚩尤，蚩尤在東平陸監鄉齊之西境也；四曰陰主祠三山；五曰陽主祠之罘；六曰月主祠之萊山，皆在齊北并勃海；七曰日主祠成山，成山斗入海，最居齊東北隅，以迎日出雲；八曰四時主祠琅邪，琅邪在齊東方，蓋歲之所始，皆各用一牢具祠，而巫祝所損益珪幣雜異焉。自齊威宣之時，騶子之徒論著終始五德之運，及秦帝而齊人奏之，故始皇采用之。而宋毋忌、正伯僑、充尚、羨門子高，最後皆燕人，爲方仙道形解銷化，依於鬼神之事。騶衍以陰陽主運，顯於諸侯，而燕齊海上之方士傳其術不能通，然則怪迂阿諛苟合之徒自此興，不可勝數也。自威宣燕昭使人入海求蓬萊、方丈、瀛州，此三神山者其傳在勃海中，去人不遠，患且至，則船風引而去，蓋嘗有至者，諸仙人及不死之藥皆在焉。其物禽獸盡白而黄，金銀爲宫闕，未至望之如雲，及到三神山，反居水下，臨之風輒引去，終莫能至云。世主莫不甘心焉。及至秦始皇并天下，至海上，則方士言之不可勝數，始皇自以爲至海上而恐不及矣，使人乃齎童男女入海求之，船交海中，皆以風爲解曰未能至，望見之焉。其明年，始皇復游海上，至琅邪，過恒山，從上黨歸。後三年，游碣石，考入海，方士從上郡歸。後五年，始皇南至湘山，遂登會稽，并海上冀遇海中三神山之奇藥，不得，還至沙丘崩。二世元年，東巡碣石并海南，歷泰山，至會稽，皆禮祠之，而刻勒始皇所立石書旁，以章始皇之功德。其秋，諸侯畔秦。三年，而二世弑死。始皇封禪之後十二歲秦亡，諸儒生疾秦焚詩書、誅僇文學，百姓怨其法，天下畔之，皆訛曰始皇上泰山爲暴風雨所擊，不得封禪，此豈所謂無其德而用事者邪？

昔三代之君皆在河洛之間，故嵩高爲中岳，而四岳各如其方，四瀆咸在山東。至秦稱帝都咸陽，則五岳四瀆皆并在東方，自五帝以至秦軼興軼衰，名山大川或在諸侯，或在天子，其禮損益世殊，不可勝記。及秦并天下，令祠官所常奉天地名山大川鬼神可得而序也，於是自殽以東名山五、大川祠二：曰太室、太室嵩高也，恒山，泰山，會稽，湘山；水曰濟，曰淮。春以脯酒爲歲祠，因泮凍秋涸凍冬塞禱祠，其牲用牛犢各一牢，具珪幣各異。自華以西名山七、名川四：曰華山，薄山、薄山者襄山也，岳山，岐山，吴岳，鴻冢，瀆山、瀆山蜀之汶山也；水曰河、祠臨晋，沔、祠漢中，湫淵、祠朝那，江水、祠蜀。亦春秋泮涸禱塞如東方名山川，而牲牛犢牢具珪幣各異，而四大冢鴻、岐、吴岳皆有嘗禾。陳寶節來祠其河，加有嘗醪，此皆在雍州之域，近天子之都，故加車一乘、騮駒四灞産。長水、灃、澇、涇、渭皆非大川，以近咸陽，盡得比山川祠而無諸加。汧、洛二淵，鳴澤、蒲山、岳壻山之屬爲小山川，亦皆歲禱，塞泮涸祠禮不必同。而雍有日月、參辰、南北斗、熒惑、太白、歲星、填星、〔辰星〕、二十八宿、風伯、雨師、四海、九臣、十四臣、諸布、諸嚴、諸逑之屬，百有餘廟，西亦有數十祠，於湖有周天子祠，於下邽有天神、灃滈有昭明天子辟池，於社亳有三社主之祠、壽星祠，而雍菅廟亦有杜主，杜主故周之右將軍，其在秦中最小鬼之神者，各以歲時奉祠，唯雍四畤上帝爲尊，其光景動人民唯陳寶。故雍四畤，春以爲歲禱，因泮凍秋涸凍冬塞祠，五月嘗駒及四仲之月祠。若月祠陳寶節來一祠，春夏用騂，秋冬用騮，畤駒四匹，木禺龍欒車一駟，木禺車馬一駟，各如其帝色。黄犢羔各四，珪幣各有數，皆生瘞埋，無俎豆之具。三年一郊，秦以冬十月爲歲首，故常以十月上宿郊見，通權火拜於咸陽之旁，而衣上白，其用如經祠云。西畤、畦畤祠如其故，上不親往，諸此祠皆太祝常主，以歲時奉祠之。至如他名山川諸鬼及八神之屬，上過則祠，去則已。郡縣遠方神祠者，民各自奉祠，不領於天子之祝官。祝官有秘祝，即有菑祥，輒祝祠移過於下。

漢興，高祖之微時嘗殺大蛇，有物曰蛇，白帝子也，而殺者赤帝子。高祖初起，禱豐枌榆社，徇沛爲沛公，則祠蚩尤，釁鼓旗，遂以十月至灞上，與諸侯平咸陽，立爲漢王。因以十月爲年首，而色上赤。二年，東擊項籍而還入關，問故秦時上帝祠何帝也，對曰："四帝有白、青、黄、赤帝之祠。"高祖曰："吾聞天有五帝，而有四何也？"莫知其説。於是高祖曰："吾知之矣，乃待我而具五也。"乃立黑帝祠，命曰北畤。有司進祠，上不親往，悉召故秦祝官，復置太祝、太宰，如其故儀禮。因令縣爲公社，下詔曰："吾甚重祠而敬祭，今上帝之祭及山川諸神當祠者，各以其時禮祠之如故。"後四歲，天下已定，詔御史令豐謹治枌榆社，常以四時，春以羊彘祠之。令祝官立蚩尤之祠於長安，長安置祠祝官女巫。其梁巫祠天地、天社、天水、房中、堂上之屬，晋巫祠五帝、東君、雲中〔君〕、司命、巫社、巫祠、族人、先炊之屬，秦巫祠社主、巫保、族纍之屬，荆巫祠堂下、巫先、司命、施糜之屬，九天巫祠九天，皆以歲時祠宫中。其河巫祠河於臨晋，而南山巫祠南山秦中，秦中者二世皇帝，各有時月。其後二歲，或曰周興而邑邰立后稷之祠，至今血食天下，於是高祖制詔御史，其令郡國縣立靈星祠，常以歲時，祠以牛。高祖十年春，有司請令縣常以春三月及時臘祠社稷，以羊豕，民里社各自財以祠，制曰：可。其後十八年孝文帝即位，即位十三年下詔曰：今秘祝移過於下，朕甚不取，自今除之。始名山大川在諸侯，諸侯祝，各自奉祠，天子官不領。及齊淮南國廢，令太祝盡以歲時致禮如故。是歲制曰：朕即位十三年於今，賴宗廟之靈，社稷之福，方内艾安，民人靡疾，間者比年登朕之不德，何以饗此，皆上帝諸神之賜也。蓋聞古者饗其德，必報其功，欲有增諸神祠，有司議增雍五畤，路車各一乘，駕被具，西畤、畦畤禺車各一乘，禺馬四匹，駕被具，其河湫漢水加玉各二，及諸祠各增廣壇場珪幣俎豆以差加之，而祝釐者歸福於朕，百姓不與焉。自今祝致敬毋有所祈，魯人公孫臣上書曰：始秦得水德，今漢受之，推終始傳，則漢當土德，土德之應，黄龍見，宜改正朔，易服色，色上黄。是時丞相張蒼好律曆，以爲漢乃水德之始，故河决金堤其符也，年始冬十月，色外黑内赤，與德相應，如公孫臣言，非也。罷之。後三歲，黄龍見成紀，文帝乃召公孫臣，拜爲博士，與諸生草改曆服色事。其夏下詔曰：異物之神見於成紀，無害於民，歲以有年。朕祈郊上帝諸神，禮官議無諱以勞朕。有司皆曰：古者天子夏親郊祠上帝於郊，故曰郊。於是夏四月，文帝始郊見雍五畤祠，衣皆上赤。其明年，趙人新垣平以望氣見上，言長安東北有神氣成五采，若人冠絻焉。或曰東北神明之舍，西方神明之墓也。天瑞下，宜立祠上帝以合符應。於是作渭陽五帝廟，同宇，帝一殿，面各五門，各如其帝色，祠所用及儀亦如雍五畤。夏四月，文帝親拜霸渭之會，以郊見渭陽五帝。五帝廟南臨渭，北穿蒲池溝水，權火舉，而祠若光輝然屬天焉。於是貴平上大夫賜累千金，而使博士諸生刺六經中，作王制謀議巡狩封禪事。文帝出長安門，若見五人於道北，遂因其直北立五帝壇祠，以五牢具。其明年，新垣平使人持玉杯上書，闕下獻之，平言上曰：闕下有寶玉氣來者。已視之，果有獻玉杯者，刻曰人主延壽。平又言："臣候日再中，居頃之，日却復中。"於是始更以十七年爲元年，令天下大酺。平言曰："周鼎亡在泗水中，今河溢通泗，臣望東北汾陰直有金寶氣，意周鼎其出乎兆見，不迎則不至。"於是上使使治廟汾陰南，臨河欲祠出周鼎。人有上書告新垣平所言氣神事皆詐也，下平吏治，誅夷新垣平。自是之後，文帝怠於改正朔、服色、神明之事，而渭陽長門五帝使祠官領以時，致禮不往焉。明年，匈奴數入邊，興兵守禦。後歲少不登數年，而孝景即位十六年，祠官各以歲時祠如故，無有所興，至今天子。

今天子初即位，尤敬鬼神之祀。元年，漢興已六十餘歲矣，天下艾安，搢紳之屬皆望天子封禪改正度也。而上鄉儒術，招賢良趙綰、王臧等以文學爲公卿，欲議古立明堂城南以朝諸侯，草巡狩、封禪、改曆、服色事。未就，會竇太后治黄老言，不好儒術，使人微伺得趙綰等奸利事，召案綰、臧，綰、臧自殺，諸所興爲皆廢。後六年，竇太后崩。其明年，徵文學之士公孫弘等。明年，今上初至雍郊見五畤，後常三歲一郊。是時上求神君舍之上林中蹏氏觀，神君者長陵女子，以子死見神於先後宛若，宛若祠之其室，民多往祠，平原君往祠，其後子孫以尊顯。及今上即位則厚禮，置祠之内中，聞其言不見其人云。是時李少君亦以祠竈穀道却老方見上，上尊之。少君者故深澤侯舍人，主方匿其年及其生長，常自謂七十，能使物却老。其游以方遍諸侯，無妻子，人聞其能使物及不死，更饋遺之，常餘金錢衣食，人皆以爲不治生業而饒給，又不知其何所人，愈信争事之。少君資好方，善爲巧發奇中，嘗從武安侯飲，坐中有九十餘老人，少君乃言與其大父游射處，老人爲兒時從其大父識其處，一坐盡驚。少君見上，上有故銅器問少君，少君曰："此器齊桓公十年陳於柏寢。"已而案其刻，果齊桓公器，一宫盡駭，以爲少君神數百歲人也。少君言上曰："祠竈則致物，致物而丹沙可化爲黄金，黄金成以爲飲食器則益壽，益壽而海中蓬萊仙者乃可見，見之以封禪則不死，黄帝是也。臣嘗游海上見安期生，安期生食巨棗，大如瓜。安期生仙者，通蓬萊中，合則見人，不合則隱。"於是天子始親祠竈，遣方士入海求蓬萊安期生之屬，而事化丹沙諸藥，齊爲黄金矣。居久之，李少君病死，天子以爲化去不死，而使黄錘、史寬舒受其方，求蓬萊安期生莫能得，而海上燕齊怪迂之方士多更來言神事矣。亳人謬忌奏祠太一方曰："天神貴者太一，太一佐曰五帝。古者天子以春秋祭太一，東南郊用太牢，七日爲壇，開八通之鬼道。"於是天子令太祝立其祠長安東南郊，常奉祠如忌方。其後人有上書言，古者天子三年壹用太牢，祠神三一：天一地一太一。天子許之，令太祝領祠之於忌太一壇上，如其方。後人復有上書言，古者天子常以春解祠祠黄帝，用一梟破鏡，冥羊用羊祠，馬行用一青牡馬，太一澤山君地長用牛，武夷君用乾魚，陰陽使者以一牛。令祠官領之，如其方而祠於忌太一壇旁。其後，天子苑有白鹿，以其皮爲幣，以發瑞應，造白金焉。其明年郊雍，獲一角獸若麟然。有司曰："陛下肅祗郊祀，上帝報享，錫一角獸，蓋麟云。"於是以薦五畤，畤加一牛，以燎錫諸侯，白金風符應合於天也。於是濟北王以爲天子且封禪，乃上書獻泰山及其旁邑，天子以他縣償之。常山王有罪遷，天子封其弟於真定，以續先王祀，而以常山爲郡，然後五岳皆在天子之邦。其明年，齊人少翁以鬼神方見上，上有所幸王夫人，夫人卒，少翁以方，蓋夜致王夫人及竈鬼之貌云，天子自帷中望見焉。於是乃拜少翁爲文成將軍，賞賜甚多，以客禮禮之。文成言曰："上即欲與神通，宫室被服非象神，神物不至。"乃作畫雲氣車，及各以勝日駕車辟惡鬼。又作甘泉宫，中爲臺室，畫天地太一諸鬼神而致祭具，以致天神居。歲餘，其方益衰，神不至，乃爲帛書以飯牛，詳不知，言曰："此牛腹中有奇。"殺視得書，書言甚怪，天子識其手書，問其人，果是僞書。於是誅文成將軍，隱之。其後，則又作柏梁銅柱承露仙人掌之屬矣。文成死明年，天子病鼎湖甚，巫醫無所不致，不愈。游水發根言上郡有巫，病而鬼神下之。上召置祠之甘泉，及病，使人問神君，神君言曰："天子無憂病，病少愈，强與我會甘泉。"於是病愈遂起，幸甘泉，病良已。大赦，置酒壽宫神君，壽宫神君最貴者太一，其佐曰大禁司命之屬，皆從之，弗可得見。聞其言，言與人音等，時去時來，來則風肅然。居室帷中時晝言，然常以夜。天子祓然後人，因巫爲主人，關飲食，所以言行下。又置壽宫、北宫，張羽旗、設供具以禮神君。神君所言，上使人受書其言，命之曰《畫法》，其所語世俗之所知也，無絶殊者。而天子心獨喜，其事秘，世莫知也。

其後三年，有司言元宜以天瑞命，不宜以一二數，一元曰建，二元以長星曰光，三元以郊得一角獸曰狩云。其明年冬，天子郊雍，議曰：今上帝朕親郊而后土無祀，則禮不答也。有司與太史公祠官寬舒議："天地牲角繭栗，今陛下親祠后土，后土宜於澤中圜丘爲五壇，壇一黄犢太牢，具已祠，盡瘞而從祠，衣上黄。"於是天子遂東始立后土祠汾陰脽丘，如寬舒等議。上親望拜如上帝禮，禮畢，天子遂至滎陽而還，過雒陽，下詔曰："三代邈絶，遠矣難存，其以三十里地封周後爲周子南君，以奉其先祀焉。"是歲天子始巡郡縣，浸尋於泰山矣。其春樂成侯上書言欒大。欒大膠東宫人，故嘗與文成將軍同師，已而爲膠東王尚方，而樂成侯姊爲康王后，無子，康王死，他姬子立爲王，而康后有淫行，與王不相中相危以法，康后聞文成已死而欲自媚於上，乃遣欒大，因樂成侯求見，言方天子既誅文成，後悔其蚤死，惜其方不盡，及見欒大大説。大爲人長美，言多方略而敢爲大言，處之不疑。大言曰："臣常往來海中見安期、羨門之屬，顧以臣爲賤，不信臣。又以爲康王諸侯耳，不足與方臣數言康王，康王又不用臣。臣之師曰黄金可成，而河決可塞，不死之藥可得，仙人可致也。然臣恐效文成，則方士皆奄口，惡敢言方哉？"上曰："文成食馬肝死耳，子誠能修其方，我何愛乎！"大曰："臣師非有求人人者，求之陛下，必欲致之則貴，其使者令有親屬以客禮待之，勿卑，使各佩其信印，乃可使通言於神人，神人尚肯邪不邪？致尊其使，然後可致也。"於是上使驗小方鬥棋，棋自相觸擊。是時上方憂河決，而黄金不就，乃拜大爲五利將軍，居月餘，得四印，佩天士將軍、地士將軍、大通將軍印，制詔御史：昔禹疏九江，決四瀆，間者河溢，皋陸堤繇不息，朕臨天下二十有八年，天若遺朕士而大通焉，乾稱蜚龍，鴻漸於般，朕意庶幾與焉。其以二千户封地士將軍大爲樂通侯，賜列侯甲第，僮千人，乘轝斥車馬帷幄器物以充其家。又以衛長公主妻之，齎金萬斤，更命其邑曰當利公主。天子親如五利之第，使者存問，供給相屬於道。自大主將相以下，皆置酒其家獻遺之。於是天子又刻玉印曰天道將軍，使使衣羽衣夜立白茅上，五利將軍亦衣羽衣，夜立白茅上受印，以示不臣也，而佩天道者且爲天子道天神也。於是五利常夜祠其家，欲以下神，神未至而百鬼集矣。然頗能使之，其後裝治行東入海，求其師云。大見數月，佩六印，貴震天下，而海上燕齊之間莫不扼捥而自言有禁方、能神仙矣。其夏六月中，汾陰巫錦爲民祠魏脽后土營旁見地如鉤狀，掊視得鼎，鼎大異於衆鼎，文鏤無款識，怪之言吏，吏告河東太守勝，勝以聞天子，使使驗問，巫得鼎無奸詐，乃以禮祠迎鼎至甘泉，從行上薦之，至中山，曣𥈭有黄雲蓋焉，有麃過，上自射之，因以祭云。至長安，公卿大夫皆議請尊寶鼎，天子曰："間者河溢，歲數不登，故巡祭后土，祈爲百姓育穀今歲豐廡，未報，鼎曷爲出哉！"有司皆曰："聞昔泰帝興神鼎一，一者壹統天地，萬物所繫終也。黄帝作寶鼎三，象天地人，禹收九牧之金，鑄九鼎，皆嘗亨鬺上帝鬼神。遭聖則興，鼎遷於夏商。周德衰，宋之社亡，鼎乃淪没，伏而不見。《頌》云：自堂徂基，自羊徂牛，鼐鼎及鼒，不吴不驁，胡考之休。今鼎至甘泉，光潤龍變，承休無疆，合茲中山有黄白雲降，蓋若獸爲符路，弓乘矢集，獲壇下報，祠大享，唯受命，而帝者心知其意而合德焉。鼎宜見於祖禰，藏於帝廷，以合明應。制曰：可。

入海求蓬萊者，言蓬萊不遠，而不能至者，殆不見其氣。上乃遣望氣佐候其氣云。其秋上幸雍且郊，或曰五帝太一之佐也，宜立太一而上親郊之。上疑未定。齊人公孫卿曰，今年得寶鼎，其冬辛巳朔旦冬至與黄帝時等。卿有札書曰：黄帝得寶鼎宛朐，問於鬼臾區，鬼臾區對曰：黄帝得寶鼎神策。是歲己酉朔旦冬至，得天之紀，終而復始。於是黄帝迎日推策，後率二十歲復朔旦冬至，凡二十推，三百八十年，黄帝仙登於天。卿因所忠欲奏之，所忠視其書不經，疑其妄書，謝曰："寶鼎事已决矣，尚何以爲？"卿因嬖人奏之，上大説，乃召問。卿對曰："受此書申公，申公已死。"上曰："申公何人也？"卿曰："申公齊人，與安期生通，受黄帝言，無書，獨有此鼎書，曰漢興復當黄帝之時，曰漢之聖者在高祖之孫，且曾孫也。寶鼎出而與神通封禪，封禪七十二王，唯黄帝得上泰山封。申公曰：漢主亦當上封，上封則能仙登天矣。黄帝時萬諸侯，而神靈之封居七千，天下名山八，而三在蠻夷，五在中國，中國華山、首山、太室、泰山、東萊，此五山黄帝之所常游，與神會，黄帝且戰且學仙，患百姓非其道者，乃斷斬非鬼神者百餘歲，然後得與神通。黄帝郊雍上帝，宿三月，鬼臾區號大鴻，死葬雍，故鴻冢是也。其後黄帝接萬靈明廷，明廷者甘泉也，所謂寒門者谷口也。黄帝采首山銅鑄鼎於荆山下，鼎既成，有龍垂鬍髯下迎黄帝，黄帝上騎，群臣後宫從上者七十餘人，龍乃上去，余小臣不得上，乃悉持龍髯，龍髯拔墮，墮黄帝之弓，百姓仰望。黄帝既上天，乃抱其弓與鬍髯號，故後世因名其處曰鼎湖，其弓曰烏號。"於是天子曰："嗟乎！吾誠得如黄帝，吾視去妻子如脱躧耳。乃拜卿爲郎，東使候神於太室。

上遂郊雍，至隴西，西登崆峒，幸甘泉。令祠官寬舒等具太一祠壇，祠壇放薄忌太一壇，壇三垓。五帝壇環居其下，各如其方，黄帝西南，除八通鬼道。太一，其所用如雍一畤物，而加醴棗脯之屬，殺一狸牛以爲俎豆牢具。而五帝獨有俎豆醴進。其下四方地，爲醊食群神從者及北斗云。已祠，胙餘皆燎之。其牛色白，鹿居其中，彘在鹿中，水而洎之。祭日以牛，祭月以羊彘特。太一祝宰則衣紫及繡。五帝各如其色，日赤，月白。十一月辛巳朔旦冬至，昧爽，天子始郊拜太一。朝朝日，夕夕月，則揖；而見太一如雍郊禮。其贊饗曰："天始以寶鼎神策授皇帝，朔而又朔，終而復始，皇帝敬拜見焉。"而衣上黄。其祠列火滿壇，壇旁亨炊具。有司云“祠上有光焉”。公卿言“皇帝始郊見太一雲陽，有司奉瑄玉嘉牲薦饗。是夜有美光，及晝，黄氣上屬天”。太史公、祠官寬舒等曰：“神靈之休，祐福兆祥，宜因此地光域立太畤壇以明應。令太祝領，秋及臘間祠。三歲天子一郊見。”其秋，爲伐南越，告禱太一。以牡荆畫幡日月北斗登龍，以象太一三星，爲太一鋒，命曰“靈旗”。爲兵禱，則太史奉以指所伐國。而五利將軍使不敢入海，之泰山祠。上使人隨驗，實毋所見。五利妄言見其師，其方盡，多不讎。上乃誅五利。其冬，公孫卿侯神河南，言見仙人迹緱氏城上，有物如雉，往來城上。天子親幸緱氏城視迹。問卿：“得毋效文成、五利乎？”卿曰：“仙者非有求人主，人主者求之。其道非少寬假，神不來。言神事，事如迂誕，積以歲乃可致也。”於是郡國各除道，繕治宫觀名山神祠所，以望幸〔也〕（矣）。其春，既滅南越，上有嬖臣李延年以好音見。上善之，下公卿議，曰：“民間祠尚有鼓舞樂，今郊祀而無樂，豈稱乎？”公卿曰：“古者祠天地皆有樂，而神祇可得而禮。”或曰：“太帝使素女鼓五十弦瑟，悲，帝禁不止，故破其瑟爲二十五弦。”於是塞南越，禱祠太一、后土，始用樂舞，益召歌兒，作二十五弦及空侯琴瑟自此起。其來年冬，上議曰：“古者先振兵澤旅，然後封禪。”乃遂北巡朔方，勒兵十餘萬，還祭黄帝冢橋山，釋兵須如。上曰：“吾聞黄帝不死，今有冢，何也？”或對曰：“黄帝已仙上天，群臣葬其衣冠。”既至甘泉，爲且用事泰山，先類祠太一。

自得寶鼎，上與公卿諸生議封禪。封禪用希曠絶，莫知其儀禮，而群儒采封禪《尚書》《周官》《王制》之望祀射牛事。齊人丁公年九十餘，曰：“封禪者，合不死之名也。秦皇帝不得上封。陛下必欲上，稍上即無風雨，遂上封矣。”上於是乃令諸儒習射牛，草封禪儀。數年，至且行。天子既聞公孫卿及方士之言：黄帝以上封禪，皆致怪物與神通。欲放黄帝以上接神仙人蓬萊士，高世比德於九皇，而頗采儒術以文之。群儒既已不能辨明封禪事，又牽拘於《詩》《書》古文而不能騁。上爲封禪祠器示群儒，群儒或曰“不與古同”；徐偃又曰“太常諸生行禮不如魯善”，周霸屬圖封禪事。於是上絀偃、霸，而盡罷諸儒不用。三月，遂東幸緱氏，禮登中岳太室。從官在山下聞若有言“萬歲”云。問上，上不言；問下，下不言。於是以三百户封太室奉祠，命曰崇高邑。東上泰山，泰山之草木葉未生，乃令人上石立之泰山巔。上遂東巡海上，行禮祠八神。齊人之上疏言神怪奇方者以萬數，然無驗者。乃益發船，令言海中神山者數千人求蓬萊神人。公孫卿持節常先行候名山，至東萊，言夜見大人，長數丈，就之則不見，見其迹甚大，類禽獸云。群臣有言見一老父牽狗，言“吾欲見巨公”，已忽不見。上即見大迹，未信，及群臣有言老父，則大以爲仙人也。宿留海上，予方士傳車及間使求仙人以千數。四月，還至奉高。上念諸儒及方士言封禪人人殊，不經，難施行。天子至梁父，禮祠地主。乙卯，令侍中儒者皮弁薦紳，射牛行事。封泰山下東方，如郊祠太一之禮。封廣丈二尺，高九尺，其下則有玉牒書，書秘。禮畢，天子獨與侍中奉車子侯上泰山，亦有封。其事皆禁。明日，下陰道。丙辰，禪泰山下阯東北肅然山，如祭后土禮。天子皆親拜見，衣上黄而盡用樂焉。江淮間一茅三脊爲神藉。五色土益雜封。縱遠方奇獸蜚禽及白雉諸物，頗以加禮。兕牛犀象之屬不用，皆至泰山祭后土。封禪祠，其夜若有光，晝有白雲起封中。天子從禪還，坐明堂，群臣更上壽。於是制詔御史："朕以眇眇之身承至尊，兢兢焉懼不任。維德菲薄，不明於禮樂。修祠太一，若有象景光，屑如有望，震於怪物，欲止不敢，遂登封太山，至於梁父，而後禪肅然。自新，嘉與士大夫更始，賜民百户牛一酒十石，加年八十孤寡布帛二匹。復博、奉高、蛇丘、歷城，無出今年租税。其大赦天下，如乙卯赦令。行所過毋有復作。事在二年前，皆勿聽治。"又下詔曰："古者天子五載一巡狩，用事泰山，諸侯有朝宿地。其令諸侯各治邸泰山下。"

天子既已封泰山，無風雨災，而方士更言蓬萊諸神若將可得，於是上欣然庶幾遇之，乃復東至海上望，冀遇蓬萊焉。奉車子侯暴病，一日死。上乃遂去，并海上，北至碣石，巡自遼西，歷北邊至九原。五月，反至甘泉。有司言寶鼎出爲元鼎，以今年爲元封元年。其秋，有星茀於東井。後十餘日，有星茀於三能。望氣王朔言："候獨見填星出如瓜，食頃復入焉。"有司皆曰："陛下建漢家封禪，天其報德星雲。"其來年冬，郊雍五帝。還，拜祝祠太一。贊饗曰："德星昭衍，厥維休祥。壽星仍出，淵耀光明。信星昭見，皇帝敬拜太祝之享。"其春，公孫卿言見神人東萊山，若云"欲見天子"。天子於是幸緱氏城，拜卿爲中大夫。遂至東萊，宿留之數日，無所見，見大人迹云。復遣方士求神怪采芝藥以千數。是歲旱，於是天子既出無名，乃禱萬里沙，過祠泰山。還至瓠子，自臨塞决河，留二日，沈祠而去。使二卿將卒塞决河，徙二渠，復禹之故迹焉。

是時既滅兩越，越人勇之乃言"越人俗鬼，而其祠皆見鬼，數有效。昔東甌王敬鬼，壽百六十歲。後世怠慢，故衰耗"。乃令越巫立越祝祠，安臺無壇，亦祠天神上帝百鬼，而以鷄卜。上信之，越祠鷄卜始用。公孫卿曰："仙人可見，而上往常劇，以故不見。今陛下可爲觀，如緱城，置脯棗，神人宜可致也。且仙人好樓居。"於是上令長安則作蜚桂觀，甘泉則作益延壽觀，使卿持節設具而候神人。乃作通天莖臺，置祠具其下，將招來仙神人之屬。於是甘泉更置前殿，始廣諸宫室。夏，有芝生殿房内中。天子爲塞河，興通天臺，若見有光云，乃下詔："甘泉房中生芝九莖，赦天下，毋有復作。"其明年，伐朝鮮。夏，旱。公孫卿曰："黄帝時封則天旱，乾封三年。"上乃下詔曰："天旱，意乾封乎？其令天下尊祠靈星焉。"其明年，上郊雍，通回中道，巡之。春，至鳴澤，從西河歸。其明年冬，上巡南郡，至江陵而東。登禮灊之天柱山，號曰南岳。浮江，自尋陽出樅陽，過彭蠡，禮其名山川。北至琅邪。并海上。四月中，至奉高修封焉。

初，天子封泰山，泰山東北阯古時有明堂處，處險不敞。上欲治明堂奉高旁，未曉其制度。濟南人公王帶上黄帝時明堂圖。明堂圖中有一殿，四面無壁，以茅蓋，通水，圜宫垣爲複道，上有樓，從西南入，命曰昆侖。天子從之入，以拜祠上帝焉。於是上令奉高作明堂汶上，如帶圖。及五年修封，則祠太一、五帝於明堂上坐，令高皇帝祠坐對之。祠后土於下房，以二十太牢。天子從昆侖道入，始拜明堂如郊禮。禮畢，燎堂下。而上又上泰山，自有秘祠其巔。而泰山下祠五帝，各如其方，黄帝并赤帝，而有司侍祠焉。山上舉火，下悉應之。其後二歲，十一月甲子朔旦冬至，推曆者以本統。天子親至泰山，以十一月甲子朔旦冬至日祠上帝明堂，毋修封禪。其贊饗曰："天增授皇帝太元神策，周而復始。皇帝敬拜太一。"東至海上，考入海及方士求神者，莫驗，然益遣，冀遇之。十一月乙酉，柏梁灾。十二月甲午朔，上親禪高里，祠后土。臨勃海，將以望祀蓬萊之屬，冀至殊廷焉。上還，以柏梁灾故，朝受計甘泉。公孫卿曰："黄帝就青靈臺，十二日燒，黄帝乃治明廷。明廷，甘泉也。"方士多言古帝王有都甘泉者。其後天子又朝諸侯甘泉，甘泉作諸侯邸。勇之乃曰："越俗有火灾，復起屋必以大，用勝服之。"於是作建章宫，度爲千門萬户。前殿度高未央。其東則鳳闕，高二十餘丈。其西則唐中，數十里虎圈。其北治大池，漸臺高二十餘丈，命曰太液池，中有蓬萊、方丈、瀛洲、壺梁，象海中神山龜魚之屬。其南有玉堂、璧門、大鳥之屬。乃立神明臺、井幹樓，度五十丈，輦道相屬焉。

夏，漢改曆，以正月爲歲首，而色上黄，官名更印章以五字，爲太初元年。是歲，西伐大宛。蝗大起。丁夫人、雒陽虞初等以方祠詛匈奴、大宛焉。其明年，有司上言雍五畤無牢熟具，芬芳不備。乃令祠官進畤犢牢具，色食所勝，而以木禺馬代駒焉。獨五月嘗駒、行親郊用駒。及諸名山川用駒者、悉以木禺馬代。行過，乃用駒。他禮如故。其明年，東巡海上，考神仙之屬，未有驗者。方士有言"黄帝時爲五城十二樓，以候神人於執期，命曰迎年"。上許作之如方，命曰明年。上親禮祠上帝焉。公王帶曰："黄帝時雖封泰山，然風后、封巨、岐伯令黄帝封東泰山，禪凡山，合符，然後不死焉。"天子既令設祠具，至東泰山，〔東〕泰山卑小，不稱其聲，乃令祠官禮之，而不封禪焉。其後令帶奉祠候神物。夏，遂還泰山，修五年之禮如前，而加以禪祠石閭。石閭者，在泰山下阯南方，方士多言此仙人之閭也，故上親禪焉。其後五年，復至泰山修封。還過祭恒山。

今天子所興祠，太一、后土，三年親郊祠；建漢家封禪，五年一修封。薄忌太一及三一、冥羊、馬行、赤星，五，寬舒之祠官以歲時致禮。凡六祠，皆太祝領之。至如八神諸神，明年、凡山他名祠，行過則祠，行去則已。方士所興祠，各自主，其人終則已，祠官不主。他祠皆如其故。今上封禪，其後十二歲而還，遍於五岳、四瀆矣。而方士之候祠神人，入海求蓬萊，終無有驗。而公孫卿之候神者，猶以大人之迹爲解，無有效。天子益怠厭方士之怪迂語矣，然羈縻不絶，冀遇其真。自此之後，方士言神祠者彌衆，然其效可睹矣。

太史公曰：余從巡祭天地諸神名山川而封禪焉。入壽宮侍祠神語，究觀方士祠官之意，於是退而論次自古以來用事於鬼神者，具見其表裏。後有君子，得以覽焉。若至俎豆珪幣之詳，獻酬之禮，則有司存。（中華書局，1982年）

班固撰，顔師古注《漢書》卷三十《藝文志》第十諸子略小説家：

《封禪方説》十八篇。（武帝時。）（中華書局，1962年）

王應麟《玉海》卷九十八郊祀封禪《漢武帝封泰山》《封禪儀》《增修封禪禮》（中岳靈星祠禪肅然、禪石閭、玉牒、封禪議對）：

《紀》：元封元年冬，上巡朔方，歸甘泉。春正月，幸緱氏，遂東巡海上。夏四月癸卯還，登封泰山，降坐明堂。詔曰：“朕以眇身承至尊，兢兢焉惟德菲薄，不明於禮樂，故用事八神，遭天地況施，著見景象，屑然如有聞。（聞呼萬歲。）震於珍物，欲止不敢，遂登封泰山，至於梁父，然後升禪肅然。（山名。）自新嘉與士大夫更始，其以十月爲元封元年。行所巡至博、奉高、蛇丘、歷城、梁父，民田租逋賦貸，已除。加年七十以上孤寡帛，人二匹。四縣毋出今年算。賜天下民爵一級，女子百户牛酒。”注：孟康曰：“王者功成治定，告成功於天。封，崇也，助天之高也。刻石紀號，有金策、石函、金泥、玉檢之封焉。”應劭曰：“封者，壇廣十二丈，高二丈，階三等，封於其上，示增高也。刻石紀績也，立石三丈（一作二丈。）一尺，其詞曰：‘（《後志》注引《風俗通》云）事天以禮，立身以義，事親以孝，育民以仁。四守之内，莫不郡縣；四夷八蠻，咸來貢職。與天無極，人民蕃息，天禄永得。’尚玄酒而俎生魚，下禪梁父，祀地主，示增廣。此古制也。武帝封，廣丈二尺，高九尺，其下有縢書秘語。”

《郊祀志》：其來年冬，（元鼎六年冬。）上議曰：“古者先振兵釋旅，然後封禪。”乃遂北巡朔方，勒兵十餘萬騎，還祭黄帝橋山，釋兵涼如（地名）。上曰：“吾聞黄帝不死，有冢何也？”或曰：“黄帝以仙上天，群臣葬其衣冠。”既至甘泉，爲且用事泰山，先類祠泰一。（師古曰：“且，將也。類謂以事類而祭之。”）自得寶鼎，上與公卿諸生議封禪。封禪用希曠絶，莫知其儀體，而群儒采封禪《尚書》《周官》《王制》之望祀射牛事。齊人丁公年九十餘，曰：“封禪者，古不死之名也。秦始皇不得上封，陛下必欲上，稍上即無風雨，遂上封矣。”上於是乃令諸儒習射牛，草封禪儀。（《索隱》曰：“見應劭《漢官儀》。”）天子既聞公孫卿及方士之言，黄帝以上封禪皆致怪物與神通，欲放黄帝以接神人蓬萊，高世比德於九皇，而頗采儒術以文之。群儒既已不能辨明封禪事，又拘於

《詩》《書》古文而不敢騁。上爲封禪祠器示群儒，或曰“不與古同”。徐偃又曰“太常諸生行禮不如魯善”，周霸屬圖封事，於是上黜偃、霸而盡罷諸儒弗用。二月，乃東幸緱氏，（按《武紀》，元封元年春正月行幸緱氏，詔曰：“朕用事華山，至於中岳。”）禮登中岳太室，從官在山上聞若有言萬歲云。問上，上不言。問下，下不言。於是以三百户封太室。奉祠命曰：“崇高禁毋伐其山木。”上因東上泰山，泰山草木未生，乃令人上石，立之泰山顛。遂東巡海上，禮祠八神。齊人之上疏言神怪奇方者以萬數，乃益發舡令言海中神仙者數千人求蓬萊神人。公孫卿持節常先行，候名山，至東萊，言夜見大人，長數丈。群臣有言見一老父，牽狗言“吾欲見巨公”，（鄭氏曰：“天子也，爲天下父，故曰巨公。”師古曰：“巨，大也。”）已忽不見。上既見大迹，未信，及群臣又言老父，則大以爲仙人也。宿留海上，與方士傳車，及間使人求神仙以千數。四月，還至奉高，上念諸儒及方士言封禪人人殊，不經，難施行。天子至梁父，禮祠地主。至乙卯，令侍中儒者皮弁縉紳，射牛行事，封泰山下東方，如郊祠泰一禮。封廣丈二尺，高九尺，其下則玉牒書，書秘。禮畢，天子獨與侍中奉車子侯上泰山，（子侯，霍去病子也。）亦有封，其事皆禁。明日，下陰道。丙辰，禪泰山下，阯東北肅然山，如祭后土禮。天子皆親拜見，衣上黄而盡用樂焉。江淮間一茅三脊爲神藉。五色土益雜封。縱遠方奇獸飛禽及白雉諸物，頗以加祠。兕牛象犀之屬不用。皆至泰山，然後去。封禪祠，其夜若有光，晝有白雲出封中。天子從禪還，坐明堂，群臣更上壽，下詔改元元封元年，語在《武紀》。又曰：“古者天子五載一巡狩，用事泰山，諸侯有朝宿地。其令諸侯各治邸泰山下。”天子既已封泰山，無風雨。其秋，有星孛於東井。後十餘日，有星孛於三能。望氣王朔言：“候獨見填星出如瓜，食頃復入。”有司皆曰：“陛下建漢家封禪，天其報德星雲。”元封三年夏旱。（據改元後又有來年冬郊，如是則舉乾封事合見三年，當考。）公孫卿曰：“黄帝時，封則天旱，乾封三年。”（言三歲不雨暴，所封之上令乾也。）上乃下詔：“天旱，意乾封乎？其令天下尊祠靈星。”五年四月，至奉高，修封焉。詔曰：“朕巡荆揚，輯江淮物，會大海氣，以合泰山。上天見象，增修封禪。”（《紀》云“春二月，還至泰山，增封。夏四月，詔曰”云云。）太初元年冬十月，行幸泰山。十二月甲子朔旦冬至，祀上帝於明堂，後每修封。其贊饗曰：“天增授皇帝泰元神策，周而復始，皇帝敬拜泰一。”十二月甲午朔，上親禪禪。高里云云。其後復還泰山，修五年之禮如前，而加禪祠石閭。石閭者，在泰山下阯南方，方士言仙人閭也。（《紀》：太初三年四月，還修封泰山，禪石閭。）其後五年復，至泰山修封，（《紀》：天漢三年三月修封。）還過祭常山。自封泰山後，十三歲而周遍於五岳、四瀆矣。後五年，復至泰修封東，幸琅邪，禮日成山，登之罘，浮大海，用事八神延年。又祠神人於交門宫，若有鄉坐拜者云。（《紀》云：大始三年二月，幸琅邪，禮日成山，登之罘，浮大海。四年三月，行幸泰山，甲申修封，丙戌禪石閭。四月，幸不其，祠神人於交門宫。）後五年，上復修封於泰山，東游東萊，臨大海。（《紀》：征和四年正月，行幸東萊，臨大海。三月，還幸泰山修封。癸巳禮石閭。）泰山，五年一修封，武帝凡五修封。

《兒寬傳》：上欲議仿古巡狩封禪事，諸儒對者五十餘人，未能有所定。先是，司馬相如病死，有遺書，頌功德，言符瑞，足以封泰山。上奇其書，以問寬。對曰："享薦之義，不著於經。以爲封禪告成，合祛天地神祇。祇戒精專以接神明，總百官之職，各稱事宜，爲之節文，惟聖王所由制定，其當非群臣之所能列。今將舉大事，優游數年，使群臣得人人自盡，終莫能成。惟天子建中和之極，兼總條貫，金聲而玉振之，以順成天慶，垂萬世之基。"上然之。乃自制儀，采儒術以文焉。既成，將用事，拜寬爲御史大夫，從東封泰山，還登明堂。寬上壽曰："三代改制，屬象相因。間者聖統廢絶，陛下發憤，合指天地，祖立明堂、辟雍，宗祀泰一，六律五聲，幽贊聖意，神樂四合，各有方象，以承嘉祀，爲萬世則。天下幸甚。將建太元本瑞，登告岱宗發祉，闓門以候景至。癸亥，宗祀日宣重光。上元甲子，肅雝永享，光輝充塞，天文粲然，見象日昭，報降符應。臣寬奉觴，再拜上千萬歲壽。"制曰："敬舉君之觴。"（太平之世，日抱重光，謂日有重日也。將，甫始之辭也。太元，初曆也。本瑞，謂白麟、寶鼎之屬也。以候景至，冬至之景也。上元甲子，太初元年甲子朔旦冬至也。）

《司馬相如傳》：其遺札言封禪事，所忠奏焉，天子異之。相如既卒五歲，上始祭后土。八年，遂禮中岳，封於泰山，至梁父，禪肅然。

《東方朔傳》：朔之文辭，有《封泰山篇》。

《藝文志》禮家有《封禪議對》十九篇、（武帝時。）《漢封禪群祀》三十六篇、《古封禪群祀》二十二篇，小説家有《封禪方説》十八篇。（武帝時。）

《風俗通》：岱宗上有金篋玉策，能知人年壽修短。漢武帝探策得十八，因倒讀曰八十，果壽長八十。

《後漢志》：東萊黄縣。注：《地道記》曰："東二百三十里，有始皇漢武帝二碑。"（江蘇古籍出版社，1987年）

姚振宗《漢書藝文志條理》卷二之下《諸子略》小説家：

《封禪方説》十八篇。武帝時。

《史·封禪書》：今天子初即位，尤敬鬼神之祀。元年，漢興已六十餘載矣，天下艾安，搢紳之屬皆望天子封禪。草巡狩封禪事未就。李少君亦以祠竈、穀道、却老方見上，言"祠竈則致物，致物而丹砂可化爲黄金，黄金成以爲飲食器則益壽，益壽而海中蓬萊仙者乃可見，見之以封禪則不死，黄帝是也"。天子使黄鍾、史寬舒受其方。亳人謬忌奏祠太一方，天子令太祝立其祠，常奉祀如忌方。其後人有上書，言“古者天子三年壹用太牢祠神三一：天一、地一、太一”。天子許之，令太祝領祀之，如其方。後人復有上書，言古者天子常以春解祠，（《索隱》：謂祀祭以解殃咎，求福祥也。）令祠官領之如其方。齊人少翁以鬼神方見上。膠東宮人欒大求見言方。大見數月，佩六印，貴震天下，而海上燕齊之間，莫不扼捥而自言有禁方，能神仙矣。上東巡海上，齊人之上疏言神怪奇方者以萬數。（《二十五史補編》本，中華書局，1956年）

梁啓超《漢志諸子略各書存佚真僞表》小説家者流：

《封禪方説》，入“已佚”類“全佚”目。（《二十五史藝文經籍志考補萃編》本，清華大學出版社，2012年）

顧實《漢書藝文志講疏》三《諸子略》小説：

《封禪方説》十八篇。（武帝時。）

亡。（上海古籍出版社，2009年）

陳朝爵《漢書藝文志約説》卷二《諸子略》小説家：

《封禪方説》十八篇。（武帝時。亡。）

沈欽韓曰：“此方士所本，史遷所云‘其文不雅馴’。”案，《封禪書》備載諸方士祠神儀物，多爲儒士所不道，而此志列《封禪方説》於小説，其流别益明矣。（《二十五史藝文經籍志考補萃編》本，清華大學出版社，2012年）

魯迅《中國小説史略》第三篇《〈漢書·藝文志〉所載小説》：

《漢志》之叙小説家，以爲“出於稗官”，如淳曰：“細米爲稗。街談巷説，甚細碎之言也。王者欲知里巷風俗，故立稗官，使稱説之。”（本注）其所録小説，今皆不存，故莫得而深考，然審察名目，乃殊不似有采自民間，如《詩》之《國風》者。其中依托古人者七，曰：《伊尹説》《鬻子説》《師曠》《務成子》《宋子》《天乙》《黄帝》。記古事者二，曰：《周考》《青史子》，皆不言何時作。明著漢代者四家，曰：《封禪方説》《待詔臣饒心術》《臣壽周紀》《虞初周説》。《待詔臣安成未央術》與《百家》，雖亦不云何時作，而依其次第，自亦漢人。（上海古籍出版社，1998年）

蔣伯潛《諸子通考》下編《諸子著述考·縱横家農家小説家之書》：

《封禪方説》十八篇。自注曰：“武帝時。”《大戴禮·保傅篇》曰：“封泰山而禪梁父。”“禪”讀爲“墠”。封禪，除地爲壇墠也。《白虎通》曰：“增泰山之高以報天，附梁甫之基以報地。”是封禪爲祭天地之禮，蓋起於武帝時，詳見《史記·封禪書》。此書大抵爲武帝時方士所作。（浙江古籍出版社，1985年）

案：封禪是古代帝王祭天地之典禮。《白虎通》云：“王者易姓而起，天下太平，功成封禪，以告太平。禪梁父之趾，廣厚也。刻石紀號，著己之功績。天以高爲尊，地以厚爲德，故增泰山之高以報天，禪梁父之趾以報地。封者，附廣之；禪者，將以功相傳授之。”《史記·封禪書》張守節《正義》云：“泰山上築土爲壇以祭天，報天之功，故曰封。泰山下小山上除地，報地之功，故曰禪。言禪者，神之也。”古代聖王封泰山，禪亭亭或梁父。亭亭、梁父，皆泰山下之小山。據《史記·五帝本紀》，黄帝“東至於海，登丸山，及岱宗，西至於空桐，登鷄頭。南至於江，登熊湘。北逐葷粥，合符釜山，而邑於涿鹿之阿。遷徙往來無常處，以師兵爲營衛。官名皆以雲命，爲雲師。置左右大監，監於萬國。萬國和，而鬼神山川封禪與爲多焉”。後來，秦始皇亦有封禪。因秦皇不德，其封禪後人多有譏議。漢興，百廢待舉，文帝時曾謀議巡狩封禪事，未果。武帝初即位，尤敬鬼神之祀。竇太后逝，武帝用董仲舒議，“罷黜百家，獨尊儒術”。元封元年，武帝封泰山，禪肅然。其後，多次重返泰山修封，禪石閭。

《漢書·藝文志》諸子略小說家著録《封禪方説》十八篇，注曰：“武帝時。”按《漢書·兒寬傳》“及欲議放（仿）古巡狩封禪事，諸儒對者五十餘人，未能有所定”。因封禪説本多傳聞，書傳記載紛雜不一，而諸儒又守師説，故莫衷一是，争論紛紜。《藝文志》六藝略禮家有《封禪議對》十九篇、《漢封禪群祀》三十六篇、《古封禪群祀》二十二篇，或即諸儒所陳之封禪禮，以其言皆有所考，故入禮家。然上有所好，下必甚焉，當時定也不乏求利逢迎方士之徒，道聽途説，甚或向壁虚造，作爲方説，嘩衆取寵，承悦上意。今人楊樹達曰：“方説者，《史記·封禪書》記李少君以祀竈、穀道、却老方見上，亳人謬忌奏祠太乙方，齊人少翁以鬼神方見上，膠東宫人欒大求見言方之類是也。”則所謂封禪方説者，乃方士所説與封禪相關之方，包括封禪之故事、儀禮、器物、方法，等等。又其言多迂誕，故入之小説家。張舜徽曰：“此乃漢武帝時用事鬼神之迷信記録與論説也。方士所重，儒家所擯，故其書不傳。”此言甚是。書雖不傳，然《史記·封禪書》所載仍然可見其端倪。

待詔臣饒心術

司馬遷撰，裴駰集解，司馬貞索隱，張守節正義《史記》卷一百五《太倉公》：

齊中尉潘滿如病少腹痛，（《正義》：少，音式妙反。王叔和《脉經》云：脉急疝瘕，少腹痛也。）臣意診其脉，曰："遺積瘕也。"（《索隱》：劉氏音加雅反，舊音遐，鄒氏音嫁。《正義》：《龍魚河圖》云：犬狗魚鳥不熟，食之成瘕痛。）臣意即謂齊太僕臣饒、内史臣繇曰："中尉不復自止於内，則三十日死。"後二十餘日，溲血死。病得之酒且内。所以知潘滿如病者，臣意切其脉深小弱，其卒然合（《集解》：徐廣曰：一云來然合。）合也，是脾氣也。（《正義》：卒音蔥忽反。卒，一本作來。《素問》云：疾病之生，生於五藏；五藏之合，合於六府。肝合氣於膽，心合氣於小腸，脾合氣於胃，肺合氣於大腸，腎合氣於膀胱。三焦内主勞。）右脉口氣至緊小，（《正義》：緊，音結忍反。）見瘕氣也。以次相乘，故三十日死。三陰俱摶者，（《正義》：如淳云：音徒端反。《素問》云：左脉口曰少陰，少陰之前名厥陰，右脉口曰太陰，此三陰之脉也。）如法；不俱摶者，决在急期；一摶一代者，近也。故其三陰摶，溲血如前止。（《集解》：徐廣曰：前一作筋也。）（中華書局，1982年）

班固《漢書》卷三十《藝文志》第十諸子略小説家：

《待詔臣饒心術》二十五篇。（武帝時。師古曰："劉向《別録》云：'饒，齊人也，不知其姓，武帝時待詔，作書，名曰《心術》。'"）（中華書局，1962年）

王欽若等《册府元龜》卷八百五十八總録部《醫術》：

齊中尉潘滿如病小腹痛，臣意診其脉曰遺積瘕也。臣意即謂齊太僕臣饒、内史臣繇曰："中尉不復自止於内，則三十日死。"後二十餘日，溲血死。病得之酒且内。所以知潘滿如病者，臣意切其脉深小弱，其卒然合（一云未然合）合也，是脾氣也。右脉氣口至緊小，見瘕氣也。以此相承，故三十日死。三陰俱摶者，如法；不俱摶者，决在急期；一摶一代者，近也。故其三陰摶，溲血如前止。（前一作勤也。）（《史記》）（中華書局，1960年）

鄭樵《通志》卷一百八十一《藝術傳第一・太倉公》

太倉公者，齊太倉長臨淄人也，姓淳于氏，名意，少而善醫方術。高后八年，更受師同郡元里公乘陽慶。慶年七十餘，無子，使意盡去其故方，更悉以禁方與之，傳黄帝扁鵲之脉書，五色診病，知人死生，决嫌疑，定可治及藥論甚精。受之三年，爲人治病，决死生多驗。然左右行游諸侯，不以家爲家，或不爲人治病，病家怨之者，文帝四年中人上書，言意以刑罪當傳西之長安。意有五女，隨而泣，意怒罵曰："生子不生男，緩急無可使者。"於是少女緹縈傷父之言，乃隨父西上書曰：……齊中尉潘滿如病小腹痛，臣意診其脉曰遺積瘕也。臣意即謂齊太僕臣饒、内史臣繇曰：中尉不復自止於内，則三十日死。後二十餘日，溲血死。病得之酒且内。所以知潘滿如病者，臣意切其脉深小弱，其卒然合合也，是脾氣也。右脉口氣至緊小，見瘕氣也。以次相乘，故三十日死。三陰俱摶者，如法；不俱摶者，决在急期；一摶一代者，近也。故其三陰摶，溲血如前止。……（中華書局，1987年）

張杲《醫説》卷五《癥瘕・遺積瘕》：

齊中尉潘滿如病小腹痛，臣意診其脉曰遺積瘕也。臣意即謂齊太僕臣饒、内史臣繇曰："中尉不復自止於内，則三十日死。"後二十餘日，溲血死。病得之酒且内。所以知潘滿如病者，臣意切其脉深小弱，其卒然合合也，是脾氣也。右脉氣口至緊小，見瘕氣也。以次相乘，故三十日死。三陰俱摶者，如法；不俱摶者，决在急期；一摶一代者，逆也。故其三陰摶，溲血如前止。（《史記》）（《文淵閣四庫全書》本）

江瓘《名醫類案》卷五《癥瘕》：

齊中尉潘滿如病小腹痛，臣意診其脉曰遺積瘕也。臣意即謂齊太僕臣饒、内史臣繇曰："中尉不復自止於内，則三十日死。"後二十餘日，溲血死。病得之酒且内。所以知潘滿如病者，臣意切其脉深小弱，其卒然合合也，是脾氣也。右脉口氣至緊小，見瘕氣也。以次相乘，故三十日死。三陰俱摶者，如法；不俱摶者，决在急期；一摶一代者，近也。故其三陰摶，溲血如前止。（《史記》）（《文淵閣四庫全書》本）

胡應麟《少室山房筆叢》卷三《經籍會通三》"戰國諸子"條：

戰國諸子，往往有姓存名缺者。西京諸子，又往往有名在姓亡者。今皆不可考，因録左方。該洽之士，或旁參曲證，得其姓名，以慰作者，則不啻遇之旦暮矣。

……《臣饒》二十五篇……

同上，卷二十九《九流緒論下》“漢藝文志所謂小説”條：

《漢·藝文志》所謂小説，雖曰街談巷語，實與後世博物志怪等書迥別，蓋亦雜家者流，稍錯以事耳。如所列《伊尹》二十七篇、《黄帝》四十篇、《成湯》三篇，立義命名，動依聖哲，豈後世所謂小説乎？又《務成子》一篇，注稱堯問。《宋子》十八篇，注言黄老。《臣饒》二十五篇，注言心術。《臣成》一篇，注言養生。皆非後世所謂小説也。則今傳《鬻子》爲小説而非道家，尚奚疑哉？（又《青史子》五十七篇楊用修所引數條，皆雜論治道，殊不類今小説。）（上海書店，2001年）

張玉書等《佩文韵府》卷九十三之四入聲四質韵四《術》：

（韵藻）心術（《禮記》：“淫樂慝禮不接心術。”《漢書·藝文志》：“《待詔臣饒心術》二十五篇。”《唐書·長孫無忌傳》：“高士廉心術警悟，臨難不易節，所乏者骨鯁耳。”《韓詩外傳》：“原天命，治心術，理好惡，適情性，而治道畢矣。”閭丘均《臨水亭詩》：“清朗悟心術，幽遐備瞻討。”）（《文淵閣四庫全書》本）

姚振宗《漢書藝文志條理》卷二之下《諸子略》小説家：

《待詔臣饒心術》二十五篇。武帝時。

劉向《别録》曰：“饒，齊人也，不知其姓，武帝時待詔，作書名曰《心術》。”

按書名“心術”，其即如後世見聞果報勸誡諸録之類也歟？又《管子·七法篇》云：“實也，誠也，厚也，施也，度也，恕也，謂之心術。”房玄齡曰：“凡此六者，皆自心術生也。”豈即以此六事推演爲書歟？（《二十五史補編》本，中華書局，1956年）

梁啓超《漢志諸子略各書存佚真僞表》小説家者流：

《待詔臣饒心術》，入“已佚”類“全佚”目。（《二十五史藝文經籍志考補萃編》本，清華大學出版社，2012年）

顧實《漢書藝文志講疏》三《諸子略》小説：

《待詔臣饒心術》二十五篇。（武帝時。師古曰：“劉向《别録》云饒齊人也，不知其姓，武帝時待詔，作書，名曰《心術》也。”）

亡。（上海古籍出版社，2009年）

陳朝爵《漢書藝文志約説》卷二《諸子略》小説家：

《待詔臣饒心術》二十五篇。（武帝時。亡。）

師古曰："劉向《别録》云：饒，齊人，不知其姓，作書，名曰《心術》。"案，蓋言養心之術。（《二十五史藝文經籍志考補萃編》本，清華大學出版社，2012年）

魯迅《中國小説史略》第三篇《〈漢書·藝文志〉所載小説》：

《漢志》之叙小説家，以爲"出於稗官"，如淳曰，"細米爲稗。街談巷説，甚細碎之言也。王者欲知里巷風俗，故立稗官，使稱説之。"（本注）其所録小説，今皆不存，故莫得而深考，然審察名目，乃殊不似有采自民間，如《詩》之《國風》者。其中依托古人者七，曰：《伊尹説》《鬻子説》《師曠》《務成子》《宋子》《天乙》《黄帝》。記古事者二，曰：《周考》《青史子》，皆不言何時作。明著漢代者四家，曰：《封禪方説》《待詔臣饒心術》《臣壽周紀》《虞初周説》。《待詔臣安成未央術》與《百家》，雖亦不云何時作，而依其次第，自亦漢人。（上海古籍出版社，1998年）

案：《漢書·藝文志》小説家著録《待詔臣饒心術》二十五篇，注曰："武帝時。"顔師古曰："劉向《别録》云：'饒，齊人也，不知其姓，武帝時待詔，作書，名曰《心術》。'"可知《心術》二十五篇乃武帝時其人名饒者所作，失其姓氏。《史記·扁鵲太倉公列傳》記太倉公時有"齊太僕臣饒"，亦是齊人，亦名饒，太倉公與其討論病情，顯然其亦懂醫術。然以時代推求，他至武帝初即位時已六十歲上下，似年太老，或與待詔臣饒偶同名而已。當然，亦不能排除二人實是一人的可能性。所謂"心術"，《管子·七法》曰："實也，誠也，厚也，施也，度也，恕也，謂之心術。"《管子》又有《心術》上下兩篇，主虛静，主因順。可知《管子》之"心術"，正如張舜徽先生《漢書藝文志通釋》所言，主要是講"君人南面之術"。《文子·符言》所云"治心術即不妄喜怒""不妄喜怒即賞罰不阿"，也是歸於君道。《韓詩外傳》云："飲食適乎藏，滋味適乎氣，勞佚適乎筋骨，寒暖適乎肌膚，然後氣藏平，心術治，思慮得，喜怒時，起居而游樂，事時而用足。夫是之謂能自養者也。"此則養心、養性、養生之言也。大率先秦古籍言心術者，不出此二義。此二十五篇之《心術》究竟何義，聯繫《漢志》著録小説家之整體特點而論，它們不應是接近儒家君道論之心術，而應是合於黄老道家之旨而又被方士通俗化了的修心養心之寓言，故其列爲小説家。

待詔臣安成未央術

班固《漢書》卷三十《藝文志》第十諸子略小説家：

《待詔臣安成未央術》一篇。（應劭曰：“道家也，好養生事，爲未央之術。”）（中華書局，1962年）

胡應麟《少室山房筆叢》卷三《經籍會通三》“戰國諸子”條：

戰國諸子，往往有姓存名缺者。西京諸子，又往往有名在姓亡者。今皆不可考，因録左方。該洽之士，或旁參曲證，得其姓名，以慰作者，則不啻遇之旦暮矣。

……《臣安成》一篇……（上海書店，2001年）

張玉書等《佩文韻府》卷二十二之六下平聲七陽韻六《央》：

（韻藻）未央（《詩》：“夜如何其夜未央？”《疏》：“未央者，前限未到之辭。”故漢有未央宫。《史記》：“高祖紀八年，蕭丞相營作未央宫。九年，未央宫成。高祖大朝諸侯群臣，置酒未央前殿，高祖奉玉卮，起爲太上皇壽，殿上群臣皆呼萬歲。”《漢書·禮樂志》：“靈殷殷，爛揚光，延壽命，永未央。”《三輔黄圖》：“路軨廄在未央宫，掌宫中輿馬，亦曰未央廄。”《括地志》：“未央宫，在雍州長安縣西北十里。”《離騷》：“及年歲之未晏兮，時亦猶其未央。”《九歌》：“靈連蜷兮既留，爛昭昭兮未央。”《西都賦》：“自未央而連桂宫，北彌明光而亘長樂。”魏文帝詩：“星漢西流夜未央。”劉楨詩：“永日行游戲，歡樂猶未央。”杜甫詩：“鄉里衣冠不乏賢，杜陵韋曲未央前。”蘇軾詩：“何時得逐桑榆暖，社酒寒燈樂未央。”又，《漢書·藝文志》：“《待詔臣安成未央術》一篇。注：道家也，好養生事，爲未央之術。”）

同上，卷九十三之四入聲四質韻四《術》：

（韻藻）未央術（《漢書·藝文志》：“《待詔臣安成未央術》一篇。”）（《文淵閣四庫全書》本）

姚振宗《漢書藝文志條理》卷二之下《諸子略》小説家：

《待詔臣安成未央術》一篇。

應劭《漢書集解》曰："道家也，好養生事，爲未央之術。"

案此疑與房中術相類，《開元占經·分野略例》中引《未央分野》十二條，馬氏《玉函山房》以爲《未央術》，輯入天文家。案作《未央分野》者，後漢安帝時人，詳見李淳風《乙巳占》分野篇，非即此《未央術》也。（《二十五史補編》本，中華書局，1956年）

梁啓超《漢志諸子略各書存佚真僞表》小説家者流：

《待詔臣安成未央術》，入"已佚"類"全佚"目。（《二十五史藝文經籍志考補萃編》本，清華大學出版社，2012年）

顧實《漢書藝文志講疏》三《諸子略》小説：

《待詔臣安成未央術》一篇。（應劭曰："道家也，好養生事，爲未央之術。"）

亡。老子曰："荒兮其未央哉。"又曰："綿綿若存，用之不勤。"未央者，未已也，未盡也。勤亦盡也。（《淮南子·原道訓》高注。）（上海古籍出版社，2009年）

陳朝爵《漢書藝文志約説》卷二《諸子略》小説家：

《待詔臣安成未央術》一篇。（亡。）

應劭曰："道家也。好養生，爲未央之術。"案，蓋長生未央之意。（《二十五史藝文經籍志考補萃編》本，清華大學出版社，2012年）

魯迅《中國小説史略》第三篇《〈漢書·藝文志〉所載小説》：

《漢志》之叙小説家，以爲"出於稗官"，如淳曰，"細米爲稗。街談巷説，甚細碎之言也。王者欲知里巷風俗，故立稗官，使稱説之。"（本注）其所録小説，今皆不存，故莫得而深考，然審察名目，乃殊不似有采自民間，如《詩》之《國風》者。其中依托古人者七，曰：《伊尹説》《鬻子説》《師曠》《務成子》《宋子》《天乙》《黄帝》。記古事者二，曰：《周考》《青史子》，皆不言何時作。明著漢代者四家，曰：《封禪方説》《待詔臣饒心術》《臣壽周紀》《虞初周説》。《待詔臣安成未央術》與《百家》，雖亦不云何時作，而依其次第，自亦漢人。（上海古籍出版社，1998年）

蔣伯潛《諸子通考》下編《諸子著述考·縱横家農家小説家之書》：

《待詔臣安成未央術》一篇。應劭曰；“道家也，好養生事，爲未央術。”按：安成，人名。《老子》曰：“荒兮其未央哉！”“未央術”之名當本此。（浙江古籍出版社，1985年）

案：《漢書·藝文志》小説家著録《待詔臣安成未央術》一篇，注稱應劭曰：“道家也，好養生事，爲未央之術。”安成爲何許人，已不可考，按《漢志》著録順序，安成應爲武帝後期或明帝時人，以武帝後期人可能性較大，身份也是待詔。據應劭言可知，此《未央術》爲養生之術。顧實云：“《老子》云：‘荒兮其未央哉！’又云：‘綿綿若存，用之不勤。’未央者，未已也，未盡也。勤亦盡也。”此未已、未盡之術不會是統治之術，因漢武帝“罷黜百家，獨尊儒術”以後，統治之術自有儒家學者去發明，用不着一個待詔去闡釋。即使真是統治之術，也該入儒家、道家、法家等類。故張舜徽《漢書藝文志通釋》云：“‘未央’二字，乃長樂無極之意。漢初蕭何營未央宫，即取義於此。《漢志》著録之《未央術》一篇，蓋專言養生之道以致健康長壽者。”姚振宗疑與房中術相類，恐非。此書早亡，未見佚文。

臣壽周紀

班固《漢書》卷三十《藝文志》第十諸子略小說家：

《臣壽周紀》七篇。（項國圉人，宣帝時。）（中華書局，1962年）

樂史《太平寰宇記》卷之十河南道十陳州項城：

項城縣，（東南七十里，依舊四鄉。）漢項縣，古項子國。《春秋》："齊師滅項。"楚襄王徙都陳，以項爲别都。按此城即楚築。在漢屬河南郡。晉屬陳國。隋文帝改項縣加"城"字，屬陳州；十六年分置沈州。唐貞觀中廢沈州，却屬陳州。晉時童謡云"堅不過項"，即此也。

項國城，在縣東北一里。古老傳云故項子國。《春秋》："齊人滅項。"即此城。（中華書局，2007年）

歐陽忞著，李勇先、王小紅校注《輿地廣記》卷九京西北路上陳州上項城縣：

本項國。戰國屬楚。項羽家世楚將，封於項，故姓項氏。二漢屬汝南郡。晉屬梁國。後魏置揚州及秣陵縣。梁改曰殷州。東魏改曰北揚州。後齊改曰信州。後周改曰陳州。隋開皇初，改秣陵爲項城縣。大業初州廢，屬淮陽郡。唐屬陳州。（四川大學出版社，2003年）

王應麟《玉海》卷四十六《藝文》古史《周紀》：

《臣壽周紀》七篇。（宣帝時。）（江蘇古籍出版社，1987年）

胡應麟《少室山房筆叢》卷三《經籍會通》三"戰國諸子"條：

戰國諸子，往往有姓存名缺者。西京諸子，又往往有名在姓亡者。今皆不可考，因録左方。該洽之士，或旁參曲證，得其姓名，以慰作者，則不啻遇之旦暮矣。

……《臣壽》七篇……（上海書店，2001年）

姚振宗《漢書藝文志條理》卷二之下《諸子略》小説家：

《臣壽周紀》七篇。項國圉人，宣帝時。

案此次待詔臣饒、臣安成之後，或蒙上省文，亦官待詔者，當時皆奏進於朝，故稱臣饒、臣安成、臣壽。《周考》考周事，此《周紀》大抵亦紀周代瑣事，同爲街談巷議之流歟？

又按漢無項國，圉爲淮陽國屬縣。考《地理志》汝南郡，項，故國，《郡國志》亦云故國，《左傳·僖十七年》魯所滅。此注"項國圉人"，蓋從其所稱古地名，圉故屬項國，漢屬淮陽國，後漢屬陳留郡，項則兩漢并屬汝南郡，臣壽實爲淮陽國圉人也。（《二十五史補編》本，中華書局，1956年）

梁啓超《漢志諸子略各書存佚真僞表》小説家者流：

《臣壽周紀》，入"已佚"類"全佚"目。（《二十五史藝文經籍志考補萃編》本，清華大學出版社，2012年）

顧實《漢書藝文志講疏》三《諸子略》小説：

《臣壽周紀》七篇。（項國圉人，宣帝時。）

亡。項國未詳。（上海古籍出版社，2009年）

陳朝爵《漢書藝文志約説》卷二《諸子略》小説家：

《臣壽周紀》七篇。（項國圉人，宣帝時。亡。）

錢大昕曰："項國，疑'淮陽國'之訛。"（《二十五史藝文經籍志考補萃編》本，清華大學出版社，2012年）

魯迅《中國小説史略》第三篇《〈漢書·藝文志〉所載小説》：

《漢志》之叙小説家，以爲"出於稗官"，如淳曰，"細米爲稗。街談巷説，甚細碎之言也。王者欲知里巷風俗，故立稗官，使稱説之。"（本注）其所録小説，今皆不存，故莫得而深考，然審察名目，乃殊不似有采自民間，如《詩》之《國風》者。其中依托古人者七，曰：《伊尹説》《鬻子説》《師曠》《務成子》《宋子》《天乙》《黄帝》。記古事者二，曰：《周考》《青史子》，皆不言何時作。明著漢代者四家，曰：《封禪方説》《待詔臣饒心術》《臣壽周紀》《虞初周説》。《待詔臣安成未央術》與《百家》，雖亦不云何時作，而依其次第，自亦漢人。（上海古籍出版社，1998年）

蔣伯潛《諸子通考》下編《諸子著述考·縱横家農家小説家之書》：

《臣壽周紀》七篇。自注曰："項國圉人，宣帝時。"錢大昭曰："項國，疑淮陽國之訛。"按《周紀》與前《周考》、下《周説》當相似，蓋録周代遺聞者也。（浙江古籍出版社，1985年）

案：《漢書·藝文志》小説家著録《臣壽周紀》七篇，注曰："項國圉人，宣帝時。"作者名壽，姓氏失考，漢宣帝時項縣圉人。《太平寰宇記》河南道陳州項城條曰："漢項縣，古項子國。"《輿地廣記》京西北路陳州項城縣條云："本項國。二漢屬汝南郡。"《漢書·地理志》汝南郡有項，注曰"故國"。"項國"或即"項縣"之誤，地在今河南項城附近。《漢書·王莽傳》："十二月，王邑等破翟義於圉。"即其地也。臣壽爲宣帝時人，大概也是待詔。《臣壽周紀》内容爲何，因原書不存，亦無佚文可考，無從得知真相，祇能推測。姚振宗《漢書藝文志條理》云："此次待詔臣饒、臣安成之後，或蒙上省文，亦官待詔者，當時皆奏進於朝，故稱臣饒、臣安成、臣壽。《周考》考周事，此《周紀》大抵亦紀周代瑣事，同爲街談巷議之流歟？"張舜徽《漢書藝文志通釋》以爲："此與上文《周考》，下文《周説》同例。當以周遍、周普解之，謂雜事叢談之紀録也。不應目爲紀周時事。"東漢應劭云《虞初周説》"其説以《周書》爲本"，當時此書尚存，應劭之説應該可信，姚振宗説是對應劭説之演繹，較爲符合實際。就其作品形式而論，謂爲"雜事叢談之紀録"，也是可以成立的。

虞初周説

司馬遷撰，裴駰集解，司馬貞索隱，張守節正義《史記》卷十二《孝武本紀》：

夏，漢改曆，以正月爲歲首，而色上黄，官名（徐廣曰：一無“名”字。）更印章以五字，（張晏曰：漢據土德，土數五，故用五爲印文也，若丞相曰“丞相之印章”。諸卿及守相印文不足五字者，以“之”足也。）因爲太初元年。是歲，西伐大宛。蝗大起。丁夫人、（韋昭曰：丁姓，夫人名也。）雒陽虞初等，以方祠詛匈奴、大宛焉。

同上，卷二十八《封禪書》：

夏，漢改曆，以正月爲歲首，而色上黄，官名更印章以五字，爲太初元年。是歲，西伐大宛。蝗大起。丁夫人、雒陽虞初等以方祠詛匈奴、大宛焉。（中華書局，1982年）

班固《漢書》卷二十五下《郊祀志第五下》：

夏，漢改曆，以正月爲歲首，而色上黄，官更印章以五字，（師古曰：解在《武紀》。）因爲太初元年。是歲，西伐大宛。蝗大起。丁夫人、雒陽虞初等（應劭曰：丁夫人，其先丁復，本越人，封陽都侯，夫人其後，以詛軍爲功。韋昭曰：丁姓，夫人名也。）以方祠詛匈奴、大宛焉。

同上，卷三十《藝文志第十》諸子略小説家：

《虞初周説》九百四十三篇。（河南人，武帝時以方士侍郎，號黄車使者。應劭曰：“其説以《周書》爲本。”師古曰：“《史記》云虞初洛陽人，即張衡《西京賦》‘小説九百，本自虞初’者也。”）（中華書局，1982年）

蕭統編，李善注《文選》卷二《西京賦》（張平子）：

匪唯玩好，乃有秘書。小説九百，本自虞初。（小説，醫巫厭祝之術，凡有九百四十三篇。言九百，舉大數也。善曰：《漢書》曰《虞初周説》九百四十三篇。初，河南人也。武帝時以方士侍郎，乘馬，衣黄衣，號黄車使者。小説家者流，蓋出於稗官。應劭曰：其説以《周書》爲本。）從容之求，實俟實儲。（持此秘術，儲以自隨，待上所求問，皆常具也。）（中華書局，1977年）

蘇軾《仇池筆記》卷上《巫蠱》：

漢武帝惡巫蠱如仇讎，蓋夫婦君臣父子之間，嗷嗷然不聊生矣。然《史記·封禪書》云“丁夫人、洛陽虞初等以方祠詛匈奴、大宛”，己且爲巫蠱，何以責臣下。此最可笑。（《文淵閣四庫全書》本）

蘇軾《東坡志林》卷一：

漢武諱巫蠱之事，疾之如仇讎。蓋夫婦君臣父子之間，嗷嗷然不聊生矣。然《史記·封禪書》云“丁夫人、雒陽虞初等以方祠詛匈奴、大宛”，己且爲巫蠱之魁，何以責其下。此最可笑云。（《文淵閣四庫全書》本）

馬永易《實賓録》卷一《黄車使者》：

漢虞初，武帝時以方士侍郎，乘馬，衣黄衣，號黄車使者，爲《周説》九百四十三篇，其説以《周書》爲本。（《文淵閣四庫全書》本）

葉庭珪《海録碎事》卷十四百工醫技部方技門《黄車使者》：

《漢書》：《虞初周説》九百四十三篇。初，河南人，武帝時以方士侍郎，乘馬，衣黄衣，號黄車使者。（《文淵閣四庫全書》本）

洪適《盤洲文集》卷四《還李舉之太平廣記》：

稗官九百起虞初，過眼寧論所失誣。午枕黑甜君所賜，持還深愧一瓻無。（《文淵閣四庫全書》本）

周必大《文忠集》卷四十三《平園續稿》三《寄題龍泉李氏萬卷堂（燔之父）》：

斷簡殘編已可披，排籤插架有餘師。五三載籍多爲貴，九百虞初小不遺。潤屋殊非阿堵物，傳家自是寧馨兒。年來鉛槧心猶在，每憶讎書館殿時。（《文淵閣四庫全書》本）

吕祖謙《大事記解題》卷十二：

漢孝武皇帝太初……夏五月正曆，以正月爲歲首……秋八月幸安定，詛匈奴大宛。解題曰：按《封禪書》，是歲西伐大宛，丁夫人、雒陽虞初等以方祠詛匈奴、大宛焉。巫蠱蓋萌芽於此。（《文淵閣四庫全書》本）

葉寘《愛日齋叢抄》卷五"陳無己云"條：

陳無己云："世人以癡爲九百，謂其精神不足也。"項平甫《家説》注云："司業言：九百，草書'喬'字也。"朱彧《可談》云："青州王大夫爲詞鄙俚，每投獻當路以爲笑具，季父爲青掾，（案原本掾訛録，《説郛》訛爲禄，依《可談》改。）王亦與詩。它日，季父見其子謝之，其子曰：'大人九百亂道，玷瀆高明。'蓋俗謂神氣不足者九百，豈以一千即足數邪？"以詩釋之，不若陳、朱之説通。予讀張平子《西京賦》云："小説九百，本自虞初。"注者謂"小説九百篇，虞初著"。又曰："九百四十三篇，言九百，舉大數也。"《漢志》云："小説家者流，蓋出於稗官，街談巷語，道聽途説者之所造也。"如淳曰："街談巷説，其細碎之言也。"俗所云"九百"，或取喻細碎之爲者，俚語本於史録固有矣，故漫記之。東坡作《艾子》中有一條，以彭祖八百歲，其婦哭之，以九百者尚在。李方叔問東坡曰："俗語以憨癡騃騃爲九百，豈可筆之文字間乎？"坡曰："子未知所據耳，張平子《西京賦》云：'乃有秘書，小説九百。'蓋稗官小説，凡九百四十三篇，皆巫醫厭祝及里巷之所傳言，集爲是書。西漢虞初，洛陽人，以其書事漢武帝，出入騎從，衣黄衣，號黄衣使者，其説亦號九百，吾言豈無據也？"方叔後讀《文選》，見其事具《文選》注，始嘆曰："坡翁於世間書，何往不精通耶？"近見《雜説》載此，乃知前輩考證，無所不至。（《叢書集成初編》本，中華書局，1985年）

趙與時《賓退録》卷八"洪文敏著夷堅志"條：

洪文敏著《夷堅志》積三十二篇，凡三十一序，各出新意，不相複重，昔人所無也。今撮其意書之，觀者當知其不可及。……《支癸》謂劉向父子彙群書《七略》，班孟堅采以爲《藝文志》，小説類定著十五家，最後《虞初周説》九百四十三篇，出於裨官，街談巷語，道聽途説者之所造，今亡矣。……（《文淵閣四庫全書》本）

王應麟《玉海》卷五十二《藝文》書目（藏書）《淳熙中興館閣書目》《嘉定續書目》：

晁説之曰：《虞初》稗官之説，《凡將》急就之文。

莊周十七之寓言，虞初九百之小説。

同上，卷五十四《藝文》類書《乾道翰苑群書》：

小説九百，比虞初之聿成；奏牘三千，效東方而爲獻。

同上，卷五十五《藝文》著書（雜著）《漢虞初周説》：

《志·小説家》：《虞初周説》九百四十三篇。河南人，武帝時方士侍郎，號黄車使者。應劭注：其説以《周書》爲本。師古曰：《史記》"虞初洛陽人"，即張衡《西京賦》"小説九百，本自虞初"者也。

同上，卷一百二十六《官制》漢官拾遺《漢稗官》：

《藝文志》：小説家出於稗官。注：如淳曰："王者欲知閭巷風俗，故立稗官，使稱説之。"師古曰："稗音稊稗之稗。稗官，小官。《漢名臣奏》：唐林'請省置吏，公卿、大夫，至都官、稗官，各減什三。'"

小説九百，本自虞初。（江蘇古籍出版社，1987年）

王應麟著，張三夕、楊毅點校《漢藝文志考證》卷七《小説》：

《虞初周説》九百四十三篇。

《郊祀志》：丁夫人、雒陽虞初等以方祠詛匈奴、大宛焉。（中華書局，2011年）

馬端臨《文獻通考》卷三十五《選舉考八·方伎》：

武帝時，虞初以方士侍祠。

同上，卷九十《郊社考二十三·雜祠淫祠》：

武帝……太初元年，西伐大宛。蝗大起。丁夫人、雒陽虞初等（丁夫人，其先丁復，本越人，封陽都侯，夫人其後，以詛軍爲功。丁姓，夫人名。）以方祠詛匈奴、大宛焉。（中華書局，1986年）

何喬新《椒邱文集》卷十四《袺古齋記》：

客有詰之曰："袺之爲義，以衽受物也。古之世去今遠矣，子曷從而袺之？意者齋中所藏，若關尹、亢桑所述，鬼谷、騶衍所著，虞初稗官所記録，皆先秦之書，其辭奇崛豪宕，可驚可喜者，是乃子之所袺邪？"公理曰："非也，是足資博識而已。"（《文淵閣四庫全書》本）

程敏政《新安文獻志》卷五十八詩雜體《秀山霜晴晚眺與趙賓暘黄惟月聯句》（方回）：

虞初九百篇，方朔三千牘。酸醎糅鹽梅，宋桷裁棫樸。（回）（《文淵閣四庫全書》本）

王世貞《弇州四部稿》卷一百五十九説部《宛委餘編四》：

小説有《齊諧記》，見《莊子》“齊諧，志怪者也”。《虞初志》，虞初，漢武帝時小吏，衣黄乘輜，采訪天下異聞。《夷堅志》出《列子》，云“夷堅聞而志之”。唐華原尉張慎素已有《夷堅録》，張瑞義《貴耳集》云“夷姓，堅名也”。《酉陽雜俎》“小酉山石穴有書千卷”。《諾皋記》有引梗陽巫皋事者，《遁甲中經》云“往山林中，咒曰諾皋太陰將軍”，蓋諾皋乃太陰之名。太陰，乃隱神之神也。（《文淵閣四庫全書》本）

胡應麟《少室山房筆叢》卷二十八《九流緒論中》“漢子書見於七略者”條：

漢子書見於《七略》者……小説家則《虞初周説》九百四十三篇。（自餘無名姓者，概不著録。）

同上，卷二十九《九流緒論下》“小説卷帙繁重者”條：

小説卷帙繁重者，《太平廣記》之五百，《夷堅志》之四百，極矣。而不如《虞初》之九百也。秦漢之篇，即唐宋之卷，《太史公書》一百三十卷，《漢志》作百三十篇。然三代之書，至繁不過百卷，不應《虞初》卷多乃爾。余恐《虞初》之篇，即《尚書》百篇之篇，則九百篇者，不過九百事，計以後世之卷，不過數十餘耳。今其説一不存。按《漢志》，虞初河南人，武帝時方士，號黄車使者。蓋《七略》所稱小説，惟此當與後世同。方士務爲迂怪，以惑主心，《神異》《十洲》之祖襲，有自來矣。

同上，卷三十八《華陽博議上》“子之浮誇”條：

子之浮誇而難究者，莫大於衆説。衆説之中，又有博於怪者、妖者、神者、鬼者、物者、名者、言者、事者。《齊諧》《夷堅》博於怪，《虞初》《瑣語》博於妖，令升、元亮博於神，之推、成式博於鬼，曼倩、茂先博於物，湘東、魯望博於名，義慶、孝標博於言，夢得、務觀博於事，李昉、曾慥、禹錫、宗儀之屬，又皆博於衆説者也。總之脞談隱迹，巨細兼該，廣見洽聞，驚心奪目，而淫俳間出，詭誕錯陳。張、劉諸子，世推博極，此僅一班。至郭憲、王嘉，全構虚詞，亡徵實學，斯班氏所以致譏、子玄因之絶倒者也。（上海書店，2001年）

顧起元《説略》卷十三《典述中》“諸子儒家則有”條：

諸子儒家則有《晏子春秋》（齊晏嬰）……小説家則有《伊尹説》、《鬻子説》、《周考》、《師曠》、《務成子》、《宋子》、《黄帝説》、《虞初周説》、《燕丹子》、《青史子》、《宋王子》、《郭子》（晋中郎澄）、《猗犴

子》（元結）、《乾膜子》（温庭筠）……（《文淵閣四庫全書》本）

方以智《通雅》卷十九《稱謂·目癡爲九百》：

陳無己曰："世人以癡爲九百。"《愛日齋叢抄》言東坡亦用之。張平子賦曰："乃有秘書，小説九百，本自虞初。"虞初事漢，號黄衣使者，亦號九百。俗緣其小説瑣碎耳。（中國書店，1990年）

吴景旭《歷代詩話》丙集賦上之中《九百》：

張衡《西京賦》："匪惟玩好，乃有秘書。小説九百，本自虞初。"

吴旦生曰：五臣注：小説，醫巫厭祝之術，凡有九百四十三篇。言九百，舉大數也。蘇東坡作艾子有云："彭祖八百歲，其婦哭之，以九百者尚在也。"李方叔謂："俗以憨癡騃駝爲九百，豈可筆之文字間？"坡因舉《西京賦》及注語以告之。方叔後讀《文選》，見其注，始嘆坡之精通。（陳後山云："世人以癡爲九百，謂其精神不足也。"朱彧云："青州王大夫爲俚詞，獻其季父爲青掾者，他日見其子，謝之。其子曰：'大人九百亂道，玷瀆高明。'蓋精神不足爲九百，豈以一千即足數耶？"汪司業云："九百，草書喬字也。"）

虞初，洛陽人，明醫術，事漢武帝。時乘馬，衣黄衣，號黄衣使者。其説亦號九百，以其能通小説家書也。方萬里《挽王防禦》云："温飽逍遥八十餘，稗官原是漢虞初。世間怪事皆能説，天下鴻儒有不如。聳動九重三寸舌，貫穿千古五車書。哀江南賦箋成傳，從此韋編鎖蠹魚。"蓋防禦在宋，亦以説書供奉得官耳。（中華書局，1958年）

惠士奇《禮説》卷五《地官》三《稻人》：

土訓，道地圖；誦訓，道方志，古之稗官也。稗官，乃小説家者流，小説九百，本自虞初。虞初，洛陽人，漢武帝時以方士侍郎，號黄車使者。蓋即古之土訓、誦訓，王巡守則夾王車，挾此秘書，儲以自隨，待上所求問，皆常具焉。王者欲知九州山川形勢之所宜，四方所識，久遠之事，及民間風俗，輶軒之所未盡采，太史之所未及陳，凡地慝、方慝、惡物、丑類乃立稗官使稱説之，故曰訓。解詁爲訓，偶語爲稗，其義一也。説者謂街談巷語，道聽途説者所造，豈其然乎？應劭曰："其説以《周書》爲本。"賢者識大，不賢者識小，而文、武之道存，仲尼之所學也。（《文淵閣四庫全書》本）

永瑢等《四庫全書總目》卷一百四十子部五十小説家類一：

張衡《西京賦》曰："小説九百，本自虞初。"《漢書·藝文志》載《虞初周説》九百四十三篇，注稱武帝時方士，則小説興於武帝時矣。故《伊尹説》以下九家，班固多注依托也。（《漢書·藝文志》注，凡不著姓名者，皆班固自注。）然屈原《天問》雜陳神怪，多莫知所出，意即小説家言。而《漢志》所載《青史子》五十七篇，賈誼《新書·保傅篇》中先引之，則其來已久，特盛於虞初耳。（中華書局，1965 年）

沈欽韓《漢書藝文志疏證》卷二《諸子略》小説家：

《虞初周説》九百四十三篇。

《封禪書》："雒陽虞初等以方祠詛匈奴、大宛。"（《二十五史藝文經籍志考補萃編》本，清華大學出版社，2011年）

姚振宗《漢書藝文志條理》卷二之下《諸子略》小説家：

《虞初周説》九百四十三篇。河南人，武帝時以方士侍郎，號黄車使者。

應劭《漢書集解》曰："其説以《周書》爲本。"

《史·封禪書》：太初元年，是歲西伐大宛。丁夫人、雒陽虞初等以方祠詛匈奴、大宛焉。（本書《郊祀志》同。）

後漢張衡《西京賦》曰："千乘雷動，萬騎龍驅。屬車之簉，載獫猲獢。匪唯玩好，乃有秘書。小説九百，本自虞初。從容之求，實俟實儲。"吴薛綜注曰："小説，醫巫厭祝之術，凡有九百四十三篇。言九百，舉大數也。持此秘術，儲以自隨，待上所求問，皆常具也。"李善曰："《漢書》曰：《虞初周説》九百四十三篇。初，河南人也。武帝時以方士侍郎，乘馬，衣黄衣，號黄車使者。"（按此知今本《漢志》班氏注，後人删落"乘馬，衣黄衣"五字。又據賦所云，則天子從官嘗載此書以待顧問，未必非當時事實也。）（《二十五史補編》本，中華書局，1956年）

梁啓超《漢志諸子略各書存佚真僞表》小説家者流：

《虞初周説》，入"已佚"類"全佚"目。（《二十五史藝文經籍志考補萃編》本，清華大學出版社，2012年）

顧實《漢書藝文志講疏》三《諸子略》小説家：

《虞初周説》九百四十三篇。（河南人，武帝時以方士侍郎號黄車使者。應劭曰："其説以《周書》爲本。"師古曰："《史記》云虞初洛陽人，即張衡《西京賦》'小説九百，本自虞初'者也。"）

亡。雒陽虞初見《郊祀志》。本志篇帙，莫此爲衆。莊子曰："飾小説以干縣

令。”（《外物篇》。）而此固非以干縣令者，亦如後世小説，爲娛樂之具已。（上海古籍出版社，2009年）

陳朝爵《漢書藝文志約説》卷二《諸子略》小説家：

《虞初周説》九百四十三篇。（河南人，武帝時以方士侍郎，號“黄車使者”。亡。）

應劭曰：“其説以《周書》爲本。”師古曰：“初，雒陽人，即張衡《西京賦》‘小説九百，本自虞初’者也。”王應麟曰：“《郊祀志》：雒陽虞初等以方祠詛匈奴、大宛。”李善注《西京賦》引曰：“以方士侍郎，乘馬，衣黄衣，號黄車使者。”今本注有脱落。案，虞初以方士侍天子，爲祠詛，其人之詭詰誕謾可知。小説家奉以爲祖本，遂無不托爲神怪幽靈者。故於此察之，一足覘當時社會心理，大多趨重於黄老、神仙、小説家，專以投時尚、迎合心理爲務；一足考後代小説，必托之神仙、鬼怪之所自來。沿及近世，小説一家遂專以迎合社會心理，轉移一世矣。其力詎不大哉！（《二十五史藝文經籍志考補萃編》本，清華大學出版社，2012年）

魯迅《中國小説史略》第二篇《神話與傳説》：

漢應劭説，《周書》爲虞初小説所本，而今本《逸周書》中惟《克殷》《世俘》《王會》《太子晋》四篇，記述頗多誇飾，類於傳説，餘文不然。至汲冢所出周時竹書中，本有《瑣語》十一篇，爲諸國卜夢妖怪相書，今佚，《太平御覽》間引其文；又汲縣有晋立《吕望表》，亦引《周志》，皆記夢驗，甚似小説，或虞初所本者爲此等，然别無顯證，亦難以定之。

齊景公伐宋，至曲陵，夢見有短丈夫賓於前，晏子曰：“君所夢何如哉？”公曰：“其賓者甚短，大上小下，其言甚怒，好俯。”晏子曰：“如是，則伊尹也。伊尹甚大而短，大上小下，赤色而髯，其言好俯而下聲。”公曰：“是矣。”晏子曰：“是怒君師，不如違之。”遂不果伐宋。（《太平御覽》三百七十八）

文王夢天帝服玄禳以立於令狐之津。帝曰：“昌，賜汝望。”文王再拜稽首，太公於後亦再拜稽首。文王夢之之夜，太公夢之亦然。其後文王見太公而訓之曰：“而名爲望乎？”答曰：“唯，爲望。”文王曰：“吾如有所見於汝。”太公言其年月與其日，且盡道其言：“臣以此得見也。”文王曰：“有之，有之。”遂與之歸，以爲卿士。（晋立《太公吕望表》石刻，以東魏立《吕望表》補闕字。）

同上，第三篇《〈漢書·藝文志〉所載小説》：

《漢志》之叙小説家，以爲“出於稗官”，如淳曰：“細米爲稗。街談巷説，甚細碎之言也。王者欲知里巷風俗，故立稗官，使稱説之。”（本注）其所録小説，今皆不存，故莫得而深考，然審察名目，乃殊不似有采自民間，如《詩》之《國風》者。其中依托古人者七，曰：《伊尹説》《鬻子説》《師曠》《務成子》《宋子》《天乙》《黄帝》。記古事者二，曰：《周考》，《青史子》，皆不言何時作。明著漢代者四家，曰：《封禪方説》《待詔臣饒心術》《臣壽周紀》《虞初周説》。《待詔臣安成未央術》與《百家》，雖亦不云何時作，而依其次第，自亦漢人。

虞初事詳本志注，又嘗與丁夫人等以方祠詛匈奴大宛，見《郊祀志》，所著《周説》幾及千篇，而今皆不傳。晋唐人引《周書》者，有三事如《山海經》及《穆天子傳》，與《逸周書》不類，朱右曾（《逸周書集訓校釋》十一）疑是《虞初説》。

岕山，神蓐收居之。是山也，西望日之所入，其氣圓，神經光之所司也。（《太平御覽》三）

天狗所止地盡傾，餘光燭天爲流星，長十數丈，其疾如風，其聲如雷，其光如電。（《山海經》注十六）

穆王田，有黑鳥若鳩，翩飛而跱於衡，御者斃之以策，馬佚，不克止之，蹪於乘，傷帝左股。（《文選李善注》十四）（上海古籍出版社，1998年）

蔣伯潜《諸子通考》下編《諸子著述考·縱横家農家小説家之書》：

《虞初周説》九百四十三篇。自注曰：“河南人。武帝時，以方士侍郎，號黄車使者。”應劭曰：“其説以《周書》爲本。”顔師古曰：“《史記》云‘虞初，洛陽人’。即張衡《西京賦》‘小説九百，本自虞初’者也。”王應麟曰：“《郊祀志》：‘雒陽虞初等以方祠詛匈奴大宛。’”《漢志》所録之書，篇數以此書爲最多。（浙江古籍出版社，1985 年）

案：虞初，河南洛陽人，武帝時方士。《史記·封禪書》：“（太初元年）丁夫人、洛陽虞初等以方祠詛匈奴、大宛焉。”班固曰：“河南人，武帝時以方士侍郎，號黄車使者。”《西京賦》李善注曰：“初，河南人也。武帝時以方士侍郎，乘馬，衣黄衣，號黄車使者。”顔師古曰：“《史記》云虞初洛陽人，即張衡《西京賦》‘小説九百，本自虞初’者也。”王世貞《宛委餘編》曰：“虞初，漢武帝時小吏，衣黄乘輜，采訪天下異聞。”此爲現存有關其人之資料。《西京賦》薛綜注曰：“小説，醫巫厭祝之術。”正與《史記》所載一致，可知他爲醫巫方士。

《虞初周説》，《漢書·藝文志》小説家著録九百四十三篇，《藝文志》

所著書篇，莫繫於玆。張舜徽先生以爲“此乃漢代虞初所輯小説叢談之彙編”。張衡《西京賦》稱：“小説九百，本自虞初。”而虞初遂爲後世小説之代名詞。其内容乃演繹《周書》故事，雜以醫巫厭祝之術者。張衡《西京賦》曰：“匪唯玩好，乃有秘書。小説九百，本自虞初。從容之求，實俟實儲。”李善注引應劭曰：“其説以《周書》爲本。”薛綜注曰：“小説，醫巫厭祝之術，凡有九百四十三篇。言九百，舉大數也。”二人似嘗見其書。應劭、薛綜并漢末人，則此書漢末尚存，其亡在漢以後。唐宋間類書所引之名爲《周書》者，均未出現在後世稱爲《周書》的《尚書·周書》和《逸周書》中，如此者數十事，事多迂誕，富於傳奇色彩，這些不明出處之《周書》極有可能是《虞初周説》。若果如此，則其佚文存於今者仍不少。

百家

司馬遷撰，裴駰集解，司馬貞索隱，張守節正義《史記》卷一《五帝本紀》：

太史公曰：學者多稱五帝，尚矣。然《尚書》獨載堯以來，而百家言黄帝，其文不雅馴，（《正義》：馴，訓也。謂百家之言皆非典雅之訓。）薦紳先生難言之。孔子所傳宰予問《五帝德》及《帝繫姓》，儒者或不傳。余嘗西至空桐，北過涿鹿，東漸於海，南浮江淮矣，至長老皆各往往稱黄帝、堯、舜之處，風教固殊焉，總之不離古文者近是。予觀《春秋》《國語》，其發明《五帝德》《帝繫姓》章矣，顧弟弗深考，其所表見皆不虚。《書》缺有間矣，其軼乃時時見於他説。非好學深思，心知其意，固難爲淺見寡聞道也。余并論次，擇其言尤雅者，故著爲本紀書首。（《正義》：太史公據古文并諸子百家論次，擇其言語典雅者，故著爲《五帝本紀》，在《史記》百三十篇書之首。）

同上，卷六《秦始皇本紀》：

（三十四年）丞相李斯曰："五帝不相復，三代不相襲，各以治，非其相反，時變異也。今陛下創大業，建萬世之功，固非愚儒所知。且越言乃三代之事，何足法也？異時諸侯并争，厚招游學。今天下已定，法令出一，百姓當家則力農工，士則學習法令辟禁。今諸生不師今而學古，以非當世，惑亂黔首。丞相臣斯昧死言：古者天下散亂，莫之能一，是以諸侯并作，語皆道古以害今，飾虚言以亂實，人善其所私學，以非上之所建立。今皇帝并有天下，别黑白而定一尊。私學而相與非法教，人聞令下，則各以其學議之，入則心非，出則巷議，誇主以爲名，異取以爲高，率群下以造謗。如此弗禁，則主勢降乎上，黨與成乎下。禁之便。臣請史官非秦紀皆燒之。非博士官所職，天下敢有藏《詩》、《書》、百家語者，悉詣守、尉雜燒之。有敢偶語《詩》《書》者棄市。以古非今者族。吏見知不舉者與同罪。令下三十日不燒，黥爲城旦。所不去者，醫藥卜筮種樹之書。若欲有學法令，以吏爲師。"制曰："可。"

同上，卷七十一《甘茂列傳》：

甘茂者，下蔡人也。事下蔡史舉先生，學百家之術。

同上，卷七十九《蔡澤列傳》：

將見昭王，使人宣言以感怒應侯曰："燕客蔡澤，天下雄俊弘辯智士也。彼一見秦王，秦王必困君而奪君之位。"應侯聞曰："五帝三代之事，百家之説，吾既知之，衆口之辯，吾皆摧之，是惡能困我而奪我位乎？"

同上，卷八十四《賈誼列傳》：

賈生名誼，雒陽人也。年十八，以能誦詩屬書聞於郡中。吴廷尉爲河南守，聞其秀才，召置門下，甚幸愛。孝文皇帝初立，聞河南守吴公治平爲天下第一，故與李斯同邑而常學事焉，乃徵爲廷尉。廷尉乃言賈生年少，頗通諸子百家之書。文帝召以爲博士。

同上，卷八十七《李斯列傳》：

始皇三十四年，置酒咸陽宫，博士僕射周青臣等頌稱始皇威德。齊人淳于越進諫曰："臣聞之，殷周之王千餘歲，封子弟功臣自爲支輔。今陛下有海内，而子弟爲匹夫，卒有田常、六卿之患，臣無輔弼，何以相救哉？事不師古而能長久者，非所聞也。今青臣等又面諛以重陛下過，非忠臣也。"始皇下其議丞相，丞相謬其説，絀其辭，乃上書曰："古者天下散亂，莫能相一，是以諸侯并作，語皆道古以害今，飾虚言以亂實，人善其所私學，以非上所建立。今陛下并有天下，别白黑而定一尊；而私學乃相與非法教之制，聞令下，即各以其私學議之，入則心非，出則巷議，非主以爲名，異趣以爲高，率群下以造謗。如此不禁，則主勢降乎上，黨與成乎下。禁之便。臣請諸有文學《詩》《書》百家語者，蠲除去之。令到滿三十日弗去，黥爲城旦。所不去者，醫藥卜筮種樹之書。若有欲學者，以吏爲師。"始皇可其議，收去《詩》《書》百家之語以愚百姓，使天下無以古非今。

同上，卷一百十二《主父偃》：

主父偃者，齊臨菑人也。學長短縱横之術，晚乃學《易》、《春秋》、百家言。游齊諸生間，莫能厚遇也。

同上，卷一百三十《太史公自序》：

太史公仍父子相續纂其職。曰："……序略，以拾遺補藝，成一家之言，厥協《六經》異傳，整齊百家雜語，（《正義》：太史公撰《史記》，言其協於《六經》異文，整齊諸子百家雜説之語，謙不敢比經藝也。異傳，謂如丘明《春秋外傳》、《國語》、子夏《易傳》、毛公《詩傳》、韓《詩外傳》、伏生《尚書大傳》之流也。）……"（中華書局，1982年）

劉向撰，向宗魯校證《説苑校證》附《説苑序奏》：

護左都水使者光禄大夫臣向言：所校中書《説苑》《雜事》，及臣向書、民間書、誣校讎，其事類衆多，章句相混，或上下謬亂，難分别次序。除去與《新序》重複者，其餘者淺薄，不中義理，别集以爲百家，後令以類相從，一一條别篇目，更以造新事十萬言以上，凡二十篇，七百八十四章，號曰《新苑》，皆可觀。臣向昧死。（中華書局，1987年）

班固撰，顔師古注《漢書》卷六《武帝紀》：

贊曰：漢承百王之弊，高祖撥亂反正，文景務在養民，至於稽古禮文之事，猶多闕焉。孝武初立，卓然罷黜百家，（師古曰："百家，謂諸子雜説，違背六經。"）表章《六經》。遂疇咨海内，舉其俊茂，與之立功。興太學，修郊祀，改正朔，定曆數，協音律，作詩樂，建封禪，禮百神，紹周後，號令文章，焕焉可述。後嗣得遵洪業，而有三代之風。如武帝之雄材大略，不改文景之恭儉以濟斯民，雖《詩》《書》所稱何有加焉！

同上，卷三十《藝文志》第十諸子略小説家：

《百家》百三十九卷。

同上，卷三十六《楚元王傳》：

向睹俗彌奢淫，而趙衛之屬起微賤，逾禮制。向以爲王教由内及外，自近者始。故采取《詩》《書》所載賢妃貞婦，興國顯家可法則，及孽嬖亂亡者，序次爲《列女傳》，凡八篇，以戒天子。及采傳記行事，著《新序》《説苑》凡五十篇奏之。數上疏言得失，陳法戒。書數十上，以助觀覽，補遺闕。上雖不能盡用，然内嘉其言，常嗟嘆之。

同上，卷六十四上《主父偃傳》：

主父偃，齊國臨菑人也。學長短縱横術，（服虔曰："蘇秦法百家書説也。"）晚乃學《易》、《春秋》、百家之言。游齊諸子間，諸儒生相與排儐，不〔客〕（容）於齊。（中華書局，1962年）

范曄撰，李賢注《後漢書》卷五《孝安帝紀》：

（永初四年春二月）詔謁者劉珍及《五經》博士，校定東觀《五經》、諸子、傳記、百家藝術，整齊脱誤，是正文字。（《洛陽宫殿名》曰："南宫有東觀。"《前書》曰："凡諸子百八十九家"，言百家，舉全數也。）

同上，卷二十六《伏湛傳》：

翕嗣爵，卒，子光嗣。光卒，子晨嗣。晨謙敬博愛，好學尤篤，以女孫爲順帝貴人，奉朝請，位特進。卒，子無忌嗣，亦傳家學，博物多識，順帝時，爲侍中屯騎校尉。永和元年，詔無忌與議郎黄景校定中書《五經》、諸子百家、藝術。（中書，内中之書也。《藝文志》曰“諸子凡一百八十九家”，言百家，舉其成數也。藝謂書、數、射、御，術謂醫、方、卜、筮。）元嘉中，桓帝復詔無忌與黄景、崔寔等共撰《漢記》。又自采集古今，删著事要，號曰《伏侯注》。……

同上，卷三十上《蘇竟傳》：

蘇竟字伯況，扶風平陵人也。平帝世，竟以明《易》爲博士講《書》祭酒。善圖緯，能通百家之言。王莽時，〔與〕劉歆等共典校書，拜代郡中尉。

同上，卷四十上《班固傳》：

固字孟堅。年九歲，能屬文誦詩賦，及長，遂博貫載籍，九流百家之言，無不窮究。（九流謂道、儒、墨、名、法、陰陽、農、雜、縱横。）所學無常師，不爲章句，舉大義而已。

同上，卷四十九《王充傳》：

王充字仲任，會稽上虞人也，其先自魏郡元城徙焉。充少孤，鄉里稱孝。後到京師，受業太學，師事扶風班彪。好博覽而不守章句。家貧無書，常游洛陽市肆，閲所賣書，一見輒能誦憶，遂博通衆流百家之言。後歸鄉里，屏居教授，仕郡爲功曹，以數諫争不合去。

同上，卷五十二《崔駰傳》：

毅生駰，年十三能通《詩》《易》《春秋》，博學有偉才，盡通古今訓詁百家之言，善屬文。少游太學，與班固、傅毅同時齊名。常以典籍爲業，未遑仕進之事。

同上，卷八十上《劉珍傳》：

劉珍字秋孫，一名寶，南陽蔡陽人也。少好學。永初中，爲謁者僕射。鄧太后詔使與校書劉騊駼、馬融及《五經》博士，校定東觀《五經》、諸子傳記、百家藝術，整齊脱誤，是正文字。永寧元年，太后又詔珍與騊駼作建武已來名臣傳，遷侍中、越騎校尉。延光四年，拜宗正。明年，轉衛尉，卒官。著誄、頌、連珠凡七篇。又撰《釋名》三十篇，以辯萬物之稱號云。（中華書局，1965年）

歐陽詢《藝文類聚》卷七十四巧藝部《畫》：

《風俗通》曰：門户鋪首。謹按《百家書》云“公輸班之水，見蠡，曰：‘見汝形。’蠡適出頭，般以足畫圖之，蠡引閉其户，終不可得開。般遂施之門户，云人閉藏如是，固周密矣。”

同上，卷八十火部《火》：

《風俗通》曰：城門失火，禍及池中魚。按《百家書》：“宋城門失火，自汲池中水以沃之，魚悉露見，但就把之。”（事具魚部。）

同上，卷九十六鱗介部上《魚》：

《風俗通》曰：城門失火，禍及池中魚。舊説池中魚，人姓名，（《太平御覽》九百三十五作“字”。），居近城，城門失火，延及其家，仲魚燒死。謹案《百家書》曰：“宋城門失火，因汲池水以沃灌之，池中空竭，魚悉露死。”喻惡之滋，并中傷量謹也。（上海古籍出版社，1982年）

李昉等《太平御覽》卷一百八十八居處部十六《鋪首》：

《風俗通》曰：門户鋪首。《百家書》云：“輸班見水上蠡，謂之曰：‘開汝頭，見汝形。’蠡適出頭，般以足畫圖之，蠡引閉其户，終不可開。設之門户，欲使閉藏當如此固密也。”

同上，卷七百五十工藝部七《畫上》：

《風俗通》曰：按《百家書》云：“公輸般之水上，見蠡，謂蠡曰：‘開汝匣，見汝形。’蠡遂出頭，般以足畫圖之。（缺）”

同上，卷八百六十九火部二《火下》：

《風俗通》曰：城門失火，禍及池魚。案《百家書》：“宋城門失火，汲取池中水以沃之，魚悉露見，但就取之。”（説云，司門尉，姓池名魚，城門火，救之，燒死，故云然耳。）

同上，卷九百三十五鱗介部七《魚上》：

《風俗通》曰：城門失火，禍及池中魚。俗説池中魚，人姓字，居近城門，城失火，延及其家。謹案《百家書》：“宋城門失火，因汲取池中水以沃灌之，池中空竭，魚悉露死。”喻惡之滋，并中傷重謹也。（中華書局，1960年）

吴淑《事類賦》卷八地部《火》：

……行司爟之政令，絶令丘之草木；憫池魚之及禍，（《風俗通》曰：城門失火，禍及池魚。案《百家書》：“宋城門失火，汲取池中水以沃之，魚悉露見，但就取之。”注云：“一説司門尉，姓池，名魚，城門火，救之，燒死。”）喜藏臺之爲福。（《文淵閣四庫全書》本）

王堯臣等《崇文總目》卷三儒家類：

《説苑》五卷。

原釋：漢劉向撰。向，成帝時典秘書，采傳記百家之言，掇其正辭美義、可爲勸戒者，以類相從，爲《説苑》二十篇，今存者五卷。（見《文獻通考》《南豐文集》《書録解題》并引末句。）

侗按：《讀書志》云：“曾子固校書，自謂得十五篇於士大夫家，與《崇文》舊書五卷合爲二十篇而叙之。”《漢藝文志考證》云：“《崇文總目》：存者五篇。曾鞏復得十五篇，與舊爲二十篇。”諸仁煦曰：“《舊唐志》又作三十卷。”

《新序》十卷。

原釋：漢劉向撰。成帝時典校秘書，因采載戰國秦漢間事，爲三十卷上之。其二十卷今亡。（見《文獻通考》。）

侗按：《通志·略》：二十卷。（《叢書集成初編》本，中華書局，1985年）

向宗魯校證《説苑校證》曾鞏《説苑序》：

劉向所序《説苑》二十篇。《崇文總目》云：“今存者五篇，餘皆亡。”臣從士大夫間得之者十有五篇，與舊爲二十篇，正其脱謬，疑者闕之，而叙其篇目，曰：向采傳記百家所載行事之迹，以爲此書，奏之，欲以爲法戒。然其所取，或有不當於理，故不得而不論也。夫學者之於道，非知其大略之難也，知其精微之際固難矣。孔子之徒三千，其顯者七十二人，皆高世之材也。然獨稱“顔氏之子，其殆庶幾乎”。及回死，又以爲無“好學”者。而回亦稱夫子曰：“仰之彌高，鑽之彌堅。”子貢又以謂“夫子之言性與天道，不可得而聞也”。則其精微之際，固難知久矣。是以取捨不能無失於其間也。故曰“學然後知不足”，豈虚言哉！向之學博矣，其著書及建言，尤欲有爲於世，忘其枉已而爲之者有矣，何其徇物者多而自爲者少也？蓋古之聖賢非不欲有爲也，然而曰：“求之有道，得之有命。”故孔子所至之邦，必聞其政，而子貢以謂“非夫子之求之也”，豈不求之有道哉！子曰：“道之將行也歟，命也；道之將廢也歟，命也。”豈不得之有命哉！今向之出此，安於行止，以彼其志，能擇其所學，以盡乎精微，則其所至未可量也。是以夫子稱“古之學者爲已”，孟子稱“君子欲其自得之，自得之，則取諸左右逢其原”，豈汲汲於外哉！向之得失如此，亦學者之戒也，故見之叙論，令讀其書者知考而擇之也。然向數困於讒，而不改其操，與夫患失者異矣，可謂有志者也。編校書籍臣曾鞏上。（中華書局，1987 年）

高承撰，李果訂《事物紀原》卷八舟車帷幄部第四十《鋪首》：

《後漢·禮儀志》曰：施門户，代以所尚爲飾。商人水德，以螺首慎其閉塞，使如螺也。《百家書》曰：公輸般見水蠡，謂之曰："開汝頭，見汝形。"蠡適出頭，般以足畫之，蠡遂引閉其户，終不可開。因效之，設於門户，欲使閉藏當如此固密也。二説不同。《通俗文》曰：門扇飾，謂之鋪首也。（中華書局，1989年）

晁公武撰，孫猛校證《郡齋讀書志校證》卷第十儒家類：

《新序》十卷。（袁本前志卷三上儒家類第十三。）

右漢劉向子政撰。向當成帝時，典校書，因采傳記、行事、百家之言，删取正辭美義、可勸戒者，爲《新序》《説苑》共五十篇。《新序》陽朔元年上，世傳本多亡闕，皇朝曾子固在館中日，校正其訛舛而綴緝其放逸，久之，《新序》始復全。自秦以後，綴文之士有補於世者，稱向與揚雄爲最。雄之言，莫不涉孔孟；向之言，不皆概諸聖，故議者多謂雄優於向。考其行事，則反是。何哉？今觀其書，蓋向雖雜博，而自得者多；雄雖精深，而自得者少故也。然則向之書可遵而行，殆過於雄矣。學者其可易之哉？

《説苑》二十卷。（袁本前志卷三上儒家類第十四。）

右漢劉向撰。以《君道》《臣術》《建本》《立節》《貴德》《復恩》《政理》《尊賢》《正諫》《法誡》《善説》《奉使》《權謀》《至公》《指武》《談叢》《雜言》《辨物》《修文》爲目。鴻嘉四年上之。闕第二十卷。曾子固校書，自謂得十五篇於士大夫家，與崇文舊書五篇合爲二十篇，又叙之。然止是十九卷，作《修文》上下篇耳。（上海古籍出版社，1990 年）

高似孫《緯略》卷五《金鋪》：

《通俗文》曰："門首飾謂之鋪首。"《風俗通》曰："門户鋪首。"揚雄《甘泉賦》曰"排玉户而揚金鋪兮，發蘭蕙與芎藭"是也。《説文》曰："門扇鐶，謂之鋪首。"李尤《平樂觀賦》曰"過洞房之輔闥，歷金鐶之華鋪"是也。《通俗文》又引《百家書》曰："輸般見水上蠡謂之曰：'開汝頭，見汝形。'蠡適出其頭，般以足畫圖之，蠡引閉其户，終不可開。設之門户，欲使閉藏如此固密也。"《義訓》曰："門飾金謂之鋪，鋪謂之鏂（音歐），今俗謂浮漚釘者也。"劉孝威詩："金鋪玉鎖琉璃扉，花鈿寶鏡織成衣。"江總詩："兔影脉脉照金鋪，

虬水滴滴瀉玉壶。”沈佺期詩：“梅樓翠幌教春住，舞閣金鋪借日懸。”（《叢書集成初編》本，中華書局，1985年）

潘自牧《記纂淵海》卷九十九水族部《魚》：

（傳記）城門失火，禍及池中魚。俗説池中魚，人姓字，居近城門，城失火，延及其家，非也。謹按《百家書》：“宋城門失火，因汲池中水以沃之，魚悉露死。”喻惡之滋，并中傷重謹也。（《論衡》）（《文淵閣四庫全書》本）

謝采伯《密齋筆記》卷四“城門失火”條：

城門失火，殃及池魚，古語有之。一見《風俗通》，一見《百家書》，曰：“宋城門失火，汲取池中水以沃之，魚悉露見，因就取之。”又《廣韵注》云：“司門者，姓池名仲魚，因救城門火，焦爛而卒。”二説未知孰是。東魏杜弼移檄梁朝討納侯景曰：“景必據淮南稱帝，但恐城門失火，灾及池魚。”嘉熙庚子，城中大火，余呼百餘人求護靖越門一帶，拽拔三處屋，支犒六百千及布施三寺，池魚之灾甚矣。（《叢書集成初編》本，中華書局，1985年）

陳振孫《直齋書録解題》卷九儒家類：

《新序》十卷。

漢護都水使者光禄大夫劉向子政撰。舜禹以來迄於周，嘉言善行，往往在焉。其書最爲近古。（案曾鞏序略曰：“向之序此書，於今最爲近古，雖不能無失，然遠至舜禹，而次及於周秦以來，古人之嘉言善行，亦往往而有也。”此云“自舜禹以來迄於周”，疑有脱句。）

《説苑》二十卷。

劉向撰。序言臣向所校中書《説苑》《雜事》，除去與《新序》複重者，其餘淺薄不中義理，别集以爲百家後，今以類相從，更以造新事，凡二十篇，七百八十四章，號曰《説苑》。案《漢志》，劉向所序六十七篇，謂《新序》《説苑》《世説》《列女傳頌圖》也。今本南豐曾鞏序，言《崇文總目》存者五篇，從士大夫得十五篇，與舊爲二十篇。未知即當時篇章否？《新苑》之名亦不同。（上海古籍出版社，2015年）

王應麟著，張三夕、楊毅點校《漢藝文志考證》卷五《儒》：

劉向所序《新序》。

本傳：采傳記行事者《新序》《説苑》，凡五十篇，奏之。《隋志》：《新序》三十卷，《説苑》二十卷是也。曾鞏校定十卷，《雜事》至《善謀》，（陽朔元年二月癸卯，上總一百八十三章。）二十卷缺。（《史記·商君傳》注引《新序論》。《索隱》曰：“《新序》是劉歆所撰。”蓋誤以向爲歆。）

《説苑》。

向校《中書》《説苑》《雜事》，分別次序，除去與《新序》複重者，以類相從，凡二十篇，《君道》至《反質》七百八十四章。（鴻嘉四年三月己亥上。）《崇文總目》存者五篇。曾鞏復得十五篇，與舊爲二十篇。李德芻云：“闕《反質》一卷。”鞏分《修文》爲上下，以足二十卷，後高麗進一卷，遂足。（中華書局，2011年）

王應麟《玉海》卷五十五《藝文》著書雜著《漢〈新序〉〈説苑〉》：

《劉向傳》：向采傳記行事，著《新序》《説苑》凡五十篇，奏之。（《新序》陽朔元年二月癸卯上。《説苑》鴻嘉四年三月己亥上。）

《中興書目·雜家》：《新序》十卷，漢陽朔元年劉向撰。遠至舜禹，次及周秦，古人嘉言善行，悉采摭，《序》載總一百八十三章。《説苑》二十卷，漢鴻嘉四年劉向撰。采傳記百家所載行事之迹，凡二十篇，總七百八十四章上之。（江蘇古籍出版社，1987年）

李翀《日聞録》“通俗文”條：

《通俗文》曰：“門首飾謂之鋪首。”《風俗通》曰：“門户鋪首。”揚雄《甘泉賦》曰“排玉户而揚金鋪兮，發蘭蕙與芎藭”是也。《説文》曰：“門扇鐶謂之鋪首。”李尤《平樂觀賦》曰“過洞房之輔闥，歷金鐶之華鋪”是也。《風俗通》又引《百家書》曰：“輸般見水上蠡謂之曰：‘開汝頭，見汝形。’蠡適出其頭，般以足畫圖之，蠡引閉其户，終不可開。設之門户，欲使閉藏如此固密也。”《義訓》曰：“門飾金謂之鋪，鋪謂之鏂，鏂音謳，今俗謂浮漚丁者也。”劉孝威詩：“金鋪玉鎖琉璃扉，花鈿寶鏡織成衣。”江總詩：“兔影脉脉照金鋪，虬水滴滴瀉玉壺。”沈佺期詩：“妝樓翠幌教春住，舞閣金鋪借日懸。”（《叢書集成初編》本，中華書局，1985年）

彭大翼《山堂肆考》卷二十三地理火《池魚》：

《風俗通》：“城門失火，禍及池魚。《百家書》：‘宋城門失火，汲取池水沃之，魚悉露見，因就取之。’故云禍及池魚。”（《文淵閣四庫全書》本）

庾信撰，吴兆宜注《庾開府集箋注》卷七《擬連珠四十四首》：

蓋聞嚴霜之零，無有不肅；長林之斃，無所不標。是以楚塹既填，游魚無托；

（《風俗通》：城門失火，禍及池魚。按《百家書》："宋城門失火，自汲池中水以沃之，魚悉露見，但抱就之。"）吴宫已火，歸燕何巢？（《文淵閣四庫全書》本）

孫岳頒《佩文齋書畫譜》卷十一論畫一畫體上《魯畫》：

《百家書》云：公輸班之水見蠡，曰："見汝形。"蠡遡出頭，班以足畫圖之。（《風俗通義》）

舊有忖留神像，此神嘗與魯班語，班令其人出，忖留曰："我貌獰醜，卿善圖物容，我不能出。"班於是拱手與言曰："出頭見我。"忖留乃出首，班於是以腳畫地，忖留覺之，便還没水。故置其像於水，唯背以上立水上。（《水經注》）（《文淵閣四庫全書》本）

徐文靖《管城碩記》卷十九史類二：

徐陵《玉臺新咏序》"绛鶴晨嚴，銅蠡晝静"。注引趙岐注《孟》云：追蠡，欲絶之貌。

按：《文子》曰："聖人法蠡蚌而閉户。"《後漢·禮儀志》："殷以水德王，故以螺著門户。"應劭《風俗通》"門户鋪首。謹按：《百家書》：'公輸班之水，見蠡曰：'見汝形。'蠡適出頭，般以足畫圖之，蠡引閉其户，終不可得開，遂施之門户'"云。蠡與螺同，謂以銅爲蠡形於鋪首，故曰銅蠡。陳檢討《林蕙堂集序》"銅蠡夜滴"，注引徐孝穆"銅蠡晝静"，又引《後漢·張衡》"漏水制，以銅爲器"，皆誤解銅蠡也。（中華書局，1998年）

張廷玉等《韵府拾遺》卷六上平聲六魚韵《魚》：

（補藻）池魚（《五色綫》：火禍池魚，按《百家書》："宋城門失火，因汲水以沃之，池中空竭，魚悉露死。"）（《文淵閣四庫全書》本）

章學誠著，王重民通解《校讎通義通解》卷三《漢志諸子》：

小説家之《周考》七十六篇，《青史子》五十七篇，其書雖不可知，然班固注《周考》云："考周事也。"注《青史子》云："古史官記事也。"則其書非尚書所部，即春秋所次矣。觀《大戴禮·保傅篇》引青史氏之《記》，則其書亦不儕於小説也。（上海古籍出版社，2009年）

沈欽韓《漢書藝文志疏證》卷二《諸子略》小説家：

《百家》百三十九卷。

《御覽》八百六十九《風俗通》："按《百家書》：宋城門失火，汲取池中水以沃之，魚悉露見，但就取之。”《後書》仲長統詩：“百家雜碎，請用從火。”（《二十五史藝文經籍志考補萃編》本，清華大學出版社，2011年）

姚振宗《漢書藝文志條理》卷二之下《諸子略》小說家：

《百家》百三十九卷。

應劭《風俗通義》曰：“門户鋪首，按《百家書》，公輸般見水上蠡，謂之曰：‘開汝頭，見汝形。’蠡適出頭，般以足畫圖之。蠡引閉其户，終不可開。設之門户，欲使閉藏，當如此固密也。”又曰：“城門失火，禍及池魚。謹案《百家書》，宋城門失火，因汲取池中水，以沃灌之，池中空竭，魚悉露死。喻惡之滋，并中傷善類也。”（按應氏引《百家書》兩條，知其嘗見此書矣。）

案劉中壘《説苑叙録》曰：“除去與《新序》複重者，其餘者淺薄不中義理，別集以爲《百家》。”似即此《百家》，蓋《説苑》之餘，猶宋李昉等既撰集爲《太平御覽》，復裒録爲《太平廣記》也。案是篇凡分四章段：《伊尹》《鬻子》《周考》《青史子》《師曠》五家，叙次聯貫，條理井井，是爲第一段；《務成子》《宋子》《天乙》《黄帝説》四家，顛倒先後，雜出不倫，大抵皆從成書遲早爲次，不以所托之時代論也。《務成子》成書在宋鈃之前，《天乙》《黄帝説》成書在宋鈃之後歟？是爲第二段。《封禪方説》至《周紀》四家，皆武、宣時所奏御者，是爲第三段；《虞初周説》網羅宏富，自爲體材，別成一家，而劉中壘所集《百家》，體制略同，故次於其後，是爲第四段。他如法家、名、墨、縱横、農五篇，著録無多，故不見別分章段云。（《二十五史補編》本，中華書局，1956年）

梁啓超《漢志諸子略各書存佚真僞表》小説家者流：

《百家》，入“已佚”類“全佚”目。（《二十五史藝文經籍志考補萃編》本，清華大學出版社，2012年）

顧實《漢書藝文志講疏》三《諸子略》小説：

《百家》百三十九卷。

亡。甘茂事下蔡史舉先生，學百家之説。（《史記》本傳。）范雎曰：“五帝三代之事，百家之説，吾亦知之。”（《史記》本傳。）司馬遷曰：“百家言黄帝。”（《五帝本紀》。）服虔曰：“長短縱横術，蘇秦法百家書説也。”（《漢書·主父偃傳》注。）仲長統曰：“百家雜説，請用從火。”（《後漢書》本傳。）蓋言百家者各有所指。故莊子曰：“飾小説以干縣令。”（《外物篇》。）荀子曰：“小家珍説。”（《正名篇》。）鄭玄曰：“小道如今諸子書也。”（《後漢書·蔡邕傳》注。）是九流百家皆可名曰小説矣。然《班志》此小説之

《百家》自别有所指。應劭曰：“案《百家書》，宋城門失火，取汲池中以沃之，魚悉露見，但就取之。”（《御覽》八百六十八引《風俗通》。）斯亦至淺陋已，故宜别爲小説書歟。（上海古籍出版社，2009年）

陳朝爵《漢書藝文志約説》卷二《諸子略》小説家：

《百家》百三十九篇。（亡。）

沈欽韓曰：“《御覽》引《風俗通》‘案《百家書》’，《後書·仲長統傳》‘百家雜説，（今《統傳》作“百家雜碎”。）請用從火’。”案《史記》云“百家言黄帝，其文不雅馴”，蓋所謂《百家書》，亦必雜合諸子怪異之談，而其旨亦托之黄老道術也。（《二十五史藝文經籍志考補萃編》本，清華大學出版社，2012年）

魯迅《中國小説史略》第三篇《〈漢書·藝文志〉所載小説》：

《漢志》之叙小説家，以爲“出於稗官”，如淳曰，“細米爲稗。街談巷説，甚細碎之言也。王者欲知里巷風俗，故立稗官，使稱説之。”（本注）其所録小説，今皆不存，故莫得而深考，然審察名目，乃殊不似有采自民間，如《詩》之《國風》者。其中依托古人者七，曰：《伊尹説》《鬻子説》《師曠》《務成子》《宋子》《天乙》《黄帝》。記古事者二，曰：《周考》《青史子》，皆不言何時作。明著漢代者四家，曰：《封禪方説》《待詔臣饒心術》《臣壽周紀》《虞初周説》。《待詔臣安成未央術》與《百家》，雖亦不云何時作，而依其次第，自亦漢人。

《百家》者，劉向《説苑叙録》云：“《説苑雜事》，……其事類衆多，……除去與《新序》複重者，其餘者淺薄不中義理，别集以爲《百家》。”《説苑》今存，所記皆古人行事之迹，足爲法戒者，執是以推《百家》，則殆爲故事之無當於治道者矣。（上海古籍出版社，1998年）

蔣伯潛《諸子通考》下編《諸子著述考·縱横家農家小説家之書》：

《百家》百三十九卷。沈欽韓曰：“《御覽》八百六十八引《風俗通》云：‘案《百家書》，宋城門失火，取汲池水以沃之；魚悉露見，但就取之。’《後漢書·仲長統傳》，百家雜説，請用從火。”陶紹曾曰：“《御覽》七百六十、〔七〕百八十引《風俗通》公輸般見水上蠡事，亦出《百家》。”（均見《漢書補注》引。）按《史記·甘茂傳》所云“學百家之説”，《范雎傳》所云“百家之説，吾亦知之”，及《漢書·仲長統傳》所云“百家雜説”之“百家”，均係泛指諸子之書。《諸子略》録十家之書以小説家爲殿，而此書又列最後，疑係十家故事之雜録。故以“百家”爲名爾。（浙江古籍出版社，1985年）

案：《漢書·藝文志》小説家著録《百家》百三十九卷。劉向《説苑序奏》云："所校中書《説苑》《雜事》，及臣向書、民間書，誣校讎，其事類衆多，章句相混，或上下謬亂，難分别次序。除去與《新序》重複者，其餘者淺薄，不中義理，别集以爲百家。"張舜徽《漢書藝文志通釋》曰："《百家》下當有'言'字，或傳抄者奪之。此與道家之《道家言》，法家之《法家言》，雜家之《雜家言》同例，俱殿各家之末，乃學者撮精言警句之編。小説家百家之説尤廣，故所録爲多，致有百數十卷，書亦早亡。"其書固爲抄撮之作，然疑所抄撮者非"精言警句"，乃抄撮異聞、故事而爲編者，如《説苑》《新序》之類也。《藝文類聚》卷七十四《巧藝部》引《風俗通》曰："門户鋪首。謹按《百家書》云：公輸班之水，見蠡，曰：'見汝形。'蠡適出頭，般以足畫圖之，蠡引閉其户，終不可得開。般遂施之門户，云人閉藏如是，固周密矣。"又卷八十《火部》引《風俗通》曰："城門失火，禍及池中魚。按《百家書》：宋城門失火，自汲池中水以沃之，魚悉露見，但就把之。"應劭所引《百家書》或即小説家之《百家》，如《黄帝説》之引作《黄帝書》也。而此類故事又極淺俗，正是"街談巷語，道聽途説者之所造"之小説的本色。雖祇此兩則，然一葉知秋，一臠知味，已足見名副其實《漢書·藝文志》小説家小説之面貌矣。

後　記

本册資料是在揣松森碩士論文基礎上充實修訂而成的。揣松森在從我攻讀碩士學位期間，十分刻苦用功，三年下來，他收集整理的《漢書・藝文志》著録小説資料超過百萬字，獲得了同學們送給他的"揣百萬"的雅號。而通過收集整理資料，大大提高了他搜尋資料和閲讀資料的能力，後來他能够在報考華東師範大學中國古代文學博士生中勝出，應該得益於這一訓練。本册資料除了揣松森在華東師範大學讀博期間繼續有所補充外，江漢大學文學院副教授盧世華博士對全册資料進行了認真細緻的校對，訂正了一些訛誤。參與校對的還有江漢大學文學院漢語國際教育系同學洪燦、方珍、曹家琪、陳明、陳恒一等。最後由我做了審定，包括審讀全部資料和補充修改按語，希望能够儘量減少失誤。我們真誠希望提供給讀者的這份資料是系統、完整、準確、可靠的，能够爲需要者提供便利。當然，資料工作又是最瑣碎最繁雜的工作，稍有疏忽，就難免出錯。如果本册資料出現訛誤，主要責任應由我承擔。衷心歡迎讀者諸君不吝賜教。

需要説明的是，本卷資料集是國家社科基金重點項目《二十五史藝文志著録小説資料輯録》的部分成果。該項目已於2017年以"免於鑒定"結項，表達了國家社科基金委對該項研究成果的信任。同年，該項目成果獲得湖北省學術著作出版專項資金資助，湖北人民出版社承擔該書的出版，文史編輯部責任編輯給予了熱情的支持并付出了辛勤勞動，以保證該成果的出版品質。此外，正在進行"國家雙一流"建設的華中師範大學文學院中國語言文學一流學科也爲本書的出版提供了經費支援。對於支持和幫助該項目研究和成果出版的所有同仁和朋友，我在此表示誠摯的謝意。没有他們的幫助和支援，這樣的資料集是很難出版的。

戊戌夏至日王齊洲記於武昌兩學軒

國家社會科學基金重點項目（編號11AZD062）
湖北省學術著作出版專項資金資助項目
中國語言文學一流學科建設文庫

二十五史藝文經籍志著録小説資料集

王齊洲 總主編

第一卷 本卷主編 王齊洲

漢書藝文志及兩漢書補志著録小説資料集（第二册）

本册編纂 劉伏玲 王齊洲

長江出版傳媒
湖北人民出版社

凡　例

——姚振宗《漢書藝文志拾補》諸子略小説家著録小説共十三種。其中收《周王游行記》和《穆天子傳》兩種，均衹著録書名而不題作者。二書實爲同一書之不同版本，内容略有差异。本册按《漢書藝文志拾補》著録小説作品次序，收集歷代官私書目、序跋、評論、考辨等相關資料，原則上不收原著佚文。

——各部小説資料排列順序，以所録資料作者生年和資料産生年代先後爲序，作者生年無考者按其活動年代酌處，資料作者無考者按資料産生的年代爲據，所有資料均注明所依據的版本；著名叢書多有重印，且出版社、出版時間不一，故衹注叢書名，不注出版社、出版年。

——小説作者生平資料的收録，以作者當時履歷交游和傳記資料爲主，當時無作者相關傳記的，則以後代正史和方志人物傳記爲主（包括各種傳説資料），後代方志人物傳記轉抄正史和前代方志人物傳記的，則不重複收録。

——所收資料力求準確、完整、全面、系統，後人轉引前人資料，一般不再列出，個别重要者題録作者和書名，以備參考；資料篇幅過長者，衹選録與作者和作品内容相關部分；後人研究或評論小説作家和作品者，不計長短一律收録，以備進一步研究參考。

——所收資料僅限於古文，近人用古文或淺近文言撰寫之研究成果，以1949年底爲斷，此後發表者一律不收。重要者則在按語中作適當交代。

——每部小説資料後均附編輯者按語，對小説作者生平、作品成書年代、作品内容、版本流傳及後人研究情况等作簡要評述，以供讀者和研究者參考。

目　録

周王游行記（周王游行　周王傳）

佚名《穆天子傳》卷首附荀勖《穆天子傳序》：

古文《穆天子傳》者，太康二年汲縣民不準盜發古冢所得書也，皆竹簡素絲編。以臣勖前所考定古尺度其簡，長二尺四寸。以墨書，一簡四十字。汲者，戰國時魏地也。案所得《紀年》，蓋魏惠成王子今王之冢也。於《世本》，蓋襄王也。案《史記·六國年表》，自今王二十一年至秦始皇三十四年燔書之歲，八十六年。及至太康二年初得此書，凡五百七十九年。其書言周穆王游行之事。《春秋左氏傳》曰："穆王欲肆其心，周行於天下，將皆使有車轍馬迹焉。"此書所載，則其事也。王好巡守，得盜驪、騄耳之乘，造父爲御，以觀四荒。北絶流沙，西登昆侖，見西王母。與太史公記同。汲郡收書不謹，多毀落殘缺。雖其言不典，皆是古書，頗可觀覽。謹以二尺黄紙寫上。請事平以本簡書及所新寫并付秘書繕寫，藏之中經，副在三閣。謹序。（平津館刊本，1806年）

晋杜預注，唐陸德明釋文，孔穎達疏《春秋左傳注疏》卷末附杜預《左傳後序》：

大康元年三月，吴寇始平，余自江陵還襄陽，解甲休兵，乃申抒舊意，修成《春秋釋例》及《經傳集解》。始訖，會汲郡汲縣有發其界内舊冢者，大得古書，皆簡編，科斗文字。發冢者不以爲意，往往散亂。科斗書久廢，推尋不能盡通。始者藏在秘府，余晚得見之。所記大凡七十五卷，多雜碎怪妄，不可訓知。《周易》及《紀年》最爲分了，《周易》上下篇與今正同，别有陰陽説而無《彖》《象》《文言》《繫辭》，疑於時仲尼造之，於魯尚未播之於遠國也。其《紀年》篇起自夏、殷、周，皆三代王事，無諸國别也。唯特記晋國起自殤叔，次文侯、昭侯，以至曲沃莊伯，莊伯之十一年十一月魯隱公之元年正月也。皆用夏正建寅之月爲歲首，編年相次。晋國滅，獨記魏事，下至魏哀王之二十年，蓋魏國之《史記》也。推校哀王二十年，太歲在壬戌，是周赧王之十六年、秦昭王之八年、韓襄王之十三年、趙武靈王之二十七年、楚懷王之三十年、燕昭王之十三年、齊湣王之二十五年也。上去孔丘卒百八十一歲，下去今大康三年五百八十一歲。哀王，於《史記》襄王之子惠王之孫也，惠王三十六年卒而襄王立，立十六年卒而哀王立。古書《紀年》篇："惠王三十六年改元從一年始，至十六年而稱惠成王卒。"即惠王也。疑《史記》誤分惠成之世，以爲後王年也。哀王二十三年乃卒，故特不稱謚，謂之今王。其著書文意大似《春秋經》，推此足見古者國史策書之常也。文稱"魯隱公及邾莊公盟於姑蔑"，即《春秋》所書"邾儀父未王命，故不書爵"，曰儀父，貴之也。又稱"晋獻公會虞師伐虢，滅下陽"，即《春秋》所書"虞師、晋師滅下陽"，先書虞賄故也。又稱"周襄王會諸侯於河陽"，即《春秋》所書"天王狩於河陽"，以臣召君，不可以訓也。諸若此輩甚多，略舉數條，以明國史皆承告據實而書時事，仲尼修《春秋》，以義而制异文也。又稱"衛懿公及赤翟戰於洞澤"，疑"洞"當爲"泂"，即《左傳》所謂熒澤也。"齊國佐來獻玉磬、紀公之甗"，即《左傳》所謂"賓媚人"也。諸所記多與《左傳》符同，异於《公羊》《穀梁》，知此二書近世穿鑿，非《春秋》本意審矣。雖不皆與《史記》《尚書》同，然參而求之，可以端正學者。又别有一卷純集疏《左氏傳》卜筮事，上下次第及其文義皆與《左傳》同，名曰《師春》。師春似是抄集者人名也。《紀年》又稱："殷仲壬即位，居亳，其卿士伊尹。仲壬崩，伊尹放大甲於桐，乃自立也。伊尹即位於大甲七年，大甲潛出自桐，殺伊尹，乃立其子伊陟、伊奮，命復其父之田宅而中分之。"《左氏傳》："伊尹放大甲而相之，卒無怨色。"然則大甲雖見放，還殺伊尹，而猶以其子爲相也。此爲大與《尚書叙》説大甲事乖异，不知老叟之伏生或致昏忘，將此古書亦當時雜記，未足以取審也。爲其粗有益於《左氏》，故略記之，附《集解》之末焉。

《正義》曰：……王隱《晋書·束皙傳》云：大康元年，汲郡民盜發魏安釐王冢，得竹書漆字科斗之文。科斗文者，周時古文也，其字頭粗尾細，似科斗之蟲，故俗名之焉。大凡七十五卷，《晋書》有其目録。其六十八卷皆有名題，其七卷折簡碎雜不可名題。有《周易》上下經二卷，《紀年》十二卷，《瑣語》十一卷，《周王游行》五卷（説周穆王游行天下之事，今謂之《穆天子傳》）。此四部差爲整頓。汲郡初得此書，表藏秘府，詔荀勖、和嶠以隸字寫之。勖等於時即已不能盡識其書，今復闕落，又轉寫益誤。《穆天子傳》世間偏多。《史記·魏世家》云：哀王二十三年卒，子昭王立，十九年卒，子安釐王立。哀王是安釐王之祖，故安釐王之冢藏哀王時之書。哀王二十一年，是赧王之十七年，并下秦、韓、趙、楚、燕、齊之年，皆《史記·六國年表》文也。竹書説伊尹傳之事與《書序》大乖，杜不見古文，唯以書序考正，疑伏生昏忘虚傳此事，又疑竹簡雜記未足取審。今據古文《尚書》説伊尹之事，與左氏符同，明是竹書不可盡信。杜以《紀年》記事，大似《春秋》之經，知古之史官記事如此，爲其有益於左氏，令人知左氏不妄，故略記之以附集解之末。（《武英殿十三經》本）

陶淵明《陶淵明集》卷四《讀山海經》：

其一

孟夏草木長，繞屋樹扶疏。衆鳥欣有托，吾亦愛吾廬。既耕亦已種，時還讀我書。窮巷隔深轍，頗迴故人車。歡然酌春酒，摘我園中蔬。微雨從東來，好風與之俱。泛覽周王傳，流觀山海圖。俯仰終宇宙，不樂復何如。

其二

玉臺凌霞秀，王母怡妙顔。天地共俱生，不知幾何年。靈化無窮已，館宇非一山。高酣發新謡，寧效俗中言。

其三

迢遞槐江嶺，是謂玄圃丘。西南望昆墟，光氣難與儔。亭亭明玕照，落落清瑶流。恨不及周穆，托乘一來游。

其四

丹木生何許？乃在峚山陽。黄花復朱實，食之壽命長。白玉凝素液，瑾瑜發奇光。豈伊君子寶，見重我軒黄。

其五

翩翩三青鳥，毛色奇可憐。朝爲王母使，暮歸三危山。我欲因此鳥，具向王母言：在世無所須，惟酒與長年。

其六

逍遥蕪皋上，杳然望扶木。洪柯百萬尋，森散覆暘谷。靈人侍丹池，朝朝爲日浴。神景一登天，何幽不見燭。

其七

粲粲三珠樹，寄生赤水陰。亭亭凌風桂，八幹共成林。靈鳳撫雲舞，神鸞調玉音。雖非世上寶，爰得王母心。

其八

自古皆有没，何人得靈長。不死復不老，萬歲如平常。赤泉給我飲，員丘足我糧。方與三辰游，壽考豈渠央。

其九

夸父誕宏志，乃與日競走。俱至虞淵下，似若無勝負。神力既殊妙，傾河焉足有。餘迹寄鄧林，功竟在身後。

其十

精衛銜微木，將以填滄海。刑天舞干戚，猛志故常在。同物既無慮，化去不復悔。徒設在昔心，良晨詎可待。

其十一

巨猾肆威暴，欽駓違帝旨。窫窳强能變，祖江遂獨死。明明上天鑒，爲惡不可履。長枯固已劇，鵁鶄豈足恃。

其十二

鵃鵝（當作鴟鴞）見城邑，其國有放士。念彼懷王世，當時數來止。青丘有奇鳥，自言獨見爾。本爲迷者生，不以喻君子。

其十三

岩岩顯朝市，帝者慎用才。何以廢共鯀，重華爲之來。仲父獻誠言，姜公乃見猜。臨没告飢渴，當復何及哉。（中華書局，1979年）

房玄齡等《晋書》卷五十一《束皙列傳》：

初，太康二年，汲郡人不準盗發魏襄王墓，或言安釐王冢，得竹書數十車。其《紀年》十三篇，記夏以來至周幽王爲犬戎所滅，以事接之，三家分，仍述魏事至安釐王之二十年。蓋魏國之史書，大略與《春秋》皆多相應。其中經傳大异，則云夏年多殷；益干啓位，啓殺之；太甲殺伊尹；文丁殺季歷；自周受命，至穆王百年，非穆王壽百歲也；幽王既亡，有共伯和者攝行天子事，非二相共和也。其《易經》二篇，與《周易》上、下經同。《易繇陰陽卦》二篇，與《周易》略同，《繇辭》則异。《卦下易經》一篇，似《説卦》而异。《公孫段》二篇，公孫段與邵陟論《易》。《國語》三篇，言楚晋事。《名》三篇，似《禮記》，又似《爾雅》《論語》。《師春》一篇，書《左傳》諸卜筮，“師春”似是造書者姓名也。《瑣語》十一篇，諸國卜夢妖怪相書也。《梁丘藏》一篇，先叙魏之世數，次言丘藏金玉事。《繳書》二篇，論弋射法。《生封》一篇，帝王所封。《大曆》二篇，鄒子談天類也。《穆天子傳》五篇，言周穆王游行四海，見帝臺、西王母。《圖詩》一篇，畫贊之屬也。又雜書十九篇：《周食田法》《周書》《論楚事》《周穆王美人盛姬死事》。大凡七十五篇，七篇簡書折壞，不識名題。冢中又得銅劍一枚，長二尺五寸，漆書皆科斗字。初發冢者燒策照取寶物，及官收之，多燼簡斷札，文既殘缺，不復詮次。武帝以其書付秘書校綴次第，尋考指歸，而以今文寫之。皙在著作，得觀竹書，隨疑分釋，皆有義證。遷尚書郎。（中華書局，1974年）

晁公武撰，孫猛校證《郡齋讀書志校證》第九卷傳記類：

《穆天子傳》六卷。（袁本《前志》卷二下傳記類第二。）

右晋太康二年，（《經籍考》卷二十一起居注類“二”作“六”，誤。按公武撰此條解題，蓋本荀勖序，序曰：“古文《穆天子傳》者，太康二年，汲縣民不準盗發古冢所得書也。”又，《春秋左傳正義》云：“王隱《晋書·束皙傳》云：大康元年，汲郡民盗發魏安釐王冢，得竹書漆字科斗之文。科斗文者，周時古文也，其字頭粗尾細似科斗之蟲，故俗名之焉。大凡七十五卷，《晋書》有其目録。其六十八卷皆有名題，其七卷折簡碎雜，不可名題。有《周易》上、下經二卷，《紀年》十二卷，《瑣語》十一卷，《周王游行》五卷，説周穆王游行天下之事，今謂之《穆天子傳》。”）汲縣民盜發古冢所得，（汲縣民，《宛委》本、瞿鈔本、鮑廷博校本、舊鈔本“民”下有“不準”二字。）凡六卷，八千五百一十四字，詔荀勖、和嶠等以隸字寫之云。按《春秋左氏傳》：“穆王欲肆其心，周行天下，將皆必有車轍馬迹焉。”（袁本、卧雲本、《宛委》本、舊鈔本、《經籍考》俱無“必”字。按：勖序引《左傳》此句“必”作“使”，《左傳》卷四十五《昭公十二年》同原本。）此書所載即其事也。穆王好巡狩，（卧雲本、《經籍考》“好”訛作“始”。）得騄驪、（舊鈔本“騄”作“騂”，誤。勖序作“盜驪”。按：盜驪、騄騮皆爲穆王“八駿”，此“騄”字疑當作“盜”。）緑耳之乘，造父爲御，以觀四荒，北絶流沙，西登昆侖，與太史公記同。汲郡收書不謹，（舊鈔本、《經籍考》“收”訛作“守”，勖序同原本。）多毁缺。雖其言不典，皆古書，頗可觀覽。郭璞注本謂之《周王游行記》。（按：王隱《晋書》作《周王游行》五卷）。勖之時，古文已不能盡識，時有闕者，又轉寫益誤，殆不可讀。（上海古籍出版社，1990年）

趙明誠《金石録》卷十三跋尾三三代《吉日癸巳字》：

右《吉日癸巳字》，世傳周穆王書。按穆王時所用皆古文科斗書，此字筆劃反類小篆；又《穆天子傳》《史記》諸書皆不載，以此疑其非是。姑録之以待識者。

同上，卷二十跋尾十晋《晋太公碑》：

右《晋太公碑》，其略云：太公望者，此縣人。大晋受命，四海一統。太康二年，縣之西偏，有盜發冢而得竹策之書。書藏之年，當秦坑儒之前八十六歲。今以《晋書·武帝紀》考之，云：“咸寧五年，汲郡人不準掘魏襄王冢，得竹簡小篆古書十餘萬言，藏於秘府。”與此碑年月不同。碑當時所立，又荀勖校《穆天子傳》，其叙亦云“太康二年”，與碑合，可以正《晋史》之誤。其曰小篆書，亦謬也。且其書既在秦坑儒八十六歲之前，是時安得有小篆乎……按前世所傳汲冢諸書，獨有《紀年》《穆天子傳》《師春》等，不載所謂《周志》者，不知爲何書。而杜預《左氏傳後叙》云“汲冢書凡七十五卷，皆藏秘府，預親見之”，以此知不特十餘萬言，史之所記，蓋不能盡其亡逸，見於今者絶少也。太公碑，汲縣令盧無忌立，後題太康十年三月云。（《四部叢刊續編》本）

王應麟《玉海》卷五十八《藝文・傳》(《周王傳》《穆天子傳》):

《唐志》:《穆天子傳》六卷。(《晋書》云“五篇”。)

《隋志》:六卷,汲冢書,郭璞注(起居注類)。晋時得汲冢書,有《穆天子傳》,體制與今起居正同,蓋周時内史所記王命之副也。

《春秋正義》:《周王游行》五卷。

《文選》:陶潛《讀山海經》詩“泛覽周王傳”。

《中興書目》:六卷。晋太康二年,汲郡民發古冢得之,其書言穆王游行之事,侍中荀勖等校正,郭璞爲之注。《序》曰:“謹以一尺書紙寫上,請付秘書繕寫,藏之中經,副在三閣。詔荀勖、和嶠等以隸字寫之,六卷八千五百一十四字。”(《書正義》《漢書注》《水經注》引之。)

《拾遺記》:穆王三十二年,巡行天下,有書史十人,記其所行之地。(江蘇古籍出版社,1987年)

馬端臨《文獻通考》卷一百九十四《經籍考》二十一史起居注:

《穆天子傳》六卷。

晁氏曰:晋太康六年,汲縣民盗發古冢所得,凡六卷,八千五百一十四字,詔荀勖、和嶠等以隸字寫之云。按《春秋左氏傳》:“穆王欲肆其心,周行天下,將皆有車轍馬迹焉。”此書所載,即其事也。穆王始巡狩,得驊騮、緑耳之乘,造父爲御,以觀四荒,北絶流沙,西登昆侖,與《太史公記》既同。汲郡守書不謹,多毁缺。雖其言不典,皆古書,頗可(輯者:據《郡齋讀書志》補)觀覽。郭璞注本謂之《周王游行記》。勖之時,古文已不能盡識,時有缺者,又轉寫益誤,殆不可讀。

陳氏曰:“其體制與起居注同。起居注者,自漢明德馬皇后始,漢、魏以來因之。”(中華書局,1986年)

秦榮光《補晋書藝文志》卷三子部小説家類:

《汲冢穆天子傳》五篇。

案:言周穆王游行四海,見帝臺、西王母。據本書《束皙傳》。

又案:《隋志》云:“體例與今起居注正同,蓋周時内史所記,王命之副也。”《晁氏讀書志》云:“本謂之《周王游行記》,原叙中書監荀勖、校書郎中傅瓚同校定,以二尺黄紙寫上。”(《二十五史補編》本,中華書局,1956年)

姚振宗《漢書藝文志拾補》卷二《諸子略拾補第二》小説家者流:

《周王游行記》五篇。(汲冢竹書束皙本)

《春秋正義》：王隱《晋書·束晳傳》曰："《周王游行》五卷，説周穆王游行天下之事。今謂之《穆天子傳》。"

唐修《晋書·束晳傳》曰："《穆天子傳》五篇，言周穆王游行四海，見帝臺、西王母。"

《玉海》五十八：《拾遺記》曰："穆王三十二年巡行天下，有書史十人記其所行之地。"

按：晁氏《讀書志》，言郭璞注荀勖六卷本謂之《周王游行記》，與王隱所次《束晳傳》同，知束氏原目題此名。今本《晋書》乃曰《穆天子傳》，唐人所改也。此本"程（輯者：當爲盛）姬死事"一篇，編入《雜書》十九篇中（見前雜家），故止於五卷。（《二十五史補編》本，中華書局，1956年）

案：《周王游行記》，姚振宗《漢書藝文志拾補》著録五篇，乃西晋太康二年（281年）汲縣人不準發魏襄王（一説魏安釐王）墓所得之書。其發出之年有不同説法：唐修《晋書·武帝紀》云咸寧五年（279年）；王隱《晋書·武帝紀》《晋書·束晳傳》及唐修《晋書·律曆志》《晋書·衛恒傳》云太康元年（280年）；荀勖《穆天子傳序》、王隱《晋書·荀勖傳》、唐修《晋書·束晳傳》及盧無忌所立《太公碑》并云太康二年。三説各有所據，同存於世。雷學淇《竹書紀年考證》調和三説，曰："竹書發於咸寧五年十月，明年三月吴郡平，遂上之。《帝紀》之説，録其實也。餘就官收以後上於帝京時言，故曰太康元年。《束晳傳》云二年，或命官校理之歲也。"此説頗爲通達。唐修《晋書·束晳傳》曰："《穆天子傳》五篇，言周穆王游行四海，見帝臺、西王母。"孔穎達《正義》亦曰："《周王游行》五卷。（説周穆王游行天下之事，今謂之《穆天子傳》。）"據此可知原書題名爲《周王游行》，五篇或謂五卷，乃記周穆王游行之事。而據晁公武《郡齋讀書志》則言："郭璞注本謂之《周王游行記》。"不知何據。也許《周王游行》是《周王游行記》之省稱。此書由中書監荀勖、中書令和嶠、校書郎中傅瓚諸人共同校定。又，陶潛《讀山海經》詩有"泛覽周王傳"句，可知此書又名《周王傳》。稱名雖不同，要之爲同一書，乃穆王當時游行之記録。晁公武《郡齋讀書志》云："按《春秋左氏傳》：'穆王欲肆其心，周行天下，將皆有車轍馬迹焉。'此書所載，即其事也。穆王好巡狩，得驊騮、緑耳之乘，造父爲御，以觀四荒。北絶流沙，西登昆侖，與太史公記同。"陳振孫《直齋書録解題》云："其體制與起居注同。起居注者，自漢明德馬皇后始，漢、魏以來因之。"清人則以其爲小説。今人承清人之説，也以小説目之。

穆天子傳

佚名《穆天子傳》卷首附荀勖《穆天子傳序》：

（文見前，略。）

晋杜預注，唐陸德明釋文，孔穎達疏《春秋左傳注疏》卷末附杜預《左傳後序》：

（文見前，略。）

張華撰，范寧校證《博物志校證》卷六《物名考》：

周穆王八駿：赤驥、飛黄、白蟻、華騮、騄耳、騧騟、渠黄、盗驪。

周穆王有犬名耗，毛白。（中華書局，1980年）

郭璞注《山海經》卷首《山海經序》：

案汲郡《竹書》及《穆天子傳》，穆王西征，見西王母，執璧帛之好，獻錦組之屬。穆王享王母於瑶池之上，賦詩往來，辭義可觀。遂襲昆侖之邱，游軒轅之宫，眺鍾山之嶺，玩帝者之寶，勒石王母之山，紀迹玄圃之上。乃取其嘉木艷草、奇鳥怪獸，玉石珍瑰之器，金膏燭銀之寶，歸而殖養之於四國。穆王駕八駿之乘，右服盗驪，左驂騄耳，造父爲御，奔戎爲右，萬里長騖，以周歷四荒，名山大川，靡不登濟。東升大人之堂，西燕王母之廬，南轢黿鼉之梁，北躡積羽之衢，窮歡極娱，然後旋歸。案《史記》説："穆王得盗驪、騄耳、驊騮之驥，使造父御之，以西巡狩，見西王母，樂而忘歸。"亦與《竹書》同。《左傳》曰："穆王欲肆其心，使天下皆有車轍馬迹焉。"《竹書》所載則是其事也。而譙周之徒，足爲通識瑰儒，而雅不平此，驗之《史考》，以著其妄。司馬遷叙《大宛傳》亦云："自張騫使大夏之後，窮河源，惡睹所謂昆侖者乎？至《禹本紀》《山海經》所有怪物，余不敢言也。"不亦悲乎！若《竹書》不潜出於千載，以作徵於今日者，則《山海》之言其幾乎廢矣。（《二十二子》本，上海古籍出版社，1986年）

王嘉《拾遺記》卷三：

穆王即位三十二年，巡行天下，馭黄金碧玉之車。傍氣乘風，起朝陽之岳，自明及晦，窮寓縣之表。有書史十人，記其所行之地。又副以瑶華之輪十乘，隨王之後，以載其書也。王馭八龍之駿：一名絶地，足不踐土；二名翻羽，行越飛禽；三名奔霄，夜行萬里；四名超影，逐日而行；五名踰輝，毛色炳燿；六名超光，一形十影；七名騰霧，乘雲而奔；八名挾翼，身有肉翅。遞而駕焉，按轡徐行，以匝天地之域。王神智遠謀，使迹轂遍於四海。故絶异之物，不期而自服焉。（中華書局，1981年）

陶淵明《陶淵明集》卷四《讀山海經》：

（文見前，略。）

嚴可均《全上古三代秦漢三國六朝文·全梁文》卷三十四《遂古篇（并序）》（江淹）：

僕嘗爲《造化篇》，以學古制。今觸類而廣之，復有此文，兼象《天問》，以游思云爾。

聞之遂古，大火然兮。水亦溟涬，無涯邊兮。女媧煉石，補蒼天兮。共工所觸，不周山兮。河洛交戰，寧深淵兮。黄炎共鬥，涿鹿川兮。女岐九子，爲氏先兮。蚩尤鑄兵，幾千年兮。十日并出，堯之間兮。羿乃斃日，事豈然兮？嫦娥奔月，誰所傳兮？豐隆騎雲，爲靈仙兮。夏開乘龍，何因緣兮？傳說托星，安得宣兮？夸父鄧林，義亦艱兮。建木千里，烏易論兮。穆王周流，往復旋兮。河宗王母，可與言兮。青鳥所解，路誠亶兮。五色玉石，出西偏兮。昆侖之墟，海此間兮。去彼宗周，萬二千兮。《山經》古書，亂編篇兮。郭釋有兩，未精堅兮……（中華書局，1962年）

任昉《述异記》卷上：

東海島龍川，穆天子養八駿處也。島中有草名龍芻，馬食之，一日千里。古語云：一株龍芻化爲龍駒。

周穆王時，天下連雨三月。穆王乃吹笛，其雨遂止。

同上，卷下：

周穆王之犬，日走千里，食虎豹。（《漢魏叢書》本）

劉勰著，范文瀾注《文心雕龍注》卷二《祝盟第十》：

周喪盛姬，内史執策。［《穆天子傳》六：“天子西至於重璧之臺，盛姬告病，天子哀之……於是殤祀而哭，内史執策。”郭璞注：“策，所以書贈賵之事。内史，主策命者。”哀策文不傳。《左傳·昭公七年》，周景王追命衛襄公曰：“叔父陟恪，在我先王之左右，以佐事上帝，余敢忘高圉、亞圉。”（二圉，周之先也，亦受殷王追命者。）杜注：“命，如今之策命。”兹録魏明帝爲《甄皇后哀策》一首。］然則策本書贈（孫云：唐寫本作賵），因哀而（孫云：唐寫本無而字）爲文也。（書贈，唐寫本作書賵，均通。）

同上，卷三《誄碑第十二》：

碑者，埤（孫云：唐寫本作裨）也。上古帝皇（孫云：唐寫本作王），紀號封禪，樹石埤（孫云：唐寫本作裨）岳，故曰碑也。周穆紀迹於弇山之石，亦古（孫云：唐寫本無古字）碑之意也。（《穆天子傳》三：“天子遂驅升於弇山，乃紀丌迹於弇山之石，而樹之槐，眉曰西王母之山。”又二：“季夏丁卯，天子北升於春山之上，以望四野……天子五日觀於春山之上，乃爲銘迹於縣圃之上，以昭後世。”郭璞注云：“謂勒石銘功德也。秦始皇、漢武帝巡守登名山，所在刻石列表，此之類也。”歐陽修《集古録自序》云：“故上自周穆王以來，下更秦、漢、隋、唐、五代……莫不皆有，以爲《集古録》。以謂轉寫失真，故因其石本軸而藏之。”穆王銘辭，豈宋時尚存歟？）

同上，卷四《詔策第十九》：

戒敕爲文，實詔之切者，周穆命郊（元作鄧，朱考《穆天子傳》改）父受敕憲，此其事也。（《穆天子傳》：“丙寅，天子屬官效器，乃命正公郊父受敕憲。”郭注：“憲，教令也。”）

同上，《檄移第二十》：

至周穆西征，祭公謀父稱古有威讓（孫云：明抄本。《御覽》作儀。）之令，令（顧云：令字衍。鈴木云：《御覽》無令字。）有文告（孫云：明抄本。《御覽》五九七引作誥。）之辭，即檄之本源也。（《國語·周語上》：“穆王將征犬戎，祭公謀父諫曰……於是乎有刑罰之辟，以攻伐之兵，有征討之備，有威讓之令，有文告之辭。”據此“令有文告之辭”句，令字衍，當删。馬鑒《續事始》：“周穆王令祭公謀父爲威讓之辭，以責狄人之情，此檄始也。”《司馬法·仁本篇》有征師辭及軍令……）（人民文學出版社，1958年）

顔之推著，王利器集解《顔氏家訓集解》音辭篇第十八：

《穆天子傳》音“諫”爲“間”。（中華書局，1993年）

虞世南撰，陳禹謨補注《北堂書鈔》卷一百一藝文部七《采求遺逸》：

集天下遺書。（《漢武故事》云：淮南王安好學，集天下遺書，招天下之術士。）求遺書於天下。（《漢書》云：成帝河平三年，遣謁者陳農求遺書於天下。）壞孔子宅，得古文經傳。（《漢書》：魯恭王壞孔子舊宅，於其壁中得古文經傳。）開魏王冢，得《穆天子傳》。汲郡民開魏襄王冢，得《穆天子傳》。（今案，俞本同陳本，删“汲郡民”三字，“開”上增入“漢書魯”三字。）（天津古籍出版社，1988年）

房玄齡等《晋書》卷三《武帝紀》：

汲郡人不準掘魏襄王冢，得竹簡小篆古書十餘萬言，藏於秘府。

同上，卷五十一《束晳傳》：

（文見前，略。）

同上，卷七十二《郭璞傳》：

璞撰前後筮驗六十餘事，名爲《洞林》。又抄京、費諸家要最，更撰《新林》十篇，《卜韵》一篇。注釋《爾雅》，别爲《音義》《圖譜》。又注《三倉》《方言》《穆天子傳》《山海經》及《楚辭》《子虚》《上林賦》數十萬言，皆傳於世。所作詩賦誄頌亦數萬言。子鶩，官至臨賀太守。（中華書局，1974年）

魏徵等《隋書》卷三十三《經籍志二》起居注：

《穆天子傳》六卷。（《汲冢書》，郭璞注。）

起居注者，録紀人君言行動止之事。《春秋傳》曰：“君舉必書，書而不法，後嗣何觀？”《周官》，内史掌王之命，遂書其副而藏之，是其職也。漢武帝有《禁中起居注》，後漢明德馬后撰《明帝起居注》，然則漢時起居，似在宫中，爲女史之職。然皆零落，不可復知。今之存者，有漢獻帝及晋代已來《起居注》，皆近侍之臣所録。晋時又得《汲冢書》，有《穆天子傳》，體制與今起居正同，蓋周時内史所記王命之副也。近代已來，别有其職，事在《百官志》，今依其先後，編而次之。其僞國起居，唯《南燕》一卷，不可别出，附之於此。（中華書局，1973年）

楊炯《盈川集》卷五《少室山少姨廟碑銘》：

昔者夏后氏之乘四方，仍開宛委之圖；周穆王之御八龍，猶紀弇山之石。

同上，卷九《李懷州墓志銘》：

昭襄王始作河橋，穆天子至於雷首。

同上，卷九《從甥梁錡墓志銘》：

安釐王汲冢之文，穆天子羽陵之籍，莫不因條報葉，望表知裏。（《文淵閣四庫全書》本）

張懷瓘《書斷》卷上“古文”條：

晋咸寧五年，汲郡人不準盗發魏安釐王冢，得册書千餘萬言。或寫《春秋經傳》《易經》《論語》《夏書》《周書》《瑣語》《大曆》《梁丘藏》《穆天子傳》及魏史至安釐王二千年，其書隨世變易，已成數體。其《周書》《論楚事》者最妙，於是古文備矣。甄酆删定舊文，制爲六書，一曰古文，即此也。以壁中書爲正，周幽王時又有省古文者，今汲冢書中多有是也。滕公冢内得石銘，人無識者，惟叔孫通云：此古文科斗書也。科斗者，即上古之别名也。（《文淵閣四庫全書》本）

彭定求等編《全唐詩》卷八三《感遇三十八首》（陳子昂）第二十六首：

荒哉穆天子，好與白雲期。宫女多怨曠，層城閉蛾眉。日耽瑶池樂，豈傷桃李時。青苔空萎絶，白髮生羅帷。（中華書局，1960年）

瞿曇悉達《唐開元占經》卷一百一：

《穆天子傳》曰：雪盈數尺，年豐。（岳麓書社，1994年）

彭定求等編《全唐詩》卷一百三十二《謁張果先生》（李頎）：

先生谷神者，甲子焉能計。自説軒轅師，於今幾千歲。寓游城郭裏，浪迹希夷際。應物雲無心，逢時舟不繫。餐霞斷火粒，野服兼荷製。白雪净肌膚，青松（一作春）養身世。韜精殊豹隱，煉骨（一作質）同蟬蜕。忽去不知誰，偶來寧有契。二儀齊壽考，六合隨（一作同）休憩。彭聃猶嬰孩，松期且微細。嘗聞穆天子，更憶漢皇帝。親屈萬乘尊，將窮四海裔。車徒遍草木，錦帛招談説。八駿空往還，三山轉虧蔽。吾君感至德，玄老欣來詣。受籙金殿開，清齋玉堂閉。笙歌迎拜首，羽帳崇嚴衛。禁柳垂香爐，宫花拂仙袂。祈年寶祚廣，致福蒼生惠。何必待龍髯，鼎成方取濟。（中華書局，1960年）

李白著，瞿蜕園、朱金城校注《李白集校注》卷一《大獵賦》：

哂穆王之荒誕，歌白雲之西母。（上海古籍出版社，1980年）

杜甫著，蔡夢弼箋《杜工部草堂詩箋》卷四《奉贈鮮于京兆二十韵》：

騑騮開道路，雕鶚離風塵。

同上，卷六《奉先劉少府新畫山川障歌》：

得非玄圃裂，無乃瀟湘翻。

同上，《同諸公登慈恩寺塔》：

惜哉瑶池飲，日晏昆侖丘。

同上，卷七《天育驃騎歌》：

吾聞天子之馬走千里，今之畫圖無乃是……如今豈無騕褭與騑騮，時無王良伯樂死即休。

同上，《驄馬行》：

豈有四蹄疾於鳥，不與八駿俱先鳴。

同上，卷八《贈獻納使起居田舍人》：

曉漏追飛青瑣闥，晴窗點檢白雲篇。

同上，卷十三《奉同郭給事湯東靈湫》：

東山氣鴻濛，宫殿居上頭。君來必十月，樹羽臨九州。陰火煮玉泉，噴薄漲岩幽。有時浴赤日，光抱空中樓。閬風入轍迹，曠原延冥搜。沸天萬乘動，觀水百丈湫。幽靈斯可怪，王命官屬休。初聞龍用壯，擘石摧林丘。中夜窟宅改，移因風雨秋。倒懸瑶池影，屈注蒼江流。味如甘露漿，揮弄滑且柔。翠旗淡偃蹇，雲車紛少留。簫鼓蕩四溟，异香泱漭浮。鮫人獻微綃，曾祝沉豪牛。百祥奔盛明，古先莫能儔。坡陁金蝦蟆，出見蓋有由。至尊顧之笑，王母不遺收。復歸虚無底，化作長黄虬。飄飄青瑣郎，文采珊瑚鈎。浩歌渌水曲，清絶聽者愁。

同上，卷十八《木皮嶺》：

憶觀昆侖圖，目擊玄圃存。

同上，卷二十《城上》：

草滿巴西緑，空城白日長。風吹花片片，春蕩（一作動）水茫茫。八駿隨天子，群臣從武皇。遥聞出巡狩，早晚遍遐荒。

同上，卷三十八《同豆盧峰貽主客李員外賢子棐知字韵》：

煉金歐冶子，噴玉大宛兒。（《古逸叢書》本）

彭定求等編《全唐詩》卷二百六十五《露青竹杖（一作鞭）歌》（顧况）：

鮮于仲通正當年，章仇兼瓊在蜀川。約束蜀兒采馬鞭，蜀兒采鞭不敢眠。横截斜飛（一作度）飛鳥邊，繩橋夜上層崖顛。頭插白雲跨飛泉，采得馬鞭長且堅。浮漚丁子珠聯聯，灰煮蠟楷光爛然。章仇兼瓊持上天，上天雨露何其偏。飛龍閑厩馬數千，朝飲吴江夕秣燕。紅塵撲轡汗濕韉，獅子麒麟聊比肩。江面（一作曲江）昆明洗刷牽，四蹄踏浪頭枏天。蛟龍稽顙河伯虔，拓羯胡雛脚手鮮。陳閎韓幹丹青妍，欲貌未貌眼欲穿。金鞍玉勒錦連乾，騎入桃花楊柳烟。十二樓中奏管弦，樓中美人奪神仙，争愛大家把此鞭。禄山入關關破年，忽見揚州北邙（一作邸）前，衹有人還千一錢。亭亭筆直無皴節，磨捋（一作將）形相一條鐵，市頭格（一作終）是無人别。江海賤臣不拘紲，垂窗（一作鞘）挂影西窗缺。稚子覓衣挑仰穴，家童拾薪幾拗折。玉潤猶沾玉壘雪，碧鮮似染萇弘血。蜀帝城（一作祠）邊子規咽，相如橋上文君絶。往年策馬降至尊，七盤九折横劍門。穆王八駿超昆侖，安用冉冉孤生根。聖人不貴難得貨，金玉珊瑚誰買恩。（中華書局，1960年）

李吉甫《元和郡縣圖志》卷第五河南道：

汜水縣（畿，西南至府一百八十里），古東虢國，鄭之制邑，漢之成皋縣，一名虎牢。《穆天子傳》曰："天子獵於鄭圃，有獸在葭中，七萃之士擒之以獻，天子命蓄之東虞，因曰虎牢。"

同上，卷第十七河北道二：

贊皇山，縣東南二十六里。《穆天子傳》曰："至房子，登贊皇山。"（中華書局，1983年）

韓愈《韓愈全集》卷一《駑驥贈歐陽詹》：

駑駘誠齷齪，市者何其稠。力小苦易制，價微良易酬。渴飲一斗水，飢食一束芻。嘶鳴當大路，志氣若有餘。騏驥生絶域，自矜無匹儔。驅牽入市門，行者不爲留。借問價幾何，黄金比嵩丘。借問行幾何，咫尺視九州。飢食玉山禾，渴飲醴泉流。問誰能爲御，曠世不可求。惟昔穆天子，乘之極遐游。王良執其轡，造父挾其輈。因言天外事，茫惚使人愁。駑駘謂騏驥，餓死余爾羞。有能必見用，有德必見收，孰云時與命，通塞皆自由。騏驥不敢言，低徊但垂頭。人皆劣騏驥，共以駑駘優。喟余獨興嘆，才命不同謀。寄詩同心子，爲我商聲謳。

同上，文集卷六《衢州徐偃王廟碑》：

徐與秦俱出柏翳爲嬴姓，國於夏殷周世，咸有大功。秦處西偏，專用武勝；遭世衰，無明天子，遂虎吞諸國爲雄。諸國既皆入秦爲臣屬，秦無所取利，上下相賊害，卒償其國而沉其宗。徐處得地中，文德爲治，及偃王誕當國，益除去刑争末事，凡所以君國子民待四方，一出於仁義。當此之時，周天子穆王無道，意不在天下，好道士説，得八龍，騎之西游，同王母宴於瑶池之上，歌謳忘歸。四方諸侯之争辯者無所質正，咸賓祭於徐；贄玉帛死生之物於徐之庭者，三十六國，得朱弓赤矢之瑞。穆王聞之恐，遂稱受命，命造父御，長驅而歸，與楚連謀伐徐。徐不忍鬥其民，北走彭城武原山下，百姓隨而從之萬有餘家。偃王死，民號其山爲徐山，鑿石爲室，以祠偃王。偃王雖走死失國，民戴其嗣爲君如初。駒王章禹，祖孫相望；自秦至今，名公巨人繼迹史書。徐氏十望其九，皆本於偃王，而秦後迄兹無聞家。天於柏翳之緒，非偏有厚薄，施仁與暴之報，自然异也。（上海古籍出版社，1986年）

白居易《白居易全集》卷四《李夫人》：

漢武帝，初喪李夫人。夫人病時不肯别，死後留得生前恩。君恩不盡念未已，甘泉殿裏令寫真。丹青畫出竟何益，不言不笑愁殺人。又令方士合靈藥，玉釜煎煉金爐焚。九華帳深夜悄悄，反魂香降夫人魂。夫人之魂在何許，香烟引到焚香處。既來何苦不須臾，縹緲悠揚還滅去。去何速兮來何遲，是耶非耶兩不知。翠蛾仿佛平生貌，不似昭陽寢疾時。魂之不來君心苦，魂之來兮君亦悲。背燈隔帳不得語，安用暫來還見違。傷心不獨漢武帝，自古及今皆若斯。君不見穆王三日哭，重璧臺前傷盛姬。又不見秦陵一掬泪，馬嵬坡下念楊妃。縱令妍姿艷質化爲土，此恨長在無銷期。生亦惑，死亦惑，尤物惑人忘不得。人非木石皆有情，不如不遇傾城色。（上海古籍出版社，1999年）

元稹《元稹集》卷三《八駿圖詩》：

穆滿志空闊，將行九州野。神馭四來歸，天與八駿馬。龍種無凡性，龍行無暫舍。朝辭扶桑底，暮宿昆侖下。鼻息吼春雷，蹄聲裂寒瓦。尾掉滄波黑，汗染白雲赭。華輈本修密，翠蓋尚妍冶。御者腕不移，乘者寐不假。車無輪扁斫，轡無王良把。雖有萬駿來，誰是敢騎者。（中華書局，1982年）

柳宗元《柳宗元集》卷十六《觀八駿圖説》：

古之書有記，周穆王馳八駿，升昆侖之墟者。後之好事爲之圖。宋齊以下傳之，觀其狀甚怪，咸若騫若翔，若龍鳳麒麟，若螳螂。然其書尤不經，世多有，然不足采。（中華書局，1979年）

林寶《元和姓纂》卷七《井》：

《穆天子傳》，周有大夫井利。又天子爲井公博。《左傳》虞大夫井伯。漢司徒掾井宗。

同上，卷九《盛》：

周同姓國也，爲齊所滅。《穆天子傳》盛姬姓之國也。《公羊傳》云：成降於齊師。成者，盛也。諱滅同姓，故言成也。（中華書局，1994年）

李賀《李賀詩集》卷二《馬詩二十三首》其三：

忽憶周天子，驅車上玉山。鳴騶辭鳳苑，赤驥最承恩。

同上，卷四《瑶華樂》：

穆天子，走龍媒。八轡冬瓏逐天回。五精掃地凝雲開，高門左右日月環，四方錯鏤棱層殷。舞霞垂尾長盤跚，江澄海净神母顔。施紅點翠照虞泉，曳雲拖玉下昆山。列旆如松，張蓋如輪。金風殿秋，清明發春。八鑾十乘，矗如雲屯。瓊鐘瑶席甘露文，玄霜絳雪何足云。薫梅染柳將贈君。鉛華之水洗君骨，與君相對作真質。（人民文學出版社，1959年）

彭定求等編《全唐詩》卷五百六十八《穆天子》（李群玉）：

穆滿恣逸志，而輕天下君。一朝得八駿，逐日西溟濆。寂漠（寥）崦嵫幽，絶迹留空文。三千閟（一作閉）宫艷，怨絶寧勝云。或言帝軒轅，乘龍凌紫氛。橋山葬弓劍，暖（一作冥）昧竟難分。不思五弦琴，作歌咏南薫。但聽西王母，瑶池吟白雲。（中華書局，1960年）

李商隱《李義山文集》卷第三《謝河南（輯者：当爲東）公和詩啓》：

某曾讀《隋書》，見楊越公地處親賢，才兼文武，每舒錦繡，必播管弦。當時與之握手言情披襟得侶者，惟薛道衡一人而已。及觀其唱和，乃數百篇。力鈞聲同，德鄰義比。彼若陳葛天氏之舞，此必引穆天子之歌。彼若言太華三峰，此必曰潯陽九泒。神功古迹，皆應物無疲；地理人名，亦争承不屈。後來酬唱，罕繼聲

塵……（《四部叢刊初編》本）

彭定求等編《全唐詩》卷五百三十九《瑶池》（李商隱）：

瑶池阿母綺窗開，黄竹歌聲動地哀。八駿日行三萬里，穆王何事不重來。（中華書局，1960年）

彭定求等編《全唐詩》卷六百七十二《穆天子傳》（唐彦謙）：

王母清歌玉琯悲，瑶臺應有再來期。穆王不得重相見，恐爲無端哭盛姬。（中華書局，1960年）

彭定求等編《全唐詩》卷六百二十九《開元雜詩七首·照夜白》（陸龜蒙）：

雪虬輕駿步如飛，一練騰光透月旗。應笑穆王抛萬乘，踏風鞭露向瑶池。（中華書局，1960年）

彭定求等編《全唐詩》卷六百四十七《瑶池》（胡曾）：

阿母瑶池宴穆王，九天仙樂送瓊漿。謾誇八駿行如電，歸到人間國已亡。（中華書局，1960年）

［日］藤原佐世《日本國見在書目録》起居注家：

《穆天子傳》六卷（汲冢書，郭璞注）。（《古逸叢書》本）

劉昫等《舊唐書》卷四十六《經籍志上》乙部史録起居注類：

《穆天子傳》六卷（郭璞撰）。（中華書局，1975年）

李昉等《太平御覽》卷首《經史圖書綱目》：

《周穆王傳》《穆天子傳》。

同上，卷八十五皇王部十《周穆王》：

《歸藏》曰：昔穆王天子筮出於西征，不吉，曰：龍降於天，而道里修遠，飛而中（輯者：當爲冲）天，蒼蒼其羽。

《傳》曰：穆王有塗山之會（周穆王會諸侯於塗山）。

又曰：昔穆王欲肆其心，周行天下，將必皆（輯者：當爲皆必）有車轍馬迹焉。祭父作《祈招》之詩以止王心，王是以獲殁於祗宫。

《史記》曰：穆王即位，春秋已五十矣。而王道衰微，王將征犬戎，祭公謀父諫〔曰〕不可，王遂征之，得四白狼、四白鹿以歸。自是荒服者不至。諸侯有不睦者，甫侯言於王，作修刑、辟命，曰甫刑。穆王立五十五年，年一百五歲而崩。子恭王翳扈立。

《穆天子傳》曰：天子北征，乃絶漳水，（郭璞注曰：絶，猶截也。水今在鄴縣。）於是即井鈃山之下。（即井鈃山也，今在常山石邑縣，鈃音刑。）癸未，雨雪。天子獵於鈃山之西河（河山足坡）。乃至於昆侖之丘，以觀春山之寶，乃披圖視典，用觀天子之寶器（省河所出禮圖）：玉果（石似美玉，所謂如果者也）、璿珠（璿，玉類也，音旋）、燭銀（有精光，如燭也）、黄金之膏（金膏亦猶玉膏，皆其精汋）。宿於昆侖之阿，赤水之陽。（昆侖山有赤水，東北流，見《山海經》也。）升於昆侖之丘，以觀黄帝之宫。（黄帝巡游四海，登昆侖山而起宫室其上，見《新語》也。）天子北征，舍乎珠澤。（此澤出珠，乃因名之。今越巂平澤出青珠。）北升於春山之上，以望四野，曰春山，是惟天下之高山者也。癸丑，天子乃遂西征。吉日甲子，天子賓於西王母。（西王母如人，虎齒蓬髮，戴勝善嘯。《紀年》曰：穆王十七年，西征於昆侖之丘，見西王母。其年辛丑，乃賓於昭宫。）乃執白珪、玄璧以見西王母（執贄者，致敬也），獻錦組百純。乙丑，天子觴西王母於瑶池之上。西王母爲天子謡（謡，徒歌也）曰："白雲在天，丘陵自出。道里悠遠，山川間之。子將無死（將，請），尚能復來（尚，庶幾也）。"己酉，天子飲於溽水之上（音汙溽也），六師之人畢至於曠原，乃奏廣樂。六師之人翔畋於曠原（翔，猶游也），得獲無疆（無疆，猶無限也），鳥獸絶群（言，取盡也）。

《帝王世紀》曰：穆王修德教，會諸侯於塗山，命吕侯爲相，或謂之甫侯。五十一年，王已百歲，老耄，以吕侯有賢能之德，於是乃命吕侯作《吕刑》之書。五十五年，王年百〔五〕歲，崩於祇宫。

楊子《法言》曰：周穆（王）少不好學，至乎耄長。

《抱朴子》曰：周穆王南征，一軍盡化，君子爲猿爲鵠，小人爲蟲爲沙。（中華書局，1960年）

王欽若等《册府元龜》卷五百六十國史部《記注》：

周穆王時内史作《穆天子傳》。（體制與今起居注正同，蓋周時内史所記王命之副也，得於汲冢書。）

同上，卷六百五學校部《注釋》：

郭璞爲著作郎，注釋《爾雅》，别爲《音義》《圖譜》，又注《三蒼》《方言》《穆天子傳》《山海經》及《楚辭》《子虛》《上林賦》數十萬言。（《文淵閣四庫全書》本）

夏竦《文莊集》卷二十三《穆天子宴王母於瑶池賦》（以喜逢仙色開宴真境爲韵）：

穆天子以八駿西巡，賓於上真。宴瑶池之勝境，當甲子之良辰。人間之别館離宫，如遺弊屣；月際之珠瑞玉佩，自是嘉賓。當其碧落凝寒，餘霞斂色。升繡轂於層路，會魚軒於西極。天顔半掩，旗翻日月之光；鳳髻遥分，扇側鸞皇之翼。俄而翠華潜駐，彩袂相逢。擇瓊瑶之吉地，邀桃李之姱容。修城而美錦千兩，供帳而輕綃萬重。廣樂嘉成，遍舞霓裳之曲；流霞互舉，争傳馬瑙之鍾。是何雲雨馳魂，笙簧飾喜。倦斂霞袂，慵憑玉几。想臺榭於三島，憶崤函於萬里。鸞驂鶴馭，顧天仗以歸歟；玉慘花愁，念芳時之已矣。天子乃端冕無言，愁臨象筵，睨文袿而嘆喟，持玉斝以遷延。乃歌曰："黄金闕兮紅玉泉，停鸞輅兮逢列仙。别可惜兮阻流年，愁玉露兮摧渚蓮。"王母於是低鬟掩面，慵窺錦薦，盼龍衮以凄凉，叩金盤而婉孌。乃歌曰："琉璃屏兮芙蓉殿，接君王兮侍歡宴。心不留兮思宇縣，念秋風兮隔紈扇。"是何樂極悲來，烟銷霧開。移蹕而鴻飛洛浦，迴眸而雨散陽臺。日照龍旂，逐驊騮而東下；雲藏雉扇，隨青鳥以西迴。已而悵望空睎，音塵漸永。蘂宫有意以延想，函夏無因而西幸。春水白兮瑶草芳，黯離愁於絶境。（《文淵閣四庫全書》本）

王堯臣等《崇文總目》卷二傳記類：

《穆天子傳》六卷，郭璞注。（《叢書集成初編》本，商務印書館，1937年）

張君房《雲笈七籤》卷之一百一十四《西王母傳》：

洎周穆王滿，命八駿與七萃之士，驊騮、赤驥、盗驪、山子之乘，駕以飛軿之輪，柏夭導車，造父爲右，風馳電逝三千里，越剖閭無凫之鄉，犀玉玄池之野，吉日甲子，黿鼉魚龜爲梁，以濟弱水，而升昆侖玄圃閬風之野，而賓於王母。穆天子持白珪重錦以爲王母之壽，歌白雲之謡，刻石紀迹於弇山之上，而還中土矣。（中華書局，2003年）

歐陽修等《新唐書》卷五十八《藝文志二》乙部史録起居注類：

郭璞《穆天子傳》六卷。（中華書局，1975年）

歐陽修《歐陽修全集》下册《集古録跋尾》卷一《周穆王刻石》：

右周穆王刻石，曰"吉日癸巳"，在今贊皇壇山上。壇山在縣南十三里。《穆天子傳》云："穆天子登贊皇（一有山字），以望臨城，置壇此山，遂以爲名。"癸巳，志其日也。《圖經》所載如此。而又别有四望山者，云是穆王所登者（一作山）。據《穆天子傳》，但云登山，不言刻石。然字畫亦奇怪。土人謂壇山爲馬蹬山，以其𠃓字形類也。慶曆中，宋尚書祁在鎮陽，遣人於壇山模此字。而趙州守將，武臣也，遽命工鑿山取其字，龕於州廨之壁，聞者爲之嗟惜也。治平甲辰秋分日書。（右真迹。）（中國書店，1986年）

張方平《樂全集》卷二《讀穆天子傳》：

八龍長騖造昆丘，七萃前驅縱逸游。遇雪自裁黄竹唱，捧觴喜答白雲謳。羽陵廣奏隨風逝，崦阜銘踪共日留。惆悵璧臺人不返，樂池遺恨素波愁。（中州古籍出版社，2000年）

唐圭璋編《全宋詞·戚氏》（蘇軾）：

戚氏（此詞始終指意，言周穆王賓於西王母事）

玉龜山，東皇靈媲統群仙。絳闕岧嶢，翠房深迥，倚霏烟。幽閑。志蕭然。金城千里鎖嬋娟。當時穆滿巡狩，翠華曾到海西邊。風露明霽，鯨波極目，勢浮輿蓋方圓。正迢迢麗日，玄圃清寂，瓊草芊綿。争解繡勒香韉。鸞輅駐蹕，八馬戲芝田。瑶池近、畫樓隱隱，翠鳥翩翩。肆華筵。間作脆管鳴弦。宛若帝所鈞天。稚顔皓齒，緑髮方瞳，圓極恬淡高妍。盡倒瓊壺酒，獻金鼎藥，固大椿年。縹緲飛瓊妙舞，命雙成、奏曲醉留連。雲璈韵響瀉寒泉。浩歌暢飲，斜月低河漢。漸漸綺霞、天際紅深淺。動歸思、回首塵寰。爛漫游、玉輦東還。杏花風、數里響鳴鞭。望長安路，依稀柳色，翠點春妍。（中華書局，1965年）

無名氏《王氏談録》起居注條：

公言："《穆天子傳》，左右史之書。起居注始於漢世，乃有遺法也。故今《崇文書目》以《穆傳》首記注之列。"（中華書局，1991年）

唐慎微《證類本草》卷十九《白鶴》：

《穆天子傳》云：天子至巨蒐，二氏獻白鶴之血以奉天子。注云："血益人氣力（新補）。"（上海古籍出版社，1991年）

葉夢得《避暑録話》卷下：

釋氏論佛菩薩號，皆以"南謨"冠之，自不能言其義。夷狄謂拜爲膜，音謨。《穆天子傳》"膜拜而受"，蓋三代已有此稱。若云居南方而拜爾，既訛爲謨，又因之爲南無、南摩。《後漢·楚王英傳》："伊蒲塞之饌。"伊蒲塞，即梵語優婆塞。時佛語猶未至中國，蓋西域之譯云。然如身毒與天竺，其國名尚訛，况於語乎？（中華書局，1985年）

趙明誠《金石録》卷十三跋尾三三代《吉日癸巳字》：

（文見前，略。）

同上，卷二十跋尾十晋《晋太公碑》：

（文見前，略。）（《四部叢刊續編》本）

曾慥《類説》卷一《穆天子傳》：

《穆天子傳》者，太康二年汲縣民發古冢所獲書也。王好巡狩，得盗驪、緑耳之乘，造父爲御，以觀四荒。北涉流沙，西登昆侖見王母。竹簡素絲，皆是古書，頗可觀覽。謹以二尺黄紙寫上，請付秘書，藏之中經，副在三閣。謹啓。（上海古籍出版社，1993年）

鄧名世《古今姓氏書辯證》卷二十八：

剻，《穆天子傳》伯綮之後。國在虞芮之間。（江西人民出版社，2006年）

姚寬《西溪叢語》卷下《陶潛讀山海經詩注釋》：

陶潛《讀山海經十三首》用事，今本多差誤，各爲注釋之。

第一篇"泛覽《周王傳》"，乃《周穆天子傳》，荀勖校定本是也。"流觀山海圖"，乃《山海經》十八卷，郭璞注本是也。

第二篇云："玉堂凌霞秀，王母怡妙顔。天地共俱生，不知幾何年。靈化無窮已，館宇非一山。高酣發新謡，寧效俗中言。"

《西山經》云："玉山是王母所居。其狀如人，豹尾虎齒而善嘯，蓬頭戴勝，是司天之厲主五殘。"《大荒西經》云："西海之南，流沙之濱，赤水之後，黑水之前，有大山名曰昆侖之丘。有人戴勝，虎齒，有豹尾，穴處，名曰西王母。"又云："大荒之中，有山名豐沮玉門，西有王母之山。"又云："以昆侖爲宫，亦有離宫别窟。"郭璞云："不專住一山也。"《穆天子傳》云："吉日甲子，天子賓於西王母，執玄珪、白璧，以見西王母於瑶池之上。"又："天子升於奄山，即西王母之山也。奄山，即崦嵫山也。西王母宴穆王於瑶池之上，王母爲天子謡曰：白雲在天，山陵自出。道里悠遠，山川間之。將子無死，尚能復來。"與穆王往復數詩，不具載。

第三篇云："迢迢槐江嶺，是謂玄圃丘。西南望昆墟，光氣難與儔。亭亭明玕照，落落清瑶流。恨不及周穆，托乘一來游。"

槐江之山，丘時之水出焉。其陽多丹粟，其陰多采黄金銀，實爲帝之平圃。郭璞注云："即玄圃也。南望昆侖，其光熊熊，其氣魂魂，其上多藏琅玕，爰有淫

水，其清洛洛。滛，音遥。”《穆天子傳》：“天子銘迹於玄圃之上。”（中華書局，1993年）

吴曾《能改齋漫録》卷十七：

東坡元祐末，自禮部尚書帥定州日。官妓因宴，索公爲《戚氏》。公方與坐客論穆天子事，頗訝其虚誕，遂資以應之。隨聲隨寫，歌竟篇就。纔點定五六字，坐中隨聲擊節。終席不問它詞，亦不容别進一語，且曰：足爲中山一時盛事耳。（中華書局，1985年）

鄭樵《通志二十略·藝文略》第三史類起居注：

《穆天子傳》六卷。（汲冢古文，郭璞注，其言似今起居注。）（中華書局，1995年）

晁公武撰，孫猛校證《郡齋讀書志校正》第九卷傳記類：

（文見前，略。）

王觀國《學林》卷六《瓡鄘》：

《史記》楚漢以來《侯者年表》有瓡讘侯杆者，又《建元以來王子侯年表》有城陽頃王子瓡侯劉息，徐廣注曰：“瓡，一作報。”觀國按：《前漢·地理志》，河東郡有狐讘縣。又景、武、昭、宣《功臣年表》有瓡讘侯杆者，顔師古注曰：“瓡讀與狐同，讘之涉反。”以此知《史記·年表》瓡讘侯乃狐讘侯也。杆者，乃姓杆名者也。又《王子侯年表》有城陽頃王子劉息封瓡侯，顔師古注曰：“瓡即瓠字也。”以此知《史記》年表瓡侯乃瓠侯也。徐廣云“瓡作報”，誤矣。《史記·高祖功臣侯年表》有蒯城侯周緤，而《前漢·高祖功臣侯年表》有蒯城侯周緤，顔師古注曰：“蒯，音陪。又音普肯反。”觀國案：《前漢·周緤傳》曰：十二年更封緤爲鄘城侯。服虔注曰：“音菅蒯之蒯。”蘇林注曰：“鄘，薄回反。”顔師古注曰：“鄘字，從崩從邑，音蒯，非也。吕忱音陪，而《楚漢春秋》作憑城侯。陪、憑相近，此其實也。又音普肯反。”以此觀之，則鄘字是也，蒯字非也。《史記》用蒯字，故服虔有菅蒯之音耳。《玉篇》曰：“鄘，薄梅切，鄉名也。”《廣韵》平聲曰：“鄘，薄回切，鄉名，在扶風。”上聲曰鄘，普等切，引《穆天子傳》云：“西征至鄘。”郭璞注云：“國名也。”以此知鄘城侯當音薄回切，其地在扶風是也。周古都鎬京，而穆天子西征至鄘，則鄘又在鎬京之西，於字書音普等切者是也。此自是一國名，非扶風之鄘。（中華書局，1985年）

張邦基《墨莊漫録》卷九《曾彦和題穆天子傳》：

《穆天子傳》，古書也。杜子美多用其事，語如“天子之馬走千里”“王命官屬休”“曾祝沉豪牛”“歕玉大宛兒”，凡此四事，皆出此書也。

曾皈（輯者：皈訛誤，當爲旼。）。彦和，博學之士。予先君有此書，彦和借往讎校，乃題其後，云：晋中書監令荀公曾、和嶠所上古文《穆天子傳》六卷，即太康二年汲冢人（輯者：少一“不”字。）準盗發魏襄王墓所得竹書也。

按《束晳傳》：竹策書凡七十五篇，内《穆天子傳》五篇，言周穆王游行四海，見帝臺、西王母；雜書十九篇：《周食田法》《周書》《論楚事》《周穆王美人盛姬死事》。然則《穆天子傳》本五篇，公曾等所上乃有六卷者。今睹第六卷，多記盛姬事，蓋并入雜書中。此一篇也，書雖殘缺不可盡讀，而其所載事物，多故志之所無者，如“世民”之吟、“黄澤”之謡、“黄竹”之詩，其辭皆雅馴可喜。又如“虎牢”“五鹿”之所以名，亦可以博异聞矣。

嘗考《漢書·地理志》，京兆有西鄭，河南有新鄭，漢中有南鄭。京兆之鄭，先儒謂之西鄭。班固曰：“周宣王弟威公邑。”應劭亦曰：“宣王母弟友所封也，其子與平王東遷，更稱新鄭。”臣瓚曰：“周穆王以下，都於西鄭，不得以封威公。初，威公爲司徒，王室作亂，故謀於史伯，而寄帑與賄於虢、會之間。幽王既敗，二年而滅會，四年而滅虢，居於鄭父之丘，是以爲鄭威公。無封京兆之文也。”顔師古曰：“穆王以下無西鄭之事，瓚説非也。”

今按，此書自第四卷而下，卷末皆書天子之入於南鄭，蓋瓚所謂穆王之所都者是也。第五卷有祭父自圃鄭來謁，蓋瓚之所謂鄭父之丘者是也。理即校書郎中傅瓚，乃公曾嶠所部校《穆天子傳》官屬也，故因取此傳以注《漢書》。然傳稱南鄭、西鄭，瓚所未詳。其所以异，豈近世傳寫之誤耶？漢中之鄭爲南鄭，不應京兆之鄭復稱南鄭，其稱西鄭乃以圃鄭爲東耳。西鄭，穆王出游，反必入焉，豈非以其所都故耶？設非王都，亦圻内近地也。邦家在疆地畿内，諸侯當在邦都，其内爲縣，又其内爲都。則西鄭之於鎬京，殆可爲公邑而已，亦不足以爲國也。且是時已有圃鄭矣，則不必因威公之子從周東遷，乃得鄭名，然謂之新鄭，又果何耶？雖然，如瓚之説，亦豈全非哉！

今汲冢中竹書唯此書及《師春》行於世，餘如《紀年》《瑣語》之類，復已亡逸。（商務印書館，1939年）

程大昌《禹貢論》下四十三《正誕》：

若世傳《山海經》《穆天子傳》《淮南子》之類，所記山川名物類，皆卓然奇詭，如誕工之寫鬼神，儻恍無著，不可推執，則臣皆不敢引一語以汨經也。（《文淵閣四庫全書》本）

尤袤《遂初堂書目》雜傳類：

《穆天子傳》。（中華書局，1985年）

孫奕《履齋示兒編》卷十一三辰：

《穆天子傳》稱，天子葬盛姬，畫日月七星。乃畫北斗也。（《文淵閣四庫全書》本）

王楙《野客叢書》卷十五《禁中起居注》：

葛洪引《漢禁中起居注》驗董仲舒所撰《李少君家録》云："知漢起居注，在宮爲女史之職。自魏晋以來，起居注皆近侍之人所録，不復女職矣。"今考《隋書·經籍志》，自漢獻帝以來，至隋開皇間，所謂起居注，凡有四十四部。《隋志》謂晋時得汲冢書，有《穆天子傳》，體制與今起居注正同，蓋周時内史所記，王命之副也。《周官》：内史掌王之命，遂書其副而藏之。是其職也。又謂《禁中起居注》零落不可復知。觀葛洪所引，則知尚存於晋，至隋始亡。（《叢書集成初編》本，商務印書館，1939年）

高似孫《史略》卷六《竹書》：

《竹書》。（《穆天子傳》一卷，《周書》十卷，古文《瑣語》四卷。）

晋太康二年，汲郡民不準盜發魏襄王冢，得古竹簡書。帝命荀勖、和嶠撰次爲十五部，八十七卷，以爲《中經》，列在秘書。然雜以怪妄之説，其紀年專用夏正，載三代事而不及它國，但紀晋、魏間事，終之哀王，蓋魏之史記也。按襄王，即魏惠成王之子靈王也，《世本》以爲襄王。又按《史記·六國年表》：自靈王二十一年至秦始皇三十四年燔書之歲，八十六年。至太康二年初得此書，凡五百七十九年。杜預於《左氏傳》之末，嘗考其不合於經傳者數事。劉知幾《史通》乃言汲冢《紀年》載春秋事，多與《左氏》同。又郭璞注《山海經》，以爲《穆天子傳》載穆王饗西王母於瑶池之上，與竹書同。璞又言"竹書不出，則《山海經》幾廢"。則知《竹書》所載怪妄者，必有合於《山海經》者。初在《隋目》，八十七卷，是猶皆存。至《唐·藝文志》、吴兢《西齋書目》，僅十四卷耳。知幾又曰"汲冢所得，尋即亡逸"。然則摯虞、束晳既嘗據引，荀顗又嘗参訂，杜預之所引用，干寶之所稽法，則是書不爲不古矣。不袛是也，師古稱臣瓚所注《漢書》喜用《竹書》。《隋志》有《竹書同异》一卷。按荀勖所考古尺，其簡長二尺四寸，以墨書，一簡四十字。時勖爲中書監，同第録者中書令和嶠；秘書主書令史，秘書校書中郎張宙、郎中傅瓚。瓚即師古注《漢書》所引臣瓚者也。時所書用二尺黄紙。

《穆天子傳》。（一卷，《竹書》内書。李氏《邯鄲書目》云“六卷”，必是字誤。）

按《左氏傳》，穆王欲肆其心，周行天下，將皆有車轍馬迹焉。此書所載，即其事也。穆王得盜驪、緑耳之乘。造父爲御，以觀四荒，西絶流沙，西登昆侖，與太史公記合。《竹書》所傳《穆天子傳》六卷，所歷怪奇，亦幾於《山海經》者，雖多殘闕，皆是古書。（《叢書集成初編》本，商務印書館，1938年）

費衮《梁溪漫志》卷九“戚氏詞”條：

程子山（敦厚）舍人《跋東坡滿庭芳詞》云：“予聞之蘇仲虎云，一日有傳此詞，以爲先生作。”東坡笑曰：‘吾文章肯以藻繪一香篆槃乎？’然觀其間，如‘畫堂别是風光’及‘十指露’之語，誠非先生肯云。”子山之説，固人所共曉。予嘗怪李端叔謂東坡在中山，歌者欲試東坡倉卒之才，於其側歌《戚氏》，坡笑而頷之，邂逅方論穆天子事，頗摘其虚誕，遂資以應之，隨聲隨寫，歌竟篇，纔點定五六字。坐中隨聲擊節，終席不間他辭，亦不容别進一語，臨分，曰：“足以爲中山一時盛事。”然予觀其詞有曰“玉龜山，東皇靈媲統群仙”，又云“争解綉勒香韉”，又云“鑾輅駐蹕”，又云“肆華筵。間作脆管鳴弦。宛若帝所鈞天”，又云“盡倒瓊壺酒，獻金鼎藥，固大椿年”，又云“浩歌暢飲”“回首塵寰”“爛漫游、玉輦東還”。東坡御風騎氣，下筆真神仙語。此等鄙俚猥俗之詞，殆是教坊倡優所爲，雖東坡灶下老婢亦不作此語，而顧稱譽若此，豈果端叔之言邪？恐疑誤後人，不可以不辨。（上海古籍出版社，1985年）

章如愚《群書考索》卷十六正史門雜史類“古史《穆天子傳》”條：

《册府元龜》云“周穆王内史作，體制與今起居注正同，得於汲冢”，《唐・經籍志》云“郭璞撰，六卷”，未知孰是。（廣陵書社，2008年）

趙與時《賓退録》卷一“穆天子傳書八駿”條：

《穆天子傳》書八駿之名，一曰赤驥，二曰盜驪，三曰白義，四曰逾輪，五曰山子，六曰渠黄，七曰華騮，八曰緑耳。《王子年拾遺記》載穆王馭八龍之駿，一名絶地，二名翻羽，三名奔霄，四名超影，五名逾輝，六名超光，七名騰霧，八名挾翼。二説不同。（《叢書集成初編》影印本，中華書局，1985年）

陳振孫《直齋書録解題》卷四正史類起居注類：

《唐志》起居注類、實録、詔令皆附焉，今惟存《穆天子傳》及《唐創業起居注》二種，餘皆不存。故用《中興館閣書目》例，與實録共爲一類，而别出詔令。

《穆天子傳》六卷。

晋武帝時汲冢所得書，其體制與起居注正同，郭璞爲之注。起居注者，（案：原本脱此四字，今據《文獻通考》補入。）自漢明德馬皇后始，漢、魏以來因之。（《叢書集成初編》本，商務印書館，1937年）

嚴羽《滄浪詩話》“詩體”：

有謡。（沈炯有《獨酌謡》，王昌齡有《箜篌謡》，《穆天子傳》有《白雲謡》也。）（中華書局，1985年）

陳思《寶刻叢編》卷六河北西路趙州《周穆王吉日癸巳》：

刻石曰“吉日癸巳”，在今贊皇壇山上。壇山在縣南十三里。《穆天子傳》云：穆天子登贊皇山以望臨城，置壇此山，遂以爲名。癸巳志其日也。《圖經》所載如此。而又别有四望山者，云是穆王所登山。據《穆天子傳》，但云登山，不言刻石。然字畫亦奇怪，土人謂壇山爲馬蹬山，以其字形類也。慶曆中宋尚書祁在鎮陽，遣人於壇山摹此字，而趙州守將，武臣也，遽命工鑿山取其字，龕於州廨之壁，聞者爲之嘆惜也。（《集古録》）

世傳周穆王書。按：穆王時，所用皆古文科斗書，此字筆畫返類小篆。又《穆天子傳》《史記》諸書皆不載，以此疑其非是。姑録之以待識者。（《金石録》）

穆王登贊皇山以望臨城，置壇此山，謂之壇山。《圖經》云“吉日癸巳”，志其日也。皇祐五年，武臣李忠祐爲守，命工鑿取其字，以别石加灰補之，俾方正，上題書目“癸巳之記”，龕之州廨。（《復齋碑録》）

唐以前無所傳聞，而世定以爲穆王書，自宋景文祁發之，且以《穆天子傳》爲證耳。然字畫奇古，信非秦、漢以後遺迹。余始至汝南，同年生林慮爲河北提舉學事，亟往求之慮。見寄纔兩月，復以書報曰：“此字近詔取藏禁中，不可復得矣。”此書初在贊皇山中，後武人爲守，鑿山取之，好事者常爲嘆息。今乃因得輦置近嚴，則前日未爲不幸，然余求之稍緩，幾遂失之，故今尤爲可珍也。（葉石林）

諸家所記，皆言在趙州州廨，石林《跋》乃以政和五年歸内府矣。其説爲信，因録之以廣异聞耳。（施宿）（《叢書集成初編》影印本，中華書局，1985年）

王應麟《玉海》卷三十一《聖文》御製碑銘《周鍾山銘》：

《穆天子傳》：觀臨鍾山（一作舂山），乃爲銘迹於平圃之上，以詔後世。（謂刊石紀功）。紀名迹於弇山之石，曰西王母之山。登贊皇山，以望臨城。

《山海經》：穆王至昆侖之丘，眺鍾山之嶺，勒石西王母之山，絶迹玄圃之上。

《文心雕龍》：周穆紀迹於弇山之石。

《集古録》：贊皇壇山有穆王刻石，曰吉日癸巳。

《文粹》：夏后開宛委之圖，周穆紀春山之石。

同上，卷四十八《藝文》記注《唐六家起居注》：

郭璞《穆天子傳》六卷。

同上，卷五十八《藝文》傳《周王傳》《穆天子傳》：

《唐志》：《穆天子傳》六卷。（《晋書》云五篇）

《隋志》：六卷，汲冢書，郭璞注（起居注類）。晋時得汲冢書，有《穆天子傳》，體制與今起居正同，蓋周時内史所記王命之副也。

《春秋正義》：《周王游行》五卷。

《文選》：陶潛《讀山海經》詩“泛覽周王傳”。

《中興書目》：六卷。晋太康二年，汲郡民發古冢得之，其書言穆王游行之事，侍中荀勖等校正，郭璞爲之注。《序》曰：“謹以一尺書紙寫上，請付秘書繕寫，藏之中經，副在三閣。”詔荀勖、和嶠等以隸字寫之，六卷八千五百一十四字。（《書正義》《漢書注》《水經注》引之。）

《拾遺記》：穆王三十二年，巡行天下，有書史十人，記其所行之地。

同上，卷六十《藝文》銘《周穆王春山銘》：

《穆天子傳》：天子觀春山之上，乃爲銘疏於玄圃之上，以貽後世。天子升於奄山，乃紀迹於奄山之石，而樹之槐，眉曰西王母之山。奄山，即崦嵫山。（一云：“紀名迹於弇山之石，曰西王母之山。”《集仙録》曰：“刻石紀迹於弇山之上。”）

《山海經》：穆王至昆侖之丘，眺鍾山之嶺，勒石王母之山，紀迹玄圃之上。

劉勰曰：“穆王紀迹弇山之石，亦碑之意。”

同上，卷一百四十八《兵制》馬政一《周八駿（圖）》：

《穆天子傳》：癸酉，天子命駕八駿之乘，右服䮝騮而左騄耳，右驂赤蘢而左白䕺，天子主車，造父爲御，𨱆𡙡爲右。次車之乘，右服渠黄而左踰輪，右驂盗驪而左山子，柏夭主車，參伯爲御，奔戎爲右。至於黄澤。使官樂謡曰：“黄之池，其馬歕沙，皇人威儀。黄之澤，其馬歕玉，皇人壽穀。”

《列子》：周穆王肆意遠游，命駕八駿之乘，左服蕌（華字）騮而右緑耳，右驂赤驥而左白㮭（古義字），主車則造父爲御，𠫤（泰字）𠔀（丙字）爲右；次車之乘，右服渠黄而左逾輪，左驂盗驪（即纖離）而右山子，柏夭主車，參百爲御，奔戎爲右。驅馳千里，至於巨蒐氏之國，宿於昆侖之阿，赤水之陽。别日，升於昆侖之丘，以觀黄帝之宫。遂賓於西王母，觴於瑶池之上，乃觀日之所入。一日行萬里。

《史記·秦本紀》：造父以善御幸於周繆王，得驥、温驪、驊騮（一云華騮）、緑耳之駟，（郭璞曰："《紀年》云，北唐之君來見，以一驪馬，是生緑耳。"八駿皆因其毛色以爲名號。駰按：《穆天子傳》有八駿之乘，此《紀》不具。《爾雅》釋云："《穆天子傳》：丙寅，天子屬官效器，乃命正公郊父受敕憲用中，八駿之乘以飲於枝涛之中，積石之南河。"郭注云：盗驪者，爲馬細頸。緑耳者，《紀年》云"北唐之君來，見以一驪馬，是生緑耳"。柳宗元《觀八駿圖説》云：好事者爲之圖，宋、齊以來傳之。）西巡狩，樂而忘歸。徐偃王作亂，造父爲繆王御，長驅歸周，一日千里，以救亂。繆王以趙城封造父，造父族由此爲趙氏。非子居犬丘，好馬，及畜善養息之。犬丘人言之周孝王，孝王召使主馬於汧、渭之間，馬大蕃息。孝王曰："昔柏翳爲舜主畜，畜多息，故有土，賜姓嬴。今其後，世亦爲朕息馬，其分土爲附庸。"邑之秦，使復續嬴氏祀。

《拾遺記》：穆王即位二十二年（輯者：宋本爲三十二年），巡行天下，馭黄金碧玉之車，傍氣乘風，起朝陽之岳，自明及晦，窮寓縣之表。御八龍之駿：一名絶地，足不踐土；二名翻羽，行越飛禽；三名奔霄，夜行萬里；四名超影，逐日而行；五名踰輝，毛色炳耀；六名超光，一形十影；七名騰霧，乘雲而奔；八名挾翼，身有肉翅。遞而駕焉，按轡徐行，以匝天地之域。

《書》：穆王命伯冏爲太僕正，正於群僕侍御之臣。（造父爲御，周游天下，導其侈者，果出於僕御之間。人心操舍之無常，可懼哉！）

《隋志》五行類有《周穆王八馬圖》。（《選·七命》注：《駿馬圖》有含陽、侯驃。）

《國史志》：史道碩畫《八駿圖》一卷。

《崇文目》：《八駿圖》一卷。（小説）

唐李觀有《八駿圖序》。

柳宗元有《觀八駿圖説》。（江蘇古籍出版社，1987年）

王應麟《困學紀聞》卷六《左氏傳》：

《荀子》周公曰"成王之爲叔父"，《穆天子傳》亦云"穆滿"，皆生而謚紀事之失也。

同上，卷六：

（昭元年）考之《穆天子傳》，穆王有盛姬。蓋周禮之壞自王朝始，諸侯何誅焉？（上海古籍出版社，2008年）

金履祥《書經注》卷十二：

至其中年，境順心移，雖其所爲未必皆如《列子》及《穆天子傳》所載。然楚右尹子革之言曰："穆王欲肆其心，周行天下，將必有車轍馬迹焉。祭公謀父作《祈招》之詩以止王心。王是以獲没於祗宫。"則穆王亦不能無游逸之過，特能聞善言而自克耳。（《叢書集成新編》本，臺北新文豐出版公司，1985年）

馬端臨《文獻通考》卷一百九十四《經籍考》二十一史起居注：

（文見前，略。）

吴萊《淵穎吴先生文集》卷三《讀穆天子傳》：

我聞昔日穆天子，身騎八駿走萬里。左驂右服疾風起，参百裔閻爲之使，巨蒐鵠血飲至齒。王母戴勝被奇詭，舂山燭銀爛光毁，赤水瑶池望盈咫，白雲歌謡樂忘死。西極化人形慮徙，清都帝居騰乃止，日月河海眩遠邇，變幻疾徐過一指，積蘇累塊慌下峙，室宫狐鳥饌螻蟻。夢虚覺實知者幾，跼天蹐地焉可恃。嗟哉穆滿造厥理，詩人祈招著本紀。秦皇漢武晞逸軌，燕齊術士從風靡。目熒耳聹狹聽視，攻翳皮膚遺骨髓。蟠桃花開照海水，生不諧樂死空誄。稟生受質鼻口耳，插牙戴髮肩股趾。織毛緝纑鬻芊枲，馳騁快意恣游履，明瓊擒魚發笑喜。彈筝酌酒鏗角徵，天真自然絶增毁。上摩青冥蕩若砥，剛風倒景列星晷。下臨厚壤叠若壘，桑麻冠帶際龍鬼。一身煢孑等粟秕，四維上下劇迤邐。圜（輯者：疑爲圉）居縶處囚虜比，束貧縛病動牽掎。蜚揚恨不鳥兩翅，跳蹈恨不百足豸。浮湛里閈曷時已，顧瞻形骸吁可鄙。我披我書我欲褫，思爲穆王執鞭弭。泰山滄海步我跬，歲月邁矣我搏髀。游俠者非仙者是，流蕩忘返獨不耻。長笻化龍機化麂，芝草琅玕森茷蘼，我來丹臺述仙史。泛觀八極從此始，滿天白月無塵滓。（《四部叢刊》本）

郭羅洛納新《河朔訪古記》卷上常山郡部真定路柏鄉縣：

"吉日癸巳"石刻四字，周穆王所刻也，昔在趙州贊皇縣城南十三里壇山崖石之上。《穆天子傳》云，穆天子登贊皇山以望臨城，置壇此山，因以名焉。癸巳志其日也。又有四望山者，謂穆王登山望祭四方者。《傳》中但云登山，而不言刻石。然字畫亦奇怪，若杖畫狀。土人謂壇山爲馬鐙山，以其巳字之形類鐙也。宋尚書廣平宋祁，以皇祐四年秋自亳移鎮鎮陽，道出趙州，命人於壇山石壁，模得此字。時趙之守將，武臣也，遽命鑿山壁，輦其字歸趙，龕之廳壁。聞者莫不嘆惋。嘉祐己亥，移置高邑縣廳壁。元至元二十三年乙酉，復移龕贊皇廟學之壁云。（中華書局，1991年）

脱脱等《宋史》卷二百三藝文二史類别史類：

郭璞注《穆天子傳》六卷。（中華書局，1977年）

佚名《穆天子傳》附王漸《穆天子傳序》：

《穆天子傳》出汲冢，晋荀勖校定爲六卷，有序言。其事雖不典，其文甚古，頗可觀覽。予考《書序》稱：穆王饗國百年，耄荒。太史公記穆王賓西王母事，與諸傳説所載多合。則此書蓋備記一時之詳，不可厚誣也。春秋之時，諸侯各有國史，多龐雜之言，下逮戰國，王迹熄而聖言湮，處士横議而异端起，人人家自爲説，求其欲不龐雜，其可得乎！其書紀王與七萃之士巡行天下，然則徒衛簡而徵求寡矣，非有如秦漢之千騎萬乘空國而出也。王之自數其過及七萃之規，未聞以爲迕也。登群玉山，命邢侯攻玉，而不受其牢，是先王恤民之法，未嘗不行。至遇雨雪，士皆使休，獨王之八駿超騰以先待，輒旬日，然後復發去，是非督令致期也。其承成、康熙洽之餘，百姓晏然，雖以徐偃王之力行仁義，不足以爲倡而摇天下，以知非有暴行虐政，而君子猶以王爲獲没於祇宫爲深幸，足以見人心之危之如此也，是豈可效哉！是豈可效哉！存其書者，固可以覽其古；徵其事者，又安可不考其是非歟？

南臺都事海岱劉貞庭幹舊藏是書，懼其無傳，暇日稍加讎校訛舛，命金陵學官重刊，與博雅之士共之，諗予題其篇端云。時至正十年，歲在庚寅春二月二十七日壬子，北岳王漸玄翰序。（《漢魏叢書》本）

陶宗儀《説郛》卷一百十三：

《穆天子傳》（古本）。（以下略去《穆天子傳》正文）（上海古籍出版社，1988年）

方孝孺《遜志齋集》卷四《讀三墳書》：

然世之僞書衆矣，如《内經》稱黄帝，《汲冢書》稱周，皆出於戰國秦漢之人。故其書雖僞，而其文近古，有可取者。（《四部叢刊》本）

楊士奇等《文淵閣書目》卷六《宙字號第一厨書目》史附：

《穆天子傳》。（一部一册）（中華書局，1985年）

郎瑛《七修類稿》卷二十二辯證類《西王母考》：

西王母之事，由《汲冢周書》穆王乘八駿，西巡狩，宴瑶池而捧王母之觴；又《漢武外傳》亦以七夕會於甘泉，王母捧仙桃而降；因此二説，至今傳之。殊不知《汲冢周書》乃僞書也，因穆王巡狩忘反，故爲此説；而武帝又好神仙封禪之事，是以彼此附會如此。按《爾雅》“觚竹、北户、西王母、日下謂之四荒”，賈誼《新書·修政語》言堯西見王母，訓東及於渠叟，北中幽都，漢貳師將軍西伐宛，斬王母寡之頭。觀此，則王母乃西方昏荒之國，猶國名女真，人姓胡母，其實無此婦人也。不然，則堯之所見，貳師所伐，亦可謂之婦人乎？又嘗考之《山海經》，“西王母梯几而戴勝杖，其南有三青鳥，爲西王母取食，又有三足鳥主給使，在昆侖墟”。郭璞注《穆天子傳》曰：“西王母如人虎齒，蓬髮戴勝，善嘯。”蓋荒裔之國，多與鳥獸游處，而奇形怪狀，恐或有是。未聞有所謂仙桃瑶觴，美人侍女，綽約流盼之態也。涇州回山有王母宫，宋學士陶穀撰記，不爲辨，而反欲躋之祀典，其與曹彬下江南之意异矣。然而文章巨公，往往引用不置，蓋亦未之考也乎。（中華書局，1959年）

楊慎《丹鉛總録》卷十二“文人僞作外夷文字”條：

余嘗疑《穆天子傳》西王母歌詞出於後人粉飾，且《山海經》載西王母虎首鳥爪，形既殊异，音亦不同，何其歌詞悉似國風乎？又觀《後漢書》朱輔上《白狼王唐菆歌》三篇，音韵與漢無异，愈可疑也。唐新羅王獻詩，其句法與中唐人若合契。宋大中祥符間，注輦國入貢上表，表辭極偶麗，中有云“輒傾就日之誠，仰露朝天之款”“臣賤如芻狗，微類醯鷄”“虚荷燭幽，曾無執贄”，究其文筆，與當時翰苑何差！言語不通之國，未必能集老莊之玄言，習徐庾之麗句也。當時天書尚可人爲，况外夷之貢，志在互市罔利，諭以導之，無不可者，書之史册，不待智者能勘破矣。（《文淵閣四庫全書》本）

柯維騏《宋史新編》卷四十八志三十四别史類：

郭璞注《穆天子傳》六卷。（臺北新文豐出版公司，1974年）

晁瑮《晁氏寶文堂書目》卷中子雜：

《穆天子傳》。

《穆天子傳》。（刻本）

《穆天子傳》。（天泉刻）（古典文學出版社，1957年）

陳士元《名疑》卷二“穆王以造父爲御”條：

穆王以造父爲御，㕯𦉶爲右；次乘以柏夭主車，參百爲御，奔戎爲右。見《穆天子傳》。㕯，音泰，篆作㚟。𦉶，音丙，《石經》作𠔁，《字林》作西。《列子》注云：“㕯即齊，𦉶即合，古字也。”未審何據。然《淮南子》云“鉗且、泰丙之御”，高誘注云：“二人古之善御者，泰丙即㕯𦉶也，鉗一作甘。”柏夭、參百、奔戎，皆人姓名。參百，一作參伯。奔戎，一作賁戎。《列子》云“造父師泰豆氏”。泰，一作太。《周書》穆王臣君雅、伯冏，古文“雅”作“牙”，《史記》“冏”作“槃”，《人表》又作“熒”，《集韵》又作“𪚗”“囧”。（《文淵閣四庫全書》本）

歐大任《歐虞部集十五種》文集卷二十一《答梁公實論藝書》：

《莊》《列》《荀》《屈》《淮南》《韓非》《山海經》《穆天子傳》《焦易》《參同契》《楞嚴》《圓覺》《維摩》《金剛》，其變化開闔何其窈冥曼衍哉！（《四庫禁毁書叢刊》本，北京出版社，1997年）

李時珍《本草綱目》序例第一卷《引據古今經史百家書目》：

《穆天子傳》。（中國中醫藥出版社，1998年）

王世貞《弇州四部稿》卷一百十二文部《讀元命苞》：

凡唐以前僞書，其理駁而時有精旨，其文雜而古，其字奇而有不可識者。今皆反之，故以爲宋也。乾、坤《鑿度》亦然。惟《穆天子傳》《竹書紀年》《汲冢周書》，則非秦漢以前人不能也。

同上，《弇州四部稿》卷一百二十九文部《太僕刻周書同命跋》：

夫以穆王之賢，一侈心啓。而七萃之士高奔戎輩，應之八駿之迹遍天下而莫顧返。是時伯冏者，無論其人在否，躬命之，而躬與之左，甚可慨哉。夫子所以删書而不廢者，非特以其文也。

同上，卷一百四十六説部《藝苑卮言三》“諸文外山海經”條：

《檀弓》、《考工記》、《孟子》、《左氏》、《戰國策》、司馬遷，聖於文者乎？其叙事則化工之肖物。班氏，賢於文者乎？人巧極，天工錯。莊生、《列子》、《楞嚴》、《維摩詰》，鬼神於文者乎？其達見，峽决而河潰也，窈冥變幻，而莫知其端倪也。

諸文外，《山海經》《穆天子傳》亦自古健有法。（《文淵閣四庫全書》本）

王世貞《弇州山人四部續稿》卷五十九文部《弇山園記》：

偶展《穆天子傳》，得其事曰：“天子觴西王母於瑶池之上，天子遂驅升於弇山，乃紀其迹於弇山之石，而樹之槐，眉曰‘西王母之山’。”則是“弇山”者，帝嫗之樂邦，而群真之琬琰也。景純先生乃僅以爲“弇兹，日入地”。夫“奄兹”

在“鳥鼠”西南三百六十里，其中多砥礪固可刻。而去“隴首”不遠。

同上，卷六十六文部《金母紀》：

總其凡曰金母，又曰西王母……其又千有一百五十餘年，而周穆王駕八駿以西至於茂苑之山，右執自圭玄璧以見王母。好獻錦組百純，絲組三百純，母受之。明日，宴於瑶池之上。母爲穆王謡曰：“白雲在天，山陵自出。道里悠遠，山川間之。將子無死，尚能復來。”穆王和曰：“予歸東土，和洽諸夏。萬民平均，吾顧見汝。比及三年，將復而野。”王畢飲，遂驅升於弇山，乃紀行迹於弇山之石，而樹之槐，眉曰：“西王母之山。”既别，舍於曠原。東歸而歌《黄竹》曰：“余一人則淫，不皇萬民。”用是享國，百年乃陟，登於仙籍。（《文淵閣四庫全書》本）

王世貞《讀書後》卷八《書真仙通鑒後》：

又云周穆王好尚黄老，崇建靈壇立廟，置老君及尹真人像，尤可笑。彼謂穆王時有老君觀耶？（《文淵閣四庫全書》本）

章潢《圖書編》卷十《穆王三書》：

穆王，周賢君也。後儒信雜説，而不信聖經，乃誣之以耄荒，何哉？昔孔子定《書》，自周成、康之後，獨存穆王作《君牙》《伯冏》《吕刑》三書，用人訓刑，俱不墜文、武、成、康之風烈，謂之爲賢君也，諒非溢辭矣。及觀韓退之作《徐偃王遺碑》，乃曰：偃王，凡君國子民待四方，一出於仁義。時周穆王無道，意不在天下。得八龍，騎之西游，宴王母於瑶池，歌謡忘歸。四方諸侯之争辯者，無所質正，咸賓祭於徐，執三帛、二生之物於徐之庭者，二十六國。穆王方且復，命造父御，長驅而歸。伐徐，偃王北走。嗚呼！如退之之説，則夫子所存三書皆可廢矣！孰知是説也，倡之者《列子》，和之者《左氏》，信雜説而不信聖經，退之不得逭其責也。夫乘八駿而宴王母，《列子》之説也，謂西極之化人請穆王同游，王執化人之袂，騰上乎中天。既而王悦，不恤國事，肆意遠游。乃至巨蒐氏之國，又升昆侖之墟，以至於瑶池。此但《列子》假托謬妄之言，以彰其神仙之術，與黄帝不親政事、夢想華胥之事同。《莊》《列》寓言，大段譎怪，多類此。厥後《左傳》不察，乃因其説，曰：“穆王欲肆其心，周行天下，皆將有車轍馬迹焉。”妄者又作《穆天子傳》，以廣其孟浪之説。此退之所爲據也？夫以《列子》謂穆王好神仙、不恤國事爲可信，則黄帝不親政事亦可信耶？以穆王宴瑶池爲可信，則黄帝至華胥國亦可信耶？且《列子》謂西極化人，既以變物之形，又且移人之慮，又爲王問所從來，左右曰“王默存耳”，化人亦曰“吾與王神游也，形豈動哉”。夫既謂之默存，謂之神游，而遂謂其乘八駿、宴王母、不親政事，信以爲實，雖《莊》

《列》寓言之意，亦弗之察矣。但韓子亦因文見道者，至謂偃王能行仁義，穆王伐之，不益謬哉！夫有周王在上，偃王乃敢斷諸侯之辯争，受列國之玉帛，恐知仁義者不爲也。况信怪誕之説，而違夫子定書之旨；因徐偃之僞，而使穆王受耄荒之誣，是可以弗之辯哉！其命君牙爲大司徒，則自謂“守文、武、成、康遺緒”，其心憂危，若蹈虎尾，涉春冰，必賴股肱心膂爲之翼也。其命冏伯爲太僕正，則自謂“怵惕惟厲，中夜以興，思免厥愆”，至有“僕諛厥后自聖”之言，非惟見其所任尹牙、伯冏爲得人，而惕躬畏咎亦甚切矣。其命吕侯以刑也，則歷告以謹刑罰，恤非辜，年雖老耄，而一念哀矜，欽恤之誠見於言表，反謂其意不在天下何耶？向使穆王三書所言皆無實，所任之人皆不當，在夫子必不取之以垂訓也。夫子存其書，則君牙、伯冏、吕侯必非妄人，穆王必非不恤國事之主也明矣。當是時，君臣若此，謂徐偃僭王已謬，况又受諸侯之贄乎？何後儒因伯冏爲太僕正，則曰穆王好馬故也？因《吕刑》“王享國百年耄荒”，則曰老而怠荒故好游也。所以書傳謂穆王巡狩無度，財匱民勞，至於末年爲一切權宜之術以斂民財，夫子録以示戒。是惑之愈甚，而愈失其真矣。盍即《書》之本文而玩其旨乎？《書》曰：“王享國百年，耄，荒度作刑，以詰四方。”蓋“荒度”之義，與《禹貢》“荒度土工”同，言年雖老耄，猶荒度作刑，以詰四方，正見其不敢怠也。至謂：“宏敷五典，式和民則。爾身克正，罔敢弗正？民心罔中，惟爾之中！”誦斯言也，穆王之命誥，與吾夫子垂訓之意，昭然如日星也。後人徒信雜説，而不信聖經，何哉？（上海古籍出版社，1992年）

周弘祖《古今書刻》上編：

袁州府：《穆天子傳》。（古典文學出版社，1957年）

趙用賢《趙定宇書目》：

《穆天子傳》。（一本）

《稗統目録》。（黄葵陽家藏）

第一册：三墳、《穆天子傳》、《逸周書》、《竹書紀年》、《夏小正》。（古典文學出版社，1957年）

黄鳳翔《田亭草》卷九《讀竹書紀年穆天子傳説》：

此二書出汲冢。按《晋書·武帝紀》：“咸和五年，汲縣人不準掘魏襄王冢，得竹簡小篆古書十餘萬言，藏於秘府。”據荀勖序則在太康二年，《束皙傳》與勖序同，蓋《晋紀》誤也。今《竹書紀年》有沈約注，《穆天子傳》有郭璞注。《竹書紀年》與經傳大异者。夏年多殷，益干啓位，啓殺之。太甲殺伊尹，周王文丁殺季歷。自周受命至穆王百年，非穆王壽百歲也。幽王既亡，有共伯和者攝行天子事，非二相共和也。此《晳傳》所云也，傳稱晳在著作，得觀竹書，隨疑分釋，皆有義證，不云有所竄易。然今所傳竹書，啓即位二年，費侯伯益出就國，六年伯益薨，祠之。與《束晳傳》所云大异。豈傳之久，而訛耶？抑好事者以己意改之耶？太甲居桐實止二年。所云三年者，舉大凡耳。《帝王世紀》載：伊尹年百歲卒，嗣王沃丁以天子禮葬之。《竹書》載：太甲元年，伊尹放太甲於桐，乃自立。七年，王潜出自桐殺伊尹。天大霧三日，乃立其子伊陟。伊奮復其父之田宅，而中分之。夫使尹放嗣王而自立則殺之。爲天討天胡爲，以大霧暴其冤哉！是紀事者，自相矛盾也。湯之子太丁，太丁之子太甲。沈約注云："文丁即太丁。"《史記》非也。湯崩，太丁未立。外丙二年，仲壬四年，此騶孟氏之言，非史遷言也。今《竹書》紀文丁在位十三年。殺季歷事不必問其有無矣。按《竹書》終周赧王十六年，此其紀事之人在尼父删書之後，相距百六十餘載，正與騶孟氏同。時者而其言之乖剌如此，乃譚古事者謬。以汲冢書爲證而取之以翼經甚矣。世之好奇，即孔孟以周人言周事，不能與之争是非也。《穆天子傳》紀穆王賓西王母事，而《竹書紀年》則於虞帝九年記西王母來朝矣。至《周紀》云：穆王十七年，西征昆侖丘見西王母。其年西王母來賓，朝於西宫。《書傳》稱西王母者三：一爲周穆，一爲漢武，溯而之虞帝，則事愈遠而愈重矣。當穆王沉璧馬（輯者：馬爲衍生字）於河，河宗河伯號之，皆應曰："穆滿！"郭璞注云："稱名，謙也。"然生而自稱謚，是何記體也？七萃之士高奔戎刺其左驂之頸取青血以飲天子。臣（輯者：當爲巨）搜之人獻白鵠之血以飲天子。穆王淵居九重，飫享八珍，而茹血啜餟腥如素習，且以牛羊之湩洗其足，是生而戎狄者也。八駿長驅一日千里，每至澡澤、洛水諸處輒休，以待六師，是誰爲之？周衛也。荀勖謂"其事雖不典，其文甚古，頗可觀覽"，然實不足信。且令後世求仙之主，以虞帝爲口實，周穆漢武無論矣。大都宇宙間奇事奇物何所不有。即如南齊升明中襄陽盜發楚王冢，有竹簡書、青絲編簡，皮節如新，後人得十餘簡，持以示王僧虔。僧虔曰："是《考工記》《周官》所闕文也。"官司按驗，竟不能得。乃汲縣竹書存之無益於人世，乖謬於聖經者，至今猶不泯滅，徒以亂耳目，費剞劂良，可嘆已！（《四庫禁毀書叢刊》本）

焦竑《國史經籍志》卷三史類起居注：

《穆天子傳》六卷。（郭璞注）（《粤雅堂叢書》本，第五集）

陳第《世善堂藏書目録》卷上史類稗史野史并雜記：

《穆天子傳》六篇。（中華書局，1985年）

孫鑛《月峰先生居業次編》卷三《與吕甥玉繩論詩文書》：

偶因汪司馬墳雅之説，妄品古籍。竊以爲《易》《詩》《書》此乃"三墳"；《周禮》《禮記》《春秋》三傳此乃"五典"；《儀禮》《管》《老》《列》《莊》《國語》《策》《騷》此之謂"八索"；《荀》《韓》《孫》《吕》《淮南》《史記》《漢書》《文選》《詩紀》，此之謂"九丘"。學文者讀此足矣。即不讀《穆天子傳》等，不記《祈招》之詩無傷也。

同上，卷三《玉繩答論詩文書》：

又《五車一笈》，除大人所開，外甥所嗜者如《穆天子傳》似古傳之祖，《山海經》《水經》似古志之祖，《西京雜記》似遺事之祖，《孫子十三篇》似兵家之祖，《文始》及《參同》似道家之祖，《弘明集》似禪家之最淵博者。以上諸書文俱奥妙，不知可增入笈中否……（《四庫禁毁書叢刊》本）

屠隆《由拳集》卷十四《與王元美先生》：

文章大觀，奇正離合，瑰麗爾雅，險壯温夷，何所不有。嘗試取先民鴻制大作讀之，《書》如《盤庚》，《禮》如《檀弓》，《周禮》如《考工記》，亦云奇古近險矣，而不過偶一爲之，其平曠瑩徹，揭日月而臨大道者，固多。他如《穆天子傳》《左》《國》《莊》《騷》《秦碑》《吕覽》諸篇，雖云魁壘多奇，而其中平易者，亦往往不少。惟揚子雲好奇，言言艱棘，後世而下，論者爲何？平生辛苦，蟲魚自況。出奇間道，終屬偏師。（偉文圖書出版社有限公司，1977年）

胡應麟《少室山房筆叢》卷十三《史書占畢一》"汲冢四書"條：

汲冢四書皆史也：《紀年》，《春秋》也；《周書》，《尚書》也；《穆天子〔傳〕》，起居注也；《盛姬録》，逸事家也。《山海經》稱禹、益，實周末都邑簿也，其文皆以法勝也。

同上，卷三十二《四部正譌下》"穆天子傳"條：

《穆天子傳》六卷。其文典則淳古，宛然三代範型，蓋周穆史官所記。雖與《竹書紀年》《逸周書》并出汲冢。第二書所載，皆訖周末，蓋不無戰國語參之。獨此書東遷前，故奇字特多，缺文特甚。近或以爲僞書，殊可笑也。

同上，"列子稱穆王"條：

《列子》稱穆王駕八駿之乘，右服蒳騮而左騄耳，右驂赤驥而左白㵟，主車則造父爲御，离苬爲右。次車之乘，右服渠黄而左踰輪，左驂盗驪而右山子，柏夭主車，驂百爲御，奔戎爲右。馳驅千里，至於巨蒐氏之國。巨蒐氏乃獻白鵠之血以飲王，具牛馬之湩以洗王之足，及二乘之人。已飲而行，遂宿於昆侖之阿，赤水之陽。别日升昆侖之丘，以觀黄帝之宫，而封之以詔後世。遂賓於西王母，觴於瑶池之上。西王母爲王謡，王和之，其辭哀焉。乃觀日之所入，一日行萬里。王乃嘆曰："於乎！予一人不盈於德而諧於樂，後世其追數吾過乎！"案《列子》此段，全録《穆天子傳》文，足證《列子》所稱黄帝等書，咸有所本。昔人謂《楊朱》篇即古楊朱之書，此篇引《穆天子傳》即以《周穆王》名篇，則楊朱之説信矣。或曰："《鶡冠子》《庚桑子》咸據莊周、賈誼足成，以欺後世，《穆天子傳》庸知非此類耶？"曰："彼二書自莊、賈引外，絶不足觀。《穆天子傳》與《列子》體制不同，各極古雅。此篇奇字，皆《列》本書所無，信知《列子》引《穆傳》，非《穆傳》本《列子》也。斯又辨贋書者所當知。"

同上，"山海經古今語怪之祖"條：

《山海經》古今語怪之祖，劉歆謂夏后伯翳撰。無論其事，即其文與《典》《謨》《禹貢》迥不類也。余嘗疑戰國好奇之士本《穆天子傳》之文與事，而侈大博極之，雜傳以《汲冢紀年》之异聞，《周書·王會》之詭物，《離騷》《天問》之遐旨，《南華》、鄭圃之寓言，以成此書。而其叙述高簡，詞義淳質，名號倬詭，絶自成家。故雖本會萃諸書，而讀之反若諸書之取證乎此者，而實弗然也。《穆天子傳》至晋始出，而此書漢世獨完，緣是前代文人，率未能定其先後。余首發之於此，俟大雅君子商焉。

同上，"始余讀山海經"條：

始余讀《山海經》，而疑其本《穆天子傳》，雜録《離騷》《莊》《列》，傅會以成者，然以出於先秦，未敢自信。載讀《楚辭辨證》云："古今説《天問》者，皆本《山海經》《淮南子》，今以文意考之，疑此二書皆緣《天問》而作。"則紫陽已先得矣，然經所紀山川神鬼，凡《離騷》、《九歌》、《遠游》、二《招》中稍涉奇怪者，悉爲説以實之，不獨《天問》也。而其文體特類《穆天子傳》，故余斷以爲戰國好奇之士取《穆王傳》，雜録《莊》《列》《離騷》《周書》《晋乘》以成者。自非熟讀諸書及此經本末，不易信也。後世必有以余爲知言者。

同上，"古人著書"條：

古人著書即幻設必有所本，《山海經》之稱禹也……至於周末，《離騷》《莊》《列》輩，其流遂不可底極。而一時能文之士因假《穆天子傳》之體縱横附會勒成此書，以傳於圖象百物之説……而未有辯其本於穆滿之文者……

同上，"大率秦漢以還"條：

大率秦漢以還，書若三《易》（《連山》《歸藏》《子夏》）、三墳、六韜、七緯、《關尹》、《子華》、《素書》、《洞極》、《李靖問答》、《麻衣心法》、武侯諸策、王氏諸經，全僞者也。《列禦寇》《司馬法》《通玄經》，真錯以僞者也；《黄石公》《鶡冠子》《燕丹子》，僞錯以真者也；《管仲》《晏嬰》《文中》，真僞錯者也；《元包》《孔叢》《潛虚》，真僞疑者也；《鬻熊》，殘也；《亢倉》，補也；《繁露》，訛也，皆不得言僞也；《素問》《握奇》《陰符》《山海》，其名訛也，其書非僞也；《穆天子傳》《周書》《紀年》，其出晚也，其書非僞也；即以僞乎，非戰國後也。餘亡足辯矣。（《黄石》《鶡冠》《燕丹》，蓋後人雜取戰國他書之文，易其名號爲此，非謂真三子作也。）

同上，卷三十三《三墳補逸上·三墳補逸引》：

三墳，太上之典也。自仲尼贊《易》、叙《書》、删《詩》，而三墳不經見，則《春秋》倚相所嘗讀，固可疑矣。况乎隋劉炫氏所上也，宋毛漸氏所傳也，淺陋弗根，惡睹所謂三墳者乎？夫書出於三代者時有先後，文無古今，義有精粗，文無踳粹，晋《紀年》、周《逸書》、《穆天子傳》皆三代典也。作於春秋戰國，燼於秦，軼於漢，顯於晋之太康。其書竹簡，其文科斗，其出丘墓，經而參之，史而伍之，燕郢而説之，凡以强之於墳，亡弗協也。質諸倚相所嘗讀，吾弗敢知，以較隋宋之僞書，匪什伯而千萬矣。夫《祈招》數言，不足當《穆天子傳》之一簡，而楚臣且以窮倚相，矧汲冢其斐然若是也。吾舉而躋之於墳，以補其亡者而革其僞者奚不可也。夫三書之文，世亡有弗偉之，而三書之事，世亡有弗悖之，顧余之所概於三書，則弗惟其文，惟其事也。因稍輯其略，俟好古之士商焉。甲申夏五識。

同上，卷三十三《三墳補逸上》"春秋戰國之書亡於秦漢"條：

春秋戰國之書，亡於秦漢。而出於晋之汲冢，而傳於後者，厥有三焉：魏《紀年》也，《逸周書》也，《穆天子傳》也。《紀年》合乎魯史，《逸周》合乎《尚書》，《穆天子傳》合乎《山海經》。匪其事之合已也，其文、其義、其體，其合者往往如一手，而粹者往往足以破千古之疑。世以伊尹、季歷而置《紀年》，以《世俘》《王會》而置《逸周》，以西王母、昆侖、玄圃而置《穆天子》，是謂舉一而廢其百。夫《周書》迄於太子晋，《紀年》迄於慎靓王，皆春秋之末。戰國之衰也，浮誇之議，其時即左氏且弗免，乃史遷之采上古，其淫誕怪恢蓋不可勝道也。以二書較之乎丘明、司馬，吾以爲駁者猶未若彼之衆，而其粹者可與暴聖賢之心迹，核皇王之軌度，昭昭乎弗可掩矣。《穆天子》雖非二書比，而其叙簡而法，其謡雅而風，其事侈而核，視《山海經》之語怪霄壤也，録之以資閎洽，亡寧愈於《神异》《洞冥》之陋哉？故余爲詳次其可信者，而稍白其可疑者，讀者將亦以余爲好奇也。

同上，“按束晳傳云”條：

按《束晳傳》云：“太康二年，汲郡人不準盗發魏襄王墓，或言安釐王冢，得竹書數十車。其《紀年》十三篇，記夏以來至周幽王爲犬戎所滅，以事接之，三家分，仍述魏事至安釐王之二十年。其中與經傳大异者：益干啓位，啓殺之；太甲殺伊尹；文丁殺季歷；自周受命至穆王百年，非穆王壽百歲也；幽王既亡，有共伯和者，攝行天子事，非二相共和也。其《易經》二篇，與《周易》上、下經同。《易繇陰陽卦》二篇，與《周易》略同，繇辭則异。《卦下易經》一篇，似《説卦》而异。《公孫段》二篇，公孫段與邵陟論《易》。《國語》三篇，言楚、晋事。《名》三篇，似《禮記》，又似《爾雅》《論語》。《師春》一篇，書《左傳》諸卜筮，師春似是造書者姓名也。《瑣語》十一篇，諸國卜夢妖怪相書也。《梁丘藏》一篇，先叙魏之世數，次言丘藏金玉事。《繳書》二篇，論弋射法。《生封》一篇，帝王所封。《大曆》二篇，鄒子談天類也。《穆天子傳》五篇，言周穆王游行四海，見帝臺、西王母。《圖詩》一篇，畫贊之屬也。又雜書十九篇：《周食田法》《周書》《論楚事》《周穆王美人盛姬死事》。大凡七十五篇，七篇簡書折壞，不識名題。晳校勘其指歸，以今文寫之。”

同上，“以晋書所謂汲冢篇目考之”條：

以《晋書》所謂汲冢篇目考之，今存者《周易》二篇也，《易繇》二篇也，《紀年》十三篇也，《逸周書》十篇也，《穆天子傳》五篇也，《盛姬葬録》一篇也。《師春》之目，《通考》尚存；《瑣語》之文，類書間載，餘不復睹。蓋傳者什七，亡者什三。今《師春》《瑣語》并亡矣，盛姬事附《穆天子傳》六卷中。

同上，“汲冢三書注皆極闊略”條：

汲冢三書注，皆極闊略。《紀年》沈約，《周書》孔晁，《穆天子》郭璞，并不足覽觀。沈注《紀年》，《春秋》《史記》不能引，孔注《周書》亦然，郭注差詳。然景純之釋《山海經》，玄論博議，錯出其間，《穆天子傳》亡一也。三子皆六朝名俊，胡以疏漏若斯！余嘗欲爲之會萃箋解，并裒其語之逸於本書而存於他籍者，及《瑣語》諸篇，本書全逸而他籍僅存者，合爲一編，以貽同好。此稍論其概云。（以上通論三書）

同上，“楊用修逸周書跋云”條：

楊用修《逸周書》跋云：“晋太康二年，汲郡人私發魏安釐王冢，得竹書數十車。”用修以冢爲安釐，蓋據宋陳氏、李氏所云，而二氏則又本之隋、唐諸志也。余考《穆天子傳》晋荀勖《序》云：“按所得《紀年》，出魏惠成王子令王之冢，於《世本》蓋襄王也。”其言實與今《竹書》合。而《束晳傳》叙汲冢事云：“《紀年》十三篇，記夏以來至周幽王爲犬戎所滅，迄魏安釐王二十年。”據諸家史傳，惠王子襄王，襄王子哀王，哀王子昭王，昭王子安釐，相去世次甚遠，而《紀年》載周慎靚王，而終以今王二十年。詳考竹書前後，凡不稱國而稱王者皆周天子，則所謂“今王”，實指慎靚王薨，此時魏安釐王尚未生也。自《晋書》誤載，隋、唐、宋《志》及用修遂并因之，而《穆天子傳序》洎本書明甚，反不詳考，甚可笑也。

同上，“虞九年西王母來朝”條：

虞九年，西王母來朝。沈約注：“西王母來朝，貢白環玉玦。”西王母已見於此，不始周穆也。以余考之，蓋亦外國之君，若上文渠蒐、僬僥，及下息慎、玄都類耳。《穆天子傳》所交外國之君甚衆，不止一西王母。《山海經》但言“蓬髪，虎齒，有尾”，如陸吾、泰逢之屬，余别有辯。（《山海經》但言“有人曰西王母”，似非如後世所謂女仙者。自東方朔謂西王母爲東王公妻，後世遂咸祖之。不若汲冢之言，尚或可信云。）

同上，“穆王八年北唐來賓”條：

穆王八年，北唐來賓，獻一驪馬，是生騄耳。十二年，王北巡狩，遂征犬戎。十三年，徐戎侵洛，造父御王，入於宗周。十七年，西征昆侖丘，見西王母。其年，西王母來朝，賓於昭宫。按此文則穆王北征犬戎，而徐夷侵洛，造父御王歸定其亂，乃復西征見西王母。與《史記》不同，未詳孰是。西王母來朝，亦《穆天子傳》所未載。

同上，“十四年作虎牢”條：

十四年，作虎牢。十五年，作重璧臺。冬，王觀於鹽澤。三事俱見《穆天子傳》。五卷云：“有虎在乎葭中，天子將至，七萃之士高奔戎，請生捕虎，必全之。乃生捕虎而獻之，天子命之爲柙而畜之東虞，是爲虎牢。”六卷《盛姬葬録》云：“姬姓也，盛伯之子也。天子賜之上姬之長，是曰盛門。天子乃爲之臺，是曰重璧之臺。”“乃遂西南。戊子，至於鹽。”注云“鹽，鹽池”也。

同上，“二十一年祭文公薨”條：

二十一年，祭文公薨。二十四年，王命左史戎夫作記。二事俱見《逸周書》。（凡出《穆天子》《逸周書》者，沈注俱不引。夫《春秋》《史記》人所共習，不引可也，二書不引而引《離騷》、讖緯，何哉？）

同上，卷三十四《三墳補逸下》“穆天子傳紀年瑣語逸周書”條：

《穆天子傳》《紀年》《瑣語》《逸周書》皆汲冢，皆竹書，皆古文也。世以“汲冢”冠《周書》，“竹書”冠《紀年》，“古文”冠《瑣語》，而《穆天子》第仍初出之稱者，互見之文耳。《晋史》：汲郡人發魏襄王冢，得竹書數十車，皆古文。束晳校定，以今文寫之。即諸書并同可見。後人以《周書》上不應有重出字，故以“汲冢”冠之，而“竹書”冠於《紀年》，二書互見已備，而《穆天子傳》本四字題名，故直仍其舊耳。《瑣語》冠以“古文”，見《太平廣記》，或仍舉“汲冢”冠之，而《師春》亦題“汲冢”，蓋俱可互稱。世率未精其故，而諸書名紛拿舛迕，特詳之。

同上，“楊用修周書後序”條：

楊用修《周書後序》云：“據《束晳》《荀勖傳》《武帝紀》，汲冢書七十五卷，其目并無所謂《周書》者，蓋此書即《漢·藝文志·逸周書》，宋初諸臣編《太平御覽》，求汲冢七十五篇而不得，遂以此七十篇充之。”用修持論似中有獨見，而實非也。今《周書》名七十篇，實十卷耳。晋以前所謂篇，多如後世之所謂卷，則今《周書》十卷不過當時十篇，晳傳《瑣語》等目之後，稱“又雜書十九篇”，記“《周食田法》《周書》《論楚事》《穆王美人盛姬事》”。考《穆王傳》末卷叙盛姬事，與《王會》等章大類，蓋即此十九篇中十篇，何以云無《周書》之目也？用修序引《晳傳》，止録雜書十九篇之文，而下“周食田法”一十八字悉删去之，遂以此書非出汲冢，大可笑也。又杜預序止稱七十五卷，而不言篇，則《周書》十卷復何疑哉。（《漢·藝文志》《史記》百三十篇，即今百三十卷。此篇與卷同也，《尚書》四十六卷，實五十七篇，此篇統於卷也。）

同上，“衛恒四體序云”條：

衛恒《四體序》云：“太康元年，得汲冢書十餘萬言，其一卷《論楚事》者最工。”始余以十九篇《周書》字爲證，尚微以句讀爲疑。及閲此，乃知《論楚事》自爲一書，與上“周書”字絶不相蒙，余意始洞然自信。又《晳傳》止言“篇”，而此云楚事一卷益證篇與卷文義相通。而余説不妄也。

同上，“穆天子傳諸家皆稱六卷”條：

《穆天子傳》諸家皆稱六卷，余讀之，前五卷皆紀穆王行游，第六卷獨叙王葬盛姬事，文實出一人手，而體制不類爲疑。及讀《束皙傳》，載《穆天子傳》五篇，而盛姬自爲一篇，乃知本非一書，以穆王附合耳。

同上，“穆王欲肆其心”條：

穆王欲肆其心，使天下皆有車轍馬迹，致徐夷作亂，幾失成周。然太子晋稱周無道者四君，曰夷、厲、幽、宣，而弗及穆，何也？考之汲冢諸書，穆王睹周制之衰，則詢祭祖求讜言，感克艱之訓，則命戎夫作史記，歌黄竹之詩以恤徒御，納祈招之諫以戒淫心，其樂善喜聞，恒如弗及，享國百年，卒以令終，宜也。

同上，“穆天子傳序所稱”條：

《穆天子傳序》所稱，穆王游行天下，惟七萃之士從焉，非如秦漢之君，千乘萬騎，空國而出。其見西王母，登昆侖，涉縣圃，皆以極其游觀之迹，非如秦漢之君，封泰山，禪梁父，期羨門、安期之屬，求仙藥以冀長生也。自始皇、武帝好言神仙，一時術流方士，張大其説，文士又從和之，遂以穆王爲厲階戎首，而不知《穆天子傳》所記山川、草木、鳥獸，皆耳目所有，如《山海經》怪誕之文，百無一二也。今稍列其大者於篇。

同上，“壬申天子西征”條：

壬申，天子西征。甲戌，至赤烏氏。赤烏之人獻酒、食馬、牛、羊、穄麥，天子乃賜赤烏之人黄金貝帶。赤烏之人獻好女於天子，列爲嬖人。辛巳，入於曹奴。曹奴之人戲觴天子於洋水之上。天子乃賜曹奴之人黄金貝帶，戲乃膜拜而受。丁酉，天子西征至於鵛韓氏。鵛韓之人無鳧，乃獻良馬、牛、羊、穄麥，天子乃賜之黄金銀罌貝帶，無鳧乃膜拜而受。甲子，天子賓於西王母，好獻錦組百純，䧟（輯者：衍生字）組三百，西王母再拜受之。觀此文前後，序西王母事與赤烏諸人無大异，余嘗疑爲异域君長也。

同上，“離騷南華并有河伯之文”條：

《離騷》《南華》并有河伯之文，然皆寓言也。《山海經》以《竹書》所謂河伯當之，於是馮夷易曰冰夷。《博物志》又以人首魚身擬之，遂益誕謾無稽。據《竹書》，河伯自爲諸侯，而馮夷爲諸侯姓名，余别有辯。而《傳》載河宗伯夭尤詳，蓋穆王登春山，觀昆侖玄圃，皆伯夭爲之前導。又乘穆王副車，馳驅千里，使其果人首魚身，穆王將畏避不暇，而能與之同載，極西土而後返耶！《傳》稱伯夭爲河伯之孫，蓋馮夷之後，世爲諸侯，以職河任者。於《離騷》《南華》之河伯迥不侔也。（《穆天子》作無夷，則《竹書》馮當如字，《山海經》作冰夷，蓋誤以馮作憑音也。）

同上，“穆天子傳文絶類山海經”條：

《穆天子傳》，文絶類《山海經》，而事實大不同。自景純取《山海經》以注《穆天子》，而《穆天子傳》殘缺不易讀。好古之士，率先熟《山海經》胸中，驟讀《穆天子》，而景純之注又分列其下，故衹以爲同而弗以爲异，試尋其本文核之，則二書之旨，有天壤之懸者矣。

同上，“山海經稱西王母”條：

《山海經》稱西王母“豹尾虎齒”，當與人類殊别。考《穆天子傳》云：“天子賓於西王母，觴於瑶池之上。西王母爲天子謡。天子執白圭、玄璧，及獻錦組百純、□（輯者：據《穆天子傳》補）組三百。西王母再拜受之。”則西王母服食、語言，絶與常人無异，并無所謂“豹尾虎齒”之象也。《山海經》偏好語怪，所記人物，率禽獸其形，以駭庸俗，獨王母倖免深文，然猶异之以虎齒，益之以豹尾，甚矣其無稽也。《竹書》紀：“虞舜九年，西王母來朝，獻白玉環、玦。”則西王母不始見於周時。《莊》《列》俱言西王母，亦不言其詭形。惟司馬相如《大人賦》有豹尾虎齒之説，蓋據《山海經》耳。乃《山海經》則何所據哉？因讀《穆天子傳》，漫識此爲西華解嘲。倘大荒之外果有其人，當命三鳥使，邀不佞閬風之頂，浮大白三百，賞余知言也。（《列子・周穆》一段，化人外全節此《傳》之文。《莊》言“西王母坐乎少廣”，此後世長生之説所本與？）

同上，“天子之馬走千里”條：

天子之馬走千里，天子之狗走百里，鸛鷄飛八百里，野馬走五百里，邛邛距虚走百里。（餘狻猊、麋鹿等缺文，不載。）《傳》載天子犬馬鳥獸，不過如此，不惟視《山海》之怪，迥不相倫，即如《王會》所記“九尾之狐”“兩首之毚”“比翼之鳥”，亦絶未見。孰謂《穆天子傳》怪誕哉！

同上，“天子之犬走百里”條：

天子之犬走百里，執虎豹。景純但注云：“筋力猛壯。”余考《周書・王會》：“渠搜以鼩犬。鼩犬者，露犬也，能飛食虎豹。”孔晁注：“渠搜，西戎别名。”是時，天子方西征，至於伯夭之邦，蓋即此犬也。

同上，“黑水之阿爰有野麥”條：

黑水之阿，爰有野麥，爰有荅堇（輯者：當爲堇），西膜之所謂木禾。嘉穀生之，草木碩美。天子於是取嘉禾以歸，樹於中國。珠澤之藪。爰有萑、葦、莞、蒲、茅、萯、蒹、葽。右《傳》所紀草木，或中國所有，或中國所無，然皆五穀、百卉之類，非如若木、扶桑、蟠桃，仙樹之屬也。（仙樹見《酉陽雜俎》）

同上，“天子之瑤玉果璿珠”條：

天子之瑤，玉果、璿珠、燭銀、黄金之膏。爰有采石之山，重䍃氏之所守，曰枝斯、璿瑰、瑤琚、琅玕、玪㻌、琉璭、玗琪、徽尾。右《傳》所紀寶玉奇石，雖其名字瑰异，然亦非所謂怪，若醒酒石、如意珠也！

同上，“辛酉天子升於昆侖之丘”條：

辛酉，天子升於昆侖之丘，以觀黄帝之宫。癸亥，天子具蠲齋牲牷，以禋昆侖之丘。甲子，天子北征，舍於珠澤，以釣於流水。珠澤之藪，方三十里。按《傳》紀昆侖、珠澤如此，初不言其高廣幾何，止言黄帝之宫，并無所謂絳闕、瓊樓者。自《淮南子》謂昆侖去地一萬一千里，旁有四百四十門，神仙家又以絳闕、瓊樓傳之，而昆侖遂爲怪誕之祖。不知《穆天子》所紀昆侖不過衡、岱屬耳，何詭异之有哉。

同上，“丁卯天子北升於舂山之上”條：

丁卯，天子北升於舂山之上，以望四野。是惟天下之高山也。舂山之澤，清水出泉，温和無風，先王所謂縣圃，百獸之所聚也，飛鳥之所栖也。爰有獸，食虎豹，如麋。爰有赤豹白虎，熊羆豺狼，野馬野牛，山羊野豕。爰有青雕白鳥，執犬羊，食豕鹿。天子五日觀於舂山之上，乃爲銘迹於縣圃，以詔來世。按，舂山之名，後世不甚傳；而玄圃，神仙家所盛依托，以爲數倍昆侖。據此“先王所謂縣圃”之文，不過如秦漢所謂上林、胡苑，所記鳥獸雖衆，皆人世所嘗有。求如《山海經》九首八足、食人之怪，固無一也，則二書詎可同日語哉！（舂山，《山海經》作“鍾山”，見景純注。）

同上，“傳本五卷”條：

《傳》本五卷，前四卷叙穆王自宗周瀍水以西，至於陽紆之山，歷西夏珠餘，以至昆侖之丘，皆并河以行，而河宗伯夭爲之前導，至於昆侖而止，實後世河源之説也。又自舂山以西至赤烏氏，自群玉之山，至西王母之邦，雖中有“東”“南”“北”之文，皆就西方言之，則穆王所歷名山絶境，靡非西方也。北第載曠原之野，飛鳥解羽，而東南絶不言，蓋東南皆海。穆王乘八駿，日行千里，勢固不得極東南之境也。

同上，“第五卷所紀”條：

第五卷所紀游行，皆中國四封，非大荒之外也。諸侯載於《傳》，許男、祭公、霍侯。其詩則《黄竹》《黄澤》，而逢公之篮，止“藪澤蒼蒼”五句，餘缺文不可讀。而兩與隱士井公博，亦奇事也。

同上，“周天子好文者”條：

周天子好文者，蓋亡過穆王。東夏之吟，僅二十餘字，而敦大鴻遠，居然萬乘氣象，自虞氏《卿雲》之後，未見有若斯者也。縣圃、弇山，皆勒銘記，惜其文遂弗傳。至讀書菞丘，暴書羽林，雅事翛然，可想三代前風流高韵，似少其倫。徒以好游，世列於秦皇、漢武，而盧敖、向平，顧以此取。後世稱富貴貧賤，其重誠各有在哉?

同上，“賓退録云”條：

《賓退録》云：“《穆天子傳》八駿之名，一曰赤驥，二曰盜驪，三曰白義，四曰踰輪，五曰山子，六曰渠黄，七曰華騮，八曰騄耳。王子年《拾遺記》載穆王御八龍之駿，一名絶地，二名翻羽，三名奔霄，四名超影，五名踰輝，六名飛光，七名騰霧，八名挾翼。二説不同，未知何書爲當。”按趙與時以二説互异爲疑，非也。《傳》中八駿之名，已見引於《列子》，况《拾遺記》王嘉所載，皆一時私意詭撰，曷足徵哉!

同上，“穆天子傳八駿”條：

《穆天子傳》八駿名，義同字异者，驊騮作䮦騮，赤驥作赤蘁，白義作白俄。蓋亦注者因上一字會意解之，非本識其字也。

同上，“傳四卷云”條：

《傳》四卷云：“癸酉，天子命駕八駿之乘，右服䮦騮而左騄耳，右驂赤蘁而左白俄，天子主車，造父爲御，𦪇𦩍爲右。次車之乘，右服渠黄而左踰輪，右盜驪而左山子，柏夭主車，參百爲御，奔戎爲右。天子乃遂東南翔行，馳驅千里。”云云。按此文，則八駿或駕二車，不專爲天子乘，而其日行千里，蓋亦有時而然，非每日必行千里也。（李商隱詩“八駿日行三萬里”，乃詩人信筆之語，不足證也。）

同上，“天子自西王母之山還歸”條：

天子自西王母之山還歸，丌世民作憂以吟曰：“比徂西土，爰居其野。虎豹爲群，於（與烏通）鵲與處。嘉命不遷，我惟帝，天子大命而不可稱，顧世民之恩，流涕芔殞，吹笙鼓簧，中心翔翔。世民之子，惟天之望。”此亦周詩，詞義頗古，而雜有書體，不若“白雲在天”二章玄遠簡奥，意中間必有脱誤。按景純《山海經》注引“白雲”二章俱合，而此章獨云：“徂彼西土，爰居其所。虎豹爲群，烏鵲與處。嘉命不遷，我惟帝女。彼何世民，又將去子。吹笙鼓簧。”（下三句同）此或景純以其脱誤，稍爲隱括，故不甚類也。

同上，“辛卯天子北征”條：

辛卯，天子北征。癸巳，至於群玉之山。山阿平無險，四轍中繩，先王之所謂策府。郭注云：“古帝以爲藏書之府，所謂藏之名山者也。”按《圖經》云穆王藏异書於大酉、小酉二山，而本《傳》不載，豈即此地與？

同上，“秦漢間稱玉多以雙”條：

秦漢間稱玉多以雙。淳于髡白璧十雙，張良獻項王白璧一雙，此類甚衆。然《穆天子傳》：“癸巳，升於群玉之山。天子乃載玉萬隻。”《注》：“隻玉爲瑴，見《左氏傳》。”則玉亦可言隻也。又：“天子嘉之，賜以佩玉一隻，柏夭稽首再拜，送天子至於𠜱人。”第他書少用此字。（以上《穆天子傳》）

同上，“六卷載淑人”條：

六卷載淑人盛姬葬哭事，非《穆天子》本書，後人以其文出一手，且穆王事，故附之。據《録》，姬盛柏之子也，從王東征，於澤中得寒疾死。乃殯於轂丘之廟，以伊扈爲喪宗，叔㛁爲喪主，大陳哭葬之禮，蓋後世所未有也。盛姬以殤卒，又妃妾之屬，而穆王爲之極哀盡慕，亦過於用情矣。其文疑於太侈。然《晋史》所載，西凉吕纂寵姬死，纂至爲行斬衰之服，其既殯猶出諸棺，與同寢且合焉。宇宙之异，顧有若此甚者，則穆王之事，又特其小小耳。兹篇獨寡脱簡，而文極贍縟，有法可觀，三代前叙事之詳無若此者，然頗爲小説濫觴矣。

同上，“穆天子傳二卷”條：

《穆天子傳》二卷（輯者：當爲三卷，《四庫全書》本亦誤爲二。）“天子飲於温山考鳥”，郭注引《紀年》云：“穆王見西王母，止之曰有鳥䳺人。”今《紀年》無此語，且與竹書文體大不同。又王長公謂景純注“弇山”爲“弇兹”，非是。余意此注大率非景純筆也。又注“六師之人至於曠原”，引《紀年》云：“王北征流沙，積羽千里。”按，此語乃沈約引他書爲注者，景純在沈前，何從見之？益知此注之僞，不待言也。然沈注余亦疑僞，而孔晁注《周書》尤淺陋，余嘗疑三注皆僞也。（景純本傳有《穆天子注》，蓋元注已亡，後人補之。不然，胡視《山海經》霄壤也！）

同上，“汲冢三書”條：

汲冢三書，大率衰周之撰，《周書》有《太子晋解》，《紀年》終慎靚王，惟《穆天子》當是東遷前作，列禦寇嘗引，可知。（中華書局，1958年）

徐應秋《玉芝堂談薈》卷三十《世説注》：

劉孝標注《世説》，自漢魏吴諸史、子傳、地理之外，如晋氏一朝諸史及諸公列傳、譜諜、文章，凡一百六十六家，皆出正史之外，此又齊、梁以上書也。譜諜、别傳姑不暇及，餘書亦疏其目，已見《史通》者不載……《穆天子傳》……

同上，卷三十三《八駿》：

八駿之名，見於《列子》，而他書所載互有不同。《穆天子傳》：“天子命駕八駿之乘，右服驌騮而左緑耳，右驂赤蘢而左白㹀。次車之乘，右服渠黄而左踰輪，右盜驪而左山子。”按“蕑騮”《漢書》作“華騮”，又曰“華聊”。唐人名紫騮，即今之棗騮也。“緑耳”一作“騄耳”。又作“彔耳”。“赤驥”又作“赤騹”。宋世名好頭赤。漢師古注“華騮”，視其色如華之赤。緑耳，耳緑色。白㹀，㹀即古犧字，形似牛。渠黄，一作駏騜，又名翠黄，又名紫黄。踰輪即《蜀都賦》所謂“魚文”。“山子”又作“屾子”，今之五明馬，又名玉頂。盜驪，一曰温驪。《荀子》作“纖離”，今之鐵青色，後代轉名騊駼。又《拾遺記》載穆王八駿：一名絶地，足不踐土；二名翻羽，行越飛禽；三名奔霄，夜行萬里；四越影，逐日而行；五踰輝，光色炳燿；六超光，一形十影；七騰霧，乘雲而起；八挾翼，身有肉翅。則似未見《列子》，而妄爲杜撰也。史道碩《畫本八駿》中有名翠耳、者乂，李元賓《八駿圖序》中有騕褭，不知於《傳》中當誰駿。揚子雲《河東賦》：“乘翠龍而超河兮，陟西岳之嶢崝。”師古曰：“翠龍，穆天子所乘馬也。”所謂翠龍、翠耳，或即緑耳乎？（《文淵閣四庫全書》本）

祁承㸁《澹生堂藏書目》史部上雜史：

《穆天子傳》六卷，二册，郭璞注。

同上，子部三類家：

《漢魏叢書》：《穆天子傳》。

《古今逸史》：《穆天子傳》。

《古今説鈔》：《穆天子傳》。（上海古籍出版社，2015年）

顧起元《説略》卷八史别中"漢書注"條：

《漢書注》有曰：臣瓚者，不知爲何人。晋中書監魯（輯者：當爲勖）、和嶠嘗領命校正《穆天子傳》五卷。瓚乃其校書官屬郎中傅瓚也。後人取其説，以釋《漢書》，故有臣瓚注語。按《漢書》余靖《刊誤》已知有傅瓚，然亦疑其未足據矣。余考酈道元《水經注》多引"薛瓚"，《漢書注》則臣瓚者，安知其非薛耶?道元後魏人，去晋不遠，其書引用不一而足，當不誤也。宋景文云"劉孝標《類苑》以爲于瓚，《水經注》以爲薛瓚"，而終云不足取信，似未深考也。

同上，卷十三《典述》中"又裴松之"條：

又裴松之注《三國志》，亦旁引諸書，史稱與孝標之注《世説》可爲後法。今觀其所載，如……《穆天子傳》……（《文淵閣四庫全書》本）

徐𤊹《徐氏家藏書目》卷二史部旁史類：

《穆天子傳》一卷。（《續修四庫全書》本）

馮復京《六家詩名物疏》引用書目"雜史"：

《穆天子傳》。（《文淵閣四庫全書》本）

鍾惺、譚元春選評《詩歸》古詩歸卷一古逸一：

西王母《白雲謡》：乙丑，穆天子觴西王母於瑶池之上。西王母爲天子謡曰：白雲在天，山陵自出（叶尺爲反。奇語！鍾）。道里悠遠，山川間之。將子無死（"將子"字如此用，妙！鍾），尚復能來（叶陵之反）。

亦自奥，僞作不得。鍾

秀甚，無粗濁氣，奥在"將子無死句"。譚

《西王母吟》：徂彼西土，爰居其所。虎豹爲群，烏鵲與處。嘉命不遷，我惟帝女。彼何世民（仙人口氣，居然滄桑在目。譚），又將去予。吹笙鼓簧，中心翱翔。世民之子，維天之望。

周穆王答：予歸東土，和治諸夏。萬民平均，吾顧見女。比及三年，將復而野。

一仙人語，一天子語，明明露出本色。譚

待萬民平均後而始求仙。此富貴人不能學道之故。鍾（湖北人民出版社，1985年）

張丑《真迹日録》卷五：

皇明書家所録册子，有吴源博手鈔《東坡志林》《穆天子傳》《鬻子》《鬼谷子》《墨子》等帙，不下千百紙。（《文淵閣四庫全書》本）

錢謙益《絳雲樓書目》卷一史傳記類：

《穆天子傳》。（《續修四庫全書》本）

劉城《嶧桐文集》卷三《讀穆天子傳十二首》：

淵明讀《山海經》詩曰“泛覽周王傳，流觀山海圖”乃諸章載述大荒，無一穆滿事者。新謡托乘之云，固語勢連及，非直咏《傳》事也。我思陶公或有厥指。夫穆承昭後，膠舟未返，而馬迹遍天下。疑於覆轍相尋，顧以七萃之士，往還三萬餘里。要荒承奉獻賫森。然西周之盛，後世嚮絶，讀之嘆望，交心所不忍道。余與陶公指同緒别，聊復爲此止十二首者，示不敢與陶競也。

新秋風力弱，餘熱苦蒸煎。賃舂人廡下，婦子同曲蜷。既無園可灌，亦尠犢爲牽。西鄰謀稻穫，東家指瓜圓。我從盗鼠後，掇拾覽殘編。大荒經誕罔，周王傳整妍。六飛巡萬里，徜徉遍八埏。此事不再見，望古徒惘然。掩卷時太息，驂乘在何年。

翠華征□□，彼猶觴天子。禮享必敬恭，皇心斯悦喜。後來雷首阿，從容再休止。聖世有餘威，荒□固如此。

我觀西王母，賓禮亦謹備。純組既拜登，觴謡多縟致。天子歌東歸，豈有神仙意。虎齒豹尾形，《山經》何誕异。

采石鑄器用，嘉禾飽邦民。越國取之歸，何損古明君。載玉至萬雙，獻女爲嬖人。後世如追數，此過誰與論。

羽林既暴書，葂丘更誦讀。六師行在中，意猶勤簡竹。宴游雄才多，稽古玄情篤。後王孰可希，茂陵庶芳躅。

和洽答白雲，氣象何敦宏。黄竹哀雨雪，憂勞見至情。命官謡歎玉，侍從亦霏英。縣圃弇山勒，悵惜逸其銘。

銀精如燭光，金膏流爲液。寶物出英華，何况名賢積。循河萬里行，禮聘胡絶迹。將無井利輩，蔽賢從中厄。

鄘絜剞閭外，人國多僻希。渠黄白俄内，名號幾陸離。事物既詭譎，點畫更瑰奇。所以博識人，此中字有遺。

乘輿所至止，進御無怪珍。牛馬羊穄麥，用物多敢論。乃至良守犬，百千亦紛紛。因嘆七萃過，耗損難具陳。

井公伊何人，天王就之博。一戲三日留，往返再爲樂。公誠有道者，胡少諷諭作。勝負竟如何，上下幾相譃。

盛姬寵璧臺，一朝疾問至。喪禮太侈靡，列侯陪哭次。悼念發佳思，肇錫淑人謚。雄主每多情，哀樂誠深摯。

曾里西土數，瀍水迄曠原。三萬五千里，振策若家門。洗足及樹竹，事瑣亦堪言。今雖具駿駕，已矣躓樊垣。

同上，卷九《題山賓〈讀穆天子傳〉詩後》：

嘗細讀此傳，其氣體手筆全不類漢人，定爲先秦之文。事不可詳，而文則古甚矣。余偶然涉筆，别有寄托，不謂同心之言，更得此十二章也。淵明《讀山海經》詩，妙在能説己意。余與山賓讀此傳，亦是以他人酒杯，澆塊磊耳。詩之駘蕩雋永，固自五言長城也。（養雲山莊刻本，清光緒十九年）

佚名《穆天子傳》附唐琳《穆天子傳叙》：

世之史學有三：一編年，一紀傳，一實録。實録之書，初無製作，意以備史官采擇而已。編年所〔載〕，一國之事爲詳。紀傳所載，一人之事爲詳。用此言之，紀傳雖便於披閲，實非正史。蓋自司馬氏始作《史記》，有《列傳》三十，其後班氏父子相續不絶；而紀傳遂爲史氏一大業。穆王方周盛時，記事記言三代美意。考之周制，亦謂大史、小史、内史、外史、御史分掌其事，故其爲書煌煌宏偉。即如“吕侯一命”，猶繼“五帝三王謨曲”之後，而汲冢得《周書》，并得《穆天子傳》六卷，凡八千五百一十四字。晋荀勖校定。振孫陳氏謂體制與起居注同。夫史則史矣，何以“傳”也？傳又曾不及他事，而惟是左造父右三百，朝河宗而賓王母，不經亦甚！獨其記載，一與左氏、司馬相符合。且書出先秦，定有一段簡古高妙處，不可磨滅。時有一二殘闕，又如明眼人識古鑒不在光明瑩徹，在青黄朱紫、斑痕駁雜中辨有古意。然則讀是書者，無以“傳”致疑，無以闕致遺，可矣。新都唐琳玉林父識。（《快閣彙刊》本）

顧炎武《日知録》卷四《葬用柔日》：

春秋葬皆用柔日。宣公八年，“冬十月己丑，葬我小君敬嬴，雨，不克葬。庚寅，日中而克葬”。定公十五年，“九月丁巳，葬我君定公，雨，不克葬。戊午，日下昃乃克葬”。己丑、丁巳，所卜之日也，遲而至於明日者，事之變也。非用剛日也。（原注：經文所書葬，列國之君，無非柔日者。惟成公十五年秋八月庚辰葬宋共公，是剛日，其亦雨不克葬，遲而至於明日者與？）漢人不知此義，而長陵

（原注：高帝）以丙寅，茂陵（原注：武帝）以甲申，平陵（原注：昭帝）以壬申，渭陵（原注：元帝）以丙戌，義陵（原注：哀帝）以壬寅，皆用剛日。（楊氏曰：不特雨也，日食之類皆是。但庚辰之葬無日食耳。）《穆天子傳》盛姬之葬以工戌。疑其書爲後人僞作。（上海古籍出版社，2006年）

馬驌《繹史》卷二十六《三代第十六》"穆王命官訓刑"條：

（輯者：前文録《穆天子傳》卷六全文。）

此篇一别名《盛姬録》。《汲冢師春》：周穆王姜后孕，越姬嬖，竊而育之，斃，以玄鳥二七，塗以彘血，王發書而卜之，兆曰："蜉蝣之羽，飛集於户，鴻之戾止，弟弗克理，重靈降誅，而復其所。"王問諸史，豹曰："蟲飛集户，是曰失所，惟彼小人，弗克以育君子。"史良曰："是謂闕親，將留其身，歸於母氏，而後獲寧。册而藏之，厥休將振。"居三月，越姬死，七日而復，言其情曰："爾夷隸也，胡竊君之子不歸，將置爾大戮，及王子於治。"《述异記》：周穆王時，天下連雨三月，穆王乃吹笛，其雨遂止。《抱朴子》：穆王南征，一軍盡化，君子爲猿爲鶴，小人爲沙爲蟲。《紀年》：穆王三十七年，大起九師，東至於九江，駕黿鼉以爲梁，遂伐越，至於紆，荆人來貢。

同上，"附共王滅密"條：

顧世所傳穆王事，多誇誕過實，《列子》之寓言，《穆傳》之附會，固不足信。

同上，附録二《錢林輯〈文獻征存録〉卷二馬驌》：

除列在學官四子書不録，經傳子史，文獻攸存者，靡不畢載，傳疑而文古者，亦復弗遺。如《神農本草》《黄帝素問》《陰符經》《風后握機經》《山海經》《周髀算經》《穆天子傳》《逸周書》《竹書紀年》《越絶書》之類，雖未必果出當年，要亦先秦遺書。（中華書局，2002年）

宫夢仁《讀書紀數略》卷三十一人部經籍類"唐六家起居注"條：

郭璞。（《穆天子傳》）（《文淵閣四庫全書》本）

祁理孫《奕慶藏書樓書目》卷五"四部彙"：

《魏晋百家小説》十二家：傳奇家卷一《穆天子傳》……

《范子雜彙》二十二種二十二本：……《穆天子傳》。

《覆古介書》二十四種本：……《穆天子傳》。

《漢魏叢書》九十三種九十六本：……《穆天子傳》。

《古今逸史》五十六種十六本：……《穆天子傳》。

（輯者注：此書於1958年1月由上海古典文學出版社出版，初名爲《鳴野山房書目》，沈復粲著。後出版社在同年8月作出説明，清沈復粲所編印《鳴野山房書目》實爲祁理孫《奕慶藏書樓書目》。）（古典文學出版社，1958年）

錢曾《錢遵王述古堂藏書目録》卷三史雜史：

《穆天子傳》六卷一本。（抄本）（《續修四庫全書》本）

徐乾學《讀禮通考》卷七十五喪儀節三十八國恤十《皇妃喪儀》：

盛姬。（周穆王妃。《公羊傳·隱公十年》：齊人、鄭人入盛。何休注云："盛，魯同姓。"楊氏疏："《左氏》作'郕'。莊公八年，成降於齊師。《傳》曰：'成者何？盛也。'"《列子》：周穆王西巡狩，還，未及中國，道有獻工人名偃師。王薦之曰："與若偕來者何人？"對曰："臣之所造能倡者。"王驚視之，趣步、俯仰，信人也。與盛姬内御并觀之。技將終，倡者瞬其目而招王之左右侍妾，王大怒，立欲誅偃師。偃師立剖散倡者以示王，皆附革木、膠漆、黑白丹青之所爲。《竹書紀年》：周穆王十五年作重璧臺。《水經注》：五鹿墟，故沙鹿有沙亭。周穆王喪盛姬，東征舍於五鹿，其女叔㛗届此思哭之丘，爲沙鹿之异名也。羅泌《國名記》："盛伯國亦曰成。"《續志》云：濟北成本國。預謂："東平西南有盛鄉。"竇革云："鄉在鄆城，即晋之剛父。"）

…………

乾學案：《穆天子傳》出汲冢，晋荀勖校定，以爲其事雖不典，其文甚古，頗可觀覽。今考與書序及太史公所載多合，當時藏之中經副在三閣，故其書實不可廢，輒引盛妃事爲古時妃喪之禮，以備考覽云。（《文淵閣四庫全書》本）

徐乾學《傳是樓書目》卷二史部起居注：

《穆天子傳》六卷。（晋郭璞注）（《續修四庫全書》本）

萬斯同《群書疑辨》卷一《古文尚書辨二》：

夫學者讀古人書，在别其義理之深淺，而文詞之險易其次也。以古文之深醇如此，而人猶議之，然則汲冢《周書》《穆天子傳》可駕於《禹謨》《伊訓》《説命》之上，而樊紹述之文遠勝退之子厚矣！。（嘉慶二十一年刻本）

陸漻《佳趣堂書目》：

《穆天子傳》。（吴匏庵藏本，張青父鑒定匏翁手録。）（葉氏觀古堂刊，1933年）

姚際恒《古今僞書考》“竹書紀年汲冢周書穆天子傳”條：

《竹書紀年》《汲冢周書》《穆天子傳》。（“汲冢”“竹書”分冠“周書”“紀年”，上文互見也。《穆天子傳》以字多故，不復見。）

以上三書，《晋書·束皙傳》云“太康二年，汲郡人不準盗發魏襄王墓，或言安釐王冢，得竹書數十車，皆漆書科斗字。武帝以其書付秘閣校綴次第，以今文寫之，皙在著作，得觀竹書”云云。凡有七十五篇。今世所傳此三書即在其中者也。《紀年》《晋史》稱“益干啓位，啓殺之；太甲殺伊尹”。即此二事，荒誕已甚，其他可無論。然今本惟有太甲殺伊尹事，無啓殺益事。又杜預《集解·後序》，謂“紀年起自夏殷”，今本起軒轅氏，則又後人增改，非晋本矣。《周書》《漢志》本有七十一篇。（注引劉向曰“今存者四十五篇”，蓋漢時已散失，今此四十五篇亦亡矣。）今七十篇，似以序一篇合七十一篇之數，其序全仿書序。又《克殷》《度邑》等篇襲《史記》，《時訓篇》襲不韋《月令》，《明堂篇》襲《明堂位》，《職方篇》襲《周禮·職方氏》，《王會篇》尤怪誕不經。陳直齋曰：“相傳以爲孔子删《書》所餘，未必然，似戰國後人仿效爲之。”李巽岩曰：“戰國處士，私相緝綴。”恒案不止此，殆漢後人所爲也。《穆天子傳》本《左傳》“穆王欲肆其心，周行天下，將皆有車轍馬迹”，又本《史·秦紀》“造父爲穆王得驥、温驪、驊騮、緑耳之駟，西巡狩樂而忘歸”，諸説以爲之也。多用《山海經》語，其體制亦似起居注。起居注者，始於明德馬皇后，故知爲漢後人作，又多與《紀年》相合，亦知爲一人之作也。《紀年》沈約注、《周書》孔晁注、《穆天子傳》郭璞注，皆淺陋之甚，至有經史而不知引者，亦皆僞也。《穆天子傳》稱璞注者，蓋取璞所注《山海經》以移入之，故因謂璞注也。汲冢又有《師春》一卷，杜預稱純集《左傳》卜筮事。黄長睿曰：“《師春》紀諸國世次，及十二公歲星所在，并律吕卦變謚法等，非專載《左傳》卜筮事。其紀歲星，有杜徵‘南洞曉陰陽之’語，由是知此書亦西晋人集録而未必盡出汲冢也。”《師春》之書，宋世有之，今則未見，故不録。然據《紀年》《師春》二書，皆與杜預所述不合。予於《紀年》以爲後人增改，非汲冢本書。長睿又以《師春》爲西晋人集録，未必出於汲冢，二者又不同。（中華書局，1985年）

查慎行《蘇詩補注》附録“采輯書目”：

《穆天子傳》。（鳳凰出版社，2013年）

王聞遠《孝慈堂書目》“史傳記”：

《古今逸史》，一百六十四卷曹秋岳家藏本十六册……《穆天子傳》……

《穆天子傳》《列仙傳》《續仙傳》《廣皇帝本行經》共四卷，曹秋岳家鈔本

一册共九十七卷。（葉氏觀古堂刊，1916年）

儲大文等《山西通志》卷一百七十五《經籍》史類别史：

郭璞注《穆天子傳》六卷。（華文書局股份有限公司，1969年）

徐文靖《管城碩記》卷三《書一》：

浮於濟漯，達於河。蔡《傳》曰：“按《地志》漯水出東郡東武陽，至千乘入海。”程氏以爲此乃漢河，與漯殊异。然亦不能明言漯河所在，未詳其地也。

按：《水經注》云：“桑欽《地理志》曰：‘漯水出高唐。余按竹書《穆天子傳》稱：丁卯，天子自五鹿東征。釣於漯水，以祭淑人，是曰祭丘。己巳，天子東征，食馬於漯水之上。尋其沿歷徑趣，不得近出高唐也。’”據《穆傳》“天子飲於漯水之上，官人膳鹿，獻之天子”，郭璞注曰“漯水，今濟陰，漯陰縣，音沓”，是漯水在濟水之陰也。《水經》“漯水徑高唐縣故城東，又東北徑漯陰縣故城北”，故兖州貢賦浮濟浮漯以達河也。

同上，卷四《書二》：

導黑水至於三危，入於南海。蔡《傳》曰：黑水，《地志》出犍爲南廣縣汾關山，《水經》出張掖鷄山。唐樊綽云：麗水即古之黑水。程氏曰：西洱河其流正趨南海。武帝初開滇巂時，其地古有黑水舊祠。

按：《穆天子傳》：“乃封長肱於黑水之西河，是惟昆侖鴻鷺之上。”黑水之西河，《經》所云：“黑水西河惟雍州也。”昆侖鴻鷺，《唐志》“肅州酒泉縣有昆侖山”，山在今肅州衛也。韓苑洛曰：“黑水在今肅州衛城西十五里，水南流，去積石幾及三百里，不與積石河相通。”《水經》：“黑水出張掖鷄山，南至敦煌，過三危山。南流入於南海。”與經文悉相符合，其爲《禹貢》之黑水無疑，不必旁引麗水、汾關、山西洱河爲證也。又按《西河舊事》曰：“三危山俗亦謂升雨山。”今《禹貢錐指》作卑羽山，蓋以翻本《史記注》誤也。

同上，卷十二《禮一》：

冀州，其澤藪曰楊紆。鄭注曰：“楊紆，所在未聞。”

按：《爾雅·十藪》“秦有楊陓”，郭注：今在扶風汧縣西。邢昺疏：“《周禮》冀州其澤藪曰：楊陓。”是陓與紆爲一矣。《穆天子傳》曰：“天子西征。騖行。至於陽紆之山，河伯無夷之所都居。”又曰“自宗周瀍水以西，至於陽紆之山，三千有四百里”，即此楊紆矣。

同上，卷十四《楚辭集注一》：

“吾令豐隆乘雲兮”，集注曰：“豐隆，雷師。”

按：《穆天子傳》：“天子升於昆侖之丘，以觀黄帝之宫，而封豐隆之葬。”郭璞曰：“豐隆筮御雲，得大壯，遂爲雷師。”然則世所稱豐隆爲雷師者，亦猶《莊子》所云傅説乘東維，騎箕尾，而比於列星者乎？

同上，卷十四《楚辭集注一》：

邅吾道夫昆侖兮，路修遠以周流。集注曰：“邅，轉也。”《後漢書注》云：“昆侖在肅州酒泉縣西南地之中也。”

按：《易·屯》二曰：“屯如邅如。”王弼曰：“正道未行，困於侵害，故屯邅也。”此所云邅吾道者，蓋亦屯邅之意也。《水經》曰：“昆侖墟在西北，去嵩高五萬里，地之中也。河水出其東北陬。”酈道元注曰：“《禹本紀》與此同。按《穆天子傳》天子自昆侖山入於宗周，乃里西土之數，自宗周瀍水以西北至於河宗之邦，陽紆之山，三千有四百里。自陽紆西至河首四千里。合七千四百里。則云五萬里者，蓋妄也。”但此河水所出之昆侖，世以爲地之中，非肅州之昆侖也。《禹貢》“昆侖、析支、渠搜”，《前漢·地理志》“金城臨羌縣有昆侖山祠”，“敦煌廣至縣，治昆侖障”。《後漢書》“竇固出敦煌，擊昆侖塞”，注曰：“昆侖，山名，因以爲塞，在今肅州酒泉縣西南。”蓋河據昆侖，爲大昆侖，是爲地中。此爲小昆侖，不得爲地中也。《十六國春秋》：“後魏昭成帝建國十年，凉張駿、酒泉太守馬岌上言：酒泉南山即昆侖之體，周穆王見西王母樂而忘歸，即謂此山。”

同上，卷十八《史類一》：

《石林燕語》曰：“唐王起對武宗曰：‘起所不識者惟醔𨾊二字。’”

按：《穆天子傳》“造父爲御，𨾊𨾊爲右”，《列子》“造父爲御，醔𨾊爲右。”則王起所不識者，蓋指《列子》而言也。然此字訛舛相仍，從來不一。范攄《雲溪友議》作“硰𨾊”，王元美集作“硰𠕎”，王應麟作“𠕎𨾊”，音泰丙，亦因《淮南子》“鉗且，泰丙之御”而意釋之。屠緯真《序文》“唐辨𨾊硰止存王起”，則又本《友議》而倒用之，皆未能有畫一者。據《唐書》本傳：“起嗜學，非寢食不輟廢。天下之書無不讀，一經目弗忘也。帝嘗以疑事令使者口質，起具牓子附使者上，凡成十篇，號曰：寫宣。”今所言不識醔𨾊二字不見於本傳，當是“寫宣”中語也。

同上，卷二十一《正字通一》：

《穆天子傳》“舍於漆澤”，無澤字。

"故天有峕"，無峕字。

"北游於䂮子之澤"，無䂮字。

"至於長淞，重䚳氏之西疆"。無淞字、䚳字。

"瑖瑶"，注曰："玉名。"無瑖字。

"玲瓏"，注："音鈴瓃。"無瓏字。

"𩧿騊"，注："疑騵騊字。"　"赤蘢"注："古驥字。"

"𣝗溲"，注："今西有渠搜國，𣝗疑渠字。"　"祭公飲天子酒，歌𠌗天之詩，天子命歌南山有𦺈。"注曰："《詩·頌》有'昊天有成命'。《小雅》有'南山有臺'。"雖古字難曉，皆無其字。

同上，卷二十二《正字通二》：

郱，注云："音形，國名，一作邢。"《説文》："郉，周公子所封，近河内懷，幵聲。䣆，鄭地，䣆亭，井聲。"分郉、䣆爲二地，非。舊注從井，與從幵别。郭忠恕分郱、邢爲二，亦非。

按：《穆天子傳》："天子北入於邴，與井公博，三日而決。"郭注曰："邴，鄭邑也。"疑井公賢人而隱邴故，穆王與之游戲也。鄭地有郱亭，從井聲者是也。隱五年"曲沃莊伯以鄭人、邢人伐翼"，杜注："邢國在廣平襄國縣。"今順德府邢臺縣，周公子所封。從幵聲者是也。乃謂郱與邢不當分而爲二者，謬矣。

又按：宣六年"赤狄伐晋，圍懷及邢丘"。杜注："邢丘，今河内平皋縣。"此晋地也。《説文》以爲周公子所封，亦謬。

同上，卷二十三《正字通三》：

鈃，注云："音堅。"《莊子》："求鈃鍾也以束縛。"鈃與鉶别，《莊子》宋鈃即孟子宋牼。郭象注讀鈃爲堅，而鈃鍾讀爲鉶，誤。鈃無形音，舊注又音形，非。

按：《穆天子傳》："至於鈃山之下。"郭璞注曰："鈃音邢。"何謂無形音也？荀子曰："其持之有故，言之成理，足以欺惑愚衆，是宋鈃也。"楊倞注曰："宋鈃，宋人。孟子作宋牼，牼與鈃同，口莖反。"又昭二十年《左傳》"華牼"，陸氏釋文曰："牼，苦耕反。"是鈃與牼皆有形音矣。

同上，卷二十三《正字通三》：

娷，注云：才何切。《説文》："訬疾也。"《長箋》女不雜坐，依女，寓戒也。舊注：安也，又少貌，誤。

按：《穆天子傳》："天子乃殯盛姬於轂丘之廟，王女叔娷爲主。"注曰：

“叔姓，穆王之女也。音癱痤。”姓，訓安及少貌者是。

同上，卷二十四《正字通四》：

崛，注云：舊注音骨，憂貌，無義。《說文》：詘，重文作誳。以此推之，崛即咄也。

按：《括地志》：“王舍國有靈鷲山，胡語耆闍崛山。山是青石頭似鷲鳥，名耆闍崛也。”崛，山石也。張籍詩：“春江無雲水平滿，江心崛崛鳧雛鳴。”言其水涌江心如山石之崛崛也。《穆天子傳》曰：“飲於河水之阿。”郭注：“阿，水峰也。”水崛，猶水峰，崛即崛也。又《隋書·滕王綸傳》：“沙門惠恩、崛多等頗解占候。”字皆作崛，非即爲咄矣。

同上，卷二十四《正字通四》：

銷，注云：“訛字。舊注：‘音育，鴿銷，温器。’非。”

按：《北魏書·蠕蠕傳》肅宗詔賜阿那瓌：“新乾飯一百石，麥麨八石，榛麨五石，銅烏銷四枚，柔鐵烏銷二枚，各受二斛。”銷正非訛字也。又：《穆天子傳》：“天子觴重䲨之人，䚡黛乃賜之黄金之罌二九，銀烏一隻。”疑即爲銀鴿也。後人加金作鴿耳。

同上，卷二十五《詩賦一》：

《筆叢》云：《穆天子傳》“駕八駿之乘，馳驅千里”，義山詩“八駿日行三萬里”，信筆之語無足證也。

按：《穆天子傳》：“各行兼數，三萬有五千里。”《拾遺記》：“穆王馭八龍之駿，遞而駕焉。按轡徐行，以匝天地之域。”李詩所云日行者，非謂一日行三萬里也。

同上，卷二十六《詩賦二》：

相如《大人賦》：吾乃今日睹西王母，暠然白首戴勝而穴處兮，亦幸有三足烏爲之使。必長生若此而不死兮，雖濟萬世不足以喜。師古曰：“昔之談者皆以西王母爲仙靈之最。”

按：《宋史·外國傳》曰，元符八年，悉蘭池國遣使奉表曰，臣伏聞西王母冢距舟所將百里，又行二十晝夜，度羊山、九星山，至廣州之琵琶洲。則王母之死而有冢，可知已。《穆天子傳》西王母爲天子謡曰：“將子無死，尚能復來。”未聞予以不死之藥，信其必來也。《竹書》穆王十七年，西王母來朝，賓於昭宫，則亦西裔諸侯之類也。《淮南子·覽冥訓》云“羿請不死之藥於西王母”，蓋妄也。

以不死之藥予人，乃自死而有冢哉？故《史記・趙世家注》謂："穆王會王母於瑶池，譙周不信其事也。"北齊樊遜曰："天道性命，聖人所不言，蓋以理絶涉求，難爲稱謂。伯陽道德之論，莊周逍遥之旨，遣言取意，猶有可尋。至若玉簡金書，神經秘籙，三還九轉之奇，絳雪玄霜之异，淮南成道，犬吠雲中，子喬得仙，劍飛天上，皆是憑虚之説，海棗之談，求之如繫風，學之如捕影。而燕君、齊后、秦皇、漢帝信彼方士，冀遇其真。徐福去而不歸，欒大往而無獲。猶謂升遐倒影，抵掌可期。祭鬼求神，庶或不死。江璧既返，還入驪山之墓。龍媒已至，終下茂陵之墳。方知劉向之信鴻寶，没有餘責；王充之非黄帝，比爲不根。"以是知相如大人之賦，彼固有不屑爲也。

同上，卷二十八《楊升庵集》：

楊氏曰："《古樂府》：井公能六博，玉女善投壺，蓋因井星形如博局而附會之，亦詩人北斗挹酒漿之意也。"

按：《穆天子傳》曰："天子北入於邴，與井公博，三日而決。"又曰："西升於陽□，過於靈□，井公博。"郭璞注曰："穆王往返，輒從井公博游，明其有道德人也。"梁蕭綺《拾遺録》曰："觴瑶池而賦詩，期井伯而六博。"王褒詩"誰能攬六著，還須訪井公"，陳謝燮《方諸曲》"井公能六著，玉女善投壺"，并用《穆傳》耳。豈井星如博局之謂乎？

同上，卷二十九《通雅》：

《通雅》曰：《史記集解》多引臣瓚，裴駰言臣瓚莫知姓氏，《索隱》以爲傅瓚。劉孝標以爲于瓚。《穆天子傳》目録云：傅瓚爲校書郎。與荀勖同校定《穆天子傳》。何法盛傳于瓚，不言有注《漢書》之事。按：則當是傅瓚。

按：酈道元注《水經・濰水》下引薛瓚《漢書集注》云："博昌有薄姑城。"《河水》下引薛瓚《漢書集注》云："秦世家以垣爲蒲反。"《巨洋水》下引薛瓚《漢書集注》云："按汲郡古文，相居斟灌，東郡灌是也。"《晋書・苻堅傳》："太原薛瓚、略陽權翼，見而驚曰：非常人也。"則薛瓚太原人也。温公《通鑒》"苻堅以薛瓚與王猛同掌機密"，晋穆帝永和八年太原薛瓚下，史炤釋曰："瓚，圭瓚也。"胡身之曰："薛瓚，人姓名。"則瓚，穆帝時人也。（《四庫全書》本）

邵泰衢《史記疑問》卷上：

至以西王母爲婦人者，《穆天子》也。安足信哉！（康熙刻本）

鄂爾泰《雲南通志》卷七書籍《雲南府學藏書》子部中：

《漢魏叢書》共二百五十卷四函六十本。

《穆天子傳》。（《文淵閣四庫全書》本）

蔣驥《山帶閣注楚辭》卷三《天問》“昆侖縣圃”條：

“昆侖縣圃，其凥安在？增城九重，其高幾里？”

《水經注》：昆侖山三級，下曰樊桐，二曰玄圃，三曰增城，是爲大帝之居。《穆天子傳》：春山之澤，所謂縣圃，百獸所聚。桓驎《西王母傳》：昆侖之圃，有城千里。其下弱水九重，非飆車羽輪不能到。《淮南子》：層城九重，高萬一千里百十四步二尺六寸。《化狄經》（輯者：狄當爲胡），昆侖山九重，重相去九千里。《拾遺記》：昆侖山有九層，層相去萬里。《天對》：增城之里，萬有三千。“凥”與“居”同。一説臀尾所坐處爲凥。縣圃，神人之圃，下無所繫，懸空而居，故問其所坐何處也。增城又在其上，則愈高而愈奇矣。

同上，“黑水玄趾”條：

“黑水玄趾，三危安在？延年不死，壽何所止？”

《西山經》：昆侖西北隅，黑水出焉。玄趾，承黑水言。《路史・餘論》注“黑水染足，涉者其色黝黑入膚”是也。《通鑒前編》：沙州敦煌縣卑羽山，三峰峭絶，人以爲三危，延年不死。本黑水、三危而言。《山海經》：黑水之前，有大山曰昆侖。有人戴勝虎齒豹尾，穴處，名西王母。三危山，三青鳥居之，爲西王母取食。《朝鮮記》：黑水之間，有不死之山。《穆天子傳》：黑水之阿，爰有木禾，食者得上壽。《拾遺記》：勃鞮國人壽千歲，食黑河水藻。《淮南子》：三危之國，石城金室，飲氣之民，不死之野。

同上，“穆王巧梅”條：

“穆王巧梅（每），夫何周流？環理天下，夫何索求？”

穆王，昭王子，名滿。梅，貪也。《竹書》注：穆王北征流沙，西征昆侖，環履天下，億有九萬里。《穆天子傳》：天子大朝宗海，乃里西土之數。注：“計其道里也。”即環理之意。言穆王巧於貪求，其周流豈無故乎？環理天下，徒手而歸，何所索求乎？又“梅”，王本作“拇”。徐友雲云：“足指也。巧，好也。”按此則“巧拇”，疑即利趾捷足之意。（上海古籍出版社，1958年）

姚鼐《惜抱軒遺書三種》之三《惜抱軒書録》卷二：

《穆天子傳》六卷。

晉郭璞注。前有荀勖序。按《束晳傳》云：太康二年，汲郡人不準盜發魏襄王墓得竹書《穆天子傳》五篇，又雜書十九篇：《周食田法》《周書》《論楚事》《周穆王美人盛姬死事》。按今盛姬事載《穆天子傳》第六卷，蓋即《束晳傳》所謂雜書之一篇也。尋其文義，應歸此傳。《束晳傳》别出之。非也。此書紀事有月日而無年，又文多斷缺，今以《竹書紀年》較之。《紀年》書“十二年冬，王北巡狩，遂征犬戎”事在《傳》之第一卷，“十四年夏，王畋於軍丘，五月作范宫，作虎牢”事在《傳》之第五卷，“十五年作重璧臺，冬，王觀於鹽澤”事在《傳》之第六卷，“十七年王西征昆侖丘見西王母”事在《傳》之第二卷第三卷第四卷。以《紀年》之序論之當移五卷六卷於二卷之前，蓋竹書零散，編者宜不能得其次也。是書雖所紀多侈言寡實。然所謂西王母不過西方一國君爾，所謂懸圃者不過飛鳥百獸之所飲食尋常圃澤之名，爾非有神仙怪异之説。是此《傳》較《山海經》《淮南子》猶爲近質實，而注家不悟，反取兩書以解此《傳》，失其旨矣。《列子·周穆王篇》所載與此《傳》相出入，未知《列子》與此《傳》孰前孰後。要其文辭之古，必出周人，非後世所能僞也。（光緒年間刻本）

金兆燕《棕亭詩鈔》卷七《讀穆天子傳》：

七萃前驅盡偃旌，蕭蕭八駿夜深鳴。高臺空自歌黄竹，一笛何曾喚曉晴。（贈雲軒刻本，嘉慶年間）

紀昀《閲微草堂筆記》卷二十二：

文章流别，各有體裁。郭璞注《山海經》《穆天子傳》，於西王母事鋪叙綦詳。其注《爾雅·釋地》，於“西至西王母”句，不過曰“西方昏荒之國”而已，不更益一語也。蓋注經之體裁，當如是耳。金石之文，與史傳相表裏，不可與稗官雜記比，亦不可與詞賦比。（上海古籍出版社，1980年）

檀萃《穆天子傳注疏》卷首《序》：

拘苦時魂夢中往往心游天外，幸有如許世界，尚或庶幾遇之，况爲昔王車轍馬迹之所經者，其欣喜爲若何也？庚戌春初，於太和《道藏》中得《穆天子傳》一册，乃郭景純注本，視《説郛》所載爲完具，因取而疏之。甫半，旋往黑井，在井蕆其事。遽以病返，迨今三四年，時閲之，時置之，今乃粗成而序之。此書爲後世起居注所肇祖，本史氏一門。然後世起居注，令人閲之欲昏昏欲睡。此書閲之，令人神旺惟恐篇盡者，則以其善引人入勝耳。世每以其脱爛難讀，付之不論。但此書埋藏既久，至晉始出，郭景純注之，以至於今，千餘年間，若存若亡。雖以予老坐窮荒，甫得一見，若不再加整齊，將來遂終於蕪没。故爲分其章節，正其句讀。其缺圈處，可以大意屬讀者，即補其字於圈中。其古字奇畫，郭氏所缺釋者，亦推驗仿像而釋之。寧使後來攻我之妄，而此字不至於音義俱闕也。每卷之後，附以諸考。徵引援摭，紛綸葳蕤，不憚其煩。如小説作場恐聽者臥，故改韵易調，突發奇弄，庶幾一噴一醒然也。於正文之上方加以評論奇趣，標竪眉眼，庶覽之，是了了也。嗟乎!予竄於蠻久矣，所見所聞，每每幾出天地之外。欲以細書而寄示於鄉之同輩老生，必不見信。即使吾安於鄉如老生一無所見聞，有以蠻方之奇异來語者，亦必掩耳不欲聞。此地距吾鄉僅兩月程，尚難以奇异相語，况《傳》之所稱，又誰從信之？然蠻中奇异爲吾親見聞之且久，吾固信其有也。矧穆巡所至，幾盡八荒之表，又烏知其無有乎？素位之君子備四素，吾閲其三矣。每披此卷，如游皇古，如陟太虚，且不知身在塵世，其爲自得更何如？陶靖節於“繞屋扶疏”時，常泛覽此《傳》，蓋恃此以北窗高卧，自謂羲皇上人者賴有此耳。此書誠居貧之寶藪，遭難之縣解，竄蠻之鈞天廣樂也。景純注《爾雅》《山經》俱有《序》，而此《傳》獨無，蓋其大略已見於《山經序》中。顧《爾雅注》有邢昺疏之，《山經注》中吴任臣廣之，而《穆傳注》無人措手，乃自於余。余以患難餘生，無可奈何，不得已而妄想游於天地之外。高真元妙，非吾輩所幾。惟生平想慕景純、稺川之所爲，亦尚有徑途之可覓。二賢皆從儒業入，窮畢生之力，勞勞於掇輯補拾而豁然貫通，以獲其解脱者也。故因疏此《傳》，以志其景仰之思，以貽後之同志君子。癸丑春暮白石先生題於碧鷄祠畔。

同上，曾力行《默齋先生穆傳疏序》：

《穆天子傳》爲史家起居注所自始，與《山海經》《夏小正》《古周書》皆六經外所不可不訂正之書。《穆傳》瘞於冢，閲六百餘年，至晋初始出。又數十年，郭景純過江，始取而注之。顧傳之者，綿綿延延，不絶如綫，學者幾不見有此書。垂千餘年，吾師默齋先生始取而疏之。顧《傳》文既古，景純之注太略，流傳既少，脱漏訛缺又多。字多奇僻，無從音釋，讀之棘口，輒掩卷而置之。先生此疏不主故常，時與注合，亦時與注離，若康成箋《詩》，取義不盡與《毛詩》符者，所謂相輔而成，相需而備也。至於奇僻古字，推究偏旁，仿象結構，音之釋之，寧使後賢攻我之誤，不可使其闕而無傳。於原文字闕而存方圈者，如其文可以大意屬讀，即取其文填於圈内以補之。又於第五卷東巡，據《束皙傳》補出“帝臺”，據《列子》補出“化人”。謂古讀“化”爲“回”，“化人”即“回人”，爲今回教所自始，皆出於卓識。然皆爲確論，斷不可易者也。以天主、化人同一教，以昆侖即須彌，以昆侖諸君長之膜拜，即三十三天之小天王迎接往來，亦比荒外侯服無絶殊者。改佛説之閎虚，就入境之卑實，尤無不可信者也。每卷之後，附以考傳、論辨。其奇創，往往得未曾有；其透闢，又每每如遇其新；其引人入勝，讀之唯恐其盡。抑且應接不暇，其移我情至此。吾不意先生老遭放廢，羈離萬里，朝不謀夕，與死爲鄰，而猶以曠達之胸襟，發游戲之筆墨，妙諦精藴，皆原於經傳子史，與正論不違。非識出天地之外，神游日月之表，不能有此撰著也，可不謂通儒乎！方今學士大夫，争爲考辨之學，如此書之考辨，則可謂閎大而不遺蟲魚，非磊落之譏矣。

先生少年曾爲《山海經賦》，俾學者便於記誦。近又爲《夏小正注》，已梓行；又擬注《周書》《大戴禮》。其拳拳述古明道之心，不以素患難竄蠻夷而或改。力行束髪受學於先生，以弋科第一試於吏，即引歸。先生不得歸，益壯益堅，奮志於傳述，其視趙邠卿注《孟子》於複壁奚以异？嗚呼！其可及也哉！受業門人固始曾力行百拜序。

同上，《穆天子傳注疏總目》：

卷首編年

卷之一西巡（輯者注：後附河源考）

卷之二西巡（輯者注：後附昆侖考）

卷之三西巡（輯者注：後附西王母傳）

卷之四西巡（輯者注：後附穆巡里數總考）

卷之五東巡（輯者注：附帝臺化人考）

卷之六東巡（盛姬）（輯者注：附《穆天子論》）

卷末序傳

白石先生整齊《穆傳》，分章厘節加以疏釋，附以考傳。功竣，因著其目録如右而總論之曰：《傳》凡六篇。第一至第四皆紀西征之事；第五篇則王畿内外遠近也；第六篇紀盛姬本在《傳》五篇之外，後人附之耳。穆王之盛迹在西征，登昆侖而見王母。而所以致此盛者，由感河伯而披河圖。夫河圖之致也，難矣。雖以孔子猶且嘆之。自古及今，惟伏羲、軒轅、堯、舜、禹爲交，至即湯之黄魚踴壇、武之白魚躍舟，尚庶幾焉。惟周公相成王制禮作樂，興致太平。成王十八年，定鼎洛邑，公與王沉璧於河，俟至日昃，龍銜圖至。禮於洛亦如之。然皆近在河、洛之間，精誠以享介負鱗銜，河伯不親至也。穆王馳驅絶塞，河伯之子孫來迎，遂至河伯之所都居，沉璧與牲，河伯即出，傳帝命，將示以舂山之寶，詔以宫舍平泉。可見不獲帝命，則寶不得見，宫舍不得居，平泉不得飲也。明日大朝於黄山，而河圖出。河伯乃披圖而示，天子以珤器，餘則使伯夭致之，河伯遂乘渠黄爲天子先路，以極干西土。若使圖不出，河伯不見，豈敢無其應而用事乎？自是河伯導之，六師從之，遂上昆侖覲黄帝之宫，升舂山入懸圃得玉榮枝斯之英。至於玉山，策府載玉萬隻，遂賓於西王母，留住其宫久之，然後歸悉，符帝命矣。由河伯先路，河宗扈行，故能經涉神靈之境如履通衢焉。第河伯號天子且爲之先，以後《傳》中不復見者。河宗伯夭乃其子孫。伯夭主次車，以驂乘其。封膜晝也，伯夭詔之；其賜潛時觻黛也；伯夭言之。天子又使受觻黛與𧺝奴之所獻，且有賜於伯夭。伯夭送天子至於鄘人。鄘伯絜觴天子。天子留五日乃行，顧命伯夭歸於其邦。天子發“河宗正也”之嘆，故詳紀河宗即以紀河伯也。且夫圖書之見，畫卦演疇，著受命之符，而穆獨以示琁，何哉？曰：此猶黃帝之舊也。黃帝五十年，龍圖出河，龜書出洛，以接萬神於明庭。而穆王按圖以獲玉果、璿珠、燭銀、金膏之秘珍，傍氣乘風起朝陽之岳，自明及晦窮寓縣之表。夫亦以其道耳。道無所不寓，豈以琁滯哉！後世之無其應而用事者，周旋五岳，彷徨海上，以庶幾遇之，其何可得也！自周公祀洛而後中國之河圖不復出。穆王乃馳絶境於陽紆，從極而出之，因以上昆侖觴西母，漢通西域，去長安且四萬里，不能得河源，何從沉璧而祠之得邀？河伯捧圖而視典以陟昆岡，二千年來維冰夷之所都竟無問津之處。河伯亦絶迹中原，不復乘白龜而逐河渚，中國人幾不知潼陰鄉老有得道以游大川其人焉，所以圖不出昆侖終不可見。故攬其大要以正談者之誣穆王事迹多神异，意當時藏於秘府不復流傳，但略見於《尚書》及《古周書》。左氏於《周語》首，著祭公之諫，於内傳則著椒舉子革之稱，而他未有道穆王者。此《傳》蓋戰國時，稍出於民間。故列子著書，多摭引之，且至以《周穆》名篇。疑此書藏於柱下，伯陽甫寶惜之不以示人。列子學伯陽之道，因得此書，籍以作論資。莊子之書多采《列子》，因述黃帝而不及穆王。晋人尚老莊而不談《列子》。景純注此傳，盛稱《史記》言造父之得驊騮、騄耳而不及《列子・化人》之篇。是亦有見有不見者。因次章節而括大略，以見河圖之出穆巡乃得以登昆侖云。

同上，附《穆天子論》：

白石先生曰：聖人序四代之書，莫詳於商周。經秦火後，商書亡其過半，周書所亡不多，篇目具存。文武成康而後，《尚書》所録者僅及穆王、平王。平王無足論。而穆王之命訓藹然，西京忠厚之風，此聖人所以取而著於《尚書》，以垂憲後世者也。此外，《周書》七十餘篇皆文、武、成三王，自後無書。至穆王而復作。其序云：“周王云殁，王制將衰。穆王因祭祖不豫，詢謀守位，作《祭公》。穆王思保位維艱，恐貽此羞，欲自警悟，作《史記》。王化雖弛，天命方永，四夷八蠻，攸尊王政，作《職方》。”是則穆王之著作，録《尚書》者三篇，見《周書》者三篇，皆典誥之遺音。而《史記》亦稱昭王之時，王道微缺，南巡不返，卒不赴告，至於諱之，其衰可知。穆王即位，春秋已五十，閔文武之道缺，乃申誡命周室，於是復寧，亦可謂中興矣。宣王中興，僅四十餘年而盛業不終。王師屢有敗，逋其卒，至杜伯射王於鄗。而穆王受命惟中身，如文王。享國百年如堯。堯老得舜攝，而穆王年至百四五十，猶會塗山，作《吕刑》。老而不倦，且終其世無敗逋之事。雖外傳稱荒服不至，然考之《紀年》及《穆傳》，未嘗不至也。其享歷，過於文武成康；中興盛於宣王；而其巡游所至，幾踐軒轅之迹，可不謂神靈乎！惜祭公殂後，其時無召。穆公、尹吉甫之能雅者以咏之。是以美不盡傳耳。至其在位，《尚書》明言百年矣。而《紀年》止曰五十五年。後世遂因之，則是年且見遺矣，況其事迹哉？竊惟古者，天子莫重於時巡。時巡而後能朝諸侯，執玉帛者往往至於萬國。夫曰“萬國”，則是磬西法之所謂“五大洲”之地。蓋撫而有之。而天子又時時親至於其地，是以四荒之遠，莫不有遺迹之留焉。自唐虞定之以五載，成周制之以十二年，可見前此并無常期。天子欲往，即往以與衛簡而駕乘神也。故人皇駕六蜚鹿，五姓同期俱駕龍。狟神駕六蜚羊，皇次駕六蜚麐，皇覃駕六鳳凰，柏皇駕六龍。古皇神聖既膺天命，天必賜之以神靈之服馭，俾其周還，天下盡納於在宥。雖以帝升王降至於有夏，禹乘二龍過海，道經穿胸之國，啓舞二代，以巡大樂之野。孔甲擾於有帝，帝賜之二龍，河漢各二，各有雌雄，此又顯著於素臣之傳者。而況黄帝、帝嚳與禹皆受靈寶龍蹻八威，召龍能檄，召鬼神以接萬靈者乎？然則穆王之得“八駿”在於西極鄧林之外，而數且過於人皇、狟神、皇次、皇覃、柏皇之所駕焉，蓋亦天之所授，俾得肆其心，以窮其車轍馬迹之所極也。昔轉輪王王四天下時，恃金輪象馬之寶於未降伏地，爲我降伏天輪，既轉即向東行，所到地方，象馬身兵即停住止宿。諸國王等金粟銀粟争來奉獻，請王治之。王即飭言，令諸國王如法教化，乃自治其國，如是而已。其於南方、西方，北方亦然。所以王四天下，并非籍其土地人民使歸之於一人也。然則古帝王之會諸侯，執玉帛者萬國，亦猶此義耳。豈籍其土地人民郡縣其處，然後爲吾所屬哉！况乎王畿之外，皆歸列侯，王朝不爲置吏，何論八荒之外？而所以能統屬之者，在於時巡。所巡一過，則國爲吾國，人爲吾人，所以統御之廣，至於萬國，爲算數譬喻之所不能測。後儒不察，以玉帛萬國在禹，服九州之内。今合計州縣，九州之内，纔千五百餘耳，且盡王畿之方千里而算之。若分算八州，以爲萬國，則一縣且分爲八九國，其何以國哉！故知古皇方域地過日月之表，總以王巡爲至。而所駕或鹿或羊或麐，總謂之“蜚”。至於駕鳳駕龍，尤爲飛行絶迹，取其往還迅速不遺累於地方，故可以頻出頻返，相安於不驚耳。轉輪之試象寶也，於日初出時，乘彼象寶周回巡，歷遍諸海岸，盡大地際周帀。既已還至本宫，不過進小食，時其試馬，亦然其濟勝之，具無所不備，然後捕逐八荒，如履閨闥。穆王之還履天下，億有九萬里，猶適莽蒼三餐，果然不猶是乎。穆之八駿既可比於象寶、馬寶，而造父、參伯、耿翛、芍及與“七萃之士”又可附於臣寶、將寶之屬，宜其東升西宴，南架北行。天子無所不至，至則無不服從，所以庶幾於軒皇之迹也。且軒皇遠迹，所駕赤虯又得大丙鉗且之御。除轡銜去鞭策，車莫動而自舉，馬莫使而自走，不招指，不咄叱，過歸雁於碣石，軼鶤鷄於姑餘，騁若飛鶩若絶，朝發榑桑，日入落棠，非慮思之察，手爪之巧也。嗜欲形於胸中，而精神逾於六馬，此以不御御之者也。造父雖不逮此，然上車攝轡馬爲整齊，而斂諧投足調均，勞逸若一，馳騖若一，周旋若環，所以躡影追風動輒翔行千里。其助神聖天子之聲靈又豈下於鉗且大丙耶。且其時天子守禮，不事荒淫，故穆會塗山與啓享鈞臺、湯命景亳、武誓孟津、成搜岐陽、康朝酆宫比盛。左氏所謂“六王之事”，皆所以示諸侯禮，諸侯所由用命。其車駕之完備，神驥之馳騰，巧御之調適，一蹴即至，一宿即行，不擾於諸侯。諸侯胥同又示之以禮，以整齊鼓舞之，所以享國至於百年，征無不勝，命無不行，由勤於時巡聲威之所震也。孰謂巡狩而可廢哉？經稱：轉輪聖王出世時，此閻浮洲，清净平整，無有荆棘及諸稠林丘墟坑坎，并餘厠溷雜穢臭處礓石瓦沙鹵等物。不寒不熱，時節均調。穀米豐饒，人民熾盛。雨深四指，更不旁流。其水具足八功德味，土常滋沃如酥油塗。及王命終，諸寶隱没，寶城改變，爲摶土城，昔之人民次第減少想見，山陵險阻漸於是出，雖象馬之寶亦不能坦行矣。又儒家書言，太平之世，雨不破塊，風不鳴條，王道蕩平，無諸險阻。黄帝初夢游華胥，亦如斯言，後來治中國，竟如華胥。此井田所自起，徑塗通達，四徹中繩。其後雖經洪水横流，自禹修復之，依然如故。記里之鼓、指南之車，直馳於數萬里之外，此蓋聖人參贊之功，以位天地育萬物，故謂之“太平”。又曰：地平天成。平者，言其無險阻也。後王德薄，不能與太平，且以暴戾不正之氣，感召灾祥：水旱洊凶，山崩川竭，高岸爲谷，深谷爲陵。至於暴秦，决裂阡陌。於是中原之地，竟成華離之土，雖駕指南之車，且不能直馳數十里，况數萬里哉！且江河移徙，故道之陷没，往往數十百里。地震連數十郡，傾覆城郭，埋没村落，連延且至於數千里勢，不得不迂迴往復以取徑。雖以徑行百里之地，而蟻盤蚊陟，且作數日程。每歲暴雨震霆，山剥其膚而骨立，川激於漱而刻沉。故山益以高，水益以深，居民鮮少，怪物得窟。其間造作，炎冷雪山焰嶠無處無之。身熱頭痛之阪，風灾鬼難之域，迹交於中國。無轉輪者出，故破壞離散以至於此。末世短淺見，但憑現在，不信從前，聞軒皇穆后之所巡行與轉輪品之説，舉以爲荒誕。是執後來之地形，而不知皇古地形，原不如是也。既失其道路，又無其駕乘，何能遠逐八荒之表，亦惟近巡乎域中？而其巡也，舉動煩難，公私兼擾，一夕之淹，一過之盼，動費金錢數十萬，故諸侯不願天子之屢出，天子亦倦而罷之。諸侯因以不朝王室，遂卑，天子亦僅守府。周之不復興者，坐巡狩之廢也。嬴氏并吞，欲事時巡。而久廢井田，道塗梗塞，乃爲馳道於天下，東窮燕齊，南極吴楚，江湖之上，瀕海之游畢至。道廣五十步，三丈而樹，厚築其外，隱以金椎，樹以青松，可謂麗矣，然亦止縱横域中耳。而長城之外，不敢越一步焉。嬴由此亡，後世不得邪徑而托足，故巡幸遂爲萬葉之炯。戒漢皇不鑒，繼踵祖龍，陸出則萬騎千乘，水浮則舳艫千里。以世宗之聰明天縱，而至與嬴氏同譏，謂非巡幸爲累哉。此二君者，巡幸不出於域中，往返不過數千里，已遺大害於天下，况能還履天下億有九萬里往返輕便如穆王。是知封建井田巡狩相爲維繫。封建則諸侯世守其地，人民世安其業，而田制益。修井田，則澮川各達於海，道路各達於畿，而巡行無阻。蓋井田之法，起於黄帝。黄帝畫野分州，得百里之國、萬區命匠。營國邑，置左、右大監，監於萬國。所謂分州者，非禹貢之九州，乃人皇之九有也。禹之九州，畿内之州百里之國九，畿外八州，州百里之國三十，凡二百四十九國。黄帝萬國，固盡八荒之外而言之。《漢史》紀：大秦有城郭、郵亭。田作蠶桑，鄰使至境，乘驛詣都，給以金錢，又有飛橋數百里，可通海北諸國，此皆皇帝井田之遺法也。大秦今之如德亞國，在吾洲之極西，過此則爲歐邏巴洲，爲古昆侖境。黄帝之宫、豐隆之葬、先王之懸圃、先王之策府皆在其地焉。夫曰先王，則不獨黄帝時所往來，即三代之王，未嘗或忘其地方而不諳其路徑，蓋歷代之外圃與藏書在於是。道書亦言帝嚳秘藏靈寶天文於鍾山，可見隆古之治無中外。井田封建彌於三極八維，亦無夷夏之分。其人皆等倫，其道皆通達，不聞畛域隔閡，宜乎四達之皇，皇徑捷倍後世矣。自井田壞而封建廢，罷侯置守視所治，如傳舍無從盡力溝洫，故道不能通。天下一統，猶如自行於畿甸而驛騮告病，補以數年之靖養猶未完。蓋廢井田封建而議巡狩弊，未有不至於此者也。今夫地從主人游空虚者，未有先問主人而乃理翮整翰者也，故能循乎自然而翔行於至捷。萬國皆井，無有中外，此亦自然之勢也，其捷可知矣。水行亦浮於空者也。江河池湖或有主者，茫茫大海誰爲主者哉？望濤遠决，冏然鳥逝，一越三千，不終朝而濟所届耳。萬國皆井，直道疏通，亦寓實於虚之法，加之馬良御巧駕輕就熟倏欻翻騰其勢可知。夫舟車之用一也。舟得其便而一朝可以三千。車乘其通，獨不可以一朝三千乎？大海之水依然，而大地之塗久變，則通塞之勢殊也。自古天不滿西北，地不滿東南，故西北滿於地，東南滿於天。雍州極高，古以爲神明之域，其幅員遼闊，直極於大荒以西。而周乎海外古皇神明之裔胄多居於其地。後世仰之以爲西方極樂國，咸願身没往生其中。儒道兩家以其地爲“昆侖”，而釋氏以爲“須彌山”。王人居其下仰視。日月踞人上者，與日月鄰，爲四大天王。超日月上則爲忉利，然日月猶照及之也。其照不及者，爲須焰摩，自是而兜率，而樂變化，而他化自在所住，究未離於山也，皆得以天名之。四天王居山半腹，俱有城郭、宫室、苑池、花鳥之樂。而苑莫著於迦毗延多園，此四天之所澡浴游戲者也。山頂，則叨利天帝釋居之住。善見城内有善法堂：東爲波樓沙苑、南爲雜色車苑、西爲雜亂園、北爲歡喜園。水陸花草與人間不异，自是以至欲界之盡皆然，皆有飲食、衣服、婚姻、嫁娶、壽算俱長但嬴縮不等耳。穆王升昆丘以觀黄帝之宫而培豐隆之壟，命君吾以主昆侖而守帝宫與春山之寶。乃賜君吾而受以膜拜。郭謂即今胡人禮佛，舉手加額稱南膜拜者，則其人已爲釋氏之人矣。至升春山而銘懸圃。又西至於赤烏，封君丌以爲周室主。北濟洋水而至於曹奴，賜其君戲。東還至黑水而封長肱。循黑水而至群玉之山，以閲先王之册府。潜時觴天子於羽陵。命温歸供食六師，又休六師於鶤韓。賜其君無鳧。然後西至於王母之邦，傳於君吾。及君丌、君戲、潛時、温歸、無鳧皆書其膜拜，豈非四天與忉利之人乎？天子賓西母而獻組。西母再拜受之，禮同中夏。其所居接七星，之下則爲昆侖絶頂，高踞於焰摩、兜率之上。所居玉樓瓊闕，即俗所艷羨化樂大宫者也。天子久處王母之宫，遂升弇山，飲温山。三月，舍於曠原，大獵，載羽東歸，至智氏。至積山而賜命懷、諸飦，以曁於觮黛、歸遺、豩奴未有不膜拜者也。膜拜者，昆侖之人也。昆侖即釋氏所謂“須彌”，而其人即“共吾”。人居欲界而爲六天者也。凡男皆爲天子，凡女皆爲天女，以其所生所住亦各一天耳。經稱如來説法有來聽法者，皆挾幾萬天子與俱，即此輩也。貴賤不嫌同名，故五界之民亦稱天子，而其君長亦稱天王。則是春山之君吾、赤烏之君丌、曹奴之君戲與潛時、温歸、無鳧皆四天王與天帝釋之類也。而穆王以臣僕遇之，其膜拜穆王，即以事佛之禮事之，何其恭謹乎。至所獻之禮，不廢牛酒馬羊。未嘗矜言，天人清浄，且爲供師攻玉，未嘗以已居上界，不爲世主服勞甚哉！天人之易使也。穆王與釋迦生同時，而長於釋迦，曾使吕侯使於釋迦。釋迦涅槃在其五十五年。而穆王享國百年，則又獨爲老壽。且與化人回人游，隨之登霄。因求八駿而賓於西母，則是後世之所以爲教者皆自穆王開，不亦奇乎，不亦神乎！竊惟古之神聖其生也，既有自來而家世相傳，反復於天下交接，若耳熟之能詳。穆王房之，自出房，爲丹朱所封。丹朱代堯巡狩至昆侖，遠人思其恩德，立臺表之，曰：帝丹朱臺。與帝堯、帝嚳、帝舜臺俱在昆侖東北。舜爲九天司徒，治九嶷，而帝丹朱與叔均佐之，故皆葬於蒼梧之野。内史過稱丹朱實照臨周之子孫，而禍福之臺凴於人不遠遷徙。昭穆皆出於房。昭爲所禍，而擅於漢；穆爲所福，而架黿於九江，神靈固有自矣。殷人尊神先鬼，周未嘗不然。嘗考《雅》《頌》之咏歌，以訓其子孫而告於宗廟。反覆於昭，陟降若親，見其在帝左右而告，語之諄諄；至於“帝省其山”“帝謂文王”，又若親傳帝命而提耳以授之，故子孫承奉而信昭格登假之事爲不虚。究之感召天人，神靈且至於不測。此《傳》先四篇皆記“西征”，其第五篇乃記井公博、化人游帝臺。享然按《紀年》則化人游在先而西巡在後。《列子》“周穆”篇記之尤有次序，謂王與化人游，大悦其言，不恤國事，不樂臣妾，肆意遠游，駕八駿而升昆侖，封黄帝之宫，賓王母觴瑶池。穆王幾神人哉，能窮當世之樂，猶百年乃徂。世以爲登假焉。此亦如黄帝見廣成子，退而捐天下，而後得聞至道，以夢華胥也。然其事化人也。若神若君，幾於身之不有，何况天下以見求道。苟有志，必得其人摩頂放踵，傾誠於其人，必得其道。夫以世故牽纏人間之事未了，不暇及此者，此自棄耳。帝王開物成務，一日二日萬幾，此事何云能了？而猶求道，以治其身，以及國與天下。而天下國家益得以治理。况草茅微賤無所根蔕蒿，抱空質以游於世。動喉觸諱，舉足得戾，本無一事，而蜎蜎之蠋，敦敦之苦，虚閲光陰，長此絆牽，而無術以自脱，其痛憤爲何如哉？故讀此《傳》而慨然遠想，忻慕其事而爲之論定焉。

同上，嚴烺《穆天子傳注疏後序》：

郭宏農注《穆傳》千餘年來，未有談其學者。默齋夫子乃取而疏之。何也？表宏農也。宏農賦《游仙》，仙人也。何行不可仙，必托兵解以仙。何也？憐王敦也。王敦陰賊而騃者也。彼其視江外掌地，幾如大千世界，已與馬共之，又欲傾馬而專之，收諸時望，拘之於姑孰，脅其從而去其違。宏農亦在所拘中，故傳《山經》，注《穆傳》，冀以悟之也。悟之者何也？讀《山經》《穆傳》，見四天之下有如許大世界，豎亥步之所不能盡，穆滿車轍馬迹之所不能周，而耽耽逐逐於江外掌地，以造逆而犯順，何其騃也。

宏農喜注書，傳者三書。何以知《山經》《穆傳》之傳注爲悟王敦也？宏農之注《爾雅》在夷陵，至今有“爾雅臺”，則是其父爲建平太守，因從之南游，注《爾雅》於此。當天下太平，其得意時也。其傳《山經》、注《穆傳》，則在拘姑孰時。題卷首曰“記室參軍郭璞”，則王敦所辟舉之官號也。宏農嘗爲王導等參軍，皆不著記室名。名記室者，則王敦之參軍也。拘於敦所，幽愁憂思而釋二書，則不得意之時也。文王拘而演《周易》，仲尼厄而作《春秋》，屈原放而作《離騷》。宏農二書，猶此志也。卜筮，賤技耳，即曰不吉，亦細至毛甲，何至於嬰暴怒而加害。大凡陰賊之人，外示寬而中險狹，略不慊即恨次於骨，必泄其毒於人，不顧毒之反中其身及其子孫。此在郭解原涉輕狹之徒，原不足責，而世家顯位亦出於此，是自促其亡滅也。敦恃能害宏農，不吾敢逆耳。以宏農所憑，何難擲一杯隨葛仙公而去，而故從至於南岡，受其害不之距。未一月而敦死，斫棺戮尸，子應受沉江之慘，種盡殄矣。而宏農去爲都録司，命治虚臺。朝廷贈太守表其忠，子驁又守臨賀。視敦究何如也！

夫子爲時藝師，師之賤者也。雖賤，師亦有道。不直則道不見，故來學藝於夫子，必直言之。亦遭陰賊者之見銜，幾危其身。幸未危，又見羈，不能脱去，幽愁憂思，無以排解，乃取原注而加以疏，附以考傳、論辨，使讀之者鼓舞歡欣，恐卷或盡，不復以短爛缺訛捨去，則功於宏農者也。

《前序》爲固始曾進士力行，則當客豫時，年十四，學藝於夫子者也。《後序》爲宜良嚴進士烺，則當宦滇時，年十五，學藝於夫子者也。

又，吾家海珊公遂成先夫子，吏滇過辰溪，謂鐘鼓洞與大酉山、小酉山，皆穆天子藏書室。二酉昔指爲秦人藏書處，而鐘鼓洞未傳。傳自明正統間，樵夫入洞見書，報縣。縣令某往取之，書隨風滅盡無存。此説亦見於夫子《稗珠録》。海珊公《鐘鼓洞詩》有云：“即如穆天子，藏其副於柱下史，而乃取其餘，八駿馱之行萬里。大酉小酉高崎嶔，洞虚其中綆汲深。棄此免受耰鋤侵，千萬世後有知音。書顯晦有幸不幸，天留待真讀書人。人非其人脱相遇，寧隨風滅化灰塵。”夫子亦謂酉陽牧使心腹役探江壁藏棺，棺開盡書。書出灰滅，役與牧俱死。彼其心不在書，若求書豈有死之者？《圖經》謂穆天子藏書二酉，去辰州頗遠。見於酉陽者，豈穆天子之書？而小酉實秦人之書。今疏典雜撰未之及，故於序後補出之。嗟乎！非其人而遇此書，化灰塵而隨以死，以心不在書耳。心在書而遇之，且讀而疏通證明之，心與天游，長生必自於是也。受業門人嚴烺匡山拜跋。（芋園叢書本，1935年）

胡賡善《新城伯子文集》卷二《書穆天子傳後》：

吾始讀《穆天子傳》，私疑其説頗不經，又其書多古文奇字，雖博學如景純尚不皆能通曉，又加殘闕無可考。然每讀是書，未嘗不喟然而嘆也！嗚呼，傳者見之矣，方穆天子肆其心，率其七萃之士，自宗周瀍水而西，越國萬有千百里以賓西王母，當是時，豈不長生？久視以爲庶幾，故縱欲以逞而莫之止也，然而不免盛姬之道死。至於擊鼓以行喪，擊鐘以止哭，永念流涕，素服而歸，而天子之駿亦自是不復出矣。夫以樂始者，未有不以憂終者也。後之人無亦惟其觀逸游田之慕，而不顧其後焉，則傳者之意也夫。（《清代詩文集彙編》本，上海古籍出版社，2010年）

佚名《穆天子傳》附王謨《穆天子傳跋》：

《穆天子傳》六卷，與《周書》《紀年》同出汲冢。疑亦戰國時人，因《列子》書《周穆王篇》有駕八駿賓西王母事依托爲之，非當日史官起居注也。其生而稱謚，紕謬更瞭然易見。然其文沉博奇麗，薦紳先生猶有述焉。予獨怪其書盛姬事，以《春秋》所諱而爲美談，度穆王雖甚耄，欲肆其心，亦未必其漁色至不辨姓如此也。抑所謂盛姬者，不過如《詩》言“彼美淑姬”，爲婦人美稱。且其得姓受氏已久，如《左傳》中驪姬、巴姬、密姬皆不知於周何別。而郭氏注遽引《公羊傳》實之，則竟以盛姬爲郕出文昭後矣，五世親盡即通婚姻，有是理乎？予又以爲此注書者之過，非史官之失也。故因校訂是書，爲一正之，不欲使周先王蒙垢千古焉。乾隆戊申臯月端午日，汝上王謨識。（《增訂漢魏叢書》本）

彭元瑞等《欽定天禄琳琅書目後編》卷十七明版子部：

《漢魏叢書》（五函，三十四册），明程榮彙刻。榮，新安人。書自漢至隋古籍三十八種，分經史子集……史籍四……次《穆天子傳》六卷，郭璞注，王漸序，荀勖舊序。

《古今逸史》（五函，二十册），明吴琯彙刻。凡書四十二種，分逸志、逸記二門。逸志子目二，曰合志，曰分志。逸記子目三，曰紀，曰世家，曰列傳。雖强名史部，其實叢書也……《穆天子傳》六卷，郭璞注，荀勖序……以上六種入

《紀》……前有凡例十二則，矯强附會，以牽入逸史之名僞，至於《三墳》《晋乘》《楚檮杌》，近至於《真臘風土記》，纖至於《教坊記》。雖與《漢魏叢書》同時竟勝，然稱名取類相去甚遠，特槧法最爲精工，琯自序名下鈐朱印，猶當時初印也。（《續修四庫全書》本）

永瑢等《四庫全書總目》卷首三《凡例二十則》（其六）：

古來諸家著録，往往循名失實，配隸乖宜……《穆天子傳》舊入起居注類，《山海經》《十洲記》舊入地理類，《漢武帝内傳》《飛燕外傳》舊入傳記類，今以其或涉荒誕，或涉鄙猥，均改隸小説。

同上，卷四十七史部三編年類序：

《隋志》史部有起居注一門，著録四十四部；《舊唐書》載二十九部，并實録爲四十一部；《新唐書》載二十九部。存於今者，《穆天子傳》六卷、温大雅《大唐創業起居注》三卷而已。《穆天子傳》雖編次年月，類小説、傳記，不可以爲信史；實惟存温大雅一書，不能自爲門目。稽其體例，亦屬編年，今并合爲一，猶《舊唐書》以實録附起居注之意也。

同上，卷一百三十四子部雜家類存目十一《蘉古介書》提要：

《蘉古介書》（無卷數，安徽巡撫采進本），題東海黄禺金定邵闇生編，不知爲何許人。分前後二集，前集載《豐坊》、僞《大學》古本《大學》、《石經》、僞《三墳》、《穆天子傳》……均叢脞無緒，蓋書肆粗識字義之人刊以射利者也。

同上，卷一百四十二子部五十二小説家類三《穆天子傳》提要：

《穆天子傳》六卷（兩江總督采進本），晋郭璞注，前有荀勖序。按《束皙傳》云："太康二年，汲縣人不準盗發魏襄王墓，得竹書《穆天子傳》五篇，又雜書十九篇：《周食田法》《周書》《論楚事》《周穆王美人盛姬事》。"按今盛姬事載《穆天子傳》第六卷，蓋即《束皙傳》所謂雜書之一篇也。尋其文義，應歸此《傳》。《束皙傳》别出之，非也。此書中所紀，雖多誇言寡實，然所謂西王母者，不過西方一國君；所謂縣圃者，不過飛鳥百獸之所飲食，爲大荒之圃澤，無所謂神仙怪异之事；所謂河宗氏者，亦僅國名無所謂魚龍變見之説。較《山海經》《淮南子》猶爲近實。郭璞注《爾雅》於西至西王母句，不過曰"西方昏荒之國"。於"河出昆侖墟"句，雖引《大荒西經》而不言其靈异。其注此書乃頗引志怪之談，蓋釋經不敢不謹嚴，而箋釋雜書，則務矜博洽故也。

案：《穆天子傳》舊皆入"起居注"類，徒以編年紀月叙述西游之事，體近乎起居注耳。實則恍惚無徵，又非《逸周書》之比。以爲古書而存之，可也；以爲信史而録之，則史體雜史例破矣。今退置於小説家，義求其當，無庸以變古爲嫌也。

同上，卷一百四十六子部五十六道家類《列子》提要：

《列子》八卷（江蘇巡撫采進本）……又《穆天子傳》出於晋太康中，爲漢魏人之所未睹。而此書第三卷《周穆王篇》所叙駕八駿、造父爲御，至巨蒐、登昆侖見西王母於瑶池事，一一與傳相合。此非劉向之時所能僞造，可信確爲秦以前書。（中華書局，1965年）

永瑢等《四庫全書簡明目録》卷十四子部十一小説家類：

《穆天子傳》六卷。汲冢古本，晋郭璞注。所紀周穆王西行之事，爲經典所不載，而與《列子·周穆王篇》互相出入。知當時委巷流傳，有此雜記。舊史以其編紀月日，皆列起居注中，今改隸小説，以從其實。（《文淵閣四庫全書》本）

章宗源《隋書經籍志考證》卷五起居注：

《穆天子傳》六卷。（汲冢書，郭璞注。）

今存。（《二十五史藝文經籍志考補萃編》本，清華大學出版社，2012年）

佚名《穆天子傳》附周夢齡《穆天子傳題解》：

世稱穆王車轍馬迹遍於天下。按《竹書》，王在位五十五年，始乙未迄癸丑。自八年春北唐來賓，獻一騍馬，是生騄耳。十三年北征流沙千里。十七年西征昆侖還，履天下億有九萬里。《山海經序》云“升大人之堂，燕王母之廬，轢黿鼉之梁，躡積羽之衢”者，此也。當是時，造父爲御，奔戎爲右，駕八駿而歷四荒，可謂遠也已矣！而侍從之士不過七萃，群玉山登牢焉弗受，雨雪徂道士咸令休，是猶有恤民之心焉。宜其入南鄭（鄭）聽祭公之諫，以獲陟祇宫也。是《傳》亦出汲冢，爲之注者晋郭景純云。時乾隆壬辰孟夏望日黄陂周夢齡遽莊氏識。（《秘書二十八種》本，乾隆年間）

孫星衍《平津館鑒藏書籍記》“書籍補遺宋版”：

《穆天子傳》六卷，題晋郭璞注，在《道藏》“海”号。前有晋荀勖《穆天子傳序》，至正十年王漸序。此本與今世所行《漢魏叢書》本無大异同，惟末卷多未刻字，又闕“曰□禮大哭”以下并注廿字。（《續修四庫全書》本）

黄丕烈著，潘祖蔭輯《士禮居藏書題跋記》卷四子類：

《穆天子傳》六卷。（校本）

嘉慶乙丑，余初見九行二十二字本，信爲佳本，遂遍借諸家藏本手校於此。其最舊者爲叢書堂鈔本，然注多删節，故此所校以舊鈔本爲校，余不過備查核也。蕘翁。（在卷首）

丙寅五月朔，書友以范刻《穆天子傳》求售，每半葉九行，行十八字，每卷次行標"晋郭璞注，明范欽訂"，似前所見范本猶翻刻也。字大悦目，印本清爽，惜前人讀過，朱墨爍然，於闕文□字，皆有按語存疑，標於上方。竊思此書在荀勖校定時，已病其殘缺，郭璞作注，間於注中存疑，後人安能以意補闕耶？通體句讀，頗便觀覽，因悉臨之，其异同處亦用朱筆標注焉。（在卷首序後）

因續見范刻本，用朱筆校之，復以九行二十二字覆勘，悉注九行本，間有用墨圈者，亦六行本也。丙寅五月三日記。（在卷首）

九行二十二字本，校本文與此刻同，疑此即從九行二十二字本出，則彼爲明刻之最先本無疑。

同時又借陳仲魚所得明范欽、吉（輯者：衍生字）陳德文校刊本校一過，大段與此刻同，而一二處有合舊鈔者。并記。

同時又借香嚴書屋藏舊鈔本，鈐有叢書堂印，本文與此刻同，與所校鈔本不合，且注多節略，似非善本。聊校，存其一二异字。蕘翁。

校畢此卷，已將夕矣，余以病軀得閑校此，雖憂亦樂也。余病前校書已苦其煩，何况病後家人禁予勿看書者，幾匝月矣，自下樓後，枯坐内書房，日聽家人婦子料理歲事，雖非手親治之，耳聞能毋心動乎？因借此六卷書，消我兩日憂，轉不覺其煩也。大除夕燃燭，復翁識。

丙子秋日，借玄妙觀《道藏》本校，又正數字，皆就前校影鈔《道藏》本所誤者；余浄校《道藏》，别有本子在。復翁。（書目文獻出版社，1989年）

佚名《穆天子傳》卷首洪頤煊《校正穆天子傳序》：

《穆天子傳》六卷，晋太康二年，汲縣民盜發魏襄王墓中所得竹書也。

書記周穆王游行四海，見帝臺、西王母，暨美人盛姬死事。《隋書·經籍志》云："體制與今起居正同，蓋周時内史所記王命之副。"案《史記》穆王在位五十五年，此書所載，尋其甲子，不過四五年間事耳。雖殘編斷簡，其文字古雅，信非周秦以下人所能作。如《聘禮》云："管人布幕於寢門外。"鄭君注云："管猶館也，古文管爲官。"此書云："官人陳牲，官人設几。"乃古文之僅存者。《爾雅·釋地》云："觚竹、北户、西王母、日下謂之四荒。"此書云："紀迹於弇山之石，眉曰西王母之山。"與《爾雅》所記合。《史記·周本紀》云："穆王崩，子共王繄扈立。”司馬貞《索隱》引《世本》作“伊扈”。此書云：“喪主伊扈。”伊扈即共王也，尤足與經史相證。

據《晋書·束皙傳》，此書本五卷，末卷乃雜書十九篇之一。《索隱》引《穆天子傳》目録云：傅瓚爲校書郎，與荀勖同校定《穆天子傳》。今本卷首載勖序云：謹以二尺黄紙寫上，藏之中經，副在三閣；今本六卷，當即勖等所定也。勖時收書不謹，已多殘闕，厥後傳寫，益復失真。晁公武《郡齋讀書志》云：“書凡六卷，八千五百一十四字。”今本僅六千六百二十二字，則今本又非晁氏所見之本矣。

頤煊懼是書之荒落，因不揣檮昧，取今《漢魏叢書》本，與明程榮本、吴琯本、汪明際本、錢唐趙君坦所校吴山《道藏》本，暨《史》《漢》諸注、唐宋類書所引，互相參校，表其异同，正其舛謬，爲補正文及注若干字，删若干字，改若干字，其無可校證者闕之。徒恨傳訛已久，未能盡復舊觀，如釋古彝器碑碣之十得五六云爾。

嘉慶庚申六月三日，臨海洪頤煊書於西湖詁經精舍。（龍溪精舍叢書本）

舒位《瓶水齋詩集》卷五《讀穆天子傳一首》：

風馬雲車玉女觴，知非西母定東王。增城已去三青鳥，荒服何來四白狼。兒女埋香彈有泪，神仙駐景秘無方。《甫刑》删後《祈招》逸，外傳分明似武皇。（中華書局，1985年）

周中孚《鄭堂讀書記》卷六十六子部十二之四小説家類四异聞：

《穆天子傳》六卷。（平津館叢書本）

晋郭璞注（璞仕履見術數類），《四庫全書》著録。《隋志》（起居注類），新、舊《唐志》（起居注類），《讀書志》（傳記類），《書録解題》（起居注類），《通考》，《宋志》（别史類）俱載之。乃晋太康二年，汲縣民盗發魏襄王墓中所得竹書也。記周穆王游行四海，見帝臺、西王母，暨美人盛姬死事。有月日而無年，又文多斷缺，荀勖、和嶠等以隸書寫之。勖《序》稱：“《春秋左氏傳》曰：‘穆王肆其心，周行天下，將皆使有車轍馬迹焉。’此書所載則其事也。王好巡狩，得驊騮、緑耳之乘，造父爲御，以觀四荒，北絶流沙，西登昆侖，與《太史公記》同。汲郡收書不謹，多毁落殘缺，雖其言不典，皆是古書，頗可觀覽。”晁氏稱：“郭璞注本謂之《周王游行記》。”陳氏稱：“其體制與起居注正同。起居注者，自漢明德馬皇后始，漢、魏以來因之。”（以上陳説。）然其事爲經典所不載，惟《列子·周穆王篇》所載頗有相同。景純注最在先，頗引奇聞异説，蓋亦就書而注，與《山海經》注同科，非注《爾雅》之可比也。筠軒懼是書之荒落，因取《漢魏叢書》各本，暨《史》《漢》諸子、唐宋類書所引，互相參校，表其异同，正其舛謬，爲補正文及注若干字，删若干字，改若干字，其無可校證者闕之。書成，寄正孫淵如師刻入《叢書》，從此《穆傳》郭璞注，莫善於此本矣。前又有元至正庚寅北岳王元翰（漸）序，及篘軒正序，後有附録九則。（中華書局，1993年）

佚名《穆天子傳》卷首翟云升《覆校穆天子傳序》：

《穆傳》之在汲冢也，已有折壞。復爲發冢者燒策照取寶物，遂至簡爐札斷，時日、事迹多不相屬。然景純作注之時，抱殘守缺，猶爲舊觀。後魏以來，見於援引者漸有不同，注亦互异。今世所行，蓋元季劉都事貞本而久失其真者也。自前明逮我朝，校是書者不下十家。傳鈔翻刻又各有舛錯，甚至不可句讀。余不自揣，覆校之。於諸本中從其一是，兼采檀氏萃《疏》，參附管見，以成此編。業付梓矣，而審視仍多未合，且有刊刻之誤未及檢者，并剔改如左。豈易復郭氏之初，庶與“都事本”，不甚相遠。惟是竹書古文，晋武付秘書以今文寫之，以隸破篆，筆迹詭奇，輾轉致訛，浸用歧出，無從是正。兹取諸家傳本與載在字書者，從其同而附其异。烏乎！其荒邈矣哉！道光十二年夏五月東萊翟云升書於五經歲遍齋。（翟氏五經歲遍齋刻本，1848年）

翟云升《五經歲遍齋校書三種》之《校定穆天子傳補遺》：

卷一

至於鈃山之下。《北堂書鈔》直作陘山。

《紀年》又曰：“取其五王以東。”今見《紀年注》，據此注蓋十二年征犬戎之文而脱，誤以爲注也。檀疏（指檀萃《穆天子傳注疏》）：疑王爲玉之訛，當從之。

天子使井利受之。《紀年》作井公利。

天子獵於滲澤。《北堂書鈔》作漆澤。

沉璧於河。《北堂書鈔》作沉珪。引《穆天子傳》云：“王子朝以成周之寶珪沉於河津，人得之河上，自浮出水，將賣之則爲石。”今《傳》注皆無此文。

卷二

蒹，蔽也。即薖之异文。《玉篇》：“薖，萑也，徒歷切。”

稱南膜拜者。《北堂書鈔》舉手膜拜。陳禹謨補注：膜作謨。釋氏書：南無亦作曩謨。

封丌璧臣長季綽於舂山之虱。或云：虱，蜀之訛。《爾雅·釋山》：獨者，蜀。疏言山之孤獨者，名蜀。舂山之蜀，謂舂山之獨出不相連屬者。

得此人褶也。《爾雅·釋器》：“衱謂之裾。”注：衣後裾也。《急就章》十一（應爲卷二）：“襜、褕、袷、複、袴、褌。”注：褶謂重衣之最上者也，其形若袍，短身而廣袖。惟褶可驗長臂，裾則否矣。然袖亦曰裾。《淮南子·齊俗訓》："楚莊王裾衣博袍。"注："裾，袖也。"則作裾亦不爲誤。然僅得一袖，不足以可驗長臂也。

天子登於鐵山。以下文徹祭器證之，登當作"祭"。《北堂書鈔》："祭於鐵山，祀於郊門。"鐵，今文鐵。祀於郊門，今無此文。

天子大朝於平衍之中。《北堂書鈔》，陳禹謨補注："朝當作享，當從之。"

用牛三百。《北堂書鈔》作"服牛"。

卷三

弇兹山。《山海經·西山經》作崦嵫之山，此省文也。

西王母止之曰："有鳥䳓人。"《藝文類聚》七引《紀年》云"穆王十七年西征至昆侖丘，見西王母。西王母止之"，即郭注所引而脱"有鳥䳓人"一句也。

《紀年》曰："穆王北征行，積羽千里。"今《紀年》亦脱誤爲注。

卷四

祇、謹兩音，亦或《傳》之㫖字誤也。

三苗氏之□處，以黄木䴡銀采。以字上，黄字下，以皆有缺文。木䴡銀采疑與下文銀木䶀采同。文二處有一顛倒錯誤者。

乃獻白鵠之血，《北堂書鈔》鵠亦作鶴。

升於長松之隥，《北堂書鈔》又引此句上有"祭於宜軫之鄭"一句，今無此文。

乃獻食馬四六。四六，《北堂書鈔》作四匹。參觀《水經注》三書，疑當作良馬四匹。

卷五

龍下有舟字，言龍下當有舟字也。

蠹書於羽陵，《北堂書鈔》亦作羽陵。

天子筮獵苹澤。《紀年》作萍澤。

卷六

天子飲於漯水之上，《北堂書鈔》作濕水。濕本字漯，异文也。經典則以濕爲溼，以漯爲水名。

以觀姑繇之木，《説文》六櫾昆侖河隅之長木也。繇即櫾之省。《山海經·西山經》作榣。

盬，鹽池。《紀年》"王觀於鹽澤"。《紀年》一本作"王幸安邑觀鹽池"，據此注則作澤者誤也。《水經注》六引《字林》亦曰："河東鹽池謂之'盬'。"

（翟氏五經歲遍齋刻本）（《穆天子傳研究文獻輯刊》本）

范欽藏，范邦甸撰《天一閣書目》卷三之二子部小説類：

《穆天子傳》六卷（刊本），晋郭璞注。至正壬子北岳王漸元翰序云：《穆天子傳》出汲冢，晋荀勖校定爲六卷。有序言“其事雖不典，其文甚古，頗可觀覽”。予考書序稱穆王饗國百年，耄荒。太史公記穆王賓西王母事，與諸傳説所載多合，則此書蓋備記一時之詳，不可厚誣也。南臺都事海岱劉貞庭幹舊藏是書，懼其無傳，暇日稍加讎校訛舛，命金陵學官重刊，與博雅之士共之。明司馬公諱欽定。

《穆天子傳》六卷（刊本），晋郭璞注，元王漸序，明司馬公諱欽訂，陳德文校刊。（明范欽藏，清林佶跋，年代不明。）（《續修四庫全書》本）

陳逢衡《穆天子傳注補》卷首《序》：

《穆天子傳》，古之起居注也。語直而奥，詞約而簡。揆厥指歸，并無奇异。粤自汲冢始出，竹簡混淆，古文晦昧，遂使日次顛倒，前後多歧，事迹乖違，排比失實。方之《紀年》，殆有甚焉，則晋秘書諸人之過也。厥後注是書者，不於文義考核。往往叩彼靈怪，指西母爲神人，稱井公有道德，馮夷號帝，罔識河宗，赤烏獻女，昧厥姓氏，諸如此類，有玷大雅。傳之方來，竟同小説。往有檀氏默齋從而疏之，考證者一二，附會者八九。彼蓋遠謫异地，托抒已憤，以此著書，靡不舛矣。衡幼耽古籍，專意持平，履彼蠶叢，穿兹蟻曲，絶無矜奇可愕之事，但有互亂錯簡之疑。洵知此《傳》，實出西京，穆滿猶秉周禮。蓋嘗三復揣摩，循其轍迹所經，大都在西番，大昆侖東南肅州，小昆侖四圍而止。原夫蕃戎雜處，是用來王。道路奉觴，藉申燕饗。其間歌詩贈答，則《白雲》《黄竹》；裕寵光雅、正之休，輶軒采風則鴻鷺、木禾，著《國語》《方言》之實。然且天子親問册府，亦好藏書。左右即事進規，罔非正士彬彬乎？文武成康之風，其未墜乎？至於字畫，則“𠚬㘥”“㘥”“䍐”，可以識蝌抖之舊。國名則“重䱅”“䳭韓”，可以補姓氏之闕。用廣見聞，兼資游覽，所得多矣。衡閉户寡徒，自慚䄂襶。略爲詮釋，以遺居諸。較之洪本，少有异同。實於郭注，多所補正。爰粗録一過，置之几案，俟經塗乙，再爲削槁。道光十一年辛卯春三月望日，江都陳逢衡書於三祝庵太平巷之新宅。

同上，陳逢衡《穆天子傳注補後序》：

昔有明應麟胡氏元瑞嘗有志，欲將汲冢三書箋釋以行世，未得酬負抱，僅載此語於所著《筆叢·三墳補逸》中。予少承庭訓，家有藏書。自嘉慶甲子年，予二十七歲集證《竹書紀年》，十年而成。又十餘年而《逸周書補注》成。蓋其年已將五十矣。嗣是家漸凋零，書日散去，然幸於五十歲前將二書前後灾梨。有從而非之者，有癖而嗜之者，予一聽之。道光庚寅，予續有《穆天子傳注補正》底本，繕寫一通，藏之匣笥。偶有改更，輒加塗乙，至是又十年矣。辛卯暨乙未五年中，奔走齊魯燕趙，少有空閑，必細心點定。自丙申館於郡城黄氏，迄今又復五年。教讀之暇，輒取而翻閲。新義日增，瑣言日削。立意平反郭氏本注之謬，兼以考訂檀、洪二家之訛。自幸三書次第告成。向之胡氏不克遂心者，今予已如願而償矣。緣胡氏志大而情不專一，學博而功不深造，故鮮克有成。予則凡注一書，必以十年爲期。此如求道者，日向河水而拜，積之歲年必有功效亦可見矣。近因硯田糊口，《穆傳》一書未遑付梓，不無少憾。用是轉托友人謄清定本，聊以自博。蓋卮之用，并不敢遠附覆瓿之羞。世之閲者，蓋少諒諸。憶予二十歲時，歲有租田數頃之入，擁書十餘萬卷，從容寢息，游衍其中，故得從事鉛槧，搜索蟲魚，有左右逢源之樂焉。予於此注外，又有疏證《博物志》十卷、《續博物志》十卷，亦幸竊有成書，未敢問世。今則田園賣盡，書籍盡亡，煢煢白首，并無蓬頭王霸之子與爲周旋，猶復日鑽故紙。取胡氏所最不信之《山海經》而説之。非敢忽而同，忽而异，亦聊以證明古册，且兼以消遣歲月而已。孔子曰："比至日中何事乎？取書來。"其亦此志也。夫兹因再序《穆傳》，故略陳生平梗概如左。道光二十年庚子十一月朔記。時年六十有三。

同上，《穆天子傳注補》凡例：

《穆天子傳》刻本，有明新安程榮本見《漢魏叢書三十八種》，有明括蒼何鏜本見《漢魏叢書九十六種》，有明新安吴琯本見《古今逸史》，有明趙標本見《三代遺書》，有明范欽天一閣本見《范氏二十種奇書》，有明邵闇生本見《藝古介書》，有國朝洪頤煊本見《平津館叢書》。予所見止何鏜、吴琯、洪頤煊本，餘俱未見。

諸刻本之外有檀默齋《穆天子傳注疏》本六卷，其卷首列編年即以《竹書紀年》之穆王篇全列於上而附注於下。又於卷一標出啓行出塞章第一、河宗迎接章第二、披圖視典章第三、濟河伸乘章第四、數過嘉辭章第五，末附河源考。於卷二標出膜書居慮章第六、昆侖之丘章第七、命□吾主守章第八、春山銘迹章第九、赤烏之人章第十、曹奴之人章第十一、留骨之邦章第十二、群玉之山章第十三、潛時章第十四、剞閭温歸章第十五、鶗韓無凫章第十六、至王母之邦第十七，末附昆侖考。於卷三標出賓西王母章第十八、憂吟世民章第十九、曠原大獵章第二十、智氏章第二十一、瓜纑沙衍章第二十二、命懷諸飦章第二十三，末附西王母傳。於卷四標出重䍃氏章第二十四、文山歸遺章第二十五、八駿翔行章第二十六、巨蒐㠭奴章第二十七、河宗歸邦章第二十八、入塞章第二十九、入宗周章第三十、里西土之數章第三十一、祭廟觴師章第三十二、北游還反章第三十三，末附穆巡里數考。以上檀所謂西巡也。以下爲東巡。於卷五標出休濩澤章第一、飲湉上章第二、圃田章第

三、觀桑者章第四、宿祭章第五、雀梁奏樂章第六、射獵游章第七、化人神游章第八、虎牢章第九、次宿聞告章第十、帝臺饗樂章第十一、黄池謡章第十二、入啓室章第十三、篋獵苹澤章第十四、還入章第十六，末附帝臺化人考。於卷六則不曰章而分爲節，自勒示石閭至歸周凡二十一節，末附《穆天子論》。衡案：《穆天子傳》是古起居注體例，其紀事但纏聯而下不分卷數，若盛姬死事又自爲一種。晋荀勖輩妄分爲五卷已屬不合，檀氏又從而分章分節，陋矣！夫論孟之分章以上下各不相屬，故分爲章句。檀氏仿而效之，殊覺武斷。

郭注《爾雅》頗嚴謹，其注《山海經》則神怪百出，妄爲添設。此注尚不至横生枝節。檀疏又從而誇大其辭，添出帝臺化人，無中生有，彼蓋以事遣發滇南故有疏以發泄胸中不平之氣，故一概辭而辟之以歸純正。

《太平御覽》三十八引《穆天子傳》曰："自密山以至鍾山四百六十里，其間盡澤，多盡怪獸奇魚。"此蓋《山海經·西山經》文而誤以爲《穆傳》也。又五百七十四引《周穆王傳》曰："有偃師者縛草作人以五采衣之使舞。王與美人觀之。草人以手招美人。王怒。"案此蓋《列子》文而誤以爲《穆傳》也。又七百七十三引《穆天子傳》曰："王欲肆其心，周行天下，皆有車轍馬迹焉。"此又以《左傳》誤爲《穆天子傳》。又《錦繡萬花谷前集》引《穆天子傳》"西王母降周，穆王開宴，有萬歲冰桃千歲碧藕"。案此出王子年《拾遺記》。不知何據而妄以爲《穆傳》也。又其异者則陳仁錫《潛確類書·藝習部》七引《穆天子傳》："《賈山奏事》曰：古者聖王作謚三四十世爾，雖堯舜禹湯文武纍世廣德，以爲子孫基業，無二三十世也。秦始皇帝曰'死而以謚法'是父子名號有時相襲也。以一至萬則世世不相復也。故死而號曰始皇帝。"案：賈山，漢人，述秦始皇事。何得列於《穆傳》，顯係爲誤。《太平御覽》五百六十二引《賈山奏事》出《漢書》是也。又《文選》顔延年《白馬賦》"惕飛鳥之跱"，衡注引古文《周書》"穆王田，有黑鳥若鳩，翩飛而跱於衡，御者斃之以策，馬佚不克之，躓於乘，傷帝左股"。案此文筆不類《穆天子傳》，必《周書》《璅語》也。又洪本於卷五"我徂黄竹"下引《開元占經》百一引《穆天子傳》云"雪盈數尺年豐"八節。或是此處脱文。衡案《占經》所引不是天子哀民，口氣疑非是。又案《占經》九十七"霞占"引《穆天子傳》云："穆王獵於北山，雪霽見赤霞耀天，寒光盡散，乃嘆曰'天其警我以三軍之寒凍乎，因大溥德澤兵果皆如挾重纊'。"衡案語意亦不類西京手筆。又《初學記》六引《穆天子傳》云"河與江淮濟之水爲四瀆河。曰河宗，四瀆之所宗也"。此疑郭注之脱誤。《穆天子傳》斷不若是。蓋《穆傳》於今本外無有缺漏，故不立補遺一門。（又《北堂書鈔》一百五十八引《穆天子傳》一條，亦當是《璅語》。）

《穆傳》凡郭注以爲神怪如河伯、馮夷、西王母、井公之類皆考正精確毫無靈异。其注釋之誤，如以赤烏氏爲與周同姓誤。河決河塞爲博塞之塞，一皆疏通證明歸於至是。至檀氏添設之帝臺化人，傳内本無是人，亦附考而詳辨之。惟卷五之遺其靈鼓化爲黄蛇，不敢解作五行妖异，此必史臣見聞不實而妄書之。

此書古字難曉，如卷二之曷，郭云：“古疇字。”卷三之隙，郭注：“陵字。”芔，郭注：“音忽。”卷四之浂，郭音“炭”（見檀本）；瓚，郭音“瓆”；藸，郭疑“華”字；蘢，郭云“古驥字”；莪，郭云“古義字”；𩡧，郭疑“渠”字；斵，郭音“伐”；卷五之𡨦，郭以爲即“昊”字，引詩“昊天有成命”以證之；𧰼，郭以爲即臺字，引詩“南山有臺”以證之，此皆郭望文生義而以爲然者也。又如卷一之滜，檀云：“滜，古澤字。”卷三之𤔲，檀云：“古師字。”璭，檀云：“古繅字。”洪云：“璭疑璪字之訛，古璪璪通用。”𨗴，檀云：“古復字。”卷四之𩦎，檀音壅。旡，檀云：“古天字”。洪引震煊云：“即采之訛。”𢖍，檀音緑。𩩲𪇴，檀音𩩲鴛，洪引《北海相景君銘》《曹全碑》𩩲皆作𩩲，疑古𩩲。筍，檀云：“古笥字”，洪引震煊云：“筍當作篚，古文攸通作卣，作竹下卣者，因作竹下攸耳。”崮，檀云：“古鼓文作峀，音芮。”緦，檀音緦。𨘒，檀云：“𨘒仍爲璪，同藻。”𡨦𡨦，檀云：“《列子》作𡨦𡨦，則𡨦同𡨦音齊，𡨦同𡨦音丙。”洪云：“《列子·周穆王篇》作𡨦𡨦，釋文𡨦音泰，篆作𡨦，𡨦音丙。石經作𡨦。”張湛注上齊下合，此古字未審。孫貽穀侍御《雲溪友議》載王起不識《穆王傳》𡨦𡨦二字。今本無𡨦字。惟湛注上齊下合，頗與𡨦字相類。疑《列子》𡨦作𡨦字皆𡨦字之訛。𡨦，檀云當音弱。洪引錢詹事云：“𡨦疑即若字。”僮𦀖𦙶𦀖，檀云：“𦀖，言其壅；𦀖音貽；僮，古僮字；𦙶同彙，抑或爲男，《釋典》作㑲。”𪗧𪗧，檀云：“𪗧同塗，𪗧同圯。”𨈦，檀云：“猶𨘒也。”洪云：“𨈦采，疑即上文璭采。”𧾷𧾷，檀云：“𧾷腰二音。”𩟔璃，檀云：“𩟔璃者，漆洛也。”彙，檀云：“古累字。”以下二卷皆無奇字，惟卷四多。檀氏之説合者少，不合者多。洪注頗當。予檢字彙補引《穆天子傳》多云音未詳得之。

穆王雅好典籍兼愛歌吟。如登群玉山覽先王之策府，次於雀梁蠹書於羽陵，射於麗虎讀書於葪丘，則其愛典籍也。如與西王母歌詩贈答，公飲天子酒歌《𡨦天》之詩，天子命歌《南山有䑓》，天子東游於黄澤使《宫樂謡》《黄之池》二章，日中大寒北風雨雪有凍人，天子作《黄竹》之詩三章以哀民則其愛歌吟也。《拾遺記》謂穆王以書史十人自隨是其確證，誰謂穆王荒於嬉哉！

穆王雖曰游行，不廢典禮。如命正公郊父受敕憲，飲洀水之上乃發憲令行大朝之禮，四行大饗之禮三，以及祭於河宗、祭於文山、祭於先王、祭於瀵水之類是皆彬彬乎，有西京文物之觀焉。

穆王以重𩦎之人攻玉石，不受其牢，徂於黄竹，作詩以哀凍人，於盛姬之死永念流涕，則其慈心愛物可見。至於耿𠏉、芍及有諫，七萃之士有諫，葽豫有諫，天子皆嘉納之。則王之執御近侍，罔非正人，而王之虚心應物亦可見矣。豈獨内傳有《祈招》之諫哉？

是書稿凡數易，但就學力所至，悉心詮釋，爰以此書就正甘泉黄又園郎中。又園謂《道藏》中《列子》注釋數十家，欲爲予借出備録《穆天子傳注》所未及。適因坊友請開雕，予難却其意。不及俟《道藏》所存《列子》注采入此書。願以异日附入卷末。道光壬寅二月又記。（陳氏騷樓叢書本，1843年）

陳揆《稽瑞樓書目》附記各橱：

《穆天子傳》一册。（《叢書集成新編》本）

雷學淇《竹書紀年考證》：

竹書發於咸寧五年十月，明年三月吴郡平，遂上之。《帝紀》之説，録其實也。余就官收以後上於帝京時言，故曰太康元年。《束晳傳》云二年，或命官校理之歲也。（《四庫未收書輯刊》本）

張金吾《愛日精廬藏書志》卷二十七：

《穆天子傳》（舊鈔本），晋郭璞注。前有荀勖序，序前首有結銜五行云：

侍中中書監光禄大夫濟北侯臣勖（一行）；

領中書令議郎上蔡伯臣嶠言部（二行）；

秘書主書譴勳給（三行）；

秘書校書中郎張宙（四行）；

郎中傅瓚校古文穆天子傳已訖謹并第録（五行）。

世本無此五行。按《史記索隱》引《穆天子傳目録》云“傅瓚爲校書郎，與荀勖同校定《穆天子傳》”，蓋即指此。板心有“元覽中區”四字，蓋秦西岩藏本。荀勖序。（《續修四庫全書》本）

袁翼《邃懷堂全集》詩集後編卷五《讀穆天子傳》：

瑶池八駿欲回鑾，黄竹歌終鳳吹寒。獨怪名姬中夜歿，君王不乞返魂丹。（《清代詩文集彙編》本，2010年）

龔自珍《龔定盦全集》補編卷三《最録穆天子傳》：

《穆天子傳》六卷，自第一至第四，書天子西巡狩之事。第五、第六，書畿内畋游之事。又具書盛姬事。

天子自北而西而北，凡行一萬三千三百里。其征比反，史臣具書日。龔自珍謹由日推月，得月周天二十又八。

龔自珍曰：天子西征，得羽琌之山。東歸，䜌書於羽陵。畿内有羽陵，何也？樂羽琌之游，歸而築羽陵也。天子西征得樂池，東歸。葬盛姬於樂池，畿内有樂池，何也？樂樂池之游，歸而築樂池也。晋臣郭璞語非是，洪氏頤煊、孫氏星衍，語皆非是，此籀文也。籀文孰作之，宣王朝太史臣籀之所作也，非西周世所行之文也。曷爲明之？明非古文也。孰謂爲古文？晋臣荀勖以爲古文也。元明契書家，因以爲古文也。古文簡，籀文繁。古文但有象形指事，籀文備矣。晋臣不知其异。

六卷，文闕不具，何也？荀勖云："汲郡收藏不謹，是其故也。"自珍曰：今闕文有二種，有闕甚多，不知若干名者，事更端也。寫書者，宜書之日闕。有闕一二名者，事無更端，則食也。寫書者宜爲方空於行間，不言闕，今寫定本。第一卷第一行，先書闕，乃書飲天子蠲山之上，是其例也。如此，庶讀者瞭其事起訖矣。

由闕故知有逸文，可摭拾與。可。曩者剌取群書補食字。洪頤煊，孫星衍兩家，善矣。龔自珍取《列子・周穆王篇》事，《抱朴子》君子化猿鶴，小人化蟲沙事，群書中帝臺事，壇山刻石事，應語之鏡事，定爲此傳逸文。爲摭逸一篇，附卷尾。

《晋書・束皙傳》曰："此書本五卷，末卷乃雜書十九卷之一。"孫星衍曰：尋其文義相屬，應歸此傳。《束皙傳》别出之者，非也。龔自珍曰：孫説是也。

今所據有元劉氏庭幹本，明吴氏琯本，何氏鏜本，邵氏《覆古》本，汪氏明際本，吴山華陰兩《道藏》本，國朝洪氏頤煊本，孫氏星衍本，洪氏孫氏爲善。

龔自珍曰：古者神君高后，所以享帝者之樂。左史之所莊記，周史之最古者。後王德薄，神人遠之，天地既漓，山川衰濁，神物徂謝，下逮草木不孕金玉。郯子之言曰：不能紀遠，乃紀於近。重以史降爲儒，耳剽目誦，不如郯子。驚而削之，使夫靈迹惚怳。夷於稗家，尚不得媲《國語》，不亦儉乎？（世界書局，1935年）

瞿鏞《鐵琴銅劍樓藏書目録》卷十七子部五小説類异聞：

《穆天子傳》六卷。（舊鈔本）

舊題曰"古文"，又"郭璞注，荀勖校定"。向爲楊五川藏書，依元刊本傳録，葉心有"萬卷樓雜録"五字。後馮巳蒼得之，以錫山秦氏鈔本校過，改正訛字，補録序首，結銜五行，其文云："侍中中書監光禄大夫濟北侯臣勖。（一）領中書令議郎上蔡伯臣嶠，言部。（二）秘書主書令史譴給。（三）秘書校書中郎張宙。（四）郎中傅瓚校古文《穆天子傳》已訖，謹并第録。（五）别本皆無之。孱守老人跋云："此册爲楊夢羽儀所藏。崇禎己卯借得錫山秦汝操繡石書堂鈔本，并取家所有范欽本校讀一過，兩日始終卷。老眼已昏，燈下更自草草，識於空居閣。”今上方朱筆皆其手迹，可寶也。（卷首有“上党馮氏藏本”“魚虞嚴珍藏”印、“稽瑞樓”諸朱記。）（上海古籍出版社，2000年）

邵懿辰等《增訂四庫簡明目録標注》卷第十四子部十二小説家類：

《穆天子傳》六卷，汲冢古本，晋郭璞注。

天一閣刊本，《漢魏叢書》本、《古今逸史》本、明趙標刊本、《龍威秘書》本、明青蓮閣單刊本、平津館刊本。

（附録）洪頤煊有校刊本。此書元刊失傳，别無善本。明《三代遺書》、天一閣、《古今逸史》、青蓮閣刊皆從王玄瀚本出，并不佳。平津館所刊，亦未見舊本。昭文張氏舊鈔，雖題銜與合，恐故作僞書以欺人者。（星詒）

（續録）明鈔元至正本，十行，佳。《道藏》三卷本、《説郛》本、《子書百種》本、嘉慶九年金䶮凝山房刊本、道光十二年東萊翟氏《五經歲遍齋》刊本，有《補遺》一卷、《秘書二十八種》本、《四部叢刊》本。昭文張氏有舊鈔本，前有荀勗《序》，首有結銜五行云：侍中中書監光禄大夫濟北侯臣勖（一行）；領中書議郎上蔡伯臣嶠言部（二行）；秘書主書令史譴勳給（三行）；秘書校書中郎張宙（四行）；郎中傅瓚，校古文穆天子傳已訖謹并第録（五行）。此五行，世行本無。按《史記索隱》引《穆天子傳目録》云：傅瓚爲校書郎，與荀勖同校定《穆天子傳》，蓋即指此。版心有“元覽中區”四字，蓋秦西岩藏本。某氏云有舊鈔本，道光中人臨袁壽階校景宋鈔本，有五人結銜，與張本同。

《穆天子傳注疏》，清檀萃疏，坊刊本，《碧琳琅館叢書》本。（中華書局，1959年）

莫友芝《郘亭知見傳本書目》卷第十一子部小説家類：

《穆天子傳注疏》，國朝望江檀萃默齋撰，坊刻本。（民國西泠印社排印本，1912年）

莫友芝《宋元舊本書經眼録》附録一《穆天子傳注疏》：

檀默齋氏《穆天子傳注疏》極力開荒，爲宋于廷氏所推服。惜未肯翦去蕪衍以成簡當耳。然滇荒窮宦藉抒無聊之思，至精闢不磨處，故是奇作。庚午仲春，友芝搜獲於安慶肆中漫識。（江蘇廣陵刻印社，1987年）

蔣超伯《南漘楛語》卷八“穆天子傳”條：

己亥，至於瓜纑之山，三周若城，閼氏胡氏之所保。

按：保謂爲其國之長。《列子·皇帝篇》：“吾固告汝曰‘人將保汝’。果保汝矣！非汝能使人保汝，而汝不能使人無保汝也。”

天子乃遂東征，南絶沙衍……沙衍，蓋平地積潦中兼有沙。壬寅，天子飲於文山之下。文山之人歸遺（其名也），乃獻良馬十駟，用牛三百，守狗九十，牥牛二百，以行流沙。注：此牛能行流沙中如橐駝。

按：《爾雅》，牛十七種，無牥牛。郭注“犦牛，云即犎牛也，領上肉肤起，高二尺許，狀如橐駝，肉峰一邊，健行者日三百餘里。今交州合浦徐聞縣出此牛”。郝疏謂“犎當作封”。《漢書·西域傳·罽賓國》“出封牛”，正作封字，又名一封橐駝，駝肉峰兩邊，此止有前一邊也。超案“牥封一聲之轉”。牥牛即封牛。

癸未，雨雪，天子獵於鈃山之西阿。於是得絶鈃山之隊。注：“隊謂谷中陰阻道也，音遂。”

按：《荀子·儒效篇》：“武王之誅紂也，行之日，以兵忌東面而迎太歲，至汜而汎，至懷而壞，至共頭而山隧。”楊倞注：“‘遂’謂山石崩摧也。‘隧’讀爲‘隊’，《列子·仲尼篇》‘矢隧地而塵不揚’。”張湛注：“遂音墜。”則隊、隧古一字耳。“隧”又通“遺”。《南山經》：“旄山之尾，其南有谷，曰育遺。”郭注：“或作遂。”《荀子·非相篇》引詩曰“雨雪瀌瀌，晏然聿消，莫肯下隧，式居屢驕”，今詩作“下遺”。

甲辰，天子獵於滲澤。於是得白狐玄狢焉，以祭於河宗。

按：《書》：“禋於六宗。”賈逵曰：“六宗謂日宗、月宗、星宗、岱宗、海宗、河宗。”

戊寅，天子西征，騖行，至於陽紆之山，河伯無夷之所都居。注“無夷，馮夷也”。

按：《淮南·修務訓》云：“禹之爲水，以身解於陽盱之河，當即此處。”

天子之馬走千里，勝人猛獸。天子之狗走百里，執虎豹。

杜詩“吾聞天子之馬走千里，用《傳》語也”。《莊子·應帝王篇》“執斄之狗來藉”。崔撰云：“斄，旄牛也。藉，擊也，執斄之狗，即此種耳。”

……

諸飦乃膜拜而受。

按：膜拜乃戎俗，據傳則周時已然，世以爲苾芻禮佛之稱，誤矣……（新文化書社，1934年）

楊紹和《宋存書室宋元秘本書目》卷三子部校本：

校本《穆天子傳》一册。（《續修四庫全書》本）

謝章鋌《賭棋山莊集》詩七《讀穆天子傳》：

膠舟何必痛南征，八駿猶能萬里行。冠劍陸離接王會，神仙飄緲在蓬瀛。幾人欲下蒼梧泪，後世猶哀黄竹聲。便向瑶池見阿母，不知何術與長生。（《清代詩文集彙編》本，上海古籍出版社，2010年）

朱學勤《結一廬書目》通行本子部：

《穆天子傳》六卷。（臨海洪氏刊，一册。）（葉氏觀古堂刊，1916年）

耿文光《萬卷精華樓藏書記》卷九十九小説家類一“太平廣記”條：

馮猶龍輯《五朝紀事》，名曰《正續太平廣記》，各分家數，如紀載家、藝術家之類。其曰“五朝”者，魏、晋、唐、宋、明也。其《正記》即《廣記》所引之書搜而輯之，與《百川學海》《説郛》相類，非全書也。其《續記》皆明代之小説。按《廣記》所引書三百二十五種，馮記所采亦三百有奇，可以互證。《廣記》不引《穆天子傳》，馮所記周穆王事，出於《仙傳拾遺》，與《穆天子傳》全异，是又在可信不可信之間也。（中華書局，1993年）

吕調陽《古史釋地》第二《穆天子傳》：

䦛山，在今豐樂鎮西南邯蕣之水所出（蕣音舉，説見《漢志》）。水形曲似烏蠋也。

鈃山，在今井陘縣西，與後鈃隥异（今井陘縣漢石邑縣也）。

犬戎，狐氏戎也。

常水，武州川也。水形似旊弧韣。

隃之關隥，《爾雅》北陵西隃即漢中陵縣，今威遠司也。中陵水象隃溝自西向東也。

焉居，國名，今歸化城也。焉同鶠。居當作㕣，同屰，鳥疾飛也。大小圖爾根河象鶠鳥疾飛欲墮也。

禺知之平，焉屰，西南地名，在黄水黑水會處。元魏之雲中宫也。禺本作兔。兔知，鳥疾飛，前有所觸，似矢著侯也，肖水形。

鄘人，故漢沙陵縣。

滖澤，即沙陵湖，今黛山湖也。水急，多漚，如繭在盆，故名，即後文所謂𣲖多。

陽紆之山，在烏拉特，蒙古東，西北連燕然，高闕皆是。

燕然之山，在魚海東麾旗，曰然燕旆末如燕尾也。（燕然，猶旃然也。）魚海東受舍特河、蘇爾哲河，北聯烏爾圖河，象之。（魚海，今活育兒大泊，此燕然近在套北，與漢人所指之燕然在今科布多西南者异。）

河宗氏，故漢莫䵝縣，在魚海北。

寒下，積石阜之南也。積石若冰凌，在魚海東南河灘東。（積石，《水經注》訛，爲迹石。）

黄之山，疑爲阿爾坦陀羅輝，在魚海西北。

温谷樂都，在河灘南，枝之北，漢之修都縣，今名濟爾哈朗圖。（蒙古語謂安居之地也）

枝洔之中積石之南河，在濟爾哈郎圖之東，積石阜之西南。洔、沚通。

河水之陽，此上西行所經，并脱河水朗博爾圖河，出昆侖東南之阿拉癸山，南流，東至托克遜軍臺而伏，即《西山經》所謂無達，後文所謂河首者也。

赤水之陽，赤水即烏蘭烏蘇河，出昆侖西南之哈屯博克達山，東流經三哈布齊該山之北、昆侖之南，至登努勒臺，會阿拉癸西谷水。又南會三哈布齊該水，入裕勒都斯河。又東南注博斯滕淖爾，即《西山經》所謂東南流，注於氾天之水者也。（《傳》中稱昆侖丘，皆指今大威懷勒晶嶺。）

鶤鳥之山，鶤鳥，蓋百舌也，色如烟熏，故名山，近昆侖左右。

珠澤，在哈拉沙爾之東日里塔什哈河所豬也。塔什哈二源一東南流一南流而合。又南左出一支東南至烏沙克塔爾臺而伏，其正支南豬爲朱澤。又分三派南流二十里許并伏在博斯滕淖爾之北，乃古析支戎地也。案後《傳》云：自河首襄山以西南至於春山朱澤昆侖之丘七百里，蓋襄山西南至朱澤三百餘里，又西北至昆侖亦三百餘里，故得七百里。然則自昆侖至朱澤當云南征，《傳》作北征，《傳》寫誤也。

春山，據後《傳》稱春山珠澤，又云赤烏氏春山。則春山者，昆侖以南以西山之總稱，猶後世稱天山也。曰天子北升於春山，以望四野，即昆侖西之騰格里山也。（蒙古語騰格里，天也。）曰“天子五日觀於春山之上，乃爲銘迹於縣圃之上，以詔後世”，即是由騰格里西行，循空吉斯河，再溯特克斯河，至格登山之哈什嶺也。哈什嶺乃真春山矣。（《西山經》作鍾山）

縣圃，即哈什嶺斷梟首繫於竿曰縣。（齊侯鎛作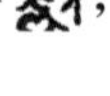，象形。）察林河自嶺西流，屈而東北入伊犁河，象之。

赤烏氏，赤當作赫，同嚇。察林河象烏仰嚇也。（與《西山經》章我義同）

洋水，伊犁河也。上源即特克斯，東北流，會空吉斯河而西北注稷澤，故《西山經》亦以空吉斯爲瀰水，蓋下流既合，故得通稱也。準語謂山羊曰特克也。

曹奴之人，今伊犁惠遠城也。亦曰胥犴氏，此國本居重䲨氏地，其後西徙，仍蒙舊號奴犬也。曹猶遭也，犴猛犬千人也，胥足腓也，即《周書》之所謂狗猾矣。

黑水，此黑水謂庫森木什克河，即下《傳》云黑水之西河也。水導源明瑪魯山，故曰“西膜之所謂鴻鷺”。蒙古語明，千數也。瑪諾爾驅烏芻奴靈也，急呼之爲瑪魯。

群玉之山，小威懷勤晶嶺也。在大嶺東北。北有瑪納斯河，産玉。黝碧而文二嶺，古皆謂之昆侖也。

羽陵，即三危，説見《書》《傳》。以重䲙爲三苗所處，蓋其西竟耳。

剞閭氏，在哈什河源南岸與重䲙氏以河爲竟。今河南有特穆爾嶺，即《傳》所謂鐵山也。剞，刻刀也。閭通鏤，以産好鐵故名。

鶤韓氏，在今鄂什塔斯坦回莊韓桔橰也。鶤韓以木斗汲水於河注，以革帶俯仰似鶤鳥也（今謂之鶴斗）。莊北之濟爾哈朗河，分注伊犁河象之濟爾哈朗，即《傳》所謂樂野温和者也。

玄池，惠寧城西十里黄草湖也。

苦池，沙山也。水味苦，其地盛萑葦多豪彘。

黄鼠之山，伊犁河東岸之薩爾塔罕山，東距和爾郭斯二百餘里，其南地名曰明布拉干，即黄鼠山也。蒙古謂千數曰明，貂鼠曰布拉干也。

西王母之邦，自黄鼠西濟彌水緣布喀嶺北麓百餘里，又西南溯車里克河，逾山至巴雅什布魯特游牧即古西王母國王望也。吹河象女子蹲坐向西有所望也，《傳》稱賓於西王母，賓於其君也。

瑶池，挪衮泊也。西出水，入於吹河。

弇山，瑶池南岸山也。山南特穆爾圖淖爾，長三百五六十里，廣百五十里，象蟄黿之穴故名。（弇通奄，古文作竃。）

温山，義未詳。

溽水，即特穆爾圖淖爾。辨機《西域記》名大清池，一名熱海。

曠原，據後《傳》去西王母北千有九百里，當在今吹河所瀦拜納古爾之北百餘里大澤北岸也。此澤東西長二百數十里，北受小水二十餘，三面環山（今名古沁古爾班陀羅輝）。故云有林藪水澤，陵衍平陸，碩鳥解羽也。

積山之原，積山即玉山也。哈什塔克諸水似禾之積，故名。

鬲余之人，疇余國名，即今沙拉伯勒也。哈什塔克諸水東北入伊犁河，似襄田者倦而起坐也。

滔水，此上脱休於疇余及自疇余東征之事。滔水，今名洮賴圖河。《西山經》作桃水，與濁浴水僅隔一山，故可以法引之爲濁浴氏所食也。

濁繇氏，國名。《海内西經》作屬繇并濁浴之訛（浴古音猶）。案今伊犁拱宸城西有和爾郭斯河（蒙古謂牲畜糞曰和爾廓斯也）。南流注伊犁河，又西曰車集河，曰齊齊罕河，并南流遇沙而伏。又西曰薩馬爾河，曰奎屯河，皆南流達葦蕩。又西曰圖爾根河，南流達小葦蕩諸水并穢惡不可食，故《西山經》名濁浴之水。其葦蕩《西山經》名蕃澤，小澤在西北十餘里周十六七里，大澤東西九十餘里，南北四十餘里，中有洲方二十餘里，有隴畝遺迹，蓋濁繇氏所國也。

蘇谷，今阿里馬圖河所出。在拱宸城之北，阿里馬準語謂果木也。又準語謂枝爲蘇，證以此《傳》其來古矣。邱長春《西游記》云阿里馬城，其地出帛曰秃鹿，麻俗所謂種羊毛織成者。此《傳》稱"胥犴氏所衣被"豈是謂歟？（此谷山皆平阜，東與塔勒奇嶺大山相屬。）

胥釬氏，胥犴之訛，説見前曹奴之人。

長洮，洮當作洪，《西山經》作長留，峽名也，長四十五里，在賽里木池之南，今名果子溝。自阿里馬溝南出山口，東經察罕烏蘇溝、大西溝、苜蓿溝、小西溝、小東溝、大東溝諸口至果子溝凡七十七里。

重鎚氏，今安阜城，在晶河之東。晶河南出古爾班晶嶺山，形似累罍，故曰重鎚。《西山經》所謂恒山四成者也。

采石之山，哈什河源之阿爾察圖山也。（蒙古語阿爾，花紋也。）

長沙之山，在固爾圖軍臺之南，自古爾班晶嶺以東百餘里間，山北地盡戈壁也（蒙古謂沙地曰戈壁）。

文山，慶綏城南之厄林哈必爾噶山也。準語厄林，間色也。哈必爾噶旁肋也，言山腰多文石。

文山之人，以山名國。

巨蒐之人，即渠搜，今烏魯木齊也，説見《書》。

焚留之山，留當作苗字之訛也。山即今惠來堡東之布克達山特納格爾河以東諸水象焚田火熾也。

智氏，在今奇臺縣西北孚遠城城東南，集巴庫四水，象四矢，剡注而襄尺也。

綠子之澤，孚遠城東北三池也。綠當作𧉩，古文肆豪彘也。

獻水，今噶順塘水不可飲，或獻水於天子因以名之夷語謂鹺曰"噶順"也。

瓜纑之山，纑同縷。山在今鎮西府巴勒庫池，東受巴顔珠爾克池水，南受昭莫多諸水，似瓜蔓，其諸小水則象蔓間之小縷也。《傳》云"三周若城"，三當作三，今鎮西山勢西自肋巴泉南北分趨二百六十餘里復合，中爲平川廣輪數百里也。

閼氏胡氏，閼作闒，遏不得出也。氏同觝，首有觸也。鎮西之昭莫多諸水，北入巴勒庫池。象人欲出，首觸於幔而手却故名，以不可言。閼氏，氏故加胡以别之。

沙衍，由鎮西東行，出南山口，經黑帳房磧地，山口之水皆南流，遇沙而伏。

陽紆之東尾，在坤都侖河之南謨爾根嶺東盡處。

뭐渡，亦谷名，即蘇爾哲河也。北出拜烘古爾山。蒙古謂寶曰巴拜，黄色曰烘古爾，言美銅也。뭐當從庡，古金字。鏓渡者，鋈鋑也。《爾雅》黄金謂之鋈，又

曰錽鏤也，銅之美者如錽，今謂之蜂窠銅也。

斲多之汭，斲本作[illegible]，從水從昆，即混字，水漚也。混多，《北山經》作渾夕，當從此，作多爲是。多漸移也。日暆漸下也。從兩[illegible]者，日入半隱也。澡澤之水急流爲河，所過渾漚浮轉，故曰渾多也。

長松之隥，疑爲故沃陽縣北之倉鶴陘也。（在今代哈泊西數十里）

雷首，即累頭也。在今豐鎮廳如渾水。（即灅水，又名桑乾水，又名代水，南入北汾水。）象纍者被曳仰其首也，與《禹貢》雷首在解州之㶟水者异。

雷水之平，雷水即灅水。所謂平，蓋即白登山。

訾之隥，今應州西南龍灣山也。西有黄水河東北流，注北汾，象鳥觜（與楚之訾枝取象同），溯黄水而西南，則入今雁門關也。

三道之隥，“道”疑本作“㫚”，今平定州，即春秋昔陽城，北有隥道也。三昔沾水三派俱象脯臘也。

二邊，邊通旁，古文作[illegible]（疑爲[illegible]），同綿。二綿者，浲漳二水，俱象縶獸也。

翟道，赤翟潞氏之道也。

西夏氏，疑在今格子烟墩軍臺，距哈密東南二百數十里。

珠余氏，珠作朱，博爾圖河象木株而屈也。

河首，即無達，中國河之首也。

襄山，山倒也。博爾圖河似襄田者前僕足翹也。

右西征往還所經諸地。

濩澤，即煮棗之藪，一曰瑣澤。《漢志》誤以爲圃田澤者也。

圃鄭，今中牟以南洧川以北皆古圃田之地。長鳴溝水形方似圃，其向東屈處又似㔵，故曰圃鄭也。（㔵，古音鎮。）《紀年》稱鄭父之丘即是今洧川縣，後人因新鄭之稱與《國語》寄孥之説而以京兆之鄭縣爲鄭，桓始封不知圃鄭之名固先乎此矣。

留昆，即陸渾，説見《詩》“混夷”。

陵翟，即匈奴吐延川象狣犬之勢也。

漸澤，當作淛澤，淛同制，即故開封縣之百尺陂也。

桑野，在淛澤之北即經林也。據此北還食魚與後作居范宫以觀桑者之文，知桑野不得在南。下《傳》里圃田之路云南至於桑野，蓋文誤也。

房，在尉氏八里溝北聯百尺陂。水象室有房也。

桑野，或是女野二字，在長社，女古文作㚣，野通豫，曲强水，象女子有所登望亟上下也。猶春秋齊侯無野之義矣。

經林，役水東出爲泥魯二溝，象織經也。

煮□之藪，煮下當是棗字，煮棗見《戰國·魏策》。

兔臺，八里溝水，象臺有階級，西對長鳴溝，象兔人立而望也。

櫟丘，在鄶北，説見《春秋傳》。

富丘，在長社北暴隧，二小渠象輻比也。

相，在舊許柏狼澤水，似瞽者之相也。（即博浪澤水）

軍丘，疑即介丘，在中牟南二十里土山也。藪中牟澤所謂逢忌之藪。

范宫，范同氾，在中牟西。

祭，即春秋鄭祭仲邑，在氾西。

雀梁，即雍梁，在黄雀水上。黄雀水形似雀頭而色黄也。

滎水，即黄雀水北瀦，爲滎澤。

孟氏，當作盂氏，在氾北，説見《春秋傳》。

深萑，即牧澤。春秋爲萑蒲之澤。

邴，在河内。説見《春秋傳》“具丙”。

虎牢，《傳》言畜之東虞則當在故開封縣，即春秋鄭之制邑也。《漢志》以成臯爲故虎牢，大繆。《後志》成臯注引此《傳》改爲畜之東虢，尤妄。（據下有逢公知此時虢仲之後，尚未改封於制。）

羽林，在滎陽西北。説見《春秋傳》“子羽”。

留，陳留也。絡架水象雠由畜其黙。

麗虎，即離狐。在長垣東北。説見《戰國策》。

菞丘，即犂丘，在今開州南枝濮東北，入瓠子河，象犂也。

黄澤，《春秋》衛之熒澤也，西北受防，水色黄。

曲洛，在黄澤東。澤西受肥，泉水有肥如滙洛。又東出，注淇而東北流其間，象筐曲也。

蘋澤，疑即逢忌之藪。

黄竹，山陽竹林也。北即窮石，南即鉏，故天子效慕后羿之射而爲夢也。（據此知羿之善射傳訛已久，唯夫子知其不然，故不答南宫之問也。）

曲山，在修武西期城村北（或在平陵鋪）。丹水東爲蔡溝，象筐曲也。

九阿，九仇也，所謂九河之隥。（仇因妹水爲義，與孟門同。）

丹黄，即著雍。

寘軨，即顛軨。

洰水之陽，洰水即函谷水（今潼關水），音乳，其陽則洰津也（今風陵渡）。

右行狩圃田及東游還歸所經諸地。

菹臺，菹，阿澤也，在今陽穀縣東。

澀水　沮水分濟北會灉水，其東北出二支爲澀水，故沮亦可名澀也（沮澀皆沮洳之義）。地在今張秋北阿城閘。

盛，即大成陽姬姓國。在今濮州東南三十里，本作成，在瞞成之南故名。

重璧之臺，在大成陽，《地理志》以爲堯冢靈臺也（今名莊周釣臺）。

寒氏，蓋今梁山泊。

穀丘，即陽穀，姬姓小國也。下《傳》言韋穀黄城三邦之士，輦喪是也。（此《傳》作轂丘，文誤。）

樂池，據下《傳》喪五舍至於重璧之臺，五舍，至於大次而葬，則此池當即濟濮所瀦之高梁陂，在今長垣西二十餘里也。

韋，説見《詩》。

黄城，疑即春秋之郲國。有黄水，故曰黄城（黄水即盲陂水）。城當作“成”，此國疑成所分也。

姑繇之水，即瓠子河也。大河自戚以南，象女子跪有所憑而謡，其水東徑成陽之北，故可引之以環喪車也。下《傳》天子自因氏西釣於河以觀姑繇之木，蓋水上有大木，非謂木名姑繇也（繇本作䌛）。

因氏，今開州。説見《春秋傳》。

囂氏，即《春秋傳》之頷氏，西有水分河東出，故曰囂氏之遂，《春秋傳》所謂須遂氏也。

茅尺，在隆虜，茅通矛。矛尺布指作力似蟷蜋拿臂也。鄴水形象之。

野王，説見《春秋傳》。

鈃隥，在今曲沃縣東北仵級堡，天井水所出，西入汾。《水經注》以爲南北有長嶺，嶺上東西有通道也。案此《傳》兩鈃山字皆通陘，而所謂井陘者，乃當在此。秦漢於常山置井陘縣，誤也。

薄山，中條山也。東與亳山連岡，故得通稱。

右，東得盛姬與喪盛姬時經歷諸地。（《叢書集成續編》本，新文豐出版公司，1985年）

陸心源《皕宋樓藏書志》卷六十四子部小説類三：

《穆天子傳》四卷。（明嘉靖刊本）

汲冢古本，晋郭璞注。荀勖《序》。（晋太康二年。）（《宋元明清書目題跋叢刊》本，中華書局，2006年）

張之洞撰，范希曾補正《書目答問補正》卷二史部古史第四：

《穆天子傳》郭璞注七卷。洪頤煊校。平津館本，又《古今逸史》本。檀萃《穆傳注疏》，博而多謬，不録。（補）嘉慶間鄂不館刻洪校本，潮州鄭氏龍溪精舍重刻平津館本，又《四部叢刊》影印明《天一閣》刻本，又涵芬樓《道藏舉要》

影印《道藏》本。仁和丁謙《穆天子傳地理考證》六卷，民國四年杭州局刻《浙江圖書館叢書》第二集本，可備考，惟不盡可信。

（《山海經》《竹書紀年》《穆天子傳》三書，有僞托而多荒唐，然皆秦以前人所爲。）（上海古籍出版社，1983年）

姚振宗《隋書經籍志考證》卷十五史部五起居注類：

《穆天子傳》六卷，汲冢書，郭璞注。

郭璞有《毛詩拾遺》，見經部詩類。

…………

《春秋經傳集解後序》：《正義》引王隱《晉書·束晳傳》曰："《周王游行》五卷，説周穆王游行天下之事，今謂之《穆天子傳》。"

《晉書·束晳傳》：《竹書叙目》曰："《穆天子傳》五篇，言周穆王游行四海，見帝臺、西王母。"

《晉書·郭璞傳》："璞又注《三倉》《方言》《穆天子傳》，并傳於世。"

本志篇叙曰："晉時得汲冢書，有《穆天子傳》，體制與今起居注正同，蓋周時内史所記，王命之副也。"

《唐書·經籍志》："《穆天子傳》六卷，郭璞注。"（一本"注"誤作"撰"。《唐書·藝文志》：郭璞《穆天子傳》六卷。）

《宋史·藝文志》别史類："郭璞注《穆天子傳》六卷。"

晁氏《讀書志》傳記類："《穆天子傳》六卷。晉太康二年汲縣民盗發古冢所得，凡六卷，八千五百一十四字。詔荀勖、和嶠等以隸字寫之。郭璞注本謂之《周王游行記》。勖之時，古文已不能盡識，時有缺者，又轉寫益誤，殆不可讀。"

陳氏《書録解題》："《穆天子傳》六卷，晉武帝時汲冢所得書。其體制與起居注正同，郭璞爲之注。"

《玉海·藝文》傳記類："《穆天子傳》，《中興書目》六卷。《拾遺記》曰：'穆王三十二年巡行天下，有書史十人，記其所行之地。'"

《四庫》小説家《提要》曰："按《晉書·束晳傳》云'《穆天子傳》五篇，又《雜書》十九篇，《周食田法》《周書》《論楚事》《周穆王美人盛姬死事》。按今盛姬載《穆天子傳》第六卷，蓋即束晳所謂《雜書》之一篇也。尋其文義，應歸此傳，《束晳傳》别出之，非也。此書紀事有月日而無年，又文多斷缺，所紀雖多誇言寡實，然所謂西王母者，不過西方一國君。所謂縣圃者，不過爲飛鳥百獸之所飲食，爲大荒之圃澤，無所謂神仙怪异之事。所謂河宗氏者，亦僅國名，無所謂魚龍變見之説。較《山海經》《淮南子》，猶爲近實。《列子·周穆王篇》所載與此傳相出入，蓋當時流俗有此載記，如後世小説野乘之類，故列禦寇得拾摭其文耳。世所傳汲冢書《師春》之類，久已亡佚，《逸周書》又屬誤入，《紀年》僞妄顯然，其真存於今者，惟此傳矣。”

又《簡明目録》曰：“《穆天子傳》六卷，汲冢古本，晋郭璞注。所紀周穆王西行之事，爲經典所不載，而與《列子·周穆王篇》互相出入，知當時委巷流傳有此雜記，舊史以其編紀日月皆列起居注中，今改隸小説，以從其實。”

臨海洪頤煊校刊序曰：“案《史記》，穆王在位五十五年，此書所載，尋其甲子，不過四五年間事耳。雖殘編斷簡，其文字古雅，信非周、秦以下人所能作，尤足與經史一（輯者：應爲相）證。據晁氏《志》云：‘書凡六卷，八千五百一十四字。’今本僅六千六百二十二字，則又非晁氏所見之本矣。”（《二十五史補編》本，中華書局，1956年）

姚振宗《漢書藝文志拾補·諸子略拾補》第二小説家者流：

《穆天子傳》六卷。（汲冢竹書，荀勖本。）

晋荀勖校上序曰：“古文《穆天子傳》者，其書言周穆王游行之事。《春秋左氏傳》曰：‘穆王欲肆其心，周行於天下，將皆使有車轍馬迹焉。’此書所載則其事也。王好巡守，得驊騮、騄耳之乘，造父爲御，以觀四荒，北絶流沙，西登昆侖，見西王母，與太史公記同。汲郡收書不謹，多毁落殘缺。雖其言不典，皆是古書，頗可觀覽。”

《隋志》史部起居注篇：《穆天子傳》六卷，汲冢書，郭璞注。又曰：“晋時，又得汲冢書，有《穆天子傳》，體制與今起居注正同，蓋周時内史所記王命之副也。”唐《經籍志》：《穆天子傳》六卷，郭璞注。《藝文志》：郭璞《穆天子傳》六卷。《宋史·志》别史類：郭璞注《穆天子傳》六卷。（《二十五史補編》本，中華書局，1956年）

丁謙《穆天子傳地理考證》卷首《凡例》：

讀是書當先知中國人種古時由西方遷徙而來。故三代以前，人多畜懷思故土之思。此穆王西征之原因也（另有《中國人種考略》附後）。

讀是書當先知西王母爲西方大國。其國上古時，名加勒底。炎黄時名巴比侖，至於商周名亞西里亞。中國人種西來之始，當在加勒底時代。而穆王至彼，則亞西里亞時代也。

讀是書當先知西見王母始於黄帝，帝堯繼之。穆王不過遵循故轍。儒生不察，駭爲异事，囿於所見故也。

讀是書，當先知穆王西征之道即今日通行之大路，就本書卷四之里數方向，按圖以考，雖地名不同，而大致皆合，方信古書所載皆屬實事。

讀是書，當知《禹貢》“積石”實爲河源所從出，非特傳中確有明文，徵之他古書，亦無一不合，後來臆説，盡可掃除。

讀是書，當知穆王所升之昆侖墟即今和闐南山。考漢武帝時，已詔定于闐山爲昆侖。因太史公作爲疑辭，後世聚訟紛紜，遂無定論。今觀此傳，證以道里方位，昆侖之在于闐。毫無疑義。自康熙間，朝廷信西藏游僧之説，指阿里之岡底斯山，稱爲昆侖。考據家皆靡然從之，不知此無稽之言也。《爾雅・釋地》，河出昆侖墟，後藏之地，安得爲河所從出，即此一語，已不可通。余别有考，附《漢書・西域傳》中，兹不備列。

昆侖春山，後人多混爲一，惟此傳分析言之。蓋昆侖指和闐南山，春山則指葱嶺。二山雖相連接，然昆侖東西行，春山南北行，形勢不同。《漢書・西域傳》但云：逾葱嶺，不言逾昆侖，以葱嶺爲西亞洲之通道。昆侖非通道也。本書穆王升昆侖丘後，必還向北行，以登春山，而其往西王母邦，必截春山以北，即《漢書》所云：南道西逾葱嶺，出大月氏安息路也。

是書之注以郭璞爲最古，然繼起無人，近數十年前，始有檀氏萃、徐氏文靖、陳氏逢衡、洪氏頤煊、翟氏云升等，叠爲箋校，惟自典制禮儀外，一及地理，便無足取，蓋不獨見囿方隅，而道里方向及上下文義，均不之審，但用對音之法。曰：某地即今某地，某山即今某山，欲其吻合無間得乎。

本書卷四，里西土之數，總計西征往返，所行之道里方向，以當時之人記當時之事迹，自必確鑿，可據况核以今地一一相符，不解從前注家，何多未見及此。

讀是書，須先以《祈招》之詩，所謂形民之力，無醉飽之心爲準的，方知本傳六卷所載之事字字爲上。二語寫影，視爲鋪揚鴻烈，潤色皇猷，淺夫也。而卷三又特載赤烏氏君丌憂心吟一首，以點畫龍之睛，良史苦心，三千年後尚能見之，但辭語過於隱秘，閲者聚難索解，致久慨沈薶耳。

卷五所載以作范宫事爲主要，考穆王元年正月，即作昭宫，其冬又作祇宫，九年作春宫，十五年夏作范宫，次年春，復作重璧臺，其役民之繁數甚矣。諸宫制度，雖無可考，而范宫之地，設立十虞，以備田獵，南北五十里，東西當不止是。當時天下，江漢以南屬蠻苗，北方數州，民力有幾，而用之無度如此。

卷六專紀盛姬喪葬事，穆王以一稺妾，耗竭財力，作此無益之事，實爲古今所未見聞。余閲此卷終，於言外得三解焉。一以見民生之憔悴，當時喪儀，即踴者一端，已三千人。况合百官七萃及男女執事，當不下數萬。勞役以外，一切費用，亦必攤派於民。黎庶困窮，不問可知，一以見周禮之難行。喪葬執事，至數萬人，皆與盛姬無絲毫之關係。何自王子王女以下，均能哭踴如儀，周禮瑣縟，不近人情。已可概見，秦漢以後，廢而棄之。宜也。一以見專制威力之過强。但穆王所行，尚不過習於侈肆，弗恤其民，至法國之路易十四，其侈肆無异穆王，復縱任列侯，剥削其下，不留餘地，迫民無生路，不得不囂然群起。快其反抗之心，專制蹶而民政興，殆事勢所必至乎。

孔子斥文過，孟子惡逢君。穆王之事遠矣，而元人王漸者，作此傳之序，竟欲以諂佞伎倆，上貢於數千年前之人主，何其卑鄙無耻，至於此極，其序謂王與七萃之士，巡行天下，徒衛簡而徵求寡，非如秦漢之千騎萬乘，空國而出，嗚呼，如漸者，不祇無廉耻。亦且無眸子矣。傳中屢言六師，何盲不一見，但云與七萃巡行，以人人共見之書，獨爲之勉强申辯，其意何居。考周制，二千五百人爲師，六師之數，已萬五千，加以七萃親軍，百官從士，當不下二萬，以二萬人，行萬里路，至少須備一年餉。每人日食米升，須七萬餘石，大車每輛載米十石，須七千餘輛，每輛牛馬六，役夫二，須增人一萬四千，牛馬四萬餘頭，合之六師七萃，百官從士，所乘之馬，又不下萬頭。所增人畜，應需糧食麩料，又須載若干車輛。而器用衣服及賜予各物，車輛之數，尚不在内，然則穆王西征，謂之徒衛簡而徵求寡可乎？王漸之徒，欲爲穆王辨護，微特無益，止自供其淺陋而已。

穆王在位，五十五年，本書所載，僅四年事，然此四年中，勞民喪財，當爲其一生之最。周史官爲穆王作傳，揭載祇此，大有微旨。《左昭公七年傳》言祭公謀父，作《祁招》之詩以諫王，王是以獲没於祗宫，意祭公諫後，王稍儆悟，故二十四年，命戎夫作記，自知保位爲難。五十一年作《吕刑》。於疑罪論贖，亦有慈祥之意。但以獲没於祗宫句推之，知其前時侈肆，不恤民艱，在在有怨毒猝發之虞，故以得終天年爲幸。此可於言外得之。

《竹書紀年》與此傳同出汲冢，取以對校，得失皆可互見，如十二年十月，王北巡狩，遂征犬戎，知此傳卷首所載爲十二年事。然由此歷數紀日干支，至還入宗周，實兩載餘，則在十四年十月無疑。乃《竹書》紀於十三年冬，是誤先一年，因之十四十五等年，牽連并誤。如所言十四年四月，畋於軍丘。五月作范宫，其時穆王尚未西歸，誰畋之，誰作之？由是知《竹書》所紀十三年秋七月，西戎來賓，至王入於宗周，均當作十四年。十四年春王帥楚子伐徐，至作虎牢，均當作十五年。十五年正月，留昆氏來賓至封造父於趙均當作十六年。而十七年之王西征昆侖丘，見西王母，明是錯簡，當列於十三年次於陽紆之下。此皆可因本傳以證《竹書》之誤者也。至本傳卷五，因晋時編排失序，如畋於軍丘，畢人告戎等七八條，皆先後紊亂，此皆可因《竹書》以證本傳之誤者也。

前人言周之宗廟，立於豐京，故稱宗周，證以《竹書》，如成王十九年王巡狩歸於宗周，三十三年，房伯祈歸於宗周，均指豐京，固矣。若穆王十三年（當作十四年）造父御王，入於宗周，證以本傳，則確爲洛邑。觀本傳卷四，里西土之數，曰自宗周瀍水以西。瀍水在洛陽城東。宗周與瀍水并舉，其指洛邑，極爲顯明。蓋洛邑亦有宗廟，如《洛誥》載殷祀蒸祭可見，故得通稱爲宗周也。

前人考《竹書紀年》，自始至終，皆用建寅月爲歲首。本傳紀穆王還入宗周爲孟冬月，與《竹書》云十月正同，則亦以建寅月爲歲首，無可疑矣。

《傳》中有特別文法。如卷二云："天子西征，至於赤烏氏之人丌。"又云："辛巳，入於曹奴之人戲。"以常法論，當云"至於赤烏，赤烏之人丌，入於曹奴，曹奴之人戲"今俱省去重文合爲一句，爲他書所未見。此類頗多，姑舉其例。

《傳》中缺文，不論字數若干，均作一圈，以間隔之，然細審文義，仍似多有脱佚未經標出者，兹姑仍其舊。

同上，卷一：

□飲天子蠲山之上。戊寅天子北征，乃絶漳水，庚辰至於□。

蠲山無考，覩下北絶漳水，知此山必在漳南，今彰德府境。□按自戊寅北絶漳水，越二日庚辰。以每日馳行百餘里計，當可至柏鄉内丘界，特不知果爲何地耳。惟此下似脱壬午字，蓋上距庚辰三日。所謂觴天子，奏廣樂，當在今井陘縣地。故即日至鈃山下，載立不舍也。

□觴天子於磐石之上，天子乃奏廣樂，載立不舍（言立車上不下）。至於鈃山之下（鈃山，《北堂書鈔》作陘山）。癸未，雨雪，天子獵於鈃山之西阿。於是得絶鈃山之隊。北循虖沱之陽（《爾雅》：水北曰陽）。乙酉。天子北升於□。

鈃山即井陘山，亦稱陘山，在井陘縣北，其西阿，今險隘口地。隊音遂。郭璞注："谷中險隘道也。"所謂絶鈃山之隊，蓋自南而北截鈃山谷中行。故再北即循虖沱之陽，與今驛路出娘子關者异。考滹沱河上源，環五臺山南北。云天子北升者，殆即升五臺山。□按：此節下當有脱文甚多，與下"北征犬戎"不相連接。

天子北征犬戎，犬戎□胡觴天子於雷（原作當，誤）水之陽。天子乃樂，□賜七萃之士戰。庚寅，北風雨雪，天子以寒之故，命王屬休。

顧棟高《春秋大事表》：犬戎在鳳翔府境，其本國今西寧府西北，樹敦城是也。穆王北征時，犬戎必尚居西寧本部，其地爲西域孔道，故穆王即由此以至河宗昆侖。據《竹書紀年》，征犬戎爲十二年十月事，與本節北風雨雪，情景正合。當水爲雷水之訛。卷四言犬戎胡觴天子於雷水之阿，可證此水蓋在犬戎南境，今湟水也。（按：《國語》以犬戎爲荒服。《漢書·匈奴傳》言隴以西有畎戎。《逸周書》孔注言犬戎西戎之遠者也。均可爲地在河湟之證。）賜七萃之士戰，其下當脱一字，如戰甲戰馬之屬，兹不能確定。

犬戎樹惇考

犬戎樹惇出於《國語》。《國語》舊音（此書唐無名氏著），以樹惇爲城名，云：鄯州界外羌中現有此城。宋庠作補音，詆爲臆説。余友陳倬雲（焯）力辯其非，謂《周書·史寧傳》"樹敦、賀真二城，是吐谷渾巢穴"；《新唐書·王難得傳》“從哥舒翰擊吐蕃，拔樹敦城，是吐谷渾舊都”，知樹惇本犬戎故居，吐谷渾西徙亦居之，今西寧徼外，青海東南，曼頭山北地也。余按《國語》韋注“樹，立也，言犬戎立性惇樸”，所解殊牽强。觀上文“自大畢、伯士之終，犬戎以職來王”。又云“吾聞犬戎樹惇，帥舊德而守終純固”，則大畢、伯士爲其先世君名，樹惇爲當時君名明白無疑。舊音指爲城名者，蓋樹惇主國時，建築此城，即以其名名之。歷北周至唐，猶見史傳。故陳君謂舊音非臆説也。至以人名爲城名，中西各國多有之。惟歷史《吐谷渾傳》，不見樹惇城名。僅云拾寅始邑於伏羅川者，居擬王者，誇吕都於伏俟城。《王難得傳》稱爲舊都，當指伏羅川之城。伏羅川者，湟水上源。鄂刻地圖所謂博羅中克克河也。犬戎故居在是，故觴穆王於湟水北，情形正合。陳氏以爲曼頭山北，恐無據。

甲子，天子西征，乃絶隃之關隥。己亥，至於焉居禺知之平。辛丑，天子西征，至於鄘人，河宗之子孫鄘柏絮（郭注：伯爵，絮名，古伯字多從木。）且逆天子於智之□。先豹皮十，良馬二六，天子使井利受之。

按：自犬戎地西行隃之關隥，當即西寧邊外，日雅拉山。焉居禺知二山，當即今多倫達壩地。（譯言七嶺，見焦應旂《藏程紀略》。）平者，山間平岡也。鄘人爲河宗氏分封之國，地在滲澤以北。今土爾扈特西南二旗境。

癸酉，天子舍於漆澤，乃西釣河，以觀□智之□。甲辰，天子獵於滲澤，於是得白狐元貉焉。以祭於河宗。丙子，天子飲於河水之阿。天子屬六師之人於鄘邦之南，滲澤之上。

漆澤，今札遜泊，故西南行。即釣於河。滲澤，今敖羅海池，在鄂凌海東百餘里。河水折而南流處，見《水道提綱》，或疑滲澤即漆澤之訛。不知穆王既釣於河，自必獵於近河處。豈有北返漆澤之理。屬六師於澤上，蓋輕車簡從，不欲即以供應煩河宗國也。

戊寅，天子西征，鶩行至於陽紆之山。河伯無夷之所都居，是惟河宗氏。河宗伯夭逆天子於燕然之山。勞用束帛加璧先白□，天子使鄒伯受之。

河宗者，河水之源，中國境内足當河宗名稱者，惟星宿海與羅布泊。然考本書卷四，自宗周瀍水以西，至河宗之邦陽紆之山，三千四百里，知河宗必指星宿海。若羅布泊則太遠而里數不合。無夷，《竹書》作馮夷，乃有夏帝芬時諸侯，《山海經》作冰夷，蓋河宗國伯夭之遠祖，祀爲水神者也。陽紆山，《山海經》作陽盱，云：“陽汙之山，河出其中。”《淮南子》作陽盱，云：“禹爲水，以身請於陽盱之阿。”二條確是此地之山。其他言陽紆者甚多，與此無關，故不泛引。此山與河宗國近，當即今鄂凌湖北，馬尼都山。《山海經》“從極之淵，深三百仞，冰夷都焉”，即指鄂凌湖言。燕然山，當在陽紆西，今札凌湖東北，烏藍得什山。（二山名見《東亞三國圖》）

癸丑，天子大朝於燕然之山，河水之阿。乃命井利梁固，聿將六師。天子命吉日戊午。天子大服冕禕，載帶搢曶，夾佩奉璧，南面立於寒下。（室西北隅爲寒，解附卷末。）曾祝佐之。宫人陳牲，全五□具，天子授河宗璧。河宗伯夭受璧西向，璧沈於河，再拜稽首。祝沈牛馬豕羊。何（河）宗曰，命於皇大子。河伯號之："帝曰：穆滿！女當永致享用時事。"南向再拜。河宗又號之："帝曰：穆滿！示女春山之瑤。詔女昆侖□舍四平泉七十，乃至昆侖之丘，以觀春山之珍（瑤），賜語晦。"（言天帝賜語當隱晦，不可宜泄，舊注誤。）天子受命南向再拜。

此節記穆王祭河宗事，祭處在星宿海北，故立云南面，拜云南向。命於皇天子猶言受命於天帝。故下即傳天語以詔穆王。郭注謂皇天子乃尊穆王之訶［詞］，誤。號之者，大聲以誦也。考古時西方各國，君皆聽命於神，即假巫祝以傳其語。觀本節所載亦漢族來自西方之一證。春山、昆侖詳後。

己未，天子大朝於黄之山，乃披圖視典，用觀天子之瑤器。曰：天子之瑤，玉果璿珠燭銀，黄金膏，天子之瑤萬金；□大夫瑤百金；士之瑤五十金；庶人之瑤十金。天子之弓射人，步劍牛馬犀□器千金。天子之馬走千里，勝人猛獸。天子之狗走百里，執虎豹。伯夭曰：征鳥使翼，日□鳥鳶鸛鷄飛八百里。名獸使足，□走千里。狻猊□野馬，走五百里。邛邛距虚走百里。麋□二十里。曰伯夭皆致河典，乘渠黄之乘爲天子先以極西土。

此節記穆王披視河圖河典事。黄山當在星宿海北，惟不能確指所在。河圖者，自古相傳，出於河中，典則圖後附記之文，蓋圖不可讀，藉典以傳其意。此圖典即黄帝所得，爲河宗國世藏法物。考賈誼《新書·修政篇》載黄帝入江内，取緑圖，而濟積石涉流沙，登於昆侖。又載堯身涉流沙地封獨山，西見王母。而《軒轅黄帝傳》亦載黄帝登昆侖，立臺於沃人國北，西王母之山。知穆王西征，後世驚爲荒遠，其實衹循黄帝與帝堯舊迹，并非創舉。觀以極西土句，可見下文登昆侖越春山賓於西母，紀迹於弇山，皆恪遵河典命令而行，與古事如出一轍也。

乙丑，天子西濟於河。□爰有温谷樂都，河宗氏之所游居。丙寅，天子屬官效器，乃命正公郊父受敕憲，用伸□八駿之乘，以飲於枝洔之中，積石之南河。天子之駿：赤驥、盗驪、白義、踰輪、山子、渠黄、華騮、緑耳。狗：重工、徹止、雚猳、□黄、南□、來白。天子之御：造父、三百、耿修、芍及。曰：天子是與出□入藪，田獵釣戈。天子曰："於乎！予一人不盈於德，而辨於樂，後世亦追數吾過乎！"七萃之士□天子曰："後世所望，無失天常，農工既得，男女衣食，百姓瑤富，官人執事。故天有時民，□氏嚮□，何謀於樂，何意之忘，與民共利，世以爲常也。"天子嘉之，賜以左佩玉華也。乃再拜稽首。

西濟於河下，當脱一源字，蓋河之重源，發於西寧府西南境，巴顔喀喇山東麓。合二小支爲阿爾坦河（譯言金河），其地尚在星宿海西三百里，與本句方位恰合。温谷樂都二地，均當河源南，故須濟而後至。泋者小渚，枝泋渭河源旁支流之小渚。積石山，在河源北。大禹導河始此，即今噶達蘇齊老山。噶達蘇譯言北極星，齊老譯言石。蓋山巔壘石成峰，高四丈，望之形如極星，故俗稱落星石也（考見後）。昔皇帝取緑圖以濟積石，穆王西征事事步趨黄帝，故披河圖視河典後，即西至河源以觀積石。積石南河者，指河源二小支中之南一支，出於拉瑪陀羅海山者。（拉瑪，八也。陀羅，海頭也。言山有八峰。）"七萃之士"，下脱一人名，其人進言於王云云，故下文云天子嘉之。

按《竹書紀年》載穆王十二年冬十月，北征犬戎。十三年春，王西征次於陽紆，即此卷所記諸事。惟其下當接云王征昆侖丘見西王母。乃《竹書》將此文誤次於十七年。豈次於陽紆後，仍返宗周。至十七年，又復西征耶？不但與本傳違戾，揆之情事，亦必不然，錯簡無疑。

積石山考

積石之山，始見《禹貢》，以禹治巨大之水，皆從發源處施工，導河自積石，猶導江自岷山，導漾自嶓冢，導淮自桐柏，導渭自鳥鼠同穴也。但"岷山""嶓冢""桐柏""鳥鼠同穴"諸地，均在域内，共見習聞，初無异説。獨積石遠在塞外，人迹罕經，异説斯興。杜佑《通典》，則始發難端者也。杜氏謂"禹貢積石"，今西平郡龍支縣界山是，諸家多以此爲小積石。别有大積石山，去此尚千里，其實禹施功之始，即此積石，更無所謂大積石山。自有此言，人多奉爲不刊之典，遂無一人知河源出處，尚有所謂積石山在。嗚呼，以杜氏之博洽，竟爲此武斷無據之詞，何怪疏陋豎儒。引此以説經注史，紛紛沿襲，以迄於今也。豈知三代至唐，古書之言積石者，歷歷可考。如《山海經》言昆侖之虚，河出東北隅，而行其北，西（當作東）入渤海（即鹽澤，亦曰蒲昌海，今羅布泊），又出海外，入禹所導積石山。《史記・大宛傳》："于闐以東，水東流注鹽澤，潛行地下，其南河源出焉。"《漢書・西域傳》叙："河之上源，東注於蒲昌海，乃潛行地下，南出於積石，爲中國河。"《淮南子・墜形訓》："河水出東北陬，貫勃海（貫即班氏潛行意）入禹所導積石山。"桑欽《水經》："河水屈從東南流，入於勃海，又出海外，南至積石山下。"酈道元注："河水重源，發於西塞之外，出於積石之山。"《山海經》郭璞注："河水合而注泑澤（即鹽澤），已復潛行，南出於積石爲中國河。"唐張守節《史記正義》："黄河源出大昆侖，徑于闐，入鹽澤，東南潛行，至吐谷渾界積石山，又東北流至小積石山。"顔師古《漢書注》"金城河關縣"下云："積石山在西南羌中（接小積石即《水經注》唐述山，在河關東，此云西南羌中非指小積石可知）。"《後漢書・桓帝紀》："延熹二年，燒當羌叛，校尉段討之，追出塞至積石山而還。"《新唐書・吐谷渾傳》："侯君集次星宿海柏海上，望積石山，觀河源。”統核諸書所載積石山，其地點則河源重出處也，方向則鹽澤之南也，位置則塞外羌中也。明析不移若此。况《淮南子》言：“禹爲治水，以身請於陽盱之阿。”禹既還禱至此，則其導河，必不始於龍支之小積石山明矣。杜氏之言，實全無價值。若元都實，西求河源，僅至火敦腦兒（即星宿海）而還，故仍沿杜誤。以小積石爲禹導河之積石山，至齊召南著《水道提綱》，又以河流九曲所經之大雪山，指爲積石，尤屬臆説。總之，諸立异者，於河源重出之地點、鹽澤以南之方向、塞外羌中之位置無一合也。抑余更有説，《山海經》載積石者四，除《海外西經》言河出勃海外云云，業見前引。《西次三經》言“積石之山，下有石門”，亦無足异外，其《海外北經》則言：“禹所積石之山，河水所入。”《大荒北經》則言：“其西有山，名曰禹所積石。”夫山稱積石，玩一“積”字，已有人力所成之意；而《提綱》記噶達蘇齊老僅高四丈，正與人力所成情形相合。况《山海經》兩言禹所積石是成於人力，尤覺顯然。然其曰禹所導者，蓋蒙上河水而言。如後二條，設或增入導字，揆之句法字法，詎可通乎？意禹當時治水至此，特於小山之巔砌石成峰，以爲導河經始之標識，猶今蒙古人積纍巨石以分疆界，名曰“鄂博”是已。惟年代久遠，土人不知古事，故以“落星石”呼之。然則噶達蘇齊老謂即《禹貢》積石。徵之古今群籍，其地點其方向其位置，殆無一不相合者。敢特揭之，以求正於博雅諸君子。

同上，卷二：

□伯夭□封膜晝於河水之陽，以爲殷人主。丁巳，天子西南升□之所主居。（主居謂主宰居住，與上卷“無夷之所都居”句法相同。）爰有大木碩草，爰有野獸，可以畋獵。

按膜晝當是伯夭子姓，故分河水以北地，請天子封之。《水道提綱》“河源西南有拉母陀羅海山”，穆王所升，當即其地。

戊午，𢦚□之人居慮，獻酒百□於天子。天子已飲而行，遂宿於昆侖之阿，赤水之陽。爰有鵷鳥之山，天子三日，舍於鵷鳥之山。

按本傳卷四，里西土之數：自陽紆西至西夏氏，二千五百里；自西夏氏至珠余氏及河首襄山，千五百里；又西南至春山、珠澤、昆侖丘，七百里。西夏、珠余、河首襄山，均不見於此文，當在本節以上脱簡中。以今地核之，穆王蓋由河源北行至柴達木，又西北經羅布泊至庫勒爾城，又西經庫車阿克蘇，折西南，經疏勒府東，又南至和闐直隸州境。再以道里核之：西夏珠余當在庫車地。河首襄山當在瑪喇巴什廳地。昆侖山在和闐南（别有專考）。赤水，今喀什噶爾河，《唐地志》作赤河，《西域水道記》作赫色勒河。赫色勒回語赤也。當時穆王欲至昆侖先經此水。此水雖源出葱嶺，而流行之地，南近昆侖，故冠以昆侖之阿，且昆侖葱嶺本相連接，亦可通稱，故《山海經》言“赤水出昆侖西北隅，而東北流”（按此水所出及所流方向與今河恰合），鶗鳥之山當在喀什噶爾東北。

□吉日辛酉，天子升於昆侖之丘，以觀黄帝之宫，而封豐隆之葬，以詔後世。癸亥，天子具蠲齊牲全，以禋於昆侖之丘。甲子，天子北征，舍於珠澤，以釣於流水。曰：“珠澤之藪，方三十里。”爰有萑、葦、莞、蒲、茅、萯、蒹、葽。乃獻白玉□隻、□角之一三，可以□沐。乃進食，□酒十□，姑劓九□，亦味中糜胃而滑。因獻食馬三百，牛羊三千。天子□昆侖，以守黄帝之宫，南司赤水，而北守春山之珤。天子乃□之人□吾黄金之環三五，朱帶貝飾三十，工布之四。□吾乃膜拜而受。天子又與之黄牛二六，以三十□人於昆侖丘。

此節記穆王禋昆侖事。按此山自西而東横亘和闐南境，約千餘里。《山海經》言：流沙之濱，赤水之後，黑水之前（謂赤水南黑水北），有大山名昆侖之丘，形勢吻合。《博雅》高阜曰丘。陸賈《新語》黄帝巡游四海，登昆侖山，起宫望於其上，因黄帝有宫其上，故升而觀之。惟黄帝之宫至穆王時尚存，非其地國君隨時修葺，何以能然。豐隆，人名，當是從黄帝西征而道卒者，故葬於此。珠澤，《山海經》作稷澤，今名伊斯庫里泊，在和闐西北百餘里，此泊西南有桑珠、披雅爾滿二水流入之，與傳言北征及釣於流水合。

季夏丁卯，天子北升於春山之上，以望四野曰：“春山，是唯天下之高山也。”孳木□華畏雪，天子於是取孳木華之實。曰：“春山之澤，清水出泉，温和無風，飛鳥百獸之所飲食。先王所謂懸圃。”天子於是得玉榮枝斯之英。曰：“春山，百獸之所聚也，飛鳥之所栖也。”爰有□獸，食虎豹如麋，而載骨盤。□始如麢，小頭大鼻。爰有赤豹白虎，熊羆豺狼，野馬野牛，山羊野豕。爰有白鳥青雕，執犬羊，食豕鹿。曰：天子五日觀於春山之上，乃爲銘迹於懸圃之上，以詔後世。

此節紀穆王游春山事，本傳不見書年，當在卷首脱文中。據《竹書紀年》征犬戎在十二年十月，則此季夏爲十三年六月無疑。春山，一作舂山。《山海經》作邊春山，言其山多葱。又作鐘山，云山有燭龍（謂日光），視晝瞑夜。均指葱嶺而言。葱嶺有一峰曰塔戛爾瑪，其高度至二萬五千三百英尺。穆王自珠澤北行，蓋經嘓瑪及頗斯、坎穆等臺，溯澤勒普善河西上，又折北以升是山，曰北征。舉其大略言之。春山之澤，即薩雷庫里湖，（湖縱約九里，横約三十里，水面高於平地萬四千二百尺，左右之山又高於湖五千尺。湖水西流爲阿母河源，然其東面之水亦可通阿克蘇河，唐玄奘《西域記》言大龍池東西各一派，即指此湖。）在葱嶺絶頂大帕米爾及瓦罕帕米爾中間，四山圍繞，故温和無風。先王所謂懸圃，先王指黄帝，以地高若懸，又動植物繁盛，有類園圃，故以懸圃名之。《山海經》黄帝取峚山之玉榮投之鍾山之陽，此所得玉榮枝斯之英即黄帝所投物。以穆王有六師從行，故能遍搜山谷而得之也。

壬申，天子西征。甲戌，至於赤烏（以文義言下當有赤烏二字，然本傳類此者凡數，見知非脱佚。）之人丌獻酒千斛於天子，食馬九百，羊牛三千，穄麥百載。天子使祭父受之，曰：“赤烏氏先，出自周宗，太王亶父之始作西土，封其元子吴太伯於東吴，詔以金刃之刑，賄用周室之璧，封其璧臣長季綽於春山之虱（虱字無解或是原字之訛），妻以元女，詔以玉石之刑，以爲周室主。”天子乃賜赤烏之人□其（此句人下當脱丌字。校者注：其字於旁遂致誤入正文。）墨乘四、黄金四十鎰、貝帶五十、朱三百裹。丌乃膜拜而受曰：“□山是唯天下之良山也。珤玉之所在，嘉穀生之，草木碩美。”天子於是取嘉禾以歸，樹於中國。曰天子五日休於□山之下，乃奏廣樂，赤烏之人丌好獻二女於天子，女聽、女□列爲嬖人。曰：“赤烏氏，美人之地也，珤玉之所在也。”

赤烏氏國，據卷四里西土之數，云在春山西三百里，當爲今瓦罕部地。考《瀛環志略》葱嶺以西因都庫士山南北諸部落，均無水田。惟瓦罕云，田土膏腴，故嘉穀生之。此穀當爲特别美種，故特移植於中國。惟其地不聞産玉，殆因東南與崒山近，采購俱易，又以玉石爲刑，故爲珤玉所在。天下良山當仍指春山言，蓋赤烏亦春山地也，故卷四直云“赤烏氏春山”。

己卯，天子北征，趙（義仝超）行□舍。庚辰，濟於洋水。辛巳，入於曹奴。之人戲觴天子於洋水之上，乃獻食馬九百，牛羊七千，穄米百車。天子使逢固受之。天子乃賜曹奴之人戲□黄金之鹿、銀麕、貝帶四十、朱四百裹。戲乃膜拜而受。

按此北征當是東北行，至小帕米爾地，乃折而南，至乾竺特部境，即曹奴氏之所居，今棍雜城也。洋水即棍雜河，《山海經》言洋水西南流，注於醜塗之水。今棍雜河發源因都庫士山南，正西南流，至幾勒幾城東南入印度河。醜塗爲印度轉音，醜塗水即印度河也。

壬午，天子北征東還（還仝旋謂北行東轉，或作還返解誤）。甲申，至於黑水，西膜所謂鴻鷺。於是降雨七日。天子留胥（胥待也，原誤骨）六師之屬。天子乃封長肱於黑水之西阿（原作河，誤），是唯鴻鷺之上，以爲周室主，是曰留胥之邦。

黑水，今葉爾羌河，又曰澤普勒善河，土人稱喀喇烏蘇。喀喇言黑，烏蘇言水，即黑水也。其源有二：西源出塔克敦巴什山東南，穆王由曹奴國北征東還，形勢正合。其所至之處當即今塞勒庫勒城地。長肱氏受封於此，即漢依耐魏唐渴盤陀國境。西膜，種人名，一作仙摩，一作塞米的，一作西米科特，《漢書》所謂塞種是也。亞西里亞國（即本傳西王母邦）爲其種人所建設。當時葱嶺以西，皆在此國勢力範圍之内，故各國皆奉其禮法如膜拜之類，并遵其語言，如鴻鷺茂苑木禾之類。長肱人名，當是其地酋長。穆王因雨留居七日，念其供應繁費，故即其所居地封爲世守之君。舊注以長肱爲長臂人，非是。

辛卯，天子北征東還，乃循黑水。癸巳，至於群玉之山，容成氏（容字原缺，以《御覽》補）之所守。曰：“群玉田山，□知，阿平無險，四徹中繩，先王之所謂策府，寡草木而無鳥獸。”爰有□木，西膜之所謂□，天子於是取玉三乘。玉器服物，於是載玉萬隻。天子四日休於群玉之山。乃命邢侯待攻玉者。

群玉之山，《山海經》作崟山，今稱密爾岱山。在葉爾羌西南，庫克雅爾池克里克二莊之西。《漢書》西夜子合國産玉石即其地。《西域水道》記言密爾岱山凡三成，上下皆石。中一成瓊瑶函之，彌望無際，故曰玉山。采者乘犛牛至其巉鑿之墜而後取，往往重千萬斤。又言托里布隆河（即葉爾羌河南源）東北流數百里，徑密爾岱山北。又東北與澤普勒善河會。穆王由長肱氏國北征東還，循黑水至群玉山。按之地圖（中俄交界圖）一一吻合。

孟秋丁酉，天子北征，□之人潛時觴天子於羽陵之上，乃獻良馬牛羊。天子以其邦之攻玉石也，不受其牢。伯夭曰：“□氏，檻□之後也。”天子乃賜之黄金之罌三六、朱三百裹。潛時乃膜拜而受。

群玉山，在潛時邦内。潛時爲其地主。故於穆王北行時，追而餞之。羽陵地未詳，當云群玉山不遠。

戊戌，天子西征。辛丑，至於剞閭氏。天子乃命剞閭氏供食六師之人於鐵山之下。壬寅，天子登（《北堂書鈔》作祭）於鐵山，乃徹祭器於剞閭之人，温歸乃膜拜而受。天子已祭而行，乃遂西征。丙午至於鶗韓氏，爰有樂野温和，穄麥之所草，犬馬牛羊之所昌，瑶玉之所□。丁未，天子大朝於平衍之中，乃命六師之屬休。己酉，天子大享正公諸侯王吏七萃之士於平衍之中。鶗韓之人無鳧乃獻良馬百匹，用牛三百，良犬七十，牥牛二百，野馬三百，牛羊二千，穄麥三百車。天子乃賜之黄金銀罌四七，貝帶五十，朱三百裹，變□雕官。無鳧上下乃膜拜而受。庚戌，天子西征，至於玄池。天子三日休於玄池之上。乃奏廣樂，三日而終，是曰樂池。天子乃樹之竹，是曰竹林。癸丑，天子乃遂西征。丙辰，至於苦山，西膜之所，謂“茂苑”。天子於是休獵，於是食苦。丁巳，天子西征。己未，宿於黄鼠之山西□，乃遂西征。癸亥，至於西王母之邦。

此節紀穆王自群玉山至西王母邦事。卷四里西土之數。言截春山之北，自群玉山以西至西王母邦三千里。觀截春山之北句，知穆王所經行與今由新疆南路往西域之道正同。上節既云北征，蓋自玉山直北行，至今英吉沙爾地。由是折而西行，上格兹山峽，經小喀喇庫里湖。又西逾格里塔嶺，西稍南經魯善部地，至達爾瓦斯部，即《傳》剞閭氏所居，鐵山在其東北完治河上游，是山産鐵質極精純，爲各部落所争售。見俄人康穆才甫游記。以上所經即卷四所謂截春山之北也。自此再西漸出葱嶺，抵今布哈爾部地，即《傳》鶗韓氏國。其地田土肥沃，而少山嶺，故稱樂野，又曰平衍。元池，今布哈爾城西南，有登吉斯湖，地望相合，且舍此別無他池。由是西行所至苦山，當在斜拉哈斯城西。黄鼠山未詳，當在今波斯西境，故過此即至西王母邦。西王母事載於古書甚夥，如《爾雅・釋地》、《山海經》、《莊子》、《列子》、《洛書靈准聽》、《河圖玉版》（見《列子》）、《淮南子》、《魚豢魏略》、《晋書・地理》、《宋書・符瑞志》等皆是。其專紀西王母來獻者，有《尚書大傳》《大戴禮記》《竹書紀年》《瑞應圖》《世本》，而《軒轅黄帝傳》言黄帝登昆侖，立臺於沃人國北西王母之山，《抱朴子》引《内經》，言黄帝與西王母會於王屋。賈誼《新書》言帝堯西見王母。《焦氏易林》言稷爲堯使，西見王母。《淮南子》言羿請不死藥於西王母。可知中國與西王母邦交通最久。穆王之往見并非創舉。考葱嶺以西諸國古史，西曆前元二千三百年來，足以當西王母邦稱號者，最先惟加勒底，一名加爾特亞，與黄帝同時。繼之爲巴比侖，與堯舜同時。又繼之者爲亞西里亞，與穆王同時。此三國者皆興盛於底格力士幼發拉的兩河之間，爲古代西亞各國之領袖。中國人種即由其地遷徙而來，朝聘相通，固其宜已。惟西王母之名諸説不一。或謂國名，則國統業經三易，何其名相沿不改，且彼地史書并無此名；或謂西母即西膜轉音，然加勒底爲思米爾人所建國，非西膜種，何唐虞以前西王母早見記載；或謂西母即亞述所奉之女神，然穆王所見明明是人非神，且何以處加勒底巴比侖之不奉此神者，更有以亞述王后西米拉美爲西王母者。考之亞述史記，此後時代實在穆王後。《萬國史記》《萬國通鑒》《西史綱目》等所載後事均訛誤，不足憑。至於蓬髮戴勝豹尾虎齒，似指偶像裝飾言。若辭賦家所謂玉顔妙齒，更屬想像之詞，無足深論。總之，西王母之爲神名爲國名爲王名皆歷有可徵。惟專執一説，則左柢右牾，必不可以相通。竊謂西王母者，古加勒底國之月神也。《軒轅黄帝傳》言時有神人西王母，太陰之精，天帝之女，可爲月神確證。考加勒底建都於幼發拉的河西濱，名曰吾耳（一作威而）城，有大月神宫殿，窮極華美，爲當時崇拜偶像之中心點（見《興國史譚》）。又其國合諸小邦而成，無統一之王，外人但稱爲月神國。以中國語譯之則曰西王母，即稱其國爲西王母國，嗣并移而名其國之王，而彼地史書實無此神名無此國名無此王名也。自是國統雖易，中國人稱之如故，如大夏本古國（與黄帝同時），後地爲希臘人所占改名巴尔特里亞，而《史記》《漢書》仍以大夏名之，是其例矣。兹以穆王所至西王母邦爲亞西里亞，不但國勢同符，即道里亦相吻合。前人多謂西王母居昆侖山，殆未見本傳自群玉山西往西王母邦三千里語乎。穆王見西王母處，當即亞西里亞國都尼尼微城（年表作密尼佛），據《舊約・創世紀》此城爲古加勒底寧緑王所造。至前元千一百三十年，亞西里亞王帝臘皮思始建爲都。《舊約・約拿書》言城極廣大，圜行四周，三日始遍。《希臘史記》言城長六十里，闊亦幾四十里，垣高十丈，上可三馬車并行。而《興國史譚》則言此城周六十英里，人口四百萬，爲太古時代之倫敦，信宇内一大都會矣。其國興盛若此，故本傳記穆王賓於西王母。《竹書·十七年》紀西王母來見，亦云賓於昭宫，彼此均用賓禮，與沿道各國接待賜予之儀文，迥不相同也。

同上，卷三：

吉日甲子，天子賓於西王母。乃執白圭玄璧，以見西王母。好獻錦組百純，□組三百純。西王母再拜受之。□乙丑，天子觴西王母於瑶池之上。西王母爲天子謡曰："白雲在天，山陎（同陵）自出。道里悠遠，山川間之。將子無死，尚能復來。"天子答之曰："予歸東土，和治諸夏。萬民平均，吾顧見汝。比及三年，將復爾野。"天子遂驅升於弇山，乃紀丌迹於弇山之石，而樹之槐。眉曰："西王母之山。"

瑶池當在其都内，爲西王母館穆王處，故穆王假之以行觴禮。其地建築當極華美，故後人以仙境目之。西王母謡托興深微，全在首二句，蓋隱寓人種西來之意。言白雲雖上升於天，然其初由山陵而出，如中華誠爲大國。溯厥祖先，實來自彼邦，所惜道里山川遥爲阻隔，不能時相晤聚，故深望繼此之得見也。至穆王酬答之詞，語氣亦相承一綫。苟其不然，開手兩言先何所取義耶。弇山，本傳郭注云即弇兹山，日所入也。考亞西里亞國轄境，西至地中海，海東北濱有阿馬那司山。（《新約》作亞馬奴山，地圖作亞爾馬山。）阿馬那司急讀音如弇兹。此山自北而南，高約四百丈，長二百五十里（見《猶太地理擇要》），奥倫斯河，源出山東，南流折而西，入地中海。《山海經》言"崦嵫之山，苕水出焉，西流注於海"，即此水也。弇山西既臨海，故古昔相傳爲日所入處。又《軒轅黄帝傳》云帝立臺於沃人國北，西王母之山曰軒轅臺。《山海經》亦言有沃之國，沃民是處。沃民國，蓋指巴比侖言。《興國史譚》巴比侖國土極肥饒，種麥一粒可得百五十至三百粒。海棗之屬生殖尤繁，遠近稱爲沃國。誠名實相符。而阿馬那斯山正在其國之北境，黄帝立臺其地，已稱爲西王母山。穆王升此，雖未見古臺遺迹，而紀石之文亦曰西王母山。其爲踵武軒轅，尤顯然可見矣。

西王母之山還歸，丌□世民作憂以（當作心字之訛）吟曰："比徂西土，爰居其野。虎豹爲群，於鵲與處。嘉命不遷，我惟帝天子大命，而不可稱。顧世民之恩，流涕𣎴隕。吹笙鼓簧，中心翔翔。世民之子，唯天之望。"丁未，天子飲於温山，□考鳥。（原注引《竹書》曰穆王見西王母。西王母止之曰有鳥䳢人，按《今本紀年》無。）

此記自弇山還至西王母邦事。弇山，既爲當時陸地盡處。（山西北小亞西亞地，至穆王後三百年始開，見《亞述古史》。）則河典所云以極西土，穆王業履行之矣，故從原道還。丌即赤烏氏君，從穆王西行者。蓋此次弇山之行，歷當艱苦，感念隨征士衆皆有莫能告語之情，故托爲咏吟，寫其憂鬱。比徂西土四句，言近日往至弇山，所經巴坦阿蘭諸地。（地在亞西里亞西境，爲至弇山所必經。昔亞拉伯罕挈衆西遷，曾歷其地，見《舊約書》。）皆沙磧少人烟，故惟與鳥獸爲侶。嘉命不遷，言君威難犯，不敢違其命令。我惟帝天子大命二句，言我等處此，惟有聽諸天命，無可告語。顧世民之恩二句，恩當作思，言回顧世民，代爲之思，遂流涕不能自止。吹笙鼓簧四句，言難處樂境，而心則飛翔不已，所望者天心能轉，休息此世民赤子耳。此吟用意微遠，猝不可曉。余從蛛絲馬迹間察之，始得其解。實與《祁招》之詩所云“形民之力而無醉飽之心”同一宗旨，惟措詞格外謹慎，恐稍露而觸禍也。《山海經》注所引，多與此异。校者乃謂彼注當得其真，欲改而從之。豈知彼注所引，雖較明順，但細核之意多舛背。如首二句，易比徂爲徂彼，易野爲所，已與情事不合，若我惟帝女，何彼世民？又將去子等句，辭氣更無著落。至移其文於前，云西王母又爲天子吟，尤爲荒謬，此必由郭氏率意妄改無疑。温山，當即尼尼微北馬西亞司山，圖作亞爾熱羅什山，此山爲東北至曠原必由之道。考鳥義不可曉，當闕疑。惟《山海經》有鳥山辱水出焉語，此考鳥或指鳥山言，故下節接言飲於溽水上，姑録以備一説。

己酉，天子飲於溽水之上。乃發憲命，詔六師之人。□其羽。爰有□藪水澤，爰有陵衍平陸。碩鳥解羽。六師之人，畢至於曠原，曰：“天子三月，舍於曠原。”□天子大饗正公、諸侯、王勒、七萃之士於羽琌之上。乃奏廣樂。□六師之人，翔畋於曠原，得獲無疆。鳥獸絶群。六師之人大畋九日，乃駐於羽之□。收皮效物，債車受載，天子於是載羽百車。

此節紀穆王北至曠原，居獵三月事。溽水當即尼尼微東北，郭馬爾河。卷四里西士之數，自西王母邦北（當作東北）至曠原之野，飛鳥之所解其羽，千九百里。《山海經》大澤千里，群鳥之所生及所解。大澤者，裹海也。此曠野在裹海東，今俄蜀雜喀斯比斯省地。羽琌，非地名，蓋羽積如山，久遂腐而成土，人可登陟，故稱之曰羽琌。

己亥，天子東歸。六師□起□。庚子，至於□之山而休，以待六師之人。庚辰，天子東征。癸未，至於戊□之山，智氏之所處。智氏往（往往見也）天子於戊□之山。勞用白驂二匹，野馬野牛四十、守犬七十。乃獻食馬四百、牛羊三千。智氏□天子北游於𩿧子之澤。智氏之人獻酒百□於天子。天子賜之狗璅采，黄金之罌二九，貝帶四十，朱丹三百裹，桂薑百□。乃膜拜而受。

此下均記穆王東歸事。穆王行於己亥，六師之人殆因行裝未備，不克隨扈。起上所脱，必是未字，故次日穆王休於某山以待，越十二日方再行也。戊□山爲智氏國境。然行僅三日，必距曠原不遠，當即今溪西亚爾亞城西之山。𩿧子澤在戊□山之北，當即札瑪拉湖。

乙酉，天子南征東還。己丑，至於獻水，乃遂東征。飲而行，乃遂東南。己亥，至於瓜纑之山，三周若城，閼氏胡氏之所保。天子乃遂東征，南絶沙衍。辛丑，天子渴於沙衍，求飲未至。七萃之士高奔戎刺其左驂之頸，取其清血以飲天子。天子美之。乃賜奔戎佩玉一隻。奔戎再拜䭫首。天子乃遂南征。甲辰。至於積山之邊。爰有㔩柏。曰鄗余之人命懷，獻酒於天子。天子賜之黄金之罌、貝帶、朱丹七十裹，命懷乃膜拜而受。乙巳，□諸飦獻酒於天子。天子賜之黄金之罌、貝帶、朱丹七十裹。諸飦乃膜拜而受之。

穆王自𥠖子澤，南行轉東，與今路形勢符合，行凡七日。核其地望，所至獻水，必即謀夫城南木爾加布河。瓜纑山，今謀夫東庫克求别山，三周若城，言山形重叠環繞有類城郭，其山爲閼胡二氏所轄，但其東阻於大河，地鮮居民，無船可渡，不得已改道向南，直穿戈壁，行於無水之境。按今通行之路，由謀夫起程，當傍木爾加布河而南，至馬魯察克城，然後折而東，穆王當日，蓋誤向東行，致受沙衍之困。積山原當爲今什貝爾昆城地，城南之山，殆即古時積山。

同上，卷四：

庚辰，至於滔水，濁繇氏之所食。辛巳，天子東征。癸未，至於蘇谷，骨飦氏之所衣被，乃遂南征東還。丙戌，至於長淡，重㿥氏之西疆。丁亥，天子升於長淡，乃遂東征。庚寅，至於重㿥氏黑水之阿。爰有野麥，爰有答堇，西膜之所謂“木禾”，重㿥氏之所食。爰有采石之山，重㿥氏之所守。曰枝斯、璿瑰、㻬瑶、琅玕、玪瑰、㻨瓚、玗琪、徽尾，凡好石之器於是出。孟秋癸巳，天子命重㿥氏共食天子之屬五日。丁酉，天子升於采石之山，於是取采石焉。天子使重㿥之民鑄以成器於黑水之上，器服物佩好無疆。曰天子一月休。□秋癸亥（當是仲秋），天子觴重㿥之人鯤鴽，乃賜之黄金之罌二九、銀烏一隻、貝帶五十、朱七百裹、筒箭桂薑百𦃕、絲綯雕官。鯤鴽乃膜拜而受。乙丑，天子東征。鯤鴽送天子至於長沙之山。□隻，天子使柏夭受之。柏夭曰：“重㿥氏之先，三苗氏之□處。”以黄木𨆬銀采（翟氏云木𨆬銀采疑與下銀木瑰同文，此有缺誤），乃膜拜而受。

滔水似即《漢書》嬀水，今曰阿母河。濁繇氏《魚豢魏略》作屬繇，今本《山海經》作居繇。居亦屬字傳寫之訛。國在河濱，故食其利，當爲今亞查克城等地。蘇谷距滔水三程，當在今撒馬兒罕城南山谷間，基大普城地。長淡，殆指撒馬兒罕東北一帶砂磧地。南征東還者，按今由撒馬兒罕北渡雜拉敷山河，經池列克摩科洛二城後，其路漸折向南又東行也。升長淡者，登沙磧中小山也。重㿥氏邦，當在今俄屬塔什干費爾干等省地。長淡乃其西界。黑水，即支納司河，其上游名喀喇庫里札河，喀喇譯言黑，故稱黑水。采石之山，當在河北，然是地今不聞産美石，或采取已竭耶。（按《馬哥游記》言巴達克商産紅寶石。其地當在重㿥氏境内所或即指此。輯者注：此按語《浙江圖書館叢書》本有，而《地學雜志》本無。）長沙山，必重䣢氏東界，故送穆王至此，此山當即特莫爾圖泊北，崆郭阿拉陶山。考《山海經》"長沙之山，泚水出焉，北流注於泑水"。又："槐江之山，丘時之水出焉，北流注於泑水。"泚水，蓋今庫圖爾河，發源阿拉陶山陰，北入巴爾哈什湖。槐江山雖不知所在，然下文云南望昆侖，則必居昆侖北面可知，今阿克蘇城北木素爾嶺山，正與和闐南山對峙。而山陰所出之特克斯河，亦北流入巴爾哈什湖，是巴爾哈什湖爲古泑水無疑。考據家混泑水爲泑澤，謂即羅布泊，不獨與《山海經》所載山之方位、水之流行俱不相合，而以之釋本傳則下文山、巨蒐兩國更無從安置矣。重䣢氏地，昔爲三苗所居，知商週三苗國在此。蓋自舜時竄於三危後，漸徒居天山以西，但重䣢氏既占其地則三苗種人，不知又徒何處，無可考矣。

丙寅，天子東征南還。己巳，至於文山，西膜之所謂□觴天子於文山，西膜之人乃獻食馬三百、牛羊二千、穄米千車。天子使畢矩受之。曰□天子三日游於文山。於是取采石。壬寅（當作壬申），天子飲於文山之下。文山之人歸遺乃獻良馬十駟、用牛三百、守狗九十、牥牛二百以行流沙。天子之豪馬，豪牛，龙狗，豪羊，以三十祭文山。又賜之黄金之罌二九，貝帶三十，朱三百裹，桂薑百崮。歸遺乃膜拜而受。

穆王由長沙山東行轉南而至文山，蓋東至今伊犁城。折南至特克斯河即漢烏孫地。文山國爲西膜人所立，西膜即塞種。《漢書・烏孫傳》言烏孫本塞種，大月氏西，破走塞王。考塞王失國在秦末，穆王至此，正西膜有國時，此亦的確證據。文山者今木素爾嶺也。

癸酉，天子命駕八駿之乘。右服𩦺騮（即華騮）而左綠耳。右驂赤驥（古驥字）而左白儀（古義字）。天子主車，造父爲御，𦞩𦞩爲右。次車之乘，右服渠黄而左踰輪，右驂盗驪而左山子。柏夭主車，参百爲御，奔戎爲右。天子乃遂東南翔行，馳驅千里，至於巨蒐氏。巨蒐之人𡚁奴，乃獻白鵠之血，以飲天子。因具牛羊之湩，以洗天子之足，及二乘之人。甲戌，巨蒐之人𡚁奴觴天子於焚留之山，乃獻馬三百，牛羊五千，秋麥千車，膜稷三十車。天子使柏夭受之。好獻枝斯之石四十，㑌𤨏㻌𤩝珌佩百隻，琅玕四十，䰐𤨩十篋。天子使造父受之。□乃賜之銀木𤦃采，黄金之罌二九，貝帶四十，朱三百裹，桂薑百崮。𡚁奴乃膜拜而受。

此穆王自文山至巨蒐國事。巨蒐，《周書・王會》、賈誼《新書》，均作渠叟。《禹貢》《隋書・鏺汗傳》及《凉土异物記》，均作渠溲。然與此均异地。蓋彼在葱嶺西，此在東也。或由嶺西遷此，或别爲一國，今無從考。穆王自文山踰那喇特嶺，東馳千里，一日至此，故八駿之名盛傳於世。診其地望，當即漢焉耆國，今喀喇沙爾城地。焚留山未祥。（輯者注：此段與《浙江圖書館叢刊本》有异，首句同，异如下：蓋由文山東行，踰那喇特嶺，順裕勒都斯河，東南至今焉者府地，當即巨蒐國所在。巨蒐，古作渠搜，禹時與昆侖、析枝，同貢織皮。昆侖以山名，在和闐南。析枝，《漢·西域傳》作捷枝，在輪臺東，今洋薩爾臺地，三國接境，相距不遠，皆隸新疆南路。正《禹貢》雍州西界。《隋書》以鏺汗爲渠搜。《凉土異特志》謂：渠搜在大宛北，均太遠，出禹域外，不足據。焚留山無考。）

乙亥，天子南征陽紆之東尾，乃遂絶𧿒胥之谷。乙（原脱今補）巳至於𣶏璖河之水北阿。爰有𩐳溲之□，河伯之孫，事皇之山。有模堇，其葉是食明后。天子嘉之，賜以佩玉一隻。柏夭再拜稽首。癸丑天子東征，柏夭送天子至於𠟭人。𠟭伯絮觴天子於滲澤（即前滲澤）之上，𠜱多之汭。河水之所南還。曰天子五日休於滲澤之上，以待六師之人。戊午，天子東征，顧命柏夭歸於丌邦。天子曰："河宗正也。"柏夭再拜稽首。天子南還（《北堂書鈔》有"祭於宜軫之鄭"句）。升於長松之隥。孟冬壬戌，至於雷首。犬戎胡觴天子於雷水之阿，乃獻食馬四六（《北堂書鈔》作"四匹"）。天子使孔牙受之。曰："雷水之平寒，寡人具犬馬羊牛。爰有黑牛白角。爰有黑羊白血。"

此穆王自巨蒐南行至河宗國東境事。陽紆，見前。此但云南征陽紆東尾，無至字者，蓋遥向其地而行，非已至也。考巨蒐南至陽紆，相距甚遠，因中皆沙磧荒野，無地名可以標舉，故云。𧿒胥之谷，當即今庫勒爾城東遮留谷。《水經注》所謂鐵谷關也。𣶏璖河即今拜河，地近陽紆，故爲河伯之孫所居。𩐳溲地未詳。𠟭人、滲澤均見前。水北曰汭，𠜱多之汭，當即指滲澤之水西流入河處，而河水正於此折向南行，形勢吻合。觀此愈可見滲澤所在，决不與漆澤同地。長松之隥地未詳。雷首者雷水上源之山，當在犬戎西南，蓋即今索爾古山。郭注謂蒲阪之雷首山，誤。

癸亥，天子南征升於髭之隥。丙寅，天子至於鈃山之隊，東升於三道之隥，乃宿於二邊。命毛班、逢固先至於周，以待天之命。癸酉，天子命駕八駿之乘，赤驥之駟，造父爲御，□南征翔行，徑絶翟道。升於太行，南濟於河。馳驅千里，遂入於宗周。官人進白鵠之血以飲天子，以洗天子之足，造父乃具羊之血，以飲四馬之乘一。

髭之隥在雷水南一程，當即碾伯縣南境之山。此鈃山隊爲太行西谷，在今山西平定州東。三道隥二邊，均在其地。按近出地圖，從此南行，有一捷路可通邢州，其路南過沾水。據趙氏《水經注》：平定州、樂平縣（今縣廢駐州判），東五十里，有昔陽故城。即春秋鼓子都，鼓爲白翟種，時直穿其地而行，故曰徑絶翟道。又東南踰太行山脊，即今鶴度嶺口（原缺）。又東即邢州。郭注謂翟道在隴西，上下文義，均不可通。由是西南濟河入宗周，均坦道便馳驅。

庚辰，天子大朝於宗周之廟，乃里西土之數。曰："自宗周瀍水以西，北至於河宗之邦，陽紆之山，三千有四百里。自陽紆西至於西夏氏，二千又五百里。自西夏至於珠余氏及河首，千又五百里。自河首襄山以西，南至於春山珠澤昆侖丘，七百里。自春山以西，至於赤烏氏春山，三百里。東北還至於群玉之山，截春山以北。自群玉之山以西，至於西王母之邦，三千里。□自西王母之邦，北至於曠原之野，飛鳥之所解其羽，千有九百里。自宗周至於西北大曠原，萬四千里。乃還，東南復至於陽紆，七千里。還歸於宗周，三千里。各行兼數，三萬有五千里。”吉日甲申，天子祭於宗周之廟。乙酉，天子□六師之人於洛水之上。丁亥，天子北濟於河，□羝之隊以西北，升於盟門九阿（原作河，誤）之隥，乃遂西南。仲冬壬辰，至㮣山之上，乃奏廣樂，三日而終。吉日丁酉，天子入於南鄭。

據此節所紀道里之數，去爲萬四千里，歸衹一萬里。去路多四千里者，以所行半山徑曲折不若歸路之徑直。然穆王此行，往還均不自宗周，而迂繞至河北以踰鈃山。迨抵陽紆又西行至河源積石。其南則升昆侖丘，既抵赤烏。本可直向西行，乃復東經曹奴，又北行轉東至群玉山，再北截春山，往西王母邦，既至其地，更西向往返於弇山。此皆不在當經道里數内，故綜核兼數，共三萬五千里也。洛水源出澠池縣西北，東流至鞏縣入河。蓋西征凱旋之師於洛水上勞犒之也。羝之隊地未詳，當在孟縣西北境，故由此以升九阿之隥。盟門即孟津。《史記正義》云在河陽縣南。今爲孟縣西河陽堡，九阿隥，考今濟源縣西一百五十里，有八十盤坂，爲西行至秦孔道。當即古時九阿以東近孟津，故冠以盟門字。㮣山西距南鄭三日程，今芮縣西南，有自西而東之山，殆即㮣山。南鄭見下卷注。

同上，卷五：

□寶處。曰：天子四日休於濩澤。於是射鳥獵獸。丁丑，天子□雨乃至。祭父自圃鄭來謁，留昆歸玉百枚。陖翟致賂，良馬四駟，歸畢之寶，以詰其成。陖翟子覓胡□東牡，見許男於洧上。祭父以天子命辭曰：“去兹羔，用玉帛見。”許男不敢辭，還取束帛加璧。□毛公舉幣玉。是日也，天子飲許男於洧上。天子曰：“朕非許邦，而恤百姓也。咎氏宴飲毋有禮。”許男不敢辭，升坐於出尊，乃用宴樂。天子賜許男駿馬十六。許男降再拜空首，乃升平坐。及暮，天子遣許男歸。癸亥，天子乘鳥舟龍卒（《北堂書鈔》卒亦作舟）。浮於大沼。

濩澤，郭注“今平陽濩澤縣”，《水經注》沁水又南與濩澤水合，又東徑濩澤縣。按濩澤故城在今澤州陽城縣西南二十里。圃鄭，郭注“鄭有圃田”，《後漢・地理志》中牟有圃田澤，在今鄭州東北。留昆，國名，《竹書紀年》十五年春，留昆氏來賓，但其地無考。陖翟，《路史》作郯子。《廣韵》陖，亭名，在馮翊，而地亦未詳。畢，國名，《郡縣志》在京兆萬年縣西南，二十八里，今咸陽縣南境。畢與陖近故被侵。按下文畢人告戎一段，當在此前。陖翟懼討，始歸寶求成。此錯簡。許國，今許州地。洧水，在其北。大沼似即洧澗，在新鄭縣西南。

夏（此必孟夏）庚午，天子飲於洧上，乃遣祭父如圃鄭，用□諸侯。辛未，天子北還，釣於漸澤，食魚於桑野。丁丑，天子里圃田之路，東至於房，西至於□丘，南至於桑野，北盡經林煮□之藪，南北五十□（當是里字）。十虞：東虞曰兔臺，西虞曰櫟丘，南虞曰□富丘，北虞曰相其，御虞曰□來，十虞所□。庚辰，天子次於軍丘，以畋於藪□。甲寅，天子作居范宫，以觀桑者，乃飲於桑中。天子命桑虞，出□桑者，用禁暴人。仲夏甲申，天子□所。庚寅，天子西游，乃宿於祭。壬辰，祭公飲天子酒，乃歌《𪗴天》之詩。天子命歌《南山有𪇰》。丁酉，天子作臺，以爲西居。壬寅，天子東至於雀梁。甲辰，浮於滎水，乃奏廣樂。

漸澤無考。桑野爲范宫地，當在今鄭州南。房，在圃鄭東，非春秋房子國地。櫟丘，郭注河南陽翟縣，今禹州地。兔臺，《史記正義》云"在河北"，今地未詳。富丘，考《竹書》惠成王十六年，邯鄲伐衛取漆富丘城之。《水經注》漆城在滑臺東南濮渠旁，富丘當與相近。余友陳君焯云：北虞下當以曰相爲句。相即殷河亶甲遷都地，後世立爲相州，今彰德府城軍丘之畋。《竹書》在十四年（當在十五年）四月，然地無考。桑中者桑野之中，非《衛風》桑中地。祭，爲祭公封邑。《國語注》畿内之國，《春秋釋例》祭城在河南，上有敖倉，爲今汜水縣北境，與本文西游合。《一統志》云在鄭州東北十五里，乃鄭祭仲邑，與此异。作臺爲西居，即下卷重璧臺，以時方興築，故未有名。雀梁，在洛河東，見《水經》黄雀溝，在今汜水縣境，滎水在滎陽縣東。

季夏庚戌，休於范宫。仲秋丁巳，天子射鹿於林中，乃飲於孟氏。爰舞白鶴二八，還宿於雀梁。季秋辛巳，天子司戎於□來，虞人次御。孟冬鳥至，王臣□弋。仲冬丁酉，天子射獸，休於深萑，得麋麕豕鹿四百有二十，得二虎九狼。乃祭於先王，命庖人熟之。戊戌，天子西游，射於中□方落草木鮮（鮮，蓋解字之訛）。命虞人掠林除藪，以爲百姓材。是日也，天子北入於邴，與井公博，三日而决。辛丑，塞。至於臺，乃大暑除。天子居於臺，以聽天下之□，遠方之數，而衆從之。是以選扐，乃載之神人，□之能數也。乃左右望之。天子樂之，命爲□而時□焉，其名曰□，公去乘人□猶□有虎在乎葭中。天子將至，七萃之士高奔戎請生捕虎，必全之。乃生捕虎而獻之天子。天子命之爲柙，而畜之東虞，是爲虎牢，天子賜奔戎畋馬十駟，歸之太牢，奔戎再拜䭬首。丙辰，天子北游於林中，乃大受命而歸。

孟氏邑未詳，觀下還宿雀梁，必地與相近，當亦在汜水境。深萑無考。邴，郭注鄭邑，《公羊傳》隱八年鄭來歸邴。《左傳》作祊，范守己《豫譚》謂即中牟縣地。至於臺即至上文丁酉所作之臺。虎牢在今鞏縣東。然非東虞地。《漢地理志注》《後漢郡國志注》俱引作東虢是也。按此節脱佚過甚，又多舛誤，如是曰也。至而衆從之，當移入上文"休於范宫"下，蓋皆夏日事也。是以選扐至天子樂之，當移入後文祭公占之下，蓋皆卜筮事也，而捕虎一段乃與上以爲百姓材接，蓋皆冬狩事也。

仲秋甲子，天子東游。次於雀梁。□蠹書於羽林（蠹上當脱曝字）。季秋□，乃宿於防。畢人告戎，曰：陖翟來侵。天子使孟悆如畢討戎。霍侯舊告薨。天子臨於軍丘，狩於藪。季冬甲戌，天子東游，飲於留祈，射於麗虎，讀書於葪丘。□獻酒於天子，乃奏廣樂。天子遺其靈鼓，乃化爲黄蛇。是日，天子鼓道其下而鳴，乃樹之桐。以爲鼓則神，且鳴，則利於戎。以爲琴，則利□於黄澤。天子東游於黄澤，宿於曲洛廢□。使宫樂，謡曰："黄之池，其馬歕沙，皇人威儀。黄之澤，其馬歕玉，皇人受穀。"

按陖翟侵畢，《竹書》在十四年九月，此錯簡，當紀於陖翟致賂前，蓋陖翟懼討，始歸實以求成也。霍，今山西霍州。霍侯之薨，《竹書》在十六年，亦錯簡。留祁、麗虎均當在范宫東，然地無考。藜丘，漢黎陽縣，今濬縣地。黄澤，考《水經注》蕩水又東北，至内黄縣，入於黄澤，即《漢地志注》所云"内黄西北，羑水出焉，東流至羑城北，積水成淵"者是也。今湯陰縣北，羑河鎮地。曲洛未詳。

丙辰，天子南游於黄室之丘，以觀夏后啓之所居，乃□於啓室，天子筮獵蘋澤，其卦遇訟（坎下乾上）。逢公占之，曰："《訟》之繇：'藪澤蒼蒼，其中□，宜其正公。'戎事則從，祭祀則憙，畋獵則獲。"乃飲逢公酒，賜之駿馬十六，絺紵三十篋。逢公再拜稽首。賜筮史狐曰：有陰雨，夢神有事，是謂重陰。天子乃休。日大寒，北風雨雪，有凍人。天子作詩三章，以哀民，曰："我徂黄竹，□員閟寒，帝收九行。嗟我公侯，百辟冢卿，皇我萬民，旦夕勿窮。有皎者鴼，翩翩其飛，嗟我公侯。□勿則遷，居樂甚寡，不如遷土，禮樂其民。"天子曰："余一人則淫，不皇萬民。"□登，乃宿於黄竹。天子夢羿射於塗山。祭公占之，疏□之□，乃宿於曲山。壬申，天子西升於曲山。□天子西征，升於九阿，南宿於丹黄。戊寅，天子西升於黎丘之陽，□過於靈□井公博。乃駕鹿以游於山上。爲之石主，而□寶軨，乃次於豆水之陽。吉日丁亥，天子入於南鄭。

黄室之丘爲夏后啓故居。《竹書》紀帝即位於夏邑，下即云饗諸侯於鈞臺，徐位三箋謂：鈞臺在陽翟，知即位之夏邑，即陽翟也。然以此傳觀之，穆王所觀后啓居室當在山西安邑。以前後所紀，皆安邑旁近地也。苹澤，考《水經注》澮涑之間，陂池甚多，如王澤、董澤、晋興澤等，均去安邑不遠。未知孰即苹澤。《竹書》作獵於苹澤爲十四年事（當作十五年）。賜筮史狐謂逢公所得物轉賜掌筮之史名狐者。夢神有事，即下文所言夢羿射於塗山也，亦前後錯置。黄竹，地未詳。帝收九行言雪後九衢填塞，似天帝將世間道路盡行收藏者。然近人謂"收"當作"牧"，云牧治九州。果爾，則上下文氣尚可通耶。有皎者鴼二句，乃形容大雪情景，惟細審詩旨，所謂皇我萬民，禮樂其民，皆虛廓無實之言，并無矜恤編氓真意。曰以哀民，微辭也。禹會諸侯之塗山，《左傳注》在壽春東北，《地理今釋》在豪州鍾離縣西九十五里，山前有禹會村。按今山在懷遠縣東南八里，見《一統志》。曲山，未詳。九阿，見前。丹黄地，無考。藜丘，即上藜丘。寘軨，《左傳》作巔軨。《水經注》有東西絶澗，中築成道，謂之軨橋。在今虞鄉縣南。豆水，郭注："今洹津。"《水經注》河至宏農，有洹津之名。又言河北縣有洹水，南入於河，爲今汭縣地。南鄭者，穆王所都，一作西鄭。《竹書》附注穆王以下都於西鄭是也。今陝西同州府。

按此卷舛錯甚多。考《竹書紀年》畋於軍丘，翟人侵畢（即本卷畢人告戎）。蒐萍澤、作虎牢均十四年事（當作十五年）。留昆氏來賓作重璧臺（即本卷作臺以爲西居）、觀於鹽澤均十五年事（當作十六年），而霍侯之薨亦在是年，此皆前後錯亂。又夢羿射於塗山，宜列於"曰有陰雨"之先。是以選扐載之神人二句，似與祭公占之爲一事，兹皆分裂數處，致文義不貫。晋人奉敕校綴次第，何同出汲冢之《紀年》亦不取以互讎，未免草率。（輯者：以下依《浙江圖書館叢書》補）又按《左傳·昭四年》言穆王有塗山之會。《竹書紀年》言穆王三十九年，王會諸侯於塗山，未必非先因是夢，後見諸實事。

同上，卷六：

□之虚，皇帝之閭。乃□先王九觀，以詔後世。己巳，天子□征舍於菹臺。辛未，紐菹之獸。於是白鹿一牾，乘逸出走。天子乘渠黄之乘馳焉。天子丘之，是曰：五鹿。官人之□是丘，□其皮，是曰：□皮。□其脯，是曰：□脯。天子飲於漯水之上。官人膳鹿，獻之天子。天子美之，是曰："甘。"癸酉，天子南祭白鹿於漯□，乃西飲於草中。大奏廣樂，是曰樂人。

按《竹書》築重璧臺，在十六年春，則此卷皆是年事。菹臺，地無考。五鹿，《左傳》杜注：在衛縣東。衛縣，今淇縣東之衛縣集。漯水，《四書釋地補》："在東昌朝城縣。"惟《水經注》《太平御覽》引《穆傳》此文。"天子飲於漯水"句上，俱有"自五鹿"三字，宜補入。

甲戌，天子西北。□姬姓也，盛柏之子也。天子賜之上姬之長，是曰盛門。天子乃爲之臺。是曰重璧之臺。戊寅，天子東田於澤中，逢寒疾。天子舍於澤中。盛姬告病。天子憐之。名澤曰寒氏。盛姬求飲，天子命人取漿而給。是曰壺輲。天子西至於重璧之臺。盛姬告病，□天子哀之，是曰哀次。天子乃殯盛姬於轂丘之廟。□壬寅，天子命哭，啓爲主，祭父賓喪，天子王女叔姓爲主。天子曰賓之，命終喪禮，於是殤祀而哭。內史執策，官人□丌職，曾祝敷筵席設几，盛饋具，肺鹽、羹、胾、脯、棗、醢、醢、魚臘、糗韭。百物乃陳，腥俎十二，幹豆九十，鼎敦壺尊四十器。曾祝祭食，進肺鹽，祭酒。乃獻喪主伊扈。伊扈拜受。□祭女。又獻女主叔媸。叔媸拜受。祭□祝報祭，觴大師，乃哭，即位，畢哭。内史□策而哭，曾祝捧饋而哭，御者□祈而哭，抗者觴夕而哭，佐者承斗而哭，佐者衣衾佩□而哭；樂□人陳琴、瑟、□、竽、籥、筊、筦而哭，百□衆官人，各□其職事以哭。曰士女錯踴，九□乃終；喪主伊扈哭出造舍，父兄宗姓及在位者從之；佐者哭，且徹饋及壺鼎俎豆，衆宫人各□其職，皆哭而出。井利□事後出而收。癸卯，大哭殤祀而載。

以下皆紀穆王喪葬盛姬事。本節乃紀盛姬病卒後殯殮之禮。按穆王殤一穉年寵妾，喪葬之事乃侈靡無極，爲古今所未有。《祈招》之詩所云形民之力無醉飽心，真描寫盡致。盛伯，姬姓國，穆王取同姓之女爲妾，故《公羊傳》有諱盛爲成之說。《水經注》：宏農門水，其上有二源，均出陽華山陰，東北流，逕盛牆亭左右而合，當即盛伯國地。作重璧臺，《竹書》在十五年春，知此後所記均是年事。臺地另有考。按此節盛姬病後穆王先歸於臺，蓋欲整治室宇以備迎迓，不意盛姬竟卒於是時，不獲親見，故穆王心傷倍至，增重喪禮，寄其哀思，殆以此乎。

甲辰，天子南葬盛姬於樂池之南。天子乃命盛姬□之喪，視皇后之葬法，亦不拜後於諸侯。河、濟之間共事，韋、穀、黄城三邦之事，輦喪。七萃之士抗者即車，曾祝先喪，大匠御棺。日月之旗、七星之文。鐘鼓以葬，龍旗以□。鳥以建鼓，獸以建鐘，龍以建旗。曰：喪之先後及哭踴者之間，畢有鐘旗□百物喪器。井利典之，列於喪行，靡有不備，擊鼓以行，喪舉旗以勸之，擊鐘以止哭，彌旗以節之。曰：□祀大哭九而終。喪出於門，喪主即位。周室父兄，子孫倍之（倍與陪同），諸侯屬子，王吏倍之。外官王屬，七萃之士倍之。姬姓子弟倍之，執職之人倍之，百官衆人倍之，哭者七倍之，踴者三十行，行萃百人。女主即位，嬖人群女倍之，王臣姬姓之女倍之，宫官人倍之，宫賢庶妾倍之，哭者五倍，踴者次從。曰天子命喪，一里而擊鐘止哭。曰匠人哭於車上，曾祝哭於喪前，七萃之士哭於喪所。曰小哭錯踴，三踴而行，五里而次。曰喪三舍至於哀次，五舍至於重璧之臺，乃休。天子乃周姑繇之水，以圜喪車。是曰車，曰殤祀之。

此節紀盛姬之喪由轂丘之廟至重璧臺事。喪行五舍，以三十里曰舍，計凡一百五十里。樂池，當在重璧臺南百五十里。以下節喪行，亦五舍也，地當在禹州境。濟爲北濟水，河濟間，今懷慶府境。韋即古豕韋國，今滑縣南葦城鎮。穀即轂丘，見上節。黄即《春秋》黄城，《漢書》外黄縣，在今杞縣東南，太康縣地。姑繇水在重璧臺旁，下節言釣於河觀姑繇水，知此水爲北流入河之小澗，惟東漢時汴渠成後，河南小水盡壅導入渠，舊迹無存矣。

孟冬辛亥，邢侯曹侯來吊，内史將之以見天子。天子告不豫而辭焉。邢侯曹侯乃吊太子（即伊扈）。太子哭出廟門，以迎邢侯，再拜勞之。侯不答拜。邢侯謁哭於廟。太子先哭而入，西向即位。内史賓侯，北向而立，大哭九。邢侯厝踴三而止。太子送邢侯至廟門之外。邢侯遂出。太子再拜送之。曹侯廟吊入哭，太子送之，亦如邢侯之禮。壬子，天子具官，見邢侯曹侯。天子還返，邢侯曹侯執見，拜天子之武一。天子見之，乃遣邢侯曹侯歸於其邦。王官執禮，共於二侯如故。曰天子出憲，以或襚、賵。癸丑大哭而甲寅殤祀，大哭而行，喪五舍於大次。曰喪三日於大次，殤祀如初。辛酉，大成，百物皆備。壬戌，葬史録繇，鼓鐘，以赤下棺。七萃之士□士女錯踴九，□喪下。昧爽，天子使嬖人贈用文錦明衣九領。喪宗伊扈贈用變裳，女主叔姓贈用茵組，百嬖人官師畢贈，井利乃藏，報哭於大次。祥祀。祝□喪罷哭，辭於遠人，爲盛姬謚曰：哀淑人。天子丘人，是曰淑人之丘。乙丑，天子東征，舍於五鹿。叔姓思哭，是曰女姓之丘。丁卯，天子東征，釣於漯水，以祭淑人，是曰祭丘。己巳，天子東征，食馬於漯水之上，乃樹（原作鼓，誤）之棘，是曰馬主。癸酉，天子南征，至於河臺。

此節紀盛姬喪自重璧臺至葬所事。邢國，今直隸邢臺縣。曹國，今山東曹州曹縣。河臺即重璧臺，以築於河上，故亦稱河臺。穆王由漯水西南行至此，曰南征，方位亦合。

仲冬甲戌，天子西征，至於因氏，天子乃釣於河，以觀姑繇水。（按姑繇之水，明載上文。瞿氏本改水爲木，蓋因《山海經》有姑繇之木致誤。）丁丑，天子北征。戊寅，舍於河上，乃致父兄、子弟、王臣、姬□祥祀畢哭。終喪於囂氏。己卯，天子西濟於河（此下當有脱文），囂氏之遂。庚辰，舍於茅尺，於是禋祀除喪，始樂，素服而歸。是曰素氏。天子遂西南。癸未，至於野王。甲申，天子北升於大北之隥，而降休於兩柏之下。天子永念傷心，乃思淑人盛姬，於是流涕。七萃之士葽豫，上諫於天子曰："自古有死有生，豈獨淑人。天子不樂，出於永思，永思有益，莫忘其新。"天子哀之，乃又流涕，是日輟。己未（二字衍文），乙酉天子西絶鈃隥，乃遂西南。戊子，至於鹽。己丑，天子南登於薄山窴軨之隥，乃宿於虞。庚寅，天子南征。吉日辛卯，天子入於南鄭。

因氏地在重璧臺東河南岸，故下云：釣於河，觀姑繇之水。以前盛姬之喪，曾中道駐此，乃觀之以寄其哀思。囂氏，考《史記・殷本紀》仲丁遷於隞。《索隱》隞亦作囂。《水經注》濟水（此北濟水）東徑敖山東。敖山，在今汜水縣東北，即囂氏所居地。茅尺，今平陸縣東茅津鎮。野王，郭注河内縣，今屬懷慶府，然其地當在茅尺東北。上文言西南恐有錯誤。大北之隥，當是井陘以北之山，故後文西絶鈃隥以歸南。鄭鹽，郭注在河東解縣，鹽即鹽也。《竹書》十五年冬觀於鹽澤，可證今爲解州鹽池。（左成六年，□瑕地沃饒而近鹽。注郇瑕，河東解縣西北，知鹽池古稱爲鹽。）薄山，在鹽池南。考《水經注》云：鹽池水出東南薄山。又云：永樂澗水北出薄山，南流入於河。永樂澗在今芮城縣西南永樂鎮地。薄山南即窴軨阪。古虞城在今虞鄉縣南。《水經注》軨橋東北有虞原，原上有虞城是也。

同上，附《重璧臺考略》：

重璧臺爲穆王居盛姬處。《竹書》載於十五年春，與《傳》合。惟穆王取盛姬，即在是春，作臺以居，何成之速。按上卷曾云“天子作臺以爲西居”。是臺築已久，時適竣工，乃狀其形勢，錫以重璧之句耳。而臺在何地，自來無考，大約處范宮西，故有以爲西居之語，但盛姬居此，亦無多時。即挈之東行，以事畋獵。而盛姬因病卒於畋所，是時乃就近地，殯於轂丘之廟。轂丘即穀丘，春秋曹地，當在今封丘縣境，由此喪行五舍，至重璧臺。以舍三十里計，當在今滎澤縣北，濱河處，觀以姑繇水圍喪車及釣於河觀姑繇水，可見姑繇水爲重璧臺旁北流入河之小溪。而臺之近河明矣，以臺近於河，故後又稱曰“河臺”。

附録杭州楊雲成（譽龍）《解寒字書》：

承示《穆天子傳》有“天子立於寒下”句，昨遍查寒字，難得其解。竊謂寒字之義，似當於本義求之。《説文》，宀下云：交覆深屋也，象形。寒字云凍也。從人在宀下。從茻上下爲覆（依小徐本）下有仌也。夫宀爲交覆深屋，而寒既從宀又從草。自上下爲覆之義，則寒之名，有關於宮室可知。《説文》宀部，宧養也。室之東北隅。宮户樞聲也。室之東南隅，奥宛也。室之西南隅，此三字以類相次，而獨不言西北隅。今以意度之，疑《説文》原本寒字當列於宧字之下，其説解當云凍也。室之西北隅今本次序錯亂，又脱室之西北隅句，遂致失其本義。蓋古書言寒字者，每於北言之亦於西北言之。如《吕覽》有始，《淮南・墜形》并云北風曰寒風，《後漢書・張衡傳》注云北極之山曰寒門。《易説卦》云乾西北之卦也，又曰乾爲寒，觀此諸文知西北本是寒方，故室之西北隅曰寒。《穆傳》寒字之義殆如是歟。楊君雲成，錢唐名宿，邃於經學，著有《行素室經》説行世。此書解寒字從《説文》無字句處尋出妙諦，證以《易・説卦篇》，語彌見精確。而於本傳立曰南面拜曰南，向及河宗受璧西向等句，情形均合，不得以於古無徵議之。（輯者：此版本訛誤較多，與《浙江圖書館叢書》本對校後，或補或訂過。）（《地學雜志》，1915年第七、八、九、十、十一期）

丁謙《穆天子傳紀年日干支表》：

年月日者，歷史家紀事之大綱也。此傳體例，亦歷史紀事之一種。惜乎簡策損壞，紀年之文，既不可見，紀月復寥寥數條，其足資改證者，獨紀日之干支耳。兹列爲表，俾閱者可於離距之遠近，推見當日情形。雖然，亦惟前四卷爲然，後二卷以晉時編排，失其次序，整比爲難，姑存而弗論云。

同上，卷一：

戊寅　北征，絶漳水。據《竹書紀年》爲穆王十二年十月。

庚辰　距前二日。所至地名已脱佚。

壬午　原文脱佚，以行程核補。距前二日至鈃山下。

癸未　距前一日。絶鈃山之隊，循虖沱之陽。

乙酉　距前二日，北升於□山。

庚寅　當作庚戌，距前二十五日。蓋由滹沱上游西抵犬戎境，非五日所能至，移後二十日，情事方合。是日，觴於犬戎南，雷水之上，以雨雪天寒休息。

甲子　距庚戌十四日。因雪留滯且犬戎既服，改議遠征，自必增調軍旅，籌備一切，至始得啓行，西絶隃之關隥。翟本作甲午。

己亥　距前三十五日。至焉居禺知之平。因軍旅糧草須陸續運至，故沿途留駐以待。

辛丑　距前二日。至於崩人。

癸酉　距前三十二日。舍漆澤，西釣於河。（翟本作癸卯）

甲辰　距前三十一日。獵於滲澤。

丙子　距前三十二日。飲於河水之阿，屬六師於滲澤之上，考《竹書紀年》十三年春，祭公帥師從王西征此，即前在犬戎境時所增調者，及是方至，乃足六師之數。留屯滲澤者，因祭河宗後須還經此地，乃赴西域且不欲煩擾河宗國人也。翟本作丙午。

戊寅　距前二日。鶩行至陽紆山。翟本作戊申。

癸丑　距前三十五日。在陽紆，又停月餘者，殆祭品未備故耶。是日，大朝於燕然之山。

戊午　距前五日。祭於河宗。

己未　距前一日。大朝於黄山。

乙丑　距前六日。西濟於河源。

丙寅　距前一日。飲八駿於積石之南河。

同上，卷二：

丁巳　距前五十一日。按此上脱文甚多，蓋自河宗至昆侖赤水，須經西夏、珠余、河首、襄山諸地。五十一日行四千里，恰合。

戊午　距前一日。宿於赤水之陽。

辛酉　距前三日。升於昆侖之丘。

癸亥　距前二日。禋於昆侖。

甲子　距前一日。北舍於珠澤。

季夏丁卯　距前三日。北升於舂山。

壬申　距前五日。西征。

甲戌　距前二日。至於赤烏。

己卯　距前五日。濟澤水入於曹奴氏。

壬午　距前三日。北征東還。

甲申　距前二日。至於黑水。

辛卯　距前七日。北征東還。

癸巳　距前二日。至於群玉山。

孟秋丁酉　距前四日。北征。觴於羽陵。

戊戌　距前一日。西征。

辛丑　距前三日。至於剞閭氏。

壬寅　距前一日。登於鐵山。

丙午　距前四日。至於鶗韓氏。

丁未　距前一日。大朝於平衍。

庚戌　距前三日。西征至於元池。

癸丑　距前三日。西征。

丙辰　距前三日。至於苦山。

丁巳　距前一日。西征。

己未　距前二日。宿於黄鼠山西阿。

癸亥　距前四日。至於西王母邦。

同上，卷三：

甲子　距前一日。賓於西王母。

乙丑　距前一日。觴西王母於瑶池。

丁未　距前四十二日。至弇山。還飲於温山。（弇山，西濱地中海。距尼尼微四百英里，約中國一千三百餘里，合往返游觀休息计之，故歷四十二日。）

己酉　距前二日。飲於潳水。

己亥　距前一百十日。蓋北赴曠原，行程十餘日，又休息三閱月，大畋九日，至是始東歸也。

庚子　距前一日。至□山以待六師。

庚辰　距前四十一日。待六師至乃行。

癸未　距前二日。至於戊□山。

乙酉　距前二日。南征東還。

己丑　距前四日。至於獻水。

己亥　距前十一日。東向至於瓜纑之山，乃南絶沙衍。

辛丑　距前二日。渴於沙衍。

甲辰　距前三日。至於積山之原。

乙巳　距前一日。諸飦氏獻酒。

同上，卷四：

庚辰　距前三十五日。至於滔水。因在積山原休息月餘，至是方行。

辛巳　距前一日。東征。

癸未　距前二日。至於蘇谷。

丙戌　距前三日。南征東還至於長湀。

丁亥　距前一日。升於長湀又東征。

庚寅　距前三日。至於重䍐氏黑水。

孟秋癸巳　距前三日。命重䍐氏共食五日。

丁酉　距前四日。升於采石之山，命一月休。

仲秋癸亥　距前二十六日。觴重䍐氏。

乙丑　距前二日。東征至於長沙之山。

丙寅　距前一日。東征南還。

己巳　距前三日。至於文山。

壬申　距前三日。飲於文山之下。原作壬寅，誤，蓋上明言三日游於文山且作壬寅，是仲秋至孟冬有一百餘日矣。核改壬申，則五十九日，兩皆密合。

癸酉　距前一日。東南馳行至於巨蒐。

甲戌　距前一日。觴於焚留之山。

乙亥　距前一日。南征絶𨿅䍐之谷。

乙巳　距前三十日。至䰜璃水之北阿。巳字原文脱佚，兹按行程核補。

癸丑　距前八日。越陽紆東尾至於𠟍人。

戊午　距前五日。東征南還升於長松之隥。

孟冬壬戌　距前四日。至犬戎南界雷首之地。

癸亥　距前一日。升於髭之隥。

丙寅　距前三日。至於鈃山之隊。按此時當得徐戎叛耗，故飛馳而還。然由犬戎至鈃山二千餘里，雖有八駿，究非三日能至，似當移下四日作庚午，庶稍近情。

癸酉　距庚午三日。絶翟道升太行，乃濟河入於宗周，亦三日行千里。

庚辰　距前七日。大朝於宗周里西土之數。

甲申　距前四日。祭於宗周之廟。

乙酉　距前一日。休六師於洛水之上。

丁亥　距前二日。北濟於河，升於盟門九阿之隥。
丁酉　距前十日入於南鄭。

同上，卷五：

丁丑　離昆歸玉，陵翟致賂。
癸亥　浮於大沼。
孟夏庚午　飲於洧上。
辛未　釣於漸澤。
丁丑　里圃之路。
庚辰　畋於軍丘。
甲寅　作居范宮。
仲夏甲申
庚寅　西游宿乎祭。
壬辰　飲祭公酒。
丁酉　作臺爲西居。
壬寅　東至雀梁。
甲辰　浮於滎水。
季夏庚戌　休於范宮。
仲秋丁巳　飲於孟氏，還宿雀梁。
季秋辛巳　司戎於□東。
孟冬　無日但云“鳥至”。
仲冬丁酉　休於深雚。
戊戌　西游□北。
辛丑　至於臺。大暑。
丙辰　北游林中。
仲秋甲戌　東游。次於雀梁。
季秋　□□宿於房。畢人告戎，霍侯舊薨。
季冬甲戌　東游飲於留祁。
丙辰　南游□室之丘。
壬申　西升於曲山。
戊寅　西升於陽□。
丁亥　入於南鄭。

同上，卷六：

己巳　舍於菹臺。

辛未　飲於漯水之上。

癸酉　祭白鹿於漯水。

甲戌　西北征，取盛姬。

戊寅　東狩澤中。

壬寅　盛姬卒。

甲辰　以盛姬喪行至重璧臺。

孟冬辛亥　邢侯、曹侯來吊。

壬子　見邢侯、曹侯。

戌（癸）丑　喪行至大次。

辛酉　喪物備。

壬戌　葬盛姬。

乙丑　東征。舍於五鹿。

丁卯　釣於漯水。

己巳　食馬於漯水。

癸酉　南至河臺。

仲冬甲戌　西至因氏。

丁丑　北征。

戊寅　舍於河上。終喪於囂氏。

己卯　西濟於河。

庚辰　舍於茅尺。

癸未　至於野王。

甲申　升於大北之隥。

乙酉　絶鈃山之隥。

戊子　至於鹽。

己丑　南登於薄山。

庚申　南征。檀疏云“當作庚寅”。

辛卯　入於南鄭。

按此《傳》前四卷，皆紀穆王遠征事。當分爲五段：第一段，自戊寅至乙酉計七日，爲北巡狩事；第二段，自庚寅至癸酉，計二十五日，爲伐犬戎事；第三段，自甲子至己亥，計四百六十九日，爲征西域事；第四段，自庚子至癸酉，計二百十四日，爲西域還入宗周事；第五段，自庚辰至丁酉，計二十四日，爲宗周西入南鄭事。

考《竹書紀年》，穆王十二年冬十月，王北巡狩，遂征犬戎。至十三年冬十月，造父御王，入於宗周，均前四卷所紀事。今細核之，自卷一戊寅，至卷四癸酉，爲日共七百十五，實歷二歲零七日。據《竹書》以北巡狩爲十二年十月，即還入宗周，當在十四年十月。《竹書》云“十三年十月者誤也”，且因此知《竹書》所紀，十四十五兩年事，牽連俱誤。如徐戎侵洛，據《史記·秦本紀》“穆王西巡，樂而忘歸。徐偃王作亂。造父御王，一日千里，歸以救亂”，云“樂而忘歸”，知西行之久。云“歸以救亂”，知距徐叛，尚不甚遠，則此事當在十四年秋，不當在十三年秋明甚。又王帥楚子伐徐戎克之，亦當爲十五年事。蓋王於十四年十月，方入宗周，十一月方還南鄭，匆匆殘臘，豈能出師遠征？而紀於十四年可乎？至於畋軍丘、作范宫、搜萍澤、作虎牢，均當遞後一年，情事始協不獨西征昆侖丘，見西王母，誤書於十七年也。

所可异者，以三千年前之古書，不但山川道里，漢魏人所不能知者，今考之，皆歷歷堪徵，即隨事所紀干支之細，亦與曆法吻合。彼翟云升氏，信手改易，縮短一百餘日，直是毫無取義，然原文小小舛戾，亦不能免。如卷二之季夏，當作仲秋，孟秋當作季秋，此統核前後日數而知之。若卷四之壬寅，當作壬申，前考證中已詳言之。卷六末庚申，當作庚寅，檀疏亦揭之。

據《傳》言，癸酉，王入宗周，假定十四年孟冬壬戌朔，則癸酉爲十月十一日，由是上推卷一戊寅，當爲十二年十月初五日。余不解算術，又無長曆等書，用資料考，恐有謬誤，幸博雅君子教之。（《地學雜志》，1915年第六卷第十二期）

趙爾巽等《清史稿》卷一百四十七藝文三小説類：

《穆天子傳補正》六卷。（陳逢衡撰）

《穆天子傳注疏》六卷。（檀萃撰）（中華書局，1977年）

繆荃孫《藝風藏書續記》卷四史學第五：

《穆天子傳》一卷。

顧抱沖校影宋本。宋本九行，行二十字。

顧氏手校曰：“壬子春，得一影宋鈔本，斷爛不全，失去一葉。其文與注則微有异同。因研朱細校其异，顧文字古奥，未敢妄訂是非，行就博雅家正之。癸丑霜降後二日，抱沖校畢記。”（中華書局，1993年）

丁國均《補晋書藝文志》卷二乙部史録起居注類：

《穆天子傳注》六卷（郭璞），見《隋志》，《舊唐志》誤作郭璞撰。（中華書局，1985年）

孫詒讓《孫詒讓全集·札迻》卷十一“《穆天子傳》郭璞注”條：

《穆天子傳》郭璞注。（洪頤煊校刊本，翟云升校刊本。）

卷一

“天子大服冕禕”，郭注云：“禕衣，蓋王后之上服。今帝服之所未詳。”

案：此冕禕於《周禮·司服》當祀四望山川之毳冕，《内司服》先鄭注云：“禕衣，畫衣也。”王冕服皆衣畫而裳繡，故亦通謂之禕。后六服有褖衣，《士喪禮》及《雜記》名男子玄端服之連衣裳者，亦曰褖衣，是男女服不嫌同名之例。

“故天有峕，民□氏響□。”注云：“音國。”翟校云：“以上下四字韵語例之，‘民□氏響□’爲句。‘氏’，‘是’也。‘是’古通用‘氏’。‘響’則‘饗’之訛也。□音國，不可曉，□蓋缺文，非字也。音國二字即餐□之重出也，傳寫滋訛，且誤以爲注耳。”洪校引孫同元云：“注‘音國’二字，疑即正文‘響國’之訛。響與餐古通用，‘國’訛作‘□’，‘音’即‘餐’字半耳。”

案：如孫説則與韵不協，殆非也。翟校近是。但此文皆四字句，則“餐”下不當更有缺文，□蓋誤衍，注“音國”，疑當作“亯同”，蓋郭本“響”正作“饗”，下亦無□，故注即“亯”讀“饗”，今本正文既訛衍，并以改注，遂不可通。

卷二

“封丌璧臣長綽於春山之虱。”

案“璧”，疑當作“嬖”，形近而訛。

“墨乘四”，注云：“《周禮》大夫乘墨車。”

案：此赤烏氏蓋是荒服諸侯，不當賜以大夫墨車，此墨乘疑即《周禮·巾車》“木路以封蕃國”，鄭注云：“木路不挽，以革漆之而已。”蓋木路髹漆色黑，故通謂之墨乘也。

卷四

“爰有荅堇”，注云：“祇、謹二音。”翟云：“‘祇’，一作‘祗’，荅無祇、祗之音，蓋皆有誤也。”

案：“荅”，疑當作“苔”，注當作“音坻”。《集韵·六脂》陳尼切紐有“菭”字。“苔”與“菭”字同。

“右服䶃騮”，注云：“疑華騮字。”

案：䶃當作“䮾”，即籀文“騧”字，䮾訛爲“𦽏”，又訛爲“䶃”。説詳《列子》。

“右驂亦䕻”，注云：“古驥字。”

案：此蓋以“冀”爲“驥”。篆文作“𦍌”，此隸古定而傳寫訛舛，以“北”爲“艹”，以“田”爲“雨”，以“丌”爲“肥”，遂成“䕻”字。

“⿴囗㐫固爲右。”

案：“⿴囗㐫固”，當作“㯻冏”漆書或微有省變，輾轉摹寫，遂訛舛不可辨。亦詳《列子》。

“已至於𪎭璃河之水北阿。”

案云：“璃”，疑“璐”之訛。（《説文·玉部》“璿”，古文作璐。）

卷五

“陖翟致賂，良馬百駟，歸畢之珤，以詰其成。”注云：“畢，國名。言翟前取此珤也。成猶平也，詰猶責也。”

案：後文云：“畢人告戎曰：陖翟來侵，天子使孟悆如畢討戎。”疑此文當在彼後。蓋陖翟懼討而服，故來不致賂也。“歸畢之珤”，“珤”，古“寶”字。此當借爲“俘”。《春秋·莊六年經》“齊人來歸衛俘”，《左傳》及《公羊》《穀梁》經并作“寶”，何休云：“寶者，玉物之凡名。”杜預亦疑《左氏經》誤。（《左傳》孔疏云：“案：《説文》保，從人，采省聲。古文保不省。然則古文通用寶或作保字，與俘字相似。故誤作俘耳。”）然《春秋繁露·王道篇》有“恩衛葆”之文（葆亦與寶、俘字通），則西漢《公羊》師説固釋寶爲俘矣。此云“歸畢之珤”亦當爲“俘”之借字。蓋陖翟先伐畢，俘其人民器物，今既懼討，王命仍歸之畢而與之成，故云“以詰其成”（“詰”亦疑即“結”之叚字）。以前後情事推之，顯較無疑。蓋《春秋經》古文作“俘”，今文作“寶”，自是字相通借，未必“寶”是“俘”非。此書多詭异不合經典，惟此文足證古文《春秋經》，而簡編錯互，校者不能發明其義，故具論之。

“乃用宴樂”，注云：“言曲宴也。”

案：宴樂，即《周禮》燕樂也亦謂之房中之樂（詳《周禮·磬師》鄭注）。後文鄒公飲天子酒亦云“乃紹宴樂”，亦同。郭注非是。

“辛巳，天子司戎於□來虞人次御。”

案：“司”，古與“治”通。司戎即治兵也。《春秋·莊八年經》：“正月，甲午，治兵。”《公羊經》作“祠兵”，“司”“祠”并聲近通借字，故下文即記弋射得獸之事。

“與井公博三日而決”，注云：“疑井公賢人而隱祊，故穆王就之游戲也。”

案：井公即前之井利，蓋井國之君從王行者。注説誤。

“天子命爲柙，而畜之東虢，是曰虎牢。”洪云：“‘虢’，本作‘虞’。《漢書·地理志》注、《後漢·郡國志》注俱引作‘虢’。改正。”

案：東虞，似即上文之“東虞曰兔臺”，兩《漢志》注所引疑臆改。《水經·河水注》引亦作“虞”，則六朝時本不爲“虢”字也。

卷六

"戊寅，天子東田於澤中。"洪云："'田'本作'狃'，從《太平御覽》八百三十二引改。"

案："紐"，即"狩"字，篆文相近而誤。《御覽》作"田"，乃不解其義而誤改，不必據校。（上文"辛未，獵菹之獸"，"獵"，今本作"紐"，洪據《事類賦》引改作"獵"，以此文證之，疑彼"紐"亦"狩"之誤。）

"天子乃殯盛姬於穀丘之廟"，（"穀"，舊本作"轂"，洪據《文選·宋孝武宣貴妃誄》注引改。）注云："先王之廟有在此者。漢氏亦所在有廟焉。"

案：時王行在河、濟之間，則非畿内，不當有先王廟。周、漢禮不同，不足相證。此古丘之廟，當即同姓諸侯之廟。下文云"韋、穀、黄城三邦之事輦喪"，（翟云："事、士古通。"）則穀丘之廟或即穀國之廟與？（《春秋·桓七年》"谷伯綏來朝"，彼嬴姓國，又不在河濟之間，與此不同。）

"乃陳腥俎十二，幹豆九十，鼎敦壺尊四十。"

案：《周禮·膳夫》云："王日一舉，鼎十有二物同，皆有俎。"鄭注云："鼎十有二，牢鼎九，陪鼎三。物，謂牢鼎之實，亦九俎。"若然，王祭太牢，鼎十二而俎則九，陪鼎膷臐膮實於豆，不用俎也。此俎十二，而鼎乃與敦壺尊同四十，與禮例不合，恐有訛互。

"宫官人倍之，宫賢庶妾倍之。"

案："賢"，當爲"豎"，《周禮》内官有"内豎"，注云："豎，未冠者之官名。"宫豎庶妾皆賤於宫官人，故次其後。

"乃鼓之棘"，洪云："'鼓'，疑是'樹'字之訛。"案：洪校是也。《説文·木部》：樹，籀文作尌。與鼓形相近，故誤。（中華書局，2009年）

孫詒讓《孫詒讓全集·籀廎述林》卷九《記舊本穆天子傳目録》：

舊鈔本《穆天子傳》卷首荀勖敘前有結銜五行：

侍中中書監光禄大夫濟北侯臣勖。

領中書令議郎上蔡伯臣嶠言部。

秘書主書譴勳給。（譴勳似是令史姓名，然必有訛字，勳字書所無，疑當爲"勱"之誤。）

秘書校書中郎張宙。

郎中傅瓚校古文《穆天子傳》已記（疑當作訖），謹并第録。

明以來刊本無此五行，惟舊鈔本有之。蓋猶西晉時校上之舊漢劉向校定古書目録皆屬於敘後，故司馬貞《史記索隱》引《穆天子傳》目録云：傅瓚爲校書郎，與荀勖同校《穆天子傳》。宋本高續古《史略》亦云"郎中傅瓚即師古注《漢書》所引臣瓚者也"，皆即指此敘首五行也。臣勖者荀勖，臣嶠者和嶠。孔穎達《左傳》

後叙疏引王隱《晋書·束皙傳》云：汲郡初得此書表藏秘府詔荀勖和嶠以隸字寫之。（新《晋書》束皙、和嶠傳從不云嶠與荀勖校《竹書》。）此叙蓋勖、嶠二人同進，故稱臣而不著姓。吴琯《古今逸史》及近時洪筠軒校本所載叙并止題荀勖撰誤也。第四行秘書校書四字統下傅瓚一行，張宙結銜稱中郎當爲郎中之誤，蓋張、傅二人同爲秘書校書郎中也。李林甫《六典·秘書郎》注：晋起居注云武帝遣秘書，圖書分爲甲乙景丁四部，使秘書郎中四人各掌一焉。《晋書》云：左太冲爲《三都賦》自以所見不博求爲秘書郎中。（此所引乃十八家《晋書》，新《晋書·左思傳》則删去中字矣。）宋氏除中字，據李説則晋曰“秘書郎中”，宋曰“秘書郎”，《索隱》引作校書郎者省文。《新晋書·職官志》秘書監屬官有丞有郎，則誤依劉宋官名除中字非晋制也。此五行不徒可證《索隱》，并可證史文之誤，舊本書之可貴如此。（中華書局，2010年）

沈曾植（釋持）《穆天子傳書後》：

《穆天子傳》多古文奇字，多闕字，疏釋者稀，尚不若《山海經》《竹書紀年》爲地理家古史家所引用。郝氏以《道藏》本粗校文字，亦不能有所發明也。然第四卷末里西土之數，固與漢《西域傳》《魏書·西域傳》大略相符，周尺短於後代，所謂自宗周至於西大曠原四千里固當以里法折减算之。大曠原蓋當今裏海鹹海間之大沙漠，迤北以至烏拉山，東吉里吉思高原。昆侖之丘，西王母之邦在其東，當今葱嶺東西葱嶺南北漢西域諸國。西夏氏邦次東。當今青海，河宗又在其東，則今寧夏迤及河套諸部矣。穆王之行，頗若有探尋河源之意者。卷一發軔漳水，絶鈃山而北循滹沱。晋人將有事於河，必先有事於滹沱，此其始耶。河宗之部三，曰“鄘人，河宗之子孫”，曰“陽紆之山，河伯無夷之所都”，曰“温谷樂都，河宗氏之所游居”，東西亘且千餘里。所謂天子飲於河水之阿者，其君子津歟。鄘邦蓋跨河東西，漢云中五原郡地，已涉今河套東部。陽紆之山，蓋今賀蘭山。所謂温谷樂都者，甘凉南境歟。西夏，蓋即王會大夏之西部所居，蓋漢以前月氏故地。此書無月氏。伊尹獻令，大夏月氏皆在正北方，其後積漸西涉，得非爲月氏所逼歟。匈奴、月氏、大夏皆北方種族，躡迹西徙。大夏開其先，月氏繼之。獨此書紀大夏未入西域以前故地，此爲地理學者最可寶貴之典證已。自黑水南行而東還，行程曰文山，曰巨蒐，皆去時所未經。文山即《禹貢》岷山，巨蒐即《禹貢》（輯者：补禹字）渠搜，已涉於河首之南梁州之北，今青海西藏交界之番地。東南還復至於陽紆之東尾，約其地望，當在今寧夏之南，慶陽之北，近於宋人所稱横山，元人所謂六盤者。從此東南反宗周，於道徑直，而天子必仍沿河而行反於鄘人。觴於河水之所南旋□多之汭，其地望蓋近古之君子津，今之包頭。從此升長松之隥，至於雷首。雷首與壺口山脉相接，蓋觀禹迹於孟門也。從此升太行，南濟於河，反於宗周。萬里之行，以黄河昆侖爲終始。而河宗柏夭實兼懷訓鞮譯之司。兹傳之作，意其柏夭説之，造父鄒父受之，太史書之而藏之者耶。明其義例，則此書與《禹貢》可相發，不爲荒誕也。其屬辭之例，若曰“珠澤之藪方三十里”曰“春山是惟天之高山”云云，曰“赤烏氏”云云，曰“群玉田山”云云，曰“智氏”云云，曰“枝斯璿瑰玕”云云者，蓋河宗柏夭數典之言。若“西膜之所謂之茂苑，西膜謂之木禾”云云，則伯夭譯西膜之語。河宗氏語固應與諸夏殊，西膜言又异河宗。其諸柏夭譯西膜，造父譯河宗耶。西膜音絶近須彌，或釋岷山爲須彌北麓，説自可通。愚意梵語雪山曰醯那跋多。雪山下曰呬摩怛那。醯摩呬摩，音皆與西膜切合。而《括地志》稱雪山爲折羅漫山，羅是半音。折漫亦與西膜音合，則西膜者雪山之國名。而漢西南夷之冉駹亦即此西膜之同音异字歟。河宗有河典，群玉之山有策府，是其國皆有文字。其諸佛本行集經六十四種書之須彌北鬱多羅拘羅書、須彌東逋婁婆毗提訶書之流類。而《大唐西域記》素葉特書、吐火羅書之椎輪與？吐火羅爲大夏，大夏已見《周書・王會》《商書・獻令》，其通中國在穆王前。粟特漢人稱儌侲，即《王會》之數楚，則謂穆王時已有素葉特書，非無稽已。

書中尤可注意者，封膜晝於河水之陽，以爲殷人主，是積石之西有殷民。烏氏先出自周宗，是春山有周民。西夏、大夏不見《禹貢・夏書》，而見於《商書》《周書》，皆與匈奴相次。匈奴且爲夏后氏裔，則大夏西夏之爲夏民，豈待言哉。明於此，則拓跋之出於黄帝，安息之出於昌意（《唐宗室世系表》），以宋、明經生目光視爲荒誕無稽者，由疏通知遠者觀之，固尋常事也。天子封□於昆侖以守黄帝之宫，封長肱於黑水之西河，是惟鴻鷺之上，以爲周室主。赤烏氏亦爲周室主，此即秦人以鄭爲東道主，行李往來，供其困乏之例。於此可見穆王經略西域方略，與漢人用意略同。吾嘗謂齊景公“吾何修而比於先王觀”，所謂先王者，即指穆王。其言至秦政實行之。而秦政由會稽溯江以至洞庭，亦似有濫觴岷源，師穆王而不克至者，以後準前，古今人意度固不甚相遠爾。（《亞洲學術雜志》，1922年第三期）

金蓉鏡《潛廬文鈔》之《穆天子傳補注跋》：

余喜讀古書，尤喜求隱義以證明古治。如：《山海經》紀沃民紀西王母，有可道者。沃民之地，居西王母山。“沃”之長言爲“阿爾”，今之英法人也。（西史自言於唐虞時由印度北徙居。英法自呼阿爾，或譯作高盧，即阿爾之轉，亦即沃之長言。許景澄《帕米爾圖叙》稱伊犁西有阿爾人種，黄鬚繞頰，即英法遺民也。《大荒西經》言：“沃之野，鳳鳥之卵是食，甘露是飲。凡其所欲其味盡存。”是此種人自古佚樂，恐即佛書所謂北越單鬱洲，有自然服食也。）西王母，今之印度也。（西王母，《爾雅》四荒之一。《荀子》“禹學於西王國”，恐即師其種人之賢者。《西山經》言三青鳥取食，恐即佛書之靈鷲穴處，莊子謂王母坐少廣也。居近赤道，暑熱穴居，今俗猶然，詳《海國圖志》。蓬首戴勝則印度巡捕裝服似之。）此書言西王母尤詳。王母歌謡贈答，文詞爾雅。古印度尚文，宴飲必有頌偈，即佛經可證。（《景祐天竺字源序》云："西天章典以八字爲句，四句成頌。成劫之初，梵王光説具百萬頌傳授天人。"）穆王游止，尚在佛道之前，意四韋佗書中必有可證明者，惜未能發其藏而讀之。升昆侖丘觀黄帝之宫，即阿褥達宫也。渴於沙衍剌左驂以飲天子，旁徵剌馬之俗。（剌馬疑即今之喇麻。）綜其道里，自群玉之山以西至西王母之邦三千里。自西王母邦北至曠原之野飛鳥之所解羽，千有九百里。宗周至於西大曠原，萬四千里，實包絡印度、西藏、波斯、雷翥海。涉流沙、河套而歸。穆王所至，輒接其君長，通其風俗，相與雍容贈賄。（檀萃謂："《漢・西域傳》烏戈國臨西海。長老傳聞有弱水。西王母即《大荒西經》所謂昆侖之丘弱水環也。"《釋迦方志》指佛經須彌山也。又引利瑪竇《萬國全圖》意貌山疑即昆侖。穆由大秦循海而北以至今歐羅巴也，此又一義。）因以窺知古治之隆，聲教所暨，足以牢籠萬有，爲中國之極軌。後世言西王母、三危者，不越玉門、石室。或又托之神仙，如《漢武内傳》所言。（神仙之説亦自有本。《山海經》言"王母司天五殘"。佛之降龍伏虎。西藏紅教喇麻能致雲雨，皆其符驗。而觀世音菩薩現女身化度尤《内傳》依托所始。）學術分裂，其識日褊陋。動以不見疑之，烏足以測三代哉？今西人挾其偏至之術，以與吾競。而吾日持三代後分裂之學與之相抗，不驗則移其學於西人，謂古學不效，愈治愈棼。曷亦知古治有如是之盛况，又進求之唐虞耶？（今與西人并立爲國，必合《漢唐箋注》陸王异同，以上溯黄炎道術下正吾學，則視萬物皆孩之，又何夷禍海防之？可言不求其本而競，於末宜有今日之棼。）郝蘭皋先生篤守故訓，存舊所以開新。此《穆天子傳》六卷，校補精審，有益來者。誠之别駕，出以相示，亟慂慫繡梓，輒書所見於此。（金蓉鏡刻本，1908年）

金蓉鏡《讀穆天子傳》：

我生三古後，篤信乃在古。爾雅説四荒，瞭然若可睹。敗冢出遺文，秘閣炳其矩。大破膠柱弦，一决蔀家蠱。古文於是立，諸經得宗主。斯傳實先鳴，於義豈小補。

穆王侈之首，誇者以爲仙。郲公古篤士，祈招諫當年。雄張西北道，伯夭爲之先。幸居成康後，物力乃得全。金璧餉大荒，鏖羝日隨鞭。耀德豈不貴，侈心亦宜捐。

皚皚瑶岸雪，綿綿鴻露雨。懸度乃寶所，群玉亦策府。金匱發師巫，摘厓使不腐。恨不托乘游，陶叟頗亦取。我欲問西母，雅歌協舊譜。師心貴止戈，强國不在武。

西方婆羅門，於古最爲尊。五明出大論，八支開衆昏。西母無乃是，兀然處昆侖。築宫樹阿耨，射臺禮軒轅。古來文軌合，玉帛時相存。千載始一晤，寂寞秘斯言。誰縱海西櫂，一訪甘英倫。

甘英臨西海，仿佛遇至人。後之言王母，無若斯言真。杳然朱鳥窗，方朔進讒嚚。不覲瑶池上，賦詩固善鄰。（《周禮·司儀注》：勞賓客曰：道路悠遠，謡詞正與之合。）

弇山迫西日，河宗開東路。環轍三萬里，駿哉造父御。因知古經塗，亭障固不露，一自禮教衰，遂令風氣錮。滅國乃無數，存者失其處。安得鄉三物，彌縫使其固。

大道惟淳樸，風俗但任恤。其民安不諍，其政典不軼。所以道途間，樂此歲月吉。對博過井公，曝書理蠹帙。後王古旋微，詩書變法律。雖有騊駼良，何處警我蹕。神椎起博浪，宫車困一出。輿衛日以嚴，戎亦不勝詰。嗚呼王澤竭，齷齪抱冰溧。盡氣一吷間，終無太平日。（錢仲聯編《近代詩鈔》，江蘇古籍出版社，2001年）

康有爲《康南海自編年譜》“光緒十八年壬辰（一八九二年）三十五歲”條：

是年編次甚多，選同學諸子分葺焉。以《逸周書》《穆天子傳》《山海經》皆與《周禮》及劉歆之説合，剌取其説，命韓曇首輯焉，以證爲劉歆之僞撰。（中華書局，1992年）

葉浩吾《丁氏穆天子傳注證補》：

戊午𢍰之人居慮獻酒百□於天子。天子已飲而行。遂宿於昆侖之阿。赤水之陽。爰有鵛鳥之山。天子三日舍於鵛鳥之山□。按丁氏《穆天子傳地理考證》謂：“穆王由河源北經柴達木又西北經羅布泊北，至庫勒爾庫車阿克蘇，更西南經疏勒。又南至和闐州。”竊謂丁氏謂“穆王自青海至葱嶺必道經柴達木”，其言是也。惟謂“經羅布泊北更折而西南，則行程迂迴”，恐不若是也。夫丁氏必若是釋之者，彼但據徐星伯《西域水道記》“喀什噶爾河，爲赤水”一語，故欲强爲牽合一語，不知證明赤水。而今上文宿於昆侖之阿一語，全然落空，義殊難通，按丁氏原書，似亦自知此病，故云“北征者，蓋大略之詞”云云。愚謂穆王既由河源地巴顔喀喇山起，必道經柴達木而至新疆，自爲無疑。然求其行程所經則取道必在羅布淖爾以南，而不在其北。依新化鄒代鈞《中外輿圖》，尋當日經行之路，知穆王自河源北行。乃循噶達素齊老峰而北，至清喀利。再西至朱古，再西至圖格貼，更西歷哈治格爾、拜巴水泉、阿爾善特水泉、於辛懷圖水泉、敦都那梅、克巴勒根巴什井庫雅爾、并再西逾穆斯廊甫嶺，至毛拉布拉可，折西北至庫爾成析。西南行至克特美青格里、克雅爾通古兹雅、蘇勒棍系、伊托格喇、克多瑪庫策勒于闐。更西即至和闐州城。自和闐向西北行，至莎車，再西北至英吉沙爾，再西北至疏勒，更西即至春山矣。（以上據新化鄒代均《中外輿圖》《青海西藏新疆省》兩圖）又考丁氏“昆侖考”（見《漢書西域傳地理考證》），謂“昆侖即和闐南山”。本傳又言“天子□昆侖，以守黄帝之宫，南司赤水，而北守春山之寶”，可見穆王甚重視昆侖，故封人專守之。若取道羅布泊北，則應置守於天山，不應置守於昆侖矣。故愚謂昆侖、赤水，必在一地，當即指巴顏喀喇山。言巴顏喀喇山本昆侖之東支，古皆以昆侖目之。《山海經・西山經》曰：“赤水出焉，而東流注於氾天之水。”郭注：“出山東南隅，與上注河水出東北隅相對，而皆屬昆侖山。”按黄河發源於巴顏喀喇山東北，金沙江發源於巴顏喀喇山東南，形勢正合。穆王宿地，必在金沙江發源地之北。故曰“赤水之陽”。假如丁氏説一宿之間，即自青海馳至新疆西四城。即今日飛機之速，尚不能至。遑云馬力耶？誣誕之辭，似不足信。

鶡鳥之山。按巴顏喀喇山北，并無大山，僅有噶達素齊老峰，殆即鶡鳥之山與。

甲子，天子北征，舍於珠澤，以釣於流水。丁氏《穆天子傳地理考證》，以“珠澤爲伊斯庫里泊，在和闐西北百餘里”云云。按果如丁説，則當云“天子自西北而南征”，不當云“北征也”。愚謂北征也者，當記穆王自河源地北至柴達木事。以甲子，距戊午僅七日，必不能遽抵新疆也。珠澤似爲今拜噶爾河所注之哈喇淖爾。拜噶爾河發源於噶達素齊老峰，南折而北流，會諸小水入哈喇淖爾，故傳云“舍於珠澤以釣於流水”也。季夏丁卯，天子北升於春山之上以望四野，曰：“春山，是惟天下之高山也。至乃爲銘迹於懸圃之上，以詔後世。”丁氏《穆天子傳地理考證》云：“春山即葱嶺。”按丁説是也。惟丁氏謂“穆王自珠澤北行，經咽瑪及頗斯、坎穆等臺，溯澤勒普善河西上，又折北以升是山”。蓋丁氏謂“穆王至羅布泊北，取道折向西、南行，今更自西南北行而登葱嶺，故取道於此”，實則不然。穆王自羅布泊南取道直西，至和闐州，再北至疏勒州，稍北即升葱嶺也。又按《傳》云“季夏丁卯”文例，與前以干支依次記日不同，或距上文戊午有一二月之久，故不以干支次，而特著季夏二字以表明節序變更歷時甚久也。

壬申天子西征至於赤烏之人丌。丁氏《穆天子傳地理考證》據《穆天子傳》卷四里西土之數，謂自春山以西至，赤烏氏春山爲三里，云赤烏氏在今瓦罕部。《傳》文下言“天子北征趙行□舍，庚辰濟於洋水”。丁氏謂洋水即今棍雜河，在乾竺特境。然依地望診之，乾竺特居與都庫士山南，而瓦罕部在其北。果如丁説，則《傳》文當云“天子南征”方合。安得云“北征”乎。似赤烏非在瓦罕部也。愚謂赤烏氏當在今北印度喀什米爾。穆王觀春山後，或欲直赴印度，求見列子所謂西方聖人者。（《列子》所謂西方聖人似指佛而言，佛出此在周明王時。）故致自喀什米爾，南往印度，不幸爲赤烏之人所阻，獻女爲好，其初志遂爲所撓。（《穆傳》云："赤烏氏，美人之地也，寶玉之所在也。穆王流連忘返之意可見。"）似赤烏之人，即外道姿羅門徒也。

己卯，天子北征趙行□舍，庚辰濟於洋水。辛巳，入於曹奴之人。戲觴天子於洋水之上。丁氏《穆天子傳地理考證》云："曹奴之人，在乾竺特，部境洋水即棍雜河。"《山海經》言："洋水西南流，注於醜塗之水。今棍雜河發源因都庫士山南，正西南流至幾勒幾城，東南入印度河。醜塗爲印度轉音，醜塗水即印度河也。"按丁氏釋洋水説，頗精確，惟穆王何爲至小帕米爾瓦罕部，更急急南行至於洋水。似與《傳》言北征不合。愚謂穆王北征，乃在喀什米爾，受大阻難，故急遁至乾竺特，濟洋水入曹奴國境。遂不赴印度而謀東還。嗣以遐囑之志未竟，故更由今可喀什噶爾河發源，地截春山以北，再至西母王邦也。曹奴似爲《大唐西域記》之窣堵利瑟那，急呼則音若曹奴。《唐書》謂之"東曹國"，服屬颯抹建國（即今俄屬撒馬兒罕）。其地在今錫爾河西南，名爲烏烏拉的求比。"曹奴觴天子於洋水之上"，或周世其國强大，瓦罕、乾竺特兩部皆屬其轄境，故一渡洋水，即入其境，而戲亦得觴天子於洋水上也。

壬午，天子北征，東還。甲申至於黑水，西膜之所謂"鴻鷺"。郭注"水亦出昆侖山而東南流"。丁氏《穆天子傳地理考證》謂："黑水今名'葉爾羌河'。"又曰：澤普勒善河土人稱"喀喇烏蘇"，喀喇言"黑"，烏蘇言"水"。其源有二，西源出塔克敦巴什東南，由曹奴國北征東還，形勢正合。其所至之處，當即今塞勒庫勒城。愚按郭注云："黑水亦出昆侖山，亦字承上洋水言之。則黑水與洋水必在相距最近處。"又云："東南流，則其水必發源西北可知。"果如丁説，黑水爲葉爾河，其上源澤勒普善塔克，敦巴什爾河，皆發源西南而折東北流，會塔里木河，注蒲昌海。郭應云"水出昆侖北麓，東北流"，於形勢方合。何得云東南流乎？且與洋水縣隔大嶺，尤不應承上而云亦出昆侖山矣。況丁云"葉爾羌河"，回名喀喇烏蘇亦不知其何據。據新化鄒（輯者：補上"代"字）鈞《中外輿圖》，僅怒江名喀喇烏蘇，非葉爾羌也。蓋丁謂葉爾羌河爲黑水曹奴。在今乾竺特部，穆王自其地北征，東還，當至塞勒庫勒，故云然耳。然使穆王果若是遠行，則行踪可謂迂迴之甚。愚謂穆王自赤烏北征，當至今烏拉的求比。由烏拉的求比北征東還，當自今塞彌佛山部東行，經霍占諾，威瑪爾、戛蘭河亦發源西北而東南流，與郭注所言形勢正合。

辛亥，天子北征，東還，乃循黑水。癸巳至於群玉之山，容成氏之所守，曰群玉之山。□知平阿無險，四徹中繩，先王之所謂策府。按丁氏《穆天子傳地理考證》："群玉之山，《山海經》作嶨（音密）山，今稱密爾岱山，在葉爾羌西南，庫克雅爾池、克里克二莊之西。《漢書》西合子夜國産玉石，即其地。"丁説是也。蓋穆王東還。沿喀什、噶爾河東南，至英吉沙爾，然後至群玉之山。故經叙循黑水於群玉山之前也。癸未至於西王母之邦。丁氏《穆天子傳地理考證》云："考葱嶺以西諸國，古史西曆前二千三百年以來，足以當西王母邦稱號者，最克惟迦勒底，一名迦爾特亞，與黄帝同時。繼之者爲巴比倫，與堯舜同時。又繼之者爲亞西里亞與穆王同時。此三國者，皆興盛於底革里士河幼發拉的兩河間，爲古代西亞各至亞國之領袖。"按《穆傳》卷四，言自群玉之山，至西王母國三千里。若穆自群玉之山西里亞，當得八千餘里。［據□氏圖波斯阿富汪（輯者：當爲汗）等圖每方八百里計算。］《傳》不當云"三千里"。丁謂："古皆言西王母居昆侖山，殆未見本傳自群玉山往西王母邦三千里語乎。"竊謂丁氏駁前説，允矣。然獨忘亞西里亞之里，距越於丁氏所計且倍之，又半乎？則丁氏之説，亦未當也。若以道里形勢度之，則西王母國當在今義蘭高地中，必不能更過而西。按《傳》言："自西王母邦北至曠原之野，飛鳥之所解羽，千九百里"，丁氏謂"曠原爲今俄屬雜喀斯比斯部"。以里距度之，西王母國所在，似爲今波斯國之馬什德。倘自亞西里亞赴曠原，必不僅千九百里，且自西而東。《傳》不當言"北至曠原之野"也。又《穆傳》卷三："天子遂驅升於弇山。"丁謂"弇山即亞西里亞國西境之阿馬那司山亦非"愚謂弇山即波斯西境之西恒山。《穆傳》卷三又云："己酉，天子飲於溽水之上。"丁氏謂"溽水爲尼尼徽東北之郭馬爾河"，愚謂"溽水殆今之阿特力克河，自庫善東山麓發源，西流入裏海者也"。以西王母非亞西里亞故特改正之。

波斯人與印度波羅門人，同爲阿里安族。其教名襖教。據西史言爲祚樂阿斯對所創。然據四裔偏（當爲編）年表。祚樂阿斯對生於穆王後，即穆王所值者，必非襖教中人。或其時波斯北部。有婆羅門教人在彼衍教，故穆王特至其地耶，姑存之以俟詳考。（《地學雜志》，1920年第五期）

羅振玉撰述，蕭文立編校《雪堂類稿》戊《長物簿録》（三）：

《穆天子傳注疏》八卷，檀萃，稿本。（遼寧教育出版社，2003年）

張元濟《張元濟全集》第一卷《書信》［致劉承幹（翰怡）］：

[157]翰怡仁兄姻世大人閣下：前日奉還示，謹誦悉。東友抄書事，荷垂注，感感。近閲敝館所藏《碧琳琅館叢書》中《穆天子傳注疏》，略有殘闕，亟思抄補。鄴架必有全帙，可否惠假？俾即造録，克成完璧。不勝感幸之至。瑣瑣瀆瀆。祇頌著祺。

弟張元濟頓首　　九月廿六日（己巳年）

[158]劉承幹致張元濟函及張元濟批註。

菊生老伯大人尊鑒：前奉尺簡，想蒙察閲，現由故鄉取到《穆天子傳注疏》四册[①]，謹奉請收。外繳還《秘藏書式》一册，統祈檢存爲盼。辱承枉駕，迄未趨階還叩，至歉，尚希長者垂諒也。再肅。恭頌禔祺。

姻世愚侄劉承幹頓首　　九月朔（1929年10月3日）

①張元濟批注：闕頁與東方圖書館藏本同，即交來人帶回。18／10／4。

[159]翰怡仁兄姻世大人閣下：奉手教，謹悉。《穆天子傳注疏》四册收到。檢閲一過，所闕葉數，與敝本正同。想此版佚去久矣。原書繳上，敬祈察入。再徐文靖似亦有《穆傳補箋》，郝懿行亦有《注補》，敝館均無此書。鄴架宏富，度必有之，擬祈假閲。倘若已經運回珂里，則斷不敢爲再三之瀆矣。本月中旬尊府喜事，令尊大人能蒞滬否？久闊甚思一見也。擲回内府秘藏書式，已奉到，乞勿念。復頌文祉。

弟張元濟頓首　　十月四日（己巳年）

董授翁想常晤，外信祈飭交，又托。（商務印書館，2007年）

張元濟《張元濟全集》第八卷“古籍研究著作”《涵芬樓燼餘書録》：

《穆天子傳》。（舊鈔本，過録盧弓父校。）（商務印書館，2009年）

吴士鑒《補晋書經籍志》乙部史録起居注類：

郭璞注《穆天子傳》六卷。見《隋志》，《舊唐志》“注”誤作“撰”。（《二十五史補編》本）

孫德謙《漢志藝文略·僞造略》：

自漢以來，書之假托者夥矣……郭注《穆傳》，半襲《山經》。（《二十五史藝文經籍志考補萃編》本，清華大學出版社，2012年）

［日］小川琢治《支那歷史地理研究》第二篇《周穆王的西征》目録：

一、緒言

二、《穆天子傳》的史料和性質

三、發見的場所和埋藏的年代

四、古文《竹書》及其考定者

五、郭璞注《穆天子傳》之元明清刊本

六、西方學者的翻譯與研究

七、書名、體裁及篇目

八、脱簡和錯誤

九、考定本文

江俠庵編譯《先秦經籍考》下册地理及傳記類《穆天子傳考》（小川琢治）：

一、緒言

昨年，在《内藤博士還曆祝賀支那學論叢》，曾撰《北支那先秦蕃族考》一篇。舉《逸周書・王會篇》所載蕃族之位置而决定之。其所取材，是參照於《山海經》《漢書・地理志》《水經注》及《穆天子傳》。因注意於《穆天子傳》爲周代地理最重要文獻之一。今兹夏假約十旬間，就於此書内容而述考覆所得，以爲狩野博士還曆紀念集之一篇焉。

此書與《山海經》均未被秦漢以後儒家之潤色，尚能保存其真面目於今日，比《尚書》《春秋》根本史料之價值爲尤高。因此書是記録周室開國百年後之王者，與圍繞此王者之百官之生活狀態，頗能忠實。至欲知周室古代文化達於如何程度，除此數千言之一書，尚未有信憑之文獻。如三禮之書是限於儒家範疇，其内容實質乃依於此書所記載而成具體的，其爲研究三代文化之重要書固不待言。故我之主眼在歷史地理方面之外，當在此方面研究者頗多。

二、史料與其性質

汲冢出土之竹書中，其内容體裁至今日尚能充分保存者，衹有《穆天子傳》而已。其卷首有荀勖序文，詳述出土竹書之寸法字數，俾戰國時代書策之體例尚能想像其面目於今日者。此序文之效也。

出土之竹書有數十車運入於西晋時之洛陽内府。至其篇數，自杜預《集解後序》以來，謂七十五卷。今汲冢書所傳其書五篇，或在六卷之外尚有《周書》十卷、《紀年》十二卷（加《竹書同异》一卷共成十三卷）。兩書皆與竹書古文之原本有全然不似者。試就今本《逸周書》之性質與《漢書・藝文志》相比對如左。據《藝文志》云：

《周書》七十一篇。（《周史記》師古曰："劉向云：周時誥誓號令也，蓋孔子所論百篇之餘也。今之存者四十五篇矣。"）

《晋書・束晳傳》雜書十九篇中之《周書》，想非同一之物。

太康十年，盧無忌所建汲郡《太公望廟表》（全文揭於後）記文王夢太公望，引本郡出土之竹書有"其《周志》曰云云"，想即束晳傳之《周書》，但與今本《逸周書》全异。認此爲雜書之一乃合也。故汲冢所出之《周書》，盧無忌所謂《周志》，除此古碑斷片以外，已全佚而不傳矣。（影印版齊太公望表拓本當參照之）

《紀年》是夏、殷、周三代之編年體歷史，杜預《後序》已詳言之。其中具有秦以前之新史料，已惹起當時學者之注意，從而流傳於世間。晋、唐以來，至於宋代，諸家屢屢引之，是爲出土書中最重要之文獻。雖然今日所傳，與杜預所見之古簡，其《紀年》法全然有异，故《四庫全書總目提要》謂其似非汲冢原書。據近時殉國難之王國維所考證，謂今本《紀年》是裁割諸書中之佚文與他記事之文句而成者。其言諒爲可信也。

汲冢書中，《隋志》尚舉其《瑣語》四卷。《顔氏家訓》（卷六）指摘其由秦望碑所羼入。劉知幾《史通》"疑古""惑經"兩篇引之，指摘其《尚書》《春秋》之記事爲不足信。然《太平御覽》尚有引其數節。又杜氏所舉《師春》書一卷，王應麟《玉海》（卷四七）謂蘇洵編定《六家謚法》於是書時有所取。然則《師春》書與《瑣語》至宋代尚未全佚也。

如此汲冢出土諸書中，有至隋唐以後，而尚能保存者，或有完全亡却者，或已變形者，惟《穆天子傳》。不陷於同一之命運。殆由魏晋以後，道教盛行，彼所記穆王游於昆侖，會西王母，葛洪陶弘景之倫，視爲神仙，而郭璞加之以注，爲其起因歟。至如《紀年》，因其記事多與儒家傳統之信仰相背馳，唐劉知幾已指摘其與經書記載不符。况南宋以後之經學家，是由訓詁而趨於教義化之時代，彼視爲异端書籍而極力排斥之，曷足怪哉？元王玄翰以《穆天子傳》因被收録於《道藏》，得保存至今。而《紀年》價值，已得杜預《後序》之所認，竟被《十三經注疏》本所删除。據此事實，而痛辯古書佚存，其中有幸有不幸，亦確論也。

《穆天子傳》有與前兩書全异其趣之一證。其中往往設一空格而不得讀者，此殆非由脱落而不明，乃因從古文改定作楷書之時，對於竹簡漆書，有不明者，故以□號以存其地位。由此一點，可以窺其得保存原有面目。故汲冢出土諸書中，唯此可信其爲先秦文獻，不要多言。“此書逐日記録穆王之言動”，胡應麟《筆叢》曰：汲冢四書皆史也：《紀年》，《春秋》也；《周書》，《尚書》也；《穆天子傳》，起居注也；《盛姬録》，逸事家也。隋唐以後諸志，始置起居注於首，大略以此爲正鵠歟。《漢志》有“左史記言，右史記事。事爲《春秋》，言爲《尚書》”。靡不同之。

此書言動并録，在嚴格之區别，後世或可能之，而此時尚未有其事也。然而彼記天子言之一例，在卷一之末者如左：

曰：天子是與出□入藪，田獵釣弋。天子曰：“於乎！予一人不盈於德，而辨於樂。後世亦追數吾過乎。”七萃之士□天子曰：“後世所望，無失天常。農工既得，男女衣食，百姓珤富，官人執事。故天有時，民□氏響□。（注：音國。洪氏頤煊引孫同元云“注音國二字”，疑即正文響國之訛。響與饗通，國訛作□。音即響字之半耳。）何謀於樂，何意之忘。與民共利，世以爲常也。”天子嘉之，賜以左佩華。乃再拜頓首。

琢按出字空格之處，脱文非一兩字，當有所經地名等并數字。“七萃之士”下空格，當有人名與諫兩三字。“與民共利”，世以爲常九字，疑是錯簡，當在“故天有時”句下。民字偶重出也。其下氏字，疑民字之訛。而重出者，響下空格，當有國無疆三字。

帝王順天道，布善政，與庶民同樂，而天降之以福，民永慕其德。天子耽於安樂，爲臣子者，應該諫正之。此旨與典謨儒家之主張，全然同一。用字行文，比《尚書》爲平易。或王與士問答之意趣，由魏國史官以平易文體改書之。事言并記録者，殆與後世皇帝之起居注及實録相當，此等記録，殆無可疑。

至清朝排出之於起居注之部類，而與《山海經》共編入於子部小説家异聞之屬。此儒家之僻見，亦不足怪，乃對於先秦文獻缺乏判斷力之故也。

故杜預後叙認《紀年》與《左傳》同符，云：“其著書文意，大似《春秋經》。推此足見古者國史策書之體也。”而此書亦得謂其爲國史策書之古體。

三、發見之場所與埋藏之年月

竹書之發掘地是汲郡汲縣之舊冢。晋之汲郡汲縣，在今之河南省衛輝府治汲縣之西南。據《清一統志》（卷一五八）冢在今之縣西二十里。今之汲縣是北齊之伍城。隋以來，呼之爲汲縣。此地在戰國時有城邑。《史記·秦本紀》“莊襄王三年，蒙驁攻汲縣拔之”，《始皇本紀》“又七年，驁還兵攻汲”，據此則爲秦魏兩國互相争奪之要地。自漢以後至今日，有清水流於其故城之北。《水經》云“清水又經過汲縣北”，酈道元注（卷九）曰：縣故汲郡治，晋太康中立。城西北有石爽水，飛湍浚急。人亦謂之磻溪，言太公嘗釣於此也。城東門北側，有太公廟，廟前有碑……碑北三十里，有太公泉，泉上又有太公廟，廟側高林秀木。翹楚競茂。相傳云“太公之故居也”。晋太康中，范陽盧忌爲汲令，立碑於其上……

《元和郡縣志》（卷十六）云：“比干墓及廟，在縣北十里。太公廟在縣西北二十五里。太公即河内汲人也。”而其舊冢之位置。據盧無忌碑文，其全文如左：

齊大公吕望者，此縣人〔也。遭秦燔〕書，史失其籍。至大晋受命。吴會既平，四海一統。大康二年，縣之西偏，有盗發〔冢〕而得竹策之書。書藏之年，當秦坑儒之前八十六歲。其《周志》曰：“文王夢天帝，〔服〕玄禳，以立於令狐之津。帝日昌，賜汝望。文王再拜稽首。大公於後，亦再拜稽首。”文王夢之夜，大公夢之亦然。其後文王見太公而計之曰：“而名爲望乎？”答曰：“〔唯爲〕望。”文王曰：“吾如有所於見汝。”大公言：“其年月與其日，且盡道其言。”一此以得見也。文王曰：“有之，有之。”遂與之歸，以爲卿士。其《紀年》曰：“康王六年，齊大公望卒。參考年數，蓋壽百一十餘歲。”先秦滅學而藏於丘墓。天下平泰，而發其潛書。〔書之〕所出，正在斯邑，豈皇天所以章明先哲。著其名號，光於百代，垂示無窮者乎。於是大公之裔孫范陽盧無忌，自太子洗馬來爲汲令。般溪之下，舊有壇場，〔而〕今墮廢，荒而不治，乃咨之碩儒，訪諸朝吏。僉以爲大公，功施於民，以勞定國。〔國〕之典祀所宜不替。且其山也，能興雲雨，財用所出。遂修復舊祀，言名計偕鎸〔石〕勒表，以章顯德。俾萬載之後，有所稱述。其辭曰：“於爍我祖，時惟大公。當殷之末，□德玄通。上帝有命，公及文王，二夢惟同。上帝既命，若時登庸，遂作〔心膂〕。寅亮天工，肆伐大商，克成厥工。建國胙土，俾侯於東。奮乎百世，聲烈彌〔洪。般溪之山，〕明靈所托。升雲降雨，爲膏爲澤。水旱厲疫，是禳是禜。來方禋祀，莫敢不〔敬。報以〕介福，惠我百姓。天地和舒，四氣通正。灾害不作，民無夭命。嘉生蕃殖，□□遠迸。迄用康年，稼穡茂盛。凡我邦域，永世受慶。春秋匪解，無隕兹令。”

大康十年，三月丙寅朔十九日甲申造。

據此文，酈氏之石夾水，疑即磻溪。想般溪即磻溪，同一注於太公之泉者也。

（附記）原碑早佚。此碑是西魏定武八年，據原碑文追刻者。久已折爲上下兩段。嘉慶四年，李元滬從縣衙移於縣學，其因斷裂而破壞之部分，及磨滅之文字，據孫星衍所收《續古文苑》之碑文以補之，而加方格以示區别。右傍加圈點第五行之一字，孫氏據董逌《廣川書跋》之文，讀爲臣。但據拓本，則類“且”字上部之形態，兼有磨滅痕迹。蓋因與上句“且盡道其言’之“且”字重複。刻成後不稱於心，而加改竄也。第九行“以勞定國”之下三字，亦是改竄。中二字字體極偏欹難讀。至於下之國字過小，是其證也。（當與拓本參照）此碑文從汲冢書中佚文，出土後徑行引用之點，頗重要而可信，兹不憚煩，揭出全文，并在篇首，加拓本縮印一幀，以圖封照之便。

此舊冢是葬魏王者。但有葬魏襄王及葬魏安釐王兩説。又發掘之年。又有“咸寧五年十月”“太康元年”“大康二年”三説。神田喜一郎文學士嘗撰《汲冢書出土本末考》一篇。登於《支那學》第一卷第二三號，關於此等問題，考證之結果，謂安釐王之墓，較爲有理。而發掘之年，爲咸寧五年。爲正云云，兹更述余所考之結果。

查記載咸寧五年十月出土者，《晋書·武帝本紀》之文也。記太康二年者，爲《太公望表》及《束皙傳》。今按唐貞觀時，修《晋書·武帝紀》。

咸寧五年……十月，汲郡人不準，掘魏襄王冢，得竹簡小篆古書，十餘萬言。藏於秘府。據唐代所撰《隋書·經籍志》，中有李軌撰《晋泰起居注》二十卷，《晋咸寧起居注》十卷（《唐志》作二十二卷）。此二書至唐代仍存，以資參考。則《晋武帝紀》所言，其根據异常之正確。故神田學士對於荀勖《穆天子傳序》及盧無忌《太公望碑》等“太康二年”之説解爲經三年而後交於寫定者之手，此説可信。

太康元年之説有三，一爲杜預《左傳集解·後序》，二爲王隱《晋書·束皙傳》，三爲衛恒《四體書勢》。今按《後序》，杜預舉太康元年三月平吴，後溯埋藏之年歲，有“下去今太康三年五百八十一歲”語。是《後序》成於太康三年，在出土之中間，其説與荀勖一致，均可視爲太康二年説有力之資料。考王隱《晋書》之性質，據《晋書·王隱傳》，稱其於南渡前，“博學多聞，受父遺業，西都舊事，多所諳究”。又因祖納好奕，隱勸納著書曰：“當今晋未有書，天下大亂，舊事蕩滅，非凡才所能立。”末又有云：“隱雖好著述，而文辭鄙拙，蕪舛不倫，其書次第可觀者，皆其父（銓）所撰。文體混漫，義不可解者，隱之作也。”史料既已不備，加以怪頭腦之著述家，其書頗難置信。《晋書·律曆志》及《衛恒傳》所引《四體書勢》皆稱太康元出土，此因唐修《晋書》諸志及列傳與帝紀，各人分任，而缺統一，故或有從王隱《晋書》之説者歟。要之以咸寧五年十月之説爲正。（俠庵按：神田學士之説。余釋之，登於本考，可采參觀。）

今再關於魏襄王墓或安釐王墓之説而一考之。欲决定此問題，則《史記·魏世家》與《紀年》有魏王世次齟齬之事，人所多知者。據《世本》及《六國年表》，惠王三十六年，襄王十六年，哀王二十三年，安釐王三十四年。而《集解》《索隱》兩注，據《世本》所載，一稱“惠王生襄王而無哀王”，一稱“襄王生昭王而無哀王”，其爲無哀王也一致。然在今本《紀年》，據王静安（國維）所考證，是從佚文及子史之文綴合而成者，未能復其舊觀甚明。然關於此問題者，有身當出土之時而目睹此簡册之杜預，在其《左傳集解·後序》，援引《紀年》，極其詳細，殊可置信者。今揭後序之文如左：

其《紀年》編起自夏殷周，皆三代王事，無諸國别也。唯特記晋國，起自殤叔，次文侯，昭侯，以至曲沃莊伯。莊伯之十一年十一月，魯隱公之元年正月也，皆用夏正建寅之月爲歲首。編年相次。晋國滅，獨記魏事，下至哀王之二十年，蓋魏國之史記也。推校哀王二十年，大歲在壬戌，是周赧王之十六年，秦昭王之八年，韓襄王之十三年，趙武靈王之二十七年，楚懷王之三十年，燕照王之十三年，齊湣王之二十五年也。上去孔丘卒，百八十一歲，下去今太康三年，五百八十一歲。哀王於《史記》，襄王之子，惠王之孫也。惠王三十六年卒，而襄王立，立十六年卒，而哀王立。古書《紀年篇》，惠王三十六年改元。從一年始，至十六年，而稱惠成王卒，即惠王也。疑《史記》誤分惠成之世，以爲後王也。哀王二十三乃卒，故特不稱謚，謂之今王。

據《紀年》，惠成王三十六年改元，而稱後元，至十六年而卒，即是《史記》之惠王。其次二十三年而卒者，爲哀王。《紀年》曰："今王而不稱謚。"此文在魏世家惠王三十六年，"是歲惠王卒"之下。《索隱》注曰："紀年云，惠成王三十六年，改元稱一年，未卒也。"與杜氏《後序》所引符合。又《魏世家》"襄王卒，子哀王立"之文下，裴駰《集解》引《紀年》如左："荀勖曰：和嶠云'《紀年》起自黄帝，終於魏之今王。今王者，魏惠成王子'。案太史公書，惠成王但言惠成王。惠王子曰襄王。襄王子曰哀王。惠王三十六年卒，襄王立，十六年卒，并惠襄爲五十二年。今案古文，惠成王立三十六年，改元稱一年。改元後十七年而卒。太史公書，爲誤分惠成之世，以爲二王之年數也。《世本》惠王生襄王，而無哀王。然則今王者，魏襄王也。"

對於此事者，司馬貞之《索隱》云：系本襄王生昭王，而無哀王，蓋脱一代耳。孔衍叙《魏語》亦有哀王。而紀説惠成王三十六年，又稱後元一十七年卒。此文分惠王之曆，以爲二王之年，又有哀王，凡二十三年。紀事甚明，蓋無足疑。然則是《紀年》之作，失哀王之代，故分襄王之年，爲惠王後元，即以襄王之年，包哀王之代耳。據《隋書·經籍志》《紀年》十二卷之下，有注云"汲冢書。并《竹書同异》一卷"。此同异一卷者，大約即荀勖和嶠等考證之一部，因出土當時之學者，視今王爲襄王，有异同之説，理由甚明。前所引杜預之説，亦此等校定者之一人也。《集解》所引荀勖曰和嶠云云，殆即此《竹書同异》一卷中考證之語乎。司馬貞《史記索隱》，反對此説，彼引東晋孔衍之《魏語》（《春秋後國語》十卷中）謂其與《世本》符合，而以《紀年》誤失襄王一代，强爲太史公辯護。此説實無足取，觀後所述自明。

安釐王冢之説，何自始乎？始於王隱《晋書·束皙傳》"太康元年汲郡民，盗發魏安釐王冢"（杜預《集解後序》"孔氏正義"所引），然唐修《晋書·束皙傳》曰：初太康二年，汲郡人不準，盗發魏襄王墓，或言安釐王冢，得竹書數十車。其《紀年》十三篇……三家分，仍述魏事，至安釐王之二十年，蓋魏國之史書。

察此文，安釐王冢説，以王隱爲最古，或王隱之父王銓，據傳聞汲冢出土之話而記之。（俠庵按：據《王隱傳》“陳郡，陳人，世寒素。父銓，厲陽令，少好學，有著述之志，每私録晋事及功臣行狀未就而卒”云云。查王銓所居地方距汲郡既遠，又非仕於洛陽，其所傳聞者，恐未必確鑿也。）唐修《晋書》時，於《武帝紀》及《律曆志》，雖定爲襄王冢。而於《束皙傳》，既曰襄王墓。又曰：“或言安釐王冢。”又曰：“仍述魏事，至安釐王之二十年。”是視安釐王爲《紀年》之今王也。故孔穎達《正義》云：“《史記・魏世家》云‘哀王二十三年卒，子昭立。十九年卒，子安釐王立。’哀王是安釐王之祖。故安釐王之冢，藏哀王時之書。哀王二十一年，是赧王之十七年。并下秦韓趙楚燕齊之年，皆史六國年表文也。”

是孔氏亦覺仍述魏事至安釐王二十年之説不安，而衹對於安釐王冢説，加以説明者也。雖然在安釐王卒後，而造冢時，而後埋所謂今王，即其祖哀王之書，有是理乎。至唐修《束皙傳》謂“仍述魏事，至安釐王之二十年”是認《紀年》之今王爲安釐王。然《紀年》被引於《水經注》之文，但至襄王爲止，無關於以後魏王之事。由此推之，則《束皙傳》所謂述魏事至安釐王二十年之説，其誤謬明矣。

要之安釐王冢説，唐初與於編纂《晋書》之孔穎達輩，不考核王隱《束皙傳》之確否，而揭載不與帝紀吻合之文，以遺後世之惑，所以《四庫總目提要》極言唐修《晋書》之缺陷。即此一事而觀之，亦可見其編次之滅裂與考定疏略之一例也。

由此觀之，從《紀年》惠成王卒於後元十六年，襄王嗣立，即與其所謂今王者相當。如是則衹余襄王冢唯一之説耳。

司馬光《通鑒考异》（卷一《周紀》）考定慎靚王二年，魏惠王薨子襄王立。同時引世家本文注，及杜預《集解後序》而下結論曰：“彼（俠庵按：指《紀年》）既魏史所書，魏事必得其真，今從之。”此斷案，真兀立而不可動摇，但《通鑒》呼惠成王曰“惠王”，想從《孟子》《戰國策》等書歟。然《史記》省二字之謚號爲一字者，其例不少，今於王名，不稱惠成王。温公之意見，尚未澈底也。

惠成王於三十六年改元。《紀年》之如此，實無插疑之餘地矣。次關於改元之理由，在此問題，崔東壁以爲因稱王之時改元，此説最爲動聽。《孟子事實録》（卷上）惠王語孟子曰：“及寡人之身，東敗於齊，長子死焉；西喪地於秦七百里；南辱於楚，寡人耻之云云。”以此章與《魏世家・惠王三十五年》“惠王數敗於軍旅。卑禮厚幣以招賢者。鄒衍、淳于髡、孟軻、皆至梁”及“襄王元年，與諸侯會徐州，相王也。追尊惠王爲王”之文對照。若孟子在改元以前，與惠王語，則

“王何必曰利”“王好戰”“王往而征之”等語，孟子不應呼之曰王。所以杜預有《史記》誤分惠成之世以爲後王之年一説。《史記》襄王元年會於徐州而相王一事，此是惠王之事，而非襄王事。

蓋惠王本魏侯，既僭稱王，則是乃稱王之始年，故不稱三十七年，而稱元年。《史記》不知惠王改元之故，但見其於三十六年之後，又書元年，遂誤以爲襄王之元年耳。然則孟子之至梁，不在惠王三十五年，而在後元十二年。襄陵既敗之後，則孟子與惠王之所云者，無一語不符矣。

又在《孟子》見梁襄王云云之章，而論杜氏無襄王，而以今王爲哀王之非。孟子門人所記者，不當誤哀爲襄。《世本》有襄王，無哀王，故疑因襄哀二字，字形相似，所以《史記》誤認襄王之外又有哀王。故斷定《史記》之哀王二十三年，當作襄王二十三年，而《紀年》之今王，即是《孟子》之襄王，而非哀王。

今再檢《戰國校注》（吴師道重校）本，在襄王之章注曰：愚按秦惠之十四年，亦改元後年，即惠公之比，而襄之爲哀，直以字而訛爾。

右“惠之”二字，想是“惠文”之誤，否則其間脱去文字乎，要之吴師道在崔述之先，既因襄哀兩字體之類似，而疑其訛襄爲哀，且注意於秦惠文王，亦有改爲後元年之例，但改元在穆王之年，尚未言及。今按《秦本紀》：“二十四年，孝公卒，子惠文君立。”又曰：“惠文君元年。”又曰：“十三年四月戊午。魏君爲王。韓亦爲王……十四年更爲元年。”

由此則是説魏、韓兩君稱王，翌年秦亦稱王也。又觀《田齊世家》齊宣九年曰：“與魏襄王會徐州，諸侯相王也。”據《六國表》齊宣王九年即魏襄王元年，亦與《紀年》之魏惠成王後元年相當。《史記》無齊宣王改元之記載，據理是年九年，當亦改稱元年，此乃田齊記録不傳於秦漢之結果，所以不知其有改元之事乎。《韓世家》：“宣惠王立。”《索隱》注曰：“韓微小國，史失代系，故此文及系本不同，今亦不可考也。”由是田齊記載不備，亦當與韓一例。據《六國表》，韓宣惠王元年，爲魏襄王三年，秦惠文君之六年。而惠文王之後元年，即爲魏襄王（即惠成王之後元）之十一年，韓宣惠王之九年，齊宣王之十九年。由《秦本紀》及《三世家》之記載推之，自當同時改元，固不待言。則《六國年表》之年次，其錯誤頗多，不能不更加考核也。

就於《紀年》惠成王第三十七年爲後元年之理由，緣於稱王，經已明白。從而今王是襄王，與《史記》之所謂哀王相當。而《史記》所記襄王十六年間之事，皆惠成王後元年以後之事，確實而不容疑。

今尚剩一問題，《紀年》之今王，終於二十年，至翌年而昭王立，至二十三年而尚不改元。據《史記》本文，所謂哀王（即襄王）卒於二十三年，昭王立，其翌年改爲元年。對照之，則《紀年》最終之記事，諸書皆終於今王之二十年。究竟因王卒而結束與否，不能判然。今本《紀年》之末作“今王終二十年”。王静安云：“此不過引《後序》所云。”《紀年》“今王終二十年”之語，此非魏國史官所書之文，乃第三者所言《紀年》末。但終於此，今本作者，以一句而結束之，真所謂隱頭而不隱尻者乎。

《魏世家》：“二十三年……哀王卒。”《索隱》曰：“汲冢紀年，終於哀王二十年。昭王三年喪畢，始稱元年也。”據此是司馬貞欲以《紀年》正世家之文。與其主張襄王之存在無關，蓋以《紀年》之文乃三年終喪，而始改元以正太史公二十三年卒之説，故其説對於《紀年》原文，含有“二十年今王卒”之意味也。

《戰國策》有“襄王之死將葬而大雨雪。群臣諫太子。請弛期一事”。連用“太子曰”“見太子”“令魏太子未葬其先王”等語。未葬先王時稱太子，《戰國策》之襄王，是否《紀年》之今王未明。要之昭王之葬襄王，於司馬貞畢三年之喪而後改元之説、於此得一傍證。

由此推論。正屬襄王卒於二十年，而冢在其後三年之間而完成。此十餘萬言之書策，遂於此時埋藏，可以想像矣。

埋藏三年代。杜預溯算，自太康三年（二八二年），上推五百八十一歲（前二九九年）。盧無忌及荀勖，皆以爲秦始皇坑儒之前，八十六歲（二九八年）。然據《六國表》及杜預《後序》：襄王之二十年爲壬戌（前二九九年），其後三年間而冢始成，則西曆紀元之前二九六至二九八年也。此在紀元前第三世紀之首，斷然不移。若爲安釐王之墓，是在五十三年後，即始皇五年以降，是在第二世紀之中葉也，此説我所不取。

發掘者，《晋書・武帝紀》《束晢傳》皆作汲郡人不準。《穆天子傳》荀勖序，作汲縣民不準。今按以不爲姓者，前後所未嘗見。意者以晋代太字作大之例，或不爲丕之省畫乎。如是則加邑於右旁，而與邳通用若依考察，則“不”字不當讀作普，而當讀作丕。

墳墓之被盗掘，乃中國自古所常有者。秦漢以來，帝皇陵墓大抵無不被發掘者，如陳琳檄文所稱“梁孝王先帝毋昆，墳陵尊顯，而操帥吏士，親臨發掘，破棺裸尸，掠取金寶”，最其一例。然比此更先者，在春秋戰國之間，亡國勿言。其未亡國君之墓亦有之，如《吕氏春秋》（卷十《安死》）有左之語：自古及今，未有不亡之國也。無不亡之國者，是無不扣（注：扣讀掘）之墓也。以耳目所聞見，齊荆燕嘗亡矣，宋中山已亡矣，趙魏韓皆亡矣，其皆故國矣。自此以上亡國不可勝數，是故大墓，無不扣也……故宋未亡而東冢扣。（東冢，文公冢也。文公厚葬，故冢被發也。冢在城東，因謂之東冢。）齊未亡而莊公冢扣。（莊公，名購，僖公之父，以厚葬被發。）國安寧而猶若此。又况百世之後。而國已亡乎。

故戰國諸王之冢，大抵國亡之後，頻頻然被發掘。而此魏襄王冢，得保存於六百年間，豈非僥倖之事乎。况當出土時，又值魏晋文學昌明之會，俾得秦漢以來不同之文獻，使流傳於後代。不能不謂之幸運爾。

《西京雜記》，葛洪跋語曰：家傳有劉歆遺著。其卷六曰“廣川王去疾，發魏襄王冢，獲其玉唾壺一枚，銅劍二枚”云云。雖然此書之著者爲何人乎。此怪事已爲晁公武以來所注意。假令爲魏王之墓，究爲何王之墓乎，是不能無疑。若謂襄哀兩王之墓，則决難置信者，然此爲有名之話柄，故特附記之。

四、竹書古文與其考定者

汲縣所發掘之竹書古簡，據《晋書·武帝紀》，爲十餘萬言，藏於秘府。其詳細見於《晋書》卷五十一《束皙傳》。其發掘之狀况，及納於秘府之篇數，其記載上，查有一二之誤謬，故不厭重複。揭其全文：

初太康二年，汲郡人不準盗發魏襄王墓，或言安釐王冢，得竹書數十車。其《紀年》十三篇，記夏以來至周幽王爲犬戎所滅，以事接之，三家分，仍述魏事，至安釐王之二十年。蓋魏國之史書，大略與《春秋》皆多相應。其中經、傳大异，則云夏年多殷，益干啓位，啓殺之，太甲殺伊尹，文丁殺季歷。自周受命，至穆王百年，非穆王百歲也。幽王既亡，有共伯和者，攝行天子事，非二相共和也。其《易經》二篇，與《周易》上、下經同。《易繇陰陽卦》二篇，與《周易》略同，《繇辭》則异。《卦下易經》一篇，似《説卦》而异。《公孫段》二篇，公孫段與邵陟論《易》。《國語》三篇，言楚晋事。《名》三篇，似《禮記》，又似《爾雅》《論語》。《師春》一篇，書《左傳》諸卜筮，師春似是造書姓名也。《瑣語》十一篇，諸國卜夢妖怪相書也。《梁丘藏》一篇，先叙魏之世數，次言丘藏金玉事。《繳書》二篇，論弋射法。《生封》一篇，帝王所封。《大曆》二篇，鄒子談天類也。《穆天子傳》五篇，言周穆王游行四海，見帝臺西王母。《圖詩》一篇，畫贊之屬也。又雜書十九篇：《周食田法》《周書》《論楚事》《周穆王美人盛姬死事》。大凡七十五篇，七篇簡書折壞，不識名題。冢中又得銅劍一枚，長二尺五寸。漆書皆科斗字。初發冢者，燒策照取寶物，及官收之，多燼簡斷札，文既殘缺，不復詮次。武帝以其書付秘書，校綴次第，尋考指歸，而以今文寫之，皙在著作，得觀《竹書》，隨疑分釋，皆有義證。

譯者今將右文摘要以便觀覽

《紀年》十三篇（記夏以來至魏安釐二十年事）	《易經》二篇（與《周易》上、下經同）
《易繇陰陽卦》二篇（與《周易》略同，《繇詞》則异）	《卦下易經》一篇（似説卦而异）
《公孫段》二篇（公孫段與邵陟論《易》）	《國語》三篇（言晋楚事）

《名》三篇（似《禮記》，又似《爾雅》）	《論語》《師春》一篇（書《左傳》卜筮）
《瑣語》十一篇（卜夢妖怪相書）	《梁丘藏》一書（叙魏世數及藏金玉事）
《繳書》二篇（論弋射法）	《生封》一篇（帝王取封）
《大曆》二篇（鄒子談天之類）	《穆天子傳》五篇（言穆王游行四海）
《圖詩》一篇（畫贊之類）	《雜書》十九篇（《周食田法》《周書》《盛姬死事》）
簡書折壞七篇（不識題）	共七十五篇

依此文，是以盗取寶物爲目的，而發見者也。其送出官府者，除竹書外，衹有劍一枚，長二尺五寸，見於《晋書・律曆志》。尚有玉律及鐘磬，其他當别有寶器頗多。而在暗中搜索時，燒竹書以作炬火，迨點收之際，燒殘簡策，尚多至數十車，於此多量之中，得七十五篇，總計得十餘萬言之文獻。

按此文第二行"以事接之"句，顯然是以晋事接之，文中脱一"晋"字。次《紀年》十二篇，而誤作十三篇。襄王之二十年，而誤作安釐王。第六行"《名》三篇似《禮記》"，名字之上似脱去"失"字或"無"字，後"不識名題"即是此類。此等中，當是現行本之脱去者。《紀年》十三篇，《隋書・經籍志》作十二篇，加《竹書同异》一篇，乃足十三篇。又與七十五篇，總數不合，當注意之。

出土七十五篇（又卷）之文。現屢讀杜預《序》及王隱《晋書・束皙傳》等，想已無异其《紀年》。若果爲十三篇，則總數當爲七十六篇。是唐修《晋書》之記者，對於《隋書・經籍志》所載紀年篇數，各不相合之點，大有疏漏也。

關於出土之始末。神田學士所述，頗能詳密核實。對於荀勖、和嶠、衛恒、束皙四人，認爲當時寫定編次之主要者，杜預是校讀之一人，頗爲得當。《晋書・荀勖傳》："勖於武帝受禪時，拜中書監，後領秘書監。汲郡得古文竹書時，詔勖撰次之，以爲中經，列在秘書。"據《隋書・經籍志》，武帝命中書監荀勖及中書令和嶠撰爲十五部八十七卷。《後序正義》注文曰："詔荀勖、和嶠，以隸字寫之。"想與《經籍志》根據同一之史料。《和嶠本傳》言嶠爲中書令，時荀勖爲監，嶠鄙勖爲人，以意氣加之，而不及汲冢書事。《瞿氏鐵琴銅劍樓書目》（卷十七）及莫氏《郘亭知見善本書目》（卷十二）於《穆天子傳》之荀勖序文。荀勖之次，有和嶠名，則此兩人，爲當事者甚確。又據《王接傳》（《晋書》卷五十二）云："時秘書丞衛恒，考正汲冢書，未訖而遭難。佐著作郎束皙，述而成之，多證异義。"荀、和二人部下，有衛、束二人，相踵考定，能以古文寫定爲今文，多出此二人之手，可以推測之。

束皙爲考定古文當事者之適當人。神田學士引《晋書》本傳，讀嵩山所出竹簡之文，知爲漢明帝物以爲證，查《晋書》之文，實據《張隮文志傳》。《文選》

任昉《薦士表》有“竹書無落簡之文”一句。李善注云：“《張隲文士傳》曰：人有於嵩山下，得簡一枚，兩行科斗書，人莫能識。司空張華，以問束晳。晳曰：此明帝顯節陵中策文。驗之果然。朝廷士庶皆服其博識。”此爲《晋書》所采之資料也。惟今本《經籍志》作“《文士傳》五十卷，張隱撰”，誤張隲爲隱耳。

汲冢書出土之考定。當時注意之者，非獨杜預一人。時束晳繼衛恒後，續成此書。東萊太守王庭堅難之，亦有證據。晳又釋難，而庭堅已亡。散騎侍郎潘滔謂王接曰：“卿才學理識，足解二字之紛，可試論之。”接遂詳其得失。摯虞謝衡，皆博物多聞，咸以爲允當云（《王接傳》）。據此可以知當時對冢書之情形矣。

上述和嶠以下與於《穆天子傳》之考定者。在本書有直接關係，兹録現存序文，并瞿氏舊鈔本序文，具有四人名者，揭之於後：

《穆天子傳》序。

侍中中書監光禄大夫濟北侯臣荀勖撰。

序古文《穆天子傳》者，太康二年，汲縣民不準盜發古冢所得書也，皆竹簡素絲編。以臣勖前所考定古尺，度其簡長二尺四寸，以墨書，一簡四十字。汲者，戰國時魏地也。案所得《紀年》，蓋魏惠成王子，令王之冢也。於《世本》，蓋襄王也。案《史記·六國年表》，自令王二十一年至秦始皇三十四年燔書之歲，八十六年。及至太康二年初得此書，凡五百七十九年。其書言周穆王游行之事。《春秋左氏傳》曰：“穆王欲肆其心，周行於天下，將皆有車轍馬迹焉。”此書所載，則其事也。王好巡守，得盜驪、騄耳之乘，造父爲御，以觀四荒。北絶流沙，西登昆侖，見西王母。與《太史公記》同。汲郡收書不謹，多毁落殘缺。雖其言不典，皆是古書，頗可觀覽。謹以二尺黄紙寫上。請事平，以本簡書及所新寫，并付秘書繕寫，藏之中經，副在三閣。謹序。

此令王爲今王之誤。觀《後序》及世家注自明。兹録瞿氏之記載如左：《穆天子傳》六卷（舊鈔本），馮巳蒼得之，以錫山秦氏鈔本校過，改正訛字，補録序首結銜五行。其文云：侍中中書監光禄大夫濟北侯臣勖（一）；領中書會議郎蔡伯臣嶠言部（二）；秘書主書書令史譴勳給（三）；秘書校書中郎張宙（四）；郎中傅瓚校古文《穆天子傳》已訖，謹并第録（五）。别本皆無之，云云。

此文附圈之字是誤字。及意義不明者，會爲令之訛，容易正之。言部或爲定部之誤，未能决定。主書令史人名之誤謬甚明。據莫氏所寫文字，與其字形稍近者。前與摯虞同舉，有“謝衡”姓名。其譴字言，旁與謝同，其勳字作黑，與衡字中間之魚近。《謝鯤傳》（卷四十九）：“父衡以儒素顯，仕至國子祭酒。”彼既嘆服王接之言，想與考定汲冢書有關係。鯤字字樣亦有多少類似，但鯤於惠帝永興中，由長沙王乂所舉，始當仕宦，其年代過遲。除此外，其餘勛之字樣，不能想像，亦無何等事迹，故暫假定謝衡焉。關於秘書校書郎張宙，史乘無可徵之記載。從其佚文之發見，始知與於斯事者，有此一人而已。至於郎中傅瓚，爲《穆天子傳》之校者。據裴駰《史記集解》序曰："《漢書音義》，稱臣瓚者，莫知姓氏。"而《索隱》注之曰："按即傅瓚，而劉孝標以爲于瓚，非也……必知是傅瓚者。"按《穆天子傳》目録云："傅瓚爲校書郎，同荀勖同校定《穆天子傳》。即當西晋之朝，在于之前……又稱臣者，以其職典秘書故也。"《索隱》之言如此，是李唐本之序文，尚與舊鈔本，有同樣結銜。司馬貞籍此以考定漢書臣瓚之姓。而瞿氏等鈔本，作郎中官名者，想從《索隱》所改正明矣。

《荀勖本傳》及《武帝紀》皆作勖卒於太康十年，和嶠卒於元康二年。此序文是作於太康十年（二八九年）。

此等汲冢諸書，考定於西晋古文家乎。據《後序正義》及《史通》所引之王隱《束皙傳》，則詔荀勖和嶠以隸字寫定，登録於《中經簿》，藏之秘府。本書亦其中之一。編入於起居注部類，據《隋書·經籍志》可知。

五、郭璞注《穆天子傳》之元明清刊本

《後序正義》引王隱《束皙傳》本文後，孔氏於附加《史記·魏世家》云云句前。有"《穆天子傳》，世間偏多"語，足知東西晋間，此書已行於世。汲冢出土諸書中，至撰次寫定訖，最速流布於當代者，以《穆天子傳》爲第一。其理由，實在道教思想之流行，前已述之。而郭璞之注此書，當在元帝末年，未被王敦所殺以前，約爲出土後四十年之頃歟。

因郭璞序文不傳，豈獨當時本書篇目及保存狀態不明，即序文之有文與否，亦難懸揣。王應麟《玉海》引《中興書目》有"六卷，字數八千五十四字"。晁氏《郡齋讀書志》字數亦同。現存本補加和嶠以下結銜之荀勖叙文，爲七千百五十七字，短少一千三百五十七字。若八千之八字是七字之誤，則郭璞之有無序文，亦未可知。讀郭氏注，觀其注意於原文錯脱，不加私意，而妄有竄改，對於原文忠實之態度，可以認知。又從與《紀年》《山海經》互證，起於郭氏以後，足以窺今本脱誤之一端，其注六有明認誤解强辯之處。郭氏爲此希書之最初研究者及宣傳者，其功不在出土時校定諸家之下也。

本書傳於今日者，與歷代書志所舉者同，衹有郭氏注本。觀《太平御覽》所引之注文，亦與今本同，則可以知其别無他本矣。

元明以後之刊本中，其中最古，而又爲今日可得者，爲明《道藏》本。據至正十年之序文，署名曰北岳王衛玄翰，則是大同府恒岳廟之道士乃以宋槧本爲底本，校讎於劉楨庭翰之舊藏本，重刊於南京，轉傳而收於明《道藏》者也。

天一閣本（《四部叢刊》影印本之原本）。是否以明《道藏》本爲底本不明，一行十七字，字數同一，异同甚少。惟天一閣本，屢屢見其有誤脱，此不外由於覆

刻之故乎。

明刊《漢魏叢書》本（蒹葭堂舊藏）及通行本，皆缺荀勖序，且誤脱遥多，此兩本比較爲劣。（俠庵按：《漢魏叢書》有三：一爲三十八種本，明萬壬辰，新安程榮校刊；二爲七十六種本，明崇禎間，武林何允中刻；三爲九十六種本，清王謨刻。三種皆有《穆天子傳》，大抵皆爲劣本也。）

平津館本（嘉慶五年）。洪頤煊據《太平御覽》《藝文類聚》校讎，訂正頗多。而收於《五經歲遍齋校書三種》（道光十二年）之《覆刻穆天子傳》，乃由翟云升更詳細校讎之者。此兩書補正本文之誤脱，效果更多。

莫友芝説，在明刊本中。有“趙標”本、“青蓮閣”本、“説郛”本。而爲洪氏校讎參考之資者，尚有“程榮”本、“吴琯”本、“汪明際”本云。

清代注釋此書者，洪翟兩書之外，尚有檀萃《注疏》（六卷首末各一卷，合計八卷），收於《碧琳琅館叢書》，補正本文及注文之誤脱，且博引諸書而疏證之。此外尚關於竹書出土、穆王事迹、昆侖、王母等揭其所見。檀氏在本書之研究與吴管之於《山海經》同，當多其博引旁引之勞，而惜其缺嚴密批判之眼。彼列載今本《紀年》《山海經》《水經注》等，蔑視時間及空間，實有遺憾。如彼曲解今本《紀年》“自武王至穆王，享國百年”，以爲穆王在位百年，壽百數十歲。又謂：“舂山赤烏，群玉寶藪，考之《西域傳》，無有此者，惟大秦以西，足以當之。”此不能得正確觀察之故也。

至於近年，丁謙氏有《穆天子傳考證》一卷（《浙江圖書館叢書》第二輯）、劉師培氏有《穆天子傳補釋》（《國粹學報》第五〇・三）、顧實氏有《穆天子傳西征今地考》（《國學叢刊》第四期史學專號），此爲新研究之發端。

洪、檀、翟三氏在本文之校讎上，大足以資參考。《水經注》有全、趙、戴、楊四家。（俠庵按：謂全祖望、趙一清、戴震、楊守敬也。）《山海經》有畢、郝二家。（俠庵按：畢沅、郝懿行。）檀氏研究固缺乏清朝學風之長處，就是書之性質與經史諸子，太相懸絶，互證之手續，不易執行，爲其第一之理由；至於最近之研究，被拉克培理等考證之影響，生出在中國古代地理範圍外，追迹穆天游踪之傾向，爲其第二理由 ；彼立脚於中國書籍，欲考定其地名者，遂生出不能徹底研究之結果矣。

因此最近校讎及考證諸家之傾向，非無着眼於洪頤煊、翟云升以外者，但我認爲終落於皮相之見，而不能首肯。我從拉氏所得之暗示，同時於此等諸家學者，亦非謂絶無所得，當草此稿，對於人名地名有疑點時，而參考之，其中明解暗示，獲益不少。從而發揮本書之真價值，仍有待於中國學者之研究。而余之此文，亦不外啓發將來堅實之見地而已。

六、西洋學者之翻譯與研究

本書所載之穆王西征，西洋學者當考察中國上古之西方交通與西王母關聯時，早有注意。對於西征目的地之昆侖與會見西王母之人物，提出種種之考説。其初翻譯此書者，爲宣教師亞意脱爾，同時拉克培理之《中國文化西方起源論》（一八八九年）均能影響於近時民國學者甚大。

入於現世紀，有科爾客、猷弊、沙咏恕、疏紹爾、培里阿等，關於此問題之意見，提出種種。至於近時，其研究猶有未停之象。兹録其主要如左：

E. J. Eitel: Mu-t’ien-tsze Chen, or Narrative of the Son of Heaven (Posthumously called Muh.) (China Review XVII, 1888，No. 4, PP. 223—240; No. SPP. 247—258.)

A. Folke: Mu Wang und die Königin von Sapa. (Mitt. d. Seminals F. Olient Sh1. 2 Bellin. VII. 1904. S. 11) (Huber refutes the paper in Bull. Ec. Fi. Del Extl. O1. IV 1904 pp, 1127—1131.)

A. Folke: Si-Mu-Wang (Mitt. d. Semi K IX. 1906 S. 409—417)

Ed. Chavannes: Le Voyage au Pays de “Si-Mou.-Wang” (Memoires historiques Tome V. Appendice II, 1905 pp. 480—49 Tome I, foot-note 3. p. 265 and Tome 11, foot-note 3, pp. 5—8)

Leep. de Saussure: The Calendar of the Muh Tien Tsze Chuen (New China Review II, 1920, pp. 513—516.)

Leop. de Saussure: Le Vovage de Mou Wang et 1 Hypothese d Ed. Chavannes (Toung Pao, Vo1. 20, Jan. 1920—21, pp. 19—31.)

Leop. de Saussure: Le Voyage du Loi Mouau Turkestan oriental (Journ. asiatique 1920, pp. 151—56.)

Leop. de Saussure: La Relation des Voyages du Loi Mou (au Xe Siecle A. D. J.)(g. As. 1921, pp. 247—280.)

Henri Cordil: Histoire generale de la Chine (Tome I, 1920, pp. 123—125.)

此等諸家中，科爾客氏以爲穆王訪問略同時代之薩羅門王，與希伯來傳説之薩巴女王，即視爲西王母。猷弊氏猛烈攻擊其意見。科氏又爲反駁，蓋科氏以卷三“我惟帝女”句之女字。由《御覽》所引者爲基礎，而認西王母爲女性。而在穆王游行之道里，據《紀年》沈約注所稱“西征還履天下，億有九萬里”云云，是引郭璞本書“三萬有五千里”句之注文，欲以改正《紀年》之里數，而蔑視本書之内容，而樹立一個見解。猷弊氏之駁擊，當然奮起，故其論難到肉薄之處。

沙氏在法譯《史記》第五卷附録第一，批判竹書《紀年》，認爲真正之書，次在附録第二。題本書曰：“西王母國旅行。”沙氏在《史記》第一卷《周本紀·穆王》及第二卷《秦本紀·造父》皆有記注，其主張旅行於西王母者，實爲秦繆公而托名於周穆王。科氏攻擊其意見。沙氏解答又衍述第二卷之注脚，謂由秦繆公與周穆王混同。而據《秦本紀》繆公“益國十二，開地千里，遂霸西戎”之文，以爲後楯。疏氏舉《左傳》昭公十二年子革之語，以駁擊之。（俠庵按：苹字當是革字之訛。子革對楚靈王曰：“昔穆王欲肆其心，周行天下，將皆有車轍馬迹焉。”疏氏所舉者，當即指此語。）

引證之該博，與判斷之穩健如沙氏，何以有此突兀之專斷耶？殊令人難索解，蓋因中國歷史家之常套，凡起於君主與臣下之言行，君主有過，不記於本紀，而記於其臣下之文，兩相互見。沙氏不明此例，乃爲其致誤之原因乎。（俠庵按：《史記・周本紀》不載穆王西巡事。唐若皐評之曰：“穆王周行天下，事近荒誕，故此處一語不及。乃於《秦本紀》造父處略言之，得體。”）沙氏以爲“穆王西征之全事迹，當然應載於《周本紀》”，然此是全然誤解，觀《史記・高帝本紀》，與張良、蕭何等列傳，互有詳略出入，可以知矣。

關於穆王御者之造父，記載於《秦本紀》《趙世家》中，其過實在穆王。今因其事載於《秦本紀》，遂推置於繆公身上。因穆王有征西犬戎，遂附會於繆公之創霸西戎，此爲沙氏第二之誤解。因此驅沙氏信《竹書紀年》，而疑本書，謂“此旅行記，在紀元前十世紀，既已編纂，絶難信。秦繆公乃本書之真正主人公，與穆王全無關係”云云。沙氏此處，得不謂脱綫太甚耶。關於本書之性質，疏紹爾氏之判斷，頗爲不失正鵠。疏氏纍四篇，而駁擊沙氏，亦當然應有之駁論也。

沙氏之見解既乖，進而據我所論以明之，兹大略指摘各人之誤謬及缺陷。其一，因《穆天子傳》，假定西王母是女性者。亞意氏及沙氏謂《漢魏叢書》本卷三。“我是帝女”句，脱去女字。此脱落，既依平津館本補正。想科爾客氏，未得經校讎之本文，以爲論據耳。

沙氏對於本書之所謂宗周。據《尚書》及其它經書，謂此非洛邑之成周，實在西安附近之鎬京，否則不能四日而還南鄭等語。此沙氏之誤也。本書卷四之末云：吉日甲申，天子祭於宗周之廟。乙酉，天子□六師之人於洛水之上。仲冬壬辰，至纍山之上。吉日丁酉，天子入於南鄭。自吉日甲申，至丁酉凡十四日，而後入於南鄭，奚言四日耶？加之庚辰天子大朝於宗周之廟，乃里西土之數曰自宗周瀍水以西云云。讀此等文，則本書之所謂宗周，即經書注釋家之所成周洛邑，毫無疑義。然沙氏全然從相反之解釋，不理干支，而獨斷爲鎬京，難免疏漏之誚矣。沙氏發生此乖异之理由，全由未讀本書，而不解其文意文脉。疏氏攻擊沙氏之疏漏，吾不能不左袒之矣。

疏紹爾氏與沙氏全异其見解。彼比較之於《左傳》止取本書見西母，與《左傳》善造父八駿之説。前者是神秘，後者是奇迹，由世俗之想像，往往牽合此二事爲一，亦不足怪。若學者則不能舉此二事爲本書之主體，《左傳》無王母之説，昆命見於《尚書》及《爾雅・釋地》。王母祇見於《爾雅・釋地》。此外經傳，全然不見，所以疏氏謂此兩件事不同。《左傳》所載，不過祇有八駿之説，疏氏之見解甚穩當。

疏氏對於本文之詮考、記事之曆法、旅行之日程、行路之地理、穆王之性格、犬戎盛姬之姓、造父之技術，順次論列，謂不能推測本書爲周末學者之僞作。又以沙氏之改繆公爲繆王，不合（謂《史記・秦本紀》作繆王），而斷定本書之記事，雖有多少由後人所羼入，然可以謂全體基於周室史官之實録云。如此則疏氏可謂西洋中國學者中評定本書之價值之學者一人。彼就於本書之内容，爲精細之考究，其真摯之態度，與種種有興趣之着眼，不能不令人敬服也。但對於疏氏唯一之疑惑者，爲氏之第四稿（第二五六頁）算定天子行程謂於第六百四十四日，還於宗周。然在本文，不記其距離。其距離但示根抵之疑於注。（notedoyigine suspecte）凡未得“支那論評”之亞意脱爾氏譯本時，或從亞氏之本傳譯本，然亞氏信《竹書紀年》“西征還億有九萬里”之説。本書有正確部分之距離，總計三萬有五千里，却疑而捨之，遂令穆王游踪，有延及西亞之疑。經其取捨，而見於英文，則未見原書。如疏氏者，有不得不對其説茫無頭緒矣。使疏氏若見原文卷四末道里之記事，則關於穆王游踪所到，必能以考證也。

七　書目體裁及篇目

史料之性質，既已述之。現存本之體裁與篇目，尚當詳述。本書每卷之首之第一行，有古文二字。又荀勖序文，劈頭有“序古文《穆天子傳》者”句，則冠以古文二字，想是當時呼此書之名。據《隋志》有“古文《瑣語》四卷（汲冢書）”亦有古文二字，而《紀年》及本書，想有除去古文二字，而爲古文與今文之别。如《尚書》之紛争，内容有出入，而互异其門户，以起學者之争論者乎。假令無特冠以示區别，想亦必省略之矣。此書名據王隱《晋書・束晳傳》云：周王游行五卷，説周穆王游行天下之事，今謂之《穆天子傳》。

至唐修《束晳傳》则云：《穆天子傳》五卷。實周穆王游行四海，見帝西王母。《圖詩》一篇，畫贊之屬也。

由此觀之，當收於秘府時，尚呼之曰“周王游行”，以與其他書區别。後經荀勖等考定，始名“《穆天子傳》”。

杜預《左傳・後序》引《周易》及《紀年》，而不及此書。太康三年草後序時，謂：“所記大凡七十五卷，多雜碎怪妄，不可訓知。”就中尚未整理之時，名他曰：“説周穆王游行天下之事。”假使判然其爲後世起居注之類，則注意之，列於史官記事之書，而援引之矣。

荀勖等呼穆王不曰王而曰天子，不曰紀而曰傳，或當時視爲“漢武帝内傳四”

之類，成於好事者之手，以行世，乃記帝王瑣事，以與正史區别之意味。此其所以選用“傳”字之意味歟。

本書尚能保存原有之形式，西晋時之面目，尚可想像，至爲可善。寫定以後，未被多大之變更，可以推定其爲古簡，乃一重要之點。與《山海經》《五藏山經》末字之識記及《海内》《海外》兩經末劉秀（歆）等校定年月日之跋文，是爲相對之好奇迹，頗可貴重。

次關於本書之篇目。觀王隱、唐修兩《晋書・束皙傳》，前者爲《周王游行》五卷，後者改今名爲五篇。至《隋書・經籍志》則曰：《穆天子傳》六卷。（汲冢書，郭璞注。）置之起居注之首。而起居注爲《隋書・經籍志》所創作，其説明如左：起居注者，録紀人君言行動止之事……周官内史掌王之命，遂書其副而藏之……今之存者，有漢獻帝及晋代已來起居注，皆侍臣所録。晋時又得汲冢書，有《穆天子傳》，體制與今起居注正同，蓋周時内史所記王命之副也。

《舊唐志》（卷四十六）以後，全然同數。宋以後至現在，皆爲六卷本。元王漸序文謂：“晋荀勖校定爲六卷。”荀勖序文，不幸未記明卷數，當時寫定之際，是否六卷，實無由知。《束皙傳》與《隋志》以後傳來本之卷數是否一致，乃一疑問。

就此五篇與六卷之關係，《四庫全書總目提要》（卷一四二）已注意之，其考案云“第六卷爲《雜書十九篇》中《周穆王美人盛姬死事》一卷，尋其文義，當歸此傳。《束皙傳》别而出之，非也”，其斷定如此。洪頤煊氏校本序云：據《晋書・束皙傳》：此書本五卷。末卷乃雜書十九篇之一……今本六卷，當即勖所定也。

從此考説，則穆王游行爲五篇，與盛姬死事一篇，合之總名《穆天子傳》。同時因有書名之變更，是亦一種見解。雖然，欲考定此事實，尚須想出方法與順序，不能爲如此簡單之斷定也，觀第六卷篇首。以“之虚皇帝之間。乃□先王九觀。以詔後世。已巳。天子□征。舍於菹臺”之句爲始，此顯然有缺矣。其卷五之首亦然，如：“寶處。曰天子四日，休於濩澤，於是射鳥獵獸。丁丑，天子□兩乃至”之句，其文體全同。又篇末完結之文，卷四、五、六，皆作：吉日（某干支）天子入於南鄭。

是當整理之初，尋素絲所編之竹簡，以猜讀困難之古文，則此天子、干支、地名等，當爲最先着眼之點。出於第六卷中間之盛姬死，諒不應爲先注意而别記録之事也。

然則六篇之數，當如何計算乎？據前所引唐修《束皙傳》本書五篇之次，連記有“《圖詩》一篇，畫贊之屬也”。想是載於《穆天子傳》中所畫之人及物之類，而添之以贊者，大約類似於戰國時代武氏石闕之畫象石，而綴以題辭之文者。徵之

《海外經》以下之文句，當無所疑。若以此加之，則成六篇之數。想藏於西晉秘府時，即以隸書寫於中經簿，稱爲五卷之文。然因添此《圖詩》，遂與原竹書之簡編六篇，生出篇目混淆之事歟。

果然，則今之六卷本，乃由五卷本分析而爲之，而成《隋志》之所謂六卷。觀下文所示每卷之字數，與其缺落，則從何卷分析可以推知。今就現存本本文之字數，及空格，表列如左：

卷一	字數	八二八	空格	二六
卷二	字數	一三二八	空格	四○
卷三	字數	六六八	空格	一九
卷四	字數	一二八九	空格	一二
卷五	字數	一二六七	空格	四七
卷六	字數	一四三七	空格	三五
合計	字數	六八一七	空格	一七九

而卷一、二、五、六，皆在篇首有若干簡之缺落。惟卷三、四，首尾完全。卷一在篇末，或有脱落。凡篇首脱落，而篇末完具者，當然是因其表面部分，絲簡之朽壞所致，决非偶然而起者也。由此推之，空格之部分，因文字之朽，失去而不見，以一字或數字爲普通，其由一簡以至數簡之缺脱者比較爲少。

如此推論，卷三爲首尾完具，假如每簡寫四十字，僅十七簡已足，尚未滿二十簡。卷四亦爲三十三簡，比於卷六，字數太少。竹書總篇數七十五卷，而字數有十餘萬言，一篇平均，當達於四十以至五十簡，故須合卷三四兩篇。始得爲五十餘簡之一完篇。

故我以現存本六卷，與《束皙傳》之五卷相當，即《隋志》所記，已經分割而增一卷。王隱《晋書》之信用雖簿，當時已有流布之本，此件事實，應該可信。從而南渡前後，王隱、郭璞目睹之《穆天子傳》，尚爲未分卷本之五篇本矣。

由上所舉之字數，與《中興書目》所舉之六卷八千五百一十四字，其數不合。洪氏謂晁氏所舉，亦與之同，是比於今本僅六千六百二十二字者，較然爲多，故斷定晁氏所見之本，與今本差异。惟郭璞序文之有無未知，假如宋書目之字數，合并荀、郭兩序文，有七千餘字，其八字可解爲七字之誤。

若果如洪氏之説，是本書自宋以後有多大之散佚。然《穆天子傳》之佚文，被引於唐宋諸家著作中者，尚未有所發見，則事實上尚難承認。故我以爲除郭璞序文以外，無多大之缺落，此想像諒無大錯誤。

八、脱簡與錯誤

如上所述，今本《穆天子傳》在西晋以後，由故意之添删，或偶然之誤謬，而受變更之形迹者，尚未能有所認出。雖然，細觀今本之内容，乃從出土時保存之狀態，而生缺落者爲多，據前所揭各篇之字數及空格之數，可以明白。兹觀左所列各點，覺此書有多大之脱簡焉。

若每篇自四五十簡而成，則卷一殆失一篇簡數之過半。在現存部分中，固有數簡之脱落。而在篇首，想失去有十餘簡（六七百字），此卷一，想是由穆王西征出發以前爲始，現在所餘之殘篇，自渡黄河、過大行山脉先叙起。從卷四歸還之記事觀之，則此篇首，當有出發於南鄭，祭宗周洛陽之廟，當屬種種事情。在此十餘簡所記録，恐其前尚有如卷五六所見之夾雜事情焉。又在卷一之近篇尾處，柏夭嚮導而極西土，“乙丑天子西濟於河”以下至“用伸八駿之乘云云”，其中認出有若干之脱落。

卷二亦缺十餘簡。篇首有十簡左右，全然失去。卷四之末，里西土之數語中，有云：自陽紆西至於西夏氏，二千又五百里。自西夏至於珠余氏及河首，千又五百里。自河首襄山以西，南至於舂山、珠澤、昆侖之丘七百里。自舂以西，至於赤烏氏舂山三百里。

自陽紆往復西夏，至於河首，其記事全然缺落。推想卷一與卷二之間，尚有一篇，以載此事。此篇之末，當有“某日至於西夏之邦”，以終結此二千五百里之行程。及“吉日某某，天子賓於西夏之邦君”等文。如今本第二卷之末“癸亥至於西王母之邦”，三卷之首“吉日甲子，天子賓於西王母云云”等文字。而後續之以達於河首，以後之記事，疑其失脱於現存之殘篇中耳。

約言之，則卷一與卷二之間，至少有十簡以上之脱落。或達於五六十簡，其中一篇之簡，全然失却而不發見者，亦未可知。

卷三、四兩卷，既如前述，首尾完結，篇内不見有脱簡之發見。卷五、六，皆於篇首有十餘簡之脱落，此殘篇中，處處皆脱簡，無前卷四繼續行程之記事（即里西土之數一段）。其中夾雜之記録，日之干支，不相連續，其脱簡之數，當不能算。惟卷六盛姬之死及其殯葬，占其大部分之記事。脱簡極少者甚明。

此竹書古文，除脱落之外，尚有訛奪錯亂頗多，所以往往有文義不能通者，其故在此。考其性質有種種之别，其中認出是在唐宋以前者。

第一，當竹書編次時，爲校定者之無可如何者有數事。如脱簡、字體不明或字體明而難以考定今文之字爲何者是也。脱簡及不明之文字，用空格以標示之。不能考定之古文，祇有改書爲楷字之點畫。以明原文之缺陷，與未考定之文字而已。觀《太平御覽》及其他唐宋類書所引之文，往往遇有空格之處，省其前後幾字而連記之。除其不明部分，而示易解之大意爲止。由此觀之，則此空格大抵是西晋抄本之原形，故類書亦不能訂正其脱誤。

於此有唯一之疑問焉，張湛注《列子》，在《周穆王篇》，引此書八駿及御者之名，其字體與本書异。想張湛所見之古本《穆天子傳》與郭璞所見者，异其系統。不然則疑兩書於傳寫之間，因古文之字畫，而發生誤謬乎？今本《列子》非《漢書·藝文志》所舉之《列子》。在竹書既出之後而剽竊之。彼綴一穆王篇，是其破綻之一。唯此西征一節，尚存有古文。其他全無异體之字，可以證明之。近時馬叙倫氏，亦注意此點，且以博覽如郭氏，何以全然不引《列子》乎。合而考之，不得不疑爲張湛之時所僞作也。

但白鵠之血以洗穆王之足一事，《列子》與今本《穆天子傳》一致。燉煌出土之《修文殿御覽》及《太平御覽》所引此文，皆作白鶴，疑其據《道藏》編修之《列子》，以改本書。由鵠與鶴，音之類似，而易混同，尚非辨异同有力之材料。

第二，郭璞所見之鈔本，已有錯誤。今舉其一例。如卷一，觀天子之寶器之下，在馬牛羊之次，有“器千金”三字，是“諸侯之寶千金”一句之斷片，當移置於“天子之寶萬金”之句下。其後再加以“大夫之”三字，而成“大夫之寶百金”。［俠庵按：查三（輯者：當爲王）謨校刊本。水牛羊，作馬牛犀□器千金。而“天子之寶萬金”之句下，爲“□寶百金。士之寶五十金”。若如著者之所移補，則成天子之寶萬金，諸侯之寶千金，大夫之寶百金，士之寶五十金。其理有可信也。］

九、内容之梗概

一部《穆天子傳》，初誤呼爲“穆王游行記”，因大小旅行，占其記事大部分之故。然此不過本書殘餘之部，原來史官記事，無論大小皆有記録，特此書所録爲含有種種趣味之記載耳。兹擇録其内容之概要如左：

自卷一至卷四，穆王由洛邑渡黄河（此中記事有脱簡）赴大行山。由是過漳水滹沱水之上流，越雁門，至雷水（桑乾河）之上流。在此處，受犬戎□胡之饗。向西北，至於鄘人之邦（漢之芒中）其溸澤或滲澤，與今沙陵湖相當。於此行獵，祭河宗，更西征，達於今包頭附近陽紆之山。祭河伯無（憑）夷，舉行莊嚴之儀式。河伯之後裔河宗伯夭，與於祭，是神憑傳河伯之言。有論昆侖春山之寶一節。西征之路次，憑河伯之命而决定之。柏夭爲嚮導，而極於西土，戊寅渡漳水，丙寅至河宗氏所居之處。（失名）四十九日。其六逢雪，是爲冬季旅行。

向西濟河，駕八駿，從陽紆，先往西夏。卷一之殘篇，終於此。次篇因殘缺，關於西夏之旅行，未明詳細，實有遺憾。

卷二封膜晝於河水之陽，祭殷人之祖先。丁巳，升於西南失名之山，丙寅自發於河宗氏之邦，到此處，凡五十六日。其間經過，往路爲二千五百里，返路一千五百里。四日辛酉，當在涼州之南方，升昆侖之丘，觀黄帝之宫，封豐隆之葬。癸亥，祭昆侖之丘，受珠澤土人食馬三百，牛羊三千之獻，賞□吾（獻納者乎）以黄金之環三五。季春（本文誤作夏）丁卯，升於春山，銘縣圃。壬申向西。

越三日。甲戌，到涼州永昌間之赤烏氏。受其獻酒千斛，食馬九百，羊牛三千穄麥百載。此赤烏氏，與周同祖，以大王元女，嫁於季綽，封於春山之陰。乃賜□其墨乘四，黃金四十鎰，□其又獻美人於天子。

己卯北向，翌日渡洋水。辛巳，入於曹奴氏之地。其人名戲者迎天子。獻食馬九百，牛羊七千，穄（《御覽》作稌）米百車。受之。壬午北向，東還。甲申，至於黑水（呼西膜之鴻鷺水），降雨七日，乃封長肱於黑水之西河，爲周室之主祀者，是即卷五留骨之邦。辛卯，天子北征西還（作東者誤）循黑水。癸巳，至群玉山。此群玉，爲禺知氏所居，先王呼爲策府之處。此處有某木，西膜之人稱之曰□木，其中西膜與周人，有兩樣名稱而通用之地方，值得注意。又在此處，取玉三乘，搜集多量之玉材，命攻玉者，造之成器。

其北某地，爲檻諸之後裔潛時一族所居。更至其西剞閭氏之鐵山，祭之而西向。出於鶠韓氏平衍之地。在此處，土人無鳧，獻牛羊二千，穄麥三百車。納之。在玄池休三日，奏廣樂，因呼此池爲樂池。至苦山。更向西，經黃鼠山，達於西王母之邦。其位置，推定在天山之東，端巴里坤（鎮西府）附近。

從第二卷首丁巳，至癸亥，達於西王母之邦，要六十七日。從第一卷末丙寅，至丁巳加五十一日，從渡樟水到着於處，其總日數，爲一百六十六日。從卷四末之道里，至洛陽之距離，總計爲一萬一千四百里。若加以自漳水至洛陽之間，須費數日，則爲百七十餘日。一日行程，平均約百里，計算此旅行之須要日數，實爲一百二十日。其中費之於滯留者，約五十日，故在往路。卷二之記載，於大體日數與距離之間，不能認爲不自然。

卷三吉日甲子，始有會見於西王母之記事。翌日乙丑，觴西王母於瑶池。王母以瑶請其再來。穆王答之，以三年後復到。由是升於弇山，題曰西王母之山，以留紀念。四日丁卯至温山。六日己巳，至滹水。中有解群鳥羽之曠原，乃往采羽百車。乙亥向東而就歸途。（俠庵按：此文四日丁卯，六日己巳。王謨刊本作丁未。己酉。由甲子至丁未，爲四十五日，距離甚久，絶無記事。其錯誤可知不知，想由著者據理以訂正之歟。）

本文有“天子三月舍於曠原”語由干支推之，則認爲三日之誤。次庚辰向東出發。癸未至戊□之山。干支若正，則爲自甲子會見於王母後十二日之乙亥（乙原本誤作己）引還，至智氏。獻食馬四百，牛羊三千。納之。南征東還，經獻水，更向東南，至今哈密附近之瓜纑山，此處爲閼氏胡部落。自是向南，横沙衍，王渴而飲左驂之頸血。卷三就此歸路。至於壽余氏所居之積山終於乙巳，從甲子與王母會見至乙巳。凡四十二日間。此行程，若爲四千里弱則自西王母之邦，至於曠野解羽之所止，想略合於往復千九百里之道里。

卷四，庚辰至於滔水濁繇氏。辛巳，東征。癸未，至於蘇谷。乃遂南向東還。

丙戌，至於重雍氏之西疆。此等干支，若無誤字，則卷三之末，於暑中旅行一月以上。其後還於壽余氏之地，自丙午至己卯，約爲三十日之休養。

庚寅達於黑水之阿，重雍氏之居處。重雍與濁繇，同爲洮賴（托賴）河流域之部落，去路時曾通過，近於群玉山，想爲北山之一部。此處有采石山，爲好石器之所自出。因取采石，以重雍之民，在黑水上鑄造器物，故有所謂“器服物佩好無疆”之語。由此推之，則造有色玻璃（瑠理），當時既有人造碧瑠理。在此邊而製造。可以察之。在此處爲一月休息。計干支，則丁酉登采石山，乙丑東征，凡二十八日。

自是向東南，至於文山。西膜人獻食馬三百，牛羊二千，穄米千車。納之。三日間，游文山，取采石，祭文山。癸酉，駕八駿，馳驅千里，至巨蒐。翌日至焚留山（亦不拉山）受土人之饗。又納其馬三百，牛羊五千，秋麥千車，膜稷三十車之獻。翌日乙亥，南征，向於陽紆之東尾，絶磻罾（罷差）之谷，達河水之北阿。在此處，有渠搜之一族，河伯之孫者。自是順黄河，向東北，再達鄘人之邦、斲多之汭，河水之所南還，祭於前之河伯。要之穆王西征之要點，余推定其從今博托，河入包頭之路。

在此處，西土鄕導之柏夭，歸還己國。至於雷首（與前雷水同，在雁門之北，桑乾河之源，《漢志》之纍頭山。）受犬戎□胡之饗。自是向南，順滹沱河之上流，過鈃山之陘。越太行，渡黄河，入於宗周洛邑。庚辰，朝於宗周之廟，算定西土往復之里程。更於吉日甲申，祭宗周之廟。乙酉，饗同行六師之人，在洛水上，而犒勞之。丁亥，再渡河。吉日丁酉，歸還南鄭。

此歸路之日數，自乙丑發於重雍之地，達於宗周，爲三十餘日。從卷三末之乙巳，遲延日數，爲百十餘日。“天子一月休”句，是指穆及七萃之衆。而其同行之大部隊，陸續進行，至於包頭附近，追而越之。自卷一至卷四完全爲西征往復之紀程，别無其他記事。出土當時，未考定全書，故誤以爲周王游行五卷。其實卷五、卷六兩篇，與卷四以前异趣。除記穆王狩獵游行等行動外，卷五殘篇之首，有留昆陵翟之朝貢、許男之謁見，均爲詳細之揭載。又補生虎而造虎牢之外，報告畢人陵翟之侵入，命孟悆往畢伐之。又有霍侯之薨等赴告。此等宫庭之記録，真帶有起居注之性質者。

但前陵翟，歸畢之寶，後再討之。觀其前後之記事，自本文觀，是曾經一度之服從，而再叛者。然或爲本書之錯簡，實際由孟悆之征代，而後陵翟服從，此記事本屬顛倒亦未可知。

又卷五宿於祭。祭公饗燕之時，有《昊天》與《南山詩》之贈答。及東游黄澤，穆王作詩，以爲紀念。與在西王母以詩贈答等情，殆經後世史官之手所潤色，此等詩，與見於《左傳》昭公十二年，《祈招》之詩相似，可以見楚國與《穆天子傳》，有同種之文獻。

卷六殘篇以“□□之虚，皇帝之間。乃□先王九觀，以詔後世”等語爲開始，似是訪某處古迹記事之一斷簡。次行於漯水。關於盛姬有長篇之記事，自其死時至太子伊扈爲喪主，視皇后之葬法，舉行盛大之儀式，始末備録之。

此二卷及卷四皆於卷末，以吉日某干支入於南鄭句結之。則本書開始，必有何時在南鄭出發，而後有再還南鄭，其記録始爲完備。

此篇之内容如此，熟讀之，我有非常之感。余覺其與先秦經子百家之文，基礎於理想或主義，而對於事件有所取捨者，全然异趣。彼對於穆王言動，衹爲忠實之記録。關於穆王之自責，及臣下之進諫，亦直書之，全無教訓之語氣。又全篇似有類於誇大之詞，如卷四之“馳驅千里”等句。我嘗在内蒙古旅行時遇某陸軍士官騎名馬（稱爲清室八駿之一）者同行，歸途爲二百里以上之長驅。據此等實例，想非誇大之語也。又記土人所獻牛羊之數，動以千計，或似涉於誇張。然余目擊蒙古牧地之事情，中人一户之産，有牛羊千餘頭之計，則徵發數千頭者，尚無如何之困難。

一〇、穆王之事迹與人物

三代帝王之事迹，因儒家視爲褒貶材料之故，除關於此項者，其外記載極罕。在穆王滿，其記事稍爲豐富。從來爲人所信者，莫如《史記》本紀之文。因司馬遷自序有言，彼世爲周室太史，其父談掌天官，至遷悉論先人所次舊聞，與基於秦漢所傳圖書之故。雖然周代諸王中，共和以前不能作年表，唯載世表而已。本紀亦不記成、康、昭三王之年數，衹言“成康之際，天下安寧，刑錯四十餘年不用”。又曰：“昭王之時，王道微缺，昭王南巡狩不返，卒於江上。其卒不赴告，諱之也。”所書止此，三代之正確年數不傳。其理由，殆因秦并諸侯，毁滅史料。欲詳文武成康之事迹，大抵基於《尚書》《逸周書》等，尚略可明之。關於穆王稍詳，亦不能加於《尚書》《國語》也。《周本紀》云：穆王即位，春秋已五十矣。王道衰微，穆王閔文武之道缺，乃命伯冏（《史記》本文作伯）申誡太僕。國之政，作《臩命》。復寧。

僞古文《尚書》以前，已有《尚書》冏命序，則此事之非虚可知。次爲征伐犬戎，祭公謀父諫以先王耀德不觀兵，謂犬戎以職來王，不宜伐之。穆王不聽，征之，得四白狼白鹿以歸。自是荒服者不至。（《史記》據《國語·周語》之文）穆王征伐犬戎，而獲白狼白鹿，視作黷武失敗，此《國語》之傳説也。有立於相反之傳説，而行於漢代者。《文選》卷五十一王褒《四子講德論》曰：周公受秬鬯而剪方臣，宣王得白狼而夷狄賓。彼舉得白狼，爲宣王時之詳瑞，與周公相對。此兩傳説之出典，李善均云未詳。是否在唐代全然失却，而誤穆王爲宣王，尚未判然。雖然，得夷狄來朝，穆王征伐犬戎之事，難斷爲不良之結果。穆王之年齡及在位年數，余按《周本紀》始則云：穆王立時，春秋已五十。又曰：又立五十五年而崩。想太史公是根據《吕刑》開端所言“惟吕命，王享國百年。耄荒，度作刑，以詰四方”之語。皇甫謐《帝王世紀》之年，與之一致。想不過據《史記》而言之耳。然此年數，有可疑者。《晋書・束皙傳》舉《紀年》之内容，與從來所傳之一异例云：“自周受命至穆王百年，非穆王壽百歲也。”據此文，是晋魏史官，以爲從來傳説穆王之年數，先由《吕刑》致誤，由是以惹起太史公之誤，作穆王百零五歲者歟。《史記》記事，如此疏略。在先秦古書，關於穆王記載，實不止此，尚有重大者之一，如穆王塗山之會。《國語》以爲生出荒服者不至，諸侯不睦，正相反對之事。此朝會，據《左傳・昭公四年傳》六月丙午，楚靈王會諸侯於申。椒舉言於楚子曰（《史記》楚世家作伍舉）：夏啓有鈞臺之享，商湯有景亳之命，周武有孟津之誓，成有岐陽之蒐，康有酆宫之朝，穆有塗山之會，齊桓有召陵之師，晋文有踐土之盟。

列舉古今有名朝會。穆王會於塗山，占其中之一焉。又椒舉見靈王有驕色，而爲誡語曰：夏桀爲仍之會，有緡叛之。商紂爲黎之蒐，東夷叛之。周幽爲大室之盟，戎狄叛之。

與前所舉相對而觀之，穆王塗山之會當認爲成功，而不容疑。雖然，今本《紀年》以穆王會諸侯於塗山，載於三十九年，殊難置信。據《穆天子傳》卷五，有穆王宿於黄竹，時夢羿射於塗山，祭公占之之事。由此推測，則會諸侯之張本，當在此時。陳逢衡之説，當可取也。何則？穆王西征，據《紀年》在十三年，答西王母，以“此及三年，將復而野”於故。《紀年》於十七年載王西征昆侖丘，見西王母之事，是爲第二次之西征，其夢當在此年。而此夢羿射於塗山，即爲舉行會合之導火綫。然“祭公占之”以下，全然脱去，如何結果，實不得明，故陳氏以爲當有“至是因合諸侯而會”。在卷五之末，則年月接近，與其夢兆相應。否則發其夢者在十餘年前，而應其夢在十餘年後。豈非相隔太久乎？從而塗山之會，在三十七年，不能置信。據吾人推察，此會其在十七年乎。

戰國時代之書，有所謂《列子》者。其第三卷有周穆王篇，述西極之國有化人來，與王共上於中天，觀化人之宫，起遠游之志，遂升昆侖，觀黄帝之宫，至西王母之國，而結之曰：“穆王幾神人哉！能窮當身之樂，猶百年乃徂，世以爲假焉。”此等言論，以穆王之長壽，緣於遠游，而得長生不死之術，以爲神仙家之話柄焉。查今本《列子》，非《漢書・藝文志》所録“《列子》八篇”之原書，實綴諸子百家而成。此等所傳穆王之事迹，在史料上，無一顧之價值者也。

太史公已見《逸周書》之部分，觀其牧野雒邑之文，所引者自明。是否得全篇，則未敢决。今本《逸周書》（卷八）關於周穆王之事，有《祭公》《史記》《職方》三篇，依其序言如左：

周王云歿，王制將衰。穆王因祭祖不豫，詢其守位，作《祭公》。穆王思保位惟艱，恐貽世羞，欲自警悟，作《史記》。王化雖弛，天命方永，四夷八蠻，攸尊王政，作《職方》。（抱經堂校本，王作公。“其作某艱作難”，校語云：某堂與謀同。）

孔晁《職方》解注云：此從周官抄出，想塗山之會等。當從此序所言。據《吕刑》與《職方》觀之或於此時漸能形成官制乎。《祭公篇》本文云：王曰：公稱丕顯之德，以予小子，楊文武大勛，弘成康昭考之烈。

《史記解》之首曰：維正月。王在成周。昧爽，召三公左史戎夫曰：今夕朕寤，遂事驚予，乃取遂事之要戒。俾戎夫主之，朔望以聞。

《職方能》（輯者：當爲解）之首曰：職方氏，掌天下之圖，辯其邦國都鄙、四夷八蠻、七閩九貉、五戎六狄之人民，與其財用、九谷、六畜之數。周知其利害，乃辯九州之國，使周貫利。（抱經堂校本，谷作穀。）

又列叙九州之山川産物人畜之類於後曰：乃辯九服之國：方千里曰王圻，其外方五百里爲侯服，又其外方五百里爲甸服，又其外方五百里曰男服，又其外方五百里爲衛服，又其外方五百里曰蠻服，又其外方五百里爲鎮服，又其外方五百里爲藩服。凡國，公、侯、伯、子、男，以周知天下。凡拜國，大小相維。王設其教。制其職，名以其所能；制其貢，各以其所有。王將巡狩，則戒於四方曰：各修平乃守，考乃職事，無敢不敬戒！國有大刑！及王者之所行道。率其屬而巡戒命。王殷國亦如之。（抱經堂校本，兩曰字作爲，拜作邦，教作牧，名作各。）

里希德苛範“支那”（第一卷三七四八頁）據波氏法譯《周禮》，引此篇作爲周代地理。是周初時周公所定。以與《禹貢》相比較。而不注意於《逸周書》序。未可謂爲定論也。今由《祭公》等諸篇與《史記》所舉伯冏之命、甫侯之刑而推，則穆王之治世，豈特比較於前後諸王，不能謂衰運，實當視爲鋭意行善政，定法度承周室一統後百年間，完成任務之英明君主焉。

《職方》解之作成。與會南方諸侯於塗山，既在穆王時。可謂成、康、昭三代之間，周室經營淮河流域而未成者，至穆王始實現其目的。是周公克殷以來，至此得舉統一東方全土之實也。

周代於宗廟祭祀之禮，必叙昭穆。《禮記》《周禮》《左傳》等通説，自鄭氏以來，説昭穆二字，衹云父子之關係，實未明其語源。其實此二字之語源，於文武成康之次，取昭穆二王之謚號爲廟號而得名。在鐘鼎銘中，屢屢有康宫昭宫穆宫等，可以證明，已無置疑之餘地。此等宗廟之制，乃嗣穆王之共（恭）王時所完成。漢以後儒家，以爲一切制度皆由周公時所定，迨至窮於解釋，遂默爾而不能發一言。實則制度至昭穆恭三王之際，而後次第形成，則此一事，昭然可以認識矣。

穆王事迹之年次，不能根據於《紀年》以外，惟今本《紀年》，亦有難以信據者。幸有引用於古書之文，兹順次排列如左：

元年，築祇宫於南鄭。（本書卷四郭注）

十三年西征，至於青鳥之所憩。（《藝文類聚》卷九十一，青鳥引《紀年》。）

十七年西征至於昆侖之丘，見西王母。王母止之其年來見，賓於昭宫。（本書卷三，郭注引《紀年》文。以《太平御覽》卷八十五、《藝文類聚》卷七所引《紀年》補正。）

據此記載，則穆王西征，有十三年與十七年兩回。本書卷三，王母有“將子無死，尚能復來”語。（郭注：將，請也。）天子答以“比及三年，將復而野”。（郭注：復反此野見汝也。）由此推之，則本書所記載之西征，始於十三年至十七年，實踐其約，而再西征。王母亦爲答禮而來，引見之於昭宫。此皆可明白理會者也。

今本《紀年》，有十三年徐戎侵洛。冬十月，造父爲御，而入宗周。十四年王帥楚子伐徐克之等記事。據本書，則穆王歸於宗周，便入南鄭。若有此等大事變之發生，何以一切無記録耶。想僞作者采《後漢書・東夷傳》（俠庵按：《後漢・東夷傳》云：後徐夷潜號，乃率九夷，以伐宗周。西至河上，穆王畏其方熾，乃分東方諸侯，命徐偃王主之）置其年次於此。若依《史記》，則是時穆王西征，不在中國。（俠庵按：《周本紀》云：穆王西巡狩，樂而忘歸。徐偃王作亂。）則徐偃王之亂，乃是十七年事件。若從《後漢書》此時遣造父於楚。使楚伐徐，而非穆王親征。

《國語》有記穆王伐犬戎之事。是在何年則無可考核之材料。據本書西征記事，往路當滹沱河之水源，在雁門附近，入犬戎國，受其觀迎（卷一）。在還路，至於雷首，再受其送别之饗，均由樽俎折衝。一切事情，未見用兵力而征服之形迹。若犬戎發生征伏之必要時，當在第五卷陖子壽胡（即犬戎壽胡）之叛服無常乎。今本《紀年》“十二年冬十月，北巡狩遂征犬戎”，全然不足信也。《國語》獲白狼白鹿各四，其結果甚可疑。（俠庵按：謂“自是荒服者不至”。）《周本紀正義》引注賈逵有白狼白鹿爲犬戎職貢之説，與《王會篇》“犬戎……獻吉黄之乘”（與八駿之渠黄同一），全然不合。恐《國語》及《史記》，謂穆王以不享爲口實，而征伐之，因説其結果乎。

要之若從本書與《尚書》《逸周書》《左傳》等諸書，爲公平之考查，則謂穆王荒於游樂、廢國政，以致國運衰頽者，不過曲解，爲儒家之所誣。實際自成康以後，至於穆王，爲周室富力，達於絶頂之時，想因昭王經略南方而失敗，故穆王會諸侯於塗山而收其成功也。

關於穆王之人物性行，沙氏勿論，即疏紹爾氏，亦以爲耽於旅行狩獵音樂之君主，可謂誤解。夏殷且勿言，降至春秋戰國時代，君主有大小畋獵，爲年中行事之必要。其動機，實藉此以實施訓練士卒之行軍射擊焉。若以此與現代貴紳富豪之娱樂，同一性質，是全未理合古代社會者也。余在本書，見其頻出狩獵，實所以實習遠征，不憚勞苦，使兵師有可動性，成武力統一之要因，而無敢問鼎之輕重者。年末歸於南鄭，春間出於洛陽。引見全國之諸侯。周王以旅行生活，相伴而維持中央權力，此種武裝和平，爲周室駕馭天下之實，可以認知。

大饗六師而奏廣樂，所以爲運動後之休養者。在本書年中行事，大抵必要娱樂之具。其他君主之起居言動，是否同様，未能查知。不能以此等事情，而想像穆王耽於淫樂也。

穆王葬盛姬之記事，亦發生同姓問題。有西洋學者某君，謂中國古代無娶同姓之習慣。大抵一姓成部落之民族，與部落外結婚之遺風，甚尊重之。雖然，縱屬同姓，但在血族關係稀薄之際，而不嚴重墨守，亦是當然。魯昭公娶於吴，孔子不認爲非禮。微此一事，足知春秋時代，已有履行之者。

熟讀本書卷五盛姬葬事，有太子伊扈及王女叔㛗爲喪主。由此觀之，因兩人皆爲盛姬之所出，所以依皇后之葬儀而葬之，若視爲對於此年輕美人，爲過度之哀傷。完全誤解其事件之真相也。

吾人就本書所受之印象，覺得穆王爲人實有思慮决斷之君主，决非暴君，亦非庸主，能活動於勢力範圍，以示周室富力與威力之能幹人。如太史公言，昭王之時，權力有稍衰之傾向矣。而穆王極似德川幕府之八代將軍吉宗，可謂極力振刷中興事業，而能舉相當之成績者歟。

一一、地名之考證一（南鄭、宗周）

以穆王自宗周洛陽出發。而西征之綫路。至於卷四之末。分之爲九。而舉其道里如左：

（一）自宗周瀍水以西，至於河宗之邦陽紆之山三千有四百里。

（二）自陽紆西至於西夏氏，二千又五百里。

（三）自西夏至於珠余氏及河首，千又五百里。

（四）自河首襄山以西南，至於舂山、珠澤昆侖之丘，七百里。

（五）自舂山以西。至於赤烏氏舂山，（千）三百里。

（六）東北還，至於群玉之山，截舂山以北。自群玉之山以西至於西王母之邦，三千里。

（七）自西王母之邦，北至於曠原之野，飛鳥之所解其羽，千有九百里。

（八）（自）宗周至於西北大曠原，萬四千里。乃還東南，復至於陽紆，七千里。

（九）還歸於周三千里。

各行兼數三萬有五千里。

右所舉各個之道里，其總計一見而覺其齟齬。據第八項從宗周至大曠原，爲萬四千里，里數極明。再加還至陽紆七千里，陽紆至宗三千三百里，通計爲二萬四千三百里，是爲往返里數。今按總里數三萬五千，其“三”字，當爲“二”字之訛。此誤謬之理由，當由傳鈔者致誤，想由一萬四千里之往路，倍之而臆改。次在往路中，第五項春山三百里之距離，我曾追迹，自凉州以西，實地勘驗此三百約得四分一之數，則是脱去千字無疑。由是總計。實得一萬三千三百里。與一萬四千之數，大概相近。兹訂正之如左：

（一）自洛陽至河宗之邦陽紆山	三四〇〇里
（二）自陽紆山至西夏氏	二五〇〇里
（三）自西夏至河首	一五〇〇里
（四）自河首襄山至昆侖之丘	七〇〇里
（五）自昆侖之丘至赤烏氏	一三〇〇里
（六）自赤烏氏迂回至西王母之邦	三〇〇〇里
（七）自西王母邦至曠原之野	一九〇〇里
（八）自曠原之野還於陽紆	七〇〇〇里
（九）自陽紆還於宗周	三四〇〇里
總計	二四七〇〇里

追迹西征旅行路綫，今名由古名所遺留者甚少，頗屬困難。衹有若干地點，見於《山海經》《漢書・地理志》《水經注》等，此較可得。自日數而推算距離，與方向加之以考定，則衹能從大體上推定之而已。

因爲卷一首簡，有若干之缺落，故出發之場所與其時日，不能詳知。唯見於卷四之末者。歸路之記載頗詳，由此可以逆推而得之。如前第“九”所述其出發點，當由南鄭，而至洛陽，即本書之所謂宗周，《尚書》之所謂成周者。至於宗廟中，報告旅行之事，舉行相當之儀式，然後出發。

就於南鄭，郭璞曰：“今京兆鄭縣也。”《紀年》曰：“穆王元年，築祇宫於南鄭，傳所謂王是以獲没於祇宫者。”《清一統志》曰：“周之豐宫，位於豐水之西，去鄠縣三十里。鎬京位於長安西南，與酆相去二十五里，皆在今西安府之西。南鄭在今華州之北，與《漢書・地理志》京兆尹之鄭縣相當。”據《漢書・地理志》京兆尹鄭縣下，班固自注曰：“周宣王弟鄭桓公邑，有鐵官。”應卲曰：“宣王母弟友所封也，其子與平王東遷，更稱新鄭。”據此則南鄭即在今之華州之北。（俠庵按：《方輿紀要》，華州城北有鄭城，即鄭桓公所封邑。）吾人於殷代，屢見遷都之事實。當時國都，規模極小，與後世之都邑异趣，容易舉行。至周代，文王興於岐下，遷豐，武王遷鄗（即鎬）之時。比較咸陽長安，并非大都邑，容易轉移，不難明也。

本書之宗周，比之爲規模頗大之首府。《逸周書・雒解》云：乃作大邑成周於土中，城方千七百二十丈，郛方七百里。南里南繫於洛水，地因於郟山，以爲天下之大湊。（抱經堂校本，百作十，地作北，琢按郟疑邙誤。）

此文甚明。又曰：乃設丘兆於南郊以上帝配〔於〕后稷……乃建大社於周中……乃位五宫：大廟、宗宫、考宫、路寢、明堂。

由右文可見其建築物及儀式之莊嚴。《逸周書・明堂解》曰：周公攝政，君天下，弭亂六年，而天下大治。乃會方國諸侯於宗周，大朝諸侯。

《王會解》成周之會，前者在鄗京，後者在洛陽而舉行。本書由宗周瀍水，數西土之道里，且造明堂於洛陽，而曰會諸侯於鄗京，不免可疑。我寧信新興之地，爲大邑洛陽也。

穆王年中行事，冬還南鄭，春再出於宗周洛陽，引見東土諸侯來謁，又親巡游，安慰諸侯各國，完成政務重要之部分。觀此時代之周室，有東西兩都之關係。西土之南鄭，爲支配其發祥之根據地之重心，固不待言。然自武王率散布於此處部落之酋長。滅殷之後，周公輔成王，配置宗族功臣於東土，漸舉其經略制馭之實績，於是置宗周之都於洛陽，爲東土之重心，見《明堂》《王會》諸篇。大規模之朝會，皆在此處舉行。康王即位之時，見於康王之誥，會見東西兩方之諸侯，均在此處舉行焉。

此等大事舉行之記録，既如前述。由穆王之事迹推之，周之統一，恰如清朝之興於滿洲，從東方山間之地，出遼陽，遷奉天，終出於北京，而代明支配全土，同走一條徑路。其最初百餘年間，往來東西兩重心間。固根據以擴東土之勢力，繼續而不絶之勢力。穆王塗山之會，其勢力範圍，及於長江沿岸。東遷以前之周室，僅以渭水流域爲中心，以號令天下，而仍不覺於偏僻者，實由上述之事迹故也。（俠庵按：指冬還南鄭，春出洛陽及常常巡狩等事迹。）

一二、地名之考證二（雷水・焉居・鄘）

從宗周洛陽出發，渡黄河北行。最初之部分缺落。出至於河宗之間。其地名（一）䟒山，（二）漳水，（三）鈃山，（四）滹沱，（五）犬戎之邦，（六）當水，（七）隃之關隥，（八）焉居禺知之平，（九）鄘人之邦，（一〇）溹澤，（一一）河，（一二）滲澤，（一三）河水之阿，（一四）鄘邦之南滲澤之上，（一五）陽紆之山河無夷之都所居，（一六）燕然之山，（一七）燕（然）之山河水之阿，（一八）黄之山。以上共有十八之數。

從上第一至第五，關於至犬戎間之綫路，丁謙氏《地理考證》（卷一）之見解。我大不謂然，今不暇一一舉。彼對於洛陽出發後，第一觀察者，爲䟒山之位置。以此钃山爲未渡漳水前，所經過之地點，則必在漳水之南可知，因有穆王沿太行山東麓，向東北，折而北行之説。其對於第三之鈃山，據《北堂書鈔》（卷十四）引此書者作陘山，因有鈃山即井陘山之説，自是當然發生之判斷也。然從第四卷歸路時有“南征翔行，徑絶翟道，升於太行，南濟於河，馳驅千里，遂入於宗周”語。顯是直向南行，則自洛陽出發時，自以直指北進之説爲妥當。

今按《清一統志》，譯州之北，在高平有所謂泫水泫谷者。《水經注》卷九曰：“絶水出泫氏縣。西北楊谷，故《地理志》曰‘楊谷絶水所出’。”泫與钃音相通。由此推之，當是趙秦之戰，長平附近之山。而此書所言殆爲渡漳水上流，由是而越鈃山者乎。《書鈔》作陘之點，其正當與否無關。總之取其同音而又同義者耳。《爾雅·釋山》云：“山絶陘。”鈃既有陘之意義，此即太行山八陘之一耳。凡山嶺驟然低凹之峽道，人可通過之地形，謂之陘。井陘即其其中之一，而此處之所謂鈃山，即其類也。本文云：至於鈃山之下，癸未雨雪。天子獵於鈃山之西阿，於是得絶鈃山之隊，北循滹沱之陽。

此殆向於汾水之斜面，有黄土之隘路乎（隊即隧），越之即出於滹沱河之上流可見。此鈃川之隊，我想爲從太原出於忻州之間，而汾水與滹沱間石嶺之峠（俠庵按：其南爲石嶺關，其北爲關城鎮），里希德苛範《支那》（第二卷三七一、二頁）關於此峠之地形及地質，有詳細之説明。

從此推定，戊寅渡漳水之上流。庚辰，越沁州縣之峠，而出於汾水流域。四日達於石嶺。

犬戎之邦，更在以上釋其钃山、漳水、鈃山、滹沱。二日後之乙酉，所謂“北升於□”，即越峠而到達也。在滹沱上流之北者，是爲雁門。據歸路雷水之次，升於髭之隥，三日後至於研山之隊。然則此空格。宜可以填補此三字乎。（俠庵按：空格指“北升於□”之□。此三字指“髭之隥”。）此與戰國趙之句注山相當。《漢書·地理志》“雁門郡”，班固注：“秦置句注山，在陰館。”丁氏以此空格之山，爲五臺山。自日程觀之，升降於如此高山，而無餘裕。想有問題。

決定犬戎之邦之所在地，爲一重要地名。據本文云：犬戎□胡。觴天子於當水之陽。天子乃樂□賜七萃之士戰。

此當水之陽之位置，丁氏先定“穆王北征時，犬戎必尚居西寧本部”。（俠庵按：西寧本部，今爲西寧道，在今日甘肅省城之西。）以爲當水之當字，爲雷字之誤。因考定此水，在犬戎之南境，即今之湟水。（俠庵按：湟水在西寧府之北，向東南流入於黄河。）我亦以當字與雷字，字形相似而起之誤謬。卷四歸路，再有“孟冬，壬戌（按戌當作辰）至於雷首，犬戎□胡觴天子於雷首之阿”之記事。由此可推定當爲雷之誤字。此點我與丁氏之見相同。而其位置，則以爲短小期間，不能行如此之遠。就日程論，不能不求之於雁門以北，即桑乾河之上流。（俠庵按：

即今山西省大同府以南。）而丁氏以“天子北升於□。天子北征於犬戎”此兩句間中間設一空格，謂“當有脱文甚多，與下北征犬戎，不相連接”。然而整理此困難，在歸路中，不能認出其長永日程之脱落也。故丁氏之説不可從。據《漢書·地理志》：雁門郡陰館，（俠庵按：《方輿紀要》，今山西大同府山陰縣爲漢陰館地。）班固注曰：“樓煩鄉，景帝後三年置。累頭山，治水所出，東至泉州入海，過郡六，行千一百里。莽曰：富代。”師古曰：累音力追反，治音弋之反。《燕刺王傳》作台字。

《水經注》（卷十三）：㶟水出雁門陰館縣，東北過代郡桑乾縣南。注曰：㶟水出於累頭山。一曰治水。泉發於山側，沿波歷澗，東北流出山。徑陰館縣故城西，縣故樓煩鄉也。

按㶟即灅之誤字，《説文》灅字注甚明。（俠庵按：《説文·水部》百二十“灅”字曰：灅水出雁門陰館絫頭山，東入海。）《北山經·北次三經》有漊水及漊液水，恐亦此雷水之异字。要之雷首，因雷水之起源地而得名無疑。此正確之位置，據里希德芶範氏之《支那地圖帖》（第十五葉）云：朔州之北，面於十數粁之東南。山麓有桑乾泉，泉在池邊，與彼邊黄土地方之鹹水迥异。其泉清冽甘美，噴涌而出，爲古今著名之泉。酈氏以此泉爲灅水之支流。所謂溹涫水，然則所謂觴於雷首之阿者，於此求之允矣。然則犬戎之邦，是在桑乾河源之部分即在今大同府地方甚明，此處爲海拔超於千米之高平地云。

庚寅，北風雨雪。天子以寒之故，命王屬休。

此爲自陽曆十一月至二三月間之季節。穆王於此處，樽俎應酬，并無征伐意味之語氣。而今本《紀年》作“十二年，毛公班、井公利、逢公固從王伐犬戎”。又曰：“冬十月，王北巡狩，遂征犬戎。”此連所舉，王國維氏所考證，謂其非有忠實之記事，不過誤解本書之征字，原來作行字之意義者，而曲解作征伐之義耳。

又原文有“賜七萃之士戰”一句。全書衹有此一個戰字，亦得爲一種之疑問。我以爲盛酒器之觶字之訛。考《議禮·士冠禮注》及《禮記·禮器注》并云“爵三升曰觶”。《説文》曰：“飲酒角也。”王篇曰：“酒觴也。”如此當解爲賜酒於七萃之士耳。（俠庵按：古者酌酒飲人多用觶。《禮記·檀弓》杜蕢酌而飲曠、飲調、自飲、飲晋平公，皆用觶者可見。）西晋學者之頭腦，夙爲征伐犬戎之舊説所占據，故當傳抄之時，改爲此戰字未可知。然觀郭璞無注，或由考定者之誤謬乎。丁氏於戰字下，解爲脱去甲字或馬字之類。想亦對於穆王西征，不能脱離征伐犬戎之因習也。

以上解釋犬戎地方之位置。

自是向西，爲自犬戎之邦，至河宗之邦之記事。

甲午，天子西征，乃絶隃之關隥。

乙亥，至於焉居禺知之平。

辛丑，天子西征，至於鄘人。河宗之子孫鄘柏絮，且逆天子於智之□，先豹皮十，良馬二六，天子使井利受之。

癸酉（酉當作卯），天子舍於漆澤。乃西釣於河，以觀□智之□。

甲辰，天子獵於滲澤。於是得白狐玄狢焉，以祭於河宗。

丙午，天子飲於河之阿。天子屬六師之人於鄘邦之南、滲澤之上。

戊寅（寅當作申），天子西征鶩行。至於陽紆之山，河伯無夷之所都居，是惟河宗氏。河宗柏夭逆天子燕然之山，勞用束帛加璧，先白□。天子使𦙍父受之。

癸丑，天子大朝於燕□之山，河水之阿，乃命井利梁固，聿將六師。

右文空格之第一（俠庵按：且逆天子於智之□句），當填“西疆”二字。第二，是在柏夭之處，觀寶物事，或見鄘氏之寶，有若干字。又智字上，或有禺字，禺之人某獻物之記事。第三空格處不知（俠庵按：即先白□）。且字之義，是作助詞用，或作徂字解，或作祖字之祭道祖神，不能决定。從歸路卷四，可以查明。

所謂隃之關隥者，郭注云：“隥阪也。疑北（當作此）謂北陵西隃。西己亥（疑衍），隃雁門山也，音俞。”此注語是引《爾雅・釋地》八陵之章“東陵阠、南陵息慎、西陵威夷、中陵朱滕、北陵西隃雁門是也”之文。此郭注所謂“即雁門山也”。又《北次三經》雁門山注曰：“雁門即北陵西隃。雁之所出，固以名，云在高柳北。”云字上，據《海内西經》脱落四字，今按郭璞謂西隃與雁門爲一處。郝懿行《〈山海經〉箋疏》及《〈爾雅〉義疏》沿襲之。然《爾雅》八陵，頗有可疑。就中如南陵息慎，完全難解。今爲省却詳細之考證，衹就“北陵西隃雁門”一句而觀之。郝氏北陵即西隃雁門之説。今據《趙世家》蘇厲爲齊遺趙惠文王書。有“反巠分，先俞於趙”語。據徐廣及《正義》，越雁門經雷水（桑乾河）之後，更踰隃順道則此兩名。有二而不同，因西先聲相近，而合先俞與西隃爲一地。則據《正義》之説，亦足以訂正之。（俠庵按：《正義》巠音邢。分字誤，當作山字。郭注云：西隃即雁門山也。按西先聲近。蓋陘山西隃二山之地，并在代州雁門縣，皆趙地也。）蓋先俞爲先踰之峠，而西俞乃在其西之峠。先俞即雁門，而西俞乃翔州平魯間之井坪邊也。

據歸路，在雷首之阿，壬辰受犬戎□胡之饗後。癸亥（亥當作巳），天子南征，升於髭之隥。此髭之隥即雁門而不容疑。“焉居禺知之平”此地名，據《漢書・地理志》雲中郡楨陵縣注曰：緣胡山，在西北。西部都尉治，莽曰楨陸。

蓋緣胡與焉居，當爲同一。董祐誠曰：緣胡山，爲今托克托城西北，臨於河之諸山。楨陵城當在托克托城之西南。《太平寰宇記》謂“在榆林西北”者，非也。《水經注》卷三“河水又東邊雲中楨陵縣南”注曰：“緣胡山。”酈道元於太和中，從北魏大祖北巡，親所經涉，附加之曰：“楨陵縣在山南，王莽之楨陸也。北去雲中一百二十里，縣南六十里許，有東西大山，山西枕河，河水南流。”所謂“焉居禺知之平”者，蓋焉居地方，禺知氏所處之意味。《地理志》西河郡有鯢是縣地名。當由禺知之聲音轉訛者。跨於黄河南屈部之兩岸，想爲禺知部落之所散處也。

以上釋焉居禺知之平。

“癸丑天子西征，至於鄘人”，此句下脱“之邦”二字。郭注：“鄘，國名。音回肯切。”在其處求近似之古名，《水經注》有“芒干水”，在《地理志》作“荒干水”。《地理志》定襄郡武皋縣注曰：“荒干水，出塞外。西至沙陵入河。中部都尉治。”又武進縣注曰：“白渠水出塞外，西至沙陵入河。西部都尉治。”與白渠水相鄰。關於此兩河流之記載，前所引酈道元目擊者是其中之一部。今按《水經文》卷三：又東過雲中楨陵縣南。又東過沙南縣北。從縣東屈南，過沙陵縣西。

酈道元注記此兩水之原委經過曰：大河東徑咸陽縣故城南，王莽之賁武也。河水屈而流。白渠水注之，水出塞外。西徑定襄武進縣故城北……又西徑魏雲中宫南……又西南徑雲中故城南。故趙地……又西北徑沙陵縣故城南……其水西注沙陵縣。

又有芒干水，出塞外，南徑鍾山。山即陰山。故郎中侯應言，於漢曰陰山，東西千餘里，單于之苑囿也……自孝武出師，攘之於漠北。匈奴失陰山，過之未嘗不哭，謂此山也……又西南徑白道南谷口……又西南徑雲中城北……又西塞水，出懷朔鎮東北芒中。南流……西南入芒干水。芒干水又西南注沙陵湖。湖水西南入於河。河水南流，入楨陵縣西北緣胡山，歷沙南縣東北兩山，二縣之間而出……

楊氏《前漢地理圖》，以白渠水，與今之西拉烏蘇河相當，西流於定襄郡之北界。芒干水（漢水之荒干水）接於其北之雲中郡界而西流。後者之水源，在今代哈泊之北。西流於歸代城南之黑水河。（俠庵按：即商務印書館中華新區域地圖之大黑河。）

趙一誠刊誤。據《地理志》謂芒爲荒之誤。今按《地理志》唯舉一回，而《水經注》反復有八回，其誤語當起於前者。且酈氏爲實踐之記載，與《地理志》從編纂而成，其根本上之價值，已相懸隔。我以《水經注》芒干水之名爲正，而不待躊躇。

今所引注文有“塞水出懷朔鎮東北芒中而南流”之語，是芒干水之河流。其所以得名者，因經過芒中地方而起者甚明。故我以爲鄘人之邦，在今歸化城附近，即在漢雲中郡之地方，互於陰山雲麓之一帶。

以上釋鄘人之邦。

癸卯舍於漆澤，及次於滲澤，與歸路之滰澤，均爲沼澤地之意味。想由普通名詞之同一地名，因字形相似，而誤寫爲三樣。其中滲爲本字，其他二字轉訛。《清一統志》（卷一二四）在歸化廳之沙陵湖，今名山黛湖，想由滲澤之古音而轉訛者也。近於此沼澤位置之河水，與穆王釣於西河，又祭河宗，六師之人，會於其上之記事，即在於中。與酈氏之沙陵湖一致。其附近當黄河東岸之孔道，即漢之雲中，唐之東受降城，今之托克托城左右。

追迹以上經過之綫路，從戊寅渡漳水起至戊申滲澤出發止，共爲三十日。其距離爲五百粁以内。若一日行程約百里，即爲三四十粁，則行路之日期不過十五日。其餘爲途中逗留之日期，尚算快樂之旅行也。

以上釋溹澤、滲澤、澡澤。

一三、地名之考證三（陽紆・覵多・積石）

穆王自托克托之邊，從滲澤向西，長驅前進，而達於陽紆之山，連互於黄河之北邊，所稱爲陰山，及哈剌納林鄂拉（黑日嶺）之山脉者，見於地圖之上甚明。雖然在周代原呼此處爲陽紆。其後至秦漢間，漸没於匈奴，至漢武帝時奪回。元朔二年，更名曰朔方，五原雲中三郡。而陽紆之名，已不見於《漢書・地理志》中。據《史記・蒙恬列傳》："秦已并天下。乃使蒙恬將三十萬衆，北逐戎狄，收河南築長城……於是渡河，據陽山。"（集解，徐廣曰：五原西安陽縣，北有陰山。陰山在河南，陽山在河北。）酈道元引《始皇本紀》三十三年之文，"於河水南屈，徑河目縣之處，北假山下"，而注釋之曰："地名也。自高闕以來，夾山帶河，陽山以往，皆北假也。《史記》曰：秦使蒙恬，將三十萬，北擊胡，度河，取高闕，據陽山、北假中是也。"（今本《史記》，脱據字。陽字誤爲陶。）則陽山當即此陽紆山，惟此可以認而已。酈氏以徐廣於陽山與陰山顛倒其地位，疑所謂陽山在河北者，實當在河水之南。其謂陰山在河南者，實當河之北。雖然現蒙古人稱此一帶曰黑日嶺，觀此事實，則住於此山脉北側之民族，即因太陽被山掩蔽之意味，而有此名稱。故漢譯之，則曰陰山耳。至古所謂陽紆者，乃行於周代。兩者同是河北之名，而混用之。然因漢字之意義難解，終至舉陽山之名稱，完全忘却。

陽紆之地名，除《穆天子傳》外，尚見於《逸周書》之《職方解》及《周禮・司馬》之《職方氏》曰"河内曰冀州，其山鎮曰霍山，其澤藪曰楊紆，其川漳，其浸汾潞"是最有名者也。而鄭注曰："陽紆所在未聞。"賈公彦疏亦無考説。至孫詒讓《周禮正義》始博考群書。後在穆王西征之徑路，從我所追迹之地點而發見之，因其爲三千里之路程，又在冀州之外，不敢决定。據《爾雅・十藪》曰："秦有楊陓。"釋文曰："陓本或作紆。"郭注曰："今在扶風汧縣西。"又《吕氏春秋・有始覽》"秦之陽華"。高注："在鳳翔，或華陰之西。"《淮南子・墬形訓》云："秦之楊紆。"高注："在馮翊池陽，一名具圃。"又《修務訓》曰："禹之爲水，以身解於陽盱之河。"注曰："陽盱蓋在秦地。"惠士奇以高誘所注皆臆説，而論《中山經》楊華之山，本書陽紆之山，皆同一地。於是孫氏曰"案楊紆、楊陓、陽華、陽紆、楊盱，惠説以爲一地。義似可通。惟所在地城，則舛互殊甚"云。孫氏更歷舉衆説，謂無一足以當冀州藪澤之資格，終唾棄之曰："要之楊紆所在，漢時已不可考。故班鄭并闕而不言，而舊説多强爲傅合。悉無確證，謹從蓋闕，以俟知者云。"

今按《逸周書·職方解》序稱是周穆王所作。而《穆天子傳》亦有同樣陽紆之名稱，顯是同一之土地矣。然孫氏疑《周書·職方氏》，從《周官·大司馬下篇》所鈔出，又謂："今本《周書》淆雜，未必周史官之舊次，叙亦似後人所補作。孔晁强之爲説，不足據。"又曰："穆傳之陽紆，在瀍水之西，三千餘里。已在要服之表，其非冀藪，尤無疑義。"孫氏解："河内曰冀州。"謂周代黄河，屈曲成S字之形，而流於太行山之東麓。時界於西南東三面之河水，即今之山西省之意味。然據我之追奪，陰山之位置，當在其西北隅，决不在冀州範圍之外。孫氏否認之。其唯一理由，謂在要服之外，而非據幾何學的距離，附以嚴密之意義者，終不脱儒家偏見之誤解耳。

我對於《職方》《爾雅》所謂陽紆之藪，以爲與穆王漁獵滲澤附近之地相當。陽紆即陰山山脉之南麓所起之名稱。而滲澤乃今包頭以西。河水數派所成，適於廣大漁獵之沼澤地帶之東端。

又欲决定此地方之地理位，其重要之記載，在卷四歸路云：

癸丑（當作未），天子東征。柏夭送天子至於鄘人，鄘伯觴天子於澡澤之上，𨻰多之汭（注：汭水涯），河水之所南還。

此𨻰多地名，與《地理志》五原郡之莫䵣（注：如淳曰"音切怛"。師古曰："音丁葛反。"）相當。據黄河始南屈之處而推之，與今包頭之位置相當。此處有博托河從陰山斜面而向南流，包頭在博托河流入黄河之近旁，决非偶相合。莫䵣即𨻰多之古名，經三千年，依然存續。包頭不過與博托相當甚明。據大正十三年（民國十三年）九月藤田（元春）文學士所踏查，包頭現尚有河神廟之存在。（以下爲母達無達之考證，因占頁半之篇幅，今略之。）

從以上詮來，今之包頭，爲穆王時之𨻰多，春秋戰國之間爲母達無達，漢代爲莫䵣，後漢以後縣廢，其名不見於史乘。惟博托河尚至於現今，控交通要衝之位置，爲夏禹祭河之傳説地。穆王以來，連綿信仰河伯而不衰，其事不已甚明乎。

莫䵣即博托，與烏魯木齊之博克達山同。含有準語（土耳其語）所謂神聖Bogdo之意味。據自亞爾泰山麓移動於東南之夏人，呼此處爲靈地之起源，可以推測之。

以上證釋陽紆及𨻰多。

春秋時代，河内西河，皆屬晋之勢力範圍，所以有祭河之事。《禮記·禮器》

（注疏本卷二十四）故魯人將有於上帝，必先有於叛宮。晉人將有事於河，必先有事於惡池。鄭注："惡當爲呼，聲之誤也。呼池漚夷并州川。"先祭小者之滹沱，而後及於大祭河，爲其順序。穆王西征之時，據其往復交通綫，在途中祭滹沱，在陽紆祭河伯，而後往焉。河宗柏夭之所迎，在燕然之山，包頭之東，臨河陰山南麓之間。在"癸丑，天子大朝於燕（然）之山，河水之阿"語甚明。雖然，此山名在秦漢之間，全然失去，而不見於《漢書・地理志》。

次祭河伯之儀式，訂期於戊午舉行。憑神所指示，而後往昆侖之丘，觀春山之寶，而起遠征。其詳細今不暇記載。

以上釋祭河。

自是柏夭爲嚮導，向西出發。其本文如左：

乙丑，天子西濟於河。□爰有温谷樂都，河宗氏之所游居。丙寅，天子屬官效器，乃命正公郊父，受敕憲，用申□八駿之乘，以飲於枝洔之中，積石之南河。（注："水岐成曰洔。渚也，音止。"按今本，奪曰字。渚上當有小字。今從《御覽》卷四十所引。又注曰："積石山名，今在會城。河間縣南，河出北山，而東南流。"按今本金城，誤作今成。從《御覽》。北山亦當山北。）

次列舉八駿、名犬、御者之名。此渡河之地點，爲黄河之最北枝流（北河），成大灣曲。自北流南，與幹流相合之邊。所謂枝洔者，乃幾多之細枝分歧，其間有洲渚之意味甚明。此處呼爲積石之南河，郭璞以金城山（在蘭州）當之，全然與道里不合也。

今按雁門及積石，皆由地形而起之語源，本不限於一處。據《魏志》《魏略》謂大秦國之山，以積石名。然在漢代以後，金城積石始有名。先秦以前，則此處（俠庵按：指河套之北境也）附近之積石爲顯著。按《大荒北經》：大荒之中，有山名曰先檻大逢之山，河濟所入，海北注焉。（郭注：河濟注海，已復出海外，入此山中也。）其西有山，曰禹所積石。有陽山者，順水出焉。

此文之"先檻"不可考，而大逢即無逄之誤，無達即莫點之轉訛甚明。接於其西者，有積石山，又有一陽山。（順山多數是後文所述之河首襄山，當在鶉陰鶉觚附近，遠在上流之山。）積石爲水成岩，或火山岩之層理，從水平發達，嶄然露出岩頭於土中之石山。在乾燥之北支那，到處皆有此等地形出現。而此處尤爲著現，足爲遠方之目標焉，不難想像之也。

又據前揭禹禱陽紆而後從事於治水之傳説，合而考之，此處爲最古積石之傳説地。又前述河之枝洔，是九河之遺迹。關於殷之先祖冥之事迹，《殷本紀集解》所引者如左：

宋忠曰："冥爲司空，勤其官事，死於水中，殷人郊之。"

由是觀之，中國洪水傳説所起之舞臺，以此處爲起源地，已無可疑。關於卷一之地名，既已決定。由是觀之，自洛陽越太行山，北進漳、汾、滹沱三水之上流，踰雁門，從桑乾河（即㶟水）之上流，折西北，至大黑河（即芒干水）與黄河合流點。自是沿黄河，達於西北莫䣜（包頭）。祭河伯，而後向西，達於北九河之低地。由是至西夏、昆侖，應酬於西王母之邦焉。

一四、地名之考證四（西夏・巨蒐・河首襄山・西膜）

自卷一之末戊寅至卷二之首丁巳，其間凡五十一日，無一事記載。故卷二篇首脱簡頗多，推測其達於十餘簡，六百字内外。其間爲自陽紆至於西夏氏，二千五百里。又自西夏，至於珠余氏及河首，千五百里。合計經過四千里之行程。前卷道里三千四百里。在圖上測之，不過六百粁。由此觀之，當在千粁以内也。在圖上求此距離，在北緯四十二度半、東經一〇五度之邊，往西北，從西夏所在。於前稿所述，翁金河附近之遥南，即東亞大陸圖，匠於古爾班賽漢嶺之東西端，至博爾鑽附近。

今就歸路上，考定襄山之位置。據《北次三經》之首有崇吾山。《北山經》之首有單孤山。此二者實即《漢書・地理志》北地郡鶉觚縣之地名也。此等地名，要之與襄字，祇有緩急之异，而音實相通。且位置最近，而《北山經》之山脉又由此起點，故哈達烟氏，據準語，舉其村名有Tjukkur，“das Tiefe”者，是谷之形容詞。由此推之，此地名之語源，乃峽流之義。

其位置盤繞於今寧夏府之西南，中衛縣之西。《清一統志》（卷二〇八）引舊志云：黄河自蘭會（蘭州金城縣）北流。兩崖皆崇崖峭壁。河狹而水勢遄駛，商市山木而下者，日行可二百里，以其流急也。經中衛西五十里，始落平壤。

又《水經注》曰：河側有兩山相對，水出其間，即上河峽也，世謂之爲青山峽。河水歷峽北注，枝分東西。

總之黄河在蘭州、寧夏間。至中衛之西，成爲峽谷，由是開出平地。本書所呼河首者，即指黄河上流之隘處而得名。與前所揭《海内北經》之從極，又名忠極之淵者，均同呼此峽谷之名也。若據哈達烟所舉準語Tjukkur同義同音之地名，則可以涣然冰釋矣。

在黄河左岸，從中衛至蘭州之間，其盤鬱山地，與接於賀蘭山脉之松山者。據《清一統志》曰：在皋蘭縣北二百餘里，接凉州府、平番縣。有大小二山，一名密哈山。蕃人謂肉曰密哈，言此山多禽獸，可資肉食也。

松字想亦與崇吾鶉孤等，有緩急之通聲，且《穆傳》本文云：丁巳，天子西南升□之所主居。爰有大木碩草，爰有野獸，可以畋獵。

此與失名之山，記載吻合。此空格處，大約是襄山，或崇吾之山之二字，或三四字。又某君認此爲缺落“余壽氏”三字。而流於此山地之西邊，有莊浪河。

《地理志》謂流於金城郡技陽縣之傍之逆水，而技陽想即襄之緩音。逆字想與古音溯通，爲襄之縮音。此兩名，皆在襄山之西界，殆忘其名而由轉訛以殘留者歟？

以上釋襄山河首。

在卷四歸路，從西東還時，想通過横於東西之巨蒐氏之邦。巨蒐即《漢志》朔方郡之渠搜縣（注：中部都尉治）。《王會篇》作渠叟（在前稿二三四頁）。占北河之南之鄂爾期地方。今再詳述其位置，《水經注》（卷三）曰：河水自朔方東轉。徑渠搜故城北……又東徑安縣故城南。

由此推之，則楊氏地理圖，誤繪廣牧爲中部都尉治，而渠搜誤繪爲東部尉治，兩者位置，全然倒置又在同郡。有所謂呼遒縣，（師古曰：遒音在由反。）由此觀之，則可知巨蒐氏之部落，散在於各處矣。今追迹穆王之行路，實在賀蘭山脉之西，漢代朔方郡之鄉土。

考巨蒐之語源。據準語，謂Kusch (Vogel，Falken) Kueschtji (Falkener，Falconer)之地名，處處有之，即含有日本語鷹匠意義。在《左傳·昭公十七年》，郯子朝於魯，有少昊金天氏，以鳥名官之語，即巨蒐之蒐及渠蒐之蒐字，即含有鷹狩之意義，亦大可注意。

又與巨蒐通音之上古地名，后羿所遷居之窮石。（俠庵按：《左傳·襄四年》云："昔有夏之方衰也，后羿自鉏，遷於窮石。杜注：羿號曰有窮，鉏爲羿本國名。"）羿之善射，占有李廣傳匈奴射雕者之位置，其人物酷似於半神半人之希臘英雄哈拉克烈士，其所據地之窮石，即賀蘭山西之巨蒐國。而前所居之鉏，想即在今蘭州東，與漢代安定祖厲相當。《楚辭·天問》有"浞娶純狐"句。純狐即鶉觚，足爲與此兩地接近之河首一旁證。又《海外南經》曰："羿與鑿齒戰於壽華野。羿射殺之，在昆侖墟東。羿持弓矢，鑿矢持盾，一曰戈。"壽華亦與純狐、鶉觚、松山是同一地，在昆侖之東，與見於次章之位置相合。

由此等地名推之，則洪水傳説之后禹、后啓與篡位之后羿，及殺之之寒浞等，其所居處，皆可於此附近求得之。關於陽紆之九河。與論三代，民族之起源者，在此點皆當極大有考慮也。

以上釋巨蒐（即渠搜窮石）。

關於西夏，前稿（二六七—二七六頁）論其與大夏相當，是根據於本書與《逸周書》《史記》解而言之。今追迹其土地，當在亞爾泰山脉東南之南麓。由包頭附近，踰哈拉納林鄂拉（陽山）横亘於沙漠，而西北行。自是南向，至於寧夏之西南，而近河岸，達於河首襄山焉。

由是以西，穆王之旅行中，其在北方者爲西夏，而其在南方者爲西膜（膜即薄及亳），是殷民族所散布之部落。我以西膜與殷人爲同種族，而西夏與夏人爲同種族。夏人之來於東土，散布於各處，至周初而尚存。武王封夏禹之後於杞，可以證之。在南爲楚所滅之紀，想亦其一族。現今之山西省，爲夏人順黄河侵入東南之徑路，而建國於此。子産答晋君有“遷實沈於大夏”語，可以推定之。（俠庵按：《左傳·昭元年》，子産答晋平公曰：“遷閼伯於商丘，主辰，商人是因。遷實沈於大夏，主參，唐人是因，以服事夏商。”又昭七年，子産對晋侯曰：“昔堯殛鯀於羽山，其神化爲黄熊，以入於羽淵，實爲夏郊，三代祀之。晋爲盟主，其或者未之祀也乎。”韓子祀夏郊，晋侯有間。）禹所居者，在河南有陽翟一地名（翟陽即今之禹縣），與殺陽紆之王亥之有易國，皆屬夏人之部落。且翟即狄（即夏人）之意味。西戎北狄之别，想從其鄉土，而指夏殷兩民族分布之關係耳。果然，則石器時代之太行山住民，乃從西北方遷來，而屬於夏民族的翟人爲最古，由是廣布東南，及於河淮三角洲之地域。至春秋時代，尚發揮其勇悍之山間住民之特性。而在西方有壓迫古公亶父使其不得已而東遷之狄人。由是觀之，則被滅於殷人，夏桀一族之外，其他夏族，散在於諸方，經殷周二代，尚能强大稱雄，得以侵略周邊之部落者有之。

春秋時，據太行山地，尚有翟之一族隗姓者。若隗字之古音，是與蒐同一，則夏人與西膜人所居之境界，經巨蒐氏部落之鄂爾多斯地方。於鄉土中，既占中間之地帶，則夏殷兩民族，得爲混血種族矣。故山西地方，戎與狄無判然區别之理由，因此可以推定其由來。又在卷二之首，關於殷人者，有“□封膜晝於河水之陽，（郭注：膜晝人名，疑音莫）以爲殷人主（主謂主其祭祀，言同姓也）”之記事。前稿（二六一及二九〇頁）以爲大王即古公所封。今更按其下文，有穆王封長肱於黑水之西河，以爲周室主之文，當是同一。當以爲穆王所封乃合也。

膜晝與亳丑，同音通用，其地位在漢武威郡樸劋之邊。前稿已考定襄山之位置，與今之松山之山地。則膜晝封域，其位於凉州之東南，在蘭凉兩邑間之街道以東之地方甚明。

從卷二以至卷四，其起於西王母之邦。往復經過時，有西膜之所謂某地某物等語，屢屢見之。自河首至西北之天山之東邊，當視爲與殷人同族之部落所散布，在東土被壓服者。迨近百年，殷周兩民族，既混合融和。而穆王所巡歷西土之大部分，依然爲殷人所占據。

釋西夏及西膜。

一五、地名之考證五（昆侖·禺知·鸚韓·剞閭）

從卷二至卷四，記載穆王之往返於昆侖，及西王母之邦。其旅行綫路與地點，因《水經注》塞外之水系脉絡，記載不能精密，故以此爲基礎之胡氏《禹貢錐指》及楊氏《前漢地理圖》其考定地名，亦不能十分正確，不免遺憾。加之《穆傳》與漢後地名，發生變化。遞元以後，對於沙漠之泉地，及作目標之山岳河泊等，皆以蒙古語呼之。故比對困難者，不止一二。尚有增困難之一理由，現存於日本之亞伊奴語地名，與普通名詞夾雜者頗多，因此與古音混合而不分。其推測之容許範圍，便難判別。又《史記》、兩《漢書》雖有塞外遠征之記事，然其中地名，因唐代注者，不能明示其位置，此處亦足以增吾人之困難。因之所考定者，甚難達於正確者，以此也。

茲就出於卷二之地名，舉其稍近於正鵠者，爲昆侖之丘與鍾山（即春山）。

戊午，壽余之人居慮，獻酒百□於天子。天子已飲而行。遂宿於昆侖之阿，赤水之陽。爰有鵰鳥之山。天子三日，舍於鵰鳥之山。□吉日辛酉，天子升於昆侖之丘，以觀黄帝之宫，而封豐隆之葬，以詔後世。癸亥，天子具蠲齊牲全，以禋□昆侖之丘。甲子，天子北征。舍於珠澤，以釣於流水，曰："珠澤之藪，方三十里。"爰有萑、葦、莞、蒲、茅、萯、蒹、萋。乃獻白玉□隻角之一□三，可以□沐，乃進食□酒□姑劓九□。其味中麋胃而滑。因獻食馬三百，牛羊三千。天子□昆侖，以守黄帝之宫，南司赤水，而北守春山之寶。天子乃賜□之人□吾，黄金之環三五，朱帶貝飾三十，工布之四□吾乃膜拜而受。天子又與之黄牛二六，以三十□人於昆侖丘。季春丁卯，天子北升於春山之上，以望四野，曰："春山，是唯天下之高山也。"孳木□華畏雪，天子於是取孳木華之實（注：持歸種之，孳音滋）曰："春山之澤，清水出泉，温和無風，飛鳥百獸之所飲食。先王之所謂縣圃。"天子於是得玉榮枝期之英，曰："春山百獸之所聚也，飛鳥之所栖也。"爰有□獸，食虎豹，如麋而載骨盤，□始如麕，小頭大鼻。爰有赤豹白虎、熊羆豺狼、野馬野牛、山羊野豕。爰有白鳥青雕，執犬羊，食鹿豕。曰：天子三日，觀於春山之上，乃爲銘迹於縣圃之上，以詔後世。（圈點凝諸書而是正之。季春與最後之三，依干支而改之。）

此四百餘字之記載，其中決定昆侖之位置者，有重要地名之一，曰壽余。壽余之余字，在此文中，是空一格。但卷三之末，有壽余之人命懷。卷四有"自著（輯者：當爲西）夏至於珠余氏及河首，千五百里"之文，則壽余與珠余，爲通用之地名甚明。前稿（二五〇頁）州靡（王會篇）、壽靡（吕氏春秋）、壽麻（大荒北經）與此書之壽余。及《西次三經》之醜塗之水，相比對之，則其當否，不難判别矣。今更按《史記》（卷一一一）及《漢書》（卷五五）《衛青霍去病傳》元狩三年（前一二一年），春，去病踰居衍而至祁連山，捕斬首虜過當。武帝褒之曰（以《漢書》校爲詳細故從之）：驃騎將軍，涉鈞耆濟（踰）居延遂臻（過）小月氏，攻祈連山。揚武乎鱳得，得單于單桓，酋涂王及相國都尉，以衆降下者，二千五百人。（附圈點之字。是《史記》所無，或是异字。而《史記》之异字，則括弧中。）

此酋塗王者，居於醜塗水之地方，爲其中之一部族長甚明。《西次三經》有自昆侖之丘，所出之洋水，西南流注之。揚武乎觻得云者，乃謂擒王也，是昆邪王之故地，即屬於今之武威、張掖、酒泉三郡之一部者可知。又元狩四年，有賞從去病之路博得語云："右北平太守路博德，屬驃騎將軍。會興（與）城，不失期。從至檮余山，斬首捕盧二千八（七）百級。"

前文作酋塗者，此處作檮余，且示山名。去病此時，封狼居胥山，禪姑衍，登臨瀚海，去凉甘兩州。大道路程不遠之處，有檮余山，其中水名及地名，與之關聯者極明顯。若如《索隱》注謂：桃徒爲檮余之古音。則《地理志》張掖郡之"曰勒"（注：都尉澤索谷），其與澤索通用者。楊氏《地理圖》：當置於兩州之中間，而在曰勒之邊。據本書之記事，則珠余與河首，并舉其道理（輯者：當爲里）。封膜晝之次，則記珠余人居慮之歡迎。又祭昆侖之丘，其下即舍於珠澤。由是則昆侖之丘，屬於珠余氏之地方，南山之北斜面之山明矣。如此得決定昆侖及舂山（即鍾山）之位置。由是而檢核《西山經》及《北山經》之諸山系，其中山水之名，頗爲一致，足以互相參照。惟其列舉之順序、里程、方、矛楯過甚，不容易整理之。故我於此，不能細加整理，惟在前所詮釋之結果。而《五藏山經》中之西、北兩經，與西土交通之行爲，其所述資料，實遥在穆王之後而集其成，可能推定也。

以上釋昆侖之丘及鍾山（舂山）。

連亙於舂山之西方，有赤烏氏之邦。此赤烏氏與禺氏禺知當爲同音之地名，是決定月氏居處之重要資料。前稿（二六三六頁）既考定其大體之位置。兹更細述之。

壬申，天子西征。申戌，至於赤烏氏。赤烏之人□其獻酒千斛於天子，食馬九百，羊牛三千，穄麥百載。天子使祭父受之，曰："赤烏氏先，出自周宗。太王亶父之始作西土，封其元子吴太伯於東吴，詔以金刃之刑，賄用周室之璧，封其璧臣長季綽於舂山之陰，妻以元女，詔以玉石之刑。以爲周室主。"天子乃賜赤烏之人□其，墨乘回，黄金四十鎰，貝帶五十，朱三百裹。□其乃膜拜而受曰："□（舂）山，是惟天下之良山也。寶玉之所在，嘉穀生之，草木碩美。"天子於是取嘉禾，以歸於中國，曰：天子五日休於□山之下。乃奏廣樂。赤烏之人□其好獻二女子於天子，女聽女□，列爲嬖人。曰："赤烏氏美人之地也，寶玉之所在也。"己卯，天子北征。趙行□舍。庚辰，濟於洋水。（注：洋水出昆侖山西北隅而東流。洋音詳。）辛巳，入於曹奴氏。曹奴之人戲，觴天子於洋水之上。乃獻食馬九百，牛羊七千，穄米百車。天子使逢固受之。天子乃賜曹奴之人戲，□黄金之鹿，銀□貝帶四十，朱四百裹。戲乃膜拜而受。壬午，天子北征東還。甲申至於黑水，西膜之所謂鴻鷺。於是降雨七日。天子留骨六師之屬。天子乃封長肱於黑水之西河，是惟鴻鷺之上，以爲周室主。是曰："留骨之邦。"辛卯，天子北征東還，乃循墨水。癸巳，至於群玉之山，容□氏之所守。曰："群玉田□知，阿平無險，四徹中繩，先王之所謂策府。寡草木而無鳥獸。"爰有□木，西膜之所謂□。天子於是取玉版三乘。玉器服物，於是載玉萬隻。天子四日休群玉之山，乃命邢侯待攻玉者。孟夏丁酉，天子北征。□之人潛時觴天子於羽陵之上。乃獻良馬牛羊。天子以其邦之攻玉石也，不受其牢。柏夭曰："□氏，檻□（當作諸）之後也。"天子乃賜之黄金之罌三六，朱三百裹。潛時乃膜拜而受。戊戌，天子西征。辛丑至於剞，（郭注：音倚。《御覽》五十作居蟻切。）閭氏供食六師之人於鐵山之下。壬寅，天子登於鐵山，乃徹祭器於剞閭之人。温歸乃膜拜而受。天子已祭而行，乃遂西征。

右文，自壬申至於壬寅，凡三十日間，由今永昌之近傍而西進。自壬申行三日間，爲甲戌，達於赤烏氏之領地。已卯向北而渡洋水。三日間爲辛巳，入曹奴之地。更三日甲申，至黑水，在此處值雨而留。越七日辛卯，沿黑水，從北東向。又三日癸巳，至群玉之山，容□氏之地。此處有所謂群玉田知之阿，面於南山北，之平坦之岡。此群玉山，即《西次三經》之"西水行四百里，曰流沙。二百里至於嬴母，其狀如人，豹尾虎齒而善嘯，蓬髮戴勝，是司天之厲及五殘"云云相同。至於《海内北經》曰"西胡白玉山"，與此是否同一，不能判定。蓋春秋以後，西土交通已絶，是時對於西王母，全然視作女神，其正確位置，全然不知。穆王達於群玉山，進行日數，不過十一日。其距離不超於三四百粁，故此處不過在肅州以西者甚明。

據匈牙利羅智氏於一八七七、一八七八年間，踏查南山之地質極詳細。據説，爲南山之骨格者實爲岩層。其中有砂岩（石英砂岩）、板岩、石灰岩等。而噴出花崗岩，石英斑岩以貫之，所以成爲有名之昆侖玉，又名曰軟玉（nephrite），與遼東之岫岩石同。蓋由石灰岩中，與花崗岩之接觸變性而成者也。此岩層延於其西，又有和闐之産玉地。又據俄國阿布爾遮夫氏所踏查，在隔於甘肅大路北山之側，露出於所謂龍山山脉者，如昆侖玉之産地，處處發見。故《西山經》之玉山，及本書之群玉山，當必不限於一定之處也。

《西次三經》之鍾山，即祁連山，又不過南山之一部分。據本書，則自昆侖之丘以西二三百粁之間，皆屬於春山之麓。而此山彙，到處出玉之理由，蓋由地質關係，足以瞭解之。

由上所述之道里而推，則赤烏氏之國，不得在永昌附近以西。

以上釋赤烏氏之邦、田民、田知、月氏、群玉山。

自此以西，當考洋水（即弱水）與黑水之位置。查《西次三經》昆侖之丘，"洋水出焉，而西南流注於醜塗之水"。（郭注：洋水出山西北隅，或作清。）又曰："黑水出焉，而西流於大杅。"郭氏於《山海經》洋水注曰："或作清。"而在《穆傳》之注則曰："音詳。"其實洋水黑水，皆在甘州東南之河流也。而此兩水，又見於《禹貢》者曰：導弱水，至於合黎，餘波入於流沙。導黑水，至於三危，入於南海。

右文不能不合而考之。注釋《禹貢》者，自所謂孔傳以來，莫不窮於南海之解釋。孔傳曰：黑水自北而南。經三危。過梁州入南海。

孔穎達疏，亦强爲之辯曰：河自積石以西。皆多伏流，故黑水得越而南也。

胡渭《禹貢錐指》（卷十二）費娓娓數千言，終無所得。乃曰：合黎之北，禹未嘗身歷其地，則略而不言。而黑水獨言入於南海者，蓋西戎即叙之後，其人必有能言黑水之所歸者。故因而志之。

此不過敷衍之語耳。今按海字之解釋，凡中亞對於渟彙於閉塞流域之鹹池，普通皆呼之曰海。此南海者，戰國末以後之《禹貢》撰述人，實指哈拉泊（又名哈拉淖爾）之鹹池爲南海耳。而三危不過在敦煌之附近。故洋水即弱水，從今肅州酒泉縣起，向北流。而入於居延海者是也。（俠庵按：中華新區域地圖有此水名。）故《禹貢》之黑水，即視爲今之布朗吉爾河（即蘇賴河）（俠庵按：中華區域圖，作蘇勒河。）爲正當。同時此河之歸宿之哈拉泊，即《地理志》之冥澤，即爲《禹貢》之南海，實無何等之疑義。

雖然《穆天子傳》之所謂黑水，若非在東，則決然與道理（輯者：當爲里。）不合。現從甘州之南，向西北流，而入居延澤（一作居延海）者，此《穆傳》之黑河也。胡氏據《淮南子·墜形訓》謂"弱水出窮石山"。而又據《元和郡縣志》謂"弱水在山丹縣之南山下"，因此推斷，窮石山在山丹縣之南。又即在南山之一部，所以黑河之上流，必在南山之一部。然而據余前文所考定，巨蒐即窮石，其部落之合黎，即散布於北山之東北方。而后羿之國，所謂窮石者，無與山丹近傍之關聯。《淮南子》之文謂弱水從此邊山地而出沙漠。合而考之，則本書之所謂洋水，乃在居延澤之東（居延澤，即《禹貢》之豬野澤），遥從東南沙漠中，而北流於昌寧池之水乎？（俠庵按：中華新區域圖，此水在永昌縣北境，名曰沙河。其歸宿點，名曰昌寧湖。）本書乃《山海經》皆於黑水之東。有洋水而無弱水，洋與弱之古音，爲jang與jak兩相近似，而得通用，所不容疑。

要之就於黑河與弱水，若據胡楊兩氏之考定，以詮索本書之地理，其結果不合。蓋《禹貢》之編纂，比之本書及《五藏山經》，遥爲後出，足以代表其時代之地理智，迥乎不同。其與本書齟齬，實不足怪。

以上釋洋水（弱水）、黑水。

次有"壬午，天子北征東還"之文。今從交通綫而追迹，東字恐是西字之誤。甲申至於黑河，在此處封長肱於黑水之西河。觀此黑水又附加西膜之所謂鴻鷺一語。鴻鷺與土耳其語之Kara日本語之异同。又與連互於其北之合黎山山脉同。則由黑水而起之名可知矣。

此留骨之邦，叢刊本作“國”，《道藏》本作“骨”。今按恐是出於卷五之初“留昆歸玉百枚”之留昆异字。而此骨字，殆由前“留骨六師之屬”之骨，生出此地名之誤字歟。蓋留骨即留昆之位置，想與今之肅州張掖相當。張掖之語源，據《地理志》注應劭曰：“張國臂腋，故曰張掖也。”其説明如此或因長肱所居之地而得名。從而因肱字訛爲腋字，亦可想見。但據衛宏與後漢靈帝同名，所以《經籍志》於其所著之書，改爲衛敬仲。則此字之變化，或因諱肱爲腋，後由腋變掖，亦未可知。

前稿（二五三頁）附於都郭。欲考陸渾戎之鄉土，因未能精查留骨之邦之位置，故終無效，在此際對於此等地名之分布，大體已得正確。今可以得一結論，則陸渾戎原來之鄉土，蓋沿於鍾山之麓，自武威郡張掖，至酒泉郡樂涫之間，爲其部落之散在者乎。

俠庵按：著者以陸渾與留骨同音之故。考定留骨之位置，故即可以考定陸渾之位置也。

以上釋長肱之國、留骨之邦、陸渾之戎。

“辛卯，天子北征。東還，乃循黑水”之文。東字想亦是西之誤字。群玉禺知之地，叢刊本、《道藏》本皆作“田山□知”。管子《揆度篇》有“禺知邊山之玉一筴（策）也”之語，與“先王之所謂策府”同意，則田山乃禺一字之訛字，當以禺知爲是。

此部落之位置，殆在今高臺縣之附近。文中有“阿平無險”語，想是同一意味，爲“高臺”之名所由起。又即黑河向西北行，至肅州東，折而北行之點，而黑河與洮賴兩河間之平地乎？黑河之左岸，既爲沙原，即此玉殆在高臺西北。黑水屈曲於其北之邊，右岸之山所出者歟。

又曰“群玉之山，容□氏之所守”，容下空格，據《太平御覽》當以“成”字填之，《路史》所引者作“庸成氏”，其當否不明。然黑水之末，入於居延澤，即豬野澤。由卷四歸路，有“至於重雍氏之阿”語，由此觀之，恐是容與雍异字而通用者。此空格當在容字之上，而誤顛倒之，如是則以填“重”字爲妥當。

次孟夏（原文作秋誤）丁酉，自是出發。因送行而觴天子，文中有“□之人潛時觴天子於羽陵之上”語，此爲重雍氏之一族，而空格當填何字未明。潛時觴天子之後，其次有柏夭曰：“□氏，檻□之後也。”氏字上之空格。當爲重容氏之一族。檻下之字，當以諸字填之。《淮南子·修務訓》云：“玉堅無敵，鏤以爲獸，首尾成形，礛諸之功。”高誘注：礛諸治玉之石，可以爲錯。是礛讀廉氏之廉，一曰濫也。

以上釋群玉、禺知之地。

自是向北折而西。五日間，至剞閭氏之地。剞閭氏鐵山之位置。自群玉山五日行程，約在百五十粁内外之西，想在肅州以西，嘉峪關北側，黑山之邊。穆王之祭此山，或以其産五金之一之鐵乎？然無得鐵器之記事，而鐵之冶金，以此地爲最古，可以想像。

《逸周書·克殷解》，牧野之戰，有武王“擊之，以輕吕，斬之以玄鉞”。又《史記·周本紀》作“以輕劍擊之”，《正義》曰：“《周書》作輕吕擊之。輕吕，劍名也。”又《漢書·匈奴傳》（卷九四下）元帝時命韓昌張猛使匈奴，爲盟約。有“昌猛與單于及大臣，倶登匈奴諸水東山。刑白馬，單于以徑路刀金留犁撓酒，以老上單于所破月氏王頭爲飲器者，共飲血盟”語。應劭注：“徑路，匈奴寶刀也。”又《地理志》左馮翊之雲陽注：有休屠金人，及徑路神祠三所，越巫䣢䣢（輯者注：據日文資料正之）祠三所云云。

而日本崇神天皇之御宇，在香島神宫，所獻納品之目録（《常陸風土記》）：奉幣大刀十口，鉾二枚，鐵弓二張鐵箭二具，許吕四口，枚鐵一連，練鐵一連云云。

許吕爲何物，栗園氏無注。但從其曰“四口”觀之，則與武王所用之輕吕，單于所用之徑路寶刀相同。可以推定，而此剞閭及輕吕，與土耳其語之Kylydsc (Sabel)相當，其爲曲刀之義，殆不容疑。漢代在陽關最近之婼羌山有鐵，自作兵，見於《地理志》。自此以前之一千年，此處已産鐵，當注意之。特武王之時，既使用之，是爲鐵之歷史最古之記録。（俠庵按：著者謂武王時既使用鐵者，乃據《逸周書》及《周本紀》“斬之以玄鉞”之文也。）《逸周書·集訓校釋》卷四引司馬法曰“夏執玄鉞用鐵不磨礪”，是謂玄鉞爲鐵所製也。然俠以爲春秋以前之古書，未見有用鐵者。（《禹貢》及《國語》乃戰國末年所撰之書，此則著者之説不可據。）

以上釋剞閭氏。

自是經過鶤韓、玄池、苦山，而漸達於西王母之邦。本書之文如左：丙午至於鶤韓氏。爰有樂野，温和，穄麥之所草，（郭注：此字作草下阜，疑古茂字。）犬馬牛羊之所昌，寶玉之所□。丁未，天子大朝於平衍之中。乃命六師之屬休。己酉，天子大饗正公侯王史七萃之士，於平衍之中。鶤韓之人無鳬，乃獻良馬百匹，用牛三百，良犬七千（《御覽》作七十），牥牛二百，野馬三百，牛羊二千，穄麥三百車。天子乃賜之黄金銀罌四七，貝帶五十，朱三百裹，變□雕官。無鳬上下，乃膜拜而受。庚戌，天子西征。至於玄池。天子三日休於玄池之上。乃奏廣樂，三日而終，是曰樂池。天子乃樹之竹，是曰竹林。癸丑，天子乃遂西征。丙辰，至於苦山，西膜之所謂茂苑。天子於是休獵，於是食苦。丁巳，天子西征。己未，宿於黄鼠之山西。□乃遂西征。癸亥，至於西王母之邦。

壬寅從剞閭氏之地出發，至第五日丙午，至於鶤韓氏之地，地勢平坦，氣候温和，穀麥畜類之所蕃孳。此行程亦不出二百粁内外，想在今安西以西而前往。由是向西，沿蘇勒河。至於玄池，即冥澤，又名哈拉泊者而前進。雖然，所謂鶤韓，尚須求其相當之地名，而在《山海經》中，唯一錯簡最多之《海内東經》曰：國在流沙中者，埻端（音敦）、璽㬇（音唤，或作繭㬇）在昆侖墟東南。一曰海内之郡，不爲郡縣，在流沙中。

此文（璽㬇）二字，宜注意其相當之地名。嘗在論《山海經》錯簡時，已想像埻端璽㬇四字，合之與敦煌二字相當（詳見《山海經》考）。今按璽即垔之古文㙈之訛字，垔㬇與鶤韓，兩名通音，已無置疑之解地。迪烟氏謂與Jarkent(die Stadt an der Alluvinlterrasse)同，乃準語在河邊臺地，所建都邑之意味。《海内經》之著成約在秦代。其時沙州燉煌，皆爲泉地。而此土地，想在蘇勒河冲積平野之安西附近，其見解諒不爲失當也。

自癸丑西征至癸亥達於王母之邦，凡十一日。中間經過，有苦山及黄鼠山。在苦山時，有“天子於是食苦”語。《欽定西域圖志》（卷四十三）土産之部曰：“又有樹曰察爾察，形似山茶。取其葉可以供飯，彼中以之代茶荈。”此植物之出産處，古代及現今之地名，難以比對。雖然在行程約四百粁距離内外之地方求之，則不得達於哈密巴里坤之邊以外。西洋學者中，有以爲哈拉沙爾附近者。假令玄池即爲冥澤，自是向西而行，約爲七百粁路。每日要行六粁以上之路程，其方向與西征雖然合致，但距離失於過遠。且歸路經過之土地，不能追迹。故我推定，以爲從安西附近，向西北望天山之東端而進行爲合。

以上釋鶤韓、玄池。

一六、地名之考證六（西王母）

卷三有與西王母會見應酧之辭，及獵於飛鳥解羽之事，紀載甚詳。惟本書之文，錯簡誤脱頗多。今校訂之如左：

吉日甲子，天子賓於西王母，（郭注：西王母如人，虎齒，蓬髮，戴勝，善嘯。《紀年》〔曰〕，穆王十七年，西征〔至於〕昆侖〔之〕丘，見西王母。〔王母止之〕，其年〔辛丑〕來見賓於昭宫。）乃執白圭玄璧，以見西王母。（注：執贄者，致敬也。）好獻錦組百純，□組三百純，（注：純，匹端名也。《周禮》曰：純帛不過五兩。組綬屬，音祖。）西王母再拜受之。

乙丑，天子觴西王母於瑶池之上。西王母爲天子謡曰：“白雲在天，山陵道出。（陵即陵字。）道里悠遠，山川間之。將子無死，（注：將，請也。）尚能復來。（注：尚，庶幾也。）”天子答之曰：“予歸東土，和治諸夏。萬民平均，吾顧見汝。（注：顧，還也。）比及三年，將復而野。（注：復返此野而見汝也。）”〔天子遂驅升於弇山，乃紀其迹於弇山之石。（注：銘題之。）而樹之槐，眉曰：西王母之山。〕（按：以上二十八字，當在下文“惟天之望”句下。錯出於此耳。）西王母〔之山（按：二字衍文）還歸其□，世作民憂。〕（按：二句當在又將去予句下。）以（衍字）又爲天子（按：經注：吟上有此四字。）吟曰："比徂西土，（按：經注：作徂彼。）爰居其野（按：經注：作所），虎豹爲群。於鵲與處，（注：於讀曰烏。按：於蓋烏之訛字也。）嘉命不遷。（注：言守此一方。）我惟帝女，（注：帝，天帝也。按經注及御覽皆有女字。）天子大命，而不可稱。（按：經注無此二句。）彼何世民，又將去予。（按：經注有此二句。）還歸其□，世民有憂。顧世民〔之〕（之字疑衍）恩，流涕芔隕。吹笙鼓簧，中心翔翔。（按：經注作翱翔。郭注：憂無簿也。）世民之子，惟天之望。"天子遂驅升於弇山，乃紀其迹於弇山之石。而樹之槐，眉曰："西王母之山。"（按：二十八字當在此。）

丁未，（按：當作卯。）天子飲於温山□考鳥。（注：《紀年》曰："穆王見西王母。'西王母'止之曰：有鳥鵠。"人疑説此鳥。脱落。不可知也。今按考鳥、飛鳥之訛。當入下文曠原之下。）

己酉，（按：酉當作巳。）天子飲於溽水之上。乃發憲命。（注：憲謂法令。按藏本作命，叢刊本作令。）詔六師之人。□其羽（按二字當入下文曠原下），爰有□藪水澤，爰有陸衍平陸，（注：大阜曰：陵，高平曰陸。）碩鳥物羽。六師之人，畢至於曠原〔之野，飛鳥之所解其羽〕。（按：以上九字，補以卷四之文。郭注："言將獵也。"下云北至曠原之野，飛鳥之所解其羽。《山海經》云"大澤方千里，群鳥之所生及所解"，《紀年》曰"穆王北征，行積羽千里"，皆謂此野耳。）

曰：天子三月，（按：干支，月當作日。）舍於曠原。□天子大饗正公諸侯王勒七萃之士（注：勒猶勞也。按：勒與吏字通用。）於羽琌之上。（注：下有羽陵，疑亦同。今按琌當作琌，古文嶺字，與陵通用耳。）乃奏廣樂。□六師之人，翔畋於曠原，（注：翔猶游也。）得獲無疆。（注：無疆，無限也。）鳥獸絶群。（注：言取盡也。）六師之人，大畋九日。乃駐於羽之□收皮効物，（注：物謂毛色也。詩云："九十維物。"）債車受載。（注：債猶借也。按郭解未是，疑債當作積。）天子於是載羽百車。（注：十羽爲箴，百羽爲縳，十縳爲緷。見《周官》。）

己亥，天子東歸。六師□起。（按：己當作乙。）

觀卷四之末，記西征道里之數，區分行程，足以窺此旅行中重要之行事。

觀穆王與西王母會見之文，曰賓，曰執，曰見，曰獻，曰再拜而受，顯示兩者對抗之禮，與途中所經諸國之禮儀，全然不同。

次觀穆王逗留於西王母處之日數，癸亥到著，翌日甲子會見，又翌日乙丑會飲於瑶池之上。大概是丙寅升於弇山紀銘，又翌日丁卯，飲於温山，其間不過四日。

故謂穆王樂而忘返之説，與此旅行之記録不符。

王母請穆王復來。穆王答以三年復來。觀注引《紀年》穆王十七年西征，王母止之之文。由此觀之，則世間傳説，殆由第二回之旅行有長久逗留而發生者乎？今從第一回會見之狀况而推，則第二回之西征，穆王與西王母之交際，當更加親密。因此艷聞，傳於千古，亦未可知。試考“賓”字之古義：《爾雅·釋詁》：“悦、懌、愉、釋、協、服也。”《説文》：“賓所敬也。”解嬪字曰：“服也。”郝氏義疏：謂釋詁之賓，爲嬪之假音，有敬服互通之意義。無女旁之賓，想能解之曰服，又釋親“嬪婦也”。《曲禮》曰：“生曰妻，死曰嬪。”鄭注曰：“嬪婦人有法度者之稱也。”亦得認爲尊敬之意味。然本書及《紀年》“賓”字之語意，未必謂其以對等之禮會見也。

雖然，離文字之解釋，而考兩者交際之真相，在本文亦頗顯明。試觀自甲子賓於西王母，至王母拜而受之，則初次會見時儀式非常之莊重可知。次觀翌日乙丑，天子觴西王母於瑶池之上。王母爲天子謡，請其重來。天子許以復來，其中雖經後人之潤色，已有表示極親密之露骨語矣。故第二回西征之言動雖不傳，而穆王耽溺之説仍起，遂爲儒家非難之標的。但此從倫理之見地爲批判。推溯五倫理想之現實生活，未受嚴重束縛之周初。則穆王行迹，在當時或敢於亂行，亦不敢妄斷其無。前稿之末，所引兹崎地笛士之開明希臘人之祖先，與未開蕃族之間，認出有共通之風俗習慣。當周初文化未普及與確定時，則成立於周人與戎翟中男女間之倫理制裁，頗爲放縱，亦不足怪也。

據《史記》及《漢書·匈奴傳》匈奴人有所謂“父死妻其母。兄弟死，盡妻其妻”者。又秦昭王時，“義渠戎王，與宣后亂，有二子。宣后詐而殺義渠王於甘泉”，是比之一夫多妻，更加一層放縱生活之反映。吕后專政時，冒頓單于遺之以書，有“孤僨之君”云云。后稱謝曰：“未嘗聞中國禮儀，陛下幸而赦之。”或單于初本無侮蔑吕后之意，后自覺國情之全然相反，自責無禮，而表謝意歟。

次就西王母之邦之地名而考察。前稿以西夏爲行於支那上古之名，迨後以大夏之名，行於遠西，其實同一民族之名稱也。今西王母，殆亦爲西宛之緩音，顯於漢代之大宛，想與西宛爲同一民族，而比西宛更遷於遠方者乎。《山海經·海外西經》無西王母國，而有女子國。想至戰國時，忘却有西夏西宛，尚記有女子國。秦漢之間，匈奴自天山東邊，攻略甘肅泉地時，月氏因此而遷於西。西夏西宛之西遷，後遂名爲大夏大宛，不難想像。《史記·大宛傳》云：“大宛聞漢之饒財，欲通不得。見騫，喜，問曰：若欲何之。”又聞騫言。“遣騫，爲發導繹，抵康居。”由是揣摩，則由周代交通之傳説所遺留，以爲歡迎張騫之動機，尚可想見。又《大宛傳》及《西域傳》所記風俗之特色，有“俗貴女子，女子所言，丈夫乃决正”之語，由此推之，漢代以前之西宛，其傾向有一層顯著者，則名爲“女子國”。而所謂“王母”不過爲普通名詞。《史記·衛將軍驃騎列傳》曰：“司馬破奴，再從驃騎將軍，斬遬濮王，捕稽且王。千騎將得王、王母各一人。王子以下，四十一人。”在此語中之王母，則非女之主權者之意義。然在西宛，所呼西王母之邦者，或爲女王，亦未可知。

有類似於西王母之傳説者，爲希臘神話中之亞馬孫Amazones，是希臘西徐德Scythes民族之一，立國於黑海沿岸之地，侵入於小亞細亞諸國。其最近之傳説，至歷亞山大王時，在西德拉波，其女王Thalestris來訪。而傳大王之胤，此與穆王王母之往來酷似。此與後世岐异之風俗，而得行於西北古文化民族間者，可爲一證。

觀本書之地名，弇即奄。温等之Wang-mu，wam由聲音緩急，得以通轉之山名。而奄居於山東，後爲魯封地。其初爲殷一族之國，《周書》《左傳》等有明徵焉。（俠庵按：《方輿紀要》曲阜縣城東二里，有奄城爲古奄國，亦曰商奄云。）而西宛亦有此名，（俠按：指弇山。）此地方爲西膜之一族，暗示同民族中一大國之關係，得以想像之。

考西王母之傳説，在周秦漢之間，次第變爲神話之徑路。按《西次三經》：“曰玉山，是西王母所居也。西王母其狀如人，是司天之厲及五殘。”據此是由山神之傳説，而變形者可知。今考本書爲更古，得視爲西宛國之女王，而肯定之爲實在之人物。讀屈原之《離騷》則穆王事迹，爲楚國所知者甚明。而昆侖之游行，與王母之名，全然不見。是當時尚未以西王母與昆侖結合而成聯想，視作神仙之類，則間接上可以得一旁證焉。

決定西王母之邦之位置，爲一要件。近於其旁者，有所謂瑶池，是湖水之所在也。接巴里坤近傍，有巴爾庫存勒淖爾，爲漢代之蒲類海。《漢書·西域傳》云：“卑陸後國王，治番渠類谷。去長安八千七百一十里。”此地名實是同一。然番渠與蒲，不能直接通用。恐是由番渠縮爲薄，又更轉爲蒲乎。據徐松《西域水道記》（卷三）則在今之鎮西府西北，四十餘里。而《漢書》應劭注，謂“蒲類海是匈奴中海名”。後漢裴岑所立之海祠碑，至雍正七年岳鍾琪發見之於石人子。其文曰：惟漢永和二年八月，敦煌太守雲中裴岑，將郡兵三千人，誅呼衍王等。斬馘部衆，克敵全師，除西域之疢，蠲四部之害，邊竟艾安。振威到此，立海祠以表萬世。（俞浩《西域考古録》所引，三作五，域作河，疢作畔，竟作境，艾作乂，表作志。振威以下二句八字，作“誠威武無二，建辭”。且曰凡字五十八，比於徐氏之記，少二字。《續古文苑》卷十五紀功碑，與徐氏同。）

俞氏所引之《西陲記略》，從此地起，記蜃氣樓之現象曰：“蒲類海每於春秋晴爽之時，杲日初升，海中雲起，忽依山而成市，變幻莫可名狀云。”

此鹽湖近代有土人，崇拜爲靈池者，與裴岑之立祠時無异。胡所謂瑶池者，此想足以當之。而此地之南山，爲漢之白山。徐松所引《班超傳》明帝之詔，有“破白山，臨蒲類”語。章懷太子注曰：“《西河舊事》曰：白山之中有好木，匈奴謂之天山，去蒲類海百里。”郭義《恭應志》曰：“西域有白山，通歲有雪，亦名雪山。”

今曰烏可克嶺。俞氏曰：“巴里坤南山老松，大可百圍，高皆數九百尋。掘出茯苓，有大如甕者。皮厚一尺，取以爲床。”

據此文，則戴冰河之冰山，其向北斜面，有針葉樹林，异常繁茂。二千年來不變，其狀態可窺矣。要之巴里坤之地，自博克圖山，連亙於東，即當天山北支之東。陵夷之處，其東尚有戴二萬尺冰河之高嶺。聳立天表。因此有白山之名。故《海内東經》錯簡有云“西胡白玉山，在大夏東。蒼梧在白玉山西南。皆在流沙西”。又《西次三經》：隔昆侖之丘，千三百二十里（其中含流沙二百里）。有云“玉山是西王母所居也”。以上云云。皆指此處甚明。

一七、地名之考證七（曠原・閼氏胡）

前章追迹西王母之邦之位置，至於天山之東端巴里坤，即考定在今鎮西府附近，此點决定，再細看其回歸之徑路與道里，當更加一層明確。

由西王母之邦前往，則當考定大曠原之方向。前所揭温山以下之本文有錯簡，十分明瞭。卷四之末，有“自西王母之邦，北至於曠原之野，飛鳥之所解其羽。千有九百里”之文。大體在於北方者可知。前揭郭璞之注，引《紀年》曰：“穆王北征，行積羽千里。”又同注引《海内西經》云：“大澤方百里，群鳥所生及所解。（注：百鳥於此生乳，解之毛羽。）在雁門北。雁門山雁出其間，在高柳北。”均指此地也。雁門在高柳北，則其位置正當山西正北，而在天山之東矣。按《紀年》之所謂北征，是從西王母之邦而往北之意味。《海内西經》之所謂雁門之北，指穆王越雁門而北。忘記其西向之一段路程而起之誤謬乎？不然，同經之次，有“東胡在大澤東”語。此因北方地理，全然不明，而以東胡與西胡在大澤之兩側不遠而生之誤解也。故欲决定曠之位置者，此等材料，不能信賴之。

穆王之往大曠原，是在沙漠之東部，當密機阿拉之西北端。《西游記》曰：“沙陀北邊，頗有水草。”因有此等地帶連續，故得爲鳥獸蕃植之曠野。

鳥羽中之白羽，除適用於武器之矢外，其餘古代間，多用作裝飾品。如羽旄、羽檄、羽蓋、六羽等之語是也。《禹貢》徐州荆州之貢物，列舉齒革羽毛。《周禮・大司徒》云：“其動物，宜羽物。”鄭注謂：“翟雉之屬。”考工記曰：“鍾氏染羽。”鄭注曰：“羽所以飾旌旗，及王后之車。”《爾雅・釋鳥》：“翟山雉。”注：“長尾者。”又云“五采皆備，成章曰翬”之類。總之皆説裝飾品之用途，及其品質者也。此例甚多，不遑枚舉。

故往曠原之目的，爲采集羽之原料甚明。獲羽百車，則是達其目的矣。由是就其記歸路行程者如左：

丙子（丙誤作庚），至於□之山，而休以待六師之人。庚辰，天子東征。癸未至於戊□之山，智氏之所處。□智□往，天子於戊□之山，勞用白驂二匹（注：驂，騑馬也），野馬野牛四十，守犬七十（注：任守備者）。乃獻食馬四百，牛羊三千，曰智氏□。天子北游于歸子之澤，智氏之夫□獻酒百□於天子，天子賜之狗璅采（注：疑玉名），黄金之罌二九，貝帶四十，朱丹三百裹，桂薑百□。乃膜拜而受。乙酉，天子南征東還。己丑至於獻水，乃遂東征。飲而行，乃遂東□南□。己亥，至於瓜纑之山，三周若城。（注：言山周匝三重，狀如城壘。）閼氏胡氏之所保。（注：閼音遏。）天子乃遂東征，南絶沙衍。（注：沙衍，水中有沙者。）辛丑，天子渴於沙衍。（注：沙中無水泉。）求飲未至，七萃之士高奔戎，刺左驂之頸，取其青血。以飲天子。（注：今西方羌胡，刺馬咽，取血飲，渴亦愈。）天子美之，乃賜奔戎佩玉一隻。奔戎再拜䭫首。（注：古稽字。）天子乃遂南征。甲辰至於積山之邊。爰有蔓柏曰壽余之人命懷（注：命懷，人名。）獻酒於天子。天子賜之黄金之罌、貝帶、朱丹七十裹。命懷乃膜拜而受。乙巳，□諸飦，獻酒於天子。（注：諸飦，亦人名，音犍牛之犍。）天子賜之黄金之罌、貝帶、朱丹七十裹。諸飦乃膜拜而受。

本文中䭫字之外，有𡚁（歸）、璅（璅）、蕄（蔓）等古文。後有文山之人歸遺，想是由此歸字地名而爲姓者。其他各字，大抵瞭然而無疑。東南二字，從前後之名法考之，當是東征南還，若其意義已明，則亦可以不加。

此文，丙子之下，有一空格，故不明爲如何之山。次爲戊□之山，戊與伐，古音同一。又戊想爲伐字之訛，多數與陽紆之斵多同。伐多者指天山之博克圖山也。若如此想像，則庚辰東征，東乃南之誤字。從巴爾庫爾附近，向北又西北行，歸於西南又南，再到天山之麓。居此處之智氏，其上當脱去一禺字，或其他之字未明。次所謂智氏之夫，此夫字非人名，乃普通名詞之意味，其下想脱去人名。回疆之人名物名，屢見有tji之語尾，與《周禮》之某氏（即者）（英德語之er）相當。其與前禺知之一派，有無關係，頗難遽斷。

巡歷此邊而回，其到着之日爲乙酉。所謂獻水，乃從博克圖山北流之濟木薩河也。己亥到瓜纑之山。此山位置，推定爲後漢之伊吾盧，即今之哈密附近。從西王母之邦，至於曠原，往返里程，爲一千九百里，時期約爲一個月左右。

今當述此處之所謂閼氏胡氏，在本書中，民族間所謂胡者衹在此一見而已。前雖有犬戎之□胡，然多數即是卷五之陖子壽胡，乃人名而非胡族也。閼氏一語，是伊祁語之lki即一。禺知語之Utshi即三。而綴爲漢字者，乃由土耳其語之Altji即六之意味。同時在漢代以此字呼匈奴單于之妃。想亦與普通名詞同源。由此推之，則單于閼氏者，殆因有六人之妃所生乎？當在呼衍王之地方是否常有閼氏胡氏，出而爲單于之妃，所以發生關係，雖然未明，要之在匈奴，勃興數百年前，已有闕氏部落之存在，則應注意也。

由是經沙漠無水處，甲辰至於積山之邊。壽余人命懷，獻之以酒。翌日乙巳，諸飦亦同獻之以酒。此積山之位置，與在卷四蘇谷骨飦氏，均在下章考定之。

在此處，壽余人出迎，與西夏歸途河首及昆侖近傍珠余，爲同民族之部落，皆在西北沙漠中，此點足以察之。

卷三旅行，由干支推之，是自仲夏互於季夏，則所謂穆王渴於沙衍，其所記載，爲合理矣。此間獵於曠原，其情形果如何乎？據《欽定西域圖記》（卷三十九）云："準噶爾全境，不乏泉甘土肥，種宜五穀之處……其居處，夏擇平原，冬居暖谷，無恒所。"

由此觀之，是本書所言，與土人出於平原之時節。及鳥羽之采集，可以推測其完全相合矣。同書卷四十三，舉於土產之部者，鳥類有鶴鷹鶚雕雁鷺，及孔雀鴉鵲鶉雉鴨鶩鸞等。由是在此處。得采集此等之羽毛可知矣。

一八、地名之考證八（蘇谷·重雍·三苗·焚留·茈胥）

卷四記事始於庚辰。上溯卷三末之乙巳，約爲三十五日。其間所舉地方，尚相鄰接。三四兩卷，亦爲完篇。我以爲因夏季旅行之困難，而停止動作耳。果如此，則卷三至卷四之間。其中當補"天子一月休"及"某干支東征"等句歟。

庚辰，至於滔水，濁繇氏之所食。辛巳，天子東征。癸未至於蘇谷，骨飦氏之所衣被。（注：言谷中有草木皮可以爲衣被。）乃遂南征東還。丙戌至於長沙，重雍氏之西疆。（注：疆界也。）丁亥，天子升於長沙。乃遂東征。庚寅至於重雍氏黑水之阿。爰有野麥，（注：自然生也。）爰有答堇，（注：袛謹兩音。）西膜之所謂木禾。（注：木禾粟類，長五尋，大五圍。見《山海經》云。）重雍氏之所食，爰有采石之山。（注：出文采之石也。）（輯者注：據日文原稿補録重雍氏之所食，爰有采石之山。）重雍氏之所守，曰：枝斯璿瑰、（注：璿瑰，玉名。《左傳》曰：贈我以璿瑰。旋回兩音。）㻬瑶、（注：亦玉名。瑶音遥。）琅玕、（注：石似珠也。良干兩音。）、玲瓅長寶、（注：皆玉名。字皆無聞。于瓅音今瑣。）玗琪、（注：玉蜀也。于其兩音。）琭尾。（注：無聞焉。）凡好石之器於是出。仲秋癸巳，天子命重雍氏，供食天子之屬。（注：音共，言不及六師也。）五日丁酉，天子升于采石之山，於是采石焉。天子使重雍之民鑄以成器，於黑水之上。（注：今外國所鑄作器，亦皆石類也。）器服物佩好無疆。曰：天子一月休。（季）秋癸亥，天子觴重雍氏之人鯀鴍，乃賜之黃金之罌二九，銀烏一隻，貝帶五十，朱七百裹。筍箭、桂薑百棓。絲旒雕官，鯀鴍乃膜拜而受。乙丑，天子東征，鯀鴍送天子至於長沙之山。□隻，天子使柏夭受之。柏夭曰："重雍之先，三苗氏之□處。”以黄金之罍銀采□，乃膜拜而受。（注：三苗舜所竄之於危山者。）

右有難讀古文之字，如璭（瑮）、徽（琭）、篔（笱）示桂薑之量者，篚（捪）、緦（旒）等。今推定而改换字樣，以便閲讀。末有黄木云云，今改木爲金，從賜某氏某物品之例，補正其缺誤。爰有答堇一句，當入於骨飦氏之上，且骨爲胥之誤字，與卷三末之諸飦同。前“乙巳□諸飦獻酒於天子”之文。乙巳與“諸飦”之間，當補“至於”二字。又地名之長淡，當作沙。

卷四之首，有滔水與濁繇氏，想爲同一之地名。郝氏《〈山海經〉箋疏》引《魏略》濁繇當作屬繇，《海内東經》作居繇，考察實爲同一耳。前稿（二六三頁）考定屠州即與居延澤相當。而引《地理志》“武威郡武威縣”下注云：“休屠澤在東北，古文以爲豬埜澤。”《水經注》（卷四十）曰“武威北有休屠澤，俗謂之西海。其東有猪野澤，俗謂之東海。通謂之都野”之文，而所謂都野者，即《海外西經》所謂諸夭（沃）之野，即當爲泉地之意味。

兹所謂滔水者，即注入於今居延海之洮賴河（即托賴河），其流域在西部沙漠與山間之凹地帶。本來所謂都野、諸沃，乃用於頗廣之地域者。而《水經注》所云“通謂之都野”，乃狹義上而亘於居延昌寧魚海之間，僅含有北方沙漠間凹地帶之意味。與《地理志》“武威郡休屠澤之都野澤”相當，更限於東端之局部而已。

前通過此處者，在第三卷末，有積山及壽余氏。今考此積山，與癸未所到之蘇谷，是同一名。如所記載人名之諸飦及胥飦之飦，皆由頊字而起之誤字，不過由同音之土地及部族種種而綴合之耳。

由此積山，五日更四日達於蘇谷。又二日之後，在重雍氏之西疆。翌日即達長沙（與《西游記》之沙陀，同屬沙丘地），恐即哈密東南，約三百粁之一帶。漢代并合於匈奴，爲須卜氏部落所散住之地方。查須卜氏之事迹據《史記·匈奴傳》呼延氏下，裴駰注：“呼延氏須卜氏常與單于婚姻。”《霍去病傳》元狩二年，詔云：“討遬濮。”索隱注：“遬音速，濮音卜。”則遬濮亦是同名，且遬與蘇谷及積通。又推定濮字含有準語之Bag即村之意味。

如此推究，則呼衍氏及哈密附近闕氏胡之後，其東南之諸頊氏（蘇谷）即須卜氏，皆於匈奴單于統一後，尚得爲與之拮抗之大姓，事甚顯著。又與此關聯者，在《匈奴傳》之遬濮王、呼延王、酒塗王、休屠王等，皆從天山之東沿北山之東北邊，至於寧夏近傍，爲泉地部落之酋長，容易查明焉。

庚寅到於重雍氏黑水之阿。在往路通過時，曾有甲申至於黑水，又封長肱於黑水之西河，以爲周室主。此重雍氏之部落，想未必與之同一，衹爲相近之部落耳。而此重雍之重，古音與東童等相同，即通於tong，tung，tog，tug，而雍與繇通。都野、諸沃，皆爲共通之地名甚明。與此同名之山，即《漢書·匈奴傳》之涿邪山

（《史記》作涿涂山）。徐氏《水道記》卷三，謂朱余亦其通音云。

乙丑，至於長沙山。其下空格，想爲出迫人所獻品名數量之脱簡。由隻字而推，當是玉石之類。

在此處出迎者，爲重㴩氏之一族。觀柏夭之言，顯然與三苗氏有關係，頗當注意。“柏夭曰：‘重㴩氏之先。三苗氏之□。’”因本文之字有脱落，故不能十分明暸。然由文義上推尋，大約當補以“後”字，或“裔”字也。

關於三苗之古傳説見於《禹貢》者，“黑水西河惟雍州”。繼續曰：“三危既宅。三苗丕叙。”由是觀之，則三苗居於雍州也。舜典曰：“竄三苗於三危。”而此三危之山，據《西次三經》遥在昆侖之丘之西。郭璞注曰：“今在燉煌郡。”畢沅《山海經》注。考定三危之位置頗詳，引之如左：

山在今甘肅肅州北塞外。古人言三危有三。鄭玄注《尚書》引《河圖》及《地説》云：“三危在鳥鼠西南，與岐山相連。”岐當爲岷。劉昭注《郡國志・首陽》，引《地道記》云：“有三危，三苗所處。”陸德明《莊子音義》曰“三峗今屬天水”，一也；山當在今秦州西，俗失其名。《水經》云：“江水又東過江陽縣南。洛水從三危山東。過廣魏漢洛縣南。”二也；山當在今四川省。《淮南子》云：“三危在樂民西。”《禹貢山水澤地所在》云：“三危在敦煌縣南。”《括地志》云：“三危山在沙州敦煌縣東南三十里，見《史記正義》，是此山也。”又《水經注》云：“《山海經》曰：三危在敦煌南，與岷山相接，山南帶黑水。”又《山海經》不言洛水所道。經曰：“出三危山。”所未詳。案酈元此説，不知三危有二也。所引《山海經》，今書亦無。

其中第三説可通，今據孔穎達《尚書正義》之《禹貢疏》云：《左傳》稱舜去四凶，投之四裔。《舜典》云：“竄三苗於三危。”是爲西裔之山也。其山必是西裔。未知山之所在。

又繼續言曰：《地理志》杜林以爲敦煌郡即古瓜州也。昭九年《左傳》云：“先王居檮杌於四裔。故允姓之奸，居於瓜州。”杜預云：“允姓之祖與三苗俱放於三危。瓜州。今敦煌也。”鄭玄引《地記書》云：“三危之山，在鳥鼠之山。南當岷山，則在積石之西南。”《地記》乃妄書，其言未必可信。要知三危之山，必在河之南也。禹治水末，已竄三苗。水灾既除，彼得安定。故云三危之山已可居。三苗之族，大有次叙，記此事以美禹治水之功也。

此想尚爲妥當之解釋。關於三苗民族之考證，孔氏《尚書正義》“舜”之疏文最詳。

昭元年《左傳》説：“自古諸侯，不用王命者，虞有三苗，夏有觀扈。”知三苗是國，其國以三苗爲名，非三國也。杜預言：三苗地闕，不知其處。三凶皆是王臣，則三苗亦應是諸夏之國，入仕王朝者也。此處先斷定三苗爲國名。更進而論曰：

文十八年，《左傳》言：縉雲氏有不才子，貪於飲食，冒於貨賄，侵欲崇侈，不可盈厭。聚斂積實，不知紀極，不分孤寡，不恤窮匱。天下之民，以比三凶，謂之饕餮。即此三苗是也。

由是則三苗即當爲縉雲氏之不才子饕餮。又曰：知其然者，以《左傳》說此事言。舜臣堯，流四凶族，渾敦、窮奇、檮杌、饕餮。投諸四裔，以禦螭魅，謂此驩兜、共工、三苗與鯀也。雖知彼言四凶，此等四人，但名不同，莫知孰是。惟當驗其行迹，以别其人。《左傳》說窮奇之行云："靖譖庸回。"堯典言共工之行云："静言庸違。"其事既同，知窮奇是共工也。《左傳》說渾敦之行云："醜類惡物，是與比周。"《堯典》言："驩兜薦舉共工，與惡比周。"知渾敦是驩兜也。《左傳》說檮杌之行言不可教訓，不知話言，傲狠明德，以亂天常。《堯典》言鯀之行云："咈哉！方命圮族。"其事既同，知檮杌是鯀也。惟三苗之行，堯典無文。鄭玄具引《左傳》之文，乃云命驩兜舉共工。則驩兜爲渾敦也，共工爲窮奇也，鯀爲檮杌也，而三苗爲饕餮亦可知。是以先儒以書傳相考，知三苗是饕餮也。

是引鄭玄之論以伸己說。今按三苗之事，《逸周書》（卷八）《史記解》云："外内相間，下撓其民，民無所附，三苗以亡。"

此謂政治失宜而失民心，而至於亡也。如神話史化之《尚書》，却有關係之資料，所以上所舉舜典之文，及《大禹謨》中有舜命禹征有苗，舞干羽以德降之之神話，次第生出。

羅泌《路史》後紀引《述异記》曰："苗民長齒，上下相冒。"自注曰："崇寧五年，蔡京修第於河北，得瓦棺十數。其骸皆長丈餘，顱骨不圓而橢，牙如犬牙，下冒其骸，時謂橑牙。"近時發見於河南遼東等處，有新石器時代人類之骨格，類似於狹頭人之苗民，殆爲春秋時代長狄之後裔乎。羅氏考據之價值，大有可疑。惟其言骨格之點，頗可玩味。《禮記·檀弓》曰："有虞氏瓦棺，夏后氏堲周，殷人棺槨。"此言虞夏爲古葬法與殷周兩民族風習不同也。由此得視苗爲先住之民族，而苗又得視之爲翟。

《穆天子傳》《山海經》《逸周書》之所謂三苗，比較於經傳等之所謂三苗，其字形認有不同。前者艸頭之下作由，後者艸頭之下作田。前者《說文》云："蓨也。從艸由聲。"段注曰："徒歷切，又他六切。"而笛又有逐音。《爾雅·釋草》："苖蓨。"陸氏《音義》曰："苖郭他六反。又徒的反。《說文》云：從由聲。"又《釋草》"蓧蓨"音義曰："蓧，他雕反。"後者《說文》云："艸生於田者，從艸田。"段注："武鑣切。"即讀爲描。元來後（俠庵按：此後字，疑爲前字之誤。）者亦得從田之甸及男發音。即從羅馬字之t字發音，而古音由與田，字形與音聲，可以共通。後者字義與音，共生變化。而有此苗字之今音，其由來頗古者。據《海外南經》云：三苗國，在赤水東。其爲人相隨，一曰三毛國。

雖然，觀本書及《大荒北經》、《海内經》、宋本《文選》等，皆作苗。則苗音，翟之古音，想爲三苗之正音。其原音爲土耳其語之tarla及日本語之“タ”即“他”。可以推知，再考之，以三之數目字，冠於苗字之前（土耳其語之ütshi），與前述以一之意味爲伊祁氏，以六之意味爲閼氏。同以數詞，冠於部族之名，可以見之。

《淮南子·修務訓》“三苗”，高誘注:“三苗蓋帝鴻之子渾敦、少昊氏之裔子窮奇、縉雲氏之裔子饕餮。三族之子裔，故謂之三苗。”此説從古人何處傳來，雖然根據未明，而注意於所謂“三”之意味，加以説明，頗爲有味之考説。

前引鄭玄、孔穎達之説。以三苗與饕餮爲同一人。而饕之音與號同。皆從虎發音。與虖呼呼等同。由是轉爲 khu，u，ü，孔氏尚未注意於渾敦與驩兜。窮奇與共工。皆爲同音之轉訛。而饕餮與三苗 ütshi之間，均有聲音上之聯鎖。

如此詮來，則三苗亦與禺知、禺氏，即月氏，皆由 ütshi發音，殆爲同一民族。又與之關聯之于闐。亦是同名异字。而保存苗之古音者也。

果如是，則禺知、于闐，皆爲玉産地之住民，且爲同族。則竄三苗於三危之説，即謂將于闐人移住於西方耳。從石器時代進於青銅時代，玉尚爲無比之寶物。故對於其出産地名，同時加以寶石之名焉。夏后禹之征伐三苗，與探金毛之羊，同爲一種探寶之傳説也。此三苗與于闐月氏同族説，頗似唐突。然此因漢代以來，禺知後裔之月氏，與于闐之聯鎖，全然失却之故耳。由今日之追迹，則由重雍族之廣行分布，尚信其非不自然之推論也。

戰國時代，有三苗之國在江南説。吴起答魏文侯曰：“昔三苗氏，左洞庭，右彭蠡。德義不修。禹滅之。”其語最古，而與視三危爲在西方有關係。《尚書·舜典》：“庶績咸熙，分北三危。”僞《孔傳》、王肅、孔穎達等，一應解釋，皆主張分北爲流之之説。我前屢説《禹貢》梁州，乃含西南方一象限之地方。在戰國秦末伐蜀以前，此間地理未明。對於湘江水源，想像以爲直接於西海。故推測三危與洞庭，其路程尚非遠隔也。

以上釋三苗。

關於月氏吐火羅兩民族，其人種上位置之問題，從近來中亞出土之文獻研究所得，有種種之考案發生。我前稿（二五一頁）以吐火羅與王會之都郭，《海内經》之都廣（在卷十八）、《北山經》之敦薨爲同一，想與漢代之燉煌相當。今考禺知之位置，在於其東。若吐火羅從都郭導源，則爲與月氏接壤之民族。因被匈奴所逐，同時西遷，故吐火羅語，不屬於土耳其語系，而屬於亞里亞語系，則兩民族之言語，其在移住前或移住後，而成爲混血者乎。

從長沙山，歸還於宗周洛陽，其行程如左：

丙寅，天子東征南還。己巳，至於文山，西膜之所謂□。觴天子於文山。西膜之人，乃獻食馬三百，牛羊二千，穄米千車。天子使畢矩受之。曰：□天子三日，游於文山，於是取采石。壬寅，天子飲於文山之下。文山之人歸遺，乃獻良馬十駟，用牛三百。守狗九十，牥牛二百以行流沙。天子之豪馬、豪牛、龍狗、豪羊、□以□三十祭文山。又賜之黄金之罌二九，貝帶三十，朱三百裹，桂薑百掊。歸遺乃膜拜而受。癸酉，天子命駕八駿之乘，右服驊騮而左緑耳，右驂赤蘎而左白義。天子主車，造父爲御，逢固爲右，次車之乘，右服渠黄，而左踰輪，右驂盗驪而左山子。柏夭主車，參百爲御，奔戎爲右。天子乃遂東南翔行，馳驅千里。至於巨蒐之人䓝奴，乃獻白鵠之血，以飲天子。因具牛羊之湩，以洗天子之足及二乘之人。甲戌，巨蒐之䓝奴，觴天子於焚留之山。乃獻馬三百，牛羊五千，秋麥千車，膜稷三十車。天子使柏夭受之。好獻技（輯者：當爲枝）斯之石四十，華瑄畢瘞珌佩百隻，琅玕四十，蔬菜十篋。天子使造父受之。□乃賜之銀木瓅采黄金之罌二九，貝帶四十，朱三百裹，桂薑百掊。䓝奴乃膜拜而受。乙亥，天子南征陽紆之南尾，乃遂絶芘胥之谷。己〔卯〕，至於薄珞河水之北阿。爰有陽渠溲之邦，河伯之孫，事皇天子之山。有模堇，其葉是食明后。天子嘉之，賜以佩玉一隻。柏夭再拜稽首。癸未，天子東征。柏夭送天子至於鄘人。鄘伯絮觴天子於滲澤之上。㓑多之汭，河水之所南還。曰：天子五日休於滲澤之上，以待六師之人。戊子，天子東征。顧命柏夭，歸於其拜。天子曰："河宗正也。"柏夭再拜稽首。天子南還，升於長松之隥。孟冬壬辰，至於雷首。犬戎□胡，觴天子於雷首之阿。乃獻食馬四六。天子使孔牙受之，曰："雷水之平寒。寡人具犬馬牛羊。爰有黑牛白角。爰有黑羊白血。"癸巳，天子南征於髭之隥。丙申，天子至於鈃山之隊，東升於三道之隥，乃宿於二邊。命毛班逢固，先至於□周，以待天子之命。祭卯，（輯者：誤，當爲癸酉。）天子命駕八駿之乘，赤驥之駟，造父爲御。□南征翔行，徑絶翟道，升於太行，南濟於河。馳驅千里，遂入於宗周。官人進白鵠之血，以飲天子，以洗天子之足。造父乃具羊之血，以飲四馬之乘一。庚戌，天子大朝於宗周之廟，乃里西土之數。

本文中古字頗多。除八駿及御者之人名，另由下考定以外。玆考定與今字相當者。玉名華瑄（㑞䨱）、畢瘞（曻緫）等，地名芘胥（㱾䁠）、薄珞（䴸璃），人名䓝（豨）奴等，玆代以今字，信其大抵相當。干支癸未原誤作丑，戊子原誤作午，壬辰原誤作戌，癸巳原誤作亥，丙申原誤作寅，癸卯原誤作酉，庚戌原誤作辰，己字下脱卯字，此由前後干支推測，殆無疑義者。蔬菜二字，以古文二字皆艸頭，而下又大體相類，未有十分之根據。字間圈點，乃示其脱簡"先至於□周"句，乃宗字之脱落。

自丙寅出發後，四日達於文山。而西膜之所謂某者，由是出采石，與群玉之山相同。其位置曼衍於黑水之東，突出於沙漠之北山（合黎山）。由是驅八駿而至巨蒐氏部落之焚留山。由此推測，大體至於洋水之下流左右。

焚留之山，在《爾雅·釋地》之九府，曰："東方之美者，有醫無閭之珣玗琪焉。"省去醫無閭之頭音，則與無閭之地同（《地理志·遼東郡》），迫近於武威郡之武威（在今鎮番縣之塞外），亦與今之不拉山山脉相當，已無疑義。

以上釋焚留之山。

乙亥南征。自是向於東南，到茈胥之處。在前稿（二七一頁）引《國語》齊桓公論威力所及之範圍，而舉卑耳山，即《北山經》之罷差之山也。《地理志·北地郡》云："卑移山在西北。"當在今賀蘭山脉，寧夏府西之峠。所謂陽紆之尾者，乃沿河水屈曲，自東西折而南，哈拉納林鄂拉之南端，東字當爲南之誤字。

自乙亥至己卯，達於薄珞河水之北河，其正確位置未明。薄落（洛）一語，與準語之Bulak相當，即爲"泉"之意味，是自寧夏至於北方一泉地無疑。次所謂皇天子之山，與"十三"所引《北山經》之泰澤中帝都之山同，推定與右岸之汗圖噶爾（阿爾布斯）相當。

自是再五日癸未，再至於"鄄多之汭"，即所謂包頭者。戊子，別柏夭而歸。當井坪之西北，升長松之隥。越五日壬辰，至雷首（纍頭山），再受犬戎壽胡之歡迎。翌日癸巳，升於髭之隥（雁門）。丙申，至於鈃山之隊升三道之隥。過翟道、太行、渡黄河，入宗周。歸途中之三道之隥，其位置不明。翟道，郭注在隴西，誤也。據《漢書·地理志》"此翟道"，不過居於太行山脉之翟人，其部落間通行路之意味。

以上經過之地方，自哈密附近之闕氏胡，向東南，當於黑水西側之沙漠與北山之支脉。通過犬牙相錯之地方，渡黑水，沿北山之北邊，由往路爲東北行。

以上亘於八年，追迹穆王西征之通路。概括其結果：其往返路程，不取近路，從渭水流域之南鄭，越隴山在蘭州渡河。反從洛陽（宗周）爲起點，越太行山，渡漳水上流，向北，溯滹沱河之上流，出雁門，向西北，達包頭之路者。蓋在戰國以前，從此路乃爲孔道故也。自是沿黄河，西進於陰山（陽紆山）之南麓，至相傳禹益治水之起源地，即陽紆之九河地方，及積石地名，與此邊哈拉納林鄂拉之一部而前行。

西夏之正確位置，大約在阿爾泰山山脉。自西北向於東南端之南麓，爲其所在地。自是南歸爲寧夏之南，中衛以上之黄河峽谷（上河峽青山峽）本書所呼爲河首之地方，此處是殷人之鄉土，同時又爲相傳后羿寒促之地。今有富於禽獸之松山，所以生后羿善射之説歟。

昆侖之丘鍾（舂）山等，其西方，即爲南山之東北麓，在涼甘兩州間之泉地，爲周人之鄉土。穆王西進，與此等民族之酋長周旋後，從安西之邊，更向西北，經天山北路之哈密巴里坤，至於西王母（西宛）之邦，在此附近地方狩獵。縱游於今之孔道綫路之東北，而巡迴於漢代匈奴諸王之游牧地，而後歸於寧夏之附近以返焉。

此綫路之各地名，就中不能精密决定其位置者，尚亦不少。自戰國至漢代之間，音與字雖有多少之變化，尚能考出也。惟魏國史官，不能舉古代之傳説，記録得精確，令與土地之現狀相符，大約四裔情形爲居於大平野之史官，所不能想像，以致如此。故我信此書含有確實性，而不俟躊躇。惜研究中亞上古之歷史者，不從此等記録，爲研究之出發點，實不勝遺憾也。

一九、西征之性及供奉

穆王西征之旅行，實與儒家之所謂巡狩者相當。其重要目的之一，乃對於西方之部落酋長，欲表示周室之富力與兵力，而威服之者，殆不容疑。惟須關於旅行人之供給及八駿與其御者，加以考證，使曉然於此旅行，有如何之可能性。而後此書記載之價值，乃得估定。

巡狩一語之意味，孟子舉晏子答景公之語，以對齊宣王曰："天子適諸侯曰巡狩。巡狩者巡所守也。"是儒家通用之解釋。《尚書·舜典》及《禮記·王制》狩作守。《舜典》謂："五載一巡守群后四朝。"《王制》謂："天子五年一巡守。"僞《孔傳》解"守"字曰："諸侯爲天子守土，故稱守。"《文選》（卷一）班固《東都賦》曰："省方巡狩。"李善引《禮記·逸禮》曰："巡狩者何？巡者，循也。狩，牧也。謂天子巡行守牧也。"據此文，則狩字得作牧字解。

今由此等訓詁，於狩字訓守訓牧之語意而更考之。據《爾雅·釋天》"講武"之項曰"冬獵爲狩"，又曰"火田爲狩"，含有狩獵之意味；又曰"圍守取之，獲禽無所擇也"，即逐出禽獸，由獵卒而擊取之。乃曰：本語卷狩（圍獵）之意味。然追究守、狩、牧之語原，實由上古以狩獵爲本位之時代，監視野獸而起之字義。從此推知，則所謂巡狩，亦可解爲廣有領土之君主，在其場所而行圍獵之事也。

而狩爲冬季之行事者，蓋是時天高馬肥，野獸亦毛皮與肉皆豐美，實爲最適宜之時候。且以農耕爲主業之時代，於收穫已畢之際，聚農民而驅出野獸，實屬最良。况又以演習武藝爲動機之一作業乎，於《爾雅·釋天》"講武"章之記載，可以窺之。

以狩獵爲演習戰争之奬勵，無東西古今之區别。其猛勇動作，不劣於戰場上之殊勛，不容絮述。其最大規模，乃百年前清朝諸帝在内蒙古所舉行之圍場，彼召集蒙古人爲獵卒，使逐出猛獸，以給滿洲人之射擊，而耀其威武。康熙帝親射殺虎之處，名殺虎川，今尚赫然留有地名。穆王率引數千兵員，處處試行射獵，其事迹與盛清時之所行，其揆一也。

要之穆王西征，與後世儒家之所謂巡狩相當，爲王者當行之事，而無置疑之餘地。然其目的，决非在於戰争，同時含有耀其威武，以施壓服之意味。自穆王以後，四代之間，無被戎狄壓迫之記載，由此推知，實受積極行動之賜，又無空費國帑之嫌，不亦善乎。

周代以狩獵爲年中行事，頗爲重要之舉。關於此可徵文獻之一，爲周成王之大蒐。昭四年，椒舉言於楚子曰："成王有岐陽之蒐。"《國語・晋語》：宋之盟，楚人争先歃。叔向曰："昔成王盟諸侯於岐陽。楚爲荆蠻，致茅蕝，設望表，與鮮牟守燎，故不與盟。"則其會諸侯而引盛大之儀式可窺。今本《竹書紀年》以成王五年伐奄還而營成周，六年即大蒐於岐陽。陳氏《集證》卷二十六以《小雅・吉日》之詩，爲咏此時之事，謂先搜而後盟。陳氏又從程大昌説以岐陽石鼓，爲成王振旅耀兵於天下之事云。

此兩詩年代，异説甚多，今姑置之，而不加穿鑿。惟其描寫周代狩獵之狀况，頗有趣味。特"吉日維戊"及"吉日庚午"句，可見當時風習先卜而後舉行之一例。若叔向之言，從古相傳。狩獵之後，又有諸侯之會盟。天子五年一巡狩，而會諸侯，實以狩獵爲中心。此等當是古禮也。

穆王西征之隨從，元王漸以爲極其簡單，今舉通行本之序文曰：其書紀王與七萃之士，巡行天下。然則徒衛簡而徵求寡矣，非如秦漢之千騎萬乘，空國而出也。

丁謙氏對於王漸之説，從傳中舉出有六師之人爲證曰：考周制，二千五百人爲師，六師之數，已萬五千。加以七萃親軍，百官從士，當不下二萬。以二萬人，行萬里路，至少須備一年餉需。每人日食米升，須七萬餘石。大車每輛載米十石，須七千餘輛。每輛牛馬六，役夫二，須增一萬四千，牛馬四萬餘頭。合之六師七萃百官從士所乘之馬，又不下萬頭。所增人畜。應需糧食麸料，又須載若干車輛，而器用衣服，及賜予各物車輛之數，尚不在内。然則穆王西征，謂之徒衛簡而徵求寡，可乎？

丁氏辯駁王漸徒衛簡而徵求寡之妄，可謂得當。若以周官制度計算，六師爲萬五千人之扈從，則其行爲誠如丁氏之言矣。然穆王當時，倘依足軍隊編制，率引多人以前行，則所須搬運之物資，與夫由就地所徵發，均不容易，事實上此旅行亦不可能。

幸傳文中，見有八處土人，供獻家畜，核其頭數，總計之，則馬不下三千四百頭，牛羊二萬五千頭。往復之間，受隨處之供給，此等肉類之全部，使用三萬餘頭，并非過當。計日數約三百五十日間，每日約屠一百頭，可得一千貫内外之肉。（俠庵按：每貫約當中國衡壹百兩，則千貫之肉，約爲六千二百五十斤。）人員最大限數，諒不踰萬人，大約全部人員，達於數千，當不至如丁氏所云之二萬。且所謂六師者，不過是王師之意味，决非六個部隊。每師各有二千五百人，爲嚴密之規定，而無進退之餘地也。

今假如一行人員，參加於旅行者，三千乃至五千，若如此想像，則在通過之綫路。對於此總員，適當之幕營地，與糧食薪水之供給，可能辦到，固不待言。觀蒙古牧地之現場，每户之所有牧地，有千頭以上之羊者爲普通。羊肉之供給，在有廣大泉地之處，決不困難。其情景非我日本内地之人所能想像也。

丁氏認穆王之巡狩爲誇張，同時對於各地土人所獻物品之量，不免懷疑，是亦未明本書之真相。據古文，赤烏人獻酒千斛，食馬九百，羊牛三千，穄麥百載。而穆王賜之者，爲墨乘回（注：《周禮》大夫乘墨車），黄金四十鎰（注：二十兩爲鎰），貝帶五十，朱二百裹。若一鎰等於今之一斤，已超過一萬元。況此外尚有其他之賜物乎？是對於銀産品之供獻上，頗爲優厚之報償也。其他場合，尚有黄金之罌、銀罌、貝帶、丹朱、桂薑等之下賜。而在群玉之山，采集其玉石，則不受其馬牛羊之獻納，是其特筆。

觀中國帝王，對於外國之來貢者，全用以鯉釣蝦之方針。對於外人貢物，酬以過分之下賜品。如漢武帝，優遇匈奴西域諸國人，一面誇示中國之富有，亦所以懷柔遠人。後世帝皇大率如此。是與因拳匪蒙塵，沿途苦誅求之苛酷者，大相徑庭矣。

觀傳文所紀載，穆王與酋長之應酬，覺當時之周室，比於西方諸民族，非常富厚。近時發掘古銅器類，精巧异常，不劣於埃及之上古文化。非當時經濟之饒裕，何能臻此！蓋周穆王時，經成康昭三代，約百年間，周室盛隆達於極點，在周朝可謂黄金時代。而西征目的，實欲炫耀其富庶，促外蕃諸民族歸服來王。即《國語》所云"耀德而不觀兵"之精神也。

穆王所經之綫路，見於《漢書・西域傳》者。其户口之數，每國大率户數百，口數千而已。（俠庵按：如婼羌、且末、小宛、精絶、戎盧、渠勒、皮山、烏秅、西夜、蒲犁、依耐、無雷、桃槐、捐毒十餘國，皆户數百，口數千。于闐、莎車、疏勒、難兜，口各二三萬。最大者大月氏康居等户十萬，口四五六十萬。）而在漢代千年以前，其各部落單位之小更可知。故此次西征，誇示周室之富力與兵力，能收十分之效果，是當然之事也。

以上解西征之目的及供奉。

在柏夭嚮導下，遠征西土者，使用有八駿之名，已膾炙人口。其中在漢字之意義上，尚有難明。用土耳其語，解得若干。據卷一曰：柏夭皆致河典。乃乘渠黄之乘，爲天子先。（注：先驅導路也。）以極西土。

其次又曰："八駿之乘，以飲於枝洔之中。（注：八駿，名曰下。）"下更列舉八駿之乘、與狗及御者。曰：天子之駿（駿者馬之美稱），赤驥（世所謂騏驥）、盗驪、（爲馬細頸，驪黑色也。）白義、踰輪、山子、渠黄、華騮、（色如華而赤，今名馬標赤者爲棗騮，棗騮，赤也。）緑耳。（《紀年》曰：北唐來見，以一驪馬，是生緑耳。八駿皆因其毛色，以爲名號耳云。）狗：重工、徹止、藿猨、□黄、南□、來白。（皆凌狗之名，亦猶宗鵲之類。）

天子之御：造父、三百（下云三百爲御者）、耿僑、芍及。（造父善御，穆王封之於趙城，餘未聞也。）

卷四産采石，祭文山之後，復有記載如右：

癸酉，天子命駕八駿之乘，右服驊騮而左緑耳，右驂赤驥而左白義。天子主車，造父爲御，齊冏爲右。次車之乘，右服渠黄而左踰輪，右驂盗驪而左山子，柏夭主車，参百爲御，奔戎爲右。天子遂車南翔行，馳驅千里。

但驊驥義三字，尚存古文。而宋版《列子・周穆王篇》之古字頗异。《史記・秦本紀》述造父之事迹，其中舉“得驥、温驪、驊騮、緑耳”四頭。徐廣等引本傳之郭璞注而解之，其驊騮之注，作“馬驃赤者爲棗騮”足以正本傳之訛字。又《史記》盗驪作温驪，索隱注温音盗，劉伯莊音義曰“盗，竊也，竊淺青色。八駿既因色爲名，竊驪爲得之也”，如此似過於穿鑿。

郭璞解盗字有“爲馬細頸”語，是根據於《爾雅・釋畜》“小領盗驪”者。想即土耳其語dar(Schmal eng)之意義。在先秦以盗驪爲細頸之馬，乃爲人所周知。郭氏注《爾雅》曰：“盗驪千里馬。”是切離驪字爲解釋，不免有蛇足之感。然由此是其時不知有dar之一證。

第三，白義之義字。列子作燊。張湛注曰：古義字。本傳卷四，作俄。郭注：古義字。郭氏總括八駿而解之曰：“八駿皆因其毛色以爲名號耳。”對於義字之意義，不爲解釋。今按：想與土耳其語Beigir(=Pferd)之馬相當，則白義二字成爲一語。在中國北方，對於馬之白者，普通亦呼之爲白馬。但此所謂白義，固因其毛色之白，而特别呼其一頭之名稱。

第四，踰輪，在土耳其語，求相當之字，則所謂Tylar蛇，爲近之。與盗驪同，均取其頭細。由此類推，則驥是Kysil含有赤色之意味，如《史記》之文，衹一驥字，已足舉其意義到十分，無加赤字於其上之必要。華騮亦以同義之Kyrmysy而呼之。山子爲Sary想因含有黄色之意味乎。

渠黄者，蓋因《爾雅》之所謂“回毛……在背闋廣”而通音，乃旋毛在背之意味。又《海内北經》犬封國，一曰犬戎國，云：“有文馬，縞身朱鬣，目在黄金曰吉量。（一作良。《文選》張衡《東都賦》，李善注引此：作良。）乘之，壽千歲。”郭注引《周書》及《六韜》吉黄作鷄斯。又引《大傳》曰：“駮身朱鬣，鷄目。《山海經》亦有吉黄之乘，壽千歲者。惟名有不同云云。”東都賦“騰黄”，李善注云：“《山海經》吉良。”《瑞應圖》：“一名吉黄。”縞身朱鬣之馬之意味，且吉而吉量即爲吉黄之訛字。其與土耳其相當之語，十分正確者，尚未能知。

要之《爾雅・釋畜》，關於馬一方面，其語彙之豐富，甚爲可驚，而其音義，得與土耳其語比對者亦不少。此與古代地名，從準語之語源，而能説明者，有同趣焉。此實著明之事實也。

以上釋八駿。

次爲穆王御者之名。卷一，“天子之御：造父、三百、（注：下云三百爲御者。）耿翛、芍及。（注：造父善御，穆王封之於趙城。餘未聞。）卷四，自文山行於流沙，至於巨蒐云，“天子主車，造父爲御，𠫤㔶爲右，次車之乘……柏夭主車，參百爲御，奔戎爲右。”《道藏》本《列子》（卷三）《周穆王篇》引此文。𠫤㔶作離𡿖。張湛注：“上字音泰。篆作㤯。下字𡿖作丙。”世德堂本。附加“上齊下合”。張氏讀作泰丙。

今按張湛所引者，是傳於東晋一本之古文，其下字讀丙，或讀冏。若從本書之古文，則下字當讀固。據卷二及卷四，當作逄固。冏之古文，《史記·周本紀》作槩，普通上以作逄固爲適當。

參百，《文選·七發》（卷三十四）形容廣陵曲江波濤之壯觀，作太白。李善注：“《淮南子·原道訓》云：昔馮遲太白之御……許慎曰：馮遲太白河伯也。”高誘注本，太白作太丙。莊逵吉以爲丙白二字相近。王念孫以爲聲轉。今按白字是百字之誤，由參經泰而轉訛者，參百想爲最古。雖然，參恐亦自齊而訛。《周禮·夏官》大司馬下，太僕之外，有齊右齊僕，由御者官名而推，當冠以齊。若百爲丙之訛，則齊丙爲最近於真之想像。

以上釋御者。

最後此遠征携帶之贈品，是如何乎，不能不加以説述。

（第一）爲贈於西王母之錦帛。漢代以來，羅馬人聞知有中國人之存在者，實以當時携帶此重要貨物之故，是極當注意之點。

（第二）爲賜與赤烏人之墨乘。（注：《周禮》大夫乘墨車。）當視爲雜物品中目標之一。

（第三）爲貝帶。《史記·匈奴傳》文帝贈以黄金飾具。帶者，恐是同一之物。

（第四）朱及朱丹。見於《周禮》鍾氏染羽之鄭注，想爲裝飾用顔料之必要品。

（第五）爲金銀之器。銀之意義，屢有缺誤而不明。至於用金者，如黄金之罌二八及二九，俱舉成雙之數。其舉黄金之環三五，及黄金之鹿唯一次。又賜與赤烏之人，爲黄金四十鎰。其他祭河伯之後，有觀天子之寶一段記事云：“天子之寶萬金，諸侯之寶千金，大夫之寶百金，士之寶五十金，庶人之寶十金。”其計算財物，皆用金字。小島祐馬文學士“春秋時代與貨幣經濟”考究所得，謂鎰字見於《孟子》《國語》《戰國策》《管子》等書，乃行於戰國時代以黄金爲單位之用語。金字在春秋以前，未有用之者。故卷一與卷二，此等之文，疑其爲魏國史官所潤色乎。

雖然除此兩種之場合以外，屢見有黄金銀罌之語。此項黄金製成之罌形，體積小而價高，極便於長途携帶，不能否定。罌是細口扁圓之水瓶，恐此形狀，乃流入於扁圓之鑄型時，尚留其口，故名之曰罌耳。若此推定果正，則鎰之古音，當通於罌。至於後世，乃遂至通用鎰者乎。此想像之當否，雖然未知，而穆王當日則使用此金塊，以爲徵發物資之代償，則可無疑義也。

如前所述，庶人之賓十金。而觀其所有牛羊千餘頭爲普通，則獻牛羊三千頭者，賜金罌二十以下，及其他器物，是爲正當以上之代價。

（第六）添桂薑綫䇿（即把）一例。此出於中國南方之香料，而入於中亞人之手，想是極難得之贈物乎。

此等携帶物品及量數，是否正確，尚未能知。若如本書所言，實賜與於相當以上之額。則周室財力之富裕，可以推知矣。而由交換所獲之良馬良犬等畜類，用玉石及采石所造之器物與羽毛等，固從往路時携帶之輜重替換而得來者。雖然自物質的價值觀之，則與之者比取之者爲遥多，而蔑視其精神之效果者，則加以糜費國家財力之譏。此儒家極端之攻擊，所以由此起歟。

二〇、結語

就穆王西征之事迹，處本書而概括言。關於三代民族之蔓延，頗覺其規模甚大，試從其通過之路綫觀之，在今日南山山脉之北麓，鍾山（舂山）昆侖之地方，其民族與周人爲周宗。接之者爲北及東北沙漠之地帶，即北山以北，至於黄河之左岸，大抵屬於所謂西膜之地域。是與殷人爲同宗。據《史記・趙世家》及《秦本紀》，其祖先造父與殷人同宗，是向來所知者之事。由此旅行之記事，其鄉土之在西方，遠至於天山之東麓，占有沙漠泉地之事實，可以闡明。

而穆王遠征之終點，及其目標，實在西王母之邦。同時西膜部落，爲其中最有名之大邦，可以見之。

因西夏往復之記録，缺而不傳，難以詳知。在西膜之北者，從漠北阿爾泰山脉之南麓，亘於陽紆山，即陰山之北麓。想爲第三西夏民族之部落，多數是與夏后氏同宗。其西遷者，想即爲秦漢以後之大夏。

强大於戰國以後之匈奴，在《周書・王會篇》中，不過與大夏犬戎并肩而立。若信此記事者，則是在西夏更東之民族，或與犬戎同族，亦未可知。因此旅行之綫路，在東北方，無直接之接觸，故缺其記事也。

塞外諸民族，自匈奴澎脹以後，或移動於西方，或被其吸收。此爲理有必至，其往時居住於漠南，嘗現於《王會》及《穆天子傳》者。至秦漢以後，其中消滅者頗多。兹追迹穆王之旅行綫路，其中尚殘留有多少地名，可以認出者。

關於塞外蕃族之分布，此篇所研究，比前稿所見之範圍更加一層擴張，且對於各個部落之位置及其關係，信其益加明瞭。

第二，先秦以前，陽紆（即山陰）之南，河套之北，數派分流。即五原縣附近，爲夏禹治水起源地之傳説。在此處之上流，有從極之淵。在《海内西經》有所謂帝俊（舜）之妃。登比氏之傳説地。其下流漢代所謂莫䵣，今所謂包頭，爲上古三千年間之祭河伯處。

又與此關聯，有巨蒐氏之同族，爲有窮后羿。自河首西北之泉地崛起，一時代夏后而爲天子，而其賊臣寒促，亦起於河首之一部落。换言之，關於五帝禹羿契稷等之神話，乃行於黄河上流以西之三民族間。即如洪水之説，亦不外東來之後，帶有地方色彩之結果，故在三代之歷史，若着眼於此起源地，而細加研究，想當更有進步也。

第三，周代與中亞交通之要路，從今山西（冀州）縱貫於正北。由是向西北，踰雁門，至河套之東北角，托克托近傍。沿陰山之南麓西進，更折南至寧夏附近，達於上述殷周諸民之鄉土。此交通綫自春秋晋時代以至戰國趙時常通。蘇勵説趙惠文王所謂秦燕聯盟，則雁門之通路閉鎖。而代馬胡犬、昆侖之玉皆非王有，其語甚明。趙之發展於塞外，亦沿此交通路綫。向於陽紆，即雲中九原方面，開拓領土。入漢代後，漢與匈奴之衝突，先從雁而起。衛青最初之出兵，其右翼亦由此進，而開拓朔方。至其後霍去病之軍，始走西北之路，貳師將軍，始出於哈密巴里坤方面。故先秦以前，實以雁門方面爲孔道。《大同府志》云："東連上谷，南達并恒，西駕黄河，北控沙漠，爲邊郡之要衝。"此示西方交通要衝之位置意義，十分有力。

周之史官携其典籍而奔晋一事，關於本書，當視爲重要之件。蓋爲《穆天子傳》，後來藏於汲縣魏王冢中之根源，魏所以得此書之理由，至是完全瞭解。

以上所述，回顧前稿之結論。東都洛陽與塞外西方之緣邊地方，其交通上，完全得自由行動。至戰國趙時，昆侖之玉，均由此路爲供給甚明。前稿以爲間歇行者，想無必要。而此交通綫，趙獨占之。藺相如携之於秦，所謂楚和氏璧者，殆即昆侖之玉乎？

本書卷五及卷六，今因無暇，衹述至第四卷止。且卷一祭河伯，觀河圖之儀式及曆日之記載法等，皆直接與行程有關聯之事項，兹亦無暇詳細論究之。不得已而割愛。

附　地名表

字上之圈，爲傳文之地名。字右旁之圈爲誤字。括弧内無傍圈者，示現今及現今考定之地名。右下隅數目字，示左記之書名。（輯者：原文爲豎排。）

一《尚書》、二《逸周書》、三《左傳》、四《山海經》、五《爾雅》、六《吕氏春秋》、七《淮南子》、八《史記》、九《漢書》、一〇《水經注》、十一

《文選》、十二《今本竹書紀年》。

卷一

一、〇南鄭　　西鄭十二　　程二

〇宗周　　成周一、二

二、〇钃山　　泫九、十

〇鈃山之隊（石嶺）

〇髭之隥　　雁門八　勾注九　先俞九

〇犬戎

〇當○（雷水）　漯水十

〇雷首　累頭九、十

〇隃之隥　西隃五（井坪）

〇焉居禺知　緣胡九、十　皖是九

〇鄘　芒干水十　荒干九

〇芒十一　（邙）

〇滲澤　（漆○・滐○）　沙陵湖九、十

三、〇陽紆之山　楊紆五　陽汙四　陽華四　陽盱七　陽山四、八、十（陰山○，哈拉納林鄂拉）

〇瀏多　莫罷九　無達○　毋逢○（達）四　馮逸（達）十（博托）（包頭）　黑胎八（博克多）　積石一、四、十

卷二

四、〇襄山　崇吾四　單孤四　鶉孤九　純狐天門　壽華四　從（忠極）四　枝陽九　逆（溯）九（松山）

〇巨蒐　渠搜九　呼遒九　窮石三

〇朱余○、珠余○、壽余○　醜塗四　酉塗八　搗余八、九　桃徒八　澤索九

五、〇昆侖

〇春山　鍾山四（南山）

〇赤烏氏

〇洋水　洋（音四詳）弱水一、四、七

〇曹奴

〇黑水　鴻鷺水　黑水一

〇留骨　留昆十二　陸渾三

〇長肱　張掖九

〇群玉禺知　群玉之山　玉山四　檻[諸]礛諸七
〇剞閭　輕吕二、八　徑路九　許吕（《常陸風土記》）
〇甀韓　璽○（亜）映四（葉爾羌）

卷三

六、〇西王母之邦　弇山　崦　崦嵫四　奄三（西宛）
〇瑶池　番渠類○　蒲類海九（巴里坤巴爾庫爾）
七、〇曠原　白骨甸（西游記）　伐（戍）[多]之山○（博克多山）
〇獻水　（濟木薩河）
〇瓜纑山　伊吾盧（《後漢書》）（哈密）
〇鬩氏胡　鬩氏八、九

卷四

八、〇滔水○濁繇　居繇四　居延都野○九、十　諸沃四
〇積山　蘇谷　諸吁○（胥吁）　須卜八、九　遬濮八、九　重雍　涿邪九　涿塗八
〇長沙之山
〇采石之山
〇焚留之山　醫無閭五（亦石拉山）
〇茈胥　羆差　卑移九（賀蘭山）
〇薄落（洛）
〇皇天子之山　帝都之山四　長松之隥
〇三道之隥
〇翟道

俠庵按：地名字頭之數字如一二三四五六七八，爲地名考證之順序。如第十一章，地名考證之一，第十二章，地名考證之二等是，餘可類推。

《穆天子傳》西征日程表

（日數）干支　地方及動作

飲於䣛山之上。［由宗周洛陽渡黄河。越太行。（䣛山即太行之隱。）］

1 戊寅，北征，絶漳水。（此爲漳水上流。由長子至沁州之路。）

3 庚辰，至□，觴於盤石，至鈃山下。（鈃山約在沁州之北。泫水泫谷地方，傍汾河之東進行。）

6 癸未，雨雪。獵鈃山西。北循虖沱之陽。（此爲滹沱河上流，忻州北，代州南之地。）

8 乙酉，升□。北征。犬戎受其歡宴。（犬戎在今雁門北。大同南桑乾河上流之地。）

13 庚寅，北風雨雪，命王屬休。

17 甲午，西征絶隃之關隥。（此爲西隃，在雁門西北。）

22 己亥，至焉居禺知之平。（焉居即緣胡山。《地理志》雲中郡楨陵縣，黄河折南處。）

24 辛丑，西征。至鄘人之邦，受其供獻。（鄘在今歸化城附近。）

26 癸酉（卯），舍漆澤，西鈞於河。以觀。（□之智□。）

27 甲辰，獵滲澤，祭河宗。

29 丙午，飲於河水之阿，在鄘邦之南。

31 戊寅（申），西征，至陽紆之山。河宗伯夭，逆天子燕然之山。（陽紆之山即河套以北陰山向南之地。燕然山不可考。）

36 癸丑，大朝於燕□之山，河水之阿。

41 戊午，沉璧禱於河。

42 己未，大朝於黄之山。伯夭爲前驅。

48 乙丑西濟河，□有温谷樂都。

49 丙寅，飲枝涛中。積石南河。（枝涛爲九河遺迹。積石山在包頭西北五原東北。）

以上第一卷。

封膜晝於河水之陽。爲殷人主。（卷二之首，缺簡甚多。或至數百字内外。）

100 丁巳，升□所居。有野獸可畋獵。

101 戊午，壽□人獻酒。宿昆侖阿。赤水陽。（此空格當爲余字，在今甘肅省張掖附近。）

104 辛酉，升昆侖丘，觀黄帝宫。（昆侖丘在今凉州之南。）

106 癸亥，禋□昆侖丘。

107 甲子，北征。舍珠澤，釣流水，受供獻。

110 季（孟）夏丁卯，升春山上，取嘉禾歸。（春山即鍾山，在今永昌之南一帶山脉。）

115 壬申，西征。

117 甲戌，至赤烏。（與周同始祖）受其獻。（赤烏在永昌附近。）

123 庚辰，濟洋水。（洋水即弱水，在永昌之北入於昌寧湖。）

124 辛巳，入曹奴。受燕於洋水上。受其獻。

125 壬午，北征東（西）還。

127 甲申至黑水，降雨七日。封長肱於黑水之西河，爲周室主。曰留骨之邦

［黑水在今甘州（張掖）之南，向西北流，入居延海（即地圖水上之弱水）。留骨與陸渾同音，即陸渾戎之鄉土。］

134 辛卯，北征。東（西）還，循黑水。

136 癸巳，至群玉山。禺知之處，取玉萬隻。（群玉山在今高臺縣之北。禺知即漢時之月氏。）

140 孟秋（仲夏）丁酉，北征。受觴於羽陵上。

141 戊戌，西征。

144 辛丑，至剞閭氏。供食於鐵山下。（剞閭氏在肅州正北塞外。）

145 壬寅，登鐵山，祭鐵山。西征。（鐵山在今肅州西北塞外剞閭氏之西。）

149 丙午，至鶌韓氏。（鶌韓氏在今肅州西北塞外鐵山之西。）

150 丁未，大朝於平衍中，命六師休此。大饗正公諸侯王吏。受供獻。

153 庚戌，西征，至玄池。三日休此。奏廣樂。（玄池在鶌韓氏之西。）

156 癸丑，西征。

159 丙辰，至若山。食苦。（苦山在玄池之西。）

160 丁巳，西征。

162 己未，宿黄鼠山。西征。（黄鼠山在哈密之東。）

166 癸亥，至西王母邦。（西王母邦，古名西宛，在今新疆省哈密西北。鎮西縣附近。）

以上第二卷。

167 甲子，賓於西王母。

168 乙丑，受宴於瑶池，訂約三年復來。升弇山，紀迹於山石上。（瑶池即巴爾庫爾弇山，在鎮西之南。）

170 丁未（卯），飲於温山。

173 己酉（巳），飲於溽水。六師畢至曠原之野。解羽之所。舍此三日。取羽百車。（曠原在鎮西之西北科布多之南。）

以上往路至此止。

179 己（乙）亥，東歸，六師□起。

180 庚（丙）子，至□山而休，以待六師。

184 庚辰，東征。

187 癸未，至戊□山。受供獻。游歸子澤。（受獻。）

189 乙酉，南征東還。

193 乙丑，至獻水。東征。遂東南。

203 己亥，至瓜纑山。（鬫氏胡氏所保）東征南絶。（沙衍。）

205 辛丑，渴於沙衍。飲左驂血止渴。南征。

208 甲辰，至積山邊。壽余人獻酒。

209 乙巳，諸飦獻酒。

以上第三卷。

244 庚辰，至滔水，濁繇氏處。（濁繇，即《地理志》武威郡之休屠澤。）

245 辛巳，東征。

247 癸未，至蘇谷，骨飦食處。南征，東還。

250 丙戌，至長沙，乃重雍氏西界。（重雍氏在居延海之南，甘州塞外。）

251 丁亥，升長沙。東征。

254 庚寅，至重雍氏黑水之阿。有麥，有木禾，有采石山。（重雍氏之先爲三苗。）

257 孟（仲）秋，癸巳，重雍氏供食。

261 丁酉，升采石山采石鑄以成器。於黑水上，一月休。

287〔季〕秋癸亥，受宴於重雍氏。

289 乙丑，東征，受其送至長沙山。

290 丙寅，東征南還。

293 己巳，至文山，受宴，受西膜人供獻。（取采石。）

296 壬寅（申），飲於文山。受文山人獻。

297 癸酉，東南翔行。至巨蒐，以白鵠血飲天子，以牛羊乳洗天子足。［巨蒐在凉州東北塞外，洋水之東（巨蒐即渠叟）。］

298 甲戌，受巨蒐人宴於焚留山。受獻。［焚留山在洋水（今之沙河）之東。］

299 乙亥，南征。陽紆之東（南）尾，絶茈胥谷。

302 己〔卯〕，至簿珞河北阿。有渠叟邦。

306 癸丑（未），東征。至鄘人邦，受宴於滲澤，剛多之汭。南還，五日休以待六師。（剛多即今之包頭鎮。）

311 戊午（子），東征。柏夭返國，南還，升長松隥。

315 孟冬壬戌（辰），至雷首，受犬戎歡宴。（雷首即今雁門陰山縣之累頭山。）

316 癸亥（巳），南征，升髭隥。

319 丙寅（申），至鈃山之隊，升三道之隥。

326 癸酉（卯），南征翔行。絶翟道，升太行，南濟河。馳驅千里，入宗周。

333 庚辰（戌），大朝於宗周廟，里西土之數。

337 甲申（寅），祭宗周廟。

338 乙酉（卯），□六師於洛水上。

340 丁亥（巳），北濟河。□羝之隊以西。北升盟門，九河之隥。遂西南。

345 仲冬壬辰，至累山上，奏廣樂三日。

350 丁酉（卯），入於南鄭。（南鄭在今陝西省華州北。）

以上第四卷。

俠庵按：關於四季之時節合者少而不合者多。據今本《紀年》，穆王十二年十月，王北巡狩，遂征犬戎。十三年春，祭公帥師從王西征。次於陽紆。冬十月，造父御王入於宗周。其爲冬去翌年冬還可知。今考本傳，自卷一戊寅起至第六日癸未雨雪，第十三日庚寅北風雨雪，此約爲亥月，周十二月之景象也。今假定戊寅日爲亥月初一日，即周之十二月初一日。由此下推，至百十日丁卯，當爲孟夏。而本書却作季夏。一百四十日丁酉，當爲仲夏，而本書作孟秋。以上均差却兩月。二百五十七日，癸巳，當爲仲秋，而本書作孟秋，則又差却一月。二百八十七日，當爲季秋，而本書於仲字上奪去一字。惟三百十五日壬戌，若依改訂爲壬辰，則適爲孟冬之月，與《紀年》十月入於宗周之説吻合，而三百四十五日之壬辰，亦恰仲冬之候。（上海文藝出版社，1990年）

傅增湘《藏園群書經眼録》卷九子部三小説家類：

《穆天子傳注》六卷。（晋郭璞撰）

明萬曆十年李宗城青蓮閣刊本，八行十八字，半葉各爲雙綫，版心下方有“青蓮閣”三字。各卷第三行題“明臨淮侯李言恭惟寅訂”。每卷後有木記三行，如下：

“萬曆壬午春盱

眙李宗城汝藩

於青蓮閣校梓”（壬戌）

《穆天子傳注》六卷。（晋郭璞撰）

明寫本，十二行二十二字。鈐有“吴寬”“叢書堂印”“張丑之印”。（涵芬樓藏書。己未。）

《穆天子傳注》六卷。（晋郭璞撰）

明寫本，十行二十二字。有至正十年歲在庚寅春二月二十七日壬子北岳王漸玄翰序。有人以朱筆校過，并考注於上方。（余藏。乙未。）（中華書局，1983年）

梁啓超《中國歷史研究法》“説史料”：

（戊）古逸書及古文件之再現。歐洲近代學者之研究埃及史、巴比倫史，皆恃發掘所得之古文籍。蓋前此臆測之詞，忽別獲新證而改其面目者比比然矣。中國自晋以後，此等再發現之古書見於史傳者凡三事：其一在西晋時，其二在南齊時，其三在北宋時，皆記録於竹木簡上之文字也。原物皆非久旋佚，齊、宋所得，并文字目録皆無傳。其在學界發生反響者，惟西晋所得，即前所述汲冢竹書是也。汲冢書凡數十車，其整理寫定者猶七十五卷，當時蓋爲學界一大問題，學者之從事研究者，有束皙、王接、衛恒、王庭堅、荀勖、和嶠、續咸、摯虞、謝衡、潘滔、杜預等，其討論概略尚見史籍中。其原書完整傳至今者，惟一《穆天子傳》耳。其最著名之《竹書紀年》，則已爲贋本所奪。尤有《名》及《周食田法》等書，想爲極佳之史料，今不可見矣。而《紀年》中載伯益、伊尹、季歷等事，乃與儒家傳説極相反，昔人所引爲詬病者，吾儕今乃借睹歷史之真相也。《穆傳》所述，多與《山海經》相應，爲現代持華種西來説者所假借。此次發見之影響，不爲不巨矣。（上海古籍出版社，1998年）

梁啓超《中國近三百年學術史》十四《清代學者整理舊學之總成績(二)——校注古籍辨僞書輯佚書》：

《竹書紀年》及《穆天子傳》。（互見辨僞輯佚兩章）

《竹書紀年》，乃晋太康間在汲郡（今河南汲縣）魏安釐王冢中所得，當時學者荀勖、束皙、王接、和嶠、衛恒、王庭堅、摯虞、謝衡相與討論辯難，學者起一極有趣味之波瀾，其始末具見《晋書》束皙、王接、衛恒諸傳，及杜預《左傳後序》、和嶠《穆天子傳序》。但其書已佚於兩宋之際。今本《紀年》二卷，乃元明人搜輯，復雜采《史記》《通鑒外紀》《路史》諸書而成。清儒嗜古，研究此書者極盛，大約可以分四派：一、并汲冢原書亦指爲晋人僞撰者（錢大昕、王鳴盛等）；二、并今本亦信爲真者（徐文靖等）；三、以古本爲真、今本爲僞者（郝懿行、章學誠、朱右曾、王國維等）；四、雖不認今本爲真，然認爲全部皆從古本輯出者（洪頤煊、陳逢衡、林春溥等）。我個人的意見，則完全主張第三派。

……

《穆天子傳》與《紀年》同出汲冢，其真僞有連帶關係，信古本《紀年》者則亦信之。其書出郭璞注，洪筠軒嘗據諸本精校，自是此書始可讀。而丁益甫（謙）作《穆天子傳地理考證》，篤信歐洲少數學者所倡中國人種西來之説，而援本傳爲證。其所比附往往新奇可喜，是否真相，則更俟論定耳。（天津古籍出版社，2003年）

梁啓超《清代學術概論》十六《金石學、校勘學和輯佚學》：

清儒之有功於史學者，更一端焉，則校勘也。古書傳習愈希者，其傳鈔踵刻，訛謬愈甚，馴至不可讀，而其書以廢。清儒則博徵善本以校讎之，校勘遂成一專門學。其成績可紀者，若汪中、畢沅之校《大戴禮記》……洪頤煊之校《竹書紀年》《穆天子傳》，丁謙之校《穆天子傳》……諸所校者，或遵善本，或據他書所徵引，或以本文上下互證，或是正其文字，或釐定其句讀，或疏證其義訓，往往有前此不可索解之語句，一旦昭若發蒙。（上海古籍出版社，2005年）

瞿良士輯《鐵琴銅劍樓藏書題跋集録》：

《穆天子傳》六卷（舊鈔本）。此册爲楊夢羽所藏。崇禎己卯借得錫山秦汝操繡石書堂鈔本，并取家所有范欽訂本校讀一過，兩日始終卷。老眼已昏，燈下更自草草。孱守老人識於空居閣。

卷首三行，諸本所無，獨見秦本。（上海古籍出版社，1985年）

丁丙藏，丁仁撰《八千卷樓書目》卷十四子部小説家類异聞之屬：

《穆天子傳》六卷。（汲冢古本，晋郭璞注。《漢魏叢書》本、《古今逸史》本、《龍威秘書》本、《子書百種》本、《平津館》附録一卷本。）（國家圖書館出版社，2009年）

林傳甲《國文講座　京師大學堂　中國文學史》第八篇《周秦傳記雜史文體》：

九、《穆天子傳》非本紀體

天子曰“紀”，卿大夫士曰“傳”，史臣之通例。《穆天子傳》何以稱傳乎？抑穆天子時之《西域傳》乎？其文惝恍如小説。然郭璞注本，相傳至今，雖僞書亦漢人述周室之軼事耳。齊王儉作《漢武内傳》，亦可謂之“漢天子傳”矣。今人譯《華盛頓傳》，不仿堯舜本紀之名以紀之，亦内中國畛域之見未化乎？抑吾讀《穆天子傳》，更有感者，天子統有海内，南面受諸侯之朝，未聞别有所朝也。穆天子朝西王母，意者西域之大國，當巴比倫興盛之時乎。惜《尚書》缺殘，《春秋》未作，不得信史而證之耳。堂堂天子而朝於外，則列之爲傳，以志王道之衰，亦懼西域之始也。由此推之，不但蜀後主列傳爲允，即石敬瑭趙構之稱臣异族者，皆當降爲列傳，不可以入本紀也。（上海科學書局，1914年）

王國維《葊京考》：

大澤當即安邑鹽池或蒲阪張陽池，亦河東地也。《後漢書·西羌傳》：“穆王西伐犬戎，取其五王。王遂遷戎於太原。”（此書當出原本《竹書紀年》。）而《穆天子傳》“天子至於雷首，犬戎胡觴天子於雷水之阿”，此當是犬戎既遷後事。案：雷首山在河東蒲阪縣，雷水出焉，則犬戎所遷之太原在河東可知。《周語》：“宣王既喪南國之師，乃料民於太原。”料民之事，亦以河東爲便，不容東至晋陽，亦無縁西至平凉也。太原之地既定，乃可求鎬方之所在。余疑彝器中之葊京，即《小雅》之“方”也。静敦上言“王在葊京”，下言“射於大池”，遹敦上言“王在葊京”，下言“呼漁於大池”，則葊京左右必有大池。而河東諸湖澤，有董澤，有鹽池，有張陽池。（今蒲州五姓湖。）鹽池既不可漁，則所謂大池者，董澤與張陽池必居其一。而張陽池東西兩陂，東陂東西二十五里，南北八里；西陂東西二十里，南北五里；去蒲阪一十五里，較董澤之東西四里、南北三里者爲大。若以此池當静敦、遹敦之大池，則所謂葊京者，非蒲阪莫屬矣。《漢書・地理志》："河東郡蒲阪，故曰蒲，秦更名。"（今蒲州。）葊、蒲聲相近。又葊在陽部，蒲在魚部，爲陰陽對轉之字。又古方、旁同字，則《小雅》之方，當即彝器之葊京，秦漢之蒲阪矣。彝器凡言"王在葊京"者，多穆王時器，而召伯虎敦作於宣王六年，亦云"王在葊"，與穆王遷戎、宣王料民之事亦可相印證也。周都豐鎬，而葊亦稱京，與唐都長安而建蒲州爲中都者，先後一揆。余曩作《玁狁考》，於方鎬之方未能實指其地，故復著之。（《學衡》，1925年第四十一期）

顧實《穆天子傳西征今地考》"天子北征乃絶漳水"條：

郭注：漳水，今鄴縣。

愚案：晋時業縣在今河南彰德府。今本《竹書紀年》周穆王十二年冬十月王北巡狩，遂征犬戎，僞書不足據。

同上，"至於鈃山之下"條：

郭注：即井鈃山，今在常山石邑縣。

愚案：井鈃山即井陘山也。鈃陘一聲轉。山在今直隸正定府井陘縣。晋石邑縣今在正定府獲鹿縣東南。

同上，"北循虖沱之陽"條：

郭注：滹沱河，今在雁門鹵城縣，陽水北。

愚案：虖沱水源出今山西代州繁峙縣。晋鹵城縣在今繁峙縣東一百里。

同上，"天子北征於犬戎，犬戎□胡觴天子於當水之陽"條：

愚案：當水疑即爲今代州五臺縣東之清水河。洪煊頤謂即下文之雷水，地望不符，非是。意當時犬戎或據有今五臺山之地歟？五臺山有清涼寺，相傳周穆王時文殊師利卓錫於此，爲佛教入中國之初地，殆未可據以爲信也。

同上，"天子西征乃絶隃之關隥"條：

郭注：隃謂北陵西隃，西隃雁門山也，音俞。

愚案：郭注據《爾雅・釋地》之文，西隃。《史記・趙世家》作先俞，同音通假字。今山西代州雁門縣雁門關，是也。

同上，“至於焉居禺知之平，天子西征，至於鄘人”條：

愚案：焉居禺知之平，郭注云疑皆國名，今不可考。鄘，《路史·國民紀》作𨟻，字形之訛，非二字也。鄘國地當在今山西歸綏道，及察哈爾右翼四旗境内。

同上，“天子舍於漆澤乃西釣於河。天子獵於滲澤”條：

愚案：漆澤滲澤當爲一澤，漆滲字形相近致訛。後又作澡，滲澡二字，古書尤易相混。今山西歸綏道歸化廳有圖爾根河，巡薩拉齊廳南境，又西南彙爲澤，西流入河，其澤即《水經注》之所謂“沙陵湖”，沙陵之合音，與滲澡字音皆相近。此湖即是滲澤矣。河水之阿，阿者，水之曲隅也。即河套之折而南還，所成之曲隅也。後穆王東歸，鄘伯亦觴王於澡澤之上閟多之汭，河水之所南還。今圖爾根河下流之澤入河處，正在黄河自西來折而南還之所，愈足證明其澤即沙陵湖，即澡澤。然云鄘邦之南，滲澤之上，則此澤猶在鄘邦之南境。而鄘之北境，不言所在，未可知矣。

同上，“天子西征，騖行至於陽紆之山，河伯屬夷之所都居，是惟河宗氏”條：

愚案：陽紆一地，孫詒讓《周禮·夏官·職方氏正義》，考之最詳。《山海經》《爾雅》《吕覽》《淮南》諸書，亦作陽紆、陽華、陽陓、陽盱，皆同音通假字，蓋本一山也，衍而爲藪。其地跨境甚廣，而山在藪之西，河伯都焉。今就可以證明《穆傳》之古書而舉之。《山海經·海内北經》云：“陽紆凌門之山，河出其中。”《淮南子·修務訓》云：“禹之爲水，以身解於陽紆之阿。”凌、龍一音之轉。凌門即龍門，龍門山在今陝西同州府韓城縣東北，山西解州河津縣西北，夾河爲險，故曰河出其中。然陽紆實與之大异。夫云陽紆凌門，陽紆次居中龍門之先，陽紆自當在龍門之上游。禹於開鑿龍門以上之河，費功最巨，故有解身之舉。《史記·趙世家》云：“奄有河宗。”張守節正義曰：“河宗蓋在龍門河之上游。嵐勝二州之地也。”唐嵐州爲今山西太原府嵐縣地。勝州爲今内蒙古鄂多斯右翼旗後地。唐人猶知河宗古故墟。陽紆在河宗之邦，以此推測，是紆陽西北跨今河套外，東南跨今山西嵐縣，河出其中，與河出龍門之中，逾地之廣狹，相差懸殊矣。穆天子此時所抵陽紆之山河宗之邦，正在今河套之北岸。《史記·蒙恬列傳》：“渡河據陽山。”《水經注》“河水自臨河縣東徑陽山”，疑陽山即陽紆山之省乎。今鄂爾多斯右翼後旗北，河外翁金隆迤東達德爾諸山，其即《穆天子傳》所云陽紆之山乎？

同上，“河宗伯夭逆天子於燕然之山。天子大朝於燕然之山，河水之阿，河宗伯夭西向，沉璧於河”條：

愚案：據傳文，“燕然之山，河水之阿”，阿，曲隅也。山當在今河套之西北曲隅外。其曲隅即黄河自出長城北流，更折而東行之處也。與前言河水之阿，當河套之東北隅者，絶不相蒙。今鄂爾多斯右翼後旗界内，河套之西北，黄河故道之曲隅外，有哈那那林烏拉嶺，其即《穆傳》燕然之山歟。漢時燕然山即今杭愛山。則燕然之山，原本綿地甚廣。其西向沉璧於河，地未詳，蓋設位爲之歟？

同上，“天子大朝於黄之山。伯夭皆致河典，乃乘渠黄之乘，爲天子先，以極西土。天子西濟於河，□爰有温谷樂都，河宗氏之所游居”條：

愚案：黄之山未詳。渠黄、吉量音近，殆即一物，駿馬也。《水經注》：“湟水又東徑樂都城南。”孫星衍曰：“《穆天子傳》温谷樂都即此。”南凉禿髮烏孤曾大城樂都而居之。隋唐爲湟水縣。據地志諸書，即今西寧府碾伯縣治，然碾伯在湟水濱。穆王自河套繞行至此，無河可濟，若必濟河而至此，非穆王朝於燕然山之後。已南逾河，即温谷樂都非此湟水之濱，抑或樂都固即濱湟水，而温谷别有地在。今西寧府之黄河南貴德廳有暖水河，疑即温谷所在。豈穆王濟河至此之後，而迴數及湟水之濱，故跨稱温谷樂都歟？又後言自陽紆之山，至於西夏氏，當爲此際同時所至。

同上，“用伸□八駿之乘，以飲於枝峙之中，積石之南河”條：

郭注：水岐成峙。峙，小渚也。積石山名，今在金城河關縣南，河出北山，而東南流。

愚案：……積石所在，《漢書·地理志》言“積石山在金城河關縣西寧羌中”，最爲明確。今青海土爾扈特旗南，前旗之西南，積石山是也。唐人名曰“大積石”。

同上，“封膜晝於河水之陽，以爲殷人主”條：

愚案：後言：“自西夏氏至於珠余氏，及河首千又五百里。”詳其道里，膜晝之封，其即當在河首乎？今青海之柴達木河，區域亦稱色爾騰平川，或即其地。膜晝必殷人之支裔，故封以爲殷人主。則今青海之地，亦舊華人血系之所支配地矣。

同上，“天子西南升□之所主居”條：

愚案：《山海經·西次三經》之首：“曰崇吾之山，在河之南，北望遂冢，南望岳之澤，西望帝之搏獸之丘，東望蠕淵。”此搏獸之丘當即《穆天子傳》所謂可以畋獵之地。搏獸之丘，在崇吾山之西，而崇吾山在黄河之南……然則崇吾山當爲今巴顔喀喇山。而可以畋獵之地，當在巴顔喀喇山迤西之地。

同上，“天子已飲而行，遂宿於昆侖之阿，赤水之陽”條：

郭注：昆侖有五色水，赤水出東南隅，而東北流，皆見《山海經》。

愚案：《莊子·天地篇》“黄帝游乎赤水之北，登乎昆侖之丘而南望”與《穆天子傳》言昆侖之阿在赤水之陽正合。陽水北也。夫云登昆侖之丘而南望，則昆侖丘在偏北可知，故《山海經·海内西經》云：“昆侖之虚方八百里。”……一面將難讀之古書，逐一解説，一面將昆侖山之四圍，全數劃清界限，而昆侖四界即明，則昆侖所在，自當以在今後藏新疆之交，托古兹達阪山爲即古昆侖之真身，而所謂昆侖之丘在是矣。然則穆王此時所宿昆侖之阿，赤水之陽，尚在今小金沙江源之北，青海境内之極西……故今青海之極西與新疆之焉耆府和闐州鄰近諸地，又實在上古，當東西交通孔道之冲，雖今已爲大山戈壁，重阻之通，然古人言西行必登昆侖，通道自在其間，可無疑也。

同上，“爰有鸜鳥之山”條：

愚案：鸜疑即仙之别體……《山海經·西山經》云：帝戮欽䲹鍾山之東嶢崖。欽䲹化爲大鶚。崖嶢説見前，與此鸜鳥之山在赤水之北正相近。鸜鳥者，其即欽鸜鳥。

同上，“天子升於昆侖之丘，以觀黄帝之宫”條：

愚案：……今考定昆侖之丘在托古兹達阪附近，惜黄帝故宫遺址，後世莫傳，今無可尋究耳。

同上，“天子北征，舍於珠澤，以釣於流水。珠澤之藪，方三十里。天子□昆侖以守黄帝之宫，南司赤水，而北守舂山之寶”條：

愚案：珠澤有流水，未審即今後藏北境之巴哈納木爾池否？舂山即《山海經》之鍾山。舂鍾同音字。郭注《山海經》已言之。《穆天子傳》舂山在昆侖之北，與《山海經》昆侖在鍾山之南正合……舂山即今帕米爾諸山，見後自昆侖至舂山，當經今後藏北境至帕米爾高原。今大山戈壁障之，人迹希通，惟知新疆之克勒底雅至後藏之招正，葉爾羌至阿里之阿魯克城，皆有通路。而皆與穆王經行之途不合，不知其通道何在也。

同上，“天子升於舂山之上，以望四野，曰舂山是惟天下之高山也”條：

愚案：……葱嶺本帕米爾諸山之一峰，舂山即今帕米爾諸山，故得兼有今之葱嶺也。舂山之澤，即今帕米爾山上之哈拉庫爾湖，俗猶呼之曰“大龍池”。近人蔣智由著《中國人種考》，歷引僧惠生、玄奘及馬可保羅之紀行，皆記載此湖，證據甚詳……至如《山海經》云“槐江之山實惟帝之平圃”。郭注：“即玄圃也。”蓋今本《穆天子傳》玄作縣。槐江之山南望昆侖，與舂山在昆侖之北合，則《山海經》於此舂山之澤所在者，又別名之曰“槐江之山矣”。畢沅校《山海經》據《十六國春秋》《太平御覽》之説，以今甘肅甘洲張掖縣北之鷄山當縣圃，是則誤據後起好事者附會之説，不足論矣。

同上，“天子西征，至於赤烏之人曰赤烏氏先出自周”條：

愚案：《穆天子傳》後又言赤烏氏舂山，是穆王自舂山行至赤烏氏舂山，當即自今帕米爾山而仍西行至其連麓與。今温都斯坦本帕米爾山之連麓……并據此赤烏氏美人之地，亦在今温都斯坦……則是所謂赤烏氏先出自周者，蓋周之支庶，出鎮此邦，猶少康庶子之於越，泰伯之於吴，元拔都之於俄，旭烈兀之於埃及，相類一例之事……

同上，“天子北征，濟於洋水”條：

愚案：……所謂洋水，即今喀什噶爾河。所謂黑水，即今哈喇哈什河。下流合并而爲塔里木河，又東而爲羅布泊，泊即古泑澤，下流爲泑澤，上流必爲泑水。故今塔里木河即古泑水也……

同上，“天子乃封長肱於黑水之西河，以爲周室主”條：

郭注即長臂人也。長脚人國，又在赤水東，皆見《山海經》。

愚案：……長臂長肱同義，西方食魚之民族也……疑長肱亦不過此類形狀，希見多怪，故以爲异。然封以爲周室主，必周室之支裔，决非㫺種之先也……黑水之西河，河當爲阿之誤。阿，曲也，殆今哈拉哈什河入塔里木河之水曲處也……葉爾羌河入塔里木河，塔里木河即黑水。故今塔里木河上源之地，即周后稷之葬身地也。封長肱於黑水，以爲周室主，殆爲后稷主祭政者耶？

同上，“天子北征，東還，乃循黑水，至於群玉之山”條：

愚案：前考洋水黑水分踞今塔里木河之上游，穆王行踪極爲明白可曉，而北循黑水至於群玉之山一語，尤爲審知黑水所在之要證。群玉之山非今和闐莫屬，故知黑水即今哈拉哈什河，回語黑玉河之义。旁又有合流之玉瓏合什河，回語白玉河之義。皆後起之名，非古也……據今和闐即古于闐，今人目驗著書者亦言其河中産玉石甚多……群玉之名，正由其出各色不同之玉而來。特上古以名山而曰“群玉之山”，後世以名水而曰“白玉河”“黑玉河”云云爲异耳。

同上，“天子西征，至於剞閭氏”條：

愚案：《楚辭》屈原《遠游篇》：“朝發軔於太儀兮，夕始臨於微閭。”微閭當即剞閭之同音字。《漢書·西域傳》：“莎車有鐵山，出青玉。”徐松《補注》曰：“今葉爾羌河所經之密爾岱出青玉。《穆天子傳》天子祭鐵山。《御覽》以爲即莎車鐵山。”徐氏之説是……（賈）誼言涉丹水與穆王徑行鐵山，同一道出今葉爾羌之密爾岱。而涉丹水而馳入大夏則穆王經鐵山而西，亦必西入大夏無疑矣。是今密爾岱山，又實在上古當東西陸路交通孔道之冲也。今葉爾羌尤西入中央亞細亞惟一之通衢，其所由來者遠矣。《北堂書鈔》引《穆傳》作“祭於鐵山，祀於郊門”，與今本异。兹審從之，第不知郊門爲何者之郊門耳。豈周代西方之郊門在是耶。

同上，“天子即祭而行，西征於鶗韓氏”條：

愚案：……鶗韓疑今撒馬爾罕之縮音。撒馬爾罕者，唐書稱之曰颯未建，亦稱薩未韃，肥城之義（薩未，肥也，虔城也。），大夏之故都。

同上，“天子西征至於元池”條：

愚案：今西爾河、阿母河兩河之間，有乍拉福山河，其支最多。下流所入之哈拉庫勒湖，土人語謂黑湖之意，或即是元池。“元本當作‘玄’，黑色也。”

同上，“天子乃遂西征，至於苦山”條：

愚案：此時穆王似已西南入今波斯北境諸山，皆不能指定當今何山。

同上，“乃遂西征至於西王母之邦”條：

愚案：……西王母一國爲今西人熱心研究中國古史之一要件，蓋欲籍以知我國古代與西方之交通也。此非羅列古書以證明之，無以釋古人自任之天職。今考西王母之邦，古亦稱沃民之國，亦曰三危之國……故沃民即西王母國，亦即波斯國，此西王母之邦當在今波斯地。

同上，“天子賓於西王母”條：

愚案：……西王母雖稱神而實人，本一諸侯耳。豹尾虎齒者，殆爲古時一種儀式，今稱假面具……西王母必古西方之女酋無疑。

同上，“天子觴西王母於瑶池之上”條：

愚案：……今西人考帕米爾之哈拉庫勒湖水，含鹽氣而少苦味，畜類好飲之，意旨瑶池醴泉正指此哈拉庫勒湖之屬，不過西方之鹽水湖，而一種水味較美者，抑或此觴西王母瑶池上之瑶池，正猶瓊室瑶臺之比，以人工而成之者與？今波斯地志不詳，無論成於天然與成自人工者，俱未能易指何一湖泊，爲西王母之瑶池也。

同上，“西王母爲天子謠”條：

愚案：古西王母之邦，今波斯也……今伊斯巴亨必爲古西王母之所都居，直可指天象以爲證也。

同上，“天子答之曰”條：

愚案：……今考西土，即《書·堯典》之所謂宅西曰昧穀者是也。郭璞以弇山爲弇兹山，弇兹亦作崦嵫。

同上，“天子飲於温山”條：

愚案：波斯境内氣候，西冷南熱中温。此温山者，望文生訓其當在波斯之中部歟？

同上，“天子飲於溽水之上”條：

愚案：溽水……當在今波斯……於《穆传》爲自西王母之邦北至曠原，於今則即自今波斯北行，直抵今裏海之北，俄羅斯之南部矣……又《大荒北經》有大澤方千里，群鳥所解，此則即此《穆天子傳》所言曠原之野……大澤即黑海，説亦見《元史譯文證補》，故《大荒北經》之大澤自是黑海無疑。而《穆傳》之水澤爲即黑海益確矣。解羽者，幼鳥解脱乳羽而長成之謂也。故《漢書》《史記》亦謂其地曰“翰海”。雖是指今内蒙之沙漠，非可以當此《穆傳》之曠原，而其命名之意義，固可相通也。羽琌者，積羽之邱，《山海經》亦謂之委羽之山也。

同上，“天子東歸，至於□之山，東征至於戊□之山”條：

愚案：……惟按核地望，戊□之山當屬今烏拉爾山系諸山。

同上，“天子南征，東還至於獻水”條：

愚案：此諸山水亦不可考，惟袛可識穆王東歸，經涉道途之遥遠耳。

同上，“天子乃遂東征，南絶沙衍”條：

愚案：……蓋計此時穆王歸程，正在今土耳其斯坦中矣。

同上，“天子乃遂南征，至於積山之邊，曷余之人命懷獻酒於天子”條：

愚案：此積山之邊用䰞餘國，今亦不可考。

同上，“至於滔水濁繇氏之所食”條：

愚案：……又該諸穆王歸程，疑濁繇氏當在今新疆之西北，滔水即巴爾喀什湖，今俄屬西比利亞之七河省地歟？

同上，“天子東征，至於蘇谷”條：

愚案：蘇谷……當在今天山北路……

同上，“乃遂南征，東還至於長淡”條：

愚案：……長淡當即天山……愚推定穆王之升於長淡至黑水之阿，爲從天山北路，逾天山而南至塔里木河，將再折而東歸也。

同上，“爰有采石之山，重䨥氏之所之守”條：

愚案：據《穆傳》此文，則重䨥氏者，世界最古之玻璃製造國也……是以《穆傳》此文，所列舉采石之種類，如枝斯璿瑰之屬，皆古之人工製品，熔製石質而成之寶物，即今燒玻璃。謂之采石者，五色之采，詳言之，則即五色玻璃也……

同上，“天子東征，至於長沙之山”條：

愚案：……長沙之山當在今塔里木河之南……重䨥氏仍苗民之舊居，正在今塔里木河羅布泊之北。

同上，“天子東征，南還，至於文山”條：

愚案：……計穆王此時行程，當在哈密境内，而文山即哈密境内之山歟？

同上，“天子命架八駿之乘，天子乃遂東南翔行。馳驅千里，至於巨蒐”條：

愚案：《穆傳》此駕八駿之乘，至於巨蒐氏之國，亦見僞《列子·周穆王篇》，而語意互异。此列歸躅，彼叙往踪，適相倒置也。巨蒐即渠搜之异文。《禹貢》渠搜浮於積石入貢，此即《隋書·西域傳》云“鏺汗國都葱嶺之西五百餘里，古渠搜國”。即今俄屬費爾干省之地也。而此《穆傳》之巨蒐，當在今蒙古哈薩克當即土謝圖汗之南境……焚留之山今不可考，亦當在土謝圖汗南境。

同上，“天子東征陽紆之東尾”條：

愚案：陽紆之山……地當在今烏喇特（舊作吴喇忒）府之西……皇天子山殆即烏喇特府西之木納山歟?

同上，“天子東征至於鄘人，鄘伯絮觴天子於澡澤之上”條：

愚案：鄘國澡澤及河水之所南還，俱詳前考。

同上，“天子東征顧命柏夭，歸於亓邦”條：

愚案：……雷首山、雷水皆在今山西蒲州境内。又雷水之平寒句，《水經注》引作雷水之干，文義較通。

同上，“天子南征，升於髭之隥”條：

愚案：髭之隥，未詳當今何地。據云：南升於髭之隥，則上文雷首雷水，不當在今山西蒲州，疑南征之南，有誤文也。鈃山見前，是穆王又折而東，抵今直隸正定府井陘縣之東矣。

同上，“天子命架八駿之乘，南征翔行，徑絶翟道，升於太行”條：

愚案：穆王此時自今井陘縣之東，長驅而入今河南洛陽。郭注云翟道在隴西謬矣。案核傳文，翟道當在今太行山之東……

同上，“天子大朝於宗周之廟，乃里西土之數”條：

愚案：西夏氏珠余氏及河首襄山，前俱不見傳文之中，蓋有闕落矣……（大夏縣）城當在今河州東南境，接狄道界。蓋今山西太原，古亦稱大夏（《左傳·昭元年》）。而此今河州東南境之大夏在其西，故古亦特稱之曰“西夏”歟。穆王時西夏已亡，見《逸周書·史記解》則穆王殆徑行其故墟歟……珠余氏不可考……河首者，無异於謂之河源也。古河源在今羅布泊阿斯騰塔嶺諸地，已詳前考。蓋今阿斯騰塔嶺迤南之色爾騰平川諸地，即古河首之地矣……襄山即崇吾之山。（《國學叢刊》，1923年第一卷第四期）

顧實《重考古今僞書考》卷二“史類”：

（重考）據《隋志》，晋人所得竹書，總八十七卷，今僅存《穆天子傳》六卷而已。漢傳《六經》古文簡長二尺四寸，諸子八寸策。竹書《穆傳》簡亦長二尺四寸，是知先秦人視經史，同爲崇高之大典，而清《四庫》乃列《山經》《穆傳》於小説類，亦可謂妄矣。洪頤煊有《穆天子傳》郭注校本，劉師培有《穆天子傳補注》，余有《穆天子傳西征今地考》，周穆王西征至西王母之邦，即今波斯，以今地證之，歷歷不爽，此豈僞書哉。（上海大東書局，1926年）

顧實《穆天子西征四篇校釋自序》：

周末所傳典籍，原本古文也。自經秦漢人悉易以隸書寫本，又經唐末五代以來，悉變爲今隸刊本。是古籍叠經變遷，移易形體，安保其無誤哉？今世治吉金古文學者，謂《尚書》之寧王寧考寧人，即文王文考文人之訛，古金文之文字作[illegible]，似寧可證，而治龜甲古文者，亦謂《尚書》之《高宗彤日》，即[illegible]日之訛，日即易字也。此皆由漢世經師不識古文，而隸古定時，成此謬誤也。然則凡原本古文，經隸古定之後，蓋皆不能無謬誤。今原本盡亡，無從參檢，則永無可校正之機會。然而吾人不能以其有謬誤而一概去之者，理也勢也。猶之有瑕疵之寶玉與有瑕疵之證據，皆不能極端排除之者，亦理也勢也。故夫世有學者，好吹毛求疵，而冀一切掩棄先古典籍，誠不能不謂爲賢智之過也。西晉之世得汲冢竹書古文，亦悉校定爲隸寫本。疑之者曰：“漢得孔壁古文，如逸書逸體多不傳，而晋人得竹書古文，獨能校定之者何也？”此由不知魏晉之世，古文之學大盛，而失之鰓鰓過慮也。魏正始三體石經，以古篆隸三體對照，即其時古文學大盛之證也。竹書原本盡亡，無可參檢，然今存《穆天子傳》一書，猶爲真書隸寫本，不獨審核其篇簡，可認爲晋人校理時之絲毫不苟也。雖隸古定之字體，尤可見其務留竹書之真焉。當盜發汲冢時，用竹簡爲炬，照取寶物，故竹書多燼簡斷禮，今《穆天子傳》中，多存空圓缺文，即以存此燼簡斷禮之真也。然其篇第前後之次，實絶無錯亂，誠審所記穆王經行之地，歷歷不爽，可爲確證也，此不能不感服晋人校理竹書忠實者一也。至其隸古定字體，以轉輾傳寫，雖免錯訛，多有舉之而苦無意義者，第舉其有意義可尋若干字。大凡古人著書，用同一文字，而其書寫之形體，多有前後不一律者，今存鼎彝銘刻，數見不鮮之事也。故《穆天子傳》中亦前有華騮矣，而後有蘳騮；前有赤驥矣，而後有赤蘎；前有白義矣，而後有白儀；華蘳、驥蘎、義儀，皆同字而异形者何也？則隸古定爲之也。古文异形不一律，故隸古定亦异形不一致也。又有畬啇二字，當即泰冈之訛變。僞《列子·周穆王篇》作畬啇，張湛注云：“上齊下合，此古文未審。”殷敬順釋文，畬作[illegible]，云：“音泰篆作𠓗。啇音丙，石經作凮。”蓋所不誤者。泰丙二音耳。其字形則以隸古定之故，轉輾傳寫，訛至不可認識。是其始之致慎於字體肖古也。豈料其後竟至字體不可認識哉？此不能不微嘆晋人校理竹書，失之太實者又一也。然則今存《穆天子傳》一書，不能以其出於晋人之隸寫定本而少之者甚明也。或者晋人隸古定之準確，有過於秦漢人所爲之隸古定，未可知也。

《穆天子傳》曾經晋人校定之忠實既如此，而其書在今日中國歷史之價值，又有至可寶貴者。

第一曰關係上古文史之原料也。第二曰關係上古文化之流别也。第三曰關係上古西方之交通也。第四曰關係上古東西文化之原始不同也。試分述之：

第一，關係上古文史之原料。嘗考《世本》諸書多言“黄帝之世，始立史官，至於夏商，乃分置左右，左史記言，右史記事”。言爲《尚書》，事爲《春秋》，故史必流而爲經矣，古者世官，故《荀子·榮辱篇》曰：“循法則度量形辟圖籍，不知其義，謹守其數慎，不敢損益也，父子相傳，以持五公，是故三代雖亡，治法猶存，是官人百史之所以取禄秩也。”史亦世官也，故夏將亡而太史終古奔商，商將亡而内史向勢歸周，周將亡而太史儋適秦，豈非三代雖亡而史守猶存之明徵哉？故《莊子·天下篇》曰：“古之人其備乎，其明而在數度者，舊法世傳之史，尚多有之。其在於《詩》《書》《禮》《樂》《易》《春秋》者鄒魯之士，搢紳先生多能明之。其數散於天下而設於中國者，百家之學時或稱而道之。”此則史流而爲六經爲百家矣。蓋舊法世傳之史者，自立史官以來，世世相承，爲一切文物之供給所者也。六經者，精擇其曾經驗而可教訓者也。百家者，則各任其意之所欲取者也。是故史者，六經百家之原料也，無盡藏之寶庫也。然司馬遷《史記·六國表》曰：“諸侯史記多藏周室，以故滅。”則自秦焚書，而舊法世傳之史所記者，蕩焉無存矣。於是六經百家之原料盡亡，而六經百家遂獨貴於世，世且有認六經百家爲皆上古史之原料者，豈知本者哉？何意秦火而後，百七十九年，忽有盗發汲冢，得科斗古文竹書七十餘卷，此真舊法世傳之史所記，其當爲人世之所寶者，宜何如也。又何意自晋及今，垂千餘年，而真竹書之流傳者，僅餘《穆天子傳》六卷而已。其書復奇古難曉，殊鮮解人，豈不怪哉？汲冢者，或曰魏襄王冢，或曰魏安釐王冢，要以古本《竹書紀年》終於今王二十年爲證，則魏襄王冢近是。而冢中所以有竹書，不外乎用爲殉葬之具。在秦火前八十六歲真未經劫灰之寶書也。考昭十五年《左傳》曰：“昔孫伯黡司晋之典籍，及辛有之二子董之晋，於是乎有董史。”是晋獨有董史，亦出於周史之支裔也。辛有周平王時人也。平王東遷，晋文侯有功。故汲冢所得《竹書紀年》，杜預《春秋經傳集解·後序》謂其“特記晋國，起自殤叔，次文侯昭侯”云云，蓋即董史世傳所記也。《左氏傳》又曰：“晋居深山，戎狄之與鄰，拜戎不暇。”故汲冢又得竹書古文《穆天子傳》，言周穆王游行四海，見帝臺西王母。大抵與戎狄處，不外和戰二事，周穆王之於戎狄實和戰并施。晋人或欲藉其聲威，以爲鎮撫之寶典。是則《穆天子傳》一書，當亦晋受之於周也。三家分晋而後魏文侯最爲好古，或以是得多存古官，其樂人竇公猶至漢世而獻《周官·大司樂》章，可證也。况春秋之世，魏絳以和戎有功而開基，是穆王故事，或自魏之初祖，而受諸晋之故府。其并及穆王盛姬事者，則以所記游踪，多在魏之境内也。由此言之，則汲冢竹書之由來，與《穆天子傳》中之由來，皆不無蛛絲馬迹之可尋。决非突如其來之產物也。意者魏文侯武侯之世，天下莫强，及惠襄二王，霸圖已矣，故悉藏之於汲冢耶？然盗發之於晋，而今猶存《穆天子傳》一書，豈非天下欲没却此一段公案哉？天既留《穆天子傳》，則古史之原料，尚有在人間者，司馬遷重修《史記》，蓋求之而不得，故《周秦本紀》《趙世家》載穆王之事，皆語焉而不詳，抑或限於體例而從略，今正可補彼之缺，且供後之撰古史者采摭不盡，洵希世之至寶矣。

第二，關係上古文化之流别。今夫王道霸術者，自古治化之二大流别也。霸術爲開創之恒事，近於今之所謂法治主義者也。王道爲守成之大經，近於今之所謂德治主義者也。昔周之興也，世稱文武成康，而文武二王實開創之明王，成康二王，則則成之令主也。故《管子·小匡篇》曰："昔吾先王周昭王穆王世法文武之遠迹，以成其名。"《淮南子·要略篇》曰："文王業之而不卒，武王繼文王之業，用太公之謀，悉索薄賦，躬擐甲胄，以伐無道而討不義，誓師牧野，以踐天子之位。天下未定，海内未輯，武王欲昭文王之令德，使夷狄各以其賄來貢，遼遠未至，故浩三年之喪，殯文王於兩楹之間，以俟遠方。武王立三年而崩，成王在繦褓之中，未能用事，蔡叔官叔輔公子禄父而欲爲亂。周公繼文王之業，持天子之政，以股肱周室，輔翼成王，懼争道之不塞，臣下之危上，故縱馬華山，放牛桃林，敗鼓折枹，搢笏而朝，以寧静王室，鎮撫諸侯。成王既北，能從政事，周公受封於魯，以此移風易俗，孔子修成康之道，述周公之訓，以教七十子，使服其衣冠，修其篇籍，故儒者之學生焉。"不幸後世儒學盛而文武遠迹不彰，昭王南征而不復，著於《春秋内傳》，則以道死爲世主之炯戒。穆王觀兵而不威，著於《春秋外傳》，則以黷武爲時王之龜鑒，此誠不能不謂爲紹述成康治化者之過也。且也六經本用竹簡，長二尺四寸策。《穆天子傳》初出，竹簡亦長二尺四寸策，在上古用爲高文大册，故晋太康間得竹書，列《穆天子傳》於史部之起居注類，認爲春秋之一分支，非不知古史之體裁也。然東魯而後，僞《列子》出，復有撰作《拾遺記》，遂使穆王流於後世小説中之人物。清朝《四庫提要》竟以《山海經》《穆天子傳》，同列入子部小説類中，鄙儒無識，愈趨愈下，荒陋極矣。不知周文武之遠迹，不獨昭王穆王克繩祖武也。雖下迨周季列國，猶有繼踪者焉。東遷之後，秦本居西周故壤，專以禦戎，效忠王室。厥後秦穆公霸西戎，并國二十。而《史記·六國表》載："周安王七年，秦惠王五年。秦伐諸繇。"諸繇即濁繇，居今俄屬中央亞細亞之吹河兩岸。《史記·齊太公世家》《封禪書》及《國語·管子》又皆載齊桓公西伐大夏，涉流沙，束馬懸車，上卑耳之山，大夏即今中央亞細亞之巴克特利亞。Bactria（詳見《國學林》第一期衛聚賢《齊桓公西伐大夏的所在地》篇）是齊秦二國兵力至今中央亞細亞，蓋窮追出塞，圖絶根株，亦遠矣哉。尤以攘戎狄著迹於春秋之世。其後三晋，惟韓在河南，絶鮮關係。若趙則武靈王胡服習騎射，攘地千里，奄有今之河套北岸。魏以厥祖魏絳和戎開基，亦不忘戎事，故猶傳《穆天子傳》一書焉。不僅惟是，即以昆山之王（玉），一事而論。《史記》載李斯曰："今陛下至昆山之玉。"《戰國策》載蘇厲曰："此代馬胡駒不東，而昆山之玉不出也。"是戰國之世，秦趙皆嘗斂昆山之玉也。又《太平御覽·珍寶部》引《尸子》曰："取玉甚難，越三江五湖，至昆侖之山，千人往，百人反，百人往，十人反，至中國覆十萬之師，解三千之圍。"然則中國古代視南方有三江五湖，而視西方亦有三江五湖也。尸子爲商鞅之師，商鞅相秦孝公稱霸，足徵在秦孝公以前，中國曾有覆十萬之師，而往昆侖取玉者，此必周衰而後之事。回視周之初世，穆王率七萃之士，六師之人，而往昆侖取玉，且大會諸侯王於西方者，其盛况豈可得哉？是故古者兵刑合一而不分，若周穆王者，内作《吕刑》，外巡游四海，雖謂爲上繼文武之業，下開周季迄今一派之法治主義者可也。今存《穆天子傳》一書，不獨以其爲古史之原料而可寶，尤當以其有關係法治主義之流，而愈可寶也。

第三，關係上古西方之交通。考上古東西交通遠矣。賈子《新書·修政語上篇》曰："黄帝濟東海入江内，西濟積石，涉流沙，登於昆侖。堯教化及雕題蜀越，撫交趾，身涉流沙地，封獨山，西見王母，訓及大夏渠搜，北中幽都狗國。"此黄帝及堯之居中國而與西方交通也。今歐西學者方以研究西王母，爲中國與西方交通之關鍵。而記西王母者，莫詳於《山海經》《穆天子傳》二書，二書固爲今日欲考知上古西方交通者無上之寶典也。然《穆天子傳》不明，則《山海經》及其他古書所言西方情事，皆不能明確。故《穆天子傳》一書，尤爲欲考知上古西方交通者寶典之寶典也。余幼覽家亭林、景范之書，亭林著《天下郡國利病書》，景范著《讀史方輿紀要》，皆有澄清天下之志。感不絶於余心，故余不喜制舉業，未嘗受清廷一襟之榮，常泛涉古今地志諸書，而不能專也。民國辛亥鼎革之際，余執教鞭於江蘇省立第二第三師範學校，任講授本國史，慨上古史之多缺，本平素之考據，意欲有所纂輯，而先取《山海經》《穆天子傳》二書地理，考審今地所在，以爲上古地理既明，則歷史之地盤先定，而後有真正之歷史可言也。蓄念既久，考證益多，嗣余治法律政治文哲之學於東瀛，民國乙卯暑休歸國，乃都集舊聞，先成《穆天子傳西征今地考》一書，都二萬數千言，復携至東瀛，遍質友朋，時余方隸中華革命黨，謁孫中山總理，總理允爲題序行世，且告余曰："紅海灣頭有瑯琊，Liuǵǵa南洋群島有瑯琊，Liuǵǵa即中國山東之瑯琊，乃古東東西海道交通之殘迹，故三地同名也。"余方擬遍搜中西籍，以證實總理之學説，孰意忽忽數載，總理已賓天不可再見也。民國丙辰歲，亡友許君指嚴刻余著《穆天子傳西征今地考》於宣南譯社，癸亥歲，余復刻於東南大學之《國學叢刊》中，自余此考出，而《穆天子傳》之真面漸披露於世人之眼簾。蓋古者君舉必書，春秋戰國時之趙簡子孟嘗君猶皆有侍史，所記言行，况西周之穆王何不可有侍史所記之《穆天子傳》哉？今國民革命軍北伐功成，大順人心，而余復取《穆天子傳》前四篇詳加校釋，字櫛句比而求之，以上下文義之關聯，推證游踪所至之今地，并取從前著今地考時，所未考得者，今亦一一考得之。遂知穆王游踪所至，直接今歐洲之中原，爲空前之巨大發見焉。則吾人誠不能不感謝近世地圖地志之精密，及論理學爲凡百科學之科學。以論理學之方法而推理必然之地形，自非曾經滄桑之變遷，斷無不可得知道之道里也。矧以游踪所經之路綫，本極單純，故尤易歷歷如指諸掌乎。大要穆王西征，自宗周瀍水西首途，逾今河南直隸山西，出雁門關。由歸化城南繞道河套之北岸，而西南，至甘肅之西寧青海，登昆侖，下昆侖而走于闐，升帕米爾Pamir大山，至温郁斯坦Hindustan Plain再折而北，東遠至喀什噶爾河，循葉爾羌河，至群玉之山，再西逾帕米爾，經爾瓦兹Darwars，撒馬爾干Samarkand，布哈爾Bakhara，然後入西王母之邦，即今波斯之第希蘭Teheran。又自今阿拉拉特山Ararat，逾第弗利斯Tifris之庫拉河Kura，走高加索山之達利厄Daricl峠道，北入歐洲大平原，蓋在波蘭Poland華沙Warsaw附近休居三月，大獵而還，經今俄國莫斯科Moscow北之拉獨加Ladoġa湖，再東南逾窩爾加Volga河，烏拉爾Vral山之南端，通過裏海北之乾燥地，Arid Reġion傍阿拉爾Aral海東，循吹河R.Chu南岸，至伊錫庫爾IssikKul湖南，升郭克沙勒山，而走烏什，阿克蘇，馬耆，再由哈密長驅千里，還歸河套北，逾陰山山脉而南，經烏拉特旗，歸化城南，走朔平府右玉縣而南。逾洪濤山，入雁門關之旁道，南升井陘山之東部，通過瞿道太行山而還歸宗周。如此長途遠征，設非隨從之侍史確有記録，則事過境遷，不覺模糊難憶。吾人及身之旅行尚然，斷非出於後人所能追記，或順造也，明矣。故余博稽四篇所記，按合今地及山川情形，無一字一句不有著落，則此四篇者，必真穆王西征侍史所親歷目睹而作之起居注也。其餘書則史臣實地記録之殘編也。古春秋之屬也。不知者以爲奇异，而知之者則甚平常之事也。顧世猶謂其爲戰國時人所依托者，豈知向壁虚造，空論尚易，實事則甚難。屈子《離騷》賈生《惜誓》，皆嘗涉及西方道途蓋案古地圖而略得仿佛，下比傳奇小説，僅隔一間，即其證也。又有疑爲漢晋人所僞造者，豈知漢武帝案古圖書而指洋水黑水爲河源，開口便錯，則西漢人不能僞造也。班固封燕然山銘言“考傳驗圖”，而指今杭愛山爲燕然，亦不相同，則東漢人不能僞造也。兩漢人不能僞造，兩晋人叠經亂離，恐已無古圖可案，而猶謂能僞造之乎？

第四，關係上古東西文化之原始不同。夫必穆王西征往返之道里，當今何地，一一明白，而後上古之東西文化，原始不同，亦可得而言也。皇甫謐《帝王世紀》等書每言“自神農以前有九大州，柱州迎州神洲之等。黄帝德不及遠，惟於神洲之内，分爲九州”，《禹貢》九州是也。此必太古中國與西方文化略同，無分此疆彼界。自黄帝畫野經州，分土設井，遂締成華夏之文化，與四方加殊矣。《爾雅·釋地》曰："東至於泰遠西至於邠國，南至於濮鉛，北至於祝栗，謂之四極。觚竹，北户，西方母，日下，謂之四荒。九夷，八狄，七戎，六蠻，謂之四海。"此上古中國疆域至於四極而四荒而四海，以逐層擴大也。《尚書·皋陶謨》曰："惟荒度上功，弼成五服，至於五千，州十有二師，外傳四海，威建五長。《禹貢》曰五百里甸服，五百里候服，五百里綏服，五百里要服，五百里荒服。東漸於海，西被於流沙，朔南暨，聲教訖於四海。"此唐虞夏之世一統無外之治，以五服統領九州四海也。蓋甸候綏三服在九州之内，則統九州；要、荒二服在九州之外，則統四海也。周制九畿，較五服而加詳，古本《竹書紀年》曰："穆王東征天下二億二千百里，西征億有九萬里，南征億有七百三里，北征二億七里。"今可知者西征而已。其里數復不與《穆傳》同然，已足證上古四方廣矣遠矣。西戎亦大矣衆矣。欲撫四夷而安中國，談何容易，然而古不屈不撓，毅然邁往，不憚遠征西方者，可不敬哉？可不念哉？考穆王西征，不自西周鎬京徑往西方，而必由宗周洛邑王城逾黄河而北出雁門關，繞至今套北河宗之邦得河宗氏之先導，而後與偕行遠征必其時河伯爲方伯，兼制黄河之中樞，控拓華戎之大界，而專司西方之交通者也。穆王在河宗之邦，大朝者二，而至西方之後，大朝者一，大饗者二，其一大朝大饗，在今撒馬爾干，其又一大饗在今歐洲波蘭，是即西方之兩大都會也。第觀潛時獻馬牛羊，而天子不受其牢，則是所至獻馬牛羊，皆供天子之牢，蓋不獨西王母再釋智氏，勞用白騣爲見周禮之行，凡西征途中所見，雖盡荒服，不脱游牧部落生活，實無往而不受周禮之支配也。抑周人恒言伯叔甥舅，殆爲父系母系并行制。母系者今日化學家亦謂之舅系制。故赤母烏氏及西王母皆周人舅系制之行於四方，以系屬西方者。其後宗法廢而舅氏亦失效，豈周人所及料哉？至若同是地名物名而有先王之所謂，有西膜之所謂，則先王語與膜語并行也。故封膜晝爲殷人主，封長肱爲周室主，赤烏氏之先出自周宗，然而皆不免膜拜而受，則是仍安其西膜之文化也。西膜語與西膜禮之行乎西方，幾於普遍矣。然夷考西膜之人則僅在今哈密之一隅，真不知其語其禮，以何因緣勢力，而得大流行於西方也。今誠不能不假定此西膜者，實爲西方文化之代表也。西膜者猶今言曰西番也。意豈今日之西番民族，上古固嘗執西方之牛耳哉？且穆王親率七萃之士六師之人，約有兵隊萬七八千人，大獵於歐洲之大平原，歐洲人宜非無知覺者，然距今二千八百八十五年前，歐洲固無何等之歷史可以垂示於後世，豈爾時歐洲尚未有居人，抑其文化尚極低下，不足語於歷史之民族耶？雖然華戎殊風，即爲東西文化懸殊之端倪。如飲酒一事，中國曰飲，而中西通曰觴，此其飲酒之風，尚奢者一也。又如相賓之禮，華夏用束帛加璧，或勞用白騣二匹，而諸部落所獻，動輒牛羊犬馬數千百，穄麥千車百車，穆王賞賜金銀亦甚渥厚。此其禮儀之節，尚奢者二也。故西王母居石城金室，不足怪也。寶玉米石之來自西方，不足奇也。而他部落尚有傲不爲禮者，如鬩胡氏之所保，濁繇氏之所食，骨釬氏之所衣被，殆皆奢而沐者也。大抵東西文化之不同，關係天産者半，關係人事者半，自其原始而已然，一儉一奢，殆已得其幾微之鑒别也。方今之世，以職業而論，則東方爲農業生活之文化，而西方爲商業生活之文化也。以政治而論，則東方爲德治主義之文化，而西方爲法治主義之文化也。職業由政治而轉移，則政治爲尤要也。文化學者方計圖新人道主義之建設，而希望世界文化之改造，祈達人類文化之大同，豈知我國古代之人道主義，最爲發達。故若穆王之爲法治主義者，然而《穆天子傳》所記，固猶富儲有德治主義之色彩者也。則以法治主義而兼德治主義，一視同仁，天下爲公，豈能捨我東方之文化而他求哉?

前述四端，可見《穆天子傳》在中國歷史有至偉大之價值，而西征一事，尤於吾民族有無上之光榮焉。大凡一民族之初興，必富於發展性與統合性，及其將衰也，必富於收縮性、疑貳性。吾民族亦豈能越此公例哉，世言東方民族之馳騁於歐亞兩洲者，必首屈指蒙古民族，然而依余書考證之結論，則上古早有馳騁於歐亞兩洲者，我漢民族也。況乎南北東三方之所至，見於古本《竹書紀年》者，今尚不能明瞭，以西方之所至而推證之，則其所征行，亦宜甚遼遠，然則我上古華夏文化之所廣被及於四方者，豈有涯哉，不圖後世有爲此文化之大敵者，一則秦代大殺風景之焚書，是曰野蠻Savagery。一則不知羞耻之造謡，是曰野陋Barbarism。野蠻之罪，人盡知之，而野陋之害，不惟不明，且幸而遁入一種懷疑學派中，以自托其固蔽焉。不見夫《山海經》所記黄帝堯舜禹西征之迹，而繼之者有周穆王，穆王而後無嗣響，蓋古竊國之喻，竊賊得天下，既得之，患失之，故不敢出國門一步。又有無聊之文人，爲之形影相依，乃真流毒無窮矣。世莫不推重司馬遷之閎志孤懷，文章卓絶千古，然而其《史記·五帝本紀》曰“百家言黄帝，其文不雅馴，薦紳先生難言之”。又作《大宛列傳》，則更大放厥詞曰“《禹本紀》言，河出昆侖，今張騫窮河源，惡睹所謂昆侖者乎?《禹本紀》《山海經》所有怪物，余不敢言”。此老畢竟腐餘之人，陽氣消沮，信口開河，言不由衷，舉先民偉績，一筆抹倒之而不顧，在先民纍代强行之而不足被，彼一言藐侮之而有餘。開後世文人輕薄之漸，其罪豈少也哉?厥後譙周亡國奴，至不信西域有西王母，更等諸自鄶以下矣。近世專制淫威之君主，防民心之外逸，惡英物之醜己，足不出闡闠一步，而口詡超漢逸唐之盛業。於是無知之小人儒，認賊作父，曲意獻媚，比之前代，變本而加厲。而吾民衆亦大多數以暖暖姝姝，伏閨幃而飾起居，苟偷一旦之富貴，便足爲畢生之寵榮。甚至老死不出鄉里一步被人訕笑爲女性之國民，有四萬方里之土地，有百餘兆之人口，而受制於土地不足十一二之外邦，可不大哀也哉?今也國民革命，專制君主已矣，而輕薄無行之文人，亦或庶幾革面洗心，故余尤深幸夫數千年來尚未毁滅之光榮歷史，一旦復大彰揚，放無上之光榮於天壤間，甚盛事也。《楚辭·天問》

曰：“穆王巧梅，夫何爲周流，環理天下，又何索求。”此屈子發抒其愛國之悃忱，明認穆王之偉績，故余亦廣集古今群書，環證《穆天子傳》之確信。假有一毫虛僞，則西征道途與今山川情形，豈有如是天造地設之巧合哉？記曰：“不誠無物。”又曰：“至誠如神。”吾人可以思矣。夫萬象昭回，布護六合，何一非大宇宙之分而爲無數小宇宙也。大宇宙之目的在活動，小宇宙之目的亦在活動，活動之力愈强愈大者，進化而生存。活動之力愈小愈弱者，退化而滅亡。故近世教育學者之言曰：“人類之本質在於活動。”倫理學者之言亦曰：“人類之目的，在於活動。”由前則天性之使人不得不知動也。由後則人事之使人不得不活動也。惟吾古昔先民能大活動，故留有光榮之歷史，其西方海道之交通史，尚未能證明，而西方陸路之交通史，固已昭彰若是矣。何况昔之世一人爲皇帝，今之世則四百兆同胞皆皇帝也。是昔之世，有一穆天子，而今而後，則有四百餘兆乃至無量數之穆天子也。惟其然也，吾民族繼今以往，將恢張其向外發展之能力，以遠紹古昔先民無上之光榮歷史乎？吾知必將人手一編《穆天子傳》，以爲矜式而激發其志氣。語曰：“前事不忘，後世之師。”故余書不苟作，將以深望我中國民族之復興；暨夫東方文化之重光，燦爛照耀於大地；而與世界共進於無窮之景運。邦人君子，倘亦有感於之斯言。中華民國十七年季夏律師顧實自序於新都之穆天寄廬。（《天籟季刊》，1928年第十七卷第十五期）

顧實《穆天子傳西征講疏》總目：

（商務印書館，1934年）

顧實《穆天子傳西征講疏》自序：

民國初元壬子，余在本省某師範學校，教授本國史，慨上古史之多闕，而注意於《山海經》《穆天子傳》二書，多所考證。癸丑之役，余走日本。甲寅，乙卯，暑假之暇，著《穆天子傳西征今地考》一書。原稿曾呈先總理孫公，披覽筆削，允爲題序行世，以發揚吾民族之光榮。時余猶以書未完成，不果請，迄今追思而不可復得也。丙辰，亡友許指嚴（國英）先生得余稿，爲刻於北平之宣南譯社。辛酉，張慰西（相文）先生再刻於輿地學會之《地學雜志》第十二年第六七合期，第八期，及第九期中。癸亥，余三刻於國立東南大學之《國學叢刊》第一卷第四期中。十七年，戊辰，國民政府奠都南京之二載，余爲滬上某大學講授本國文化史，又增搜材料，改纂講疏，更名曰《穆天子傳西征講疏》，此余書命名之變遷也。

王充《論衡·謝短篇》曰："知古不知今，謂之陸沉；知今不知古，謂之盲瞽。"古今來能免於陸沉盲瞽之誚者，有幾人哉！余幼慕先宗人景范（祖禹）著《讀史方輿紀要》，故究心於古今地理沿革。其後習東西洋史，又探究西北地理，故余著《今地考》時，頗多切實之發見。兹更爲講疏，蓋取《穆天子傳》前四卷，字櫛句比而求之，爬梳剔別，無微不至。夫然後盡量發見其内容，果何如者？則即發見上古我民族在人文上之尊嚴，與在地理上之廣遠，均極乎隆古人類國家之所未有，可不謂曰我民族無上光榮之歷史哉！

其他一切姑措勿論，即周穆王西征，名爲游行，而其實何如者？當西紀元前九百八十九年，穆王不徑自西周，直往西方，而必由宗周洛邑，逾黄河而北出雁門關，入河宗之邦，得河伯爲先導，相與偕行，乃遂逾昆侖而至西王母之邦，無非沿途撫輯華戎，所至賞賜無算。其徵供食於諸部落，殆無一不受《周禮》之支配。終乃取鳥羽於西北大曠原而還。西北大曠原者，位於中國西北，而即今之歐洲太平原也，是中國文化之西流也，獵鳥而不獵人也。後六百餘年而有希臘（Hellas）亞歷山大（Alexandros）之東征，然亞歷山大破滅波斯（Persia）、印度（India）、巴比倫（Babylonia）、埃及（Egypt）諸邦，是西方文化之東漸也，原始即已獵人而不獵鳥也。然則東西文化最初之出發點，早已歧异不同如此。假定東方爲獵鳥主義，和平主義，而亦人道主義也。西方爲獵人主義，戰争主義，而亦人權主義也。故今世學者之言曰："東方倫理先仁而後義，西方倫理先義而後仁。"然而今世界大勢，東西文化之混合，不可掩之事實也。

繼今以往，吾中華民族將永抱其和平無争主義，如《老子》云"夫唯不争，故天下莫能與争"乎？然無論如何，萬不可喪失者，即我民族本來有至偉大活動之能力也。穆天子所見之西王母，即穆天子之女，建邦於西方者，在今波斯之第希蘭（Tehelan）附近。故穆天子也，西王母也，皆我民族上古男女有至偉大活動之能力者也。此能力之精神，千古萬古，不可磨滅。故《穆天子傳》一書埋於汲冢而出於晋，晋後莫之識，及余而爲之疏通證明，要所謂天幸者，豈非吾民族之精神，歷劫不磨，而終將復興之明徵哉？疇昔專制之世，一人爲皇帝。今也國體鼎新，主權在民，則四百兆同胞皆皇帝也。其男者，人盡穆天子也；其女者，人盡西王母也。誠使四百兆同胞，人手一編《穆天子傳》，以激發其志氣，庶幾今後吾民族將恢張其本來活動之能力，以與世界共進於無窮之景運，豈不懿歟！邦人君子，倘亦有感於余之斯言。

中華民國二十年辛未孟夏武進顧實自序於新都南京之穆天寄廬。（商務印書館，1934年）

顧實《穆天子傳西征講疏》例言：

一、自晋出汲冢，校理傳世以來之《穆天子傳》六卷，其前四卷記周穆王在距今約三千年前，即西紀前九八九—前九八八年，西征往還亞歐兩洲，實爲世界最古而空前絶後之大游行日記。凡中國史之上古史，及世界史之上古史，皆爲最重要有價值之原料。尤爲吾東方民族中華民族復興之殷鑒。昔孔子得百二十國寶書而成《春秋》，此《穆傳》更在百二十國寶書之上。余書全爲疏通證明其偉大價值而作。

二、余最初著《穆天子傳西征今地考》一書，凡經三刻，玆俱作廢。重加編纂同，凡分兩大部分。第一，高深之部，爲研究院之參考書，及專門大學之教本而作，總名曰《穆天子傳西征講疏》是也。第二，普通之部，爲中等學校以上之本國古史教本而作，名曰《中英對照穆天子傳西征全解》，因《穆傳》有上古亞歐兩洲國際之關係，故并用中英文字，爲適合於國際化之歷史，亦所以發揚吾民族無上之光榮也。

三、《穆天子傳西征講疏》之内容，斟酌古今中外史志圖籍而纂成，覃研廿載，六通四闢。因爲發表文字上之便利，不得不更分爲若干專件。

四、《讀穆傳十論》乃洞悉三古遺制，綜合當今群言，融會貫通，而爲此透達一切之談。庶幾讀余講疏者，見繁重奥博之考據，容有難色，得此爲導言，將無不人手一編而津津有味矣。或慮爲大言炎炎，未免小儒咋舌。然而余書固開拓萬古之心胸，推倒一時之豪傑，又未嘗不字字著實，語語謹嚴。世尚科學，必多識者。

五、《穆傳西征年曆》乃從古曆中推證而出，不同杜征南之《春秋長曆》，原不從古曆而出之所爲。明於六曆三統之曆元，以考古之年月日，誠所謂巧曆，至可驚人者也。雖孫仲容（詒讓）劉申叔（師培）諸公之不作，當今非無能者，欲辨《穆傳》之真僞，尤可於此年曆而證其必不僞矣。

六、《穆傳西征地圖》既成，則可爲讀者之卧游圖矣。古人左圖右史，史原有圖，正可補古圖之闕。然而非有歐化來耀，方今地圖地志之精密，則《山經》《穆傳》悉等廢紙。吾安得不痛吾民族千年來文化之墮落，幾於萬劫不復哉？凡辨古書之真僞，一年曆，二地理。天地古今，道途方向，無一可以虛造者。故此地圖，亦可證《穆傳》之必真而不僞矣。

七、《新校定本穆天子傳》者，彙合明清衆刻本抄本，及衆家校勘而成，乃與一切世行本不同者也。先揭此定本，以見余講疏所據者，可以一覽而瞭。《穆傳》前四卷，千古大文，自今科學之立場而觀之，六藝百家之書不如也。惜乎唐宋傳本早佚，今存最古者，不過明世刻本抄本，未爲善本也。清世洪頤煊翟云升兩家樣本最善，余更得洪翟二家未見之刊本、抄本，及衆家校勘，而總集其大成，所據之出處，悉詳講疏之校語中。

八、《穆天子傳目録》者，據唐司馬貞宋高續古所見，與明清傳抄適合也。有疑荀序爲僞托者，自經余之疏通證明，則何僞之可疑焉。荀勖、和嶠等爲此目録，確與劉向校録群書，同一工作，識者寶之。

九、余書講疏，成之匪易，無不語語有來歷。但總分兩部，第一爲校語，第二爲案語。

十、校語之中，有兩種根據。第一種爲衆本，第二種爲衆校。

十一、所據衆本，但稱某本，以省煩累。兹爲説明，列表於左：

《道藏》本，明《正統道藏》本（山東省立圖書館收藏本），今商務印書館影印本。

九行本：明九行二十二字本，見黄丕烈校《穆天子傳》中。

吴抄本：明吴寬抄本（黄曰吴本即黄丕烈所據吴抄本），今東方圖書館藏本。

楊抄本：明楊儀抄本，今昭文瞿氏鐵琴銅劍樓藏本。

程本：明程榮本，程刻《漢魏叢書》本，今商務印書館影印本。

范本：明范欽本，范刻《二十種奇書》本，今商務印書館《影印四部叢刊》本。

吴本：明吴琯本，吴刻《古今逸史》本。

邵本：明邵闇生編，《蕿介古書》本。

何本：明何鏜本，何刻《漢魏叢書》本。

《説郛》本：清刻《説郛》本。

檀本：清檀萃疏本。

汪本：清汪明際校本。

鄭本：清鄭濂校本。

周本：清周夢齡校本。

陳本：清陳逢衡補注本。

翟本：清翟云升校本。

十二、所據衆校，但舉某姓，以省煩累，兹爲説明，列表於左：

馮校：明馮舒校楊儀抄本。

檀曰：清檀萃《疏》。

洪校洪曰：清洪頤煊校本。

翟校翟曰：清翟云升校本。

陳據陳作陳曰：清陳逢衡補注本。

黄校黄曰：清黄丕烈校本。

郝校郝曰：清郝懿行《補注》本。

孫曰：清孫詒讓《札迻》。

金曰：民國金蓉鏡《集解》。

十三、校讎古書，大不易事，覆審衆家校勘所引書，間有不合，大概因所見本不同，故輒載明某校某據字樣，以明負責有人。洪、翟二家校本，最爲通行，易取覆案。故但記洪據某書，翟據某書，而不著其篇名或卷數，以省煩累。惟陳逢衡、郝懿行兩家書希見，金蓉鏡書未刊，故必詳言其出某書某編或某卷，以便檢稽。而余自下校語亦然焉。至於校改傳注之訛謬，洪翟陳郝諸家均有，余一一斟酌，更有修正。然終不能盡改者，又有當任讀者之自喻也。（如用字有前後一律，有不一律，及明誤而不改者，皆是。）

十四、案語最重考地，地理本爲專門之學，余即半生研習，尤以通古語而識古地爲余之心得。凡一地名之下，必先釋今地所在，然後援引古今群籍，語不離宗。數十字至數千字，多寡不等，絶不作游騎無歸之談也。在今本國境内之地名，國民應知，原不易誤。惟一至域外，譯名紛歧，除極普通者之外，俱易滋訛。故輒附西文，互相對照。偶有一二，猝檢不得其西文，則姑從蓋闕，域外人名亦從斯例。

十五、案語次重文化，三千年前之大地，黄人到處皆是，與今日爲白人世界，大可撫古而增慨。《禹貢》《周官》，規模宏遠；《山經》《穆傳》，相得益彰。他年考古家遍歷亞歐美三洲，發掘地藏，更有證明，企予望之。

十六、《穆傳》文字正與《堯典》《禹貢》《周官》《山經》相伯仲，簡鍊精核，豈止惜墨如金，直使龍門失色，班范駭走。昔人以聚訟喻考據，豈不信然。余本法家，習於形名，故反復鑽研，而興趣彌永，雖千年晦霾，山川能語，一旦洞明，日月常新。昔孟子輿氏有言："不見子都之姣者，天下之無目者也。"余謂不見《穆傳》之真者，亦豈非天下之無目者哉！

十七、考證家法，悉注出處。余自著《穆天子傳西征今地考》，初刊而後，乃陸續檢得丁謙、孫詒讓、劉師培諸家之書。民國十六年丁卯，見陳逢衡書。戊辰，見日本小川博士書。己巳，見郝懿行、金蓉鏡書。辛未，得邵闇生、黄丕烈書，并詳於余著《〈穆傳〉知見書目》中。然凡治學者，自己無心得，則見人書亦如盲目。即檀萃疏，舊號此紕繆，尚不無可采。故余改纂之際，采入衆家之説。雖與余同者，亦必指名摘録，以示不没人善，且慰前人著述之苦心。

十八、余自下己見，多所創解，約舉數事爲例，如據《國語・周語》，而知周穆王當屬周世之政刑派。因陽紆之山而知陰山爲没入胡中以後之名。辨再膜拜之禮，解將子帝女之詁，而知西王母爲中國女子，且爲周穆王之女。明上古歐洲原爲草本叢生之荒洲，而知西北大曠原，即今之歐洲。古昔未有主名之水澤陵衍，即今黑海及高加索山。南鄭斷從傅瓚説，可正班固、鄭玄、酈道元諸家之誤。凡此種種，皆余個人之特識。從來舊學家喜翻案，今之新學家尤甚，然余固非喜如是者，祇因衆證確實，不得不云然爾。每見西人述中國史，必舉穆王及西王母事，剌剌言之不休，甚至特設專章，雖不免郢書燕説，要可見西方歷史家之目光矣。獨吾國年來所用國史教本，輒抹殺此事而不論，豈今之歷史家，更甚於司馬遷之受腐刑耶？自余此書出而可以正西史之謬。願吾國歷史家亦一雪從前之耻。

十九、考證群籍，原是讀書人當家本領。獨至借檢明抄本刊本，清校本注本，及日英法德四國文書，多所仰賴於時賢諸公之協助。余即爲《穆傳知見書目提要》一篇，以留紀念而供考核。兹更永感諸公之賜於不朽，凡蒙一函一語爲介紹，或給與特别便利，得檢閱善本書者，均敬列芳名於左（以姓之筆劃多寡爲先後）：

卜舫濟（P.L.H.Pott）(前聖約翰大學校長)、丁仲祜（福保）、丁英桂（震雄）、王岫廬（雲五）、王獻唐（琯）、汪頌閣（詒年）、何柏丞（炳松）、周夢坡（慶雲）、高夢旦（鳳謙）、馬夷初（敘倫）、徐潤農（宗澤）、徐寬甫（韋曼）、柳翼謀（詒徵）、陳乃乾（□□）、張菊生（元濟）、傅緯平（運森）、楊杏佛（銓）、董授經（康）、蔣谷孫（祖圻）、蔣竹莊（維喬）、蔡孑民（元培）、潘聖一（利達）、瞿良士（啓甲）、瞿鳳起（熙邦）、喬梓諸先生，尤以張菊生、王獻唐兩先生賜函最多，宜特銘謝。

二十、余讀日本書，猶本國書也。習英法德三國文字，粗能檢讀。及門張曉峰（其昀）、繆贊虞（鳳林）、向覺民（達）、倪小翼（文燦）、尹葆餘（寶裕）諸君，俱嘗爲余借檢東西書，并志感謝。

二十一、余於西征地圖，屬稿既成，左臂幾成偏廢，自知中醫，療治方痊。蒙陳稼軒（鐸）、沈堅公（祖康）、陸震平（鈞）、葛石卿（烺）諸先生繪成付印，永志感謝。兹附一言者，余圖根據舊籍新書，信而有徵。然最感痛苦者，河套北岸諸山也。《清一統志》及圖，已不一致，後起之作益甚。百萬分一中國輿地圖最詳，但無説明。近人編《蒙古志》《蒙古鑒》二書，抄撮而成，益不足資考核。故余雖悉心鈎稽，粗足證古而已。深願今後之河套南北，有精密實測而能貫通古今之地圖地志也。

二十二、西漢焦延壽《易林》："坤之噬嗑曰：稷爲堯使，西見王母。拜請百福，賜我喜子。"（亦見明夷之萃。）訟之泰曰："弱水之右，有西王母。生不如老，與天相保。"（亦見臨之臨，既濟之大畜。）訟之家人曰："載堯扶禹，松喬彭祖。西過王母，道路夷易，無敢艱者。”（亦見師之離，離之剥，損之離，夬之夬，歸妹之升。）小畜之大有曰：金牙鐵齒，西王母子，無有患殃，涉道大利。（亦見大有之蹇。）臨之履曰：“駕龍騎虎，周遍天下，爲神人使。西見王母，不憂不殆。夬之旅曰：北登鬼丘，駕龍東游，王母御后，文武何憂。鼎之卒曰：西逢王母，慈我九子，相對歡喜，王孫萬户，家蒙福祉。”此皆謳歌西王母，形諸卜筮之繇，漢之所以通西域也。故余書之作，將爲我民族復興也。清王懿榮《漢石存目》，有周穆王見西王母畫象。明王圻《三才圖會》，有西王母畫象。取得拓片，爲余書之封面，所以表揚數千年普遍民衆化的西王母，爲中國女子也。明刻本《穆天子傳》有“明新安程榮校”“明范欽訂”等字樣，獨清刻不然，我乃知之矣。故余書亦自署民國某某著，復我邦族，後以爲例，愛國之思，附著於此。（商務印書館，1934年）

顧實《穆天子傳西征講疏》附録《穆天子傳知見書目提要》：

一、列朝著録及刊本抄本校本

《周王游行記》五卷。（王隱《晋書·束晳傳》，《春秋左氏傳》杜預後序、孔穎達正義引。）

實案：孔氏正義引王隱《晋書》曰：“《周王游行》五卷，今謂之《穆天子傳》。”游行下脱記字，晁公武《郡齋讀書志》云“《穆天子傳》，本謂之《周王游行記》”，可證。兹據補正。疑《竹書》古文原有題名曰《周王游行記》，經荀勖改稱，故王隱曰：“今謂之《穆天子傳》也。”其書固是記天子游行之事，非臣下之列傳也。然古書有曰《禹本紀》（《史記·大宛傳》引）曰《禹大傳》（王逸《楚辭》注引）者，則曰記曰傳，非不可通矣。

古文《穆天子傳》五卷。（荀勖、和嶠等序。序不言卷數，據王隱《晋書》補。）

實案：荀勖等序曰：“古文《穆天子傳》。”據王隱《晋書》曰：“《周王游行》五卷，今謂之《穆天子傳》。”今《晋書·束晳傳》亦曰“《穆天子傳》五篇，言周穆王游行四海，見帝臺西王母”云云，五篇即五卷也，兹據補正。惟今存本《穆天子傳》無帝臺事。郭璞注《山海經·中山經》之帝臺，亦未嘗引《穆天子傳》。《文選》顔延之《赭白馬賦》曰：“覲王母於昆墟，要帝臺於宣岳。”李善注，亦不引《穆天子傳》帝臺事。疑束晳、顔延之所見同本，即荀勖等所校定本也。然自郭璞注本行，而唐人已不見束、顔所見之本歟？

《穆天子傳》六卷。（晋郭璞注。今《晋書》璞傳不載卷數，兹據《穆天子傳》注本補。）

實案：今《晋書·束晳傳》曰：“《穆天子傳》五篇，言周穆王游行四海，見帝臺西王母。《圖詩》一篇，畫贊之屬也。又雜書十九篇，《周官》食田法，《周書》論楚事，周穆王美人盛姬死事。”則《穆傳》本止有五篇，即五卷，不知何人合以美人盛姬死事，遂并成六卷。《左傳》杜預後序孔疏引王隱《晋書》曰：“《穆天子傳》，民間偏多。”疑今本《穆天子傳》六卷，皆郭璞注，原出民間本。故亦無穆王見帝臺之事，而與束晳、顔延之所見《穆傳》，有帝臺事者不同也。晋世風尚淫柔，故《穆傳》必附以美人盛姬死事；而郭氏嗜酒好色，見《晋書》本傳，更非不樂爲此者。

《圖詩》一篇。（今《晋書·束晳傳》）

實案：此《圖詩》，當是《竹書》古文中之關於穆王西王母所爲畫贊之屬也。故下文之又雜書十九篇云云，則明明别爲一事，不與《穆傳》相涉者也。王懿榮《漢石存目》有穆王見西王母畫像，則漢世已有圖像，不待晋汲冢書出而始有之矣。《隋書·經籍志》有周穆王八駿圖，未知亦此類否？其詩即贊，則非穆王西王母君臣唱和之詩可知。

《穆天子傳》六卷。（郭璞注。《隋書·經籍志》史部起居注類。）

實案：《隋志》曰：“《穆天子傳》體制，與今起居注正同。”《隋志》有漢、晋、宋、齊、梁、陳、魏、周諸朝起居注，則目驗《穆傳》體制正同，而入之起居注類也。

《穆天子傳》六卷。（郭璞撰。《舊唐書·經籍志》史部起居注類。）

郭璞《穆天子傳》六卷。（《新唐書·藝文志》史部起居注類。）

實案：新舊《唐書》標題皆誤，當從《隋志》爲正。蓋《舊唐書》出五代劉煦等手，《新唐書》出北宋歐陽修等手，而於《穆傳》標題，皆已荒謬若是，可見晋隋故籍，至唐宋而幾於一落千丈矣。

《穆天子傳》六卷。（郭璞注。《宋史·藝文志》别史類。）

《周穆王傳》。（宋《太平御覽》引用書目。）

《穆天子傳》。（宋《太平御覽》引用書目。）

實案：原有《周王游記》《穆天子傳》二名稱，然《文選》陶淵明讀《山海經》詩曰：“泛覽周王傳。”李善注云：“周王傳，《穆天子傳》也。”則晋宋以來，又似以《周穆王傳》《穆天子傳》二名稱并行矣。《太平御覽》一書，本據前代之《修文御覽》《藝文類聚》《文思博要》諸書纂合而成。故其引用書目，亦因仍前代，并録《周穆王傳》與《穆天子傳》也。然據《雲溪友議》載王起不識《穆王傳》䵷㒄二字，李善、王起皆唐人，而王起則以僞《列子·周穆王篇》，爲《穆王傳》，似誤也。又《御覽》三十八引《穆天子傳》，誤以《山海經·西山經》之文爲《穆傳》。七百七十三引《穆天子傳》，誤以昭十二年《左氏傳》之文爲《穆傳》。五百七十四引《周穆王傳》，則更誤以《列子·湯問》之文爲《穆王傳》。

蓋古人引書，往往失檢。然竊疑六朝唐人以僞《列子·周穆王篇》，及《穆天子傳》，并爲一談也。

《穆天子傳》六卷。［郭璞注。宋王堯臣、歐陽修《崇文總目》傳紀類（清錢侗等輯本）。］

《穆天子傳》六卷。［宋李氏《邯鄲書目》（高似孫《史略》引）。］

實案：《宋史·藝文志》有“李淑《邯鄲書目》十卷”。高氏所引，當即指此，李淑宋真宗時人也。

《穆天子傳》。（宋尤袤《遂初堂書目》雜傳類。）

《穆天子傳》六卷。（郭璞注。宋晁公武《郡齋讀書志》傳記類。）

實案：晁氏《郡齋讀書志》云“晋太康二年，汲縣民盜發古冢所得，凡六卷，八千五百一十四字，詔荀勖、和嶠等以隸字寫之”云云。疑出郭注六卷本之舊序，已詳余著《讀穆傳十論》之第五章。

《穆天子傳》六卷。［宋《中興書目》（王應麟《玉海》引）。］

實案：《宋史·藝文志》有“陳騤《中興館閣書目》七十卷，序例一卷”。陳騤，紹興進士，寧宗知樞密院事。蓋其書之説明，如《崇文總目》，故多至七十卷而有序例也。《玉海》引《中興書目》云：“六卷八千五百一十四字。”蓋其所據與晁氏同。又：《玉海》夾註云“《書》正義、《漢書》注、《水經》注引之”，謂《書正義》《漢書注》《水經注》皆引《穆傳》也。當亦即《中興書目》之原注。

《穆天子傳》一卷。［宋高似孫《史略》（在古佚叢書中）。］

實案：《史略》明言：“《穆天子傳》一卷。”凡兩見，蓋所見本如是，故以李氏《邯鄲書目》之六卷爲有“字誤”也。然則宋人所見《穆天子傳》有兩本，其一爲一卷本，又一爲六卷本也。但此一卷本，當仍即六卷本之所合并而成者，《史略》又申言《穆天子傳》六卷可證也。《史略》所引荀勖序文，多與今本《穆傳》荀序合。然又云：“時勖爲中書監，同第録者，中書令和嶠，秘書主書令史，秘書校書郎中張宙，郎中傅瓚。”則不與今本《穆傳》荀序合，而與舊鈔本《穆傳》荀勖序首有結銜五行者相合。但高氏删去“秘書主書令史”下有一奇字難識之人名，及其他文字，遂不全同耳。更證以晁氏《郡齋讀書志》、陳氏《中興書目》（《玉海》引），皆言“詔荀勖、和嶠等以隸字寫之”，設非序首確有結銜五行，則何必叠言“荀勖、和嶠等”耶？足見宋人所據《穆傳》之荀勖等序首，確有結銜五行。而明以來相傳舊鈔本有此結銜五行者，當出自宋人傳本無疑矣。

《穆天子傳》六卷。（郭璞注。宋陳振孫《直齋書録解題》起居注類。）

《穆天子傳》六卷。（郭璞注。宋鄭樵《通志·藝文略》起居注類。）

《周王傳》《穆天子傳》。（宋王應麟《玉海》藝文傳録類。）

實案：此《玉海》原文，連書《周王傳》與《穆天子傳》二名之間，僅空一格者，以其爲一書也。可與前《太平御覽》引用書目互證。豈兩宋人猶見此二種本，及元而始僅存《穆天子傳》一種本歟？

《穆天子傳》六卷。（晋郭璞注。明焦竑《國史·經籍志》起居注類。）

《穆天子傳》六卷。（晋郭璞注。明祁承㸁《澹生堂藏書》目録雜史類。）

《穆天子傳》六卷。（郭璞注。清錢謙益《絳雲樓書目》傳記類。）

《穆天子傳》六卷。[清錢遵王《也是園藏書目》（《述古堂藏書目》）。]

《穆天子傳》六卷。（郭璞注。清徐乾學《傳是樓藏書目》起居注類。）

《穆天子傳》六卷。（晋郭璞注。清姚際恒《好古堂書目》雜史類、《古今僞書考》。）

實案：姚氏《古今僞書考》，余别有《重考古今僞書考》一書，以糾正其謬誤不少。玆不贅述。

《穆天子傳》六卷。（晋郭璞注。清乾隆敕編《四庫全書總目》小説類。）

《穆天子傳》六卷。（晋郭璞注。清乾隆敕編《四庫全書簡明目録》小説類。）

實案：清中葉文人，如紀昀之徒，好行小慧，突翻前朝舊案，列入《穆傳》於小説類中，其謬妄失據，已詳余著《讀穆傳十論》之第一章。

《穆天子傳》六卷。（晋郭璞注。清姚鼐《惜抱軒書録》第二。）

實案：姚氏謂《穆傳》紀事近實，與清《四庫提要》語合，然誤信今本《竹書紀年》爲真，則更不若紀昀輩矣。

《穆天子傳》六卷。（晋郭璞注。清仁和邵懿辰《四庫全書簡明目録標注》子部小説家類。）

《穆天子傳》六卷。（晋郭璞注。清獨山莫友芝《郘亭知見傳本書目》子部小説家類。）

實案：邵、莫二家書著録，仍沿清四庫分類，惟其搜載善本書目頗重要也。

《穆天子傳》六卷。（晋郭璞注。清陽湖孫星衍《祠堂書目》傳記類。）

《穆天子傳》六卷。（晋郭璞注。清烏程周中孚《鄭堂讀書記》子部小説家類。）

實案：周氏《讀書記》，頗多見到之言。惟此《穆傳》，不過就洪頤煊校本，而略述之，無他發明也。

《穆天子傳》六卷。（晋郭璞注。清趙魏竹《崦庵傳鈔書目》子部小説家類。）

《穆天子傳》六卷。（晋郭璞注。清杭縣丁丙《八千卷樓書目》子部小説家類。）

《穆天子傳》郭璞注七卷。（洪頤煊校。清南皮張之洞《書目答問·史記》古史類。）

實案：孫星衍、張之洞皆不遵用清四庫，此漢學考據之效也。

《穆天子傳》六卷。（晋郭璞注。抄本。清沈德壽《抱經樓藏書志》，不知何抄本姑附此。）

《穆天子傳》六卷。（晋郭璞注。今人楊立誠《四庫目略》子部小説家類。）

以上歷朝著録。（約略據舉以概其餘。）

元刊本《穆天子傳》六卷。（晋郭璞注。元劉貞藏本。未見。）

實案：唐以前，書皆寫本；五代後，始盛行刊本。《穆傳》在宋世刊本鈔本，混沌不明，惟元以後則甚明矣。元至正十年，王漸序曰："南岱都事海岱劉貞庭幹，舊藏是書，懼其無傳，暇日稍加讎校訛舛，命金陵學官重刊。"夫即曰重刊，則劉貞舊藏本，亦即刊本可知。而不明言何刊本，在元順帝至正十年，疑原即非宋刊本，豈元人已不見宋刊本耶？據版本學者之經驗，元刊本往往有遠勝於宋刊本者。然此《穆傳》蓋不爾也。依余所見明刊本、抄本《穆傳》，皆出元刊本，而俱無荀勖序首之結銜五行。豈非遠不若宋人所據之有結銜五行耶？然則王漸序言"稍加讎校訛舛"，容有删改，豈元人删改宋本者，即劉貞其人耶？

元刊本《穆天子傳》六卷。（晋郭璞注。元金陵學官重刊本。未見。）

實案：此本詳見王漸序文，明《正統道藏》本即據此本。其他明鈔本刊本，或俱據此本，或出《道藏》本，而文字多有出入矣。

明刊本《穆天子傳》一卷。（明陶宗儀《説郛》本。未見。）

實案：清初重刊陶氏《説郛》本，止《穆天子傳》第一卷，無郭注，當即據陶氏原刊本，而與高似孫《史略》所言《穆天子傳》一卷者不同。然清洪頤煊又指爲僞《説郛》本，本當再俟考。

明刊本《穆天子傳》六卷。（晋郭璞注。清黄丕烈藏書。未見。）

實案：黄蕘圃（丕烈）《穆天子傳》校語曰："九行二十二字本，無序二篇。板式長，字大。分卷下，次行題'晋著作佐郎郭璞景純注'。其書甚古雅，當是明刻之最先者。"又曰："九行二十二字本，校本文，與此刻同。疑即從九行二十二字本出。則彼爲明刻最先本無疑。"此黄氏所謂本文者，即《穆傳》本文也。所謂此刻者，指程榮刻《漢魏叢書》之《穆傳》本也。黄氏意測程刻《穆傳》本，即從九行二十二字之《穆傳》本出也。但九行二十二字本，無王漸荀勖二序，當是刻者所删"著作佐郎"四字頭銜，見《晋書·郭璞傳》，亦當是刻者所加。一删一加，正見其非舊本如此。雖其書甚古雅，蓋好事者爲之。惟黄氏精於賞鑒，姑從其説，次之於此。

明刊本《穆天子傳》六卷。（晋郭璞注。《道藏》本，明正統間刊，今山東省立圖書館藏書。）

實案：《正統道藏》本，每半頁十行，每行十七字，多俗體字。以校程榮、何允中、范欽、邵闇生諸刊本自見也。然此山東省立圖書館新得《道藏》本，以較黄蕘圃所據《道藏》本，及商務書館影印《道藏》本，俱爲勝之。蓋同一明止統刊之《道藏》本，而此爲比較初印本也。辛未九月，山東圖書館長王獻唐先生函示，將寄《道藏》本《穆天子傳》借校。壬申十一月十一日，始寄來。卷二郭注閬風之閬，黄校《道藏》誤作閾。卷六傳文巨蒐氏之巨，黄校《道藏》誤作臣。似黄氏所據校本，不若此本之清晰也。又卷二天子升於昆侖之丘，天子□昆侖以守黄帝之宫，兩“昆侖”字，商務影印本皆作“崐崘”。卷六郭注具官，商務影印本作真官。傳文以赤下棺之以赤，商務影印本作以亦。郭注下謂入土之下謂，商務影印本作工謂。此皆商務影印本，顯有修改處之證。至於影印本多有漫漶磨滅之處，而此《道藏》本則比較甚少，故不能斷定同一《正統道藏》刊本，而此本則較爲初印本也。嗣詢據王先生函稱此摺卷《道藏》本，搜自山東各廟凑合，僅約得全藏之半云。

明刊本《穆天子傳》六卷。（晋郭璞注。《道藏》本。明正統間刊，今商務印書館影印《正統道藏》本，又《道藏舉要》本。）

實案：商務影印《道藏》本，係據北平白雲觀所有明正統刊《道藏》本。然頗多漫漶不明之處，而今又發見有修改之處也。姑志之以質校讀《道藏》者。

明鈔本《穆天子傳》六卷。（晋郭璞注。明吴寬鈔本，今東方圖書館藏書。）

實案：黄蕘圃《穆天子傳》校語曰：“嘉慶乙丑，余初見九行廿二字本，信爲佳本。遂遍借諸家藏本，手校於此。其最舊者，爲叢書堂鈔本。然注多删節，故此所校，以舊鈔本爲據。余不過備查核也。”又曰：“同時又借香嚴書屋藏舊鈔本，鈐有叢書堂印。本文與此刻，與所校抄本不合。且注多節略。似非善本，聊校存其一二异字。”此黄氏所指叢書堂鈔本，即吴寬鈔本也。吴匏庵寬，明成化修撰。至今收藏家皆知其叢書堂鈔本，最有名也。至黄氏所云“手校於此”，及云“此刻”者，皆指程榮刻本而言。又云“以舊抄本爲據”，及云“所校抄本”者，當皆指吾家千里廣圻校抄《道藏》本《穆傳》而言。余見今東方圖書館藏明抄本《穆天子傳》，注多删節，鈐有吴寬印，當即黄氏所見本。

明鈔本《穆天子傳》六卷。（晋郭璞注。明秦柄鈔本。未見。）

實案：常昭瞿氏《鐵琴銅劍樓藏書志》曰：“馮己蒼以錫山秦氏鈔本，校過，補録序首結銜五行。”又曰：“借得錫山秦汝操繡石書堂鈔本，校讀一過。”此秦汝操名柄，無錫人，明嘉靖丙申，繡石書堂刻《錦繡萬花谷》前後續三集。則此秦氏《穆傳》鈔本，或當亦在嘉靖間也。然據孱守老人馮己蒼跋云：“卷首三行，諸本所無，獨見秦本。”則秦本似誤荀勖序首之結銜五行爲三行，必出於傳録之誤，而秦本并非結銜五行所出之祖本也明矣。

明鈔本《穆天子傳》六卷。（晉郭璞注。明楊儀鈔本，馮舒校，今常昭瞿氏鐵琴銅劍樓藏書。）

實案：瞿氏《藏書志》曰："向爲楊五川藏書，依元刊本傳録，葉心'有萬卷樓雜録'五字。後馮巳蒼得之，以錫山秦氏鈔本校過，改正訛字，補録序首結銜五行。"孱守老人跋云："此册爲楊夢羽儀所藏，崇禎己卯，借得錫山秦汝操繡石書堂鈔本，并取家所有范欽本，校讀一過。"此楊五川即楊儀，夢羽别字。明嘉靖進士，有萬卷樓藏書，故葉心有萬卷樓雜録五字，即其鈔書用紙也。孱守老人者，馮舒巳蒼，暮年别號。其弟馮班《鈍吟雜録》言："楊五川好以意改古書，萬卷樓藏書，雌黄處皆不可據。"余蒙鐵琴銅劍樓主慨允借校一過，見此鈔本卷之一下，有"二三同卷"注語；卷之四下，有"五六同卷"注語。則是并六卷爲二卷也。蓋即所謂楊五川好以意改者歟！然於《穆傳》文字，殊無更動，不失爲可寶之明鈔本。而馮巳蒼朱筆校補卷四末，有"癸巳，天子飲於桑山之上"十字，爲各本所無（據余所見者），尤至可寶已。

明刊本《穆天子傳》六卷。（晉郭璞注。明范欽訂，范氏《二十種奇書》本。嘉靖鄞縣范氏天一閣校刊。今商務印書館影印本。）

實案：范氏《天一閣藏書志》載之甚詳。今以《道藏》本校之，屢有脱誤。亦有《道藏》本所無，而范本有之者。如卷二云"甲戌至於赤烏"，范本重赤烏二字，是也。且《道藏》本多俗字，而范本不爾也。當是范本翻元刻本。或謂范本覆《道藏》本者，非也。今商務印書館影印本，每卷次行皆有"晉郭璞注，明范欽訂"字樣。然卷二之十三頁及卷六之三十一頁，皆字形不同，疑出元刊本有缺葉，而范氏鈔配也。

翻范本《穆天子傳》六卷。（晉郭璞注。清黄丕烈藏書。未見。）

實案：黄蕘圃《穆天子傳》校語曰："書友以范刻本《穆天子傳》求售，每半頁九行，行十八字。每卷次行，標晉郭璞注，明范欽訂。似前所見范本猶翻刻也。"然則范本曾經人翻刻，但未知明翻本否？姑附於此。

明刊本《穆天子傳》六卷。（晉郭璞注。明范欽訂陳德文校刊。清陳鱣藏書。未見。）

實案：《天一閣藏書志》又載一刊本，并云"明范欽訂陳德文校刊"。當仍即范氏本而有陳德文校刊字樣者。清薛福成編《天一閣見存書目》，不載此書，蓋早已散佚於外也。黄蕘圃《穆天子傳》校語曰："又借陳仲魚所得明范欽吉陳德文校刊本，校一過，大段與此刻同，而一二處有合舊鈔者。"黄氏所謂此刻，指程榮本。但似誤范欽爲范欽吉。

明刊本《穆天子傳》六卷。（晉郭璞注。《古今逸史》本，明吴琯刻，東方圖書館藏書。）

實案：清《四庫集部存目》，有《唐詩紀》一書，明吴琯著，漳浦人，隆慶進士。《古今逸史》當亦即其所刻。世言《逸史》校讎不精，然獨《穆傳》蓋未可一概而論。卷首無王、荀二序。每卷次行有晋郭璞注，明吴琯校字樣。每半頁十行，每行二十字，清洪頤煊校本已采用之。

明鈔本《穆天子傳》六卷。（晋郭璞注。明秦四麟鈔本，清張金吾《愛日精廬藏書》，未見。）

實案：張氏《愛日精廬藏書志》曰："《穆天子傳》舊鈔，前有荀勖序首有結銜五行云'侍中中書監光禄大夫濟北侯臣勖（一行）；領中書令議郎上蔡伯臣嶠言部（二行）；秘書主書令史譴勳給（三行）；秘書校書郎中張宙（四行）；郎中傅瓚，校古文《穆天子傳》已記，謹并第録（五行）'。"（記當作訖，形誤字也。）此五行，世行本無，板心有"元覽中區"四字，蓋秦西岩藏本也。世行本者，即通行本也。酉岩，秦四麟季公别字，常熟人，明萬曆貢生，世傳其鈔本有名。板心有"元覽中區"四字，即其鈔本用紙也。周季貺（星貽）曰："此書元刊本失傳，别無善本。明《三代遺書》，天一閣，《古今逸史》，青蓮閣刊，皆從王玄翰本出，并不佳。平津館所刊，亦未見善本。昭文張氏舊鈔，雖題銜與合，恐故作僞書以欺人者。"此周氏考之未審，故妄疑結銜五行爲僞作也。據張氏《藏書志》所録結銜五行特詳，似優於錫山秦氏本之結銜五行。然亦有一誤字，即訖誤作記，當仍出於轉録而致誤。是終不能考得結銜五行所自出之祖本也。

明刊本《穆天子傳》六卷。（晋郭璞注。《三十八種漢魏叢書》本，明萬曆新安程榮刻本，今商務書館影印本。）

實案：程本首有王荀二序，每半頁九行，每行二十字。每卷次行有"晋郭璞注，明新安程榮校"字樣。大抵明人刻書，喜標朝名，而清人不然，其意亦可深長思也。

明刊本《穆天子傳》六卷。（晋郭璞注。《七十六種漢魏叢書》本，明崇禎間武林何允中刻。）

實案：清乾隆辛亥，王謨刻《漢魏叢書》序例曰："括蒼何鏜初輯《漢魏叢書》百種本，未板行。惟新安程榮僅輯三十七種。武林何氏允中又搜益其半，合七十六種。二本并行於世，而何本流傳較廣。據屠隆作序年月，在萬曆壬辰蠟月，則此書或即刻於是時。今據武林何氏原本重鐫。"是程榮何允中皆在何鏜之後，何鏜，明嘉靖進士也。何允中既搜益其半，則半與程榮本同也。今檢商務書館影印程榮本及通行王謨增刊本，兩種《穆傳》，皆每半頁九行，每行二十字，亦相符也。惟在明世已程何二本并行，故分别論之。

明刊本《穆天子傳》三卷。（晋郭璞注。《蕿介古書》本，明邵闇生編，江蘇國學圖書館藏書。）

實案：《蘉介古書》，清《四庫·雜家類存目》曰“題東海黄禺金定，邵闇生編，不知爲何許人。分前後二集，前集載豐坊僞《大學》古本”云云。豐坊，見《明史·豐熙傳》，嘉靖癸未進士。則邵編此書，或出書賈托名射利，當在豐坊所作僞書盛行之際。歲紀丁卯，其當明穆宗隆慶元年丁卯乎？抑下爲天啓七年丁卯耶？姑次之於此。以此邵刻《穆傳》，校范欽本程榮本，雖時或脱誤，而頗有善處可取。如卷二云“甲戌至於赤烏”，邵刻重赤烏二字，與范欽本合，一也。又如卷二云“辛巳入於曹奴”，邵刻重曹奴二字，與《水經注·漾水篇》所引合，二也。此二者清世校《穆傳》諸家，均未之見，洵堪寶視也。其版式長大，略如程榮本。前無王荀二序，并六卷爲三卷，每半頁九行，每行二十字，初疑爲程榮本之翻刻本，檢至二三葉以後，即見其不然也。

明刊本《穆天子傳》六卷。（晋郭璞注。《三代遺書》本，明趙標刻，見李之鼎《叢書舉要》，未見。）

明刊本《穆天子傳》六卷。（晋郭璞注。明刻《快閣叢書》本，見李之鼎《叢書舉要》，未見。）

明刊本《穆天子傳》六卷。（晋郭璞注。明刻青蓮閣單行本，見莫友芝《郘亭知縣書目》，未見。）

實案：以上三種未見，不能定其年時，姑附於此。

明抄本《穆天子傳》六卷。（晋郭璞注。明葉樹廉校正，未見。）

實案：《上善堂書目》云：“舊鈔《穆天子傳》一本，葉石君校正。”石君名樹廉，一名萬，明末人。孫從添慶增曰：“葉石君鈔本，校對精嚴，至今爲寶。”但此《穆傳》，不知何時舊鈔，姑附於此。

清刊本《穆天子傳》一卷。（清初重刊《説郛》本。）

清刊本《穆天子傳》六卷。（晋郭璞注。清乾隆壬辰楚陂周夢齡校，嘉慶間汪士漢刻《秘書二十八種》本。）

實案：此刻無王、荀二序，有乾隆壬辰周夢齡題解，每半頁十行，每行二十字。校程榮本，後僅差一字。汪氏刻於嘉慶之間，以校在乾隆壬辰，故列於此。

清刊本《穆天子傳》六卷。（晋郭璞注。清汪明際校，乾隆甲寅馬俊良刻《龍威秘書》本。）

實案：此刻有王序，無荀序，每半頁九行，每行二十字，卷一之下，標明《漢魏叢書》本。次行有“晋郭璞注，吴郡汪明際訂”字樣。其翻刻《漢魏叢書》本，甚明矣。

清刊本《穆天子傳》六卷。（晋郭璞注。清南城鄭濂校，乾隆辛亥王謨《增刊漢魏叢書》本，五柳居《八十種廣漢魏叢書》本。）

實案：王謨增刊本，與明程榮何允中本同。後來書賈所增九十六種《漢魏叢書》，及《廣漢魏叢書》，皆同此本。而校讎不精，有缺荀勖序者，且文字脱誤亦多矣。今不復别出之。

清刊本《穆天子傳》六卷。［晋郭璞注。清南城鄭濂校，光緒六年湞灣三餘堂刻《袖珍本漢魏叢書》（即翻王謨本），英國愛台爾（Eitel）博士英譯《穆天子傳》即據此本。］

清抄本《穆天子傳》六卷。（晋郭璞注。清錢塘趙君坦校，今東方圖書館藏書。）

實案：此即鈔《道藏》本，而有批校語，洪頤煊校本已采之。

清抄本《穆天子傳》六卷。（晋郭璞注。清顧廣圻校影鈔《道藏》本。未見。）

實案：黄丕烈《穆天子傳》校語曰："丙寅小除，以顧千里影鈔《道藏》本校。"又曰："用顧廣圻傳校舊鈔本校正。"又曰："顧校本此序，係補鈔序文前款式略列如左。"然則今《道藏》本，固無荀勖序首之結銜五行，但未知吾家千里據何種鈔本，補録結銜五行，此所以轉輾推尋，終不能得其所自出之祖本也。

清刊本校正《穆天子傳》七卷。（晋郭璞注。清臨海洪頤煊校正。初刊本。）

清刊本校正《穆天子傳》七卷。（晋郭璞注。清臨海洪頤煊校正。嘉慶丙寅平津館叢書本，《龍溪精舍叢書》翻平津館本。）

實案：洪氏初刻本，猶頗有闕略，與平津館本不全同。余於坊間嘗一見之。近世《穆傳》校本，以洪氏此校爲第一。洪自序曰："取今《漢魏叢書》本，與明程榮本，吴琯本，汪明際本，錢塘趙君坦所校吴山《道藏》本，暨《史》《漢》諸注，唐宋類書所引，互相参校，表其异同，正其舛誤，爲補正文及注若干字，删若干字，改若干字。"然其用力雖勤，如范欽、邵闇生刻本，及顧廣圻校鈔本等，俱未之見，則見聞尚狹，宜不能盡善也。

清校本《穆天子傳》六卷。（晋郭璞注。清黄丕烈校聊城楊氏海源閣藏本。）

實案：黄氏此書，《士禮居藏書題跋記》《蕘圃藏書題識》及楊紹和《楹書隅録》，皆著録。黄氏校語，具載《穆傳》諸本，爲明刻九行二十二字本，《道藏》本，吴寬叢書堂鈔本，范欽刻本，范欽吉、陳德文校本，顧廣圻校影鈔《道藏》本，凡六種。并據顧校本，補録荀勖序首之結銜五行。又書眉有惠云釋語若干條，蓋惠定宇棟之説也。山東圖書館長王獻唐（琯）先生，將影印海源閣秘笈，而先囑其友人秦玉章先生，過録黄氏朱墨校語於范氏天一閣本中，以貽余。尋又因事來京，手携黄校原本示余。余確見黄校用《漢魏叢書》程刻本，朱墨爛然，洵驚人祕笈。内容校存异文，不勝枚舉。獻唐先生將影印朱墨本以公諸世，誠快事也。而余尤特注意者，荀勖序首之結銜五行，馮巳蒼誤認爲三行，張金吾、孫詒讓所見，亦皆有一訖字，誤作記。獨此黄氏校補，正確不誤。其朱筆補鈔結銜五行如下："□□侍中中書監光禄大夫濟北侯荀勖（一行）；□□領中書令議郎上蔡伯臣嶠言部（二行）；□□秘書主書令史譴勳給（三行）；□□秘書校書中郎張宙（四行）；□□郎中傅瓚，校古文《穆天子傳》已訖，謹并第録（五行）。"是其每行發端有二方圍，表示提行上空二格，甚爲明白。然又朱筆改訂荀序之標題如下："《穆天子傳》□揔六卷□古本□荀勖序。"是於《穆天子傳》下有一方圍，於揔六卷下有一方圍，於古本下有一方圍，共三方圍。大概每一方圍，即當提行，空一格矣。惜余未及見吾家千里校鈔《道藏》本，更可比證，而所見明抄本刊本，又絶無如是式樣者，姑録以俟考。

清校本《穆天子傳》六卷。（晋郭璞注。清黄丕烈校，莫友芝過録本，未見。）

實案：莫氏多收藏善本，此過録黄校本，亦王獻唐函告余者。今獻唐即以一過録本贈余，又將影印朱墨本，則此本可立變無數化身矣。

清刊本覆校《穆天子傳》六卷。（晋郭璞注。清東萊翟云升覆校，道光間刊《五經歲遍齋校書三種》本。）

清刊本覆校《穆天子傳》六卷。（晋郭璞注。清東萊翟云升覆校，湖南藝文書局重刊《漢魏叢書》本。）

實案：洪頤煊校本之外，更當推翟氏校本。翟氏所以名覆校者？其自序曰："自前明逮我朝，校是書者，不下十家。余不自揣，覆校之。於諸本中，從其一是。兼采檀氏萃疏。"然其校語，每凡云諸本，而并不明指爲何本也。僅有卷三之"𧍙子之澤"條下明云："𧍙字據汪本檀本，鄭作䋣，周作𦂲。"汪者汪明際也，檀者檀萃也，鄭者鄭濂也，周者周夢齡也，不過四家，抑何所見之不廣，宜其校勘不能大成功也。

清刊本《穆天子傳》六卷。（晋郭璞注。湖北崇文書局刊《百子全書》本。）

實案：《漢魏叢書》《百子全書》，清季皆有石印本，益移寫有訛脱，不盡足據，讀者審之。以上刊本抄本校本。（見聞而外尚待續訪。）

二、近代諸家注本及學説

《穆天子傳注疏》八卷。（晋郭璞注。清望江檀萃疏，石渠閣刊本，《碧琳琅館叢書》本。）

實案：檀氏《穆傳注疏》六卷，合卷首卷末各一卷，共八卷也。其所補得傳文，多有不足據者。注文亦有各本所無，或即檀疏之混入者歟？舊謂其"博而多謬"，然亦間有可采，未可一概抹煞也。今惟石渠閣刊本無缺頁，若碧琳琅館本，卷二缺第十、第十一兩頁，東方圖書館、北平圖書館、南潯劉氏嘉業堂藏書樓，日本帝國圖書館，所藏皆然。

抄本《穆天子傳注疏》八卷。（晋郭璞注。清望江檀萃疏，未見。）

實案：此抄本不知内容如何。民國二十年九月十一日，王獻唐自滬來函，述“《蟫隱廬書目》有《穆天子傳注疏》八卷六册，檀萃撰，舊精寫本，索百二十元”。若與刊本無异，則書估欺人矣。

《穆天子傳注補箋》六卷。（晋郭璞注。清當塗徐文靖補箋。待訪。）

實案：丁謙、章炳麟、劉師培皆見此書，余遍訪未得。或曰“有刻本，題曰《穆天子傳會箋》”。然徐位山六種中，有《禹貢會箋》，或因是而傅會，未可知也。

《穆天子傳注補正》六卷。（晋郭璞注。清江都陳逢衡補正，道光癸卯刻本，廣州中山大學圖書館藏書。）

實案：陳氏但見洪頤煊校本，未見翟云升校本，故於洪校誤處，加以糾正。然其考證之精到翔實處，往往突過洪、翟二家。及門黎君静修（光明）在廣州中山大學，得余同宗顧頡剛教授之援助，特携來京，借余檢閲，感謝無量。

《穆天子傳注補正》四次稿。（同上。陳逢衡稿，中央研究院藏書。）

實案：此稿爲江寧鄧正闇（邦述）先生群碧樓藏書，余函求借閲，鄧覆云：已歸中央研究院。余復得中央研究院蔡、楊兩院長覆函，親往上海中央研究院，借檢所藏陳氏稿本，則即道光刻本之底稿，蓋另録清本付刊，而此爲其存留之草底也。

《穆天子傳注補》六卷。（晋郭璞注。清栖霞郝懿行補，光緒戊申金蓉鏡刻本。）

實案：丁卯歲，余於葉《觀古堂藏書目》中，見此書，遍托友人訪借不得。後某友數諾借閲，終靳而不予，己巳九月，僅得於金甸丞（蓉鏡）先生所著集解稿本中見之。金謂“親受之於郝氏。印一百部贈人，故不易覓購。而己所著《集解》中，已儘量録入”云。然郝氏未見洪、翟二家校本，故徵引多有同者，雖詳核不及二家，亦時有獨到之處可采焉。

《穆天子傳集解》六卷。（晋郭璞注。清郝懿行補注，丁謙考證，民國嘉興金蓉鏡集解稿本，以上列名即據稿本所署者記之。）

實案：金號甸丞，一號香岩。己巳七月，承丁仲祜（福保）、周夢坡（慶雲）兩先生之介紹，幸得惠借稿本。據金言全録郝書，而采入丁書，特多糾正。又參以陶惺存（保廉）先生《辛卯侍行記》之説。然金自下説解，徵引之博，復有出於洪、翟、陳、郝諸家之外者焉。（比聞金即於去冬作古，庚午春仲再記。）

《穆天子傳札迻》。（清瑞安孫詒讓著，《札迻》本。）

實案：孫氏有所考證，輒至精核，突過洪、翟、陳、郝諸家。

《穆天子傳釋》。（民國儀徵劉師培著，《國粹學報》五十期至五十三期。）

實案：劉氏證補贍博，而得失互見。其醉心於西方帝國主義者所昌中國文明西元之邪説，尤與丁謙氏同一爲時俗之狂潮所誤者也。

《穆天子傳集證》。（民國常熟鄒純福著稿未刊，待訪。）

實案：鄒介修（純福）先生爲虞山耆儒，長疇人之學，歿於民國八年己未歲。余聞之聖約翰大學教授王欣夫（大隆）先生云“其所著《四元玉鑒詳釋》稿已燒殘，惟《〈穆傳〉集證》一書尚存。引據繁富，疏證精密。如古地名及經過道里，用九章法，考證甚細。現稿存虞山楊氏待刊”云。

《穆天子傳補注》。（今人江陰陳思著，待訪。）

實案：同鄉楊冠綸（喆）先生言：“陳字首慈，此書作於清季。其書名未審即如是否？”姑録以待訪。

《穆天子傳注釋地》六卷。（晋郭璞注。清彭縣吕吴調陽《釋地》，光緒間家刻《觀象廬叢書》本。）

實案：此書了無足取，釋語至簡，頗詭難知。不知其何以刊之問世也。

《穆天子傳地理考證》六卷。（清杭縣丁謙考證，《浙江圖書館叢書》本。）

實案：丁氏爲輿地學專家，此書詳考《穆傳》地理，洵當首屈一指。然《禹貢》《山海經》《水經注》及《漢書·地理志》等，皆古地理專書。凡古書雅記之地名，往往用通借字。不通古字音韵訓詁，則有不能盡知者矣。况丁氏生當清季，所見地圖地志，及其他科學，俱尚不若今日之精密。故所考今地，僅能十得一二，而紕繆之處，不勝枚舉，蓋亦運會使然哉！其時又適值西方之帝國主義者，高唱中國文明西元之淫辭，冀遂其殖民地視中國之迷夢。丁氏不察一時之狂潮，而與之俱靡，妄指西王母之邦爲亞西里亞（Assyria）國，而西王母爲古迦勒底（Chaldea）國之月神。不知《穆傳》西王母即穆王之女，《穆傳》文字自明。蓋丁氏目不視書，而逞意高談，未免賢智之過矣。

《穆天子傳紀日干支表》。（清杭縣丁謙著，附《穆天子傳地理考證》後。）

實案：丁氏不諳曆術，又不準用長曆之法，徒以干支推排日數多寡，真蛇足矣，然西儒亦有如是之作，可稱無獨有偶。

《丁氏穆天子傳注訂補》。（今人杭縣葉瀚著，《地學雜志》第十一年第五期。）

實案：此補正丁謙書，故附此。

《穆天子傳西征今地考》。（今人武進顧實著，此書在民國丙辰、辛酉、癸亥凡經三刻，今一律作廢矣。）

《穆天子傳西征今年曆》。（今人武進顧實著，在《穆天子傳西征講疏》中。）

《穆天子傳西征地圖》。（今人武進顧實著，在《穆天子傳西征講疏》

中。）

《穆天子傳西征講疏》。（今人武進顧實著。）

（中英對照）《穆天子傳西征全解》。（中文顧實注釋。英文英國哲學博士愛台爾E.J.Eitel原譯，顧實及子元亮改正并附注解。）

實案：余書編之理由，已詳見講疏之自序及例言，兹可不贅述矣。

以上近代注本。

《讀穆天子傳》。（清江都蔣超伯輯《南漘楛語》卷八。）

實案：蔣氏於《穆傳》略有考訂，如謂河宗即書“禋於六宗”賈逵注之河宗。狗執虎豹，即《莊子·應帝王篇》“執斄之狗”同類。斄牛即《爾雅》“犦牛”及《漢書·西域傳》之封牛。皆可取者。然余謂牥牛當從《玉篇》詁橐駝。蓋古人渾犎牛與橐駝爲一而不分耳。

《穆天子傳書後》。（民國嘉興沈曾植著，《亞洲學術》雜志第三期。）

實案：友人多言沈子培（曾植）先生爲近代治西北地理學者第一。然此考《穆傳》今地，僅文一篇，語焉不詳。且細案之，實大乖謬也。己巳五月，友人蔣穀孫（祖㕟）先生以此雜志見贈，志謝。

《穆天子傳研究》。（今人灌縣黎光明著，《國立中山大學語言歷史學研究所周刊》第二集第二十三期、第二十四期。）

實案：此書係及門黎君静修持贈余，志謝。

《穆天子傳研究》。（今人萬泉衛聚賢著《古史研究院》第二輯。）

實案：此書友人衛聚賢先生郵贈余，志謝。

《讀穆傳十論》。（今人武進顧實著，在《穆天子傳西征講疏》中。）

實案：余此書共十論，即所論者，最要之十事也。

《西王母國故》（The Hittiteology）。（今人安順姚大榮著，稿本未刊。）

實案：此書不限於《穆天子傳》，然確以《穆天子傳》爲最重要之根據。民國辛未歲，王獻唐先生數函余，述及貴州姚儷桓大榮先生著《西母之邦足徵記》一書，後更定名曰《西王母國故考》。費時四十年，寫成二十六巨册。係其友人王適父先生所親見云。余始函托北平商務書館經理孫伯恒（壯）先生介紹。尋得姚先生來函，藉悉該書中西文之定名。中文曰《西王母國故》，西文曰（The Hittiteology）。大旨以西王母即赫胥氏。赫胥即赫梯（Hittite）人種。據《萬國通史》赫梯確係黄色人種。其所遺之雙鷹旗，《詩·小雅》六月篇所謂，織文鳥章者也。然西王母果即赫梯否？深冀此書之出，有以證明之。

《西王母國故全書之内容》。（今人安順姚大榮著，稿本。）

實案：此即《西王母國故》中之一篇，姚先生寫稿郵寄余者。姚來函稱：“往歲有友人詢問旨趣，因作報告《西王母國故全書之内容》答之。繼爲溝通中西文化學院監督韓君汝甲所見，即鈔録油印百餘通，散布國内各省政府，暨駐外各使領機關，并及所識歐美各國漢學家。”云云。此民國辛未七月二十二日函也。

《穆天子傳知見書目提要》。（今人武進顧實著，在《穆天子傳西征講疏》中。）

實案：此爲余治《穆傳》之餘事所爲者。然探討傳本注本之源流，及種種有關係之文字，可爲治《穆傳》者之前驅。庶幾得有綜合名實，即最合於邏輯（Logic）而不作一知半解之理會，更不作一挑半剔之篇章，最後到達於徹底研究之結論。是豈第若尋常目録家言之效用而已哉！

以上近代學説。

三、關於穆王及西王母之文件

西王母。（古傳虞夏禹益記。《山海經》“西山經”“海内北經”“大荒四經”。）

實案：劉歆上《山海經》表，王充《論衡》談天篇、别通篇，皆言禹益作《山海經》。而《論衡》無形篇又言禹益見西王母，蓋以其見而記之也。清畢沅考《五藏山經》爲禹益之書，其餘不爾。然亦多存古記。别詳余著《漢書藝文志講疏》。

周穆王西征見西王母。（戰國魏史官紀，清朱右曾輯《汲冢紀年存真》，民國王國維校補《古本竹書紀年輯校》）。

實案：穆王十三年，壬辰，西征，推以黄帝曆、殷曆、周曆、魯曆、三統曆諸曆元之歲積，無不合者。惟今本《竹書紀年》作穆王十三年辛未，則稽諸古曆，萬不能合此今本《竹書紀年》所以不足據，而當據朱右曾、王國維輯之古本《竹書紀年》也。

周穆王使造父御西巡狩見西王母。（漢龍門司馬遷著，《史記》“周本紀”“秦本紀”“趙世家”。）

實案：《史記·大宛傳》引《禹本紀》，當據世本中之《禹本紀》。此《史記》中之《周秦本紀》及《趙世家》，當亦以《世本》中之《周秦本紀》，及《趙世家》爲藍本。惜記穆王事不甚詳，或爲文體所限也。

周穆王使造父馭見西王母。（北魏范陽酈道元著，《水經·河水注》。）

實案：此與《史記·趙世家》文不全同，或更依附他書而記之。

《周穆王》。（晋人僞托周列禦寇著，《列子》第三篇。）

實案：《列子》張湛注本，必非漢志《列子》之舊，當即出湛所依托。其《周穆王篇》，正竊取《穆天子傳》，不識古字而改辨爲諧（詳《穆傳》卷一疏），不顧事實而易東歸爲西征（詳卷四疏），不明地理而誣升弇山爲觀日入（詳卷三疏）。又捏造神人化人之名，以影射仙佛而投世所好。皆作僞之鑿證也。惟係東晋人僞書，猶多存古字，尚當分别觀之。

汲郡《竹書》及《穆天子傳》。（晋郭璞著注。《山海經序》。）

實案：郭氏親見真本《竹書》及《穆傳》，自較後世人爲親切。但其行文不脱詞人藻采之惡習，故其取材於《竹書》《穆傳》，而不必悉本原文也，如先見西王母而後登昆侖，以今《穆傳》考之，顯爲顛倒事實，不循《穆傳》原文之序次也。又云“取其嘉木艷草，奇鳥怪獸，玉石珍瑰之器，金膏銀燭之寶，歸而植養之於中國”，此亦其行文有潤色而增飾之者，不必今存《穆傳》有殘闕而不完也。又云“東升大人之堂，西燕王母之廬，南轢黿鼉之梁，北躡積羽之衢”，此必取材於《竹書》。而“東升大人之堂”一語，可見穆王巡游，東通至今之美洲矣。然今本《竹書紀年》僞書，故不知取此事也。

《穆王》。（梁蕭綺著，《拾遺録》。）

實案：此亦詞人之辭，其魄力小，故語多與郭氏同，然簡而短矣。至云“東升巨人之臺，西寓王母之堂”，特變詞言之，不必巨人之臺，即爲帝臺也。

以上從古書中，剌取而得之文件，有信史資料之價值者。

《西王母》。（舊題漢東方朔著，《神异經》《海内十洲記》。）

實案：東方朔《神异經》《十洲記》二書，雖非朔書，隋、唐《志》并著録，似出漢季人所依托也。

《周穆王》。（晋隴西王嘉著，《拾遺記》卷三。）

實案：王子年《拾遺》，綺而不切，華而不實，絶類後世小説，此記周穆王事，亦其一也。

《西王母》。（《西王母傳》）（宋李昉等奉敕撰集，《太平廣記》卷六十五注云：“出《集仙録》。”《説郛》卷一百十三改題目：《西王母傳》，漢桓驎撰。五朝小説同。）

實案：《太平廣記》多采唐以前書，《集仙録》當即《集仙傳》。《隋志》有《集仙傳》十卷，不著撰人，《兩唐志》已不著録。然此記西王母，末言“武帝元封元年七月七日，夜降於漢宫，語在《漢武帝傳》内”，檢與今存《漢武内傳》合。《漢武内傳》三卷，亦見《隋志》，不著撰人。則此類之書，大抵出六朝方士之手可知。不意《説郛》乃改題《西王母傳》漢桓驎撰，正不知何所據而云然也。其文雖大半神仙之談，猶多摭拾舊事，如謂西王母蓬髮戴勝，虎齒善嘯。黄帝時，西王母遣使者授符及地圖，命玄女授陰陽之略。舜攝位，西王母遣使授舜白環白琯及益地圖。周穆王時，造父爲御而西登昆侖，賓於西王母，穆王持白珪重錦以爲西王母壽。皆是也。又云：“西王母生於神州伊川，厥姓侯氏。”則與高誘《淮南子·齊俗篇》注云“馮夷河伯，華陰潼鄉隄首里人”，其强作解人，正無二致。不越乎數典忘祖，而流爲小説矣。

《西王母》。（不知撰人。《漢武内傳》，今《漢魏叢書》題曰班固撰，非是。）

實案：隋、唐《志》，《漢武内傳》二卷，不著撰人；别有《漢武故事》二卷，亦不著撰人。然則後人於此二書，皆題曰班固撰者，妄也。王謨曰："三輔黄圖，（此書亦見隋《志》，不著撰人。）引《漢武故事》，凡數處，其引《内傳》，惟於魯女生事一見而已。而此傳文又不見所謂魯女生事者。"然則今本《漢武内傳》，豈殘而不完耶？

《西王母》。（不知撰人。《枕中書》，今《漢魏叢書》題曰葛洪撰，非是。）

實案：清《四庫·道家存目類》云："隋、唐、宋《藝文志》，俱有墨子《枕中記》及《枕中書》，而無葛洪《枕中書》。此本别載《説郛》中，一名《元始上真衆仙記》。"然則此書題曰葛洪撰者，亦後人所妄加矣。

《西王母》。（唐臨淄段成式著，《酉陽雜俎》卷十四。）

實案：《酉陽雜俎》言："西王母姓楊，諱回，一曰婉妗。"則比《集仙録》云"姓侯氏"更异矣。然與張守節《史記·滑稽傳正義》言"河伯姓馮名夷，華陽潼鄉人"，同一爲唐人相類似之妄言也。大抵此類訛變，有例可求。一則凡上古國家社會之雄長，後世必流變而爲凡夫作仙子，由積極而降爲消極也。又一則見漢唐季世，若高誘、張守節、段成式輩，一時碩學巨儒，已俱無歷史目光也。綜此二例，則吾民族之浸衰而不競，不可由此事實之歷史，轉流爲虚誕之神話而見之哉！然而認西王母爲中國女子，雖下逮《三才圖會》一書，西王母猶是吾華女子裝束也。豈意今世之人，乃横奪西王母爲他族部落之君長，自東西學者唱之，而吾國學者和之，正不知自居何等！嗚呼！可不大哀也哉！

以上從古書中，剌取而得之文件，無信史資料之價值者。

《西王母》。（清雍正間蔣廷錫等奉敕校定，《古今圖書集成·博物纂編·神异典》第二百二十二卷《神仙部纂考二》之三—二之五頁。）

實案：清廷諸臣無識，雜采《山海經》《神异經》《西王母傳》《漢武帝内傳》等書所載西王母事，混合一編，蓋取備覽。然實又備而不備。今人檢類書，分别觀之可耳。

《西王母》。［民國諸暨蔣智由著，《中國人種考》（《新民叢報》癸卯—甲辰），華通書局重印三六頁九七—一一〇頁。］

實案：此《中國人種考》，爲故友蔣觀雲（智由）先生之遺著。先生文章道德名世，而政見不合於歷史。其考中國人種及西王母，亦惑於當時潮流，傾向於西元之邪説，徵引浩博，大概取材於東書。故其引據故書雅記，殊乏精切之解釋，猶爲《新民叢報》時代之産物。然材料豐富，可備檢也。又其譯馬真（Machin）王馬亨（Mahang）爲摩訶晋王穆罕，於音於義，均有未協，且尤易引起誤解。故余書中引用其文，略爲修正焉。

實又案：《中國人種考》所稱：愛台爾（Eitel）氏英譯《穆天子傳》，指穆王爲摩訶晋王，指西王母爲襄西陀（Jamchid）王，然余檢愛博士英譯原文，無有此語。豈余所見譯文，爲不完本耶？抑蔣氏有誤耶？姑志以俟考。

《西王母》。（今人象山陳漢章著，《中國通史·外交得失》篇四一頁七四—七五頁，北京大學出版。）

實案：此《中國通史》，爲友人陳伯弢（漢章）先生之傑著。綜合故書雅記及《瀛聞新知》而成。《中國上古史》淹雅翔實，并世無兩。惟引赫德（R.Hait）《西學述略》云："上古巴比倫技藝精工，尤善琢磨寶玉，山林中有女神，化身爲蘆，藉風而吟，聞者莫不流連，乃相與截取此蘆，製爲樂器。此女神即居玉山善嘯之西王母。"余檢《西學述略》，并無"此女神即居玉山善嘯之西王母"一語，則非赫氏原文也。又亞西里亞（Assyrian）與叙里亞（Syria），二而非一。李思倫白《萬國通史》有希伯來志，有迦勒邸合志。亞述即亞西里亞，而希伯來志中之叙利亞，則固與亞述絶然兩國者也。附辨於此。

以上三則，爲近代采集考證之文件。

四、日英法德譯《穆傳》及關於穆王西王母之文件

（日文）《穆天子傳考》。（日本理學博士小川琢冶著，《狩野博士還曆紀念特刊支那學論叢》中《支那歷史地理研究》本，商務印書館出版《先秦古籍考》譯本。）

實案：曩在日本帝國圖書館，檢其種種雜志中，頗有論西王母之文字，今已無一能省憶矣。歲戊辰六月，余始見此《穆天子傳考》，不勝驚喜，殆可爲日本學者關於《穆傳》學説之代表。然小川博士明言參據丁謙《穆天子傳地理考證》、顧實《穆天子傳西征今地考》。（并載明《國學叢刊》第三期史學專號。）故其所考亦止詳西征之事，與余同一用意。惟在陽紆之山以前，與余舊考多同，而頗有證明，如謂鑭山即泫谷，雷首即累頭，多斸即包頭，皆確鑿可據。然至積石之南河以後，則多背故書雅記，而與余説全相左矣。尚有駁正儒家之私見，而辨明穆王之人物及政策，足見眼光之遠到，不類吾國自清季以來，猶餘一種浮薄文風，輒喜謾罵古書僞作，而欲一切唾棄之也。

（英文）《西王母》（Si Wang Mu）。［法國亨利俞勒Henri Yule著，《中國古代聞見録》（東達中國記，或契丹之通路）Cathay and the Way Thither.第一册I一八六六年1866，pp.8—9.此書向君覺民借余，志謝。］

實案：此係波斯古代與中國一種之傳説，有言波斯襄西陀（Jamchid）王與大中國（Great China）通婚，本不甚確。而遽因以推測西王母爲即襄西陀王，殆西方之最初主唱是説者。（蔣氏《中國人種考》指爲愛台爾英譯《穆傳》語，或因此而

誤。）不知西王母爲女性，且爲中國女子，豈可并爲一談哉！蓋郢書燕説，固宜多誤矣。

（英譯）《穆天子傳》（Mu-Tien-Tsze Chuen, or Narrative of the Son of Heaven）（Posthumously Called）Mu。［英國愛台爾E.J.Eitel譯，《中國評論》China Review第十七卷XⅦ，一八八八年（1888）第四號（NO.4），PP. 223—240. 徐家彙藏書樓藏書第五號 No.5， pp. 242—258.亞洲文會藏書樓藏書。］

實案：第四號，即譯《穆傳》卷一至卷四也。第五號，即譯《穆傳》卷五卷六也。此後西儒著書，道及西王母，必稱愛氏之説。然愛氏未明西王母爲女性，而止譯作人民（people）之首領（Chief），豈得爲譯事之信達者哉！

（德文）《穆王與示波女王》（Mu Wang und die Königin Von Saba）。（德國福爾溉A.Forke著，德國柏林東方語學院院刊Mitteilungen des Seminars für Orientalische Sprachen，Ⅶ, 1904，pp.117—172.穆天廬藏書。）

實案：此書遍借不獲，余從上海江西路之“璧恒洋行”購得之。其文泛引《竹書紀年》、《穆天子傳》、《左傳》、《爾雅》、《山海經》、《史記》、《後漢書》、《吕氏春秋・本味篇》、《列子・周穆王篇》、《淮南子・墜形篇》、王充《論衡・講瑞篇》、《韓詩外傳》、《博物志》、《禽經》、《酉陽雜俎》、《路史・餘論》、《三才圖會》等書，而加以種種説明。雖謂鴕鳥即古之鳳一語，已先我言之。然因《穆傳》言“碩鳥解羽”而牽及鳳朋，未爲當也。至其據安息長老傳聞，而推定西王母即阿剌伯之示波女王，失之武斷甚矣。余疏《穆傳》卷二卷三，已詳辨之，兹不贅述。

（法文）《穆王與示波女王之駁論》。（法國許培爾Ed. Huber著，法國河内遠東學院院刊 Bulletin de L' ecole Française Ⅳ，1904，pp.1127—1131.亞洲文會藏書樓藏書。）

實案：此駁福爾溉之説，然雜引《穆天子傳》《列子》《山海經》《蠻書》《酉陽雜俎》《雲南備徵志》《圖書集成》等書，及麒麟鳳凰爲説，亦見甚無謂也。

（德文）《西王母》（Se Wang Mu）（德國福爾溉A.Forke著，德國柏林東方語學院院刊Mitteilungen des Seminars für Orientalische Sprachen，Ⅸ，1906，pp.409—417.亞洲文會藏書樓藏書）。

實案：此因許培爾之駁論而作。然引《蠻書》《漢武帝内傳》《仙傳拾遺》《拾遺記》等書，牽及鳳朋古義，亦見其不得要領耳。

（法文）《西王母之游幸》（Le Voyage Au Pays de “Si-Wang-Mou”）。（法國夏凡納Édouard Chavannes著，《司馬遷史記隨筆》Les Mémoires historiques de Se-ma Tsien 卷五 Tome Ⅴ，Appendies 11，1905，pp.480—489.卷一 Tome Ⅰ Foot-note 3.pp.265，卷二 Tome Ⅱ Foot-note 3.pp.518.亞洲文會藏書樓藏書。）

實案：卷五引《穆天子傳》《爾雅》《竹書紀年》及司馬相如、郭璞、胡應麟之説。然卷一言穆王游幸至蠻族西王母國。卷二據《秦本紀》，指周穆王爲即秦穆公，皆誤之甚者。而卷二又引波斯王襄西陀（Djemchid）與馬亨（Mahenk）王通婚，或説即大支那，亦波斯古傳説之不確者。

（法文）《穆王之游行與夏凡納之臆説》（Le Voyage de Mou Wang et L'hypothèse d'ed. Chavannes）。（法國邵修爾L'eopold de Saussure著，《通報》Toung Pao，1920—1922，pp.19—31.亞洲文會藏書樓藏書。）

實案：此文引據《昭十二年·左氏傳》云"穆王欲肆其心，周行天下，將皆必有車轍馬迹焉"一段明文，因承認穆王爲大游行家，而不承認夏凡納以周穆王爲秦穆公也。

（法文）《穆天子東土耳其斯坦之游行》（Le Voyage du Roi Mou Au Turkestan Oriental）。（法國邵修爾L'eopold de Saussure著，《亞洲雜志》Journal Asiatique，1920，pp.151—156.亞洲文會藏書樓藏書。）

實案：此文言穆王游行至東土耳其斯坦。東土耳其斯坦者，今中國新疆也。而不知穆王之大游行，已跨逾今之歐亞兩洲也。

（法文）《穆天子之游行記》（La Relation des Voyages du Roi Mon）。（法國邵修爾L'éopold de Saussure著，《亞洲雜志》Journal Asiatique，1921，pp.247—280.亞洲文會藏書樓藏書。）

實案：此文括論《穆天子傳》六卷，頗冗長。不知中國古曆而考論時日，多見其徒勞矣。既引據中文書，言"岡底斯之前有二湖連接，土人相傳爲西王母瑶池，意即阿耨池云云"，其説固不確。又牽及越裳，而至於荆南之長沙武陵，更無謂矣。

（英文）《穆天子傳年曆》（The Calendar of the Muh T'ien Tsz Chun）。（法國邵修爾L'eopold de Saussure著，《新中國評論》，The New China Review，Ⅱ，pp.513—516.亞洲文會藏書樓藏書，聖約翰大學滬江大學藏書。）

實案：此據《通鑒綱目》，及今本《竹書紀年》而製表，較丁謙之干支表，形式整齊，而内容同類。蓋丁氏無識，而法儒之無識亦正相同，可稱無獨有偶矣。

（英文）《誰是西王母》（Who Was Si Wang Mu）。［英國翟理斯H.A.Giles著，《翟山筆記》（中國雜考）Adversaria Sinica，1914，pp.1—19.亞洲文會藏書樓藏書。］

實案：此文亦雜引《穆天子傳》、《山海經》、《史記》、《後漢書》、《爾雅》、《韓詩外傳》、《莊子·大宗師篇》、《列子·周穆王篇》、《太平廣記》、《仙傳拾遺》、《漢武帝内傳》、《拾遺記》、《洞冥記》、《酉陽雜俎》、《三才圖會》（内有華裝西王母圖）、《圖書集成》等書，并牽及蟠桃鳳凰，而欲與福爾溉所倡西王母即示波女王之説相證合。不知福氏説固甚誤也。

（法文）《穆天子傳研究》（L' étude du Mou t' ien tseu tchouan）。（法國伯希和P.Pelliod著，通報Toung Pao，1922，pp.98—102.東方圖書館藏書，亞洲文會藏書樓藏書。）

實案：此文略論許培爾邵修爾夏凡納愛台爾諸家之説，而注意於列子（Lietseu）《山海經》（Chan hai kiug），及中國之書籍學（Bibliographes）推重《平津館叢書》（P'ing-Tsin kouant s'ong chou）中之洪頤煊（Hong yi-hiuan）校正《穆天子傳》。又稱引晁公武（Tch'ao Kong-wou）錢大昕（Ts'ien Ta-hin）王先謙（Wang Sien-k'ien）諸家。伯希和氏今猶以通曉中國掌故，自鳴於海外，良較他西儒爲更進一步。然須知此等尚不過初步之初步。真欲探討上古史之精髓，尚復大有事在也。

（英文）《穆王西征》（Knowledge of the West）。［英國帕果E.H.Parker著，《諸夏原來》（Ancient China Simplified），1908，pp.213—223.滬江大學藏書。］

（法文）《西王母》（Si Wang Mou）。（法國亨利考提Henri Cordier著，《中國通史》Histoire Generale de la Chine，1920，pp.122—125.聖約翰大學、滬江大學藏書。）

（英文）《穆王》（Muh Wang）。（德國夏德 F.Hirth著，《中國上古史》The Ancient History of China，1923，pp.144—149. 東方圖書館藏書，亞洲文會藏書樓藏書。）

實案：以上三書，均係通史之性質，故大概纂述諸家之成説而加以自己之理想。周穆王往往誤爲秦穆公，西王母則襄西陀之外，推定爲示波女王。西征時日，不出三百日及六百日。西征所至亦不外二説，其一即鑿指其地而言之，以爲不出今中國甘肅新疆及俄屬費爾干（Ferghana）省之境也；其又一即空想其地而言之，以爲通至古代之亞西里亞、巴比倫、埃及諸國也。然則近代中國、日本學者之言穆王、西王母，俱不能脱西方人之窠臼也。

實又案：關係穆王及西王母一類之西書，求之法國亨利考提（Henri Cordier）之中國索引（Bibliothic Sinica）第五册3477—3478頁。又有日本小川琢治博士著《穆天子傳考》，亦引西書目。除照録無遺外，復增加若干種，余既一一借檢，略加評語，而李業（Legge）博士之説，尚未檢及焉。自知治英法德三國文字至淺，所評良多不周。然此諸西方博士大家之撰著，實甚幼稚。蓋彼等勤劬考求中國古書，而能力尚遠不逮日本博士。是以雜引中書，不辨古今真僞，東撏西扯，填砌滿紙。其不足取者一也。假令中書不通，而西方確有發見，不謀而合，亦足爲學術界生色。無如所發見者，不過以古波斯襄西陀王，或阿剌伯示波女王，當西王母，固與《穆傳》萬不能合。更有擬以聖女，比諸觀音，無聊野語，益形可笑。其不足取者二也。要知中國三千年前之古史，西方人必不能鑿空而得之。惟我國之人，數典忘祖，亦已久矣。《穆傳》既出汲冢，晋人但能移寫傳誦。西王母即穆天子之女，文義本自明白。而郭璞作注，已不能識。粗詁名物，十纔三四。以彼鴻博，竟成蔽短。自爾沉沉千年，晦盲否塞。經生文士非迂腐化，即爛腐化。近代碩儒猶且震驚於外洋，自他有耀，依違時俗，盲談瞽説，莫爲刮垢磨光，發揚國華，豈非莫大之羞乎？余既著講疏，爲之疏通證明。重復序次《穆傳》善本，《穆傳》學説，及日本、英、法、德諸國學者之書，彙記篇末。庶幾後之學者，原原本本，殫見洽聞。如治病然，不難洞見垣一方矣。顧實記。

同上，補遺（《穆天子傳知見書目提要》）：

《校注穆天子傳》。（清牟廷相著，待訪。）

《穆天子傳月日考》。（今人邵次公著，《河南圖書館館刊》。）

實案：此二書，爲最近王獻唐先生函告余者。牟陌人（廷相）書，尚在訪求中。邵次公取黄帝庚辰元曆、黄帝辛卯元曆、顓頊曆、夏曆、殷曆、周曆、魯曆、乾鑿度曆、三統曆、東漢四分曆、以鈎考《穆傳》之月日，洵傑作也。余於古曆尚甚疏，謹志之，以待深考焉。（商務印書館，1934年）

本校教授顧惕生先生爲《穆傳》致大公報記者函：

天津大公日報記者、大主筆先生史席：敬啓者下走久處南中，罕閲平津書報。頃有友人持貴報民國二十四年三月十四日圖書副刊内登出張公量君所評拙著《穆天子西征講疏》一段文字。張君更有文字，見於他種雜志。下走著書以舊言之，則篤守考證家法。以新言之，則謹循學術自由。其是非然否，國内不乏有學識之明眼人，自能見之。固不欲與流氓拆梢式之新學者，争一日之短長也。惟據張公量君文字自述，似在北平大學，尚未畢業，故學識道德俱不免尚甚幼稚。如張君詆拙著《穆天子傳講疏》，爲發表個性之作。殊不知歐西無論學者非學者最重個性。不必遠徵第檢嚴譯奉己權界論可知矣。豈若我國人狃於道一風同之惡習，一倡新文化則如草從風而靡，白茅黄葦，彌望皆是哉！是張君之醜詆下走，而適爲下走造榮譽也，下走豈敢當哉！又下走係佛教信徒，自先祖母逝世，即繼承茹素奉佛，生平不知誑語爲何物。乃張公量君醜詆下走爲圓誑大家。張君自失人格。殊深惋惜。東方人不知抽謊，爲罪大惡極。因自好抽謊，而轉罵人爲抽謊。若西方人遇之，則當拔刀相見矣。又張君指西人研究《穆傳》西王母爲戲頑之事，此亦失於以小人之心，度君子之腹。吾信西人决不爲若吾國人好做無誠意事也。又張君意指《周官》《禹貢》出於戰國學者。而詆下走誤信爲真。此更似張君拾日本學者之牙慧。大類昔人詩云“漢兒學得胡兒語，争向城頭駡漢人”。平津實逼强鄰，天奪其魄，故疑古派之疑心生暗鬼，自毀其文明，亟欲爲强鄰效先驅也，豈不悲哉。夫《周官》《禹貢》是否真古書，仁者見仁知者見知。自遜清餘孽，作爲僞經考。論者謂出於常州今文學派。下走常州人所不能承也。僞經瞽説，張於蜀人廖季平先輩，然廖氏《經學五變記》，已全改舊説，并斥彼撰僞經考之狂妄。今張君不從廖氏晚年定論，而反詆下走信口開河，喪心病狂，是以不狂爲狂，而信口開河也。張君春秋鼎盛，前途無量，倘假以時日而深思之，則所深願矣。下走老矣，南中固甚似明季，保持固有之精神甚强，故敢布其區區。敬希貴大主筆登諸來函欄内，以爲學術界張目，曷勝幸甚。敬頌撰祺　　顧惕生頓首。（《國專月刊》，1935年第1卷第3號）

鹽谷温著，孫俍工譯《中國文學概論講話》下篇第六章：

《穆天子傳》即關於周穆王西征的小説，與《竹書紀年》同傳是晋太康中從汲冢（在汲縣的戰國魏王之墓）掘出的，但依《列子》與《山海經》等大概是漢以後做成的東西罷。唐之詩人賦玄宗與楊貴妃之事，避忌明白地説出，多引用穆天子和漢武帝底的故事，因此愈加以西王母爲美人了。

清平調（三首之一）李白

雲想衣裳花想容，春風拂檻露華濃。若非群玉山頭見，會向瑶臺月下逢。（開明書店，1930年）

朱希祖《汲冢書考》“汲冢書校理年月考第四”：

關於汲冢書之出土年月，共有三説，已見《來歷考》。據余所考，汲冢書之出土在咸寧五年（公元二七九年）十月，藏於秘書監在太康元年（公元二八〇年）正月，命官校理在太康二年（公元二八一年）春。日本神田喜一郎《汲冢書出土始末考》，亦謂汲冢書之出土實爲咸寧五年十月；翌年太康元年，官收其書，藏於秘府；更翌年爲太康二年，始命束晳、荀勖、杜預、衛恒等校讀之。（希祖案：當云太康二年始命荀勖、和嶠以隸字寫之。時杜預出鎮襄陽，衛恒、束晳後入秘書省，太康二年均不在被命之列。）案：神田之説，頗合實情。王隱《晋書·束晳傳》云：“汲郡初得此書，表藏秘府，詔荀勖、和嶠以隸字寫之，勖等於時即已不能蓋識。”（《春秋左氏經傳集解後序》，正義引。）準此，汲郡初得此書蓋在咸寧五年（公元二七九年）十月，當時地方官吏表聞於朝。及收藏秘府則已在明年太康元年（公元二八〇年）春矣。時大舉伐吴，軍事孔亟，未遑文事。三月吴平，論功行賞，庶事更張，故至太康二年（公元二八一年）春，始命荀勖等以隸字寫之。此事理之可推想而得者。然則編校整理之年月，當自太康二年（公元二八一年）春始矣。

同上，“穆天子傳寫定年月”：

汲冢書十六種，七十五篇，其寫定年月皆無明文可據。惟《穆天子傳》似最先成，略可推定如次。今本《穆天子傳序》首有“侍中中書監光禄大夫濟北侯臣荀勖撰”一行，已經後人改易。惟瞿氏《鐵琴銅劍樓書目》有舊鈔本《穆天子傳》，馮已蒼得之，以錫山秦氏鈔本校過，改正訛字，補録序首結銜五行，其文云：

侍中中書監光禄大夫濟北侯臣勖；

領中書會議郎蔡伯臣嶠言部；

秘書主書令史譴勳給；

秘書校書中郎張宙；

郎中傅瓚校古文穆天子傳已訖謹并第録。

希祖案：第一行結銜頗有年月可尋。《晋書》卷三十九《荀勖傳》云：“武帝受禪，封濟北侯，拜中書監，加侍中，領著作。久之，進位光禄大夫。俄領秘書監，與中書令張華依劉向《别録》整理記籍。吴滅，以專典詔命，論功封子一人爲亭侯，又封孫顯爲潁陽亭侯。乃得汲郡冢中古文竹書，詔勖撰次之，以爲《中經》，列在秘書。太康中，詔以勖爲左光禄大夫儀同三司開府，辟召守中書監，侍中、侯如故。時太尉賈充、司徒李胤并薨，太子太傅又缺，勖表陳三公保傅宜得其人。”又《晋書》卷三《武帝紀》：“太康三年（公元二八二年）夏四月庚午，太尉魯公賈充薨。閏月景子，司徒廣陸侯李胤薨。”據此，則勖爲左光禄大夫必在太康三年（公元二八二年）春夏之交，而爲《穆天子傳序》之結銜尚稱光禄大夫，則此書必成於太康三年（公元二八二年）四月以前也，距太康二年（公元二八一年）詔荀勖、和嶠以隸字寫之，不過一年。

又案：第二行“領中書會議郎蔡伯臣嶠言部”，其中有誤脱倒置之字。《晋書》卷四十五《和嶠傳》云：“嶠父逌，魏吏部尚書。嶠少有盛名，襲父爵上蔡伯，起家太子舍人，累遷中書令。時荀勖爲監，嶠鄙勖爲人，以意氣加之。吴平，以參謀議功轉侍中，太康末爲尚書。”據此，則“領中書會”當係“領中書令”之誤，“蔡伯”上脱一“上”字，即上蔡伯。“言部”二字，或爲衍文，或爲“侍中”二字之誤，而又誤倒於下，宜移於“領中書令”之上，蓋當太康三年（公元二八二年）春，嶠之結銜當云“侍中領中書令議郎上蔡伯臣嶠”也，賈謐爲秘書監轉侍中，領秘書監如故，嶠之以侍中領中書令，亦此例也。若依舊鈔本《穆天子傳序》首結銜無“侍中”二字，則當在太康元年（公元二八〇年）三月吴平以前未轉侍中也。然《穆傳序》明言太康二年（公元二八一年）汲縣民不準盗發古冢云云，又云自令王二十一年至太康二年（公元二八一年）得此書凡五百七十九年，此序荀勖自撰，故序中亦稱“臣勖”，則二年必非後人誤書。故斷定此書成於太康三年（公元二八二年）春，而嶠之結銜之首必有“侍中”二字也。

日本小川琢治《穆天子傳考》謂序文作於太康十年（公元二八九年），毫無根據。《晋書》卷三《武帝紀》："太康十年（公元二八九年）十一月景辰，守尚書令左光禄大夫荀勖卒。"小川蓋以勖卒年撰此序文也，不悟其時勖已轉尚書令左光禄大夫，嶠亦於斯時轉尚書，與序首結銜不相合也。

同上，"汲冢書校理人物考第五"：

王隱《晋書·束晳傳》云："汲郡初得此書，表藏秘府，詔荀勖、和嶠以隸字寫之，勖等於時即已不能盡識。"時勖爲中書監，嶠爲中書令，兼領秘書著作。校理汲冢書之時間，前考已考定始於武帝太康二年（公元二八一年），訖於惠帝永康元年（公元三〇〇年），前後約二十年。而惠帝永平元年（公元二九一年）復置秘書監，以前之中書監、令及秘書令史、郎中等，與夫復置秘書監以後之秘書監、令，或躬與編校考定，或職司延攬監督，皆與此事有關。蓋當時任編校寫定之役者，皆盡一時人物之選也。輒復考之如左。

荀勖

《晋書》卷三十九《荀勖傳》："荀勖字公曾，潁川潁陰人，漢司空爽曾孫也。祖棐，射聲校尉。父盻，早亡，勖依於舅氏。岐嶷夙成，年十餘歲能屬文……既長，遂博學，達於從政。仕魏……帝（指司馬昭）即晋王位，以勖爲侍中，封安陽子，邑千户。武帝受禪，改封濟北郡公，勖以羊祜讓，乃固辭爲侯，拜中書監，加侍中，領著作，與賈充共定律令……久之，進位光禄大夫，既掌樂事，又修律吕，并行於世……俄領秘書監，與中書令張華依劉向《别録》整理記籍……（吴滅）以專典詔命論功，封子一人爲亭侯……及得汲郡冢中古文竹書，詔勖撰次之，以爲《中經》，列在秘書……太康中詔曰：'……今以勖爲左光禄大夫，儀同三司開府，辟召守中書監，侍中、侯如故（案在太康三年即公元二八二年春）。'……久之，以勖守尚書令……太康十年（公元二八九年）卒。"

希祖案：王隱《晋書·荀勖傳》云："勖以魏杜夔所製律吕檢校，定太樂總章鼓吹八音，與律吕乖錯，始知後漢至魏，度漸長於古尺四分餘，而夔依爲律吕，故致不韵。部佐著作劉恭依《周禮》製尺，所謂古尺也。依古尺作新律吕，以調聲韵，以律量黍，以尺度古器，皆與本銘尺寸無差。又故冢得古玉律鐘。聲亦與新律闇合。遂班下太常，使太樂總章鼓吹清商施用，勖遂典知樂事。"（《太平御覽》十六引）此荀勖對於律吕方面之貢獻，應加補充者一也。

又案：荀勖《穆天子傳序》云："古文《穆天子傳》者，太康二年（公元二八一年）汲縣民不準盜發古冢所得書也，皆竹簡素絲編。以臣勖前所考定古尺度其簡，長二尺四寸，以墨書，一簡四十字。汲者，戰國時魏地也。案所得《紀年》，蓋魏惠成王子今（原作令）王之冢也，於《世本》蓋襄王也。案《史記》

《六國年表》，自今（原作令）王二十一年至秦始皇三十四年燔書之歲，八十六年，乃至太康二年（公元二八一年）初得此書，凡五百七十九年。其書言周穆王游行之事。《春秋左氏傳》曰“穆王欲肆其心，周行於天下，將皆使有車轍馬迹焉”，此書所載，則其事也。“謹以二尺黄紙寫上，請事平以本簡書及所新寫，并付秘書繕寫，藏之《中經》，副在三閣。”此荀勖對於整理古文《穆天子傳》之貢獻，應加補充者二也。

又案：《隋書·經籍志》云：“魏氏代漢，采掇遺亡，藏在秘書中外三閣。魏秘書郎鄭默始制《中經》。秘書監荀勖又因《中經》更著《新簿》，（案：“秘書監荀勖”上應有“晋”字。）分爲四部，總括群書。一曰甲部，經六藝及小學等書；二曰乙部，有古諸子家近世子家兵書兵家術數；三曰丙部，有史記舊事皇覽簿雜事；四曰丁部，有詩賦圖贊汲冢書。大凡四部合二萬九千九百四十五卷，但録題及言，盛以縹囊，書用緗素。”此荀勖在搜集圖書及目録學方面之貢獻，應加補充者三也。

又案：王隱《晋書·荀勖傳》云：“太康二年（公元二八一年），又得汲冢中古文竹書，勖自撰次注寫，以爲《中經》，别在秘書，以較經傳闕文，多所證明。”（《太平御覽》七四九、《文選·王文憲集序注》。）考勖入汲冢書於《中經新簿》丁部之末，蓋已將十六種六十八篇全行附入。觀太康十年（公元二八九年）汲令盧無忌立《齊太公吕望碑》已引《紀年》之文及雜書十九篇内《周書》之文，唯稱《周書》爲《周志》爲不同耳。據此，則當時六十八篇或全已寫成，列入《中經》也。此荀勖在整理汲冢書方面之貢獻，應加補充者四也。

荀勖著作，據《隋書經籍志》有下列各種：

一、晋《中經》十四卷。

二、《荀勖集》三卷，録一卷。

三、《雜撰文章家集叙》十卷。

和嶠

《晋書》卷四十五《和嶠傳》：“和嶠字長輿，當南西平人也。祖洽，魏尚書令。父逌，魏吏部尚書。嶠少有風格，慕舅夏侯玄之爲人，厚自崇重，有盛名於世……襲父爵上蔡伯……入爲給事黄門侍郎，遷中書令……時荀勖爲監，嶠鄙勖爲人，以意氣加之……吴平，以參謀議功……轉侍中……與任愷、張華相善……太康末，爲尚書，以母憂去職。及惠帝即位，拜太子少傅，加散騎常侍光禄大夫……元康二年（公元二九一年）卒。”

希祖案：《史記·魏世家集解》：“荀勖曰：和嶠云《紀年》起自黄帝，終於魏之今王。”蓋《紀年》初寫本成於和嶠，其後束皙重定本則起於夏，其他异同尚多，故《隋書·經籍志》《紀年》十二卷，附《竹書考异》一卷也。

華廙

《晋書》卷四十四《華廙傳》云："廙字長駿（平原高唐人）……少爲武帝所禮，歷黄門侍郎、散騎常侍、前軍將軍、侍中、南中郎將、都督河北諸軍事……（免官）久之，拜城門校尉，遷左衛將軍，數年，以爲中書監。惠帝即位，加侍中，光禄大夫，尚書令……年七十五卒。"

希祖案：萬斯同《晋將相大臣年表》，太康八年（公元二八七年）荀勖以中書監遷尚書令，華廙爲中書監。然《荀勖傳》遷尚書令，《華廙傳》遷中書監，皆不紀年月，惟《華嶠傳》云："（嶠爲）《漢後書》奏之，詔朝臣會議，時中書監荀勖、令和嶠、太常張華、侍中王濟，咸以嶠文質事核；有遷、固之規，實録之風，藏之秘府。"案《張華傳》："華爲太常，以太廟屋棟折免官。"《武帝紀》："太康八年（公元二八七年），太廟殿陷。"則其時荀勖、和嶠尚爲中書監、令，故萬《表》以太康八年勖爲尚書令，華廙爲中書監乎？

臣譴、臣勱、臣給、臣宙、臣瓚

《穆天子傳序》首結銜第三行有"秘書主書令史譴勱給"。

希祖案：主書令史必不止一人，此"譴勱給"當作"臣譴""臣給"，蓋三人也。

又第四行結銜有"秘書校書中郎張宙"。

希祖案："張宙"當作"臣宙"，"張"字後人所改。

又第五行結銜有"郎中傅瓚"。

希祖案："傅瓚"當作"臣瓚"，"傅"字後人所改。宋裴駰《史記集解序》云："《漢書音義》稱臣瓚者，莫知姓氏。"《索隱》云："案即傅瓚。《穆天子傳》目録云傅瓚爲校書郎，與荀勖同校定《穆天子傳》。又稱臣者，以其職典秘書故也。"顔師古《漢書叙例》亦云：臣瓚不詳姓氏及郡縣。宋祁曰裴駰《史記序》云莫知姓氏，韋稜《續訓》又言未詳，而劉孝標《類苑》以爲于瓚，酈道元《注水經》以爲薛瓚。姚察《訓纂》云："案《庾翼集》，于瓚爲翼主簿，兵曹參軍，後爲建威將軍。"《晋中興書》云："翼病卒，而大將于瓚等作亂，翼長史江虨誅之。"于瓚乃是翼將，不載有注解《漢書》。然瓚所采衆家音義，自服虔、孟康以外，并因晋亂，湮滅不傳江左，而《高紀》中"瓚案《茂陵書》"，《文紀》中"（瓚）案《漢禄秩令》"，此二書亦復亡失，不得過江。明此瓚是晋中朝人，未喪亂之前，故得具其先輩音義及《茂陵書》《漢令》等耳。蔡謨之江左，以瓚二十四卷散入《漢書》，今之注也。若謂于瓚乃是東晋人，年代前後了不相會，此瓚非于，足可知矣。又案《穆天子傳》目録云"秘書校書郎中傅瓚校古文《穆天子傳》"，今《漢書音義》臣瓚所案，多引《汲書》以駁衆家訓義。此瓚疑是傅瓚，瓚時職典校書，故稱臣也。顔師古曰："後人斟酌瓚姓，附之傅族耳，既無明文，未足取信。”案師古之意，亦以《穆傳》結銜當如“臣勖”“臣嶠”同例，而稱“臣瓚”，“傅”字爲後人所附，猶今本《穆傳》“臣勖”改爲“荀勖”也。荀勖《晋書》有明文，猶足取信；而傅瓚則他書無明文，故未足取信也。兹當闕疑，仍稱“臣瓚”。惟注《漢書》、校《穆傳》，皆此臣瓚一人，故其注中，引汲郡古文甚多也。

希祖案：《晋書》卷三十五《裴秀傳》，秀從弟楷有五子，次曰瓚。“字國寶，中書郎，風神高邁……特爲王綏所重，每從其游。綏父戎謂之曰：‘國寶初不來，汝數往何也？’對曰：‘國寶雖不知綏，綏自知國寶。’”楊駿之誅，爲亂兵所害。“尋臣瓚爲秘書校書郎中，永平元年（公元二九一年）已遷中書郎，官職頗相近，亦可備一説。又案郎中亦有單稱郎者，時秘書屬於中書省，亦可稱中書郎。

…………

摯虞

《晋書》卷五十一《摯虞傳》：“摯虞字仲洽，京兆長安人也……少事皇甫謐，才學通博，著述不倦……舉賢良……後歷秘書監、衛尉卿，從惠帝幸長安……後得還洛，歷光禄勛太常卿……及洛京荒亂，盜竊縱横，人飢相食，虞素清貧，遂以餒卒。虞撰《文章志》四卷，注解《三輔决録》，又撰《古文章類聚》，區分爲三十卷，名曰《流别集》，各爲之理。”

希祖案：《晋書》卷三十六《張華傳》：“華雅愛書籍……嘗徙居，載書三十乘。秘書監摯虞撰定《官書》，皆資華之本以取正焉。”考虞爲秘書監，疑在惠帝永平元年（公元二九一年）二月戊寅復置秘書監官之時，時衛恒爲秘書丞，撰《詔定古文官書》，所謂古文即汲冢古文，《官書》即汲冢書藏於秘府者。虞爲秘書監，故撰定《官書》；衛恒多識古文，故撰《詔定古文官書》。虞以《官書》爲主，故參考之書取正張華善本；恒以古文爲主，故列舉古文與他文异同，此一證也。汲冢書初爲荀勖、和嶠等撰定，《王接傳》謂時秘書丞衛恒考正汲冢書，蓋因勖等所定尚有未當者，故初復秘書監官時，虞等奉詔重行考定也。此一證也。《王接傳》又謂：“恒考正汲冢書，未訖而遭難。佐著作郎束晳述而成之，事多證异義，時東萊太守陳留王庭堅難之，亦有證據，晳又釋難，而庭堅已亡……接乃詳論其得失，摯虞、謝衡咸以爲允當。”時虞雖早遷他官，然與其所定《官書》有關，故輒復留意焉。此一證也。永平元年（公元二九一年）復置秘書監官時，張華爲太子少傅，爲楊駿所忌，不與朝政。駿誅，改元元康（公元二九一年），其年六月，華以首謀誅楚王瑋有功，拜右光禄大夫開府儀同三司侍中中書監，與裴頠共輔朝政。六年遷司空，至永康元年，以司空遇害。虞爲秘書監在永平、元康之初，華未執政，故得從容借其善本書籍取正《官書》。此一證也。賈謐在元康末爲秘書監，永康元年與張華同時被殺。虞爲秘書監若在賈謐後，則不得借華書以取正。此又一證也。

又案：唐劉知幾《史通·申左篇》云："自丘明之後，迄於魏滅，年將千祀，其書寢廢。至晋太康中，汲冢獲書，全同《左氏》（？）。故束皙云：'若使此書出於漢世，劉歆不作五原太守矣。'於是摯虞、束皙引其義以相明。"觀此則摯虞、束皙皆引《左傳》之義以明《竹書紀年》。此亦《張華傳》摯虞撰定《官書》之一明證也。

《隋書·經籍志》有晋太常卿《摯虞集》十卷，録一卷。

衛恒

《晋書》卷三十六《衛恒傳》："恒字巨山（河東安邑人，太保瓘子），少辟司空齊王府，轉太子舍人、尚書郎、秘書丞、太子庶子、黄門郎。恒善草隸書，爲《四體書勢》……及瓘爲楚王瑋所構，恒聞變，以何邵嫂之父也，從牆孔中詣之，以問消息，邵知而不告。恒還，經厨下，收人正食，因而遇害。後贈長水校尉，謚蘭陵貞世子。"

希祖案：《晋書》卷五十一《王接傳》："時秘書丞衛恒考正汲冢書，未訖而遭難。"而本傳叙其官秘書丞，後歷太子庶子、黄門郎，蓋雖爲太子庶子，又爲黄門郎，而仍守秘書丞，猶和嶠以侍中領中書令，賈謐以侍中領秘書監，皆爲兼官也。恒爲秘書丞，蓋在永平元年（公元二九一年）二月復置秘書監官時，其時摯虞爲秘書監，何邵爲太子太師。若恒在太康末永熙初爲秘書丞，則其時秘書監官未復，秘書屬中書省，何邵爲中書令及監，特辟恒爲丞，必有知己之感，僚屬之情，安有遇難而不告之理？恒爲瓘之長子，所謂何邵爲嫂之父者，蓋爲從兄嫂父，故無告難之情。自永平元年（公元二九一年）二月復秘書監，三月誅楊駿，改元元康，汝南王亮爲太宰，與太保衛瓘輔政，六月楚王瑋殺瓘及恒，則恒爲秘書丞前後不過四月餘，故考正汲冢書未能訖事也。

又案：《隋書·經籍志》：《四體書勢》一卷，晋長水校尉衛恒撰。今全載於恒本傳。摯虞爲秘書監，特請恒考正汲冢書，以恒妙解古文也，其《四體書勢·古文勢》云："秦用篆書，焚燒先典，而古文絶矣，漢武時魯恭王壞孔子宅，得《尚書》《春秋》《論語》《孝經》，時人以不復知有古文，謂之科斗書。漢世秘藏，希得見之。魏初傳古文者出邯鄲淳，恒祖敬侯寫淳《尚書》，後以示淳，而淳不别。至正始中，立《三字石經》，轉失淳法，因科斗之名，遂效其形。太康元年，汲縣人盗發魏襄王冢，得策書十餘萬言。案敬侯所書，猶有仿佛。古書亦有數種，其一卷《論楚事》者，最爲工妙，恒竊悦之，故竭愚思，以贊其美。"是恒之善古文，本於家學，且出於漢世壁中古文，其書勢與汲冢古文相仿佛。此語關係至爲重要，可見汲冢古文，與漢世發見之孔壁古文，同屬於戰國時代我國東方古文字系統也。王國維謂秦用籀文，謂之大篆，李斯改爲小篆，山東各國，皆用古文。故魯壁、汲冢皆用古文。得恒《古文書勢》證明之，則二種古文，相得益彰，皆非僞造明矣。

又案：《隋書・經籍志》：《古文官書》一卷，後漢議郎衛敬仲撰。《唐書・經籍志》：《詔定古文官書》一卷，衛宏撰；《新唐書・藝文志》衛宏《詔定古文字書》一卷。案《詔定古文官書》，乃晋衛恒撰，非漢衛宏撰，已見前《文字考》。《晋書・張華傳》摯虞爲秘書監，撰定《官書》，亦可作一旁證。蓋虞所撰者爲《官書》（即今隸寫定本），故參考之書多取張華善本；恒所撰定者爲《古文官書》（即古文本），故列舉古文與他文异同也。（中華書局，1960年）

劉大白《中國文學史》第二期“周至秦”：

至於其餘屬於這一期的作品，如《吴越春秋》《越絶書》《説苑》等書所載，有些都是我們認爲不很可靠的。比較可信的，有《穆天子傳》底《西王母謡》和《周穆王答辭》，《儀禮》底《士冠禮辭》，《左傳》底辛甲《虞箴》《齊人責稽首歌》，晋《輿人誦》，鄭輿人《子産誦》，宋《城者謳》《澤門之晳謳》，《禮記》底原壤《登木歌》《成人歌》，孔子將殁時《山頹木壞歌》，《國語》底晋優施《暇豫歌》，《國策》底荆軻《易水歌》，馮煖《彈鋏歌》，齊人《松柏歌》，《史記》底孔子去魯時《彼婦歌》，趙武靈王《夢處女歌》之類……

周代小説一類的作品，現在存留的，衹有《穆天子傳》六卷。此書是晋代咸寧五年，汲縣民人不準盗發戰國時魏襄王（或説是魏安釐王）冢所得，其中頗有殘缺。前五卷是記周穆王駕着八駿，領着七萃之士，向西方巡游的事情；後一卷記穆王所寵的盛姬死在路上，回來辦理喪葬的事情；是一種叙述傳説的小説。除此以外，《漢書・藝文志》小説家，雖然列有《鬻子説》十九篇，《周考》七十六篇，《師曠》六篇，《宋子》十八篇等，似乎是周代的小説；但是現在都亡佚了，内容如何，無從知道，不知它們是否現代的所謂小説，所以無從説起。不過《戰國策》、《莊子》、《列子》（此書雖係後人僞托，但頗抄撮古書）、《韓非子》、《吕覽》等書中，所記的寓言、神話、傳説，頗有類似現代所謂小説的；雖然他們不過借此證明他底學説，或是借此作游説的資料，并非有意作小説。還有《山海經》一書，有人以爲其中一部分是周秦間人所作；那麽，這書内包含的許多神話，也有一部分是周秦人底作品了。總之，這一期中，武斷一句，説是没有小説，也未始不可。因爲《穆天子傳》一類的作品，稱爲小説，畢竟也是勉强的。（大江書鋪，1933年）

魯迅《中國小説史略》第二篇《神話與傳説》：

晋咸寧五年，汲縣民不準盗發魏襄王冢，得竹書《穆天子傳》五篇，又雜書十九篇。《穆天子傳》今存，凡六卷。前五卷記周穆王駕八駿西征之事，後一卷記盛姬卒於途次以至反葬，蓋即雜書之一篇。《傳》亦言見西王母，而不叙諸异相，其狀已頗近於人王。

吉日甲子，天子賓於西王母，乃執白圭玄璧以見西王母。好獻錦組百純，□組三百純，西王母再拜受之。□乙丑。天子觴西王母於瑶池之上。西王母爲天子謡，曰："白雲在天，山陵自出，道里悠遠，山川間之，將子無死，尚能復來。"天子答之曰："予歸東土，和治諸夏，萬民平均，吾願見汝，比及三年，將復而野。"天子遂驅升於弇山，乃紀丌迹於弇山之石，而樹之槐，眉曰西王母之山。（卷三）

有虎在乎葭中。天子將至。七萃之士高奔戎請生捕虎，必全之，乃生捕虎而獻之。天子命之爲柙而畜之東虞，是爲虎牢。天子賜奔戎畋馬十駟，歸之太牢，奔戎再拜稽首。（卷五）

……晋既得汲冢書，郭璞爲《穆天子傳》作注，又注《山海經》，作《圖贊》，其後江灌亦有圖贊，蓋神异之説，晋以後尚爲人士所深愛。（人民文學出版社，2005年）

劉師培《穆王西征年月考》：

穆王西征之歲，載於古《竹書紀年》。《穆傳》郭注引作"十七年，西征昆侖丘，見西王母，其年來見，賓於昭宫"。《藝文類聚》七、《御覽》三十八所引略同。（《類聚》引作"西王母止之"）又《類聚》九十一引《紀年》云：穆王十三年，西征至於青鳥之所憩。所記之歲復殊。今即《穆傳》所記干支，核以三統術，當以十三年爲確。

考穆王十三年，入甲申統六百五十四年，以章月（二百三十五）乘之，得十五萬三千六百九十。如章歲（十九）而一，得積月八千零八十八，閏餘十八。以月法（二千三百九十二）乘積月，得一千九百三十四萬六千四百九十六。如日法（八十一）而一，得積日二十三萬八千八百四十五，不盡五十一，爲小餘。置積日盈（六十）。除之，餘四十五，爲大餘。命起甲申，算外，得己巳爲正月朔。置大餘四十五，小餘五十一，加一朔策（大餘二十九，小餘四十三），計大餘七十四（六十以上入閏餘），小餘九十四（八十一以上入大餘），得己亥爲二月朔。加一朔策，計大餘四十四，小餘五十六，得戊辰爲閏月朔。（是歲閏在二月者，閏餘十八，以十二乘之，得二百一十六，加七者二，盈章中，二百二十八而餘二，知閏在大寒後。更以推中節二十四氣之法推之，是年入統六百五十四年。以策餘八千八十乘之，得五百二十八萬四千三百二十，盈統法一千五百三十九而一，得中積日三千四百三十三，不盈者九百三十三，爲中小餘；中積日滿六十去之，得十三，爲中大餘。命起甲申，算外，得丁酉爲冬至，即正月二十九日也。大寒在二月二十九日，驚蟄在三月朔，故知閏在二月後。）加一朔策，計大餘七十三（閏餘一）。小餘九十九，得戊戌爲三月朔。加一朔策，計大餘四十三，小餘六十一，得丁卯爲四月朔。加一朔策，計大餘七十二（閏餘二），小餘一百零四，得丁酉爲五月朔。加一朔策，計大餘四十二，小餘六十六，得丙寅爲六月朔。加一朔策，計大餘七十一（閏餘三）。小餘一百零九，得丙申爲七月朔。加一朔策，計大餘四十一，小餘七十一，得乙丑爲八月朔。加一朔策，計大餘七十（閏餘四），小餘一百一十四，得乙未爲九月朔。加一朔策，計大餘四十，小餘七十六，得甲子爲十月朔。加一朔策，計大餘六十九（閏餘五），小餘一百一十九，得甲午爲十一月朔。加一朔策，計大餘三十九，小餘八十一，得甲子爲十二月朔。加一朔策，計大餘六十九（閏餘六）。小餘四十三，得癸巳爲來年正朔月（即十四年）。由是遞推，則來年四月朔爲壬戌。

試即《穆傳》證之。是年周正，較三統術差二月。（《春秋》襄十四年“二月乙未朔日食”，劉歆以爲前年十二月。莊二十六年“十二月日食”，劉歆以爲十月。僖五年“九月日食”，劉歆以爲七月。文十五年“六月日食”，劉歆以爲四月。宣十年“四月日食”，劉歆以爲二月，均見《漢書・五行志》。歆用三統術，此其例也。）《傳》言“戊寅，天子北征”，爲正月十日，即周正三月。“癸未雨雪”，爲十五。“乙酉”，爲十七日。“甲午”，爲二十六日。“己亥，至於焉居禺知之平”，爲二月朔日，即周正四月。（閏在是月後。）“辛丑”，爲三日。“癸酉”，係“癸卯”之訛，（《説文》“酉”象古文“丣”之形，故“卯”訛爲“酉”。）爲五日。“甲辰”，爲六日。“丙午”，爲八日。“戊寅”，係“戊申”之訛，（古文“申”或作“[illegible]”，“寅”或作[illegible]，二字形近，故“申”訛爲“寅”。）爲十日。“癸丑”，爲十五日。“吉日戊午”，爲十六日。（此足證吉日非朔日。）“己未”，爲二十一日。“乙丑”，爲二十七日。“丙寅”，爲二十八日。（由甲寅至丁巳，歷五十日，《傳》均缺書。蓋卷二“封膜書”以上有缺文。據卷四言，自陽紆至於西夏氏，又至於珠余氏及河首，由河首襄山以西，始至春山。即此五十日中所經之地也。）“丁巳”，爲三月二十日，即周正五月。“吉日辛酉”，爲二十四日。“癸亥”，爲二十六日。“甲午”，爲二十七日。“季夏丁卯”，（凡《穆傳》書干支而系以月者，均係朔日。）爲四月朔日，即周正六月。“壬申”，爲六日。“己卯”，爲十三日。“庚辰”，爲十四日。“辛巳”，爲十五日。“壬午”，爲十六日。“甲申”，爲十八日。“辛卯”，爲二十五日。“癸丑”，爲二十七日。“孟秋丁酉”，爲五月朔日，即周正七月。“戊戌”，爲二日。“壬寅”，爲六日。“丙午”，爲十日。“丁未”，爲十一日。“己酉”，爲十三日。“庚戌”，爲十四日。“癸丑”，爲十七日。“丁巳”，爲二十一日。“己未”，爲二十三日。“癸亥”，爲二十七日。“吉日甲子”，爲二十八日。“乙丑”，爲二十九日。自“丁未”“己酉”以下所記，均東歸事。惟“孟秋癸巳”“五日丁酉”，確爲來年正月朔及五日，即周正來年三月。此作“孟秋”，疑所記有訛，或穆曾兩至西方。“丁酉”“己酉”以下所記，非本年之事，故《紀年》於十三年記“西征”，於十七年又記“見西王母”。惟“孟秋癸巳”“孟冬壬戌”，與十七年曆術亦不合，不可考矣。（《中國學報》第二册，1916年）

劉師培《劉申叔先生遺書》之《穆天子傳補釋》小序：

《隋書·經籍志》“起居注類”載《穆天子傳》六卷，注云“《汲冢書》，郭璞注”。新、舊《唐書》均同。《晋書·束皙傳》則謂此書本五卷，末卷乃雜書十九篇之一，蓋五卷爲汲冢舊簡本，末卷則校者以雜書并入也。此書雖出晋初，然地名符於《山海經》，人名若孔牙、耿𦓤，均見書序。所載賓祭、禮儀、器物，亦與周官禮古禮經相符，則非後人贋造之書矣。考穆王賓於西王母，其事具載《列子》。馬遷修史，亦著其文。雖所至之地，均今葱嶺絶西。然證以《山海經》諸編，則古賢遺裔，恒宅西陲，西周以前，往來互達。穆王西征，蓋亦率行軒轅、大禹之軌耳，不得泥博望以前西域未通之説也。

此書字多古文，鈔胥復多舛挩，宋晁公武《郡齋讀書志》已謂轉寫益誤，殆不可讀。明人所刊，校讎益疏。近人檀萃、徐文靖、陳逢衡均注此書，然均泛亂無條紀，檀本增補字句，尤爲蔑古。惟洪、翟所校爲差善。孫詒讓《札迻》刊校義若干條，亦均精審。師培幼治此書，病昔治此書者率昧考地，因以今地考古名，互相證驗，古義古字亦稍闡發，成書一卷，顔曰“補釋”。惟書中古字，率多未詳；又卷三“世民之子”，亦深思而昧其解。世有善思誤書之士，尚其闡此藴義乎？己酉正月，劉師培序。

同上，卷一“辛丑，天子西征於鄘人”：

郭注：鄘，國名，音叵肯切。洪云：《説文》云鄘右扶風鄠鄉。從邑崩，聲讀若陪，薄回切。《漢書》鄘成侯周緤，《史記》作蒯。索隱云：“音苦懷反。”一音裴。小顔引（輯者：應爲音）普肯反。鄘即鄘字之訛。顔讀與郭氏音同。《古今音姓氏書辨證》云：“鄘國在虞芮之間。”

案，下文云：“河宗之子孫鄘柏絮，且逆天子於智之□。”又云：“天子西征，鶩行至於陽紆之山。河伯無夷之所都居是。惟河宗氏、河宗伯夭逆天子燕然之山。郭注：無夷，馮夷也。《山海經》云：冰夷河四瀆之宗主，河者因以爲氏。”案據此文觀之，則鄘柏伯夭，同爲河宗氏。伯夭在西爲河宗氏嫡裔。鄘柏另分土於東。無夷爲二國之祖，無即馮字之誤。（“無”“馮”形近，故訛“馮”爲“無”，故郭注以“馮夷”釋“無夷”也。）鄘、馮，古通。鄘伯之鄘，即馮夷之馮。蓋鄘柏以先祖之名爲國名也。《漢書·侯表》：“鄘成制侯周緤。”《楚漢春秋》作“封爲憑成侯”。此鄘與馮通之確證。故知鄘國之鄘、馮夷之馮古實一字。馮夷乃鄘國河宗國之祖，即以河宗爲氏。致後世有水神之説。《山海經·海内北經》曰：“從極之淵深三百仞，維冰夷恒都焉，冰夷人面乘兩龍。”（郭注：“冰夷，馮夷也。”）《莊子·大宗師》云：“馮夷得之，以游大川。”《淮南·齊俗訓》云：“馮夷得道，以潛大川。”此均因河宗之名而附言靈异者也。（《竹書紀年》亦言夏帝芬十六年，洛伯夷與河伯馮夷鬥。）《水經注》云：“河水又出於楊紆陵門之山，而注於馮逸之山。”楊紆即上陽紆山。馮逸即馮夷轉名。蓋以人名爲山名也。其地當在河宗國境内。（又案《史記·高祖功臣侯者年表》有蒯成尊侯周緤。索隱云：“《漢志》闕。”《晋書·地理志》：“屬北地，按緤封池陽後定封蒯成，音苦懷反。一音斐，小顔音普肯反。”又傳《靳鄘成傳》云：“鄘成侯緤者，沛人也。”集解云：“鄘音菅蒯之蒯。”索隱云：鄘者，鄉名。案三倉云：“鄘鄉在城父縣，音裴。《漢書》作鄘，從崩從邑，今書本并作菅蒯者，非也。蘇林音簿催反。晋灼案：《功臣表》屬長沙。崔浩音簿壞反。《楚漢春秋》作憑成侯，則裴、憑聲相近，此得其實也。正義云：《括地志》云：蒯亭在河南西十四里苑中。《輿地志》云：鄘成縣，故陳倉縣之故鄉聚名也，周緤所封也。晋武帝咸寧四年，分陳倉立鄘成縣。又《漢書·高惠高后文功臣表》有鄘城制侯周緤。顔注云：“鄘音陪，又音普肯反。”惟《漢書·表》於鄘成下又繫長沙二字合諸説。衡之《史記》之蒯當係鄘字之誤。《説文》云：“鄘，右扶風鄠鄉，從邑崩聲。”沛城父，又有鄘鄉讀若陪，是鄠鄉之鄘從崩聲，城父之鄘讀陪音，又郙字下云：汝南安陽鄉，從邑，蔽省聲。郙即蒯字，與鄘形聲俱别。鄘成侯之鄘，《楚漢春秋》作憑，則鄘必係從崩聲之鄘，地在鄠鄉，與《穆傳》之鄘地望宛合，即鄘國之故地也，屬今甘肅東境。《輿地志》謂蒯成在陳倉，亦即此地。鄘成係鄘成之訛，與城父之鄘、汝南之郙均非一地。若《漢書·志》以爲在長沙，梁玉繩《史記志疑》謂因蒼梧有憑乘縣致誤其説，是也。自《史記》鈔本誤蒯作蒯，服氏以下遂多以菅蒯之蒯擬其音，而鄘城即鄘國故墟，遂鮮有知之者矣。）

同上，“鶩行至於陽紆之山”：

檀云：“《周官·職方》冀州澤陽紆此近河源别一地。”洪云：“今本《紀年》云：‘十三年春，祭公帥師從王西征，次於陽紆。’”《水經·河水注》云：“河水又出於陽紆凌門之山。”《淮南子》曰：“昔禹治水具禱陽紆，蓋於此也。”陳云：“此即冀之澤藪。”案：陳説非是。據上文觀之則穆王已由鄘邦西行。鄘邦在漆澤（即漆水）、滲澤（即涔水北流入渭）河水之間，則陽紆仍當在其西。《爾雅・釋地》“秦有陽陓”，《吕氏春秋》作“陽華”，《淮南子》作“陽紆”。紆與陓、華均於聲。此文陽紆疑即《爾雅》之陽陓。《爾雅》郭璞注“陽陓，在扶風汧縣西”，以《穆傳》地望校之，此地確在鄘邦西境河宗國之東。蓋山以附近之藪得名也。

同上，“逆天子燕然之山”：

陳云：“燕然山在今多倫諾爾界。” 案：下云“癸卯，天子大朝於燕□之山，河水之阿”，則此燕然山在今甘肅境，爲古河宗國屬地，非《漢書・匈奴傳》之“燕然”也。陳謂“燕然在多倫諾爾界”，失之。

同上，“曾祝佐之”：

郭注：“曾，重也。”傳曰：曾臣偃（今本《左傳》曾作官）。陳云：“《爾雅・釋親》注：曾，猶重也。《詩・維天之命》箋‘曾’猶‘重’也。”案：《淮南・覽冥訓》：“還至其曾逝萬仞之上。”高注：“曾猶高也。”“曾祝”蓋職位崇高之祝，即“太祝”也。卷六“曾祝”亦然。

同上，“女當永致用旹事”：

郭注語：“穆王當長幹理世事也哉！”（裕孚謹案：范欽刻本無哉字，九行本有哉字。）檀本“旹作峕，云峕同旹，古時字”。陳云：“永即永命之義。”案：古鐘鼎銘文恒言用亯。檀本作峕，與亯形近，疑即亯字之訛，後又由峕作旹，後儒遂以時字釋之。非也，用亯事者，勉穆王無忘祭河之事也。

同上，“天子之御造父三百耿翛芍及”：

郭注下云：“三百爲御者。造父善御，穆王封之於趙城。”餘未聞也。案：據郭注審之，則“三百”即卷四“參百爲御”之“參百”。（裕孚案：黄蕘圃校本作絫伯。）疑耿翛即《尚書》之伯冏也。《書序》云“穆王命伯冏爲周太僕正”，作伯冏，此冏爲僕官之證；《伏生大傳》《史記・周本紀》均作臩；《説文》云：“臩，驚走也，一日往來也，從夰朙聲。”（《説文》朙字下云：“乖也，讀若誑。”）《周書》曰：“伯臩，是冏字，正文本作臩。”《尚書釋文》：“冏，一作煛。”《漢書・古今人表》“伯煚”，顔注“穆王太僕也，煚音居永反”，煛、煚二字均係臩字傳寫之訛，故顔氏音爲居永反。冏亦臩字同音，假用之字也。（《説文》：冏，窗牖麗廔闓明也。讀若獷。賈侍中説讀冏，冏與明同。）古籍景、耿、光、冏，諸字互相通用；《説文》引賈侍中説謂冏讀與明同；《倉頡篇》

“囧，光也”；《廣雅·釋詁四》“囧，明也”；《説文》於耿下引杜林説“耿，光也”；《廣雅·釋詁四》“耿，明也”。（又《離騷經》“耿吾既得此中正”，王注“明也”；又“被堯舜之耿介兮”，王注“光也”。耿、炯通用。《説文》炯字下云“光也”；《倉頡篇》“明也”。）是耿、囧二字音近義通，此文假㬥爲耿，猶今本《書序》之假㬥爲囧也。（囧或作景。《通雅九》引唐杜佑《省官疏》作伯景，惟今本《唐書·杜佑傳》亦作“囧”，方所據當係古本。）故知耿翛即伯囧，或囧爲姓，而翛爲名耳。又卷四云“𥦾㑹爲右”。洪云《列子·周穆王篇》作离𠷎，《釋文》云：“离，音泰，篆作㤅；𠷎音丙。”石經作張颩。（輯者：據影宋本改。）湛注云“上齊下合，此古字”，未審。孫貽穀侍御云：“《雲溪友議》載‘王起不釋《穆王傳》䶒冏二字’。”今本無䶒字，惟湛注“上齊下合”頗與䶒字相類，疑《列子》离此𠷎皆䶒字之訛。孫詒讓《札迻》云：“𥦾㑹當作㳅冏，漆書或微有省變。”案孫説是㳅冏，即此文之耿翛。蓋㳅爲古泰字，冏即囧字之或體。《列子·釋文》音爲泰丙，此其確證。蓋丙、㬥古音相近也，泰即太僕正之。太亦爲大義。泰囧與伯囧義同，猶大禹亦名伯禹耳。郭注言，餘未聞。蓋耿即伯囧，晋人已鮮知之矣。

同上，“而辨於樂”：

郭注：“辨，作游樂之事。”檀云：“辨，周遍。”洪云：“《列子》作‘諧’，陳云‘與遍同’。”案：辨當作般。《周禮·内饔》：“馬黑脊而般臂螻。”“般”即“辨”字，叚文。古籍“般”“班”“辩”諸字互相通用，故此文假“辨”爲“般”。“般”即“孟子般樂”之“般’。趙注：“般，大也。”（《爾雅·釋詁》：“般，樂也。”）而般於樂，猶言淫於樂也（淫亦大義）。

同上，卷二“天子升於昆侖之丘以觀黄帝之宫”：

郭注：“黄帝巡游四海，登昆侖山，起宫室於其上，見《新語》。”洪云：“《漢書·地理志》云‘金城郡臨羌縣西北。至塞外有西王母石室。又西有弱水昆侖山祠’。”崔鴻《十六國春秋》云：“張駿時，酒泉太守馬岌上言‘酒泉南山，即昆侖之體。周穆王見西王母，樂而忘歸即此’。”案：金城塞外之昆侖，係因後世西境日狹，遂將西方昆侖之名移之金城。若穆王所至，以所行之程度之，實今喜馬拉山南峰也。郭注《新語》係《新書》之誤。賈誼《新書》述黄帝事，曰：“然後濟東海，入江内，取緑圖而濟積石，涉流沙，登於昆侖。”是黄帝曾至昆侖之確證。《莊子·外篇》亦曰：“黄帝游乎赤水之北，登乎昆侖之丘。”又《山海經·西山經》曰：“黄帝乃取峚山之玉榮而投之鍾山之陽。”又曰：“昆侖之丘，實惟帝（畢沅曰：帝，黄帝。）之下都亦黄帝遠至西方之徵。”此文“昆侖”即釋典之“須彌”，今轉音爲“喜馬拉”，穆王所至則其顛也。（《山海經》又言“玉山有軒轅之丘”，亦黄帝在西方之故迹也。）

同上，“天子北征舍於珠澤”：

郭注：“此澤出珠，因名之。云今越雟平澤出青珠是。”案：珠澤在昆侖北，即今阿里附近之馬帕木達賴池也。《釋典》名“阿耨達池”，蓋穆王由喜馬拉山西北行，北出今後藏地。

同上，“天子北升於春山之上”：

郭注：“春音鍾。”檀云“春”。《山海經》作“鍾”。案：春山即今岡底斯山，亦昆侖之支脉也，爲喜馬拉最高之峰岡。春音（輯者：應）近縣圃，當在其側。

同上，“赤烏氏先出自宗周”：

郭注：“與周同始祖。”陳曰：“赤烏氏，蓋炎帝之後。炎帝亦曰赤帝，故其後爲赤烏氏，或亦因居赤水旁，故曰赤烏。其曰出自周宗者，男子謂姊妹之子爲出，即我周所自出也。”案：陳説近是。《山海經·大荒西經》云：“有西周之國，姬姓，食穀。有人方耕（即并耕），名曰叔均。帝俊生后稷，稷降百穀。稷之弟曰‘台壐’，生叔均，叔均是代其父及稷播百穀，始作耕。有赤國妻氏。有雙山。”蓋《山海經》此文以赤國與西周國并言，西周之國爲周後，赤國在其旁。赤國即赤烏。“妻氏”二字以下當有脱文，或作妻氏姬，即下文“妻以元女”之事也。蓋郭氏誤解《山海經》以赤國即西周，故言赤烏與周同祖，實則彼文有赤國三字與有西周五字對文，則赤非西周明矣。（畢以武功縣之周釋此西周，大誤。）赤烏之地當在今岡底斯山，西漢有烏秅國，疑以赤烏得名。

同上，“濟於洋水”：

郭注：“洋水出昆侖山西北隅而東流。”檀云：“洋水即黑水。”陳云：“穆王出巡至昆侖，蓋由東北至東南，巡赤水，濟洋水，西北至黑水。洋水、黑水异源异流。”案：《山海經·西山經》云：“昆侖之丘，河水出焉（郭注：出山東北隅。）而南流，東至於無達。赤水出焉（郭注：出東南隅）而東南流，注於氾天之水。洋水出焉（郭注：出山西北隅）而西南流，注於醜塗之水。黑水出焉（郭注：出西北隅）而西流於大杅。”以地望審之河水者，今塔里木河南源之于闐河（漢仍以于闐爲河源）也。赤水即藏江。洋水即印度河（洋印音近）。黑水即阿母河也（古之嬀水及縛芻河）。蓋穆王由今後藏西北進沿帕米爾南境，故經印度河而至阿母河，本書言北征濟洋水入曹奴，又北征東還至赤水，其確證也。（此文郭注誤。《山海經》明言洋水西南流，此云東流。又《山海經》明言黑水西流。郭釋彼文黑水，云水亦出昆侖山西北隅而東南流，大誤。）

同上，“西膜之所謂鴻鷺”：

郭注：“西膜，沙漠之鄉。”以言外域人名物與中華不同。案：“西膜”即漢《西域傳》之塞種，《漢書・西域傳》云：“昔匈奴破大月氏，大月氏西君大夏，而塞王南君罽賓。塞種分散，往往爲數國。（顏注：即所謂釋種者也。）自疏勒以西北，休循、捐毒之屬，皆故塞種也。”又曰：“休循，本故塞種也。捐毒，本塞種也。”據此文觀之，則塞王本君大夏，後徙罽賓，疏勒西北均其種。大夏沿今阿母河。罽賓在今阿富汗東。疏勒即今喀什噶爾。捐毒、休循均在其西，是由葱嶺達中亞，均漢代塞種所居。而穆王所稱西膜，適當其地。西膜之名起於渡黑水之後。黑水今阿母河上游，下文爰有□木。西膜之所謂“□地”，在群玉山即今帕米耳。至於苦山，西膜之所謂“茂苑”地亦在阿母河西。又卷四“爰有野麥，爰有荅堇”，西膜之所謂“木禾”，亦在黑水之阿。至於文山，西膜之所謂“□觴天子於文山，西膜之人乃獻食馬三百牛羊二千穄米千車”亦在葱嶺以東，則葱嶺東西，阿母河南北均漢塞種所居，即周代西膜之人所居。西膜者，種名也。考之西籍，謂古代亞洲西境達於中亞以東爲塞迷種所居，“西膜”即“塞迷”之轉音，“塞”又“西膜”之省音也。“膜拜”及卷四“膜稷”均由西膜得名，非沙漠也。

同上，“辛卯天子北征東還乃循黑水。癸巳至於群玉之山”：

郭注：“即《山海》云‘群玉山西王母所居者’。”（裕孚案：范本“海”字下有“經”字。“群”，《道藏》本作“羣”。）案：群玉山即今帕米爾，即唐波迷羅也。其地正在阿母河東北。下言“阿平無險，四徹中繩”，猶與帕米爾名義相符。

同上，“天子乃命剞閭氏供食六師之人於鐵山之下”：

洪云：“鐵本作鐵俗字。”案：鐵山即鐵門。《唐書・西域傳》云：“史國南四百里，吐火羅也。有鐵門山，左右巉峭，石色如鐵，爲關以限二國。”（玄奘《西域志》云：“鐵門者，左右帶山，山極峻峭，兩旁石壁其色如鐵。”）《元史・太祖本紀》云：“帝征東印度，至鐵門。”《札八兒火者傳》云：“授黃河以北、鐵門以南，天下都達魯花赤。”（《明史》亦於渴石國下詳言鐵門。）鐵門屬唐吐火羅。吐火羅即古大夏，在今阿母河東，與穆王由群玉山西征之地望宛相符合。

同上，“至於鶗韓氏”：

郭注：“鶗，之然切。”案：中亞之地、城名語尾恒稱曰“干”。（如撒馬爾干、塔石干是。）“干韓”古通如三韓，得名由三干是也。（見《滿州源流考》。）鶗韓氏之“韓”殆與城名稱“干”者同例。鶗韓之地以地望審之，疑即撒馬爾干。撒馬爾干，元耶律楚材《西征録》作尋思干，釋之曰：“西人云‘肥也，以地土肥饒故以名’。”今觀《穆傳》下文云“爰有樂野温和，穄麥之所草，（郭注：疑古茂字。）犬馬牛羊之所昌，寶玉之所□。丁未，天子大朝於平衍之中”，均與斯思干之名相應，故知鶗韓即撒馬爾干也。

同上，“牥牛二百”：

檀云：“牥音方，日可行二百里。一曰馲駝。”案：牥牛與良馬對文。牥通作彭，大義也。

同上，“天子西征至於玄池”：

陳云：“黑水支流。”案：玄池即今鹹海，《唐書》作雷翥海。下文苦山、黄鼠山均在其西，今鹹海以西波斯國界也。

同上，卷三“天子賓於西王母”：

郭注：“西王母如人，虎齒蓬髪，戴勝善嘯。《紀年》穆王十七年，西征昆侖丘見西王母，其年來見，賓於昭宫。”陳云：“西王母是西荒國名，是此國君長。”案：陳説近是《山海經·西山經》以玉山爲西王母所居，則西王母爲極西古國。蓋西膜轉音爲西母，緩讀之則中有助音。古人以中土字音移寫之則爲西王母，猶今塞米種或書塞爾迷亞也。“脣喙”發音隨地土而歧稱，名稍殊，故所擬之，音亦异。今波斯附近在西周時爲阿西利亞國所宅。此之西王母，殆即古亞西利亞（後之安息國即阿西之轉音）與瑶池、弇山、温山、滆水均在其地。

同上，“好獻錦組百純”：

郭注：“純，匹端名也。”案：好，蓋語詞，猶古籍所用之“越”“爰”“聿”“曰”耳。

同上，“己酉，天子飲於滆水之上，乃發憲命，（裕孚案：命，范本作令。）詔六師之人□其羽爰有□藪水澤，爰有陵衍平陸，碩鳥解羽。六師之人畢至於曠原”：

案：此文傳寫互訛，以文義審之，當作“天子飲於滆水之上，爰有□藪水澤，爰有陸衍平陸，碩鳥解羽，乃發憲命，詔六師之人□其羽。六師之人，畢至於曠原”。

同上，“□天子大饗正公諸侯王勤七萃之士於羽琌之上”：

郭注：“勤，勞也。”案：勤乃吏字之誤，卷二天子大饗正公諸侯王吏七萃之士於平衍之中，此其證。

同上，“天子北游於䝙子之澤”：

檀云：“䝙，古獅字。”案：此澤蓋今裏海，故在西王母之北，智氏乃裏海附近國名。下文獻水又在其東。沙衍者，今裏海東之沙漠也。

同上，“至於積山之邊”：

檀云：“古複字。”陳云：“猶尾也。”案：邊疑邊字古文之别體。

同上，卷四“至於長淡”：

洪云：“下云送天子至於長沙之山。淡疑沙字之訛。”案：洪説是。此長沙亦在西方，即《山海經・西山經》所謂長沙之山，泚水所出也。中國長沙係以西方之地爲名，猶瀁水從洋水得名也。

同上，“至於𩁹璃河之水”：

孫云：“璃疑瑺之訛。”案：“𩁹”疑古“漆”字。

同上，“天子使孔牙受之曰：‘雷水之平寒，寡人具犬馬羊牛，爰有黑牛白角，爰有黑羊白血’”：

洪云：“平，《水經・河水注》引作‘干’。《初學記》二十九，《太平御覽》九百二引俱無‘寒下’八字。”案：此文倒訛，當作雷水之平。（平同坪，即水旁，平衍之地。）爰有黑牛白角，爰有黑羊白血（或下仍有挩文），寡人具犬馬羊牛（下有挩文）。寒係衍文，蓋一本誤寡作寒，校者復并入正文也。孔牙即《書序》之君牙。君孔一聲之轉。

同上，“自宗周瀍水以西至於河宗之邦陽紆之山，三千有四百里。自陽紆西至於西夏氏，二千又五百里。自西夏至於珠余氏及河首，千又五百里。自河首襄山以西南至於舂山珠澤昆侖之丘，七百里。自舂山以西至於赤烏氏舂山，三百里。東北還至於群玉之山，截舂山以北。自群玉之山以西至於西王母之邦，三千里□。自西王母之邦北至於曠原之野飛鳥之所解其羽，千有九百里□。宗周至於西北大曠原，萬四千里，乃還。東南復至於陽紆七千里，還歸於周三千里，各行兼數三萬有五千里”：

案：穆王西征之途，蓋由今河南渡河東北，沿直隸山西北境以入陜甘（河宗之邦所在）。又濟黄河，西南行。西夏氏，蓋在今甘肅西南。珠余氏河首，則今青海河源。更由青海入藏，則舂山、珠澤、昆侖所在也。又由今後藏西北行，沿印度河西北及阿母河上游（即赤烏所在）。又東北以至帕米爾，即此文所謂至群玉之山，截舂山之北也。更西沿阿母河北行，經鹹海而至波斯東北，即西王母之邦也。嗣復北至裏海附近（即大曠原所在），東沿阿母河北折而入今新疆北境，又東南入甘肅，又沿陝西邊境入山西，以歸河南周都，此穆王西征所行之道也。惟徂西之際屈途以經青海藏衛，故里程一萬四千。東歸之際，徑行新疆北境，故里程僅一萬。此文言各行兼數三萬五千里，三蓋二字之訛。

同上，卷五“天子□雨乃至祭父自圃鄭來謁”：

案：乃至下當脱二字，係地名。

同上，“昝氏宴飲毋有禮”：

郭注：“燕者，私會，不欲崇禮敬也。”案：有禮當作囿禮，無囿禮者不域於禮也，猶今語晏會所謂不拘禮矣。

同上，“天子里圃田之路（裕孚案：路，黄本作數）”：

郭注：“盡規度以爲苑囿地。”案：里即釐字。《書序》：“帝釐下土方。”馬注：“釐，理也。”《周禮》“獸人”，鄭注云：“謂虞人釐所田之野。”此文之里與彼同義。

同上，“天子北入邴（裕孚案：邴，范本作郱）”：

郭注：“邴，鄭邑也，音丙。”洪云：“《公羊・隱八年》，鄭伯使宛來歸邴，《左氏》作‘歸祊二字古通用’。”案：丙、方古通。此之邴，即上文“東至於房”之房也。郭以“房子”訓之是也。此復訓邴爲鄭邑，則非（此邴與《左傳》歸邴之邴别）。下文“季秋□乃宿於房”。洪謂“即上文之房，蓋同地异字”。《穆傳》此例甚多，如“羽琌，羽陵”是也。

同上，“帝收九行”：

郭注：“行，道也，言收羅九域之道里也。”案：郭解收字義甚迂曲，收，蓋牧字之訛。牧九行者，猶言牧九域也。

同上，“皇我萬民”：

郭注：“皇，正也。”案：皇讀爲況，況者益也。《書・無逸》則“皇自敬德”，與此皇同。《尚書大傳》曰“皇於聽獄乎”，鄭注“皇，況也”，義與厚字、益字相符。

同上，卷六“官人膳鹿”：

案：此官人，蓋旅次掌食之人，官與館同。（《易・隨卦》“官有渝”，蜀才本官作館。）《周禮・遺人職》云：“五十里有市，市有候館，候館有積。”《詩・鄭風・緇衣》“適子之館兮，還予授子之粲兮”，是館爲旅人聚餐之地。《説文》“館，客舍也，從食官聲”，蓋古代行旅之人食於客舍，故客舍亦名爲館。館字從食，此其證也。客舍名館，其義起於授餐，引伸之則客舍司職之人，亦稱曰館字或作管。《儀禮・士喪禮》“管人汲”，鄭注云“有司主館舍者”。此文“官人”蓋與彼文“管人”相同。旅次之事莫重於治食。官人殆旅舍治食之人，故身司膳鹿之事也。與以吏事君之官不同。（上文又曰“五鹿官人之□是丘”，文義殘挩，不可解。下文“官人□丌職”即士祭禮之管人，與百官之官不同。）

同上，“井利□事後出而收”：

郭注：“井利所以獨後出者。典喪祭器物收斂之也。或曰井利稽慢出不及輩，故收縛之。”案：下文云“百物喪器，井利典之”。下文又云“百嬖人官師畢贈井利乃藏”。此文而收與彼文乃藏，一律收當作收斂，即收斂喪器也。郭前説是。

同上，“韋穀黄城”：

陳云：“韋即韋顧昆吾之韋。”案：周無韋邦。韋即衛也。衛之得名亦由居古豕韋地説别見。

同上，“宫官人倍之（裕孚案：官，黄本作宦。）”：

郭注：“宫官爲内（檀本下有官字）也。”（裕孚案：黄本作宫宦爲内官也。）案：官字衍。蓋一本誤“宫”作“官”，校者旁注其字嗣遂并入正文也。宫人與下宫賢（孫改爲豎確甚）并文。

同上，“天子使嬖人”：

郭注：“所愛幸也。”案：此“嬖人”指“宫中妃妾”。言上文“女主即位，嬖人群女倍之”，其證也。（卷二封丌璧臣長季綽於舂山之虱。璧臣乃司璧之臣，非嬖字之訛。）

同上，“百嬖人官師畢贈”：

案：百字當屬上語“女主叔姪贈用茵組”爲句。百者，茵組之數也。本書卷二云："黄金之環，三五朱帶，貝飾三十，工布之四。"又云："與之黄牛二六。"又云："食馬九百，羊牛三千。"又云："天子乃賜之黄金之罌三六。"卷四云："黄金之罌二九。"又云："貝帶五十。"又云："乃獻良馬十駟、用牛三百、守狗九十、牥牛二百。"又云："好獻枝斯之石英四十。"又云："乃獻食馬四六。"卷五云："天子賜許男駿馬十六。"本卷云："乃陳腥俎十二，乾豆九十，鼎敦壺尊四十。"此作贈用茵組百，與彼詞例均同。上文贈用變裳下，蓋缺數詞。（此變人即前天子使變人之變。蓋變人之贈，承叔𦛨言。官師之贈，承伊扈言。）（寧武南氏校印本，1934年）

劉師培《左盦集》卷五《穆傳耿脩考》：

又案《淮南·原道訓》昔者馮夷大丙之御也，高注：丙或作白，蓋作白爲許本。（《文選》枚乘《七發》注引許注：太白，河伯也。）實則高本爲長大丙，亦即伯囧、馮夷也，疑即《穆傳》伯夭。伯夭爲馮夷子孫，故襲斯稱。《穆傳》五言伯夭主車，故與大丙并言。《淮南》下文有蹈騰山川諸語，或即穆王西征事也。《冥覽訓》又云"鉗且大丙之御"，與《原道訓》大丙同。師培附記。（寧武南氏校印本，1934年）

《華年》"書報介紹"《穆天子傳西征講疏》（克凡）：

顧實編，商務印書館發行，廿三年九月初版，每册售一元五角。

《穆傳》一書，自來就被人鄙視之爲荒怪的小説書，而鮮有人知其中正包含了許多中國古代之寶貴史料。雖該書自出汲冢以後，《隋書·經籍志》《舊唐書·經籍志》《新唐書·藝文志》等曾經把它列入史部之起居注類，《宋史·藝文志》也曾將其列入别史類，《崇文總目》及《遂初堂書目》（尤褒撰）以之入傳記類或雜史類，然歷代史家均以書中所載的年月、地望以及穆天子征踪所見的動植物，多屬詭异難稽，遂完全屏棄之而不采用，及至清代所編的《四庫提要》，竟變本加厲，毫無遲疑地即直接編入子部的小説書中；因之《穆傳》先後達二十餘年，采取各種版本，及諸家著述之書，稽其年月，考其地望，并歷數穆天子的行程，吾們閲後，不覺耳目一新，是真難得的佳構！

顧君此書，據其自序中所説，命名殆迭經變遷。最初他於民國三、四年在日本把自己前在某師範學校教授學生之《穆傳考證》纂改增爲《穆天子傳西征今地考》一文，五年，其友許指嚴就爲之刻於北平之宣南譯社；十年海内張慰西先生又爲之刻於輿地學會之《地學雜志》第十二卷各期中；民國十二年，他自己又將原文再爲增訂，刻之於東南大學之《國學叢刊》一卷四期。是本書在未正式出版以前，殆已三刻行世，而予至今始得見之，這真令人發了"相見太遲"之感！

本書首章爲讀《穆傳》十論，其中對周穆王一人曾表彰之爲中國上古之法治主義者，且就今世新史學家注重地藏發掘之立場，證明《穆傳》一書，實具有一切上古史之原料。至於《穆傳》中紀録時代之確定，出土後之校理，行世後字數之變遷與鑒定，傳中重要疑難之解釋，尤其有特殊之見解。此外編者并從《穆傳》中發見上古東西交通之孔道，上古中華疆域之遼闊，中華疆域之里數，中華原始民族之偉大，吾人雖不能完全相信，然至少在今日高唱“民族復興”的口號之下，讀了此種文字，也可以助長了民族意識的覺醒！次章爲《穆傳西征年曆》，内分序論，古曆月朔參斠表，及穆王西征東歸日表，頗爲明晰。三章爲《穆傳西征地圖》，乃插入五章《穆傳西征講疏》中。講疏一章，編者廣徵博引，篇幅最多，我們以之與插圖對照，可以明白各地望之今地及穆王往返所經的路綫即原傳中所載的詭异族類，珍奇物産，編者亦悉能言之娓娓，增人興昧。四章爲新校定本之《穆天子傳》，最後殿以《穆傳知見書目提要》，參考書目，并附有關於穆王及西王母之件及補遺，均足供我們進一步的研究《穆傳》之參考。

《穆天子傳》中之最成問題而爲一般人所未敢遽加斷定的，就是西王母的“種屬”問題和穆王所至“西北大曠原”的“地位”問題；而本書編者却均給我們以大膽的決定：前者他辨以胡禮節“再拜”與“膜拜”的區别，并徵諸《穆傳》中西王母自稱“嘉命不遷，我惟帝女”之語，斷定西王母係周穆王的女子；後者他根據中西各史所考查的證佐，知道了上古歐洲原爲草莽榛無的荒地，因就決定《穆傳》中所謂的“西北之大曠原”，係爲今日歐洲俄羅斯一帶的地方，并附帶説明古昔未有主名的“水澤陵衍”，大概即今之黑海及高加索山。雖這種考證，尚賴我們深一步的追究，以免失去了歷史的科學性，但目前我們不能不承認這是編者的特識。

此外，我們應該特爲提及的，那就是卷首所附漢刻周穆王見西王母畫像及明繪西王母象。漢刻拓片，係山東省立圖書館館長王獻唐贈與編者，據稱“上坐者爲西王母”，其狀魁偉。明繪西王母象，見明刻王圻《三才圖會》（江蘇省立圖書館藏），厥狀嫵媚。我們於這種繪畫風格變遷之中，亦可以象徵一個民族的盛衰强弱，吾國自宋以後，種族日趨積弱而不振，這大概就是編者見“漢、明人遺西王母畫象之异，不禁感概繫之”的原因罷！

克凡 廿三，十，二三　（《華年》1934年三卷四十四期）

求真《評穆天子傳西征講疏》：

《穆天子傳西征講疏》一册，顧實著，民國二十三年九月商務印書館出版。定價大洋一元五角。

此書内容分爲“讀穆傳十論”“穆傳西征年曆”“穆傳西征地圖”“新校定本

《穆天子傳》”“穆天子傳西征講疏”“附録《穆天子傳知見書目提要》”六部分。大要以《穆天子傳》係周穆王作品，周穆王西征到了波蘭，西王母係周穆王女。共引證各書以校對本書，用力可謂至勤，惟可惜大前題差誤，因此這部書亦僅能爲作古代國威遠播假想的實料。

研究旅行家所到的地，根據旅行的記録，其中有日期及里數的兩點，對於考證所到的地，大有幫忙的；因以日對里，以里對日，共有若干里，每日可走若干路，不難算出。《穆天子傳》正有日期與里數這兩點，對於周穆王所到的西王母邦究在何地，可以推知。但著者注重里數，忘却日數與里數的比較研究，而且里數在《穆天子傳》中說：“宗周至於西北大曠原，萬四千里。”他是從洛陽出發，經平漢路繞道綏遠、寧夏、甘肅、青海，又繞至甘肅到了新疆的，這樣彎曲的路綫，一萬四千里，當在新疆，不能太遠。著者要延長至土耳其并至歐洲靠近波羅的海的波蘭，以“馳驅千里，至於巨蒐氏”，這個千里，大於“南濟於河，馳驅千里，入於宗周”的千里三倍，因將“自西北大曠原，乃還東南，復至於陽紆七千里”，“則三倍七千里，得二萬一千里”，再加上自陽紆以東“還至宗周的三千里”，共二萬四千里，就可以到波蘭了。但《穆傳》的“文山……馳驅千里，至於巨蒐氏”，他以爲“自今之哈密，通至河套烏喇特旗北”，以巨蒐靠近陽紆在河套是對的，而以文山可以采石，即哈密的星星峽，産白黑星星石。文山是不是星星峽，誠爲問題，由他解釋，是以由他作證。文山没有强有力的證據是星星峽，則他的此説没有了根據，全部可以推翻的。

假定文山即星星峽，綏遠以東之地用中國里計，綏遠以西之地用中國里以三倍計，而與日期相對照則又不符。著者作有《西征年曆》，將今本《穆天子傳》開首“戊寅，天子北征，絶漳水”（宋本開首多十餘子）的“戊寅”，計爲周穆王十三年閏二月初十日，“戊申，天子西征，鶩行至於陽紆之山”，計“戊申”爲三月十一日，以陽紆山在燕然之山東，當在包頭附近，漳水以爲在山西襄垣縣即濁漳水。由陽紆至洛陽爲“三千里”，而由陽紆至漳水已用了三十一日，由漳水至洛陽尚有一千里（“升於大行，南濟於河，馳驅千里，入於宗周”。）的日期因書有脱文不能計算，是二千里用三十日走，每日走六十餘里。依著者的《西穆年曆》，周穆王於十四年三月初六日“東歸”自大曠原，八月十三日“天子南征陽紆之東尾”，除去其中有明文到了“采石之山，天子一月休”，又在重鎧休息五日，文山休息四日，共計一月一十餘日，由大曠原至陽紆爲七千里，用一百一十餘日走，每日平均走六十餘里。

依據著者所考訂的日期，用《穆天子傳》原文的里數，在綏遠以東每日走六十餘里，在綏遠以西每日也走六十餘里。假若在綏遠以東用中國的里數，每日可走六十餘里，綏遠以西里數既用三倍，而日數也要用三倍。不然，在綏遠以東每日走六十餘里，到綏遠以西每日要走一百九十里，同一走也，何此短而彼長？況平均每日走一百九十里，是事實不可能，周穆王雖騎八駿馬善走，而同行者爲六師之人，不見得六師之人均騎的是八駿馬？是著者之證據根本摇動，其結論自不可靠。（《人文月刊》，1935年第六卷第四期）

謝無量《中國大文學史》（卷二）第四章《周之建國及春秋前之文學》：

後世所出《穆天子傳》，當是其時史官所記，體近小説，中雜有歌詞，亦逸詩之流也。今節録於下：

《穆天子傳》。天子觴西王母於瑶池之上。西王母爲天子謡曰："白雲在天，山陵自出。道里悠遠，山川間之。將子無死，尚能復來。"天子荅之曰："予歸東土，和治諸夏。萬民平均，吾顧見汝。比及三年，將復而野。"天子遂驅升於弇山，乃紀丌迹於弇山之石，而樹之槐，眉曰"西王母之山"。西王母之山，還歸丌□世民，作憂以吟曰："北徂西土，爰居其野。虎豹爲群，於（讀曰烏）鵲與處。嘉命不遷，我惟帝天子大命而不可稱。顧世民之恩，流涕芔隕。吹笙鼓簧，中心翔翔。世民之子，唯天之望。"又曰：天子東游於黄澤，宿於曲洛。廢□使宫樂，謡曰："黄之池，其馬歕沙，皇人威儀。黄之澤，其馬歕玉，皇人受穀。"天子筮獵苹澤，其卦遇訟☰（坎下乾上）。逢公占之，曰："《訟》之繇，藪澤蒼蒼，其中□，宜其正公。戎事則從，祭祀則憙，畋獵則獲。"□飲逢公酒，賜之駿馬十六，絺紵三十篋。逢公再拜稽首。賜筮史狐□有陰雨，夢神有事，是謂重陰。天子乃休。日中大寒，北風雨雪，有凍人。天子作詩三章，以哀民，曰："我徂黄竹，□員閟寒，帝收九行。嗟我公侯，百辟冢卿。皇我萬民，旦夕弗忘。我徂黄竹，□員閟寒，帝收九行。嗟我公侯，百辟冢卿，皇我萬民，旦夕勿窮。有皎者鴼，翩翩其飛，嗟我公侯。□勿則遷，居樂甚寡，不如遷上，禮樂其民。"天子曰："余一人則淫，不皇萬民。"□登，乃宿於黄竹。

《丹鉛總録》："余嘗疑《穆天子傳》西王母歌詞出於後人粉飾。且《山海經》載西王母虎首鳥爪，形既殊异，音亦不同，何其歌詞悉似《國風》乎？又觀《後漢書》朱輔上白狼王唐蕨歌三篇，音韵與漢無异，愈可疑也。"按此翻譯外國詩歌之始，又在《越鄂君歌》之先矣。穆王既崩，共王立。共王傳懿王，王室遂衰，詩人作刺。《漢書》曰：懿王時戎狄交侵，暴虐中國。中國被其苦。詩人始作疾而歌之曰："靡室靡家，獫狁之故。豈不日戒，獫狁孔棘。"按此係《采薇》之詩，本文王作。詩人感於外患，而誦文王之詩以刺之也。懿王之後，孝夷嗣立。厲王無道，國人放之，及於共和行政。宣王中興，而後文采復盛矣。（中華書局，1940年）

黄侃《黄侃日記》己巳十月十一日庚申：

繼此讀《穆天子傳》，用《四部叢刊》本，以洪頤煊校本對看。

同上，己巳十月《讀穆天子傳》：

己巳十月十一日庚申，讀訖郝懿行《山海經箋疏》，遂點此書，以洪頤煊校本對看。夜月佳，甚凄寒，出訪石禪，小坐偕還。讀此書三卷，洪校未爲精善。

十二日辛酉，晴，始御羊裘。禺中讀訖六卷。見行可輿焯書，殊多解頤之説。得稿費廿餘元。遂讀洪校《竹書紀年》，以别無單行本，不加朱，參看張宗泰《竹書紀年校補》。午後旭初、曉湘、石禪均集，遂偕焯、田出游……繼此讀武昌局本《逸周書集訓校釋》（江蘇教育出版社，2001年）

《近代著名圖書館館刊薈萃續編》第十八册河南圖書館館刊《穆天子傳月日考》（邵次公）

《穆天子傳》述西征行程，以干支紀日。間箸四時，而系年蓋闕，郭景純注引古《竹書紀年》云：十七年，西征昆侖丘，見西王母。殷敬順《列子·周穆王篇》、《釋文》、《藝文類聚》七、《太平御覽》三十八所引略同。又《類聚》九十一引《紀年》云，穆王十三年西征至於青鳥之所憩，其文與前韋异。劉氏師培以曆校之，從十三年之説，尋西周年代异説甚多。共和以前，三統僅具魯侯紀年。則周王紀年，以竹書爲準，未爲大謬。劉氏曾據殷周三統三家曆法推算是年月日，詳見《古曆管窺》卷下，《左盦集》卷五。其所推殷曆甚塙，而周曆誤算一日，蓋是歲距入丙子蔀二十七年，積日九千八百三十三，應從算外計之，若首尾合計爲九千八百三十四，則應算上計之，減一入算，劉氏誤算上爲算外，未減本年一算，故每日干支皆退一日，此一時疏失所至。劉氏所推三統曆，於積月積日，皆無誤，惟其盈分母八十一之小餘，仍以分子計，如九十四、九十九之類，既知加一朔策而未減得一之數，未免太不措意。至其據閏餘十八之數，定是年閏在二月，尤未審諦。蓋是年閏餘十八以減分母十九，餘一以十二乘之，以七除之，得一又七分之五，凡有餘數四以上者，置閏月可推前一月。其法爲四分三統所同。但《續漢書·律曆》云："進退以中氣定之，例如四分入蔀十一年，閏十一月，而從閏餘求得之數，爲十又七分之二，就朔策與中策合計，十月小，二十九秋分，十一月大，三十霜降，决不能置閏於十月後，然則凡閏月所在，有餘數者，一以上可進，五以上亦可退。"《續志》之言，未盡其法也，是年正月，以小餘五十一合朔，益以本月小餘四十三，爲九十四，盈八十一去之，加朔策一，得小餘十三，則正月必爲大月，是歲冬至當正月二十九日，中策三十日又四千六百十七分日之二千零二十，則大寒之距冬至，必爲三十日以外，檢冬至前小雪中，小餘二千七百九十九，加冬至中，小餘二千零二十。總四千八百十九應加没日一，爲大中，尚餘二百零二分，故閏在正月後，而大寒在二月一日。劉氏定大寒在二月二十九日，遂置閏月於二月後，蓋忘是歲冬至爲大中，又狃於閏餘十八，乘除餘五，因致大誤，但劉氏所推同，大致尚可節取。今師其意，取黄帝庚辰元曆、黄帝辛卯元曆、顓頊曆、夏曆、殷曆、周曆、魯曆、乾鑿度曆、三統曆、東漢四分曆，凡九家。（魯曆庚子元，即黄帝庚辰元，故止有九家。）詳記算策，以證是年時月氣朔，庶幾流覽《穆傳》者，略省鈎考之勞，且使劉氏之書，得一諍友。至傳文已載劉書，不煩綴引，昔宋仲子集七曆以校《春秋》，誠未敢竊比古人，聊當思誤一適而已。

黄帝庚辰元曆，穆王十三年壬辰，入上元一千八百一十六紀，近元八十八紀。癸酉蔀（弟十二），癸酉章（弟一），弟十七年。入經積歲八百五十三，入蔀積歲一十七，積月二百一十。積日六千二百零一。前歲辛卯，十二月二十六日小雪，中大餘二十四（自癸酉至丙申），小餘無。推得正月二十八日，丁酉，子初冬至。前歲朔大餘五十七（自癸酉至己巳），小餘五百四十三。推得元旦庚午日，未末合朔，魯曆同。

壬辰歲

正月大（庚午）朔	小餘（一百零二）	廿八冬至	小餘（一十四）
二月小（庚子）朔	小餘（六百零一）	二八大寒	小餘（二十八）
三月大（己巳）朔	小餘（一百六十）	廿九雨水	小餘（一十）
（閏三）月小（己亥）朔	小餘（六百五十九）		
四月大（戊辰）朔	小餘（二百一十八）	初一春分	小餘（二十四）
五月小（戊戌）朔	小餘（七百一十七）	初一穀雨	小餘（六）
六月大（丁卯）朔	小餘（二百七十六）	初三小滿	小餘（二十）
七月小（丁酉）朔	小餘（七百七十五）	初三夏至	小餘（二）
八月大（丙寅）朔	小餘（三百三十四）	初五大暑	小餘（一十六）
九月小（丙申）朔	小餘（八百二十三）	初五處暑	小餘（三十）
十月大（乙丑）朔	小餘（三百九十二）	初六秋分	小餘（一十二）
十一月小（乙未）朔	小餘（八百九十一）	初七霜降	小餘（二十六）
十二月大（甲子）朔	小餘（四百五十）	初八小雪	小餘（八）

黄帝辛卯元曆，穆王十三年壬辰，入上元一千八百一十六紀，近元八十八紀。庚子蔀（弟五），己亥章（弟四），弟一年。入紀積歲三百六十一，入蔀積歲五十七，積月七百零五，積日二萬零八百一十九。前歲辛卯，十二月二十九日小雪，中大餘五十九（自庚子至戊戌），小餘八，閏十二月無中氣。推得正月初一日，己亥，卯初冬至。前歲朔大餘五十九（自庚子至戊戌），小餘二百三十五。推得元旦己亥日，寅末合朔。

辛卯歲末

閏（十二）月大（己巳）朔　小餘（二百三十五）

壬辰歲

正月小（己亥）朔	小餘（七百三十四）	初一冬至	小餘（二十二）
二月大（戊辰）朔	小餘（二百九十三）	初二大寒	小餘（四）
三月小（戊戌）朔	小餘（七百九十二）	初三雨水	小餘（一十八）
四月大（丁卯）朔	小餘（三百五十一）	初四春分	小餘（無）
五月小（丁酉）朔	小餘（八百五十）	初五穀雨	小餘（一十四）
六月大（丙寅）朔	小餘（四百零九）	初六小滿	小餘（二十八）
七月小（丙申）朔	小餘（九百零八）	初六夏至	小餘（一十）
八月大（乙丑）朔	小餘（四百六十七）	初八大暑	小餘（二十四）
九月大（乙未）朔	小餘（二十六）	初八處暑	小餘（六）
十月小（乙丑）朔	小餘（五百二十五）	初九秋分	小餘（二十）
十一月大（甲午）朔	小餘（八十四）	初十霜降	小餘（二）
十二月小（甲子）朔	小餘（五百八十三）	十一小雪	小餘（一十六）

顓頊曆甲寅，元穆王十三年辛卯，入上元一千八百一十六紀，近元八十八紀。癸亥蔀（弟七），壬戌章（弟四），弟五年。入紀積歲五百一十七，入蔀積歲六十一，積月七百五十四，積日二萬二千二百九十五。前歲庚寅，十二月三十日大寒，氣大餘二十（自癸亥至壬午），小餘八。推得閏十二月十五日，己未，己初立春。前歲朔大餘三十五（自癸亥丁酉），小餘七百四十五。推得元旦戊戌日，亥正合朔。

庚寅歲冬季

十一月小（庚午）朔　小餘（六百八十七）　十三大雪廿八冬至　小餘（一十九、二十六）

十二月大（己亥）朔　小餘（二百四十六）　十四小寒三十大寒　小餘（一八）

（閏十二）月小（己巳）朔　小餘（七百四十五）　十五立春　小餘（一十五）

辛卯歲

正月大（戊戌）朔　小餘（三百零四）　初一雨水十六驚蟄　小餘（二十二、二十九）

二月小（戊辰）朔　小餘（八百零三）　初一春分十七清明　小餘（四、一十一）

三月大（丁酉）朔　小餘（三百六十二）　初三穀雨十八立夏　小餘（一十八、二十五）

四月小（丁卯）朔　小餘（八百六十一）　初三小滿十九芒種　小餘（無、

七）

五月大（丙申）朔　小餘（四百二十）　初五夏至 二十小暑　小餘（一十四、二十一）

六月小（丙寅）朔　小餘（九百一十九）　初五大暑二十立秋　小餘（二十八、三）

七月大（乙未）朔　小餘（四百七十八）　初七處暑廿二白露　小餘（一十、一十七）

八月大（乙丑）朔　小餘（三十七）　初七秋分廿二寒露　小餘（二十四、三十一）

九月小（乙未）朔　小餘（五百三十六）　初七霜降廿三立冬　小餘（六、一十三）

十月大（甲子）朔　小餘（九十五）　初九小雪廿四大雪　小餘（二、二十七）

十一月小（甲午）朔　小餘（五百九十四）　初九冬至廿五小寒　小餘（二、九）

十二月大（癸亥）朔　小餘（一百五十三）　十一大寒廿七立春　小餘（一十六、二十三）

夏曆丙寅元，穆王十三年癸巳。入上元一千八百一十六紀，近元八十八紀。癸卯蔀（第二），癸卯章（第一），第十二年，入紀積歲八十八，入蔀積歲一十二，積月一百三十六，積日四千零一十六。前歲壬辰，十二月初一小寒，中大餘五十七（自癸卯至己亥），小餘二十四。推得正月初二日，庚子，亥初立春。前歲朔大餘五十六（自癸卯至戊戌），小餘一百八十四。推得元旦己亥，日辰正合朔。

壬辰歲冬季

十一月大（庚午）朔　小餘（一百二十六）　三十大雪　小餘（一十）

（閏十一）月小（庚子）朔　小餘（六百二十五）

十二月大（己巳）朔　小餘（一百八十四）　初一小寒　小餘（二十四）

癸巳歲

正月小（己亥）朔　小餘（六百八十三）　初二立春　小餘（六）

二月大（戊辰）朔　小餘（二百四十二）　初四驚蟄　小餘（二十）

三月小（戊戌）朔　小餘（七百四十一）　初四清明　小餘（二）

四月大（丁卯）朔　小餘（三百）　初六立夏　小餘（一十六）

五月小（丁酉）朔　小餘（七百九十九）　初六芒種　小餘（三十）

六月大（丙寅）朔　小餘（三百五十八）　初七小暑　小餘（一十二）

七月小（丙申）朔　小餘（八百五十七）　初八立秋　小餘（二十六）

八月大（乙丑）朔	小餘（四百一十六）	初九白露	小餘（八）
九月小（乙未）朔	小餘（九百一十五）	初十寒露	小餘（二十二）
十月大（甲子）朔	小餘（四百七十四）	十一立冬	小餘（四）
十一月大（甲午）朔	小餘（三十三）	十二大雪	小餘（一十八）
十二月小（甲子）朔	小餘（五百三十三）	十二小寒	小餘（無）

殷曆甲寅元，穆王十三年壬辰，入上元一千八百一十六紀。近元八十八紀。丁酉府（弟八），丙辰章（弟三），弟九年。入紀積歲五百七十八，入府積歲四十六，積月五百六十八，積日一萬六千七百七十三。前歲辛卯，十二月二十九日小雪，中大餘一，（丁酉）小餘一十六。推得正月二十九日，戊戌，午初冬至，前歲朔大餘三十三，（自丁酉至己巳）小餘四百九十二。推得元旦庚午日，午初合朔。

壬辰歲

正月大（庚午）朔	小餘（五十一）	廿九冬至	小餘（三十）
二月小（庚子）朔	小餘（五百五十）	廿九大寒	小餘（一十二）
（閏二）月大（己巳）朔	小餘（一百零九）		
三月小（己亥）朔	小餘（六百零八）	初一雨水	小餘（二十六）
四月大（戊辰）朔	小餘（一百六十七）	初二春分	小餘（八）
五月小（戊戌）朔	小餘（六百六十六）	初三穀雨	小餘（二十二）
六月大（丁卯）朔	小餘（二百二十五）	初四小滿	小餘（四）
七月小（丁酉）朔	小餘（七百二十四）	初五夏至	小餘（一十八）
八月大（丙寅）朔	小餘（二百八十三）	初六小暑	小餘（無）
九月小（丙申）朔	小餘（七百八十二）	初七處暑	小餘（一十四）
十月大（乙丑）朔	小餘（三百四十一）	初八秋分	小餘（二十八）
十一月小（乙未）朔	小餘（八百四十）	初八霜降	小餘（一十）
十二月大（甲子）朔	小餘（三百九十九）	初十小雪	小餘（二十四）

周曆甲寅元（殷曆以爲丁巳元），穆王十三年己丑，入上元一千八百一十六紀，近元八十八紀。丙子蔀（弟九），乙卯章（弟二），弟九年。入紀積歲六百三十五，入蔀積歲二十七，積月三百三十三，積日九千八百三十三。前歲戊子，十二月二十八日小雪，中大餘二十一（自丙子至丙申），小餘二十四。推得本歲正月二十九日，丁酉，酉初冬至。前歲朔大餘五十三（自丙子至戊辰），小餘七百二十七。推得元旦己巳日。酉初合期。

己丑歲

正月大（己巳）朔	小餘（二百八十六）	廿九冬至	小餘（六）
（閏正）月小（己亥）朔	小餘（七百八十五）		
二月大（戊辰）朔	小餘（三百四十四）	初一大寒	小餘（二十）

三月小（戊戌）朔 小餘（八百四十三） 初一雨水 小餘（二）
四月大（丁卯）朔 小餘（四百零二） 初三春分 小餘（一十六）
五月小（丁酉）朔 小餘（九百零一） 初三穀雨 小餘（三十）
六月大（丙寅）朔 小餘（四百六十） 初四小滿 小餘（一十二）
七月大（丙申）朔 小餘（一十九） 初五夏至 小餘（二十六）
八月小（丙寅）朔 小餘（五百一十八） 初五大暑 小餘（八）
九月大（乙未）朔 小餘（七十七） 初七處暑 小餘（二十二）
十月小（乙丑）朔 小餘（三百七十六） 初七秋分 小餘（四）
十一月大（甲午）朔 小餘（一百三十五） 初九霜降 小餘（一十八）
十二月小（甲子）朔 小餘（六百三十四） 初九小雪 小餘（無）

乾鑿度曆甲寅元，穆王十三年甲申，入上元一千八百一十六紀，近元八十八紀，丙子蔀（弟九），乙卯章（弟二），弟四年。入紀積歲六百三十，入蔀積歲二十二，積月二百七十二，積日八千零二十三。前歲癸未，十二月初四日小雪，中大餘五十五（自丙子至庚午），小餘一十六。推得正月初四日，辛未，午末冬至。前歲朔大餘五十二（自丙子至戊辰），小餘三百六十八，推得元旦戊辰日，辰正合朔。

甲申歲

正月小（戊辰）朔 小餘（八百六十七） 初四冬至 小餘（三十）
二月大（丁酉）朔 小餘（四百二十六） 初五大寒 小餘（一十二）
三月小（丁卯）朔 小餘（九百二十四） 初六雨水 小餘（二十六）
四月大（丙申）朔 小餘（四百八十四） 初七春分 小餘（八）
五月大（丙寅）朔 小餘（四十三） 初八穀雨 小餘（二十二）
六月小（丙申）朔 小餘（五百四十二） 初八小滿 小餘（四）
七月大（乙丑）朔 小餘（一百零一） 初十夏至 小餘（一十八）
八月小（乙未）朔 小餘（六百） 初十大暑 小餘（無）
九月大（甲子）朔 小餘（一百五十九） 十二處暑 小餘（一十四）
十月小（甲午）朔 小餘（六百五十八） 十二秋分 小餘（二十八）
十一月大（癸未）朔 小餘（二百一十七） 十三霜降 小餘（一十）
十二月小（癸巳）朔 小餘（七百一十六） 十四小雪 小餘（二十四）

三統曆丙子元，穆王十三年丙戌，入近元十四萬二千二百五十二年，九十三統（人統）。三十五章（乙卯章），弟九年。入統積歲六百五十四，積月八千零八十八，積日二十三萬八千四百四十五。前歲乙酉，十二月二十八日小雪，中大餘十二（自甲申至丙申），小餘二千七百九十九。推得正月二十九日，丁酉，未刻冬至。前歲朔大餘四十九（自甲申至戊辰），小餘五十一。推得元旦己巳日，申刻合朔。

丙戌歲

正月大（己巳）朔	小餘（一十三）	廿九冬至	小餘（二百零二）
（閏正）月小（己亥）朔	小餘（五十六）		
二月大（戊辰）朔	小餘（一十八）	初一大寒	小餘(二千二百二十二)
三月小（戊戌）朔	小餘（六十一）	初一驚蟄	小餘（四千二百四十二）
四月大（丁卯）朔	小餘（二十三）	初三春分	小餘（一千六百四十五）
五月小（丁酉）朔	小餘（六十六）	初三清明	小餘（三千六百六十五）
六月大（丙寅）朔	小餘（二十八）	初五小滿	小餘（一千零六十八）
七月小（丙申）朔	小餘（七十一）	初五夏至	小餘（三千零八十八）
八月大（乙丑）朔	小餘（三十三）	初七大暑	小餘（四百九十一）
九月小（乙未）朔	小餘（七十六）	初七處暑	小餘（二千五百一十一）
十月大（甲子）朔	小餘（三十八）	初八秋分	小餘（四千五百三十一）
十一月大（甲午）朔	小餘（無）	初九霜降	小餘(一千九百三十四)
十二月小（甲子）朔	小餘（四十三）	初九小雪	小餘(三千九百五十四)

東漢四分曆庚申元，穆王十三年壬辰，入上元一千八百一十六紀，近元八十八紀，乙卯蔀（弟十），乙卯章（弟二），弟九年。入紀積歲六百九十二，入蔀積歲八，積月九十八，積日二千八百九十四。前歲辛卯十二月二十八日小雪，中大餘四十二（自乙卯至丙申），小餘無。推得正月二十九日，丁酉，子初冬至。前歲朔大餘一十四（自乙卯至戊辰），小餘二十二。推得元旦己巳日，子初合朔。

壬辰歲

正月小（己巳）朔	小餘（五百二十二）	廿九冬至	小餘（一十四）
二月大（戊戌）朔	小餘（八十）	三十大寒	小餘（二十八）
（閏二）月小（戊辰）朔	小餘（五百七十九）		
三月大（丁酉）朔	小餘（一百三十八）	初一雨水	小餘（一十）
四月小（丁卯）朔	小餘（六百三十七）	初二春分	小餘（二十四）
五月大（丙申）朔	小餘（一百九十六）	初三穀雨	小餘（六）
六月小（丙寅）朔	小餘（六百九十五）	初四小滿	小餘（二十）
七月大（乙未）朔	小餘（二百五十四）	初五夏至	小餘（二）
八月小（乙丑）朔	小餘（七百五十三）	初六大暑	小餘（一十六）
九月大（甲午）朔	小餘（三百一十二）	初八處暑	小餘（三十）
十月小（甲子）朔	小餘（八百一十一）	初八秋分	小餘（一十二）
十一月大（癸巳）朔	小餘（三百七十）	初九霜降	小餘（二十六）
十二月小（癸亥）朔	小餘（八百六十九）	初十小雪	小餘（八）（北

京圖書館出版社，2005年）

張心澄《僞書通考》“雜史”：

《穆天子傳六卷》疑僞，不僞。（上海書店，1998年）

張星烺《中西交通史料彙篇》第一册《上古時代中外交通》：

《穆天子傳》卷一（文略）。

（十三）《穆天子傳》與《竹書紀年》《汲冢周書》皆晋時出自汲縣魏安釐王冢者。三書皆爲研究古史最要之資料，而專攻《穆天子傳》者，晋郭璞以後，一千數百餘年，無人繼起。直至滿清末造，始有檀萃、徐文靖、陳逢衡、洪頤煊、翟云升等，叠爲箋校。諸氏之作，余惜未能一一審察。民國以來，潜心研究此書者，有杭縣丁謙所著之《穆天子傳地理考證》（見《浙江圖書館叢書》第二集）、武進顧實之《穆天子傳西征今地考》。丁、顧二人之書，余幸得詳加審察。雖不能使余盡信其説，而究不失爲有心人之著作也。西人研究此書者，亦不乏人。一千八百八十年（清光緒六年），有愛台爾（Eitel）之英文譯本，見於《支那雜志》（China Review）之第十七册，二百二十三面至二百四十面，及二百四十七面至二百五十八面。拉克伯里（Terrien de Lacouperie）亦嘗詳細研究此書，見於氏所著之《支那文明》（Chinese civilization, pp. 35, 77, 384）。《西人研究》，余惜未能獲見。僅於英人玉爾氏（H. Yule）所著之《古代中國聞見録》（Cathay and the way thither）及德人夏德（F. Hirth）所著之《中國古代史》（Ancient History of China）中略窺一二而已。

此書第一卷，乃記穆王由今河南漳水，北至井陘，而至内蒙，向西渡黄河，至西寧，入青海，睹河源之路程也。顧實所見，與余相同。丁謙謂“天子北征犬戎”之前，有脱文甚多。余不敢從。丁氏胸中迷信顧棟高《春秋大事表》所載“犬戎在鳳翔府境，其本國今西寧府西北樹敦城也”，故以爲北循滹沱之後，不應即見西方犬戎之名也。本書明明爲“北征犬戎”。犬戎在北，已無辯論餘地。何得謬引顧棟高之説耶？况顧棟高之説，未必即爲鐵案不移也。《史記》卷四十三《趙世家》有“奄有河宗，至於休國，諸貉”。《正義》注河宗在龍門河之上流。嵐勝二州之地，依《穆天子傳》此處上下文考之，河宗氏亦應在嵐勝二州附近。即今山西西北角，陜西榆林以北河套之地。丁謙謂即星宿海，失之遠矣。

本書古地名，多已不可考。丁謙之書多武斷，顧實之説亦浮誇，皆不能使吾人滿足也。本書中有一趣事，可助吾人推求所行路綫者，即干支日期。記載明瞭也。由干支日期，可以算路程遠近也。丁謙書末，有干支表。余今亦仿其例，録之於後，爲便於研究也。

戊寅　北征，絶漳水，據《竹書紀年》爲穆王十二年十月。
庚辰　距前二日。
癸未　距前三日，絶鈃山之隊，循滹沱之陽。
乙酉　距前二日，北升於□山。
庚寅　距前五日，以雨雪天寒休息。
甲子　距前三十四日，西征，絶隃之關隥。
己亥　距前三十六日，至於焉居禺知之平。
辛丑　距前二日，西征，至於蒯人。
癸酉　距前三十二日，舍漆澤，西釣於河。
甲辰　距前三十一日，獵於滲澤。
丙子　距前三十二日，飲於河水之阿。
戊寅　距前二日，鶩行至於陽紆之山。
癸丑　距前三十五日，大朝於燕然之山。
戊午　距前五日，祭於河宗。
己未　距前一日，大朝於黄之山。
乙丑　距前六日，西濟於河源。
丙寅　距前一日，飲八駿於積石之南河。
共二百二十九日。
丁謙刊本校對甚爲精密，故余今本原文闕字及古文寫法，悉從丁氏。
《穆天子傳》卷二（文略）。

（十四）此卷記由河源積石山至昆侖，再至春山，至赤烏，更北征東還，至群玉山，由群玉山西征，至鐵山，更西行三千里，而至西王母之邦之路程也。丁謙、顧實皆謂積石山即唐人之大積石，在今青海土爾扈特旗之西南。余之意見，與丁、顧二人相同。昆侖之邱，顧實謂在托古兹達阪附近。丁謙謂在和闐南境。余之意與丁氏相同。蓋自昔吾國人即誤以和闐南境爲河源。而河源則出於昆侖也。春山丁、顧皆謂即葱嶺。余之意見，完全相同。三千年前之記載，依然與最近調查相合也。

章鴻釗謂枝斯石，即《唐書·西域傳》之瑟瑟。讀音與出産地點皆相合。章氏言甚合理。特志之於此。（參觀章著《落氏中國伊蘭卷金石譯證》，又本書下方波斯與中國交通之章第八節注八。）

赤烏氏國在春山西三百里。丁謙《大唐西域記地理考證》謂達摩悉鐵帝，《唐書》作護蜜，亦作護侃，又作護蜜多，即古赤烏也。其説可信。據《西域記》，與達摩悉鐵帝爲鄰者，爲朅盤陁國。玄奘有長篇記載，述古代波剌斯國王，娶婦漢土事，與《穆天子傳》此卷“太王亶父之始作西土……封其璧臣長季綽於春山之虱，妻以元女”必爲一事也。吾昔讀《西域記》此節，而尋查二十四史，及各種雜記多年。漢武帝以後，無公主下嫁波斯者。及至研究《穆天子傳》，而始得其人也。此事蓋至今無人發覺之也。玄奘記載如下：

“建國已來，多歷年所。其自稱云，是至那提婆瞿呾羅（唐言漢日天種）。此國之先，葱嶺中荒川也。昔波剌斯國王娶婦漢土，迎歸至此，時屬兵亂。東西路絶，遂以王女，置於孤峰。峰極危峻，梯崖而上。下設周衛，警晝巡夜。時經三月，寇賊方静。欲趣歸路，女已有娠，使臣惶懼，謂徒屬曰，王命迎婦，屬斯寇亂，野次荒川，朝不謀夕。吾王德感，妖氛已静。今將歸國，王婦有娠。顧此爲憂，不知死地。宜推首惡，或以後誅。訊問喧嘩，莫究其實。時彼待兒，謂使臣曰，勿相尤也。乃神會耳。每日正中，有一丈夫，從日輪中，乘馬會此。使臣曰，若然者，何以雪罪。歸必見誅，留亦來討。進退若是，何所宜行？僉曰，斯事不細，誰就深誅，待罪境外。且推旦夕，於是即石峰上，築宫起館，周三百餘步，環宫築城，立女爲主。建宫垂憲，至期産男，容貌妍麗。母攝政事，子稱尊號。飛行虚空，控馭風雲。威德遐被，聲教遠洽，鄰域异國，莫不稱臣。其王壽終，葬在此城，東南百餘里，大山岩石室中。其尸乾臘，今猶不壞，狀羸瘠人，儼然如睡。時易衣服，恒置香花。子孫奕世，以迄於今。以其先祖之世，母則漢土之人，父乃日天之種，故其自稱漢日天種。然其王族，貌同中國。首飾方冠，身衣胡服。後嗣陵夷，見迫强國。”（見《大唐西域記》卷十二朅盤陁國。）

周初時，葱嶺附近，或皆爲波斯之領土，故有是誤會，以爲嫁女波斯也。玄奘於下段又云：“無憂王命世，即其宫中建窣堵波。”無憂王與秦始皇同時。中國公主下嫁波剌斯，爲周初之事可無疑也。

波斯詩家費杜西（Firdusi）者，途思（Tus）（名見《元史地理志西北地附録》）人也。生於西曆九百三十一年（後唐明宗長興二年），卒於一千零二十年（宋真宗天禧四年）。著有《沙那美》（Shahnameh）一書。全書爲詩歌體裁，記波斯上古諸王，下至薩贊朝（Sasanian Dynasty）末王，伊嗣候三世（Yesdigerd Ⅲ）（名見《唐書》）而止。伊嗣候於西曆六百四十一年（唐太宗貞觀十五年），爲大食人所殺。《沙那美》譯言《帝紀》也。今有莫耳氏（J.de Mohl）之法文譯本，名曰Le Livre des Rois Par Firdouse。共七册，出版於一千八百三十八年（清道光十八年）至一千八百七十八年（光緒四年）間。

費杜西《帝記》載古代波斯與中國交涉甚多。有一節記名王哲姆錫特（Jamshid）娶馬秦國（Machin）王馬韓（Mahang, Macheuk）之女爲妻，生二女，名貝吐爾（Betoual et Humayoun）及胡瑪雲。説者謂馬秦即中國，其義猶云大秦也。馬韓即穆王之轉音云云。費杜西生於後代，故將馬秦之名用之於中國，猶之吾人今日勸稱成吉斯汗爲元太祖，而實則元之稱號，至世祖時始有。成吉斯時，固僅有蒙古之名也。馬韓亦未必爲穆王之轉音。“馬”（Ma-Maha）者大也。竊意馬韓，即太王。“太”字譯其義，而“王”字則轉其音也。哲姆錫特無他人，即周之璧臣長季綽也。考之西史，哲姆錫特尚遠在周穆王之前。印度及伊蘭兩地之阿利安人，皆稱其爲農業發明人。彼時阿利安人尚爲合一之團體，未向印度、伊蘭兩地遷徙。嘗率其衆西南至拔克脱利亞建大花園。號稱天堂樂園。在位之時，稱爲黄金時代，云云。（見Richthbofen, China, I. p. 433。）阿利安人最初居阿母河流域。葱嶺在阿母河上流。周之祖先后稷，在堯舜時代，教民稼穡。在中國亦爲農業發明人。后稷後裔，世守其業。季綽既與周有交通，且娶其公主，必棄其游牧而從事學習農業，亦爲意中之事。故年代、地域、戰業諸端，皆使人疑哲姆錫特即季綽，而非穆王也。費杜西原文，余惜未見。亨利玉爾《古代中國聞見録》中，嘗摘録數節。然亦語焉不詳。吾特譯出於下，以供考古者之參證焉。

（一）柴哈克（Zohak）遣人追踪哲姆錫特於印度及中國之境。（哲姆錫特似即季綽之轉音。）

（二）費利東（Feridun）賜其第二子吐爾（Tur）以韃靼（Tartary）及中國之一部。

（三）波斯王凱柯把特（Kaikobad）之子，夏屋胥（Siawush）避難東奔。東方吐拉尼國（Turania）（古代西方人稱中國蒙古諸地，皆爲吐拉尼國）王阿甫拉歇伯（Afrâsyab）以其女法倫基斯（Feringees）妻夏屋胥。并以中國（中國西域）及和闐二地爲奩妝。王女及婿居和闐東北龔（Kung）邑。

（四）凱苦斯魯（Kai Khusru=Cyrus）年幼時，阿甫拉歇伯遣之渡支那海。幾甫（Jiv）往支那，經歷困苦，而尋獲之。

（五）凱苦斯魯及魯斯吐姆（Rustum）二人，與阿甫拉歇伯戰争時，中國皇帝乘白象。魯斯吐姆生擒之。

（六）凱苦斯魯之繼任者，羅拉思勃（Lohrasp）嘗責中國及韃靼兩地國王，貢獻方物。

（七）古胥塔斯勃（Gushtasp=Darius Hystaspes）嘗與韃靼王阿嘉斯勃（Arjasp）哄戰，追阿至其國都，擒而斬之。（見H. Yule’s Cathay, I. pp. 9—10。）

費杜西《帝紀》所言者，究有若干可信，不得而知。惟即使其爲寓言，吾人亦當究寓言之所來，與人名地名之所由來。蓋凡寓言逸事，必皆有所本也。

玄奘《大唐西域記》卷十二又云：“王城（瞿薩旦那國）東南五六里，有麻射僧伽藍。此國先王妃所立也。昔者此國，未知桑蠶。聞東國有也，命使以求。時東國君秘而不賜，嚴敕關防，無令桑蠶種出也。瞿薩旦那王乃卑辭下禮，求婚東國。國君有懷遠之志，遂允其請。瞿薩旦那王命使迎婦，而誡曰：‘爾致詞東國君女，我國素無絲綿桑蠶之種。可以持來，自爲裳服。’女聞其言，密求其種。以桑蠶之子，置帽絮中。既至關防，主者遍索，唯王女帽不敢以驗，遂入瞿薩旦那國。止麻射伽藍故地。方備儀禮，奉迎入宮。以桑蠶種，留於此地。陽春告始，乃植其桑。蠶月既臨，復事采養。初至也，尚以雜葉飼之。自時厥後，桑樹連陰。王妃乃刻石爲制，不令傷煞。蠶蛾飛盡，乃得治繭。敢有犯違，明神不佑。遂爲先蠶，建此伽藍。數株枯桑，云是本種之樹也。故今此國，有蠶不煞。竊有取絲者，來年輒不宜蠶。”吾遍查二十四史，漢以後，歷朝無下嫁公主於于闐者。故余意玄奘此節記事，亦爲西周或東周時秦國之事。因無詳史，遂至不可考也。

洋水及曹奴氏當仍在帕米爾高原。蓋庚辰距前己卯，僅一日。而辛巳距庚辰，亦僅一日也。黑水，丁謙謂即今葉爾羌河。土人稱爲喀喇烏蘇。喀喇言黑，烏蘇言水，即黑水也。丁氏之言是也。甲申距壬午，亦僅二日。群玉山當在葉爾羌河畔，蓋穆王循黑水北征東還也。丁謙謂即葉爾羌西南四百一十里之密爾岱山。離群玉山後，穆王仍向北行一日，至戊戌日，始改向西，至剞閭氏。由是而至西王母之邦。其方向皆直向西，其道里則截春山以北，自群玉山至於西王母之邦三千里，其日期則自離群玉山至西王母之邦，凡三十日。是西王母之邦當在今俄領土耳其斯坦撒馬兒罕附近也。丁謙謂西王母之邦即古代迦勒底國，顧實謂即波斯國。余皆不能與之同意。丁顧二氏，皆以蔣觀雲之《中國人種考》爲信史，故有此附會也。蔣氏之《中國人種考》，余搜查多處，迄未能得，深爲悵恨。據丁顧二氏之書觀之，蔣觀雲亦不過據法人拉克伯里（M. Terrien de Lacouperie）所著之《支那太古文明西元論》（Western Origin of the Early Chinese Civilization from 2300 B. C. to 200 A.D.London, 1894），而更搜羅中國古書關於西方之記載，助成其說而已。贊同拉氏之說者，尚有劉光漢之《華夏篇》《思故國篇》，黄節之《立國篇》，章太炎之《種姓篇》，丁謙之《中國人種從來考》等。雖各有主張，而要皆以拉氏之中國人種西來說爲根據。在十餘年前，全國學子，翕然景從。近年以來，歐西反對拉氏之說者，不一其人。英人斯旦英（Stein）、羅斯（Rose）、賈兒斯（Giles）皆即其代表。他國之東方學者，亦未能承認拉氏之說也。拉克伯里對於《穆天子傳》亦嘗研究，見於其所著之《支那文明》（Chinese Civilization, pp. 35. 77, 384.）。拉氏亦謂穆王曾至和闐、葉爾羌、瓦漢（Wakhan）（即赤烏氏）、吐魯番、喀喇莎爾、裕勒都斯（Yulduz）等地。最西或曾至喀什噶爾云。拉氏之解釋，較之余說，更爲縮小謹慎。然余則深信余說之有理。西王母之邦，斷不能在迦爾底或波斯也。《太平廣記》卷五十六引《集仙録西王母》曰：“西王母者，九靈太妙龜山金母也……所居宮闕，在龜由春山，西那之都，昆侖之圃，閬風之苑，有城千里，玉樓十二，瓊華之闕，光碧之堂。九層玄室，紫翠丹房。左帶瑶池，右環翠水。其山之下，弱水九重，洪濤萬丈，非飆車羽輪不可到也。”漢桓驎《西王母傳》與《集仙録》所載者，完全相同。《集仙録》或即取材於桓驎之書也。所謂龜山，余意即葱嶺稍西之印度庫斯山。Hindu kush西那者，Shina之譯音，印度庫斯山麓古國也。今代其地仍有該民族遺裔居住。所謂弱水九重，洪濤萬丈，非飆車羽輪不可到者，不過方術家誇誕之辭，志在表其地崎嶇難達而已。唐段成式《酉陽雜俎》卷十四《諾皋記》上有一節，亦可證明余説也。其説曰："西王母姓楊，諱回，治昆侖西北隅。以丁丑日死，字曰婉衿。"治昆侖西北隅，可見其國之必在于闐西北也。若在波斯或迦爾底，則當在西南矣。

此卷之干支日期如下：

丁巳　距前五十一日。

戊午　距前一日。

辛酉　距前三日，升昆侖，觀黄帝之宫。

癸亥　距前二日，禋於昆侖之邱。

甲子　距前一日，北舍於珠澤。

季夏丁卯　距前三日，北升於舂山。

壬申　距前五日，西征。

甲戌　距前二日，至於赤烏。

己卯　距前五日，北征。

庚辰　距前一日，濟洋水。

辛巳　距前一日，入於曹奴之人戲。

壬午　距前一日，北征東還。

甲申　距前二日，至於黑水。

辛卯　距前七日，北征東還。

癸巳　距前二日，至於群玉之山。

孟秋丁酉　距前四日，北征。

戊戌　距前一日，西征。

辛丑　距前三日，至於剞閭氏。

壬寅　距前一日，登於鐵山。

丙午　距前四日，至於鶗韓氏。

丁未　距前一日，大朝於平衍之中。

己酉　距前二日，大享於平衍之中。

庚戌　距前一日，西征至於玄池。

癸丑　距前三日，西征。

丙辰　距前三日，至於苦山。

丁巳　距前一日，西征。

己未　距前二日，宿於黄鼠山。

癸亥　距前四日，至於西王母之邦。

共一百十七日，由春山至西王母之邦五十六日。由群玉山至西王母之邦三十日。

《穆天子傳》卷三（文略）。

（十五）此卷初段，記穆王與西王母之酬酢。既乃移六師之人，至於曠原，大畋九日。下卷里西土之數，自西王母邦，北至曠原之野，飛鳥之所解其羽，千九百里。丁謙謂此曠野，在裏海東，今俄屬雜喀斯比斯省（Transcaspian province）地。顧實謂此曠野，在裏海之北，俄羅斯之南部。余之所見，則完全异於丁、顧二人。余意此曠原，即今阿拉爾海東北之吉爾吉思曠野也。溽水即西爾河（Sir Daria）。西爾二字，速讀之，音與溽字相近。據西人考查，古代裏海與阿拉爾海連成一海，面積甚廣。周穆王時，或仍如此。故本傳此卷，有“爰有□藪水澤。爰有陵衍平陸”諸語。爲其鄰於大澤，故碩鳥群集，解羽斯處也。《潛夫論》志氏姓篇謂“穆王游西海忘歸”。西海者，必即阿拉爾與裏海連成之大海也。

夏德《中國古代史》記西洋學者，對於西王母之意見。吾兹譯列於下，俾爲中國學者他山之石焉。

愛台爾（E. J. Eitel）謂：“西王母三字僅爲譯音，别無意義。《穆天子傳》以及中國他種古書，皆不言西王母爲婦人。此名與傳中他名相同。鄙意西王母爲部落之名。其酋長亦以此爲名也。”至謂西王母爲婦人者，乃後代人見文生義，自啓誤會也。印度男神阿縛盧枳低濕伐羅（Avalokitesvlara）（名見《大唐西域記》卷三）第八世紀時，中國大繪畫家吴道子尚繪爲一年幼有鬚，身軀修長之男子。然後代竟誤爲觀音女佛也。以西王母爲女者，亦有類於是矣。

夏德謂據中國各種古書考之，周穆王誠爲游幸不倦之主。然其最遠所至之地，在西面似未必出今長城邊關。至若昆侖以及各地可以證明在今新疆省西部者，皆爲後代人竄入者也。愛台爾謂《穆天子傳》確爲耶穌紀元前第十世紀之書。然和闐南喀喇科隴山（Karakorum）（即昆侖山）之外，似尚有他山，亦名昆侖。於上古時代，見知於中國人也。中國學人固亦有持此説者。《肅州志》第五册載州城西南二百五十里，有雪山，名曰昆侖山。周穆王朝西王母之處。有王母祠，珠璣鏤飾，焕若神宫。《十六國春秋》云，凉張駿酒泉守馬岌上言酒泉南山即昆侖之體。周穆王見西王母即謂此山。有石室，王母堂。

柏林大學教授福爾克（A. Forke）謂據中國數種記載，詳細考察，西王母者，非他人，乃設巴國女王（Queen of Sheba）也。周穆王所至之西王母國即今阿拉伯也。（見Mu Wang und die Königin von Saba, in Mittheilungen des Seminars für Orientalische Sprachen zu Berlin, Jahrgang vii, 1904.）夏德謂西王母之名，亦見於《竹書紀年》。舜時來賓。舜在穆王前一千一百年。設巴女王與穆王同時。然又焉能與舜同時乎？福爾克所説之不足信明矣。

法國沙萬内（Chavannes）注《往西王母國紀程》（Le voyage au pays de Si-wang-mou）謂往朝西王母者非周穆王實爲秦穆公也。

夏德謂説者紛紛，莫衷一是。然無論何説爲是，周穆王之西游，無影響於中國文化即可斷然也。借使穆王果嘗至和闐等遠邦，而今代吾人，亦斷不能知穆王在和闐附近所見者，究爲印度人歟，波斯人歟，抑爲韃靼人歟？穆王歸後，自中央亞細亞幽秘之地，或帶回若干奇异觀念。然吾人於周朝之支那文明發達史上，亦不能察得外國文化輸入之顯明證據，如九百年後，漢武帝所爲之彰彰也。（見F. Hirth. The Ancient History of China, pp.144—152.）

此卷之干支日期如下：

甲子　距前一日，賓於西王母。

乙丑　距前一日，觴西王母於瑶池之上。

丁未　距前四十二日，飲於温山。

己酉　距前二日，飲於溽水之上。

己亥　距前一百十日，蓋舍於礦原三月。大畋九日，始東歸。

庚子　距前一日，至□之山，以待六師。

庚辰　距前四十日，東征。

癸未　距前三日，至於戊□之山。

己酉　距前二日，南征東之。

己丑　距前四日，至於獻水。

己亥　距前十日，至瓜纑之山。

辛丑　距前二日，渴於沙衍。

甲辰　距前三日，至積山之邀。

乙巳　距前一日，諸飦獻酒。

共二百二十日。

《穆天子傳》卷四，略。

（十六）此卷之干支日期如下：

庚辰　距前三十五日，至於滔水。

辛巳　距前一日，東征。

癸未　距前二日，至於蘇谷。

丙戌　距前三日，至於長淡。

丁亥　距前一日，升於長淡。

庚寅　距前三日，至於重䣥氏黑水之阿。

孟秋癸巳　距前三日，命重䣥氏共食五日。

丁酉　距前四日。升至采石之山。

仲秋癸亥　距前二十六日，觴重䍃氏之人鯀鱃。

乙丑　距前二日，東征至於長沙之山。

丙寅　距前一日，東征。

己巳　距前三日，至於文山。

壬寅　丁云，應作壬申。距前三日。飲於文山之下，原作壬寅誤。蓋上明言三日，游於文山。且作壬寅，是仲秋至孟冬有一百餘日矣。核改壬申，則五十九日。兩皆密合。

癸酉　距前一日，東南馳行，至於巨蒐。

甲戌　距前一日，至於焚留之山。

乙亥　距前一日，南征陽紆，絶䍐䍐之谷。

乙巳　距前三十日，至於𧢼璃河。

癸丑　距前八日，東征。

戊午　距前五日，東征。

孟冬壬戌　距前四日，至於雷首。

癸亥　距前一日，升於髭之隥。

丙寅　距前三日，至於鈃山之隊。

癸酉　距前七日，南征絶翟道，升太行濟河，入於宗周。此時當得徐戎叛耗，故飛馳而還也。歸程由曠原至宗周，共二百四十四日。

庚辰　距前七日，大朝宗周，里西土之數。

甲申　距前四日，祭於宗周之廟。

乙酉　距前一日，休六師之人於洛水之上。

丁亥　距前二日，北濟於河。

仲冬壬辰　距前五日，至櫐山之上。

丁酉　距前五日入於南鄭。

共二百三十二日。據改正干支，應共二百零二日。

《穆天子傳》尚有二卷，無關於中外交通，故略之。

《四庫全書簡明目録》列《穆天子傳》於小説家類中。吾友王桐齡君近著東洋史，亦謂“《穆天子傳》小説體裁。所載之事，未敢盡信”云。王桐齡君爲史學專家，乃亦爲此批評，吾誠不解其故。中國小説中，有第二部書其體裁與《穆天子傳》相似者歟，書之稱爲小説，必其言怪誕難信，無可考證。至若《穆天子傳》，乃一純然旅行日記。依其干支，考證地理，皆歷歷不誤。而王君竟謂所載之事，未敢盡信。吾不知書中究有何處，使王君不敢信之也。行程日期、方向、山川，皆清了如是，而不之信。是何异百餘年前歐洲人詆《馬哥孛羅游記》爲小説，馬哥爲僞托之人物乎？

同上，第六册《增補及修正穆天子傳研究》：

第一册《上古時代中外交通》第七十七面，余言民國以來，潛心研究此書者，有杭縣丁謙及武進顧實二人。此時余必須增入衛聚賢、葉浩吾二名。衛氏之《穆天子研究》見於一九二九年（民國十八年）十月九日，出版之廣東國立中山大學語言歷史學研究所周刊百期紀念號。衛氏之作凡四十二面。先研究《穆天子傳》之作期，其言甚辨。謂非穆王時之作品，余極與之同意。次又研究其作地。末尾結論，謂："《穆天子傳》是中山人的西游記録，魏滅中山，將此西游記録據歸於魏。魏襄王設了個編輯館，用了一般好古之士，編輯《紀年》《逸周書》等，時人相傳周穆王西征跑的很遠，但無史料可據，於是把從中山帶來的西游記録，加上周穆王的事實就成了現本《穆天子傳》卷一至卷四的四册。魏人又以當時傳説周穆王是'周行天下'的，不是單獨'西征'的，是以又捏造了現本《穆天子傳》卷五的一册。又另記了周穆王的盛姬死事一册，後人以此一册，附在前五册後，就成今本《穆天子傳》六卷一部。"此段魏（輯者注：誤，當爲衛。）氏不免好奇而武斷。其所根據之理由有三：（一）書中用夏正是與用夏正的地方或與用夏正的民族有關；（二）走的路綫，是與河北平漢綫附近地方有關；（三）賜的是胡人特產物，得的是胡人必需品。此三種理由，余意不足以決定《穆天子傳》爲中山國人之作品也。（一）夏商周三代雖正朔不同，而夏正最早，各種節令，後代沿用。周人著書而用夏正者甚多。前人已久言之，近代言之者亦不乏人。一書之内，或用夏正或用周正，《左傳》即其明例也。商周正朔雖改，當時恐未必强迫人民不許用夏正也。孔子爲商代後裔，周朝臣民，而昌言無忌，謂行夏之時也。日本明治維新以來，六七十年，鄉間農人，沿海漁民，仍多沿用陰曆。月份牌上，仍見舊曆月日也。民國成立十餘年，除政界以外，陰曆普行。惰性習慣使然也。吾人不得謂民國以來用陰曆者，即爲清之人而非中華民國之國民。此理亦甚瞭然。（二）《穆天子傳》卷一開端有缺文，丁謙業已言之。穆王起身漳水以前，必尚有文，言天子由宗周或洛陽起身，爲原書所失也。探險隊由何處出發，經由何地，視隊員所欲觀察之地方爲定。吾人亦不必拘泥周都在陝西，欲往西北，必當從陝西直入甘肅，不能繞道他處也。游記起始著筆，尤不必拘定由出發地點開端也。《穆天子傳》載穆王西征回國，升太行後，仍"南濟於河，馳驅千里，遂入於宗周……天子大朝於宗周。乃里西土之數。自宗周瀍水以西，北至於河宗之邦，陽紆之山，三千有四百里……"旅行隊最後歸回至宗周。里西土時，亦自宗周算起。可見旅行隊非中山國人。全書稱旅行隊隊長爲"天子"。中山國君或其人民，何得妄稱"天子"。傳中記旅行隊人數有六師之衆。六師之外，又加以七萃親軍，百官從士。周制二千五百人爲師。全旅行隊人數約達二萬左右。中山小國，何能有此大規模之旅行隊耶？於其謂爲中山國人之西游記録，使書中生出數困難可疑之點，反不若從舊説，謂爲穆王以後，周臣記録先王事實，可以解釋一切也。將各種困難可疑之點，悉委爲魏人增加捏造，則不免武斷矣。（三）穆王旅行隊人數甚多。丁謙嘗爲計算一年所需之晌。每人日食米升，須七萬餘石，載車七千餘輛，役夫須人一萬四千，牛馬四餘頭。合之六師七萃百官從士所乘之馬，又不下萬頭。所增人畜，應需糧食麸料，又須載若干車輛。如此大規模之旅行，其供給困難，不言而喻。糧草可以隨處借之。自以少帶爲便。至於沿途賞賜各國君主酋長之物，亦不妨沿途收集。取之此國，用之彼國。不爲失禮也。古代長途旅行者，大抵如此。故《穆天子傳》中所載穆王賞賜各國之物，多胡地特産物，所得之物，是胡人必需品者，即此故也。至由西域載回糧食數千車者，備沿途之食用，非以運回本國也。

魏（衛）氏之作，注意於研究《穆天子傳》本書之作期及作地。故全文四十二面之中，研究路綫上地理者僅約兩面。外附一《穆天子傳》西征往來路綫圖。路綫用紅色著出。此圖可與一千九百二十八年，十月，輔仁大學所發行之Bulletin No.5中，神父廖長壽（Dom Charles Raulh）所作之［China’s Relations with the west, from the accession of Yao（2357B.C.）to the End of the San Tai Period（249B.C）］論文附圖，互相參觀。關於自漳水至河首之路綫，魏（衛）圖與廖圖完全相同。由河首穿過青海之綫亦幾相同。余及其他研究《穆天子傳》地理者，意見大概亦相同。魏（衛）圖昆侖山，西王母。大曠原三地所在，則與余及丁、顧等家意見大大不同矣。魏（衛）地理考證，極其簡略。關於各段路程之起點至終點，皆以“以里數計，大略相符”兩句了之。吾意即以各段里數計之，亦未必相符也。

葉浩吾在民國九年第五期之《中國地學雜志》上亦有關於丁氏《穆天子傳注證補》一篇。春山即葱嶺，群玉山即密爾岱山。葉氏亦認丁説爲是。西王母葉氏以里距度之，以爲在今波斯國之馬什德（Meshed）。

日本人小川琢治近亦有《支那古代中央亞細亞之交通路》一文，登於日本《地學雜志》四百八十五及四百八十七號。亦深信《穆天子傳》爲穆王時史官之實録。并就干支道里，復援《山海經》《地理志》等，以對比今昔之地名。中附周穆王西征綫路圖。余僅自章鴻釗所作《從寶石所得古代東西交通觀》（見《中國地學雜志》第十九年第一期）間接知之。至其原文，則未得詳讀也。（輔仁大學圖書館，1921年）

李笠《三訂國學用書撰要》史部“穆天子傳”條：

郭璞注本。（洪頤煊校刊、四部叢刊影天一閣本、翟云升校本。）

徐文靖《穆天子傳箋》、陳逢衡《補注》、丁謙《穆天子傳考證》（《浙江圖書館叢書》本）、劉師培《穆天子傳補釋》（己酉《國粹學報》）、孫詒讓《札迻》、孫詒讓《舊本穆天子傳目録》（《述林》九）、吕英調陽《穆天子傳校

釋》、檀萃《穆天子傳注疏》、顧實《穆天子傳西征今地考》（《國學叢刊》一卷四期）。（樸社，1931年）

金兆梓《中國人種及文化之由來》：

近人多信吾國民族西來之説。考此説實始於蔣觀雲。蔣氏以吾國之舊傳説，舉一切文明之原始集中於皇帝軒轅氏，疑之而不得其解，見法國人拉克伯里（Terrien de Lacouperie）之《支那太古文明西原論》（Western origin of the Early Chimac Civilization），遂信其説，以爲黄帝者，實來自巴比倫之一酋長，舉巴比倫原有之文明，舉而措之於中國，故有此頓進之象。且引黄帝之游乎昆侖之丘，周穆王之西游西王母，附會爲祖國之思。一時治史者炫於其説之新穎，群起而盲從之，其甚者且以爲吾國民族之西來，實出於吾國古史上之舊傳説，而其所依據者，要亦莫能外《山海經》《穆天子傳》諸僞書。然即此等僞書中求之，固亦未見有黄帝西來之確説，其最足以附會吾族西來説者，惟《遁甲開山圖》。其説以爲：天皇被迹於西北柱州之昆侖，而地皇則已興於熊耳龍門山。然此其書之不足信，蓋尤有甚於《山海經》等書。乃自拉克伯里之妄言，蔣觀雲之妄信，而吾族西來之説遂無端而甚囂塵上。（《東方雜志》，1929年第二十六卷第二十四號）

曾琦《曾慕韓先生遺著》第五編詩《讀穆天子傳》：

瑶池西去復重回，王母情深語更哀。不謂白圭玄璧贄，竟從天上賜恩來。周道由來守四夷，如何八駿日西馳。穆王自是多情種，親築重臺爲盛姬。（沈雲龍《近代中國史料叢刊》第六十八輯，臺北文海出版社，1966年）

王文進《文禄堂訪書記》：

《穆天子傳》六卷，晋郭璞注。清顧抱冲據宋校明范欽刻本。半葉九行，行十八字，注雙行，白口，板心下記字數、刊工姓名。荀勖序。顧氏手跋曰："壬子春，得一影宋鈔本，斷爛不全，失去一葉。其文與注則微有异同。因研朱細校其异，顧文字古奥，未敢妄訂是非，行就博雅家正之。癸丑霜降後二日，抱冲校畢記。"有"墀詔""錫綸""江陰繆氏藏"印。（上海古籍出版社，2007年）

孫殿起《販書偶記》史部之古史類：

《穆天子傳注疏》六卷首一卷末一卷。（望江檀萃撰，無刻書年月，約乾隆間石渠閣刊。）

《竹書穆天子傳》六卷。（晋郭璞注，臨海洪頤煊校，嘉慶丙子鄂不館刊。）

《穆天子傳注補正》六卷。（江都陳逢衡撰，道光癸卯刊。）

《穆天子傳補注》六卷。（栖霞郝懿行撰，光緒戊申五月潜廬精刊。）（中華書局，1959年）

孫殿起《販書偶記續編》史部之古史類：

《周穆紀傳》一卷。清台州黄濬撰，道光丁亥刊。是書以梁沈約附注《竹書紀年》、晋郭璞注《穆天子傳》二書合訂者。（上海古籍出版社，1980年）

王獻唐《雙行精舍書跋輯存》（續集）：

《穆天子傳》六卷。（晋郭璞撰。民國二十三年山東省立圖書館影印黄丕烈校跋明程榮刻本，一册，山東省圖書館藏。）

十九年夏，聊城楊氏海源閣藏書散出，流落保定、天津市肆，濟南敬古齋亦收購多帙。時晋軍入濟，余交卸離館，將束裝旋里，適過敬古齋，出視此書及顧千里校《説文繫傳》，展玩未久，炮聲隱隱動天外，市語蒼皇，瞬息萬變。戲謂敬古齋主人："解職得一月修俸，備作資斧，世變䠥陒，深恐書流域外，能傾囊相易乎？"主人與余交久，慨然見許。挾書歸寓，篝燈爲《繫傳》校記。宵深人寂，萬念愴動，數十里外，方且肉薄血飛也。未幾，晋軍北去。余回館供職，主人續續出其所藏，盡爲館中購致之。友人顧惕生先生，專治《穆傳》，聞余儲有此本，擬來濟藉校，感其意誠，移寫一本爲贈。自後遠地知交，時求假録，且慫恿印行。余既不勝其困，又以近人喜習此書，苦乏善本，蕘翁先後手勘，益以惠、顧兩家舊校，合八本爲一，尤利學者。其所據之九行二十二字本，爲人間孤帙，亦復備具。書中旁行斜上，朱墨焕爛，余見蕘翁勘書，殆以此册及《劉子新論》爲最縝密矣。館中收集金石，近已拓爲《海岳樓金石叢編》，出書二集，復以余力編印《海岳樓秘笈叢刊》，即舉是書爲《叢刊》之一。色墨、紙幅、題識、印記，悉仍舊貫。既乞惕生先生爲跋，復以《楹書隅録》諸書，先後著録抄刻之流别，斠勘之得失，稍肄《穆傳》者，皆有真鑒，不復贅及焉。

二十三年元月，瑯琊王獻唐記於山東省立圖書館。（齊魯書社，1986年）

劉盼遂《劉盼遂文集·穆天子傳古文考》：

《穆天子傳》凡六卷，每一卷大題下空一行，書"古文"二字，其用意至今無解者。劉盼遂謂今本正書，乃當時諸校官所作之釋文，古文即斥竹簡上之蝌蚪書也。當日寫定本爲兩兩對照，若法貼之旁綴釋文者然。後人不識蝌蚪，以爲煩贅，徑將之刊落，而仍書"古文"二字當其隙，以存舊式，遂成今日之本矣。考王隱《晋書·束晳傳》云："大康元年，汲郡民不準盗發魏安釐王冢，得竹書漆字科斗之文，大凡七十五卷，有《周穆王游行》五卷，説周穆王游行天下之事，今謂之

《穆天子傳》。詔荀勖、和嶠以隸草寫之。勖等於時即已不能盡識其書，今復闕落，又轉寫益誤。《穆天子傳》世間偏多。”（《左傳》杜預後序正義引王隱《晋書》。）荀勖《穆天子傳序》亦云：“雖其言不典，皆是古書，頗可觀覽。謹以二尺黄紙寫上。請事平，以本簡書及所新寫，并付秘書繕寫。”據以上二事，則晋人傳寫《穆傳》以簡書之古文與新寫之隸書合行，若宋汴學中二體石經之式可知。而當時學人，如束、荀之博淹，尚不能遍識書中古文，故古文易於佚失，又從可知矣。然當日古隸并寫，亦非無所本。魏齊王芳正始時，立三體石經，實以古文爲主。蓋魏崇古文學，故勒古文經，而附以篆隸，取便仞識，是碑刻之自作釋文者，莫尚於此。晋寫《穆天子傳》之有古有隸，殆即師其意歟？惟魏石經今尚有《隸續》及出土一殘石可略窺其髣髴，若《穆傳》則古文俄空，絶不可復睹，不其惜哉！今輒抒其鄙意，擬摹一行，以存虎賁中郎之舊。凡字必有來歷，不敢虚造點注，以招譏也。

飲 天 子 㶅 水 之 上 戊 寅 天 子 北 征（北京師範大學出版社，2002年）

于省吾《穆天子傳新證》：

《穆天子傳》文詞簡古，確爲晚周人所作。惜荀勖等寫以時隸，未能摹存古文。古文字畫奇變，隸楷無以存其真。又傳世刻本鈔本訛敓已甚，洪、翟二家所校，亦多未善，檀氏《注疏》，尤多紕繆，蓋是書之不可屬讀，由來尚矣。偶有所見，未敢自信，著之於篇，以就正於博洽君子。

賜七萃之士戰

按萃倅字通：《周禮·夏官》戎僕，“掌馭戎車，掌壬倅車之政”，注：“倅副也。”近世易州出土古戎器，有萃鋸萃鍨錸者，均萃車所用之兵器也。嘗見古鉨兩枚，一爲“王之萃車”四字，一爲“萃車馬日庚都”六字，是萃車即副車也。戰字舊均讀如字，顧實謂爲演習作戰之事，然演習作戰，不應言賜。按戰字本應作獸，即獸，亦即狩之假字。《甲骨文》狩獵之狩作或。近世壽州所出《楚王鼎》，戰字作戩；《古文四聲韵》《三體石經》古文戰字，亦作戩。或謂《甲骨文》戰獸同字。《詩·車攻》“搏獸於敖”，《後漢書注》作“薄狩於敖”，《公羊·桓四年傳》：“冬曰狩。”注：“狩猶獸也。”然則“賜七萃之士獸”者，謂准予七萃之士以狩獵也。古人以狩爲游樂，故言賜也。

至於鄘人

按鄭（當爲劉）師培云：“鄘、馮古通，鄘伯之鄘，即馮夷之馮，《漢書·侯表》鄘成制侯周緤，《楚漢春秋》作封爲憑城侯。”劉説是也。然劉知鄘之通馮，尚未知鄘人之即馮夷也。按《卜辭金文》夷狄之夷均作，即尸字，《卣》夷方之夷字作𠂉，即人字，是人尸形音并通。或謂人尸初本同字，然則鄘人即馮夷矣。《莊子·大宗師》："馮夷得之，以游大川。"《竹書紀年》夏帝芬十六年，"洛伯用與河伯馮夷鬥"。箋："河伯洛伯皆當時諸侯伯爵，用與，馮夷其名也。"《楚辭·遠游》："今海若舞馮夷。"王注："馮夷，水仙人。"洪注："馮夷，河伯也。""河宗之子孫，鄘伯綮且逆天子於智之□"，是言天子初至馮夷之境。而鄘伯綮始迎之也。下言"河伯無夷之所都居，是惟河宗氏，河宗伯夭逆天子燕然之山"，注謂"無夷即馮夷"，是也。上言"初至馮夷之境"，此則至馮夷之都也。顧實謂無夷蓋爲鄘伯綮及河宗伯夭之祖先，此説是也。按馮夷謂夷之國名也，死爲河伯，因其爲馮夷之國君，沿習既久，遂以馮夷爲河伯之名也。《後漢書·張衡傳·思玄賦》"號馮夷俾清津兮"，注："龍魚河圖曰河伯，姓吕名公子，夫人姓馮名夷。"按夫人姓馮名夷之説，殊不可據，河伯不應以夫人之名爲名也。至河伯姓吕名公子，雖不知其何所本，然可證河伯本非姓馮名夷也。

天子使井利受之

按《竹書紀年》作井公利。下文乃命井利梁固聿將六師，井利即邢利，《金文》邢國之邢均作井。

天子屬六師之人

按《書·顧命》"張惶六師"。《詩·瞻彼洛矣》"以作六師"。《棫樸》"六師及之"。《常武》"整我六師"。金文作六自，《鼓𦊆簋》"王命東宫追以六自之年"。《成鼎》"王□命遹六自"，又云"揚六自"。

河宗□命於皇天子

按《齊侯壺》"齊侯拜嘉命於上天子"。

穆滿

按注云"言謚蓋後記事者之辭"，此説非是。《遹簋》"穆穆王在莽京""穆穆王親錫遹𤔲"，是穆王生稱謚號之證。

賜語晦

按注云"月終爲晦，言賜女受終福"，此説非是。依邵本及注文語應作女，晦宜讀作賄。《儀禮·聘禮記》"賄在聘於賄"，注"古文賄皆作悔"。《一切經音義》七四"賄古文晦同"。《賢兕觥》"晦賢百晦𩰫"，上晦字，郭沫若讀賄，是也。《周禮·大宰》"商賈阜通貨賄"，注"金玉曰貨，布帛曰賄"，然則"賜女晦"，即賜女賄也。

乃命正公郊父

接注云："正公謂三上公，天子所取正者，郊父爲之。"注意含渾，洪頤煊謂"郊父即圻父"，是也。下文言天子大饗正公諸侯，是正公位在諸侯之上。《書·洛誥》"篤叙乃正父"，正父當即正公也。

百姓珤富

按注訓富爲安，非是。珤古寶字，金文亦作窑。珤富二字不詞，珤應讀作飽。《仲歔父盤》“用夙饎仲氏憂”，《弭仲簠》“諸友飲飤認具饡”，饎、饡均古文飽字。珤與饎并諧缶聲，故得相通。然則“百姓珤食”，即百姓飽富。上言“農工既得，男女衣食”，是百姓飽富句，意適相承。

□亢

按亢，檀、洪、翟校本作亦，非是。上文乃進食□酒十□姑剫九，是名詞下均數位，黄校本亢作六，是也。余所藏《古先磬》，六字正作亢。

朱帶貝飾三十

按注云：“《淮南子》曰，貝帶鵕鸃是也。”下文屢言貝帶，即朱帶貝飾之簡文也。“朱帶貝飾”者，以貝飾帶也。近世出土之鼎，鼎外周圍有飾以貝者，貝之有縫處均外向，以貝飾帶，當亦如是也。

如麋而載骨

按載應讀作豺，載從𢦏聲，𢦏古哉字，𢦏從才聲，金文哉字多假才爲之，載豺并諧才聲，故得相通。“如麋而豺骨”，形象如麋，而骨格如豺也。顧實謂“載骨或即戴骨”，戴骨不詞甚矣。

朱三百裹

按范本朱作珠，非是。顧實謂“朱、珠古今字，朱三百裹，猶言朱帛三百纏”。此説尤非。《書·禹貢》“礪砥砮丹”，《僞傳》“丹朱類”。《山海經·大荒北經》“有始州之國有丹山”，注“此山純出丹朱也”。《説文》：“丹巴越之赤石也。”《荀子·王制》：“南海則有羽翮齒革曾青丹干焉”，注“丹，丹砂也”。按朱亦稱丹，又謂之丹朱，亦謂之朱丹。下文言朱四百裹，又言朱三百裹，卷三言朱丹三百裹者一見，言朱丹七十裹再見。《吕覽·本生》“無不裹也”，注“裹猶囊也”。然則朱三百裹，猶言朱三百橐矣。一説裹橐字通，古韵裹歌部，橐魚部，魚歌通協。《庚嬴卣》：“錫貝十朋，又丹一㭾。”《説文》“㭾判也，從本㡿聲”，《易》曰“重門擊㭾”，又“欜，夜行所擊者，從木橐聲。《易》曰重門擊欜”。是析欜音義并同，欜應讀作橐，囊類，又丹一㭾，即又丹一橐矣。

變□雕官

按卷四有“絲緫雕官”，顧實以爲雕工之官，疏矣。官管古字通。《儀禮·聘禮注》：“古文管作官。”《荀子·賦篇》“管以爲母”，注“管所以盛箴”。疑變□絲緫皆絲類，雕管，管之雕以華文者，絲類與盛箴之管，均物用之相因者。

天子賓於西王母

按舊説均以王母爲祖母之通稱，誤矣。西王母者，西母也，加王字乃尊大之義。《淮南子·覽冥訓》"西王折勝"，孫詒讓謂老當作姥是也。傳休《奕賦》"西母使三足之靈禽"，均其證也。《伯康簋》"用簋王父王母"。《仲獻父簋》以皇考與王母平列。《史伯碩父鼎》，以皇考與王母泉母平列。《爾雅·釋親》，以王母爲祖母，適可證其非周人所作矣。

至於積山之邊

按邊疑即邊字之訛，散盤邊字作[illegible]。

㣲尾

按㣲當即瑑之古文。

桂薑百崗

按卷三有"桂薑百□"，闕文當即崗字。下文亦有桂薑百崗之語，疑崗即[illegible]字，乃嗣之省文。古籍亂每訓治，金文治字亦作𤔲，實則亂無治訓，亂乃𤔲字之訛也。百嗣猶言百枚，《齊侯壺》"玉備一嗣，備玉二嗣"，猶今人言一個二個也。

㣻

按㣻本應作[illegible]。

命毛班逢固先至於周

按卷五有毛公，《注》謂毛公即毛班，是也。《班簋》云："唯八月初吉，在宗周，甲戌，王命毛伯更虢䵣公服。"又云："班捧䭫首曰。"又云："班非敢覓。"是毛伯名班，乃穆王時人。而郭沫若、吴其昌均考定班簋爲成王時器，失之。

與井公博

按注云"疑井公賢人而隱祊"，此説非是。卷末亦有□井公博之語，上言天子北入於邴，洪校本謂邴祊古通用，是也。注云"邴鄭邑也"。《康鼎》有奠井二字，奠鄭井邢并古今字。《奠井叔鐘》"奠井叔作靈鐘，用妥賓"，鐘之文字形制，均在穆王以後，當與此井公無涉也。

皇人受穀

按注訓穀爲生，不詞甚矣。穀謂福禄，翟校本據《初學記》《太平御覽》《事類賦》《玉海》皆作壽穀，是也。"皇人壽穀"，與上"皇人威儀"相對爲文，作受穀則非對文矣。

祭祀則熹

按熹應讀作禧，《爾雅·釋詁》"禧，福也"，"祭祀則禧"謂祭祀則福也。《莊子·讓王》"時祀盡敬，而不祈喜"，俞越亦謂喜當作禧，是也。《禮記·禮器》"祭則受福"。《少儀》"爲人祭曰致福"。《易井》九三"王明，并受其福"，明應讀盟，謂盟祀并受其福也，詳《易經新證》。

紐萯之獸

按下文“天子東狃於澤中”，則此紐字本應作狃。《詩·大叔於田》“將叔無狃”，傳“狃習也”。此文狃字當指穆王躬自搏獸而言。

是曰壺輲

按注云“輲音遄，速也，與遄同”，此説非是。輲本應作鍴，彝器有《郤□王義楚鍴》，羅振玉謂鍴爲小觶，是也。上言盛姬求欲，天子命人取漿而給，蓋壺所以盛漿，頸長而腹大，不可持而飲，必須酌壺漿於觶，而後飲之，故因以名其地爲壺鍴也。

是曰哀次

按卜辭、金文王在某次之次并作朿。

啓爲主

按注云“上啓疑爲開殯出棺也”，此説非是。“啓爲主”謂始爲主也。《書·梓材》：“王啓監厥亂爲民。”《虢叔旅鐘》：“旅敢啓帥井皇考威儀。”《逐鼎》：“逐攺諆作廟叔實尊彝。”金文或言啓，或言肇，語例同。

鼎敦壺尊四十

按敦本應作毀，即今簋字。彝器敦制惟《陳侯午錞陳侯因咨錞》數器耳。錞敦古今字，若西周尚未發現敦制，故知此文敦之必作即也。《窓鼎》，“用爲寶器鼎二毀二”，亦其證也。

井利□事後出而收

按注云“井利所以獨後出者，典喪祭器物收斂之也；或曰，井利稽慢，出不及輩，故收縛之”。注文前説是，後説非。《書·顧命》“太保降收”，與此文例略同。余昔以收爲般之訛，今以此文證之，始知其未允也。

是曰冏車

按注云“以號其水也”。洪校本冏作圜；翟云“冏疑圜之訛”，此説非是。冏應讀作明，《廣雅·釋詁四》“冏明也”。《説文》“囧賈侍中説囧説與明同”。弓鎛，“中尃盟井”，孫詒讓謂“盟井即明刑”。又“雁恤余於盟恤”，容庚謂“即《君奭》罔不秉德明恤之明恤”，是也。下文云“明衣九領”，注云“言神明之衣”。《禮記·檀弓》“其曰明器，神明之也”。《後漢書·范冉傳》，注云“禮送死者，衣曰明衣，器曰明器”。上言天子乃周姑繇之水，以圜喪車，故以明車爲名也。（《考古社刊》，1937年第六期）

容肇祖《中國文學史大綱》第九章：

《穆天子傳》：《穆天子傳》爲晉代汲冢裏發現的書籍之一，叙述周穆王游行的事。《左傳》説：“穆王欲肆其心，周行於天下，皆使有車轍馬迹焉。”大約穆王的游行天下的事，必爲周代所盛傳的，所以有人記録他的游迹，作爲此傳。文字

多殘闕。其中叙述穆王見西王母，及盛姬之死與葬事，極爲渾樸動人。是古代最有趣的文字之一。（樸社，1935年）

衛聚賢《古史研究》第一集《穆天子傳的研究》：

《穆天子傳》是記周穆王游歷事。周穆王的游歷，他書也有記載，惟以《穆天子傳》爲最詳，其中記西游一事，計其所行的路程，總數爲“三萬有五千里”。其走的道兒可謂不少了。他曾到了“西王母之邦，北至於曠原之野”，他說：“宗周至於西北大曠原萬四千里。”宗周在今陝西，由陝西向西北走上一萬四千里，以現在看起來，當然跑到西伯利亞去了。他帶的人數爲“六師之人”，總數在一萬五千人以上，時間在穆王十七年（見《紀年》）。是於西元前九四九年，歐亞的陸路交通大有可觀了。

王静安師《鬼方昆夷玁狁考》説：“西自汧隴環中國而東北，及太行常山間，中間或分或合，時入侵暴中國……以厲宣之間爲最甚。”玁狁民族自殷高宗至周厲王、宣王時，不斷的騷擾中國西北，而穆王適於其中穿過敵方，敵方的人到處“乃獻……”當無是理？是穆王時穆王不能到西北去。《穆天子傳》爲何時的作品，就不得不加以研究了。

作期

《穆天子傳》不是周穆王時的作品，有左列數證：

（一）《穆天子傳》與他未入土以前的他書記穆王西征事不符

《穆天子傳》如果爲周穆王時史料，在穆王以後的書籍記載穆王西征事，當與《穆天子傳》記載的相符。若是穆王以後的書籍記載的與《穆天子傳》不符，是穆王以後的書籍没有見到《穆天子傳》，即是《穆天子傳》的作期還在穆王以後的書籍以後。兹舉例證明於左：

1.《歸藏》與《穆天子傳》所記不符。

《歸藏》：“昔穆王天子筮出於西征不吉，曰‘龍降於天，而道里修遠，飛而衝天，蒼蒼其羽。’”（《御覽》八十五引）

《歸藏》説穆王筮征不吉，當時穆王没有西征去，《穆天子傳》偏説穆王西征的很遠。《歸藏》不知爲何時書？按其文大約是戰國中年物。《穆天子傳》説穆王西征跑的很遠。《歸藏》似説他没有西征，是《歸藏》成書時還没有看到《穆天子傳》。

2.《左傳》與《穆天子傳》記載不符。

《左傳・昭十二年》楚子革説：“昔穆王欲肆其心，周行天下，將必有車轍馬迹焉。祭公謀父作《祈招》之詩以止王心，王是以獲没於祇宫。”

《繹史》批評這條説：“‘欲’者，未然之謀也；‘將’者，未然之事也。抑或穆王西征犬戎，祭公諫而不聽，更欲遠游，聞《祈招》之詩，而遂止。”

這段馬氏解釋的很死。按《左傳》原文爲“王是以獲没於祇宫”，“没於祇宫”是明言穆王没有出游去。如果《左傳》成書時有一部《穆天子傳》在，《左傳》應根據實録，也説穆王跑了多遠，何能説是穆王“没於祇宫”呢？這明是《左傳》没有見到《穆天子傳》的。

3.《國語》與《穆天子傳》記載不符。

《國語》上第一段：穆王將征犬戎，祭公謀父諫曰：“不可……”王不聽，遂征之，得四白狼四白鹿以歸。兹將《穆天子傳》所得物列舉於左：

（1）“鄘人……先豹皮十，良馬二六，天子使井利受之。”

（2）“天子獵於滲澤，於是得白狐玄貉焉，以祭於河宗。”

（3）“河宗伯夭……先白□天子使鄒父受之。”

（4）“珠澤……乃獻白玉□隻，□角之一三，可以□沐……因獻食馬三百，牛羊三千。”

（5）“天子於是取孳木華之實。”

（6）“天子於是得玉策枝斯之英。”

（7）“至於赤烏之人其獻酒千斟（斛）於天子，食馬九百，羊牛三千，穄麥百載。”

（8）“天子於是取嘉禾以歸，樹於中國。”

（9）“赤烏之人丌好獻女樂於天子。”

（10）“曹奴……乃獻食馬九百，牛羊七千，穄米百車。”

（11）“群玉之山……天子於是取玉三乘，玉器服物。於是載物萬隻。”

（12）“鶠韓之人無鳧，乃獻良馬百匹，用牛三百，良犬七千，牥牛三百，野馬三百，牛羊二千，穄麥三百車。”

（13）“曠原……天子於是載羽百車。己亥，天子東歸。”

（14）“智氏……乃獻食馬四百，牛羊三千。”

（15）“天子升於采石之山，於是取采石焉。”

（16）“西膜之人乃獻食馬三百，牛羊二千，穄米千車。”

（17）“天子三日游於文山，於是取采石。”

（18）“文山之人歸遺，乃獻良馬十駟。”

（19）“巨蒐……乃獻馬三百，牛羊五千，秋麥千車，膜稷三十車。”

（20）“犬戎胡觴天子於雷首之阿，乃獻食馬四六。”

按上二十條，穆王所得物屬於白色的爲第二條在滲澤得“白狐”，第三條在河宗得“白□”。第二條係“白狐”，非“白狼……白鹿”。但這“白狐”是“祭於河宗”了，没有帶回，不得説是“得……白……以歸”。第三條空缺處，假使就是

“狼”字或“鹿”字，説是穆王西征得的是“白狼”或“白鹿”；但這“白□”係河宗的産物，鄘人在犬戎西，河宗在鄘人西，是犬戎與河宗不相連屬，不得以在河宗所得的“白□”，即爲在犬戎所得的“白狼……白鹿”。又按《穆天子傳》當穆王西征路過犬戎時，犬戎并未獻物，到了穆王西征回來路過犬戎，犬戎纔獻了食馬四十六匹，并没有“白狼……白鹿”痕迹在内。是《國語》成書時《穆天子傳》尚未産生。

故事的通例，距離時間或空間愈遠，故事的本體愈放大。《周語》作期在《左傳》前約十年，《左傳》尚説穆王没有出征，《周語》不應説他出征？按《左傳》爲晋地産品，《周語》爲楚國産品，楚去周室較晋去周室路遠，故《周語》記穆王的故事較《左傳》放大，説穆王征犬戎得了四白狼四白鹿，《左傳》没有這事。

（二）《穆天子傳》與他入土時的他書記穆王西征事不符

同一時間，没有史料根據，有一個傳説的故事，兩個人把他記載起來，因各據各的傳聞，是以有許多相背的地方。例如《穆天子傳》與《竹書紀年》同是魏襄王墓中物，《穆天子傳》載穆王游歷事，《紀年》也記穆王游歷事，《穆天子傳》如果爲周穆王時物，《紀年》應當記載的和他相符。但是《紀年》没有見到周穆王時的《穆天子傳》，衹見到他同時産生的《穆天子傳》，他以爲《穆天子傳》既是根據傳説來記載，他也不妨就根據傳聞來記載，你記你的傳聞，我記我的傳聞，故二書記載不同，兹列舉以證：

A. 得物不同

《紀年》：“西征犬戎，取其五王以東，王遂遷戎於太原。”（《穆天子傳》郭璞注引《紀年》衹有“取其五王以東”六字）《後漢書·西羌傳》有此十七字，静安師《古本竹書紀年輯校》斷此爲《紀年》文。《穆天子傳》没有取五王的事。

B. 里數不同

《紀年》：“穆王東征天下二億二千五百里，西征億有九萬里，南征億有七百里，北征二億七里。”（《開元占經》四引。《穆天子傳》注引爲“穆王西征還里天下億有九萬里”十三字。）

《穆天子傳》：“各行兼數三萬有五千里。”

按《穆天子傳》與《紀年》里數相較，《穆天子傳》西征的里數較《紀年》少去一億五萬五千里，約一與五之比。

C. 時間不同

《穆天子傳》“吉日甲子，天子賓於西王母”條，郭璞注：“《紀年》‘穆王十七年西征昆侖’，正見西王母。其年來見，賓於昭宫。”

《穆天子傳》對於穆王西征，共用了若干日，没有總計，兹就干支推算於左：

“飲天子𩰫山之上。戊寅，天子北征……庚辰……癸未……乙酉……庚寅……甲午……己亥……辛丑……癸酉……甲辰……丙午……戊寅……癸丑……戊午……己未……乙丑……丙寅……丁巳……戊午……辛酉……癸亥……甲子……季夏丁卯……壬申……甲戌……己卯……庚辰……辛巳……壬午……甲申……辛卯……癸巳……孟秋丁酉……戊戌……辛丑……壬寅……丙午……丁未……己酉……庚戌……癸丑……丙辰……丁巳……己未……癸亥……甲子……丁未……己酉……天子三月舍於曠原……己亥（上文“己酉”至此“己亥”，除中間經過“天子三月舍於曠原”三個月不計外共爲一百一十一日。但上文“孟秋丁酉”至下文“孟秋癸巳”。共二百九十六天，按孟秋爲七月，由本年七月至明年七月，爲七月、八月、九月、十月、十一月、十二月、正月、二月、三月、四月、五月、六月、七月、共十三個月，爲三百九十天，若上文“孟秋丁酉”的丁酉作七月末日計，下文“孟秋癸巳”的癸巳作七月初日計，除去兩個七月，還有三百三十餘日。故計算“己酉”至“己亥”多轉一周，計“己酉”至“己亥”……共一百七十一日。）……庚辰……癸未……乙酉……己丑……己亥……辛丑……甲辰……乙巳……庚辰……辛巳……丙戌……丁亥……庚寅……孟秋癸巳……丁酉……癸亥……乙丑……丙寅……己巳……壬申（原文爲“己巳，至於文山……天子三日游於文山……壬寅，天子飲於文山之下”。按“己巳”去“壬申”正爲三日。若作“壬寅”則去“己巳”爲三十二日，是“壬寅”係誤。）……癸酉……甲戌……乙亥……癸丑……戊午……孟冬壬戌……癸亥……丙寅……癸酉……入於宗周。”

玆爲研究便利起見，列圖計算於左：

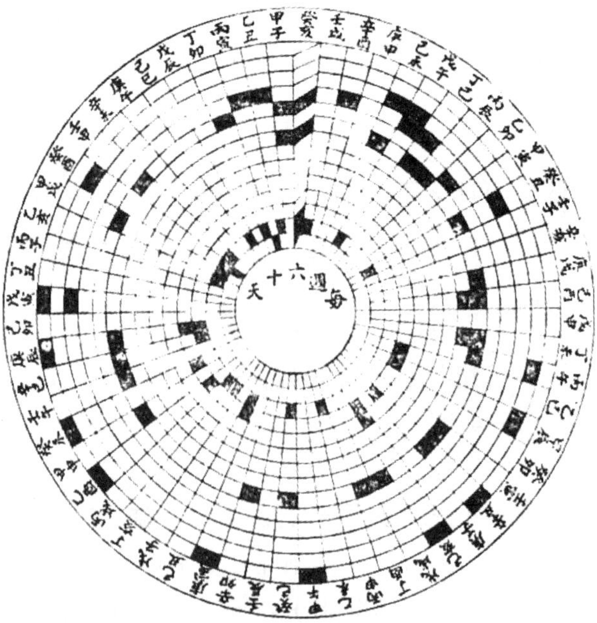

按圖上每周（自“甲子”至“癸亥”）六十天，共計十四周爲八百四十天，但除自“戊寅”起在“甲子”“後十四天”，“癸酉”止距“癸亥”五十天外，是自“戊寅天子北征”至“癸酉入於宗周”，共計七百七十六日，爲二年零三個月。即使其中干支有些錯誤，時間没有這麼長？按“天子三日舍於鵪鳥之山”。“天子五日觀於春山之上”“於是降雨七日，天子留骨六師之屬”“天子四日休群玉之山”“天子三日休於玄池之上”“天子三月舍於曠原”“天子命重𨟨氏共食天子之屬五日”“天子一月休”“天子四日游於文山”“天子五日休於澡澤之上”，有明文在各地停留的共四個月又三十五天。全年作三百六十五日計。除去四個月一百二十天及三十五天外，下餘二百一十天。往來的里數核實計算爲二萬三千三百里，每日走路作一百里計，二百一十天走不了二萬三千三百里路。

《紀年》“十七年西征……其年……來……”是穆王於十七年西征，西王母於十七年來見，則穆王西征的回期也在十七年，换句話説，《紀年》説穆王西征往來不到一年的時間，《穆天子傳》記爲二年多，是二書西征的時間不同。

總計《穆天子傳》和它未入土以前的《歸藏》《左傳》《國語》，并它同時入土的《紀年》，記載穆王西征事不同。可知《穆天子傳》在《歸藏》《左傳》《國語》以後，不是周穆王時的産物。

以上就外證證明《穆天子傳》不是周穆王時的産物。兹再就内證分言於左：

（三）用夏正記時

“戊寅……庚辰……癸未……乙酉……庚寅……甲午……己亥……辛丑……癸酉……甲辰……丙午……戊寅……癸丑……戊午……己未……乙丑……丁巳……戊午……辛酉……癸亥……甲子……季夏丁卯。”

自“戊寅”至“季夏丁卯”共計二百九十日，季夏爲六月，丁卯假定爲六月的末一日，則戊寅爲前一年的九月初日。這是用夏正計，若用周正計，則戊寅爲七月初日。按《穆天子傳》説：“癸未，雨雪……北循虖沱之陽……庚寅，北風雨雪。”九月河北虖沱河流域或有下雪情形，七月河北虖沱河流域當無下雪的情形。《穆天子傳》又説穆王西征回來“孟冬，壬戌，至於雷首……雷水之平寒”。按雷首在山西孟縣一帶，孟冬夏正在十月，周正在八月，八月水不應寒。是知《穆天子傳》用夏正計日。

《穆天子傳》對於西北地理記載的很詳，當是從穆王西征的人的記録。既是隨從穆王人的記録，應用周正。《穆天子傳》用夏正紀日，是知他不是周穆王時或周室的作品。

（四）稱穆王謚法

“帝曰：‘穆滿’……‘穆滿示女春山之珤。’”

郭璞對此條注説：“言謚，蓋後記事者之辭。”《穆天子傳》既稱穆王的謚法，是至早當是穆王死後，共王時候的作品。

（五）東周的觀念

“升於大行，南濟於河……遂入於宗周……吉日甲子，天子祭於宗周之廟 。乙酉，天子帥六師之人於洛水之上。丁亥，天子北濟於河。”

静安師《古本竹書紀年輯校》有“穆王以下都於西鄭”一條。西鄭在陝西長安遠近，是宗周當在陝西。但《穆天子傳》記穆王回宗周，是“南濟於河”；自宗周出，是“北濟於河”。且有“洛水之上……自宗周瀍水以西”。洛水在洛陽南，瀍水在洛陽東。這明是東周人的觀念以洛陽爲周都的。以現在的情狀説爲古時的情狀，戰國時本有其人，如孟子對於禹治水的記載，説是“决汝漢，排淮泗而注之江”。排淮泗注於江是吴王夫差“闕爲深溝，通於商魯之間”（《吴語》）開運河以後的情狀，孟子竟錯認爲禹治水的情狀。以洛陽爲宗周認爲西周的都城，當是東周人的觀念，换句話説，就是《穆天子傳》在東周以後纔産生的。

（六）文法較繁

文法由簡而繁，是一個通例。是同類的文法，繁的當在簡的以後。兹舉例以證：

“是日，六鷁退飛過宋都。”（《春秋·僖十六年》）

“是日也，天子飲許男於洧上。”（《穆天子傳》卷五）

“是日也，天子北入於邴。”（同上）

按《穆天子傳》較《春秋》多一“也”字，是《穆天子傳》在《春秋》後。《春秋》是春秋末年的作品，《穆天子傳》在《春秋》後。是《穆天子傳》至早當是春秋末年以後的作品。

（七）介詞用“於”字

“於是得絶鈃山之隊。”

“於是得白狐玄貉焉，以祭於河宗。”

“乃至於昆侖之丘。”

“而辨於樂。”

“何謀於樂。”

“於是取孳木華之實。”

“天子於是得玉策枝斯之英。”

“乃爲銘迹於縣圃之上。”

“於是取嘉禾以歸。”

“至於黑水。”

“於是降雨。”

“於是取玉三乘。”

“於是載玉萬隻。”

“天子於是休獵，於是食苦。”

“宿於黄鼠之山。”

“於是取采石焉。”

“於是取采石。”

“於是射鳥獵獸。”

“則利於戎。”

“東游於黄澤。”

“於是白鹿一牾桀逸出走。”

“於是殤祀而哭。”

“南葬盛姬於樂池之南。”

“喪於旗以勸之。”

“至於因氏。”

“民於野王。”

“於是流涕。”

“出於永思。”

《穆天子傳》用“於”字作介詞共三十處，其爲戰國時作品可知。

（八）數目中無“又”字

“天子賜許男駿馬十六。”

“飲逄公酒，賜之駿馬十六。”

“乃陳腥俎十二。”

《穆天子傳》中數目爲“十六”，不是“十又七”（輯者：當爲之）；爲“十二”不是“十有二”。其爲戰國時作品無疑。

（九）行佛教禮

“昆侖之丘……乃膜拜而受。”

郭璞對於此條注説：“今之胡人禮佛。舉手加頭稱南膜拜者，即此類也。音模。”按佛在周穆王時尚未降生，其禮何能成？昆侖以西距印度很近，是於戰國時當已受佛教影響。是《穆天子傳》當係戰國的作品。

（十）金屬器物

“黄金之膏。”

“銀鳥一隻。”

“鐵山之下。”

鐵是春秋戰國時纔有，銀的使用也不古，惟金上加黄字，戰國以前無此情形。

以上十證，證明《穆天子傳》是戰國時的作品。

《穆天子傳》不是周穆王時物，上已證明，但是不是荀勖、郭璞以及六朝人的僞作？這個也有研究的必要。兹分段説明於左：

（十一）介詞中少“以”字

我在《國語的研究》頁一四九至一五二證明戰國初年的文法爲“自……至於……”戰國末年的文法爲“自……以至於……”多了一個“以”字。今《穆天子傳》爲“自……至於……”不是“自……以至於……”如：

“自宗周瀍水以西至於河宗之邦。”

“自陽紆西至於西夏氏。”

“自西夏至於珠余氏。”

“自河首襄山以西南至於春山。”

“自春山以西至於赤烏氏。”

“至群玉之山以西至於西王母之邦。”

“自西王母之邦北至於曠原之野。”

據以上各條，《穆天子傳》没有“以”字，可説它是戰國初年的作品了。

（十二）非秦漢用字

《穆天子傳》卷一：

“天子曰：‘於乎！予一人不盈於德，而辨於樂，後世亦追數吾過乎？’”

上用“於乎”，不用“嗚呼”，與卷四“於鵲與處”（曹操《詩》作“烏鵲南飛”）不作“烏鵲與處”，“烏”字作“於”非秦漢以後的用字。

（十三）在《史記》前

一種史料，在某一個時期，曾公布過一次，那種史料雖經遺失，後來的人因受過公布的影響，對於該種史料事實，總有相當的傳説。但史料已遺，没有實據，時間遠了而傳説的故事就放大了。

《史記·趙世家》：“造父幸於周繆王，造父取驥之乘匹，與桃林、盜驪、驊騮、騄耳獻之繆王，繆王使造父御，西巡狩見西王母，樂之忘歸。而徐偃王反，繆王日馳千里馬，攻徐偃王，大破之。”《秦本紀》：“造父以善御幸於周繆王，得驥温、驪驊、騄耳之駟，西巡狩，樂而忘歸。徐偃王作亂，造父爲繆王御，長驅歸周，一日千里以救亂。”《史記》與《穆天子傳》相同的是：

（一）造父爲御。

（二）見西王母。

《史記》與《穆天子傳》不同的是：

（一）造父封趙。

（二）徐偃王作亂。

“造父爲御”“見西王母”在我們搜得材料如《歸藏》《左傳》《國語》《楚辭》均没有。

“造父封趙”“徐偃王作亂”在《歸藏》《左傳》《國語》《楚辭》《紀年》《穆天子傳》均找不到。這當是《史記》根據别的傳説而來的。造父封趙的傳説，當在《穆天子傳》公布以後，秦趙本是戎族，戎族多馬善御，戎族有一名造父者，曾爲過周穆王或周其他王的御人，秦趙到戰國末年國勢很盛，看看别的國均與周室有些關係，他就把與他有關係的造父（戎族）曾爲周王御認爲他的祖宗，以便與周室發生關係，適合環境。造父爲秦趙的祖宗是秦趙於他國極盛時造出來的，《穆天子傳》在這種傳説盛行之前，是以衹有造父爲御没有造父封趙的記載。太史公作《史記》適承其造父爲秦趙祖宗的傳説，是以在《趙世家》説：“乃賜造父以趙城，由此爲趙氏。”《秦本紀》説：“繆王以趙城封造父，造父族以此爲趙氏。”是《穆天子傳》在《史記》前。

（十四）在《列子》前

《列子》本是東晋人的僞造，《穆天子傳》與《列子》記載事實相同處，而《列子》較《穆天子傳》語句明顯，是《列子》根據《穆天子傳》的。兹用比較文法學的比較明顯法，分段列舉於左：

《列子·周穆王》	《穆天子傳》卷四
肆意遠游，命嘉八駿之乘	天子命嘉八駿之乘
右服蕳騮而左緑耳	右服蘛騮而左緑耳
右駿赤驥而左白𣙷	右驂赤蘢而左白俄
主車則造父爲御，離啇爲右	天子主車，造父爲御，鹵卣爲右
次車之乘	次車之乘
右服渠黄而左踰輪	右服渠黄而左踰輪
左驂盜驥而右山子	右盜驪而左山子
柏夭主車，參百爲御，奔戎爲右	柏夭主車，參百爲御，奔戎爲右

上二書比較不出那一個比較那一個明顯。

《列子》周穆王	《穆天子傳》卷四
至於巨蒐氏之國，	至於巨蒐。
巨蒐氏乃獻白鵠之血以飲王，	之人𢎘奴乃獻白鵠之血以飲天子。
具牛馬之湩以洗王之足及二乘之人。	因具牛羊之湩以洗天子之足及二乘之人。

上《穆天子傳》“至於巨蒐”，《列子》説“至於巨蒐氏之國”，是説明巨蒐是個國。《穆天子傳》“之人𢎘奴”的文法在中國少有，《列子》作“巨蒐氏”與中國文法正合。《穆天子傳》的“天子”《列子》作爲“王”。這都足以證明《列子》較《穆天子傳》明顯。

總上《列子》較《穆天子傳》明顯，是《穆天子傳》在《列子》以前。《列子》是東晋的作品，《穆天子傳》當是東晋以前的作品。

（十五）注《穆天子傳》的不是僞造《穆天子傳》的

《穆天子傳》“入於南鄭”條下注“今京兆鄭縣也”。《紀年》“穆王元年，築祗宫於南鄭”，《傳》所謂“王是以獲没於祗宫”者。按“王獲没於祗宫”，是言穆王未曾出游，而《穆天子傳》載穆王游的很遠，注者引此文，與原文違背。又如引《紀年》“取出五王以東”“穆王西征還里天下，億有九萬里”，均與《穆天子傳》不合，是注者衹顧引經據典解釋本句，而未將全篇顧到，故注文與本文相違。若是注《穆天子傳》的就是僞造《穆天子傳》的，何得如此作注，使露出破綻？可知注《穆天子傳》的不是僞造《穆天子傳》的。

（十六）張諶注《列子》已見到《穆天子傳》及郭璞注

《列子·周穆王》“後世其追數吾過乎”條下，張諶注：“自此以上至命駕八駿之乘，事見《穆天子傳》。”“而左白䆄”條下注：“《史記》曰：‘造父爲穆王得驊騮赤驥白犧之馬，御以游巡，往見西王母，樂而忘歸。’與《穆天子傳》略同。”這是張諶見到《穆天子傳》了。

“而左白䆄”條下注：“《史記》曰：‘造父爲穆王得驊騮赤驥白義之馬，御以游巡，往見西王母，樂而忘歸。’與《穆天子傳》略同。郭璞注云：‘皆毛色以爲名也。’”按《穆天子傳》卷一“天子之駿，赤驥盜驪白義踰輪山子渠黄華騮緑耳”條下，郭璞注“有八駿，皆因其毛色以爲名號耳”。與張諶引郭璞注同，是張諶已見到《穆天子傳》郭璞的注了。

張諶是東晋人，已見到《穆天子傳》及郭璞注，是以《隋書·經籍志》説“《穆天子傳》卷六郭璞注”。不應因《唐書》誤爲“郭璞撰”説是《穆天子傳》是荀勖郭璞所僞造，或郭璞的注也爲六朝人的僞造了。

《左傳·昭十二年》：“穆王……周行天下，將皆有車轍馬迹焉。”

《楚詞·天問》：“穆王巧梅，夫何周流？環理天下，夫何索求？”

《歸藏》：“昔穆王天子筮出於西征不吉……道理（里）修遠。”

據上是周穆王曾爲遠征的。

《歸藏》：“昔穆王天子筮出於西征不吉。”

《紀年》：“西征犬戎，取其五王以東，王遂遷戎於太原。”

據上是周穆王曾西征的。

《周語》：“穆王將征犬戎……遂征之……自是荒服者不至。”

《紀年》：“西征犬戎，取其五王以東，王遂遷戎於太原。”

《穆天子傳》：“天子北征犬戎。”

據上是周穆王對於犬戎曾動過交涉的。

犬戎與狄均從犬，是北方多養犬的民族，就是現在的蒙古族，在周穆王時號爲玁狁，時常侵略中國，穆王的征犬戎，或有其事？犬戎的大部分在中國西北，是穆王的征犬戎因而西征，也未敢定？犬戎是游牧民族，居住無定，敗了就遠遁，乘機又來侵，穆王或有大舉窮追或大舉窮追的計畫。到了春秋戰國，文獻不足，事難足徵，就成穆王遠征的一種傳説。這種傳説要説没有其事憑空造出來的，則不可；要根據《穆天子傳》説其事就是如此如此，更不可。

作地

作期已證明他不是西周，作地當然不在陝西。作期既是戰國而且是魏襄王墓中出來的。是作地當然與魏國斷不了關係。但戰國時中國西北方面爲秦，秦的西北方面又爲義渠，魏在中國中部，如何能越過趙秦義渠而對於西北上地理知道如此的詳細？是作地就有了問題了。兹試探於左：

（一）大地名在小地名後

“以飲於枝洔之中，積石之南河。”

“鄘伯絮觴天子於澡澤之上，㓻多之汭，河水之所南還。”

按上是説“澡澤之上”在“㓻多之汭”，“㓻多之汭”在“河水之所南還”。“河水之所南還”是河水一大灣。“㓻多之汭”是河水大灣裏邊的一個小灣，“澡澤之上”是小灣裏的小水邊。這種文法在中國很特别，而與現在英文等很相近。

（二）省略名詞

“甲戌，至於赤烏之人其獻酒千斛於天子。”

“辛巳，入於曹奴之人戲觴天子於洋水之上。”

“至於巨蒐之人㺒奴乃獻白鵠之血以飲天子。”

按：上“至於赤烏之人其獻酒千斛於天子”應爲“至於赤烏，赤烏之人其獻酒千斛於天子”。“入於曹奴之人戲觴天子於洋水之上”應爲“入於曹奴，曹奴之人戲觴天子於洋水之上”。“至於巨蒐之人㺒奴乃獻白鵠之血以飲天子”應爲“至於巨蒐，巨蒐之人㺒奴乃獻白鵠之血以飲天子”。這種省略名詞，在中國文法上很特别，與現在的英文等有點相似。

（三）數目中省略十字

“良馬二六。”

“黄金之環三五。”

“黄牛二六。”

“黄金之罍三六。”

“黄金銀罍四七。”

“黄金之罍二九。”

“黄金之罍二九。”

“黄金之罍二九。”

“黄金之罍二九。”

"良馬四六。"

上數目的"二六"爲倍數"十二"呢？還是省略了十字"二六"爲"二十六"呢？關於這點郭璞無注，但按《方言》附劉歆與揚雄《書》"子云獨采築先代絶言，异國殊語，以爲十五卷"。郭璞《注方言序》説："暨乎揚生，沈淡其志，歷載構綴，乃就斯文。是以三五之篇著，而獨鑿之功顯。"是郭璞以爲用倍數，不秦（輯者：當爲是）省略十字。

中國用倍數的數目有左列幾種：

（一）二八　《左傳》魏絳和戎納女樂二八，《墨子》《韓非子》《史記》謂秦穆公納女樂二八於戎王，本書卷五"乃飲於孟氏，爰舞白鶴二八"。按《論語》"八佾"注家以爲六十四人，是每八個人爲一組，女樂二八納戎，是以女樂兩組納戎；舞白鶴二八，是以兩組人爲白鶴舞。因爲八個人爲一組，故兩組人可稱"二八"。

（二）三五……二五　《禮記·禮運》"播五行於四時，和，而後月生也。是以三五而盈，三五而闕"，這是陰陽家以五行相生相克爲説，以五行相生過三次而月盈，五行相克過三次而月闕了。五行占五天，三次五行爲十五天，故謂"三五"。《管子·揆度》："桓公曰：'事名二，正名五，而天下治。何謂事名二？'對曰：'天，筴陽也；壤，筴陰也。此謂之事名二。''何謂正名五？'對曰：'權也，衡也，規也，矩也，準也，此謂之正名五……'二五者童山竭澤人君以數制之人……人君失二五者亡其國，大夫失二五者亡其勢，民失二五者亡其家。"是以"事名二""正名五"合而謂之"二五"了。

中國的數目用倍數，是幾個數目已成了一個總括的名詞，有幾個總括的名詞就是幾倍，表面上似爲倍數，實際不是倍數。《穆天子傳》中的數目，如"良馬二六""食馬四六""黄牛二六"，似乎牛馬以"六"爲一個總括的名詞，但按書本的"良馬十駟"《注》"四馬爲駟"，《論語》有"駟不及舌"，則馬是四匹爲一總括名詞，并非六個爲一總括名詞。至於黄金之罌，既爲"三六"，又爲"四七"，又爲"二九"，究竟黄金之罌，以"六""七""九"三個數目，那一個爲總括名詞呢？兹將賜的興獻的數目作以比較。分列於左：

賜的數目

"珠澤……黄金之環三五，朱帶貝飾三十……黄牛二六。"

"赤烏……黄金四十鎰，貝帶五十，朱三百裹。"

"曹奴……貝帶四十，朱四百裹。"

"潜時……黄金之罌三六，朱三百裹。"

"鶠韓……黄金銀罌四七，貝帶五十，朱三百裹。"

"智氏……黄金之罌二九，貝帶四十，朱丹三百裹。"

“焉余……黄金之罌貝帶朱丹七十裹。”

“諸飦……黄金之罌貝帶七十裹。”

“重䍐……黄金之罌二九，銀烏一隻，貝帶五十，朱七十裹。”

“文山……黄金之罌二九，貝帶三十，朱三百裹，桂薑百𥡴。”

“巨蒐……黄金之罌二九，□帶四十，朱三百裹，桂薑百𥡴。”

兹依數目大小分類排列於左：

無倍數	倍數	非倍數
一	一	一
	一二	二六
	一五	二九
	一八	三〇
	二八	三五
三〇	三〇	三六
四〇	四〇	四〇
五〇	五〇	五〇
七〇	七〇	七〇
一〇〇	一〇〇	一〇〇
三〇〇	三〇〇	三〇〇
四〇〇	四〇〇	四〇〇
七〇〇	七〇〇	七〇〇

據上列數目觀察，除“銀烏一隻”爲例外不計外，而倍數的數目均小於無倍數在“三〇”以下，若作非倍數解，則在無倍數的“三〇”左右。是其書絶無以小於“三〇”的均作倍數這個道理。若作非倍數解，整數用中國寫法，二十以上的零數省略“十”字。再就所賜諸飦的物數計爲“黄金之罌貝帶七十裹”。賜諸飦的黄金之罌與貝帶均爲七十，賜智氏、重䍐、文山、巨蒐，貝帶爲“四十”“五十”“三十”“四十”，而黄金之罌不應爲“二九”作十八，少與貝帶許多。若作非倍數解則二十九與“三十”“四十”“五十”相差也不遠，況賜鶗韓的黄金爲罌四十七，也不見得均比貝帶數目少。

獻的數目

“珠澤……因獻食馬三百，牛羊一千。”

“赤烏……其獻……食馬九百，牛羊三千。”

“曹奴……乃獻食馬九百，牛羊七千。”

“鶗韓……乃獻食馬百匹，用牛三百，良犬七千，牥牛二百，野馬三百，牛羊二千。”

“智氏……乃獻食馬四百，牛羊三千。”

“西膜……乃獻食馬三百，牛羊二千。”

“文山……乃獻食馬十駟，用牛三百，守狗九十，牥牛二百。”

“巨蒐……乃獻食馬三百，牛羊五千。”

兹依數目大小分類排列於左：

無倍數	倍數	非倍數
	一二	二六
	二四	四〇
四〇	四〇	四六
九〇	九〇	九〇
一〇〇	一〇〇	一〇〇
二〇〇	二〇〇	二〇〇
三〇〇	三〇〇	三〇〇
四〇〇	四〇〇	四〇〇
九〇〇	九〇〇	九〇〇
二〇〇〇	二〇〇〇	二〇〇〇
三〇〇〇	三〇〇〇	三〇〇〇
五〇〇〇	五〇〇〇	五〇〇〇
七〇〇〇	七〇〇〇	七〇〇〇

據上若作倍數，均小於無倍數，若作非倍數，可與無倍數數目大小參合。再就同類依數目大小列表於左：

所獻的食馬數	所獻的良馬數
四六	二六
三〇〇	四〇
四〇〇	一〇〇
九〇〇	

據上數目，無論作倍數或非倍數均比無倍數的數目小，但其數目絶不宜小到十二。

“二六”若作“十二”解，則“十二”應寫“二六”，查本書卷六有“乃陳腥俎十二”，何不寫爲“乃陳腥俎二六”？卷五有“飲逢公酒，賜之駿馬十六”，何不寫爲“賜之駿馬二八”？況《穆天子傳》卷一至卷四中，十以上的數目，没有一處用“十”字，這當不是偶然脱誤。是可斷定《穆天子傳》的數目省略“十”字了。

兹舉普通的幾國數目字，與中國數目及《穆天子傳》的數目，列表比較於左：

蒙古		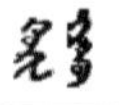				
《穆天子傳》	二六	二九	三五	三六	四六	四七
亞剌伯印度	26	29	35	36	46	47
英國	Twenty Six	Twenty Nine	Thirty Five	Thirty Six	Forty Six	Forty Seven
羅馬	XXVI	XXIX	XXXV	XXXVI	XXXXVI	XXXXVII
中國	二十六	二十九	三十五	三十六	四十六	四十七

據上表所列，中國數目顯然有“十”字在，羅馬的數目“十”字的形迹在，英國的數目“十”字的形迹意義仍存在，蒙古的數目“十”字形迹没有，意義略有存在，亞剌伯的數目無“十”字。按亞剌伯數字是出於印度的，《印度雜事科學》篇説：“數學興於印度中世時，所創紀數子，迄今爲東西所沿用，呼爲阿剌伯字。實在當紀元後第十世紀中，由印度傳於阿剌伯者，阿剌伯人今猶呼爲印度字。”《穆天子傳》的數目無“十”字。是《穆天子傳》與現在的印度（按《穆天子傳》自昆侖山以東用中國稽首禮，昆侖山以西用佛教膜拜禮，是《穆天子傳》的著者或者受了佛教影響）阿剌伯蒙古很近。

（四）用夏正

《穆天子傳》用夏正，在作期内已説明白了。《竹書紀年》是魏國的史書，據《隋書·經籍志》的考證，它用的是夏正。《穆天子傳》與《竹書紀年》同從魏襄王墓中出來，《穆天子傳》用的是夏正，不用説是魏人的作品，作地應當定在魏。但《穆天子傳》是記載周穆王的事，魏人僞造起來，應用周正，使後人尋不出破綻，爲甚麽反用夏正被人看出破綻呢？兹《穆天子傳》卷五都用的是周正，舉例於左：

“孟冬鳥至，王臣□弋。”

“仲秋……蠹書於羽林。”

郭璞於“孟冬鳥至”條下注：“雁來翔也。”孟冬以夏正計在十月，以周正計在八月，雁由北而南在八月不在十月。“蠹書於羽林”條下注：“謂暴書中蠹蟲。”按仲秋以夏正計在八月，以周正計在六月，曬書應在六月不應在八月。是知《穆天子傳》卷五用的是周正。

《穆天子傳》六卷均出汲冢，卷六在出土時不與卷一至卷五相連，是卷六除外。而卷一至卷五，既爲一部書，爲甚麽卷一至卷四用的是夏正，卷五就用周正呢？按卷五有“十六”，而不作“一六”。卷一至卷四數目中有“又”字，如“三千有四百里……二千又五百里……千又五百里……千有九百里……三萬有五千里”，而卷五作“十六”不作“十又六”。似乎卷一至卷四爲一個人的作品，卷五又爲一個人的作品。

《穆天子傳》卷五用周正，怕的是後人看出破綻，難道卷一至卷四用夏正就不怕人看出破綻嗎。卷五用周正怕後人看出破綻是魏人的作品，卷一至卷四用夏正當不是魏人的作品，衹少也可説是魏人抄録用夏正的人的作品。

夏正在春秋戰國除過魏用，還是那幾國呢？按《豳風・七月》用的是夏正，《左傳》記晋事也有時用夏正，可知邠晋二地用的是夏正了。但邠爲周的發源地，晋是周子孫的封國，爲甚麼不用周正反用夏正呢？按《左傳・定四年》："唐叔……封於夏墟，啓於夏政，疆以戎索。"杜注："索，法也。"戎索當是戎法，就是夏正。周太王居邠，玁狁來侵，太王率族南下，邠地爲玁狁所有。《史記・匈奴傳》謂匈奴爲夏後，玁狁爲匈奴族，還繞於中國西北兩面，是邠地晋地均有夏族，故晋國邠地因其習慣，沿用夏正，魏爲晋的分國沿晋的習慣也用夏正。《穆天子傳》用的夏正，當是用夏正地方的作品。

（五）走的路綫與出發點

《穆天子傳》記周穆王西征從漳水南起程，沿現在河北平漢路綫北上，由井陘西北上，由河套到甘肅，由西寧入青海，從巴顔哈剌山入新疆到疏勒（即大曠原），從天山南沿西套蒙古，到河套順原路到洛陽。

周穆王是西周，都城當在陝西，往西北上去，當從陝西入甘肅，不應繞河南河北山西綏遠寧夏方入甘肅。假使河北晋綏有去的必要，回來時應從甘肅入陝西，可省却許多的道路。

今本穆天子傳開首爲"飲天子蠲山之上，戊寅，天子北征，乃絶漳水……"此書開首當有闕文，按《集古録跋尾》卷一《周穆王刻石》條引《穆天子傳》云：

"《穆天子（二字一作王）》登贊皇（一有山字）以望臨城置壇此（一作北）山。"

《集古録》所引自注有异文，兹將其兩種不同的文字分録於後：

"穆天子登贊皇，以望臨城，置壇此山。"

"穆王登贊皇山，以望臨城，置壇北山。"

兩種不同的記載，我以爲第一類爲是，因全書都作"天子"不作"王"，又"置壇北山"，"此山"即贊皇山，若"北山則非贊皇山，爲贊皇以北的一個山，穆天子既登贊皇，當係置壇於此山（贊皇山）"。

《集古録》所引的此三句，當爲《穆天子傳》開首的三句，因爲《穆天子傳》全書衹有"天子"，没有"穆天子"，"穆"字加於"天子"上爲"穆天子"，當爲首句，餘則省爲"天子"。晋人從汲冢譯釋此書，當取此首三字"穆天子"，因係傳體，而名爲"《穆天子傳》"的。

是《穆天子傳》的開首原文當爲：

“穆天子登贊皇，以望臨城，置壇此山。□□飲天子蠲山之上。戊寅，天子北征，乃絶漳水……”

按贊皇山在今河北贊皇縣西南，西與山西昔陽縣相接。昔陽縣在《左傳・昭十二年》云：“晋荀吴……入昔陽……滅肥……”而昔陽縣西南的沾嶺爲清漳河發源地，故《穆天子傳》有“乃絶漳水”。贊皇既爲中山分支的肥國地，周穆王西游的出發點，不應從肥國起？

兹將《穆天子傳》西征往來的路綫繪圖於左（此處無插圖，據《國立中山大學語言歷史學研究所周刊》1929年第九期補）：

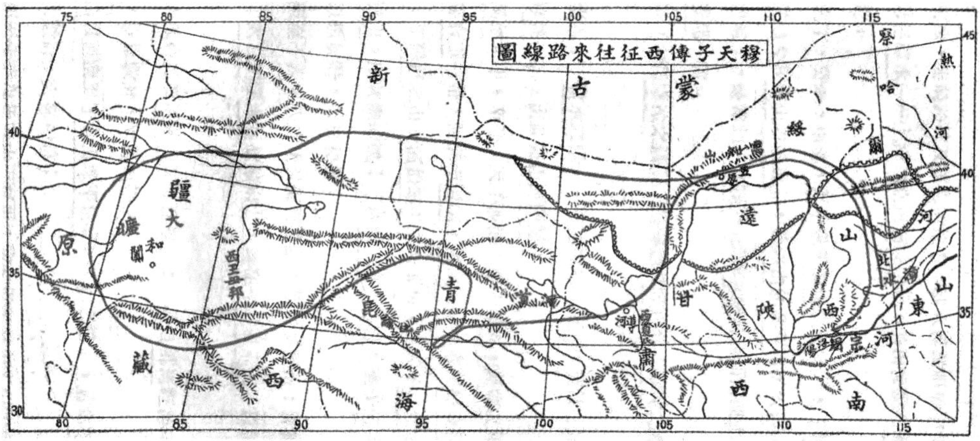

路程説明

《穆天子傳》往西北去，走的路綫及經過的地方，就大略説明於左：

1.“天子北征乃絶漳水……”漳水在河南安陽北，其出發點在漳水以南，據下第二段當在安陽附近。

2.“至於鈃山之下，癸未，雨雪，天子獵於鈃山之西阿”。“鈃山”，《北堂書鈔》引作“陘山”。郭《注》：“今在常山石邑縣。”是鈃山即井陘山，既云“至於鈃山之下”。又云“於鈃山之西阿”，是當到了井陘，又到井陘的西面山凹去獵，故其路沿平漢綫，出發點在安陽一帶。

3.“絶鈃山之隊，北循虖沱之陽”，是穿過井陘山到了虖沱水北，當在現在山西盂縣地。

4.“犬戎胡觴天子於當水之陽……乃絶隃之關磴”，郭注“隃雁門山也”，是犬戎在今山西五臺崞縣一帶，由此路出雁門關。

5.“至於焉居禺知之平，辛丑，天子西征，至於鄘人，河宗之子孫鄘伯絮……”焉居禺知當山西平魯右玉一帶，西征之河宗，河宗臨河，當在托克托一帶。

6.“西征鶩行至於陽紆之山，河伯無夷之所都居……逆天子燕然之山……”陽紆山當是綏包附近的大青山。按其總結説“自宗周瀍水以西，至於河宗之邦，陽紆之山三千有四百里”，以里數計，大略相符。

7.“自陽紆西至於西夏氏二千又五百里”，原文多脱落，詳細不可考，就其總結大略言，《水經注》“大夏川經大夏故城南”，地在今甘肅導河，以里數計，大略相符。

8.“自西夏至於珠余氏及河首千又五百里”，是自導河經循化貴德至星宿海（舊日以爲河首），以里數計，大略相符。

9.“自河首襄山以西南至於舂山珠澤昆侖之丘六百里”，是由鄂陵海至巴顔哈剌山（即昆侖），以里數計，大略相符。

10.“……自舂山以西至於赤烏氏，舂山三百里，東北還至群玉之山，截舂山以北，自群玉之山以西，至於西王母之邦三千里”，是由巴顔哈剌山北繞布林汗布達山而西至新疆于闐，以里數計，大略相符。

11.“自西王母之邦北至於曠原……千有九百里”，由于闐至疏勒巴楚烏什大曠原，以里數計，大略相符。

12.“宗周至於西北大曠原萬四千里，乃還，東南復至於陽紆七千里，還歸於周三千里”，是由陽紆山至西北大曠原繞半圓綫，爲數一萬零六百里，（由宗周至西北大曠原一萬四千里，減去由宗周至陽紆三千四百里。）較由西北大曠原直綫至陽紆山少三千六百里（一萬零六百里減去七千里），由犬戎回宗周直下穿太行，故較繞平漢綫井陘少四百里。（由宗周至陽紆三千四百里減去陽紆……還歸於周三千里。）

（六）賜的是胡人特產物，得的是胡人必需品

賜

種　類	名　稱	數　目	用　途
絲布	錦組	一〇〇純	天子賜於西王母
	□組	三〇〇純	同上
	絲纓		賜於重䍃之人鰥黛
	束帛		天子勞河宗柏夭用
	工布	四	賜於珠澤之人□吾
冠服	變□雕官		賜於鄄韓之人無皀
	雕官		賜於重䍃之人鰥黛
	朱帶貝飾	三〇	賜於珠澤
	貝帶	五〇	賜於赤烏之人□其
	貝帶	四〇	賜於曹奴之人戲
	貝帶	五〇	賜於鄄韓
	貝帶	四〇	賜於智氏

（續表）

種　類	名　稱	數　目	用　途
	貝帶		賜於鬵余之人命懷
	貝帶		賜於諸鈃
	貝帶	五〇	賜於重䍃
	貝帶	三〇	賜於文山之人歸遺
	貝帶	四〇	賜於巨蒐之人㚟奴
食物	桂薑	一〇〇	賜於智氏
	桂薑	一〇〇峇	賜於重䍃
	桂薑	一〇〇峇	賜於文山
	桂薑	一〇〇峇	賜於巨蒐
金銀器	黃金之環	三五	賜於珠澤
	黃金之鹿		賜於曹奴
	黃金之罌	三六	賜於□之人潛時
	黃金之罌	二九	賜於智氏
	黃金之罌		賜於鬵余
	黃金之罌		賜於諸鈃
	黃金之罌	二九	賜於重䍃
	黃金之罌	二九	賜於文山
	黃金之罌	二九	賜於巨蒐
	黃金之罌	四七	賜於鶤韓
	銀□		賜於曹奴
	銀烏	一隻	賜於重䍃
	黃木䴡銀采		同上
	狗璭采		賜於智氏
	銀木璭采		賜於巨蒐
金	黃金	四〇鎰	賜於赤烏
珠	朱	三〇〇裹	同上
	朱	四〇〇裹	賜於曹奴
	朱	三〇〇裹	賜於潛時
	朱	三〇〇裹	賜於鶤韓
	朱	七〇〇裹	賜於重䍃
	朱	三〇〇裹	賜於文山
	朱	三〇〇裹	賜於巨蒐
	朱丹	三〇〇裹	賜於智氏
	朱丹	七〇裹	賜於鬵余
	朱丹	七〇裹	賜於諸鈃

（續表）

種　類	名　稱	數　目	用　途
牲畜	黄牛	二六	賜於珠澤
	墨乘	四	賜於赤烏
	白駿	二匹	天子勞智氏用
	野馬野牛	四〇	
	守犬	七〇	同上
	豪馬豪牛尨狗豪羊	三〇	祭於文山
箭	筍箭		賜於重䍐
玉	璧		勞河宗柏夭用
	璧		祭河宗用
	白圭玄璧		見西王母用
	佩玉	一隻	賜高奔戎
	佩玉	一隻	賜河伯之孫

上綢布數未詳，雕冠數未詳，貝帶爲三百三十二，桂薑四百㟁，金銀器在二百四十以上，黄金一千二百兩，朱一萬零四十顆，牲畜一百七十二，玉數未詳。

1. 絲布

絲的方面，（一）見西王母“好獻錦組百純，組三百純，西王母再拜受之”，郭《注》“純，匹端名也”，一純作一匹計，在西王母邦用過四百匹綢緞；（二）賜於重䍐之人鰥𪐩的，“黄金之罌二九，銀烏一隻，貝帶五十，朱七百裹，筍箭，桂薑百㟁，絲䋄雕官，鰥𪐩乃膜拜而受”，這裏“絲䋄”無數目，爲數不多；（三）“河宗柏夭逆天子燕然之山，勞用束帛加璧”，郭注“五兩爲一束，今之二丈”，是在河宗用過二丈綢緞。共計用絲物約五百匹。

布的方面，“天子乃□之人□吾，黄金之環三五，朱帶貝飾三十，工布之四，□吾乃膜拜而受”，布衹用了四匹。

上絲綢用過三次，布用過一次，絲綢用的大宗爲西王母，按《穆天子傳》是以見西王母爲目的，而對於西王母“賓於……”“執……以見”“獻……”是很客氣的，故用絲綢爲多，餘兩次僅有名無數。絲布爲中國産，《穆天子傳》以絲布送於西域諸國，是應該的，不過爲數太少了。

2. 冠服

冠的方面，（一）賜於鶤韓之人無鳧“黄金銀罌四七，貝帶五十，朱三百裹，變□雕官，無鳧上下乃膜拜而受”；（二）賜於重䍐之人鰥𪐩“黄金之罌二九，銀烏一隻，貝帶五十，朱七百裹，筍箭，桂薑百㟁，絲䋄雕官，鰥𪐩乃膜拜而受”。

“雕官”當是“雕冠”，按古人就仕曰彈冠，致仕曰挂冠，是“官”“冠”義通而音同。雕冠當以雕羽飾於冠，像現在西洋舞女所帶的羽帽。《國策・趙策》趙武靈王賜周紹"胡服……衣冠，貝帶，黄金師比"。《淮南・主術訓》："趙武靈王貝帶鵕鸃（《史記・佞幸傳》《説文・鳥部》均作鵕鸃）而朝，趙國化之。"静師《胡服考》説："胡服：冠飾既有貂蟬鳥羽之殊，而鳥羽中又有鶡與鵕鸃之异，然用武冠則同，其插鵕鸃或貂蟬，蓋無定制。"是胡人的帽子上插有鳥羽，與這雕冠正同。《史記・李廣傳》匈奴有射雕的，是《穆天子傳》中不應將胡冠賜於西域諸國？

貝帶方面，賜於十國，總數爲三百三十二，貝帶他本有作具帶的，按《穆天子傳》第一次記爲"朱帶貝飾"，是紅帶子用貝殼所飾成的，當係貝帶非具帶，静師疑"胡地乏水得貝綦難……當以作具爲是"，按《楚詞・大招》説"小腰秀頸，若鮮卑只"，《楚詞》以貝帶名爲鮮卑帶，當是其帶爲鮮卑物而得名，鮮卑東胡在今東三省地，其地東鄰日本海，南鄰勃海，産貝當多。我常聽旅行西北人説："由榆林至包頭，經過沙漠中有貝殼堆積山嶺甚多。"按蒙古沙漠當日爲海底，貝殼堆積亦屬可能，其地民族東從海或西自沙漠中取其貝殼飾於帶上。

帶用貝飾的原因，由於石器時代人類用貝殼作刀鋸，又用石作斧鑄，人類沿用成習慣，後金屬器出，而對於舊物不忍捨棄，中國方面執圭佩璜爲石器遺俗，胡人貝帶當爲骨器的遺俗。又貝有色澤，黄金有光，紅帶用貝飾其上，黄金作帶鈎（即黄金師比）光澤耀目，亦屬美觀。是《穆天子傳》中亦不應以胡服（貝帶）賜於西域諸國？

雕冠貝帶的胡服，在趙武靈王以前中國人是没有用過的，而《穆天子傳》入土在趙武靈王用胡服前十年，假使周穆王以胡服賜西域諸國，至少周穆王和他的近臣用過這種東西，所以賜給西域，不然，堂堂中國天子不應借胡服以賜人？周穆王若用過胡服，當趙武靈王要用胡服的時候，他部下的公成子趙文趙造周紹趙燕等很反對這種舉動，説是"襲遠方之服，變古之教，易古之道，逆人之心，畔學者，離中國……"趙武靈王回答説："常民溺於習俗；學者沈於所聞。"不高興穿胡服的人説是"變古之道"前人没有用過，提倡的人爲甚麽不引經據典或用傳聞，説是周穆王已經用過，而以爲前人没有用過就以爲不當是不應該的，説是"學者沉於所聞"呢。胡服是胡人的特産，《穆天子傳》中以胡服賜人，正是胡人的情况，不是中國的情况。

3. 食物

桂薑，《韓詩外傳》"薑桂因地而生，不因地而辛"，是桂薑一作薑桂。薑是蔬類植物，亦叫生薑，《論語・鄉黨》"不撤薑食"，是在古代爲食料調和中的主要物，其物在春秋末年山東已産，而賜於西域諸國僅四百畁，爲數不多，在《穆天子傳》中不占重要位置。

4. 金銀器

金銀作爲器物，爲數在二百四十以上。按現在出土中國古代金屬器物均銅器，金銀作器物很少，不惟出土少見，書籍上也不見記載。郭璞於曹奴“黄金之鹿銀”條下注“今在地中得玉肫金狗之類，此皆古者以賂夷狄之奇貨也”，是郭璞亦認爲金銀器非中國所有物。又“黄金之罌”爲數二百，《玉篇》“罌，瓦器”，是中國之罌爲瓦器，而非黄金所爲。按《史記・大宛傳》説大宛人“得漢黄白金輒以爲器，不用作幣”，是西域諸國用金銀作器物；但《穆天子傳》是將金銀器賜於西域諸國，非從西域諸國得來。按俄人近在蒙古發掘古墓得黄金器物很多，是金銀作器物，在中國没有，在蒙古有，是《穆天子傳》中亦不應以胡人所有物賜於西域諸國？

5. 珠

珠賜於西域諸國的總數爲一萬零四十顆。珠在中國産的很少，據上2段，産貝當亦産珠。但《穆天子傳》亦不應以胡地所産賜西域諸國？

其餘金玉牲畜爲數不多，故略而不論。

獻

種　類	名　稱	數　目	由　來
皮	豹皮	一〇	鄘柏絮所獻
	收皮效物		獵於大曠原所得
角	□角	一〇三	珠澤□吾所獻
羽	羽	一〇〇車	獵於大曠原所得
牲畜	良馬	二六	鄘柏絮所獻
	良馬	一〇〇	鶤韓之人無鳧所獻
	良馬	一〇駟	文山之人歸遺所獻
	馬	三〇〇	巨蒐之人㹨奴所獻
	食馬	三〇〇	珠澤□吾所獻
	食馬	九〇〇	赤烏之人丌好所獻
	食馬	九〇〇	曹奴之人戲所獻
	食馬	四〇〇	智氏所獻
	食馬	三〇〇	文山所獻
	食馬	四六	犬戎胡所獻
	野馬	三〇〇	鶤韓所獻
	用牛	三〇〇	同上
	用牛	三〇〇	文山所獻
	牥牛	二〇〇	鶤韓所獻
	牥牛	二〇〇	文山所獻
	牛羊	三〇〇〇	珠澤所獻

（續表）

種類	名稱	數目	由來
	牛羊	三〇〇〇	赤烏所獻
	牛羊	七〇〇〇	曹奴所獻
	牛羊	二〇〇〇	鶪韓所獻
	牛羊	三〇〇〇	智氏所獻
	牛羊	二〇〇〇	文山所獻
	牛羊	五〇〇〇	巨蒐所獻
	良犬	七〇〇〇	鶪韓所獻
	守狗	九〇	文山所獻
	白狐玄狢		獵於滲澤所得（祭於河宗）
玉	白玉		珠澤□吾所獻
	玉策枝斯之英		天子取於舂山
	玉	一〇〇〇〇隻	天子取於容□氏群玉山
	采石器（琉璃）		天子使重䲨之民取采石鑄以成器
	枝斯	四〇	巨蒐之人䍃奴所獻
	㣥䌄㚇䋾珌佩	一〇〇隻	
	琅玕	四〇	
	䶂𪓰	一〇篋	同上
酒	酒	一〇〇	䰜□之人居慮所獻
	酒	一〇	珠澤□吾所獻
	酒	一〇〇〇斛	赤烏之人丌好所獻
	酒	一〇〇	智氏所獻
	酒		𩱿余之人命懷所獻
	酒		諸飦所獻
糧食	穄麥	一〇〇車	赤烏之人丌好所獻
	穄麥	一〇〇車	曹奴之人戲所獻
	穄麥	三〇〇車	鶪韓之人無鳧所獻
	穄麥	一〇〇〇車	文山之人歸遺所獻
	秋麥	一〇〇〇車	巨蒐之人䍃奴所獻
	膜稷	三〇車	同上
美女	女聽女列	二人	赤烏之人丌好獻爲天子嬖人
血	白鵠血		巨蒐之人䍃奴獻爲天子飲
	馬血		高奔戎刺其左驂之頸取血以飲天子
	白鵠血		天子到宗周官人進飲
	白鵠血		同上，洗天子足
	羊血		造父到宗周以飲四馬之乘一
乳	牛羊湩		巨蒐之人䍃奴獻爲天子洗足

上皮數未詳，角數未詳，羽一百車，牲畜六萬一千七百零二頭，玉數在萬隻以上，酒在千斛以上，糧食二千五百三十車，美女二人，飲血四次，用血洗足一次，用乳洗足一次。

《左傳·襄公四年》及《晋語》魏絳説和戎之利“戎翟薦居，貴貨而易土，與之貨而獲其土”，服虔注：“薦居，逐水草而居。”《孟子·告子》“夫貉五穀不生，惟黍生之”，是西北在春秋戰國時代其地寒冷不生五穀，民族多逐水草作牧畜生活，是以《穆天子傳》到西北上去，帶回來牲畜六萬餘頭，及皮角羽毛等，是應該的。

2. 玉及酒

《國策·趙策》蘇厲上趙王《書》説：“秦……逾勾注禁常山而守，三百里通於唐曲，此代馬胡駒不東。而昆山之玉不出也。”這是説秦得勾注常山，昆侖的玉不能到趙，這昆山當是昆侖山。《史記·李斯傳》李斯《諫逐客書》：“今陛下致昆山之玉。”戰國時人以昆侖山爲惟一産玉地。

《史記·大宛傳》：“宛左右以蒲陶爲酒，富人藏酒至萬餘石，久者數十歲不敗，俗嗜酒。”故《穆天子傳》中從西北上帶回來須多玉石和酒是應該的。

3. 糧食

《史記·匈奴傳》：中行説：“顧漢所輸匈奴繒絮米蘗，令其量中，必善美而已矣……且所給備，善則已，不備，苦惡，則候秋孰以騎馳，蹂其稼穡耳……得漢食物皆去之，以示不如湩酪之便美也。”文帝與匈奴《書》：“匈奴處北地寒，殺氣早降，故詔吏遺單于秫蘗金帛絲絮佗物歲有數。”中國産糧食比西北多，《穆天子傳》中不應把西北上大宗糧食運回來?

《穆天子傳》中從西域載回糧食共二千三百五十車，這完全是匈奴人到西域的現象，若中國人到西域，應把糧食載的去，何能把糧食載回來?是匈奴地不産糧食賴中國的輸入。但除中國輸入外，當取之於西域。又《穆天子傳》“鶤韓”條“爰有樂野温和，穄麥之所草，犬馬牛羊之所昌……”它以爲其地爲“樂野”，因其“温和”故，是以“穄麥之所草，犬馬牛羊之所昌”。這是熱帶上人當然不羡它的“温和”，就是温帶上人以其他自己住的氣候同，也不羡慕其“温和”，惟寒帶上人見了這温和地，草木也茂，牲畜也好，是以叫爲“樂野”。這是《穆天子傳》中不應該有的事。（新疆氣候較蒙古暖）

4. 血及湩

《穆天子傳》：“天子渴於沙衍，求飲未至，七萃之士高奔戎刺其左驂之頸取其青血以飲天子，天子美之，乃賜奔戎佩玉一隻，奔戎再拜稽首……至於巨蒐之人㺄奴乃獻白鵠之血以飲天子，因具牛羊之湩（《史記索隱》引作“牛馬之湩）。以洗天子足，及二乘之人。”《史記·匈奴傳》：“得漢食物皆去之，以示不如湩酪之便美也。”按現在蒙古人食肉，肉在鍋内煮一滚就食，不用筷子用刀子割，割破肉時血水尚流，是一種半生食法，推至春秋戰國時代匈奴人用生食飲血是有可能性。“天子求飲未至”，刺馬脛取血以作飲料，現在在西北上旅行以爲常事。但奇怪的就是“天子……遂入於宗周，官人進白鵠之血以飲天子，以洗天子之足；造父乃具羊之血以飲四馬之乘一”，按《論語・鄉黨》的“割不正不食……”《孟子》的“食前方丈……”中國在春秋戰國時食品已很講究了，尤其是天子食的更好。穆王到西北上去，因其俗飲血，及不得飲料不得已而飲血也可。到了宗周就該鼎食，食品當然講究了，爲甚麽還要飲血呢?

（七）用的是土耳其（匈奴）方言

日人小川琢治《支那歷史地理研究續集》頁三九三説：“柏夭爲遠征西土的嚮導，使用八駿的名稱，在漢字中意義頗難解，惟以土耳其語解可得若干，《傳》卷一：‘曰柏夭皆致河典，乃乘渠黄之乘，爲天子先（注：先驅導路也），以極西土。’”

次文“八駿之乘（注：八駿名在下），以飲於枝洔之中”，更次八駿之乘及狗與御者列舉：“天子之駿（駿者馬之美稱），赤驥（世所謂騏驥），盗驪（爲馬細頸，驪黑色也），白義、踰輪、山子 、渠黄、華騮（色如華而赤，今名馬標。赤者爲棗騮，棗騮赤也）、緑耳。（《紀年》曰：北唐來見，以一驪馬，是生緑耳，云云。八駿皆因其毛色，以爲名號耳，云云。）狗：重工、徹止、藋猳、□黄、南□、來白（皆浚狗之名，亦猶宋鵲之類）。天子之御：造父、三百（下云三百爲御者）、耿修、芍及。（造父善御，穆王封之曰趙城，餘未聞也。）”

卷四采右（輯者：當爲石）之文山祭後，又有：“癸酉，天子命駕八駿之乘，右服騁騮。而左緑耳，右驂赤驥。而左白義，天子主車，造父爲御，齊冏爲右，次車之乘，右服渠黄而左踰輪，右驂盗驪而左山子，柏夭主車，参百爲御，奔戎爲右，天子乃遂東南翔行，馳驅千里。”

記載。（但騁、驥、義三字從古文，而與宋版《列子・周穆王篇》古字字畫頗异。）

《史記・秦本紀》當述造父之事迹時，其中有“得驥、盗驪、騁騮、騄耳”。

四頭之名，徐廣等俱引郭璞之傳注以解之。

騁騮之注下以“馬驃，赤者爲棗騮”。雖足以正本傳之僞字，但《索隱》“盗驪作温驪”，并解温爲音盗，與劉伯莊《音義》云“盗，竊也。竊淺青色，八駿既因色爲名，竊驪爲得之也”，俱不過爲無用之穿鑿耳。

郭璞解盗字“爲馬細頸”，是本於《爾雅・釋畜》“小領盗驪”之説。但土耳其語盗耳dar（即schmal，eng之音）之意爲細，想已爲其所知。先秦時代以盗驪爲細頸之馬，想必爲周知之事。郭璞將驪字分開解釋，比之《爾雅注》“盗驪千里馬，領頸”，雖有蛇足之感，然以是爲其知dar語義之一證，頗爲有趣也。

第三之“白義”之義字，《列子》作“燊”（張諶《注》古義字），傳卷四作“俄”（郭注：古義字），但郭總括八駿云“八駿皆因其毛色以爲名號耳”，義之意義未曾解釋。今按此當是土耳其語Beigir（=Pferd）（此字音爲白義，意爲馬——譯者注）之譯音，以白義二字作一語較妥。且普通在中國北部，馬上加一“白”字，雖不是不適當，但是單一匹馬稱爲“白馬”是不大適當。

第四踰輪以同樣方法在土耳其語中求其字音，與Jylan爲蛇字音近。大致與盜驪相同，爲指中國北部伊犂所産細頸馬言。

由此類推，驥爲Kysil赤色義，如《史記》之文，衹以一字爲已足，無加“赤”字之必要。騂騮亦同義以Kyrmysy呼之。山子Sar Sary意爲黄色。

渠黄，《爾雅》：“回毛……在背，闋廣。”普通音如此，意似旋毛在背，但《海内北經》犬封國一名犬戎國云：“有文馬，縞身朱鬣，目若黄金曰吉量（一作良——《文選》，張衡《東都賦》李善注，引此作良），乘之，壽千歲。”

郭注引《王會》《六韜》作吉黄及鷄斯，更引《大傳》：“駮身朱鬣，鷄目，《山海經》亦有吉廣之乘，壽千歲者，惟名有不同云云。”

《東都賦》李善“騰黄”注與《山海經》“吉量”注共引《瑞應圖》語“一名吉黄”，意似縞身朱鬣馬。且吉量亦似爲吉黄之僞字。蓋既知土耳其語字音，與此相當者，則孰爲正僞，豈不判然。

總之《爾雅·釋畜》關於馬字語類，甚爲豐富，而其音義與土耳其對比而得者甚多，由古代地名準語，必謂與語源説明同趨。（按《爾雅》係采當時方言爲釋。匈奴地産馬甚多，故《爾雅》采匈奴語於《釋畜》馬字語類。）

按土耳其係突厥族，突厥本匈奴種，匈奴於西曆二四年分爲南北二部，北匈奴於西曆九〇年時被竇憲大破北徙，南匈奴居於熱察綏一帶，晋時徙戎於内地，匈奴種之突厥族居於平凉，於西曆四二〇至四五〇年時徙居金山（阿爾泰山），金山狀如兜牟，其地方言謂兜牟曰突厥，因改其部爲突厥，於西曆六世紀時有外蒙古地，後分東、西二部，自回紇興突厥遂亡，遺衆四散，其一部西走者爲大食所録用，勢又盛，遂割地稱王，如伽色尼、郭耳、塞爾柱、花剌子模等國，元并諸地，餘衆又西走入小亞细亞，勢繼起，至明景泰時滅東羅馬，統有西亞東歐北非，地跨三洲，即今土耳其國是。

土耳其本匈奴種，由中國輾轉至小亞細亞，由戰國初年至今歷二千餘年，匈奴人的古音尚保存一部分，今留居匈奴地的匈奴後蒙古人，其保存匈奴古音反少，如福建廣東日本安南現存中國古音較中國中原爲多。蒙古現有的文字係元時創造，其字母係根據叙利亞（蒙古文與《大秦景教流行中國碑》文字形勢同），元時地域廣大，造起文字來，收的各地方的方音必多，是以將匈奴人的古音失掉。但在蒙古人的語言中尚保存着一點，如大地名在小地名後，蒙古人説話時大地名放在小地名後，但寫文字時大地名在小地名前，這當是元時造文字時根據中國文法改的。

《穆天子傳》若非匈奴族中山人作，何以用匈奴人的方言？

據上列的考證，總括於後：

（一）大地名在小地名後，在中國文法内很特别。

（二）省略名詞，在中國文法内很特别。

（三）數目中無十字，在中國也很特别。

（四）用夏正是與用夏正的地方，或與用夏正的民族有關。

（五）走的路綫，是與河北平漢綫附近地方有關。

（六）賜的是胡人特産物，得的是胡人必需品，當與胡人有關。

（七）用的是匈奴人的方言，當是匈奴人的作品。

總上七條證據，因它是魏地出土，審察何者與魏有關。

（一）（二）（三）據魏遺留下的《紀年·逸周書》等，文法數目均普通，不應《穆天子傳》獨异？而且與中國也不同，是以疑它不惟不是魏人作品，而且不是中國人的作品。

（四）（五）（六）（七）用夏正是沿夏民族（匈奴族）的習慣。以胡服賜西域諸國，以大宗糧食從西域運回，是匈奴族的現狀，用匈奴人的方言是匈奴人的作品，而平漢綫附近的匈奴族在戰國初年爲中山，魏於西元之前四〇八年滅中山，是魏與匈奴族中山有關係。

按上《穆天子傳》是中山人的《西游記録》，魏滅中山將此《西游記録》據歸於魏，魏襄王設了個編輯館，用了一般好古之士，編輯《紀年》《逸周書》等，時人相傳周穆王西征跑的很遠，但無史料可據，於是把從中山帶來的《西游記録》加上周穆王的事實，就成了現本《穆天子傳》卷一至卷四的四册。魏人又以當時傳説周穆王是“周行天下”的，不是單獨“西征”的，是以又捏造了現本《穆天子傳》卷五的一册。又另記了周穆王的盛姬死事一册，後人以此一册附在前五册後，就成今本《穆天子傳》六卷一部。

《穆天子傳》既是中山人作品，但中山種族的始末，文化的程度，所用的文字，應略加以説明：

（一）種族

王静安師《鬼方昆夷玁狁考》説：“其見於商周間者，曰鬼方曰混夷曰獯鬻。其在宗周之季，則曰玁狁。入春秋後，則始謂之戎，繼號曰狄。戰國以降，又稱之曰胡，曰匈奴。”

現在研究民族學者，多以中國民族來自甘肅爲説。但按甘肅多山，不適於古代人民生活，當以陝西渭水流域，山西汾水流域，河南洛水流域，黄土層的平原斜坡很多，河流小山亦不少，最適宜於原始民族。故得這三處地方，生活容易，文化程度就高，失此文化程度反低。夏民族先據於此，後被殷民族從南方來，奪取其地，夏民族就退居河北及山西的上黨太原、陝西的榆林、甘肅的寧夏慶陽一帶。後周民族起戰敗殷民族，殷民族於是退守山東（齊魯—奄）、河南（宋）、湖北（楚），這是各民族興衰的大概。

夏民族被殷民族戰敗後，其種族分析，稱號不一，其曰士方、鬼方、混夷、獯鬻，常與殷民族爲敵，周民族戰敗殷民族，其族又與周民族爲敵，在周宣王曾大事征伐。至春秋初年其在河北南部及山西上黨一部分的，曾滅衛滅邢滅曹滅周，伐齊侵魯。晋初敗其族皋落氏於東山，繼滅其潞子嬰兒於上黨。其餘部落保守河北的正定保定一帶，名曰鮮虞，至春秋末年號曰中山，戰國初屢與魏戰，至西元前四〇八年被魏所滅。後又復國，與六國均稱王，至西元前二九五年爲趙所滅。

（二）文化

其臣知忠。

《國語・晋語》："中行伯既克鼓，以鼓子宛支來，令鼓人各復其所，非寮勿從。鼓子之臣曰夙沙厘以其孥行，軍吏執之，辭曰：'我君是事，非事士也！名曰君臣，豈曰士臣！今君實遷，臣何賴於鼓。'穆子召之曰：'鼓有君矣！爾止事君，吾定而禄爵。'對曰：'臣委質於翟之鼓，未委質於晋之鼓也！臣聞之，委質爲臣，無有二心，委質而策死，古之法也；君有烈名，臣無叛質，敢即私利，以煩司寇，而亂舊法，其若不虞何？'"

《國策・中山策》："中山君亡，有二人挈戈而隨其後，中山君顧謂二人：'子奚爲者也？'二人對曰：'臣有父嘗餓且死，君下壺飡臣父，臣父且死曰：'中山有事，汝必死之，'故來死君也。'"

有説士張登可使六國承認中山稱王。

《國策・中山策》："齊謂趙魏曰：'寡人羞與中山并爲王，願與大國伐之，以廢其王。'中山聞之大怒，召張登而告之……之齊見嬰子……召中山君而許之王。張登因謂趙魏……趙魏許諾，果與中山王而親之……中山與燕趙爲王，齊閉關不通中山之使……藍諸君患之……遣張登往……燕趙果俱輔中山而使其王，事遂定。"

其相司馬喜多謀定陰姬爲中山后。

《國策・中山策》："陰姬與江姬争爲后，司馬喜謂陰姬公曰……中山王遣之見趙王……歸報中山王曰……臣聞其乃欲請所謂陰姬者……王立爲后，以絶趙王之意……中山王遂立以爲后，趙王亦無言請也。"

其君尚知禮賢下士。

《韓非子》："趙主父使李疵視中山……李疵對曰：'其君見好岩穴之士，所頃蓋輿車以見，窮閭隘巷之士以十數，伉禮下布衣之士以百數矣。’”

據各書所載中山文化不滅於六國，其能作《穆天子傳》稿本的《西游記録》亦屬可能。

（三）文字

其文字用六國文字。

王静安師《匈奴相邦印跋》：“匈奴相邦玉印，藏皖中黄氏，其形制文字均類先秦古録，當是戰國訖秦漢間之物。考六國執政者，均稱相邦，秦有相邦吕不韋，魏有相邦建信侯，今觀此印，存匈奴亦然矣。史家作相國者，蓋避漢高帝諱改。《史記·衛將軍驃騎列傳》屢言獲匈奴相國都尉等，而《匈奴列傳》記匈奴官制，但著左右賢王以下二十四長，而不舉其目，又言二十四長，亦各自置千長、百長、十長，裨小王、相封、郡尉、當户、且渠之屬。‘相封’即‘相邦’，古‘邦’‘封’二字形聲并相近。易‘邦’爲‘封’，亦避高帝諱耳。惟《匈奴傳》之‘相封’，謂左右賢王以下所置相，匈奴諸王，各有分地，大略如漢之諸侯王，其相亦當如漢之諸侯相；此匈奴相邦則單于自置之相，略如漢之丞相矣。匈奴遺物傳世者，惟漢所賜之匈奴官印，其形制文字自當與漢印同；此印年代較古，又爲匈奴所自造，而制度文字并同先秦，可見匈奴與中國言語雖殊，尚未自製文字；即有文字，亦當在冒頓老上以後，非初葉之事矣。”

魏在戰國時居於中原，北有趙，西北有秦，秦的西北又有義渠，魏國的學者如何能穿過趙、秦、義渠而到西北荒野去？若説魏國學者憑空捏造下的《穆天子傳》，而《穆天子傳》的地理知識何與西北多相符？是以《穆天子傳》若不是中山人的作品，而《穆天子傳》所以成書的原因，是求不出來的。

中山在戰國時也算是一個大國，其種族不祇限於中山，南與中國接，西與大宛（即西王母，詳《山海經的研究》）常有往來。大宛西與波斯南與印度接觸，是以中山間接受了波斯印度的影響，因而《穆天子傳》的文法數目，與西洋及印度有些相同，而在中國特殊。

一八，一〇，一，修正於南京的古物保存所。（商務印書館，1934年）

黄雲眉《古今僞書考補證》史類“穆天子傳”條：

《穆天子傳》固當小説意味，然與《紀年》有相合處，則其間豈無可寶貴之史實，爲吾輩所欲聞者。雖未必爲古本，亦不必爲定漢後人作。所稱西王母，漢人皆以爲女仙人（見司馬相如《大人賦》及揚雄《甘泉賦》），後乃謂爲西方一國名。梁玉繩曰：“西王母，西方一國名。如《周書·王會篇》東方有姑姝國，《後漢·桓帝紀》羌勒姐，《西羌傳》彡姐之類。其名見《爾雅·釋地》。”《大戴禮·少閑篇》云“舜時獻白琯”，《竹書紀年》云“舜時西王母來獻白環玉玦”，

《賈子·修政語上》云“堯西見王母”；即《穆天子傳》叙西王母事，與曹奴巨蒐諸人無异。《竹書》亦但言“王西征見西王母，其年來朝，賓於昭宮”而已。自《山海·西山經》撰爲豹尾虎齒蓬髪戴勝之説，至《漢武内傳》又有天姿絶世之語，嗣後神仙家遞相附會，詭設姓名，何足述哉?（《史記志疑·趙世家》）近人丁謙《穆天子傳地理考證》，謂西王母邦上古時名加勒底，炎黄時名巴比倫，商周時名亞細利亞；顧實《穆天子傳西征今地考》，謂西王母之邦，蓋即今之波斯，或亦足備一説。然未可據爲定讞。丁謙又有《穆天子傳紀日干支表》。劉師培亦有《穆王西征年月考》。（齊魯書社，1980年）

鄭振鐸《穆王西征記——民族文話之五》：

周穆王即位於民國紀元前二千九百十二年。他是一位很有野心的大政治家。在《尚書》裏，他寫過《君牙》，寫過《冏命》，寫過《吕刑》。他即位時，年已五十，所以世故很深。他的統治是戰戰兢兢的，“心之憂危，若蹈虎尾，涉於春冰”（《君牙》），“怵惕惟厲，中夜以興，思免厥愆”（《冏命》），其目的乃在“丕顯哉文王謨，丕承哉武王烈”（見《君牙》）。（《君牙》《冏命》均見古文《尚書》）但在《吕刑》（今文《尚書》）裏，他却説道：“爾尚敬逆天命，以奉我一人。雖畏勿畏，雖休勿休，惟敬五刑，以成三德。一人有慶，兆民賴之。其寧惟永。”他的統治者的面目是很猙獰的，他是把持着絶對的“君”的獨裁權力的。

他的最大的政治上的成功是南滅徐，北征犬戎，西巡狩至於西王母之邦。他的西征的故事尤爲當時的奇迹，曠古所未有的盛舉。關於這故事曾成爲很有趣味的傳説，在《穆天子傳》裏有了很詳細的記載。在《列子》裏，周穆王的故事也成爲動人的好幾個篇頁。

但最早的記載則見於《春秋左氏傳》（昭十二年）：“昔穆王欲肆其心，周行天下，將必皆有車轍馬迹焉。祭公謀父作《祈招》之詩，以止王心。王是以獲没於祇宫。”《祈招》之詩曰：“祈招之愔愔，式昭德音。思我王度，式如玉，式如金。形民之力，而無醉飽之心。”

《竹書紀年》云：“穆王十三年（民國前二九〇〇年）西征於青鳥之所憩。十七年（民國前二八九六年）西征昆侖丘，見西王母。其年，西王母來見，賓於昭宫。”

《史記·趙世家》云：“繆王使造父御，西巡狩見西王母，樂之忘歸。而徐偃王反，繆王日馳千里馬，攻徐偃王，大破之。乃賜造父以趙城。”（這和《説苑》及《後漢書》之以徐爲楚王所滅者不同。惟《後漢書》謂穆王“使造父御以告楚，令伐徐，一日而至”，與此説有些關係。）

根據《竹書紀年》之所記，是穆王西征了兩次，一次是十三年，到了“青鳥之所憩”，一次是十七年，到了昆侖丘，見西王母。但在同一年，西王母也便來中國答拜他。可見西王母之國，離中國并不遠。但根據《穆天子傳》，則穆王西征的路程相當的遼遠。他所走的路，凡“三萬有五千里”。計“自宗周瀍水（在洛陽西北）以西，北至於河宗之邦，陽紆之山，三千有四百里。自陽紆西至於西夏氏，二千又五百里。自西夏至於珠余氏及河首，千又五百里。自河首襄山以西南，至於春山、珠澤、昆侖之丘七百里。自春山以西，至於赤烏氏春山，三百里。東北還至於群玉之山，截春山以北，自群玉之山以西，至於西王母之邦三千里。□自西王母之邦，北至於曠原之野，飛鳥之所解其羽，千有九百里。□宗周至於西北大曠原，萬四千里。乃還東南，復至於陽紆，七千里，還歸於周，三千里”。假如穆王西征果然是馳着千里馬的話（穆王有八駿“按轡徐行，以匝天地之域”見《拾遺記》），那末這三萬五千里路的往返，在一年半載裏完成之，是不成問題的。但他却是帶着許多軍隊或從人走的（“天子命王屬休”“屬六師之人”均見《穆天子傳》），他們决不會日馳千里或四五百里的。而且西征的道途并不怎麽好走，過河道，越山嶺，甚至須横度沙漠。大約古代傳説，祇是説“穆王欲肆其心，周行天下”，而後人却把這“周行”的故事附會得更有趣，誇飾得更離奇了。《穆天子傳》還祇説他西征了三萬五千里，而《竹書紀年》則曰：“穆王東征天下，二億二千五百里，西征億有九萬里，南征億有七百三里，北征二億七里。”《穆天子傳》所記的還都是人事，而《太平御覽》引《竹書紀年》則有“穆王大起九師，至於九江，架黿鼉以爲梁”之語。其他《列子》《述异記》《拾遺記》等書所述，怪异更多。所以，在穆王西征的許多傳説裏，《穆天子傳》還是最可靠的最近於“人”而遠於“神”的一部書。它和《禹貢》同爲最古的地理書，比之《十洲記》一類的“方士”的夢話可注意得多。

根據《穆天子傳》，我們可以知道，穆王的西征，祇是親鄰政策的表現。故到處都受歡迎。在北循滹沱河陽而到了犬戎地方時，犬戎胡觴之。他到了鄘人的地方，河宗之子孫鄘柏絮迎接着他。河宗柏夭也逆他於燕然之山，他到了赤烏，赤烏之人其獻酒千斛。他到了西王母之邦，則觴於瑶池之上。幾乎到處的被歡迎。他的西征和張騫的通西域恐怕有同樣的作用。而情形則全殊了。如果我們執《穆天子傳》和明人的《三寶太監下西洋記》一對讀，則更覺得古今人之如何不相及了。

對於西方的諸民族，周室大約一向是維持着很友好的關係的。所謂河宗或河伯便是黄河西段（在河套一帶）的一個很有勢力的河神的祭師吧。故他可以直呼“穆滿”（穆王不一定是死後的謚號，湯及姬發都會自稱爲“武”），他受天子之璧而西向沉璧於河，“視陳牛馬豖羊”。通過了這河宗氏的關係，河宗伯夭做了嚮導，“乘渠黄之乘，爲天子先以極西土”。而春山以西之赤烏氏則夙與周室有和親關係。赤烏之人丌，還獻二好女於穆王，列爲嬖人。穆王且很得意的説過："赤烏氏，美人之地也，瑶玉之所在也。"他經過西王母之邦，與西王母以詩相贈答。西王母道："將子無死，尚能再來。"穆王則答之曰："比及三年，將復而野。"

關於西王母的傳説紛紜不一。《山海經·西山經》説："西王母，其狀如人，豹尾，虎齒，而善嘯，蓬髮戴勝，是司天之厲及五殘。"大似一個女神或女巫，和河宗伯夭的性質有些相同。在《穆天子傳》裏，西王母自己説："我惟帝女。"好像是自以"上帝"之女自命。（顧實的《穆天子傳西征講疏》以西王母爲穆王之女，實過於武斷。）正和一個女祭師之口吻相合，明胡應麟却以爲"西王母不過女真、彡姐、八百媳婦之類"，是以西王母爲一民族。但據《穆傳》，"她"實在是"個人"之名，和河宗伯夭，及赤烏之人"丌"相同。她在西方大約是相當的有勢力，和河宗伯夭之在河套一帶相同。後來的許多傳説和神話，把西王母更神化了；她成爲一個儀態萬方的莊嚴的女仙之主。在《拾遺記》裏已把西王母説成"升雲而去"的一個神；其後的《列仙傳》《集异録》《漢武内傳》《三教搜神大全》《仙佛奇踪》等類的宗教書裏，都把她抬得更高，甚且平空造出了一個東王公和她相對配，這是很可笑的。

穆王所休憩，所經過的地方，像懸圃，像玄池，像瑶池，都已成爲神話中的名勝之區了。

穆王最後到了"曠原"，率六師之人大獵於曠野，"得獲無疆，鳥獸絶群"。後駐於羽陵，"賃車受載"，開始東歸。惟不循原來的路綫。他向東向南走。他曾經過了沙漠。這是西征時所未經過的。他在沙漠中缺水喝。有"七萃之士"名高奔戎的，"刺其左驂之頸，取其清血以飲天子"。穆王覺得很美，乃賜奔戎佩玉一隻。後來，他别了河宗伯夭。仍與犬戎胡相酬觴。這時，他所走的道路和原來西征的已很相近。他"命駕八駿之乘，赤驥之駟，造父爲御，南征翔行，徑絶翟道，升於太行，南濟於河，馳驅千里，遂入於宗周"。

很多人都把《穆天子傳》裏所有的地名來引證今之地名。丁謙《穆天子傳地理考證》、顧實《穆天子傳西征講疏》以及H.Yule的"Cathay and the Way Thither"，E.J.Eitel 譯的《穆天子傳》等書，均以爲穆王曾到過波斯。他們或以西王母即爲波斯之襄西陀（Jam chid）王，或以爲西王母即阿剌伯之示波女王（Seba），顧實且以爲西王母係穆王之女而嫁於波斯國者，其西征之終點羽陵，則即爲今日波蘭之華沙（Warszawa）。這些話都是不可靠的。我們觀於漢代通西域之困難，以及西域的人種，國家的複雜，可證《穆天子傳》裏的經游各地，不會是今日之西域，或今日之土耳其斯坦，更不會是波斯及波蘭。其中，所經歷的各地，似都與中國有久遠的親交關係。這在地理上與時代的關係上均不會是土耳其斯坦乃至波斯、波蘭諸地的，這是不可能的。《穆天子傳》的經游道里的數字的記載當有誇大失實之處。大約穆王所到的，最遠不會超過今日的陰山山脉以北，昆侖山脉以西的。他歸途所經的“沙衍”，大約便是今日戈壁沙漠的東南邊境；他所大獵的“曠原”，大約便是今日内蒙古或青海的大草原。他恐怕根本上没有度過昆侖山脉，度過大戈壁的可能。他所經游的衹是在今日河套的前後。即今日陝西以外的甘肅、寧夏、綏遠的一帶。這恐怕是周民族勢力或文化所及的最遠的西陲了。一切過於誇大失實的附會，恐怕全都是好奇之過，其失實正和後人之以西王母爲群仙之“母”正同。（《申報》，1938年10月23日）

藍其昌《披閱穆天子傳後約言》：

是書共分六卷，係晋之楊（輯者：當爲荀）勖所校定。相傳爲太康二年汲縣民盗發古冢所獲者，概屬竹簡素絲所編定，簡長二尺四寸，以墨書之，每簡有字四十，就中所述，皆周穆王游行事迹。所序雖然不典，然其文甚古雅可觀，考其書序，與太史公所記穆王賓西王母事，多合符節，蓋此書乃備記一時之詳也。因穆天子好游，當與七萃之士巡行天下，架八駿之乘，命造父爲御，以觀四荒，北絶流沙，西登昆侖，車轍馬迹，幾遍天下。惟是書多毁落殘缺，不能盡窺全豹，是所可惜耳。兹擇其大端數則，約言於左：

穆天子之出游也，先向北行，直抵漳水之地，飲酒於磐石之上，并奏廣樂以自娱，卒因朔風雨雪故，而令從者停息，轉越雁門山而至於鄘人，士人獻納豹皮良馬，天子乃西釣於河，獵於滲澤，獲得白狐玄狢，於是祭於河宗之上；再前行而達陽紆之山，河宗伯夭迎之，獻束帛加璧，天子使鄒公謀父受之，并大朝於黄之山，披圖視典，以觀天子之瑶（輯者：當爲珤）器，又命正公郊父録之於圖，以伸其八駿之乘，（即赤驥、盗驪、白義、踰輪、山子、渠黄、華騮、騄耳等八駿也。）轉而西南，宿於昆侖之阿，赤水之陽，三日舍於鷃鳥之山，登昆侖之丘，觀覽黄帝遺宫，齋牲以祀馬（輯者：當爲焉）。繼至春山之上，以望四野，得瞻虎豹熊羆豺狼野馬野牛山羊野豕之屬，以及白鳥青雕攫食羊鹿之狀，乃命銘迹於懸圃之上，以詔後世。并采山之嘉禾，歸而樹於中國，既而東還，循黑水而至群玉之山，命取玉器萬隻載歸。及至玄池，便休其上，奏廣樂三日，而更其名曰“樂池”。轉向西行，遇西王母焉，以白圭玄璧贄之，西王母再拜受之，觴天子於瑶池之上。并爲之歌曰：“白雲在天，山陵自出，道里悠遠，山川間之。將子無死，尚能復來。”天子亦答之曰：“予歸東土，和治諸夏。萬民平均，吾顧見汝。比及三年，將復而野。”歌後遂登弇山，刊名於石曰：西王母之山。繼向東行，絶於沙衍之地，乏水竭渴，七萃之士高奔戎者，刺其左驂之頸，取青血以代飲，天子美之，賜佩玉一隻，奔戎再拜稽首受焉。後乃南征東還，乘鳥舟龍卒浮於大沼，畋獵於藪，得麋麕豕鹿四百二十，并得虎二狼九，乃祭於先王；且命庖人熟而分食之，七萃之士高奔戎又捕得活虎獻之，天子命作虎柙畜之東虞，是爲虎牢。及至於重璧之臺，盛姬以疾死，天子哀傷不已，乃殯之於轂丘之廟，隨即轉而至於南鄭矣。計天子經行道里：自宗周瀍水以西，至於河宗之邦、陽紆之山，三千有四百里。自陽紆西至於西夏氏二千又五百里。自西夏於珠余氏及河首千又五百里。自河首襄山以西南至於春山珠澤昆侖之丘，七百里。自春山以西至於赤烏氏春山，三百里。東北還至於群玉之山又西至於西王母之邦，三千里。自西王母之邦北至於曠原之野，千又九百里。又自宗周至於西北大曠原，一萬四千里。乃還東南復至於陽紆之山，七千里。還歸於周二千里，各行兼數三萬有五千里云云。（《神學志》，1926年第十二卷第一期）

黎光明《穆天子傳的研究》：

《穆天子傳》現行本子共有六卷：其卷一至卷四，皆紀周穆王西征之事，卷五紀王畿内外遠近之事，卷六則記盛姬死亡的事。其實這卷六的一篇，乃是附加上去的，故與前五卷的體制不同，而束晳的汲冢書鈔亦謂《穆天子傳》衹有五卷。惟又謂雜書十九篇，中有紀周穆王美人盛姬死事者，則此卷六的一篇，舊固在雜書之内被後人附加在《穆天子傳》末者也。

這《穆天子傳》一書，乃是晋武帝詔秘書監荀勖"撰次"出來的，故勖爲它著了一篇叙文曰：

"古文《穆天子傳》者，太康二年，汲縣民不準盗發古冢所得書也，皆竹簡素絲編。以臣勖前所考定古尺度，其簡長二尺四寸，以墨書，一簡四十字。汲者，戰國時魏地也。案所得紀年，蓋魏惠成王子令（洪頤煊本從《〈史記·魏世家〉集解》引《紀年》改作今字。徐文靖《竹書統箋》亦謂令字當作今字。）王之冢也，於《世本》蓋襄王也。案《史記·六國年表》，自令王二十一年，至秦始皇三十四年燔書之歲，八十六年；及至太康二年，初得此書，凡五百七十九年（按即民國紀元前二二一〇年至一六三一年也）。其書言周穆王游行之事。《春秋左氏傳》曰：'穆王欲肆其心，周行於天下，將必皆使有車轍馬迹焉。'此書所載，則其事也。王好巡狩，得盗驪騄耳之乘，造父爲御，以觀四荒。北絶流沙，西登昆侖，見西王母，與太史公記同。汲郡收書不謹，多毁落殘缺。雖其言不典，皆是古書，頗可觀覽。謹以二尺黄紙寫上，請事平以本簡書及所新寫，并付秘書繕寫，藏之中經，副在三閣。"

爲《穆天子傳》作注者，是東晋時候的郭璞，他雖没有單爲它做一篇序，而在他所做的《山海經序》中，則曾詳細的言其内容爲如何。云：

"案汲郡竹書及《穆天子傳》：穆王西征見西王母，執璧帛之好獻錦組之屬。穆王享王母於瑶池之上，賦詩往來，辭義可觀，遂襲昆侖之丘，游軒轅之宫，眺鍾山之嶺，玩帝者之寶，勒石王母之山，紀迹玄圃之上，乃取其嘉木艶草，奇鳥怪獸，玉石珍瑰之器，金膏燭銀之寶；歸而殖養之於中國。穆王駕八駿之乘：右服盜驪，左驂騄耳，造父爲御，犇戎爲右；萬里長騖，以周歷四荒，名山大川，靡不登濟。東升大人之堂，西燕王母之廬。南轢黿鼉之梁，北躡積羽之衢；窮歡極娱，然後旋歸。”

看了上面所引的兩篇序文，當然已可知道這所謂《穆天子傳》者，大概説的是一些什麽事情了。爲詳細的參符比較起見，我們還可以把與《穆天子傳》有關係的記載寫出來看一看。

相傳《竹書紀年》一書是與《穆天子傳》同時出土的，而且也記載得有穆天子的事情，那嗎，我們就從《古本竹書紀年輯校》（嘉定朱右曾輯録，海寧王國維校補。）上把與《穆天子傳》有關係的，首先擇寫出來：

穆王元年，築祇宫於南鄭。（《穆天子傳》注引，明按此條與今本同。）

穆王所居鄭宫春宫。（《太平御覽》等引，明按今本作“九年築春宫”。）

北唐之君來見，以一騮馬，是生騄耳。（《穆天子傳》注等引，騮馬或作驪馬。明按今本作“八年，北唐來賓，獻一驪馬，是生騄耳”。）

穆王北征，行流沙千里，積羽千里。（《山海經注》等引。）

〔西征犬戎〕，取其五王以東，〔王遂遷戎於太原〕。（《穆天子傳》注引“取其五王以東”六字。此按《漢書·西羌傳》隱括紀年語。明按此兩條，今本假作注語。）

十三年，西征至於青鳥之所憩。（《藝文類聚》等引。）

十七年，西征昆侖丘，見西王母。西王母止之曰：“有鳥䳤人。”（《穆天子傳》注等引。明按前條和此條末二句，尚爲今本所無，可明其爲僞書之證。）

西王母來見，賓於昭宫。（《穆天子傳》注等引。明按今本“來見”作“來朝”。）

三十七年，伐越，大起九師，東至於九江，叱黿鼉以爲梁。（《文選·恨賦注》等引。明按今本與此條略异。）

穆王南征：君子爲鶴，小人爲飛鴞。（敦煌唐寫本《修文殿御覽殘卷》引。）

穆王東征天下，二億二千五百里；西征，億有九萬里；南征，億有七百三里；北征，二億七里。（《開元占經》四引。明按此兩條亦均今本所無。）

這是依《古本〈竹書紀年〉輯校》所抄録的；若是依今本的僞書呢，則還多了幾條。但這所多的幾條。又多是從《穆天子傳》上抄録來的，我們可以從王國維的《今本〈竹書紀年〉疏證》及檀萃的《周穆王編年》中抄録出來，算再行比較一次。（《穆天子傳》簡稱《穆傳》二字，并以括弧號與僞本《紀年》别之。）

十二年，毛公班、井公利、逢公固，從王伐犬戎。（《穆傳》：命毛班逢固，先至於周；又乃命井利、梁固，聿將六師。）

冬十月，王北巡狩，遂征犬戎。（《穆傳》：天子北征於犬戎。）

十三年春，祭公帥師從王西征，次於陽紆。（《穆傳》：天子西征鶩行，至於陽紆之山，河宗柏夭先白□，天子使鄒父受之。）

十四年，夏四月，王畋於軍丘。（《穆傳》：□辰，天子次於軍丘，以畋於藪□。）

五月，作范宫。（《穆傳》：甲寅，天子作居范宫。）

秋九月，翟人侵畢。（《穆傳》：季秋，□乃宿於房，畢人告戎曰，陵翟來侵，天子使孟忩如畢討戎。）

冬，蒐於萍澤。（《穆傳》：季冬，丙辰，天子筮獵苹澤。）

作虎牢。（《穆傳》：有虎在於葭中，天子將至，七萃之士高奔戎，請生捕虎，必全之。乃生捕虎而獻之；天子命之爲柙而畜之東虞，是爲虎牢。）

十五年春正月，留昆氏來賓。（《穆傳》：留昆歸玉百枚。）

作重璧臺。（《穆傳》：天子西北至於盛；盛伯獻女，姬姓也，盛伯之子也。天子賜之上姬之長，是曰盛門。天子乃爲之臺，是曰重璧之臺。）

十六年，霍侯舊薨。（《穆傳》：霍侯舊告薨，天子臨於軍丘。）

凡此諸端：若不知今本《紀年》之爲僞書者，必以是爲可以互相證實的，檀氏即其人也。姚際恒謂《紀年》與《穆傳》事多相合，因而斷爲一人之所作者亦非。衹王氏疏證爲得其是，蓋《紀年》之文，實按《《穆傳》》而改竄成功者也。

《紀年》而外，《歸藏》中則載有周穆王西征而筮事。

《太平御覽》八十五引《歸藏》曰："昔穆王天子筮出於西征不吉曰：'龍將於天而道里修遠，飛而衝天，蒼蒼其羽。'"（按筮卦不吉，穆王應無西征之事。）《國語》中亦載有穆王征犬戎事。

《周語》："穆王將征犬戎，祭公謀父諫曰，'不可！先王耀德不觀兵。夫兵，戢而時動，動則威；觀則玩，玩則無震。'……王不聽，遂征之；得四白狼四白鹿以歸。自是荒服者不至。"（按此言征伐犬戎，與《穆傳》言北征犬戎意不類。）《左傳》亦曾談及穆王游行之事，且爲荀勖郭璞之所取證者。《昭公十二年》曰："左史倚相趨過，王曰：'是良史也，子善視之！是能讀《三墳》《五典》《八索》《九丘》。'對曰：'臣嘗問焉，昔穆王欲肆其心，周行天下，將皆必有車轍馬迹焉。祭公謀父作《祈招》之詩以止王心，王是以獲没於祗宫。臣問其詩而不知也。若問遠焉，其焉能知之。'王曰：'子能乎？'對曰：'能！其詩曰：祈招之愔愔，式昭德音；思我王度，式如玉，式如金，形民之力，而無醉飽之心。'王揖而入，饋不食，寢不寐，數日。"（按此乃子革故假爲周穆王之事以諫楚靈王者。）

又《昭公四年》曰："六日丙午，楚子合諸侯於申，椒舉言於楚子曰：'穆有塗山之會。’”

杜注：“周穆王會諸侯於塗山。”（按《穆傳》中亦多言會諸侯事，而無言塗山者。）

《楚辭·天問篇》也有一段云：“穆王巧梅。夫何周流？環理天下，夫何索求？”（按《天問篇》最富於疑古之精神，穆王游行的故事，自非其所能信服。）

《史記》上更數言之：《周本紀》：“穆王征犬戎，得四白狼，四白鹿以歸，自是荒服者不至。”（按此係從《周語》上抄來的，自亦與《穆天子傳》所言之犬戎事不類。）

《秦本紀》：“造父以善御，幸於周繆王，得驥、温驪、驊騮、騄耳之駟，西巡狩，樂而忘歸。徐偃王作亂，造父爲繆王御，長驅歸周，一日千里，以救亂。”（按《穆傳》無徐偃王事。《後漢書》則謂“徐偃王行仁義而諸侯朝之，穆王乃使造父御驥騄之乘以告楚，令伐徐，一日而至。於是楚文王大舉兵而滅之”等語，但未言西巡狩事，故不另録。）

《趙本紀》：“造父幸於周繆王。造父取驥之乘匹，與桃林、盗驪、驊騮、緑耳，獻之繆王。繆王使造父御，西巡狩，見西王母，樂之忘歸，而徐偃王反，繆王日馳千里馬，攻徐偃王，大破之。”（按此所言駿馬，與《秦本紀》稍异，而與《穆傳》所言亦不同。）

《列子》一書，是東晋的張湛自謂收集成書的，在那上面，更記了許多關於穆王游行的事情，我們也可引來作參證。

《周穆王篇》：“周穆王時，西極之國，有化人來……王大悦，不恤國事，不樂臣妾，肆意遠游，命駕八駿之乘：右服駵（古驊字）騮而左緑耳，右駿赤驥而左白羲（古義字）；主車則造父爲御，嵩岡（音秦丙）爲右。次車之乘，右服渠黄而左踰輪，左義盗驪而右山子；柏夭主車，參百爲御，奔戎爲右。馳驅千里，至於巨蒐氏之國。巨蒐氏乃獻白鵠之血，以飲王，具牛馬之湩，以洗王之足及二乘之人。（參看《穆傳》卷四。）已飲而行，遂宿於昆侖之阿，赤水之陽。别日，升於昆侖之丘，以觀黄帝之宫而封之，以詒後世。遂賓於西王母，觴於瑶池之上。西王母爲王謡，王和之，其辭哀焉！（參看《穆傳》卷二及卷三）乃觀日之所入；一日行萬里。王乃嘆曰：‘於乎！予一人不盈於德，而諧於樂，後世其追數吾過乎？’（參看《穆傳》卷一）穆王幾神人哉！能窮當身之樂，猶百年乃徂，世以爲登假（通遐字）焉。”（按此段所言，無异一部《穆天子傳》的縮寫——惟序述則有先後之不同——所以檀萃會深怪乎郭璞作注時，衹取證於《史記》《左傳》而未取證於《列子》中也。）

《湯問篇》：“禹之治水土也，迷而失塗，謬之一國。濱北海之北，不知距齊州幾千萬里，其國各（輯者：當爲名）曰終北……周穆王北游過其國，三年忘歸。

既反周室，慕其國，恍然自失。不進酒肉，不召嬪御者，數月，乃復。”（按：此言北游三年而忘歸，《穆傳》則言三年之後將復西游於王母之邦。）

又：“周穆王西巡狩，越昆侖，不至弇山，反還。未及中國，道有獻工人名偃師。穆王薦之，問曰：‘若有何能？’……對曰：‘臣之所造能倡者。’穆王驚視之：趣步俯仰，信人也，巧夫！……與盛姬内御并觀之。”（按：今《穆傳》卷六衹言盛姬死後之哀傷，未言生前觀劇的快樂。）

又：“造父之師曰泰豆氏。造父之始從習御也：執禮甚卑，泰豆三年不告。造父執禮愈謹，乃告之曰：‘汝先觀吾趣；趣如吾，然後六轡可持，六馬可御。’造父曰：‘唯命所從！’……學之三日。盡其巧。”（按：造父爲傳説中之善御馬者，穆王游行，不能少此重要脚色，故能牽合在一起了。）

又：“周穆王大征西戎，西戎獻錕鋙之劍，火浣之布……皇子以爲無此物，傳之者妄。蕭叔曰：‘子果於自信，果於誣理哉！’”（按：此言“大征西戎”，則“征”爲征伐之義，西戎獻劍，亦即表示降服之意。惟《穆傳》則云：“天子北征犬戎，犬戎□胡觴天子於雷水之陽，天子乃樂。”則“征”爲征行之義，而觴則表示主客歡敬之意也。同一劇本也，而乃有一文一武的兩種演法，將定其孰是而孰非乎？）

凡此數段，都直接或間接的可持與《穆傳》參證。外此，則所謂孔鮒所做之《孔叢子》中，亦曾記載得有這一類的事情。

《孔叢子》：“秦王得西戎利刀，割玉如割木焉。以示東方諸侯。魏王問子順曰：‘古有之乎？’對曰：‘周穆王大征西戎，西戎獻錕鋙之劍，火浣之布，是則古亦有焉。’”（按：此所言，與《列子》相類似。）

又所謂東方朔所著之《十洲記》，亦記載得有穆天子的事情，今亦據引如下：

“鳳麟州在西海之中央……周穆王時，西胡獻昆吾割玉刀……長一尺，切玉如切泥。”（按：此與《列子》及《孔叢子》所言相似。）

“聚窟洲……昆侖……積石圃南頭，是王母居……穆王云……上有三角，方廣萬里……正北名曰閬風巔正西名曰玄圃堂……正東名曰昆侖宫……其角有積金，爲天墉城……西王母之所治也。”（按：此意或指周穆王游行歸後所言。）

《文選》顔延年《赭白馬賦》李善注引有《逸周書》的一段言穆王田獵的故事，與今之《逸周書》不類，而與今之《穆天子傳》則頗相似，朱右曾於《逸周書集訓校釋》中，疑是《虞初説》的文字，陳逢衡於《穆天子傳注補正》中，又疑爲出於《周書》《璅語》。今亦據引如下：“穆王田，有黑鳥若鳩。翩飛而跱於衡，御者斃之以策；馬佚，不克止之躓於乘，傷帝左股。”

魏晋六朝間人，尤愛談這種故事。如《抱朴子》言“周穆王南征，一軍盡化”，《述异記》言“東海島龍川穆天子養八駿處也”之類是。今以其時代過晚，而且限於篇幅，本無需乎引用，兹姑録《拾遺記》所載者，作爲一例。

《拾遺記》卷三："穆王即位三十二年，巡行天下。馭黄金碧玉之車，傍氣乘風，起朝陽之岳，自明及晦，窮寓縣之表。有書史十人，記其所行之地。又副以瑶華之輪十乘，隨王之後，以載其書也。王御八龍之駿：一名絶地，足不踐土；二名翻羽，行越飛禽；三名奔宵，夜行萬里；四名超影，逐日而行；五名踰輝，毛色炳燿；六名超光，一形十影；七名騰霧，乘雲而奔；八名挾翼，身有肉翅。——遞而駕焉：按轡徐行，以匝天地之域。王神智遠謀，使迹轂遍於四海，故絶异之物，不期而自服焉。"（按此所載，更把穆王神話多了。其所乘的坐騎，亦不復是駿馬而已變爲神龍矣。因爲這樣一説，纔能把"日行千里"的話敷衍周密。故梁時蕭綺録曰："夫因氣舍生，罕不以相相别；至於比德方事，龍馬則同類焉"……至如騄耳、驊騮、赤驥、白驎之絶，黄渠、山子、踰輪之异，不可得而比也。"按祇舉七駿，文亦與《列子》《穆傳》等書有异。"故能遥碣石而轢倒晷，排閶闔而軼如徐，非夫歸風彌崖之迹，超虚送日之步。安能若是哉！望絳宫而驟首，指瓊臺而一息，係可得而齊影矣！）

又："三十六年，王東巡大騎之谷。指春宵宫，集諸方士仙術之要，而螭鵠龍蛇之類奇種，憑空而出。時已將夜，王設常生之燈以自照，一名恒輝。又列璠膏之燭，遍於宫内。又有鳳腦之燈。又有冰荷者，出冰壑之中，取此花以覆燈七八尺，不欲使光明遠也。西王母乘翠鳳之輦而來，前導以文虎文豹，後列雕麟紫麏。曳丹玉之履，敷碧蒲之席，黄莞之薦，共玉帳高會，薦清澄琬琰之膏以爲酒。又進洞淵紅花，嵰州甜雪，昆流素蓮，陰岐黑棗，萬歲冰桃，千常碧藕，青花白橘……奏環天之和樂，列以重霄之寶器。器則有岑華鏤管，咈澤雕鐘，員山静瑟，浮瀛羽磬，撫節按歌，萬靈皆聚……西王母與穆王歡歌既畢，乃命駕升雲而去。"（按：此所言周穆王與西王母的故事，已完全是神話的了。）

好了，寫了這一些關於周穆王游行的故事，已很足以供我們作《穆天子傳》的研究了，所以纔算是這篇文章的正文。

我們首先應該注意的，就是研究古代的故事，應該如顧頡剛先生之所説的，要把傳説、神話與史實分别著看。神話固然不是史實，傳説的事情又何嘗是可信靠的。我們若是囫圇吞棗的混爲一談，不惟不足以明瞭古史的真相，將治絲而益紛的有害於事理。所謂"合則共傷，離則俱全"者，於此有焉。懂得這個道理，我們纔可以作《穆天子傳》的研究。

各書所載關於穆天子的故事，細細的考察起來，幾無一件是真確可信的史實。見西王母和獻劍的一類説法，簡直是一些神話；征犬戎和伐徐偃王的一類事情，也僅祇是些傳説而已。神話和傳説都自有其本身的相當價值，但我們若要把它們拿來當作史實般的看待，便"心勞日拙"般的走入迷魂陣裏去了。

伐徐偃王的事實之不足信，司馬貞《史記索隱》與張守節《史記正義》均各引譙周的《古史考》文云："徐偃王與楚文王同時，去周穆王遠矣。（按約三百零十年）且王者行有周衛，豈得救亂而獨長驅，日行千里乎！（按《後漢書》謂長驅而日行千里者乃是造父。或正欲免除此種漏病的原因。）并言此事非實。"是前人已有非之者了。崔東壁的《豐鎬考信録》中論此尤詳，謂："後世稱造父者欲神其技，因取偃王之事附會之，以見其有救亂之功；稱偃王者欲表其美，因又取穆王之事附會之，以爲能行仁義而諸侯歸之耳。初未暇計其乖舛於事理，刺謬於經傳也。"——惟《穆天子傳》一書中，全未言及徐偃王的事情，本可置之不顧，兹所以附論及之者，正以見古史之多所附會，若稍一不慎而誤信之，未有不被其所愚弄欺騙者，是信古而反得誣古之附從罪矣！

至於北征犬戎的事實，也未必是可信從的。《國語》《列子》等謂爲征伐之意，《穆天子傳》則似爲征行之文。事或爲一而義各有异，穆王不可復生，將使誰而定其是或非乎？何况還有古本《竹書紀年》的"〔西征犬戎〕，取其五王以東，〔王遂遷戎於太原〕"的文异事增而有幾若有第三義耶？在春秋的時候，諸侯的攘夷，都被認爲了不得的重大事件；春秋以前的天子親征，更要被視爲神聖的工作了。故宣王的號爲中興，也祇以其能打敗夷狄而已。若穆王真有征伐犬戎而取其白狼白鹿或五王而歸的話，也算得是一件光榮的事情，何以《尚書》《詩經》及現在所已得的周代的金石文字中，都找不出一字的記載？而所謂"荒服者不至"的罪過，又何得因此而加之？"周之衰，蓋自此始"的論斷，亦不得因此而亂加施用的。這也許要被人認爲是一種"默證"，但把這種默證而施之於周穆王的時候，我覺得是很應該的，因爲那個時候的文字已備，像這一類的事實，不應該没有一個直接材料的載記；而時隔未久，也不見得就是全部的遭了遺失？到是《穆天子傳》乖巧些，把征伐改爲征行之義，便覺得敷衍得下去多了。不過《穆天子傳》又必非周穆王時代的所謂起居注，這在下文還有詳細點的解説。

《穆天子傳》中，有言獻豹皮良馬者，有言勞用束帛加璧者。有言獻酒及牛、羊、穄麥等者，甚且有獻盛姬者，但没有所謂獻錕鋙之劍的話。且造劍的一回事，似乎是春秋時方開始爲之的，是穆王時根本便無所謂"劍"者，更何有於"獻"焉？何况《列子》《孔叢子》《十洲記》之所載者，又全是一些神話類的東西，不過附會及於穆王身上罷了。既與史實不合，又與本書無直接關係，故辯論的話，衹好略而不詳。

再論到所謂西王母者，更全是一些神話類的言詞，各書論及之者夥頤，今兹不能詳爲列舉，余將繼此而作一"西王母傳説考"的文字，以作參證。記得周魯迅先生説西王母故事的轉變，是由西方的一個國名，一轉變而爲一個君長之稱，再轉變而爲一個女性的人物，三轉變而爲神仙的首領了，這話大抵是不錯的。周穆王之於西王母，也衹如漢武帝的關係一樣，不過故事轉變中的一個人物而已，那裏有什麽史實上的價值！若真信以爲有此實情者，愚人矣！

大概春秋戰國間的時候，强兼弱而大并小的事實日多，國與國間的關係也日益繁重起來，因而很容易流行着一種巡游四海的傳説出來。在中國的境内呢，便有黄帝、堯、舜、禹的故事，在中國的境外呢，則最適宜的人物，没遇於附會到周穆王的身上。因爲古代疆域的狹小是件實在的事情，這是古人所易知道而今人所易考證的，不明瞭這種情形者，衹多半是一些“前不見古人，後不見來者（今人）”的“有眼若盲”般的豎儒！夏商兩代的邦畿之内，尤其是有限定的，所以夏桀和商紂的爲虐，也僅及其境内而止，這在崔東壁的《考信録》上，説得最爲詳盡。至於中國境外的巡行故事，很不容易附會到他們身上去的，否則也不容易使人見信，所以《禹本紀》一書上，言“河出昆侖，昆侖其高二千五百餘里，日月所相隱蔽爲光明也，其上有醴泉瑶池”一類的話，司馬遷的《史記》便以“今自張騫使大夏之後也，窮河源，惡睹本紀所謂昆侖者乎”的實際情形而痛駁之。那嗎，若附會的説夏商兩代便有巡行境外的故事，豈是能够欺人哄人而且騙人的？惟到了周朝則不然。周是由豳岐而平定中原的，領域既較前代爲大，而與四夷的交涉尤較頻繁，故附會一些中國境外的事件，當時的人縱有心知其非者，或亦無有較優勝的理由以難之也。惟在穆王以後呢，則共、懿、孝、夷、厲五王，都難於附會而意義也不深長，宣王以下，則時序更近，自無需乎説了。穆王以前呢，則文武二王，人家會相信他們是無暇爲此，成康二王的事業，又别有定準，都是難於附會的，所以合宜於此種資格者，衹有昭穆兩王。昭王既“南征而不返”後，便衹剩下一穆王了。穆王在位享國的期間，至少的説法也是五十五年。——此依《史記》《尚書》則云百年——有這樣長久的期間，不能無所事事的過活，所以上面所説的一起故事，便輕而易舉的附會到他老人家身上去了。

至於《穆天子傳》之所以詳於西方的原因，也可得而推尋者是因爲春秋戰國間的時候，東方是瀕海而止，一切的地方情形，幾乎是盡人皆知，而入海求神仙和不死藥的故事，又不能附會到君王的身上去。南邊則初爲吴越與楚并峙，後則全部并入於楚，疆域既爲楚所横隔，一般中原人的想像，便很難跨越到楚國以南去。北邊呢，初則戎狄的種族也很複雜，後則逐漸減少，而終形成爲一個匈奴的大國；且與各國的交涉頻繁，其境内的大致情形，當是易於爲人所悉，故附會上的事實，也不易於使人見信。衹有西方，是一種混混沌沌的模樣，尤以遠西的地方爲最甚。漢時尚有三四十國，秦漢以前，當是不止此數。這種國與國間的交際情形，必是一種很複雜的嚴重關係，很容易使人發生一種迷離撲朔而莫明其妙的心境，一切的神話，都可以因此而想像出來，一切的僞史都足以因此而附會上去。自從司馬錯伐蜀而後，秦國的勢力更加富强起來，這種事實，更容易於引起人家一種“望昆侖而憩息”的心思。當時的交通雖然是很不便利，但由中國而到西域，或由西域而到中國者，未嘗無人。加以語言上的隔閡，説者與聽者間，都很可以有意或無意的想像到一些神奇的故事上去。而這些故事，又是最易於流行普遍的，於是乎“一犬吠影，百犬吠聲”般的相傳下去。因而就造成功了許多的僞史來。《穆天子傳》特不過是其一而已，怎能信靠得過它是起居注般的真確事實？若非是些存心誣古的人，他總不願意拿這種不足信靠的説話做根據，以作出一些什麽古代歷史——如所謂《中國人種從來考》者——的考證出來。

春秋戰國間既合宜於有此巡游之事。而周穆王又是最合宜於有此資格之人，所以那些見西王母一類的傳説，是很容易於流行普遍的。不過時隔久點，那被傳説的故事，若不轉變爲他種説法，也要低沉下去而再待時暴發起來，所以周穆王游行的故事，戰國以後便漸漸的不爲人所注意，雖然談西王母的話還不少，但多已没有把周穆王牽纏在内。加之陰陽五行家之方士派的勢力很大，不惟人主爲其所惑，就是儒道二家的學説，也幾乎爲其所盡化。這方士派的大本營是在齊國之地，故即有求神仙的傳説，也多注意到東海以外去了；而西海方面的事物，自然要被人冷淡起來。這種情形的繼續下去，一直到了魏晋六朝間，方纔又復熾盛起來。

原來漢朝儒者傳經的死守家法，愈傳便就愈加腐化下去，雖有破除家法的通儒如鄭玄、王肅者，也衹能挽此頽風。加之，時局日益不安，一般思想活潑而心情高傲的人，便就沉思玄理的甚而墮入於清談偷生的無聊過活。老莊的學説，固然是他們所歡迎的，即西方的佛乘，也何嘗不是他們之所心慕的啊。因而對於遠西的神秘關念，當然是死灰復燃起來。而且就交通方面而論，也較前此要便利得多，所以一般壓不住好奇心了的人們，便有私到印度一帶地方去求經的行事。單據《高僧傳》而考查起來，則在魏高貴卿公的時候，雖衹有一個朱士行，而在晋武帝的時候，也衹有一個竺法護；但這是如俗語説的“頭難頭難，開頭爲難，衹要捨得開始着手，便即强如做了一半”，所以繼此而去者，竟有了一百餘人之多，那嗎，在没有人敢於動身嘗試之前，還不曉得已涉了幾多的幻想，而舊有之周穆王游行西方的傳説，自易再引起了人們的注意，又加之以汲冢的竹書出現，就是所得的材料甚少，人們也愛附會一些上去（擬想的附會作家，下文當另論及），使之成爲一個能滿足其好奇心的作品，再經了郭璞的所謂注解，於是乎這《穆天子傳》的一書，便即通行起來，而關於穆天子的傳説，且再見於他書矣。

懂得了穆天子游行的故事，衹是春秋戰國間和魏晋六朝時的一些傳説，并非實際上有這一類的事實，簡直没有作爲史料而用以證實史事的價值，然後我們再把上文所録各書的記載研究一下，更足以見出這種故事轉變上的痕迹來。

《歸藏》的成書時代，我們不惟不信杜子春的話，説它是黄帝時候的，也不能信鄭康成的話，説它是殷代所存的陰陽之書。按《漢書·藝文志》并未著録此書，我們雖不能以此而即斷定它是西漢以後的人所著的，但其成書的最早期間，怕也是春秋戰國的時候，而且穆王既占筮不吉，即應免去了西征之事。故此條對於後來的關係，幾乎是一個恰相反對的。

首先記載周穆王的西征巡游的事實者，是《國語》和《左傳》，這是春秋末而至戰國初年間的作品，據今文學家的學者考證起來，説是這兩部書本來是一部而被後人分裂爲二的；這種話的能够成立與否兹姑不具論，惟其所記載之穆王的傳説則有不同，這縱使没有時間上的關係，怕也有空間上的限制罷，所以顯出了一些傳聞异辭的痕迹。

《國語》一書，崔東壁《考信録》上批評它説："《國語》之作主於敷言，故以語名其書。然其語亦非常日之語，乃後世之人取前史所載良臣哲士諫君料事之詞而增衍之以成篇者，是以言中所述古事率多荒誕不經，與經傳相悖者十而八九，而其文亦弱而不振，繁而不節也。"這種話本來是很對的。但他又説它"篇首所記之事以爲言張本者，及篇末所記以驗其言者，雖不悉實，要之合於經傳者多，而其文亦簡直。疑此本之舊史原文，是以獨爲可據耳"的話，就免不了要生出弊病。譬如他引用周穆王將征犬戎而祭公謀父作諫的一段事，就與他"考信"的宗旨有虧，我們若没找着真確的史料，是不會相信穆王有過這宗事的，至多也祇相信在作《國語》的時候，有了這宗傳説的故事罷了。所謂"先王耀德不觀兵"的話，明明是儒家"德化政策"的宣傳作用。而且所説的一些"先王之於民也……懋正其德而厚其性……使懷德而畏威……我先王不窋……不敢怠業，時序其德……弈世載德，不忝前人……至於武王，昭前之光明，而加之以慈和……先王之訓也……有不王則修德……布令陳辭而不至，則增修於德而無勤民於遠……吾聞夫犬戎樹惇，帥舊德而守終純固，其有以御我矣"的話，都是一些春秋以後的思想。乃既反復申言之的惟恐人不見信，又附托於周穆王的故事而已，且可承認爲實際所有的一件事情？故《國語》上所給與我們的概念，至多也祇能證明那時已有周穆王征犬戎的傳説罷了。

在《左傳》上就又見出穆王巡游的故事來了。但我疑心這種故事或竟是子革之所故意虚構出來的，并且或會連傳説的影響都没有受得有，而後來的傳説，到反是受了他的影晌的。子革因爲"打賭"般的存心要對析父實踐他"摩厲以須王出吾刃將斬矣!杜預注云'以已喻鋒刃，欲自摩厲以斬王之淫慝'"的話，故很有先行虚構故事以圖乘機發言的可能性。這種手段，宋朝人尚優爲之，何况是春秋的時候。蘇東坡著《刑賞忠厚之至論》中，虚構了一個"想當然耳"的故事，謂："當堯之時，皋陶爲士，將殺人。皋陶曰'殺之！'三！堯曰'宥之！'三！故天下畏皋陶執法之堅，而樂堯用刑之寬"，把歐陽修也瞞哄著了。——不然的話，何以《祈招》的那種所謂吟史的詩，楚王不曉得還則罷了，怎麽連那能讀《三墳》《五典》

《八索》《九丘》的良史倚相也會是全無所知呢？且細察詩句，又不必專指穆王，更何從知道是祭公謀父之所作的？以所謂亞聖的孟子，尚把咏魯僖公之“戎狄是應，荆舒是懲”的詩，錯引作爲周公的，又安知這别有用意的子革，不是故意的錯引來爲他虚構成的故事作佐證。杜預注作逸詩，其實根本上就無這一首詩也未可知？就退一步説這個故事和詩句并不是子革之所虚構的，但也不過是一種傳説而已，那裏就會有信史的價值！今人却有謂《穆天子傳》的價值，是可與《祈招》一詩相表裏而可互相發明證實者，亦可以云不深思之至矣！

把《國語》和《左傳》混同着看一下，我們并看着了兩相歧异的地方。同一周穆王也，又同一祭公謀父也，而一則引詩以諫伐犬戎之事，一則作詩以止王巡游之心，孰是孰非，何從辨識？如有謂其兩皆是者，到不如謂其兩皆非的爲妙，因爲都是一些存心托古的故事，不足以作歷史上的根據地。這種异點，似非兩種書有時間上的先後關係，而乃地域上的不同之所致的。《國語》是從周室作想的，所以是儒家的德化作用，《左傳》之所述的是楚國的事情，故另發生出巡幸的故事了。——從這异點的上面，我們可以看出在作《國語》和《左傳》的時候，對於穆天子的傳説，尚還没有統一起來。

至於會諸侯於塗山，本是關於夏禹的傳説，椒舉也衹用來凑數，怎可信爲穆王時的事實？除了集僞大家的皇甫謐會把它叙述在《帝王世紀》外，孔穎達的《正義》已説：“書傳無文，不能知其本末，到了現在，我們還能够信靠它爲真的事麽？”

既説到了游行海外，除了主人翁的穆天子外，就需要一個最著名的御者，因爲若非如此，則雖有良馬也會難於“日行千里”。子革已想到了這點，所以説出一個《祈招》來，據注語所説，則祈父是周朝的司馬之官，而招則其名也。不過司馬的官職雖高，但主要的職務還是在世掌甲兵，更不必是一個善御馬者。到了《竹書紀年》的時候，把造父與周穆王合在一起，便就“無美不成雙”的唱成一幕喜劇了。我疑心所謂造父者，或竟是由伯樂而産生的，在真實的信史上，未必便有這樣的一個人。至於秦趙之引爲自己的祖先，也不過是托古以自重的意思，而附會及於穆天子的故事，更足以表示一些家族的光榮而已。

今本《竹書紀年》，乃是一部僞書，故不管它説了一些什麽，我們都可以置之不顧，爲的是怕有以僞亂真的弊竇起見。但就是王静安先生所輯校的古本《竹書紀年》果真是一部真書，它那上面所記載的事實，也未必就是可信靠的史料。因爲僞書與僞史是兩件事情，不僞的書上，也常常是記載些不真的事情，尤其是傳説和神話雜糅般的《竹書紀年》，我們怎能够相信它所説的都是真實可靠的史料。不惟“益干啓位，啓殺之”“伊尹即位，放大甲。七年，大甲潛出自桐，殺伊尹”的話，爲不足信。就是關於穆王的記載，也多是一些傳説的故事而已。這部書的成書時代，似乎是在《國語》和《左傳》後的戰國中年，那時候關於周穆王巡游的傳説，或正在熾熱的時期。把造父、西王母、徐偃王和八駿馬的故事，都聯合在一起了，《竹書紀年》和一部分的《穆天子傳》的材料，我疑心都是在這樣的情形下而寫成的。

大概戰國間關於穆王的傳説很盛行，而又確非事實，故疑古大家的屈原，便在《天問篇》中發生出了一些疑問，我們就此便更可以知道這些故事縱然欺騙着了許多後世的人，但在當時，却也是很引起人們之懷疑的。

《史記》一書，固然是漢朝的作品，但司馬遷所依據的材料，却都是由春秋戰國間遺留下來的。他所寫的三四條關於穆王的故事，也就是依照那時期的傳説。或者這種傳説在漢朝的年代，已經是日漸消微的低沉下去了。故我們可把這幾部書上所説的故事，認爲是春秋戰國間轉變上的一些痕迹。此後這種傳説的復興期間，是遠在魏晋六朝的時候了。

《列子》一書，我們若信以爲是《漢書·藝文志》之所著録，乃劉向之所校定的八篇，而爲張湛之所收集全備者，則劉向的叙録已謂"《穆王》《湯問》二篇，迂誕恢詭，非君子之言也"的話，便可證明這兩篇是古已有之的了，那麼，從這兩篇上所抄録下來之關於《穆天子傳》的故事，豈不都是很早的嗎？其實不然，像這宗樣的信史態度，衹有那種昏庸老朽的白石先生（檀萃）才優於爲之，我們决不會腐化到這宗地步。因爲《列子》一書，是久已確實證明瞭的贋品：柳子厚已有所疑，高似孫更有所證，宋濂謂爲"决非禦寇所自著，必後人會萃而成者"，姚際恒謂劉向序亦爲假托，四庫著録亦疑其僞，近人馬叙倫先生謂爲王弼之徒所爲，顧惕生先生謂爲張湛僞托無疑。各家多證以佛家思想，則其爲晚出之書，當更不生問題。故關於上所抄録的四段，穆王見西王母的故事，自是抄襲《穆天子傳》的，這在張湛的注中，已可獲得贓證。注云："自此以上至命駕八駿之乘事，見《穆天子傳》"。穆王北游一段，與見化人後的結果相類；偃師獻技一段，亦似後來的傳説。衹造父學御的故事，或係取材於春秋戰國間。張湛注云"泰豆氏見諸雜書記"，可見當時的傳説甚多，惜今無所考矣。因爲秦趙兩國都引造父爲其祖宗，則關於造父的故事，必更有許多可引爲光榮的。故《列子》取材或者甚古，但其文字，亦决非當日之舊觀了。總而言之：列子縱使是春秋戰國間的一個人，《列子》一書却决非春秋戰國間的書，乃是晋朝的人之所雜湊成功的。故其中所記載之關於穆王的傳記，與其謂受的是列子那個人的時代的影響所做成的，毋寧謂受的是《列子》那部書的時代的影響而做成者也。

《孔叢子》一書也是假的，宋濂謂作僞者，即作注之宋咸其人，未免失之太晚。《古今僞書考》謂朱仲晦亦持此説，但據《朱子語録》則是疑其説話，多類東漢人云。李𡟰以爲東漢末季彦輩爲之，却已得其近似。但據近人確實的考證起來，則實爲王肅之徒之所僞作的。且所言獻錕鋙之劍的事情，又與僞《列子》的取材相同。其實不惟穆王時不會有這種事實，就是秦王和魏王者，也衹是故事傳説中之所假托的人物而已。

《十洲記》的一書，更是假造成的，其中且有漢武帝悔不聽東方朔之遺言的語句，則該書豈是東方朔之所作的？陳直齋謂爲好事者之所依托，顧惕生先生則斷爲六朝人之所假造。觀其所記獻劍之事，也衹是僞書的一脉相傳。而所謂周穆王者，亦不知是指其人乎？抑有書名周穆王者耶？其成書似遠在汲冢出書之後，則其係受《穆天子傳》之影響者必也！

《拾遺記》之所載的，自完全是晋朝人之關於周穆王的傳説。在這種傳説中，不僅西王母是一個神仙，就是周穆王也神仙化了，這樣一來，到可把日行萬里的故事，可説得個圓滿無缺。一般好曲解敷衍的所謂考據學家，到不如以此書爲根據的來考證《穆天子傳》，則不可解的地方也易於作解了！而一般承認《穆天子傳》一書爲可信靠的史料者，亦當先承認此書之所説者，爲真實的事情罷？

自《列子》以至《拾遺記》，除了《文選》所引的那一條，既不關緊要，又不知究出何書外，皆是些魏晋六朝間的作品，我疑心關於穆王的故事，此爲復興的一個時期，而與春秋戰國間的一樣，皆受有環境之關係者也。理由已具載上文，讀者可復按之。

以上這一些書所記載的事實，有爲《穆天子傳》所共有，亦有爲《穆天子傳》所缺如者，要之：皆是記載一些傳説的故事而已。曉得這一類書所記載的均不可靠，則《穆天子傳》之所記載者，又何嘗有可信靠的價值。要想在這種書中求史料，固是緣木而求魚的無益而且有害於存真；但置《穆天子傳》於史部的起居注或傳記類者，我覺得也是不得其當的事情。到是編輯《四庫全書》的人眼光高明一點，痛痛快快的把它置入於小説家類，而且謂爲委巷流傳的雜記者，到是一個爽人心脾之一針見血的適當的語句。而檀萃輩固尚謂爲非是，誠不知其何所居心也！

以上所説的這一些話，可算得是把《穆天子傳》一書的背境，大略的説清楚了，然後我們再來查一查它成書的年代，看一看它究竟是什麽時候的作品。關於此點，便有了四種不同的説法：（一）謂爲周穆王時代之所作者；（二）謂爲戰國時候的作品者；（三）謂有部份爲荀勖郭璞之所依托者；（四）謂與《紀年》同爲僞書并連郭注亦係爲托者。今分論之如下：

（一）謂爲周穆王時代之所作者

我上文已經屢次的説過，《穆天子傳》中所記載的傳説，并非周穆王實際所有的事情，這是稍有一點常識就可明白的，宜乎没有人會信《穆天子傳》之爲周穆王時代的書籍了。然而不然！事實上却是恰得其反。相信其爲周穆王時代之所作者，還較不相信其爲周穆王時代之所作者的人多得多。這真是一件“出人意表之外”的事情。嗚呼！使中國學術界而長久如斯者，豈能不爲外人之所竊笑耶？提撕而警斥之者，固亦吾人天職之所在也。

書名叫作《穆天子傳》，所記載的又是一些周穆王的起居事情，所以《隋書·經籍志》《舊唐書·經籍志》《新唐書·藝文志》《通志·藝文略》《文獻通考·經籍考》以及《直齋書録解題》，皆置之於起居注内。但所謂起居注者，乃是“録紀人君言行動止之事”，如《春秋傳》之所云“君舉必書”，《周禮》所謂“内史掌書王命，遂貳之”者也。據陳振孫及姚際恒之所考證，則起居注者，自漢明德馬皇后爲始，那嗎，現在的這一部《穆天子傳》，豈是“周時内史所記王命之副也”耶？則何不引《拾遺記》所謂“有書史十人，記其所行之地”之爲愈也。各書中固有謂僅體制與今起居注正同者，也不足以證明《穆天子傳》便是周穆王時候的書籍。是則所謂起居注者，亦非穆王起居時之所記注的了。

洪頤煊謂其“文字古雅，信非周秦以下人所能作”，并舉“管人”作“官人”，“記迹於弇山之石，眉曰西王母之山”，謂與《爾雅》所記“觚竹、北户、西玉母、日下，謂之四荒”合，既屬牽强綴合，而且不知周秦以下人若假造僞書時，亦能仿作古雅之文字的。何况成了殘編斷簡的時候，因爲失了一些字句，自然顯出“古版”的情形來了，至於“喪主伊扈”，即使便是“共王緊扈”，也不足證此書之真。因作僞書時也可以世本爲藍本也。

劉師培云：“此書雖出晋初，然地名符於《山海經》；人名若孔牙耿翛，均見《書序》所載；賓祭禮儀器物，亦與《周官》《古禮經》相符，則非後人贋造之書矣。”此種説法謂爲非魏晋六朝人所僞作者尚可，但不足證爲穆王時代的書籍。因《山海經》《書序》《周禮》等書，雖没有考定它們的成書時代，但决不會是穆王以前的東西，《穆天子傳》若真果與它們相符，則正表示其爲周穆王後的書了。

洪劉二氏本算得是學有根柢的，衹因囿於舊聞，遂致陷於謬談。至於陳逢衡輩，已是自檜以下，若夫牽强附會而荒謬絶倫之作注疏的白石先生，更無論矣。

最奇怪者，是丁謙先生的議論，謂“穆王西征之道，即今日通行之大路，就本書卷四之里數方向，按圖以考，雖地名不同，而大致皆合，方信古書所載，皆屬實事”。又謂“卷四里西土之數，總計西征往返所行之道里方向，以當時之人，記當時之事迹，自必確鑿可據。况核以今地，一一相符，不解從前注家，何多未見及此”。但丁先生符合後之最得意的結果，如所謂“西王母爲西方大國，其國上古時名加勒底，炎黄時名巴比侖，至於商周，名亞西里亞。中國人種西來之始，當在加勒底時代，而穆王至彼，則亞里西亞時代也”一類的話，不惟不能够取信於我們，就是同作地理上之考證的顧惕生先生亦批評他説：“丁君書多不根經典，輒任意指某地爲即今某地，無徵不信，學者難言之。”但顧先生謂“昔者黄帝、堯、禹、周穆王皆嘗西至西王母，即抵今波斯”一類的考證，亦正如丁先生之所説的：“一及地理，便無足取。蓋不獨見囿方隅，而道里方向及上下文義，均不之審；但用對音之法，曰某地即今某地，某山即今某山，欲其吻合無間得乎。”因而欲用地理以證明穆王游行事屬確實，固然無謂；而用地理以證明《穆天子傳》一書之真僞，亦屬不經。如所謂“數字上之表示，甚易訛誤，可措勿論。而地理之考審，則古今同符，大較瞭如。故《穆天子傳》記事之徵實，决非出於僞托，可無疑也”。及“穆王西征所經山川，符合今地者，年隔三千載而猶歷歷如昨也！此豈可以僞爲也哉”，都是一些牽强武斷的話。我終信古代的幅員是很狹小，而與西方的交通，尤多阻礙；直到春秋以後方纔往來漸繁，地理的情况亦得易於瞭解。故符合的地方愈多，我却疑它成書的時間愈後。我想：假使今人做一部《穆天子傳》，其地理符合處更是恰像，且可免去許多人的瞎廢曲解的工夫了。再則如丁先生所云：穆王的“西宫從士，當不下二萬，以二萬人行萬里路”，則沿途所經，自能引起該地人民之歷久不忘的記憶，那嗎，何以六百年後大舉東征之亞歷山大王，竟會昧此大路而繞行印度，終至畏難而西旋乎？是則《穆天子傳》上之地名，皆傳説中的情形，不必故意的牽强符合而證之，以免勞而無益之譏評也。

再就文字而論：則穆王的“穆”字，乃是死後的謚號，而傳文中的河伯，却曾兩度的號之爲“穆滿”，這豈是當日起居注的名詞？北征犬戎的記載，也明非當時之文，王静安先生云：“考詩書古器，皆無犬戎事，犬戎之名，始見於《左傳》《國語》。《山海經》《竹書紀年》《穆天子傳》等，皆春秋戰國以後書；其或傳之太王、文王，穆王時者，皆後人追改之名也。”是亦可知《穆天子傳》，并非周穆王時候的書。至於所謂“天子之狗走百里，執虎豹”，既已不近人情，而一般的飛禽走獸，亦决非實事實物。即一切的金銀器用，依社會學的説法觀之，更可知其不合實情。故《穆天子傳》一書，那能令人信服它是當日史官所記的起居注，何況其所述説的，又早已證明其非真實的事情啦。

（二）謂爲戰國時候的作品者

在元朝王漸的序文上説：“春秋之時，諸侯各有國史，多龐雜之言。下逮戰國，王迹熄而聖言淹，處士横議而异端起，人人家自爲説，求其欲不龐雜，其可得乎？”按其語氣，似即謂爲戰國時之所作者。而王謨的跋語上，更顯然的有此主張。謂“《穆天子傳》六卷，與《周書》《紀年》同出汲冢，疑亦戰國時人，因《列子》書《周穆王篇》有駕八駿賓西王母事，依托爲之，非當日史官起居注也。其生而稱謚，紕繆更瞭然易見”云。（按《周書》不出汲冢，乃係傳説致誤，《列子》成書未必在《穆天子傳》之前，説已具見上文。王謨誤而舉之，是乃讀書不慎之故，然其謂《穆天子傳》乃戰國時人依托爲之者，識見固已超人一等矣。）因爲春秋戰國間，對於周穆王巡游的故事，幾乎成了一個風行一時的傳説，故我也還相信汲冢中所得的竹簡，至少有一部分是談及於周穆王的故事，如《竹書紀年》中即已有之。但要説今本的《穆天子傳》是全部的出於汲冢，就未必能够引人相信。因爲春秋戰國間所著出來的書籍，多是有一番特别的作用，在那竹重漆貴的時代，是不願輕易的寫成一部無所謂的東西。使這部書發現是在齊國的地方，還可以説是與騶衍大九洲之説，相對成趣，乃一班的方技術士們，用以作爲一種宣傳品的。但發現的是在汲冢中，則未免令人生疑。魏國人未必作這樣的一部書籍，而魏襄王的冢中，也未必藏這宗樣的一種東西。我們若未考察出那“望之不似人君，就之而不見所畏”的襄王是愛好此書故因以殉葬的時候，不敢輕易的相信它全部都是出於汲冢中的。晋朝人對於古文辨别認識的程度本來是很“推板”的（余將續做一《汲冢竹書》考以詳之），或者本來没有所謂《穆天子傳》的這一部書，衹因爲春秋戰國間盛行着一種關於周穆王游幸的故事，故《竹書紀年》一類的傳説記載中，關於周穆王的故事，特别記載得詳細一點，而整理汲冢竹書者不察，誤認爲有《穆天子傳》的這一部書，再遇一些别有用意的人，附會了一些事實上去，於是乎這所謂《穆天子傳》的一部書，便因而宣告成立了罷？

（三）謂有大部分的材料爲荀勖、郭璞之所依托者

此種議論，余一年以前，即已深信及之。謂今之《穆天子傳》一書，其中有一部分的材料，或係從汲冢中得來者，而其中之大部份的材料，則爲荀勖、郭璞之所依附上去的，而尤以郭璞的依附爲最多。近閲各史的經籍志或藝文志的著録，見《舊唐書》的經籍志謂“《穆天子傳》六卷，郭璞撰”。《新唐書·藝文志》謂“郭璞《穆天子傳》六卷”。可見五代和宋初的人，尚曉得這書是郭璞所撰的，亦足以加證我所説的不謬；不然的話，則《隋書·經籍志》已明其爲郭璞所注的，劉煦、歐陽修等何不沿襲誤的相承好了。又何必改“注”字爲“撰”字呢？他們改正的原因，必有一種憑證的，可惜當時没有記録下來，而今已是無所傳了。後人的信古成性，而且以爲近古的爲真，故元末成書的《宋史·藝文志》，又依《隋書》而改爲“郭璞注”，近人纂集攏來的八史《藝文志》，且更擅改《舊唐書》之“撰”字爲“注”字了。這不僅衹失了原書的本義，且更混亂了事實的真僞，因“撰”“注”兩字混而不明，本書之作者的真象遂暗而不彰，而荀勖與郭璞之所附會上去的，也被人當作原書般的看待了。

謂荀勖之有所附會者，以汲冢出書一事，據閻若璩考證起來，謂當以《晋武帝紀》所記載的爲是，冢蓋發於咸寧五年的冬十月中。而荀勖是整理《穆天子傳》的人物，當更確實的曉得這件事情，然而他的序文中，却偏偏的要扯謊的説是太康二年，故意的少説了一年多的期間，這到底是爲了什麼？這不是他藉此期間，可以僞造一些文字進去，以雜凑成這部《穆天子傳》的嫌疑點麽？據《晋書》的《荀勖傳》看起來，他的品格是一個不大高尚的人，而又處在作僞成風的時代，故假造僞

書之在道德上的價值，他怕是無暇計及的了。又乘浪漫思想發達的時期，而對於西方的故事的傳説又是很盛行的，故汲冢中縱然没有發現出《穆天子傳》的這一部書，衹就一些關於周穆王傳説的記載，便可以輕而易舉的附會一些材料上去，凑成一部全書出來。故在“謹以二尺黄紙寫上”的時候，“想當然耳”的添加一些材料上去，不識漆書科斗字者，當然不能與本簡對看，猶之乎不識外國文的原著者，不會拿翻譯的本子去對照着看的。就是當時有識漆書科斗字者，其程度亦异常的淺薄，觀《晋書》衛恒、束晳、王接等傳可知，於《汲冢竹書考》一文中亦將談及——不輕易的便對閲本簡，猶之乎外國文的程度蹩脚者，亦不愛作校勘原文之工作的一樣。并且那本簡書和荀勖之所新寫的，都付秘府收藏起來，就是認識古文的。也不易於見着；而荀勖又是一個依附外戚而得武帝寵倖的一個大臣，有誰願去校讎他的謬誤與增减呢？及至永嘉之亂，晋室東遷，所藏的本簡，當已散亡殆盡，更是死無對證般的難於發見他的作僞，衹今日旁證起來，覺得這部《穆天子傳》是不可全部的信爲汲冢所得；而荀勖之所以僞成此書，或正欲表示汲冢中之殘編斷簡，亦可整理出這樣的一部書籍，顯出他在學術界上的功勞，亦已有了不可磨滅的點子，“書存則名存”的榮譽，或正是其所希冀者也。

謂之爲郭璞之所附會成書者，則以荀勖雖藉有校定竹書的資格，便在校定的時候，加了一些非汲冢所得之材料進去；但終因有本簡可以檢驗的關係，就想再多添一些，也是勢有所不能的。到了郭璞的時候，本書因向來藏在秘府的關係，見者自然很少；而永嘉之亂的結果，本簡或又全部的遺失，故他藉作注的名義，便大大的加了一些既非汲冢所出，又非荀本所有的材料進去，因而纔構造成功了現行本的《穆天子傳》，故新、舊《唐書》都謂爲他所撰的了，而後人反多忽略了這件事情。就郭璞的性情學問説，他都有僞造成功這部書的可能性。觀他所著的《游仙詩》，便就是一些虚無飄渺的説話，可知他慣於做出這樣的玄虚。而現存的《山海經》，還有人説是他所杜撰的；其説雖不盡然，但《山海經》之於《穆天子傳》却有很密切的關係。胡應麟《三墳補逸》云：“《穆天子傳》合乎《山海經》，匪其事之合已也，其文、其義、其體，其合者往往如一手。”且郭璞所注的别種書，均皆有序，惟《穆天子傳》則無之，而觀《山海經》的序文，則正包括《穆天子傳》而言之的，可知兩書是同時作注的。但於《穆傳》中則加入許多的新材料也。郭璞之所以要加入一些材料，也自有一番用意的。因爲他見着王敦爲都督江揚荆湘交廣六州諸軍事，視江外掌地，幾如大千世界，便恃功驕恣而目無王室起來，時時都存一個篡奪之志。郭璞雖是他的記室參軍，但實是一個心存晋室的人。看見王敦這樣的處堂自大，自然是有些過意不去；而又不敢正言規勸，或正言規勸也是無效的，故他被王敦所殺時，也僅衹説了一些諷諫的語句，因纔展其才思，於注《山海經》的時候，順勢的便補凑成了這樣的一部《穆天子傳》，以顯出世界是這樣的廣大，而都督幾州的軍事，是算不了一回事情的。若真正是一個求樂的人，還應該像周穆王那樣的棄王位而優游快意，所以《穆天子傳》中，竟連帶悲劇意味之徐偃王故事的傳説，都完全没有提及到了。嚴烺《穆天子傳注疏後序》所謂："讀《山經》《穆傳》，見四天之下，有如許大世界；豎亥步之所不能盡，穆滿車轍馬迹之所不能周，而耽耽逐逐於江外掌地以造逆而犯順，何其騃也！"亦正是這個意思。自唐初由衆手纂成的《晋書》及《隋書》，僅云郭璞所注，後人遂信以爲真，雖有《唐書》的駁僞反正。亦不足以醒愚而顯真了。此案之得以大白於天下，或竟是後此的事情了罷。他日有暇，尚擬作一番疏證的工夫，將本書中爲荀勖及郭璞所增加附入之材料指出之。

（四）謂與《紀年》同爲僞書并連郭注亦係僞托者

這種説法，是姚際恒之所主張的。《古今僞書考》云："《穆天子傳》本《左傳》'穆王欲肆其心，周行天下，將皆有車轍馬迹焉'。又本《史記·秦本紀》'造父爲穆王得驥温驪、驊騮、騄耳之駟，西巡狩，樂而忘歸'諸説，以爲之也。多用《山海經》語。其體制，亦似起居注。起居注者，始於明德馬皇后，故知爲漢後人作。又多與《紀年》相合，亦知爲一人之作也。《紀年》沈約注、《周書》孔晁注、《穆天子傳》郭璞注，皆淺陋之甚，至有經史而不知引者，亦皆僞也。《穆天子傳》稱璞注者，蓋即取璞所注《山海經》，以移入之，故因謂璞注也。"按《穆天子傳》一書的材料，既多爲荀勖、郭璞之所增加上去的，則其體制之近似於起居注也固宜，姚氏謂漢以後的人所作的，亦不失爲一種卓見。惟謂爲與《紀年》同爲一人所作，則未必然。以《古本紀年》并非僞書，而《今本紀年》則是明朝人之所僞造的，《穆傳》於《晋書·郭璞傳》《隋書·經籍志》均已著録，而又别無唐代以後的人另行僞造的確實證據，故不能與《紀年》等量齊觀，更不能以此而證爲一人所作。《古今僞書考》一書，衹是粗枝大葉的説個提綱大要而已，并不是詳盡周到的作品，故間有失之疏略的地方。若必欲證此書爲唐後的人僞造，則尚有兩證據在：（1）則葛洪《神仙傳》的《郭璞傳》中，衹謂其"注《山海經》《夏小正》《爾雅》《方言》，著《游仙詩》《江賦》《卜繇》《客傲》《洞林》"而不言及於《穆天子傳》；（2）則劉知幾《史通》的《申左篇》原注云"汲冢所得書，尋亦亡逸，今爲《紀年》《瑣語》《師春》在焉"，亦不言及於《穆天子傳》。但此兩書的本旨皆别有所在，故其所言，不敢必爲詳盡無遺。不然則以《神仙傳》及《晋書》的《郭璞傳》相校，前者尚少有《新林》《卜韵》及《五倉》《楚辭》《子虚》《上林賦注》等書，豈皆可證爲僞作的？是知葛洪所舉，本即不是求完備的。《史通》上雖云未見，但《晋書》《隋志》皆有著録，是其所知未及而已，非本無此書也。至云注釋淺陋，亦不足證郭注爲僞，以郭於此書，乃與《山海經注》同時忽促寫成的，故既有相同處，又無暇將經史中之有關係的注語，儘量的收羅完備。總之：在未確實的證明其爲唐朝以後的人所作之前，我固相信第三説之謂爲有大部份的材料乃荀勖、郭璞之所依托者，尚較爲合乎事理的。

這一部書，既非全從汲冢所得，乃是荀勖、郭璞之所依托成書，但他們也很聰明，竟依托得來“像煞有介事”的一般。不僅衹是句法有些古妙，“詰屈聱牙”的使你難讀；并且故意的少寫些字，和留些空格子，儼若真個像“燼簡斷札”“毀落殘缺”一樣，無怪乎許多的前賢學者，都被其所迷惑住了，甚還以爲真是周穆王那個時候的起居注咧。

至於書中的内容，則荀勖已自認爲“其言不典”，而後人却偏要以經典合之，甚且即藉以爲穆王優劣的論調，這未免是失之迂拙了。

王漸的叙文上説：“其書紀王與七萃之士，巡行天下，然則徒衛簡而徵求寡矣；非有如秦漢之千騎萬乘，空國而出也。王之自數其過，及七萃之規，未聞以爲迕也。登群玉山，命邢侯攻玉而不受其牢，是先王恤民之法，未嘗不行。至遇雨雪，士皆使休，獨王之八駿，超騰以先，待輒旬日，然後復發去，是非督令致期也。其承成康熙洽之餘，百姓宴然，雖以徐偃王之力行仁義，不足以爲倡而摇天下，以知非有暴行虐政，而君子猶以王爲獲没於祇宫爲深幸，足以見人心之危之如此也，是豈可效哉！是豈可效哉！存其書者，固可以覽其古；徵其事者，又安可不考其是非歟？”

這已是把周穆王稱贊得很甚了，而檀萃的《穆天子論》，則更把他稱贊得來儼若天人一樣。但在丁謙的口中，則又另是一種腔調，其《地理考證》的凡例云：

“讀是書，須先以《祈招》之詩，所謂形民之力無醉飽之心爲準的，方知本傳六卷所載之事，字字爲上二語寫影，視爲鋪楊鴻烈，潤色皇猷，淺夫也。”

“考穆王作昭宫、祇宫、春宫、范宫、重璧臺，其役民之繁數甚矣……民力有幾，而用之無度如此!”

“卷六專紀盛姬喪葬事。穆王以一稺妾，耗竭財力，作此無益之事，實爲古今所未見聞。余閲此卷終，於言外得三解焉：一以見民生之憔悴……一以見周禮之難行……一以見專制威力之過强……”

“孔子斥文過，孟子惡逢君，穆王之事遠矣，而元人王漸者，作此《傳》之序，竟欲以諂佞伎倆，上貢於數千年前之人主，何其卑鄙無耻、至於此極！……如漸者不衹無廉耻亦且無眸子矣！《傳》中屢言六師，何盲不一見？但云與七萃巡行。以人人共見之書，獨爲之勉强申辨，其意何居？考周制二千五百人爲師，六師之數，已萬五千；如以七萃親軍，百官從士，當不下二萬。以二萬人行萬里路，至少須備一年餉需。每人日食米升，須七萬餘石；大車每輛載米十石，須七千餘輛；每輛牛馬六，役夫二，須增人一萬四千，牛馬四萬餘頭。合之六師七萃百官從士所乘之馬，又不下萬頭。所增人畜，應需糧食麸料，又須載若千車輛，而器用衣服及賜予各物車輛之數，尚不在内。然則穆王西征，謂之徒衛簡而徵求寡可乎？王漸之徒，欲爲穆王辨護，微特無益，止自供其淺陋而已！”

這不僅衹把穆王形容成了一個“勞民喪財”的昏君，而且把王漸罵得個不亦樂乎。但在我們看起來，則穆王論的爲優爲劣，都屬非是。因爲穆王根本就没有這些事情，衹是故事傳説的依托爲之，而荀勖、郭璞采而雜湊成爲這部書籍。若以此而爲穆王的論定，則既冤誣了古人，又甘心的受了依托者的愚弄了。而且若真是如丁氏的説法，在西周的時候，豈是辦的到的事情？這衹要稍知古代之真實情形者，還可以引此而證穆王之絶不會有此事了。

就文學上的價值而作觀察，則《穆天子傳》中的文字，也很有些可動人感情的地方。不過細察起來，也可見出有許多地方，是受了《詩經》等書的影響，亦可斷定其成書的時代，是遠在《詩經》等書之後的。今擇其文學意味之較豐富者，録之於後：

“天子曰：‘於乎！予一人不盈於德而辨於樂，後世亦追數吾過乎（？）’七萃之士□天子曰：‘後世所望，無失天常。農工既得，男女衣食；百姓珤富，官人執事。故天有峕民、□氏響□。何謀於樂？何意之忘？與民共利，世以爲常也。’天子嘉之：賜以左佩玉華也。乃再拜稽首。”翟云升云：“其諫似謡，每句有韵，蓋歌以諷之也。”

“吉日甲子，天子賓於西王母。乃執百圭玄璧以見西王母。好獻錦組百純，□組三百純，西王母再拜受之。□乙丑，天子觴西王母於瑶池之上，西王母爲天子謡曰：‘白雲在天，山陖（同陵）自出。道里悠遠，山川間之。將子無死（按：此係套詩《氓篇》：將子無怒），尚能復來？’天子答之曰：‘予歸東土，和治諸夏。萬民平均，吾顧見汝。比及三年（按此句抄自《論語》），將復而野。’天子遂驅，升於弇山，乃紀丌（同其）迹於弇山之石，而樹之槐，眉曰：‘西王母之山。’西王母之山還歸，丌□世民作憂以吟曰：‘比徂西土，爰居其野，虎豹爲群，於鵲與處。嘉命不遷，我惟帝天子大命而不可稱。顧世民之恩，流涕芔隕；吹笙鼓簧，中心翔翔，世民之子，唯天之望。’丁未，天子飲於温山，□考鳥。”（按此段多本《詩經·小雅》，今略爲注出之《小明章》“我征徂西，至於艽野”；《斯干章》“爰居爰處，爰笑爰語”；《我行其野章》“我行其野，蔽芾其樗”；《黄鳥章》“此邦之人，不可與處”；《鹿鳴章》“吹笙鼓簧，承筐是將”；《彤弓章》“我有嘉賓，中心貺之”。是知作此文者，必一熟讀《小雅》之人，不惟周穆王時候無之，即魏襄王時候亦不易辦到，此亦可證《穆天子傳》的成書，大部分的材料，是荀勖、郭璞之所增加附益的。下文有“壬辰，祭公飲天子酒，乃歌㽣天之詩。天子命歌‘南山有䑋’”。郭注云：“《詩·頌》有《昊天有成命》‘二后受之，成王不敢康’，疑祭公以此規諫也。《詩·小雅》有《南山有臺》‘樂只君子，邦家之基’，以答鄒公之言。然皆古字難曉，所以未詳。”實則文中的含義，便即是《昊天有成命》和《南山有臺》二詩的意思，有何未詳可言?乃故意用些難曉的古字，冀蒙蔽閱者之耳目於一時，而不知恰顯出了疑竇之所在，是亦“作僞心勞日拙”者也。）

這上面所引的兩段，固皆是文學意味較豐的，但皆現出了乃係後人僞作的痕迹，而似非《竹書》的舊文所得有的。另外，第六篇中言盛姬死後的情形，更是易於引起閱者的感情（括弧中的文字，係郭璞所注的）：“乃哭即位（就喪位也），畢哭，内史□（讀）策而哭，曾祝捧饋而哭，御者□祈而哭，杭者觴夕而哭，佐者（佐斂者）承門而哭，佐者（佐飲食者）衣衾佩□而哭，樂□人陳琴瑟□（笙），竽籥莜管而哭。百衆官人各□其職事以哭。曰士女錯踴，九□乃終。喪主伊扈哭出造舍，父兄宗姓及在位者從之。佐者哭且徹饋。及壺鼎俎豆，衆宫人各□其職，皆哭而出。井利□事後出而收。癸卯大哭，殤祀而載。甲辰，天子南葬盛姬樂池之南。

下文還有許多哭和感傷之舉動的描寫。以死了一個“殤祀”（郭注：殤未成喪，盛姬年少也。）的盛姬，竟弄得大家都哭得這樣的傷心，真是一篇稀有的“哭的歷史”。（按：周代最忌同姓通婚，穆王何得與盛姬相配？此實是一個疑點。若謂姬非其姓，則文中既曰“盛柏之子”，盛與郕伯通，柏與伯通，春秋時尚有郕伯，即與周同姓之姬姓國也。若如陳逢衡解“上姬之長”的姬字一樣，謂爲婦人之美稱的姬妾之姬，則以姬爲妾之异名，似爲古代所無，故諸家所解，亦深責穆王的敗壞周禮。這種錯誤的記載，不知是怎樣著録出來的？）

末了，再説一説《穆天子傳》的版本，據我所見過的，列表如下：

（1）明屠隆輯《八十九種漢魏叢書》鄭濂校本。

（2）上海涵芬樓影印明新安程榮《三十八種漢魏叢書本》。

（3）清王謨增刊明何鏜輯《八十六種漢魏叢書》本。

（4）清練江三餘堂藏《增訂漢魏叢書九十種》本。

（5）上海涵芬樓《四部叢刊》景印明范欽天一閣本。

（6）上海涵芬樓影印《道藏》本。（在《洞真部·紀傳類》内。）

（7）清馬俊良輯《龍威秘書》原刻本。

（8）掃葉山房石印《百子全書》本。

（9）清彭縣吕調陽校刊《觀象廬叢書》本。

（10）清翟云升校《五經歲遍齋校書三種》石印本。

（11）清洪頤煊校吴縣朱氏槐廬刊印《平津館叢書》本。

（12）清江南檀萃白石《注疏》單行本。

（13）清陳逢衡《穆天子傳注補正》單行本。

［以上均有郭璞注及王漸序，至於荀勖序，則只有（2）（6）（9—13）八種中有之。（3）種有王謨跋，（10—13）種，皆有自序等文。］

（14）丁謙《穆天子傳地理考證》本。（在《浙江圖書館叢書》第二集内。）

（15）孫詒讓《札迻》中之關於《穆天子傳》的補注。

（16）劉師培《穆天子傳補釋》。（在《國粹學報》50—53期。）

（17）顧惕森（輯者：當爲生）先生《穆天子傳西征今地考》。（見《國學叢刊》第一卷第四册。）

以上皆無郭注和原序，除（11）外，且皆衹擇録原書而已。至於《古今逸書》明吴琯本，《三代遺書》明趙標本，《蘉古介書》明邵闇生本及徐文靖箋本等，則皆聞而未見者也。

以上各書，惟洪頤煊及翟云升兩校本爲佳，陳逢衡補正本已失之繁，而最繁的還要算是檀萃注疏本，故荒謬處亦最多。其分段標題，已擅改原書體制，而其考證，則更是徒鬧笑話而已。如他很苦心的從種種方面證明化字古音爲回，《列子》書中所説的化人，就是回人，而與穆王同游的還是回教的聖人謨罕驀德。殊不知謨罕驀德乃隋唐間的人物，相差了一千五六百年，豈可以混爲一談？這真是不曉得時間的歷史是怎麽一回事了。又謂西王母之邦，即今歐羅巴一洲之地，是又不知空間的地理是怎麽樣的。像這樣的胡説，我們衹有拿來當作笑柄。

晁公武《郡齋讀書志》云："荀勖之時，古文已不能盡識，時有缺者，又轉寫益誤，殆不可讀。"洪頤煊序云："勖時收書不謹，已多殘闕，厥後傳寫亦復失真。"晁公武《郡齋讀書志》云："書凡六卷，八千五百一十四字（按《玉海》所載亦同此數），今本僅六千六百二十二字，則今本又非晁氏所見之本矣。"至於《北堂書鈔》《藝文類聚》《太平御覽》等類書所引證之《穆天予傳》的語句，亦與今本多所違异，此衹要一看翟、洪、陳的三校本，便即瞭然，他日有暇，尚擬輯録一通，亦更足資校勘之用矣。（《國立第一中山大學語言歷史學研究所周刊》，1928年第二十三期、二十四期）

王庸《中國地理學史》第一章《原始地理圖志及其流變》：

《穆天子傳》一書，其體裁爲旅行記性質，而其事實之荒唐，似又過於《山海經》。惟此書内容，頗有作僞之嫌。其時代或後於《山海經》與《禹貢》。童書業氏《穆天子傳疑》贊同姚際恒之定爲漢以後作之説，其舉可疑之點凡四，雖不詳備而甚簡明。兹節述如次以見一斑。（以下略）（商務印書館，1938年）

唐蘭《懷鉛隨録》續《讀穆天子傳》：

卷二"封膜晝於河水之陽以爲殷人主"。注"膜晝人名"，按膜晝當是膜地之人名曰“書”也。又云“□吾乃膜拜而受”。當是膜地之拜，猶云“胡服”“夷俟”也。郭注引“胡人禮佛，舉手加頭，稱南謨拜者”，非其義也。又云“至於黑水，西膜之所謂鴻鷺”，又云“爰有□木，西膜之所謂□”，又云“至於苦山，西膜之所謂茂苑”，卷四“爰有答堇，西膜之所謂木禾”，又云“至於文山，西膜之所謂□”，是西膜之語言與中國异也。又云“膜稷三十本”，注云“稷，粟也。膜未聞”。又云“有模堇”，注云“模堇，木名”。按模堇之模亦當作膜，謂膜産之稷與堇也，猶云胡秫、胡麻、胡椒、戎菽之類矣。按傳文西膜之地，當在河水之陽，流沙之濱，昆侖之側，當即《山海經·海内東經》所謂西胡，胡膜聲之轉。其地當在甘肅古浪一帶，詳余所作《昆侖所在考》。曰“西胡”，曰“西膜”，明别有東胡矣。

卷四“至於巨蒐之人”，巨蒐即《禹貢》之渠搜，其地當在漢朔方郡之渠搜縣也。（《考古》第六期，1937年）

趙萬里《王静安先生手校手批書目》：

《穆天子傳》六卷。（《五經歲遍齋校書三種》本）

晋郭璞注，清翟云升校。

校明天一閣刻本及盧弓父校本，并有眉注數處。（《國學論叢》，1928年第一卷第三期）

潘景鄭《著硯樓書跋》“妙道人手校舊鈔穆天子傳”條：

《穆天子傳》未見宋、元舊本，流傳至今，以明天一閣本爲最善，以其從元本所自出。吾吴袁氏五硯樓藏有校影宋鈔本，後歸張氏“愛日精廬”，今已不可踪迹。此舊鈔本所據，即天一閣本，前有妙道人朱筆題記云：“從五硯樓影宋鈔本校録，并取洪頤煊校正本正其未是，就各書翻繹引用之語，隨記上方，足稱善本。”妙道人者，爲吾鄉前輩吴有堂先生志忠，即世稱璜川吴氏者是也。其所刻《經學叢書》極精，惟遺迹流傳絶少。此册爲獨山莫氏銅井文房舊物，楚生先生手跋考證爲詳，莫氏書散，歸積學齋徐氏。曾幾何時，又流入市廛，余遂得之，今藏此亦且十年矣。緬懷聚散之無常，鄉賢遺澤，猶蕲長護，爰加裝潢，爛然如新，後有得者，其善保之！乙酉八月十日。（古典文學出版社，1957年）

張公量《穆傳山經合證》：

《穆天子傳》一書與《山海經》《十洲記》等并以閎誕著稱，惟供談助，無關宏怡，遂不爲傳統學者所重。迨近世科學昌明，始有平等之目光，牛溲馬勃亦不在廢，《穆傳》《山經》乃許爲古代歷史地理學上極寶貴之資料。夫《山經》之作實在《禹貢》之先，易言之，《禹貢》之地理觀念即承襲《山經》而來者也。此則顧師已爲之考證而確定矣。

周穆王西征遇西王母一事，千古傳誦。蓋故事本身極其凄艷綺麗，感人彌深。故自來文人學士，每每形諸筆墨，以寄遐思。如《楚詞·天問》云“穆王巧梅，夫何爲周流；環理天下，又何索求”，緬懷之也；陶淵明詩云“王母怡妙顔，粲然啓玉齒”，歡悦之也；李義山詩云“八駿日行三萬里，穆王何事不重來”，怨慕之也；以視後世漢武帝之寵飛燕，唐玄宗之愛玉環，雖有情節各别而風韵多同。近德人擬以古代亞拉伯薩巴女王之訪梭羅門，亦一有趣之附會也。惟一向當作文學玩味之故，科學上之價值遂晦沉不彰，此傳統學者之患也。

考《左昭·七年傳》云：“楚令尹子革曰：昔穆王欲肆其心，周行天下，將皆必有車轍馬迹焉。”荀勖以爲穆王西征，即是其事。《墨子》亦云：“周穆王征西戎，西戎獻昆吾之劍，赤刃，切玉如切泥。”《史記》所載亦同。按《竹書紀年》，穆王十二年，毛公班、井公利、逢公固，帥師從王伐犬戎，冬十月北狩。十三年春始正式西征。至十七年過西王母於昆侖之丘，乃還。前後凡五年，履地億有九萬里，行程可謂浩大。然以古代之交通，古代之智識，能跋涉此億萬里之長途，揆諸情理，不無駭怪者矣。

夫左氏所傳，簡略若彼，《穆傳》所記，詳盡如是，吾人試一尋思，即疑竇叢生。《穆傳》乃穆王侍從所謂七萃之士之所修乎？抑出後世學者搜集而成乎？最堪注意者，干支是也。今本《穆傳》爲晋太康二年（紀元281）汲郡人盗發魏襄王墓所得。荀勖校定凡六卷，惜其不能詳考原委，僅叙簡策形式“皆竹簡素絲編……其簡長二尺四寸，以墨書，一簡四十字”而已。所云“雖其言不典，皆是古書，頗可觀覽”，則更是無益之贅語。

今撇開一切問題不談，僅就西征之路綫地名與《山海經》校，視其相同者幾何。此工作綦雜，舛誤必多，覽者正之。

一、漳水。《穆傳》云：“戊寅，天子北征，乃絶漳水。”郭注：“漳水今在鄴縣。”鄴即今河南東部臨漳縣。《北次三經》云：“又北二百里，曰發鳩之山……漳水出焉。”郭注：“發鳩山今在上黨郡長子縣西。”畢沅云：“山亦曰發包山，在今山西長子縣西。”此穆王自首都洛陽出發九萬扶摇之第一程也。北風雨雪，序屬寒冬。

二、虖沱。《穆傳》云：“癸未……於是得絶鈃山之隊，北循虖沱之陽。”郭注“虖沱河今在雁門鹵城縣陽水北”，即今山西代州繁峙縣之水也。《北次三經》，東流注於虖沱者有空桑之水，溇溇之水，南流注於虖沱者有滋水，并謂虖沱出於泰戲之山。而泰戲山適在繁峙縣東。《穆傳》所謂“北循”，當是今代、定、襄間一段也。

三、陽紆之山。《穆傳》云："戊寅，天子西征，鶩行，至於陽紆之山，河伯無夷之所都居，是惟河宗氏。"又云："自宗周瀍水以西（郭注：瀍水在洛西，洛即成周也），至於河宗之邦，陽紆之山，三千有四百里。"又云："自陽紆還歸於周三千里。"按孫詒讓《周禮正義》（《夏官・職方氏》）於陽紆一藪考證極詳，而纏於"陽紆""陽陓""陽華""陽汙"諸名詞之錯落，終不能明。顧實《穆天子傳西征今地考》云：《竹書》紀穆王十三年春祭公帥師從王西征，次於陽紆，即同此一事。又《山海經・海内北經》云："陽紆凌門之山，河出其中。"《淮南子・修務訓》六："禹之爲水，以身解於陽紆之阿。"凌龍一音之轉，凌門即龍門。龍門山在今陝西同州府韓城縣東北，山西解州河津縣西北，夾河爲險，故曰"河出其中"。然陽紆實與之大异。夫云陽紆凌門，陽紆次居龍門之先，陽紆自當在龍門之上游。禹鑿龍門以上之河，費功最巨，故有解身之舉。《史記・趙世家》云"奄有河宗"，張守節正義曰："河宗蓋在龍門河之上游，嵐勝二州之地也。"唐嵐州爲今山西太原府嵐縣地，勝州爲今蒙古内爾多斯右翼後旗地。唐人猶知河宗故墟，陽紆在河宗之邦。以此推測，是陽紆西北跨今河套外，東南跨今山西嵐縣。河出其中，與河出龍門之中，逾地之廣狹相差懸殊矣。穆天子此時所抵陽紆之山，河宗之邦，正在今河套之北岸。

余不憚煩稱如是，蓋亦有故：一、穆王西狩山川阻深，經歷迂遠，若此一地不明，以後征途恐成樛葛；二、即以《山海經》參校，若此一地不明，則安能比附。按顧氏之説，實至模棱牽强，仍不脱傳統學者藩籬。龍門之議即自悟其不可通，復從陽紆龍門相次之序任意穿鑿，然有一點，以爲陽紆西北跨今河套外，地肋約略相當；惟必爲古人僕圉，凡古人之説，曲爲解釋，有取無棄，陽紆一山，廓然大城，則不然。《西次三經》《西次四經》兩記陰山，日人小川琢治以爲即陽紆也。按甚是，其直截了當，遠勝於顧實先生也。顧師云："《禹貢》雍州於《山經》全屬西山，微錯北山耳。"（見《尚書研究講義》乙種三之二）夫雍州之地，今陰山南麓之綏遠，陝西、甘肅、寧夏沼澤之區也。故《西次三經》即言陰山矣，《西次四經》復以陰山爲首，蓋一脉也。屢道流沙，足爲沼澤之證。自穆王絶漳水，循虖沱而至陽紆之路綫言，陽紆之爲陰山可無疑問；以《西山經》陰山之地望言，陽紆之爲陰山亦無疑問。惟《西次三經》以陰水出於陰山，西流注於洛，若非《山經》作者臆想之誤，則其甚不解者也。

四、春山。《穆傳》："癸丑……河宗又號之帝曰：'穆滿，示女春山之瑶。'……乃至於昆侖之丘，以觀春山之瑶。"又："南司赤水，而北守春山之寶。"又："季夏丁卯，天子北升於春山之上，以望四野，曰'春山是唯天下之高山也……'曰'春山之澤，清水出泉，温和無風，飛鳥百獸之所飲食，先王縣圃'。"其他記春山者尚多，蓋爲璧玉寶石之産地，而草木暢茂，禽獸居之。按郭

《注》云"《山海經》舂山作鍾字，音同耳"，是也。《西次三經》云："黄帝乃取峚山之玉榮而投之鍾山之陽……自峚山至於鍾山，四百六十里，其間盡澤也。"又"鍾山，其子曰鼓，其狀如人面而龍身，是與欽䲹殺葆江於昆侖之陽。帝乃戮之鍾山之東，曰瑶崖"。觀此，鍾山即舂山無疑，蓋穆王已至賀蘭山麓狩獵也。

五、昆侖。《穆傳》及昆侖至夥，擇舉數則："癸丑……乃至昆侖之丘，以觀舂山之瑶。""辛酉，天子升於昆侖之丘，以觀皇帝之宫。"按此云昆侖，乃與舂山接鄰。當今甘肅凉州（武威）古浪縣相近之地（據小川琢治説）。《西山經》記昆侖亦至夥，亦與舂山密接。《西次三經》云："槐江之山……南望昆侖……西望大澤，后稷所潛也。"又："昆侖之丘，實惟帝之下都，神陸吾司之。"又《北山經》："敦薨之水出焉，而西流注於泑澤，出於昆侖之東北隅，實惟河源。"按《水經注》引"《西域記》曰：'阿耨達大山，其上有大淵水，宫殿樓觀甚大焉。'山即是昆侖山也"。《穆天子傳》曰："天子升於昆侖，觀皇帝之宫。"皇帝宫則阿耨達宫也。顧實《今地考》斥其非是，云：阿耨達大山，即今西藏阿里部之岡底斯山。阿耨達池即岡底斯山南之瑪珀達賴池。在《山海經》正爲弱水青水所出之昆侖西南陬一隅。指一隅之地，殊未足以當昆侖丘。且計穆王經行道地，亦實未至岡底斯山。良由後世昆侖四隅出水之地不明，故酈氏以釋氏所記來相附會歟？今考定昆侖之丘，在托古兹達板附近。

《水經注》又以敦薨之山在匈奴之東，烏孫之西。畢沅則云："此經云河原在西北，非如漢于闐河及唐宋之所謂星宿海也。"酈道元之説頗爲籠統，顧氏考定亦未允，而畢沅則頗致疑於昆侖非遠在新疆西南境也。惟《穆傳》"天子□昆侖……北守舂山之寶"，與《西次三經》"丘時之水出焉……實惟帝之平圃……南望昆侖"，其方向正符。顧氏《今地考》云：自昆侖至舂山，當經今後藏北境，至帕米爾高原。今大山戈壁障之，人迹希通。惟知新疆之克勒底雅至後藏之招正，葉爾羌至阿里之阿魯克城，皆有通路，而皆與穆王經行之途不合，不知其通道果何在也。

顧氏以誇大狂之故，墨守經傳，信穆王有入波斯之舉，遂玄説如是，及至背戾不解，轉對穆王通道致疑。昆侖一地，從無定説，究不審其地望，有待於詳密之考證。

六、黄之山。《穆傳》："己未，天子大朝於黄之山，乃披圖視典，用觀天子之瑶器。"《西山經》云："黄山……盼水出焉，西流注於赤水。"余以爲黄之山即黄山也。河宗號詔穆王，穆王受命，南首再拜。繼則朝於黄之山，披圖視典，設想黄之山與舂山相距不遠。其後穆王宿於昆侖之阿，赤水之陽，正與黄山出盼水，流注於赤水合。

七、樂都。《穆傳》："乙丑，天子西濟於河，爰有温谷樂都，河宗氏之所游居。"《西次三經》有樂游之山，畢沅疑即樂都，并云："《元和郡縣志》云'湟水縣湟水，亦謂之樂都水，出青海東地亂山中'，據此則青海東亂山即樂都，亦經樂游之山也。”按畢説是，蓋穆王甫出甘肅境也。

八、積石。《穆傳》：“丙寅，天子屬官效器，乃命正公郊父受敕憲，用伸□八駿之乘，以飲於枝洔之中，積石之南河。”郭注：“積石，山名，今在金成河間縣。”《西次三經》云：“積石之山，其下有石門，河水冒以西流。”畢沅云：“山在甘肅西寧縣東南一百七十里。”西寧今屬青海。郭注“河間縣”，爲“河關縣”之誤文。所謂積石之南河，當即《山經》自積石山下石門冒以西流之河水也。其時穆王已入青海境矣。

九、赤水。《穆傳》：“丁巳，天子西南升□之所主居……天子已飲，而行，遂宿於昆侖之阿，赤水之陽。”《西次山經》云：“昆侖之丘……赤水出焉，而東南流注於氾天之水。”兩處所云，正相吻合。與《莊子·天地篇》所云“黄帝游乎赤水之北，登乎昆侖之丘而南望”，亦正吻合。董祐誠謂：“金沙江上源三，曰那木齊圖烏蘭木倫河，托克托乃烏蘭木倫河，喀齊烏蘭木倫河。蒙古語謂赤色爲烏蘭，蓋即赤水。”（見《今地考》引）其説不明，然以科科諾爾北湟水之支流烏蘭木倫河爲赤水，固甚確也。

十、縣圃。《穆傳》：“春山之澤，清水出泉，温和無風，飛鳥百獸之所飲食，先王所謂縣圃。天子於是得玉策枝斯之英。”又“天子五日觀於春山之上，乃爲銘迹於縣圃之上，以詔後世”。穆王行登縣圃，勒石銘迹，無异於秦始皇漢武帝之巡守，凡名山必刻石，以紀功德者也。《西次三經》所載，完全類似，云：“丘時之水出焉（在昆侖北）……實惟帝之平圃。”又“昆侖之丘，是實惟帝之下都”。又“黄帝乃取峚山之玉榮而投之鍾山之陽”。郭璞謂《山經》之平圃，即《穆傳》之玄圃。而今本《穆傳》皆作縣圃，當是音近而誤。畢沅云：“玄圃在今甘肅張掖縣北鷄山是。《太平御覽》云：《張掖記》曰‘黑水出縣界鷄山，亦名縣圃，昔有娀氏簡狄浴於玄丘之水，即黑水也’。《太平寰宇記》云云同。”所謂玄丘之水，或即《西次三經》丘時之水歟？

一一、洋水。《穆傳》：“己卯，天子北征，趙行□舍。庚辰，濟於洋水。辛巳，入於曹奴之人，戲觴天子於洋水之上。”郭注云：“洋水出昆侖山西北隅而東流。”《西次三經》云：“昆侖之丘……洋水出焉，而西南流注於醜塗之水。”按郭注云洋水東流，而《山經》云西南流，顯系歧馳。畢沅云：“高誘注《淮南子》曰‘洋水徑隴西氐道，東至武都爲漢，或作養水’。《水經注》云‘闞駰説漢或爲瀁，瀁水出昆侖西北隅，至氐道，重源顯發而爲漾水’。據此則即甘肅秦州南之漢水也。”按穆王此時行程已不在甘肅境，故畢説洋水即漢水，誤。應從《山經》，出昆侖而西南流。

一二、黑水。《穆傳》：“壬午，天子北征東還。甲申，至於黑水，西膜之所謂鴻鷺。”“天子乃封長肱於黑水之西河，是惟鴻鷺之上，以爲周室主，是曰留國之邦。辛卯，天子北征東還，乃循黑水。”郭注黑水亦出昆侖山西北隅而東南流，幾與洋水平行。若係東流，其源在西，則穆王東歸，不得謂之循黑水。《西次三經》云：“昆侖之丘……黑水出焉，而西流注於大杅。”《海内西經》云：“軒轅之丘……洵水出焉。南流注於黑水。”可知黑水源東北而流西南。陳澧云：“昔人黑水之説不一，惟以爲今之怒江者爲是。其上源曰哈喇烏蘇。（蒙古謂黑白哈喇，謂水曰烏蘇。）出西藏喀薩北境，東流至喀木，蓋《禹貢》雍、梁二州之界。”（《東塾讀書紀》卷五）更與穆王經循之黑水大异其地。黑水早堙，漢時人已不能識，今亦不必爲之强説也。

一三、玉山。《穆傳》：“辛卯，天子北征東還，乃循黑水。癸巳，至於群玉之山……天子四日，休群玉之山。”《西次三經》云：“玉山，是西王母所居也。”《中次八經》兩提玉山，謂多金玉。不數日，穆王執白圭玄璧以見西王母。群玉之山即《山經》之玉山無疑。

一四、瑶池。《穆傳》：“乙丑，天子觴西王母於瑶池之上。”瑶池蓋即“庚戌，天子西征至於玄池。天子三日休於玄池之上。乃奏廣樂，三日而終，是曰樂池”之玄池樂池。《西次三經》有滛水，滛，瑶同紐，當即瑶池。

一五、弇山。《穆傳》載穆王乙丑觴西王母於瑶池，西王母爲之謡，穆王答之。穆王遂登弇山，紀丌迹。郭注：“弇，弇兹山，日入所也。”《西次四經》以崦嵫之山爲殿，東距陰山三千六百八十里。按小川琢治《從歷史地理學上觀察東亞文化的源流》云：關於西方及西北方的出於《西山經》及《北山經》的山名，頗難考定。但據檢閲穆王西征的路綫的結果，在相當於現在的中昆侖（南山）東端的凉州底古浪縣，有叫“昆侖之丘”的地方，西王母居住的玉山。越由此西北的北山（克羅克泰格），再向北，在天山東北端的巴爾坤那邊有着“西王母之邦”的地方。考定巴爾坤淖爾（Bark-nl-nor）（按在新疆鎮西縣北），即漢代的蒲類海，爲瑶池。（原文見昭和四年刊之《思想》第八十六號支那特輯號。此據汪馥泉譯，載《大陸雜志》。）瑶池如爲巴爾坤淖爾，而弇山距瑶池匪遥，則弇山當是今天山南路之一支派也。

一六、溽水。《穆傳》：“己酉，天子飲於溽水之上。”《西次四經》云：“鳥山……辱水出焉，而東流注於河。”畢沅疑辱水即溽水，云：“《水經注》云‘辱水俗謂之秀延水’。《元和郡縣志》謂之吐延川，云‘延川縣吐延水北自綏州綏德縣流入’。今水出陝西安塞縣北王家掌，東北流入安定縣界，徑泰重嶺北，又東南徑綏德州清澗縣西，又南至延川縣入河。”

一七、長沙之山。《穆傳》：“乙丑，天子東征，𦫵黛送天子至於長沙之山。”《西次三經》云：“長沙之山，泚水出焉，北流注於泑澤。”畢沅云：“案山有水，北注泑澤，當在塞外蒲昌海南也。”蒲昌海即羅布泊。按穆王東征，飲於潺水，明非南向，畢説恐難成立。

一八、流沙。《穆傳》：“壬寅，天子飲於文山之下，文山之人歸遺，乃獻良馬十駟、用牛三百、守狗九十、牥牛二百，以行流沙。”《西次三經》云：“流沙二百里至嬴母之山，神長乘司之，是天之九德也。”又云：“泰器之山，觀水出焉，西流注於流沙。”按《西次三經》自嬴母之山西行三百五十里即玉山，西王母所居，疑嬴母之山或即穆王所封西王母之山。是則所謂流沙當是綏遠寧夏間之沙洲也。《海内西經》云：“流沙出鍾山，西行，又南行昆侖之墟，西南入海，黑水之山。”《地理志》云：“居延，居延澤在東北，古文以爲流沙。”高誘注《吕氏春秋》云：“流沙在敦煌郡西八百里。”古人解流沙之所以紛歧，而皆可以影射者，吾得引顧師之語以説明之：“《山經》‘流沙’之名，原不專屬於某方。故《西次三經》曰‘觀水西流注於流沙’，又曰‘西水行四百里曰流沙’，此西方之流沙也。《北次二經》曰‘又北水行五百里，流沙三百里，至於洹山’，此北方之流沙也。《東次二經》曰‘又南水行五百里，流沙三百里，至於葛山之尾’，又曰‘又南水行三百里，流沙百里，曰北姑射之山’。《東次三經》曰‘又南水行五百里曰流沙’，又曰‘又南水行五百里，流沙三百里，至於無皋之山’，此東方之流沙也。此種觀念即承四方有海而來，蓋海濱皆有沙洲，所謂流沙者即沙洲之异名耳。”——《尚書研究講義》乙種三之二。

是故穆王此時踐履之流沙，爲《西次三經》中之流沙無疑。然必不爲高誘所云在敦煌西八百里之流沙。而《地理志》及《海内西經》所云，差近之矣。總之，此時穆王東歸，足迹所至，非北非西，吾人當憶及也。

一九、太行。《穆傳》：“癸酉，天子命駕八駿之乘，赤驥之駟，造父爲御，□南征，翔行，徑絶翟道。升於太行，南濟於河。馳驅千里，遂入於宗周。”蓋穆王還抵陝西境矣。《北次三經》之首，曰太行之山。畢沅云：“山在今河南輝縣西北，《淮南子》曰‘五行山’。太，五音相近。高誘注云‘今太行山也。在今河内野王縣之北，上黨關也’。”是也。

二〇、河首襄山。小川琢治以爲《穆傳》之河首襄山，正相當於《西次三經》之首曰崇吾之山，即今松山，臨甘肅蘭州以北之黄河峽谷。按《穆傳》，自河首襄山以西南至於舂山，珠澤昆侖之丘七百里。計《西次三經》自崇吾之山西南至昆侖之丘合一千八百六十里，然其間紆迴曲折，錯於北者五山，故里程倍增。小川琢治之言甚確。

二一、洛水。《穆傳》：“乙酉，天子□六師之人於洛水之上。”《山經》記洛水之處極多，見於《中次四經》者六，見於《中次六經》十一，見於《中次七經》者二。《西山經》之水西流注於洛者亦不鮮。

二二、盟門。《穆傳》：“丁亥，天子北濟於河，□羝之隊，以西北升於盟門九河之隥。”郭注云：“盟門山今在河北。《尸子》曰：‘河出於盟門之上。’”《北次三經》有孟門之山。《水經注》云：“孟門，龍門之上口也。”畢沅云：“山在今山西吉州。”盟，孟聲近，盟門當即孟門。準此，九河亦當臨山西西南境，始與盟門接壤。而九河自漢以後，已遍訪不得，費去學者心血不知多少。惟以爲在東海，河之出口，則頗一致。今人更解作三角洲，非真有九也。《穆傳》所言顯與不同，此極可注意之一事也。

二三、洧水。《穆傳》：“丁丑……見許男於洧上……飲許男於洧上。”又：“夏庚午，天子飲於洧上。”郭注：“男，爵也。許國，今許昌縣，洧水之所在。”《北次三經》云：“繡山，洧水出焉，而東流注於河。”又：“柘山……歷聚之水，而北流注於洧水。”則洧水東有河，南有歷聚之水。今洧水之名已不存在，惟許昌附近之東有洧川縣，其遺迹歟?

二四、櫟丘。《穆傳》：“丁丑，天子里圃田之路，東至於房，西至於□丘，南至於桑野，北盡經林煮□之藪。南北五十□，十虞。東虞曰兔臺，西虞曰櫟丘……”按《北山經》有櫟水，有櫟澤，想是一地。郭注云：“櫟，今河南陽翟縣。”翟縣，今禹縣也，在許昌之西。

二五、黄澤。《穆傳》：“甲戌，天子東游，飲於留祈……乃樹之桐，以爲鼓，則神且鳴，則利於戎；以爲琴，則利□於黄澤。東游於黄澤，宿於曲洛。”《北次三經》云：“蟲尾之山，薄水出焉，而東流注於黄澤。”又：“小侯之山，明漳之水出焉，南流注於黄澤。”郭注曲洛爲“洛水之回曲地名”，似出望文生義。畢疑即漢内黄黄澤，亦不詳地之所在。惟按下文穆王南游於“黄□室之丘”，以觀夏后啓之所居。郭璞疑其言太室之丘，嵩高山。而太室山在今河南登封縣北，則黄澤在嵩高山之東。黄澤之名已不存於今日，堙塞無疑。然今嵩高山東有大沼，不知相當否?

二〔六〕（輯者注：原文標二十五，誤。）、室之丘。即上節所引“黄□室之丘，以觀夏后啓之所居”。郭注：“疑此言大室之丘，嵩高山，啓母在此山化爲石，而子啓亦登仙，故其上有啓石也。皆見《歸藏》及《淮南子》。”《中次七經》有少室之山，“休水出焉，而北流注於洛”，則室山在洛南也。又有泰室之山。郭璞謂少室在河南陽城西，俗名泰室。則少室泰室一山也。畢沅曰：“山在今河南登封縣西。《淮南子·墬形訓》云：‘少室大室在冀州。’高誘注曰：‘少室、大室在陽城，嵩山下之别名。’戴延之《西征記》云‘東謂大室，西謂少室，相去十五里，嵩山其總名也’，見《初學記》。《括地志》曰‘嵩高山一名大室山，一名外方山，在洛陽城縣北二十三里也’，見《史記正義》。”綜之，有數説：（1）以少室即大室，郭璞是；（2）少室，大室异山，《淮南子》是，并指出方向，一東一西，戴延之是；（3）畢沅謂少室在登封西，大室在北。無論如何，

《穆傳》之室之丘即《中山經》之室山，可以無疑。

二〔七〕、姑繇。《穆傳》："天子至於重璧之臺，乃休。天子乃周姑繇之水，以圜喪車。"又："天子乃釣於河，以觀姑繇之木。"按《中次七經》有姑媱之山，云："帝女死焉，其名曰女尸，化爲䔄草，其葉胥成，其華黄，其實如菟丘。"畢沅疑即是，約在今河南嵩縣與魯山縣之間。

二〔八〕、薄山。《穆傳》："己丑，天子南登於薄山寘軨之隥。"按《中山經》《中次五經》皆以薄山爲諸山之主，畢沅解之云："此薄山即山西蒲州山，《中次五經》之山，與《中山經》同起薄山爲次也。"蒲州即今永濟，與河南靈寶相隔一衣帶水耳。

穆王之旅程，大略如是。以《禹貢》言之，穆王歷豫、冀、雍三州，畋獵野獸，采集美玉，以祭河伯，觀於帝宫者，羈雍最久。以《山經》言之，穆王經北西中三山，而《西次三經》尤賅泰半之足迹。余因以憬悟《西次三經》神話獨多之故，余因以憬悟《西次三經》之地名何以與《穆傳》獨多符合之故。準上所考，穆王自首都洛陽戒途，逾太行，涉滹沱，出雁門，循桑乾河（雷水），折而西，越黄河之北，描一大弧形，轉而南的東北角，抵包頭，祭河伯；復經凉州東北之西膜部落，踰賀蘭山，於寧夏近旁黄河西岸，斜斷鄂爾圖斯沙漠，再抵包頭以歸，如小川琢治氏之言者是矣。顧實氏謂穆王"自華爾羌走踰今布哈爾，轉入波斯，更自波斯而北，直抵今裹黑海，俄羅斯南部間之曠原，大獵三月而還"者，誠無稽之談也。夫《山經》之地理觀念，西尚不及今新疆，北尚不越今蒙古，故以流沙隨四方而有，而西周之人烏足以語此！烏足以語此！

復有進於是者，余將《山經》《穆傳》合讀竟，不能無成。兹就領會所及，略陳梗概。

就文之體制性質言，二書貌合神似。《西次三經》云：槐江之山，實惟帝之平圃。昆侖之丘，是實惟帝之下都；神陸吾司之，司天之九都及帝之囿時。長留之山，實惟員神磈氏之宫。玉山，是西王母所居也（不具引）。而《穆傳》亦曰：河伯無夷之所都居。升於昆侖之丘，以觀黄帝之宫。春山之澤，飛鳥百獸之所飲食，先王所謂縣圃。赤烏氏，美人之地，寶玉之所在也。群玉之山，先王所謂策府。滔水，濁繇氏之所食；蘇谷，骨飦氏之所衣被；長淡，重䍃氏之西疆。爰有野麥，爰有答堇，西膜之所謂木禾，重䍃氏之所食，爰有采石之山，重䍃氏之所守。此之云氏，即《山經》之神也。文皆有韵。不識二書孰爲宗祖，孰爲孳乳者乎？原夫"所謂""實惟"，乃稽古之詞，旨趣相若，而各居其一，遂無以判其先後。然就地理觀念之演進言，漳水，一水也，而《山經》則有清濁之分。室山，一山也，而《山經》有大小之别。西王母，西方之邦主也，穆王之所執白圭玄璧以見也，而《西次三經》則云："西王母，其狀如人，豹尾虎齒而善嘯，蓬髮戴勝，是司天之厲及五殘。”殆爲魑魅之屬矣！此則神話愈出而愈豐也。《穆傳》係汲冢遺書，幸以語怪獲存，如其可信，則成書至遲在魏襄王之世，與《山經》相肸蠁焉。猶有二事，足爲《穆傳》不能甚後之證。占卦一也。占卦爲《左傳》所恒見，蓋其時政治學術皆爲坐司獨霸，而《穆傳》亦有“大子遇訟䷅，逢公占之”之語。干支紀日二也。

三月二十日，北大西齋。（《禹貢》，1934年第一卷第五期）

張公量《記舊鈔本穆天子傳》：

莫友芝《郘亭知見傳本書目》引張金吾《愛日精廬藏書志》云：

《穆天子傳》舊抄前有荀楊序，首有結銜五行云：

侍中中書監光禄大夫濟北侯臣勖。（一行）

領中書令議郎上蔡伯臣嶠言部。（二行）

秘書主書譴勳給。（三行）（按孫詒讓云：“譴勳似是令史姓名，然爲訛字，“勳”字書所無，疑當爲“勛”之誤。）

秘書校書中郎張宙。（四行）

郎中傅瓚校古文《穆天子傳》已訖，謹并第録。（五行）

此五行世行本無。按《史記索隱》引《穆天子傳》目録云“傅瓚爲校書郎，與荀勖同校定《穆天子傳》”，蓋即指此。板心有“元覽中區”四字，蓋秦西岩藏本。

孫詒讓《籀廎述林》并記其事。惟不載經見出處，但云“舊抄本《穆天子傳》，卷首荀勖叙，前有結銜五行（下略）”而已，則是孫氏亦曾目睹張氏《藏書志》所云之舊抄本乎？抑僅摭《藏書志》或《知見書目》所記而已。竊以後者可能性較大，然終莫能是定。蓋在三人，孫氏爲晚。張志刊於道光丙戌，莫《目》刊於同治癸酉，孫氏當及見之。然“荀楊序”之“楊”“序”，彼作“勖”“叙”；第五行“郎中傅瓚校古文《穆天子傳》已訖”之“訖”，彼作“記”，故注云“疑當作訖”。此則張氏有張氏之舊鈔本，孫氏有孫氏之舊鈔本，其間面目顯有不同者矣。又張氏以板心有“元覽中區”四字，徑指爲秦西岩之藏本，而孫氏無説，此中疑難，甚願博聞君子有以解之。

孫氏於此結銜，考證頗爲翔實。以此鈔本爲西晋時校上之舊，其珍貴可知。兹録其文如左，以明顛末：

（上結銜五行略）明以來刊本無此五行，惟舊鈔本有之。蓋猶西晋時校上之舊。漢劉向校定古書目録，皆屬於叙後，故司馬貞《史記索隱》引《穆天子傳》目録云：“傅瓚爲校書郎，與荀勖同校《穆天子傳》。”宋本高續古《史略》亦云：“郎中傅瓚，即師古注《漢書》所引臣瓚者也。”皆即指此叙首五行也。臣勖者，荀勖；臣嶠者，和嶠。孔穎達《左傳・後叙疏》引王隱《晋書・束皙傳》云：“汲郡初得此書，表臧秘府，詔荀勖、和嶠以隸字寫之。（原注：《新晋書·束晳和嶠傳》并不云嶠與荀勖校竹書。）”此叙蓋勖、嶠二人同進，故稱臣而不著姓。吴琯《古今逸史》及近時洪筠軒校本所載《序》，并止題荀勖撰，誤也。第四行“秘書校書”四字，統下“傅瓚”一行。“張宙”結銜，“中郎”當爲“郎中”之誤。蓋張、傅二人同爲秘書校書郎中也。李林甫《唐六典》秘書郎注：“《晋起居注》云：‘武帝遣秘書圖書，分爲甲乙景丁四部，使秘書郎中四人。各掌一焉。’”《晋書》云：“左太冲爲《三都賦》，自以所見不博，求爲秘書郎中。”（此所引乃十八家《晋書》，《新晋書·左思傳》則删去“中”字矣。）宋氏除“中”字。據李説，則晋曰“秘書郎中”，宋曰“秘書郎”，《索隱》引作“校書郎”者，省文。《新晋書·職官志》“秘書監屬官，有丞有郎”，則誤依劉宋官名除“中”字，非晋制也。此五行非徒可證《索隱》，并可證史文之誤，舊本書之可貴如總孫氏之言，約有二事。以司馬貞《史記索隱》、宋本高續古《史略》、孔穎達《左傳·後叙疏》所言之名稱，證明臣勖、臣嶠之爲荀勖、和嶠，一也。以《晋起居注》《晋書·左太冲傳》所言之官制，刊正張宙結銜“中郎”爲“郎中”之誤，二也，皆是以糾史文之紕謬。雖屬瑣屑極微之考證，而其功則確乎其不可没矣。

二十三年九月二十三日，北京大學西齋。（《禹貢》，1934年第二卷第一期）

張公量《穆傳之版本及關於穆傳之著述》：

晋太康二年，汲郡民不準盗發魏襄王冢，得古竹簡書。帝命荀勖、和嶠等撰次爲十五部，以爲《中經》，列在秘書。今所傳者惟《紀年》、《穆天子傳》、《周書》古文、《瑣語》數書而已。《穆天子傳》，高似孫《史略》云：“一卷，竹書内。李氏《邯鄲書目》云‘六卷’，必是字誤。”今本皆作六卷，襲李氏之誤歟，抑别有據歟？晁公武《郡齋讀書志》謂“書凡八千五百一十四字”，今本僅六千六百二十二字，缺脱愈甚矣，始作俑者誰歟？元明以降，校是書者不下二三十家，或考詳典禮，或訓釋故字，或疏證地理，厥功至巨。然明人荒陋，輕易校刊，訛奪滋多；洎清一代，望江檀墨齋始作《穆天子傳注疏》，江都陳穆堂繼爲《穆天子傳補正》，固皆穿鑿附會，了不足取，即錢塘丁益甫之《穆天子傳地理考證》，自以得其實，亦五十步之於百步耳。儀徵劉申叔著《穆天子傳補釋》已較嚴謹；而近人武進顧惕生撰《穆天子傳西征今地考》轉涉悠謬。蓋諸人於古史疆域，史迹真贋，茫昧而未之考，徒以今日之地理觀念繩而測之，以炫神州威力之重，文物之盛，夜郎滇池，不亦顛乎？

是書或入起居注類（如《書録解題》），或入傳記類（如《郡齋讀書志》），或入小説類（如《四庫提要》），自來著録，顧無定準，吾人亦不必判别是非。兹就知見所及，輯録傳本於後。

《穆天子傳》一卷。

高似孫《史略》記《竹書》（《穆天子傳》一卷、《周書》十卷、古文《瑣語》四卷。）一條，可資考宋時《穆天子傳》之面目，摘録如下："襄王即魏惠成王之子靈王也。《世本》以爲襄王。又《史記·六國年表》自靈王二十一年至秦始皇三十四年燔書之歲八十六年，至太康二年初得此書凡五百七十九年。杜預於左氏《傳》之末，嘗考其不合於經傳者數事。劉知幾《史通》乃言汲冢《紀年》載春秋事多與左氏同。又郭璞注《山海經》以爲《穆天子傳》載穆王饗西王母於瑶池之上，與《竹書》同。璞又言《竹書》不出，則《山海經》幾廢。則知《竹書》所載怪妄者必有合於《山海經》者。初在《隋目》八十七卷，是猶皆存；至《唐·藝文志》、吴兢《西齋書目》僅十四卷耳。知幾又曰：汲冢所得，尋即亡佚。然則摯虞、束晳既嘗據引，荀顗又嘗參訂，杜預之所引用，干寶之所稽法，則是不爲不古矣。不祇是也，師古稱臣瓚所注《漢書》，喜用《竹書》。《隋志》有《竹書同异》一卷。按荀勖所考古尺其簡長二尺四寸，以墨書，一簡四十字。時勖爲中書監，同第録者中書令和嶠，秘書主書令史秘書校書中郎張宙，郎中傅瓚。瓚即師古注《漢書》所引臣瓚者也。時所書用二尺黄紙。"又云："《穆天子傳》，李氏《邯鄲書目》云'六卷'，必是字誤。"按今本結銜不署和嶠張宙傅瓚等人職名。而舊抄本有之，見張金吾《愛日精廬藏書志》，顧千里抄校《道藏》本。孫詒讓《籀廎述林》考之頗詳，宜參閲。

《穆天子傳》六卷。

《郡齋讀書志録》之傳記類，云："右晋太康二年汲郡縣民盗發古冢所得，凡六卷，八千五百一十四字，詔荀勖、和嶠等以隸字寫之云云。郭璞注本謂之周穆王游行記。勖之時，古文已不能盡識，時有缺者。又轉寫益誤，殆不可讀。"按此，則是書又名《周穆王游行記》矣。

《穆天子傳》六卷。

元劉庭幹校本。王元翰（漸）至正十年序云："南臺都事海岱劉貞庭幹舊藏是書，懼其無傳，暇日稍加讎校訛舛，命金陵學官重刊，與博雅之士共之，諗予題其篇端云。"則王序爲是本而作也。明本以降，皆録之，則明本覆劉本可知也。按定盦謂今所據有劉氏庭幹本，則尚有元版劉校本，惜余未之見也。

《穆天子傳》六卷。

明吴氏琯《古今逸史》本。

按是本與《龍威秘書》本多同，如"柏夭"之俱作"伯夭"，卷一"丙寅天屬官效器"，"天"下之俱有"子"字等。但亦有違异者。

《穆天子傳》六卷。

明邵氏闇生《藼古介書》前集二十一種本，四册。

是書爲明天啓七年（丁卯）刻，凡通行本之□，皆注“缺”字於旁。不載荀勖序。字形多异，如觴之作觴，鳥之作㠀，侯之作㑗。字體亦有异者，如留國之邦之作留骨之邦，㮚稱之作旃。卷一卷二相連，不另起頁。爲《穆傳》之又一面目，北京大學圖書館藏巴陵方氏之藏本。

《穆天子傳》六卷。

明范欽天一閣本。上海涵芬樓影印本。

《穆天子傳》六卷。

《漢魏叢書》本。

《穆天子傳》無卷數。

《説郛》本，不全。按《説郛》有《西王母傳》，題漢桓驎撰，僞也。是篇末云：“周穆王時命八駿與七華（誤）之士，使造父爲御，西登昆侖，而賓西王母，穆王持白圭重錦以爲王母壽，事具周穆王傳。”所言多出《穆天子傳》。

《穆天子傳》六卷。

上海涵芬樓影印《道藏》本。

《穆天子傳》六卷。

《龍威秘書》本，即《漢魏叢書采珍十九種》本。

《穆天子傳》六卷。

顧抱冲校影宋本。宋本九行，行二十字。顧氏手校曰：“壬子春得一影宋鈔本，斷爛不全，失去一葉，其文與注則微有异同。因研朱細校其异。顧文字古奥，未敢妄訂是非，行就博雅家正之。癸丑霜降後二日，抱冲校畢記。”（繆荃孫《藝風堂藏書記》。）

《穆天子傳》六卷，洪頤煊校。

新斠《平津館叢書》十集本。《傳經堂叢書》本。

頤煊字旌賢，號筠軒，浙江臨海人。是書據《漢魏叢書》本、明程榮本、吴琯本、汪明際本、趙君坦所校吴山《道藏》本、暨《史》《漢》諸注、唐宋類書所引，互相參校，所得甚多，向稱善本。洪氏信《穆傳》爲周秦間人作，舉古字爲證。如《聘禮》云：“管人布幕於寢門外。”鄭君注云：“管，猶館也。”古文管爲官。此書云“官人陳牲，官人設几”，乃古文之僅存者。又《爾雅·釋地》云：“觚竹、北户、西王母、日下，謂之四荒。”此書云“紀迹於弇山之石，眉曰‘西王母之山’”，與《爾雅》所記合。復以末卷爲荀勖等所定。氏自叙其功云：“表其异同，正其舛謬，爲補正文，及注若干字，删若干字，改若干字，其無可校證者闕之。徒憾傳訛已久，未能盡復舊觀，如釋古彝器碑碣之十得五六云爾。”其態度至篤實，所正自可依矣。

《覆校穆天子傳》六卷，清翟云升撰。

《五經歲遍齋校書三種》本。

此書與洪頤煊校本并稱諸校本中最善者。《自序》述著作之經過云："自前明逮我朝，校是書者不下十家。傳鈔翻刻，又各有舛錯，甚至不可句讀。余不自揣，覆校之，於諸本中從其一是，兼采檀氏萃疏，參附管見，以成此編。业付梓矣，而審視仍多未合，且有刊刻之誤，未及檢者，并剔改如左。（按：末附補遺，當即此。）豈易復郭氏之初，庶與都事（按指元劉貞）本不甚相遠。惟是竹書古文，晋武付秘書以今文寫之，以隸破篆，筆迹詭奇，輾轉致訛，浸用歧出，無從是正。兹取諸家傳本，載在字書者，從其同而附其异焉。烏乎，其荒邈矣哉！"按是書采檀疏，有如陳穆堂（逢衡），校勘頗慎，改正特多。如澤之誤爲滓，崖之誤爲峰，鶤之誤爲鸛，萑之誤爲萑，皆經指出。説"鄘柏絜"一段，尤足資考證之模範。云："《路史·六國名紀》：蒯，傰也；蒯，伯綮國。穆天子西征至於蒯，河宗之子孫蒯柏綮逆天子。郭，亘肯切；柏，爵；綮，名。《廣韵·上聲》引之云'漢有蒯城侯'；《地紀》，陳倉有蒯城云。河宗之子孫則宜在此，非沛之鄘。《姓纂》作鄘伯綮。《穆傳》今作鄘伯絜，訛。案今《廣韵·上聲》四十三等，鄘，普等切。《穆天子傳》云：'西征至鄘。'郭璞云：'國名也。'《前漢書》有鄘城。俟今《漢書·高惠文功臣表》鄘城侯周緤，師古曰：'鄘音陪，又音亘肯反。'字皆作鄘，不作蒯也。考《説文》六下，鄘，右扶風鄠鄉，從邑崩聲。沛城父有鄘鄉，讀若陪。是鄘爲兩地，而音不同。《傳》所云'鄘'，蓋在右扶風，郭云亘肯反，即崩之重聲也。《玉篇》始音鄘爲梅蒲切，故《説文》新附。孫愐《唐韵》音薄回切，而顔注《漢書》亦主音陪，不知《玉篇》《唐韵》所音乃沛城父之鄘；若鄘成侯之鄘，則在右扶風，專音普肯反也。《廣韵·平聲》十五灰：'鄘，薄回切，鄉名，在扶風。'并誤。《路史》謂《穆傳》國名，非沛之鄘，則是；謂其字當作蒯，而譏《姓纂》作鄘爲訛，則非也。又考《集韵》始有蒯字，凡三見，并爲鄘之重文。《上聲》四十三等云：'鄘，國名，《穆天子傳》西征至於鄘人。一曰縣名，在扶風，鄉名，在鄠。'《平聲》十五灰、十八尤則專引《説文》云云。雖均未剖判分明，然未嘗以鄘、蒯爲兩家也。《路史》之説，殆不足信，惟謂絜爲綮之訛，則似可從，但它無所據耳。"

《穆天子傳》六卷。

清孫星衍校本，未見。龔定盦《最録穆天子傳》（《文集補編》卷三）云："《晋書·束皙傳》曰：'此書本五卷，末卷乃雜書，十九卷之一。'孫星衍曰：'尋其文義相屬，應歸此傳，《束皙傳》别出之者非也。'龔自珍曰：'孫説是也。'"又謂所據諸本，洪氏（頤煊）、孫氏（星衍）爲佳。按是本，北平、北大兩圖書館均無，而各種書目亦未載，不知尚在天壤間否也。既見許於定盦，（謂末卷爲本傳，自是不凡）當有過人之處，惜乎其不可見也。又按孫氏《平津館鑒藏記補記》有《穆天子傳》寫本，云："此本與今世所行《漢魏叢書》本無大异同，惟末卷多未刻字，又闕曰□祀大哭以下并注廿字。"則是即孫氏所校之本歟？

《穆天子傳注疏》六卷，巴陵方功惠柳橋廣州輯刊《碧琳琅館叢書》本，坊刊本。

清檀萃撰。檀萃字默齋，安徽望江人，乾隆二十六年進士。著述頗富，《穆天子傳注疏》以外，有《大戴禮注疏》《逸周書注》《儷藻外集》《楚庭稗珠録》等十四種。《穆傳注疏》一書，不爲後人稱善，陳逢衡雖采其説入於《補正》中，而祇詆諆特甚。長洲黄堯圃并未參校。最後劉師培爲《補釋》，亦多毁蔑。蓋其書妄設篇章，妄發議論，羌而不實也。兩刊本余并未見，今惟從陳氏《補正》窺見一斑而已。陳氏《凡例》二列其目，知其卷首列編年，即以《竹書紀年》之"穆王篇"全列於上，而附注於下。又於卷一標出啓行出塞章第一，河宗迎接章第二，披圖視典章第三，濟河伸乘章第四，數過嘉辭章第五，末附河源考。於卷二標出膜晝居慮章第六，昆侖之丘章第七，命□吾主章第八，春山銘迹章第九，赤烏之人章第十，曹奴之人章第十一，留骨之邦章第十二，群玉之山章第十三，潛時章第十四，剞閭温歸章第十五，鶠韓無鳧章第十六，至西王母之邦第十七，末附昆侖考。於卷三，標出賓西王母第十八，憂吟世民章第十九，曠原大獵章第二十，智氏章第二十一，瓜纑紗衍章第二十二，命懷諸飦章第二十三，末附西王母傳。於卷四，標出重䣙氏章第二十四，文山歸遺章第二十五，八駿翔行章第二十六，巨蒐𡚁奴章第二十七，河宗歸邦章第二十八，入塞章第二十九，入宗周章第三壓下，西土之數章第三十一，祭廟觴師章第三十二，北游還反章第三十三，末附穆巡里數考。以上檀所謂西巡也。以下爲東巡。於卷五，標出休濩澤章第一，飲洧上章第二，圃田章第三，觀桑者章第四，宿祭章第五，雀梁奏樂章第六，射獵游章第七，化人神游章第八，虎牢章第九，次宿聞告章第十，帝臺饗樂章第十一，黄池謡章第十二，入啓室章第十三，筮獵苹澤章第十四，還入章第十五，末附帝臺化人考。於卷六則不曰章而分爲節。自勒示石間至歸周凡三十一節，末附穆天子論。陳氏從而評之云："《穆天子傳》是古起居注體例，其紀事但纏聯而下，不分卷數。若盛姬死事，又自爲一種。晋荀勖輩妄分爲五卷，已屬不合，檀氏又從而分章分節，陋矣。夫《論孟》之分章，以上下各不相屬故分爲章句，檀氏仿而效之，殊覺武斷。"蓋失之瑣屑，然矣。陳氏則歸咎於其遠謫滇南，用以泄胸中不平之氣，有以致其舛也。是書顧師有殘本一册，係卷一之三，無鎸刻標識，不知是何版本，亦不載諸序。首題"河東郭璞注，江南檀萃疏"，疏語繁亂，復有眉批。所附之考尤沓。卷一共四十一頁，而河源考占三十頁。兹録其釋"河伯無夷"一段，以爲例："經云：'昆侖虚南所，有氾林，方三百里。從極之淵，深三百仞，惟冰夷恒都焉。冰夷人而乘兩龍。一曰忠極之淵。陽紆之山，河出其中。凌門之山，河出其中。'郭注經云：‘冰夷，馮夷也。《淮南》云，馮夷得道，以潛大川，即河伯也。’然此論不自於《淮南》而始於《莊子》。蓋河伯上古之諸侯，有功德於民，如重該修熙之類，故祀爲河宗氏也。”故陳氏謂其“考證者一二，附會者八九”，非虚言也。

《穆天子傳》六卷。

《海岳樓秘笈叢刊》之一，海源閣藏黄蕘圃校本，民國二十三年一月山東省立圖館印行。

黄丕烈，字蕘圃，又號復翁，江蘇長洲人，爲有清一代校勘大家。所著有《士禮居藏書題跋記》六卷，《續録》二卷，《再續記》二卷等。校注《穆天子傳》者，當以蕘圃所見傳本爲最夥。計有九行二十二字本，元妙觀《道藏》本，程榮本，范欽本，范欽吉陳德文本，抄本有叢書堂本，校本有顧本、惠本。其書以朱墨二色互校，惟有屬無例。其校法，有云：“丙寅小除夕以顧千里影鈔《道藏》本校。其與此刻异者，旁行加△，或下方旁行注出，標以‘道’字。與此刻同者不贅注出矣。”以程榮本爲主，以他本校之。彼以程本爲明刻本之最先，因“九行二十二字本校本文與此刻同，疑此即從九行二十二字本出”故也。卷末附顧實、王獻唐二氏跋。

《穆天子傳補正》六卷。

《陳氏叢書》本，《讀騷樓叢書》本。

陳逢衡（一七七六—一八五五），字穆堂，江都人，與馬氏玲瓏山館同以藏書知名於鄉里，瓠室其别業也。生平嗜書，精於是正，嘗以五色筆叙其端委，莊書簡端，朗如眉列。江浙書賈、獲一秘笈，必先造其廬，陳氏不惜以重貲購之（《碑傳集》），故所著《竹書紀年集證》《逸周書補注》等，皆搜輯甚博，學者便焉。《穆天子傳補正》之作，自謂乃繼明胡應麟之志。序稱：“幼耽古籍，專意持平。履彼鼉叢，穿兹蟻曲。絶無矜奇可愕之事，但有互亂錯簡之疑。洵知此傳，實出西京，穆滿猶秉《周禮》。蓋嘗三復揣摩，循其轍迹，所經大都在西番大昆侖東南宿州小昆侖而止。至於字畫，則𡇰𡈉𡈐𪇰，可以識蝌蚪之舊；國名則重䣷鶨韓，可以補姓氏之缺。”其精神意氣，略可知矣。是書以郭注爲主體，備録洪、檀諸家之言，末加按語，或補正，或考釋，而心得則無多。兹尋出三點言之，以例其餘。一爲干支之考證：如“庚辰，戊寅後二日”“癸未，庚辰後三日”之類。又略爲訂正，如“甲辰，癸卯後一日，若上文是癸酉，則下距甲辰三十一日矣，穆王不至留連如是之久，故定以爲癸卯也”；又“戊甲，丙午後二日，洪本作戊寅，上距丙午三十二日，誤”之類。按《穆傳》書缺簡脱，自非他書可比，故不能拘牽情理，定其謬誤。二爲引書之釐正：凡類書所引，誤以爲《穆傳》者，悉加釐正。如《太平御覽》三十八“自密山以至鍾山四百六十里，其間盡澤，多快獸奇魚”，爲《西山經》之文；《錦繡萬花谷》前集卷三十“西王母降周，穆王開宴，有萬歲冰桃，千葉碧藕”，爲《王子年拾遺記》之文：皆誤引以爲《穆天子傳》也。三爲郭注之刊正：如郭璞引《山海經》“西王母如人虎齒，蓬髮，戴勝，善嘯”以注“吉日甲子賓於西王母”句，大加訶斥云：“《山海經》所載是禹益時所見之西王母，至穆王時已千餘年，其國猶是，其人則非也，焉得取《山海經》之文以注此。”又云：“即依《山海經》之文證之，亦無甚怪异。豹尾者，其衣有尾也。《後漢書·梁驥傳》‘冀作狐尾單衣’，注‘後裾曳地如狐尾也’。又《西南夷列傳》：‘盤瓠生子十二人，盤瓠死後，因自相夫妻，好五色衣服，製成皆有尾形。’又哀牢夷種人皆刻畫其身象龍文，衣皆有尾，此類是也。虎齒，言齒粗大也。善嘯，如後世孫登阮籍之類。蓬髮者，古時質樸，不似後世女人梳妝，故髮四垂也。戴勝者，戴玉花勝也。本無神怪。《穆傳》叙述西王母歌詩贈答，何等雅正。《竹書紀年》亦然。即證之《山海經》，亦無奇异之處，而况以千餘年之西王母爲即穆王所見之人乎？故辭而避之。”神話傳説自不必解釋，而陳氏反剌剌不休，無裨實際。其拘迂鈍拙可哂者類此。穆堂自道一生以著述自娱，尤耽古史。汲冢三書，先後整統，而其蔽短攸歸，乃缺乏史學上批判的眼光也。僅足供吾人之參考，不足資吾人之依據。所謂“較之洪本少有异同，實於郭注多所補正”，即此自表之功，吾人亦未能首肯焉。

《穆天子傳地理考證》六卷，附《中國人種所從來考》《穆天子傳紀日干支表》。

《穆天子傳地理考證》六卷，丁謙（一八四三—一九一九）撰，《浙江圖書館叢書》（二集）本。謙字益甫，古杭（浙江嵊縣）人，精研地理，著述頗多。是書，民國四年刊於浙江書局。謙生當清季，其時學者於西洋歷史已頗有所聞，遂倡中國人種西來之説，引證雖詳，不免傅會。益甫此書，蓋亦循此空氣造成。其言迂闊，不爲典據。首冠凡例多條，有云：

讀是書，當先知中國人種古時由西方遷徙而來，故三代以前人多畜懷故土之思，此穆王西征之原因也。讀是書，當先知西王母爲西方大國，其國上古時名加勒底（按即Celt），炎黄時名巴比倫，至於商周，名亞西里亞。中國人種西來之始，當在加勒底時代，而穆王至彼則亞西里亞時代也。

此皆大言不慚者也。彼不問《穆傳》之真實與否，不審古代交通之遠廓與否，昧於變遷之道，視古今如一軌。以此治學，莫不乖失，徒滋繁瑣，以眩耳目耳。又云：

讀是書，當先知西見王母始於黄帝，帝堯繼之，穆王不過遵領故轍，儒生不察，駭爲异事，囿於所見故也。讀是書，當先知穆王西征之道即今日通行之大路，就本書卷四之里數方向，按圖以考，雖地名不同而大致皆合，方信古書所載皆屬實事。

彼於古書之信心，有如是者。《逸周書》《竹書紀年》皆晚出争訟之書，彼且不以爲疑。故直謂西見王母昉於黄帝。穆王西征，《左傳》《史記》載之三數語，是否即指其事，顧亦難言。其事至《穆傳》《僞列子》（《穆王篇》）然後備，究竟何若，不得而知；然於魏晋之間，流播始盛，則可言也。故安得謂西征之道即今日通行之道？其武斷類此。今摘録其辯西王母一段於下，以見其概：

……西王母者，古加勒底國之月神也，《軒轅黄帝傳》言時有神人西王母，太陰之精，天帝之女，可爲月神確證。考加勒底建都於幼發拉的河西濱，名曰吾耳（一作威）而城，有大月神宫殿，窮極華美，爲當時崇拜偶像之中心（見《輿聞史譚》）。又其國合諸小邦而成，無統一之王，外人但稱爲月神國。以中國語意譯之，則曰西王母，即稱其國爲西王母國，嗣并移而名其國之王……穆王見西王母處，當即亞西里亞國都尼尼微城。據《舊約·創世紀》，此城爲古加勒底寧緑王所造，至前元千一百三十年，亞西里亞王帝臘皮思始建爲都。

按通大夏（今阿富汗）始於漢甘英，决非穆王之世所能及，丁氏不惜牽連西史而必之，何與？學者大抵熟習舊典，志在邦國，本自我之孤懷，發思古之幽情，爲先民宜揚國光，昭示文教，遂張大其辭，適足以增羞而自玷耳。雖然，其考證詳瞻，不失爲參考之資。至其附録諸考，如《犬戎樹惇考》《積石山考》《剞閭鶤韓諸地皆古大夏國境考》《重壁臺考略》，尤不可忽也。

《穆天子傳》六卷。

吕調陽校，《觀象廬叢書》本。

《穆天子傳補釋》，劉師培著。

是書刻於已酉（一九〇九）《國粹學報》第五十、五十一、五十二、五十三諸期中。有同年正月序一篇，略云：“此書雖出晋初，然地名符於《山海經》；人名若孔牙耿翛，均見書序所載；實際禮儀器物，亦與《周官禮》《古禮經》相符；則非後人贋造之書矣。考穆王賓於西王母，其事具載《列子》，馬遷修史，亦著其文。雖所至之地，均今葱嶺絶西，然證以《山海經》諸編，則古賢遺裔，恒宅西陲。西周以前，往來互達；穆王西征，蓋亦率行軒轅大禹之軌耳。不得泥博望以前西域未通之説也。”其信而無疑，仍不脱傳統觀念之樊籠者，從可知矣。故其説穆王西征之途，至有謂帕米爾爲群玉之山，波斯爲西王母之邦，裏海爲大曠原所在，任情挾智，爲老祖宗作回護，余滋惑焉。劉氏爲古學大師，志在述古，學風所限，亦有不得不然者。其書非完統之作，僅取若干條而釋之。序云：“師培幼治此書，病昔治此書者率昧考地。因以今地考古名，互相證驗。古義古字，亦稍闡發。成書一卷，顔曰《補釋》。惟書中古字，率多未詳。又卷三‘世民之子’，亦深思而昧其解。世有善思誤字之士，尚有闡此藴義乎？”則其精力所萃，又可見矣。故於地名，甚多玄解。謂由葱嶺達中亞，均漢代塞種所居，而穆王所稱西膜，適當其地。并見西籍中有塞迷種，古居亞洲西境，遂言轉音則爲西膜，省音則爲塞。“膜拜”“膜稷”均由西膜得名，非即沙漠。皆影響穿鑿之新例證也。計卷一凡七條，卷二凡十一條，卷三凡六條，卷四凡四條，卷五凡六條，卷六凡六條，合四十條。以余觀之，所釋古義古字，多精核。如釋“畬”（天子里圃田之路）爲“畬”，引書序“帝畬下土方”馬注，“畬，理也”，與《周禮》獸人鄭注“謂虞人畬所田之野”爲説；釋“官人”爲旅次掌食之人，官與館同，引《周禮·遺人職》“五十里有舍市，有候館”，與《詩·鄭風·緇衣》“適子之館兮，旋，予授子之餐（粲）兮”爲説。可謂發前人之所未發，有功於《穆傳》者宏矣。

《穆天子傳》六卷。

王國維校，趙萬里先生過録本。

是本卷末跋語有云：“乾隆二十一年丙子嘉平月盧文弨校（一行）。己亥三月二十八日得抄本又看一過，弓父記於崇文書院（二行）。癸卯八月庚申朔以《道藏》本校訖，弓父記於山右之三書院（三行）。庚申三月見盧抱經先生校本，無甚异同。摘其要録之。翟校多與盧合，似曾見盧本也。國維記（四行）。丁卯七月十七日萬里過校，時客滬上（五行）。”（《禹貢》，1934年第二卷第六期）

張公量《顧實著穆天子傳西征講疏評論》：

商務印書館二十三年九月初版，每册定價大洋一元五角。

一

去年春天，顧頡剛先生跟譚其驤先生創刊《禹貢》。起初稿子不多，我們同學就由先生分發題目去找材料。我一次分得以《穆天子傳》與《山海經》合看比較穆王西征的路綫，就寫成第一卷第五期的《穆傳山經合證》。又一次分得古人想像中的昆侖。此題已經搜好若干材料，但不知何種原由，至今不曾寫好。這是我莫明其所以然的和《穆天子傳》的一段緣分。從此我就對於這方面下些工夫。第二卷第六期有一篇《穆傳之版本及關於穆傳之著述》，便是我開始搜求的結果。後來，見到山東省立圖書館印行的《海岳樓秘笈叢刊》之一的《穆天子傳》。這是楊氏海源閣藏的黄丕烈校本，非常珍貴，使我認識《穆傳》的許多面目，最可喜的是那五行結銜，爲一般刊本所没有的。後來，看到盧文弨和王國維的校本，使我知道唐寫本《修文殿御覽》也引有《穆天子傳》，這要謝謝趙萬里先生一番借鈔的厚意。後來，看到將要説的這部《穆天子傳西征講疏》，把我做《穆天子傳集解》的念頭一縷輕烟的衝散了！什麽材料，都扱取净盡，幹麽做集解？我曾以此告訴頡剛先生，先生以爲然。顧實先生對於《穆傳》是一生專攻的，他以前曾出過一册《穆天子傳今地考》，我雖托《穆傳山經合證》裏表示過不滿。而此次的講疏，却覺得他完統縝密，不敢置喙。

過了許久，細玩幾遍，終於顧實先生給我的信仰漸次減却了。《穆天子傳集解》的念頭，又抬起來了。當時寫下一篇書評送大公報圖書副刊社，遷延又遷延，在第七十期上發表了，衹像專門挑剔人家的啓示條。這次“評論”，雖不是前次的“啓示條”，而“挑剔人家”，似乎始終一貫。不是别的，我總覺得顧實先生之册書的方法根本上就該提出討論。

二

《穆天子傳西征講疏》，包括五部分:（一）《讀穆傳十論》，三〇頁；（二）《穆傳西征年曆》，一四頁；（三）《穆傳西征地圖》，七幅；（四）《新校定本穆天子傳》，一〇頁；（五）《穆天子傳西征講疏》，四卷一九一頁。卷首冠漢刻周穆王見西王母畫象，明繪西王母畫象兩幀。自序一篇，例言二十二條。卷尾附録《穆天子傳知見書目提要》，凡《列朝著録及刊本抄本校本》《近代諸家注本及學説》《關於穆王及西王母之文件》《日英法德譯〈穆傳〉及關於穆王西王母之文件》四篇，又附録《參考用書目》、中英對照《穆天子傳西征全解》（另本刊行）、補遺《穆天子傳知見書目》三篇。

《讀穆傳十論》是講疏的導言，是作者苦心所寄。他説：“《讀穆傳十論》乃洞悉三古遺制，綜合當今群言，融會貫通，而爲此透達一切之談。庶幾讀余《講疏》者，見繁重奧博之考據，容有難色，得此爲導言，將無不人手一編而津津有味矣。”（《例言》四，頁二）從學術方面講，這一部分全是贅纍，這不過民族復興史觀的發揮，行文雖通暢，却等於做策論，種種見地，詳在《講疏》，原可不需。

《穆傳西征年曆》别出《講疏》之外，自詡其功説：“明於六曆三統之曆元，以考古之年月日，誠所謂巧曆，至可驚人者也。雖孫仲容（詒讓）、劉申叔（師培）諸公之不作，當今非無能者，欲辨《穆傳》之真僞，尤可於此年曆而證其不僞矣。”我對於曆法完全門外，壓根兒没有弄過。且古代曆法，祇有《大戴記·夏小正》《史記·天官書》《漢書·律曆志》等幾篇比較可考，而爲千百年來聚訟不清的。但顧實先生的這篇年曆，主旨是證明《穆傳》用的周正，進一步證明《穆傳》爲周史官所記。他以《穆傳》卷五“孟冬，鳥至”，郭注“雁來翔也”，爲用周正的唯一證據。但《穆傳》卷四又有“孟冬，壬戌，至於雷首……雷水之平寒”，如果孟冬是周正十月，當夏正八月（夏正以正月……周正以十一月），雷水不至於寒吧。又卷五，“季冬……丙辰……大寒，北風雨雪，有凍人”，如果季冬是周正十二月，當夏正十月，恐怕也没有這個凍天。不知道顧實先生有什麽解釋。我總覺得用曆法來判定古書的真僞，遠不如地理。就説《穆傳》，丁謙以爲是夏正，顧實先生詆爲妄誕。其實春秋戰國時的社會，夏正周正，列國間采用，本没有一定標準，而且混淆不堪，請參看趙翼《陔餘叢考》卷二“春不書”諸條，就很瞭然，這裏不及抄録。夏正也罷，周正也罷，都不是判定《穆傳》真僞不易的根據，我不必辨了。

《穆傳西征地圖》確是驚人的發見。顧實先生説："凡辨古書之真僞，一年曆，二地理。天地古今，道途方向，無一可虚造者。"這話很對。但作者繼續着説："故此地圖，亦可證《穆傳》之必真而不僞矣。"然這圖由講疏來，而講疏的荒謬，按圖尤爲顯著。

《新校定本穆天子傳》，於《講疏》爲重出，亦無意義。

最可稱道的却是那《知見書目》《參考用書目》，藉以窺見伊古迄今，周穆王見西王母故事的演變之一斑。

以上把《穆天子傳西征講疏》的全書内容，簡括的交代完畢。就開始檢討《講疏》的考證方法，中心觀念。略爲估計其價值。

三

《講疏》最值得批評的是剛纔説的考證方法和中心觀念兩點。

先説中心觀念。這可從作者的上古黄種優勢觀，也就是中國民族復興史觀去看。《春秋》作，亂臣賊子懼，著書而有宗旨，本不必反對。但要看著的什麽書，什麽題目。

顧實先生大概是憧憬原始文化的，是主張今人不如古人的，他這部書發現"上古我民族在人文上之尊嚴"，他要"誠使四百兆男女同胞，人手一編，以激發其志氣，庶幾今後吾民族將恢張其本來活動之能力，以與世界共進於無窮之景運"，所以他著書的體例有一條説，"案語次重文化，三千年前之大地，黄人到處皆是，與今日爲白人世界，大可撫古而增慨"。（《例言》十五）這是他得到的古代黄種文化優勢説。我們跟著就尋幾個例來看看：他解釋"載立不舍"説道：

不舍者，言不爲舍以休止也……威爾斯（H.G. Wells）《世界史綱》曰："西方之北歐（Nothern Europe）游牧民族，與東方之蒙古（Mongolia）游牧民族，相遇錯居。比諸蠻夷之所居，與其居地，關係極疏，其所居爲舍爲幕爲車而非屋（第二十三章二十七頁）。"然則車可爲舍，而載立不舍，則人不下車，故不舍也。蓋上古自黄帝四征不庭，堯舜五載巡狩以來，爲天子者，皆居國而兼行國之生活，以維持中國優勢。誠不可不重視也。（卷一，頁六）

天子授河伯璧，"祝沈牛馬豕羊"，而鄄韓氏犬戎胡皆作"犬馬牛羊"，於是就推論道：是必華夏尚牛，彼俗尚犬，所以殊化也……今社會學家言"動物與人類文明之關係"，洵不誣也。

假定言之，則尚牛者，牛的文化也。尚犬者，犬的文化也。更據李思倫白《萬國通史》，則希臘羅馬人古皆食豕，惟哈米的（Hanitie）之埃及（Egypt）人不食豕，而塞米的（Semitic）之阿喇伯（Arabia）人蓋效之。則中國古俗又與希臘羅馬人相近矣。（卷一，三二）

解釋“柏夭既致河典，乃乘黄之乘，爲天子先，以極西土”一節道：……大抵穆王西征，非依河伯之圖典不能行，是河伯實爲交通四方之大負責人，而河即爲西方交通之一大機關也。夷考太古人類交通之開始，必爲山岳交通。其時山岳方陂陀而隆高，不如今日經數千年之風雨所剥蝕而尖削崎嶇不易行也。及其更進，必爲河流交通，同時山岳河流并行交通。故《禹貢》載雍州貢道云：“浮於積石，至於龍門西河，會於渭汭，織皮昆侖析支渠搜，西戎即叙。”此足明中國古代山岳河流并行之交通久矣。河宗氏當穆王之世，而行其典禮，不亦宜乎！雖然，今日東西文化之不同，於此可得而微論者，東方開化較早，其君長以仁孝臨天下，故不敢自暇自逸，多有踰葱嶺而西行者。西方不然，荒曠久遠，其豪酋自始即石城金室而居，務以安富尊榮，縱恣自娱爲極，故罕有踰葱嶺而東來者。則其文化之根本不同，未可漠視也。抑中國古代行於平地之大車多駕牛，惟行於山地之車曰輂，則駕馬。禹乘四載，已用輂矣。故東方由陸路，憑馬力而通西方，自古而已然。不待蒙古民族崛起，而始馳騁於歐亞兩洲也，今也西方由洋海，藉舶輪及蒸汽之力而來東方，交通之方法，又根本不同。此則東方民族所宜急起效法而圖强。以勿陷於長爲被壓迫之民族者也。（卷一，四一）

這真是“洞悉三古遺制，綜合當今群言”的“透達一切之談”！這真是“開拓萬古之心胸，推倒一時之豪傑”！這種“東萊博議”式，或者還够不上“東萊博議”式的《講疏》，其荒謬，其腐臭，無以復加。簡直在賣弄筆墨，瀆亂古書。借古人的題目，發自己的牢愁。這種全不根據史實，而托諸空言。以二十世紀極文明的人類社會，加於兩千年前極不文明的人類社會而津津樂道之，既不是采科學的態度，去闡明古代的民族與文化；也不是采藝術的態度，來講述古代的傳説與神話，對於這，我們是無法批評的。

四

《例言》十四，明白的表示作者的研究的心得和態度。他説：“案語最重考地，地理本爲專門之學，余既半生研習，尤以通古語而釋古地爲余之心得。凡一地名之下，必先釋今地所在，然後援引古今群藉，語不離宗。數十字至數千字，多寡不等，絶不作游騎無歸之談也。在今本國境内之地名，國民應知，原不易誤。惟一至域外，譯名紛歧，除極普通者之外，俱易滋訛。故附西文，互相對照。”若不是看到原書的内容，豈不以爲這個則完全對呢，完全真呢。研究古史，地理就是其中最關重要最相聯繫的科學。顧實先生既經半生研習，自然對於《穆天子傳》裏的問題，可以大半的、很快的、充分的解决了。然而事實又是使我們覺到怎樣的失望。顧實先生因爲發現了上古東西方交通的孔道，以爲周穆王西征是中國文化（東方文化）的西流，周穆王就是溝通東西方文化的偉大人物。我們把顧實先生對於西征路綫考查的結果，引在這裏，他説：

大抵穆王自宗周瀍水以西首途，逾今河南、直隸、山西，出雁門關，由歸化城西，繞道河套北岸，而西南至甘肅之西宁，入青海，登昆侖。復下昆侖而走于闐，升帕米爾（Pamir）大山，至興都庫士山（Hindukush Mts.），再折而北，東還至喀爾噶爾河，循葉爾羌河，至群玉之山。再西踰帕米爾，經達爾瓦兹（Daruvarz）、撒馬爾干（Samarkand）、布哈爾（Bokhara），然後入西王母之邦，即今波斯之第希蘭（Teheran）也。又自今阿拉拉特（Ararat）山，逾第弗利斯（Tibris）之庫拉（Kura）河，走高加索山之達利尼耳（Dariel）峠道，北入歐洲大平原。蓋在波蘭（Poland）華沙（Warsaw）附近，休居三月，大獵而還，經今俄國莫斯科（Moscow）北之拉獨加（Ladoga）湖，再東南傍窩爾加（Volga）河，踰烏拉爾（Wral）山之南端，通過裹海（Cospian Sea），北之乾燥地（Ardregion），及今阿拉爾海（Aral Sea）中，循吹（Chu）河南岸，至伊錫克庫爾（Issik Kul）湖南，升廓克沙勒山，而走烏什阿克蘇焉耆。再由哈密，長驅千里，還歸河套北，踰陰山山脉而南，經烏喇特旗歸化城，走朔平府右玉縣，而南踰洪濤山，入雁門關之旁道，南升井陘山之東部，通過翟道太行山而還歸宗周。（《讀穆傳十論》，頁二四。）

真是一大驚人奇迹！尤其可以稱快的，是“未經滄桑之變遷，依然今日之山河”，是“雖隔三千載，而猶歷歷如昨”！聰明的讀者是要問：他用什麼辯證的邏輯，去求得這海闊天空，充周而不窮，杳冥而不測的周穆王游程呢？

以上所列外國地名與《穆傳》地名的對比，是這樣：

春山——今帕米爾（Pamir）（頁八一）。

春山之澤——今新疆莎車之大帕米爾湖（頁八三）。

赤烏——今阿富汗境内（頁九〇）。

春山之虱——即興都庫士山（頁九二）。

剞閭氏——今帕米爾西之達爾華兹（Darwarz）（頁一一七）。

鄄韓氏——今撒馬爾干（頁一一九）。

西王母之邦——今波斯之第希蘭（Teheran）（頁一三〇）。

以上卷二。

温山——今阿拉拉特（Ararat）山（頁一六九）。

潯水——今庫拉（Kura）河（頁一七〇）。

羽琌——今波蘭華沙（Warsaw）河（頁一七五）。

𧰼子之澤——今拉獨加（Ladoga）河（頁一八二）。

獻水——今窩爾加（Volga）河（頁一八三）。

瓜纑之山——今烏拉（Ural）山（頁一八四）。

沙衍——今裹海北都乾燥地（Ard region）（頁一八五）。

積山之邊——今阿拉爾（Aral）海中（頁一八七）。

以上卷三。

浯水——吹（Chu）河（頁一九一）。

濁繇氏——今哈薩克（Cossack）人種（頁一九二）。

蘇谷——今伊錫克庫爾（Issik Kul）湖（頁一九二）。

長淡（輯者：當爲浤）——伊錫克庫爾湖南之廓克沙勒山脉（Kok Shal M.T.S）（頁一九六）。

以上卷四。

這些地名，有的遠在歐洲（波蘭華沙），有的遠在中亞細亞（積山之邊，長浤。），够我們驚嘆了。其實《穆天子傳》的地名，在《穆天子西征圖》裏，安排得更整齊，更有條理的。我們不忙統計它，我們先看看顧實先生用的辯證的邏輯且舉兩個例子來説明。

第一，西王母之邦。

西王母之邦在哪裏這一個問題，是很不容易解答的。西王母最早的記載，恐怕要算《竹書紀年》。郭璞引它説："穆王西征至昆侖丘，見西王母。"但一般傳説，西王母在虞舜時就來獻過白環玉玦的。（《世本》《尚書大傳》《大戴禮》《漢書·律曆志》《説文》……）秦漢之間，西王母的故事，不論在朝市，在民間，一定是人們嘴邊最樂道，耳邊最樂聽的。和昆侖一樣，漸次的展開，漸次的擴大，種下深厚的傳説根基，成就綿密的傳説系統。《大荒西經》説："西海之南，赤水之後，黑水之前，有大山名曰昆侖之丘。有人戴勝，虎齒，有豹尾，穴處，名曰西王母。"《河圖玉版》故説："西王母居昆侖之山。"這是西王母近在昆侖，而昆侖即在赤水之後，黑水之前，乾脆説，西王母不能出今新疆境内的。所以顧實先生就發明了西王母有兩處，剛纔説的是舊邦，是虞舜時的西王母；還有一處新邦，"宜遠在其西"。他説：證之《穆傳》，有留骨之邦，而其本名爲長肱，爲鴻鷺，故此西王母之邦，宜亦有其本名，曰沃民之國，曰三危之國也。

這是從本名上推求，確是能够把問題岔開去。那末，沃民之國，三危之國何以是西王母的本名呢？他從《吕氏春秋·本味篇》的"流沙之西，丹山之南，有鳳之丸，沃民所食，水之美者，三危之露"，《求人篇》的"西至三危之國，巫山之下，飲露吸氣之民，積金之山"，《淮南子·墜形篇》的"樂民拏閭在昆侖弱水之洲，三危在樂民"，《時則篇》的"西至三危之國，西城金室，飲氣之民，不死之野"，斷定"沃民三危皆在昆侖弱水之西"，又舉《大荒西經》的"有西王母之山，壑山，海山。沃民之國，沃民是處。沃之野，鳳鳥之卵是食，甘露是飲。凡其所欲，其味盡存，爰有甘華、甘柤 、白柳、視肉、三騅、璇瑰、瑶碧、白木、琅玕、白丹、青丹。多銀鐵，鸞鳥自歌，鳳鳥自舞。爰有百獸相處。是謂沃之野。有三青鳥，赤首黑目，一名曰大鵹，一名曰青鳥"，《西次三經》的"三危之山，三青鳥居之”，郭注的“三青鳥爲西王母所食，别自栖息於此山”，《竹書》曰“穆王西征，至於青鳥所解”，就説：蓋《穆傳》西征至於西王母之邦，即《竹書紀年》西征至於青鳥所解也。然則西王母也，沃民也，三危也，非皆明有不可分離之關係乎？而安得不推定西王母之邦，當本名曰沃民之國，曰三危之國耶？大抵謂曰沃民之國者，以其民族而名之也。謂曰三危之國者，以其都居而名之也。謂曰西王母之邦者，則以一婦人爲主權者而名之也。（《講疏》卷二，頁一三〇—一四三。）

這已把西王母邦就是沃民之國，就是三危之國的一個大前提决定了。他繼續提交他的論證，第一步，是沃民之國即西方伊蘭説：據《淮南子·墜形訓》曰：“西方金丘，曰沃野。”高誘注云：“沃，白色也。”《説文》曰：“鋈，白金也。”《詩·秦風》《毛傳》同。鋈本從沃得聲，聲亦有義，則知沃民者必爲西方之白色民族也。更以西方語言之意義及聲音而求之，則《世界史綱》言“伊蘭（Iranor Eran）民族衍爲馬太（Media）人，波斯（Persia）人，印度（India）人”，故古代波斯人自稱曰伊蘭，而謂北方諸國，即中央亞細亞之黄種人曰土蘭（Turan）。伊蘭者，義言光明也。土蘭者，義言黑暗也。惟白色者光明，此伊蘭一語，已與沃爲白色之義合矣。况其聲音，則伊蘭之伊，西方爲I或E，皆可轉爲沃，如日本之イイ即ヨイ，古塞米的（Semitic）語之Ireb or Erob轉而爲Europe，皆其證也。然則沃民之沃，確即西方伊蘭之伊，西方爲多節語，中國爲單節語，故中文往往存西方之一語音也。

這真是“大膽的假設”！若問證據，則《世界史綱》是也，威爾斯可謂顧實先生的大功臣，《淮南子》《説文》西方白色的“沃”字説，就是沃民之國，姑且不論；竟從《世界史綱》而更證明是伊蘭族，風馬牛不相涉也，無參驗而必之者誣也，我們能相信麽？最後，他説：今既考知沃民即伊蘭族，則三危即伊蘭高原也。故可斷定西王母之邦當在今波斯也。

費了好大的勁兒去求證，而“又未嘗不字字著實，語語謹嚴”，我們讀《穆傳》的人，應該奉爲圭臬，作爲根據的。然而不能。按西王母之邦在那裏，郭璞在一千多年前，全不知道，僅僅於第三卷“天子賓於西王母”下，注云：“西王母如人，虎齒，蓬髮，戴勝，善嘯。”這是引《山海經》的。又引《紀年》云：“穆王十七年西征至昆侖丘，見西王母，其年來見賓於昭宫。”却不曾注出西王母之邦的所在。從來注解《山海經》的人，自十六世紀（明）的楊慎（作《山海經補注》）、王崇慶（作《山海經釋義》），十八世紀（清初）的吴任臣（作《山海經廣注》）、汪紱（作《山海經存》）、畢沅（《山海經新校正》），十九世紀的郝懿行（作《山海經箋疏》），也都不曾指明西王母的所在。他們頂多引一引闞駰的《十三州志》，以爲“赤水西有白玉山，山有西王母堂室”（吴任臣），引一引

《漢書·地理志》的臨羌西北塞外的西王母石室，以爲在今甘肅肅州西七十里，昆侖的連麓，衹相信《爾雅》《尚書大傳》《荀子》《莊子》《淮南子》的話，而其餘傳記所説，斥爲荒謬無取（畢沅、郝懿行皆持此態度），檀萃（作《穆天子傳注疏》）、陳逢衡（作《穆天子傳補正》）也還以西王母衹是四荒之一而已。二十多年前，丁謙著《穆天子傳地理考證》，纔以西王母之邦爲亞西里亞（Assyria），十多年前，劉師培著《穆天子傳補釋》，纔以爲西王母之邦，是亞西里亞國的尼尼微城（Nineveh）。而顧實先生還嫌不够遠，竟藉航空的力量，推廣到波斯了。這個功勞，是要歸於中國海禁的開放的，是要歸於西洋民族文化史智識的輸進的，是要歸於帝國主義國家壓迫的逼緊的。這都是一貫的過去的排外思想以至於現在的媚外思想下的學術防制政策，顧實先生正是一位集大成的“聖人”！

西王母之邦，郭璞不注，是他的卓識。但《漢書·地理志》所云臨羌西北有西王母石室，本很清楚，無需冥索。《西山經》西王母住的玉山，往西有三危之山，就是顧實先生所謂“以都居而名之”的西王母之邦，郭璞注“今在敦煌郡”，也很清楚，而顧實先生竟异想天開，强作聰明，以爲非而别之。古代的地名，隨民族遷徙而遷徙，固然很多，但總不越出國境。疆土使然，交通使然。《漢志》所云西王母，或者已是晚起之説，比較遠了。顧實先生分成波斯的西王母之邦，甘肅的西王母之邦，而以前者爲周穆王所至。如果二十世紀也有個周穆王，纔有可能，但也不至於這般無聊。如果顧實先生真是照開宗明義所説“余書之作，將爲我民族復興也”（《例言》二十二），那何必定要借重《穆天子傳》這樣一部荒唐的小書呢?

先是推論，次是引《世界史綱》或《萬國通史》等來作證，下面又是一例。

第二，羽琌。

羽琌即羽陵，這是郭璞的話，顧實先生是相信的。羽陵，郭璞也没有説。顧實先生因爲前有羽陵，（卷二，“□之人潛時，觴天子於陵之上”。）後有羽陵，（卷三，天子勒七萃之士於羽琌之上。）就眼明手快，説是前一羽陵在今英吉沙爾，後一羽陵在波蘭黄沙。他是從穆王西征的路綫上推出來的。他説：

此羽陵以下文之東歸所經今地而證之，當在今波蘭（Poland）華沙（Warsow）之間乎？穆王踰春山而西，有兩大都會，第一都會在鄄韓氏，今中央亞細亞也。第二都會在此，今歐洲大平原也。此亦天然之形勢，古今不變者也。在鄄韓氏既大饗正公諸侯王，故在此亦宜大饗正公諸侯王也。大概兩次大饗，必有黄白人種同躋一堂之盛况。

這是他的推論與假設，次是他的證據：

《世界史綱》曰：“阿利安民族與蒙古民族互相混合，游牧，動輒數百里，在黑海北岸一帶，或達裏海之北。蓋自中歐（Central Europe）及中北歐諸原始條頓（Teutonic）民族之牧場，以達伊蘭民族之牧地，皆係混雜民族之草原，此諸民族之内情，荒渺難稽。”（卷三，一七六。）

此與《穆傳》原文“天子大饗正公諸侯王，勒七萃之士於羽琌之上，乃奏廣樂”二十多字，似是牛頭對馬嘴，而顧實先生却説：“此尤可與《穆傳》證合無間，而穆王至於西北大曠原，至即入今歐洲大平原，愈確不可移矣。惟其尚爲曠荒不常居之草原，故有羽琌者，羽族所居之丘陵也。則穆王所饗之正公諸侯王，當皆隨從狩獵而往者，非必土著之民族也。”（頁一七六）可謂盡附會之能事矣。

以上雖僅是摭拾幾個例子，但够説明《講疏》全書的邏輯了。他或者未讀《穆傳》以前，已經把周穆王西行的行程，擺布妥當，繪就地圖了。不然，《穆傳》不是“萬靈丹”，總不應該那樣“放諸四海而皆準”的。我們可以把顧實先生此種歷史觀，題作顯微鏡式的歷史觀，不惟於《穆傳》没有積極的合理的解釋，反而消極的增多意外的葛藤，給後人以無數摧廓的麻煩。這是我對於顧實先生《穆天子傳西征講疏》的總評價。

附《世界史綱引見表》。（略）

廿四年三月廿四日寫畢（《禹貢》，1935年第三卷第四期）

高夷吾《讀穆天子傳隨筆》：

《穆天予傳》山水澤地。

案古圖書，證以近譯，已知：溹澤即今沙陵湖；鄘邦即今薩拉齊；陽紆即陽山；河伯都居即烏拉忒旗；温谷樂都即後凉之樂都，郡元之樂州，今碾伯縣；積石南河即河源勒坦噶達素齊峰；西夏珠余即《禹貢》析支，今青海西藏；河首襄山即于闐南大雪山，《水經注》所謂“仇摩置”，漢武名爲“昆侖”者也；🈳□即《海外南經》所謂“壽華之野羿戰鑿齒處”，《海内西經》曰“昆侖之墟，赤水之際，非仁羿不能上岡之岩”是也；與襄山昆丘、舂山赤烏皆《禹貢》昆侖之域；昆侖丘即帕米爾庫爾得，珠澤即恩納湖；舂山即帕米爾庫米蘭；舂山之澤即愛齊魯湖，赤烏即什瓦帕米爾；《大荒西經》所謂稷之弟曰台壐，生叔均，有赤國妻氏，有雙山；什瓦帕米爾，爲帕米爾高原西麓，故傳曰舂山之虱；洋水即阿庫斯河，爲阿母河北源；《水經注》所謂“水蜺羅跂禘西流注西海”；《海内西經》曰“洋水，黑水出，西北陬入海”是也；黑水西河即《禹貢》黑水西河爲雍州，今出喀剌庫勒，東流之雅瑞雅爾河東流與于闐河合，故曰西河；出庫勒西流與阿阿河合，古入裹海，今入鹹海，爲古黑水；黑水東西分流，故曰黑水西河；《水經注》所謂葱嶺之上，河源潛發，其嶺分爲二水：一水西經休循國，南與蜺羅跂禘水同注雷翥海；一水東流經無雷國北是也。長肱即《爾雅》“邠國”，《大荒西經》曰“西周之國”，《海内經》曰“西南黑水之間有都廣之野，后稷葬焉，故封長肱於黑水西河，爲周室主，是曰留骨之邦”；黑水，西膜謂鴻鷺；阿母河，唐譯烏滸縛芻，并與鴻鷺音近；羽陵，即冰達阪；鐵山，即撒馬兒罕之鐵門石峽；鄄韓即檜寒；玄池即裏海；西王母之邦即尼尼微；弇山即崦嵫，《亞速志》所謂鐵壉山門；温山即司塔匆羅力之麻熟嘎山；曠原即南俄克薩部；水澤即黑海；阿速海《大荒西經》所謂大澤長山也。戊□之山即端捏茨山；獻水即枯班河；沙衍即吉爾吉思曠野沙漠；積山即塔什干北之蘇薩克山；巨蒐即《禹貢》“渠搜”，《隋志》所謂“鏺汗東”，去疏勒千里。《唐書》“居西鞬城在真珠河北”，今撒露臺耶州境；濁繇即《海内東經》之“居繇”，《魏略》作“屬繇”；重䳭即《海内西經》“流黄豐氏，中方三百里有塗，四方中有山，后稷葬西”；長淤即通西方之塗；長沙山即《西山經》長沙山；東南翔行即經疏勒、温肅、庫車、焉耆、吐番、鎮西等府廳，扎薩克圖汗、三音諾顔、謝圖汗、茂明安諸部。“陽紆東尾𧇾𧶜之谷”即五達谷，在薩拉齊西劉多之納，即《水經注》“君子津”。

西征時日。

《竹書紀年》曰：穆王十二年冬十月，王北巡狩，遂征犬戎。十三年春，祭公帥師從王西征，次於陽紆之山。冬十月，造父御王入於宗周。十七年，王西征昆侖丘見西王母。其年西王母來朝，賓於昭宫。按《傳》：戊寅，天子北征絶漳水。癸未，雨雪，獵鈃山之阿。乙酉，北升於□，天子北征於犬戎。辛丑，至鄘人。戊寅，西征至陽紆。乙丑，西濟河。辛酉，升昆侖丘。季夏丁卯，北升舂山。孟秋丁酉，北征。潛時之人觴於羽陵。癸亥，至西王母之邦。三月舍於曠原。己亥，東歸。孟秋癸巳，命重䳭共食。秋癸亥，觴重䳭。癸酉，東南翔行。乙亥，南征陽紆之東尾。孟冬壬戌，至雷首。庚寅，大朝宗周之廟。仲冬壬辰，至𣝗山。丁酉入，公伯禽推即位四十六年，至康王十六年薨。子考公酋立即位。四年，煬公熙立。煬公二十四年正月丙申朔旦冬至。殷曆以爲丁酉距微公七十六歲。煬公即位六十年。子幽公宰立即位。十四年微公沸立。微公二十六年正月乙亥朔旦冬至，殷曆以爲丙子。煬公二十四年爲周昭王十八年，微公二十六年爲周穆王四十三年，以殷術推之，穆王五年入三章。一年正月廿三日冬至。假定十六年爲西征之歲，推是年正月壬子朔初二，癸丑冬至七月，己酉朔二十三日，辛未小暑，八月己卯朔廿三。辛丑，立秋。按《傳》“季夏丁卯，北升舂山”“孟秋丁酉，天子北征”。季夏丁卯先辛未小暑四日，孟秋丁酉先辛丑立秋四日。十七年正月丁未朔十二。戊午冬至。九月癸卯朔初五。丁未立秋。十二月辛未朔初八。戊寅立冬。十八年正月辛丑朔初八。戊申大雪。按《傳》孟秋癸巳重䳭共食，孟冬壬戌至於雷首，仲冬壬辰至於𣝗山，則孟秋癸巳先丁未立秋十四日，孟冬壬戌先戊寅立冬十六日，仲冬壬辰先戊申大雪十五日。定十三年西征，推是年正月庚午朔廿八，丁酉冬至，七月十九乙卯小暑，八月丙寅朔初六，辛未大暑廿一，丙戌立秋。按《傳》季夏丁卯，小暑十一日，孟秋丁酉後丙戌，立秋十日。十四年正月甲午朔初十，癸卯冬至九月，庚寅朔初二，辛卯立秋十月，庚申朔初二，辛酉白露十二月，己未朔初四，壬戌立冬。十五年正月戊子朔初六，癸巳大雪。按《傳》孟秋癸巳，後辛卯立秋，一日南鄭。此西征積日二年有期。依《紀年》十三年春西征，冬十月入宗周，則與本《傳》積日顯相牴牾，且未見王母即歸，亦與《趙世家》穆王西巡見西王母，樂之忘歸，徐偃王反，日馳千里攻徐破之，亦不相合。《傳》之卷三郭注引《紀年》十七年西征昆侖丘見西王母，其年西王母來見，賓於昭宫。《山海經・西次三經》郭注引《竹書》穆王五十七年，西王母來見，賓於昭宫。穆王無五十七年，五字衍文。今本《紀年》雖經後人改變而郭氏晋人親見副本，援引必無訛誤，西征之年當然爲十七年。然是年西征是年王母來見，傳文雖多殘闕，而書時書日次第可尋，以經途計之亦非一年往來之事。十七年西王母來見，穆天子西征必非十七年事顯然可見。《列子・周穆王》叔（輯者注：叔當爲叙）西征見王母與傳相同。《湯問》云濱北海之北國曰終北，周穆王北游過其國，三年忘歸，與《趙世家》樂而忘歸相符，由此可證定爲十三年西征。是年秋，見西王母過終北三年，十七年東還。西王母來賓昭宫，十八年攻徐戎，理無相觸，義頗相通。然《傳》曰己酉飲於溽水之上，發憲命，詔六師之人畢至於曠原。三月舍於曠原，大畋九日，駐於羽陵，收皮效物債車受載。己亥東歸。庚子至於□之山。己酉至己亥日積一百一十，正合三月。《列子》“三年忘歸”信亦難徵，不得不求別證以定西征之年。《漢書・律曆志》曰：《春秋》殷曆皆以殷魯自昭王以下亡年數，據周公伯禽以下爲紀魯。秋癸亥後辛酉白露一日，孟冬壬戌與曆符合，仲冬壬辰先癸巳大雪一日，以曆推之，西征爲十三年，較十七年與曆多合。西征當十三年春，非十六年，明矣。攻破偃王，造父封趙，當屬十五年事。十七年，西王母來見者蓋瑶池答詩“比及三年，將復爾野”。王未重來時已三年，故西王母東來報聘耳。由十三年以曆上推，《傳》第五卷所載皆在十一、十二兩年間，時日既多相合。以《列子》化人中天臺事證之。《傳》曰：“丁酉，天子作臺，以爲西居。”又：“至於臺，乃大暑除。天子居於臺，以聽天下之。遠方□之數，乃載之神人□之能數也。乃左右望之。天子樂之。”簡雖有闕，其爲化人事無疑。王之肆意遠游，升昆侖、見西王母皆由化人。《傳》第五卷所載當次第一卷前，今本《紀本》（輯者注：本當爲年）明摭故書爲之，非荀校之舊十四十五十六三年所書，皆掇拾第五卷事，列於十七年見西王母前，所見以已及此，特惜於時日未詳考耳。《傳》第六卷《美人盛姬事》本“雜書十九篇”之一，尋其時日，以殷術推之，當爲十年秋冬間事。《四庫提要》曰：“尋其文義，應歸此傳。《東晳傳》别出之。非也。”《列子》謂穆王與盛姬并觀偃師之倡，殆以赤烏美人誤爲盛姬，猶三月舍曠原誤爲過終北三年忘歸也。（《古學叢刊》，1939年第三期）

童書業《中國古代地理考證論文集》之《漢代以前中國人的世界觀念與域外交通的故事》附録《穆天子傳疑》：

《穆天予傳》一書，自古疑信者非一。清代疑古最悍之姚際恒曰："《穆天子傳》本《左傳》'穆王欲肆其心，周行天下，將皆有車轍馬迹焉'，又本《史·秦紀》'造父爲穆王得驥、温驪、驊騮、緑耳之駟，西巡狩，樂而忘歸'諸説，以爲之也。多用《山海經》語。其體制亦似起居注，起居注者，始於明德馬皇后，故知爲漢後人作。"（《古今僞書考》）姚氏此説頗見攻於近世。自中國民族西來説興，《穆天子傳》被東西學者穿鑿附會，無微不至，要皆以周穆王見西王母事證古代東西之交通。核按其實，姚氏之説，未可非也。本書最可疑之點有四，兹略論如左：

一曰，"西王母"之人化也。"西王母"在《山海經》中本爲一面目猙獰之怪神，至漢世司馬相如爲《大人賦》，尚云："低徊陰山翔以紆曲兮，吾乃今日睹西王母；皜然白首戴勝而穴處兮，亦幸有三足烏爲之使；必長生若此而不死兮，雖濟萬世不足以喜"，則鄙"西王母"之仙爲不足學也。此猶與《山海經》之觀念相近。自《史記·趙世家》記周穆王"西巡狩，見西王母，樂之忘歸"，於是"西王母"乃與周穆王發生關係，而漸趨人化。《穆傳》所記穆王與西王母之唱酬，儼然賓主焉。"西王母"神怪之性乃爲之一洗。後世《漢武内傳》本之，遂造爲"西王母天姿絶世"之語。陶潛詩更有"王母怡妙顔，粲然啓玉齒"之句。由怪神化而爲美人，文人之技亦神矣。

二曰，"膜拜"禮之晚出也。本書屢見"膜拜"之禮，郭璞注云："今之胡人禮佛，舉手加頭，稱南膜拜者，即此類也。"是"膜拜"爲胡人禮佛之禮。案：佛教自印度孔雀王朝阿育王後始傳至中亞一帶，其時約在中國六國將亡之時，即公元前二五九年以後；而本書之撰成時代，則最遲不得過公元前二九九年，（魏襄王二十年，或謂汲冢乃安釐王之墓，非。）作者又安得知佛教之禮乎?即此一端，已足證晋人之僞造矣。

三曰，"皇后"一名之可疑也。本書云："天子乃命盛姬□之喪視皇后之葬法。"（卷六）案：《尚書·顧命》云："皇后憑玉几"，此皇后謂天子也，"后"者爵位，"皇"形容詞也；"皇后"猶言大天子也。本書之所謂"皇后"，則儼然秦、漢以後之皇后焉。考古天子之妻稱"王后"，無稱"皇后"者；天子之妻之稱"皇后"，與"皇帝"配者也；而人王之稱"皇帝"始於始皇，（《吕刑》"皇帝"乃天帝也，本書中亦有"皇帝"，尚非天子之稱。）則本書固不能成於秦代以前矣。（又本書又以"淑人"稱天子之妃，此種"淑人"之稱亦非古。）

四曰，紀事與《史》《漢》之體例同也。案古稱天子多曰"王"，金文《尚書》等可以爲證。《詩經》雖較多稱"天子"，然亦屢稱"王"，其稱"天子"，蓋多因協字與韵耳。《左傳》《國語》等戰國書稱周王亦多曰“王”，罕稱“天子”者。漢世以後始多以“天子”或“上”稱皇帝，如《史記》《漢書》記武帝事之體裁，每與《穆天子傳》合。取《武帝紀》《封禪書》《郊祀志》等與《穆天子傳》對勘，可以發現甚多之相同點焉。此《穆天子傳》晚出之證之最昭著者矣。

綜上四點，吾人疑《穆天子傳》爲晋人雜集先秦散簡，附益所成；其間固不無古代之材料，然大部分皆晋人杜撰之文。如周穆王見“西王母”一節，以《山海經》等書校之，可決爲晋人所造無疑也。

本文乃作者讀書札記一段，初非考證之專文，卿備參考而已。（中華書局，1962年）

郭箴一《中國小説史》第二章《東周以前至秦》：

晋咸寧五年，汲縣民不準盗發魏襄王冢，得竹書《穆天子傳》五篇，又雜書十九篇。《穆天子傳》今存的凡六卷；前五卷記周穆王駕八駿西征之事，後一卷記盛姬卒於途次以及反葬，蓋即雜書之一篇。所記周穆王西征見西王母而不叙諸异相，其狀已頗近於人王。這就是所寫西王母的形相，已由《山海經》的獸形變爲人相，作者已將神話“人話化”了。因此知其作書年代，當在《山海經》之後。

吉日甲子，天子賓於西王母，乃執白圭玄璧以見西王母。好獻錦組百純，□組三百純，西王母再拜受之。□乙丑。天子觴西王母於瑶池之上。西王母爲天子謡，曰：“白雲在天，山陵自出，道里悠遠，山川間之，將子無死，尚能復來。”天子答之曰：“予歸東土，和治諸夏，萬民平均，吾願見汝，比及三年，將復而野。”天子遂驅升於弇山，乃紀可迹於弇山之石，而樹之槐，眉曰西王母之山。（卷三）

有虎在乎葭中。天子將至。七萃之士高奔戎請生捕虎，必全之，乃生捕虎而獻之。天子命之爲柙而畜之東虞，是爲虎牢。天子賜奔戎畋馬十駟，歸之太牢，奔戎再拜韻首。（卷五）

《穆天子傳》即關於周穆王西征的小説，與《竹書紀年》同傳爲晋太康中從汲冢（在汲縣的戰國魏王之墓）掘出的，但依《列子》與《山海經》等大概是漢以後做成的東西罷。唐之詩人賦玄宗與楊貴妃之事，避忌明白地説出，多引用穆天子和漢武帝底故事，因此愈加以西王母爲美人了。

清平調（三首之一）李白

雲想衣裳花想容，春風拂檻露華濃。若非群玉山頭見，會向瑶臺月下逢。

群玉山即西王母所居的地方。（商務印書館，1939年）

楊憲益《零墨新箋》第十六章《穆天子傳的作成時代及其作者》：

《穆天子傳》不會是秦漢以前的作品，關於此點，前人已多有論辯。簡單説起來，這書裏關於西域的知識，不是秦漢以前的人所能有的。古代關於穆天子西征的紀載很少；《國語》裏衹有“穆王將伐犬戎”等幾句，與《穆天子傳》裏誇大的記載不同；《左傳》裏衹有“穆王欲肆其心，周行天下，將皆有車轍馬迹焉”幾句；况《左傳》本身是否完全是漢代以前的作品，尚有問題。今本《竹書紀年》裏的記載大致與《穆天子傳》相符，有北唐所獻的千里馬“騄耳”，有“西征次於陽紆”，有“虎牢”，有“造父”，有昆侖丘的“西王母”，有“流沙千里，積羽千里”。然而今本《紀年》的不可靠，是人所共知的事實，也許這些都是後來根據《穆天子傳》加進去的，况且《竹書紀年》是在晋代與《穆天子傳》同時被發現的，所以根本不能作爲考據《穆天子傳》時代的證據。與《穆天子傳》同時被發現的《逸周書》裏，《王會》和《伊尹朝獻》等篇所紀地名，有大夏、莎車、匈奴、樓煩、月氏、東胡等，更反而足以證明晋代發現的這一些古書，都不是漢代以前的作品。

《山海經》我們知道也許有一部份是漢代以前的作品；其中説西王母是一種怪物，“其狀如人，豹尾，虎齒而善嘯，逢髮戴勝，是司天之厲及五殘”。到了《穆天子傳》裏，西王母就人格化了。這也是《穆天子傳》晚出的證據。

關於晋代汲冢書被發現的事實，這大概是相當可靠的。一般認爲《穆天子傳》是戰國時書的人多以此爲主要證據。《晋書·武帝紀》説：“咸寧五年（西元二七九年）十月戊寅，汲郡人不準掘魏襄王冢，得竹簡小篆古文十餘萬言，藏在秘府。”荀勖《穆天子傳》序説：“古文《穆天子傳》者，太康二年（西元二八一年）汲縣民不準盗發古冢所得書也，皆竹簡素絲編。以臣勖前所考定古尺度其簡，長二尺四分，以墨書，一簡四十字。”這兩段記載，如果細細看起來，裏面有許多問題。第一，年月不符，當然這是小問題，然而也可以看出關於發掘的情形，當時業已不甚清楚。第二，我們并不能證明這是魏襄王的墳；荀勖衹是因爲汲郡從前是魏地而斷定如此，并没有證據；反之，我們却有證據來證明那不是魏襄王的墳。《西京雜記》曾説過魏襄王冢在漢代已被廣川王去疾發掘過了，“魏襄王冢皆以文石爲槨，高八尺許，廣狹容四十人。以手捫槨，滑液如新，中有石床，石屏風，婉然周正，不見棺柩明器踪迹，但床上有玉唾壺一枚，銅劍二枚，金玉雜具皆如新物，王取服之”，其中并没有大量竹簡。第三，竹簡上所書字是小篆，而小篆是秦李斯等在削滅六國後所創造的。第四，荀勖説竹簡用素絲編，可見簡上絲還未朽，而我們知道絲麻等物在地下是不能保留到五百多年的，至少素絲的顔色也應該變得不容易辨認了。《西京雜記》又記載發掘哀王冢説：“銅帳鈎一具，或在床上，或在地下，似是帳縻朽而銅鈎墜落，床上石枕一枚，塵埃朏朏甚高，似是衣服。”可以爲證。如果竹簡是漢初物，相離三百年左右，或許可能。第五，荀勖説簡長二尺四分，每簡四十字；古代竹簡長短有定制，周尺以八寸爲尺，諸子短書，策止八寸，論語也衹八寸。漢武崇尚六經，始有長二尺四寸的官書，就《穆天子傳》的簡長看來，它應該是漢武帝以後的官書，不會早於漢武帝。

可是我們也知道《穆天子傳》不會是晋人僞作的，《列子》裏的周穆王一段顯然以《穆天子傳》爲藍本。《史記·趙世家》"造父幸於周穆王，造父取驥之乘匹，與桃林盜驪驊騮緑耳，獻之繆王，繆王使造父御，西巡狩，見西王母，樂之忘歸"即使不是取材於《穆天子傳》，也應於《穆天子傳》同源於相似的傳説。司馬遷是武帝時人，所以《穆天子傳》應該最早是成於漢武帝時，最晚也不會晚於西漢末年。

西王母的傳説似乎始於漢武帝時，而在西漢末年，由當時政治的宣傳看來，似乎已成爲一種普遍的民間信仰，所以當時有"西王母籌"的事。漢武帝見西王母的故事是人人都知道的，故事見於《洞冥記》《拾遺記》《漢武帝内傳》《漢武故事》《海内十洲記》等書，不必細説。從這些故事的内容看來，西王母的故事，顯然是因了武帝通西域，民間聞見遠方异物，附會而成的。衛聚賢先生曾説西王母的故事與武帝征大宛有關，這假設似乎頗爲可能，當時大宛的王稱爲王母寡，西王母可能即由此附會而成。如果《山海經》裏説到西王母的部分是漢人加進去的，《竹書紀年》又與《穆天子傳》同樣不可靠，我們就可以假設西王母故事起源於武帝征大宛前後幾年，而神話裏的西王母也就是相當於歷史上的大宛，西王母的"西"字是與"東"相對而言。西王母如果是大宛，《神异經》所謂"東王公"大概指的就是漢武帝。

《漢書》説大宛去長安一萬二千五百五十里。《穆天子傳》説自宗周至西北大曠原一萬四千里，而西王母之邦是在曠原東南一千九百里，所以，自宗周至西王母之邦是一萬二千一百里。兩地都是一萬二千多里，相差極少。所以這也可以作爲大宛即西王母的證據。附帶可以提起的，就是大宛以北是康居，地力荒曠，可能就是《穆天子傳》的西北大曠原；西王母北至曠原一千九百里。根據《漢書》大宛北至康居卑闐城一千五百一十里距離也差不多。再説《漢書》説河原出於于闐，其地多玉石，去長安九千六百七十里；《穆天子傳》説群玉之山在西王母東三千里，所以去宗周也是九千里左右，這一切如果都是偶然巧合，則未免太巧了。

《穆天子傳》裏提到許多以黄白金製的器皿，《史記·大宛傳》也説"得漢黄白金，輒以爲器，不用爲幣"，大宛"俗嗜酒"，《穆天子傳》也有諸夷獻酒的記載；《大宛傳》説"天子案古圖書，名河所出山曰昆侖"，而大宛是在昆侖以西的大國。這也與西王母的記載相符。《大宛傳》説大宛人"貴女子，女子所言，丈夫乃决正"，這可能就是西王母爲女性的傳説的來源。《穆天子傳》裏，巨蒐人以牛羊湩爲穆王洗足，這顯然也是漢人所知的西域風俗。《史記·匈奴傳》就説中行説教單于“得漢食物皆去之，以示不如湩酪之便美也”。穆王八駿的故事更顯然與武帝的天馬有關。日本的小川琢治就曾指出八駿的名稱都源於突厥語；如“盜驪”是“dav”的譯音，意爲“細”；郭璞注言盜驪爲馬細頸；白義馬是“Beigir”的譯音，意爲“白色馬”；“踰輪”是“Jylan”，意爲“蛇”或“細頸馬”；“赤驥”是“Kysil”，意爲“赤色馬”；“山子”是“Sar”，意爲“黄色馬”。這些名稱恐怕都是武帝的天馬從西域帶來的。漢武帝有幾匹“天馬”無從查考，不過《西京雜記》説，漢文帝有九駿，名爲浮雲、赤電、絶群、逸驃、紫燕、緑螭、龍子、麟駒、絶塵；又有來宣能御，號爲王良。這似乎就是穆王八駿與造父傳説的來源。《拾遺記》説周穆王的八駿名爲絶地、翻雨、奔宵、超影、逾輝、超光、騰霧、挾翼，這些名稱與前面的差不多，其間彼此附會的形迹顯然可見。

漢武帝時人確信西面有西王母國，如《史記·大宛傳》云：“安息國長老傳聞條支有弱水，西王母。”張騫受武帝命而赴西域，其主要使命固爲與月氏取得聯絡，但同時似亦尋求西王母的仙境。此種信念必源於西域來人的誇大報告，而就“西王母在條支西，近日所入”的記載看來，所謂西王母國顯然也就是大秦，就是承繼近東希臘文化的東羅馬帝國，西域人所謂（Yavana，Yona Yunani）的地方。古音m與n相通，如“彌”字，廣東今日尚讀爲“nei”，所以希臘在東方的名稱（Yunani yavana）就可以譯爲“西王母”，漢武帝尋求西王母國，也就是尋求西方的希臘。

漢武帝見西王母的故事顯然又是由泰山封禪等事實演化出來的。元封元年三月，登中岳太室，“徒官在山下，聞若有言萬歲云”，這也許就是武帝見西王母故事的起源。《洞冥記》説：“元光中，帝起壽靈壇……使董謁乘雲霞之輦以升壇……謁乃聞王母歌聲而不見其形，歌聲繞梁三匝乃止。”這也就是武帝當時詔書所説的“遭天地況施，著見景象，屑然如有聞”，從來這就變成了西王母與帝仙桃的故事。漢武故事説西王母夜降，“乘紫車，玉女夾馭，載七勝，履玄瓊鳳文之舄”，與《拾遺記》裏周穆王見西王母故事相較，“王東巡大騎之谷，指春宵宫……西王母乘翠鳳之輦而來……曳丹玉之履”，可見這兩段傳説本來就是一件事，漢武帝見西王母，相傳是在七月七日。《穆天子傳》説穆王賓於西王母是在孟秋甲子，也是七月；《漢武帝内傳》説武帝見西王母前，於甲子日起道宫，齋七日；《穆天子傳》則説王於甲子日見西王母。

我們再把漢武帝封禪前後的事與《穆天子傳》的記載比較一下，元封元年夏四月癸卯，武帝登泰山封禪，穆王則於季夏丁卯，升於舂山之上，觀五日。武帝“令人上石立之泰山巔”，穆王當時也“爲銘迹於縣圃”。武帝封泰山時，有人獻黄帝時明堂圖，上有樓，命曰昆侖，天子從之人，以拜祠上帝，於是作明堂汶上；穆王則也“并於昆侖之丘，以觀黄帝之宫”。武帝“立九天廟於甘泉”，穆王則有“乃□先王九觀，以詔後世”的記載。

《穆天子傳》卷一記穆王戊寅開始北征，絶漳水，以後文“季夏丁卯”看來，約歷三個多月。夏季是六月，則戊寅約當三月。武帝元封元年幸緱氏，登太室，封禪泰山，也始於三月。穆王得虎，畜之東虢，是曰虎牢，見《穆天子傳》。舊注：“虢本作虞，避唐諱也。”武帝作建章宫，“其西則唐中數十里虎圈”。穆王“南游於黄室之丘，以觀夏后啓之所居”，武帝用事華山，也見夏后啓母石。穆王當時又與井公博，乃駕鹿以游於山上，《神仙傳》則説有中山衛叔卿嘗乘雲車，駕白鹿，見漢武帝，并在華山游博。穆王射得白鹿，武帝也射得白鹿。《穆天子傳》有盛姬爲盛柏之子，在途中病死，武帝出巡時，奉車霍子侯爲霍去病子，也暴病死。穆王巡行天下以南鄭爲中心，武帝巡行天下以甘泉爲中心，而漢代的甘泉也就是南鄭，地方完全相同。漢武帝元封六年詔曰：“朕禮首山昆田，出珍物化或爲黄金。”太始二年詔也説“泰山見黄金”，這大概就是《穆天子傳》裏昆侖之丘見有黄金之膏的來源。太始二年詔書所説“渥厓水出天馬”，大概又是《穆天子傳》“天子之馬走千里”的來源。同一詔書所説“獲白麟以饋宗廟”，又是《穆天子傳》卷六王射得白鹿的來源。《穆天子傳》裏的“白雲在天”歌，恐怕又是源於武帝幸河東并祠后土時所作的“秋風起兮白雲飛”。武帝元封元年春正月幸緱氏，祭太室，祠梁父，封泰山，北至碣石，巡自遼西，歷北邊，至九原而回到甘泉，凡周行萬八千里。如果加上同年冬十月自雲陽，北歷上郡，出長城，登單于臺，至朔方，臨北河，祭黄帝冢，釋兵須如，還甘泉。大概也有三萬多里，與《穆天子傳》的里數相符。如果詳細比較起來，《穆天子傳》裏的全部事實可能都是武帝當時實在的經歷，衹是换了地名和人名而已。

這樣我們可以得一結論，就是不但《穆天子傳》可證明是漢武帝時到西漢末年之間的作品，而穆天子也就是漢武帝，前面説過，《列子》會取材於《穆天子傳》。雖然因了《列子》裏有佛教影響，現在人認爲《列子》大部恐怕是晋代的作品，然而劉向最初校定的《列子》八篇裏已有《穆天子傳》的文字；因爲《列子》叙録説：“《穆王》《湯問》二篇，迂誕恢詭，非君子之言也。”這樣我們可以斷定《穆天子傳》的作成時期不會過晚，不是西漢末年纔寫成的。這篇記載既然是表彰武帝功德的，其作成時期又不會過晚，當然非常可能就是武帝時的。武帝時代是漢代製作僞造最盛的時代。《尚書》《詩經》《論語》《左傳》《禮記》都發現於此時，其中僞作的成分都不少。又有全部僞作的，如《孝經》。而《竹書紀年》《山海經》《逸周書》等不用説大部也是這時候僞造的。《穆天子傳》與《周書》《竹書紀年》後來同時被發現，其内容頗有相同之處，都是根據一部分周代史書材料寫成的作品，近於小説家言。《漢書·藝文志》載有《虞初周説》九百四十三篇。虞初是河南洛陽人，武帝時以方士侍郎，爲黄車使者，應劭説“其書以《周説》爲本”，《史記》言虞初曾以方祠詛匈奴大宛。汲郡所發現的這一批書，似乎就性質與時代看起來，很可能就是虞初的《周説》。前面説過，汲郡發現的古冢不會是魏襄王冢。虞初是洛陽人，汲郡又是武帝時常巡游的地域，或者晋代發掘的就是虞初的墳，而《穆天子傳》也就是虞初的作品。（中華書局，1947年）

案：姚振宗《漢書藝文志拾補》小説家著録《穆天子傳》六卷，乃太康二年（公元281年）所發汲冢中書也。（汲冢書發出之年，實有三説，見前《周王游行記》按語。）經荀勖、和嶠等人校綴次第，尋考指歸，以隸書寫之，藏於秘府。後又經衛恒、束晳等人修訂校正并“隨疑分釋”。據唐修《晋書·束晳傳》曰：“《穆天子傳》五篇，言周穆王游行四海，見帝臺、西王母。”然自《隋書·經籍志》記“《穆天子傳》六卷，汲冢書，郭璞注”以來，各書目著録多作《穆天子傳》六卷。考汲冢所出雜書十九篇中題爲《周穆王美人盛姬死事》者爲《穆天子傳》第六卷，疑後人以之屬穆王時事，將之并入，原《穆天子傳》實止五卷。

今本《穆天子傳》六卷。第一卷記穆王北征絶漳水西至河宗之邦、陽紆之山，舉行祭祀披圖視典，做好西征出發準備。第二卷記穆王以河宗伯夭爲嚮導北升舂山至於西王母之邦，沿途接見各部族首領事。第三卷記穆王觴西王母於瑶池後北至於曠原之野飛鳥之所解其羽處。第四卷記穆王西征還國，里西土之數。第五卷記穆王在周邊封國及畿内巡游之事。第六卷乃述穆王妃盛姬死事。書中所記甚詳，文頗淳古。卷三所載穆王駕八駿西見王母事廣爲流傳，成爲後來畫家之經典題材，有好事者作《八駿圖》《瑶池宴圖》記其事。書中有《黄澤謡》（又稱《宫樂謡》）、《白雲謡》、《穆天子答辭》、《西王母吟》、《黄竹詩》等歌謡備受文人推崇，後世仿作頗多。有關《穆天子傳》中的物典、事典亦被歷代文人廣泛援引。

此書或爲周穆王隨行史官之記録。因此之故，《隋書·經籍志》《日本國見在書目録》《舊唐書·經籍志》《新唐書·藝文志》《通志·藝文略》《直齋書録解題》《文獻通考》《國史經籍志》《傳是樓書目》等均入史部起居注類。又有不全信其事爲實者，或入之史部雜傳類，如《遂初堂書目》；或入之史部别史類，如《宋史·藝文志》《山西通志》；或入之史部雜史類，如《澹生堂藏書目》《錢遵王述古堂藏書目》。然明胡應麟目其第六卷爲小説之濫觴，他在論第六卷“淑人盛姬葬哭事”時云：“兹篇獨寡脱簡，而文極贍縟，有法可觀，三代前叙事之詳無若此者，然頗爲小説濫觴矣。”四庫館臣認爲其“體近乎起居注”“實則恍惚無徵”，故歸入《四庫全書總目》子部小説家類。此後，大多藏書家將《穆天子傳》歸於子部小説家。總之，對《穆天子傳》歸類自其面世以來各執一詞，衆説紛紜。因其歸類不同，直接影響對其成書時代及作者判定，其結論又各有异。歸納起來，大致有四説：其一，西周史官實録説，始於《隋書・經籍志》，今人顧實、岑仲勉、常征、孫致中、衛挺生附和之；其二，書成於春秋末戰國初，今人王範之主之，但未言及作者爲誰；其三，書成於戰國説，其作者則又有中山人、趙人、魏人等説，清王謨以爲戰國時人因《列子・周穆王篇》而附會之，近人衛聚賢以爲是戰國時中山人所作，顧頡剛以爲出自戰國趙人之手，錢伯泉云戰國時魏人所爲；其四，漢以後人僞作説，代表者爲清人姚際恒。

《穆天子傳》文學價值曾得到明代文學復古派推崇，在清朝又因考據學興起而受到古文字學家重視。民國以來，受西方學科分類思想影響，學術分科日益專門化，中國傳統四部之學逐漸分化成文科類下專門之學，如文學、歷史學、地理學等。而《穆天子傳》又因其存有古代歷史地理學寶貴資料而被歷史學、地理學等學科所重視，人們往往從不同學科或個人視角來認識《穆天子傳》價值。一部分學者從史學與地理學角度考察《穆天子傳》，或認爲其是自然地理書，如張公量；或認爲是早期史料，如顧頡剛、趙儷生、繆文遠、孫致中；或認爲是方士神仙家書，如常金倉。亦有部分學者認爲是文學作品，至於是何種文學作品，則意見不一。或認爲是神話，如日人白川静、茅盾、何農、王貞珸、馮天瑜、文怒、龔維英；或以爲是散文，如王庸、俄人李福清；或説是歷史小説，如小川環樹、殷孟倫、鄭傑文、李劍國；或斷爲傳奇小説，如阿・馬斯佩羅；馬振方統而概之曰叙事文學作品。

一百多年來，研究者争論重心在書之性質、成書時間、真僞、所涉之部族地名等四方面。代表性成果有清人檀萃《穆天子傳注疏》、陳逢衡《穆天子傳注補正》、郝懿行《穆天子傳注補》、丁謙《穆天子傳地理考證》，近人劉師培《穆天子傳補釋》、衛聚賢《穆天子傳研究》、顧實《穆天子傳西征講疏》、于省吾《穆天子傳新證》、顧頡剛《穆天子傳及其著作時代》、張公量《穆傳山經合證》及日人小川琢治《穆天子傳考》，今人衛挺生《穆天子傳今考》、王貞珸《穆天子傳簡論》、岑仲勉《穆天子傳西征地理概測》、王範之《穆天子傳所記古代地名與部族》、常征《穆天子傳是僞書嗎》、錢伯泉《先秦時期的“絲綢之路”——穆天子傳的研究》、繆文遠《穆天子傳是一部什麽樣的書》、李崇新《穆天子傳成書年代考》，等等。

該書版本主要有吴寬鈔本、秦柄鈔本、楊儀鈔本、《道藏》本、《説郛》本、天一閣藏本、《漢魏叢書》本、《三代遺書》本、《明刻快圖叢書》本、《古今逸史》本、青蓮閣單行本、葉樹廉校正本、《覆古介書》本、《龍威秘書》本、《四庫全書》本、《平津館叢書》本、翟云升《覆校穆天子傳》本、《百子叢書》本等，較通行的是洪頤煊所校的《平津館叢書》本。今人標點本則有《穆天子傳通解》（鄭杰文，山東文藝出版社1992年版），《穆天子傳彙校集釋》（王貽梁、陳建敏，華東師範大學出版社1994年版），《穆天子傳全譯》（王天海，貴州人民出版社1997年版）。

後　記

本册資料是劉伏玲博士（現爲江西師範大學學報雜志社編輯）爲撰寫博士論文《穆天子傳的傳播與接受研究》所做的前期準備工作。我要求她在擬訂寫作論文提綱之前，必需全面掌握有關資料，做到心中有數，這樣纔能有的放矢，不作泛泛之論。她牢記了我的話，不僅認真完成了資料的收集整理，而且從中發現了不少問題，成爲她後來寫作博士學位論文的資料基礎和靈感來源。她的博士論文得到盲審專家一致好評，答辯委員會專家也全票通過她的論文爲優秀，并推薦成爲了該年度學校優秀博士論文。這也是該年度華中師範大學中國古代文學和古典文獻學唯一校級優秀博士論文。她所收集的資料其實遠不止此，中华人民共和國成立以來的論著也收集了不少，由於體例限制，本册資料衹好捨棄。當然，在資料收集過程中，我們有許多交流，我提出過不少意見和建議，她反復修改過多遍，博士論文通過後還進行過一次修改。在此基礎上，我又細看了一遍，做了部分修訂。《周王游行記》的資料則是揣松森博士（現爲南陽師範學院講師）收集的。如果本册資料仍有某些遺漏和錯訛，主要責任在我。歡迎讀者批評指正。

需要説明的是，本卷資料集是國家社科基金重點項目《二十五史藝文志著録小説資料輯録》的部分成果。該項目已於2017年以“免於鑒定”結項，表達了國家社科基金委對該項研究成果的信任。同年，該項目成果獲得湖北省學術著作出版專項資金資助，湖北人民出版社承擔該書的出版，文史編輯部責任編輯給予了熱情的支持并付出了辛勤勞動，以保證該成果的出版品質。此外，正在進行“國家雙一流”建設的華中師範大學文學院中國語言文學一流學科也爲本書的出版提供了經費支援。對於支持和幫助該項目研究和成果出版的所有同仁和朋友，我在此表示誠摯的謝意。没有他們的幫助和支援，這樣的資料集是很難出版的。

戊戌夏至日王齊洲記於武昌兩學軒

國家社會科學基金重點項目（編號11AZD062）
湖北省學術著作出版專項資金資助項目
中國語言文學一流學科建設文庫

二十五史藝文經籍志著録小説資料集

王齊洲 總主編

第一卷
本卷主編 王齊洲

漢書藝文志及兩漢書補志著録小説資料集（第三册）

本册編纂 揣松森 王齊洲

長江出版傳媒
湖北人民出版社

凡　例

——本册以姚振宗《漢書藝文志拾補》諸子略小説家類著録小説爲依據，收集小説作者生平事迹、歷代官私書目、序跋、評論、考辨等相關資料，原則上不收原著及其佚文；因漢代小説多已散佚，且部分佚文又存在争議，故酌收部分有争議佚文，以備研究者參考；《周王游行記》和《穆天子傳》有關資料已編入第二册，故本册不再收録；《燕丹子》爲《隋書·經籍志》著録，有關資料見《隋志》，本册衹列書目。

——《漢書藝文志拾補》諸子略小説家著録小説共13家，有的衹録書名未題撰者，有的題有撰者或存在争議。本册所收小説撰者題名和作品名稱，一仍其舊。有争議者在編者按語中説明。所收小説資料，以作品爲單位，按《漢書藝文志拾補》著録小説作品順序排列。

——各部小説資料輯録，以所録資料作者生年和資料産生年代先後爲序，作者生年無考者按其活動年代酌處，資料作者無考者按資料産生的年代先後排序，所有資料均注明所依據的版本。著名叢書多有重印，且出版社、出版時間不一，故衹注叢書名，不注出版社、出版年。

——小説作者生平資料的收録，以作者當時履歷交游和傳記資料爲主，當時無作者相關傳記資料者，則以後代正史和方志人物傳記爲主（包括各種傳説資料）；後代方志人物傳記轉抄正史和前代方志人物傳記者，則不重複收録。

——所收資料力求準確、完整、全面、系統，後人轉引前人資料，一般不再列出，個别重要者題録作者和書名，以備參考；後人研究或評論小説作家和作品者，不計長短一律收録，以備進一步研究參考；資料篇幅過長者，衹選録與作者和作品内容相關部分。

——所收資料僅限於古文，近人用古文或淺近文言撰寫的研究成果，以1949年底爲斷，此後發表者一律不收；重要者則在按語中做適當交代。

——每部小説資料後均附編輯者按語，對小説作者生平、作品成書年代、作品内容、版本流傳及後人研究情況等做簡要評述，以供讀者參考。

目　録

宋玉子

宋玉著，吴廣平編輯《宋玉集》附録《舞賦》：

楚襄王既游雲夢，將置酒宴飲。謂宋玉曰："寡人欲觴群臣，何以娱之？"玉曰："臣聞《激楚》《結風》《陽阿》之舞，材人之窮觀，天下之至妙。噫，可進乎？"王曰："試爲寡人賦之。"玉曰："唯唯。"

爾乃鄭女出進，二八徐侍。姣服極麗，姁媮致態。貌嫽妙以妖冶，紅顔曄其陽華。眉連娟以增繞，目流睇而横波。珠翠灼爍而照耀兮，華袿飛髾而雜纖羅。顧形影，自整裝。順微風，揮若芳。動朱脣，紆清揚。亢音高歌，爲樂之方。其始興也，若俯若仰，若來若往。雍容惆悵，不可爲象。羅衣從風，長袖交横。駱驛飛散，颯沓合并。綽約閑靡，機迅體輕。合場遞進，案次而俟。埒簇角妙，誇容乃理。軼態横出，瑰姿譎起。回身還入，迫於急節。紆形赴遠，漼似摧折。纖縠蛾飛，紛猋若絶。體如游龍，袖如素蜺。遷延微笑，退復次列。觀者稱麗，莫不怡悦。

同上，《微咏賦》：

蔓馳年之騷思，𪍿徂夜之悁憂。念恍惘以淪忽，心震憺而旁流。坐生悲其何悆，徒空咏以自惆。於咏之爲情也，悵望兮若分江，皛素厓翔。傷兮濫行，雲再清離。浩宕弘以廣度，紛收息而淹儀。既御聲以踀制，又繫韻而發羈。青塗鬱兮春采香，秋色陰兮白露商。歡鳥翾飛兮山光開，長霞流布兮林氣哀。於時也，深衷美緒，孤響端音，屬素排滿，吐致施英，嘈肆懷以鴻暢，慘輟意而相迎。馮幽圖以藉怨，咀高華而寄聲。體閑慆而都靡，心游任而姝明。濯陵奇而焘志，舒容綺以昭情。占風立候，睨天發暉，精慮方蕩，中置忘歸。慨矣挫嘆，默焉析機。鐘石廛畹，琴瑟林帷。重瀏愴以徐吟，若變宫而下徵。首廉麗以輕榮，終温愛而調理。歷貞璇以弘觀，留雅恨其誰止。爾乃承芳遺則，度律聞韶。回白雲以金贊，戾秋月而玉寥。臨洪流以浩汗，履薄冰而心憔。惻君子之嚴秀，鏡淑人之靈昭。日月會兮争騖，朝夕見兮玄塗。楹華兮開表，穸壇兮横蕪。龍義驛兮終不昭，松延蔭兮意沉虚。歡陽臺兮迅飛路，悶陰椁兮空長居。去矣，回復參咤，榮身四修。匪聊亂而剽越，空含喝而動神。

亂曰：簡情撰至，振玄和兮。神宫妙意，賞山波兮。夐兮積軒，非徒歌兮。致命遂志，賨中阿兮。

同上，《郢中對》：

楚威王問於宋玉曰："先生其有遺行耶？何士民衆庶不譽之甚也？"

宋玉對曰："唯，然，有之。願大王寬其罪，使得畢其辭。客有歌於郢中者，其始曰《下里》《巴人》，國中屬而和者數千人；其爲《陽陵》《采薇》，國中屬而和者數百人；其爲《陽春》《白雪》，國中屬而和者，數十人而已也；引商刻角，雜以流徵，國中屬而和者，不過數人。是其曲彌高者，其和彌寡。

"故鳥有鳳而魚有鯨，鳳鳥上擊於九千里，絶浮雲，負蒼天，翱翔乎窈冥之上。夫糞田之鴳豈能與之斷天地之高哉！鯨魚朝發昆侖之墟，暴鬐於碣石，暮宿於孟諸。夫尺澤之鯢豈能與之量江海之大哉！故非獨鳥有鳳而魚有鯨也，士亦有之。夫聖人之瑰意奇行，超然獨處，世俗之民，又安知臣之所爲哉？"（岳麓書社，2001年）

韓嬰撰，許維遹校釋《韓詩外傳集釋》卷七：

宋玉因其友見楚襄王，襄王待之無以異，乃讓其友。友曰："夫薑桂因地而生，不因地而辛。女因媒而嫁，不因媒而親。子之事王未耳，何怨於我？"宋玉曰："不然。昔者齊有狡兔，曰東郭㕙，蓋一日走五百里。於是齊有良狗曰韓盧，亦一日而走五百里。使之瞻見指注，雖良狗猶不及衆兔之塵。若攝纓而縱紲之，則狡兔亦不能離也。今子之屬臣也，攝纓而縱紲與？瞻見指注與？"其友曰："僕人有過，僕人有過。"《詩》曰："將安將樂，棄予作遺。"（中華書局，1980年）

司馬遷撰，裴駰集解，司馬貞索隱，張守節正義《史記》卷八十四《屈原賈生列傳》：

屈原既死之後，楚有宋玉、唐勒、景差之徒者，皆好辭而以賦見稱；（《集解》：徐廣曰：差，或作慶。《索隱》：揚子《法言》及《漢書·古今人表》皆是景瑳，今作差，是字省耳。以徐、裴、鄒三家皆無音，是如字讀也。）然皆祖屈原之從容辭令，終莫敢直諫。其後楚日以削，數十年竟爲秦所滅。（中華書局，1982年）

劉向編著，石光瑛校釋《新序校釋》卷一《雜事·楚威王問於宋玉章》：

楚威王問於宋玉曰："先生其有遺行耶，何士民衆庶不譽之甚也？"宋玉對曰："唯，然，有之。願大王寬其罪，使得畢其辭。客有歌於郢中者，其始曰《下里》《巴人》，國中屬而和者數千人；其爲《陽陵》《采薇》，國中屬而和者數百人；其爲《陽春》《白雪》，國中屬而和者，數十人而已也；引商刻角，雜以流徵，國中屬而和者，不過數人。是其曲彌高者，其和彌寡。故鳥有鳳，而魚有鯨。

鳳鳥上擊於九千里，絶浮雲，負蒼天，翱翔乎窈冥之上；夫糞田之鴳豈能與之斷天地之高哉？鯨魚朝發昆侖之墟，暴鬐於碣石，暮宿於孟諸；夫尺澤之鯢豈能與之量江海之大哉？故非獨鳥有鳳而魚有鯨也，士亦有之。夫聖人之瑰意奇行，超然獨處，世俗之民，又安知臣之所爲哉？”

同上，卷五《雜事·宋玉因其友以見於楚襄王章》：

宋玉因其友以見於楚襄王，襄王待之無以異，宋玉讓其友。其友曰：“夫薑桂因地而生，不因地而辛；婦人因媒而嫁，不因媒而親。子之事王未耳，何怨於我？”宋玉曰：“不然。昔者齊有良兔曰東郭㕙，蓋一旦而走五百里；於是齊有良狗曰韓盧，亦一旦而走五百里。使之遥見而指屬，則雖韓盧不及衆兔之塵；若躡迹而縱紲，則雖東郭㕙亦不能離。今子之屬臣也，躡迹而縱紲與，遥見而指屬與？《詩》曰：將安將樂，棄我如遺。此之謂也。”其友人曰：“僕人有過，僕人有過。”

同上，《宋玉事楚襄王章》：

宋玉事楚襄王，而不見察，意氣不得，形於顏色。或謂曰：“先生何談説之不揚，計畫之疑也。”宋玉曰：“不然。子獨不見夫玄蝯乎？當其居桂林之中，峻葉之上，從容游戲，超騰往來，龍興而鳥集，悲嘯長吟，當此之時，雖羿、逢蒙，不得正目而視也。及其在枳棘之中也，恐懼而悼栗，危視而迹行，衆人皆得意焉。此皮筋非加急，而體益短也，處勢不便故也。夫處勢不便，豈可以量功校能哉！《詩》不云乎：駕彼四牡，四牡項領。夫久駕而長不得行，項領不亦宜乎？《易》曰：臀無膚，其行次且。此之謂也。”（中華書局，2001年）

揚雄撰，汪榮寶義疏《法言義疏》卷三《吾子》：

或問：“景差、唐勒、宋玉、枚乘之賦也，益乎？”曰：“必也淫。”（注：言無益於正也。）“淫、則奈何？”曰：“詩人之賦麗以則，（注：陳威儀，布法則。）辭人之賦麗以淫。（注：奢侈相勝，靡麗相越，不歸於正也。）如孔氏之門用賦也，則賈誼升堂，相如入室矣。如其不用何？”（按：竊意原文當作：“或問：‘景差、唐勒、宋玉、枚乘之賦也，益乎？’曰：‘淫，必也則。’”言景差諸人之賦不免於淫，故爲無益。賦之益者，所謂則乎！故後文直云：“淫、則奈何？”淫、則二字平列爲義，則非語辭，即“麗以則”之“則”，謂淫與則之别若何？正蒙此文而言。若如今本，則非特義不可通，亦令後文則字上無所承，失文例也。）（中華書局，1987年）

王充撰，黄暉校釋《論衡校釋》卷十三《超奇篇》：

孔子曰："文王既没，文不在兹乎！"文王之文在孔子，孔子之文在仲舒，（董仲舒也。）仲舒既死，豈在長生之徒與？何言之卓殊，文之美麗也！唐勒、宋玉，亦楚文人也，（《史記·屈原傳》："屈原既死之後，楚有宋玉、唐勒皆好辭，而以賦見稱。"《漢志》：《唐勒賦》四篇，《宋玉賦》十六篇。）竹帛不紀者，屈原在其上也。會稽文才，豈獨周長生哉？（中華書局，2006年）

班固撰，顔師古注《漢書》卷二十八下《地理志》：

粤既并吴，後六世爲楚所滅。後秦又擊楚，徙壽春，至子爲秦所滅。壽春、合肥受南北湖皮革、鮑、木之輸，亦一都會。始楚賢臣屈原被讒放流，作《離騷》諸賦以自傷悼。後有宋玉、唐勒之屬慕而述之，皆以顯名。漢興，高祖王兄子濞於吴招致天下之娱游子弟，枚乘、鄒陽、嚴夫子之徒，興於文景之際。而淮南王安亦都壽春，招賓客著書。而吴有嚴助、朱買臣，貴顯漢朝，文辭并發，故世傳《楚辭》。

同上，卷三十《藝文志》詩賦略屈賦之屬：

春秋之後，周道浸壞，聘問歌咏不行於列國，學《詩》之士逸在布衣，而賢人失志之賦作矣。大儒孫卿及楚臣屈原離讒憂國，皆作賦以風，咸有惻隱古詩之義。其後宋玉、唐勒，漢興枚乘、司馬相如，下及揚子雲，競爲侈麗閎衍之詞，没其風諭之義。是以揚子悔之，曰："詩人之賦麗以則，辭人之賦麗以淫。如孔氏之門人用賦也，則賈誼登堂，相如入室矣，如其不用何！"

《宋玉賦》十六篇。（楚人，與唐勒并時，在屈原後也。）（中華書局，1982年）

王逸《楚辭章句》卷八《九辯章句》：

《九辯》者，楚大夫宋玉所作也。辯者，變也，謂陳道德以變説君也。九者，陽之數，道之綱紀也。故天有九星，以正機衡；地有九州，以成萬邦；人有九竅，以通精明。屈原懷忠貞之性，而被讒邪，傷君暗蔽，國將危亡，乃援天地之數，列人形之要，而作《九歌》《九章》之頌，以諷諫懷王。明己所言，與天地和度，可履而行也。宋玉者，屈原弟子也。閔惜其師，忠而放逐，故作《九辯》以述其志。至於漢興，劉向、王褒之徒，咸悲其文，依而作詞，故號爲"楚詞"。亦采其九以立義焉。

同上，卷九《招魂章句》：

《招魂》者，宋玉之所作也。招者，召也。以手曰招，以言曰召。魂者，身之精也。宋玉憐哀屈原，忠而斥棄，愁懣山澤，魂魄放佚，厥命將落。故作《招魂》，欲以復其精神，延其年壽，外陳四方之惡，内崇楚國之美，以諷諫懷王，冀其覺悟而還之也。（《楚辭補注》本，鳳凰出版社，2007年）

曹植著，趙幼文校注《曹植集校注・洛神賦序》：

黄初三年，余朝京師，還濟洛川。古人有言，斯水之神，名曰宓妃。感宋玉對楚王神女之事，遂作斯賦。（人民文學出版社，1998年）

釋僧祐《弘明集》卷一《理惑論》（漢牟子）：

問曰："子云佛道至尊、至快，無爲澹泊。世人學士多譏毁之，云其辭説廓落難用，虚無難信，何乎？"牟子曰："至味不合於衆口，大音不比於衆耳。作《咸池》，設《大章》，發《簫韶》，咏《九成》，莫之和也；張鄭衛之弦，歌時俗之音，必不期而拊手也。故宋玉云：'客歌於郢，爲《下里》之曲，和者千人，引商徵角，衆莫之應。'此皆悦邪聲，不曉於大度者也。"（中華書局，2011年）

梅鼎祚編《西晋文紀》卷十三《文章流别論》（摯虞）：

賦者，敷陳之稱，古詩之流也。古之作詩者，發乎情，止乎禮義。情之發因辭以形之，禮義之指須事以明之，故有賦焉。所以假象盡辭，敷陳其志。前世爲賦者，有孫卿、屈原，尚頗有古詩之義，至宋玉則多淫浮之病矣。楚辭之賦，賦之善者也，故揚子稱賦莫深於《離騷》，賈誼之作則屈原儔也。（《文淵閣四庫全書》本）

習鑿齒著，舒焚、張林川校注《襄陽耆舊記校注》卷一《人物・周》：

宋玉者，楚之鄢人也。故宜城有宋玉冢。始事屈原，原既放逐，求事楚〔王於〕友景差。景差懼其勝己，言之於王，王以爲小臣。玉讓其友，友曰："夫薑、桂因地而生，不因地而辛；美女因媒而嫁，不因媒而親。言子而得官者我也，官而不得意者子也。"玉曰："若東郭〔狻〕（㕙）者，天下之狡兔也，日行九百里而卒不免韓盧之口。然在獵者耳。夫遥見而指踪，雖韓盧必不及狡兔也；若躡迹而放，雖東郭〔狻〕（㕙）必不免也。今子之言我於王，爲遥指踪而不屬耶，躡迹而縱〔泄〕（紲）耶？"友謝之，復言於王。

玉識音而善〔友〕（文），襄王好樂而愛賦，既美其才，而憎之〔仍〕（似）屈原也。〔乃謂之〕曰："子盍從〔楚之〕俗，使楚人貴子之德乎？"對曰："昔楚有善歌者，〔王其聞與？〕始而曰《下里》《巴人》，國中〔唱〕（屬）而和之者數萬人；中而曰《陽阿》《采菱》，國中屬而和之者數百人；既而曰《陽春》《白雪》《朝日》《魚離》，國中屬而和之者不至十人；含商吐角，絶〔倫〕（節）赴曲，國中屬而和之者不至三人矣。其曲彌高，其和彌寡也。"（荆楚書社，

1986年）

沈約《宋書》卷六十七《謝靈運傳》：

史臣曰：……周室既衰，風流彌著，屈平、宋玉，導清源於前，賈誼、相如，振芳塵於後，英辭潤金石，高義薄雲天。自兹以降，情志愈廣。王褒、劉向、揚、班、崔、蔡之徒，異軌同奔，遞相師祖。雖清辭麗曲，時發乎篇，而蕪音纍氣，固亦多矣。若夫平子艷發，文以情變，絶唱高蹤，久無嗣響。（中華書局，1974年）

劉勰著，范文瀾注《文心雕龍注》卷一《辨騷》：

故《騷經》《九章》，朗麗以哀志；《九歌》《九辯》，綺靡以傷情；《遠游》《天問》，瑰詭而惠巧；《招魂》《招隱》，耀艷而深華；《卜居》標放言之致；《漁父》寄獨往之才。故能氣往轢古，辭來切今，驚采絶艷，難與并能矣。自《九懷》以下，遽躡其迹，而屈、宋逸步，莫之能追。故其叙情怨，則鬱伊而易感；述離居，則愴怏而難懷；論山水，則循聲而得貌；言節候，則披文而見時。是以枚、賈追風以入麗，馬、揚沿波而得奇，其衣被詞人，非一代也。故才高者菀其鴻裁，中巧者獵其艷辭，吟諷者銜其山川，童蒙者拾其香草。若能憑軾以倚《雅》《頌》，懸轡以馭楚篇，酌奇而不失其貞，玩華而不墜其實，則顧盼可以驅辭力，欬唾可以窮文致，亦不復乞靈於長卿，假寵於子淵矣。

同上，卷二《詮賦》：

及靈均唱《騷》，始廣聲貌。然則賦也者，受命於詩人，而拓宇於楚辭也。於是荀况《禮》《智》，宋玉《風》《釣》，爰錫名號，與詩畫境，六義附庸，蔚成大國。遂述客主以首引，極聲貌以窮文。斯蓋别詩之原始，命賦之厥初也。……觀夫荀結隱語，事數自環；宋發巧談，實始淫麗。枚乘《菟園》，舉要以會新；相如《上林》，繁類以成艷。賈誼《鵩鳥》，致辨於情理；子淵《洞簫》，窮變於聲貌。孟堅《兩都》，明絢以雅贍；張衡《二京》，迅拔以宏富。子雲《甘泉》，構深瑋之風；延壽《靈光》，含飛動之勢。凡此十家，并辭賦之英杰也。

同上，卷三《雜文》：

宋玉含才，頗亦負俗，始造對問，以申其志，放懷寥廓，氣實使文。

同上，《諧隱》：

諧之言皆也，辭淺會俗，皆悦笑也。昔齊威酣樂，而淳于説甘酒；楚襄宴集，而宋玉賦好色，意在微諷，有足觀者。

同上，卷七《麗辭》：

故麗辭之體，凡有四對：言對爲易，事對爲難，反對爲優，正對爲劣。……宋玉《神女賦》云：“毛嬙鄣袂，不足程式；西施掩面，比之無色。”此事對之類也。

同上，卷八《比興》：

夫比之爲義，取類不常，或喻於聲，或方於貌，或擬於心，或譬於事。宋玉《高唐》云：“纖條悲鳴，聲似竽籟。”此比聲之類也。

同上，《誇飾》：

自宋玉、景差誇飾始盛；相如憑風，詭濫愈甚。

同上，《事類》：

事類者，蓋文章之外，據事以類義，援古以證今者也。……觀夫屈、宋屬篇，號依詩人，雖引古事，而莫取舊辭。惟賈誼《鵩賦》始用鶡冠之説，相如《上林》撮引李斯之書，此萬分之一會也。

同上，卷九《時序》：

春秋以後，角戰英雄，六經泥蟠，百家飆駭。方是時也，韓魏力政，燕趙任權；五蠹六虱，嚴於秦令，唯齊、楚兩國，頗有文學。齊開莊衢之第，楚廣蘭臺之宫，孟軻賓館，荀卿宰邑，故稷下扇其清風，蘭陵鬱其茂俗，鄒子以談天飛譽，騶奭以雕龍馳響，屈平聯藻於日月，宋玉交彩於風雲。觀其艷説，則籠罩《雅》《頌》，故知暐燁之奇意，出乎縱横之詭俗也。

同上，卷十《物色》：

是以獻歲發春，悦豫之情暢。滔滔孟夏，鬱陶之心凝；天高氣清，陰沈之志遠。霰雪無垠，矜肅之慮深。歲有其物，物有其容。情以物遷，辭以情發。

同上，《才略》：

戰代任武，而文士不絶，諸子以道術取資，屈、宋以楚辭發采；樂毅報書辨以義，范雎上書密而至；蘇秦歷説壯而中，李斯自奏麗而動，若在文世，則揚、班儔矣；荀況學宗，而象物名賦，文質相稱，固巨儒之情也。

……相如好書，師範屈、宋，洞入誇艷，致名辭宗；然覆（覈）取精意，理不勝辭，故揚子以爲“文麗用寡者長卿”，誠哉是言也！

同上，《知音》：

然而俗監之迷者，深廢淺售，此莊周所以笑《折揚》，宋玉所以傷《白雪》也！（人民文學出版社，1958年）

蕭統編《文選》卷首《文選序》：

至於今之作者，異乎古昔，古詩之體，今則全取賦名。荀、宋表之於前，賈、馬繼之於末。自茲以降，源流實繁。述邑居則有“憑虛”“亡是”之作，戒畋游則有《長楊》《羽獵》之制。若其紀一事，咏一物，風雲草木之興，魚蟲禽獸之流，推而廣之，不可勝載矣！

同上，卷十三《賦庚·物色》：

宋玉《風賦》。（原文略）

同上，卷十九《賦癸·情》：

宋玉《高唐賦》。（原文略）

宋玉《神女賦》。（原文略）

宋玉《登徒子好色賦》。（原文略）

同上，卷三十《擬魏太子鄴中集詩序》（謝靈運）：

建安末，余時在鄴宫，朝游夕宴，究歡愉之極。天下良辰美景，賞心樂事，四者難并。今昆弟友朋，二三諸彦，共盡之矣。古來此娱，書籍未見，何者？楚襄王時有宋玉、唐、景，梁孝王時有鄒、枚、嚴、馬，游者美矣，而其主不文；漢武帝徐、樂諸才，備應對之能，而雄猜多忌，豈獲晤言之適？不誣方將，庶必賢於今日爾。歲月如流，零落將盡，撰文懷人，感往增愴。

同上，卷三十三《騷下》：

宋玉《九辯》五首。（原文略）

宋玉《招魂》一首。（原文略）

同上，卷四十五《對問》：

宋玉《對楚王問》。（原文略）

同上，卷四十五《三都賦序》（皇甫謐）：

子夏序《詩》曰：“一曰風，二曰賦。”故知賦者，古詩之流也。至於戰國，王道陵遲，《風》《雅》浸頓，於是賢人失志，辭賦作焉。是以孫卿、屈原之屬，遺文炳然，辭義可觀。存其所感，咸有古詩之意。皆因文以寄其心，托理以全其制，賦之首也。及宋玉之徒，淫文放發，言過於實，誇競之興，體失之漸，《風》《雅》之則，於是乎乖。逮漢賈誼，頗節之以禮。自時厥後，綴文之士，不率典言，并務恢張，其文博誕空類。大者罩天地之表，細者入毫纖之内，雖充車聯駟，不足以載；廣夏接榱，不容以居也。其中高者，至如相如《上林》、揚雄《甘泉》、班固《兩都》、張衡《二京》、馬融《廣成》、王生《靈光》，初極宏侈之辭，終以約簡之制，焕乎有文，蔚爾鱗集，皆近代辭賦之偉也。（中華書局，1977年）

蕭繹《金樓子》卷四《立言》：

古人之學者有二，今人之學者有四：夫子門徒，轉相師受，通聖人之經者，謂之儒；屈原、宋玉、枚乘、長卿之徒，止於辭賦，則謂之文。今之儒，博窮子、史；但能識其事，不能通其理者，謂之學；至如不便爲詩如閻纂，善爲章奏如伯松，若此之流，泛謂之筆；吟咏風謡，流連哀思者，謂之文。（《文淵閣四庫全書》本）

庾信《庾子山集》卷十一《趙國公集序》：

昔者屈平、宋玉，始於哀怨之深；蘇武、李陵，生於别離之代。自魏建安之末，晋太康以來，雕蟲篆刻，其體三變。人人自謂握靈蛇之珠，抱荆山之玉矣。公斟酌《雅》《頌》，諧和律吕，若使言乖節目，則曲臺不顧，聲止操縵，則成均無取，遂得棟梁文囿，冠冕詞林，大雅扶輪，小山承蓋。（中華書局，1980年）

顔之推《顔氏家訓》卷上《文章篇》：

文章者，原出五經。……朝廷憲章，軍旅誓誥，敷顯仁義，發明功德，牧民建國，不可暫無（一本作施用多途）。至於陶冶性靈，從容諷諫，入其滋味，亦樂事也。行有餘力，則可習之。然而自古文人，多陷輕薄：屈原露才揚己，顯暴君過；宋玉體貌容冶，見遇俳優；東方曼倩，滑稽不雅；司馬長卿，竊貲無操……凡此諸人，皆其翹秀者，不能悉記，大較如此。（王利器《顔氏家訓集解》本，中華書局，1993年）

虞世南《北堂書鈔》卷三十三"薑桂因地"條：

《新序》曰：宋玉因其友以見於楚襄王，襄王待之無以異。宋玉讓其友。其友曰："夫薑、桂因地而生，不因地而辛；婦人因媒而成，不因媒而親。子之事王未耳，何怨於我？”

《宋玉集序》云：宋玉事楚懷王，友人言之宋玉，王以爲小臣。玉讓友人，友曰：“薑、桂因地而生，不因地而辛；女因媒而嫁，不因媒而親也。”（孔廣陶校注本，中國書店，1989年）

歐陽詢《藝文類聚》卷四十三《樂部三》：

《襄陽耆舊傳》曰：宋玉識音而善文，襄王好樂而愛賦，既美其才，而憎其似屈原也。乃謂之曰：“子盍從楚之俗，使楚人貴子之德乎？”對曰：“昔楚有善歌者，王其聞與？始而曰《下里》《巴人》，國中唱而和之者數萬人；中而曰《陽阿》《采菱》，國中唱而和之者數百人；既而曰《陽春》《白雪》《朝日》《魚麗》，含商吐角，絶節赴曲，國中唱而和之者不過數人。其曲彌高，其和彌寡。”（汪紹楹校本，上海古籍出版社，1999年）

魏徵等《隋志》卷三十四《經籍》三子小説：

梁又有《宋玉子》一卷、《録》一卷，楚大夫宋玉撰。亡。

同上，卷三十五《經籍》四集别集：

楚大夫《宋玉集》三卷。（中華書局，1973年）

令狐德棻《周書》卷四十一《王褒庾信傳》：

史臣曰……其後逐臣屈平，作《離騷》以叙志。宏才艷發，有惻隱之美。宋玉，南國詞人。追逸轡而亞其迹。大儒荀况，賦《禮》《智》以陳其情。含章鬱起，有諷論之義。賈生，洛陽才子，繼清景而奮其暉，并陶鑄性靈，組織風雅，詞賦之作，實爲其冠。自是著述滋繁，體制匪一。……原夫文章之作，本乎情性。覃思則變化無方，形言則條流遂廣。雖詩賦與奏議異軫，銘誄與書論殊途，而撮其指要，舉其大抵，莫若以氣爲主，以文傳意。考其殿最，定其區域，摭六經百氏之英華，探屈、宋、卿、雲之秘奥，其調也尚遠，其旨也在深，其理也貴當，其辭也欲巧。然後瑩金璧，播芝蘭，文質因其宜，繁約適其變，權衡輕重，斟酌古今，和而能壯，麗而能典，焕乎若五色之成章，紛乎猶八音之繁會。夫然，則魏文所謂通才，足以備體矣；士衡所謂難能，足以逮意矣。（中華書局，1971年）

李百藥《北齊書》卷四十五《文苑傳序》：

至夫游、夏以文詞擅美，顔回則庶幾將聖，屈、宋所以後塵，卿、雲未能輟簡。於是辭人才子，波駭雲屬，振鵷鷺之羽儀，縱雕龍之符采，人謂得玄珠於赤

水，策奔電於昆丘，開四照於春華，成萬實於秋實。（中華書局，1972年）

盧照鄰著，李雲逸校注《盧照鄰集校注》卷六《駙馬都尉喬君集序》：

昔文王既没，道不在於茲乎，尼父克生，禮盡歸於是矣。其後荀卿、孟子服儒者之褒衣，屈平、宋玉弄詞人之柔翰，禮樂之道已顛墜於斯文，《雅》《頌》之風，猶綿聯於季葉，痛乎！

同上，《南陽會集序》：

美哉煥乎，斯文之功大矣！自獲麟絶筆，一千三四百年。游、夏之門，時有荀卿、孟子；屈、宋之後，直至賈誼、相如。兩班叙事，得丘明之風骨；二陸裁詩，含公幹之奇偉。鄴中新體，共許音韻天成；江左諸人，咸好瑰姿艷發。（中華書局，1988年）

王勃著，蔣清翊注《王子安集注》卷八《上吏部侍郎啓》：

自微言既絶，斯文不振，屈、宋導澆源於前，枚、馬張淫風於後，談人者以宫室苑囿爲雄，叙名流者以沉酗驕奢爲達。故魏文用之而中國衰，宋武貴之而江東亂。雖沈、謝争騖，適先兆齊、梁之危；徐、庾并馳，不能已周、陳之禍。於是識其道者，捲舌而不言；明其弊者，拂衣而徑逝。（上海古籍出版社，1995年）

劉知幾著，浦起龍通釋《史通通釋》卷五《内篇·載文第十六》：

夫觀乎人文以化成天下，觀乎國風以察興亡，是知文之爲用，遠矣大矣。若乃宣、僖善政，其美載於周詩；懷、襄不道，其惡存乎楚賦。讀者不以吉甫、奚斯爲諂，屈平、宋玉爲謗者，何也？蓋不虚美、不隱惡故也。

同上，卷十八《外篇·雜説下》：

夫以記宇文之言，而動遵經典，多依《史》《漢》，此何異莊子述鮒魚之對而辯類蘇、張，賈生叙《鵩鳥》之辭而文同屈、宋，施於寓言則可，求諸實録則否矣。

自戰國已下，詞人屬文，皆僞立客主，假相酬答。至於屈原《離騷》辭稱遇漁父於江渚，宋玉《高唐賦》云夢神女於陽臺。夫言并文章，句結音韻。以茲叙事，足驗憑虚。而司馬遷、習鑿齒之徒，皆采爲逸事，緒諸史籍，疑誤後學，不其甚邪！必如是，則馬卿游梁，枚乘譖其好色；曹植至洛，宓妃睹於岩畔。撰漢、魏史者，亦宜編爲實録矣。（上海古籍出版社，2009年）

李白《李太白文集》卷二十五《上安州李長史書》：

白嶔崎歷落，可笑人也。雖然頗嘗覽千載，觀百家，至於聖賢相似厥衆，則有若似於仲尼，紀信似於高祖，牢之似於無忌，宋玉似於屈原，而遥觀君侯，竊疑魏洽，便欲趨就，臨然舉鞭遲疑之間，未及回避。且理有疑誤而成過，事有形似而類真，惟大雅含弘，方能恕之也。（巴蜀書社，1986年）

郭知達《九家集注杜詩》卷二十二《戲爲六絶句》（其五）：

不薄今人愛古人，清詞麗句必爲鄰。竊攀屈宋宜方駕，恐與齊梁作後塵。

同上，卷三十《咏懷古迹五首》（其二）：

摇落深知宋玉悲，風流儒雅亦吾師。悵望千秋一灑淚，蕭條異代不同時。江山故宅空文藻，雲雨荒臺豈夢思。最是楚宫俱泯滅，舟人指點到今疑。（《文淵閣四庫全書》本）

李華《李退叔文集》卷一《揚州功曹蕭穎士文集序》：

君謂六經之後，有屈原、宋玉，文甚雄壯，而不能經；厥後有賈誼，文詞最正，近於理體；枚乘、司馬相如亦瑰麗才士，然而不近風雅；揚雄用意頗深，班彪識理，張衡宏曠，曹植豐贍，王粲超逸，嵇康標舉，此外皆金相玉質，所尚或〔殊〕，不能備舉。左思詩賦有《雅》《頌》遺風，干寶著論近王化根源，此後復絶無聞焉。

同上，《贈禮部尚書孝公崔沔集序》：

文章本乎作者，而哀樂繫乎時。本乎作者，六經之志也；繫乎時者，樂文、武而哀幽、厲也。……有德之文信，無德之文詐。皋陶之歌、史克之頌，信也；子朝之告、宰嚭之詞，詐也。而士君子耻之。夫子之文章，偃、商傳焉，偃、商殁而孔伋、孟軻作，蓋六經之遺也。屈平、宋玉哀而傷，靡而不遠，六經之道遁矣。論及後世，力足者不能知之，知之者力或不足，則文義浸以微矣。（上海古籍出版社，1993年）

李昉編《文苑英華》卷七百一十六《登頭陁寺東樓詩序》（李華）：

屈平、宋玉，其文宏而靡，則知楚都物象有以佐之。（中華書局，1966年）

姚鉉編《唐文粹》卷七十七《穆氏四子講藝記》（崔佑甫）：

欲以文經邦者，宜董、賈；欲以文動俗者，宜揚、馬。言偃之文，鬱而不見；卜商有《詩序》，其體近六經；屈原、宋玉怨刺比興之詞，深而失中，近於子夏所

謂哀以思。（浙江人民出版社，1986年）

獨孤及《毗陵集》卷十三《蕭府君文章集録序》：

嘗謂：揚、馬言大而迂，屈、宋詞侈而怨，沿其流者，或文質交喪，雅鄭相奪，盍爲之中道乎！故夫子之文章，深其致婉，其旨直而不野，麗而不艷。（上海古籍出版社，1993年）

姚鉉《唐文粹》卷七十九《謝杜相公論房杜二相書》（柳冕）：

古之作者，因治亂而感哀樂，因哀樂而爲咏歌，因咏歌而成比興。故《大雅》作則王道盛矣，《小雅》作則王道缺矣，《雅》變《風》則王道衰矣，《詩》不作則王澤竭矣。至於屈、宋哀而以思，流而不反，皆亡國之音也。至於西漢揚、馬已降，置其盛明之代，而習亡國之音，所失豈不大哉！……

於是《風》《雅》之文變爲形似，比興之體變爲飛動，禮義之情變爲物色，《詩》之六義盡矣。何則？屈、宋唱之，兩漢扇之，魏晋江左隨波而不反矣。故蕭、曹雖賢，不能變淫麗之體；二荀雖盛，不能變聲色之詞；房、杜雖明，不能變齊、梁之弊。是則風俗好尚繫在時王，不在人臣明矣。故文章之道，不根教化，别是一枝耳。

同上，卷八十四《與滑州盧大夫論文書》（柳冕）：

夫文生於情，情生於哀樂，哀樂生於治亂，故君子感哀樂而爲文章，以知治亂之本。屈、宋以降，則感哀樂而亡雅正；魏晋以還，則感聲色而亡風教；宋齊以下，則感物色而亡興致。教化興亡，則君子之風盡，故淫麗形似之文，皆亡國哀思之音也。

同上，《與徐給事論文書》（柳冕）：

文章本於教化，形於治亂，繫於國風，故在君子之心爲志，形君子之言爲文，論君子之道爲教。《易》云"觀乎人文以化成天下"，此君子之文也。自屈、宋已降，爲文者本於哀艷，務於恢誕，亡於比興，失古義矣。（浙江人民出版社，1986年）

彭定求等編《全唐詩》卷二百七十《題宋玉亭》（戎昱）：

宋玉亭前悲暮秋，陽臺路上雨痕收。應緣此處人多别，松竹蕭蕭也帶愁。（中華書局，1960年）

洪邁《萬首唐人絶句》卷十七《七言・題宋玉亭》（盧綸）：

宋玉亭前悲暮秋，陽臺路上雨初收。應緣此處人多别，松竹蕭蕭也帶愁。（文學古籍刊行社，1955年）

梁肅《毗陵集・後序》：

每申之以話，言必先道德而後文學，且曰後世雖有作者，六籍其不可及已。荀、孟樸而少文，屈、宋華而無根，有以取正，其賈生、史遷、班孟堅云爾。（上海古籍出版社，1993年）

李翺《李文公集》卷六《答朱載言書》：

六經之後，百家之言興，老聃、列禦寇、莊周、鶡冠、田穰苴、孫武、屈原、宋玉、孟軻、吴起、商鞅、墨翟、鬼谷子、荀況、韓非、李斯、賈誼、枚乘、司馬遷、相如、劉向、揚雄，皆足以自成一家之文，學者之所師歸也。（《四庫唐人文集叢刊》本，上海古籍出版社，1993年）

李昉《文苑英華》卷六百八十一《答進士梁載言書》（李翺）：

六經之後，百家之言興，老聃、列禦寇、莊周、田穰苴、孫武、屈原、宋玉、孟軻、吴起、商鞅、墨翟、鬼谷子、荀況、韓非、李斯、賈誼、枚乘、司馬遷、相如、劉向、揚雄，皆足以自成一家之文，學者之所歸也。故義雖深，理雖當，詞不工者不成爲文，且不能傳也，文、理、義三者兼并，乃能獨立乎一時而不泯滅於後代，能必傳也。仲尼曰："言之無文，行而不遠。"（中華書局，1966年）

白居易《白氏長慶集》卷三十八《賦賦》：

賦者，古詩之流也。始草創於荀、宋，漸恢張於賈、馬。冰生乎水，初變本於《典》《墳》；青出於藍，復增華於《風》《雅》。而後諧四聲，祛八病，信斯文之美者。（上海書店，1989年）

王定保《唐摭言》卷五《與李生第二書》（皇甫湜）：

秦漢以來至今，文學之盛，莫如屈原、宋玉、李斯、司馬遷、相如、揚雄之徒，其文皆奇，其傳皆遠。生書文亦善矣，比之數子似猶未勝，何必心之高乎？……生輕宋玉，而稱仲尼、班、馬、相如爲文學。按司馬遷傳屈原，曰"雖與日月争光可矣"，生當見之乎？（上海古籍出版社，1978年）

皇甫湜《皇甫持正集》卷四《答李生第二書》：

秦漢已來至今，文學之盛，莫如屈原、宋玉、李斯、司馬遷、相如、揚雄之徒，其文皆奇，其傳皆遠。生書文亦善矣，比之數子似猶未勝，何必心之高乎？傳曰“言之不出，耻躬之不逮也”，生自視何如哉？……近風教偷薄，進士尤甚，乃至有一謙三十年之説，争爲虚張，以相高自謾。詩未有劉長卿一句，已呼阮籍爲老兵矣；筆語未有駱賓王一字，已罵宋玉爲罪人矣；書字未識偏傍，高談稷、契；讀書未知句度，下視服、鄭。此時之大病，所當嫉者，生美才勿似之也。（《四庫唐人文集叢刊》本，上海古籍出版社，1993年）

彭定求等編《全唐詩》卷四百一十三《送友封》（元稹）：

輕風略略柳欣欣，晴色空濛遠似塵。斗柄未回猶帶閏，江痕潜上已生春。蘭成宅裏尋枯樹，宋玉亭前别故人。心斷洛陽三兩處，窈娘堤抱古天津。（中華書局，1960年）

李商隱《李義山詩集》卷中《宋玉》：

何事荆臺百萬家，惟教宋玉擅才華。楚辭已不饒唐勒，風賦何曾讓景差。落日渚宫供觀閣，開年雲夢送烟花。可憐庾信尋荒徑，猶得三朝托後車。（《四庫唐人文集叢刊》本，上海古籍出版社，1994年）

姚鉉編《唐文粹》卷九十三《樊川文集後序》（裴延翰）：

探古作者之論，以屈原、宋玉、賈誼、司馬遷、相如、揚雄、劉向、班固爲世魁杰。然騷人之辭，怨刺憤懟，雖援及君臣教化，而不能沾洽時論。（浙江人民出版社，1986年）

余知古《渚宫舊事》卷一：

文王至頃襄王四百年間，楚産之尤著者……儒學則觀射父、右尹然丹、左史倚相、子期、鐸椒、沈尹華；文章則屈平、宋玉、唐勒、景差。

同上，卷三《周代下》：

襄王與宋玉游於雲夢之臺，望朝雲之館，其上有雲氣，變化無窮。王曰：“何氣也？”玉曰：“昔者，先王游於高唐，怠而晝寢，夢見一婦人，曖乎若雲，皎乎若星，將行未止，如浮如停。詳而觀之，西施之形。王悦而問之。曰：‘我夏帝之季女，名曰瑶姬，未行而亡，封乎巫山之臺，精魂爲草，摘而爲芝，媚而服焉，則與夢期，所謂巫山之女，高唐之姬。聞君游高唐，願薦枕席。’王因幸之。既而言曰：‘妾處於豃，尚莫可言之。今遇君之靈，幸妾之搴，將撫君苗裔，藩乎江漢之間。’王謝之。辭去曰：‘妾在巫山之陽，高丘之岨，旦爲朝雲，暮爲行雨。朝朝暮暮，陽臺之下。’王朝視之，如言，乃爲立館，號曰朝雲。”王曰：“願子賦之，以爲楚志。”

宋玉初事襄王，而不見察。或謂之曰：“先生何説之不揚，計畫之疑乎？”玉曰：“不然。子獨不見夫玄蝯乎！當其居桂林之中，芳華之上，從容游戲，倏忽往來，雖羿、逢蒙不得正目而視。及其居枳棘之中，恐懼悼栗，衆人皆得意焉。夫處勢不便，豈能量功較能哉！”

玉之見王，因其友。及不見察，乃讓其友。友曰：“夫薑、桂因地而生，不因地而辛，婦人因媒而成，不因媒而親。子事主未耳，何怨於我？”玉曰：“不然。昔齊有良兔東郭狻，一旦而走五百里。有良狗韓子盧，亦一旦而走五百里。使人遥見而指屬之，則雖韓盧不及良兔；躡迹而縱之，則雖東郭不能離也。今子屬我，躡迹而縱耶？遥見而指屬耶？”友曰：“鄙人有過。”

襄王與唐勒、景差、宋玉游於雲陽之臺。王曰：“能爲大言者上坐。”王因曰：“操是太阿剥一世，流血衝天，軍不可以厲。”至唐勒曰：“壯士憤兮絶天維，北斗戾兮泰山夷。”至景差曰：“校士猛毅皋陶嘻，大笑至兮摧罘罳。鋸牙裾雲晞甚大，吐舌萬里唾一世。”至宋玉曰：“方地爲車，圓天爲蓋，長劍耿介，倚乎天外。”王曰：“未可也。”玉曰：“并吞四夷，飲枯河海。跨越九州，無所容止。身大四塞，愁不可長。據地跘天，迫不得仰。若此之大也，何如？”玉曰：“善。”

襄王登雲陽之臺，令諸大夫景差、唐勒、宋玉等并造《大言賦》，賦畢而宋玉受賞。王曰：“此賦之迂誕，則極巨偉矣，抑未備也。且一陰一陽，道之所貴，小往大來，《剥》《復》之類。是故卑高相配，而天地定位，三光并照，則小大備。能高而不能下，非兼通也；能粗而不能細，非妙工也。然則上坐者，未足明賞。賢人有能小言者，賜雲夢之田。”景差曰：“載氛埃兮乘剽塵，體輕蚊翼，形微蚤鱗。聿遑浮涌，凌虚縱身，經由針孔，出入羅巾，飄眇翩綿，乍見乍泯。”唐勒曰：“析飛塵以爲輿，剖糠粃以爲舟，泛然投乎杯水中，淡若巨海之洪流。憑蚋眦以顧眄，附蠛蠓而遨游。寧隱微以無準，渾存亡而不憂。”又曰：“館乎蠅鬚，宴於毫端。烹虱腦，切蟣肝，會九族而同嚌，猶委餘而不殫。”宋玉曰：“無内之中，微物潛生，比之無象，言之無名。濛濛滅景，昧昧遺形。超於太虚之域，出於未兆之庭。纖於毳末之微蔑，陋於茸毛之方生。視之則眇眇，望之則冥冥。離朱爲之嘆悶，神明不能察其情。二子之言，磊磊皆不小，何如此之爲精。”王曰：“善！”遂賜雲夢之田。

宋玉與登徒子皆受鈞於玄洲子，而并見於襄王。登徒子曰：“夫玄洲，天下之善釣者也，願王觀焉。”王曰：“其善奈何？”登徒子對曰：“夫玄洲之釣，以三尋之竿，八絲之綸，餌若蛆蝢，鈎若細針，以出三赤之魚於數仞之水，豈可謂無術乎？”王曰：“善。”宋玉進曰：“今察玄洲之釣，未可謂能持竿也，又烏足爲大王言乎！臣所謂善釣者，其竿非竹，其綸非絲，其鈎非針，其餌非蝢也。”王曰：“願遂聞之。”玉曰：“昔堯、舜、湯、禹之釣也，以賢聖爲竿，道德爲綸，仁義爲鈎，禄利爲餌，四海爲池，萬民爲魚。釣道微矣，非聖王而孰能察之？”王曰：“迂哉言乎！其釣未可見也。”玉曰：“其釣易見，王不察爾。昔殷湯以七十里，文王以百里，興利除害，天下歸之，其餌可謂芳矣；南面而掌天下，歷載數百，到今不廢，其綸可謂紉矣；群生浸其澤，民氓畏其罰，其鈎可謂均矣；功成而不墜，名立而不改，其竿可謂强矣。若夫竿折綸絶，餌墜鈎决，波涌魚失，是則夏桀、商紂不通夫釣術也。今察玄洲之釣，左挾魚罶，右執槁竿，立於潢污之涯，倚乎楊柳之間，精不離乎魚喙，思不出乎鮒鯿，形容枯槁，神色憔悴，樂不復勤，獲不當費，斯乃水濱之役夫而已，王又何稱焉？王若建堯、舜之洪竿，攄禹、湯之修綸，投之於瀆，沉之於海，漫漫群生，孰非吾有？其爲大王之釣，不亦樂乎！”（《湖北地方古籍文獻叢書》本，湖北人民出版社，1999年）

王明《無能子校注》卷中《宋玉説》：

屈原仕楚，爲三閭大夫。楚襄王無德，佞臣靳尚有寵，楚國不治。屈原憂之，諫襄王請斥靳尚。王不聽，原極諫。

其徒宋玉止之曰：“夫君子之心也，修乎己不病乎人，晦其用不曜於衆，時來則應，物來則濟，應時而不謀己，濟物而不務功。是以惠無所歸，怨無所集。今王方眩於佞口，酣於亂政，楚國之人，皆貪靳尚之貴而響隨之。大夫乃孑孑然挈其忠信，而叫噪其中，言不從，國不治，徒彰乎彼非我是，此賈仇而釣禍也。”

原曰：“吾聞君子處必孝悌，仕必忠信；得其志，雖死猶生；不得其志，雖生猶死。”諫不止。靳尚怨之，讒於王而逐之。原彷徨湘濱，歌吟悲傷。

宋玉復喻之曰：“始大夫孑孑然挈忠信而叫噪於群佞之中，玉爲大夫危之，而言之舊矣。大夫不能從。今胡悲耶？豈爵禄是思，國壤是念耶？”

原曰：“非也。悲夫忠信不用，楚國不治也。”

玉曰：“始大夫以爲死孝悌忠信也，又何悲乎？且大夫貌容形骸，非大夫之有也。美不能醜之，醜不能美之；長不能短，短不能長；强壯不能尪弱之，尪弱不能强壯之；病不能排，死不能留。形骸似乎我者也，而我非可專一。一身尚若此，乃欲使楚人之國由我理亂，大夫之惑亦甚矣！夫君子寄形以處世，虚心以應物，無邪無正，無是無非，無善無惡，無功無罪。虚乎心，雖桀、紂、蹻、跖，非罪也。存乎心，雖堯、舜、夔、契，非功也。則大夫之忠信，靳尚之邪佞，孰分其是非耶？

無所分别，則忠信邪佞一也。有所分，則分者自妄也。而大夫離真以襲妄，恃己以黜人，不待王之棄逐，而大夫自棄矣。今求乎忠信而得乎忠信，而又悲之而不能自止，所謂兼失其妄心者也。玉聞上達節，中守節，下失節。夫虛其心而遠於有爲者，達節也；存其心而分是非者，守節也；得其所分又悲而撓之者，失節也。"

原不達，竟沉汨羅而死。（中華書局，1981年）

劉昫《舊唐書》卷二十八《音樂一》：

楚大夫宋玉對襄王云有客於郢中歌《陽春》《白雪》，國中和者數十人。是知《白雪》琴曲，本宜合歌，以其調高，人和遂寡。自宋玉以後迄今千祀，未有能歌《白雪》曲者。臣今準敕，依於琴中舊曲，定其宫商，然後教習，并合於歌。輒以御製《雪詩》爲《白雪》歌辭。又按古今樂府奏正曲之後，皆别有送聲，君唱臣和，事彰前史。輒取侍臣等奉和《雪詩》，以爲送聲，各十六節。今悉教訖，并皆諧於音韵。上善之，乃付太常編於樂府。

同上，卷四十七《經籍下》丁部集録别集類：

楚《宋玉集》二卷。（中華書局，1975年）

李昉等《太平御覽》卷三百九十九《人事部》：

《襄陽耆舊記》曰：楚襄王與宋玉游於雲夢之野，將使宋玉賦高唐之事，望朝雲之館，上有雲氣，崒乎直上，忽而改容，須臾之間，變化無窮。王曰："此何氣也？"玉曰："昔者，先王游於高唐，怠而晝寢，夢一婦人，曖乎若雲，焕乎若星，將行未止，如浮如停。詳而觀之，西施之形。王悦而問之。曰：'我夏帝之季女也，名曰瑶姬，未行而亡，封巫山之臺，精魄依草，實爲茎芝，媚而服焉，則與夢期。所謂巫山之女，高唐之姬。聞君游高唐，願薦枕席。'王因而幸之。"

同上，卷四百零九《人事部》：

《韓詩外傳》曰：宋玉因其友事襄王，王待玉亦無異。

同上，卷五百七十二《樂部十・歌三》：

《襄陽耆舊傳》曰：宋玉識音而善文，襄王好樂而愛賦，既美其才，而憎其似屈原也。乃謂之曰："子盍從楚之俗，使楚人貴子之德乎？"對曰："昔楚有善歌者，王其聞與？始而曰《下里》《巴人》，國中屬而和之者數萬人；中而曰《陽阿》《采菱》，國中唱而和之者數百人；既而曰《陽春》《白雪》《朝日》《魚離》，含商吐角，絶節赴曲，國中唱而和之者不過數人。蓋其曲彌高，其和彌寡。"

同上，卷五百八十七《文部·賦》：

宋玉《大言賦序》曰：楚襄王既登陽雲之臺，命諸大夫景差、唐勒、宋玉等并造《大言賦》。賦畢，而玉受賞。又有能爲《小言賦》者，賜之雲夢之田。賦畢，乃賜玉田。

同上，卷六百三十三《治道部·賞賜》：

宋玉等并造集《小言賦》，云楚王既登雲陽之臺，乃命諸大夫景差、唐勒、宋玉等并造《大言賦》，卒而宋玉受賞。王曰："復能爲《小言賦》者，與之雲夢之田。"玉又爲賦。王曰："善。"遂賜雲夢之田。

同上，卷九百三十《鱗介部·龍下》：

《楚國先賢傳》：宋玉對楚王曰："神龍朝發昆侖之墟，暮宿於孟諸，超騰雲漢之表，婉轉四瀆之里，夫尺澤之鯢，豈能料江海之大哉！"（中華書局，1960年）

李昉《太平廣記》卷五十六《女仙一·雲華夫人》：

雲華夫人，王母第二十三女，太真王夫人之妹也，名瑶姬，受回風混合萬景煉神飛化之道。嘗東海游還，過江上。有巫山焉，峰岩挺拔，林壑幽麗，巨石如壇，流連久之。時大禹理水，駐山下，大風卒至，崖振谷隕，不可制，因與夫人相值，拜而求助。即敕侍女授禹策召鬼神之書，因命其神狂章、虞余、黄魔、大翳、庚辰、童律等助禹，斫石疏波，决塞導厄，以循其流。禹拜而謝焉。禹嘗詣之崇巘之巔，顧盼之際，化而爲石。或倏然飛騰，散爲輕雲；油然而止，聚爲夕雨。或化游龍，或爲翔鶴，千態萬狀，不可親也。禹疑其狡獪怪誕，非真仙也，問諸童律。律曰："天地之本者道也，運道之用者聖也；聖之品次，真人、仙人也。其有禀氣成真，不修而得道者，木公、金母是也。蓋二氣之祖，宗陰陽之原，本仙真之主宰，造化之元光。雲華夫人，金母之女也。昔師三元道君，受《上清寶經》，受書於紫清闕下，爲雲華上宫夫人，主領教童真之士，理在玉英之臺，隱見變化，蓋其常也。亦由凝氣成真，與道合體，非寓胎禀化之形，是西華少陰之氣也。且氣之彌綸天地，經營動植，大包造化，細入毫髮，在人爲人，在物爲物，豈止雲雨、龍鶴、飛鴻、騰鳳哉！"禹然之，後往詣焉。忽見雲樓、玉臺、瑶宫、瓊闕森然，既靈官侍衛，不可名識，獅子抱關，天馬啓途，毒龍電獸，八威備軒，夫人宴坐於瑶臺之上。禹稽首問道。召禹使坐而言曰："夫聖匠肇興，剖大混之一樸，發爲億萬之體；發大蘊之一苞，散爲無窮之物。故步三光而立乎晷景，封九域而制乎邦國；刻漏以分晝夜，寒暑以成歲紀；兑離以正方位，山川以分陰陽；城郭以聚民，器械以衛衆；輿服以表貴賤，禾黍以備凶歉。凡此之制，上禀乎星辰，而取法乎神真，以養有形之物也。是故日月有幽明，生殺有寒暑；雷震有出入之期，風雨有動静之常；清氣浮乎上，而濁衆散於下；興廢之數，治亂之運，賢愚之質，善惡之性，剛柔之氣，壽夭之命，貴賤之位，尊卑之叙，吉凶之感，窮達之期，此皆禀之於道，懸之於天，而聖人爲紀也。性發乎天，而命成乎人，立之者天，行之者道；道存則有，道去則無。道無物不可存也，非修不可致也。玄老有言：‘致虚極，守静篤，萬物將自復。’復謂歸於道而常存也。道之用也，變化萬端，而不足其一。是故天參玄玄，地參混黄，人參道德。去此之外，非道也哉！長久之要者，天保其玄，地守其物，人養其氣，所以全也。則我命在我，非天地殺之，鬼神害之，失道而自逝也。至乎哉，勤乎哉，子之功及於物矣，勤逮於民矣，善格於天矣，而未聞至道之要也。吾昔於紫清之闕受書，寶而勤之。我師三元道君曰：‘《上真内經》天真所寶，封之金臺，佩入太微，則雲輪上往，神武抱關，振衣瑶房，遨宴希林，左招仙公，右棲白山，而下眄太空，泛乎天津，則乘雲騁龍，游此名山，則真人詣房，萬人奉衛，山精伺迎。動有八景玉輪，静則宴處金堂。亦謂之太上玉佩金璫之妙文也。’汝將欲越巨海而無飆輪，渡飛沙而無雲軒，陟厄途而無所羣，涉泥波而無所乘，陸則困於遠絶，水則懼於漂淪，將欲以導百谷而浚萬川也，危乎悠哉！太上愍汝之至，亦將授以靈寶真文，陸策虎豹，水制蛟龍，斷馘千邪，檢馭群凶，以成汝之功也，其在乎陽明之天也。吾所授寶書，亦可以出入水火，嘯叱幽冥，收束虎豹，呼召六丁，隱淪八地，顛倒五星，久視存身，與天相傾也。”因命侍女陵容華，出丹玉之笈，開上清寶文以授。禹拜受而去，又得庚辰、虞余之助，遂能導波决川，以成其功。奠五岳，别九州，而天錫玄珪以爲紫庭真人。其後楚大夫宋玉，以其事言於襄王。王不能訪道要以求長生，築臺於高唐之館，作陽臺之宫以祀之。宋玉作《神仙賦》以寓情，荒淫穢蕪，高真上仙豈可誣而降之也？有祠在山下，世謂之大仙。隔岸有神女之石，即所化也。復有石天尊、神女壇，側有竹，垂之若篲，有槁葉飛物着壇上者，竹則因風掃之，終瑩潔不爲所污。楚人世祀焉。（出《集仙録》。）（中華書局，2012年）

樂史《太平寰宇記》卷一百三十二《淮南道十・安州・漢川縣》：

陽臺廟，在縣南二十五里，有陽臺山，山在漢水之陽，山形如臺。按宋玉《高唐賦》云，楚襄王游雲夢之澤，夢神女曰：妾在巫山之陽，高邱之阻，朝朝暮暮，陽臺之下。遂有廟焉。今誤傳在巫峽中，縣令裴敬爲碑，以正其由。

同上，卷一百四十四《山南東道三・郢州・人物》：

宋玉，郢人。

同上，卷一百四十五《山南東道四・襄州・人物》：

宋玉，宜城人。

同上，卷一百四十八《山南東道七・夔州》：

神女廟，在峽之岸。

高都山，《江源記》云，《楚辭》所謂“巫山之陽，高丘之阻”，“高丘”蓋高都也。

楚宫，在縣西北二百步，在陽臺古城内，即襄王所游之地。

陽雲臺，高一百三十丈，南枕長江。楚宋玉賦云“游雲陽之臺，望高堂之觀”，即此。（《宋本太平寰宇記》本，中華書局，2000年）

王欽若《册府元龜》卷八百三十七《總録部・文章》：

宋玉，楚大夫，有賦十六篇。宋玉、唐勒、景差之徒，在屈原後，皆好辭而以賦見稱，然皆祖屈原之從容辭令。

同上，卷八百八十一《總録部・交友》：

宋玉，楚大夫。初因其友而見於楚襄王，襄王待之無以異，宋玉讓其友。其友曰：“夫薑、桂因地而生，不因地而辛；婦人因媒而嫁，不因媒而親。子之事王未耳，何怨於我？”宋玉曰：“不然。昔者齊有良兔曰東郭俊，蓋一旦而走五百里；於是齊有良狗曰韓盧，亦一旦而走五百里。使之遥見而指屬，則雖韓盧不及衆兔之塵；若躡迹而縱紲，則雖東郭俊亦不能離。今子之屬臣也，躡迹而縱紲與，遥見而指屬與？”（中華書局，1960年）

宋祁《宋景文筆記》卷中《考古》：

予謂：老子《道德篇》爲玄言之祖，屈、宋《離騷》爲辭賦之祖，司馬遷《史記》爲紀傳之祖，後人爲之，如至方不能加矩，至圓不能過規矣。（《學海類編》本，廣陵書社，2007年）

歐陽修、宋祁《新唐書》卷六十《藝文》四丁部集録别集類：

楚《宋玉集》二卷。（中華書局，1975年）

曾鞏《曾鞏集》卷六《參知政事蘇易簡》：

太宗爲飛白書院額曰“玉堂”，及以詩賜以御書宋玉《大言賦》，易簡因擬賦以獻曰：“皇帝以白龍箋書《大言賦》，賜玉堂詞臣易簡。御筆煌煌，雄辭洋洋，瑰瑋博達，不可備詳。”詔易簡陛殿，躬指其理，且嘆宋玉之奇怪也。因伏而奏曰：“恨宋玉不得與陛下同時。”帝曰：“噫！何代無人焉？卿爲朕繼之。”（《中國古典文學基本叢書》本，中華書局，1984年）

沈括《夢溪筆談》卷五《樂律一》：

世稱善歌者皆曰郢人，郢州至今有白雪樓，此乃因宋玉問曰：“客有歌於郢中者，其始曰《下里》《巴人》，次爲《陽阿》《薤露》，又爲《陽春》《白雪》，引商刻羽，雜以流徵。”遂謂郢人善歌，殊不考其義。其曰“客有歌於郢中者”，則歌者非郢人也。其曰：“《下里》《巴人》，國中屬而和者數千人；《陽阿》《薤露》，和者數百人；《陽春》《白雪》，和者不過數十人；引商刻羽，雜以流徵，則和者不過數人而已。”以楚之故都，人物猥盛，而和者止於數人，則爲不知歌甚矣。故玉以此自況，《陽春》《白雪》皆郢人所不能也。以其所不能者明其俗，豈非大誤也?

同上，《補筆談》卷一：

自古言楚襄王夢與神女遇，以《楚辭》考之，似未然。《高唐賦》序云：“昔者先王嘗游高唐，怠而晝寢，夢見一婦人，曰：‘妾巫山之女也，爲高唐之客，朝爲行雲，暮爲行雨。’故立廟，號爲朝雲。”其曰“先王嘗游高唐”，則夢神女者，懷王也，非襄王也。又《神女賦》序曰：“楚襄王與宋玉游於雲夢之浦，使玉賦高唐之事。其夜，王寢，夢與神女遇。王異之，明日以白玉，玉曰：‘其夢若何？’對曰：‘晡夕之後，精神恍惚，若有所憙，見一婦人，狀甚奇異。’玉曰：‘狀如何也？’王曰：‘茂矣美矣，諸好備矣；盛矣麗矣，難測究矣。瑰姿瑋態，不可勝贊。’王曰：‘若此盛矣，試爲寡人賦之。’”以文考之，所云“茂矣”至“不可勝贊”云云，皆王之言也，宋玉稱嘆之可也，不當却云“王曰：‘若此盛矣，試爲寡人賦之。’”又曰“明日以白玉”，人君與其臣語，不當稱“白”。又其賦曰：“他人莫睹，王覽其狀，望余帷而延視兮，若流波之將瀾。”若宋玉代王賦之。若王之自言者，則不當自云“他人莫睹，王覽其狀”，既稱“王覽其狀”，即是宋玉之言也，又不知稱“余”者，誰也？以此考之，則“其夜王寢，夢與神女遇”者，“王”字乃“玉”字耳。“明日以白玉”者，“以白王”也。“王”與“玉”字誤書之耳。前曰夢神女者，懷王也；其夜夢神女者，宋玉也。襄王無預焉，從來枉受其名耳。（胡道静《新校正夢溪筆談》本，中華書局，1957年）

蘇軾《蘇軾詩集合注·太虚以黄樓賦見寄作詩爲謝》：

我在黄樓上，欲作黄樓詩。忽得故人書，中有黄樓詞。黄樓高十丈，下建五丈旗。楚山以爲城，泗水以爲池。我詩無杰句，萬景驕莫隨。夫子獨何妙，雨雹散雷椎。雄詞雜古今，中有屈宋姿。南山多磬石，清滑如流脂。朱蠟爲摹刻，細妙分毫釐。佳處未易識，當有來者知。（《中國古典文學基本叢書》本，中華書局，2001年）

蘇軾《蘇軾文集·題文選》：

淵明作《閑情賦》，所謂“《國風》好色而不淫”，正使不及《周南》，與屈、宋所陳何異，而統大譏之，此乃小兒强作解事者。

同上，《答劉沔都曹書》：

識真者少，蓋從古所病。梁蕭統集《文選》，世以爲工。以軾觀之，拙於文而陋於識者，莫統若也。宋玉賦《高唐》《神女》，其初略陳所夢之因，如子虚、亡是公相與問答，皆賦矣。而統謂之叙，此與兒童之見何異！

同上，《書鮮于子駿楚詞後》：

今子駿獨行吟坐思，寤寐於千載之上，追古屈原、宋玉，友其人於冥寞，續微學之將墜，可謂至矣。（《中國古典文學基本叢書》本，中華書局，1986年）

蘇軾《東坡志林》卷五：

五臣既陋甚，至於蕭統亦其流爾。宋玉《高唐》《神女》賦，自“玉曰唯唯”以前皆賦也，而統謂之序，大可笑也。相如又首有子虚、烏有、亡是三人論難，豈亦序耶？其餘謬陋不一，亦聊舉其一耳。

同上，卷八：

楚襄王登臺，有風颯然而至，王曰：“快哉此風！寡人與庶人共之者耶？”宋玉譏之：“此獨大王之風，庶人安得而有之？”不知者以爲諂也，知之者以爲諷也。唐文宗詩曰：“人皆苦炎熱，我愛夏日長。”柳公權續之曰：“熏風自南來，殿閣生微凉。”惜乎！宋玉不在傍也。（《歷代史料筆記叢刊》本，中華書局，1981年）

蘇轍《欒城集》卷二十四《黄州快哉亭記》：

昔楚襄王從宋玉、景差於蘭臺之宫，有風颯然至者，王披襟當之，曰：“快哉此風！寡人所與庶人共者耶？”宋玉曰：“此獨大王之雄風耳，庶人安得共之！”玉之言，蓋有諷焉。夫風無雌雄之異，而人有遇不遇之變。楚王之所以爲樂，與庶人之所以爲憂，此則人之變也，而風何與焉？士生於世，使其中不自得，將何往而非病？使其中坦然不以物傷性，將何適而非快？（中華書局，2004年）

獨逸窩退士《笑笑録》卷二《高唐》：

予元豐元年調博州高唐縣令，時黄夷仲廉爲監察御史，予往别焉，夷仲口占一絶見贈，云："高唐不是那高唐，風物由來各異鄉。若向此中求夢雨，祇應愁煞楚襄王。"蓋譏河朔風土人物之質樸也。（岳麓書社，1985年）

王開祖《儒志編》卷首《儒志編原序》（汪循）：

儒者之言，大勢凡三變。在戰國之時，秦漢之間，若孫、吴、蘇、張、范、蔡、荀、列之徒，韓、李、陸、賈、劉、班，下至嚴安、徐樂之輩，不求知道養德以充其内，惟務騁辭炫術以競乎外，君子羞之。然猶皆必先有其實，而後托之於言也。再變而至宋玉、相如、王褒、揚雄之流，則一以浮華爲尚，沿及隋唐，愈衰愈下，徒托空言而無實矣。三變而唐韓愈氏、宋歐陽氏先後相望，號於一世，儒者宗之，其言不爲無見，但未免以文章明道，裂爲兩物，卒不能復乎古也。（《文淵閣四庫全書》本）

高承《事物紀原》卷二《樂舞聲歌部·笛》：

《藝文類聚》有宋玉《笛賦》，則笛前於丘仲遠矣。《隋書·音樂志》曰："笛，漢武帝時丘仲所作者也，京房備五音有七孔，以應七聲。"《太平御覽》曰："黄帝使伶倫伐竹於昆溪，斬而作笛，吹之作鳳鳴。"《筆談》曰："有雅笛，有羌笛，其形制所始，舊説皆不同。"

同上，卷四《經籍藝文部·賦》：

《詩序》六義，次二曰賦，當謂直陳其事爾。《左傳》言鄭莊公入而賦"大隧之中"，於後荀卿、宋玉之徒演爲别體，因謂之賦，故昔人謂賦者，古詩之流，以荀、宋爲始。《漢書》曰："不歌而頌曰賦。"《釋名》曰："敷布其義曰賦。"（中華書局，1989年）

黄庭堅《山谷集》卷一《江西道院賦》：

勾吴之區，維斗所直，半入於楚，終蝕於越。有泰伯、虞仲、季子之風，故處士有岩穴之雍容；有屈原、宋玉、枚乘之筆，故文章有江山之秀發。吴、越之君多好勇，故其民樂鬥而輕死；江漢之俗多禨鬼，故其民尊巫而淫祀。雖郡異而縣不同，其大略不外是矣。

同上，别集卷十一《跋韓退之送窮文》：

大概擬前人文章，如子雲《解嘲》擬宋玉《答客難》，退之《進學解》擬子雲

《解嘲》，柳子厚《晋問》擬枚乘《七發》，皆文章之美也。至於追逐前人，不能出其範圍，如班孟堅之《賓戲》、崔伯庭之《達旨》、蔡伯喈之《釋誨》，僅可觀焉，况其下者乎？

同上，别集卷十五《與王立之承奉帖六》：

作賦須以宋玉、賈誼、相如、子雲爲之師，略依仿其步驟，乃有古風。老杜《咏吴生畫》云："畫手看時輩，吴生遠擅場。"蓋古人於能事，不獨求誇時輩，要須前輩中擅場爾。（中國書店，1993年）

李之儀《姑溪居士集》卷三十一《與友人往還》：

格律尤爲難工，非屈原、宋玉，未易與《風》《雅》争衡。漢儒頗盡心於此，要之祇是一時所尚，晋魏已後則無足論也。（《文淵閣四庫全書》本）

秦觀《淮海集》卷二十二《韓愈論》：

探道德之理，述性命之情，發天人之奥，明死生之變，此論理之文，如列禦寇、莊周之作是也；别黑白陰陽，要其歸宿，决其嫌疑，此論事之文，如蘇秦、張儀之所作是也；考同異，次舊聞，不虚美，不隱惡，人以爲實録，此叙事之文，如司馬遷、班固之所作是也；原本山川，極命草木，比物屬事，駭耳目，變心意，此托詞之文，如屈原、宋玉之所作是也；鈎莊、列之微，挾蘇、張之辯，摭班、馬之實，獵屈、宋之英，本之《詩》《書》，折之以孔氏，此成體之文，韓愈之所作是也。（徐培均《淮海集箋注》本，上海古籍出版社，1994年）

陳師道《後山集》卷二十三《詩話》：

宋玉爲《高唐賦》，序巫山神女遇楚兩王，蓋有所諷也。而文士多效之者，又爲傳記以實之，而天地百神舉無免者。余謂欲界諸天當有配偶，其無偶者，則無欲者也。唐人記后土事，以譏武后爾。（《文淵閣四庫全書》本）

晁補之《鷄肋集》卷十四《復用前韻答魯直并呈明略》：

黄子人談不容口，豈與常人計升斗。文章屈宋中阻艱，子欲一身追使還。離騷憭栗悲草木，幽音細出芒絲間。陽春絶句自雲上，折楊何煩嗑然賞。横經高辯一室驚，乍似遠人迷廣城。隔河相和獨許我，枯桋亦有條之榮。廖君不但西南美，誰見今人如是子。多髯府掾正可謔，蠻語參軍寧素喜。君不見古來皆醉餔糟難，沐浴何須仍振彈。斫冰無處用蘭拽，芙蓉木末安能攀。祇無相報青玉案，自有平子秋關山。

同上，卷三十《〈變離騷序〉上》：

至原而復興，則列國之《風》《雅》始盡合而爲《離騷》。是以由漢而下，賦皆祖屈原。然宋玉，親原弟子，《高唐》既靡，不足於風，《大言》《小言》，義無所宿，至《登徒子》靡甚矣。特以其楚人作，故繫荀卿七篇之後。

同上，卷三十四《續歲時雜咏序》：

補之復於公叔曰：《詩》之亡久矣，《豳詩·七月》其記日月星辰、風雨霜露、草木鳥獸之事盛矣。屈原、宋玉爲《離騷》，最近於《詩》，而所以托物引類，其感在四時，可以慷慨而太息，想見其忠潔。剛叔於宋詩，所取若此，其亦有得於昔人之意乎！

同上，卷六十八《雄州防禦推官晁君墓志銘》：

其（指晁端中）在平棘，守李陶作樓於洨之陽，府君賦焉，陶刻石樓上。後補之見之，曰：賦雖小道，然屈、宋遠矣，文詞之芳潤，至相如、子雲而極，左、張廑廑乎蕲富而更窘，曹植欲返其波瀾而不能也。（中山大學出版社，1995年）

張耒《張耒集·晁太公補之墓志銘》：

公於文章，蓋天性。讀書不過一再，終身不忘。自少爲文，即能追考左氏、《戰國策》、太史公、班固、揚雄、劉向、屈原、宋玉、韓愈、柳宗元之作，促駕而力鞭之，務與之齊而後已。（《中國古典文學基本叢書》本，中華書局，1990年）

阮閲《詩話總龜》後集卷十八《辯疑門》：

韓退之詩曰："離騷二十五。"王逸序《天問》亦曰："屈原凡二十五篇。"今《楚辭》所載二十三篇而已，豈非并《九辯》《大招》而爲二十五乎？《九辯》者，宋玉所作，非屈原也。今《楚辭》之目，雖以是篇并注屈原、宋玉，然《九辯》之序，止稱屈原弟子宋玉所作。《大招》雖疑原文，而或者謂景差作。若以宋玉痛屈原而作《九辯》，則《招魂》亦當在屈原所著之數，當爲二十六矣。不知退之、王逸之言，何所據邪？（上海古籍出版社，1979年）

歐陽忞《輿地廣記》卷三十二七《夔州路·巫山縣》：

夔州有巫山、高都山。昔楚襄王游高唐。晝寢，夢一婦人曰："妾居巫山之陽，高唐之阻，旦爲朝雲暮行雨。朝朝暮暮陽臺下。"覺而命宋玉賦之。此其地也，有大江。（四川大學出版社，2003年）

晁説之《景迂生集》卷十九《宋故平恩府君晁公墓表》：

識者謂：使朝廷之棄公，不若公初自郡國棄之也。聞者悲之。公閑居何以發揮其伊鬱侘傺之感哉！自念《離騷》之變《國風》，宋玉、景差之徒，殆不知有《國風》者，非忘之也。其後宫商爲《樂府》者，又自一《離騷》也。以故公於是辭有律吕矣。（《文淵閣四庫全書》本）

蔡啓《蔡寬夫詩話·詩用方言》：

楚人發語之辭曰羌、曰蹇，平語之詞曰些，一經屈、宋采用，後世遂爲佳句。但世俗常情，不能無貴遠鄙近耳。（上海古籍出版社，1978年）

慕容彦逢《摛文堂集》卷十三《謝試中宏詞啓》：

操觚之士，雕蟲是師，景差、宋玉唱於前，枚乘、鄒陽應於後，務豪則推嵩岱，喜怪則窮蛇牛，競巧則較錙銖，紛華則綉鞶帨，雖賈誼節之以禮，揚雄戒夫不爲，而氣力不足以回狂瀾，故支撑不足以起大厦，由漢及魏浸淫，迄於六朝，更隋與唐，敗壞極於五代。（《文淵閣四庫全書》本）

姚寬《西溪叢語》卷上：

昔楚襄王與宋玉游高唐之上，見雲氣之異，問宋玉，玉曰："昔先王夢游高唐，與神女遇，玉爲《高唐》之賦。"先王謂懷王也。宋玉是夜夢見神女，寤白王，王令玉言其狀，使爲《神女賦》。後人遂云襄王夢神女，非也。古樂府詩有之："本自巫山來，無人睹容色。惟有楚襄王，曾言夢相識。"李義山亦云："襄王枕上元無夢，莫枉陽臺一片雲。"今《文選》本"玉""王"字差誤。

李君翁《詩話·卜居》云："寧誅鋤草茅以力耕乎？詩人皆以爲宋玉事。豈《卜居》亦宋玉擬屈原作耶？庾信《哀江南賦》云'誅茅宋玉之宅'，不知何據而言。"此君翁之陋也。唐余知古《渚宫故事》曰："庾信因侯景之亂，自建康遁歸江陵，居宋玉故宅。"故其賦曰："誅茅宋玉之宅，穿徑臨江之府。"老杜《送李功曹歸荆南》云："曾聞宋玉宅，每欲到荆州。"是也。又在夔府《咏懷古迹》云："摇落深知宋玉悲，江山故宅空文藻。"然子美移居夔州《入宅詩》云："宋玉歸州宅，雲通白帝城。"蓋歸州亦有宋玉宅，非止荆州也。李義山亦云："却將宋玉臨江宅，異代仍教庾信居。"（《歷代史料筆記叢刊》本，中華書局，1990年）

葉夢得《石林詩話》：

嘗怪兩漢間所作騷文，未嘗有新語，直是句句規模屈、宋，但换字不同耳。至晋宋以後，詩人之詞，其弊亦然。若是，雖工亦何足道。蓋當時祖習共以爲然，故

未有識之者耳。（逯銘昕《石林詩話校注》本，人民文學出版社，2011年）

賀復徵《文章辨體彙選》卷二百九十四《新校楚辭序》（黄伯思）：

《漢書·朱買臣傳》云："嚴助薦買臣，召見，説《春秋》，言楚辭，帝甚説之。"《王褒傳》云："宣帝修武帝故事，徵能爲楚辭者九江被公等。""楚辭"雖肇於楚，而其目蓋始於漢世。然屈宋之文與後世依放者，通有此目，而陳説之，以爲唯屈原所著則謂之《離騷》，後人效而繼之則曰"楚辭"，非也。自漢以還，文師詞宗慕其軌躅，摛華競秀，而識其體要者亦寡。蓋屈、宋諸騷，皆書楚語，作楚聲，紀楚地，名楚物，故可謂之"楚辭"。若些、只、羌、誶、蹇、紛、侘傺者，楚語也；頓挫悲壯、或韻或否者，楚聲也；湘、沅、江、澧、修門、夏首者，楚地也；蘭、藍、荃、藥、蕙、若、蘋、衡者，楚物也。率若此，故以"楚"名之。自漢以還，去古未遠，猶有先賢風概。而近世文士但賦其體，韻其語，言雜燕、粵，事兼夷、夏，而亦謂之"楚辭"，失其指矣。（《文淵閣四庫全書》本）

汪藻《浮溪集》卷二十一《答吴知録書》：

孔子設四科，文與學一而已。及左丘明、屈原、宋玉、司馬遷、相如之徒始以文章名世，自爲一家，而與六經訓詁之學分。譬均之飲食，經術者，黍稷稻粱也；文章者，五味百羞也。（《叢書集成初編》本）

李綱《梁溪集》卷一百三十二《文鄉記》：

下逮戰國，文鄉浸衰，深醇雅正之風變而爲縱横捭闔之俗，獨屈原、宋玉之徒，崛起其間，頗有古意，博辯瑰麗，未免有感憤譎怪之作，識者謂體慢於三代，《風》雜於戰國，乃《雅》《頌》之博徒，而詞賦之英杰，不其然歟？（《文淵閣四庫全書》本）

朱弁《曲洧舊聞》卷八：

賦爲六義之一，蓋《詩》之附庸也，屈、宋導其源，而司馬相如溯而大之。（《歷代史料筆記叢刊》本，中華書局，2002年）

馬永卿《懶真子》卷一：

古今之事有可資一笑者，太公八十遇文王，世所知也。然宋玉楚詞云："太公九十乃顯榮兮，誠未遇其匡合。"東方朔云："太公體行仁義，七十有二，乃設用於文武。"噫！太公老矣方得，東方朔減了八歲，却被宋玉展了十歲，此事真可絶倒。（《文淵閣四庫全書》本）

黄徹《䂬溪詩話》卷一：

唐文宗夏日聯句。東坡謂："宋玉對楚王雄風，譏其知己，不知人也。公權小子，有美而無規，爲續之云：'一爲居所移，苦樂永相忘。願言均所施，清陰及四方。'"或謂"五弦之熏風，解慍阜財"，已有陳善責難意。愚謂不然，凡規諫之辭，須切直分明，乃可以感悟人主，故盗言孔甘，良藥苦口，若以"熏風自南"爲陳善閉邪，但恐後世導諛側媚、説持兩可者皆得以冒敢諫之名矣！（人民文學出版社，1998年）

王觀國《學林》卷七《古賦序》：

傅武仲《舞賦》，宋玉《高唐賦》《神女賦》《登徒子好色賦》，本皆無序。梁昭明太子編《文選》，各析其賦首一段爲序。此四賦皆托楚襄王答問之語，蓋借意也，故皆有"唯唯"之文，昭明誤認"唯唯"之文以爲賦序，遂析其辭。觀國按：司馬長卿《子虚賦》托烏有先生、亡是公爲言，揚子雲《長楊賦》托翰林主人、子墨客卿爲言，二賦皆有"唯唯"之文，是以知傅武仲、宋玉四賦，本皆無序，昭明太子因其賦皆有"唯唯"之文，遂誤析爲序也。（《學術筆記叢刊》本，中華書局，1988年）

吴曾《能改齋漫録》卷八《陸農師取杜子美詩》：

王荆公父子俱侍經筵，陸農師以詩賀云："潤色聖猷雙孔子，調燮元化兩周公。"議者爲太過。然不知取杜子美《送薛明府》詩："侍臣雙宋玉，戰策兩穰苴。"（上海古籍出版社，1979年）

邵思《姓解》卷一《宀部三十七》：

廣平宋氏出自殷，微子啓封於宋，子孫以爲氏。楚有宋玉，漢宋昌，後漢宋弘、宋均，晋有宋纖，唐宋璟、宋申錫、宋之問。（《叢書集成初編》本）

許顗《彦周詩話》：

《樂府》記《大言》《小言》詩，録昭明辭，而不書始於宋玉，何也？豈誤耶？有説邪？（中華書局，1985年）

華鎮《雲溪居士集》卷二十二《上侍從書》：

至於融結二氣，發爲英榮，混然天成，小大具體，意新語工，不蹈陳迹，自成一家之言，淳深温雅之質内凝，而俊采雲興，逸響玉振者，千載之間數人而已。在六國，則有若景差、唐勒、宋玉；在西漢，則有若賈傅、董相、司馬遷、相如、揚子雲；在東京，則有若班叔皮、孟堅、馬融、張衡、蔡中郎；在鄴下，則有若曹氏父子、應、劉、陳、阮；在晋，則有若機、雲、張華、左太冲；在唐，則有若燕、許、李、杜、韓退之、柳子厚；其餘如邢、盧、顔、謝、江、鮑、徐、庾之流，未足班也。可謂盛矣。然數君子者，或以賦頌鳴，或以歌詩顯，或騰芳於誥命，或絶塵於書檄，或敷揚條暢達於政理，或清婉詳實妙於紀傳，兼善衆制者蓋未見矣。而又屈原溺於怨思，宋玉蕩於荒淫，子張雜而簡疏，孟堅靡而辭費，長卿麗而用寡，子雲約而未騁，此皆辭林之雄者也，然猶未能無蔽，脱於譏詆，况其次哉！（《文淵閣四庫全書》本）

曾慥《類説》卷三十《新序・宋玉見襄王》：

宋玉因其友見楚襄王，襄王待之無以異。宋玉讓其友。其友曰："夫薑、桂因地而生，不因地而辛；婦人因媒而嫁，不因媒而親。子之事王未耳，何怨於我？"玉曰："若齊有良兔曰東郭㕙，一旦走五百里；有良狗曰韓盧，亦走五百里。使之遥見而指屬，則雖韓盧不及衆兔之塵；若躡迹而縱紲，則雖東郭㕙亦不能離。今子之屬臣也，躡迹而縱紲與，遥見而指屬與？"其友曰："僕人有過。"

同上，卷五十七《陳輔之詩話・宋玉屈原》：

文忠公自稱六一居士，王荆公自稱楚老。今詩話舉六一、楚老，指二宗師也。六一云："屈原《離騷》，讀之使人頭悶，然摘一二句反復味之，與《風》《雅》無異。宋玉比屈原，時有出藍之色。"（文學古籍刊行社，1955年）

張元幹《蘆川歸來集》卷九《跋蘇詔君〈楚語〉後》：

《風》《雅》之變，始有《離騷》，與《詩》六義相表裏，比興雖多，然卒皆正而不淫，哀而不怨，宜乎古今推屈、宋爲盟主。後之數子，如《九懷》《九嘆》《七發》《七啓》之類，著意摹仿，未免重複。（上海古籍出版社，1978年）

蘇籀《欒城先生遺言》：

子瞻諸文皆有奇氣，至《赤壁賦》，仿佛屈原、宋玉之作，漢唐諸公皆莫及也。（《文淵閣四庫全書》本）

邵博《聞見後録》卷十四：

宋玉《招魂》以東南西北四方之外，其惡俱不可以托，欲屈大夫近入修門耳，時大夫尚無恙也。韓退之《羅池詞》云："北方之人兮，謂侯是非。千秋萬歲兮，侯無我違。"時柳儀曹已死，若曰國中於侯，或是或非，公言未出，不如遠即羅池之人，千萬年奉嘗不忘也。嗟夫，退之之悲儀曹，甚於宋玉之悲大夫也！

楚詞文章，屈原一人耳。宋玉親見之，尚不得其仿佛，況其下者。唯退之《羅池詞》可方駕以出。東坡謂“鮮于子駿之作，追古屈原”，友之過矣。如晁無咎所集《續離騷》，皆非是。（《歷代史料筆記叢刊》本，中華書局，1983年）

張表臣《珊瑚鉤詩話》卷一：

古之聖賢，或相祖述，或相師友，生乎同時，則見而師之；生乎異世，則聞而師之。仲尼祖述堯舜，憲章文武，顔回學孔子，孟軻師子思之類是也。羲《易》成於四聖，《詩》《書》歷乎帝王，晋之《乘》，楚之《檮杌》，魯之《春秋》，其義一也。孔子曰：“其事則齊桓、晋文，其文則史，其義則丘竊取之矣。”揚雄作《太玄》以準《易》，《法言》以準《論語》，作《州箴》以準《虞箴》；班孟堅作《兩都賦》擬《上林》《子虚》，左太冲作《三都賦》擬《二京》，屈原作《九章》而宋玉述《九辯》，枚乘作《七發》而曹子建述《七啓》，張衡作《四愁》而仲宣述《七哀》，陸機作《擬古》而江文通述《雜體》。雖華藻隨時，而體律相仿。李唐群英，惟韓文公之文、李太白之詩，務去陳言，多出新意。（何文焕《歷代詩話》本，中華書局，1981年）

王鏊《雪溪集》卷一《題洛神賦圖詩并序》：

《風》《雅》《頌》爲文章之正。至屈原《離騷》，兼文章正變而言之；《湘君》《湘夫人》《山鬼》，多及帝舜、英、皇，以繫恨千古。宋玉、賈誼師其餘意，作《招魂》，賦《鵬》，極生死、憂傷、怨懟之變，亦兼正與變而爲言耳。……（曹植）作《洛神賦》，雖祖屈、宋，而能激其餘波，侵尋相及矣。非托寓於婦人神仙，亦安能至此也？近得顧愷之所畫《洛神賦圖》模本，筆勢高古，精彩飛動，與子建文章相表裏，因賦一詩書其後。蓋屈、宋、賈誼、子建，其幽恨莫伸，一也。故文章能達其所存，以窮極古鴻荒之理，學者可以辯是矣。（《文淵閣四庫全書》本）

朱翌《猗覺寮雜記》卷下：

世云太公八十遇文王。東方朔《客難》云：“太公體仁行義。七十有二設用於文武。”注云：“九十封齊。”則是遇文王時未八十也。《楚詞·九辯》云：“太公九十乃顯榮。”言封齊時也。（《文淵閣四庫全書》本）

鄭樵《通志》卷六十八《藝文略》第六小説：

《宋玉子》一卷。楚大夫宋玉撰。

同上，卷六十九《藝文略》第七别集一：

楚大夫《宋玉集》二卷。（中華書局，1987年）

沈作喆《寓簡》卷二：

嗚呼！天下之至理，唯聖人能言之。而心悟至道，有大辯才者亦能言之，然相去遠矣。列禦寇、莊周之視瞿曇也，誇雄曼衍則可觀矣，孰若句句皆入妙理，而極於聖處者乎？若宋玉之賦，則爲文章諷喻而已。（《文淵閣四庫全書》本）

江少虞《事實類苑》卷四十《詩歌賦咏·大言賦》：

蘇易簡爲學士承旨日。太宗親書宋玉《大言賦》錫之。易簡因效玉亦作《大言賦》以獻，曰："皇帝書白龍箋，作《大言賦》賜玉堂易簡，御筆煌煌，雄辭洋洋，瑰瑋博達，不可備詳。"詔易簡升殿，躬指其理，嘆宋玉之奇怪也，因伏而奏言："恨宋玉不與陛下同時。"帝曰："噫！何代無人耶？卿爲朕言之。"易簡曰："聖人興兮告成功，登昆侖兮展升中。地爲席兮饗祖宗，天起籟兮調笙鏞，日烏月兔耀文明。麾龍旗兮，嚴武衛也；執北斗兮，奠玄酒也；削西華兮，爲石也；迅雷三發，山神呼也；流電三激，爟火舉也。禮册獻兮淳風還，君百拜兮天神歡。四時一周兮萬八千年，太山夷兮溟海乾。圓蓋空兮方輿穿，君王之壽兮無窮焉。"殿上皆呼萬歲，上覽之大喜，又作小詩四句以褒之。易簡刻石於院内之壁。（見楊文公《談苑》）（《四庫筆記小説叢書》本，上海古籍出版社，1993年）

胡仔《漁隱叢話》前集卷一《國風漢魏六朝上》：

東坡云："余讀《文選》，恨其編次無法，去取失當。齊梁文章衰陋，而蕭統尤爲卑弱，《文選》引斯可見矣。……宋玉《高唐》《神女》賦，自玉曰'唯唯'以前皆賦也，而統謂之序，大可笑也。相如賦首有子虚、烏有、亡是三人論難，豈亦序邪？"

同上，卷六《杜少陵一》：

《學林新編》云："或云杜甫、李白同時以詩名相軋，不能無毁譽，甫贈白詩云：'李侯有佳句，往往似陰鏗。'此句乃所以鄙白也。"某按，子美《夔州咏懷寄鄭監李賓客》詩曰："鄭李光時論，文章并我先。陰何尚清省，沈宋欻聯翩。"蓋謂陰鏗、何遜、沈約、宋玉也，四人皆能詩文，爲時所稱者。而子美又以陰鏗居四人之首，則知贈太白之詩非鄙之也。

同上，卷五十《秦少游》：

《漫叟詩話》云："高唐事乃楚懷王，非襄王也。若古人云：'莫道無心便無事，也應愁殺楚襄王。'少游詩云：'不應容易下巫陽，衹恐翰林前世是襄王。'皆誤用也。濠州西有高唐館，俗以爲楚之高唐也。御史閻欽愛題詩云：'借問襄王安在哉，山川此地勝陽臺。'有李和風者亦題詩云：'若向此中求薦枕，參差笑殺楚襄王。'前人既誤指其人，後人又誤指其地，可笑。"

《苕溪漁隱》曰：《文選·高唐賦》云，昔者楚襄王與宋玉游雲夢之臺，望高唐之觀，其上獨有雲氣，王問玉曰："此何氣也？"玉對曰："所謂朝雲者也。昔者先王嘗游高唐，怠而晝寢，夢見一婦人，曰：'妾巫山之女也。'"李善注云："楚懷王游於高唐，夢與神遇。"則《漫叟詩話》之言是也。然《神女賦》復云，楚襄王與宋玉游於雲夢之浦，使玉賦高唐之事。其後王寢，夢與神女遇，其狀甚麗。以此考之，則楚襄王亦夢與神女遇。但楚懷王是游高唐，楚襄王是游雲夢。以此不可雷同用事耳。

同上，後集卷十八《羅隱》：

《藝苑雌黄》云："唐人作《后土夫人傳》，予始讀之，惡其瀆慢而且誣也，比觀《陳無己詩話》：'宋玉爲《高唐賦》，載巫山神女遇楚襄王，蓋有所諷也。而文士多效之，又爲傳記以實之，而天地百神舉無免者。予謂欲界諸天當有配偶，有無偶者，則無欲者也。唐人記后土事，以譏武后耳。'"予謂武后何足譏也，而托之后土，亦大褻矣。後之妄人又復填入樂章，而無知者遂以爲誠是也。（人民文學出版社，1984年）

林光朝《艾軒集》卷四《策問》：

河東柳子厚論當世之士，謂今之爲文，希屈、宋者可得數人，希王褒、劉向之徒者可得十人，至陸機、潘岳之比，纍纍相望。唐自元和之後，作者可數，屈、馬希世之文也，學而似之者，誰歟？（《文淵閣四庫全書》本）

史堯弼《蓮峰集》卷四《私試策問序》：

楚屈原述《離騷》，爲《九歌》《九章》，赴河而死，其徒宋玉和之爲《九辯》，自是文人才士依仿焉。（《文淵閣四庫全書》本）

韓元吉《南澗甲乙稿》卷十四《〈張安國詩集〉序》：

詩之作，得於志之所寓，而形於言者也。周《詩》既亡，屈平始爲《離騷》，荀卿、宋玉又爲之賦，其實《詩》之餘也。至其托物引喻、憤惋激烈，有《風》

《雅》所未備，比興所未及，而皆出於楚人之詞。後之學者，執筆跂慕，而終身不能道其一二。或曰楚之地，富於東南，其山川之清淑、草木之英秀，文人才士遇而有感，足以發其情致，而動其精思，故言語輒妙，可以歌咏而流行，豈特楚人之風哉？亦山川之氣或使然也。（中華書局，1985年）

洪邁《容齋隨筆》續筆卷三《秋興賦》：

宋玉《九辯》詞云："憭栗兮若在遠行，登山臨水兮送將歸。"潘安仁《秋興賦》引其語，繼之曰："送歸懷慕徒之戀，遠行有羈旅之憤。臨川感流以嘆逝，登山懷遠而悼近。彼四戚之疚心，遭一塗而難忍。"蓋暢演厥旨，而下語之工拙，較然不侔也。

同上，三筆卷三《高唐神女賦》：

宋玉《高唐》《神女》二賦，其爲寓言托興甚明。予嘗即其詞而味其旨，蓋所謂"發乎情，止乎禮義"，真得詩人風化爲本。前賦云：楚襄王望高唐之上有雲氣，問玉曰："此何氣也？"對曰："所謂朝雲者也。昔者先王嘗游高唐，夢見一婦人，曰：'妾巫山之女也，願薦枕席。'王因幸之。"後賦云：襄王既使玉賦高唐之事，其夜王寢，夢與神女遇，復命玉賦之。若如所言，則是王父子皆與此女荒淫，殆近於聚麀之醜矣。然其賦雖篇首極道神女之美麗，至其中則云："澹清静其愔嫕兮，性沉詳而不煩。意似近而若遠兮，若將來而復旋。褰余幬而請御兮，願盡心之惓惓。懷正亮之潔清兮，卒與我乎相難。頩薄怒以自持兮，曾不可乎犯干。歡情未接，將辭而去。遷延引身，不可親附。願假須臾，神女稱遽。暗然而冥，忽不知處。"然則神女但與懷王交御，雖見夢於襄，而未嘗及亂也。玉之意可謂正矣。今人詩詞，顧以襄王藉口，考其實則非是。（中華書局，2007年）

洪邁《夷堅志》支景卷一《陽臺虎精》：

自鄂渚至襄陽七百里，經亂離之後，長途莽莽杳無居民，唯屯駐諸軍，每二十里置流星馬鋪，傳達文書，七八十里間則治驛舍，以爲兵帥往來宿頓赴。士大夫過之者，亦寓托焉。乾道六年，江同祖爲湖廣總領所幹官，自鄂如襄，由漢川抵陽臺驛，夜爲蚊所撓不得寢，戒從卒鷄初鳴即起。驛吏白曰："此方最荒寂，多猛虎，而虎精者素爲人害，比有武官乘馬未曉行，并馬皆遭啖食。今須辨色上道爲佳耳。"江如其言。歸途過郢州，復當投宿於彼。與皂隸共三騎及兩卒前行起差早，覺人馬避易，遥望一黄物馳草間，中心絶怖，漸近蓋巨鹿，其大如牯牛，固已悚然。……鋪卒云："昨於道左見二虎雛，尚未能動步。吾官欲之否？願以獻。"江笑曰："吾豈應養虎自遺患。"却弗取之。（中華書局，1981年）

陸游《劍南詩稿》卷二《謁巫山廟》：

兩廡碑版甚衆，皆言神佐禹開峽之功，而詆宋玉《高唐賦》之妄，予亦賦詩一首：

真人翳鳳駕蛟龍，一念何曾與世同。不爲行雲求弭謗，那因治水欲論功。翱翔想見虚無裏，毁譽誰知溷濁中。讀盡舊碑成絶倒，書生惟慣諂王公。（錢仲聯《劍南詩稿校注》，上海古籍出版社，2005年）

范成大《吴船録》卷下：

秭歸縣亦傳爲宋玉宅，杜子美詩云“宋玉悲秋宅”，謂此。縣旁有酒壚，或爲題作“宋玉東家”。

神女廟乃在諸峰對岸小崗之上，所謂陽雲臺、高唐觀，人云在來鶴峰上，亦未必是。神女之事，據宋玉賦云，以諷襄王，其詞亦止乎禮義，如“玉色頩以赬顔”“羌不可兮犯干”之語，可以概見。後世不察，一切以兒女子褻之，余嘗作前後《巫山高》以辯。今廟中石刻引《墉城記》：“瑶姬，西王母之女，稱雲華夫人，助禹驅鬼神斬石疏波，有功見記。今封妙用真人。”廟額曰“凝真觀”。從祀有白馬將軍，俗傳所驅之神也。（《叢書集成初編》本）

范成大《石湖詩集》卷十《宋玉宅》：

相傳秭歸縣治即其舊址。縣左旗亭，好事者題作“宋玉東家”。

同上，卷十六《巫山高（并序）》：

余舊嘗用韓無咎韻題陳季陵《巫山圖》，考宋玉賦意，辨高唐之事甚詳。今過陽臺之下，復賦樂府一首。世傳瑶姬爲西王母女，嘗佐禹治水，廟中石刻在焉。（詩略）（上海古籍出版社，2006年）

周必大《文忠集》卷五十三《高端叔〈變離騷〉序》：

《詩·國風》及秦不及楚，已而屈原《離騷》出焉，衍《風》《雅》於《詩》亡之後，發乎情，主乎忠直，殆先王之遺澤也，謂之文章之祖宜矣。厥後宋玉之《九辯》，王褒之《九懷》，劉向之《九嘆》，王逸之《九思》，曹植之《九愁》《九咏》，陸雲之《九湣》，皆《九章》《九歌》之苗裔。

同上，卷五十五《書示永豐彭肅》：

永豐析吉水爲邑，壤地褊小，徒以歐陽文忠公故鄉，且先塋在焉，故士之力學好修者衆，文獻不絶。近歲曾幼度、羅永年又以詩文爲諸生倡，殆欲家屈、宋而人賈、馬也。（《文淵閣四庫全書》本）

楊萬里《誠齋集》卷八十三《〈澹庵先生文集〉序》：

至於騷辭，涵茫嶄崒，鉥劌刻屈，抉天之幽，泄神之秘，枯矐而不瘁，恫愀而不懟，自宋玉而下不論也，靈均以來一人而已。（上海書店，1989年）

陳騤《南宋館閣録》卷三《儲藏·碑刻》：

太上皇帝御書：右文之殿一座、秘閣一座。《琴賦》六段、《文賦》九段、《千文》三段、《神女賦》四段、《舞賦》三段、《古意》三段、《史節》二段、《養生論》二段、《登樓賦》二段、《高唐賦》三段，已上在秘閣東廂。（《文淵閣四庫全書》本）

項安世《項氏家説》卷八《説事篇一·詩賦》：

予嘗謂賈誼之《過秦》，陸機之《辯亡》，皆賦體也。大抵屈、宋以前，以賦爲文。莊周、荀卿子二書，體義、聲律、下句、用字，無非賦者。自屈、宋以後爲賦，而二漢特盛，遂不可加。唐至於宋朝，復變爲詩，皆賦之變體也。（《文淵閣四庫全書》本）

朱熹《楚辭集注》卷六《〈九辯〉序》：

《九辯》者，屈原弟子楚大夫宋玉之所作也。閔惜其師忠而放逐，故作《九辯》以述其志云。

同上，卷七《招魂》：

《招魂》者，宋玉之所作也。古者人死，則使人以其上服升屋，履危北面而號曰："皋！某復。"遂以其衣三召之，乃下以覆尸。此《禮》所謂復。而説者以爲招魂，復魂；又以爲盡愛之道，而有禱祠之心者，蓋猶冀其復生也。如是而不生，則不生矣，於是乃行死事。此製禮者之意也。而荆楚之俗，乃或以是施之生人，故宋玉哀憫屈原無罪放逐，恐其魂魄離散而不復還，遂因國俗，托帝命、假巫語以招之。以禮言之，固有鄙野，然其盡愛以致禱，則猶古人之遺意也。是以太史公讀之而哀其志焉。若其譎怪之談，荒淫之志，則昔人蓋已誤其譏於屈原，今皆不復論也。

同上，《大招》：

《大招》不知何人所作，或曰屈原，或曰景差，自王逸時已不能明矣。其謂原作者，則曰詞義高古，非原莫及；其不謂然者，則曰《漢志》定著原賦二十五篇，今自《騷經》以至《漁父》已充其目矣。其謂景差則絶無左驗，是以讀書者往往疑之。然今以宋玉"大、小言"賦考之，則凡差語，皆平淡醇古，意亦深靖閑退，不爲詞人墨客浮誇艷逸之態，然後乃知此篇决爲差作，無疑也。

同上，附録《〈楚辭後語〉序》：

若《高唐》《神女》《李姬》《洛神》之屬，其詞若不可廢，而皆棄不録，則以義裁之，而斷其爲禮法之罪人也。《高唐》卒章，雖有“思萬方，憂國害，開聖賢，輔不逮”之云，亦屠兒之禮佛，倡家之讀《禮》耳，幾何其不爲獻笑之資，而何諷一之有哉？（中華書局，1963年）

朱熹《楚辭辯證》卷下《晁録》：

自（屈）原之後，作者繼起，而宋玉、賈生、相如、揚雄爲之冠。然較其實，則宋、馬辭有餘而理不足，長於頌美而短於規過；雄乃專爲偷生苟免之計，既與原異趣矣，其文又以摹擬掇拾之故，斧鑿呈露，脉理斷續，其視宋、馬猶不逮也；獨賈太傅以卓然命世英杰之材，俯就騷律，所出三篇，皆非一時諸人所及，而《惜誓》所謂“黄鵠之一舉兮，見山川之紆曲；再舉兮，睹天地之圜方”者，又於其間超然拔出言意之表，未易以筆墨蹊徑論其高下淺深也。（《朱子全書》本，上海古籍出版社，2002年）

朱熹《晦庵集》卷三十三《答吕伯恭》：

示喻蘇氏於吾道，不能爲楊、墨，乃唐、景之流耳。向見汪丈亦有此説，熹竊以爲此最不察夫理者。夫文與道果同耶？異耶？若道外有物，則爲文者可以肆意妄言而無害於道。惟夫道外無物，則言而一有不合於道者，則於道爲有害，但其害有緩急深淺耳。屈、宋、唐、景之文，熹舊亦嘗好之矣，既而思之，其言雖侈，然其實不過悲愁、放曠二端而已，日誦此言，與之俱化，豈不大爲心害？於是屏絶，不敢復觀。今因左右之言，又竊意其一時作於荆楚之間，亦未必聞於孟子之耳也。若使流傳四方，學者家傳而人誦之，如今蘇氏之説，則爲孟子者亦豈得而已哉！况今蘇氏之學，上談性命，下述政理，其所言者非特屈、宋、唐、景而已。學者始則以其文而悦之，以苟一朝之利，及其既久，則漸涵入骨髓，不復能自解免，其壞人材，敗風俗，蓋不少矣。

同上，卷七十《讀〈唐志〉》：

在戰國之時，若申、商、孫、吴之術，蘇、張、范、蔡之辯，列禦寇、莊周、荀况之言，屈平之賦，以至秦漢之間，韓非、李斯、陸生、賈傅、董相、史遷、劉向、班固，下至嚴安、徐樂之流，猶皆先有其實而後托之於言。唯其無本而不能一出於道，是以君子猶或羞之。及至宋玉、相如、王褒、揚雄之徒，則一以浮華爲

尚，而無實之可言矣。（《朱子全書》本，上海古籍出版社，2002年）

黎靖德《朱子語類》卷一百三十九《論文上》：

古賦須熟看屈、宋、韓、柳所作，乃有進步處。入本朝來，騷學殆絶。秦、黄、晁、張之徒，不足學也。

《賓戲》《解嘲》《劇秦》《貞符》諸文字，皆祖宋玉之文，《進學解》亦此類。《陽春》《白雪》云云者，不記其名，皆非佳文。（《理學叢書》本，中華書局，1986年）

陳造《江湖長翁集》卷二《次王尚書韻呈石湖》：

聖經三百篇，凛凛詩鼻祖。日月懸太空，不作雕篆語。可學不可議，仲尼親去取。變爲屈宋騷，刻畫已愧古。曹劉驤騄騁，沈鮑鴻鵠舉。并稱五字雄，繩墨蓋陵武。

同上，卷三十一《題〈月溪辭〉後》：

《九辯》《招魂》，峻潔厲嚴，宋玉之文，蓋不愧其師。至賦《神女》，則妍娉妖蠱之態，儼在人目。士游戲翰墨，情寓於辭，不主故常乃妙爾。（《文淵閣四庫全書》本）

吴箕《常談》：

風，陽中之陰，物藉之以發生，亦由之以摧謝。故風之爲言，亦多不同。宋玉《風賦》有大王、庶人之分，雖曰托物以見意，而所以名狀乎風者抑至矣。人君之化所以謂風化，而諸侯之政，其是非得失形於詩歌者，亦謂之風。風之名雖同，而所以謂之風者則異，是亦取其有發生、摧謝之别爾。（《文淵閣四庫全書》本）

林亦之《綱山集》卷三《伊川子程子》：

蓋自有天地以來，文章學問并行而不相悖，周公、仲尼其兼之者乎！自是而後分爲兩途，談道者以子思、孟軻爲宗，論文者以屈原、宋玉爲本。此周公、仲尼之道所以晦而不明，闕而不全者也。（《文淵閣四庫全書》本）

吕祖謙《東萊先生分門詩律武庫》後集卷十三《宋玉賦招魂》：

楚詞云：宋玉哀憐屈原忠而被斥，憂愁山澤，魂魄飛散，厥命將落。作招魂詞，以復其精神，延其年壽，外陳四方之惡，内崇楚國之美，以諷於懷王，冀其覺悟而還之也。其略云："帝告巫陽曰：有人在下，我欲輔之，魂魄飛散，汝筮與

之。”故坡謫海外得歸詩曰：“餘生欲老海南村，帝遣巫陽招我魂。杳杳天低鶻没處，青山一髮是中原。”（《續修四庫全書》本）

樓鑰《攻媿集》卷一百零三《高端叔墓志銘》：

變《離騷》者，沿流於千載之後，而探端於千載之前，非變而求異於《騷》，所以極其志之所歸，引而達於理義之衷，以障限於隕波之不反者也。又者班固、揚雄、王逸、劉勰、顔之推，揚之者或過其實，抑之者多損其真；宋玉、賈誼、東方朔、嚴忌、淮南小山、王褒、劉向之徒，皆悲原意，各有纂著，大抵紬繢緒言，相與詹咏而已，原之微旨不能有所建明。噫！君以爲騷人之本意將亡，君之意又將誰明之耶？（迪志文化出版公司，2003年）

袁燮《絜齋集》卷六《離騷》：

自原而下，若宋玉、景差、唐勒、枚乘、相如、子雲之流，亦足以窺原之閫域歟！其究言之。（《文淵閣四庫全書》本）

王楙《野客叢書》卷十六《相如〈大人賦〉》：

小宋狀元謂，相如《大人賦》全用屈原《遠游》中語。僕觀相如《美人賦》，又出於宋玉《好色賦》。自宋玉《好色賦》，相如擬之爲《美人賦》，蔡邕又擬之爲《協和賦》，曹植爲《静思賦》，陳琳爲《止欲賦》，王粲爲《閑邪賦》，應瑒爲《正情賦》，張華爲《永懷賦》，江淹爲《麗色賦》，沈約爲《麗人賦》，轉轉規仿，以至於今。

同上，卷二十四《大小言作》：

晋梁間多戲爲大、小言詩賦，郭茂倩《雜體詩集》謂此體祖宋玉，而許彦周謂《樂府》記大、小言作，不書始於宋玉，豈誤耶？僕謂此體其源流出於莊、列“鯤鵬”“蟭螟”之説，非始宋玉也。《禮記》曰：“語小，天下莫能破；語大，天下莫能載。”屈原《遠游》曰：“其小無内，其大無限。”

同上，《杜詩言沈宋》：

《學林新編》曰：子美《懷鄭監李賓客》詩曰：“鄭李光時論，文章并我先。陰何尚清省，沈宋欻聯翩。”蓋謂陰鏗、何遜，沈約、宋玉也，四人皆能詩文，爲時所稱者。僕謂沈、宋非沈約、宋玉，仍沈佺期、宋之問也。（中華書局，1987年）

高似孫《緯略》卷一《楚辭》：

今觀屈、宋騷辭，所以激切頓挫，有人所不可爲者，蓋皆發於天。如羌、誶、蹇、紛、侘傺、些、只者，楚語也；沅、湘、江、澧、修門、夏首者，楚地也；蘭、茝、荃、藥、蕙、若、蘋、蘅者，楚物也。以其土風形於言辭，故風雅比興，一出於《國風》、二《雅》之中，不可及已。（《文淵閣四庫全書》本）

章定《名賢氏族言行類稿》卷四十二《宋》：

《（元和）姓纂》："子姓，殷王帝乙長子微子啓，周武王封之於宋，傳國三十六代，至君偃爲楚所滅，子孫以國爲氏。楚有宋玉、宋義、宋昌。"

《新序》："楚襄王問於宋玉曰：'先生何士民衆庶不譽之甚也？"宋玉對曰："鳥有鳳而魚有鯤，夫聖人瑰意琦行，超然獨處，世俗之民又安知臣之所爲哉！"作《高唐賦》。

同上，卷五十六《鮮于》：

侁長於楚詞，嘗作《九誦》。蘇軾見之，謂其近古屈原、宋玉。友其人於冥漠，續微學之將墜者。（《文淵閣四庫全書》本）

章如愚《群書考索》卷二十《文章門・賦類》：

屈原既死之後，宋玉有《九辯》五首。《文選序》曰："辯者，變也。九者，陽之數也，道之紀綱也。宋玉，屈原弟子，閔其師忠而放逐，故作《九辯》，以述其志。"玉又有《高唐賦》，蓋假設其事，諷諫淫惑也。史遷曰："宋玉、唐勒、景差之徒，皆好辭而以賦見稱。然皆祖屈原之意，從容辭令，終莫敢直諫。"

同上，《文章門・賦類・續離騷》：

宋玉《九辯》：《九辯》者，屈原弟子楚大夫宋玉之所作也。閔惜其師忠而放逐，故作《九辯》以述其志云。

《招魂》：《招魂》者，宋玉之所作也。古者人死則使人以其上服升屋，履危北面而號曰："皋！某復。"遂以其衣三招之，乃下，以覆尸。此《禮》所謂復。而説者以爲招魂、復魂，如是而不生，則不生矣，於是乃行死事。此致禮者之意也。而荆楚之俗，乃或以是施之生人，故宋玉哀閔屈原無罪放逐，恐其魂魄離散而不復還，遂因國俗，托帝命、假巫語以招之。以禮言之，固爲鄙野，然其盡愛以致禱，則猶古人之遺意也。是以太史公讀之而哀其志焉。若其詰怪之談、荒淫之志，則昔人蓋已誤其譏於屈原，今皆不復論也。

景差《大招》：《大招》不知何人所作，或曰屈原，或曰景差，自王逸時已不能明矣。其爲原作者，則曰詞義高古，非原莫及；其不謂然者，則曰《漢志》定著原賦二十五篇，今自《騷經》以至《漁父》已充其目矣。其謂景差則絕無左驗，是以讀書者往往疑之。然今以宋玉“大、小言賦”考之，則凡差語皆平淡醇古，意亦深靖閑退，不爲詞人墨客浮誇艷逸之態，然後乃知此篇决爲差作，無疑也。雖其所言有未免於神怪之惑、逸欲之娱者，然視《小招》則已遠矣。其於天道之詘伸動静，蓋若粗識其端倪於國體時政，又頗知其所先後，要以近儒者窮理經世之學。予於是切有感焉，因表而出之，以俟後之君子云。

同上，卷二十一《文章門·文章緣起類》：

梁太常卿任防彦升集六經，素有歌、詩、箴、誄、銘之類，此等自秦漢以來，聖君、賢士沿著，爲文章名之始，故因暇録之，凡八十五題，抑以新好事者之目云耳。

賦，楚大夫宋玉作。……

對問，宋玉《對楚王問》。……

同上，續集卷十七《文章門·古今之文》：

韓、杜集詩文之大成。所謂文者，有論理之文，有叙事之文，有托詞之文，有成體之文。論理之文，如莊周、列禦寇是也；論事之文，如蘇秦、張儀是也；叙事之文，如司馬遷、班固是也；托詞之文，如屈平、宋玉是也。鈎列、莊之微，挾蘇、張之辯，摭班、馬之實，獵屈、宋之英，本之以《詩》《書》，折之以孔氏，此成體之文，韓愈之所作是也。

同上，《文章門·詩賦》：

《隋志》論文體：《隋志》文集類論文賦之體，深美乎屈、宋、鄒、嚴、枚、馬、潘、陸、沈、謝之作。……《隋志》所言得之矣，要之《隋志》乃唐長孫無忌等所作也，唐初之文，猶尚駢麗，故厭平淡而喜雕斫也。

同上，續集卷十八《文章門·文選》：

蕭統去取未爲盡善，有李善之見而後可以辨《文選》之惑，有康國安之識而後可以駁《文選》之異。……宋玉《高唐賦》之首者，蓋亦司馬相如子虚、亡是公相答問之體，統不曰賦而曰序，何意也！（廣陵書社，2008年）

吴子良《荆溪林下偶談》卷三《相如美人賦》：

宋玉《諷賦》載於《古文苑》，大略與《登徒子好色賦》相類，然二賦蓋設辭以諷楚王耳。司馬相如擬《諷賦》而作《美人賦》，亦謂臣不好色，則人知其爲誣

也。有不好色而能盗文君者乎？此可以發千載之一笑。（《文淵閣四庫全書》本）

皇都風月主人《緑窗新話》下卷《宋玉辯己不好色》：

大夫登徒子侍楚襄王，因短宋玉曰："宋玉爲人，體貌閑麗，口多微辭，又性好色，願王勿與出入后宫。"王問玉，玉曰："體貌閑麗，所受於天也；口多微辭，所學於師也。至於好色，臣無有也。"王曰："子不好色，亦有説乎？"玉曰："天下之佳人之麗者，莫若臣東家之子，增一分則太長，減之一分則太短，著粉則太白，施朱則太赤。眉如翠羽，肌如白雪，腰如束素，齒如含貝。然此女登墻窺臣三年，至今未許也。登徒子則不然，其妻蓬頭攣耳，齞脣歷齒，旁行踽僂，又疥且痔。登徒子悦之，使有五子。王孰察之，誰爲好色者矣？"於是楚王稱善。（上海古籍出版社，1991年）

佚名《宣和畫譜》卷五《人物敘論》：

昔人論人物，則曰：白皙如瓠，其爲張蒼；眉目若畫，其爲馬援；神姿高徹之如王衍，閑雅甚都之如相如，容儀俊爽之如裴楷，體貌閑麗之如宋玉。至於論美女，則蛾眉皓齒，如東鄰之女；瑰姿艷逸，如洛浦之神。至有善爲妖態，作愁眉啼妝、墜馬髻、折腰步、齲齒笑者，皆是形容見於議論之際而然也。（浙江人民美術出版社，2012年）

章樵《古文苑》卷二《宋玉賦》：

按《史》，楚襄王名横，懷王之子也。周赧王十七年，懷玉拘留於秦，襄王立。宋玉者，屈原弟子，仕襄王爲大夫，閔其師忠而放逐，作詞九章以述其志，今楚詞《九辯》是也。此諸賦雖體格不同，俱非《九辯》比矣。

同上，《笛賦》：

按《史》，楚襄王立三十六年卒，後又二十餘年方有荆卿刺秦之事。此賦果玉所作邪？

同上，《大言賦》《小言賦》：

《中庸》曰："君子語大，天下莫能載焉；語小，天下皆能破焉。"此《大言》《小言》所由起也。楚之諸臣，當君危國削之際，不知戒懼，方且虚詞以相角，恢諧以希賞，亦可悲矣。

同上，《諷賦》：

《白虎通》："諫有五：一曰諷諫。"諷也者，謂君父有闕而難言之，或托興詩賦以見乎詞，或假借他事以陳其意，冀有所悟而遷於善。楚襄好女色，宋玉以此賦之，其詞麗以淫，謂之勸可也。

同上，《釣賦》：

《詩》曰："其釣維何，維絲伊存。"《論語》曰："子釣而不網。"釣者，施綸於竿，垂餌以取魚也。

《史記》：楚人有好以弱弓微繳加歸雁之上者，襄王召而問之，對曰："小人之射，何足爲大王道也。昔者，三王弋以道德，五伯弋以戰國。王何不以聖賢爲弓，以勇士爲繳，時張而弋之。其樂非特朝夕之樂也，其獲非特鳧雁之實也。"云云，意與此賦正相類。

同上，《舞賦》：

傅毅《舞賦》，《文選》已載全文，唐人歐陽詢簡節其詞，編之《藝文類聚》，此篇是也。後人好事者，以前有楚襄、宋玉相唯諾之詞，遂指爲玉所，其實非也。（《叢書集成初編》本）

陳振孫《直齋書録解題》卷十六《别集類上》：

《宋玉集》一卷：楚大夫宋玉撰。《史記·屈原傳》言："楚人宋玉、唐勒、景差之徒，蓋皆原之弟子也。"而玉之辭賦獨傳，至以屈、宋并稱於後世，餘人皆莫能及。案《隋志》：《集》三卷。《唐志》：二卷。今書乃《文選》及《古文苑》中録出者，未必當時本也。（上海古籍出版社，1987年）

史繩祖《學齋占畢》卷一《笛見於經》：

宜黄李郛子經，博洽之士也。綴《緯文瑣語》，其間云："馬融作《長笛賦》云'近世雙笛從羌起'，而《風俗通》以爲漢武帝時丘仲所作，則非出於羌人矣。然《西京雜記》'高帝初入咸陽宫，笛長二尺三寸，六孔'；又宋玉在漢前而有《笛賦》，不始於武帝時丘仲所作。"此李子經之辨足以破世俗之疑矣。以余觀之，馬融之妄固可嗤，李子經亦爲未詳。余考之《史記》云："黄帝使伶倫伐竹於昆溪而作笛，吹之作鳳鳴。"是起於帝世矣。藉曰太史公之言未足以深據，盍不觀《周禮》笙師掌教竽、笙、塤、籥、簫、篪、篴、管，以教祴樂。鄭司農注謂："篪，七孔，音池。"而杜子春謂："讀篴爲蕩滌之滌，六孔，即笛之古字也。"經言可證如此，後世不深考而爲説紛紛，可勝嘆哉！（《四庫筆記小説叢書》本，上海

古籍出版社，1992年）

林駉《古今源流至論》後集卷一《評文》：

雖然文人相輕，從古固然，然學不逮先輩，文不逮先輩，亦效先輩雌黄之口，皆其氣習不渾厚而輕躁者之爲乎！讀詩未有劉長卿一句，已呼阮籍爲老兵；筆語未有駱賓王一字，已罵宋玉爲罪人。則吾豈敢！（上海古籍出版社，1992年）

王若虚《滹南集》卷三十七《文辨》：

宋玉稱鄰女之狀曰："增之一分則太長，减之一分則太短，施粉則太白，施朱則太赤。"予謂上二"太"字不可下。夫其紅白適中，故施粉太白，施朱太赤；乃若長短，則相形者也，增一分既已太長，則先固長矣，而减一分乃復太短，却是元短，豈不相窒乎？是可去之可也。

同上，卷三十九《詩話》：

晁無咎云："眉山公之詞短於情，蓋不更此境耳。"陳後山曰："宋玉不識巫山神女而能賦之，豈待更而後知？"是直以公爲不及於情也。嗚呼！風韻如東坡，而謂不及於情，可乎？彼高人逸才正當如是。其溢爲小詞而間及於脂粉之間，所謂滑稽玩戲，聊復爾爾者也。若乃纖艷淫媟入人骨髓，如田中行、柳耆卿輩，豈公之雅趣也哉？（《滹南遺老集》本，遼海出版社，2006年）

真德秀《西山文集》卷三十四《題跋・歐陽四門集》：

嗚呼，倘誠若是，則所謂文者，特飾奸之具爾，豈曰貫道之器哉！彼宋玉寓言以諷，未必真有是。若相如之事，則君子蓋羞道之。服儒衣冠，誦先王言，不惟顔、冉是學，而曰吾以學相如也，抑何其陋耶！（迪志文化出版公司，2003年）

魏了翁《鶴山集》卷一百一《唐文爲一王法論》：

不幸聖人没而王法絶，火於秦，黄、老於漢，佛於晋、宋、齊、梁之間，間有文人才士以主持斯文，攘臂鼓吻以自立其説，然目《離騷》爲奴婢，指屈、宋爲衙官，罵宋玉爲罪人，呼阮籍爲俗吏，其標立氣勢則有之矣，而王法則吾不知也。（《文淵閣四庫全書》本）

魏了翁《鶴山筆録》：

黄太史《跋送窮文》擬揚子雲《逐貧賦》，語稍莊，文采過之。如子雲《解嘲》擬宋玉《答客難》〔《對楚王問》〕，退之《進學解》擬子雲《解嘲》，柳子厚《晋問》擬枚乘《七發》，皆文采之美也。至於追琢前人，如班孟堅之《賓戲》、崔伯庭之《達旨》、蔡伯喈之《釋誨》，僅可觀焉，況其下者乎？（《叢書集成初編》本）

魏了翁《經外雜鈔》卷一：

宋玉《招魂》："像設君室，静閑安些。"按，此則人死而設形貌於室以事之，乃楚俗也。（《四庫筆記小説叢書》本，上海古籍出版社，1992年）

嚴羽《滄浪詩話·詩評》：

前輩謂《大招》勝《招魂》，不然。

高、岑之詩悲壯，讀之使人感慨；孟郊之詩刻苦，讀之使人不歡；《楚辭》惟屈、宋諸篇當讀之外，惟賈誼《懷長沙》、淮南王《招隱操》、嚴夫子《哀時命》宜熟讀，此外亦不必也。（郭紹虞《滄浪詩話校釋》本，中華書局，1962年）

劉克莊《後村詩話》卷三：

屈宋《大招》《招魂》等作，雖窮極天地之外，龍蛇鬼魃，千變萬態，然又稱述宗國宫室、鐘鼓歌舞之樂，以返之。（中華書局，1983年）

祝穆《方輿勝覽》卷二十七《江陵府》：

宋玉，有故宅。杜甫詩："曾聞宋玉宅，每欲到荆州。"

同上，卷三十二《襄陽府》：

宋玉，宜城人，有宅在城南。陸龜蒙詩："自從宋玉賢，特立冠耆舊。離騷既日月，九辯即列宿。卓然悲秋詞，合在風雅右。"

同上，卷三十三《郢州》：

宋玉，郢人。

蘭臺，在州城龍興寺，宋玉所游。

同上，《郢州·古迹》：

宋玉石，凡二石，李昉守郡日得之於榛莽間，今移在白雪樓前。

同上，卷五十七《夔州》：

陽雲臺，在巫山縣西北五十步。《寰宇記》：南枕大江。宋玉賦"楚王游於陽雲之臺，望高唐之觀”，即此。

高唐神女廟，在巫山縣西北二百五十步。有陽臺。《漫叟詩話》：“高唐事乃懷王，非襄王也。”《苕溪漁隱》曰：“《高唐賦》云：昔楚襄王與宋玉游於雲夢之臺。玉曰：‘昔先王嘗游高唐，息而晝寢，夢一婦人，曰妾巫山上之女也。’李善注：‘楚懷王。’則漫叟之言是也。然《神女賦》復云襄王與宋玉游雲夢之浦，使玉賦高唐之事，其夜與神女遇。異同當考。”《襄陽耆舊傳》曰：“楚襄王游於高唐，息而晝寢，夢見一婦人，云：‘我帝之女，名瑶姬，未行而亡，封於巫山之臺。’乃辭去，曰：‘妾在巫山之陽，高邱之岨。朝爲行雲，暮爲行雨。’比旦視之，如其言。乃立廟，號爲‘朝雲’。”年代已久，今無遺迹。

同上，卷五十八《歸州》：

宋玉，屈原弟子，爲楚大夫，閔其師以忠被放，乃作《九辯》以述其志。州東五里有故宅。杜甫詩：“摇落深知宋玉悲，風流儒雅亦吾師。江山故宅空文藻，雲雨荒臺豈夢思。”（《中國古代地理總志叢刊》本，中華書局，2003年）

祝穆《古今事文類聚》前集卷二十四《人道部·故交》：

景差至蒲騷，見宋玉曰：“不意重見故人，慰此去國戀戀之心。昨到夢澤，喜見楚山之碧，眼力頓明，今又會故人，閉心目足矣。”

同上，續集卷二十四《歌舞部·陽春寡和》：

宋玉識音而善文，襄王好樂而愛賦，既美其才，而憎其似屈原也。乃謂之曰：“子盍從楚之俗，使楚人貴子之德乎？”對曰：“昔楚有善歌者，王其聞與？始而曰《下里》《巴人》，國中唱而和之者數千人；中而曰《陽阿》《采菱》，國中唱而和之者數百人；既而曰《陽春》《白雪》《朝日》《魚離》，含商吐角，絶節赴曲，國人唱而和之者不過數人。蓋其曲彌高，其和彌寡。”（書目文獻出版社，1991年）

黄震《黄氏日抄》卷六十七《讀文集九·范石湖文》：

秭歸縣治，世傳宋玉宅，旗亭題“宋玉東家”。（《文淵閣四庫全書》本）

舒岳祥《閬風集》卷十《劉正仲和陶集序》：

自唐以來，效淵明爲詩者皆大家，數王摩詰得其清妍，韋蘇州得其散遠，柳子厚得其幽潔，白樂天得其平淡。正如屈原之騷，自宋玉、景差、賈誼、相如、子雲、退之而下，各得其一體耳。（文物出版社，1982年）

周應合《景定建康志》卷五十《拾遺》：

元豐中，王荆公在金陵，東坡自黄北還，日與公游，盡論古昔文字。公嘆息謂人曰："不知更幾百年方有如此人物。"東坡渡江至儀真，和《游蔣山詩》，寄金陵守王勝之益勝，公亟取，讀至"峰多巧障日，江遠欲浮天"，乃撫几曰："老夫平生作詩，無此二句。"又在蔣山時以近制示東坡。坡云："'積李兮縞夜，崇桃兮炫晝'，自屈、宋没世，曠千餘年，無復《離騷》句法，乃今見之。"荆公曰："非子瞻見諛，自負亦如此，然未嘗爲俗子道也。"（《文淵閣四庫全書》本）

王應麟《玉海》卷三十一《聖文・御製賦・淳化大言賦》：

四年八月一日，行書賜蘇易簡曰："宋玉遇楚王，未足以爲美。易簡逢真主，堪師法於後人。"今賜卿《大言賦》，名四句曰"少年盛世兮爲詞臣，古往今來兮有幾人"云云。

同上，卷五十四《藝文・唐七十五家總集》：

别集始於荀況、宋玉。自漢武帝二卷、淮南王二卷，至《揚雄集》五卷，幾二十一家，先漢之文也。

同上，卷五十五《藝文・唐七百三十六家别集》：

《志》丁部《集録》：其類有三，二曰别集類，七百三十六家，七百五十部，七千六百六十八卷。始於趙《荀況集》、楚《宋玉集》，終於《盧藏用集》。失姓名一家，玄宗以下不著録，四百六家，五千一十二卷。

同上，卷一百五十五《宫室》：

《後漢志》"汝南城父有章華臺"注，杜預曰："章華臺在華容縣城内。"

同上，卷一百六十二《宫室》：

楚匏居臺、章華臺。

《楚語》："靈王爲章華之臺，伍舉曰：'先君莊王爲匏居之臺，高不過望國氛，大不過容宴豆，木不妨守備，用不煩官府，民不廢時務，官不易朝常。問誰宴焉，則宋公、鄭伯；問誰相禮，則華元駟騑；問誰贊事，則陳侯、蔡侯、許男、頓子，其大夫侍之。'"《左傳・昭七年》："楚子成章華之臺。（原注：《括地志》：在荆州安興縣東八十里。《郡國志》：華容縣東六十里。）"《文選注》陸賈《新語》："楚王作乾溪之臺窺天文。"《邊讓傳》："作《章華臺賦》曰：楚靈王既游雲夢之澤，息於荆臺之上。前方淮之水，左洞庭之波，右顧彭蠡之隩，南眺巫山之阿。延目廣望，騁觀終日。顧謂左史倚相曰：‘盛哉斯樂，可以遺老而忘死也。’遂作章華之臺，築乾溪之室，窮木土之技，單珍府之實，舉國營之，數年乃成。（原注：賈子翟使之楚，楚王饗客於章華之臺，三休乃至於上。）”《東京賦》：“楚築章華於前，趙建叢臺於後。”《風賦》：“楚襄王游蘭臺之宫。”《子虚賦》：“楚王乃登陽雲之臺。（原注：《史記》作雲陽，《正義》：言其高出雲之陽。）”《注》孟康曰：“雲夢中高唐之臺，宋玉所賦者。”《大言賦》：“楚襄王與唐勒、景差、宋玉游於陽雲之臺。”《七發》：“登景夷之臺。”《列女傳》：“楚有漸臺。（原注：齊宣王漸臺五重。）”《戰國策》：“楚王盟强臺而弗登。梁王觴諸侯於范臺，前夾林而後蘭臺。梁有暉臺。”《左傳》：“齊晏子侍於遄臺。（原注：又有檀臺。）”（江蘇古籍出版社，1987年）

王應麟《詩地理考》卷一《總説》：

夾漈鄭氏曰：“周爲河洛，召爲岐雍。河洛之南瀕江，岐雍之南瀕漢。江漢之間，二南之地，《詩》之所起在於此。屈、宋以來，騷人辭客多生江漢，故孔子以二南之地爲作《詩》之始。”

林氏曰：“江漢在楚地，《詩》之萌芽自楚人發之，故云江漢之域，《詩》一變而爲《楚辭》，即屈原、宋玉爲之唱，是文章鼓吹多出於楚也。”（中華書局，2011年）

王應麟《漢藝文志考證》卷八《雜賦·宋玉賦十六篇》：

《宋玉集》三卷。王逸云：“屈原弟子。”《楚辭》：《九辯》《招魂》；《文選》：《風賦》《高唐》《神女》《登徒子好色賦》；《古文苑》：《大言》《小言》《釣》《笛》《諷賦》。朱文公謂：“辭有餘而理不足。”（中華書局，2011年）

周密《齊東野語》卷十八《薰風聯句》：

唐文宗詩曰：“人皆苦炎熱，我愛夏日長。”柳公權續云：“薰風自南來，殿閣生微凉。”或者惜其不能因詩以諷，雖坡翁亦以爲有美而無箴，故爲續之云：“一爲居所移，苦樂永相忘。願言均此施，清陰分四方。”余謂柳句正所以諷也。蓋熏風之來，惟殿閣穆清高爽之地，始知其凉。而征夫耕叟，方奔馳作勞，低垂喘汗於黄塵赤日之中，雖有此風，安知所謂凉哉？此與宋玉對楚王曰“此謂大王之風耳，庶人安得而共之者”同意。（《歷代史料筆記叢刊》本，中華書局，1983年）

周密《浩然齋雅談》卷上：

昔人有言，韓退之《送李愿歸盤谷序》，所述官爵、侍御、賓客之盛，皆不過數語，至於説聲色之奉，則纍數十言，或以譏之。余謂豈特退之爲然，如宋玉《招魂》，其言高堂、邃宇、翠翹、珠被、畋獵、飲食之類，亦不過數語。至於“蘭膏明燭，華容備；二八侍宿，射遞代。九侯淑女，多迅衆；盛鬋不同制，實滿宫。容態好比，順彌代；弱顔固植，謇其有意。姱容修態，絙洞房；蛾眉曼睩，目騰光；靡顔膩理，遺視矊”。又曰：“美人既醉，朱顔酡；娭光眇視，目曾波。被文服纖，麗而不奇；長髪曼鬋，艷陸離；二八齊容，起鄭舞。”以至“吴歈蔡謳，士女雜坐，亂而不分”。又《大招》亦云：“朱唇皓齒，嫭以姱；比德好閑，習以都；豐肉微骨，調以娱；嫮目宜笑，蛾眉曼；容則秀雅，穉朱顔；姱修滂浩，麗以佳；曾頰倚耳，曲眉規；滂心綽態，姣麗施；小腰秀頸，若鮮卑；陽中和心，以動作；粉白黛黑，施芳澤；青色直眉，美目媔；靨輔奇牙，宜笑嘕；豐肉微骨，體便娟。”皆長言摹寫，極女色燕昵之盛。是知聲色之移人，古今皆然。戲書爲退之解嘲。（《歷代史料筆記叢刊》本，中華書局，2010年）

魏慶之《詩人玉屑》卷一《白石詩説》（姜夔）：

詩有出於《風》者，出於《雅》者，出於《頌》者。屈、宋之文，《風》出也；韓、柳之詩，《雅》出也；杜子美獨能兼之。

同上，卷十三《楚辭·晦庵論楚詞》：

古賦須熟看屈、宋、韓、柳所作，乃有進步處。入本朝來，騷學殆絶，秦、黄、晁、張之徒，不足學也。（中華書局，2007年）

范晞文《對床夜語》卷五：

宋玉《高唐賦》云：昔楚襄王與玉游於雲夢之臺，望高唐之觀，其上獨有雲氣，王曰：“此何氣也？”玉對曰：“昔先王嘗夢見一婦人，曰：‘妾巫山之女也，聞君游高唐，願薦枕席。’王因幸之。”又《神女賦》云：襄王使玉賦高唐之事，其夜王寢，夢與神女遇。詳其所賦，則神女初幸於懷，再幸於襄，其誣蔑亦甚矣。流傳未泯，凡此山之片雲滴雨皆受可疑之謗，神果有知，則亦必抱不平於沉冥恍惚之間也。于濆有詩云：“何山無朝雲，彼雲亦悠揚。何山無暮雨，彼雨亦蒼茫。宋玉恃才者，憑虚構高唐。自重文賦名，荒淫歸楚襄。峨峨十二峰，永作妖鬼鄉。”或可以泄此憤之萬一也。（《文淵閣四庫全書》本）

佚名《錦綉萬花谷》續集卷三十四《類姓·宋》：

作《高唐賦》。楚威王問於宋玉曰："先生何士民衆庶不譽之甚也？"宋玉對曰："鳥有鳳而魚有鯨，夫聖人瑰意奇行，超然獨處，世俗之民又安知臣之所爲哉！"作《高唐賦》。（《新序》。）（廣陵書社，2008年）

佚名《群書通要》丁集卷八《歌舞類·陽春白雪》：

宋玉識音而善文，襄王好樂而愛賦，既美其才，而憎其似屈原也。乃謂之曰："子盍從楚之俗，使楚人貴子之德乎？"對曰："昔楚有善歌者，王其聞歟？始而曰《下里》《巴人》，國中唱而和之者數萬人；中而曰《陽阿》《采菱》，國中唱而和之者數百人；既而曰《陽春》《白雪》《朝日》《魚離》，含商吐角，絶節赴曲，國人唱而和之者不過數人。蓋其曲彌高，其和彌寡。"（江蘇古籍出版社，1987年）

佚名《氏族大全》卷十七《宋·九辯》：

宋玉師事屈原，爲楚大夫。作《九辯》悲屈原也。作《神女》《高唐》二賦，皆寓言托興，有所諷也。（《文淵閣四庫全書》本）

趙秉文《滏水集》卷二十《題〈巫山圖〉後》：

昔宋玉賦高唐之事，其意言山水之峻激，林木之振蕩，鳥獸之號呼，以使人移心易志，以諷襄王之荒淫，神志既蕩，夢與神遇，以無爲有也。其卒章言："覽萬方，思國害，開賢聖，輔不逮。"勸百而諷一，亦已晚矣。其後卒賦神女之事，豈荒淫之主竟不可以已耶？然亦玉之罪矣。惜乎無是可也，後世不知者，遂實其事。乃知楚人事鬼，尚矣。其後繪以爲圖，公南征得之。觀其群峰秀拔，雲煙葱蔚，意必有神主之。褻瀆如此，無乃污靈尊乎？乃爲之辯。（《文淵閣四庫全書》本）

郝經《陵川集》卷二十二《文説送孟駕之》：

物感於我，我應之以理而辭之耳，豈校其辭之工拙哉？是以六經之文，經天地，貫萬世，與博厚高明并而不朽也。仲尼氏没，本散而末分，源遠而流别，文晦於理而文於辭，作之者工於辭而悖於理，故莊、列以之文虚無，儀、秦以之文狙詐，申、韓以之文慘黷，屈、宋以之文怨懟，卒致吕政焚書之厄。

同上，卷二十三《答友人論文法書》：

自孔、孟氏没，理浸廢，文浸彰，法浸多。於是左氏釋經而有傳注之法，莊、荀著書而有辯論之法，屈、宋尚辭而有騷賦之法，馬遷作史而有序事之法，自賈誼、董仲舒、劉向、揚雄、班固，至韓、柳、歐、蘇氏，作爲文章而有文章之法，皆以理爲辭而文法自具，篇篇有法，句句有法，字字有法，所以爲百世之師也。故今之爲文者，不必求人之法以爲法，明夫理而已矣。……

故先秦之文，則稱左氏、《國語》、《戰國策》、莊、荀、屈、宋。二漢之文，則稱賈誼、董仲舒、司馬遷、劉向、揚雄、班固、蔡邕。唐之文，則稱韓、柳；宋之文，則稱歐、蘇。中間千有餘年，不啻數千百人，皆弗稱也。騷賦之法則本屈、宋，作史之法則本馬遷，著述之法則本班、揚，金石之法則本蔡邕，古文之法則本韓、柳，論議之法則本歐、蘇。中間千有餘年，不啻數千百文，皆弗法也。何者？能自得理而立法耳，故能名家而爲人之法。……

近世以來，紛紛焉求人之法以爲法，玩物喪志，窺竊模寫之不暇，一失步驟，則以爲狂爲惑。於是不敢自作，不復見古之文，不復有六經之純粹至善，孔、孟之明白正大，左氏之麗縟，周、莊之邁往，屈、宋之幽婉。無復賈、馬、班、揚、韓、柳、歐、蘇之雄奇高古、清新典雅、精潔恣肆、豪宕之作。總爲循規蹈矩决科之程文，卑弱日下，又甚齊梁五季之際矣。嗚呼！文固有法，不必志於法，法當立諸己，不當尼諸人。不欲爲作者則已，欲爲作者名家而如古之人，舍是將安之乎？（山西古籍出版社，2006年）

郝經《郝氏續後漢書》卷六十六下《左思》：

議曰：賦本詩之一義，屈、宋作而騷賦興，與詩別而體制異矣。漢興，賈誼、司馬相如，壯浪縱肆，宏富高古，無以尚矣。至揚雄、班固，模擬填塞，雖工巧而不能窮神入聖，於是自以爲俳。若張衡、左思則又下揚、班遠甚，特圭撮事類辭章之肆闠爾。（《叢書集成初編》本）

方回《桐江續集》卷二十六《擬古五首》（其四）：

騷人稱屈、宋，宋豈敵子平。詩家推陶、謝，謝豈肩淵明。魯直愛水仙，以梅爲其兄。梅似可祖父，吾今改玆評。（《文淵閣四庫全書》本）

方回《瀛奎律髓》卷十二《秋日類序》：

“悲哉！秋之爲氣。”宋玉之辭極矣。後之作者悲秋爲多，中秋、九日詩，不盡入節序，及泛述秋興、秋懷，精於言秋者屬此。（上海古籍出版社，2005年）

劉壎《隱居通議》卷二十九《地理·川江圖》：

又進，即歸州治。江南有巫峽，有楚王樓，有巫山十二峰，有宋玉亭，皆南岸也。（《叢書集成初編》本）

戴表元《剡源文集》卷九《許長卿詩序》：

故其詩，徘徊窈窕，情鍾意劇，如高漸離、李龜年之過都歷國，驚欣而凄愴也；噫嗚慷慨，神張氣旺，如唐衢、莊舄之懷人思土，若不願居而中不能釋也；登山臨水，留連暢洽，如宋玉、司馬相如之感遇，而有所適也；掃門却軌，呻吟沉著，如虞卿、馮衍之獨行無與，而莫之悔也。嗚呼！兹非余心之所同然者耶？兹非人情世故之所托於無迹之迹者耶？（《文淵閣四庫全書》本）

白珽《湛淵静語》卷二：

少陵"落月滿屋梁，猶疑照顔色"即宋玉《神女賦》"其始來也，若白日初出照屋梁；其少進也，皎若明月舒其光"，然此又出《詩》陳國風之"月出皎兮，佼人僚兮"。時好事者便謂少陵此兩句，嘗治鄭虔妻瘧疾有驗，良可笑也。（《文淵閣四庫全書》本）

盛如梓《庶齋老學叢談》卷一：

巫山神女廟兩廡碑文，皆言神助禹開峽有功，是以廟而祀之，極詆宋玉雲雨之妄。余謂與揚州后土韋郎事相似。舊塑緑衣年少於旁。明道以其褻瀆，遂撤去之。不特此二事，月宫姮娥初無此説，誕妄始於《淮南子》，漢人從而傳之，唐宋文人又從而詩之歌之。史先生《學齋占畢》論之詳矣。（《叢書集成初編》本）

陳櫟《定宇集》卷十四《〈燕山八景賦〉考評》：

矧未嘗登覽而欲賦之，不過想像焉耳。宋玉想像而賦高唐，乃述夢境，本無實事，徒肆虚辭，如畫鬼神，孰從而究詰之。今欲以虚辭賦實景，識者苟摭實景以非虚辭，不待離婁子吹毛議之，而知其不可矣。（《文淵閣四庫全書》本）

馬端臨《文獻通考》卷二百零六《經籍考》史部時令：

《歲時雜咏》《續歲時雜咏》。

宣獻公宋庠及其孫叔剛撰。濟北晁無咎補之作《序》曰：……屈原、宋玉爲《離騷》，最近於詩，而所以托物引類，其感在四時，可以慷慨而太息，想見其忠潔。

同上，卷二百三十《經籍考》集部賦詩：

《漢藝文志》傳曰："……大儒荀卿及楚臣屈原，離讒憂國，皆作詩以風，咸有惻隱古詩之義。其後宋玉、唐勒，漢興司馬相如、枚乘及揚子雲，競爲侈麗閎衍之詞，没其風諭之義。是以揚子雲悔之，曰：'詩人之賦麗以則，辭人之賦麗以淫。如孔氏之門用賦也，則賈誼登堂，相如入室矣。如其不用何？’”

陳氏曰：“昭武黄伯思長睿撰其序，言屈、宋諸騷，皆書楚語，作楚聲，紀楚地，名楚物，故可謂之楚辭。若些、只、羌、誶、蹇、紛、侘傺者，楚語也；悲壯頓挫，或韻或否者，楚聲也；湘、沅、江、澧、修門、夏首者，楚地也；蘭、藍、荃、藥、蕙、若、蘋、衡者，楚物也。”

同上，《經籍考》集部别集：

《楚辭》十七卷。

晁氏曰：“後漢校書郎王逸叔師注：楚屈原名平，爲懷王左徒，博聞强志，嫻於辭令。後同列心害其能而譏之，王怒，疏平。平自傷忠而被謗，乃作《離騷經》以諷，不見省納。及襄王立，又放之江南，復作《九歌》《天問》《九章》《遠游》《卜居》《漁父》《大招》，自沈汨羅以死。其後楚宋玉作《九辯》《招魂》，漢賈誼作《惜誓》，淮南小山作《招隱士》，東方朔作《七諫》，嚴忌作《哀時命》，王褒作《九懷》，劉向作《九嘆》，皆擬其文，而哀平之死於忠。”

《楚辭釋文》一卷。

晁氏曰：“未詳撰人，其篇次不與世行本同。”

陳氏曰：“古本，無名氏，洪氏得之吴郡林虙德祖，其篇次不與今本同。今本首《騷經》，次《九歌》《天問》《九章》《遠游》《卜居》《漁父》《九辯》《招魂》《大招》《惜誓》《招隱》《七諫》《哀時命》《九懷》《九嘆》《九思》。《釋文》亦首《騷經》，次《九辯》，而後《九歌》《天問》《九章》《遠游》《卜居》《漁父》《招隱士》《招魂》《九懷》《七諫》《九嘆》《哀時命》《惜誓》《大招》《九思》。洪氏按，王逸《九章注》云：‘皆解於《九辯》中。’則《釋文》篇第蓋舊本也。後人始以作者先後次序之耳。”

朱侍講按：“天聖十年，陳説之序，以爲舊本篇第混并，乃考其人之先後，復位其篇第，然則今本説之所定也。”

余按，《楚辭》，劉向所集，王逸所注，而《九嘆》《九思》亦列其中，蓋後人所益也與？

《續楚辭》二十卷。

晁氏曰：“族父吏部公編，擇後世文賦與《楚辭》類者編之。自宋玉以下，至本朝王令，凡二十六人，計六十篇，各爲小序，以冠其首。”

《楚辭集説》八卷。

陳氏曰：“……屈子所著二十五篇爲‘離騷’，而宋玉以下則曰‘續離騷’。”

《宋玉集》一卷。

陳氏曰：“《宋玉集》一卷，楚大夫宋玉撰。《史記·屈原傳》言：楚人宋玉、唐勒、景差之徒，皆原之弟子也。而玉之辭賦獨傳，至以屈、宋并稱於後世，餘人皆莫能及。案《隋志》：《集》三卷。《唐志》：二卷。今書乃《文選》及《古文苑》中録出者，未必當時本也。”

按，宋玉而下五家，皆見唐以前《藝文志》，而“三朝志”俱不著録。《崇文總目》僅有董集一卷而已。蓋古本多已不存，好事者於史傳及類書中鈔録，以備一家之作，充藏書之數而已。

同上，卷二百三十六《經籍考》集部别集：

《鮮于諫議集》三卷。

東坡蘇氏曰：“鮮于子駿《九誦》，友屈、宋於千載上。《堯詞》《舜詞》二章，氣格高古，東漢以來鮮及。”

少游秦氏曰：“公晚年爲詩與楚詞尤精，蘇翰林讀公《八咏》，自謂欲作而不可得，讀《九誦》，以爲有屈、宋之風。”

晁無咎《鷄肋編》七十卷。

張耒嘗言無咎“於文章蓋天性，讀書不過一再，終身不忘。自少爲文，即追考屈、宋、班、揚，下逮韓愈、柳宗元之作，促駕而力鞭之，務與之齊而後已。其凌厲奇卓，出於天才，非醖釀而成者，自韓、柳而還，蓋不足道也”。

同上，卷二百四十八《經籍考》集部總集：

《楚漢逸書》八十二篇。

豫章洪芻編，宋玉、司馬相如……凡十九家，叙其可考而讀者，共八十二篇……又有《漢賢遺集》，所載略同。

《雜文章》一卷。

晁氏曰：“孫巨源得之於秘閣，載宋玉等賦頌五十八篇。景迂生元豐甲子，以李公擇本校正，後有劉大經、田爲、王雲、李端、唐君益諸人題跋。”

《古文章》十六卷。

陳氏曰：“……《館閣書目》又有《漢魏文章》二卷，集宋玉以下文八十八首，未見。”（中華書局，1987年）

張之翰《西岩集》卷十七《詩學和璞引》：

夫《詩》之來遠矣，蓋見於唐虞之末，著於殷商之時，聖人集《三百篇》，列之於經，取其可以告神明、薦宗廟、諷君上、諭朋友故也。至於春秋列國，諸卿大夫未有不通《詩》者，皆以所賦卜休咎成敗，其爲用如此。降及後世，有衍而爲《離騷》，分而爲《九辯》，變而爲古調，創而爲近體。然去古漸遠，氣格稍弱，中間自成一家，得左右《風》《雅》者爲不少。世之人必欲攀屈、宋之駕，登李、杜之壇，出乎喜怒哀樂之至情，合於仁義禮智之中道，可不知所效學，求所矜式乎？（《文淵閣四庫全書》本）

袁桷《清容居士集》卷四十《答未生》：

議詞章之弊，肇於揚、劉；發《騷》《雅》之幽，擬於屈、宋。

同上，卷五十《題噩上人〈疊秀軒賦〉後》：

今噩上人作《驃騎山賦》及《疊秀》《冽清》二賦，手而讀之，誠駸駸乎古作矣。渡江以來，諸賢蹈襲蘇學，以雄快直致爲詩，詩與文率相成風，科舉學盛，屈、宋不入於口耳。積弊幾二百年，山林枯槁之士尚何能冀其仿象，是則皆吾徒之罪也。（中華書局，1985年）

貢奎《雲林集》卷首陳巖《序》：

至周而詩極盛，其《三百篇》則經仲尼之所删而存者。先儒謂删後更無詩者，非無詩也，謂雅不作耳。自時厥後，一變而爲楚騷，屈原《九歌》則涉於怨懟，宋玉《高唐》則流於荒淫。至再變而爲漢之五言，三變而爲七言，繼而歌行、雜體。後人多以是相慕效而作，各極其所至爲名家。（《文淵閣四庫全書》本）

柳貫《待制集》卷十八《題天野飛雲編》：

客有携雜詩賦一編示余，其識《天野飛雲》，而不著撰人名氏。余讀未終，瞿然曰：是咀澹而厭華，幽光而凄韻，其多得於騷家之性者歟？何言之甚似也？……然則詩殄而騷萌，肇於屈、宋，而成於揚、馬，豈獨求之聲而合哉！客爲我遺寥廓，而重訊天野之飛雲，還有以啓我，則騷家之苗裔，庶其在是矣夫！（《文淵閣四庫全書》本）

謝應芳《龜巢稿》卷四《與諸友論詩次朋南韻》：

每見古人詩不俗，恨不移家與連屋。人生有詩可傳世，萬事無成心亦足。嗟哉風雅絶遺響，斷弦未有麟膠續。三經三緯機軸在，文士疇非賴私淑。屈原吐詞蘭蕙香，能襲餘馨惟宋玉。兩京豪華六朝靡，聲律由唐轉覆宋。草堂先生獨冠佩，進退委蛇氣容肅。孔明廟柏一品題，儼然緑竹生淇澳。要之煉壽如煉丹，九轉成功龍虎伏。秋高當約許玄度，妙法參諸老尊宿。（《文淵閣四庫全書》本）

楊維楨《麗則遺音》卷首《麗則遺音序》：

揚子雲曰：詩人之賦麗以則，詞人之賦麗以淫。子雲知古賦矣，至其所自爲賦，又蹈詞人之淫，而乖《風》《雅》之則。何也？豈非賦之古者，自景差、唐勒、宋玉、枚乘、司馬相如以來，違則爲已遠，矧其下者乎！余蚤年學賦，嘗私擬數十百題，不過應場屋一日之敵爾，敢望古詩人之則哉！（迪志文化出版公司，2003年）

吴萊《淵穎集》卷五《形釋》：

盍獨不觀夫世之務進而不已者乎！峨高弁，曳長佩。從容而游豫，堯行而舜步，搜古文，摘奇字，穿鑿以附儷，周情而孔思，屈原、宋玉、王、揚、司馬，支離輪囷，綺繢艷冶，言文辭者，則或蜀，而或楚。

同上，附録宋濂《淵穎先生碑》：

古之賦學，專尚音，必使宮商相宣，徵羽迭變。自宋玉而下，唯司馬相如、揚雄、柳宗元能調協之。因集四家所著，名《楚漢正聲》。（中華書局，1985年）

李孝光《五峰集》卷二《書〈窈窕圖〉後》：

予觀宋玉、曹子建《洛神》諸賦，其詞若近於媟褻，而世咸以爲誠有是事，殆不然也。自《國風》《雅》《頌》之亡也，一變而爲《離騷》，然其比興之法則未嘗亡。蓋詩之善善惡惡也，其美是人，則形容其德之盛，如曷不肅雍、王姬之車之類是也；其譏刺是人，則誇張其服飾之美、顏色之麗，如胡然而天、胡然而帝之類是也。夫其所以愛惡之意，固以躍然於言外，如屈原之湘君、夫人，宋玉之美人，子建之洛神，亦皆爲是假飾之詞，以是發洩其憂怨悲憤之情，蓋比興之遺音也。（《湖湘文庫》本，岳麓書社，2008年）

陳繹曾《文説·下字法》：

古賦有楚賦，當熟讀朱子《楚辭》中《九章》《離騷》《遠游》《九歌》等篇，宋玉以下未可輕讀。有漢賦，當讀《文選》諸賦，觀此足矣。唐宋諸賦，未可輕讀。有唐古賦，當讀《文粹》諸賦。《文苑英華》中亦有絶佳者，有唐律賦，備見《文苑英華》。（王水照《歷代文話》本，復旦大學出版社，2007年）

祝堯《古賦辨體》卷二《宋玉》：

玉，屈原弟子也，爲楚大夫。閔其師忠而放逐，故作《九辯》，以述其志。玉賦頗多，然其精者，莫精於《九辯》。昔人以屈、宋并稱，豈非於此乎得之？太史公曰："屈原之後，楚有宋玉、唐勒、景差之徒，皆以賦見稱。"或問揚子雲曰：

“景差、唐勒、宋玉、枚乘之賦也，善乎？”曰：“必也淫，詩人之賦麗以則，詞人之賦麗以淫。”審此，則宋賦已不如屈，而爲詞人之賦矣。宋黄山谷云：“作賦須以宋玉、賈誼、相如、子雲爲之師，略依仿其步驟，乃有古風。”老杜《咏吴生畫》云：“畫手看時輩，吴生遠擅場。”蓋古人於能事，不獨求誇時輩，要須前輩中擅場爾。此言尤後學所當佩服，但其言自宋玉以下而不及屈子，豈以《騷》爲不可及邪？

同上，《九辯》：

其一：興而賦也，然兼比義。蓋遭讒放逐，感時物而興懷者，興也。而秋乃一歲之運，盛極而衰，陰氣用事，有似叔世危邦之象，則比也。

其二：賦兼風也。玩其優柔宛轉之辭，則得之矣。

其三，賦兼比興之義，與首篇同。“余”“吾”皆爲原之謂，他篇仿此。

其四：比而賦也。

其五：比而賦也。全篇取驥與鳳爲比，寓情曲折有味。

其六：賦而比也。其中賦多而比少。

其七：賦也，中含比義。

其八：比而賦也。首尾專言擁蔽之禍。

其九：賦也，其間亦略兼比。

同上，《〈九辯〉後評語》：

右屈、宋之辭，家傳人誦，尚矣。删後遺音，莫此爲古者，以兼六義焉。爾賦者，誠能雋永於斯，則知其辭所以有無窮之意味者，誠以舒憂泄思，粲然出於情；故其忠君愛國，隱然出於理。自情而辭，自辭而理，真得詩人“發乎情，止乎禮義”之妙，豈徒以辭而已哉！如但知屈、宋之辭爲古，而莫知其所以古，及其極力摹放則又徒爲艱深之言，以文其淺近之説，摘奇難文字，以工其鄙陋之辭，汲汲焉以辭爲古，而意味殊索然矣，夫何古之有！能賦者，必有以辨之。

同上，《〈秋聲賦〉題解》：

此等賦實自《卜居》《漁父》篇來。迨宋玉賦《風》與《大言》《小言》等，其體遂盛，然賦之本體猶存。及子雲《長楊》，純用議論説理，遂失賦本真。歐公專以此爲宗，其賦全是文體，以掃積代俳律之弊，然於《三百五篇》吟咏情性之流風遠矣。（《四庫文學總集選刊》本，上海古籍出版社，1993年）

傅若金《傅與礪詩文集》文集卷五《送張聞友游湘中序》：

荆楚之邦，地大而物蕃。其鎮衡岳，群山宗焉；其浸洞庭，衆水瀦焉；其人屈原、宋玉、賈誼之流，百世慕其風焉。（《文淵閣四庫全書》本）

郭翼《雪履齋筆記》：

古來繪風手，莫如宋玉雌雄之論。荀卿《雲賦》造語奇矣，寄托未爲深妙。陸務觀《跋吴夢予詩》云：山澤之氣爲雲，降而爲雨，勾者伸，秀者實，此雲之見於用者也。予嘗見旱歲之雲嵯峨突兀，起爲奇峰，足以悦人之目，而不見於用，此雲之不幸也。從《風賦》脱胎，雖因襲而饒意味。（《文淵閣四庫全書》本）

脱脱等《宋史》卷四百四十四《文苑傳·秦觀》：

秦觀字少游，一字太虚……見蘇軾於徐，爲賦《黄樓》，軾以爲屈、宋才。又介其詩於王安石，安石亦謂清新似鮑、謝，軾勉以應舉。（中華書局，2011年）

李翀《日聞録》：

故凡禍福之説，特冒佛之名，皆吾中國之人依仿而托之者也。佛書之初入中國也，僅《四十二章》，本不言禍福。其説知足，本於《老子》；其書分章，本於《孝經》，蓋中國之人譯之然也。言天堂，則宋玉天門、九關之説；言地獄，則宋玉幽都、土伯之説；言輪回，則《漢書》載鬼之説。因《列子》寓言西極化人，遂生西方極樂；因《離騷》寓言女岐九子，遂生九子母；因鄒衍以禹九州，演爲九九，復演爲九之又九，遂增展爲十萬億國土；因道家謂昆侖山高二千五百里，日月常相隱避以爲光明，遂推廣而爲日月循環，須彌山照臨四世界；因孟子道性善，人皆可以爲堯舜，於是謂一切衆生皆有佛性，汝等來世皆當作佛；因墨子言兼愛，視其鄰之子猶其兄之子，於是謂一切男子皆我父，一切女子皆我母；因老子言吾大患者以吾有身，於是謂肉身爲血肉皮，耳、目、口、鼻、身、意爲六根；因老子言可道非道、可名非名，於是謂一切有相皆爲非相；因莊子言死灰其心、槁木其形，於是謂禪寂入定，坐脱立亡。凡爾皆吾中國之人譯之然也，佛書之稱自西域來者，不出此數端而已。（《叢書集成初編》本）

陶宗儀《説郛》卷二十四下《繼古叢編·騷篇》（施青臣）：

得《九辯》與《九歌》以下。郭景純注引《歸藏·開筮》曰："昔彼九，宜是爲帝辨同宫之序，是爲《九歌》。"考此，則《九歌》《九辯》皆天帝樂名，夏初得之，屈原、宋玉取諸此也。况屈、宋騷辭多摘《山海經》之事迹乎？《詩》亡而後《騷》作，《騷》亦《詩》樂之餘派。樂至九而成，故《周禮》《九德》之歌，

《簫韶》之舞，奏於宗廟之中，樂必九變而可成禮。所以必取於九者，黄鐘在子，《太玄》以爲子數九得，非黄鐘爲五音之宫歟？然則屈原而下，賡辭規諫，寓諸樂章，將以感神之心而感人，意亦切矣。

同上，卷五十六《北轅録》（周輝）：

至南京入陽熙門……張巡、許遠廟在西門外，謂之雙忠廟。其傍則宋玉臺，此地高辛氏子閼伯所居商邱也。

同上，卷五十八上《襄陽耆舊傳·宋玉》（習鑿齒）：

宋玉者，楚之鄢人也，故宜城有宋玉冢。始事屈原，原既放逐，求事楚友景差。景差懼其勝己，言之於王，王以爲小臣。玉讓其友，友謝之，復言於王。玉識音而善文，襄王好樂愛賦，既美其才，而憎之似屈原也。曰："子盍從俗，使楚人貴子之德乎？"對曰："昔楚有善歌者，始而曰《下里》《巴人》，國中屬而和之者數百人；既而曰《陽春》《白雪》《朝日》《魚離》，國中屬而和之者不至十人；含商吐角，絶倫赴曲，國中屬而和之者不至三人矣。其曲彌高，其和彌寡。"

同上，卷六十五上《攬轡録》（范成大）：

甲子至南京，金改爲歸德府。過雷萬春墓，環以小墻，額曰忠孝雷公之墓。西門外南望，有宋玉臺，及張巡、許遠廟，世稱雙廟，睢陽人又謂之雙王廟。（中國書店，1986年）

宋濂《文憲集》卷十六《淵穎先生碑》：

古之賦學，專尚音律，必使宫商相宣，徵羽迭變，自宋玉而下，唯司馬相如、揚雄、柳宗元能調協之，因集四家所著，名《楚漢正聲》。（迪志文化出版公司，2003年）

朱右《白雲稿》卷三《文統》：

《易》以闡象，其文奥；《書》道政事，其文雅；《詩》發性情，其文婉；《禮》辨等威，其文理；《春秋》斷以義，其文嚴。然皆言近而指遠，辭約而義周，固千萬世之常經，不可尚已。孔思得其宗，言醇以至；孟軻識其大，言正以辨。若左氏多誇，莊周多誕，荀卿多雜，屈、宋多怨，其文猶近古，世稱作者。

同上，卷五《〈謭軒詩集〉序》：

詩以言志也，志之所向，言亦隨之，古今不易也。《三百篇》自删定以後，體裁屢變，而道微規諷，猶有三代遺意，俚喭誕謾之辭不與焉。是故屈、宋之貞，其言也懇；李、蘇之别，其言也恨；揚、馬多才，其言也雄；曹、劉多思，其言也麗；六朝志靡則言蕩，而去古遠矣。（《四庫明人文集叢刊》本，上海古籍出版社，1991年）

王褘《王忠文集》卷十七《招游子辭并序》：

昔者，屈原放逐之餘，眇觀宇宙，欲制煉形魂，排風御氣，浮游八極，後天而終，以盡反復無窮之世變，故《遠游》之歌所爲而作。今存誠之有取於《遠游》也，豈猶原之志歟！予因反其意爲辭以招之，庶幾其不騖於虚遠，而爲吾聖賢之歸。然宋玉、景差《大、小招》，務爲譎怪之談，荒淫誇艷之語，今亦無取焉。（《文淵閣四庫全書》本）

李繼本《一山文集》卷四《〈傅子敬紀行詩〉序》：

觀乎屈原之《離騷》《九歌》，宋玉、景差之《九辯》諸作，蘇、李之贈答，無名氏之《十九首》，哀而不傷，怨而不怒，其《風》之遺音乎！（上海書店，1994年）

鄭真《滎陽外史集》卷七《梅堂記》：

東南多奇葩異卉，求其鐵心石腸，凌厲於風霜雪月間，莫梅若也。是以君子比德焉。書稱若作和羹，用汝作鹽梅，其取譬精矣。後世名臣貞士，若何遜、宋玉、林逋之流，模寫而形容之，非誇大其詞，以炫耀流俗也，蓋其心意所適，有至理存焉。（《四庫明人文集叢刊》本，上海古籍出版社，1991年）

楊士奇《東里集》續集卷十四《〈杜律虞注〉序》：

律詩非古也，而盛於後世。古詩《三百篇》皆出乎情，而和平微婉，可歌可咏，以感發人心，何有所謂法律哉？自屈、宋下至漢魏，及郭景純、陶淵明，尚有古詩人之意；顔、謝以後，稍尚新奇，古意雖衰而詩未變也；至沈、宋而律詩出，號近體，於是詩法變矣。（中華書局，1998年）

吴訥《文章辨體序説》卷首目録《對問叙説》：

對問體者，載昔人一時問答之辭，或設客難以著其意者也。《文選》所録宋玉之於楚王，相如之於蜀父老，是所謂問對之辭。至若《答客難》《解嘲》《賓戲》等作，則皆設辭以自慰者焉。洪氏景盧云："東方朔《答客難》，自號文中杰出。揚雄擬爲《解嘲》，尚有馳騁自得之妙。至於班固之《賓戲》、張衡之《應問》，則屋下架屋，章摹句寫，讀之令人可厭。迨韓退之《進學解》出，則所謂青出於藍而青於藍矣。"景盧所云，學者亦所當知。

同上，《兩漢・附録》：

屈、宋之辭，家藏人誦，兩漢而下，祖襲者多。晦翁編類《楚辭後語》，一以時世爲之先後。至其體制，則若詩，若賦，若辭，若文，若操，與夫諸雜著之近乎楚者，悉皆間見迭書，而不復爲之分類也。迨元祝氏輯纂《古賦辨體》，其曰《後騷》者，雖文辭增損不同，然大意則亦本乎晦翁之舊也。是編之賦，既以屈、宋爲首；其兩漢以後，則遵祝氏，而以世代爲之卷次。若當時諸人雜作，有得古賦之體者，亦附各卷之後，庶幾讀者有以得夫旁通曲暢之助云。（人民文學出版社，1962年）

賀復徵《文章辨體彙選》卷四百四十一《問對》：

吴訥曰：問對體者，載昔人一時問答之辭，或設客難以著其意者也。《文選》所録宋玉之於楚王，相如之於蜀父老，是所謂問對之辭。至若《答客難》《解嘲》《賓戲》等作，則皆設辭以自慰者焉。（《文淵閣四庫全書》本）

徐有貞《武功集》卷四《招拙逸詞》：

禮於始喪有復，復之流爲招魂，其來尚矣。楚人乃以施之生者，而推其緣起，實則行乎死者之事焉。夫惟行乎死者，故其爲辭涉於神怪。自宋玉、景差之作，猶不免乎鄙野之譏，况其後者歟！然則後之作者，蓋必微其辭而約之禮，可也。（《四庫明人文集叢刊》本，上海古籍出版社，1991年）

李賢等《明一統志》卷十八《徐州・陵墓》：

宋玉墓：在蕭縣西南三十里。玉，楚大夫。

同上，卷三十《南陽府・陵墓》：

宋玉墓：在唐縣東，葬楚大夫宋玉。

同上，卷六十《襄陽府・陵墓》：

宋玉墓：在宜城縣東南二十二里。

同上，卷六十二《荆州府・人物》：

宋玉，楚人，屈原弟子，爲楚大夫。憫其師放逐，乃作《九辯》，述其志以悲之；又作《神女》《高唐》二賦，皆寓言托興，有所諷也。

同上，《荆州府・古迹》：

宋玉宅，在歸州舊治東五里。唐杜甫詩："摇落深知宋玉悲，風流儒雅亦吾師。江山故宅空文藻，雲雨荒臺豈夢思。”

同上，《岳州府·古迹》：

宋玉城，在澧州南六十里長樂鄉。有宋玉廟。又有銅昏堰，以銅冶爲之，畝收三十鍾。

同上，卷七十《龍安府·祠廟》：

神女廟，在巫山縣治西北。舊《傳》：楚襄王游於高唐，夢一婦人云：“我帝之女，名瑶姬，未行而亡，封於巫山之臺。”及辭去曰：“妾在巫山之陽，高丘之岨，朝爲行雲，暮爲行雨。”比旦視之，如其言，遂立廟，匾曰“朝雲”。《漫叟詩話》：高唐事乃懷王，非襄王也。然《神女賦》云“襄王游雲夢之浦，使玉賦高唐之事，其夜與神女遇”云。唐李義山詩：“一自高唐賦成後，楚天雲雨盡堪疑。”宋吴簡言詩：“惆恨巫娥事不平，當時一夢是虚成。祇因宋玉閑唇吻，流盡巴江洗不清。”（《文淵閣四庫全書》本）

葉盛《水東日記》卷十二《吴興姚鉉集〈唐文粹〉百卷成》：

自微言絶響，聖道委地，屈平、宋玉之辭，不陷於怨懟，則溺於調惑。

同上，卷二十四《高元之先生〈變離騷〉序》：

故揚之（指屈原）者，或過其實；抑之者，多損其真。然自宋玉、賈誼而下，如東方朔、嚴忌、淮南小山、王褒、劉向之徒，皆悲原意，各有纂者，大抵紬繹緒言，相與嗟咏而已，若夫原之微言匿旨，不能有所建明。（《歷代史料筆記叢刊》本，中華書局，1980年）

宋公傳《元詩體要》卷四《言體》：

托物興喻，辭多引用，而復斷以己意，若揚子《法言》，莊周《寓言》，宋玉《大言》，皆言也。詩家亦有此題，今因題得詩，就詩命體，其篇什多有可録者，故立言體，以備觀者之采擇云。（《文淵閣四庫全書》本）

何喬新《椒邱文集》卷九上《〈楚辭〉序》：

蓋三百篇之後，惟屈子之辭最爲近古。屈子爲人，其志潔，其行廉，其姱辭逸調，若乘鷖駕虬而浮游乎埃壒之表，自宋玉、景差，以至漢唐宋作者繼起，皆宗其矩矱而莫能尚之，真風雅之流而詞賦之祖也。（《四庫明人文集叢刊》本，上海古籍出版社，1991年）

周瑛《翠渠摘稿》卷三《續騷亭記》：

騷，何爲而作也？古者詩言志，歌永言。而騷，詩之變也。其趣遠，其聲希，徘徊曲折，而求以達其志焉者也。屈、宋，至矣；西漢而下，其侈辭乎？（《文淵閣四庫全書》本）

鄭瑗《井觀瑣言》卷三：

喪禮有“復”説者，以爲招魂復魄。荆楚之俗，乃以是施之生人。宋玉《招魂》、景差《大招》是也。予按，《韓詩》云：“鄭國之俗，三月上巳，之溱、洧兩水之上招魂續魄，秉蘭草拂不祥。”則非特楚俗然矣。（《文淵閣四庫全書》本）

林俊《見素集》卷二《送丁玉夫序》：

予曰：是未然文道之器也，不深於道而能文者希矣。夫山不自耀，惟玉之所爲；水不自媚，惟珠之所爲；文不自工，惟道之所爲。文而不深於道，未見其能至也。屈平之怨刺，宋玉之柔婉，莊周之縱放，揚雄之艱深，文乎哉？韓昌黎、歐陽六一因文入道，至而未至者也。（《歷代史料筆記叢刊》本，中華書局，1980年）

張綸言《林泉隨筆》：

宋玉《九辯》曰：“今世豈無騏驥兮，誠莫之能善御。見執轡者非其人兮，遂蹋跳而遠去。又見變古易俗兮世衰，今之相者兮舉肥。”韓子《雜説》曰：“世有伯樂，然後有千里馬。千里馬常有，而伯樂不常有。”一篇主意，自此變化來，故曰師其意於師其辭，此題是也。黄山谷太史言：“作賦須讀宋、賈、馬、揚之作，而效其步驟，便有古風。”愚謂，屈原辭賦之祖，苟能究心《離騷》二十五篇而有得焉，則宋、馬諸作，又在我取捨矣。（《叢書集成初編》本）

劉節《廣文選》卷四：

宋玉《微咏賦》。（原文略）

同上，卷七：

宋玉《大言賦》。（原文略）

宋玉《小言賦》。（原文略）

宋玉《釣賦》。（原文略）

宋玉《笛賦》。（原文略）

同上，卷十六：

宋玉《九辯》四首。（爲《文選》未録之第六、七、八、九段。原文略）（清刻本）

孫緒《沙溪集》卷一《〈東田文集〉序》：

士纔涉於言，即謂非善學。見效顰學步者，兀居塊坐，即稱之曰是知忘言矣，是可以語心學矣。謂伏羲奇偶可不必畫太極，《易通》《正蒙》爲糟粕影響，屈、宋、班、馬而下皆贅疣也。忘言心學乃若是耶！（《文淵閣四庫全書》本）

康海《對山集》卷九《夢游太白山賦序》：

余歷覽載籍所志古人之辭，由屈原、宋玉以來不可勝計，而浮靡侈放之辭，蓋托諷寓興者之所共趨。《上林》之後，益蕪益漫，亡能爾雅，志士之所賤也。（《歷代史料筆記叢刊》本，中華書局，1980年）

安磐《頤山詩話》：

司馬相如《美人賦》，辭與意皆祖宋玉《風（諷）賦》。賦之卒章曰："吾寧殺人之父，孤人之子，不敢愛主人之女。"《美人賦》曰："弱骨豐肌，時來親臣，臣乃氣服於内，心正於懷，信誓旦旦，秉志不回。"凛然若有魯男子之風者，豈其見惑文君之後，悔而作此，以自表歟！悲夫莫及矣。（《文淵閣四庫全書》本）

陸深《儼山外集》卷二十二《中和堂隨筆上》：

大抵事之始者，後必難過，豈氣運然耶？故左氏、莊、列之後，而文章莫及；屈原、宋玉之後，而騷、賦莫及；李斯、程邈之後，而篆、隸莫及；李陵、蘇武之後，而五言莫及；司馬遷、班固之後，而史書莫及；鍾繇、王羲之之後，而楷法莫及；沈佺期、宋之問之後，而律詩莫及；宋人之小詞，元人已不及；元人之曲調，百有餘年來，亦未有能及之者。

同上，卷二十二《中和堂隨筆下》：

吴淵穎立夫所著，有《樂府類編》，辨次其時代；又有《楚漢正聲》，專取宋玉、司馬相如、揚雄、柳宗元四家之作，惜未見其全書。（《四庫筆記小説叢書》本，上海古籍出版社，1993年）

何景明《大復集》卷後附汪道昆《信陽何先生墓碑》：

二三君子鳴，其論世則周、秦、漢、魏黄初、（唐）開元，其人則左史、屈、宋、曹、劉、阮、陸、李、杜。都人士所膾炙者，宜莫如彭澤、宣城、昌黎。先生宣言，古文之法亡於韓，詩弱於陶，廣於謝，睥睨千古，直與左史、屈、宋、曹、劉、阮、陸、李、杜游，世儒率溺舊聞，弗入也。

同上，附《皇明名臣言行録》：

弘治初，北地李夢陽首爲古文，以變宋、元之習，文稱左、遷，賦尚屈、宋，詩古體宗漢、魏，近律法李、杜，學士大夫翕焉從之。

同上，附《何大復先生行狀》：

初，國朝去古益遠，詩文至弘治間極矣。先生首與北地李子一變而之古，三代而下，文取諸左、馬，詩許曹、劉，賦賞屈、宋，書稱顏、柳，天下翕然從風，盛矣！千載一時也。（中州古籍出版社，1989年）

黄宗羲《明文海》卷一百三十六《招魂葬答問》（李濂）：

曰："《招魂》之篇見諸《楚辭》，何也？"曰："非是之謂也。古者，人死則使人以其上服升屋而號曰：'皋！某復。'遂以其衣三招之，乃下，以覆尸，蓋猶冀其復生也。荆楚之俗或以是施之生人，故宋玉憫其師屈原無罪放逐，恐其魂散而不復還，乃托帝命、假巫語以招之，欲以復其精神，延其年壽，而盡哀以致禱耳，豈謂招魂而葬之耶？"（中華書局，1987年）

廖道南《楚紀》卷二十一《昭文内紀前篇·宋玉（景差、唐勒附）》：

宋玉，屈平之弟子也。平既罹海投沙，玉與其友唐勒、景差哀而賦之，作《九辯》以述其志，《招魂》以號其復。

初，楚威王問曰："先生其有遺行耶？何多訾也？"玉曰："唯，然，有之。客有歌於郢中者，其始曰《下里》《巴人》，國中屬而和者千百人；其爲《陽陵》《采薇》，國中和者數百人；其爲《陽春》《白雪》，國中和者不過數十人；引商刻角，雜以流徵，國中和者不過數人。其曲彌高，其和彌寡。故鳳鳥絶浮雲，負蒼天，翱翔乎窈冥之上，夫糞壤之鷃，豈能與之較天地之高哉！鯤魚發昆侖之墟，暴鰭於碣石，莫宿於孟諸，夫尺澤之鯢，豈能與之量江海之大哉！非獨鳥爲然，聖人瑰意奇行，超然獨處，世俗之民，安能知臣之所爲哉！"

及事頃襄王，王無以異也。玉讓其友，其友曰："夫薑桂因地而生，不因地而辛，勢使然也。"玉曰："君不見夫韓盧之與東郭㕙乎！遥見而指授，雖盧必不及㕙；躡迹而縱紲，雖㕙亦不及盧也。他日，其友又曰："先生何計畫之疑也？"玉曰："君不見夫玄蝯乎！當其居桂林峻葉之上，從容游戲，超騰往來，悲嘯長吟，龍興鳥集；及其在枳棘之中，恐懼而悼栗，危視而迹行，處勢不便也。夫處勢不便，豈可以量功較能哉！”一日，同唐勒、景差從襄王於雲夢之臺，王曰：“能爲寡人大言者，上座。”唐勒曰：“壯士憤兮絶天維，北斗戾兮泰山夷。”景差曰：“校士猛毅皋陶嘻，大笑至兮摧罘罳。”玉曰：“方地爲車，圓天爲蓋，長劍耿耿倚天外。”王曰：“未也，有能小言者，賜以雲夢之田。”景差曰：“載氛埃兮乘剽塵。”唐勒曰：“館蠅鬚兮宴毫端。”玉曰：“超於太虚之域，出於未兆之庭。視之眇眇，望之冥冥。”王曰：“善！”賜之以田。

後玉休歸，唐勒讒之，乃著諸賦以自見云。

史南曰：臣讀宋玉《悲秋》《招魂》諸篇，其辭宛，其志哀；及觀《釣賦》《笛賦》諸篇，其辭詭，其志放。至於景差《大招》，其辭切，其志幽。而唐勒數語，又非二子比也。然而百世之下，取才者繩其武，述意者仿其歸，宣幽者則其曠，修詞者模其麗。嗚呼，非屈氏之支流、詞家之指南也哉！贊曰：平均既放，弟子修詞，宋玉《九辯》，乃及景差，唐勒附鳴，翔於雲衢，兹觀文苑，光彩陸離。（《北京圖書館古籍珍本叢刊》本，書目文獻出版社，1988年）

鄭善夫《少谷集》卷一下《讀李質蓮稿》：

雅音失其傳，作者隨風移。於楚有屈宋，漢則河梁詞。曹劉氣軒軒，逸文振哀悲。兩晋一精工，六朝遂陵遲。角然尚色澤，古風不成吹。盧王號詞伯，衹用綺麗爲。千年取正印，乃有陳拾遺。或不盡反樸，朝代兼天資。所以王李輩，向道識所期。（《四庫明人文集叢刊》本，上海古籍出版社，1993年）

楊慎《升庵集》卷五《閑書杜律》：

解“摇落深知宋玉悲”云：惟深知其故，故千年之後且爲悲歡；惟其亦吾之師，故閔其蕭條。

同上，卷十《跋趙文敏公書巫山詞》：

古傳記稱，帝之季女曰瑶姬，精魂化草，實爲靈芝。宋玉本此以托諷。後世詞人轉加緣飾，重葩纍藻，不越此意。

同上，卷四十三《九國》：

楚辭《九歌》乃十一篇，《九辯》亦十篇，宋人不曉古人虚用“九”字之義，强合《九辯》二章爲一章，以協九數，兹又可笑。

同上，卷四十七《廣文選》：

予閲《廣文選》，中山王《文木賦》乃以“文”爲中山王名，而題作《木賦》；宋王微《咏賦》，乃誤“王”爲玉，而題云《微咏賦》，下書宋玉之名，不知王微乃南宋人，史具有姓名；《阮步兵碑》乃東平太守嵇叔良撰，而妄作叔夜，不知叔夜之死先於阮也。其疏謬如此。

同上，卷五十二《李華論文》：

李華曰：“文章本乎作者，而哀樂繫乎時。本乎作者，六經之志也；繫乎時者，樂文武而哀幽厲也。有德之文，信；無德之文，詐。皋陶之歌，史克之頌，信也；子朝之告，宰嚭之詞，詐也。夫子之文章，偃、商傳焉，偃、商没而伋、軻作焉，蓋六經之遺也。屈平、宋玉哀而傷，靡而不遠，六經之道遁矣。淪及後世，力足者不能知之，知之者力或不足，則文義浸以微矣。”愼謂：華之論文，簡而盡，韓退之與人論文諸書，遠不及也，特難爲褊心狹見者道耳。

同上，卷五十二《蕭穎士論文》：

蕭穎士云：“六經之後，有屈原、宋玉，文甚雄壯而不能經；賈誼文辭最正，近於治體；枚乘、相如亦瑰麗才士，然而不近風雅；揚雄用意頗深，班彪識理，張衡宏曠，曹植豐贍，王粲超逸，嵇康標舉，左思詩賦有《雅》《頌》遺風，干寶著論近王化根源，此後夐絶無聞焉。近日惟陳子昂文體最正。”蕭之所取如此，可以知其所養矣。（《四庫明人文集叢刊》本，上海古籍出版社，1993年）

楊愼《丹鉛餘録》總録卷十四《訂訛類·廣文選》：

近閲《廣文選》，《阮嗣宗碑》乃東平太守嵇叔良撰，而妄改良作夜，不知叔夜之死先於阮也；中山王《文木賦》乃以“文”爲中山王名，而題作《木賦》；宋王微《咏賦》乃誤“王”爲玉，而題云《微咏賦》，下書宋玉之名，不知王微乃南宋人，史具有姓名。而疏繆如此，殊誤觀者。

同上，總録卷十八《古賦形容麗情》：

《九歌》“滿堂兮美人，忽獨與予兮目成”；宋玉《招魂》“娭光眇視，目曾波”，相如賦“色授魂與，心愉於側”；枚乘《菟園賦》“神連未結，已諸不分”；陶淵明《閑情賦》“瞬美目以流盼，含言笑而不分”，曲盡麗情，深入冶態。裴硎《傳奇》，元氏《會真》，又瞠乎其後矣。所謂“詞人之賦麗以淫”也。

同上，續録卷三《考證・巧語少信》：

《史記・貨殖傳》："南楚好辭，巧説少信。"諸家不解此句。余謂：有爲神農之言者許行，自楚之滕；莊周與惠子，俱濠人；宋玉作大、小言賦，又作《神女》《高唐》；《韓詩外傳》載孔子與子貢交辭於漂女，皆南楚巧説少信之明證也。

同上，續録卷五《評文・大招》：

《楚辭・招魂》一篇，宋玉所作，其辭豐蔚濃秀，先驅枚、馬而走僵班、揚，千古之希聲也。《大招》一篇，景差所作，體制雖同，而寒儉促迫，力追而不及。《昭明文選》獨取《招魂》，而遺《大招》，有見哉！朱子謂《大招》"平淡醇古""不爲詞人浮艷之態"，而"近於儒者窮理之學"，蓋取其"尚三王""尚賢士"之語也。然論辭賦不當如此，以六經言之，《詩》則正而葩，《春秋》則謹嚴，今責十五國之詩人曰："焉用葩也，何不爲《春秋》之謹嚴？"則《詩經》可燒矣。止取窮理，不取艷詞，則今日五尺之童寫仁、義、禮、智之字，便可以勝相如之賦，能抄道德、性命之説，便可以勝李白之詩乎？（《四庫筆記小説》本，上海古籍出版社，1992年）

薛蕙《考功集》卷九《答王浚川先生論文書》：

降是騷人作焉，靈均已傷繁麗，要之有以；至宋玉則誇失實，淫越禮，詩人之義亡矣。代相沿習，其靡日甚。説者皆曰，義苟有合，雖靡何害？於乎，其如文過於質何？揚雄譏文簡而用寡，勸百而風一，非過言也。夫文已遠於實矣，放而不止，其遠益甚，終則徒文而亡實，此古今作者之通蔽也。（《四庫明人文集叢刊》本，上海古籍出版社，1991年）

陸粲《陸子餘集》卷一《〈静芳亭稿〉後序》：

昔者，楚在春秋時爲大國，號多人材，若申叔時、聲子、子革、薳啓疆、王孫圉之徒，其辭令雍容，著於傳記者，爛然成章矣，蓋有先王之遺風焉。是後則有屈、宋、唐、景諸子，以詞賦著稱，渢渢乎亦風雅之流亞也。（《四庫明人文集叢刊》本，上海古籍出版社，1993年）

王廷陳《夢澤集》卷十五《問俗》：

夢澤子曰："古之怨也厚，今之豫也佻。吾非進怨而疾豫也，進厚而疾佻也。夫帝妃之求，怨矣，冀夫之覿焉，所以爲貞也；屈子之騷，怨矣，冀君之諒焉，所以爲忠也；宋玉之辯，怨矣，冀師之明焉，所以爲義也；申胥之哭，怨矣，冀國之復焉，所以爲仁也。貞忠義仁，所以爲厚也。……怨者其思深，豫者其思淺；怨者其欲儉，豫者其欲侈；怨者其守固，豫者其守渝；怨者其辭信，豫者其辭游。是故帝妃之怨亡，或豫以棄貞矣；屈子之怨亡，或豫以棄忠矣；宋玉之怨亡，或豫以棄義矣；包胥之怨亡，或豫以棄仁矣。是故吾欲子之祛其豫焉，而怨之復也。”微山子曰：“子誠楚人也，其言也楚。吾則爲皇，錫極俾民，無或作怨，無或作豫，咸歸於極。”

同上，卷二十附録二《王百穀稚登》：

夢澤先生《哭武皇帝詩》，不勝鼎湖攀髯之想，無幾微逐臣怨望意。楚人多怨，乃先生獨不然，宋玉、景差之遺風，猶能不爲所染，豈徒區區藻詞麗句已哉！從子行父購而藏之，烏衣群季之佳，青箱世業之富，舉在此卷中矣。（《四庫明人文集叢刊》本，上海古籍出版社，1993年）

謝榛《四溟詩話》卷一：

揚雄作《反騷》《廣騷》，班彪作《悼騷》，梁悚亦作《悼騷》，摯虞作《愍騷》，應奉作《感騷》，漢魏以來，作者繽紛，無出屈、宋之外。

同上，卷二：

宋玉《大言賦》卜曰：“并吞四夷，飲枯河海，跋越九州，無所容止。”《小言賦》曰：“無内之中，微物生焉。比之無象，言之無名。視之則渺渺，望之則冥冥。離婁爲之嘆閟，神明不能察其情。”二賦出於《列子》，皆有托寓。梁昭明太子《大言詩》曰：“觀修鯤其若轍鮒，視滄海之如濫觴。經二儀而局蹐，跨六合以翱翔。”《細言詩》曰：“坐卧鄰空塵，憑附蟭螟翼。越咫尺而三秋，度毫釐而九息。”此祖宋玉而無謂，蓋以文爲戲爾。（人民文學出版社，1961年）

周復俊《全蜀藝文志》卷三十六宋田况《進士題名記》：

蜀自西漢教化流而文雅盛，相如追踪屈、宋，揚雄參駕孟、荀，其辭其道，皆爲天下之所宗式，故學者相繼爲與齊魯同俗。

同上，卷三十七馬永卿《神女廟記》：

永卿自少時讀《文選·高唐》等三賦，輒痛憤不平曰：“寧有是哉！且高真去人遠矣，清濁净穢萬萬不侔，必亡是理。”思有以闢之，病未能也。後得二異書參較之，然後詳其本末。今按，《禹穴紀異》及杜先生《墉城集仙録》載，禹導岷江，至於瞿塘，實爲上古鬼神龍蟒之宅，及禹之至，護惜巢穴，作爲妖怪，風沙晝暝，迷失道路。禹乃仰空而嘆，俄見神人，狀類天女，授禹《太上先天呼召萬靈玉篆》之書，且使其臣狂章、虞余、黄魔、大醫、庚辰、童律，爲禹之助。禹於是能呼吸風雷，役使鬼神，開山疏水，無不如志。禹詢於童律，對曰："西王母之女也，受回風混合萬景煉形飛化之道，館治巫山。"禹至山下，躬往謁謝，親見神人，倏忽之間，變化不測，或爲輕雲，或爲霏雨，或爲游龍，或爲翔鶴，既化爲石，又化爲人，千狀蔥蔥，不可殫述。禹疑之而問童律，對曰："上聖凝氣爲真，與道合體，非寓胎禀化之形，乃西華少陰之氣也。且氣之爲用，彌綸天地，經營動植，大滿天地，細入毫髮，在人爲人，在物爲物，不獨化爲雲雨。"王母之女者，則有合於坤爲母、兑爲少女之説，所謂變化不測者，則有合於陰陽不測妙萬物之義，豈不灼灼明甚哉？《易》之爲書，與《莊子》多有合。《易》者陰陽之書，以九六爲數。而《南華》開卷已有南鵬北鯤、九萬六月之説，概可見矣。又《莊子》所載藐姑射之神人，大似今之神女，是其言曰"肌膚若冰雪"，則有合乎金行之色；"綽約若處子"，則有合乎少陰之氣；"游乎四海之外"，則可見乎神之無方；"使物不疵癘而年穀熟"，則又見乎秋之成物。故郭象注云："夫神人者，即今所謂聖人也。"斯得之矣。僕因悟《易》之少女，《莊子》之神人，郭象之聖人，今之神女，其實一也。僕然後知神女者，有其名而無其形，有其形而無其質，不墮於數，不囿於形，無男女相，出生滅法，故能出有入無，乍隱乍顯。舉要言之，乃西方皓靈七氣之中少陰之靈耳，豈且世俗所可窺哉！且《楚辭》者，文章之大淵藪也，而屈、宋爲之冠，故《離騷》獨謂之經，此蓋《風》《雅》之再變者。宋雖小儒，然亦其流亞，自兩漢以下未有能繼之者。今觀《文選》二賦，比之《楚辭》陋矣。試并讀之，若奏桑濮於清廟之側，非玉所作决矣。故王逸裒類《楚辭》甚詳，顧獨無此二賦。自後歷代博雅之士，益廣《楚辭》，其稍有瓜葛者皆附屬籍，惟此屢經前輩之目，每棄不録，益知其贋矣。此蓋兩晋之後，膚淺鯫生戲弄筆研，剽聞雲雨之一語，妄謂神女行是雲雨於陽臺之下，殊不知雲雨即神女也，乃於雲雨之外，别求所謂神女者，其文疏謬可笑，大率如此。僕今更以信史質之。懷、襄，孱主也，與强秦爲鄰，是時大爲所困。破漢中，轢上庸，獵巫黔，拔郢都，燒夷陵，勢益駸駸不已，於是襄王乃東徙於陳。其去巫峽遠甚，此亦可以爲驗也。且《文選》雜僞多矣，昔齊梁小兒有僞爲西漢文者，東坡先生止用數語破之，何況戰國之文章杰然出西漢之上，豈可僞爲哉！噫，峽之爲江，其異矣乎！遠在中州之外，而行於兩山之間，其流湍駛而幽深，故元灌溉之利。若求之古人，是蓋遠遁深居之士，介然自守，利不交物，若鮑焦、務光之徒。今吾儕小人，乃敢浮家泛宅，没世窮年，播棄穢濁，日夜喧哄，其罪大矣。神不汝殺，亦云幸也。且峽既介潔清閟如此，乃陸海之三神山也，是宜閬苑，真仙指以爲離宫别館，誕降爾衆之厚福。故凡往來者，既濟矣，當於此致謝；未濟矣，當於此致禱，以無忘神之大德云。紹興十有七年二月，永卿赴官期，道出祠下，既以祇謁，若有神物以鬱發僕之夙心者，因備述之，以大闡揚神之威命明辟，且爲迎饗送神之詩，用相祀事，繫之碑末曰（詩略）。（《文淵閣四庫全書》本）

皇甫汸《皇甫司勳集》卷三十五《盛明百家詩集》：

然聲音之道既與政通，而文章之興又關氣運。政有污隆，氣有醇駁，而詩繫之矣。當時君上咸典學能文，楚襄詡宋玉之辭，漢武慕相如之作，曹家父子、蕭氏諸昴，由此其選也。運革六代，唐數三宗，上好而下從，亦風起之也。

同上，卷三十六《〈夢澤集〉序》：

夫楚多材之邦，而辭賦之藪也，屈原見詆於上官，宋玉蒙詬於登徒，禰衡被害於曹瞞，然其志則争光於日月，而其言則等敝於天壤矣。（《四庫明人文集叢刊》本，上海古籍出版社，1993年）

王三聘《事物考》卷二《文事·賦》：

《詩序》六義，次二曰賦，蓋謂直諫其事爾。《左傳》言，鄭莊公入而賦“大隧之中”。是後荀卿、宋玉之徒演爲别體，因謂之賦。故昔人謂賦者古詩之流，以荀、宋爲始。（上海書店，1987年）

歸有光《諸子彙函》卷九《鹿溪子》：

鹿溪子，姓宋名玉，字子淵，楚大夫，屈原弟子也。閔其師忠而放逐，故作《九辯》以述其志。世傳云“傷秋宋玉”，蓋因《九辯》云。（《四庫全書存目叢書》本，齊魯書社，1995年）

何良俊《四友齋叢説》卷二十三《文》：

春秋以後，文章之妙，至莊周、屈原，可謂無以加矣。蓋莊之汪洋自恣，屈之纏綿凄婉；莊是《道德》之别傳，屈乃《風》《雅》之流亞，然各極其至。若屈原之《騷》，同時如宋玉、景差，漢之賈誼、司馬相如，猶能仿佛其一二。莊之《南華經》，後人遂不能道其一字矣。至如莊子所謂“嗜欲深者天機淺”，屈子所謂“一氣孔神於中夜存”，又能窺測理性，蓋庶幾聞道者？蓋古人自有卓然之見，開口便是立言，不若後人但做文字。……

李華曰：“文章本乎作者，而哀樂繫乎時。本乎作者，六經之志也。繫乎時者，樂文、武而哀幽、厲也。有德之文信，無德之文詐。皋陶之歌，史克之頌，信也；子朝之告，宰嚭之詞，詐也。夫子之文章，偃、商得焉。偃、商没而伋、軻作，蓋六經之遺也。屈平、宋玉，哀而傷，靡而不遠，六經之道遁矣。淪及後世，力足者不能知之，知之者力或不足，則文義浸以微矣。”楊升庵謂：“華之論文，簡而盡，韓退之與人論文諸書，遠不及也。”

蕭穎士曰：六經之後有屈原、宋玉，文甚雄壯而不能經。賈誼文辭最正，近於治體。枚乘、相如亦瑰麗才士，然而不近《風》《雅》。揚雄用意頗深，班彪識理，張衡宏曠，曹植豐贍，王粲超逸，嵇康標舉，左思詩賦有《雅》《頌》遺風，干寶著論近王化根源。此後敻然無聞焉。近日惟陳子昂文體最正。（中華書局，1959年）

唐順之《荆川稗編》卷七十三《文藝二·吴訥〈文章辨體〉二十四論》：

春秋之後，聘問歌咏不行於列國，而賢人失志之賦作矣。大儒荀卿及楚臣屈原離讒憂國，皆作賦以風。其後宋玉、唐勒、枚乘、司馬相如，下及揚子雲，競爲侈麗閎衍之辭，而風諭之義没矣。迨近世祝氏著《古賦辨體》，因本其言而斷之，曰屈子《離騷》即古賦也；古詩之義，若荀卿《成相》《佹詩》是也。然其所載，則以《離騷》爲首，而《成相》等弗録。尚論世次，屈在荀後，而《成相》《佹詩》亦非賦體。故今特附古歌謡後，而仍載《楚辭》於古賦之首，蓋欲學賦者必以是爲先也。宋景文公有云：“《離騷》爲辭賦祖，後人爲之，如至方不能加矩，至圓不能過規。”信哉！

同上，卷七十四蔡絛《西清詩話》：

王荆公在蔣山時，以近製示蘇子瞻，中有騷語云：“積李兮縞夜，崇桃兮炫晝。”子瞻曰：“自屈、宋没後，曠千餘年，無復《離騷》句法，乃今見之。”荆公曰：“非子瞻見諛，某自負亦如此。”

蘇欒城云：子瞻諸文皆有奇氣，至《赤壁賦》，仿佛屈原、宋玉之作，漢唐諸公莫及也。

同上，卷七十五《文藝四·吴訥〈文章辨體〉序題》：

“問對”體者，載昔人一時問答之辭，或設客難以著其意者也。《文選》所録宋玉之於楚王、相如之於蜀父老，是所謂問對之辭。至若《答客難》《解嘲》《賓戲》等作，則皆設辭以自慰者焉。（《文淵閣四庫全書》本）

茅坤《唐宋八大家文鈔》卷首《論例》：

予嘗有文評曰：屈、宋以來，渾渾噩噩，如長川大谷，探之不窮，攬之不竭。（廣東教育出版社，2002年）

徐師曾《文體明辨序説·楚辭》：

屈平後出，本《詩》義以爲騷，蓋兼“六義”而賦之義居多。厥後宋玉繼作，并號“楚辭”。自是辭賦之家，悉祖此體。故宋宋祁有云：“《離騷》爲辭賦之祖，後人爲之，如至方不能加矩，如至圓不能過規。”信哉，斯言也！故今列屈、宋諸辭於篇，而自漢至宋凡賦作者附焉，俾後之詮賦者知所祖述云。（人民文學出版社，1962年）

陳耀文《正楊》卷四《廣文選》：

近閲《廣文選》，宋王微《咏賦》乃誤“王”爲玉，而題云《微咏賦》。下書宋玉之名，不知王微乃南宋人，史具有姓名，而疏謬如此，殊誤觀者。

《微咏賦》，陳子同俌《文選補遺》已載之矣。王微本傳不云有《咏賦》之作，豈當別有見耶！（《文淵閣四庫全書》本）

陳耀文《天中記》卷四十三《笛》：

笛始。《風俗通》曰：笛，漢武帝時邱仲所作也。按宋玉有《笛賦》，玉在漢前。（廣陵書社，2007年）

宗臣《宗子相集》卷十三《讀太史公杜工部李空同三書序》：

夫周則左丘明，楚則屈、宋，漢則董、賈、蘇、李、長卿、枚叔、班固、揚雄，魏則曹、劉、應、徐，六朝則潘、陸、江、鮑，唐則太白、長吉、陳、杜、沈、宋、盧、駱、韓、柳，非不采厥英華而日誦之，顧不若三書者。（《四庫明人文集叢刊》本，上海古籍出版社，1993年）

王世貞《弇州四部稿》卷六十七文部《〈楚辭〉序》：

孔子嘗欲放鄭聲矣，又曰桑間濮上之音，亡國之音也。至删《詩》而不能盡黜鄭、衛。今學士大夫童習而頒白不敢廢，以爲孔子獨廢楚。夫孔子而廢楚，欲斥其僭王則可，然何至脂轍方城之内哉！夫亦以筳篿妖淫之俗，蟬緩其文而侏鴂其音，爲不足被金石也。藉令屈原及孔子時，所謂《離騷》者，縱不敢方響清廟，亦何渠出齊秦二《風》下哉！孔子不云乎：“《詩》可以興，〔可以觀，可以群，〕可以怨，邇之事父，遠之事君，多識於鳥獸草木之名。”以此而等屈氏何忝也！是故孔子而不遇屈氏則已，孔子而遇屈氏則必采而列之楚風。夫庶幾屈氏者，宋玉也。

同上，卷六十八文部《王少泉集序》：

楚於春秋爲大國，而其辭見絶於孔子之采。至十二國之《風》廢，而屈氏始以

《騷》振之。其徒宋玉、唐勒、景差輩，相與推明，其盛蓋逾千年而有孟浩然及杜必簡、子美之爲之祖。

同上，卷六十九文部《吴氏紀哀序》：

甚矣，楚人之善哀也！蓋屈左徒爲懷王治辭令，被間而退，傷宗國之就削，而忠之不見明也。憂愁牢騷而作《離騷》，凡天地之傅聲而成色，其交於耳目者，一切舉而歸之於哀，竟以有湛湘之役。其門人宋玉、唐勒輩，又相與推明其旨而傷痛之，托始於《九辯》，而放乎《大招》《招魂》，極矣。二千年來，天下固以善哀歸楚。

同上，卷七十文部《〈湖廣鄉試録〉序》：

孔子南游楚，雖不遂獲東周，而率其徒相與講明皇王之術、六籍大指。七十子之倫，其五楚焉。而楚自是稱有文矣，乃僅能以其變《風》變《雅》之旨，創矩矱而爲騷若賦，如屈平、宋玉、唐勒、景差者，至襄陽之杜而變始極，其於稱亦甚著，第令天下爲文士足張楚而已。

同上，卷一百二十一文部《書牘·張助甫》：

自六經而下，於文則知有左氏、司馬遷，於騷則知有屈、宋，賦則知有司馬相如、揚雄、張衡，於詩古則知有枚乘、蘇、李、曹公父子，旁及陶、謝，樂府則知有漢魏《鼓吹》《相和》及六朝《清商》《琴舞》《雜曲》佳者，近體則知有沈、宋、李、杜、王江寧四五家。

同上，卷一百三十二文部《墨迹跋·扇卷甲之四》：

俞仲蔚凡三扇，宋玉《神女》及《舞賦》，司馬相如《美人》，曹子建《洛神》，多作蠅頭小楷，而清勁有法。

同上，續稿卷五十五《〈王夢澤集〉序》：

厥後屈左徒氏，遂以騷辭開百世宗，而宋玉、唐勒、景差之徒，相與紹明之。及秦漢而後，小有顯者，亦不能與東西兩京之彦埒，至唐而僅有襄陽杜氏、孟氏。杜氏之業，差爲宏博，與屈氏分途，而偕不朽。（上海古籍出版社，1993年）

王世貞《藝苑卮言》卷一：

庾信曰："屈平、宋玉，始於哀怨之深；蘇武、李陵，生於别離之代。自魏建安之末，晋太康以來，雕蟲篆刻，其體三變。人人自謂握靈蛇之珠，抱荆山之玉矣。"

同上，卷二：

“頩薄怒以自持，曾不可乎犯干。”“目略微眄，精彩相授，志態横出，不可勝記。”此玉之賦神女也。“意密體疏，俯仰異觀。含喜微笑，竊視流眄。”此玉之賦登徒也。“神光離合，乍陰乍陽。”“進止難期，若往若還。轉眄流精，光潤玉顔。含辭未吐，氣若幽蘭。”此子建之賦神女也。其妙處在意而不在象，然本之屈氏“滿堂兮美人，忽與余兮目成”“既含睇兮又宜笑，子慕余兮善窈窕”，變法而爲之者也。

宋玉《諷賦》與《登徒子好色》一章，詞旨不甚相遠，故昭明遺之。《大言》《小言》，枚皋滑稽之流耳。《小言》“無内之中”本騁辭耳，而若薄有所悟。

郭舍人“噏妃女唇甘如飴”，淫褻無人臣禮，而亦不聞罰治，何也？若“枇杷橘栗李梅”，雖極可笑，而法亦有所自，蓋宋玉《招魂》篇内句也。

楊用修言：《招魂》遠勝《大招》，足破宋人眼耳。宋玉深至不如屈，宏麗不如司馬，而兼撮二家之勝。

楊用修所載七仄如宋玉“吐舌萬里唾四海”，緯書“七變入臼米出甲”，佛偈“一切水月一切攝”，七平如《文選》“離袿飛綃垂纖羅”，俱不如老杜“梨花梅花參差開”“有客有客字子美”和美易讀，而楊不之及。按傅武仲《舞賦》，家有《古文苑》《文選》皆云“華袿飛綃雜纖羅”，不言“垂纖羅”也。

《大言》《小言》，枚皋滑稽之流耳。《小言》“無内之中”本騁辭耳，而若薄有所悟。

長卿《子虚》諸賦，本從《高唐》物色諸體，而辭勝之。《長門》從《騷》來，毋論勝屈，故高於宋也。長卿以賦爲文，故《難蜀》《封禪》，綿麗而少骨；賈傅以文爲賦，故《吊屈》《鵩鳥》，率直而少致。

同上，卷三：

枚生《七發》，其原、玉之變乎？措意垂竭，忽發觀潮。遂成滑稽。且辭氣跌蕩，怪麗不恒。子建而後，模擬牽率，往往可厭，然其法存也。至後人爲之而加陋，其法廢矣。

同上，卷八：

顔光禄《家訓》云：“自古文人，多陷輕薄。屈原顯暴君過，宋玉見遇俳優，東方曼倩滑稽不雅，司馬長卿竊貲無操。王褒過彰《僮約》，揚雄德敗《美新》。李陵降辱夷虜，劉歆反覆莽世。傅毅黨附權門，班固盗竊父史。趙元叔抗竦過度，馮敬通浮華擯壓。馬季長佞媚獲誚，蔡伯喈同惡受誅。……”予謂顔公談尚未悉，如儀、秦、代、厲權謀翻覆，韓非刻薄招忌……皆紛紛負此聲者，何也？内恃則出入弗矜，外忌則攻摘加苦故爾。然寧爲有瑕璧，勿作無瑕石。

吴邁遠嘗語人："吾詩可謂汝詩父。"每於得意語，擲地呼："曹子建何足道哉！"杜必簡死謂沈武："吾在，久壓公等。"又云："吾文章可使屈、宋作衙官。"……文人矜誇，自古而然，便是氣習。（羅仲鼎《藝苑卮言校注》本，齊魯書社，1992年）

李贄《雅笑》卷三《楚襄王》：

自古言楚襄王夢與神女遇，以《楚詞》考之，似未然。《高唐賦》云："昔者先王嘗游高唐，怠而晝寢，夢見一婦人曰：'妾巫山之女也，爲高唐之客，朝爲行雲，暮爲行雨。'故爲立廟，號曰朝雲。"其曰"先王嘗游高唐"，則夢神女者懷王也。又《神女賦》序曰："楚襄〔王〕與宋玉游於雲夢之浦，使玉賦高唐之事，其夜王寢，夢與神女遇，王異之，明日以白玉，玉曰：'其夢若何？'王對曰：'晡夕之後，精神怳惚，若有所喜，見一婦人，狀甚奇異。'玉曰：'狀何如也？'王曰：'茂矣美矣，諸好備矣；盛矣麗矣，難測究矣。瑰姿瑋態，不可勝贊。'王曰：'若此盛矣，爲寡人賦之。'"夫曰"明日以白玉"，人君與其臣語，不當稱"白"。又其賦曰"他人莫睹，王覽其狀""望余帷而延視兮，若流波之將瀾"，若宋玉代王賦之。如王之自言者，則不當自云"他人莫睹，王覽其狀"。既稱"王覽其狀"，即是宋玉之言，又不知稱"余"者誰也？以此考之，則"其夜王寢，夢與神女遇"者，"王"字乃"玉"字耳。"明日以白玉"者，以"白王"也。"王"與"玉"，互書之耳。前曰夢神女者，懷王也；其夜夢神女者，宋玉也。襄王無與焉，從來枉受其名耳。（沈存中《筆談》）。按《神女賦》，如舊本甚不順，以"王""玉"二字互易之，便了然無疑。且如"王對曰"亦非倫，作"玉對"乃是耳。東吴張伯起刻《文選纂注》，遂依此更之，行於世。（《續修四庫全書》本）

李贄《山中一夕話》下集卷二《宋玉辨己不好色》：

大夫登徒子侍楚襄王，因短宋玉爲人體貌閑麗，口多微辭，又性好色，願王勿與出入後宫。王問玉，玉曰："體貌閑麗，受於天也；口多微辭，受於師也。至於好色，臣無有也。"王曰："子不好色，亦有説乎？"玉曰："天下佳人之麗者，莫若臣東家之子，增一分則太長，減一分則太短，著粉則太白，施朱則太赤。眉如翠羽，肌如白雪，腰如束素，齒如含貝。然此女登墻窺臣三年，至今未許也。登徒子則不然，其妻蓬頭攣耳，缺唇歷齒，膀行踽僂，又疥且痔。登徒子悦之，使有五子。王孰察之，誰爲好色者矣。"於是楚王稱善。（《明清善本小説叢刊初編》本，天一出版社，1985年）

黄宗羲《明文海》卷三十四《邂逅賦序》（孫七政）：

昔子雲謂，相如之賦曲終雅奏，有近於戲。若楚騷則詞雖逸宕，長寄心於君王，本托曲以寄雅，非廢雅而爲曲也，此固屈、宋、揚、馬之流别與！

同上，卷四百七十九《社中新評》（孫七政）：

古瞟自吾家元美唱之，文采得不寂寞，曾與詩筩往還者，僅見金、張二君，金則季野《春秋》，張則子國顔子，倘有宋玉、景差復出，元美遂爲辭賦之祖矣。（中華書局，1987年）

徐元太《喻林》卷五十九《人事門·見棄》：

郢人美《下里》之淫哇，而薄《六莖》之和音；庸夫好悦耳之華譽，而惡利行之良規。故宋玉舍其延靈之精聲，智士招其獨見之遠謀。（《抱朴子·外篇·博喻》）（上海辭書出版社，1991年）

焦竑《焦氏筆乘》卷三《九辯、九歌皆屈原自作》：

《離騷經》“啓九辯與九歌兮”，即後之《九歌》《九辯》，皆原自作無疑。王逸因“夏康娱以自縱”之句，遂解《九歌》爲禹，不知時事難於顯言，乃托之古人，此詩人依仿形似之語耳。不然，則上所謂“就重華而陳詞”，豈真有重華可就邪！舍原所自言，不之信而别解之，不知何謂九辯？謂宋玉哀其師而作，熟讀之，皆原自爲悲憤之言，絶不類哀悼他人之意。蓋自作與爲他人作，旨趣故當天壤！乃千百年讀者無一人覺其誤，何邪？

同上，續集卷四《九辯》：

《九辯》，余定以爲屈原所自作無疑，衹據《騷經》“啓九辯與九歌兮”一語，并玩其詞意而得之。近覽《直齋書録解題》載《離騷釋文》一卷，其篇次與今本不同：首《騷經》，次《九辯》，而後《九歌》《天問》《九章》《遠游》《卜居》《漁父》《招隱士》《招魂》《九懷》《七諫》《九嘆》《哀時命》《惜誓》《大招》《九思》。按王逸《九章注》云：“皆解於《九辯》中。”則《釋文》篇第蓋舊本也。以此觀之，決無宋玉所作攙入原文之理。天聖十年陳説之序，反以舊本篇第混并，乃考其人之先後復位之，不知於人先後正自舛謬，而後人反沿襲之，可怪也。（《續修四庫全書》本）

焦竑《國史經籍志》卷四下子類小説家：

《宋玉子》一卷。

同上，卷五賦頌：

《詩》有賦、比、興，而《頌》者四詩之一也。後世篇章蔓衍，自開途轍，遂以謂二者於詩文，如魚之於鳥獸、竹之於草木，不復爲詩屬，非古矣。屈平、宋玉自鑄偉詞，賈誼、相如同工異曲。自此以來，遞相師祖，即蕪音纍氣，時或不無，而標能擅美、輝映當時者，每每有之，悉著於篇。語曰：登高能賦，可以爲大夫。學者吟諷回還，可以慨然而賦矣。

同上，集類别集·楚：

《宋玉集》二卷。（《續修四庫全書》本）

陳第《屈宋古音義》卷首《原序》：

夫楚辭莫妙於屈、宋也。屈原之作，變動無常，淜湃不滯，體既獨造，文亦赴之，蓋千古之絶唱也。宋玉之作，纖麗而新，悲痛而婉，體制頗沿于其師，風諫有補於其國，亦屈原之流亞也。景差、嚴忌、東方朔、王褒、劉向、王逸輩，雖踵而效之，終弗逮矣。

同上，卷三《題〈九辯〉》：

愚讀《九辯》，其志悲，其托興遠，其言紆徐而婉曲，稍露其本質，即輒爲蓋藏，以此傷其抑鬱憤怨之深，亦以此知楚王之終不悟，而黨人接迹於世，故恐有不密，階禍而波及於罪也，不亦悲乎？夫原，介而不屈，忠而見逐，其設心本以死自誓，故其出詞直致，而無復諱忌，如云“傷靈修之數化”“怨靈修之浩蕩”“哀朕時之不當”“余焉能忍與此終古”“何離心之可同”“又何懷乎故都”。此所以赴汨羅而從彭咸也。玉即殉其師以死，亦何益成敗之數乎？雖然，北郭騷以頭白托晏子，亦感其分粟養母已耳。師弟子之恩，故不止此。太史公曰：“楚有宋玉、唐勒、景差之徒，皆好辭而以賦見稱，然皆祖屈原之從容辭令，終莫敢直諫。”愚謂宋玉諸賦，大抵婉雅之意多，勁奮之氣少，律以北郭騷，難矣哉！難矣哉！

同上，《又題〈九辯〉》：

《九辯》，從古相傳皆謂宋玉所作，王逸《章句》具在，可考也。宋洪興祖得《離騷釋文》古本一卷，其篇次與今本不同。首《離騷》，次《九辯》，而後《九歌》《天問》《九章》《遠游》《卜居》《漁父》《招隱士》《招魂》《九懷》《七諫》《九嘆》《哀時命》《惜誓》《大招》《九思》。故王逸於《九章·哀郢》注云：“皆解於《九辯》中。”儒者因是謂《九辯》亦屈原所作，不知古本所次，不依作者之先後。故置《招隱士》於《招魂》之前，又置王褒《九懷》於東方朔《七諫》之前，而置《大招》於最後。陳説之以爲篇第混淆，乃考其人之先後定爲今本，厥有由矣。儒者又謂“啓九辯與九歌”乃原所自序。啓，開也，非指禹子。下文“夏康五子”，直以古事爲今事，不敢質言。如上就重華而陳詞，亦非真有重華之可就也，此最爲確論。然《天問》有云：“啓棘賓商，九辯九歌。”王逸注謂：“棘，陳也；賓，列也；九辯、九歌，啓所作樂也。言啓能修明禹業，陳列宫商之音，備其禮樂也。”似又指啓矣。愚讀《九辯》久，竊怪其過於含蓄，意謂其懼不密之禍也。近弱侯謂余曰：“《九辯》非宋玉作也。反復九首之中，并無哀師之一言可見矣。夫自悲與悲人語，自迴别，不可誣也。”愚於是熟復之，内云“有美一人兮心不繹”，頗似指其師。然《離騷》《九章》中，原所自負者不少，以是而信弱侯之見卓絶於今古也。

同上，《題〈招魂〉》：

張鳳翼曰：古者人死，則以其服升屋而招之，此必原始死，而玉作以招之也。舊注皆云：施之生時，欲以諷楚王，殊未妥。

《招魂》作於屈原既死之後，張鳳翼之言是也。今觀其詞云：“去君之恒幹。”又曰：“像設君室。”夫苟未死，何云去幹？又何云設像也？玉愍其師沈於汨羅，其魂必散於天地四方矣。故托巫陽招之，無非欲其魂之反也。其危苦傷悼之情，可想矣。然叙怪誕，侈荒淫，俱非實義，直至“亂曰”數語，乃寫其本色。意以原之南征，值王之畋獵，欲引之通途，而王方射兕，淹留也，以至道途荒穢，不可以歸。江水草木，極望傷心，此江南之可哀者也。原生而惓惓楚國，死而不動心於危鄉乎？故以哀江南終之。夫魂之歸以哀江南，則所謂入修門、反故居者，皆不足爲喜樂矣！是此篇之作，悲其師之不用，痛其國之將亡，而托之招魂。意謂外有怪誕，内有荒淫。怪誕，暗指張儀輩之變詐吞噬；荒淫，則楚之所以亂也。舊注皆未之及，愚故揭而章之，以見玉之用心，婉而實深，緩而實切；先自處於無罪之地，而後微談以冀人之曉也。悲夫！悲夫！

同上，《題〈高唐賦〉》：

按《高唐賦》始叙雲氣之婀娜，以至山水之嶔岩激薄，猛獸、鱗蟲、林木詭怪，以至觀側之底平，芳草、飛禽、神仙、禱詞、謳歌、畋獵，罔不畢陳，而終之以規諫。形容迫似，宛肖丹青，蓋《楚辭》之變體，漢賦之權輿也。《子虚》《上林》，實踵此而發揮暢大之耳。矧其通篇閑雅、委婉、舒徐，令人且悲且愕，且歌且謡，是亦風人之極思，而其末猶有深意，謂求神女與交會，不若用賢人以輔政，其福利爲無窮也。三山顔達龍曰“宋玉《高唐》，賦之醜者”，不知何所見而云然。

同上，《題〈神女賦〉》：

張鳳翼曰："此乃玉夢，非王夢也。舊作王夢，則於下'若此盛矣'處不通，且'白'字應體貼，未有君白臣之理。"愚謂"白"字、"對"字，具不宜屬之君，張之言是也。然此皆其小者，讀此賦必明作者之意，苟得其意，則爲玉夢無疑。或問作者之意，曰："諷也。"或問："《好色》之賦目欲顔而心顧義，是之謂諷，今此無有，何以爲諷？"曰："彼之諷在詞之中，此之諷在詞之表。"或問："何以？"曰："楚襄聞先王之夢巫山女也，徘徊眷顧，亦冀與之遇。玉乃托夢言之，意謂佳麗而不可親，薄怒而不可犯，亟去而不留，是真絶世之神女也。彼薦枕席而行雲雨，無乃非貞亮之潔清乎？王之妄念可以解矣。是玉之所以爲諷也。"嗟夫！不特夢寐神女爲然，物有貞而不可覬，事有淫而不可成者，皆此類也。玉之辭誠婉，而其意誠規。愚病從來讀者未察，故表出之。若夫《洛神》之賦，徒誇窈窕，而寄悲思，匪有關於世教也，君子又奚取乎！

同上，《題〈風賦〉》：

夫風，豈有雌雄？人自雌雄耳。以雌雄之人而當天風之飄颯，判乎其欣喜悲戚之不相侔也，則謂風有雌雄亦可。抑不特風，雪月雨露莫不皆然。喜心感者，撫景而興懷；悲心感者，觸處而摋涕。何者？情能變物，而物不能以變情也。昔京都貴人聚而夜飲，襲貂衣，圍紅爐，相與言曰："冬已深矣，暖而不寒，氣候之不正也。"其僕隸凍不能忍，抗聲答曰："堂上之氣候不正，堂下之氣候甚正。"聞者皆爲之一噱。人君苟知此意，則加志窮民又烏能已。故宋玉此賦大有裨於世教也。

同上，《題〈登徒子好色賦〉》：

夫别嫌明微，賦之文也；委婉冲融，賦之讓也；陰陽順理，賦之貞也；超脱清和，賦之雅也；發乎性情而止乎禮義，賦之本也：五者備，賦乎！賦乎！愚讀宋玉《登徒子賦》曰：玉好色勿與出入後宫，何其野而不文；至所受於天、所學於師，何其誇而不讓；登墻相窺，何其淫而不貞；俚及疥痔之談，何其鄙而不雅。及至卒章，以微詞相感動，精神相依憑，目欲其顔，心顧其義，揚《詩守禮》，終不過差，則作而嘆曰：美哉，得其本乎！是不可以枝葉而棄其靈根也。於是斷自"章華大夫"以下而熟誦之。（中華書局，2008年）

陳第《世善堂藏書目録》卷下集類兩漢魏晋六朝諸賢：

《宋玉集》一卷。（《續修四庫全書》本）

黄宗羲《明文海》卷三百六十五《雲夢縣儒學藏書記》（鄒觀光）：

夫楚人材之隩區也，如史籍所載，倚相能讀《三墳》《五典》《八索》《九丘》書，屈原、宋玉之徒，包羅三材，博極萬有，楚增而重焉。（中華書局，1987年）

胡應麟《少室山房筆叢》卷二《經籍會通二》：

史之體遠矣，董狐、南史其人也，晋《乘》、楚《檮杌》其撰也，然而弗傳焉。《春秋》之前，《左》《國》三家而已。集之名昉於楚乎？屈、宋、唐、景皆楚也，非騷賦無以有集。

同上，卷十一《九流緒論上》：

大率戰國著書者亡非辯士，九流中具有其人，孟、荀，儒之辯者也；莊、列，道之辯者也；釐、翟，墨之辯者也；牟、弛，名之辯者也；韓、鄧，法之辯者也；儀、秦，縱横之辯者也；衍、奭，陰陽之辯者也；髡、孟，滑稽之辯者也；宋玉，詞賦之辯者也。今但知儀、秦、髡、衍爲辯士，孟氏有好辯之名，而後世不得以辯而目之，術可亡擇哉！

同上，卷十三《九流緒論下》：

夫莊、列者，詭誕之宗；而屈、宋者，玄虚之首也。後人不習其文而規其意，鹵莽其精而獵其粗，毋惑乎，其日下也！

同上，卷十六《四部正訛下》：

《隋志》有《宋玉子》一卷，亦列小説家，并《燕丹子》皆《漢志》所無。二書必一時同出，僞無疑也。唐尚存，今不傳。

同上，卷二十二《華陽博議上》：

學問在賦中最爲本色，故屈、宋、司馬、班、張皆冠古今，以其繁碩也。而入詩最易誤人，古今惟老杜能耳。宋人不以學爲賦而爲詩，六朝不以學爲賦而爲文，故皆失之。然賦中又自有本色，學問不可不知。

同上，卷二十六《藝林學山八》：

近閲《廣文選》，宋王微《咏賦》，乃誤“王”爲“玉”，而題云《微咏賦》，下書宋玉之名，不知王微乃南宋人，史具有姓名，而疏謬如此。《正楊》云：《微咏賦》，陳仁子《文選補遺》已載之矣。又云：王微本傳不云有《咏賦》

之作，豈別有見耶？麟按，此説則用修爲得，晦伯失之，以陳詞賦非長，故不辨六朝、戰國面目耳。史傳中詞賦之名安能盡載！不可以本傳不録爲疑。惟《廣文選》之誤，是承襲《補遺》，用修亦未審也。

同上，卷三十二《四部正譌》下：

《隋志》有《宋玉子》一卷，亦列小説家，并《燕丹子》皆《漢志》所無。二書必一時同出，僞無疑也。唐尚存，今不傳。（中華書局，1958年）

胡應麟《詩藪》内篇卷一《古體上・雜言》：

世之有戰國也，文之有左、莊也，騷之有屈、宋也。其時周之後，漢之先也；其業周之下，漢之上也。……

然七國六朝變亂斯極，而文人學士挺育實繁。屈、宋、唐、景，鵲起於先，故一變爲漢，而古詩千秋獨擅。曹、劉、陸、謝，蟬連於後，故一變爲唐，而近體百世攸宗。……

昔人云：詩文之有騷、賦，猶草木有竹，禽獸有魚，難以分屬。然騷實歌行之祖，賦則比興一端，要皆屬詩。近之若荀卿《成相》《雲》《禮》諸篇，名曰詩賦，雖謂之文可也。屈、宋諸篇，雖遒深閎肆，然語皆平典。至淮南《招隱》，疊用奇字，氣象雄奥，風骨稜嶒，擬《騷》之作，古今莫追。昭明獨取此篇，當矣。

同上，外篇卷一《周漢》：

二典三謨，淳雅渾噩，無工可見，無法可窺。《禹貢》紀律森然，百代叙述之文，皆自此出。《康衢》《擊壤》，寥寥數語；《五子之歌》，篇章大衍，酬和浸開；至《商頌・玄鳥》諸篇，閎深古奥，實兆典刑；周末，莊、列、屈、宋，無異後世詞人矣。

同上，外篇卷五《宋》：

黄、虞而上，文字邈矣。聲詩之道，始於周，盛於漢，極於唐，宋、元繼唐之後，啓明之先，宇宙之一終乎！盛極而衰，理勢必至，雖屈、宋、李、杜挺生，其運未易爲力也。

同上，雜篇卷一《遺逸上・篇章》：

《楚詞》自屈原外，宋玉、唐勒、景差并著名字。今屈原存者雜騷詞二十五篇，宋玉《九辯》《招魂》諸賦一十二篇，景差《大招》一篇，而勒賦絶無傳者。據《漢・藝文志》，原賦二十五篇，與今傳合；玉賦一十六篇，似缺其四，按《九歌》例，析《九辯》爲九，則反溢其四篇；外，仍列勒賦四篇；而差著作不録。東漢初去戰國近，勒賦宜有存者，不應至王逸世并没不傳。差賦既不列《藝文》，又不應《大招》一篇至逸始出。朱元晦常定《大招》差作，亦以絶無左驗爲疑。余以《大招》屬差，誠無證據；勒賦四篇，志於《藝文》，此其左驗之大者，蓋《大招》即此四篇中之一篇。况逸所注《楚詞》，本劉向校定，而班固《藝文志》一仿劉氏《七略》舊文，使《大招》果差作，詎容并置弗録！兼固《叙詩賦》，但舉宋玉、唐勒，絶不及差，《大招》出勒審矣。

或謂《古文苑》六賦，除“大、小言”外，餘四篇不類玉，當是《藝文》所志勒賦四篇，而《大招》自爲差作，則《藝文》之數既合，而王逸之説亦全。并識此，第其説終有可疑。

宋玉賦《高唐》《神女》《登徒》及《風》，皆妙絶今古。《古文苑》於《選》外，更出六篇：《小言》也，《大言》也，《笛》也，《諷》也，《釣》也，《舞》也，以爲皆玉賦，昭明所逸者。余始以或唐、景之徒爲之，細讀多有可疑。《笛賦》稱宋意送荆卿易水之上。按玉事楚襄王，去始皇年代尚遠，而荆軻刺秦在六國垂亡際，不應玉及見其事。《諷賦》即《登徒好色》篇，易以唐勒。唐、景與玉同以詞臣侍從，顧謂勒讒，而所賦“美人”亡一佳語，亂云：“吾寧殺人之父，孤人之子，誠不忍愛主人之女。”殊鄙野不雅馴。《釣賦》，全仿《國策·射鳥者對》。《舞賦》，王長公固以傅毅爲疑，及讀宋人章樵注云：“《舞賦》，《文選》已載全文，唐人歐陽詢簡節其詞，編之《藝文類聚》，此篇是也。好事者以前有宋玉問答之詞，遂指玉作。”正與《卮言》意合。然則《古文苑》所載六篇，唯“大、小言”辭氣滑稽，或當是一時戲筆，餘悉可疑，而《舞賦》非玉明甚。昭明裁鑒，詎可忽哉！（諸篇皆當是漢魏間淺陋者擬作，唐人誤收。）

今據《漢志》一十六篇之數定之，《九辯》九篇，并《神女》、《高唐》、《登徒》、《招魂》、“大、小言”、《風》七篇，正合原數。屈賦二十五篇俱完。勒賦四篇，《大招》其一，亡其三篇。景氏未有徵也。

宋玉賦，昭明《選》外，《古文苑》所收六篇，已大半可疑。陳氏《文選補遺》乃有《微咏賦》一篇，題宋玉撰。余驟睹其目，驚喜，亟閲之，怪其詞迥不類。又“微咏”名義殊不通，細考乃知宋王微所作《咏賦》。微有傳，見《宋書》及《南史》，不載此賦，蓋見於他選中，首題宋王微《咏賦》。陳氏不熟其人，遂以意加點作“玉”，而以“微”字下屬於“咏”，謂爲宋玉所撰，可笑也。弘、正間編《廣文選》，亦以此賦爲玉，楊用修大譏之，不知其誤自是承籍前文。噫！一賦耳，作者、選者、考核者，詿誤糾紛乃爾，可不慎哉！

同上，雜篇卷二《遺逸中·載籍》：

古今别集當自《離騷》爲首，荀卿、宋玉，以及漢世董、賈、馬、揚諸集，存於宋世者，僅僅數卷。諸藏書家，率謂後世好事鈔合類書成帙，非其本書。然班史《藝文》原不著録，《隋史》始見篇名，其卷帙已與後世無異，則其亡逸固不始於宋、唐矣。（上海古籍出版社，1979年）

胡應麟《少室山房集》卷一百《策》：

以文章之士言之，春秋則檀楊、左史、公、穀、荀卿、韓非、屈原、宋玉，漢則賈誼、董仲舒、司馬遷、相如、揚、班、枚、李，六朝則曹、劉、阮、陸、潘、左、陶、謝，唐則王勃、李白、杜甫、韓愈、陳子昂、柳宗元，宋則歐陽修、王安石、曾鞏、蘇洵、軾、轍、黄庭堅、陳師道，是皆卓乎以文章師百代者也。

同上，卷一百一十一《與王長公策書》：

至先秦、盛漢、黄初、開元諸大家遺言，若孟、莊，若屈、宋，若左丘、兩司馬、陳思、李、杜十數公，輒廢書太息曰：偉哉，六經而後，文不在兹乎！俾今之世也，而有十數公其人，終吾身執鞭其側，何憾哉！（《四庫明人文集叢刊》本，上海古籍出版社，1993年）

董其昌《畫禪室隨筆》卷二《題自畫·題秋林圖》：

畫秋景惟楚客宋玉最工。“寥栗兮若在遠行，登山臨水兮送將歸”，無一語及秋，而難狀之景都在語外。唐人極力摹寫，猶是子瞻所謂“寫畫論形似，作詩必此詩”者耳。韋蘇州“落葉滿空山”，王右丞“渡頭餘落日”，差足嗣響，因畫秋林及之。（《文淵閣四庫全書》本）

蔣克謙《琴書大全》卷十一《陽春引》：

《襄陽耆舊傳》曰：楚襄王問於宋玉曰：“先生其有遺行與？何士民衆庶不譽之甚也？”宋玉對曰：“唯，然，有之。願大王寬其罪，使得畢其辭。客有歌於郢中者，其始曰《下里》《巴人》，國中屬而和者數千人；其爲《陽阿》《薤露》，國中屬而和者數百人；其爲《陽春》《白雪》，國中屬而和者數十人而已也；引商刻角，雜以流徵，國中屬而和者不過數人。是以其曲彌高，其和彌寡。故鳥有鳳而魚有鯤，鳳凰上擊於九千里，絶浮雲，負蒼天，翱翔乎杳冥之上，夫藩籬之鷃，豈能與之料天地之高哉！鯤魚朝發昆侖之虚，暴鬐於碣石，暮宿於孟瀦，夫尺澤之鯢，豈能與之量江海之大哉！故非獨鳥有鳳而魚有鯤也，士亦有之。夫聖人瑰意琦行，超然獨處，世俗之民，又安知臣之所爲哉！”

《琴史》曰：宋玉者，楚人也。爲屈原弟子，善賦，類屈原，而傷哀感憤，曲伸諷喻。玉又自云嘗援琴爲《秋竹》《積雪》之曲，然則玉固爲能琴矣。當戰國時，雖俗聽已喜哇淫，而古曲猶有存者，如《陽春》《白雪》是已。去古浸遠，雅聲益訛，惜哉！

同上，卷十四《宋玉》：

宋玉者，楚人也，爲屈原弟子。善賦，類屈原，而哀傷感憤，曲伸諷喻。楚威王嘗問曰："先生其有遺行耶？何士民不譽之甚也？"宋玉對曰："客有歌於郢中者，其始曰《下里》《巴人》，國中屬而和者數千人；其爲《陽阿》《薤露》，國中屬而和者數百人；其爲《陽春》《白雪》，國中屬而和者數十人而已也；引商刻角，雜以流徵，國中屬而和者不過數人。是以曲彌高者，其和彌寡。"此是言歌通於琴也。玉又自云嘗援琴爲《秋竹》《積雪》之曲，然則玉固爲琴矣。當戰國時，雖俗聽已喜哇淫，而古曲猶有存者，如《陽春》《白雪》是已。去古浸遠，雅聲益訛，惜哉！（中國書店，1990年）

何宇度《益部談資》卷下：

楚入蜀縣，首爲巫山。倚山俯江，官民高下而居。江口有神女廟，荒蕪不治，乃有司新移置者。舊廟在江干，離縣十里，聞亦頽廢。予令人搨古碑，無有也。宋玉《高唐賦》，想隨襄王之夢逝矣。

郭公棐嘗梓《夔門三傳》：名宦則諸葛亮、李靖、源乾曜、韋處厚、唐介、虞允文、王十朋、李浩、查籥、劉光祖、余應求、孟珙；鄉賢則屈原、李遠、廖彦正、楊晨、袁沔青、文勝、汪瀚、柳英；流寓則宋玉、杜甫、李白、寇準、張俞、邵雍、黄魯直、宋濂。惟武侯、工部、王梅溪有特祠祀之。（《叢書集成初編》本）

蔣一葵《堯山堂外紀》卷二《列國・楚襄王》：

楚襄王横。（懷王子，宋玉者，屈原弟子，仕王爲大夫。）

赤帝女姚姬，未行而卒，葬於巫山之陽，號曰巫山之女。楚襄王一日與宋玉游於雲夢，望高唐有雲氣，曰："此何氣也？"玉曰："此所謂朝雲也。昔先王游高唐晝寢，夢一婦人，自稱是巫山之女，王因幸之。去而辭曰：'妾在巫山之陽，高丘之岨，旦爲朝雲，暮爲行雨。朝朝暮暮，陽臺之下。'旦朝視之，果如其言，故爲立廟，號曰朝雲。"

襄王與唐勒、景差、宋玉游陽雲之臺。王曰："能爲寡人大言者上座。"王因唏曰："操是太阿剥一世，流血衝天，車不可以厲。"唐勒曰："壯士憤兮絶天維，北斗戾兮泰山夷。"景差曰："校士猛毅皋陶嘻，大笑至兮摧罘罳。鋸牙裾雲豨甚大，吐舌萬里唾一世。”宋玉曰：“方地爲車，圓天爲蓋，長劍耿耿倚天外。”王曰：“未也。”玉曰：“并吞四夷，飲枯河海。跨越九州，無所容止。身大四塞，愁不可長。據地𨂝天，迫不得仰。”

楚襄王既令諸大夫造《大言賦》，賦畢，宋玉受賞。王曰：“抑未備也。有能《小言賦》者，賜之雲夢之田。”景差曰：“載氛埃兮乘剽塵，體輕蚊翼，形微蚤鱗，聿遑浮踊，凌雲縱身，經由針孔，出入羅巾，飄妙翩綿，乍見乍泯。”唐勒曰：“析飛糠以爲輿，剖粃糟以爲舟，泛然投乎杯水中，淡若巨海之洪流。蠅蚋眦以顧盼，附蠛蠓而遨游。寧隱微以無準，渾存亡而不憂。”又曰：“館乎蠅鬚，宴於毫端。烹虱脛，切蟣肝，會九族而同嚌，猶委餘而不殫。”宋玉曰：“無内之中，微物潮生，比之無象，言之無名。蒙蒙滅景，昧昧遺形。超於太虚之域，出於未兆之庭。纖於毳末之微蔑，陋於茸毛之方生。視之則眇眇，望之則冥冥。離朱爲之嘆悶，神明不能察其情。二子之言，磊磊皆不小，何如此之爲精。”王曰：“善！”賜以雲夢之田。

楚襄王好女色，宋玉爲賦以諷，曰：“或謂玉爲人，身體容冶，口多微詞，出愛主人之女，入事大王。臣身體容冶，受之二親；口多微詞，聞之聖人。臣嘗出行，僕飢馬疲，正值主人門開，主人翁出，嫗又到市，獨有主人之女在。女欲置臣堂上太高，堂下太卑，乃更於蘭房之室，止臣其中。中有鳴琴焉，臣援而鼓之，爲《幽蘭》《白雪》之曲。主人之女，翳承日之華，披翠雲之裘，更被白縠之單衫，垂珠步摇來排臣户，爲臣炊雕胡之飯，烹露葵之羹，來勸臣食；以其翡翠之釵，挂臣冠纓，臣不忍仰視，爲臣歌曰：‘歲將暮兮日已寒，中心亂兮忽多言。’臣復援琴鼓之，爲《秋竹》《積雪》之曲。主人之女又爲臣歌曰：‘内怵惕兮徂玉床，横自陳兮君之旁，君不御兮妾誰怨，日將至兮下黄泉。’玉曰：‘吾寧殺人之父，孤人之子，誠不忍愛主人之女。’”王曰：“止！止！寡人於此時，亦何能已。”

同上，卷二十《六朝·庾信》：

庾信，字子山，梁散騎常侍。侯景亂，自建康遁歸江陵，居宋玉故宅。故其賦云：“誅茅宋玉之宅，穿徑臨江之府。”老杜《送李功曹歸荆南》云：“曾聞宅玉宅，每欲到荆州。”李義山亦云：“却將宋玉臨江宅，異代仍教庾信居。”信後爲周輕騎將軍開府。

同上，卷六十一《宋·徐淵子》：

郢州有白雪樓。唐時崔郢州館孟浩然於樓上，遂有“浩然亭”。後人尊浩然，改爲“孟亭”。徐淵子與戴石屏同登，約各賦一詩，必以“宋玉石”對“莫愁村”。徐詩云：“水落方成放牧坡，水生還作浴鷗波。春風自共桃花笑，秀色偏於麥壟多。村號莫愁勞想像，石名宋玉漫摩挲。試將有褲無襦曲，翻作陽春白雪歌。”戴詩云：“樓名白雪因詞勝，千古江山春雨餘。宋玉遺踪兩蒼石，莫愁居處一荒村。風横煙艇客呼渡，水落沙洲人網魚。借問風流賢太守，孟亭添得野夫無。”（齊魯書社，1997年）

徐𤊹《徐氏筆精》卷三《詩談·風雅》：

屈、宋之文出於《風》，韓、柳之文出於《雅》，風者動也，雅者常也。如曾點之言志似《風》，三子之言志似《雅》；伯奇之《履霜操》似《風》，閔子之《失紖語》似《雅》；柳詩多似《風》，韓詩多似《雅》；太白《風》多於《雅》，子美《雅》多於《風》；至於義山、飛卿，雖本《國風》，然篇篇入《鄭》《衛》之響矣。（福建人民出版社，1997年）

徐𤊹《徐氏家藏書目》卷五集部别集類漢：

《宋玉集》三卷。（《續修四庫全書》本）

彭大翼《山堂肆考》卷一百七十一《居宋玉宅》：

梁庾信，字子山，肩吾之子。居宋玉故宅。信《哀江南賦》所謂“誅茅宋玉宅”是也。

同上，卷一百八十二《鶴羽》：

楚襄王會於章臺，宋玉、唐勒侍，皆操白鶴羽以爲扇。陸士衡有賦。（《四庫類書叢刊》本，上海古籍出版社，1992年）

錢希言《戲瑕》卷一《高唐雲雨》：

高唐雲雨，是先王楚懷事。楚襄雖夢神女，而賦中不言雲雨也。乃唐人詩如“傾國傾城漢武帝，爲雲爲雨楚襄王”“雲雨無情難管領，任他别嫁楚襄王”“料得也應憐宋玉，祇應無奈楚襄王”“今來雲雨知何處，重上襄王玳瑁筵”，此類甚多，往往誤稱，相沿不改，後遂爲填詞家借資，然使正其訛而作懷王，便不成佳話矣。《高唐賦》中“旦爲行雲”，至今亦莫有稱“旦雲”者。看來古人下語練字，皆須韻致，不專以理勝。又閲元微之《會真詩》“晨會雨濛濛”，則不獨稱“暮雨”矣。

同上，卷三《神女賦》：

《神女賦》中，“王”“玉”二字互書。蓋“其夜王寢，楚與神女遇者”，

“王”字乃“玉”字耳。“明日以白玉”者，以“白王”也。“王對”應作“玉對”纔是，不應“王對曰”之後又有一“王曰”也。此説千古不刊。余記得科斗時事，嘗命書傭繕寫諸賦數卷，自楚迄唐，合爲一帙，命其名曰《列綉編》，是時業已如此政之。後見李上饒家刻出《賦苑》，板雖不佳，却合余意，不知何人所校。據凌初成《核札》云：“張伯起纂《文選注》時，已改定矣。”初成又謂：“宋人沈存中《筆談》，先有此説。”余考《筆談》，未之有也。然《核札》既已詳哉其辯之矣，不知古“玉”字元無一點，後隸書始加點以別帝王字耳。“玉”字象形，本從“王”省文，徐氏所謂“王”中畫近上，“玉”三畫匀也。李陽冰曰：“三畫正均如貫玉。”蓋字義如此。今世傳“璧”字、“碧”字，與“璠”“璵”“環”“瑗”之諸“王”，或在上下，或在半邊，亦初未嘗有點，可以反矣。去古既遠，文字脱誤，訛以傳訛，往往而是。在有唐諸公，含毫賦詩，無不捨懷王而歸美於楚襄，何怪乎今之讀《騷》《選》者耶？想其時，便已烏焉成馬矣。第閱《高唐》《神女》《登徒子好色》三賦，莫不以楚襄爲首。一則曰楚襄王與宋玉游於雲夢之臺；一則曰楚襄王與宋玉游於雲夢之浦，使玉賦高唐之事；一則曰大夫登徒子侍於楚襄王而短宋玉。又玉所賦《高唐》末有“風起雨止，千里而逝，蓋發蒙，往自會”，注云：“言如風雨之疾，王至廟，如發其蒙，自時與神會也。”而下遂結以“九竅通鬱，精神察滯，延年益壽千萬歲”，注又云：“言今與神會，九竅通暢，精神得以自察，故延年益壽耳。”然則夢與巫山神女遇者，直謂楚襄王事可也。縱令枉受其名，政亦何害？存中辯證，實未及此。（《叢書集成初編》本）

賀復徵《文章辨體彙選》卷三百二十七《玉茗堂牡丹亭詞序》（王思任）：

火可畫，風不可描；冰可鏤，空不可斡。蓋神君氣母別有追似之手，庸工不與耳。古今高才，莫高於《易》。易者，象也；象也者，像也。其次則五經遞廣之，此外能言其所像人亦不多，左丘明、宋玉、蒙莊、司馬子長、陶淵明、老杜、大蘇、羅貫中、王實甫、我明王元美、徐文長、湯若士而已。（《文淵閣四庫全書》本）

曹學佺《蜀中廣記》卷二十二《名勝記·巫山縣》：

（巫）峽中有十二峰，曰望霞、翠屏、朝雲、松巒、集仙、聚鶴、净日、上升、起雲、棲鳳、登龍、聖泉。其下即神女廟。范成大《吴船録》云：下巫山峽三十五里至神女廟，廟前灘尤洶怒，十二峰俱在北岸，前後映帶，不能足其數。十二峰皆有名，不甚切事，不足録。所謂陽臺、高唐觀，人云在來鶴峰上，亦未必是。神女之事，據宋玉賦，本以諷襄王，後世不察，一切以兒女褻之。今廟中石刻引《墉城記》：瑶姬，西王母之女，稱雲華夫人，助禹驅神鬼斬石疏波，有功見紀，今封妙用真人。廟額曰“凝真觀”。《入蜀記》云：二十三日過巫山凝真觀，謁妙用真人祠。真人即世所謂巫山神女也。……廟後山半有石壇平曠，傳云夏禹見神女授符書於此壇上。

《集古録》云：神女廟，唐李吉甫詩一首，以貞元十四年刻；邱元素一首，無刻石年月；李貽孫二首，會昌五年刻；敬騫一首，元和五年刻，沈幼真書，其他皆無書人名氏。可摸搨。

同上，卷七十五《神仙記·川北道》：

其後，楚大夫宋玉以其事言於襄王，王不能訪道要以求長生，築臺於高唐之館，曰陽臺之宮以祀之。宋玉作《神女賦》以寓情荒淫，托詞荒穢，高真上仙豈可誣而降之耶？有祠在山下，世謂之大仙。隔岸有神女之石，即所化也。

同上，卷九十七《著作記第七·李翰林集》：

唐宣州當塗令李陽冰序云……自三代以來，風騷之後，馳驅屈、宋，鞭撻揚、馬，千載獨步，唯公一人。

同上，卷一百零一《詩話記第一》：

宋玉之《高唐》《神女》，司馬相如之《上林》《子虛》，揚子雲之《蜀都》，此賦之始也。

同上，卷一百零二《詩話記第二》：

段記室成式曰：屈平流放湘、沅，椒蘭久而不芳，卒葬江魚之腹，爲曠代之悲。宋玉則招屈之魂，明君之失，恐禍及身，遂假高唐之夢，以惑襄王，非真夢也。我公作神女之詩，思神女之會，惟慮成夢，亦恐非真。李公退慚其文，不編集於卷也。（出《雲溪友議》。）（《山川風情叢書》本，上海古籍出版社，1993年）

張燮輯《宋大夫集》卷首《序》：

《隋書·藝文志》載《宋玉集》三卷。今考所屬綴，亦復散見人間，顧未有裒合以行者。余乃編次，爰成斯集。三十六甲，龜爲之長；百羽所宗，其在若簫若干乎？獨怪公之《招魂》《九辯》，悲悼填膺，如遠刺心血，灑作紅雨噴人；迨《高唐》《好色》等篇，又若破涕成歡，排愁成媚，忽而蒿目，忽而解頤，似乎彼此兩截地界。豈悼其師之芳草化蕭，必哺糟啜醨，别爲玩世耶！慷慨熱腸，風流冷眼，一身饒兼之，上世奇人，豈得傲以先鳴之道術哉！

同上，卷之一《賦》：

《風賦》《高唐賦》《神女賦》《登徒子好色賦》《諷賦》《舞賦》《釣賦》《大言賦》《小言賦》《笛賦》。（原文略）

王元美謂："傅武仲《舞賦》托宋玉爲襄王問對，及閲《古文苑》宋玉《舞賦》所少十分之七，中間精語，如'華袿飛髾而雜纖羅'大是麗語；至形容舞態，如'羅衣從風，長袖交横。駱驛飛散，颯遝合并。綽約閑靡，機迅體輕'。又'回身還入，迫於急節。紆形赴遠，漼以摧折。纖縠蛾飛，繽猋若絶'。此外亦不多得也。豈武仲衍玉賦以爲己作耶？抑後人節約武仲賦因序語而誤爲玉作也？"今姑存之。

同上，卷之二《騷》：

《九辯》。（原文略）

同上，卷之三《騷》：

《招魂》。（原文略）

同上，《書》：

《報友人書》。（原文略）

同上，《對問》：

《對楚王問》。（原文略）

同上，附録《糾謬》：

《微咏賦》。按此南宋時王微所爲《咏賦》也，劉節《廣文選》不識有王微姓名，遂以"王"字加點爲"玉"，讀曰宋玉，而署賦爲《微咏賦》，不知"微咏"二字原無所本，而賦多俳語，必非周秦以上人，其出王微筆無疑耳。按《宋書》，王微字景玄，即與江湛辭吏部郎書者。弟僧謙遇疾，微躬自處治，僧謙既以不救，微深自咎，發疾不治，裁書告靈，後四旬而終。今閲篇中有"楹華""開表""穸壇横蕪""閟陰椁兮空長居"及"致命遂志賨中丁阿兮"等語，想亦病困自遣之辭，博古者當自得之。（近世楊用修已駁宋玉之訛，第世儒守舊，尚疑賦屬王微未必有據，故爲詳論若此。）（《續修四庫全書》影印張燮《七十二家集》本）

王志堅《四六法海》卷十《〈顔之推家訓·論文章〉評點》：

此篇爲一種無行文人針砭膏肓，大有裨益。但人品難齊，有托之狂簡而不屑修飾者，有偏於剛介而動與禍會者，如屈、宋、東方、司馬、嵇、阮、孔、謝之徒皆賢者也，今概以爲輕薄而譏之，可謂莨莠不分者。

同上，《劉知幾〈史通·載文篇〉》：

“夫觀乎人文以化成天下，觀乎國風以察興亡，是知文之爲用，遠矣大矣。若乃宣、僖善政，其美載於周詩；懷、襄不道，其惡存於楚賦。讀者不以吉甫、奚斯爲諂，屈平、宋玉爲謗者，何也？蓋不虛美，不隱惡故也。”是則文之將史，其流一焉。（遼海出版社，2010年）

張丑《清河書畫舫》卷八下《蘇軾》：

又見東坡行書《〈九辯〉帖》，筆意妙絶，而無款識，豈遭元佑黨人之禍，當時收藏者削去之耶？（上海古籍出版社，2011年）

沈德符《萬曆野獲編》卷二十五《雜劇》：

北雜劇已爲金元大手擅勝場，今人不復能措手。曾見汪太函四作，爲《宋玉高唐夢》《唐明皇七夕長生殿》《范少伯西子五湖》《陳思王遇洛神》，都非當行。（中華書局，1959年）

江東偉《芙蓉鏡寓言》一集《言語》：

景公問晏子曰：“天下有極大乎？”晏子對曰：“有。足游浮雲，背凌蒼天，尾偃天間，躍啄北海，頸尾咳於天地乎，然而漻漻不知六翮之所在。”公曰：“天下有極細乎？”晏子對曰：“有。東海有蟲，巢於蝨睫，再乳再飛，而蝨不爲驚。臣嬰不知其名，而東海漁者命曰焦冥。”壺公曰宋玉語本此。（岳麓書社，2005年）

范景文《文忠集》卷五《〈來禽館文集〉叙》：

或曰：文章一道，與世運爲升降者也。余應之曰：非也！各隨其耳目之習尚移之。屈、宋辱於芊衰，丘明後於麟獲；唐之季也，韓、柳代興；宋之終也，文、謝崛起。安在其世之爲升降也？（《文淵閣四庫全書》本）

任昉撰，陳懋仁注《文章緣起》：

賦：楚大夫宋玉作。

（注）司馬相如曰：“合綦組以成文，列錦綉而爲質，一經一緯，一宫一商，此賦之迹也。賦家之心，包括宇宙，總覽人物，斯乃得之於内，不可得而傳。”勰曰：“原夫登高之旨，蓋睹物興情，情以物興，故義以明雅，物以情觀，故詞必巧麗，麗詞雅義，符采相勝，如組織之品，朱紫畫繪之著玄黄，文雖新而有質，色雖

糅而有本，此立賦之大體也。”吴訥云：“祝氏曰：揚子雲云，詩人之賦麗以則，詞人之賦麗以淫。夫騷人之賦與詩人之賦雖異，然猶有古詩之義，詞雖麗而義可則，詞人之賦則辭極麗而過於淫蕩矣。蓋詩人之賦，以其吟咏性情也；騷人之賦有古詩之義者，亦其發於情也，其情不自知而形於辭，其辭不自知而合於理。情形於辭，故麗而可觀，辭合於理，故則而可法。如或失於情，尚辭而不尚意，則無興起之妙，而於則也何有？後代賦家之俳體是也。又或失於辭，尚理而不尚辭，則無歌咏之遺，而於麗也何有？後代賦家之文是也。是以三百五篇之《詩》、二十五篇之《騷》，無非發於情者，故其辭也麗，其理也則，而有賦、比、興、風、雅、頌諸義。漢興，賦家專取《詩》中賦之一義以爲賦，又取《騷》中贍麗之辭以爲辭，若情若理有不暇及，故其爲麗也異乎風騷之麗，而則之與淫遂判矣。古今言賦，自《騷》之外，咸以兩漢爲古，蓋非。魏晋已還，所及心乎古賦者，誠當祖《騷》而宗漢，去其所以淫，而取其所以則，庶不失古賦之本義。”徐禎卿曰：“桓譚學賦，揚子雲令讀賦千首則善爲之。蓋所以廣其資，亦得以參其變也。”

對問：宋玉《對楚王問》。

（注）《詩》云：“對揚王休。”《書》云：“好問則裕。”蓋對問者，載主客之辭，以著其意者也。（補注）按問對者，文人假托之辭，其名既殊，其實復異，故名實皆問者，屈平《天問》、江淹《邃古篇》之類是也。其他曰難、曰諭、曰答、曰應，又有不同，皆問對之類也。古者，君臣朋友口相問對，其詞可考，後人仿之設詞以見志，於是有應對之文，而反覆縱横，可以舒憤鬱而通意慮。（《叢書集成初編》本）

賀復徵《文章辨體彙選》卷四百三十二《原詩》（蔣德璟）：

古之草木鳥獸，今之草木鳥獸也；古之筆舌，今之筆舌也；古之情，今之情也。以詩言詩，則明沿宋膏，唐拾晋馥，魏倚漢規，揚雄步長卿之踪，宋玉衍靈均之制，皆襲也；取青媲白，用料使事，皆借也；無故而呻喜，不得已而應酬，皆贋也，不情之詩也。以情言，則情之所至，悠然而動，涣然而興，皆性也，則皆詩也。蓋亦循其本矣。（《文淵閣四庫全書》本）

陸時雍《楚辭疏》卷首周拱辰《〈楚辭〉叙》：

夫《離騷》固《檮杌》之精華也，亦猶《三百》之於《春秋》也。楚之先有於菟、叔敖以經濟鳴，倚相、射父以善讀《八索》《九丘》鳴，而最後宋玉、景差以辭賦鳴。差、玉皆原弟子，遞相祖述，幾乎掩中原而上之。夫楚人亦能自進於天下也哉！

同上，陸時雍《讀〈楚辭〉語》：

倡楚者屈原，繼其楚者宋玉一人而已，景差且不逮，况其他乎。自《惜誓》以下至於《九思》，取而附之者，非以其能楚也，以其欲學楚耳。古道既遠，靡風日流，自宋玉、景差以來數千百年，文人墨士，頡馬、揚而抗班、張者尚不一二，更何言楚？余故嘆其寥寥而取以附之，是則私心之所以愛楚也已。

宋玉所不及屈原者三：婉轉深至，情弗及也；嬋娟嫵媚，致弗及也；古則彝鼎，秀則芙蓉，色弗及也。所及者亦三：氣清，骨峻，語渾。清則寒潭千尺，峻則華岳削成，渾則和璧在函，雙南出範。

《九辯》得《離騷》之清，《九歌》之峭，而無《九章》之婉，其佳處如"梢雲修幹，獨上亭亭，孤秀参疏，物莫與侶"。

《招魂》絢麗，千古絶色，正如天人珠被，霞爛星明，出銀河而下九天者，非人世所曾得有。《招魂》刻畫描畫，極麗窮奇，然已雕已琢，復歸於樸，鬼斧神工，人莫窺其下手處耳。

楊用修曰：《招魂》豐蔚濃秀，驅枚、馬而走班、揚。此是門面語意，余獨嘆其爲奥。所謂奥者，經堂入室，直抉其壼奥者也。其舉景而得趣，舉貌而得態，舉色而得意，舉饌而得味，舉聲而得會，是謂天下之至神。顧虎頭爲人寫照，先察其神情種種入手，一略舉筆具形，不由不意致周旋，精神飛越也。

宋晁無咎謂《大招》"古奥"，"當爲原作無疑"。朱晦翁謂《大招》"平淡醇古，意亦深靖閑退，不爲詞人墨客浮誇艷逸之態"。余觀此有感焉，乃知時事異，而議論因之亦殊也。若余論之，直謂《大招》語不成趣：有貌無情一，爽羹敗酒之類耳，《大招》舉宫室、飲食、聲色之類，與《招魂》同，其欲靡麗奇巧亦一，而語之不精，言之無味者，力不足也；好色一，而彼於其醜，此於其嫮；飲酒一，而彼於其醽，此於其醪。謂醜與醽之不好，而嫮與醪之是好也，則不情矣。所謂"深靖閑退而不爲浮誇艷逸之詞"者，得無醜與醽之説乎！大抵宋人論文無之非道，若余之所論無之非情。無之非道，捨仁義禮樂不可矣；無之非情，喜怒哀思剛柔平反皆是也。喜不成喜，思不成思，則不文矣。宜剛非剛，宜柔非柔，則不文矣。情者，詩文之的也，太過則濫，不及則僞矣。《易》曰："剛柔交錯，天文也；文明以止，人文也。"此中亦著一道字不下。《衛風·碩人》形容殆盡，誰詆其爲非者？此余之妄見，不敢自附於前賢者也。

淮南《招隱士》，此自招隱士耳，於屈原無與也。而王逸、朱晦翁俱牽涉原事，則非矣。文甚簡奥，所不及於屈、宋者，其鋒鈍耳。百煉犀利，一出一入，縱横莫當，非至人出鬼入神，安得具此手段。

同上，卷八《九辯》：

陸時雍叙曰：萬物懔秋，人生苦愁，彼生不辰者，直百歲無陽日耳。屈原之於懷王，始非不遇，卒以憂死，君子哀之。宋玉作《九辯》，衍述原意，兼悼來者，故語多商聲。其云"貧士失職而志不平"，所寄慨於千載者多矣。

陸時雍曰：宋玉、唐勒、景差祖述原旨，遞以聲歌相放，而玉最爲優。然《九辯》簡直，視其制，已降原矣，所謂《騷》之亂、歌之首也。

同上，附録《〈楚辭〉雜論》：

朱熹曰：……按《楚辭》，屈原《離騷》謂之經，自宋玉《九辯》以下皆謂之傳。以此例考之，則《六月》以下，《小雅》之傳也；《民勞》以下，《大雅》之傳也。孔氏謂凡非正經者謂之傳，善矣；又謂未知此傳在何書，則非也。然則吕氏實據鼂本而言，但洪、鼂二本今亦未見其的據，更當博考之耳。

王世貞曰：《楚辭》十七卷，其前十五卷爲漢中壘校尉劉向編。集尊屈原《離騷》爲經，而以原别撰《九歌》等章，及宋玉、景差、賈誼、淮南、東方、嚴忌、王褒諸子，凡有推佐原意而循其調者爲傳。（《續修四庫全書》本）

徐炬《新鐫古今事物原始全書》卷十一《賦》：

《詩序》六義，二曰賦。賦者，謂直陳其事也。《漢書》曰："不歌而頌曰賦。"《釋名》曰："敷布其義謂之賦。"《左傳》曰："鄭莊入而賦'大隧之中'。"是後荀卿、宋玉之徒演爲别體，謂之賦。漢司馬相如作《子虚賦》，沈約作《郊居賦》，禰衡作《鸚鵡賦》，晋張華作《鷦鷯賦》，宋璟作《梅花賦》，桑維翰作《日出扶桑賦》。後作賦者不勝紀，姑録一二。（《續修四庫全書》本）

張尚儒《歸州志》卷一《古迹》：

楚宋大夫宅，州東五里相公嶺下，舊址猶在。《入蜀記》："宋玉宅在秭歸縣東，今爲酒家壚矣。舊有石刻'宋玉宅'三字。"

同上，卷六《荆州》：

宋玉宅，庾信《哀江南賦》："誅茅宋玉之宅。"（原注：宋玉舊宅在江陵城北。）《渚宫故事》："庾信因侯景之亂，自建康遁歸江陵，居宋玉故宅。"《入蜀記》："宋玉宅今爲酒家。"（萬曆元年刻本）

姚士麟《見只編》卷上：

漢魏六朝文集，靖康間悉爲金虜輦去。今按《通考》所載，自宋玉至顔之推，僅三十種耳。今所見惟董仲舒、蔡中郎、陳思王、嵇康、陸機、陸雲、陶靖節、鮑參軍、謝宣城、江淹、庾開府十餘集，其他如固安鄭錦衣所緝《揚子雲集》，吾郡沈沂川先生所緝謝靈運、沈休文集，吾友劉少彝所緝《徐陵集》，皆近出也。（《叢書集成初編》本）

孫承澤《春明夢餘録》卷二十五《六科》：

至於前賢，如屈原忠愛，宋玉風藻，千古齒芬。魯生辱罵之曰："楚所矜式惟有屈、宋，宋玉稱神引夢，賦雨横風，媟褻蕩佚；屈子踔厲侘傺之感，哀悼悲些之調，變雅爲騷，亦何足道？"推其語意，喋喋厭薄屈、宋，恨不起上官大夫，與之把臂定交矣。（《四庫筆記小説叢書》本，上海古籍出版社，1993年）

倪元璐《倪文貞集》卷七《〈王芝山中翰書藝〉序》：

故景者，天下之所共取也。以其力則取之，謝靈運知之也；以其緣會則取之，桃溪之二士知之也；以其機智法數則取之，費長房知之也。謝靈運伐山鬪道，不景不已；二士不知其身之忽然桃溪；費長房坐持地脉，宛然見千里之狀。是故三者天下之所歸，景也。古之文人爲之者，子雲蒙盜而挾靈運之斤，淵明、子瞻幾仙而飲二士之藥，宋玉、長卿、枚乘縱荸神鬼，而佩長房之符。然以爲是數子者，才絶體大，不可幾見，又以其經天之業，責於今之制舉，有不可也。（《四庫明人文集叢刊》本，上海古籍出版社，1993年）

周聖楷《楚寶》卷十五《文苑·宋玉》：

宋玉，南郡宜城人，屈原弟子也。雋才辯給，善屬文，而識音。閔惜其師忠而放逐，作《九辯》以述其志。又恐其愁懣山澤，魂魄放佚，厥命將落，作《招魂》，欲以復其精神，延其年壽；外陳四方之惡，内崇楚國之美，以諷諫懷王，冀其覺悟而還之也。後因其友，以見於楚襄王，襄王待之無以異。宋玉讓其友，其友曰："夫薑桂因地而生，不因地而辛；婦人因媒而嫁，不因媒而親。子之事王未耳，何怨於我？"宋玉曰："不然。昔者齊有良兔曰東郭㕙，蓋一旦而走五百里，於是齊有良狗曰韓盧，亦一旦而走五百里，使之遥見而指屬，則雖韓盧不及衆兔之塵，若躡迹而縱緤與？遥見而指屬與？"楚襄王問於宋玉曰："先生其有遺行與？何士民衆庶不譽之甚也？"宋玉對曰："唯，然，有之。願大王寬其罪，使得畢其辭。客有歌於郢中者，其始曰《下里》《巴人》，國中屬而和者數千人；其爲《陽阿》《薤露》，國中屬而和者數百人；其爲《陽春》《白雪》，國中屬而和者數十人；引商刻羽，雜以流徵，國中屬而和者不過數人而已。是其曲彌高，其和彌寡。故鳥有鳳而魚有鯤，鳳皇上擊九千里，絶雲霓，負蒼天，翺翔乎杳冥之上，夫藩籬之鷃，豈能與之料天地之高哉！鯤負朝發昆侖之虚，曝鬐於碣石，暮宿於孟諸，夫尺澤之鯢，豈能與之量江海之大哉！故非獨鳥有鳳而魚有鯤也，士亦有之。夫聖人瑰意琦行，超然獨處，世俗之民，又安知臣之所爲哉！”一日，同唐勒、景差從襄王於陽雲之臺，王曰：“能力寡人大言者上坐。”唐勒曰：“壯士憤兮絶天維，北斗戾兮泰山夷。”景差曰：“校士猛毅皋陶嘻，大笑至兮冞罳。”玉曰：“方地爲車，圓天爲蓋，長劍耿耿倚天外。”王曰：“未也，有能小言者，賜以雲夢之田。”景差曰：“載氛埃兮乘飄塵。”唐勒曰：“館蠅鬚兮宴毫端。”玉曰：“超於太虚之域，出於未兆之庭，視之眇眇，望之冥冥。”王曰：“善。”賜之以田。後玉休歸，唐勒讒之，乃著諸賦，以自見云。

陳氏《書録》曰：楚大夫《宋玉集》一卷。《史記·屈原傳》言：楚人宋玉、唐勒、景差之徒，皆原之弟子也。而玉之詞賦獨傳，至以屈宋并稱於後世，餘人皆莫能及。按《隋志》：《集》三卷；《唐志》：二卷。今書乃《文選》及《古文苑》中録出者，未必當時本也。

聖楷曰：古昔師、弟子文章并稱者，莫若屈宋矣。嘗誦玉《悲秋》一章，托旨興懷，深凄婉至，自《遠游》《天問》而下，罕見其儔。而子雲所謂麗以淫者，其《高唐》《神女》諸賦乎！劉舍人云：“屈平聯藻於日月，宋玉交彩於風雲。”又云：“屈宋逸步，莫之能追。蓋其叙情怨則鬱伊而易感，述離居則愴怏而難懷，論山水則循聲而得貌；言節候則披文而見時。是以枚、賈追風以入麗，馬、揚沿波而得奇。其衣被詞人，非一代也。”亶其然乎！若夫景差《大招》，興言於流澤，施尚三王，補《招魂》所未逮，抑亦鸞鳳之片羽，蘭芷之芬芳也。按原爲三閭大夫。三閭之職，掌王族三姓，曰屈、景、昭，原叙其譜屬，率其賢良，以厲國士，則景差當亦原所奬植，《大招》一作，似不容已，又何疑哉？唐勒初亦尊事屈平，其後懷讒妒玉，甘爲鶗鴂之鳴，古今交道如此輩人，可勝嘆息！

同上，《宋玉宅考》：

《水經注》：“襄陽宜城縣南有宋玉宅。”按宜城地原屬郢都，今承天、荆州俱有宋玉宅，當以荆州爲是。《渚宫故事》云：“庾信因侯景之亂，自建康遁歸江陵，居宋玉故宅。”故其賦曰：“誅茅宋玉之宅，穿徑臨江之府。”杜子美送人歸荆州詩亦云：“曾聞宅玉宅，每欲到荆州。”是也。又子美移居夔州《入宅詩》云：“宋玉歸州宅，雲通白帝城。”然則歸州亦有宋玉宅，非止荆州。大抵昔賢摇落，安知有宅以貽後人？文士棲遲，乃托江山而留永慨。李商隱詩云：“何事荆臺百萬家，惟教宋玉擅才華。楚辭已不饒唐勒，風賦何曾讓景差。落日渚宫供觀閣，開年雲夢送煙花。可憐庾信尋荒徑，猶得三朝托後車。”其懷抱故可想矣。

同上，《宋玉附·郢中考》：

《宛委餘編》曰："楚昭王避吴師，自郢涉雎，濟江，入於雲中，遂奔鄖。鄖即鄖子國，在宋爲安州，今爲德安府，非今之鄖縣也。雲中，即雲夢地，江南爲夢，江北爲雲。郢本楚都，在江陵北十二里紀南城，所謂南郢也。《陽春》《白雪》之倡在是矣。今之承天，初爲安陸，蕭梁、唐、宋爲郢州，所謂北郢也，其在楚非都會地。然則，郢曲仍當歸之江陵，乃爲當也。"

聖楷按：楚都凡四徙，文王自丹陽徙都郢，今江陵縣北南城是也，即春秋之渚宫矣。至平王所城郢，則在今江陵東北，所謂郢城也。《荆州記》：昭王十年，吴通漳水，灌紀南，入赤湖，進灌郢城，遂破楚。則郢與紀南蓋二城云。昭王因避吴難，又徙都鄀，在今宜城縣東北三十三里。頃襄王時，秦兵拔郢，又徒都陳，在今河南陳州。考烈王時，又去陳徙都壽春，亦命曰郢，在今南直壽州。若今承天，古之安陸州也，在春秋戰國爲楚之郊郢地，未嘗建都。自劉宋始沿魏置郢州，隸竟陵郡，後人遂以爲郢中在是，而不復考正耳。得王弇州此論，爲之一快。

同上，《文苑·景差》：

景差，楚同姓也，與宋玉同師事屈原。嘗至蒲騷，見宋玉曰："不意重見故人，慰此去國戀戀之心。昨到夢澤，喜見楚山之碧，眼力頓明；今又會故人，閑心日足矣。"屈原死，賦《大招》一篇。（《湖湘文庫》本，岳麓書社，2008年）

李陳玉《〈楚辭〉箋注》卷四《〈九辯〉解題》：

按《九辯》即前《離騷》中所云夏樂章名。宋玉，屈原弟子，痛師流放，非其罪而爲讒人所害，補此《九辯》以配《九歌》。後世讀者遂謂亦原之作，不知辭氣不類，原奥澀沉雄，玉輕逸俊美，同調而不同聲也。

同上，《〈招魂〉解題》：

古有招魂復魄，疑皆死後爲之。若《楚辭》所云，則生前憂鬱魂魄離散，故爲文以招。古人所云，收招魂魄，復得爲人之謂也。小説載，唐馬周落魄將死，有異人爲之收招，決其百日之内必大遇主。其説雖幻，然自古相傳，當有其理。宋玉爲屈子招魂，或亦戲作，以相慰於寂寥之中耳。又今江楚之俗，凡有重病，輒令巫師迎所祀鬼神，載酒肉夜出，名曰收魂，蓋亦招魂之遺俗也。安知屈子得罪後，憂鬱所傷不有病苦，其親愛不有巫覡禱祀之事乎！宋子或遂爲此代巫言，亦如屈子之爲《九歌》，托意發憤以寫其不平狀，曰《招魂》，又曰《大招》者，巫覡之事有大小故也。小如求之一方鬼神，大如合四方上下之鬼神大索之。第《招魂》韻下用"些"，些，楚人土音所以相呼也。凡鬼神之事，陰陽本隔，多以聲音感之。陽聲相呼，綿綿不絶，陰神既感，自將隱隱隨之。陽聲先入爲導，陰神後隨自至。此《招魂》之“些”所自來也。《大招》韻下用“只”，只，本古韻，見於《毛詩》不一。大索於四方上下鬼神，楚之方言未可概通，必用中原古韻，此《大招》之“只”所自來也。舊有謂此爲原作，蓋設以招隱，亦寓言之類，細看文義，殆不其然。此所謂不得其説，而别生枝節也。

同上，《〈招魂〉注》：

按《招魂》，一切宫室、鋪設、游觀、飲食、聲色、伎藝之美，與夫田獵、騎射之樂，皆楚國黨人受享之事與導君游畋之事，屈子廉潔服義，安有一於此乎！而亹亹舉之者，所以愧黨人而悟楚君也。若曰如此等受享，如此射獵，從曳澤畔，行吟憔悴之人，曾有一於此乎！此宋子言外之意，故開手便言“朕幼清未沬”，所以爲後種種張本也，讀者憒憒，特爲拈出。（《續修四庫全書》本）

黄文焕《楚辭聽直》卷首《凡例》：

《九辯》爲從來所共賞。玉之旨，因《騷》有“啓九辯與九歌”之句，欲以是補之，與《九歌》等。然詞在涉不涉之間，意與法在欲并未能并之際，剿襲句多，曲折味少，亦不存焉可矣。

二《招》之獨存，而又先《大招》於《招魂》，何也？王逸之論《大招》，歸之“或曰屈原”，未嘗以專屬景差。晁氏曰：“詞義高古，非原莫能及。”余謂本領深厚，更非原莫能及。則存《大招》，固所以存原之自作也。《招魂》屬之宋玉，而太史公曰：“讀《離騷》《天問》《招魂》《哀郢》，悲其志。”又似亦原之自作，則存《招魂》亦并存原耳。即《招魂》從來屬玉，《大招》未必非差，而其詞專爲原拈，其意與法，足與原并，則固足存矣，宜存矣。此豈他篇所可比？

同上，附《聽直合論·聽複》：

《楚辭》之難讀在複，以不得其解，則視複生迷，因之生厭也。然其運法之謹嚴，用意之奇變，乃專在複中：或以複翻前，或以複應前。首《騷》三千餘字，篇最長，故複最多，複言路，複言芳，複言玉，複言女，深意疊出焉。……後人擬騷，竟無知其用複之妙。學其用複之法者，法不妙則意不奥，複何以稱《騷》？宋玉身爲弟子，尚未窺此秘，矧屬其他。即以《九辯》稽之，非不復言秋，乃語複意亦複焉，烏用複爲？故必知似複非複，乃可與讀《騷》，乃可與學《騷》。

同上，附《聽直合論·聽二招》：

宋玉則《九辯》堪稽，讀《九辯》者以爲悲原而作，其辭多言秋。蓋原死於夏，故其弟子之感懷從秋也。

世之讀“二招”者，各從私好以爲優劣，定評未有屬焉。朱子謂《大招》勝《招魂》，以其“近於儒者窮理經世之學”，“天道之屈伸動静，粗識端倪，國體時政，頗知先後”。楊用修謂《招魂》豐蔚濃秀，王元美極服此論，以爲足破宋人眼耳。則《小招》勝《大招》矣。世之喜理勝者多從朱，喜詞工者多從楊。然“二招”佳處實不在此，作者當日别有暗藏之關竅，至莊之論，至艷之語，皆從至慘之中托根發葉，層疊以致其愈慘，意不在矜莊鬥艷也。若謂《大招》詞遜，《小招》理遜，古人豈不竊笑哉！其間一字落紙，萬淚盈胸，與二十五篇來歷相對，正反相鈎，發思布序，步步相因，必不可易。倘可移以招他人忠魂通用之套，則理雖莊，腐理耳，詞雖艷，浮詞耳，慘痛何在？（《續修四庫全書》本）

賀貽孫《詩筏》：

若子美則詩人也，詩以騷爲祖，以賦爲禰，以漢魏諸古詩、蘇、李、《十九首》、陶、謝、庾、鮑諸人爲嫡裔。子美詩中沉鬱頓挫，皆出於屈、宋，而助以漢魏六朝詩賦之波瀾。（郭紹虞《清詩話續編》本，上海古籍出版社，1983年）

吴景旭《歷代詩話》卷八《楚辭・九歌》：

洪興祖云：《九歌》十一首，《九章》九首，皆以九爲名者，取《簫韶》九成、啓《九辯》《九歌》之義。《騷經》曰“奏《九歌》而舞《韶》兮，聊假日以偷樂”，即其義也。宋玉《九辯》以下，皆出於此。張銑云：“九者，陽數之極，自謂否極，取爲歌名也。”《九辯》舊注云：“九者陽之數，道之綱紀也，故天有九星以正璣衡，地有九州以成萬邦，人有九竅以通精明。”諸説紛紛，余獨喜楊升庵之言，云：“《九歌》乃十一篇，《九辯》亦十篇，宋人不曉古人虚用‘九’字之義，强合《九辯》二章爲一章，以協九數，兹大可笑。”

同上，卷十《宋玉宅》：

李君翁《詩話》曰：“寧誅鋤草茅以力耕乎？詩人皆以爲宋玉事。豈《卜居》亦宋玉擬屈原作耶？”庾信《哀江南賦》云：“誅茅宋玉之宅。”

吴旦生曰：晁無咎謂《大招》古奥，疑是原作；焦弱侯謂《九辯》皆自爲悲憤之言，絶無哀悼其師之意，即原自作。余服此二言。因考班固《漢志》曰：“屈原賦二十五篇。”韓愈詩曰：“《離騷》二十五。”王逸序《天問》曰：“屈原凡二十五篇。”洪興祖之論《遠游》曰：“《離騷》二十五篇。”今《楚辭》所載，止二十三篇。是并《大招》《九辯》而爲二十五也。君翁反以《卜居》爲玉作，何耶？

按范石湖《吴船録》云："秭歸縣傳爲宋玉宅。杜子美詩'宋玉悲秋宅'，謂此。縣傍有酒壚，或爲題作'宋玉東家'。"又唐余知古《渚宫故事》云："庾信因侯景之亂，自建康遁歸江陵，居宋玉故宅。宅在城北三里。故其賦曰：'誅茅宋玉之宅，穿徑臨江之府。'老杜《送李功曹歸荆南》云：'曾聞宋玉宅，每欲到荆州。'是也。"李義山亦云："却將宋玉臨江宅，異代仍教庾信居。"

同上，卷十三《賦·神女》：

吴旦生曰：姚令威以"玉""王"兩字誤在一點。余取《神女賦》本再四讀過，深服其言。後又得沈存中而暢明之，喜躍欲狂。《筆談》云：《神女賦序》曰："楚襄王與宋玉游於雲夢之浦，使玉賦高唐之事。其夜王寢，夢與神女遇，王異之。明日以白玉，玉曰：'其夢若何？'對曰：'晡夕之後，精神恍惚，若有所熹，見一婦人，狀甚奇異。'玉曰：'狀何如也？'王曰：'茂矣美矣，諸好備矣；盛矣麗矣，難測究矣。瑰姿瑋態，不可勝贊。'王曰：'若此盛矣，試爲寡人賦之。'"以文考之，所云"茂矣"至"不可勝贊"云云，皆王之言也。宋玉稱嘆之可也，不當却云"王曰若此盛矣，試爲寡人賦之"。又曰"明日以白玉"，人君與其臣語，不當稱"白"。又其賦曰："他人莫睹，王覽其狀。""望余帷而延視兮，若流波之將瀾。"若宋玉代王賦之。若玉之自言者，則不當自云"他人莫睹，王覽其狀"。既稱"玉覽其狀"，即是宋玉之言也，又不知稱"余"者誰也？以此考之，則"其夜王寢，夢與神女遇"者，"王"字乃"玉"字耳。"明日以白玉"者，以白"王"也，"王"與"玉"字誤書之耳。前曰夢神女者，懷王也；其夜夢神女者，宋玉也。襄王無預焉，從來枉受其名耳。"據姚與沈之言，則唐人詩"傾國傾城漢武帝，爲雲爲雨楚襄王""雲雨無情難管領，任他別嫁楚襄王""料得也應憐宋玉，衹因無奈楚襄王""今來雲雨知何處，重上襄王玳瑁筵"，皆是囈語矣。詞家能正其訛，盡如古樂府作楚懷王，而以爲不成佳話，我不信也。

《漫叟詩話》云："濠州西有高唐館，俗以爲楚之高唐也。閻欽愛題詩曰：'借問襄王安在哉，山川此地勝陽臺。'李和風亦題曰：'若向此中求薦枕，參差笑殺楚襄王。'蓋并其地而誤稱之，流俗真可笑。"

同上，卷五十二《唐詩·王微》：

《笠澤叢書》載《自遣詩》云："月澹花間夜已深，宋家微咏有遺音。重思萬古無人賞，露濕清香獨滿襟。"

吴旦生曰：按王微字景玄，南宋人，所著有《咏賦》，是宜云宋王微《咏賦》也。《廣文選》誤"王"爲玉，題作《微咏賦》，下書宋玉之名。楊升庵駁之，而陳晦伯作《正楊》，以爲王微本傳不云有《咏賦》之作，豈別有見耶！余因考《宋書》《南史》，俱云：微少好學，無不通覽，善屬文，能書畫，兼解音律、醫方、陰陽、術數，爲文古甚，所著文集傳於世。《選》注所稱亦如此，而皆不及《咏賦》。然史傳中載賦，如司馬長卿者亦不概見，何得援以爲辭？若陸魯望篤學精思，而亦云“宋家微咏”，直誤信《文選補遺》與《廣文選》等書耳。（《漁洋詩話》卷中，刑部尚書王士禎撰。）（中華書局，1958年）

朱鶴齡《詩經通義》卷三《遵大路》：

孟子云：説《詩》者，不以辭害志。如此詩，志本思望君子，而其辭輕儇，乃似出自婦人之口。所謂鄭音好濫淫志，蓋風氣使然，安得以其辭故，遂命爲淫詩乎？朱子又引宋玉賦“遵大路兮摻子袪”之句爲證，不知宋玉《好色賦》本出寓言。屈、宋騷賦，言男女之事者多矣，豈可盡以淫辭斥之乎？（《文淵閣四庫全書》本）

朱鶴齡《李義山詩集注》卷首《原序》：

其《梓州吟》云：“楚雨含情俱有托。”早已自下箋解矣。吾故曰：義山之詩，乃風人之緒音，屈、宋之遺響，蓋得子美之深而變出之者也。（《四庫唐人文集叢刊》本，上海古籍出版社，1994年）

周亮工《書影》卷四：

景公問晏子：“天下有極大乎？”對曰：“有，足游浮雲，背凌蒼天。尾偃天門，躍啄北海，頸尾咳於天地乎，然而漻漻不知六翮之所在。”公曰：“天下有極細乎？”對曰：“有，東海有蟲，巢於蟁睫，再乳再飛，而蟁不爲驚。臣嬰不知其名，而東海漁者，命爲焦冥。”按此，則《大言》《小言》，不始宋玉。（《明清筆記叢書》本，上海古籍出版社，1981年）

顧炎武《日知録》卷三《莠言自口》：

莠言，穢言也。若鄭享趙孟，而伯有賦《鶉奔》之詩是也。君子在官言官，在府言府，在庫言庫，在朝言朝，狎侮之態不及於小人，謔浪之辭不加於妃妾。自世尚通方，人安媟慢，宋玉登墻之見，淳于滅燭之歡，遂乃告之君王，傳之文字，忘其穢論，叙爲美談。以至執女手之言，發自臨喪之際；齧妃唇之咏，宣於侍宴之餘。於是摇頭而舞八風，連臂而歌萬歲，去人倫，無君子，而國命隨之矣。

同上，卷二十一《七言之始》：

昔人謂《招魂》《大招》，去其“些”“只”，即是七言詩。余考七言之興，自漢以前，固多有之。如《靈樞經·刺節真邪篇》："凡刺小邪日以大，補其不足乃無害，視其所在迎之界，凡刺寒邪日以温，徐往徐來致其神，門户已閉氣不分，虚實得調其氣存。"宋玉《神女賦》："羅紈綺繢盛文章，極服妙綵照萬方。"此皆七言之祖。

同上，《詩用疊字》：

屈原《九章·悲回風》："紛容容之無經兮，罔芒芒之無紀。軋洋洋之無從兮，馳逶移之焉止。漂翻翻其上下兮，翼遥遥其左右。氾潏潏其前後兮，伴張弛之信期。"連用六疊字。宋玉《九辯》："乘精氣之摶摶兮，鶩諸神之湛湛。驂白霓之習習兮，歷群靈之豐豐。左朱雀之茇茇兮，右蒼龍之躍躍。屬雷師之闐闐兮，通飛廉之衙衙。前輕輬之鏘鏘兮，後輜乘之從從。載雲旗之委蛇兮，扈屯騎之容容。"連用十一疊字，後人辭賦亦罕及之者。

同上，卷三十《泰山治鬼》：

或曰："地獄之説，本於宋玉《招魂》之篇。長人、土伯，則夜叉、羅刹之倫也；爛土雷淵，則刀山劍樹之地也。雖文人之寓言，而意已近之矣。於是魏晋以下之人，遂演其説，而附之釋氏之書。"昔宋胡寅謂，閻立本寫地獄變相，而周興、來俊臣得之，以濟其酷，又孰知宋玉之文實爲之祖。孔子謂爲俑者不仁，有以也夫！

同上，卷三十二《罘罳》：

宋玉《大言賦》："大笑至兮摧覆思。"言一笑而垣屏爲之傾倒也。若摧護雀網，亦不足大也。（黄汝成等《日知録集釋》本，上海古籍出版社，2006年）

馮班《鈍吟雜録》卷三《正俗》：

梁昭明太子撰《文選》。辭賦始於屈、宋，歌詩起於荆卿《易水之歌》。……

今按，詩人之文至屈、宋變爲詞賦。

同上，卷四《讀古淺説》：

賦出於詩，故曰古詩之流也。《漢書》云"屈原賦二十五篇"，《史記》云"作《懷沙》之賦"，騷亦賦也。宋玉、荀卿皆有賦，荀賦便是體物之祖。賦、頌，本詩也，後人始分。屈原有《橘頌》。陸士衡云："詩緣情而綺靡，賦體物而瀏亮。"詩、賦不同也。宋人作著題詩，不如唐人咏物多寓意，尚有比興之體。梁末始盛爲七言詩賦，今諸集不傳。類書所載，可見王子安《春思賦》、駱賓王《蕩子從軍賦》，皆徐、庾文體。王司寇、楊狀元不知，概以爲歌行。弇州云“以爲賦則醜”，此公誤耳。

同上，卷五《嚴氏糾謬》：

《滄浪》云：《楚詞》惟屈、宋諸篇當讀之外，惟賈誼《懷長沙》、淮南王《招隱操》。又云：《九章》不如《九歌》，《九歌·哀郢》尤妙。按，《九章》有《懷沙》，賈太傅無《懷沙》也。《招隱士》亦非“操”。《哀郢》是《九章》，《九歌》是祀神之詞，何得有《哀郢》。滄浪云“須熟《楚詞》”，今觀此言，《楚詞》殊未熟，亦恐是未曾看。（《叢書集成初編》本）

施閏章《學餘堂文集》卷三《〈詩原〉序》：

夫人之哀至而哭，樂至而嘻，智愚所同情也。今使庸夫牧豎抵掌頓足言悲喜之狀，終日無足聽者；賢士騷人筆爲史，作爲詩。雖纍千百世，人讀之無不起舞長嘯，或烏烏然泣下沾衣，其言至而情出也。《三百篇》以下，屈、宋、蘇、李、曹、劉諸家之作，苟可傳者，皆是類也。人各有情，而非賢士騷人不能道，何也？沐浴芳澤者，言馥郁於茝蘭，懷抱古今者，聲流被於金石，自然之勢也。（《文淵閣四庫全書》本）

王夫之《楚辭通釋》卷首張士可《序》：

楚三閭大夫，扃志沉湘，遺文賁楚。《騷經》寫百折之孤忠，《天問》詰千秋之疑理。神以思通，作歌而侑；仙如可接，托賦斯游。鬼不能謀，詹尹之陳蓍漫托；人無同志，漁父之鼓枻忘言。是其回風之悲，於誰蕩憤；而往日之惜，究於懷沙者也。從游若宋、景二子，瑰詞僅托《招魂》；隔代有王、劉諸賢，呻吟要爲無病。

同上，卷八《〈九辯〉解題》：

王逸曰：《九辯》者，楚大夫宋玉之所作也。宋玉者，屈原之弟子也。閔其師忠而放逐，故作《九辯》以述其志。按，九者，樂章之數。凡樂之數，至九而盈，故黄鐘九寸，寸有九分。不具十者，樂主乎盈，盈而必反也。舜作《韶》而九皐成，夏啓則《九辯》《九歌》，以上賓於天。故屈原《九歌》《九章》，皆仿此以爲度。而宋玉感時物以閔忠貞，亦仍其制。辯，猶遍也。一闋謂之一遍。蓋亦效夏啓《九辯》之名，紹古體爲新裁，可以被之管弦。其詞激宕淋漓，異於《風》《雅》，蓋楚聲也。後世賦體之興，皆祖於此。玉雖俯仰昏廷，而深達其師之志，悲愍一於君國，非徒以厄窮爲怨尤，故嗣三閭之音者，唯玉一人而已。

同上，卷九《〈招魂〉解題》：

王逸曰："《招魂》者，宋玉之所作也。宋玉哀憐屈原忠而斥棄，愁懣山澤，魂魄放逸，厥命將落，故作《招魂》，欲以復其精神，延其年壽。外陳四方之惡，内崇楚國之美，以諷諫懷王，冀其覺悟而還之也。"按：原當懷王之世，雖憂國疾邪，而猶賦《遠游》，從巫咸之告，故玉作《九辯》亦於其時，有及君無恙之想。及懷王客死，國仇不報，頃襄遷竄原於江南，原乃無生之氣，魂魄離散，正在斯時，則此篇定作於頃襄。而王逸諷諫懷王之説，非其實矣。（上海人民出版社，1975年）

倪濤《六藝之一録》卷一百五《石刻文字八十一·懷忠堂記》：

至和中蔣概作《懷忠堂記》，謂戰國距今作者，如宋玉則止於辨，王褒止於懷，劉向止於嘆，賈誼止於吊，皮日休止於諷，梁宋則悼騷而已。（上海古籍出版社，1995年）

董説《七國考》卷三《楚都邑》：

郢，楚文王始都郢。《括地志》云："平王城郢，在江陵縣東北六里，故郢城是也。楚始都丹陽，在今枝江。文王遷郢，昭王遷鄀，皆在今江陵境中。"杜預《左傳注》云："楚國，今南郡江陵縣北紀南城也。"謝靈運《鄴中集詩》云："南登宛郢城。"今江陵北十二里而有紀南城，即古之郢都也，又謂之南郢。桓譚《新論》曰："楚之郢都，車挂轂，民摩肩，市路相交，號爲朝衣新而暮衣蔽。"

同上，卷四《楚宫室》：

蘭臺之宫，《風賦》："楚襄王游於蘭臺之宫。"《楚世家》："楚有人謂頃襄王曰：'王請繳蘭臺，飲馬西河。"蘭臺一名南臺，時所謂楚臺者也。《湖廣志》："楚臺山在歸州城中。舊傳楚襄王建臺於此，因名。"又杜詩生作雲臺之宫。

高唐觀，傅武仲《舞賦》："楚襄王既游雲夢，使宋玉賦高唐之事。"李善注："雲夢藪在南郡華容縣。高唐，楚觀名。"宋玉《高唐賦序》曰："楚襄王與宋玉游於雲夢之臺，望高唐之觀。"《漫叟詩話》曰："濠州西有高唐館，俗以爲楚之高唐也。宋閻欽愛詩：'借問襄王安在哉，山川此地勝陽臺。'蓋言其非耳。"

章華臺，《左傳》："楚子即位，爲章華之宫，納亡人以實之。"杜預曰："章華，南近華容縣。"余按，楚華容城内又有章華臺，蓋宫以臺名也。

章華臺，《河南志》："河南開封府商水縣西北三里有章華臺。初楚靈王築章華臺於華容城，及襄王爲秦將白起所迫，北保於陳，更築此臺。"

修門，宋玉《招魂》："魂兮歸來，入修門些。"王逸注："修門，郢城門也。"

雲夢臺，《高唐賦序》："游於雲夢之臺。"《通鑒注》祝穆云："據《左傳》‘邢夫人棄子文於夢中’，言夢而不言雲；‘楚子避吴入於雲中’，言雲而不言夢，則知雲、夢，二澤也。”《漢陽志》：“雲在江之北，夢在江之南。子産相楚，楚子享之賦，吉日，王以田江南之夢。”蓋楚之雲夢跨江南江北，故有南夢，有北夢。（中華書局，1956年）

孔自來《順治江陵志餘·志古迹·宋玉宅》：

宋玉宅，在渚宫内。杜甫送人之荆州詩：“曾聞宋玉宅，每欲到荆州。”《渚宫故事》云：“庾信亦居之，故其賦曰：‘誅茅宋玉之宅，穿徑臨江之府。’李義山亦云：“却將宋玉林江宅，異代仍教庾信居。”今秭歸、安陸、宜城皆有宋玉宅，盡附會耳。

同上，《庾信宅》：

庾信宅，在城北三里。庾樓，其别墅也。信因侯景之亂，自建康遁歸江陵。子美詩：“庾信羅含俱有宅，春來秋去作誰家。”又云：“荒林庾信宅，爲仗主人留。”信有《小園賦》云：“余有數畝敝廬，寂寞人外，聊以擬伏臘，聊以避風雨。雖復晏嬰近市，不求朝夕之利；潘岳面城，且見閑居之樂。”所云宋玉宅者，即其地矣。

同上，《陽雲臺》：

《荆州記》曰：“江陵有章華臺、陽雲臺，皆楚王所建。”今惟傳章華，而兹臺無考矣。

同上，《章華臺》：

章華臺，酈道元云：“在離湖側，高十丈，廣十五丈。”左丘明曰：“楚築臺於章華之上。”韋昭以爲章華亦地名也。《新書》云：“楚夸翟使以章華之臺，臺甚高，三休乃至。今監利有臺曰三休，亦云靈王所築。”袁小修云：“章華臺在今三湖之間。所云蒿臺寺諸處或其遺址，近沙市者，爲豫章臺。”

同上，《志宫室·章華宫》：

章華宫，《左傳》云：“楚靈王爲章華之宫，納亡人以實之。”當在章華臺上。任昉曰：“靈王宫人數千，多愁曠，有囚死於宫中者，墓上生草，氛氳紅翠，曰宫人草。細腰之魂，雖死猶迷人。”

渚宫，《郡志》云：“在江陵故城東南，楚頃襄王之離宫也。”考《春秋·文公十年傳》，楚成王使鬥宜申爲商公，沿漢溯江，將入郢，王在渚宫下見之。則此

宫不自頃襄始。(《中國地方志集成》本，江蘇古籍出版社，1991年)

毛奇齡《西河集》卷二十九《〈施愚山詩集〉序》：

愚山所傳者，有學，有術，有名實，有行止。如是，即使愚山如宋玉之輕浮，司馬長卿之薄劣，陳琳、阮瑀輩離流遷就，漫無足道，猶必傳之。如宋，如陳、劉，如司馬成都，不可謂非文章之林囿也。况以愚山之學、之術、之名實、行止如是者哉？

同上，《〈峽流詞〉序》：

予讀盛弘之《荆州記》云，自峽七百里中，春冬之時，素湍淥潭，回清倒影，備極婍妮。而宋玉賦《高唐》更有“姣姬揚袂”之喻，以較之詞，其温柔綺麗俱在也。

同上，卷五十八《〈吹香詞〉弁首》：

屈平、宋玉不爲散文也；假爲散文，必能爲子長之史，賈誼之策。平原與康樂不爲詞也；假爲詞，必能爲温、韋之小曲，周、秦之曼調。蓋才不必其兼通，而亦無所於偏致，東不責之西，方不棄以規也。(《毛奇齡合集》本，杭州出版社，2003年)

徐倬《全唐詩録》卷三十四《劉長卿》：

長卿以詩馳聲。上元、寶應間，權德輿謂爲“五言長城”。皇甫湜亦嘆：“時人詩無劉長卿一句，已呼宋玉爲老兵矣；語未有駱賓王一字，已罵宋玉爲罪人矣。”其名重如此。(上海古籍出版社，1993年)

姜宸英《湛園集》卷一《〈王阮亭五七言詩選〉序》：

自春秋以迄戰國，《國風》之不作者百餘年。屈、宋之徒繼以騷賦，荀况和之，《風》《雅》稍興，此亦《詩》之一變也。(商務印書館，1986年)

姜宸英《湛園札記》卷一：

古事，人多相沿誤用，高唐之夢，楚襄王也，而曰宋玉。(《四庫筆記小説叢書》本，上海古籍出版社，1992年)

朱彝尊《曝書亭集》卷三十八《〈石園集〉序》：

周之《詩》，采諸國史，獨南風不著於録，毋亦輶軒所未至與？迨王迹既熄，群雅不作，顧屈、宋、唐、景，騷人於焉代興，《詩》雖亡，而《騷》實繼之。

同上，卷三十九《〈胡永叔詩〉序》：

世之論者，恒言尼父删《詩》，不録吴、楚。吴，則無聞。若楚，於《二南》録《南有喬木》，而《江漢》存於《大雅》，不可云楚無《詩》也。迨王迹熄，列國之《詩》盡亡，惟楚有材，屈、宋、唐、景交作，是《詩》之後亡者，莫如楚矣。（吉林文史出版社，2009年）

屈大均《廣東新語》卷十七《三閭大夫祠》：

予之鄉名曰沙亭，有煙管岡焉。其高大甲於茭塘諸峰，勢與華山獅嶺，東趨海門，蓋番禺之一鎮也。岡之麓，予欲建閭大夫祠，以宋玉、景差二大夫爲配，而題享堂曰“忠”，過儀門曰“日月争光”，寢室曰“詞賦之祖”，又刻司馬遷所作《列傳》以爲廟碑，歲時禴祀，率子姓灌獻椒漿，弦歌《離騷》二十五篇，以樂神聽，斯亦吾宗之盛事也。吾宗本荆楚人，文雅之士，固宜以《離騷》爲家學，學其忠，復學其文，以無愧大夫之宗族，無負《離騷》之一書。吾嘗謂《詩》亡而後《離騷》作，學《離騷》所以學三百篇。善學三百篇者，當自《離騷》始。祠既成，將使吾宗操觚之士，皆以祠爲歸，凡有所作，合之爲《三閭家言》，附於《楚辭》之後，豈非大夫之所樂得於其苗裔者哉！

同上，《祖香園》：

祖香園在沙亭鄉，吾以園中草木皆有先祖三閭大夫之遺香，故以名園。園之中有騷聖堂，其木主書曰“楚左徒三閭大夫先公屈子靈均之位”。旁二主書曰“楚大夫宋玉先生之位”“楚大夫景差先生之位”。二先生皆高弟子，故以配享。而三閭大夫畫像，則以漁父、詹尹參之，以嘗相與問答，見諸《楚辭》者也。或謂《漁父》者，三閭大夫寓言；《滄浪》一歌，亦《離騷》之短篇。《離騷》之長，《滄浪》之短，是皆楚風之正，亦一説也。（《歷代史料筆記叢刊》本，中華書局，1985年）

宋徵璧《抱真堂詩話》：

“列國各有《風》，楚何以無《風》？”曰：“外之爾。”“夫外楚又何以列《秦風》？”“夫視遠者不能見形，聽遠者不能聞聲，其猶愚人之心也哉！”“何足以知之？”“自屈、宋以《歌》《辯》特張楚勁，於是乎有楚風。夫《小戎》《板屋》，是誠秦聲耳，如‘蒹葭蒼蒼，白露爲霜’，與楚風‘目眇眇兮愁予’，又何異之有？”……

宋玉之於屈子，猶孔門之有顔，殆庶幾之彦也。（郭紹虞《清詩話續編》本，上海古籍出版社，1983年）

王士禛《漁洋詩話》卷中：

真定神女樓，昔趙武靈王夢神女於此，令群下賦咏之。此乃真夢，非如宋玉微辭，而古今罕知者。余庚子、丙子屢過之，賦詩云："神女樓空雁塞孤，照眉池涸半寒蕪。邯鄲賓客皆能賦，誰似朝雲楚大夫。"（迪志文化出版公司，2003年）

王士禛《帶經堂詩話》卷十三《遺迹類二三》：

《漁洋詩話》：巫峽中神女廟在箜篌山麓，茅茨三間，而神像幽閑婉嫿可觀，其西即高唐觀也。余壬子過之，賦詩云："箜篌山下路，遺廟向朝雲。冠古才難并，流波日易曛。玉顔空寂寞，山翠日氤氲。西望章臺晚，含情尚爲君。"

同上，《遺迹類二五》：

歸州山水粗劣，與巴東略似，三閭大夫實産是鄉，屈原宅、女嬃廟、女嬃砧皆在。七里有宋玉宅，放翁入蜀時尚見石刻。（人民文學出版社，1963年）

張英、王士禛等《淵鑒類函》卷三十四《地部·井二》：

宋玉井，在承天府學泮池側。

同上，卷三百四十五《居處部》：

《西溪叢語》曰：梁庾信，字子山，肩吾之子，居宋玉故宅。信《哀江南賦》所云"誅茅宋玉宅"是也。（上海古籍出版社，2008年）

田雯《古歡堂集》卷十八《詩話·評茂秦十則（其六）》：

揚雄作《反騷》《廣騷》，班彪作《悼騷》，梁竦亦作《悼騷》，摯虞作《愍騷》，應奉作《感騷》，漢魏以來，作者繽紛，無出屈、宋之外。茂秦之言是也。以予觀之，宋不如屈，况其他乎！

同上，《雜著·閑情賦》：

淵明之賦《閑情》，柔姿麗語，大非高士本色。蘇子瞻曰："淵明作《閑情賦》，所謂'《國風》好色而不淫'，正使不及《周南》，與屈、宋所陳何異？"然亦曲爲解嘲耳。孰謂挂冠高尚人，便無冶思艶態也？（《文淵閣四庫全書》本）

陳廷敬《午亭文編》卷五十《杜律詩話下·咏懷古迹五首》：

摇落深知宋玉悲，風流儒雅亦吾師。悵望千秋一灑淚，蕭條異代不同時。江山故宅空文藻，雲雨荒臺豈夢思。最是楚宫俱泯滅，舟人指點到今疑。

“風流儒雅”即第五句“文藻”。“師”者，師其文藻，正與李陵、蘇武是吾師同耳。或云“亦”字有不滿意；又云非道德師，乃文雅師；或云景行之至，不惟尚友，直欲師之。皆非。“悵望”二句：杜言己今日悵望，千秋之下一番灑淚，如宋玉悲秋，異代同一蕭條，惜不同時耳。“同時”，如漢武讀相如《子虛賦》而善之曰：“朕獨不得與此人同時哉！”“灑淚”，如《秋興八首》之類。“江山”二句：言故宅已無，空有文藻，彼雲雨荒臺，本出夢思，今反現在，豈得爲夢思邪？蓋皆後人所爲耳。不止“荒臺”不可信，即楚宫亦俱泯滅，舟人指點皆可疑也。人與宅俱亡，正感慨處。（《文淵閣四庫全書》本）

劉獻廷《廣陽雜記》卷二：

噫！優人如鬼，村歌如哭，衣服如乞兒之破絮，科諢如潑婦之罵街，猶有人焉，衝寒久立以觀之，則聲色之移人，固有不關美好者矣。夫登徒子之好色也，非好色也，宋玉固已言之。若夫觀郴郊之劇，吾不識聲色之外復何所有也，而聲色止若是焉已矣，此其故有非推測而知者也。（《歷代史料筆記叢刊》本）

陳厚耀《春秋戰國異辭》卷三十一《楚》：

屈原仕楚，爲三閭大夫。楚襄王無德，佞臣靳尚有寵，楚國不治。屈原憂之，諫襄王，請斥靳尚，王不聽。原極諫其非，宋玉止之曰：“夫君子之心也，修乎己，不病乎人；晦其用，不曜於衆；時來則應，物來則濟，應時而不謀己，濟物而不立功。是以直無所歸，怨無所集。今王方眩於佞口，酣於亂政，楚國之人皆貪靳尚之貴而響隨之。大夫乃孑孑然挈其忠信而叫噪其中，言不從，國不治，徒彰乎彼非我是，此賈仇而釣禍也。”原曰：“吾聞君子處必孝弟，仕必忠信。得其志，雖死猶生；不得其志，雖生猶死。”諫不止。靳尚怨之，讒於王而逐之。原彷徨湘濱，歌吟悲傷。宋玉復喻之曰：“始大夫孑孑然挈忠信而叫噪於群佞之中，玉爲大夫危之，而言之舊矣，大夫不能從，今胡悲耶？豈爵禄是思，國壞是念耶？”原曰：“非也，悲夫忠信不用，楚國不治也。”玉曰：“始大夫以爲死孝弟忠信也，又何悲乎？且大夫貌容形骸非大夫之有也，美不能醜之，醜不能美之；長不能短，短不能長；强不能尫弱之，尫弱不能强壯之；病不能排，死不能留。形骸似乎我者也，而我非可專一一身，尚若此，乃欲使楚人之國由我理，大夫之惑亦甚矣！夫君子寄形以處世，虚心以應物，無邪無正，無是無非，無善無惡，無功無罪。虚乎心，雖桀紂蹻跖非罪也；存乎心，雖堯舜夔契非功也。則大夫之忠信，靳尚之邪佞，孰分其是非耶！無所分别，則忠信邪佞一也；有所分，則分者自妄也。而大夫離真以襲妄，恃己以黜人，不待王之棄逐，而大夫自棄矣。今求乎忠信而得乎忠信，而又悲之而不能自止，所謂兼失其妄心者也。玉聞上達節，中守節，下失節。

夫虚其心而遠於有爲者，達節也；存其心而分是非者，守節也；不得其所分又悲之者，失節也。”原不答，竟沉汨羅而死。（《無能子》中）

楚襄王問於宋玉曰：“先生其有遺行歟？何士民衆庶不譽之甚也？”宋玉對曰：“唯，然，有之。願大王寬其罪，使得畢其辭。客有歌於郢中者，其始曰《下里》《巴人》，國中屬而和者數百人；其爲《陽春》《白雪》，國中屬而和者不過數十人；引商刻角，雜以流徵，國中和者不過數人而已。是其曲彌高者，其和彌寡。故鳥有鳳而魚有鯤，鳳皇上擊九千里，絶雲霓，負蒼天，翱翔乎杳冥之上，夫藩籬之鷃，豈能與之料天地之高哉！鯤魚朝發昆侖之墟，暴鰭於碣石，暮宿於孟諸，夫尺澤之鯢，豈能與之量江海之大哉！故非獨鳥有鳳而魚有鯤也，士亦有之。夫聖人之瑰意琦行，超然獨處。世俗之民，又安知臣之所爲哉！”（《鹿溪子》，又《新序》卷一“襄王”作“威王”。）

宋玉識音而善文，襄王好樂而愛賦，既美其才，而憎其似屈原也。乃謂之曰：“子盍從楚之俗，使楚人貴子之德乎？”對曰：“昔楚有善歌者，王聞之與？始而曰《下里》《巴人》，國中倡而和之者數萬人；中而曰《陽阿》《采菱》，國人倡而和之者數百人；既而《陽春》《白雪》《朝日》《魚麗》，含商吐角，絶節越曲，國中倡而和之者不過數人。蓋其曲彌高，其和彌寡。”（《襄陽耆舊傳》，與今宋玉《對楚王問》少異。）（《文淵閣四庫全書》本）

陳元龍《歷代賦彙》卷七《天象》：

周宋玉《風賦》。（原文略）

同上，卷九十五《音樂》：

周宋玉《笛賦》。（原文略）

同上，卷一百三《巧藝》：

周宋玉《釣賦》。（原文略）

同上，外集卷十四《美麗》：

周宋玉《高唐賦》《神女賦》。（原文略）

同上，外集卷十六《諷喻》：

《諷賦》《大言賦》《小言賦》《登徒子好色賦》。（原文略）

同上，補遺卷十三明田藝衡《釣賦序》：

夫釣，澤居者之所必有事也。昔宋玉之作，大侈王伯之謀，潘尼之辭，終歸嗜欲之適。夫王伯，廟廊之略也，而談之玄洲則駭矣；嗜欲，口腹之私也，而施之渭濱則悖矣。文雖并美，心有未安，乃因揮筆别爲短賦云爾。

同上，補遺卷二十一《諷喻》明田藝蘅《錯言賦序》：

美哉，宋大夫之言乎！大出無垠，小入無間，從（縱）横是非，淆亂真贋，極巨極微，如戲如幻。（江蘇古籍出版社，1987年）

沈季友編《檇李詩繫》卷二十四《沈秀才廷鈺》：

其自序有云：屈原賦《離騷》，宋玉作《九辯》，憂國既深，悲秋特甚。余生不敏，觸物多忤，憂與時遇，病復隨之，著《秋吟詩》以見志。（《文淵閣四庫全書》本）

郎廷槐《師友詩傳録》：

刺美風華，緩而不迫，如風之動物，謂之風。幽憂憤悱，寓之比興，謂之騷。始於靈均，而暢於宋玉、唐、景諸人者也。（《叢書集成初編》本）

康熙《聖祖仁皇帝御製文集》第三集卷二十一《歷代賦彙序》：

賦者，六義之一也。風、雅、頌、興、賦、比六者，而賦居興、比之中。蓋其敷陳事理，抒寫物情，興、比不得并焉。故賦之於《詩》，功尤爲獨多。由是以來，興、比不能單行，而賦遂繼《詩》之後，卓然自見於世。故曰："賦者，古《詩》之流也。"班固又謂："登高能賦，可以爲大夫。"言感物造端，材智深美，可以與國政事，故可以爲列大夫也。是則賦之於詩，具其一體，及其閎肆漫衍，與詩并行，而其事可通於用人。書曰："敷奏以言。"夫敷奏者，有近乎賦之義。使堯、舜而在今日，亦所不廢，則豈非文章之可貴者哉？

朕嘗於幾務之暇，博觀典籍，見古者諸侯、卿、大夫交接鄰國，時稱《詩》以喻志，不必其所自作，皆謂之賦。如晋公子重耳賦"六月"，魯文公賦"菁菁者莪"，鄭穆公賦"鴻雁"，魯穆叔賦"祈父"之類，皆取古《詩》，歌之以喻其志。即咏吟之遺音，得心意之所存，使聞之者足以感發興起，而因以明其如相告語之情，猶之敷布其義而直陳之，故謂之賦也。春秋之後，聘問咏歌不行於列國，於是羈臣、志士自言其情，而賦乃作焉。其始創自荀況宦游於楚，作爲五賦。楚臣屈原乃作《離騷》，後人尊之爲經，而班固以爲屈原作賦以諷諭，則已名其爲賦矣。其後宋玉、唐勒皆競爲之。漢興，賈誼、枚乘、司馬相如、揚雄、張衡之流製作尤盛。三國兩晋以逮六朝，變而爲俳。至於唐、宋變而爲律，又變而爲文。而唐、宋則用以取士，其時名臣偉人，往往多出其中。迨及元，而始不列於科目。朕以其不可盡廢也，間嘗以是求天下之才，故命詞臣考稽古昔，搜采缺逸，都爲一集，親加鑒定，令校刊焉。爲叙其源流興罷之故，以示天下，使凡爲學者知朕意云。（《文淵閣四庫全書》本）

納蘭性德《通志堂集·〈渌水亭宴集詩〉序》：

莊周曠達，多濠濮之寓言；宋玉風流，游江湖而托諷。（上海古籍出版社，1979年）

何焯《義門讀書記》卷十九《神女賦》：

此篇與前篇相次，合看乃見全者，亦猶相如之《子虚》《上林》，揚雄之《羽獵》《長楊》，合二篇見抑揚頓挫之妙。

同上，卷三十六《河東集》：

“殷周之前，其文簡而野。”文莫盛於周，降而諸子、屈、宋，其變盡矣。漢氏得其緒耳，何謂野乎！

同上，卷四十五《文選·賦》：

宋玉《高唐賦》，蘇子瞻謂自“玉曰唯唯”以前皆賦，而此書謂之序，大可笑。按，相如賦首有亡是公三人論難，豈亦賦耶？是未悉古人之體制也。劉彦和云：“既履端於唱序，亦歸餘於總亂。序以建言，首引情本；亂以理篇，迭致文契。”則是一篇之中，引端曰序，歸餘曰亂。猶人身中耳目手足，各異其名。蘇子則曰莫非身也，是大可笑，得乎？

《神女賦》，張鳳翼改定爲玉夢，於文義自當不可，因其寡學而并非之。姚寬《西溪叢語》云：“楚襄王與宋玉游高唐之上，見靈氣之異，問宋玉，玉曰：昔先王夢游高唐，與神女遇，玉爲《高唐》之賦。先王謂懷王也。宋玉是夜夢見神女，寤而白王，王令玉言其狀，使爲《神女賦》。後人遂謂襄王夢神女，非也。今《文選》本，玉、王字差誤。”然則張氏特攘令威昔言，矜爲獨得耳。令威語又本沈存中《補筆談》。

“其夜王寢”至“其夢若何王曰”，“王”字俱當作“玉”，“玉”字俱當作“王”。張鳳翼云：“明日以白王”至“王曰狀如何也”，一“白”分作兩層，總避直也。“王曰若此盛矣，試爲寡人賦之”，此既接以“王曰試爲寡人賦之”，則上“茂矣，美矣”之爲玉曰，無可疑者。

同上，卷四十七《文選・詩》：

謂挽歌始於田横賓客，恐亦不然。《纂文》云："《薤露》，今之挽歌也。"宋玉《對問》，已有《陽阿》《薤露》矣。

同上，卷四十八《文選・騷》：

宋玉《九辯》"皇天平分四時"首"去白日之昭昭"二句，驚心動魄，實是開闢以來美句。

同上，卷四十九《文選・雜文》：

劉彦和以宋玉《對問》、枚叔《七發》、揚雄《連珠》爲雜文之祖。……宋玉《對楚王問》，此文見於《新序》，氣焰自非小才可及。（《學術筆記叢刊》本，中華書局，1987年）

徐文靖《管城碩記》卷十七《楚辭集注四》：

《禮・雜記》曰："諸侯行死於館，則復如於其國。"注曰："復，招魂復魄也。"《檀弓》疏曰："招魂者，是六國以來之言。故《楚辭》有《招魂》之篇。"此蓋言魂魄離散，久則徂落衰謝，不能如始死之時，以衣招魂而復之，至是始用，巫陽焉則無及矣。意或然也。（《學術筆記叢刊》本，中華書局，1998年）

屈復《〈楚辭〉新集注》卷六《〈九辯〉序》：

太史公曰："楚有宋玉、唐勒、景差之徒，皆好詞而以賦見稱，皆祖屈子之從容辭令，終莫敢直諫。"今讀玉所作《九辯》，閔其師忠而見放，然三閭焕若神明矣，此亦清則寒潭千尺，峻則天外三峰。《九辯》之後，豈復有《九辯》哉！

同上，《九辯》：

九篇中"悲秋"二字，或分合長短，比賦兼陳，而藕斷絲聯，深得諷喻之旨，亦可謂善述其志者矣。

同上，卷七《招魂》：

此篇入修門，反故居，喻楚王召還大用也；豹飾之侍，步騎之羅，喻官屬侍衛以入朝也；室家遂宗，敬而無妨，同姓之卿，君臣共樂也；女樂鐘鼓，喻賞興復楚國之功也。此帝曰"我欲輔"之意也。王叔師謂宋玉所作，但看起、結之神妙，與《騷經》筆墨無異，《九辯》具在，泮然冰釋矣。（《續修四庫全書》本）

張尊德等《康熙安陸府志》卷三《古迹》：

宋玉石二，李昉守郡時得之榛莽間，後移於白雪樓側，今失。

宋玉井，在府學泮池側，泉清冷湛洌，異於池水。

蘭亭（臺），即舊邸前高岡。昔楚王游於臺上，披襟當風，即此。眺漢江如帶，望三峰諸山如碧雲萬頃。今毁。

陽春臺，高聳平衍，煙雲竹樹，陰晴異狀，城中偉觀。

白雲（雪）樓，在石城，下臨漢江。樓有五客堂，唐李昉守郡時繪五禽於壁間。鶴曰仙客，孔雀曰南客，鸚鵡曰西客，鷺鷥曰雪客，白鷴曰閑客。（《中國地方志集成》本，江蘇古籍出版社，1991年）

程廷祚《青溪文集·騷賦論上》：

《離騷》之作，其人與其時爲之也。後之擬騷者，王褒、劉向無論矣。以宋玉之親受業於屈原也，其《九辯》能肖之乎！何則？非其人之時，固不可得而强也。

賦何始乎？曰：宋玉。

同上，《騷賦論下》：

後之君子，詳其分合之由，察其升降之故，辨其邪正之歸，上祖《風》《雅》，中述《離騷》，下盡乎宋玉、相如、揚雄之美，先以理而後以詞，取其則而戒其淫，則可以繼詩人之末，而列於作者之林矣。（黄山書社，2004年）

惠棟《春秋左傳補注》卷六：

奉周之典籍以奔楚，周之典籍盡在楚矣。《三墳》《五典》《八索》《九丘》，左史倚相、觀射父讀之。而楚《檮杌》之書頗可觀，《國語》采之。流及屈、宋，而楚《騷》比於周《雅》。書之益人，如是乎！（《皇清經解》本，上海書店，1988年）

姚培謙、張雲卿、張隆孫《類腋》卷六《荆州府·古迹》：

宋玉宅，庾信《哀江南賦》“誅茅宋玉宅”注：“宋玉舊宅在江陵城北。”《渚宫故事》：“庾信因侯景之亂，自建康遁歸江陵，居宋玉故宅。”《入蜀記》：“宋玉宅今爲酒家。”

章華臺，胡曾詩：“茫茫衰草没章華，因笑靈王昔好奢。臺土未乾簫管絶，可憐身入野人家。”《通志》：“有二，一在府城外沙市；一在監利東北。”《國語》：“楚靈王爲章華之臺，與伍舉登焉。”即此。又名三休臺。賈誼《新書》：“翟王使使至楚，楚王誇之，饗於章華之臺，三休乃至。”臺名三休，疑取諸此。

蘭臺，府東。宋玉《風賦》："楚襄王游於蘭臺之宫，有風颯然而至，王乃披襟而當之。"

同上，《安陸府·古迹》：

白雪樓，府北石城西邊，下臨漢江，取宋玉《陽春》《白雪》之句爲名。

同上，《澧州·古迹》：

宋玉城，州西南長樂鄉。

同上，《漢川府·山川》：

陽臺山，漢川南。范致虚詩："傷心獨立陽臺望，暮雨凄凉宋玉情。"《廣輿記》："上有神女廟，宋玉賦《高唐》於此。"

同上，卷七《汝寧府》：

陽城，《登徒子好色賦》："東家之子，嫣然一笑，惑陽城，迷下蔡。"注："陽城，下蔡，二縣名，蓋楚之貴介公子所封。"《一統志》："陽城故縣在府界東，漢省入汝陽。"

同上，卷八《濟南府·古迹》：

高唐，禹城南。《孟子》："綿駒處於高唐，而齊右善歌。"

同上，《東昌府》：

高唐州，齊高唐邑，漢置縣，隋改曰章邱，唐改曰崇武，五代梁改曰魚邱，晋改曰齊城，元置高唐州，仍領縣，明省縣入州。

同上，《東昌府·山川》：

高唐山，高唐東北。

同上，卷九《汾州府·山川》：

高唐山，孝義西，下有温泉，其地名温泉鎮，爲吉、隰諸州往來之道。（《續修四庫全書》本）

董含《三岡識略》卷七《神女辯》：

明張應登《巫山神女廟碑》曰：巫山神女，宋玉爲襄王賦之，謂其能入懷王之夢。蓋玉以王溺於細腰，神其説以中之，無是事也。然則山果無神女乎？於傳有之。禹繼父治水，東造絶迹，西延積石，南逾赤崖，北過寒谷。有所滯，必召神問之。鑿岷江，立瞿峽，千岩萬壑，聯絡千里，乃仰天嘯嘆。俄見神人，狀肖美女，自空而下，授玉篆靈符，且命其臣任章、童律等六人，爲禹翼助。及奠分山川，告厥成功，還至巫峽，思神女助力，詢於童律。律對曰："神乃帝女瑶姬，雲華夫人也。"（瑶姬，西王母之女。雲華夫人，助禹治水者。見范成大《吴船録》。）封於巫山之麓，或爲輕雲，或爲霏雨，或爲游龍，或爲翔鶴，既化爲石，復化爲人。千變萬化，不可殫述。廟在縣三十里許，十二峰南，飛鳳峰之麓。階下斷碑，有"地平天成，權輿於此，功被我民"之句，舊字如南岳禹碑，漢晋人以今文書之者。是禹以成功而始祀神女，其來已遠。宋治平中，詔葺廟宇。元豐中，敕號"游真"。土人疾病則禱，天旱則禱，禱則應。嘉靖十九年，中丞李公毁之，毁玉言之神女也。後制憲王公喬齡復之，復禹祀之神女也。一神女耳，知玉不知禹則毁，信禹不信玉則復。嗟乎！宋玉則説懷王之夢，襄王則想宋玉所説之夢，吾儕可復説宋玉所説之夢乎？

附十二峰：一望霞、二翠屏、三朝雲、四松巒、五集仙、六聚鶴、七净日、八上升、九疑雲、十棲鳳、十一登龍、十二聚泉。（遼寧教育出版社，2000年）

邁柱、夏力恕等《湖廣通志》卷三《沿革志・安陸府》：

附考《元志》云：郢城在安陸州，乃古之郊郢。按郊郢，即《左傳》所謂"君次於郊郢，以禦四邑"者是也。亦謂之郢中，宋玉所謂"客有歌於郢中"者是也。

同上，卷八《山川志・鍾祥縣》：

楚賢井，縣東一里，亦名宋玉井，在府學泮池側。

宋玉石二：李昉守郡時得之榛莽間，後移於白雪樓側，今失。

同上，卷二十二《學校志・安陸府》：

安陸府儒學，舊在府城東南隅，樠木山西。……洪武十五年，知縣梁棟徙建蘭臺，即宋玉宅舊址。

同上，卷二十五《祀典志・鍾祥縣》：

三賢堂，在縣城威武門外，祀申包胥、宋玉、屈原。

同上，卷四十一《名宦志》：

陳鳳梧……所至詢民疾苦，暇則召諸生論文，督武士教射。民間頌曰："詞章

宋玉，號令條侯。”（《明史稿》）

同上，卷四十九《鄉賢志·襄陽府》：

周宋玉：《襄陽耆舊傳》：宋玉者，楚之鄢人也。故宜城有宋玉冢。始事屈原，原既放逐，求事楚友景差。景差言於王，王以爲小臣。玉讓其友，友謝之，復言於王。王好樂愛賦，既美其才，而憎之似屈原也。曰：“子盍從俗，使楚人貴子之德乎！”對曰：“昔楚有善歌者，始而曰《下里》《巴人》，國中屬而和之者數百人；既而曰《陽春》《白雪》《朝日》《魚離》，國中屬而和之者不至十人；含商吐角，絶倫赴曲，國中屬而和之者不至三人矣。其曲彌高，其和彌寡。

同上，卷七十七《古迹志·江陵縣》：

羅含宅，在城内，今承天寺即其故址。庾信亦居之。唐杜甫詩：“庾信羅含俱有宅，春來秋去落誰家。”按李義山詩：“却將宋玉臨江宅，異代仍教庾信居。”宋玉宅亦在此。

同上，《古迹志·鍾祥縣》：

蘭臺，在縣治東。昔楚王與宋玉游於臺上，披襟當風，即此。

白雪樓，在石城，下臨漢江。取《陽春》《白雪》爲名。

陽春亭，在府通判廳，與白雪樓相望。

莫愁村，在縣治漢江西。相傳盧家有女子名莫愁，善歌唱，後入楚王宫，因以名村。宋項安世詩：“冉冉水上雲，曾聽屈宋鳴。娟娟水中月，曾照莫愁行。”王璜詩：“村近莫愁連竹塢，人歌楚些下蘋州。”

同上，《古迹志·宜城縣》：

宋玉宅，在縣南三十里，宋玉墓之南。

同上，《古迹志·歸州》：

宋玉宅，按《水經注》，城南有宋玉宅。玉，邑人。《通志》：在歸州舊治東五里。

同上，卷七十九《古迹志·直隸澧州》：

宋玉城，在州西南六七里長樂鄉，有宋玉廟。

同上，卷八十一《陵墓志・襄陽府》：

宋玉墓，在宜城縣南六里。

同上，卷八十四《藝文志・張九齡〈陽臺山〉》：

庭樹日衰颯，風霜未云已。駕言遺憂思，乘興求相似。楚國兹故都，蘭臺有餘址。傳聞襄王世，仍立巫山祀。方此全盛時，豈無嬋娟子。色荒神女至，魂蕩宫觀啓。蔓草今如積，朝雲爲誰起。

同上，卷八十八《藝文志・杜牧〈送劉秀才歸江陵〉》：

彩服鮮華覲渚宫，鱸魚新熟别江東。劉郎浦夜侵船月，宋玉亭春滿袖風。落落精神將有立，飄飄才思杳無窮。誰人世上爲金口，借取明時一薦雄。

同上，卷一百六《藝文志・石才孺〈郢州土風考古記〉》：

若夫宋玉之宅，兩石競秀；梅福之廬，煉丹有井，龜鶴有池；蘭臺避暑之宫，雄風自若；《陽春》《白雪》之歌，餘韻莫傳。

同上，卷一百十八《雜紀志・宋玉宅》：

李君翁《詩話・卜居》云："寧誅鋤草茅以力耕乎？詩人皆以爲宋玉事。豈《卜居》亦宋玉擬屈原作耶？庾信《哀江南賦》云'誅茅宋玉之宅'，不知何據而言？"此君翁之陋也。唐余知古《渚宫故事》曰："庾信因侯景之亂，自建康遁歸江陵，居宋玉故宅。"故其賦曰："誅茅宋玉之宅，穿徑臨江之府。"杜子美《送李功曹歸荆南》云："曾聞宋玉宅，每欲到荆州。"是也。又在夔府《咏懷古迹》云："摇落深知宋玉悲，江山故宅空文藻。"然子美移居夔州《入宅詩》云："宋玉歸州宅，雲通白帝城。"蓋歸州亦有宋玉宅，非止荆州也。李義山亦云："却將宋玉臨江宅，異代仍教庾信居。"

同上，《雜紀志・戒楚二事》：

楚北巡撫黔南王上俊云：楚中故事，有文人所宜重戒者二焉：一曰褻天，一曰侮聖。宋玉《高唐賦》所謂巫山神女曰"朝爲雲，暮爲雨"，此指神女之所司耳，非指楚王行幸事也，而後世以枕席當之，何其敢於褻天與？屈原《九歌》中所謂湘君、湘夫人，不知何指。而秦始皇博士以爲堯之二女、舜之二妃焉。後人以屈詞哀艷，遂加嫚語。……且宋玉諷其君之荒淫，而托爲謬悠不稽之論；屈原冀其君之復用，而發爲美人香草之詞，蓋有大不得已焉者。所謂寓言什九，非莊論，亦非篤論也。後人執其説而泥之，是陷古人深也。執其説而泥之，而遂入於褻天侮聖，是自

陷益深也。何弗思而蹈此？（《文淵閣四庫全書》本）

田文鏡、孫灝等《河南通志》卷四十九《陵墓・南陽府》：

宋玉墓：在唐縣城東，華嚴寺後。（《文淵閣四庫全書》本）

陳宏謀等《湖南通志・辨誤三》：

宋玉墓、宋玉城。

《澧州志》云：《舊志》《岳志》及各記皆云，在澧之長樂鄉，有宋玉廟。……陳明卿謂：承天府學泮池側有宋玉井。楚《舊志》：槠木山下井，宋玉鑿。玉本歸州人，仕宦游歷所在，或以人傳，而墓不應有數處。據指浴溪河南岸有墓碑，人或稱“宋玉墓”。李群玉辨之，因有“雨蝕玉文旁没點，至今錯認宋王墳”之句。然宋玉不應有墳在此。且玉詞客，所居不應名城。或者古有此城，玉嘗居之，故後人以名。猶新城有車武子宅，後人遂名車城。（乾隆二十二年刻本）

趙弘恩、黄之雋等《江南通志》卷四十《輿地志・徐州府》：

楚大夫宋玉墓，在蕭縣西南三十里。（《文淵閣四庫全書》本）

黄廷桂、張晋生等《四川通志》卷三十八上《夔州・奉節縣》：

神女廟，在巫山縣東。宋玉《高唐賦》：楚襄王游於雲夢之臺，望高唐之觀，夢一婦人曰：“妾巫山之女也，在巫山之陽，高丘之岨，朝爲行雲，暮爲行雨。”故爲立廟，號曰“朝雲”。

同上，《流寓・夔州府》：

楚宋玉，屈原弟子，爲楚大夫。原沉汨羅，玉作《招魂》以悲其志。後常居巫山，又作《高唐》《神女》賦，托詞以諷襄王。（《文淵閣四庫全書》本）

佚名《雍正巫山縣志・山川》：

楚王池，治東北里許，其水甘美。相傳楚襄王於此處納凉。

同上，《古迹》：

楚王宫，治東。楚襄王所游之地，遺址尚存。黄庭堅刻石所謂細腰宫是也。

陽臺，在北城内。按《舊志》復載有古陽臺，在城西里許高山之上，南枕大江，每陰雨雲靄先起，即宋玉所謂“楚王游於雲陽之臺”也。

神女廟詩，《集古録》：唐李吉甫詩一首，以貞元十四年刻；邱元素一首，無刻石年月；李貽孫二首，會昌五年刻；敬騫一首，元和五年刻，沈幼真書。其他皆無書人名字。今廢。

同上，《祠祀》：

神女廟，治東小河邊嶺上，即雲華夫人祠也。

同上，《仙釋》：

神女瑶姬，《真誥》：華林字容君，爲南極元君紫微夫人，王母第三女。王媚蘭，爲雲林右英夫人，王母第十三女。青娥字愈意，爲紫微左夫人，王母第二十女。雲華上官夫人，名瑶姬，王母第二十三女。玉卮，王母小女。常游東海，過江，上有巫山焉，流連久之。時大禹理水，天風卒至，禹因拜夫人求助。夫人即援禹策檄、召鬼神之書。按《天中記》載，瑶姬，炎帝少女，未行而死，葬於巫山之陽，精神化爲瑶草。注：瑶草，仙芝之屬也。又按，《集仙録》云：雲華夫人，王母二十三女，名瑶姬，受煉神飛化之道，常東海游，還過巫峽。時大禹理水駐山下，因與夫人相值，拜而求助。即敕侍女，授禹策召鬼神之書，因命狂章、虞除、黄魔、庚神、童律等助禹斵石疏波，以循其流。禹拜而謝焉。因佐禹治水，肖像廟中祀之。是神女實大功之正神也，宋玉之言實不足信。

同上，《仙釋附寺觀》：

雲華夫人祠，昔在飛鳳峰，萬曆年間始移建於治東里許象山之上。一名神女廟。

高唐觀，巫山治西二里高峰之上，即古高唐，宋玉所賦。（中國書店影抄本，1963年）

郝玉麟、謝道承等《福建通志》卷六十七《雜記・汀州府》：

吴簡言經巫山神女廟，題絶句云："惆悵巫娥事不平，當時一夢是虚成。衹因宋玉閑唇吻，流盡巴江洗不清。"是夜夢神女來見，曰："君詩雅正，當以順風爲謝。"明日，解纜，一瞬數千里。（黄仲昭《舊志》）（《文淵閣四庫全書》本）

陶士偰等《乾隆漢陽府志》卷九《地輿・漢川縣・山》：

陽臺山，舊名羊蹄山，在縣南一里，俗呼爲仙女山。上有女郎石、神女祠，舊有唐裴敬碑，今毁。《北周書・裴寬傳》：寬爲沔州刺史，州城埤狹，寬恐秋水暴長，陳人得乘其便。即白襄州總管清戍兵，并請移城於羊蹄山以避水。胡三省《通鑒》注：漢川有陽臺山，土人謂之羊蹄山。《陳志》謂宋玉賦《高唐》即此，未免附會。按羊蹄山形如羊蹄，陽臺之名蓋由羊蹄而爲，宋玉之賦固當屬諸夔州之巫山。

羊臺渡，在縣東一里陽臺山下。附宋曾慥《陽臺渡詩》：“渺渺陽臺去，茫茫鸚鵡洲。干戈迷大别，煙雨暝南樓。”存詩見宋時猶有此渡。（《中國地方志集成》本，江蘇古籍出版社，1991年）

蔣驥《山帶閣注楚辭·楚辭餘論》卷下《大招》：

夫豈宋玉、景差之徒，好辭而不敢直諫者，所能仿佛其萬一哉！且大、小言賦本皆玉所著，意在假人以炫己長，固未必果出於諸人之口。即所謂差語，亦徒以謾詞相競，未見所謂平淡閑退也，又可以是而决此篇爲差作乎！（《文淵閣四庫全書》本）

李重華《貞一齋詩話》：

賦爲敷陳其事而直言之，尚是淺解。須知化工妙處，全在隨物賦形。故自屈、宋以來，體物作文，名之曰賦，即隨物賦形之義也。相如論作賦之法，是何等能事。

《文選》所録四言，多膚廓板滯之作，此是昭明淺見處，索性不録也。余嘗謂《三百篇》後，不輕擬四言；必欲擬者，陶公庶得近之。屈、宋《楚詞》而後，不應輕擬騷體；必欲擬者，曹植庶得近之。（丁福保《清詩話》本，上海古籍出版社，1978年）

李鍇《尚史》卷五十六《楚諸臣傳·屈原》附宋玉：

平既死之後，楚有宋玉、唐勒、景差之徒，皆好辭而以賦見稱，然皆祖平之從容辭令，終莫敢直諫。（《史記》）

宋玉因其友見楚襄王，襄王待之無以異，乃讓其友。友曰：“夫薑、桂因地而生，不因地而辛；女因媒而嫁，不因媒而親。子之事王未耳，何怨於我？”玉曰：“不然。昔者齊有狡兔，曰東郭㕙，一日而走五百里。齊有良狗曰韓盧，亦一日而走五百里。使之遥見指屬，雖韓盧不及走兔之塵。若攝迹而縱紲，則雖東郭㕙亦不能離。今子之屬臣也，攝迹縱紲與？遥見指屬與？”（《韓詩外傳》）（本注：《新序》同。《宋玉集》：“宋玉事懷王，言友人於王。王以爲小臣。友人讓玉，玉報友人書曰：‘薑桂因地而生，不因地而辛；女因媒而嫁，不因媒而親。’”與前説異。《新序》：“宋玉事襄王而不見察。或謂曰：‘先生何談説之不揚，計畫之疑也！’宋玉曰：‘不然。不見夫元蝯乎？當其居桂林之中，超騰往來，雖羿、逢蒙，不得正目視之。及其在枳棘之中也，危視而迹行，衆人皆得意焉。此皮筋非加急而體益短也，處勢不便故也。夫處勢不便，豈何以量功校能哉？”）

襄王問於宋玉曰：“先生其有遺行歟？何士民衆庶不譽之甚也？”玉對曰：“唯，然，有之。願大王寬其罪，使得畢其辭。客有歌於郢中者，其始曰《下里》《巴人》，國中屬而和者數千人；其爲《陽阿》《薤露》，國中屬而和者數百人；

其爲《陽春》《白雪》，國中屬而和者不過數十人；引商刻角，雜以流徵，國中和者不過數人而已。是其曲彌高，其和彌寡。故鳥有鳳而魚有鯤，鳳凰上擊九千里，絶雲霓，負蒼天，翱翔乎窈冥之上，夫蕃籬之鷃，豈能與之料天地之高哉！鯤魚朝發昆侖之墟，暴鰭於碣石，暮宿於孟瀦，夫尺澤之鯢，豈能與之量江海之大哉！故非獨鳥有鳳而魚有鯤也，士亦有之。夫聖人之瑰意琦行，超然獨處。世俗之民，又安知臣之所爲哉！”（《對楚王問》）

《屈原賦》二十五篇，《宋玉賦》十六篇，《唐勒賦》四篇。（《漢書》）（江蘇廣陵古籍刻印社，1992年）

袁枚《隨園隨筆》卷十八《郢曲之訛》：

今人稱曲之高者曰郢曲，此誤也！宋玉曰“客有歌於郢中者”，則歌者非郢人也。又曰：“《下里》《巴人》，國中屬和者數千人；《陽春》《白雪》，和者不過數十人；引商刻羽，雜以流徵，則和者不過數人。”是郢之人能和下曲，而不能和妙曲也。以其所不能者名其俗，不亦訛乎！

同上，卷十九《屈原沉湘之疑》：

黄石牧太史云：屈子未必沉水死也，其文曰“吾將從彭咸之所居”，又曰“願依彭咸之遺則”，又曰“寧赴湘流葬於江魚之腹中”，皆憤怨之寓言，非實事也。太史公因賈生一吊，遂信爲真，不知宋玉親受業其門，而《招魂》之作，上天下地，東西南北，無所不招，而獨不及於水，何耶？惟亂曰“湛湛江水兮上有楓，魂兮歸來哀江南”，則其善終於汨羅可知也。若《楚詞注》謂《招魂》作於屈子生時，則豫凶非禮，宋玉不應詛其師矣。（《袁枚全集》本，江蘇古籍出版社，1993年）

紀昀等《欽定續通志》卷一百六十九《金石略·明》：

楚大夫宋玉墓祠記：王鎔書，正書，嘉靖十七年，宜城。（浙江古籍出版社，2000年）

永瑢等《四庫全書總目》卷一百八十八集部總集類三《古賦辨體》提要：

《古賦辨體》八卷外集二卷（江蘇巡撫采進本），元祝堯編。……采摭頗爲賅備，其論司馬相如《子虚》《上林》賦，謂問答之體，其源出自《卜居》《漁父》，宋玉輩述之，至漢而盛。首尾是文，中間是賦，世傳既久，變而又變。其中間之賦以鋪張爲靡，而專於詞者則流爲齊梁、唐初之俳體；其首尾之文，以議論爲便，而專於理者則流爲唐末及宋之文體。於正變源流，亦言之最確。

同上，卷一百八十九集部總集類四《古樂苑》提要：

《古樂苑》五十二卷（兩淮馬裕家藏本），明梅鼎祚撰。……至梁昭明太子、沈約、王錫、王規、王纘、殷鈞之《大言》《細言》，不過偶然游戲，實宋玉《大言賦》之流，既非古調，亦未被新聲，强名之曰“樂府”。

同上，卷一百九十集部總集類五《御定歷代賦彙》提要：

《御定歷代賦彙》一百四十卷外集二十卷……賦雖古詩之流，然自屈、宋以來即與詩別體，自漢迄宋，文質遞變，格律日新。元祝堯作《古賦辨體》，於源流正變，言之詳矣。（中華書局，1965年）

戴震《屈原賦戴氏注》卷首《序》：

《漢·藝文志》：屈原賦二十五篇，自《離騷》訖《漁父》，屈原所著書是也。漢初，傳其書不名《楚辭》。故《志》列之賦首，又稱其作賦以風，有惻隱古詩之義。至如宋玉已下，則不免爲辭人之賦，非詩人之賦矣。（《戴震全集》本，清華大學出版社，1999年）

許巽行《文選筆記》卷三《神女賦》：

何云：“姚寬《西溪叢語》云：宋玉夢神女而白王，王令玉言其狀，使爲《神女賦》。後人遂云襄王夢女神，非也。今《文選》本，‘玉’‘王’字差誤。令威語又本沈存中《補筆談》。”按，古字一貫三爲王，玉字像三之連，丨其管也。其體不殊，其讀則異。學者臨文，施用當得之。《文選》古本當是并作“王”字，若如今本之誤，李氏豈有不加詳辯，待後人之指摘耶！古文玉字作王，王字作𤣩，今之玉字從古文省，故經典多做此玉。李陽冰乃謂：“中畫近上，王者則天之義，則爲雨方切之王。三畫正均如貫，王則爲魚欲切之玉。”此陽冰之曲説也。

嘉德按，王夢、玉夢各本不同。沈存中《筆談》云：《高唐賦》序云：“先王嘗游高唐。”則夢神女者，懷王也，非襄王也。《神女賦》曰：“楚襄王與宋玉游於雲夢之浦，使玉賦高唐之事。”以文義考之，所云“茂矣美矣”至“不可勝贊”云云，若皆王之言也，宋玉稱嘆之，可也，不當云“王曰若此盛矣，試爲寡人賦之”。又曰“明日以白玉”，人君於其臣不當稱“白”。又其賦曰：“他人莫睹，王覽其狀。”“望余幬而延視兮，若流波之將瀾。”若宋玉代王賦之。若王之自言者，則不當云“他人莫睹，王覽其狀”，既稱“王覽其狀”，即是宋玉之言，又不知稱“余”者爲誰也。以此考之，則“其夜王寢，夢與神女遇”者，“王”字乃“玉”字耳；“明日以白玉”者，以“白王”也。“王”與“玉”誤書之耳。前曰夢神女者，懷王也；其夜夢神女者，宋玉也。襄王無預焉，從來枉受其名耳。又

《西溪叢語》云：宋玉是夜夢見神女，白王，王令玉言其狀，使爲《神女賦》，後人遂謂襄王夢神女，非。今《文選》本“王”“玉”字差誤。又陳氏云：“王寢”“白玉”諸字，當如沈存中、姚令威之説。《何氏讀書記》云：張鳳翼改定爲玉夢，於文義自當不可，因其寡學而非之，後之讀是賦者，乃皆知爲王夢矣。蓋“王”“玉”二字，古皆作“王”，後人加點做“玉”，因而溷誤，此最確論。胡氏《考異》云：“王”“玉”互訛，始於五臣。然則《神女賦》之定爲玉之夢，與襄王無涉，無疑也。又見孫氏志祖《考異》。趙曦明云：二賦《高唐》之末曰“王將欲見之”云云，《神女賦》起曰“其夜王寢，果夢與神女遇”，上下緊相承接，豈得欲見者是襄王，入夢者反不是襄王而是宋玉？“調心腸”以下，復加“王曰”者，既答而復言，《語》《孟》中皆有之，乃張鳳翼互改“王”“玉”，義門老眼亦極口稱之，不管二賦文理承接云，何其可怪也。“白”以告語爲義，上下可通，即如“錫”爲上錫下之詞，而“師錫帝曰”下亦用之於上矣。夢是王夢，賦是王使宋賦，所以少陵詩曰：“侍臣書王夢，賦有冠古才。”趙説與諸家獨異。又按，茶袁本無“果”字。

同上，卷六《招魂》：

洪云：李善以《招魂》爲小招，以有《大招》故也。按今止云《招魂》，不云“小招”，是洪氏所見異本。林西仲云：“此屈原自作也。”太史公贊曰：“余讀《招魂》悲其志。”是悲屈原之志，非悲宋玉之志也。（廣文書局，1966年）

趙翼《陔餘叢考》卷二十二《詩文以集名》：

《漢·藝文志》有《輯略》。師古曰：輯與集同。然當是時，猶未有以集名書者，故《志》所載詩賦等皆不曰集。晋荀勗分書爲四部，其四曰丁。宋王儉撰《七志》，其三曰文翰，亦尚未有集之名。梁阮孝緒爲《七録》，始有《文集録》。故《隋·經籍志》以荀況、宋玉等所著書及詩賦等皆謂之集。然《經籍志序》云：别集之名，漢東京之所創也。靈均以降，屬文之士多矣，後之君子欲觀其體勢，而見其心靈，故别聚焉，名之爲集。則集之名又似起於東漢。然據此則古所謂集，乃後人聚前人所作而名之，非作者之自稱爲集也。（《學術筆記叢刊》本，中華書局，2012年）

錢大昕《十駕齋養新録》卷十八《文人勿相輕》：

杜子美詩所以高出千古者，“不薄今人愛古人”也。王、楊、盧、駱之體，子美能爲而不屑爲，然猶護惜之，不欲人訾議。且曰：“汝曹身與名俱滅，不廢江河萬古流。”其推挹如此，以視“詩未有劉長卿一句，已呼阮籍爲老兵；語未有駱賓王一字，已罵宋玉爲罪人”者，猶鵾鵬之與蚍蜉矣。（江蘇古籍出版社，2005年）

魯九皋《詩學源流考》：

孟子曰："王者之迹熄而《詩》亡，《詩》亡然後《春秋》作。"自春秋迄戰國，又數百年，於是屈子興於南朝，作爲《離騷》《九歌》《九章》之屬，以上繼《風》《雅》《頌》之音，其徒宋玉之徒和之，號爲楚詞。（郭紹虞《清詩話續編》本，上海古籍出版社，1983年）

浦銑《復小齋賦話》上卷：

余最愛明興獻帝之言賦曰："賦者，敷陳其事而直言之也。夫事寓乎情，情溢於言，事直而情之婉，雖不求賦之工而自工矣。屈、宋《離騷》，歷千百年無有譏之者，直以事與情之兼至耳。下逮相如、子雲之倫，賦《上林》《甘泉》等篇，非不宏且麗，然多斫於詞，躓於事，而不足於情焉，此即卜子夏'在心爲志，發言爲詩'之義也。"賦者，古詩之流，古今論賦，未有及此者。旨哉言乎！旨哉言乎！

同上，下卷：

宋玉《釣賦》，可爲諷刺法，當與《莊子·説劍篇》參看。

子建《洛神》，直可鼎足《高唐》《神女》二賦。古今作賦者，頗相襲句調，然未有如《洛神》"遠而望之""迫而察之"二語，自晋以下，無不用之者。再稽其始，王褒《甘泉賦》曰："却而望之，鬱乎似積雲；就而察之，霩乎若泰山。"

相如《美人賦》，原本宋玉《諷賦》及《登徒子好色賦》。

《登徒子好色賦》自"大夫曰唯唯"以前皆賦也。相如《美人賦》，前半脱胎於此。昭明乃謂爲序，真堪噴飯。至今莫知其誤，亟當正之。

《漫叟詩話》辨高唐事乃楚懷王，非襄王。《苕溪漁隱》則云楚懷王是游高唐，楚襄王是游雲夢，唯《後山詩話》云："宋玉爲《高唐賦》，載巫山神女遇楚兩王，蓋有所諷也。"余謂晁子西公遡《神女廟賦》云："世朋淫而上烝兮，嘗見刺於湘累。橫下臣緊宋玉兮，揆暴厲之不可規。稱先王嘗與靈游兮，薦枕席而燮私。今胡爲而復遇兮，意托諷於微詞。"斯得之矣。《漫叟》《漁隱》必欲分而二之，何異癡人説夢。（何新文、路成文《歷代賦話校證》本，上海古籍出版社，2007年）

李調元《雨村詩話》卷下：

少陵詩有不可解之句，如《咏懷》"宋玉"一首曰："悵望千秋一灑淚，蕭條異代不同時。"夫"異代"即"不同時"，乃作此語何耶？蓋身雖異代，摇落之悲，却似同時人耳！此爲深知宋玉也。（巴蜀書社，2006年）

李調元《南越筆記》卷一《粵俗好歌》：

東莞歲朝，貿食嫗所唱歌頭曲尾者曰湯水歌。尋常瞽男女所唱，多用某記。其辭至數千言，有雅有俗，有貞有淫，隨主人所命唱之。或以琵琶、簺子爲節。兒童所唱以嬉，則曰山歌，亦曰歌仔，多似詩餘音調，辭雖細碎，亦絶多妍麗之句。大抵粵音柔而直，頗近吴越，出於脣舌間，不清以濁，當爲羽音。歌則清婉溜亮，紆徐有情，聽者亦多感動。而風俗好歌，兒女子天機所觸，雖未嘗目接詩書，亦解白口唱和，自然合韻。説者謂粵歌始自榜人之女，其原辭不可解。以《楚詞》譯之，如“山有木兮木有枝，心悦君兮君不知”，則絶類《離騷》也。粵固楚之南裔，豈屈、宋流風多洽於婦人女子歟？（《叢書集成初編》本）

姜炳璋《詩序補義》卷首《綱領》：

《同車》《遵路》《蔓草》《狡童》，如謂淫者之作，不特立意鄙褻，辭亦一覽無餘。惟有《序》則美人香草各有指歸，體骨既高，風情自遠，屈、宋可作衙官矣。聖人録此垂教，豈偶然哉！（《文淵閣四庫全書》本）

孫志祖《文選考異》卷一《神女賦》：

沈括《補筆談》云：《高唐賦》序云“先王嘗游高唐”，則夢神女者懷王也，非襄王也。又《神女賦》曰：“楚襄王與宋玉游於雲夢之浦，使玉賦高唐之事。”以文考之，所云“茂矣美矣”至“不可勝贊”，若皆玉之言也。宋稱嘆之可也，不當却云“王曰若此盛矣，試爲寡人賦之”；又曰“明日以白玉”，人君與其臣語，不當稱“白”；又其賦曰“他人莫睹，王覽其狀”“望余帷而延視兮，若流波之將瀾”，若宋玉代王賦之。若王之自言者，則不當自云“他人莫睹，王覽其狀”。既稱“王覽其狀”，即是宋玉之言也，又不知引稱“余”者誰也？以此考之，則“其夜王寢，夢與神女遇”者，“王”字乃“玉”字耳；“明日以白玉”者，“以白王”也；“王”與“玉”字誤書之耳。前曰夢神女者，懷王也；其夜夢神女者，宋玉也；襄王無預焉，從來枉受其名耳。

趙曦明云：二賦《高唐》之末曰“王將欲見之”云云，《神女》之起曰“其夜王寢，果夢與神女遇”，上下緊相承接，豈得欲見者是襄王，入夢者反不是襄王而是宋玉？《容齋五筆》所載其謬，固有不待辨而可明者。“調心腸”以下復加“王曰”者，既答而復言，《語》《孟》中皆有之，乃張鳳翼不悟其非，攘爲己説，改第二、第三、第五、第六四“王”字爲“玉”字，第三、第四、第五三“玉”字爲“王”字，義門老眼亦極口稱之，不管二賦文理承接云何，其可怪也。“白”以告語爲義，上下可通，即如“錫”爲上錫下之詞，而“師錫帝曰”下亦用之於上矣，夢是王夢，賦是王使宋賦，所以少陵詩曰：“侍臣書王夢，賦有冠古才。”（《續修

四庫全書》本）

章學誠《文史通義》卷二内篇二《公言上》：

司馬遷曰："《詩》三百篇，大抵賢聖發憤所爲作也。"則男女慕悦之辭，思君懷友之所托也；征夫離婦之怨，忠國憂時之所寄也。必泥其辭，而爲其人之質言，則《鴟鴞》實鳥之哀音，何怪鮒魚忿消於莊周；《萇楚》樂草之無家，何怪雌風慨嘆於宋玉哉？夫詩人之旨，温柔而敦厚，主文而譎諫，言之者無罪，聞之者足戒，舒其所憤懣，而有裨於風教之萬一焉，是其所志也。（中華書局，1994年）

周魯《類書纂要》卷十五《姓譜類》：

宋：周王封殷後於宋，以國爲氏。

陽春白雪：玉，楚人，屈原弟子，爲楚大夫。閔其師放逐，乃作《九辯》，述其志以悲之。又作《神女》《高唐》二賦，皆寓言托事，有所諷也。

對：客有歌於郢中，爲《陽春》《白雪》之調，其曲彌高，其和彌寡。

同上，卷二十二《文詞家》：

宋玉：楚襄王與玉游雲夢，望高唐之觀，而作《高唐賦》，明日又賦《神女》。登徒子嘗間之，玉作《登徒子好色賦》，藉以爲諫。王稱善，玉遂不退。

同上，《總集家》：

洪芻《楚漢逸書》：按芻，豫章人。所編凡十九家：宋玉、司馬相如、遷、董仲舒、賈誼、枚乘、路喬如、公孫詭、鄒陽、公孫乘、羊騰、中山王勝、淮南王安、班婕妤、王褒、劉向、劉歆、揚雄、班固是也。共八十二篇。此書傳於道山。又有《漢賢遺集》，所搜略同。（江蘇廣陵古籍刻印社，1990年）

洪亮吉《北江詩話》卷五：

《離騷》以後，學騷者宋玉、賈誼、東方朔、嚴忌、王褒、劉向、王逸等若干人，而皆不及騷，以絶調難學也。陶淵明以後，學陶者韋應物、柳宗元，以迄蘇軾、陳無己等若干人，而皆不及陶，亦以絶調難學也。庾信《哀江南賦》，無意學騷，亦無一類騷，而轉似騷。王維、裴迪《輞川》諸作，元結《春陵篇》及《浯溪》等詩，而無意學陶，亦無一類陶，而轉似陶。則又當於神明中求之耳。（人民文學出版社，1998年）

陳詩《湖北舊聞録》卷三十四《文獻一·宋玉》：

宋玉，宜城有宋玉宅。玉，邑人。雋才辯給，善屬文而識音。（《水經注》）

宋玉因其友見楚襄王，襄王待之無以異。宋玉乃讓其友。曰："夫薑、桂因地而生，不因地而辛；婦人因媒而嫁，不因媒而親。子之事王未耳，何怨於我！"宋玉曰："不然。昔者齊有良兔曰東郭逡，蓋一旦而走五百里。於是齊有良狗曰韓盧，亦一旦而走五百里。使之遥見而指屬，則雖韓盧不及衆兔之塵。若躡迹而縱紲，則雖東郭逡亦不能離。今子之屬臣也，躡迹而縱紲與？遥見而指屬與？《詩》曰：'將安將樂，棄我如遺。'此之謂也。"其友曰："僕人有過，僕人有過。"（《新序·雜事五》《韓詩外傳》）

李君翁《詩話·卜居》云："寧誅鋤草茅以力耕乎？詩人皆以爲宋玉事。豈《卜居》亦宋玉擬屈原作耶？庾信《哀江南賦》云'誅茅宋玉之宅'，不知何據而言？"此君翁之陋也。唐余知古《渚宫故事》曰："庾信因侯景之亂，自建康遁歸江陵，居宋玉故宅。宅在城北三里。"故其賦曰："誅茅宋玉之宅，穿徑臨江之府。"老杜《送李功曹歸荆南》云："曾聞宋玉宅，每欲到荆州。"是也。又在夔府《咏懷古迹》云："摇落深知宋玉悲，江山故宅空文藻。"然子美移居夔州《入宅詩》云："宋玉歸州宅，雲通白帝城。"蓋歸州亦有宋玉宅，非止荆一州也。李義山亦云："却將宋玉臨江宅，異代仍教庾信居。"（《西溪叢語》）

戎昱《題宋玉亭》作："宋玉亭前悲暮秋，陽臺路上雨初收。應緣此處人多到，松竹蕭蕭也帶愁。"

李商隱《宋玉》作："何事荆臺百萬家，惟教宋玉擅才華。荆詞已不饒唐勒，風賦何曾讓景差。落日渚宫供規閣，開年雲夢送煙花。可憐庾信尋荒徑，猶得三朝托後車。"

吴融《宋玉宅》作："草白煙寒半野陂，臨江舊宅指遺基。已懷湘浦招魂事，更憶高唐説夢時。穿徑早曾聞客住，登墻豈復見人窺。今朝送别還經此，吟斷當年幾許悲。"

劉筠《宋玉》作："楚國驕荒日已深，山川朝暮劇登臨。曾傷積毁亡師道，祇托微詞蕩主心。江草東西多恨色，峽雲高下結層陰。潘郎千載聞遺韻，又説經秋思不任。"（《西昆酬唱集》）

王世貞《宋玉墓》作："此地真埋玉，何人爲續招。秋風吊師罷，暮雨逐王驕。萬事才情損，千秋意氣消。仍聞封禪草，遺恨右文朝。"

同上，《文獻一·景差》：

景差，楚人。

《大招》，不知何人所作，或曰屈原，或曰景差，自王逸時已不能明矣。其謂屈原作者，則曰："司義高古，非原莫及。"其謂不然者，則曰："《漢志》定著原賦二十五篇，今自《騷經》以至《漁父》已充其目矣。"其謂景差，則絕無左驗。是以讀書者往往疑之。然今以宋玉《大》《小言賦》考之，則凡差語皆平淡醇古，意亦深靖閑退，不爲詞人墨客浮誇艷逸之態，然後乃知此篇决爲差作無疑也。雖其所言有未免於神怪之惑、逸欲之娱者，然視《小招》則已遠矣。其於天道之詘伸動静，蓋若粗識其端倪於國體時政，又頗知其所先後要爲，近於儒者究理經世之學。予於是竊有感焉，因表而出之，以俟後之君子云。（朱子《楚詞集注》）

景差至蒲騷，見宋玉曰："不意重見故人，慰此去國戀戀之心。昨到夢澤，喜見楚山之碧，眼力頓明；今又會故人，間心目足矣。"（《列士傳》）

同上，《文獻一・唐勒》：

唐勒，楚人。（《漢書・藝文志》）

楚立唐氏以爲史官。（《春秋文耀鉤》）

楚有蒼雲如霓，圍軫七蟠，中有荷斧之人，向軫而蹲。太史唐勒以葭灰遺於地，乃更滅。拂之，其蒼雲爲之半滅，又遺灰乃盡去之。故曰：唐史之策上滅蒼雲。（《湖北地方古籍文獻叢書》本，湖北人民出版社，1999年）

張惠言《七十家賦鈔》卷一《賦一》：

宋玉《九辯》十篇（原文略）：昭明所選五篇居前，知其次不可考已。

宋玉《招魂》（原文略）：《招魂》《大招》，諷頃襄也。頃襄君臣宴安，諶於淫樂，而放屈子，故招屈子以諷之也。巫陽之言，女嬃、漁父之意。亂以懷王講武，不可再見，國耻未雪，宗社將危，不啻大聲疾呼矣。

同上，卷二《賦二》：

宋玉《風賦》（原文略）：襄王淫樂不振，故以此諷之。

宋玉《高唐賦并序》（原文略）：此篇先叙山勢之險，登陟之難，上至觀側，則底平而可樂。所謂爲治者，始於勞，終於逸也。結言既會神女，則"思萬方，開賢聖"，此豈男女淫樂之辭邪！

宋玉《神女賦》。（原文略）

宋玉《登徒子好色賦》。（原文略）

宋玉《諷賦》（原文略）：《諷賦》《笛賦》《釣賦》《大言賦》《小言賦》五篇，皆出《古文苑》，與《文選注》《藝文類聚》《初學記》等書所引往往參錯，皆五代、宋人聚斂假托爲之。以宋玉之文存者絕少，故録之，以備好古者參校焉。

宋玉《笛賦》。（原文略）

宋玉《釣賦》（原文略）：文氣漫率。

宋玉《大言賦》（原文略）、《小言賦》（原文略）。（《續修四庫全書》本）

嚴可均《全上古三代文》卷十《宋玉》：

玉，楚人。師事屈平，爲頃襄王大夫，有《集》三卷。（案，《漢·藝文志》有《宋玉賦》十六篇，今存者《風賦》《大言賦》《小言賦》《諷賦》《高唐賦》《神女賦》《登徒子好色賦》《釣賦》《笛賦》《九辯》《招魂》凡十一篇，《對楚王問》《高唐對》不在此數。如《九辯》爲九篇，則多出《漢志》三篇，所未審也。或云《笛賦》有宋意送荆卿之語，非宋玉作。）

同上，附《宋玉集序》：

宋玉事楚懷王，友人言之王，王以爲小臣。玉讓友人，友曰："薑、桂因地而生，不因地而辛。女因媒而嫁，不因媒而親也。"（《北堂書鈔》原本三十三引《宋玉集序》，陳禹謨本改引《新序》。案《韓詩外傳》：宋玉因其友見楚相，楚相待之無以異。讓其友，其友曰："夫薑、桂"云云。《新序》：宋玉因其友以見於襄王，襄王待之無以異。宋玉讓其友，其友曰："夫薑、桂"云云。懷王、楚相、襄王互異，而薑、桂等語屬友人語，無異也。梅鼎祚《文紀》題作《報友人書》甚誤，不知下文有宋玉辨語。）（商務印書館，1999年）

張岳崧等《道光雲夢縣志略》卷一《輿地》：

楚襄王二十年，秦將白起拔西陵。西陵即雲夢地，襄王復取之。

宋玉賦：王嘗游雲夢之臺，望高唐之觀，其上獨有雲氣。

宋玉、唐勒、景差嘗從襄王於雲夢之臺。王曰："能爲寡人大言者，上座。"唐勒曰："壯士憤兮絶天維，北斗戾兮泰山夷。"景差曰："校士猛毅皋陶嘻，大笑至兮摧罘罳。"玉曰："方地爲車，圓天爲蓋，長劍耿耿倚天外。"王曰："未也。有能爲小言者，賜以雲夢之田。"景差曰："載氛埃兮乘剽塵。"唐勒曰："館蠅鬚兮宴毫端。"玉曰："超於太虚之域，出於未兆之庭。視之眇眇，望之冥冥。"王曰："善！"賜之以田。

楚宣王游於雲夢，結駟千騎，旌旗蔽天。

二王所游之臺與夫宋玉之田、高唐之觀，皆不可考。《一統志》載：邑有楚襄王廟，今亦廢。然《志》載：雲夢於邑，而荆州、竟陵，皆有雲夢澤。《志》載平王沉棺雲夢，而荆州有平王冢。雲夢閎衍，必欲以一邑當之，非闕疑之義也。（《雲夢十書》）

按《史記索隱》曰：張揖云："雲夢，楚藪也，在南郡華容。"郭璞曰："江夏安陸有雲夢城，南郡枝江有雲夢澤，華容又有巴邱湖，俗云即古之雲夢澤也。"則張揖謂在華容者，指此湖也。今據安陸南現有雲夢城、雲夢縣，而枝江亦有者，蓋縣名遠取此澤故有城也。華謂不然，鄖夫人棄子文於夢中，於菟乳之，是夢在鄖境，即今縣地。縣本爲夢，又有於菟鄉，非遠取枝江之澤而襲稱之也。若雲在江南、夢在江北，本二澤而兼稱之者，以其壤地相接，彼此互稱之乎？按《史記·楚世家》："吴入郢，昭王出亡至雲夢，雲夢人不知其王也，射傷王，王走鄖。"《括地志》注："鄖即安州安陸縣城。"《左傳》記："王入雲中。"《史記》："王至雲夢走鄖。"較《左》益爲燎然。（張奎華《舊志》）（《中國地方志集成》本，江蘇古籍出版社，1991年）

梁章鉅《文選旁證》卷十九《神女賦》：

沈括《補筆談》云：人君與其臣語，不當稱白。又賦既稱"王覽其狀"，即是宋玉之言。"不知望予帷而延視"者，稱"予"者爲誰？以此考之，則"其夜王寢，夢與神女遇"者，宋玉也；"明日以白玉"者，以白王也，"王"與"玉"互書之耳。又《西溪叢語》云：楚襄王與宋玉游高唐之上，見雲氣之異，問宋玉，玉曰：昔先王夢游高唐，與神女遇，玉爲《高唐》之賦。先王謂懷王也。宋玉是夜夢見神女，寤而白王，王令玉言其狀，使爲《神女賦》。後人遂云襄王夢神女，非也。今《文選》本"王""玉"互誤。按，六臣本無"果"字，第一"王曰"作"王對曰"，此處存"對"字，已可尋"王"與"玉"互誤之迹矣。第二"王曰"，六臣本校云："善作玉。"然則李與五臣"王""玉"互换，此又其明驗也。今尤本"王曰狀何如也""玉曰茂矣美矣"，二處尚不誤。

同上，卷三十七《對楚王問》：

對問。紀文遠公曰："《卜居》《漁父》已先是對問，但未標對問之名耳。"宋玉此文載於《新序》，其標曰"對問"，似亦昭明所題也。（《續修四庫全書》本）

俞正燮《癸巳類稿》卷七《反切證義》：

《金樓子》云："宋玉戲太宰屢游之談，流連反語，遂有鮑照伐鼓，孝綽布武，韋粲浮柱之作。"《顔氏家訓·文章篇》云："世人或有文章引詩伐鼓淵淵者，宋玉已有屢游之誚。如此流比，幸須避之。"《書證篇》云："鮑昭謎字，皆取會流俗，不足以形聲論也。"蓋反切以雙聲疊韻，或流爲口吃詩。故求古反切，在方言異文，廋辭雅謔，微茫之際。中國自言反切，佛書自言字母，離之則兩美，且有字則有反切。（商務印書館，1957年）

沈欽韓《漢書藝文志疏證》卷二詩賦略：

《宋玉賦》十六篇。

《考證》云："《楚辭》：《九辯》《招魂》。《文選》：《風賦》《高唐》《神女》《登徒子好色賦》。《古文苑》：《大言》《小言》《釣》《笛》《諷》《舞賦》。"按《笛賦》非宋玉作。《隋志》：《宋玉集》三卷。（《二十五史藝文經籍志考補萃編》本，清華大學出版社，2011年）

于惺介等《重訂昭明文選集評》卷三《〈風賦〉總評》：

孫月峰曰：命意、造語，皆人神境，然却又是眼前口頭掉出，全不艱深費力，允爲賦家絶技。

何義門曰：借風爲題，以發引君之義，全是忠愛本心。

方伯海曰：按是時靈均既放，頃襄微弱，故宋玉借風激其發憤自强。見王者之風不同庶人，用意若隱若現，懸在前投。正龍門所云：宋玉、景差，皆以詞賦見稱，莫敢直諫者也。乃不能雄飛，自爲此伏，卒至南風不競，日侵月削，以至於亡。不仁者可與言哉！

周平園曰：此賦體似散文，具其刻畫風處，有王者、庶人不同，且押脚俱用韻，自是賦體，已開《赤壁》《秋聲》等賦之先。而篇法劈分兩扇，前後遥對，局亦本之《周書·秦誓》篇。

同上，卷四《〈高唐賦〉總評》：

孫月峰曰：古雅精腴，是《子虚》《上林》所祖。

何義門曰：鋪張揚厲，已爲賦家大暢宗風。詞尚風華，義歸諷諫。須知賦之本意，義本於詩，而體近於騷，則有宋玉賦。其時，荀卿亦以賦著，而荀賦盡質，宋賦多文，宜賦家之獨宗宋也。

同上，《〈神女賦〉總評》：

孫月峰曰：深宛而溜亮，説情態入微，真是神來之文，非雕飾者所能至。

何義門曰：古賦佳處，在《離騷》《小雅》之間。《騷詞》哀怨，而多比興之思；《小雅》深沉，而具鋪張之漸，此賦之所由作也。若神女一事，就屬比興一邊。

同上，《〈登徒子好色賦〉總評》：

孫月峰曰：近於戲。

陸雨侯曰：鄙猥無復君臣之禮，得無愧靈均乎！

何義門曰：全帶議論，自成一格，分明一篇《戰國策》文字，有縱横之氣，無排比之迹，長卿文便得此意。

方伯海曰：此賦寓意，全在首尾，登徒子衹是借他爲兩邊陪客耳。鄰女雖美，以無德，宋玉終莫之許。采桑之女雖美，以守禮，大夫終不敢犯。登徒子之妻雖不美，使有五子，自是正配，未可深非。通篇總見女不貴有色，而貴有德，是爲楚王猛下針處。至於體裁，純用散行。後來歐、蘇諸家，多本於此。

同上，卷八《〈招魂〉總評》：

王逸注謂："哀原厥命將落，欲復其精神，延其年壽，故作此。"五臣注謂："以諷君，冀其覺悟而還之。"《纂注》語："原始死時，玉作以招之也。"《楚辭燈》："此屈原自作也。"太史公《屈原傳·贊》云："余讀《招魂》，悲其志。"是悲屈原之志，非悲宋玉之志也。後世沿爲宋玉所作，因世俗招魂，皆出他人之口，不知古人以文滑稽，無所不可，且有生而用祭者，則原被放之後，愁苦無可渲泄，借題寄意，亦不嫌其爲自招也。

孫月峰曰：構格奇，撰語麗，侈談怪語，瑰陳縷述，務窮其變態，自是天地間一種瑰瑋文字，前無古，後無今。

何義門曰：《麈史》云：楚詞《招魂》《大招》，其末盛稱洞房翠帷之飾，美顔秀頸之列，瓊漿胾羹之烹，新歌鄭舞之娱，日夜沉湎於象牙六博之樂，夫所以訾楚者深矣。其卒云"魂兮歸來，正始昆只"，言往者既不可正，尚或以解其後耳。

又曰："賞罰當只，尚賢士只，國家爲只，尚三王只"，皆思其來而反其政者也。後五語皆《大招》之文。讀此篇者，亦當以此義求之。

方伯海曰：按此篇前後投落極分明，上半見上下四方不可居，下半招之使入郢，見有許多安樂受用處，而精神生動，全在摹寫美人及歌舞上。此文字，鋪門面，則趣索；傳神理，則趣長。詩古文詞，工拙無不以是分也。

同上，卷十一《〈對楚王問〉總評》：

孫月峰曰：亦是騷家餘韻，然却清澈，畦徑最明白，略舉而不極説，居然有餘味。

何義門曰：此文見於《新序》，氣焰自非小才可及。

邵子湘曰：假問答成文，亦本《卜居》《漁父》之格。其後轉相仿效，至昌黎《進學解》而大變矣。古人作文，各有源流，要以變化爲貴。（國家圖書館出版社，2012年）

宋翔鳳《過庭録》卷十五《文筆》：

經傳之體，出言入筆，筆爲言使，可强可弱，分經以典奥爲不刊，非以言笔爲優劣也。惟梁元帝乃大分文筆之號，故《金樓子·立言篇》云：古人之學者有二，今人之學者有四：夫子門徒，轉相師授，通聖人之經者，謂之儒；屈原、宋玉、枚乘、長卿之徒，止於辭賦，則謂之文；今之儒，博窮子史，但能識其事，不能通其理者，謂之學；至如不便爲詩如閻纂，善爲章奏如柏松，若此之流，泛謂之筆；吟咏風謡，流連哀思者，謂之文。（《學術筆記叢刊》本，中華書局，1986年）

穆彰阿、潘錫恩等《大清一統志》卷一百六十六《南陽府·陵墓》：

宋玉墓，在唐縣東，華嚴寺後。

同上，卷二百六十五《安陸府·山川》：

宋玉井：在鍾祥縣東，一名楚賢井，俗名琉璃井。《輿地紀勝》：在舊州學前，椭木山之下。《明統志》：楚賢井，亦名宋玉井，郡守張孝曾建亭名曰楚賢。

同上，卷二百六十八《荆州府·古迹》：

宋玉宅，在江陵縣城西三里，北周庾信居之。庾信《哀江南賦》"誅茅宋玉之宅"。

同上，卷二百七十《襄陽府·古迹》：

宋玉宅，在宜城縣南三十里。《水經注》：宜城縣南有宋玉宅。按宋玉宅有三：此其里居也；一在歸州，從屈原游學時所居；一在江陵，則服官郢都時居之。

同上，卷二百七十一《襄陽府·陵墓》：

宋玉墓，在宜城縣南三十里，宋玉宅後，有三冢并列。明嘉靖中，建祠其旁。

同上，卷二百七十三《宜昌府·古迹》：

宋玉宅，在歸州東二里相公嶺上。陸游《入蜀記》："宋玉宅在秭歸之東，今爲酒家壚矣，舊有石刻'宋玉宅'三字。"

同上，卷二百八十七《澧州·古迹》：

宋玉城：在州南六十里長樂鄉。《輿地紀勝》：宋玉城内有宋玉廟及銅昏堰，皆以銅冶爲之，今畝收三十鍾。

同上，卷三百三《夔州府·古迹》：

陽雲臺，在巫山縣西北。《寰宇記》：臺高一百二十丈，南枕長江。宋玉賦云“游陽雲之臺，望高唐之觀”，即此也。《方輿勝覽》：在縣西北五十步。又高唐觀在縣西北二百五十步。《吴船録》：所謂陽臺、高唐觀，今在巫山來鶴峰上。舊志按：司馬相如《子虚賦》，前言楚王獵於雲夢，後言登陽雲之臺。孟康注云：雲夢中高唐之臺。據此，當在今荆州及漢陽境。然宋賦言：神女在巫山之陽，高丘之阻，朝朝暮暮，陽臺之下。則陽臺之巫山，理亦有之；若高唐則實在雲夢，不在巫山也。

同上，《夔州府·廟宇》：

神女廟，在巫山縣東。習鑿齒《襄陽耆舊傳》：赤帝女曰瑶姬，未行而卒。葬於巫山之陽，故曰巫山之女。楚懷王游於高唐，夢與神遇，遂爲置觀於巫山之南，號爲“朝雲”。《吴船録》：自巫峽三十五里至神女廟，廟中石刻引《墉城記》：瑶姬，西王母之女，稱雲華夫人，助禹驅鬼神斬石疏流，有功見祀。《元統志》：神女廟，唐儀鳳元年置。宋宣和四年改曰“凝真觀”。紹興二十年封“妙用真人”。《縣志》：在此縣東三十里十二峰前飛鳳峰之麓。

同上，卷三百四十八《襄陽府·人物》：

宋玉，楚鄢邑人，屈原弟子，雋才辨給，善屬文，爲楚大夫。閔其師屈原忠而放逐，乃作《九辯》以述志。唐勒讒之於襄王，復著賦以自見。後世修辭者稱之。（《文淵閣四庫全書》本）

劉開《劉孟塗集》卷四《與阮芸臺宫保論文書》：

自屈原、宋玉工於言辭，莊辛之説楚王，李斯之諫逐客，皆祖其瑰麗。乃相如、子雲爲之，則玉色而金聲；枚乘、鄒陽爲之，則情深而文明。（清道光六年桐城姚氏檗山草堂刻本）

潘德輿《養一齋詩話》卷五：

放翁詩學所以絶勝者，固由忠義盤鬱於心，亦緣其於文章高下之故，能有具眼，非後進輇才所能知也。《白鶴館夜坐》云：“袖手哦新詩，清寒愧雄渾。屈宋死千載，誰能起九原。中間李與杜，獨招湘水魂。自此競摹寫，幾人望其藩。蘭茝看翡翠，煙雨啼青猿。豈知雲海中，九萬擊鵬鵾。”……此等議論，乃千古大匠嫡傳，拙工淫巧，兩無是處。能之者一代不過數人，即知之者亦未可多得。朱子論放翁詩曰：“近代惟見此人，有詩人風致。”劉後村曰：“放翁學力似杜甫。”蓋放

翁固知之而幾幾乎能之者。（郭紹虞《清詩話續編》本，上海古籍出版社，1983年）

梁紹壬《兩般秋雨盦隨筆》卷三《宋玉》：

有客至澧州，見宋氏家牒，言宋玉字子淵，號鹿溪子。可補記載之缺。（《續修四庫全書》本）

魏源《魏源集·〈國朝古文類鈔〉叙》：

宋、景、枚、馬以後，不知約六經之旨成文，而文始不貫道。

同上，《〈定庵文録〉叙》：

自孔門七十子之徒，德行、言語、政事、文學，已不能兼誼。其後分散諸國，言語家流爲宋玉、唐勒、景差，益與道分裂。荀况氏、揚雄氏亦皆從詞賦入經術，因文見道，或毗陽則駁於質；或毗陰則憒於事。徒以去聖未遠，爲聖舌人，故至今其言猶立。（中華書局，2009年）

蔣坦《秋燈瑣憶》：

晚來聞絡緯聲，覺胸中大有秋色。忽憶宋玉悲秋《九辯》，擊枕而讀。（作家出版社，1995年）

陳澧《東塾讀書記》卷十二《諸子書》：

宋玉《九辯》亦云："獨耿介而不隨兮，願慕先聖之遺教。處濁世而顯榮兮，非余心之所樂。與其無義而有名兮，寧窮處而守高。食不偷而爲飽兮，衣不苟而爲温。竊慕詩人之遺風兮，願托志乎素餐。"其《對楚王問》自謂"瑰意琦行，超然獨處"，非誇語也。杜子美稱之曰"風流儒雅亦吾師"，真可謂儒雅矣，真可師矣。彼駡宋玉爲罪人者，烏足以知之。（原注：皇甫持正《答李生第二書》云："筆語未有駱賓王一字，已駡宋玉爲罪人。"朱子《楚辭集注》云："景差《大招》近於儒者窮理經世之學。"此尤非朱子不足以知之也。）

同上，卷二十一《朱子書》：

朱子之詆蘇子瞻，亦近人所不滿也。今觀集中《答程允夫書》《答汪尚書書》，皆痛詆蘇氏。吕伯恭謂蘇氏乃唐、景之流，朱子《答書》云："屈、宋、唐、景之文，不過悲愁、放曠二端，大爲心害。"……吕東萊卒於淳熙八年辛丑，朱子五十二歲，則朱子答書，皆在辛丑之前，蓋前此深惡蘇氏之學。至辛丑歲《跋東坡與林子中帖》云"三復其言"，壬寅歲（朱子五十三歲），以此帖刻石，再跋之云："仁人之言，不可以不廣。"……其雅重東坡如此，與昔時大不同。又爲《楚辭集注》，推重屈、宋。此宜以晚年爲定論者。（《中國近代學術名著叢書》本，三聯書店，1998年）

王履謙等《道光安陸縣志》卷三十五《古迹》：

雲夢澤，江夏安陸亦有雲夢澤。雲夢，一澤名，而每處有名者。司馬相如《子虛賦》云："雲夢者方八九百里。"則此澤跨江南北，每處名存焉。（《尚書》孔疏）今荆州府之監利、石首、枝江三縣，安陸府之荆門州、沔陽州，黄州府之蕲州及黄岡、麻城二縣，德安府之安陸縣，俱有雲夢之稱，蓋跨川亘隰兼包勢廣矣。（《春秋大事表》）（《中國地方志集成》本，江蘇古籍出版社，1991年）

劉熙載《藝概》卷一《文概》：

用辭賦之駢麗以爲文章者，起於宋玉《對楚王問》，後此則鄒陽、枚乘、相如是也。惟此體施之必擇所宜，古人自主文譎諫外，鮮或取焉。

同上，卷三《賦概》：

"《國風》好色而不淫，《小雅》怨誹而不亂。"淮南以此傳《騷》，而太史公引之。少陵《咏宋玉宅》云："風流儒雅亦吾師。""亦"字下得有眼，蓋對屈子之風雅而言也。

《騷》之抑遏蔽掩，蓋有得於《詩》《書》之隱約。自宋玉《九辯》，已不能繼，以才穎漸露故也。

宋玉《風賦》出於《雅》，《登徒子好色賦》出於《風》。二者品居最上。《釣賦》縱横之氣，駸駸乎入於説術，殆其降格爲之。

屈子以後之作，志之清峻莫如賈生《惜誓》，情之綿邈莫如宋玉"悲秋"，骨之奇勁莫如淮南《招隱士》。

賦必合數章而後備。故《大言》《小言》兩賦，俱設爲數人之語。準此意，則知賦用一人之語者，亦當以參伍錯綜出之。

朱子答吕東萊謂："屈、宋、唐、景之文，其言雖侈，其實不過悲愁、放曠二端而已，於是屏絶不復觀。"按朱子此言，特有爲而發。觀其爲《楚辭集注》，何嘗不取諸家好處?

《文心雕龍》云："楚人理賦。"隱然謂《楚辭》以後無賦也。李太白亦云："屈、宋長逝，無堪與言。"

賦中駢偶處，語取蔚茂；單行處，語取清瘦。此自宋玉、相如已然。

枚乘《七發》，出於宋玉《招魂》。枚之秀韻不及宋，而雄節殆於過之。

賈生之賦，志勝才；相如之賦，才勝志。賈、馬以前，景差、宋玉已若以此分途，今觀《大招》《招魂》可辨。

宋玉《招魂》，在《楚辭》爲尤多異彩。約之亦衹兩境：一可喜、一可怖而已。

問：“《招魂》何以備陳聲色供具之盛？”曰：“美人爲君子，珍寶爲仁義。”以張平子《四愁詩序》通之，思過半矣。且觀其所謂“不可以托”“不可以止”之處，非即“水深雪雰爲小人”之例乎？

賦因人異。如荀卿《雲賦》，言雲者如彼，而屈子《雲中君》，亦雲也，至宋玉《高唐賦》，亦雲也，晋揚義、陸機俱有《雲賦》，其旨又各不同。以賦觀人者，當於此着眼。（上海古籍出版社，1982年）

胡鳳丹《青冢志》卷一《古迹》：

明妃廟，縣傍有酒壚，或爲題作“宋玉東家”，屬邑興山縣，王嬙生焉。（《香艷叢書》本，人民文學出版社，1992年）

陳啓源《毛詩稽古編》卷三十《附録·周南》：

《漢廣》之游女，《韓詩》以爲漢神，其祖屈、宋湘巫之説乎？《序》曰：説人也。《章句》云：言漢神時見，不可得而求之。（見《文選》李善注）（《皇清經解》本，上海書店，1988年）

金武祥《粟香隨筆·三筆》卷五：

幼丞書來云：先曾祖申浦公著有《岸舫齋詩鈔》，官翰林時，卜居汪文端公故宅時晴齋，有和趙雲松前輩舊題《時晴齋詩》，一時和者甚衆。詩云：“僦得城南屋數楹，規模爽塏舊聞名。子山園小留全面，宋玉居寬未合并（原注：分兩家賃居）。客至有花兼有竹，窗開宜雨更宜晴。緑蔭滿園紅曦少，秀色清光著意迎。曲曲疏篙短短欄，藤花開作紫雲觀。山形宛委窺非易，石勢嶙峋繪亦難。竹塢蕉亭容憩息，高梧文杏歷暄寒。洞天引得微泉出，有冽池波古井瀾。”（《續修四庫全書》本）

俞樾《茶香室叢鈔》卷十二《巫山十二峰名》：

元劉壎《隱居通議》云：“巫山十二峰，終未悉其何名，今因《蜀江圖》所載，始得其詳。曰獨秀，曰筆峰，曰集仙，曰起雲，曰登覽，曰望霞，曰聚鶴，曰棲鳳，曰翠屏，曰盤龍，曰松巒，曰仙人。”其裔孫凝附注云：“按别書有朝雲、净壇、上升、聖泉，而無獨秀、筆峰，盤龍，仙人。俟更考是。”

國朝翟灝《湖山便覽》云：“吴山火德廟前，俊石十二，玲瓏瘦削，如山峰雜立，各以形象名之。曰筆架，曰香爐，曰棋盤，曰象鼻，曰玉筍，曰龜息，曰盤龍，曰劍泉，曰牛眠，曰舞鶴，曰鳴鳳，曰伏虎，統稱曰巫山十二峰。雍正六年，總督李公衛建亭，題曰‘巫峽峰青’。”按杭州有此巫山十二峰之名，知之者罕。附識於此。

同上，四鈔卷十二《宋玉微咏賦》：

明周嬰《卮林》云：胡元瑞《詩藪》曰：陳氏《文選補遺》有《微咏賦》，題宋玉撰，乃宋王微所作《咏賦》。微，《宋書》《南史》俱有傳，不載此賦，蓋見於他選中，首題宋王微《咏賦》。陳氏不熟其人，遂以意加點作“玉”，而以“微”字下屬於咏，謂爲宋玉所撰，可笑也。予後讀陸龜蒙《自遣詩》云：“日淡花開夜已深，宋家微咏若遺音。重思萬古無人賞，露濕清香獨滿襟。”則此賦實三閭弟子作矣。賦蓋出於《宋玉集》中，魯望當及見之，不應有誤。

按陳氏《文選補遺》，乃陳仁子所選。楊升庵亦言此賦是王微作。予初亦謂然，觀周氏此論，則又爽然若失。檢案頭所有《笠澤叢書》，雍正間依元至元本重刻者，此詩有注云 “宋玉有《微咏賦》”，則陳選正不誤也。（《學術筆記叢刊》本，中華書局，1995年）

吴慶燾《襄陽藝文略》卷一《周》：

《宋玉子》一卷，楚大夫宋玉撰。（鄭《通志》）

燾案：是書鄭氏列之小説家，疑出後人僞托。明人《諸子彙函》托爲歸有光所編，其中以宋玉爲鹿溪子，殊不足信，見《四庫全書提要》。然以未見元書，未由折中，故遇而存之。《湖北通志》引《七録》有録，一卷。今一未見。

楚大夫《宋玉集》二卷。（鄭《通志》、《通考》作一卷）

陳氏曰：《史記・屈原傳》言，楚人宋玉、唐勒、景差之徒，皆原之弟子也。而玉之詞賦獨傳，至以屈、宋并稱於後世，餘人皆莫能及。按《隋志》：《集》三卷。《唐志》：二卷。今書乃《文選》及《古文苑》中録出者，未必當時本也。（《通考》節）

燾按：考訂諸書晚出者，彌較詳碻，是隋、唐《志》卷數小異，既見於陳氏《解題》，故不録隋、唐《志》，以省繁文，後放此。《府志》據《湖北通志》引《七録》有賦十六篇，意當并列集中，兹亦不復出。（清光緒元年刻本）

程啓安等《宜城縣志》卷一下《方輿志・宅墓》：

宋玉宅，在縣南三里，宋玉墓南。《道志》《省志》俱誤“三”〔爲〕“三十”〔里〕。縣南有宋玉宅。（《水經注》）

按宋玉宅有三：此其里居也；一在歸州，從屈原游學時所居；一在江陵，則服

官郢都時居之。（《一統志》）

按《渚宫故事》：庾信因侯景之亂，自建康遁歸江陵，居宋玉故宅。故《哀江南賦》所謂“誅茅宋玉之宅”是也。又歸州東二里相公嶺上有宋玉宅。《郢州》又紀，洪武中建安陸州學於蘭臺，即宋玉宅舊址。又不但如《一統志》所言三者已也，蓋名賢所至，人争艶之，昔日居停之所，後世莫不以故宅目之。然玉乃宜產，宅又在墓側，自當以在宜城者爲確。（《采訪記》）

楚大夫宋玉墓，在縣南三里，宋玉宅後，有三冢并列。明嘉靖中建祠其旁。（《省志》）今宅已廢，墓大及畝，或合三冢而并於一耶。明正德中知縣朱崇學立碑識之，嘉靖間都御史路迎建祠堂於墓前，自爲記勒於碑。祠堂已圮。今尚書趙宏恩觀察襄鄖時題詩勒石，與路碑俱存。（《府志》）嘉慶間邑令方策周繚以垣，植所宜木其中，兼置守冢者畀以田，立碑記之。（《采訪記》）

同上，卷七《耆舊志》：

宋玉，楚鄢人也，屈原弟子，雋才辨給，善屬文，爲楚大夫。閔其師屈原忠而放逐，乃作《九辯》以述志。唐勒讒之於襄王，復著賦以自見。後世修辭者稱之。（《湖北通志》）

同上，卷九《藝文志上》書目：

（周）宋玉撰：賦十六篇（《漢書·藝文志》），《宋玉子》一卷，《録》一卷，《宋玉集》二卷（《唐書·藝文志》）。

同上，宋玉《對楚王問》：

按宋大夫嗣響靈均，其忠君愛國之意，因事納諫之誠，真有沆瀣一氣者。著作幾於等身，謹登其一，以覘吉光片羽。下選王叔師亦此志也。

同上，明路迎《宋玉墓祠記》：

鄢郢之墟，衢道之交，有封若堂，巍然獨存，曰此楚大夫宋玉之藏也。嗚呼遜矣！巧盡於器，習數則貫；道繫於神，人亡則滅，而况於所藏耶？是故通川過口，甄陶改歲，在城郭則夷之，在窮谷則遺之，其有存焉幸也。防山之麓，仲尼詫其未明；渦水之尾，西北改其故處，存而信者亦幸也。若明天地之數，用智於支反甲窮之間，則樗里景純亦能爲之。故塈陰寂居，先滄海而後桑田；渭南化臺，左長樂而右武庫。殆不可常論者，乃有名公高士，瘞玉埋香，青鳥成其丘隴，白馬啓其石函。懷古思賢，有識有記；亂離兵火，弗薙弗發，是能隨陰陽以融冶，集不朽之良圖者，其大夫之謂歟？夫《高唐》《神女》，諷襄王之佚蕩，不忘君也；《九辯》

《招魂》，哀屈原之放逐，不背本也。無失爲故，待景差於蒲騷，能篤友也。近則唐勒，祖其從容；遠則少陵，述其儒雅。因雲灑潤，芬澤易流；乘風載響，音徽自遠。蓋絶節高唱，而肆義放芳訊者。觀陽春之臺，因文而建；稽巫山之祀，以賦而成。覽影偶質，猶或麗之；指迹慕遠，亦或張之。然則名與藏而俱存，雖千百世無惑矣。而混淆丘界，伍侣上留；樵采弗禁，耕牧同施，吾感焉。是故屋而垣之，禮也。又懼流於簡者弗將，而垂於是者難繼，微以昆著，瓚以助洪，其大夫之靈，山川之所拱衛，典守者之攸司也。僕又何知焉？

同上，卷九《藝文志上》清方策《修楚大夫宋玉墓垣碑》：

古者太史陳《詩》以觀民風，而楚無《詩》，韓昌黎曰："楚大國也，以屈原鳴。"太史公曰："屈原死，楚有宋玉、唐勒、景差之徒，皆祖屈原之從容詞令，而以賦見稱。"騷壇屈宋，誰昔然矣！予籍閩南，往黨有三才子、十才子之日，居恒仰止鄉先生，而騷賦則規撫屈、宋，屈、宋固騷賦之祖也。乙亥二月，攝官宜城。今考邑志，城南三里有宋玉宅。宅後不數武，冢與毗連，以冢證之。《渚宫故事》謂宅在江陵者，是齉言也。予春行縣，問其宅，星移物换，冢獨孑然，道周蓬顆蔽之。志載前明正德間，邑令朱崇學欄其墓，厲曰楚大夫宋玉之墓，大書特書，冢即不爲堌冢抗言。自昔嘉靖間，撫治路迎置守冢一家，今已人事代謝矣。建祠宇三楹，荒草中隱隱剩石磉二，敗瓦頹垣無有矣。過此以往，又烏知冢外周遭壖地不犁爲田也？牧人躑躅而咿嚶，予亦低回留之不忍去。去歲嘉平月既望，予捐貲鳩工。胡不輦山石，石有時以泐，終爲他人柱下石也；胡不以屬摶埴之工，中唐有甓，範土火鑠而成質，火氣盡而質壞，土偶所謂仍然故我也。惟荒度土功，規墓而撫之，周於四隅堵墻，方而圍之，墻高與冢埒，墻圍廣袤七十五丈有奇，護墓羨也。墻内樹其土之所宜木若幹柯，不必白楊蕭蕭也。料工再徙月而工竣，又置其旁良田若干畝給守冢，捍牧圉、禁樵采也。國稞糧注曰宋田可久，則賢人之業也。廢掃而更，怠張而相。予適墓而躊躇四顧，曠如也，奥如也。予因之有感矣。宋大夫生而宅於宜，及窆而抱磨於宜，始終固宜人也；三閭大夫生於秭歸，歸之北土，人猶有指其里居者，而泊徂南、土懷沙、投於長沙之汨羅以死，兩人之所遭固有幸不幸也。予令宜邑歲一周，宋大夫之里居丘墓旦暮遇之，三閭大夫瑣尾流離，之生之死，兩湖南北，地角天涯，以予宦途所未經，亦如宋玉之賦《招魂》，想像於無何有之鄉，則予之景仰於二人者所遇又有幸不幸也。古人數千百年後之遺踪，予今曰數千百里外之憑吊，我不見古人，古人不見我，魂歸來些，感慨繫之矣。

同上，卷十《雜志類·摭聞》：

《楚辭》者，屈原之所作也。自周時衰亂，詩人寢息，諂佞之道興，諷刺之辭廢。楚有賢臣屈原被讒放逐，乃著《離騷》八篇，言己離别愁思，申抒其心，自明無罪，因以諷諫，冀君覺悟，卒不省察，遂赴汨羅死焉。弟子宋玉痛惜其師，傷而和之。其後賈誼、東方朔、劉向、揚雄，嘉其文彩，擬之而作。蓋以原楚人也，謂之“楚辭”。然其氣質高麗、雅致清遠，後之文人咸不能逮。始漢武帝命淮南王爲之章句，旦受詔，食時而奏之，其書今亡。後漢校書郎王逸，集屈原以下迄於劉向；逸又自爲一篇，并敘而注之，今行於世。隋時有釋道騫善讀之，能爲楚聲，音韻清切，至今傳《楚辭》者皆祖騫公之音。（《隋書・經籍志》）（同治五年重修、光緒九年續修合訂本）

褚維恒、尹龍澍等《安福縣志》卷七《城池・古城》：

宋玉城，在縣東十二里長樂鄉，原澧州境，今撥入安福。或稱宋王城者，誤，詳《古迹志》。《輿地紀勝》：宋玉城内有宋玉廟及銅溷堰，皆以銅冶爲之，畝收三十種。（原注：“種”一作“鍾”。）《通志》：在州南六十里。按，舊志以玉乃詞客，所居不應名城，或者古有此城，宋玉嘗居之，故後人即以玉名，亦未可定。猶新城有車武子宅，後人遂名車城也。此語近是。

同上，卷十四《學校》：

九辯書院義學，在縣東十二里宋大夫廟西。咸豐四年甲寅，邑令薛湘以廟祀周代楚大夫宋玉像，題“九辯書院”四字，揭之於門。會邑中封職蔣明武，因其廟宇久爲風雨剥蝕，遂與邑進士張鼎元及生員歐陽青、國學孫述湘等定議重修嗣建書院，越同治四年冬蕆事。邑紳道銜蔣徵燾復以其父遺命，偕弟徵杰捐田十石，里人亦共終畝，歲取其田租以供師生膏火。邑紳辛登岸爲之記。見《藝文》。

同上，卷二十六《祠廟》：

宋玉廟，在縣東十二里，歷塑宋玉像祀之。咸豐四年，知縣薛湘額題“九辯書院”。是年，邑紳理問銜蔣明試、武進士張鼎元、生員歐陽青，倡捐增建嗣於廟西，創修義學，越同治四年落成。互詳《學校》。

同上，卷二十八《古迹・古墓》：

楚大夫宋玉墓，在縣東二十里涔溪河南岸，即澧長樂鄉。向有墓碑，人誤稱“宋王墳”，唐李群玉辨之，有“雨蝕玉文旁没點，至今錯認宋王墳”之句。

同上，《古迹・古景》：

楚城夕照：即縣東宋玉城，（原注：縣北申鳴城同。）詳見《古城》。考雉堞圮毁，僅餘土堆。蔓草荒煙，夕陽慘淡，徘徊憑吊，風景蕭然。讀《賈誼宅》詩云："秋草獨尋人去後，寒林空見日斜時。"同此一番惆悵。

同上，卷三十二《藝文》：

清辛登岸《九辯書院記》：書院何爲以"九辯"名也？邑東有宋大夫墓，相傳爲楚宋玉窆葬處，里人重其風雅，立廟祀之，而書院附焉；薛曉帆邑侯，以大夫生平著作中有《九辯》一篇，名之以志古也。創修者誰？則蔣丹山先生善其始，而孫君述湘、歐君雲程共贊厥事也。踵成者誰？則丹山之嗣君道溪昆仲捐貲，以成其美也。噫！荒城古刹，蓬顆徒存，斷碣模糊，沉埋榛莽。之數君子者，乃能追慕高踪，共成盛舉。數千年荆棘之鄉，一旦槐柳陰森，桃李穠鬱，子夜誦讀聲與松風水韻雜遝於墨山道水間，猗歟盛矣。今夫名勝滿天下，好事者每構寺觀，結亭榭，以供人之游覽憑吊。三五少年，遂復聯翩舉袂，逐隊翱翔，甚則載酒尋花，徵歌選舞，昔賢托迹之區，竟爲今日游冶之地。即有騷人逸士，撫懷遺徽，寄情吟咏，亦不過托諸空言，以致望古遥集之情，而求其有裨實效者卒鮮。我聖朝興賢育士，如紫陽、白鹿、岳麓，皆置書院以教養群才。斯即不敢比擬名區，肄業諸生，苟能慕昔賢之遺風，相與效法古人，遠紹騷雅，固亦命名者所厚望，創建者所深幸也。大夫有靈，當不以踵事增華見嗤矣。跂予望之，是爲記。

同上，卷三十四《外紀·流寓》：

周宋玉，歸州人，屈原弟子。憫其師忠而放逐，作《九辯》五首，以述其志；又憐師命將落，作《招魂》以復其精神，延其壽命。辭藻艷麗，有《離騷》遺音。與景差、唐勒并爲詞客，仕楚爲大夫。嘗居於邑，有城與廟，及看花山、放舟湖諸迹。後歿，葬邑之浴溪河南岸。（同治五年重修本）

聶光鑾、覺羅桂茂等《同治宜昌府志》卷二《疆域下·古迹》：

楚宋大夫宅，州東五里相公嶺下，舊址猶存。《入蜀記》："宋玉宅在秭歸縣東，今爲酒家壚矣，舊有石刻'宋玉宅'三字。"（《中國地方志集成》本，江蘇古籍出版社，1991年）

許光曙、孫福海等《同治鍾祥縣志》卷三《古迹》：

宋〔玉〕井，在府學泮池側，相傳澤宫即玉故宅也。泉味異於他水，上有亭，順治七年荆西道李棠馥重建，康熙五年大風壞亭，郡守張崇德復修。今亦廢。

宋玉，屈原弟子，楚襄王大夫，獻《高唐》二賦於王，王甚重之。閔惜其師忠而放逐，作《九辯》以述其志，賦《招魂》以致其愛。及事頃襄王，王無以異也，玉讓其友，友曰："先生何計畫之疑也？"玉曰："君不見夫玄蝯乎？當其居桂林峻葉之上，從容游戲，超騰往來，悲嘯長吟，龍興鳥集；及其在枳棘之中，恐懼而悼栗，危視而迹行，處事不便也。夫處事不便，豈可以量功較能哉！"一日，同景差、唐勒從王於雲夢之臺，王曰："能爲寡人大言者，上座。"唐勒曰："壯士憤兮絶天維，北斗戾兮泰山頹。"景差曰："校士猛毅皋陶嘻，大笑至兮摧罘罳。"玉曰："方地爲車，圓天爲蓋，長劍耿耿倚天外。"王曰："未也，有能小言者，賜以雲夢之田。"景差曰："載氛埃兮乘剽塵。"唐勒曰："館蠅鬚兮宴毫端。"玉曰："超於太虚之域，出於未兆之庭。視之渺渺，望之冥冥。"王曰："善，賜之以田。"後玉休歸，唐勒讒之，乃著諸賦以自見云。

白雪樓，在石城西，下臨漢江。樓今廢，遺址莫尋。然登郡司馬黄公光壽所築之巢雲亭，猶可仿佛其大概云。

巢雲亭，在石城西白衣庵上，康熙元年建，舊傳白雪樓遺址。下有流雲閣，俯臨空曠，溪水繞前，爲郢人歲時游宴之地。亭孤聳易圮，前後主持僧歷有修葺。嘉慶中，郡守衍恩改爲省耕亭。（《中國地方志集成》本，江蘇古籍出版社，1991年）

德廉、尹洪熙等《同治漢川縣志》卷七《山川志・山》：

陽臺山，舊名羊蹄山，俗呼仙女山。山在縣治西南一里。周與陳既交惡，周沔州刺史裴寬白襄州總管請益戍兵，并遷城於羊蹄山以避水，即此。（《南史》）康熙己未，五色芝滿崖谷，徐方伯惺易名采芝。（《白茅堂集》）

邑人周鏞曰：羊蹄山見於《南史》，名爲最古，山形圓，故以羊蹄取象。神女陽臺之説本屬不經，前志謂羊蹄爲俗名者，誤。楚之季年，逼於强秦，懷留襄嗣，正卧薪嘗膽之秋，而遠離國都，君臣荒宴，即使事可徵信，亦當削而不書，以符地志體例，况十九皆寓言乎！乃誤於《寰宇記》裴敬作碑一語，輾轉附會，致令飛來肆誣，山靈蒙垢。俗語不實，流爲丹青，考古者當有定論矣。

同上，卷八《寺觀》：

廣福寺在縣治東北，俗名陽臺寺叢林也。唐代建，元末修，明洪武年重建，康熙初年重修，咸豐四年賊毁二棟。寺東爲武聖廟。

天門鄒枚《廣福寺新建準提閣記》曰：……吾向謂漢上多女神，如漢陽之桃花夫人，漢川之陽臺神女，皆旅祭之，而人獲福。彼二神者，皆有功德，而生於周末，於佛法非所聞，今使盡準提，樂其寬以趨於嚴而入於虚，則漢上之神人盡作佛事，諸君子蓋先具準提之宿慧者哉！

仙女廟在采芝山，明初建。俗傳山供奉仙女杜氏。祈子者每於春間禱之。

明邑人林若企《記略》曰：邑之陽臺山，傳自巫峽，説者疑之。溯其故，山舊有仙女祠，附之杜媪。兹神女之説攸肇，而盤礴雲夢之野。宋玉作賦，又若有所指也。余讀其賦，辭隱而意寓，事已茫如，而竟索之真，何哉！第是山也，突焉聳翠，岡阜紆回，勢若飛翔，襄郢而下，舟行率數十里，環視如削，實吾邑之蔭也。……

邑人傅均《采芝山仙女廟》詩：山頭神女古行宫，鈴鐸戛擊鳴天風。嵐氣撲階花影重，環佩委座玉玲瓏。巫峽靈迹今最著，兹之祀禮非所崇。山如羊蹄象逼真，遺像舊傳息夫人。我聞此語胡盧笑，惟神廟食厥有因。在昔伯禹敷下土，峽水泛溢迷岸渚。老蛟噴沫陽侯舞，昏流倒垂喘吼怒。神女召禹授方略，玉篆靈符光閃爍。兼命六臣供驅使，四載纔得勤疏鑿。岷江既清復導漢，滄浪三澨俱安瀾。此峰飛來何荒唐，褻夢幻事神豈當。元圭告成荷神力。神力在漢人不忘。村人伏臘時報賽，男婦如織道相望。廟祝捧玟女巫進，神厨絡繹羅酒漿。綉旗招張鼉鼓震，笙簧夾奏叶宫商，靈芝采兮樂倘徉。

同上，卷二十二《雜記》：

陽臺廟在縣南二十五里，有陽臺山，山在漢水之陽，山形如臺。按宋玉《高唐賦》，楚襄王游雲夢之澤，夢神女曰："妾在巫山之陽，高丘之阻，朝朝暮暮，陽臺之下。"遂有廟焉。（《太平寰宇記》）

胡三省《通鑒注》：漢川有陽臺山。按《湖廣通志》不載此山，而高唐神女之事，《一統志》收入夔州。唐宋以來文人題咏者，或以爲巫山，或以爲陽臺，迄無定論。考楚都鄢郢，在江陵、宜都之間，西距夔，層巒疊嶂，水陸錯雜，於楚爲鄰國，去國都僅半千里。或言《高唐賦》云襄王與宋玉游雲夢之臺，《神女賦》則云游雲夢之浦。又賦言："登巉岩而下望，臨大阺之稸水。遇天雨之新霽，觀百谷之俱集。"與今巫峽相去甚遠。必謂陽臺在巫山，雖百喙群起，不能并其山形水勢而移之。况《水經》《輿圖》未有不言雲夢在大江南北間者。今漢川西南，北距雲夢止數十里，陂澤相連，止有仙女三峰起如蓬島之在海中，似與宋賦"洪波淫淫，傾岸洋洋"之語相合。不知當日夢澤九百里，所包者廣，不僅指今雲夢縣。且獨不聞"妾在巫山"一言乎！既曰"妾巫山之女，高唐之客"，其非漢川此山可知。不得以詞賦之荒唐，而遂聽其訛傳失實也。陽臺山，舊志主羊蹄一解，力辨陽臺爲附會。兹檢萬曆時所修老志，援據《高唐》《神女》二賦，層層駁詰，幾令必以夔州巫山爲信者無從置喙。總之，不能移雲夢爲巫山一語，足以定此山之所在也。順治中，邑令冀應熊題曰"飛來峰"，刻石山頂。（《林志稿》）（《中國地方志集成》本，江蘇古籍出版社，1991年）

李炘等《光緒八年刊歸州志》卷八《古迹》：

楚大夫宋玉宅，州東五里相公嶺下，舊址猶存。《入蜀記》："宋玉宅在秭歸縣東，今爲酒家壚矣，舊有石刻'宋玉宅'三字。"（《中國方志叢書》本，成文出版社，1976年）

倪文蔚、蔣銘勳等《光緒荆州府志》卷七《古迹・宅附》：

宋玉宅在城北三里，杜少陵詩云："曾聞宋玉宅，每欲到荆州。"（餘詳下）按宋玉宅有三：一在宜城城南，見《水經注》；一在歸州，杜詩所謂"宋玉歸州宅，雲通白帝城"是也；一則在江陵。（《中國地方志集成》本，江蘇古籍出版社，1991年）

恩聯、王萬芳等《光緒襄陽府志》卷五《古迹・宜城縣》：

宋玉宅在城南三十里。縣南有宋玉宅。（《水經注》）按宋玉宅有三：此其里居也；一在歸州，從屈原游學時所居；一在江陵，則服官郢都時居之。（《通志》引《一統志》）（《中國地方志集成》本，江蘇古籍出版社，1991年）

羅緗、陳豪等《光緒應城縣志》卷十《人物・流寓》：

宋玉，楚人，屈原弟子。雋才辯給，善屬文，事楚襄王爲大夫。嘗僑居蒲騷。閔其師屈原忠而被放，作《九辯》以述志。見《楚紀》。

景差，楚人。與宋玉、唐勒辭賦并祖屈原，事楚襄王爲大夫。嘗以事被放至蒲騷，見宋玉曰："不意重見故人，慰此去國戀戀之心。昨到雲夢，喜見楚山之碧，眼力頓明，今又會故人，間心目足矣。"（《列士傳》）（《中國地方志集成》本，江蘇古籍出版社，1991年）

方浚師《蕉軒隨録》卷六：

辭賦類者，《風》《雅》之變體也。楚人最工爲之，蓋非獨屈子而已。余嘗謂《漁父》及楚人以弋説襄王、宋玉對王問遺行，皆設辭，無事實，皆辭賦類耳。太史公、劉子政不辨而以事載之，蓋非是。辭賦固當有韻，然古人亦有無韻者，以義在托諷，亦謂之賦耳。漢世校書有《辭賦略》，其所列者甚當。昭明太子《文選》分體碎雜，其立名多可笑者。後之編集者或不知其陋而仍之，余今編辭賦，一以漢《略》爲法。（《歷代史料筆記叢刊》本，中華書局，2008年）

丁丙《善本書堂藏書志》卷二十三集部二别集類一：

《宋玉集》二卷。（精寫本。趙氏培蔭堂藏書）

後有《宋玉集篇目考》。《隋書・經籍志》作三卷。《舊唐書・藝文志》作二卷，《新唐書》同。鄭樵《通志》作二卷。馬端臨《文獻通考》作一卷。焦氏《經籍志》作二卷。陳第《世善堂書録》作一卷。右上卷《笛賦》《大言賦》《小言賦》《諷賦》《釣賦》《舞賦》《風賦》《高唐賦》《神女賦》《登徒子好色賦》《微咏賦》。下卷《九辯》十首、《對楚王問》、《高唐對》、《郢中對》。觀其考目至陳第而止，當出於明人所輯也。有“武陵趙氏培蔭堂所得書”一印。趙氏者，乃楚南趙淡如。太守篤恩嘗爲仁和縣令，多善政，儲藏精本甚夥。歿後以書篋過重，艱於返鄉，半付坊肆，此其一也。（《清人書目題跋叢刊》本，中華書局，1990年）

丁丙藏，丁仁撰《八千卷樓書目》卷十五集部别集類：

《宋玉集》二卷。（楚宋玉撰。精抄本。）（《續修四庫全書》本）

王闓運《楚辭釋》卷八《〈九辯〉解題》：

此作於《離騷》《卜居》之後，《九歌》《漁父》之前。原被召再放，送之而作也。《九章》多采其言，是其證矣。《天問》曰：“啓棘賓商，九辯九歌。”商爲秋，故以秋發端，亦記時也。

同上，卷九《〈招魂〉解題》：

此當楚去郢之後，原自沅暫歸，忽悟悔而南行，君臣相絶，流亡無所，宋玉時從東徙，聞原志行，知必自死，力不能留之，因陳頃襄奢惰之狀，托以招原，實勸其死，自潔以遺世，不得已之行。

同上，卷十《〈大招〉解題》：

《大招》之作與《招魂》同時，《招魂》勸其死，《大招》冀王之復用原，對私招而爲大也。若命已終，宜有哀情，不得盛稱侈靡；或以爲屈原招懷王，則“魂兮”“魂兮”大不敬矣。今定以爲景差之作，雖知頃襄之昏，而猶冀其一悟，忠厚之至也。

同上，附卷十一《〈高唐賦〉序》：

《高唐賦》者，宋玉之所作也。舊以高唐爲雲夢之臺，今案：高唐邑在齊右，雲夢澤在南郢，巫山在夔，三地相去五千餘里。合而一之，文意淆亂，由不知賦意故也。古今文人設詞衆矣，至於晝幸婦人，公薦枕席，於文不足增詞彩，於理徒以爲穢亂。虚作此言果何爲哉？蓋嘗登巫山，望秭歸，臨夔門，泛夏水，深求秦楚强弱之故。讀《離騷》《回風》之篇，得屈子之忠謀奇計，在據夔巫以遏巴蜀，使秦舟師不下，而後夷陵可安，五渚不被暴兵，東結强齊，争衡中原，分秦兵力，楚乃得以其暇招故民，收舊地，扼長江，專峽險。良謀不遂，頃襄棄國，秦師并下，貞臣走死。弟子宋玉之徒，崎嶇徙遷，假息燕幕，畜同俳優，不與國謀，然坐見危亡，追思遠謨，雖勢無可爲，而别無奇策，乃復嘆息，竊泣哀楚之自亡也。情不得已，因遂作賦，首陳齊楚婚姻之交，中述巴蜀出峽之危，末陳還都夔、巫之本計，言不顯則意不見，故直以幸女、立廟，明當昏齊，申屈子之奇謀，從彭咸之故宇。後有知者，明楚之所以削，秦之所以霸，然後服達士之遠見，申沈湘之孤憤矣。（《續修四庫全書》本）

姚振宗《漢書藝文志條理》卷三《詩賦略》屈賦之屬：

《宋玉賦》十六篇。楚人，與唐勒并時，在屈原後也。

《史·屈原列傳》：屈原既死之後，楚有宋玉、唐勒、景差之徒者，皆好辭而以賦見稱；然皆祖屈原之從容辭令，終莫敢直諫。

本書《地理志》："始楚賢臣屈原被讒放流，作《離騷》諸賦以自傷悼。後有宋玉、唐勒之屬慕而述之，皆以顯名。"

本書《人表》第五等中中宋玉。梁玉繩曰："宋玉始見《史·屈原傳》，鄢人，屈原弟子，體貌閑麗。楚襄王稱爲先生。冢在唐州北陽縣。"

《隋志》集部别集篇：楚大夫《宋玉集》三卷。《唐·經籍志》：楚《宋玉集》二卷。《藝文志》同。（按《隋》《唐志》所載固是别本，與《漢志》著録不同，然《漢志》所載諸賦亦在其間，故并及之焉。）

洪邁《容齋三筆》曰："宋玉《高唐》《神女》二賦，其爲寓言托興甚明，予嘗即其詞而味其旨，蓋所謂發乎情，止乎禮義，真得詩人風化之本，玉之意可謂正矣。今人詩詞顧以襄王藉口，考其實則非是。"

嚴可均《三代文編》曰："宋玉，郢人，師事屈平，爲頃襄王大夫，有集三卷。按，《漢·藝文志》'《宋玉賦》十六篇'，今存者《風賦》《大言賦》《小言賦》《諷賦》《高唐賦》《神女賦》《登徒子好色賦》《釣賦》《笛賦》《九辯》《招魂》，凡十一篇，《對楚王問》《高唐對》不在此數。如《九辯》爲九篇，則多出《漢志》三篇，所未審也。或云《笛賦》有宋意送荆卿之語，非宋玉作。"（《二十五史藝文經籍志考補萃編》本，清華大學出版社，2011年）

姚振宗《隋書經籍志考證》卷三十二子部九小説家：

梁又有《宋玉子》一卷，《録》一卷，楚大夫宋玉撰。亡。

《通志·藝文略》：《宋玉子》一卷，楚大夫宋玉撰。

錢塘梁玉繩《人表考》曰："宋玉見《人表》第五等。玉，始見《史·屈原列傳》，鄢人，一云宜城人。屈原弟子，體貌閑麗。楚襄王稱爲先生。冢在唐州北陽縣。”

烏程嚴可均《全上古三代文編》曰：“宋玉，郢人，師事屈平，爲頃襄王大夫。”

案：宋玉有集，别詳集部。是書唯《通志·藝文略》據本志著於録，而脱其《録》一卷，餘皆不見記載，諸書亦罕有引述者。

同上，卷三十九之一集部二之一别集類一楚漢：

楚大夫《宋玉集》三卷。

宋玉有《宋玉子》見子部小説家。

《史記·屈原列傳》：屈原既死之後，楚有宋玉、唐勒、景差之徒者，皆好辭而以賦見稱；然皆祖屈原之從容辭令，終莫敢直諫。

《漢書·地理志》：始，楚賢臣屈原被讒放流，作《離騷》諸賦以自傷悼。後有宋玉、唐勒之屬，慕而述之，皆以顯名。

又《藝文志》：《宋玉賦》十六篇。楚人，與唐勒并時，在屈原後也。叙曰：孫卿、屈原咸有惻隱古《詩》之義。其後宋玉、唐勒，漢興枚乘、司馬相如，下及揚子雲，竞爲侈麗閎衍之辭，没其諷諭之義。是以揚子悔之曰：“詩人之賦麗以則，辭人之賦麗以淫。”

《文章流别論》：孫卿、屈原頗有古之《詩》義，至宋玉則多淫浮之病矣。

梁沈約《宋書·謝靈運傳》論曰：“周室既衰，風流彌著，屈平、宋玉，導清源於前。”

《文心雕龍·詮賦篇》曰：“於是荀况《禮》《智》，宋玉《風》《釣》，爰錫名號，與詩畫境。”又曰：“觀夫荀結隱語，事數自環。宋發巧談，實始淫麗。”又《雜文篇》曰：“宋玉含才，頗亦負俗，始造問對，以申其意。放懷寥廓，氣實使之。”又《誇飾篇》云：“文辭所被，誇飾恒存。自宋玉、景差，誇飾始盛。”又《才略篇》云：“戰代任武，而文士不絶；諸子以道術取資，屈宋以楚辭發采。”

《唐書·經籍志》《藝文志》：楚《宋玉集》二卷。

宋洪邁《容齋三筆》曰：“宋玉《高唐》《神女》二賦，其爲寓言托興甚明。予嘗即其詞而味其旨，蓋所謂發乎情，止乎禮義，真得詩人風化之本，玉之意可謂正矣。今人詩詞，顧以襄王藉口，考其實則非是。”

陳氏《書録解題》曰：“《宋玉集》一卷，楚大夫宋玉撰。《史記·屈原傳》言，楚人宋玉、唐勒、景差之徒，蓋皆原之弟子也。而玉之辭賦獨傳，至以屈宋并稱於後世，餘人皆莫能及。案《隋志》集三卷，《唐志》一卷。今書乃《文選》及《古文苑》中録出者，未必當時本也。”

汪氏《文選撰人篇目》曰："周宋玉有《風賦》、《高唐賦》、《神女賦》、《登徒子好色賦》、《九辯》五首、《招魂》、《對楚王問》。"（此例詳見前楚辭條下。）

嚴氏《全三代文編》曰："宋玉有《集》三卷。案《漢書·藝文志》宋玉賦十六篇，今存者《風賦》《大言賦》《小言賦》《諷賦》《高唐賦》《神女賦》《登徒子好色賦》《釣賦》《笛賦》《九辯》《招魂》，凡十一篇。《對楚王問》《高唐對》不在此數。如《九辯》爲九篇，則多出《漢志》三篇，所未審也。或云《笛賦》有宋意送荆卿之語，非宋玉作。然隋、唐以前本《集》有之，誤收久矣，不必刪耳。又原本《北堂書鈔》三十三引《宋玉集序》。"（案嚴氏所輯有全文完善無缺者，有殘文唯存一二語者，今唯就其所分篇目，皆以篇數計之，并發其凡於此。）（《二十五史藝文經籍志考補萃編》本，清華大學出版社，2011年）

姚振宗《漢書藝文志拾補·諸子略》第二小説家者流：

《宋玉子》一卷，《録》一卷。

梁玉繩《人表考》曰："宋玉見《人表》第五等，玉始見《史·屈原傳》。鄢人，一云宜城人。屈原弟子，體皃閑麗，楚襄王稱爲先生。冢在唐州北陽縣。"

嚴可均《全上古三代文編》曰："宋玉，郢人，師事屈平，爲頃襄王大夫。"

《隋志》子部小説家：梁有《宋玉子》一卷，《録》一卷，楚大夫宋玉撰，亡。

同上，《詩賦略》第三别集之屬：

楚大夫《宋玉集》三卷。（玉始末具《諸子》小説家。）

《史·屈原列傳》：屈原既死之後，楚有宋玉、唐勒、景差之徒者，皆好辭而以賦見稱。

《漢書·藝文志》：《宋玉賦》十六篇，楚人，與唐勒并時，在屈原後也。又曰："孫卿、屈原咸有惻隱古詩之義。其後宋玉、唐勒，漢興枚乘、司馬相如，下及揚子雲，竟爲侈麗閎衍之詞，没其諷喻之義。"

《隋書·經籍志》：楚大夫《宋玉集》三卷。《唐·經籍志》：楚《宋玉集》二卷。《藝文志》同。

晋摯虞《文章流别論》曰："孫卿、屈原頗有古之《詩》義，至宋玉則多淫浮之病矣。"

沈約《宋書·謝靈運傳》論曰："周室既衰，風流彌著，屈平、宋玉導清源於前。"

《文心雕龍·雜文篇》曰："宋玉含才，頗亦負俗，始造問對，以申其志。放懷寥廓，氣實使然。"《誇飾篇》："文詞所被，誇飾恒存。自宋玉、景差，誇飾始盛。”《才略篇》云：“戰代任武，而文士不絶；諸子以道術取資，屈、宋以楚辭發采。”

陳氏《書録解題》曰：“《宋玉集》一卷，楚大夫宋玉撰。《史記·屈原傳》言楚人宋玉、唐勒、景差之徒，蓋皆原之弟子也。而玉之辭賦獨傳，至以屈、宋并稱於後世，餘人皆莫能及。案《隋志》集三卷，《唐志》二卷。今書乃《文選》及《古文苑》中録出者，未必當時本也。”

嚴可均《三代文編》曰：“宋玉有《集》三卷。案《漢·藝文志》宋玉賦十六篇，今存者《風賦》《大言賦》《小言賦》《諷賦》《高唐賦》《神女賦》《登徒子好色賦》《釣賦》《笛賦》《九辯》《招魂》，凡十一篇。《對楚王問》《高唐對》不在此數。如《九辯》爲九篇，則多出《漢志》三篇，所未審也。或曰《笛賦》有宋意送荆卿之語，非宋玉作。又《北堂書鈔》原本三十三引《宋玉集》序。”（《二十五史藝文經籍志考補萃編》本，清華大學出版社，2011年）

馬其昶《屈賦微下》：

張裕劍曰：《招魂》，招懷王也。屈子蓋深痛懷王之客死，而頃襄宴安淫樂，置君父仇耻於不問，其辭至爲深痛。吴汝綸曰：懷王爲秦所擄，魂亡魄失，屈子戀君而招之，盛言歸來之樂，以深痛其在秦之愁苦。文中所陳皆人君之事。太史公明言：“讀《離騷》《天問》《招魂》《哀郢》，悲其志。” 其爲屈賦無疑。（《續修四庫全書》本）

况周頤《餐櫻廡隨筆》：

《史記·趙世家》：“武靈王十六年，王游大陵。它日，王夢見處女，鼓琴而歌詩曰：‘美人熒熒兮，顔若苕之榮。命乎命乎，曾無我嬴。’異日，王飲酒樂，數言所夢。”想見其狀，與楚襄王游雲夢之浦，夢與神女遇，以白宋玉事絶類。（山西古籍出版社，1995年）

况周頤《蕙風詞話》卷一《詞非詩餘》：

沈約《宋書》曰：“吴歌雜曲，始皆徒歌。既而被之弦管，又有因弦管金石作歌以被之。”按前一法即虞廷依永之遺，後一法當起於周末宋玉《對楚王問》。首言客有歌於郢中者，下云其爲《陽阿》《薤露》，其爲《陽春》《白雪》，皆曲名。是先有曲而後有歌也。（人民文學出版社，2005年）

胡式鈺《竇存》卷二《詩寘》：

沈休文《謝靈運傳論》歷舉周之屈原、宋玉，漢之賈誼、相如、王褒、劉向、揚雄、二班、崔駰、蔡邕、張衡，魏之三祖、陳王、王粲，晋之潘岳、二陸、孫楚、王贊、殷仲文、許詢、謝混，宋之顔延年、謝靈運數十家，各具品藻矣。自余多人，原難備述。顧漢魏以下，人品文章，淵明稱冠，而未及之，何耶？其篇終云："至於高言妙句，音韻天成，皆暗與理合，匪由思至。張、蔡、曹、王，曾無先覺；潘、陸、顔、謝，去之愈遠。世之知音者有以得之。"細玩數語，或暗指陶公，不欲直表出之以壓諸家，固未可知。信然，則休文之立言含蓄也。（中國書店，1985年）

甘鵬雲《楚師儒傳》卷一《楚大夫宋玉》：

宋玉，宜城人，楚大夫屈原之弟子也。雋才辯給，好辭而以賦見稱。閔惜其師忠而放逐，作《九辯》以述其志。又恐其愁懣山澤，厥命將落，作《招魂》欲以復其精神，延其年壽。外陳四方之惡，内崇楚國之美，以諷諫懷王，冀其覺悟而還之也。

後因其友以見於楚襄王，襄王待之無以異。宋玉讓其友，其友曰："夫薑、桂因地而生，不因地而辛；婦人因媒而嫁，不因媒而親。子之事王未耳，何怨於我！"宋玉曰："不然。昔者齊有良兔曰東郭㕙，蓋一旦而走五百里。於時，齊有良狗曰韓盧，亦一旦而走五百里。使之遥見而指屬，則雖韓盧不及衆兔之塵。若躡迹而縱紲，則雖東郭㕙亦不能離也。今子之屬臣也，躡迹而縱紲歟？遥見而指屬歟？"友人曰："吾過矣。"

玉事襄王，既不見察，意氣不自得，形於顔色。或謂曰："先生何談説之不揚也？"宋玉曰："子獨不見夫玄猿乎？當其居桂林之中，峻葉之上，從容游戲，超騰往來，悲嘯長吟。當此之時，雖羿、逢蒙不得正目而視也。及其在枳棘之中也，恐懼而悼栗，危視而迹行，衆人皆得意焉。非皮筋加急而體益短也，處勢不便也。夫處勢不便，豈可以量功較能哉！"

楚襄王問於宋玉曰："先生其有遺行歟，何士民衆庶不譽之甚也？"宋玉對曰："唯，然，有之。願大王寬其罪，使得畢其辭。客有歌於郢中者，其始曰《下里》《巴人》，國中屬而和者數千人；其爲《陽阿》《薤露》，國中屬而和者數百人；其爲《陽春》《白雪》，國中屬而和者數十人；引商刻羽，雜以流徵，國中屬而和者不過數人而已。是其曲彌高，其和彌寡。故鳥有鳳而魚有鯤，鳳凰上擊九千里，絶雲霓，負蒼天，足亂浮雲，翱翔乎杳冥之上。夫藩籬之鷃，豈能與之量天地之高哉？鯤魚朝發昆侖之墟，暴鬐於碣石，暮宿於孟諸。夫尺澤之鯢，豈能與之量江海之大哉？故非獨鳥有鳳而魚有鯤也，士亦有之。夫聖人瑰意琦行，超然獨處，世俗之民，又安知臣之所爲哉！"

宋玉與登徒子并見楚襄王。登徒子曰："玄洲，天下之善釣者也，願王觀焉。

以三尋之竿，八絲之線，出三赤之魚於數仞之水中，豈可謂無術乎？宋玉進曰：“今玄洲之釣，烏足爲大王言乎！”王曰：“子之所謂善釣者何？”玉曰：“臣所謂善釣者，其竿非竹，其綸非絲，其鈎非針，其餌非蚓也。”王曰：“願遂聞之。”玉對曰：“昔堯、舜、湯、禹之釣也，以聖賢爲竿，道德爲綸，仁義爲鈎，禄利爲餌，四海爲池，萬民爲魚。釣道微矣，非聖人其孰能察之？”王曰：“迅哉説乎！其釣不可見也。”宋玉對曰：“其釣易見，王未之察爾。昔殷湯以七十里，周文以百里，興利除害，天下歸之，其餌可謂芳矣；南面而掌天下，歷載數百，到今不廢，其綸可謂紉矣；群生浸其澤，民氓畏其罰，其鈎可謂拗矣；功成而不墜，名立而不改，其竿可謂强矣。若夫竿折綸絶，餌墜鈎决，波涌魚失，是則夏桀、商紂不通夫釣術也。今察玄洲之釣也，立乎潢污之涯，倚乎楊柳之間，精不離乎魚喙，思不出乎鮒鯿，斯乃水濱之役夫也已，君王又何稱焉？王若建堯、舜之洪竿，攄禹、湯之修綸，投之於瀆，視之於海，漫漫群生，孰非吾有？其爲大王之釣，不亦樂乎！”

一日，同唐勒、景差從襄王於陽雲之臺。王曰：“能爲寡人大言者，上坐。”唐勒曰：“壯士憤兮絶天維，北斗戾兮泰山夷。”景差曰：“校士猛毅皋陶嘻，大笑至兮摧罘罳。”玉曰：“方地爲車，圓天爲蓋，長劍耿耿倚天外。”王曰：“未也，有能小言者，賜以雲夢之田。”景差曰：“載氛埃，乘剽塵，經由針孔，出入羅巾。”唐勒曰：“烹虱脛，切蟣肝，館蠅鬚，宴毫端。”玉曰：“無内之中，微物潛生，視之眇眇，望之冥冥，離朱嘆悶，神明不能察其情。”王曰：“善！賜以雲夢之田。”後玉休歸，唐勒讒之，乃著諸賦以自見云。（依《史記》、《新序》、《韓詩外傳》、王逸《楚辭注》、《文選》、《古文苑》、《楚寶》、《繹史》纂。）

述曰：宋玉身丁戰國，有特立之操，不肯與俗浮沉，故其言曰：“獨耿介而不隨，慕先聖之遺教。處濁世之顯榮，非予心之所樂。”殆孔子所謂狷者耶？邦無道，富且貴焉，耻也。玉殆學孔子之道者耶？又曰：“與其無義而有名兮，寧窮處而守高；食不偷而爲飽兮，衣不苟而爲温。竊慕詩人之遺風兮，願托志乎素餐。”可以見其所守矣。杜少陵稱之曰：“風流儒雅亦吾師。”真可師矣。彼讀孔子之書，而志在温飽者，其亦宋玉之罪人也哉！（《湖北地方古籍文獻叢書》本，湖北人民出版社，1999年）

邱煒萲《菽園贅談·夢神女非襄王事》：

詞賦家多以巫山神女之夢屬之楚襄王，其實非也。按宋玉《高唐賦》云：昔者先王嘗游高唐，怠而晝寢，夢見一婦人曰：“妾巫山之女，願薦枕席。”所謂先王者，懷王也。《神女賦》云：楚襄王與宋玉游雲夢，使玉賦高唐之事。其夜王寢，夢與神女遇。所謂“王寢”者，“玉寢”也。《文選》刻本於“玉寢”二字既訛爲“王寢”，以下“玉異之”“玉對曰晡夕之後”“玉曰茂矣美矣”諸“玉”字，則不得不承訛作“王”字。“明日以白王”“王曰其夢若何”“王曰狀如何也”諸“王”字，又不得不率易作“玉”字，以順其勢。此襄王夢遇神女之讕言所由本歟？宋洪邁著《容齋隨筆》，譏襄王既使宋玉賦高唐之事，其夜王寢，夢與神女遇，父子皆與此女結識，近於聚麀之醜，則未嘗深考之過也。蓋“明日以白玉”，既無以君白臣之理，且於下文“王曰若此盛矣，試爲寡人賦之”之句難通。唐人沈佺期云“爲問陽臺客，應知入夢人”，王無競云“徘徊作行雨，婉孌逐荆王”，皇甫冉云“雲藏神女館，雨到楚王宫”，李端云“悲向高唐去，千秋見楚宫”，四詩皆不指襄王言，誠爲有見。宜白傅過巫山神女祠，讀之且爲擱筆也。（本注：前半本青浦胡鳴玉説。）（《叢書集成續編》本）

鄭沅《〈招魂〉非宋玉作説》：

《史記·屈原賈生列傳》贊曰：“余讀《離騷》《天問》《招魂》《哀郢》，悲其志。”觀史公此言，則《招魂》爲屈原作無疑矣。此盡人能讀之書，乃數千年來，皆熟視若無睹，豈不異哉？當楚懷王之入秦也，屈原曰：“秦虎狼之國，不可信，不如不行。”令尹子蘭言：“奈何絶秦歡。”卒入秦而被留不返。此屈原所痛心疾首者也。是知《招魂》蓋爲招懷王之魂而作。其中雜陳宫室、飲食、女色、珍寶之盛，皆非諸侯之禮不足以當之，此豈宋玉、景差輩所能施之於其師者？懷王之爲君也，不知忠直邪佞之分，内惑於鄭袖，外欺於張儀，客死於秦，爲天下後世笑，有何美治仁政足繫國人思慕？而楚人至爲之謡曰：“楚雖三户，亡秦必楚。”其後諸侯并起，猶立懷王之孫以從民望，果何德而有此哉？則皆屈原《招魂》一篇哀痛迫切之所致也。憶光緒二十七年正月，余由漢陽往西安，一日宿内鄉縣某村，道旁有屈夫子廟，狹小如吾鄉土地祠，問之土人，則云舊廟頽圮，無力修復耳。自此不三百里而抵武關，然後恍然於懷王入秦以後，屈原必至斯地，裴回瞻念而不能去，所以至今而猶留此遺迹乎？昔朱子謂《大招》不知何人所作，或曰屈原，或曰景差。余按《大招》當爲宋玉之詞，《招魂》必宜據史公説，定爲原作。或以《漢書·藝文志》著屈原賦二十五篇，自《離騷》至《漁父》已足其數，不得更增。此殊不然，《九章》中多後人僞托之詞，世人稍解文章者，類能辨之，其説不足據也。（《中國學報》，1913年第9期）

章太炎《國故論衡》中卷《文學七篇·文學總略》：

屈、宋、唐、景所作，既是韻文，亦多麗語。而《漢書·王褒傳》已有“楚辭”之目，王逸仍其舊題，不曰“楚文”。

同上，《文學七篇·辨詩》：

然言賦者，多本屈原。漢世自賈生《惜誓》，上接《楚辭》，《鵩鳥》亦方物《卜居》。而相如《大人賦》，自《遠游》流變。枚乘又以《大招》《招魂》散爲《七發》。其後漢武帝《悼李夫人》、班婕妤《自悼》，外及淮南、東方朔、劉向之倫，未有出屈、宋、唐、景外者也。……自屈、宋以至鮑、謝，賦道既極，至於江淹、沈約，稍近凡俗。庾信之作，去古愈遠。世多慕《小園》《哀江南》輩，若以上擬《登樓》《閑居》《秋興》《蕪城》之儕，其靡已甚。賦之亡蓋先於《詩》。（《世紀文庫》本，上海古籍出版社，2006年）

劉聲木《萇楚齋四筆》卷三《論劉開論文書》：

自屈原、宋玉工於言辭，莊辛之説楚王，李斯之諫逐客，皆祖其瑰麗。及相如、子雲爲之，則玉色而金聲；枚乘、鄒陽爲之，則情深而文明。由漢以來，莫之或廢。退之取相如之奇麗，法子雲之閎肆，故能推陳出新，徵引波瀾，鏗鏘鍠石，以窮極聲色。

同上，卷四《鄺露抱琴殉節》：

聲木謹案：鄺露，字湛若，南海人，諸生。善鼓琴，尤工篆隸、五言詩。所撰《嶠雅》，有騷人之遺。明末，廣州城破，抱所寶古琴不食死，即綠綺琴也。語見新城王文簡公士禎《漁洋詩話》。文簡《論詩絶句》有："海雪畸人死抱琴，朱弦疏越有遺音。九疑淚竹娥皇廟，字字離騷屈宋心。"爲中書咏也。（《歷代史料筆記叢刊》本，中華書局，1998年）

王國維《静庵文集》續編《文學小言》（十）：

屈子感自己之感，言自己之言者也。宋玉、景差感屈子之所感，而言其所言，然親見屈子之境遇與屈子之人格，故其所言，亦殆與自己之言無異。賈誼、劉向，其遇略與屈子同，而才則遜矣。王叔師以下，但襲其貌而無真情以濟之，此後人之所以不復爲楚人之詞者也。（遼寧教育出版社，1997年）

熊道琛、李權等《鍾祥縣志》卷四《古迹上·宋玉井》：

清李堂馥《記》云：

郢學宫爲楚大夫宋玉故第，去泮水數武，有泉泠然。相傳爲宋玉井云。玉蓋古詞賦祖，地以人傳，匪誣評也。顧井以養爲義，假令源淺以涸，用弗及於養民，昔杜牧方且作廢井文以塞其竇，安在興復遽舉？明有劉、孫二公修於前，近有翥雲石公修於後哉，爾復崩有年，會署守婁君過而心惻，毅然思復之。捐俸鳩工，先架水車轆轤以泄其積，鑿可四丈許，得泉有四，其一竅出西北，適當井肋；一自東來稍下之；最下二竅，自底上涌，胥清流涓涓，弗克遏也。乃命匠師釘木鎮石，縱横圍砌，實以煉土，層纍而上，如建浮級於九淵中，至口則穿石爲盤欄，有亭覆其上。予與諸君子登臨其側，汲而飲之，形神俱爽，不啻偕宋大夫共歌《陽春》《白雪》於蘭臺焉。聞之《瑞應圖》曰："王者清明則醴泉出。"昔李玉蘭作荆南節度使，值楚俗佻薄，不穿井坎，下令合錢開井，民咸便之；房豹遷樂陵太守，風教修理，甘泉感之而通；李容嗣令壽安，剗翳除徑，鑿井與民共，今尚留噴玉泉之名。勿謂修井微事也，養也，而教在其中。《易》曰："可用汲，王明并受其福。"是井有焉，或亦可以仰質昔賢矣。是役自經始至告成，僅期月，費百五十緡有奇，皆不取之民同，婁君代庖。教月百廢俱舉，玆特其一端云耳。

同上，《古迹上·白雪樓》：

宋朱勃《記》云：

僕聞郢之白雪樓久矣，日願登其上。今自洛按襄漢諸郡，望郢而求登樓者，何啻渴之待飲。既至即問，郡守李仲經云："廢已久，惟基存焉，僅有一亭。屋漏庳殊甚，非昔人所賦，烏睹所謂白雪樓者哉！"遂與李侯謀成之，度材計工，至鮮而易成，約以逾月可就，庶以慰郢州共樂之情，且不負前賢難和之曲。是可記也。

宋李緯《跋朱勃記後》云：

白雪樓在石城西偏，當江山勝處。噫！昔人以景物超絶，因取古寡和之曲名。賢士大夫莫不登其樓，咏其景。如唐白居易、本朝王安石，中間名公巨賢之作，所存者無慮百篇，與夫岳陽、黄鶴、浮雲皆聲稱籍甚於世者也。非仁智者性嗜山水，宦游往往違志。昨罷倅金陵，假麾富水，自喜得從容其上也。至則一亭而已，因念名天下者烏可廢，鳩工羡材欲一新之，力未能也。會運判朝奉朱公勃行臺至止，按部之外，同登故臺，周覽徘徊，有吊古意，心畫經度，材簡力易，逾月可就，且爲之記，屬共成之。十月五日僝工，次月十三日樓成。下礎二十，上楹十四，榱桷稱是。度舊址之峻、與樓之高，憑欄下瞰，百有十尺，群峰列其前，巨浸奔其下，波光野色，極目千里，雲煙飛揚，朝昏萬狀，足爲騷客詩人攄發性情之資。乃采堅珉，刻公之記，以永其傳，因筆廢興之序於記之末。

清婁鎮遠《重修白雪亭記》謂：

去亭數武，有摩詰繪浩然像於石壁。皮日休題曰"孟亭"。周龍甲記謂孟亭列其西，足證白雪亭自有亭，非孟亭之即爲白雪亭也。自康熙初府治火，各亭俱廢，官斯土者就浩然遺像所在築亭其上。考劉餘霖《咏雪堂記》，丞署東偏，有巋然於翠嵐中者，白雪亭也。壁有浩然踏雪像，相傳出摩詰手云云。自是或稱白雪亭，或稱孟亭，遂混而爲一也。（民國二十六年刻本）

羅焌《諸子學述》上編《諸子書之真僞及存佚表》：

諸了名稱		《漢書·藝文志》	《隋書·經籍志》	《唐書·經籍志》	現時存佚	考證
小說家	宋玉子	無。惟詩賦家有《宋玉賦》十六篇	注云：“梁有《宋玉子》一卷，《録》一卷，楚大夫宋玉撰。”亡。別集類有楚大夫《宋玉集》三卷	無。《新唐志》別集類有楚《宋玉集》二卷	嚴輯宋玉文十三篇	案古賦固長於諷諭，而宋賦實類諧優。梁録入小說家，亦甚當也

（華東師範大學出版社，2008年）

劉師培《劉申叔先生遺書·文説·耀采篇第四》：

東周以降，文體日工。屈、宋之作，上如“二南”；蘇、張之詞，下開《七發》。韓非著書，隱肇連珠之體；荀卿《成相》，實爲對偶之文。莫不振藻簡策，耀采詞林。（江蘇古籍出版社，1997年）

顧實《漢書藝文志講疏》四《詩賦略》屈賦之屬：

《宋玉賦》十六篇。（楚人，與唐勒并時，在屈原後也。）

存。《楚辭·九辯》十一篇，《招魂》一篇，《文選·風賦》《高唐賦》《神女賦》《登徒子好色賦》四篇，凡十六篇。《古文苑》等《諷賦》《笛賦》《釣賦》《大言賦》《小言賦》五篇，非玉作。張惠言曰：“皆五代、宋人聚斂假托爲之。”嚴可均亦曰：“《笛賦》有宋意送荆卿之語。非宋玉作。”（上海古籍出版社，2009年）

陳朝爵《漢書藝文志約説》卷三《詩賦略》屈賦：

《宋玉賦》十六篇。（楚人，與唐勒并時，在屈原後也。）

存。《楚辭》：《九辯》《招魂》。《文選》：《風賦》《高唐賦》《神女賦》《登徒子好色賦》。《古文苑》：《大言》《小言》《釣》《笛》《諷》賦。張惠言謂《古文苑》所載出後人假托。《隋志》：《宋玉集》三卷。（《二十五史藝文經籍志考補萃編》本，清華大學出版社，2012年）

嚴雅惠《古代辭章家——宋玉——之小説》：

緒言

諸文體中最有文學意味者，莫如小説。以其可以指揮如意，經營描寫也。是故作小説，非惟事宜離奇曲折，而辭藻亦當如春花秋月。我國之小説，出於稗官；傳於今者，最古莫如《山海經》與《穆天子傳》。事奇矣，情曲矣，文亦高古，然非辭章之小説也。辭章小説，蓋導源於《詩經》，而繼作者則楚人——屈原、宋玉——何以謂之導源於《詩經》？以《詩經》中多詩的小説，《詩》固尚辭采與音韻也。周末之文，其辭章至富者，莫如屈（原）、宋（玉）。此二人所作之小説，辭章小説也。余故以爲辭章小説，導源於《詩》，而成體於楚人（屈原、宋玉）也。屈原之《漁父》，本屬寓言，而司馬遷采以爲史，是以不復論及。若宋玉《登徒子好色賦》《諷賦》，雖以賦名，其實爲言情之辭章短篇小説。今特節録其文，以供衆覽。并爲作小傳於左。

宋玉小傳

宋玉，戰國時楚人，屈原弟子，嘗爲楚大夫。原曾作《離騷》《山鬼》《天問》《漁父》《卜居》諸文，爲千古辭章家之祖。玉從之學，所作諸騷賦，一宗屈原，哀艷絶倫，後世以屈、宋并稱。所著賦，中雜短篇言情小説，亦爲後人所宗。

小説作品

宋玉賦中之小説，以《登徒子好色賦》爲最佳。其中段云：

……玉曰：天下之佳人，莫若楚國。楚國之麗者，莫若臣（此係對楚王之言，故稱臣。末段同。）里。臣里之美者，莫若臣東家之子。東家之子，增之一分則太長，減之一分則太短，著粉則太白，施朱則太赤。眉如翠羽，肌如白雪，腰如束素，齒如含貝。嫣然一笑，惑陽城，迷下蔡。然此女登墻窺臣三年，至今未許也。登徒子則不然。其妻蓬頭，攣耳，齞脣，歷齒，旁行踽僂，又疥且痔。登徒子悦之，使有五子。……

試觀此段之寫美人體態，千古無雙，令人之意也消；無怪首倡白話文之胡適之先生，猶引用其文。而語及登徒子鄙俗好色之狀，令人發噱，此蓋言情小説而兼滑稽者。其末段云：

……大夫曰："……臣少曾遠游，周覽九土，足歷五都，出咸陽，熙邯鄲，從容鄭衛溱洧之間。是時向春之末，迎夏之陽，鶬鶊喈喈，群女出桑。此郊之姝，華色含光，體美容冶，不待飾妝。臣觀其麗者，因稱詩曰：'遵大路兮攬子袪，贈以芳華辭甚妙。'於是處子怳若有望而不來，忽若有來而不見。意密體疏，俯仰異觀，含喜微笑，竊視流眄。復稱詩曰：'寤春風兮發鮮榮，潔齋俟兮惠音聲，贈我如此兮，不如無生。'因遷延而辭避。……"

此段小説文，雅麗如西子湖。後之辭章小説家，雖竭力追摹，終至望塵莫及。其事則出乎情，止乎禮義，尤爲難能可貴。

《諷賦》，雖借事以諷楚王，其實亦可視爲言情小説。華美不減《登徒子好色賦》，文中所雜之歌曲，更饒興趣。今摘録其文於下：

……玉曰："臣嘗出行，僕飢馬疲，正值主人門開，主人翁出，嫗又到市，獨有主人女在。女欲置臣，堂上太高，堂下太卑，乃更於蘭房之室，止臣其中。中有鳴琴焉，臣援而鼓之，爲幽蘭白雪之曲。主人之女，翳承日之華，披翠雲之裘，更被白縠之單衫。垂珠步搖，來排臣户曰：'上客無乃飢乎？'爲臣炊凋胡之飯，烹露葵之羹，來勸臣食。以其翡翠之釵，挂臣冠纓，臣不忍仰視。爲臣歌曰：'歲將暮兮日已寒，中心亂兮勿多言。'臣復援琴而鼓之，爲秋竹積雪之曲。主人之女，又爲臣歌曰：'内怵惕兮徂玉床，横自陳兮君之旁。君不御兮妾誰怨，日將至兮下黄泉。'玉曰：'吾寧殺人之父，孤人之子，誠不忍愛主人之女。'王曰：'止！止！寡人於此時，亦何能已也？'"

宋玉所作之小説，皆爲賦之小説；故其文筆駘蕩，辭采獨絶。此二篇外，尚有《高唐》《神女》諸賦序亦近言情小説，兹不復贅。讀者嘗鼎一臠，亦可以知味矣。

結論

愛與美，爲文學之原質。此近世文人所公認。惟其欲美，故文不可不麗，而辭不可不修，惟其欲寫愛，故不能不出乎情，而止於禮義。宋玉本戰國時人，而所作之小説，能合此理。何其多能也？司馬相如雖亦有其辭采，而以抄襲爲工（如《美人賦》），不足稱也。微知法宋玉者，衹有唐人耳！是以唐代之短篇言情小説多可誦。降及現代，以堆疊爲工，無復生氣，效顰西施，見笑大方，固其宜矣。洎乎文學革命，此類小説，亦復煙消雲滅。蓋亦作者之無才，有以致之。（《學生文藝叢刊》，1925年第8期）

案：姚振宗《漢書藝文志拾補》諸子略小説家類著録《宋玉子》一卷。

宋玉，楚國鄢（今湖北宜城）人，生卒年不詳。《史記·屈原列傳》僅云："屈原既死之後，楚有宋玉、唐勒、景差之徒者，皆好辭而以賦見稱；然皆祖屈原之從容辭令，終莫敢直諫。其後楚日以削，數十年竟爲秦所滅。"宋玉之生平事迹頗爲模糊。後人對其生卒年之推定，説法也不一致，如：吴廣平推定宋玉約生於楚頃襄王元年，即公元前298年，約卒於公元前222年；李伶甫推定其生於楚威王十年，即公元前330年，未言及其卒年；劉剛則認爲其生於公元前296年，卒在公元前222年。各説雖不一致，但都認爲其生活年代當楚頃襄王、考烈王、幽王及楚王負芻四朝。《韓詩外傳》載宋玉因其友見楚襄王事，漢王逸《楚辭章句·九辯序》則云宋玉乃屈原弟子。宋玉是否爲屈原弟子，或有異説，然定其爲模範屈原之後學，則無疑問。其代表作《九辯》多襲取《離騷》語句，《郢中對》又言"（楚王）既美其（宋玉）才，而憎其似屈原也"，可證。宋玉"識音而善文"，心有經綸之志，楚王愛其才而憎其行，且生當戰國末季，勢有不可行者，故鬱鬱不得志，衹能賦文娱君，間或諷諫而已。

宋玉著作，《漢書·藝文志》詩賦略著録《宋玉賦》十六篇，《隋書·經籍志》别集類有楚大夫《宋玉集》二卷，《新唐書·藝文志》别集類著録楚《宋玉集》二卷。歷代著作題名宋玉者，《楚辭章句》有《九辯》《招魂》，《文選》有《風賦》《高唐賦》《神女賦》《登徒子好色賦》《對楚王問》，《古文苑》有《笛賦》《大言賦》《小言賦》《諷賦》《釣賦》《舞賦》，《文選補遺》有《微咏賦》，明人所輯《宋玉集》有《高唐對》《郢中對》《對友人問》《對或人問》，《皇霸文紀》有《報友人書》，又有1972年銀雀山漢墓出土之《御賦》，凡二十篇。這二十篇，據吴廣平考定，《報友人書》《對友人問》《對或人問》三篇爲僞作，《高唐對》《郢中對》兩篇爲《高唐賦》《對楚王問》之異文，《舞賦》疑爲傅毅《舞賦》之摘録，而《九辯》《招魂》《風賦》《高唐賦》《神女賦》《登徒子好色賦》《對楚王問》《笛賦》《大言賦》《小言賦》《諷賦》《釣賦》《微咏賦》《御賦》確爲宋玉所作。現有吴廣平所編之《宋玉集》（岳麓書社，2001年）和《楚辭全解》（岳麓書社，2007年）較爲通行。兩書考論頗詳，且附録有宋玉其人及其作品之史傳、評論、研究資料等，頗有參考價值。

《宋玉子》一卷，《漢書·藝文志》未見著録，始見於《隋書·經籍志》子部小説家《燕丹子》附注，曰："梁有《宋玉子》一卷、《録》一卷，楚大夫宋玉撰。亡。"則其書唐前已亡。胡應麟《少室山房筆叢·四部正訛》云："《隋志》有《宋玉子》一卷，亦列小説家，并《燕丹子》皆《漢志》所無。二書必一時同出，僞無疑也。"今人程毅中通過考證，以爲"敦煌遺書P.3645號《前漢劉家太子傳》附《宋玉對良友問》一條或即《隋志》所記小説《宋玉子》的佚文"，"S.2072卷所引的《宋玉集》,實際上也是一篇小説。《北堂書鈔》所引《宋玉集序》也可由此證明是小説化作品, 也許還是根據《宋玉子》編造的"，故推論"這本《宋玉集》很可能就是《宋玉子》的異名"。其實，俳優小説喜用排偶語和俳諧語，俗賦與之接近。1993年江蘇連雲港市東海縣尹灣西漢晚期墓出土之《神烏傳（賦）》，即俗賦樣本。文人俗賦如西漢王褒《僮約》《責鬚髯奴辭》，揚雄《逐窮賦》《都舊賦》均可爲代表。《漢書》説漢代賦家"其尤親幸者，東方朔、枚皋、嚴助、吾丘壽王、司馬相如。相如常稱疾避事，朔、皋不根持論，上頗俳優畜之"。説明賦家與俳優、小説家其實相通，而宋玉實爲賦體文學開創者，被目爲賦家之祖，且宋賦頗重俳諧，有類俳優。《隋志》著録《宋玉子》入小説家，正其宜也。姚振宗《漢書藝文志拾補》諸子略拾補小説家著録"《宋玉子》一卷，《録》一卷"，符合古人對於小説的理解。

燕丹子

案：姚振宗《漢書藝文志拾補》諸子略小説家著録《燕丹子》一卷。《隋書·經籍志》子部小説類著録《燕丹子》一卷，有關資料見本資料集第三卷。爲節省篇幅，此從略。

南越行紀（南中行紀
南越記　南行紀）

司馬遷撰，裴駰集解，司馬貞索隱，張守節正義《史記》卷七《項羽本紀》：

是時，漢兵盛食多，項王兵罷食絶。漢遣陸賈説項王，請太公，項王弗聽。漢王復使侯公往説項王，項王乃與漢約，中分天下，割鴻溝以西者爲漢，鴻溝而東者爲楚。項王許之，即歸漢王父母妻子。軍皆呼萬歲。漢王乃封侯公爲平國君。匿弗肯復見。曰："此天下辯士，所居傾國，故號爲平國君。"項王已約，乃引兵解而東歸。

同上，卷八《高祖本紀》：

初，項羽與宋義北救趙，及項羽殺宋義，代爲上將軍，諸將黥布皆屬，破秦將王離軍，降章邯，諸侯皆附。及趙高已殺二世，使人來，欲約分王關中。沛公以爲詐，乃用張良計，使酈生、陸賈往説秦將，啗以利，因襲攻武關，破之。又與秦軍戰於藍田南，益張疑兵旗幟，諸所過毋得掠鹵，秦人憙，秦軍解，因大破之。又戰其北，大破之。乘勝，遂破之。

同上，卷九十七《酈生陸賈列傳》：

陸賈者，楚人也。（《索隱》案：《陳留風俗傳》云："陸氏，春秋時陸渾國之後。晋侯伐之，故陸渾子奔楚。賈其後。"又《陸氏譜》云："齊宣公支子達食菜於陸。達生發，發生皋，適楚。賈其孫也。"）以客從高祖定天下，名爲有口辯士，居左右，常使諸侯。

及高祖時，中國初定，尉他平南越，因王之。高祖使陸賈賜尉他印爲南越王。陸生至，尉他魋結箕倨見陸生。陸生因進説他曰："足下中國人，親戚昆弟墳墓在真定。今足下反天性，棄冠帶，欲以區區之越與天子抗衡爲敵國，禍且及身矣。且夫秦失其政，諸侯豪杰并起，唯漢王先入關，據咸陽。項羽倍約，自立爲西楚霸王，諸侯皆屬，可謂至强。然漢王起巴蜀，鞭笞天下，劫略諸侯，遂誅項羽滅之。五年之間，海内平定，此非人力，天之所建也。天子聞君王王南越，不助天下誅暴逆，將相欲移兵而誅王，天子憐百姓新勞苦，故且休之，遣臣授君王印，剖符通使。君王宜郊迎，北面稱臣，乃欲以新造未集之越，屈强於此。漢誠聞之，掘燒王先人冢，夷滅宗族，使一偏將將十萬衆臨越，則越殺王降漢，如反覆手耳。”於是尉他乃蹶然起坐，謝陸生曰：“居蠻夷中久，殊失禮義。”因問陸生曰：“我孰與蕭何、曹參、韓信賢？”陸生曰：“王似賢。”復曰：“我孰與皇帝賢？”陸生曰：“皇帝起豐沛，討暴秦，誅强楚，爲天下興利除害，繼五帝三王之業，統理中國。中國之人以億計，地方萬里，居天下之膏腴，人衆車轝，萬物殷富，政由一家，自天地剖泮未始有也。今王衆不過數十萬，皆蠻夷，崎嶇山海間，譬若漢一郡，王何乃比於漢！”尉他大笑曰：“吾不起中國，故王此。使我居中國，何渠不若漢？”乃大説陸生，留與飲數月。曰：“越中無足與語，至生來，令我日聞所不聞。”賜陸生橐中裝直千金，他送亦千金。陸生卒拜尉他爲南越王，令稱臣奉漢約。歸報，高祖大悦，拜賈爲太中大夫。

陸生時時前説稱《詩》《書》。高帝罵之曰：“乃公居馬上而得之，安事《詩》《書》！”陸生曰：“居馬上得之，寧可以馬上治之乎？且湯武逆取而以順守之，文武并用，長久之術也。昔者吴王夫差、智伯極武而亡；秦任刑法不變，卒滅趙氏。鄉使秦已并天下，行仁義，法先聖，陛下安得而有之？”高帝不懌而有慚色，乃謂陸生曰：“試爲我著秦所以失天下，吾所以得之者何，及古成敗之國。”陸生乃粗述存亡之徵，凡著十二篇。每奏一篇，高帝未嘗不稱善，左右呼萬歲，號其書曰“新語”。（《正義》：《七録》云“《新語》二卷，陸賈撰”也。）

孝惠帝時，吕太后用事，欲王諸吕，畏大臣有口者，陸生自度不能争之，乃病免家居。以好畤田地善，可以家焉。有五男，乃出所使越得橐中裝賣千金，分其子，子二百金，令爲生産。陸生常安車駟馬，從歌舞鼓琴瑟侍者十人，寶劍直百金，謂其子曰：“與汝約：過汝，汝給吾人馬酒食，極欲，十日而更。所死家，得寶劍車騎侍從者。一歲中往來過他客，率不過再三過，數見不鮮，無久慁公爲也。”

吕太后時，王諸吕，諸吕擅權，欲劫少主，危劉氏。右丞相陳平患之，力不能争，恐禍及己，常燕居深念。陸生往請，直入坐，而陳丞相方深念，不時見陸生。陸生曰：“何念之深也？”陳平曰：“生揣我何念？”陸生曰：“足下位爲上相，食三萬户侯，可謂極富貴無欲矣。然有憂念，不過患諸吕、少主耳。”陳平曰：“然。爲之奈何？”陸生曰：“天下安，注意相；天下危，注意將。將相和調，則士務附；士務附，天下雖有變，即權不分。爲社稷計，在兩君掌握耳。臣常欲謂太尉絳侯，絳侯與我戲，易吾言。君何不交歡太尉，深相結？”爲陳平畫吕氏數事。陳平用其計，乃以五百金爲絳侯壽，厚具樂飲；太尉亦報如之。此兩人深相結，則吕氏謀益衰。陳平乃以奴婢百人，車馬五十乘，錢五百萬，遺陸生爲飲食費。陸生以此游漢廷公卿間，名聲藉甚。

及誅諸吕，立孝文帝，陸生頗有力焉。孝文帝即位，欲使人之南越。陳丞相等乃言陸生爲太中大夫，往使尉他，令尉他去黄屋稱制，令比諸侯，皆如意旨。語在《南越》語中。陸生竟以壽終。

同上，附《朱建》：

平原君爲人辯有口，刻廉剛直，家於長安。行不苟合，義不取容。辟陽侯行不正，得幸吕太后。時辟陽侯欲知平原君，平原君不肯見。及平原君母死，陸生素與平原君善，過之。平原君家貧，未有以發喪，方假貸服具，陸生令平原君發喪。陸生往見辟陽侯，賀曰："平原君母死。"辟陽侯曰："平原君母死，何乃賀我乎？"陸賈曰："前日君侯欲知平原君，平原君義不知君，以其母故。今其母死，君誠厚送喪，則彼爲君死矣。"辟陽侯乃奉百金往税。列侯、貴人以辟陽侯故，往税凡五百金。……

吕太后崩，大臣誅諸吕，辟陽侯於諸吕至深，而卒不誅。計畫所以全者，皆陸生、平原君之力也。……

太史公曰：世之傳酈生書，多曰漢王已拔三秦，東擊項籍而引軍於鞏洛之間，酈生被儒衣往説漢王。乃非也。自沛公未入關，與項羽别而至高陽，得酈生兄弟。余讀陸生《新語》書十二篇，固當世之辯士。至平原君子與余善，是以得具論之。

（《索隱述贊》：廣野大度，始冠側注。踵門長揖，深器重遇。説齊歷下，趣鼎何懼。陸賈使越，尉他慑怖。相説國安，書成主悟。）

同上，卷一百十三《南越列傳》：

囂死，佗即移檄告横浦、陽山、湟溪關曰："盗兵且至，急絶道聚兵自守！"因稍以法誅秦所置長吏，以其黨爲假守。秦已破滅，佗即擊并桂林、象郡，自立爲南越武王。高帝已定天下，爲中國勞苦，故釋佗弗誅。漢十一年，遣陸賈因立佗爲南越王，與剖符通使，和集百越，毋爲南邊患害，與長沙接境。……

及孝文帝元年，初鎮撫天下，使告諸侯四夷從代來即位意，喻盛德焉。乃爲佗親冢在真定，置守邑，歲時奉祀。召其從昆弟，尊官厚賜寵之。詔丞相陳平等舉可使南越者，平言好畤陸賈，先帝時習使南越。乃召賈以爲太中大夫，往使。因讓佗自立爲帝，曾無一介之使報者。陸賈至南越，王甚恐，爲書謝，稱曰："蠻夷大長老夫臣佗，前日高后隔異南越，竊疑長沙王讒臣，又遥聞高后盡誅佗宗族，掘燒先人冢，以故自棄，犯長沙邊境。且南方卑濕，蠻夷中間，其東閩越千人衆號稱王，其西甌駱裸國亦稱王。老臣妄竊帝號，聊以自娱，豈敢以聞天王哉！"乃頓首謝，願長爲藩臣，奉貢職。於是乃下令國中曰："吾聞兩雄不俱立，兩賢不并世。皇帝，賢天子也。自今以後，去帝制黄屋左纛。"陸賈還報，孝文帝大説。遂至孝景時，稱臣，使人朝請。然南越其居國竊如故號名，其使天子，稱王朝命如諸侯。至建元四年卒。

（《索隱述贊》：中原鹿走，群雄莫制。漢事西驅，越權南裔。陸賈騁説，尉他去帝。嫪后内朝，吕嘉狼戾。君臣不協，卒從剿棄。）

同上，卷一百三十《太史公自序》：

結言通使，約懷諸侯，諸侯咸親，歸漢爲藩輔。作《酈生陸賈列傳》第三十七。（中華書局，1982年）

揚雄撰，汪榮寶義疏《法言義疏》卷十七《淵騫》：

美行，園公、綺里季、夏黄公、角里先生。言辭，婁敬、陸賈。執正，王陵、申屠嘉。折節，周昌、汲黯。守儒，轅固、申公。菑異，董相、夏侯勝、京房。（中華書局，1987年）

王充撰，黄暉校釋《論衡校釋》卷三《本性》：

陸賈曰："天地生人也，以禮義之性。人能察己所以受命則順，順之謂道。"

夫陸賈知人禮義爲性，人亦能察己所以受命。性善者，不待察而自善；性惡者，雖能察之，猶背禮畔義。義挹於善，不能爲也。故貪者能言廉，亂者能言治。盗跖非人之竊也，莊蹻刺人之濫也，明能察己，口能論賢，性惡不爲，何益於善？陸賈之言，未能得實。

同上，卷十三《超奇》：

或抽列古今，紀著行事，若司馬子長、劉子政之徒，纍積篇第，文以萬數，其過子雲、子高遠矣，然而因成紀前，無胸中之造。若夫陸賈、董仲舒，論説世事，由意而出，不假取於外，然而淺露易見，觀讀之者，猶曰傳記。

陸賈消吕氏之謀，與《新語》同一意；桓君山易晁錯之策，與《新論》共一思。觀谷永之陳説，唐林之宜言，劉向之切議，以知爲本，筆墨之文，將而送之，豈徒雕文飾辭，苟爲華葉之言哉？

高祖讀陸賈之書，嘆稱萬歲；徐樂、主父偃上疏，徵拜郎中，方今未聞。膳無苦酸之肴，口所不甘味，手不舉以啖人。詔書每下，文義經傳四科，詔書斐然，郁郁好文之明驗也。上書不實核，著書無義指，"萬歲"之聲，"徵拜"之恩，何從發哉？飾面者皆欲爲好，而運目者希；文（聞）音者皆欲爲悲，而驚耳者寡。陸賈之書未奏，徐樂、主父之策未聞，群諸瞽言之徒，言事粗醜，文不美潤，不指所謂，文辭淫滑，不被濤沙之謫，幸矣！焉蒙徵拜爲郎中之寵乎？

同上，卷二十《佚文》：

陸賈《新語》，每奏一篇，高祖左右，稱曰萬歲。夫嘆思其人，與喜稱萬歲，豈可空爲哉？誠見其美，歡氣發於内也。

漢興，易亡秦之軌，削李斯之迹。高祖始令陸賈造書，未興五經。惠、景以至元、成，經書并修。漢朝郁郁，厥語所聞，孰與亡秦？

趙他王南越，倍主滅使，不從漢制，箕踞椎髻，沉溺夷俗。陸賈説以漢德，懼以帝威，心覺醒悟，蹶然起坐。世儒之愚，有趙他之惑，鴻文之人，陳陸賈之説，觀見之者，將有蹶然起坐，趙他之悟。漢氏浩爛，不有殊卓之聲。

同上，卷二十八《書解》：

漢世文章之徒，陸賈、司馬遷、劉子政、揚子雲，其材能若奇，其稱不由人。世傳《詩》家魯申公，《書》家千乘歐陽、公孫，不遭太史公，世人不聞。夫以業自顯，孰與須人乃顯？夫能紀百人，孰與廑能顯其名？

古作書者，多立功不用也。管仲、晏嬰，功書并作；商鞅、虞卿，篇治俱爲。高祖既得天下，馬上之計未敗，陸賈造《新語》，高祖粗納采。吕氏横逆，劉氏將傾，非陸賈之策，帝室不寧。蓋材知無不能，在所遭遇，遇亂則知立功，有起則以其材著書者也。

同上，卷二十九《案書》：

《新語》，陸賈所造，蓋董仲舒相被服焉，皆言君臣政治得失，言可采行，事美足觀。鴻知所言，參貳經傳，雖古聖之言，不能過增。陸賈之言，未見遺闕；而仲舒之言，雩祭可以應天，土龍可以致雨，頗難曉也。（中華書局，1990年）

劉向撰，向宗魯校證《説苑校證》卷十二《奉使》：

陸賈從高祖定天下，名爲有口辯士，居左右，常使諸侯。及高祖時，中國初定，尉佗平南越，因王之。高祖使陸賈賜尉佗印，爲南越王。陸生至，尉佗椎結箕踞見陸生。陸生因説佗曰："足下中國人，親戚昆弟墳墓在真定，今足下棄反天性，捐冠帶，欲以區區之越與天子抗衡爲敵國，禍且及身矣！且夫秦失其政，諸侯豪杰并起，惟漢王先入關，據咸陽。項籍倍約，自立爲西楚霸王，諸侯皆屬，可謂至强。然漢王起巴蜀，鞭笞天下，劫諸侯，遂誅項羽滅之。五年之間，海内平定，此非人力，天之所建也。天子聞君王王南越，不助天下誅暴逆，將相欲移兵而誅王；天子憐百姓新勞苦，且休之，遣臣授君王印，剖符通使。君王宜郊迎，北面稱臣，乃欲以新造未集之越，屈强於此。漢誠聞之，掘燒君王先人冢墓，夷種宗族，使一偏將將十萬衆臨越，越則殺王已降漢，如反覆手耳。"於是尉佗乃蹶然起坐，謝陸生曰："居蠻夷中久，殊失禮義。"因問陸生曰："我孰與蕭何、曹參、韓信賢？"陸生曰："王似賢。"復問："我孰與皇帝賢？"陸生曰："皇帝起豐、沛，討暴秦，誅强楚，爲天下興利除害，繼五帝、三王之業，統理中國，中國之人以億計，地方萬里，居天下之膏腴，人衆車輿，萬物殷富，政由一家，自天地剖判，未嘗有也。今王衆不過數十萬，皆蠻夷，踦嶇山海之間，譬若漢一郡，何可乃比於漢王！"尉佗大笑曰："吾不起中國，故王此；使我居中國，何遽不若漢！"乃大悦陸生，與留飲數月。曰："越中無足與語，至生來，令我日聞所不聞。"賜陸生橐中裝直千金，佗送亦千金。陸生拜尉佗爲南越王，令稱臣奉漢約。歸報，高祖大悦，拜爲太中大夫。（中華書局，1987年）

班固撰，顔師古注《漢書》卷一上《高帝紀第一上》：

（秦王子嬰元年）八月，沛公攻武關，入秦。秦相趙高恐，乃殺二世，使人來，欲約分王關中，沛公不許。九月，趙高立二世兄子子嬰爲秦王。子嬰誅滅趙高，遣將將兵距嶢關。沛公欲擊之，張良曰："秦兵尚强，未可輕。願先遣人益張旗幟於山上爲疑兵，使酈食其、陸賈往説秦將，啗以利。"秦將果欲連和，沛公欲許之。張良曰："此獨其將欲叛，恐其士卒不從，不如因其怠懈擊之。"沛公引兵繞嶢關，逾蕢山，擊秦軍，大破之藍田南。遂至藍田，又戰其北，秦兵大敗。

（漢四年）項羽自知少助食盡，韓信又進兵擊楚，羽患之。漢遣陸賈説羽，請太公，羽弗聽。漢復使侯公説羽，羽乃與漢約，中分天下，割鴻溝以西爲漢，以東爲楚。九月，歸太公、吕后，軍皆稱萬歲。乃封侯公爲平國君。

同上，卷一下《高帝紀第一下》：

（漢十一年）五月詔曰："粤人之俗，好相攻擊，前時秦徙中縣之民南方三郡，使與百粤雜處。會天下誅秦，南海尉它居南方長治之，甚有文理，中縣人以故不耗減，粤人相攻擊之俗益止，俱賴其力。今立它爲南粤王。"使陸賈即授璽綬。它稽首稱臣。

（漢十二年）初，高祖不修文學，而性明達，好謀，能聽，自監門戍卒，見之如舊。初順民心作三章之約。天下既定，命蕭何次律令，韓信申軍法，張蒼定章程，叔孫通制禮儀，陸賈造《新語》。又與功臣剖符作誓，丹書鐵契，金匱石室，藏之宗廟。雖日不暇給，規摹弘遠矣。

同上，卷三十《藝文志》六藝略春秋家：

《楚漢春秋》九篇。（陸賈所記。）

同上，諸子略儒家：

《陸賈》二十三篇。

同上，詩賦略陸賈賦之屬：

陸賈賦三篇。

同上，兵書略兵權謀家：

右兵權謀十三家，二百五十九篇。（省《伊尹》《太公》《管子》《孫卿子》《鶡冠子》《蘇子》《蒯通》《陸賈》《淮南王》二百五十九種，出《司馬法》入禮也。）

同上，卷四十三《酈陸朱劉叔孫傳》：

陸賈，楚人也。以客從高祖定天下，名有口辯，居左右，常使諸侯。

時中國初定，尉佗平南越，因王之。高祖使賈賜佗印爲南越王。賈至，尉佗魋結箕踞見賈。賈因説佗曰："足下中國人，親戚昆弟墳墓在真定。今足下反天性，棄冠帶，欲以區區之越與天子〔伉〕（抗）衡爲敵國，禍且及身矣。夫秦失其正，諸侯豪桀并起，唯漢王先入關，據咸陽。項籍背約，自立爲西楚霸王，諸侯皆屬，可謂至强矣。然漢王起巴、蜀，鞭笞天下，劫諸侯，遂誅項羽。五年之間，海内平定，此非人力，天之所建也。天子聞君王王南越，而不助天下誅暴逆，將相欲移兵而誅王，天子憐百姓新勞苦，且休之，遣臣授君王印，剖符通使。君王宜郊迎，北面稱臣，乃欲以新造未集之越屈强於此。漢誠聞之，掘燒君王先人〔家〕（冢）墓，夷種宗族，使一偏將將十萬衆臨越，即越殺王降漢，如反覆手耳。"

於是佗乃蹶然起坐，謝賈曰："居蠻夷中久，殊失禮義。"因問賈曰："我孰與蕭何、曹參、韓信賢？"賈曰："王似賢也。"復問曰："我孰與皇帝賢？"賈曰："皇帝起豐沛，討暴秦，誅强楚，爲天下興利除害，繼五帝三王之業，統天下，理中國。中國之人以億計，地方萬里，居天下之膏腴，人衆車輿，萬物殷富，政由一家，自天地剖判未始有也。今王衆不過數萬，皆蠻夷，崎嶇山海間，譬如漢一郡，王何乃比於漢！"佗大笑曰："吾不起中國，故王此。使我居中國，何遽不若漢？"乃大説賈，留與飲數月。曰："越中無足與語，至生來，令我日聞所不聞。"賜賈槖中裝直千金，它送亦千金。賈卒拜佗爲南越王，令稱臣奉漢約。歸報，高帝大説，拜賈爲太中大夫。

賈時時前説稱《詩》《書》。高帝罵之曰："乃公居馬上得之，安事《詩》《書》！"賈曰："馬上得之，寧可以馬上治乎？且湯、武逆取而以順守之，文帝并用，長久之術也。昔者吴王夫差、智伯極武而亡；秦任刑法不變，卒滅趙氏。鄉使秦以并天下，行仁義，法先聖，陛下安得而有之？”高帝不懌，有慚色，謂賈曰：“試爲我著秦所以失天下，吾所以得之者，及古成敗之國。”賈凡著十二篇。每奏一篇，高帝未嘗不稱善，左右呼萬歲，稱其書曰《新語》。

孝惠時，吕太后用事，欲王諸吕，畏大臣及有口者。賈自度不能争之，乃病免。以好畤田地善，往家焉。有五男，乃出所使越橐中裝，賣千金，分其子，子二百金，令爲生産。賈常乘安車駟馬，從歌鼓瑟侍者十人，寶劍直百金，謂其子曰：“與女約：過女，女給人馬酒食極〔飲〕（欲），十日而更。所死家，得寶劍車騎侍從者。一歲中以往來過它客，率不過再過，數擊鮮，毋久溷女爲也。”

吕太后時，王諸吕，諸吕擅權，欲劫少主，危劉氏。右丞相陳平患之，力不能争，恐禍及己。平〔嘗〕（常）燕居深念。賈往，不請，直入坐，陳平方念，不見賈。賈曰：“何念深也？”平曰：“生揣我何念？”賈曰：“足下位爲上相，食三萬户侯，可謂極富貴無欲矣。然有憂念，不過患諸吕、少主耳。”陳平曰：“然。爲之奈何？”賈曰：“天下安，注意相；天下危，注意將。將相和，則士豫附；士豫附，天下雖有變，則權不分。權不分，爲社稷計，在兩君掌握耳。臣常欲謂太尉絳侯，絳侯與我戲，易吾言。君何不交歡太尉，深相結？”爲陳平畫吕氏數事。平用其計，乃以五百金爲絳侯壽，厚具樂飲太尉，太尉亦報如之。兩人深相結，吕氏謀益壞。陳平乃以奴婢百人，車馬五十乘，錢五百萬，遺賈爲食飲費。賈以此游漢廷公卿間，名聲籍甚。及誅吕氏，立孝文，賈頗有力。

孝文即位，欲使人之南越，丞相平乃言賈爲太中大夫，往使尉佗，去黄屋稱制，令比諸侯，皆如意指。語在《南越傳》。陸生竟以壽終。

同上，附《朱建》：

（建）爲人辯有口，刻廉剛直，行不苟合，義不取容。辟陽侯行不正，得幸吕太后，欲知建，建不肯見。及建母死，貧未有以發喪，方假貣服具。陸賈素與建善，乃見辟陽侯，賀曰：“平原君母死。”辟陽侯曰：“平原君母死，何乃賀我？”陸生曰：“前日君侯欲知平原君，平原君義不知君，以其母故。今其母死，君誠厚送喪，則彼爲君死矣。”辟陽侯乃奉百金裞，列侯貴人以辟陽侯故，往賻凡五百金。……

吕太后崩，大臣誅諸吕，辟陽侯與諸吕至深，卒不誅。計畫所以全者，皆陸生、平原君之力也。……

贊曰：高祖以征伐定天下，而縉紳之徒騁其知辯，并成大業。語曰“廊廟之材非一木之枝，帝王之功非一士之略”，信哉！劉敬脱輓輅而建金城之安，叔孫通舍枹鼓而立一王之儀，遇其時也。酈生自匿監門，待主然後出，猶不免鼎鑊。朱建始名廉直，既距辟陽，不終其節，亦以喪身。陸賈位止大夫，致仕諸吕，不受憂責，從容平、勃之間，附會將相以强社稷，身名俱榮，其最優乎！

同上，卷一百下《敘傳第七十下》：

食其監門，長揖漢王，畫襲陳留，進收敖倉，塞隘杜津，王基以張。賈作行人，百越來賓，從容風議，博我以文。敬繇役夫，遷京定都，内强關中，外和匈奴。叔孫奉常，與時抑揚，税介免冑，禮義是創。或哲或謀，觀國之光。述《酈陸朱婁叔孫傳》第十三。（中華書局，1962年）

荀悦《漢紀》卷四《高祖皇帝紀》：

（十一年）五月，遣楚人陸賈使南越，立尉佗爲王。〔他〕（佗）者，秦時爲南海郡尉，因天下之亂，遂有南越。賈至，尉佗椎髻箕踞見賈。賈曰："足下中國之人，親戚昆季墳墓在真定。今足下反天性，棄冠帶，欲以區區之越與天子抗行爲敵國，禍且及身矣。天子聞君王南越，不助天下誅暴秦，將欲移兵於王。天子爲百姓勤勞，遣臣授君王印綬，剖符通使。王〔且〕（宜）郊迎，北面稱臣，乃欲以新造未集之越，屈强於此。漢誠聞之，掘燒王先人墳墓，夷滅宗族，遣一偏將將十萬師以臨越，越人即殺王降漢，如反手耳。"於是尉佗乃蹶然起坐，而謝曰："吾居蠻夷中久，殊失禮儀。"因問賈曰："我孰與蕭何、曹參賢？"賈曰："王則賢矣。"復問："我孰與皇帝賢？"賈曰："皇帝起豐沛，討暴秦，誅强楚，爲天下興利除害，繼五帝、三王之業，統治中國，政由一家，自天地剖判已來未曾有也。今王衆不過數十萬，皆蠻夷，崎嶇山海，譬猶漢之一郡，何乃比於漢也！"佗大笑曰："吾不起中國，故王此。使我起中國，何遽不若漢？"乃遂受符印，稱王。賜賈槖，中裝直千金，餘贈送亦千金。賈還報命，拜太中大夫。賈時上前説《詩》《書》。上駡之曰："吾居馬上得天下，安用《詩》《書》乎？"賈對曰："陛下居馬上得之，寧能馬上治之乎？且湯、武逆取而順守，文武并用，久長之道。昔吴王夫差〔拯〕（極）武而亡，秦任刑法不變而滅。向使秦已兼天下，行仁義，法先王，陛下安得而有之？"上有慚色，謂賈曰："試爲我著秦之所以失天下，吾所以得天下，及古今成敗之國。"賈凡著書十二篇。每奏一篇，上讀之，未嘗不稱善。號其書曰《新語》。

（十二年）五月丙辰，皇帝葬長陵。《本志》曰："高祖入秦，初順人心作三章之約。天下既定，命蕭何定律令，韓信申軍法，張蒼定章程，叔孫通制禮儀，陸賈造《新語》。又與功臣剖符作誓，丹書鐵券，藏之宗廟。雖日不暇給，規模弘遠矣。"

同上，卷六《高后紀》：

（朱）建爲人口辯，初名廉直，行不苟合。辟陽侯欲交建，建不肯。及建母死，家貧，無以收葬。陸賈乃見辟陽侯曰："平原君母死。"辟陽侯曰："平原君母死，何乃賀我？"賈曰："平原君必不知君者，爲其母。今其母死，家貧，無以葬之。君誠能厚送葬之，則彼爲君死矣。"食其乃奉百金。列侯、貴人以食其故，往贈送之，凡百金，而建受之。及吕氏之誅，〔食〕其卒見全者，皆建之力也。

（高后七年）是時大臣憂諸吕之亂，陸賈説陳平、周勃曰："天下安，注意相；天下危，注意將。將相和，則權不分。今爲社稷計，在二君掌握耳。何不能交太尉勃？"平以千金爲太尉結歡，勃亦如之，遂戮力同心。平乃賜賈金五百斤，僮百人。

（高后八年）諸吕之始王也，吕后畏大臣及有口辯者。陸賈爲太中大夫，自度不能争之，乃謝病免。於是以所使越時囊中裝千金以與五子，各二百斤，令爲產業。賈常安車駟馬，從歌鼓瑟侍者十人，與其子約曰："過汝家給人馬酒食，極歡十日。有寶劍直百金，所（取）〔死〕家得寶劍。一歲中往來及過他家，卒不過再三。"游於漢庭公卿之間，名聲甚顯。及誅吕氏，立孝文，賈頗有力。

同上，卷七《孝文皇帝紀上》：

（元年）太中大夫陸賈使越，上賜尉佗書曰："朕頃以南越王自治之。雖然，王之號爲帝。兩帝并立，〔豈〕無一乘之使以通其道路，是争也；争而不讓，仁者不由也。王之昆弟在真定，已使人存問，修治王先人冢墓。願與王分棄前患，從今已來，與王通使如故。故使賈喻意。"〔而越王乃稽首請爲蕃臣，奉職貢，去帝制，因爲書謝。自稱〕南越蠻夷大長老夫臣佗曰："高后聽信讒臣，别異蠻夷。故改號聊以自娱，自帝其國，未敢有害於天下。老夫夙興夜寐，寢不安席，食不甘味，凡以不得事漢故也。陛下幸哀憐臣，通使如故，老夫死骨不朽，不敢爲帝！謹北面因使者奉獻。"（《兩漢紀》本，中華書局，2002年）

嵇含《南方草木狀》卷上草類《耶悉茗花》：

耶悉茗花、末利花，皆胡人自西國移植於南海。南人憐其芳香，競植之。陸賈《南越行紀》曰：南越之境，五穀無味，百花不香。此二花特芳香者，緣自胡國移至，不隨水土而變，與夫橘北爲枳異矣。彼之女子，以彩絲穿花心，以爲首飾。

同上，卷下果類《楊梅》：

楊梅，其子如彈丸，正赤。五月中熟，熟時似梅，其味甜酸。陸賈《南越行紀》曰：羅浮山頂有胡楊梅，山桃繞其際，海人時登采拾，止得於上飽啖，不得持下。東方朔《林邑記》曰：林邑山楊梅，其大如杯碗，青時極酸，既紅味如崖蜜，以釀酒，號梅香酎。非貴人重客，不得飲之。（《漢魏六朝筆記小説大觀》本，上海古籍出版社，1999年）

葛洪輯，成林、程章燦譯注《西京雜記譯注》卷三《樊噲問瑞應》：

樊將軍噲問於陸賈曰："自古人君皆云受命於天，云有瑞應，豈有是乎？"賈應之曰："有之。夫目瞤得酒食，燈火華得錢財，乾鵲噪而行人至，蜘蛛集而百事喜。小既有徵，大亦宜然。故目瞤則咒之，火華則拜之，乾鵲噪則餧之，蜘蛛集則放之。况天下大寶，人君重位，非天命何從得之哉？瑞者，寶也，信也。天以寶爲信，應人之德，故曰瑞應。無天命，無寶信，不可以力取也。"（貴州人民出版社，1993年）

袁宏撰，周天游校注《後漢紀校注》卷十三《後漢孝和皇帝紀上》：

（永元四年）彪既才高，而專心文史之間。司馬遷著《史記》，自太初已後闕而不録。其後好事者或頗綴録其時事，然多鄙俗，不足以繼其書。彪乃采前人遺事，旁貫異聞，作《後傳》數十篇。因斟酌前史，而譏正其失。略曰：

唐虞三代，《詩》《書》所及，世有史官，以司典籍。至於諸侯，國自有史，故孟子曰："晋之《乘》，楚之《檮杌》，魯之《春秋》，其事一也。"定、哀之間，魯君子左丘明論集其文，作《左傳》三十篇，又撰異同，號曰《國語》二十篇。由是《乘》《檮杌》之事遂暗，而《左氏》《國語》獨彰。又有記録黄帝已來至春秋時帝王公侯卿大夫，號《世本》十五篇。春秋之後，七國并争，秦并諸侯，則有《戰國策》三十二篇。漢定天下，大夫陸賈記録時功，作《楚漢春秋》九篇。孝武之世，太史令司馬遷采《左氏》《國語》，删《世本》《戰國策》，據楚漢列國時事，上自黄帝，下訖獲麟，作本紀、世家、列傳、書、表凡百三十篇，而十篇缺焉。

夫百家之書，猶可法也。若《左氏》《國語》《世本》《戰國策》《楚漢春秋》《太史公書》，今之所以知古，後之所由觀前，聖人之耳目也，焉可闕哉！（天津古籍出版社，1987年）

范曄撰，李賢注《後漢書》卷四十上《班彪傳》：

漢興定天下，太中大夫陸賈記録時功，作《楚漢春秋》九篇。

夫百家之書，猶可法也。若《左氏》《國語》《世本》《戰國策》《楚漢春秋》《太史公書》，今之所以知古，後之所由觀前，聖人之耳目也。

同上，卷七十九下《儒林列傳·謝該》：

（該）仕爲公車司馬令，以父母老，托疾去官。欲歸鄉里，會荆州道斷，不得去。少府孔融上書薦之曰："臣聞高祖創業，韓、彭之將征討暴亂，陸賈、叔孫通進説《詩》《書》。光武中興，吴、耿佐命，范升、衛宏修述舊業，故能文武并用，成長久之計。……"（中華書局，1965年）

劉勰著，范文瀾注《文心雕龍注》卷二《詮賦》：

秦世不文，頗有雜賦。漢初詞人，順流而作。陸賈扣其端，賈誼振其緒，枚、馬同其風，王、揚騁其勢，皋、朔已下，品物畢圖。繁積於宣時，校閲於成世，進御之賦千有餘首，討其源流，信興楚而盛漢矣。

同上，卷四《史傳》：

漢滅嬴項，武功積年，陸賈稽古，作《楚漢春秋》。

同上，《諸子》：

若夫陸賈《典語》，賈誼《新書》，揚雄《法言》，劉向《説苑》，王符《潛夫》，崔寔《政論》，仲長《昌言》，杜夷《幽求》：咸叙經典，或明政術，雖標論名，歸乎諸子。

同上，《論説》：

至漢定秦、楚，辨士弭節：酈君既斃於齊鑊，蒯子幾入乎漢鼎。雖復陸賈籍甚，張釋傅會，杜欽文辨，樓護唇舌，頡頏萬乘之階，抵噓公卿之席；并順風以托勢，莫能逆波而泝洄矣。

同上，卷十《才略》：

漢室陸賈，首案奇采，賦《孟春》而選典誥，其辯之富矣。（人民文學出版社，1958年）

蕭統編，李善注《文選》卷十《潘安仁〈西征賦〉》：

曁乎秺侯之忠孝淳深，陸賈之優游宴喜；長卿、淵、雲之文，子長、政、駿之史；趙、張、三王之尹京，定國、釋之之聽理；汲長孺之正直，鄭當時之推士；終童山東之英妙，賈生洛陽之才子。飛翠緌，拖鳴玉，以出入禁門者衆矣。或被髮左衽，奮迅泥滓；或從容傅會，望表知裏。或著顯績而嬰時戮，或有大才而無貴仕。皆揚清風於上烈，垂令聞而不已。想佩聲之遺響，若鏗鏘之在耳。當音、鳳、恭、顯之任勢也，乃熏灼四方，震耀都鄙。而死之日，曾不得與夫十餘公之徒隸齒。才難，不其然乎？

同上，卷四十五《班孟堅〈答賓戲〉》：

近者陸子優游，《新語》以興；董生下帷，發藻儒林；劉向司藉，辨章舊聞；揚雄譚思，《法言》《太玄》。皆及時君之門闈，究先聖之壼奥，婆娑乎術藝之場，休息乎篇籍之囿，以全其質而發其文。用納乎聖德，烈炳乎後人，斯非亞與！

同上，卷四十七《陸士衡〈漢高祖功臣頌〉》：

相國酇文終侯沛蕭何，相國平陽懿侯沛曹參，太子少傅留文成侯韓張良，丞相曲逆獻侯陽武陳平，楚王淮陰韓信，梁王昌邑彭越，淮南王六黥布，趙景王大梁張耳，韓王韓信，燕王豐盧綰，長沙文王吴芮，荆王沛劉賈，太傅安國懿侯王陵，左丞相絳武侯沛周勃，相國舞陽侯沛樊噲，右丞相曲周景侯高陽酈商，太僕汝陰文侯沛夏侯嬰，丞相潁陰懿侯睢陽灌嬰，代丞相陽陵景侯魏傅寬，車騎將軍信武肅侯靳歙，大行廣野君高陽酈食其，中郎建信侯齊劉敬，太中大夫楚陸賈，太子太傅稷嗣君薛叔孫通、魏無知，護軍中尉隨何，新成三老董公、轅生，將軍紀信，御史大夫沛周苛，平國君侯公，右三十一人，與定天下安社稷者也。頌曰：

……柔遠鎮邇，實敬攸考。抑抑陸生，知言之貫。往制勁越，來訪皇漢。附會平勃，夷凶翦亂。所謂伊人，邦家之彦。……

同上，卷五十五《劉孝標〈廣絶交論〉》：

陸大夫宴喜西都，郭有道人倫東國。公卿貴其籍甚，搢紳羡其登仙。（中華書局，1977年）

歐陽詢《藝文類聚》卷二十九人部十三《别上》：

《廣州記》曰：尉他築臺，以朝朔望；構起華館，以送陸賈。（事具居處部。）

同上，卷五十三治政部下《奉使》：

（書）梁任孝恭爲李慶州孟堅使，與覃無名書曰：昔陸賈皇華，定交知於南越；長卿披綉，通夷險於夜郎。故傳美於往書，流芳於篆素。……

同上，卷五十五雜文部一《史傳》：

（詩）晋袁宏詩曰：周昌梗概臣，辭達不爲訥。汲黯社稷器，棟梁表天骨。陸

賈厭解紛，時與酒檮杌。婉轉將相門，一言和平勃。趨捨各有之，俱令道不没。（上海古籍出版社，1999年）

魏徵等《隋書》卷三十三《經籍志二》史雜史：

《楚漢春秋》九卷。（陸賈撰。）

同上，卷三十四《經籍志三》子儒家：

《新語》二卷。（陸賈撰。）（中華書局，1973年）

劉知幾著，浦起龍通釋《史通通釋》卷一《六家》：

又案儒者之説《春秋》也，以事繫日，以日繫月；言春以包夏，舉秋以兼冬，年有四時，故錯舉以爲所記之名也。苟如是，則晏子、虞卿、吕氏、陸賈，其書篇第，本無年月，而亦謂之《春秋》，蓋有異於此者也。

同上，卷四《題目》：

案吕、陸二氏，各著一書，唯次篇章，不繫時月。此乃子書雜記，而皆號曰《春秋》。

同上，卷十《雜述》：

夫皇王受命，有始有卒，作者著述，詳略難均。有權記當時，不終一代，若陸賈《楚漢春秋》、樂資《山陽載記》、王韶《晋安陸紀》、姚最《梁昭後略》。此之謂偏紀者也。

同上，卷十一《史官建置》：

夫仲尼修《春秋》，公羊高作《傳》，漢魏之陸賈、魚豢，晋宋之張璠、范曄，雖身非史職，而私撰國書。若斯人者，有異於是。故不復詳而録之。

同上，卷十二《古今正史》：

漢興，太中大夫陸賈紀録時功，作《楚漢春秋》九篇。

同上，卷十六《雜説上・諸漢史》：

自漢已降，作者多門，雖新書已行，而舊録仍在，必校其事，可得而言。案劉氏初興，書唯陸賈而已。子長述楚、漢之事，專據此書。譬夫行不由徑，出不由户，未之聞也。然觀遷之所載，往往與舊不同。如酈生之初謁沛公，高祖之長歌鴻鵠，非唯文句有别，遂乃事理皆殊。又韓王名信都，而輒去“都”留“信”，用使稱其名姓，全與淮陰不别。班氏一準太史，曾無弛張，静言思之，深所未了。

酈生初謁。（按：《史記》本傳，初叙沛公略地陳留郊，及酈生先屬沛公騎士語。次叙沛公召生入謁，據床跣足，生長揖激沛公語。次叙沛公罵生豎儒，生責沛公倨見長者語。次乃叙沛公輟洗，攝衣延坐事。至卷末朱建附傳之後，復取陸賈所叙酈生入謁事并載之，與前文迥别。同事異詞，即於一卷中見之。）

歌鴻鵠。（《留侯世家》：上欲易太子，立戚夫人子趙王如意。上有不能致者四人，太子請以爲客，從入朝。上乃大驚。四人爲壽已畢，趨去。上目送之，召戚夫人，指示四人者曰：“羽翼已成，難動矣。”戚夫人泣，上曰：“爲我楚舞，吾爲楚歌。”歌曰：“鴻鵠高飛，一舉千里。羽翮已就，横絶四海。横絶四海，當可奈何！雖有矰繳，尚安所施？”《容齋三筆》：陸賈書當時事，多與《史》不合，師古屢辯之。《楚漢春秋》今不復見。按：本條辯語闕。）（上海古籍出版社，2009年）

李吉甫《元和郡縣志》卷三十五嶺南道一廣州南海縣：

陸賈故城，在縣西一十四里。賈之來也，佗不即前，賈故爲城以待之。

朝臺，在縣東北二十里。（案《水經注》引交州治中姚文式問答云“朝臺在州城東北三十里”。）昔尉佗初遇陸賈之處也。後歲時，於此望漢朝拜，故曰朝臺。（《文淵閣四庫全書》本）

馬總撰，王天海譯注《意林全譯》卷二：

陸賈《新書》二卷。（太中大夫陸賈也。）（貴州人民出版社，1997年）

許渾《元刊丁卯詩集》卷上《登尉佗樓》：

劉項持兵鹿未窮，自乘黄屋島夷中。南來作尉任囂力，北向稱臣陸賈功。簫鼓尚陳（宋本作“存”）今世廟，旌旗猶鎖（宋本作“鎮”）昔時宫。越人未必知虞舜，一奏薰弦萬古風。（福建人民出版社，2008年）

胡曾《新雕注胡曾咏史詩》卷三《番禺》：

重崗複嶺勢崔嵬，一卒當關萬卒回。不是丈夫多辯説，尉佗争肯築朝臺。（《四部叢刊三編》本）

曹學佺《石倉歷代詩選》卷八十二晚唐九《南越謡》（于濆）：

迢迢東南天，巨浸無津壖。雄風卷昏霧，干戈滿艘船。此時尉佗心，兒童待幽燕。三寸陸賈舌，萬里漢山川。苦令交趾貨，盡生虞芮田。天意苟如此，遐人誰肯

憐？（《文淵閣四庫全書》本）

劉昫等《舊唐書》卷四十六《經籍志上》乙部史録雜史類：

《楚漢春秋》二十卷。（陸賈撰。）

同上，卷四十七《經籍志下》丙部子録儒家類：

《新語》二卷。（陸賈撰。）

同上，卷六十四《隱太子建成傳》：

高祖曰："昔陸賈漢臣，尚有遞過之事，况吾四方之主，天下爲家。東西兩宫，途路咫尺，憶汝即往，無勞悲也。"

同上，卷九十《朱敬則傳》：

陸賈、叔孫通之事漢王也，當滎陽、成皋之間，糧饋已窮，智勇俱困，不敢開一説，效一奇，唯進豪猾之材，薦貪暴之客。及區宇適平，干戈向戢，金鼓之聲未歇，傷痍之痛尚聞，二子顧眄，綽有餘態，乃陳《詩》《書》，説《禮》《樂》，開王道，謀帝圖。高皇帝忿然曰："吾以馬上得之，安事《詩》《書》乎！"對曰："馬上得之，可馬上理之乎？"高皇默然。於是陸賈著《新語》，叔孫通定禮儀，始知天子之尊，此知變之善也。向使高皇排二子而不用，置《詩》《書》而不顧，重攻戰之吏，尊首級之材，複道争功，張良已知其變，拔劍擊柱，吾屬不得無謀。即晷漏難逾，何十二帝乎？亡秦之續，何二百年乎？故曰：仁義者，聖人之蘧廬；禮經者，先王之陳迹。然則祝祠向畢，芻狗須投；淳精已流，糟粕可棄。仁義尚捨，况輕此者乎？

同上，卷九十六《姚崇傳》：

崇先分其田園，令諸子姪各守其分。仍爲遺令以誡子孫。其略曰：……陸賈、石苞，皆古之賢達也，所以預爲定分，將以絶其後争，吾静思之，深所嘆服。（中華書局，1975年）

李昉等《太平御覽》卷首《經史圖書綱目》：

陸賈《楚漢春秋》。

陸賈《新語》。

同上，卷一百七十二州郡部嶺南道《廣州》：

《南越志》曰：朝臺下有趙陀城，朝臺西三十里即崗旁江，構越華館以送陸賈，因稱朝亭。

同上，卷一百九十四居處部《亭》：

裴淵明《廣州記》曰：尉佗築臺以朔望升拜，號爲朝拜臺。傍江構起華館以送陸賈，因稱朝亭。

同上，卷六百二文部《著書下》：

《新論》曰：余爲《新論》述辨古今，亦欲興治也。……譚見劉向《新序》、陸賈《新語》，乃爲《新論》。……（中華書局，1966年）

李昉等《太平廣記》卷一百三十五徵應一《陸賈》：

樊將軍噲問於陸賈曰："自古人君，皆云受命於天，云有瑞應，豈有是乎？"陸賈應之曰："有。夫目瞤得酒食，燈火花得錢財，午鵲噪而行人至，蜘蛛集而百事喜。小既有徵，大亦宜然。故曰：目瞤則咒之，燈火花則拜之，午鵲噪則餧之，蜘蛛集則放之。況天下之大寶，人君重位，非天命何以得之哉！瑞寶信也，天以寶爲信，應人之德，故曰瑞應。天命無信，不可以力取也。"（出《小説》）（中華書局，1961年）

樂史《太平寰宇記》卷三十一關西道七乾州奉天縣：

陸賈墓，在州東北二十里岑陽、甘東兩鄉河西原。

同上，卷一百八江南西道六虔州贛縣：

馬脊岡，在縣北，陸路四百里。《南康記》云："傍山臨水，形如馬脊。上有臺榭遺迹，云陸賈説尉佗，行次所止。"

同上，卷一百五十七嶺南道一廣州南海縣：

朝臺。裴氏《廣州記》："尉佗本築朝臺，以朝天子。"姚文感《交州記》："尉佗作朝殿，以朝天子。"《南越志》云："朝臺下有趙佗故城。"又云："朝臺西三十里即圓岡，傍江構越華館以送陸賈，因稱朝堂。"（中華書局，2007年）

王欽若等《册府元龜》卷五百五十五國史部《采撰》：

漢陸賈爲大中大夫，撰《楚漢春秋》五卷。

同上，卷八百三十七總録部《文章》：

漢陸賈楚人，爲大中大夫，有賦三篇。（中華書局，1960年）

石介《徂徠集》卷十論《漢論中》：

或曰："漢改三王之道，作之者其誰歟？"曰："曹參、陸賈、叔孫通之罪也。漢高祖以干戈而定天下，陸賈曰：'陛下馬上得之，不可馬上治之。'於是賈著秦所以失天下及古今成敗之故，名《新語》十二篇。每奏一篇，帝輒稱善。高祖已平天下，群臣飲，争功，或妄呼拔劍擊柱，上患之。叔孫通乃與弟子百餘人雜采古禮與秦儀，以爲漢儀。帝用之，曰：'今日知爲皇帝之貴也。'漢高祖豁達大度，聰明聖神，温恭浚哲，英威睿武，其資材固不下禹、湯與文、武，道（導）之使爲帝則帝矣，使爲王則王矣。方平定禍亂，思爲漢家改正朔，定禮樂，立制度，明文章，施道德，張教化，一風俗，興太平，以垂於萬世。賈若能遠舉皇帝之道，致於人君，施於國家，布於天下；通若能純用三王之禮，施於朝廷，通於政教，傳於後世，以高皇帝之材而不能行之乎？齪齪進夫當時之近務，王霸之猥略，貴乎易行；孜孜舉夫近世之野禮，亡秦之雜儀，求夫疾效，使高祖上視湯、武有慚德，漢家比踪三王爲不侔，可惜也哉！初蕭何爲相，天下未甚乂而死，曹參代之，參以爲蕭何之規當守之勿失，日飲醇酒，寬縱不治事，雖復惠帝求治，參不能竭才輔之。直以高祖之初定禍亂，蕭何之草創律令，民僅出塗炭，爲已太平，國僅成法式，爲已大備，當高祖之既平禍亂，蕭何之既定律令，惠帝之方求治，參能竭伊尹致君如堯舜之心，周公輔成王致太平之道，以事惠帝，制度之未修者修之，教化之未格者格之，文章之未備者備之，禮律之未明者明之，刑政之未和者和之，盡循三王之道而行之，賈與通既施之於前，參復行之於後，漢豈有不及三王之治乎？故曰：陸賈、叔孫通、曹參之罪也。"

同上，《漢論下》：

或曰："時有澆淳，道有升降。當漢之時，固不同三代之時也，盡行三王之道，可乎？"曰："時有澆淳，非謂後之時不淳於昔之時也；道有升降，非謂今之道皆降於古之道也。夫時有治亂，道在聖人，非有先後耳。桀紂興則民性暴，湯、武興則民性善。湯之時固在桀之後，武之時固紂之後也，而湯、武之時豈有不淳於桀紂之時？其道亦已降，其民亦已難教乎？時治則淳，時亂則澆，非時有澆淳也。聖人存則道從而隆，聖人亡則道從而降，非道有升降也。民厭周久矣，苦秦甚矣。秦之政，檻穽也，民得出檻穽也，雖使之從三王之政，非如檻穽之深閉可畏也。既得出檻穽，而得適非檻穽，人皆樂焉從之也。况使從三王大中之道，躋於泰然安樂乎？當高祖提秦之民於千萬丈不測深淵中，置之於平地，若示之以三王之政，革之以三王之化，鼓之以三王之號令，明之以三王之律度，民有不肯從之，乃曰‘不如在千萬丈不測深淵中之樂耶’，吾未之信也。當乎天下初定也，民未有富兼地，民未有强凌弱，民未有衆吞寡，民未有大并小，因定之經界，因爲之井田，民有争乎？國未有巡行之費，國未有兵衆之動，國未有土木之耗，因爲之什一之法，因立之中正之道，國闕用乎？封建以域之，鄉射以仁之，庠序以教之，養老以厚之，秦之民不爲漢之民，爲三王之民也，民不見漢之政，見三王之政也。伊尹俾其君不及堯舜，其心愧耻，若撻於市。湯去堯、舜數百年矣，而又承桀之大亂，其時固亦澆漓矣，且能以堯、舜之道事其君，使其君如堯、舜。曹參、陸賈、叔孫通乃獨不能以三王之道事於漢，使漢不及三王，誠可罪也。”

或曰：“漢之輔政者，前有蕭、張，中有平、勃，後有霍光、魏相、公孫、博陽侯韋賢父子，而獨責於賈與通暨曹相國，不亦偏乎？”曰：“《易》之《革》曰：‘天地革而四時成，湯、武革命，順乎天而應乎人，君子以治曆明時。’《鼎》曰：‘君子以正位凝命。’當高祖定天下，乃革故鼎新之日也。曹參、陸賈、叔孫通正當“君子以治曆明時”“正位凝命”之際也。會其時，乘其際，不能創制度，明律令，以垂萬世法，適當其罪也。至於後世，法令已定矣，條章已著矣，制度已行矣，朝廷循之已成熟矣，百姓信之已慣習矣，而遽更之，得無亂乎？富者已連田兼地矣，强已凌弱矣，衆已吞寡矣，大已并小矣，而遽正之以經界，居之以井田，民肯從乎？後嗣奢縱日作，土木不息，内畜嬪侍，外躭畋游，殫天下之財，疲天下之力，猶供億不足，而遽行中正之道，取什一之賦，罷關市，開山澤，國其不乏乎？故晁錯請削國地而被誅，仲舒請限民田而不用。霍光、魏相、公孫、韋賢、博陽侯，雖有其才，豈復能爲漢家革制度乎？適不當其時也。故吾罪曹參、陸賈、叔孫通也。”（《文淵閣四庫全書》本）

歐陽修、宋祁《新唐書》卷五十八《藝文志二》乙部史録雜史類：

陸賈《楚漢春秋》九卷。

同上，卷五十九《藝文志三》丙部子録儒家：

陸賈《新語》二卷。（中華書局，1975年）

王存等《元豐九域志》卷九廣南路東路康州晉康郡軍事（治端溪縣）：

縣二。下端溪四鄉。

下瀧水州南二百六十八里四鄉。

古迹：陸賈廟。（《文淵閣四庫全書》本）

佚名《歷代名賢確論》卷三十九高祖中《陸賈叔孫通》（東坡）：

東坡曰：聖人之於天下也，無意於取之也。譬之江海，百谷赴焉；譬之麟鳳，鳥獸萃焉。雖欲辭之，豈可得哉？禹治洪水，排萬世之患，使溝壑之地，疏爲桑麻；魚鱉之民，化爲衣冠。契爲司徒，而行五教。棄爲后稷，而烝民乃粒，世濟其德。至於湯武，拯塗炭之民，而置之仁壽之域，故天下相率而朝之。此三聖人者，蓋推之而不能去，逃之而不能免者也。於是益修其政，明其教，因其民，不易其俗，以是得之，以是守之，傳世數十，而民不叛，豈有它道哉？周室既衰，諸侯并起，力征争奪者，天下皆是也。德既無以相過，則智勝而已；智既無以相傾，則力争而已。至秦之亂，天下蕩然，無復知有仁義矣。漢高祖以三尺劍，起布衣，五年而并天下，雖稍輔以仁義，然所用之人常先於智勇，所行之策常主於權謀，是以戰必勝，攻必取。天下既平，思所以享其成功，而安於無事，以爲子孫無窮之計，而武夫謀臣，舉非其人，莫與爲之者。故陸賈譏之曰："陛下以馬上得之，豈可以馬上治之乎？"而叔孫通亦曰："儒者難與進取，可與守成。"於是酌古今之宜，興禮樂之中，取其簡而易知，近而易行者，以爲朝覲、會同、冠昏、喪祭之法，雖足傳數百年，上下相安，然莫若三代聖人取守一道，源深而流長也。夫武夫謀臣，譬如藥石，可以伐病，而不可以養生；儒者譬之五穀，可以養生，而不可以伐病。宋襄公争諸侯，不禽二毛，不鼓不成列，以敗於泓，身夷而國蹙，此以五穀伐病也；秦始皇燔《詩》《書》，殺豪杰，東築臨洮，北屬遼水，民不得休息，傳之二世，宗廟蕪滅，此以藥石養生也。善夫賈生之論，曰："仁義不施，而攻守之勢異也。"夫世俗不之察，直以攻守爲二道，故悉論三代以來所以取守之術，使知禹、湯、文、武之盛德，亦儒者之極功，而陸賈、叔孫通之流，蓋儒術之粗也。（《文淵閣四庫全書》本）

秦觀撰，徐培均箋注《淮海集箋注》卷十六進策《辯士》：

昔酈食其使齊，田廣以七十城下漢；陸賈使南越，尉佗去黄屋而稱臣；賈林致李抱真命而王武俊倒戈；韓愈入鎮州而牛元翼出矣：此後世用辯士之明效也。（上海古籍出版社，1994年）

晁補之《鷄肋集》卷四十二《西漢雜論》"諸吕擅權欲劫少主"條：

右《陸賈傳》第十三。誅産、禄，迎文帝，天下後世皆知其爲平勃、朱虚、東牟之功，謂賈有游談之助耳。雖如孝文深德大臣之立己，而謂章與興居始謀立齊王，猶詘其功，然間一歲，終立二人爲王。至賈之功，則無一人爲言之，文帝亦不圖也。以陳平之智，百發百中，而方其端居深念，不知所出，微賈發之，安知與勃深相結，使彼不疑，而後可與成功哉？管、蔡之事，斷可見矣。聖如周公，賢如召公，而召公不悦，故周室幾危，况勃椎少文，昧於慮始，安能不疑平而睹未萌以成至計哉？然賈一言，而兩人成謀，社稷之計出其掌握，去産、禄如莧陸之易，措劉氏如太山之安。二人同心，其利斷金，豈不信哉？然平始起微時，有功當賞，不忘魏無知，高帝固以爲不背本者。及此智窮計困，得賈一言而免深禍，成大勳，事定國安，而己佚樂，顧忘賈本圖，不聞其爲上言之，上亦莫之省，賈亦不自言，而翛然事外，樂以忘利。《易》曰："鴻漸於陸，其羽可用爲儀，吉。"陸賈以之。

同上，"朱建母死"條：

右《朱建傳》第十三。陸賈自喜畫策，而朱建又尚氣節，兩人爲此，皆其性所不能已也。然賈亦善建，故哀建母死不葬，乃以計動辟陽侯，使助建喪。建以母死不葬，故德賈之惠，乃以謀恐閎籍孺，使免辟陽侯死，此其情也。而辟陽侯、閎籍孺兩人，皆行不正，賈、建與通計議，甚污可鄙者。若曰賈爲人喪，建爲母死，儻可以免。然君子之與人交，惟無以利爲哉？將無所不至也。（《四部叢刊》本）

范致明《岳陽風土記》"靈妃廟有銅鼓"條：

靈妃廟有銅鼓，元豐中永慶莊耕者得之。圓口方耳，下有方趺，皆古篆，雲雷文，色正青緑，形制精巧，非近世所能爲也。取置於寺。太守李觀用耆舊之説，以爲陸賈使南越，嘗以銅鼓獻之於廟，歲久失之，意其必此，遂移置廟中。方移置時，護持不謹，因誤毀損，今已不完。或云聞初獲鼓時，同獲銅鐸一枚，以其完好，輦致禮部，今藏秘書省；鼓以毀壞，遂留永慶寺。李觀之説，似非其實。（成文出版社，1976年）

曹勳《松隱集》卷三十三《跋陸賈圖》：

僕幼讀《西漢》，便喜陸賈之爲人。其行己之長慮，事君之大節，爲人之成謀，善後之智策，每三復而嘆仰之。雖東漢士夫，以風節相尚，其行義立志，比西漢終不能自全，是知其况每下矣。僕曩將使旨，偶叶上意，得保首領，庶幾昔賢乃以負郭所種，飲酒所用，分遺三子，仍畫此圖，人各一本，俾通曉賈意。僕亦不待引年力丐休，致卜居於天臺山麓，往來子舍，率不逾季，即移舍焉。其擊鮮之樂，車馬之遺，不待言而意已傳。念非教子一經，而有益過之誨，誠非昔戒。第僕身歷多難，速於安養，倒行逆施，以保其身爾。若謂玷國朝以來家風，千佛名經之選，固獲罪名教也。噫！人謂欲享其佚而用之以惰者，其佚必窮；擬獲其欲而用之以肆者，其欲必廢。吾與若輩尚監兹哉！（《文淵閣四庫全書》本）

胡宏《知言》卷五“胡子假陸賈對漢高”條：

胡子假陸賈對漢高曰：陸賈爲漢高帝大中大夫，時時前説稱引《詩》《書》。帝罵曰：“乃公居馬上得之，安事《詩》《書》！”賈再拜對曰：“臣竊以陛下馬上之功不如項王也。”上曰：“何謂不如？”對曰：“天下初發難時，秦軍常乘勝逐北，項王獨破秦軍，虜王離，慴服諸侯，降章邯及欣、翳，西攻破函谷，東擊死田榮，蹙漢軍於穀泗，困陛下於滎陽、成皋，七十餘戰，未嘗敗北。陛下失太公於彭城，亡衆於滎陽，跳身於玉門，中伏弩於廣武，勇不振於鴻溝。既及羽於固陵，必待信越而後敢戰。此臣所謂不如也。”上曰：“是則然矣。而我得天下，項王失天下者何也？”賈對曰：“項王失信弑君，意忌聽讒，行姑息，樂殺人，殖貨利，犯聖王之法，此其所以失天下也。陛下本以寬大長者，受懷王入關之命，爲天下除殘賊，所過亡鹵掠，赦秦，降王子嬰，財物無所取，婦女無所幸，約法三章，父老惟恐陛下不爲秦王，此三代得天下之仁也。項羽負約，王陛下於蜀漢，陛下忍而就國，用蕭何爲丞相，養其民以致賢人，收用巴蜀，還定三秦。項羽賊殺義帝，陛下舉軍縞素，告諸侯而伐之，此三代取天下之義也。不齷齪自用，多大略，得英雄心，師張良，任陳平，將韓信，此堯、舜、禹、湯、文、武知人之明也。以野戰略地之功譬狗，以文墨議論之功爲人，此堯、舜、禹、湯、文、武尚德不尚戰之心也。鎮撫百姓，下令軍士不幸死者，吏爲衣衾棺斂，轉送其家，此堯、舜、禹、湯、文、武哀鰥寡恤孤獨之政也。此五者陛下所以得天下，成大漢磐石之基。非歟？馬上一時之功，乃河漢之波瀾起伏耳。”

上欣然而笑曰：“生言起吾意，殊非腐儒之論。吾欲治天下，法先聖，何若而可？”賈再拜對曰：“陛下及此言，天下之福也。天下法制，自周幽、厲，掃蕩幾盡，平、莊之後，浸微浸盛。五霸假托仁義以自封殖，志不在於斯民。至於七雄，益以戰争强大爲務。秦據形勝，以利誘民，鬥取一時之勝，而不知其勝爲僥倖也，遂安而行之。居十三歲，天下争起，而亡之矣。願陛下退叔孫通，聘魯二生，使與張良、四皓及如臣者共論所以承三代之宜，定一代大典，以幸天下，以詔子孫，以傳萬世。”上曰：“善。然吾老矣，不能用也。”明年丙午夏四月甲辰，帝崩於長樂宫。寥寥千餘歲，未有能明漢家承三代之宜者也，又何論承漢家之宜乎？

大宋癸酉歲，有士嘆曰：“嗚呼！天乎使陸生有是對，而漢祖用其言，則必六宫有制，嫡庶有辨，教養子弟有法，后夫人嬪婦各得其所矣。又安有戚夫人爲人彘，張美人以恨死，趙王如意以酖死，淮陽王友以餓死，梁王恢以殺死，燕王建絶嗣，山朝武强，不疑幾於亂姓之事哉？又安有審食其入於死誅不赦之罪，而吕氏至於族滅，後世世有外戚之禍哉？則必制國有法，荆王賈、楚王交、代王喜、齊王肥不封數十縣，而伏羲、神農、黄帝、堯、舜、禹、湯、文、武以及皋陶、伊、傅、周、召之裔得血食矣。則必體貌大臣，韓信、彭越之夷三族可悔，蕭相國不繫獄，黥布、陳豨、韓王信、盧綰不背叛矣。則必不襲秦故尊君抑臣，而朝廷之上制禮以道謙尊而光，乾剛下充，臣道上行，致天道於交泰，而大臣可以托天下，委六尺之孤矣。則必封建諸侯，藩垣屏翰，根深蒂固，難於崩陷，可以正中國四夷之分，不至畏匈奴與之和親，而手足倒置矣。則必復井田之制，不致後世三十稅一近於貊道，富者連田阡陌，僭擬公侯，而貧民冤苦失職矣。則必用靈制五刑，使好生之德洽於黎民，不下三大赦，以啓後世惠奸宄、賊良民之原矣。則必侍御僕從罔匪正人，有疾病不枕宦者，卧臨棄天下，公卿大臣受顧命，婦寺不能與，而大正其終矣。則必兼用仲尼立嫡與賢之法，嗣天子繼離之明，行乾之健，不受制於母后，日飲爲淫樂，不聽政矣。嗚呼，天道往而必返。三代之盛，其有終不復者乎？”（《文淵閣四庫全書》本）

鄭樵《通志》卷六十五《藝文略三》史類第五雜史兩漢：

《楚漢春秋》，九卷。（陸賈撰。）

同上，《藝文略四》諸子類第六儒術：

《新語》，二卷。（陸賈撰。）

同上，卷七十一《校讎略一·秦不絶儒學論二篇》（其一）：

陸賈，秦之巨儒也。酈食其，秦之儒生也。叔孫通，秦時以文學召待詔博士。數歲，陳勝起，二世召博士諸儒生三十餘人而問其故，皆引《春秋》之義以對，是則秦時未嘗不用儒生與經學也。况叔孫通降漢時，自有弟子百餘人，齊魯之風亦未嘗替。故項羽既亡之後，而魯爲守節禮義之國。則知秦時未嘗廢儒，而始皇所坑者，蓋一時議論不合者耳。（中華書局，1987年）

洪邁《容齋三筆》卷二《絳灌》：

《漢書·陳平傳》：“絳、灌等讒平。”顔師古注云：“舊説云：絳，絳侯周勃也。灌，灌嬰也。而《楚漢春秋》，高祖之臣，别有絳灌，疑昧之文，不可據也。”《賈誼傳》：“絳、灌、東陽侯之屬盡害之。”注亦以爲勃、嬰。按，《史記·陳平世家》曰：“絳侯、灌嬰等咸讒平。”則其爲兩人明甚，師古不必爲疑辭也。《楚漢春秋》，陸賈所作，皆書當時事，而所言多與史不合，師古蓋屢辨之矣。《史》《漢·外戚·竇皇后傳》，實書絳侯、灌將軍，此最的證也。夏侯嬰爲滕令，故稱滕公，而《史》并灌嬰書爲滕、灌，賈誼所稱亦然，甚與絳、灌相類。《楚漢春秋》一書，今不復見，李善注《文選》劉歆《移博士書》云：“《楚漢春秋》曰：漢已定天下，論群臣破敵禽將，活死不衰，絳灌、樊噲是也。功成名立，臣爲爪牙，世世相屬，百出無邪，絳侯周勃是也。然則絳灌自一人，非絳侯與灌嬰。”師古所謂疑昧之文者此耳。張耳歸漢，即立爲趙王，子敖廢爲侯，敖子偃嘗爲魯王，文帝封爲南宫侯，而《楚漢春秋》有“南宫侯張耳”。淮陰舍人告韓信反，《史記・表》云樂説，《漢・表》云樂説，而《楚漢》以爲謝公，其誤可見。（中華書局，2005年）

尤袤《遂初堂書目》儒家類：

陸賈《新語》。（《叢書集成初編》本）

樓鑰《攻媿集》卷七十二題跋《跋周公禮殿圖》：

余近得臨江周公禮殿圖石刻，紹興十七年向薌林刻於學宫，疑與先人所藏畫本不侔。聞大資政趙公帥守成都，嘗摹禮殿本爲八軸，借而校之，丹青焕然。自盤古而下，位次向背不同者十八九。虙羲八卦上下各有字，位置亦不倫。夔之球爲鍾，無傳説像。孔子弟子中，多徒父、叔魚、原亢，又一人闕名。石刻中有梁鱣字叔魚，而形貌不類。却無顔路、公孫龍、冉季、公祖兹、漆雕從、狄昱、公良孺、奚蒧、叔仲會、容蒧、顔之僕、左郢，而有蜀太守李冰，又一人無名。第七軸畫文翁、司馬相如、匡衡、蕭德仁、戴聖、王吉、嚴君平、揚雄、劉向、服虔、陳實、鍾繇、諸葛亮、崔桓、平福、王濬、杜預、張華、杜畿、豆盧。第八軸畫漢武帝、蕭何、張良、叔孫通、陸賈、陳寬、賈誼、司馬遷、董仲舒、漢光武、鄧禹、桓榮、班固、張湛、廉范、馬融、第五倫、鄭玄、公孫弘、兒寬，丹青愈工，皆石刻所無。益州刺史張收，未知在漢何帝時，後漢諸名儒或在其前，若鍾繇、諸葛亮、王濬、杜預、張華等皆魏晋間人，既在張收之後，豈後人所續耶？武帝、光武列於諸臣之間，次序亦多不可考。蕭德仁、崔桓、平福，名不甚顯；豆盧複姓，不知何名。姑記大概，以俟考證。（《文淵閣四庫全書》本）

孫奕《示兒編》卷七《文説・擬聖作經》：

作經以擬聖者，其後儒之僭者乎？自非僭者，則揚雄不作《太玄經》以擬《易》（漢），王長文亦不作《通元經》以擬《易》（晋），劉向不作《洪範五行傳》以擬《書》（漢），陳黯亦不作《禹誥》以擬《書》（唐），而《虞卿春秋》（趙相）、《吕氏春秋》（秦相吕不韋）、《楚漢春秋》（陸賈）、《吴越春秋》（趙曄）、《晋春秋》（檀道鸞）、《唐春秋》（吴兢）之類無聞焉。（《叢書集成初編》本）

葉適《習學記言》卷二十《史記·列傳》“按酈生陸賈叔孫通傳”條：

按《酈生陸賈叔孫通傳》，皆言高祖駡儒生，憎儒服，而漢所共事皆武人刀筆吏，無有士人，獨張良非軍吏，不知何服也。然儒書、儒服，自春秋戰國時固已詬戾之矣。游説法術之學行，道義既絶。至是，陸賈始發其端，如陽氣復於大冬，學者蓋未可輕視之也。（《文淵閣四庫全書》本）

王楙《野客叢書》卷九《李陸娱老之趣》：

士大夫晚年不問家事，自適其適，非其胸中能擺脱世纍，未易及此。僕讀《陸賈》《李遷哲》二傳，深喜其得娱老之趣。陸賈爲太中大夫而歸，家好畤，出橐中裝，分與五子，令各生産。賈常帶百金寶劍，乘安車駟馬，從歌鼓瑟侍者十人，與諸子約：“過女，女給人馬酒食之費，極則十日而更。所死家，得寶劍車騎侍從者。一歲中以往來過它客，率不過再過，數擊鮮，毋久溷女爲也。”李遷哲爲刺史歸，妾媵至有百數，男女六十九人，緣漢十里間，第宅相次，姬媵有子者分處其中，各有童僕、侍婢、閽人守護。遷哲每鳴笳導從，往來其間，縱酒歡宴，盡平生之樂。子孫參見，或忘其名，披籍以審之。二公臨老能自享如此，是非高見邪？其有斷斷焉計較口腹，疲精竭力，爲子孫作活，至老死而不知休者，人之賢愚相去幾何哉！（上海古籍出版社，1991年）

謝采伯《密齋筆記》卷首王宗旦《密齋筆記序》：

陸賈當功成名遂之餘，乞身歸田，擁車騎，負寶劍，遨游諸子間，釃酒擊鮮，以自娱樂。追思向來《新語》，殆如夢事。……寶祐丙辰夏五中澣通直郎添差通判撫州軍州兼管内勸農營田事王宗旦謹書。（《文淵閣四庫全書》本）

章如愚《群書考索》卷十一諸子百家門百家類雜家：

《新語》，漢陸賈撰。本傳高帝謂賈曰：“試爲我著秦所以失天下，吾所以得之者，及古成敗之國。”賈凡著十二篇，每奏一篇，帝未嘗不稱善，稱其書曰《新語》。今存二卷。（《文淵閣四庫全書》本）

祝穆《方輿勝覽》卷三十五德慶府《土産》：

錦石，在端溪。陸賈使南越時，設錦帳於此。（《文淵閣四庫全書》本）

徐天麟《西漢會要》卷二十六學校下《國史》：

《楚漢春秋》九篇。（陸賈所傳。）（中華書局，1957年）

劉克莊《後村集》卷十二《陸賈二首》：

田橫死士今亡矣，陳豨從車安在哉。獨有尉佗尚黄屋，故應兩費陸生來。

酈烹未久蒯幾烹，陸子優游享令名。南帝稱臣橐金返，更推餘智教陳平。（《文淵閣四庫全書》本）

黄履翁《古今源流至論别集》卷九《奉使》"使命係國勢强弱"：

國勢之强弱，使命之重輕係焉；使命之重輕，敵情之敬忽係焉。何以言之？方漢帝之初興也，與項氏相持百戰間，其事無難於歸太公者。辯士如酈生、隋何、陸賈數子，最號善口伐者，帝嘗於數子中遣之使楚，楚傲然不聽，迨侯生朝往楚壁，暮歸漢庭，又何談之易也！謂三子不足用耶？則下淮南，下南越，亦非拙於詞者。謂侯生詞鋒説刃果異於人耶？則史傳寂寞，絶無可書者。嗚呼，此豈可以口舌争哉？蓋陸賈之使，正劉項雌雄未决之時；侯生之往，乃楚弱漢强之日。夫惟楚弱而漢强也，則楚氣已索，固將求媚於漢之不暇，是固侯生之所可以拱揖恐喝而動也。（《文淵閣四庫全書》本）

黄震《古今紀要》卷二西漢《高祖》：

陸賈。（造《新語》，訢南粵。）

同上，《惠帝》：

八年，太后崩。諸吕欲爲亂，陸賈交歡平、勃，與劉章誅之，迎立代王，是爲文帝。

陸賈。（太后王諸吕，因以病免；諸吕謀亂，傅會將相，以誅之。廉耻。忠赤。功極大。東萊曾議其分財諸子爲敗風俗。此時賈避吕氏不仕，當取此處。况三代後首説《詩》《書》，功尤大。）（《文淵閣四庫全書》本）

黄震《黄氏日抄》卷四十《讀本朝諸儒理學書》八《東萊先生文集·讀史漢手筆》：

謂陸賈使其子析居分財，敗俗傷化。愚謂賈不忍仕於吕氏，分財兒曹，東西游息，此寓之飲食燕樂，而誅吕安劉之功藏焉者也。觀豪杰，自不當責其細。

同上，卷四十五《讀諸儒書》十二《石徂徠文集·漢論》：

漢論三篇，論漢不能盡循周之道，皆曹參、陸賈、叔孫通之罪。

同上，卷四十六《讀史》一《史記・酈生陸賈》：

酈生爲高帝下陳留，高帝賴其兵食遂以入關，所繫大矣。然以善其令，而夜半賊殺之，與之善者不亦難乎！此戰國傾危之餘習，宜其卒窮於辨也。陸賈兩使尉他，使漢越無兵争，天下陰受其賜多矣。時時稱説《詩》《書》，一新高帝馬上之習，社稷靈長，終必賴之矣。其後知太后將王諸吕，不可争，乃病免家居。及諸吕將危劉氏，則出爲陳平畫策誅之，動静合時措之宜，而功烈泯無形之表。漢初儒生，未有賈比也。而太史公屈與酈生同傳，豈以其辨説歟？朱建以母死，無以爲喪，而受辟陽侯金，所謂行不苟合者安在？嗚呼！此其所以惡也。

同上，卷四十七《讀史》二《漢書・陸賈》：

賈以《詩》《書》説高帝，一時群臣無有也。賈以吕氏欲王諸吕而病免，豈忍一日苟禄於君側。既病免，復傳會將相，以誅諸吕，又豈忍一日苟忘其君？此亦一時群臣無有也。嗚呼，賈庶幾以道事君者與!

《史》以酈、陸、朱、劉、叔孫同傳。朱建、叔孫通不足道也，食其庶幾知擇君，婁敬庶幾能自奮，然豈賈儔伍哉？

同上，卷五十六《讀諸子》二陸賈《新語》：

《新語》十二篇，漢太中大夫陸賈所撰。一曰《道基》，言天地既位，而列聖制作之功。次曰《術事》，言帝王之功，當思之於身，舜棄黄金，禹捐珠玉，道取其至要。三曰《輔政》，言用賢。四曰《無爲》，言舜周。五曰《辨惑》，言不苟合。六曰《慎微》，言謹内行。七曰《資質》，言質美者在遇合。八曰《至德》，言善治者不尚刑。九曰《懷慮》，言立功當專一。十曰《本行》，言立行本仁義。十一曰《明試》，言君臣當謹言行。十二曰《思務》，言聞見當務執守。此其大略也。往往多合於理，而又黜神仙之妄。言墨子之非，則亦有識之言矣。然其文煩細，不類陸賈豪杰士所言。賈本以《詩》《書》革漢高帝馬上之習，每陳前代行事，帝輒稱善，恐不如此書組織以爲文。又第五篇云："今上無明正聖主，下無貞正諸侯，鉏奸臣賊子之黨。"考其上文，雖爲魯定公而發，豈所宜言於大漢方隆之日乎？若賈本旨謂天下可以馬上得，不可以馬上治之意，十二篇咸無焉，則此書似非陸賈之本真也。（《文淵閣四庫全書》本）

王應麟《漢藝文志考證》卷三《春秋》：

《楚漢春秋》九篇。

陸賈記項氏與漢高初起，及惠文間事。（《隋志》九卷。《史通》云："晏子、虞卿、吕氏、陸賈，其書篇第，本無年月，而亦謂《春秋》。"）《司馬遷傳贊》："漢興伐秦，定天下，有《楚漢春秋》。"劉氏曰："歷代國史，其流出於《春秋》，劉歆叙《七略》，王儉撰《七志》，《史記》以下皆附《春秋》。荀勗分四部，史記、舊事入丙部。阮孝緒《七録》《記傳録》紀史傳，由是經與史分。"（洪氏曰："陸賈書當時事，而所言多與史不合。顔師古屢辨之，若高祖之臣别有絳灌、南宫侯、張耳、淮陰舍人謝公。"）

同上，卷五《儒文》：

《陸賈》二十三篇。

本傳：高帝曰："爲我著秦所以失天下，吾所以得之者，及古成敗之國。賈凡著十二篇，每奏一篇，未嘗不稱善，稱其書曰《新語》。"太史公曰："余讀陸生《新語》十二篇，固當世之辯士。"《隋》《唐志》二卷，今存《道基》《術事》《輔政》《無爲》《資賢》《至德》《懷慮》七篇。吴儔曰："《輔政篇》曰：'書不必起於仲尼之門。'夫黜仲尼之書，則道不尊矣。烏能使高帝行儒術哉？"

（中華書局，2011年）

王應麟《玉海》卷四十一《藝文》續春秋《楚漢春秋》：

《後・班彪傳》：漢興，定天下，太中大夫陸賈記録時功，作《楚漢春秋》九篇。

《藝文志》春秋家：《楚漢春秋》九篇，陸賈所記。

《隋志》雜史：《楚漢春秋》九卷，陸賈撰。述誅鋤秦、項之事。司馬遷述《楚漢春秋》，接其後事。

同上，卷四十七《藝文》編年《楚漢春秋》：

《漢志》春秋家：九篇，陸賈所記。（《索隱》曰：記項氏與漢高初起，及惠文間事。）

《隋志》雜記：九卷。（《唐志》同。）太史公述《楚漢春秋》，接其後事。《禮樂志》注師古引《楚漢春秋》，高祖之臣别有絳灌。《文選注》引《楚漢春秋》。

同上，卷五十五《藝文》著書雜著《漢陸賈〈新語〉》：

《陸賈傳》：高帝時，賈爲大中大夫，時説《詩》《書》。帝曰："爲我著秦所以失天下，吾所以得之者，及古成敗之國。"（《高帝紀》：天下既定，命陸賈造《新語》。）賈凡著十二篇，每奏一篇，未嘗不稱善，稱其書曰《新語》。

《漢志》儒家：《陸賈》二十三篇。

《唐志》：陸賈《新語》二卷。（《隋志》《崇文目》同。）

今存於世者，《道基》《術事》《輔政》《無爲》《資賢》《至德》《懷慮》，纔七篇。

《史記》：余讀陸生《新語》書十二篇，固當世之辯士。

班固《賓戲》：陸子優繇，《新語》以興。及時君之門闈，究先聖之壼奥。

《隋志》儒家：《顧子新語》十二卷，吴太常顧譚。

《唐志》雜史：劉肅《大唐新語》十三卷。（元和中。）

同上，卷一百三十五《官制》褒功《漢十八侯位次》：

《史記索隱》曰："姚氏云：'十八侯，《史記》與《漢書》《表》同，而《楚漢春秋》則不同者，陸賈記事在高祖、惠帝時，《漢書》是後定功臣等列，及陳平受吕后命而定，或已改邑號，故人名亦别。且高祖初定唯十八侯，吕后令陳平終竟已下列侯第録，凡一百四十三人也。'"

《文選》：陸士衡《漢高祖功臣頌》："蕭何、曹參、張良、陳平、韓信、彭越、黥布、張耳、韓王信、盧綰、吴芮、劉賈、王陵、周勃、樊噲、酈商、夏侯嬰、灌嬰、傅寬、靳歙、劉敬、酈食其、陸賈、叔孫通、魏無知、隨何、三老董公、轅生、紀信、周苛、侯公。"（三十一人。）（江蘇古籍出版社，1987年）

王應麟《通鑒答問》卷三漢高帝《陸賈前説稱詩書》：

或曰："《詩》《書》火於秦，天下無誦之者。漢興，陸賈始以雜説，賈其爲儒者歟？"曰："學之爲王者事久矣，高祖不知學也。當時言《詩》有齊浮丘伯，高祖過魯，其弟子申公從師入見於魯南宫，而高祖不能用也。言《書》有濟南伏生，教於齊、魯之間，至孝文時乃詔掌故往受之，而高祖未嘗問也。浮丘隱而不見，伏生耄而後有聞，此高祖不學之過也。古者立教造士，莫先乎《詩》《書》。陸賈辯士也，耳剽口誦，而稱述之，若二《南》之正始，二《雅》之言正，典謨訓誥之軌範，帝王所以修身、齊家、治國、平天下者，賈何足以知之？其言湯武以爲逆取順守，此戰國駁雜卑陋之説。其著《新語》，不過秦、漢之失得。不以堯、舜之道告其君，不以孔、孟之訓格其君，賈焉得爲儒者哉！挾書之律未除，游學之路未廣，大風之歌曰"安得猛士"而已，求賢之詔曰"賢士大夫肯從我游"而已，通經學古之士不在列也。次律令，申軍法，定章程，制禮儀，孔氏六藝之傳不得與也。孝文好刑名黄老，而《詩》《書》以異端廢。孝武有表章之名，而《詩》《書》以空言廢。孝宣有講論之名，而《詩》《書》以法律廢。是《詩》《書》之道未得一試，所存者章句訓故爾。漢終於雜霸道，而士以經術爲禄利之資。程子曰：'道不行百世，無善治學不傳。'千載無真儒，亦可嘆夫！"（《文淵閣四庫全書》本）

無名氏《十先生奥論注後集》卷七《西漢臣論·陸賈》：

漢之人主好經術者，莫如武帝。然以《春秋》復讎一言，甘心夷狄。汲黯仁義之諫，則每以不學鄙之，而弗爲聽。至於高帝嫚儒，不可以《詩》《書》説。雖末年猶有馬上之氣，然及陸賈一説，且慚且喜，終身不事遠略，議者惑焉。竊嘗論之人主之患，莫大於多知而不暇爲。古之王者惟知之未至，而樂爲之意先入；夫其先入也得之之專，故其至也趍之之决。至於多知而不暇爲，則雖有異聞，亦莫之肯行，蓋惟其習而玩之，而故易違之也。故凡天下之事，狎於其説也而苦其難者則不可誘而進；愧其非也而不能自勝者，則不可諫而却。昔者魯昭公娶於吴，爲其同姓，謂之吴孟子，陳司敗問於孔子曰："昭公知禮乎？"夫子曰："知禮。"司敗以爲聖人之党，而説者亦曰諱魯。聖人非諱魯也，蓋非魯也。昭公而不知禮，則雖娶姬氏焉亦奚不敢？惟其知之也，而畏人之議，而逃夫名，聖人以是悲昭公之不足與有爲也。然則世之人主，則亦悔於其知之之晚，而已知之而不爲，則不可以强。譬夫人之疾也，其藥之則效，其砭之則達，必其所未嘗試故也。及其久也，瀆於藥矣則補之弗滿矣，玩於砭矣則刺之弗動矣。無他，其備嘗而試之也。由是言之，武帝所以不可諫，而高帝所以慚而悔也，有以夫。（《文淵閣四庫全書》本）

魏初《青崖集》卷二《越王臺》：

春風青草越王臺，腳底連雲海舶回。萬國升平有今日，笑人陸賈奉書來。（《文淵閣四庫全書》本）

胡祇遹《紫山大全集》卷六《送宣撫輔之奉使日本》（其一）：

耻署隨人紙尾名，要陵絶險得英聲。精誠天日孤帆健，談笑風濤萬里行。海外尉佗雖倔强，漢庭陸賈更忠貞。片言要領來威表，一使勝於十萬兵。

同上，《題新修州學壁》：

守成天子擴雄圖，郡縣岩廊半老儒。已聽叔孫修禮樂，更從陸賈問詩書。弦歌里咏無殊俗，黨序鄉庠遍八區。亂後吾鄉有今日，春風回首賦歸與。（《文淵閣四庫全書》本）

黎崱《安南志略》卷三《前朝奉使·漢使》：

陸賈，楚人也，以客從漢高祖定天下，名爲辯士，常使諸侯。時中國初定，趙佗據南越，高帝使賈賜佗印爲南越王。賈至，佗魋結箕踞見賈，賈曰："足下中國人，昆弟墳墓在真定，今足下反天性，棄冠帶，欲以區區之越，與天子抗衡爲敵國，禍且及身。天子聞君王南越，不助天子誅暴逆，將相欲移兵而誅王，天子憐百姓新定勞苦，且休之。遣臣授王印綬部符，通使，王宜郊迎，北望稱臣。乃以新造未集之越，强比於漢。試問之，掘燒王先人冢，夷滅宗族，使一偏將將十萬衆臨，越則殺王降漢，如覆手耳。”於是佗乃蹶然起坐，謝曰：“居蠻夷中久，疏禮義。”乃大悦陸生，留與飲數日，賜賈橐中裝值千金。賈卒拜佗爲南越王，令稱臣，奉漢約。歸報，高祖大悦，拜賈大中大夫。高后時，禁南越關市鐵器，佗乃僭號爲帝。文帝復遣賈往使讓之，佗恐，稱臣奉貢職，皆如意旨。（《文淵閣四庫全書》本）

胡助《純白齋類稿》卷十九《古賢贊并序·陸賈》：

乃公天下馬上得之，每奏新語輒爲解頤。縱横餘風游説奇術，臣服尉佗交歡平勃。（《文淵閣四庫全書》本）

陳謨《海桑集》卷一《吊越王臺》：

昔者虞翰林，盛制越臺碑。讀碑多勝概，登臺但荒基。王昔乘黄屋，自云帝蠻夷。迷途殊早復，臣節終無虧。陸賈信自賢，任囂豈真癡。臺今廢興幾，終古名不移。海山萬景赴，豈殊隆漢時。乃知登覽勝，曷以臺觀爲。（《文淵閣四庫全書》本）

脱脱等《宋史》卷二百五《藝文》四子類雜家類：

陸賈《新語》二卷。（中華書局，1985年）

徐賁《北郭集》卷五《登廣州城樓》：

五嶺南來瘴海深，秋風榕葉尚陰陰。安期一去家遺舄，陸賈重來橐有金。門限虎頭潮上下，城開雁翅客登臨。清時不用頻興感，萬里惟存向闕心。（《文淵閣四庫全書》本）

李昱《草閣詩集》卷五《咏史·陸賈》：

奉使南夷誰得雋，陸生雄辯口如瀾。直將冠帶回椎結，更倚詩書化溺冠。好時歸來初解橐，太中推薦未酬官。須知誅吕安劉計，正在深交將相歡。（《文淵閣四庫全書》本）

汪廣洋《鳳池吟稿》卷十《嶺南雜録三十首》（其十七）：

雲色蠻箋傲薛濤，斗南樓上海天高。都將陸賈千年事，付與江淹五色毫。（《文淵閣四庫全書》本）

沐昂《滄海遺珠》卷一《題五羊驛》（朱琳）：

尉陀歸漢憶當時，千古猶誇陸賈辭。今日蠻夷俱向化，我來無語獨題詩。（《文淵閣四庫全書》本）

李賢等《明一統志》卷三十二陜西布政司《陵墓》：

陸賈墓。（在乾州城東北一十里西原。賈，漢太中大夫。）

同上，卷三十三西安府下《流寓》：

（漢）陸賈。（楚人，有口辯。從高祖定天下。使南越，拜尉佗爲王，稱臣奉漢約。高祖大悦，拜賈爲太中大夫。時稱説《詩》《書》，著書十二篇。以好畤地善，因家焉。有五男，出囊中千金分之，令爲産。吕后王諸吕，陳平患之，用賈計與周勃相結，遂誅諸吕，立文帝。）

同上，卷五十九湖廣布政司武昌府《祠廟》：

陸大憲廟。（在府城西南三里，祀漢陸賈。賈使南粵，至江夏而亡，遂立廟。按漢史，賈非道死，或因楚産，郡人爲立廟爾。本曰陸大夫，楊吴避諱，改稱大憲。）

同上，卷七十九廣東布政司廣州府《宫室》：

朝漢臺。（在府治西五里。趙佗自稱南越王，時漢遣陸賈勞問，因説歸漢。佗留賈數月，後遇正朔，登此望漢而朝。唐許渾詩："趙佗西拜已登壇，馬援南征土宇寬。越國舊無唐印綬，蠻鄉今有漢衣冠。"）

同上，《古迹》：

陸賈城。（在府城西一十四里。賈使南越，佗不即前，賈故爲城以待之。）

同上，《名宦》：

（漢）陸賈。（文帝遣使南越，説下趙佗去帝號稱臣。）

同上，卷八十一肇慶府《山川》：

錦石山。（在德慶州西五十里。漢陸賈使南越時，設錦綉幃帳於此，因名。）

澤錦山。（在封川縣坊埸鄉。漢陸賈南來至此，有池澄澈，因以浣錦，後縫錦裹石，遂名。）

同上，《祠廟》：

陸大夫廟。（在錦石山下。洪邁《夷堅志》：“漢陸賈使南越，尉佗與之泛舟至此。賈默禱曰：‘我若説越王肯稱臣，當以錦裹石，爲山靈報。’使還，遂募人值花卉以代錦。後人因立廟祀之。宋乾道間，梁竑入都，艤舟石下，夜夢一客自稱陸大夫，云：‘我抑鬱於此千餘歲矣，君幸見臨，願留一詩。’竑遂題詩於壁而去。”）（三秦出版社，1990年）

都穆《南濠居士文跋》卷一《新語》：

《新語》二卷，凡十二篇，漢太中大夫楚人陸賈撰。賈以客從高祖定天下，名有口辨。其論秦漢之失得、古今之成敗，尤爲明備。高帝雖輕士善駡，不事《詩》《書》，而獨於賈之語每奏稱善。蓋前此，固帝之所未聞也。惜乎其書歲久不傳。予同年李君仲陽宰浙之桐鄉，嘗獲其本，鋟之於木。昔人謂文章與時高下，質而不理必曰先秦西漢。是書予未敢定其果出於賈，而其失得成敗之論，則有國有家者之當鑒也。（《續修四庫全書》本）

鄭善夫《少谷集》卷八《歌風臺》（其一）：

陸賈詩書叔孫禮，猶能潤色漢乾坤。爾曹未是真王佐，威鳳文鵷未得馴。（《文淵閣四庫全書》本）

楊慎《升庵集》卷三十四《素馨花》：

金碧佳人墮馬妝，鷓鴣林裏鬥芬芳。穿花貫縷盤香雪，曾把風流惱陸郎。（陸賈《南中行紀》云：“南中游女，以采絲貫素馨爲飾。”事載《南方草木狀》。貫花繞髻，今猶然。）

同上，卷四十三《鷸蚌相持》：

《春秋後語》：“齊趙將伐燕，蘇代爲燕説趙王曰：‘今者自來，過小水，見小蚌方暴，而鷸啄其肉，蚌合而挾其喙，曰：“今日不雨，明日不雨，必見蚌脯。”蚌亦謂鷸曰：“今日不出，明日不出，必見死鷸。”兩不相捨，漁人得而并擒之。今趙且伐燕，燕趙相支以斃其衆，臣恐秦之爲漁父也。’”此事《戰國策》亦載，以“雨”叶“脯”，妙出自然。古人之文奇俊如此。按《春秋後語》，陸賈所著。賈在漢初，頗有文藻，自《新語》外，有《春秋後語》《南中行紀》。又著《感春賦》，盛引典誥，今雖不傳，而《文心雕龍》載其目，實爲《上林》《子虚》之先鞭。又能交歡平、勃，以成復漢之業，可謂通儒。比之叔孫通，豈不天壤邪？予謂叔孫通爲秦博士，諛言不死；又事漢，制禮襲秦，使三代之法中絶於漢，通之罪大矣。東坡目之爲枉死，宜乎。延篤答高義方書："今兹以五經爲鼎簠，書傳爲籩俎，祖述堯舜，憲章文武，未暇蚌脯也。"

同上，卷四十七《漢文》：

漢興，文章有數等：蒯通、隋何、陸賈、酈生游説之文，宗《戰國》；賈山、賈誼政事之文，宗管、晏、申、韓；司馬相如、東方朔譎諫之文，宗《楚辭》；董仲舒、匡衡、劉向、揚雄説理之文，宗經傳；李尋、京房術數之文，宗讖緯；司馬遷紀事之文，宗《春秋》。嗚呼，盛矣！（《文淵閣四庫全書》本）

楊慎《丹鉛總録》卷十一史籍類《古書不知名考》：

馬總《意林》引《相貝經》，不著作者。讀《初學記》，始知爲嚴助作。漢有《博物記》，非張華《博物志》也，周公謹云不知誰著，考《後漢書注》，始知《博物記》爲唐蒙作。《水經》引《南中行紀》，亦不出姓氏，考嵇含《南方草木狀》，始知陸賈作《南中行紀》。乃知前人或略，後或有考焉，未可遽付之不知也。

同上，卷二十詩話類《陸賈素馨》：

陸賈《南中行紀》云："南中百花，惟素馨香特酷烈。彼中女子，以彩絲穿花心，繞髻爲飾。"梁章隱《咏素馨花》詩云："細花穿弱縷，盤向緑雲鬟。"用陸語也。花繞髻之飾，至今猶然。予嘗有詩云："金碧佳人墮馬妝，鷓鴣林裏采秋芳。穿花貫縷盤香雪，曾把風流惱陸郎。"姜夢賓笑謂予曰："不意陸賈風流之案，千年而始發耶！"（《文淵閣四庫全書》本）

高儒《百川書志》卷七子儒家：

陸賈《新語》二卷。前漢太中大夫楚人陸賈撰，凡十二篇。（《續修四庫全書》本）

賀復徵《文章辨體彙選》卷二百九十一序《漢中大夫陸賈〈新語〉序》（明黄省曾）：

嘗讀趙宋書，謂漢氏聖道滅替，鮮寡儒者，予不然之。漢去仲尼不遠，七十子之徒，化教未泯，雖海内裂戰不息，而齊、魯之地，且弦歌彬彬。然趙宋時有之乎？《易》《詩》《書》《禮》《春秋》，皆當時萌芽授承之，不有儒者，曷傳之乎？予常謂仲尼之道，明切允實，在漢初尚可表見，不似後儒談玄旨妙，慌忽奥杳，使新學無可踐據，去洙泗太益背遠者也。夫子之言性與天道，不可得聞，而後儒乳口即言性與天道，囂囂洋洋，皆以爲聖人可旦夕驟企。夷考其心行則往往與盜跖等，由不得其門，而沉陷異端，倀狂肆求之也。即如中大夫陸賈所撰《新語》，其曰"天地萬物，以地養之，聖人成之，功德參合，而道術生焉"，則與"天地設位，聖人成能”之言何異？其曰“綱紀不立，後世衰廢。於是聖人乃定五經，明六藝，承天統地”，即“《詩》亡而後《春秋》作”之義也。其曰“守國者以仁堅固，佐君者以義不傾，仁者道之紀，義者聖之學”，即亦有仁義之旨也。其曰“法令非所以勸善，故曾、閔之孝，夷、齊之廉，豈畏死而爲之哉？教化所致者”，即君子德風之説也。其十二篇中，仲尼治平之道，數數彪顯，苟非當時多賢，風興而濡染之，安能語之若此也？然則謂漢無儒者，此固促衷淺目而不可與言大方通人之理者也。漢氏經術，至於立官顯門，令仲尼之道絶而復傳於後賢者，皆陸賈創啓之功也。乃序而藏之，以告論世者焉。（《文淵閣四庫全書》本）

晁瑮《晁氏寶文堂書目》卷上子：

陸賈《新語》。（《續修四庫全書》本）

黄宗羲《明文海》卷一百五十二《東曹紫峰》（侯一元）：

文之至也，自孟軻七篇非門人所述，漢唐以來，崛起雄鳴於世者，比比然也。宋玉遭毁，乃賦《陽春》；揚雄慕古，悔其少作；英雄玩世，類非誠語。由今觀之，悲秋之調，不離楚聲；《太玄》之撰，特變音節；雕蟲篆刻，故步猶存，惡在其悔之也。昌黎云，己所大慚，人以大好，豈謂光範三書等乎！太白陋其《大鵬賦》，至欲燒焚，何不更作而直并存於世，貽其慚陋也？故僕以爲盡英雄玩世之語，雖然吾文也有涯，吾意也無涯。諸賢之不自慊，豈不亦有誠然者乎！（中華書局，1987年）

黄宗羲《明文海》卷一百五十五《與蔡白石太守論文書》（茅坤）：

蓋萬物之情，各有所至，而人以聰明智慧操且習於其間，亦各有所近，必專一以致其至，而後得以偏有所擅，而成其名。故世皆隨孔氏以非達巷，而僕獨謂孔氏之言者，聖學也，今人未能學聖人之道，而輕議達巷者，皆惑也。屈、宋之於賦，李陵、蘇武之於五言，馬遷、劉向之於文章傳記，皆各擅其長，以絶藝後代，然竟不能相兼者，非不欲也，力不足也。（中華書局，1987年）

朱睦㮮《萬卷堂書目》卷三儒家：

陸子《新語》二卷。（陸賈。）（《續修四庫全書》本）

陳耀文《正楊》卷二《陸賈素馨》：

陸賈《南中行紀》云：“南中百花，惟素馨香特酷烈。彼中女子，以彩絲穿花心，繞髻爲飾。”梁章隱《咏素馨花》詩云：“細花穿弱縷，盤向緑雲鬟。”用陸語也。花繞髻之飾，至今猶然。予嘗有詩云：“金碧佳人墮馬妝，鷓鴣林裏采秋芳。穿花貫縷盤香雪，會把風流惱陸郎。”姜夢賓笑謂予曰：“不意陸賈風流之案，千年而始發耶！”

《廣東志》云：“廣州有花田（平田）彌望，皆植素馨花。”《南征録》云：“南漢主劉隱時美人死，葬於此，至今花香異於他處。或云隱之女。”其花舊名悉那茗，因生於素馨冢上，故名。陸賈西漢初即預知南漢死女事，真異人哉！嵇含《南方草木狀》云：“那悉茗、末利花，皆胡人自西國移植於南海。南人憐其芳香，競植之。陸賈《南越行紀》云：‘南越之境，五穀無味，百花不香，此二花特芳香者，緣自胡國移至，不隨水土而變，與夫橘化爲枳異矣。彼之女子，以彩絲穿花心，以爲首飾。’”《史記》賈兩使尉佗，皆廣州也。其《行紀》安得著云“南花”哉？且此時漢尚未通滇南，安得云云哉？

同上，《陸賈》：

《春秋後語》，陸賈所著。賈在漢初，頗有文藻，自《新語》外，有《春秋後語》《南中行紀》。又著《感春賦》，盛引典誥，今雖不傳，而《文心雕龍》載其目，實爲《上林》《子虛》之先鞭。

孔衍以《戰國策》所書未爲盡善，乃引《史記》，參其異同，聚爲一書，號爲《春秋後語》。（《史通》）《文心·銓賦篇》云：“漢初詞人，順流而作，陸賈扣其端。”《才略篇》云：“漢室陸賈，首發奇采，賦《孟春》而選典誥，其辨之富矣。”賈所著《楚漢春秋》《孟春賦》也，云《後語》《感春》，誤。（《文淵閣四庫全書》本）

王世貞《讀書後》卷一《讀陸子》：

陸賈，縱横者流耳，而所撰十二篇，皆淺顯，無甚俶儻之見，而亦不詭於道。或謂非賈書，不然也。使後人僞爲之，則必詭其理，雄其辭，而張皇其事矣。賈固時時近儒者，高帝不讀書，故驟而嘆其雄博，其意不在馬上治，故徐而益有入焉。彼其他所以拊尉佗，和平、勃，皆正論也。是故幸以富壽怡樂終，而不爲食其之烹，蒯徹之□也，説固有道矣。（《文淵閣四庫全書》本）

焦竑《國史經籍志》卷三史類雜史兩漢：

《楚漢春秋》九卷。（陸賈。）

同上，地理行役：

《南中行紀》。（陸賈。）

同上，卷四上子類儒家：

《新語》二卷。（陸賈。）（《續修四庫全書》本）

陳第《世善堂藏書目録》卷上諸子百家類各家傳世名書：

《新語》十三篇。（《續修四庫全書》本）

胡應麟《少室山房筆叢》卷三甲部《經籍會通三》：

六經惟《春秋》纘述尤盛：……陸賈《楚漢春秋》九卷。……總之皆漢紀、唐曆之類，今傳者百無一二。而偏記小史若《越絶》《世説》等書，輒十傳六七。聖神經典，即其名不易當如此，况其實哉？

同上，卷二十八丙部《九流緒論中》：

漢子書見於《七略》者，儒家則《陸賈》二十三篇……右漢世子書之盛如此，然大概非戰國比也。今惟陸賈、賈誼十餘家傳。而公孫、主父等往往以文辭見，餘或不知其時代爵里，因録其略焉。（中華書局，1958年）

何宇度《益部談資》卷中“文翁禮殿”條：

文翁禮殿，今學宫即其故址云。漢文翁立學，作石室，繪三皇、五帝、仲尼、七十二賢及兩漢君臣像於其中，祀之。至唐已漫滅。宋嘉祐中，重爲摹寫，增至一百七十三人。今學宫止有孔門諸弟子石刻，不知仍是故物否？其餘不可見矣，因録其姓名。……陸賈……（《文淵閣四庫全書》本）

祁承㸁《澹生堂藏書目》子部儒家兩漢：

《新語》二卷，一册，陸賈。

同上，子部三類家：

《漢魏叢書》：《新語》。

《子彙》：《陸子》。

《雜鈔》：《新語》。（《續修四庫全書》本）

謝肇淛《滇略》卷八《文略》“滇中掌故”條：

滇中掌故則漢陸賈《南中行紀》一卷。……（《文淵閣四庫全書》本）

徐𤊹《徐氏家藏書目》卷三子部諸子類：

《陸子》一卷。（賈。）（《續修四庫全書》本）

彭大翼《山堂肆考》卷十七地理山五老峰《陸賈植花》：

肇慶府西有錦石山。宋洪邁《夷堅志》曰：“漢陸賈使南越尉陀，與之泛舟於錦石山下。賈默禱曰：‘我若説王稱臣，當以錦裹石，爲山靈報。’使還，募人植花卉於山，以代錦。後人因立廟祀之。宋乾道中，梁竑入都，艤舟石下，夜夢一客自稱陸大夫，云：‘我抑鬱於此千餘歲矣，君幸見臨，願留一詩。’竑題詩於壁而去。”（《文淵閣四庫全書》本）

錢謙益《絳雲樓書目》卷二子儒家：

陸賈《新語》。（《續修四庫全書》本）

黄淳耀《陶庵全集》卷四《史記評論·酈生陸賈列傳》：

陸賈服儒之服，言儒之言，而其全身遠害，排難解紛，功立而無可指名，事成而不爲權首，則似深於黄老之學者，特外以儒術文之耳。賈素善辟陽侯，乃勸辟陽侯交朱建者，蓋心知辟陽侯所爲不法，禍將及已，故嫁之於建也。及孝文誅辟陽客，以建嘗爲畫策捕治之，建遂自頸，而賈獨全。此則學黄老者之微巧也。先輩多謂陸生有功儒術，恐非至論。（《文淵閣四庫全書》本）

顧炎武著，陳垣校注《日知録校注》卷十三《分居》：

《史記》言：“商君治秦，令民有二男以上不分異者，倍其賦。”又言：“秦人家富子壯則出分，家貧子壯則出贅。”以爲國俗之敝。而陸賈家於好畤，有五男。出所使越得橐中裝，賣千金，分其子，子二百金，令其生産。陸生常安車駟馬，從歌舞琴瑟侍者十人，寶劍直百金，謂其子曰：“與汝約：過汝，汝給吾人馬酒食，極欲十日而更。所死家得寶劍、車騎、侍從者。”後人或謂之爲達。至唐姚崇遺令，以達官身後子孫失蔭，多至貧寒，斗尺之間，參商是競，欲仿陸生之意，預爲分定，將以絶其後争。嗚呼！此衰世之意也。（安徽大學出版社，2007年）

宫夢仁《讀書紀數略》卷三十一人部經籍類：

《新語》十二篇（陸賈）：《道基》《術事》《輔政》《無爲》《辨惑》《慎微》《資質》《至德》《懷慮》《本行》《明誡》《思務》。（《文淵閣四庫全書》本）

湯斌《湯子遺書》卷三《〈唐成齋制義〉序》：

吾嘗謂，六經之文，體制迥别，而義藴無窮，千萬世文章不能外焉。下此如老、莊、荀、列、申、韓之書，屈原、宋玉之騷賦，漢兩司馬、董仲舒、劉向、揚雄，唐宋韓、柳、歐陽、蘇、曾之文章。方其書之未成也，天下固不知有如此之文也。及其既成而出之，雖純駁不一，皆爲天地間不可磨滅之文。何則？其學有本，而發之性情者真也。人必有真性情，而後有真學術；有真學術，而後有真文章。若徒剽竊模擬，雖窮極工巧，終爲陳腐，歸於澌盡泯滅而已。（《文淵閣四庫全書》本）

黄虞稷《千頃堂書目》卷十五類書類《古今彙説六十卷》：

四十四卷：《新語》。（陸賈。）（上海古籍出版社，2001年）

朱彝尊《經義考》卷二百七十五《擬經八》：

陸氏（賈）《楚漢春秋》。

《漢志》："九篇。"（《隋志》："九卷。"）佚。《後漢書》："漢興，定天下，太中大夫陸賈記録時功，作《楚漢春秋》九篇。"劉知幾曰："吕、陸二氏，各著一書，惟次篇章，不繫時月，此乃子書雜記，而皆曰《春秋》。"司馬貞曰："記項氏與漢高初起，及惠文間事。"洪邁曰："陸賈書當時事，而所言多與史不合。"

按：《楚漢春秋》，顔師古《漢書注》、李善《文選注》皆引之，則唐時尚存。又《太平御覽》亦引之，則宋初猶未亡也。（中華書局，1988年）

錢曾《錢遵王述古堂藏書目録》卷五子雜：

陸賈《新語》二卷一本。（《續修四庫全書》本）

季振宜《季滄葦藏書目》宋元雜板書雜部：

陸賈《新語》三十卷。（一本。）（《續修四庫全書》本）

徐乾學《傳是樓書目》卷三子部雲字上格儒家：

《新語》二卷，漢陸賈。一本。（《續修四庫全書》本）

杜臻《粤閩巡視紀略》卷二"辛丑謁南海神廟次於野"條：

浮丘山，在城西四里。先在水中若浮，四面篙痕宛然。宋初有陳崇藝者，年百十二歲，自言兒時見山根艤船數千，今去海已四五里。《番禺雜記》："浮丘山下有珊瑚井，相傳海神嘗獻珊瑚於此。"又三里爲荔枝灣，舊《圖經》云："廣四十里，袤五十里，劉鋹建昌華苑於其上。”又十里爲花田彌望，皆種素馨花。《南征録》云：“劉王宫人死，葬於是，至今花香特甚他處。”《丹鉛餘録》載陸賈《南中行紀》云：“南中諸花，惟素馨花香特酷烈。彼中女子，以彩絲穿花心，繞髻爲飾。”梁章隱《咏素馨花》詩云：“細花穿弱縷，盤向緑雲鬟。”用陸語也。花繞髻之飾，至今猶然，謂之花梳。（《文淵閣四庫全書》本）

田雯《古歡堂集》卷十四七言絶句《讀〈陸賈傳〉》：

坑焚滲漏笑强秦，劉氏功憑馬上臣。掾吏武夫兩行隊，中間迂腐一詞人。（陸生在漢初頗有文藻，自《新語》外，有《春秋後語》《南中行紀》。又著《感春賦》，盛引典誥，今雖不傳，而《文心雕龍》載其目，實爲《子虚》《上林》之先鞭也。）（《文淵閣四庫全書》本）

張英等《淵鑒類函》卷四百六花部二《茉莉二》：

穿用彩絲，鼓以風輪。（陸賈《南越記》曰：“彼處女子，用彩絲穿花心，以爲首飾。”宋孝宗禁中避暑，多植茉莉，鼓以風輪，清芳滿殿。）（《文淵閣四庫全書》本）

陳廷敬《午亭文編》卷三十三史評《漢書・陸賈》：

孔子惡利口。史稱陸賈使南越，降尉佗；勸高帝事《詩》《書》，奏十二篇《新語》；又能説陳平交歡太尉，卒誅諸吕，功偉矣。然賈名有口辯，平原君朱建亦辯有口，而義不苟合。辟陽侯行不正，得幸吕后，欲知建，建不肯見。辟陽侯母死，貧，未有以發喪。賈乃見辟陽侯，説令厚送喪。後人毁辟陽侯，惠帝怒，欲誅之，太后慚不可言，大臣欲遂誅辟陽侯，卒賴建説孝惠幸臣閎籍孺，以故辟陽侯得不誅。食其幸吕后，天下大惡也，人人欲誅之，而賈獨爲計畫。有口者，變易是非如此。賈誠有功，而於此吾獨斥其非者，以其有口而不專用於正，而平原君亦以辯有口失其身。孔子稱木訥近仁，而惡夫佞；又曰巧言鮮仁。陸賈、朱建之才賢，猶且犯聖人之戒，則信乎利口之不足爲貴也。（《文淵閣四庫全書》本）

趙宏恩等《江南通志》卷一百四十四《人物志》宦績六徐州府：

（漢）陸賈，楚人，有口辯。使南越，諭趙陀稱臣，擢大中大夫。著書，論古今成敗，每奏一篇，高帝輒稱善，名之曰《新語》。後諸吕擅權，危劉氏，賈説陳平交歡絳侯，迎立文帝，賈有力焉。以壽終。

同上，卷一百九十一《藝文志》史部雜史傳：

（漢）《楚漢春秋》。（徐州陸賈。）

同上，卷一百九十二《藝文志》子部儒家：

（漢）《新語》二卷。（彭城陸賈。）

同上，卷一百九十三《藝文志》集部一詩文集：

（漢）陸賈賦三篇。（徐州人。）（《文淵閣四庫全書》本）

陳元龍《格致鏡原》卷七十二《花類》三《茉莉花》：

陸賈《南越行紀》："南越之境，百花不香，惟末利、素馨花特芳香者，緣自别國移至，不隨水土而變。彼之女子，以彩絲穿花心，以爲首飾。"

同上，卷七十五《果類》二《楊梅》：

《南越行紀》："羅浮山頂有湖，楊梅、山桃繞其際。海人時登采拾，止得於上飽啖，不得持下。"（《文淵閣四庫全書》本）

邁柱等《湖廣通志》卷二十五《祀典志》祠廟附武昌府江夏縣：

陸大憲祠，在縣西南，祀漢陸賈。賈使南粤，至江夏亡，郡人立廟祀之。

同上，卷七十九《古迹志》岳州府巴陵縣：

銅鼓，在永慶寺。《岳陽風土記》："元豐中，永慶莊耕者得之，圜口方耳，下有趺，皆古篆雲雷，色正青緑，形制精巧。太守李觀訪之耆舊，云陸賈使南越，嘗以銅鼓獻羅娘廟，歲久失之，疑即此。

同上，卷一百十九《雜紀二》：

永慶銅鼓。《岳陽風土記》："靈妃廟有銅鼓。元豐中，永慶莊耕者得之，圜口方耳，下有方趺，皆古篆雲雷文，色正青緑，形制精巧，非近世所能爲，取置於寺。太守李觀用耆舊之説，以爲陸賈使南越，嘗以銅鼓獻廟，歲久失之，意即此也。時又獲銅鐸一枚，輦致禮部，今藏秘書省。"（《荆州志》。）（《文淵閣四庫全書》本）

郝玉麟等《廣東通志》卷首《表上》：

至於職方舊志，亦有統目可稽：《南越行紀》，群推陸賈；《交州雜事》，續見盧琳；《異物志》，薈萃楊孚；《先賢傳》，權輿陸印。迨夫嶺南文獻，交廣春秋，桂海虞衡，粵東要會，或存或佚，代隱代彰。

同上，卷六《編年志》一《西漢紀》：

（漢高帝）十一年乙巳夏五月，遣陸賈封佗爲南越王，南越王佗入貢，築臺朝漢。

文帝元年壬戌秋八月，遣太中大夫陸賈，諭南越王佗稱臣奉貢。

同上，卷十一《山川志》二惠州府長樂縣：

五華山，在城西北一里，下有尉陀臺。漢高祖遣陸賈封趙佗爲南粵王，築臺於此，名長樂臺。

同上，卷十二《山川志》三德慶州：

錦石山，在城西五十里。（《舊志》“城東”，誤。）高百餘丈，上有石柱，直插雲漢。《方輿勝覽》云：“漢大中大夫陸賈説南越時，設錦步帳而登，俗呼爲錦裹石，又呼爲和尚石。”（《舊志》載“封川有濯錦石”，今考即此山也。其載在封川縣，誤。）山下有陸賈祠。

同上，卷三十八《名宦志》省總：

（漢）陸賈，楚人，有口辨。從高帝定天下，居左右，常使諸侯。時中國初定，尉佗自王於南越，高帝憐百姓新勞苦，故且休兵，使賈賜佗印爲南粵王。賈至，佗魋結箕踞見之。賈因以義説佗，佗乃蹶然起謝曰：“居蠻中久，殊失禮義。”留陸生與飲數月，曰：“越中無足與語，至生來，令我日聞所不聞。”遂拜佗爲南粵王，稱臣，奉漢約。歸報，高帝大悦，拜賈爲太中大夫。文帝即位，賈復使粵，令佗去黄屋，稱制令比諸侯，皆如意旨，賈之力也。世傳賈兩奉使，所著有《南粵行記》，紀其游覽所及，中言：“羅浮山巔有湖，環以嘉植。南粵花有芳香者，移自外國，不隨水土而變。”賈嘗與佗泛端溪，讌於錦石山。今山下有陸大夫祠，粵人歲時祀之。

同上，卷五十二《物產志·果》：

羅浮山頂有湖，楊梅、山桃繞其際。海人時登采拾，止得於上飽啖，不得持下。（陸賈《南越行紀》。按蘇軾詩：“羅浮山下四時春，盧橘楊梅次第新。”又《羅浮志》：“山桃大於尋常桃。”以下諸類，皆他方所有而稍異者，爲粵中珍果。）

同上，《鱗》：

牛魚方圓三丈，眼大如斗，口在脅中，露齒無唇，兩肉角如臂，翼長六尺，尾長五尺。（《南越行紀》。）

烏賊魚常自浮水上，烏見而啄之，乃卷取烏，故謂之烏賊。腹中血及膽正黑，可以書。（《南越行紀》。又名墨魚，能吐墨水自蔽。）

同上，卷五十三《古迹志》廣州府南海縣：

陸賈城。（在城西一十里。漢陸賈使南越，佗未即前，賈築城以待之。）

越華館。（在府治西十里戙船澳。《廣州記》："漢南越王佗，即江滸構此以送陸賈，因邇朝漢臺，稱朝漢亭。"唐改曰津亭。明成化中，都御史韓雍匾曰華亭。）

陸賈祠。（在乾明寺側，即今光孝寺。後并入侯王廟，今改祠於鎮海樓。）

同上，羅定州西寧縣：

華表石。（在羅旁水口對岸，距縣二十里，俗呼和尚石。漢陸賈使南粵，泛舟至此，默禱曰："我説粵而粵從，當以錦裹石，爲山靈報。"使還，募人植花卉以代錦，改名曰錦石。舊有陸賈祠，猺獞輒祀石以祈福。及大征平服，削其頂，刻華表，字於其上。）

同上，卷五十四《壇祠志》廣州府：

南粵三君祠。（在北城鎮海樓東廊，祀秦南海尉任囂、南越武王趙佗、漢大中大夫陸賈，今圮。）

同上，肇慶府：

大忠祠。（在香山岳廟後，祀漢臣陸賈。）

同上，卷六十四《雜事志》肇慶府《陸大夫廟》：

漢陸賈使南越，尉佗與之泛舟至此，賈默禱曰："我若説越肯稱臣，當以錦裹石，爲山靈報。"使還，遂募人植花卉以代錦，後人因立廟祀之。宋乾道間，梁竑入都，艤舟石下，夜夢一客，自稱陸大夫，云："我抑鬱於此千餘歲矣，兹者君幸見臨，願留一詩。"竑題詩於壁而去。（《夷堅志》。）（《文淵閣四庫全書》本）

劉於義等《陝西通志》卷二十九《祠祀二》乾州永壽縣附《古祠廟》：

陸賈廟，在縣南五十里。（《縣志》。）漢陸賈，本楚人，家於好畤，有祠在永壽縣南四十里。（《馬志》本傳。）

同上，卷六十四《人物》十《流寓》：

（漢）陸賈，楚人，以客從高祖定天下，有口辯，常使諸侯。孝惠帝時，吕太后用事，陸生自度不能争，乃病免。以好畤田地善，可家焉。有五男，乃出所使越得橐中裝，賣千金，分其子，子二百金，令爲生産。陸生常安車駟馬，從歌舞鼓琴瑟侍者十人，寶劍直百金，謂其子曰："與汝約：過汝，汝給吾人馬酒食極欲，十日而更。所死家，得寶劍、車騎、侍從者。一歲中往來過他客，率不過再三過，數見不鮮，無久慁公爲也。"竟以壽終。（《史記》本傳。）

同上，卷七十一《陵墓》二乾州永壽縣：

（漢）太中大夫陸賈墓，在永壽縣西南五十里。（《馮志》。）

同上，卷七十三《古迹》第二府第：

（漢）陸賈宅，在永壽縣東南好畤鎮。（《永壽縣志》）孝惠時，吕太后用事，欲王諸吕，畏大臣及有口者，賈自度不能争，乃病免。以好畤田地善，往家焉。有五男，乃出所使越橐中裝，賣千金，分其子，子二百金，令爲生産。賈常乘安車駟馬，從歌鼓瑟侍者十人，詔其子曰："與汝約：過汝，汝給人馬酒食極飲，十日而更。"（《漢書·陸賈傳》。）（《文淵閣四庫全書》本）

鄂爾泰等《雲南通志》卷三十雜紀《遺文》：

《南中行紀》（漢陸賈傳。載《崇文總目》。）（《文淵閣四庫全書》本）

吉慶等《廣西通志》卷二《氣候》：

粤中五穀無味，百花不香，以其氣泄而鮮專凝也。《大戴禮》"陰陽之氣亂則爲霧"，嶺南多霧，蓋由陰陽不和，蒸於莽箐之區，雜以蟲蛇之氣，是生瘴癘生長此方者，猶可相習。而仕宦羈游，凡於暄凉晴雨之交，飲食起居之際，調攝倍宜周矣。（陸賈《南行紀》。）

厲鶚《宋詩紀事》卷五十四梁竑《題陸賈大夫廟》：

劉郎辛苦逐秦鹿，尚欲長鞭及馬腹。蠻夷大長夢不驚，海邊椎髻乘黄屋。江淮貔貅始閑暇，忍使驅令渡篁竹。陸生手持尺二組，唤起老子同分肉。詩書尚曉罵儒翁，豈憂桀驁難拘束？築壇再拜受王印，雄辨泠泠聽不足。當時未有北人輔，留寓年深染污俗。乍聞高論耳目清，如掩笙簧奏冰玉。境中勝處應更履，更溯餘皇到山麓。大夫何獨粤人重，漢廷公卿俱竦服。陳平奇計須深念，張子全身甘辟穀。此外侯王希識字，帶礪功存半誅戮。惟君坐使將相歡，燕喜優游劉氏福。年少終軍學高步，空有英稱命難續。乃知智者應世間，妙似庖丁奏刀熟。往事浮雲變滅盡，越水悠悠浸山緑。荒祠寂寞傍僧居，日暮飢鵶噪喬木。我來三嘆重遲留，爲酌寒泉薦秋菊。

《夷堅志》：乾道間，梁竑入都，艤舟石下，夜夢一客，自稱陸大夫，云："我抑鬱於此千餘歲矣，君幸見過，願留一詩。"遂題詩於壁而去。（上海古籍出版社，1981年）

汪灝等《廣群芳譜》卷四十三花譜《茉莉》：

（彙考）《南越行紀》：南越之境，五穀無味，百花不香，惟茉莉、那悉茗二花特芳香，不隨水土而變，與夫橘北爲枳者異矣。彼處女子用彩絲穿花心，以爲首飾。（《文淵閣四庫全書》本）

弘曆《御製文三集》卷十四雜著《讀史》：

陸賈對高祖語今古，以爲奇談，而予以爲實有所未臻也。夫高祖之言在重武輕文，而陸賈之言在重文輕武，乃兩失之，豈可獨以彼爲韙乎？蓋創業之君無不以馬上得之，而敗業之君無不以忘其祖之馬上得之，以致覆宗絶祀，豈不大可畏乎？周公之訓成王曰"其克詰爾戎兵"，此即馬上治之之義。周公之智，顧不如陸賈橫議之士哉？後世侈言太平，文恬武嬉，以致有創業馬上者，乘其釁而得之，是非陸賈之言爲之作俑乎？予之是論作於木蘭行營，即向年平伊犁，定回部，剿金川，軍書馳至，亦未嘗不以馬上治之，何曾礙於理政哉？且人之身，捨勞就逸易，去逸服勞難，重文輕武是就逸，重武輕文是服勞也。設躭逸而厭勞，寬衣博帶，論安言吉，動引聖人，幾不失其所據，而爲武侯所譏耶？玆故以身之所歷，叮嚀示戒，後之人其尚思開創守成興替之機，以毋忘周公訓成王之語，或庶幾乎？（《文淵閣四庫全書》本）

乾隆敕撰《大清一統志》卷七十徐州府二《人物》：

（漢）陸賈。（楚人，以客從高祖定天下，有口辯。高祖使賜尉佗印爲南越王，賈卒令稱臣，奉漢約。歸報，拜大中大夫。賈時時前説稱《詩》《書》，帝曰："乃公居馬上得之，安事《詩》《書》？"賈曰："馬上得之，寧可馬上治之乎？"著書十二篇，每奏一篇，帝輒稱善，名曰《新語》。吕太后用事，乃病免。及誅吕氏，立孝文，賈頗有力。復使南越，令比諸侯，皆如意指。以壽終。）

同上，卷一百九十三乾州《陵墓》：

（漢）陸賈墓。（在永壽縣。《寰宇記》："在乾州東北二十里岑陽甘東兩鄉河西原。”《通志》：“今在永壽縣西南五十里。”）

同上，《流寓》：

（漢）陸賈。（楚人，孝惠時吕太后用事，欲王諸吕，賈自度不能争之，乃病免。以好畤田地善，往家焉。）

同上，卷二百五十九武昌府二《祠廟》：

陸大憲廟。（在江夏縣西南三里。《明統志》：“祀漢陸賈，本曰陸大夫，楊吴避諱，改稱大憲。”）

同上，卷二百七十六長沙府《山川》：

陸賈山。（在益陽縣南一里。相傳漢陸賈使南越經此。又吴陸遜嘗屯兵於此，亦名陸家山。）

同上，卷三百四十廣州府二《古迹》：

陸賈城。（《元和志》：“在南海縣四十五里。賈之來也，佗不即前，賈故爲城以待之。”）

朝臺。（在番禺縣東北。《水經注》：“尉陀因岡竹臺北面朝漢，圍棋千步，直峭百丈，頂上三畝，復道回環，逶迤曲折，朔望升拜，名曰朝臺。前後刺史郡守遷除新至，未嘗不乘車振履，於焉逍遥。”《元和志》：“在縣東北二十里，尉陀初遇陸賈處。”）

越華館。（在南海縣西。《寰宇記》：“朝臺西三十里即圓岡村。尉陀傍江構越華館送陸賈。”）

同上，卷三百四十五肇慶府《山川》：

錦石山。（在德慶州西。《寰宇記》：“端溪縣有三鼎石，今名三奠石。”《輿地紀勝》：“端溪縣錦石，陸賈使南越時，設錦帳於此，又名濯錦山。”《州志》：“錦石山在州西五十里，接封川及西寧縣界，即鼎石也，又名羅經石，高一百餘丈。明萬曆中，征羅匪賊嘗駐於此。”）

榕塘水。（在德慶州西三十里，源出封川縣界，南流經州西南入西江。又陸溪水在州西四十里，源出佛子東南，南流三十里入西江，水口有陸賈廟，因名。）

同上，卷三百四十六肇慶府二《祠廟》：

陸大夫祠。（舊在德慶州西五十里，後移香山。明嘉靖十五年，重建於錦石江

濱。《九域志》："州有陸賈廟。"）（《文淵閣四庫全書》本）

彭元瑞等《欽定天禄琳琅書目後編》卷十七明版子部：

《漢魏叢書》（五函，三十四册。）明程榮彙刻。榮，新安人。書自漢至隋古籍三十八種，分經、史、子、集。……子籍二十三：……次陸賈《新語》二卷，錢福序，都穆後記。……（《續修四庫全書》本）

永瑢等《四庫全書總目》卷九十一子部一儒家類一《新語》提要：

《新語》二卷（内府藏本），舊本題漢陸賈撰。案：《漢書》賈本傳稱著《新語》十二篇，《漢書·藝文志》儒家《陸賈》二十七篇，蓋兼他所論述計之。《隋志》則作《新語》二卷。此本卷數與《隋志》合，篇數與本傳合，似爲舊本。然《漢書·司馬遷傳》稱遷取《戰國策》、《楚漢春秋》、陸賈《新語》作《史記》。《楚漢春秋》，張守節《正義》猶引之，今佚，不可考。《戰國策》取九十三事，皆與今本合。惟是書之文，悉不見於《史記》。王充《論衡·本性篇》引陸賈曰："天地生人也，以禮義之性。人能察己所以受命則順，順謂之道。"今本亦無其文。又《穀梁傳》至漢武帝時始出，而《道基篇》末乃引"《穀梁傳》曰"，時代尤相牴牾，其殆後人依托，非賈原本歟？考馬總《意林》所載，皆與今本相符。李善《文選注》於司馬彪《贈山濤詩》引《新語》曰"梗梓仆則爲世用"，於王粲《從軍詩》引《新語》曰"聖人承天威，承天功，與之争功，豈不難哉"，於陸機《日出東南隅行》引《新語》曰"高臺百仞"，於《古詩》第一首引《新語》曰"邪臣之蔽賢，猶浮雲之障日月"，於張載《雜詩》第七首引《新語》曰"建大功於天下者，必垂名於萬世也"。以今本核校，雖文句有詳略異同，而大致亦悉相應，似其僞猶在唐前。惟《玉海》稱陸賈《新語》今存於世者，《道基》《術事》《輔政》《無爲》《資賢》《至德》《懷慮》纔七篇。此本十有二篇，乃反多於宋本，爲不可解。或後人因不完之本，補綴五篇，以合本傳舊目也。今但據其書論之，則大旨皆崇王道，黜霸術，歸本於修身用人。其稱引《老子》者，惟《思務篇》引"上德不德"一語，餘皆以孔氏爲宗，所援據多《春秋》《論語》之文。漢儒自董仲舒外，未有如是之醇正也。流傳既久，其真其贋，存而不論可矣。所載衛公子鱄奔晋一條，與三傳皆不合，莫詳所本。中多闕文，亦無可校補。所稱文公種米、曾子駕羊諸事，劉晝《新論》、馬總《意林》皆全句引之，知無訛誤，然皆不知其何説。又據"犁嗝報"之語，訓詁亦不可通。古書佚亡，今不盡見，闕所不知可也。（中華書局，1965年）

永瑢等《四庫全書簡明目録》卷九子部一儒家類：

《新語》二卷。舊本題漢陸賈撰。凡十二篇，與《漢書》本傳合。卷數亦與《隋志》合。惟《道基篇》末引《穀梁傳》，則非賈所及見，蓋依托也。然唐李善注《文選》所引，已即此本。其大旨主於崇王黜霸，而歸於修身用人，持論亦不悖於聖賢。（上海古籍出版社，1957年）

同上，卷五十秩官漢《詔粵使者》：

陸賈。（《文淵閣四庫全書》本）

章宗源《隋書經籍志考證》卷三：

《楚漢春秋》九卷。（陸賈撰。）

《後漢書·班彪傳》："漢興，大中大夫陸賈記録時功，作《楚漢春秋》九篇。"《文心雕龍·史傳篇》曰："漢滅嬴、項，武功積年，陸賈稽古，作《楚漢春秋》。"《史通·内篇》曰："晏子、虞卿、吕氏、陸賈，其書篇第本無年月，而亦謂之《春秋》。"又曰："吕、陸二氏，乃子書雜記，而皆號曰《春秋》。"又《外篇》曰："劉氏初興，書惟陸賈而已。子長述楚漢之事，專據此書。譬夫行不由徑，出不由户，未之聞也。然觀遷之所載，往往與舊不同，如酈生之初謁沛公，高祖之長歌《鴻鵠》，非惟文句有别，遂乃事理皆殊。又韓王名信都，而輒去都留信，用使稱其名姓，全與淮陰不别。"《史記序》索隱云："《楚漢春秋》，陸賈撰，記項氏與漢高祖，及説惠文間事。"又云："《高祖功臣侯者年表》《楚漢春秋》與《史記》《漢書》不同者，陸賈記事高祖、惠帝時，《漢書》是後定功臣等列，及陳平受吕后命而定，或已改邑號，故人名亦别。"愚按《水經·渭水》注："項王在鴻門，亞父曰：'吾使人望沛公，其氣衝天，五色采相謬，或似龍，或似雲，非人臣之氣，可誅之。'"《藝文類聚·地部》："沛公遣將軍閉函谷關，亞父至關，不得入，怒曰：'沛公欲反耶？'即令家發薪一束，欲燒關門，關門乃開。"《史記·劉敬叔孫通傳》索隱："蕭何云：'臣三諫不從，請以身當之。'撫劍將自殺。上離席，云：'吾定計不易太子。'"《太平御覽·兵部》《人事部》："上過陳留，酈生求見，使者入通，公方洗足，問何如人，曰：'狀類大儒。'上曰：'吾方以天下爲事，未暇見大儒也。'使者出告，酈生瞋目按劍，曰：'入言高陽酒徒，非儒者也。'"又《兵部》："高祖向咸陽，南趣宛，匿其旌旗，人銜枚，馬束口，龍舉而翼奮，鷄未鳴，圍宛城三匝，宛城降。"（《史記·高祖紀》索隱語較略。）《人事部》："薛人丁固追上，上被髮，顧曰：'丁公何相急之甚？'乃罵而去。上即位，欲陳功。上曰：'使項王失天下，是子也。爲人臣兩心，非忠也。'下吏笞之。"又曰："項梁陰養士，最高者多力，拔樹以擊地。”又云：“淮陰武王反，上自擊之，張良居守。上體不安，卧輼車中，行三四里。留侯走，東追上，簪墮被髮，及輼車，排户曰：‘陛下即棄天下，欲以王葬乎？以布衣葬乎？’罵曰：‘若翁天子也，何故以王及布衣葬乎？’良曰：‘淮南反於東，淮陰害於西，恐陛下倚溝壑而終也。’”《刑法部》：“正疆數言事而當，上使參乘，解玉劍以佩之。天下定，以爲守。有告之者，上曰：‘天下方急，汝何在？’曰：‘亡。’上曰：‘正疆沐浴霜露，與我從事，而汝亡，告之何也？’下廷尉劓。”《服章部》曰：“北郭先生獻帶於淮陰侯，曰：‘牛爲人任用，力盡猶不置其革。’”《資産部》：“項梁陰養士九十人，參木者，所與計謀者也。木佯疾，於室中鑄大錢，以具甲兵。”此十一事，并引《楚漢春秋》，多班、馬所不載。亞父、酈生、丁公事，詞義相殊。《困學紀聞》所引四事，項羽美人和歌，見《史記·羽紀》正義。高祖封侯，賜丹書鐵券詞，見《御覽·治道部》。東陽侯諫吕太后爲惠帝高墳，見《藝文類聚·人部》。（《御覽·人部》同。）下蔡亭長詈淮南王，見《文選·五等論》注。惟《史通》所稱高祖《鴻鵠歌》未見徵引。《漢書》注引“韓申都作信都”，（《高惠高侯文功臣表》注。《史記·彭越傳》索隱曰：“《楚漢春秋》韓王信都，恐謬也，諸書不言有韓信都。”）“擊項籍，孔將軍居左”，（同上表注。）“高祖之臣别有絳灌”，（《禮樂志》注，《陳平傳》注。）“舍人謝公得罪韓信”，（《韓彭列傳》注。《史記索隱》引晋灼言亦同。）“齊人田生，字子春”，（《荆燕吴傳》注。）“丁公，薛人，名固”，（《季布傳》注。）“鯫生，鯫姓也”，（《張良傳》注。《史記》集解、索隱并同。）“封緤爲憑城侯”，（《周緤撰》注。）“叔孫通名何”，（《叔孫通傳》注。《史記索隱》同。）“會稽假守通，姓殷”，（《項籍傳》注。）“《史記索隱》樊噲請殺秦王”，（《高祖紀》。）“解先生云：‘遣守函谷，無内項王。’”（同上。）“項燕爲王翦所殺”，（《項羽本紀》。）“定侯王吸作清陽侯，王隆陽陵景侯作陰陵”，（《漢興諸侯王表》。）“南宫侯張耳”，（《高祖功臣表》。）“高祖封許負爲鳴雌亭侯”，（《絳侯周勃世家》。）“幾是乎作豈是乎”，（《黥布傳》。）“南昌亭長作新昌亭長”，（《淮陰侯傳》。）“箄山作卑山”，（同上。）“蒯成侯作憑成侯”，（《傅靳蒯成列傳》。）“吴太子名賢，字德明”。（《吴王濞傳》。）又“韓生説項王居關中”，裴駰《集解》案：“《楚漢春秋》云：‘説者蔡生。’”皆足考異。《文選·移書讓太常博士》注引云：“漢定天下，論群臣，破敵禽將，死活不衰，絳灌、樊噲是也。功成名立，臣爲爪牙，百世無邪，世世相屬，絳侯周勃是也。”此可作《漢書》注“高祖臣别有絳灌”之證。《隋志》與《唐志》九卷同。（《二十五史藝文經籍志考補萃編》本，清華大學出版社，2012年）

嚴可均《鐵橋漫稿》卷五敘《〈新語〉敘》：

《史記》本傳："陸賈者,楚人也。時時前説稱《詩》《書》，高帝曰：'試爲我著秦所以失天下，吾所以得之者。'乃粗述存亡之徵，凡著十二篇。每奏一篇，高帝未嘗不稱善，左右呼萬歲，號其書曰《新語》。"《漢書》本傳同。《藝文志》作二十三篇，疑兼他所論撰計之。《史記正義》引梁《七録》："《新語》二卷，陸賈撰。"《隋志》，舊、新《唐志》同，《崇文總目》《郡齋讀書志》《直齋書録解題》皆不著録。王伯厚《漢藝文志考證》云："今存《道基》《雜事》《輔政》《無爲》《資質》《至德》《懷慮》七篇。"蓋宋時此書佚而復出，出亦不全。至明弘治間，莆陽李廷梧字仲陽得十二篇足本，刻版於桐鄉縣治。後此有姜思復本、胡維新本、《子彙》本、程榮、何鏜《叢書》本，皆祖李廷梧。或疑明本十二篇，反多於王伯厚所見，恐是後人因不全之本，補綴五篇以合本傳篇數。今知不然者，《群書治要》載有八篇，其《辨惑》《本行》《明誡》《思務》四篇皆非王伯厚所見，而與明本相同。《文選》張載《雜詩》注引："建大功於天下者，必垂名於萬世也。"古詩《行行重行行》注引："邪臣之蔽賢猶浮雲之障日月。"今在《辨惑篇》。王粲《從軍詩》注引："聖人承天威，承天功，與之争功，豈不難哉？"今在《本行篇》。《意林》所載："衆口毁譽，浮石沉木，群邪相抑，以直爲曲。"今在《辨惑篇》。"玉斗酌酒，金椀刻鏤，所以誇小人非厚己也。"今在《本行篇》。足知多出五篇，是隋、唐原本。至《論衡·本性篇》引陸賈曰："天地生人也，以禮義之性，人能察己所以受命則順，順謂之道。"今十二篇無此文。《論衡》但云陸賈，不云《新語》，或當在《漢志》之二十三篇中。又《穀梁傳》孝武始立學，非陸賈所預見，今此《道基篇》引《穀梁傳》曰："仁者以治親，義者以利尊。"乃是《穀梁》舊傳，故今傳無此文。因知瑕丘江公所受於魯申公者，其本復經改造，非穀梁赤之舊也。漢代子書，《新語》最純最早。貴仁義，賤刑威，述《詩》《書》《春秋》《論語》，紹孟、荀而開賈、董，卓然儒者之言，史遷目爲辯士，未足以盡之。其詞皆協韻，流傳久遠，轉寫多訛。今據明各本，以《群書治要》之八篇及《文選注》《意林》等書改正删補，疑者闕之。間有管見一二，輒附案語，不敢臆定。後之覽者或有取乎此。嘉慶乙亥歲夏六月，烏程嚴可均謹敘。（《續修四庫全書》本）

周中孚《鄭堂讀書記》卷三十六子部一之上儒家類：

《新語》二卷。（《漢魏叢書》本。）（《續修四庫全書》本）

沈欽韓《漢書藝文志疏證》卷一《六藝略》春秋家：

《楚漢春秋》九篇。

《隋志》：九卷。《舊唐志》：二十卷。《御覽》引之，《經籍考》不載，蓋亡於南宋也。（《容齋隨筆》曰："陸賈書當時事，而所言多與史不合，若高祖之臣，别有絳灌、南宫侯張耳、淮陰射人謝公。"按：余嘗見楊忠滑所書《十八侯贊》，其名姓略與洪氏所指同。《史記索隱》云："十八侯位次，《楚漢春秋》不同者，陸賈記事高祖、惠帝時，《漢書》是後定功臣等列。"然如張耳、韓信，皆在高祖初年，陸賈豈猶未及睹聞耶？莫曉其參差之故。）

同上，卷二《諸子略》儒家：

《陸賈》二十三篇。

《隋志》：陸賈《新語》二卷。今見行十二篇。按《本傳》稱凡著十二篇，此二十三篇蓋誤。《考證》云存七篇，蓋所見非全本。然其引吴儔謂《輔政篇》曰"書不必起於仲尼之門"，今《輔政篇》無此語。（《二十五史藝文經籍志考補萃編》本，清華大學出版社，2011年）

范欽藏，范邦甸撰《天一閣書目》卷三之一子部儒家：

《新語》三卷（刊本）。漢陸賈撰。明弘治壬戌錢福序，吴郡都穆記後云："《新語》三卷，凡十二篇，歲久殘闕，同年李君仲陽宰浙之桐鄉，嘗得其本，鋟之於木。"

《新語》二卷（刊本）。漢陸賈撰，明司馬公諱欽訂，男光禄丞諱大冲校刊并序。（《續修四庫全書》本）

瞿鏞《鐵琴銅劍樓藏書目録》卷十三子部一儒家類：

《新語》二卷。（明刊本。）（《續修四庫全書》本）

姚振宗《漢書藝文志條理》卷一之下《六藝略》春秋家：

《楚漢春秋》九篇。陸賈所記。

本書列傳：陸賈，楚人也。以客從高祖定天下，名有口辯，居左右，常使諸侯。中國初定，尉佗平南越，因王之。高祖使賈賜佗印爲南越王。賈卒拜佗爲王，令稱臣奉漢約。歸報，高帝大説，拜賈爲太中大夫。孝惠時，吕太后用事，欲王諸吕，畏大臣及有口者。賈自度不能争之，乃病免。以好畤田地善，往家焉。吕太后時，爲陳平畫吕氏數事。游漢廷公卿間，名聲藉甚。及誅吕氏，立孝文，賈頗有力。孝文即位，欲使人之南越，丞相平乃言賈爲太中大夫，往使尉佗，去黄屋稱制，令比諸侯，皆如意指。陸生竟以壽終。又傳贊曰："陸賈位止大夫，致仕諸吕，不受憂責，從容平、勃之間，附會將相，以强社稷，身名俱榮，其最優乎！"

《司馬遷傳》贊曰："漢興，代秦定天下，有《楚漢春秋》。故司馬遷據《左氏》《國語》，采《世本》《戰國策》，述《楚漢春秋》，接其後事，迄於大漢。"（按裴駰《史記集解》序引班固此文作"天漢"，此"大漢"蓋誤寫也。）

《後漢書·班彪傳》：彪論前史得失，曰："漢興定天下，太中大夫陸賈記録時功，作《楚漢春秋》九篇。"

《史記集解》序索隱曰："《楚漢春秋》，漢太中大夫楚人陸賈所撰，記項氏與漢高祖初起及説惠文間事。"

《隋志》史部雜史篇：《楚漢春秋》九卷，陸賈撰。又曰："陸賈作《楚漢春秋》，以述誅鋤秦、項之事。"《唐·經籍志》：《楚漢春秋》九卷，陸賈撰。《唐·藝文志》：陸賈《楚漢春秋》九卷。

《史通·六家篇》："晏子、虞卿、吕氏、陸賈，其書篇第，本無年月，而亦謂之《春秋》。"又《題目篇》云："按吕、陸二氏，各著一書，唯次篇章，不繫時月。此乃子書雜記，而皆號曰《春秋》。考其名實，奚其爽歟！"又《雜述篇》云："史氏流别，殊途并騖。榷而爲論，其流有十。一曰偏記。夫皇王受命，有始有卒，作者著述，詳略難均。有權記當時，不終一代，若陸賈《楚漢春秋》，此之謂偏記者也。"又《雜説篇》云："案劉氏初興，書唯陸賈而已。子長述楚、漢之事，專據此書。然觀遷之所載，往往與舊不同。如酈生之初謁沛公，高祖之長歌鴻鵠，非唯文句有别，遂乃事理皆殊。"

王氏《考證》："洪氏曰：陸賈書記當時事，而所言多與史不合。顔師古屢辨之。若高祖之臣别有絳灌、南宫侯、張耳、淮陰舍人謝公。"

《經義考》曰："案《楚漢春秋》，顔師古《漢書注》、李善《文選注》皆引之，則唐時尚存。又《太平御覽》亦引之，則宋初猶未亡也。"

高郵茆泮林輯本序曰："《楚漢春秋》今散佚不可復得，彙刻叢書中亦未見輯本。泮林因其書與《左傳》《國語》《世本》《國策》均爲龍門作史屬稿所據，惟《世本》及陸書無傳，故既輯《世本》成帙，復於此書留意焉。"

同上，卷二之上《諸子略》儒家：

《陸賈》二十三篇。

陸賈有《楚漢春秋》，見《六藝》春秋家。

《史記》本傳：陸生時時前説稱《詩》《書》。高帝罵之曰："乃公居馬上而得之，安事《詩》《書》！"陸生曰："居馬上得之，寧可以馬上治之乎？且湯武逆取而以順守之，文武并用，長久之術也。昔者吴王夫差、智伯極武而亡；秦任刑法不變，卒滅趙氏。（鄭氏曰："秦之先造父封於趙城，其後以爲姓。"）鄉（向）使秦已并天下，行仁義，法先聖，陛下安得而有之？"高帝不懌而有慚色，乃謂陸生曰："試爲我著秦所以失天下，吾所以得之者何，及古成敗之國。"陸生乃粗述存亡之徵，凡著十二篇。每奏一篇，高帝未嘗不稱善，左右呼萬歲，號其書曰《新語》。太史公曰："余讀陸生《新語》書十二篇，固當世之辯士。"張守節曰："《七録》云：'《新語》二卷，陸賈撰。'"師古曰："今其書見存。"

《黄氏日抄》曰："陸賈以《詩》《書》説高帝，一時群臣無有也。以吕氏欲王諸吕而病免，復傳會將相，以誅諸吕，亦一時群臣無有也。動静合時措之宜，而功烈泯無形之表，漢初儒生未有賈比也。"

《隋書·經籍志》：《新語》二卷，陸賈撰。《唐·經籍志》同。《藝文志》：陸賈《新語》二卷。《宋·藝文志》雜家著録同。

王氏《考證》："今存《道基》《術事》《輔政》《無爲》《資質》《至德》《懷慮》七篇。"

《四庫提要》曰："《漢書》賈本傳稱著《新語》十二篇，《藝文志》儒家《陸賈》二十七篇，蓋兼他所論述計之。《隋志》二卷，此本卷數與《隋志》合，篇數與本傳合。然王充《論衡·本性篇》引《陸賈》，今本無其文。又《穀梁傳》至漢武帝時始出，而《道基篇》末乃引'《穀梁傳》曰'，時代尤相牴牾。其殆後人依托，非賈原本歟？（案《穀梁春秋》始自魯申公傳之，申公與陸大夫同時，容或有見其書者。）又《玉海》稱今存七篇，此本十有二篇，乃反多於宋本，亦不可解。或後人因不完之本，補綴五篇，以合本傳舊目也。今但據其書論之，則大旨皆崇王道，黜霸術，歸本於修身用人。其稱引《老子》者，惟《思務篇》引'上德不德'一語，餘皆以孔氏爲宗。所援據多《春秋》《論語》之文，漢儒自董仲舒外，未有如是之醇正也。流傳既久，其真其贋，存而不論可矣。所載衛公子鱄奔晋一條，與三傳皆不合，莫詳所本。中多闕文，亦無可校補。所稱文公種米、曾子駕羊諸事，皆不知其何説。又據犁嗝報之語，訓詁亦不可通。古書佚亡，今不盡見，闕所不知可也。"

嚴可均校録序曰："《崇文總目》、晁《志》、陳《録》皆不著録。王伯厚云今存七篇，蓋宋時此書佚而復出，出亦不全。至明弘治間，莆陽李廷梧得十二篇足本，刻版於桐鄉縣治。或疑明本反多於王伯厚所見，恐是後人補綴。今知不然者，《群書治要》載有八篇，其《辨惑》《本行》《明誡》《思務》四篇皆非王伯厚所見，而與明本相同，足知多出五篇，是隋、唐原本。至《論衡·本性篇》引陸賈曰'天地生人也'一條，今十二篇無此文。《論衡》但云《陸賈》，不云《新語》，或當在《漢志》之二十三篇中。又《穀梁傳》曰'仁者以治親，義者以利尊'，乃是《穀梁》舊傳，故今《傳》無此文。因知瑕丘江公所受於魯申公者，其後本復經改造，非穀梁赤之舊也。漢代子書，《新語》最純最早，貴仁義，賤刑威，述《詩》《書》《春秋》《論語》，紹孟、荀而開賈、董，卓然儒者之言，史遷目爲辯士，未足以盡之。其詞皆協韻，流傳久遠，轉寫多訛，今據明各本，以《治要》之八篇，及《文選注》《意林》等書，改正删補，疑者闕之，間有管見一二，輒附案語臆定。”

案明程榮《漢魏叢書》所刻即據弘治十五年莆陽李庭梧刊本，其篇目曰：《道基》第一、《術事》第二、《輔政》第三、《無爲》第四、《辨惑》第五、《慎微》第六、《資質》第七、《至德》第八、《懷慮》第九、《本行》第十、《明誠》第十一、《思務》第十二。王氏所見七篇，蓋缺《辨惑》《慎微》《本行》《明誠》《思務》五篇。中多斷爛，末篇缺文尤多，嚴氏所校之本，今亦未見。

又案《七略》兵權謀家有《陸賈》，班氏以其重複省之。

同上，卷三《詩賦略》陸賦之屬：

陸賈賦三篇。

陸賈有《楚漢春秋》，見《六藝》春秋家。又有書二十三篇，見《諸子》儒家。

《文心雕龍·詮賦篇》曰：“賦也者，受命於詩人，拓宇於楚辭也。漢初詞人，順流而作，陸賈扣其端。”（《二十五史藝文經籍志考補萃編》本，清華大學出版社，2011年）

姚振宗《隋書經籍志考證》卷十三史部三雜史類：

《楚漢春秋》九卷，陸賈撰。

《漢書·藝文志》：“《楚漢春秋》九篇，陸賈所記。”又《司馬遷傳》贊曰：“漢興代秦定天下，有《楚漢春秋》。故司馬遷據《左氏》《國語》，采《世本》《戰國策》，述《楚漢春秋》，接其後事，迄於大漢。”（按“大漢”當爲“天漢”之誤。）

又列傳：“陸賈，楚人也。以客從高祖定天下，名有口辯，居左右，常使諸侯。中國初定，尉佗平南越，因王之。高祖使賈賜佗印爲南越王。賈卒拜佗爲王，令稱臣，奉漢約。歸報，高帝大悦，拜賈爲太中大夫。孝惠時，吕太后用事，欲王諸吕，畏大臣及有口者。賈自度不能争之，乃病免。以好畤田地善，往家焉。吕太后時，爲陳平畫吕氏數事。游漢廷公卿間，名聲籍甚。及誅吕氏，立孝文，賈頗有力。孝文即位，欲使人之南越，丞相平乃言賈爲太中大夫，往使尉佗，去黄屋稱制，令比諸侯，皆如意指。陸生竟以壽終。”又傳贊曰：“陸賈位止大夫，致仕諸吕，不受憂責，從容平、勃之間，附會將相以强社稷，身名俱榮，其最優乎！”

《後漢·班彪傳》：彪論前史得失，曰：“漢興定天下，太中大夫陸賈記録時功，作《楚漢春秋》九篇。”

《史記集解序》索隱曰：“《楚漢春秋》，漢太中大夫楚人陸賈所撰，記項氏與漢高祖初起及説惠文間事。”

《史通·六家·春秋篇》：“晏子、虞卿、吕氏、陸賈，其書篇第，本無年月，而亦謂之春秋。”

又《題目篇》曰：“案吕、陸二氏，各著一書，唯次篇章，不繫時月。此乃子書雜記，而皆號曰春秋。考其名實，奚其爽歟！”

又《雜述篇》曰：“史氏流别，殊途并鶩。権而爲論，其流有十。一曰偏記。夫皇王受命，有始有卒，作者著述，詳略難均。有權記當時，不終一代，若陸賈《楚漢春秋》，此之謂偏記者也。”

又《雜説篇》曰：“案劉氏初興，書唯陸賈而已。子長述楚、漢之事，專據此書。然觀遷之所載，往往與舊不同。如酈生之初謁沛公，高祖之長歌鴻鵠，非唯文句有别，遂乃事理皆殊。”

《唐書·經籍志》：“《楚漢春秋》九卷，陸賈撰。”

《唐書·藝文志》：“陸賈《楚漢春秋》九卷。”

王應麟《漢志考證》曰：“洪氏曰：‘陸賈書當時事，而所言多與史不合。顔師古屢辨之，若高祖之臣别有絳灌、南宫侯張耳、淮陰舍人謝公。’”

《經義考》曰：“按《楚漢春秋》，顔師古《漢書注》、李善《文選注》皆引之，則唐時尚存。又《太平御覽》亦引之，則宋初猶未亡也。”

章氏《考證》：“《文心雕龍·史傳篇》曰：‘漢滅嬴項，武功積年，陸賈稽古，作《楚漢春秋》。’《史記序》索隱云：‘《高祖功臣侯者年表》《楚漢春秋》與《史記》《漢書》不同者，陸賈記事高祖、惠帝時，《漢書》是後定功臣等列，及陳平受吕后命而定，或已改邑號，故人名亦别。’愚按《水經·渭水》注、《藝文類聚·地部》、《史記·劉敬叔孫通傳》索隱、《太平御覽·兵部》《人事部》《刑法部》《服章部》凡十一事引《楚漢春秋》，多班、馬所不載，亞父、酈生、丁公事，詞義相殊。《困學紀聞》引四事，及《漢書注》引十事，《史記索隱》引十二事，《集解》一事，皆足考異。《文選·讓太常博士》注引云：‘漢定天下，論群臣破敵禽將、死活不衰，絳灌、樊噲是也。功成名立，臣爲爪牙，百世無邪，世世相屬，絳侯周勃是也。’此可作高祖臣别有絳灌之證。”

高郵茆泮林輯本序曰：“《楚漢春秋》今散佚不可復得，彙刻叢書中亦未見輯本。泮林因其書與《左傳》《國語》《世本》《國策》均爲龍門作史屬稿所據，惟《世本》及陸書無傳，故既輯《世本》成帙，復於此書留意焉。”

孫祠《書目》：“《楚漢春秋》一卷，洪頤煊集本。”

同上，卷二十四子部一儒家：

《新語》二卷，陸賈撰。

陸賈有《楚漢春秋》，見史部雜史類。

太史公曰："余讀陸生《新語》書十二篇，固當世之辯士。"

《漢書·藝文志》：《陸賈》二十三篇。（又《七略》兵權謀家有《陸賈》，班氏以其重複，省之。）

又本傳：賈時時前説稱《詩》《書》。高帝罵之曰："乃公居馬上得之，安事《詩》《書》！"賈曰："馬上得之，寧可以馬上治乎？且湯、武逆取而以順守之，文武并用，長久之術也。昔者吴王夫差、智伯極武而亡；秦任刑法不變，卒滅趙氏。（鄭氏曰："秦之先造父封於趙城，其後以爲姓。"）鄉使秦以并天下，行仁義，法先聖，陛下安得而有之？"高帝不懌，有慚色，謂賈曰："試爲我著秦所以失天下，吾所以得之者，及古成敗之國。"賈凡著十二篇。每奏一篇，高帝未嘗不稱善，左右呼萬歲，稱其書曰《新語》。（師古曰："其書今見存。"）

唐張守節《史記正義》曰："《七録》云：《新語》二卷，陸賈撰。"

《唐書·經籍志》：《新語》二卷，陸賈撰。

《唐書·藝文志》：陸賈《新語》二卷。（《宋志》雜家著録同。《崇文總目》雜家同。）

王氏《漢志考證》："今存《道基》《術事》《輔政》《無爲》《資賢》《至德》《懷慮》七篇。"（案此非完本，嚴氏《校録》言之詳矣。）

《四庫提要》曰："《漢書》賈本傳稱賈著《新語》十二篇，《藝文志》儒家二十七篇，蓋兼他所論述計之。《隋志》二卷，此本卷數與《隋志》合，篇數與本傳合。然王充《論衡·本性篇》引《陸賈》，今本無其文。又《穀梁傳》至漢武帝時始出，而《道基篇》末乃引'《穀梁傳》曰'，時代尤相牴牾。其殆後人依托，非賈原本歟？（案《穀梁傳》漢初魯申公已傳之，陸大夫容或見其書。）又《玉海》稱今存七篇，此本十有二篇，乃反多於宋本，亦不可解。或後人因不完之本補綴五篇，以合本傳舊目也。（案此未見李廷梧之序，故有此疑。嚴氏已言之，見後。）今但據其書論之，則大旨皆崇王道，黜霸術，歸本於修身用人。其稱引《老子》者，惟《思務篇》引'上德不德'一語，餘皆以孔氏爲宗。所援據多《春秋》《論語》之文。漢儒自董仲舒外，未有如是之醇正也。流傳既久，其真其贋，存而不論可矣。所載衛公子鱄奔晋一條，與三傳皆不合，莫詳所本。中多闕文，亦無可校補。所稱文公種米、曾子駕羊諸事，皆不知其何説。又據犂嗝報之語，訓詁亦不可通。古書佚亡，今不盡見，闕所不知可也。"

嚴可均校録序曰："《崇文總目》、晁《志》、陳《録》皆不著。王伯厚云：'今存七篇。'蓋宋時此書佚而復出，出亦不全。至明弘治間，莆陽李廷梧得十二篇足本，刻於桐鄉縣治。或疑明本反多於王伯厚所見，恐是後人補綴。今知不然者，《群書治要》載有八篇，其《辨惑》《本行》《明誡》《思務》四篇皆非王伯厚所見，而與明本相同。足知多出五篇，是隋、唐原本。至《論衡·本性篇》引陸賈曰‘天地生人也’一條，今十二篇無此文。《論衡》但云《陸賈》，不云《新語》，或當在《漢志》之二十三篇中。又‘《穀梁傳》曰：仁者以治親，義者以利尊’，乃是《穀梁》舊傳，故今《傳》無此文。因知瑕丘江公所受於魯申公者，其本復經改造，非穀梁赤之舊也。漢代子書，《新語》最純最早，貴仁義，賤刑威，述《詩》《書》《春秋》《論語》，紹孟、荀而開賈、董，卓然儒者之言，史遷目爲辯士，未足以盡之。其詞皆協韻，流傳久遠，轉寫多訛，今據明各本，以《治要》之八篇，及《文選注》《意林》等書，改正删補，疑者闕之，間有管見一二，輒附案語，不敢臆定。”（《四録堂類集總目》曰：“陸賈《新語》二卷，可均輯。”）

案明程榮《漢魏叢書》所刻，即據弘治十五年莆陽李庭梧刊本，其篇目曰：《道基》第一、《術事》第二、《輔政》第三、《無爲》第四、《辨惑》第五、《慎微》第六、《資質》第七、《至德》第八、《懷慮》第九、《本行》第十、《明誡》第十一、《思務》第十二。王氏所見七篇，蓋缺《辨惑》《慎微》《本行》《明誡》《思務》五篇。中多斷爛，末篇缺文尤多。嚴氏所校之本，今亦未見。

又案《西京雜記》載陸賈答樊將軍噲問瑞應一事，今不見於是書。又晋嵇含《南方草木狀》引陸賈《南越行紀》兩事，陸大夫於高帝、孝文時兩使南越，宜有行記，當皆在《漢志》二十三篇中。（又《新語》中不甚言兵事，兵權謀所省《陸賈》不知若干篇，亦當在二十三篇中。）（《二十五史藝文經籍志考補萃編》本，清華大學出版社，2011年）

姚振宗《漢書藝文志拾補·諸子略》第二小説家者流：

陸賈《南越行紀》。

《史》《漢》列傳：陸賈，楚人也。以客從高祖定天下，名有口辯，居左右，常使諸侯。時中國初定，尉佗平南越，因王之。高祖使賈賜尉佗印爲南越王。賈至，令稱臣奉漢約。歸報，高祖大悦，拜賈爲大中大夫。孝惠時，吕太后用事，賈自度不能争，乃病免。以好畤田地善，往家焉。爲陳平畫吕氏數事，游漢庭公卿間，名聲籍甚。及誅吕氏，立孝文，賈頗有力。孝文即位，欲使人之南越。丞相平乃言賈爲太中大夫，往使尉佗，去黄屋稱制，令比諸侯，皆如意指。陸生竟以壽終。

晋嵇含《南方草木狀》曰：“耶悉茗花、末利花，皆胡人自西國移植於南海，南人憐其芳香，競植之。陸賈《南越行紀》曰：‘南越之境，五穀無味，百花不香。’此二花特芳香，緣是别國移至，不隨水土而變與？與夫橘化爲枳，異矣。彼中女子以彩絲穿花心以爲首飾。又陸賈《南越行紀》曰：‘羅浮山頂有胡楊梅、山桃，繞其際海，人時登采拾，止得於上飽啖，不得持下。’”

明楊慎《丹鉛總録》：古書不知名者，如《水經》引《南中行紀》亦不出姓氏。考嵇含《南方草木狀》，始知陸賈作《南中行紀》，乃知前人或略，後或有考焉，未可遽付之不知也。

按陸大夫兩使南越，宜有此作。嵇含生於魏末，距漢未遠，所見當得其真。南越，楊氏誤爲南中，蓋率由記憶，不求甚碻，其所作往往如此，前人亦嘗言之。（《二十五史藝文經籍志考補萃編》本，清華大學出版社，2011年）

丁丙藏，丁仁撰《八千卷樓書目》卷十子部儒家類：

《新語》二卷。（漢陸賈撰。《漢魏叢書》本、明刊本、《子彙》本、《子書百種》本。）（《續修四庫全書》本）

趙爾巽等《清史稿》卷一百四十六《藝文》二雜史類：

陸賈《楚漢春秋》一卷，黄奭輯。（中華書局，1976年）

孫德謙《漢志藝文略・別稱略》：

《陸賈》二十三篇。

《太史公》賈本傳："賈爲高帝粗述存亡之徵，凡著十二篇，號其書曰《新語》。"《隋志》、兩《唐志》遂作《新語》矣。（《二十五史藝文經籍志考補萃編》本，清華大學出版社，2012年）

梁啓超《漢書藝文志諸子略考釋》儒家：

《陸賈》二十三篇。

《隋志》：《新語》二卷。《唐志》同。今存二卷，析爲十二篇。但非《漢志》原書之舊。（《四庫總目提要》云："案《漢書》賈本傳稱著《新語》十二篇，《漢書・藝文志》儒家《陸賈》二十七篇，蓋兼他所論述計之，《隋志》則作《新語》二卷。此本卷數與《隋志》合，篇數與本傳合，似爲舊本。然《漢書・司馬遷傳》稱遷取《戰國策》、《楚漢春秋》、陸賈《新語》作《史記》。《楚漢春秋》，張守節《正義》猶引之，今佚，不可考。《戰國策》取九十三事，皆與今本合。惟是書之文，悉不見於《史記》。王充《論衡・本性篇》引陸賈曰：‘天地生人也，以禮義之性。人能察己所以受命則順，順謂之道。’今本亦無其文。又《穀梁傳》至漢武帝時始出，而《道基篇》末乃引‘《穀梁傳》曰’，時代尤相牴牾。其殆後人依托，非賈原本歟？考馬總《意林》所載，皆與今本相符。李善《文選注》於司馬彪《贈山濤詩》引《新語》曰：‘楩梓仆則爲世用。’於王粲《從軍詩》引《新語》曰：‘聖人承天威，承天功，與之争功，豈不難哉！’於陸機《日出東南隅行》引《新語》曰：‘高臺百仞。’於《古詩》第一首引《新語》曰：‘邪臣之蔽賢猶浮雲之障日月。’於張載《雜詩》第七首引《新語》曰：‘建大功於天下者，必垂名於萬世也。’以今本核校，雖文句有詳略異同，而大致亦悉相應，似其僞猶在唐前。惟《玉海》稱陸賈《新語》今存者，《道基》《術事》《輔政》《無爲》《資賢》《至德》《懷慮》纔七篇。此本十有二篇，乃反多於宋本，爲不可解。或後人因不完之本補綴五篇，以合本傳舊目也。”）

同上，《漢志諸子略各書存佚真僞表》儒家者流：

《陸賈》，入“已佚”類“原佚而後人僞托或補竄者”目，以爲“似隋唐間僞補”。（《二十五史藝文經籍志考補萃編》本，清華大學出版社，2012年）

顧實《漢書藝文志講疏·六藝略》春秋：

《楚漢春秋》九篇。（陸賈所記。）

亡。沈欽韓曰：“《隋志》九卷，《唐志》二十卷，《御覽》引之，《經籍考》不載，蓋亡於南宋。”

同上，《諸子略》儒家：

《陸賈》二十三篇。

殘。本傳曰：“陸賈，楚人。凡著十二篇，號其書曰《新語》。”（《史記》本傳同。案《新語》之名，亦見班固《答賓戲》《論衡·書解篇》。）此作二十三篇，蓋兼他所著者計之。梁《七録》曰：“《新語》二卷，陸賈撰。”（《史記正義》引。）《隋》《唐志》同，《宋》不復著録。王應麟曰：“今存《道基》《雜事》《輔政》《無爲》《資質》《至德》《懷慮》七篇。”（《考證》。）嚴可均曰：“此書蓋宋時佚而復出，出而不全。至明弘治間，莆陽李廷梧字仲陽，得十二篇足本刻之。《群書治要》載有八篇，其《辨惑》《本行》《明誡》《思務》四篇，皆非王伯厚所見，而與明本大致相合。《文選》張協《雜詩注》引‘建大功於天下者，必垂功名於萬世也’。《古詩·行行重行行》注引‘邪臣之蔽賢猶浮雲之障日月’，今在《辨惑篇》。王粲《從軍行詩注》引‘聖人承天威，承天功。與之争功，豈不難哉’，今在《本行篇》。《意林》所載‘衆口毁譽，浮石沈水。群邪相抑，以直爲曲’，今在《辨惑篇》。‘玉斗酌酒，金椀刻鏤，所以誇小人非厚己也’，今在《本行篇》。足知多出五篇，是隋、唐原本。至《論衡·本性篇》陸賈曰：‘天地生人也，以禮義之性。人能察己所以受命則順，順謂之道。’今本十二篇無此文。《論衡》但云陸賈，不云《新語》，或當在《漢志》之二十三篇中。又

《道基篇》引《穀梁傳》曰：‘仁者以治親，義者以利尊。’是《穀梁》舊傳，故今本無此文。因知瑕丘江公所受於魯申公者，其本曾經更定，非穀梁赤之舊。漢代子書，《新語》最純最早，貴仁義，賤刑威，述《詩》《書》《春秋》《論語》，紹孟、荀而開賈、董，卓然儒者之言，史遷僅目爲辯士，未足以盡之。”（見戊申《國粹學報·藏書志》。案清《四庫》儒家類著録《新語》二卷，説之不了。）

同上，《詩賦略》陸賦之屬：

陸賈賦三篇。

亡。《文心雕龍》曰：“漢室陸賈，首發奇采，賦《孟春》而選典誥，其辨之富矣。”（《才略篇》。）（上海古籍出版社，2009年）

陳朝爵《漢書藝文志約説》卷一《六藝略》春秋：

《楚漢春秋》九篇。（陸賈所記。亡。）

沈欽韓曰：“《隋志》：九卷。《唐志》：二十卷。《御覽》引之，《經籍考》不載，蓋亡於南宋。”

同上，卷二《諸子略》儒家：

《陸賈》二十三篇。（殘。）

今名《新語》，二卷十二篇。王應麟《考證》“存七篇”，今反多於宋時者，顧實引嚴可均云：“明弘治間，莆陽李氏得十二篇足本刻之。漢代子書，《新語》最純，貴仁義，賤刑威，紹孟、荀而開賈、董，卓然儒者之言。史遷僅目爲辯士，未足以盡之。”

同上，卷三《詩賦略》陸賦：

陸賈賦三篇。（亡。）

顧實曰：“《文心雕龍·才略篇》曰：漢室陸賈，首發奇采，賦《孟春》而選典、誥，其辨之富矣。”（《二十五史藝文經籍志考補萃編》本，清華大學出版社，2012年）

余嘉錫《四庫提要辨證》卷十子部一儒家類一：

《新語》二卷。

舊本題漢陸賈撰。案《漢書》賈本傳稱著《新語》十二篇。《漢書·藝文志》儒家《陸賈》二十七篇，（案《漢志》實二十三篇，此“七”字誤。）蓋兼他所論述計之。《隋志》則作《新語》二卷，此本卷數與《隋志》合，篇數與本傳合，似爲舊本。然《漢書・司馬遷傳》稱遷取《戰國策》、《楚漢春秋》、陸賈《新語》作《史記》。《楚漢春秋》，張守節《正義》猶引之，今佚，不可考。《戰國策》取九十三事，皆與今本合。惟是書之文，悉不見於《史記》。

嘉錫案：自來目録家皆以《新語》爲陸賈所作，相傳無異詞，至《提要》始創疑其僞，而其所考，至爲紕繆，不足爲據。如所引《漢書・司馬遷傳》，考之《漢書》，實無其文，遷傳終篇未嘗言及陸賈《新語》。其贊中惟言："司馬遷據《左氏》《國語》，采《世本》《戰國策》，述《楚漢春秋》，接其後事，訖於大漢。"亦無取陸賈《新語》作《史記》之語。惟高似孫《子略》卷三云："班固稱太史公取《戰國策》、《楚漢春秋》、陸賈《新語》作《史記》。"此蓋似孫誤記，而《提要》誤信之，未及覆考之《漢書》本傳也。（卷五十一雜史類）《戰國策提要》（後案語引班固語，尚不誤。）考《後漢書・班彪傳》《史通・古今正史篇》述《史記》所采書，皆與遷傳贊同，他書亦無取《新語》作《史記》之説，則是書之文，悉不見於《史記》，固其宜也。

王充《論衡・本性篇》引陸賈曰："天地生人也，以禮義之性。人能察己所以受命則順。順謂之道。"今本亦無其文。

案是書賈本傳作十二篇，《漢志》儒家《陸賈》二十三篇，《提要》既知爲兼他論述計之，則《論衡・本性篇》所引之語，稱陸賈曰，不稱《新語》曰，自是賈他論述中之文。故嚴可均《鐵橋漫稿》卷五《新語叙》謂："《本性篇》所引，當在《漢志》二十三篇中。"則今本之無其文，亦不足異。《論衡・書虚篇》引陸賈曰："離婁之明，不能察帷薄之内；師曠之聰，不能聞百里之外。"其文亦不見於今本。又《薄葬篇》云："聖賢之業，皆以薄葬省用爲務。然而世尚厚葬，有奢泰之失者，儒家論不明，墨家議之非，故也。墨家之議右鬼，以爲人死輒爲神鬼而有知，能形而害人，故引杜伯之類以爲效驗。儒者不從，以爲死人無知，不能爲鬼，然而賻祭備物者，示不負死以觀生也。陸賈依儒而説，故其立語，不肯明處。"今《新語》無論鬼神之語，此亦引賈他著述也。《西京雜記》卷三曰："樊將軍噲問於陸賈曰：自古人君皆云受命於天，云有瑞應，豈有是乎？陸賈應之曰有。夫目瞤得酒食，燈火花得錢財，乾鵲噪而行人至，蜘蛛集而百事喜。小既有徵，大亦宜然。故目瞤則咒之，燈火花則拜之，乾鵲噪則餧之，蜘蛛集則放之。况在下大寶，人君重位，非天命何以得之哉？瑞者，寶也，信也。天以寶爲信，應人之德，故曰瑞應。無天命，無寶信，不可以力取也。"《太平廣記》卷一百三十五引殷芸《小説》略同。《西京雜記》乃晋葛洪雜抄諸書爲之，説詳彼書條下。此所記陸賈之語，以意度之，必出於《陸賈》二十三篇之中，蓋就《論衡》所引觀之，知賈喜論性命鬼神之事，此條之論瑞應，與其書之宗旨體裁，正復相合也。賈所著書，除《新語》外，其可考者如此。《提要》及嚴氏僅引《本性篇》一條，蓋猶考之未詳矣。

又《穀梁傳》至漢武帝時始出，而《道基篇》末乃引《穀梁傳》曰，時代尤相牴牾，其殆後人依託，非賈原本歟？

案《穀梁傳》出世時代，《御覽》卷六百十引桓譚《新論》云："《左氏》傳世後百餘年魯穀梁赤爲《春秋》，殘略多所遺失。又有齊人公羊高緣經作傳，彌失其本事矣。"《禮記·王制》"天子諸侯無事則歲三田"章《疏》引鄭玄云："《穀梁》近孔子，《公羊》正當六國之亡。"（此鄭《釋廢疾》之文。）《漢書·儒林傳》云："漢興，高祖過魯，申公以弟子從師入見於魯南宫，申公卒以《詩》《春秋》授，而瑕邱江公盡能傳之。"又云："瑕邱江公受《穀梁春秋》及《詩》於魯申公。"并無《穀梁傳》至武帝時始出之説。《提要》之意，蓋以瑕邱江公受《穀梁春秋》於魯申公，申公之學惟江公盡能傳之。申公至武帝時年八十餘乃卒，而江公在武帝時與董仲舒并，（以上并見《儒林傳》。）因謂《穀梁傳》至是始出，爲賈之所不及見，不知申公爲浮邱弟子，其《穀梁春秋》之學，自當是受之於伯。高祖過魯，申公以弟子從師入見，師蓋即浮邱伯。其時賈方以客從高祖定天下，居左右。吕太后時浮邱伯在長安，楚元王遣子郢客與申公俱卒業，（見《楚元王傳》及《儒林傳》。）賈亦方爲陳平畫與絳侯交歡之策。（均見賈《傳》。）是賈與浮邱伯正同時人，又同處一地，何以不可以見《穀梁春秋》乎？《新語·資質篇》云："鮑邱之德行，非不高於李斯、趙高也，然伏隱蒿廬之下，而不録於世，利口之臣害之也。"《鹽鐵論·毁學篇》云："李斯與包邱子俱事荀卿，包邱子不免於甕牖蒿廬。"又云："方李斯之相秦也，始皇任之，人臣無二，而荀卿爲之不食，睹其罹不測之禍也。包邱子飯麻蓬藜，修道白屋之下，樂其志，安之於廣厦芻豢，無赫赫之勢，亦無戚戚之憂。"與《新語》所言鮑邱、李斯之事合。飯麻蓬藜修道白屋之下，即所謂伏隱蒿廬之下，包邱即鮑邱，古字通用。（《文苑英華》卷八百五，顧況《華亭縣令包公壁記》云："鮑説通靈之士秦有包邱，漢有包咸。"是唐人尚以鮑與包邱爲一姓也。）包又與浮通，《左氏·隱八年》經"浮來"《穀梁》作"包來"，是其證。鮑邱子即浮邱伯（汪中《荀卿子通論》、顧千里《鹽鐵論考證後序》、沈欽韓《漢書疏證》卷二十七，均謂包邱子即浮邱伯，今參用其意，更詳加考證如此。）浮邱伯爲孫卿門人，見《楚元王交傳》。賈著《新語》在申公卒業之前，浮邱尚未甚老，賈之年輩當亦與相上下，而賈極口稱之，形於奏進之篇。其意蓋欲以此當薦書，則其學出於浮邱伯，尤有明徵。《穀梁傳·序疏》云："穀梁子名俶，字元始，魯人，一名赤，受經於子夏，爲經作傳，傳孫卿。孫卿傳魯人申公，申公傳博士江翁。"閻若璩《尚書古文疏證》卷四云："申公受《詩》浮邱伯。伯，荀卿門人。申於《詩》爲再傳，何獨於《春秋》而親受業乎？且申至武帝初年八十餘，計其生當在秦初并天下日，荀卒已久，疏凡此等，俱悠謬不勝辨。”沈欽韓《漢書疏證》卷三十四云：“案申公之年不能逮事荀卿，而其師浮邱伯也，蓋荀卿傳浮邱伯，浮邱伯傳申公。”其説是也。浮邱伯以《詩》及《穀梁傳》授弟子，賈與之同時，敬其德行，安知其不從之問《春秋》大義，如司馬遷之問故於孔安國耶？特賈非專門名家，故《儒林傳》不列其名耳，則其引《穀梁傳》，曾何足異乎？（劉歆《移太常博士書》所云：“漢興，天下惟有《易》卜，至文帝時，《詩》始萌芽，至武帝，然後鄒魯梁趙頗有《詩》《禮》《春秋》。先師者，特謂文、景以前諸儒，皆孤經傳授。至武帝時，鄒、魯、梁、趙，皆有先師，其傳始廣耳。考之《漢書·楚元王傳》，交與申公受《詩》浮邱伯。伯者，孫卿門人也。及秦焚書，各别去，元王至楚。高后時浮邱伯在長安，元王遣子郢客與申公俱卒業。”又《儒林傳》云：“漢興，言《易》，自淄川田生；言《書》，自濟南伏生；言《詩》，於魯則申培公，於齊則轅固生，燕則韓太傅；言《禮》，則魯高堂生；言《春秋》，於齊則胡母生，於趙則董仲舒。”又云：“漢興，高堂生傳《士禮》十七篇，而魯徐生善爲頌。孝文時，徐生以頌爲禮官大夫，胡母生治《公羊春秋》，爲景帝博士。漢興，北平侯張蒼及梁太傅賈誼皆修《春秋左氏傳》。”是則《詩》之萌芽，早在高后之時，而《禮》與《春秋》，自漢興已有先師矣，安得執劉歆之言，謂《穀梁傳》至武帝時始出乎？）《辨惑篇》引魯定公與齊侯會於夾谷事，與《穀梁傳》略同，而其詞加詳。《公羊》既無其事，《左傳》所載復不同，知其用《穀梁》義也。“兩君升壇，兩相處下，而相欲揖”，傳作“兩君就壇，兩相相揖”。“夷狄之民何求爲”，傳作“夷狄之民何來爲”。“使優旃儛於魯公之幕下”，傳作“使優施舞於魯君之幕下”。可以考見古今傳文之異。《至德篇》云：“魯莊公一年之中，以三時興築作之役。（案謂三十一年春築臺於郎，夏築臺於薛，秋築臺於秦也。）規固山林草澤之利，與民争田漁薪菜之饒，刻桷丹楹，眩曜靡麗。收十二之税，不足以供回邪之欲，繕不用之好，以〔快〕（快字原缺，據《治要》補。）婦人之目。財盡於驕盈，人力罷於不急。上困於用，下飢於食，乃遣，臧孫辰請□□於齊。倉廪空匱，外人知之，於是爲宋、陳、衛所伐。”考《穀梁》莊二十八年冬築微傳云：“山林藪澤之利，所以與民共也，虞之非正也。”臧孫辰告糴於齊傳云：“國無三年之畜，曰國非其國也。古者税什一，豐年補敗不外求，而上下足也。雖纍凶年，民弗病也。一年不艾，而百姓饑，君子非之。”三十一年秋築臺於秦傳云：“不正罷民三時，虞山林藪澤之利。且財盡則怨，力盡則懟，君子危之，故謹而志之也。”賈説全出於此。所謂規固山林草澤之利，與民争田漁薪菜之饒者，《左氏》《公羊》皆無此事，知賈爲用《穀梁》師説也。《明誡篇》云：“聖人察物，無所遺失，上及日月星辰，下至鳥獸草木昆蟲。□□□鷁之退飛，治五石之所隕，所以不失纖微。至於鴝鵒來，冬多麋，言鳥獸之類□□□也。十有二月李梅實，十月殞霜不殺菽，言寒暑之氣失其節也。鳥獸草木，尚欲各得其所，綱之以法，紀之以數，而况於人乎？”案《穀梁·僖十六年》“六鷁退飛過宋都”傳云：“子曰：石，無知之物；鶂，微有知之物。石無知，故日之；鶂微有知之物，故月之；君子之於物，無所苟而已。石鶂猶且盡其辭，而况於人乎？故五石、六鷁之辭不設，則王道不亢矣。”（范寧注云：不遺細微，故王道可舉。）此亦《左氏》《公羊》所未言，知賈説本於此也。以此數條推之，知全書所言春秋時事，皆用《穀梁》家法，又不獨《道基篇》所引一條而已。（近人劉師培《左庵集》卷二《春秋三傳先後考》云：“周季漢初之儒，凡治《春秋》，均三傳并治，非惟荀卿之書可徵也。觀陸賈《新語·道基篇》明引《穀梁傳》而《輔政》《無爲》《無德》《懷慮》《明誡》諸篇均述《公羊》誼，爲《繁露》所本。若《辨惑》一篇甄引孔子論嘉樂諸言，則又悉本《左傳》。”又《左氏學行於西漢考》云：“《新語》之説，多本《公》《穀》，然《辨惑篇》載孔子嘉樂不野合二語，均本《左傳》，則賈兼通三傳。”余謂賈兼通《左傳》，誠如劉説，但不過引用其語耳。至其説《春秋》大義，實用《穀梁》家法。若《春秋繁露》之説，或有與賈相似者，此自仲舒被服《新語》耳，不得以賈爲述《公羊》誼也。蓋《公羊傳》至漢景帝時始由公羊壽與齊人胡毋子都著於竹帛，當漢初時尚是口説相傳，賈未必得聞之。若《穀梁》則賈親從浮邱伯游，自得從之問故也。）又《至德篇》末有“故春秋穀”四字，其下文闕佚，蓋亦引《穀梁傳》也。楊士勳《穀梁疏》謂穀梁子爲經作傳，而徐彦《公羊疏》則謂《穀梁》亦是著竹帛者題其親師，故曰《穀梁傳》，二説不同，今亦不敢斷其孰是。（《四庫提要》卷二十六云疑徐彦之言爲得其實。）然既爲賈所徵引，足知其著竹帛先於《公羊》，桓譚、鄭玄之言，信而有徵矣。漢儒諸經師説，雖多亡佚，然其遺文散見諸書者，多可裒集。惟《穀梁春秋》以後人治之者鮮，漢儒之説幾希殆絶，賈書幸而僅存其説，猶在申公、瑕邱江公之前，去著竹帛時未遠，微言大義，皆有所受，治經者宜若何寶重之乎？有清一代，經學極盛，而於賈之《穀梁》義鮮稱述之者，豈非爲《提要》不根之説所惑耶？

考馬總《意林》所載，皆與今本相符。李善《文選注》於司馬彪《贈山濤詩》引《新語》曰：“梗梓仆則爲世用。”於王粲《從軍詩》引《新語》曰：“聖人承天威，承天功，與之争功，豈不難哉！”於陸機《日出東南隅行》引《新語》曰：“高臺百仞。”於《古詩》第一首引《新語》曰：“邪臣之蔽賢，猶浮雲之障日月。”於張載《雜詩》第七首引《新語》曰：“建大功於天下者，必垂名於萬世也。”以今本核校，雖文句有詳略異同，而大致亦悉相應，似其僞猶在唐前。惟《玉海》稱“陸賈《新語》今存於世者，《道基》《術事》《輔政》《無爲》《資質》《至德》《懷慮》纔七篇”。此本十有二篇，乃反多於宋本，爲不可解。或後人因不完之本，補綴五篇，以合本傳舊目也。

案嚴氏《新語叙》曰："《史記》本傳十二篇，《漢書》同，《藝文志》作二十三篇，疑兼他論撰計之。《史記正義》引梁《七録》，《新語》二卷，陸賈撰。《隋志》，舊、新《唐志》同。《崇文總目》《郡齋讀書志》《書録解題》皆不著録。王伯厚《漢藝文志考證》云今存《道基》《雜事》《輔政》《無爲》《資質》《至德》《懷慮》七篇，蓋宋時佚而復出，出亦不全。至明弘治間，莆陽李庭梧字仲陽得十二篇足本，刻版於桐鄉縣治。後此有姜思復本、胡維新本、《子彙》本、程榮、何鏜《叢書》本，皆祖李庭梧。或疑明本十二篇反多於王伯厚所見，恐是後人因不全之本補綴五篇，以合本傳篇數。今知不然者，《群書治要》載有八篇，（按見《治要》卷四十。）其《辨惑》《本行》《明誡》《思務》四篇，皆非王伯厚所見，而與明本相同。《文選》張載《雜詩》注引'建大功於天下者，必垂名於萬世也'，《古詩·行行重行行》注引'邪臣之蔽賢，猶浮雲之障日月'，今在《辨惑篇》。王粲《從軍詩》注引'聖人承天威，承天功，與之争功，豈不難哉'，今在《本行篇》。《意林》所載'衆口毁譽，浮石沈木，群邪相抑，以直爲曲'，今在《辨惑篇》。'玉斗酌酒，金椀刻鏤，所以誇小人非厚己也'，今在《本行篇》。足知多出五篇是隋、唐原本。"嚴氏所考足以釋《提要》之疑。《群書治要》爲修《四庫》書時所未見，《提要》不知其所載《新語》同於今本，固不足怪。獨是《提要》既謂此書之僞似在唐前，又謂後人因不完之本補綴五篇。夫所謂不完之本者，即王伯厚之所見也。伯厚爲南宋末人，信如《提要》之言，則必伯厚所見之七篇爲唐以前人所僞作，今本多出之五篇，出於宋以後人之僞作而後可。乃其所引《意林》及《文選注》所謂與今本雖有詳略異同而大致亦悉相應者，竟多見於後出之篇。然則此五篇者究出於唐以前耶，宋以後耶？可謂自相矛盾，多所牴牾者矣。考宋黄震《日抄》卷五十六云："《新語》十二篇，漢大中大夫陸賈所撰。一曰《道基》，言天地既位，而列聖制作之功。次曰《術事》，言帝王之功，當思之於身，舜棄黄金，禹捐珠玉，道取其至要。三曰《輔政》，言用賢。四曰《無爲》，言舜、周。五曰《辨惑》，言不苟合。六曰《慎微》，言謹内行。七曰《資質》，言質美者在遇合。八曰《至德》，言善治者不尚刑。九曰《懷慮》，言立功當專一。十曰《本行》，言立行本仁義。十一曰《明誡》，言君臣當謹言行。十二曰《思務》，言聞見當務執守。此其大略也。"其所叙篇目，與今本皆合，且能每篇言其作意，是十二篇未嘗闕也。黄氏與王伯厚皆生於宋末，正是同時之人。然則當時自有兩本，一隻七篇，一則十二篇，王氏偶見不全之本耳。乃《提要》遽謂宋本衹七篇，餘出後人補綴，嚴氏亦謂宋時佚而復出，出亦不全，皆不考之過也。

今但據其書論之，則大旨皆崇王道，黜霸術，歸本於修身用人。其稱引《老子》者，惟《思務篇》引"上德不德"一語，餘皆以孔氏爲宗，所援據多《春秋》

《論語》之文。漢儒自董仲舒外，未有如是之醇正也。流傳既久，其真其贋，存而不論可矣。

案：班固《賓戲》云："近者陸生優游，《新語》以興；董生下帷，發藻儒林；劉向司籍，辨章舊聞；揚雄覃思，《法言》《太玄》；皆及時君之門闈，究先聖之壺奧，婆娑乎術藝之場，休息乎篇籍之囿，以全其質，而發其文。"（《漢書·敘傳》、《文選》卷四十五。）《漢書·高祖本紀》云："天下既定，命蕭何次律令，韓信申軍法，張蒼爲章程，叔孫通制禮義，陸賈造《新語》。"（《高紀》此節，《史記》所無，班固采自《太史公自序》，但自序無"陸賈造《新語》"一句，又班氏所自增。）《論衡·案書篇》云："《新語》陸賈所造，蓋董仲舒相被服焉。（案《漢書·河間獻王傳》云"被服儒術，造次必於儒者"注師古曰："被服，言常居處其中也。"《通鑒》卷十八胡注云："被服者，言以儒術衣被其身也。"與顏注雖異，而意亦不甚相遠。王先謙《漢書補注》定從胡注，未爲不可，乃又云："《史記》作被服造次必於儒者，則謂不服奇衺，不苟行止也。"此則純出臆説，未免畫蛇添足。如此文之董仲舒相被服，可以不服奇衺解之乎？）皆言君臣政治得失，言可采行，事美足觀，鴻知所言，參貳經傳，雖古聖之言，不能過增。陸賈之言，未見遺闕，而仲舒之言雩祭可以應天，土龍可以致雨，頗難曉也。"又《超奇篇》云："陸賈、董仲舒論説世事，由意而出，不假取於外。"又云："陸賈消吕氏之謀，與《新語》同一意。"其爲漢人推重如此。王充謂其言君臣政治得失，論説世事，與今本體裁亦復相合，知《新語》確爲敷陳治道之書，非記事之書。且班固稱之曰："究先聖之壺奧，婆娑術藝，休息篇籍。"王充稱之曰："參貳經傳，雖古聖之言，不能過增。"則其崇王道，黜霸術，援據《春秋》《論語》，以孔氏爲宗正，不待作《提要》之時讀其書而始知之也。况班固以之與董仲舒、劉向、揚雄并言，又與蕭何、韓信、張蒼、叔孫通諸家之開國制作同稱，其重之也至矣。王充謂《新語》蓋董仲舒相被服，是仲舒固亦推服其書，故充屢以二人之書相衡較，且謂仲舒不如賈。然則《提要》所謂漢儒自董仲舒外未有如是之醇正者，不獨不足爲奇，尚嫌高視仲舒，所以贊賈者，未及其量也。宋黄震《日抄》卷四十六謂："漢初諸儒，未有賈比。"卷四十七又云："賈庶幾以道事君者。"其稱譽賈甚至，然其卷五十六又謂："此書似非賈之本真。"則其識亦尚未足以知賈矣。嚴氏《叙》云："子書，《新語》最純最早，貴仁義，賤刑威，述《詩》《書》《春秋》《論語》，紹孟、荀而開賈、董，卓然儒者之言，史遷目爲辨士，未足以盡之。"嚴氏此論甚善，雖其意亦取之於《提要》，然《提要》非真能知《新語》者，惟嚴氏乃能知之耳。但嚴氏又謂《穀梁傳》孝武始立學，非陸賈所預見，則猶未免惑於《提要》之説。《穀梁傳》由荀卿、浮邱伯以授之申公，賈與浮邱伯同時相善，何爲不可預見乎？且據《儒林傳》，《穀梁春秋》至宣帝時始徵江公孫爲博士，孝武時未嘗立諸學官也。《道基篇》引《穀梁傳》曰：“仁者以治親，義者以利尊。”今《穀梁傳》無其文，鍾文蒸《穀梁補注》謂此語乃《漢志》所稱《穀梁外傳》《穀梁章句》之語，而通謂之傳，（見《補注》卷首《論傳篇》。）其説似爲得之。嚴氏謂賈所見者《穀梁》舊傳，疑瑕邱江公所受於魯申公者，其本復經改造，非穀梁赤之舊，亦未必然也。要之，賈在漢初，粹然儒者，於《詩》《書》煨燼之餘，獨能誦法孔氏，開有漢數百年文學之先，較之董爲尤難，其功不在浮邱伯、伏生以下。故班固、王充皆亟稱之。漢高以馬上得天下，不知重儒，賈獨爲之稱説《詩》《書》，陳述仁義。本傳言其每奏一篇，高帝未嘗不稱善。《論衡・書解篇》云：“高祖既得天下，馬上之計未敗，陸賈造《新語》，高祖粗納采。”《後漢書・儒林・謝該傳》載孔融上書薦該曰：“臣聞高祖創業，陸賈、叔孫通進説《詩》《書》。”則漢初之撥亂反正，賈有力焉。融以賈與叔孫通、范升、衛宏并言，亦以賈爲經學之儒也。然賈實具内聖外王之學，非叔孫通輩陋儒所敢望，惜乎未竟其用，否則經術之興，不待漢武時也。史遷乃曰：“余講陸生《新語》書十二篇，固當世之辯士。”夫《新語》豈飛箝捭闔書耶？然則國人皆以《孟子》爲好辯，又何爲讀之廢書而嘆也？本傳叙賈著《新語》，但言“粗述存亡之徵”，蓋其不足以知陸生如此。班固之智雖足以知之，而其爲賈作傳，僅删去“粗述存亡之徵”一語，（此蓋不以《史記》爲然，有意删去。）其他皆沿襲《史記》，無所發明。傳贊雖改作，但稱其“附會將相，以强社稷，身名俱榮”，竟不復道及《新語》。《叙傳》亦衹言“從容諷議，博我以文”而已。（博我以文，即指《新語》言之。）後儒因之，遂鮮稱述之者。幸而遺書具在，猶可考見其學問，而《提要》不能博考，臆决唱聲，誣爲贋作，豈不重可嘆哉！愚故逐條辨駁，表而出之，無使讀者惑焉。

所載衛公子鱄奔晋一條，與三傳皆不合，莫詳所本。中多闕文，亦無可校補。所謂文公種米、曾子駕羊諸事，劉晝《新論》、馬總《意林》，皆全句引之，知無訛誤。然皆不知其何説。又據犁嗝報之語，訓詁亦不可通。古書佚亡，今不盡見，闕所不知可也。

案《新語・明誡篇》云：“故《春秋》書衛侯之弟鱄出奔晋，書鱄絶骨肉之親，棄大夫之位，越先人之境，附他人之域，窮涉寒飢，織履而食，不明之效也。”考《穀梁・襄二十七年》傳云：“衛殺其大夫寧喜，衛侯之弟專出奔晋。專，喜之徒也。專之爲喜之徒，何也？己雖急納其兄，與人之臣謀弑其君，是亦弑君者也。專，其曰弟何也？專有是信者，君賂不入乎喜而殺喜，是君不直乎喜也。故出奔晋，織絇邯鄲，終身不言衛專之去，合乎《春秋》。”是《穀梁》未嘗以絶骨肉之親責鱄，《左氏》叙鱄事，意多褒美，《公羊》亦無貶詞。故《提要》以《新語》爲與三傳不合。然《新語》之織履，即《穀梁》之織絇也。（《禮記・玉藻》注云：絇，履頭飾也。）此事《左氏》《公羊》皆不載，則仍是用《穀梁》義也。《穀梁》雖謂鱄之去合乎《春秋》，然又謂鱄亦弑君者，則於鱄有所不滿，陸生因謂之不明。《公羊》何休注云："傳極道此者，見獻公無信，剌鱄兄爲强臣所逐，既不能救，又移心事剽，背爲奸約，獻公雖因喜得反，誅之小負，未爲大惡，而深以自絶，所謂守小信而忘大義，拘小介而失大忠。"夫所謂忘大義失大忠者，正責其棄骨肉之親，而輕去其國也。或者《穀梁》先師亦有此説，而賈叙之耳。何休之説《公羊》，與《新語》同，則不得謂之與三傳皆不同矣。（何休之説亦非《公羊傳》本意，故陸賈之説不必定爲《穀梁》本傳所有。）《淮南子·泰族訓》云："夫觀逐者於其反也，而觀行者於其終也，故舜放弟，周公殺兄，猶之爲仁也。文公樹米，曾子架羊，猶之爲知也。"高誘注云："文公，晋文公也；樹米，而欲生之也。架，連架；所以備知也。"（末句不甚可解。）此亦望文爲説，而不能詳其本事者。《説苑·雜言篇》亦云："文公種米，曾子駕羊，孫叔敖相楚，三年不知軛在衡後，務大者固忘小。"然則此固相沿古語，漢人習用者矣。《劉子新論·觀量篇》作晋文種米，曾子植羊，文又小異。《世説·尤悔篇》云："簡文見田稻不識，問是何草，左右答是稻。簡文還，三日不出，云寧有賴其末，而不識其本。"劉孝標注云："文公種菜，曾子牧羊，縱不識稻，何所多悔，此言必虚。"亦用此二語，米作菜，駕作牧，疑後人不得其解而妄改之。詳數書之意，蓋言米不可種，羊不可駕，此衆人之所知，而晋文、曾子不知，世或以爲不智。然君子之智，有大於此者。故《新語》曰："智者之所短，不如愚者之所長。"（見《輔政篇》。）《説苑》曰："務大者，固忘小。"劉孝標亦謂無所多悔也，但終不能得其本事耳。《資質篇》云："夫窮澤之民，據犁嗝報之士，或懷不羈之才。"各本皆同，故《提要》以爲訓詁不可通。然考《群書治要》卷四十引此句作"據犁接耜之士"，則固文從字順，無不可通者。今本傳寫誤耳。（雲南人民出版社，2004年）

張杰《讀陸賈〈新語〉》：

陸賈者，楚人也，以客從高祖定天下，名爲有口辯士，居左右，常使諸侯。時中國初定，尉他平南越，因王之。高祖使説，拜尉他爲越王，令稱臣，奉漢約。歸報，高祖大悦，拜賈爲大中大夫。陸生時時前説稱《詩》《書》，高帝罵之曰："乃公居馬上而得之，安事《詩》《書》？"陸生曰："居馬上得之，寧可以馬上治之乎？且湯武逆取而以順守之，文武并用，長久之術也。昔者武王夫差、智伯極武而亡，秦任刑法不變，卒滅趙氏。鄉使秦已并天下，行仁義，法先聖，陛下安得而有之？"高帝不懌而有慚色。乃謂陸生曰："試爲我著秦所以失天下，吾所以得之者何，及古成敗之國。"陸生乃粗述存亡之徵，凡著十二篇。每奏一篇，高帝未嘗不稱善，左右呼萬歲，號其書曰《新語》。《新語》者，聞所未聞之謂也。漢初，懲於秦之法治，察乎周之德化，爲禮爲法，皆有流弊，於是高祖左右，若張良之辟穀，蕭何之尚慈儉，曹參之師蓋公，皆推本黄老之術，而貴清静無爲。獨陸賈與時逆行，説《詩》《書》，明仁義，宛然爲儒者之言。除溺冠之舊染，袪馬上之陋習，故左右慶倖，號其書曰《新語》。是知《新語》之著，即賈誼過秦之旨，爲高祖而述。“新語”之意，即聞所未聞之謂，左右之所命名也。

《新語》十二篇，一曰《道基》，言天地既位而列聖制作之功。次曰《術事》，言帝王之功，當思之於身，舜棄黄金，禹捐珠玉，道取其至要。三曰《輔政》，言用賢。四曰《無爲》，言舜周。五曰《辨惑》，言不苟合。六曰《慎微》，言謹内行。七曰《資質》，言質美者在遇合。八曰《至德》，言善治者不尚刑。九曰《懷慮》，言立功當專。十曰《本行》，言立行本仁義。十一曰《明誡》，言君臣當謹言行。十二曰《思務》，言聞見當務執守。大旨皆崇王道，黜霸術，歸本於修身用人。其稱引老子者，惟《思務》篇引“上德不德”一語，餘以孔氏爲宗，所援據多《春秋》《論語》之文。漢儒自董仲舒外，未有如是之醇正也。

《道基篇》曰：“聖人懷仁仗義，分明纖微，忖度天地，危而不傾，佚而不亂者，仁義之所治也。是以君子握道而治，□德而行，席仁而坐，杖義而强。《穀梁傳》曰：‘仁者以治親，義者以利尊，萬世不亂，仁義之所治也。’”《至德篇》曰：“天地之性，萬物之類，懷道者衆歸之，恃刑者民畏之，歸之則附其側，畏之則去其域。故設刑者不厭輕，爲德者不厭重，行罰者不患薄，布賞者不患厚。所以親近而致疏遠也。”《本行篇》曰：“□□德爲上，行以仁義爲本，故尊於位而無德者黜，富於財而無義者刑，賤而好德者尊，貧而有義者仁。”凡此所云，皆主仁義之論也。然當末造，亦不無傷時之感，於是無爲之論，竟著以篇。《道基篇》曰：“虚無寂寞，通動無量，故制事因短而動益長，以圓制規，以矩立方。”《輔政篇》曰：“懷剛者久而缺，持柔者久而長，柔懦者制剛强。”《無爲篇》曰：“夫道莫大於無爲，行莫大於謹敬。何以言之？昔虞舜治天下，彈五弦之琴，歌南風之詩，寂若無治國之意，漠若無憂民之心，然天下治。周公制作禮樂，郊天地，望山川，師旅不設，刑格法懸，而四海之内，奉供來臻；越裳之君，重譯來朝。故無爲也，乃無（無不）爲也。《至德篇》曰：“形重者則身勞，事衆者則心煩，心煩者則刑罰縱横而無所立，身勞者則百端回邪而無所就。是以君子之爲治也，塊然若無事，寂然若無聲，官府若無吏，亭落若無民，閭里不訟於巷，老幼不愁於庭，近者無所議，遠者無所聽，郵驛無夜行之吏，鄉閭無夜召之征，犬不夜吠，烏不夜鳴，老者息於堂，丁壯者耕耘於田，在朝者忠於君，在家者孝於親；於是賞善罰惡而潤色之，興辟雍庠序而教誨之，然後賢愚異議，廉鄙異科，長幼異節，上下有差，强弱相扶，小大相懷，尊卑相承，雁行相隨，不言而信，不怒而威，豈特堅甲利兵，深刑刻法，朝夕切切而後行哉？”究其無爲之説，與其身遭諸吕之禍，晚年自隱於醇酒婦人，用意則同，蓋無爲而無不爲。故於其《思務》一篇，而立積極之論曰："君子廣思而博聽，進退循法，動作合度，聞見欲衆，而采擇欲謹，學問欲□，□□□欲敦，見邪乃知其直，觀花乃知其實，目不淫炫耀之色，耳不亂阿□□□□，□□之以晋楚之富，而志不回。談之以喬松之壽，而行不易，然後能一其道而定其操，□□□□□□功。夫口誦聖人之言，身學賢者之行，久而不弊，勞而不廢。"雖未爲君□□□□□□□已，以其論尚積極，故於消極論者，及神仙論者，皆有所詆誹焉。《慎微篇》曰："人不能懷仁行義，分別纖微，忖度天地，乃苦身勞形，入深山求神仙，棄二親，捐骨肉，絶五穀，廢《詩》《書》，背天地之寶，求不死之道，非所以通世防非者也。夫播布革，亂毛髮，登高山，食木實，視之無優游之容，聽之無仁義之辭，忽忽若狂癡，推之不往，引之不來，當世不蒙其功，後代不見其才，君傾而不扶，國危而不持，寂寞而無鄰，寥廓而獨寐，可謂避世，非謂懷道者也。"此其反對消極論者之説也。《懷慮篇》曰："夫世人不學《詩》《書》、行仁義，□聖人之道，極經藝之深，乃論不驗之語，學不然之事，圖天地之形，説灾變之異，□□王之法，異聖人之意，惑學者之心，移衆人之志，指天畫地，是非世事，動人以邪變，驚人以奇怪，聽之者若神，視之者如異，然猶不可以濟於厄，而度其身，或觸罪□□法，不免於辜戮。故事不生於法度，道不生於天地，可言而不可行也，可聽而不可傳也，可□玩而不可大用也。"此其反對神仙論者之説也。

若與諸子此核，則有意似《吕覽》而更换其詞句者，如《道基篇》曰"天生萬物，以地養之，聖人成之，功德參合，而道術生焉"，之與《吕覽·本生篇》"始生之者，天地；養成之者，人也。能養天之所生而勿攖之謂天子"同也。又有意類《韓非》而綦詳其原委者，如《道基篇》之先説天道，次説地道，然後洗發聖人成之之一語曰"張日月，列星辰，序四時，調陰陽，布氣治性，次置五行，春生夏長，秋收冬藏，陽生雷電，陰成雪霜，養育群生，一茂一亡，潤之以風雨，曝之以日光，温之以節氣，降之以殞霜，位之以象星，制之以斗衡，苞之以六合，羅之以紀綱，改之以灾變，告之以禎祥，動之以生殺，悟之以文章"，之爲天道也。而"封五岳，畫四瀆，規洿澤，通水泉，樹物養類，苞植萬根，暴形養精，以立群生，不違天時，不奪物性，不藏其情，不匿其詐"，之爲地道也。至於聖人成之之説，則又可分而爲三焉："□先聖，先聖乃仰觀天文，俯察地理，圖畫乾坤，以定人道，民始開悟，知有父子之親，君臣之義，夫婦之别，長幼之序，於是百官立，王道乃生。民人食肉、飲血，衣皮毛，至於神農，以爲行蟲走獸，難以養民，乃求可食之物，嘗百草之實，察酸苦之味，教民食五穀。天下人民，野居穴處，未有室屋，則與禽獸同域，於是黄帝乃伐木構材，築作宫室，上棟下宇，以避風雨。民知室居食穀，而未知功力，於是后稷乃列封疆，畫畔界，以分土地之所宜，闢土殖穀，以用養民，種桑麻，致絲枲，以蔽形體。當斯之時，四瀆未通，洪水爲害，禹乃决江疏河，通之四瀆，致之於海，大小相引，高下相受，百川順流，各歸其所，然後人民得去高險，處平土。川谷交錯，風化未通，九州絶隔，未有舟車之用，以濟深致遠，於是奚仲乃橈曲爲輪，因直爲轅，駕馬服牛，浮舟杖楫，以代人力。鑠金鏤木，分苞燒殖，以備器械，於是民知輕重，好利惡難，避勞就逸。於是皋陶乃立獄制罪，懸賞設罰，異是非，明好惡，檢奸邪，消佚亂，曰中聖。民知畏法而無禮義，於是中聖乃設辟雍庠序之教，以正上下之儀，明父子之禮，君臣之義，使强不凌弱，衆不暴寡，棄貪鄙之心，興清潔之行，曰後聖。禮義不行，綱紀不立，後世衰廢，於是後聖乃定五經，明六藝，承天統地，窮事□微，原情立本，以緒人倫，宗諸天地，□修篇章，垂諸來世，被諸鳥獸，以匡衰亂，天人合策，原道悉備，智者達其心，百工窮其巧，乃調之以管弦絲竹之音，設鐘鼓歌舞之樂，以節奢侈，正風俗，通文雅。後世淫邪，增之以鄭、衛之音，民棄本趨末，技巧横出，用意各殊，則加雕文刻鏤，傅致膠漆，丹青玄黄琦瑋之色，以窮耳目之好，極工匠之巧。夫驢騾駱駝犀象，玳瑁琥珀珊瑚，翠羽珠玉，山生水藏，擇地而居，潔清明朗，潤澤而濡，磨而不磷，涅而不淄，天氣所生，神靈所治，幽閑清净，與精浮沉，莫不效力爲用，盡情爲器。故曰聖人成之。所以能統物通變，治情性，顯仁義也。”以先聖、中聖、後聖分而爲三，則同於《韓非・五蠹》之分古史爲上古、中古、近古也。《五蠹篇》曰：“上古之世，人民少而禽獸衆，人民不勝禽獸蟲蛇，有聖人作，構木爲巢以避群害，而民悦之，使王天下，號曰有巢氏。民食果蓏蚌蛤，腥臊惡臭而傷害腹胃，民多疾病，有聖人作，鑽燧取火以化腥臊，而民説之，使王天下，號之曰燧人氏。中古之世，天下大水，而鯀、禹决瀆。近古之世，桀、紂暴亂，而湯、武征伐。”一爲陸賈之歷史進化論，而一爲韓非之歷史進化論也。又有意同《荀子》，而發明其學説者，如《術事篇》曰“善言古者，合之於今，能術遠者，考之於近”，之同於《荀子・性惡篇》“善言古者，必有節於今，善言天者，必有徵於人也”。若夫古今同紀綱之言，則又《荀子・非相篇》法後王之説也。

果爾，則陸賈之爲儒，猶荀子之爲儒乎？曰：是不然。陸賈儒而入道，而道其所道，非道老、莊之所道也。蓋衍子思、孟軻一派，而非若荀卿之爲純儒者也。何以言之？子思《坊記》以《春秋》律禮，《緇衣》以《詩》《書》明道，趙岐《孟子題詞》稱孟子長於《詩》《書》，而《史記》賈本傳稱陸生時時前稱説《詩》《書》，其著書亦多引《詩》《書》《春秋》，固與荀卿之隆禮義而殺《詩》《書》者不同，此其同於思、孟者一也。又王充《論衡・本性篇》引陸賈曰：“天地生人也，以禮義之性，人能察己所以受命則順，順謂之道。”是即子思“天命之爲性，率性之謂道”，孟子“性無有不善”之説也，此其同於思、孟者二也。然則陸賈者，其思、孟之支與流裔耶？宜乎諸儒之爲之提倡也。班固《賓戲》曰：“近者陸生優游，《新語》以興；董生下帷，發藻儒林；劉向司籍，辨章舊聞；揚雄覃思，《法言》《太玄》，皆及時君之門闈，究先聖之壼奥，婆娑乎術藝之場，休息乎篇籍之囿，以全其質，而發其文。”陸、董、劉、揚，四人并舉。而《論衡·案書》則右陸而左董，曰：“《新語》，陸賈所造，蓋董仲舒相被服焉，皆言君臣政治得失言可采行，事美足觀，鴻知所言。參貳經傳，雖古聖之言，不能過增。陸賈之言，未見遺闕，而仲舒之言，雩祭可以應天，土龍可以致雨，頗難曉也。”漢儒之於《新語》，推崇若此，可見一斑。降及有清，嚴可均乃發而叙之曰：“子書《新語》，最純最早，貴仁義，賤刑威，述《詩》《書》《春秋》《論語》，紹孟、荀而開賈、董，卓然儒者之言，史遷目爲辯士，未足以盡之。”旨哉言乎！（《光華大學半月刊》，1936年第2期）

張之洞撰，范希曾補正《書目答問補正》卷二史部雜史類事實之屬：

《楚漢春秋》一卷。（漢陸賈。茆氏輯《十種古書》本。）（補）潮州鄭氏龍溪精舍重刻茆輯本，吴縣朱氏《槐廬叢書》重刻茆輯本附《考證》，又洪頤煊輯《經典集林》本。

同上，卷三子部儒家類議論經濟之屬：

《新語》一卷。（漢陸賈。《漢魏叢書》本。）（補）《漢魏叢書》本一卷，他本多作二卷。《四部叢刊》影印明弘治間李仲陽刻本，沔陽盧氏《湖北先正遺書》影印明天一閣刻本。俞樾、孫詒讓皆有條校。盧文弨手校本，今在江寧龍蟠里圖書館。宋翔鳳校本，里安孫氏玉海樓傳録，并未刊。（上海古籍出版社，2010年）

案：姚振宗《漢書藝文志拾補》諸子略小説家類著録陸賈《南越行紀》，未注篇卷。

陸賈，楚人，《江南通志》云徐州人，又云彭城人，彭城即今徐州。生卒年不可確考。爲秦末儒者，有口辨，以客從高祖，居左右，常使諸侯。高祖十一年（前196年）奉命出使南越尉佗，不辱使命，拜爲太中大夫。天下已定，陸賈時時於高祖前説《詩》《書》，講明逆取順守之道，高祖命作書，曰《新語》。吕后擅權，賈以病免，還居好畤（今陕西省永壽縣内）。游公卿間，傅會陳平、周勃，滅吕氏，立文帝，頗有力焉。文帝元年（前179年），乙太中大夫復使南越，皆如意旨。以壽終，墓在永壽縣。

陸賈之學“大旨崇王道，黜霸術，歸本於修身用人”，乃漢初儒者第一人。其著作《漢書·藝文志》六藝略春秋家有《楚漢春秋》九篇，諸子略儒家有《陸賈》二十三篇，詩賦略有陸賈賦三篇，兵書略兵權謀家原有《陸賈》，爲班固所省。諸文除《新語》十二篇外，餘皆不存，僅有少量佚文。《楚漢春秋》，《舊唐書·經籍志》《新唐書·藝文志》尚有著録，宋《太平御覽》也有徵引，則其亡在宋後。清黄奭有輯本一卷。其賦，《文心雕龍·才略篇》云“賦《孟春》而選典誥，其辯之富矣”，或劉勰時尚存。《新語》十二篇，今存，然未必即《史記》所云十二篇之原本。此書主要有《子彙》本、《漢魏叢書》本、《四庫全書》本等，現通行本爲王利器《新語校注》標點本，中華書局1986年出版。

陸賈《南越行紀》，或稱《南中行紀》（見《升庵集》及《丹鉛總録》《滇略》），或稱《南行紀》（見《廣西通志》），或稱《南越記》（見《淵鑒類函》）。首見引於嵇含《南方草木狀》，此前未見著録或稱引，嵇含後千載之間亦寂寂無聞，至明楊慎大唱其發見之功，方見稱於世。其文見引者，除《南方草木狀》所引“耶悉茗花”“楊梅”兩條外，尚有《廣東通志》卷五十二所引“牛魚”“烏賊魚”兩條，《廣西通志》卷二所引説粤中氣候一條。然“烏賊魚”條，《藝文類聚》卷九十二、《太平御覽》卷九百二十俱引其文，稱“《南越記》”；“牛魚”條，《太平御覽》卷九百三十九、《太平廣記》卷六百四十五皆引其文，亦稱“《南越記》”。《通志·藝文略》有陳承韜《南越記》一卷，又有宋沈懷遠《南越志》五卷，《玉海》及《宋史》并有陳承韞《南越記》一卷，故《廣東通志》所引疑即陳承韞（韜）或沈懷遠之書。而《廣西通志》所引一條，提及《大戴禮記》，與賈年代亦不相及。則較無疑議之引文，仍祇《南方草木狀》所引兩條。然此書嵇含以前史志未見著録，亦不見稱引，而現存之引文又多出於明清時人，且稱名混亂不一，故疑爲托名陸賈之作或他人之作，而所以托名陸賈者，以其名重，且兩次使越故也。

六博經

葛洪輯,成林、程章燦譯注《西京雜記全譯》卷四《陸博術》：

許博昌，安陵人也，善陸博。竇嬰好之，常與居處。其術曰：“方畔揭道張，張畔揭道方，張究屈玄高，高玄屈究張。”又曰：“張道揭畔方，方畔揭道張，張究屈玄高，高玄屈究張。”三輔兒童皆誦之。法用六箸，或謂之究，以竹爲之，長六分。或用二箸。博昌又作《大博經》一篇，今世傳之。（貴州人民出版社，1993年）

楊伯峻《列子集釋》卷八《説符》：

虞氏者，梁之富人也，家充殷盛，錢帛無量，財貨無訾。登高樓，臨大路，設樂陳酒，擊博樓上。（《釋文》云：擊，打也，如今雙陸棋也。韋昭《博奕論》云“設木而擊之”是也。《古博經》曰：博法，二人相對，坐向局，分爲十二道，兩頭當中名爲水。用棋十二枚，六白六黑，又用魚二枚置於水中。其擲采以瓊爲之。瓊畟方寸三分，長寸五分，鋭其頭，鑽刻瓊四面爲眼，亦名爲齒。二人互擲采行棋。棋行到處即豎之，名爲驍棋，即入水食魚，亦名牽魚。每牽一魚獲二籌，翻一魚獲三籌。若已牽兩魚而不勝者，名曰被翻雙魚。彼家獲六籌爲大勝也。畟音測。）俠客相隨而行。樓上博者射，明瓊張中，反兩膝擒魚而笑。（裴駰曰：“報采獲魚也。”“擒”字案《真經》本或作“魚”，案《大博經》作“鰈”，比目魚也。蓋謂兩魚勇之比目也。此言報采獲中，翻得兩魚，大勝而笑也。鰈，他獵反。今本云擒魚者，是多一字也。據義用“鰈”不用“魚”，用“魚”不用“鰈”字。）（中華書局，1979年）

李昉等《太平御覽》卷七百五十四工藝部《博》：

《西京雜記》：許博昌，安陵人也，善六博。竇嬰好之，常與居處。其術曰：“方畔揭道張，玄究屈高，高玄究屈張。”又曰：“張道揭畔方，方畔揭道張，究屈玄高，高屈究張居。”三輔兒皆誦之。法用六箸，或謂之究，以竹爲之，長六分。或用二箸。博昌又作《大博經》一篇，今世傳之。（中華書局，1966年）

鄧名世《古今姓氏書辨證》卷二十三八語《許》：

安陵許氏。漢有許博，著《大博經》。（江西人民出版社，2006年）

姚寬《西溪叢語》卷下《六箸》：

古樂府陸瑜有《仙人覽六箸篇》："九仙歡會賓，六箸且娱神。戲石聞餘地，銘山憶舊秦。避敵情思巧，論兵勢重新。問取南皮夕，還笑拂棋人。"初不曉何戲。

《西京雜記》云："許博昌，安陵人，善陸博，竇晏好之，嘗與居處，法用六箸，或謂之究，以竹爲之，長六分。"王逸解《楚辭》云："投六箸，行六棋，故爲六博。以篦簬作箸，象牙爲棋，麗而且好也。"《説文》云："六箸，十二棋也。"（中華書局，1993年）

金履祥《論語集注考證》卷九《陽貨》：

博，局戲也。（《説文》：烏曹作博。烏曹者，夏后氏臣也。本名博陸，後曰六博。古又有《博經》一卷，所謂"六博得鴞呼盧"者是。）（《文淵閣四庫全書》本）

方以智《通雅》卷三十五《器用·戲具》：

五木用五子，六博用六子。《楚辭》："昆蔽象棋有六博。"王逸注云："投六箸，行六棋。"已與劉裕"挼五木"異矣。程大昌爲圖説甚詳，以五木五子，六博當六子，如今之骰子也。《説文》以爲六箸十二棋。李賢引鮑宏《博經》曰："用十二棋，六白六黑，所擲頭謂之瓊，瓊五采。"此又一説。據劉裕"按喝五木成盧"，則其形當長橢而尖，一子爲兩面，面一黑一白，黑畫犢，白畫雉，投子者五，皆黑曰盧，此爲上采，故曰呼盧；其次四黑一白曰雉。後或名梟，或曰捷。骰子六面著齒采多。今世蜀地織綾，其文兩尾尖削而中寬廣，不象花，亦非禽獸，曰樗蒲錦。其遺象乎？按《元豐九域志》"貢樗蒲錦"，豈天子而取錦以供樗蒲，可以正名乎？程説是也。《輟耕録》載標畫有樗蒲錦。徐文長引唐詩"畫欄紅紫鬥樗蒲"，蓋言其錦文也。

諸説附左方：《五木經》曰：樗蒲五木，玄白判。厥二作雉，背雉作牛。王采四：盧、白、雉、牛。甿采六：開、塞、塔、禿、橛、梟。全爲"王"，駁爲"甿"。皆玄曰"盧"，厥策十六。皆白曰"白"，厥策八。雉二玄三曰"雉"，厥策十四。牛三白三曰"犢"，厥策十。雉一牛二白三曰"開"，厥策十三。雉如"開"、厥餘皆玄曰"塞"，厥策十一。雉白各二玄一曰"塔"，厥策五。牛玄各二白一曰"禿"，厥策四。白三玄二曰"撅"，厥策三。白二玄三曰"梟"，厥策二。矢百有二十，設關二，閑矢爲三，馬策二十，厥色五。凡擊馬及王采，皆又投。馬出初關疊行。非王采不出關，不越坑。入坑，有鏑。行不擇策，馬一失爲坑。

按王采爲全色，甿賤也，閑别也。刻木爲關，每聚四十矢，大率戲時不過五人。五色者，各辨其所執也。擊馬，謂打敵人子也。打子得雋，王采自專，故皆許重擲馬出關，亦自專之義也，名爲打坑。《通志》載之，不言李翱。貴與列子部，唐李翱撰，元革注。《緯略》曰："外國亦爲摴蒱。"唐李肇《國史補》曰："洛陽令崔師本好爲摴蒱，其法：三分其子，三百六十限，以二關，人執六馬。其骰五枚，分上爲黑下爲白，黑者刻二爲犢，白者刻二爲雉。擲之，全黑者爲盧，其采十六；二雉三黑爲雉，其采十四；二犢三白爲犢，其采十；全白爲白，其采八。四者貴采也。開爲十，塞爲十一，塔爲五，秃爲四，撅爲三，梟爲二，六者雜采也。貴采得連擲，得打馬，得過關，餘采則否。新加進九、退六兩采。"許博昌《博術》云："方畔揭道張，張究屈玄高。"《能改齋漫録》曰："鮑宏以博塞音蘇代反，然李翱法有開十二，塞十一，以開對塞，則當如字。"《西京雜記》："許博昌善陸博，竇晏好之，法用六箸，或謂之究。"《酉陽雜俎》曰："六博齒采妓乘。乘去聲。呼無齒曰乘。"據《博塞經》云："無齒爲繩，三齒爲雜繩。"據《晋書》劉毅事擲得稚，今作雉。博采又有名牟者，見《大招注》。《韻會》以㩗作犍，非也。晋謝艾云："梟，邀也。六博得邀者勝。"可知其音矣。《考工》"察其菑"注，鄭司農曰："博立梟棋，亦爲菑。"《陳遵傳》"數負進謂博所輸也"，杜注："師氏瞻曰：'今博有豬有豹。'"（《文淵閣四庫全書》本）

張英等《御定淵鑒類函》卷三百三十巧藝部七《博三》：

《博經》：《西京雜記》："許博昌，安陵人，作《六博經》一篇。"

同上，《摴蒱五》：

原賦。後漢馬融《摴蒱賦》曰：昔有玄通先生游於京都，道德既備，好此摴蒱。伯陽入戎，以此消憂。枰則素旃紫罽，出乎西鄰，緣以繢綉，紩以綺文，杯則摇木之幹，出自昆山，矢則藍田之石，卞和所工。含精玉潤，不細不洪，馬則玄犀象牙，是磋是礲。杯爲上將，木爲君副，齒爲號令，馬爲翼距，籌爲策動，矢法卒數。於是芬葩貴戚公侯之儔，坐華榱之高殿，臨激水之清流，排五木，散九齒，勒良馬，取道里。是以戰無常勝，時有逼逐，臨敵攘圍，事在將帥。見利電，發紛綸，滂沸精誠，一叫十盧九雉，磊落踸踔，并來猥至，先名所射，應聲紛潰。勝貴欣悦，負者沉悴。（《文淵閣四庫全書》本）

張玉書等《佩文韻府》卷二十二之四下平聲七陽韻四《張》：

（韻藻）道張。（《西京雜記》：許博昌，安陵人，善陸博。其術曰："方畔揭道張，張畔揭道方。張究屈玄高，高玄屈究張。"又曰："張道揭畔方，方畔揭道張，張究屈玄高，高玄屈究張。”三輔兒童皆誦之。法用六箸，或謂之究，以竹爲之，長六分。或用二箸。）

同上，卷六十五之三去聲六御韻三《箸》：

（韻藻）六箸。（《西京雜記》：“許博昌善陸博，竇嬰好之，常與居處。法用六箸，或謂之究，以竹爲之，長六分。”徐陵《玉臺新咏序》：“投壺玉女，爲歡盡於百驍；争博齊姬，心賞窮於六箸。”）（《文淵閣四庫全書》本）

陳元龍《格致鏡原》卷五十九玩戲器物類一雙陸《六博》：

《名義考》：博，局戲也。今雙陸，古謂之十二棋，又謂之六博，又謂之五白。《博雅》云：“投六箸，行六棋，故爲六博。箸，簺也，今名骰子。自么至六曰六箸。棋局，齒也。内外各六，曰六棋。此六博之義也。古者烏曹作博，以五木爲簺，有梟、盧、雉、犢、塞，五者爲勝負之采。梟以食爲義，便則食，不便則爲餘行，爲最勝。盧黑色，次梟，亦爲勝，故博者云呼盧。此五白之義也。”

《楚辭》：“晋制犀比費白日。”《注》：“晋制工制作博箸，比集犀角爲雕飾，投之如白日之光。”

《韓子》：“秦昭王令工施鈎梯而上華山，以松柏之心爲博箭長八尺，棋長八寸，勒之曰‘昭王常與天神博於此’。”

《西京雜記》：“許博昌，安陵人也，善六博。其術曰：‘方畔揭道張，張畔揭道方。張究屈玄高，高玄屈究張。’法用六箸，或謂之究，以竹爲之，長六分。或用二箸博。”

鮑宏《博經》：“六博，用十二棋，六棋白，六棋黑，所擲頭謂之瓊。瓊有五采，刻爲一畫者謂之塞，刻爲兩畫者謂之白，刻爲三畫者謂之黑，一邊不刻者五塞之間謂之五塞。”

《王莽傳》：“平原女子遲昭平能説經，博以八投。”服虔注：“《博奕經》：‘以八箭投之。’”

醉鄉日月，古者交歡多爲博。《列子》曰：“虞氏設樂飲酒，擊博樓上。”其齒以牙，飾以箭，長五寸，其數六刻，一頭作鶴形。《仙經》云“六鶴齊飛”，蓋其名也。宋、齊以降，多以摴蒱頭戰酒。骰子之制，亦六鶴齊飛之變也。

《顔氏家訓》：“古爲大博則六箸，小博則二焭，今無曉者。比世所行，一焭十二棋，數術淺短，不足可玩。”

《孔六帖》：“肅宗在彭原，廨舍隘狹，帝與張良娣博打子，聲聞於外，乃潜令刻乾樹子，不欲有聲。”（《文淵閣四庫全書》本）

吴士玉等《駢字類編》卷九十七數目門二十《五》：

五簺。（《博經》：瓊有五采，刻爲一畫者謂之簺，二畫者謂之白，三畫者謂之黑，一邊不刻者謂之五簺。）

同上，卷一百數目門二十三《六》：

六棋。（《後漢書·梁冀傳》“六博”注：“鮑宏《博經》曰：‘用十二棋，六棋白，六棋黑，所擲頭謂之瓊。’”）

六箸。（“著”同。《論語》：“不有博奕者乎？”《疏》：“博，《説文》作簙，局戲也，六箸十二棋也。”《西京雜記》：“許博昌善陸博，竇嬰好之，常與居處。法用六箸，或謂之究，以竹爲之，長六分。”徐陵《玉臺新咏序》：“投壺玉女，爲歡盡於百驍；争博齊姬，心賞窮於六箸。”曹植《仙人篇》：“仙人攬六箸，對博太山隅。”李嶠《夏晚九成宫呈同寮》詩，見一枰下。）

六博。（“簙”同。《戰國策》：“臨淄甚富而實，其民無不吹竽鼓瑟，擊筑彈琴，鬥鷄走犬，六博蹹鞠者。”《史記·蘇秦傳》“六博蹹鞠”注《索隱》曰：“王逸注《楚詞》云：‘博，著也，行六棋，故云。’”又《滑稽傳》：“州閭之會，男女雜坐，行酒稽留，六博投壺，相引爲曹，握手無罰，目眙不禁。”《後漢書·梁冀傳》：“性嗜酒，能挽滿、彈棋、格五、六博、蹴鞠、意錢之戲。”《唐書·吐蕃傳》：“其戲棋六博，其樂吹螺擊鼓。”《易林》：“見三梟下。”宋玉《招魂》：“箟蔽象棋有六博些。”魏文帝《艷歌何嘗行》：“但當在王侯殿上，快獨樗蒱、六博，坐對彈棋。”王褒《彈棋詩》：“投壺生電影，六博值仙人。”李頎《彈棋歌》：“坐中齊聲稱絶藝，仙人六博何能繼？”李白《送外甥鄭灌從軍》詩，見一擲下。韓愈《送靈師》詩，見一擲下。蘇軾《歸園田居》詩：“詩成竟何爲，六博本無益。”陸游《衰甚書感》詩：“開卷思千載，閲世等六博。”方回《估客樂》詩：“不如估客醉名倡，百萬呼盧投六博。”）（《文淵閣四庫全書》本）

吴士玉等《子史精華》卷一百二十二巧藝部三《博奕》：

六箸二箸。（葛洪《西京雜記》：許博昌，安陵人也，善陸博。竇嬰好之，常與居處。其術曰：“方畔揭道張，張畔揭道方。張究屈玄高，高玄屈究張。”又曰：“張道揭畔方，方畔揭道張。張究屈玄高，高玄屈究張。”三輔兒童皆誦之。法用六箸，或謂之究，以竹爲之，長六分。或用二箸。博昌又作《大博經》一篇，今世傳。）（《文淵閣四庫全書》本）

劉於義等《陝西通志》卷六十四人物十《隱逸》：

（漢）許博昌，安陵人，善陸博。竇嬰好之，常與居處。其術曰：“方畔揭道張，張畔揭道方。張究屈玄高，高玄屈究張。”三輔兒童皆誦之。法用六箸，以竹爲之，長六分，或用二箸。博昌又作《大博經》一篇。（《西京雜記》）（《文淵閣四庫全書》本）

岳濬等《山東通志》卷三十四《經籍志》子總目：

《大博經》（一卷）。（《文淵閣四庫全書》本）

蔣驥《山帶閣注楚辭·楚辭餘論》卷下《招魂》：

投六箸，行六棋，故爲六博，本王氏《注》。《集注》引稱《博雅》，豈因上“箟蔽”句《補注》引《博雅》云“博箸謂之箭”而誤記之歟？《古博經》云：“二人相對向局，分十一（二）道，兩頭當中名爲水，用棋十二，六白六黑，又用魚二枚置水中。其擲采以瓊爲之，鋭其頭，四面刻眼，亦名齒。互擲行棋，棋行到處則豎之，名爲驍棋。即入水食魚獲籌。”魏侍中曰：“采越凈中者，休則立梟，梟者不伏，會凈者梟折爲伏，伏則不梟。”鮑潤身《博經》云：“所擲瓊有五采，刻爲一畫謂之塞，二謂之白，三謂之黑，一面不刻者，五塞之間。”按驍即梟也。《戰國策》：“博所以貴梟者，欲食則食，欲握則握。”《晋書·謝艾傳》：“六博得梟者勝。”博之貴梟久矣。得梟已勝，然再投失采，猶恐爲人所殺。《韓子》所謂“勝者必殺梟”也。故欲倍勝，必呼五白。五白或五瓊皆白，或五擲皆白，未可知。吴曾《漫録》乃云：“五木之戲，貴采四，賤采五，四采之中，有采曰白。”蓋五木皆白也，梟乃賤采，故欲勝梟，呼五白也。按五木皆白曰貴采。亦見李習之《五木經》。至以梟爲賤采，則本程泰之之説。泰之《摴蒱經略》云：“古斫木爲五子，故名五木。子狀如杏仁，一面白，一面黑，凡投純黑爲盧，采甚高。自此以降，黑白相雜，名雉，名梟，名犍。”梟雖善齒，而采甚低，故曾有梟乃賤采之言。不知古者烏曹作博，老子作摴蒱，博投六箸，摴蒱擲五木，本非一類，曾以五木釋六博，豈有當耶？《史記正義》云：“博骰有刻爲梟鳥形者，采最高。”或又云，六博以五木爲骰，有梟、盧、雉、犢、塞，五者爲勝負之采。與《古博經》又小異。蓋戲玩之具，隨時變更。觀古圍、象棋皆異今制，而《五木經》與《摴蒱經略》又各殊，可見。

《章句》：“射張食棋，下兆於屈。”人多不曉。案《列子》：“樓上博者，射明瓊張中。”《西京雜記》：“許博昌，安陵人，善六博。其術曰：‘方畔揭道張，張畔揭道方。張究屈玄高，高玄屈究張。’”語有相發者，并記之。究，博箸也。

舊《注》：“晋國工作博箸，比集犀角以爲飾。”按馬季長《摴蒱賦》：“馬則玄犀象牙。”梁武《圍棋賦》：“枰則廣羊文犀。”是局與箸皆可用犀。上既言筐蔽，此或應指局也。又《聽雨紀談》云："世人以髹器黑剔者爲犀毗。犀毗，犀臍也，犀牛臍四旁，文如饕餮相對，中有圓孔，西域人取爲帶飾。後人髹器仿之，遂襲其名。"未知於古博具有合否。（上海古籍出版社，1958年）

姚振宗《漢書藝文志拾補·諸子略》第二小説家者流：

許博昌《六博經》一篇。

《西京雜記》：許博昌，安陵人也，善陸博。竇嬰好之，常與居處。其術曰："方畔揭道張，張畔揭道方，張究屈玄高，高玄屈究張。"又曰："張道揭畔方，方畔揭道張，張究屈玄高，高玄屈究張。"三輔兒童皆誦之。法用六箸，或謂之究，以竹爲之，長六分。或用二箸。博昌又作《六博經》一篇，今世傳之。

按《王莽傳》，平原女子遲昭平能説經博以八投。服虔曰："《博弈經》以八箭投之。"意即《六博經》之類。（《二十五史藝文經籍志考補萃編》本，清華大學出版社，2011年）

案：姚振宗《漢書藝文志拾補》諸子略小説家類著録許博昌《六博經》一篇。

許博昌（一作"許博"），安陵人（今陝西咸陽附近）。生平事迹不詳。唯《西京雜記》載其"善陸博，竇嬰好之，常與居處"，既與竇嬰同時，則其爲西漢前期人可定。姚振宗《漢書藝文志拾補》著録許博昌《六博經》一篇，而今本《西京雜記》及諸書所引多作"《大博經》一篇"，或曰《古博經》。以意度之，博昌所論爲陸博術，"陸博"即"六博"也，其所作當爲"六博經"，疑《西京雜記》初訛"六"爲"大"或"古"（因形近而訛），後世因之。博，局戲也。後亦稱雙陸，古謂之十二棋，又謂之六博，又謂之五白。《博雅》云："投六箸，行六棋，故爲六博。箸，簺也，今名骰子。自幺至六曰六箸。棋局，齒也。内外各六，曰六棋。此六博之義也。古者烏曹作博，以五木爲簺，有梟、盧、雉、犢、塞，五者爲勝負之采。梟以食爲義，便則食，不便則爲餘行，爲最勝。盧黑色，次梟，亦爲勝，故博者云呼盧。此五白之義也。" 陸博有局，有棋，有箸。二人相對向局，分十二道，兩頭當中名爲水，用棋十二，六白六黑，又用魚二枚置水中。其擲采以瓊爲之，鋭其頭，四面刻眼，亦名齒。互擲行棋，棋行到處則豎之，名爲驍棋。即入水食魚獲籌。然具體博法已不詳，且其法隨時代又有所變化。博昌時的博法爲："方畔揭道張，張畔揭道方，張究屈玄高，高玄屈究張。"又曰："張道揭畔方，方畔揭道張，張究屈玄高，高玄屈究張。"此或即出自其所作之《六博經》，乃其佚文僅存者，具體含義已不得而詳。許博昌《六博經》當時"三輔兒童皆誦之"，可見其影響之大且廣，惜其法不傳，僅存部分佚文。

上林禽獸簿

荀悦《漢紀》卷第八《孝文皇帝紀下》：

十年冬，上行幸甘泉。將軍薄昭有罪，自殺。張釋之爲郎，十年不得調，用欲歸。袁盎賢之，言於上，以爲謁者僕射。上幸上林苑，釋之從，登虎圈。上問上林尉禽獸簿，尉不能對。虎圈嗇夫代尉對，回應無窮。上曰："爲吏不當如此邪？"詔釋之拜嗇夫欲爲上林令。釋之進曰："陛下以周勃、張相如何如人？"上曰："長者也。"釋之曰："此兩人稱爲長者，言事曾未出口，豈若嗇夫喋喋利口捷給哉！且秦任刀筆吏，争以苛察相高，故政陵遲至於土崩。今以嗇夫口辯而超遷之，臣恐天下隨風而争口辯，無實。上之化下，疾於影響，舉錯不可不察。"上曰："善。"乃止。拜釋之爲公車令。（《兩漢紀》本，中華書局，2002年）

何清谷《三輔黄圖校釋》卷四苑囿《漢上林苑》：

漢上林苑，即秦之舊苑也。《漢書》云："武帝建元三年開上林苑，東南至藍田宜春、鼎湖、御宿、昆吾，旁南山而西，至長楊、五柞，北繞黄山，瀕渭水而東。周袤三百里。"離宫七十所，皆容千乘萬騎。《漢宫殿疏》云："方三百四十里。"《漢舊儀》云："上林苑方三百里，苑中養百獸，天子秋冬射獵取之。"帝初修上林苑，群臣遠方，各獻名果異卉三千餘種植其中，亦有制爲美名，以標奇異。

茂陵富民袁廣漢，藏鏹巨萬，家僮八九百人。於北邙山下築園，東西四里，南北五里，激流水注其中。構石爲山，高十餘丈，連延數里。養白鸚鵡、紫鴛鴦、犛牛、青兕，奇獸珍禽，委積其間。積沙爲洲嶼，激水爲波濤，致江鷗、海鶴、孕雛産鷇，延漫林池；奇樹異草，靡不培植。屋皆徘徊連屬，重閣修廊，行之移晷不能遍也。廣漢後有罪誅，没入爲官園，鳥獸草木，皆移入上林苑中。

上林苑有昆明觀，武帝置。又有繭觀、平樂觀、遠望觀、燕昇觀、觀象觀、便門觀、白鹿觀、三爵觀、陽禄觀、陰德觀、鼎郊觀、樛木觀、椒唐觀、魚鳥觀、元華觀、走馬觀、柘觀、上蘭觀、郎池觀、當路觀，皆在上林苑。

又《舊儀》曰："上林有令有尉，禽獸簿記其名數。"又有上林詔獄，主治苑中禽獸、宫館之事，屬水衡。又上林苑中有六池、市郭、宫殿、魚臺、犬臺、獸圈。（中華書局，2005年）

司馬遷撰，裴駰集解，司馬貞索隱，張守節正義《史記》卷一百二《張釋之馮唐列傳·馮唐》：

釋之從行，登虎圈。上問上林尉（《索隱》：《漢書·表》上林有八丞十二尉。《百官志》尉秩三百石。）諸禽獸簿，十餘問，尉左右視，盡不能對。虎圈嗇夫（《正義》：掌虎圈。《百官表》有鄉嗇夫，此其類也。）從旁代尉對上所問禽獸簿甚悉，欲以觀其能口對回應無窮者。文帝曰：“吏不當若是邪？尉無賴！”乃詔釋之拜嗇夫爲上林令。釋之久之前曰：“陛下以絳侯周勃何如人也？”上曰：“長者也。”又復問：“東陽侯張相如何如人也？”上復曰：“長者。”釋之曰：“夫絳侯、東陽侯稱爲長者，此兩人言事曾不能出口，豈教此嗇夫諜諜利口捷給哉！且秦以任刀筆之吏，吏争以亟疾苛察相高，然其敝徒文具耳，無惻隱之實。以故不聞其過，陵遲而至於二世，天下土崩。今陛下以嗇夫口辯而超遷之，臣恐天下隨風靡靡，争爲口辯而無其實。且下之化上，疾於景響，舉錯不可不審也。”文帝曰：“善。”乃止不拜嗇夫。（《漢書》卷五十《張釋之傳》同。）

同上，卷一百一十七《司馬相如列傳》：

（《上林賦》曰：）“於是乎蛟龍赤螭，䱴䲛漸離，鰅鰫鰬魠，禺禺魼鰨，揵鰭擢尾，振鱗奮翼，潛處於深岩；魚鱉讙聲，萬物衆夥，明月珠子，玓瓅江靡，蜀石黄碝，水玉磊砢，磷磷爛爛，采色澔旰，叢積乎其中。鴻鷫鵠鴇，駕鵝鸀鳿，鵁鶄鶠目，煩鶩鷛鸔，鷩䴔鵁鸕，群浮乎其上。泛淫泛濫，隨風澹淡，與波摇蕩，掩薄草渚，唼喋菁藻，咀嚼菱藕。

“於是乎周覽泛觀，瞋盼軋沕，芒芒恍忽，視之無端，察之無崖。日出東沼，入於西陂。其南則隆冬生長，踴水躍波；獸則㺎旄貘犛，沈牛麈麋，赤首圜題，窮奇象犀。其北則盛夏含凍裂地，涉冰揭河；獸則麒麟角䚦，騊駼橐駝，蛩蛩驒騱，駃騠驢騾。

“於是玄猿素雌，蜼玃飛鸓，蛭蜩蠼蝚，螹胡豰蛫，棲息乎其間；長嘯哀鳴，翩幡互經，夭蟜枝格，偃蹇杪顛。於是乎隃絶梁，騰殊榛，捷垂條，踔稀間，牢落陸離，爛曼遠遷。

“於是乎背秋涉冬，天子校獵。乘鏤象，六玉虬，拖蜺旌，靡雲旗，前皮軒，後道游；孫叔奉轡，衛公驂乘，扈從横行，出乎四校之中。鼓嚴簿，縱獠者，江河爲陆，泰山爲櫓，車騎雷起，隱天動地，先後陸離，離散别追，淫淫裔裔，緣陵流澤，雲布雨施。

“生貔豹，搏豺狼，手熊羆，足野羊，蒙鶡蘇，絝白虎，被豳文，跨野馬。陵三嵕之危，下磧歷之坻；徑陖赴險，越壑厲水。推蜚廉，弄解豸，格瑕蛤，鋋猛氏，罥騕褭，射封豕。箭不苟害，解脰陷腦；弓不虚發，應聲而倒。於是乎乘輿彌節裴回，翱翔往來，睨部曲之進退，覽將率之變態。然後浸潭促節，儵敻遠去，流離輕禽，蹴履狡獸，轊白鹿，捷狡兔，軼赤電，遺光耀，追怪物，出宇宙，彎繁弱，滿白羽，射游梟，櫟蜚虡，擇肉後發，先中命處，弦矢分，藝殪仆。

“然後揚節而上浮，陵驚風，歷駭飆，乘虚無，與神俱，轔玄鶴，亂昆鷄。遒孔鸞，促鵔鸃，拂翳鳥，捎鳳皇，捷鴛雛，掩焦明。”（中華書局，1982年）

王應麟《玉海》卷百二十三《官制》九卿（屬官）漢少府屬官《上林令》：

上林苑令。（《周禮·地官》囿人中士四人。）《表》水衡屬官有上林令丞。（《表》不言秩，《志》六百石，初隸少府。元鼎置水衡，乃以屬之。東都并職，復隸少府。）水衡有甘泉上林長（四丞），少府有上林中十池監。（師古曰：“《黄圖》‘上林中池上籞五所’，此云十池監，未詳其數。建元三年開上林苑。《霍光傳》安池監賞。”）《志》上林苑令一人，六百石，主苑中禽獸，頗有民居，皆主之。捕得獸，送太官。（《漢官》曰：“員吏五十八人，桓帝又置鴻德苑令。”）

丞尉各一人。《張釋之傳》：“從上登虎圈，問上林尉禽獸簿，不能對。虎圈嗇夫從旁代尉對，甚悉。文帝詔釋之拜嗇夫爲上林令，釋之以爲利口捷給，恐天下隨風靡，乃止。”（《索隱》曰：“《表》上林有八丞十二尉。《志》云尉秩三百石。王音薦谷永爲護苑使者。”）揚雄《上林》：“苑令箴魚鱉以時，芻蕘咸殖，國以殷富，民以家給，田獲三驅，不可過差，麀鹿攸伏，不如德至。”衡臣司虞。（《柏梁詩》：“上林令曰：‘走狗逐兔張罘罝。’”文帝苑囿無增益。光武損上林池御之官，廢騁望弋獵之事。樊準請令大官尚方考功上林池御諸官，減無事之物。珍禽奇獸勿育於國。盤於游田無逸戒之。搜田以時，騶虞歌之。）

《志》職屬少府者自大醫（大官守官），上林凡四官，自侍中至御史皆以文屬焉。水衡都尉，世祖省并少府，又省上林十池監，胞人長丞，宦者昆臺佽飛三令二十一丞，又省水衡屬官令長丞尉二十餘人。（唐司農亦有上林令。）（江蘇古籍出版社，1987年）

顧炎武《歷代帝王宅京記》卷六關中四漢《上林苑》：

漢上林苑，即秦之舊苑也。《漢書》云：“武帝建元三年，開上林苑，東南至藍田、宜春、鼎湖、御宿、昆吾旁南山，而西至長楊、五柞，北繞黄山，瀕渭水而東，周袤三百里，離宫七十所，皆容千乘萬騎。”《漢宫殿疏》云：“方三百四十里。”《漢舊儀》云：“上林苑方三百里，苑中養百獸，天子秋冬射獵取之。帝初修上林苑，群臣遠方各獻名果異卉三千餘種，植其中，亦有制爲美名，以標奇異。苑中有昆明觀，武帝置。又有繭觀、平樂觀、遠望觀、燕昇觀、觀象觀、便門觀、白鹿觀、三爵觀、陽禄觀、陰德觀、鼎郊觀、樛木觀、椒唐觀、魚鳥觀、元華觀、走馬觀、柘觀、上蘭觀、郎池觀、當路觀，皆在上林苑。”又《舊儀》曰：“上林有令有尉，禽獸簿記其名數。（《張釋之傳》：上問上林尉諸禽獸簿。）又有上林詔獄，主治苑中禽獸之事，屬水衡。又上林苑中有六池、市郭、宫殿、魚臺、犬臺、獸園。”（《西京雜記》云：“茂陵富民袁廣漢藏鏹巨萬，家僮八九百人。於北山下築園，東西四里，南北五里，激流水注。其中構石爲山，高十餘丈，連延數里，養白鸚鵡、紫鴛鴦、犛牛、青兕，奇獸珍禽，委積其間。積沙爲洲嶼，激水爲波濤，致江鷗、海鶴，孕雛産鷇，延浸林池，奇樹異草，靡不培植，屋皆徘徊連屬，重閣修廊，行之移晷，不能遍也。廣漢後有罪誅，没入爲官，園鳥獸草木皆移入上林苑中。”）（《文淵閣四庫全書》本）

穆彰阿等撰《大清一統志》卷一百七十九西安府二《古迹》：

（漢）虎圈。（在咸寧縣東北。《漢書・張釋之傳》：“文帝登虎圈，問上林尉禽獸簿。”又《外戚傳》：“元帝幸虎圈，熊佚出圈，欲上殿，馮倢伃直前，當熊而立。”《水經注》：“霸水北徑秦虎圈東。”《烈士傳》曰：“秦昭王會魏王，魏王不行，使朱亥奉璧一雙。秦王大怒，置亥虎圈中，亥瞋目視虎，眦裂，血出濺虎，虎不敢動。”即是處也。《漢宫殿疏》：“秦故虎圈，周匝三十五步，西去長安十五里。”《寰宇記》：“秦獸圈在通化門東二十里。”）（《文淵閣四庫全書》本）

紀昀等撰《歷代職官表》卷四十《内務府奉宸苑》歷代建置漢：

《漢書・百官公卿表》：少府屬官，上林中十池監，又鈎盾令丞。

謹案《三輔黄圖》：“上林苑有初池、麋池、牛首池、蒯池、積草池、東陂池、西陂池、當路池、太臺池、郎池。”即《百官公卿表》所云上林中十池也。而《初學記》又云：“漢上林有池十五所，承靈、昆靈、天泉、龍魚、蒯、菌、鶴、西陂、當路、東陂、太一、牛首、積草、含利、百子。”《三輔黄圖》不載承靈、昆靈、天泉、龍魚、菌、鶴、太一、含利、百子，《初學記》不載初池、太臺池，各有異同。至《漢・表》但載十池監，其十五所或以十監統之歟?

《漢書・張釋之列傳》：從上登虎圈。問上林尉禽獸簿，不能對。虎圈嗇夫從旁代尉對，甚悉。文帝詔釋之拜嗇夫爲上林令，釋之以爲不可，乃止不拜。

《漢書・百官公卿表》：水衡都尉，（應劭曰：“古山林之官曰衡，掌諸池苑，故稱水衡。”張晏曰：“主都水及上林苑，故曰水衡，主諸官故曰都，有卒徒武事故曰尉。”師古曰：“衡，平也，主平其税入。”）武帝元鼎二年初置，掌上林苑。有五丞，屬官有上林均輸、御羞、禁圃、輯濯、鍾官、技巧、六厩、辨銅、九官令丞。（如淳曰：“御羞，地名也，在藍田，其土肥沃，多出御物可進者。《揚雄傳》謂之御宿。《三輔黄圖》御羞、宜春皆苑名也。輯濯，船官也。鍾官，主鑄錢官也。辨銅，主分别銅之種類也。”師古曰：“御羞，在今長安城南御宿川，羞、宿聲相近，故或曰御羞，或曰御宿。羞者，羞珍所出，宿者止宿之義。輯濯，皆所以行船也。”六厩，説見上騶院篇。）又衡官水司空都水農倉。又甘泉上林都水七官長丞皆屬焉。上林有八丞十二尉，均輸四丞，御羞兩丞，都水三丞，禁圃兩尉，甘泉上林四丞。成帝建始二年省技巧、六厩官。王莽改水衡都尉曰予虞。步兵校尉掌上林苑門屯兵。

謹案《三輔黄圖》御宿苑在長安城南御宿川中，漢武爲離宫别館，禁禦不得人往來游觀，上宿其中，故曰御宿。御羞之當作御宿，黄圖疏義甚明，故《漢書·元后傳》“夏游御宿鄠杜之間”，亦作御宿，可證羞、宿之以音相誤也。

《史記·平準書》：“初大農筦鹽鐵官布多置水衡，欲以主鹽鐵。及楊可告緡錢上林財物衆，乃令水衡主上林。”

《三輔黄圖》：《舊儀》曰：“上林有令有尉，禽獸簿記其名數。又有上林詔獄，主治苑中禽獸宫館之事，屬水衡。”

謹案漢制，少府有上林十池監，文帝時有上林尉虎圈嗇夫，至武帝别設水衡都尉，專主上林苑，設官遂以漸廣。考水衡所掌，不獨園苑，自禁錢農倉珍羞厩牧鼓鑄皆其職守，而統係之以上林苑。苑職有水衡卿、諸令丞，而又有步兵校尉掌苑門之屯兵，至少府之鈎盾令主近苑囿，則以近在宫門左右，故不隸水衡。我朝定制，内外苑囿皆設司官專理而統之，以奉宸苑卿，蓋合漢少府水衡所屬而歸於一職也。

（《文淵閣四庫全書》本）

姚振宗《漢書藝文志拾補·諸子略》第二小説家者流：

《上林禽獸簿》。

《漢書·張釋之傳》：上登虎圈，問上林尉禽獸簿，十餘問，尉左右視，盡不能對。虎圈嗇夫從旁代尉對上所問禽獸簿甚悉。文帝曰：“吏不當如是耶？”師古曰：“圈，養獸之所也。簿，謂簿書也。”

按漢初即有上林，設令、尉等官掌其簿籍。至武帝擴而大之，至三百餘里。

（《二十五史藝文經籍志考補萃編》本，清華大學出版社，2011年）

按：姚振宗《漢書藝文志拾補》諸子略小説家類著録《上林禽獸簿》，未題撰人。

《上林禽獸簿》，記載上林苑禽獸的簿記，《漢書·藝文志》未見著録，姚振宗《漢書藝文志拾補》補録。《三輔黄圖》云：“漢上林苑，即秦之舊苑也。”則漢初即有上林苑，衹是規模不如後來。武帝建元三年（前138年），將其開闢擴大至方圓三百里，離宫七十餘所，其間多養珍禽異獸，廣植奇花異草，規模十分宏大，超過以往。又《漢舊儀》曰：“上林有令有尉，禽獸簿記其名數。”可知當時有專人登記禽獸之名稱與數量。《漢書·張釋之傳》載，文帝至上林苑，“問上林尉諸禽獸簿，十餘問，尉左右視，盡不能對。虎圈嗇夫從旁代尉對上所問禽獸簿甚悉，欲以觀其能口對回應無窮者。”上林尉不知苑中禽獸名稱與數量，而嗇夫盡知之，文帝因此想超拔嗇夫而被張釋之勸止，説明此上林尉不如嗇夫。或者禽獸簿記乃各專職者所記，令、尉存檔備案而已，故令、尉不能盡悉。無論何種情況，《上林禽獸簿》應早已有之，故姚振宗《漢書藝文志拾補》諸子略小説家類補録。然其内容應該是據實所録，隨時變化，其所作乃職任所在，不主一人。今未見佚文，或許司馬相如《上林賦》等在描寫上林禽獸時會有所借鑒，亦未可知。

上林草木名

司馬遷撰，裴駰集解，司馬貞索隱，張守節正義《史記》卷一百一十七《司馬相如列傳》：

（《上林賦》曰：）“於是乎崇山矗矗，巃嵸崔巍，深林巨木，嶄岩參嵯，九嵕、巀嶭，南山峨峨，岩陁甗錡，摧崣崛崎，振溪通谷，蹇產溝瀆，谽呀豁閜，阜陵別島，崴磈嵔瘣，丘虛堀礨，隱轔鬱壘，登降施靡，陂池貏豸，沇溶淫鬻，散渙夷陸，亭皋千里，靡不被築。掩以綠蕙，被以江離，糅以蘼蕪，雜以流夷。尃結縷，攢戾莎，揭車衡蘭，槁本射干，茈薑蘘荷，葴橙若蓀，鮮枝黃礫，蔣苧青薠，布濩閎澤，延曼太原，麗靡廣衍，應風披靡，吐芳揚烈，郁郁斐斐，衆香發越，肸蠁布寫，晻曖苾勃。

“於是乎盧橘夏孰，黃甘橙楱，枇杷橪柿，楟柰厚朴，梬棗楊梅，櫻桃蒲陶，隱夫薁棣，荅樑荔枝，羅乎後宮，列乎北園。貤丘陵，下平原，揚翠葉，杌紫莖，發紅華，秀朱榮，煌煌扈扈，照曜巨野。沙棠櫟櫧，華氾檘櫨，留落胥餘，仁頻并閭，欃檀木蘭，豫章女貞，長千仞，大連抱，誇條直暢，實葉葰茂，攢立叢倚，連卷櫐佹，崔錯登骫，坑衡閜砢，垂條扶於，落英幡纚，紛容蕭蔘，旖旎從風，瀏莅芔吸，蓋象金石之聲，管籥之音。柴池茈虒，旋環後宮，雜遝櫐輯，被山緣谷，循阪下隰，視之無端，究之無窮。”（中華書局，1982年）

葛洪集，成林、程章燦譯注《西京雜記全譯》卷一《上林名果異木》：

初修上林苑，群臣遠方，各獻名果異樹，亦有制爲美名，以標奇麗者。梨十：紫梨、青梨（實大）、芳梨（實小）、大谷梨、細葉梨、縹葉梨、金葉梨（出琅琊王野家，太守王唐所獻）、瀚海梨（出瀚海北，耐寒不枯）、東王梨（出海中）、紫條梨。棗七：弱枝棗、玉門棗、棠棗、青華棗、梬棗、赤心棗、西王母棗（出昆侖山）。栗四：侯栗、榛栗、瑰栗、嶧陽栗（嶧陽都尉曹龍所獻，大如拳）。桃十：秦桃、榹桃、緗核桃、金城桃、綺葉桃、紫文桃、霜桃（霜下可食）、胡桃（出西域）、櫻桃、含桃。李十五：紫李、綠李、朱李、黃李、青綺李、青房李、同心李、車下李、含枝李、金枝李、顏淵李（出魯）、羌李、燕李、蠻李、侯李。柰三：白柰、紫柰（花紫色）、綠柰（花綠色）。查三：蠻查、羌查、猴查。椑三：青椑、赤葉椑、烏椑。棠四：赤棠、白棠、青棠、沙棠。梅七：朱梅、紫葉梅、紫花梅、同心梅、麗枝梅、燕梅、猴梅。杏二：文杏（材有文采）、蓬萊杏（東郡都尉于吉所獻。一株花雜五色，六出，云是仙人所食）。桐三：椅桐、梧桐、荆桐。林檎十株。枇杷十株。橙十株。安石榴十株。楟十株。白銀樹十株。黄銀樹十株。槐六百四十株。千年長生樹十株。萬年長生樹十株。扶老木十株。守宫槐十株。金明樹二十株。揺風樹十株。鳴風樹十株。琉璃樹七株。池離樹十株。離婁樹十株。白俞、梼杜、梼桂、蜀漆樹十株。楠四株。樅七株。栝十株。楔四株。楓四株。

余就上林令虞淵得朝臣所上草木名二千餘種。鄰人石瓊就余求借，一皆遺棄。今以所記憶，列於篇右。（貴州人民出版社，1993年）

何清谷《三輔黄圖校釋》卷四苑囿《漢上林苑》：

漢上林苑，即秦之舊苑也。《漢書》云："武帝建元三年開上林苑，東南至藍田、宜春、鼎湖、御宿、昆吾，旁南山而西，至長楊、五柞，北繞黄山，瀕渭水而東。周袤三百里。"離宫七十所，皆容千乘萬騎。《漢宫殿疏》云："方三百四十里。"《漢舊儀》云："上林苑方三百里，苑中養百獸，天子秋冬射獵取之。"帝初修上林苑，群臣遠方，各獻名果異卉三千餘種植其中，亦有制爲美名，以標奇異。

茂陵富民袁廣漢，藏鏹巨萬，家僮八九百人。於北邙山下築園，東西四里，南北五里，激流水注其中。構石爲山，高十餘丈，連延數里。養白鸚鵡、紫鴛鴦、犛牛、青兕，奇獸珍禽，委積其間。積沙爲洲嶼，激水爲波濤，致江鷗、海鶴、孕雛産鷇，延漫林池；奇樹異草，靡不培植。屋皆徘徊連屬，重閣修廊，行之移晷不能遍也。廣漢後有罪誅，没入爲官園，鳥獸草木，皆移入上林苑中。

上林苑有昆明觀，武帝置。又有繭觀、平樂觀、遠望觀、燕昇觀、觀象觀、便門觀、白鹿觀、三爵觀、陽禄觀、陰德觀、鼎郊觀、樛木觀、椒唐觀、魚鳥觀、元華觀、走馬觀、柘觀、上蘭觀、郎池觀、當路觀，皆在上林苑。

又《舊儀》曰："上林有令有尉，禽獸簿記其名數。"又有上林詔獄，主治苑中禽獸、宫館之事，屬水衡。又上林苑中有六池、市郭、宫殿、魚臺、犬臺、獸圈。（中華書局，2005年）

段成式《酉陽雜俎》卷十六《廣動植之一·總叙》：

葛稚川嘗就上林令魚泉，得朝臣所上草木名二十餘種。鄰人石瓊就之求借，一皆遺棄。（中華書局，1981年）

黄伯思《宋本東觀餘論》卷下《跋西京雜記後》：

此書中事皆劉歆所記，葛稚川采之，以補班史之缺耳。其稱“余”者，皆歆本語中有。歆所記草木名，而段柯古作《酉陽》書乃云“稚川就上林令虞淵，得朝臣所上草木名”，非也。蓋段誤以歆自稱“予”爲稚川耳。又按《晋史》，葛未嘗至長安，而晋官但有華林令而無上林令，其非稚川决也。柯古博洽時罕儔，猶舛謬如此。長睿題。（中華書局，1988年）

王應麟《玉海》卷百二十三《官制》九卿（屬官）漢少府屬官《上林令》：

上林苑令。（《周禮·地官》囿人中士四人。）《表》水衡屬官有上林令丞。（《表》不言秩，《志》六百石，初隸少府。元鼎置水衡，乃以屬之。東都并職，復隸少府。）水衡有甘泉上林長（四丞），少府有上林中十池監。（師古曰：“《黄圖》‘上林中池上籞五所’，此云十池監，未詳其數。建元三年開上林苑。《霍光傳》安池監賞。”）《志》上林苑令一人，六百石，主苑中禽獸，頗有民居，皆主之。捕得獸，送太官。（《漢官》曰：“員吏五十八人，桓帝又置鴻德苑令。”）

丞、尉各一人。《張釋之傳》：“從上登虎圈，問上林尉禽獸簿，不能對。虎圈嗇夫從旁代尉對，甚悉。文帝詔釋之拜嗇夫爲上林令，釋之以爲利口捷給恐天下隨風靡，乃止。”（《索隱》曰：“《表》上林有八丞十二尉。《志》云尉秩三百石。王音薦谷永爲護苑使者。”）揚雄《上林》：“苑令箴魚鱉以時，芻蕘咸殖，國以殷富，民以家給，田獲三驅，不可過差，麀鹿攸伏，不如德至。”衡臣司虞。（《柏梁詩》：“上林令曰：‘走狗逐兔，張罘罝。’”文帝苑囿無增益。光武損上林池籞之官，廢騁望弋獵之事。樊準請令大官尚方考功上林池籞諸官，减無事之物。珍禽奇獸勿育於國。盤於游田無逸戒之。搜田以時，騶虞歌之。）

《志》職屬少府者自大醫（大官守官），上林凡四官，自侍中至御史皆以文屬焉。水衡都尉，世祖省并少府，又省上林十池監，胞人長丞，宦者昆臺佽飛三令二十一丞，又省水衡屬官令長丞尉二十餘人。（唐司農亦有上林令。）

同上，卷一百五十六《宫室》宫《漢扶荔宫》：

《黄圖》：“在上林苑。元鼎六年，破南越，起扶荔宫，以植所得奇草異木，菖蒲、山薑、桂、龍眼、荔支、檳榔、橄欖、甘橘之類。”

《西京雜記》：“初修上林苑，群臣遠方各獻名果異木，亦有制爲美名，以標奇麗。就上林令虞淵得朝臣所上草木名二千餘種。”

宋朝嘉祐中，劉敞守長安，得林華宫行鐙銘、蓮勺宫銅博山爐下槃銘，皆漢五鳳中造。

《金石録》：麃丘宫鐙銘，甘露三年造。宫不見於史。（江蘇古籍出版社，1987年）

王世貞《弇州四部稿》卷一百五十六説部《宛委餘編一》：

自太史氏謂司馬長卿所載草木鳥獸多過其實，後人相沿疑之，以“盧橘夏熟”“答遝離支”等語皆爲增飾。按《西京雜記》載，梨有太谷、細葉、縹葉、金葉、瀚海、東王、紫條、紫李、青李、芳李各十種。棗有弱枝、玉門、青華、赤心、西王、棠棗、梬棗七種；栗有侯、榛、瑰、嶧陽四種；桃有湘核、金城、綺葉、紫文、秦桃、榹桃、霜桃、胡桃、櫻桃、含桃十種；李有青綺、青房、同心、車下、含枝、金枝、顔淵、紫李、緑李、朱李、黄李、羌李、燕李、蠻李、侯李十五種；柰有白、紫、緑三種；樝有蠻、羌、猴三種；椑有青、烏、赤葉三種；棠有赤、白、青、沙四種；梅有紫葉、紫萼、同心、麗枝、朱梅、燕梅、猴梅七種；杏有蓬萊、文杏二種；桐有椅桐、梧桐、荆桐三種；林檎十，枇杷十，橙十，安石榴十，楟十，白銀樹十，黄銀樹十，槐六百四十，千年長生樹十，萬年長生樹十，扶老木十，守宫槐十，金明樹二十，摇風樹十，鳴風樹十，琉璃樹七，池離樹十，離婁樹十，白榆、㭉桂、蜀漆樹各十，枏四，樅七，栝十，楔四，楓四。後云從上林令虞淵得群臣所上草木名二千餘種，後失其本，此其記憶者。又茂陵富人袁廣漢，園有白鸚鵡、紫鴛鴦、牦牛、青兕，奇獸怪禽，江鷗海鶴，悉没入上林。太液池中有鳴鶴舟、容與舟、清曠舟、采菱舟、越女舟，池有洲𣒅樹一株，大六十圍。五柞宫，五柞樹蔭覆數十畝。《三輔黄圖》：“高帝時，南粤王獻龍眼樹。武帝於交阯移荔枝百株，植上林。建扶荔宫，中有菖蒲百本，山薑十本，甘蕉十二本，留求子十本，桂百本，蜜香指甲花百本，龍眼、檳榔、橄欖、千歲子、甘橘皆百餘本。内荔枝一株獨茂，忽一夕萎死，守吏死者百餘。”夫草木多至二千餘種，則長卿所言固未虚也。窮措大，不復知前代帝王富盛，便不復信，可發一笑。（《文淵閣四庫全書》本）

顧起元《説略》卷二十七《卉箋上》：

自太史公謂司馬長卿所載草木鳥獸多過其實，後人相沿疑之，以“盧橘夏熟”“答遝雜支”等語皆爲增飾。按《西京雜記》載，梨有大谷、細葉、縹葉、金葉、瀚海、東王、紫條、青玉梨、芳梨九種；棗有弱枝、玉門、青華、赤心、西王、棠棗、梬棗七種；栗有侯、榛、瑰、嶧陽四種；桃有湘核、金城、綺葉、紫文、秦桃、榹桃、霜桃、胡桃、櫻桃、含桃十種；李有青綺、青芳、同心、車下、含枝、金枝、顔淵、紫李、緑李、朱李、黄李、羌李、燕李、蠻李、侯李十五種；柰有白、紫、緑三種；樝有蠻、羌、猴三種；椑有青、烏、赤葉三種；棠有赤、白、青、沙四種；梅有紫葉、紫萼、同心、麗枝、朱梅、燕梅、猴梅七種；杏有蓬萊、文杏二種；桐有椅桐、梧桐、荆桐三種；林檎十，枇杷十，橙十，安石榴十，椁十，白銀樹十，黄銀樹十，槐六百十，千年長生樹十，萬年長生樹十，扶老木十，守宫槐十，金明樹二十，揺風樹十，鳴風樹十，琉璃樹七，池離樹十，離婁樹十，白榆、㮰桂、蜀漆樹各十，柟四，樅七，栝十，楔四，楓四。後云從上林令虞淵得群臣所上草木名二千餘種，後失其本，此其記憶者。又茂陵富人袁廣漢，園有白鸚鵡、紫鴛鴦、牦牛、青兕，奇獸怪禽，江鷗海鶴，悉没入上林。太液池中有鳴鶴舟、容與舟、清曠舟、采菱舟、越女舟，池有洲䊪樹一株，大六十圍。五柞宫，五柞樹蔭覆數十畝。《三輔黄圖》："高帝時，南粤王獻龍眼樹。武帝於交阯移荔枝百株，植上林。建扶荔宫，中有菖蒲百本，山薑十本，甘蕉十二本，留求子十本，桂百本，蜜香指甲花百本，龍眼、檳榔、橄欖、千歲子、甘橘皆百餘本。内荔枝一株獨茂，忽一夕萎死，守吏死者百餘。"夫草木多至二千餘種，則長卿所言固未虚也。（《文淵閣四庫全書》本）

顧炎武《歷代帝王宅京記》卷六關中四漢《上林苑》：

漢上林苑，即秦之舊苑也。《漢書》云："武帝建元三年，開上林苑，東南至藍田、宜春、鼎湖、御宿、昆吾旁南山，而西至長楊、五柞，北繞黄山，瀕渭水而東，周袤三百里，離宫七十所，皆容千乘萬騎。"《漢宫殿疏》云："方三百四十里。"《漢舊儀》云："上林苑方三百里，苑中養百獸，天子秋冬射獵取之。帝初修上林苑，群臣遠方各獻名果異卉三千餘種，植其中，亦有制爲美名，以標奇異。苑中有昆明觀，武帝置。又有繭觀、平樂觀、遠望觀、燕昇觀、觀象觀、便門觀、白鹿觀、三爵觀、陽禄觀、陰德觀、鼎郊觀、樛木觀、椒唐觀、魚鳥觀、元華觀、走馬觀、柘觀、上蘭觀、郎池觀、當路觀，皆在上林苑。"又《舊儀》曰："上林有令有尉，禽獸簿記其名數。（《張釋之傳》：上問上林尉諸禽獸簿。）又有上林詔獄，主治苑中禽獸之事，屬水衡。又上林苑中有六池、市郭、宫殿、魚臺、犬臺、獸園。"（《西京雜記》云："茂陵富民袁廣漢藏鏹巨萬，家僮八九百人。於北山下築園，東西四里，南北五里，激流水注。其中構石爲山，高十餘丈，連延數里，養白鸚鵡、紫鴛鴦、犛牛、青兕，奇獸珍禽，委積其間。積沙爲洲峙，激水爲波濤，致江鷗、海鶴，孕雛産鷇，延浸林池，奇樹異草，靡不培植，屋皆徘徊連屬，重閣修廊，行之移晷，不能遍也。廣漢後有罪誅，没入爲官，園鳥獸草木皆移入上林苑中。"）（《文淵閣四庫全書》本）

紀昀等撰《歷代職官表》卷四十《内務府奉宸苑》歷代建置漢：

《漢書・百官公卿表》：少府屬官，上林中十池監，又鈎盾令丞。

謹案《三輔黄圖》："上林苑有初池、麋池、牛首池、蒯池、積草池、東陂池、西陂池、當路池、太臺池、郎池。”即《百官公卿表》所云上林中十池也。而《初學記》又云：“漢上林有池十五所，承靈、昆靈、天泉、龍魚、蒯、菌、鶴、西陂、當路、東陂、太一、牛首、積草、含利、百子。”《三輔黄圖》不載承靈、昆靈、天泉、龍魚、菌、鶴、太一、含利、百子，《初學記》不載初池、太臺池，各有異同。至《漢·表》但載十池監，其十五所或以十監統之歟？

《漢書·張釋之列傳》：從上登虎圈。問上林尉禽獸簿，不能對。虎圈嗇夫從旁代尉對，甚悉。文帝詔釋之拜嗇夫爲上林令，釋之以爲不可，乃止不拜。

《漢書·百官公卿表》：水衡都尉，（應劭曰：“古山林之官曰衡，掌諸池苑，故稱水衡。”張晏曰：“主都水及上林苑，故曰水衡，主諸官故曰都，有卒徒武事故曰尉。”師古曰：“衡，平也，主平其税入。”）武帝元鼎二年初置，掌上林苑。有五丞，屬官有上林均輸、御羞、禁圃、輯濯、鍾官、技巧、六厩、辨銅、九官令丞。（如淳曰：“御羞，地名也，在藍田，其土肥沃，多出御物可進者。《揚雄傳》謂之御宿。《三輔黄圖》御羞、宜春皆苑名也。輯濯，船官也。鍾官，主鑄錢官也。辨銅，主分别銅之種類也。”師古曰：“御羞，在今長安城南御宿川，羞、宿聲相近，故或曰御羞，或曰御宿。羞者，羞珍所出，宿者止宿之義。輯濯，皆所以行船也。”六厩，説見上騊院篇。）又衡官水司空都水農倉。又甘泉上林都水七官長丞皆屬焉。上林有八丞十二尉，均輸四丞，御羞兩丞，都水三丞，禁圃兩尉，甘泉、上林四丞。成帝建始二年省技巧、六厩官。王莽改水衡都尉曰予虞。步兵校尉掌上林苑門屯兵。

謹案《三輔黄圖》，御宿苑在長安城南御宿川中，漢武爲離宫别館，禁禦不得人往來游觀，上宿其中，故曰御宿。御羞之當作御宿，黄圖疏義甚明，故《漢書·元后傳》“夏游御宿鄠杜之間”，亦作御宿，可證羞、宿之以音相誤也。

《史記·平準書》：“初，大農筦鹽鐵官布多置水衡，欲以主鹽鐵。及楊可告緡錢上林財物衆，乃令水衡主上林。”

《三輔黄圖》：“《舊儀》曰：‘上林有令有尉，禽獸簿記其名數。又有上林詔獄，主治苑中禽獸宫館之事，屬水衡。’”

謹案漢制，少府有上林十池監，文帝時有上林尉、虎圈嗇夫，至武帝别設水衡都尉，專主上林苑，設官遂以漸廣。考水衡所掌，不獨園苑，自禁錢、農倉、珍羞、厩牧、鼓鑄皆其職守，而統係之以上林苑。苑職有水衡卿、諸令丞，而又有步兵校尉掌苑門之屯兵，至少府之鉤盾令主近苑囿，則以近在宫門左右，故不隸水衡。我朝定制，内外苑囿皆設司官專理而統之，以奉宸苑卿，蓋合漢少府水衡所屬，而歸於一職也。（《文淵閣四庫全書》本）

姚振宗《漢書藝文志拾補·諸子略》第二小説家者流：

《上林草木名》。

《西京雜記》曰“初修上林，群臣遠方各獻名果異樹，亦有制爲美名，以標奇麗。余就上林令虞淵得朝臣所上草木名二千餘種。鄰人石瓊就余求借，一皆遺棄。今以所記憶，列於篇右”云云。

按劉子駿所記自梨迄楓凡若干種，有云琅琊太守王唐所獻者，嶧陽都尉曹龍所獻者，東郡都尉于吉所獻者，蓋當時上林令有簿籍典守也。（《二十五史藝文經籍志考補萃編》，清華大學出版社，2011年）

案：姚振宗《漢書藝文志拾補》諸子略小説家類著録《上林草木名》，未題撰人。

《上林草木名》，記載上林苑草木名數之簿記，《漢書·藝文志》未見著録，姚振宗《漢書藝文志拾補》補録。其體例當如《上林禽獸簿》，所記内容亦當隨草木出入而有變化。其作者，亦爲職任所在，不主一人。葛洪《西京雜記》云：“初修上林，群臣遠方各獻名果異樹，亦有制爲美名，以標奇麗。余就上林令虞淵得朝臣所上草木名二千餘種。鄰人石瓊就余求借，一皆遺棄。今以所記憶，列於篇右。”段成式《酉陽雜俎》因此斷言《上林草木名》乃葛洪從上林令虞淵（一作魚泉）處得之，然《西京雜記》所引爲劉歆語非葛洪語，因葛未嘗至長安，晋官但有華林令，而無上林令，故《上林草木名》爲漢人之作。然作者無可考，上林令、尉主禽獸草木簿記，然不必出其手所記，據《張釋之傳》文帝問尉可知也。則上林令虞淵所出之《上林草木名》應是武帝擴大規模後之上林苑草木名。然上林苑自秦已有之，想必自來便有令、尉主草木禽獸簿記，此書當爲長期積纍之産物。《西京雜記》所記草木之名，司馬相如《上林賦》所言草木之類，皆當在此《上林草木名》中。

漢武帝禁中起居注

葛洪集，成林、程章燦譯注《西京雜記全譯》附《〈西京雜記〉跋》：

洪家復有《漢武帝禁中起居注》一卷，《漢武故事》二卷，世人稀有之者。今并五卷爲一帙，庶免淪没焉。（貴州人民出版社，1993年）

葛洪撰，王明校釋《抱朴子内篇校釋》卷二《論仙》：

又按《漢禁中起居注》云：少君之將去也，武帝夢與之共登嵩高山，半道，有使者乘龍持節，從雲中下。云太乙請少君。帝覺，以語左右曰，如我之夢，少君將捨我去矣。數日，而少君稱病死。久之，帝令人發其棺，無尸，唯衣冠在焉。（上海古籍出版社，1980年）

魏徵等《隋書》卷三十三《經籍》二史起居注：

起居注者，録紀人君言行動止之事。《春秋傳》曰："君舉必書。書而不法，後嗣何觀？"《周官》，内史掌王之命，遂書其副而藏之，是其職也。漢武帝有《禁中起居注》，後漢明德馬后撰《明帝起居注》，然則漢時起居，似在宫中，爲女史之職。然皆零落，不可復知。（中華書局，1973年）

劉知幾著，浦起龍釋《史通通釋》卷十一《史官建置》：

又按《詩·邶風·静女》之三章，君子取其彤管。夫彤管者，女史記事規誨之所執也。古者人君，外朝則有國史，内朝則有女史，内之與外，其任皆同。故晋獻惑亂，驪姬夜泣，床笫之私，房中之事，不得掩焉。楚昭王宴游，蔡姬對以其願，王顧謂史："書之，蔡姬許從孤死矣。"夫宴私而有書事之册，蓋受命者即女史之流乎？至漢武帝時，有《禁中起居注》；明德馬皇后撰《明帝起居注》。凡斯著述，似出宫中，求其職司，未聞位號。隋世王劭上疏，請依古法，復置女史之班，具録内儀，付於外省。文帝不許，遂不施行。（上海古籍出版社，2009年）

李昉等《太平御覽》卷六百六十四道部六《尸解》：

《漢起居注》曰：李少君之將去也，武帝夢共登高山，見使者稱太一之命召

請。既覺，語左右曰："少君將去。"數日，果病死解去。（中華書局，1966年）

王欽若等《册府元龜》卷五百六十國史部《記注》：

漢武帝有《禁中起居注》。（至後漢明德馬皇后撰《明帝起居注》，則漢時起居似在宫中，爲女史之職矣。）（中華書局，1960年）

王楙《野客叢書》卷十五《禁中起居注》：

葛洪引《漢禁中起居注》驗董仲舒所撰《李少君家録》云："知漢起居注，在宫爲女史之職。自魏晋以來，起居注皆近侍之人所録，不復女職矣。"今考《隋書·經籍志》，自漢獻帝以來，至隋開皇間，所謂起居注，凡有四十四部。《隋志》謂晋時得汲冢書，有《穆天子傳》，體制與今起居注正同，蓋周時内史所記王命之副也。《周官》：内史掌王之命，遂書其副而藏之。是其職也。又謂《禁中起居注》零落不可復知。觀葛洪所引，則知尚存於晋，至隋始亡。（上海古籍出版社，1991年）

林駉《古今源流至論後集》卷三《起居注》：

自黄帝命沮誦、倉頡爲左右史，則五帝亦有史矣。（《世本》。）至穆王有左史戎夫，則三代亦有史矣。（《尚書》。）今之起居，其左右之遺制歟？迨至漢武之起居注修於禁中，（漢武帝有《禁中起居注》）東都之起居注修於宫臺（後漢馬皇后撰《明帝起居注》，則漢起居注爲宫中女史之任。）是漢之所注特命女史爲之，而修注正官未有定。晋魏而下，或令著作掌起居之史，或命正字任起居之事，（自魏晋起居注則著作掌之，其後起居皆侍近之臣録記也。録其言行與其勳職，有其職而無其官。後又别置起居注，以他官領之。至隋初，以吏部散官又校書正字有著述之才者，掌起居之職。）是歷代之所注特他官領之，而左右史官未定矣。……（《文淵閣四庫全書》本）

王應麟《困學紀聞》卷十《諸子》：

又按：《漢禁中起居注》，即《西京雜記》所謂葛洪家有《漢武帝禁中起居注》一卷、《漢武故事》二卷。《通典》云："漢武帝有《禁中起居注》，馬后撰《明帝起居注》，則漢《起居》似在宫中，爲女史之任。"荀悦《申鑒》曰："先帝故事，有《起居注》，動静之節必書焉。"（上海古籍出版社，2008年）

王應麟《玉海》卷四十八《藝文》記注《漢禁中起居注》：

《隋志》：漢武帝有《禁中起居注》。

《通典》：周官有左右史記其言事，蓋今起居之本。漢武帝有《禁中起居注》，馬后撰《明帝起居注》，則漢起居似在宫中爲女史之任。魏晋著作掌之，後皆近侍之臣録記。後魏始置起居令，周有著作二人掌綴録，起居、著作之任自此而分。

《西京雜記》：葛洪家有《漢武禁中起居注》一卷，《漢武故事》二卷。（《抱朴子·論仙》按《漢禁中起居注》。）

《北史》：柳虯曰："漢魏以還，密爲記注，徒聞後世，無益當時。"（江蘇古籍出版社，1987年）

王應麟《漢藝文志考證》卷三《春秋》：

《漢著記》百九十卷。

劉毅曰："漢之舊典，世有注記。"荀悦《申鑒》曰："先帝故事，有起居注，日注動静之節，必書焉。"《通典》曰："漢武帝有《禁中起居注》，馬后撰《明帝起居注》，則漢起居似在宫中，爲女史之任。"谷永言灾異，有"八世著記，久不塞除"之語。（中華書局，2011年）

陳耀文《天中記》卷三十六《仙·千歲翁》：

少君之將去也，武帝夢與之共登嵩高山，會道有使者乘龍持節從雲中下，云："太一請少君。"帝覺，以語左右曰："如我之夢，少君將捨我去矣。"數日而少君稱病死。久之，帝令人發其棺，無尸，唯衣冠在焉。（《漢禁中起居記》。）（廣陵書局，2007年）

焦竑《國史經籍志》卷三起居注：

《漢武禁中起居注》一卷。（《續修四庫全書》本）

徐應秋《玉芝堂談薈》卷三十《古今偏正史》：

劉子玄《史通》所載古今正偏史，今多不存。澹園先生《筆乘》常載之，中如……《漢武帝禁中起居注》……（顧起元《説略》卷十二典述上，同。）（《文淵閣四庫全書》本）

紀昀等《歷代職官表》卷二十四《經筵日講起居注官》歷代建置漢：

《隋書·經籍志》：漢武帝有《禁中起居注》。

《後漢書·明德馬皇后本紀》：后自撰《顯宗起居注》。

杜佑《通典》：漢起居注似在宫中，爲女史之任。

王應麟《玉海》：獻帝及晋代以來起居注，皆近侍臣所録。

謹案：《隋書》稱周《穆天子傳》體制與今起居注正同，蓋周時内史所記，王命之副，則記注之設，由來尚矣。漢代起居注之名，今可考見者，《漢書·兒寬傳》臣瓚注，《宣帝紀》“黄龍元年”師古注，俱引《漢注》；《文選·赭白馬賦》李善注引《漢明帝起居注》；章懷太子《後漢書》注引《獻帝起居注》。而史獨不詳，其珥筆之官，杜佑疑爲女史之任，王應麟亦謂獻帝以後乃侍臣所録。然考《後漢·馬嚴傳》稱“永平中，留仁壽闥，與校書郎杜撫、班固等雜定《建武注記》”，則當時實以史官掌之。又《楊賜傳》載賜初侍講華光殿，後爲太尉去位，帝閲録故事，得賜前侍講注籍云云，章懷太子注謂所注之籍録。據此，則亦似今之以日講、起居注合爲一職也。（《文淵閣四庫全書》本）

姚振宗《漢書藝文志拾補》諸子略拾補第二小説家者流：

《漢武帝禁中起居注》一卷。

《漢武故事》二卷。

葛洪《西京雜記序》曰：“洪家復有《漢武帝禁中起居注》一卷，《漢武故事》二卷，世人稀有之者。今并爲五卷一帙，庶免淪没焉。”（并《西京雜記》《起居注》《故事》三種爲一帙五卷焉。）

《隋志》史部起居注篇：漢武帝有《禁中起居注》，後漢明德馬后撰《明帝起居注》。然則漢時起居注似在宫中爲女史之職，然皆零落不可復知。又舊事篇《漢武帝故事》二卷，《唐·經籍志》故事類著録同，《藝文志》同。

《史通·史官篇》：古者人君，外朝則有國史，内朝則有女史，内之與外，其任皆同。故晋獻惑亂，驪姬夜泣，床笫之私，房中之事，不得掩焉。楚昭王讌游，蔡姬對以其願，王顧謂史：“書之，蔡姬許從孤死矣。”夫宴私而有書事之册，蓋受命者即女史之流乎？至漢武帝時，有《禁中起居注》，明德馬皇后撰《明帝起居注》。凡斯著述，似出宫中，求其職司，未聞位號。

按《御覽》六百六十四引《漢起居注》曰：“李少君之將去也，武帝夢共登高山，見使者稱太一之命召請。帝覺，以語左右曰：“少君將去。”數日，果病死解去。”當即此《禁中起居注》。亦見《抱朴子·論仙篇》。又按《漢起居注》大抵皆備於《漢著記》百九十卷中，見《漢志》春秋家。《故事》則録在尚書。此兩書皆當時别行之本，大都小説家言爲多，故列於此。又按《隋志》所載，當出葛稚川所傳。兩《唐志》唯有《故事》兩卷。今傳《漢武故事》一卷，題班固撰者，唐張柬之《洞冥記》跋云“出齊王儉”，非稚川所見明矣。（《宋志》有班固《漢武故事》五卷，似即王儉書，今本又非全帙。）（《二十五史藝文經籍志考補萃編》，清華大學出版社，2011年）

案：姚振宗《漢書藝文志拾補》諸子略小説家類著録《漢武帝禁中起居注》一卷，未題撰人。

《漢武帝禁中起居注》一卷，首見於葛洪《〈西京雜記〉跋》，其言曰："洪家復有《漢武帝禁中起居注》一卷，《漢武故事》二卷，世人稀有之者。今并五卷爲一帙，庶免淪没焉。"此後，《隋書·經籍志》《史通》諸書，皆以爲漢時起居注爲女史之職，除《漢武帝禁中起居注》外，另有後漢明德馬后所撰《明帝起居注》等數種。所説皆似有理，故姚振宗《漢書藝文志拾補》諸子略小説家類加以補録。然葛洪所引之《漢武帝禁中起居注》却有可疑之處：武帝在位五十三年而《起居注》止一卷，果爲女史所記，亦太略矣，一可疑也；洪言《漢武帝禁中起居注》一卷與《漢武故事》二卷、《西京雜記》二卷合爲五卷，庶免淪没，而今《漢武故事》《西京雜記》俱存，獨《漢武帝禁中起居注》淪没，二可疑也；葛洪《抱朴子》所引《漢武帝禁中起居注》一條云"帝令人發其棺"，雖則武帝好仙，行事諸多荒誕者，然不至發人臣之冢墓，三可疑也；此書葛洪前不見著録，葛洪後所稱引又皆本葛洪之説，無一條别出之文，四可疑也。或漢代真有是書，葛洪前已經亡佚，洪因名虚構，以證成其説耳。

漢武故事

葛洪集，成林、程章燦譯注《西京雜記全譯》附《〈西京雜記〉跋》：

洪家復有《漢武帝禁中起居注》一卷，《漢武故事》二卷，世人稀有之者。今并五卷爲一帙，庶免淪没焉。（貴州人民出版社，1993年）

班固撰，顔師古注《漢書》卷九十七上《外戚傳》：

孝武鉤弋趙倢伃，昭帝母也，家在河間。武帝巡狩過河間，望氣者言此有奇女，天子亟使使召之。既至，女兩手皆拳，上自披之，手即時伸。由是得幸，號曰拳夫人。先是，其父坐法宫刑，爲中黄門，死長安，葬雍門。

拳夫人進爲倢伃，居鉤弋宫，（師古曰："《黄圖》鉤弋宫在城外，《漢武故事》曰在直門南也。"）大有寵，（元）〔太〕始三年生昭帝，號鉤弋子。任身十四月乃生，上曰："聞昔堯十四月而生，今鉤弋亦然。"乃命其所生門曰堯母門。後衛太子敗，而燕王旦、廣陵王胥多過失，寵姬王夫人男齊懷王、李夫人男昌邑哀王皆蚤薨，鉤弋子年五六歲，壯大多知，上常言"類我"，又感其生與衆異，甚奇愛之，心欲立焉，以其年稚母少，恐女主顓恣亂國家，猶與久之。（中華書局，1962年）

魏徵等《隋書》卷三十三《經籍志》二史舊事篇：

《漢武帝故事》二卷。（中華書局，1973年）

蕭統編，李善注《文選》卷二《張平子西京賦》：

衛后興於鬒髮，飛燕寵於體輕。（善曰：《漢書》曰："孝武衛皇后字子夫。"《漢武故事》曰："子夫得幸，頭解，上見其美髮，悦之。"）

同上，卷七《揚子雲甘泉賦》：

翠玉樹之青葱兮，璧馬犀之瞵瑞。（善曰：《漢武帝故事》曰："上起神屋，前庭植玉樹，珊瑚爲枝，碧玉爲葉。"璧馬犀，言作馬及犀爲璧飾也。）

同上，卷十《潘安仁西征賦》：

漢六葉而拓畿，縣弘農而遠關。厭紫極之閑敞，甘微行以游盤。長傲賓於柏谷，妻睹貌而獻餐。疇匹婦其已泰，胡厥夫之繆官！（《漢武帝故事》曰："帝即位，爲微行，嘗至柏谷。夜投亭長宿，亭長不納，乃宿逆旅。逆旅翁要少年十餘人，皆持弓矢刀劍，令主人嫗出遇客。婦謂其翁曰："吾觀此大夫非常人也，且有備，不可圖也。"天寒，嫗酌酒，多與其夫。夫醉，嫗自縛其夫，諸少年皆走。嫗出謝客，殺鷄作食。平旦，上去還宫，乃召逆旅夫妻見之，賜嫗金千斤，擢其夫爲羽林郎。"疇，猶詶也。）……衛鬢髮以光鑒，趙輕體之纖麗。（《漢武故事》曰："衛子夫得幸，頭解，上見其美髮，悦之。"）咸善立而聲流，亦寵極而禍侈。

同上，卷十五《張平子思玄賦》：

尉厖眉而郎潛兮，逮三葉而遘武。（尉，官名也。厖，蒼也。善曰：《漢武故事》曰："顔駟，不知何許人，漢文帝時爲郎。至武帝，嘗輦過郎署，見駟厖眉皓髮，上問曰：'叟何時爲郎，何其老也？'答曰：'臣文帝時爲郎。文帝好文而臣好武，至景帝好美而臣貌醜，陛下即位好少而臣已老，是以三世不遇，故老於郎署。'上感其言，擢拜會稽都尉。"）（中華書局，1977年）

范曄撰，李賢注《後漢書》卷四十上《班固傳》：

於是玄墀釦切，玉階彤庭，碝磩采緻，琳珉青熒，珊瑚碧樹，周阿而生。（《漢武故事》曰："武帝起神堂，植玉樹，葺珊瑚爲枝，以碧玉爲葉。"《淮南子》曰："昆侖山有碧樹在其北。"高誘注云："碧，青石也。"謂以珠玉假爲樹而植之於殿曲。）

同上，卷五十九《張衡傳》：

尉龙眉而郎潛兮，逮三葉而遘武。（尉謂都尉顔駟也。尨，蒼雜色也。遘，遇也。《漢武故事》曰：上至郎署，見一老郎，鬢眉皓白。問："何時爲郎？何其老也？"對曰："臣姓顔，名駟，以文帝時爲郎。文帝好文而臣好武，景帝好老而臣尚少，陛下好少而臣已老，是以三葉不遇也。"上感其言，擢爲會稽都尉也。）（中華書局，1965年）

司馬遷撰，裴駰集解，司馬貞索隱，張守節正義《史記》卷十二《孝武本紀》：

明年，上初至雍，郊見五畤。後常三歲一郊。是時上求神君，（《正義》：《漢武帝故事》云："起柏梁臺以處神君，長陵女子也。先是嫁爲人妻，生一男，數歲死，女子悼痛之，歲中亦死，而靈，宛若祠之，遂聞言宛若爲生，民人多往請福，説家人小事有驗。平原君亦事之，至後子孫尊貴。及上即位，太后延於宫中祭之，聞其言，不見其人。至是神君求出局，營柏梁臺舍之。初，霍去病微時，自禱神君，及見其形，自修飾，欲與去病交接。去病不肯，謂神君曰：‘吾以神君精潔，故齋戒祈福，今欲淫，此非也。’自絶不復往。神君慚之，乃去也。”）舍之上林中蹏氏觀。神君者，長陵女子，以子死悲哀，故見神於先後宛若。宛若祠之其室，民多往祠。平原君往祠，其後子孫以尊顯。及武帝即位，則厚禮置祠之内中，聞其言，不見其人云。

其明年，齊人少翁，（《正義》：《漢武故事》云少翁年二百歲，色如童子。）以鬼神方見上。上有所幸王夫人，夫人卒，少翁以方術蓋夜致王夫人及灶鬼之貌云，天子自帷中望見焉。於是乃拜少翁爲文成將軍，賞賜甚多，以客禮禮之。文成言曰：“上即欲與神通，宫室被服不象神，神物不至。”乃作畫雲氣車，及各以勝日駕車辟惡鬼。又作甘泉宫，中爲臺室，畫天、地、泰一諸神，而置祭具以致天神。居歲餘，其方益衰，神不至。乃爲帛書以飯牛，詳弗知也，言此牛腹中有奇。殺而視之，得書，書言甚怪，天子疑之。有識其手書，問之人，果〔爲〕（僞）書。於是誅文成將軍（《正義》：《漢武故事》云：“文成誅月餘，使者藉貨關東還，逢之於漕亭，還見言之，上乃疑，發其棺，無所見，唯有竹筒一枚，捕驗間無踪迹也。”）而隱之。

其秋，爲伐南越，告禱泰一，以牡荆畫幡日月北斗登龍，以象天一三星，爲泰一鋒，名曰“靈旗”。爲兵禱，則太史奉以指所伐國。而五利將軍使不敢入海，之泰山祠。上使人微隨驗，實無所見。五利妄言見其師，其方盡，多不讎。上乃誅五利。（《正義》：《漢武故事》云：“東方朔言欒大無狀，上發怒，乃斬之。”）

上還，以柏梁灾故，朝受計甘泉。公孫卿曰：“黄帝就青靈臺，十二日燒，黄帝乃治明庭。明庭，甘泉也。”方士多言古帝王有都甘泉者。其後天子又朝諸侯甘泉，甘泉作諸侯邸。勇之乃曰：“越俗有火灾，復起屋必以大，用勝服之。”於是作建章宫，度爲千門萬户。前殿度高未央。其東則鳳闕，高二十餘丈。其西則唐中，數十里虎圈。其北治大池，漸臺高二十餘丈，名曰泰液池，中有蓬萊、方丈、瀛洲、壺梁，象海中神山龜魚之屬。其南有玉堂、（《索隱》：《漢武故事》：“玉堂基與未央前殿等，去地十二丈。”）壁門、大鳥之屬。乃立神明臺、井幹樓，度五十餘丈，輦道相屬焉。

同上，卷二十八《封禪書》：

公孫卿曰：“仙人可見，而上往常遽，以故不見。今陛下可爲觀，如緱城，置脯棗，神人宜可致也。且仙人好樓居。”於是上令長安則作蜚廉桂觀，甘泉則作益延壽觀，（《索隱》：小顔以爲作益壽、延壽二館。案：《漢武故事》云：“作延壽觀，高三十丈。”）使卿持節設具而候神人。乃作通天莖臺，置祠具其下，將招來仙神人之屬。於是甘泉更置前殿，始廣諸宮室。夏，有芝生殿房内中。天子爲塞河，興通天臺，若見有光云，乃下詔：“甘泉房中生芝九莖，赦天下，毋有復作。”

同上，卷四十九《外戚世家》：

王太后，槐里人，母曰臧兒。臧兒者，故燕王臧荼孫也。臧兒嫁爲槐里王仲妻，生男曰信，與兩女。而仲死，臧兒更嫁長陵田氏，生男蚡、勝。臧兒長女嫁爲金王孫婦，生一女矣，而臧兒卜筮之，曰兩女皆當貴。因欲奇兩女，乃奪金氏。金氏怒，不肯予決，乃内之太子宮。太子幸愛之，生三女一男。男方在身時，王美人夢日入其懷。以告太子，太子曰：“此貴徵也。”未生而孝文帝崩，孝景帝即位，王夫人生男。（《索隱》：即武帝也。《漢武故事》云：“帝以乙酉年七月七日生於猗蘭殿。”）

初，上爲太子時，娶長公主女爲妃。立爲帝，妃立爲皇后，姓陳氏，（《索隱》：《漢武故事》云：“后名阿嬌。”即長公主嫖女也。曾祖父嬰，堂邑侯，傳至父午，尚長公主，生后。）無子。上之得爲嗣，大長公主有力焉，以故陳皇后驕貴。聞衛子夫大幸，恚，幾死者數矣。上愈怒。陳皇后挾婦人媚道，其事頗覺，於是廢陳皇后，而立衛子夫爲皇后。

鉤弋夫人，（《索隱》：按夫人姓趙，河間人。《漢書》云：“武帝過河間，望氣者言此有奇女，天子乃使使召之。女兩手皆拳，上自披之，手即時伸。由是幸，號曰拳夫人。後居鉤弋宮，號曰鉤弋夫人。”《列仙傳》云：“發手得一玉鉤，故號焉。”《漢武故事》云：“宮在直城門南。”《廟記》云：“宮有千門萬户，不可記其名也”。《正義》：《括地志》云：“鉤弋宮在長安城中，門名堯母門也。”）姓趙氏，河間人也。得幸武帝，生子一人，昭帝是也。武帝年七十，乃生昭帝。昭帝立時，年五歲耳。

上居甘泉宮，召畫工圖畫周公負成王也。於是左右群臣知武帝意欲立少子也。後數日，帝譴責鉤弋夫人。夫人脱簪珥叩頭。帝曰：“引持去，送掖庭獄！”夫人還顧，帝曰：“趣行，女不得活！”夫人死雲陽宮。（《索隱》：按《三輔故事》云：“葬甘泉宮南。後昭帝起雲陵，邑三千户。”《漢武故事》云：“既殯，香聞十里，上疑非常人，發棺視之，無尸，衣履存焉。”）時暴風揚塵，百姓感傷。使者夜持棺往葬之，（《正義》：《括地志》云：“雲陽陵，漢鉤弋夫人陵也，在雲陽縣西北五十八里。孝武帝鉤弋趙婕妤，昭帝之母，齊人，姓趙。少好清静，六年卧病，右手捲，飲食少。望氣者云‘東北有貴人’，推而得之。召到，姿色甚佳。武帝持其手伸之，得玉鉤。後生昭帝。武帝末年殺夫人，殯之而尸香一日。昭帝更葬之，棺但存絲履也。《宮記》云：‘武帝思之，爲起通靈臺於甘泉，常有一青鳥

集臺上往來，至宣帝時乃止。'”）封識其處。（中華書局，1982年）

柳宗元《柳河東集》卷五《唐故特進贈開府儀同三司揚州大都督南府君睢陽廟碑》：

不遇興詞，鬱龙眉之都尉；（張衡賦曰：尉龙眉而郎潛兮，逮三葉而見武。《注》：《漢武故事》曰："上至郎官見一老郎，鬢眉皓白，問：'何時爲郎，何其老也？'對曰：'臣姓顔名駟，以文帝時爲郎。文帝好文而臣好武，景帝好老而臣尚少，陛下好少而臣已老，是以三葉不遇也。'上感其言，由是擢爲會稽都尉。"）數奇見惜，挫猿臂之將軍。（上海古籍出版社，1974年）

楊士弘撰，張震注《唐音》卷五《唐詩正音》四《茂陵》（李義山）：

漢家天馬出蒲梢，苜蓿榴花遍近郊。内苑袛知銜鳳觜，屬車無復插鶡翹。玉桃偷得憐方朔，金屋妝成貯阿嬌。誰料蘇卿老歸國，茂陵松柏雨瀟瀟。（《文淵閣四庫全書》本）

胡曾《新雕注胡曾咏史詩》卷三《回中》：

武皇無路及昆丘，青鳥西沉隴樹秋。欲問生前躬祀日，幾煩龍駕到涇州。（《四部叢刊三編》本）

［日］藤原佐世《日本國見在書目録》舊事家十七：

《漢武帝故事》二卷。（中華書局，1991年）

孫猛《日本國見在書目録詳考》本文篇十六舊事家：

《漢武帝故事》二卷。（上海古籍出版社，2015年）

劉昫《舊唐書》卷四十六《經籍志上》乙部史録故事類列代故事：

《漢武故事》二卷。

同上，卷七十九《吕才傳》：

（叙禄命曰：）又《漢武故事》"武帝以乙酉之歲七月七日平旦時生"，亦當禄空亡下，法無官爵，雖向驛馬，尚隔四辰。依禄命法，少無官榮，老而方盛。今檢《漢書》，武帝即位，年始十六，末年已後，户口減半。禄命不驗三也。（中華書局，1975年）

李昉等《太平御覽》卷首《經史圖書綱目》：

《漢武故事》。（中華書局，1966年）

李昉等《太平廣記》引用書目：

《漢武故事》。（中華書局，1961年）

王堯臣等撰，錢東垣等輯釋《崇文總目》卷二雜史類上：

《漢武故事》五卷。原釋：班固撰。本題二篇，今世誤析爲五篇。（見《玉海》藝文類。）

繹按：諸家書目并作二卷，張柬之《書洞冥記後》云《漢武故事》王儉造。（《宋元明清書目題跋叢刊》本）

歐陽修、宋祁《唐書》卷五十八《藝文》二乙部史録故事類：

《漢武帝故事》二卷。（中華書局，1975年）

司馬光《資治通鑒考異》卷一《漢紀上》：

（世宗元光）四年十二月晦殺竇嬰。（班固《漢武故事》曰："上召大臣議之，群臣多是竇嬰，上亦不復窮問，兩罷之。田蚡大恨，欲自殺。先與太后訣，兄弟共號，哭訴太后，太后亦哭，弗食。上不得已，遂乃殺嬰。"按《漢武故事》語多誕妄，非班固書，蓋後人爲之托固名耳。）

（元光五年）董偃見上。（《漢武故事》曰："陳皇后廢處長門宫，竇太主以宿恩猶自親近。後置酒主家，主見所幸董偃。"按《東方朔傳》爰叔爲偃畫計，令主獻長門園，更名曰長門宫，則偃見上在陳后廢前，明矣。）

（元鼎四年）欒大鬥旗。（《封禪書》《郊祀志》皆作"棋"，獨《史記·孝武紀》作"旗"。按《漢武故事》云："大嘗於殿前樹旍數百枚，大令旍自相擊繙，繙竟庭中去地十餘丈，觀者皆駭然。"則作"旗"字者是也。）

（元封元年）上問黄帝冢，公孫卿對。（《史記》《漢書》皆云"或對"，《漢武故事》云"公孫卿對"，今取之。）

（元封）五年四月衛青薨。（《漢武故事》云："大將軍四子皆不才，皇后每因太子涕泣，請上削其封。上曰：'吾自知之，不令皇后憂也。'少子竟坐奢淫誅。上遣謝后，通削諸子封爵，各留千户焉。"按青四子無坐奢淫誅者，此説妄也。）

征和二年七月，壺關三老茂上書，天子感悟。（《漢武故事》云："治隨太子反者，外連郡國，數十萬人。壺關三老鄭茂上書，上感寤，赦反者，拜鄭茂爲宣慈校尉，持節徇三輔赦太子。太子欲出，疑弗實。吏捕太子急，太子自殺。”按上若赦太子，當詔吏勿捕，此説恐妄也。）（《四部叢刊》本）

晁載之《續談助》卷一《洞冥記》（郭子横）：

右所抄郭子横所撰《漢武帝别國洞冥記》。……而張柬之言隨其父在江南拜父友孫義强、李知續，二公言似非子横所録。其父乃言後梁尚書蔡天寶《與岳陽王啓》，稱“湘東昔造《洞冥記》一卷”，則《洞冥記》梁元帝時所作。其後上官儀應詔詩中用影娥池，學士時無知者，祭酒彭陽公令狐德棻召柬之等十餘人問此出何書，柬之對：在江南見《洞冥記》云“漢武穿影娥池於望鶴臺西”。於是天下學徒無不繕寫。而尋劉歆、阮籍《七録》，了無題目。貞觀中撰《文思博要》《藝文類聚》《紫臺丹笥》之秘，罔不咸集，亦無采掇。則此書僞起江左，行於永貞明矣。昔葛洪造《漢武内傳》《西京雜記》，虞義造《王子年拾遺録》，王儉造《漢武故事》，并操觚鑿空，恣情迂誕，而學者耽閲以廣聞見，亦各其志，庸何傷乎？案柬之所稱湘東所造《洞冥記》一卷，而此分爲四，然則此書亦未知定何人所撰也。又此書記曼倩父張氏，而王充《論衡·道虚篇》，復言朔姓金氏。神仙道家之言，其荒誕舛錯，類皆如此，故并抄之，以廣聞見，且使後生知雜家小説爲不足多尚，此余之志也。

同上，卷三《漢武故事》（班固）：

右抄世所傳班固所撰《漢武故事》。其事與《漢書》時相出入，而文不逮，疑非固所撰也。武帝以雄才大略，不肯安於守文，汲黯之言是矣。雖其將死之言，然自謂所爲狂悖，又言仙人盡妖耳，節食服藥，差可少病，而史亦載輪臺哀痛之詔，蓋亦偉丈夫所爲也。與其終身不悟，若唐憲宗以金丹被弑者，有間矣。辛巳净土北窗燭下記。（《叢書集成初編》本）

劉弇《龍雲集》卷二十九雜著《書漢武帝故事後》：

撰人班周，世出官次不他見。《故事》中言：“儀君傳方朔術，至今上元延中已百三十七歲。”元延，成（帝）年號也，則周者其成、哀間人歟？及其後言迎神、説鬼神事，與浮屠相類，則予又疑後人托爲之。然其間敷叙精緻，雖多誕謾不經，要不與《外戚》《郊祀志》相表裏者蓋鮮，以爲非西漢人文章不能。予從里人王夔玉得是書，因爲之讎正非是十二三。既傳之别本，則輒以此本歸王，而附所識周者。元祐乙丑孟夏，廬陵劉弇跋。（《文淵閣四庫全書》本）

王庭珪《盧溪文集》卷四十八《書漢武帝故事後》：

《漢武帝故事》，班周撰。劉偉明《跋》以周爲成、哀間人，又以《故事》中言迎神君、説鬼神事，疑後人托爲之。余觀《漢書》武帝初即位，尤敬鬼神之事，長陵女子神君之説，及李少君、文成、五利相綴以鬼神方見上，能使物却老，夜致王夫人，及竈鬼之貌，其事異甚。既久，言方者亦衰，天子始怠厭方士之怪迂語，然猶羈縻弗絶，冀遇其真。則武帝之庸陋，溺於怪物，始終不移，二史可以概見，偉明何爲而疑之？且其文雄深簡古，類西漢書，非班固不能作也。固父彪，在西京時已好述作，采前史遺事，其間指成帝元延年號謂之今上者，亦當時所記之語如此。意班固纘其父書，踵而成之。後人流傳，誤寫“固”作“周”爾。設或成哀間，别有班周能爲此書，其人必暴耀於當時，而决不泯絶於世，曷爲姓名不少見於他書，而古今學者未嘗道哉？（《文淵閣四庫全書》本）

黄庭堅撰，任淵注《山谷外集詩注》卷四《和外舅夙興三首》（其一）：

無詩嘆不遇，千古一潛郎。（董仲舒有《士不遇賦》。《文選·思玄賦》云：“尉厖眉而郎潛兮，逮三葉而遘武。”注云“《漢武故事》，顔駟漢文時爲郎，至武帝輦過郎署，見駟厖眉皓髮，上問曰：‘叟何時爲郎？’答曰：‘文帝爲郎。文帝時好文而臣好武，至景帝好美而臣貌醜，陛下好少而臣已老，是以三世不遇。’上感其言，擢拜會稽都尉”是也。）（《文淵閣四庫全書》本）

朱翌《猗覺寮雜記》卷上“太白云漢帝重阿嬌”條：

太白云：“漢帝重阿嬌，貯之黄金屋。”見《漢武故事》：“武帝四歲，長主抱著膝上，問曰：‘阿嬌好否？’對曰：‘好。若得阿嬌爲婦，當作黄金屋貯之。’乃定昏（婚）。”（《叢書集成初編》本）

鄭樵《通志》卷六十五《藝文略》三史類第五故事：

《漢武故事》，二卷。（中華書局，1987年）

晁公武撰，孫猛校證《郡齋讀書志校證》卷九傳記類：

《漢武故事》一卷。

右世言班固撰。唐張柬之《書洞冥記後》云：“《漢武故事》，王儉造。”（上海古籍出版社，1990年）

胡仔《漁隱叢話前集》卷十“西清詩話云杜少陵”條：

《西清詩話》言杜少陵云：“作詩用事，要如禪家語，水中著鹽，飲水乃知鹽味。”此説詩家秘密藏也。如“五更鼓角聲悲壯，三峽星河影動揺”，人徒見凌轢造化之工，不知乃用事也。《禰衡傳》“撾漁陽摻聲悲壯”，《漢武故事》“星辰影動揺，東方朔謂民勞之應”，則善用故事者，如繫風捕影，豈有迹耶？（《文淵閣四庫全書》本）

胡仔《漁隱叢話後集》卷五杜子美一“藝苑雌黄云張文潛”條：

《題鄭十八》云：“禰衡實恐遭江夏，方朔虚傳是歲星。”今世注杜詩，乃謂方朔爲太白星精，余以注所引非是。按班固《武帝故事》云：“上至海上，考竟諸道士尤妖妄者百餘人。西王母遣使曰：‘欲見神人，而先殺僇，吾與帝絶矣。’使至之日，東方朔死。上疑問，使者云：‘朔是木帝精，爲歲星，下游人間，以觀天下，非陛下臣也。’”（《文淵閣四庫全書》本）

尤袤《遂初堂書目》雜傳類：

《漢武故事》。（《叢書集成初編》本）

張淏《雲谷雜紀》卷二“韓子蒼云漢武内傳”條：

韓子蒼云：“《漢武内傳》，予反復讀之，蓋依仿《武帝故事》而增加之，唐時道家流所爲也。蓋當開元、天寶時，玄宗好長生，崇道術，其徒恐玄宗謂武帝求仙不效，故爲此書實之耳。”子蒼所言非也。《隋・經籍志》：《漢武帝故事》二卷。外别有《内傳》三卷。顔真卿《東方朔畫贊碑陰記》云：“事迹則載在《太史公書》《漢書》《風俗通》《武帝内傳》。”則《内傳》其來久矣，豈玄宗時依仿《故事》而爲哉？蓋子蒼但見後有淮南王、孫卿、稷丘君事，便謂此書出於後人，殊不知淮南等事自是唐道士王游岩所附也。（《文淵閣四庫全書》本）

陳騤等撰，趙士煒輯考《中興館閣書目輯考》卷二故事類：

《漢武故事》五卷。雜記武帝舊事及神怪之説，末略載宣帝事。（《玉海》五一）

按《隋》《唐志》、《通考》并作一卷，惟《崇文目》與此同。《讀書志》云：“世言班固撰。”唐張柬之《書洞冥記後》云：“《漢武故事》，王儉造。”（卷九）（《元明清書目題跋叢刊》本，中華書局，2006年）

張鎡《仕學規範》卷三十九《作詩》“名賢詩話言杜少陵”條：

《名賢詩話》言杜少陵云：“作詩用事，要如釋語，水中著鹽，飲水乃知鹽味。”此説詩家秘密藏也。如“五更鼓角聲悲壯，三峽星河影動揺”，人徒見凌轢造化之工，不知乃用事也。《禰衡傳》“撾漁陽摻聲悲壯”，《漢武故事》“星辰影動揺，東方朔謂民勞之應”，則善用故事者，如繫風捕影，豈有迹耶？此理殆不容聲，今乃顯言之，已落第二矣。（《文淵閣四庫全書》本）

王楙《野客叢書》卷五《顔駟事與馮唐同》：

《漢武故事》載顔駟一事，甚與馮唐同。曰：上至郎署，見一老郎鬢首皓白，問何其老也。對曰：“臣姓顔名駟，以文帝時爲郎。文帝好文而臣好武，景帝好老臣尚少，陛下好少臣已老。是以三葉不遇。”上感其言，擢爲會稽都尉。然人往往誤以此事爲馮唐用，如白氏《六帖》曰：漢文帝時，馮唐白首爲郎。帝問之，對曰：“臣三朝不遇。”樂天詩亦曰：“重文疏卜式，尚少棄馮唐。”楊巨源詩曰：“此地含香從白首，馮唐何事怨明時。”劉孝標《辨命論》曰：“賈大夫沮志於長沙，馮都尉皓髮於郎署。”左太冲《咏史詩》曰：“馮唐豈不偉，白首不見招。”楊炯《渾天賦》曰：“馮唐入於郎署也，兩君而未識。”皆有白首不遇之説。是以顔駟事爲馮唐用也。東坡詩曰：“爲是先帝白髮郎。”李注亦引馮唐之事。如此甚多，諸詩誤引，承襲而然。《六帖》云云，尤爲可笑。（上海古籍出版社，1991年）

王應麟《玉海》卷五十一《藝文》典故（會要）《漢武帝故事》：

《郊祀志》：宣帝修武帝故事，盛車服，敬齋祠之禮，頗作歌詩。

《列傳·何武》：宣帝時，王褒作《中和》《樂職》《宣布》詩，武共習歌之。宣帝循武帝故事，求通達茂異士，召見武等於宣室。

《王吉》：宣帝頗修武帝故事，宫室衣服盛於昭帝時。

《王褒》：宣帝時，修武帝故事，講論六藝群書，褒待詔金馬門。

《劉向》：宣帝循武帝故事，詔選名儒俊材置左右，更生以通達能屬文辭，與王褒等進對。

《張放》：鴻嘉中，上欲遵武帝故事，與近臣游宴。

《後·竇固傳》：明帝欲遵武帝故事，擊匈奴，通西域，以固明習邊事。

《祭祀志》：建武三十二年，求元封時封禪故事。

《唐志》：《漢武帝故事》二卷。（《隋志》同。）

《崇文目》：五卷，班固撰。本題二篇，今世誤析爲五篇。

《書目》：五卷，雜記武帝舊事及神怪之説，末略載宣帝事。

《通鑒考異》：《漢武故事》後人爲之，托班固名，語多誕妄，非固書。（《漢武故事》二卷，世言班固撰。唐張柬之之《書洞冥記後》云：“《漢武故事》，王儉造。”）

《尚書》：先發副封故事也。魏相白去之歳，漕關東谷四百萬斛，故事也。壽

昌奏省焉。（江蘇古籍出版社，1987年）

劉壎《隱居通議》卷二十六經史三《漢武帝微行自輕》：

《漢武故事》曰："帝即位，爲微行，嘗至柏谷。夜投亭長宿，亭長不納，乃宿逆旅。翁邀少年十餘人，皆持弓矢刀劍，令主人嫗出過客。婦謂其翁曰：'吾觀此丈夫，非常人也。且有備，不可圖也。'天寒，嫗酌酒，多與其夫。夫醉，嫗自縛其夫，諸少年皆走。嫗出謝客，殺鷄作食。平旦，上去。還宫，乃召逆旅夫妻見之，賜嫗金千斤，擢其夫爲羽林郎。"愚聞帝王之出入，自有鬼神呵護，固可安全。然萬乘之主，所爲如此，若非遇逆旅之老嫗識人，一反覆間，立爲虀粉，貽笑萬世。此時噬臍，其可及乎？漢武開此例，至宋徽宗尤而效之，抑又甚焉！（《文淵閣四庫全書》本）

馬端臨《文獻通考》卷一百九十八《經籍考》史·傳記：

《漢武故事》二卷。

晁氏曰："世言班固撰。唐張柬之《書洞冥記後》云：'《漢武故事》，王儉造。'"（中華書局，1986年）

張憲《玉笥集》卷一《咏史·上元夫人詞》：

七月七日夜，王母降漢宫。上元何夫人，儀衛略與同。頭作三角髻，年可二十餘。身著青霜袍，坐擁紫霞車。九雲夜光冠，六山火玉佩。斂袂登殿階，進向王母拜。王母坐止之，呼與共良會。翩翩三青鳥，飛來緑窗歇。口銜七蟠桃，甘脆勝冰雪。劉郎非仙器，内欲未斷絶。懷核欲種之，開花待桃結。一桃九千年，徒爾縻歲月。上仙啞然笑，忽逐彩雲滅。

同上，《托孤行》：

河間有異女，其氣上成雲。望氣往求之，乃得拳夫人。夫人雙握固，見帝即披伸。生子鈎弋宫，立名堯母門。一朝忽被譴，割愛非無恩。子少母且壯，亂階人所聞。君王顧大計，牽去不容存。拓跋踵遺範，胡姬埋禍根。司馬受寄托，弱兒終被吞。乃知宣室畫，僅有霍將軍。（《叢書集成初編》本）

脱脱等《宋史》卷二百三《藝文》二史類故事類：

班固《漢武故事》五卷。（中華書局，1985年）

王禕《大事記續編》卷一：

（漢孝武皇帝征和四年）還幸泰山。庚寅，祀明堂。癸巳，禪石閭。大鴻臚田千秋白斥遣方士候神人者。（同上——以《本紀》、荀悦《漢紀》、《稽古録》修。）

解題曰：《通鑒》載，上每對群臣自嘆曰："鄉（向）時愚惑，爲方士所欺。天下豈有仙人？盡妖妄耳。節食服藥，差可少病而已。"此出《漢武故事》，其言絶不類西漢，《通鑒》誤取爾。（《文淵閣四庫全書》本）

王禕《王忠文集》卷九《謁茂陵記》：

又按《武帝故事》："帝嘗見形，謂陵令薛平曰：'吾雖失勢，猶爲汝君，奈何令吏卒上吾陵上磨刀劍乎？自今以後其禁之。'平頓首謝，即不見。推問，陵傍果有方石可爲礪，吏卒每盜磨刀劍。霍光欲斬之，張安世以爲神道芒昧，不宜爲法，乃止。"嗚呼，武帝去今千一百八十八年，世易代殊，向之神靈無復見矣。蒿萊榛棘，極目凄然，而牧豎耕夫，朝夕蹂躪，徒以資後人之慨嘆而已。（《文淵閣四庫全書》本）

楊慎《升庵集》卷七十二《上陵磨劍》：

漢武帝崩，後忽見形，謂陵令薛平曰："我雖失勢，猶爲汝君，奈何令吏卒上吾陵磨劍乎？"因不見。推〔問〕陵旁果有方石，可以爲礪，吏卒常盜磨刀劍。霍光欲斬之，張安世曰："神道茫昧，不宜爲法。"故阮公《咏懷詩》曰："失勢在須臾，帶劍上吾丘。"（《漢武故事》）（《文淵閣四庫全書》本）

晁瑮《晁氏寶文堂書目》卷中子雜：

《漢武故事》。（《續修四庫全書》本）

李時珍撰，李經緯校注《本草綱目》卷一上序例上《引據古今經史百家書目》：

《漢武故事》。（遼海出版社，2001年）

焦竑《國史經籍志》卷三史類故事：

《漢武故事》。（班固。）（《續修四庫全書》本）

胡應麟《少室山房筆叢》卷十八乙部《史書占畢六》：

……又《漢武故事》：東都獻短人名巨靈，見朔曰："王母種桃三千年一實，此兒已三偷之。"而《洞冥記》記一女人愛幸於帝，名巨靈，常出入唾壺中，朔見之，巨靈遂飛去。二巨靈，一男子，一婦人，迹俱詭異，又并與朔狎。或謂必有一僞，余直以爲皆烏有耳。

同上，卷二十九丙部《九流緒論下》：

《漢武故事》稱班固撰，諸家咸以王儉造。考其文頗衰薾，不類孟堅，是六朝人作也。《史記》公孫弘諫征伐，不從自殺，而鈎弋夫人以病終，非武帝殺之，皆與史大異。吾以公孫斷不能自殺，知鈎弋之説爲六朝之妄無疑也。然仙傳亦有鈎弋事，蓋祖此云。

同上，卷三十二丁部《四部正譌下》：

《洞冥記》四卷，題郭憲子横，亦恐贋也。憲事世祖，以直諫聞，忍描飾漢武、東方事以導後世人君之欲？且子横生西京末，其文字未應遽爾，蓋六朝假托，若《漢武故事》之類耳。（《後漢書》憲列方技類，後人蓋緣是托之。）（中華書局，1958年）

祁承㸁《澹生堂藏書目》史部下典故：

《漢武故事》一卷，班固。

同上，子部三類家：

《古今逸史》：《漢武故事》。

《歷代小史》：《漢武故事》。

《古今説海》：《漢武故事》。

《稗乘》：《孝武事略》。（《續修四庫全書》本）

徐𤊹《徐氏家藏書目》卷四子部小説類：

《漢武故事》一卷。班固。（《續修四庫全書》本）

周嘉胄《香乘》卷七《宫掖諸香・燒香禮神》：

《漢武故事》：“昆邪王殺休屠王來降，得金人之神，置之甘泉宫。金人者，皆長丈餘，其祭不用牛羊，惟燒香禮拜。”金人即佛，武帝時已崇事之，不始於成帝也。（《文淵閣四庫全書》本）

錢謙益《絳雲樓書目》卷一史傳記類：

《漢武故事》。（《續修四庫全書》本）

周嬰《卮林》卷一《析酈・壺關三老》：

《水經注》曰：黎亭縣有壺口關，故曰壺關。漢有壺關三老公乘興，上書訟衛太子，即邑人也。

析曰：《漢書・戾太子傳》作“壺關三老茂”，顏師古曰：“荀悦《漢紀》作令狐茂。”檢今《漢紀》無，而《白帖》引《上黨郡記》曰：“壺關關城都尉治，令狐徵君隱城東山中，令狐終，即爲冢焉。諸生尊師法，陪葬者三百餘人。松千樹，皆大數十圍，高四五十丈，俗名其山爲令狐墓。漢史所稱‘壺關三老令狐茂上書訟戾太子’者也。”然《漢武故事》曰：“治隨太子反者，外連郡國數十萬人。壺關三老鄭茂上書，上感悟，赦反者，拜鄭茂爲宣都校尉，持節徇三輔，赦太子。太子欲出，疑弗實。吏捕急，自殺。”此作鄭茂，未知誰信。又《漢書・王尊傳》有湖三老公乘興上書訟王尊治京兆功效，善長以茂爲興，大誤。（《叢書集成初編》本）

錢曾《讀書敏求記》卷二史傳記：

《漢武故事》二卷。一是錫山秦汝操綉石書堂本，與新刻頗異。一是陳文燭晦伯家本，又與秦本互異。今兩存之。（《續修四庫全書》本）

錢曾《錢遵王述古堂藏書目録》卷三史雜史：

《漢武故事》一卷一本。（抄。）（《續修四庫全書》本）

毛扆《汲古閣珍藏秘本書目》：

《漢武故事》《漢武内傳》《漢武外傳》合一本。（綿紙就抄，五錢。）（《續修四庫全書》本）

張尚瑗《左傳折諸》卷六僖公《僖負羈之妻》：

《漢武故事》：“帝即位，爲微行，至柏谷。夜投亭長宿，亭長不納，乃宿逆旅。惡少年十餘人，皆持弓矢刀劍，令主人嫗出遇客。婦謂翁曰：‘吾觀此丈夫，非常人也。’天寒，嫗酌酒多與其夫。夫醉，嫗乃出謝客，殺鷄進食。平旦，上去。還宫，乃召逆旅夫妻見之，賜嫗金十斤，擢其夫爲羽林郎。”識白龍於魚服，逆旅之嫗，亦有負羈妻之風矣。慕容農收兵至列人，逆旅之妻知其意不在饌，亦一賢婦人。（《文淵閣四庫全書》本）

劉於義等《陝西通志》卷七十四《經籍》第一史類故事類：

《漢武故事》二卷。晁氏曰：“世言班固撰。唐張柬之《書洞冥記後》云：

‘《漢武故事》，王儉造。’”（《讀書志》）（《文淵閣四庫全書》本）

劉知幾著，浦起龍通釋《史通通釋》卷八《人物》：

既而孟堅勒成《漢書》，牢籠一代，至於人倫大事，亦云備矣。其間若薄昭、楊僕、顔駟、史岑之徒，其事所以見遺者，蓋略小而存大耳。夫雖逐麋之犬，不復顧兔，而鷄肋是棄，能無惜乎？

顔駟。（《文選》張衡《思玄賦》云：“尉龙眉而郎潛兮，逮三葉而遘武。”《注》：《漢武故事》：孝武過郎署，見一郎鬢眉皓白，問：“何其老也？”對曰：“臣顔駟。文帝好文臣好武，景帝好老臣尚少，陛下好少臣已老，是以三葉不遇。”上擢爲都尉。）

同上，卷九《煩省》：

且必謂《漢書》爲煩也，若武帝乞漿於柏父，陳平獻計於天山，長沙戲舞以請地，楊僕怙寵而移關。此而不録，豈得謂之煩耶？由斯而言，則史之煩省不中，從可知矣。

乞漿柏父。（郭《注》：上微行，嘗夜至柏谷，舍於逆旅。因從乞漿，主人翁曰：“無漿，正有溺耳。”且疑上爲奸盗，欲攻之。主人嫗睹上狀貌而異之，止其翁。翁不聽，嫗飲翁酒，縛之。乃殺鷄爲食，以謝客。明日，上歸，召嫗賜金千斤。按：郭不言所出，後閲《漢武故事》得之。）（上海古籍出版社，2009年）

王琦《李太白集注》卷二古詩《古風五十九首》（其四十三）：

周穆八荒意，漢皇萬乘尊。淫樂心不極，雄豪安足論。西海宴王母，北宫邀上元。瑶水聞遺歌，玉杯竟空言。靈迹成蔓草，徒悲千載魂。（《太平御覽》：“《漢武故事》：上崩後，鄠縣有一人於市貨玉杯，吏疑其御物，欲捕之，因忽不見。縣送其器，推問乃茂陵中物也。霍光自呼吏問之，説市人形貌如先帝。”其事載在杯類中。而今本多作“玉碗”，蓋今本誤矣。按二事注此皆可通，但未知太白所用者何事耳。若舊注引新垣平玉杯，則文帝時事，非武帝也，恐未是。）

同上，卷四樂府《妾薄命》：

漢帝重阿嬌，貯之黄金屋。咳唾落九天，隨風生珠玉。寵極愛還歇，妒深情却疏。長門一步地，不肯暫回車。雨落不上天，水覆難再收。君情與妾意，各自東西流。昔日芙蓉花，今成斷根草。以色事他人，能得幾時好？（《漢武故事》：“武帝數歲，長公主抱置膝上，問曰：‘兒欲得婦否？’指左右長御百餘人，皆曰：‘不用。’指其女阿嬌好否，笑對曰：‘好。若得阿嬌作婦，當作金屋貯之。’長主大悦，乃苦要上，遂成婚焉。立爲太子，年十四即位，長主求欲無厭，上患之，皇后寵遂衰，驕妒滋甚。女巫楚服，自言有術，能令上意回，晝夜祭祀，合藥服之，巫著男子衣冠幘帶，素與皇后寢居，相愛若夫婦。上聞，窮治侍御，巫與后、諸妖蠱咒詛女而男淫皆伏辜，廢皇后處長門宮。”）（《文淵閣四庫全書》本）

岳濬等《山東通志》卷三十四《經籍志》史總目：

王儉《漢武故事》二卷。（《文淵閣四庫全書》本）

胡鳴玉《訂訛雜録》卷七《白首爲郎非馮唐事》：

白首爲郎是顔駟事，古今詞人屬之馮唐，少陵詩亦踵此弊。如“馮唐毛髮白，歸興日蕭蕭”“垂白馮唐老，清秋宋玉悲”之類，此與以乘查爲張騫事同一誤也。案《史·馮唐傳》，唐以孝著爲中郎署長，事文帝。文帝輦（“連”上聲）過，問唐曰“父老何自爲郎”云云，并無白首字。《野客叢書》云：《漢武故事》載顔駟一事，甚與馮唐同。曰：“上至郎署，見一老郎，鬢眉皓白，問：‘何其老也？’對曰：‘臣姓顔名駟，以文帝時爲郎。文帝好文而臣好武，景帝好老而臣尚少，陛下好少而臣已老，是以三葉不遇。’上感其言，擢爲會稽都尉。”然人往往以此事爲馮唐事用。如《白氏六帖》曰：“漢文帝時，馮唐白首爲郎，帝問之，對曰：‘臣三朝不遇。’”樂天詩亦曰：“重文疏卜式，尚少棄馮唐。”楊巨源詩曰：“此地含香從白首，馮唐何事怨明時。”劉孝標《辨命論》曰：“賈大夫沮志於長沙，馮都尉皓髮於郎署。”左太冲《咏史詩》曰：“馮唐豈不偉，白首不見招。”皆有白首不遇之説。是以顔駟事爲馮唐用也。東坡詩曰：“是爲先帝白首郎。”李注亦引馮唐之事。如此甚多，諸詩誤引，承襲而然。《白帖》云云，尤爲可笑。（《叢書集成初編》本）

永瑢等《四庫全書總目》卷四十五史部一正史類《史記正義》提要：

《史記正義》一百三十卷（兵部侍郎紀昀家藏本）……《孝武本紀》“是時上求神君”句下，脱“《漢武帝故事》云：起柏梁臺以處神君，長陵女子也。先是，嫁爲人妻，生一男，數歲死。女子悼痛之，歲中亦死，而靈，宛若祠之，遂聞言宛若爲生，民人多往請福，説家人小事有驗。平原君亦祠之，至後子孫尊貴。及上即位，太后延於宮中祭之，聞其言不見其人。至是神君求出，爲營柏梁臺舍之。初，霍去病微時，自禱神君，及見其形，自修飾，欲與去病交接。去病不肯，謂神君曰：‘吾以神君精潔，故齋戒祈福，今欲淫，此非也。’自絶不復往。神君慚之，乃去也”一百七十字。

同上，卷四十七史部三編年類《大事記續編》提要：

《大事記續編》七十七卷（兩江總督采進本）……然其間考訂同異，如《通鑒》載漢武帝仙人妖妄之言，淖方成禍水之説，以爲出於《漢武故事》《飛燕外傳》，譏司馬光輕信之失。紀光武帝省并十三國，以《地志》正《本紀》之誤。此類考證，辨别皆爲不苟。

同上，卷六十八史部二十四地理類一《三輔黄圖》提要：

《三輔黄圖》六卷（編修勵守謙家藏本）……所紀宫殿苑囿之制，條分縷析，至爲詳備，考古者恒所取資。惟兼采《西京雜記》《漢武故事》諸僞書，《洞冥記》《拾遺記》諸雜説，愛博嗜奇，轉失精核，不免爲白璧微瑕耳。

同上，卷一百四十二子部五十二小説家類三異聞之屬《漢武故事》提要：

《漢武故事》一卷（江蘇巡撫采進本），舊本題漢班固撰。然史不云固有此書，《隋志》著録傳記類中，亦不云固作。晁公武《讀書志》引張柬之《〈洞冥記〉跋》，謂出於王儉。唐初去齊、梁未遠，當有所考也。所言亦多與《史記》《漢書》相出入，而雜以妖妄之語。然如《藝文類聚》《三輔黄圖》《太平御覽》諸書所引甲帳珠簾、王母青雀、茂陵玉碗諸事，稱出《漢武故事》者，乃皆無之。又李善注《文選・西征賦》引《漢武故事》二條，其一爲柏谷亭事，此本亦無之；其一爲衛子夫事，此本雖有之而文反略於善注。考《隋志》載此書二卷，諸家著録并同。錢曾《讀書敏求記》亦尚作二卷，稱所藏凡二本，一是錫山秦汝操綉石書堂本，一是陳文燭晦伯家本，又與秦本互異，今兩存之云云。兩本今皆未見，此本爲明吴琯《古今逸史》所刻，并爲一卷，僅寥寥七八頁。蓋已經刊削，又非兩家之本，以其六朝舊帙，姑存備古書之一種云爾。

同上，《漢武帝内傳》提要：

《漢武帝内傳》一卷（江蘇巡撫采進本），舊本題漢班固撰。《隋志》著録二卷，不注撰人，《宋志》亦注曰不知作者。此本題曰班固，不知何據，殆後人因《漢武故事》僞題班固，遂并此書歸之歟？……（中華書局，1965年）

永瑢等《四庫全書簡明目録》卷十四子部十二小説家類異聞之屬：

《漢武故事》一卷。舊本題漢班固撰，或以爲齊王儉作，語出唐人，或不誣也。所説與《史記》《漢書》相出入，但雜以妖妄之語。自《三輔黄圖》已引用，然諸書所引，今本往往不載，疑其鈔合而成，又非王儉原本也。

《漢武帝内傳》一卷。舊本題漢班固撰。然《隋志》著録二卷，不云班固，殆

後人以《漢武故事》托名於固，并舉此書而歸之也。證以諸書所引，其文蓋出於魏、晋之間。（上海古籍出版社，1985年）

周中孚《鄭堂讀書記》卷六十六子部十二之四小説家類四異聞：

《漢武故事》一卷。（《説海》本。）

舊題漢班固撰。（固仕履見正史類。）《四庫全書》著録。《隋志》（舊事類）、《舊唐志》（故事類）、《新唐志》（故事類）俱作二卷，皆不著班固撰。《崇文目》（雜史類）始云："班固撰。本題二篇，今世誤析爲五篇。"（見《玉海》引。）《讀書志》（傳記類）作二卷，（此據袁本，今新刊瞿本誤作一卷。）云："世言班固撰。唐張柬之《書洞冥記後》云：'《漢武故事》，王儉造。'"《通考》傳記同。《宋志》作五卷，題班固撰，蓋當時誤析本。竊謂柬之尚屬初唐人，其言王儉造，當有所受之，或不誣也。錢遵王《讀書敏求記》所載二本皆作二卷，謂一是錫山秦氏操綉石書堂本，與新刻頗異。一是陳文燭晦伯家本，又與秦本互異，今兩存之。然錢遵王所藏二本今皆未見。此本僅十頁，必非當日二卷、五卷之原本，所記多出入《史》《漢》，而更傅益以妖妄之語。其諸書所引，此本反多不載，疑宋時之本已亡，此後人鈔合而成，其非王儉原書斷可知已。《歷代小史》亦收入之。（《續修四庫全書》本）

邵懿辰撰，邵章續録《增訂四庫簡明目録標注》卷十四子部十二小説家類異聞之屬：

《漢武故事》一卷，舊本題漢班固撰。或以爲齊王儉作。

《古今逸史》本。《古今説海》本。《道藏八種》本。錢氏《敏求記》云："有兩本，皆與刻本互異。"

（附録）《歷代小史》、《守山閣》本《内傳》一卷。《道藏》本刊《廣記》校《外傳》一卷。《道藏》本及《廣記》《御覽》等書，引佚文爲《附録》一卷。又據《續談助》諸書，爲《校勘記》一卷。（星詒）。

（續録）《敏求記》有錫山秦如操綉石書堂本。陳文燭晦伯家本。黄琴六有重輯本。宋有《内、外傳》，從弘治九年鈔本出。《説庫》本。（上海古籍出版社，1979年）

丁丙藏，丁仁撰《八千卷樓書目》卷十四子部小説家類異聞之屬：

《漢武故事》一卷。（舊本題漢班固撰。《古今説海》本、《古今逸史》本。）（《續修四庫全書》本）

姚振宗《隋書經籍志考證》卷十六史部六舊事類：

《漢武帝故事》二卷，不著撰人。

晋葛洪《西京雜記序》："洪家復有《漢武帝禁中起居注》一卷、《漢武故事》二卷，世人稀有之者。今并五卷爲一帙，庶免淪没焉。"（并所抄《西京雜記》二卷及《起居注》《故事》三種爲一帙，五卷也。）

《唐書·經籍志》："《漢武故事》二卷。"

《唐書·藝文志》："《漢武帝故事》二卷。"

《宋史·藝文志》："班固《漢武故事》五卷。"

《崇文總目》雜史類："《漢武故事》五卷，班固撰。本題二篇，今世誤析爲五卷。"

宋晁補之《續談助》抄：郭子横《漢武洞冥記》跋曰："張柬之言昔葛洪造《漢武内傳》《西京雜記》，王儉造《漢武故事》，并操觚鑿空，恣情迂誕，而學者耽閲以廣聞見，亦各其志，庸何傷乎？"又曰："右抄世所傳班固所撰《漢武故事》，其事與《漢書》時相出入，而文不逮，疑非固所撰也。"

晁氏《讀書志》傳記類："《漢武故事》一卷，世言班固撰。唐張柬之《書洞冥記後》云：'《漢武故事》，王儉造。'"

《四庫提要》小説家曰："《漢武故事》一卷，舊本題漢班固撰，然史不云固有此書，《隋志》著録傳記類中，（按，此偶誤，爲傳記類也。）亦不云固作。晁公武引張柬之《〈洞冥記〉跋》，謂出於王儉。唐初去齊、梁未遠，當有所考也。所言亦多與《史記》《漢書》相出入，而雜以妖妄之語。然如《藝文類聚》《三輔黄圖》《太平御覽》諸書所引，甲帳珠簾、王母青雀、茂陵玉碗諸事，稱出《漢武故事》者，乃皆無之。又《文選·西征賦》注引《漢武故事》二條，其一爲柏谷亭事，此本亦無之；其一爲衛子夫事，此本雖有之，而文反略於善注。考《隋志》載此書二卷，諸家著録并同。錢曾《讀書敏求記》亦尚作二卷，稱所藏凡二本，一是錫山秦汝操綉石書堂本，一是陳文燭晦伯家本，又與秦本互異，今兩存之云云。今皆未見。此本爲明吴琯《古今逸史》所刻，并爲一卷，僅寥寥七八頁，蓋已刊削，非兩家之本矣。"

按此書爲葛稚川家所傳，而諸家著録皆不考其所始。六朝人每喜抄合古書，而王儉有《古本集記》，疑儉抄入《集記》中，故張柬之以爲王儉造，殆亦不探其本意爲之説歟？兩《唐志》尚不云班固，稱班固者自《崇文總目》始，則莫詳其所據矣。（《二十五史藝文經籍志考補萃編》本，清華大學出版社，2011年）

姚振宗《漢書藝文志拾補·諸子略》第二小説家者流：

《漢武故事》二卷。

葛洪《西京雜記序》曰："洪家復有《漢武帝禁中起居注》一卷，《漢武故事》二卷，世人稀有之者。今并爲五卷一帙，庶免淪没焉。"（并《西京雜記》《起居注》《故事》三種爲一帙五卷焉。）

《隋志》史部起居注篇：漢武帝有《禁中起居注》，後漢明德馬后撰《明帝起居注》。然則漢時起居注似在宫中爲女史之職，然皆零落不可復知。又舊事篇《漢武帝故事》二卷，《唐・經籍志》故事類著録同，《藝文志》同。

《史通・史官篇》：古者人君，外朝則有國史，内朝則有女史，内之與外，其任皆同。故晋獻惑亂，驪姬夜泣，床笫之私，房中之事，不得掩焉。楚昭王讌游，蔡姬對以其願，王顧謂史："書之，蔡姬許從孤死矣。"夫宴私而有書事之册，蓋受命者即女史之流乎？至漢武帝時，有《禁中起居注》，明德馬皇后撰《明帝起居注》。凡斯著述，似出宫中，求其職司，未聞位號。

按《御覽》六百六十四引《漢起居注》曰："李少君之將去也，武帝夢共登高山，見使者稱太一之命召請。帝覺，以語左右曰："少君將去。"數日，果病死解去。"當即此《禁中起居注》。亦見《抱朴子・論仙篇》。又按《漢起居注》大抵皆備於《漢著記》百九十卷中，見《漢志》春秋家。《故事》則録在尚書。此兩書皆當時别行之本，大都小説家言爲多，故列於此。又按《隋志》所載，當出葛稚川所傳。兩《唐志》唯有《故事》兩卷。今傳《漢武故事》一卷，題班固撰者，唐張柬之《洞冥記》跋云"出齊王儉"，非稚川所見明矣。（《宋志》有班固《漢武故事》五卷，似即王儉書，今本又非全帙。）（《二十五史藝文經籍志考補萃編》本，清華大學出版社，2011年）

顧櫰三《補後漢書藝文志》卷八小説家類：

《漢武故事》二卷。（《西京雜記》葛洪家有《漢武禁中起居注》一卷，《漢武故事》二卷。）（《金陵叢書》本）

魯迅《中國小説史略》第四篇《今所見漢人小説》：

稱班固作者，一曰《漢武帝故事》，今存一卷，記武帝生於猗蘭殿至崩葬茂陵雜事，且下及成帝時。其中雖多神仙怪異之言，而頗不信方士，文亦簡雅，當是文人所爲。《隋志》著録二卷，不題撰人，宋晁公武《郡齋讀書志》始云："世言班固作。"又云："唐張柬之《書洞冥記後》云：'《漢武故事》，王儉造也。'"然後人遂逕屬之班氏。（上海古籍出版社，1998年）

余嘉錫《四庫提要辨證》卷十八子部九小説家類三：

《漢武故事》一卷。（齊王儉。）

舊本題漢班固撰。然史不云固有此書，《隋志》著録傳記類中亦不云固作。晁公武《讀書志》引張柬之《〈洞冥記〉跋》，謂出於王儉。唐初去齊、梁未遠，當有所考也。

嘉錫案：《隋志》但有雜傳類，無所謂傳記類。且《漢武帝故事》二卷，乃著録於舊事類，又并不在雜傳中，《提要》誤矣。其後舊、新《唐志》相承，均在故事類，不著撰人名氏。《玉海》卷五十一引《崇文目》云："五卷，班固撰。本題二篇，今世誤析爲五篇。"（《崇文總目》本在卷十二雜史類，《玉海》改入典故。）題班固者，實自此始，《宋志》因之。（故事類，班固《漢武故事》五卷。）《讀書志》卷九傳記類亦云"世言班固撰"。（《通考》卷一百九十八引作二卷，今本作一卷。）《通鑒考異》卷一云："《漢武故事》，語多誕妄，非班固書，蓋後人爲之，托固名耳。"（亦見《通鑒》胡注卷十八。）則已爲温公所駁矣。今考故事中有云："女子長陵徐氏，號儀君，至今上元延中，已百三十七歲矣，視之如童女，京中好淫亂者争就之。翟丞相奏壞風俗，請僇尤亂惡者。今上勿聽，徙女子於燉煌，後遂入胡，不知所終。"元延者，漢成帝年號也。班固後漢人，時代不相及，安得稱成帝爲今上。是班固撰之説，可不攻自破。蓋唐以前本不題班固，（《御覽》引用書目、《日本見在書目》，均尚不題撰人。）否則不至自留此罅漏也。至《讀書志》所引張柬之語，今見《續談助》卷一《洞冥記》晁伯宇跋中。（詳見《洞冥記》條下。）其言固當可信。而孫詒讓《札迻》（卷十一）則以爲葛洪依托，其説云："《西京雜記》葛洪序：'洪家復有《漢武帝禁中起居注》一卷，《漢武故事》一卷，今并五卷爲一帙。'張柬之云：'昔葛洪造《漢武内傳》《西京雜記》。'疑内傳即《起居注》，《漢武故事》似亦即今所傳本。蓋諸書皆出稚川手，故文亦互相出入也。"（孫説詳見後《漢武内傳》條下。）此説亦自言之成理。然張柬之據後梁蔡天寶《與岳陽王啓》，定《洞冥記》爲梁元帝作，又謂葛洪造《西京雜記》，爲操觚鑿空，恣情迂誕，而不惑於洪序中鈔取劉歆《漢書》之説，其考證頗爲精確。則其指此書爲王儉造，自必别有據依，斷非憑虛立説。特其文本爲跋《洞冥記》而作，於此書不過牽連及之，故未暇舉其所出耳。今既别無顯證，似不便僅據單詞，遽翻舊案。疑葛洪别有《漢武故事》，其後日久散佚，王儉更作此以補之。書名雖同，而撰者非一人，不必牽合爲一。其稱成帝爲今上，似因葛洪言家有劉歆《漢書》一百卷，遂欲將此書亦歸之於歆，因以影射洪書，又不題撰人，故弄狡獪，使人懸想爲自劉歆《漢書》内鈔出耳。至宋以後傳本之題班固，則淺人所爲，非其舊也。黄廷鑑《第六弦溪文鈔》卷三有此書跋曰："宋劉雲龍（弇）先生文集中，有《漢武故事書後》（原注見卷廿九。）云：撰人班周，世出官次不他見。書中言儀君傳東方朔術，至今上元延中一百三十七歲。元延者，漢成帝年號也。則周者，其成、哀間人歟？又云：敷叙精緻，雖多誕謾不經，不與《外戚》《郊祀志》相表裏者蓋鮮，非西漢人文章不到此。按此説甚新，然余疑“周”字即“固”字之訛。如此書古本果作班周，何以《郡齋讀書志》及他書所載，又皆作“固”。可知自宋以來相傳之本，衹作“固”字，獨劉所見本偶不同耳。恐未可爲據也。”知宋本又有誤作班周撰者，并録於此以備考。至劉氏信以爲西漢人書，則失於輕信，無足深論也。（雲南人民出版社，2004年）

案：姚振宗《漢書藝文志拾補》諸子略小説家類著録《漢武故事》二卷，未題撰人。

《漢武故事》，又稱《漢武帝故事》，二卷，最早見於葛洪《〈西京雜記〉跋》，其言曰：“洪家復有《漢武帝禁中起居注》一卷，《漢武故事》二卷，世人稀有之者。今并五卷爲一帙，庶免淪没焉。”此後，《隋書·經籍志》《日本國見在書目録》《舊唐書·經籍志》《新唐書·藝文志》《通志·藝文略》并作二卷，均不題撰人姓名。梁、陳間所作《三輔黄圖》引《漢武故事》四則，其卷五《觀》引作“班固《漢武故事》”，此注或爲中唐所補，證明中唐時已有班固撰《漢武故事》之説。北宋《崇文總目》著録《漢武故事》五卷，題班固撰，《中興館閣書目》同，《宋史·藝文志》等從之。作“五卷”者，王堯臣已釋之，曰：“本題二篇，今世誤析爲五篇。”五篇即爲五卷，説明《崇文總目》所録爲宋人誤析之本。北宋司馬光《資治通鑒考異》曰：“按《漢武故事》語多誕妄，非班固書，蓋後人爲之托固名耳。”托名之説始此。劉弇（字偉明）《書〈漢武帝故事〉後》則以爲非班固撰，乃班周撰，周爲漢成、哀間人，因字形近而訛。王庭珪不同意劉説，指出：“武帝初即位，尤敬鬼神之事，長陵女子神君之説，及李少君、文成、五利相綴以鬼神方見上，能使物却老，夜致王夫人，及竇鬼之貌，其事異甚。既久，言方者亦衰，天子始怠厭方士之怪迂語，然猶羈縻弗絶，冀遇其真。則武帝之庸陋，溺於怪物，始終不移，二史可以概見，偉明何爲而疑之？且其文雄深簡古，類西漢書，非班固不能作也。固父彪，在西京時已好述作，采前史遺事，其間指成帝元延年號謂之今上者，亦當時所記之語如此。意班固纘其父書，踵而成之。後人流傳，誤寫‘固’作‘周’爾。設或成、哀間别有班周能爲此書，其人必暴耀於當時，而决不泯絶於世，曷爲姓名不少見於他書，而古今學者未嘗道哉？”宋人之分歧如此。

晁載之《續談助》提到“昔葛洪造《漢武内傳》《西京雜記》，虞義造《王子年拾遺録》，王儉造《漢武故事》，并操觚鑿空，恣情迂誕”，又云：“世所傳班固所撰《漢武故事》，其事與《漢書》時相出入，而文不逮，疑非固所撰也。”其弟晁公武《郡齋讀書志》著録《漢武故事》（衢本作一卷，袁本作二卷），并引唐張柬之《書〈洞冥記〉後》云：“《漢武故事》，王儉造。”《漢武故事》作者爲王儉説，始於此時。此説影響甚大，《四庫全書總目》從之。後人則徑題王儉作。然從此説者，僅據張柬之跋語，以其唐人近古，特堅信其説。然姚振宗《隋書經籍志考證》却云：“按此書爲葛稚川家所傳，而諸家著録皆不考其所始。六朝人每喜抄合古書，而王儉有《古本集記》，疑儉抄入《集記》中，故張柬之以爲王儉造，殆亦不探其本意爲之説歟？兩《唐志》尚不云班固，稱班固者自《崇文總目》始，則莫詳其所據矣。”

此外，明胡應麟《少室山房筆叢·九流緒論》稱“是六朝人作”，清孫詒讓《札迻》以爲葛洪依托，亦皆無確證。然潘安仁《西征賦》有“厭紫極之閒敞，甘微行以游盤。長傲賓於柏谷，妻睹貌而獻餐”之句，是《漢武故事》中事，則其成書在晋以前矣。又張衡《西京賦》有“衛后興於鬒髮”之語，《思玄賦》有“尉厖眉而郎潜兮，逮三葉而遘武”之言，皆用《漢武故事》中事，則其成書早於東漢前期矣。《漢武故事》又有“至今上元延中”語，則其成書或在成、哀間。姚振宗《漢書藝文志拾補》曰：“又按《隋志》所載，當出葛稚川所傳。兩《唐志》唯有《故事》兩卷。今傳《漢武故事》一卷，題班固者，唐張柬之《〈洞冥記〉跋》云‘出齊王儉’，非稚川所見明矣。”近人余嘉錫《四庫提要辨證》綜合各説提出：“蓋唐以前本不題班固，否則不至自留此罅漏也。至《讀書志》所引張柬之語，今見《續談助》卷一《洞冥記》晁伯宇跋中。其言固當可信。而孫詒讓《札迻》（卷十一）則以爲葛洪依托，其説云：‘《西京雜記》葛洪序：“洪家復有《漢武帝禁中起居注》一卷，《漢武故事》一卷，今并五卷爲一帙。”張柬之云：“昔葛洪造《漢武内傳》《西京雜記》。”疑内傳即《起居注》，《漢武故事》似亦即今所傳本。蓋諸書皆出稚川手，故文亦互相出入也。’此説亦自言之成理。然張柬之據後梁蔡天寶《與岳陽王啓》，定《洞冥記》爲梁元帝作，又謂葛洪造《西京雜記》，爲操觚鑿空，恣情迂誕，而不惑於洪序中鈔取劉歆《漢書》之説，其考證頗爲精確。則其指此書爲王儉造，自必别有據依，斷非憑虚立説。特其文本爲跋《洞冥記》而作，於此書不過牽連及之，故未暇舉其所出耳。今既别無顯證，似不便僅據單詞，遽翻舊案。疑葛洪别有《漢武故事》，其後日久散佚，王儉更作此以補之。書名雖同，而撰者非一人，不必牽合爲一。”余氏以爲此書有同名兩本：一出葛洪所傳，而未明言作者爲誰，宋人始題爲班固撰；一出南齊王儉補撰，即張柬之《〈洞冥記〉跋》中所指。果如此，則張衡《西京賦》《思玄賦》所引和《漢武故事》中“至今上元延中”語，及張柬之“《漢武故事》王儉造”之説，皆可解通。

此書傳世版本甚多，主要有《説郛》本、《古今説海》本、《歷代小史》

本、《古今逸史》本、《四庫全書》本、《粤雅堂叢書》本、《十萬卷樓叢書》本、《叢書集成初編》本等。清人王仁俊有輯本一卷，收入《玉函山房輯佚書補編》；洪頤煊有輯本二卷，收入《問經堂叢書》本。魯迅《古小説鈎沉》有輯本，臺灣賴信宏補正，是目前較完備之本。上海古籍出版社1999年所出《漢魏六朝筆記小説大觀》，收有《漢武故事》標點本，即以《古小説鈎沉》本爲底本，目前最爲通行。

方士傳

司馬遷撰，裴駰集解，司馬貞索隱，張守節正義《史記》卷二十六《曆書》：

其後戰國并争，在於强國禽敵，救急解紛而已，豈遑念斯哉！是時獨有鄒衍，明於五德之傳，而散消息之分，以顯諸侯。而亦因秦滅六國，兵戎極煩，又升至尊之日淺，未暇遑也。而亦頗推五勝，而自以爲獲水德之瑞，更名河曰“德水”，而正以十月，色上黑。然曆度閏餘，未能睹其真也。

同上，卷二十八《封禪書》：

自齊威、宣之時，騶子之徒論著終始五德之運，及秦帝而齊人奏之，故始皇采用之。而宋毋忌、正伯僑、充尚、羨門高最後皆燕人，爲方仙道，形解銷化，依於鬼神之事。騶衍以陰陽主運顯於諸侯，而燕齊海上之方士傳其術不能通，然則怪迂阿諛苟合之徒自此興，不可勝數也。

同上，卷三十四《燕召公世家》：

於是昭王爲隗改築宫而師事之。樂毅自魏往，鄒衍自齊往，劇辛自趙往，士争趨燕。

同上，卷四十四《魏世家》：

惠王數被於軍旅，卑禮厚幣以招賢者。鄒衍、淳于髡、孟軻皆至梁。

同上，卷七十四《孟子荀卿列傳》：

其次騶衍，後孟子。騶衍睹有國者益淫侈，不能尚德，若《大雅》整之於身，施及黎庶矣。乃深觀陰陽消息而作怪迂之變，《終始》《大聖》之篇十餘萬言。其語閎大不經，必先驗小物，推而大之，至於無垠。先序今以上至黄帝，學者所共術，大并世盛衰，因載其禨祥度制，推而遠之，至天地未生，窈冥不可考而原也。先列中國名山大川，通谷禽獸，水土所殖，物類所珍，因而推之，及海外人之所不能睹。稱引天地剖判以來，五德轉移，治各有宜，而符應若兹。以爲儒者所謂中國者，於天下乃八十一分居其一分耳。中國名曰赤縣神州。赤縣神州内自有九州，禹之序九州是也，不得爲州數。中國外如赤縣神州者九，乃所謂九州也。於是有裨海環之，人民禽獸莫能相通者，如一區中者，乃爲一州。如此者九，乃有大瀛海環其外，天地之際焉。其術皆此類也。然要其歸，必止乎仁義節儉，君臣上下六親之施始也濫耳。王公大人初見其術，懼然顧化，其後不能行之。

是以騶子重於齊。適梁，惠王郊迎，執賓主之禮。適趙，平原君側行撇席。如燕，昭王擁彗先驅，請列弟子之座而受業，築碣石宫，身親往師之。作《主運》。（《索隱》：劉向《别録》云鄒子書有《主運篇》。）其游諸侯見尊禮如此，豈與仲尼菜色陳、蔡，孟軻困於齊、梁同乎哉！故武王以仁義伐紂而王，伯夷餓不食周粟；衛靈公問陳，而孔子不答；梁惠王謀欲攻趙，孟軻稱太王去邠。此豈有意阿世俗苟合而已哉！持方枘欲内圜鑿，其能入乎？或曰，伊尹負鼎而勉湯以王，百里奚飯牛車下而繆公用霸，作先合，然後引之大道。騶衍其言雖不軌，儻亦有牛鼎之意乎？

同上，卷七十六《平原君虞卿列傳》：

平原君厚待公孫龍。公孫龍善爲堅白之辯，及鄒衍過趙言至道，乃絀公孫龍。（《集解》：劉向《别録》曰："齊使鄒衍過趙，平原君見公孫龍及其徒綦毋子之屬，論'白馬非馬'之辯，以問鄒子。鄒子曰：'不可。彼天下之辯有五勝三至，而辭正爲下。辯者，别殊類使不相害，序異端使不相亂，杼意通指，明其所謂，使人與知焉，不務相迷也。故勝者不失其所守，不勝者得其所求。若是，故辯可爲也。及至煩文以相假，飾辭以相惇，巧譬以相移，引人聲使不得及其意。如此，害大道。夫繳紛争言而競後息，不能無害君子。'坐皆稱善。"）（中華書局，1982年）

班固撰，顔師古注《漢書》卷二十二《禮樂志·郊祀歌十九章》：

青陽開動，根荄以遂，膏潤并愛，跂行畢逮。霆聲發榮，壛處頃聽，枯槁復産，乃成厥命。衆庶熙熙，施及夭胎，群生啿啿，惟春之祺。——《青陽》三（鄒子樂）

朱明盛長，旉與萬物，桐生茂豫，靡有所詘。敷華就實，既阜既昌，登成甫田，百鬼迪嘗。廣大建祀，肅雍不忘，神若宥之，傳世無疆。——《朱明》四（鄒子樂）

西顥沆碭，秋氣肅殺，含秀垂穎，續舊不廢。奸僞不萌，妖孽伏息，隅辟越遠，四貉咸服。既畏兹威，惟慕純德，附而不驕，正心翊翊。——《西顥》五（鄒子樂）

玄冥陵陰，蟄蟲蓋臧，草木零落，抵冬降霜。易亂除邪，革正異俗，兆民反本，抱素懷樸。條理信義，望禮五岳。籍斂之時，掩收嘉穀。——《玄冥》六（鄒

子樂）

同上，卷二十五上《郊祀志》：

自齊威、宣時，騶子之徒論著終始五德之運，及秦帝而齊人奏之，故始皇采用之。而宋毋忌、正伯僑、元尚、羨門高最後，皆燕人，爲方仙道，形解銷化，依於鬼神之事。騶衍以陰陽主運顯於諸侯，而燕、齊海上之方士傳其術不能通，然則怪迂阿諛苟合之徒自此興，不可勝數也。（中華書局，1962年）

王充撰，黄暉校釋《論衡校釋》卷五《感虚》：

傳書言："鄒衍無罪，見拘於燕，當夏五月，仰天而嘆，天爲隕霜。"此與杞梁之妻哭而崩城，無以異也。

言其無罪見拘，當夏仰天而嘆，實也；言天爲之雨（賈）霜，虚也。夫萬人舉口，并解吁嗟，猶未能感天；鄒衍一人，冤而壹嘆，安能下霜？鄒衍之冤不過曾子、伯奇。曾子見疑而吟，伯奇被逐而歌。疑、〔逐〕與拘同，吟、歌與嘆等，曾子、伯奇不能致寒，鄒衍何人，獨能雨（賈）霜？被逐之冤，尚未足言。申生伏劍，子胥刎頸，實孝而賜死，誠忠而被誅，且臨死時，皆有聲辭。聲辭出口，與仰天嘆無異，天不爲二子感，獨爲鄒衍動，豈天痛見拘，不悲流血哉？伯（何）奇冤痛相似，而感動不同也？夫熯一炬火，爨一鑊水，終日不能熱也；倚（持）一尺冰，置庖厨中，終夜不能寒也。何則？微小之感不能動大巨也。今鄒衍之嘆，不過如一炬、尺冰，而皇天巨大，不徒鑊水庖厨之醜類也。一仰天嘆，天爲隕霜，何天之易感，霜之易降也？夫哀與樂同，喜與怒均。衍興怨痛，使天下霜，使衍蒙非望之賞，仰天而笑，能以冬時使天熱乎？變復之家曰："人君秋賞則温，夏罰則寒。"寒不㬥時，則霜不降；温不兼日，則冰不釋。一夫冤而一嘆，天輒下霜，何氣之易變，時之易轉也？寒温自有時，不合變復之家。且從變復之説，或時燕王好用刑，寒氣應至；而衍囚拘而嘆，嘆時霜適自下。世見適嘆而霜下，則謂鄒衍嘆之致也。

同上，卷十三《别通》：

燕昭爲鄒衍擁篲，彼獨受何性哉？

同上，卷十四《寒温》：

燕有寒谷，不生五穀。鄒衍吹律，寒谷可種。燕人種黍其中，號曰黍穀。如審有之，寒温之灾，復以吹律之事，調和其氣，變政易行，何能滅除？

同上，卷十五《變動》：

萬人俱嘆，未能動天，一鄒衍之口，安能降霜？鄒衍之狀，孰與屈原？見拘之冤，孰與沉江？《離騷》《楚辭》凄愴，孰與一嘆？屈原死時，楚國無霜，此懷襄之世也。厲、武之時，卞和獻玉，刖其兩足，奉玉泣出，涕盡續之以血。夫鄒衍之誠，孰與卞和？見拘之冤，孰與刖足？仰天而嘆，孰與泣血？夫嘆固不如泣，拘固不如刖，料計冤情，衍不如和，當時楚地不見霜。李斯、趙高讒殺太子扶蘇，并及蒙恬、蒙驁。其時皆吐痛苦之言，與嘆聲同，又禍至死，非徒〔見〕苟（拘）徙，而其死之地，寒氣不生。秦坑趙卒於長平之下，四十萬衆，同時俱陷。當時啼號，非徒嘆也。誠雖不及鄒衍，四十萬之冤，度當一賢臣之痛；入坑陷之啼，度過拘囚之呼，當時長平之下，不見隕霜。《甫刑》曰："庶僇旁告無辜於天帝。"此言蚩尤之民被冤，旁告無罪於上天也。以衆民之叫，不能致霜，鄒衍之言，殆虛妄也。

南方至熱，煎炒爛石，父子同水而浴；北方至寒，凝冰坼土，父子同穴而處。燕在北邊，鄒衍時，周之五月，正歲三月也。中州內，正月、二月霜雪時降；北邊至寒，三月下霜，未爲變也。此殆北邊三月尚寒，霜適自降，而衍適呼，與霜逢會。

傳曰："燕有寒谷，不生五穀，鄒衍吹律，寒谷復温。"則能使氣温，亦能使氣復寒。何知衍不令時人知己之冤，以天氣表己之誠，竊吹律於燕谷獄，令氣寒而因呼天乎？即不然者，霜何故降？

范雎爲須賈所讒，魏齊僇之，折幹摺脅。張儀游於楚，楚相掠之，被捶流血。二子冤屈，太史公列記其狀。鄒衍見拘，雎、儀之比也，且子長何諱不言？案《衍列傳》，不言見拘而使霜降。僞書游言，猶太子丹使日再中、天雨粟也。由此言之，衍呼而降霜，虛矣！則杞梁之妻哭而崩城，妄也！

同上，卷二十七《定賢》：

燕有谷，氣寒，不生五穀。鄒衍吹律致氣，既寒更爲温，燕以種黍，黍生豐熟，到今名之曰"黍谷"。夫和陰陽，當以道德至誠。然而鄒衍吹律，寒更爲温，黍穀育生。推此以況諸有成功之類，有若鄒衍吹律之法。故得其術也，不肖無不能；失其數也，賢聖有不治。此功不可以效賢，二也。（中華書局，1990年）

楊伯峻《列子集釋》卷第五《湯問篇》：

師襄乃撫心高蹈曰："微矣子之彈也！雖師曠之清角，鄒衍之吹律，（注：北方有地，美而寒，不生五穀。鄒子吹律暖之，而禾黍滋也。《釋文》云：齊人，爲燕昭王師，居稷下，號談天衍。著書四十九篇。又有《終始》五十六篇。）亡以加之。彼將挾琴執管而從子之後耳！"（中華書局，1979年）

歐陽詢《藝文類聚》卷九水部下《谷》：

劉向《别録》曰："《方士傳》言，鄒衍在燕，燕有谷，地美而寒，不生五穀，鄒子居之，吹律而温氣至，而穀生。今名黍谷。"（上海古籍出版社，1999年）

虞世南撰，陳禹謨補注《北堂書鈔》卷九十七藝文部三《博學》：

博學通明。（《鄒衍别傳》云："衍博學通明，才高志篤，當世無其類。"）

鄒子博學。（《鄒衍别傳》云："鄒子博識，善叙事，有禹益之鴻才，道深東海，名重西山，日月不能亂其暉，金玉無以比其貴。"）（《文淵閣四庫全書》本）

蕭統編，李善注《文選》卷四十奏記《阮嗣宗詣蔣公》：

子夏處西河之上，而文侯擁篲；鄒子居黍谷之陰，而昭王陪乘。（劉向《别録》曰："鄒衍在燕，有谷寒，不生五穀，鄒子吹律而温，生黍。"《七略》曰："《方士傳》言，鄒子在燕，其游，諸侯畏之，皆郊迎而擁篲。"）

同上，卷四十五設論《揚子雲解嘲》：

或枉千乘於陋巷，或擁篲而先驅。（擁篲，鄒衍也。《七略》曰："《方士傳》言，鄒子在燕，其游，諸侯畏之，皆郊迎擁篲也。"）（中華書局，1977年）

李昉等《太平御覽》卷五十四地部十九《谷》：

劉向《别録》曰："《方士傳》言，鄒衍在燕，有谷，地美而寒，不生五穀。鄒子居之，吹律而温氣至，而生黍穀。今名黍谷。"（中華書局，1966年）

佚名《琱玉集》卷十二《感應》：

鄒衍，六國時燕人也。盡忠而事惠王，左右嫉妒數讒於王。王遂信受而欲誅之。鄒衍仰天呼嘆，盛夏五月天爲降霜也。（出《類林》。）（《叢書集成初編》本）

夏竦《文莊集》卷二十三賦《吹律暖寒谷賦》：

懿彼鳴律，中含盛陽。激清音於極北，暖寒谷於窮荒。導太和之恩，成其地利；發重陰之窟，被以天光。鄒衍以幽谷至深，平皋可貴，思疆理於曠土，冀生成於品彙。遍吹六琯，乍回天地之心；潛運五音，大合慘舒之氣。是何清聲激越，雅韻冲融，足以齊六氣，和八風！歌太簇之聲，勾芒發外；奏黄鐘之氣，和粹積中。已而遺響未終，朝陽乍滿，却陰涸以冰釋，召天倪而風暖。具簫韶之響，嘹唳鳳鳴；非孔壁之音，鏘洋玉管。是何元功既著，至理罔奸，律因陽而煦暖，谷以陰而涸寒。正爨黍之儀，既無失度；感好生之德，足以勝殘。豈不以惟北者陰，極陰者谷，因推律以條暢，故生物而孕育。當脉起之際，變潟鹵於閑田；觀甲拆之時，享膏腴於百穀。是知律資大一，聲感中和，發萌芽之蠢蠢，散冰雪之峨峨。律本相生，自契伶倫之伎；軍聲不競，無慚師曠之歌。是知民不干常，化猶其上。念凉德之可革，在仁風之潜暢。故聲爲律兮感蒼生克符天貺。（《文淵閣四庫全書》本）

李劉《四六標準》卷十二謝惠詩文《回見任官袖啓》：

嘘物以氣，可回燕谷之温；（劉向《別録》："《方士傳》言，鄒衍在燕，燕有谷地，美而寒，不生五穀。鄒子居之，吹律而温氣至，而穀生。今名黍谷。"）贈人以言，何啻楚珩之重！

同上，卷二十五憲使《通潼川丁提刑（必稱）》：

燕谷自寒，敢望春風之披拂；（劉向《別録》："《方士傳》言，鄒衍在燕，燕有谷地，美而寒，不生五穀。鄒子居之，吹律而温氣至，而穀生。今名黍谷。"）吴船未辦，尚依夏屋之帡幪。

同上，卷二十八太守下《回施筠州（械）》：

雙旌兩轓，頓覺遍城之重；一襦五袴，想回寒谷之温。（劉向《別録》："《方士傳》言，鄒衍在燕，燕有谷地，美而寒，不生五穀。鄒子居之，吹律而温氣至，而穀生。今名黍谷。"）

同上，卷三十九賀正《賀黄制置（伯固）》：

嘘師律而黍生，（劉向《別録》："《方士傳》言，鄒衍在燕，燕有谷地，美而寒，不生五穀。鄒子居之，吹律而温氣至，而穀生。今名黍谷。"）播民和於麥實。（《文淵閣四庫全書》本）

王應麟《玉海》卷六《律曆》律吕《鄒衍律》：

《文選注》：劉向《別録》曰："鄒衍在燕，有谷寒，不生五穀，鄒衍吹律而温之，至生黍。"

《列子》：師曠之清角，鄒衍之吹律。

漢《郊祀歌》：《青陽》至《玄冥》，云鄒子樂。（江蘇古籍出版社，1987年）

李賢等《明一統志》卷二十一潞安府《仙釋》：

王真。（上黨人，孝武帝時爲郡史，年百歲，面有光澤。魏王所紀《方士傳》："王真履冰赴火，出入不由户，深有道術。"）（《文淵閣四庫全書》本）

陳耀文《天中記》卷六《律・黍谷》：

《方士傳》言，鄒衍在燕，燕有谷地，美而寒，不生五穀，鄒子居之，吹律而温氣至，而穀生。今名黍谷。（劉向《别録》）師曠之清角，鄒衍之吹律。（《列子》）（廣陵書社，2007年）

陳禹謨《駢志》卷十戊部下《吹律暖谷》：

周穆王時，天下連雨三月，穆王乃吹笛，其雨遂止也。劉向《别録》："《方士傳》言，鄒衍在燕，燕有谷地，美而寒，不生五穀。鄒子居之，吹律而温氣至，而穀生。今名黍谷。"（《文淵閣四庫全書》本）

王琦《李太白集注》卷三十詩文拾遺《鄒衍谷》：

鄒衍谷。（《太平御覽》：劉向《别録》曰："《方士傳》言，鄒衍在燕，燕有谷地，美而寒，不生五穀。鄒子居之，吹律而温氣至，谷中生黍。至今名黍谷焉。"《一統志》：黍谷山在順天府懷柔縣東四十里，跨密雲縣界，亦名燕谷山。劉向云：燕有谷地，美而寒，不生黍稷，鄒衍吹律以温其氣，故名山曰黍谷。衍廟基猶存。）

燕谷無暖氣，窮岩閉嚴陰。鄒子一吹律，能回天地心。（《文淵閣四庫全書》本）

于敏中等《日下舊聞考》卷一百四十京畿密雲縣一：

黍谷山在懷柔縣東十里，跨密雲縣界，亦名燕谷山。（《明一統志》）

臣等謹按：《大清一統志》，黍谷山在密雲縣西南十五里。又《密雲縣志》："谷中有廟，基址猶存。舊城東門外有鄒衍吹律處碑，因建新城隳，今新舊二城夾道中有鄒大夫祠。"據此，則黍谷應編入密雲。原本與下五條俱列懷柔縣條下，今改正。

（原）燕有黍谷，地美而寒，不生五穀，鄒子居之，吹律而温氣至。（劉向《别録》）

（原）燕有谷，氣寒不生五穀，鄒衍吹律致氣，既寒，更爲温熱以種黍，黍生豐熟，到今名之曰黍谷。（《論衡》）

（原）鄒衍吹律能變寒谷生禾黍。（《獨異志》）

（原）黍谷亦謂之寒谷。《吴越春秋》"北過寒谷"，左思賦"寒谷豐黍，吹律以暖之"是也。山有風洞，洞口風氣凛烈，盛夏人不敢入。（《昌平山水記》）

（原）鄒衍廟在黍谷山上。（《密雲縣志》）

（原）方問孝《謁鄒先生祠作》：夫子昔游燕，宫成碣石年。墳荒肅然雨，祠接女郎煙。名自三騶著，書從五德傳。夜深明月下，仿彿笑談天。

人去不可見，川明終古流。雲疑擁篲日，廟似築宫秋。碑色含苔冷，蜩聲帶雨愁。應知精魄在，千載此幽州。——《蒼耳齋詩集》。

(補)蘇拯《鄒律咏》：鄒律暖燕谷，青史徒編録。人心不變遷，空吹閒草木。世患有三惑，爾律莫能抑。邊苦有長征，爾律莫能息。斯術未濟時，斯律亦何益。争如至公一開口，吹起賢良霸邦國。——《唐音統籤》。（北京古籍出版社，1983年）

姚振宗《漢書藝文志拾補·諸子略》第二小説家者流：

《方士傳》。

《史記·封禪書》：鄒衍以陰陽主運顯於諸侯，而燕、齊海上之方士傳其術不能通，然則怪迂阿諛苟合之徒自此興，不可勝數也。（《漢書·郊祀志》同。）

劉向《别録》："《方士傳》言，鄒衍在燕，燕有谷地美而寒，不生五穀。鄒子居之，吹律而温氣至，五穀生，今名黍谷。"

劉歆《七略》曰："《方士傳》言，鄒子在燕，其游，諸侯畏之，皆郊迎擁篲。"

按《史記·孟荀列傳》云：齊有三鄒子。其前鄒忌，先孟子。其次鄒衍，後孟子。鄒子適梁，梁惠王郊迎，執賓主之禮。適趙，平原君側行襒席。如燕，昭王擁篲先驅，請列弟子之座而受業，築碣石宫，身親往師之。其游諸侯見尊禮如此。與《七略》所言《方士傳》語同。然則《方士傳》當作於戰國時，史公亦據以采摭歟？《北堂書鈔》引《鄒衍别傳》亦當出是書。（《二十五史藝文經籍志考補萃編》本，清華大學出版社，2011年）

案：姚振宗《漢書藝文志拾補》諸子略小説家著録《方士傳》，未注篇卷，也未題撰人。

《方士傳》雖不見於《隋志》《唐志》等著録，然歷代均有稱引。如《藝文類聚》卷九引劉向《别録》曰："《方士傳》言，鄒衍在燕，燕有谷，地美而寒，不生五穀，鄒子居之，吹律而温氣至，而穀生。今名黍谷。"《文選·詣蔣公》李善注引《别録》略同；同條注又引《七略》曰："《方士傳》言，鄒子在燕，其游諸侯畏之，皆郊迎而擁篲。"又卷四十五李善注揚子雲《解嘲》引《七略》略同。《史記·曆書》《燕召公世家》《魏世家》《平原君虞卿列傳》《封禪書》《孟子荀子列傳》等所言鄒衍事與《七略》引《方士傳》合，而無《别録》引《方士傳》之吹律温谷之語，故振宗以爲《方士傳》或作於戰國時，太史公亦據以采摭。其説有理。《列子·湯問篇》已言"鄒衍之吹律"，《方士傳》正有此事。《史記·封禪書》曰："騶衍以陰陽主運顯於諸侯，而燕齊海上之方士傳其術，不能通，然則怪迂阿諛苟合之徒自此興，不可勝數也。"則鄒衍之傳説異聞在當時定已不少，而好事者爲崇高其術，録爲《方士傳》。又《北堂書鈔》卷九十七兩引《鄒衍别傳》，言其博學，姚振宗以爲亦出《方士傳》，則振宗或以爲《方士傳》不特記鄒衍之事也。但據《史記》言怪迂之説起自鄒衍，則該書當以其事爲主。該書成於先秦，至劉向時尚存。此後《論衡》屢論及鄒衍吹律事，王充稱做“傳書”，不知是實見其書，還是轉引《别録》，若實見之，則是書至東漢時尚存。《漢書·禮樂志》郊祀歌有鄒子樂四章，曰《青陽》《朱明》《西顥》《玄冥》，以四樂配四方，春生夏長秋殺冬藏，與其五德終始説同。此所記樂章，或即《方士傳》鄒衍所吹之曲也。

李陵别傳

司馬遷撰，裴駰集解，司馬貞索隱，張守節正義《史記》卷一百九《李將軍列傳》：

李陵既壯，選爲建章監，監諸騎。善射，愛士卒。天子以爲李氏世將，而使將八百騎。嘗深入匈奴二千餘里，過居延視地形，無所見虜而還。拜爲騎都尉，將丹陽楚人五千人，教射酒泉、張掖以屯衛胡。

數歲，天漢二年秋，貳師將軍李廣利將三萬騎擊匈奴右賢王於祁連天山，而使陵將其射士步兵五千人出居延北可千餘里，欲以分匈奴兵，毋令專走貳師也。陵既至期還，而單于以兵八萬圍擊陵軍。陵軍五千人，兵矢既盡，士死者過半，而所殺傷匈奴亦萬餘人。且引且戰，連鬥八日，還未到居延百餘里，匈奴遮狹絶道，陵食乏而救兵不到，虜急擊招降陵。陵曰："無面目報陛下。"遂降匈奴。其兵盡没，餘亡散得歸漢者四百餘人。

單于既得陵，素聞其家聲，及戰又壯，乃以其女妻陵而貴之。漢聞，族陵母妻子。自是之後，李氏名敗，而隴西之士居門下者皆用爲耻焉。

同上，卷一百十《匈奴列傳》：

其明年，漢使貳師將軍廣利以三萬騎出酒泉，擊右賢王於天山，得胡首虜萬餘級而還。匈奴大圍貳師將軍，幾不脱。漢兵物故什六七。漢復使因杅將軍敖出西河，與强弩都尉會涿涂山，毋所得。又使騎都尉李陵將步騎五千人，出居延北千餘里，與單于會，合戰，陵所殺傷萬餘人，兵及食盡，欲解歸，匈奴圍陵，陵降匈奴，其兵遂没，得還者四百人。單于乃貴陵，以其女妻之。（中華書局，1982年）

班固撰，顔師古注《漢書》卷六《武帝紀》：

（天漢二年）夏五月，貳師將軍三萬騎出酒泉，與右賢王戰於天山，斬首虜萬餘級。又遣因杅將軍出西河，騎都尉李陵將步兵五千人出居延北，與單于戰，斬首虜萬餘級。陵兵敗，降匈奴。

同上，卷五十四《李廣傳附李陵》：

陵字少卿，少爲侍中建章監。善騎射，愛人，謙讓下士，甚得名譽。武帝以爲有廣之風，使將八百騎，深入匈奴二千餘里，過居延視地形，不見虜，還。拜爲騎都尉，將勇敢五千人，教射酒泉、張掖以備胡。數年，漢遣貳師將軍伐大宛，使陵將五校兵隨後。行至塞，會貳師還。上賜陵書，陵留吏士，與輕騎五百出敦煌，至鹽水，迎貳師還，復留屯張掖。

天漢二年，貳師將三萬騎出酒泉，擊右賢王於天山。召陵，欲使爲貳師將輜重。陵召見武臺，叩頭自請曰："臣所將屯邊者，皆荆楚勇士奇材劍客也，力扼虎，射命中，願得自當一隊，到蘭干山南以分單于兵，毋令專鄉（向）貳師軍。"上曰："將惡相屬邪！吾發軍多，毋騎予女。"陵對："無所事騎，臣願以少擊衆，步兵五千人涉單于庭。"上壯而許之，因詔强弩都尉路博多將兵半道迎陵軍。博多故伏波將軍，亦羞爲陵後距，奏言："方秋匈奴馬肥，未可與戰，臣願留陵至春，俱將酒泉、張掖騎各五千人并擊東西浚稽，可必禽也。"書奏，上怒，疑陵悔不欲出而教博多上書，乃詔博多："吾欲予李陵騎，云'欲以少擊衆'。今虜入西河，其引兵走西河，遮鉤營之道。"詔陵："以九月發，出遮虜鄣，至東浚稽山南龍勒水上，徘徊觀虜，即亡所見，從浞野侯趙破奴故道抵受降城休士，因騎置以聞。所與博多言者云何？具以書對。"陵於是將其步卒五千人出居延，北行三十日，至浚稽山止營，舉圖所過山川地形，使麾下騎陳步樂還以聞。步樂召見，道陵將率得士死力，上甚説，拜步樂爲郎。

陵至浚稽山，與單于相值，騎可三萬圍陵軍。軍居兩山間，以大車爲營。陵引士出營外爲陳，前行持戟盾，後行持弓弩，令曰："聞鼓聲而縱，聞金聲而止。"虜見漢軍少，直前就營。陵搏戰攻之，千弩俱發，應弦而倒。虜還走上山，漢軍追擊，殺數千人。單于大驚，召左右地兵八萬餘騎攻陵，陵且戰且引，南行數日，抵山谷中。連戰，士卒中矢傷，三創者載輦，兩創者將車，一創者持兵戰。陵曰："吾士氣少衰而鼓不起者，何也？軍中豈有女子乎？"始軍出時，關東群盜妻子徙邊者隨軍爲卒妻婦，大匿車中。陵搜得，皆劍斬之。明日復戰，斬首三千餘級。引兵東南，循故龍城道行，四五日，抵大澤葭葦中，虜從上風縱火，陵亦令軍中縱火以自救。南行至山下，單于在南山上，使其子將騎擊陵。陵軍步鬥樹木間，復殺數千人，因發連弩射單于，單于下走。是日捕得虜，言："單于曰：'此漢精兵，擊之不能下，日夜引吾南近塞，得毋有伏兵乎？'諸當户君長皆言'單于自將數萬騎擊漢數千人不能滅，後無以復使邊臣，令漢益輕匈奴。復力戰山谷間，尚四五十里得平地，不能破，乃還。'"

是時陵軍益急，匈奴騎多，戰一日數十合，復傷殺虜二千餘人。虜不利，欲去，會陵軍候管敢爲校尉所辱，亡降匈奴，具言："陵軍無後救，射矢且盡，獨將軍麾下及成安侯校各八百人爲前行，以黄與白爲幟，當使精騎射之即破矣。"成安侯者，潁川人，父韓千秋，故濟南相，奮擊南越戰死，武帝封子延年爲侯，以校尉隨陵。單于得敢大喜，使騎并攻漢軍，疾呼曰："李陵、韓延年趣降！"遂遮道急攻陵。陵居谷中，虜在山上，四面射，矢如雨下。漢軍南行，未至鞮汗山，一日五十萬矢皆盡，即棄車去。士尚三千餘人，徒斬車輻而持之，軍吏持尺刀，抵山入陿谷。單于遮其後，乘隅下壘石，士卒多死，不得行。昏後，陵便衣獨步山營，止左右："毋隨我，丈夫一取單于耳！"良久，陵還，大息曰："兵敗，死矣！"軍吏或曰："將軍威震匈奴，天命不遂，後求道徑還歸，如浞野侯爲虜所得，後亡還，天子客遇之，況於將軍乎！"陵曰："公止！吾不死，非壯士也。"於是盡斬旌旗，及珍寶埋地中，陵嘆曰："復得數十矢，足以脱矣。今無兵復戰，天明坐受縛矣！各鳥獸散，猶有得脱歸報天子者。"令軍士人持二升糒，一半冰，期至遮虜鄣者相待。夜半時，擊鼓起士，鼓不鳴。陵與韓延年俱上馬，壯士從者十餘人。虜騎數千追之，韓延年戰死。陵曰："無面目報陛下！"遂降。軍人分散，脱至塞者四百餘人。

陵敗處去塞百餘里，邊塞以聞。上欲陵死戰，召陵母及婦，使相者視之，無死喪色。後聞陵降，上怒甚，責問陳步樂，步樂自殺。群臣皆罪陵，上以問太史令司馬遷，遷盛言："陵事親孝，與士信，常奮不顧身以殉國家之急。其素所畜積也，有國士之風。今舉事一不幸，全軀保妻子之臣隨而媒蘖其短，誠可痛也！且陵提步卒不滿五千，深輮戎馬之地，抑數萬之師，虜救死扶傷不暇，悉舉引弓之民共攻圍之。轉鬥千里，矢盡道窮，士張空拳，冒白刃，北首争死敵，得人之死力，雖古名將不過也。身雖陷敗，然其所摧敗，亦足暴於天下。彼之不死，宜欲得當以報漢也。"初，上遣貳師大軍出，財令陵爲助兵，及陵與單于相值，而貳師功少。上以遷誣罔，欲沮貳師，爲陵游説，下遷腐刑。

久之，上悔陵無救，曰："陵當發出塞，乃詔强弩都尉令迎軍。坐預詔之，得令老將生奸詐。"乃遣使勞賜陵餘軍得脱者。

陵在匈奴歲餘，上遣因杅將軍公孫敖將兵深入匈奴迎陵。敖軍無功還，曰："捕得生口，言李陵教單于爲兵以備漢軍，故臣無所得。"上聞，於是族陵家，母弟妻子皆伏誅。隴西士大夫以李氏爲愧。其後，漢遣使使匈奴，陵謂使者曰："吾爲漢將步卒五千人横行匈奴，以亡救而敗，何負於漢而誅吾家？"使者曰："漢聞李少卿教匈奴爲兵。"陵曰："乃李緒，非我也。"李緒本漢塞外都尉，居奚侯城，匈奴攻之，緒降，而單于客遇緒，常坐陵上。陵痛其家以李緒而誅，使人刺殺緒。大閼氏欲殺陵，單于匿之北方，大閼氏死乃還。

單于壯陵，以女妻之，立爲右校王，衛律爲丁靈王，皆貴用事。衛律者，父本長水胡人。律生長漢，善協律都尉李延年，延年薦言律使匈奴。使還，會延年家收，律懼并誅，亡還降匈奴。匈奴愛之，常在單于左右。陵居外，有大事，乃入議。

昭帝立，大將軍霍光、左將軍上官桀輔政，素與陵善，遣陵故人隴西任立政等三人俱至匈奴招陵。立政等至，單于置酒賜漢使者，李陵、衛律皆侍坐。立政等見陵，未得私語，即目視陵，而數數自循其刀環，握其足，陰諭之，言可還歸漢也。後陵、律持牛酒勞漢使，博飲，兩人皆胡服椎結。立政大言曰："漢已大赦，中國安樂，主上富於春秋，霍子孟、上官少叔用事。"以此言微動之。陵墨不應，孰視而自循其髮，答曰："吾已胡服矣！"有頃，律起更衣，立政曰："咄，少卿良苦！霍子孟、上官少叔謝女。"陵曰："霍與上官無恙乎？"立政曰："請少卿來歸故鄉，毋憂富貴。"陵字立政曰："少公，歸易耳，恐再辱，奈何！"語未卒，衛律還，頗聞餘語曰："李少卿賢者，不獨居一國。范蠡遍游天下，由余去戎入秦，今何語之親也！"因罷去。立政隨謂陵曰："亦有意乎？"陵曰："丈夫不能再辱。"

陵在匈奴二十餘年，元平元年病死。

同上，《蘇建傳附蘇武》：

初，武與李陵俱爲侍中，武使匈奴明年，陵降，不敢求武。久之，單于使陵至海上，爲武置酒設樂，因謂武曰："單于聞陵與子卿素厚，故使陵來説足下，虚心欲相待。終不得歸漢，空自苦亡人之地，信義安所見乎？前長君爲奉車，從至雍棫陽宫，扶輦下除，觸柱折轅，劾大不敬，伏劍自刎，賜錢二百萬以葬。孺卿從祠河東后土，宦騎與黄門駙馬争船，推墮駙馬河中溺死，宦騎亡，詔使孺卿逐捕不得，惶恐飲藥而死。來時，大夫人已不幸，陵送葬至陽陵。子卿婦年少，聞已更嫁矣。獨有女弟二人，兩女一男，今復十餘年，存亡不可知。人生如朝露，何久自苦如此！陵始降時，忽忽如狂，自痛負漢，加以老母繫保宫，子卿不欲降，何以過陵？且陛下春秋高，法令亡常，大臣亡罪夷滅者數十家，安危不可知，子卿尚復誰爲乎？願聽陵計，勿復有云。"武曰："武父子亡功德，皆爲陛下所成就，位列將，爵通侯，兄弟親近，常願肝腦塗地。今得殺身自效，雖蒙斧鉞湯鑊，誠甘樂之。臣事君，猶子事父也，子爲父死無所恨。願勿復再言。"陵與武飲數日，復曰："子卿一聽陵言。"武曰："自分已死久矣！王必欲降武，請畢今日之歡，效死於前！"陵見其至誠，喟然嘆曰："嗟乎，義士！陵與衛律之罪上通於天。"因泣下沾衿，與武决去。

陵惡自賜武，使其妻賜武牛羊數十頭。後陵復至北海上，語武："區脱捕得雲中生口，言太守以下吏民皆白服，曰上崩。"武聞之，南鄉（向）號哭，歐血，旦夕臨。

數月，昭帝即位。數年，匈奴與漢和親。漢求武等，匈奴詭言武死。後漢使復至匈奴，常惠請其守者與俱，得夜見漢使，具自陳道。教使者謂單于，言天子射上林中，得雁，足有係帛書，言武等在某澤中。使者大喜，如惠語以讓單于。單于視左右而驚，謝漢使曰："武等實在。"於是李陵置酒賀武曰："今足下還歸，揚名於匈奴，功顯於漢室，雖古竹帛所載，丹青所畫，何以過子卿！陵雖駑怯，令漢且貰陵罪，全其老母，使得奮大辱之積志，庶幾乎曹柯之盟，此陵宿昔之所不忘也。收族陵家，爲世大戮，陵尚復何顧乎？已矣！令子卿知吾心耳。異域之人，一别長絶！"陵起舞，歌曰："徑萬里兮度沙幕，爲君將兮奮匈奴。路窮絶兮矢刃摧，士衆滅兮名已隤。老母已死，雖報恩將安歸！"陵泣下數行，因與武決。單于召會武官屬，前以降及物故，凡隨武還者九人。

同上，卷六十二《司馬遷傳》：

遷既被刑之後，爲中書令，尊寵任職。故人益州刺史任安予遷書，責以古賢臣之義。遷報之曰："……夫僕與李陵俱居門下，素非相善也，趣捨異路，未嘗銜杯酒接殷勤之歡。然僕觀其爲人自奇士，事親孝，與士信，臨財廉，取予義，分别有讓，恭儉下人，常思奮不顧身以徇國家之急。其素所畜積也，僕以爲有國士之風。夫人臣出萬死不顧一生之計，赴公家之難，斯已奇矣。今舉事一不當，而全軀保妻子之臣隨而媒孽其短，僕誠私心痛之。且李陵提步卒不滿五千，深踐戎馬之地，足歷王庭，垂餌虎口，横挑强胡，卬億萬之師，與單于連戰十餘日，所殺過當。虜救死扶傷不給，旃裘之君長咸震怖，乃悉徵左右賢王，舉引弓之民，一國共攻而圍之。轉鬥千里，矢盡道窮，救兵不至，士卒死傷如積。然李陵一呼勞軍，士無不起，躬流涕，沬血飲泣，張空弮，冒白刃，北首争死敵。陵未没時，使有來報，漢公卿王侯皆奉觴上壽。後數日，陵敗書聞，主上爲之食不甘味，聽朝不怡。大臣憂懼，不知所出。僕竊不自料其卑賤，見主上慘凄怛悼，誠欲效其款款之愚。以爲李陵素與士大夫絶甘分少，能得人之死力，雖古名將不過也。身雖陷敗，彼觀其意，且欲得其當而報漢。事已無可奈何，其所摧敗，功亦足以暴於天下。僕懷欲陳之，而未有路。適會召問，即以此指推言陵功，欲以廣主上之意，塞睚眦之辭。未能盡明，明主不深曉，以爲僕沮貳師，而爲李陵游説，遂下於理。拳拳之忠，終不能自列，因爲誣上，卒從吏議。家貧，財賂不足以自贖，交游莫救，左右親近不爲一言。身非木石，獨與法吏爲伍，深幽囹圄之中，誰可告訴者！此正少卿所親見，僕行事豈不然邪？李陵既生降，隤其家聲，而僕又茸以蠶室，重爲天下觀笑。悲夫！悲夫！……"

同上，卷九十四上《匈奴傳》：

其明年，漢使貳師將軍將三萬騎出酒泉，擊右賢王於天山，得首虜萬餘級而還。匈奴大圍貳師，幾不得脱。漢兵物故什六七。漢又使因杅將軍出西河，與强弩都尉會涿邪山，亡所得。使騎都尉李陵將步兵五千人出居延北千餘里，與單于會，合戰，陵所殺傷萬餘人，兵食盡，欲歸，單于圍陵，陵降匈奴，其兵得脱歸漢者四百人。單于乃貴陵，以其女妻之。

御史大夫軍至追〔斜〕（邪）徑，無所見，還。匈奴使大將與李陵將三萬餘騎追漢軍，至浚稽山合，轉戰九日，漢兵陷陳却敵，殺傷虜甚衆。至蒲奴水，虜不利，還去。（中華書局，1962年）

蕭統編，李善注《文選》卷四十一書上《李少卿答蘇武書》：

子卿足下：勤宣令德，策名清時，榮問休暢，幸甚幸甚。遠托異國，昔人所悲；望風懷想，能不依依？昔者不遺，遠辱還答，慰誨勤勤，有逾骨肉。陵雖不敏，能不慨然？自從初降，以至今日。身之窮困，獨坐愁苦。終日無睹，但見異類。韋韝毳幕，以禦風雨。膻肉酪漿，以充飢渴。舉目言笑，誰與爲歡。胡地玄冰，邊土慘裂，但聞悲風蕭條之聲。凉秋九月，塞外草衰，夜不能寐。側耳遠聽，胡笳互動，牧馬悲鳴，吟嘯成群，邊聲四起。晨坐聽之，不覺淚下。嗟乎子卿，陵獨何心，能不悲哉！與子别後，益復無聊。上念老母，臨年被戮；妻子無辜，并爲鯨鯢。身負國恩，爲世所悲。子歸受榮，我留受辱，命也如何！身出禮義之鄉，而入無知之俗；違棄君親之恩，長爲蠻夷之域。傷已！令先君之嗣，更成戎狄之族，又自悲矣。功大罪小，不蒙明察，孤負陵心，區區之意，每一念至，忽然忘生。陵不難刺心以自明，刎頸以見志，顧國家於我已矣，殺身無益，適足增羞，故每攘臂忍辱，輒復苟活。左右之人，見陵如此，以爲不入耳之歡，來相勸勉。異方之樂，衹令人悲，增忉怛耳。嗟乎子卿！人之相知，貴相知心。前書倉卒，未盡所懷，故復略而言之。

昔先帝授陵步卒五千，出征絶域，五將失道，陵獨遇戰。（集表云：“臣以天漢二年到塞外，尋被詔書，責臣不進，臣輒引師前，到浚稽山，五將失道。”詳此，亦不云其名。）而裹萬里之糧，帥徒步之師，出天漢之外，入强胡之域，以五千之衆，對十萬之軍，策疲乏之兵，當新羈之馬。然猶斬將搴旗，追奔逐北，滅迹掃塵，斬其梟帥，使三軍之士，視死如歸。陵也不才，希當大任，意謂此時，功難堪矣。匈奴既敗，舉國興師，更練精兵，强逾十萬，單于臨陣，親自合圍。客主之形，既不相如，步馬之勢，又甚懸絶。疲兵再戰，一以當千。然猶扶乘創痛，决命争首，死傷積野，餘不滿百，而皆扶病，不任干戈。然陵振臂一呼，創病皆起，舉刃指虜，胡馬奔走。兵盡矢窮，人無尺鐵，猶復徒首奮呼，争爲先登。當此時也，天地爲陵震怒，戰士爲陵飲血。單于謂陵不可復得，便欲引還，而賊臣教之，遂便復戰，（賊臣謂管敢也。《李陵傳》云：“軍候管敢，爲軍旅候，被校尉笞之五十，乃亡入匈奴。於時匈奴與陵戰，至塞，恐漢有伏兵，欲引還。敢曰：‘漢無伏兵。’匈奴因大進新兵，陵戰蘭於山，漢軍敗，弓矢并盡，陵於是遂降。”）故陵不免耳。昔高皇帝以三十萬衆，困於平城，當此之時，猛將如雲，謀臣如雨，然猶七日不食，僅乃得免。况當陵者，豈易爲力哉，而執事者云云？苟怨陵以不死，然陵不死，罪也。子卿視陵，豈偷生之士，而惜死之人哉！寧有背君親，捐妻子，而反爲利者乎！然陵不死，有所爲也。故欲如前書之言，報恩於國主耳。（李陵前與蘇子卿書云："陵前爲子卿死之計，所以然者，冀其驅醜虜，翻然南馳，故且屈以求伸。若將不死，功成事立，則將上報厚恩，下顯祖考之明也。"）誠以虚死不如立節，滅名不如報德也。昔范蠡不殉會稽之耻，曹沫不死三敗之辱，卒復句踐之仇，報魯國之羞。區區之心，竊慕此耳。何圖志未立而怨已成，計未從而骨肉受刑，此陵所以仰天椎心而泣血也。

足下又云，漢與功臣不薄，子爲漢臣，安得不云爾乎。昔蕭、樊囚縶，韓、彭葅醢，晁錯受戮，周魏見辜。其餘佐命立功之士，賈誼、亞夫之徒，皆信命世之才，抱將相之具，而受小人之讒，并受禍敗之辱，卒使懷才受謗，能不得展。彼二子之遐舉，誰不爲之痛心哉！陵先將軍，功略蓋天地，義勇冠三軍，徒失貴臣之意，剄身絶域之表。此功臣義士所以負戟而長嘆者也。何謂不薄哉！

且足下昔以單車之使，適萬乘之虜，遭時不遇，至於伏劍不顧，流離辛苦，幾死朔北之野。丁年奉使，皓首而歸，老母終堂，生妻去帷，此天下所希聞，古今所未有也。蠻貊之人，尚猶嘉子之節，况爲天下之主乎！陵謂足下當享茅土之薦，受千乘之賞。聞子之歸，賜不過二百萬，位不過典屬國，無尺土之封，加子之勤。而妨功害能之臣，盡爲萬户侯，親戚貪佞之類，悉爲廊廟宰。子尚如此，陵復何望哉！且漢厚誅陵以不死，薄賞子以守節，欲使遠聽之臣，望風馳命，此實難矣。所以每顧而不悔者也，陵雖孤恩，漢亦負德。昔人有言，雖忠不烈，視死如歸。陵誠能安，而主豈復能眷眷乎！男兒生以不成名，死則葬蠻夷中，誰復能屈身稽顙，還向北闕，使刀筆之吏弄其文墨邪？願足下勿復望陵。

嗟乎子卿，夫復何言？相去萬里，人絶路殊。生爲别世之人，死爲異域之鬼。長與足下生死辭矣，幸謝故人，勉事聖君。足下胤子無恙，勿以爲念，努力自愛，時因北風，復惠德音。李陵頓首。（中華書局，1977年）

歐陽詢《藝文類聚》卷二十七人部十一《行旅》：

（賦）陳沈炯《魂歸賦》曰：……爰繞朝之贈策，報李陵之别篇，淚未悲而自墮，語有噎而無宣。

同上，卷二十九人部十三《别上》：

（詩）漢李陵贈蘇武别詩曰：晨風鳴北林，熠耀東南飛。願言所相思，日暮不垂帷。明月照高樓，想見餘光輝。玄鳥夜過庭，髣髴能復飛。褰裳路踟躕，彷徨不能歸。浮雲日千里，安知我心悲。思得瓊樹枝，以解長渴飢。

又贈蘇武別詩曰：良時不再至，離別在須臾。屏營衢路側，執手野踟蹰。仰視浮雲馳，奄忽交相逾。風波一失路，各在一天（《文選》二十九作“天一”）隅。長當從此別，且復去斯須。欲因晨風發，送子以賤軀。

漢蘇武別李陵詩曰：骨肉緣枝葉，結交亦相因。四海皆兄弟，誰爲行路人。況我連枝樹，與子同一身。昔爲鴛與鴦，今爲參與辰。昔在常相近，邈若胡與秦。惟念當離別，思情日已新。鹿鳴思野草，可以喻嘉賓。我有一樽酒，欲以贈遠人。願子留斟酌，慰我平生親。

又贈蘇武別詩曰：嘉會難再遇，三載爲千秋。臨河濯長纓，念別悵悠悠。望望悲風至，對酒不能酬。行人懷往路，何以慰我愁。獨有盈觴酒，與子結綢繆。

又蘇武詩曰：黄鵠一遠別，千里顧徘徊。胡馬失其群，思心常依依。何況雙飛龍，羽翼臨當乖。幸有弦歌曲，可以喻中懷。請爲游子吟，泠泠一何悲。絲竹厲清聲，慷慨有餘哀。長歌正激烈，中心愴以摧。欲展清商曲，念子不能歸。俯仰内傷心，淚下不可揮。願爲雙黄鵠，送子俱遠飛。

又贈蘇武詩曰：携手上河梁，游子暮何之。徘徊溪路側，悢悢不能離。行人難久留，各言長相思。安知非日月，弦望自有時。努力崇明德，皓首以爲期。

又贈蘇武別詩曰：陟彼南山隅，送子淇水陽。爾行西南游，我獨東北翔。轅馬顧悲鳴，五步一彷徨。雙鳧相背飛，相遠日已長。遠望雲中路，想見來圭璋。萬里遥相思，何益心獨傷。隨時愛景曜，願言莫相忘。

又贈蘇武詩曰：爍爍三星列，拳拳月初生。寒凉應節至，蟋蟀夜悲鳴。晨風動喬木，枝葉日夜零。游子暮歸思，塞耳不能聽。遠望正蕭條，百里無人聲。遠處天一隅，苦困獨伶丁。親人隨風散，瀝滴如流星。願得萱草枝，以解飢渴情。

又贈蘇武別詩曰：鍾子歌南音，仲尼嘆歸與。戎馬悲邊鳴，游子戀故廬。陽鳥歸飛雲，蛟龍樂潛居。人生一世間，貴與願同俱。身無四凶罪，何爲天一隅。與其苦筋力，必欲榮薄軀。不如及清時，策名於天衢。

漢蘇武別李陵詩曰：雙鳧俱北飛，一鳧獨南翔。子當留斯館，我當歸故鄉。一別如秦胡，會見何詎央。愴恨切中懷，不覺淚沾裳。願子長努力，言笑莫相忘。

又別李陵詩曰：征夫懷往路，起視夜何其。參辰皆已没，去去從此辭。行役在戰場，相見未有期。握手一長嘆，淚爲生別滋。努力愛春華，莫忘歡樂時。生當復來歸，死當長相思。

同上，卷三十人部十四《別下》：

（書）漢李陵與蘇武書曰：子卿名聲冠於圖籍，分義光於二國，形影表於丹青，爵禄傳於王室，家獲無窮之寵，永明白於千載。夫行志志立，求仁得仁，雖遭困厄，死而後已，將何恨哉？陵前提步卒五千，深入匈奴右地三千餘里，雖身降名辱，下計其功，豈不足以免老母之命耶？嗟乎子卿，世事謬矣。功者福主，今爲禍先；忠者義本，今爲重患。是以彭蠡赴流，屈原沉身。子欲居九夷，此不由感怨之志耶？行矣子卿，恩若一體，分爲二朝，悠悠永絶，何可爲思，人殊俗異，死生斷絶，何由復達。

漢蘇武報李陵書曰：曩以人乏，奉使方外。至使遐夷作逆，封豕造悖，豺狼出爪，摧辱王命。身幽於無人之處，迹戢於胡塞之地，歃朝露以爲飲，茹田鼠以爲糧。窮目極望，不見所識；側耳遠聽，不聞人聲。當此之時，生不足甘，死不足惡。所以忍困强存，徒念忠義。雖誘僕以隆爵厚寵，萬金之利，不以滑其慮也；迫以白刃在頸，鈇鑕在喉，不以動其心也。何則？志定於不回，期誓於没命。幸賴聖明，遠垂拯贖，得使入湯之禽，復假羽毛，刖斷之足，復蒙連續。每念足下，才爲世英，器爲時出。語曰："夜行被綉，不足爲榮。"况於家室孤滅，棄在絶域，衣則異制，食味不均，棄損功名，雖尚視息，與亡無異。向使君服節死難，書功竹帛，傳名千代，茅土之封，永在不朽，不亦休哉？嗟乎季卿，事已去矣。失之毫釐，差之千里，將復何言？所貺重遺，義當順承。本爲一體，今爲異俗。余歸漢室，子留彼國。臣無境外之交，故不當受。乖離邈矣，相見未期，國别俗殊，死生隔絶，岱馬越鳥，能不依依！謹奉答報，并還所贈。

李陵重報書曰：子卿足下，勤宣令德，策名清時，榮問休暢，幸甚幸甚。遠托異國，昔人所悲；望風懷想，能不依依？自從初降，以至今日，身之困窮，獨坐愁苦。終日無睹，但見異類。韋韝毳幙，以禦風雨。膻肉酪漿，以充飢渴。舉目言笑，誰與爲歡？凉秋九月，塞外草衰，夜不能寐，側耳遠聽，胡笳互動，牧馬悲鳴，吟嘯成群，聽之不覺淚下。與子别後，邊聲四起，晨坐益復無聊。身負國恩，爲世所悲。子歸受榮，我留受辱，命也何如！身出禮義之鄉，入無知之俗。每一念至，忽然忘生。陵不難刺心以自明，刎頸以見志，顧國家於我已矣，殺身無益，適足增羞。左右之人，見陵如此，爲不入耳之歡，來相勸勉。異方之樂，衹令人悲，增忉怛爾。子卿視陵，豈偷生之士，而惜死之人哉！誠以虚死不如立節，滅名不如報德也。昔范蠡不殉會稽之耻，曹沫不死三敗之辱，卒復句踐之仇，報魯國之羞。區區之心，竊慕此爾。足下又云，漢於功臣不薄；子爲漢臣，安得不云爾乎！足下昔以單車之使，適萬乘之虜，丁年奉使，皓首而歸，老母終堂，生妻去室，此天下所希聞，古今所未有。聞子之歸，賜不過二百萬，位不過典屬國。子尚如此，陵復何望哉？且漢厚誅陵以不死，薄賞子以守節，欲使遠聽之臣，望風馳命，此實難矣。男兒生以不成名，死則葬蠻夷中，誰復能屈身稽顙，回向北闕，使刀筆之吏，弄其文墨耶？嗟乎子卿，夫復何言！相去萬里，人絶路殊，生爲别世之人，死爲異域之鬼，長與足下生死辭矣。

同上，卷九十鳥部一《鳳》：

（詩）漢李陵詩曰：鳳皇鳴高崗，有翼不好飛。安知鳳皇德，貴其來見稀。（上海古籍出版社，1999年）

徐堅《初學記》卷十八人部中《離别》：

（事對）浮雲、零雨。（李陵贈蘇武詩曰：仰視浮雲馳，奄忽互相逾。風波一失路，各在天一隅。）

（詩）李陵贈蘇武詩。（携手上河梁，游子暮何之。徘徊臨蹊路，悢悢不能辭。行人難久留，各言長相思。安知非日月，弦望自有時。努力崇明德，皓首以爲期。）（中華書局，1962年）

虞世南撰，陳禹謨補注《北堂書鈔》卷一百二十武功部八《旗》：

李陵盡埋。［《李陵别傳》云：陵與單于戰，矢盡，軍吏持尺刀，抵山入陿谷。單于遮其後，乘隅下壘石，士卒多死，不得行。陵曰："吾不死，非壯士也。"於是盡斬旌旗，及珍寶埋地中。陵嘆曰："復得數十矢，足以脱矣。今無兵復戰，天明坐受縛矣。"夜半，虜騎數千追之，陵遂降。（補）］

同上，卷一百二十一武功部九《鼓》：

戰鼓不起。（《李陵别傳》云：陵與單于戰數日，拒山谷中，連戰數敗。陵曰："吾士氣少衰而鼓不起，何也？軍中豈有女子乎？"搜軍中，得卒妻，皆斬之。）（《文淵閣四庫全書》本）

白居易原本，孔傳續撰《白孔六帖》卷五十四《戰傷》：

不任干戈。（李陵書曰：死傷積野，餘不滿百，而皆扶病，不任干戈，然陵振臂一呼，創痛皆起。）

同上，卷五十六《以少擊衆》：

白李陵以少擊衆。（《與蘇武書》曰：以五千之衆對十萬之軍。）

疲兵再戰，一以當千，客主之形，既不相如。（李陵書曰。）（《文淵閣四庫全書》本）

李昉等《太平御覽》卷首《經史圖書綱目》：

《李陵别傳》。

同上，卷二十五時序部十《秋下》：

漢李陵《與蘇武書》曰：窮秋九月，塞外草衰，夜不能寐，側耳遠聽，胡笳互動，牧馬悲鳴，吟嘯成群，邊聲四起。晨坐聽之，不覺流淚。

同上，卷一百八十四居處部十二《樞》：

李陵詩曰：明月照户樞，想見餘光輝。

同上，卷三百十一兵部四十二《决戰上》：

李陵《答蘇武書》曰：昔先帝授陵步卒五千出征絶域，五將失道，陵獨遇戰。單于謂陵不可復得，便欲引還，而賊臣教之，遂便復戰，故陵不得免耳。

同上，卷四百八十八人事部一百二十九《悲》：

漢李陵《與蘇武書》曰：胡地玄冰，邊土慘裂，但聞悲風蕭條之聲。胡笳互動，牧馬悲鳴，吟嘯成群，邊聲四起。晨坐聽之，不覺淚下。嗟吁子卿，陵獨何心，能不悲哉！

同上，卷四百八十九人事部一百三十《别離》：

《李陵别傳》曰：陵與蘇武書曰："男兒生不成名，死必葬蠻夷中耳，誰復能屈伸稽顙，還向北闕，使刀筆吏弄其文墨邪！願足下勿復望陵。嗟乎子卿，知復何言！相去萬里，人絶路殊，生爲别離之人，死爲異域之鬼。"

《李陵贈蘇武詩》曰：携手上河梁，游子暮何之。徘徊歧路間，悢悢不能辭。行人難久留，客言長相思。安知非日月，弦望自有時。努力崇明德，皓首以爲期。

又曰：仰視浮雲馳，奄忽互相逾。風波一失路，各在天一涯。

又曰：昔爲鴛與鴦，今爲參與商。

又曰：二凫俱北飛，一凫獨南翔。子當留斯土，我獨歸故鄉。

蘇武《贈李陵詩》云：黄鵠一遠别，千里影徘徊。

同上，卷八百四夷部二十一北狄二《總叙北狄下》：

李陵《報蘇武書》曰：終日無睹，但見異類，韋韝毳幕，以禦風雨。

又曰：出禮義之鄉，入無知之俗。

又曰：胡笳互動，牧馬悲鳴，吟嘯成群，邊聲四起。

同上，卷八百一十四布帛部一《彩》：

李陵《與蘇武詩》曰：有鳥西南飛，熠熠似蒼鷹。朝發天地隅，暮宿日南陵。

欲寄一言書，托之箋彩繒。

同上，卷九百十九羽族部六《鳧》：

李陵《贈蘇武詩》曰：二鳧俱北飛，一鳧獨南翔。我當留斯館，子當歸故鄉。

蘇武《與李陵書》曰：乘雲附景，不足以譬速；晨鳧失群，不足以喻疾。豈可因歸雁以運糧，托景風以餉軍哉？（中華書局，1966年）

李瀚撰，徐子光注《蒙求集注》卷上《李陵初詩》：

（前漢）李陵，字少卿，前將軍廣之孫。少爲侍中建章監，善騎射，愛人，謙遜下士，甚得名譽。武帝以爲有廣之風，拜騎都尉。天漢二年，將步卒五千人征匈奴，戰敗，遂降焉。初，陵與蘇武俱爲侍中，武使匈奴，明年陵降。後昭帝立，與匈奴和親，武得還漢。陵以詩贈别曰："携手上河梁，游子暮何之。徘徊岐路側，悢悢不得辭。晨風鳴北林，熠耀東南飛。浮雲日千里，安知我心悲。"武别陵詩曰："雙鳧俱北飛，一鳧獨南翔。子當留斯館，我當歸故鄉。一别如秦胡，會見何渠央。愴悢切中懷，不覺淚沾裳。願子長努力，言笑莫相忘。"五言詩蓋始此。（《叢書集成初編》本）

潘自牧《記纂淵海》卷七十五著述部《評文下》：

（集）東坡云："李陵答蘇武書，其詞猥淺，乃齊、梁間人擬作，蕭統不之悟，而劉子元獨知之。"據《宋史》，江淹獄中上書云："此少卿所以仰天捶心，泣盡而繼之以血也。"正引陵書中語，是又非齊、梁間人所作明矣。年世既遠，真僞難辨，如此者多。如《繫辭》，歐公尚疑非仲尼所作，荆公以《詩序》非子夏之文，《禮記》多漢儒所增。五經如此，况其餘哉？宋咸以私意改《周易》正經數十處，多見其不知量也。（陳政敏撰《遁齋閑覽》）（《文淵閣四庫全書》本）

祝穆《古今事文類聚後集》卷十四人倫部夫婦《生妻去帷》：

李陵答蘇武書："父母終堂，生妻去帷。"李陵謂武曰："陵來時，太夫人已不幸，陵送去陵陽。子卿婦年少，聞已更嫁。"（《文淵閣四庫全書》本）

祝穆《古今事文類聚别集》卷九文章部詩上《五言之始》：

李陵與蘇武云："携手上河梁，游子暮何之。"詩五言自陵始。

同上，卷二十五人事部别離古詩《贈蘇武别》：

《贈蘇武别》（李陵）

良時不再至，離别在須臾。屏營衢路側，執手野踟蹰。仰視浮雲馳，奄忽互相逾。風波一失路，各在天一隅。長當從此别，且復立斯須。欲因晨風發，送子以賤軀。

《同前》（李陵）

携手上河梁，游子暮何之。徘徊蹊路側，悢悢不能辭。行人難久留，各言長相思。安知非日月，弦望自有時。努力崇明德，皓首以爲期。

《别李陵》（蘇武）

雙鳧俱北飛，一鳧獨南翔。子當留斯館，我當歸故鄉。一别如秦胡，會見何詎央。愴悢切中懷，不覺淚沾裳。願子長努力，言笑莫相忘。

《同前》（蘇武）

征夫懷往路，起視夜何其。參辰皆已没，去去從此辭。行役在戰場，相見未有期。握手一長嘆，淚爲生别滋。努力愛春華，莫忘歡樂時。生當復歸來，死當長相思。（《文淵閣四庫全書》本）

嚴可均《全漢文》卷二十八《李陵》：

陵，字少卿，隴西成紀人，前將軍廣孫，爲侍中建章監，拜騎都尉。天漢二年，兵敗，降於匈奴。尚單于女，封右校王。元平元年病死，有《集》二卷。（商務印書館，1999年）

姚振宗《漢書藝文志拾補·諸子略》第二小説家者流：

《李陵别傳》。

《御覽》四百八十九引《李陵别傳》曰："陵與蘇武書曰：'男兒生不成名，死必葬蠻夷中耳。誰復能屈伸稽顙還向北闕，使刀筆吏弄其文墨耶？願足下勿復望陵。嗟乎！子卿知復何言？相去萬里，人絶路殊，生爲離别之人，死爲異域之鬼。'"

按《李陵别傳》當是前漢人作。陵既不得已降匈奴，漢朝人士頗有憫惜之者，故爲是傳，志悲感焉。《隋志》有梁任昉《雜傳》一百四十七卷，賀縱《雜傳》七十卷，陸澄《雜傳》十九卷，無名氏《雜傳》十一卷，皆纂集先代别傳匯爲一帙者。此傳當在其内，故不别著録。陵與蘇武書見《文選》，或以爲魏晋六朝人擬作，亦無碻證。

同上，《詩賦略》第三别集之屬：

《漢騎都尉李陵集》二卷。

《漢書·李廣傳》：廣，隴西成紀人也。廣子當户早死。有遺腹子陵，字少卿，少爲侍中建章監。善騎射，愛人，謙讓下士，甚得名譽。武帝以爲有廣之風，拜爲騎都尉。天漢二年，將步兵五千人出居延，北行三十日，至浚稽山，與單于相直。兵敗降匈奴，單于以女妻之，立爲右校王。陵在匈奴二十餘年，昭帝元平元年病死。（《世系》：漢騎都尉陵降匈奴，裔孫歸魏，見於丙殿，賜氏曰丙。）

梁鍾嶸《詩品》曰："夏歌曰'鬱陶乎予心'，楚謡曰'名予曰正則'，雖詩體未全，然是五言之濫觴也。逮漢李陵，始著五言之目。"又曰："漢都尉李陵詩，其源出於《楚辭》，文多淒怨者之流。陵，名家子，有殊才，生命不諧，聲頹身喪。使陵不遇辛苦，其文亦何能至此。"

《御覽·文部》：顔延之《庭誥》曰："李陵衆作，總雜不類，是假托，非盡陵制。至其善篇，有足悲者。"

《史通·雜説篇》：《李陵集》有《與蘇武書》，詞采壯麗，音句流靡。觀其文體，不類西漢人，殆後來所爲，假稱陵作也。遷史缺而不載，良有以焉。編於《李集》中，斯爲謬矣。

《隋書·經籍志》：漢騎都尉《李陵集》二卷。《唐·經籍志》：《李陵集》二卷。《藝文志》同。

嚴可均《全漢文編》：李陵有集二卷。今存《令》《表》《與蘇武書》《重報蘇武書》四篇。《文選》有李少卿與蘇武詩三篇。馮氏《詩紀》輯存《别蘇武歌》一篇。（《二十五史藝文經籍志考補萃編》本，清華大學出版社，2011年）

案：姚振宗《漢書藝文志拾補》諸子略小説家著録《李陵别傳》，未注篇卷，也未題撰人。

《李陵别傳》，《北堂書鈔》卷一百二十、卷一百二十一兩引之，内容與《漢書·李陵傳》略同。《太平御覽》四百八十九亦引之，爲李陵與蘇武書。此書亦見《文選》卷四十一、《藝文類聚》卷三十，而《文選》尤詳。《隋書·經籍志》有"漢騎都尉《李陵集》二卷"，《舊唐書·經籍志》《新唐書·藝文志》同，而《宋史·藝文志》未見著録。今《藝文類聚》《太平御覽》《古今事文類聚》等，存李陵與蘇武相贈詩歌及往來書信多首，然觀其詞氣頗類晋以後至南朝間文字，殆因李陵事而擬作者也。一則，"努力崇明德，皓首以爲期""人生一世間，貴與願同俱"諸句，其義與當時情景不合；二則，今存李陵與蘇武往復之詩、書不下十數，分别之時，以餞别爲宜，而乃贈詩相答，書信往復，無有此理也；三則，《漢書》本傳李陵語蘇武云："陛下春秋高，法令亡常，大臣亡罪夷滅者數十家，安危不可知。"而《文選·與蘇武書》則實之曰："昔蕭、樊囚縶，韓、彭菹醢，鼂錯受戮，周魏見辜。其餘佐命立功之士，賈誼、亞夫之徒，皆信命世之才，抱將相之具，而受小人之讒，并受禍敗之辱，卒使懷才受謗，能不得展。彼二子之遐舉，誰不爲之痛心哉！”顯係據史敷衍而成。蘇軾云：“李陵答蘇武書，其詞猥淺，乃齊、梁間人擬作。”頗有見地。觀諸書所引《别傳》佚文，叙事者則與史實略同，引來往詩書者則涉於贋作，故可推知：《李陵别傳》蓋晋後至南朝間人敷衍《漢書·李陵傳》本事，僞作詩歌書信，互贈往來，以增曲折，曲盡抒情之至也。詞美可觀，後人輯出以爲《李陵集》，而《别傳》反亡矣。該書《北堂書鈔》《太平御覽》等尚引之，然止數條，全書已不存。

東方朔别傳（東方朔外傳）

司馬遷撰，裴駰集解，司馬貞索隱，張守節正義《史記》卷一百二十六《滑稽列傳》：

褚先生曰：臣幸得以經術爲郎，而好讀外家傳語。竊不遜讓，復作故事滑稽之語六章，編之於左。可以覽觀揚意，以示後世好事者讀之，以游心駭耳，以附益上方太史公之三章。

武帝時，齊人有東方生名朔，（《索隱》：案仲長統云遷爲《滑稽傳》，序優旃事，不稱東方朔，非也。朔之行事，豈直旃、孟之比哉。而桓譚亦以遷爲是，又非也。《正義》：《漢書》云："平原厭次人也。"《輿地志》云："厭次，宜是富平縣之鄉聚名也。"《括地〔志〕》云："富平故城在倉州陽信縣東南四十里，漢縣也。"）以好古傳書，愛經術，多所博觀外家之語。朔初入長安，至公車上書，凡用三千奏牘。公車令兩人共持舉其書，僅然能勝之。人主從上方讀之，止，輒乙其處，讀之二月乃盡。詔拜以爲郎，常在側侍中。數召至前談語，人主未嘗不説也。時詔賜之食於前。飯已，盡懷其餘肉持去，衣盡污。數賜縑帛，擔揭而去。徒用所賜錢帛，取少婦於長安中好女。率取婦一歲所者即棄去，更取婦。所賜錢財盡索之於女子。人主左右諸郎半呼之"狂人"。人主聞之，曰："令朔在事無爲是行者，若等安能及之哉！"朔任其子爲郎，又爲侍謁者，常持節出使。朔行殿中，郎謂之曰："人皆以先生爲狂。"朔曰："如朔等，所謂避世於朝廷間者也。古之人，乃避世於深山中。"時坐席中，酒酣，據地歌曰："陸沈於俗，避世金馬門。宫殿中可以避世全身，何必深山之中、蒿廬之下。"金馬門者，宦〔者〕署門也，門傍有銅馬，故謂之曰"金馬門"。

時會聚宫下博士諸先生與論議，共難之曰："蘇秦、張儀一當萬乘之主，而都卿相之位，澤及後世。今子大夫修先王之術，慕聖人之義，諷誦《詩》《書》百家之言，不可勝數。著於竹帛，自以爲海内無雙，即可謂博聞辯智矣。然悉力盡忠以事聖帝，曠日持久，積數十年，官不過侍郎，位不過執戟，意者尚有遺行邪？其故何也？"東方生曰："是固非子所能備也。彼一時也，此一時也，豈可同哉！夫張儀、蘇秦之時，周室大壞，諸侯不朝，力政争權，相禽以兵，并爲十二國，未有雌雄，得士者强，失士者亡，故説聽行通，身處尊位，澤及後世，子孫長榮。今非然也。聖帝在上，德流天下，諸侯賓服，威振四夷，連四海之外以爲席，安於覆盂，天下平均，合爲一家，動發舉事，猶如運之掌中。賢與不肖，何以異哉？方今以天下之大，士民之衆，竭精馳説，并進輻凑者，不可勝數。悉力慕義，困於衣食，或失門户。使張儀、蘇秦與僕并生於今之世，曾不能得掌故，安敢望常侍侍郎乎？傳曰：‘天下無害菑，雖有聖人，無所施其才；上下和同，雖有賢者，無所立功。’故曰時異則事異。雖然，安可以不務修身乎？《詩》曰：‘鼓鐘於宫，聲聞於外。’‘鶴鳴九皋，聲聞於天。’苟能修身，何患不榮！太公躬行仁義七十二年，逢文王，得行其説，封於齊，七百歲而不絶。此士之所以日夜孜孜，修學行道，不敢止也。今世之處士，時雖不用，崛然獨立，塊然獨處，上觀許由，下察接輿，策同范蠡，忠合子胥，天下和平，與義相扶，寡偶少徒，固其常也。子何疑於余哉！”於是諸先生默然無以應也。

建章宫後閣重櫟中有物出焉，其狀似麋。以聞，武帝往臨視之。問左右群臣習事通經術者，莫能知。詔東方朔視之。朔曰：“臣知之，願賜美酒粱飯大飧臣，臣乃言。”詔曰：“可。”已又曰：“某所有公田魚池蒲葦數頃，陛下以賜臣，臣朔乃言。”詔曰：“可。”於是朔乃肯言，曰：“所謂騶牙者也。遠方當來歸義，而騶牙先見。其齒前後若一，齊等無牙，故謂之騶牙。”其後一歲所，匈奴混邪王果將十萬衆來降漢。乃復賜東方生錢財甚多。

至老，朔且死時，諫曰：“《詩》云：‘營營青蠅，止於蕃。愷悌君子，無信讒言。讒言罔極，交亂四國。’願陛下遠巧佞，退讒言。”帝曰：“今顧東方朔多善言？”怪之。居無幾何，朔果病死。傳曰：“鳥之將死，其鳴也哀；人之將死，其言也善。”此之謂也。（中華書局，1982年）

班固撰，顔師古注《漢書》卷三十《藝文志》諸子略雜家：

《東方朔》二十篇。

同上，卷六十五《東方朔傳》：

東方朔，字曼倩，平原厭次人也。武帝初即位，徵天下舉方正賢良文學材力之士，待以不次之位，四方士多上書言得失，自炫鬻者以千數，其不足采者輒報聞罷。朔初來，上書曰：“臣朔少失父母，長養兄嫂。年十三學書，三冬文史足用。十五學擊劍。十六學《詩》《書》，誦二十二萬言。十九學孫吴兵法，戰陣之具，鉦鼓之教，亦誦二十二萬言。凡臣朔固已誦四十四萬言。又常服子路之言。臣朔年二十二，長九尺三寸，目若懸珠，齒若編貝，勇若孟賁，捷若慶忌，廉若鮑叔，信若尾生。若此，可以爲天子大臣矣。臣朔昧死再拜以聞。”

朔文辭不遜，高自稱譽，上偉之，令待詔公車，奉禄薄，未得省見。

久之，朔紿騶朱儒，曰：“上以若曹無益於縣官，耕田力作固不及人，臨衆處官不能治民，從軍擊虜不任兵事，無益於國用，徒索衣食，今欲盡殺若曹。”朱儒大恐，啼泣。朔教曰：“上即過，叩頭請罪。”居有頃，聞上過，朱儒皆號泣頓首。上問：“何爲？”對曰：“東方朔言上欲盡誅臣等。”上知朔多端，召問朔：“何恐朱儒爲？”對曰：“臣朔生亦言，死亦言。朱儒長三尺餘，奉一囊粟，錢二百四十。臣朔長九尺餘，亦奉一囊粟，錢二百四十。朱儒飽欲死，臣朔飢欲死。臣言可用，幸異其禮；不可用，罷之，無令但索長安米。”上大笑，因使待詔金馬門，稍得親近。

上嘗使諸數家射覆，置守宫盂下，射之，皆不能中。朔自贊曰：“臣嘗受《易》，請射之。”乃别蓍布卦而對曰：“臣以爲龍又無角，謂之爲蛇又有足，跂跂脉脉善緣壁，是非守宫即蜥蜴。”上曰：“善。”賜帛十匹。復使射他物，連中，輒賜帛。

時有幸倡郭舍人，滑稽不窮，常侍左右，曰：“朔狂，幸中耳，非至數也。臣願令朔復射，朔中之，臣榜百，不能中，臣賜帛。”乃覆樹上寄生，令朔射之。朔曰：“是窶藪也。”舍人曰：“果知朔不能中也。”朔曰：“生肉爲膾，乾肉爲脯，著樹爲寄生，盆下爲窶數。”上令倡監榜舍人，舍人不勝痛，呼謈。朔笑之曰：“咄！口無毛，聲謷謷，〔尻〕（尻）益高。”舍人恚曰：“朔擅詆欺天子從官，當棄市。”上問朔：“何故詆之？”對曰：“臣非敢詆之，乃與爲隱耳。”上曰：“隱云何？”朔曰：“夫口無毛者，狗竇也；聲謷謷者，鳥哺鷇也；〔尻〕（尻）益高者，鶴俯啄也。”舍人不服，因曰：“臣願復問朔隱語，不知，亦當榜。”即妄爲諧語曰：“令壺齟，老柏塗，伊優亞，狋吽牙。何謂也？”朔曰：“令者，命也。壺者，所以盛也。齟者，齒不正也。老者，人所敬也。柏者，鬼之廷也。塗者，漸洳徑也。伊優亞者，辭未定也。狋吽牙者，兩犬争也。”舍人所問，朔應聲輒對，變詐鋒出，莫能窮者，左右大驚。上以朔爲常侍郎，遂得愛幸。

久之，伏日，詔賜從官肉。大官丞日晏不來，朔獨拔劍割肉，謂其同官曰：“伏日當蚤歸，請受賜。”即懷肉去。大官奏之。朔入，上曰：“昨賜肉，不待詔，以劍割肉而去之，何也？”朔免冠謝。上曰：“先生起自責也。”朔再拜曰：“朔來！朔來！受賜不待詔，何無禮也！拔劍割肉，一何壯也！割之不多，又何廉也！歸遺細君，又何仁也！”（師古曰：“細君，朔妻之名。一説，細，小也，朔自比於諸侯，謂其妻曰小君。”）上笑曰：“使先生自責，乃反自譽！”復賜酒一石，肉百斤，歸遺細君。

初，建元三年，微行始出，北至池陽，西至黄山，南獵長楊，東游宜春。微行常用飲酎已。八九月中，與侍中常侍武騎及待詔隴西北地良家子能騎射者期諸殿門，故有“期門”之號自此始。微行以夜漏下十刻乃出，常稱平陽侯。旦明，入山下騎射鹿豕狐兔，手格熊羆，馳鶩禾稼稻秔之地。民皆號呼罵詈，相聚會，自言鄠杜令。令往，欲謁平陽侯，諸騎欲擊鞭之。令大怒，使吏呵止，獵者數騎見留，乃示以乘輿物，久之乃得去。時夜出夕還，後齎五日糧，會朝長信宫，上大歡樂之。是後，南山下乃知微行數出也，然尚迫於太后，未敢遠出。丞相御史知指，乃使右輔都尉徼循長楊以東，右内史發小民共待會所。後乃私置更衣，從宣曲以南十二所，中休更衣，投宿諸宫，長楊、五柞、倍陽。宣曲尤幸。於是上以爲道遠勞苦，又爲百姓所患，乃使太中大夫吾丘壽王與待詔能用算者二人，舉籍阿城以南，盩厔以東，宜春以西，提封頃畝，及其賈直，欲除以爲上林苑，屬之南山。又詔中尉、左右内史表屬縣草田，欲以償鄠杜之民。吾丘壽王奏事，上大説稱善。時朔在傍，進諫曰："臣聞謙遜静慤，天表之應，應之以福；驕溢靡麗，天表之應，應之以異。今陛下纍郎臺，恐其不高也；弋獵之處，恐其不廣也。如天不爲變，則三輔之地盡可以爲苑，何必盩厔、鄠杜乎？奢侈越制，天爲之變，上林雖小，臣尚以爲大也。夫南山，天下之阻也，南有江、淮，北有河、渭，其地從汧隴以東，商雒以西，厥壤肥饒。漢興，去三河之地，止霸産以西，都涇渭之南，此所謂天下陸海之地，秦之所以虜西戎、兼山東者也。其山出玉石，金、銀、銅、鐵，豫章、檀、柘，異類之物，不可勝原，此百工所取給，萬民所卬足也。又有秔稻梨栗桑麻竹箭之饒，土宜薑芋，水多蛙魚，貧者得以人給家足，無飢寒之憂。故酆鎬之間號爲土膏，其賈畝一金。今規以爲苑，絶陂池水澤之利，而取民膏腴之地，上乏國家之用，下奪農桑之業，棄成功，就敗事，損耗五穀，是其不可一也。且盛荆棘之林，而長養麋鹿，廣狐兔之苑，大虎狼之虚，又壞人冢墓，發人室廬，令幼弱懷土而思，耆老泣涕而悲，是其不可二也。斥而營之，垣而囿之，騎馳東西，車騖南北，又有深溝大渠，夫一日之樂不足以危無堤之輿，是其不可三也。故務苑囿之大，不恤農時，非所以强國富人也。夫殷作九市之宫而諸侯畔，靈王起章華之臺而楚民散，秦興阿房之殿而天下亂。糞土愚臣，忘生觸死，逆盛意，犯隆指，罪當萬死，不勝大願，願陳《泰階六符》，以觀天變，不可不省。"

是日因奏《泰階》之事，上乃拜朔爲太中大夫、給事中，賜黄金百斤。然遂起上林苑，如壽王所奏云。

久之，隆慮公主子昭平君尚帝女夷安公主，隆慮主病困，以金千斤錢千萬爲昭平君豫贖死罪，上許之。隆慮主卒，昭平君日驕，醉殺主傅，獄繫内官。以公主子，廷尉上請請論。左右人人爲言："前又入贖，陛下許之。"上曰："吾弟老有是一子，死以屬我。"於是爲之垂涕嘆息，良久曰："法令者，先帝所造也，用弟故而誣先帝之法，吾何面目入高廟乎！又下負萬民。"乃可其奏，哀不能自止，左右盡悲。朔前上壽，曰："臣聞聖王爲政，賞不避仇讎，誅不擇骨肉。《書》曰：'不偏不黨，王道蕩蕩。'此二者，五帝所重，三王所難也。陛下行之，是以四海之内元元之民各得其所，天下幸甚！臣朔奉觴，昧死再拜上萬歲壽。"上乃起，入省中，夕時召讓朔，曰："傳曰：'時然後言，人不厭其言。'今先生上壽，時乎？"朔免冠頓首曰："臣聞樂太甚則陽溢，哀太甚則陰損，陰陽變則心氣動，心氣動則精神散，精神散而邪氣及。銷憂者莫若酒，臣朔所以上壽者，明陛下正而不阿，因以止哀也。愚不知忌諱，當死。"先是，朔嘗醉入殿中，小遺殿上，劾不敬。有詔免爲庶人，待詔宦者署，因此（時）〔對〕復爲中郎，賜帛百匹。

初，帝姑館陶公主號竇太主，堂邑侯陳午尚之。午死，主寡居，年五十餘矣，近幸董偃。始偃與母以賣珠爲事，偃年十三，隨母出入主家。左右言其姣好，主召見，曰："吾爲母養之。"因留第中，教書計相馬御射，頗讀傳記。至年十八而冠，出則執轡，入則侍内。爲人温柔愛人，以主故，諸公接之，名稱城中，號曰董君。主因推令散財交士，令中府曰："董君所發，一日金滿百斤，錢滿百萬，帛滿千匹，乃白之。"安陵爰叔者，爰盎兄子也，與偃善，謂偃曰："足下私侍漢主，挾不測之罪，將欲安處乎？"偃懼曰："憂之久矣，不知所以。"爰叔曰："顧城廟遠無宿宫，又有萩竹籍田，足下何不白主獻長門園？此上所欲也。如是，上知計出於足下也，則安枕而卧，長無慘怛之憂。久之不然，上且請之，於足下何如？"偃頓首曰："敬奉教。"入言之主，主立奏書獻之。上大説，更名竇太主園爲長門宫。主大喜，使偃以黄金百斤爲爰叔壽。

叔因是爲董君畫求見上之策，令主稱疾不朝。上往臨疾，問所欲，主辭謝曰："妾幸蒙陛下厚恩，先帝遺德，奉朝請之禮，備臣妾之儀，列爲公主，賞賜邑入，隆天重地，死無以塞責。一日卒有不勝灑掃之職，先狗馬填溝壑，竊有所恨，不勝大願，願陛下時忘萬事，養精游神，從中掖庭回輿，枉路臨妾山林，得獻觴上壽，娱樂左右。如是而死，何恨之有！"上曰："主何憂？幸得愈。恐群臣從官多，大爲主費。"上還。有頃，主疾愈，起謁，上以錢千萬從主飲。後數日，上臨山林，主自執宰敝膝，道入登階就坐。坐未定，上曰："願謁主人翁！"主乃下殿，去簪珥，徒跣頓首謝曰："妾無狀，負陛下，身當伏誅。陛下不致之法，頓首死罪。"有詔謝。主簪履起，之東箱自引董君。董君緑幘傅韝，隨主前，伏殿下，主乃贊："館陶公主胞人臣偃昧死再拜謁。"因叩頭謝，上爲之起。有詔賜衣冠上。偃起，走就衣冠。主自奉食進觴。當是時，董君見尊不名，稱爲"主人翁"，飲大歡樂。主乃請賜將軍列侯從官金錢雜繒各有數。於是董君貴寵，天下莫不聞。郡國狗馬蹴鞠劍客輻凑董氏。常從游戲北宫，馳逐平樂，觀鷄鞠之會，角狗馬之足，上大歡樂之。於是上爲竇太主置酒宣室，使謁者引内董君。

是時，朔陛戟殿下，辟戟而前曰："董偃有斬罪三，安得入乎？"上曰："何謂也？"朔曰："偃以人臣私侍公主，其罪一也；敗男女之化，而亂婚姻之禮，傷王制，其罪二也；陛下富於春秋，方積思於六經，留神於王事，馳騖於唐虞，折節於三代，偃不遵經勸學，反以靡麗爲右，奢侈爲務，盡狗馬之樂，極耳目之欲，行邪枉之道，徑淫辟之路，是乃國家之大賊，人主之大蜮。偃爲淫首，其罪三也。昔伯姬燔而諸侯憚，奈何乎陛下？”上默然不應，良久曰：“吾業以設飲，後而自改。”朔曰：“不可。夫宣室者，先帝之正處也，非法度之政不得入焉。故淫亂之漸，其變爲篡，是以豎貂爲淫而易牙作患，慶父死而魯國全，管蔡誅而周室安。”上曰：“善。”有詔止，更置酒北宫，引董君從東司馬門。東司馬門更名東交門，賜朔黄金三十斤。董君之寵由是日衰，至年三十而終。後數歲，竇太主卒，與董君會葬於霸陵。是後，公主貴人多逾禮制，自董偃始。

時天下侈靡趨末，百姓多離農畝。上從容問朔：“吾欲化民，豈有道乎？”朔對曰：“堯舜禹湯文武成康上古之事，經歷數千載，尚難言也，臣不敢陳。願近述孝文皇帝之時，當世耆老皆聞見之。貴爲天（下）〔子〕，富有四海，身衣弋綈，足履革舄，以韋帶劍，莞蒲爲席，兵木無刃，衣緼無文，集上書囊以爲殿帷；以道德爲麗，以仁義爲準。於是天下望風成俗，昭然化之。今陛下以城中爲小，圖起建章，左鳳闕，右神明，號稱千門萬户；木土衣綺綉，狗馬被繢罽；宫人簪玳瑁，垂珠璣；設戲車，教馳逐，飾文采，叢珍怪；撞萬石之鐘，擊雷霆之鼓，作俳優，舞鄭女。上爲淫侈如此，而欲使民獨不奢侈失農，事之難者也。陛下誠能用臣朔之計，推甲乙之帳燔之於四通之衢，却走馬示不復用，則堯、舜之隆宜可與比治矣。《易》曰：‘正其本，萬事理；失之豪氂，差以千里。’願陛下留意察之。”

朔雖詼笑，然時觀察顔色，直言切諫，上常用之。自公卿在位，朔皆敖弄，無所爲屈。

上以朔口諧辭給，好作問之。嘗問朔曰：“先生視朕何如主也？”朔對曰：“自唐虞之隆，成康之際，未足以諭當世。臣伏觀陛下功德，陳五帝之上，在三王之右。非若此而已，誠得天下賢士，公卿在位咸得其人矣。譬若以周邵爲丞相，孔丘爲御史大夫，太公爲將軍，畢公高拾遺於後，弁嚴子爲衛尉，皋陶爲大理，后稷爲司農，伊尹爲少府，子贛使外國，顔閔爲博士，子夏爲太常，益爲右扶風，季路爲執金吾，契爲鴻臚，龍逢爲宗正，伯夷爲京兆，管仲爲馮翊，魯般爲將作，仲山甫爲光禄，申伯爲太僕，延陵季子爲水衡，百里奚爲典屬國，柳下惠爲大長秋，史魚爲司直，蘧伯玉爲太傅，孔父爲詹事，孫叔敖爲諸侯相，子産爲郡守，王慶忌爲期門，夏育爲鼎官，羿爲旄頭，宋萬爲式道侯。”上乃大笑。

是時朝廷多賢材，上復問朔：“方今公孫丞相、兒大夫、董仲舒、夏侯始昌、司馬相如、吾丘壽王、主父偃、朱買臣、嚴助、汲黯、膠倉、終軍、嚴安、徐樂、司馬遷之倫，皆辯知閎達，溢於文辭，先生自視，何與比哉？”朔對曰：“臣觀其臿齒牙，樹頰胲，吐脣吻，擢項頤，結股腳，連脽尻，遺蛇其迹，行步偊旅，臣朔雖不肖，尚兼此數子者。”朔之進對澹辭，皆此類也。

武帝既招英俊，程其器能，用之如不及。時方外事胡越，内興制度，國家多事，自公孫宏以下至司馬遷皆奉使方外，或爲郡國守相至公卿，而朔嘗至太中大夫，後常爲郎，與枚皋、郭舍人俱在左右，詼啁而已。久之，朔上書陳農戰强國之計，因自訟獨不得大官，欲求試用。其言專商鞅、韓非之語也，指意放蕩，頗復詼諧，辭數萬言，終不見用。朔因著論，設客難己，用位卑以自慰諭。其辭曰：客難東方朔曰："蘇秦、張儀一當萬乘之主，而都卿相之位，澤及後世。今子大夫修先王之術，慕聖人之義，諷誦《詩》《書》百家之言，不可勝數，著於竹帛，脣腐齒落，服膺而不釋，好學樂道之效，明白甚矣。自以智能海内無雙，則可謂博聞辯智矣。然悉力盡忠以事聖帝，曠日持久，官不過侍郎，位不過執戟，意者尚有遺行邪？同胞之徒無所容居，其故何也？"東方先生喟然長息，仰而應之曰："是固非子之所能備也。彼一時也，此一時也，豈可同哉！夫蘇秦、張儀之時，周室大壞，諸侯不朝，力政争權，相禽以兵，并爲十二國，未有雌雄，得士者强，失士者亡，故談説行焉。身處尊位，珍寶充内，外有廪倉，澤及後世，子孫長享。今則不然，聖帝流德，天下震慴，諸侯賓服，連四海之外以爲帶，安於覆盂，動猶運之掌，賢不肖何以異哉？遵天之道，順地之理，物無不得其所，故綏之則安，動之則苦；尊之則爲將，卑之則爲虜；抗之則在青雲之上，抑之則在深泉之下；用之則爲虎，不用則爲鼠；雖欲盡節效情，安知前後？夫天地之大，士民之衆，竭精談説，并進輻凑者不可勝數，悉力募之，困於衣食，或失門户。使蘇秦、張儀與僕并生於今之世，曾不得掌故，安敢望常侍郎乎！故曰時異事異。雖然，安可以不務修身乎哉？《詩》云：'鼓鐘於宫，聲聞於外。''鶴鳴於九皋，聲聞於天。'苟能修身，何患不榮！太公體行仁義，七十有二〔延〕（廼）設用於文武，得信厥説，封於齊，七百歲而不絶。此士所以日夜孳孳，敏行而不敢怠也。辟若鶺鴒，飛且鳴矣。傳曰：'天不爲人之惡寒而輟其冬，地不爲人之惡險而輟其廣，君子不爲小人之匈匈而易其行。''天有常度，地有常形，君子有常行。君子道其常，小人計其功。'《詩》云：'禮義之不愆，何恤人之言？'故曰：'水至清則無魚，人至察則無徒。冕而前旒，所以蔽明；黈纊充耳，所以塞聰。'明有所不見，聰有所不聞。舉大德，赦小過，無求備於一人之義也。枉而直之，使自得之；優而柔之，使自求之；揆而度之，使自索之。蓋聖人之教化如此，欲自得之；自得之，則敏且廣矣。今世之處士魁然無徒，廓然獨居，上觀許由，下察接輿，計同范蠡，忠合子胥，天下和平，與義相扶，寡耦少徒，固其宜也，子何疑於我哉？若夫燕之用樂毅，秦之任李斯，酈食其之下齊，説行如流，曲從如環，所欲必得，功若丘山，海内定，國家安，是遇其時也，子又何怪之邪？語曰'以筦窺天，以蠡測海。以莛撞鐘'，豈能通其條貫，考其文理，發其音聲哉！繇是觀之，譬猶鼱鼩之襲狗，孤豚之咋虎，至則靡耳，何功之有？今以下愚而非處士，雖欲勿困，固不得已，此適足以明其不知權變，而終惑於大道也。"

又設《非有先生之論》，其辭曰：非有先生仕於吴，進不稱往古以厲主意，退不能揚君美以顯其功，默（默）〔然〕無言者三年矣。吴王怪而問之，曰：“寡人獲先人之功，寄於衆賢之上，夙興夜寐，未嘗敢怠也。今先生率然高舉，遠集吴地，將以輔治寡人，誠竊嘉之，體不安席，食不甘味，目不視靡曼之色，耳不聽鐘鼓之音，虚心定志欲聞流議者三年於兹矣。今先生進無以輔治，退不揚主譽，竊不爲先生取之也。蓋懷能而不見，是不忠也；見而不行，主不明也。意者寡人殆不明乎？”非有先生伏而唯唯。吴王曰：“可以談矣，寡人將竦意而覽焉。”先生曰：“於戲，可乎哉？可乎哉？談何容易！夫談有悖於目拂於耳謬於心而便於身者，或有説於目順於耳快於心而毁於行者，非有明王聖主，孰能聽之？”吴王曰：“何爲其然也？‘中人已上可以語上也。’先生試言，寡人將聽焉。”先生對曰：“昔者關龍逢深諫於桀，而王子比干直言於紂，此二臣者，皆極慮盡忠，閔王澤不下流，而萬民騷動，故直言其失，切諫其邪者，將以爲君之榮，除主之禍也。今則不然，反以爲誹謗君之行，無人臣之禮，果紛然傷於身，蒙不辜之名，戮及先人，爲天下笑，故曰談何容易！是以輔弼之臣瓦解，而邪諂之人并進，〔遂〕及蜚廉、惡來（輩）〔革〕等二人皆詐僞，巧言利口以進其身，陰奉雕瑑刻鏤之好以納其心。務快耳目之欲，以苟容爲度。遂往不戒，身没被戮，宗廟崩阤，國家爲虚，放戮賢聖，親近讒夫。《詩》不云乎？‘讒人罔極，交亂四國’，此之謂也。故卑身賤體，説色微辭，愉愉呴呴，終無益於主上之治，則志士仁人不忍爲也。將儼然作矜嚴之色，深言直諫，上以拂主之邪，下以損百姓之害，則忤於邪主之心，歷於衰世之法。故養壽命之士莫肯進也，遂居（家）〔深〕山之間，積土爲室，編蓬爲户，彈琴其中，以咏先王之風，亦可以樂而忘死矣。是以伯夷、叔齊避周，餓於首陽之下，後世稱其仁。如是邪主之行固足畏也，故曰談何容易！”於是吴王懼然易容，捐薦去几，危坐而聽。先生曰：“接輿避世，箕子被髮陽狂，此二人者，皆避濁世以全其身者也。使遇明王聖主，得賜清燕之閑，寬和之色，發憤畢誠，圖盡安危，揆度得失，上以安主體，下以便萬民，則五帝三王之道可幾而見也。故伊尹蒙耻辱負鼎俎和五味以干湯，太公釣於渭之陽以見文王。心合意同，謀無不成，計無不從，誠得其君也。深念遠慮，引義以正其身，推恩以廣其下，本仁祖義，褒有德，禄賢能，誅惡亂，總遠方，一統類，美風俗，此帝王所由昌也。上不變天性，下不奪人倫，則天地和洽，遠方懷之，故號聖王。臣子之職既加矣，於是裂地定封，爵爲公侯，傳國子孫，名顯後世，民到於今稱之，以遇湯與文王也。太公、伊尹以如此，龍逢、比干獨如彼，豈不哀哉！故曰談何容易！”於是吴王穆然，俯而深惟，仰而泣下交頤，曰：“嗟乎！余國之不亡也，綿綿連連，殆哉，世之不絶也！”於是正明堂之朝，齊君〔臣〕之位，舉賢材，布德惠，施仁義，賞有功，躬節儉，减後宫之費，損車馬之用，放鄭聲，遠佞人，省庖厨，去侈靡；卑宫館，壞苑囿，填池塹，以予貧民無産業者，開内臧，振貧窮，存耆老，恤孤獨；薄賦斂，省刑辟。行此三年，海内晏然，天下大洽，陰陽和調，萬物咸得其宜；國無灾害之變，民無飢寒之色，家給人足，畜積有餘，囹圄空虚；鳳凰來集，麒麟在郊，甘露既降，朱草萌牙；遠方異俗之人鄉風慕義，各奉其職而來朝賀。故治亂之道，存亡之端，若此易見，而君人者莫肯爲也。臣愚竊以爲過。故《詩》云："王國克生，惟周之楨。濟濟多士，文王以寧。"此之謂也。

朔之文辭，此二篇最善。其餘有《封泰山》《責和氏璧》及《皇太子生禖》《屏風》《殿上柏柱》《平樂觀賦獵》，八言、七言上下，（晋灼曰："八言、七言詩，各有上下篇。"）《從公孫弘借車》，凡〔劉〕向所録朔書具是矣。（師古曰："劉向《别録》所載。"）世所傳他事皆非也。（師古曰："謂如《東方朔别傳》及俗用五行時日之書，皆非實事也。"）

贊曰：劉向言少時數問長老賢人通於事及朔時者，皆曰朔口諧倡辯，不能持論，喜爲庸人誦説，故令後世多傳聞者。而揚雄亦以爲朔言不純師，行不純德，其流風遺書蔑如也。然朔名過實者，以其詼達多端，不名一行，應諧似優，不窮似智，正諫似直，穢德似隱。非夷齊而是柳下惠，戒其子以上容："首陽爲拙，柱下爲工；飽食安步，以仕易農；依隱玩世，詭時不逢。"其滑稽之雄乎！朔之詼諧，逢占射覆，其事浮淺，行於衆庶，童兒牧豎莫不眩耀。而後世好事者因取奇言怪語附著之朔，故詳録焉。（師古曰："言此傳所以詳録朔之辭語者，爲俗人多以奇異妄附於朔故耳。欲明傳所不記，皆非其實也。而今之爲《漢書》學者，猶更取他書雜説，假合東方朔之事以博異聞，良可嘆矣。他皆類此。著，音直略反。"）（中華書局，1962年）

王國良《漢武洞冥記校釋》卷一：

東方朔，字曼倩。父張夷，字少平，妻田氏女。夷年二百歲，顔如童子。朔生三日而田氏死，時景帝三年也。鄰母拾而養之，〔時東方始明，因以爲姓。〕年十三歲，天下秘讖，一覽暗誦於口，常指撝天下，空中獨語。鄰母忽失朔，纍月方歸，母笞之；後復去，經年乃歸。母忽見，大驚曰："汝行，經年一歸，何以慰我耶？"朔曰："兒〔旦〕至紫泥海，有紫水污衣，仍過虞淵湔浣。朝發中返，何云經年乎？"母〔又〕問之："汝悉是何處行？"朔曰："兒湔衣竟，暫息〔冥〕都崇堂，王公飴之以丹〔栗〕霞漿。兒食之既多，飽悶幾死，乃飲玄天黄露半合即醒。既而還，路遇一蒼虎息於路傍，兒騎虎還，打捶過痛，虎齧兒脚傷。"母悲嗟，乃裂青布裳裹之。朔復〔去之〕，去家萬里，見一枯樹，脱布〔裳〕挂於樹，布化爲龍，因名其地爲布龍澤。朔以元封中游濛鴻之澤，忽見老母采桑於白海之濱。俄有黄〔眉〕翁指阿母以告朔曰："昔爲吾妻，托形爲太白之精；今汝〔亦〕

此星精也。吾却食吞氣，已九千餘歲；目中瞳子皆有青光，能見幽隱之物。三千歲一反骨洗髓，二千歲一剥皮伐毛。自吾生，已三洗髓五伐毛矣。”

建元二年，帝起騰光臺以望四遠。〔常有飛光如星，集於臺上，亦曰經星臺。〕於臺上撞碧玉之鐘，挂懸黎之磬；吹霜條之篪，唱來雲依日之曲，〔使臺下聽而不聞管歌之聲。〕方朔再拜於帝前曰：“臣東游房林之野，獲九色鳳雛、涔源丹獺。〔涔源〕之水，〔魚鱉皆〕赤色。西過洞壑〔之外〕，得滄淵虬子、静海游珠。洞壑在虞淵西。”

同上，卷二：

帝寢靈莊殿，召東方朔於青綺窗下，隔綈紈重幕，問朔曰：“漢承庚運火德〔天統〕，以何精瑞爲祥應？”朔跪而對曰：“臣常至吴明之墟，是長安〔之〕東，過扶桑七萬里，有及雲山，山頂有井，雲起井中。若土德王〔則〕黄雲出，火德王〔則〕赤雲出，水德王〔則〕黑雲出，金德王〔則〕白雲出，木德王〔則〕青雲出。此皆應瑞德〔而出〕也。”帝曰：“善。”

元封中，起方〔壺〕山像，招諸靈異；召東方朔，謀於秘殿，備燒天下異香。有沈光香、祇精香、〔熏肌香〕、明庭香、金磾香。〔沈光香者〕，塗魂國所貢。〔燃〕青槱之燈。青槱木有膏如淳漆，削置器中，以蠟和之，塗布燃照數里。起神明臺，上有〔九户，置〕九天道〔士百人〕。金床、象席、琥珀鎮，雜玉〔爲龜甲屏風、梔紗帳，文犀〕爲簟。帝坐良久，設甜水之冰以備灌濯，酌瑶琨碧酒，炮青豹之脯；果則有塗陰紫梨、琳國碧李，仙衆與食之。

甜水。去虞淵八千里，有甜溪，水味如蜜。東方朔游此水〔還〕，得數斛以獻帝，投水於〔陰〕井，井水常甜而寒，洗沐則肌理柔滑。

太初二年，東方朔從西那汗國歸，得聲風木十枝獻帝。長九尺，大如指，〔直，可愛。縉雲封禪之時，許貢其木爲車輦之用。〕此木臨因桓之水，則《禹貢》所謂因桓是也，其源出甜波。樹上有紫燕、黄鵠集其間，實如油麻，風吹枝如玉聲，因以爲名。〔春夏馨香，秋冬聲清。有武事，則如金革之音；有文事，則如琴瑟之音。〕帝以枝遍賜尊臣，臣有疾者，枝則汗；臣有死者，枝則折。昔老聃在於周世，年七百歲，枝竟未汗；偓佺生於堯時，年三千歲，枝竟未一折。帝乃以枝問朔。朔曰：“臣已見此枝三過枯死，〔死〕而復生，豈汗折而已哉！”里語曰：“年未半，枝不汗。”此木五千年一濕，萬歲不枯。〔縉雲之世，此樹生於阿閣間也。〕

太初四年，東方朔從支提國還。〔此〕國人長三丈二尺，〔有〕三手，〔一手當胸〕，手足各三指。多力善走，國内小山能〔共〕移之。有澗泉，〔相與〕飲能盡。〔又有人一丈，全砥霜露〕，結海苔爲衣。其戲笑，〔皆〕取犀象相投擲爲樂。

東方朔游吉雲之地，〔越扶桑之東〕，得神馬一匹。高九尺，〔股里有旋毛，如日月之狀。如月者，夜光；如日者，晝光。毛色隨四時之變。漢朝之馬見之，即垂頭振毛；一國衆獸，見皆避之。〕帝問朔："是何獸也？"朔曰："昔西王母乘靈光輦，以適東王公之舍，税此馬於芝田，乃食芝田之草。東王公怒，棄馬於清津天岸。臣至王公之壇，因騎馬返。繞日三匝，此馬入漢關，關猶未掩。臣於馬上睡，不覺而至。"帝曰："其名云何？"對曰："因事爲名，〔則曰〕步景。朔當乘之時，如駑蹇之驢耳。"東方朔曰："臣有吉雲草十頃，種於九景山東，二千歲一花。〔此草難種。東取璋琅山表之澗以洗之。臣種來一千九百九十九年矣〕，明年應生。臣走往刈之，得以秣馬，馬終不飢也。"〔帝許之。朔平旦去，至暮而返，背負數束。其形葉似菱而金色，裁長二尺。剉以飼馬，即不覺飢。武帝曰："種之生否？"〕朔曰："臣至東極，過吉雲之澤，多生此草，移於九景之山，全不如吉雲之地。"帝曰："何謂吉雲？"朔曰："其國俗〔常〕以雲氣占吉凶，若樂事則滿室雲起，五色照人，著於草樹，皆成五色露，味甚甘。"帝曰："吉雲露可得乎？"〔曰："臣負吉雲草以備馬，此立可得，日可三二往。"〕朔乃東走，至夕而返，得玄露、青露，盛〔以〕青琉璃〔器〕，各受五合，跪以獻。帝遍賜群臣，群臣得嘗者，老者皆少，疾者皆愈。凡五官嘗露，董謁、李充、孟岐、郭瓊、黄安也。

同上，卷三：

天漢二年，帝升蒼龍閣思仙術，召諸方士，言遠國遐方之事。唯東方朔下席，操筆跪而進。帝曰："大夫爲朕言乎？"朔曰："臣游北極，至鍾火之山，日月所不照。有青龍銜燭火，以照山之四極，亦有園圃池苑，皆植異木異草。有明莖草，如金燈，折枝爲炬，照見鬼物之形。仙人甯封常服此草，於夜暝時，輒見腹光通外，亦名洞冥草。"帝令剉此草爲泥，以塗明雲之館。夜坐此館，不加燈燭。亦名照魅草。采以藉足，履水不沉。

有夢草似蒲，色紅，晝縮入地，夜則出，亦名懷莫；懷其葉，則知夢之吉凶，立驗也。帝思李夫人之容不可得，朔乃獻一枝。帝懷之，夜果夢夫人，因改曰懷夢草。

帝常見彗星，東方朔折指星之木以授帝。帝以木指彗星，星尋則没也。星出之夜，野獸皆鳴，别説謂之獸鳴星。

帝解鳴鴻之刀以賜朔，刀長三尺。朔曰："此刀，黄帝采首山之金鑄之。雄〔者〕已飛去，雌者猶存。〔金出九陽清溪。有鵲銜火於清溪之上〕。"帝臨崩，舉刀以示朔，恐人得此刀，欲銷之。刀於手中化爲鵲，赤色，飛去雲中。

有童子遥見有黄鵠，白首，鼓翅於帝前，即方朔〔耳。時〕著黄綾單衣，頭已斑白。漢朝皆異其神化，而不測其年矣。

同上，卷四：

武帝暮年，彌好仙術，與東方朔狎暱。帝曰："朕所好甚者不老，其可得乎？"朔曰："臣能使少者不老。"帝曰："服何藥耶？"朔曰："東北有地日之草，西南有春生之魚。"帝曰："何以知之？"朔曰："三足烏數下地食此草，羲和欲馭，以手掩烏目，不聽下也，畏其食此草。蓋烏獸食此草，美悶不能動矣。"帝曰："子何以知乎？"朔曰："臣小時掘井，陷落地下數十年，無所托寄。有人引臣欲往此草，中隔紅泉，不得渡。其人以一隻屐與臣，臣〔乃〕泛紅泉，得至此草之處，臣采而食之。其國人皆織珠玉爲簟，邀臣入雲韍之幕，設玄珉雕枕，刻黑玉雕鏤爲日月雲雷之狀，亦曰鏤雲枕。又薦蛟毫之珍縟，以〔白〕蛟毫織爲褥也。此毫〔褥〕柔而冷，常以夏日舒之，因名柔毫褥。又有水藻之屏〔風〕。臣舉手拭之，恐水流濕其席，乃其光也。"

元封三年，鄭過國獻能言龜一頭。長一尺二寸，盛以青玉匣，廣一尺九寸，匣上豁一孔以通氣。東方朔曰："唯承桂露以飲之，置於通風之臺。"上欲往卜，命朔而問焉。言無不中。

唯有一女人愛悦於帝，名曰巨靈。帝傍有青珉唾壺，巨靈乍出入其中，或戲笑帝前。東方朔望見巨靈，乃目之，巨靈因而飛去。望見化成青雀。因其飛去，帝乃起青雀臺。時見青雀來，則不見巨靈也。（《漢武洞冥記研究》本，文史哲出版社，1989年）

佚名《漢武故事》：

鑿昆池，積其土爲山，高三十餘丈。又起柏梁臺，高二十丈，悉以香柏，香聞數十里，以處神君。神君者，長陵女子也，死而有靈。霍去病微時，數自禱神君，乃見其形，自修飾，欲與去病交接，去病不肯，神君亦慚。及去病疾篤，上令爲禱神君，神君曰："霍將軍精氣少，壽命不長。吾嘗欲以太一精補之，可得延年，霍將軍不曉此意，遂見斷絶。今疾必死，非可救也。"去病竟死。上乃造神君請術，行之有效，大抵不異容成也。自柏梁燒後，神稍衰。東方朔取宛若爲小妻，生三人，與朔同日死。時人疑化去，弗死也。

薄忌奏："祠太一用一太牢，爲壇開八通鬼道，令太祝立其祠長安東南。"上祝太畤祭，常有光明照長安城如月光。上以問東方朔曰："此何神也？"朔曰："此司命之神，總鬼神者也。"上曰："祠之能令益壽乎？"對曰："皇者壽命懸於天，司命無能爲也。"

東方朔生三日，而父母俱亡，或得之而不知其始；以見時東方始明，因以爲姓。既長，常望空中獨語。後游鴻濛之澤，有老母采桑，自言朔母。一黄眉翁至，指朔曰："此吾兒。吾却食服氣，三千年一洗髓，三千年一伐毛；吾生已三洗髓、三伐毛矣。"

朔告帝曰："東極有五雲之澤，其國有吉慶之事，則雲五色，著草木屋，色皆如其色。"

帝齋七日，遣欒賓將男女數十人至君山，得酒，欲飲之。東方朔曰："臣識此酒，請視之。"因即便飲。帝欲殺之，朔曰："殺朔若死，此爲不驗；如其有驗，殺亦不死。"帝赦之。

東郡送一短人，長七寸，衣冠具足。上疑其山精，常令在案上行，召東方朔問。朔至，呼短人曰："巨靈，汝何忽叛來，阿母還未？"短人不對，因指朔謂上曰："王母種桃，三千年一作子，此兒不良，已三過偷之矣，遂失王母意，故被謫來此。"上大驚，始知朔非世中人。短人謂上曰："王母使臣來，陛下求道之法：唯有清净，不宜躁擾。復五年，與帝會。"言終不見。

王母遣使謂帝曰："七月七日我當暫來。"帝至日，掃宫内，然九華燈。七月七日，上於承華殿齋，日正中，忽見有青鳥從西方來集殿前。上問東方朔，朔對曰："西王母暮必降尊像上，宜灑掃以待之。"上乃施帷帳，燒兜末香，香，兜渠國所獻也，香如大豆，塗宫門，聞數百里。關中嘗大疫，死者相繫，燒此香，死者止。是夜漏七刻，空中無雲，隱如雷聲，竟天紫色。有頃，王母至：乘紫車，玉女夾馭，載七勝履玄瓊鳳文之舄，青氣如雲，有二青鳥如烏，夾侍母旁。下車，上迎拜，延母坐，請不死之藥。母曰："太上之藥，有中華紫蜜雲山朱蜜玉液金漿，其次藥有五雲之漿風實雲子玄霜絳雪，上握蘭園之金精，下摘圓丘之紫柰，帝滯情不遣，欲心尚多，不死之藥，未可致也。"因出桃七枚，母自啖二枚，與帝五枚。帝留核著前。王母問曰："用此何爲？"上曰："此桃美，欲種之。"母笑曰："此桃三千年一著子，非下土所植也。"留至五更，談語世事，而不肯言鬼神，肅然便去。東方朔於朱鳥牖中窺母，母謂帝曰："此兒好作罪過，疏妄無賴，久被斥退，不得還天；然原心無惡，尋當得還。帝善遇之。"母既去，上惆悵良久。

後上殺諸道士妖妄者百餘人。西王母遣使謂上曰："求仙信邪？欲見神人，而先殺戮，吾與帝絶矣。"又致三桃曰："食此可得極壽。"使至之日，東方朔死。上疑之，問使者。曰："朔是木帝精爲歲星，下游人中，以觀天下，非陛下臣也。"上厚葬之。（《漢魏六朝筆記小説》本，上海古籍出版社，1999年）

佚名《漢武帝内傳》：

及即位，好長生之術，常祭名山大澤，以求神仙。元封元年正月甲子，祭嵩山，起神宫。帝齋七日，祠訖乃還。至四月戊辰，帝夜閑居承華殿，東方朔、董仲舒侍。忽見一女子，著青衣，美麗非常。帝愕然問之，女對曰："我墉宫玉女王子登也，向爲王母所使，從昆山來。"語帝曰："聞子輕四海之禄，尋道求生，降帝王之位，而屢禱山岳。勤哉！有似可教者也。從今百日清齋，不閑人事，至七月七日，王母暫來也。"帝下席，跪諾。言訖，玉女忽然不知所在。帝問東方朔："此何人？"朔曰："是西王母紫蘭室玉女，常傳使命，往來扶桑，出入靈州，交關常陽，傳言玄都。阿母昔以出配北燭仙人，近又召還，使領命禄，真靈官也。"

須臾，殿南朱雀窗中，忽有一人來窺看仙官。帝驚問："何人？"王母曰："女不識此人耶？是女侍郎東方朔，是我鄰家小兒也。性多滑稽，曾三來偷此桃。此子昔爲太上仙官，太上令到方丈山助三天司命收録仙家。朔到方丈，但務山水游戲，了不共營和氣，擅弄雷電，激波揚風，風雨失時，陰陽錯迕。致令蛟鯨陸行，山崩境壞，海水暴竭，黄鳥宿淵。妨農芸田，沉湎玉酒，失部御之和，虧奉命之科。於是九源丈人乃言之於太上，太上遂謫斥，使在人間，去太清之朝，令處臭濁之鄉。近金華山二仙人及九疑君，比爲陳乞，以行原之。"於是帝乃知朔非世俗之徒也。

……帝既失書，悔不行德，自知道喪。其後東方朔一旦乘雲龍飛去，同時衆人見從西北上冉冉，仰望良久，大霧覆之，不知所在，帝愈懊惱。（《漢魏六朝筆記小説》本，上海古籍出版社，1999年）

應劭撰，王利器校注《風俗通義校注》卷二《正失·東方朔》：

俗言：東方朔太白星精，黄帝時爲風后，堯時爲務成子，周時爲老聃，在越爲范蠡，在齊爲鴟夷子皮。言其神聖能興王霸之業，變化無常。

謹按：《漢書》："東方朔，平原人也。孝武皇帝時，招延賢良、文學之士，待以不次之位，故四方多上書言得失自炫鬻者。於是朔詣闕自陳：'十二失父，長養兄嫂，年十三學《書》，十四擊劍，十六誦《詩》，十九習孫、吴《兵法》，又常服子路之言。臣朔年二十三，長九尺三寸，目若懸珠，齒若編貝，勇若孟賁，捷若慶忌，廉如鮑叔，信若尾生，若此可以爲天子大臣矣。'朔文辭不遜，高自稱譽，由是見偉，稍益親幸，官至太中大夫，倡優畜之，不豫國政。劉向少時，數問長老賢人，通於事，及朔時人，皆云：朔口諧倡辯，不能持論，喜爲凡庸誦説，故令後世多傳聞者。而揚雄亦以爲'朔言不純師，行不純德，其流風遺書，蔑如也。然朔所以名過其實，以其恢誕多端，不名一行，應諧似優，不窮似智，正諫似直，穢德似隱，非夷、齊，是柳惠，其滑稽之雄乎！'朔之逢占射覆，其事浮淺，行於衆，僮兒牧豎，莫不眩耀，而後之好事者，因取奇言怪語附着之耳，安在能神聖歷世爲輔佐哉？"（中華書局，1981年）

劉義慶著，劉孝標注，余嘉錫箋疏《世説新語箋疏》卷上之下《文學》：

殷荆州曾問遠公："《易》以何爲體？"答曰："《易》以感爲體。"殷曰："銅山西崩，靈鐘東應，便是《易》耶？"（《東方朔傳》曰："孝武皇帝時，未央宫前殿鐘無故自鳴，三日三夜不止。詔問太史待詔王朔，朔言恐有兵氣。更問東方朔，朔曰：'臣聞銅者山之子，山者銅之母，以陰陽氣類言之，子母相感，山恐有崩弛者，故鐘先鳴。《易》曰："鳴鶴在陰，其子和之。"精之至也，其應在後五日内。'居三日，南郡太守上書言山崩，延袤二十餘里。"）遠公笑而不答。（中華書局，2011年）

賈思勰撰，繆啓愉校釋《齊民要術校釋》卷十《棗》：

《東方朔傳》曰：武帝時，上林獻棗。上以杖擊未央殿檻，呼朔曰："叱叱！先生來來，先生知此篋里何物？"朔曰："上林獻棗四十九枚。"上曰："何以知之？"朔曰："呼朔者，上也；以杖擊檻，兩木，林也；朔來來者，棗也；叱叱者，四十九也。"上大笑。帝賜帛十匹。

同上，《木堇》：

《東方朔傳》曰：朔書與公孫弘借車馬曰："木堇夕死朝榮，士亦不長貧。"（中國農業出版社，1998年）

蕭統編，李善注《文選》卷四十一書上《司馬子長報任少卿書》：

傳曰："刑不上大夫。"此言士節不可不勉勵也。（《東方朔别傳》：武帝問曰："刑不上大夫，何？"朔曰："刑者，所以止暴亂，誅不義也。大夫者，天下表儀，萬人法則，所以共承宗廟而安社稷也。"）

同上，卷四十七贊《晋夏侯孝若〈東方朔畫贊并序〉》：

大夫諱朔，字曼倩，平原厭次人也。魏建安中，分厭次以爲樂陵郡，故又爲郡人焉。事漢武帝，《漢書》具載其事。

先生瑰瑋博達，思周變通，以爲濁世不可以富貴也，故薄游以取位；苟出不可以直道也，故頡頏以傲世；傲世不可以垂訓也，故正諫以明節；明節不可以久安也，故詼諧以取容。潔其道而穢其迹，清其質而濁其文。弛張而不爲邪，進退而不離群。若乃遠心曠度，贍智宏材，倜儻博物，觸類多能，合變以明算，幽贊以知來。自《三墳》《五典》《八索》《九丘》，陰陽圖緯之學，百家衆流之論，周給敏捷之辯，支離覆逆之數，經脉藥石之藝，射御書計之術，乃研精而究其理，不習而盡其功，經目而諷於口，過耳而暗於心。夫其明濟開豁，包含弘大，凌轢卿相，嘲哂豪杰，籠罩靡前，跆籍貴勢，出不休顯，賤不憂戚，戲萬乘若寮友，視儔列如草芥。（《十洲記》曰：朔弄萬乘，傲王公。）雄節邁倫，高氣蓋世，可謂拔乎其萃，游方之外者已。

談者又以先生嘘吸冲和，吐故納新；蟬蜕龍變，棄俗登仙；（《列仙傳》曰：東方朔，武帝時爲郎，宣帝時棄去，後見會稽。）神交造化，靈爲星辰。（應劭《風俗通》曰：東方朔是太白星精，黄帝時爲風后，堯時爲務成子，周時爲老聃，在越爲范蠡，齊爲鴟夷子。言其變化無常也。）此又奇怪惚恍，不可備論者也。

大人來守此國，僕自京都言歸定省，睹先生之縣邑，想先生之高風；徘徊路寢，見先生之遺像；逍遥城郭，觀先生之祠宇。慨然有懷，乃作頌焉。其辭曰：

矯矯先生，肥遁居貞。退不終否，進亦避榮。臨世濯足，希古振纓。涅而無滓，既濁能清。無滓伊何，高明克柔。能清伊何，視污若浮。樂在必行，處淪罔憂。跨世凌時，遠蹈獨游。瞻望往代，爰想遐踪。邈邈先生，其道猶龍。染迹朝隱，和而不同。棲遲下位，聊以從容。我來自東，言適兹邑。敬問墟墳，企佇原隰。墟墓徒存，精靈永戢。民思其軌，祠宇斯立。徘徊寺寢，遺像在圖。周旋祠宇，庭序荒蕪。榱棟傾落，草萊弗除。肅肅先生，豈焉是居？是居弗形，悠悠我情。昔在有德，罔不遺靈。天秩有禮，神監孔明。仿佛風塵，用垂頌聲。（中華書局，1977年）

杜公瞻《編珠》卷一天地部《赤雲》：

《東方朔别傳》曰：有赤雲如冠珥，上以問朔。朔曰："不大雨，即日暈。"後數日，果大雨。（《文淵閣四庫全書》本）

歐陽詢《藝文類聚》卷一天部上《星》：

《列仙傳》曰：東方朔，楚人也。後賣藥五湖，知其歲星焉。

同上，《雲》：

《東方朔傳》曰：凡占長吏不（《太平御覽》八作東）耕，當視天，有黄雲來覆車，五穀大熟。

同上，卷二天部下《霧》：

《漢武帝内傳》曰：東方朔乘雲飛去，仰望，大霧覆之，不知所在。

同上，卷二十三人部七《鑒誡》：

（誡）漢東方朔誡子曰："明者處世，莫尚於中。優哉游哉，與道相從。首陽爲拙，柳惠爲工。飽食安步，以仕代農。依隱玩世，詭時不逢。是故才盡者身危，好名者得華，有群者纍生，孤貴者失和，遺餘者不匱，自盡者無多。聖人之道，一龍一蛇，形見神藏，與物變化，隨時之宜，無有常家。”

同上，卷二十四人部八《諷》：

《東方朔傳》曰：人有煞上林鹿者，武帝下有司煞之。東方朔曰：“是人固當死者三：使陛下以鹿之故煞人，一當死也；使天下聞之，皆以陛下爲重鹿賤人，二當死也；匈奴即有急，推鹿觸之，三當死也。”武帝嘿然，遂赦之。

同上，卷四十八職官部四《給事中》：

《東方朔記》曰：東方朔爲中郎，賜帛百匹，拜給事中。

同上，卷六十軍器部《彈》：

《東方朔記》曰：東方朔對驃騎難曰：“以珠彈，不如泥丸，各有所用也。”

同上，卷六十九服飾部上《案》：

《漢武故事》曰：武帝時，東郡獻短人，長五寸，上疑其山精，常令案上行。東方朔問曰：“巨靈，汝何以叛！阿母健不？”

同上，卷七十二食物部《酒》：

《東方朔别傳》曰：武帝幸甘泉，長平阪道中有蟲，赤如肝，頭目口齒悉具。先驅馳還以報，上使視之，莫知也。時朔在屬車中，令往視焉，朔曰：“此謂怪氣。是必秦獄處也。”上使按地圖，果秦獄地。上問朔何以知之，朔曰：“夫積憂者，得酒而解。”乃取蟲置酒中，立消。賜朔帛百匹。後屬車上盛酒，爲此也。

同上，卷八十一藥香草部上《藥》：

《東方朔記》曰：武帝好方士，朔曰：“陛下所使取神藥者，皆天地之間藥，不能使人不死。獨使取神藥、天上藥，能使人不死耳。”上曰：“天何可上？”朔曰：“臣能上天。”既辭去，出殿門，復還曰：“今臣上天，似謾誕者，願得一人爲信驗。”上即遣方士與朔俱，期三十日而返。朔等辭而行，日日過諸侯傳飲，方士晝卧，朔遽呼之曰：“若極久不應我何耶？今者屬從天上來。”方士大驚，乃具以聞。上問朔，朔曰：“誦天上之物，不可稱原。”上以爲面欺，詔朔下獄問之，左右方提去，朔啼泣對曰：“使須幾死者再。”上曰：“何也？”朔對曰：“天公問臣：‘下方人何衣？’臣對曰：‘衣蟲。’‘蟲何若？’臣對曰：‘蟲喙頫頫類馬，色邠邠類虎。’天公大怒，以臣爲謾，使使下問，還報，名曰蠶，天公乃出臣。今陛下苟以爲詐，願使人上天問之。”上大驚曰：“善。欲以喻我止方士也。”

同上，卷八十四寶玉部下《珠》：

《幽明録》曰：漢武帝幸河渚，聞弦歌之音。俄而有老公及年少數人出，皆長八九寸，爲帝奏樂飲酒。老公顧命取洞穴之寶，一人受命，下没川底，得一大珠，徑數寸，明耀絶世。上問東方朔，朔曰：“河底有一穴，深數百丈，中有赤蚌，生此珠焉。”

同上，卷八十六果部上《李》：

《東方朔占》曰：朔與弟子俱行，朔渴，令弟子叩道邊家門。不知室主姓名，呼不應。朔復往，見博勞飛集其家李樹上，朔謂弟子曰：“主人當姓李名博，汝呼當應。”室中人果有姓李名博出，與朔相見，即入取飲與之。

同上，《梅》：

《東方朔傳》曰：朔門生三人俱行，乃見一鳩。一生曰：“今當得酒。”一生曰：“其酒必酸。”一生曰：“雖得酒，不得飲也。”三生皆到。須臾，主人出酒，即安樽於地而覆之，訖不得酒。乃問其故，曰：“出門見鳩飲水，故知得酒。鳩飛集梅樹，故知酒酸。鳩飛去，所集枝折，故知不得飲之。”

同上，卷八十七果部下《棗》：

《東方朔傳》曰：武帝時，上林獻棗。上以枝擊未央前殿檻，呼朔曰：“叱來叱來，先生知此篋中何物？”朔曰：“上林獻棗四十九枚。”上曰：“何以知之？”朔曰：“呼朔者，上也；以枝擊檻，兩木林也；曰朔來朔來者，棗也。叱叱者四十九。”上大笑，賜帛十匹。

同上，卷八十九木部下《木槿》：

（書）東方朔與丞相公孫弘借車馬書曰：木槿夕死朝榮，士亦不長貧也。

同上，卷九十二鳥部下《鵬》：

《異類傳》曰：漢武帝時，西域獻黑鷹，得鵬雛，東方朔識之。

同上，卷九十三獸部上《馬》：

《東方朔傳》曰：驃騎難諸博士，東方朔對曰：“干將、莫耶，天下之利劍也，水斷鵠雁，陸斷馬牛，將以補屩，曾不如一錢之錐。騏驥、騄耳，天下之良馬也，將以捕鼠於深堂，曾不如跛猫。”

同上，卷九十五獸部下《鹿》：

《東方朔傳》曰：武帝時，有殺上林鹿者，下有司收殺之。朔時在旁曰：“是故當死者三：陛下以鹿殺人，一當死；天下聞陛下重鹿賤人，二當死；匈奴有急，須鹿觸之，三當死。”

同上，卷九十六鱗介部上《龍》：

公孫弘答東方朔書曰：譬猶龍之未升，與魚鱉爲伍。及其升天，鱗不可睹。

同上，卷九十七蟲豸部《蚊》：

《東方朔傳》曰：郭舍人曰：“願問朔一事，朔得，臣願榜百；朔窮，臣當賜帛。曰：‘客從東方來，歌謳且行，不從門入，逾我垣墻，游戲中庭，上入殿堂，擊之柏柏，死者攘攘，格鬥而死，主人被創。’是何物也？”朔曰：“長喙細身，晝亡夜存，嗜肉惡煙，爲掌指所捫。臣朔愚憨，名之曰蚊。舍人辭窮，當復脱褌。”

同上，卷一百灾異部《旱》：

（頌）漢東方朔《旱頌》曰：維昊天之大旱，失精和之正理。遥望白雲之蓊淳，滃曈曈而妄止。陽風吸習而熇熇，群生悶懣而愁憒。隴畝枯槁而允布，壤石相聚而爲害。農夫垂拱而無爲，釋其耰鉏而下涕。悲壇畔之遭禍，痛皇天之靡濟。（上海古籍出版社，1999年）

魏徵等《隋書》卷三十三《經籍》二史雜傳：

《東方朔傳》八卷。（中華書局，1973年）

徐堅《初學記》卷一天部《雲》：

（叙事）《周禮》：保章氏以五雲之物辨吉凶。鄭司農注云：二至二分觀雲色，青爲蟲，白爲喪，赤爲兵荒，黑爲水，黄爲豐。（又《東方朔傳》曰：凡占，長吏下車當視天，有黄雲來如覆車，五穀大熟，青雲致兵，白雲致盗，烏黑雲多水，赤雲有火。）

同上，卷十六樂部下《鐘》：

（事對）母感、子鳴。（《東方朔傳》曰：漢武帝時，未央宫殿前鐘無故自鳴，三夜三日不止。大怪之，召待詔王朔問之，朔對有兵氣。上更問東方朔，朔對曰："王朔知其一，不知其二。臣聞銅者土之子，以陰陽氣類言之，子母相感，山恐有崩弛者，故鐘先鳴。《易》曰：'鳴鶴在陰，其子和之。'"上曰："應在幾日？"朔曰："在五日内。"居三日，南郡太守上言山崩，延袤二十餘里。上大笑，賜帛三十匹。）

同上，卷二十五器用部《鏡》：

（事對）金薄、玉榮。（《東方朔傳》曰：玉之榮，石之精，表如日光，裹如衆星，兩人相睹相知情。此名爲鏡也。）

同上，卷二十八果木部《柏》：

（事對）鵲立、鸞棲。（《東方朔傳》曰：孝武皇帝時，聞居鵲鳴，新雨止。朔執戟在殿上，呼問之，答曰："殿後柏樹上有鵲立枯枝上，東向鳴。"上遣視，如朔言。）

同上，卷二十九獸部《馬》：

（事對）驎騮、騏驥。（《東方朔傳》曰：騏驥騄耳，飛兔驎騮，天下之良馬者也，將以捕鼠於深宫之中，曾不如跛猫。）

同上，卷三十鳥部《鵲》：

（事對）巢知背歲、立必順風。（《東方朔傳》：朔曰："以人事言之，從東方來，鵲尾長，傍風則傾，背風則蹶，必當順風而立，是以東向鳴也。"）

南飛月夜、東向雨晴。（《東方朔傳》曰：孝武皇帝時，閑居無事，燕坐未央前殿，天新雨止。當此時，東方朔執戟在殿階傍，屈指獨語。上從殿上見朔，呼問之："生獨所語者何也？"朔對曰："殿後柏樹上有鵲立枯枝上，東向而鳴也。"）（中華書局，1962年）

劉知幾著，浦起龍通釋《史通通釋》卷十六《雜説上》：

《漢書·東方朔傳》委瑣煩碎，不類諸篇。且不述其亡殁歲時及子孫繼嗣，正與《司馬相如》《司馬遷》《揚雄傳》相類。尋其傳體，必曼倩之自叙也。但班氏脱略，故世莫之知。（上海古籍出版社，2009年）

瞿曇悉達撰《開元占經》卷四十六太白占二《太白變異大小傍有小星》：

巫咸曰：太白下爲壯，公止於山林。（案《風俗通》云：東方朔者，太白星精，黄帝時爲風后，堯時爲務成子，周時爲老聃，在越爲范蠡，在齊爲鴟夷，言其神聖，能與王霸之業變化無常。《列仙傳》及《漢武故事》并云朔是歲星精。應劭云是太白精。）（中央編譯出版社，2006年）

顔真卿《顔魯公集》卷十三《東方先生畫贊碑陰記》：

《東方先生畫贊》者，晋散騎常侍夏侯湛之所作也。湛字孝若，父莊爲樂陵太守，因來覲省，遂作斯文。贊云："大夫諱朔，字曼倩，平原厭次人。魏建安中，分厭次爲樂陵郡，又爲郡人焉。"厭次今移屬樂安郡，東去祠廟二百里。故厭次城今在平原郡安德縣東北二十二里，廟西南一里。先生形像，今則捏素爲之，并二細君侍焉。郡嘗爲德州，其贊開元八年刺史韓公思復刻於石碑。真卿去歲拜此郡，屬殿中侍御史平公列、監察御史閻公寬、李公史魚、右金吾胄曹宋公謇，咸以河北采訪使東平王判官巡按押至，真卿候於境上，而先生祠廟，不遠道周。亟與數公暨家兄淄川司馬曜卿、長史前洛陽蕭晋用、前醴泉尉李伯魚、徵君左驍衛兵曹張璲麟、游尉韋宅相、朝城主簿韋夏有、司經正字畢燿族弟渾、前參軍鄭悟初同兹謁拜，退而游於中唐，則韓之刻石存焉。僉嘆其文字纖靡，駁蘚生金，四十年間，已不可識。真卿於是勒諸他山之石，蓋取其字大可久，不復課其工拙，故援翰而不辭焉。至若先生事迹，則載在《太史公書》《漢書》《風俗通》《武帝内傳》《十洲記》《列仙》《神仙》《高士傳》，此不復紀焉。有唐天寶十三載季冬辛卯朔建。（上海古籍出版社，1992年）

白居易原本，孔傳續撰《白孔六帖》卷十三《鏡》：

玉之榮。（石之精，表如日光，裏如衆星，兩人相睹相知情，此名爲鏡。——《東方朔傳》）

同上，卷六十二《鐘》：

山崩先鳴。（《東方朔傳》：漢武帝時，未央宫殿前鐘無故自鳴，三日三夜。詔問朔，朔曰："銅者土之子，以類言之，子母感而相應。山恐有崩移者，故鐘先鳴。"三日，南郡太守上言山崩。上大笑。）

同上，卷九十五《鵲》：

方朔占。（《東方朔傳》：新雨止，聞鵲聲。問朔，朔曰："必殿後枯樹上，東向也。"果如言。問何以知之，朔曰："以人事言，風從東來，鵲尾長，旁風則順，立枯不滑。"）（《文淵閣四庫全書》本）

劉昫等《舊唐書》卷四十六《經籍》二乙部史録雜傳：

《東方朔傳》八卷。（中華書局，1975年）

李昉等《太平御覽》卷首《經史圖書綱目》：

《東方朔別傳》。

同上，卷二天部二《刻漏》：

《東方朔別傳》曰：武帝常飲酎，以八月、九月中禾稼方盛熟，夜漏下水十刻，微行乃出。

同上，卷八天部八《雲》：

《東方朔別傳》曰：凡占長吏東耕，當視天，有黄雲來覆車，五穀大熟；青雲，致兵；白雲，致盜；烏雲，多水；赤雲，有火。

同上，卷二十二時序部七《夏中》：

《窮神秘苑幽明録》曰：漢武帝與群臣宴於未央殿，方食棗，帝見梁上有一老翁長八九寸，仰觀屋宇，俯視帝腳。東方朔曰："此水木之精，其名操兼。夏乃巢林，冬即居河，此來訴爾。所視殿名未央，下視腳者，足於此也。"帝乃悉罷諸役。

《洞冥記》曰：東方朔母田氏寡，夢太白星臨其上，因有娠。田氏嘆曰："無夫而孕，人得棄我。"乃移向代郡之東方里，五月生朔，仍以所居爲姓。

同上，卷五十一地部十六《石上》：

《荆楚歲時記》曰：張騫尋河源得一石，示東方朔。朔曰："此石是天上織女支機石，何至於此？"

同上，卷五十三地部十八《阪》：

《郡國志》曰：雍州咸陽縣北十五里長平阪，漢武帝幸甘泉，馳道有蟲覆地，赤如生肝。問東方朔，朔曰："秦獄地冤氣也。臣聞酒能銷愁。"以酒澆之，果銷矣。

同上，卷二百二十一職官部十九《給事中》：

《東方朔記》曰：東方朔爲中郎，賜帛百匹，給事中。

同上，卷三百四十五兵部七十六《刀上》：

《拾遺記》曰：帝解鳴鴻刀賜東方朔，朔曰："此刀，黄帝時采首陽之金鑄爲此刀，雄者已飛，雌者獨在。”（一出《洞冥記》。）

同上，卷三百五十兵部八十一《彈》：

《東方朔記》曰：東方朔對驃騎難曰：“以珠彈，不如泥丸，各有所用也。”

同上，卷三百五十二兵部八十三《戟上》：

《東方朔傳》曰：武帝坐未央前殿，天雨新止。朔執戟在殿陛，遥指獨語。上見，呼問之，朔對曰：“殿後柏樹上有鵲立枯枝上，東向鳴。”上遣侍中視之，如朔言。上問：“何以知之？”朔曰：“風從東來，鵲尾旁風則傾，背風則蹶，必當順風而立，故知東向鳴也。新雨，生枝滑，故枝澀，故立枯枝上。”上大笑，賜帛十匹。

同上，卷三百六十人事部一《孕》：

《洞冥記》曰：東方朔母田氏寡居，夢太白星臨其上，因有娠。田氏嘆曰：“無夫而娠，人將棄我。”乃移向代都東方里爲居，五月旦生朔，因以所居里爲氏，朔爲名。

同上，卷三百九十一人事部三十二《笑》：

《東方朔别傳》曰：朔與上前射覆中之，郭舍人亟屈被榜，上輒大笑。

又曰：“南山有木名爲柘。良工材之，可以射。射中人情，如掩兔。舍人數窮，何不早謝！”上乃搏髀大笑也。

同上，卷三百九十四人事部三十五《行》：

《東方朔别傳》曰：武帝問朔曰：“公孫丞相、倪大夫等，先生自視何與此哉？”朔曰：“臣觀其臿齒牙，樹頰胲（音改），吐唇吻，擢項頤，結股肱，連脽（音誰）尻，逶蛇其迹，行步踽旅，臣朔雖不肖，尚兼此數子。”

同上，卷四百十人事部五十一《交友五》：

東方朔與公孫弘書曰：“爵禄不相責以禮，同類之游不以遠近爲故。東門先生居蓬户空穴之中，魏公子一朝以百騎造之。吕望未嘗與文王同席而坐，一朝讓以天下半。大丈夫相知，何必接塵而游，垂髮齊年哉？”

同上，卷四百五十七人事部九十八《諫諍七》：

《東方朔别傳》曰：孝武皇帝時，人有殺上林鹿者，武帝大怒，下有司殺之。

群臣皆相阿："煞人主鹿，大不敬，當死。"東方朔時在旁，曰："是人罪一，當死者三：使陛下以鹿之故殺人，一當死；使天下聞之，皆以陛下重鹿賤人，二當死也；匈奴即有急，推鹿觸之，三當死也。"武帝默然，遂釋殺鹿者之罪。

同上，卷四百五十九人事部一百《鑒戒下》：

《東方朔集》曰：朔將仙，戒其子曰："明者處世，莫尚於忠庸。優哉游哉，與道相從。首陽爲拙，柱下爲工。飽食安步，以仕代農。依隱玩世，詭時不逢。"

同上，卷四百八十五人事部一百二十六《貧下》：

《東方朔别傳》曰：朔書與公孫弘借馬曰："朔當從甘泉，願借外厩之後乘。木槿夕死而朝生者，士亦不必長貧也。"

同上，卷五百七十五樂部十三《鐘》：

《東方朔傳》曰：漢武帝未央宫殿前鐘無故自鳴，三日三夜不止，大怪之。召待詔王朔問之，朔對曰："有兵氣。"上更問東方朔，朔對曰："王知其一，不知其二。臣昔聞銅土之子，以陰陽氣類言之，子母相感。山恐有崩弛者，故鐘先鳴。《易》曰：'鳴鶴在陰，其子和之。'"上曰："應在幾日？"朔曰："在五日内。"居三日，南郡太守言有山崩，延袤二十餘里。上大笑，賜帛三十匹。

同上，卷五百九十三文部九《誡》：

《東方生傳》曰：朔誡其子以上容，（應劭曰：容身避容也。）首陽爲拙，柱下爲工，飽食安步，以仕易農，依隱玩世，詭時不逢。

同上，卷六百四十三刑法部九《獄》：

《搜神記》曰：漢武帝東游，未出函谷關，有物當道，其身數丈，其狀像牛，青眼而曜精，四足入土，動而不死，百官驚懼。東方朔乃請酒以灌之，灌之十斛而物消。帝問其故，答曰："此名爲患。憂之物，氣之所生，此必秦之獄地。不然，則罪人徙作者之聚。夫酒忘憂，故能消之也。"帝曰："吁！博物之士，至於此乎？"

《東方朔》曰：孝武皇帝時，幸甘泉，至長平阪上，馳道中央有蟲覆，而赤如生肝狀，頭目口齒鼻耳盡具。先驅旄頭馳還以聞，曰："道不可御。"於是上止車。遣侍中馳往視之，還，盡莫知也。時東方朔從在後屬車上，召朔使馳往視之，還對曰："怪哉！"上曰："何謂也？"朔對曰："秦始皇時，拘繫無罪，幽殺無辜，衆庶怨恨，無所告訴，仰天而嘆曰：'怪哉！'感動皇天。此憤氣之所存也，故名之曰怪哉。是地必秦之獄處也。”上有詔使丞相公孫弘案地圖，果秦之獄處也。上曰：“善。當何以去之？”朔曰：“夫積憂者，得酒而去之。”以酒置中，立消靡。上大笑曰：“東方生真所謂先生也，何以報先知之聖人哉？”乃賜帛百匹。

同上，卷七百十服用部十二《杖》：

《劉根别傳》曰：孝武皇帝登少室，見一女子，以九節杖仰指日，閉左目，開右目，氣且絶，久乃蘇息。武帝使問之所行何等，女子不答。東方朔曰：“婦人食日精者。”

同上，卷七百十七服用部十九《鏡》：

《漢書·東方朔傳》曰：郭舍人曰：“銖籀文章，背有組索，兩人相見。朔能知之爲上客。”朔曰：“此玉之瑩，石之精，表如日月，裏如衆星，兩人相睹，見相知情。此名爲鏡。”

同上，卷七百三十五方術部十六《巫下》：

《東方朔傳》曰：武帝時有神雀下，丞相御史中丞二千石諫議臣博士皆上壽，東方朔獨不賀。帝曰：“群臣皆賀而獨不賀，何也？”對曰：“恐後有巫爲國害者。”朔因謝疾去。其後卒有巫蠱之事，不知朔竟所終也。

同上，卷七百六十六雜物部一《筋角》：

《東方朔占》曰：昔武帝亡劍，不知所取者誰，無主名。請朔往入宫，見人持兩刺，手中復持小牛角，朔曰：“陛下宫中當有姓林名子魚者取之。”帝曰：“有之。”即收考子魚，服，出劍。帝曰：“朔何其工乎？且説其占。”朔對曰：“入宫時見人持二刺，手中復持小牛角，因占之：二木，林字，故知名字（子）魚者取之。”

同上，卷八百三珍寶部二《珠下》：

《東方朔記》曰：珠彈不如泥丸，各有所用也。

（《幽明録》）又曰：漢武帝幸河渚，聞弦歌之音，而有老公及年少數人出，皆長八九寸，爲帝奏樂。飲酒樂，老公顧命（取）洞穴之寶。一人受命，下没川底，得一大珠徑數寸，明耀絶世。上問東方朔，朔曰：“河底有穴沉數百丈，中有赤蚌，生此珠也。”（事具樂部。）

同上，卷八百一十八布帛部五《帛》：

《東方朔别傳》曰：武帝幸甘泉，長平阪道中有蟲覆地，如赤肝。朔曰："必秦獄處也。夫愁者得酒而解。"乃取蟲置酒中，立消糜。賜帛百匹。後屬車上盛酒，爲此故也。

同上，卷八百二十五資産部五《蠶》：

《東方朔别傳》曰：武帝求神仙，朔言能上天取藥，上知其謾，欲極其言，即遣方士與朔上天。朔曰："當有神來迎我。"後方士晝卧，遽口呼若極真者："吾從天上還。"方士遂以聞。上以爲面欺，下朔獄。朔泣曰："臣幾死者再。天公問臣：'下方何衣？'朔曰：'衣蠶。''蠶何若？'曰：'啄呥呥（仁廉切）類馬，色班班類虎。'天公大怒，以臣爲謾，繫臣司空，使使下問，還報有之，乃出臣。今陛下以臣爲詐，願使使上問之。"上曰："齊人多詐，欲以喻我止方士也。"罷方士。

《東方朔占》曰：正月旦，竟日不風，清明，宜蠶。

同上，卷八百四十五飲食部三《酒下》：

《東方朔别傳》曰：武帝幸甘泉，長平阪道中有蟲，赤如肝，頭目口齒悉具。先驅馳還以報，上使視之，莫知也。時朔在屬車中，令往視焉。朔曰："此謂怪氣，是必秦獄處也。"上使案地圖，果秦獄地。上問朔何以去之，朔曰："夫積憂者，得酒而解。"乃取蟲置酒中，立消。賜朔帛百匹。後屬車上盛酒，爲此故也。

同上，卷八百八十六妖異部二《精》：

《幽明録》曰：漢武帝與群臣宴未央殿，方啖黍臛，忽聞語云："老臣尋覓不見。"梁上有一公，長八九寸，拄杖僂步。帝問之，公下稽首不言，目仰視屋，俯指帝脚，忽然不見。問東方朔，朔對曰："其名爲藻兼，水木之精也。夏巢林，冬潛河。陛下興造宫室，斬伐其居，故來訴耳。仰視屋者，殿名未央也。俯視脚者，脚，足也，願止足於此也。"帝爲此暫止。少時幸河渚，聞水底有弦歌之聲，肴膳芬芳。前梁上公及年少數人，絳衣素帶，皆長八九寸，凌波而出，或有挾樂器者，帝命坐於食案上。老公曰："老臣前昧死歸訴，幸蒙陛下即息斧斤，全其居宅，不勝欣躍，故私相賀耳。"便治弦而歌，聲小大無異於人，而清婉繞梁。帝欣悦，勸酒。乃獻帝一紫螺殼，中有物狀如牛脂。帝又曰："可思以珍異見貽？"老公顧命取洞穴之寶，一人下波淵底，倏忽還，得一大珠數寸，明耀絶世。俄而，公等忽然而去。東方朔曰："螺殼中是蛟髓，以傅面，令人好顔色。又有女在草中，用之産易。"

同上，卷八百九十七獸部九《馬五》：

《東方朔傳》曰：驃騎難諸博士，朔對曰："騏驎緑耳，蜚鴻華騮，天下良馬也，將以捕鼠於深宫之中，曾不如跛猫。"

同上，卷九百一獸部十三《騾》：

（《洞冥記》）又曰：元封四年，修彌國獻駮騾，高一丈，毛色赤斑，皆山毛旋，成日月之象，常以金寶物器盛芻以飼之，置於黄門廐。東方朔曰："此六畜之下者，無爲深愛。昔夏侯淫於原獸，以亡其國。况戎翟獻其鄙獸，費財毁德，非所以示天下也。楚莊好馬，叔敖知其失政。願陛下省物，全國家之機事。騾，鄙獸，宜置之於負乘，不用則棄之於野。"上乃放之。後野人見有赤蛇自天屬地，有雲氣來繞地。及雲除，蛇復變爲赤龍，騎之入雲。有人來告，上曰："滑稽兒使我失龍矣。"朔曰："龍何難值，恐陛下費金寶，終化爲騾驢耳。"帝納其言，而深忌之。

同上，卷九百四獸部十六《狗上》：

《東方朔别傳》曰：天下之良馬，將以捕鼠於深宫之中，曾不如跛犬也。

同上，卷九百六獸部十八《鹿》：

《東方朔别傳》曰：武帝時，有殺上林鹿者，下有司收殺之。朔時在旁曰："是固當死者三：使陛下以鹿殺人，一當死；天下聞陛下重鹿賤人，二當死；匈奴有急，須鹿觸之，三當死。"帝默然而赦之。

同上，卷九百二十一羽族部八《鵲》：

《東方朔别傳》曰：孝武皇帝時，閑居無事，燕坐未央前殿，天新雨止。當此時，東方朔執戟在殿階旁，屈指獨語。上從殿上見朔，呼問之："生獨所語者何也？"朔對曰："殿後柏樹上有鵲立枯枝上，東向而鳴也。"帝使視之，果然。問朔何以知之，對曰："以人事言之，風從東方來，鵲尾長，傍風則傾，背風則蹶，必當順風而立，是以知也。"

同上，卷九百二十三羽族部十《伯勞》：

《東方朔别傳》曰：朔與弟子偕行，渴，令弟子如道邊家求飲。不知姓名，主人門，門不與。須臾，見伯勞飛集主人門中李樹上，朔謂弟子曰："此主人姓李名伯當，爾但呼李伯當。"果有李伯當應，即入取飲。

同上，卷九百二十七羽族部十四異鳥《鵬》：

《異類傳》曰：漢武時，西域獻黑鷹，得鵬雛，東方朔識之。

同上，卷九百四十四蟲豸部一《蟲》：

《廣五行記》曰：漢武帝幸甘泉宫，馳道中有蟲，赤色，頭目鼻盡具，觀者莫識。帝使東方朔視之，對曰："此秦時拘繫無辜，衆庶愁死，咸仰首嘆曰：'怪哉！'故名怪哉。此必秦之獄處。"朔又曰："凡憂者，得酒而解。以酒沃之，當消。"於是取蟲致酒中，須臾糜散。

同上，卷九百五十蟲豸部七《蜻蛉》：

《東方朔别傳》曰：上置蜻蛉蓋下，獨使朔獨射之。朔對曰："馮翊馮翊，六足四翼。頭如珠，尾正直。長尾短項，是非勾簍即蜻蛉。"上曰："善。"賜帛十匹。

同上，卷九百五十四木部三《柏》：

《東方朔傳》曰：孝武皇帝時閑居無事，燕坐未央前殿，天新雨止。朔執戟在殿階，獨語。上呼問之，答曰："殿後柏樹上有鵲立枯枝上，向東鳴。"上遣視，如朔言。上問："何以知之？"朔曰："以人事言之。風從東方來，鵲尾長，傍風則蹶，必當順風而立，是以知東向鳴也。""何以知立枯枝上？"朔曰："新雨止，生枝滑，枯枝澀，是以知立枯枝。"上大笑。

同上，卷九百六十五果部二《棗》：

《東方朔傳》曰：武帝時，上林獻棗。上以所持杖擊未央前殿楹，呼朔曰："叱叱！先生來來，先生知此筐中何等物也？"朔曰："上林獻棗四十九枚。"上曰："何以知之？"朔曰："呼朔者上也，以杖擊檻，兩木，兩木林也，來來者棗也，叱叱者四十九枚。"上大笑，賜帛十匹。

同上，卷九百六十八果部五《李》：

《東方朔占》曰：朔與弟子俱行，朔渴，命弟子叩道邊人家門。不知室主姓名，關門，呼不應。朔復往之門，住須臾，博勞飛集所呼門中李樹上。朔見之，語弟子曰："此室人當姓李名博，汝呼言李博，博自當應汝。"室中人果有姓李名博出門應，與朔相見，入取飲與朔。

同上，卷九百七十果部七《梅》：

《東方朔别傳》曰：朔與三門生俱行，見一鳩，占皆不同。一生曰："今日當得酒。"一生曰："其酒必酸。"一生曰："雖得酒，不得飲也。"三生皆到主人，須臾主人出酒樽中，即安於地嬴而覆之，訖不得酒。出門問。"見鳩飲水，故知得酒；鳩飛集梅樹上，故知酒酸；鳩飛去，所集枝折墮地，折者傷覆之象，故知不得飲也。"

同上，卷九百八十四藥部一《藥》：

《東方朔别傳》曰：孝武皇帝好方士，敬鬼神，使人求神仙不死之藥甚至，初無所得。天下方士四面蜂至，不可勝言。東方朔睹方士虚語以求尊顯，即云上天，欲以喻之。其辭曰："陛下所使取神藥者，皆天地之間藥也，不能使人不死。獨天上藥能使人不死耳。"上曰："然天何可上也？"朔對曰："臣能上天。"上知謾詑，極其語，即使朔上天取其不死之藥。朔既辭去，出殿門，復還曰："今臣上天，似謾詑者，願得一人爲信驗。"上即遣方士與朔俱往，期三十日而反。朔等既辭而行，日日過諸侯傳飲，往往留十餘日。期又且盡，無上天意，方士謂之曰："期且盡，日日飲酒，爲奈何？"朔曰："鬼神之事難預言，當有神來迎我者。"於是方士晝卧。良久，朔遽覺之曰："呼君極久不應。我今者屬從天上來。"方士大驚。還，具以聞。上以爲面欺，詔下朔獄。朔啼對曰："朔須幾死者再。"上曰："何也？"朔對曰："天公問臣：'下方人何衣？'臣朔曰：'衣蠶。''蠶何若？'臣朔曰：'蠶喙髯髯類馬，邠邠類虎。'天公大怒，以臣爲謾言，繫臣。使人下問，還報有之，名蠶。天公乃出臣。今陛下苟以臣爲詐，願使人上問之。"上大驚曰："善。齊人多詐，欲以喻我止方士也。"罷諸方士，弗復用也。由此朔日以親近。（中華書局，1966年）

李昉等《太平廣記》卷首《引用書目》：

《東方朔傳》。

同上，卷六神仙六《東方朔》：

東方朔，小名曼倩。父張氏，名夷，字少平；母田氏。夷年二百歲，顔若童子。朔生三日而田氏死，死時漢景帝三年也。鄰母拾朔養之，時東方始明，因以姓焉。

年三歲，天下秘讖，一覽暗誦於口，恒指揮天上空中獨語。鄰母忽失朔，纍月暫歸，母笞之。後復去，經年乃歸。母見之，大驚曰："汝行經年一歸，何以慰吾？"朔曰："兒暫之紫泥之海，有紫水污衣，仍過虞泉湔浣，朝發中還，何言經年乎？”母又問曰：“汝悉經何國？”朔曰：“兒湔衣竟，暫息冥都崇臺，一寤眠。王公啗兒以丹栗霞漿。兒食之既多，飽悶幾死，乃飲玄天黄露半合。即醒，還，遇一蒼虎息於路。初，兒騎虎而還，打捶過痛，虎嚙兒脚，傷。”母便悲嗟，乃裂青布裳裹之。朔復去家萬里，見一枯樹，脱布挂樹，布化爲龍，因名其地爲“布龍澤”。

朔以元封中，游鴻濛之澤，忽遇母采桑於白海之濱。俄而有黄眉翁，指母以語朔曰：“昔爲我妻，托形爲太白之精。今汝亦此星之精也。吾却食吞氣已九十餘年，目中童子皆有青光，能見幽隱之物。三千年一返骨洗髓，二千年一剥皮伐毛，吾生來已三洗髓、五伐毛矣。”

朔既長，仕漢武帝爲太中大夫。武帝暮年好仙術，與朔狎暱，一日謂朔曰：“朕欲使愛幸者不老，可乎？”朔曰：“臣能之。”帝曰：“服何藥？”曰：“東北地有芝草，西南有春生之魚。”帝曰：“何知之？”曰：“三足烏欲下地食此草，羲和以手掩烏目，不許下，畏其食此草也。鳥獸食此，即美悶不能動。”問曰：“子何知之？”朔曰：“小兒時掘井，陷落井下，數十年無所托。有人引臣往取此草，乃隔紅泉不得渡。其人與臣一隻履，臣乃乘履泛泉，得而食之。其國人皆織珠玉爲簟，要臣入雲韍之幕，設玄珉雕枕，刻鏤爲日月雲雷之狀，亦曰‘鏤空枕’，亦曰‘玄雕枕’。又薦珉毫之珍褥，以百珉之毫織爲褥。此毫褥而冷，常以夏日舒之，因名‘柔毫水藻之褥’。臣舉手拭之，恐水濕席，定視乃光也。”

其後武帝寢於靈光殿，召朔於青綺窗綈綺幕下，問朔曰：“漢年運火德統，以何精何瑞爲祥？”朔對曰：“臣嘗游昊然之墟，在長安之東，過扶桑七萬里，有雲山。山頂有井，雲從井中出。若土德則黄雲，火德則赤雲，金德則白雲，水德則黑雲。”帝深信之。

太初二年，朔從西那邪國還，得聲風木十枝以獻帝。長九尺，大如指。此木出因洹之水，則《禹貢》所謂‘因桓是來’即其源也。出甜波，上有紫燕、黄鵠集其間。實如細珠，風吹珠如玉聲，因以爲名。帝以枝遍賜群臣，年百歲者頒賜。此人有疾，枝則有汗；將死者，枝則折。昔老聃在周二千七百年，此枝未汗；洪崖先生，堯時年已三千歲，此枝亦未一折。帝乃賜朔。朔曰：“臣見此枝三遍枯死，死而復生，何翅汗折而已？語曰：‘年末年，枝忽汗。’（明抄本末作未，忽作勿。《御覽》卷九百五十三引《洞冥記》作“年未半，枝不汗”。）此木五千歲一濕，萬歲一枯也。”帝以爲然。

又天漢二年，帝升蒼龍館，思仙術，召諸方士，言遠國遐鄉之事。唯朔下席操筆疏曰：“臣游北極，至鏡火山，日月所不照，有龍銜火以照山四極。亦有園囿池苑，皆植異草木。有明莖草，如金燈，折爲燭，照見鬼物形。仙人甯封嘗以此草然於（於原作爲，據明抄本改）夜，朝見腹内外有光，亦名‘洞腹草’。帝剉此草爲蘇，以塗明雲之觀，夜坐此觀，即不加燭，亦名‘照魅草”。采以籍足，則入水不沉。”

朔又嘗東游吉雲之地，得神馬一匹，高九尺。帝問朔何獸，曰：“王母乘雲光輦以適東王公之舍，税此馬於芝田。東王公怒，棄此馬於清津天岸。臣至王公壇，因騎而反。繞日三匝，此馬入漢關，關門猶未掩。臣於馬上睡，不覺還至。”帝曰：“其名云何？”朔曰：“因事爲名，名‘步景駒’。”朔曰：“自馭之如駑馬蹇驢耳。”朔曰：“臣有吉雲草千頃，種於九景山東，二千年一花，明年應生。臣走往刈之，以秣馬，馬立不飢。”朔曰：“臣至東極，過吉雲之澤。”帝曰：“何爲吉雲？”曰：“其國常以雲氣占凶吉，若有喜慶之事，則滿室雲起，五色照人。着於草樹，皆成五色露。露味皆甘。”帝曰：“吉雲五露可得否？”曰：“臣負吉雲草以備馬，此立可得，日可三二往。”乃東走，至夕而還，得玄白青黄露，盛以青琉璃，各受五合，授帝。帝遍賜群臣。其得之者，老者皆少，疾者皆除也。

又武帝常見彗星，朔折指星木以授帝，帝指彗星，應時星没，時人莫之測也。朔又善嘯，每曼聲長嘯，輒塵落漫飛。朔未死時，謂同舍郎曰：“天下人無能知朔，知朔者唯太王公耳。”朔卒後，武帝得此語，即召太王公問之曰：“爾知東方朔乎？”公對曰：“不知。”“公何所能。”曰：“頗善星曆。”帝問：“諸星皆具在否？”曰：“諸星具，獨不見歲星十八年，今復見耳。”帝仰天嘆曰：“東方朔生在朕旁十八年，而不知是歲星哉！”慘然不樂。

其餘事迹，多散在别卷，此不備載。（出《洞冥記》及《朔别傳》。）

同上，卷一百七十四俊辯《東方朔》：

漢武帝嘗以隱語召東方朔。時上林獻棗，帝以杖擊未央前殿檻曰：“叱叱，先生束束。”朔至，曰：“上林獻棗四十九枚乎？朔見上以杖擊檻，兩木，兩木，林也；束束，棗也；叱叱，四十九也。”（出《東方朔傳》。）

又：東方朔常與郭舍人於帝前射覆。郭曰：“臣願問朔一事，朔得，臣願榜百；朔窮，臣當賜帛。曰：‘客來東方，歌謳且行，不從門入，逾我垣墻，游戲中庭，上入殿堂，擊之拍拍，死者攘攘，格鬥而死，主人被創。’是何物也？”朔曰：“長喙細身，晝匿夜行，嗜肉惡煙，常所拍捫。臣朔愚戇，名之曰蚊。舍人辭窮，當復脱褌。”（出《東方朔傳》。）（中華書局，1961年）

吴淑《事類賦注》卷十七飲食部《酒》：

復聞敗見宋樽，怪消秦獄。（《東方朔别傳》曰：武帝幸甘泉，長平阪道中有蟲，赤如肝，頭目口齒悉具，人莫知也。時朔在屬車中，令往視焉。朔曰：“此爲怪氣，必秦獄處也。”上使按地圖，果秦獄地。朔曰：“夫積憂者，得酒而解。”

乃取蟲置酒中，立消。後屬車上盛酒，爲此故也。）

同上，卷十九禽部二《鵲》：

方朔則識其順風，（《東方朔傳》曰：孝武坐未央前殿，東方朔執戟階傍，屈指獨語。上從殿上見朔，呼問之。朔曰："殿後柏樹上有鵲立枯枝上，東向而鳴。"使視之，果然。問朔："何以知之？"對曰："風從東方來，鵲尾長，傍風則傾，背風則蹶，必當順風而立，是以知之。"）陸賈則信其有喜。

同上，卷二十一獸部二《馬》：

豈復與跛猫而校能，（《東方朔傳》曰：驃騎難諸博士，朔對曰："騏驎、緑耳，蜚鴻、華騮，天下良馬也，若捕鼠於深宮之中，曾不如跛猫。"）將韓盧而并逐者哉！

同上，卷二十三獸部四《鹿》：

諫吴則游於姑蘇，諷漢則禦彼匈奴。（《東方朔別傳》曰：武帝時，有殺上林鹿者，下有司收殺之。朔時在傍，曰："是故當死者三：使陛下以鹿殺人，一當死；天下聞陛下重鹿賤人，二當死；匈奴有急，以鹿觸之，三當死。"帝默然赦之。）

同上，卷二十五木部《柏》：

若其府中集烏，殿後立鵲。（《東方朔傳》曰：孝武燕未央前殿，雨新止。朔執戟在殿階，獨語。上呼問之，答曰："殿後柏樹有鵲立枯枝上，向東鳴。"上遣視，如朔言。問："何以知之？"朔曰："以人事言之。風從東方來，鵲尾長，傍風則蹶，必當向風而立，是以知東向鳴。新雨，生枝滑，枯枝澀，是以知立枯枝。"上大笑。）

同上，卷二十六果部一《棗》：

吐而死之，鮑焦之介何甚；呼而問也，曼倩之術何精！（《東方朔傳》曰：武帝時，上林獻棗。上以所持杖擊未央前殿檻，呼朔曰："叱叱！先生來來，先生知此筐中何物也？"朔曰："上林獻棗四十九枚。"上曰："何以知之？"朔曰："以呼朔者上也，以杖擊檻，兩木，兩木林也，來來者棗也，叱叱者四十九枚。"上大笑，賜帛十匹。）（中華書局，1989年）

歐陽修、宋祁《唐書》卷五十八《藝文》二乙部史録雜傳記類：

《東方朔傳》八卷。（中華書局，1975年）

高承《事物紀原》卷一天地生植部一《人日》：

東方朔《占書》曰：歲正月一日占鷄，二日占狗，三日占羊，四日占豬，五日占牛，六日占馬，七日占人，八日占穀。其日晴明温和，爲蕃息安泰之候；陰寒慘烈，爲疾病衰耗之徵。故杜子美詩曰：“元日至人日，未有不陰時。”蓋傷時之言也。推此，當由漢世始有其義。

同上，卷四經籍藝文部十七《七言》：

劉義慶《世説》曰：王子猷詣謝公，云：“詩何七言？”子猷曰：“昂昂若千里之駒，泛泛若水中之鳧。”此語出《離騷》。《東方朔傳》曰：“漢武在柏梁臺上，使群臣作七言。”七言之作，始起於此也。（中華書局，1989年）

陳暘《樂書》卷一百三十三樂論圖俗部八音《鳴鐘》：

漢魏殿鐘，山摧則鳴，類召之也。（《東方朔傳》：武帝未央宫殿前鐘無故自鳴，三日三夜不止。帝以問朔，朔對曰：“銅者土之子，以陰陽氣類言之，子母相感，恐山有摧陁者。”居三日，南郡太守以山崩爲言。帝因大笑。）（《文淵閣四庫全書》本）

葉廷珪《海録碎事》卷一天部上雲門《黄雲覆車》：

《東方朔傳》曰：凡占，長吏東耕當視天，有黄雲來覆車，五穀大熟。

同上，卷二十二下雜蟲門《怪蟲》：

《小説》：漢武幸甘泉，道中有蟲赤色，以問東方朔。對曰：“此蟲名爲怪蟲。昔時拘繫無辜，咸仰首曰：‘怪哉！怪哉！’上天憒所生也。必秦獄地。”按之果然。又曰：“凡愁者，得解以酒。”灌之，隨散。（中華書局，2002年）

鄭樵《通志》卷六十五《藝文略》三史類傳記列傳：

《東方朔傳》，八卷。（中華書局，1987年）

王十朋《東坡詩集注》卷二游覽《同秦仲二子雨中游寶山》：

平明已報百吏散，半日來陪二子閑。立鵠低昂煙雨裏，（次公：《東方朔外傳》：武帝宴坐，朔執戟在殿階旁，屈指獨語。上從殿上見朔，呼問之。對曰：

“殿後樹上，有鵲立松枝，東向而鳴。”）行人出没樹林間。（《文淵閣四庫全書》本）

郭知達《九家集注杜詩》卷十九近體詩《題鄭十八著作文》：

禰衡實恐遭江夏，方朔虛傳是歲星。（夏侯孝若《東方朔畫贊》云：“神變造化，靈爲星辰。”注：俗謂方朔爲太白星精。趙云：“……《博物志》載《神仙傳》曰：‘傅説上據辰尾，爲箕宿，歲星降爲東方朔。傅説死後有此宿，東方生無歲星。’今公云方朔是歲星，蓋用此説。而夏侯孝若爲畫，畫贊序乃云云，却成方朔死而爲星矣。舊注止知引此，非是。”）（《文淵閣四庫全書》本）

無名氏《錦綉萬花谷前集》卷一《星・東方朔爲歲星》：

東方朔，楚人也，後賣藥五湖，知其歲星焉。（《列仙傳》）

同上，卷二《雲・黄雲占》：

《東方朔傳》曰：凡占，長吏東耕，當視天有黄雲來覆車，五穀大熟。

同上，卷四《人日・七日爲人》：

正月一日爲鷄，二日爲狗，三日爲豬，四日爲羊，五日爲牛，六日爲馬，七日爲人。（《北史・魏收傳》）又《東方朔占書》云：歲後八日是雲，其日晴，所主之物育，陰則災。

同上，卷十九《生日・甜波上聲風木》：

東方朔從西郡國還，得聲風木十枝，長九尺，出甜波上，帝以賜群臣年百歲者。此木有疾則枝汗，死則枝折，此木千歲一濕，萬歲一枯。朔曰：“臣見此枝三枯死矣。”（《方朔外傳》）（廣陵書社，2008年）

無名氏《錦綉萬花谷後集》卷三十二《鐘・山弛先鳴》：

漢武帝時，未央宫殿前鐘無故自鳴，三夜三日不止。上問東方朔，朔對曰：“臣聞銅者土之子，以陰陽氣類言之，子母相感，山恐有能弛者，故鐘先鳴。《易》曰：‘鳴鶴在陰，其子和之。’”上曰：“應在幾日？”朔曰：“在五日内。”居三日，南郡太守上言山崩，延袤二十里。上大笑，賜帛三十匹。（《東方朔傳》）（廣陵書社，2008年）

潘自牧《記纂淵海》卷二天文部《風》：

（史）孝武坐未央前殿，天新雨。東方朔屈指獨語，上問之。對曰：“殿後柏上，有鵲立桂枝上，東向而鳴。”視之果然。問朔何以知之，對曰：“此以人事知之。風從東方來，鵲尾長，傍風則順，背風則蹶，必當順風而立，是以知也。”（《東方朔傳》）

同上，卷四十八性行部《轉移人心》：

（史）前漢武帝時，人有殺上林鹿者，下有司殺之。東方朔曰：“是人有三當死：使陛下以鹿之故殺人，一也；使天下聞重鹿賤人，二也；匈奴即有急，推鹿觸之，三也。”武帝默然，乃赦之。

同上，卷六十二問學部《博洽》：

（傳記）漢武帝時，未央宫殿前鐘無故自鳴。詔問東方朔，曰：“銅者土之子，以類言之，子母感而相應，山恐有崩移者，故鐘先鳴。”三日，南郡上言山崩。（《東方朔外傳》）

同上，卷七十八樂部《鐘》：

漢武未央宫鐘無故自鳴。問東方朔，對曰：“臣聞銅土之子，子母相感，山恐有崩弛者。”三日，南郡太守言有山崩。（《東方朔别傳》）

同上，卷八十七伎術部《射覆》：

（傳記）東方朔嘗與郭舍人於帝前射覆，郭曰：“客來東方，謳歌且行，不從門入，逾我垣墻。游戲門庭，上入殿堂。擊之拍拍，死者攘攘。格鬥而死，主人被創。是何物也？”朔曰：“長喙細身，晝匿夜存。嗜肉惡煙，常所拍捫。臣朔愚戇，名之曰蚊。舍人辭窮，當復脱褌。”（《廣記》）

同上，卷九十七禽部《鵬》：

（傳記）漢武帝時，西域獻黑鷹，得鵬雛，東方朔識之。（《異類》）

同上，卷九十八獸部《鹿》：

武帝時，有殺上林鹿者，下有司收殺之。朔時在旁，曰：“是固當死者三：使陛下以鹿殺人，一當死；天下聞陛下重鹿賤人，二當死；匈奴有急，須鹿觸之，三當死。”帝默而赦之。（《東方朔别傳》）（《文淵閣四庫全書》本）

陳景沂《全芳備祖前集》卷九花部李花《事實祖》：

（紀要）東方朔令弟子叩道邊人家門，不知室主姓名，呼不應。朔復往，見博㸸飛集其主家李木上，朔謂弟子曰："主人當姓李名博，汝呼當應。"室中人果有姓李名博者出，與朔相見，即入取飲與之。（《漢武外傳》）（《文淵閣四庫全書》本）

陳景沂《全芳備祖後集》卷五果部梅《事實祖》：

東方朔與門生三人行，見一鳩。一生曰："當有酒。"一生曰："其酒必酸。"一生曰："雖得酒，不及飲。"須臾，主人出酒，安座而覆之，不得飲。問其故，曰："見鳩飲水，故知得酒。鳩飛集梅，故知酒酸。鳩飛去，折枝，故知不得飲也。"（《外傳》）（《文淵閣四庫全書》本）

佚名《集千家注杜工部詩集》卷四《題鄭十八著作丈》：

禰衡實恐遭江夏，方朔虚傳是歲星。（夢弼曰：……《神仙傳》："傳説上據箕尾，爲歲星降東方朔。傳説死後有此宿，東方朔生無歲星。"《武帝内傳》：西王母使者至，朔死。上問使者，對曰："朔是木帝精，爲歲星，下游以觀天下，非陛下臣也。"）

同上，卷十七《奉送韋中丞之晋赴湖南》：

寵渥徵黄漸，權宜借寇頻。湖南安背水，峽内憶行春。王室仍多故，蒼生倚大臣。還將徐孺榻，虚處待高人。（夢弼曰：《東方朔外傳》：郡守四馬駕車，一馬行春。）（《文淵閣四庫全書》本）

祝穆《古今事文類聚前集》卷三天道部風古今事實《以鵲占風》：

孝武坐未央前殿，天新雨。東方朔屈指獨語，上問之。對曰："殿前柏上，有鵲立枯枝上，東向而鳴。"視之果然。問朔何以知之，對曰："此以人事知之。風從東方來，鵲尾長，傍風則順，背風則蹶，必當順風而立，是以知也。"（《朔傳》）

同上，卷六天時部詩話《人日多陰》：

都人劉克窮該典籍，嘗與客論云："元日到人日，未有不陰，時人知其一，未知其二，四百年惟子美與克會耳。"起就架取書，示客曰："此《東方朔占書》也。歲後八日：一日爲鷄，二日爲犬，三日爲豕，四日爲羊，五日爲牛，六日爲馬，七日爲人，八日爲穀。其日晴，主所生之物育，陰則灾。"少陵意謂天寶亂離，四方雲擾，幅裂人物，歲歲俱灾，豈《春秋》書"王正月"意邪？深得古人用心。（《西清詩話》）

同上，卷三十四仙佛部《漢武求仙》：

漢武帝時，方士言蓬萊諸神若將可得，上欣然庶幾遇之，復至海上望焉。上欲自浮海求蓬萊，東方朔曰："陛下第還宮静處以須之，仙人將自至。"乃止。遂去并海上，凡周行萬八千里云。（《文淵閣四庫全書》本）

祝穆《古今事文類聚後集》卷三十六毛蟲部鹿古今事實《重鹿賤人》：

武帝時，有殺上林鹿者，下有司收殺之。東方朔時在旁，曰："是固當死者三：陛下以鹿殺人，一當死；天下聞陛下重鹿賤人，二當死；匈奴有急，須鹿觸之，三當死。"

同上，卷四十四羽蟲部鵲古今事實《立枯東向》：

孝武帝燕坐未央前殿，新雨止。東方朔執戟在階傍，屈指獨語。上問之，對曰："殿後柏樹上，有鵲立枯枝上，東向而鳴。"視之果然。朔曰："以人事言之。風則東方來，鵲尾長，傍風則傾，背風則蹶，必當順風而立，是以知之也。"（《别傳》）

同上，卷四十七羽蟲類伯勞古今事實《伯勞集李》：

東方朔與弟子偕行，渴，令弟子扣道邊家求飲。不知姓名，主人開門，不與。須臾，見伯勞飛集主人門中李樹上，朔謂弟子曰："此主人姓李名伯勞，爾但呼李伯勞。"果有李伯應，即入取飲。（《别傳》）

同上，卷四十九蟲豸部蚊《覆射知蚊》：

《東方朔傳》：郭舍人曰："願問朔一事，朔得，臣願榜一百；朔窮，臣當賜帛。"曰："客從東方來，歌謡且行。不從門入，逾我垣墻。游戲中庭，上我殿堂。擊之桓桓，死者攘攘。格鬥而死，主人被創。是何物也？"朔曰："長喙細身，晝亡夜存。嗜肉惡煙，爲掌指所捫。臣朔愚戇，名之曰蚊。舍人詞窮，當復脱褌。"（《文淵閣四庫全書》本）

王應麟《玉海》卷一百九《音樂》樂器鐘《漢鐘虡樂》：

《東方朔傳》：武帝時，未央宫殿前鐘無故自鳴。（江蘇古籍出版社，1987年）

謝維新《古今合璧事類備要前集》卷二天文門《風》：

（事類）方朔占風。（孝武坐未央前殿，天新雨。東方朔屈指獨語，上問之。對曰："殿後柏上，有鵲立柏枝上，東向而鳴。"視之果然。問朔何以知之，對

曰："此以人事知之，風從東方來，鵲尾長，傍風則順，背風則蹷，必當順風而立，是以知也。"——《東方朔傳》）

中國有道。（漢武帝天漢三年，月氏國獻神香，使者曰："國占東風入律，百旬不休；青雲干吕，經月不散。意中國有好道之君，故來貢。"——《東方朔傳》）

同上，卷三天文門《雲》：

（事類）黄雲覆車。（凡占長吏東耕，當視天，有黄雲來覆車，五穀大熟。——《東方朔傳》）

青雲干吕。（漢武帝時，月氏國獻神香。使者曰："國占：東風入律，青雲干吕。意中國有好道之君，故來貢。"——《東方朔傳》）（《文淵閣四庫全書》本）

謝維新《古今合璧事類備要别集》卷九十四蟲豸門《蚊》：

（事類）覆射知蚊。（《東方朔傳》：郭舍人曰："願問朔一事，朔得，臣願榜一百；朔窮，臣當賜帛。曰：'客從東方來，歌謡且行。不從門入，逾我垣墻。游戲中庭，上入殿堂。擊之桓桓，死者攘攘。格鬥而死，主人被創。'是何物也？"朔曰："長喙細身，晝亡夜存。嗜肉惡燈，爲掌指所捫。臣朔愚戇，名之曰蚊。舍人辭窮，當復脱褌。"）（《文淵閣四庫全書》本）

謝維新《古今合璧事類備要外集》卷十三樂器門《鐘》：

（事類）自鳴三日。（漢武帝時，未央宫殿前鐘無故自鳴，三日三夜。詔問朔，朔曰："銅者土之子，以類言之，子母感而相應，山恐有崩移者，故鐘先鳴。"三日，蜀郡太守上言山崩。上大笑。——《東方朔傳》）（《文淵閣四庫全書》本）

馬端臨《文獻通考》卷一百三十四《樂考》金之屬鳴鐘：

漢魏殿鐘，山摧則鳴，類召之也。（《東方朔傳》：武帝未央宫殿前鐘無故自鳴，三日三夜不止。帝以問朔，朔對曰："銅者土之子，以陰陽氣類言之，子母相感，恐山有摧阤者。"居三日，南郡太守以山崩爲言。）（中華書局，1986年）

陶宗儀《説郛》卷九十四上賓華《酒譜·神異八》：

《東方朔别傳》云：武帝幸甘泉，嘗平阪道中有蟲赤如肝，頭目口齒悉具。朔曰："此怪氣。必秦獄處。積憂者，得酒而解。"乃取蟲置酒中，立消。後以酒置屬車，爲此也。

同上，卷一百十一《東方朔傳》（郭憲）：

東方朔，小名曼倩。父張氏，名夷，字少平。母田氏。夷年二百歲，顏若童子。朔生三日而田氏死，死時漢景帝三年也。鄰母拾朔養之，時東方始明，因以姓焉。

年三歲，天下秘讖，一覽暗誦於口，恒指揮天上空中獨語。鄰母忽失朔，纍月暫歸，母笞之。後復去，一年乃歸。母見之，大驚曰："汝行經年一歸，何以慰吾？"朔曰："兒暫之紫泥之海，有紫水污衣，仍過虞泉湔浣，朝發中還，何言經年乎？"母又問曰："汝悉經何國？"朔曰："兒湔衣竟，暫息冥都崇臺，一寤眠。王公啖兒以丹栗霞漿。兒食之既多，飽悶幾死，乃飲玄天黄露半合。即醒，還，遇一蒼虎息於路。初，兒騎虎而還，打捶過痛，虎齧兒脚，傷。"母便悲嗟，乃裂青布裳裹之。朔復去家萬里，見一枯樹，脱布挂樹，布化爲龍，因名其地爲"布龍澤"。

朔以元封中游鴻濛之澤，忽遇母采桑於白海之濱。俄而有黄眉翁指母以語朔曰："昔爲我妻，托形爲太白之精。今汝亦此星之精也。吾却食吞氣已九千餘年，目中童子皆有青光，能見幽隱之物。三千年一返骨洗髓，二千年一剥皮伐毛，吾生來已三洗髓、五伐毛矣。"

朔既長，仕漢武帝爲大中大夫。武帝暮年好仙術，與朔狎昵，一日謂朔曰："朕欲使愛幸者不老，可乎？"朔曰："臣能之。"帝曰："服何藥？"曰："東北地有芝草，西南有春生之魚。"帝曰："何知之？"曰："三足烏欲下地食此草，羲和以手掩烏目不許下，畏其食此草也。鳥獸食此即美悶不能動。"帝曰："子何知之？"朔曰："小兒時掘井，陷落井下，數十年無所托。有人引臣往取此草，乃隔紅泉不得渡。其人與臣一隻履，臣乃乘履泛泉，得而食之。其國人皆織珠玉爲簟，要臣入雲韍之幕，設玄珉雕枕，刻鏤爲日月雲雷之狀，亦曰'鏤空枕'，亦曰'玄雕枕'。又薦珉毫之珍褥，以百珉之毫織爲褥。此毫褥而冷，常以夏日舒之，因名'柔毫水藻之褥'。臣舉手拭之，恐水濕席，定視乃光也。"

其後，武帝寢於靈光殿，召朔於青綺窗、綈紈幕下。問朔曰："漢年運火德，統以何精、何瑞爲祥？"朔對曰："臣嘗游昊然之墟，在長安之東，過扶桑七萬里，有雲山。山頂有井，雲從井中出。若土德則黄雲，火德則赤雲，金德則白雲，水德則黑雲。"帝深信之。

太初二年，朔從西那邪國還，得聲風木十枝以獻帝。長九尺，大如指。此木出因桓之水，則《禹貢》所謂"因桓是來"即其源也。出甜波，上有紫燕、黄鵠集其間。實如細珠，風吹株如玉聲，因以爲名。帝以枝遍賜群臣，年百歲者頒賜。此人有疾，枝則有汗；將死者，枝則折。昔老聃有周七千七百年，此枝未汗；洪崖先生堯時年已三千歲，此枝亦未一折。帝乃賜朔。朔曰："臣見此木三遍枯死，死而復生，何翅汗折而已？語曰：‘年復年，枝忽汗。’此木五千歲一濕，萬歲一枯也。”帝以爲然。

又天漢二年，帝升蒼龍館，思仙術，召諸方士言遠國遐鄉之事。唯朔下席操筆疏曰：“臣游北極，至鏡火山，日月初不照，有龍銜火以照山四極。亦有闌囿池苑，皆植異草木。有明莖草，如金燈，折爲燭，照見鬼物形。仙人甯封嘗以此草然爲夜，朝見腹内外有光，亦名‘洞腹草’。帝剉此草爲蘇，以塗明雲之觀，夜坐此觀，即不加燭，亦名‘照魅草’。采以籍足，則入水不沉。”

朔又嘗東游吉雲之地，得神馬一匹，高九尺。帝問朔何獸，曰：“王母乘雲光輦以適東王公之舍，税此馬於芝田。東王公怒，棄此馬於清津天岸。臣至王公壇，因騎而返，繞日三匝，此馬入漢關，關門猶未掩。臣於馬上睡，不覺還至。”帝曰：“其名云何？”朔曰：“因事爲名，名‘步景駒’。”朔曰：“自馭之如駑馬蹇驢耳。”朔曰：“臣有吉雲草千頃，種於九景山東，二千年一花，明年應生。臣走往詣之，以秣馬，馬立不飢。”朔曰：“臣至東極，過吉雲之澤。”帝曰：“何爲吉雲？”曰：“其國常以雲氣占凶吉，若有喜慶之事，則滿室雲起，五色照人。着於草樹，皆成五色露。露味皆甘。”帝曰：“吉雲甘露可得否？”曰：“臣負吉雲草以備馬，此立可得，日可三二往。”乃東走，至夕而還，得玄白青黄露，盛以青琉璃，各受五合，授帝。帝遍賜群臣。其得之者，老者皆少，疾者皆除也。

又武帝常見彗星，朔折指星木以授帝，帝指彗星，應時星没，時人莫之測也。朔又善嘯，每曼聲長嘯，輒塵落漫飛。朔未死時，謂同舍郎曰：“天下人無能知朔，知朔者唯大王公耳。”朔卒後，武帝得此語，即召大王公問之曰：“爾知東方朔乎？”公對曰：“不知。”“公何所能？”曰：“頗善星曆。”帝問：“諸星皆具在否？”曰：“諸星具在，獨不見歲星十八年，今復見耳。”帝仰天嘆曰：“東方朔生在朕傍十八年，而不知是歲星哉！”慘然不樂。

其餘事迹，多散在别卷，此不備載。（《説郛三種》本）

何良俊《語林》卷二十一《博識》第十四“漢武帝祀甘泉”條：

武帝幸甘泉，長平阪道中有蟲，赤如肝，頭目口齒悉具，先驅馳還以報。上使視之，皆莫能識。時東方朔在屬車中，令往視焉，朔曰：“此謂怪哉。是必秦獄處也。”上使按圖，果秦獄地。上問朔何以知之，朔曰：“夫積憂者，得酒而解。”乃取蟲置酒中，立消。賜朔帛百匹。後令屬車載酒。（《漢書》曰：朔字曼倩，平原厭次人。《朔别傳》曰：朔南陽步廣里人。《列仙傳》曰：朔是楚人，武帝時上書説便宜，拜郎中。宣帝初，棄官去，共謂歲星也。）（《文淵閣四庫全書》本）

李時珍撰，李經緯校注《本草綱目校注》卷四十三鱗之一龍《蛟龍・髓》：

（主治）傅面令人好顔色。又主易産。（時珍。出《東方朔别傳》。）（遼海出版社，2001年）

張鷟撰，劉允鵬注《龍筋鳳髓判》卷四《導官署令姚泰盗用進米二十石上米倍四十五價絹估三十價斷絞不伏》：

彩鷄屢見，非無白壤之儀；春鳥不鳴，自有黄雲之應。（《東方朔傳》："凡占長吏東耕，視天有黄雲來如覆車，五穀大熟，豐年也。"録備一説。）（《叢書集成初編》本）

陳耀文《天中記》卷二《風・以鵲占風》：

孝武坐未央前殿，天新雨。東方朔屈指獨語，上問之，對曰："殿後柏上，有鵲立枝上，東向而鳴。"視之果然。問朔何以知之，對曰："此以人事知之。風從東方來，鵲尾長，傍風則順，背風則蹶，必當順風而立。是以知也。"（《朔傳》）李孝貞《咏鵲》："東立朝雨霽，南飛夜月明。"

同上，卷三《露・寶露壇》：

高辛時，丹丘之國獻瑪瑙甕以盛甘露。甕至堯時猶存，甘露在其中，盈而不竭，謂之寶露，以頒賜群臣。至舜時，露已漸減，舜遷寶甕於衡山之上，故衡山之岳有寶露壇，舜於壇下起月館以望夕月。舜南巡至衡山，百辟群后皆得露泉之賜，時有雲氣生於甘露壇，又遷寶甕於零陵之上。東方朔《寶甕銘》曰："寶雲生於露壇，祥風起於月館，望三壺如盈尺，視八鴻如縈帶。"（《拾遺記》）

同上，卷四《人日・陰晴占》：

《東方朔占書》云：歲後八日，一日爲鷄，七日爲人，八日爲穀，其日前主所生之物育，陰則灾。

同上，卷七《山・君山》：

君山有道與吴包山潜通，上有美酒數斗，得飲者不死。漢武帝齋七日，遣男女數十人至君山，得酒欲飲之。東方朔曰："臣識此酒，請視之。"因一飲致盡。帝欲殺之，朔乃曰："殺朔若死，此爲不驗；以其有驗，殺亦不死。"乃赦之。（《博物志》）

同上，《三神山》：

東方朔《寶甕銘》曰："寶雲生於露壇，祥風起於月館。望三壺如盈尺，視八鴻如縈帶。"三壺，海中三山也。一曰方壺，則方丈也；二曰蓬壺，則蓬萊也；三曰瀛壺，則瀛洲也。此三山形如壺器。八鴻者，八方之名。鴻，大也。登月館以望四海三山，皆如聚米縈帶者矣。（《拾遺記》）

同上，卷二十三《笑・搏髀》：

東方朔於上前射覆中之，郭舍人亟屈被榜。朔曰："南山有木名爲柘，良工材之可以射，射中人情如掩兔，舍人數窮可不早謝？"上乃搏髀大笑也。（《別傳》）

同上，卷二十五《博學・怪哉》：

漢武帝幸甘泉阪，馳道有蟲蟠而覆地，赤如生肝，頭目口鼻耳齒盡具，先驅旄頭馳還以聞。上使視之，莫知也。時東方朔在屬車，帝令往視之，還對曰："此蟲名怪哉。"上曰："何謂？"對曰："秦始皇拘繫無罪，幽殺無辜，衆庶愁怨，咸仰首嘆曰：'怪哉！怪哉！'憤氣之所生也。此地必秦之故獄處也。"詔丞相公孫弘按地圖，果秦獄也。上曰："善。當何以去之？"朔曰："凡積憂者，得酒而解，以酒灌之，當消。"於是使人取蟲置酒中，須臾糜爛。上笑曰："東方生真先生！"賜帛百匹。後屬車上載酒，爲此也。（《方朔別傳》）

武帝東行至函谷關，有物當道，長數丈，其狀象牛，青眼而曜睛，四足入土，動而不徙，百官驚懼。東方朔乃請酒，灌之數十斛而消。帝問其故，曰："此名爲患憂之所生也。此必是秦之獄地，不然，罪人徒作聚地也。夫酒忘憂，故能消之也。"帝曰："博物之士至於此乎！"（《搜神記》）

同上，《鐘鳴》：

漢武帝時，未央宮前殿鐘無故自鳴，三日三夜不止。詔問太史待詔王朔，朔言恐有兵氣。更問東方朔，朔曰："臣聞銅者山之子，山者銅之母。以陰陽氣類言之，子母相感。山恐有崩弛者，故鐘先鳴。《易》曰：'鳴鶴在陰，其子和之。'精之至也。其應在後五日内。"居三日，南郡太守上書言山崩，延袤二十餘里。（《別傳》）

同上，《巫雀》：

漢武祠甘露時，有神雀下，群臣皆上壽，東方朔獨不賀。帝曰："朔何不賀？"曰："此所謂巫雀，非神雀也。或有巫者爲國作害。"卒有巫蠱之事，果應。（《別傳》）

同上，《異鳴》：

武帝時，有獻異鳥者，食之百物，所不肯食。東方朔見之，言其鳥名，又言其所當食。如朔言。問朔何以知之，曰出《山海經》。（劉歆序）武帝時，嘗有獨足鶴，人皆不知，以爲怪異。東方朔奏曰："此《山海經》所謂畢方鳥也。"驗之果是。因敕廷臣皆習。《山海經》云："西章義之山有鳥焉，其狀如鶴一足，赤文、青質而白喙，名曰畢方；其名自叫。見則其邑有訛火。"（《尚書故實》）

同上，《劫灰》：

武帝穿昆明池底得黑灰，無復土，問東方朔，朔云："不知。可問西域胡人。"明帝時，竺法蘭入來洛陽，時有憶方朔言者，乃追以問之。蘭云："經云：'天地大劫，將盡則劫燒。'此燒劫之餘灰也。"乃知朔言有徵信者甚衆。（《高僧傳志怪》）

同上，《藻廉》：

武帝與近臣宴會於未央殿，忽聞人語。良久，梁上見一老翁長八九寸，緣柱而下；放杖稽首，嘿而不言，仰頭視屋，俯指帝脚，忽然不見。帝駭愕，召方朔以告。朔曰："其名爲藻廉，水木之精，夏巢幽林，冬潛深河。陛下頃日興造宫室，斬伐其居，故來訴耳。仰頭看屋視殿，室名未央，訴陛下方侵其居宅未央也；俯指陛下脚者，足也，願陛下宫室足於此，不復更造也。"帝感之，息役。後帝幸瓠子河，聞水底有弦歌之聲。須臾，前梁上翁及年少數人皆長八九寸，有一人長尺餘，凌波而出，或有挾樂器者。帝方食，命列坐案前。帝問曰："聞水底奏樂爲是君耶？得奏樂否？""故齎樂來，安敢不奏！"其最長人便鼓弦而歌，歌聲小大無異於人，清澈繞越梁棟。又二人鳴管撫節，調和聲諧。帝歡悦，舉觴并勸，翁等并舞拜受爵，各飲數升，不醉。獻帝一紫螺殼，中有物狀如牛脂。帝問曰："朕暗無以識此物。東方生知君耳，君可更以珍異貽之。"老翁顧命取洞穴之寶。一人受命，下没淵底，倏忽還到。得一大珠徑數寸，明曜絶世，帝甚弄玩。翁等忽然而隱。帝問朔紫螺殼中何物，朔曰："是蛟龍髓。以傅面，令人好顔色。又女子在孕，産之必易。"會後宫産難者，試之殊有神效。帝以脂塗面，便白澤。又曰："何以此珠名洞穴珠？"朔曰："河底有一穴深數百丈，中有赤蚌，蚌生珠，故以名焉。"帝既深嘆此事，又以五十萬錢賜朔，取其珠置於内庫。（《幽明録·志怪》）

同上，《騶牙》：

建章宫後閣重櫟中有物出焉，其狀似麋。以聞，武帝往臨視之。問左右群臣習事通經術者，莫能知。詔東方朔視，朔曰："所謂騶牙者也。遠方當來歸義而騶牙先見。其齒前後若一齊，等無牙，故謂之騶牙。”其後數歲餘，匈奴混邪王果將十萬衆來降漢。乃復賜東方生錢財甚多。（《史》）東方生啖鐵之獸，實賴大荒之籍矣。（《抱朴子》）

同上，《寶露壇》：

高辛時，丹丘之國獻瑪瑙甕，以盛甘露，至堯時猶存。舜遷寶甕於衡山之上，故衡山有寶露壇；舜於壇下起月館以坐夕月，又遷於零陵之上。舜崩，甕淪於地下。秦始皇掘地，得赤玉甕於舜廟堂前，後人不知年月。東方朔識之，乃作銘曰：“寶雲生於露壇，祥月起於月館。望三壺如盈尺，視八鴻如縈帶。”（《拾遺記》）

同上，《太乙星》：

武帝元狩中，有日者奏太乙星不見。帝召東方朔問其由，朔奏曰：“是星不見，則游於世，爲居民福壽。”旁曰：“何以驗之？”朔曰：“陛下使人於異方江海之濱，設禮祭而迎之，或乘舟，或控鶴，特異於常者，則爲驗。見則斫竹建壇，醮謝之。”帝如奏。朔日迎之。是月，果有會稽太守奏：“海中有人，丫角，面如玉色，美髭髯，而腰蔽槲葉，乘一葉紅蓮，約長丈餘，偃卧其中，手持一黃書，自東海浮來。臣等焚香迎，拜俯，及百步，俄而雲霧所遮。後霧散，不知所之，遺其黃書，飄至亭側。”進於帝，帝令朔驗之，曰：“此上界火珠經也，或曰連珠。”（《漢遺史》）

同上，卷二十六《言語・戒子》：

東方朔將仙，戒其子曰：“明者處世，莫尚於中庸。優哉游哉，與道相從。首陽爲拙，柱下爲工。飽食安步，以仕代農。依隱玩世，詭時不逢。”（《本集》）

同上，《排調・人中八寸》：

漢武帝對群臣云：“《相書》云：‘鼻下人中長一寸，年百歲。’”東方朔在側，因大笑，有司奏不敬。方朔免冠言：“臣誠不敢笑陛下，實笑彭祖面長耳。”帝問之，朔曰：“彭祖正八百歲，果如陛下之言，則彭祖人中可長八寸，以此推之，彭祖面長一丈餘矣。”帝大笑。（《別傳》）

同上，《夷齊愚夫》：

武帝見畫伯夷、叔齊形像，問東方朔：“此何人？”曰：“古之愚夫。”帝曰：“天下廉士，何爲愚夫耶？”對曰：“賢者居世，與時推移，不凝滯於物，何不泛泛然如水中之鳧，與波俱逝，何自苦於首陽乎？”（《朔傳》）

同上，卷三十二《給事中・賜帛》：

東方朔爲中郎，賜帛百匹，給事中。（《東方朔記》）

同上，卷四十三《鐘・山崩》：

漢武帝未央宫殿前鐘無故自鳴，三日三夜不止。大怪之，召待詔王朔問之，朔對曰："有兵氣。"上更問東方朔，朔對曰："王朔知其一，不知其二。臣昔聞：銅，土之子。以陰陽氣類言之，子母相感。山恐有崩弛者，故鐘先鳴。《易》曰：'鳴鶴在陰，其子和之。'"上曰："應在幾日？"朔曰："在五日内。"居三日，南郡太守上言有山崩，延袤二十餘里。上大笑，賜帛二十匹。（《朔傳》）

同上，卷四十四《酒・君山仙酒》：

庾穆之《湘州記》云：君山上有美酒數斗，得飲之而不死，爲神仙。漢武帝聞之，齋居七日，遣欒巴將童男女數十人來求之，果得酒進御。未飲，東方朔在旁竊飲之。帝大怒，將殺之。朔曰："既酒有驗，殺臣亦不死。無驗，安用酒爲？"帝笑而釋之。寺僧云，春時往往聞酒香，尋之莫知其處。（《岳陽風土記》）

同上，卷四十八《履・木履》：

《東方朔瑣語》曰：木履起於晋文公時。介之推逃禄自隱，抱樹而死，公撫木哀嘆，遂以爲履，每思從亡之功，輒俯視其履，曰："悲乎，足下！"足下之稱，亦自此始也。（見《南方草木狀》）

同上，《杖・九節杖》：

孝武皇帝登少室，見一女子以九節杖仰指日，閉左目，開右目，氣且絶，久乃蘇息。武帝使問之所行何等，女子不答。東方朔曰："婦人食日精者。"（《劉根别傳》）

同上，卷五十五《馬・捕鼠》：

驃騎難諸博士，東方朔對曰："干將、莫耶，天下之利劍也，水斷鵠雁，陸斷馬牛，將以補屩，曾不如一錢之錐。騏驥、騄耳，天下之良馬也，將以捕鼠於深宫，曾不如跛猫。"（《東方朔傳》）

同上，卷五十七《螺・紫螺》：

武帝幸瓠子河，聞水底有弦歌之聲，有老翁出，獻帝一紫螺，殼中有物，狀如牛脂。帝問東方朔曰："紫螺殼中何物？"朔曰："是蛟龍髓。以傅面，令人好顔

色。又女子在孕，産之必易。”令後宫産難者試之，殊有神效。帝以牛脂塗之面，便白澤。（《幽明録》）

同上，卷五十九《鵲·順風而立》：

孝武坐未央前殿，東方朔執戟階傍，屈指獨語。上從殿上見朔，呼問之。“殿後柏樹上有鵲立枯枝上，東向而鳴。”使視之，果然。問朔何以知之，對曰：“風從東方來，鵲尾長，傍風則傾，皆風則蹶，必當順風而立，是以知之。”（《東方朔傳》）（廣陵書社，2007年）

焦竑《國史經籍志》卷三史類傳記明賢：

《東方朔傳》八卷。（《續修四庫全書》本）

陳禹謨《駢志》卷四乙部下《未央鐘鳴》：

《東方朔别傳》：漢武帝時，未央宫前殿鐘無故自鳴，三日三夜不止。詔問太史待詔王朔，朔言恐有兵氣。更問東方朔，朔曰：“臣聞銅者山之子，山者銅之母。以陰陽氣類言之，子母相感。山恐有崩弛者，故鐘先鳴。《易》曰：‘鳴鶴在陰，其子和之。’精之至也，其應在後五日内。”居三日，南郡太守上書，言山崩，延袤二十里。（《文淵閣四庫全書》本）

虞世南撰，陳禹謨補注《北堂書鈔》卷四十五刑法部《獄刑》：

憤氣生蟲。（《東方朔别傳》云：孝武皇帝時，上行甘泉。至長陵，馳道中有蟲伏地，而赤如生肝狀。上召朔視之，還曰：“怪哉。”上曰：“謂何也？”朔曰：“秦始皇拘繫無道，悲哀之苦，仰天嘆曰‘怪哉’，感動皇天，此憤氣之所生也。故名之曰怪哉。是地必秦之獄也。”丞相按圖，果秦獄也。）

同上，卷一百八樂部《鐘》：

宫前自鳴，方朔曰山崩弛。（《東方朔别傳》云：漢武帝時，未央宫殿前鐘無故自鳴，三日三夜不止。上問東方朔，朔對曰：“臣聞銅者土之子，以陰陽氣類言之，子母相感，山恐有崩弛者，故鐘先鳴。”居三日，南郡太守上言山崩，延袤二十餘里。上大笑，賜朔帛三十匹。）

同上，卷一百二十四武功部十二《戟》：

執戟殿旁。［《東方朔傳》云：武帝坐未央前殿，天雨新止。朔執戟立在殿陛，遥指獨語。上見，呼問之。朔對曰：“殿後柏樹上有鵲立枯枝上，東向鳴。”

上遣侍中視之，如朔言。上問："何以知之？"朔曰："風從東來，鵲尾旁風則順，背風則蹶，必當順風而立，故知東向鳴也。新雨，生枝滑，故枝澀，故立枯枝上。"上大笑，賜帛十匹。（補）]

同上，卷一百三十儀飾部一《髦頭》：

髦頭馳還。（《東方朔別傳》云：武帝幸甘泉宫，長安道中有猛獸，朔令壯士百人皆着髦頭，護駕還宫。）

同上，卷一百三十七舟部《舟總篇》：

乘長安舟。[《東方朔傳》：武帝乘長安舟，游洛水。（補）]

同上，卷一百四十八酒食部《酒》：

得酒乃解。（《東方朔別傳》云：武帝幸甘泉，長平阪道中有蟲，赤如肝，頭目口齒悉具，人莫知也。時朔在屬車中，令往視焉。朔曰："此爲怪氣，必秦獄處也。"上使按地圖，果秦獄地。朔曰："夫積憂者得酒而解。"乃取蟲置酒中，立消。後屬車上盛酒，爲此故也。）

屬車載酒。（《東方朔別傳》，見前。）

同上，卷一百五十天部二《雲》：

冠珥。（《東方朔別傳》云：武帝時，雲氣青色而圓，如冠珥。）

覆車。[《東方朔別傳》云：凡占長吏下車，當視天，有黄雲來覆車，五穀大熟；有烏雲，多水；青雲，致兵；白雲，致盜；赤雲，有火。（補）]

同上，卷一百五十七地理部一《阪篇》：

平阪。（《東方朔別傳》云：孝武皇帝時，上幸甘泉。至平阪上馳道，聞有赤蟲，朔曰："情氣所生，此必秦之置獄處。"）（《文淵閣四庫全書》本）

梅鼎祚《西漢文紀》卷九東方朔《與公孫弘書》：

東方朔。（字曼倩，平原厭次人，待詔金馬門，爲太中大夫給事中。）

蓋聞爵禄不相責以禮，同類之游不以遠近爲初。是故東門先生居蓬户空穴之中，而魏公子一朝以百騎馳造之。吕望未嘗與文王同席而坐，一朝讓以天下半。大丈夫相知，何必以撫塵而游，垂髮齊年，偃伏以日數哉！（《北堂書鈔》"初"一作"故"，"是故"作"是以"，"馳造之"一作"尊寵之"。楊用修云："撫塵謂童子之戲，若佛書所謂聚沙也。"鼎按：六朝人事中多用之，具見於後。）

同上，《從公孫弘借車馬書》：

朔當從甘泉，願借外厩之後乘。木槿夕死而朝榮者，士亦不必長貧也。（“榮”一作“生”。）

同上，《公孫弘答東方朔書》：

譬猶龍之未升，與魚鱉爲伍。及其升天，鱗不可睹。（并《東方朔别傳》。）

同上，《隱真論》（見《佛藏·辯正論》）：

處天地之先不以爲長，在萬古之下不以爲久，隨時應變，與物俱化。

同上，《寶甕銘》：

寶甕銘（王子年《拾遺記》：黄帝時碼碯甕，堯時猶存，甘露在中，謂之寶露。及舜遷寶甕於衡山，故衡山有寶露壇，於壇下起月館，時有雲氣生於露壇。人遷甕於零陵，舜崩，淪於地下。後秦始皇從零陵掘地得赤玉甕，容八斗，以應八方之數，在舜廟。至漢東方朔識之，乃作《寶甕銘》。前云碼碯，後云赤玉，一甕兩物，虚謬可知。）

寶雲生於露壇，祥風起於月館，望三壺如盈尺，視八鴻如縈帶。（三壺者，方壺、蓬壺、瀛壺也。八鴻者，八方之名也。）

同上，《旱頌》：

維昊天之大旱，失精和之正理。遥望白雲之𩆸淳，滃曈曈而亡止。陽風吸習而熇熇，群生閔懣而愁憒。隴畝枯槁而允布，壤石相聚而爲害。農夫垂拱而無爲，釋其耰鉏而下涕。悲壇畔之遭禍，痛皇天之靡濟。（《文淵閣四庫全書》本）

鄧伯羔《藝彀》卷中《聲樂》：

未央前殿鐘無故自鳴，東方朔言：“山者銅之母，子母相感，當有山崩耳。”南郡太守上言山崩，延袤二十餘里。（見《東方朔傳》。）（《文淵閣四庫全書》本）

胡應麟《少室山房筆叢》卷十八乙部《史書占畢六》：

漢武游上林，見一好樹，問東方朔，曰：“名善哉。”帝陰使人識其樹。後數歲，復問朔，朔曰：“名爲瞿所。”帝曰：“朔欺久矣。名與前不同，何也？”朔曰：“夫大爲馬，小爲駒，長爲鷄，小爲鶵，大爲牛，小爲犢，人生爲兒，長爲老。且昔爲善哉，今爲瞿所，長少死生，萬物敗成，豈有定哉？”帝乃大笑。又武帝幸甘泉，長平阪道中有蟲，赤如肝，頭目口齒悉具，先驅馳還以報。上使視之，皆莫能識。時東方朔在屬車中，令往視焉，朔曰："此謂怪哉。是必秦獄處也。"上使按圖，果秦獄地。上問朔何以知之，朔曰："夫積憂者得酒而解。"乃取蟲置酒中，立消。賜朔帛百匹。案朔以蟲爲怪哉，即名樹爲善哉意也。滑稽之旨，即事可知。即蟲或秦獄冤氣所結，而怪哉之名，則朔詭撰欺帝無疑。使異時再遇此蟲，不知易何名號矣。又《漢武故事》：東都獻短人，名巨靈，見朔曰："王母種桃，三千年一實，此兒已三偷之。"而《洞冥記》記一女人愛幸於帝，名巨靈，常出入唾壺中，朔見之，巨靈遂飛去。二巨靈，一男子，一婦人，迹俱詭異，又并與朔狎。或謂必有一僞，余直以爲皆烏有耳。（中華書局，1958年）

徐應秋《玉芝堂談薈》卷二十七《蕤賓鐵》：

《東方朔傳》：武帝時，未央前殿鐘無故自鳴，三日三夜不止。詔問太史待詔王朔，朔曰："恐有兵氣。"更問東方朔，朔曰："臣聞銅者山之子，山者銅之母，以陰陽氣類言之，子母相感，山恐有崩弛者，故鐘先鳴。"居三日，南郡太守上事，言山崩延袤十里。（《文淵閣四庫全書》本）

彭大翼《山堂肆考》卷八時令人日《占物》：

《東方朔占書》：歲後八日，一日爲鷄，二日爲狗，三日爲豬，四日爲羊，五日爲牛，六日爲馬，七日爲人，八日爲穀。其日晴，主所生之物育，陰則灾。

同上，卷十六地理山《欒巴求酒》：

酒香山，在岳州府城西南山上，有美酒，飲者即爲仙。漢武帝遣欒巴來求，果得酒。未進，東方朔竊飲之。帝怒，欲殺之。對曰："酒有驗，苟殺臣，臣亦不死；臣死，酒亦無驗。"遂赦之。土俗相傳，每春時，往往聞山中有酒香，尋之莫見其處。

同上，卷八十九政事繫獄《蟲盤》：

《小説》：漢武帝幸甘泉宫，經長平阪，見有蟲盤覆地，色如生肝，頭目口鼻皆具。問於東方朔，對曰："此蟲名怪哉。昔時拘繫無辜，咸仰首嘆曰：'怪哉！怪哉！'蓋怨憤之氣，感動上天所生也。此地必秦獄處。"即按地圖，果如其言。上又問："何以去之？"對曰："積憂者，得酒而解，以酒灑之，當消。"於是取蟲置酒中，須臾糜散。

同上，卷一百五人品朋友《接塵而游》：

東方朔與公孫弘書：蓋聞爵禄不相責以禮，同類之游不以遠近爲故。是以東門先生居蓬户空穴之中，而魏公子一朝以百騎尊寵之。吕望與文王未嘗同席而坐，一朝讓以天下半。丈夫相知，何必接塵而游，垂髮齊年，偃伏以日數哉？

同上，卷一百三十八人事祝壽《返骨洗髓》：

東方朔元封中游鴻蒙之澤，忽遇老母采桑於白海之濱。俄而，有黄眉翁指母以語朔曰："昔爲吾妻，托形於太白之精。今汝亦此精也。吾却食吞氣已九千餘歲，目中瞳子皆有青光，能見幽隱之物。三千年一返骨洗髓，三千年一剥皮伐毛，吾生已三洗髓、三伐毛矣。"

同上，卷一百六十二音樂鐘《山崩》：

漢武帝時，未央宫殿前鐘無故自鳴，三日三夜。上怪之，召待詔王朔問之，朔對曰："有兵氣。"上更問東方朔，朔對曰："王朔知其一，不知其二。臣聞銅者土之子，以陰陽氣類言之，子母相感，山恐有崩弛者，故鐘先鳴。"上曰："應在幾日？"朔曰："在三日内。"居三日，南郡太守上言山崩，延袤二十餘里。上大笑，賜帛三十匹。

同上，卷二百六果品棗《上林獻》：

漢武帝時，上林獻棗，上以所持杖擊未央殿前檻，呼東方朔曰："叱叱！先生束束，先生知此篋中何物？"朔曰："上林苑獻棗四十九枚。"上曰："何以知之？"朔曰："以呼朔者，上也；以杖擊檻者，兩木也，兩木林也；束束者，棗也；叱叱者，四十九也。"上大笑，賜帛十匹。

同上，卷二百九樹木柏《鵲立》：

漢武帝宴未央前殿，雨新止。東方朔執戟在殿階，獨語。上呼問之，答曰："殿後柏樹，有鵲立枯枝上，向東鳴。"上遣視，如朔言。上問："何以知之？"朔曰："以人事言之，風從東方來，鵲尾長，背風則蹶，必當向風而立，是以知東向鳴。新雨，生枝滑，枯枝澀，是以知立枯枝上。"大笑。

同上，卷二百十四羽蟲烏《可定吉凶》：

東方朔著《鴉經》："先數其聲，第一聲即是甲，以十千數之，辨其緩急，以定吉凶。"

同上，卷二百十五羽蟲伯勞《集李》：

東方朔與弟子偕行，渴，令弟子叩道邊家取飲。不知姓名，主人閉門不與。須臾，見伯勞飛集主人門中李樹上，朔謂弟子曰："此主人姓李，爾但呼李伯勞。"果有李伯勞應，即開門，因入取飲。（《文淵閣四庫全書》本）

董斯張《廣博物志》卷二《天道二·星》：

東方朔，太白星精。黄帝時爲風后，堯時爲務成子，周時爲老子，越爲范蠡，齊爲鴟夷，言其變化無常也。（《集仙傳》）

東方朔云："天下無知我者，唯曆官大伍公知之。"帝召問之，曰："諸星在，唯歲星不見。"（《西京雜記》）

武帝元狩中，有日者奏太乙星不見，帝召東方朔問其由。朔奏曰："是星不見則游於世，爲居民福壽。"帝曰："何以驗之？"朔曰："陛下使人於江海之濱，設禮祭而迎之，或乘舟，或控鶴，特異於常者，則爲驗。見則斫竹建壇，醮謝之。"帝如奏，朔日迎之。是月果有會稽太守奏："海中有人，丫角，面如玉色，乘一葉紅蓮，約長丈餘，偃卧其中，手持一黄書，自東海浮來。臣等焚香迎拜，俯及百步，俄而雲霧所遮，後霧散，不知所之。遺其黄書，飄至亭側。"進於帝，帝令朔驗之。曰："此上界火珠經也。或曰連珠。"（《漢遺史》）

帝嘗見彗星，東方朔折指星木以授帝，帝以木指彗星，星尋則没也。星出之夜，野獸皆鳴。别説謂之獸鳴星。（《洞冥記》）

同上，卷三《天道三·雲》：

凡占，長吏耕當視天有黄雲來覆車，五穀大熟，青雲致兵，白雲致盜，烏雲多水，赤雲有火。（《東方朔外傳》）

帝寢靈莊殿，召東方朔於青綺窗下，隔綈紈重幕，問朔曰："漢承庚運火德，以何精瑞爲祥應？"朔跪而對曰："臣嘗過吴明之墟，是長安東。過扶桑七萬里，有及雲山。山頂有井，雲起井中。若土德王，黄雲出；火德王，赤雲出；水德王，黑雲出；金德王，白雲出；木德王，青雲出。此皆應瑞德也。"帝曰："善。"（《述異記》）

同上，卷五《地形》：

君山有道與吴包山潛通，上有美酒數斗，得飲者不死。漢武帝齋七日，遣男女數十人至君山，得酒，欲飲之。東方朔曰："臣識此酒，請視之。"因一飲致盡。帝欲殺之，朔乃曰："殺朔若死，此爲不驗；以其有驗，殺亦不死。"乃赦之。（《東方朔别傳》）

同上，卷六《地形・諸水》：

甜水去虞淵八十里有甜溪水，味如蜜。東方朔游此水，得數斛以獻帝。投水於井，井水嘗甜而寒，洗沐則肌理柔滑。（《述異記》）

同上，卷十二《靈異一・仙》：

谷希子者，學道得仙，東方朔師之，受閬風、鍾山、蓬萊及神州真形圖。（《真仙通鑒》）

書堂山有靈子寺，去六七里有妙子洞，謂東方朔二子長靈、次妙讀書處。（《湖廣志》）

同上，卷十四《靈異三・神》：

漢武帝宴於未央，方啖黍臛，忽聞人語云："老臣冒死自訴。"不見其形，尋覓良久，梁上見一老翁長八九寸，面目頳皺，鬚髮皓白，拄杖僂步，篤老之極。帝問曰："叟姓字何？居在何處？何所病苦而來訴朕？"翁緣柱而下，放杖稽首，嘿而不言，因仰頭視屋，俯指帝脚，忽然不見。帝駭愕不知何等，乃曰："東方朔必識之。"於是召方朔以告。朔曰："其名爲藻，水木之精，夏巢幽林，冬潛深河。陛下頃日頻興造宫室，斬伐其居，故來訴耳。仰頭看屋，而復俯指陛下脚者，足也，願陛下宫室足於此。"帝感之，既而息役。幸瓠子河，聞水底有弦歌聲，前梁上翁及年少數人，絳衣素帶，纓佩甚鮮，皆長八九寸。有一人長尺餘，凌波而出，衣不沾濡。或有挾樂器者。帝方食，爲之輟膳，命列坐於食案前。帝問曰："聞水底樂奏，爲是君耶？"老翁對曰："老臣前昧死歸訴，幸蒙陛下天地之施，即息斧斤，得全其居，不勝歡喜，故私相慶樂耳。"帝曰："可得奏樂否？"曰："故賫樂來，安敢不奏？"長人便弦而歌，歌曰："天地德兮垂至仁，滑幽魄兮停斧斤。保窟宅兮庇微身，願天子兮壽萬春。"歌聲大小無異於人，清澈繞越梁棟。又二人鳴管撫節，調契聲諧。帝歡悦，舉觴并勸曰："不德不足當雅貺。"老翁等并起拜受爵，各飲數升，不醉。獻帝一紫螺殼，中有物狀如牛脂。帝問曰："朕暗無以識此物。"曰："東方生知之耳。"帝曰："可更以珍異見貽？"老翁顧命取洞穴之寶。一人受命下没淵底，倏忽還到，得一大珠徑數寸，明耀絶世，帝甚愛玩。翁等忽然而隱。帝問朔："紫螺殼中何物？"朔曰："是蛟龍髓。以傅面，令人好顔色。又女子在孕，産之必易。"會後宫産難者，試之，殊有神效。帝以脂塗面，便悦澤。又曰："何以此珠名洞穴珠？"朔曰："河底有一穴，深數百丈，中有赤蚌，蚌生珠，故以名焉。"帝既深嘆此事，又服朔之奇識。（《幽明録》）

同上，卷二十一《高逸》：

東門先生居蓬户空穴之中，而魏公子一朝以百騎造之。（《東方朔傳》）

同上，卷二十二《方技・卜筮》：

漢武帝與越王爲親，乃遣東方朔泛海求寶，惟命一周回，朔經二載乃至。未至間，帝問左右："朔久而不至，今寰中何人善卜？"對曰："有孫賓者，極明《易》筮。"帝乃更庶服潜行，與左右賫絹二匹，往卜。叩賓門，出迎而延坐，未之識也。帝乃啓卜，卦成，知是帝，惶懼起拜。帝曰："朕來覓物，卿勿言！"賓曰："陛下非卜他物，乃卜東方朔也。朔行七日必至，今在海中，面西招水大嘆。到日，請詰之。"至日，朔至。帝曰："卿約一年，何故二載？"朔曰："臣不敢稽程，探寶未得也。"帝曰："七日前卿在海中面西招水大嘆，何也？"朔曰："臣非嘆别事，嘆孫賓不識天子，與帝對坐，因此而嘆。"帝深異之。（《搜神記》）

同上，卷二十五《形體》：

漢武帝對群臣云："《相書》云：'鼻下人中長一寸，年百歲。'"東方朔在側，因大笑，有司奏不敬。方朔免冠云："臣誠不敢笑陛下，實笑彭祖面長耳。"帝問之，朔曰："彭祖正八百歲，果如陛下之言，則彭祖人中可長八寸，以此推之，彭祖面長一丈餘矣。"帝大笑。（《别傳》）

同上，卷三十《藝苑五・書》：

東方朔久居吴中，爲書之師數十年。（《姑蘇志》）

同上，《圖畫》：

漢武帝見畫伯夷、叔齊形像，問東方朔是何人，朔曰："古之愚夫。"帝曰："夫伯夷、叔齊，天下廉士，何謂愚耶？"朔對曰："臣聞賢者居世，與之推移，不疑滯於物。彼何不升其堂，飲其漿，泛泛如水中之凫，與彼徂游？天子轂下，可以隱居，何自苦於首陽？"上喟然而嘆。（《東方朔别傳》）

同上，卷四十四《鳥獸一・諸鳥上》：

武帝問朔："何知鳥之雌雄？"對曰："雄左翼加右，聲高。雌右翼加左，聲小。"（《方朔傳》。一云，燒毛納水中，沈者雄，浮者雌。）

同上，卷四十五《鳥獸二・鳥下》：

漢武祠甘時，有神雀下，群臣皆上壽，東方朔獨不賀。帝曰："朔何不賀？"曰："此所謂巫雀，非神雀也。或有巫者爲國作害。"卒有巫蠱之事，果應。（《東方朔别傳》）（岳麓書社，1991年）

馮武《書法正傳》第二册《鈍吟書要》：

《漢書・東方朔傳》"來來先生"，分書"棗"字作重來，今人改作"束"字，誤也。見《夢溪筆談》。不習二王，下筆便誤。（《萬有文庫》本）

朱鶴齡《李義山詩集注》卷中《曼倩辭》：

曼倩辭。（《漢書》：東方朔，字曼倩，平原厭次人。）

十八年來墮世間，瑶池歸夢碧桃間。如何漢殿穿針夜，又向窗中（一作前）覷阿環。（《東方朔别傳》：朔謂同舍郎曰："天下人無能知朔，知朔者惟太王公耳。"朔卒後，武帝召太王公問之曰："爾知東方朔乎？"公曰："不知。""公何所能？"曰："頗善星曆。"帝問："諸星具在否？"曰："具在。獨不見歲星十八年，今復見耳。"帝嘆曰："東方朔在朕旁十八年，而不知是歲星哉！"慘然不樂。《博物志》：七月七日夜七刻，王母降於九華殿。王母索七桃，以五枚與帝，母食二枚，惟母與帝對坐，其從者皆不得進。時東方朔竊從殿南厢朱鳥牖中窺母，母顧之謂帝曰："此窺牖小兒，嘗三來盜我桃。"）（乾隆八年東柯草堂校刊本）

陳維崧《陳檢討四六》卷三《三芝集序》：

天上謫仙，（《東方朔傳》：西王母謂朔昔爲太乙仙宫令，擅用雷電，遂謫人間。）人間傲吏。

同上，卷十七啓《徵刻吴園次宋元詩選啓》：

勿云刈桂炊珠，君乃爲此度越恒情之論；所賴鐘鳴谷應，世自不乏流連古曲之人。（《方朔傳》：漢武時，未央宫殿前鐘自鳴。方朔曰："臣聞銅者山之子，山者銅之母，子母相感，山有奔弛者，故鐘先鳴。"後南郡太守果上言山奔。）（《文淵閣四庫全書》本）

孫默《十五家詞》卷二十二鄒祗謨《麗農詞》上《海棠春・閨詞和阮亭韻〈午睡〉》：

閑階踏遍憐華足，偏懊惱春愁，成曲簇簌斂桃笙，展向蚊毫褥。

隔墻唱徹絲和肉，殘夢斷琮琤，寒玉慢捲綉簾聽，孤悶吹豪竹。（《東方朔外

傳》：以百蚊之毫織爲褥，褥而且冷，夏間舒之，名柔毫冰藻之豪。）（《文淵閣四庫全書》本）

庾信撰，吴兆宜注《庾開府集箋注》卷一《三月三日華林園馬射賦》：

屬車釃酒，（《漢東方朔别傳》：武帝幸甘泉，長平阪道中有蟲，赤如肝。朔曰："此爲怪氣，必秦獄處也。夫積憂者得酒而解。"乃取蟲置酒中，立消。後屬車上盛酒，爲此。）復道焚香。

同上，卷九《周兖州刺史廣饒公鄭常神道碑》：

豈直白石開渠，青鹽换粟，祥雲入境，（《東方朔傳》：凡占，長吏不耕，當視天有黄雲來覆車，五穀大熟。）行雨隨車而已哉！（《文淵閣四庫全書》本）

王士禛《香祖筆記》卷六"古今傳記如拾遺記"條：

古今傳記，如《拾遺記》《東方朔外傳》之類，悉誕謾不經，然未有如《諸皋記》之妄者。一事尤可捧腹，云："天翁姓張，名堅，字刺渴，漁陽人，少不羈。嘗羅得一白雀，愛而養之。夢天劉翁責怒，每欲殺之，白雀輒以報堅，堅設諸方待之，終莫能害。天翁遂下觀之，堅盛設賓主，乃竊乘天翁車，騎白龍，振策登天，天翁追之不及。堅既到天宫，易百官，杜塞北門，封白雀爲上卿。劉翁失治，徘徊五岳作灾，堅患之，以劉翁爲太山太守，主生死之籍。"鄙倍至此，不可以欺三歲小兒，而公然筆之於書，豈病狂耶？段柯古，唐之文人，何至乃爾！（《文淵閣四庫全書》本）

張英等《淵鑒類函》卷五天部五《雲一》：

《東方朔别傳》曰：凡占，長吏下車，當視天有黄雲來覆車，五穀大熟；青雲致兵，白雲致盜，黑雲多水，赤雲多火。

同上，《雲四》：

圓如冠珥。（《東方朔别傳》：武帝時，雲氣青色而圓，如冠珥。）

同上，卷六天部六《風二》：

《東方朔别傳》曰：漢武帝天漢三年，月氏國獻神香，使者曰："國占：東風入律，百旬不休；青雲干吕，經月不散。意中國有好道之君，故來貢。"

同上，卷二十三地部一《阪》：

至平阪。（《東方朔别傳》云：孝武皇帝時，上幸甘泉至平阪上，馳道間有赤蟲。朔曰：“憤氣所生，此必秦之置獄處。”）

同上，卷二十六地部四《坑二》：

《東方朔别傳》曰：漢武帝忽見一坑，深不知幾丈，以朔多智，使往視之。朔對曰：“坑深一百二十丈。”“何以知之？”朔曰：“臣到，以大石投之坑中，傾耳而聽，久久乃到，僇僇有聲，九九八十一，六六三十六，臣以此知之。”

同上，卷一百九十一樂部八《鐘三》：

母感、子鳴。（《東方朔傳》：漢武帝時，未央宫殿前鐘無故自鳴，三夜三日不止，大怪之。召待詔王朔問之，朔對有兵氣。上更問東方朔，朔對曰：“王朔知其一，不知其二。臣聞銅者土之子，以陰陽氣類言之，子母相感，山恐有崩弛者，故鐘先鳴。《易》曰：‘鳴鶴在陰，其子和之。’”上曰：“應在幾日？”朔曰：“在五日内。”居三日，南郡太守上言山崩，延袤二十餘里。上大笑，賜帛三十匹。）

同上，卷二百二十四武功部十九《戟三》：

執戟殿旁、横戟當馬。（《東方朔傳》云：武帝坐未央前殿，天雨新止。朔執戟立在殿陛，遥指獨語。上見，呼問之。朔對曰：“殿後柏樹上，有鵲立枯枝上，東向鳴。”上遣侍中視之，如朔言。上問：“何以知之？”朔曰：“風從東來，鵲尾旁風則順，背風則蹶，必當順風而立，故知東向鳴也。新雨，生枝滑，故枝澀，故立枯枝上。”上大笑，賜帛十匹。）

同上，卷二百六十七人部二十六《笑二》：

（增）《東方朔别傳》曰：朔於上前射覆，中之，郭舍人亟屈被榜。朔曰：“南山有木，名爲柘；良工材之，可以射；射中人情，如掩兔；舍人數窮，可不早謝？”上乃搏髀而大笑也。

同上，卷二百七十八人部三十七《博物四》：

洞腹草。（漢郭憲《東方朔傳》：武帝召諸方士言遠國遐鄉之事，唯朔下席操筆疏曰：“北極鏡火山有明莖草，如金燈，折爲燭，照見鬼物形。仙人甯封嘗以此草然，見腹内外有光，亦名洞腹草。”）

（增）怪哉。（《稗史》：武帝幸甘泉長平阪道中，有蟲赤如肝，頭目口齒悉具，先驅馳還以報。上使視之，皆莫能識。時東方朔在屬車，令往視，朔曰：“此謂怪哉。是必秦獄處也。”上使按圖，果秦獄地。上問朔何以知之，朔曰：“夫積憂者，得酒而解。”乃取蟲置酒中，立消。賜朔帛百匹，後令屬車載酒。）

同上，卷二百九十五人部五十四《諷二》：

《東方朔傳》曰：人有殺上林鹿者，武帝下有司殺之。東方朔曰：“是人固當死者三：使陛下以鹿殺人，使天下以陛下爲重鹿賤人，匈奴即有急，推鹿觸之。”上默然，遂赦之。

同上，卷三百十人部六十九《薦獻二》：

《方朔外傳》曰：漢東方朔從西那國還，得聲風木十枝，長九尺，出甜波。以進，武帝以賜群臣年百歲者。此木，有疾則枝汗，死則枝折。此木千歲一温，萬歲一枯。朔曰：“臣見此枝三枯死矣。”

同上，卷三百五十六産業部二《蠶二》：

《東方朔别傳》曰：武帝求神仙，朔言能上天取藥，上知其謾，即遣方士與朔上天。朔曰：“當有神仙來迎我。”後方士晝卧，朔呼曰：“吾方從天上還。”方士以聞，上謂面欺，下朔獄。泣曰：“臣幾死者再。天公問臣：‘下方何衣？’朔曰：‘衣蠶。’‘蠶何若？’曰：‘啄呥類馬，斑斑類虎。’天公以臣爲謾，繫臣司空，使使下問，還報有之，乃出臣。今陛下以臣爲詐，願使使上問。”上曰：“齊人多詐，欲喻我止方士也。”

同上，卷三百六十七儀飾部一《髦頭四》：

髦頭馳還。（《東方朔别傳》曰：武帝幸甘泉宫，長安道中蟲覆而赤，髦頭馳還以聞。上問朔，對曰：“蟲名怪哉。以酒沃之，即消。此地必秦故獄處也。”驗之，果然。）

同上，卷三百六十九儀飾部三《刻漏二》：

（增）《東方朔别傳》曰：武帝常飲酎，以八月九月中禾稼盛熟，夜微行。漏下水十刻，乃出。

同上，卷三百九十二食物部五《酒二》：

（原）《東方朔别傳》曰：武帝幸甘泉，長平阪道中有蟲，赤如牛肝，頭目口齒悉具，先驅馳還以報。上使視之，莫知也。時朔在屬車中，令往視焉。朔曰：“此謂怪哉。是必秦獄處也。”上使按地圖，果秦獄地。上問朔何以知之，朔曰：

“夫積憂者，得酒而解。”乃取蟲置酒中，立消。賜朔帛百匹。後屬車上盛酒，爲此也。

同上，卷四百果部二《梅二》：

《東方朔傳》曰：朔門生三人俱行，乃見一鳩。一生曰：“今當有酒。”一生曰：“其酒必酸。”一生曰：“雖得酒，不得飲也。”三生皆到，須臾主人出酒，即安樽於地而覆之，訖不得酒。乃問其故，曰：“出門見鳩飲水，故知得酒。鳩飛集梅樹，故知酒酸。鳩飛去，所集枝折，故知不得飲之。”

同上，卷四百二十三鳥部六《鵲三》：

巢知背歲、立必順風。（《東方朔傳》曰：朔以人事言之，從東方來，鵲尾長，傍風則傾，背風則蹶，必當順風而立是，以東向鳴也。）

南飛月夜、東向雨晴。（《東方朔傳》曰：孝武皇帝時，閑居無事，燕坐未央前殿，天新雨止。當此時，東方朔執戟在殿階傍，屈指獨語。上從殿上見朔，呼問之：“生所獨語者何也？”朔對曰：“殿後柏樹上，有鵲立枯枝上，東向而鳴也。”）

同上，四百三十獸部二《鹿二》：

（原）《東方朔傳》曰：武帝時有殺上林鹿者，下有司收殺之。朔時在旁曰：“是故當死者三：陛下以鹿殺人，一當死；天下聞陛下重鹿賤人，二當死；匈奴有急，須鹿觸之，三當死。”

同上，卷四百三十三獸部五《馬二》：

《東方朔傳》曰：驃騎難諸博士，東方朔對曰：“干將、莫邪，天下之利劍也，水斷鴻鵠，陸斷馬牛，將以補履，曾不如一錢之錐。騏驥、緑耳，飛兔、驎騮，天下之良馬也，將以捕鼠於深宫，曾不如跛猫。”

同上，卷四百四十六蟲豸部二《蜻蜓二》：

《東方朔别傳》曰：上置蜻蜓蓋下，羅諸數家，獨使朔易。對曰：“馮翊馮翊，六足四翼，頭如珠，尾正直，長尾短項，是非勾簍即蜻蛚。”上善，賜帛十匹。

同上，卷四百四十七蟲豸部三《蚊二》：

《東方朔傳》：郭舍人曰：“願問朔一事，朔得，臣願榜百；朔窮，臣當賜帛。曰：‘客從東方來，歌謳且行。不從門入，逾我垣墻。游戲中庭，上入殿堂。擊之桓桓，死者穰穰。格鬥而死，主人被創。’是何物也？”朔曰：“長喙細身，

晝亡夜存。嗜肉惡煙，爲掌指所捫。臣朔愚憨，名之曰蚊。舍人辭窮，當復脱褌。”（《文淵閣四庫全書》本）

田雯《古歡堂集》卷四十二《長河志籍考》：

《東方朔别傳》云：父張氏，名夷字少平，母田氏。夷年二百歲，顔若童子。朔生三日而田氏死，死時漢景帝三年也。鄰母拾朔養之，時東方始明，因以姓焉。按此知東方朔亦姓張矣。《漢書》東方朔上書云：“臣少失父母，長養兄嫂。”文亦類之。而《論衡》云姓金氏，變易姓名，游宦漢朝。

同上，卷四十八《長河志籍考》：

漢大中大夫東方朔墓，在厭次神頭鎮，漢平原之厭次縣也。其原上有東方先生祠焉。（漢郭憲《東方朔傳》略曰：東方朔，小名曼倩。父張氏，名夷，字少平，母田氏。夷年二百歲，顔若童子。朔生三日而田氏死，死時漢景帝三年也。鄰母拾朔養之，時東方始明，因以姓焉。年三歲，天下秘讖，一覽暗誦於口。恒指揮天上空中獨語。鄰母忽失朔，纍月暫歸，母笞之。後復去，一年乃歸。母見之大驚，曰：“汝行經年一歸，何以慰母？”朔曰：“兒暫之紫泥之海，有紫水污衣，仍過虞泉湔浣，朝發中還，何言經年乎？”母又問曰：“汝悉經何國？”朔曰：“兒湔衣竟，暫息冥都崇臺一寤眠。王公啖兒以丹粟霞漿，兒食之既多，飽悶幾死，乃飲玄天黄露半合。即醒，還遇一蒼虎息於路。初兒騎虎而還，打捶過痛，虎嚙兒脚傷。”母便悲嗟，乃裂青布裳裹之。朔復去家萬里，見一枯樹，脱布挂樹，布化爲龍，因名其地爲布龍澤。朔以元封中游鴻濛之澤，忽遇母采桑於白海之濱。俄而，有黄眉翁指母以語朔曰：“昔爲我妻，托形爲太白之精。今汝亦此星之精也。吾却食吞氣已九十餘年，目中童子皆有青光，能見幽隱之物。三千年一返骨洗髓，二千年一剥皮伐毛。吾生來已三洗髓、五伐毛矣。”朔既長，仕漢武帝爲大中大夫。武帝暮年好仙術，與朔狎暱。一日謂朔曰：“朕欲使愛幸者不老，可乎？”朔曰：“臣能之。”帝曰：“服何藥？”曰：“東北地有芝草，西南有春生之魚。”帝曰：“何知之？”曰：“三足烏欲下地食此草，羲和以手掩烏目，不許下，畏其食此草也。鳥獸食此，即美悶不能動。”其後，武帝寢於靈光殿，召朔於青綺窗綈紈幕下，問朔曰：“漢年運光德，統以何精何瑞爲祥？”朔對曰：“臣嘗游昊天之墟，在長安之東。過扶桑七萬里，有雲山。山頂有井，雲從井中出，若土德則黄雲，火德則赤雲，金德則白雲，水德則黑雲。”帝深信之。朔又善嘯，每曼聲長嘯，輒塵落漫飛。朔未死時，謂同舍郎曰：“天下人無能知朔，知朔者唯大王公耳。”朔卒後，武帝得此語，即召大王公問之，曰：“爾知東方朔乎？”公對曰：“不知。”“公何所能？”曰：“頗善星曆。”帝問：“諸星皆在否？”曰：“諸

星具在，獨不見歲星十八年。今復見耳。”帝仰天嘆曰：“東方朔生在朕傍十八年，而不知是歲星哉！”）（《文淵閣四庫全書》本）

庾信撰，倪璠纂注《庾子山集》卷十二銘《思舊銘》：

焚香複道，詎斂游魂？載酒屬車，寧消愁氣！（《東方朔别傳》曰：武帝幸甘泉。長平阪道中有蟲，赤如肝，頭目口齒悉具。驅還以報，上使視之，莫知之。時朔在屬車中，令往視焉。朔曰：“此謂怪哉。是必秦獄處也。”上使按地圖，果秦獄地。上問朔何以知之，朔曰：“夫積憂者，得酒而解。”乃取蟲置酒中，立消。賜朔帛百匹。後屬車上盛酒，爲此也。）

同上，卷十三碑《温湯碑》：

其色變者，流爲五雲之漿；其味美者，結爲三危之露。（《東方朔别傳》：朔謂武帝曰：“臣至東極，過吉雲之澤。其國常以雲氣占凶吉。若有喜慶之事，則滿室雲氣，五色照人，着於草樹，皆成五色露，露味皆甘。”帝曰：“吉雲、五露可得否？”曰：“臣負吉雲草以備此馬，此立可得。日可二三往。”乃東走，至夕而還，得玄、白、青、黄露，盛以青琉璃，各受五合授帝。帝遍賜群臣，其得之者，老者皆少，疾者皆除也。——見《别國洞冥記》）

同上，卷十六志銘《彭城公夫人爾朱氏墓志銘》：

山川氣候，彰白武於皋繇；象緯休徵，下蒼龍於曼倩。（《東方朔别傳》曰：東方朔，小名曼倩，未死時，謂同舍郎曰：“天下人無能知朔，知朔者惟太王公耳。”朔卒後，武帝得此語，即召太王公問之曰：“爾知東方朔乎？”公對曰：“不知。”“公何所能？”曰：“頗善星曆。”帝問：“諸星皆具在否？”曰：“諸星具，獨不見歲星十八年，今復見耳。”帝仰天嘆曰：“東方朔生在朕傍十八年，而不知是歲星哉！”按：象緯休徵，下蒼龍於曼倩者，蒼龍，歲星；曼倩，方朔小字。明是東方朔爲歲星事。《漢書》云：“東方朔，字曼倩，平原厭次人。自公孫弘以下，或至公卿，朔常爲朗，與枚皋、郭舍人俱在左右，詼啁而已，終不見用。”上云“白武皋陶”，是彭城公已爲刑官。此引曼倩，非謂職官明矣。疑謂方朔有割肉細君之事，爲下文“鳴雁”、“飛皇”、夫婦張本矣。）（中華書局，1980年）

張玉書等《佩文韻府》卷二之一上平聲二冬韻一《鐘》：

（韻藻）自鳴鐘。（《漢書·東方朔傳》：武帝時未央宫前殿鐘無故自鳴，詔問朔，朔曰：“臣聞銅者山之子，山者銅之母，氣類相感，山恐有崩弛者。”居三日，南郡上書山崩。）

同上，卷四之一上平聲四支韻一《枝》：

（韻藻）鵲立枯枝。（《東方朔外傳》：漢武帝宴未央前殿，雨方止。朔執戟獨語，上呼問之，答曰："殿後柏樹上，有鵲立枯枝上，向東鳴。"上遣視，如朔言。問何以知之，朔曰："以人事知之。風從東方來，鵲尾長，背風則蹶，必當向風而立，是以知東向鳴。新雨，生枝滑，枯枝澀，是以知立枯枝。"上大笑。）

同上，卷四之四上平聲四支韻四《眉》：

（韻藻）黄眉。（《東方朔外傳》：朔逢老母采桑於海濱，有黄眉翁曰："此昔爲吾妻，吾却食吞氣已九千餘歲。"）

察眉。（《東方朔傳》：方朔言，蒼生憂樂，見眉事可察。）

同上，卷七之四上平聲七虞韻四《駒》：

（韻藻）步景駒。（《東方朔外傳》：嘗東游吉雲之地，得神馬一匹，高九尺。帝問："朔何獸？"曰："王母乘雲光輦以適東王公之舍，税此馬於芝田，東王公怒，棄此馬於清津天岸。臣至王公壇，因此而返，繞日三匝，此馬入漢關，關門猶未掩，臣於馬上睡，不覺還至。"帝曰："其名云何？"朔曰："因事爲名，名步景駒。"）

同上，卷十二之一上平聲十二文韻一《蚊》：

（韻藻）捫蚊。（《東方朔别傳》：郭舍人曰："願問朔一事，朔得，臣願榜百；朔窮，臣當賜帛。曰：'客從東方來，歌謳且行。不從門入，逾我垣墻。游戲中庭，擊之桓桓而死。主人被創。'是何物也？"朔曰："長喙細身，晝亡夜存。嗜肉惡煙，爲掌指所捫。臣朔愚憨，名之曰蚊。舍人辭窮，當復脱褌。"）

同上，《雲》：

（韻藻）黄雲。（《東方朔傳》：天有黄雲來覆車，五穀大熟。）

同上，卷十三之三上平聲十三元韻三《褌》：

（韻藻）脱褌。（《東方朔别傳》：郭舍人曰："願問朔一事，朔得，臣榜百；朔窮，臣當賜帛。客從東方來，歌謳且行。不從門入，逾我垣墻。游戲中庭，上入殿堂。擊之桓桓，死者穰穰。格鬥而死，主人被創。是何物也？"朔曰："長喙細身，晝亡夜存。嗜肉惡煙，爲掌指所捫。臣朔愚憨，名之曰蚊。舍人辭窮，當復脱褌。"）

同上，卷十六之四下平聲一先韻四《年》：

（韻藻）十八年。（《東方朔别傳》：武帝問太王公曰："爾知東方朔乎？"對曰："不知。"又問："何所能？"曰："頗善星曆。"帝問："諸星具在否？"曰："獨不見歲星十八年。"帝嘆曰："東方朔在朕旁十八年，而不知是歲星哉！"）

同上，卷二十之三下平聲五歌韻三《波》：

（韻藻）甜波。（《東方朔别傳》：朔從西那邪國還，得風聲木十枝以獻帝。此木出因洹之水甜波上，有紫燕黄鵠，風吹株如玉聲，因以爲名。）

同上，卷二十六之一下平聲十一尤韻一《憂》：

（韻藻）積憂。（《東方朔别傳》：武帝在甘泉，長平阪道中有蟲，赤如牛肝，頭目口齒悉具。朔曰："此謂怪哉。必秦獄處也。"上使按地圖，果秦獄地。上問朔何以知之，朔曰："夫積憂者，得酒而解。"乃取蟲置酒中，立消。賜朔帛百匹。）

同上，卷二十六之五下平聲十一尤韻五《鳩》：

（韻藻）見鳩。（《東方朔外傳》：朔門生三人俱行，見鳩。一生曰："今當有酒。"一生曰："其酒必酸。"一生曰："雖得酒，不得飲。"三生俱到。須臾主人出酒，訖不得飲。乃問其故。曰："出門見鳩飲水，故知得酒；鳩飛集梅樹，故知酒酸；鳩飛去，所集枝折，故知不得飲。"）

同上，卷三十四之二上聲四紙韻二《視》：

（韻藻）定視。（《東方朔外傳》：又薦珉毫之珍褥，以百珉之毫織爲褥。此毫褥而冷，常以夏日舒之，因名柔毫水藻之褥。臣舉手拭之，恐水濕席，定視乃光也。）

同上，卷三十四之六上聲四紙韻六《履》：

乘履。（《東方朔傳》：武帝謂朔曰："朕欲使愛幸者不老，可乎？"朔曰："臣能之。"帝曰："服何藥？"曰："東北地有芝草，小兒時有人引臣往取此草，乃隔紅泉不得渡，其人與臣一隻履，臣乃乘履泛泉，得而食之。"）

同上，卷四十七之一上聲十七篠韻一《小》：

（韻藻）雌聲小。（《東方朔别傳》：武帝問朔："何知鳥之雌雄？"對曰：

“雄左翼加右，聲高；雌右翼加左，聲小。”）

同上，卷七十三之四去聲十四願韻四《悶》：

（韻藻）飽悶。（《洞冥記》：《東方朔傳》：朔湔衣竟，暫息冥都崇臺一寤眠。王公啖兒以丹栗霞漿，食之既夕，飽悶幾死，乃飲玄天黄露半合，即醒。）

同上，卷七十四之一去聲十五翰韻一《岸》：

（韻藻）天岸。（《東方朔别傳》：朔又嘗東游吉雲之地，得神馬一匹，高九尺。帝問朔："何獸？"曰："王母乘雲光輦以適東王公，税於芝田。王公怒，棄此馬於清津天岸。臣至王公壇，因騎而返。"）

同上，卷八十一之四去聲二十二禡韻四《柘》：

（韻藻）南山柘。（《東方朔外傳》：朔於上前射覆中之，郭舍人被榜。朔曰："南山有木名爲柘，良工材之可以射，射中人情如掩兔，舍人數窮不早謝？"上大笑。）

同上，卷一百之三入聲十一陌韻三《白》：

（韻藻）太白。（《東方朔别傳》：朔以元朔中游鴻蒙之澤，忽遇母采桑於白海之濱。俄而有黄眉翁，指母以語朔曰："昔爲我妻，托形爲太白之精，今汝亦此星之精也。"）

同上，卷一百一之一入聲十二錫韻一《曆》：

（韻藻）星曆。（《東方朔傳》：朔謂同舍郎曰："天下人無能知朔，知朔者惟大王公耳。"朔卒後，武帝得此語，即召大王公問之，曰："爾知東方朔乎？"公對曰："不知。""公何所能？"曰："頗善星曆。"帝問："諸星皆具在否？"曰："諸星具在，獨不見歲星十八年，今復見耳。"）（《文淵閣四庫全書》本）

汪灝等《廣群芳譜》卷二十四花譜《梅花三》：

（别録）《東方朔外傳》：朔門生三人俱行，乃見一鳩。一生曰："今當有酒。"一生曰："其酒必酸。"一生曰："雖得酒，不得飲也。"三生皆到。須臾主人出酒，即安樽於地而覆之，訖不得飲。朔乃問其故，曰："出門見鳩飲水，故知得酒。鳩飛集梅樹，故知酒酸。鳩飛去，所集枝折，故知不得飲之。"

同上，卷二十七花譜《李花》：

《東方朔外傳》：東方朔與弟子俱行，朔渴，令弟子叩道傍人家門。不知室主姓名，呼之不應。朔復往，見博勞飛集其家李木上，謂弟子曰："主人當姓李名博，汝呼當應。"室中人果有姓李名博者出，與朔相見，即入取飲與之。

同上，卷五十八果譜《棗》：

《東方朔外傳》：武帝時，上林獻棗，上以杖擊未央殿前檻，呼朔曰："叱來！叱來！先生知此篋中何物？"朔曰："上林之棗四十九枚。"上曰："何以知之？"朔曰："呼朔者上也，以杖擊檻，兩木，林也，來來者棗也，叱叱者四十九也。"上大笑，賜帛十匹。

同上，卷五十九果譜《栗》：

（彙考）（增）《東方朔傳》：朔曰："王公啖兒以丹栗霞漿，兒食之既多，飽悶幾絶，乃飲玄天黄露半合，即醒。"

同上，卷七十一木譜《柏》：

《東方朔外傳》：孝武皇帝時閑居，鵲鳴，新雨止。朔執戟在殿，上呼問之，答曰："殿後柏樹，有鵲立枯枝上，東向鳴。"上遣視，如朔言。

同上，卷八十木譜《聲風木》：

《東方朔外傳》：太初二年，朔從西那邪國還，得聲風木十枝以獻帝，長九尺，大如指。此木出因洹之水，則《禹貢》所謂"因桓是來"即其源也。出甜波上，有紫燕、黄鵠集其間，實如細珠，風吹枝如玉聲，因以爲名。帝以遍賜群臣年百歲者。

同上，《指星木》：

《東方朔外傳》：武帝常見彗星，朔折指星木以授帝，帝指彗星，應時星没，時人莫之測也。

同上，卷九十二卉譜《明莖草》：

（增）《東方朔別傳》：天漢二年，帝升蒼龍館，思仙術，召諸方士言遠國遐鄉之事，唯朔下席操筆疏曰："臣游北極，至鏡火山，日月初不照，有龍銜火以照山。四極亦有園囿池苑，皆植異草木，有明莖草，如金燈，折爲燭照，見鬼物形。仙人甯封，嘗以此草然爲夜照，見腹内外有光，亦名洞腹草。帝剉此草爲蘇，以塗

明雲之觀，夜坐此觀，即不加燭，亦名照魅草。采以藉足，則入水不沉。”（《文淵閣四庫全書》本）

李光地等《月令輯要》卷二十二晝夜令上《物候》：

晝亡夜存。（〔原〕《東方朔傳》：郭舍人曰：“客從東方來，歌謳且行。不從門入，逾我垣墻。游戲中庭，上入殿堂。擊之拍拍，死者穰穰。格鬥而死，主人被創。是何物也？”朔曰：“利喙細身，晝亡夜存。嗜肉惡煙，爲指掌所捫。臣朔愚戇，名之曰蚊。舍人辭窮，當復脱褌。”）（《文淵閣四庫全書》本）

陳元龍《格致鏡原》卷五十四居處器物類二《褥》：

（名類）《東方朔傳》：以百珉之毫，（《洞冥記》作蛟毫。）織爲褥，此毫柔而冷，常以夏日舒之，因名柔毫水藻之褥。舉手拭之，恐水濕席，定視乃光也。

同上，卷七十七鳥類一《總》：

《東方朔傳》：武帝問朔：“何知鳥之雌雄？”對曰：“雄左翼加右，聲高。雌右翼加左，聲小。”

同上，卷九十七昆蟲類二《蚊》：

《東方朔傳》：郭舍人曰：“客從東方來，歌謡且行。不從門入，逾我墻垣。游戲中庭，上人殿堂。擊之桓桓，死者攘攘。格鬥而死，主人被創。是何物也？”朔曰：“長喙細身，晝亡夜存，嗜肉惡燈，爲掌指所捫。臣朔愚戇，名之曰蚊。舍人辭窮，當復脱褌。”（《文淵閣四庫全書》本）

何焯等《分類字錦》卷一天文《星》：

歲星。（又郭憲《東方朔傳》：朔未死時，謂同舍郎曰：“天下人無能知朔，知朔者惟大王公耳。”朔卒後，武帝得此語，即召大王公問之曰：“爾知東方朔乎？”對曰：“不知。”“公何所能？”曰：“頭（頗）善星曆。”帝問：“諸星皆具在否？”曰：“諸星具在，獨不見歲星十八年，今復見爾。”帝嘆曰：“東方朔生在朕傍十八年，而不知是歲星哉！”）

同上，卷十四肢體《目》：

見幽隱。（《東方朔别傳》：東方朔於白海濱遇黄眉翁，告曰：“吾却食吞氣，已九千餘年，目中瞳子有青光，能見幽隱之物。”）

同上，《眉》：

黄眉。（《東方朔外傳》：朔遇母采桑於白海之濱，有黄眉翁指母以語朔曰："昔爲我妻，托形爲太白之精。吾却食吞氣已九千餘年，目中童子有青光，能見幽隱之物。"）

同上，卷十九佩服《袴》：

舍人脱。（《東方朔别傳》：郭舍人曰："願問朔一事，朔得，臣願榜百；朔窮，臣當賜帛。曰：'客從東方，歌謳且行。不從門入，逾我垣墻。游戲中庭，上入殿堂。擊之桓桓，死者穰穰。格鬥而死，主人被創。'是何物也？"朔曰："長喙細身，晝亡夜存。嗜肉惡煙，爲掌所捫。臣朔愚憨，名之曰蚊。舍人辭窮，當復脱褌。"）

同上，卷二十佩服《履舄》：

乘履泛泉。（《東方朔外傳》：武帝謂朔曰："朕欲使愛幸者不老，可乎？"朔曰："臣能之。"帝曰："服何藥？"曰："東北地有芝草，小兒時掘井，陷落井下數十年，無所托。有人引臣往取此草，乃隔紅泉不得渡，其人與臣一隻履，臣乃乘履泛泉，得而食之。"）

同上，卷二十九時令門八《歲》：

歲星。（《博物志》：《神仙傳》曰："説上據辰尾，爲宿歲星，降爲東方朔。傅説死後有此宿，東方生無歲星。"）

同上，卷三十一音樂《鐘》：

子母相感。（《東方朔外傳》：漢武帝時，未央宫殿前鐘無故自鳴，三夜三日不止。召待詔王朔問之，朔對有兵氣。上更問東方朔，朔對曰："王朔知其一，不知其二。臣聞銅者土之子，以陰陽氣類言之，子母相感，山恐有崩弛者，故鐘先鳴。《易》曰：'鶴鳴在陰，其子和之。'"上曰："應在幾日？"朔曰："應在五日内。"居三日，南郡太守上言山崩，延袤二十餘里。上大笑，賜帛三十匹。）

同上，卷四十四技藝《雜占》：

雲如覆車。（《續博物志》：《東方朔别傳》云：凡占，東畔當視天有黄雲來如覆車，五穀大熟。）

同上，卷五十一果木《雜木》：

指星。（《東方朔外傳》：武帝常見彗星，朔折指星木以授帝，帝指彗星，應時星没，時人莫之測也。）

聲風。（《東方朔外傳》：太初二年，朔從西那邪國還，得聲風木十枝以獻帝。長九尺，大如指。此木出因洹之水，則《禹貢》所謂“因桓是來”即其源也。出甜波上，有紫燕黄鵠集其間，實如細珠，風吹枝如玉聲，因以爲名。帝以遍賜群臣年百歲者。）

同上，卷五十二果木《棗》：

四十九枚。（《東方朔外傳》：武帝時，上林獻棗。上以杖擊未央殿前檻，呼朔曰：“叱來！叱來！知此篋中何物？”朔曰：“上林獻棗四十九枚。”上曰：“何以知之？”朔曰：“呼朔者，上也；以杖擊檻，兩木，林也；朔來朔來者，棗也；叱叱者，四十九。”上大笑，賜帛十匹。）

同上，卷五十七鳥獸《馬》：

步景駒。（《東方朔外傳》：嘗東游吉雲之地，得神馬一匹，高九尺。帝問朔何獸，曰：“王母乘雲光輦以適東王公之舍，税此馬於芝田。東王公怒，棄此馬於清津天岸。臣至王公壇，因騎而返。繞日三匝，此馬入漢關，關門猶未掩，臣於馬上睡，不覺還至。”帝曰：“其名云何？”朔曰：“因事爲名，名步景駒。”）

同上，卷二百七鳥獸門四《鵲》：

鵲立。［《五色線》：《東方朔傳》曰：孝武坐未央前殿，天新雨止。東方朔屈指獨語，上問之，對曰：“殿後柏上，有鵲立於枯枝上，東向而鳴。”視之果然。問何以知之，曰：“風從東來，鵲尾長，傍風則傾，倍則厥，足（是）必當順風而立，是以知也。”］

同上，卷二百三十六補遺人事門十二《化》：

化龍。（《東方朔傳》：朔復去家萬里，見一枯樹，脱布挂樹，布化爲龍，因名其地爲布龍澤。）（《文淵閣四庫全書》本）

徐樹穀箋，徐炯注《李義山文集箋注》卷四《獻河東公啓二首》（其一）：

君子立言，永爲周禮；正人得位，長作歲星。（《漢東·方朔傳》：正諫似直。《東方朔别傳》：朔嘗言：“能知朔者，惟太王公耳。”朔卒後，武帝召太王公問之曰：“爾知東方朔乎？”曰：“不知。”“公何所能？”曰：“頗善星曆。”帝問：“諸星具在否？”曰：“具在。獨不見歲星十八年，今復見爾。”帝嘆曰：“東方朔在朕旁十八年，而不知是歲星哉！”慘然不樂。）（《文淵閣四庫全書》本）

張廷玉等《韻府拾遺》卷一上上平聲一東韻上《風》：

（補藻）聲風。（《東方朔外傳》：太初二年，朔從西那耶國還，得聲風木十枝以獻帝。）

同上，卷六上平聲六魚韻《車》：

（韻藻）雲覆車。（《漢書·東方朔傳》：天有黄雲來覆車，五穀大熟。）

同上，卷七上平聲七虞韻《蘆》：

（補藻）蒿蘆。（《東方朔外傳》：宫殿中可以避世全身，何必深山之中、蒿蘆之下？）（《文淵閣四庫全書》本）

鄭方坤《經稗》卷九三禮《保章氏》：

鄭司農云：保章氏五雲之物，二至二分觀雲色，青蟲，白喪，赤兵荒，黑水，黄豐。《東方朔别傳》云：凡占，東畔當視天，有黄雲來如覆車，五穀大熟；青致兵；白致盜；烏黑多水；赤火。（《續博物志》）（《文淵閣四庫全書》本）

吴士玉等《駢字類編》卷一百三十五采色門二《黄》：

黄雲。（《東方朔别傳》：凡占，長吏下車當視天有黄雲來覆車，五穀大熟。）

同上，卷一百八十九草木門十四《梅》：

梅樹。（《東方朔外傳》：朔門生三人俱行，乃見一鳩。一生曰：“今當有酒。”一生曰：“其酒必酸。”一生曰：“雖得酒，不得飲也。”三生皆到，須臾主人出酒，即安樽於地而覆之，訖不得飲。乃問其故，曰：“出門見鳩飲水，故知得酒。鳩飛集梅樹，故知酒酸。鳩飛去，所集枝折，故知不得飲之。”）（《文淵閣四庫全書》本）

岳濬等《山東通志》卷三十《仙釋志·仙釋》：

（漢）東方朔。（平原厭次人，武帝時仕持戟郎。東郡獻短人，上呼朔至，短人指朔曰：“西王母種桃，三千年結實，此兒三偷之矣。”又《風俗通》云：東方朔，太白星精。黄帝時爲風后，堯時爲務成子，周時爲老聃，在越爲范蠡，能興帝

王之業，變化無常，故以仙目之。）（《文淵閣四庫全書》本）

覺羅石麟等《陝西通志》卷九十八拾遺一《博古》：

漢武帝幸甘泉，阪馳道有蟲蟠而覆地，赤如生肝，頭目悉具。東方朔曰：“蟲名怪哉，憤氣之所生也。此必秦故獄處。”上曰：“何以去之？”朔對曰：“凡積憂者，得酒而解，以酒灌之，當消。”於是取蟲置酒中，須臾糜爛。（《東方朔傳》）

漢武帝鑿昆明池極深，悉是灰墨，以問東方朔，朔曰：“可試問西域胡？”後漢時，有憶朔言者，乃以灰墨問之胡人，云：“天地大劫，將盡則劫燒，此劫燒之餘。”（摯虞《决疑要注》）（《文淵閣四庫全書》本）

紀昀等《唐宋詩醇》卷三十一《昌黎韓愈詩》五《讀東方朔雜事》：

嚴嚴王母宮，下維萬仙家。噫欠爲飄風，濯手大雨沱。方朔乃豎子，驕不加禁訶。偷入雷電室，輷輘掉狂車。王母聞以笑，衛官助呀呀。不知萬萬人，生身埋泥沙。簸頓五山踣，流漂八維蹉。曰吾兒可憎，奈此狡獪何。方朔聞不喜，褫身絡蛟蛇。瞻相北斗柄，兩手自相挼。群仙急乃言，百犯庸不科。向觀睥睨處，事在不可赦。欲不布露言，外口實喧嘩。王母不得已，顔嚬口齎嗟。頷頭可其奏，送以紫玉珂。方朔不懲創，挾恩更矜誇。詆欺劉天子，正晝溺殿衙。一旦不辭訣，攝身凌蒼霞。

顧嗣立曰：按《漢書·東方朔傳》贊曰：“朔之詼諧，逢占射覆，其事浮淺，行於衆庶，童兒牧豎，莫不炫耀。而後世好事者，因取奇言怪語附着之。”公詩皆本經史，而此作獨專取《内傳》，亦偶然戲筆，故題之曰雜事也。（《文淵閣四庫全書》本）

姚振宗《隋書經籍志考證》卷二十史部十雜傳類：

《東方朔傳》八卷。不著撰人。

《漢書·東方朔傳》：“朔字曼倩，平原厭次人也。武帝初，待詔公車，尋待詔金馬門，爲常侍郎，拜太中大夫、給事中，被劾，免爲庶人。待詔宦者署，復爲中郎，與枚皋、郭舍人俱在左右，詼啁而已。著論設客難，又設非有先生之論。朔之文辭，此二篇最善。其餘有《封泰山》《責和氏璧》等，凡劉向所録朔書具是矣。世所傳他事皆非也。”師古曰：“謂如《東方朔别傳》及俗用五行時日之書，皆非實事也。”

又傳贊：“劉向言：少時數問長老賢人通於事及朔時者，皆曰朔口諧倡辨，喜爲庸人誦説，故令後世多傳聞者。”又曰：“朔之詼諧，逢占射覆，其事浮淺，行於衆庶，童兒牧豎莫不眩耀。而後世好事者因取奇言怪語附着之朔，故詳録焉。”

師古曰："言此傳所以詳録朔之辭語者，爲俗人多以奇異妄附於朔故耳。欲明傳所不記，皆非其實也。而今之爲《漢書》學者，猶更取他書雜説，假合東方朔之事以博異聞，良可嘆矣。"

《唐書·經籍志》："《東方朔傳》八卷。"（《藝文志》同。）

章氏《考證》："《漢書》傳注謂如《朔别傳》，皆非實事。愚按：《藝文類聚》諸書引《朔别傳》，類皆奇言詭語，惟《文選·報任少卿書》注引朔對武帝'刑不上大夫'之言，最爲莊論。《御覽·兵部》引朔上書，《人事部》引朔形容公孫丞相、倪大夫等語，與《漢書》本傳同。《世説·規箴篇》注引'朔南陽步廣里人'，本傳稱'平原厭次人'，此可考異。"

按《史記·滑稽列傳》附載褚少孫所補六事中，有東方朔事，與《漢書》互有同異，似即采之《别傳》。少孫自言："臣爲侍郎時，好讀外家傳語。"案外家傳語即《别傳》之流，然則此《别傳》豈猶是前漢時所傳，爲褚少孫、劉子政、班孟堅所見者歟？（《二十五史藝文經籍志考補萃編》本，清華大學出版社，2011年）

姚振宗《漢書藝文志拾補·諸子略》第二小説家者流：

《東方朔别傳》八卷。

《漢書》本傳："凡劉向所録朔書具是矣。世所傳他事皆非也。"又曰："朔之詼諧，逢占射覆，其事浮淺，行於衆庶，童兒牧豎莫不眩耀。而後世好事者因取奇言怪語附着之朔，故詳録焉。"顔師古曰："謂如《東方朔别傳》及俗用五行時日之書，皆非實事也。"又曰："言此傳所以詳録朔之辭語者，爲俗人多以奇異妄附於朔故耳。欲明傳所不記皆非其實也。"

章宗源《隋志考證》曰："《漢書·東方朔傳》注謂如《朔别傳》皆非實事。愚按《藝文類聚》諸書引《朔别傳》，類皆奇言詭語。惟《文選·報任安書》注引朔對武帝'刑不上大夫'之言，最爲莊論。《御覽》兵部引朔上書，人事部朔形容公孫丞相、倪大夫等語，與《漢書》本傳同。《世説·規箴篇》注引朔南陽步廣里人，本傳稱平原厭次人，此可考異。"

按《史記·滑稽列傳》附褚少孫語六事中，有東方朔事，與史傳互有同異，似即采之《别傳》。少孫自言爲侍郎時好讀外家傳語。按外家傳語即《别傳》之流，然則此《别傳》漢時所有，褚少孫所見者歟？

右小説家者流，凡一十三家一十三部。（晋嵇含《南方草木狀》引東方朔《瑣語》、東方朔《林邑記》。按林邑在漢爲日南郡象林縣地。漢末大亂，有殺縣令自立爲王者，林邑國之名始此。西漢初立，郡縣未有此名。蓋魏晋時人所托也。又有東方朔《神異經》《十洲記》、伶元《飛燕外傳》、師曠《禽經》各一卷，并後人依托，不録。）

同上，《詩賦略》第三别集之屬：

漢太中大夫《東方朔集》二卷。

《漢書》本傳：朔字曼倩，平原厭次人也。武帝初即位，徵天下舉方正賢良文學材力之士。朔初來，上書文辭不遜，高自稱譽，上偉之，令待詔公車。久之，使待詔金馬門，稍得親近。又以爲常侍郎，遂得幸愛。以諫起上林，陳《太階六符》（見《漢志·數術》天文家。），拜太中大夫、給事中。嘗醉入殿中，小遺殿上，劾不敬。詔免爲庶人，待詔宦者署，復爲中郎。與枚皋、郭舍人俱在左右，詼啁而已。久之，上書陳農戰强國之計，因自訟不得大官，欲求試用。辭數萬言，終不見用。因著論，設客難以自慰諭。又設非有先生之論。朔之文辭，此二篇最善。其餘有《封泰山》《責和氏璧》及《皇太子生禖》《屏風》《殿上柏柱》《平樂觀賦獵》，八言、七言上下，《從公孫弘借車》，凡劉向所録朔書具是矣。（師古曰："劉向《别録》所載。"）世所言他事皆非也。（按《文選·蜀都賦》注引東方朔六言詩，此"八言"似"六言"之寫誤。其上書陳農戰數萬言者，即《藝文志》雜家《東方朔》二十篇也。）又曰："劉向言少時數問長老賢人通於事及朔時者，皆曰朔口諧倡辯，不能持論，喜爲庸人頌説，故令後世多傳聞者。"（按傳言劉向所録，此又引其言，必是叙録中語，知是集爲劉中壘所編輯，在《七略》之外者也。）

《文心雕龍·詮賦篇》曰："賈誼振其緒，枚、馬同其風。皋、朔以下，品物畢圖。"《雜文篇》云："自宋玉對問以後，東方朔效而廣之，名爲客難。托古慰志，疏而有辯。"《諧隱篇》云："昔楚莊、齊威，性好隱語。至東方曼倩，尤巧辭述。但謬辭詆戲，無益規補。"《詔策篇》云："戒者，慎也。君父至尊，在三罔極。漢高祖之敕太子（按見《古文苑》。），東方朔之戒子，亦顧命之作也。"

《隋書·經籍志》：漢太中大夫《東方朔集》二卷。《唐·經籍志》：《東方朔集》二卷。《藝文志》同。

《史通·雜説篇》曰："《漢書·東方朔傳》委瑣煩碎，不類諸篇。且不述其亡殁歲時，及子孫繼嗣，正與《司馬相如》《司馬遷》《揚雄傳》相類。尋其傳體，必曼倩之自叙也。但班氏脱略，故世莫之知。"

明吕兆禧輯本一卷，凡《七諫》《據地歌》《戒子詩》《柏梁詩》《應詔上書》《諫起上林苑》《諫止董偃入宣室》《臨終諫天子》《劾董偃罪狀》《與公孫弘書》《與公孫弘借車馬書》《與友人書》《侏儒對》《化民有道對》《劇武帝對》《劇群臣對》《伯夷叔齊對》《善哉瞿所對》《上天子壽》《上壽謝過》《割肉自責》《答客難》《答驃騎難》《旱頌》《非有先生論》《逸句》，綜二十六篇。張溥《百三家集》輯本一卷，凡《七諫》、疏、書、序、論、設難、頌、銘、詩，綜十五篇。

嚴可均《全漢文編》：東方朔有集二卷，今存《七諫》《嗟伯夷》《上書自薦》《諫除上林苑》《化民有道對》《對詔》《臨終諫天子》《與公孫弘借車書》《與友人書》《非有先生論》《隱真論》《答客難》《答驃騎難》《十洲記序》《旱頌》《寶甕銘》《誡子》凡十七篇，附《東方朔占》儿條。

同上，數術略拾補第五蓍龜家：

東方朔《射覆經》一卷。（朔始末具《詩賦略》中。）

《漢書》本傳：上嘗使諸數家射覆，置守宫盂下，射之，皆不能中。朔自贊曰："臣嘗受《易》，請射之。"乃别蓍布卦而對曰："臣以爲龍又無角，謂之爲蛇又有足，跂跂脉脉善緣壁，是非守宫即蜥蜴。"上曰："善。"賜帛十匹。復使射他物，連中，輒賜帛。時有幸倡郭舍人，滑稽不窮，常侍左右，曰："朔狂，幸中耳，非至數也。臣願令朔復射，朔中之，臣榜百，朔不能中，臣賜帛。"乃覆樹上寄生，令朔射之。朔曰："是寠數也。"舍人曰："果知朔不能中也。"朔曰："生肉爲膾，乾肉爲脯，着樹爲寄生，盆下爲寠數。"上令倡監榜舍人云云。又贊曰："朔之詼諧，逢占射覆，其事浮淺，行於衆庶，童兒牧豎莫不眩耀。而後世好事者因取奇言怪語附着之朔，故詳録焉。"師古曰："言此傳所以詳録朔之辭語者，爲俗人多以奇異妄附於朔故耳。欲明傳所不記，皆非其實也。"

《通志·藝文略》五行射覆家：東方朔《射覆經》一卷。

按本傳又云："凡劉向所録朔書具是矣。世所傳他事皆非也。"顔注："謂他事如《别傳》及俗用五行時日之書，皆非其實。"今按本傳載其射覆兩事，則實有其事，非五行時日等比，亦非奇言怪語附着於朔之比。當時必有其書，故班氏得著録於史。又云："復使射他物，連中。"是班氏所見尚不止此，餘皆略之也。《隋志》五行家有《易射覆》二卷，又一部一卷，不著撰人，疑其一是朔書，本名《易射覆》，《通志·略》作《射覆經》，似眩耀者所改。題射覆之術，蓋亦從卜筮而得。惟引伸觸類用之精者，斯能應機屢中，非别有異術也。史又言與郭舍人往復爲隱事，則熟讀《隱書》十八篇了之，亦非有他術也。（《二十五史藝文經籍志考補萃編》本，清華大學出版社，2011年）

顧櫰三《補後漢書藝文志》卷八小説家類：

郭憲《麗娟傳》一卷，《東方朔傳》一卷。（《金陵叢書》本）

案：姚振宗《漢書藝文志拾補》諸子略小説家類著録"《東方朔别傳》八卷"，未題撰者。

東方朔（前161—前90？），字曼倩，西漢平原厭次（今山東惠民縣）人。

父母早逝，由兄嫂撫養成人。學識淵博。漢武帝即位（前140年），徵召天下文學賢良之士，朔應詔上書，高自稱譽，上偉之，令待詔公車，俸祿薄，未得省見。朔於是設計恐嚇侏儒而稍得武帝之親近，待詔金馬門，不久因擅長射覆爲常侍郎。建元三年（前138年），武帝欲起上林苑，朔諫止，奏《泰階》，拜太中大夫、給事中。因在殿中小遺，被劾不敬，免爲庶人，待詔宦者署。後因賀誅昭平君，復爲中郎。竇太主私幸董偃，武帝欲在宣室接見，朔辟戟而前，慷慨陳説董偃之罪。元封元年（前110年），武帝封禪泰山，朔諫止武帝求仙，作《化民有道對》。朔一生困頓，老病而死。其性詼諧滑稽，終不得重用，臨終尚不忘進諫。其事具《史記·滑稽列傳》及《漢書》本傳，二書所記互有異同。

《漢書》本傳云：朔字曼倩，平原厭次人也。武帝初待詔公車，尋待詔金馬門，爲常侍郎，拜太中大夫給事中，被劾，免爲庶人。待詔宦者署，復爲中郎，與枚皋、郭舍人俱在左右，詼啁而已。著論設客難，又設非有先生之論，朔之文辭，此二篇最善。其餘有《封泰山》《責和氏璧》等，凡劉向所録朔書具是矣。世所傳他事皆非也。師古曰："謂如《東方朔别傳》及俗用五行時日之書，皆非實事也。"《漢書·藝文志》諸子略雜家類著録"東方朔二十篇"。《隋書·經籍志》集部著録"漢太中大夫《東方朔集》二卷"，《新唐書·藝文志》集部著録"《東方朔集》二卷"。明人張溥輯有《東方大中集》十五篇，後收入《漢魏六朝百三家集》。清嚴可均《全漢文》收其文十八篇。逯欽立《先秦漢魏晋南北朝詩》輯朔詩四首，其《六言》《七言》爲殘句。現存作品中最著名者爲《答客難》《非有先生論》《七諫》和《據地歌》等。

《東方朔别傳》，《隋書·經籍志》史部别傳類著録八卷，未題撰人。《舊唐書·經籍志》《新唐書·藝文志》《通志·藝文略》史部雜傳或雜傳記類著録《東方朔傳》八卷，皆不題撰人。劉義慶《世説新語·文學四》劉孝標注首引《東方朔傳》，爲"山崩鐘應"事，賈思勰《齊民要術》亦引之，乃"上林獻棗"事，皆不見於其本傳。虞世南《北堂書鈔》首引《東方朔别傳》，有"道遇怪哉""山崩鐘應""道遇猛獸""雲氣青色"四事。杜公瞻《編珠》亦引之，乃"赤雲"一事，亦皆不見於朔本傳。王十朋《東坡詩集注》次公注首引《東方朔外傳》，有"鵲立枝東向鳴"事，潘自牧《記纂淵海》亦引之，乃"山崩鐘應"事，朔本傳亦無之。又《太平御覽》卷四百五十九引《東方朔集》言其將仙事，卷七百六十六引《東方朔占》有其占亡劍事，朔本傳亦無之。綜上可知，所謂《東方朔傳》《東方朔别傳》《東方朔外傳》《東方朔集》《東方朔占》者，或實爲一書，即諸《志》所著録者。章宗源《隋書經籍志考證》曰："《漢書·東方朔傳》注謂如《朔别傳》皆非實事。愚按《藝文類聚》諸書引《朔别傳》，類皆奇言譃語。惟《文選·報任安書》注引朔對武帝‘刑不上大夫’之言，最爲莊論。《御覽》兵部引朔上書，人事部朔形容公孫丞相、倪大夫等語，與《漢書》本傳同。《世説·規箴篇》注引朔南陽步廣里人，本傳稱平原厭次人，此可考異。”

《漢書·東方朔傳》贊語曰：“朔之詼諧，逢占射覆，其事浮淺，行於衆庶，童兒牧豎莫不眩耀。而後世好事者因取奇言怪語附著之朔，故詳録焉。”師古注曰：“言此傳所以詳録朔之辭語者，爲俗人多以奇異妄附於朔故耳。欲明傳所不記，皆非其實也。”故可知在班固之前，關於東方朔的傳聞甚多，其事迹著作劉向已有分别，班固録入《東方朔傳》。西漢成帝間，褚少孫補《史記·滑稽列傳》有東方朔四事。少孫序曰：“臣幸得以經術爲郎，而好讀外家傳語。竊不遜讓，復作故事滑稽之語六章，編之於左。可以覽觀揚意，以示後世好事者讀之，以游心駭耳，以附益上方太史公之三章。”少孫所謂“外家傳語”，或即《東方朔别傳》之類，如此，則《東方朔别傳》成書也許在成帝以前。此《别傳》即諸《志》所著録之《東方朔傳》，其内容應多於《漢書·東方朔傳》。此書又别有《東方朔外傳》《東方朔占》《東方朔集》等名稱。顧櫰三《補後漢書藝文志》小説家著録“郭憲《東方朔傳》一卷”，見於陶宗儀《説郛》，實即陶氏輯《洞冥記》中東方朔事爲一編者。篇末所云“其餘事迹，多散在别卷，此不備載”，似即陶宗儀按語。東方朔故事歷來爲人所喜，《洞冥記》中東方朔事也多在《東方朔别傳》中，唐宋類書徵引繁富，稱名亦多不一。顧氏著録“郭憲《東方朔傳》一卷”并不出上述範圍，故此《東方朔别傳》和《東方朔傳》兩書合而論之。齊魯書社1987年出版傅春明《東方朔作品輯注》爲當前較爲完善之本。李江峰碩士學位論文《東方朔簡論》對東方朔進行了比較系統的研究。

後　記

本册資料是在揣松森碩士論文基礎上充實修訂而成。揣松森在從我攻讀碩士學位期間，十分刻苦用功，三年下來，他收集整理的《漢書·藝文志》著録小説資料超過百萬字，獲得了同學們送給他的“揣百萬”的雅號。而通過收集整理資料，大大提高了他的搜尋資料和閱讀資料的能力，後來他能够在報考華東師範大學中國古代文學博士生中勝出，應該得力於這一訓練。揣松森在華東師範大學讀博期間，對原有資料進行了校訂，由於學習任務繁重，不能花太多精力來完善有關資料。有鑒於此，我在做資料最後審定工作的同時，也花了較大精力補充完善有關資料，當然也包括補充修改按語，希望能够儘量減少失誤。我們真誠希望提供給讀者的這份資料是系統、完整、準確、可靠的，能够爲需要者提供便利。當然，資料工作又是最瑣碎、最繁雜的工作，稍有疏忽，就難免出錯。如果本册資料出現訛誤，主要責任應由我承擔。衷心歡迎讀者諸君不吝賜教。

需要説明的是，本卷資料集是國家社科基金重點項目《二十五史藝文志著録小説資料輯録》的部分成果。該項目已於2017年以“免於鑒定”結項，表達了國家社科基金委對該項研究成果的信任。同年，該項目成果獲得湖北省學術著作出版專項資金資助，湖北人民出版社承擔該書的出版，文史編輯部責任編輯給予了熱情的支持并付出了辛勤勞動，以保證該成果的出版品質。此外，正在進行“國家雙一流”建設的華中師範大學文學院中國語言文學一流學科也爲本書的出版提供了經費支援。對於支持和幫助該項目研究和成果出版的所有同仁和朋友，我在此表示誠摯的謝意。没有他們的幫助和支援，這樣的資料集是很難出版的。

戊戌夏至日王齊洲記於武昌兩學軒

國家社會科學基金重點項目（編號11AZD062）
湖北省學術著作出版專項資金資助項目
中國語言文學一流學科建設文庫

二十五史藝文經籍志著録小説資料集

王齊洲 總主編

第一卷

本卷主編 王齊洲

漢書藝文志及兩漢書補志著録小説資料集（第四冊）

本冊編纂 王齊洲 揣松森 伍光輝

長江出版傳媒
湖北人民出版社

凡　例

——范曄《後漢書》未設《藝文志》或《經籍志》，以致東漢小説類例不明。本册以顧懷三《補後漢書藝文志》、姚振宗《後漢藝文志》、曾樸《補後漢書藝文志并考》三書中著録的小説爲依據，收集小説作者生平事迹、歷代官私書目、序跋、評論、考辨等相關資料，原則上不收小説作品原文或佚文；因東漢小説多已散佚，且部分佚文又存在争議，故酌收部分佚文，以備研究者參考。

——《補後漢書藝文志》著録小説十二部（其中《東方朔傳》《漢武故事》與姚振宗《漢書藝文志拾補》重複），《後漢藝文志》著録小説五部（其中《漢武洞冥記》《异聞記》與《補後漢書藝文志》重複），《補後漢書藝文志并考》著録小説兩部（其中《异聞記》與《補後漢書藝文志》重複），除去重複，共有小説十四部。除《漢武内傳》《飛燕外傳》未題署撰者外，其餘均題有撰者。

——本册所收小説資料，以作品爲單位，按以上三書著録小説作品次序排列，作品如有异名，則括注所有名，便於檢索；《隋書·經籍志》子部小説家類著録有邯鄲淳《笑林》三卷，爲保證《隋志》小説资料的完整性，本册衹録書名，不録資料，以免重複。

——各部小説資料排列，以所録資料的作者生年和資料産生年代先後爲序；作者生年無考者按其活動年代酌處，資料作者無考者按資料産生的年代爲序，所有資料均注明所依據的版本；著名叢書多有重印，且出版社、出版時間不一，故衹注叢書名，不注出版社、出版年。

——小説作者生平資料的收録，以作者當時履歷交游和傳記資料爲主，當時無作者相關傳記的，則以後代正史和方志人物傳記爲主（包括各種傳説資料）；後代方志人物傳記轉抄正史和前代方志人物傳記的，則不重複收録。

——所收資料力求準確、完整、全面、系統，後人轉引前人資料，一般不再列出，個别重要的題録作者和書名，以備參考；後人研究或評論小説作家和作品的，不計長短一律收録，以備進一步研究參考；資料篇幅過長的，衹選録與作者和作品内容相關部分。

——所收資料僅限於古文，近人用古文或淺近文言撰寫的研究成果，以1949年底爲斷，此後發表的一律不收；重要者則在按語中作適當交代。

——每部小説資料後均附編輯者按語，對小説著録依據、小説作者生平、作品成書年代、作品内容、版本流傳及後人研究情況等作簡要評述，以供讀者參考。

目　録

洞冥記（漢武帝洞冥記　漢武帝別國洞冥記）

郭憲《洞冥記》卷首《洞冥記序》：

憲家世述道書，推求先聖往賢之所撰集，不可窮盡。千室不能藏，萬乘不能載，猶有漏逸。或言浮誕，非政教所同經文、史官記事，故略而不取。蓋偏國殊方，并不在録。愚謂古曩餘事，不可得而弃，况漢武帝明俊特异之主，東方朔因滑稽浮誕以匡諫，洞心於道教，使冥迹之奥昭然顯著。今集舊史之所不載者，聊以聞見，撰《洞冥記》四卷，成一家之書，庶明博君子該而异焉。武帝以欲窮神仙之事，故絶域遐方貢其珍异奇物及道術之人，故於漢世盛於群主也。故編次之云爾。

（《漢魏叢書》本）

范曄撰，李賢注《後漢書》卷二十七《杜林》：

……後代王良爲大司徒司直。林薦同郡范逡、趙秉、申屠剛及隴西牛邯等，皆被擢用，士多歸之。十一年，司直官罷，以林代郭憲爲光禄勛。内奉宿衛，外總三署，周密敬慎，選舉稱平。郎有好學者，輒見誘進，朝夕滿堂。

同上，卷八十二上《郭憲》：

郭憲字子横，汝南宋人也。（《續漢志》：汝南郡有宋公國，周名郪丘，漢改爲新郪，章帝建初四年，徙宋公於此。）少師事東海王仲子。時王莽爲大司馬，召仲子，仲子欲往，憲諫曰："禮有來學，無有往教之義。今君賤道畏貴，竊所不取。"仲子曰："王公至重，不敢違之。"憲曰："今正臨講業，且當訖事。"仲子從之，日晏乃往。莽問："君來何遲？"仲子具以憲言對，莽陰奇之。及後篡位，拜憲郎中，賜以衣服。憲受衣焚之，逃於東海之濱。莽深忿恚，討逐不知所在。

光武即位，求天下有道之人，乃徵憲拜博士。再遷，建武七年，代張堪爲光禄勛。從駕南郊。憲在位，忽回向東北，含酒三潠。執法奏爲不敬。詔問其故。憲對曰："齊國失火，故以此厭之。"後齊果上火灾，與郊同日。

八年，車駕西征隗囂，憲諫曰："天下初定，車駕未可以動。"憲乃當車拔佩刀以斷車靷。帝不從，遂上隴。其後潁川兵起，乃回駕而還。帝嘆曰：“恨不用子横之言。”

時匈奴數犯塞，帝患之，乃召百僚廷議。憲以爲天下疲敝，不宜動衆。諫争不合，乃伏地稱眩瞀，不復言。帝令兩郎扶下殿，憲亦不拜。帝曰：“常聞關東觥觥郭子横，竟不虚也。”憲遂以病辭退，卒於家。（中華書局，1965年）

歐陽詢《藝文類聚》卷二十四人部八《諫》：

《汝南先賢傳》曰：建武八年，車駕西征隗囂，郭憲諫曰：“天下初定，車駕未可以動。”憲乃當車，拔佩刀以斷車靷，帝不從，遂上隴。其後潁川兵起，乃回駕而還，帝嘆曰：“恨不用郭憲之言！”

同上，卷八十火部《火》：

《汝南先賢傳》曰：郭慮（《太平御覽》八百六十八作憲）從南郊，含酒東北三噀，云“齊失火，以厭之”。後齊果上火事。（上海古籍出版社，1999年）

虞世南撰，陳禹謨補注《北堂書鈔》卷六十七設官部十九《學生》：

郭憲游志太學。（《汝南先賢傳》云：郭憲體忠烈之節，游志太學。）（《文淵閣四庫全書》本）

魏徵等《隋書》卷三十三《經籍志二》史雜傳：

《漢武洞冥記》一卷。（郭氏撰。）（中華書局，1973年）

李延壽《南史》卷六十九《顧野王傳》：

野王少以篤學至性知名，在物無過辭失色。觀其容貌，似不能言，其厲精力行，皆人所莫及。所撰《玉篇》三十卷，《輿地志》三十卷，《符瑞圖》十卷，《顧氏譜傳》十卷，《分野樞要》一卷，《續洞冥記》一卷，《玄象表》一卷，并行於時。又撰《通史要略》一百卷，《國史紀傳》二百卷，未就而卒。有文集二十卷。（中華書局，1975年）

劉知幾撰，浦起龍通釋《史通通釋》卷十《雜述》：

逸事者，皆前史所遺，後人所記，求諸异説，爲益實多。及妄者爲之，則苟載傳聞，而無銓擇。由是真僞不别，是非相亂。如郭子横之《洞冥》，王子年之《拾遺》，全構虚辭，用驚愚俗。此其爲弊之甚者也。

洞冥拾遺。（東漢郭憲《洞冥序》：武帝明俊特達之主，東方朔滑稽浮誕以匡

諫，洞心於道教，使冥迹之奥，昭然顯著。今籍舊史不載者，撰《洞冥記》四卷。子横，憲字也。）（上海古籍出版社，2009年）

司馬遷撰，裴駰集解，司馬貞索隱，張守節正義《史記》卷一《黄帝本紀》：

合符釜山。（《索隱》：合諸侯符契圭瑞，而朝之於釜山，猶禹會諸侯於塗山然也。又按：郭子横《洞冥記》稱東方朔云“東海大明之墟有釜山，山出瑞雲，應王者之符命”，如堯時有赤雲之祥之類。蓋黄帝黄雲之瑞，故曰“合符應於釜山”也。《正義》：《括地志》云：“釜山在嬀州懷戎縣北三里，山上有舜廟。”）（中華書局，1982年）

白居易原本，宋孔傳續撰《白孔六帖》卷一《月四》：

影娥池。（上官儀應詔詩中用“影娥池”，學士時無解其事者。令狐德棻召東之等十餘人，問出何書，東之對：“《洞冥記》：漢武帝於望鵠臺西，起俯月臺，臺下穿影娥池。每登臺眺，月影入池中，使宫人乘舟笑弄月影，因名影娥池，亦曰眺蟾臺。”令狐德棻嘆其博識。——《鷄跖集》）

同上，卷三十一《方術八》：

郭憲從駕，含酒三噀。（執法奏不敬，曰：“齊國失火，故厭之。”果上言失火也。）（《文淵閣四庫全書》本）

［日］藤原佐世撰《日本國見在書目録》雜傳家廿一：

《漢武洞冥記》四卷。（郭子横撰。）（中華書局，1991年）

劉昫《舊唐書》卷四十六《經籍志上》乙部史録雜傳類八：

《漢別國洞冥記》四卷。（郭憲撰。）（中華書局，1975年）

李昉等《太平御覽》卷首《經史圖書綱目》：

《漢武帝洞冥記》《郭子横洞冥記》《洞冥記》。

同上，卷第三十一時序部十六《七月七日》：

《漢武帝故事》曰：景帝嘗夢高祖謂己曰：“王美人生子，可名爲彘。”以乙酉年七月七日旦，生武帝於猗蘭殿。（謹按，《洞冥記》：“漢武帝未生之時，景帝夢一赤彘，從雲中直下崇芳閣，帝覺，而坐於閣，果見赤氣從雲中直下，如林木，蔽户牖，望閣上有丹霞蓊鬱，既而乃改崇芳閣爲猗蘭殿。”後王夫人生武帝也。）

同上，卷第二百四十三職官部四十一《光禄大夫》：

《汝南先賢傳》曰：郭憲爲光禄大夫，上欲到三輔，憲諫曰："天下初定，車駕未可以巡。"上遂行，憲當車，拔佩刀以斷靷，上不止，到弘農。兵起潁川，上曰："恨不用光禄之言。"於是乃還京。

同上，卷第三百四十五兵部七十六《刀上》：

《拾遺記》曰：帝解鳴鴻刀賜東方朔，朔曰："此刀，黄帝時采首陽之金，鑄爲此刀。雄者已飛，雌者獨在。"（一出《洞冥記》。）

同上，卷第四百五十七人事部九十八《諫諍七》：

《汝南先賢傳》曰：郭憲字子横，建武中爲光禄勛。車駕西征隗囂，諫曰："天下初定，車駕未可動。"憲乃當車，拔佩刀以斷車靷，帝不從，遂上隴。其後潁川兵起，乃回駕而還，帝嘆曰："恨不用光禄之言也。"

又曰：郭憲字子横，學貫秘奥，師事東海王仲子。王莽爲大司馬，權貴傾朝，莽召仲子，欲令爲兒講。仲子聞，即褰裳欲往，憲曰："今君位爲博士，如何輕身賤道？禮有來學，無往教之義，不宜輕道也。"於是仲子晏乃往。莽問："君來何遲？"仲子具以憲言答之。莽陰奇焉。

又曰：時匈奴數犯塞，帝患之，乃召百僚廷議。時，郭憲以爲："天下疲弊，不宜動衆。"諫諍不合，乃伏稱眩瞀，不復言。帝令兩郎扶下殿，憲亦不拜。

同上，卷第七百三十六方術部十七《術》：

《後漢書》曰：郭憲字子横，建武七年，代張堪爲光禄勛。從駕南郊，憲在位，忽乃向東北，含酒三潠。執法奏爲不敬。詔問其故，憲對曰："齊國失火，故以此厭之。"比後齊果上火灾，與郊同日。

同上，卷第八百六十八火部一《火上》：

《汝南先賢傳》曰：郭憲從南郊，含酒東北三噀，云"齊失火，以厭之"。後齊果上火事。（中華書局，1960年）

李昉等《太平廣記》卷首《引用書目》：

《洞冥記》。（中華書局，1961年）

王欽若等《册府元龜》卷九十八帝王部《徵聘》：

後漢光武建武中，徵郭憲爲博士。憲自王莽篡位，逃於東海之濱。光武即位，求天下有道之人，故有是拜。

同上，卷一百七十五帝王部《悔過》：

後漢光武時，郭憲字子横，爲光禄勛。建武八年，車駕西征隗囂，憲諫曰："天下初定，車駕未可以動。"憲乃當車，拔佩刀以斷車靷，帝不從，遂上隴。其後潁川兵起，乃回駕而還，帝嘆曰："恨不用子横之言！"

同上，卷五百四十八諫諍部《强諫》：

郭憲字子横，爲光禄勛，車駕西征隗囂，憲諫曰："天下初定，車駕未可以動。"憲乃當車，拔刀斷車靷，帝不從，遂上隴。其後潁川兵起，乃回駕而還。帝嘆曰："恨不用子横之言！"時匈奴數犯塞，帝患之，乃召百寮廷議。憲以爲天下疲弊，不宜動衆，諫諍不合，乃伏地稱眩瞀，不復言。帝令兩郎扶下殿，憲亦不拜，帝曰："常聞關東觥觥郭子横，竟不虚也。"憲遂以病辭退，卒於家。

同上，卷五百五十五國史部《采撰》：

郭憲爲光禄勛，撰《漢武洞冥記》一卷。

同上，卷六百二十三卿監部《公正》：

郭憲字子横，爲光禄勛，時匈奴數犯塞，光武患之，乃召百寮廷議，憲以爲天下疲敝，不宜動衆，諫争不合，乃伏地稱眩瞀，不復言。帝令兩郎扶下殿，憲亦不拜，帝曰："嘗聞關東觥觥郭子横，竟不虚也。"憲遂以病辭退，卒於家。

同上，卷八百七十六總録部《方術》：

郭憲以建武七年，代張堪爲光禄勛，從駕南郊。憲在位，忽回向東北，含酒三潠（音巽，噴也）。執法奏爲不敬。（執法，糾劾之官也。）詔問其故，憲對曰："齊國失火，故以厭之。"比後，齊果上火灾，與郊同日。

同上，卷九百六總録部《禳厭》：

後漢郭憲，光武建武七年爲光禄勛，從駕南郊。憲在位，忽回向東北含酒一二潠。執法奏爲不敬。詔問其故，憲對曰："齊國失火，故以此厭之。"後，齊果上火灾，與郊同日。（中華書局，1960年）

張君房《雲笈七籤》卷七十九符圖《五岳真形神仙圖記》：

《老君中經》曰：……《五岳真形神仙圖記》并出太玄真人。漢初有司馬季主，師事太玄仙女，諮受五岳，以奏孝文帝，帝不能勤行。又教賈誼，誼未練習，粗諳本源。文帝受釐坐於宣室，因問鬼神事，誼具道之，帝曰："吾久不見賈生，自以爲過之，今不及也。"雖有此言，猶斥遠誼。誼既失志，法遂不行。後孝武好道，少君薦之，王母感降圖文宣明，不能專修，俄復散逸。季主同學道士季守及西門君惠，圖讖兼精，知劉季當爲天子。光武中興，詣上此科，帝務未遑，信用疏略。建武七年，（此年日蝕，積雨爲灾，陰陽變怪，四方多壘，寇逆縱横。及至八年，上自西征，潁川盜賊，河東叛逆，京師騷動，求福神明，方士道術，頗被信用。）乃徵道士郭憲，代張堪爲光禄勛，從駕南郊，委以祭事，遍醮五岳，行戒立功。後不能從，兹法又絶。（書目文獻出版社，1992年）

王堯臣等《崇文總目》卷二傳記類上：

《漢武帝列國洞冥記》一卷。（《叢書集成初編》本）

歐陽修、宋祁《新唐書》卷五十九《藝文志三》丙部子録道家類神仙家：

郭憲《漢武帝别國洞冥記》四卷。（中華書局，1975年）

晁載之《續談助》卷一《洞冥記》（郭子横）：

右所抄郭子横所撰《漢武帝别國洞冥記》。子横之論，以爲漢武特俊异之主，東方朔因滑稽誣誕以匡諫，洞心於道教，使冥迹之奥，昭然顯著，故撰記名之《洞冥》。而張柬之言隨其父在江南，拜父友孫義强、李知續，二公言似非子横所録。其父乃言後梁尚書蔡天（大）寶《與岳陽王啓》，稱"湘東昔造《洞冥記》一卷"，則《洞冥記》梁元帝時所作。其後上官儀應詔詩中用影娥池，學士時無知者，祭酒彭陽公令狐德棻召柬之等十餘人問此出何書，柬之對：在江南見《洞冥記》云"漢武穿影娥池於望鶴臺西"。於是天下學徒無不繕寫。而尋劉歆、阮籍（孝緒）《七録》，了無題目。貞觀中撰《文思博要》《藝文類聚》《紫臺丹笥》之秘，罔不咸集，亦無采掇。則此書僞起江左，行於永貞明矣。昔葛洪造《漢武内傳》《西京雜記》，虞羲造《王子年拾遺録》，王儉造《漢武故事》，并操觚鑿空，恣情迂誕，而學者耽閲以廣聞見，亦各其志，庸何傷乎？案柬之所稱湘東所造《洞冥記》一卷，而此分爲四，然則此書亦未知定何人所撰也。又此書記曼倩父張氏，而王充《論衡·道虚篇》，復言朔姓金氏。神仙道家之言，其荒誕舛錯，類皆如此，故并抄之，以廣聞見，且使後生知雜家小説爲不足多尚，此余之志也。（《叢書集成初編》本）

吴曾《能改齋漫録》卷五《辨誤·東方姓氏》：

《元和姓纂》云："東方姓，《風俗通》以爲伏羲之後。帝出於震，主東方，子孫因以爲氏。平原厭次，漢太中大夫東方朔。"然《洞冥記》云"東方朔生三日而母田氏死，鄰母收養之，時東方始明，因以姓焉"。此又何耶？

同上，卷六《事實·龍鳳膏爲燈》：

王子年《拾遺記》："海人乘霞舟，以雕囊盛數升龍膏，獻燕昭王。王坐通雲之堂，然龍膏爲燈，火色曜百里，烟色如丹。"《洞冥記》："漢武帝以丹豹髓、白鳳膏，磨青錫爲屑，以淳蘇油和之，照於神壇。夜暴雨，火光不滅。"余乃知李長吉歌："烹龍炰鳳玉脂泣，羅屏綉幕圍香風。"非鑿空語也。（上海古籍出版社，1979年）

晁公武撰，孫猛校證《郡齋讀書志校證》第九卷史部傳記類：

《漢武故事》一卷。右世言班固撰。唐張柬之《書洞冥記後》云："《漢武故事》，王儉造。"

《漢武洞冥記》五卷。右後漢郭憲子横撰。其序言："漢武明雋特异之主，東方朔因滑稽浮誕以匡諫。洞心於道教，使冥迹之奥，昭然顯著，故曰《洞冥》。"（上海古籍出版社，1990年）

陳騤等撰，趙士煒輯考《中興館閣書目輯考》卷三雜傳類：

《洞冥記》四卷。後漢光禄大夫郭憲載武帝神怪事。（《玉海》五八。）

按《隋志》"《漢武洞冥記》一卷，郭氏撰"，《唐志》始作"郭憲《漢武別國洞冥記》"。《崇文總目》一卷，作《列國洞冥記》。《郡齋讀書志》五卷，《書録解題》有《拾遺》一卷（《通考》同），晁氏殆合《拾遺》也。今本四卷。（《元明清書目題跋叢刊》本，中華書局，2006年）

羅泌《路史》卷十四後紀五《黄帝紀上》：

……揮次十五子，造弧矢及司率罟，受封於張，爲弓氏、張氏、李氏、灌氏、叱羅氏、東方氏。（朔父張夷，字少平，母田氏遺腹。生之三日，母卒。鄰母養之，時東方始明，因爲姓。故世謂朔無父母。《洞冥記》：朔母田寡，夢太白臨之而娠，羞之曰："人將弃我。"乃向代郡之東方里，以五月朔旦生之，因姓東方，而名朔。亦見《時鏡新書·仙傳》，不得其由，而多妄説。《風俗通·姓纂》云伏羲後，云出女媧，俱妄。）（《中華再造善本》本，北京圖書館出版社，2003年）

陳振孫《直齋書録解題》卷十一小説家類：

《洞冥記》四卷，《拾遺》一卷。東漢光禄大夫郭憲子横撰。題《漢武别國洞冥記》。其《别録》又於《御覽》中鈔出，然則四卷亦非全書也。凡若是者，藏書之家備名數而已，無之不足爲損，有之不足爲益，况於詳略，尤非所計也。《唐志》入神仙家。（上海古籍出版社，1987年）

祝穆《古今事文類聚前集》卷二天道部月詩話《影娥池》：

唐上官儀應詔詩中用“影娥池”，學士無解其事。祭酒令狐德棻召張柬之等十餘人求出處，柬之對曰：“《洞冥記》：漢武於望鶴臺西起俯月臺，臺下穿影娥池。每登臺眺，月影入池中，如仙人乘舟，笑弄月影，因名影娥池。亦曰眺蟾臺。”德棻嘆其博。（《文淵閣四庫全書》本）

王應麟《玉海》卷五十一《藝文·典故·漢武帝故事》：

《通鑒考异》：《漢武故事》，後人爲之，托班固名，語多誕妄，非固書。（《漢武故事》二卷。世言班固撰。唐張柬之之《書洞冥記後》云：“《漢武故事》，王儉造。”）

同上，卷五十八《藝文·傳·漢武帝傳》：

《唐志》神仙三十五家，《漢武帝傳》二卷，郭憲《漢武帝别國洞冥記》四卷。（字子横。）

《隋志》：《漢武内傳》三卷。（《莊子釋文》引之。）

《書目》：《漢武帝内傳》二卷，載西王母事，後有淮南王、公孫卿、稷丘君八事，乃唐終南玄都道士游岩所附。《洞冥記》四卷，後漢光禄大夫郭憲，載武帝神怪事。

同上，卷一百十四《選舉·漢舉獨行、有道、至孝》：

《方術傳·郭憲》：光武求有道之人，徵拜博士。

同上，卷一百五十一《兵制·刀·黄帝鳴鴻刀》：

《拾遺記》：（一云《洞冥記》。）帝解鳴鴻刀賜東方朔，方朔曰：“此刀，黄帝時采首陽之金鑄爲此刀。雄者已飛，雌者獨在。”（《洞冥記》：黄帝采首山之金，始鑄爲刀。顓頊有畫影劍、騰空劍。）

同上，卷一百五十九《宫室・殿上・漢猗蘭殿》：

《文選注》：《漢武故事》："武帝以乙酉年七月七日旦，生於猗蘭殿。"（又見《洞冥記》。）景帝坐崇芳閣，見赤氣如林，來蔽户牖，乃改閣爲猗蘭殿。（江蘇古籍出版社，1987年）

馬端臨《文獻通考》卷三十五《選舉考八》史・方伎：

《東漢書・方術傳》所載在仕路者。

郭憲。（善術，仕至光禄勛。）

同上，卷一百九十八《經籍考二十五》史・傳記：

《漢武故事》二卷。

晁氏曰："世言班固撰。唐張柬之《書洞冥記後》云：'《漢武故事》，王儉造。'"

同上，卷二百十五《經籍考四十二》子・小説家：

《洞冥記》四卷，《拾遺》一卷。

晁氏曰："後漢郭憲子横撰。其《序》言：'漢武明雋特异之主，東方朔因滑稽浮誕以匡諫，洞心於道教，使冥迹之奥昭然顯著，故曰《洞冥》。'"

陳氏曰："題《漢武别國洞冥記》，其《别録》又於《御覽》中鈔出，然則四卷亦非全書也。凡若是者，藏書之家備名數而已，無之不足爲損，有之不足爲益，况於詳略尤非所計也。《唐志》入神仙家。"（中華書局，1986年）

脱脱等《宋史》卷二百三《藝文志二》史類傳記類：

郭憲《洞冥記》四卷。

同上，卷二百六《藝文志五》子類小説類：

《漢武帝洞冥記》四卷。（東漢郭憲編。）（中華書局，1985年）

陶宗儀《説郛》卷五十八上《汝南先賢傳》（周斐）：

建武八年，車駕西征隗囂，郭憲諫曰："天下初定，車駕未可以動。"憲乃當車拔佩刀以斷車鞅，帝不從，遂上隴。其後潁川兵起，回駕而還，帝嘆曰："恨不用光禄之言！"（《説郛三種》本）

楊士奇等《文淵閣書目》卷六《宙字型大小第二厨書目》史・史雜：

《漢武帝洞冥記》，一部一册，闕。（《叢書集成初編》本）

李賢等《明一統志》卷七中都鳳陽府《人物》：

（漢）郭憲。（宋公人，少師事東海王仲子。時王莽專政，召仲子，憲諫曰："不宜賤道畏貴。"及莽篡位，拜憲郎中，賜以衣服，憲焚之而逃。光武時，徵拜博士，遷光禄勛。嘗以諫諍不合伏地，不拜，帝曰："嘗聞關東觥觥郭子横，真不虚也。"子横，憲字。）

同上，卷三十一汝寧府《人物》：

（漢）郭憲。（汝南人，事光武爲光禄勛，帝自將征隗囂，憲諫曰："東方初定，車駕未可遠征。"拔佩刀斷車靷，帝不從，遂上隴。其後潁川兵起，乃還，嘆曰："恨不用郭憲之言！"）（三秦出版社，1990年）

楊慎《丹鉛摘録》卷四"劉子玄曰"條：

劉子玄曰："郭子横《洞冥記》、王子年《拾遺記》，全構虚辭，用驚愚俗。"卓哉，子玄之見也！余推其餘，如任昉《述异記》、殷芸《小説》、沈約《梁四公子記》，唐人《杜陽雜編》《天寶遺事》，宋人《雲仙散録》《清异録》、杜詩僞《蘇注》，盛行於時，殊誤學者。司馬公作《通鑒》，亦誤取《天寶遺事》，况下此者乎？（《文淵閣四庫全書》本）

楊慎《丹鉛續録》卷五評文《小説》：

説者云宋人小説不及唐人，是也。殊不知，唐人小説不及漢人。如華嶠《明妃傳》云："豐容靚飾，光明漢宫，顧影徘徊，聳動左右。"伶玄《飛燕外傳》云："以輔屬體，無所不靡。"郭子横《麗娟傳》云："玉膚柔軟，吹氣勝蘭，不欲衣纓，拂之恐體痕也。"此豈唐人可及？《晋書・荀勖傳》云："汲郡人不准，發冢得古文數百篇。"中載楚事一段尤妙，亦小説也，惜不傳耳。（《文淵閣四庫全書》本）

楊慎《升庵集》卷四十六《又人作僞書》：

劉歆《七略》叙稗官小説，以《周書》爲首，即晋代所伐冢《汲冢周書》也。今所傳者十之一爾，其中言舜囚堯，禹距舜，伊尹通末喜，太甲殺伊尹，武王斬紂頭，皆害義傷教之甚。太史公信之，以斬紂事入《史記》，誣聖多矣。其後有《十洲記》《漢武帝内傳》《神异經》《洞冥記》。……一切可以焚弃。

同上，卷八十一《吐金鳥》：

《酉陽雜俎》云："魏明帝時，昆明國貢辟寒鳥，常吐金屑如粟。"昆明，今爲雲南腹裹之縣，不聞此鳥，其遠至夷徼，亦不聞也。成式之好張大虛無之言，其著《酉陽雜俎》，亦似郭子横《洞冥記》、唐人《杜陽雜編》，全構虛誑，殊無一實。或者遠夷多詐，以金屑飼鳥，欺侮中國，如秦蜀金牛之事，未可知也。（《文淵閣四庫全書》本）

高儒《百川書志》卷八子小説家：

《漢武帝别國洞冥記》四卷，東漢郭憲撰。（《續修四庫全書》本）

晁瑮《晁氏寶文堂書目》卷中子雜：

《别國洞冥記》。（《續修四庫全書》本）

楊巍《存家詩稿》卷七《游王母宫四首》其四：

曼倩空爲《洞冥記》，四山半屬野人家。長生自古誰能得？惟有蒼松管歲華。（《文淵閣四庫全書》本）

李時珍《本草綱目》卷一上序例上《引據古今經史百家書目》：

郭憲《洞冥記》。（人民衛生出版社，1977年）

焦竑《國史經籍志》卷三史類地理蠻夷：

《别國洞冥記》四卷。（漢郭憲。）

同上，卷六糾繆《晁氏讀書志》：

《十洲記》《洞冥記》《閩川名士傳》入傳記，改地理。（《續修四庫全書》本）

馮復京《六家詩名物疏》卷首《引用書目・小説家》：

《洞冥記》。（《文淵閣四庫全書》本）

胡應麟《少室山房筆叢》卷二《經籍會通二》"凡經籍緣起"條：

凡經籍緣起，皆至簡也，而其卒歸於至繁。……小説昉自《燕丹》，東方朔、郭憲浸盛，至洪邁《夷堅志》四百二十多卷極矣。……

同上，卷十八《史書占畢六》“漢武游上林”條：

又《漢武故事》：“東都獻短人，名巨靈，見朔曰：‘王母種桃，三千年一實，此兒已三偷之。’”而《洞冥記》記一女人，愛幸於帝，名巨靈，常出入唾壺中，朔見之，巨靈遂飛去。二巨靈，一男子，一婦人，迹俱詭异，又并與朔狎，或謂必有一僞，余直以爲皆烏有耳。

同上，卷二十九《九流緒論下》“飛燕傳奇”條：

《飛燕》，傳奇之首也。《洞冥》，雜俎之源也。《搜神》，玄怪之先也。《博物》，杜陽之祖也。魏、晋好長生，故多靈變之説。齊、梁釋典，故多因果之談。

同上，卷三十二《四部正譌下》“洞冥記”條：

《洞冥記》四卷，題郭憲子横。亦恐贋也。憲事世祖，以直諫聞，忍描飾漢武、東方事以導後世人君之欲？且子横生西京末，其文字未應遽爾。蓋六朝假托，若《漢武故事》之類耳。（《後漢書》憲列方技類，後人蓋緣是托之。）

同上，卷三十八《華陽博議上》“子之浮誇而難究者”條：

子之浮誇而難究者，莫大於衆説。衆説之中，又有博於怪者、妖者、神者、鬼者、物者、名者、言者、事者。《齊諧》《夷堅》博於怪，《虞初》《瑣語》博於妖，令升、元亮博於神，之推、成式博於鬼，曼倩、茂先博於物，湘東、魯望博於名，義慶、孝標博於言，夢得、務觀博於事，李昉、曾慥、禹錫、宗儀之屬又皆博於衆説者也。總之，脞談隱迹，巨細兼該，廣見洽聞，驚心奪目，而淫俳間出，詭誕錯陳，張、劉諸子，世推博極，此僅一班；至郭憲、王嘉，全構虚詞，亡徵實學，斯班氏所以致譏，子玄因之絶倒者也。（中華書局，1958年）

徐應秋《玉芝堂談薈》卷六《噀酒救火》：

噀酒救火，凡四事：郭憲從南郊，含酒向東北三噀，曰：“齊失火，以此滅。”後齊果上火事。成武丁在周昕坐噀酒救臨武火。欒巴噀酒救成都火。晋佛圖澄噀酒救幽州火。又《楚國先賢傳》樊英噀酒救成都市火。

祁承㸁《澹生堂藏書目》子部一諸子小説家：

《别國洞冥記》四卷，漢郭憲。

同上，子部三類家：

《吕氏十種書》：《洞冥記》。

《漢魏叢書》：《洞冥記》。

《古今逸史》：《别國洞冥記》。

《四十家小説》：《洞冥記》。（《續修四庫全書》本）

顧起元《説略》卷九《史别下》“聖主時投水”條：

噀酒救火，人知有欒巴，而不知有樊英、邵信臣、郭憲、佛圖澄、成武丁。

同上，卷十三《典述中》“又裴松之”條：

又裴松之注《三國志》，亦旁引諸書，史稱與孝標之注《世説》可爲後法。今觀其所載，如：……郭子横《洞冥記》。……（《文淵閣四庫全書》本）

徐㶿《徐氏家藏書目》卷四子部小説類：

《洞冥記》四卷。漢郭憲。（《續修四庫全書》本）

同上，卷三十《古今偏正史》：

劉子玄《史通》所載古今正偏史，今多不存，澹園先生《筆乘》常載之，中如……郭子章《洞冥記》……（《文淵閣四庫全書》本）

彭大翼《山堂肆考》卷三天文月《仙人弄影》：

唐上官儀應詔詩中用“影娥池”，學士無解其事者，祭酒令狐德棻召張柬之等十餘人求出處，柬之對曰：“《洞冥記》：漢武於望鶴臺西，起俯月臺，臺下穿影娥池，每登臺眺，月影入池中，如仙人乘舟笑弄月影，因名影娥池。亦曰眺蟾臺。”德棻嘆其博。

同上，卷十二時令七月《生猗蘭殿》：

《漢武故事》：景帝夢高祖謂己曰：“王美人生子，可名爲彘。”後美人以乙酉年七月七日，生武帝於猗蘭殿。又《洞冥記》：景帝夢一赤彘，從雲中下崇芳閣，帝覺而坐於閣上，果見赤氣如林，來蔽户牖，乃改閣爲猗蘭殿，使王夫人居之。旬餘，帝夢神女捧日以授，王夫人吞之，十四月而生武帝。

同上，卷二十三地理火《郭憲厭齊》：

《汝南先賢傳》：郭憲從南郊，含酒東北三噀，云：“齊失火，以酒厭之。”後齊果上火事。

同上，卷六十臣職總諫官《斷鞅》：

東漢光武建武八年，車駕欲西往，郭憲諫，不聽，乃拔佩刀斷車鞅，上竟不從。後潁川兵起，乃回駕，帝曰："恨不用郭子横之言！"（《文淵閣四庫全書》本）

錢謙益《絳雲樓書目》卷一史傳記類：

郭憲《洞冥記》。（《續修四庫全書》本）

錢曾《錢遵王述古堂藏書目録》卷五小説家：

郭憲《别國洞冥記》四卷一本。（《續修四庫全書》本）

黄虞稷《千頃堂書目》卷十五類書類《古今彙説》六十卷：

十六卷：《漢武帝洞冥記》。（郭憲。）（上海古籍出版社，2000年）

徐乾學《傳是樓書目》卷二史部調字上格名號：

《洞冥記》四卷。（漢郭憲。）（《續修四庫全書》本）

孫岳頒《佩文齋書畫譜》卷首《纂輯書籍》：

《洞冥記》。（郭憲。）（《文淵閣四庫全書》本）

趙宏恩等《江南通志》卷一百五十《人物志》宦績十二潁州府：

後漢郭憲，字子横，宋人。王莽拜憲郎中，賜以衣服，憲焚之而逃。光武即位，徵拜博士，遷光禄勛，屢直諫，帝曰："嘗聞關東觥觥郭子横，竟不虚也。"（《文淵閣四庫全書》本）

鄂爾泰等《雲南通志》卷七《書籍》新建五華書院藏書子部中雜家：

《洞冥記》。（《文淵閣四庫全書》本）

王士俊等《河南通志》卷六十《人物四》汝寧府：

（漢）郭憲，字子横，汝南人。王莽篡位，拜憲郎中，賜以衣服，憲受衣焚之，逃於東海。光武即位，徵拜博士。建武七年，代張堪爲光禄勛，車駕西征隗囂，憲諫曰："東方初定，車駕未可遠征。"乃當車，拔佩刀斷靷，帝不從，遂進幸上邽。其後潁川盗起，河東兵亦叛，京師騷動，帝聞之曰："悔不用郭子横之言。"後患匈奴，數犯塞，帝召百僚廷議，憲以爲天下疲敝，不宜動衆，力争不合，乃伏地稱眩瞀，不復言。帝令兩郎扶下殿，憲亦不拜，帝曰："嘗聞關東觥觥郭子横，不虚也。”憲遂以病辭退，卒於家。所著有《洞冥記》四卷，《拾遺》一卷。又見《方伎志》。

同上，卷七十一《方伎》汝寧府：

（漢）郭憲字子横，汝南人，明陰陽推步之學。建武中，爲光禄勛，從駕南郊。憲在位，忽回向東北含酒三噀，執法奏爲不敬，詔問其故，憲對曰：“齊國失火，故以此厭之。”後齊果有火灾，與郊日時皆同，遇大雨而熄，雨有酒香。（《文淵閣四庫全書》本）

和珅等《大清一統志》卷八十九潁州府《人物》：

（漢）郭憲，字子横，汝南宋人。少師事東海王仲子，王莽拜憲郎中，賜以衣服，憲焚之而逃。光武即位，拜博士，遷光禄勛。時議伐匈奴，憲廷諍，不合，乃伏地稱眩瞀，不復言。帝令兩郎扶下殿，憲亦不拜，帝曰：“嘗聞關東觥觥郭子横，竟不虚也。”

同上，卷一百七十六光州《人物》：

（漢）郭憲，字子横，宋人。王莽篡位，拜憲郎中，賜以衣服，憲受焚之，逃於東海之濱。光武即位，徵拜博士，再遷光禄勛。車駕西征隗囂，憲諫曰：“天下初定，車駕未可以動。”乃拔佩刀以斷車靷，帝不從，遂上隴。後潁川起兵，駕還，嘆曰：“恨不用子横之言！”時匈奴數犯塞，召百僚廷議，憲以爲天下疲敝，不宜動衆，諫争不合，乃伏地稱瞀以不復言，帝令兩郎扶下殿，憲亦不拜，帝曰：“嘗聞關東觥觥郭子横，竟不虚也。”憲遂以病辭退，卒於家。（《文淵閣四庫全書》本）

郭憲《洞冥記》附王謨《洞冥記跋》：

右《别國洞冥記》四卷，漢光禄勛郭憲撰。憲汝南人，即所謂“關東觥觥郭子横”者也。出處大節具見本傳。徒以“潠酒取火”一事降入方術，是固擬人不以其倫已，好事者因依爲此記并托憲。《自序》言“漢武明俊特异之主，東方朔因滑稽浮誕以匡諫，洞心於道教，使冥奥之迹，昭然顯著，故曰洞冥”。然則此書殆即祖述《神异經》《十洲記》而作者也。《通考》又載有《洞冥記拾遺》一卷，陳氏謂：“於《御覽》中抄出，則四卷亦非全書。凡若是者藏書之家備名數而已，無之不足爲損，有之不足爲益，况於詳略尤非所計。”可謂知言。可以蔽諸小説矣。汝上王謨識。（《漢魏叢書》本）

彭元瑞等《欽定天禄琳琅書目後編》卷十七明版子部：

《漢魏叢書》（五函，三十四册）明程榮匯刻。榮，新安人。書自漢至隋古籍三十八種，分經史子集。……子籍二十三：……次郭憲《别國洞冥記》四卷。

《四十家雜説》（一函，六册）不著匯刻姓氏。凡漢唐宋人説部四十種。……次《别國洞冥記》……按顧元慶《幽間鼓吹跋》中有云：余家藏宋本，刻而傳之。而各本末或標“埭川顧氏家塾”，或標“長洲顧氏”，或標“夷白齋”，或標“十友齋”，自屬元慶所輯。明人好刊叢書，此書多從宋本脱胎，間有舊人題識，足資考證，尚勝它剽竊作僞者。元慶字大有，長洲人，自號太石山人，都穆之弟子。見《史書會要》。

《古今逸史》（五函，二十册）明吴管匯刻。凡書四十二種，分逸志、逸記二門。逸志子目二，曰合志，曰分志。逸記子目三，曰紀，曰世家，曰列傳。雖强名史部，其實叢書也。……郭憲《别國洞冥記》四卷，自序……以上六種入《紀》。前有凡例十二則，矯强附會，以牽入逸史之名。僞至於《三墳》《晋乘》《楚檮杌》，近至於《真臘風土記》，纖至於《教坊記》。雖與《漢魏叢書》同時競勝，然稱名取類相去甚遠。特槧法勖爲精工，管自序名下鈐朱印，猶當時初印也。（《續修四庫全書》本）

永瑢等《四庫全書總目》卷六十八史部二十四地理類一《三輔黄圖》提要：

《三輔黄圖》六卷（編修勵守謙家藏本）……所紀宫殿苑囿之制，條分縷析，至爲詳備，考古者恒所取資。惟兼取《西京雜記》《漢武故事》諸僞書，《洞冥記》《拾遺記》諸雜説，愛博嗜奇，轉失精核，不免爲白璧微瑕耳。

同上，卷一百四十二子部五十二小説家類三《漢武洞冥記》提要：

《漢武洞冥記》四卷（江蘇巡撫采進本），舊本題後漢郭憲撰。憲字子横，汝南宋人，官至光禄勛，事迹具《後漢書·方術傳》。是書《隋志》止一卷，《唐志》始作四卷，《文獻通考》有《拾遺》一卷。晁公武《讀書志》引憲《自序》謂：“漢武明雋特异之主，東方朔因滑稽浮誕以匡諫，洞心於道教，使冥迹之奥昭然顯著，故曰《洞冥》。”陳振孫《書録解題》云：“其《别録》又於《御覽》中抄出，則四卷亦非全書。”《别録》當即《拾遺》也。今憲《序》與《拾遺》俱已佚，惟存此四卷。核以諸書所引，皆相符合，蓋猶舊本。考范史載憲初以不臣王莽，至焚其所賜之衣，逃匿海濱，後以直諫忤光武帝，時有“關東觥觥郭子横”之語，蓋亦剛正忠直之士，徒以噀酒救火一事，遂抑之方術之中，其事之有無，已不可定。至於此書所載，皆怪誕不根之談，未必真出憲手。又詞句縟艷，亦迥异東京，或六朝人依托爲之。然所言“影娥池”事，唐上官儀用以入詩，時稱博洽。後代文人詞賦，引用尤多，蓋以字句妍華，足供采摭，至今不廢，良以是耳。若其中伏生受《尚書》於李克一條，悠謬支離，全乖事實，朱彝尊乃采以入《經義考》，則嗜博貪奇，有失別擇，非著書之體例矣。

同上，卷一百四十二子部五十二小説家類三《拾遺記》提要：

《拾遺記》十卷（内府藏本）……嘉書蓋仿郭憲《洞冥記》而作，其言荒誕，證以史傳，皆不合。（中華書局，1965年）

王太岳等《四庫全書考證》卷二十八史部《宋史》卷二百六：

《漢武帝洞冥記》四卷，注："東漢郭憲編。"按，郭憲《洞冥記》已見傳記類，此係複出。（《文淵閣四庫全書》本）

永瑢等《四庫全書簡明目録》卷十四子部十二小説家類异聞之屬：

《漢武洞冥記》四卷。（舊本題漢郭憲撰。其言荒誕不可詰，其詞華艶麗，亦迥异東京。其中影娥池事，唐上官儀采以入詩，時稱博洽，是猶唐以前之僞書。）（上海古籍出版社，1985年）

周中孚《鄭堂讀書記》卷六十六子部十二之四小説家類四异聞：

《别國洞冥記》四卷（《漢魏叢書》本），舊題漢郭憲撰。（憲，字子横，汝南宋人，官至光禄勛。）《四庫全書》著録作《漢武洞冥記》。據其原序，止作《洞冥記》四卷，其有"漢武"二字，及"别國"二字者，皆後人所加爾。《隋志》（雜傳類）、《舊唐志》（雜傳類）俱作一卷。《新唐志》（道家類）、《宋志》俱作四卷。《讀書志》（雜傳類）作五卷。《書録解題》《通考》俱作四卷，又《拾遺》一卷。案隋、唐《志》作一卷，當據部分卷之本。晁氏作五卷，當有《拾遺》一卷在内。陳氏稱："其《别録》（指《拾遺》）又於《御覽》中抄出，然則四卷亦非全書也。"今則《拾遺》一卷已佚，惟相傳之四卷存。其序言"漢武明俊特异之主，東方朔因滑稽浮誕以匡諫，洞心於道教，使冥迹之奥昭然顯著，故曰《洞冥》"。其書凡六十條，以上序説皆荒誕不可詰，又詞華艶麗，亦不類東漢之文，當屬六朝人所依托，故唐人始采用之也。《説郛》《普秘笈》所收，均節録一卷云。（《續修四庫全書》本）

邵懿辰撰，邵章續録《增訂四庫簡明目録標注》卷十四子部十二小説家類异聞之屬：

《漢武洞冥記》四卷，舊本題漢郭憲撰。

《漢魏叢書》本。《古今逸史》本。《龍威秘書》本。《秘笈》本。《顧氏四十家小説》本。明刊《吕氏十種》本。

（附録）《津逮》。（星詒。）

（續録）《説郛》本。《子書百種》本。日本刊本，有洪邁序。（上海古籍出版社，1979年）

顧櫰三《補後漢書藝文志》卷八小説家類：

郭憲《洞冥記》四卷，《拾遺》一卷。（《唐志》《中興書目》。）

陳振孫《書録解題》：東漢光禄大夫郭憲子横撰，題《漢武别國洞冥記》，其《别録》又於《御覽》中抄出，然則四卷非全書也。《唐志》入神仙家。

同上，卷十師承上讖緯類：

光禄大夫汝南郭憲子横。

《汝南先賢傳》：憲學貫秘奥，師事東海王仲子。（《金陵叢書》本）

丁丙藏，丁仁撰《八千卷樓書目》卷十四子部小説家類异聞之屬：

《漢武洞冥記》四卷。（舊本題漢郭憲撰。《漢魏叢書》本、《古今逸史》本、《龍威秘書》本、《子書百種》本。）（《續修四庫全書》本）

陸心源《皕宋樓藏書志》卷六十四子部小説類三：

《漢武帝别國洞冥記》四卷。（明嘉靖仿宋本。）東漢光禄大夫郭憲撰。自序曰：憲家世述道書，推求先聖往賢之所撰集，不可窮盡，千室不能藏，萬乘不能載，猶有漏逸。或言浮誕，非政教所同，經文史官記事，故略而不取，蓋偏國殊方，并不在録。愚謂古曩餘事，不可得而弃，况漢武帝明俊特异之主，東方朔因滑稽浮誕以匡諫，洞心於道教，使冥迹之奥昭然顯著。今藉舊史之所不載者，聊以聞見，撰《洞冥記》四卷，成一家之書，庶明博君子該而异焉。武帝以欲窮神仙之事，故絶域遐方貢其珍异奇物及道術之人，故於漢世盛於群主也。故編次之云爾。（《續修四庫全書》本）

姚振宗《隋書經籍志考證》卷二十史部十雜傳類：

《漢武洞冥記》一卷，郭氏撰。郭氏不詳何人。

唐《日本國見在書目》：《漢武洞冥記》四卷，郭子横撰。

《唐書・經籍志》：《漢别國洞冥記》四卷，郭憲撰。（脱“武”字。）

《唐書・藝文志》神仙家：郭憲《漢武帝别國洞冥記》四卷。

《宋史・藝文志》：郭憲《洞冥記》四卷。又小説家：《漢武帝洞冥記》四卷，東漢郭憲撰。

《崇文總目》：《漢武帝列國洞冥記》一卷。（不著撰人。）

宋晁載之《續談助》鈔本題記曰：右所抄郭子横所撰《漢武洞冥記》。子横之論，以爲漢武明俊特异之主，東方朔因滑稽誣誕以匡諫，洞心於道教，使冥迹之奥昭然顯著，故撰記名之《洞冥》。而張柬之言隨其父在江南拜父友孫義强、李知續，二公言似非子横所撰。其父乃言後梁尚書蔡天寶（當是“大寶”）《與岳陽王啓》，稱“湘東昔造《洞冥記》一卷”，即《洞冥記》梁元帝時所作。其後上官儀應詔詩中用影娥池，學士時無知者，祭酒彭陽公令狐德棻召柬之等十餘人問此出何書，柬之對在江南見《洞冥記》云“漢武穿影娥池於望鶴臺西”。於是天下學徒無不繕寫。而尋劉歆、阮籍《七録》（案此阮孝緒誤爲阮籍），了無題目。貞觀中撰《文思博要》《藝文類聚》《紫臺丹笥》之秘，罔不咸集，亦無采掇。則此書僞起江左，行於永貞明矣（案永貞當是永徽之誤）。案柬之所稱湘東所造《洞冥記》一卷，而此分爲四，然則此書亦未知定何人所撰也。（案，是書舊本有唐張柬之跋，超伯宇所引即其文也。伯宇，公武從父，有《封丘集》，見晁《志》。）

晁氏《讀書志》：《洞冥記》五卷，後漢郭憲子横撰。其《序》言：“漢武明俊特异之主，東方朔因滑稽浮誕以匡諫，洞心於道教，使冥迹之奥昭然顯著，故曰《洞冥》。”

陳氏《書録解題》小説家：《洞冥記》四卷，《拾遺》一卷，東漢光禄大夫郭憲子横撰。題《漢武別國洞冥記》。其《別録》又於《御覽》中鈔出，然則四卷亦非全書也。《唐・藝文》入神仙家。（案，此言《別録》，當即《拾遺》也。）

《四庫提要》小説家曰：《漢武洞冥記》四卷，舊本題後漢郭憲撰。憲，字子横，汝南宋人，官至光禄勛。事迹具《後漢書・方術傳》。是書《隋志》止一卷，《唐志》始作四卷。《文獻通考》有《拾遺》一卷，晁公武《讀書志》引憲《自序》，今憲《序》與《拾遺》俱已佚，惟存此四卷。核以諸書所引，皆相符合，蓋猶舊本。考范史載憲初以不臣王莽，至焚其所賜之衣，逃匿海濱；後以直諫忤光武帝，時有“關東觥觥郭子横”之語，蓋亦剛正忠直之士，徒以潠酒救火一事，遂抑之方術之中。其事之有無，已不可定。至於此書所載，皆怪誕不根之談，又詞句縟艷，亦迥异東京，或六朝人依托爲之。然所言影娥池事，唐上官儀用以入詩，時稱博洽。後代文人詞賦，引用尤多，蓋以字句妍華，足供采摭，至今不廢，良以是耳。

又《簡明目録》曰：是猶唐以前之僞書。

按：本《志》一卷，但云郭氏。後世神仙家必欲附托漢人，何不直云與漢武帝、東方朔同時之郭舍人乎？爾乃托之東漢郭憲，殊爲不倫。又《南史・顧野王傳》，野王撰《續洞冥記》一卷，今本四卷中，容或有顧氏所續者。（《二十五史補

編》本，中華書局，1955年）

姚振宗《後漢藝文志》卷三子部小説家：

郭氏《漢武洞冥記》一卷。

《隋志·史部·雜傳篇》：《漢武洞冥記》一卷，郭氏撰。唐《日本國書目》：《漢武洞冥記》四卷，郭子横撰。《唐·經籍志》：《别國洞冥記》四卷，郭憲撰。《藝文志》道家神仙類：郭憲《洞冥記》四卷。

晁氏《讀書志》：《漢武洞冥記》五卷，後漢郭憲子横撰。其《序》言："漢武明俊特异之主，東方朔因滑稽浮誕以匡諫，洞心於道教，使冥迹之奥，昭然顯著，故曰《洞冥》。"

陳氏《書録解題》：《洞冥記》四卷，《拾遺》一卷，東漢光禄大夫郭憲子横撰。題《漢武别國洞冥記》。其《别録》又於《御覽》中鈔出，然則四卷亦非全書也。（按《别録》當即《拾遺》也。）

《四庫提要》曰：《漢武洞冥記》四卷，舊本題後漢郭憲撰。憲，字子横，汝南宋人，官至光禄勛。事迹具《後漢書·方術傳》。是書《隋志》止一卷，《唐志》始作四卷。《文獻通考》有《拾遺》一卷，晁公武《讀書志》引憲《自序》，今憲《序》與《拾遺》俱已佚，惟存此四卷。核以諸書所引，皆相符合，蓋猶舊本。考范史載憲初以不臣王莽，至焚其所賜之衣，逃匿海濱；後以直諫忤光武帝，時有"關東觥觥郭子横"之語，蓋亦剛正忠直之士，徒以潠酒救火一事，遂抑之方術之中。其事之有無，已不可定。至於此書所載，皆怪誕不根之談，未必真出憲手。又詞句縟艷，亦迥异東京，或六朝人依托爲之。然所言影娥池事，唐上官儀用以入詩，時稱博洽。後代文人詞賦，引用尤多，蓋以字句妍華，足供采摭，至今不廢，良以是耳。

又《簡明目録》曰：是猶唐以前之僞書。

按：范書《方術傳》不言郭憲有是書。《隋志》一卷，亦但稱郭氏。此郭氏或東漢人，故後人傅益其書爲四卷、五卷者，以東漢初之郭憲實之。侯《志》著録《郭憲洞冥記》四卷。今從《隋志》，録勛初之郭氏，一卷。（《適園叢書》本）

魯迅《中國小説史略》第四篇《今所見漢人小説》：

又有《漢武洞冥記》四卷，題後漢郭憲撰。全書六十則，皆言神仙道術及遠方怪异之事；其所以名《洞冥記》者，序云："漢武帝明俊特异之主，東方朔因滑稽以匡諫，洞心於道教，使冥迹之奥，昭然顯著。今籍舊史之所不載者，聊以聞見，撰《洞冥記》四卷，成一家之書。"則所憑藉亦在東方朔。郭憲字子横，汝南宋人，光武時徵拜博士，剛直敢言，有"關東觥觥郭子横"之目，徒以潠酒救火一事，遽爲方士攀引，范曄作《後漢書》，遂亦不察，而置之《方術列傳》中。然《洞冥記》稱憲作，實始於劉昫《唐書》，《隋志》但云郭氏，無名。六朝人虛造神仙家言，每好稱郭氏，殆以影射郭璞，故有郭氏《玄中記》，有郭氏《洞冥記》。《玄中記》今不傳，觀其遺文，亦與《神异經》相類；《洞冥記》今全，文如下：

黄安，代郡人也，爲代郡卒……常服朱砂，舉體皆赤，冬不著裘。坐一神龜，廣二尺。人問："子坐此龜幾年矣？"對曰："昔伏羲始造網罟，獲此龜以授吾；吾坐龜背已平矣。此蟲畏日月之光，二千歲即一出頭，吾坐此龜，已見五出頭矣。"……（卷二）

天漢二年，帝升蒼龍閣，思仙術，召諸方士言遠國遐方之事。唯東方朔下席操筆跪而進。帝曰："大夫爲朕言乎？"朔曰："臣游北極，至種火之山，日月所不照，有青龍銜燭火以照山之四極。亦有園圃池苑，皆植异木异草；有明莖草，夜如金燈，折枝爲炬，照見鬼物之形。仙人寧封常服此草，於夜瞑時，轉見腹光通外。亦名洞冥草。"帝令銼此草爲泥，以塗雲明之館，夜坐此館，不加燈燭；亦名照魅草；以藉足，履水不沉。（卷三）（中華書局，2010年）

余嘉錫《四庫提要辨證》卷十八子部九小説家類三：

《漢武洞冥記》四卷。（舊題後漢郭憲，今考定爲梁元帝撰。）

是書《隋志》止一卷，《唐志》始作四卷，《文獻通考》有《拾遺》一卷。考范史載憲初以不臣王莽，至焚其所賜之衣，逃匿海濱。後以直諫忤光武帝，時有"關東觥觥郭子横"之語。蓋亦剛正忠直之士，徒以潠酒救火一事，遂抑之方術之中。其事之有無已不可定。至於此書所載，皆怪誕不根之談，未必真出憲手。又詞句縟艷，亦迥异東京，或六朝人依托爲之。然所言影娥池事，唐上官儀用以入詩，時稱博洽。後代文人詞賦，引用尤多。蓋以字句妍華，足供采摭，至今不廢，良以是耳。

嘉錫案：宋晁載之《續談助》卷一，録《洞冥記》廿餘條，載之跋云："張柬之言隨其父在江南拜父友孫義强、李知續，二公言似非子横所録。其父乃言後梁尚書蔡天寶《與岳陽王啓》，稱湘東昔造《洞冥記》一卷，則《洞冥記》梁元帝所作。其後上官儀《應詔詩》中用影娥池，學士時無知者。祭酒彭陽公令狐德棻召柬之等十餘人，問此出何書。柬之對在江南見《洞冥記》云：漢武穿影娥池於望鶴臺西。於是天下學徒無不繕寫。而尋劉歆、（案郭憲後漢人，即令此書真出於憲，安得著録於劉歆《七略》，此語殊誤）阮籍（案"籍"字誤，當作"阮孝緒"）《七録》，了無題目。貞觀中，撰《文思博要》《藝文類聚》《紫臺丹笥》之秘，罔不咸集，亦無采掇。則此書僞起江左，行於永禎，明矣。昔葛洪造《漢武内傳》《西京雜記》，虞義造《王子年拾遺録》，（王嘉著《拾遺録》，見於《晋書·藝術傳》及《隋書·經籍志》。此云虞義造，未知何據。）王儉造《漢武故事》，并操觚鑿空，恣情迂誕。而學者耽閲，以廣聞見，亦各有志，庸何傷乎？案柬之所稱湘東所造《洞冥記》一卷，而此分爲四。然則此書，亦未知定何人所撰也。”據其所考，則此書出於六朝人依托，非郭憲所撰，唐人已言之矣。其所引蔡天寶《與岳陽王啓》，唐去六朝不遠，必無舛誤。惟蔡天寶應作蔡大寶，《周書》《北史》均附見《蕭詧傳》，嘗爲詧使江陵見元帝，令注所制《玄覽賦》。岳陽王即詧也。大寶叙其耳目所聞見，其言尠可徵信，然則此書實梁元帝作也。（頃見蘇時學《爻山筆話》卷七云：後梁尚書蔡天寶《上岳陽王啓》言湘東昔造《洞冥》一卷。按天寶與湘東同時，而所言若此，必非妄談。然則今之《洞冥記》實出梁元帝手，而藉名郭憲云。）載之乃以卷數不合爲疑。不知《隋志》著録原止一卷，今分爲四者，後人所析耳，元帝《金樓子·著書篇》，備載平生著作，無此書之名，則以既托名郭憲，不可復自名以實其僞也。載之字伯宇。《宋史·藝文志》五小説家類有《晁氏談助》一卷，注云："不知名。"其《續談助》五卷，惟明《文淵閣書目》卷十八有之，注云二册，不載撰人姓名及卷數。《四庫全書》未收。（中華書局，1980年）

案：顧櫰三《補後漢書藝文志》小説家著録“郭憲《洞冥記》四卷，《拾遺》一卷”。

郭憲，字子横，生卒年不詳。漢汝南宋（今安徽省太和縣北）人。《後漢書》本傳稱憲少師事王仲子，時王莽爲大司馬，召仲子，仲子欲往，憲諫仲子託講事，日晏乃往。莽陰奇之，及後簒位，拜憲郎中，賜以衣服。憲受衣焚之，逃於東海之濱。光武即位，徵拜博士。建武七年（31年），代張堪爲光禄勳。八年（32年），車駕西征隗囂，憲諫，帝不從，遂上隴。其後潁川兵起，乃回駕而還。帝嘆曰：“恨不用子横之言。”時匈奴數犯塞，帝患之，乃召百僚廷議。憲以爲天下疲敝，不宜動衆。諫争不合，乃伏地稱眩瞀，不復言。帝令兩郎扶下殿，憲亦不拜。帝曰：“常聞關東觥觥郭子横，竟不虚也。”憲遂以病辭退，卒於家。因其有以潠酒救火事，遽爲方士攀引，范曄遂將其置《方術列傳》中。

《洞冥記》，又名《漢武帝洞冥記》《漢武帝别國洞冥記》《郭子横洞冥記》等，記漢武帝時神仙道術及遠方怪异之事。其所以名《洞冥記》，據傳郭憲自序：“漢武帝明俊特异之主，東方朔因滑稽以匡諫，洞心於道教，使冥迹之奥昭然顯著。今籍舊史之所不載者，聊以聞見，撰《洞冥記》四卷，成一家之書。”則所憑藉在東方朔。《隋書·經籍志》史部傳記類著録《漢武洞冥記》一卷，題郭氏撰。《日本國見在書目録》雜傳類著録《漢武洞冥記》四卷，題郭子横撰。魯迅《中國小説史略》云“《洞冥記》稱憲作，實始於劉昫《唐書》，《隋志》但云郭氏，無名。六朝人虚造神仙家言，每好稱郭氏，殆以影射郭璞，故有《郭氏玄中記》，有《郭氏洞冥記》”。與實情不合。《舊唐書·經籍志》史録雜傳類著録《漢别國洞冥記》四卷，題郭憲撰，實本唐人。《新唐書·藝文志》同。《郡齋讀書志》作五卷，題漢郭憲子横撰。《直齋書録解題》作四卷，題東漢光禄大夫郭憲子横撰；另有《拾遺》一卷，云：“其《别録》又於《御覽》中鈔出，然則四卷亦非全書也。”《宋史·藝文志》史部傳記類著録《郭憲洞冥記》四卷，未題撰人；子部小説家類著録有《漢武洞冥記》四卷，題東漢郭憲編，二書應是同一書。《四庫全書》子部小説家類著録《漢武洞冥記》四卷，題“舊本題後漢郭憲撰”。

此書或謂梁元帝蕭繹撰。晁載之《續談助》抄郭憲（子横）所撰《漢武帝别國洞冥記》二十餘條，跋云：“子横之論，以爲漢武特俊异之主，東方朔因滑稽誣誕以匡諫，洞心於道教，使冥迹之奥，昭然顯著，故撰記名之《洞冥》。而張柬之言隨其父在江南，拜父友孫義强、李知續，二公言似非子横所録。其父乃言後梁尚書蔡天寶《與岳陽王啓》，稱湘東昔造《洞冥記》一卷，則《洞冥記》梁元帝時所作。”胡應麟則云“蓋六朝假托”，不知作者。王謨云“好事者因依爲此記并托憲”，“殆即祖述《神异經》《十洲記》而作者”。《四庫全書》館臣稱其“詞句縟艷，亦迥异東京，或六朝人依托爲之”。近人余嘉錫據晁載之《續談助》載《〈洞冥記〉跋》云張柬之言其父友孫義强、李知續以爲該書非子横所録，其父乃言後梁尚書蔡大寶《與岳陽王啓》，稱“湘東昔造《洞冥記》一卷”，蔡大寶“《周書》《北史》均附見《蕭詧傳》，嘗爲詧使江陵見元帝，令注所制《玄覽賦》。岳陽王即詧也。大寶叙其耳目所聞見，其言勘可徵信，然則此書實梁元帝作也”。梁元帝即蕭繹，撰有《金樓子》。余氏還云：“頃見蘇時學《爻山筆話》卷七云：後梁尚書蔡天寶《上岳陽王啓》言湘東昔造《洞冥》一卷。按天寶與湘東同時，而所言若此，必非妄談。然則今之《洞冥記》實出梁元帝手，而藉名郭憲云。”以爲此書爲梁元帝作而托名郭憲，於理難通。姚振宗《隋書經籍志考證》則認爲“本《志》一卷，但云郭氏。後世神仙家必欲附托漢人，何不直云與漢武帝、東方朔同時之郭舍人乎？爾乃托之東漢郭憲，殊爲不倫。又《南史·顧野王傳》，野王撰《續洞冥記》一卷，今本四卷中，容或有顧氏所續者”。

《隋志》著録《洞冥記》一卷，後世則有四卷、五卷本，可能後世析分所致。《南史·顧野王傳》載野王有《續洞冥記》一卷，後世未見傳本，疑已與《洞冥記》混淆，則《洞冥記》或時有附益也未可知。現存四卷本《洞冥記》，有《顧氏文房小説》本、《古今逸史》本、《漢魏叢書》本、《增訂漢魏叢書》本、《廣漢魏叢書》本、《寶顏堂秘笈》本、《龍威秘書》本、《四庫全書》本、《粤雅堂叢書》本、《十萬卷樓叢書》本、《百子全書》本、《叢書集成初編》本等。《顧氏文房小説》本或出宋本，其後諸本多從此本出。今人標點本有王國良《漢武洞冥記研究》所附《漢武洞冥記校釋》，臺灣文史哲出版社1989年出版，該書校釋頗詳，并附有佚文及《名詞索引表》。又有上海古籍出版社1999年出版的《漢魏六朝筆記小説大觀》本《漢武帝别國洞冥記》，較爲通行。

麗娟傳

王國良《漢武洞冥記校釋》卷四：

帝所幸宫人名麗娟。年十四，玉膚柔軟，吹氣勝蘭，不欲衣纓拂之，恐體痕也。每歌，李延年和之。於芝生殿唱迴風之曲，庭中花皆翻落。置麗娟於明離之帳，恐塵垢污其體也。帝常以衣帶繫麗娟之袂，閉於重幕之中，恐隨風而去也。麗娟以琥珀爲佩，置衣裾裏，不使人知，乃言骨節自鳴，相與爲神怪也。（《漢武洞冥記研究》本，文史哲出版社，1989年）

李昉等《太平廣記》卷二百七十二婦人三美婦人《麗娟》：

漢武帝所幸宫人，名曰麗娟。年始十四，玉膚柔軟，吹氣如蘭。身輕弱，不欲衣纓拂，恐傷爲痕。每歌，李延年和之。於□芝生殿旁，唱迴風之曲，庭中樹爲之翻落。常致娟於琉璃帳，恐垢污體也。常（恐垢污體也常六字原空闕，據黄本改）以衣帶繫娟被，閉於重幕中，恐隨風起。娟（娟原作媚，據黄本改）以琥珀爲佩，置衣裾裏，不使人知，乃言骨節自鳴，相與爲神怪也。（以琥珀爲佩至爲神怪也二十五字，原空闕，據黄本補。）（出《洞冥記》。）（中華書局，1961年）

朱勝非《紺珠集》卷一郭憲《洞冥記・麗娟》：

麗娟善歌，嘗唱迴風曲，庭花翻落如深秋。（《文淵閣四庫全書》本）

曾慥《類説》卷五《洞冥記・唱迴風曲》：

漢宫人麗娟善歌，體弱殆不勝衣，常居瑠璃帳，帶琥珀佩，恐隨風輕舉，常唱迴風曲，庭葉翻落如秋。（《文淵閣四庫全書》本）

佚名《錦綉萬花谷後集》卷十五《美人・迴風曲》：

麗娟善歌，嘗唱迴風曲，庭花翻落如深秋。（《洞冥記》）（《文淵閣四庫全書》本）

潘自牧《記纂淵海》卷二天文部《秋》：

（傳記）唐宫人麗娟善歌，嘗唱迴風曲，庭葉翻落如秋。（《洞冥記》）

同上，卷七十八樂部《歌》：

（傳記）漢宫人麗娟善歌，常唱迴風曲，庭葉翻落如秋。（《洞冥記》）

同上，卷八十一閫儀部《歌舞》：

（傳記）漢宫人麗娟善歌，體弱殆不勝衣，常唱迴風曲，庭葉翻落如秋。（出《洞冥記》。）（《文淵閣四庫全書》本）

祝穆《古今事文類聚前集》卷十天時部秋《唱迴風曲》：

唐宫人麗娟善歌，唱迴風曲，庭葉翻落如秋。（《洞冥記》）（《文淵閣四庫全書》本）

陶宗儀《説郛》卷三十一闕名《采蘭雜志》“越嶲國”條：

越嶲國有吸華絲，凡華著之不即墮落，用以織錦。漢時國人奉貢，武帝賜麗娟二兩，命作舞衣。春暮宴於花下，舞時故以袖拂落花，滿身都著，舞態愈媚，謂之百華之舞。

同上，《賈氏説林》“武帝與麗娟”條：

武帝與麗娟看花，而薔薇始開，態若含笑。帝曰：“此花絶勝佳人笑也。”麗娟戲曰：“笑可買乎？”帝曰：“可。”麗娟遂命侍者取黄金百斤，作買笑錢，奉帝爲一日之歡。

同上，卷七十七洪遂《侍兒小名録·麗娟》：

漢武帝所幸宫人麗娟，年十四，玉膚柔軟，吹氣如蘭。娟身輕弱，不欲衣纓拂之，恐傷爲痕。每歌，李延年和之。於芝生殿旁唱迴風之曲，庭中樹爲之翻落。常致娟於琉璃帳，恐垢污體也。常以衣帶繫娟袂，閉於重幕中，恐隨風起。娟以琥珀佩置衣中，不使人知，乃言娟骨節自鳴，相與爲神怪也。（《説郛三種》本）

楊慎《升庵集》卷七十一《小説》：

説者云宋人小説不及唐人，是也。殊不知唐人小説不及漢人。如華嶠《明妃傳》云：“豐容靚飾，光明漢宫。顧影徘徊，聳動左右。”伶玄《飛燕外傳》云：“以輔屬體，無所不靡。”郭子横《麗娟傳》云：“玉膚柔軟，吹氣勝蘭。不欲衣纓拂之，恐體痕也。”此豈唐人可及？《晋書・荀勖傳》云：“汲郡人不准發冢，得古文數百篇。”中載楚事一段尤妙，亦小説也。惜不傳耳！（《文淵閣四庫全書》本）

王世貞《弇州續稿》卷一百七十文部《李郡畫美女圖》：

李士牧手貌美女，自西施以至紅綃凡六十人，雖人僅一身，而絢履簪執，并其標格情性得之，可謂工且詳矣。第中間二吴品、仙品，不當與媵伎并列，而鄭袖、南威、麗娟、夜來、玉奴、麗華、碧玉、紫雲、李娃、霍小玉之類，却更不可遺也。翔風、房老是緑珠前輩，不當作小婢裝，當更商之。長夏倚病展此圖，何异維摩天女。第“色塵雖不緣影而嘵嘵”數語，似輸一籌。（《文淵閣四庫全書》本）

徐應秋《玉芝堂談薈》卷七《歷代美人》：

……漢宫掖則高祖戚夫人，文帝慎夫人，武帝之陳后阿嫣、衛后子夫、邢夫人、尹夫人、李夫人、王夫人、鈎弋夫人、麗娟，元帝之王嬙，成帝之飛燕、合德，光武之陰麗華……

同上，卷二十八《浮光裘》：

《采蘭雜志》：越嶲國有吸華絲，凡華著之不即墜落，用以織錦。武帝賜麗娟作舞衣，袖拂落花，滿身都著，舞罷愈媚，謂之百花舞。（《文淵閣四庫全書》本）

顧起元《説略》卷九《史别下》“先秦以前美人”條：

……漢以後宫掖，則高祖之戚夫人，文帝之慎夫人，武帝之陳后阿嬌、衛后子夫、邢夫人、尹夫人、李夫人、王夫人、鈎弋夫人、麗娟，元帝之王昭君，成帝之趙后飛燕、趙婕妤合德，光武之陰后麗華……（《文淵閣四庫全書》本）

彭大翼《山堂肆考》卷四十帝屬《縛袂》：

漢武帝所幸宫人名麗娟，年十四，玉膚柔軟，吹氣勝蘭；不欲以衣纓拂之，恐體痕也。每歌，李延年和之。嘗於芝生殿倡迴風之曲，庭中花皆翻落。置麗娟於明離之帳，恐塵垢污其體也。帝嘗以衣帶縛麗娟之袂，閉於重幙之中，恐隨風而去也。（《文淵閣四庫全書》本）

董斯張撰，李衷純訂《廣博物志》卷三十三聲樂一《舞》：

越嶲國有吸華絲，凡華著之不即墮落，用以織錦。漢時國人奉貢，武帝賜麗娟二，命作舞衣。春暮宴於花下，舞時故以袖拂落花，滿身都著，舞態愈媚，謂之百華之舞。（《采蘭雜志》）（岳麓書社，1991年）

張英等《淵鑒類函》卷五十八后妃部二《嬪妃二》：

金蓮新月、芝殿迴風。（漢武帝所幸宮人名麗娟，年十四，玉膚柔軟，不欲以衣纓拂之，恐體痕也。每歌，李延年和之。嘗於芝生殿唱迴風之曲，庭中花皆翻落。）

同上，卷二百五十五人部十四《美婦人三》：

丹山瑶婦、漢殿麗娟。（《鷄跖集》：武帝所幸宮人名麗娟，年十四，玉膚柔軟，吹氣勝蘭。不欲衣纓拂之，恐體痕也。每歌，李延年和之。長生殿唱迴風之曲，庭中花皆翻落。置麗娟於明離之帳，恐塵垢污其體也。帝嘗以衣帶繫麗娟之袂，閉於重幕之中，恐隨風而去也。）

同上，卷三百六十四珍寶部四《琥珀二》：

宋洪遂《侍兒小名録》曰：漢武帝所幸宮人麗娟，以琥珀佩置衣中，不使人知，言骨節自鳴也。

同上，卷三百六十六布帛部二《絲二》：

《瑯嬛記》曰：越嶲國有吸華絲，凡華著之即不墮落，用以織錦。漢時國人奉貢，武帝賜麗娟二兩，命作舞衣。

同上，卷四百九草部二《薔薇二》：

（增）《群芳譜》曰：漢武帝與麗娟看花，時薔薇開始，態若含笑，帝曰："此花絶勝佳人笑也。"麗娟戲曰："笑可買乎？"帝曰："可。"麗娟奉黄金百斤，爲買笑錢。薔薇名買笑，自麗娟始。（《文淵閣四庫全書》本）

高士奇《編珠》卷三補遺服玩部《從風羅、吸花錦》：

《南史》曰：武帝嘗以吸花絲錦賜麗娟，命作舞衣。春暮宴於花下，舞時故以袖拂落花，滿身都著，舞態愈媚，謂之百花舞。（《文淵閣四庫全書》本）

陳元龍等《歷代賦彙》卷一百二十五花果《垂絲海棠賦》（明·夏允彝）：

歌曰："麗娟十四玉膚軟，明離曲帳置妖孌。黄金步摇不自持，薄倚珊瑚息芳喘。"（江蘇古籍出版社，1987年）

何焯等《分類字錦》卷三十七政教《貢獻》：

吸華絲。（《漢武帝内傳》：越嶲國貢吸華絲，武帝賜麗娟作舞衣。舞時以袖拂落花，滿身都著，舞態愈媚，謂之百花之舞。）（《文淵閣四庫全書》本）

吴士玉等《駢字類編》卷二百三草木門二十八《花二》：

花笑。（《説林》：武帝與麗娟看花，而薔薇始開，態若含笑，帝曰："此花絶勝佳人也。"麗娟戲曰："笑可買乎？"帝曰："可。"麗娟命侍者取黄金百斤，作買笑錢奉帝，爲一日之歡。）（《文淵閣四庫全書》本）

汪灝等《廣群芳譜》卷一天時譜《春》：

（匯考）《花史》：漢武帝嘗以吸花絲所織錦賜麗娟，命作舞衣。春暮宴於花下，舞時故以袖拂落花，滿身都著，舞態愈媚，謂之百花舞。宗測春游山谷間，見奇花异草則繫於帶上，歸而圖其形狀，名聚芳圖、百花帶，人多效之。

同上，卷四十二花譜《薔薇》：

（匯考）《賈氏説林》：武帝與麗娟看花，時薔薇始開，態若含笑，帝曰："此花絶勝佳人笑也。"麗娟戲曰："笑可買乎？"帝曰："可。"麗娟遂取黄金百斤，作買笑錢奉帝，爲一日之歡。薔薇名買笑，自麗娟始。（《文淵閣四庫全書》本）

張廷玉等《佩文韵府拾遺》卷十六下平聲一先韵《娟》：

（補注）麗娟。（周立勛《海棠賦》：愁無緒兮心不整，緩衣帶兮縛麗娟。）（《文淵閣四庫全書》本）

劉於義等《陝西通志》卷四十四物産二草屬《薔薇》：

武帝與麗娟看花，時薔薇始開，態若含笑。帝曰："此花絶勝佳人笑也。"麗娟遂取黄金百斤，作買笑錢奉帝。薔薇名買笑，自麗娟始。（《賈氏説林》）

同上，卷九十八拾遺一《閑適》：

武帝嘗以吸花絲錦賜麗娟，命作舞衣。春暮宴於花下，舞時故以袖拂落花滿身，舞態愈媚，謂之百花舞。五陵效之。（《花寮小史》）（《文淵閣四庫全書》本）

弘曆《御製詩四集》卷二古今體《紅黄薔薇》：

猗風啼露若無力，流韵飄香似有心。設使麗娟持買笑，紅綃端不勝黄金。（《文淵閣四庫全書》本）

顧櫰三《補後漢書藝文志》卷八小説家類著録：

郭憲《麗娟傳》一卷。（《金陵叢書》本）

案：顧櫰三《補後漢書藝文志》小説家著録郭憲《麗娟傳》一卷。

麗娟事首見《洞冥記》，云漢武帝所幸宫人名麗娟，“年十四，玉膚柔軟，吹氣勝蘭，不欲衣纓拂之，恐體痕也。每歌，李延年和之。於芝生殿唱迴風之曲，庭中花皆翻落。置麗娟於明離之帳，恐塵垢污其體也。帝常以衣帶繫麗娟之袂，閉於重幕之中，恐隨風而去也。麗娟以琥珀爲佩，置衣裾裏，不使人知，乃言骨節自鳴，相與爲神怪也”。麗娟事又見《説郛》所引《采蘭雜志》《賈氏説林》，有“吸花絲”“百金買笑”事。櫰三《補後漢書藝文志》著録郭憲《麗娟傳》，又著録郭憲《東方朔傳》，二傳事皆見《洞冥記》，明郭憲實不别作此兩傳。然郭憲是否爲《洞冥記》作者，本頗有疑問，余嘉錫《四庫提要辨證》便以爲《洞冥記》作者爲梁元帝蕭繹。顧櫰三《補後漢書藝文志》同時著録郭憲撰《麗娟傳》《東方朔傳》《洞冥記》三書，難免有誇飾之嫌。

漢武内傳（漢武帝内傳）

庾信撰，吴兆宜注《庾開府集箋注》卷一《象戲賦》：

馬麗千金之馬，符明六甲之符。（《漢武内傳》：“上元夫人與王母既會武帝，謂曰：‘阿母發五岳真形，雖睹妙理，而無六甲靈飛之符。凡十二事，何以總攝萬靈？’帝曰：‘願賜指教。’”）

同上，卷二《哀江南賦》：

仁壽之鏡徒懸，茂陵之書空聚。（《漢武帝内傳》：“武帝遺詔，以雜道書三十卷置棺中，河東太守張純以書進。宣帝時，有武帝典書郎冉登見之，流涕曰：‘此先皇殯時物也。’”）

同上，卷三《道士步虚詞十首》其五：

洞靈尊上德，虞石會明真。要妙思玄牝，虚無養谷神。丹丘乘翠鳳，玄圃御斑麟。（《漢武内傳》：“王母乘紫雲輦，駕九色斑麟。”）移梨付苑吏，種杏乞山人。自此逢何世，從今復幾春。海無三尺水，山成數斗塵。

同上，其六：

東明九芝蓋，北燭五雲車。飄颻入倒景，出没上烟霞。春泉下玉溜，青鳥上金華。（《漢武故事》：“七月七日，上於承華殿齋正中，忽有一青鳥從西方來集殿前，東方朔曰：‘此王母欲來也。’有頃，王母至。”）漢帝看桃核，（《漢武故事》：“王母出桃七枚，以五與帝，自啖其二。帝留核欲種，母曰：‘此桃三千年一實，非上下所植也。’”）齊侯問棗花。上元應送酒，（《漢武内傳》：“上元夫人，老君弟子也。漢武元封元年七月七日夜，西王母降於漢宮，命侍女郭密香邀夫人同宴。俄而夫人至。夫人設厨，厨亦精珍。”）來向蔡經家。

同上，其七：

歸心游太極，回向入無名。五香芬紫府，千燈照赤城。鳳林采珠實，龍山種玉榮。夏簧三舌響，春鐘九乳鳴。絳河因遠别，（《漢武内傳》：“王母既降，武帝乃遣侍女與上元夫人相聞。侍女返云，阿環再拜，遠隔絳河，遂替顔色。”）黄鵠來相迎。

同上，其八：

北闕臨玄水，南宫坐絳雲。龍泥印玉策，大火煉真文。上元風雨散，中天歌吹分。靈駕千尋上，空香萬里聞。地境階基遠，天窗影迹深。碧玉成雙樹，空青爲一林。鵠巢堪煉石，蜂房得煮金。漢武多驕慢，（《漢武内傳》：“西王母云：‘劉徹好道，然形慢神穢，雖語之以至道，殆恐非仙才也。’”）淮南不小心。蓬萊入海底，何處可追尋？（《文淵閣四庫全書》本）

陸德明《經典釋文》卷二十六《莊子音義上・大宗師》：

西王母。（《山海經》云：“狀如人豹尾，蓬頭戴勝，善嘯，居海水之涯。”《漢武内傳》云：“西王母與上元夫人降帝，美容貌神仙人也。”）（《通志堂》本）

魏徵等《隋書》卷三十三《經籍志二》史雜傳：

《漢武内傳》三卷。（中華書局，1973年）

范曄撰，李賢等注《後漢書》卷八十二下《方術・華佗傳》：

冷壽光、唐虞、魯女生三人者，皆與華佗同時。壽光年可百五六十歲，行容成公御婦人法，常屈頸鷸息，鬚髮盡白，而色理如三四十時，死於江陵。唐虞道赤眉張步家居里落，若與相及，死於鄉里不其縣。魯女生數説顯宗時事，甚明了，議者疑其時人也。董卓亂後，莫知所在。（《漢武内傳》曰：“魯女生，長樂人。初餌胡麻及術，絶穀八十餘年，日少壯，色如桃花，日能行三百里，走及麞鹿。傳世見之，云三百餘年。後采藥嵩高山，見一女人，曰：‘我三天太上侍官也。’以《五岳真形（圖）》與之，并告其施行。女生道成，一旦與知友故人别，云入華山。去後五十年，先相識者逢女生華山廟前，乘白鹿，從玉女三十人，并令謝其鄉里親故人也。”）

同上，《甘始傳》：

甘始、東郭延年、（《漢武内傳》曰：“延年字公游。”）封君達三人者，皆方士也。率能行容成御婦人術，或飲小便，或自倒懸，愛嗇精氣，不極視大言。甘始、元放、延年皆爲操所録，問其術而行之。君達號“青牛師”。［《漢武帝内傳》曰：“封君達，隴西人。初服黄連五十餘年，入鳥舉山，服水銀百餘年，還鄉里，如二十者。常乘青牛，故號‘青牛道士’。聞有病死者，識與不識，便以要

（腰）間竹管中藥與服，或下針，應手皆愈。不以姓名語人。聞魯女生得《五岳圖》，連年請求，女生未見授。并告節度。二百餘歲乃入玄丘山去。”］凡此數人，皆百餘歲及二百歲也。

同上，《王真傳》：

王真、郝孟節者，皆上黨人也。王真年且百歲，視之面有光澤，似未五十者。自云：“周流登五岳名山，悉能行胎息胎食之方，嗽舌下泉咽之，不絶房室。”（《漢武内傳》曰：“王真字叔經，上黨人。習閉氣而吞之，名曰‘胎息’；習嗽舌下泉而咽之，名曰‘胎食’。真行之，斷穀二百餘日，肉色光美，力并數人。”《抱朴子》曰：“胎息者，能不以鼻口嘘噏，如在胎之中。”）（中華書局，1965年）

顔真卿《顔魯公集》卷十三《東方先生畫贊碑陰記》：

……至若先生事迹，則載在《太史公書》《漢書》《風俗通》《武帝内傳》《十洲記》《列仙》《神仙》《高士傳》，此不復紀焉。有唐天寶十三載季冬辛卯朔建。（上海古籍出版社，1992年）

韓愈撰，錢仲聯集釋《韓昌黎詩繫年集釋》卷八元和八年《讀東方朔雜事》：

嚴嚴王母宫，下維萬仙家。噫欠爲飄風，濯手大雨沱。方朔乃豎子，驕不加禁訶。偷入雷電室，輷輘掉狂車。王母聞以笑，衛官助呀呀。不知萬萬人，生身埋泥沙。簸頓五山踣，流漂八維蹉。曰吾兒可憎，奈此狡獪何。方朔聞不喜，褫身絡蛟蛇。瞻相北斗柄，兩手自相挼。群仙急乃言，百犯庸不科。向觀睥睨處，事在不可赦。欲不布露言，外口實諠嘩。王母不得已，顔嚬口齎嗟。頷頭可其奏，送以紫玉珂。方朔不懲創，挾恩更矜誇。詆欺劉天子，正晝溺殿衙。一旦不辭訣，攝身凌蒼霞。（上海古籍出版社，1984年）

李商隱《李義山詩選》七律《茂陵》：

漢家天馬出蒲梢，苜蓿榴花遍近郊。内苑祇知含鳳觜，屬車無復插鷄翹。玉桃偷得憐方朔，金屋修成貯阿嬌。誰料蘇卿老歸國，茂陵松柏雨蕭蕭。

同上，《碧城三首》其三：

七夕來時先有期，洞房簾箔至今垂。玉輪顧兔初生魄，鐵網珊瑚未有枝。檢與神方教駐景，收將鳳紙寫相思。武皇内傳分明在，莫道人間總不知。（《叢書集成初編》本）

［日］藤原佐世《日本國見在書目録》雜傳家廿一：

《漢武内傳》二卷。（葛洪撰。）（中華書局，1991年）

劉昫等《舊唐書》卷四十六《經籍志上》乙部史録雜傳類：

《漢武帝傳》二卷。（中華書局，1975年）

李昉等《太平廣記》卷五十六女仙一《西王母》：

……又周穆王時，命八駿與七萃之士，使造父爲御，西登昆侖而賓於王母。穆王持白珪重錦以爲王母壽，事具《周穆王傳》。至漢武帝元封元年七月七日夜，降於漢宫，語在《漢武帝内傳》。此不復載焉。（出《集仙録》。）（中華書局，1961年）

李昉等《太平御覽》卷首《經史圖書綱目》：

《漢武帝内傳》。（中華書局，1960年）

歐陽修、宋祁《唐書》卷五十九《藝文志三》丙部子録道家類神仙：

《漢武帝傳》二卷。（中華書局，1975年）

晁載之《續談助》卷四《漢孝武内傳》：

右抄世所傳《漢孝武皇内傳》。其言淺陋，又十有五六皆增贅《漢武故事》與《十洲記》。其上卷之末有云："右從淮南王至稷丘君，凡八事，附之。"案《神仙傳》淮南仙事，的指又不出八公，定何姓氏。據《劉根真人傳》，潁川掾吏王珎問劉君曰："聞神丹不可倉促求，不審草木藥何者爲良？"君曰："昔淮南八方（一云公），各服一物，以得數百歲，而命神丹，而升天太清。韓衆服菖蒲，趙他子服桂，衍門子服五味子，羨門子服地黄，林子明服石韋，杜子微服天門冬，仕子季服茯苓，陽子仲服遠志。此諸君，并已登真，降授淮南王，道成能變化自在。持此故事，仙升定矣。"今此傳末，并八公所氏以明之焉。予以唐天寶五載景戌歲十月十五日終南山居，玄都仙壇大洞道士王游岩緒補之矣。其言鄙俗，其文托錯至此，然則此書游岩之徒所撰也。癸未伯宇記。（《叢書集成初編》本）

阮閲《詩話總龜》卷七評論門三"董桃行"條：

董桃行言神事。傅休《奕九秋篇》十二章乃叙夫婦别離之思。梁簡文賦《行幸甘泉宫歌》復云："董桃律金紫，賢妻侍禁中。"疑若引董賢及子瑕殘桃事，終云"不羨神仙侣，排烟逐駕鴻"，皆所未詳。按《漢武内傳》："王母觴帝，命侍女索桃。剩桃七枚，大如鴨子，形色正青，以四枚啖帝，因自食其三。帝收餘核，王母問何爲，帝曰：‘欲種之。’王母曰：‘此桃三千歲一生實，奈何！’帝乃止。於是數過，命侍女董雙成，吹雲和笙觴。”作者取諸此耶？（《文淵閣四庫全書》本）

尤袤《遂初堂書目》雜傳類：

《漢武内傳》。（《叢書集成初編》本）

陳騤等撰，趙士煒輯考《中興館閣書目輯考》卷三雜傳類：

《漢武内傳》二卷。載西王母事。後有淮南王、公孫（卿）、稷丘君八事，乃唐終南玄都道士所附。（《玉海》五八。）

按《隋志》作三卷，今本一卷，題班固撰。（《元明清書目題跋叢刊》本，中華書局，2006年）

吴曾《能改齋漫録》卷二事始《起居何如》：

今世書問往還，必曰“不審比來起居何如”。按《漢武帝内傳》：“上元夫人曰：‘承阿母相邀，詣劉徹家。不意天靈至尊，下降於至濁，不審比來起居何如？’”乃知此語久矣。（上海古籍出版社，1980年）

張淏《雲谷雜紀》卷二“韓子蒼云漢武内傳”條：

韓子蒼云：“《漢武内傳》，予反復讀之，蓋依仿《武帝故事》而增加之，唐時道家流所爲也。蓋當開元、天寶時，玄宗好長生，崇道術，其徒恐玄宗謂武帝求仙不效，故爲此書實之耳。”子蒼所言非也。《隋·經籍志》：《漢武帝故事》二卷。外別有《内傳》三卷。顔真卿《東方朔畫贊碑陰記》云：“事迹則載在《太史公書》《漢書》《風俗通》《武帝内傳》。”則《内傳》其來久矣，豈玄宗時依仿《故事》而爲哉？蓋子蒼但見後有淮南王、孫卿、稷丘君事，便謂此書出於後人，殊不知淮南等事自是唐道士王游岩所附也。（中華書局，1958年）

鄭樵《通志二十略·藝文略》第五道家二傳：

《漢武内傳》三卷。（中華書局，1995年）

晁公武撰，孫猛校證《郡齋讀書志校證》卷九傳記類：

《漢武内傳》二卷。

右不題撰人，記王母降。（上海古籍出版社，1990年）

洪邁《萬首唐人絶句》卷三十八七言《讀〈漢武内傳〉》（崔塗）：

分明三鳥下儲胥，一覺鈞天夢不如。争那白頭方士到，茂陵紅樹已蕭疏。（書目文獻出版社，1982年）

王應麟《玉海》卷五十八《藝文·漢武帝傳》：

《唐志》神仙三十五家，《漢武帝傳》二卷。郭憲《漢武帝别國洞冥記》四卷。（字子横。）《隋志》：《漢武内傳》三卷。（《莊子釋文》引之。）《書目》：《漢武帝内傳》二卷，載西王母事，後有淮南王、公孫卿、稷丘君八事，乃唐終南玄都道士游岩所附。《洞冥記》四卷，後漢光禄大夫郭憲，載武帝神怪事。（江蘇古籍出版社，1987年）

耶律鑄《雙溪醉隱集》卷四《題〈漢武内傳〉》：

爛燭神光射九霄，空香虚駕繞霓旄。將臨紫極調金液，更入明霞漱玉膏。瑶水露寒芳草歇，鼎湖烟暖景雲高。可憑誰問秋風客，忍委三山與怒濤。（《知服齋叢書》本）

胡祗遹《紫山大全集》卷七《讀〈漢武帝傳〉》：

丹砂百煮作黄金，萬里風波弱水深。五穀弃捐如糞土，受謾方士益甘心。（《文淵閣四庫全書》本）

馬端臨《文獻通考》卷一百九十八《經籍考二十五》史·傳記：

《漢武内傳》二卷。

晁氏曰：不題撰人，記王母降。（中華書局，1986年）

吴萊《淵穎集》卷四《讀〈漢武内傳〉寄戴仲游》：

我問學仙子，神仙何所求？翩然王母使，特降五城樓。白雲起復滅，丹掖戒凉秋。黄麟雜赤虎，旌幟鬱蚴蟉。上元三角髻，聞命亦來游。玉女列左右，容眸眄如流。神光乃上燭，衆樂發空謳。益易尚可化，奢淫直難抽。從知扶廣受，或用柏梁收。五岳形已秘，靈飛籙仍幽。毋將刳爾命，但欲返諸柔。一洗狐鳥俎，長辭蟪蛄丘。向時恍有見，方士殊悠悠。平準暴海内，發兵困遐陬。琪花栖倒景，瑶草遍玄洲。終成泄道要，浸使增愆尤。鄙夫忽自笑，頹俗奚其偷。機闗出鬼蜮，利欲生螟蝨。昆侖一萬里，得去那能留。爲爾遣此什，簪簪早須投。（《叢書集成初編》本）

脱脱等《宋史》卷二百三《藝文志二》史類傳記類：

《漢武内傳》二卷。（不知作者。）（中華書局，1985年）

陶宗儀《説郛》卷一百十三上《西王母傳》（漢·桓驎）：

又周穆王時，命八駿與七萃之士，使造父爲御，西登昆侖，而賓於王母，穆王持白珪重錦以爲王母壽。事具《周穆王傳》。至漢武帝元封元年七月七日，夜降於漢宫。語在《漢武帝傳》内，此不復載焉。（《説郛三種》本）

朱誠泳《小鳴稿》卷十《予讀〈漢史〉暨〈武帝内傳〉，每嘆其雄才大略，而乃惑神仙，且窮兵於遠，俾末年不下輪臺一詔，則漢事未可知也，矧聞茂陵侈葬可爲於邑，予行經駐視，不無千古之感，因占一詩以寄懷云》：

天馬不來人已去，茂陵老樹轉斜陽。東方西母言何誕，玉露金桃壽可長。賣武爵真成短計，上書諫本爲元良。當年不下輪臺詔，豈獨亡秦事可傷。（《文淵閣四庫全書》本）

楊慎《升庵集》卷四十六《又人作僞書》：

劉歆《七略》叙稗官小説以《周書》爲首，即晋代所伐冢《汲冢周書》也。今所傳者十之一爾，其中言舜囚堯，禹距舜，伊尹通末喜，太甲殺伊尹，武王斬紂頭，皆害義傷教之甚。太史公信之，以斬紂事入《史記》，誣聖多矣！其後有《十洲記》《漢武帝内傳》《神异經》《洞冥記》……一切可以焚弃。（《文淵閣四庫全書》本）

李日華《六研齋筆記》二笔卷二“漢武内傳載上元夫人”條：

《漢武内傳》載上元夫人授帝五帝六甲靈飛之符，太陰六丁通真逐靈玉女之籙，大陽六戊天光策精之書，左乙混沌東蒙之文，右庚素收攝殺之律，壬癸六遁隱地之術，丙丁入水赤班之符，六辛入金致黄水月華之法，六己石精金光藏景化形之方，子午卯酉八禀十訣九靈威儀，丑辰未戌地真素訣、長生紫書三五順行、寅巳申亥紫度炎光内視中方。凡十二事，皆陰陽、五行、十干、十二支中制克生化之理，至人神明之以爲妙術。後來寇謙之、杜光庭、鄭思遠、林靈素所輯三洞符經，不外此數種，真以爲琅霄蕭臺八會文所降，未敢信也。而謂寇、杜輩悉出己裁，亦非也。（鳳凰出版社，2010年）

馮惟訥《古詩紀》卷一百五十二《品藻六·通論》“詩有可解不可解不必解”條：

詩有可解不可解不必解，若水月鏡花，勿泥其迹可也。《越裳操》止三句，不言白雉，而意自見，所謂大樂必易是也。及班固《白雉詩》，加之形容，古體變矣。《漢武内傳》："上元夫人彈雲林之瑟，歌步玄之曲，曰：'緑景清飆起，雲蓋映朱葩。蘭房辟琳闕，碧室啓瓊沙。'"此歌華麗無味，必六朝贋作。西王母《白雲謡》曰："白雲在天，丘陵自出。道路悠遠，山川間之。將子無死，尚能復來。"辭簡意盡，高古莫及。（《文淵閣四庫全書》本）

陳士元《名疑》卷三"吞珠治吏"條：

獻不死之藥，《戰國策》以爲荆王，《類説》以爲燕王，《漢武内傳》以爲武帝。（《文淵閣四庫全書》本）

李時珍《本草綱目》卷一上《引據古今經史百家書目》：

《漢武内傳》。（人民衛生出版社，1977年）

馮復京《六家詩名物疏》卷首《引用書目・雜記傳》：

《漢武内傳》。（《文淵閣四庫全書》本）

焦竑《國史經籍志》卷三史類傳記冥异：

《漢武内傳》。（《續修四庫全書》本）

陳第《世善堂藏書目録》卷上史類稗史野史并雜記：

《漢武帝外傳》一卷，《内傳》一卷。（《續修四庫全書》本）

胡應麟《少室山房筆叢》卷三十二《四部正訛下》"漢武内傳"條：

《漢武内傳》，不著名氏。詳其文體，是六朝人作，蓋齊、梁間好事者爲之也。所載諸仙女名，詩家多用上元夫人，蓋本此。阿環者上元名，介甫《雪詩》"瑶池滲漫阿環家"，方萬里謂阿環王母名，王、方二子俱誤。子瞻"玉樓銀海"，句格自佳，而據道書玉樓爲肩，銀海爲眼，以起粟生花襯之，遂墮千古惡道。學詩者不可不知。（中華書局，1958年）

祁承爜《澹生堂藏書目》子部二道家記傳：

《漢武帝内傳》一卷。

《漢武帝外傳》一卷。（《續修四庫全書》本）

徐𤊹《徐氏家藏書目》卷四子部小説類：

《漢武帝内外傳》三卷。（《續修四庫全書》本）

錢謙益《絳雲樓書目》卷一史傳記類：

《漢武内傳》。（《續修四庫全書》本）

黄虞稷《千頃堂書目》卷十五類書類《古今彙説》六十卷：

十二卷：《漢武帝内傳》《外傳》。（上海古籍出版社，2007年）

錢曾《讀書敏求記》卷二史傳記：

《漢武内傳》一卷。（《道藏》海字型大小與此本同。《隋志》作三卷，《唐志》作二卷，即今本内、外《傳》合訂者耳。）羼守居士空居閣校本，《廣記》删玄靈二曲及十二（事）字，篇目又脱朱鳥窗一段。對過始知此本爲完書。（不知何人將事字，蓋訛而特訛，今據孫躍正於上。）

《漢武外傳》一卷。雜記漢武以後事，雖名《外傳》，實與漢武無涉。（《續修四庫全書》本）

錢曾《錢遵王述古堂藏書目録》卷三史雜史：

《漢武内傳》一卷一本。（抄。）

《漢武外傳》一卷一本。（抄。）（《續修四庫全書》本）

中華書局編輯部《全唐詩》卷七百九十五《讀〈武帝内傳〉》（李平）：

至人無夢夢不到，天道惡盈盈有餘。龍髯已斷嬪嬙老，豹尾不來岐路長。（中華書局，2008年）

康熙選《御選唐詩》卷十七七言律《漢武宫詞》（薛逢）：

漢武清齋夜築壇，自斟明水醮仙官。殿前玉女移香案，雲際金人承露盤。絳節幾時還入夢，碧桃何處更驂鸞。茂陵烟雨埋弓劍，石馬無聲蔓草寒。（《文淵閣四庫全書》本）

劉於義等《陝西通志》卷七十四經籍第一史類：

《漢武内傳》二卷。

晁氏曰："不題撰人，記王母降。"（《讀書志》）（《文淵閣四庫全書》本）

毛扆《汲古閣珍藏秘本書目》：

《漢武故事》《漢武内傳》《漢武外傳》合一本。（綿紙就抄，五錢。）（《續修四庫全書》本）

弘曆《御製詩五集》卷七十古今體《題五岳真形圖玉圭》：

五岳真形出道家，老聃無欲後增誇。介圭周器安有此，不辨而知僞刻差。

按：介圭之名，見於《詩經》“錫爾介圭，以作爾寶”。鄭康成箋云：“圭大尺二寸謂之介。”孔安國《書傳》謂介圭即鎮圭。《周禮·考工記》：“鎮圭尺二寸，天子守之。”鄭康成注曰：“以四鎮山爲瑑飾也。”據此，則介圭所刻乃四鎮山，非《五岳真形圖》也。且《五岳真形圖》見於《漢武内傳》，周時介圭，安得刻此圖？查《抱朴子》載道書之重者，莫過於《五岳真形圖》，家有此圖，能避兵凶。是此圭之式，本係道家所用，而復刻此介圭之名，顯徵其僞耳。（《文淵閣四庫全書》本）

班固《漢武内傳》附王謨《漢武内傳跋》：

右班固《漢武内傳》一卷。隋、唐《志》俱作二卷，不題撰人；而別有班固《漢武故事》二卷，雜記武帝舊事及神怪之説。《通鑒考异》云，此乃後人爲之，托班固名，語多荒誕。唐張柬之《書洞冥記後》云，《武帝故事》王儉造。與《内傳》自是兩書。《三輔黄圖》引《漢武故事》凡數處，其引《内傳》惟華山魯女生事一見而已。而此傳文首尾衹叙得西王母與上元夫人降帝一事，又不見有所謂魯女生者。大抵二書皆由後人見武帝惑於方士神仙之説，故祖述《穆天子傳》，傅會西王母事爲之，而又以《漢書·武帝本紀》多采《史記·封禪書》，故直托名班固。固實不容如此誕妄也。以舊説相沿既久，故仍從之。汝上王謨識。（《漢魏叢書》本）

永瑢等《四庫全書總目》卷首三《凡例》：

古來諸家著録，往往循名失實，配隸乖宜。……《孝經集靈》舊入孝經類，《穆天子傳》舊入起居注類，《山海經》《十洲記》舊入地理類，《漢武帝内傳》《飛燕外傳》舊入傳記類，今以其或涉荒誕，或涉鄙猥，均改隸小説。

同上，卷一百四十二子部五十二小説家類三异聞之屬《漢武帝内傳》提要：

《漢武帝内傳》一卷（江蘇巡撫采進本），舊本題漢班固撰。《隋志》著録二卷，不著撰人，《宋志》亦注曰不知作者，此本題曰班固，不知何據。殆後人因《漢武故事》僞題班固，遂并此書歸之歟？《漢書·東方朔傳贊》稱好事者取奇言怪語附著之朔。此書乃載朔乘龍上升，與傳贊自相矛盾，其不出於固，灼然無疑。其文排偶華麗，與王嘉《拾遺記》、陶弘景《真誥》體格相同。考徐陵《玉臺新咏序》有“靈飛六甲，高擅玉函”之句，實用此傳“六甲靈飛十二事，封以白玉函”語，則其僞在齊、梁以前。又考郭璞《游仙詩》，有“漢武非仙才”句，與《傳》中王母所云“殆恐非仙才”語相合。葛洪《神仙傳》所載孔元方告馮遇語，與《傳》中稱“受之者四十年傳一人，無其人，八十年可頓授二人，非其人謂之泄天道，得其人不傳是謂蔽天寶”云云相合。張華《博物志》載漢武帝好道，西王母七月七日漏七刻乘紫雲車來云云，與此《傳》亦合。今本《博物志》雖真僞相參，不足爲證，而李善注《文選·洛神賦》已引《博物志》此語，足信爲張華之舊文，其殆魏、晋間文士所爲乎？陸德明《莊子釋文》注《大宗師篇》西王母，亦引《漢武内傳》云“西王母與上元夫人降帝，美容貌，神仙人也”。事與今本所載同，而文句迥异。或德明隱括其詞歟？錢曾《讀書敏求記》曰：“《漢武内傳》一卷，孱守居士空居閣校本。（案：孱守居士，常熟馮舒之别號也。）《廣記》删去元靈二曲及十二事篇目，又脱朱鳥窗一段，對過始知此本爲完書。案李商隱詩曰：‘玉桃偷得憐方朔，金屋修成貯阿嬌。’又曰：‘如何漢殿穿針夜，又向窗前覷阿環。’皆用朱鳥窗事，知古本當有此一段。李善注《文選》郭璞《游仙詩》，引《漢武内傳》西王母侍女歌曰‘遂乘萬龍輴，馳騁眄九野’二句，正元靈曲中語，知古本當有此二曲。”錢曾所云良是。今檢此本，亦無元靈二曲及朱鳥窗一段，而有十二事之篇目，與曾所説又不同。又《玉海》引《中興書目》曰：“《漢武帝内傳》二卷，載西王母事。後有淮南王公孫卿、稷丘君八事，乃唐終南玄都道士游岩所附。”今亦無此八事，蓋明人删竄之本，非完書矣。（中華書局，1965年）

永瑢等《四庫全書簡明目録》卷十四子部十二小説家類异聞之屬：

《漢武帝内傳》一卷。舊本題漢班固撰。然《隋志》著録二卷，不云班固，殆後人以《漢武故事》托名於固，并舉此書而歸之也。證以諸書所引，其文蓋出於魏、晋之間。（上海古籍出版社，1985年）

孫星衍《平津館鑒藏書籍記補遺》宋版：

《漢武帝内傳》一卷。不題撰者姓名。在《道藏》海字型大小。《隋書·經籍志》作三卷，《唐志》作二卷，記漢武帝見西王母事。陸德明《莊子釋文》、李善《文選注》俱引之。俗本脱去玄靈二曲十二子及朱雀窗一段。此本俱完，與《讀書敏求記》所見羼守居士空居閣校本同。

《漢武帝外傳》一卷，不題作者姓名。在《道藏》海字型大小。此書隋、唐《志》不載，唐宋類書亦無引及者，唯《讀書記》有之。（洪頤煊曰：《後漢書·方術傳》注引魯女生、封君達、東郭延年、王真事，俱作《漢武内傳》，此即《内傳》之下卷，由編者不知而誤題《外傳》耳。）書記武帝止三條，餘淮南王、李少翁、公孫卿、魯女生、封君達、李少君、東郭延年、薊遼、王真、劉京凡十人。（《續修四庫全書》本）

周中孚《鄭堂讀書記》卷六十六子部十二之四小說家類四异聞：

《漢武帝内傳》一卷。（《漢魏叢書》本。）舊題漢班固撰。《四庫全書》著録。《隋志》（傳記類）作《漢武内傳》三卷，《舊唐志》（雜傳類）作《漢武帝内傳》一卷，俱不注班固撰。《讀書志》（傳記類）作二卷，云"不題撰人，記王母降"。《通考》傳記類同。《宋志》（傳記類）亦作二卷，注云"不知作者"。是本題爲固撰，殆後人以《漢武故事》托名於固，并舉是書歸之耳。胡元瑞《四部正訛》（下）謂："詳其文體，是六朝人作，蓋齊梁間好事者爲之也。所載諸神女名，諸家多用上元夫人，蓋本此阿環、上元名。"案元瑞以爲齊梁間人作，殊爲不確。今證以諸書所引，其書蓋出魏晋之間，且文體典雅，與王子年《拾遺記》相同。然有諸書所引，而今本所無者，亦頗繁多，則此本又爲明人所删節，故止有十五六頁，斷未能如諸家所載可分爲二卷、三卷也，知其非當日之完帙矣。《説郛》《墨海金壺》均收入之。（《續修四庫全書》本）

范欽藏，范邦甸撰《天一閣書目》卷三之一子部雜家類：

《漢武帝内外傳》二卷（綿紙闌絲闌鈔本）。（《續修四庫全書》本）

張金吾《愛日精廬藏書序志》卷三子部小説類：

《漢武内傳》一卷。鈔本。從陳君子準藏舊抄足本影寫。不題撰人名氏。伯宇跋。黄琴六先生手跋曰：《漢武帝内傳》一卷，凡《太平廣記》所録，及明《漢魏叢書》諸刻，皆非完帙。向稱汲古閣刊《道藏》本爲勖善，惜傳本亦稀。今從陳子準處借得舊抄足本讀之，知俗本皆删節過半，即毛刻亦多脱落，益見舊本之足貴矣。爰倩表弟陳竹亭影寫一帙藏之，復取宋人《續談助》中節本，匯諸刻細校一過，間有舊抄訛脱而他刻得之者，附注於旁，以備參考。又《續談助》末跋中載有唐道士跋，詳淮南八公姓氏，爲他書所未經見，與《玉海》中所引合，并録之。又内、外《傳》本一書，如《吴越春秋》之例，外卷即《内傳》之下卷，自删本僅存《内傳》，不知者遂以《外傳》爲别一書。觀《談助》跋語自見。然不得此本，又孰從而證之耶？嘉慶庚辰黄庭鑒校訖識。（《續修四庫全書》本）

佚名《漢武帝内傳》附錢熙祚《校勘記序》：

《漢武帝内傳》一卷。今文淵閣本、《説郛》《漢魏叢書》本，略與《太平廣記》同，皆非完帙。惟《道藏》本文多至倍，前人所引西王母侍兒歌及朱鳥窗事咸在焉。别有《外傳》一卷，首條全襲《十洲記》，餘亦出入《漢武故事》《神仙傳》等書。内鈎弋夫人、魯女生、李少君三事，《太平御覽》《孔氏六帖》《事文類聚》并引作《内傳》。考諸家著録，無《漢武外傳》。《玉海》五十八引《中興書目》：《漢武帝内傳》二卷，載西王母事。後有淮南王、公孫卿、稷丘君八事，乃唐終南玄都道士游岩所附，今悉在外傳中。後得晁伯宇《續談助》本，《内傳》自太初元年提行另起，後附公孫卿、魯女生、封君達、李少君四條，有王游岩跋云："右從淮南王至稷丘君凡八事，附之。"正與《中興書目》合。乃悟古本當以"太初元年"以下爲下卷。好事者附録雜文，後人覺其不類，遂析之爲《外傳》，而并原文二卷爲一耳。（《守山閣叢書》本）

瞿鏞《鐵琴銅劍樓藏書目録》卷十七子部五小説類瑣記：

《漢武帝内傳》一卷，《外傳》一卷。（舊抄本。）不著撰人姓氏。其文詞華縟，近齊梁人。昔唐人謂《漢武故事》爲齊王儉作，疑亦儉等所爲也。《太平廣記》所載非全本，此猶完善。舊爲良常山人藏本。（卷首有王澍、天官大夫二朱記。）（《續修四庫全書》本）

邵懿辰撰，邵章續録《增訂四庫簡明目録標注》卷十四子部十二小説家類异聞之屬：

《漢武帝内傳》一卷，舊本題漢班固撰。

《漢魏叢書》本。守山閣刊本。《道藏八種》本。又有《外傳》一卷。《龍威秘書》本。

（附録）汲古。墨海。（星詒。）

（續録）《説郛》本。陳子準藏舊鈔足本。俗本删節過。（上海古籍出版社，1979年）

顧櫰三《補後漢書藝文志》卷八小説家類：

《漢武内傳》二卷。（隋、唐《藝文志》。）

《中興書目》：《漢武内傳》載西王母事，後有淮南王、公孫卿、稷丘君八事，乃唐終南山道岩所附。（《金陵叢書》本）

丁丙藏，丁仁撰《八千卷樓書目》卷十四子部小説家類异聞之屬：

《漢武帝内傳》一卷。（舊本題漢班固撰。《守山閣》本、《龍威秘書》

本。）（《續修四庫全書》本）

陸心源《皕宋樓藏書志》卷六十四子部小説類三：

《漢武帝内傳》一卷，《外傳》一卷。（舊抄本。黄琴六手校。）漢班固撰。

黄氏手跋曰：《漢武帝内傳》一卷，凡《太平廣記》所録，及明《漢魏叢書》諸刻，皆非完帙。向稱汲古閣刊《道藏》本爲勘善，惜傳本亦稀。今春從陳子準處借得舊抄足本讀之，知俗本皆删節過半，即毛刻亦多脱落，益見舊本之足貴矣。爰倩表弟陳竹亭影寫一帙藏之，復取宋人《續談助》中節本，匯諸刻細校一過，間有舊抄訛脱而他刻得之者，附注於旁，以備參考。又《談助》卷末跋中載有唐道士跋，詳淮南八公姓氏，爲他書所未經見，與《玉海》中所引合，并録之。又内、外《傳》本一書，如《吴越春秋》之例，《外傳》即《内傳》之下卷，自删本僅存《内傳》，不知者遂以《外傳》爲别一書。觀《談助》跋語自見。然不得此本，又孰從而證明之耶？嘉慶庚辰夏後三日拙經居士黄庭鑒校訖識。（《續修四庫全書》本）

張之洞撰，范希曾補正《書目答問補正》卷三子部小説家：

《漢武内傳》一卷，附録《外傳》《校勘記》。（齊王儉。《守山閣》本，又《金壺》本。）（補）涵芬樓《道藏舉要》影印《道藏》本。（上海古籍出版社，2010年）

姚振宗《隋書經籍志考證》卷二十史部十雜傳類：

《漢武内傳》三卷，不著撰人。

《唐書·經籍志》："《漢武内傳》二卷。"（《藝文志》神仙著録同。）

《宋史·藝文志》傳記類："《漢武内傳》二卷，不知作者。"

宋超伯宇《續談助》鈔本題識曰："右抄世所傳《漢武内傳》，其言淺陋，又十有五六皆增贅《漢武故事》與《十洲記》。其上卷之末，有唐天寶五載終南山道士王游岩記，云'右從淮南王至稷丘君凡八事附之'。"

晁氏《讀書志》："《漢武内傳》二卷。不題撰人，記王母降。"

《玉海·藝文類》："《中興書目》曰：'《漢武内傳》二卷，載西王母事，後有淮南王、公孫卿、稷丘君八事，乃唐終南道士游岩所附也。'"

明白雲霽《道藏目録詳注》："《漢武内傳》《漢武外傳》，東方朔述。"（不著卷數。）

《四庫提要》小説家异聞類："《漢武帝内傳》一卷，舊本題漢班固撰。《隋志》著録二卷，不著撰人。《宋志》亦注曰不知作者，此本題曰班固，不知何據。殆後人因《漢武故事》僞題班固，遂并此書歸之歟？其文排偶華麗，與王嘉《拾遺記》、陶弘景《真誥》體格相同。考徐陵《玉臺新咏序》、郭璞《游仙詩》、葛洪《神仙傳》、張華《博物志》，并引其文，則其書在齊、梁以前，殆魏、晋間文士所爲乎？此蓋明人删竄之本，非完書矣。”

孫氏平津館《鑒藏記》：“《漢武内傳》一卷，《外傳》一卷，皆不題作者姓名，在《道藏》海字型大小。《外傳》《隋志》不載，唐、宋類書亦無引及者。洪頤煊曰：‘《外傳》即《内傳》之下卷，由編《道藏》者不知而誤題之耳。’”

案：唐張柬之跋《洞冥記》云：“昔葛洪造《漢武内傳》《西京雜記》。”案葛稚川《西京雜記序》末云：“洪家復有《漢武帝禁中起居注》一卷，《漢武故事》二卷，世人稀有之者。”柬之云云，殆因是而誤記歟？（《二十五史補編》本，中華書局，1955年）

魯迅《中國小説史略》第四篇《今所見漢人小説》：

稱班固作者，一曰《漢武帝故事》，今存矣卷……其一曰《漢武帝内傳》，亦一卷，亦記孝武初生至崩葬事，而於王母降特詳。其文雖繁麗而浮淺，且竊取釋家言，又多用《十洲記》及《漢武故事》中語，可知較二書爲後出矣。宋時尚不題撰人，至明乃并《漢武故事》皆稱班固作，蓋以固名重，因連類依托之。（中華書局，2010年）

余嘉錫《四庫提要辨證》卷十八子部九小説家類三：

《漢武帝内傳》一卷。（舊題漢班固，今考定爲晋葛洪撰。）

舊本題漢班固撰。《隋志》著録二卷，（案《隋志》作三卷。）不注撰人。《宋志》亦注曰：不知作者。此本題曰班固，不知何據。其文排偶華麗，與王嘉《拾遺記》、陶弘景《真誥》體格相同。考徐陵《玉臺新咏序》有“靈飛六甲，高擅玉函”之句，實用此傳六甲靈飛十二事，封以白玉函語。則其僞在齊、梁以前。又考郭璞《游仙詩》有“漢武非仙才”句，與傳中王母所云“殆恐非仙才”語相合。葛洪《神仙傳》所載孔元方告馮遇語，與傳中稱“受之者四十年傳一人，無其人，八十年可頓授二人”云云，相合。張華《博物志》載“漢武帝好道，西王母七月七日漏七刻乘紫雲車來”云云，與此傳亦合。其殆魏、晋間文士所爲乎？

嘉錫案：舊、新《唐志》皆有《漢武帝傳》二卷，不著撰人名氏。舊《志》在雜傳類，新《志》在道家類。《提要》不引，似失檢。此書有《道藏》本，錢熙祚刻入《守山閣叢書》，附校勘記一卷。其序云：“此書舊題班固撰，《中興書目》題漢光禄大夫郭憲，（案《玉海》卷五十八《漢武帝傳》條引《書目》云：‘《漢武帝内傳》二卷，載西王母事。《洞冥記》四卷，後漢光禄大夫郭憲，載武帝神怪事。’未嘗以此書爲郭憲撰。錢氏誤矣。）而晁伯宇以爲葛洪僞造。（此《續談助》卷一《洞冥記》後伯宇跋中引張柬之語，詳見《洞冥記》條下。）書中年月日名，依附本紀。其論神仙服食及《五岳真形圖》，四十年一傳，與《抱朴子·仙藥》《遐覽》諸篇相涉。首記景帝夢赤彘事，即《洞冥記》之文，若欲與《漢武故事》'景帝夢高祖曰：王美人生子當名爲彘'互證者。又《御覽》引漸臺神屋等五條，亦絶似《洞冥記》。大約東晋以後，浮華之士，造作誕妄，轉相祖述，其誰氏所作，不足深究也。"孫詒讓《札迻》卷十一云："《西京雜記》葛洪序：'洪家復有《漢武帝禁中起居注》一卷，《漢武故事》一卷，世人希有之者。今并五卷爲一秩，庶免淪没焉。'按此書（指《西京雜記》）塙爲稚川所假托。《漢武帝禁中起居注》，《漢武故事》蓋亦同，故序并及之。《抱朴子·論仙篇》引《漢禁中起居注》説李少君事，與今本《漢武帝内傳》末附《李少君傳》略同。自注云：《道藏》本作外傳，此從晁載之《續談助》校。張柬之《洞冥記跋》云：'昔葛洪造《漢武内傳》《西京雜記》。'（自注云：亦見《續談助》。）疑《内傳》即《起居注》，《漢武故事》似亦即今所傳本。蓋諸書皆出稚川手，故文亦互相出入也。"（按《漢武故事》爲王儉作，詳見本條。）錢氏不深信此書爲葛洪所造，而孫氏則信之。愚謂張柬之語必非無據，證以《抱朴子》所言，與此書相出入，尤覺信而有徵，當從柬之定爲葛洪所依托。至於《漢武故事》《洞冥記》二書，據柬之言，乃王儉及梁元帝所造。初非出於葛洪一人之手，而其文亦與此書相出入者，蓋王儉、梁元亦師洪之故智，僞撰古書，轉相祖述，使後人互爲印證，而信其真出漢人耳。日本人藤原佐世《見在書目》雜傳内，有《漢武内傳》二卷，注云"葛洪撰"。佐世書著於中國唐昭宗時，是必唐以前目録書有題葛洪撰者，乃得據以著録。是則張柬之之言，不爲單文孤證矣。（佐世於《洞冥記》仍題郭子横撰，不用柬之之説，故知其於此書題葛洪，必别有所據也。）

錢曾《讀書敏求記》曰："《漢武内傳》一卷。孱守居士空居閣校本。《廣記》删去元靈二曲及十二事篇目，又脱去朱鳥窗一段。對過，始知此本爲完善。"按李商隱詩曰"玉桃偷得憐方朔，金屋修成貯阿嬌"，又曰"如何漢殿穿針夜，又向窗前覰阿環"，皆用朱鳥窗事。知古本當有此一段。李善注《文選》郭璞《游仙詩》引《漢武内傳》西王母侍女歌曰"遂乘萬龍輴，馳騁眄九野"二句，正元靈曲中語。知古本當有此二曲。錢曾所云良是。今檢此本，亦無元靈二曲及朱鳥窗一段，而有十二事之篇目，與曾所説又不同。又《玉海》引《中興書目》曰：《漢武帝内傳》二卷，載西王母事，後有淮南王、公孫卿、稷丘君八事，乃唐終南元都道士游岩所附。今亦無此八事，蓋明人删竄之本，非完書矣。

案《昌黎先生集》卷七有《讀東方朔雜事詩》一首，咏東方朔擅弄雷電謫人間事，注引《漢武内傳》，亦是用朱鳥窗一段中語，且在李商隱之前，《提要》失於引證。錢氏校勘記序云："《漢武帝内傳》一卷。今文淵閣本、《説郛》《漢魏叢書》本，略與《太平廣記》同，皆非完帙。惟《道藏》本文多至倍，前人所引西王母侍兒歌及朱鳥窗事咸在焉。别有《外傳》一卷，首條全襲《十洲記》，餘亦出入《漢武故事》《神仙傳》等書。内鈎弋夫人、魯女生、李少君三事，《太平御覽》《孔氏六帖》《事文類聚》并引作《内傳》。考諸家著録，無《漢武外傳》。《玉海》五十八引《中興書目》：《漢武帝内傳》二卷，載西王母事。後有淮南王、公孫卿、稷丘君八事，乃唐終南玄都道士游岩所附，今悉在外傳中。後得晁伯宇《續談助》本，《内傳》自太初元年提行另起，後附公孫卿、魯女生、封君達、李少君四條，有王游岩跋云：'右從淮南王至稷丘君凡八事，附之。'（案見《續談助》卷四《漢武内傳》後伯宇跋中。）正與《中興書目》合。乃悟古本當以'太初元年'以下爲下卷。好事者附録雜文，後人覺其不類，遂析之爲《外傳》，而并原文二卷爲一耳。"錢氏所考者如此，故其所刻勖爲完善。四庫館纂修諸人不讀《釋》《道藏》，故所收古書，往往《道藏》中有完本者，皆不一參考，仍以通行殘本著録。如此書，亦其一也。又案宋張淏《雲谷雜紀》卷二云："韓子蒼云：'《漢武内傳》，蓋唐時道家流所爲也。'子蒼所言非也，《隋·經籍志》：《漢武帝故事》二卷外，别有《内傳》三卷。則《内傳》其來久矣。子蒼但見後有淮南王、公孫卿、稷丘君事，便謂此書出於後人，殊不知淮南等事，自是唐道士王游岩所附也。"説與《續談助》《中興書目》皆合，可爲錢氏説添一佐證。然淮南等八事，實非唐人所附，《中興書目》及張氏、錢氏説皆非也。孫詒讓《札迻》卷十一曰："按《玉海》五十八引《中興書目》云：《漢武帝内傳》，後有淮南王、公孫卿、稷丘君八事，乃唐終南玄都道士王（按《玉海》無"王"字）游岩所附。今考《續談助》載王游岩跋云：'右從淮南王至稷丘君凡八事，附之。'案《神仙傳》：淮南仙專（自注云此下有脱文）的指又不出八公定何姓氏，據《劉根真人傳》云云，（案所引劉根傳，即載八公姓名及所服仙藥。孫氏略去未引。）今因此傳末并八公所氏以明之焉。天寶五載王游岩緒附之矣。綈繹跋語，蓋淮南王八事舊本已附後，非游岩所增。游岩緒附者，自指《劉根真人傳》八公姓名而言，與淮南王八事不相涉也。游岩爲天寶間道士，而李賢《後漢書·方術傳》注。引魯女生、封君達、王真事，《初學記》（案：見卷五及卷二十八）、《藝文類聚》（案：見卷七十八）引李少君事，并已稱《内傳》。倘八事果游岩所附，安得李賢、徐堅、歐陽詢諸人，先得見而引之乎？宋人讀游岩跋不審，故有玆誤。錢氏校勘記序亦沿其説，故附辯之。"孫氏所考，較之錢氏爲明晳矣。（其實孫氏所引《後漢書》注、《初學記》、《藝文類聚》等事，即取材於校勘記，特錢氏未之思耳。）至諸書皆言淮南王、公孫卿、稷丘君八事，而《道藏》本稷丘君、淮南王之前，又所附不止八事。蓋又經後人竄亂，非復唐、宋人所見之本也。（中華書局，1980年）

案：顧櫰三《補後漢書藝文志》小説家類著録“《漢武内傳》二卷”，未題撰人。

《漢武内傳》（一作《漢武帝内傳》）始著録於《隋書·經籍志》史部雜傳類，作三卷，不題撰人姓名。日本人藤原佐世《日本國見在書目録》雜傳家著録《漢武内傳》二卷，題葛洪撰。《舊唐書·經籍志》史部雜傳類著録《漢武帝傳》二卷，不題撰人。《新唐書·藝文志》在子部道家類著録，《中興館閣書目》《郡齋讀書志》《文獻通考》《宋史·藝文志》并作二卷，均不題撰人。惟《遂初堂書目》不著卷數，《通志》著録三卷，亦不題撰人。宋晁載之《〈洞冥記〉跋》云，張東之言“昔葛洪造《漢武内傳》《西京雜記》，虞義造《王子年拾遺録》，王儉造《漢武故事》，并操觚鑿空，恣情迂誕，而學者耽閲，以廣聞見”，似乎相信《漢武内傳》爲葛洪所撰。然其《〈漢孝武内傳〉跋》又云：“右抄世所傳《漢孝武皇内傳》，其言淺陋，又十有五六皆增贅《漢武故事》與《十洲記》。其上卷之末有云：‘右從淮南王至稷丘君凡八事附之。’案《神仙傳》淮南仙事，的指又不出八公，定何姓氏。據《劉根真人傳》，潁川掾吏王珎問劉君曰：‘聞神丹不可倉促求，不審草木藥何者爲良？’君曰：‘昔淮南八方（一云公），各服一物，以得數百歲，而命神丹，而升天太清。韓衆服菖蒲，趙他子服桂，衍門子服五味子，羡門子服地黄，林子明服石韋，杜子微服天門冬，仕子季服茯苓，陽子仲服遠志。此諸君，并已登真，降授淮南王，道成能變化自在。持此故事，仙升定矣。’今此傳末，并八公所氏以明之焉。予以唐天寶五載景戌歲十月十五日終南山居，玄都仙壇大洞道士王游岩緒補之矣。其言鄙俗，其文托錯至此，然則此書游岩之徒所撰也。”顯然主張《漢武内傳》爲唐道士王游岩緒補。宋張淏《雲谷雜紀》引韓子蒼説云：“《漢武内傳》，予反復讀之，蓋依仿《武帝故事》而增加之，唐時道家流所爲也。”與晁載之所説同。明胡應麟則以爲：“詳其文體，是六朝人作，蓋齊、梁間好事者爲之也。”不過，當時《漢武内傳》有題爲班固撰者，清王謨及四庫館臣所見，皆是如此。《四庫全書總目》子部小説家著録《漢武帝内傳》一卷，云“舊本題漢班固撰”，提要云：“《漢書·東方朔傳贊》稱好事者取奇言怪語附著之朔。此書乃載朔乘龍上升，與傳贊自相矛盾，其不出於固，灼然無疑。其文排偶華麗，與王嘉《拾遺記》、陶弘景《真誥》體格相同。”并考徐陵《玉臺新咏序》、郭璞《游仙詩》、葛洪《神仙傳》、張華《博物志》所載有與《漢武内傳》相合者，定“其文蓋出於魏、晋之間”。清錢熙祚以爲此書“大約東晋以後浮華之士造作誕妄，轉相祖述”。今人李劍國以爲“極有可能出於東漢末”（《唐前志怪小説史》）。李豐楙以爲在東晋孝武帝末葉成書，“王靈期最具撰述《漢武内傳》之嫌疑”（《六朝隋唐仙道類小説研究》）。余嘉錫《四庫提要辨證》在《四庫提要》考證的基礎上，斷爲葛洪所撰，其證據主要有二，一爲張柬之《書〈洞冥記〉後》中語，一爲藤原佐世《日本國見在書目録》所題。孫猛也認爲："書中有諷喻非道君王之意，有服食成仙之説，與東晋時期風行金丹寶精、冥想修煉有關，當成書於東晋，或東晋以後；張柬之言，未必不可信。"（《日本國見在書目録詳考》）今以余嘉錫之説爲是。

《漢武帝内傳》版本主要有三個系統：一爲《太平廣記》本，一爲《續談助》本，一爲《道藏》本。《漢魏叢書》《説郛》《五朝小説》《四庫全書》《增訂漢魏叢書》《墨海金壺》本等皆從《太平廣記》出，均非完帙。《十萬卷樓叢書》本、《粤雅堂叢書三編》本皆從《續談助》出。《道藏》本題作《漢武帝内傳》一卷附録一卷，附録乃後人輯録佚文而成，也稱《外傳》，内容較爲完備，未題作者。嘉慶二十五年（1820年）黄庭鑒（1752—？年）以汲古閣刊《道藏》本爲底本，復取宋人《續談助》中節本，匯諸刻細校一過，間有舊抄訛脱而他刻得之者，附注於旁，以備參考。又《談助》卷末跋中載有唐道士跋，詳淮南八公姓氏，爲他書所未經見，與《玉海》中所引合，并録之。指出："内、外《傳》本一書，如《吴越春秋》之例。《外傳》即《内傳》之下卷，自删本僅存《内傳》，不知者遂以《外傳》爲别一書。觀《談助》跋語自見。"清人錢熙祚（1800—1844年）編輯刊刻《守山閣叢書》收入《道藏》本，并附校勘記一卷，序云："《漢武帝内傳》一卷。今文淵閣本、《説郛》本、《漢魏叢書》本，略與《太平廣記》同，皆非完帙。惟《道藏》本文多至倍，前人所引西王母侍兒歌及朱鳥窗事咸在焉。别有《外傳》一卷，首條全襲《十洲記》，餘亦出入《漢武故事》《神仙傳》等書。内鉤弋夫人、魯女生、李少君三事，《太平御覽》《孔氏六帖》《事文類聚》并引作《内傳》。考諸家著録，無《漢武外傳》。《玉海》五十八引《中興書目》：《漢武帝内傳》二卷，載西王母事。後有淮南王、公孫卿、稷丘君八事，乃唐終南玄都道士游岩所附，今悉在外傳中。後得晁伯宇《續談助》本，《内傳》自太初元年提行另起，後附公孫卿、魯女生、封君達、李少君四條，有王游岩跋云：'右從淮南王至稷丘君凡八事，附之。'正與《中興書目》合。乃悟古本當以'太初元年'以下爲下卷。好事者附録雜文，後人覺其不類，遂析之爲《外傳》，而并原文二卷爲一耳。"將此書版本以及《内傳》《外傳》交代得頗爲清楚。《叢書集成初編》本出此。上海古籍出版社1999年出版的《漢魏六朝筆記小説大觀》有《漢武帝内傳》標點本。此本以《道藏》系統的錢熙祚《守山閣叢書》本爲底本，是目前所見最爲完備之本。

飛燕外傳（趙飛燕外傳　趙后外傳）

劉向《古列女傳》卷七《漢趙飛燕》：

趙飛燕姊娣者，成陽侯趙臨之女，孝成皇帝之寵姬也。飛燕初生，父母不舉，三日不死，乃收養之。成帝常微行出，過河陽主，樂作。上見飛燕而悦之，召入宮，大幸；有女弟，復召入，倶爲婕妤，貴傾後宮，乃封父臨爲成陽侯。有頃，立飛燕爲皇后，其弟爲昭儀。

飛燕爲后而寵衰，昭儀寵無比。居昭陽舍，其中廷彤朱，殿上漆，砌皆銅遝黄金塗，白玉階，壁往往爲黄金釭，函藍田璧玉，明珠、翠羽飾之。後宮未嘗有焉。姊娣專寵，而悉無子。嬌媚不遜，嫉妒後宮。

帝幸許美人，有子。昭儀聞之，謂帝曰："常紿我從中宮來，今許美人子何從生？"懟，手自搗，以頭擊柱，從床上自投地，涕泣不食，曰："今當安置我？我欲歸爾！"帝曰："我故語之，反怒爲？"亦不食。昭儀曰："陛下自知是，不食何爲？陛下常言'約不負汝'，今許美人有子，竟負約，謂何？"帝曰："約以趙氏，故不立許氏，使先下無出趙氏之上者。無憂也！"乃詔許氏夫人，令殺所生兒，革篋盛緘之，帝與昭儀共視，復緘，封以御史中丞印，出埋獄垣下。中宮史曹宮，字偉能，御幸生子。帝復用昭儀之言，勿問男女殺之。宮未殺，昭儀怒。掖庭獄丞籍武因中黄門奏事曰："陛下無繼嗣，子無貴賤，唯留意！"帝不聽。時兒生八九日，遂取去殺之。昭儀與偉能書及藥，令自死。偉能得書，曰："果欲姊娣擅天下！且我兒額上有壯髮，似元帝。今兒安在？已殺之乎？"乃飲藥死。

自後御幸有子者，輒死，或飲藥自墮，由是使成帝無嗣。成帝既崩，援立外蕃，仍不繁育。君子謂："趙昭儀之凶嬖，與褒姒同行；成帝之惑亂，與周幽王同風。"《詩》云："池之竭矣，不云自濱？泉之竭矣，不云自中？"成帝之時，舅氏擅外，趙氏專内，其自竭極，蓋亦池泉之勢也。（哈爾濱出版社，2009年）

伶玄等《飛燕外傳後叙》：

伶玄自叙云：伶玄，字子于，潞水人。學無不通，知音，善屬文。簡率，尚真樸，無所矜式。揚雄獨知之。然雄貪名矯激，子于謝不與交，雄深慊毁之。子于由司空小吏歷三署，刺守州郡，爲淮南相，幼有風情。哀帝時，子于老休，買妾樊通德，嬺之弟子，不周之子也，有才色，知書，慕司馬遷《史記》，頗能言趙飛燕姊弟故事。子于閑居命言，厭厭不倦。子于語通德曰："斯人俱灰滅矣，當時疲精力，馳鶩嗜欲蠱惑之事，寧知終歸荒田野草乎？"通德占袖，顧視燈影，以手擁髻，凄然泣下，不勝其悲。子于亦然。通德奏子于曰："夫淫於色，非慧男子不至也。慧則通，通則流，流而不得其防，則百物變態爲溝爲壑，無所不往焉。禮儀成敗之説，不能止其流。惟感之以盛衰奄忽之變，可以防其壞。今婢子所道趙后姊弟事，盛之至也；主君悵然有荒田野草之悲，哀之至也。婢子拊形屬影，識夫盛之不可留，衰之不可推。俄然相緣奄忽，雖婕妤聞此，不少遣乎？幸主君著其傳，使婢子執研削道所記。"於是撰《趙后别傳》。

子于爲江東都尉，班躅爲决曹，得幸太守，多所取受。子于召躅，數其罪而捽辱之。躅從兄子彪續司馬《史記》，絀子于，無所收録。

桓譚云：王莽時，茂陵卞理者不仕，以《夏侯尚書》授。時更始二年，赤眉過茂陵，卞理弃圖書隱山。劉恭入其廬，獲金縢漆匱，發之，乃得玄書。建武二年，賈子翊以書示予，曰："卞理之琴師玄云也。"

尚書臣勖校中書，右伶玄《趙后傳》，竹簡磨滅，文義交錯，不可具曉。謹與臣勖書同校定，相證别，删去其不可詳，合爲一篇。其趙后、樊嫕無所終，疑玄之闕文也。（《續修四庫全書》本）

王嘉撰，蕭綺録《拾遺記》卷六《前漢下》：

漢成帝好微行，於太液池旁起宵游宫，以漆爲柱，鋪黑綈之幕，器服乘輿，皆尚黑色。既悦於暗行，憎燈燭之照。宫中美御，皆服皂衣，自班婕妤以下，咸帶玄綬，簪佩雖如錦綉，更以木蘭紗綃罩之。至宵游宫，乃秉燭。宴幸既罷，静鼓自舞，而步不揚塵。好夕出游。造飛行殿，方一丈，如今之輦，選羽林之士，負之以趨。帝於輦上，覺其行快疾，聞其中若風雷之聲，言其行疾也，名曰"雲雷宫"。所幸之宫，咸以氈綈藉地，惡車轍馬迹之喧。雖惑於微行昵宴，在民無勞無怨。每乘輿返駕，以愛幸之姬寶衣珍食，舍於道傍，國人之窮老者皆歌"萬歲"。是以鴻嘉、永始之間，國富家豐，兵戈長戢。故劉向、谷永指言切諫。於是焚宵游宫及飛行殿，罷宴逸之樂。所謂從繩則正，如轉圜焉。

帝常以三秋閑日，與飛燕戲於太液池，以沙棠木爲舟，貴其不沉没也。以雲母飾於鷁首，一名"雲舟"。又刻大桐木爲虬龍，雕飾如真，以夾雲舟而行。以紫桂爲柂枻。及觀雲棹水，玩擷菱蕖，帝每憂輕蕩，以驚飛燕，令佽飛之士，以金鎖纜雲舟於波上。每輕風時至，飛燕殆欲隨風入水。帝以翠纓結飛燕之裙，游倦乃返。飛燕後漸見疏，常怨曰："妾微賤，何復得預纓裙之游？"今太液池尚有避風臺，即飛燕結裙之處。（中華書局，1981年）

葛洪《西京雜記》卷一《昭陽殿》：

趙飛燕女弟居昭陽殿。中庭彤朱，而殿上丹漆，砌皆銅遝，黄金塗，白玉階。壁帶往往爲黄金釭，含藍田璧，明珠、翠羽飾之。上設九金龍，皆銜九子金鈴，五色流蘇。帶以緑文紫綬，金銀花鑷。每好風日，幡旄光影，照耀一殿；鈴鑷之聲，驚動左右。中設木畫屏風，文如蜘蛛絲縷。玉几玉床，白象牙簟，緑熊席。席毛長二尺餘，人眠而擁毛自蔽，望之不能見，坐則没膝。其中雜熏諸香，一坐此席，餘香百日不歇。有四玉鎮，皆達照無瑕缺。窗扉多是緑琉璃，亦皆達照，毛髮不得藏焉。椽桷皆刻作龍蛇，縈繞其間，鱗甲分明，見者莫不兢栗。匠人丁緩、李菊，巧爲天下第一，締構既成，向其姊子樊延年説之，而外人稀知，莫能傳者。

同上，《飛燕昭儀贈遺之侈》：

趙飛燕爲皇后，其女弟昭儀在昭陽殿，遺飛燕書曰：

“今日嘉辰，貴姊懋膺洪册，謹上襚三十五條，以陳踴躍之心。金花紫輪帽。金花紫羅面衣。織成上襦。織成下裳。五色文綬。鴛鴦襦。鴛鴦被。鴛鴦褥。金錯綉襠。七寶綦履。五色文玉環。同心七寶釵。黄金步摇。合歡圓璫。琥珀枕。龜文枕。珊瑚玦。馬腦彄。雲母扇。孔雀扇。翠羽扇。九華扇。五明扇。雲母屏風。琉璃屏風。五層金博山香爐。回風扇。椰葉席。同心梅。含枝李。青木香。沈水香。香螺卮（出南海，一名丹螺）。九真雄麝香。七枝燈。”

同上，《寵擅後宫》：

趙后體輕腰弱，善行步進退，女弟昭儀不能及也。但昭儀弱骨豐肌，尤工笑語。二人并色如紅玉，爲當時第一，皆擅寵後宫。

同上，卷二《趙后淫亂》：

慶安世年十五，爲成帝侍郎。善鼓琴，能爲《雙鳳》《離鸞》之曲。趙后悦之，白上，得出入御内，絶見愛幸。嘗著輕絲履，招風扇，紫綈裘，與後同居處，欲有子，而終無胤嗣。趙后自以無子，常托以祈禱，别開一室，自左右侍婢以外，莫得至者，上亦不得至焉。以軿車載輕薄少年，爲女子服，入後宫者日以十數，與之淫通，無時休息。有疲怠者，輒差代之，而卒無子。

同上，卷五《趙后寶琴》：

趙后有寶琴，曰“鳳凰”，皆以金玉隱起爲龍鳳螭鸞、古賢列女之象。亦善爲《歸風》《送遠》之操。（《四部叢刊》本）

司馬光撰，胡三省音注《資治通鑒》卷三十一《孝成皇帝上之下》：

（鴻嘉三年）其後，上微行過陽阿主家，悦歌舞者趙飛燕。召入宫，大幸。有女弟，復召入，姿性尤醲粹，左右見之皆嘖嘖嗟賞。有宣帝時披香博士淖方城，在帝後唾曰："此禍水也，滅火必矣。"姊弟俱爲倢伃，貴傾後宫。許皇后、班倢伃皆失寵。於是趙飛燕譖告許皇后、班倢伃挾媚道，祝詛後宫，詈及主上。冬十一月甲寅許后廢處昭臺宫，后姊謁皆誅死，親屬歸故郡。（中華書局，1956年）

沈括《夢溪筆談》卷二十一异事"壽州八公山側"條：

襄、隨之間，故春陵白水地，發土多得金麟趾、褭蹏。麟趾中空，四傍皆有文，刻極工巧。褭蹏作團餅，四邊無模範迹，似於平物上滴成，如今乾柿，土人謂之柿子金。《趙飛燕外傳》："帝窺趙昭儀浴，多褒金餅以賜侍兒私婢。"殆此類也。（上海書店出版社，2003年）

晁説之《景迂生集》卷十九《揚雄别傳下》：

潞水伶玄好學，知音律，善屬文，然無所矜式。雄獨知其才，而病其學之不適正，知之而弗好也。蓋雄之好惡不苟如此。（《文淵閣四庫全書》本）

黄庭堅撰，任淵注《山谷内集詩注》卷七《和陳君儀讀太真外傳五首》其五：

上皇曾御昭儀傳，鏡裏觀形衹眼前。（上覽《漢成帝内傳》，見"飛燕身輕，欲不勝風，帝爲製七寶避風臺"，上曰："爾則任吹多少！"妃曰："霓裳一曲，可掩千古。"）養得禄兒傾四海，千秋更有一伶玄。（《文淵閣四庫全書》本）

釋覺範《石門文字禪》卷二十七《跋達道所蓄伶子于文》：

風行水上，涣然成文者，非有意於爲文也。余讀此傳，蓋通德娓娓而語，子于筆追而書之，非有意也。然通德所論惠男子，殆天下名言，吾以謂子于之室有此婢，如維摩詰之有天女也。達道手校諸書，而此本最美。非好古博雅，何以至是？司馬君實無所嗜好，獨畜墨數百爾。或以爲言，君實曰："吾欲子孫知吾所用此物何爲也。"達道之畜書，其亦司馬之墨癖也。（《文淵閣四庫全書》本）

曾慥《類説》卷一《趙后外傳》：

伶玄，字子于。學無不通，善屬文。簡易，尚真樸。揚雄獨知之。雄貪名矯激，子于謝不與友。子于歷刺守州郡，爲淮南相，出入有風情。買妾樊通德，嫕之弟，有才色，知書，頗能言飛燕姊弟故事。子于曰："斯人俱灰滅矣，方盛時疲精力，馳鶩嗜欲蠱惑之事，寧知歸荒田野草乎？"通德拮袖，顧燭影，以手擁髻泣下，曰："淫於色，非慧男子不至此。慧則通，通則流，流而不得其防，則百物變態爲溝爲壑，無所不往焉。禮儀成敗之説，不能止其流。惟感之以盛衰，可以防其壞。君悵然有荒田野草之悲，婢子拊形屬影，雖婕妤聞此，不少遣乎？幸主君著其傳，使婢子執研削道所記。"於是撰《趙后别傳》。右河東都尉伶玄自叙。

同上，《楊妃外傳·任風吹多少》：

上覽《漢武内傳》，時妃後至，以手整上衣領曰："看何文書？"上笑曰："莫問，知則又須人覓去。乃飛燕身輕，爲造水精盤，令宫人掌上歌舞。又作七寶避風臺。"上曰："爾則任風吹多少。"蓋妃子微有肌故也。妃子曰："霓裳一曲，可掩前古。"（《四庫筆記小説叢書》本，上海古籍出版社，1993年）

葉庭珪《海録碎事》卷七下聖賢人事部上妾門《樊通德》：

伶玄字子于，老休買妾樊通德，有才色，知書。玄撰《趙后外傳》。

同上，卷八上聖賢人事部中情欲門《慧男子》：

伶玄云："夫淫於色，非慧男子不至也。"（中華書局，2002年）

張嵲《紫微集》卷十《讀〈趙飛燕外傳〉雜詩》：

漫漫積雪被崗坻，宜主當時有暗期。忽見梅花照夜發，衹疑猶待射雕兒。
九回沉水新爲髻，故綉裙襦穩稱身。禍水欻來漂燎火，知幾唯有淖夫人。
魏宫悵望楊花去，漢掖齊歌赤鳳來。淫蠱到頭成底事，荒田野草但堪哀。
漢武餘威信未窮，單于來見未央宫。如何運偶鴻嘉主，樊嫕宫中作女戎。
燕燕承恩住遠條，初能順息度寒宵。如何不以斯術進，却使甘心慎恤膠。
赤鳳謾言最可傷，君王不謂有他腸。并疑池上將仙去，衹恐留連爲侍郎。
合德來嬪帝甚歡，温柔鄉裹勝求仙。武皇雖被白雲誤，猶得垂衣到暮年。（《文淵閣四庫全書》本）

王十朋《東坡詩集注》卷二十一《朝雲詩并引》：

不似楊枝别樂天，恰如通德伴伶玄。（厚：後漢伶玄與班固同時，有文章。得妾姓樊曰通德，頗能言趙飛燕姊妹事，玄因作《外傳》。）

同上，《九日舟中望見有美堂上魯少卿飲處以詩戲之二首》其二：

西閣珠簾捲落暉，水沉烟斷佩聲微。遥知通德凄凉甚，擁髻無言怨未歸。（厚：後漢伶玄妾樊通德能言趙飛燕姊妹事。玄既爲著《傳》，玄與通德曰："斯

人俱灰滅矣！盛時疲精神馳騖嗜欲，寧知終歸荒田野草乎？”通德掩袖視燭影，以手擁髻，凄然泣下。）（《文淵閣四庫全書》本）

晁公武撰，孫猛校證《郡齋讀書志校證》卷九傳記類：

《趙飛燕外傳》一卷。

右漢伶玄子于撰。茂陵卞理藏之於金縢漆櫃。王莽之亂，劉恭得之，傳於世。晋荀勖校上。（上海古籍出版社，1990年）

洪邁《容齋五筆》卷七《盛衰不可常》：

東坡謂廢興成毁不可得而知。予每讀書史，追悼古昔，未嘗不掩卷而嘆。伶子于叙《趙飛燕傳》，極道其姊弟一時之盛，而終之以荒田野草之悲，言盛之不可留，衰之不可推，正此意也。……《飛燕别傳》以爲伶玄所作，又有玄自叙及桓譚跋語。予竊有疑焉，不唯其書太媟，至云“揚雄獨知之，雄貪名矯激，謝不與交；爲河東都尉，捽辱决曹班躅，躅從兄子彪續司馬《史記》，絀子于無所叙録”，皆恐不然。而自云：“成、哀之世，爲淮南相。”案是時淮南國絶久矣，可昭其妄也。因序次諸詩，聊載於此。（中華書局，2005年）

尤袤《遂初堂書目》雜傳類：

《趙飛燕外傳》。（《叢書集成初編》本）

佚名《錦綉萬花谷前集》卷十七《妓妾》樊通德：

漢伶玄之妾樊通德，趙飛燕女史也，能道趙飛燕娣妹事。伶玄曰：“其人俱灰滅矣。疲精神，馳嗜欲，寧知終歸荒田野草乎？”通德掩袖視燭影，以手擁髻，凄然泣下。伶玄因作《飛燕外傳》。（《文淵閣四庫全書》本）

陳振孫《直齋書録解題》卷七傳記類：

《飛燕外傳》一卷。稱漢河東都尉伶玄子于撰。自言與揚雄同時，而史無所見。或云僞書也。然通德擁髻等事，文士多用之；而禍水滅火一語，司馬公載之《通鑒》矣。（上海古籍出版社，1987年）

劉克莊《後村集》卷十四詩雜咏妾《樊通德》：

妝束姑隨世，風流亦動人。等閑擁髻語，千載尚如新。（《文淵閣四庫全書》本）

元好問《中州集》卷三《趙飛燕寫真》：

昭陽宮裏千蛾眉，中有一人輕欲飛。娣妹夤緣特新寵，六宮鉛粉無光輝。春回太液花如綉，花底輕風扶翠袖。君恩不許作飛仙，襞積宮裙留淺皺。君王貪宴温柔鄉，木門不省摇倉琅。避風臺成略今古，空使遺妒驚霓裳。當年傾城復傾國，誰寫餘妍入丹碧。背燈擁髻一潸然，不應尚有樊通德。（中華書局，1959年）

祝穆《古今事文類聚後集》卷十六人倫部《掩袖泣下》：

後漢怜玄妾樊通德，能言趙飛燕姊妹事。既作《飛燕外傳》，（怜玄與班固同時，有文名。）玄語通德曰："斯人俱灰滅也。盛時疲精神，馳騖嗜欲，寧知終歸荒田野草乎？"通德掩袖視燭影，以手擁髻，凄然泣下。（《文淵閣四庫全書》本）

耶律鑄《雙溪醉隱集》卷一《龍和宮賦》：

昔昭陽之遺事，卒悉備於伶玄，爲有知之。（《知服齋叢書》本）

郭翼《林外野言》卷下《無題和袁子英四首》其四：

紫殿長楊滿路塵，驪山荒草没麒麟。伶玄作傳追飛燕，李白歌辭忤太真。舞袖夜虚金掌月，香囊魂墜紫絲茵。可憐傾國傾城曲，一度秋風一愴神。（《文淵閣四庫全書》本）

方回《瀛奎律髓》卷七風懷類七言《咏浴》（韓偓）：

再整魚犀攏翠簪，解衣先覺冷森森。教移蘭燭頻羞影，自試香湯更怕深。初似洗花難抑按，終憂沃雪不勝任。豈知侍女簾帷外，剩取君王幾餅金。

《趙后外傳》：昭儀浴，帝竊觀之，令侍兒勿言，投贈以金，一浴賜百餅。此詩尚有所諷，謂世之爲君者，亦惑乎此也。（黄山書社，1994年）

馬端臨《文獻通考》卷一百九十八《經籍考》史·傳記：

《飛燕外傳》一卷。

晁氏曰：伶玄撰。茂陵卞理藏之於金縢漆櫃。王莽之亂，劉恭得之，傳於世。晋荀勖校上。

陳氏曰：稱漢河東都尉伶玄子于撰。自言與揚雄同時，而史無所見。或云僞書也。然通德擁髻等事，文士多用之；而禍水滅火一語，司馬公載之《通鑒》矣。（中華書局，1986年）

脱脱等《宋史》卷二百三《藝文志二》史類傳記類：

伶玄《趙飛燕外傳》一卷。（中華書局，1985年）

張憲《玉笥集》卷一咏史《燕燕吟》：

燕燕在昭陽，昭陽勝未央。黄金塗地限，白玉護椒房。燕燕情無已，專寵恩無比。啄死漢皇孫，占斷張公子。哀哀許美人，戚戚曹宫使。緑綈方底赫蹏書，天道好還須記取。（《叢書集成初編》本）

陶宗儀《説郛》卷一百十一《〈飛燕遺事〉一卷》（闕名）：

趙飛燕女弟居昭陽殿，中庭彤朱，而殿上丹漆，砌皆銅遝，黄金塗，白玉階，壁帶往往爲黄金釭，含藍田璧，明珠翠羽飾之。上設九金龍，皆銜九子金鈴、五色流蘇，帶以緑文紫綬、金銀花鑷。每好風日，幡旄光影，照耀一殿，鈴鑷之聲，驚動左右。中設木畫屏風，文如蜘蛛絲縷，玉几，玉床，白象牙簟，緑熊席。席毛長二尺餘，人眠而擁毛自蔽，望之不能見，坐則没膝，其中雜熏諸香，一坐此席，餘香百日不歇。有四玉鎮，皆達照無瑕缺。窗扉多是緑琉璃，亦皆達照，毛髪不得藏焉。椽桷皆刻作龍蛇，蟠繞其間，鱗甲分明，見者莫不兢栗。匠人丁緩、李菊巧爲天下第一，締構既成，尚其姊子樊延。

趙后體輕腰弱，善行步進退，女弟昭儀不能及也。但昭儀弱骨豐肌，尤工笑語。二人并色如紅玉，爲當時第一，皆擅寵後宫。

趙飛燕爲皇后，其女弟在昭陽殿遺飛燕書曰：今日嘉辰，貴姊懋膺洪册，謹上襚三十五條，以陳踴躍之心。金花紫輪帽。金花紫羅面衣。織成上襦。織成下裳。五色文綬。鴛鴦襦。鴛鴦被。鴛鴦褥。金鵲綉襠。七寶綦履。五色文玉環。同心七寶釵。黄金步摇。合歡圓璫。琥珀枕。龜文枕。珊瑚玦。瑪瑙彄。雲母扇。孔雀扇。翠羽扇。九華扇。五明扇。雲母屏風。琉璃屏風。五層金博山香爐。回風扇。椰葉席。同心梅。含枝李。青木香。沈水香。香螺巵。九真雄麝香。七枝鐙。

慶安世年十五，爲成帝侍郎。善鼓琴，能爲《雙鳳》《離鸞》之曲。趙后悦之，白上，得出入御内，絶見愛幸。嘗著輕絲履，招風扇，紫綈裘，與后同居處，欲有子，而終無胤嗣。趙后自以無子，常托以禱祈，别開一室，自左右侍婢以外，莫得至者，上亦不得至焉。以軿車載輕薄少年，爲女子服，入後宫者日以十數，與之淫通，無時休息。有疲怠者，輒差代之，而卒無子。

趙后有寶琴，曰“鳳凰”，皆以金玉隱起爲龍鳳螭鸞、古賢列女之象。亦善爲《歸風》《送遠》之操。

帝常以三秋閑日，與飛燕戲於太液池，以沙棠木爲舟，貴其不沉没也。以雲母飾於鷁首，一名“雲舟”。又刻大桐木爲虬龍，雕飾如真，以夾雲舟而行。以紫桂爲栟栅。及觀雲棹水，玩擷菱蕖，帝每憂輕蕩，以驚飛燕，令佽飛之士，以金鎖纜雲舟於波上。每輕風時至，飛燕殆欲隨風入水。帝以翠纓結飛燕之裙，游倦乃返。飛燕後漸見疏，常怨曰："妾微賤，何復得預纓裙之游？"今太液池尚有避風臺，即飛燕結裙之處。

成帝好微行，於太液池□起宵游宫，以漆爲柱，鋪黑綈之幕，器服乘輿皆尚黑色。既悦於暗行，憎燈燭之照，宫中美御皆服皂衣，自班婕好以下咸帶玄綬簪佩。雖如錦綉，更以木蘭紗綃罩之。至宵游宫，乃秉燭宴幸。既罷，静鼓自舞，而步不揚塵。

同上，《〈趙后遺事〉一卷》（秦醇）：

余里中有李生，世習儒術，而業甚貧。余嘗過其家，牆角一破筐藏古抄書數十册，中有《趙氏瑣事》，雖紙墨脱落，尚可觀覽。余就李生乞之以歸，補正編次成篇，傳諸好事者。

趙后腰骨尤纖細，善踽步行，若人手執花枝顫顫然，他人莫能學也。在主家時，號爲飛燕，入宫後，復引援其妹，得幸爲昭儀。昭儀尤善笑語，肌骨秀滑。二人皆天下第一色，色傾後宫。自昭儀入宫，帝益希幸東宫。昭儀居西宫，后日夜欲求子，爲自固久遠計，多用小犢車載年少子與通。帝一日惟從三四人往後宫，后方與人亂，不知也。左右急報，后驚遽出迎帝。冠髪散亂，言語失度，帝因亦疑焉。帝坐未久，復聞壁衣中有人嗽聲。帝乃去，由是帝有害后意，以昭儀故，隱忍未發。

一日，帝與昭儀方飲，帝忽攘袖，瞋目直視昭儀，怒氣怫然不可犯。遽起避席伏地謝曰："臣妾族孤寒，下無强近之親，一旦得備後庭驅使之列，不意獨承幸御，濃被聖私，立於衆人之上，恃寵邀愛，衆謗來集。加以不識忌諱，冒觸威怒，臣妾願賜速死，以寬聖抱。"因涕泪交下。帝自引昭儀曰："汝復坐，吾語汝，汝無罪。汝之姊，吾欲梟其首，斷其手足，置溷中，乃快吾意。"昭儀曰："何緣而得罪？"帝言壁衣中事。昭儀曰："臣妾緣后得備後宫，后死則妾安能獨生？况陛下無故而殺一后，天下有以窺陛下也。願得身實鼎鑊，體膏斧鉞。"因大慟以身投地。帝驚，遂起持昭儀曰："吾以汝之故，不害后，第言之耳。汝何自恨若是。"久之，昭儀方就坐，問壁衣中人。帝陰窮其迹，乃宿衛陳崇子也。帝使人就其家殺之而廢陳崇。昭儀往見后，言帝所言，且曰："姊曾憶家貧，寒飢無聊，姊使我共鄰家女爲草履，入市貨履市米。一日得米，歸遇風雨，無火可炊，飢寒甚不能成寐，使我擁姊背同泣，此事姊豈不憶也？今日幸富貴，無他人戕我而自毁敗。或再有過，帝復怒，事不可救，身首异地，爲天下笑。今日妾能拯救也，存殁無定，或爾妾死，尚誰攀乎。"乃泣涕不已，后亦泣焉。

自是帝不復往後宫，承幸御者，昭儀一人而已。昭儀方浴，帝私窺之，侍者報昭儀，昭儀急趨燭後避。帝瞥見之，心愈眩惑。他日昭儀浴，帝默賜侍者，特令不言，帝自屏罅覘。蘭湯灩灩，昭儀坐其中，若三尺寒泉浸明玉。帝意思飛揚，若無所主。帝常語近侍："自古人主無二后，若有，則吾立昭儀爲矣。"后知昭儀以浴益寵幸，乃具湯浴，請帝以觀。既往，后入浴，裸體而立，以水沃之。后愈親近而帝愈不樂，不幸而去。后泣曰："愛在一身，無可奈何。"后生日，昭儀爲賀，帝亦同往。酒半酣，后欲感動帝意，乃泣數行下。帝曰："他人對酒而樂，子獨悲，豈有所不足耶？"后曰："妾昔在主宫時，帝幸其第，妾立主後，帝視妾不移目甚久。主知帝意，遣妾侍帝，竟承更衣之幸，下體常污御服，童欲爲帝浣去，帝曰'留以爲憶'。不數日備後宫時，帝齒痕猶在妾頸，今日思之，不覺感泣。"帝惻然懷舊，有愛后意，傾視嗟嘆。帝欲留，昭儀先辭去，帝遇暮方離后。而后因帝幸，心爲奸利。

經三月，乃詐托有孕。上箋奏云："臣妾久備掖庭，先承幸御，遣賜大號，積有歲時。既因始生之日，復加善祝之私。特屈乘輿，俯臨東掖，久侍宴私，再承幸御。臣妾數月來，内宫盈實，月脉不流。飲食美甘，不异常日。知聖躬之在體，夢天日之入懷。虹初貫日，總是珍符。龍據妾胸，兹爲嘉瑞。更約蕃育神嗣，抱日趨庭。瞻望聖明，踴躍臨賀。謹此以聞。"帝時在西宫，得奏，喜動顔色，答云："因閲來奏，喜慶交集。夫妻之私，義均一體。社稷之重，嗣續其先。任體方初，保綏宜厚。藥有性者勿舉，食無毒者可親。有求上字，勿煩箋奏，口授宫使可矣。"

兩宫候問使交至，后慮帝幸見其詐，乃與宫使王盛謀自爲之計。盛謂后曰："莫若辭以有妊者不可近人，近人則有所觸焉，觸則孕敗。"后乃遣王盛奏帝，帝不復見后，第遣問安否而已。俯及誕月，帝具浴子之儀，后召王盛入宫中，謂曰："汝自黄衣郎出入禁掖，吾引汝父子俱富貴無憾。吾爲自利長久計，托孕乃吾之私意，實非也。已及期，子能爲我謀焉，事成，子萬世有後利。"盛曰："臣爲后取民間纔生子，携入宫爲后子，但事密不泄，亦無害。"后曰："可。"盛訪郭外有生子者，纔數日，以百金取之，以物囊囊之，入宫見后。既發器則子死，后驚曰："子死安用也？"盛曰："臣今知矣，載子之器氣不泄，此所以死也。臣當穴其上，使氣可出入，則子不死。"盛得子趨宫門，欲入内，子驚啼尤甚，盛不敢入。少選復携之趨門，子復如是，盛終不敢携入宫。盛來見后，言子驚啼事。后泣曰："爲之奈何？"時已逾十二月矣。帝頗疑訝，或奏帝云："堯之母十四月而生。堯后所妊，當是聖人。"后終無計，乃遣人奏帝云："臣妾昨夢龍卧，不幸聖嗣不育。"帝但嘆惋而已。昭儀知其詐，乃遣人謝后曰："聖嗣不育，豈日月不滿也。三尺童子，尚不可欺，况人主乎？一日手足俱見，妾不知姊之死所也。"時後庭掌茶宫女朱氏生子，昭儀曰："從何而得也。"乃以身投地大慟。帝自持昭儀起坐，昭儀聲呼宫吏蔡規曰："急爲吾取子來。"規取子上，昭儀語規曰："爲吾殺之。”規修慮未行，昭儀怒罵曰：“吾重禄養汝，將安用也。不然，吾并戮汝。”規以子擊殿基死，投之井。後宮宮人孕子者皆殺之。

後帝行步遲澀，氣憊不能御女。有方士聞而獻丹。其丹養於火者，百日乃成。先以大甕貯水滿，乃下丹水中，水即沸。又易去復貯新水，如是十日不沸，方可服。帝日服一粒，頗能行幸。一夕在大慶殿，昭儀醉，連進十粒，初夜絳帳春濃，帝笑聲吃吃不止，及中夜昏昏不能起坐，向外卧。昭儀急起，秉燭視帝，精出如泉溢。有頃，帝崩。太后遣人理昭儀，且急窮帝得疾之端，昭儀乃自絶。后在東宮，忽寐中驚啼甚久，侍者呼問方覺。乃言曰：“適吾夢中見帝，帝自雲中賜吾坐，帝命進茶，左右奏帝云：‘向日侍帝不謹，不合啜此茶。’吾意既不足，吾又問帝昭儀安在？帝曰：‘以數殺吾子，今罰爲巨黿，居北海之陰水六間，受千歲水寒之苦。’”乃大慟。後梁時，北鄙大月支王獵如海上，見巨黿出於穴。其首猶貫玉釵，顒望波間，卷卷有戀人之意。大月支王遣使問梁武帝，帝以昭儀事報之。（《説郛三種》本）

楊慎《升庵集》卷十四《飛燕咏》：

飛燕元傾國，合德更聯芳。歌舞平陽第，膏沐温柔鄉。涎涎宮中去，雙雙天上翔。露華白英粉，沉水九迴香。李文明襪練，石花凝袖妝。金釭星列影，珠帳月齊光。避風遠條館，沃雪浴蘭房。香湯不沾體，仙飇空引裳。吹簫慶安世，持履馮無方。嬌愛豈終極，榮華安可常。禍水一以浸，炎光允不揚。莫誦伶玄傳，徒令樊女傷。

同上，卷七十一《小説》：

説者云宋人小説不及唐人，是也。殊不知，唐人小説不及漢人。如華嶠《明妃傳》云：“豐容靚飾，光明漢宮。顧影徘徊，聳動左右。”伶玄《飛燕外傳》云：“以輔屬體，無所不靡。”郭子横《麗娟傳》云：“玉膚柔軟，吹氣勝蘭。不欲衣纓拂之，恐體痕也。”此豈唐人可及？《晋書·荀勖傳》云：“汲郡人不准發冢，得古文數百篇。”中載楚事一段尤妙，亦小説也，惜不傳耳！（《文淵閣四庫全書》本）

高儒《百川書志》卷五史傳記：

《趙飛燕外傳》一卷。漢江東尉伶玄子于撰。（《續修四庫全書》本）

王世貞《弇州四部稿》卷一百三十二文部《趙飛燕外傳》：

文太史小楷書《趙飛燕外傳》，初看之若掾史筆，草草不經意者，而八法自具，是真迹也。余乃丏尤子求作小圖，凡九段，繫其後，尤於此圖有精思，頗得龍眠吴興遺意。周公瑕復爲書《西京雜記》十餘則，俞仲蔚書《外傳》，皆小楷，工絶之甚，往往有踞太史上坐意。《外傳》文蕪雜，蓋稍爲筆削之耳。飛燕、合德事不足論，第伶玄此文與國色并絶代，爲千載風流斷案。太史鐵心石腸，而寄托乃爾，毋亦靖節《閑情賦》故事耶？

同上，卷一百四十六説部《藝苑卮言三》“正史之外”條：

正史之外，有以偏方爲紀者，如劉知幾所稱地理，當以常璩《華陽國志》、盛弘之《荆州記》第一。有以一言一事爲記者，如劉知幾所稱瑣言，當以劉義慶《世説新語》第一。散文小傳，如伶玄《飛燕》雖近褻，《虯髯客》雖近誣，《毛穎》雖近戲，亦是其行中第一。它如王粲《漢末英雄》、崔鴻《十六國春秋》、葛洪《西京雜記》、周稱《陳留耆舊》、周楚之《汝南先賢》、陳壽《益部耆舊》、虞預《會稽典録》、辛氏《三秦》、羅含《湘中》、朱贛《九州》、闞駰《四國》、《三輔黄圖》、《酉陽雜俎》之類，皆流亞也。《水經注》非注，自是大地史。（《文淵閣四庫全書》本）

孫鑛《書畫跋跋》卷一《墨迹》：

《趙飛燕外傳》（王氏跋一：文太史小楷書《飛燕外傳》，初看之若掾史筆，草草不經意者，而八法自具，是真迹也。余乃丐尤子求作小圖凡九段系其後，尤於此圖有精思，頗得龍眠吴興遺意。周公瑕後爲書《西京雜記》十餘則，俞仲蔚書《外傳》，皆小楷，工絶之甚，往往有踞太史上坐意云。）

伶玄此傳文絶奇，柔曼中清骨玉立，徵仲秀骨，公瑕豐姿，各得一斑。又徵仲近飛燕，公瑕近合德也。尤求畫，亦是周昉遺風，皆雅相稱。惟仲蔚蒼險筆，未免似賞花烹茶，若以書《高士傳》，則庶幾矣。（上海書畫出版社，2020年）

晁瑮《晁氏寶文堂書目》卷中子雜：

《趙飛燕外傳》。（《續修四庫全書》本）

陳禹謨《駢志》卷十六辛部下《結裙、持履》：

《拾遺記》：成帝常以三秋閑日，與飛燕戲於太液池，以沙棠木爲舟，貴其不沉没也。每輕風時至，飛燕殆欲隨風入水，帝以翠纓結飛燕之裙，常怨曰：“妾微賤，何復得預纓裙之游。”今太液池尚有避風臺，即飛燕結裙之處。

《趙飛燕外傳》：帝與后游太液池，中流歌酣，風大起，后順風揚音，徐無方長噏細嫋與相屬。帝曰：“無方爲我持后。”無方捨吹，持后履。（《文淵閣四庫全書》本）

虞世南撰，陳禹謨補注《北堂書鈔》卷一百七樂部《舞篇三》：

飛燕學舞。［《漢書·外戚傳》云：趙飛燕屬陽阿主家學歌舞，成帝嘗過陽阿主，作樂，上見飛燕而悦之，召入宫，大幸，立爲婕妤。案《趙后外傳》云：飛燕娣弟事陽阿主家爲舍置，常竊效歌舞，積思精切，聽至終日不得食。後飛燕緣主家大人得入宫，召幸。宫中素幸者從容問帝，帝曰："豐若有餘，柔若無骨。遷延謙畏，若遠若近。禮義人也。寧與女曹輩脅肩者比耶？"（補）］（《文淵閣四庫全書》本）

陳第《世善堂藏書目録》卷上史類稗史、野史并雜記：

《趙飛燕外傳》一卷。（伶玄。）（《續修四庫全書》本）

胡應麟《少室山房筆叢》卷二十九《九流緒論下》"飛燕傳奇"條：

《飛燕》，傳奇之首也；《洞冥》，雜俎之源也；《搜神》，玄怪之先也；《博物》，杜陽之祖也。魏、晋好長生，故多靈變之説；齊、梁弘釋典，故多因果之談。

同上，"楊用修謂唐小説"條：

楊用修謂唐小説不如漢，而舉伶玄《趙飛燕傳》中一二語爲證。戊辰之歲，余偶過燕中書肆，得殘刻十數紙，題《趙飛燕别集》。閲之，乃知即《説郛》中陶氏删本。其文頗類東京，而末載梁武答昭儀化黿事，蓋六朝人作，而宋秦醇子復補綴以傳者也。第端臨《通考》、漁仲《通志》并無此目，而文非宋所能。其間叙才數事多俊語，出伶玄右，而淳質古健弗如。惜全帙不可見也。

同上，卷三十二《四部正譌下》"趙飛燕外傳"條：

《趙飛燕外傳》，稱河東都尉伶玄撰。宋人或謂爲僞書，以史無所見也。然文體頗渾樸，不類六朝。禍水滅火事，司馬公載之《通鑒》誠怪。如以詩文士引用爲疑，則非懸解語也。玄本傳自言見詘史氏，當是後人所加。（中華書局，1958年）

賀復徵《文章辨體彙選》卷三百七十六書五《書雪箏册後》（袁中道）：

樊通德有言："慧則通，通則流。"此正下沉之情識耳。彼擁髻而嘆盛衰之不常，凄然念疲精鶩神者之變爲荒田野草，此何消息耶？通德於此宜有豁焉，而惜其不及此也。（《文淵閣四庫全書》本）

祁承㸁《澹生堂藏書目》史部下記傳别傳：

《趙飛燕外傳》一卷。

《趙飛燕别傳》一卷。

同上，子部三類家：

《漢魏叢書》：《飛燕外傳》。

《古今逸史》：《趙飛燕外傳》。

《古今説鈔》：《趙飛燕别傳》。

《四十家小説》：《趙飛燕外傳》。（《續修四庫全書》本）

徐𤊹《徐氏家藏書目》卷四子部小説類：

《趙飛燕三傳》一卷。漢伶玄。（《續修四庫全書》本）

曹學佺《石倉歷代詩選》卷三百四十二《明詩初集》高廩《題趙飛燕姊妹凝妝圖》：

漢家炎祚日已微，白蛾蔽野黄霧飛。長楊獵罷得飛燕，歡然携手同車歸。龍顔再顧增媚嫵，椒房賜與妃嬪伍。恩澤新沾樂事多，忘却陽阿學歌舞。自恃身輕嬌欲飛，避風臺擁芙蓉旗。齊紈遂起班姬怨，禍水未悟方成讖。春回太液花如綉，一曲歸風揚翠袖。力持不許作飛仙，㲫積湘裙留淺縐。餘情貪戀温柔鄉，木門那省摇倉琅。薄眉澹掃遠山黛，捲髮光凝沈水香。姊妹夤緣欣有托，肯信秋風遞衰落。劉輔陳言論鬼薪，淳于藉寵封侯爵。畫史誰知傾國妖，重將粉繪圖生綃。潸然莫訝樊通德，千古猶傳啄矢謡。（《文淵閣四庫全書》本）

彭大翼《山堂肆考》卷九十九親屬寵妾《能道舊事》：

東漢伶玄之妾樊通德，乃趙飛燕女史也，能道飛燕姊妹事。伶玄曰："其人俱灰滅矣。疲精神，馳嗜欲，寧知終爲荒田野草乎？"通德掩袖，視燭影，以手擁髻，凄然泣下。伶玄因作《飛燕傳》。按伶玄與班固同時，有文名。（《文淵閣四庫全書》本）

錢謙益《絳雲樓書目》卷一史傳記類：

《趙飛燕外傳》。（《續修四庫全書》本）

錢曾《錢遵王述古堂藏書目録》卷三史女史：

伶玄《飛燕外傳》一卷一本。（抄。）

《飛燕别傳》一卷一本。（抄。）（《續修四庫全書》本）

黄虞稷《千頃堂書目》卷十五類書類《古今彙説》六十卷：

十三卷：《趙飛燕外傳》。（伶玄。）（上海古籍出版社，2000年）

徐乾學《傳是樓書目》卷二史部吕字三格列女：

《飛燕外傳》。

同上，卷三子部爲字上格小説家：

《飛燕外傳》一本。（《續修四庫全書》本）

田雯《古歡堂集》卷十三七言絶句《偶閲〈飛燕外傳〉二首》：

射雀兒郎雪夜回，趙家姊妹有仙胎。遠條館接含風殿，玉體横陳赤鳳來。

披香博士唾君王，百寶車迎妃子妝。海上蓬萊嗤武帝，求仙祇在白雲鄉。（《文淵閣四庫全書》本）

王懋竑《白田雜著》卷三《漢火德考》：

王莽篡位，自以黄帝之後，當爲土德，而用劉歆説，盡改從前相承之序，以漢爲火德。後漢重圖讖，以赤伏符之文，改用火德。班固作《志》，遂以著之高帝，而後漢人作《飛燕外傳》，有"禍水滅火"之語，不知前漢自王莽、劉歆以前未有以爲火德者，蓋其誤也。（《文淵閣四庫全書》本）

劉於義等《陝西通志》卷七十四經籍第一史類：

《飛燕外傳》一卷。（河東都尉伶玄撰，茂陵卞理藏。）

晁氏曰：伶玄撰。茂陵卞理藏之金縢漆樞，王莽之亂，劉恭得之，傳於世。晋荀勖校上。（《讀書志》）陳氏曰：稱漢河東都尉伶玄子于撰。自言與揚雄同時，而史無所見。或云僞書也。然通德擁髻等事，文士多用之；而"禍水滅火"一語，司馬公載之《通鑒》矣。（《文獻通考》。）（《文淵閣四庫全書》本）

伶玄《飛燕外傳》附王謨《飛燕外傳跋》：

右《飛燕外傳》一卷，見《文獻通考》。陳氏稱漢河東都尉伶玄撰。自言與揚雄同時，而史無所見。晁氏説茂陵卞理藏之於金縢漆樞，王莽之亂，劉恭得，傳於世，晋荀勖校上。是亦無可考。但自司馬温公著《通鑒》已取用淖夫人"禍水滅火"一語，而通德擁髻等事，文人相承用之亦久矣。篇終帝崩一段情事，正即《外戚傳》中所問黄帝起居發病狀也。宫闈秘聞，昭儀又未對狀自殺，伶玄何以得此委曲？豈其時又別有女史執筆記此帷帳之事乎？嗚呼，吾以是而益信禍水滅火之言驗

也。汝上王謨識。（《漢魏叢書》本）

彭元瑞等《欽定天禄琳琅書目後編》卷十七明版子部：

《漢魏叢書》（五函，三十四册）明程榮匯刻。榮，新安人。書自漢至隋古籍三十八種，分經史子集。……子籍二十三：……次伶玄《趙飛燕外傳》一卷。

《四十家雜説》（一函，六册）不著匯刻姓氏。凡漢唐宋人説部四十種。……次《趙飛燕外傳》……按顧元慶《幽間鼓吹跋》中有云：余家藏宋本，刻而傳之。而各本末或標“埭川顧氏家塾”，或標“長洲顧氏”，或標“夷白齋”，或標“十友齋”，自屬元慶所輯。明人好刊叢書，此書多從宋本脱胎，間有舊人題識，足資考證，尚勝它剽竊作僞者。元慶字大有，長洲人，自號太石山人，都穆之弟子。見《史書會要》。（《續修四庫全書》本）

永瑢等《四庫全書總目》卷首三《凡例》：

古來諸家著録，往往循名失實，配隸乖宜。……《孝經集靈》舊入《孝經》類，《穆天子傳》舊入起居注類，《山海經》《十洲記》舊入地理類，《漢武帝内傳》《飛燕外傳》舊入傳記類，今以其或涉荒誕，或涉鄙猥，均改隸小説。

同上，卷一百四十三子部五十三小説家類存目一雜事之屬《飛燕外傳》提要：

《飛燕外傳》一卷（内府藏本），舊本題漢伶玄撰。末有玄自序，稱字子于，潞水人。由司空小吏歷三署，刺守州郡，爲淮南相。其妾樊通德，爲樊嫕弟子不周之子，能道飛燕姊弟故事，於是撰《趙后别傳》。其文纖靡，不類西漢人語。序末又稱玄爲河東都尉時，辱班彪之從父躅，故彪續《史記》不見收録。其文不相屬，亦不類玄所自言。後又載桓譚語一則，言更始二年劉恭得其書於茂陵卞理，建武二年賈子翊以示譚。所稱埋藏之金縢漆匱者，似不應如此之珍貴。又載荀勖校書奏一篇，《中經簿》所録，今不可考。然所校他書，無載勖奏者，何獨此書有之？又首尾僅六十字，亦無此體，大抵皆出於依托。且閨幃媟褻之狀，嫕雖親狎，無目擊理。即萬一竊得之，亦無娓娓爲通德縷陳理，其僞妄殆不疑也。晁公武頗信之。陳振孫雖有“或云僞書”之説，而又云“通德擁髻等事，文士多用；而禍水滅火之語，司馬公載之《通鑒》”。夫文士引用，不爲典據。采湼方成語以入史，自是《通鑒》之失，乃援以證實是書，紕繆殊甚。且禍水滅火，其語亦有可疑。考王懋竑《白田雜著》有《漢火德考》，曰“漢初用赤帝子之祥，旗幟尚赤。而自有天下後，仍襲秦舊，故張蒼以爲水德。孝文帝時，公孫臣言，當改用土德，色尚黄，其事未行。至孝武帝改正朔，色尚黄，印章以五字，則用公孫臣之説也。王莽篡位，自以黄帝之後，當爲土德，而用劉歆之説，盡改從前相承之序，以漢爲火德。後漢重圖讖，以赤伏符之文改用火德。班固作《志》，遂以著之《高帝紀》。而後漢人作《飛燕外傳》（案：懋竑此語，尚以此傳爲真出伶玄，蓋未詳考。）有禍水滅火之語，不知前漢自王莽、劉歆以前，未有以漢爲火德者，蓋其誤也”云云。據此，則班固在莽、歆之後，沿誤尚爲有因，淖方成在莽、歆之前，安得預有滅火之説？其爲後人依托，即此二語亦可以見。安得以《通鑒》誤引，遂指爲真古書哉？（案：此書記飛燕姊妹始末，實傳記之類。然純爲小説家言，不可入之於史部，與《漢武内傳》諸書同一例也。）（中華書局，1965年）

邵懿辰撰，邵章續録《增訂四庫簡明目録標注》卷十四子部十二小説家類异聞之屬：

《飛燕外傳》一卷，漢伶玄撰。入存目。

此書雖自古相傳，然猥褻僞托，《總目》斥之是也。明徐幔亭𤓰又僞作《陳后金鳳外傳》，詭云掘地所得。

（續録）《龍威秘書》本。《漢魏叢書》本。《古今逸史》本。（上海古籍出版社，1979年）

丁丙藏，丁仁撰《八千卷樓書目》卷十四子部小説家類雜事之屬：

《飛燕外傳》一卷。（漢伶玄撰。《龍威秘書》本、《漢魏叢書》本、《古今逸史》本。）（《續修四庫全書》本）

嚴可均《全漢文》卷五十六《伶玄》：

玄，字子于，潞水人，爵里詳見《自序》。

《飛燕外傳自序》：

伶玄，字子于，潞水人。學無不通，知音善屬文，簡率尚真樸，無所矜式，揚雄獨知之。然雄貪名矯激，子于謝不與交，雄深慊毁之。子于由司空小吏，歷三署刺守州郡，爲淮南相，人有風情。哀帝時，子于老休，買妾樊通德，通德嫕之弟子，不周之子也。有才色，知書，慕司馬遷《史記》，頗能言趙飛燕姊弟故事。子于閑居命言，厭厭不倦。子于語通德曰：“斯人俱灰滅矣。當時疲精力馳，騖嗜欲蠱惑之事，寧知終歸荒田野草乎？”通德占袖，顧視燭影，以手擁髻，凄然泣下，不勝其悲，子于亦然。通德奏子于曰：“夫淫於色，非慧男子不至也。慧則通，通則流，流而不得其防，則百物變態，爲溝爲壑，無所不往焉。禮義成敗之説，不能止其流，惟感之以盛衰奄忽之變，可以防其壞。今婢子所道趙后姊弟事，盛之至也。主君愴然有荒田野草之悲，衰之至也。婢子拊形屬影，識夫盛之不可留，衰之不可推，俄然相緣奄忽。雖婕妤聞此，不少遺乎？幸主君著其傳，使婢子執研削道所記。”於是撰《趙后别傳》。子于爲河東都尉，班躅爲决曹，得幸太守，多所取受。子于召躅，數其罪而捽辱之。躅從兄子彪，續司馬《史記》，絀子于，無所收録。（《漢魏叢書·飛燕外傳》本。案：隋、唐《志》不著録，晁公武《讀書志》始有之，疑是唐人依托，今姑附《前漢文》末。）（商務印書館，1999年）

周中孚《鄭堂讀書記》卷六十三子部十二之一小説家類一雜事上：

《飛燕外傳》一卷。（《漢魏叢書》本。）舊題漢伶玄撰。（自序稱玄字子于，潞水人，由司空小吏歷三署刺史州郡，爲淮南相。）《四庫全書》存目，隋、唐諸《志》俱未之載。《讀書志》（傳記類）、《書録解題》（傳記類）、《通考》（傳記）、《宋志》（傳記類）始載之。《讀書志》《宋志》上俱有“趙”字。別本有玄自序，稱其妾樊通德爲樊嫕弟子不周之子，能到飛燕姊弟故事，於是撰《趙后別傳》。晁氏稱茂陵卞理藏之金縢漆室，王莽之亂，劉恭得之，傳於世，晋荀勖校上。陳氏稱玄自言與揚雄同時而史無所見，或云僞書也。然通德擁髻等事文士多用之，而禍水滅火一語司馬公載之《通鑒》矣。余謂是書當出於北宋之世，故《通鑒》已引及之，而晁、陳兩家尚不以爲僞書也。其文固不類西漢體，其事迹亦不能爲外人道也。在文士轉援引本屬常事，而司馬公反引其勖紕謬之語以入史籍，則失考之甚矣。《説郛》亦收入之。（《續修四庫全書》本）

顧櫰三《補後漢書藝文志》卷八小説家類：

《飛燕外傳》。（叢書刊本。）（《金陵叢書》本）

魯迅《中國小説史略》第四篇《今所見漢人小説》：

又有《飛燕外傳》一卷，記趙飛燕姊妹故事，題漢河東都尉伶玄子于撰，司馬光嘗取其“禍水滅火”語入《通鑒》，殆以爲真漢人作，然恐是唐、宋人所爲。（中華書局，2010年）

案：顧櫰三《補後漢書藝文志》小説家類著録“《飛燕外傳》”，未題撰人。

《飛燕外傳》，全稱《趙飛燕外傳》，別稱《趙后外傳》。《隋書·經籍志》《舊唐書·經籍志》《新唐書·藝文志》皆不著録。宋晁公武《郡齋讀書志》傳記類始著録，作一卷，按云：“漢伶玄子于撰。茂陵卞理藏之於金縢漆櫃。王莽之亂，劉恭得之，傳於世。晋荀勖校上。”陳振孫《直齋書録解題》則曰：“稱漢河東都尉伶玄子于撰。自言與揚雄同時，而史無所見。或云僞書也。然通德擁髻等事，文士多用之；而‘禍水滅火’一語，司馬公載之《通鑒》矣。”《宋史·藝文志》史部傳記類著録一卷，題伶玄撰。明胡應麟以爲："其文頗類東京，而末載梁武答昭儀化黿事，蓋六朝人作，而宋秦醇子復補綴以傳者也。"清馬國翰云："隋、唐《志》不著録，晁公武《讀書志》始有之，疑是唐人依托。"魯迅《中國小説史略》曰："又有《飛燕外傳》一卷，記趙飛燕姊妹故事，題漢河東都尉伶玄子于撰，司馬光嘗取其'禍水滅火'語入《通鑒》，殆以爲真漢人作，然恐是唐、宋人所爲。"《説郛》有無名氏《飛燕遺事》，乃采《列女傳》《拾遺記》中飛燕事爲編者。又有宋人秦醇《趙后遺事》，據其《序》，乃補正所謂《趙后雜事》成編者。又任淵注黄庭堅詩引樂史《楊太真傳》云"上覽《漢成帝内傳》"，不知是否即《飛燕外傳》。綜上所述，唐宋時此類書頗多，説《飛燕外傳》成於唐、宋間，大致可信。

《飛燕外傳》自《郡齋讀書志》以下均著録於史部傳記類，《徐氏家藏書目》改隸入小説類，《四庫全書總目》也收入子部小説類。舊本題漢伶玄撰，末有伶玄自序，稱字子于，潞水人。由司空小吏歷三署，刺守州郡，爲淮南相。其妾樊通德，爲樊嫕弟子不周之子，能道飛燕姊弟故事，於是撰《趙后别傳》。《四庫全書總目提要》以爲"其文纖靡，不類西漢人語。序末又稱玄爲河東都尉時，辱班彪之從父躅，故彪續《史記》不見收録。其文不相屬，亦不類玄所自言。後又載桓譚語一則，言更始二年劉恭得其書於茂陵卞理，建武二年賈子翊以示譚。所稱埋藏之金縢漆匱者，似不應如此之珍貴。又載荀勗校書奏一篇，《中經簿》所録，今不可考。然所校他書，無載勗奏者，何獨此書有之？又首尾僅六十字，亦無此體，大抵皆出於依托。且閨幃媟褻之狀，嫕雖親狎，無目擊理。即萬一竊得之，亦無娓娓爲通德縷陳理，其僞妄殆不疑也。晁公武頗信之。陳振孫雖有'或云僞書'之説，而又云'通德擁髻等事，文士多用；而"禍水滅火"之語，司馬公載之《通鑒》'。夫文士引用，不爲典據。采淖方成語以入史，自是《通鑒》之失，乃援以證實是書，紕繆殊甚。且禍水滅火，其語亦有可疑。……據此，則班固在莽、歆之後，沿誤尚爲有因，淖方成在莽、歆之前，安得預有滅火之説？其爲後人依托，即此二語亦可以見。安得以《通鑒》誤引，遂指爲真古書哉？"所論頗爲有理，存疑可也。

此書有《顧氏文房小説》本、《漢魏叢書》本、《古今逸史》本、《廣漢魏叢書》本、《龍威秘書》本、《續修四庫全書》本，或題《趙飛燕外傳》，或題《趙后外傳》，或題《飛燕外傳》，皆同書异名。

西王母傳

莊周撰，郭慶藩集釋《莊子集釋》卷三上内篇第六《大宗師》：

夫道，有情有信，無爲無形；可傳而不可受，可得而不可見；自本自根，未有天地，自古以固存；神鬼神帝，生天生地；在太極之先而不爲高，在六極之下而不爲深，先天地生而不爲久，長於上古而不爲老。狶韋氏得之，以挈天地；伏戲氏得之，以襲氣母；維斗得之，終古不忒；日月得之，終古不息；堪壞得之，以襲昆侖；馮夷得之，以游大川；肩吾得之，以處大山；黄帝得之，以登雲天；顓頊得之，以處玄宫；禺强得之，立乎北極；西王母得之，坐乎少廣，莫知其始，莫知其終；彭祖得之，上及有虞，下及五伯；傅説得之，以相武丁，奄有天下，乘東維，騎箕尾，而比於列星。（中華書局，1961年）

郭璞注，范欽訂《穆天子傳》：

吉日甲子，天子賓於西王母，乃執白圭玄璧以見西王母，好獻錦組百純，□組三百純，西王母再拜受之。乙丑，天子觴西王母於瑶池之上，西王母爲天子謡，曰："白雲在天，山陵自出。道里悠遠，山川間之。將子無死，尚能復來。"天子答之曰："予歸東土，和洽諸夏，萬民平均，吾願見汝，比及三年，將復而野。"天子遂驅升於弇山，乃紀其迹於弇山之石，而樹之槐，眉曰"西王母之山"，西王母之山還歸丌□，世民作憂以吟曰："北徂西土，爰居其野。虎豹爲群，烏雀與處。嘉命不遷，我惟帝女。彼爲世民，又將去子。吹笙鼓簧，中心翱翔。世民之子，惟天所望。"天子遂升於弇山，乃紀丌迹於弇山之石，而樹之槐，眉曰："西王母之山。"……

庚辰，天子大朝於宗周之廟，乃里西之數曰："自宗周瀍水以西，至於河宗之邦，陽紆之山，三千有四百里；自陽紆至於西夏氏，二千有五百里；自西夏至於珠余氏及河首，千又五百里；自河道襄山以西，南至於春山珠澤、昆侖之丘，七百里；自春山以西，至於赤烏氏春山，三百里；東北還至於群玉之山，截春山以北。自群玉之山以西至於王母之邦，三千里，□自西王母之邦，北至於曠原之野，飛鳥之所解其羽，千有九百里。自宗周至於西北大曠野，萬四千里。乃還東南，復至於陽紆，七千里。還歸於周，三千里。各行兼數，三萬有五千里。吉日甲申，天子祭

於宗周之廟。（《四部叢刊》本）

郝懿行《爾雅義疏》釋地第九：

孤竹、北户、西王母、日下，謂之四荒。（孤竹在北，北户在南，西王母在西，日下在東。皆四方昏荒之國，次四極者。）（商務印書館，1935年）

袁珂校注《山海經集釋》第二《西山經》：

又西三百五十里，曰玉山，是西王母所居也。西王母其狀如人，豹尾虎齒而善嘯，蓬髮戴勝。是司天之厲及五殘。有獸焉，其狀如犬而豹文，其角如牛，其名曰狡，其音如吠犬，見則其國大穰。有鳥焉，其狀如翟而赤，名曰勝遇，是食魚，其音如録，見則其國大水。

同上，第十二《海内北經》：

西王母梯几而戴勝杖。（郝懿行云："如淳注《漢書》司馬相如《大人賦》引此經無杖字。"珂案：無杖字是也。《御覽》卷七一〇引此經亦無杖字，《西次三經》與《大荒西經》亦俱止作"戴勝"，杖字實衍。）其南有三青鳥，爲西王母取食，在昆侖墟北。……自群玉之山以西至於西王母之邦，三千里。自西王母之邦北至於廣原之野，飛鳥之所解其羽，千有九百里。

同上，第十六《大荒西經》：

西海之南，流沙之濱，赤水之後，黑水之前，有大山，名曰昆侖之丘。有神——人面虎身，有文有尾，皆白——處之。其下有弱水之淵環之，其外有炎火之山，投物輒然。有人，戴勝，虎齒，有豹尾，穴處，名曰西王母。此山萬物盡有。（上海古籍出版社，1980年）

何寧《淮南子集釋》卷四《墬形訓》：

雒棠武人在西北陬。硥魚在其南。有神二人連臂，爲帝候夜。在其西南方。三株樹在其東北方，有玉樹在赤水之上。昆侖華丘在其東南方，爰有遺玉，青馬、視肉、楊桃、甘樝、甘華，百果所生。和丘在其東北陬，三桑無枝在其西。夸父耽耳在其北方。夸父弃其策，是爲鄧林。昆吾丘在南方，軒轅丘在西方，巫咸在其北方，立登保之山。暘谷榑桑在東方。有娀在不周之北，長女簡翟，少女建疪。西王母在流沙之瀕。樂民、拏閭在昆侖弱水之洲，三危在樂民西。

同上，卷六《覽冥訓》：

譬若羿請不死之藥於西王母，姮娥竊以奔月，悵然有喪，無以續之，何則？不知不死之藥所由生也。是故乞火不若取燧，寄汲不若鑿井。（中華書局，1998年）

司馬相如撰，金國永校注《司馬相如集校注》“賦”《大人賦》：

西望昆侖之軋沕洸忽兮，直徑馳乎三危。排閶闔而入帝宮兮，載玉女而與之歸。舒閬風而搖集兮，亢鳥騰而壹止。低回陰山翔以紆曲兮，吾乃今日睹西王母。曤然白首戴勝而穴處兮，亦幸有三足烏爲之使。必長生若此而不死兮，雖濟萬世不足以喜。（上海古籍出版社，1993年）

東方朔《十洲記》：

昆侖，號曰昆崚，在西海之戌地，北海之亥地，去岸十三萬里。又有弱水周回繞匝。山東南接積石圃，西北接北户之室，東北臨大活之井，西南至承淵之谷。此四角大山，實昆侖之支輔也。積石圃南頭，是王母告周穆王云：咸陽去此四十六萬里，山高，平地三萬六千里。上有三角，方廣萬里，形似偃盆，下狹上廣，故名曰昆侖山三角。其一角正北，干辰之輝，名曰閬風巔；其一角正西，名曰玄圃堂；其一角正東，名曰昆侖宫；其一角有積金，爲天墉城，面方千里。城上安金臺五所，玉樓十二所。其北户山、承淵山，又有墉城。金臺、玉樓，相鮮如流，精之闕光，碧玉之堂，瓊華之室，紫翠丹房，錦雲燭日，朱霞九光，西王母之所治也，真官仙靈之所宗。上通璿璣，元氣流布，五常玉衡。理九天而調陰陽，品物群生，稀奇特出，皆在於此。天人濟濟，不可具記。此乃天地之根紐，萬度之綱柄矣。是乙太上名山鼎於五方，鎮地理也；號天柱於瑉城，象綱輔也。諸百川極深，水靈居之。其陰難到，故治無常處。非如丘陵而可得論爾。乃天地設位，物象之宜，上聖觀方，緣形而著爾。乃處玄風於西極，坐王母於坤鄉。昆吾鎮於流澤，扶桑植於碧津。離合火生，而火獸生於炎野；坎總衆陰，是以仙都宅於海島。艮位名山，蓬山鎮於寅丑；巽體元女，養巨木於長洲。高風鼓於群龍之位，暢靈符於瑕丘。至妙玄深，幽神難盡，真人隱宅，靈陵所在。六合之内，豈唯數處而已哉!此蓋舉其標末爾。臣朔所見不博，未能宣通王母及上元夫人聖旨。昔曾聞之於得道者，説此十洲大丘靈阜，皆是真仙隩墟，神官所治。其餘山川萬端，并無覲者矣。其北海外，又有鍾山。在北海之子地，隔弱水之北一萬九千里，高一萬三千里，上方七千里，周旋三萬里。自生玉芝及神草四十餘種，上有金臺玉闕，亦元氣之所舍，天帝居治處也。鍾山之南，有平邪山，北有蛟龍山，西有勁草山，東有束木山。四山，并鍾山之枝幹也。四山高鍾山三萬里，官城五所，如一登四面山下望，乃見鍾山爾。四面山乃天帝君之城域也。仙真之人出入，道經自一路，從平邪山東南入穴中，乃到鍾山北阿門外也。天帝君總九天之維，貴無比焉。山源周回，具有四城之高，但當心有觀於昆侖也。昔禹治洪水既畢，乃乘蹻車，度弱水，而到此山，祠上帝於北阿，歸大功於九天。又禹經諸五岳，使工刻石，識其里數高下。其字科斗書，非漢人所書。今丈尺里數，皆禹時書也。不但刻劖五岳，諸名山亦然。刻山之獨高處爾。今書是臣朔所具見，其王母所道諸靈藪，禹所不履，唯書中夏之名山爾。臣先師谷希子者，太上真官也。昔授臣昆侖鍾山、蓬萊山及神洲真形圖。昔來入漢，留以寄知故人。此書又尤重於岳形圖矣。昔也傳授年限正同爾。陛下好道思微，甄心内向，天尊下降，并傳授寶秘。臣朔區區，亦何嫌惜而不止所有哉!然術家幽其事，道法秘其師。術泄則事多疑，師顯則妙理散。願且勿宣臣之意也。（《顧氏文房小説》本）

東方朔《神异經》之《東荒經》：

東荒山中，有大石室，東王公居焉。長一丈，頭髮皓白，人形鳥面而虎尾，載一黑熊，左右顧望。恒與一玉女投壺，每投千二百矯，設有入不出者，天爲之噓唏，矯出而脱誤不接者，天爲之笑。

同上，《中荒經》：

昆侖之山有銅柱焉，其高入天，所謂天之柱也。圍三千里，周圓如削。下有回屋，方百丈，仙人九府治之。上有大鳥，名曰稀有，南向，張左翼覆東王公，右翼覆西王母，背上小處無羽，一萬九千里。西王母歲登翼上，會東王公也。故其柱銘曰："昆侖銅柱，其高入天，圓周如削，膚體美焉。"其鳥銘曰："有鳥稀有，碌赤煌煌，不鳴不食。東覆東王公，西覆西王母。王母欲東，登之自通。陰陽相須，唯會益工。"（《漢魏叢書》本）

司馬遷《史記》卷四十三《趙世家》：

趙氏之先，與秦共祖。至中衍，爲帝大戊御。其後世蜚廉有子二人，而命其一子曰惡來，事紂，爲周所殺，其後爲秦。惡來弟曰季勝，其後爲趙。

季勝生孟增。孟增幸於周成王，是爲宅皋狼。皋狼生衡父，衡父生造父。造父幸於周繆王。造父取驥之乘匹，與桃林、盗驪、驊騮、緑耳，獻之繆王。繆王使造父御，西巡狩，見西王母，樂之忘歸。而徐偃王反，繆王日馳千里馬，攻徐偃王，大破之。乃賜造父以趙城，由此爲趙氏。

同上，卷一百二十三《大宛列傳》：

條枝在安息西數千里，臨西海。暑溼。耕田，田稻。有大鳥，卵如甕。人衆甚多，往往有小君長，而安息役屬之，以爲外國。國善眩。安息長老傳聞條支有弱

水、西王母，而未嘗見。（中華書局，1963年）

焦贛《焦氏易林》“訟”之第六《泰》：

弱水之西，有西王母，生不知老，與天相保。

同上，“坤”之第二《噬嗑》：

稷爲堯使，西見王母，拜請百福，賜我嘉子。

同上，“小畜”之第九《大有》：

金牙鐵齒，西王母子，無有禍殃，候舍涉道。

同上，“大壯”之第三十四《咸》：

畜鷄養狗，長息有儲，耕田有黍，王母喜舞。

同上，“明夷”之第三十六《訟》：

穿鼻繫株，爲虎所拘，王母祝詞，禍不成灾，逐然脱來。（《文淵閣四庫全書》本）

揚雄撰，張震澤校注《揚雄集校注》之《甘泉賦》：

於是事變物化，目駭耳回，蓋天子穆然，珍臺閑館，琁題玉英，蟺蜎蠖濩之中。惟夫所以澄心清魂，儲精垂恩，感動天地，逆釐三神者。乃搜逑索耦、皋、伊之徒，冠倫魁能，函甘棠之惠，挾東征之意，相與齊虖陽靈之宫。靡薜荔而爲席兮，折瓊枝以爲芳。噏清雲之流瑕兮，飲若木之露英。集虖禮神之囿，登乎頌祇之堂。建光耀之長旓兮，昭華覆之威威。攀琁璣而下視兮，行游月虖三危。陳衆車於東坑兮，肆玉釱而下馳；漂龍淵而還九埏兮，窺地底而上回。風傱傱而扶轄兮，鸞鳳紛其御蕤。梁弱水之濎濙兮，躡不周之逶蛇。想西王母欣然而上壽兮，屏玉女而却虙妃。玉女無所眺其清盧兮，虙妃曾不得施其蛾眉。方攬道德之精剛兮，侔神明與之爲資。（上海古籍出版社，2009年）

王充撰，張宗祥校注《論衡》卷十九《恢國篇》：

武王伐紂，庸、蜀之夷佐戰牧野。成王之時，越常獻雉，倭人貢暢。幽、厲衰微，戎狄攻周，平王東走，以避其難。至漢，四夷朝貢。孝平元始元年，越常重譯，獻白雉一、黑雉二。夫以成王之賢，輔以周公，越常獻一，平帝得三。後至四年，金城塞外羌豪良願等種獻其魚鹽之地，願内屬漢，遂得西王母石室，因爲西海郡。周時戎狄攻王，至漢内屬，獻其寶地。西王母國在絶極之外，而漢屬之。德孰

大？壤孰廣？（上海古籍出版社，2010年）

班固撰，顔師古注《漢書》卷二十六《天文志》：

哀帝建平元年正月丁未日出時，有著天白氣，廣如一匹布，長十餘丈，西南行，讙如雷，西南行一刻而止，名曰天狗。傳曰："言之不從，則有犬禍詩妖。"到其四年正月、二月、三月，民相驚動，讙嘩奔走，傳行詔籌祠西王母。又曰："從目人當來。"十二月，白氣出西南，從地上至天，出參下，貫天厠，廣如一匹布，長十餘丈，十餘日去。占曰："天子有陰病。"其三年十一月壬子，太皇太后詔曰："皇帝寬仁孝順，奉承聖緒，靡有懈怠，而久病未瘳。夙夜惟思，殆繼體之君不宜改作。春秋大復古，其復甘泉泰時，汾陰后土如故。"

同上，卷二十七《五行志》下之上：

哀帝建平四年正月，民驚走，持稿或棷一枚，傳相付與，曰行詔籌。道中相過逢多至千數，或被髮徒踐，或夜折關，或逾牆入，或乘車騎奔馳，以置驛傳行，經歷郡國二十六，至京師。其夏，京師郡國民聚會里巷仟佰，設（祭）張博具，歌舞祠西王母。又傳書曰："母告百姓，佩此書者不死。不信我言，視門樞下，當有白髮。"至秋止。是時帝祖母傅太后驕，與政事，故杜鄴對曰："春秋灾异，以指象爲言語。籌，所以紀數。民，陰，水類也。水以東流爲順走，而西行，反類逆上。象數度放溢，妄以相予，違忤民心之應也。西王母，婦人之稱。博弈，男子之事。於街巷仟佰，明離闑内，與疆外。臨事盤樂，炕陽之意。白髮，衰年之象，體尊性弱，難理易亂。門，人之所由；樞，其要也。居人之所由，制持其要也。其明甚著。今外家丁、傅并侍帷幄，布於列位，有罪惡者不坐辜罰，亡功能者畢受官爵。皇甫、三桓，詩人所刺，《春秋》所譏，亡以甚此。指象昭昭，以覺聖朝，奈何不應！"後哀帝崩，成帝母王太后臨朝，王莽爲大司馬，誅滅丁、傅。一曰丁傅所亂者小，此异乃王太后、莽之應云。

同上，卷二十八《地理志》下：

金城郡，昭帝始元六年置。莽曰西海。……臨羌。西北至塞外，有西王母石室、仙海、鹽池。北則湟水所出，東至允吾入河。西有須抵池，有弱水、昆侖山祠。莽曰鹽羌。

同上，卷五十七下《司馬相如傳》下：

相如見上好仙，因曰："上林之事亦足美也，尚有靡者，臣嘗爲《大人賦》未就，請具而奏之。"……乃遂奏《大人賦》。其辭曰："……西望昆侖之軋沕荒忽兮，直徑馳乎三危。排閶闔而入帝宫兮，載玉女而與之歸。登閬風而遥集兮，亢鳥騰而壹止。低徊陰山翔以紆曲兮，吾乃今目睹西王母，暠然白首戴勝而穴處兮，亦幸有三足烏爲之使。必長生若此而不死兮，雖濟萬世不足以喜。……”相如既奏《大人賦》，天子大悦，飄飄有陵雲氣游天地之間意。

同上，卷八十四《翟方進傳》：

莽於是依《周書》作大誥曰：“……太皇太后肇有元城沙鹿之右，陰精女主聖明之祥，配元生成，以興我天下之符，遂獲西王母之應。神靈之徵，以佑我帝室，以安我大宗，以紹我後嗣，以繼我漢功。厥害適統不宗元緒者，辟不違親，辜不避戚。夫豈不愛？亦惟帝室。是以廣立王侯，并建曾玄，俾屏我京師，綏撫宇内；博徵儒生，講道於廷，論序乖謬，制禮作樂，同律度量，混壹風俗；正天地之位，昭郊宗之禮，定五疇廟祧，咸秩亡文；建靈臺，立明堂，設辟雍，張太學，尊中宗、高宗之號。……”乃遣大夫桓譚等班行諭告當反位孺子之意。還，封桓譚爲明告里附城。

同上，卷九十六《西域傳》上：

烏弋山離國，王去長安萬二千二百里。不屬都護。户口勝兵，大國也，東北至都護治所六十日行，東與罽賓、北接撲挑、西與犁靬、條支接。

行可百餘日，乃至條枝。國臨西海。暑溼，田稻。有大鳥，卵如甕。人衆甚多，往往有小君長，安息役屬之，以爲外國。善眩。安息長老傳聞條支有弱水、西王母，亦未嘗見也。自條支乘水西行，可百餘日，近日所入云。

同上，卷九十八《元后傳》：

平帝崩，無子……莽乃下詔曰：“予視群公，咸曰‘休哉！其文字非刻非畫，厥性自然’。予伏念皇天命予爲子，更命太皇太后爲‘新室文母太皇太后’，協於新〔室〕故交代之際，信於漢氏。哀帝之代，世傳行詔籌，爲西王母共具之祥，當爲歷代母，昭然著明。予祗畏天命，敢不欽承！謹以令月吉日，親率群公諸侯卿士，奉上皇太后璽紱，以當順天心，光於四海焉。”太后聽許。莽於是鴆殺王諫，而封張永爲貢符子。（中華書局，1964年）

趙曄《吴越春秋》卷九《勾踐陰謀外傳》：

種曰：“一曰尊天事鬼，以求其福……”越王曰：“善！”乃行第一術。立東郊以祭陽，命曰東王公。立西郊以祭陰，名曰西王母。祭陵山於會稽，祀水澤於江州。事鬼神一年，國不被灾。（《四部叢刊》本）

張衡著，張震澤校注《張衡詩文集校注》之《思玄賦》：

追慌忽於地底兮，軼無形而上浮。出右密之暗野兮，不識蹊之所由。速燭龍令執炬兮，過鍾山而中休。瞰瑶溪之赤岸兮，吊祖江之見劉。聘王母於銀臺兮，羞玉芝以療飢。戴勝憖其既歡兮，又誚余之行遲。載太華之玉女兮，召洛浦之宓妃。咸姣麗以蠱媚兮，增嫮眼而蛾眉。舒妙婧之纖腰兮，揚雜錯之袿徽。離朱唇而微笑兮，顔的礫以遺光。獻環琨與璵縭兮，申厥好以玄黄。雖色艷而賂美兮，志浩蕩而不嘉。雙材悲於不納兮，并咏詩而清歌。歌曰：“天地烟熅，百卉含花。鳴鶴交頸，雎鳩相和。處子懷春，精魂回移。如何淑明，忘我實多。”（上海古籍出版社，1986年）

錢熙祚集輯《漢武帝内傳》：

元封元年。正月甲子，登嵩山，起道宫。帝齋七日，祠訖乃還。至四月戊辰，帝閑居承華殿，東方朔、董仲君（“君”原作“舒”。據明抄本、陳校本改）在側。忽見一女子，著青衣，美麗非常。帝愕然問之，女對曰：“我墉宫玉女王子登也。向爲王母所使，從昆侖山來。語帝曰：聞子輕四海之禄，尋道求生，降帝王之位，而屢禱山岳，勤哉有似可教者也。從今日清齋，不閑人事，至七月七日，王母暫來也。”帝下席跪諾。言訖，玉女忽然不知所在。帝問東方朔：“此何人？”朔曰：“是西王母紫蘭宫玉女，常傳使命，往來扶桑，出入靈州，交關常陽，傳言玄都。阿母昔出配北燭仙人，近又召還，使領命禄，真靈官也。”帝於是登延靈之臺，盛齋存道；其四方之事權，委於冢宰焉。到七月七日，乃修除宫掖，設坐大殿。以紫羅薦地，燔百和之香，張雲錦之幃，燃九光之燈，列玉門之棗，酌蒲萄之醴，宫（明抄本宫作“躬”）監香果，爲天宫之饌。帝乃盛服，立於陛下，敕端門之内，不得有妄窺者。内外寂謐，以候雲駕。到夜二更之後，忽見西南如白雲起，鬱然直來，徑趨宫庭，須臾轉近，聞雲中簫鼓之聲，人馬之響。半食頃，王母至也。縣投殿前，有似鳥集。或駕龍虎，或乘白麟，或乘白鶴，或乘軒車，或乘天馬，群仙數千，光耀庭宇。既至，從官不復知所在，唯見王母乘紫雲之輦，駕九色斑龍。别有五十天仙，側近鸞輿，皆長丈餘，同執彩旄之節，佩金剛靈璽，戴天真之冠，咸住殿下。王母唯挾二侍女上殿，侍女年可十六七，服青綾之褂，容眸流盼，神姿清發，真美人也。王母上殿東向坐，著黄金褡襡，文采鮮明，光儀淑穆。帶靈飛大綬，腰佩分景之劍，頭上太華髻，戴太真晨嬰之冠，履玄璚鳳文之舄。視之可年三十許，修短得中，天姿掩藹，容顔絶世，真靈人也。下車登床。帝跪拜，問寒暄畢，立。因呼帝共坐，帝面南。王母自設天厨，真妙非常：豐珍上果，芳華百味；紫芝萎蕤，芬芳填樏；清香之酒，非地上所有，香氣殊絶。帝不能名也。又命侍女更索桃果。須臾，以玉盤盛仙桃七顆，大如鴨卵，形圓青色，以呈王母。母以四顆與帝，三顆自食。桃味甘美，口有盈味。帝食輒收其核，王母問帝，帝曰：“欲種之。”母曰：“此桃三千年一生實，中夏地薄，種之不生。”帝乃止。於坐上酒觴數遍，王母乃命諸侍女王子登彈八琅之璈，又命侍女董雙成吹雲和之笙，石公子擊昆庭之金，許飛瓊鼓震靈之簧，婉凌華拊五靈之石，范成君擊湘陰之磬，段安香作九天之鈞。於是衆聲澈朗，靈音駭空。又命法嬰歌玄靈之曲。歌畢，王母曰：“夫欲修身，當營其氣，《太仙真經》所謂‘行益易之道’。益者益精，易者易形。能益能易，名上仙籍；不益不易，不離死厄。行益易者，謂‘常思靈寶’也。靈者神也，寶者精也。子但愛精握固，閉氣吞液，氣化爲血，血化爲精，精化爲神，神化爲液，液化爲骨。行之不倦，神精充溢。爲之一年易氣，二年易血，三年易精，四年易脉，五年易髓，六年易骨，七年易筋，八年易發，九年易形。形易則變化，變化則成道，成道則爲仙人。吐納六氣，口中甘香。欲食靈芝，存得其味，微息揖吞，從心所適。氣者水也，無所不成，至柔之物，通至神精矣。此元始天王在丹房之中所説微言，今敕侍笈玉女李慶孫書録之以相付。子善録而修焉。”

於是王母言語既畢，嘯命靈官，使駕龍嚴車欲去。帝下席叩頭，請留殷勤，王母乃止。王母乃遣侍女郭密香與上元夫人相問云：“王九光之母敬謝。比（原作“但”，據明抄本、陳校本改）不相見，四千餘年矣。天事勞我，致以愆面。劉徹好道，適來視之，見徹了了，似可成進。然形漫神穢，腦血淫漏，五臟不淳，關胃彭孛，骨無津液，脉浮反升，肉多精少，瞳子不夷，三尸絞亂，玄白失時。雖當語之以至道，殆恐非仙才也。吾久在人間，實爲臭濁，然時復可游望，以寫細念。庸（明抄本、陳校本作“客”）主對坐，悒悒不樂，夫人可暫來否？若能屈駕，當停相須。”帝見侍女下殿，俄失所在。須臾郭侍女返，上元夫人又遣一侍女答問云：“阿環再拜。上問起居，遠隔絳河，擾以官事，遂替顏色。近五千年，仰戀光潤，情系無違。密香至，奉信承降尊於劉徹處。聞命之際，登當命駕，先被太帝君敕，使詣玄洲，校定天元。正爾暫住，如是當還，還便束帶，願暫少留。”帝因問王母：“不審上元何真也？”王母曰：“是三天上元之官，統領十萬（明抄本作“方”）玉女名籙者也。”俄而夫人至，亦聞雲中簫鼓之聲。既至，從官文武千餘人，并是女子，年皆十八九許，形容明逸，多服青衣，光彩耀目，真靈官也。夫人年可二十餘，天姿精耀，靈眸絶朗，服青霜之袍，雲彩亂色，非錦非綉，不可名字。頭作三角髻，餘髪散垂至腰，戴九雲夜光之冠，曳六出火玉之佩，垂鳳文林華之綬，腰流黄揮精之劍。上殿向王母拜，王母坐而止之，呼同坐，北向。夫人設厨，厨亦精珍，與王母所設者相似。王母敕帝曰：“此真元之母，尊貴之神，汝當起拜。”帝拜問寒温，還坐。夫人笑曰：“五濁之人，耽酒榮利，嗜味淫色，固其常也。且徹以天子之貴，其亂目者倍於凡焉，而復於華麗之墟，拔嗜欲之根，願無爲之事，良有志矣。”王母曰：“所謂有心哉！”夫人謂帝曰：“汝好道乎？聞數招方術，祭山岳，祠靈神，禱河川，亦爲勤矣。勤而不獲，實有由也。汝胎性暴，胎性淫，胎性奢，胎性酷，胎性賊，五者恒舍於榮衛之中，五臟之内，雖獲良針，固難愈也。暴則使氣奔而攻神，是故神擾而氣竭；淫則使精漏而魄疲，是故精竭而魂消；奢則使真離而魄穢，是故命逝而靈失；酷則使喪仁而自攻，是故失仁而眼亂；賊則使心鬥而口乾，是故内戰而外絶。此五事者，皆是截身之刀鋸，刳命之斧斤矣。雖復志好長生，不能遣兹五難，亦何爲損性而自勞乎。然由是得此小益，以自知往爾。若從今已，捨爾五性，反諸柔善，明務察下，慈務矜冤，惠務濟貧，賑務施勞，念務存孤，惜務及愛身，恒爲陰德，救濟死厄，旦夕孜孜，不泄精液，於是閉諸淫，養汝神，放諸奢，從至儉，勤齋戒，節飲食，絶五穀，去膻腥，鳴天鼓，飲玉漿，蕩華池，叩金梁，按而行之，當有异耳。今阿母遷天尊之重，下降於蟪蛄之窟（明抄本、陳校本"窟"作"户屈"，"户"屬上爲句，"屈"屬下句）霄虚之靈，而詣狐鳥之俎，且阿母至誠，妙唱玄音，驗其敬勖節度，明修所奉。比及百年，阿母必能致汝於玄都之墟，迎汝於昆閬之中，位以仙官，游於十方。信吾言矣，子勵之哉。若不能爾，無所言矣。"帝下席跪謝曰："臣受性凶頑，生長亂濁，面牆不啓，無由開達。然貪生畏死，奉靈敬神。今日受教，此乃天也。徹戢聖命以爲身範，是小丑之臣，當獲生活，唯垂哀護，願賜上元。"（明抄本、陳校本"願賜上元"作"賜其元元"）夫人使帝還坐。

王母謂夫人曰："卿之爲戒，言甚急切，更使未解之人，畏於志意。"夫人曰："若其志道，將以身投餓虎，忘軀破滅，蹈火履水，固於一志，必無憂也。若其志道，則心凝真性。嫌惑之徒，不畏急言，急言之發，欲成其志耳。阿母既有念，必當賜以尸解之方耳。"王母曰："此子勤心已久，而不遇良師，遂欲毁其正志，當疑天下必無仙人。是故我發閬宫，暫舍塵濁，既欲堅其仙志，又欲令向化不惑也。今日相見，令人念之。至於尸解下方，吾甚不惜。後三年，吾必欲賜以成丹半劑，石象散一具，與之則徹不得復停。當今匈奴未彌，邊陲有事，何必令其倉卒舍天下之尊，而便入林岫？但當問篤向之志，必卒何如。（"如"字原缺，據明抄本、許本、黄本補）其回改，吾方數來。"王母因拊帝背曰："汝用上元夫人至言，必得長生，可不勖勉耶？"帝跪曰："徹書之金簡，以身模（原作"莫"，據明抄本、陳校本改。黄本作"佩"）之焉。"

帝又見王母巾笈中有一卷書，盛以紫錦之囊。帝問："此書是仙靈方耶？不審其目，可得瞻盼否？"王母出以示之曰："此《五岳真形圖》也，昨青城諸仙，就吾請求，今當過以付之。乃三天太上所出，文秘禁重，豈汝穢質所宜佩乎？今且與汝《靈光生經》，可以通神勸心也。"帝下地叩頭，固請不已。王母曰："昔上皇清虚元年，三天太上道君，下觀六合，瞻河海之長短，察丘山之高卑，立天柱而安於地理，植五岳而擬諸鎮輔，貴昆陵以舍靈仙，尊蓬丘以館真人，安水神於極陰之源，栖太帝於扶桑之墟。於是方丈之阜，爲理命之室；滄浪海島，養九老之堂。祖瀛玄炎，長元流（“流”下原有“光”字，據明抄本、陳校本删）生。鳳麟聚窟，各爲洲名，并在滄流大海玄津之中。水則碧黑俱流，波則震蕩群精。諸仙玉女，聚居滄溟，其名難測，其實分明。乃因山源之規矩，睹河岳之盤曲，陵回阜轉，山高隴長，周旋逶迤，形似書字，是故因象制名，定實之號。書形秘於玄臺，而出爲靈真之信，諸仙佩之，皆如傳章；道士執之，經行山川，百神群靈，尊奉親近。汝雖不正，然數訪仙澤，扣求不忘於道。欣子有心，今以相與。當深奉慎，如事君父。泄示凡夫，必禍及也。”

上元夫人語帝曰：“阿母今以瓊笈妙韞，發紫臺之文，賜汝八會之書。《五岳真形》，可謂至珍且貴，上帝之玄觀矣。子自非受命合神，弗見此文矣。今雖得其真形，觀其妙理，而無五帝六甲左右靈飛之符、太陰六丁通真逐靈玉女之籙、太陽六戊招神天光策精之書、左乙混沌東蒙之文、右庚素收攝殺之律、壬癸六遁隱地八術、丙丁入火九（九字原闕，據明抄本、陳抄本補）赤班符、六辛入金致黄水月華之法、六己石精金光藏景化形之方、子午卯酉八稟十訣六靈咸（明抄本作“威”）儀、丑辰未戌地真素訣（明抄本“素”上有“曲”字，“訣”下有“辭”字）、長生紫書三五順行寅申巳亥紫度炎光内視中方，凡缺此十二事者，當何以召山靈，朝地神，攝總萬精，驅策百鬼，束虎豹，役蛟龍乎？子所謂適知其一，未見其他也。”帝下席叩頭曰：“徹下土濁民，不識清真，今日聞道，是生命會遇。聖母今當賜以真形，修以度世。夫人云今告徹，應須五帝六甲六丁六符致靈之術。既蒙啓發，弘益無量，唯願告誨，濟臣飢渴，使已枯之木，蒙靈陽之潤，焦炎之草，幸甘雨之溉。不敢多陳。”帝啓叩不已。

王母又告夫人曰：“夫真形寶文，靈宫所貴，此子守求不已，誓以必得，故虧科禁，特以與之。然五帝六甲，通真招神，此術眇邈，必須清潔至誠，殆非流濁所宜施行。吾今既賜徹以真形，夫人當授之以致靈之途矣。吾嘗憶與夫人共登玄隴朔野，及曜真之山。視王子童、王子立就吾求請太上隱書。吾以三元秘言，不可傳泄於中仙。夫人時亦有言，見助於子童之言志矣，（明抄本“言志矣”作“至以”，《雲笈七籤》卷七九作“至矣”，擬當從“至矣”爲是。）吾既難違來意，不獨執惜。至於今日之事，有以相似。後造朱火丹陵，食靈瓜，味甚好，憶此未久，而已七千歲矣。夫人既以告徹篇目十二事畢，必當匠而成之，緣何令人主稽首請乞，叩頭流血耶？”上元夫人曰：“阿環不苟惜，向不持來耳。此是太虚群丈真人赤童所出，傳之既自有男女之限禁，又宜授得道者，恐徹下才，未應得此耳。”王母色不平，乃曰：“天禁漏泄，犯違明科，傳必其人，授必知真者。夫人何向下才而説其靈飛之篇目乎？妄説則泄，泄而不傳，是炫天道，此禁豈輕於傳耶？别敕三官司直，推夫人之輕泄也。吾之《五岳真形》太寶，乃太上天皇所出，其文寶妙而爲天仙之信，豈復應下授於劉徹耶？直以徹孜孜之心，數請川岳，勤修齋戒，以求神仙之應，志在度世，不遭明師，故吾等有以下眄之耳。至於教仙之術，不復限惜而弗傳。夫人且有致靈之方，能獨執之乎？吾今所以授徹真形文者，非謂其必能得道，欲使其精誠有驗求仙之不惑，可以誘進向化之徒，又欲令悠悠者，知天地間有此靈真之事，足以却不信之狂夫耳。吾意在此也。此子性氣淫暴，服精不純，何能得成真仙，浮空參差十方乎？勤而行之，適可度於不死耳。明科所云：非長生難，聞道難也；非聞道難（"非聞道難"四字原缺，據明抄本、陳校本補）行之難；非行之難也，終之難。良匠能與人規矩，不能使人必巧也。何足隱之耶？"夫人謝曰："謹受命矣。但環（"環"下原有"倒"字，據明抄本、陳校本删）昔蒙倒景君、無常先生二君，傳靈飛之約，以四千年一傳，女授女，不授男，太上科禁，已表於昭生之符矣。環受書以來，并賢大女即抱蘭，凡傳六十八女子，固不可授男也。伏見扶廣山青真小童，受《六甲靈飛》於太甲中元，凡十二事，與環所授者同。青真是環入火弟子，所受《六甲》，未聞别授於人。彼男官也，今止敕取之，將以授徹也。先所以告篇目者，意是憫其有心，將欲堅其專氣，令且廣求。他日與之，亦欲以男授男，承科而行。使勤而方獲，令知天真之珍貴耳。非徒苟執，炫泄天道，阿環主臣，願不罪焉。阿母《真形》之貴，憫於勤志，亦已授之，可謂大不宜矣。"王母笑曰："亦可恕乎？"

上元夫人即命侍女紀離容，徑到扶廣山，敕青真小童，出六甲左右靈飛致神之方十二事，當以授劉徹也。須臾侍女還，捧五色玉笈，鳳文之蘊。以出六甲之文曰："弟子何昌言：向奉使絳河，攝南真七元君檢校群龍猛獸之數，事畢授教。承阿母相邀（"邀"字原缺，據明抄本、陳校本補）詣劉徹家，不意天靈玉尊，乃復下降於臭濁中也，不審起居比來何如？侍女紀離容至云：尊母欲得金書秘字六甲靈飛左右策精之文十二事，欲授劉徹。輒封一通付信，曰徹雖有心，實非仙才，詎宜以此傳泄於行尸乎？昌近在帝處，見有上言者甚衆，云山鬼哭於叢林，孤魂號於絶域；興師旅而族有功，忘賞勞而刑士卒；縱横白骨，煩擾黔首，淫酷自恣。罪已彰於太上，怨已見於天氣，囂言互聞，必不得度世也。奉尊見敕，不敢違耳。"王母嘆曰："言此子者誠多，然帝亦不必推也。夫好道慕仙者，精誠志念，齋戒思愆，輒除過一月；克己反善，奉敬真神，存真守一，行此一月，輒除過一年。徹念道纍年，齋亦勤矣，纍禱名山、願求度脱，校計功過，殆已相掩。但今以去，勤修至誠，奉上元夫人之言，不宜復奢淫暴虐，使萬兆勞殘，冤魂窮鬼有被掘之訴，流血之尸忘功賞之辭耳。"夫人乃下席起立，手執八色玉笈鳳文之蘊，仰帝而祝曰："九天浩洞，太上耀靈。神照玄寂，清虚朗明。登虚者妙，守氣者生。至念道臻，寂感真誠。役神形辱，安精年榮。授徹靈飛，及此六丁。左右招神，天光策精。可以步虚，可以隱形。長生久視，還白留青。我傳有四萬之紀，授徹傳在四十之齡。

違犯泄漏，禍必族傾。反是天真，必沉幽冥。爾其慎禍，敢告劉生。爾師主是真青童小君，太上中黄道君之師真（明抄本“師真”作“司直”），元始十天王入室弟子也。姓延陵名陽，字庇華，形有嬰孩之貌，故仙宫以青真小童爲號。其爲器也，玉朗洞照。聖周萬變，玄鏡幽覽。才爲真俊，游於扶廣。權此始運，館於玄圃。治仙職分，子在師居，從爾所願。不存所授，命必傾淪!”言畢，夫人一一手指所施用節度，以示帝焉。凡十二事都畢，又告帝曰：“夫五帝者，方面之天精，六甲六位之通靈，佩而尊之，可致長生。此書上帝封於玄景之臺，子其寶秘焉。”

王母曰：“此三天太上之所撰，藏於紫陵之臺，隱以靈壇之房，封以華琳之函，韞以蘭繭之帛，約以紫羅之素，印乙太帝之璽。受之者，四十年傳一人。無其人，八十年可頓授二人。得道者四百年一傳，得仙者四千年一傳。得真者四萬年一傳，升太上者四十萬年一傳。非其人謂之泄天道；得其人不傳，是謂蔽天寶；非限妄傳，是謂輕天老；受而不敬，是謂慢天藻。泄、蔽、輕、慢四者，取死之刀斧，延禍之車乘也。泄者身死於道路，受上刑而骸裂;蔽者盲聾於來世，命凋枉而卒殁;輕者鍾禍於父母，詣玄都而考罰；慢則暴終而墮惡道，弃疾於後世。此皆道之科禁，故以相戒，不可不慎也。”王母因授以《五岳真形圖》，帝拜受俱畢。夫人自彈雲林之璈，歌步玄之曲。王母命侍女田（“田”原作“曰”，據明抄本、陳校本改）四非，答歌。歌畢，乃告帝從者姓名，及冠帶執佩物名，所以得知而紀焉。至明旦，王母與上元夫人同乘而去，人馬龍虎導從，音樂如初。而時雲彩鬱勃，盡爲香氣，極望西南，良久乃絶。

帝既見王母及上元夫人，乃信天下有神仙之事。其後帝以王母所授《五真圖》《靈光經》，及上元夫人所授《六甲靈飛》十二事，自撰集爲一卷，及諸經圖，皆奉以黄金之箱，封以白玉之函，以珊瑚爲軸，紫錦爲囊，安著柏梁臺上。數自齋潔朝拜，燒香灑掃，然後乃執省焉。帝自受法，出入六年，意旨清暢，高韵自許，爲神真見降，必當度世。恃此不修至德，更興起臺館，勞弊萬民，坑降殺服，遠征夷狄，路盈怒嘆，流血膏城，每事不從。至太初元年十一月乙酉，天火燒柏梁臺，《真形圖》《靈飛經録十二事》《靈光經》，及自撰所受，凡十四卷，并函并失。王母當知武帝既不從訓，故火灾耳。（《守山閣叢書》本）

皇甫謐《高士傳》卷下《贄恂》：

贄恂字季直，伯陵之十二世孫也。明《禮》《易》，遂治五經，博通百家之言。又善屬文，詞論清美。渭濱弟子，扶風馬融、沛國桓驎等，自遠方至者十餘人。……（《四部備要》本）

陸翽《鄴中記》：

石虎園中有西王母棗，冬夏有葉，九月生花，二月乃熟，三子一尺。又有羊角棗，亦三子一尺。（《叢書集成初編》本）

張華《博物志》卷八《史補》：

漢武帝好仙道，祭祀名山大澤以求神仙之道。時西王母遣使乘白鹿告帝當來，乃供帳九華殿以待之。七月七日夜漏七刻，王母乘紫雲車而至於殿西，南面東向，頭上戴玉勝，青氣鬱鬱如雲。有三青鳥，如烏大，使侍母旁。時設九微燈。帝東面西向，王母索七桃，大如彈丸，以五枚與帝，母食二枚。帝食桃輒以核著膝前，母曰："取此核將何爲？"帝曰："此桃甘美，欲種之。"母笑曰："此桃三千年一生實。"唯帝與母對坐，其從者皆不得進。時東方朔竊從殿南厢朱鳥牖中窺母，母顧之，謂帝曰："此窺牖小兒，嘗三來盜吾此桃。"帝乃大怪之。由此世人謂方朔神仙也。

同上，卷九《雜説上》：

老子云："萬民皆付西王母，唯王、聖人、真人、仙人、道人之命上屬九天君耳。"（《古今逸史》本）

張華撰，張溥輯《張茂先集·游仙詩》：

玉佩連浮星，輕冠結朝霞。列坐玉母堂，醴餐瓊瑶華。湘妃咏涉江，漢女奏陽阿。（明汲古閣刻本）

潘尼撰，張溥輯《潘太常集·琉璃碗賦》：

覽方貢之彼珍，瑋兹碗之獨奇。濟流沙之絶險，越葱嶺之峻危。其由來也阻遠，其所托也幽深。據重巒之億仞，臨洪溪之萬尋。接玉樹以瓊瑶，鄰沙棠與碧林。瞻閶風之崔嵬，顧玄圃之蕭森。於是游西極，望大蒙，歷鍾山，窺燭龍，覲王母，訪仙童。取琉璃之悠華，詔曠世之良工。纂玄儀以取象，準三辰以定容。光映日曜，圓勝月盈。纖瑕罔麗，飛塵靡停。灼爍旁燭，表裏相形。凝霜不足方其潔，澄水不能喻其清。剛過金石，勁勵瓊玉。磨之不磷，涅之不濁。舉兹碗以酬賓，榮密坐之曲宴。流景炯晃以内澈，清醴瑶琰而外見。（明汲古閣刻本）

葛洪《抱朴子·内篇》卷十七《登涉》：

抱朴子曰："山中有大樹，有能語者，非樹能語也，其精名曰雲陽，呼之則吉。山中夜見火光者，皆久久枯木所作，勿怪也。山中夜見番人者，銅鐵之精。見秦者，百歲木之精。勿怪之，并不能爲害。山水之間見使人者，名曰四徼，呼之名即吉。山中見大蛇著冠幘者，名曰升卿（四庫本作“鄉”），呼之即吉。山中見吏，若但聞聲不見形，呼人不止，以白石擲之則息矣；一法以葦爲矛（四庫本作“萊茅”）以刺之即吉。山中見鬼來喚人，求食不止者，以白茅投之即死也。山中鬼常迷惑使失道徑者，以葦杖投之即死也。山中寅日有自稱虞吏者，虎也；稱當路君者，狼也；稱令長者，老狸也。卯日稱丈人者，兔也；稱東王父者，麋也；稱西王母者，鹿也。辰日稱雨師者，龍也；稱河伯者，魚也；稱無腸公子者，蟹也。巳日稱寡人者，社中蛇也；稱時君者，龜也。午日稱三公者，馬也；稱仙人者，老樹也。未日稱主人者，羊也；稱吏者，獐也。申日稱人君者，猴也；稱九卿者，猿也。酉日稱將軍者，老雞也；稱捕賊者，雉也。戌日稱人姓字者，犬也；稱成陽公者，狐也。亥日稱神君者，豬也；稱婦人者，金玉也。子日稱社君者，鼠也；稱神人者，伏翼也。丑日稱書生者，牛也。但知其物名，則不能爲害也。（《漢魏叢書》本）

葛洪《西京雜記》第一卷二八《上林名果异木》：

初修上林苑，群臣遠方各獻名果异樹，亦有製爲美名，以標奇麗者。梨十：紫梨、青梨（實大）、芳梨（實小）、大谷梨、細葉梨、縹葉梨、金葉梨（出琅琊王野家，太守王唐所獻）、瀚海梨（出瀚海北，耐寒不枯。）、東王梨（出海中）、紫條梨。棗七：弱枝棗、玉門棗、棠棗、青華棗、梬棗、赤心棗、西王母棗（出昆侖山）。栗四：侯栗、榛栗、瑰栗、嶧陽栗（嶧陽都尉曹龍所獻，大如拳。）。桃十：秦桃、榹桃、緗核桃、金城桃、綺葉桃、紫文桃、霜下桃（霜下可食）、胡桃（出西域）、櫻桃、含桃。李十五：紫李、緑李、朱李、黄李、青綺李、青房李、同心李、車下李、含枝李、金枝李、顔淵李（出魯）、羌李、燕李、蠻李、侯李。柰三：白柰、紫柰（花紫色）、緑柰（花緑色）。查三：蠻查、羌查、猴查。椑三：青椑、赤葉椑、烏椑。棠四：赤棠、白棠、青棠、沙棠。梅七：朱梅、紫葉梅、紫華梅、同心梅、麗枝梅、燕梅、猴梅。杏二：文杏（材有文采）、蓬萊杏（東郡都尉於吉所獻。一株花雜五色，六出，云是仙人所食）。桐三：椅桐、梧桐、荆桐。林檎十株。枇杷十株。橙十株。安石榴十株。楟十株。白銀樹十株。黄銀樹十株。槐六百四十株。千年長生樹十株。萬年長生樹十株。扶老木十株。守宫槐十株。金明樹二十株。摇風樹十株。鳴風樹十株。琉璃樹十株。池離樹十株。離婁樹十株。白俞、梅杜、梅桂、蜀漆樹十株。栝十株，樅七株。楠四株。楔四株。楓四株。（中華書局，1985年）

陶淵明撰，逯欽立校注《陶淵明集》卷四《讀〈山海經〉十三首》：

玉臺凌霞秀，王母怡妙顔。天地共俱生，不知幾何年。靈化無窮已，館宇非一山。高酣發新謡，寧效俗中言。

迢遞槐江嶺，是謂玄圃丘。西南望昆墟，光氣難與儔。亭亭明玕照，落落清瑶流。恨不及周穆，托乘一來游。

丹木生何許，乃在峚山陽。黄花復朱實，食之壽命長。白玉凝素液，瑾瑜發奇光。豈伊君子寶，見重我軒黄。

翩翩三青鳥，毛色奇可憐。朝爲王母使，暮歸三危山。我欲因此鳥，具向王母言：在世無所須，唯酒與長年。

逍遥蕪皋上，杳然望扶木。洪柯百萬尋，森散覆暘谷。靈人侍丹池，朝朝爲日浴。神景一登天，何幽不見燭。

粲粲三珠樹，寄生赤水陰，亭亭凌風桂，八幹共成林。靈鳳撫雲舞，神鸞調玉音。雖非世上寶，爰得王母心。

自古皆有没，何人得靈長。不死復不老，萬歲如平常。赤泉給我飲，員丘足我糧。方與三辰游，壽考豈渠央。（中華書局，1979年）

王嘉撰，蕭綺輯《拾遺記》卷三《周穆王》：

三十六年，王東巡大騎之谷。指春宵宫，集諸方士仙術之要，而螭、鵠、龍、蛇之類，奇種憑空而出。時已將夜，王設長生之燈以自照，一名恒輝。又列璠膏之燭，遍於宫内。又有鳳腦之燈。又有冰荷者，出冰壑之中，取此花以覆炊七八尺，不欲使光明遠也。西王母乘翠鳳之輦而來，前導以文虎、文豹，後列雕麟、紫麇。曳丹玉之履，敷碧蒲之席，黄莞之薦，共玉帳高會。薦清澄琬琰之膏以爲酒。又進洞淵紅花，嶔州甜雪，昆流素蓮，陰岐黑棗，萬歲冰桃，千常碧藕，青花白橘。素蓮者，一房百子，凌冬而茂。黑棗者，其樹百尋，實長二尺，核細而柔，百年一熟。

扶桑東五萬里，有磅磄山。上有桃樹百圍，其花青黑，萬歲一實。郁水在磅磄山東，其水小流，在大陂之下，所謂沉流，亦名重泉。生碧藕，長千常，七尺爲常也。條陽山出神蓬，如蒿，長十丈。周初，國人獻之，周以爲宫柱，所謂蒿宫也。中有白橘，花色翠而實白，大如瓜，香聞數里。奏環天之和樂，列以重霄之寶器。器則有岑華鏤管，咈澤雕鐘，員山静瑟，浮瀛羽磬，撫節按歌，萬靈皆聚。環天者，鈞天也。和，廣也。（出《穆天子傳》。）岑華，山名也，在西海上，有象竹，截爲管吹之，爲群鳳之鳴。咈澤出精銅，可爲鐘鐸。員山，其形員也。有大林，雖疾風震地，而林木不動，以其木爲琴瑟，故曰静瑟。浮瀛，即瀛洲也。上有青石，可爲磬，磬者長一丈，輕若鴻毛，因輕而鳴。西王母與穆王歡歌既畢也，乃命駕升雲而去。

同上，卷六《明帝》：

明帝陰貴人夢食瓜，甚美。帝使求諸方國。時敦煌獻瓜種，衡山獻巨桃核。瓜名穹隆，長三尺而形屈曲，味美如飴。父老云："昔道士從蓬萊山得此瓜，云是崆峒靈瓜，四劫一實，東王公、西王母遺核於此地，世代遐絶，其實頗存。"又説："巨桃霜下結花，隆暑方熟，亦云仙人所食。"帝使植於霜林園，此園皆植寒果，積冰之節，百果方盛，俗謂之相陵，與霜林之音訛也。後曰："王母之桃，王公之瓜，可得而食。五萬歲矣，安可植乎？"後崩，内侍者見鏡奩中有瓜、桃之核，視之涕零，疑其非類耳。（《古今逸史》本）

范曄撰，李賢注《後漢書》卷六十七《桓彬》：

父麟，字元鳳，早有才惠。（《華嶠書》曰："鄷生麟也。"）桓帝初，爲議郎，入侍講禁中，以直道忤左右，出爲許令，病免。會母終，麟不勝喪，未祥而卒，年四十一。所著碑、誄、贊、説、書凡二十一篇。（案摯虞《文章志》，麟文見在者十八篇，有碑九首，誄七首，《七説》一首，《沛相郭府君書》一首。）

同上，卷八十八《西域傳》：

大秦國一名犂鞬，以在海西，亦云海西國。地方數千里，有四百餘城。小國役屬者數十。……或云其國有弱水、流沙，近西王母所居處，幾於日所入也。（中華書局，1965年）

崔鴻撰，屠喬孫、項琳之同訂《十六國春秋》：

甘松山東北有西王母樗蒱山，大有神驗，江水出焉。

同上，《前趙録》：

周穆王見西王母，樂而忘歸，即住此出。山有西王母石室，珠璣鏤飾，焕若神宫。（《漢魏叢書》本）

劉勰撰，范文瀾注《文心雕龍注》卷三《雜文》：

自桓麟《七説》以下，左思《七諷》以上，枝附影從，十有餘家。或文麗而義暌，或理粹而辭駁。觀其大抵所歸，莫不高談宫館，壯語畋獵；窮瑰奇之服饌，極蠱媚之聲色；甘意摇骨髓，艷詞動魂識。雖始之以淫侈，而終之以居正；然諷一勸百，勢不自反。子雲所謂先騁鄭、衛之聲，曲終而奏雅者也。（人民文學出版社，1958年）

楊衒之撰，周祖謨校《洛陽伽藍記校釋》：

景陽山南，有百果園，果别作林，林各有堂。有仙人棗，長五寸，把之兩頭俱出，核細如針。霜降乃熟，食之甚美。俗傳云出昆侖山，一曰西王母棗。又有仙人桃，其色赤，表裏照徹，得霜即熟。亦出昆侖山，一曰王母桃也。（中華書局，1963年）

段國撰，張澍輯《沙州記》：

羊鶻嶺東北二百里有大山，遥視甚似東岳岱山，極高，大險峻，嵯峨崔巍，頗有靈驗，羌胡父老云是西王母樗蒱山。（《二酉堂叢書》，道光元年刊刻本）

歐陽詢撰，汪紹楹校《藝文類聚》卷三十一人部十五《贈答》：

《文士傳》曰：桓驎伯父烏（《太平御覽》三百八十五作“焉”，此訛）官至太尉，驎年十二，在座，焉告客曰：吾此弟子，知有异才，殊能作詩賦，各（據《御覽》當作“客”）乃爲詩曰：“甘羅十二，楊烏九齡，昔有二子，今則桓生。”驎即應聲答曰：“邈矣甘羅，超等絶倫。伊彼楊烏，命世稱賢。嗟予惷弱，殊才偉年。仰慚二子，俯愧過言。”

同上，卷四十六職官部二《太尉》：

（碑）後漢桓麟（按當作“驎”）《太尉劉寬碑》曰：公誕受純和之氣，體有樂道寧儉之性。疾雕飾，尚樸素，輕榮利，重謙讓，劣與同好。鑴墳典於茅廬，是以根經緯，綜精微，誨童冠而不倦。遷南陽太守，推貞諒以示下，顯衆善以厲否。惻隱之誠，通於神人。故去鞭朴，如獲其情。弗用刑，如弭其奸。

同上，卷五十七雜文部三《七》：

傅玄《七謨序》曰：昔枚乘作《七發》，而屬文之士，若傅毅、劉廣世、崔駰、李尤、桓麟、崔琦、劉梁之徒，承其流而作之者紛焉。《七激》《七興》《七依》《七疑》《七説》《七蠲》《七舉》之篇，通儒大才。馬季長、張平子，亦引其源而廣之，馬作《七厲》，張造《七辯》。非張氏至恩（《太平御覽》五百九十作“思”）比之《七激》，未爲劣也。《七釋》僉曰妙焉，吾無間矣。若《七激》《七依》之卓轢一技，《七辯》之纏綿精巧，《七啓》之奔逸壯麗，《七釋》之情密閑理，亦近代之所希也。

後漢桓麟《七説》曰：香萁爲飯，雜以粳菰，散如細蚳，摶似凝膚。河黿之羹，齊以蘭梅，芳芬甘旨，未咽先滋。椅梧與梓，生乎曾崖。上仰貫天之山，下臨洞地之溪。飛霜厲其末，飆風激其崖。孤琴徑其根，雜鳥集其枝。王良柏（《全後漢文》二十七作“相”）其左，造父驂其右。揮沫揚鑣，倏忽長驅。輪不暇轉，足不及驟。騰虛逾浮，瞥若飆霧。追慌忽，逐無形。速疾影之超表，捷飛響之應聲。超絶壑，逾懸阜，馳猛禽，射勁鳥。騁不失蹤，滿不空發。彈輕翼於高冥，窮疾足於方外。

同上，卷八十六果部上《桃》：

《漢武故事》曰：東郡獻短人，呼東方朔。朔至，短人因指朔謂上曰："西王母種桃，三千歲一爲子。此兒不良也，已三過偷之矣。"後西王母下，出桃七枚，母因噉二，以五枚與帝。帝留核著前。母問曰："用此何？"上曰："此桃美，欲種之。"母笑曰："此桃三千年一著子，非下土所植也。"

同上，卷八十七果部下《棗》：

《晋宫閣名》曰：華林園棗六十二株，王母棗十四株。

同上，卷九十鳥部上《鳳》：

《漢武内傳》曰：西王母曰："仙之上藥，有九色鳳頸；次藥，有蒙山白鳳之肉。"

同上，卷九十鳥部上《鸞》：

《漢武内傳》曰：西王母曰："神仙次藥，有靈丘之蒼鸞。"

同上，卷九十一鳥部中《青鳥》：

《山海經》曰：三危之山，有鳥居之。（青鳥主爲西王母取食者者，引自栖息於此山也。）《紀年》曰：穆王十三年，西征至於青鳥之所憩。《漢武故事》曰：七月七日，上於承華殿齋，正中。忽有一青鳥從西方來，集殿前。上問東方朔，朔曰："此西王母欲來也。"有頃，王母至，有二青鳥如烏，俠侍王母旁。（上海古籍出版社，1982年）

魏徵等《隋書》卷三十五《經籍志四》集·别集類：

梁有司徒掾《桓麟集》二卷，《録》一卷。亡。（中華書局，1973年）

詹瑛主編《李白全集校注彙釋集評》第三卷《歌詩三十首》樂府一《飛龍引》：

鼎湖流水清且閑，軒轅去時有弓劍，古人傳道流其間。漢宫嬋娟多花顔，乘鸞飛烟亦不還，騎龍攀天造天關。造天關，聞天語，長雲河車載玉女。載玉女，過紫皇，紫皇乃賜白兔所持之藥方。後天而老凋三光，下視瑶池見王母，峨眉蕭颯如秋霜。

同上，第五卷《歌詩五十首》樂府三《清平調詞》三首其一：

雲想衣裳花想雲，春風拂檻露華濃。若非群玉山頭見，會向瑶池月下逢。

同上，第二十二卷《歌詩四十五首》感遇《寓言三首》其二：

摇裔雙彩鳳，婉孌三青禽。往還瑶臺裏，鳴舞玉山岑。以歡秦娥意，復得王母心。區區精衛鳥，銜木空哀吟。

同上，第二十三卷《歌詩五十三首》咏物《庭前晚開花》：

西王母桃種我家，三千陽春始一花。結實苦遲爲人笑，攀折唧唧常咨嗟。（百花文藝出版社，1996年）

蕭滌非主編《杜甫全集校注》卷二《玄都壇歌寄元逸人》：

故人昔隱東蒙峰，已佩含景倉精龍。故人今居子午谷，獨在陰崖結茅屋。屋前太古玄都壇，青石漠漠常風寒。子規夜啼山竹裂，王母晝下雲旗翻。知君此計誠長住，芝草琅玕日應長。鐵鏁高垂不可攀，致身福地何蕭爽。

同上，卷十三《秋興八首》其五：

蓬萊宫闕對南山，承露金莖霄漢間。西望瑶池降王母，東來紫氣滿函關。雲移雉尾開宫扇，日繞龍鱗識聖顔。一卧滄江驚歲晚，幾回青瑣點朝班。（人民文學出版社，2013年）

王琦等評注《三家評注李長吉歌詩》卷一《李憑箜篌引》：

吴絲蜀桐張高秋，空白凝雲頹不流。江娥啼竹素女愁，李憑中國彈箜篌。昆山玉碎鳳凰叫，芙蓉泣露香蘭笑。十二門前融冷光，二十三絲動紫皇。女媧煉石補天處，石破天驚逗秋雨。夢入坤山教神嫗，老魚跳波瘦蛟舞。吴質不眠倚桂樹，露脚斜飛濕寒兔。

同上，《浩歌》：

南風吹山作平地，帝遣天吴移海水。王母桃花千遍紅，彭祖巫咸幾回死。青毛驄馬參差錢，嬌春楊柳含細烟。箏人勸我金屈卮，神血未凝身問誰。不須浪飲丁督護，世上英雄本無主。買絲綉作平原君，有酒惟澆趙州土。漏催水咽玉蟾蜍，衛娘髮薄不勝梳。看見秋眉换深緑，二十男兒那刺促。

同上，卷二《馬詩二十三首》其三：

忽憶周天子，驅車上玉山。鳴騶辭鳳苑，赤驥勖承恩。

其七：

西母酒將闌，東王飯已乾。君王若燕去，誰爲拽車轅。

同上，卷四《瑶華樂》：

穆天子，走龍媒。八轡冬瓏逐天回，五精掃地凝雲開。高門左右日月環，四方錯鏤棱層殷。舞霞垂尾長盤跚，江澄海浄神母顔。施紅點翠照虞泉，曳雲拖玉下昆山。列旆如松，張蓋如輪。今風殿秋，清明發春。八鑾十乘，矗如雲屯。瓊鐘瑶席甘露文，玄霜絳雪何足云，熏梅染柳將贈君。鉛華之水洗君骨，與君相對作真質。

同上，集外《昆侖使者》：

昆侖使者無消息，茂陵烟樹生愁色。金盤玉露自淋漓，元氣茫茫收不得。麒麟背上石文裂，虯龍鱗下紅枝折。何處偏傷萬國心，中天夜久高明月。

同上，集外《神仙曲》：

碧峰海面藏靈書，上帝揀作神仙居。清明笑語聞空虚，鬥乘巨浪騎鯨魚。春羅書字邀王母，共宴紅樓勖深處。鶴羽衝風過海遲，不如却使青龍去。猶疑王母不相許，垂霧妖鬟更傳語。（上海古籍出版社，1998年）

段成式《酉陽雜俎》卷一《忠志》：

代宗即位日，慶雲見，黄氣抱日。初，楚州獻定國寶一十二，乃詔上監國。詔曰："上天降寶，獻自楚州。神明生曆數之符，合璧定妖灾之氣。"初，楚州有尼真如，忽有人接去天上。天帝言下方有灾，令此寶鎮之，其數十二。楚州刺史崔侁表獻焉：一曰玄黄，形如笏，長八寸，有孔。辟人間兵疫。二曰玉鷄，毛白玉也。王者以孝理天下則見。三曰穀璧，白玉也。如粟粒，無雕鎸之迹。王者得之，五穀豐熟。四曰西王母白環，二枚。所在處，外國歸伏。五曰（闕名）。六曰如意寶珠，大如鷄卵。七曰紅鞅鞨，大如巨栗。八曰琅玕珠，二枚，逾常珠，有逾徑一寸三分。九曰玉玦，形如玉環，四分缺一。十曰玉印，大如半手，理如鹿形，陷入印中。十一曰皇后采桑鈎，細如箸，屈其末。十二曰雷公石，斧形，無孔。諸寶置之日中，皆白氣連天。

同上，卷十四《諸皋記上》：

西王母姓楊，諱回，治昆侖西北隅。以丁丑日死。一曰婉妗。（中華書局，1981）

蘇鶚撰，吴企明點校《蘇氏演義》（外三種）卷下：

孫興公問曰："世稱黄帝煉丹於鑿硯山，乃得仙，乘龍上天。群臣援龍鬚，鬚墜而生草曰龍鬚。有之乎？"答曰："無也。有龍鬚草一名縉雲草，世人爲之妄傳。至如今有虎鬚草，江東亦織以爲席，號曰'西王母席'，可復是西王母乘虎而墜其鬚也？"（按"牛亨問曰"至此三條，原本并作一條，文復訛錯。今據《古今注》校正。）

同上，《蘇氏演義》卷下：

苦葴，一名苦織子，有裹，形如皮弁，始生青，熟則赤，裹有實（按二字據《古今注》補），正圓如珠，子亦隨裹青赤。長安兒童名洛神珠，亦曰王母珠，亦曰皮弁草。（中華書局，2012年）

劉昫《舊唐書》卷十《肅宗本紀》：

楚州刺史羅侁獻定國寶玉十三枚……四曰西王母白環二枚，白玉也，徑六七寸。

同上，卷四十七《經籍志下》丁部集録别集類二：

《桓驎集》二卷。（中華書局，1975年）

李迪等《甘肅通志》卷四十七《藝文・王母宫碑記》（宋陶穀）：

《祭法》曰："法施於人則祀之。"辨方之爲法制也，不亦大哉！神有所職，足以垂訓者，孰可闕焉？按《爾雅》："觚竹、北户、西王、日下，謂之四荒。"王母事迹，其來久矣。名載方策，理非語怪。西周受命之四世，有君曰穆王，享國五十載，乘八駿宴瑶池，捧王母之觴，乃歌《黄竹》；西漢受命之四世，有君曰武帝，享國亦五十載，期七夕，會甘泉，降王母之駕，遂薦仙桃。周穆之觀西極也，濯馬潼，飲鵠血，踐巨搜之國，乃升弇山，故汲冢有《穆天子傳》；漢武之禱靈境也，祀雍畤，幸朝那，立飛廉之館，以望玄圃，故樂章有《上之回》曲。嗚呼！湘靈鼓瑟，虞舜二妃也；黄姑有星，天河織女也。或《楚詞》所傳，或巫咸所記，猶能編祀典，配嚴祠。簫鼓豆籩，預四時之享；犧牲玉帛，陪百神之祭。豈若王母爲九光聖媛，統三清上真。佩分景之玉劍，納瑶瓊之鳳舄。八琅仙璈以節樂，九色班驎而在馭。嘯咏則海神鼓舞，指顧則岳靈奔走。輔五帝於金闕，較三官於絳河。位冠上宫，福流下土。則回中有王母之廟，非不經也。年祀浸遠，棟宇隳壞。壇畝杏朽，蔽荆棘於荒庭；井廢禽亡，噪烏鳶於古壘。物不終否，崇之在人。太師清河公受脤建牙，三臨安定，軍功政事，紀在旗常。是邦也。壓涇水之上游，控西羌之右地，土宜菽麥，俗習騎射。撫之有道，則風能偃草；馭之非理，則水亦覆舟。中權失政，不可一日而處，矧三鎮乎？歲戊辰春二月，公介圭入覲，天子設庭燎以延之，奏肆夏以寵之，臨軒絶席以綏懷，大輅繁纓而錫命。禮成三接，詔還舊鎮。公既旋所理，來謁靈廟，齋莊有感，肸蠁如答，申命主者，鳩工繕修。薙蔓草於庭除，封植嘉樹；易頹檐於廊廡，締構宏材。丹青盡飾於天姿，黼藻增嚴於羽帳。雲生畫棟，如瞻西土之遥；水閲長川，若訝東溟之淺。容衛既肅，精誠在兹。何須玉女投壺，望明星於太華；瑶姬感夢，灑暮雨於陽臺？合徵幼婦之辭，庶盡上真之美。穀也學非博古，才不逮時，論思謬冠於詞臣，叙事敢逾於實録。久直金鑾之殿，視草無功；强窺朱雀之窗，偷桃知愧。頌曰：

昆侖之墟，崦嵫之下。戴勝蓬髮，虎豹爲伍。是耶非耶，怪哉王母。丹臺命駕，七夕爲期。雲軿鳳輦，劍佩光輝。倩兮盼兮，穆若仙姿。宅元都兮如彼，降漢宫兮若是。奚靈聖之多端，駭變化之神异。考《山經》與《竹書》，故兩留於前事。山之顛兮水之湄，奠玉斝兮薦金徽。白雲零落歸何處，黄竹摧殘無一枝。撫弇山之舊石，紀涇水之仙祠。（蘭州大學出版社，2018年）

李昉等《太平御覽》卷三十一時序部《七月七日》：

《漢武帝故事》曰：……王母遣使謂帝曰："七月七日我當暫來。"帝至日，掃宫内，燃九華燈。

同上，卷三百八十五人事部《幼智下》：

《文士傳》曰：……桓驎字元鳳，沛國龍亢人。伯父焉知名，官至太尉。驎精敏，年十三四在焉坐，有宿客爲詩曰："甘羅十二，楊烏九齡。昔有二子，今則桓生。參差等蹤，异世齊名。"驎即應聲答曰："邈矣甘羅，超等絶倫。卓彼楊烏，命世稱賢。嗟予蠢弱，殊才侔年。仰慚二子，俯愧過言。"

同上，卷五百一十二宗親部《伯叔》：

張騭《文士傳》曰：桓驎字元鳳。伯父焉，知名，官至太尉。精察好學，年十三四在焉坐，有宿年客，焉告之曰："吾此弟子，頗有异才，今已涉獵《書》《傳》，殊能作詩賦，君試爲口賦試與之。"客乃爲詩曰："甘羅十二，楊烏九齡。昔有二子，今則桓生。參差等蹤，异世齊名。"驎即答曰："邈矣甘羅，超等絶倫。卓彼楊烏，命世稱賢。嗟予蠢弱，殊才侔年。仰慚二子，俯愧過言。"

同上，卷五百九十文部《七辭》：

傅玄《七謨序》曰：昔枚乘作《七發》，而屬文之士若傅毅、劉廣、崔駰、李尤、桓麟、崔琦、劉梁、桓彬之徒，承其流而作之者紛焉，《七激》《七依》《七説》《七觸》《七舉》《七誤》之篇。於通儒大才馬季長、張平子，亦引其源而廣之，馬作《七廣》，張造《七辨》，或以恢大道而導幽滯，或以黜瑰奓而托調咏，揚暉播烈，垂於後世者，凡十有餘篇。

同上，卷六百七十三道部《仙經下》：

《靈寳經》……又曰：太上八威策文，（今《靈寶五符》，後有一符，名《太上八威策》，以制虎豹山精也。）《太上隱書金真上光經》，即太上玉晨傳也。《素靈洞玄大有妙經》，即西王母傳也。《玉佩金瑠太極金書》，即扶桑大帝君傳也。飛行羽經，即中央黄老君傳也。《太霄隱書瓊文玉章》，即太帝傳也。（凡諸傳并有真經，或人高而法下，或術重而位輕。此傳雖有新法，以《黄庭内經》爲主，是爲太極經也。）赤丹金精石景水母經，（此似紫文照日精法。）天皇象符，以合元氣，黄書赤界，長生之要。

同上，卷六百七十八道部《傳授上》：

《茅君傳》曰：太真元君西母授説《明堂玄真經》云："太上立玄，雙神四明。玄真内映，明堂外清。吞息二暉，長生神精。上補司命，監御萬靈。六華充溢，撤視黄寧。"此四十字即玄真之本經也。其後王母惣真更演説行事之法，猶如九真中經惟以龍書爲主也。太上刻於鳳臺南軒，非惣真弟子不教，非司命之玄挺不傳。

又曰：西母携王君茅盈以詣固衷之宫。固、衷，盈二弟也。西母撫背告之曰："汝道雖成，所聞未足。我有所授汝。"乃遣侍女郭密香與上元夫人相聞云："但不相見四千餘年，天事勞我，致以罕面，可暫來否，當此相待。"上元夫人遣一侍女答曰："阿環再拜上，問起居。遠隔絳河，擾以官事，遂違顔色，近五千年。仰戀光潤，情係無違。密香至，奉信承降尊於茅固處。聞命之際，即當飾駕，先被太常君敕，使詣希林校定三元之録，正爾暫往。如是當還，還便束帶，願暫少留。"茅固因問王母："不審上元夫人何真也？"曰："三天真皇之母，上元之高真，統領十方玉女之名録者也。"及上元夫人來，聞雲中簫鼓聲，龍馬嘶鳴。既至，從者甚衆，皆女子，齊年十六七，容色明逸，多服青綾之衣，光彩奪目。上元年未笄，天姿絶艷，服赤霜之袍，披青錦裘。頭作三角髻，餘髮散於腰。戴九晨夜月之冠，鳴六山火藻之佩，曳鳳文琳華大綬，執流黄揮精劍，入室向王母拜。王母坐止，呼之與同坐，北向。上元夫人設厨，王君敕茅盈二弟固、衷起拜，稽首而立，命坐復席。上元乃敕侍女出紫錦囊，開緑金之笈，《三元流珠經》《丹景道精經》《隱地八術經》《太極緑景經》，凡四部以傳固、衷。西王母敕侍女李方明出丹瓊之函，披雲珠之笈，以玉佩金璫太霄隱書、洞飛二景内真符，以傳司命茅君。上元曰：“阿母隱書之妙，上真内經，天仙所寶，封之金臺，佩入太微。動則八景玉輿，静則宴寢金堂。此文妙矣。阿環太極緑經等，可以致明月黄華，得白日之赤精也。”及西母、上元俱去，惟王君獨留經日。於是盈與二弟訣别，而與王君俱去，到赤城玉洞之府，告二弟曰：“吾今去便有局任，不得復數相往來，句曲山是治所也。”漢光武建武七年三月丁巳，遣使者吴倫齎黄金五十斤，置於茅三君廟下，四時祠乙太牢。至明帝永平二年，詔丹陽句容茅真人廟，使營護修守。時邑人通呼此廟爲白鵠廟。句曲之洞宫有五門。石階曲山，以水其門，令得往來上下也。句曲洞天，東通林屋，北通岱宗，西通峨嵋，南通羅浮，皆大道也。其間小徑新路阡陌沙澮，非一處也。漢建安之末，左慈聞江東有此山，故尋之，齋戒三月而登山，乃得其門，入洞虚造陰宫。二茅君授以神芝三種，慈周旋洞室經年，制度甚肅，嘆曰：“不圖天下復有如此之异乎！”至於地中洞天，有三十六所，王屋、委羽、西城、西玄、青城、赤城、羅浮、句曲、林屋、括蒼、昆侖、蓬萊、瀛州、方丈、滄浪、白山、八停之屬也，五岳及諸名山皆有洞室，或三十里、二十里、十里，岳洞方百里也。句曲山，秦時名爲句金壇，以洞天内有金壇百丈，因以致名也。漢靈帝時，敕郡縣采句曲之金，以充武庫。孫權時又遣宿衛人采金，常輸官。句曲山每至三月十八日、十二月二日，東卿司命茅君當是日請總真玉君、太虚真人、東海青童君會於句曲之上。好道者欲求神仙，宜先齋戒，俟此日登山陳乞也。茅君即授以要道，得入洞門。

又曰：紫微元靈白玉龜臺九靈太真元君，即西王母也。上宰總真玉君，東卿司命茅君之師，右英紫微夫人之母也。居昆侖墉臺，别治白玉龜山青琳之宫朱紫之房，首戴華勝，腰帶虎章，葆蓋遝映，羽旌蔭庭。以漢平帝時來降句曲華陽宫，授司命茅君《玉佩金璫經》。又獎教中小二君。至晋成帝時，與金闕聖君同降洛陽隱元臺，授魏夫人《玉清隱書》四卷。又《穆天子傳》所載詣西王母，及降漢武帝者皆是也。别有傳紀名《靈鏡洞玄上經》，或曰《大有妙經》，即今所存中元輔卿手執者，是未顯於世，主訓教天下學真之人。

同上，卷九五六引《廣志》：

東郡谷城紫棗長二寸，西王母棗大如李核，三月熟，衆果之先熟者也。稱洛陽宫後園之内。

同上，卷九五九引《鄴中記》：

金華殿後有石虎皇皇浴室。種雙長松樹，世謂之西王母長生樹。（中華書局，1960年）

李昉等《太平廣記》卷五十六女仙一《西王母》：

西王母者，九靈太妙龜山金母也，一號太虚九光龜臺金母元君。乃西華之至妙，洞陰之極尊。在昔道氣凝寂，湛體無爲，將欲啓迪玄功，化生萬物。先以東華至真之氣，化而生木公。木公生於碧海之上，芬靈之墟，以主陽和之氣，理於東方，亦號曰東王公焉。又以西華至妙之氣，化而生金母。金母生於神州伊川，厥姓侯氏，生而飛翔，以主元，毓神玄奥。於眇莽之中，分大道醇精之氣，結氣成形。與東王公共理二氣，而育養天地，陶鈞萬物矣。柔順之本，爲極陰之元，位配西方，母養群品。天上天下，三界十方，女子之登仙者、得道者，咸所隸焉。所居宮闕，在龜山春山西那之都，昆侖之圃，閬風之苑。有城千里，玉樓十二，瓊華之闕，光碧之堂，九層玄室，紫翠丹房。左帶瑶池，右環翠水。其山之下，弱水九重，洪濤萬丈。非飆車羽輪，不可到也。所謂玉闕暨天，緑臺承霄。青琳之宇，朱紫之房，連琳彩帳，明月四朗。戴華勝，佩虎章，左侍仙女，右侍羽童。寶蓋遝映，羽摻蔭庭。軒砌之下，植以白環之樹，丹剛之林，空青萬條，瑶幹千尋，無風而神籟自韵，琅琅然皆九奏八會之音也。神州在昆侖之東南，故《爾雅》云：“西王母目下是矣。”又云“王母蓬髮，戴華勝，虎齒善嘯”者，此乃王母之使，金方白虎之神，非王母之真形也。元始天王授以方天元統龜山九光之籙，使制召萬靈，統括真聖，監盟證信，總諸天之羽儀。天尊上聖，朝晏之會，考校之所，王母皆臨訣焉。上清寶經，三洞玉書，凡有授度，咸所關預也。黄帝討蚩尤之暴，威所未禁，而蚩尤幻變多方，徵風召雨，吹烟噴霧，師衆大迷。帝歸息太山之阿，昏然憂寢。王母遣使者，被玄狐之裘，以符授帝曰：“太一在前，天一在後，得之者勝，戰則克矣。”符廣三寸，長一尺，青瑩如玉，丹血爲文。佩符既畢，王母乃命一婦人，人首鳥身，謂帝曰：“我九天玄女也。”授帝以三宫五意陰陽之略，太一遁甲六壬步斗之術，陰符之機，靈寶五符五勝之文。遂克蚩尤於中冀，剪神農之後，誅榆罔於阪泉，天下大定，都於上谷之涿鹿。又數年，王母遣使白虎之神，乘白鹿，集於帝庭，授以地圖。其後虞舜攝位，王母遣使授舜白玉環。舜即位，又授益地圖，遂廣黄帝之九州島爲十有二州。王母又遣使獻舜白玉琯，吹之以和八風。《尚書帝驗期》曰：“王母之國在西荒也。”昔茅盈字叔申，王褒字子登，張道陵字輔漢，洎九聖七真，凡得道授書者，皆朝王母於昆陵之闕焉。時叔申、道陵侍太上道君，乘九蓋之車，控飛虯之軌，越積石之峰，濟弱流之津，浮白水，凌黑波，顧盼倏忽，詣王母於闕下。子登清齋三月，王母授以《瓊華寶曜七晨素經》。茅君從西城王君詣白玉龜臺，朝謁王母，求長生之道。曰：“盈以不肖之軀，慕龍鳳之年，欲以朝菌之脆，求積朔之期。”王母愍其勤志，告之曰：“吾昔師元始天王及皇天扶桑帝君，授我以玉佩金璫二景纏煉之道，上行太極，下造十方，溉月咀日入天門，名曰玄真之經。今以授爾，宜勤修焉。因敕西城王君，一一解釋以授焉。又周穆王時，命八駿與七華之士，使造父爲御，西登昆侖，而賓於王母，穆王持白珪重錦，以爲王母壽，事具《周穆王傳》。至漢武帝元封元年七月七日夜，降於漢宫。語在《漢武帝傳》内，此不復載焉。（出《集仙録》。）

同上，《上元夫人》：

上元夫人，道君弟子也。亦玄古已來得道，總統真籍，亞於龜臺金母。所降之處多使侍女相聞，已爲賓侶焉。漢孝武皇帝好神仙之道，禱醮名山，以求靈應。元封元年辛未七月七日夜，二唱之後，西王母降於漢宫。帝迎拜稽首，侍立久之。王母呼帝令坐，食（“食”字原闕，據明鈔本、許刻本補）以天厨，筵宴粗悉，命駕將去。帝下席叩頭，請留殷勤，王母復坐。乃命侍女郭密香，邀夫人同宴於漢宫，語在《漢武帝傳》中。其後漢宣帝地節四年乙卯，咸陽茅盈字叔申，受黄金九錫之命，爲東岳上卿司命真君太元真人。是時五帝君授册既畢，各升天而去。茅君之師乃總真王君，西靈王母與夫人，降於句曲之山金壇之陵華陽天宫，以宴茅君焉。時茅君中君名固，字季佛，小君名衷，字思和，王母王君授以靈訣，亦受錫命紫素之册，固爲定録君，衷爲保命君，亦侍貞會。王君告二君曰：“夫人乃三天真皇之母，上元之高尊。統領十方玉女之籍，汝可自陳。”二君下席再拜，求乞長生之要。夫人憫其勤志，命侍女宋辟非出紫錦之囊，開緑金之笈，以《三元流珠經》《丹景道精經》《隱地八術經》《太極緣景經》凡四部，以授二君。王母復敕侍女李方明，出丹瓊之函，披雲珠之笈，出《玉佩金瑞（明鈔本作璫）經》《太霄隱書經》《洞飛二景内書》，傳司命君。各授書畢，王母與夫人告去，千乘萬騎，升還太空矣。（出《漢武内傳》。）（中華書局，1961年）

王欽若等《册府元龜》卷七百五十一總録部《孝》：

桓麟爲許令，病免。會母終，麟不勝喪，未祥而卒。

同上，卷八百三十七總録部《文章》：

桓麟，鬱孫也。爲許令，卒。著誄、贊、説、書凡二十篇。（摯虞《文章志》：“麟文在者十八篇，有碑九首，誄七首，説一首，沛相郭府君書一首。”）（中華書局，1960年）

張君房《雲笈七籤》卷七十四方藥《太上肘後玉經方八篇·巽龜臺王母四童散方第四》：

丹砂七兩、朱砂三兩、胡麻四大兩、（九蒸九曝，煎令香。）天門冬四兩、茯苓五兩、術三兩、乾黄精五兩、桃仁四兩。（去皮尖。）

右八味合篩，擣三萬杵。冬月散服，夏月丸之。服以蜜丸，如梧桐子大。服八年，顔如嬰童之狀，肌膚如凝脂。昔王母傳大茅君，大茅君傳弟衷立，盟契約誓，不慢泄，泄則太上科之。慎歟！慎歟！

同上，卷一百十四傳《西王母傳》：

西王母者，九靈太妙龜山金母也。一號太靈九光龜臺金母，亦號曰金母元君，乃西華之至妙、洞陰之極尊。在昔道氣凝寂，湛體無爲，將欲啓迪玄功，生化萬物，先以東華至真之氣，化而生木公焉。木公生於碧海之上、蒼靈之墟，以主陽和之氣，理於東方，亦號曰王公焉。又以西華至妙之氣，化而生金母焉。金母生於神洲伊川，厥姓緱氏。生而飛翔，以主陰靈之氣，理於西方，亦號王母。皆挺質太無，毓神玄奥，於西方眇莽之中，分大道純精之氣，結氣成形。與東王木公共理二氣，而育養天地，陶鈞萬物矣。體柔順之本，爲極陰之元，位配西方，母養群品。天上天下，三界十方，女子之登仙得道者，咸所隸焉。

所居宫闕，在龜山之春山，西那之都，昆侖玄圃、閬風之苑。有金城千重，玉樓十二，瓊華之闕，光碧之堂，九層玄臺，紫翠丹房。左帶瑶池，右環翠水。其山之下，弱水九重，洪濤萬丈，非飆車羽輪不可到也。所謂玉闕壁天，緑臺承霄，青琳之宇，朱紫之房，連琳彩帳，明月四朗。戴華勝，佩靈章，左侍仙女，右侍羽童，寶蓋遝映，羽旗蔭庭。軒砌之下，植以白環之樹，丹剛之林，空青萬條。瑶幹千尋，無風而神籟，自韵琅然，皆九奏八會之音也。神洲在昆侖之東南，故《爾雅》云“西王母日下”是矣。又云“王母蓬髮戴勝，虎齒善嘯”者，此乃王母之使金方白虎之神，非王母之真形也。元始天王授以《萬天元統》《龜山九光》之籙，使制召萬靈，統括真聖，監盟證信，總諸天之羽儀。天尊上聖朝宴之會、考校之所，王母皆臨映焉。上清寶經、三洞玉書，凡所授度，咸所關預也。

昔黄帝討蚩尤之暴，威所未禁，而蚩尤幻化多方，徵風召雨，吹烟噴霧，師衆大迷。帝歸，息太山之阿，昏然憂寐。王母遣使披玄狐之裘，以符授帝曰：“太一在前，天一在後，得之者勝，戰則克矣。”符廣三寸，長一尺，青瑩如玉，丹血爲文。佩符既畢，王母乃命一婦人，人首鳥身，謂帝曰：“我九天玄女也。”授帝以三宫、五意、陰陽之略，太一遁甲、六壬步斗之術，《陰符》之機，《靈寶五符》《五勝》之文。遂克蚩尤於中冀，剪神農之後，誅榆罔於阪泉，而天下大定，都於上谷之涿鹿。又數年，王母遣使白虎之神，乘白虎，集帝之庭，授以地圖。其後虞舜攝位，王母遣使，授舜白玉環，又授益地圖。遂廣黄帝之九州島，爲十有二州。王母又遣使獻舜皇管，吹之以和八風。

《尚書帝驗期》曰：王母之國，在西荒之野。昔茅盈字叔申、王褒字子登、張道陵字輔漢，洎九聖七真，凡得受書者，皆朝王母於昆陵之闕焉。時叔申、道陵侍太上道君，乘九蓋之車，控飛虯之軒，越積石之峰，濟弱流之津，渡白水，凌黑波，顧盼倏忽，謁王母於闕下。子登清齋三月，王母授以《瓊華寶曜七辰素經》。茅君從西城王君，詣白玉龜臺，朝謁王母，求乞長生之道曰：“盈不肖之軀，慕龍鳳之年，欲以朝菌之脆，求積朔之期。”王母愍其勤志，告之曰：“吾昔師元始天王，及皇天搏桑帝君，授我以玉佩金璫二景纏練之道，上行太極，下造十方，溉月咀日，以入天門，名曰《玄真》之經，今以授爾，宜勤修焉。”因敕西城王君，一一解釋以授焉。又授寶書《四童散方》。洎周穆王滿命八駿與七萃之士，驊騮赤驥，蹈驪山子之乘，駕以飛軿之輪，柏夭導車，造父爲右，風馳電逝三千里，越剖閭無鳧之鄉，犀玉玄池之野。吉日甲子，黿鼉魚龜爲梁，以濟弱水，而升昆侖玄圃、閬風之野，而賓於王母。穆天子持白珪重錦，以爲王母之壽。歌《白雲》之謠，刻石紀迹於弇山之上，而還中土矣。

世之升天之仙，凡有九品：第一上仙，號九天真王；第二次仙，號三天真皇；第三號太上真人；第四號飛天真人；第五號靈仙；第六號真人；第七號靈人；第八號飛仙；第九號仙人。凡此品次，不可差越。然其升天之時，先拜木公，後謁金母，受事既訖，方得升九天，入三清，拜太上，覲奉元始天尊耳。故漢初有四五小兒，戲於路中，一兒歌曰：“著青裙，入天門，揖金母，拜木公。”時人皆莫知之，唯張子房知之，乃往拜焉，曰：“此乃東王公之玉童也。仙人得道升天，當揖金母，而拜木公也。”自非衝虛登真之子，莫知其津矣。

漢孝武皇帝徹，好長生之道。以元封元年，登嵩高之岳，築尋真之臺，齋戒精思。四月戊辰，王母使墉城玉女王子登來語帝曰：“聞子欲輕四海之禄，迂萬乘之貴，以求長生，真乎勤哉！七月七日，吾當暫來也。”帝問東方朔，審其神應，乃清齋百日，焚香宮中。夜二唱之後，白雲起於西南，鬱鬱而至，徑趣宮庭。漸近，則雲霞九色，簫鼓震空，龍鳳人馬之衆，乘麟駕鹿之衛，科車天馬，霓旗羽幢，千乘萬騎，光耀宮闕。大仙從官，森羅億衆，皆長丈餘。既至，從官不知所在。王母乘紫雲之輦，駕九色斑龍，帶天真之策，佩金剛靈璽，黄錦之服，文彩鮮明，金光奕奕，腰分景色之劍，結飛雲大綬，頭上華髻，戴太真晨纓之冠，躡方瓊鳳文之履，可年二十許，天姿奄藹，靈顔絶世，真靈人也。下車扶侍，二女登床，東向而坐。帝拜，跪問寒温，侍立良久，呼帝使坐，設以天厨。芳華百果，紫芝萎蕤，紛若真擦，精珍异常，非世所有，帝不能名也。又命侍女取桃，玉盤盛七枚，大如包（音保，與鴇同）子，四以與帝，母自食三。帝食桃，輒收其核，母問何爲，帝曰：“欲種之耳。”母曰：“此桃三千歲一實，中國土地薄，種之不生，如何？”於是，王母命侍女王子登彈八珍之璈，董雙成吹雲和之笙，石公子擊昆庭之玉，許飛瓊鼓震靈之簧，婉凌華拊吾陵之石，范成君拍洞陰之磬，段安香作九天之鈞，法嬰歌玄靈之曲。衆聲激朗，清音駭空。歌畢，帝下席叩頭，以問長生之道，王母曰："汝能賤榮樂卑，耽虚味道，自復佳耳。然汝性恣體欲，淫亂過甚，殺伐非法，奢侈姿性。夫侈者，裂身之車也；淫者，破身之斧也。殺者響對，奢者心爛，積欲則神隕，聚穢則命斷。以子蕞爾之身，而宅殘形之賊；盈尺之材，乃攻之者百刃。欲以解脱三尸，全身永久，不可得也。有似無翅之鷃，願鼓天池；朝生之菌，而樂春秋者哉！若能蕩此衆亂，拔穢易意，保神氣於絳府，閉淫宫而不開，静奢侈於寂室，愛衆生而不危，守慈務施，煉氣惜精，儻有若斯之事，豈無仿佛耶！若不爾者，譬如抱石而濟長河耳。"帝跪受王母之誡，曰："徹不才，沉淪流俗，承禪先業，遂羈世累，刑政乖謬，罪積丘山，今日之後，請事斯語矣。"王母曰："夫養性之道、理身之要，汝固知矣，但在勤行不怠也。我師元始天王，昔於嚴霄之臺，授我要言曰：'欲長生者，先取諸身。堅守三一保靈根，玄谷華體灌沉珍，溉長清精入天門，金室宛轉在中關，青白分明適泥丸，養液閉精具身神，三宫備衛存絳宫，黄庭戊己無流源，徹通五臟十二綸，吐納六府魂魄欣，却此百病辟熱寒，保精留命永長存。'此所謂呼吸太和、保守自然，真要道者也。凡人爲之，皆必長生，亦可役使鬼神，游戲五岳，但不得飛空騰虚而已。汝能爲之，足可度世也。夫學仙者，未有不由此而始也。至若太上靈藥，上帝奇物，地下陰生，重雲妙草，皆神仙之藥也。得上品者，後天而老，乃太上之所服，非中仙之所寶。其中品者，有得服之，後天之逝，乃天真之所服，非下仙之所逮。其次藥有九丹金液，紫華虹英，太清九轉，五雲之漿，玄霜絳雪，騰躍三黄，東瀛白香，玄洲飛生，八石千芝，威喜九光，西流石膽，東滄青錢，高丘餘糧，積石瓊田，太虚還丹，盛以金蘭，長光絳草，雲童飛千。有得服之，白日升天，此飛仙之所服，非地仙之所聞。其下藥有松柏之膏，山薑沉精，菊花澤瀉，苟杞茯苓，菖蒲門冬，巨勝黄精，靈飛赤板，桃膠木英，升麻續斷，威蕤黄連。如此下藥，略舉其端，草類繁多，名數有千。子得服之，可以延年。雖不能長享無期，上升青天，亦可以身生光澤，返老童顔，役使群鬼，得爲地仙。求入道者，要先憑此階，漸而能致遠勝也。若能呼吸御精，保固神氣，精不脱則永久，氣長存則不死，不用藥石之費，又無營索之勞，取之於身耳。百姓日用，而不知此，故爲上品自然之要也。且夫一人之身，天付之以神，地付之以形，道付之以氣。氣存則生，氣去即死，萬物草木，亦皆如之。身以道爲本，豈可不養神固氣，以全爾形也。形神俱全，上聖所貴，形滅神逝，豈不痛哉！一失此身，萬劫不復，子其寶焉。我之所言，乃我師元始天王所授之詞也。"即敕玉女李慶孫書，出之以付於帝："汝善修之焉。王母命駕將去。"帝下席，叩頭請留。王母即命侍女，召上元夫人同降帝宫。良久，上元夫人至。復坐，設天厨。久之，王母命夫人出《八會》之書，《五岳真形》《五帝六甲靈飛》之符，凡十二事，云："此書天上四萬劫一傳，若在人間，四十年可授有道之士。"王母乃命侍女宋靈賓開雲錦之囊，取一策以授帝。王母執書，起立以付帝，王母咒曰：

“天高地卑，五岳鎮形。元真激氣，太澤玄精。天回九道，六和長平。太上八會，飛天之成。真仙節信，由兹通靈。泄墜滅腐，寳歸長齡。徹其慎之，敢告劉生。”祝畢，帝拜授之。王母曰：“夫始學道受符者，宜别祭川岳諸真靈，潔齋而佩之焉。四十年後，若將傳付汝之所有，董仲君、李少君可校之爾。况爲帝王，可勤祭川岳，以安國家，投簡真靈，以佑黎庶也。”言訖，與上元夫人命車言去，從官互集，將欲登天。因笑指方朔曰：“此我鄰家小兒，性多滑稽，曾三來偷桃矣。昔爲太山仙官，因沉湎於玉酒，失部御之和，謫佐於汝，非流俗之夫也。”其後武帝不能用王母之戒，爲酒色所惑，殺伐不休。征遼東，擊朝鮮，通西南夷，築臺榭，興土木，海内愁怨，自此失道。幸回中臨東海三祠，王母不復降焉。所受之書，置於柏梁臺上，爲天火所焚。李少君解形而去，東方朔飛翥不還，巫蠱事起，帝愈悔恨。元始二年，崩於五柞宫，葬於茂陵。其後茂陵所藏道書五十餘卷，盛以金箱，一旦出於抱犢山中，又玉箱玉杖出於扶風市。驗茂陵宛然如故，而箱杖出於人間，此亦得托形尸解之驗也。

又大茅君盈，南治句曲之山。元壽二年八月己酉，南岳真人赤君、西城王君、方諸青童，并從王母，降於茅盈之室。頃之，天皇大帝遣綉衣使者泠廣子期，賜盈神璽玉策；太微帝君遣三天左宫御史管修條，賜盈八龍錦輿、紫羽華衣；太上大道君遣協晨大夫石叔門，賜盈金虎真符、流金之鈴；金闕聖君命太極真人使正一上玄玉郎王忠、鮑丘等，賜盈以四節燕胎流明神芝。四使者授訖，使盈食芝佩璽，服衣正冠，帶符握鈴而立。四使者告盈曰：“食四節隱芝者，位爲真卿；食金闕玉芝者，位爲司命；食流明金英者，位爲司禄；食長曜雙飛者，位爲真伯；食夜光洞草者，總主左右御史之任。子盡食之矣，壽齊天地，位爲司命，授東岳上卿，統吴越之神仙，綜江左之山源矣。”言畢，使者俱去。五帝君各以方面車服降於其庭，傳大帝之命，賜盈紫玉之版，黄金刻書，九錫之文。拜盈爲東岳上卿司命真君太元真人。授事訖，俱去。王母及盈師西城王君，爲盈設天厨，酣宴，歌玄靈之曲。宴罷，王母携王君及盈，省顧盈之二弟，各授道要。王母命上元夫人，授茅固、衷《太霄隱書》《丹景道精》等叢刊寶經。王母執《太霄隱書》，命侍女張靈子執交信之盟，以授於盈、固及衷。事訖，西王母升天而去。其後紫虚元君魏華存夫人，清齋於陽洛隱元之臺，西王母與金闕聖君降於臺中，乘八景輿，同詣清虚上宫，傳《玉清隱書》四卷以授華存。是時三元夫人馮雙禮、紫陽左仙公石路成、太極高仙伯延蓋公子、西城真人王方平、太虚真人南岳赤松子、桐柏真人王子喬等三十餘真，各歌太極陰歌陽歌之曲，母爲之歌曰：“駕我八景輿，欻然入玉清。龍旌拂霄上，虎旗攝朱兵。逍遥玄津際，萬流無暫停。哀此去留會，劫盡天地傾。當尋無中景，不死亦不生。體彼自然道，寂觀合太冥。南岳挺真幹，玉映輝穎精。在任靡其事，虚心自受靈。嘉會絳河曲，相與樂未央。”歌畢，三元夫人答歌亦竟，王母及三元夫人、紫陽左仙公、太極仙伯、清虚王君，乃携南岳魏華存同去東南行，俱詣天台霍山，過句曲之金壇，宴太元茅真人於華陽洞天，留華存於霍山洞宫玉宇之下，衆真皆從王母升還龜臺矣。

太真金母，師匠萬品，校領群真，聖位尊高，總録幽顯。至若邊洞玄躬朝而受道，謝自然景侍而登仙，故《洞玄》及《自然傳》，謂金母師即王母也。《玄經》所證事迹蓋多，此未備録矣。（書目文獻出版社，1992年）

歐陽修、宋祁《唐書》卷六十《藝文志四》丁部集録别集類：

《桓驎集》二卷。（中華書局，1975年）

楊彦齡《楊公筆録》“山海經云西王母”條：

《山海經》云：“西王母狀如人，豹尾蓬頭戴勝，善嘯。”《漢武内傳》乃云與上元夫人皆美容貌神仙人也。（《文淵閣四庫全書》本）

姚寬《西溪叢語》卷下《陶潛〈讀山海經詩〉注釋》：

第二篇云：“玉堂凌霞秀，王母怡妙顔。天地共俱生，不知幾何年。靈化無窮已，館宇非一山。高酣發新謡，寧效俗中言？”

《西山經》云：“玉山是王母所居。其狀如人，豹尾虎齒而善嘯，蓬頭戴勝，是司天之厲，主五殘。”《大荒西經》云：“西海之南，流沙之濱，赤水之後，黑水之前，有大山名曰昆侖之丘。有人戴勝，虎齒，有豹尾，穴處，名曰西王母。”又云：“大荒之中，有山名豐沮玉門，西有王母之山。”又云：“以昆侖爲宫，亦有離宫别窟。”郭璞云：“不專住一山也。”《穆天子傳》云：“吉日甲子，天子賓於西王母，執玄珪、白璧，以見西王母於瑶池之上。”又：“天子升於奄山，即西王母之山也。奄山，即崦嵫山也。西王母宴穆王於瑶池之上，王母爲天子謡曰：‘白雲在天，山陵自出。道里悠遠，山川間之。將子無死，尚能復來。’”與穆王往復數詩，不具載。

第三篇云：“迢迢槐江嶺，是謂玄圃丘。西南望昆墟，光氣難與儔。亭亭明玕照，落落清瑶流。恨不及周穆，托乘一來游。”

槐江之山，丘時之水出焉。其陽多丹粟，其陰多采黄金銀，實爲帝之平圃。郭璞注云：“即玄圃也。南望昆侖，其光熊熊，其氣魂魂，其上多藏琅玕，爰有瑶水，其清洛洛。瑶，音遥。”《穆天子傳》：“天子銘迹於玄圃之上。”

第四篇云：“丹木生何許，乃在峚山陽。黄花復朱實，食之壽命長。白玉凝素液，瑾瑜發奇光。豈伊君子寶，見重我軒皇。”

《西山經》云：“西北四百二十里，曰峚（音密）山，其上多丹木，圓葉而赤莖，黄花而赤實，其味如飴，食之不飢，丹水出焉。西流注於稷澤，其中多白玉，是有玉膏，其源沸沸湯湯，黄帝是食是饗，是生玄玉，玉膏所出，以灌丹木，五色乃清。”

第五篇云：“翩翩三青鳥，毛色奇可憐。朝爲王母使，暮歸三危山。我欲因此鳥，具向王母言。在世無所須，惟酒與長年。”

三危之山，三青鳥居之。是山廣圓百里。青鳥主爲西王母取食。《竹書》云：“穆王西征，至青鳥所解。”又蛇巫之山，一曰龜山，西王母梯几而戴勝杖，其南有三青鳥，爲西王母取食。又有三足鳥，主給使也。

第六篇云：“逍遥蕪皋上，杳然望扶木。洪柯百萬尋，森散覆暘谷。靈人侍丹池，朝朝爲日浴。神景一登天，何幽不見燭。”

黑齒國人，黑手，食稻使蛇，其一蛇赤。下有湯谷，上有扶木，即扶桑木。十日所浴，在黑齒北，居水中。有大木，九日居下枝，一日居上枝。

第七篇云：“粲粲三珠樹，寄生赤水陰。亭亭凌風桂，八幹共成林。靈鳳撫雲舞，神鸞調玉音。雖非世上寶，爰得王母心。”

讙朱國，在赤水之陰，有三珠樹，如柏，葉皆爲珠，其樹若彗。《海内南經》：“桂林八樹，在番隅東。八樹而成林，言其大也。”丹穴之山有鳥焉，其狀如鷄，五采而文，乃鳳也。自歌自舞。女床之山有鳥，其狀如翟而五采文，名曰鸞，自歌。見則天下康寧。

第八篇云：“自古皆有没，何人得靈長？不死復不老，萬歲如平常。赤泉給我飲，員丘足我糧。方與三辰游，壽考豈渠央。”

《列子》云：“北海之北，其國名曰終北，四方悉平，周以喬陟。當國之中有山，山名壺領，狀若甔甀，頂有口，狀若圓環，名曰滋穴，有水湧出，名曰神瀵，臭過椒蘭，味過醪醴，一源分爲四，埒注於山下，經營一國，亡不悉遍。土氣和，亡扎厲，不夭不病，人倦則飲神瀵。周穆王北游，過其國，三年忘歸。”今赤泉，《山海經》無之，知古文缺失也。（中華書局，1993年）

鄭樵《通志二十略·藝文略》第七文類第十二別集一：

（後漢）《司徒掾桓驎集》，二卷。（中華書局，1995年）

王應麟《玉海》卷五十四《藝文·漢魏文章·晋七林》：

枚乘作《七發》，（《文選注》：“七發者，説七事以起發太子，猶《楚詞·七諫》之流。”）屬文之士，若傅毅、劉廣世、崔駰、李尤、桓驎、崔琦、劉梁、馬融、張衡，作七激、興、依、疑、説、觸、舉、厲、辨之篇。

同上，卷五十五《藝文·漢别集》：

《桓驎集》二卷。（《漢書》有桓驎著書二十一篇。）（江蘇古籍出版社，1987年）

陶宗儀《説郛》卷五十八《文士傳·桓驎》（晋張隱）：

桓驎，字元鳳，伯父焉，官至太尉。精察好學，年十三四，在焉坐，有宿年客，焉告之曰："吾此弟子，頗有异才，今已涉獵《書》《傳》，殊能作詩賦。爲口賦詩與之。"客乃爲詩曰："甘羅十二，楊烏九齡。昔有二子，今則桓生。參差等蹤，异世齊名。"驎即答曰："邈矣甘羅，超等絶倫。卓彼楊烏，世稱賢人。嗟予惷弱，殊才弃年。仰慚二子，俯愧前言。"

同上，卷一百《古琴疏》（宋虞汝明）：

桓驎字元龍，有琴曰叢竹流風，榮之孫也。

同上，卷一百十三《西王母傳》（漢桓驎）：

西王母者，九靈太妙龜山金母也，一號太虚九光龜臺金母元君。乃西華之至妙，洞陰之極尊。在昔道氣凝寂，湛體無爲，將欲啓迪玄功，化生萬物，先以東華至真之氣，化而生木公。木公生於碧海之上、芬靈之墟，以主陽和之氣理於東方，亦號曰東王公焉。又以西華至妙之氣，化而生金母。金母生於神州伊川，厥姓侯氏，生而飛翔，以主元毓神玄奥於眇莽之中，分大道醇精之氣，結氣成形，與東王公共理二氣，而育養天地，陶鈞萬物矣。柔順之本，爲極陰之元，位配西方，母養群品。天上天下，三界十方，女子之登仙者、得道者，咸所隸焉。

所居宫闕，在龜山春山，西那之都，昆侖之圃，閬風之苑。有城千里，玉樓十二，瓊華之闕，光碧之堂，九層玄室，紫翠丹房，左帶瑶池，右環翠水。其山之下，弱水九重，洪濤萬丈，非飆車羽輪不可到也。所謂玉闕暨天，緑臺承霄，青琳之宇，朱紫之房，連琳彩帳，明月四朗。戴華勝，佩虎章。左侍仙女，右侍羽童。寶蓋沓映，羽摻蔭庭。軒砌之下，植以白環之樹，丹闕之林，空青萬條，瑶幹千尋，無風而神籟自韵，琅琅然皆九奏八會之音也。神州在昆侖之東南，故《爾雅》云"西王母日下"是矣。又云"王母蓬髮戴華勝，虎齒善嘯"者，此乃王母之使，金方白虎之神，非王母之真形也。元始天王授以方天元統龜山九光之籙，使制召萬靈，統括真聖，監盟證信，總諸天之羽儀。天尊上聖朝宴之會、考校之所，王母皆臨訣焉。上清寶經，三洞玉書，凡有授度，咸所關預也。黄帝討蚩尤之暴，威所未禁，而蚩尤幻變多方，徵風召雨吹烟噴霧，師衆大迷，帝歸息太山之阿，昏然憂寢。王母遣使者，被玄狐之裘，以符授帝曰："太一在前，天一在後。得之者勝，戰則克矣。"符廣三寸，長一尺，青瑩如玉，丹血爲文。佩符既畢，王母乃命一婦人，人首鳥身，謂帝曰："我九天玄女也。"授帝以三宮五意陰陽之略，太一遁甲六壬步斗之術，陰符之機，靈寶五符，五勝之文。遂克蚩尤於中冀，剪神農之後，誅榆罔於阪泉，天下大定，都於上谷之涿鹿。又數年，王母遣使白虎之神，乘白鹿，集於帝庭，授以地圖。其後虞舜攝位，王母遣使授舜白玉環。舜即位，又授地圖，遂廣黄帝之九州島爲十有二州。王母又遣使獻舜白玉琯，吹之以和八風。

《尚書帝驗期》曰："王母之國在西荒也。"昔茅盈字叔申，王褒字子登，張道陵字輔漢，洎九聖七真，凡得道授書者，皆朝王母於昆陵之闕焉。時叔申、道陵侍，太上道君乘九蓋之車，控飛蚪之軌，越積石之峰，濟弱流之津，浮白水，凌黑波，顧盼倏忽，詣王母於闕下。子登清齋三月，王母授以瓊華寶曜七晨素經。茅君從西城王君詣白玉龜臺，朝謁王母，求長生之道曰："盈以不肖之軀，慕龍鳳之年；欲以朝菌之脆，求積朔之期。"王母愍其勤志，告之曰："吾昔師元始天王及皇天扶桑帝君，授我以玉佩金璫二景纏煉之道，上行太極，下造十方，溉月咀日，入天門，名曰《玄真之經》。今以授爾，宜勤修焉。"因敕西城王君一一解釋，以授焉。又周穆王時，命八駿與七萃之士，使造父爲御，西登昆侖而賓於王母，穆王持白珪重錦以爲王母壽，事具《周穆王傳》。至漢武帝元封元年七月七日夜降於漢宫，語在《漢武帝傳内》，此不復載焉。（《説郛三種》本）

楊慎撰，王大淳箋證《丹鉛總録箋證》卷十二史籍類《文人僞作外夷文字》：

余嘗疑《穆天子傳》西王母歌詞出於後人粉飾。且《山海經》載西王母虎首鳥爪，形既殊异，音亦不同，何其歌詞悉似國風乎？又觀《後漢書》朱輔上白狼王《唐菆歌》三篇，音韵與漢無异，愈可疑也。唐新羅王獻詩，其句法與中唐人若合契。宋大中、祥符間，注輦國入貢上表，表辭極偶麗，中有云"輒傾就日之誠，仰露朝天之款""臣賤如芻狗，微類醯雞；虛荷燭幽，曾無執贄"，究其文筆，與當時翰苑何差！言語不通之國，未必能集老莊之玄言、習徐庾之麗句也。當時天書尚可人爲，况外夷之貢，志在互市罔利，諭以導之，無不可者，書之史册，不待智者能勘破矣。（浙江古籍出版社，2013年）

《道藏》洞真部紀傳類卷一〇七《海上》：

王母唯扶二女侍上殿，侍女年可十六七，服青綾之袿，容眸流盼，神姿清發，真美人也。王母上殿東向坐，著黄金褡襡，文采鮮明，光儀淑穆，帶靈飛大綬，腰佩分景之劍，頭上太華髻，戴太真晨嬰之冠，履元璚鳳文之舄，視之年可三十許，修短得中，天姿掩映，云顔絶世，真靈人也。

同上，洞真部紀傳類《列仙傳》：

赤松子者，神農時雨師也，服水石以教神農，能入火不燒。至昆侖山上，常止西王母石室中，隨風雨上下。

同上，洞真部紀傳類《續仙傳》：

緱氏姑者長沙人也。……他日又言西王母姓緱，乃姑之聖祖也。……河南緱氏乃王母修道之處，故鄉之山也。

同上，洞神部譜録類《墉城集仙録》：

金母元君者，九靈太妙龜山金母也。一號太虚九光龜臺金母元君；一號曰西王母，乃西華之至妙，洞陰之極尊。在昔道炁凝寂，湛體無爲，將欲啓迪玄功，化生萬物：先以東華至精之氣，化而生木公，木公生於碧海之上，芬靈之墟，以主陽和之氣，理於東方，亦號曰東王公焉；又以西華至妙之氣，化而生金母，金母生於神洲伊川，厥姓緱氏，生而飛翔，以主陰靈之氣，理於西方，亦號西王母，皆質挺大無，毓神玄妙，於西方渺莽之中，分大道醇精之氣，結氣成形，與東王公共理二氣，而養育天地，陶鈞萬物矣。體柔順之本，爲極陰之元，位配西方，母養群品，天上天下，三界十方，女子之登仙得道者咸所隸焉。

南極王夫人者，王母第四女也，名林，字容真，一字紫元夫人，或號南極元君，理太丹宫。

雲華夫人，王母第二十三女，太真王夫人之妹也，名瑶姬。

紫微夫人名清娥，字愈音，王母第二十女也。

雲林右英王夫人名媚蘭，字申林，王母第十三女也，受書爲雲林宫右英夫人，治滄浪宫。

太真夫人者，王母之小女也，名婉羅，字勃，遂事玄都太真王，有子爲三天太上宫府都司直，總糾天曹之違，比地上之卿佐。（文物出版社、上海書店、天津古籍出版社，1988年影印本）

歸有光《歸震川集》卷二《西王母圖序》：

新安鮑良珊客於吴，將歸壽其母，作西王母之圖，而謁予問瑶池之事。予觀《山海經》、汲冢竹書《穆天子傳》稱西王母之事，信奇矣。秦始皇東游海上，禮祀名山大川及八神，求蓬萊、方丈、瀛洲三神山，傳其物禽獸盡白，而黄金銀爲宫闕，然終身不得，止但望之如雲而已。漢武帝諸方士言神仙若將可得，欣然庶幾遇之。穆王身極西土，至昆侖之丘，以觀春山之瑶，乃秦皇漢武之所不能得者，宜其樂之忘歸。造父何用盜驪、騂騮、騄耳之駟，馳歸以求區區之徐偃王，穆王豈非所謂耄耶？《列子》曰：“穆王觴瑶池，乃觀日之所入。一日行萬里，王乃嘆曰：‘嗚呼，予一人不足於德，而諧於樂，後世其追數吾過乎？’”穆王蓋有悔心矣。然又曰：“穆王幾神人哉！能窮當世之樂，猶百年乃殂，後世以爲登遐焉。”《傳》云：“天子西征宿於黄鼠之山，至於西王母之邦，執圭璧，好獻錦組，西王母再拜受之。觴瑶池之上，遂驅升於弇山，乃紀丌迹於石，而樹之槐眉曰西王母之山。”《山海經》曰：“玉山，西王母山也，在流沙之西。”而博望侯使大夏，窮河源，不睹所謂昆侖者，此殆如武陵桃源，近在人世而迷者也。《武帝内傳》云：“帝齋承華殿中，有青鳥從東方來集殿前。上問東方朔，朔曰：‘此西王母欲來也。’頃之，西王母乘紫雲輦，駕五色龍上殿，自設精饌，以柈盛桃，帝食之甘美。”夫武帝見西王母於甘泉柏梁蜚簾桂館間，視穆王之車輒馬迹，周行天下，不又逸耶？豈公孫卿所謂事如迂誕，積以歲年，乃可致耶？然史云候伺神人，入海求蓬萊，終無有驗，則又何也？史又云時去時來，其風肅然，豈神靈怪异有無之間，固難言也？莊生有言：“夫道在太極之先而不爲高，在六極之下而不爲深，先天地生而不爲久，長於上古而不爲老。西王母得之坐乎少廣，莫知其始，莫知其終。”子其歸而求之，西王母其在子之黄山之間耶？今天子治明庭，修黄帝之道，西王母方遍現中土，人人見之。穆滿、秦、漢之事，其不足道矣。（此文從常熟刻本。昆山刻另是一篇，乃爲王元美兄弟作者，中間同而始末异。有云：“余嘗序西王母，其説如此。”即謂此文也。又云：“時人未能喻其旨。”蓋嘉靖間陶、邵諸方士并進，上頗惑於神仙，故太僕府君借題立論，觀者忽之，故云未喻其旨也。末引《法華經》云：“妙光法師，豈异人哉？我身是也。”又云：“我見燈明佛，本光瑞如此，豈必求佛與西王母於昆侖之山生天之處哉？”按：儒者之文，忌用佛書，故從常熟本。曾孫莊識。）（岳麓書社，2010年）

何良俊撰，陳洪注《何氏語林注》卷二十二《夙慧》：

桓驎年十二，（張騭《文士傳》曰：“桓驎字元龍，精鑒好學。”）在伯父太尉坐，（范曄《後漢書》曰：“桓焉字叔元，沛郡龍亢人，父郁，祖榮，皆以經學顯名。焉位至太尉。”）太尉告客曰：“此吾弟子，有异才，殊能作詩賦。”客乃爲詩曰：“甘羅十二，楊烏九齡，昔有二子，今則桓生。”驎應聲答曰：“邈矣甘羅，超等絶倫。伊彼楊烏，命世稱賢。嗟予惷弱，殊才偉年。仰慚二子，俯愧過言。”（天津教育出版社，2008年）

陸楫《古今説海》卷一百十七《説纂》一逸事一《漢武故事》（班固）：

東方朔娶宛若爲小妻，生三子，與朔同日死。時人疑化去未死也。自後，貴人公主慕其術，專爲淫亂；大者抵罪，或夭死，無復驗云。東郡送一短人，長五寸，衣冠具足。上疑其精，召東方朔至。朔呼短人曰："巨靈阿母還來否？"短人不對。因指謂上："王母種桃，三千年一結子。此兒不良，已三過偷之，失王母意，故被謫來此。"上大驚，始知朔非世中人也。短人謂上曰："王母使人來告陛下，求道之法，惟有清静，不宜躁擾。"言終弗見。上愈恨，召朔問其道，朔曰："陛下自當知。"上以其神人，不敢逼也。乃出宫女希幸御者二十人以賜之，朔與行道女子并年百歲而死。惟一女子長陵徐氏號儀君善傳朔術，至今上元延中已百三十七歲矣，視之如童女，諸侯貴人更迎致之。問其道術，善行交接之道，無他法也。受道者皆與之通，或傳世淫之。陳盛父子皆與之行道，京中好淫亂者争就之。（上海文藝出版社，1989年）

王立道《具茨詩集》卷二《步虚詞四首》：

王母傳青鳥，秦娥控紫鸞。相期瑶島外，忽上彩雲端。海水年來淺，桃花春去殘。未能逢玉舄，那得問金丹。

海上三珠樹，雲中七寶車。空聞往來處，何地是仙家。洞古羊成石，林春棗似瓜。刀圭雖可學，歲月莫應賒。

霧幄繞霓旌，氤氲滿太清。龍成雲蓋引，虎奉岳圖迎。七聖猶同御，三天各异程。試求香案吏，誰是歲星精。

歷歷白榆中，飄飖雙玉童。神宫開太一，仙路接崆峒。子晋仍驂鶴，浮丘亦駕鴻。不須能縮地，萬里自乘風。（《叢書集成初編》本）

馮惟訥《古詩紀》卷十三漢桓驎：

桓驎。（字元龍，沛郡龍亢人，桓榮之孫，精鑒好學。）（《文淵閣四庫全書》本）

王世貞《弇州四部稿》卷六十六文部《金母紀》：

我師曇陽子之謁金母而歸也，謂不佞貞與元馭："盍治一室，而奉我觀世音大士以母配乎？"請母號，則手書一赫蹏，曰"西池元始玄真女真教主太陰金母"。於是，不佞貞退而遍考《道藏》及他稗官黄衣所志，删其複而竊紀之。

母，一曰九靈太妙龜山金母，又曰太虚九光龜臺金母，總其凡曰金母，又曰西王母。在昔一氣浮黎，混沌未剖，而有元始天王，其治玉清聖境。已而有靈寶太上大道君，治上清真境。已而有我母，鍾太陰之精，居西華至尊位，凡三界之繇女德造仙真者皆隸焉。或云有木公者，宰蒼靈之墟，以發陽和氣，理震方蓋，與母稱東西帝云。世之仙者凡九品，一九天真王，二三天真皇，三太上真人，四飛天真人，五靈仙，六真人，七靈人，八飛仙，九仙人。當其成也，所謁先木公而後金母，受事訖，乃得朝元始靈寶與玉帝。玉帝者，釋家所稱天帝釋也。故漢初有四五小兒戲於路，歌曰：“着青裙，入天門。揖金母，拜木公。”唯留侯聽而識之，乃前拜曰：“此東王之使玉童也。”或曰母毓於神洲之伊川，姓緱氏，受元始天尊教爲弟子，一曰靈寶君弟子。其事渺忽，不易言也。

母所都龜山，有昆侖、玄圃、閬風三苑，下皆積水環之，與雲氣暎瑩若積瑶，故曰瑶池。洪波萬尋，弱不任毛，故又曰弱水，非飈軿雲驧不可馭而到也。金城千里，玉樓造空，璚華之闕，光碧之堂，青琳之宇，朱紫之房，連琳彩帳，明月四朗。下頫軒砌，白環爲枝，丹剛成林，天籟自音，與八會諧和鳴鏗鏘。母年算無始，章亥茫然，而貌恒若三十許，天姿掩靄，光彩絶世。左右侍從，皆玉女靈真，不可勝記。大抵其都視中夏爲極西，在昆侖則東南。故《爾雅》曰：“西王母日下。”又《山海經》云：“王母蓬髮戴勝，虎齒善嘯。”蓋母之使，金方白虎神也。

公孫氏其始曰黄帝，命風后、力牧征師之討亂者蚩尤。蚩尤爲五里霧，又多縱虎豹焉。帝不勝，退而清齋於王屋山之天壇，以請命。母乃將元始命，仿佛見之，使者被玄狐裘，授帝符曰：“太乙在前，得之者，戰必克。”符廣三寸，長尺咫，青玉爲廓，丹血填之，帝拜稽首。佩符則復有人首鳥身者曰：“吾九天玄女也。阿母受汝以三宫五意陰陽之略，太乙遁甲六壬步斗之術，靈寶五符五勝之文。”帝復拜稽首，受習之。以剪祛蚩尤於涿鹿，天下大定。久之，母復使西方之神乘白虎而授帝輿地圖，若曰：“與女期以孤竹之野而見我。”帝即齋戒，如期往，仰盼天表。千乘萬騎，閃倏而至。其扈者多御龍虎，乘鸞鶴，從七寶幢綺蓋，驪珠之節，傅以流蘇，坐斑龍車，憑如意九曲几。既下，謂帝曰：“天下定矣久，即戎事無欿苦乎？”帝再拜謝。乃爲帝設酒，諸花果樽彝，大小异狀，不可辨。啖帝紫芝數頭，九咽爲爽。已，命仙女宋妙英歌萬年長生曲，竟則衝天去。後三歲仲秋朔，白虎之神復集，曰：“其以月之望，嗣見我於大隗。”帝復齋戒，幸洛，師自白坡涉，如期而上王屋之壇。青鳥來語曰：“阿母降矣。”俄而母降，其服御具如孤竹語。小欵，乃謂帝若曰：“飲啄不止身不輕，思慮不止神不清，聲色不止心不寧，湛然方寸，無所營營，乃可長生。”帝欲爲母從者設食，母笑曰：“吾衆豈待若而後免飢渴也？”顧左右，錫帝碧霞漿、赤精果而别。黄帝自是日夜修其業，鼎成而馭黄龍以升天，爲懸圃真人，後代享之，據五帝之中尊位，則母教也。

去黄帝之後四百五十餘年，舜有虞氏化成，母使授以白玉環，復授之地圖，俾分九州島爲十二州。已又授白玉琯，俾吹之以來鳳皇。舜南巡，陟於蒼梧之野，而爲上帝司徒，主九疑山。則又母教也。

其又千有一百五十餘年，而周穆王駕八駿，以西至於茂苑之山。右執白圭、玄璧，以見王母。好獻錦組百純、絲組三百純，母受之。明日宴於瑶池之上，母爲穆王謡曰：“白雲在天，山陵自出，道里悠遠，山川間之。將子無死，尚能復來。”穆王和曰：“予歸東土，和洽諸夏。萬民平均，吾顧見汝。比及三年，將復而野。”王畢飲，遂驅升於弇山，乃紀行迹於弇山之石，而樹之槐眉曰“西王母之山”。既别舍於曠原，東歸而歌黄竹，曰：“余一人則淫，不皇萬民。”用是享國百年，乃陟登於仙籍。則又母教也。

其又八百二十餘年而爲漢元封元年。武帝既好神仙之事，祀嵩山，築宫而返。夏四月戊辰夜，見一青衣美女子，怪而詰之，女曰：“我墉宫玉女王子登也，爲阿母使，從昆侖來。母將以七月七日賓汝。”俄忽不見。帝以質侍臣東方朔，對曰：“是西王母之紫蘭室玉女也。母必以其日來矣。”帝乃期齋祓，斷中外章奏，諸宫掖掃除荒穢，設靈真之席於中殿，衣地以錦，燔百和香，然九光燈，屏息以俟。乙夜所，白雲輪囷起西南，挾簫鼓聲而近，雲綃虹旌，繚戾紛繞，靈官羽流，充斥墀陛。母戴太真晨纓冠，履玄璚鳳文舄，衣黄錦袷襹，文采射目，腰靈飛大綬，寶劍雙頭，頭上作大華結，挾二真而（闕）上。帝拜跪起居畢，母命帝曰：“坐。”坐母側，母爲設天厨饌，芬旨萎蕤，芬若填樏，漿酒殊絶。帝所張設异域諸味，不敢以薦也。顧侍者索七桃，大若鷄卵，形色青，以四食帝。帝艷其味甘，食輒録核。母問：“何也？”帝曰：“擬種之上林。”後曰：“此桃三千年僅一實耳，中夏地薄，種之不生如何？”帝乃止。后復顧侍者，召諸真入。於是王子登彈八琅璈，董雙成吹雲和笙，石公子擊昆庭鐘，許飛瓊鼓震靈簧，阮靈華拊五靈石，范成君擊洞庭磬，段安香振九天鈞，安法嬰歌玄靈曲和之。其詞曰：“大象雖寥廓，我把天地户。披雲沈靈輿，儵忽適下土。空洞成玄音，至靈不容冶。太真嘘中唱，始知風塵苦。頤神三田中，納精六闕下。遂成萬龍椿，馳騁盼九野。”又曰：“玄圃遏北臺，五城焕嵯峨。啓彼無涯津，泛此織女河。仰上升絳庭，下游月窟阿。顧眄八落外，指招九雲遐。忽已不覺勞，豈悟少與多？撫璈命衆女，咏發感中和。妙暢自然樂，爲此玄雲歌。韶盡至韵存，真音辭無邪。”少間，帝乃前叩頭，引僭摧謝，祈請至道。母閔而撫之曰：“聞之元始天王求長生者：‘取諸身，但堅守三一，保爾旅族。金鏌夾草，廣山黄木，昌城玉蕋，夜山火玉，鳳林鳴酢，西瑶瓊酒，中華紫蜜，北陵緑阜，太上之築，風實雲子，玉津金漿，月精萬壽，碧海琅菜，蓬萊文醜，濁河七榮，動山高柳，玄都綺華，雲山朱蜜，夜河天骨，昆吾漆脉，空洞靈瓜，四劫一實，宜陵麟膽，炎山夜日，扶桑丹椹，長河文藻，素虬童子，九色鳳腦，太真虹芝，天漢巨草，南宫火碧，西鄉扶老，有得食之，後天而老，太上所服，非中仙保。其次，藥有八光太和，斑龍黑胎，文虎白沫，出於西丘，七玄飛節，九孔連珠，雲漿玉酒，玄圃瓊腴，鍾山白膠，王屋青敷，閬風石髓，黑河珊瑚，蒙山鳳肺，靈丘鸞血，東英朱菜，九節交結，太微嘉禾，瓊華腦實，流淵鯨眼，赤河絳璧，太玄之酪，握二儀脉，雲瀆蘪艾，昆丘神雀，廣夜芝草，流淵青狄，真陵雷精，玄都平蓋，左食神元，右飲玄瀨，蘭圃金精，圓丘紫柰，白水靈蛤，八陔赤薤，萬載一生，流光九隊，有得食之，後天而逝，天帝之服，下仙所逮。其次，藥有九丹金液，紫華紅英，太清九轉，五雲之漿，玄霜絳雪，騰躍三黄，東嬴白香，炎洲飛生，八石十芝，威僖九光，西流石膽，東滄青錢，高丘餘糧，精石瓊田，太虛還丹，盛次金蘭，長光緑草，雲童飛干，子得服之，白日升天，飛仙所服，地仙所見。其下，藥有松柏之膏，山薑沈精，芻草澤瀉，枸杞茯苓，菖蒲門冬，巨勝□菁，雲飛赤版，桃膠朱英，椒麻續斷，萎蕤黄連，草類繁多，名有數千，子得服之，可以延年，身生光澤，還髮童顔，役使群鬼，得爲地仙。要且録此，有階漸尋遠勝也。是以天官遠妙，靈藥别靈無奇挺，真仙有域，今不可謂。呼吸六炁，安在一身？灌溉三宫，近出阿庭，淺薄其術，弃而不爲也。夫呼吸御精，保明神炁，是以精不脱則永久，炁長存則不死。既得其和，其壽不已。又復不用藥物之煩費，營索之劬勞者也。百姓日用，故上品謂之自然者，但不得游乎十天，飛我八外，自得縱身於四域之内，亦駐策衆靈焉。夫始欲修之，先營其炁，《太上真經》所謂行益易之道，益者益精，易者易形。能益能易，名上仙籍。不益不易，不離死厄。行益易者，常謂思靈寶也。靈者神也，寶者精也。子但愛精握固，閉炁吞液，炁化血，血化精，精化液，液化骨，行之不倦，神精充溢。爲之一年易炁，二年易血，三年易精，四年易脉，五年易髓，六年易筋，七年易骨，八年易髮，九年易形，易形則變化，變化則道成，道成則位爲仙人。吐納六炁，口中甘香，欲食靈芝，存得其味，微息挹吞，從心所適。炁者水也，無所不成，至柔之物，通致神精矣。’此元始天王丹房之中微言所説。今敕侍笈玉女李慶孫，書出以相付，子善録而循焉。”母敕嚴車欲去，帝固懇留之，乃遣侍女郭密香與上元夫人相聞曰：“王九光母敬謝。不相見者四千餘年，天事勞我，致以愆面。漢主好道，適見之似了了，然形慢神穢，腦血淫漏，五藏不淳，關胃彭勃，骨無津液，脉浮反升，肉多精少，瞳子不夷，三尸狡亂，玄白失時，殆非仙才，不易語至道。吾在人間，實爲臭濁，然時復可游，望以寫細。念庸主對坐，悒悒不樂，夫人肯暫來否？若能屈駕，當停相須也。”俄而郭蜜香以夫人侍者偕至，報云：“阿環再拜上，問起居。遠隔絳河，擾以官事，遂替顔色。蜜香至奉信，承降尊於漢帝處，登當傾倒，先被大帝敕詣玄洲，校定天元，正爾暫往，如是當還，還便東帶，須臾少留。”帝問：“上元夫人何人也？”母曰：“此真元之母，統十萬玉女名籙，尊貴神也。”俄而夫人至，向母拜，母止之，呼與同坐。帝伏謁如禮。夫人曰：“五濁之人，躭湎榮利，嗜味淫色，常耳；若以天子貴，當倍之。而能舍而願樂無爲者，何也？”母曰：“有心哉，此子！”夫人復顧曰：“女好道勤乎？女胎性暴，胎性奢，胎性淫，胎性酷，胎性賊。暴則氣奔而神攻，淫則精漏而魂疲，奢則真離而靈穢，酷則喪仁而服亂，賊則心鬥而外絶。女能捨女五慝，反諸柔善，察下矜怨，惠窮施勞，存孤濟厄，孜孜行之，於是閉爾淫，養爾神，祛至奢，歸至嗇，勤齋戒，薄滋味，滌臭腥，鳴天鼓，飲玉漿，蕩華池，叩金梁，按而行之，當有异耳。今阿母迂天尊之重，而降螻蛄窟，妙唱玄發，子勵之哉！”帝再拜謝。母撫其背曰：“女希長生，則夫人真女師耳。”帝睨母巾笈中小卷子，盛以紫錦囊，因問：“何靈真玉文也？不審可容肉眸與睹否？”母出而示之，曰：“此《五岳真形圖》也。三天太上所出，秘禁極重，豈得偫女穢質耶？女所可希者，靈光生經耳。”帝叩頭勤請不已，母乃曰：“昔上皇之紀，太上道君下觀六合，立天柱，條地維，安水神乎極陰之源，栖大帝於搏桑之墟，方丈爲理命之室，滄浪養九老之堂，中植五岳以擬鎮輔，因山源之規矩，盤曲回轉，周旋委蛇，形似書字，是故因象制名，出爲靈真之信佩，如傳章經行山川，百神群靈尊奉親迎。以女有心，今輒相與，慎之哉！”上元夫人嗣戒帝曰：“阿母發紫臺瓊笈八會之文以賜女，女雖得之，而無五帝六甲左右靈飛之符，太陰六丁通真遁虚玉女之籙，太陽六戊招神天光策精之書，左乙混沌東蒙之文，右庚素收攝殺之律，壬癸六遁隱地八術、丙丁八火九赤班文之符，六辛入金致黄水月華之法，六己石精金光藏影化形之方，子午卯酉八稟十決六靈威儀，丑辰未戌地真曲素之訣，長生紫書三五順行，寅申巳亥紫度炎光内視中方。凡闕此十二事者，何以朝地祇，集山靈，攝萬鬼，棰使蛟龍虎豹乎？”帝遂請之上元夫人，不得，叩頭流血。母復爲帝請之，復不得。至作色曰：“夫人何意泄之而復秘之耶？”當别敕三官司直推夫人，夫人意殊不懌。已而命侍女紀離容至扶廣山，敕青真小童出六甲左右靈飛致神之方十二事，來授帝也。尋，紀離容至，致青真小童訊云：“弟子阿昌欲受教，承阿母相邀詣劉徹家，不意天靈至精乃復下降於臭濁中也。離容所云尊欲得金書秘文十二事，輒封一通付上。徹雖有心者，實非仙才，詎宜以此傳泄於行尸乎？阿昌近在帝處，見言徹者甚衆，云山鬼哭於叢林，孤魂號於絶域，興師旅，族有功，峻法箕斂，縱横白骨，驛掻黔首，淫泆自恣，囂言互聞，怨氣上騰，必不得度世也。真尊見敕，不敢違耳。”母笑曰：“言此子者誠多，帝亦不必推也。此子念道累年，齋禱名山，校計功過，殆以相掩。但自今以去，勤奉夫人言，滌前累耳。”夫人乃立而致辭，以授帝。辭多不載。帝既受十二事如前語。母復戒曰：“此皆太靈群文三天太上，或天皇三真，或九天父母真人赤童所撰著，藏於紫陵之臺，約以北羅之素，印以太常之璽，晉其人而後授之。學道者四十年而授，得道者四百年而授，得仙者四千年而授，得真者四萬年而授，升太上者四十萬年而授。授非其人，是謂泄天道；可授不授，是謂閉天寶。授不以限，是謂輕天老；受而不敬，是謂慢天藻。斯四者皆罪也。”復命侍女宋靈賓更作一圖與帝，盛以雲錦囊，具如向巾器中者，立以付帝，祝曰：“天高地卑，五岳鎮形。元津激炁，滄澤玄精。天回九道，六和長平。太上八會，飛天之成。真仙節信，由兹通靈。泄墜滅腐，寶歸長生。”帝拜稽首。母復曰：“受符者宜别祭五岳諸仙真靈，潔齋而佩之。今亦以六甲雜事須用節度相與，可明案之也。若汝遂克明正身，反惡修善，後三年七月更來告汝要道也。”尋有窺於窗者，帝驚問：“何人也？”母曰：“女侍郎東方朔，吾鄰家小兒也。性滑稽，三偷我桃矣。此兒嘗以太上教助三天司命録群仙，以放酒惰務謫。近金華九疑仙君爲陳請，原之矣。”乃復命酒，上元夫人自彈雲林之璈，歌步玄之曲，以觴母。其辭曰：“昔涉玄真道，騰步登太霞。負笈造天闕，借問太上家。忽過紫薇垣，真人列如麻。渌景清飆起，雲蓋暎朱葩。蘭宫敞琳闕，碧空啓璠沙。丹臺結空構，暐暐生光華。飛鳳踶甍峙，燭龍倚委蛇。玉胎來絳芝，九色紛相挐。挹景練仙骸，萬劫方童牙。誰言壽有終，扶桑不爲杳。”母命侍女田四飛答歌曰：“晨登太霞空，挹此八玉蘭。夕入玄元闕，采蘂掇琅玕。濯足匏瓜河，織女立津盤。吐納挹景雲，味之當一餐。紫微河濟濟，璠輪復朱丹。朝發汗漫府，暮宿句陳垣。去去道不同，且各體所安。二儀設猶存，奚疑億萬春。莫與世人説，行尸言此難。”尋與上元夫人聯轞而逝，帝惝怳久之。乃自撰次其事，其所授經符，篋以黄金，函以白玉，軸以珊瑚，襲以紫錦，貯之柏梁殿，齋而後啓之以爲恒。然不能懲於兵革，及土木女謁之累，母不復降，柏梁灾圖及十二事俱飛去，存者僅墨副焉。然帝竟以老壽崩，崩而能見形。御女伎鬻隧中藏物玉箱玉杖於市，按仙法亦尸解之中者，則猶用母教也。

當帝時，而咸陽之南關有茅君盈者，字叔申，以景帝之中五年生。十八入恒山學道，六年見王君於西城。又二十年，而王君携之至龜臺朝謁母，搏頰而拜，陳所得於王君者，請正焉。母曰：“女心至矣。吾所受於吾師元始天王及皇天扶桑大帝君，有玉佩金璫之道與太極玄真經，女欲得之耶？”金璫者，上清之華蓋，陰景之内真。玉佩者，太上之隱玄，洞飛之寶章。元始、搏桑所授太霄二景隱書，即玉佩金璫文也。又有陰陽二景内真文與本文相隨。太上法，唯令授諸司命女，玉札玄挺，録字刊金，黄暎内曜，素書上清。勉之异日，上卿司命任也。第不聞明堂玄真道，亦無由得太清隱書耳。於是茅君退而益精思。至元帝初元四年而道成，赴句曲任。又（闕）年而度其弟西河太守衷、執金吾固。哀帝元壽二年，母率王君及方諸青童君降於茅君之靖所，綉衣使者冷廣子期以天皇火帝之神璽玉册來，三天左官御史管修條以太微帝君之八錦輿紫羽華衣來，協晨大夫石叔門以太上大道君之金虎真符流金鈴來，正一上玄玉郎王忠鮑丘以金闕後聖君之四節燕胎流明神芝來，拜茅君爲東岳上卿司命真君太元真人。母與王君設天厨，食宴茅君，仍授固、衷乙太霄、隱書、丹景、道精等四部經而别。其後，若清虚小有天王王褒子登，正一三天法師張道陵輔漢，以洎九聖七真得受書者，皆朝母於昆陵之闕而後領事。晋咸和末，紫虚元君南岳夫人魏華存道成，而齋於陽洛隱元之臺，母偕九微元君、金闕後聖君降焉。乘八景雲輿與偕，之清虚上宫，出玉清隱書四卷以授之。大合樂，饗魏夫人。時在坐者，上元夫人與紫陽左仙宫石路成太極高仙伯延蓋公子，西城真人王方平，太虚真人南岳赤松子，桐柏真人王子喬，凡三十餘真。母擊節而歌曰：“駕我八景輿，欻然入王清。龍旌拂霄上，虎旗攝朱兵。逍遥玄津際，萬流無暫停。哀此去留會，劫盡天地傾。當尋無中景，不死亦不生。體彼自然道，寂觀合太冥。南岳挺真幹，玉暎輝穎精。在任靡其事，虚心自受靈。嘉會絳河曲，相與樂未央。”上元夫人倚雲璈而和。歌竟，母及上元夫人、清虚王君復偕魏夫人與東南行，詣天台霍山道句曲金壇茅君，宴二日。一夕，復轉而西，税於霍山，俾夫人即事，乃别。

母有女二十餘，其著者曰：雲華上宫夫人，長女也，諱瑶姬，領童真，主治玉暎臺。當帝堯時，召禹而誨之，命陵容華，出上清寶文授諸神人狂章、虞千、黄麾，大翳庚辰童律，俾佐擒無支祈輩以奠水土。南極夫人，第四女也，諱林，字容真，一號紫元夫人，或曰南極元君，主治大丹宫，爲金闕後聖君上保司命。右英夫人者，第十三女也，諱媚蘭，字中林，主治蒼浪山，復爲雲林夫人。紫微夫人者，第二十女也，諱清娥，字愈音，主治羽野。二夫人俱以晋興寧中授東華楊司命道要。太真夫人者，勖小女也，有子爲三天太上都官司直降，主東岳曹事。夫人依之，以間度馬明生入道。

王世貞曰：自南真出而我金母示迹，至於曇陽子，蓋千三百年矣，不亦寥寥希闊哉！始曇陽子道成，而謁蘇元君、朱真君，偶師霰孁輩於集道宫也。寔庚辰之夏五月廿又八日，真君撫而命之曰：“金母而主也，謁其時矣。爲具啓事一通。”曇陽子具啓事，則以六月朔飛使上之。以次日早得報命，曰：“弟從朱真，朱真所猶吾所也。”曇陽子意忽忽不自得，會日甫昃而有後命，約以次日晡時見。曇陽子即發食，頃而抵集道宫，與真人之仙使偕。黎明候命，闕下四周皆積水，白雲彌滃，五彩間發，不辨天地，雕甍碧瓦，時出時没。曇陽子怳然自失曰：“此瑶池也，而近乃爾。”或曰：“行宫也。”典謁者入而不得命，彷徨久之。更一日，真君至，乃始報許。宫殿大小若人間帝者，其地無甓砌，色正白，堅潤可鑒，棟柱似竹木，亦似玉而殷殷，紅紫螺文，糺錯可愛。曇陽子伏謁如禮，母令前。曇陽子前，乃降色慰勞曰：“子良若何修而遂證此道耶？”曇陽起立群真後，睹母所御若一横案，縱可五六尺，衡丈許，而上又設一小坐，綉彩與雲飛相錯，莫可辨。左右列女真數百人，其傍操幡麾、羽扇、唾壺、翣拂者復數百人。中或交相賀曰：“益一佳侣矣。”亦有舉手賀曇陽子者。左班之首曰毛夫人，少美，然色莊甚。其三曰南真魏夫人，髪鶴矣，而温若元君與真君，故同列也。金母忽駕起雲，報謁真君於集道宫，群真從其下體氛彩擁羃之，不復見身動，而倏忽已達宫所。坐定，曇陽子復前謁金母，乃顧左右啓箱出黄色天衣一襲賜之。衣如綾錦，而不見針線迹，服之則繄束可體，曰：“而以禦寒暑也。”又賜紫磨金鐲二，環鏤梵書十，餘如印文，故稱印鐲云。曇陽子拜賜歸，以語父學士錫爵甚詳。且云質之《列仙傳》而不合者三：母貌固端美，然亦似中歲人，而《傳》稱之過麗，一也；魏夫人老，而《傳》謂成道時返少若處女子者，二也；竟日一再飲，僅天漿，而《傳》謂具行厨百味者，三也。又云母嘗造觀世音大士，禮恭甚。大士爲起，延坐膝語，談笑良欵欵。母即十地菩薩化也，或以爲文殊。曇陽子之語云爾。或謂母自開闢，與元始玉晨并毓，而胡文殊之化？夫文殊者，古佛也，開闢之先稱之矣。或謂母天中天也，豈其以欲界故而有女。夫女者氣所化也，四王天之有天男女，蓋倏然而覌膝前，以緣表父母耳。佛書固言之矣。或又謂男真隸木公，今胡以不稱木公？金母司女籍，其不女籍者若軒轅、周穆而下棼如也。嗟嗟，是胡可思議哉？世貞又曰：始余讀漢武魏夫人諸傳，見其文章歌詩往往類晋六朝語而疑之，及讀《真誥》而稍有會，以靈真之旨，或當爾爾。五言古體肇自蘇、李，河陽、上元四飛之咏，固爲之前茅哉？乃今聆我師曇陽子所遘會，抑何昭灼不爽也！語云“少所見，多所怪”，世尊丈六紫金身閻浮提睹之云爾，十地菩薩見其四十億萬里六道下者以爲五尺童且炭色。嗚呼！奈何以一闡提見而論大道也？雖然，其文與歌詩或不能無傳飾，吾故備著而兩存其疑信者。（《文淵閣四庫全書》本）

梅鼎祚《東漢文紀》卷第二十五《桓麟》：

桓麟。（字元鳳，榮曾孫，早有才惠。桓帝初爲議郎，侍講禁中，以直牾左右，出爲許令。著碑、銘、贊、説、書二十二篇。）（《文淵閣四庫全書》本）

焦竑《國史經籍志》卷五集類別集漢：

《桓驎集》二卷。（《續修四庫全書》本）

胡應麟《少室山房筆叢》卷三十三《三墳補逸上》“虞九年西王母來朝”條：

虞九年，西王母來朝。沈約注：“西王母來朝，貢白環玉玦。”西王母已見於此，不始周穆也。以余考之，蓋亦外國之君，若上文渠搜、僬僥，及下息慎、玄都類耳。《穆天子傳》所交外國之君甚衆，不止一西王母。《山海經》但言“蓬髮，虎齒，有尾”，如陸吾、泰逢之屬，餘别有辯。（《山海經》但言“有人曰西王母”，似非如後世所謂女仙者。自東方朔謂西王母爲東王公妻，後世遂咸祖之。不若汲冢之言，尚或可信云。）

同上，“穆王八年北唐來賓”條：

穆王八年，北唐來賓，獻一驪馬，是生騄耳。十二年，王北巡狩，遂征犬戎。十三年，徐戎侵洛，造父御王，入於宗周。十七年，西征昆侖丘，見西王母。其年，西王母來朝，賓於昭宫。按此文則穆王北征犬戎，而徐夷侵洛，造父御王歸定其亂，乃復西征見西王母。與《史記》不同，未詳孰是。西王母來朝，亦《穆天子傳》所未載。

同上，卷三十四《三墳補逸下》“山海經稱西王母”條：

《山海經》稱西王母“豹尾虎齒”，當與人類殊别。考《穆天子傳》云：“天子賓於西王母，觴於瑶池之上。西王母爲天子謡。天子執白圭、玄璧，及獻錦組百純，組三百，西王母再拜受之。”則西王母服食、語言，絶與常人無异，并無所謂“豹尾虎齒”之象也。《山海經》偏好語怪，所記人物，率禽獸其形，以駭庸俗，獨王母幸免深文，然猶异之以虎齒，益之以豹尾，甚矣其無稽也。《竹書》紀：“虞舜九年，西王母來朝，獻白玉環、玦。”則西王母不始見於周時。《莊》《列》俱言西王母，亦不言其詭形。惟司馬相如《大人賦》有豹尾虎齒之説，蓋據《山海經》耳。乃《山海經》則何所據哉？因讀《穆天子傳》，漫識此爲西華解嘲。倘大荒之外果有其人，當命三鳥使，邀不佞閬風之頂，浮大白三百，賞余知言也。（《列子・周穆》一段，“化人外”，全節此《傳》之文。《莊》言“西王母坐乎少廣”，此後世長生之説所本與？）

同上，“壬申天子西征”條：

壬申，天子西征。甲戌，至赤烏氏。赤烏之人獻酒、食馬、牛、羊、穄麥，天子乃賜赤烏之人黄金貝帶。赤烏之人獻好女於天子，列爲嬖人。辛巳，入於曹奴。曹奴之人戲，觴天子於洋水之上。天子乃賜曹奴之人黄金貝帶，戲乃膜拜而受。丁酉，天子西征至於鵛韓氏。鵛韓之人無鳧，乃獻良馬、牛、羊、穄麥，天子乃賜之黄金銀罌貝帶，無鳧乃膜拜而受。甲子，天子賓於西王母，好獻錦組百純，䌰組三百，西王母再拜受之。觀此文前後，序西王母事與赤烏諸人無大异，余嘗疑爲异域君長也。

同上，“天子自西王母之山”條：

天子自西王母之山還歸，丌世民作憂以吟曰：“比徂西土，爰居其野。虎豹爲群，於（與烏通）鵲與處。嘉命不遷，我惟帝天子大命，而不可稱，顧世民之恩，流涕芔殞，吹笙鼓簧，中心翔翔。世民之子，惟天之望。”此亦周詩，詞義頗古，而雜有書體，不若“白雲在天”二章玄遠簡奥，意中間必有脱誤。按景純《山海經》注引“白雲”二章俱合，而此章獨云：“徂彼西土，爰居其所。虎豹爲群，烏鵲與處。嘉命不遷，我惟帝女。彼何世民，又將去予。吹笙鼓簧。”（下三句同。）此或景純以其脱誤，稍爲檃括，故不甚類也。

同上，卷四十《莊岳委談上》“大荒西經云西海之南”條：

《大荒西經》云：“西海之南，流沙之濱，赤水之後，黑水之前，有大山名曰昆侖，有人戴勝，虎齒豹尾，穴處，名曰西王母。”《西山經》云：“西玉山是王母所居。其狀如人，豹尾虎齒，善嘯，蓬髮戴勝，是司天之厲，主癘及五殘。”右《山海經》所述西王母，與《竹書紀年》《穆天子傳》殊不類，蓋因二書有王母之文，而詭撰其狀以實之，餘別辨於二書詳矣。《集仙傳》則曰：“虎齒豹尾，乃王母之使，非真形也。”是又因《山海經》而訛者。《經》云：“三危之山，青鳥居焉。廣圓百里，青鳥主爲王母取食。”又云：“拒巫之山，一曰龜。其南有三青鳥，爲王母取食。”又言：“三足鳥主王母給使。”蓋豹尾虎齒自爲王母本形，而三青鳥自爲王母使者。《集仙》既以王母爲女仙，而不得於豹尾虎齒之説，故以三青鳥事當之，皆夢中說夢也。

《集仙傳》言王母生於神州，姓侯氏，而《酉陽雜俎》以王母姓楊，名回，字婉妗。夫王母西華之氣所化，而侯、楊皆後世姓氏，本無足辯，聊識此，當一噱云。

同上，卷四十三《玉壺遐覽二》“女性姓名”條：

女性姓名，《卮言》所未録者及小有异同者，録左：

西王母姓楊，一曰緱氏，一曰侯氏，一曰馬（一作“焉”）氏，名回，一曰婉妗。第三女曰碧霞元君，本居西域，今爲泰山神。聖母第四女名林字容真，號南極夫人，又紫玄夫人。王母第十三女名媚蘭，號雲林夫人。第二十女名玉清，號紫微夫人；一云名青娥，字愈意。第二十三女名瑶，一云名瑶姬，號雲華夫人。（《太平廣記》有傳，云居巫山，今詩家所謂神女也。）王母小女名琬，字羅敷，號太真夫人，亦曰東岳夫人。（中華書局，1958年）

徐應秋《玉芝堂談薈》卷十七《西王母》：

西王母者，九靈太妙龜山金母也。生於伊川，厥姓侯氏。生而飛翔，爲極陰之元，位配西方，母養群品。三界十方女子之得道者，咸隸焉。所居昆侖之圃，閬風之苑，金城千里，玉樓十二，瓊華之闕，光碧之堂，九層玄室，紫翠丹房，左帶瑶池，右環翠水。其山之下弱水九重，非飆車羽輪不可到也。所謂玉闕暨天，緣臺承霄，青琳之宇，朱紫之房，連琳彩帳，明月四朗。戴華勝，佩虎章，左侍仙女，右侍羽童，寶蓋遝映，羽㠾蔭庭。軒砌之下，植以白環之樹，丹剛之林，空青萬條，瑶幹千尋，無風而神籟自韵，琅琅然皆九奏八會之音也。黄帝討蚩尤之暴，蚩尤吹煙噴霧，師衆大迷。王母遣使者，被玄狐之裘，以符授帝曰：“太一在前，天一在後。得之者勝。”符廣三寸，長一尺，青瑩如玉，丹血爲文。佩符既畢，王母乃命一婦人，人首鳥身，謂帝曰：“我九天玄女也。授帝以三宫五意陰陽之略，太一遁甲六壬步斗之術，陰符之機，靈寶五符五勝之文。”遂克蚩尤於中冀。又數年，王母遣白虎之神，乘白鹿集於帝庭，授以地圖。其後虞舜攝位，王母遣使授舜白玉環。舜即位，又授益地圖，遂廣黄帝之九州島爲十有二州。王母又遣使獻舜白玉琯，吹之以和八風。昔茅盈字叔申，王褒字子登，張道陵字輔漢，洎九聖七真，凡得道授書者，皆朝王母於昆陵之闕焉。王母又以元封元年，乘紫霄之輦，駕九色斑龍，帶靈飛大綬，腰佩分景之劍，頭上太華髻，戴晨嬰太真之冠，履玄璚鳳文之舄，降於延靈之臺。命侍女王子登彈八琅之璈，董雙成吹雲和之笙，石公子擊昆庭之金，許飛瓊鼓震靈之簧，婉凌華拊五靈之石，范成君擊湘陰之磬，段安香作九天之鈞，又命法嬰歌玄靈之曲。授武帝以《五真圖》。又於天漢二年，遣使獻靈膠四兩吉光毛裘。《山海經》則云："蛇巫之山，有人操杯而東向立，曰龜山。西王母梯几而戴勝杖。其南有三青鳥，爲西王母使。"又曰："昆侖之丘有人，戴勝，虎齒，有豹尾，穴處，名曰西王母。"又《西山經》："玉山，西王母所居也。其狀如人，豹尾虎齒，而善嘯，蓬髮戴勝，是司天之厲，及五（缺二字）。"《真靈位業圖》載女真位則紫微元靈白玉龜臺元靈元真元君、紫虚元君領上真司命南岳魏夫人（諱存華，字賢安，小有王君弟子，楊君師）、八靈道母西岳蔣夫人、北海六微玄青夫人、上真東宫衛夫人、北漢七靈石夫人、紫清上宫九華真妃（姓安，晋朝駐於茅山）、紫虚左宫郭夫人、太極中華石夫人、太真王夫人、滄浪雲林右英王夫人、朱陵北絶臺上嬪管妃方丈臺昭靈李夫人、北岳上真山夫人、瓊華夫人、三元馮夫人、右華九成范夫人、紫微左宫王夫人（諱清娥，字愈音，王母第二十六女）、長陵杜夫人、太微玄清左夫人、右陽王華仲飛（缺）、西華靈妃甄幽簫、後聖上保南極元君紫元夫人、後聖上傳太素元君夫人、東華玉妃淳文期（青童之妹）、東宫中條王夫人（桐柏真人别生妹）、太和上真左夫人、西漢夫人、華山夫人、玉清神女房素、西王母侍女王玉華、董雙成、石公子、宛絶青、地成君、郭密香，于若賓、朱方明、張靈子、太帝宫官、雲林玉女、賈屈妃、金闕宫女、太保候范法安、經命山伯牙叔平、東華宫玉女煙景珠、上元夫人侍女宋辟非、玄仙道君侍女范運華、趙峻珠、王抱一、葉敬滌。《集真記》西王母居龍月城，城中産黄中李花，開則三影，結實則九影，花實上皆有"黄中"二字。王母惜之過於蟠桃，與紫陽真官博戲，則以一二百枚遞分勝負。（《文淵閣四庫全書》本）

顧起元《説略》卷九《史别下》"古人夙惠者多矣"條：

古人夙惠者多矣，聊摘記其凡。……桓驎年十三四，有异才，能作詩賦。見《文士傳》。（《文淵閣四庫全書》本）

周嬰《卮林》卷五《注王·王母越王》：

《宛委餘編》曰：仙人名王母，函山鳥亦名王母。勾踐名越王，海味似蝛者亦名越王。仲由字子路，熊亦名子路。見《續博物志》。

注曰：《酉陽雜俎》曰："齊郡函山有鳥，足青觜赤，素翼絳顙，名王母使者。世傳山上有王母藥函，令鳥守之。”案此則鳥名“王母使者”，四字爲呼，非但云王母也。又《鄴中記》：“石虎園有西王母棗，枝葉葱茂，四時不凋。九月生花，十二月熟，三子一尺。”又：“石虎皇后浴室有二長生樹，葉大如掌，八九月白花，子赤，大如橡，世謂之王母長生樹。”《伽藍記》曰：“華林園有仙人桃，色赤，表裏照澈，得霜即熟，亦曰王母桃。”《酉陽雜俎》曰：“王母桃，洛陽華林園有之，十月熟。俗語曰：‘王母甘桃，食之解勞。’”又曰：“貝丘南有蒲萄谷，谷中蒲萄可就食之，取歸即失道。世言王母蒲萄也。”《古今注》曰：“虎鬚草，江東織爲席，號曰西王母席。”又曰：“苦蒇有裹，形如皮弁，有實正圓如珠，長安兒童謂爲洛神珠，一曰王母珠。”《爾雅》：“觚竹、北户、西王母、日下謂之四荒。”郭璞曰：“西王母在西，日下在東。”《後魏書》：“大秦國西有白玉山，西有西王母山，玉爲堂云。”凡此果卉、荒極、山阜皆有王母之名，不可悉索者也。（福建人民出版社，2006年）

方以智《通雅》卷二十一《姓名》鬼神“楊回即王母”條：

《集仙傳》言王母姓侯，而《酉陽雜俎》言王母姓楊，名回，字婉妗。按郭璞注《爾雅》以西王母在西，《山海經》言虎齒有尾曰西王母，此謂外國之人耳，《穆天子傳》西王母正如外國之君長。後乃附會，以與東王公相對。（中國書店，1990年）

庾信撰，倪璠注《庾子山集注》卷首《滕王逌原序》（周宇文逌）：

雖桓驎十四之歲，答宿客之詩；（《文士傳》曰：桓驎伯父烏官至太尉，驎年十四在座。烏告客曰：“吾此弟子，知有异才，殊能作詩賦。”客乃作詩曰：“甘羅十二，楊烏九齡。昔惟二子，今則桓生。”驎即應聲答曰：“邈矣甘羅，超等絶倫。伊彼楊烏，命世稱賢。嗟予蠢弱，殊才偉年。仰慚二子，俯愧過言。”）魯連十二之年，杜堅離之辨。（中華書局，1980年）

萬斯同《儒林宗派》卷三東漢：

……桓榮、桓鬱（榮子）、桓焉（鬱子）、桓麟（焉從子）、桓彬（麟子）、桓典（焉孫）、何湯；（以下并桓榮門人。）袁憲、丁鴻、鮑駿、陳翕；（以下并丁鴻門人。）劉愷、巴茂、朱倀；（丁鴻門人。）鮑永、鮑昱（永子）、楊寶、楊震（寶子，桓鬱門人）、楊秉（震子）、楊奉（震子）、楊賜（秉子）、楊敷（奉子）、楊彪（賜子）、楊衆（敷子）、朱寵（桓鬱門人）、張酺、黄瓊、廖扶、宋登、徐稚、杜喬、張奂、劉寬。

右諸儒傳《歐陽尚書》。（《文淵閣四庫全書》本）

查慎行《蘇詩補注》卷三十九《贈陳守道》：

一氣混淪生復生，有形有心即有情。共見利欲飲食事，各有爪牙頭角争。争時怒發霹靂火，險處直在嵌岩坑。人僞相加有餘怨，天真喪盡無純誠。徒自取先用極力，誰知所得皆空名。少微（一本作“爲”，訛）處士（一本作“處”，訛）松柏寒，蓬萊真人冰玉清。山是心兮海爲腹，陽爲神兮陰爲精。渴飲靈泉水，飢食玉樹枝。白虎化坎青龍離，鎖禁姹女關嬰兒。樓臺十二紅玻璃，木公金母相東西。純鉛真汞星光輝，烏升兔降無年期。停顔却老衹如此，哀哉世人迷不迷。

木公金母。（《參同契注》云：慈母云金，金生坎水，水即金公水，稱孝子。嚴父云木，木生砂汞，子又生孫，子繼孫踵。《西王母傳》云：在昔道氣凝寂，湛體無爲，將欲啓迪玄功，化生萬物，先以東華至真之氣化而生木公焉，又以西華至妙之氣化而生金母焉。）

同上，《皇太后閣六首》其二：

瑞日明天仗，仙雲擁壽山。倚欄春晝永，金母在人間。

金母。（《西王母傳》：在昔道氣凝寂，湛體無爲，以東華玉精之氣化而生木公焉，又以西華至妙之氣化而生金母焉。金母生於神洲伊川，以主陰靈之氣，理於西方，亦號王母。）（《文淵閣四庫全書》本）

蔣驥《山帶閣注楚辭》卷三《天問》：

“昆侖縣圃，其尻安在？增城九重，其高幾里？”

《水經注》：“昆侖山三級，下曰樊桐，二曰玄圃，三曰增城，是爲大帝之居。”《穆天子傳》：“舂山之澤，所謂縣圃，百獸所聚。”桓驎《西王母傳》：“昆侖之圃，有城千里。其下弱水九重，非飈車羽輪不能到。”《淮南子》：“層城九重，高萬一千里百十四步二尺六寸，化狄經昆侖山九重，重相去九千里。”《拾遺記》：“昆侖山有九層，層相去萬里。天對增城之里萬有三千。”“尻”與“居”同。一説臀尾所坐處爲尻。縣圃，神人之圃，下無所繫，懸空而居，故問其所坐何處也。增城又在其上，則愈高而愈奇矣。

“黑水元趾，三危安在？延年不死，壽何所止？”

《西山經》：“昆侖西北隅，黑水出焉。”元趾承黑水言。《路史·餘論》注“黑水染足，涉者其色黝黑入膚”是也。《通鑒前編》：“沙州燉煌縣卑羽山，三峰峭絶，人以爲三危，延年不死。”本黑水、三危而言。《山海經》：“黑水之前，有大山曰昆侖。有人，戴勝，虎齒，豹尾，穴處，名西王母。三危山，三青鳥居之，爲西王母取食。”《朝鮮記》：“黑水之間，有不死之山。”《穆天子傳》：“黑水之阿，爰有木禾，食者得上壽。”《拾遺記》：“勃鞮國人壽千歲，

食黑河水藻。”《淮南子》：“三危之國，石城金室，飲氣之民，不死之野。”（上海古籍出版社，2019年）

乾隆敕撰《大清一統志》卷八十八鳳陽府二《人物》：

（漢）桓麟。（字元鳳，焉兄子，早有才惠。桓帝初爲議郎，侍講禁中，以直道牾左右，出爲許令。母終，麟不勝喪，未祥而卒。著述凡二十一篇。）（《文淵閣四庫全書》本）

嚴可均《全後漢文》卷二十七《桓麟》：

麟，字元鳳，鬱孫。辟司徒掾。桓帝初爲議郎，侍講禁中。出爲許令，病免。以母喪哀毁卒。有《集》二卷。

《七説》：

香萁爲飯，雜以粳菰，散如細蚳，摶似凝膚；河黿之羹，齊以蘭梅，芳芬甘旨，未咽先滋。（《北堂書鈔》一百四十四《飯篇》《羹篇》各引一條，《藝文類聚》五十七，《御覽》八百五十，又八百六十一。）腜一元之膚，膾挺祭之鮮，□□銘方，徽割不理，雜猶亂絲，聚若委采。（《北堂書鈔》一百四十五《膾篇》，又《腜篇》引首句。）蒸剛肥之豚，（同上《蒸篇》。）炰柔毛之羜。（同上《炰篇》。）調脡和粉，糅以橙蒳。（同上《生脡篇》。）

椅梧與梓，生乎曾崖，上仰貫天之山，下臨洞地之溪。飛霜厲其末，飆風激其崖，孤琴徑其根，雜鳥集其枝。（《藝文類聚》五十七。案：“孤琴”有誤。）

王良相其左，造父驂其右。揮沫揚鑣，倏忽長驅。輪不暇轉，足不及驟。騰虛逾浮，瞥若飆霧。追慌忽，逐無形。速疾影之超表，捷飛響之應聲。超絶壑，逾懸阜，馳猛禽，射勁鳥。騁不失蹤，滿不空發。彈輕翼於高冥，窮疾足於方外。（同上。）

戲譚以要譽。（《文選·蜀都賦》注引桓譚《七説》，乃桓麟之誤。）

《太尉劉寬碑》（中平二年二月）：

公諱寬，字文饒，弘農華陰人也。其先□□，聖漢王侯，繼次有國有號，列存家序。公之考乃作司徒，輔毗安、順，勛載二葉。公托受純和之氣體，有樂道寧儉之性。疾雕飾，尚樸素，輕榮利，重謙讓。幼與同好鐫墳典於茅廬，是以根經緯，綜精微，誨童冠而不倦。伉浮雲之志，三公莫能致之。大將軍以禮脅命，舉高第，拜侍御史，遷梁令。垂□康逾産豹，喪舊君以弃官。遵洙泗之業，有悔仕思初之計。三府并招博士，徵皆辭疾不就。司隸舉茂材，大尉舉有道，公車徵拜議郎司徒長史，入登侍中，宣美顧問。延熹八年地震，有詔詢异。公以演策沉漸，對當帝心，轉拜尚書，齊密機喉，王命惟允。遷東海相，以德興化，澤臻民物。復遷南陽太守，壹行質省簡易之教，推貞諒以示下，顯衆善以厲否，惻隱之誠，通乎神人。故能去鞭扑，如獲其情，弗用刑，如弭其奸。帝初即位，開學稽古，訓咨儒林，僉曰公優。徵拜大中大夫，納用勸講。復拜侍中、屯騎校尉、宗正、光禄勛，遂授大尉，悉謨百揆四門之職，懷夫三事和昭鼎實。功成則退，因疾遜位，拜光禄大夫，遷衛尉，復作大尉。每執盤桓，成則三讓，以交會□精，引咎折躬。朝克忠讜，思其良猶，即召里巷，拜永樂少府光禄勛。先是時也，狂寇張角，□□妖逆，公印觀見像，上遏其源，未遝誅討，亂作不旋。帝乃追賓先謀，錫之士田，封逯鄉侯，食邑六百户。年六十有六，中平二年二月丁卯薨。天子閔悼惻怛，内發手筆爲策，□涕咨嗟。使右中郎將張良持節臨吊，贈車騎將軍印綬，位特進，賜琀賵禭，有加典禮。復使五官中郎將何夔持節，謚曰昭烈侯。夏四月庚戌葬，公卿百寮縉紳之徒，其會如雲，可謂其存也榮，其亡也哀者焉。於是故吏李謙等，有感殷魯述德之頌，以爲洪懿休策，宜著無窮，故雜論攸行，紀其大略，鎸石立碑。其辭曰：

於穆顯融，惟予公侯。纘我前烈，克明厥繇。熙精恬默，潛庸底昭。德以蒞政，俾民是□。其樂伊何，匪誘匪威。允丕禮讓，實化玄爲。入□誨保，訓導萬機。作鎮上司，御勸不迷。温温其恭，□尹實秖。秩秩其苞，群儒實師。奕奕其容，瞗裔□□。刊視萬祀，孰嗣厥徽。（《隸釋》十一，又略見《藝文類聚》四十六。案：《隸釋》有劉寬兩碑，前碑桓麟撰，據《藝文類聚》知之；後碑蔡邕撰，據《文選》王仲宣《誄》注知之。洪適皆未考出。案：摯虞《文章志》云："麟文見在者十八篇，有碑九首，詩七首，《七説》一首，《沛相郭府君書》一首。"）（商務印書館，1999年）

楊潮觀《吟風閣雜劇》二十四《偷桃捉住東方朔》：

（旦）你怎敢到我仙園里偷果?

（丑）從來説，"偷花不爲賊"；花果事同一例。

（旦）這厮是個慣賊，快拿下去鞭殺了罷！

（丑）原來王母娘娘這般小器，倒像個富家婆！人家吃你個果兒也捨不得，值甚生氣！且問，這桃兒有甚好處?

（旦）我這蟠桃，非同小可！吃了是髮白變黑，返老還童，長生不死。

（丑）果然如此?我已吃了兩次，我就盡着你打，也打我不死！若打得死時，這桃可要吃它作甚?不知打我作甚來?

（旦）打你偷盜！

（丑）若講偷盜，就是你做神仙的慣會偷！世界上人，那一個没有職事，偏你神仙避世偷閑，避事偷懶，圖快活偷安，要性命偷生，——不好説得——還有仙女們在人間偷情養漢，就是得道的也是盜日月之精華，竊乾坤之秘奥；你神仙那一樣不是偷來的？還嘴巴巴說打我的偷盜！我倒勸娘娘不要小器；你們神仙吃了蟠桃也長生，不吃蟠桃也長生，衹管吃它作甚？不如將這一園的桃兒盡行施捨凡間，救大千世間的人都得不老，豈不是個大慈悲，大方便哩？

（旦）你倒説得大方。

（丑）衹是我還不信哩；你説，吃了髮白變黑，返老爲童，衹看八洞神仙在瑶池會上不知吃了幾遍，爲何李岳仍然拐脚？壽星依舊白頭？可不是搗鬼哩？哄人哩？（上海古籍出版社，1983年）

顧櫰三《補後漢書藝文志》卷八小説家類：

《西王母傳》，（陶九成《説郛》有刊本。）桓驎撰。（爵里見集類。）

同上，卷九别集類上：

司徒掾《桓驎集》二卷。

驎，字元龍，沛國龍亢人，桓榮孫。精鑒好學，碑、誄、贊、説、書凡二十一篇。摯虞《文章志》："驎文見有七首，詩七首，《七説》一首，《與沛相郭府君書》一首。"

櫰三案：今可考者有《七説》一首、《答客詩》（附客美桓驎詩）、《劉寬碑》《西王母傳》（見陶九成《説郛》。），餘并佚。（案《隸釋·劉寬碑》題作亘驎撰者，避宋欽宗諱也。《古琴疏》：驎有琴曰"叢竹流風"。）（《金陵叢書》本）

姚振宗《隋書經籍志考證》卷三十九之二集部二之二别集類二後漢：

梁有司徒掾《桓鱗（麟）集》二卷，《録》一卷，亡。

《後漢書·桓榮傳》：榮，沛國龍亢人也。玄孫彬。彬父麟，字元鳳，早有才惠。桓帝初，爲議郎，入侍講禁中，以直道牾左右，出爲許令，病免。會母終，麟不勝喪，未祥而卒，年四十一。所著碑、誄、贊、説、書凡二十一篇。

又傳注：案摯虞《文章志》，麟文見在者十八篇，有碑九首，誄七首，《七説》一首，《沛相郭府君書》一首。

皇甫謐《高士傳》：京兆贄恂，伯陵之十二世孫也。（贄峻字。伯陵見前漢《司馬遷集》。）治五經，通百家之言。善屬文，渭濱弟子，扶風馬融、沛國桓驎，自遠方至者十餘人。恂以女妻融，後果爲大儒，文冠當世，三輔稱焉。（案此則驎與馬季長同師贄恂。）

《文心雕龍·雜文篇》曰：自桓麟《七説》以下，左思《七諷》以上，枝附景從，十有餘家。或文麗而義暌，或理粹而辭駁。

《唐書·經籍》《藝文志》：《桓驎集》二卷。

馮氏《詩紀》輯存《答客》四言詩一首。

嚴氏《全後漢文編》：桓榮少子郁，鬱孫麟，辟司徒掾，爲議郎、許令。以母喪哀毁卒。有《集》二卷，今存《七説》八條，《太尉劉寬碑》一篇。附桓彬《七説》、桓儼遺書。（《二十五史補編》本，中華書局，1955年）

姚振宗《後漢藝文志》卷四集别集類：

司徒掾《桓麟集》二十一篇。

范書《桓榮傳》：榮，沛郡龍亢人也。玄孫彬，彬父麟，字元鳳，早有才惠。桓帝初，爲議郎，入侍講禁中，以直道牾左右，出爲許令，病免。會母終，麟不勝喪，未祥而卒，年四十一。所著碑、誄、贊、説、書凡二十一篇。

章懷太子曰：案摯虞《文章志》，麟文見在者十八篇，有碑九首，誄七首，《七説》一首，《沛相郭府君書》一首。

《文心雕龍·雜文篇》曰：自桓麟《七説》以下，左思《七諷》以上，枝附景從，十有餘家。或文麗而義暌，或理粹而辭駁。

《隋書·經籍志》：梁有司徒掾《桓鱗集》二卷，《録》一卷。亡。《唐經籍志》：《柏驎集》二卷。《藝文志》：《桓驎集》二卷。

嚴氏《文編》輯存《七説》八條，《太尉劉寬碑》一篇。馮氏《詩紀》輯存《答客詩》一首。

按：范書附傳不言爲司徒掾，或略之也。《隋志》作鱗，誤。《舊唐志》以宋本避諱作垣，訛爲柏。驎與麟通。（《適園叢書》本）

曾樸《補後漢書藝文志并考》卷八《文翰志内篇》第四：

桓麟所著碑、誄、贊、説、書。（范書：二十一篇。《七録》：二卷，《録》一卷。《唐志》：二卷。《舊唐志》同。《隋志》"麟"作"鱗"，訛。）

范書《桓彬傳》："父麟，字元鳳，早有才惠。桓帝初，爲議郎。以直道牾左右，出爲許令。"

《文章志》："麟文見在者十八篇，有碑九首，誄七首，《七説》一首，《沛相郭府君書》一首。"

嚴目輯存碑一、《七説》一，凡二篇。（《二十五史藝文經籍志考補萃編》本，清華大學出版社，2011年）

魯迅《中國小説史略》第二篇《神話與傳説》：

中國之神話與傳説，今尚無集録爲專書者，僅散見於古籍，而《山海經》中特多。《山海經》今所傳本十八卷，記海内外山川神祇异物及祭祀所宜，以爲禹益作者固非，而謂因《楚辭》而造者亦未是；所載祠神之物多用糈（精米），與巫術合，蓋古之巫書也，然秦漢人亦有增益。其勛爲世間所知，常引爲故實者，有昆侖山與西王母。

昆侖之丘，是實惟帝之下都，神陸吾司之，其神狀虎身而九尾，人面而虎爪。是神也，司天之九部及帝之囿時。（《西山經》。）

玉山，是西王母所居也。西王母其狀如人，豹尾虎齒而善嘯，蓬髮戴勝，是司天之厲及五殘。（同上。）

昆侖之墟方八百里，高萬仞；上有木禾，長五尋，大五圍；面有九井，以玉爲檻；面有九門，門有開明獸守之。百神之所在。在八隅之岩，赤水之際，非仁羿莫能上。（《海内西經》。）

西王母梯几而戴勝杖（案此字當衍），其南有三青鳥，爲西王母取食，在昆侖墟北。（《海内北經》。）

大荒之中有山，名曰豐沮玉門，日月所入。有靈山，巫咸、巫即、巫盼、巫彭、巫姑、巫真、巫禮、巫抵、巫謝、巫羅十巫，從此升降，百藥爰在。（《大荒西經》。）

西海之南，流沙之濱，赤水之後，黑水之前，有大山，名曰昆侖之丘。有神人面虎身尾皆白處之。其下有弱水之淵環之。其外有炎火之山，投物輒然。有人戴勝，虎齒豹尾，穴處，名曰西王母。此山萬物盡有。（同上。）（中華書局，2010年）

案：顧櫰三《補後漢書藝文志》小説家類著録“《西王母傳》”，題桓驎撰。

桓驎（一作桓麟），字元鳳（一作符鳳，一作元龍），東漢沛國龍亢（今安徽懷遠）人。漢代儒師桓榮曾孫。生卒年不詳。早有才惠，師事贄恂，與馬融（79—166年）同學。桓帝（147—167年在位）初爲議郎，入侍講禁中。後出爲許（今河南許昌）令，病免。會母終，不勝哀，未祥而卒，年四十一。所著碑、誄、贊、説、書凡二十一篇。《後漢書》卷六十七《桓彬傳》附小傳。《文心雕龍》引《七説》文，《藝文類聚》卷三十一引《贈答詩》一首。《隋書·經籍志》按：“梁有司徒掾《桓麟集》二卷，《録》一卷。亡。”《後漢書》李賢注引摯虞《文章志》曰：“麟文見在者十八篇，有碑九首，誄七首，《七説》一首，《沛相郭府君書》一首。”《藝文類聚》卷四十六引《太尉劉寬碑》一篇，應非此桓麟所作。案《後漢書》稱其享年四十一歲，《劉寬碑》作在中平二年（185年），若麟當年即去世，則其生當在永憙元年（145年），桓帝初年還是童稚，既不可能“爲議郎，入侍講禁中”，也不可能與馬融同學。因此，此碑即使真爲桓麟作，此桓麟亦非彼桓麟。

顧櫰三《補後漢書藝文志》著録《西王母傳》，注曰：“陶九成《説郛》有刊本。”然《説郛》所録《西王母傳》乃節自《墉城集仙録》，張君房《雲笈七籤》具録之。至於九成題爲桓麟所作，亦不知何據。今所傳西王母故事，除《山海經》《穆天子傳》《漢武内傳》外，有《太平御覽》卷六百七十八所引《茅君傳》、《太平廣記》卷五十六所引出《集仙録》之《西王母傳》、張君房《雲笈七籤》所引《墉城集仙録・西王母傳》、《説郛》題名桓麟之《西王母傳》及王世貞《弇州四部稿》卷六十六《金母紀》、徐應秋《玉芝堂談薈》卷十七《西王母》，其中《山海經》《穆天子傳》《茅君傳》《漢武内傳》單獨成書，其他《太平廣記》所引、《雲笈七籤》所録、《説郛》所題桓麟之作，及《玉芝堂談薈》所記，并皆出《墉城集仙録》，而《弇州四部稿》之《金母紀》則是在其基礎上，結合其他傳説异聞，重新加工整合而成。《墉城集仙録・西王母傳》詳載於《雲笈七籤》，其内容除開頭一段，其他部分則分别由《竹書紀年》相關内容、《尚書帝驗期》《漢武内傳》《茅君傳》輯合而成。《雲笈七籤》又録有杜光庭所撰《墉城集仙録序》，可知此《西王母傳》爲杜光庭所輯。又其中用《竹書紀年》事，亦可知爲晋以後作者。《説郛》題名桓麟的《西王母傳》，實衹録開頭到《尚書帝驗期》一段，下則出按語曰：“又周穆王時，命八駿與七萃之士，使造父爲御，西登昆侖而賓於王母，穆王持白珪重錦以爲王母壽，事具《周穆王傳》。至漢武帝元封元年七月七日夜降於漢宫，語在《漢武帝傳》内，此不復載焉。”《周穆王傳》爲西晋時汲冢所出，《西王母傳》還在其後，自然不可能是桓麟所撰。可知陶九成謬題撰者人名，而櫰三失考矣。

此書有《説郛》本、《五朝小説》本、《五朝小説大觀》本、《舊小説》本。

异聞記

蔡邕撰，鄧安生編《蔡邕集編年校注》卷一《文範先生陳仲弓銘》：

君諱寔，字仲弓，潁川許人也。其先出自有虞氏，中葉當周之盛德，有嬀滿者，武王配以大姬，而封諸太昊之墟，是爲陳胡公。春秋之末，失其爵土，遂以國氏焉。世篤懿德，令聞丕顯。君膺皇靈之清和，受明哲之上姿。憑先民之遐迹，秉玄妙之淑行。投足而襲其軌，施捨而合其量。夫其仁愛温柔，足以孕育群生；廣大寬裕，足以包覆無方；剛毅强固，足以威暴矯邪；正身體化，足以陶冶世心。先生有〔此〕四德者，故言斯可〔法，行斯可樂，動斯可〕象，静斯可效。是以邦之子弟，遐方後生，莫不同情瞻仰，由其模範，從其趣向，戾很斯和，争訟化讓。雖嚴君猛政，迫以刑戮，未若先生潛導之速也。其立朝事上也，恭順貞厲，含章直方。無顯諫以彰亹，不割高而引長。常幹州郡腹心之任，義則進之以達道，否則退之以光操。然後德立名宣，蓋於當世。辟司徒府，納規陳謀，匡弼三事，人用昭明，臺階允寧。遷聞喜長，清風暢於所漸，儉節溢於監司。郡政有錯，争之不從，即解綬去。復辟太尉府，遷太丘長，民之治情斂欲，反於端懿者，猶草木之偃於翔風，百卉之挺於春陽也。以所執不協所屬，色斯舉矣，不俟終日。辟大將軍府，道之行廢，有分於命，乃離密網，以就禁錮，潛伏不試，十有八年。大忌蠲除，舉賢良方正，大將軍、司徒并辟，君曰："七十有懸車之禮，况我過諸！"遂不應其命。

容止法度，老而彌壯，凡所履行，事類博審，不可勝數。略舉首目，具實録之記，在乎其傳。春秋八十有三，中平三年〔秋〕八月丙〔子〕（午）卒，大將軍、三公使御屬往吊祠會葬，誄行告謚，曰文範先生。刺史、太守樹碑頌德，許令以下至於國人，立廟舊邑，四時烝嘗，歡哀承祀，其如祖禰。先生存享重稱，亡歆血食，修行於己，得斯於人，固上世之所罕有，前哲之所不過也。孤嗣紀銜恤在疚，敢録言行終始所守。乃有二三友生，咨度禮則，咸曰：君化導神速，行於有國，法施於民，祀典所宗，鄉人之祠，非此遺孤所得專也。昔者先生甚樂兹土，築室講誨，精靈所寧。紀順奉雅意，遂定兆域，宜有銘□，勒表墳墓，俾後生之歌咏德音者，知丘封之存斯也。乃作銘曰：

於熙文考，天授弘造。淵玄其深，巍峨其高。剛而無虐，柔而不撓。誕鋪模憲，亦世作教。君之誨矣，民胥效矣。道行斯進，廢乃斯止。鮮我顯泰，既多幽否。捨榮取辱，涅而不淄。德之休明，賤不爲耻。超邈其猶，莫與方軌。

同上，《陳太丘碑》一：

先生諱寔，字仲弓，潁川許人也。含元精之和，應期運之數，兼資九德，總修百行，於鄉黨則恂恂焉，斌斌焉，善誘善導，仁而愛人，使夫少長咸安懷之。其爲道也，用行舍藏，進退可度，不徼訐以榦時，不遷貳以臨下。四爲郡功曹，五辟豫州，六辟三府，再辟大將軍，宰聞喜半歲，太丘一年。德務中庸，教敦不肅，政以禮成，化行有謐。會遭黨事，禁錮二十年，樂天知命，淡然自逸，交不諂上，愛不黷下，見機而作，不俟終日。及文書赦宥，時年已七十，遂隱丘山，懸車告老。四門備禮，閑心静居。大將軍何公、司徒袁公前後招辟，使人曉諭，云欲特表，便可入踐常伯，超補三事，紆佩金紫，光國垂勛。先生曰："絶望已久，飾巾待期而已。"皆遂不至。弘農楊公、東海陳公每在衮職。群僚賀之。皆舉手曰："潁川陳君，絶世超倫，大位未躋，慚於文仲竊位之負。"故時人高其德，重乎公相之位也。年八十有三，中平三年八月丙午，遭疾而終。臨没顧命，留葬所卒，時服素棺，槨財周櫬，喪事惟約，用過乎儉。群公百寮，莫不咨嗟；岩藪知名，失聲揮涕。大將軍吊祠，錫以嘉謚，曰："徵士陳君，禀岳瀆之精，苞靈曜之純，天不愸遺一老，俾屏我王，梁崩哲萎，於時靡憲。"搢紳儒林，論德謀迹，謚曰文範先生。傳曰："鬱鬱乎文哉！"《書》曰："《洪範》九疇，彝倫攸叙。"文爲德表，範爲士則，存誨没號，不亦宜乎！三公遣令史祭以中牢，刺史敬吊。太守南陽曹府君命官作誄曰："赫矣陳君，命世是生，含光醇德，爲士作程。資始既正，守終有令，奉禮終没，休矣清聲。"遣官屬掾〔吏〕（史）前後赴會，刊石作銘，府丞與比縣會葬。荀慈明、韓元長等五百餘人緦麻設位，哀以送之，遠近會葬千人以上。河南尹種府君臨郡，追嘆功德，述録高行，以爲遠近鮮能及之。重部大掾，以成時銘，斯可謂存榮没哀，死而不朽者已。乃作銘曰：

峨峨崇岳，吐符降神。於皇先生，抱寶懷珍。如何昊穹，既喪斯文。微言圮絶，來者曷聞？交交黄鳥，爰集於棘。命不可贖，哀何可極？

同上，《陳太丘碑》二：

維中平五年，春三月癸未，豫州刺史典，以〔爲〕褒功述德，政之大經。是以作謚封墓，興於《周禮》；衛鼎晋〔銘〕（鐘），其昭有實。故太丘長潁川許陳寔字仲弓，含聖哲之清和，盡人材之上美，光明配於日月，廣大咨於天地，辟四府，宰〔三〕（二）城，神化著於民物，形表圖於丹青，巍巍焉其不可尚也，洋洋乎其不可測也。儉約違時，懸車致仕。徵辟交至，遂不屑就。春秋八十有三，寢疾而終。大將軍賜謚，群後建碑，國人立廟。先生有二子，季方、元方，皆命世稀有，繼期特立。季方盛年早亡，亦圖容加謚。元方在喪毁瘁，消形嘔血，純孝過哀，率禮不越。於時嘉异，畫像郡國，欽盛德之休明，懿鐘鼎之碩義，乃樹碑鎸石，垂世寵光。詞曰：

於皇先王，冠耀八荒。闡德之宇，探道之綱。繼期立表，以訓四方。惟亮天工，群生之望。高明允實，有馥其芳。載德亦世，休有烈光。欽慕在〔人〕舊，有憲〔有〕章。〔過〕（遇）牧斯州，庶奉清塵。弃予而〔邁〕（逝），靡瞻靡聞。嗟我懷矣，曷所諮詢？告哀金石，式昭其勤。（河北教育出版社，2002年）

張華撰，范寧校證《博物志校證》卷六《人名考》：

太丘長陳寔，寔子鴻臚卿紀，紀子司空群，群子泰，四世於漢、魏二朝有重名，而其德漸小減，故時人爲之語曰："公慚卿，卿慚長。"（中華書局，1980年）

王明《抱朴子内篇校釋》卷之三《對俗》：

或難曰："龜鶴長壽，蓋世間之空言耳，誰與二物終始相隨而得知之也？"抱朴子對曰："……故太丘長潁川陳仲弓，篤論士也，撰《异聞記》云：'其郡人張廣定者，遭亂常避地，有一女年四歲，不能步涉，又不可擔負，計弃之固當餓死，不欲令其骸骨之露。村口有古大冢，上巔先有穿穴，乃以器盛縋之，下此女於冢中，以數月許乾飯及水漿與之而捨去。候世平定，其間三年，廣定乃得還鄉里，欲收冢中所弃女骨，更殯埋之。廣定往視，女故坐冢中，見其父母，猶識之甚喜。而父母猶初恐其鬼也，父下入就之，乃知其不死。問之從何得食，女言糧初盡時甚飢，見冢角有一物，伸頸吞氣，試效之，轉不復飢，日月爲之，以至於今。父母去時所留衣被，自在冢中，不行往來，衣服不敗，故不寒凍。廣定乃索女所言物，乃是一大龜耳。女出食穀，初小腹痛嘔逆，久許乃習，此又足以知龜有不死之法，及爲道者效之，可與龜同年之驗也。'史遷與仲弓，皆非妄説者也。……"（中華書局，1980年）

陳壽撰，裴松之注《三國志》卷十一《邴原》：

邴原字根矩，北海朱虚人也。……太祖征吴，原從行，卒。（《原别傳》曰：……原舊能飲酒，自行之後，八九年間，酒不向口。單步負笈，苦身持力，至陳留則師韓子助，潁川則宗陳仲弓，汝南則交范孟博，涿郡則親盧子幹。臨别，師友以原不飲酒，會米肉送原。原曰："本能飲酒，但以荒思廢業，故斷之耳。今當遠别，因見貺餞，可一飲讌。"於是共坐飲酒，終日不醉。……）

同上，《管寧》：

管寧字幼安，北海朱虚人也。年十六喪父，中表愍其孤貧，咸共贈賵，悉辭不受，稱財以送終。長八尺，美鬚眉。與平原華歆、同縣邴原相友，俱游學於异國，并敬善陳仲弓。天下大亂，聞公孫度令行於海外，遂與原及平原王烈等至於遼東。度虚館以候之。既往見度，乃廬於山谷。時避難者多居郡南，而寧居北，示無遷志，後漸來從之。太祖爲司空，辟寧，度子康絶命不宣。

王烈者，字彦方，於時名聞在原、寧之右。辭公孫度長史，商賈自穢。太祖命爲丞相掾徵事，未至，卒於海表。（《先賢行狀》曰：烈通識達道，秉義不回。以潁川陳太丘爲師，二子爲友。時潁川荀慈明、賈偉節、李元禮、韓元長皆就陳君學，見烈器業過人，嘆服所履，亦與相親，由是英名著於海内。……以建安二十三年寢疾，年七十八而終。）

同上，卷十三《鍾繇》：

鍾繇字元常，潁川長社人也。（《先賢行狀》曰：鍾皓字季明，温良篤慎，博學詩律，教授門生千有餘人，爲郡功曹。時太丘長陳寔爲西門亭長，皓深獨敬异。寔少皓十七歲，常禮待與同分義。會辟公府，臨辭，太守問："誰可代君？"皓曰："明府欲必得其人，西門亭長可用。"寔曰："鍾君似不察人爲意，不知何獨識我？"……）

同上，卷二十二《陳群》：

陳群字長文，潁川許昌人也。祖父寔，父紀，叔父諶，皆有盛名。（寔字仲弓，紀字元方，諶字季方。《魏書》曰：寔德冠當時，紀、諶并名重於世。寔爲太丘長，遭黨錮，隱居荆山，遠近宗師之。靈帝崩，何進輔政，引用天下名士，徵寔，欲以爲參軍，以老病，遂不屈節。諶爲司空掾，早卒。紀歷位平原相、侍中、大鴻臚，著書數十篇，世謂之"陳子"。寔之亡也，司空荀爽、太僕令韓融并制緦麻，執子孫禮。四方至者車數千乘，自太原郭泰等無不造門。《傅子》曰：寔亡，天下致吊，會其葬者三萬人，制縗麻者以百數。《先賢行狀》曰：大將軍何進遣屬吊祠，謚曰文範先生。於時，寔、紀高名并著，而諶又配之，世號曰三君。每宰府辟命，率皆同時，羔雁成群，丞掾交至。豫州百姓皆圖畫寔、紀、諶之形象。）群爲兒時，寔常奇异之，謂宗人父老曰："此兒必興吾宗。"魯國孔融高才倨傲，年在紀、群之間，先與紀友，後與群交，更爲紀拜，由是顯名。

同上，卷二十八《鄧艾》：

鄧艾字士載，義陽棘陽人也。少孤，太祖破荆州，徙汝南，爲農民養犢。年十二，隨母至潁川，讀故太丘長陳寔碑文，言“文爲世範，行爲士則”，艾遂自名範，字士則。後宗族有與同者，故改焉。（中華書局，2006年）

袁宏撰，周天游校注《後漢紀校注·後漢孝順皇帝紀》上卷第十八：

（永建二年）二月戊申，詔徵南陽樊英、江夏黃瓊、會稽賀純、廣漢楊厚。

英字季齊，南陽魯陽人也。隱居教授，受業者自四方至。安帝時，博士、公車徵皆不至，及於是時，又固辭疾篤，乃詔郡縣禮致之。英既至，天子爲設壇席，延問得失，拜五官中郎將。遂稱疾篤，賜告歸，復追下詔以光禄大夫，家居所在縣賜穀千斛，常以八月存問高年，時致羊酒如前世故事。英辭讓不受，有詔喻旨勿聽。

英居家有法度，篤於鄉里。自陳寔之徒，少時從英。英嘗卧病便坐，妻遣婢拜問疾，英下床答拜。寔問之，英曰：“妻，齊也，共奉祭祀，禮無不答。”又有鄰人子止英家，每醉呴呼，〔英〕曰：“其父臨死，以相委屬，故收養之。”寔常以此稱之。

同上，《後漢孝桓皇帝紀》上卷第二十一：

（永興二年）是時潁川鍾皓字季明，以德行稱，官至林慮長。初，皓爲本郡功曹，西門亭長陳寔未知名，皓獨敬异焉。皓初辟公府，太守問：“有誰可代君者？”皓曰：“明府必欲得其人，西門亭長陳寔可也。”自是名重海内。寔曰：“鍾君似不察人，不知何獨識我？”

同上，《後漢孝靈皇帝紀》上卷第二十三：

（建寧二年）（郭泰）其所提拔在無聞之中，若陳元龍、何伯求終成秀异者六十餘人；其所臨官，若陳仲弓、夏子治者十餘人，皆名德也。

陳寔字仲弓，潁川許人。少爲縣吏，常給厮役。時縣吏鄧劭每出候賓，見寔執書立誦。劭嘉之，即解録，遣使詣太學。寔推純誠，不厲名行，然羅居老少，皆親而敬之。鄉間訟者，輒求正於寔，寔以理喻曲直，退無怨者，皆曰：“寧爲刑罰所及，不爲陳君所非。”寔嘗爲郡功曹，中常侍侯覽屬非其人，太守高倫出教教之，寔固請不可，太守曰：“侯常侍不可違，君勿言。”寔乃封教入見：“必不得已，寔請自舉之，不足以損明德。”退而署文學掾。於是鄉里咸以寔爲失舉，寔晏然自若。倫去郡，故人送於傳舍，乃具言其狀：“善稱君，惡稱己，陳君之謂也。”由是衆談咸服焉。辟黃瓊府，除聞喜、太丘長，其政不嚴而治，百姓愛敬之。

長子紀，字元方；小子淑，字季方，皆以儒業德禮稱。紀子群，名重魏、晋。文帝嘗問群：“卿何如父、祖？”群對曰：“臣祖寔不言而治，臣父紀言而行之，至於臣群有其言而必行。”

同上，《後漢孝獻皇帝紀》卷第二十七：

（初平四年）……（許邵）同郡陳仲舉，名重當時，鄉里後進，莫不造謁，邵獨不詣。蕃謂人曰："長幼之序，不可廢也。許君欲廢之乎？"邵曰："陳侯崖岸高峻，百谷不得而往，遂不造焉。"嘗至潁川，不詣陳仲弓。或問其故，邵曰："此君之道廣，廣則不周，故不行也。"（天津古籍出版社，1987年）

劉敬叔《异苑》卷四《德星聚》：

陳仲弓從諸子侄，造荀季和父子。於時德星聚，太史奏："五百里内有賢人聚。"（《漢魏六朝筆記小說大觀》本，上海古籍出版社，1999年）

范曄撰，李賢注《後漢書》卷六十一《黄瓊》：

論曰：……及孝桓之時，碩德繼興，陳蕃、楊秉處稱賢宰，皇甫、張、段出號名將，王暢、李膺彌縫衮闕，朱穆、劉陶獻替匡時，郭有道奬鑒人倫，陳仲弓弘道下邑。其餘宏儒遠智，高心潔行，激揚風流者，不可勝言。而斯道莫振，文武陵隊，在朝者以正議嬰戮，謝事者以黨錮致灾。往車雖折，而來軫方遒。所以傾而未顛，决而未潰，豈非仁人君子心力之爲乎？嗚呼！

同上，卷六十二《韓韶》：

……以病卒官。同郡李膺、陳寔、杜密、荀淑等爲立碑頌焉。

同上，《鍾皓》：

同郡陳寔，年不及皓，皓引與爲友。皓爲郡功曹，會辟司徒府，臨辭，太守問："誰可代卿者？"皓曰："明府欲必得其人，西門亭長陳寔可。"寔聞之，曰："鍾君似不察人，不知何獨識我？"

同上，《陳寔》：

陳寔字仲弓，潁川許人也。出於單微。自爲兒童，雖在戲弄，爲等類所歸。少作縣吏，常給事厮役，後爲都亭〔刺〕佐。而有志好學，坐立誦讀。縣令鄧邵試與語，奇之，聽受業太學。後令復召爲吏，乃避隱陽城山中。時有殺人者，同縣楊吏以疑寔，縣遂逮繫，考掠無實，而後得出。及爲督郵，乃密托許令，禮召楊吏。遠近聞者，咸嘆服之。

家貧，復爲郡西門亭長，尋轉功曹。時中常侍侯覽托太守高倫用吏，倫教署爲文學掾。寔知非其人，懷檄請見。言曰："此人不宜用，而侯常侍不可違。寔乞從外署，不足以塵明德。"倫從之。於是鄉論怪其非舉，寔終無所言。倫後被徵爲尚書，郡中士大夫送至輪氏傳舍。倫謂衆人言曰："吾前爲侯常侍用吏，陳君密持教還，而於外白署。比聞議者以此少之，此咎由故人畏憚强禦，陳君可謂善則稱君，過則稱己者也。"寔固自引愆，聞者方嘆息，由是天下服其德。

司空黄瓊辟選理劇，補聞喜長，旬月以期喪去官。復再遷除太丘長。（太丘，縣，屬沛國，故城在今亳州永城縣西北也。）修德清静，百姓以安。鄰縣人户歸附者，寔輒訓導譬解，發遣各令還本。司官行部，吏慮有訟者，白欲禁之。寔曰："訟以求直，禁之理將何申？其勿有所拘。"司官聞而嘆息曰："陳君所言若是，豈有怨於人乎？"亦竟無訟者。以沛相賦斂違法，乃解印綬去，吏人追思之。

及後逮捕黨人，事亦連寔。餘人多逃避求免，寔曰："吾不就獄，衆無所恃。"乃請囚焉。遇赦得出。靈帝初，大將軍竇武辟以爲掾屬。時中常侍張讓權傾天下。讓父死，歸葬潁川，雖一郡畢至，而名士無往者，讓甚耻之，寔乃獨吊焉。及後復誅黨人，讓感寔，故多所全宥。

寔在鄉閭，平心率物。其有争訟，輒求判正，曉譬曲直，退無怨者。至乃嘆曰："寧爲刑罰所加，不爲陳君所短。"時歲荒民儉，有盗夜入其室，止於梁上。寔陰見，乃起自整拂，呼命子孫，正色訓之曰："夫人不可不自勉。不善之人未必本惡，習以性成，遂至於此。梁上君子者是矣！"盗大驚，自投於地，稽顙歸罪。寔徐譬之曰："視君狀貌，不似惡人，宜深克己反善。然此當由貧困。"令遺絹二匹。自是一縣無復盗竊。

太尉楊賜、司徒陳耽，每拜公卿，群僚畢賀，賜等常嘆寔大位未登，愧於先之。及黨禁始解，大將軍何進、司徒袁隗遣人敦寔，欲特表以不次之位。寔乃謝使者曰："寔久絶人事，飾巾待終而已。"時三公每缺，議者歸之，累見徵命，遂不起，閉門懸車，栖遲養老。中平四年，年八十四，卒於家。何進遣使吊祭，海内赴者三萬餘人，制衰麻者以百數。共刊石立碑，謚爲文範先生。（《先賢行狀》曰："將軍何進遣官屬吊祠爲謚。"）

有六子，紀、諶勖賢。

紀字元方，亦以至德稱。兄弟孝養，閨門雍和，後進之士皆推慕其風。及遭黨錮，發憤著書數萬言，號曰"陳子"。黨禁解，四府并命，無所屈就。遭父憂，每哀至，輒歐血絶氣，雖衰服已除，而積毁消瘠，殆將滅性。豫州刺史嘉其至行，表上尚書，圖像百城，以厲風俗。董卓入洛陽，乃使就家拜五官中郎將，不得已，到京師，遷侍中。出爲平原相，往謁卓，時欲徙都長安，乃謂紀曰："三輔平敞，四面險固，土地肥美，號爲陸海。今關東兵起，恐洛陽不可久居。長安猶有宫室，今欲西遷何如？"紀曰："天下有道，守在四夷。宜修德政，以懷不附。遷移至尊，誠計之末者。愚以公宜事委公卿，專精外任。其有違命，則威之以武。今關東兵起，民不堪命。若謙遠朝政，率師討伐，則塗炭之民，庶幾可全。若欲徙萬乘以自安，將有纍卵之危，峥嶸之險也。”卓意甚忤，而敬紀名行，無所復言。時議欲以爲司徒，紀見禍亂方作，不復辨嚴，即時之郡。璽書追拜太僕，又徵爲尚書令。建安初，袁紹爲太尉，讓於紀，紀不受，拜大鴻臚。年七十一，卒於官。

子群，爲魏司空。（群字長文。《魏志》曰“魯國孔融才高倨傲，年在群、紀之間，先與〔紀友，後與〕群交，更爲紀拜，由是顯名”也。）天下以爲公慚卿，卿慚長。

弟諶，字季方。與紀齊德同行，父子并著高名，時號三君。每宰府辟召，常同時旌命，羔雁成群，當世者靡不榮之。諶早終。（《先賢行狀》曰：“豫州百城，皆圖畫寔、紀、諶形像焉。”）

論曰：漢自中世以下，閹豎擅恣，故俗遂以遁身矯契放言爲高。士有不談此者，則芸夫牧豎已叫呼之矣。故時政彌惛，而其風愈往。惟陳先生進退之節，必可度也。據於德故物不犯，安於仁故不離群，行成乎身而道訓天下，故凶邪不能以權奪，王公不能以貴驕，所以聲教廢於上，而風俗清乎下也。贊曰：

二李師淑，陳君友皓。韓韶就吏，贏寇懷道。太丘奥廣，模我彝倫。曾是淵軌，薄夫以淳。慶基既啓，有蔚潁濱。二方承則，八慈繼塵。（二方，元方、季方也。荀淑八子，皆以慈爲字，見《荀氏家傳》也。）

同上，卷六十七《黨錮列傳叙》：

時河内張成善説風角，推占當赦，遂教子殺人。李膺爲河南尹，督促收捕，既而逢宥獲免，膺愈懷憤疾，竟案殺之。初，成以方伎交通宦官，帝亦頗誶其占。成弟子牢修因上書誣告膺等養太學游士，交結諸郡生徒，更相驅馳，共爲部黨，誹訕朝廷，疑亂風俗。於是天子震怒，班下郡國，逮捕黨人，布告天下，使同忿疾，遂收執膺等。其辭所連及陳寔之徒二百餘人，或有逃遁不獲，皆懸金購募。使者四出，相望於道。明年，尚書霍諝、城門校尉竇武并表爲請，帝意稍解，乃皆赦歸田里，禁錮終身。而黨人之名，猶書王府。

同上，《李膺》：

……膺性簡亢，無所交接，唯以同郡荀淑、陳寔爲師友。

同上，卷六十八《許劭》：

劭嘗到潁川，多長者之游，唯不候陳寔。又陳蕃喪妻還葬，鄉人〔必〕（畢）至，而劭獨不往。或問其故，劭曰：“太丘道廣，廣則難周；仲舉性峻，峻則少通，故不造也。”其多所裁量若此。

同上，卷六十九《竇武》：

……武於是引同志尹勛爲尚書令，劉瑜爲侍中，馮述爲屯騎校尉，又徵天下名士廢黜者前司隸李膺、宗正劉猛、太僕杜密、廬江太守朱寓等，列於朝廷；請前越巂太守荀翌爲從事中郎，辟潁川陳寔爲屬，共定計策。於是天下雄俊，知其風旨，莫不延頸企踵，思奮其智力。

同上，卷八十一《王烈》：

王烈字彦方，（《魏志》烈字彦考。）太原人也。少師事陳寔，以義行稱。

同上，卷八十二上《樊英》：

初，英著《易章句》，世名樊氏學，以圖緯教授。潁川陳寔少從英學。嘗有疾，妻遣奴婢拜問，英下床答拜。寔怪而問之。英曰："妻，齊也，共奉祭祀，禮無不答。"其恭謹若是。年七十餘，卒於家。

同上，卷八十二下《上成公》：

上成公者，〔宓〕（密）縣人也。其初行久而不還，後歸，語其家云："我已得仙。"因辭家而去。家人見其舉步稍高，良久乃没云。陳寔、韓韶同見其事。

同上，卷七十六《循吏列傳叙》：

自章、和以後，其有善績者，往往不絶。如魯恭、吴佑、劉寬及潁川四長，（謂荀淑爲當塗長，韓韶爲嬴長，陳寔爲太丘長，鍾皓爲林慮長。淑等皆潁川人也。）并以仁信篤誠，使人不欺；王堂、陳寵委任賢良，而職事自理：斯皆可以感物而行化也。（中華書局，1965年）

劉義慶著，劉孝標注，余嘉錫箋疏《世説新語箋疏》卷上之上《德行》：

陳太丘詣荀朗陵，貧儉無僕役。（陳寔字仲弓，潁川許昌人。爲聞喜令、太丘長，風化宣流。）乃使元方將車，（《先賢行狀》曰："陳紀字元方，寔長子也。至德絶俗，與寔高名并著，而弟諶又配之。每宰府辟召，羔雁成群，世號'三君'，百城皆圖畫。"《古文苑》十九邯鄲淳《後漢鴻臚陳君碑》云："君諱紀，字元方，太丘君之元子也。顯考以茂行崇冠先疇，弟亦以英才知名當世。孝靈之初，并遭黨錮，俱處於家，號曰三君。及太丘君疾病終亡，喪過乎哀。禮既除，戚容彌甚。豫州刺史嘉懿至德，命敕百城，圖畫形像。"）季方持杖後從。長文尚小，載箸車中。既至，荀使叔慈應門，慈明行酒，餘六龍下食。（張璠《漢紀》曰："淑有八子：儉、鯤、靖、燾、汪、爽、肅、敷。淑居西豪里，縣令苑康曰：

‘昔高陽氏有才子八人。’遂署其里爲高陽里。時人號曰八龍。”）文若亦小，坐箸膝前。於時太史奏：“真人東行。”（程炎震云：“案范書荀淑年六十七，建和三年卒。荀彧以建安十七年卒，年五十，則當生於延熹六年。距荀淑之卒已十四年矣。若非范史紀年有誤，則其事必虚。考袁山松《後漢書》亦載此事，而云荀數詣陳，蓋荀陳州里故舊，過從時有，而必以文若實之，則反形其矯誣矣。”檀道鸞《續晋陽秋》曰：“陳仲弓從諸子侄造荀父子，於時德星聚，太史奏：‘五百里賢人聚。’”《御覽》三百八十四引《漢雜事》曰：“陳寔字仲弓。漢末太史家瞻星，有德星見，當有英才賢德同游者。書下諸郡縣問。潁川郡上事：其日有陳太丘父子四人俱共會社，小兒季方御，大兒元方從，抱孫子長文，此是也。”嘉錫案：父子同游，人間常事，何至上動天文？此蓋好事者爲之，本無可信之理。據《漢雜事》所載，殆時人欽重太丘名德，造作此言，與荀氏無與焉。及其後人自爲家傳，附會此事，以爲家門光寵，斯其誣罔虚謬，足令識者齒冷矣。《隋志》有《漢魏吴蜀舊事》八卷，又《秦漢以來舊事》十卷。《唐志》并著録。《御覽》所引《漢雜事》，不知是出此二書否？）

客有問陳季方：（《海内先賢傳》曰：“陳諶字季方，寔少子也。才識博達。司空掾公車征，不就。”）“足下家君太丘，有何功德而荷天下重名？”季方曰：“吾家君譬如桂樹生泰山之阿，上有萬仞之高，下有不測之深；上爲甘露所沾，下爲淵泉所潤。當斯之時，桂樹焉知泰山之高，淵泉之深，不知有功德與無也！”

陳元方子長文有英才，（《魏書》曰：“陳群字長文，祖寔，嘗謂宗人曰：‘此兒必興吾宗。’及長，有識度。其所善，皆父黨。”）與季方子孝先，（《陳氏譜》曰：“諶子忠，字孝先。州辟不就。”）各論其父功德，争之不能决，咨於太丘。太丘曰：“元方難爲兄，季方難爲弟。”（一作“元方難爲弟，季方難爲兄”。）

同上，卷上之上《言語》：

潁川太守髡陳仲弓。（嘉錫案：《後漢書·陳寔傳》云：“少作縣吏，縣令鄧邵奇之，聽受業太學。後令復召爲吏，乃避隱陽城山中。時有殺人者，同縣揚吏以疑寔，縣遂逮繫。考掠無實，而後得出。”此逮繫仲弓者許令，而非潁川太守。《傳》又云：“除太丘長，解印綬去，及後逮捕黨人，事亦連寔。餘人多逃避求免，寔曰：‘吾不就獄，衆無所恃。’乃請囚焉。遇赦得出。”按寔之在鄉里，州郡有疑獄不能决者，皆將詣寔。或到而情首，或中途改辭，或托狂悸，皆曰：“寧爲刑戮所苦，不爲陳君所非。”豈有盛德感人若斯之甚，而不自衛，反招刑辟，殆不然乎？此所謂東野之言耳！嘉錫案：范書《陳寔傳》云：“寔在鄉閭，平心率物，其有争訟，輒求判正。曉譬曲直，退無怨者。至乃嘆曰：‘寧爲刑戮所加，不爲陳君所短。’”與此注事同而文异。孝標蓋别有所本。）客有問元方：“府君何如？”元方曰：“高明之君也。”“足下家君何如？”曰：“忠臣孝子也。”客曰：“《易》稱：‘二人同心，其利斷金；同心之言，其臭如蘭。’何有高明之君而刑忠臣孝子者乎？”元方曰：“足下言何其謬也！故不相答。”客曰：“足下但因傴爲恭而不能答。”元方曰：“昔高宗放孝子孝己，尹吉甫放孝子伯奇，董仲舒放孝子符起。唯此三君，高明之君；唯此三子，忠臣孝子。”客慚而退。（程炎震云：“寔嘗逮繫，又以黨事請囚，遇赦得出。蓋緣此而增飾之耳。”）

同上，卷上之下《政事》：

陳仲弓爲太丘長，時吏有詐稱母病求假。事覺收之，令吏殺焉。主簿請付獄，考衆奸。仲弓曰：“欺君不忠，病母不孝。不忠不孝，其罪莫大。考求衆奸，豈復過此？”（陳寔已别見。）

陳仲弓爲太丘長，有劫賊殺財主，主者捕之。未至發所，道聞民有在草不起子者，回車往治之。主簿曰：“賊大，宜先按討。”仲弓曰：“盜殺財主，何如骨肉相殘？”（按後漢時賈彪有此事，不聞寔也。《後漢書・黨錮傳》云：“賈彪字偉節，補新息長。小民貧困，多不養子。彪嚴爲其制，與殺人同罪。城南有盜劫害人者，北有婦人殺子者。彪出，案發，而掾吏欲引南。彪怒曰：‘賊寇害人，此則常理；母子相殘，逆天違道。’遂驅車北行，案驗其罪。城南賊聞之，亦面縛自首。”嘉錫案：仲弓、偉節，同時并有此事，何其相類之甚也？疑爲陳氏子孫剽取舊聞，以爲美談，而臨川誤以爲實。然觀孝標之注，固已疑之矣。）

陳元方年十一時，（陳紀已見。）候袁公。袁公問曰：“賢家君在太丘，遠近稱之，何所履行？”元方曰：“老父在太丘，强者綏之以德，弱者撫之以仁，恣其所安，久而益敬。”（袁宏《漢紀》曰：“寔爲太丘，其政不嚴而治，百姓敬之。”）袁公曰：“孤往者嘗爲鄴令，正行此事。不知卿家君法孤？孤法卿父？”（檢衆《漢書》，袁氏諸公，未知誰爲鄴令。故闕其文以待通識者。）元方曰：“周公、孔子，异世而出，周旋動静，萬里如一。周公不師孔子，孔子亦不師周公。”（嘉錫案：《古文苑》十九邯鄲淳《後漢鴻臚陳君碑》云：“年七十有一，建安四年六月卒。”以此推之，當生於漢順帝永建四年。其十一歲，則永和四年也。《後漢書・陳紀傳》雖不言卒於何年，然云“建安初，袁紹爲太尉，讓於紀，紀不受。年七十一卒”，與碑未嘗不合。《陳寔傳》云：“司空黄瓊辟選理劇，補聞喜長。尋月，以期喪去官。復再遷，除太丘長。”考《桓帝紀》元嘉元年冬閏月（閏十一月），太常黄瓊爲司空。二年十一月免。上距永和四年，十二三年矣。又延熹四年五月前太尉黄瓊所選舉，要不出元嘉、延熹之間，其除太丘長，又當其後一二年。元方若於年十一時見袁公，安得問其家君太丘之政乎？此必魏、晋間好事者之所爲，以資談助，非實事也。）

同上，卷中之上《方正》：

陳太丘與友期行，期日中。過中不至，太丘捨去，去後乃至。元方時年七歲，［程炎震云："《古文苑》邯鄲淳撰《陳紀碑》云：'年七十一，建安四年卒。'則七歲是順帝陽嘉四年乙亥，太丘年三十四。"嘉錫案：據《後漢書·陳寔傳》：寔爲司空，黄瓊所辟。始補聞喜長，當在桓帝元嘉以後（詳見《政事篇》"陳元方年十一"條下），寔年已四十餘矣。除太丘長，又在其後。元方七歲時，寔尚未出仕，此稱太丘，蓋追叙之辭。］門外戲。（陳寔及紀，并已見。）客問元方："尊君在不？"答曰："待君久不至，已去。"友人便怒曰："非人哉！與人期行，相委而去。"元方曰："君與家君期日中。日中不至，則是無信；對子罵父，則是無禮。"友人慚，下車引之。元方入門不顧。

同上，卷中之下《品藻》：

正始中，人士比論，以五荀方五陳：荀淑方陳寔，荀靖方陳諶，荀爽方陳紀，荀彧方陳群，荀顗方陳泰。又以八裴方八王：裴徽方王祥，裴楷方王夷甫，裴康方王綏，裴綽方王澄，裴瓚方王敦，裴遐方王導，裴頠方王戎，裴邈方王玄。

同上，《規箴》：

陳元方遭父喪，哭泣哀慟，軀體骨立。其母愍之，竊以錦被蒙上。郭林宗吊而見之，謂曰："卿海内之俊才，四方是則，如何當喪，錦被蒙上？孔子曰：'衣夫錦也，食夫稻也，於汝安乎？'吾不取也！"奮衣而去。（程炎震云："林宗之殁，乃先於太丘二十餘年。范書、《蔡集》皆明著之，此之誣謗，可謂巨謬。"）自後賓客絶百所日。（嘉錫案：此出《語林》，見《御覽》五百六十一，文較略。又七百七引較詳。而云"傅信字子思，遭父喪"云云。蓋有兩説。）（所，一作許。）

同上，《夙惠》：

賓客詣陳太丘宿，太丘使元方、季方炊。客與太丘論議，二人進火，俱委而竊聽。炊忘箸箄，飯落釜中。太丘問："炊何不餾？"元方、季方長跪曰："大人與客語，乃俱竊聽，炊忘箸箄，飯今成糜。"太丘曰："爾頗有所識不？"對曰："仿佛志之。"二子俱説，更相易奪，言無遺失。太丘曰："如此，但糜自可，何必飯也？"［《御覽》四百三十二引袁山松《後漢書》曰："荀淑與陳寔神交。及其弃朗陵而歸也，數命駕詣之。淑御，慈明從，叔慈抱孫文若而行。寔亦令元方侍側，季方作食。抱孫長文而坐，相對怡然。嘗一朝求食。季方尚少，跪曰：‘向聞大人、荀君言甚善，竊聽之。甑壞，飯成糜。’寔曰：‘汝聽談解乎？’諶曰：‘唯。’因令與二慈説之，不失一辭，二公大悦。”嘉錫案：與《世説》异。蓋如《世説》之言，元方、紀方年皆尚幼，故列之《夙慧篇》。據山松書，則元方年已長大，亦既抱子矣。太丘有六子〔見本傳〕。《後漢紀》二十三稱長子元方，小子季方，則二人之年相去必遠，不得如《世説》所記，俱是幼童也。然荀淑卒時，彧尚未生（詳見《德行篇》）。山松之言，亦非實録。嘉錫又案：《御覽》七百五十七引袁山松《後漢書》曰：“荀淑與陳寔神交，弃官，常命駕相就。令元方侍側，季方作食。嘗一朝食遲，季方跪曰：‘向聞大人與荀君言甚善，竊聽之，甑壞飯糜。’寔曰：‘汝聽談解乎？’諶曰：‘解。’因令説之，不失一言，公悦。”與此即一事，而傳聞异辭。］（中華書局，2011年）

陶弘景《古今刀劍録·魏將刀》：

鄧艾，年十二，曾讀陳太丘碑，碑下掘得一刀，黑如漆，長三尺餘，刀上常有氣凄凄然，時人以爲神物。（《文淵閣四庫全書》本）

蕭子顯《南齊書》卷五十五《杜栖》：

杜栖字孟山，吴郡錢唐人，徵士京産子也。同郡張融與京産相友，每相造言論，栖常在側。融指栖曰：“昔陳太丘之召元方，方之爲劣。以今方古，古人何貴。”……（中華書局，1972年）

虞荔《鼎録》：

陳太丘鑄一鼎，藏於陘山。（《叢書集成初編》本）

歐陽詢《藝文類聚》卷第二十一人部五《德》：

《漢雜事》曰：“太史言：‘有德星見，當有英才賢德同游者。’詔下諸郡縣問，潁川郡上事曰：‘有陳太丘父子三人，俱共會社。’”

同上，卷第五十二治政部上《善政》：

（教）梁簡文帝《圖雍州賢能刺史教》曰：“冀州表朱穆之象，太丘有陳寔之畫。或有留愛士氓，或有傳芳史籍。昔越王鎔金，尚思范蠡；漢軍染畫，猶高賈彪。矧彼前賢，寧忘景慕？可并圖像廳事，以旌厥善。”（上海古籍出版社，2010年）

虞世南撰，陳禹謨補注《北堂書鈔》卷六十八設官部二十《屬》：

陳寔灼然遷。（《續漢書》云："陳寔舉灼然爲司徒屬，遷大兵長。"）（《文淵閣四庫全書》本）

李延壽《南史》卷二十五《到溉》：

陸倕贈昉詩云："和風雜美氣，下有真人游。壯矣荀文若，賢哉陳太丘。今則蘭臺聚，萬古信爲儔。任君本達識，張子復清修。既有絶塵到，復見黄中劉。"（中華書局，1975年）

蕭統編，李善注《文選》卷第五十八《陳太丘碑文并序》（蔡伯喈）：

先生諱寔，字仲弓，潁川許人也。（范曄《後漢書》曰：寔，潁川許人。《漢書》，潁川郡有許縣。《魏志》曰：文帝黄初二年，改許縣爲許昌縣。然蔡邕之時，惟有許縣，或曰許昌，非也。）含元精之和，應期運之數。兼資九德，總修百行。於鄉黨則恂恂焉，彬彬焉，善誘善導，仁而愛人，使夫少長咸安懷之。其爲道也，用行舍藏，進退可度，不徼訐以干時，不遷貳以臨下。四爲郡功曹，五辟豫州，六辟三府，再辟大將軍，宰聞喜半歲，太丘一年。德務中庸，教敦不肅，政以禮成，化行有謐。會遭黨事，禁固二十年，樂天知命，澹然自逸。交不諂上，愛不瀆下，見機而作，不俟終日。及文書赦宥，時年已七十，遂隱丘山，懸車告老，四門備禮，閑心静居。大將軍何公，司徒袁公，（范曄《後漢書》：大將軍何進，司徒袁隗遣人敦寔，欲特授以不次之位，寔謝使者。）前後招辟，使人曉喻，云欲特表，便可入踐常伯，超補三事，紆佩金紫，光國垂勛。先生曰："絶望已久，飾巾待期而已。"皆遂不至。弘農楊公，東海陳公，（范曄《後漢書》曰：太尉楊賜，司徒陳耽，每拜公卿，群寮畢賀，賜等常嘆寔大位未登，愧於先之也。）每在衮職，群寮賀之，皆舉手曰："潁川陳君，絶世超倫，大位未躋，慚於臧文竊位之負。"故時人高其德，重乎公相之位也。

年八十有三，中平三年八月丙午，遭疾而終。臨没顧命，留葬所卒，時服素棺，椁財周櫬，喪事惟約，用過乎儉。群公百僚，莫不咨嗟；岩藪知名，失聲揮涕。大將軍吊祠，錫以嘉謚，（范曄《後漢書》曰：何進使吊祭。）曰："徵士陳君，禀岳瀆之精，苞靈曜之純，天不愸遺老，俾屏我王，梁崩哲萎。於時靡憲，搢紳儒林，論德謀迹，謚曰文範先生。"傳曰："鬱鬱乎文哉。"《書》曰："洪範九疇，彝倫攸叙。"文爲德表，範爲士則，存誨没號，不亦宜乎！三公遣令史祭以中牢。刺史敬吊，太守南陽曹府君命官作誄曰："赫矣陳君，命世是生。含光醇德，爲士作程。資始既正，守終又令。奉禮終没，休矣清聲！"遣官屬掾吏，前後赴會，刊石作銘。府丞與比縣會葬。荀慈明、韓元長等五百餘人，緦麻設位，哀以送之。遠近會葬，千人已上。河南尹种府君臨郡，追嘆功德，述録高行，以爲遠近鮮能及之，重部大掾，以成時銘。斯可謂存榮没哀，死而不朽者已。乃作銘曰……（上海古籍出版社，1986年）

徐堅等《初學記》卷第十七人部上《友悌》：

（叙事）《汝南先賢傳》曰："潁川陳寔有子曰元方，次曰仲方，并以名德稱。兄弟孝養，閨門雍睦，海内慕其風。四府并命，無所屈就。兄弟嘗過同郡荀爽，夜會飲宴，太史奏德星聚。"

同上，卷第十八人部中《師》：

（序）蔡邕文範先生陳仲弓碑序。（夫其仁愛温柔，足以孕育群生；廣大寬容，足以包覆無方；剛毅强固，足以威暴矯邪；正身體化，足以陶冶士心。先生有此四德，故言斯可法，行斯可樂，動斯可象，静斯可效。是以邦之子弟，遐方後生，莫不同情瞻仰，由其模範，從其趣向，戾狠思和，争訟化讓，雖嚴君猛政，迫以刑戮，未若先生潜導之速。）（中華書局，2010年）

李吉甫《元和郡縣志》卷九河南道四許州鄢陵縣：

太丘城，縣西南二十里。陳寔嘗爲此縣長。（《文淵閣四庫全書》本）

馬總撰，王天海譯注《意林全譯》卷四：

《抱朴子》四十卷。（《外篇》二十卷，《内篇》二十卷。葛洪字稚川。）

陳仲弓《异聞記》云："同郡人張廣遭亂，有女四歲不能行，弃冢中，以數月糧與之。後三年乃還，欲收葬之。女猶坐冢中，問其故。女曰：'糧盡以後，見冢角有一物，申頸吞氣，乃效之，轉不復飢。'尋看，乃大龜也。將女還，食食飲，初，小腹痛，久乃習之。"（貴州人民出版社，1997年）

白居易原本，孔傳續傳《白孔六帖》卷八《絹》：

陳寔遺盜。（陳寔見梁上之盜，乃遺絹兩匹。）

同上，卷二十七德三《德服人》：

陳寔所短。（陳實仲弓，鄉里化其德。人有過，曰："寧爲刑罰所加，不爲陳寔所短！"）

同上，卷七十七《功曹》：

鍾皓之薦陳寔任以代己。（漢鍾皓潁川人，爲郡功曹，命辟司徒府。臨去，辭太守，薦陳寔爲功曹。）（《文淵閣四庫全書》本）

李德裕《李衛公外集》卷三評史三《小人論》：

……所以陳仲弓睹梁上之盜，察非惡人，以是而言，盜賊未爲害矣。然操戈鋋，挾弓矢，以衆暴寡，殺人取財者，則謂之盜，比於以怨報德者，亦未甚焉。何者？人之父子兄弟有不相知者，有德於人者，是已知之矣，焉得負之哉！（《文淵閣四庫全書》本）

張彦遠撰，［日］岡村繁譯注，俞慰慈譯《歷代名畫記譯注》卷第五晋：

（顧愷之論畫曰）陳太丘二方。（太丘夷素似古賢，二方爲爾耳。）（上海古籍出版社，2002年）

段公路纂，崔龜圖注《北户録》卷一《乳穴魚》：

《吴都賦》云："雙則比目，片則王餘。"陳仲弓《异聞記》："東城池有王餘魚，池决，魚不得去，將死。或以鏡照之，魚看影謂其有雙，於是比目而去。"（《叢書集成初編》本）

司空圖《司空表聖文集》卷二《題東漢傳後》：

儒衣而武弁者，人望而畏之，是威其德也，必有操戈待之者矣。君子之救時也，必相時度力以致其用。不可，則静而鎮之，以道訓服；苟厲鋒氣，果於擊搏，道不能化，力不能制，是將濟時重困。故元禮之徒，終致鈎黨之禍。至於張儉，又不能引决，以區區之身，殘壞天下，何裨於吾道哉！陳太丘之容衆，郭有道之誘人，其意未嘗沮物，而彼亦不厚其毒，利害可見矣。且鷙獸不革其暴，麟不足爲仁也；惡鳥不息其鳴，鳳不足爲瑞也。况彼三子，甘逞於權豪，呶呶以至於大亂哉！惟據正而能屈己者，庶可與權。（《四部叢刊》本）

劉昫等《舊唐書》卷四《高宗本紀上》：

（顯慶二年）冬十月戊戌，親講武於許、鄭之郊，曲赦鄭州。遣使祭鄭大夫國僑、漢太丘長陳寔墓。（中華書局，1975年）

李昉等《太平御覽》卷首《經史圖書綱目》：

《陳寔别傳》。

同上，卷第一百八十一居處部九《舍》：

（謝承《後漢書》）又曰：陳寔字仲弓，詣大學。郭林宗、陳仲舉爲親友，歸家立精舍講授，諸生數百人。

同上，卷第二百六十四職官部六十二《功曹參軍》：

（謝承《後漢書》）又曰：鍾皓字季明，潁川長社人。同郡陳寔，年不及皓，引與爲友。皓爲郡功曹，會辟司徒府，臨辭，太守問："誰可代卿者？"皓曰："明府必欲得其人，西門亭長。"陳寔聞之曰："鍾君似不察人，不知何猶識我？"

《陳寔別傳》曰：寔字仲弓，潁川許人也。爲郡功曹。時中常侍侯覽托太守高倫用吏，倫教署文學掾。寔知非其人，乃懷檄請見，乞從外署，倫從之。於是鄉論怪其非舉。倫後被徵爲尚書，郡中士大夫送至傳舍，倫語衆人曰："吾前爲侯常侍用吏，此各由故人畏憚强禦。陳君可謂善則稱君，惡則稱己者也。"聞者方嘆息。

同上，卷第三百八十四人事部二十五《幼智上》：

《漢雜事》曰：陳寔字仲弓。漢末太史家瞻星，有德星見，當有英才賢德同游者。書下諸郡縣問，潁川郡上事："其日有陳太丘父子四人俱共會社，小兒季方御，大兒元方從，抱孫子長文。此是也。"

同上，卷第四百三人事部四十四《道德》：

《陳寔別傳》曰：寔字仲躬，潁川人。自爲兒童，不爲戲弄，等類所歸。寔在鄉閭，平心率物，其諍訟輒求判正，曉譬曲直，返無怨者，至乃嘆曰："寧爲刑罰所加，不爲陳君所短！"時歲荒民儉，有盜夜入其室，止於梁上，寔陰見之。乃起自整拂，呼命子孫，正色訓之曰："夫人不可不自勉。不善之人，未必本惡，習與性成，遂至於此，如梁上君子矣。"盜大驚，自投於地，稽首歸罪。寔徐譬之曰："視君子狀貌，不似惡人，宜深克己反善，然此當由困貧，令遺絹二匹。"自是，縣無復盜竊。

同上，卷第四百四人事部四十五《師》：

《續漢書》曰：李膺性簡亢，無所交接，唯以同郡荀淑、陳寔爲師友。

《邴原別傳》曰：原舊能飲酒，自行後八九年間，酒不向口，單行負笈，苦身持力，至陳留則師韓子助，潁川宗陳仲躬，涿郡則盧子幹。臨歸，師友以原不飲酒，會米肉送原。原曰："本能飲酒，但以荒思廢業，故斷之耳。今當遠別，因見貺餞，可以一飲讌。"於是每坐飲，終日不醉。

同上，卷第四百九人事部五十《交友四》：

《海内先賢傳》曰：潁川鍾皓字季明，爲郡功曹。時陳寔爲西門亭長，皓深禮之，與同分義。皓辭公府，太守問："誰可代君？"皓曰："明府必得其人，西門亭長可也。"

同上，卷第四百三十二人事部七十三《强記》：

袁山松《後漢書》曰：荀淑與陳寔神交，及其弃朗陵而歸也，數命駕詣之。淑御，慈明從，叔慈抱孫文若而行。寔亦令元方侍側，季方作食，抱孫長文而坐，相對怡然。嘗一朝求食，季方尚少，跪曰："高聞大人、荀君言甚善，竊聽之；甑壞，飯成糜。"寔曰："汝聽談，解乎？"諶曰："唯。"因令與二慈説之，不失一辭。二公大悦。

同上，卷第四百九十九人事部一百四十《盗竊》：

《陳寔别傳》曰：有盗夜入其室，立於梁上，寔陰見之。乃起呼子孫，正色訓之曰："夫人不可不勉。不善之人，未必本惡，習與性成，遂至如此，如梁上君子是矣。"盗大驚，自投於地，稽顙歸罪。寔徐譬之曰："視君狀貌，不是惡人，宜深克己反善。當由困貧，今遺絹二匹。"自是，一縣無復盗竊。

同上，卷第五百四十二禮儀部二十一《拜》：

《樊英别傳》曰：英嘗病卧便室中，英妻遣婢拜問疾，英下床答拜。陳寔問英："何答婢拜？"英曰："妻，齊也，共奉祭祀，禮無往而不反。"

同上，卷第六百三十二治道部十三《薦舉下》：

《海内先賢傳》曰：潁川鍾皓字季和，爲郡功曹。太丘長陳寔爲西門亭長，皓深獨敬异，歲常禮待，與同分義。會辟公府，臨辭，太守問："誰可代君？"曰："府君欲得其人，西門亭長可用。"寔卒爲海内高名之臣，歸以公相之位。

同上，卷第七百五十七器物部二《甑》：

袁山松《後漢書》曰：荀淑與陳寔神交，弃官，常命駕相就。令元方侍側，季方作食，嘗一朝食遲，季方跪曰："向聞大人與荀君言甚善，竊聽之，甑壞飯糜。"寔曰："汝聽談解乎？"答曰："解。"令説之，不誤一言。公説。

同上，卷第八百一十七布帛部四《絹》：

（華嶠《後漢書》）又曰：陳寔居鄉閭，平心率物，有盗夜入其室，止於梁上。寔見，呼命子孫訓之曰："不善之人，未必本不慈，習與性成，如梁上君子是也。"盜驚，自投地。寔徐譬之曰："視君狀貌，不似惡人，宜深克己反善。然當由貧，今遺絹二匹。"自是，一縣無復盜竊。（中華書局，1960年）

李昉等《太平廣記》卷首《引用書目》：

《异聞記》。

同上，卷第一百六十四名賢《李膺》：

李膺恒以疾不送迎賓客，二十日乃一通客。惟陳仲弓來，輒乘轝出門迎之。（出《膺家録》。明抄本"録"作"乘"。）

李元禮謖謖如勁松下風。膺居陽城時，門生在門下者，恒有四五百人。膺每作一文出手，門下共争之，不得墮地。陳仲弓初令大兒元方來見，膺與言語訖，遣厨中食。元方喜，以爲合意，當復得見焉。（出《商芸小説》。）

同上，卷第一百六十九知人一《陳寔》：

陳寔嘗嘆曰："若周子居者，真棟梁之器，譬諸寶劍，則世之龍泉。"客有問陳季方曰："足下家君有何功德，而荷天下重名？"季方曰："吾家君，譬如桂樹，生於泰山之阿，上有萬仞之高，下有不測之淵，上爲甘露所沾，下爲淵泉所潤，當斯之時，桂樹焉知泰山之高，淵泉之深！不知有功德與無？"（出《世説》。）

同上，卷第一百七十四幼敏附《陳元方》：

漢末，陳太丘寔與友人期行，過期不至，太丘捨去。去後乃至。其子元方，年七歲，在門外戲。客問元方："尊君在否？"答曰："待君不至，已去。"友人便怒曰："非人！與人期行，相委而去。"元方曰："君與家君期日中時，過申（明鈔本"申"作"中"）不來，則是無信；對子罵父，則是無禮。"友人慚，下車引之，元方遂入門不顧。（出《商芸小説》。）

同上，卷第四百七十二水族九龜《張廣定》：

陳仲弓《异聞記》曰："張廣定遭亂避地，有一女四歲，不能步，又不忍弃之，乃縣籠於古冢中，冀他日得收其骨。及三年，歸取之，見其尚活，問之，女答曰：'食盡即餒，見其傍有一物，引頸呼吸，效之，故能活。'廣定入冢視之，乃一龜也。"陳寔之言，固不妄矣。（出《獨异志》。）（中華書局，1961年）

樂史撰，王文楚點校《太平寰宇記》卷之二河南道二東京下鄢陵：

太丘城，在縣東百步。漢陳寔爲太丘長。

陳太丘廟，在縣西十里。

同上，卷之七河南道七許州《人物》：

陳寔，許人。

同上，長社：

高陽里，在州城西門内道南。《荀氏家傳》："荀淑有子八人，皆賢。其地舊稱西豪里，潁陰令范康曰：'昔高陽氏有才子八人，荀公亦有才子八人。'乃改西豪爲高陽里。時同郡人陳寔爲太丘長，奕葉賢德，往詣荀門。陳君使元方爲御，季方從後，孫子長文尚幼，抱之於膝。君使叔慈應門，慈明行酒，自餘六龍侍側，孫文若猶小，坐之於懷。言語三日，德星爲之聚。太史奏曰：'五百里内有賢人集，故德星爲之聚。'因名荀里曰德星鄉。"今郡城西南故宅是也。

德星亭，在縣西北一里。《漢雜事》云："陳太丘父子相聚之處。"

同上，長葛：

陳寔冢，在縣西三十五里。漢太丘長之冢也。《陳氏家傳》云："紀、諶以下八十六墓，三十六碑，并在長葛縣陘山之陽。又有廟存。"（中華書局，2007年）

王欽若等《册府元龜》卷五百九十五掌禮部《謚法》：

陳寔字仲弓，潁川許人也。靈帝時大將軍竇武辟爲掾屬，後歸鄉閭，絶人事。三公每缺，議者歸之，累見徵命，遂不起，卒於家。何進遣使吊，海内赴者三萬餘人，制衰麻者以百數，共刊石立碑，謚爲文範先生。

同上，卷七百二令長部《遺愛》：

陳寔爲太丘長，修德清静，百姓以安，以沛相賦斂違法，乃解印綬去。吏人追思之。

同上，卷七百三令長部《教化》：

陳寔爲太丘長，修德清静，百姓以安。鄰縣人歸附者，寔輒訓導譬解，發遣各令還本縣。司官行部，吏慮有訟者，白欲禁之，寔曰："訟以求直，禁之，理將何申？其勿有所拘。"司官聞而嘆息曰："陳君所言若是，豈有怨於人乎？"亦竟無訟者。

同上，卷七百四令長部《静治》：

後漢陳寔爲太丘長，修德清静，百姓以安。鄰縣人户歸附者，寔輒訓導譬解，發遣各令還本縣。司官行部，吏慮有訟者，白欲禁之，寔曰："訟以求直，禁之，理將何申？其勿有所拘。"司官聞而嘆息曰："陳君所言若是，豈有怨於人乎？"亦竟無訟者。

同上，卷七百七十八總録部二十八《高尚》：

陳寔嘗爲太丘長，以沛相賦斂違法，乃解印綬去。及黨禁始解，大將軍何進、司徒袁隗，遣人喻寔，欲特表以不次之位。寔乃謝使者，曰："寔久絶人事，飾巾待終而已。"時三公每缺，議者歸之，累見徵命，遂不起，閉門懸車，栖遲養老。寔子紀，遭黨錮，著書數萬言。黨禁解，四府并命，無屈就。

同上，卷七百八十三總録部《世德》：

陳寔爲太丘長，子紀爲大鴻臚，紀子群爲魏司空，群子秦爲左僕射，四世於漢魏二朝并有重名，而其德漸漸小減。時人爲之語曰："公慚卿，卿慚長。"紀弟諶，字季方，與紀齊德同行，父子并著高名，時號三君。每宰府辟召，嘗同時旌命，羔雁成群，當世者靡不榮之。諶早終。（《先賢行狀》曰：豫州百城圖畫寔、紀、諶形像焉。）

同上，卷七百八十四總録部《壽考》：

陳寔爲太丘令，中平四年，年八十四卒於家。

同上，卷七百九十二總録部四十二《慕賢》：

陳寔爲太丘長，遭黨錮隱居荆山，遠近宗師之。何進輔政，引用天下名士，徵寔，欲以爲參軍，以老病，遂不屈節。寔之亡也，司空荀爽、太僕令韓融，并制緦麻，執子孫禮，四方至者車數千乘，自太原郭泰等無不造門。（寔亡，天下致吊，會其葬者三萬人，制衰麻者以百數。）

同上，卷七百九十六總録部《先見第二》：

陳寔，靈帝時竇武辟爲掾屬，時中常侍張讓權傾天下，讓父死，歸葬潁川，雖一郡畢至，而名士無往者，讓甚耻之。寔乃獨吊焉。及後大誅黨人，讓感寔，故多所全宥。

同上，卷七百九十八總録部《勤學》：

陳寔少作縣吏，嘗給事厮役，後爲都亭刺史佐，而有志好學，坐立誦讀。縣令鄧邵試與語，奇之，聽受業太學，後令復召爲吏。乃避隱陽城山中，後至太丘長。

同上，卷八百六總録部五十《賢德》：

陳寔爲太丘長，解印綬去。及後逮捕黨人，事亦連寔，餘人多逃避求免，寔曰："吾不就獄，衆無所恃。"乃請囚焉，遇赦得出。

同上，卷八百二十總録部七十《立祠》：

韓韶，潁川人，爲贏長，卒〔於〕官。同郡李膺、陳寔、杜密。荀淑等爲立碑頌焉。

陳寔，潁川人，爲太丘長，以沛相賦斂違法，乃解印綬去。及卒，海内赴者三萬餘人，制衰麻者以百數，共刊石立碑。

同上，卷八百二十六總録部七十六《品藻》：

許邵，汝南人。初爲郡功曹，與從兄靖俱有高名，好共核論鄉黨人物，每月輒更其品題，故汝南俗有月旦評焉。邵嘗到潁川，多長者之游，唯不候陳寔。又陳蕃喪妻，送葬，鄉人畢至，而邵獨不往。或問其故，邵曰："太丘道廣，廣則難周；仲舉性峻，峻則少通，故不造也。其多所裁量若此。"或問邵曰："荀靖與荀爽孰賢？"邵曰："二人皆玉也。慈明外朗，叔慈内潤。"

同上，卷八百二十八總録部七十八《論薦》：

鍾皓，潁川人，同郡陳寔年不及皓，皓引與爲交。皓爲郡功曹，會辟司徒府，臨辭，太守問："誰可代卿者？"皓曰："明府欲必得其人，西門亭長陳寔可。"寔聞之，曰："鍾君似不察人，不知何獨識我？"

同上，卷八百四十二總録部九十三《知人》：

鍾皓，潁川人，同郡陳寔年不及皓，皓引與爲友。皓爲郡功曹，會辟司徒府，臨辭，太守問："誰可代卿者？"皓曰："明府欲必得其人，西門亭長陳寔可。"寔聞之曰："鍾君似不察人，不知何獨識我？"

同上，卷八百四十三總録部《知人第二》：

張融，吴郡錢塘人，與杜栖同郡。栖，徵士京産之子也。融與京産相友，每相造言論，栖嘗在側，融指栖曰："昔陳太丘之名，元方比之爲劣；今方古人，何貴！”融後終於司徒左長史。

同上，卷八百七十六總録部一百二十六《方術》：

上成功者，宓縣人。其初行，久而不還，後歸語其家云：“我已得仙。”因辭家而去。家人見其舉步稍高，良久乃没云。陳寔、韓韶聞見其事。

同上，卷八百八十一總録部一百五十一《交友第一》：

李膺性簡亢，無所交接，唯與同郡荀淑、陳寔爲師友。位長樂少府。

王烈，太原人，以潁川陳太丘爲師，二子爲友。時潁川荀慈明、賈偉節、李元禮、韓元長，皆就太丘學。見烈器業過人，嘆服所履，亦與相親。繇是英名著於海内。烈舉孝廉，三府辟，并不就。

同上，卷八百八十五總録部一百三十五《以德報怨》：

陳寔，潁川人也，隱陽城山中。時有殺人者，同縣楊吏以疑寔，縣遂逮繫，考掠無實，而後得出。及爲督郵，乃密托許令禮召楊吏，遠近聞者咸嘆服之。

同上，卷九百十六總録部一百六十六《偏執》：

後漢樊英嘗有疾，妻遣婢拜問，英下床將答拜。陳寔怪而問之，英曰：“妻，齊也。共奉祭祀，禮無不答。”其恭謹若是。初徵五官中郎將，數月以光禄大夫告歸。（中華書局，1960年）

歐陽修、宋祁《新唐書》卷七十一下《宰相世系表一下》：

陳氏出自嬀姓，虞帝舜之後。夏禹封舜子商均於虞城，三十二世孫遏父爲周陶正，武王妻以元女大姬，生滿，封之於陳，賜姓嬀，以奉舜祀，是爲胡公。九世孫厲公他生敬仲完，奔齊，以國爲姓。既而食邑於田，又爲田氏。十五世孫齊王建爲秦所滅。三子：升、桓、軫。桓稱王氏。軫，楚相，封潁川侯，因徙潁川，稱陳氏。生嬰，秦東陽令史。嬰生成安君餘，餘生軌，軌生審，審生安，安生恒，恒生願，願四子：清、察、齊、尚。齊生源，源三子：寔、崱、邃。寔字仲弓，後漢大將軍掾屬，文範先生。六子：紀、夔、洽、諶、休、光。諶字季方，獻文先生。生青州刺史忠。二子：佐、和。佐二子：準、徽。準字道基，晋太尉、廣陵元公。生伯眕，建興中度江居曲阿新豐湖。生匡，二子：赤松、世達。世達，長城令，徙居長城下若里，生丞相掾康。康生盱眙太守英，英生尚書郎公弼，公弼生步兵校尉鼎，鼎生散騎侍郎高，高生懷安令咏，咏生安成太守猛，猛生太常卿道巨，道巨生文贊。文贊三子：談先、霸先、休先。（中華書局，1975年）

司馬光撰，胡三省音注《資治通鑒》卷五十三《孝桓皇帝上之上》：

（建和三年）膺性簡亢，無所交接，唯以淑爲師，以同郡陳寔爲友。荀爽嘗就謁膺，因爲其御；既還，喜曰："今日乃得御李君矣！"其見慕如此。

陳寔出於單微，爲郡西門亭長。同郡鍾皓以篤行稱，前後九辟公府，年輩遠在寔前，引與爲友。皓爲郡功曹，辟司徒府，臨辭，太守問："誰可代卿者？"皓曰："明府欲必得其人，西門亭長陳寔可。"寔聞之曰："鍾君似不察人，不知何獨識我！"太守遂以寔爲功曹。時中常侍侯覽，托太守高倫用吏，倫教署爲文學掾。寔知非其人，懷檄請見，言曰："此人不宜用，而侯常侍不可違，寔乞從外署，不足以塵明德。"倫從之。於是鄉論怪其非舉，寔終無所言。倫後被徵爲尚書，郡中士大夫送至綸氏，倫謂衆人曰："吾前爲侯常侍用吏，陳君密持教還而於外白署，比聞議者以此少之，此咎由故人畏憚强禦，陳君可謂'善則稱君，過則稱己'者也。"寔固自引愆，聞者方嘆息，由是天下服其德。後爲太丘長，修德清静，百姓以安。鄰縣民歸附者，寔輒訓導譬解發遣，各令還本。司官行部，吏慮民有訟者，白欲禁之，寔曰："訟以求直，禁之，理將何申其！其勿有所拘。"司官聞而嘆息曰："陳君所言若是，豈有冤於人乎！"亦竟無訟者。以沛相賦斂違法，解印綬去；吏民追思之。

（永壽二年）公孫舉、東郭竇等聚衆至三萬人，寇青、兗、徐三州，破壞郡縣。連年討之，不能克。尚書選能治劇者，以司徒掾潁川韓韶爲嬴長，賊聞其賢，相戒不入嬴境。餘縣流民萬餘户入縣界，韶開倉賑之，主者争謂不可。韶曰："長活溝壑之人，而以此伏罪，含笑入地矣。"太守素知韶名德，竟無所坐。韶與同郡荀淑、鍾皓、陳寔皆嘗爲縣長，所至以德政稱，時人謂之"潁川四長"。

同上，卷五十五《孝桓皇帝中》：

（延熙九年）河南張成，善風角，推占當赦，教子殺人。司隸李膺督促收捕，既而逢宥獲免，膺愈懷憤疾，竟按殺之。成素以方伎交通宦官，帝亦頗訊其占，宦官教成弟子牢修上書，告"膺等養太學游士，交結諸郡生徒，更相驅馳，共爲部黨，誹訕朝廷，疑亂風俗"。於是天子震怒，班下郡國，逮捕黨人，布告天下，使同忿疾。案經三府，太尉陳蕃却之曰："今所按者，皆海内人譽，憂國忠公之臣，此等猶將十世宥也，豈有罪名不章而致收掠者乎！"不肯平署。帝愈怒，遂下膺等於黄門北寺獄，其辭所連及，太僕潁川杜密、御史中丞陳翔及陳寔、范滂之徒二百餘人。或逃遁不獲，皆懸金購募，使者四出相望。陳寔曰："吾不就獄，衆無所恃。"乃自往請囚。

同上，卷五十六《孝靈皇帝上之上》：

（建寧二年）初，中常侍張讓父死，歸葬潁川，雖一郡畢至，而名士無往者，讓甚耻之，陳寔獨吊焉。及誅黨人，讓以寔故，多所全宥。

同上，卷五十八《孝靈皇帝中》：

（中平四年）前太丘長陳寔卒，海内赴吊者三萬餘人。寔在鄉閭，平心率物，其有争訟，輒求判正，曉譬曲直，退無怨者，至乃嘆曰："寧爲刑罰所加，不爲陳君所短！"楊賜、陳耽每拜公卿，群僚畢賀，輒嘆寔大位未登，愧於先之。（中華書局，1956年）

王存等《元豐九域志》卷一北路次府潁昌府許昌郡忠武軍節度《古迹》：

德星亭，漢陳太丘父子所會社也。

陳太丘廟。（中華書局，1984年）

秦觀撰，徐培均箋注《淮海集箋注》卷第二十進論《陳寔論》：

孟子曰："伯夷，聖之清者也；柳下惠，聖之和者也。"又曰："伯夷隘，柳下惠不恭。"何也？蓋古之君子，初無意於制行。其制行也，因時而已。伯夷之時，天下失於太濁，於是制其行以清。柳下惠之時，天下失於太潔，故制其行以和。雖然，清者所以激濁也，非激濁而爲清，是隘而已。和者所以救潔也，非救潔而爲和，是不恭而已。故由其本而言之，則爲清爲和，由其弊而言之，則爲隘爲不恭。故伯夷、柳下惠者，實未嘗清、未嘗和也，安有隘、不恭之弊哉？

前史稱中常侍侯覽托太守高倫用吏，陳寔曰："此人不宜用，而侯常侍不可違，寔乞從外署。"又中常侍張讓歸葬潁川，雖一郡畢至，而名士無往者，張甚耻之，寔乃獨吊焉。嗚呼，若寔者，可謂殆庶幾於夷、惠矣！何則？桓靈之時，政在宦人，而天下之士方以名節相高，疾之已甚，至使其屬無所發憤，常欲以身死。黨錮之禍，海内塗炭者二十餘年，豈特小人之罪哉？君子亦有以取之也。寔知其然，故於用吏、送葬之事，稍詘其身應之，所以因時救弊而已。其後復誅黨人，張德寔，以此多所全宥，則其效蓋可見也。嗚呼，使東漢之士大夫制行皆如寔也，黨錮之禍何從而興乎？以此言之，寔殆庶幾於夷、惠，信不誣矣。

然則寔爲侯、張而身詘也不爲過，則元積之徒因宦官以得宰相，亦不爲過歟？斯不然也。昔孔子於衛見南子矣，於魯敬陽虎矣，至彌子以爲"主我，衛卿可得也"，則曰："有命。"蓋見南子、敬陽虎者，身可詘也；不主彌子者，道不可詘也。寔於侯、張，亦詘身以伸道耳，豈若元積之徒詘道而伸身者哉？

然則士大夫爲道而或詘身於宦人者，亦可乎？斯又不然也。昔齊人獲臧堅，齊侯使人唁之，且曰："無死。"堅稽首曰："拜命之辱，抑君賜不終，始又使其刑臣禮於士。"以杙抉傷而死。古之人恥其身之辱於刑也。是故爲伯夷之清而非其時者，是隘而已；爲柳下惠之和而非其時者，是不恭而已。若陳寔之屈身於宦人而非其時者，是爲奸而已。（上海古籍出版社，1994年）

趙明誠《宋本金石録》卷一《目録一》漢：

第一百九十《漢陳仲弓碑》（中平五年）。

第一百九十一《漢陳仲弓碑陰》。

第一百九十二《漢陳仲弓壇碑》。

同上，卷七《目録七》唐：

第一千二百八十四《唐陳太丘祖德碑》。（係孫兼撰序，伾撰銘，伾子膺書。天寶九載十一月。）

同上，卷十八《跋尾八》漢《漢陳仲弓碑》：

右《漢陳仲弓碑》，其額題云："漢文範先生陳仲弓之碑。"碑文字已漫滅。蔡邕字畫見於今者絶少，故雖漫滅之餘，尤爲可惜。以校集本不同者已數位，惜其不完也。按《邕集》仲弓三碑，皆邕撰，其一碑云"中平三年秋八月丙子卒"，而三碑皆云"春秋八十有三"。《後漢書・仲弓傳》以爲"中平四年，年八十四，卒於家"者，疑《傳》誤。

同上，《陳仲弓碑陰》：

右《陳仲弓碑陰》，故吏姓名多已刓缺。蔡邕小字八分，惟此與石經遺字爾。石經字畫謹嚴，而此《碑陰》尤放逸可愛。

同上，《漢陳仲弓壇碑》：

右《漢陳仲弓壇碑》，其額題"故太丘長潁川陳君壇"。其他文字磨滅。不可盡識、按《蔡邕集》有仲弓三碑，以集本校之，此碑非邕撰者，然字畫亦奇偉，惜其殘缺不完也。

同上，卷十九《跋尾九》漢《漢司空掾陳君碑額》：

右《漢司空掾陳君碑額》，碑已殘缺不可辨，惟其首八大字尚完，字畫奇偉，在潁川陳太丘墓側。按《後漢書・太丘傳》載二子紀、諶，紀爲大鴻臚，諶不著其爲何官，惟劉孝標注《世説》引《海内先賢傳》曰："諶字季方，寔少子也。司空

掾公車徵，不就，蚤卒。”然則斯碑豈非陳諶碑乎？（中華書局，1991年）

朱勝非《紺珠集》卷二《商芸小説·炊飯成糜》：

有客詣陳太丘，談鋒甚敵。太丘乃令元方、季方炊飯以延客，二子委甑竊聽客語，飯落成糜而進。客去，太丘將責之，具言其故，且誦客語無遺。太丘曰：“但糜自可，何必飯耶？”（《文淵閣四庫全書》本）

吕本中《紫微雜説》“陳太丘以太守”條：

陳太丘以太守受侯常侍之托歸罪於己，此君子用心也，然不得專謂之正。所謂正者，不揚其非，隱默而去之可也。但當時風俗激訐太甚，陳太丘不得已而欲矯其弊耳。不然，亦非所以垂世立教也！（《文淵閣四庫全書》本）

歐陽忞撰，李勇先、王小紅校注《輿地廣記》卷二十淮南東路亳州：

永城縣。本芒、敬丘二縣地。二漢屬沛郡，昭帝更敬丘曰大丘，光武更芒曰臨睢，後皆省焉。隋末置永城縣。唐屬亳州。芒縣故城，在今縣北。有芒山，與碭山相接，漢高帝隱於此。大丘縣故城，在今縣西北，東漢陳寔爲此縣長。（四川大學出版社，2003年）

江少虞《事實類苑》卷第六十風俗雜志《陳太丘碑》：

熙寧中，余爲亳之蒙城主簿，聞酇縣北，睢水之陽，漢太丘長陳寔廟前，有蔡中郎太丘碑，詢土人，云：“無有也。”一日，沿牒過其地，與邑令丹陽姚存詢訪得之，已爲村人鑱爲石橋脚矣。唯方趺在水涘，因舁至祠下，石五段，字正隸，皆訛缺不可讀，僅有一二存者。獨碑陰故吏姓名差完，其東數里，復得漢富春丞張君墓碑二，因教吏磨墨模本，將以獻歐陽公，以助集古，未果而公薨，至今以爲恨。（上海古籍出版社，1981年）

葉廷珪《海録碎事》卷七上聖賢人事部上聖賢門《岳吐符》：

“峨峨崇岳，吐符降神。”陳太丘銘，言生賢也。

同上，卷九上聖賢人事部下名譽門《公慚卿》：

陳寔爲太丘長，子紀爲司農，孫群爲司馬，世有重名。語曰：“公慚卿，卿慚長。”

同上，言談門《炊飯成糜》：

有客詣陳太丘，談鋒甚敏，太丘乃令元方、季方炊飯以延客，二子竊聽客語，飯落釜成糜而進。客去，太丘將責之，具言其故，且誦客語無遺，太丘曰："但糜自可，何必飯耶？"

同上，卷二十一政事禮儀部葬送門《會葬千人》：

陳太丘死，會葬千人以上。（中華書局，2002年）

曾慥《類説》卷四十九《殷芸小説・有疾不通客》：

李膺有疾不通客，惟陳仲弓來，乘輿出門迎之。

同上，《二子委甑》：

有客詣陳太丘，談鋒甚敏。太丘令元方、季方炊飯延客，二子委甑竊聽客語，飯落釜成糜而進。客去，太丘責之，具言其故，且誦客語無遺，太丘曰："但糜自可，何必飯耶？"（《文淵閣四庫全書》本）

沈樞《通鑒總類》卷七下縣令門《陳寔不禁民訟》：

桓帝建和三年，陳寔爲太丘長。修德清静，百姓以安。鄰縣民歸附者，寔輒訓導譬解，發遣各令還。本司官行部吏慮民有訟者，白欲禁之，寔曰："訟以求直，禁之，理將何申？其勿有所拘！"司官聞而嘆息，曰："陳君所言若是，豈有冤於人乎？"亦竟無訟者。（《文淵閣四庫全書》本）

胡宏《五峰集》卷五《易外傳・需》：

九三：需於泥，致寇至。《象》曰：需於泥，灾在外也。自我致寇，敬慎不敗也。

范滂、李膺名冠天下，激濁揚清，進必以其道，需於泥者也。然時方多僻，灾在外也。其氣剛，其志鋭，其行勁，無所顧慮，露其鋒刃，欲以力除奸邪，奸邪畏忌，則思所以中傷之矣。黨人禁錮，豈無自而然哉？皆自致之也。若敬慎如陳寔，雖中常侍張讓父葬亦往吊焉，敬慎之至也。及黨人被誅，而名士因寔得免者甚衆。使范滂、李膺敬慎如此，豈有誅死之敗乎？（《文淵閣四庫全書》本）

蕭常《續後漢書》卷二十二《管寧》：

管寧，字幼安，北海朱虚人。年十六喪父，中表愍其孤貧，相與贈賵，皆辭不受。長八尺，美鬚眉，與同縣邴原、平原華歆友善，并師事陳寔。（《叢書集成初

編》本)

章定《名賢氏族言行類稿》卷十一陳二百三十一後漢《陳寔》:

陳寔，字仲弓，潁川人，遷太丘長。修德清净，百姓以安。行部吏慮有訟者，白欲禁之，寔曰："訟以求直，禁之，理將何申？其勿有所拘。"在鄉閭，平心率物，其有争訟，輒求判正。至乃嘆曰："寧爲刑罰所加，不爲陳君所短！"以盗爲梁上君子，譬之宜克己反善，遺絹三匹。自是一縣無復盗竊。謚爲文範先生。子：紀、諶。

紀字元方，兄弟孝養，閨門雍和，後進之士皆推慕其風。遭父憂，每哀至，輒氣絶。刺史嘉其至行，表上尚書圖像百城，以厲風俗。拜大鴻臚。

子群爲司空。天下以爲"公慚卿，卿慚長"，以其名漸減也。

諶字季方，與紀齊德同行，父子并著高名，時號三君。每宰府辟召，常同時旌命，羔雁成群，當世靡不榮之。(《文淵閣四庫全書》本)

洪適《隸釋》卷十七《州輔碑陰》:

右《州輔碑陰》。……靈帝時中常侍張讓歸葬潁川，一郡畢至，而名士無往者，張甚耻之。太丘長陳仲弓獨吊焉。及後復誅黨人，張感仲弓，故多所全宥。史官稱之曰："漢自中世，閹人擅恣，俗遂以遁身矯潔放言爲高士，有不談此者，則芸夫牧兒已叫呼之矣。"故時政彌惛，而其風愈往，唯陳先生進退之節必可度也。蓋達而得位，則正色立朝，不可朋奸而趨勢；及身退窮處，則同塵所以遠害，固大雅君子之所尚方。

同上，卷十八《太丘長陳寔壇碑》:

君諱寔，字仲躬（闕十二字）之禮樂畓畓良（闕）既光既耀（闕）立於朝行成（闕七字）并荷從司徒掾（闕九字）教宣流（闕六字）儀魏魏大清唯玄（闕）之明明（闕十六字）著望色（闕）飛（闕）勛克戰（闕四字）翼（闕十字）險而不（闕三字）食（闕）魚（闕五字）其君（闕六字）志老（闕四字）耄矣梁頓山（闕三字）貽（闕九字）賢參之方（闕二字）仁學（闕）宗道（闕二字）百辟（闕四字）臣吏民（闕三字）懷惟（闕三字）相與（闕二字）碑（闕二字）勒壇（闕五字）靈我（闕二字）略（下闕）。

右《故太丘長潁陳君壇》，其篆額"潁"之下闕二字。陳君名寔，以靈帝中平三年卒。本傳云："潁川許人。"《郡國志》注："獻帝徙都許改曰許昌。"此額所闕者，潁之下是川，又一字當是許也。額之題郡邑猶劉曜東平無鹽之比，其云壇者蓋指廟中之壇。段光爲孫叔敖立廟作碑，其文云"興祀立壇"是也。此碑在亳州永城縣，即古之太丘也。傳云：“以沛相賦斂違法，乃解印綬去，吏人追思之。”碑中有“色飛”之句，而“飛”之上下闕字，蓋用色斯舉矣之意，乃載其去邑事也。蔡中郎凡作陳君三碑，其第一碑云：“許令以下至於國人，立廟舊邑，四時烝嘗，歡哀承祀，如其祖禰。先生存享重稱，亡歆血食，修行於己，得斯於人，固上世之所罕有，前哲之所不過也。”所謂立廟舊邑，則知太丘有此碑勒。其文皆已亡缺，無可讀者，惟其首云“君諱寔，字仲躬”尚存。諸書皆字陳君曰仲弓，獨此碑不同，殆是借用。

同上，卷二十五《金石録中·陳仲弓碑》：

右《陳仲弓碑》，其額題云：“漢文範先生陳仲弓之碑。”碑文已漫滅，蔡邕字畫見於今者絶少，故雖漫滅之餘，尤爲可惜。以校集本，不同者已數位，惜其不完也。按《邕集》仲弓三碑皆邕撰，其一碑云“中平三年秋八月丙子卒”，三碑皆云“春秋八十有三”。《後漢書·仲弓傳》以爲“中平四年，年八十四，卒於家”者，疑《傳》誤。

同上，《陳仲弓碑陰》：

右《陳仲弓碑陰》，故吏姓名，多已刓缺。蔡邕小字八分，惟此與石經遺字爾。石經字畫謹嚴，而此碑尤放逸可愛。

同上，卷二十六《金石録下·陳仲弓壇碑》：

右《陳仲弓壇碑》，其額題：“故太丘長潁川陳君壇。”其他文字磨滅，不可盡識。按《蔡邕集》有仲弓三碑，以《集》本校之，此碑非邕撰者。然字畫亦奇偉，惜其殘缺不完也。（中華書局，1986年）

洪適《隸續》卷十九《司空掾陳寔殘碑》：

（《集》本有“唯中”字）平五年春三月癸未，豫州刺史典，以爲褒功述德（《集》有“政”字），之大經，是以作謚封墓，興於《周禮》；衛鼎、晋律（《集》作“鐘”。又云，一作銘銘，下有其字）銘（《集》作“昭”）有實。故太丘長潁川（《集》有許昌字）陳寔（《集》有“字”字），仲躬（《集》作“弓”）者（《集》無此字），含聖哲之清龢，盡（《集》有“人才之”字，碑闕）上□。光明配於日月。（其下并闕。）

右《漢故司空掾陳君碑篆額》，蔡中郎所作第三碑也。其文乃豫牧褒贊悲傷之辭，銘詩有云“欽慕在舊，有憲有章。遇牧斯州，庶奉清塵。弃餘而逝，靡瞻靡聞”。此碑僅有前七十字，下文盡皆不存。中郎作太丘第一碑云：“春秋八十三，中平三年卒。”漢史誤作四年。此碑作五年者，乃豫牧立碑之年也。史傳、雜書、《蔡集》皆作“仲弓”，惟《太丘壇碑》作“仲躬”，此碑仿佛亦然。趙氏跋云：“文已殘缺不可辨，惟八篆額，字畫奇偉。”引《世説注》太丘次子諶嘗以司空掾召，謂此是陳諶之碑，殊不知碑中自有太丘姓名，其文又在《蔡邕集》，蓋不能認碑，故有斯誤。（中華書局，1986年）

郭知達《九家集注杜詩》卷九《陪王侍御同登東山勖高頂晚姚通泉晚携酒泛江》：

姚公美政誰與儔，不減昔時陳太丘。（《世説》：陳紀字元方，年十一候袁紹，問曰：“卿家君在太丘，遠近稱之，何所履行？”元方曰：“老父在太丘，强者綏之以德，弱者撫之以仁，恣其所安，久而益敬。”袁公曰：“孤往爲鄴令，正行此事，不知卿家君復何師？”元方曰：“周公不師孔子，孔子不師周公。”趙君：“荀子在朝，則美政不減不虧也。晋人語每云某人何不減某人。太丘陳寔也，爲太丘長，潁川四長，陳君其一，可見太丘美政。”）（《文淵閣四庫全書》本）

佚名《錦綉萬花谷前集》卷一星《德星聚》：

後漢陳仲弓從諸子造荀季和，其夜德星聚。明旦，太史奏：“五百里内有賢人會。”

同上，卷十六父子《炊飯成糜》：

陳太丘有子元方、季方。有客詣太丘，談鋒甚敵。太丘令二子炊飯延客。二子委甑竊聽客語，飯落釜成糜而進。客去，太丘責之，二子言其故，且誦客語無遺。太丘曰：“但糜自可，何必飯！”（《商芸小説》。）

同上，兄弟《難兄難弟》：

漢陳元方子長父即陳群也，與季方子孝先各論其父功德，争之不决。諮於陳太丘，太丘曰：“元方難其兄，季方難其弟。”（《世説》。）

同上，卷二十三才德《德星聚》：

陳太丘詣荀淑，元方御車，季方驂乘，群尚幼，抱於車中。荀淑使慈明應門行酒，文若小，坐於膝，餘六龍下食。太史奏：“德星聚，五百里有賢人聚。”（《文淵閣四庫全書》本）

朱熹《晦庵先生朱文公全集》卷五十一書《答曹立之》：

……陳太丘亦是不當權位，故可以透迤亂世，而免於小人之禍。若以其道施之朝廷而無所變通，則亦何望其能有益於人之國哉？然此恐亦姑論其理之當然。若熹自爲之，則必有甚於元佑諸公之所爲，而陷於范滂、陽球之禍必矣。氣質一定，不能自易，奈何奈何？

同上，卷六十四書《答鞏仲至》：

陳太丘詣荀朗陵，貧儉無僕役，乃使元方將車，季方持杖從後，長文尚小，載著車中。既至，荀使叔慈應門，慈明行酒，餘六龍下食。文若亦小，坐著膝前。於時太史奏“真人東行”。

所畫陳、荀聚星事，若作兩段，即前段當畫太丘乘牛車在途，而元方等侍行；後段當畫叔慈應門，朗陵對客，七龍侍食。又當重畫太丘與朗陵相對，而二子一孫侍立。又叔慈本在門外迎客，客既入燕，則又不當久立門外，亦須畫其侍立於朗陵之側。此皆似涉重複，兩段之間，又須更作山石林麓分隔，前後皆費注解。若衹畫作一段，則但爲太丘乘車到門之象，而叔慈在門外迎客，七龍扶侍朗陵出至庭中，而文若在其後，即免重複，亦有遺意。但却不見對飲行食，及坐文若於膝前事，有不備耳。凡此未能自决，不知盛意如何，更望相度，及與畫者商量，取令穩當乃佳耳。

更考後漢處士冠服教之。

同上，卷八十五贊《聚星亭畫屏贊并序》：

按《世説》：陳太丘詣荀朗陵，貧儉無僕役，乃使元方將車，季方持杖從後，長文尚小，載著車中。既至，荀使叔慈應門，慈明行酒，餘六龍下食，文若亦小，坐著膝前。於時太史奏“真人東行”。考亭陳氏故有離榭，名以“聚星”，蓋取《續陽秋》語。中更廢壞，近始作新，適邇敝廬，因得相其役事。既又爲之本原事迹畫著屏上，并爲之贊，以視來者云。

猗歟陳子，神岳鍾英。文淵範懿，道廣心平。危孫污隆，卷舒自我。是曰庶幾，無可不可。獻身安衆，吊豎全邦。炯然方寸，秋月寒江。願言懷人，曰我同志。故朗陵君，荀季和氏。連峰對起，麗澤潛滋。傻而不見，有黯其思。薄言造之，顧無僕役。獨呼二兒，駕予以出。青芻黄犢，布幰柴車。策紀前衛，杖諶後趨。所造伊何？高陽之里。維時荀君，聞至而喜。顧謂汝靖，往應於門。七龍矯矯，布席開尊。靖肅而前，翕拜其辱。何悟斯晨，得見清穆。命爽行觴，旅饋次陳。獻酬交錯，禮度情親。載笑載言，罔非德義。益邁乃猷，以輔斯世。髫髦兩稚，亦置膝前。原深本固，莫出匪賢。維此慈明，特謝儔匹。晚際國屯，敢憚濡迹。贅旒之命，恃以少延。邦朋之勛，孰與爲先？郁乃附曹，群亦忘漢。嗣守之難，古今共嘆。崇臺回極，於以占天。猶曰兹野，德星萃焉。我寓有亭，舊蒙斯號。今剌前聞，象儀以告。高山景行，好德所同。課忠責孝，獨概余衷。百爾窺臨，鏡考母息。死國承家，永奉明戒。（《朱子全書》本，上海古籍出版社、安徽教育出版社，2002年）

施元之《施注蘇詩》卷四十二《追和陶淵明詩·讀山海經》：

亂離弃弱女，破冢割恩憐。寧知效龜息，三歲號窮山。長生定可學，當信仲弓言。支床竟不死，抱一無窮年。

（《抱朴子》：故太丘長陳仲弓，篤論士也，撰《异聞記》，云："其郡人張廣定者，遭亂當避。有一女，年四歲，不能步涉，又不可擔負，計弃之固當餓死，不欲令其骸骨之露。村側有大古冢，先有穿穴，乃以器盛縋之，下此女於冢中，以數月許乾飯及水漿與之而捨去。後三年，廣定乃得還鄉，欲收所弃女骨，其女故坐冢中，見其父母猶識之，父母甚喜。初猶恐其鬼也，入就之，乃知其不死。問從何得食，女言：'糧初盡時，見冢角有一物，伸頸吞氣，試效之，輒不復飢，日月爲之，以至於今。'廣定索女所言物，乃是一大龜耳。"）（《文淵閣四庫全書》本）

婁機《漢隸字原》卷一《碑目》一百七十一：

《太丘長陳寔壇碑》。

在亳州永城縣，即古之太丘。石殘闕，止存八九十字，無年月。《金石》云："非蔡邕書，而字亦奇偉。"

同上，二百六十六：

《文範先生陳仲弓殘碑》。

額題云"漢文範先生陳仲弓之碑"。《金石》云："蔡邕書，碑之立當在中平三年。"

同上，二百八十八：

《司空掾陳寔殘碑》。

中平五年立，蔡邕書。（《文淵閣四庫全書》本）

張栻《南軒集》卷十七史論《黨錮諸賢得失如何》：

或以爲陳太丘之事爲得其中。以予觀之，太丘在諸君子之中持心勖平，蓋天資又加美焉耳。而其所處張讓之事，亦非中節。在當時隱迹自晦，豈無其方，何至送宦者之葬？此又爲矯失之過。以此免禍，君子亦不貴也。（《文淵閣四庫全書》本）

黄幹《勉齋集》卷十六《復李貫之兵部》：

……陳太丘送張讓父之喪，人以爲善類賴以全活者甚衆，前輩亦以爲太丘道廣。嘗竊疑之。如此則枉尺直尋，而可爲歟？士君子行己立身，自有法度，有義有命，豈宜以此爲法？天地如此其廣，古今如此其遠，人物如此其衆，便使東漢善類盡爲宦官所殺，世亦曷嘗無善類哉？若使是丈夫，又豈畏宦官之禍，而藉太丘如此之屈辱，以全其身哉？吾人於此等處，直須見得分明，不然，未有不墮坑落塹者也。（《文淵閣四庫全書》本）

王楙《野客叢書》卷十二《二公待宦官》：

後漢中常侍張讓，權傾天下。讓父死，歸葬潁川，一郡畢至，名士無往者。讓甚耻之，陳寔於是獨往吊焉。後誅黨人，讓感寔，故多所全宥。秦少游論謂當時士風病乎太清，此寔之和所以爲貴也。旨哉斯言！僕觀本朝張茂則，雖宦官之賢者也，元佑間嘗請諸名公啜茶觀畫，諸公皆往，惟伊川先生不往，辭曰："某素不識畫，亦不喜茶。"伊川所謂，正與太丘反經而合道者，非有卓然之識，烏能及此！

同上，卷二十八《名與本傳不同》：

古人名字，有與本傳不同者甚多，如……"陳寔字仲弓"，碑謂"仲躬"。……（上海古籍出版社，1991年）

孫應時《燭湖集》卷二十《讀通鑒雜興》：

清濁無心陳仲弓，圓機聊救漢諸公。末流不料兒孫誤，千古黄初佐命功。（原注：仲弓吊張讓喪，爲諸公地耳。子孫因畏禍屈節，陳紀仕董卓，陳群相曹氏。）（《文淵閣四庫全書》本）

趙秉文《閑閑老人滏水集》卷十三記《裕州學記》：

若張平子之博識，諸葛孔明之忠烈，陳仲弓之德化，皆吾近郡先賢之章著者也，其可忽諸？（《四部叢刊》本）

劉宰《漫塘集》卷一《和陳校書生孫》：

四海聲名陳太丘，元方有子復何憂。他年羔雁成群至，不獨丹青詫豫州。（《文淵閣四庫全書》本）

潘自牧《記纂淵海》卷二十三郡縣部河東路太原府《人物》：

王烈，郡人，少師陳寔，以孝友稱鄉里；有争訟，質於烈，咸服。

同上，卷四十人倫部《兄弟》：

（傳記）陳寔曰："元方難爲兄，季方難爲弟。"

陳元方兄弟，恣柔愛之道，而二門之里，兩不失雍熙之軌。（《世説》。）

同上，《擇交》：

（史）李膺性簡亢，無所交接，惟以同郡荀淑、陳寔爲師友。

同上，卷六十論議部《陰驅默化》：

（傳記）陳寔在鄉閭，平心率物，有盗夜入其室，止於梁上，寔命子孫訓之曰："不善之人未必本不慈，習與性成，如梁上君子是也。"盗驚，自投地。寔徐譬之曰："視君狀貌不似惡人，宜深克己反善。然當由貧，今遺絹二匹。"自是一縣無復盗竊。（《東觀漢紀》。）（中華書局，1988年）

李瀚撰，徐子光注《蒙求集注》卷上《荀陳德星》：

《异苑》："陳寔，字仲弓。荀淑，字季和。仲弓與諸子侄造季和，父子討論，於時德星聚。太史奏曰：'五百里内有賢人聚。'"

同上，卷下《陳寔遺盗》：

（後漢）陳寔，字仲弓，穎川許人。少作縣吏，爲都亭刺佐，有志好學，坐立誦讀，縣令奇之，聽受業太學。後除太丘長，修德清静，百姓以安。吏白欲禁訟者，寔曰："訟以求直，禁之，理將何申？"卒無訟者。去官，吏人追思之。在鄉閭平心率物，有争訟輒率判正，曉譬曲直，退無怨者，至乃嘆曰："寧爲刑罰所加，不爲陳君所短。"時歲荒，有盗夜入其室，止於梁上，寔陰見之。呼子孫正色訓之，曰："夫人不可不自勉！不善之人，未必本惡，習以成性，遂至於此。梁上君子是矣。"盗大驚，自投於地，稽顙歸罪。嘆曰："視君狀貌，不似惡人，當由貧困。"令遺絹二匹。自是一縣無盗。後累命不起，卒於家，海内赴者三萬餘人，制衰麻者以百數，共刊石立碑，謚文範先生。（《叢書集成初編》本）

祝穆《古今事文類聚前集》卷二十三三天道部星《德星聚》：

陳仲弓從諸子侄造荀季和父子，於時德星聚，太史奏："五百里内有賢人聚。"

同上，《師友荀陳》：

李膺性簡亢，無所交接，惟以同郡荀淑、陳寔爲師友。（《續漢書》。）

同上，卷二十四人道部父執先友《收養其子》：

處士樊英，有鄰人子止英家，每醉呴呼。弟子陳寔問之，英曰："其父臨死，以相委屬，故收養之。"

同上，卷五十一喪事部死民哀悼《百姓圖像》：

豫州百姓皆圖畫陳仲弓、元方、季方三君之形象。（《先賢行狀》。）

同上，卷五十四喪事部吊慰《赴者三萬》：

陳寔字仲弓，卒於家。大將軍何進遣使吊祭，海内赴者三萬餘人，制衰麻者以百數，共刊石立碑，謚爲文範先生。

同上，《名士獨吊》：

陳寔吊張讓。（見《避禍門》。）

同上，卷五十八喪事部旌祀先賢墓《遣使祠墓》：

唐太宗幸洛陽宫，祭漢文帝。親講武於鄭之郊，遣使祭鄭大夫國僑、漢太丘長陳寔墓。（《文淵閣四庫全書》本）

祝穆《古今事文類聚續集》卷十六食物部飯《炊飯成糜》：

有客詣陳太丘，談鋒甚敏。太丘乃令元方、季方炊飯。太丘問："炊何遲留？"元方長跪曰："君與客語，乃共竊聽；炊忘著箄，今皆成糜。"太丘曰："爾頗有所識否？"二子長跪，俱説言無遺失。太丘曰："如此俱成糜自可，何必飯耶？"（《世説》。）

同上，卷七人倫部祖孫《嗣守爲難》：

陳寔字仲弓，子紀字元方，諶字季方，父子并著高名。至孫群，仕魏領丞相。

朱文公贊云："群既附曹，彧亦忘漢室。嗣守之難，今古共嘆。"（《文淵閣四庫全書》本）

祝穆《古今事文類聚别集》卷二十三人事部治盗古今事實《梁上君子》：

陳寔在鄉閭，平心宰物，爲太丘長。有盗夜入其室，止於梁上，寔命子孫，訓之曰："不善之人，未必本不慈，習與性成，如梁上君子是也。"盗驚，自投地。寔徐譬之曰："視君狀貌，不似惡人，宜深克己反善。然當由貧，今遺絹二匹。"自是，一縣無復竊盗。

同上，卷二十七人事部謁見《不造二人》：

後漢許劭字子將，嘗到潁川，多長者之游，唯不候陳寔。又，陳蕃喪妻還葬，劭獨不往。或問之，曰：“太丘道廣，廣則難周；仲舉性峻，峻則少通。故不造也。”

同上，《詣荀朗陵》：

陳太丘詣荀朗陵，貧儉無僕役，乃使元方將車，季方持杖從後，長文尚小，載著車中。既至，荀使叔慈應門，慈明行酒，餘六龍下食。

同上，《乘輿出迎》：

李膺有疾不通客，唯陳仲弓來，乘輿出迎之。（《文淵閣四庫全書》本）

陳思《寶刻叢編》第卷一京畿鄢陵縣：

《唐立漢文範先生陳君碑》。

在鄢陵廟内，裴延林文。（《訪碑録》。）

同上，第卷五京西北路下許州《漢文範先生陳仲弓碑》：

其額題云：“漢文範先生陳仲弓之碑。”碑文字已漫滅，蔡邕字畫見於今者絶少，故雖漫滅之餘，尤爲可惜。按《邕集》仲弓三碑，皆邕撰。其一碑云“中平三年秋八月丙子卒”，而三碑皆云“春秋八十有三”。《後漢書・仲弓傳》以爲“中平四年，八十四卒於家”者，疑傳誤。（《金石録》。）

《漢文範先生陳仲弓之銘》，篆額兩行，額下有穿。穿下數行，僅存最上一字，獨“醇”字瞭然可識。前一行者，其右從月；又前一行，仿佛是“君”字。蔡中郎爲仲弓作三碑，其第二碑有“含光醇德”之句，前有“徵士陳君”，但相去差遠，中間無從月者，疑此非中郎所作。趙氏有《仲弓殘碑》，以校《集》本，凡改定數字，豈即此碑乎？（《隸續》。）

同上，《漢陳仲弓碑陰》：

《碑陰》故吏姓名，多已刓缺。蔡邕小字八分，惟此與石經遺字爾。石經字畫謹嚴，而此《碑陰》尤放逸可愛。（《金石録》。）

同上，《漢司空掾陳寔碑》：

碑已殘缺不可辨，惟其首八大字尚完，字畫奇偉。在潁川陳太丘墓側。按《後漢書・太丘傳》載二子紀、諶，紀爲大鴻臚，諶不著其爲何官，惟劉孝標注《世説》引《海内先賢傳》曰：“諶字季方，寔少子也。司空掾公車徵不就，蚤卒。”

然則斯碑，豈非陳諶碑乎？（《金石録》。）

《漢故司空掾陳君碑篆額》，蔡中郎所作第三碑也。此碑僅有前七十字，下文盡皆不存。中郎作太丘第一碑云："春秋八十三，中平三年卒。"漢史誤作四年。此碑作五年者，乃豫牧立碑之年也。趙氏跋云："文已殘缺不可辨，惟八篆額，字畫奇偉。"引《世説注》太丘次子諶，嘗以司空掾召，謂此是陳諶之碑。殊不知碑中自有大丘姓名，其文又在《蔡邕集》，蓋不能認碑，故有斯誤。（《隸續》。）

同上，《唐陳太丘祖德碑》：

係孫兼撰序，伾撰銘，伾子膺書。天寶九載十一月立。（《金石録》。）（《叢書集成初編》本）

黄震《古今紀要》卷三後漢《陳寔》：

陳寔。（坐黨人，請囚。靈帝初，竇武辟爲掾，獨弟張讓，後復誅黨人，讓感寔，多所全宥。鄉閭求判正。梁上君子。及黨禁解，何進、袁隗欲表以不次之位，閉門懸車，不復起。中平四年卒，海内赴者三萬人。子紀、諶，共號三君。）（《黄震全集》本，浙江大學出版社，2013年）

馬廷鸞《碧梧玩芳集》卷八《湯漢以進書賞轉官回贈本生父嚴特贈奉直大夫制》：

荀淑行高，故八龍俱有偉望；陳寔道廣，故二方悉著賢名。士生斯時，豈能自爲才賢也哉？必其父葘子播，極一門積纍之深，是以昆令季强，有再世顯融之美，用彰潛德，爰錫愔書。（《文淵閣四庫全書》本）

何夢桂《潛齋集》卷九《嗣守堂記》：

漢陳仲弓、荀季和父子，以德望聚一時，當時指爲德星。至陳之孫群仕魏爲司空，荀之孫彧爲魏尚書令，由他人觀之亦榮矣，文公朱子評之若猶不滿，而嘆其嗣守之難，則不能不減於乃祖之風烈也。（《文淵閣四庫全書》本）

佚名《翰苑新書前集》卷五十八知縣歷代事實《陳太丘》：

袁紹問陳元方曰："卿家君在太丘，遠近稱之，何所履行？"元方曰："强者綏之以德，弱者撫之以仁。"又杜詩："姚公美政誰與儔，不減昔時陳太丘。"（《文淵閣四庫全書》本）

佚名《翰苑新書續集》卷十八職曹官類《回田僉判賀再任》（戴象麓）：

伏惟某官名門梧鳳，仁里耆龜。陳太丘在鄉，争訟不願他决；王彦方居里，盗

賊咸畏其知。（《文淵閣四庫全書》本）

郝經《續後漢書》卷六十九上高士漢《陳寔》：

議曰：嘗讀蔡邕所作《郭有道》《陳太丘》二碑，高風絶迹，邈不可及。有伯夷之清而不隘，有柳下惠之和而不流。鸞鳳翻翥，而不忤於梟鴟；蘭桂芬烈，而不蔽於樲棘。國無道，至死不變，怡然而不戚戚焉。天下莫不高之，則顔氏之徒也。范滂謂泰"隱不離親，貞不絶俗。天子不得臣，諸侯不得友"，范煜謂寔"據於德，故物不犯；安於仁，故不離群。行成乎身，而道訓乎天下。故凶邪不能以權奪，王公不能以貴驕"，可謂知二子矣。嗚呼！方帝棟弗隆，戚宦構難，亟去疾走猶懼厭焉；憤然矯激，與之角死，黨人之所以及也，其視二子遠矣哉！張讓之吊，或以病寔。夫人而不仁，疾之已甚則亂，孔子之所以見南子及陽虎也。喪紀不廢，不惡而嚴，夫何病哉！（《文淵閣四庫全書》本）

戴表元《剡源戴先生文集》卷二《居清堂記》：

天惟清，故能藏光景，神變化。海惟清，故能容蛟龍，興寶藏。古之君子，至清如伯夷，方能與人無怨；其次黄叔度、陳太丘諸人，近於無威而物畏，不言而教行；又其次方至仲長公輩，俟他日閑暇，别爲允涵言之。

同上，卷十一《曹仲達字序》：

達於一身，古之人有行之者，嚴君平、費長房之類是也；達於一家，龐德公、陳仲弓之類是也；達於一國，管幼安、李令伯之類是也；達於天下萬世，伊尹、周公、孔、孟之類是也。（《四部叢刊》本）

吴澄《吴文正集》卷八十七《故臨川處士陳君墓碣銘》：

饒宗魯曰："士之能世其家者，鮮矣。昔陳太丘長，其子爲卿，其孫爲公，榮名非不足，而公慚於卿，卿慚於長。"（《文淵閣四庫全書》本）

虞集《道園學古録》卷三十八《德星堂記》：

《世説》云："陳太丘詣荀朗陵，使元方將車，季方持杖以從。既至，荀氏子弟咸在侍側。於時太史奏：'真人東行，五百里賢人聚。'"世人以爲美談。厥後，朱文公爲建寧陳氏作聚星亭畫贊，好學之士蓋傳誦焉。（《四部叢刊》本）

陶宗儀《説郛》卷四十六下《商芸小説》（撰人闕）：

李元禮謖謖如勁松下風。膺居陽城時，門生在門下者，恒有四五百人。膺每作一文出手，門下共争之，不得墮地。陳仲弓初令大兒元方來見，膺與言語訖，遣厨中食。元方喜，以爲合意，當復得見焉。

同上，卷五十七上《群輔録》（陶潛）：

太丘長潁川陳寔，字仲弓。

寔子大鴻臚紀，字元方。

紀弟司空掾諶，字季方。

右，并以高名，號曰三君。見《甄表狀》及邯鄲淳《紀碑》。（《説郛三种》本）

李賢等《明一統志》卷二十六河南布政司開封府上《陵墓》：

陳寔墓。（在郾城縣西三十五里。又有祠，在鄢陵縣故宅。）

同上，卷二十七開封府下《流寓》：

陳寔。（潁川許人，隱居好學。桓帝時，爲太丘長，修德清静，百姓以安。寔在鄉間，平心率物，有争訟，輒求判正，曉譬曲直，退無怨者。夜有盗，止其梁上，寔起呼子孫，訓戒曰："不善之人，習與性成，梁上君子是也。"盗驚，自投伏罪，寔遺以絹。自是一縣無盗。卒，謚文範先生。子紀以至德稱，遭黨錮隱海上，著書數萬言，號"陳子"，仕終大鴻臚。諶與紀齊德，父子并著高名，時號三君。）（三秦出版社，1990年）

韓雍《襄毅文集》卷十《謝徐用莊序》：

古之君子，固有退隱於鄉而見重於人者。若漢陳太丘之在鄉間，平心率物，其有争訟，輒求判正，曰："寧爲刑罰所加，不願爲陳君所短。"當時重其賢，卒，謚爲文範先生。（《文淵閣四庫全書》本）

孫緒《沙溪集》卷十二《無用閑談》：

黨錮之禍，諸賢駢首就戮，固一時氣習相激使然。亦有不盡然者，郭林宗、申屠蟠尚矣，獨陳太丘者依違媕婀其中。張讓葬父，一郡畢至，而名士無往者，讓耻之，寔乃獨吊。侯覽托太守高倫用吏，寔曰："此人不可用，侯常侍不可違，宜從外舉。"是時，氣節風煽，士視生死如鴻毛，而寔乃爾，卒不與禍。然則寔固諸公之罪人，東京之巨奸也夫！（《文淵閣四庫全書》本）

崔銑《士翼》卷一《述言上》“卓茂論禮律”條：

卓茂論禮律，魯恭諫伐匈奴，其王佐之言乎！黄憲之粹，陳寔之弘，管寧之敬，其仁人之質乎！

同上，卷二《述言中》“問曰宋璟不與宦者交談”條：

問曰：“宋璟不與宦者交談，陳寔乃送張闉之葬，賢者固异行乎？”答曰：“宋相危行，遇明主也；陳長孫處，當亂世也。宋在位，陳在野，居相异也。宦者思陳子之義，多活善類，屈身濟衆，仁矣。然爲宋易也，爲陳難也。”（《文淵閣四庫全書》本）

吕柟《涇野子内篇》卷之二《雲槐精舍語第三》“先生曰孔廟從祀”條：

先生曰：“孔廟從祀之舛，亦由仕路乎？”薛生曰：“何也？”曰：“汲黯、丙吉、蘇武、黄憲、陳寔、郭泰、諸葛亮、宋璟、韓休、尹焞而不祀，馬融、揚雄而祀，何也？”曰：“數子無著述。”曰：“七十子之祀者，亦有不知其名者，著述安存乎？夫祀也，紀德則人務實，紀言則人務名。世之治亂所係也，其可苟乎！”

同上，卷之六《柳灣精舍語第十》“光祖曰陳寔”條：

光祖曰：“陳寔、郭泰、管寧、陶潜四人，皆杰士也。敢問孰優？光祖欲學焉，孰從？”先生曰：“太丘有仁之量，林宗有仁之材，以言其錫類則均也。幼安有仁之信，淵明有仁之智，以言其仗節則均也。子欲學守身，無如管、陶；子欲學及人，無如陳、郭。然必有管、陶之節，而後有陳、郭之用。斯四杰，吾不能爲之優劣。”（中華書局，1992年）

吕柟《二程子抄釋》卷七《建陽大全集拾遺第二十七》“陳寔見張讓”條：

陳寔見張讓是故舊，見之可也，不然則非矣。此所謂大丘道廣。（釋：寔志遠矣。）（《叢書集成初編》本）

孫承恩《文簡集》卷二十七《送劉翁還山陰序》：

古之君子，居布衣而能善其俗。若陳太丘、王彦方者，皆敦德勵行，以化導其鄉人，其名至今烈也。（《文淵閣四庫全書》本）

陳耀文《天中記》卷五十七龜《引頸》：

張廣定籠懸幼女於古冢中，事同見《异聞記》。（光緒《聽雨山房》本）

凌迪知《萬姓統譜》卷十八上平聲十一真《陳》：

（漢）陳寔字仲弓，桓帝時爲太丘長。在鄉里，平心率物，其有争訟，輒求判正，乃嘆曰：“寧爲刑罰所加，不爲陳君所短！”嘗詣荀淑，使長子元方將車，季方執杖，孫孝先、長文尚幼，坐車中。既至，荀使叔慈應門，慈明行酒，餘六龍下食，文若尚幼，坐膝前。是夜德星聚，太史奏：“五百里内有賢人聚。”

陳紀字元方，弟諶字季方，與父寔并著高名，時號三君。元方子長文，季方子孝先，各論父功德，咨於祖太丘。太丘曰：“元方難爲兄，季方難爲弟。”

（三國）陳群，寔孫，寔常奇之，謂宗人曰：“此兒必興吾宗！”群初仕漢，爲治書侍御史。入魏，爲御史中丞，累官司空録尚書事。爲人弘博不伐。（《文淵閣四庫全書》本）

胡應麟《少室山房筆叢》卷三十六《二酉綴遺中》“陳太丘絶不聞著書”條：

陳太丘絶不聞著書，而《意林》所引《抱朴子》，載陳仲弓《异聞記》云：“同郡人張廣遭亂，有女四歲不能行，弃冢中。後開冢，女復活，問之，曰：‘見冢角有一物，伸頸吞氣，乃效之，轉不復飢。’尋看，乃大龜也。將女還食，食飲初，小腹痛，久乃習之。”按此書《太平廣記》及《御覽》俱不載，蓋其亡已久。然仲弓之言，或當不妄，因識此。凡干寶所記冢中婢事，皆出此後。又《三國·吴志》某人死六日，復生，穿土而出，與秦諜大同。稚川自有《集异傳》十卷，亦諸家書目所無，見本傳。（蘇長公《仇池筆記》一事，絶類太丘所記，豈亦談者欺之耶？）（中華書局，1958年）

張萱《疑耀》卷一《誤躬作弓》：

漢陳寔字仲弓，余嘗疑之。漢人名、字皆相合，以弓字寔，有何意義？及讀洪適《隸釋》載《寔壇碑》“君諱寔，字仲躬”，乃了然，始知諸書皆誤作“弓”。第洪氏又謂“躬”乃借作“弓”字用，又何誤也！（《文淵閣四庫全書》本）

曹學佺《蜀中廣記》卷一百五《畫苑記第一》“成都周公禮殿”條：

《成都周公禮殿聖賢圖考》云：殿在子城内南門之東，前漢文翁學宫故址。後漢獻帝興平元年甲戌，太守高眹重立。舊號周公禮殿，殿制甚古，低屋方柱，柱上狹下廣，與今异制。殿有板龕護先聖像，邱文播畫山水。龕後有板壁，黄筌畫湖灘。邱畫今亡，獨黄畫存。殿之壁高下三方，悉圖畫上古以來君臣及七十二弟子像。世傳晋太康中太守張收之筆，即銘劍閣張載父也。宋嘉佑中，王素命摹寫爲七卷，凡一百五十五人，爲《成都禮殿聖賢圖》。紹興中，席益又摹寫於石經堂，凡一百六十八人。案《續記》，可辨識姓名者一百七十三人，今貌像宛然者一百四十九人，僅存仿佛者三十二人，姓名存者六十五人。今仍紀《續記》姓名於左：

……陳寔……

已上元費著《成都志》所載，其曰《續紀》者，宋王剛中《續成都古今記》也。今學宫惟存孔子及七十二子像，又摹宋本而重刻云。（《山川風情叢書》本，上海古籍出版社，1993年）

劉宗周《人譜類記》卷下“陳太丘有盜”條：

陳太丘有盜夜入其室，止於梁上，太丘不發，但呼子弟訓飭之曰：“人不可不自勉。不善之人，未必本惡，習以性成，遂至於此。梁上君子是也。”因指而示之。盜大驚，稽首請罪。太丘慰諭而遣之，且賞之絹。盜感泣而去。（《文淵閣四庫全書》本）

黄淳耀《陶庵全集》卷二《金懷節時義序》：

東漢諸君子以德行稱者，莫如荀季和氏、陳太丘氏。是二君子，皆暗篤無文者也。而季和之後有才子八人，太丘之後仍世卿宰。彬彬乎！彧彧乎！何其祖父之質，而子孫之文也！蓋文者質之餘也，子孫之文，祖父之質之餘也。祖父以文教，文勝則質漓矣。夫子孫之質日漓，則子孫將不能有其文。是故韓愈之文比於荀、揚，而其子有不識字之誚；李杜之詩上規風、雅，而宗武、伯禽無聞焉。文勝故也。夫惟祖父以質教，而子孫以文應，則質有其文；質有其文，則文之行於世也益遠。此荀、陳二氏之後所以多賢歟？（《文淵閣四庫全書》本）

周嬰《卮林》卷九《諗胡·异聞記》：

胡元瑞《二酉綴遺》曰：陳太丘絶不聞著書，而《易林》所引《抱朴子》，載陳仲弓《异聞記》云：“同郡人張廣遭亂，有女四歲不能行，弃冢中。後開冢，女復活，問之，曰：‘見冢角有一物，伸頸吞氣，乃效之，轉不復飢。’尋看，乃大龜。將女還，飲食之初，小腹痛，久乃習云。”按此書《太平廣記》及《御覽》俱不載，蓋其亡已久。然仲弓之言，或當不妄，因識此。

諗曰：《抱朴子》曰：“故太丘長潁川陳仲弓，篤論士也，撰《异聞記》，云：郡人張廣定者，遭亂避地，有女年四歲，不能步涉，又不可擔負，計弃之固當餓死，不欲令其骸骨之露。村口有古大冢，上顛先有穿穴，乃以器盛縋之，下此女於冢中，以數月許乾飯及水漿與之，而捨去。候世平定，其間三年，廣定得還鄉里，欲收冢中所弃女骨，更殯埋之。廣定往視，女故坐冢中，見其父母猶識之，喜甚。而父母初疑其鬼也，入就之，乃知其不死。問：‘從何得食？’女言：‘糧初盡時，甚飢。見冢角有一物，伸頸呑氣，試效之，轉不復飢，日日爲之，以至於今。父母去時所留衣被，自在冢中不往來，衣服不敗，故不寒凍。’廣定索女所言物，乃是一大龜耳。女出食穀，初小腹痛，嘔逆久許乃習。此又足以知龜有不死之法，及爲道者效之，可與龜同年之驗也，史遷、仲弓皆非妄説者也。”按此在稚川書《對俗篇》，元瑞乃搜之於《易林》。又云後開冢，女復活，此似於景升冢婢，皆非也。又，予覽《北户録》引陳仲弓《异聞記》曰：“東城池有王餘魚，池決，魚不得去，將死。或以鏡照之，魚看影謂其有雙，於是比目而去。”則此書唐尚存也。（福建人民出版社，2006年）

方以智《通雅》卷二十姓名姓氏《有引古人訛或時代誤而證出之者》：

陳仲弓，《野客叢談》《陳寔仲弓碑》“字仲躬”；《鄧艾碑》作“叉”，古字通用，《石經》“叉用三德”爲“艾用三德”是也。洪氏謂借作“弓”，正以古人通用。孟奇謂洪誤，則必當改“仲弓”爲“仲躬”耶？

同上，卷四十九諺原《坐草》：

郎英曰：“今諺謂臨産曰坐草，起自晋也。”按，陳仲弓爲太丘長，出捕盜，聞民有坐草不起子者，回車治之。（中國書店，1990年）

黄宗羲《明儒學案》卷四十二《甘泉學案六・文定王順渠先生道》：

《順渠先生文録》“孟子後千載無真儒”，宋儒有是言。余每讀之戚然。姑就漢一代言之，董、賈兼文學、政事之科；蕭、曹、丙、魏皆有政事之才，遠在季路、冉有之上，而丙又入德行而不優；至於孔明，則兼四科而有之矣。黄叔度不言而化，如愚之流輩也；管幼安龍德而隱居於遼東，一年成邑；陳太丘、荀令君、郭有道、徐孺子皆德行科人，冉、閔之次也。其諸表表，難以悉數，三國人才尤盛，至晋及唐，代不乏人。今一舉而空之曰“無真儒”。嗚呼！悠悠千載，向誰晤語？（批林國輔《講餘答問》。）（《文淵閣四庫全書》本）

黄生《義府》卷下《隸釋》（洪適）“君諱寔字仲躬”（太丘長《陳寔壇碑》）：

《隸釋》云：“諸書皆字陳君曰‘仲弓’，獨此不同，殆是借用。”予謂不然。躬者，寔有其德於身也，陳寔正當字仲躬，他書借用“弓”耳。（《文淵閣四庫全書》本）

湯斌《湯子遺書》卷四《星聚堂記》：

昔東漢陳太丘過潁川荀朗陵家，太史奏“德星見”，其占曰“五百里内有賢人聚”。至今載諸史册，千古傳爲盛事。吾謂太丘修德清静，進退合度，可謂賢矣。至荀淑博學高行，其子號曰八龍。然爽、彧并濡迹亂時，有遺議焉，何至上動天象哉？疑當日諸公雅負重望，一時傅會爲之，蓋東漢標榜之習則然，未必盡有其實也。（《文淵閣四庫全書》本）

萬斯同《儒林宗派》卷三東漢：

譙玄（通《易》《春秋》二經）、索盧放（通《尚書》）、劉茂（通《禮經》）、張純（通《禮經》）、劉般、任延（通《詩》《易》《春秋》三經）、王景、謝夷吾、樂恢、楊由、摯恂（馬融師）、吴佑、北海王睦、戴宏、淳于恭、賀純、周爕、徐防、黄香、楊終、楊統、楊厚（統子）、杜真、高鳳、法真、王符、劉珍、范丹（馬融門人）、張綱、崔琦、劉梁、劉丕、劉寵（丕子）、史弼、應奉、應劭（奉子）、邊韶、荀淑、鍾皓、陳寔、陳紀（寔子）、陳諶（寔子）、陳蕃、李膺、范滂、竇武、蔡衍、檀敷、郭太、庾乘、符融、劉虞、高彪、侯瑾、孔融、仲長統、楊匡、王調（以下并李固門人）、趙承、郭亮、董班、杜訪、鄭遂、王成（并李固門人）、李爕（固子）、趙商（鄭玄門人）、宋忠、繆斐、董扶（楊厚門人）。

右諸儒皆通經學。（《文淵閣四庫全書》本）

查慎行《敬業堂詩集》卷二十《游梁集·永城縣陳太丘祠》：

賢人處末流，德器務廣大。先生得此意，名不黨籍挂。庸夫取同塵，君子重遠害。偶然出從政，初不計殿勖。曾爲兹邑長，治道去其太。豈必赫赫名，當前互驚怪。到今有餘慕，俎豆禮無殺。我來謁公祠，下馬肅瞻拜。題詩警俗吏，似爲求名戒。不見道旁碑，去官碑輒壞。（上海古籍出版社，1986年）

康熙敕撰《孝經衍義》卷九十四《儀禮·士相見禮第三》：

臣按：此數人者，皆過乎中庸者也。雖陳仲弓之以德報怨，爲君引愆，此亦有意立名者乎？後世爲官長之視其屬，其恩禮既已薄矣；其屬吏之視官長也，路人焉已。或官長且如束濕薪也，則寇仇焉已。之數者之高義，又曷可少哉？（《文淵閣四庫全書》本）

倪濤《六藝之一録》卷四十八《石刻文字》二十四《陳仲弓碑》：

右《陳仲弓碑》，其額題云“漢文範先生陳仲弓之碑”。碑文已漫滅，蔡邕字畫見於今者絶少，故雖漫滅之餘尤爲可惜。以校集本，不同者已數字，惜其不完也。按《邕集》仲弓三碑皆邕撰，其一碑云“中平三年秋八月丙子卒”，三碑皆云

“春秋八十有三”，《後漢書·仲弓傳》以爲“中平四年，年八十四，卒於家”者，疑《傳》誤。（《金石録》。）

《漢文範先生陳仲弓之銘》，篆額兩行，額下有穿，穿下數行，僅存最上一字，獨“醇”字瞭然可識，前一行者其右從月，又前一行仿佛是“君”字。蔡中郎爲仲弓作三碑，其第二碑有“光含醇德”之句，前有“徵士陳君”，但相去差遠，中間無從月者，疑此非中郎所作。趙氏有《仲弓殘碑》，以校集本，凡改定數字，豈即此碑乎？（《隸續》。）

同上，《陳仲弓碑陰》：

右《陳仲弓碑陰》，故吏姓名，多已刓缺。蔡邕小字八分，惟此與石經遺字爾，石經字畫謹嚴，而此碑尤放逸可愛。（《金石録》。）

同上，《司空掾陳君碑》：

右《漢司空掾陳君碑額》，碑已殘缺不可辨，惟其首八大字尚完，字畫奇偉。在潁川陳太丘墓側。按《後漢書·太丘傳》載二子紀、諶，紀爲大鴻臚，諶不著其爲何官，唯劉孝標注《世説》引《海内先賢傳》曰“諶字季方，寔少子也，司空掾公車徵不就，蚤卒”，然則斯碑豈非陳諶碑乎？（《金石録》。）

《漢故司空掾陳寔碑篆額》，蔡中郎所作第三碑也。此碑僅有前七十字，下文盡皆不存。中郎作太丘第一碑云“春秋八十三，中平三年卒”，漢史誤作“四年”，此碑作五年者，乃豫牧立碑之年也。趙氏跋云“文已殘缺不可辨，惟八篆額字畫奇偉”，引《世説注》太丘次子諶嘗以司空掾召，謂此是陳諶之碑，殊不知碑中自有太丘姓名，其文又在《蔡邕集》，蓋不能認碑，故有此誤。（《隸續》。）

同上，《陳仲弓壇碑》：

君諱寔字仲躬（闕十二字）之禮樂畓畓良（闕）既光既耀（闕）立於朝行成（闕七字）并荷從司徒掾（闕九字）教宣流（闕六字）儀魏魏大清唯玄（闕）之明明（闕十六字）著望色（闕）飛（闕）勛克戰（闕四字）翼（闕十字）險而不（闕三字）食（闕）魚（闕五字）其君（闕六字）志老（闕四字）耄矣梁頓山（闕三字）貽（闕九字）賢參之方（闕二字）仁學（闕）宗道（闕二字）百辟（闕四字）臣吏民（闕三字）懷惟（闕三字）相與（闕二字）碑（闕二字）勒壇（闕五字）靈我（闕二字）昭（下闕）

右《陳仲弓壇碑》，其額題“故太丘長潁川陳君壇”。其他文字，磨滅不可盡識。按《蔡邕集》有仲弓三碑，以集本校之，此碑非邕撰者。然字畫亦奇偉，惜其殘缺不完也。（《金石録》。）

右《故太丘長潁川陳君壇碑》，“潁”之下闕二字。陳君名寔，以靈帝中平三年卒。本傳云“潁川許人”，《郡國志注》：“獻帝徙都許，改曰許昌。”此額所闕者，“潁”之下是“川”，又一字當是“許”也。額之題郡邑，猶劉曜東平無鹽之比。其云壇者，蓋指廟中之壇，段光爲孫叔敖作碑立廟，其文云“興祀立壇”是也。此碑在亳州永城縣，即古之太丘也。《傳》云：“以沛相賦斂違法，乃解印綬去，吏人追思之。”碑中有“色飛”之句，而“飛”之上下闕字，蓋用色斯舉矣之意，乃載其去邑事也。蔡中郎凡作陳君三碑，其第一碑云“許令以下，至於國人，立廟舊邑，四時烝嘗，歡哀承祀，如其祖禰。先生存享重稱，亡歆血食，修行於己，得斯於人，固上世之所罕有，前哲之所不過也”。所謂“立廟舊邑”，則知太丘有此碑勒。其文皆已亡缺，無可讀者，惟其首云“君諱寔，字仲躬”尚存。諸書皆字陳君曰“仲弓”，獨此碑不同，殆是借用。（《隸釋》。）

《太丘長陳寔壇碑》，在亳州永城縣，即古之太丘。碑石殘闕，止存八九十字，無年月。《金石録》云：“非蔡邕書，而字亦奇偉。”（《漢隸字原》。）

同上，卷六十六《石刻文字》四十二唐碑祠廟《唐立漢文範先生陳君碑》：

《唐立漢文範先生陳君碑》，在鄢陵廟内，裴延休文。（《訪碑録》。）

同上，《唐陳太丘祖德碑》：

《唐陳太丘祖德碑》，係孫兼撰序，休撰銘，任子膺書。天寶九年十一月。（《金石録》。）

同上，卷一百十一《石刻文字》八十九《碑藪》（吴郡陳鑒集）河南碑：

《漢太丘長陳寔壇碑》。（隸書，在歸德州永城縣。）

同上，卷一百十五《石刻文字》九十一《顧南原碑考·陳仲弓殘碑》：

《陳仲弓殘碑》中平三年。

《金石録》與《隸續》俱不言碑之所在。按《蔡邕集》載此碑云“勒表墳墓”，則碑當在墓前。《一統志》云：“陳寔墓，在郾城縣西三十里。”

額題云“漢文範先生陳仲弓之碑”十篆字。《金石録》云：“碑文已漫滅。蔡邕字畫見於今者絶少，故雖滅漫之餘，尤爲可惜。以校集本，不同者已數字，惜其不完也。《蔡邕集》仲弓三碑皆邕撰，其一碑云‘中平三年秋八月丙子卒’，三碑皆云‘春秋八十有三’，《後漢書·仲弓傳》以爲‘中平四年，年八十四，卒於家’者，疑《傳》誤。”《字原》云：“碑之立，當在中平三年。”

同上，《陳仲弓殘碑陰》：

《金石録》云："故吏姓名，多已刓缺。蔡邕小字八分，惟此與石經遺字爾，石經字畫謹嚴，而此碑尤放逸可愛。"

同上，《陳寔壇碑》：

《陳寔壇碑》中平三年。

《隸釋》云："在亳州永城縣，即古之太丘也。永城，今屬河南歸德府。"

額題云"故太丘長潁陳君壇"八篆字。《隸釋》云："'潁'之下闕二字，陳寔本傳云'潁川許人'，此額所闕者，'潁'之下是'川'，又一字當是'許'也。額之題郡邑，猶劉曜東平無鹽之比。其云壇者，蓋指廟中之壇，段光爲孫叔敖立廟作碑，其文云'興祀立壇'是也。蔡中郎作陳君三碑。其第一碑云'許令以下，至於國人，立廟舊邑，四時烝嘗，歡哀承祀，如其祖禰'。所謂'立廟舊邑'，則知太丘有此碑。其文皆已亡缺，無可讀者，惟其首云'君諱寔，字仲躬'。諸書皆字陳君曰'仲弓'，獨此碑不同，殆是借用。"《金石録》云："《蔡邕集》有陳仲弓三碑，以集本校之，此碑非蔡邕撰者。然字畫亦奇偉，惜其殘缺不完也。"

同上，《陳寔殘碑》：

《陳寔殘碑》中平五年。

《金石録》云："在潁川陳太丘墓側。"

額題云"漢故司空掾陳君碑"八篆字。《金石録》云："碑已殘缺不可辨，惟其首八大字尚完，字畫奇偉。"《隸續》云："此蔡中郎所作第三碑也，其文乃豫牧褒贊悲傷之辭。僅有前七十字，下文盡皆不存。中郎作太丘第一碑云'中平三年卒'，此碑作五年者，豫牧立碑之年也。史傳、雜書、《蔡集》皆作'仲弓'，惟《太丘壇碑》作'仲躬'，此碑仿佛亦然。"趙氏引《世説注》太丘次子諶嘗以司空掾召，謂此是陳諶之碑，殊不知碑中自有太丘姓名，其文又在《蔡邕集》，蓋不能認碑，故有斯誤。按《後漢書·陳寔傳》云"大將軍竇武辟以爲掾屬"，而不言爲司空掾，據此碑額題，疑是史傳失載。《金石録》謂是諶碑，非也。《陳寔傳》又云："有六子，紀、諶最賢，父子并著高名，時號三君。每宰府辟召，常同時旌命，羔雁成群。"恐其父子皆嘗以司空掾召也。《蔡邕集》載此碑作《陳太丘廟碑銘》，其文有云"大將軍賜謚，群後建碑，國人立廟，先生有二子。季方盛年早亡，亦圖容加謚。元方在喪毀瘁，消形嘔血，純孝過哀，率禮不越。於時嘉异，畫像郡國"。所云季方者諶也，元方者紀也。紀亦畫像於廟，存没并列，不亦异哉！

同上，卷三百三十四上《歷朝書譜》唐《并八分書》：

陳庸。（明皇時人。）《陳太丘祖德碑》係孫庸書。（浙江人民美術出版社，2015年）

顧藹吉《隸辨》卷七《碑考上·陳仲弓殘碑》：

（與《六藝之一録》同，略。）

朱軾《史傳三編》卷十六《名臣傳八》漢李膺：

論曰：東漢延熹、永康間，大往小來，陽外陰内。《易》曰“君子以儉德辟難，不可榮以禄垂”，戒至深遠矣。當此之時，即括囊肥遁猶懼不免，顧不處於南山之南、北山之北以弢光隱曜，而互相標榜，敢行幸直，立的於此，使人得以彎弓相向，君子高其節，不得不哀其志也。至夫孔融弟争兄死，范滂母歡子義，景毅以子爲膺門徒自表免歸，皇甫規以西州豪杰耻不與黨，上書自言宜坐，雖義聲感慨，足以立懦廉頑，然揆諸守死善道之常經，毋乃已激乎？讀元禮、孟博諸傳，乃益服郭有道、陳太丘二公之弘識雅量爲不可及也。

同上，卷五十一《循吏傳三》漢陳寔：

論曰：四長之名艷於當時，傳於奕代，自後之爲循吏者，莫敢并焉。至迹其行事，則以慈良之風，熏乎頽俗，未嘗孑孑於爲民，興利而除害也。夫趙、張之治具煩於卓魯，而卓魯爲優者以道濟法也，况於四長之德成而上者乎？故知聲色之大爲化民之末，夫子之言孅矣。（《文淵閣四庫全書》本）

王士俊等《河南通志》卷四十八《祠祀》開封府：

陳太丘祠。（在鄢陵縣西，即陳寔故居。俗每歲夏五月五日祀之。漢蔡邕《碑記》：“維中平五年春三月癸未，豫州刺史典，以褒功述德政之大經，是以作謚封墓，興於周禮，衛鼎晋銘，其昭有實。故太丘長潁川許昌陳寔，字仲弓，含聖哲之清和，盡人才之上美。光明配於日月，廣大資乎天地。辟四府，宰三城，神化著於民物，形表圖於丹青。巍巍乎其不可尚也，洋洋乎其不可測也。儉約違時，懸車致仕。徵辟交至，遂不屑就。春秋八十有三，寢疾而終。大將軍賜謚，群後建碑，國人立廟。先生有二子季方、元方，皆命世希有，繼期特立。季方盛年早亡，亦圖容加謚。元方在喪毁瘁，消形嘔血，純孝過哀，率禮不越。於時嘉异，畫像郡國。欽盛德之休明，懿鐘鼎之碩義，乃樹碑鎸石，垂世寵光。詞曰：於皇先生，冠耀八荒。闡德之宇，探道之綱。繼期立表，以訓四方。惟亮天工，群生之望。高明允實，有馥其芳。載德奕世，休有烈光。欽慕在人，舊有憲章。過牧斯州，庶奉清塵。弃予而邁，靡瞻靡聞。嗟哉懷矣，曷所咨詢？告哀金石，式昭其勤。”）

同上，許州：

陳太丘祠。（在州治東南，祀漢陳寔。）

同上，卷四十九《陵墓》許州：

陳寔墓。（在郾城縣西二十里。寔，太丘長。）

同上，卷五十二《古迹下》許州：

陳太丘宅。（在長葛縣西五十里，紫金山南，小洪河北，今德星觀即其遺址。何鼎詩：“井里遥瞻溵水東，偶來憑軾仰高風。德星夜聚驚天象，雲路春深識漸鴻。令子千秋傳二妙，徵書十道却三公。猶聞父老談鄉曲，飲食時稱陳仲弓。”）

同上，卷六十《人物》四許州：

（漢）陳寔字仲弓，潁川人。桓帝時爲太丘長，修德清静，百姓以安。及逮捕黨人，事連寔，寔曰：“吾不就獄，衆無所恃。”乃請囚焉。遇赦得出。其在鄉閭，平心率物，有争訟，輒求判正，曉譬曲直，退無怨者，乃至嘆曰：“寧爲刑罰所加，無爲陳君所短。”嘗有盗夜入其室，止於梁，寔乃起呼子孫，正色訓之曰：“人不可不自克。不善之人，未必本惡，習與性成，遂至於此。梁上君子是也。”盗驚投地，稽顙歸罪。寔遺絹二匹，遣之去。自是邑中無復盗竊。後黨禁解，累徵不起。嘗從諸子造荀淑父子，於時德星聚於潁川，太史奏：“五百里賢人聚。”年八十四卒，海内吊祭者三萬餘人，服衰麻者以萬數，共刊石立碑，謚爲文範先生。子紀，見《孝義志》。諶，字季方，與紀齊德同行，父子并著高名，時號三君。每三府辟召，常同時旌命，羔雁成群，當世靡不榮之。

同上，卷七十四《藝文三》詩五言律：

（清）賈開宗《題陳仲弓祠》：（高蹤推漢代，今有仲弓祠。鳥雀喧荒隴，牛羊踏斷碑。黨人悲殄瘁，遺像肅威儀。寂寞荒園里，風流百世師。）（《文淵閣四庫全書》本）

姚之駰《後漢書補逸》卷十五《華嶠〈後漢書〉第一·陳寔》：

陳寔在鄉閭，平心率物。有盗夜入其家，止於梁上，寔陰見之。乃自整拂，命子孫訓之曰：“夫人不可不自勉。不善之人，未必本惡，習與性成耳。如梁上君子者是矣。”盗大驚，自投於地。寔徐譬之曰：“視君狀貌，不似惡人，然當由貧困，今遺絹二匹。”自是縣無復盜竊。

案：寔字仲弓，潁川許人，謚文範先生，亦稱陳太丘。其送張讓父喪，人以爲善類賴以全活者甚衆。黄勉齋譏其屈辱全身，不可爲法，洵然。此條范書皆同。

同上，卷二十《司馬彪〈續後漢書〉第三・陳寔》：

陳寔舉灼然，爲司徒屬，遷太丘長。

案：寔見華書。范稱寔“以司空黄瓊辟，選理劇，補聞喜長，繼以期喪，去官，復再遷太丘長”，與此不同。灼然應是當時選舉名目。（《文淵閣四庫全書》本）

乾隆敕撰《大清一統志》卷一百十九絳州二《名宦》：

（漢）陳寔，潁川許人，司空黄瓊辟，選理劇，補聞喜長。

同上，卷一百五十開封府二《古迹》：

太丘城。（在鄢陵縣城外。《元和志》：在鄢陵縣西南二十里，陳寔嘗爲此縣長。《金史・地理志》：鄢陵有太丘縣。）

同上，《祠廟》：

陳太丘祠。（在鄢陵縣西八里漆井村，祀漢陳寔。有漢蔡邕《碑記》。）

同上，卷一百五十四歸德府祠廟《陳仲弓祠》：

陳仲弓祠。（在永城縣西北，太丘集祀漢陳寔。又，縣西亦有祠。）

同上，卷一百七十二許州《陵墓》：

（漢）陳寔墓。（《寰宇記》：在長葛縣西三十五里。舊《志》：“長葛縣西有太丘陳寔冢，蔡邕撰銘。”《陳氏家傳》云：“紀、諶以下十六墓，三十六碑，并在長葛縣西陘山之陽。”）

同上，《祠廟》：

陳寔祠。（有二：一在州治東南，明弘治五年建；一在葛縣西四十二里，明萬曆七年修。每歲以五月五日祀之。）（《文淵閣四庫全書》本）

覺羅石麟等《山西通志》卷七十三《職官》：

（後漢）陳寔，桓帝時聞喜令。

同上，卷九十九《名宦》十七絳州：

（漢）陳寔字仲弓，潁川許人。出於單微，有志好學，坐立誦讀。司空黄瓊辟選理劇，補聞喜長。旬月，以期喪去官。復再遷，除太丘長。修德清静，百姓以安。寔在鄉閭，平心率物，争訟者嘆曰："寧爲刑罰所加，不爲陳君所短。"後三公每缺，議者歸之。中平四年，年八十四，卒。海内赴者三萬餘人，制衰麻者以百數，共刊石立碑，謚爲文範先生。（《文淵閣四庫全書》本）

嚴可均《全後漢文》卷六十三《陳寔》：

寔，字仲弓。潁川許人。少爲縣吏都亭刺佐，後爲督郵，復爲郡西門亭長，轉功曹。司空黄瓊辟選理劇，補聞喜長，復再遷除太丘長。坐黨事逮捕，遇赦。靈帝初，大將軍竇武辟爲掾屬，後復坐黨事免。累徵不起。中平四年卒，年八十四，私謚曰文範先生。

《异聞記》：

郡人張廣定者，遭亂常避地。有一女，年四歲，不能步涉，又不可擔負，計弃之固當餓死。不欲令其骸骨之露，村口有古大冢，上巔先有穿穴，乃以器盛縋之，下此女於冢中，以數月許乾飯及水漿與之，而捨去。候世平定，其間三年，廣定乃得還鄉里。欲收冢中所弃女骨，更殯埋之。廣定往視女，故坐冢中。見其父母，猶識之，甚喜，而父母猶初恐其鬼也。入就之，乃知其不死。問之從何得食。女言糧初盡時甚飢，見冢角有一物，伸頸吞氣。試效之，轉不復飢。日月爲之，以至於今。父母去時所留衣被，自在冢中。不行往來，衣服不敗。故不寒凍。廣定乃索女所言物，乃是一大龜耳。女出食穀，初小腹痛，嘔逆，久許乃習。（《抱朴子·内篇·對俗》）（商務印書館，1999年）

顧櫰三《補後漢書藝文志》卷七别傳類：

《陳寔别傳》。

寔字仲弓，潁川許人。自爲兒童，不爲戲弄，等類所歸。寔在鄉閭，平心率物，其有争訟者，輒求判正，曉譬曲直，所平返無怨者，至乃嘆曰："寧爲刑罰所加，不爲陳君所短！"歲時荒民儉，有盗夜入其室，伏於梁上，寔陰見之。乃起自整拂，呼命子孫，訓之曰："夫人不可不自勉。不善之人，未必本惡，習與性成，遂至於此，如梁上君子矣。"盗大驚，自投於地，稽首歸罪。寔徐譬之曰："視君子狀貌，不似惡人，宜深克己反善，然此當由困貧，今遺絹二匹。"自此，縣無復盗。（《太平御覽·絹》引。）寔爲郡功曹，時中常侍侯覽托太守高倫用吏，倫教署文學掾。寔知非其人，乃懷檄請見，乞從外署，倫從之。於是鄉論怪其非舉。倫後被徵爲尚書，郡中士大夫送至傳舍，倫語衆人曰："吾前爲侯常侍用吏，此各由故人畏憚强御。陳君可謂善則稱君，惡則稱己者也。”聞者方嘆息。（《北堂書鈔·功曹》引。）

同上，卷八小説類：

陳寔《异聞記》。（見《抱朴子》。）

同上，卷十師承上讖緯類：

太丘長潁川陳寔仲弓。

《英傳》：寔少從英學。（《金陵叢書》本）

姚振宗《後漢藝文志》卷二史雜傳記類别傳：

《陳寔别傳》。

張宗源《隋志考證》曰：《陳寔别傳》見《文選》注及《御覽》。

侯《志》曰：《御覽》二百六十四、四百三、四百九十九引之，事已見本傳。

按：寔，字仲弓，潁川許人。爲太丘長，後懸車不起。中平四年，年八十四，卒於家。海内赴者三萬餘人，制衰麻者以百數，共刊石立碑，謚爲文範先生。范書與其子紀及荀淑、淑子爽、爽從子悦，并韓韶、鍾皓同卷。

同上，卷三子部小説家：

陳寔《异聞記》。

《抱朴子·對俗篇》曰：故太丘長潁川陳仲弓，篤論士也，撰《异聞記》云：“其郡人張廣定者，遭亂常避地。有一女，年四歲，不能步涉，又不可擔負，計弃之固當餓死，不欲令其骸骨之露。村口有古大冢，上巔先有穿穴，乃以器盛縋之，下此女於冢中，以數月許乾飯及水漿與之，而捨去。候世平定，其間三年，廣定乃得還鄉里，欲收冢中所弃女骨更殯埋之。廣定往視，女故坐冢中，見其父母猶識之，甚喜。而父母猶初恐其鬼也，入就之，乃知其不死。問之從何得食，女言糧初盡時甚飢，見冢角有一物伸頸吞氣，試效之，轉不復飢，日月爲之，以至於今。父母去時所留衣被，自在冢中不往來，衣服不敗，故不寒凍。廣定乃索女所言物，乃是一大龜耳。女出食穀，初小腹痛，嘔逆，久許乃習。”

明周嬰《卮林》曰：“予覽《北户録》引陳仲弓《异聞記》曰：‘東城池有王餘魚，池决，魚不得去，將死。或以鏡照之，魚看影，謂其有雙，於是比目而去。’則此書唐尚存也。”

《侯志》曰：胡元瑞《二酉綴遺》曰：“陳太丘絶不聞著書，而《抱朴子》載陳仲弓《异聞記》，《太平廣記》及《御覽》俱不載，蓋其亡已久。”康按《隋

志》無此書，唐時未必存，段公路《北户録》或從他處轉引。（《適園叢書》本）

曾樸《補後漢書藝文志并考》卷六《記傳志内篇》第二：

《陳寔别傳》。（卷數佚。）

案《御覽》二百六十四、四百三、四百九十九引之。

同上，卷七《子兵志内篇》第三：

陳寔《异聞記》。（卷數佚。）

《抱朴子》曰："陳仲弓，篤論士也，撰《异聞記》。"

案《抱朴子·對俗篇》，張廣定女效龜吞氣，處古冢三年，得不死。又段公路《北户録》一引"東城池有王餘魚，池决，魚不得去"，并稱陳仲弓《异聞説》。（《二十五史藝文經籍志考補萃編》本，清華大學出版社，2011年）

案：顧櫰三《補後漢書藝文志》小説家著録《异聞記》，題陳寔撰，注云"見《抱朴子》"。姚振宗《後漢藝文志》小説類著録"陳仲弓《异聞記》"，曾樸《補後漢書藝文志并考》小説類著録，"陳寔《异聞記》"，均注云"卷數佚"。

陳寔（104—186年），字仲躬。《後漢書》本傳作"仲弓"，而《陳太丘壇碑》作"仲躬"。張萱《疑耀》以爲名寔字仲躬，名、字之義正合，仲躬爲正字，仲弓爲借字。此説甚是。後漢潁川許（今河南許昌）人。少爲縣吏都亭刺佐，後爲督郵，復爲郡西門亭長，轉功曹。司空黄瓊辟選理劇，補聞喜長，復再遷除太丘長。坐黨事遭捕，後遇赦。靈帝初，大將軍竇武辟爲掾屬，後復坐黨事免。累徵不起。中平三年（186年）卒，年八十三。《後漢書》本傳稱其卒在"中平四年，年八十四"，然蔡邕所撰三碑，皆云"春秋八十三，中平三年卒"，當以碑文爲是。趙明誠《金石録》、洪適《隸續》皆已辨之。卒於家。何進遣使吊祭，海内赴喪者三萬餘人，制衰麻者以百數。共刊石立碑，謚爲文範先生。

該書首見於《抱朴子·對俗篇》，曰："張廣定者，遭亂常避地，有一女年四歲，不能步涉，又不可擔負，計弃之固當餓死，不欲令其骸骨之露，村口有古大冢，上巔先有穿穴，乃以器盛縋之，下此女於冢中，以數月許乾飯及水漿與之而捨去。候世平定，其間三年，廣定乃得還鄉里，欲收冢中所弃女骨，更殯埋之。廣定往視，女故坐冢中，見其父母，猶識之甚喜。而父母猶初恐其鬼也，父下入就之，乃知其不死。問之從何得食，女言糧初盡時甚飢，見冢角有一物，伸頸吞氣，試效之，轉不復飢，日月爲之，以至於今。父母去時所留衣被，自在冢中，不行往來，衣服不敗，故不寒凍。廣定乃索女所言物，乃是一大龜耳。女出食穀，初小腹痛，嘔逆，久許乃習。”《北户録》卷一亦引之，云：“東城池有王餘魚，池決，魚不得去，將死。或以鏡照之，魚看影謂其有雙，於是比目而去。”又《太平御覽》卷四百七十二引仲弓《异聞記》張廣定事，云“出《獨异志》”，《天中記》卷五十七亦引之，較略。現存稱陳仲弓《异聞記》者佚文，衹此兩條。胡應麟《二酉綴遺》曰：“按此書《太平廣記》及《御覽》俱不載，蓋其亡已久。然仲弓之言，或當不妄。”周嬰《卮林》則云：“按此在稚川書《對俗篇》，元瑞乃搜之於《易林》。又云後開冢，女復活，此似於景升家婢，皆非也。又，予覽《北户録》引陳仲弓《异聞記》曰：‘東城池有王餘魚，池決，魚不得去，將死。或以鏡照之，魚看影謂其有雙，於是比目而去。’則此書唐尚存也。”侯康《補三國藝文志》曰：“按《隋志》無此書，唐時未必存，段公路《北户録》或從他處轉引。”觀《太平御覽》所引稱“出《獨异志》”，侯康所言有理。又葛洪家往往多出异書，其中定有其“操觚鑿空，恣情迂誕”（張東之《書洞冥記後》）語者。此書或其僞托，亦未可知。

龐娥親傳

陳壽撰，裴松之注《三國志·魏志》卷十八《龐淯傳（附母娥親）》：

初，淯外祖父趙安爲同縣李壽所殺，淯舅兄弟三人同時病死，壽家喜。淯母娥自傷父仇不報，乃幃車袖劍，白日刺壽於都亭前，訖，徐詣縣，顔色不變，曰：“父仇已報，請受戮。”禄福長尹嘉解印綬縱娥，娥不肯去，遂强載還家。會赦得免，州郡嘆貴，刊石表閭。（皇甫謐《烈女傳》曰：酒泉烈女龐娥親者，表氏龐子夏之妻，禄福趙君安之女也。君安爲同縣李壽所殺，娥親有男弟三人，皆欲報仇，壽深以爲備。會遭灾疫，三人皆死。壽聞大喜，請會宗族，共相慶賀，云：“趙氏强壯已盡，唯有女弱，何足復憂！”防備懈弛。娥親子淯出行，聞壽此言，還以啓娥親。娥親既素有報仇之心，及聞壽言，感激愈深，愴然隕涕曰：“李壽，汝莫喜也，終不活汝！戴履天地，爲吾門户，吾三子之羞也。焉知娥親不手刃殺汝，而自徼幸邪？”陰市名刀，挾長持短，晝夜哀酸，志在殺壽。壽爲人凶豪，聞娥親之言，更乘馬帶刀，鄉人皆畏憚之。比鄰有徐氏婦，憂娥親不能制，恐逆見中害，每諫止之，曰：“李壽，男子也，凶惡有素，加今備衛在身。趙雖有猛烈之志，而强弱不敵。邂逅不制，則爲重受禍於壽，絶滅門户，痛辱不輕也。願詳舉動，爲門户之計。”娥親曰：“父母之仇，不同天地共日月者也。李壽不死，娥親視息世間，活復何求！今雖三弟早死，門户泯絶，而娥親猶在，豈可假手於人哉！若以卿心况我，則李壽不可得殺；論我之心，壽必爲我所殺明矣。”夜數磨礪所持刀訖，扼腕切齒，悲涕長嘆，家人及鄰里咸共笑之。娥親謂左右曰：“卿等笑我，直以我女弱不能殺壽故也。要當以壽頸血污此刀刃，令汝輩見之。”遂弃家事，乘鹿車伺壽。至光和二年二月上旬，以白日清時，於都亭之前，與壽相遇，便下車扣壽馬，叱之。壽驚愕，回馬欲走。娥親奮刀斫之，并傷其馬。馬驚，壽擠道邊溝中。娥親尋復就地斫之，探中樹蘭，折所持刀。壽被創未死，娥親因前欲取壽所佩刀殺壽，壽護刀瞋目大呼，跳梁而起。娥親乃挺身奮手，左抵其額，右椿其喉，反覆盤旋，應手而倒。遂拔其刀以截壽頭，持詣都亭，歸罪有司，徐步詣獄，辭顔不變。時禄福長漢陽尹嘉不忍論娥親，即解印綬去官，弛法縱之。娥親曰：“仇塞身死，妾之明分也。治獄制刑，君之常典也。何敢貪生以枉官法？”鄉人聞之，傾城奔往，觀者如堵焉，莫不爲之悲喜慷慨嗟嘆也。守尉不敢公縱，陰語使去，以便宜自匿。娥親抗聲大言曰："枉法逃死，非妾本心。今仇人已雪，死則妾分，乞得歸法以全國體。雖復萬死，於娥親畢足，不敢貪生爲明廷負也。"尉故不聽所執，娥親復言曰："匹婦雖微，猶知憲制。殺人之罪，法所不縱。今既犯之，義無可逃。乞就刑戮，隕身朝市，肅明王法，娥親之願也。"辭氣愈厲，而無懼色。尉知其難奪，强載還家。凉州刺史周洪、酒泉太守劉班等并共表上，稱其烈義，刊石立碑，顯其門閭。太常弘農張奐貴尚所履，以束帛二十端禮之。海内聞之者，莫不改容贊善，高大其義。故黄門侍郎安定梁寬追述娥親，爲其作傳。玄晏先生以爲父母之仇，不與共天地，蓋男子之所爲也。而娥親以女弱之微，念父辱之酷痛，感仇黨之凶言，奮劍仇頸，人馬俱摧，塞亡父之怨魂，雪三弟之永恨，近古已來，未之有也。《詩》云"修我戈矛，與子同仇"，娥親之謂也。）

同上，卷二十五《楊阜》：

皁内有報超之志，而未得其便。頃之，皁以喪妻求葬假。皁外兄姜叙屯歷城。皁少長叙家，見叙母及叙，説前在冀中時事，歔欷悲甚。叙曰："何爲乃爾？"皁曰："守城不能完，君亡不能死，亦何面目以視息於天下！馬超背父叛君，虐殺州將，豈獨皁之憂責，一州士大夫皆蒙其耻。君擁兵專制而無討賊心，此趙盾所以書弑君也。超强而無義，多釁易圖耳。"叙母慨然，敕叙從皁計。計定，外與鄉人姜隱、趙昂、尹奉、姚瓊、孔信、武都人李俊、王靈結謀，定討超約，使從弟謨至冀語岳，并結安定梁寬、南安趙衢、龐恭等。約誓既明，十七年九月，與叙起兵於鹵城。超聞皁等兵起，自將出。而衢、寬等解岳，閉冀城門，討超妻子。超襲歷城，得叙母。叙母罵之曰："汝背父之逆子，殺君之桀賊，天地豈久容汝，而不早死，敢以面目視人乎！"超怒，殺之。（皇甫謐《列女傳》曰：……因敕叙與皁參議，許諾，分人使語鄉里尹奉、趙昂及安定梁寬等，令叙先舉兵叛超，超怒，必自來擊叙，寬等因從後閉門。約誓已定，叙遂進兵入鹵，昂、奉守祁山。超聞，果自出擊叙，寬等從後閉冀門，超失據。）

同上，卷三十六《馬超》：

超走保諸戎，曹公追至安定，會北方有事，引軍東還。楊阜説曹公曰："超有信、布之勇，甚得羌、胡心。若大軍還，不嚴爲其備，隴上諸郡非國家之有也。"超果率諸戎以擊隴上郡縣，隴上郡縣皆應之，殺凉州刺史韋康，據冀城，有其衆。超自稱征西將軍，領并州牧，督凉州軍事。康故吏民楊皁、姜叙、梁寬、趙衢等，合謀擊超。皁、叙起於鹵城，超出攻之，不能下；寬、衢閉冀城門，超不得入。進退狼狽，乃奔漢中依張魯。（中華書局，2006年）

范曄撰，李賢注《後漢書》卷八十四《龐淯母》：

酒泉龐淯母者，趙氏之女也，字娥。父爲同縣人所殺，而娥兄弟三人，時俱病物故，仇乃喜而自賀，以爲莫己報也。娥陰懷感憤，乃潛備刀兵，常帷車以候仇家。十餘年不能得。後遇於都亭，刺殺之。因詣縣自首。曰："父仇已報，請就刑戮。"禄福長尹嘉義之，解印綬欲與俱亡。娥不肯去。曰："怨塞身死，妾之明分；結罪理獄，君之常理。何敢苟生，以枉公法！"後遇赦得免。州郡表其閭。太常張奂嘉嘆，以束帛禮之。（中華書局，1965年）

李昉等《太平御覽》卷三百四十五兵部《刀上》：

《列女傳》曰：龐娥親者，酒泉龐子夏妻，趙君安女。君安爲同縣李壽所殺，三子遭疫而死，壽大喜。娥親聞曰："李壽，汝莫喜。焉知娥親不手刃汝耶？"乃陰市刀，志在殺壽。後於都亭奮刀斫壽，刀折，拔壽佩刀斷壽頭。詣獄求死，詔赦之。

同上，卷四百一十五人事部《孝女》：

（《列女後傳》）又曰：酒泉龐孝婦者，趙君安之女也，名娥親。君安爲同縣李壽所殺，而娥親兄弟三人一時病亡，壽乃喜而自賀，以爲莫己報也。娥親聞之，陰思欲以報壽，備兵以伺壽十數年，於縣門前斫殺壽訖，詣縣自首。守長義之，解印綬去，欲縱娥親。娥親曰："仇怨賽身，妾之分；治獄制罪，君之常理。何敢苟生，以枉公法？"後遇赦得免。太常張奂聞，嘉之，禮以束帛。（中華書局，1960年）

郝經《續後漢書》卷七十八《列女・魏龐娥親》：

龐娥親者，（謹案《陳志》云"淯母娥"，《後漢書》亦云"字娥"，惟皇甫謐《列女傳》作"娥親"。）酒泉表氏龐子夏之妻，西海太守淯之母，禄福趙安（謹案《列女傳》作"趙君安"，下同。）之女也。安爲同縣李壽所殺，娥親有男弟三人，皆欲復仇，壽深以爲備。會歲疫，三人者皆死，壽聞大喜，會宗族相慶，云："趙氏强壯已盡，惟有弱女，不足復憂矣。"娥親子淯聞壽言，還以啓娥親，娥親愴然隕涕，曰："李壽，汝莫喜也，終不活汝，與汝戴履天地，爲吾弟之羞也！"乃購利劍，晝夜淬厲，哀酸泣血。鄰婦徐氏諫止之，曰："李壽，男子也，凶惡有素，加備衛在身，爾雖有志，邂逅不敵，則重受禍，絶滅門户，痛辱益甚矣。願詳舉動。"娥親曰："李壽不死，安能視息世間邪？"徐氏與鄰并咸笑之。娥親曰："人父兵死無後，不哀而笑，壽未即刃，先誅汝孽子輩爾！"徐氏等怖走，不敢回視。娥親乃弃家事，乘帷車伺壽，（謹案："帷車"本《後漢書》，《陳志》作"乘鹿車"。）白晝遇壽於都亭，拔劍擊壽，并中壽馬。馬逸，壽墜地溝中，娥親斫之，中樹折劍。壽猶未死，瞋目大呼，娥親拔壽所佩刀截壽頭，持詣縣歸罪，顔色不變。曰："父仇已報，請受戮。"禄福長壽陽尹嘉壯其孝烈，即解印綬，縱娥親去官。娥親曰："仇塞身死，女之分也；治獄制刑，君之典也。敢貪生，以枉王法乎？"擲壽頭，請赴獄。鄉人强載還家，會赦得免。凉州刺史周洪、酒泉太守劉班等，共表上其事，刊石立碑，顯其門閭。太常弘農張奂，以帛二十端禮之。安定梁寬爲娥親作傳。皇甫謐曰："父母之仇，不與共天地，男子之義也。而娥親以女弱之微，奮劍仇頸，慰亡父之怨魂，雪三弟之永恨，近古以來未之有也。《詩》曰：'修我戈矛，與子同仇。'娥親之謂也。"（《文淵閣四庫全書》本）

胡應麟《少室山房筆叢》卷十八《史書占畢六》"世率以東漢無二名者"條：

陳心叔《名疑》，考據殊精洽，然亦謂東漢、三國無二名者，蓋因襲前人之説。余讀《三國》諸紀傳，二名者頗不乏，第多東漢末人，至鼎足之後則誠罕睹，而傳有周生烈、朱建平等，固不盡無也。又陳壽多以字爲名，今録其灼然者。

……趙君安（龐烈婦父）、龐子夏（并附《魏·龐淯傳》注，龐烈婦夫也）、龐娥英（婦人，即樂府龐烈婦名，附注甚悉）……（中華書局，1958年）

賀復徵《文章辨體彙選》卷四百二十三論設論《龐娥親》（明鄒之麟）：

諸女軼事，往往得之野史，其辭弗可深考。而娥親於書傳獨數見，豈白日殺人，其志皎然爲足多邪？俠以武犯禁，而娥親歸死於法焉，則儒者之所褒美大之矣。（《文淵閣四庫全書》本）

周嬰《巵林》卷十《諗胡·二名》：

趙君安（龐烈婦父）、龐子夏（附《龐淯傳》注，龐烈婦夫也）、龐娥親（即樂府龐烈婦名，附注甚悉）。以上并《占畢》。

嬰按：《魏志》：龐淯字子异，表氏人。外祖父趙安，爲李壽所殺，母娥刺壽於都亭。據此，則趙名安，女名娥耳。注引《烈女傳》作"趙君安""龐娥親"，蓋皆其字也。子夏即淯父，胡氏知娥親爲子夏之妻，而不知淯爲子夏之子，子夏於子傳名雖不附，然可知其是字矣。娥親姓趙，且爲龐氏婦，而急報父之仇，不繫之趙而繫之龐，抑何與？（福建人民出版社，2006年）

毛奇齡《西河集》卷十七《馬山公論戴烈婦書》：

至若龐娥親，本趙氏女，而皇甫作傳不曰趙而曰龐，此亦爲子言之耳，猶之孟母與嚴媪耳。乃足下又曰："何不曰趙娥親，而曰龐娥親？"夫娥親之夫，不知爲誰也。娥親之龐，以子不以夫也。足下不曾讀《晋書》乎？龐娥者，龐某母也，字娥。其又稱娥親者，正以爲龐某之母，故親之。夫親以子，而可以他人親乎？他人不可親，而可以夫親之乎？凡此皆一説之無可通者。（《文淵閣四庫全書》本）

王士禎《精華録》卷二《咏史小樂府二十四首》其五：

生女不如男，所論非英雄。不見龐娥親，殺人都亭中。（《文淵閣四庫全書》本）

許容等《甘肅通志》卷四十三《列女》直隸肅州：

漢趙娥親，酒泉龐淯之母也。父爲同縣李壽所殺，娥兄弟三人，時俱病物故，壽喜，以爲莫己報也。娥傷父仇未報，乃潛備刀兵，常幃車以候仇家，十餘年不能得。後遇於都亭，刺殺之。因詣縣自首，曰："父仇已報，請就刑戮。"福禄長尹嘉義之，解印綬，欲與俱亡。娥不肯去，曰："怨塞身死，妾之明分；結罪理獄，君之常理。何敢苟生以枉公法？"後遇赦得免，州郡表其閭，太常張奂嘉嘆，以束帛禮之。（《文淵閣四庫全書》本）

顧懷三《補後漢書藝文志》卷八小説家類：

《龐娥親傳》，黄門侍郎安定梁寬撰。（事見《後漢書·列女傳》。）（《金陵叢書》本）

姚振宗《後漢藝文志》卷二史雜傳記類别傳：

梁寬《龐娥傳》。

《魏志·龐淯傳》注："皇甫謐《烈女傳》曰：酒泉烈女龐娥親者，表氏龐子夏之妻，禄福趙君安之女也。君安爲同縣李壽所殺，娥親有男弟三人，皆遭疫死。壽聞相慶賀。至光和二年二月，娥親殺壽於都亭，歸罪有司，會赦得免。凉州刺史周洪、酒泉太守劉班等并共表上，稱其烈義，刊石立碑，顯其門閭。太常弘農張奂（按奂本酒泉人，内徙弘農，詳見經部書類）貴尚所履，以束帛禮之。故黄門侍郎安定梁寬追述娥親，爲其作傳。"

按龐娥報仇事，范書《列女傳》《魏志·龐淯傳》并載之。淯之母也，范書云"娥"，《魏志》亦云"淯母娥"，"淯外祖父趙安"，（卷首目録注云"淯母娥親"。）與皇甫氏稱"娥親""趙君安"并异，當從正史。又"禄福"當作"福禄"，酒泉縣郡所治也。梁寬始末未詳，或當是獻帝時人。（《適園叢書》本）

案：顧懷三《補後漢書藝文志》小説家類著録《龐娥親傳》，云黄門侍郎安定梁寬撰。姚振宗《後漢藝文志》雜傳記類亦有著録，案曰："梁寬始末未詳，或當是獻帝時人。"龐娥親，《三國志》目録作龐娥親，正文作龐娥，有人認爲娥爲名，娥親爲字，可從。

梁寬，東漢安定（今甘肅鎮原東南）人。生卒年不詳。官至黄門侍郎。其事僅見於《三國志·魏志》之《楊阜傳》《馬超傳》，建安十七年（212年），梁寬協助姜叙、楊阜等逐馬超於隴右。《三國志·魏志·龐淯傳》附《母娥親傳》載娥親事，僅云："初，淯外祖父趙安爲同縣李壽所殺，淯舅兄弟三人同時病死，壽家喜。淯母娥自傷父仇不報，乃幃車袖劍，白日刺壽於都亭前，訖，徐詣縣，顏色不變，曰：'父仇已報，請受戮。'禄福長尹嘉解印綬縱娥，娥不肯去，遂强載還家。會赦得免，州郡嘆貴，刊石表閭。"裴松之注引皇甫謐《列女傳》述娥親事頗詳，稱"故黄門侍郎安定梁寬追述娥親，爲其作傳"，或皇甫謐尚見其書也。

藝經

陳壽撰，裴松之注《三國志·魏志》卷十一《胡昭》：

初，昭善史書，與鍾繇、邯鄲淳、衛覬、韋誕并有名，尺牘之迹，動見模楷焉。

同上，卷十三《王肅》：

初，肅善賈、馬之學，而不好鄭氏，采會同异，爲《尚書》《詩》《論語》《三禮》《左氏》解，及撰定父朗所作《易傳》，皆列於學官。其所論駁朝廷典制、郊祀、宗廟、喪紀、輕重，凡百餘篇。時樂安孫叔然，受學鄭玄之門，人稱東州大儒。徵爲秘書監，不就。肅集《聖證論》以譏短玄，叔然駁而釋之，及作《周易》《春秋》例，《毛詩》《禮記》《春秋三傳》《國語》《爾雅》諸注，又著書十餘篇。自魏初徵士燉煌周生烈，明帝時大司農弘農董遇等，亦歷注經傳，頗傳於世。（《魏略》以遇及賈洪、邯鄲淳、薛夏、隗禧、蘇林、樂詳等七人爲儒宗，其序曰："從初平之元，至建安之末，天下分崩，人懷苟且，綱紀既衰，儒道尤甚。至黄初元年之後，新主乃復始掃除太學之灰炭，補舊石碑之缺壞，備博學之員録，依漢甲乙以考課。申告州郡，有欲學者，皆遣詣太學。太學始開，有弟子數百人。至太和、青龍中，中外多事，人懷避就。雖性非解學，多求詣太學。太學諸生有千數，而諸博士率皆麁疏，無以教弟子。弟子本亦避役，竟無能習學，冬來春去，歲歲如是。又雖有精者，而臺閣舉格太高，加不念統其大義，而問字指墨法點注之間，百人同試，度者未十。是以志學之士，遂復陵遲，而末求浮虚者各競逐也。正始中，有詔議圜丘，普延學士。是時郎官及司徒領吏二萬餘人，雖復分布，見在京師者尚且萬人，而應書與議者略無幾人。又是時朝堂公卿以下四百餘人，其能操筆者未有十人，多皆相從飽食而退。嗟夫！學業沉隕，乃至於此。是以私心常區區貴乎數公者，各處荒亂之際，而能守志彌敦者也。"其邯鄲淳事在《王粲傳》，蘇林事在《劉邵》《高堂隆傳》，樂詳事在《杜畿傳》。）

同上，卷二十一《王粲》：

自潁川邯鄲淳、（《魏略》曰：淳一名竺，字子叔。博學有才章，又善《倉》、《雅》、蟲、篆、許氏字指。初平時，從三輔客荆州。荆州内附，太祖素聞其名，召與相見，甚敬异之。時五官將博延英儒，亦宿聞淳名，因啓淳欲使在文學官屬中。會臨菑侯植亦求淳，太祖遣淳詣植。植初得淳甚喜，延入坐，不先與談。時天暑熱，植因呼常從取水自澡訖，傅粉。遂科頭拍袒，胡舞五椎鍛，跳丸擊劍，誦俳優小説數千言訖，謂淳曰："邯鄲生何如邪？"於是乃更著衣幘，整儀容，與淳評説混元造化之端，品物區別之意，然後論羲皇以來賢聖名臣烈士優劣之差，次頌古今文章賦誄及當官政事宜所先後，又論用武行兵倚伏之勢。乃命厨宰，酒炙交至，坐席默然，無與伉者。及暮，淳歸，對其所知嘆植之材，謂之"天人"。而於時世子未立，太祖俄有意於植，而淳屢稱植材，由是五官將頗不悦。及黄初初，以淳爲博士給事中。淳作《投壺賦》千餘言奏之，文帝以爲工，賜帛千匹。）繁欽、陳留路粹、沛國丁儀、丁廙、弘農楊修、河内荀緯等，亦有文采，而不在此七人之例。

同上，《劉劭》：

散騎常侍陳留蘇林、光禄大夫京兆韋誕、（《文章叙録》曰：誕字仲將，太僕端之子。有文才，善屬辭章。建安中，爲郡上計吏，特拜郎中，稍遷侍中中書監，以光禄大夫遜位，年七十五卒於家。初，邯鄲淳、衛覬及誕并善書，有名。覬孫恒撰《四體書勢》，其序古文曰："自秦用篆書，焚燒先典，而古文絶矣。漢武帝時，魯恭王壞孔子宅，得《尚書》《春秋》《論語》《孝經》，時人已不復知有古文，謂之科斗書。漢世秘藏，希得見之。魏初傳古文者，出於邯鄲淳。敬侯寫淳《尚書》，後以示淳，而淳不别。至正始中，立三字石經，轉失淳法。因科斗之名，遂效其法。太康元年，汲縣民盜發魏襄王冢，得策書十餘萬言。案敬侯所書，猶有仿佛。"敬侯謂覬也。其序篆書曰："秦時李斯號爲工篆，諸山及銅人銘皆斯書也。漢建初中，扶風曹喜少异於斯而亦稱善。邯鄲淳師焉，略究其妙。韋誕師淳而不及也。太和中，誕爲武都太守，以能書留補侍中，魏氏寶器銘題皆誕書云。漢末又有蔡邕采斯、喜之法，爲古今雜形，然精密簡理不如淳也。"其序録隸書，已略見《武紀》。又曰："師宜官爲大字，邯鄲淳爲小字。梁鵠謂淳得次仲法，然鵠之用筆盡其勢矣。"其序草書曰："漢興而有草書，不知作者姓名。至章帝時，齊相杜度號善作篇，後有崔瑗、崔寔亦皆稱工，杜氏結字甚安而書體微瘦，崔氏甚得筆勢而結字小疏。弘農張伯英者因而轉精其巧。凡家之衣帛，必書而後練之，臨池學書，池水盡黑。下筆必爲楷則，號'忽忽不暇草'，寸紙不見遺，至今世人尤寶之，韋仲將謂之草聖。伯英弟文舒者，次伯英。又有姜孟穎、梁孔達、田彦和及韋仲將之徒，皆伯英弟子，有名於世，然殊不及文舒也。"）樂安太守譙國夏侯惠、陳郡太守任城孫該、郎中令河東杜摯等亦著文賦，頗傳於世。（中華書局，2006年）

劉義慶撰，劉孝標注，余嘉錫箋疏《世説新語箋疏》卷中之下《捷悟》：

魏武嘗過曹娥碑下，楊修從，碑背上見題作“黄絹幼婦，外孫齏臼”八字。魏武謂修曰：“解不？”答曰：“解”。魏武曰：“卿未可言，待我思之。”行三十里，魏武乃曰：“吾已得。”令修別記所知。修曰：“黄絹，色絲也，於字爲絶；幼婦，少女也，於字爲妙；外孫，女子也，於字爲好；齏臼，受辛也，於字爲辭。所謂‘絶妙好辭’也。”魏武亦記之，與修同，乃嘆曰：“我才不及卿，乃覺三十里。”（《會稽典録》曰：“孝女曹娥者，上虞人。父盱，能撫節按歌，婆娑樂神。漢安二年，迎伍君神，泝濤而上，爲水所淹，不得其尸。娥年十四，號慕思盱，乃投瓜於江，存其父尸曰：‘父在此，瓜當沉。’旬有七日，瓜偶沈，遂自投於江而死。縣長度尚悲憐其義，爲之改葬，命其弟子邯鄲子禮爲之作碑。”按曹娥碑在會稽中。而魏武、楊修未嘗過江也。《异苑》曰：“陳留蔡邕避難過吴，讀碑文，以爲詩人之作，無詭妄也。因刻石旁作八字。魏武見而不能了，以問群寮，莫有解者。有婦人浣於汾渚，曰：‘第四車解。’既而，禰正平也。衡即以離合義解之。或謂此婦人即娥靈也。”）（中華書局，2011年）

劉勰撰，范文瀾注《文心雕龍注》卷五《封禪》：

至於邯鄲《受命》，（《藝文類聚》十載邯鄲淳《受命述》，文冗不録。）攀響前聲，風末力寡，輯韵成頌，雖文理順序，而不能奮飛。

同上，卷十《才略》：

路粹楊修，頗懷筆記之工；丁儀邯鄲，亦含論述之美：有足算焉。（……《王粲傳》注引《魏略》云：“邯鄲淳，字子叔，博學有才章。”《藝文類聚》十載淳《受命述》。）（人民文學出版社，1958年）

酈道元撰，陳橋驛等譯注《水經注譯注》卷十六《谷水》：

又東過河南縣北，東南入於洛。

魏正始中，又立古、篆、隸三字石經。……魏初，傳古文出邯鄲淳，石經古文，轉失淳法。樹之於堂西，石長八尺，廣四尺，列石於其下，碑石四十八枚，廣三十丈。

同上，卷四十《漸江水》：

北過餘杭，東入於海。

江之道南，有《曹娥碑》，娥父盱，迎濤溺死，娥時年十四，哀父尸不得，乃號踴江介，因解衣投水，祝曰：若值父尸，衣當沉；若不值，衣當浮。裁落便沉，

娥遂於沈處赴水而死。縣令度尚，使外甥邯鄲子禮爲碑文，以彰孝烈。（貴州人民出版社，2008年）

徐岳撰，甄鸞注《數術記遺》：

余時問曰："數有窮乎？"會稽曰："吾曾游天目山中，見有隱者，世莫知其名號，曰天目先生。余亦以此意問之，先生曰：'世人言三不能比兩，乃云捐悶與四維。（《藝經》云："捐悶者，周公作也。先本位，以十二時相從，其文曰：'同有文章，虎不如龍。豕者何爲，來入兔宫。王孫出卜，乃造黄鐘。犬就馬厩，非類相從。羊奔蛇穴，牛入鷄籠。'"徐援稱捐悶乃是奇兩之術，發首即奇一，後乃奇兩者，即爲疑，更調曰："大豬東行遁虎坑，兔子欲宿入馬厩，羊來入村狗所屯，大牛何知乘龍上，蛇往西方入猴鄉，鷄鳥不止夜鼠藏。"其言三不能比兩者，孔子所造也。布十干於其方，戊己在西南維，其文曰："火爲木生甲呼丁，夫婦義重己隨壬，貴夷則統領辛參，南丙乙妻則須守，後火戊子，天癸就庚。"四維，東萊子所造也，布十二時，四維之一，其文曰："天行星紀，石隨龍淵。風吹羊圈，天門地連。兔居蛇穴，馬到猴邊。鷄飛豬鄉，鼠入虎蹿。"摯亦有四維之戲，與此异焉。）數不識三，妄談知十，猶川人事迷其指歸，乃恨司方之手爽！……'"（《文淵閣四庫全書》本）

歐陽詢《藝文類聚》卷十符命部《符命》：

（述）魏邯鄲淳上《受命述》曰：伊上天闡載，自民主肇建。歷聽風聲，陶唐爲盛。虞夏受終，殷周革命。有禪而帝，有代而王。禪代雖殊，大小繇同。於是以漢曆在魏，赤運歸黄也。是故大魏之業，皇耀震霆，肅清宇内，萬邦有截，師義翼漢，奉禮不越，飭躬戮力，茂亮弘烈。樹深根以厚基，播醇澤以釀味。含光而弗耀，戢翼而弗發；將俟聖嗣，是遂是達。聖嗣承統，爰宣重光，陳錫裕下，民悦無强，三神宣釐，四靈順方，元龜介玉，應龍粹黄，若云魏德，據兹以昌。爾乃鳴玉陟壇，三揖以俟，既受休命，龍旋鳳峙，煌煌厥暉，穆穆容止，臨下有赫，允也天子。既踐帝位，納璽要紱，太常司燎，升炮告類，珪璋峨峨，髦士棣棣，蹌蹌聖躬，御策以涖。巍巍乎崇功，顯顯乎德容，信帝者之壯業，天休之所鍾也。於時天地交和，日月光精，氛祲不作，風塵弭清。凡在壇場之位，舉目乎廣庭，莫不君臣和德，咸玉色而金聲。屢省萬機，訪謀老成，治咏儒墨，納策公卿，昧旦孜孜，夕惕乾乾。務在諧萬國，叙彝倫，而折不若，懷遠人，混六合之風，納於仁壽之門，刑錯靡試，偃伯靡軍。然後乃勒功岱岳，升中上玄，斯固我皇之大摹，思心之所存也。

（表）魏邯鄲淳上《受命述表》曰：臣聞雅頌作於盛德，典謨興於茂功。德盛功茂，傳序弗忘。是故竹帛以載之，金石以聲之，垂諸來世，萬載彌光。陛下以聖德應期，龍飛在位，其有天下也，恭己以受天子之籍，無爲而四海順風；若乃天地顯應，休徵祥瑞，以表聖德者，不可勝載。鑠乎焕顯，真神明之所以祚，命世之令主也。凡自能言之類，莫不謳嘆於野，執筆之徒，咸竭文思，獻詩上頌。臣抱疾伏蓐，作書一篇。欲謂之頌，則不能雍容盛懿，列伸玄妙；欲謂之賦，又不能敷演洪烈，光揚緝熙，故思竭愚，稱受命述。

同上，卷三十一人部《贈答》：

（詩）魏邯鄲淳答贈詩曰：我受上命，來隨臨菑。與君子處，曾未盈期。見召本朝，駕言趣期。群子重離，首命於時。餞我路隅，贈我嘉辭。既受德音，敢不答之。余惟薄德，既局且鄙。見養賢侯，於今四祀。既庇西伯，永誓没齒。今也被命，我在不俟。瞻戀我侯，又慕君子。行道遲遲，體逝情止。豈無好爵，懼不我與。聖主受命，千載一遇。攀龍附鳳，必在初舉。行矣去矣，别易會難。自强不息，人誰獲安。原子大夫，勉實成山。天休方至，萬福爾臻。

同上，卷四十八職官部《給事中》：

《魏略》曰：邯鄲淳，字子淑，黄初初，爲博士，給事中。

同上，卷四十九職官部《鴻臚》：

（箴）漢邯鄲淳《鴻臚鍾紀碑銘》曰：内苞九德，外兼百行。川深淪於不測，膽智應於無方。弘裕足以容衆，矜嚴足以正世。然後研機道藝，涉覽文學，凡前言往行，竹帛所載，靡不悉該。於穆上德，時惟我君。固天縱之，允鍾厥純。命世作則，實紹斯文。遭險龍潛，抗志浮雲。所貴在己，樂存事親。雖處畎畝，天子屢聞。

同上，卷五十六雜文部《賦》：

（《魏略》）又曰：邯鄲淳作《投壺賦》千餘言，奏之，文帝以爲工，賜帛十匹。

同上，卷七十四巧藝部《投壺》：

《魏略》曰：邯鄲淳，字淑，（《魏志·王粲傳》注作“子叔”，《太平御覽》七百五十三作“元淑”。）作《投壺賦》千餘言，奏之，文帝以爲工，賜帛十匹。

（賦）魏邯鄲淳《投壺賦》曰：古者諸侯間於天子之事，則相朝也，以正班爵，講禮獻功。於是乃崇其威儀，恪其容貌，繁登降之節，盛揖拜之數，機設而弗倚，酒澄而弗舉，肅肅濟濟，其惟敬焉。敬不可久，禮成於飫，乃設大射，否則投壺。植兹華壺，皀氏所鑄，厥高二尺，盤腹修頸，飾以金銀，文以雕鏤，象物必具，距筵七尺，杰焉植駐。矢維二四，或柘或棘，豐本纖末，調勁且直。執竿奉中，司射是職，曾孫侯氏，與之乎皆得。然後觀夫投者，閑習察妙，巧之所極，駱驛聯翩，爰爰兔發，翻翻隼集，不盈不縮，應壺順入，何其善也！每投不空，四矢退效。既入躍出，荏苒偃仰，僶俛趨下，餘勢振掉，又足樂也。擬議於此，命中於彼，動之如志，靡有違也。譬諸爲政，群職罔弛，左右畢投，效奇數鈞，列置功竿，稱善告賢，三載考績，幽明始分也。比投不釋，增是自遂，雖往有功，義所不貴，春秋貶鞏，亦猶是類也。若乃撮矢作驕，累掇聯取，一往之納二，巧無與耦，斯乃絶倫之才，尤异之首也。柯列葩布，匪罕匪綢，雖就置猶弗然，矧迴絶之所投！惟兹巧之妙麗，亦希世之寡儔，調心術於混冥，適容體於便安，紛縱奇於施捨，顯必中以微觀。悦與坐之耳目，樂衆心而不倦，瓌瑋百變，惡可窮贊？（上海古籍出版社，1999年）

房玄齡等《晋書》卷三十六《衛恒》：

恒善草隸書，爲《四體書勢》曰：……漢武時，魯恭王壞孔子宅，得《尚書》《春秋》《論語》《孝經》，時人以不復知有古文，謂之科斗書。漢世秘藏，希得見之。魏初傳古文者，出於邯鄲淳。恒祖敬侯寫淳《尚書》，後以示淳，而淳不别。至正始中，立三字石經，轉失淳法，因科斗之名，遂效其形。太康元年，汲縣人盗發魏襄王冢，得策書十餘萬言。案敬侯所書，猶有仿佛。古書亦有數種，其一卷論楚事者勖爲工妙。恒竊悦之，故竭愚思，以贊其美，愧不足厠前賢之作，冀以存古人之象焉。古無别名，謂之字勢云。……漢建初中，扶風曹喜少异於斯，而亦稱善。邯鄲淳師焉，略究其妙，韋誕師淳而不及也。太和中，誕爲武都太守，以能書，留補侍中，魏氏寶器銘題皆誕書也。漢末又有蔡邕，采斯、喜之法，爲古今雜形，然精密閑理不如淳也。

秦既用篆，奏事繁多，篆字難成，即令隸人佐書，曰隸字。漢因行之，獨符、印璽、幡信、題署用篆。隸書者，篆之捷也。上谷王次仲始作楷法。至靈帝好書，時多能者，而師宜官爲勖，大則一字徑丈，小則方寸千言，甚矜其能。或時不持錢詣酒家飲，因書其壁，顧觀者以酬酒，討錢足而滅之。每書輒削而焚其柎。梁鵠乃益爲版而飲之酒，候其醉而竊其柎。鵠卒以書至選部尚書。宜官後爲袁術將，今巨鹿宋子有《耿球碑》，是術所立，其書甚工，云是宜官也。梁鵠奔劉表，魏武帝破荆州，募求鵠。鵠之爲選部也，魏武欲爲洛陽令，而以爲北部尉，故懼而自縛詣門，署軍假司馬；在秘書以勤書自效，是以今者多有鵠手迹。魏武帝懸著帳中，及以釘壁玩之，以爲勝宜官。今宫殿題署多是鵠篆。鵠宜爲大字，邯鄲淳宜爲小字。

鵠謂淳得次仲法，然鵠之用筆盡其勢矣。鵠弟子毛弘教於秘書，今八分皆弘法也。漢末有左子邑，小與淳、鵠不同，然亦有名。（中華書局，2000年）

魏徵等《隋書》卷三十四經籍三子小説：

《笑林》三卷。（後漢給事中邯鄲淳撰。）

同上，卷三十五經籍四集別集：

魏給事中《邯鄲淳集》二卷。（中華書局，1973年）

李延壽《北史》卷三十四《江式》：

（延昌三年三月，式表曰：）魏初，博士清河張揖著《埤倉》《廣雅》《古今字詁》。究諸《埤》《廣》，綴拾遺漏，增長事類，抑亦於文爲益者。然其《字詁》，方之許篇，古今體用，或得或失。陳留邯鄲淳亦與揖同，博開古藝，特善《倉》、《雅》、許氏字指，八體、六書，精究閑理，有名於揖。以書教諸皇子。又建《三字石經》於漢碑西，其文蔚焕，三體復宣。校之《説文》，篆、隸大同，而古字少异。又有京兆韋誕、河東衛覬二家，并號能篆。當時臺觀榜題，寶器之銘，悉是誕書。咸傳之子孫，世稱其妙。（中華書局，1974年）

蕭統編，李善注《文選》卷十四《赭白馬賦》（顔延年）：

……經玄蹄而雹散，歷素支而冰裂。（邯鄲淳《藝經》曰："馬射，左邊爲月支二枚，馬蹄三枚也。"）

同上，卷二十七《白馬篇》（曹子建）：

……控弦破左的，右發摧月支。（邯鄲淳《藝經》曰："馬射，左邊爲月支三枚，馬蹄一枚。"）

同上，卷四十二《與朝歌令吴質書》（魏文帝）：

……每念昔日南皮之游，誠不可望。既妙思六經，逍遥百氏，彈棋間設，終以六博。（《藝經》曰：棋正彈法：二人對局，白黑棋各六枚。先列棋相當，更先控，三彈不得，各去控，一棋先補角。《世説》曰：彈棋出魏宫，大體以巾角拂棋子也。）

同上，卷五十二《博奕論》（韋弘嗣）：

夫一木之枰，孰與方國之封；枯棋三百，孰與萬人之將。（邯鄲淳《藝經》

曰：棋局，從横各十七道，合二百八十九道。白黑棋子，各一百五十枚。）（上海古籍出版社，1986年）

孫過庭《書譜》：

若乃師宜官之高名，徒彰史牒；邯鄲淳之令範，空善縑緗。（《文淵閣四庫全書》本）

楊炯《盈川集》卷十《左武衛將軍成安子崔獻行狀》：

陳思王植者，魏國之天人，游西園，擁飛蓋，則邯鄲子淑所以爲其賓友。（《文淵閣四庫全書》本）

范曄撰，李賢注《後漢書》卷三十四《梁冀》：

冀字伯卓。爲人鳶肩豺目，洞精矘眄，口吟舌言，裁能書計。少爲貴戚，逸游自恣。性嗜酒，能挽滿、彈棋、（《藝經》曰："彈棋，兩人對局，白黑棋各六枚，先列棋相當，更先彈也。其局以石爲之。"）格五、六博、蹴鞠、意錢之戲，又好臂鷹走狗，騁馬鬥鷄。初爲黄門侍郎，轉侍中，虎賁中郎將，越騎、步兵校尉，執金吾。

同上，卷八十四《孝女曹娥》：

孝女曹娥者，會稽上虞人也。父盱，能弦歌，爲巫祝。漢安二年五月五日，於縣江泝濤婆娑迎神，溺死，不得尸骸。娥年十四，乃沿江號哭，晝夜不絶聲，旬有七日，遂投江而死。（娥投衣於水，祝曰："父尸所在衣當沉。"衣隨流至一處而沉，娥遂隨衣而没。"衣"字或作"瓜"。見項原《列女傳》。）至元嘉元年，縣長度尚改葬娥於江南道傍，爲立碑焉。（《會稽典録》曰："上虞長度尚弟子邯鄲淳，字子禮。時甫弱冠，而有异才。尚先使魏朗作《曹娥碑》，文成未出，會朗見尚，尚與之飲宴，而子禮方至督酒。尚問朗碑文成未？朗辭不才，因試使子禮爲之，操筆而成，無所點定。朗嗟嘆不暇，遂毁其草。其後蔡邕又題八字曰：'黄絹幼婦，外孫虀臼。'"）（中華書局，1965年）

韋續《墨藪》卷一《論篆》（李陽冰）：

至靈帝好書，時多能者，而師宜官甚矜其能，每書輒削其柎。梁鵠乃益板飲之酒，候其醉而竊其柎。鵠亦工書，至選部尚書。曹操平荆州，假司馬，使在秘書以勤書自效。曹公常懸帳中，及以釘壁玩之，謂勝宜官。鵠字孟皇，魏宫題額皆鵠書。秦燒先典，而古文絶矣。漢武帝時，人已不復知有古文，謂之科斗《尚書》，漢朝秘藏，不得見。魏初傳古文者，出於邯鄲淳。敬侯寫《尚書》後以示淳，而淳不别。敬侯謂顗。書其序篆書曰："秦時李斯號爲工篆，諸山及銅人銘皆李斯書也。漢建初年曹喜少异於斯，亦善書。邯鄲淳師焉，略究其妙。韋誕師淳，而不及。誕以能書遷補侍中，魏氏寶器題名，皆誕書。末又有蔡邕，采斯、喜之法，爲古今雜形，然精密理閑不如淳也。"

同上，《用筆法并口訣》：

魏鍾繇少師劉勝，入抱犢山學書三年。還，與太祖、邯鄲淳、韋誕、孫子荆、關枇杷等議用筆法。繇見蔡伯喈筆法於韋誕坐上，自搥胸三日，其胸盡青，因嘔血。大祖以五靈丹救之，得活。繇苦求之，不得。及誕死，繇令人盗掘其墓，遂得之。故知多力豐筋者勝，無力無筋者病，一一從其消息而用之，由是更妙。

同上，卷二《勸學》：

曹喜、邯鄲淳、羅暉、趙襲、崔實、劉德升、師宜官、梁鵠、胡昭、荀爽、張彭祖、張弘、傅玄、魏武帝、曹植、孫權、孫皓、應璩、徐幹、張超、嵇康、何曾、衛覬、杜預、楊肇、樂廣、劉恢、司馬收、衛恒、衛夫人、衛玠、李式、王敦、郗鑒、郗愔、韋誕、桓玄、王翼、王導、王儉、王珉、謝安、庾翼。

或奇材見拔，或絶世難求，并庶幾右軍草書之價。以上四十三人第三。（《文淵閣四庫全書》本）

張懷瓘《書斷》卷中《妙品》：

古文四：杜林、衛密、邯鄲淳、衛恒。

大篆四：李斯、趙高、蔡邕、邯鄲淳。

小篆五：曹喜、蔡邕、邯鄲淳、崔瑗、衛瓘。

隸書二十五：張芝、鍾會、蔡邕、邯鄲淳、衛瓘、韋誕、荀輿、謝安、羊欣、王洽、王珉、薄紹之、蕭子雲、宋文帝、衛夫人、胡昭、曹喜、謝靈運、王僧虔、孔琳之、陸柬之、褚遂良、虞世南、釋智永、歐陽詢。

曹喜，字仲則，扶風平陵人。明帝建初中爲秘書郎，篆隸之工，收名天下。蔡邕云："扶風曹喜，建初稱善。"衛恒云："喜善篆，小异於李斯。邯鄲淳師焉，略究其妙。韋誕師淳，而不及也。"善懸針垂露之法，後世行之。仲則小篆、隸書入妙，雖賀彦先沉潛，乃青雲之士也。

梁鵠，字孟星，安定烏氏人。少好書，受法於師宜官，以善八分知名，舉孝廉爲郎，靈帝重之，亦在鴻都門下。遷幽州刺史，魏武甚愛其書，常懸帳中，又以釘壁，以爲勝宜官也。時邯鄲淳亦得次仲法，淳宜爲小字，鵠宜爲大字，不如鵠之用筆盡勢也。

邯鄲淳，字子淑，潁川人。志行清潔，才學通敏。初爲臨淄王傅，累遷給事中。書則八體悉工，師於曹喜，尤精古文、大篆、八分、隸書。自杜林、衛密以來，古文泯絶，由淳復著。衛恒云："魏初傳古文者，出於邯鄲淳。蔡邕采斯、喜之法，爲古今雜形，然精密閑理不如淳也。"梁鵠云："淳得次仲法，韋誕師淳，而不及也。"袁昂云："應規入矩，方圓乃成。"張華云："邯鄲淳善隸書。子淑古文、小篆、八分、隸書并入妙。"（浙江人民美術出版社，2012年）

劉禹錫撰，瞿蜕園箋證《劉禹錫集箋證》卷二十九送僧《觀棋歌送儇師西游》：

長沙男子東林師，閑讀《藝經》工奕棋。有時凝思如入定，暗覆一局誰能知？今年訪余來小桂，方袍袖中貯新勢。山城無事愁日長，白晝懵懵眠匡床。因君臨局看鬥智，不覺遲景沈西牆。自從山人遇樵子，直到開元王長史。前身後身付餘習，百變千化無窮已。初疑磊落曙天星，次見搏擊三秋兵。雁行布陳衆未曉，虎穴得子人皆驚。行盡三湘不逢敵，終日饒人損機格。自言臺閣有知音，悠然遠起西游心。商山夏木陰寂寂，好處徘徊駐飛錫。忽思争道畫平沙，獨笑無言心有適。藹藹京城在九天，貴游豪士足華筵。此時一行出人意，賭取聲名不要錢。（上海古籍出版社，1989年）

柳宗元《五百家注柳先生集》卷五《饒娥碑》：

……烈烈孝娥，水死上虞。（孫曰：邯鄲淳《曹娥碑》曰："娥，上虞曹盱之女。盱能按節撫歌，婆娑樂神，漢安二年五月時迎伍君，逆濤而上，爲水所淹，不得其尸。娥時年十四，號慕思盱，哀吟澤畔，旬有七日，遂自投江死。經五日，抱父死尸出。度尚設祭誄之。"范曄《後漢史》云"迎婆娑神"，謬矣，當以碑爲正。）（《文淵閣四庫全書》本）

張彦遠輯《法書要録》卷一宋羊欣《采古來能書人名》（齊王僧虔録）：

陳留邯鄲淳，爲魏臨淄侯文學。得次仲法，名在鵠後。毛弘，鵠弟子，今秘書八分皆傳弘法。又有左子邑，與淳小异，亦有名。

同上，宋王愔《文字志目》中卷目《秦吴六十人》：

邯鄲淳。

同上，卷二袁昂《古今書評》：

邯鄲淳書：應規入矩，方圓乃成。（上海書店，1986年）

劉昫《舊唐書》卷四十七經籍下丙部子録小説類：

《笑林》三卷。（邯鄲淳撰。）

同上，丁部集録别集類：

《邯鄲淳集》二卷。（中華書局，1975年）

李昉等《太平御覽》卷首《經史圖書綱目》：

《藝經》。

同上，卷七百五十三工藝部《投壺》：

《魏略》曰：邯鄲淳，字元淑。作《投壺賦》千餘言奏之，文帝以爲工，賜帛十匹。

《藝經》曰：投壺法，十二籌，以象十二月之數。

同上，卷七百五十五工藝部《彈棋》：

《藝經》曰：彈棋，二人對局，黑白棋各六枚。先列棋相當，下呼，上擊之。

同上，《擊壤》：

《藝經》曰：擊壤，古戲也。

又曰：壤以木爲之，前廣後鋭，長尺四〔寸〕，闊三寸，其形如履。將戲，先側一壤於地，遥於三四十步，以手中壤敲之，中者爲上。

同上，《夾食》：

《藝經》曰：夾食者，二人黄黑各十七其〔棋〕，横列於前第四道上，甲乙迭推，二棋夾一爲食棋，不得食兩，不得邊食，不由道則不行棋，入夾不取食。一棋爲籌，賭多少隨人所制。

同上，《悁悶》：

《藝經》曰：悁悶者，先布本位，以十二時相從。文曰："同有文章，虎不如龍。豕者何爲來入菟宫？王孫晝卜，乃造黄鐘。大往就馬，非類相從。羊奔蛇穴，牛入鷄籠。"

同上，《簇子》：

《藝經》曰：子之多少，人之朋數，隨戲者制。如十子争先，以落多爲不妙。

同上，《擲磚》：

《藝經》曰：以磚二枚，長七寸，相去三十步，立爲標，各以磚一枚，方圓一尺，擲之。主人持籌隨多少，甲先擲破，則得乙籌，後破則奪先破者。

同上，卷八百一十八布帛部《帛》：

《魏略》曰：陳留邯鄲淳奏《投壺賦》，文帝以爲尚書郎，賜帛十匹。

邯鄲淳上《受命述》，詔曰："淳作此甚典雅，斯亦美矣，朕何以堪之哉？其賜帛四十匹。"（中華書局，1960年）

樂史《太平寰宇記》卷九十六江南東道八越州上虞縣：

曹娥碑，《地志》云："餘姚縣有孝女曹娥，父泝濤溺死，娥年十四，號痛入水，因抱父尸出而死。縣令度尚使外生邯鄲子禮爲碑文。後蔡邕過讀碑，乃題八字曰：'黄絹幼婦，外孫虀臼。'"此碑今在上虞縣水濱。（中華書局，2007年）

王欽若等《册府元龜》卷五百九十七學校部《選任》：

魏邯鄲淳一名竺，字子叔，博學有文章。文帝初爲五官將，博延英儒，亦宿聞淳名，因啓淳欲使在文學官屬中，會臨淄侯植亦求淳，太祖遣詣植。及文帝即位，以淳爲博士。

同上，卷六百八學校部《小學》：

邯鄲淳一名竺，字子叔。爲博士給事中，善《倉》、《雅》、蟲、篆、許氏字指。

同上，卷七百六十七總録部《儒學》：

董遇及賈洪、邯鄲淳、薛夏、隗禧、蘇林、樂詳等七人爲儒宗。

同上，卷八百三十七總録部《文章》：

邯鄲淳一名竺，字子叔，潁川人，博學有文章。黄初中，爲博士給事中，作《投壺》千餘言奏之，文帝以爲工，賜帛千匹。（中華書局，1960年）

歐陽修、宋祁《新唐書》卷五十九藝文三丙部子録小説類：

邯鄲淳《笑林》三卷。

同上，卷六十藝文四丁部集録别集類：

《邯鄲淳集》二卷。（中華書局，1975年）

孔延之《會稽掇英總集》卷十六《曹娥碑》（邯鄲淳）：

孝女曹娥者，上虞曹盱之女也。其先與周同祖，末胄荒沉，爰兹適居。盱能撫節按歌，婆娑樂神，漢安二年五月時迎伍君，逆濤而上，爲水所淹，不得其尸。娥時年十四，號慕思盱，哀吟澤畔，旬有七日，遂自投江死，經五日抱父尸出。以漢安迄於永嘉青龍辛卯，莫之有表。度尚設祭誄之，辭曰：

伊惟孝女，曄曄之姿。偏其反而，令色孔儀。窈窕淑女，巧笑倩兮。宜其家人，在洽之陽。大禮未施，嗟喪慈父。彼蒼伊何，無父孰怙。訴神告哀，赴江永號。視死如歸，是以眇然。輕絶投入，沙泥翩翩。孝女載沉載浮，或泊洲嶼，或在中流，或趨湍瀨，或逐波濤。千夫失聲，悼痛萬餘。觀者填道，雲集路衢。泣泪掩涕，驚動國都。是以哀姜哭市，杞崩城隅。或有刻面引鏡，剺耳用刀。坐臺待水，抱柱而燒。嗚呼孝女，德茂此儔。何者大國，防禮自修。豈況庶賤，露屋草茅。不扶自直，不斫自雕。越梁過宋，比之有殊。哀此貞厲，千載不渝。嗚呼哀哉！銘曰：

名勒金石，質之乾坤。歲數歷祀，立廟起墳。光於后土，顯昭天人。生賤死貴，利之義門。何悵花落，飄零乃分。葩艷窈窕，永世配神。若堯二女，爲湘夫人。時效仿佛，以昭後昆。

後漢蔡邕題其碑陰云："黄絹幼婦，外孫虀臼。"（《文淵閣四庫全書》本）

董逌《廣川畫跋》卷三《擊壤圖》：

觀漢文、景時，老者戲嬉於市如兒童，便知陶唐之民擊壤而歌，不知帝力，可以見也。畫雖出於唐中世，然在一時爲名手意釋心放，皞皞如也，真得堯風者邪！老人衆列，依衢道執土塊而歌之，則非本出也。昔堯以麋輅置缶，而古傳曰"土無塊曰壤"，凡言壤地則以平斷之，豈當有塊而名壤哉？嵇康曰："壤父年五十，而擊壤於道中，觀者大帝堯之德，曰：'吾日出而作，日入而息，鑿飲耕食，帝何德於我！'"《逸士傳》記堯時有壤父擊於康衢，曰："立我烝民，莫匪爾極。"是堯嘗至康衢而遇之乎？《藝經》謂擊壤古戲，此自當不論樂節，蓋人得爲之，興於頌聲，以見治平，則畫者宜知也。壤之制以木，前廣後鋭，長尺三四寸，其形如履，臘節僮少爲戲。畫出一時，不知考於古典。雖然，禮亡久矣，學士大夫猶習其名而不曉其制，可責畫工繪師而求不失古制邪？（《叢書集成初編》本）

王觀國《學林》卷七《曹娥碑》：

《後漢·列女傳》曰："孝女曹娥，會稽上虞人，父溺死縣江，不得尸。娥年十四，沿江號哭，晝夜不絶聲，旬有七日，投江而死。元嘉元年，縣長度尚改葬娥於江南，爲立碑焉。"章懷太子注引《會稽典録》曰："上虞長度尚弟子邯鄲淳，弱冠有异才，爲曹娥碑。操筆而成，無所點定。"其後蔡邕又題八字，曰

“黄絹幼婦，外孫虀臼”。《魏志》注引《語林》曰：“楊修爲魏主曹操主簿，至江南讀曹娥碑，碑背有八字，詞曰：‘黄絹幼婦，外孫虀臼。’操不解，問修曰：‘卿知否？’修曰：‘知之。’操曰：‘且勿言，待朕思之。’行三十里乃得之，令修解，曰：‘黄絹，色絲，色絲絶字；幼婦，少女，少女妙字；外孫，女子，女子好字；虀臼，受辛，受辛辭字。’操曰：‘一如朕意。俗云有志無志，校三十里。’”觀國讀《南史》，劉顯幼聰敏，號神童，齊武帝時爲尚書郎。有沙門訟田，帝大書曰：“卜下貝。”有司未辨，遍問莫知。顯曰：“卜貝，文爲與上人。”帝因忌其能，出之。楊修亦以才能敏捷爲操所知，後操忌修而殺之。《書》曰：“人之有技，若己有之；人之彦聖，其心好之。不啻如自其口出，是能容之。”魏、齊二主，於此有愧焉。（中華書局，1988年）

葉廷珪《海録碎事》卷二十武部《左的》：

控弦破左的，右發摧月支，左的射的也，月支射括也。邯鄲淳《藝經》云：馬射，左邊爲月支三枚，馬蹄二枚。（曹子建）（中華書局，2002年）

葛立方《韵語陽秋》卷十七“帝王世紀”條：

《帝王世紀》及《逸士傳》載，帝堯之時，天下大和，有八九十老人，擊壤而歌於康衢，其詞云：“日出而作，日入而息，鑿井而飲，耕田而食，帝何力於我哉？”初不知壤爲何物，因觀《藝經》云：“壤以木爲之，前廣後鋭，長尺四寸，闊三寸，其形如履。將戲，先側一壤於地，遠三四十步，以手中壤擊之，中者爲上。”蓋古戲也。（《歷代詩話》本，中華書局，1981年）

鄭樵《通志二十略》藝文略第六小説：

《笑林》，三卷。（後漢給事中邯鄲淳撰。）

同上，藝文略第七文類别集一：

（魏）給事中《邯鄲淳集》，二卷。（中華書局，1995年）

洪适《隸釋》卷二十《水經注·曹娥碑》：

上虞縣有曹娥碑。娥父盱，迎濤溺死，娥時年十四，哀父尸不得，乃號踴江介，因解衣投水，咒曰：“若值父尸，衣當沉；若不值，衣當浮。”裁落便沉，娥遂於沉處赴水而死。縣令度尚，使甥邯鄲子禮爲碑文，以彰孝烈。（中華書局，1986年）

洪適《隸續》卷五《樊敏碑》：

北史《江式》云："魏邯鄲淳以書教皇子，建三字石經於漢碑西。"按此碑以正始三年立，《漢書》云"元嘉元年，度尚命邯鄲淳作曹娥碑"，時淳已弱冠，自元嘉至正始亦九十餘年。式以三字爲魏碑則是，謂之邯鄲所書則非也。（中華書局，1986年）

鄧名世《古今姓氏書辨證》卷八二十五寒《邯鄲》：

《會稽典録》：度尚弟子邯鄲淳，字子禮，弱冠有异才，作曹娥碑，無所點定。蔡邕題八字曰："黄絹幼婦，外孫虀臼。"（江西人民出版社，2006年）

王十朋《東坡詩集注》卷十三酬和《密州宋國博以詩見紀在郡雜咏次韵答之》：

……何當附家集，擊壤追咸濩。（公袞：《藝經》云：堯時擊壤，壤以木爲之，前廣後鋭，長尺四寸，闊三寸，其形如履；將戲，先側一壤於地，遠三四十步，以手中壤擊之，中者爲上。）（《文淵閣四庫全書》本）

程大昌《演繁露》卷九《棋道》：

今棋方十九道，合枰爲棋子三百六十一。案李善注韋昭《博奕論》"枯棋三百"，引邯鄲淳《藝經》曰："棋局縱横各十七道，合二百八十九道，白黑棋子各一百五十枚。"（《選》五十七。）（《文淵閣四庫全書》本）

葉適《習學記言》卷二十七《三國志》：

《魏略》叙董遇、邯鄲淳、蘇林、樂詳等言：太學生千數，冬來春去，博士粗疏，弟子避役，無復學者，圜丘議下郎官諸吏，見在萬人，應書無幾，朝士四百餘人，能操筆者無十人。及劉靖亦言，高門弟子耻非其倫，故無學者。此論魏世儒學興替，大概可知也。（中華書局，1977年）

姜夔《絳帖平》卷四《隨僧智果書》：

扶風曹喜，後漢人，不知其官。善篆及隸，篆等少异李斯，見重一時耶。鍾司徒書字有十二種，意外巧妙，絶倫多奇。崔子玉書，如危□阻日，孤松單枝。邯鄲淳書，應規入矩，方圓乃成。

《書評》乃梁武命袁昂作，非武帝評也，事見《法書要録》。據此帖止有三十人，而兩曹喜。《法書要録》云："袁崧書，如深山道士，見人便欲退縮。蕭子雲書，如經綸道人，言不可絶。"以此帖，智果誤以袁崧爲柳産、子雲爲曹喜也。然兩書所載人名數各不同。

王僧虔、王子敬、羊欣、阮研、王儀同、殷均、徐淮南、陶隱居、吴拖、柳産、曹喜、王右軍、蔡邕、程曠平、蕭思話、李鎮東、桓玄、范懷約、皇象、孔琳之、李嚴之、薄紹之、程邈、扶風曹喜、鍾司徒、崔子玉、邯鄲淳、師宜官、梁鵠、張伯英、衛恒、索靖、鍾繇。

右三十三人官帖。（《文淵閣四庫全書》本）

王安石撰，李壁注《王荆公詩注》卷三古詩《用前韵戲贈葉致遠直講》：

……棋經看在手，棋訣傳滿篋。（《博物志》："堯造圍棋，丹朱善之。"邯鄲淳撰《棋經》。）（《文淵閣四庫全書》本）

高似孫《緯略》卷四《擊壤》：

《藝經》曰："擊壤，古戲也。"《釋名》曰："野老之戲也。"《逸士傳》曰："堯時有壤父五十人，擊壤於康衢。或有觀者曰：'大哉，堯之爲君也！'壤父作色曰：'吾日出而作，日入而息，鑿井而飲，耕田而食，帝何力於我哉？'"此《藝經》所謂古戲也。玄晏（皇甫謐號玄晏先生）云十七時與從姑子梁柳等擊壤於路，則晋時尚有此戲矣。《風土記》曰："擊壤者，以木作之，前廣後鋭，長尺四，闊三寸，其形如履，臘節童少以爲戲，分部如摘（一作擿）博也。"《經》曰："壤以木爲之，前廣後鋭，長尺四，闊三寸，其形如履。將戲，先側一壤於地，遥於三四十步，以手中壤敵之，中者爲上。"此言之尠分明也。然觀吴盛彦《擊壤賦》曰："論衆戲以爲樂，獨擊壤之可娱。因風托勢，罪一殺兩。""罪一殺兩"，不可曉，當是以手中之壤，擊地上之壤，如今以錢取中之類也。《逸士傳》所云"壤父"，是猶稽康《高士傳》曰："堯時隱人年老，以樹爲巢而寢其上，故人號曰巢父，許由所師者是也。"（《叢書集成初編》本）

施宿等《會稽志》卷十《水》會稽縣：

曹娥江，在縣東南七十里，源出上虞縣，經縣界四十里北入海。《會稽典録》云：曹娥上虞人，父盱，漢安二年迎伍君神，泝濤而上，爲水所溺。娥年十四，自投江而死。江因娥得名也。《世説》：《晋陽秋》："曹娥父盱，溺不得尸，娥投衣於江，祝曰：'父在，此衣當沉。'旬有七日，衣偶沉，娥遂投江而死。縣長度尚悲憐其義，爲之葬，且命邯鄲子禮作碑。蔡邕聞之來觀，夜暗，以手模其文而讀之，題云：'黄絹幼婦，外孫虀臼。二百年後，碑當墮，當墮不墮，逢王叵。'魏武過曹娥碑下，讀碑陰八字，謂楊修曰："解否？"答曰：'解。'魏武曰：'卿未可言，待我思之。'行三十里，魏武乃曰：'吾已得之。'令修别記所知，修曰：'黄絹，色絲也；幼婦，少女也；外孫，女子也；虀臼，受辛，所謂絶妙好辭。’魏武亦記之，與修同，乃嘆曰：‘我才不及卿，乃較三十里。’”《异苑》云：“蔡邕過吴，讀《曹娥碑》，旁作八字。魏武見而不能解，有婦人浣於汾渚曰：‘第四車乃解。’既而悟曰：‘禰正平也。’衡即以離合義解之。此婦人即娥靈也。”二説不同。《世説》亦兩存之。《廟碑》：晋夏統曰：“曹娥父子喪尸，後乃俱出，國人哀其孝義，爲歌河女之章。”潘逍遥題詩云：“曹娥廟前秋草平，曹娥廟裏秋月明。扁舟一夜炯無寐，近聽潮聲似哭聲。”

同上，卷二十古詩文《曹娥碑》（邯鄲淳）：

孝女曹娥者，上虞曹盱之女也。其先與周同祖，末胄荒沉，爰兹適居。盱能撫節按歌，婆娑樂神，漢安三年五月時迎伍君，逆濤而上，爲水所淹，不得其尸。娥時年十四，號慕思盱，哀吟澤畔，旬有七日，遂自投江死。經五日，抱父尸出。以漢安迄於永嘉青龍辛卯，莫之有表。度尚設祭誄之。辭曰：

伊惟孝女，曄曄之姿。偏其反而，令色孔儀。窈窕淑女，巧笑倩兮。宜其家室，在洽之陽。大禮未施，嗟喪慈父。彼蒼伊何，無父孰怙。訴神告哀，赴江永號。視死如歸，是以眇然。輕絶投入，沙泥翩翩。孝女載沉載浮，或泊洲嶼，或在中流，或趨湍瀨，或逐波濤。千夫失聲，悼痛萬餘，觀者填道，雲集路衢，泣泪掩涕，驚動國都。是以哀姜哭市，杞崩城隅。或有刻面引鏡，剺耳用刀，坐臺待水，抱柱而燒。於戲孝女，德茂此儔，何者大國，防禮自修。豈况庶賤，露屋草茅，不扶自直，不斫自雕。越梁過宋，比之有殊，哀此貞勵，千載不渝。嗚呼哀哉！銘曰：

名勒金石，質之乾坤。歲數歷祀，立廟起墳。光於后土，顯昭天人。生賤死貴，利之義門。何悵花落，飄零早分。葩艷窈窕，永世配神。若堯二女，爲湘夫人。時效仿佛，以昭後昆。（《文淵閣四庫全書》本）

章樵注《古文苑》卷十二頌邯鄲淳《魏受命述》：

邯鄲淳。（三國魏人，一名竺，字於叔。）

《魏受命述》。（漢建安二十二年，魏王操以子丕爲太子。黄初元年，王薨，太子即王位。左中郎將李伏、大史丞許芝，表言魏當代漢，見於圖緯，其事甚衆，群臣因上表，勸王順天人之望，王不許。十月，漢帝使行御史大夫張音，持節奉璽綬，詔册禪位於魏。王爲壇，受璽綬，即皇帝位，改元黄初。）

臣聞《雅》《頌》作於盛德，典謨興於茂功，德盛功茂，傳序弗忘。是故竹帛以載之，金石以聲之，垂諸來世，萬載彌光。陛下以聖德應期，龍飛在位，其有天下也，恭己以受天子之籍，無爲而四海順風。若乃天地顯應休徵，祥瑞以表聖德者，不可勝載。鑠乎焕顯，真神明之所以祚，命世之令主也。凡自能言之類，莫不謳嘆於野，執筆之徒，咸竭文思，獻詩上頌。臣抱疾伏蓐，作書一篇。欲謂之頌，則不能雍容盛懿，列伸玄妙；欲謂之賦，又不能敷演洪烈，光揚緝熙。故思竭愚，稱受命述。

伊上天闡載，自民主肇建，歷聽風聲，陶唐爲盛，虞夏受終，殷周革命。有禪而帝，有代而王。禪代雖殊，大小繇同。於是以漢歷在魏，赤運歸黄也。是故大魏之業，皇耀震霆。肅清宇内，萬邦有截。帥義翼漢，奉禮不越。旅力戮心，茂亮洪烈。樹深根以厚基，播醇澤以釀味。含光而弗輝，戢翼而弗發。將俟聖嗣，是嗣是達。聖嗣承統，爰宣重光。陳錫裕下，民悦無疆。三神宣釐，四靈順方。元龜介玉，應龍粹黄。若云魏德，據兹以昌。爾乃鳴玉陟壇，三縉以俟。既受休命，龍旋鳳峙。煌煌厥耀，穆穆容止。臨下有赫，允也天子。既受帝位，納璽要紱。太常司燎，升炮告類。珪璋峨峨，髦士棣棣。蹌蹌聖躬，御策以涖。巍巍乎崇功，顯顯乎德容。信帝者之壯業，天休之所鍾也。於時天地交和，日月光精；氣祲不作，風塵弭清。凡在壇場之位，舉目乎廣庭，莫不君臣和德，咸玉色而金聲。屢省萬幾，諜訪老成，治咏儒墨，納策公卿。昧旦孜孜，夕惕乾乾。務在諧萬國，叙彝倫，而折不若，懷遠人。混六合之風，納於仁壽之門，刑錯靡試，偃伯靡軍。然後乃勒功岱岳，升中上玄，斯因我皇之大摹，思心之所存也。

同上，卷十九碑邯鄲淳《後漢鴻臚陳君碑》：

君諱紀，字元方，太丘君之元子也。始祖有虞，受禪陶唐，亦以命禹，其後嬀滿，當周武王時，祚（一作胙）土於陳，君其世也。君生應乾坤之純質，受嵩岳之粹精，内包九德，外兼百行，淵深淪於不測，膽智應於無方，弘裕足以容衆，矜嚴足以正世。然後研幾道奥，涉覽文學。凡前言往行，竹帛所載，靡不坐該其善也，亹亹焉其誘人也。是以令問廣譽，塞於天淵；儀形嘉誨，範乎人倫。存乎本傳，故略舉其著於人事者焉。

顯考以茂行崇冠先儁，季弟亦以英才知名。當孝靈之初，并遭黨錮，俱處於家，號曰三君。故得奉常供養，以循子道，親執饋食，朝夕竭歡。及太丘君疾病終亡，喪過乎哀，崩傷嘔血，如此者數焉。服禮既除，戚容彌甚，聞名心瞿，言及隕涕，雖大舜之終慕，曾參之自盡，無以逾也。豫州刺史嘉懿至德，命敕百城，圖畫形像，於今遺稱，越在民口。既處隱約，潛躬味道，足不逾閾。乃覃思著書三十餘萬言，言不務華，事不虚設，其所交釋合贊，規聖哲而後建旨明歸焉，今所謂“陳子”者也。初平之元，禁罔蠲除，四府并辟，弓旌交至。雖崇其禮命，莫敢屈用。大將軍何進表選明儒，君爲舉首。公車特徵，起家拜五官中郎將，（此疑與本傳小异，蓋董卓入洛陽時，表選召拜君者何進也。觀君對卓遷都之問，即時之平原，其不爲卓屈明矣。）到遷侍中，旬有八日，出相平原。會孝靈晏駕，賊臣秉政，肆其凶虐，剥亂宇内，州郡幅裂，戎興并戒。君冒犯鋒矢，勤恤民隱，馴之以禮教，示之以知耻，視事未期，士女向方。會刺史敗於黄巾，幽冀二州，争利其土。君料敵知難，不忍其民爲己致死，乃辭而去之。於是老弱隨慕，扳轅持轂，輪不得轉。遂晨夜間行，寓於邳郯之野。袁術恣睢，僭號江淮，圖覆社稷，結婚吕布，斯事成重，必不測救。君諗布不從，遂與成婚，送女在塗。君爲國深憂，乃奮策出奇，以奪其心，卒使絶好，追女而還。離逖奸謀，使不得成，國用乂安，君之力也。唯帝念功，命作尚書令。會車駕幸許，拜大鴻臚。實掌九儀，四門穆穆，遂登補袞闕，以熙帝載。不幸寢疾，年七十有一，建安四年六月卒。惜乎懷道處否，登庸日寡，實使大業不究，元勛靡建，兹海内所爲嗟悼，凡百所以失望也。天子憫焉，使者吊祭，郡卿以下，臨喪會。有子曰群，追惟蓼莪罔極之恩，乃與邦彦、碩老，咨所以計功稱伐，銘贊之義，遂樹斯石，用監於後。其詞曰：

於穆上德，時惟我君。固天縱之，天（一作大）鍾厥純。命世作則，實紹斯文。遭險龍潜，抗志浮雲。所貴在己，樂存事親。雖處畎畝，天子屢聞。乃階郎將，陪帝作鄰。平原寇深，遂辭其民。思齊古公，邠土是因。不忘諗國，惠我無垠。復命喉舌，秉國之均。爰登卿士，媚兹一人。如何穹蒼，不授遐年。鮮厥在位，每懷不申。股肱或虧，朝誰與詢？煢煢小子，號泣於旻。勒銘表德，久而彌新。

同上，邯鄲淳《度尚曹娥碑》：

《度尚曹娥碑》。（《會稽典録》曰：上虞長度尚弟子邯鄲淳，字子禮，時甫弱冠，有异材。尚先使魏朗作曹娥碑，文成未出，子禮至，試使爲之，操筆而成，無所點定。朗嗟嘆不暇，遂毁其草。）

孝女曹娥者，上虞曹盱之女也。其先與周同祖，末胄荒流（一作沈），爰兹居。盱能撫節按歌，婆娑樂神。（《後漢書·列女傳》云“泝濤迎婆娑神”，恐非。）以漢安二年五月，時迎伍君，逆濤而上，爲水所淹，不得其尸。時娥年十四，號慕思盱，哀吟澤畔，旬有七日，遂自投江死。（娥投衣於水，祝曰：“父尸所在，衣當沉。”衣隨流，至一處而沈，娥遂隨衣没。衣，或作瓜。見項原《列女傳》。）經五日，抱父尸出。以漢安迄於元嘉元年，青龍在辛卯，（元嘉，桓帝年號。青龍，太歲也。漢安二年至此，凡九年。）莫之有表，度尚設祭誄之。（《列女傳》云：度尚改葬娥於江南道旁，爲立碑焉。）詞曰：

郁伊孝女，曄曄之姿。偏其反而，令色孔儀。窈窕淑女，巧笑倩兮。宜其家室，在洽之陽。大禮未施，嗟喪慈父。彼蒼伊何，無父孰怙？訴神告哀，赴江永號。視死如歸，是以眇然。輕絶投入，沙泥翩翩。孝女載沉載浮，或泊洲渚（一作嶼），或在中流。或趨湍瀨，或逐波濤。千夫失聲，悼痛萬餘。觀者填道，雲集路衢。泣泪掩涕，驚慟國都。是以哀姜哭市，杞崩城隅。或有克面引鏡，剺耳用刀，坐臺待水，抱樹而燒。於戲孝女，德茂此儔。何者大國，防禮自修。豈況庶賤，露屋草茅。不扶自直，不鏤而雕（一作斫）。越梁過（一作遏）宋，比之有殊。哀此貞厲（一作獨），千載不淪。烏呼哀哉！詞曰：

名勒金石，質之乾坤。歲數歷祀，立廟起墳。光於后土，顯照天人。生賤死貴，列之義門。何悵華落，飄零早分。葩艷窈窕，永世配神。若堯二女，爲湘夫人。時效仿佛，以昭後昆。

漢議郎蔡邕，聞之來觀。夜暗，以手摸其文而讀之。邕題文云："黄絹幼婦，外孫虀臼。"（《語林》：楊修至江南讀曹娥碑，碑背有八字曰："黄絹幼婦，外孫虀臼。"曹操不解，問修曰："即知否？"修曰："知之。"操曰："且勿言，待孤思之。"行三十里乃得之。令修解，修曰："黄絹，色絲，色絲絶字；幼婦，少女，少女妙字；外孫，女子，女子好字；虀臼，受辛，受辛辭字。"操曰："一如孤意。"）（福建人民出版社，2020年）

祝穆《古今事文類聚别集》卷十三書法部碑刻古今事對《蔡邕碑》：

上虞長度尚弟子鄲邯淳，字子禮，弱冠有异才。尚先使魏郎作曹娥碑，文成未出。會郎見尚，尚與之飲，而子禮方至督酒。尚問郎碑文成未，郎辭不才，因試使子禮爲之，操筆而成，無所點定，郎嗟嘆不暇，毁其草。其後蔡邕題八字，曰："黄絹幼婦，外孫虀臼。"（《文淵閣四庫全書》本）

陳思《寶刻叢編》卷十三兩浙東路越州：

《漢曹娥孝女碑》，漢度尚所立，邯鄲淳文。（《諸道石刻録》。）

在會稽縣東南二十七里。按《後漢書》云："元嘉元年，縣長度尚改葬娥，爲立碑。"《會稽典録》云："尚弟子邯鄲淳，字子禮，時甫弱冠，而有异才。尚先使魏朗作曹娥碑，文成未出，會朗見尚，尚與之飲宴，而子禮方下督酒。尚問朗碑文成未，朗辭不才，因試使子禮爲之。操筆而成，無所點定，朗嗟嘆不暇，遂毁其草。其後蔡邕又題八字曰：'黄絹幼婦，外孫虀臼。'"其碑歲久，字多訛缺，至景德中重立。（《會稽志》。）（《叢書集成初編》本）

陳思《書小史》卷三《傳》漢：

曹喜字仲則，扶風平陵人，工篆、隸。明帝建初中，爲秘書郎，善草懸針垂露之法，後世行之。衛恒云："曹喜善篆，小异於李斯。邯鄲淳師焉，略究其妙。韋誕師淳，而不及也。"

同上，卷四《傳》魏：

魏梁鵠字孟皇，安定烏氏人，舉孝廉爲郎。少好書，受學於師宜官，以善八分知名。靈帝重之，亦在鴻都門下，遷幽州刺史。魏武甚愛其書，嘗懸帳中，又以釘壁，以爲勝宜官也。庾肩吾云："孟皇功盡筆力，字入帳中。"時邯鄲淳亦得次仲法，淳宜爲小字，鵠宜爲大字，不如鵠之用筆盡其勢也。黄初中，更修夫子廟，陳思王爲文，鵠八分書之入妙。

邯鄲淳字子淑，潁川昆陽人，官至給事中。志行清潔，才學通敏，書則八體悉工，師於曹喜，尤精古文、大篆、八分、隸書。自杜林、衛宏以來，古文、派絶，由淳復著，太祖甚敬异之。淳博聞古藝，特善《倉》、《雅》、許氏字指，八體、六書，精究其理，有名於時。以書教諸皇子。正始中，又書古文、篆、隸三字石經於漢碑之西，其文蔚焕，三體復宣，校之《説文》，篆、隸大同，而古文小异。衛恒云："魏初傳古文者，出於邯鄲淳。蔡邕采斯、喜之法，爲古今雜形，然精密閑理不如淳也。"梁鵠云："淳得次仲法，韋誕師淳，而不及也。"袁昂云："邯鄲淳書，應規入矩，方圓乃成。"

韋誕字仲將，京兆人，官至侍中，服膺於張芝，兼邯鄲淳之法，諸書并善，尤精題署。……

衛覬字伯儒，河東安邑人，官至侍中。少夙成，以才學稱，尤工古文、篆、隸、草，體傷瘦，筆力絶妙。衛恒書勢云："魏世傳古文者出於邯鄲淳，伯儒嘗寫淳古文《尚書》，還以示淳，淳不能别。"卒謚敬侯。（《文淵閣四庫全書》本）

車若水《脚氣集》"堯民擊壤"條：

堯民擊壤，自唐以來畫爲圖，乃是行坐捧腹、牽挽快樂之樣。李伯時臨本極佳，不見所謂擊壤者。《藝經》謂："壤，以木爲之，前廣後鋭，長尺四寸，闊三寸。將戲，先側一壤於地，遠二十四步，（一本作三四十步。）以手中壤擊之，中者爲上。"此戲甚好，比之投壺，尤見爲樸質也。然予謂此説亦未必然。壤，即泥也，以手拭（一本作式）杖擊壤，以爲音節而歌。其曰"日出而作，日入而息，鑿井而飲，耕田而食，帝力於我何有哉"，真是太平之語，真好文章！"立我烝民，莫匪爾極，不識不知，順帝之則"更好。（《文淵閣四庫全書》本）

王應麟《困學紀聞》卷九《天道》"數術記遺云"條：

《數術記遺》云："世人言三不能比兩，乃云捐悶與四維。"甄鸞注：《藝經》曰："捐悶者，周公作。先布本位，以十二時相從。"徐援稱捐悶是奇兩之術。《御覽》引《藝經》作"悁悶"，"三不能比兩者，孔子所造。布十干於其方，戊已在西南"，"四維，東萊子所造，布十二時四維"。（上海古籍出版社，2008年）

王應麟《玉海》卷四十三《藝文・漢石經》：

《北史》：江式曰：蔡邕采李斯、曹喜之法，爲古今雜形。詔於太學立石碑，刊載五經。題書楷法，多是邕書。後開鴻都諸方獻篆，無出邕者。

魏陳留邯鄲淳特善《倉》、《雅》、許氏字指，八體、六書，精究閑理，以書教諸皇子。又建三字石經於漢碑西，其文蔚焕，三體復宣，校之《説文》，篆、隸大同，而古字少异。

同上，卷四十四《藝文・小學上・漢小學十家》：

《魏志》：胡昭善史書，與鍾繇、邯鄲淳、衛覬、韋誕并有名，尺牘之迹，動有楷焉。

《魏略》：邯鄲淳善《倉》、《雅》、蟲、篆、許氏字指。

江式曰：魏博士清河張揖著《埤蒼》《廣雅》《古今字詁》。（《埤》《廣》綴拾遺漏，增長字類，然《字詁》方之《許篇》，或得或失。）陳留邯鄲淳，亦與揖同，博聞古藝，特善《倉》、《雅》、許氏字指，八體、六書，精究閑理，有名於揖，以書教諸皇子。又建三字石經於漢碑西。（其文蔚焕。三體，復宜校之《説文》，篆、隸大同，而古字少异。又有韋誕、衛覬，并號能篆，咸傳之子孫，世稱其妙。）

同上，卷二百一《辭學指南・誦書・古文苑》：

邯鄲淳《曹娥碑》。（江蘇古籍出版社，1987年）

司馬光撰，胡三省注《資治通鑒》卷五十七《孝靈皇帝上之下》：

（熹平四年）春，三月，詔諸儒正五經文字，命議郎蔡邕爲古文、篆、隸三體書之，刻石，立於太學門外。（……《北史》江式云："魏邯鄲淳以書教皇子，建三字石經於漢碑西。"按此碑以正始年中立。《漢書》云："元嘉元年，度尚命邯鄲淳作《曹娥碑》。"時淳已弱冠，自元嘉至正始亦九十餘年。式以三字爲魏碑則是，謂之邯鄲淳所書，非也。）使後儒晚學咸取正焉。碑始立，其觀視及摹寫者車乘日千餘兩，填塞街陌。

同上，卷九十八《孝宗穆皇帝上之下》：

（永和五年十一月）……遵方與婦人彈棋，（《藝經》曰：彈棋，兩人對局，白黑棋各六枚。先列棋相當，更先彈也。其局以石爲之，局形四隤而中高。）問成曰："反者誰也？"（中華書局，1956年）

郝經《續後漢書》卷六十六下上《文藝·魏邯鄲淳》：

邯鄲淳，一名竺，字子叔。博學有才章，又善《倉》、《雅》、蟲、篆、許氏字指。初平時，從三輔客荆州。曹操入荆州，素聞其名，召與相見，甚敬异之。時五官將丕博延英賢，亦宿聞淳名，因啓淳欲使在文學官屬中。會臨淄侯植亦求淳，操遣淳詣植，植具酒炙，論文談兵，及當世之務，縱横無窮。淳出，嘆植之才謂爲天人。（原注：《魏略》：太祖遣淳詣植，植初得淳甚喜，延入坐，不先與談。時天暑熱，植因呼常從取水自澡訖，傅粉，遂科頭拍袒，胡舞五椎鍛，跳丸擊劍，誦俳優小説數千言訖，謂淳曰："邯鄲生何如邪？"於是乃更著衣幘，整儀容，與淳評説混元造化之端，品物區别之意，然後論羲皇以來賢聖名臣烈士優劣之差，次頌古今文章賦誄及當官政事宜所先後，又論用武行兵倚伏之勢。乃命厨宰，酒炙交至，坐席默然，無與伉者。及暮，淳歸，對其所知嘆植之材，謂之"天人"。）於時世子未立，操俄有意於植，而淳屢稱植材。由是丕頗不悦。及篡代，以淳爲博士給事中。淳作《投壺賦》千餘言奏之，丕以爲工，賜帛千匹。尋卒。

同上，卷六十九下高士魏《皇甫謐》：

……臣惟頑蒙，備食晋粟，猶識唐人擊壤之樂。（原注：《帝王世紀》："帝堯之時，天下太和，有八九十老人擊壤而歌於康衢，辭曰：'日出而作，日入而息。鑿井而飲，耕田而食。帝何力於我哉？'"《藝經》："壤，以木爲之，前廣後鋭，長尺四寸，闊三寸，其形如履。將戲，先側一壤於地，遠於三四十步，以手中壤擊之，中者爲上。蓋古戲也。"）（《文淵閣四庫全書》本）

郝天挺注《唐詩鼓吹》卷八胡宿《寄昭潭王中立》：

十千美酒花期隔，三百枯棋奕思沉。（韋弘嗣《博奕論》："枯棋三百，孰與萬人之將。"邯鄲淳《藝經》云："棋局縱横各十七道，合二百八十九道，白黑子各一百五十枚，方成棋。"）（《文淵閣四庫全書》本）

盛熙明《法書考》卷一《集評·上品·邯鄲淳》：

衛恒曰："得次仲法，善隸書小字。師曹喜篆，韋誕師淳，不及也。"袁曰："應規入矩，方員乃成。"張云："大、小篆、分、隸俱妙品。"

同上，卷八附録印章《邯鄲淳》：

邯鄲淳子叔。銅印兩面，文曰"子叔"。史云淳字子淑，當以印爲正。（《四部叢刊》本）

貢師泰《玩齋集》卷六《送謝元功東歸序》：

今元功之歸其鄉也，於山則有兩眺、四明、百樓、五癸、蘿岩、金罍，於水則有曹江、玉帶、夏蓋、白馬，其於人也，政事則朱雋、孟嘗，文學則王充、魏朗、邯鄲淳、蔡邕、諸虞，德望則謝安、王羲之，忠義則李光、劉漢弼，孝行則曹娥、朱娥，仙人則魏伯陽、劉綱。其他才知行能之士，固不可以一二數也。（《文淵閣四庫全書》本）

郭翼《雪履齋筆記》“漢末之文”條：

漢末之文，惟《出師》二表忠義憤盈，洵足以繼《伊訓》，配《説命》。此外，如魏武《自叙》，雖云言不由衷，然筆勢自是倜儻高柔，《取鹿疏》簡勁滑稽，尤不易得。若邯鄲淳作《孫叔敖碑》，以兩頭蛇爲枝首蛇，又“遺武餘典，恨不與羲皇帝代同世”等句，蹇澀都不成語，衹優孟一歌，較《史記》似勝。（《文淵閣四庫全書》本）

陶宗儀《説郛》卷一百二邯鄲淳《藝經·棋道》：

棋局，縱横各十七道，合二百八十九道，白黑棋子各一百五十枚。

同上，《棋品》：

夫圍棋之品有九：一曰入神，二曰坐照，三曰具體，四曰通幽，五曰用知，六曰小巧，七曰鬥力，八曰若愚，九曰守拙。九品之外，今不復云。

同上，《彈棋》：

彈棋始自魏宫内，裝器戲也。文帝於此技亦特好，用手巾拂之，無不中。有客自云能，帝使爲之，客著葛巾拂棋，妙逾於帝。

同上，《博》：

博局戲，六著十二棋也。古者烏曹作博。

同上，《投壺》：

投壺之禮，主人奉矢，司射奉中，使人執壺。主人請曰：“某有枉矢哨壺，請以樂賓。”

同上，《塞》：

塞，行棋相塞，謂之塞也。

同上，《藏鈎》：

義陽臘日飲祭之後，叟嫗兒童爲藏鈎之戲。分爲二曹，以交勝負。若人偶，即敵對；人奇，即人爲游附，或屬上曹，或屬下曹，名爲飛烏，以齊二曹人數。一鈎藏在數手中，曹人當射知所在。一藏爲一籌，三籌爲一都。

同上，《象戲》：

周武帝造象戲。（《説郛三種》本）

陶宗儀《書史會要》卷二魏：

邯鄲淳字子叔，陳留人，爲臨淄侯文學。師曹喜作篆、隸，略究其妙。秦焚先典，古文絶矣。魏初傳古文者，出於淳。恒祖敬侯寫《尚書》，後以示淳，而淳不别。至正始中，立三字石經，轉失淳法。太康間，汲縣人盗發魏襄王冢，得策書十餘萬言。按敬侯所書，猶有仿佛，恒竊悦之，故竭愚思以贊其美。梁袁昂評淳書謂："應規入矩，方圓乃成。"（上海書店，1984年）

錢子義《三華集》卷七《種菊庵集·續咏史詩·曹娥江》：

曹娥江。（曹娥上虞人，父盱爲巫祝，溺死。娥年十四，號哭旬有七日，投江而死，抱父尸而出。邯鄲淳作碑。蔡邕題其後曰："黄絹幼婦，外孫虀臼。"楊修見之，曰："此乃絶妙好辭也。"）

腸斷春江欲暮時，青山如髻柳如眉。寂寥往事無人問，絶妙空傳八字碑。（《文淵閣四庫全書》本）

沐昂《滄海遺珠》卷一《題讀碑圖》（朱經）：

孝娥碑在曹江濱，誰其作者邯鄲淳。中郎八字因讚美，後來索隱寧無人？老瞞久欲窺神器，既見此碑心若愧。較三十里乃遁辭，奸雄寔憚楊修智。修乎修乎智有餘，用之治世將無如。露才揚己古所忌，况復漢賊基黄初。今我憮然觀繪墨，懷賢爲爾傷鷄肋。研磨銅雀臺上瓦，點染霜毫動秋色。絶妙好辭天下無，异代讀碑傳作圖。長歌落日西風起，酒酣擊缶聲嗚嗚。（《文淵閣四庫全書》本）

楊慎《古音駢字》卷下仄韵十三職：

瓊爰。（瓊簺，今之骰子也。——邯鄲淳《藝經》。）（《文淵閣四庫全書》本）

何良俊撰，陳洪注《何氏語林注》卷七文學第四上：

邯鄲子淑，初詣臨菑侯，（魚豢《魏略》曰：邯鄲淳一名竺，字子淑，博學有文章，又善《倉》、《雅》、蟲、篆、許氏字指。初平時，從三輔客荆州，荆州内附，太祖召與相見，甚敬异之。時五官將博延英儒，宿聞淳名，因啓淳欲使在文學官屬。會臨菑侯植亦求淳，太祖遣淳詣植。）臨菑大喜，延入坐，不先與談。時天正熱，因呼常從取水自澡訖，傅粉，遂科頭拍袒，胡舞五椎鍛，跳丸擊劍，誦俳優小説數千言。謂子淑曰："邯鄲生，何如耶？"乃更著衣幘，整容儀，與子淑評説混元造化之端，品物區别之意，然從論羲皇以來賢聖、名臣、烈士優劣之差，次頌古今文章賦誄，及當官政事宜所先後，又論用武行兵倚伏之勢。乃命厨宰，酒炙交至，坐席默然，莫敢與抗。及暮，子淑歸，對其所知嘆臨菑之才，謂之"天人"。（天津教育出版社，2008年）

熊過《周易象旨决録》卷一《坤》：

坤，元亨。利牝馬之貞。君子有攸往，先迷後得主，利。西南得朋，東北喪朋，安貞，吉。

《藝經》：捐悶三不能比兩者，孔子所造。布十干於其方，戊己在西南，其殆斯義乎？方技家取之，顧人無知者耳。（《文淵閣四庫全書》本）

馮惟訥《古詩紀》卷二十七魏第七邯鄲淳《答贈詩》：

邯鄲淳。（一名竺，字子淑，博學有才。初平時，從三輔客荆州。荆州内附，太祖素聞其名，召見，甚敬异之。時五官將博延英儒，因啓淳欲使在文學。會臨菑侯植亦求淳，太祖遣淳詣植。黄初初，以淳爲博士給事中。）

我受上命，來隨臨菑。與君子處，曾未盈期。見召本朝，駕言趣期。群子重離，首命於時。餞我路隅，贈我嘉辭。既受德音，敢不答之。余惟薄德，既局且鄙。見養賢侯，於今四祀。既庇西伯，永誓没齒。今也被命，義在不俟。瞻戀我侯，又慕君子。行道遲遲，體逝情止。豈無好爵，懼不我與。聖主受命，千載一遇。攀龍附鳳，必在初舉。行矣去矣，别易會難。自强不息，人誰獲安。願子大夫，勉簣成山。天休方至，萬福爾臻。（《文淵閣四庫全書》本）

陳耀文《經典稽疑》卷上《大學》：

魏政和中，詔諸儒虞松等考正五經，衛覬、邯鄲淳、鍾會等以古文、小篆、八分刻之於石，始行《禮記》，而《大學》《中庸》傳焉。松表述賈逵之言曰："孔伋窮居於洙，懼先聖之學不明，而帝王之道墜，故作《大學》以經之，《中庸》以緯之。"則《學》《庸》皆子思所作，經緯之説，亦不爲無見，蓋必有所受矣。戴、鄭、賈不分經傳，經傳分於宋儒。（《古言》。）

邯鄲淳，初平時從三輔客荆州，荆州内附，曹公聞其名，召與相見，甚敬异之。黄初初，爲博士給事中。（《魏略》。）

魏初傳古文者，出於邯鄲淳。衛覬寫《尚書》，後以示淳，而淳不別。至正始中，立三字石經，轉失淳法。因科斗之名，遂效其形。（晋衛恒《四書體勢》。）（《文淵閣四庫全書》本）

李廷忠撰，孫雲翼注《橘山四六》卷十五《通範運使》：

……誇黄絹於幼婦，初乏好辭；（漢邯鄲淳作《曹娥碑》，蔡邕題其石曰："黄絹幼婦，外孫虀臼。"楊修曰："黄絹，色絲，絶字；幼婦，少女，妙字；外孫，女子，好字；虀臼，受辛，辭字。"曹操行三十里方悟，嘆曰："有智無智，較三十里。"《典略》：楊修有才，知魏文爲世子。歷陳太丘碑，過見碑題黄絹云云，魏文思之不解，問德祖，即答曰："陳實之墓，蔡邕之辭，鍾繇之書，此絶妙好辭也。"魏文曰："才與不才，相較四十里也。"劉孝標云"魏武、楊修未嘗過江"，意當以此爲正。）賜墨綬於老侯，終非善履。（《文淵閣四庫全書》本）

虞世南撰，陳禹謨補注《北堂書鈔》卷六十七設官部十九《博士》：

子叔善《蒼》《雅》。[《魏略》曰：邯鄲淳字子叔，博學有才章，又善《倉》、《雅》、蟲、篆、許氏字指。初平時，從三輔客荆州。荆州内附，太祖素聞其名，召與相見，甚敬异之，以淳爲博士給事中。（補）]

同上，卷一百二藝文部《賦》：

投壺賜帛。（《魏略》云：邯鄲淳作《投壺賦》千餘言，奏之，文帝以爲工，賜帛千匹。）

同上，卷一百三十五儀飾部六《粉》：

臨淄自傅。[《魏略》曰：邯鄲淳詣臨淄侯植，時大暑，植取水浴，以粉自傅，科頭胡舞，擊劍誦小説，顧謂淳曰："邯生，何如也？"（補）]（《文淵閣四庫全書》本）

晁瑮《晁氏寶文堂書目》卷中子雜：

《曹娥碑》。（《續修四庫全書》本）

焦竑《國史經籍志》卷四下子類小説家：

《笑林》三卷。（漢邯鄲淳。）

同上，卷五集類別集魏：

《邯鄲淳集》二卷。（《續修四庫全書》本）

胡應麟《少室山房筆叢》卷四十《莊岳委談上》“今之戲具與古同”條：

今之戲具與古同而盛行於世者，圍棋、象戲、握槊而已。彈棋、摴蒱、打馬、打彄、采選、葉子等，俱不傳。今圍棋十九行，三百六十一路，子亦如之。宋世同此。然漢制十七道，唐局或十八道，不可不知也。按程氏《演繁露》云：“今棋方十九道，合枰爲棋子三百六十一。案李善注韋昭《博奕論》‘枯棋三百’引邯鄲淳《藝經》曰：‘棋局縱横各十七道，合二百八十九道，白黑棋子各一百五十枚。’則漢棋制可知。”唐柳子厚《記石棋局》“自然成紋十有八道可奕”，然唐詩咏棋有“十九條平路”之句，則唐制固應十九道，其十八道者，或棋局稍异，間爲之耳。又胡宿詩又有“三百枯棋”之句，則自引用漢人語，不足據也。（中華書局，1958年）

張萱《疑耀》卷一《石經》：

魏陳留邯鄲淳，嘗書三字石經於漢碑之西，亦即漢之三體也。然亦未詳其爲何經。正始中，又有一字石經。江式曰：“魏嘗立二字石經，其迹已亡。”亦皆未詳經爲何經，筆爲何人，一字、二字之爲何體也。（《叢書集成初編》本）

徐應秋《玉芝堂談薈》卷三十《古今偏正史》：

劉子玄《史通》所載古今正偏史，今多不存。澹園先生《筆乘》常載之，中如……顧協《瑣語》、謝綽《拾遺》、劉義慶《世説新書》、裴榮期《語林》、吴思尚《語録》、楊松珍《談藪》、郭子章《洞冥記》、王子年《拾遺記》、劉劭《人物志》、祖鴻勛《晋詞記》、陸景《典語》、劉勰《文心雕龍》、李充《翰林論》、摯虞《文章流别集》、阮孝緒《七録》、祖台之《志怪》、干寶《搜神記》、劉義慶《幽明録》、劉敬叔《异苑》、邯鄲淳《笑林》、劉芳《周官音》《禮記音》。

同上，卷三十一《弈棋》：

程氏《演繁露》：“圍棋十九道，合枰爲棋子三百六十一。而李善注韋昭《博奕論》‘枯棋三百’引邯鄲淳《藝經》曰：‘棋局縱横各十七道，合二百八十九道，白黑棋子合一百五十枚。’則漢棋十七道也。”唐柳子厚《記石棋局》“自然成文十有八道可奕”，是唐奕十八道也。

同上，《四維戲》：

“四維戲者，衛尉摯侯所造也。畫紙爲局，截木爲棋，收象元，一分而爲二，立太極之正統，班五常之列位，剛柔异而作配，趨舍同而從類，或盤紆詰曲，連延絡繹，或間不容髮，舍棋則獲，圍成未合，驕棋先出，九道并列，專都獨畢。”見東晋李尤賦。又有“夾食，二人黄黑各七十棋，横列於前第四道上，甲乙迭推，二棋夾一爲食”，見《藝經》。又：“悁悶先悶，其位以十二時相從，文曰：‘同有文章，虎不如龍。豕者何爲，未如兔宫。王孫盡分，乃造黄鐘。犬往兢馬，非類相從。羊奔蛇穴，牛入鷄籠。’”亦見《藝經》。又“儒棋，後魏侍中游藝肇，性謙不競，造儒棋。其法：知一、禮二、仁三、義四、智五、信六，白黑半方，五分長寸。善六、敬七、德八、忠九、順十，方局尺五，周道四十，其用三十六。四維之道通，而棋謙退爲上”。見《後魏書》。（《文淵閣四庫全書》本）

顧起元《説略》卷十三《典述中》“劉子玄史通”條：

劉子玄《史通》所載古今正偏史，今多不存。澹園先生《筆乘》常載之，中如……顧協《瑣語》、謝綽《拾遺》、劉義慶《世説新書》、裴榮期《語林》、吴思尚《語録》、楊松珍《談藪》、郭子横《洞冥記》、王子年《拾遺記》、劉劭《人物志》、祖鴻勛《晋詞記》、陸景《典語》、劉勰《文心雕龍》、李充《翰林論》、摯虞《文章流别集》、阮孝緒《七録》、祖台之《志怪》、干寶《搜神記》、劉義慶《幽明録》、劉敬叔《异苑》、邯鄲淳《笑林》、劉芳《周官音》《禮記音》。

同上，卷二十四《諧志》“四維戲者”條：

“四維戲者，衛尉摯侯所造也。畫紙爲局，截木爲棋，收象元，一分而爲二，立太極之正統，班五常之列位，剛柔异而作配，趨舍同而從類，或盤紆詰曲，連延絡繹，或間不容髮，舍棋則獲，圍成未合，驕棋先出，九道并列，專都獨畢。”見東晋李尤賦。又有“夾食，二人黄黑各七十棋，横列於前第四道上，甲乙迭推，二棋夾一爲食”，見《藝經》。又“悁悶先悶，其位以十二時相從，文曰：‘同有文章，虎不如龍。豕者何爲，未如兔宫。王孫盡分，乃造黄鐘。犬往兢馬，非類相從。羊奔蛇穴，牛入鷄籠。’”亦見《藝經》。又“儒棋，後魏侍中游藝肇，性謙不競，造儒棋。其法：知一、禮二、仁三、義四、智五、信六，白黑半方，五分長寸。善六、敬七、德八、忠九、順十，方局尺五，周道四十，其用三十六。四維之道通，而棋謙退爲上”。見《後魏書》。“格五，吾丘壽王以格五召待詔。孟康曰：‘乘五閣不得，故曰格五也。’”見《漢書》。“象戲，周武帝造。”見《藝文類聚》。“蹙融局，取一道，人行五棋。”見《資暇録》。（《文淵閣四庫全書》本）

徐𤊹《徐氏筆精》卷七雜記《曹娥碑》：

曹娥江在浙之上虞，當時孫權據越，不知孟德何因與楊修至江滸讀其碑也。《殷芸小説》云："蔡邕刻曹娥碑傍曰'黄絹幼婦，外孫虀臼'，魏武見不能曉，以問群僚，莫有知者。有婦人浣於江渚，曰：'第四車中人解之。'乃禰正平，便以離合解爲'絶妙好辭'。"此説與諸書所載大异。余謂孟德决無到曹娥江之理，或是當時傳印邯鄲淳曹娥碑文，而孟德與楊修猜度之，只見墨本，非親摩碑石也。禰衡之解，又不知何據。《語林》云操讀碑於汝南，其爲搨本無疑。（《文淵閣四庫全書》本）

彭大翼《山堂肆考》卷三十一地理碑《曹娥碑》：

漢上虞長度尚弟子邯鄲淳字子禮，弱冠有异才，尚使作曹娥碑，操筆而成，無所點定。蔡邕題八字於碑背，曰"黄絹色絲，外孫虀臼"。楊修字德祖，爲丞相曹操主簿，至江南讀曹娥碑，見碑背有八字。操不解其意，問修曰："卿知否？"修曰："知之。"操曰："且勿言，待朕思之。"行三十里，乃得之。令修解，修曰："黄絹，色絲，爲絶字；幼婦，少女，爲妙字；外孫，子女，爲好字；虀臼，受辛，爲辭字。"操曰："一如朕意。俗云有智無智，行三十里。"

同上，卷二百三十四補遺器用《彈棋》：

《梁冀傳》："冀能挽滿、彈棋、格五、六博、蹴踘、意錢之戲。"《藝經》云："彈棋，兩人對局，黑白棋子各六枚，先列棋相當，更先彈也。"又晋傅玄《彈棋賦序》："漢成帝好蹴踘，劉向以爲勞人體，竭人力，非至尊所宜御。乃因其體，作彈棋。今觀棋道，即蹴踘道也。"（《文淵閣四庫全書》本）

陳耀文《天中記》卷四十一圍棋《縱横》：

棋局縱横各十七道，合二百八十九道，白黑棋子各一百五十枚。（邯鄲淳《藝經》。）（光緒《聽雨山房》本）

周嬰《卮林》卷七洗梅《答贈詩》：

梅鼎祚詩乘載邯鄲淳《答贈》曰："我受上命，來隨臨淄。與君子處，曾未盈期。見召本朝，駕言趣期。群子重離，首命於時。餞我路隅，贈我嘉辭。既受德音，敢不答之。余惟薄德，既局且鄙。見養賢侯，於今四祀。既庇西伯，永誓没齒。今也被命，義在不俟。瞻戀我侯，又慕君子。行道遲遲，體逝情止。豈無好爵，懼不我與。聖主受命，千載一遇。攀龍附鳳，必在初舉。行矣去矣，别易會難。自强不息，人誰獲安。願子大夫，勉簣成山。天休方至，萬福爾臻。"注曰：

“此淳應召，别臨淄侯詩也。”

洗之曰：按《文選·〈三山詩〉》注引“行矣去矣，别易會難”兩句，以爲邯鄲淳贈伍處玄詩。尋詩中稱西伯聖主者，蓋主曹瞞，而賢侯、我侯謂子建也。君子、群子、子大夫之稱，皆呼同僚。則選注所云答伍處玄爲得，梅氏蓋臆説之謬。然以《會略》考之，是時曹瞞爲漢丞相，子桓五官中郎將耳，門生下吏便已擁戴推崇，至云“聖主受命”，曰“附鳳攀龍”，而明目張膽，曾不有所顧忌，當塗之臣吏皆如此，則漢祚安得久長？（福建人民出版社，2006年）

賀復徵《文章辨體彙選》卷六百四十八碑七古賢《孫叔敖碑》（魏邯鄲淳）：

楚相孫君諱饒，字叔敖，本是縣人也。六國時，期思屬楚，楚都南郢，南郢即南郡江陵縣也。君受純靈之精，懷絶世之才，有大賢次聖之質。少見枝首蛇，對其母泣：“吾將死。”母問其故，曰：“吾聞見枝首蛇者死，今日見之。”母曰：“若奈之何？”“吾殺行數十步，念獨吾死可，恐復令他人見之死，爲因埋掩其荆。”母曰：“若無憂焉。其陰德玄善。”遂爲父母九族所异。及其爲相，布政以道，考天象之度，敬授民時，聚藏於山，殖物於藪，宣導川谷，波障源湶，溉灌沃澤，堤防湖浦，以爲池沼。鍾天地之美，收九罣之利，以殷潤國家。家富人喜，優噡樂業，拭序在朝，野無螟□，豐年蕃庶，人有曾閔貞孝之行，四民美好，從容中節，高相改幣，一朝而化。其憂國忘私，乘馬三季，不别牝牡。繼高陽、重黎、伍舉、子文之統，其忠信廉勇禮樂文章軌儀同制，其富國充民，明天時，盡地力，庭堅禹稷不能逾也。專國權寵，而不榮華，一旦可得百金，至於没齒而無分銖之蓄。破玉玦不以賓財，遺子孫終始若矢。去不善如絶弦，辟患害於無刑。徹節高義，敦良奇介，自曹臧、孤竹、吴札、子罕之倫不能驂也。生於季末，仕於靈王，立濁溷而澄清，處幽晤而照明。其遺武餘典，恨不與戲皇帝代同世。世爲列妊國，在朝廷，其意常墨墨，若冠章甫而坐塗炭也。病甚臨卒，將無棺槨，令其子曰：“優孟曾許千金貸吾。”孟故楚之樂長，與相君相善，雖言千金，實不貸也。卒後，數幸莊王，置酒以爲樂，優孟乃言孫君相楚之功，即忼慨高歌。曲曰：“貪吏而不可爲而可爲，廉吏而可爲而不可爲。貪吏而不可爲者，當時有污名；而可爲者，子孫以家成。廉吏而可爲者，當時有清名；而不可爲者，子孫困窮，披褐而賣薪。貪吏常苦富，廉吏常苦貧。獨不見楚相孫叔敖，廉潔不受錢。”涕泣數行，若投首王，王心感動覺悟，問孟，孟具列對，即求其子而加封焉。子辭：“父有命，如楚不亡亡臣，社稷圖而欲有賞，必於潘國下濕磽埆，人所不貪。”遂封潘鄉，即固始也。三九無嗣，國絶祀廢，固始令段君夢見孫君，則存其後，就其故祠爲架廟屋，立石銘碑，春秋烝嘗，明神報祚，即歲還長俀太守。及期思縣宰段君，諱光，字世賢，魏郡鄴人，庶慕先賢，體德允恭，篤古遵舊，奉履憲章，欽翼天道，五典興通，考籍祭祠，祇肅神明，臨縣一載，志在惠廉，葬枯粟乏，愛育藜蒸，討掃醜類，鰥寡是矜，杜僞養善，是忠表仁，感想孫君，延發嘉訓，興祀立壇，勤勤愛敬，念意自然，刻石銘碑，千載表績，萬古標記，福佑期思，縣興士熾，孫氏蒙恩。漢延熹三年五月廿八日立。

同上，卷六百六十五墓碑一《鴻臚陳君碑文》（魏邯鄲淳）：

文略。

同上，卷六百八十墓碑十六《曹娥碑文》（魏邯鄲淳）：

文略。（《文淵閣四庫全書》本）

胡熿《拾遺録》經説"石經有七"條：

石經有七，漢熹平則蔡邕，魏正始則邯鄲淳，晋裴頠，唐開成中唐元度，後蜀孫逢吉等，宋嘉佑中楊南仲等，南渡高宗御書，後蜀石經於高祖、太宗諱皆缺畫，唐之澤深矣。（《文淵閣四庫全書》本）

馮班《鈍吟雜録》卷六《日記》：

邯鄲淳書，唐人已無。今却有二印，同鈕，小篆工絶，非漢人不能作也。（《清代史料筆記叢刊》本，中華書局，2013年）

陳邦彦等《歷代題畫詩》卷三十六故實類《讀碑圖》（元鄭元佑）：

摩挲漢鼎朵饞頤，臣道爲忠孝可移。枉使南來五千里，越江漫讀孝娥碑。

同上，《曹娥江讀碑圖》（元僧大訢）：

海門五月潮如山，龍伯贔屭蒼蛟頑。越俗輕生好巫鬼，婆娑踏舞洪濤間。群巫姣服盱獨好，歌聲忽絶紅旗倒。孝娥死抱父尸出，天地無情日杲杲。雄詞不愧邯鄲兒，萬金莫購中郎題。碑陰八字非隱語，德祖有智如滑稽。豈是阿瞞不解此，感愧上馬歸路迷。女德猶能奮其節，壯夫氣吐萬丈霓。奸雄復欲欺後世，白頭猶愛漢征西。丹青似是董狐筆，千年要與竹帛齊。娥江新廟照江水，可憐銅雀草萋萋。（《文淵閣四庫全書》本）

朱彝尊《經義考》卷二百八十八《刊石二》：

魏三字石經，古篆十二卷。佚。

《晋書·衛恒傳》："漢武時，魯恭王壞孔子宅，得《尚書》《春秋》《論語》《孝經》，時人以不復知有古文，謂之科斗書。漢世秘藏，希得見之。魏初傳古文者，出於邯鄲淳。恒祖敬侯（覬）寫淳《尚書》，後以示淳，而淳不別。至正始中，立三字石經，轉失淳法，因科斗之名，遂效其形。”

江式曰：“魏陳留邯鄲淳，特善《倉》、《雅》、許氏字指，八體、六書，精究閑理。以書教諸皇子，又建三字石經於漢碑之西，其文蔚炳，三體復宣。較之《説文》，篆、隸大同，而古字少异。”

按魏石經本屬三字，惟《典論》一卷乃一字爾。世傳經爲邯鄲淳所書，而《晋書·衛恒傳》謂“正始中立三字石經，轉失淳法”，其非淳書明矣。《趙至傳》云：“年十四，詣洛陽，游太學，遇嵇康於學寫石經，徘徊視之，不能去。嵇紹亦曰：‘至入太學，睹先君在學寫石經古文。’”然則正始石經實康等所書也。（中華書局，1998年）

王士禎《居易録》卷二十五“郎瑛七修類稿言”條：

郎瑛《七修類稿》“言魏有邯鄲淳所書三體石經，恐訛。淳乃漢順帝時人，作《曹娥碑》，至魏文時已百數十年矣，或鍾繇、梁鵠等書耳”云云。予按陳壽《魏志》邯鄲淳與王粲同傳，云：“淳一名竺，字子叔，潁川人，博學有文章，又善《倉》、《雅》、蟲、篆、許氏字指。黄初初，爲博士給事中。”張懷瓘《書斷》云：“梁鵠書受法於師宜官，時邯鄲淳亦得次仲法，淳宜小字，鵠宜大字。”又云：“八體悉工，尤精古文、大篆、八分、隸書。淳師曹喜，韋誕師淳而不及。”羊欣采《能書人名》云：“陳留邯鄲淳，爲魏臨淄侯文學，得次仲法，名在鵠後。”其爲魏人，昭昭如此。瑛素號精核，而有此誤，亦可見著書考古之難也。（《叢書集成初編》本）

馮武《書法正傳》卷八《書家小傳》：

曹喜字仲則，扶風平陵人，工篆書，小异於斯，邯鄲淳師焉。

邯鄲淳字子淑，潁川人，八體悉工，尤精古文、大篆、八分。

梁鵠字孟皇，善八分，邯鄲人亦得次仲法，淳宜爲大字，鵠宜爲小字。（上海書畫出版社，1987年）

庾信撰，倪璠纂注《庾子山集》卷三《上益州上柱國趙王二首》其一：

無因同子淑，暫得侍臨淄。

同上，卷四詩《和樂儀同苦熱》：

臨淄迎子禮，中散就安豐。（《魏志》曰：“陳思王植字子建，建安十九年封臨淄侯。”《魏略》云：“邯鄲淳字子淑。”注見三卷《上趙王》。《後漢書·列女傳》注：“《會稽典録》云：‘邯鄲淳字子禮。’”知邯鄲淳又一字子禮也。）

孫岳頒等《佩文齋書畫譜》卷二十二《書家傳一》：

（魏）孫子荆、關枇杷（與鍾繇同時）。繇與太祖、邯鄲淳、韋誕、孫子荆、關枇杷議用筆法。（虞喜《志林》。）

同上，《胡昭》：

胡昭字孔明，潁川人。養志不仕，避地冀州，辭袁紹之命。太祖頻加禮辟，既至求去，居陸渾山中，以經籍自娱。昭善史書，與鍾繇、邯鄲淳、衛覬、韋誕并有名，尺牘之迹，動見模楷焉。（《魏志·管寧傳》。）

同上，《邯鄲淳》：

邯鄲淳一名竺，字子叔（一作子淑，一作子禮），潁川人。（一作陳留人。）博學有才章，又善《倉》、《雅》、蟲、篆、許氏字指。初平時，從三輔客荆州，太祖甚敬异之。黄初初，以淳爲博士給事中。（《魏志·王粲傳》注。）

淳，八體悉工，師於曹喜，尤精古文、大篆、八分、隸書。自杜林。衛密（當作宏）以來，古文泯絶，由淳復著。（《書斷》。）

淳以書教諸皇子，又建三字石經於漢碑之西，其文蔚焕，三體復宣，挍之《説文》，篆、隸大同，而古字小异。（江式《論書表》。）

同上，《衛覬》：

古文者傳出於邯鄲淳，伯儒嘗寫淳古文《尚書》，還以示淳，淳不能别。（《書斷》。）

同上，《韋誕》：

韋誕字仲將，（京兆人。）太僕端子。有文才，善屬辭章。建安中，拜郎中，稍遷侍中中書監，以光禄大夫遜位。邯鄲淳、衛覬及誕并善書，有名。（《文章叙録》。）誕師邯鄲淳，太和中誕爲武都太守以能書留補侍中，魏氏寶器銘題皆誕書云。（衛恒《四體書勢》。）

同上，卷八十八書辨證上漢《漢石經》：

靈帝熹平四年所立，其字則蔡邕小字八分書也。《後漢書·儒林傳序》云爲古文、篆、隸三體者，非也。蓋邕所書乃八分，而三體石經乃魏時所建也。（《金石録》。）（《廣川書跋》云："蔡邕鎸刻七經，著於石碑，號洪都三字。魏正始中，又立一字石經相承。"以爲七經正字，且曰"魏一字，漢三字"。按衛恒云"正始中立三字石經"，江式《論書表》云"魏邯鄲淳建三字石經於漢碑西"，皆與《水經注》合，《廣川畫跋》云云，乃襲《隋志》之訛耳。）（《文淵閣四庫全書》本）

張玉書等《佩文韵府》卷四之一上平聲四支韵一《支》：

（韵藻）素支。（邯鄲淳《藝經》：馬射，左邊爲月支二枚，馬蹄三枚也。）

同上，卷四之五上平聲四支韵五《棋》：

（韵藻）列棋。（《後漢書》注：《藝經》曰："彈棋，兩人對局，白黑棋各六枚，先列棋相對，更先彈也。其局以石爲之。"）

同上，卷二十六之八下平聲十一尤韵八《溝》：

（韵藻）城溝。（邯鄲淳《城門校尉箴》：國有城溝，家有柝柜。）

同上，卷四十九之三上聲十九晧韵三《道》：

（韵藻）十七道。（《藝經》：棋局縱横各十七道，合二百八十九道，白黑棋子各一百五十枚。宋彭城王《讀曲歌》：方局十七道，期會在何處。）（《文淵閣四庫全書》本）

陳元龍《格致鏡原》卷五十九玩戲器物類一《圍棋》：

（總論）《演繁露》：今棋方十九道，合枰爲棋子三百六十一。案李善注韋昭《博奕論》"枯棋三百"，引邯鄲淳《藝經》曰："棋局縱横各十七道，合二百八十九道，白黑棋子各一百五十枚。"

同上，《彈棋》：

《藝經》：彈棋，二人對局，黑白棋各八枚，先列棋相當，下呼上擊之。

同上，卷六十玩戲器物類二《擊壤》：

《庶物异名疏》：《藝經》："擊壤，古戲也。"《釋名》："野老之戲。"《樂書》云："此制與堯時异。"吴盛彦《擊壤賦》有云"因風托勢，罪一殺兩"，此又後來童少爲之，非老人戲也。（浙江人民美術出版社，2014年）

湯右曾《懷清堂集》卷三《題敦好堂集後三首》其三：

渌水亭西脆管哀，先生賓閣爲重開。座中應有邯鄲竺，嘆息天人未易才。（《文淵閣四庫全書》本）

同上，卷五樂府《楊柳歌》：

駿馬翩翩西北馳，左右彎弧仰月支。（曹植《白馬篇》曰："白馬飾金羈，連翩西北馳。"又云："控弦破左的，右發摧月支。"李善注云："邯鄲淳《藝經》曰：'馬射，左邊爲月支三枚，馬蹄一枚。'"）（中華書局，1980年）

萬經《分隸偶存》卷下《古今分隸人姓氏》：

邯鄲淳字子叔，潁川人，善《倉》、《雅》、蟲、篆、許氏字指。初平時，從三輔客荆州，太祖甚敬异之。黄初初，以淳爲博士給事中。（《魏志·王粲傳注》。）淳八體悉工，師於曹喜，尤精古文、大篆、八分、隸書，自杜林、衛密（當作宏）以來，古文泯絶，由淳復著。（《書斷》。）淳以書教諸皇子，又建三字石經於漢碑之西，其文蔚焕，三體復宣，較之《説文》，篆、隸大同，而古字小异。（江式《論書表》。）陳留邯鄲淳爲魏臨淄侯文學，得次仲法，名爲鵠後。（羊欣采《能書人名》。）邯鄲淳書，應規入矩，方圓乃成。（袁昂《書評》。）妙品八分九人，邯鄲淳。（《書斷》。）

韋誕字仲將，京兆人，建安中拜郎中，稍遷侍中中書監，以光禄大夫遜位。邯鄲淳、衛覬及誕并善書，有名。（《文章叙録》。）誕師邯鄲淳，太和中誕爲武都太守，以能書留補侍中，魏氏寶器銘題皆誕書云。（《四體書勢》。）（《文淵閣四庫全書》本）

何焯等《分類字錦》卷四十四技藝《圍棋》：

（二字備用）九品。（《藝經》：夫圍棋之品有九：一曰入神，二曰坐照，三曰具體，四曰通幽，五曰用智，六曰小巧，七曰鬥力，八曰若愚，九曰守拙。九品之外，今不復云。）

同上，《彈棋》：

（三字備用）狀奩戲。（《藝經》：彈棋，始自魏宫内狀奩戲也。）

同上，《博塞》：

（二字備用）局戲。（《藝經》：博局戲，六箸十二棋也，古者烏曹作博。）

同上，《藏鈎》：

（三字成對）射手中。（《藝經》：藏鈎之戲，一鈎藏在數手中，曹人當射知所在。）

同上，卷六十一《數目》：

（三字備用）十七道。（《藝經》：棋局縱横各十七道，合二百八十九道，白黑棋子各一百五十枚。）

同上，卷六十三《偶字》：

（二字備用）梁邯。（庾肩吾《書品》："伯儒兼叙隸、草，子邑分鑣梁、邯。"按：子邑，左伯字。梁、邯，謂梁鵠、邯鄲淳。）（《文淵閣四庫全書》本）

何焯《義門讀書記》卷二十六《三國志·魏志》"自潁川邯鄲淳"條：

注采《魏略》："初平時，從三輔客荆州。"按世傳，魏正始中所立一字石經，乃邯鄲淳書。自漢獻帝初平元年庚子，至曹魏邵陵厲公正始元年庚申，已五十一年，使子叔以弱冠避難荆土，已應七十餘，安得精力猶辦書七經於石也？（《學術筆記叢刊》本，中華書局，1987年）

倪濤《六藝之一録》卷二十三《金器款識》二十三《集古印譜·下平私印》：

邯鄲淳、子叔（兩面印）。

同上，卷三十九《石刻文字十五》：

《上虞縣曹娥碑》。

縣東有龍頭山，南帶長江，東連上陂江之道，南有曹娥碑。娥父盱，迎濤溺死。娥時年十四，哀父尸不得，乃號湧江介，因解衣投水，祝曰："若值父尸，衣當沉；若不值，衣當浮。"裁落便沉，娥於沉處赴水而死。縣令度尚使外甥邯鄲子禮爲碑文，以彰孝烈。（《水經注》。）

曹娥父盱溺死，娥遂投江死。元嘉元年，縣長度尚改葬娥於江南道傍，爲立碑焉。（《後漢書·列女傳》。）

漢度尚所立，邯鄲淳文。（《諸道石刻録》。）

漢孝女曹娥碑，在會稽縣東南七十二里。按《後漢書》云："元嘉元年，縣長度尚改葬娥，爲立碑。"《會稽典録》云："尚弟子邯鄲淳字子禮，時甫弱冠，而有异才。尚先使魏朗作曹娥碑，文成未出。會朗見尚，尚與之飲宴，而子禮方下督酒，尚問朗文成未，朗辭不才，因試使子禮爲之。操筆而成，無所點定。朗嗟嘆不暇，遂毁其草。其後蔡邕題八字云：‘黄絹幼婦，外孫虀臼。’”其碑歲久，字多訛缺，至景德中重立。（《寶刻□編》。）

同上，卷二百九十一《歷朝書論》宋釋適之《金壺記卷上·規矩》：

魏邯鄲淳字子淑，善書。梁袁昂《書評》云：“應規入矩，方圓乃成。”

同上，卷三百十五《歷朝書譜五》後漢《曹喜》：

扶風曹喜，後漢人，不知其官。善篆、隸，篆小异李斯，見師一時。（羊欣《采古來能書人名》。）

曹喜字仲則，扶風平林人，明帝建初中爲秘書郎。篆、隸之工，收名天下。蔡邕云：“扶風曹喜，建初稱善。”衛恒云：“喜善篆，小异於李斯。邯鄲淳師焉，略究其妙。韋誕師淳，而不及也。善懸針垂露之法，後世行之，仲則小篆、隸書入妙。”（《書斷》。）

喜見李斯筆勢，悲嘆不已，作《筆論》一卷。（王羲之《筆勢傳》。）

扶風曹喜，少异於斯，而亦稱善。（衛恒《四體書勢》。）

喜善懸針法，後世行之，以此書題五經篇目。（唐玄度《十體書》。）

垂露篆，喜之所作，以書章表、奏事謂其點綴如輕露。（夢英《十八體書》。）

喜小篆法垂枝，濃直若薤葉。（《金壺記》。）

同上，《梁鵠》：

梁鵠字孟皇，安定烏氏人。少好書受法，於師宜官，以善八分知名，舉孝廉爲郎，靈帝重之，亦在鴻都門下，遷幽州刺史。魏武甚愛其書，常懸帳中，又以釘壁，以爲勝宜官也。時邯鄲淳亦得次仲法，淳宜小字，鵠宜大字，不如鵠之用筆盡勢也。（《書斷》。）

同上，《左伯》：

左子邑與邯鄲淳小异，亦有名。（羊欣撰録。）

同上，《孫子荆、關枇杷》：

鍾繇與太祖、邯鄲淳、韋誕、孫子荆、關枇杷議用筆法。（虞喜《志林》。）

同上，《胡昭》：

胡昭字孔明，潁川人。養志不仕，避地冀州，辭袁紹之命。太祖頻加禮辟，既至求去，居陸渾山中，以經籍自娱。昭善史書，與鍾繇、邯鄲淳、韋覬、韋誕并有名，尺牘之迹，動見模楷焉。（《魏·管寧傳》。）

同上，《邯鄲淳》：

邯鄲淳，一名竺，字子叔，潁川人。博學有才章，又善《倉》、《雅》、蟲、篆、許氏字指。初平時，從三輔客荆州，太祖甚敬异之。黄初初，以淳爲博士給事中。（《魏志·王粲傳》注。）

陳留邯鄲淳爲魏臨淄侯文學，得次仲法，名在鵠後。（羊欣撰録。）

邯鄲淳字子淑，潁川人，志行清潔，才學通敏。初爲臨淄王傅，累遷給事中。書則八體悉工，師於曹喜，尤精古文、大篆、八分、隸書。自杜林、衛密以來，古文泯絶，由淳復著。衛恒云："魏初傳古文者，出於邯鄲淳。蔡邕采斯、喜之法，爲古今雜形，然精密閑理不如淳也。"梁鵠云："淳得次仲法，韋誕師淳而不及也。"張華云："邯鄲淳善隸書，子淑古文、小篆、八分、隸書并入妙。"（《書斷》。）

邯鄲淳書，應規入矩，方圓乃成。（袁昂《書評》。）

淳以書教諸王子，又建三字石經於漢碑之西，其文蔚焕，三體復宣，挍之《説文》，篆、隸大同，而古字小异。（江式《論書表》。）

同上，《衛覬》：

魏衛覬字伯儒，河南安邑人，官至侍中。尤工古文、篆、隸，草體傷瘦，筆迹精絶。《魏初傳》曰："古文者，篆出於邯鄲淳。伯儒嘗寫淳古文《尚書》，還以示淳，淳不能别。年六十二卒。伯儒古文、小篆、隸書、章草并入能，子孫皆妙於書。"（《書斷》。）

同上，《韋誕》：

韋誕字仲將，太僕端子，有文才，善屬辭章。建安中，拜郎中，稍遷侍中中書監，以光禄大夫遜位。邯鄲淳、衛覬及誕并善書，有名。（《文章叙録》。）

誕師邯鄲淳，太和中誕爲武都太守，以能書留補侍中，魏氏寶器銘題皆誕書云。（衛恒《四體書勢》）

韋誕字仲將，京兆人，太僕端之子，官至侍中，伏膺於張芝，兼邯鄲淳之法，諸法并善，尤精題署。……（《書斷》。）（浙江人民美術出版社，2015年）

吴士玉等《駢字類編》卷六十七珍寶門二《玉》：

玉鶴。（《廣韵藻》：瓊婴玉鶴，瓊婴骰子，出《列子》注所引《藝經》。）（中國書店，1988年）

顧藹吉《隸辨》卷八碑考下《魏三體石經〈左傳〉遺字》：

《魏三體石經〈左傳〉遺字》，正始三年。

……按《晋書·衛恒傳》云："魏初傳古文者出於邯鄲淳，至正始中，立三字石經，轉失淳法，因科斗之名，遂效其形。"《魏書·江式傳》云："魏陳留邯鄲淳，特善《倉》、《雅》、許氏字指，八體、六書，精究閑理。以書教諸皇子，又建三字石經於漢碑之西，其文蔚炳，三體復宣。"《石經考》云："據《衛恒傳》所言，三字石經非邯鄲淳書。"《金石文字記》云："《江式傳》則不考衛恒之言而失之者也。"胡三省《通鑒注》："魏碑以正始年中立，《漢書》言元嘉元年度尚命邯鄲淳作曹娥碑，時淳已弱冠，自元嘉至正始九十餘年，謂淳所書，非也。"

同上，《曹娥碑》：

《曹娥碑》，元嘉元年。

《水經注》云："上虞縣有曹娥碑，縣令度尚使甥邯鄲子禮爲碑文，以彰孝烈。"（中華書局，1986年）

嵇曾筠等《浙江通志》卷二百五十七《碑碣》三紹興府：

曹娥碑。（《水經注》：上虞縣有曹娥碑，縣令度尚使甥邯鄲淳于禮爲碑文，以彰孝烈。《碑藪》：曹娥碑二通，王羲之小楷已亡久矣，江陰翻大字者蔡本行卞書。）

同上，卷二百七十九《雜記》上"嘉泰會稽志"條：

《嘉泰會稽志》：漢元嘉元年，上虞長度尚爲石碑，屬魏朗作碑文，久之未就。時尚弟子邯鄲淳年二十，聰明才贍，而未知名，乃令作之。揮筆輒就，朗至，尚以示之，朗大嘆服。蔡邕聞之來觀，值夜，以手摸其文而讀之，題曰："黄絹幼婦，外孫虀臼。"後魏武帝見之，謂楊修曰："解否？"曰："已解。"曰："卿未可言，試我思之。"行三十里而喻，乃令修解之。修曰："黄絹，色絲也。幼婦，少女也。外孫，女之子也。虀臼，受辛也。蓋曰絶妙好辭。"曰："吾亦意此。但有智無智，較三十里。"（《文淵閣四庫全書》本）

王士俊等《河南通志》卷六十五《文苑》許州：

（漢）邯鄲淳字子叔，潁川人，弱冠有异才。嘗爲度尚作曹娥碑文，操筆立成，無所點定，所謂"黄絹幼婦，外孫虀臼"者也。書則八體悉工，師於曹喜，尤精古文、大篆、八分、隸書。自杜林、衛密以來，古文泯絶，由淳復著。（《文淵閣四庫全書》本）

杭世駿《石經考异》卷首《石經考异序》（全祖望）：

竊嘗考熹平石經始於蔡邕諸公，而邯鄲淳修之，正始石經亦出於淳，而嵇康等祖之。魚豢《魏儒宗傳序》曰："黄初元年之後，新王乃始掃除太學灰炭，補舊石碑之缺壞。"時淳方以博士給事中，是補正熹平隸字舊刻者淳也。衛恒《四體書勢》謂："魏初傳古文者，皆出於淳。正始所立，轉失淳法。"則淳于補正熹平隸字之外，别用壁中書寫一本，爲正始之祖。《晋書·趙至傳》曰："詣洛陽，游太學，遇嵇康寫石經。"嵇紹亦曰："先君在太學寫石經古文。"是即正始間事。然則邯鄲石經之上接熹平者，是《隋志》以一字爲魏刻之誤所自也。其下開正始者，是《范書》以三字爲漢刻之誤所自也。楊衒之、江式所言，大抵皆因此而誤。况黄初所補，非僅舊碑之缺壞，尚有增多於熹平之外者，《隋書》《五代史志》一字石經《周易》一卷、《尚書》六卷、《魯詩》六卷、《儀禮》九卷、《春秋》一卷、《公羊傳》九卷、《論語》一卷，又引梁有一字鄭氏《尚書》八卷、《毛詩》六卷，以較熹平五經之目不合。其增多者，更出誰人之手？然則邯鄲氏石經之功亦誃矣。……雍正十三年四月既望甬勾東全祖望序。

同上，卷上《延熹五經》：

鄞縣全祖望云："孔氏《春秋正義》謂漢初爲傳訓者，皆與經别行。故石經書《公羊傳》并無經文。按《隋志》别有一字《春秋》一卷，在《公羊傳》九卷之外，當是黄初時邯鄲淳書以補之也。"

同上，《正始石經非邯鄲淳書》：

《魏書·江式傳》及《北史》皆言魏陳留邯鄲淳特善《倉》、《雅》、許氏字指，八體、六書，精究閑理，以書教諸皇子，又建三字石經於漢碑之西。而衛恒《四體書勢》云："魏初傳古文者，出於邯鄲淳。恒祖敬侯爲寫《尚書》，後以示淳，而淳不别。至正始中，立三字石經，轉失淳法，因蝌蚪之名，遂效其形。"《水經注》以迄《晋書》撰《恒傳》皆同此説。胡三省并爲計其年歲，云："按此碑以正始年中立，《漢書》云元嘉元年度尚命邯鄲淳作曹娥碑，時淳已弱冠，自元嘉至正始亦九十餘年，或以三字爲魏碑則是，謂之邯鄲淳所書非也。"按魚豢《魏略》以董遇、賈洪、邯鄲淳、薛夏、隗禧、蘇林、樂祥等七人爲《儒宗傳》，其序曰："黄初元年之後，新主乃復始掃除太學灰炭，補舊石碑之缺壞。"又邯鄲淳傳云："黄初初，以淳爲博士給事中，淳作《投壺賦》千餘言奏之，文帝以爲工，賜帛千匹。"度淳在當時未必甚老，或寫於黄初而刻於正始，亦未可定。不然，熹平立石，蔡邕、馬日磾之名昭灼若此，而魏世重刊竟不言書者姓氏，是一闕也。

同上，《〈唐藝文志〉所載石經與〈隋志〉不同》：

仁和趙信云："《公羊》《穀梁》皆無正經，故邯鄲淳書《春秋》正經一卷以補之。《唐志》所云'今字石經《左傳經》十卷'即此，以其專寫正經而不連《左傳》，故稱爲《左傳經》，實則無《左傳》也。其十卷則一卷之訛，止經不應有十卷也。石經《毛詩》梁時已亡，安得至唐復出，恐是《魯詩》之訛也。"（《文淵閣四庫全書》本）

乾隆敕撰《大清一統志》卷一百五十一開封府三《人物》：

（三國魏）邯鄲淳（一名竺，字子叔，潁川人。博學有才，又善《倉》、《雅》、蟲、篆、許氏字指。魏武素聞其名，召與相見，甚敬异之。黄初中，爲博士給事中，作《投壺賦》千餘言奏之，文帝以爲工，賜帛千匹。）（《文淵閣四庫全書》本）

嚴可均《全三國文》卷二十六《邯鄲淳》：

淳字子叔，一名竺，潁川人。初平中客荆州，後歸曹公。黄初初爲博士給事中，有集二卷。（商務印書館，1999年）

范欽藏，范懋敏撰《天一閣碑目》宋：

《重書孝女曹娥碑》。（元祐八年正月，蔡卞書。）（《續修四庫全書》本）

馬國翰《玉函山房輯佚書》子部藝術類《藝經》（魏・邯鄲淳）：

《捐悶》

捐悶者，周公作也。先本位，以十二時相從，其文曰："同有文章，虎不如龍。豕者何爲，來入兔宫？王孫出卜（《御覽》作"晝"），乃造黄鐘。犬就馬厩（《御覽》作"犬往就馬"），非類相從。羊奔蛇穴，牛入鷄籠。"徐援稱捐悶乃是奇兩之術，發首即奇一，後乃奇兩者，即爲疑，更調曰："大豬東行遁虎坑，兔子欲宿入馬厩，羊來入村狗所屯，大牛何知乘龍上，蛇往西方入猴鄉，鷄鳥不止夜□□。（兩字原缺，《四庫》本《數術記遺》作"鼠藏"——引者）（甄鸞《術數記遺》注。《太平御覽》卷七百五十五引"悁悶先布本位"至"鷄籠"。）

《三不比兩》

三不比兩者，孔子所造也。布十干於其方，戊己西南維，其文曰："火爲木生甲呼丁，夫婦義重己隨壬，貴夷則統領辛參，南丙妻則須守乙，後火戊子，天癸就庚。"（《術數拾遺記》。）

《四維》

四維，東萊子所造也。布十二時四維之一，其文曰："天行星紀，石隨龍淵，風吹羊圈，天門地連，兔居蛇穴，馬到猴邊，鷄飛豬鄉，牛入鼠躔。（并同上。）

《馬射》

馬射，左邊爲月支二枚，馬蹄三枚也。（《文選・曹子建〈白馬篇〉》李善注。）

《彈棋》

棋正彈法：二人對局，白黑棋各六枚。先列棋相當，更先控，三彈不得，各去控，一棋先補角。其局以石爲之。（《文選・魏文帝〈與朝歌令吴質〔書〕〉。》注引至"補角"。《後漢書・梁冀傳》章懷太子注引作"彈棋，兩人對局"，"主相當"下作"更先彈也，其局以石爲之"，"其局"句據補。）

《棋局》

棋局從横各十七道，合二百八十九道，白黑棋子各一百五十枚。（《文選》卷五十二韋宏嗣《博弈論》注。）

《投壺》

投壺法，十二籌以象十二月之數。（《太平御覽》卷七百五十三。）

《擊壤》

擊壤，古戲也。壤以木爲之，前廣後鋭，長尺四寸，闊三寸，其形如履。將戲，先側一壤於地，遥於三四十步，以手中壤敲之，中者爲上。（《太平御覽》卷七百五十五、《廣韵・上聲三十六》善注引首句。）

《夾食》

夾食者，二人黄黑各十七棋，列於前第四道上，甲乙迭推，二棋夾一爲食棋，不得食兩，不得邊食，不由道則不行棋，入夾不取食。一棋爲籌，賭多少隨人所別。（《太平御覽》卷七百五十五。）

《簸子》

子之多少，人之朋數，隨戲者制。如十子争先，以落多爲不妙。

《擲磚》

以磚二枚，長七寸，相去三十步立爲標。各以磚一枚，方圓一尺，擲之。主人持籌隨多少，甲先擲破則得乙籌，後破則奪先破者。（并同上。）（《續修四庫全書》本）

顧櫰三《補後漢書藝文志》卷八小説家類：

邯鄲淳《藝經》。

淳，一名竺，字子叔。博學有才華，又善《倉》、《匹》、許氏字指。（櫰三按：淳爲度尚撰《曹娥碑》，在桓帝元嘉元年，爲段君撰《孫叔敖碑》在延熙四年，不應魏正始中尚能書三體石經及進《投壺賦》，疑是兩人。）

棋局縱横各十七道，合二百八十九道，白黑棋子各一百五十枚。（《文選·韋宏嗣〈博弈論〉注引。）

夫圍棋之品有九，一曰入神，二曰坐照，三曰具體，四曰通幽，五曰用知，六曰小巧，七曰鬥力，八曰若愚，九曰守拙。九品之外，今不復云。（《天中記》引。）

博局戲，六箸十二籌也。古者烏曹作博。（同上。）

以博二枚，長七寸，相去三十步立爲標；各以博一枚，方圓一尺，擲之。主人持籌添多少，甲先擲破則得乙籌，後破則奪先破矣。（《御覽》引。）

塞，行棋相塞，謂之塞也。

夾食者，二人黄黑各十七棋，横列於前第四道上，甲乙推造；二棋夾一爲食，不得食兩，不得邊食，不由道則不行，棋入夾不取食；一棋爲籌，多少隨人所制。

悁悶者，周公作。先布本位，以十二時相從，曰：同有文章，虎不如龍，豕者何爲，來入兔宫，王孫晝卜，乃造黄鐘，犬往就馬，非類相從，羊奔蛇穴，牛入鷄籠。（并同上。）

三不能比兩者，孔子造。布十子於其方，戊己在西南。

四維者，東萊子所造。布十二時四維之一，其文曰：天行星紀，石隨龍淵，風吹羊圈，天門地連，兔居蛇穴，馬到猴邊，鷄飛豬鄉，鼠入虎廛。（徐岳《術數記遺》引。）

子之多少，人之朋數，隨戲者制。如十子争先，以落多爲不妙。

簸子之多少，人之明數，隨戲者所制。始於十子，争先以落，多爲不妙。（《御覽》引。）

擊壤，古戲也。以木爲之，前廣後鋭，長尺四寸，闊三寸，其形如屐。將戲，先側一壤於地，遥於三四十步，以手中壤敲之，中者爲上。

彈棋正彈法：二人對局，墨白棋各六枚，先列棋相當，下呼，上擊之。（同上。）

更先控之，三彈不得，各去一棋，先補角。（《文選·魏文帝〈與朝歌令吴質書〉》注引。）

馬射左邊，爲月支二枚，馬蹄三枚。（《文選·顔延年〈赭白馬賦〉》注引。）

投壺之禮，主人奉矢，司射奉中，吏人執壺，主人謂曰："某有枉矢哨壺，請以樂賓。"（《天中記》引。）

投壺法：十二籌以象十二月之數。（《御覽》引。）

義陽臘日飲祭之後，叟嫗兒童爲藏鈎之戲。分爲二曹，以效勝負。若人偶即敵對；人奇即使奇人爲游附，或屬上曹，或屬下曹，名爲飛鳥，以齊二曹人數。一鈎藏於手中，曹人當射知所在。一藏一籌，三籌爲一都。（《天中記》引。）（《金陵叢書》本）

姚振宗《三國藝文志》卷三子雜藝術類：

邯鄲淳《藝經》。（淳始末具小説家。）

汪師韓《文選理學權輿》曰：“《選注》所引群書，有邯鄲淳《藝經》。”

馬國翰輯本序曰：“邯鄲淳《藝經》，《隋》《唐志》不著録，佚已久。甄鸞《數術記遺》注，《廣韵》善字注，《文選·顔延年〈赭白馬賦〉》、曹子建《白馬篇》、魏文帝《與吴質書》、韋弘嗣《博弈論》注，《後漢書·梁冀傳》注，《太平御覽》七百五十五，并引之。輯録爲卷，其目可見者，曰捐悶，曰三不比兩，曰四維，曰馬射，曰彈棋，曰棋局，曰投壺，曰擊壤，曰夾食，曰簸子，曰擲磚，凡十一事。”

同上，卷四别集魏人文：

魏給事中《邯鄲淳集》二卷，《録》一卷。（淳始末具子部小説家。）

《魏志·王粲》附傳注：《魏略》曰：“淳博學有才章，黄初初，作《投壺賦》千餘言奏之，文帝以爲工，賜帛千匹。”（按“千”字似誤。）

《文心雕龍·才略篇》曰：“丁儀、邯鄲，亦含論述之美。”又《封禪篇》云：“至於邯鄲《受命》，攀響前聲，風末力寡，輯韵成頌，雖文理順序，而不能奮飛。”

《隋書·經籍志》：“魏給事中《邯鄲淳集》二卷，梁有《録》一卷。”

《唐·經籍志》：“《邯鄲淳集》二卷。”《藝文志》同。

嚴氏《文編》輯存《投壺賦》、《受命述》及上表、《漢鴻臚陳紀碑》、《孝女曹娥碑》凡五篇。馮氏《詩紀》輯存四言詩一篇。（《二十五史藝文經籍志考補萃編》本，清華大學出版社，2012年）

陶憲曾《侯康〈補三國藝文志〉補》：

邯鄲淳《藝經》。

《文選·博弈論》注引之，云：“棋局從横，各十七道，合二百八十九道，白黑棋子各一百五十枚。”《文選·曹子建〈白馬篇〉》注引邯鄲淳《藝經》云：“馬射左邊爲月支三枚，馬蹄二枚。”又見《赭白馬賦》注。（《二十五史藝文經籍志考補萃編》本，清華大學出版社，2012）

案：顧櫰三《補後漢書藝文志》小説家著録邯鄲淳《藝經》，未注篇卷。姚振宗《三國藝文志》子雜藝術類著録邯鄲淳《藝經》，亦未注篇卷。

邯鄲淳（132—？年），一名竺，字子叔（一作淑），一字子禮，潁川（今河南禹州）人，一説陳留（今河南開封）人。博學有才章，爲漢末魏初著名書法家、文學家、游藝家。與董遇、賈洪、薛夏、隗禧、蘇林、樂詳同爲魏初儒宗。又善《倉》、《雅》、蟲、篆、許氏字指，八體悉工，尤善古文、篆、隸，魏初古文出其所傳。師事東漢名將、名士度尚（117—166年）。元嘉元年（151年）度尚爲上虞（今浙江紹興）長，表彰曹娥，邯鄲淳爲作《曹娥碑》。延熹三年（160年）爲固始令段君作《孫叔敖碑》。建安四年（199年）爲陳紀作《鴻臚陳君碑》。漢獻帝初平年間（190—193年），自三輔流寓荆州（今湖北襄陽一帶），建安十三年（208年），曹操進兵荆州，劉琮投降，淳獲曹操召見，被延爲幕僚。赤壁之戰曹操戰敗北還，淳也隨之北上。建安十六年（211年）曹操以次子曹丕（187—226年）爲五官中郎將，置屬官，曹丕"因啓淳欲使在文學官屬中"，會臨菑侯曹植亦求淳，曹操遣淳謁植。淳與曹植關係甚好，對曹植多所揄揚，令曹丕"頗不悦"。建安二十二年（217年），曹操最終立曹丕爲太子，曹植失寵。延康元年（220年）正月，曹操死，曹丕襲魏王爵，醖釀以魏代漢，淳在曹丕的高壓下離開曹植，到曹丕帳下效命，爲曹丕撰寫禪代受命述表。曹丕稱帝後，以淳爲博士給事中，淳作《投壺賦》千餘言奏上，受到曹丕獎賞。其卒年無可考。有云正始（240—248年）石經爲其所書，若然，則其壽達一百一十歲矣。一説淳書石經乃補熹平（172—177年）石經之缺壞，其書寫則在黄初（220—226年）年間，若然，則其壽亦在九十歲以上。有人因疑作碑和作賦者爲同名二人，乃僅因年歲可疑而推斷，并無其他證據。明代著名書法家文徵明年九十仍能書寫蠅頭小楷，證明常識不一定可靠。在没有證據前，仍以作碑作賦者爲同一人較爲穩妥。邯鄲淳著有《笑林》三卷，《集》二卷，見《隋書·經籍志》《舊唐書·經籍志》《新唐書·藝文志》《通志·藝文略》并同。鄭樵以後，則皆不見著録，蓋已亡佚。

顧櫰三《補後漢書藝文志》小説家著録邯鄲淳《藝經》，并附有所輯佚文十八條。邯鄲淳《藝經》，史志未見著録。《數術記遺》甄鸞注引《藝經》，然不言撰者，李善注《文選·赭白馬賦》《白馬篇》《博弈論》等乃稱"邯鄲淳《藝經》"。另外，《後漢書·梁冀傳》注，郝天挺《唐詩鼓吹》注，《太平御覽》卷七百五十三、卷七百五十五，《緯略》卷四，熊過《周易象旨决録》卷一等，均引《藝經》。從諸書所引佚文看，《藝經》乃雜記博戲游藝之書，凡投壺、藏鈎、博塞、彈棋、擊壤、夾食、捐悶、四維、簸子、擲磚、馬射、象戲等都有涉及。是書《太平御覽》所引尚多，或宋初猶存，則其亡在宋後。陶宗儀《説郛》有邯鄲淳《藝經》一卷八條，然似輯本，九成或未見其書。馬國翰《玉函山房輯佚書》有輯本一卷，所輯較爲全面，也仍有遺誤。

笑林

顧櫰三《補後漢書藝文志》小説家著録《笑林》三卷，題邯鄲淳撰。姚振宗《三國藝文志》著録同。《隋書·經籍志》子部小説家類著録《笑林》三卷，題邯鄲淳撰。邯鄲淳《笑林》資料見本資料集第三卷《隋志》卷。

博經（皇博經）

洪興祖《楚辭補注·招魂第九》：

菎蔽象棋，（菎，玉也。蔽，簙箸以玉飾之也。或言菎蕗，今之箭囊也。菎，一作琨，一作箟。〔補〕曰：菎，音昆，香草也。琨，玉名。箟，竹名。蔽，《集韵》作篦，其字從竹。《方言》：簙謂之蔽。秦、晋之間謂之簙，吴、楚之間謂之蔽。或謂之箭裏，或謂之棋。《博雅》云：簙箸謂之箭。）有六簙些。（投六箸，行六棋，故爲六簙也。言宴樂既畢，乃設六簙，以菎蔽爲箸，象牙爲棋，麗而且好也。簙，一作博。〔補〕曰：《説文》云：局戲也，六箸、十二棋也。鮑宏《博經》云：所擲頭謂之瓊。瓊有五采，刻爲一畫者謂之塞；刻爲兩畫者謂之白；刻爲三畫者謂之黑；一邊不刻者，五塞之間謂之五塞。《列子》曰：擊博樓上。注云：擊，打也。如今雙陸棋也。《古博經》云：博法，二人相對，坐向局，局分爲十二道，兩頭當中名爲水，用棋十二枚，六白六黑，又用魚二枚，置於水中，其擲采以瓊爲之，瓊畟方寸三分，長寸五分，鋭其頭，鑽刻瓊四面爲眼，亦名爲齒，二人互擲采行棋，棋行到處即豎之，名爲驍棋。即入水食魚，亦名牽魚。每牽一魚獲二籌，翻一魚獲二籌。畟，音側。）分曹并進，（曹，偶。）遒相迫些。（遒，亦迫。言分曹列偶，并進技巧，投箸行棋，轉相遒迫，使不得擇行也。或曰：分曹并進者，謂并用射禮也。五臣云：遒，急也。言務以求勝。）成梟而牟，（倍勝爲牟。《文選》梟作梟。〔補〕曰：《漢書》梟騎。注云：梟，勇也，若六博之梟。作梟非是。《淮南》曰：善博者不欲牟，不恐不勝。注云：博其棋不傷爲牟。梟，堅堯切。牟，過也，進也，大也。）呼五白些。（五白，簙齒也。言己棋已梟，當成牟勝，射張食棋，下兆於屈，故呼五白，以助投也。兆於屈，一作逃於窟。〔補〕曰：《列子》云：樓上博者，射明瓊張中。説者曰：凡戲争能取中，皆用射。明瓊齒，五白也。中，去聲。射，食亦切。）（中華書局，1983年）

楊伯峻《列子集釋》卷八《説符》：

虞氏者，梁之富人也，家充殷盛，錢帛無量，財貨無訾。登高樓，臨大路，設樂陳酒，擊博樓上。（《釋文》：擊，打也，如今雙陸棋也。韋昭《博弈論》云設木而擊之是也。《古博經》云：博法，二人相對，坐向局，分爲十二道，兩頭當中名爲水，用棋十二枚，六白六黑；又用魚二枚置於水中。其擲采以瓊爲之。瓊畟方寸三分，長寸五分，鋭其頭，鑽刻瓊四面爲眼，亦名爲齒。二人互擲采行棋。棋行到處即豎之，名爲驍棋，即入水食魚，亦名牽魚。每牽一魚獲二籌，翻一魚獲三籌。若已牽兩魚而不勝者，名曰被翻雙魚。彼家獲六籌爲大勝也。畟音則。）俠客相隨而行。樓上博者射，（《釋文》云：博者射爲句，射，食亦切。）明瓊張中，反兩榻魚而笑。（張湛注：明瓊，齒五白也。射五白得之，反兩魚獲勝，故大笑。《釋文》“榻”作“搨”，云：中，丁仲切。反音翻。搨，他臘切。凡戲争能取中皆曰射，亦曰投。裴駰曰：報采獲魚也。榻字案《真經》本或作魚，案《大博經》作鰈，比目魚也。蓋謂兩魚勇之比目也。此言報采獲中，翻得兩魚，大勝而笑也。鰈，他獵反。今本云榻魚者，是多一字也。據義用鰈不用魚，用魚不用鰈字。）飛鳶適墜其腐鼠而中之，俠客相與言曰：“虞氏富樂之日久矣，而常有輕易人之志。吾不侵犯之，而乃辱我以腐鼠。此而不報，無以立慬於天下。請與若等戮力一志，率徒屬必滅其家爲等倫。”皆許諾。至期日之夜，聚衆積兵以攻虞氏，大滅其家。（中華書局，1979年）

陳壽撰，裴松之注《三國志》卷二《文帝紀》：

文皇帝諱丕，字子桓，武帝太子也。中平四年冬，生於譙。（《魏書》曰：帝生時有雲氣，青色而圓如車蓋，當其上終日，望氣者以爲至貴之證，非人臣之氣。年八歲能屬文，有逸才。遂博貫古今經傳諸子百家之書，善騎射，好擊劍。舉茂才，不行。《獻帝起居注》曰：建安十五年爲司徒趙温所辟，太祖表温辟臣子弟選舉，故不以實，使侍中守光禄勛郗慮持節奉策免温官。）建安十六年，爲五官中郎將、副丞相。二十二年，立爲魏太子。（《魏略》曰：太祖不時立太子，太子自疑。是時有高元吕者，善相人，乃呼問之，對曰：其貴乃不可言。問壽幾何？元吕曰：其壽至四十，當有小苦，過是無憂也。後無幾而立爲皇太子，至年四十而薨。）太祖崩，嗣位爲丞相、魏王。（袁宏《漢紀》載，漢帝詔曰：魏太子丕，昔皇天授乃顯考以翼我皇家，遂攘除群凶，拓定九州，弘功茂績，光於宇宙。朕用垂拱負扆二十有餘載，天不憖遺一老，永保余一人，早世潛神，哀悼傷切。丕奕世宣明，宜秉文武，紹熙前緒。今使使持節，御史大夫華歆奉策，詔授丕丞相印綬，魏王璽紱，領冀州牧。方今外有遺虜，遐夷未賓，旗鼓猶在，邊境干戈，不得韜刃，斯乃播揚洪烈，立功垂名之秋也。豈得修諒暗之禮，究曾閔之志哉？其敬服朕命，抑弭憂懷，旁祗厥緒，時亮庶功，以稱朕意。於戲，可不勉與！）尊王后曰王太后。改建安二十五年爲延康元年。

元年二月，（《魏書》載：庚戌，令曰：關津所以通商旅，池苑所以禦灾荒，設禁重税，非所以便民。其除池籞之禁，輕關津之税，皆復什一。辛亥，賜諸侯王將相已下大將粟萬斛、帛千匹、金銀各有差等，遣使者循行郡國，有違理掊克暴虐者，舉其罪。）壬戌，以大中大夫賈詡爲太尉，御史大夫華歆爲相國，大理王朗爲御史大夫。置散騎常侍、侍郎各四人，其宦人爲官者，不得過諸署令；爲金策著令，藏之石室。……秋七月庚辰，令曰：軒轅有明臺之議，放勛有衢室之問，皆所以廣詢於下也。（《管子》曰：黄帝立明臺之議者，上觀於兵也。堯有衢室之問者，下聽於民也。舜有告善之旌而主不蔽也，禹立建鼓於朝而備訴訟也，湯有總街之廷以觀民非也，武王有靈臺之囿而賢者進也。此古聖帝明王所以有而勿失，得而勿忘也。）百官有司，其務以職盡規諫，將率陳軍法，朝士明制度，牧守申政事，縉紳考六藝，吾將兼覽焉。孫權遣使奉獻，蜀將孟達率衆降，武都氐王楊僕率種人内附，居漢陽郡。（《魏略》載：王自手筆令曰：吾前遣使宣國威靈而達即來吾，惟《春秋》褒儀父，即封拜達使還領新城太守。近復有扶老携幼首向王化者，吾聞夙沙之民自縛其君以歸神農，豳國之衆襁負其子而入豐、鎬，斯豈驅略迫脅之所致哉？乃風化動其情，而仁義感其衷，歡心内發使之然也。以此而推，西南將萬里無外，權、備將與誰守死乎？）……冬十月癸卯，下令曰：諸將征伐士卒死亡者或未收斂，吾甚哀之，其告郡國給槥櫝殯斂，送致其家，官爲設祭。丙午，行至曲蠡，漢帝以衆望在魏，乃召群公卿士。（袁宏《漢紀》載：漢帝詔曰：朕在位三十有二載，遭天下蕩覆，幸賴祖宗之靈危而復存，然仰瞻天文，俯察民心，炎精之數既終，行運在乎曹氏，是以前王既樹神武之績，今王又光曜明德以應其期，是曆數昭明信可知矣。夫大道之行，天下爲公，選賢與能，故唐堯不私於厥子，而名播於無窮，朕羡而慕焉。今其追踵堯典，禪位於魏王。）告祠高廟，使兼御史大夫張音持節奉璽綬禪位册，曰……乃爲壇於繁陽。庚午，王升壇即阼，百官陪位。事訖，降壇，視燎成禮而反。改延康爲黄初，大赦。

黄初元年十一月癸酉，以河内之山陽邑萬户奉漢帝爲山陽公，行漢正朔，以天子之禮郊祭，上書不稱臣，京都有事於太廟，致胙；封公之四子爲列侯。追尊皇祖太王曰太皇帝，考武王曰武皇帝，尊王太后曰皇太后。賜男子爵人一級，爲父後及孝悌力田人二級。以漢諸侯王爲崇德侯，列侯爲關中侯。以潁陰之繁陽亭爲繁昌縣。封爵增位各有差。改相國爲司徒，御史大夫爲司空，奉常爲太常，郎中令爲光禄勛，大理爲廷尉，大農爲大司農。郡國縣邑，多所改易。更授匈奴南單于呼厨泉魏璽綬，賜青蓋車、乘輿、寶劍、玉玦。……

七年春正月，將幸許昌，許昌城南門無故自崩，帝心惡之，遂不入。壬子，行還洛陽宫。三月，築九華臺。夏五月丙辰，帝疾篤，召中軍大將軍曹真、鎮軍大將軍陳群、征東大將軍曹休、撫軍大將軍司馬宣王，并受遺詔輔嗣主；遣後宫淑媛、昭儀已下歸其家。丁巳，帝崩於嘉福殿，時年四十。（《魏書》曰：殯於崇華前殿。）六月戊寅，葬首陽陵。自殯及葬，皆以終制從事。

初，帝好文學，以著述爲務，自所勒成垂百篇。又使諸儒撰集經傳，隨類相從，凡千餘篇，號曰《皇覽》。（《魏書》曰：帝初在東宫，疫癘大起，時人雕傷，帝深感嘆，與素所敬者大理王朗書曰："生有七尺之形，死唯一棺之土，唯立德揚名，可以不朽，其次莫如著篇籍。疫癘數起，士人雕落，余獨何人，能全其壽？"故論撰所著《典論》、詩賦，蓋百餘篇，集諸儒於肅城門内，講論大義，侃侃無倦。常嘉漢文帝之爲君，寬仁玄默，務欲以德化民，有賢聖之風。時文學諸儒，或以爲孝文雖賢，其於聰明通達國體，不如賈誼。帝由是著《太宗論》曰："昔有苗不賓，重華舞以干戚；尉佗稱帝，孝文撫以恩德；吴王不朝，錫之几杖以撫其意，而天下賴安；乃弘三章之教，愷悌之化，欲使曩時累息之民，得闊步高談，無危懼之心。若賈誼之才敏，籌畫國政，特賢臣之器，管、晏之姿，豈若孝文大人之量哉？"三年之中，以孫權不服，復頒《太宗論》於天下，明示不顧征伐也。他日，又從容言曰："顧我亦有所不取於漢文帝者三：殺薄昭；幸鄧通；慎夫人衣不曳地，集上書囊爲帳帷。以爲漢文儉而無法，舅後之家，但當養育以恩，而不當假借以權，既觸罪法，又不得不害矣。"其欲秉持中道，以爲帝王儀表者如此。胡衝《吴曆》曰：帝以素書所著《典論》及詩賦餉孫權，又以紙寫一通與張昭。）

評曰：文帝天資文藻，下筆成章，博聞强識，才藝兼該；（《典論》帝《自叙》曰：初平之元，董卓殺主鴆後，蕩覆王室。是時四海既困中平之政，兼惡卓之凶逆，家家思亂，人人自危。山東牧守，咸以《春秋》之義"衛人討州吁於濮"，言人人皆得討賊。於是大興義兵，名豪大俠，富室强族，飄揚雲會，萬里相赴；兗、豫之師戰於滎陽，河内之甲軍於孟津。卓遂遷大駕，西都長安。而山東大者連郡國，中者嬰城邑，小者聚阡陌，以還相吞滅。會黄巾盛於海、岱，山寇暴於并、冀，乘勝轉攻，席捲而南，鄉邑望烟而奔，城郭睹塵而潰，百姓死亡，暴骨如莽。余時年五歲，上以世方擾亂，教余學射，六歲而知射。又教余騎馬，八歲而能騎射矣。以時之多故，每征，余常從。建安初，上南征荆州，至宛，張繡降。旬日而反，亡兄孝廉子修、從兄安民遇害。時余年十歲，乘馬得脱。夫文武之道，各隨時而用，生於中平之季，長於戎旅之間，是以少好弓馬，於今不衰。逐禽輒十里，馳射常百步，日多體健，心每不厭。建安十年，始定冀州，濊、貊貢良弓，燕、代獻名馬。時歲之暮春，勾芒司節，和風扇物，弓燥手柔，草淺獸肥，與族兄子丹獵於鄴西，終日手獲麞鹿九、雉兔三十。後軍南征，次曲蠡，尚書令荀彧奉使犒軍，見余談論之末，彧言："聞君善左右射，此實難能。"余言："執事未睹夫項發口縱俯馬蹄而仰月支也。"彧喜笑曰："乃爾。"余曰："埒有常徑，的有常所，雖每發輒中，非至妙也。若馳平原，赴豐草，要狡獸，截輕禽，使弓不虚彎，所中必洞，斯則妙矣。"時軍祭酒張京在坐，顧彧拊手曰："善！"余又學擊劍，閲師多矣，四方之法各异，唯京師爲善。桓、靈之間，有虎賁王越善斯術，稱於京師。河南史阿言昔與越游，具得其法，余從阿學之精熟。嘗與平虜將軍劉勛、奮威將軍鄧展等共飲，宿聞展善有手臂，曉五兵，又稱其能空手入白刃。余與論劍良久，謂言將軍法非也，余顧嘗好之，又得善術，因求與余對。時酒酣耳熱，方食竿蔗，便以爲杖，下殿數交，三中其臂，左右大笑。展意不平，求更爲之。余言："吾法急屬，難相中面，故齊臂耳。"展言願復一交，余知其欲突以取交中也，因僞深進，展果尋前，余却脚鄛，正截其顙，坐中驚視。余還坐，笑曰："昔陽慶使淳于意去其故方，更授以秘術，今余亦願鄧將軍捐弃故伎，更受要道也。"一坐盡歡。夫事不可自謂己長，余少曉持復，自謂無對。俗名雙戟爲坐鐵室，鑲楯爲蔽木户，後從陳國袁敏學，以單攻複，每爲若神，對家不知所出，先日若逢敏於狹路，直决耳！余於他戲弄之事少所喜，唯彈棋略盡其巧，少爲之賦。昔京師先工有馬合鄉侯、東方安世、張公子，常恨不得與彼數子者對。上雅好詩書文籍，雖在軍旅，手不釋卷，每每定省，從容常言："人少好學則思專，長則善忘，長大而能勤學者，唯吾與袁伯業耳。"余是以少誦詩、論，及長而備歷五經、四部，《史》、《漢》、諸子百家之言，靡不畢覽。《博物志》曰：帝善彈棋，能用手巾角。時有一書生，又能低頭以所冠著葛巾角撇棋。）若加之曠大之度，勵以公平之誠，邁志存道，克廣德心，則古之賢主，何遠之有哉！

陸璣撰，毛晋廣要《陸氏詩疏廣要》卷上之下釋木《摽有梅》梅：

魏文帝與軍士失道，大渴而無水，遂下令曰："前有梅林結子，甘酸可以止渴。"（《文淵閣四庫全書》本）

葛洪《西京雜記》卷四"許博昌"條：

許博昌，安陵人也，善陸博。竇嬰好之，常與居處。其術曰："方畔揭道張，張畔揭道方。張究屈元高，高元屈究張。"又曰："張道揭畔方，方畔揭道張。張究屈元高，高元屈究張。"三輔兒童皆誦之。法用六箸，或謂之究，以竹爲之，長六分。或用二箸。博昌又作《太博經》一篇。今世傳高祖與項羽戰於垓下，孔將軍居左，費將軍居右，皆假爲名。（三秦出版社，2006年）

同上，卷九《曹洪》：

始，洪家富而性吝嗇，文帝少時假求不稱，常恨之，遂以舍客犯法，下獄當死。群臣并救莫能得。卞太后謂郭后曰："令曹洪今日死，吾明日敕帝廢后矣。"於是泣涕屢請，乃得免官削爵土。（《魏略》曰：文帝收洪，時曹真在左右，請之曰："今誅洪，洪必以真爲譖也。"帝曰："我自治之，卿何豫也？"會卞太后責怒帝，言"梁、沛之間，非子廉無有今日"。詔乃釋之。猶尚没入其財産。太后又以爲言，後乃還之。初，太祖爲司空時，以己率下，每歲發調，使本縣平貲。於時譙令平洪貲財與公家等，太祖曰："我家貲那得如子廉耶！"文帝在東宫，嘗從洪貸絹百匹，洪不稱意。及洪犯法，自分必死，既得原，喜，上書謝曰："臣少不由道，過在人倫，長竊非任，遂蒙含貸。性無檢度知足之分，而有豺狼無厭之質，老惛倍貪，觸突國網，罪迫三千，不在赦宥，當就辜誅，弃諸市朝，猶蒙天恩，骨肉更生。臣仰視天日，愧負靈神，俯惟愆闕，慚愧怖悸，不能雉經以自裁割，謹塗顔闕門，拜章陳情。"）洪先帝功臣，時人多爲觖望。明帝即位，拜後將軍，更封樂城侯，邑千户，位特進，復拜驃騎將軍。太和六年薨，謚曰恭侯。子馥，嗣侯。初，太祖分洪户封子震列侯。洪族父瑜，修慎篤敬，官至衛將軍，封列侯。

同上，卷十《賈詡》：

是時，文帝爲五官將，而臨菑侯植才名方盛，各有黨與，有奪宗之議。文帝使人問詡自固之術，詡曰："願將軍恢崇德度，躬素士之業，朝夕孜孜，不違子道。如此而已。"文帝從之，深自砥礪。太祖又嘗屏除左右問詡，詡嘿然不對。太祖曰："與卿言而不答，何也？"詡曰："屬適有所思，故不即對耳。"太祖曰："何思？"詡曰："思袁本初、劉景升父子也。"太祖大笑，於是太子遂定。詡自以非太祖舊臣，而策謀深長，懼見猜疑，闔門自守，退無私交，男女嫁娶，不結高門，天下之論智計者歸之。

同上，卷二十一《吴質》：

吴質，濟陰人，以文才爲文帝所善，官至振威將軍，假節都督河北諸軍事，封列侯。（《魏略》曰：質字季重，以才學通博，爲五官將及諸侯所禮愛；質亦善處其兄弟之間，若前世樓君卿之游五侯矣。及河北平定，五官將爲世子，質與劉楨等并在坐席。楨坐譴之際，質出爲朝歌長，後遷元城令。其後大軍西征，太子南在孟津小城，與質書曰："季重無恙！途路雖局，官守有限，願言之懷，良不可任。足下所治僻左，書問致簡，益用增勞。每念昔日南皮之游，誠不可忘。既妙思六經，逍遥百氏，彈棋間設，終以博弈，高談娱心，哀箏順耳。馳騖北場，旅食南館，浮甘瓜於清泉，沉朱李於寒水。皦日既没，繼以朗月，同乘并載，以游後園，輿輪徐動，賓從無聲，清風夜起，悲笳微吟，樂往哀來，凄然傷懷。余顧而言，兹樂難常，足下之徒，咸以爲然。今果分别，各在一方。元瑜長逝，化爲异物，每一念至，何時可言？方今蕤賓紀辰，景風扇物，天氣和暖，衆果具繁。時駕而游，北遵河曲，從者鳴笳以啓路，文學托乘於後車，節同時异，物是人非，我勞如何！今遣騎到鄴，故使枉道相過。行矣，自愛！"二十三年，太子又與質書曰："歲月易得，别來行復四年。三年不見，《東山》猶嘆其遠，况乃過之，思何可支？雖書疏往反，未足解其勞結。昔年疾疫，親故多離其災，徐、陳、應、劉，一時俱逝，痛何可言邪！昔日游處，行則同輿，止則接席，何嘗須臾相失！每至觴酌流行，絲竹并奏，酒酣耳熱，仰而賦詩。當此之時，忽然不自知樂也。謂百年已分，長共相保，何圖數年之間，零落略盡，言之傷心。頃撰其遺文，都爲一集。觀其姓名，已爲鬼録，追思昔游，猶在心目，而此諸子化爲糞壤，可復道哉！觀古今文人，類不護細行，鮮能以名節自立。而偉長獨懷文抱質，恬淡寡欲，有箕山之志，可謂彬彬君子矣。著《中論》二十餘篇，成一家之業，辭義典雅，足傳於後，此子爲不朽矣。德璉常斐然有述作意，才學足以著書，美志不遂，良可痛惜。間歷觀諸子之文，對之抆泪，既痛逝者，行自念也。孔璋章表殊健，微爲繁富。公幹有逸氣，但未遒耳，至其五言詩，妙絶當時。元瑜書記翩翩，致足樂也。仲宣獨自善於辭賦，惜其體弱，不足起其文，至於所善，古人無以遠過也。昔伯牙絶弦於鍾期，仲尼覆醢於子路，愍知音之難遇，傷門人之莫逮也。諸子但爲未及古人，自一時之俊也，今之存者已不逮矣。後生可畏，來者難誣，然吾與足下不及見也。行年已長大，所懷萬端，時有所慮，至乃通夕不瞑。何時復類昔日！已成老翁，但未白頭耳。光武言‘年已三十，在軍十年，所更非一’，吾德雖不及，年與之齊。以犬羊之質，服虎豹之文，無衆星之明，假日月之光，動見觀瞻，何時易邪？恐永不復得爲昔日游也。少壯真當努力，年一過往，何可攀援？古人思秉燭夜游，良有以也。頃何以自娱？頗復有所造述不？東望於邑，裁書叙心。”臣松之以本傳雖略載太子此書，美辭多被删落，今故悉取《魏略》所述以備其文。太子即王位，又與質書曰：“南皮之游，存者三人，烈祖龍飛，或將或侯。今惟吾子，栖遲下仕，從我游處，獨不及門。瓶罄罍耻，能無懷愧。路不云遠，今復相聞。”初，曹真、曹休亦與質等俱在渤海游處，時休、真亦以宗親并受爵封，出爲列將，而質故爲長史。王顧質有望，故稱二人以慰之。始質爲單家，少游遨貴戚間，蓋不與鄉里相沈浮。故雖已出官，本國猶不與之士名。及魏有天下，文帝徵質，與車駕會洛陽。到，拜北中郎將，封列侯，使持節督幽、并諸軍事，治信都。太和中，入朝。質自以不爲本郡所饒，謂司徒董昭曰：“我欲溺鄉里耳。”昭曰：“君且止，我年八十，不能老爲君溺攢也。”《世語》曰：魏王嘗出征，世子及臨菑侯植并送路側。植稱述功德，發言有章，左右屬目，王亦悦焉。世子悵然自失，吴質耳曰：“王當行，流涕可也。”及辭，世子泣而拜，王及左右咸歔欷，於是皆以植辭多華，而誠心不及也。）

同上，卷二十九《朱建平》：

朱建平，沛國人也。善相術，於閭巷之間，效驗非一。太祖爲魏公，聞之，召爲郎。文帝爲五官將，坐上會客三十餘人，文帝問己年壽，又令遍相衆賓。建平曰：“將軍當壽八十，至四十時當有小厄，原謹護之。”

文帝黄初七年，年四十，病困，謂左右曰："建平所言八十，謂晝夜也，吾其決矣。"頃之，果崩。

建平又善相馬。文帝將出，取馬外入，建平道遇之，語曰："此馬之相，今日死矣。"帝將乘馬，馬惡衣香，驚齧文帝膝，帝大怒，即便殺之。建平黄初中卒。

同上，《周宣》：

文帝問宣曰："吾夢殿屋兩瓦墮地，化爲雙鴛鴦，此何謂也？"宣對曰："後宫當有暴死者。"帝曰："吾詐卿耳！"宣對曰："夫夢者意耳，苟以形言，便占吉凶。"言未畢，而黄門令奏宫人相殺。無幾，帝復問曰："我昨夜夢青氣自地屬天。"宣對曰："天下當有貴女子冤死。"是時，帝已遣使賜甄后璽書，聞宣言而悔之，遣人追使者不及。帝復問曰："吾夢摩錢文，欲令滅而更愈明，此何謂邪？"宣悵然不對。帝重問之，宣對曰："此自陛下家事，雖意欲爾而太后不聽，是以文欲滅而明耳。"時帝欲治弟植之罪，逼於太后，但加貶爵。以宣爲中郎，屬太史。（中華書局，2006年）

劉勰撰，范文瀾注《文心雕龍注》卷三《銘箴》：

魏文九寶，器利辭鈍。（魏文帝《典論·劍論》，録自《全三國文》卷八。文長不録。——引者）

同上，《諧讔》：

諧之言皆也，辭淺會俗，皆悦笑也。昔齊威酣樂，而淳于説甘酒；楚襄宴集，而宋玉賦好色：意在微諷，有足觀者。及優旃之諷漆城，優孟之諫葬馬，并譎辭飾説，抑止昏暴。是以子長編史，列傳滑稽，以其辭雖傾回，意歸義正也。但本體不雅，其流易弊。於是東方、枚臯，餔糟啜醨，無所匡正，而詆嫚媟弄，故其自稱爲賦，乃亦俳也；見視如倡，亦有悔矣。至魏文因俳説以著《笑書》，（《魏志·文帝紀》未言其著《笑書》，裴松之注勖爲富博，亦未言及，《隋志》不著録，諸類書亦無引之，未知何故。魏文同時有邯鄲淳，撰《笑林》三卷，《隋》《唐志》同，馬國翰輯得一卷……魏文《笑書》，當亦此類也。）薛綜憑宴會而發嘲調，雖抃推席，而無益時用矣。然而懿文之士，未免枉轡；潘岳醜婦之屬，束皙賣餅之類，尤而效之，蓋以百數。魏晋滑稽，盛相驅扇，遂乃應瑒之鼻，方於盗削卵；張華之形，比乎握舂杵。曾是莠言，有虧德音，豈非溺者之妄笑，胥靡之狂歌歟！

讔者，隱也；遁辭以隱意，譎譬以指事也。昔還社求拯於楚師，喻眢井而稱麥麯；叔儀乞糧於魯人，歌佩玉而呼庚癸；伍舉刺荆王以大鳥，齊客譏薛公以海魚；莊姬托辭於龍尾，臧文謬書於羊裘。隱語之用，被於紀傳。大者興治濟身，其次弼違曉惑。蓋意生於權譎，而事出於機急，與夫諧辭，可相表裏者也。漢世隱書，十有八篇；歆固編文，録之歌末。昔楚莊齊威，性好隱語。至東方曼倩，尤巧辭述，但謬辭詆戲，無益規補。自魏代以來，頗非俳優，而君子嘲隱，化爲謎語。謎也者，回互其辭，使昏迷也。或體目文字，或圖像品物，纖巧以弄思，淺察以炫辭，義欲婉而正，辭欲隱而顯。荀卿蠶賦，已兆其體；至魏文、陳思，約而密之。高貴鄉公，博舉品物，雖有小巧，用乖遠大。（魏文、陳思、高貴鄉公所謎語，皆無可考。）夫觀古之爲隱，理周要務，豈爲童稚之戲謔，搏髀而抃笑哉！然文辭之有諧讔，譬九流之有小説，蓋稗官所采，以廣視聽。若效而不已，則髡袒而入室，旃孟之石交乎！

贊曰：古之嘲隱，振危釋憊。雖有絲麻，無弃菅蒯。會義適時，頗益諷誡。空戲滑稽，德音大壞。

同上，卷四《詔策》：

魏文帝下詔，（孫云《御覽》作“魏文以下”。）辭意多偉，至於作威作福，其萬慮之一弊乎！（《魏志·蔣濟傳》：“文帝詔征南將軍夏侯尚曰：‘卿腹心重將，特當任使，恩施足死，惠愛可懷，作威作福，殺人活人。’濟謂帝曰：‘夫作威作福，《書》之明誡。天子無戲言，古人所慎，惟陛下察之。’帝遣追取前詔。”弊，當作蔽。）

同上，卷九《總術》：

凡精慮造文，各競新麗，多欲練辭，莫肯研術。落落之玉，或亂乎石；碌碌之石，或似乎玉。精者要約，匱者亦尠；博者該贍，蕪者亦繁；辯者昭晳，淺者亦露；奥者復隱，詭者亦典。或義華而聲悴，或理拙而文澤。知夫調鐘未易，張琴實難。伶人告和，不必盡窕槬桍之中；動用揮扇，何必窮初終之韵；魏文比篇章於音樂，蓋有徵矣。（《典論·論文》：“文以氣爲主，氣之清濁有體，不可力强而致。譬諸音樂，曲度雖均，節奏同檢，至於引氣不齊，巧拙有素，雖在父兄，不能以移子弟。”）

同上，《時序》：

自獻帝播遷，文學蓬轉，建安之末，區宇方輯。魏武以相王之尊，雅愛詩章；文帝以副君之重，妙善辭賦；陳思以公子之豪，下筆琳琅；并體貌英逸，故俊才雲蒸。仲宣委質於漢南，孔璋歸命於河北，偉長從宦於青土，公幹徇質於海隅；德璉綜其斐然之思；元瑜展其翩翩之樂。文蔚、休伯之儔，于叔、德祖之侶，傲雅觴豆之前，雍容衽席之上，灑筆以成酣歌，和墨以藉談笑。觀其時文，雅好慷慨，良由世積亂離，風衰俗怨，并志深而筆長，故梗概而多氣也。

同上，卷十《才略》：

魏文之才，洋洋清綺。舊談抑之，謂去植千里。然子建思捷而才俊，詩麗而表逸；子桓慮詳而力緩，故不競於先鳴；而樂府清越，《典論》辯要，選用短長，亦無懵焉。但俗情抑揚，雷同一響，遂令文帝以位尊减才，思王以勢窘益價，未爲篤論也。（鍾嶸列思王於中品，文帝於中品。《明詩篇》曰："兼善則子建、仲宣。"是彦和之意，亦以子建詩優於文帝也。而樂府清越，《典論》辨要，則亦特有所長，不得一概抑之。彦和此説，誠是篤論。）

同上，《序志》：

詳觀近代之論文者多矣：至於魏文述典，（魏文帝《典論·論文》，録自《全三國文》八。）陳思序書，應瑒文論，陸機文賦，仲洽流别，宏範翰林，各照隅隙，鮮觀衢路。或臧否當時之才，或詮品前修之文，或泛舉雅俗之旨，或撮題篇章之意。魏典密而不周，陳書辯而無當，應論華而疏略，陸賦巧而碎亂，流别精而少巧，翰林淺而寡要。……（人民文學出版社，1958年）

鍾嶸《詩品》中品《魏文帝》：

其源出於李陵，頗有仲宣之體。則所計百許篇，率皆鄙直如偶語。惟"西北有浮雲"十餘首，殊美贍可玩，始見其工矣。不然，何以銓衡群彦，對揚厥弟者耶？（中華書局，1998年）

蕭子顯《南齊書》卷二十八《垣榮祖》：

榮祖少學騎馬及射，或謂之曰："武事可畏，何不學書？"榮祖曰："昔曹操、曹丕上馬横槊，下馬談論，此於天下可不負飲食矣。君輩無自全之伎，何异犬羊乎？"（中華書局，1972年）

顔之推《顔氏家訓·雜藝第十九》：

《家語》曰："君子不博，爲其兼行惡道故也。"《論語》云："不有博弈者乎？爲之猶賢乎已。"然則聖人不用博弈爲教；但以學者不可常精，有時疲倦，則儻爲之，猶勝飽食昏睡，兀然端坐耳。至如吴太子以爲無益，命韋昭論之；王肅、葛洪、陶侃之徒，不許目觀手執，此并勤篤之志也。能爾爲佳。古爲大博則六箸，小博則二焭，今無曉者。比世所行，一焭十二棋，數術淺短，不足可玩。圍棋有手談、坐隱之目，頗爲雅戲；但令人耽憒，廢喪實多，不可常也。（《諸子集成》本）

房玄齡《晉書》卷九十六《烈女傳·羊耽妻辛氏》：

羊耽妻辛氏，字憲英，隴西人，魏侍中毗之女也。聰朗有才鑒。初，魏文帝得立爲太子，抱毗項謂之曰："辛君知我喜不？"毗以告憲英，憲英嘆曰："太子，代君主宗廟社稷者也。代君不可以不戚，主國不可以不懼，宜戚而喜，何以能久！魏其不昌乎？"（中華書局，2000年）

魏徵等《隋書》卷三十三經籍二史雜傳：

《海内士品》一卷。

《列异傳》三卷。（魏文帝撰。）

……魏文帝又作《列异》，以序鬼物奇怪之事，嵇康作《高士傳》，以叙聖賢之風。……

同上，卷三十四經籍三子儒家：

《典論》五卷。（魏文帝撰。）

同上，名家：

《士操》一卷。（魏文帝傳。）

同上，兵家：

《兵書略要》九卷。（魏武帝撰。梁有《兵要》二卷。）

《皇博法》一卷。

同上，卷三十五經籍四集别集：

《魏文帝集》十卷。（梁二十三卷。）（中華書局，1973年）

劉知幾《史通》卷九《序傳》：

歷觀揚雄已降，其自叙也，始以誇尚爲宗。至魏文帝、傅玄、陶梅、葛洪之徒，則又逾於此者矣。何則？身兼片善，行有微能，皆剖析具言，一二必載。豈所謂憲章前聖，謙以自牧者歟？（上海古籍出版社，2009年）

劉昫《舊唐書》卷四十六經籍上乙部史録雜傳：

《海内士品録》二卷。（魏文帝撰。）

同上，卷四十七經籍下丙部子録儒家類：

《典論》五卷。（魏文帝撰。）

同上，名家類：

《士操》一卷。（魏文帝撰。）

同上，兵書類：

《兵法要略》十卷。（魏文帝撰。）

同上，雜藝術類：

《皇博經》一卷。（魏文帝撰。）

同上，卷四十七丁部集録別集類：

《魏文帝集》十卷。（中華書局，1975）

李昉等《太平御覽》卷首《經史圖書綱目》：

魏文帝《集論》、魏文帝《典論》。（中華書局，1960年）

歐陽修、宋祁《唐書》卷五十八《藝文志二》乙部史録雜傳記類：

魏文帝《海内四品録》三卷。

同上，卷五十九《藝文》三丙部子録儒家類：

魏文帝《典論》五卷。

同上，名家類：

魏文帝《士操》一卷。

同上，兵書類：

魏文帝《兵書要略》十卷。

同上，雜藝術類：

魏文帝《皇博經》一卷。（中華書局，1975年）

孔平仲《珩璜新論》“觀魏文帝紀注”條：

觀《魏文帝紀注》細字數板，自許芝説符瑞，漢帝遜大位，曹丕上章下令，虚辭飾説，往來紛紛，三尺童子猶知其詐，况欲欺天下後世乎？當是時御史中丞司馬懿，已在勸進之列矣！（《文淵閣四庫全書》本）

鄭樵《通志二十略》藝文略第三史類傳記冥异：

《列异傳》三卷。（魏文帝撰。）

同上，藝文略第七藝術類博塞：

《皇博經》一卷。（魏文帝撰。）（中華書局，1995年）

蕭常《續後漢書》卷三十六《魏載記一・曹丕》：

或謂常曰：“子之不與魏以禪者何？”曰：“禪，名也。有其實，而名隨之；實不至，而强與之名，其可哉？曹氏代漢以篡，而特假禪之名以文之耳，有識君子固嘗切齒，且著論以非之矣。而世俗之人，梏於偏見，或以禪之名歸之也。禮蹴路馬芻有誅，孔子惜衛以繁纓假人。蹴芻細故也，繁纓微物也，聖人必嚴爲之辭者，謂其漸不可長，且爲後世慮也。曹氏代漢之心非一日也，始殺其賢者，次及其大臣，次及其宗族，其後弑及主後與其皇子。始而九錫之請，繼而髦頭鐘虡，又繼而出警入蹕，其後冕十有二旒，而繁陽之壇築矣，山陽之號加矣。元惡雖斃，狂童嗣逆，釁積於人存，事成於身後，良有以也。蹴芻之誅，繁纓之惜，聖人慮後世若是之深乎！《易》曰“履霜堅冰至”，其漸非一日之積也。常讀史至獻帝垂恩相舍之言，命在何時之言，使人氣拂膺者纍日，是可以禪之名與之乎？”或又謂：“晋、宋、齊、梁之相代，皆是物也。或者且以正統歸之，子獨於曹氏靳者何？”曰：“不然。晋、宋、齊、梁之亡，民心無所繫，則凡君我者，非正統所在與？曹氏之篡，昭烈固無恙也，漢氏未殄，民心未解，曹氏既以禪自名，或者又欲以正統歸之，其忍哉？”或又謂：“孫權之與操無大相過，子之書嚴於責操，而恕於待權者何？”曰：“《春秋》誅首惡，操其始禍者也。權之初本以誅操復漢爲辭，魏既僭號，自顧力不能討，而耻居其下，姑自王以誇示其國人耳，其本心或不爾也。要必有能辨之者。”

丕字子桓，其母卞氏，娼也。建安十六年，操當國，以爲五官中郎將、副丞相。操稱魏王，立爲王太子。二十五年，操死，代爲丞相。以賈詡爲魏太尉，華歆爲相國，王朗爲御史大夫，夏侯惇爲大將軍，其宦人爲官者不得過諸署令。三月，改元延康。丕欲篡漢，懼天下豪杰舉兵見討，乃使其黨諷漢群臣逼帝禪已。其侍中劉廙、辛毗、劉曄、桓階、陳矯、陳群等，争陳符命勸進，丕陽不敢當。十月辛未，僭即尊位於繁陽，改元黄初，大赦。禮畢，顧謂其黨曰：“舜、禹之事，吾知之矣。”以漢帝爲山陽公。十二月，營雒陽宫，因遷居焉。丕自爲詔，賜其征南將軍夏侯尚曰：“卿腹心重將，特當任使，作威作福，殺人活人。”會其中郎將蔣濟自外至，丕問以所聞見，對曰：“未有它善，但聞亡國之語耳。”丕忿然作色而問其故，濟具以告，丕即遣人追取其詔。其長水校尉戴陵諫不宜弋獵，丕大怒，抵陵罪減死等。章武元年春，丕郊祀天地，改許縣爲許昌縣，以魏郡東部爲陽平郡，西部爲廣平郡，以議郎孔羡爲宗聖侯，奉孔子祠。初復五銖錢。夏四月，昭烈即皇帝位於成都，改元章武。丕殺其妻甄氏。秋，孫權遣使通好，以漢太尉楊彪爲光禄大夫。初彪睹曹氏竊國，自以累世爲漢三公，耻事之，稱足攣不復能行。及是，丕使人强起之，彪稱疾篤。築陵雲臺。二年，初令選士不限年。秋，冀州大饑。九月，自許昌南攻孫權，無功而還。權遣將軍追斬丕將尹盧等。穿靈芝池。建興元年春，築南巡臺於宛。夏四月，昭烈皇帝崩，皇太子即皇帝位，改元。二年夏，立太學。八月，爲水軍，泛龍舟，循蔡潁浮淮，遂至廣陵，望大江嘆曰：“魏雖有武騎千群，無所用之。”乃還。穿天淵池。三年八月，以舟師自譙循渦入淮，從陸道至徐，築東巡臺。冬，至廣陵故城，臨江觀兵大寒。水道冰，舟不得入江，丕望波濤洶湧，嘆曰：“嗟乎，固天之所以限南北也。”四年春，至許昌，城南門無故自壞，丕心惡之，不果入。還雒陽，築九華臺。五月，丕疾篤，召其中軍大將軍曹真、鎮軍大將軍陳群、征東大將軍曹休、撫軍大將軍司馬懿，輔其子叡。是月丕死，時年四十，僞謚文帝。

丕好文學，所著述垂百篇。又使諸儒撰集經傳，隨類相從，凡千餘篇，名曰《皇覽》。常嘉漢文帝寬仁玄默，有賢聖之風。諸儒或以爲孝文雖賢，通達國體，不如賈誼。由是著《太宗論》，謂賈誼之才敏，籌畫國政，特賢臣之器，管、晏之姿，豈若孝文大人之量哉！蓋欲以孝文自況，疾其臣之勝己者，故有此作。初丕得立爲太子，抱辛毗頸而喜曰：“辛君知我喜否？”毗歸以告其女憲英，憲英者有高識，嘆曰：“太子，代君主宗廟社稷者也。代君不可以不戚，主國不可以不懼，宜戚而喜，何以能久？曹氏其不昌乎？”

贊曰：曹操父子，以鼠竊狗偷之知，規攘漢鼎，術窮力殫，僅乃得之。自以爲子孫無窮之業，而不知三馬闖然已躡其後矣。丕庸叡凶，芳幽髦弑，政移私室，卒以不祀。傳有之君，以此始，亦以此終，孰謂天理爲不明哉！（《叢書集成初編》本）

程大昌《演繁露續集》卷五《談助·曹丕不爲侯必爲太子》：

《御覽》載魏武令有告子文曰：“沙等悉爲侯，子桓獨不封，而爲五官中郎將。此是太子可知矣。”案觀志魏文帝丕，操之長子字子桓，（沙恐是它王小名也。）此言兄弟皆侯，而子桓不侯，可以知其必爲太子也。（《文淵閣四庫全書》本）

真德秀《大學衍義》卷四《帝王爲學之本·漢魏陳隋唐數君之學》：

魏文帝（魏武曹操之子）雖在軍旅，手不釋卷，少誦詩論。及長，備歷五經史漢諸子百家之言，靡不畢覽。所著書、論、詩、賦，凡六十篇。史臣陳壽曰："文帝天資文藻，下筆成章，博問彊識，才藝兼該。若加之曠大之度，勵以公平之識，邁志存道，克廣德心，則古之賢主，何遠之有？"

臣按：文帝之爲太子也，與一時文士若王粲、阮瑀諸人游，號建安七子。帝及粲等所爲文章，至今具在，其藻麗華美，則誠有之，揆諸風雅、典誥，則罪人也。夫曠大之度，公平之識，邁志存道，克廣德心，此皆人君所當勉者。而帝也爲嗣則喜見顔色，居喪則燕樂不衰，薄同氣之恩，殺無寵之配，以玩好而求遠物，以私憾而僇諫官，是於所當勉者不知勉矣。書、論、詩、賦，文士之末技爾，非人君所當務也，而乃侈然自衒，謂莫己若。識度如此，其爲史氏所譏，宜哉！（華東師範大學出版社，2010年）

劉克莊編《後村詩話》卷一"魏文帝"條：

魏文帝《善哉行》云："人生如寄，多憂何爲？今我不樂，歲月如馳。"當操無恙，植以才，倉舒以惠，幾至奪嫡，謂之多憂可也。及受漢禪，可與天下同樂矣。帝既猜阻鮮歡，而諸侯王就封者，皆爲典簽侵迫，多見削奪，其末命乃托國於狼顧之仲達，是帝之憂至死未已，何時而可樂乎！（中華書局，1983年）

陳思《書小史》卷一《紀》：

文皇帝諱丕，字子桓，武帝太子也。善飛白書，時於宫中戲爲之。（《文淵閣四庫全書》本）

耶律鑄《雙溪醉隱集》卷四《見曹丕受禪碑有感》：

從此建安王氣衰，君臣離合可傷悲。幾人石上留名日，千載世間不毁時。過客未知誰氏迹，野夫猶道漢家基。臨風讀罷一長嘆，却是曹丕受禪碑。（《知服齋叢書》本）

郝經《續後漢書》卷二十六《魏曹丕（文帝）列傳》：

謹案：曹丕傳文全闕，止存議。

贊議曰：高帝除秦苛虐，蠲楚暴戾，恢張雄圖，鋪繹遠略，創業垂統。文、景共儉，專務德化，愛養滋殖，與天下休息。孝武拓大國勢，孝宣綜核政理。世祖中興，勘定僞亂，賓延儒雅，崇尚經術，獎勵風節。孝明、孝章，增賁潤色，臨雍拜老，横經問道，濟濟洋洋，幾於三代，漢德於是極矣。然其亂本，亦始高帝不學無術，用秦亂制，遂廢三代禮樂，雖規模闊大，而綱紀不正，帷薄之間，乃有人彘母，後外戚幾危劉氏。孝武游宴後庭，而宦人始與政，於是三蠹爲漢國疾，吕、霍、上官，終爲王氏而恭顯，遂殺鴻儒大臣，重足一迹。至於東京稱制者六后，擅國者五族，孫程、曹節、侯覽、張讓廢立太子，賊殺公卿，禁錮名士，皆三代所未有，而甚於亡秦，漢之亂亦極矣。德不復而亂日滋。至於尸何進，滅宦官，召董卓，潰疣斷命，而漢遂亡。獻帝以枯枿餘燼，流漂而東，爲操所挾，以爲盜資，芟夷殘滅，二十餘年。轉而爲魏，陰畀之丕。然而遺澤之所漸漬，寬政之所覆冒，仁心之所維縶，皇威之所披偃，株跋連綿，未能卒斬。故杰將義士，猶欲復漢於既亡，雲從景附於遐孤遺胄，是以大統復集於昭烈皇帝。丕特負贓胠篋之盜，操死而直取自爲可也，乃從容禪讓，自以爲舜、禹復出，其自欺也甚矣。且輕薄佻靡，未除貴驕公子之習，不矜細行，隳敗禮律，疏薄骨肉，自戕本根，亂亡基兆，已在於是。孔明謂爲土龍芻狗，宜哉！

贊曰：臣篡君廢，父竊子奪。驕淫矜誇，熏奸賈惡。斐斐諛伎，沾沾淺識。露根無基，甫得已失。（《叢書集成初編》本）

史簡編《鄱陽五家集》卷十一元葉懋五言古詩《讀史》四首其一：

東都黨錮起，漢祚既亦衰。老瞞憚名義，大業歸曹丕。昔聞商王紂，暴虐日以滋。西伯終北面，武王始戎衣。曹氏父子間，其迹頗擬之。如何百世下，直筆不可欺。失得置勿論，秉心在公私。至哉文王德，千載有光輝。（《文淵閣四庫全書》本）

脱脱等《宋史》卷二百八《藝文志七》集類别集類：

《魏文帝集》一卷。（中華書局，1985年）

李賢等《明一統志》卷十二揚州府《祠廟》：

魏文帝廟。（在府城東四十五里。《九域志》：魏文帝幸廣陵，因立廟，亦名曹公廟。）

同上，卷二十九河南府《陵墓》：

魏文帝首陽陵。（在澠池縣首陽山南。）（三秦出版社，1990年）

李時珍《本草綱目》卷一上序例上《引據古今經史百家書目》：

《魏文帝集》。（人民衛生出版社，1977年）

焦竑《國史經籍志》卷三史類傳記耆舊：

《海内士品録》三卷。

同上，冥异：

《列异傳》三卷。（魏文帝。）

同上，卷四上子類儒家：

《典論》五卷。（魏文帝。）

同上，卷四下子類名家：

《士操》一卷。（魏文帝。）

同上，藝術家博塞：

《皇博經》一卷。（魏文帝。）

同上，卷五集類别集類：

《文帝集》二十三卷。（《續修四庫全書》本）

胡應麟《少室山房筆叢》卷三十六《二酉綴遺》中“列异傳三卷”條：

《列异傳》三卷。《通志》稱魏文撰，而《通考》及《宋志》書目皆無之，蓋自宋已亡矣。惟裴松之所引一事，附《蔣濟傳》注中，魏文與濟同時，當是濟自語魏文者，今録此云：“蔣濟婦夢見亡兒，曰：‘死生异路，我今在地下爲泰山伍伯，憔悴困辱，不可復言。今太廟西謳士孫阿，見召爲泰山令，願母白侯屬阿，令轉我得樂處。’母驚悟白濟，曰：‘夢耳，不足怪也。’明日復夢，曰：‘我來迎新君，止在廟下未發，暫得來歸。新君明日日中當發，不復得歸，永辭於此。侯氣强難感悟，故訴於母。願重啓侯，何惜不一驗之！’遂道阿形狀甚悉。天明母重啓濟，濟乃遣人詣太廟下，推問孫阿，形狀證驗，悉如兒言。濟涕泣曰：‘幾負吾兒！’於是乃見孫阿，具語其事。阿不懼當死，而喜得爲泰山令，惟恐濟言不信也，曰：‘若如足下言，阿之願也。不知賢子欲得何職？’濟曰：‘隨地下樂者與之。’阿曰：‘輒當奉教。’乃厚賞遣還。濟欲速知其驗，從領軍門至廟下，十步安一人，以傳阿消息。辰時傳阿心痛，巳時傳阿劇，日中傳阿亡。後月餘，兒復來語母曰：‘已轉爲録事矣。’”（中華書局，1958年）

徐應秋《玉芝堂談薈》卷三十一《金龍戲格》：

魏文帝有《皇博經》，鮑宏有《小博經》，隋煬帝有《二儀博經》，吕才有《大博經》，董叔經有《博經》……（顧起元《説略》卷二十四《諧志》同。）（《文淵閣四庫全書》本）

張溥《漢魏六朝百三家集·魏文帝集題詞》：

曹子桓生長戎旅之間，善騎馬左右射，又工擊劍、彈棋伎能，戲弄不減若父。其詩歌文辭仿佛上下，即不堪弟畜陳思，爲孟德大兒固有餘也。魏王帝業無足稱，惟令宦人爲官不得過諸署，令詔群臣家不得奏事太后，後族家不得當輔政任，石室金策，可賓萬世。彼親見漢室炎隆，女主中人手撲滅之，麥秀黍離，恫傷心目，霸朝初創，力更舊轍。至待山陽公以不死禮，遇漢老臣楊彪不奪其志，盛德之事，非孟德可及。當日符命獻諛，璽綬被躬，群衆推奉，時與勢迫，倘建安君臣有能爲武庚、比干者，或覩望却步，竟保常節，未可知也。《典論·自序》善述生平論文一篇，直自言所得。《與王朗書》務立不朽於著述間，不肯以七尺一棺畢其生死。雅慕漢文，没而得謚，良云厚幸。占其志趣，亦古諸侯之博聞者也。甄後《塘上》，陳王《豆歌》，損德非一，崇華首陽，有餘恨焉。婁東張溥題。（《掃葉山房》本）

徐乾學《傳是樓書目》卷四集部昆字二格别集魏：

《魏文帝集》二卷。一本。（《續修四庫全書》本）

彭定求等《全唐詩》卷二百八十二《漢宫少年行》（李益）：

君不見上宫警夜營八屯，冬冬街鼓朝朱軒。玉階霜仗擁未合，少年排入銅龍門。暗聞弦管九天上，宫漏沉沉清吹繁。才明走馬絶馳道，呼鷹挾彈通繚垣。玉籠金瑣養黄口，探雛取卵伴王孫。分曹六博快一擲，迎歡先意笑語喧。巧爲柔媚學優孟，儒衣嬉戲冠沐猿。晚來香街經柳市，行過倡市宿桃根。相逢杯酒一言失，回朱點白聞至尊。金張許史伺顔色，王侯將相莫敢論。豈知人事無定勢，朝歡暮戚如掌翻。椒房寵移子愛奪，一夕秋風生戾園。徒用黄金將買賦，寧知白玉暗成痕。持杯收水水已覆，徙薪避火火更燔。欲求四老張丞相，南山如天不可上。（中華書局，2003年）

趙宏恩等《江南通志》卷一百九十一《藝文志》史部雜史傳：

《三國海内士品》一卷。（魏文帝。）

同上，卷一百九十三《藝文志》集部一詩文集：

《魏文帝集》二十三卷。（《隋志》作十卷。）（《文淵閣四庫全書》本）

乾隆官修《續通志》卷一百六十四《校讎略·隋經籍志》：

《皇博法》一卷。

焦竑曰：入兵家非，改藝術。（浙江古籍出版社，1988年）

杭世駿《石經考异》卷上《魏文帝典論》：

《水經注》言："魏文帝刊《典論》六碑，立於石經之次。"裴松之注《三國志》云："漢世，西域舊獻火浣布，中間久絶，至魏初時人疑其無有。文帝以爲火性酷烈，無含生之氣，著之《典論》，明其不然之事，絶智者之聽。及明帝立，詔三公曰：'先帝昔著《典論》，不朽之格言，其刊石於廟門之外及太學，與石經并，以永示來世。'至齊王芳正始元年，西域使至，而獻火浣布焉。於是刊滅此論，而天下笑之。松之昔從征，西至洛陽，歷觀舊物，見《典論》石在太學者尚存，而廟門外無之。問諸長老，云晋初受禪，即用魏廟，移此石於太學，非兩處立也。"竊謂其言爲不然。愚按《魏志》，明帝太和四年二月戊子，以文帝《典論》刻石立於廟門之外。酈元所云文帝刊之，誤矣。松之既稱刊滅此論，又云《典論》石在太學者尚存。而《伽藍記》亦云《典論》六碑至太和（後魏孝文年號）十七年猶有四存。《隋·經籍志》亦有一字石經《典論》一卷。意當時所謂刊滅者，第芟去火浣布一條，至於六碑則仍列於太學，故裴松之、楊衒之等并得見也。（《文淵閣四庫全書》本）

杭世駿《三國志補注》卷一《魏書·文帝紀》：

七年六月戊寅，葬首陽陵。（《通典》曰：富平有荆山沮漆水，西有魏文帝陵。《城冢記》曰：魏文帝陵在首陽山南。《太平寰宇記》曰：魏文帝陵在偃師縣首陽山南。薛收《元經傳》曰：漢故事，陵上立祭殿。至魏制，以謂古不墓祭，自有廟設，於是園邑寢殿遂廢。）

又使諸儒撰集經傳，隨類相從，凡千餘篇，號曰《皇覽》。（《史記索隱》曰：《皇覽》記先代冢墓之處，宜皇王之省覽，故曰《皇覽》。是魏人王象、繆襲所撰。《博物志》曰：帝善彈棋，能用手巾角。時有一書生，又能低頭以所冠著葛巾角撇棋。《世説》曰：彈棋始自魏宫内，用妝奩戲。文帝以此戲特妙，用手巾角拂之，無不中。有客自云能，帝使爲之，客著葛巾角低頭拂棋，妙逾於帝。《水經注》曰：劉備以申儀爲西城太守，儀據郡降魏，魏文帝改爲魏興郡，治故西城縣之故城也。《太霄經》曰：魏武帝爲九州島置壇，度道士三十五人。文帝幸雍，謁陳熾法師，置道士五十人。《名勝志》曰：西園在鄴鎮西，魏曹丕同弟植賓從游宴之地。）

同上，卷二《魏書・后妃傳・卞后》：

武宣卞皇后。（《世説》曰：魏武帝崩，文帝悉取武帝宫人自侍。及帝病困，武帝太后出看疾，入户見值侍并是昔日所愛幸者。太后問："何時來邪？"云："正伏魄時過。"因不復前，而嘆曰："狗鼠不食汝，餘死故應爾。"至山陵，亦竟不臨。）

同上，《甄后》：

文帝納后於鄴。（《世説》曰：曹公之屠鄴也，令疾召甄。左右白五官中郎將已將去，公曰："今年破賊正爲奴。"《炙轂子》曰：《塘上行》，一曰《塘上辛苦行》，魏文甄后作。）

同上，卷三《魏書・任城威王彰》：

四年朝京都，疾薨於邸。（《世説》曰：魏文帝忌弟任城王驍壯，因在卞太后閣共圍棋，并噉棗，文帝以毒置諸棗蒂中，自選可食者而進。王弗悟，遂雜進之。既中毒，太后索水救之，帝預敕左右毁瓶罐。太后徒跣趨井，無以汲。須臾，遂卒。復欲害東阿，太后曰："汝已殺我任城，不得復殺我東阿。"）

同上，《陳思王植》：

帝嘉其辭義，優詔答勉之。（《世説》曰：曹子建七步成章，世目爲綉虎。又曰：文帝嘗令東阿王七步作詩，不成者行大法。應聲便爲詩曰："煮豆持作羹，漉菽以爲汁。萁在釜下然，豆在釜中泣。本是同根生，相煎何太急。"帝深有慚色。《太平廣記》曰：魏文帝嘗與陳思王同輦出游，逢見兩牛在牆間鬥，一牛不如，墜井而死。詔令賦死牛詩，不得道是牛，亦不得云是井，不得言其鬥，不得言其死，走馬百步令成四十言。子建策馬而馳，賦云："兩肉齊道行，頭上戴横骨。行至凶土頭，峍起相唐突。二敵不俱剛，一肉卧土窟。非是力不如，盛意不得泄。"賦成，步猶未竟。）

同上，《王粲》：

二十二年春，道病卒。（《世説》曰：王仲宣好驢鳴，既葬，文帝臨其喪，顧語同游曰："王好驢鳴，可各作一聲以送之。"赴客皆作一驢鳴。）（《叢書集成初編》本）

乾隆敕撰《大清一統志》卷一百六十三河南府二《陵墓》：

（三國）魏文帝陵。（在偃師縣西北二十五里首陽山南。）（《文淵閣四庫全書》本）

章宗源《隋書經籍志考證》卷十三雜傳：

《海内士品》一卷。

無撰名。《唐志》：魏文帝，三卷。《藝文類聚·服飾部》《北堂書鈔·儀飾部》《太平御覽·服用部》并引《海内士品》曰："徐孺子嘗事江夏黄公，卒，孺子往，會葬無行資，賫磨鏡具，賃磨取資，然後得達，祭畢而還。"

《列异傳》三卷。（魏文帝撰。）

《隋志》序曰："魏文帝作《列异》，异序鬼物奇怪之事。"《後漢書·光武紀》注："秦文公置旄頭騎。"《初學記·服食部》："吴選曹令史劉卓病，夢人以白越單衫與之。"并引魏文帝《列异傳》。他書索引多不著魏文名，《魏志·華歆傳》注引歆爲諸生寄事，臣松之案："《晋陽秋》魏舒少時寄宿事，亦如之。"（《二十五史補編》本，中華書局，1955年）

嚴可均《全三國文》卷四—卷八《文帝》：

帝諱丕，字子桓，武帝長子。建安十六年爲五官中郎將，二十二年立爲魏太子，二十五年正月嗣魏王位，改建安爲延康，十一月受禪，改元黄初。在位七年，謚曰文皇帝，廟號高祖。有《典論》五卷，《列异傳》三卷，《集》二十三卷。（商務印書館，1999年）

嚴可均《鐵橋漫稿》卷六叙《典論叙》：

《隋志》儒家："《典論》五卷，魏文帝撰。"舊、新《唐志》同。《本紀》："帝好文學，以著述爲務，所勒成垂百篇。"五卷未必有百篇，疑兼文集所論説計之。明帝時刊石，詳《搜神記》。又《齊王芳紀》注："臣松之昔從征，西至洛陽，見《典論》石在太學者尚存。"《御覽》五百八十九引戴延之《西征記》："《典論》六碑，今四存二敗。"《隋志》小學類有《一字石經典論》一卷。唐時石本亡，至宋而寫本亦亡。世所習見，僅《本紀》注之帝《自叙》，及《文選》之《論文》而已。亡友瀋陽孫馮翼字鳳卿，嘗有輯本，罣漏甚多，又如采《北堂書鈔》十五之"洽和萬國"，以《典略》爲《典論》，若斯之類，概宜核正。今搜輯群書，寫出數十百事，合并複重，補改闕誤，定著一卷。其次第依《意林》，而遺文散句，無所繫屬者，列於後。繕寫而爲之叙録曰："帝席父成業，十三讓而受禪，曰'舜禹之事，吾知之矣'。於是晋、宋、齊、梁、陳、北齊、周、隋、唐、宋一千年中，易代革命，莫不踵舜、禹故事，繇帝之作俑也。顧其爲人，智而能愚，勇而能怯，仁以接物，恕以及下，自叙允爲定評。其奸饞，内誡酒，誨終制，及辨神仙黄白之惑，足爲有國有家者炯戒。宋人曰：‘仁者，心之德，愛之理。’《典論》曰：‘在親曰孝，施物曰仁。’仁者有事之實名，非無事之虚稱。儒家之异乎道學家，以此。聖人復起，必不以人廢言。”嘉慶乙亥歲秋九月，烏程嚴可均謹叙。（《續修四庫全書》本）

周中孚《鄭堂讀書記》卷三十六子部一之上儒家類：

《典論》一卷。（《問經堂叢書》本。）魏世祖文皇帝御撰。

同上，卷五十九子部十之八雜家類八雜編：

《問經堂叢書》十八種（承德孫氏刊本），國朝孫馮翼校刊。（馮翼仕履見别史類。）鳳卿雖寄籍瀋陽，而自少隨宦江左，於陽湖孫淵如師爲從子，親承淵如師指授，善讀古書，尤精讎校，輯録諸子勖夥，皆極謹嚴，不涉於濫。嘉慶四年，先有《佚子書三種》之刻，謂《新論》《典論》《皇覽》也。歙縣程讓堂（瑶田）、宣城張惺齋（炯）俱爲之序。久之，合其所校刊諸書編爲《問經堂叢書》。餘既按部分記，而存其目於左：……《典論》一卷。（孫馮翼輯，見子部雜家類。）（《續修四庫全書》本）

侯康《補三國藝文志》卷三史之類雜傳類：

魏文帝《海内士品録》三卷。

同上，卷四子之類儒家類：

魏文帝《典論》五卷。

《抱朴子·論仙篇》：“魏文帝躬覽洽聞，自呼於物無所不經，謂天下無切玉之刀、火浣之布，及著《典論》，嘗據言此事其間，未期二物必至。帝乃嘆息，遽毁斯論。”康按，《魏志·齊王芳紀》注亦載此事，但云無火浣布，不及切玉刀也。毁《論》在齊王芳時，不在文帝時，與此亦异。又案，《文選》有《典論·論文》，《魏志·文帝紀》注引《典論·自序》，《魏志·方技傳》注、《後漢書·方術傳》注俱引《典論》論郤儉等事。《意林》引《典論·太子篇》序。據此，則是書各有篇名。又據《後漢書·獻帝紀》注、《袁紹傳》注及《魏志·袁紹》《劉表》兩傳注，知其書兼有記事體。據卞蘭《贊述太子表》，（見《藝文類聚》卷十六。）知其書成於爲太子時。

同上，名家類：

魏文帝《士操》一卷。

同上，兵家類：

魏文帝《兵書要略》十卷。

《隋志》作魏武帝《兵書略要》九卷，今從《唐志》。《御覽》卷三百五十七引與《唐志》同，其文曰："銜枚毋喧讙嘩，唯令是從。"

同上，小説類：

魏文帝《列异傳》三卷。

裴氏注《三國志》，凡兩引此書：《華歆傳》引一條，記歆自知當爲公；《蔣濟傳》引一條，記濟亡兒爲泰山録事。惟濟於齊王時始徙領軍將軍，而書中以有濟爲領軍之語，則非出自文帝。又《御覽》卷七百七引一條，景初時事；卷八百八十四引一條，甘露時事，皆在文帝後。豈後人又有增益耶？又據《史記·封禪書》索隱引一條，記秦穆公獲陳寶；《水經·渭水》注、《後漢書·光武紀》注引一條，記秦文公時梓樹化爲牛，則所載不獨時事也。（《二十五史藝文經籍志考補萃編》本，清華大學出版社，2012年）

陶憲曾《侯康補三國藝文志補》：

魏文帝《皇博經》一卷。

《隋志》作《皇博法》一卷，不著撰人，今從《唐志》。（《二十五史藝文經籍志考補萃編》本，清華大學出版社，2012年）

顧櫰三《補後漢書藝文志》卷八諸子類：

《典論》五卷。曹丕撰。

《士操》一卷，曹丕撰。

同上，小説家類：

《博經》一卷，曹丕撰。（《金陵叢書》本）

姚振宗《隋書經籍志考證》卷二十史部十雜傳類：

《海内士品》一卷。（不著撰人）。

《唐書·經籍志》："《海内士品録》二卷，魏文帝撰。"

《唐書·藝文志》："魏文帝《海内士品録》三卷。"

章氏《考證》：《海内士品》一卷，無撰名。《唐志》：魏文帝三卷。《藝文類聚·服飾部》《北堂書鈔·儀飾部》《太平御覽·服用部》并引《海内士品》曰："徐孺子嘗事江夏黄公，卒，孺子往會葬，無行資，齎磨鏡具，賃磨取資，然後得達，祭畢而還。"

案本《志》子部名家：《士操》一卷，魏文帝撰。案魏武諱操，文帝不當以操名書，似即此"士品"之誤，衹是一書也。

《列异傳》三卷，魏文帝撰。

《魏志·本紀》：帝諱丕，字子桓，武帝太子也。中平四年冬，生於譙。建安十六年，爲五官中郎將、副丞相。二十二年，立爲魏太子。太祖崩，嗣位爲丞相、魏王。改建安二十五年爲延康元年。元年十一月受禪，改元黄初。七年五月崩，年四十。

本《志·篇叙》：魏文帝作《列异傳》，以序鬼物奇怪之事，相繼而作者甚衆。

章氏《考證》：《後漢書·光武紀》注、《初學記·服食部》并引魏文帝《列异傳》，他書所引多不著魏文名。《魏志·華歆傳》注引歆爲諸生寄宿事，臣松之案，《晋陽秋》魏舒少時寄宿事亦如之。

侯康《補三國藝文志》：裴注《三國志》凡兩引此書。《華歆傳》引一條，記歆自知當爲公；《蔣濟傳》引一條，記濟亡兒爲泰山録事，惟濟於齊王時始徙領軍將軍，而書中已有濟爲領軍之語，則非出自文帝。又《御覽》卷七百七引一條，景初時事，卷八百八十四引一條，甘露時事，皆在文帝後，豈後人又有增益耶？又據《史記·封禪書》索隱引一條，記秦穆公獲陳寶，《水經·渭水》注、《後漢書·光武紀》注引一條，記秦文公時梓樹化爲牛，則所載不獨時事也。

案：《唐·經籍志》有《列异傳》三卷，張華撰；《藝文志》小説家有張華《列异傳》一卷。意張華續文帝書，而後人合之。《御覽》所引文帝後事，當出張華，《初學記·果木部》引文帝《列异傳》，言袁本初時事，則實出文帝。

同上，卷二十四子部一儒家：

《典論》五卷，魏文帝撰。

同上，卷二十七子部四名家：

《士操》一卷，魏文帝撰。

魏文帝有《列异傳》，見史部雜傳家。《唐書·經籍志》：《士操》一卷，魏文帝撰。《唐書·藝文志》：魏文帝《士操》一卷。

案魏武諱操，文帝安得以"操"名書，此必"士品"之誤。魏文帝有《海内士品》一卷，見史部雜傳類，而即其書，實重複也。

同上，卷三十九之三集部二之三别集類三三國：

《魏文帝集》十卷。梁二十三卷。

魏文帝有《典略》見經部小説家、子部儒家。

《魏志·本紀》：初，帝好文學，以著述爲務，自所勒成垂百篇。

又《本紀》評：文帝天資文藻，下筆成章，博聞强識，才藝兼該。

又《本紀》注：《魏書》曰："帝年八歲能屬文。有逸才，博貫古今經傳諸子百家之書。初在東宫，疫癘大起，時人雕傷。帝深感嘆，與素所敬者大理王朗書曰：'生有七尺之形，死爲一棺之土，唯立德揚名可以不朽，其次莫如著篇籍。疫癘數起，士人雕落，余獨何人，能全其壽。'故論撰所著《典論》、詩賦，蓋百餘篇。胡衝《吴曆》曰："帝以素書所著《典論》及詩賦餉孫權，又以紙寫一通與張昭。"

鍾嶸《詩品》："魏文帝詩，其源出於李陵，頗有仲宣之體則。所訂百許篇，率皆鄙直如偶語，惟《西北有浮雲》十餘首，殊美贍可玩，始見其工矣。不然，何以銓衡群彦，對揚厥弟者耶？"

《文心雕龍·才略篇》曰：魏文之才，洋洋清綺。舊談抑之，謂去植千里。然子建思捷而才俊，詩麗而表逸；子桓慮詳而力緩，故不競於先鳴；而樂府清越，《典論》辯要，迭用短長，亦無懵焉。但俗情抑揚，雷同一響，遂令文帝以位尊減才，思王以勢窘益價，未爲篤論也。"又《銘箴篇》云："魏文九寶，器利辭鈍。"《序志篇》云："近代論文，若魏文述典，密而不周。"

《唐·經籍》《藝文志》：《魏文帝集》十卷。

《宋史·藝文志》：《魏文帝集》一卷。

《玉海·藝文類》：《中興書目》："《魏文帝集》六卷，賦、詩各二，書、表、詔一，雜文一。"

馮氏《詩紀》輯存樂府十八篇二十二首，詩十六篇二十首。

張氏《百三家》：《魏文帝集》二卷，凡賦、詔、令、策、教、表、書、序、論、議、連珠、銘文、哀、誄、制、樂府詩，綜一百九十餘篇。

汪氏《文選撰人篇》曰：魏文帝丕有《芙蓉池詩》《樂府》二首、《與吴質書》《與鍾大理書》《典論·論文》。

嚴氏《全三國文編》：魏文帝有《典論》五卷，《列异傳》三卷，《集》二十三卷。今存賦、制、詔、策、令、教、上書、議、書、叙、論、連珠、銘、誄、哀、策文、受禪告天文，凡一百六十九篇，編爲四卷，系以《典論》佚文。

（《二十五史補編》本，中華書局，1955年）

姚振宗《三國藝文志》卷二史雜傳記類：

魏文帝《海内士品録》三卷。

《隋書·經籍志》："《海内士品》一卷，不著撰人。"《唐·經籍志》："《海内士品録》二卷，魏文帝撰。"《藝文志》："魏文帝《海内士品録》三卷。"

章宗源《隋志考證》曰："《海内士品》一卷，無撰名。《唐志》：魏文帝，三卷。《藝文類聚·服飾部》《北堂書鈔·儀飾部》《太平御覽·服用部》并引之。"

同上，卷三子儒家類：

魏文帝《典論》五卷。

《魏志·文紀》："初，帝好（文）學，以著述爲務，自所勒成垂百篇。"注引《魏書》曰："帝初在東宫，疫癘大起，時人雕傷，帝深感嘆，與素所敬者大理王朗書曰：'生有七尺之形，死爲一棺之土，唯立德揚名，可以不朽，其次莫如著篇籍。疫癘數起，士人雕落，余獨何人，能全其壽？'故論撰所著《典論》、詩賦蓋百餘篇。"又引胡衝《吴曆》曰："帝以素書所著《典論》及詩賦餉孫權，又以紙寫一通與張昭。"

《魏志·明紀》："太和四年春二月戊子，詔太傅三公：以文帝《典論》刻石，立於廟門之外。"又《齊王紀》："景初三年二月，西域重譯獻火浣布，詔大將軍、太尉臨試以示百僚。"注引《搜神記》曰："漢世西域舊獻火浣布，中間久絶，至魏初，時人疑其無有。文帝以爲火性酷烈，無含生之氣，著之《典論》，明其不然之事，絶智者之聽。及明帝立，詔三公曰：'先帝昔著《典論》，不朽之格言。其刊石於廟門之外及太學，與石經并，以永示來世。'至是西域使至而獻火浣布焉，於是刊滅此論，而天下笑之。"（《御覽·碑部》："戴延之《西征記》曰：國子堂前有刻碑，魏文《典論》六碑，四存二敗。"侯氏《志》曰："所謂刊滅者，第芟去火浣布一條。"）

《隋志》經部小學類："《一字石經典論》一卷。"子部儒家："《典論》五卷，魏文帝撰。"《唐·經籍志》同。《藝文志》："魏文帝《典論》五卷。"嚴可均輯本序曰；"魏文《典論》，亡友瀋陽孫馮翼字鳳卿，嘗有輯本，罣漏甚多。又以《典略》當《典論》，今覆檢各書，寫出數十百事，有篇名者十三。聚其複重，會其離散，依《意林》次第之，定著一卷。而遺文散句無所繫屬者附於後。"

同上，卷三子名家：

魏文帝《士操》一卷：

《隋書·經籍志》："《士操》一卷，魏文帝撰。"《唐·經籍志》同。《藝文志》："魏文帝《士操》一卷。"

案：魏武諱操，而魏文著書不諱操，未喻其故。

同上，卷三子兵家類：

魏文帝《兵書要略》十卷。

《唐書·經籍志》："《兵書要略》十卷，魏文帝撰。"《藝文志》："魏文帝《兵書要略》十卷。"

侯《志》："《御覽》卷三百五十七引魏文帝《兵書要略》曰：'銜枚毋喧讙嘩，唯令之從。'"（案：此條嚴氏可均所見本作魏武帝。）

案：此疑亦是武帝書，即《隋志·兵書略要》九卷是也。或黄初時臣下編輯文帝行軍方略爲是書，亦未可知。

同上，卷三子小説家類：

魏文帝《列异傳》三卷。

《隋志》史部雜傳家："《列异傳》三卷，魏文帝撰。"又曰："魏文帝作《列异》，以序鬼物奇怪之事，相繼而作者甚衆。"

侯《志》曰："裴氏注《三國志》凡兩引此書：《華歆傳》引一條，記歆自知當爲公；《蔣濟傳》引一條，記濟亡兒爲泰山録事。惟濟於齊王時始徙領軍將軍，而書中以有濟爲領軍之語，則非出自文帝。又《御覽》卷七百七引一條，景初時事；八百八十四引一條，甘露時事，皆在文帝後，豈後人又有增益耶？又《史記·封禪書》索隱引一條，記秦穆公獲陳寶。《水經·渭水》注、《後漢書·光武紀》注引一條，記秦文公時梓樹化爲牛，則所載不獨時事也。"

案：《唐·經籍志》雜傳家有《列异傳》三卷，張華撰。《唐·藝文志》小説家有張華《列异傳》一卷。意張華續文帝書，而後人合之。《御覽》所引文帝後事，當出張華。《初學記·果木部》引魏文帝《列异傳》言袁本初時事，則實出文帝。

同上，卷三子雜藝術類：

魏文帝《皇博經》一卷。

《魏志·文紀》注：《典論自叙》曰："余於他戲弄之事少所喜，唯彈棋略盡其巧，少爲之賦。昔京師先工有馬合鄉侯、東方安世、張公子，常恨不得與彼數子者對。"《博物志》曰："帝善彈棋，能用手巾角。"

《唐書·經籍志》："《皇博經》一卷，魏文帝撰。"《藝文志》："魏文帝《皇博經》一卷。"

案：《隋志》兵家有《皇博法》一卷，不著撰人，似即此書。

同上，卷四别集：

《魏文帝集》二十三卷。

《魏志·本紀》："初，帝好文學，以著述爲務，自所勒成垂百篇。"又曰："文帝天資文藻，下筆成章，博聞强識，才藝兼該。"

《魏志·本紀》注：《魏書》曰："帝年八歲能屬文。有逸才，博貫古今經傳諸子百家之書。初在東宫，疫癘大起，時人雕傷。帝深感嘆，與素所敬者大理王朗書曰：'生有七尺之形，死爲一棺之土，唯立德揚名可以不朽，其次莫如著篇籍。疫癘數起，士人雕落，余獨何人，能全其壽。'故論撰所著《典論》、詩賦，蓋百餘篇。"

鍾嶸《詩品》："魏文帝詩，其源出於李陵，頗有仲宣之體則。所訂百許篇，率皆鄙質如偶語。惟《西北有浮雲》十餘首，殊美贍可玩，始見其工矣。不然，何以銓衡群彦，對揚厥弟者耶？"

《文心雕龍·才略篇》曰："魏文之才，洋洋清綺。舊談抑之，謂去植千里。然子建思捷而才俊，詩麗而表逸；子桓慮詳而力緩，故不競於先鳴；而樂府清越，《典論》辯要，迭用短長，亦無懵焉。但俗情抑揚，雷同一響，遂令文帝以位尊減才，思王以勢窘益價，未爲篤論也。"又《銘箴篇》云："魏文九寶，器利辭鈍。"《序志篇》云："近代論文，若魏文述典，密而不周。"

《隋書·經籍志》："《魏文帝集》十卷，梁二十三卷。"《唐·經籍志》："《魏文帝集》十卷。"《藝文志》同。《宋史·藝文志》："《魏文帝集》一卷。"

《玉海》二十八《中興書目》："《魏文帝集》六卷，賦、詩各二，書、表、詔一，雜文一。"

張氏《百三家·魏文帝集》輯本二卷，凡賦、詔、令、策、教、表、書、序、論、議、連珠、銘文、哀策、誄制、樂府詩，綜一百九十餘篇。嚴氏《文編》輯本四卷，凡賦、詔、策、令、教、上書、議、書、叙、論、連珠、銘誄、雜文，綜一百六十九篇，繫以《典論》一卷。馮氏《詩紀》輯存樂府詩三十五篇，四十二首，附《甄后樂府》一首。（《二十五史藝文經籍志考補萃編》本，清華大學出版社，2012年）

丁國均撰，丁辰注《補晋書藝文志》卷三丙部子録小説類：

《列异傳》一卷。（張華。）

謹按：見《新唐志》。（《續修四庫全書》本）

黄逢元《補晋書藝文志》卷三丙部子録小説家類八：

《列异傳》三卷。（張華撰。）

《舊唐志》作三卷，入史部雜傳；《新唐志》一卷，列子部小説。

《水經·渭水》注，《御覽》八百八十四又八百八十八引存。（《二十五史補編》本）

吴士鑒《補晋書經籍志》乙部史録雜傳類：

張華《列异傳》三卷。

《唐志》作一卷入小説類，今從《舊唐志》。（《二十五史補編》本）

魯迅《中國小説史略》第五篇《六朝之鬼神志怪書上》：

《隋志》有《列异傳》三卷，魏文帝撰，今佚。惟古來文籍中頗多引用，故猶得見其遺文，則正如《隋志》所言“以序鬼物奇怪之事”者也。文中有甘露年間事，在文帝後，或後人有增益，或撰人是假托，皆不可知。兩《唐志》皆云張華撰，亦别無佐證，殆後有悟其抵牾者，因改易之。惟宋裴松之《三國志注》，後魏酈道元《水經注》皆已徵引，則爲魏晋人作無疑也。（中華書局，2010年）

案：姚振宗《三國藝文志》子部小説家著録《列异傳》三卷，題魏文帝撰。黄逢元《補晋書藝文志》子録小説家著録《列异傳》三卷，題张華撰。丁國均《補晋書藝文志》丙部子録小説類《列异傳》一卷，題張華撰。吴士鑒《補晋書經籍志》入史録雜傳类，卷數与撰人同黄《志》。

顧櫰三《補後漢書藝文志》小説家類著録《博經》一卷，題曹丕撰。此《博經》當即《隋書·經籍志》子部兵家類已著録的《皇博經》，然《隋志》未題撰人，至《舊唐書·經籍志》入子部雜藝術類始題曹丕撰，後世因之。

曹丕（187—226年），字子桓，魏武帝曹操次子。建安十六年（211年）爲五官中郎將，二十二年（217年）立爲魏太子，二十五年（220年）正月嗣魏王位，改元延康。十一月受禪，即皇帝位，改元黄初，國號魏。在位七年，崩，葬首陽陵，謚曰文皇帝，廟號高祖。事具《三國志·魏志·文帝紀》及《陳思王》《曹洪》《賈詡》《王粲》等傳。《本紀》稱其“好文學，以著述爲務，自所勒成垂百篇”。裴松之注《三國志》引《魏書》，稱其“博貫古今經傳諸子百家之言。著有《典論》，散佚。有《魏文帝集》十卷，後佚”。又作有《太宗論》。《隋書·經籍志》有《典論》五卷，《列异傳》三卷，《士操》一卷，《集》十卷，注云“梁二十三卷”。《舊唐書·經籍志》有《海内士品録》二卷，《典論》五卷，《士操》一卷，《兵法要略》十卷，《皇博經》一卷，《集》十卷。《新唐書·藝文志》同，惟《海内士品録》作三卷。《海内士品録》《皇博經》，《隋書·經籍志》已著録，然不題撰人；《兵書略要》亦著録，作九卷，題魏武帝撰。《通志·藝文略》祇著録《列异傳》三卷、

《皇博經》一卷，至《宋史·藝文志》則僅剩《集》一卷，其餘大多亡佚。明張溥輯有《魏文帝集》二卷，收入《漢魏六朝百三名家集》，有壽考堂本、信述堂本、經濟堂本、翰墨山房本、掃葉山房本等。今有魏宏燦《曹丕集校注》（安徽大學出版社，2009年）和易健賢《魏文帝集全譯》（貴州人民出版社，2009年）等。

此書一卷，未有佚文見存，故對其具體内容無從猜度。《通志·藝文略》尚見著録，《宋史·藝文志》已無之，則亡在宋元之間矣。曹丕本魏文帝，《補後漢書藝文志》著録其小説，蓋以爲《博經》不會是其做皇帝後所撰，而是後漢時撰，故應入《後漢志》，自有其一定道理。

譏俗書（譏俗節義）

王充撰，黄暉校釋《論衡校釋》第三十卷《自紀》：

王充者，會稽上虞人也，字仲任。其先本魏郡元城一姓。孫一幾世嘗從軍有功，封會稽陽亭。一歲倉卒國絶，因家焉，以農桑爲業。世祖勇任氣，卒咸不揆於人。歲凶，横道傷殺，怨仇衆多。會世擾亂，恐爲怨仇所擒，祖父汎舉家擔載，就安會稽，留錢唐縣，以賈販爲事。生子二人，長曰蒙，少曰誦，誦即充父。祖世任氣，至蒙、誦滋甚，故蒙、誦在錢唐，勇勢凌人。末復與豪家丁伯等結怨，舉家徙處上虞。

建武三年，充生。爲小兒，與儕倫遨戲，不好狎侮。儕倫好掩雀、捕蟬、戲錢、林熙，充獨不肯，誦奇之。六歲教書，恭願仁順，禮敬具備，矜莊寂寥，有巨人之志。父未嘗笞，母未嘗非，閭里未嘗讓。八歲出於書館，書館小僮百人以上，皆以過失袒謫，或以書醜得鞭，充書日進，又無過失。手書既成，辭師受《論語》《尚書》，日諷千字。經明德就，謝師而專門，援筆而衆奇。所讀文書，亦日博多。才高而不尚苟作，口辯而不好談對，非其人，終日不言。其論説始若詭於衆，極聽其終，衆乃是之。以筆著文，亦如此焉；操行事上，亦如此焉。在縣位至掾功曹，在都尉府位亦掾功曹，在太守爲列掾五官功曹行事，入州爲從事。不好徼名於世，不爲利害見將。常言人長，希言人短。專薦未達，解已進者過。及所不善，亦弗譽；有過不解，亦弗復陷。能釋人之大過，亦悲夫人之細非。好自周，不肯自彰，勉以行操爲基，耻以材能爲名。衆會乎坐，不問不言；賜見君將，不及不對。在鄉里，慕蘧伯玉之節；在朝廷，貪史子魚之行。見污傷，不肯自明；位不進，亦不懷恨。貧無一畝庇身，志佚於王公；賤無斗石之秩，意若食萬鐘。得官不欣，失位不恨。處逸樂而欲不放，居貧苦而志不倦。淫讀古文，甘聞异言。世書俗説，多所不安，幽處獨居，考論實虚。

充爲人清重，游必擇友，不好苟交。所友位雖微卑，年雖幼稚，行苟離俗，必與之友。好杰友雅徒，不泛結俗材。俗材因其微過，蜚條陷之，然終不自明，亦不非怨其人。或曰："有良材奇文，無罪見陷，胡不自陳？羊勝之徒，摩口膏舌；鄒陽自明，入獄復出。苟有全完之行，不宜爲人所缺；既耐勉自伸，不宜爲人所屈。"答曰：不清不見塵，不高不見危，不廣不見削，不盈不見虧。士兹多口，爲人所陷，蓋亦其宜。好進故自明，憎退故自陳。吾無好憎，故默無言。羊勝爲讒，或使之也；鄒陽得免，或拔之也。孔子稱命，孟子言天，吉凶安危，不在於人。昔人見之，故歸之於命，委之於時，浩然恬忽，無所怨尤。福至不謂己所得，禍到不謂己所爲。故時進意不爲豐，時退志不爲虧。不嫌虧以求盈，不違險以趨平；不鬻智以干禄，不辭爵以釣名；不貪進以自明，不惡退以怨人。同安危而齊死生，鈞吉凶而一敗成，遭十羊勝，謂之無傷。動歸於天，故不自明。

充性恬澹，不貪富貴。爲上所知，拔擢越次，不慕高官。不爲上所知，貶黜抑屈，不恚下位。比爲縣吏，無所擇避。或曰："心難而行易，好友同志，仕不擇地，濁操傷行，世何效放？"答曰：可效放者，莫過孔子。孔子之仕，無所避矣。爲乘田委吏，無於邑之心；爲司空相國，無悦豫之色。舜耕歷山，若終不免；及受堯禪，若卒自得。憂德之不豐，不患爵之不尊；耻名之不白，不惡位之不遷。垂棘與瓦同櫝，明月與礫同囊，苟有二寶之質，不害爲世所同。世能知善，雖賤猶顯；不能别白，雖尊猶辱。處卑與尊齊操，位賤與貴比德，斯可矣。

俗性貪進忽退，收成弃敗。充升擢在位之時，衆人蟻附；廢退窮居，舊故叛去。志俗人之寡恩，故閑居作《譏俗節義》十二篇。冀俗人觀書而自覺，故直露其文，集以俗言。或譴謂之淺。答曰：以聖典而示小雅，以雅言而説丘野，不得所曉，無不逆者。故蘇秦精説於趙，而李兑不説；商鞅以王説秦，而孝公不用。夫不得心意所欲，雖盡堯、舜之言，猶飲牛以酒，啖馬以脯也。故鴻麗深懿之言，關於大而不通於小。不得已而强聽，入胸者少。孔子失馬於野，野人閉不與；子貢妙稱而怒，馬圄諧説而懿。俗曉〔形〕露之言，勉以深鴻之文，猶和神仙之藥以治齀欬，制貂狐之裘以取薪菜也。且禮有所不徇，事有所不須。斷决知辜，不必皋陶；調和葵韭，不俟狄牙；閭巷之樂，不用《韶》《武》；里母之祀，不待太牢。既有不須，而又不宜。牛刀割鷄，舒戟采葵，鈇鉞裁箸，盆盎酌卮，大小失宜，善之者希。何以爲辯？喻深以淺。何以爲智？喻難以易。賢聖銓材之所宜，故文能爲深淺之差。

充既疾俗情，作《譏俗》之書；又閔人君之政，徒欲治人，不得其宜，不曉其務，愁精苦思，不睹所趨，故作《政務》之書。又傷僞書俗文多不實誠，故爲《論衡》之書。夫賢聖殁而大義分，蹉跎殊趨，各自開門。通人觀覽，不能釘（訂）銓（詮）。遥聞傳授，筆寫耳取，在百歲之前。歷日彌久，以爲昔古之事，所言近是，信之入骨，不可自解，故作實論。其文盛，其辯争，浮華虚僞之語，莫不澄（證）定。没華虚之文，存敦庬之樸，撥流失之風，反宓戲之俗。

充書形露易觀。或曰："口辯者其言深，筆敏者其文沉。案經藝之文，賢聖之言，鴻重優雅，難卒曉睹。世讀之者，訓古乃下。蓋賢聖之材鴻，故其文語與俗不通。玉隱石間，珠匿魚腹，非玉工珠師，莫能采得。寶物以隱閉不見，實語亦宜深沉難測。《譏俗》之書，欲悟俗人，故形露其指，爲分别之文；《論衡》之書，何爲復然？豈材有淺極，不能爲〔深〕覆？何文之察，與彼經藝殊軌轍也。”答曰：玉隱石間，珠匿魚腹，故爲深覆。及玉色剖於石心，珠光出於魚腹，其猶隱乎？吾文未集於簡札之上，藏於胸臆之中，猶玉隱珠匿也。及出荴露，猶玉剖珠出乎！爛若天文之照，順若地理之曉，嫌疑隱微，盡可名處。且名白，事自定也。《論衡》者，論之平也。口則務在明言，筆則務在露文。高士之文雅，言無不可曉，指無不可睹。觀讀之者，曉然若盲之開目，聆然若聾之通耳。三年盲子，卒見父母，不察察相識，安肯説喜？道畔巨樹，塹邊長溝，所居昭察，人莫不知。使樹不巨而隱，溝不長而匿，以斯示人，堯、舜猶惑。人面色部七十有餘，頰肌明潔，五色分别，隱微憂喜，皆可得察，占射之者，十不失一。使面黝而黑醜，垢重襲而覆部，占射之者，十而失九。夫文由語也，或淺露分别，或深迂優雅，孰爲辯者？故口言以明志，言恐滅遺，故著之文字。文字與言同趨，何爲猶當隱閉指意？獄當嫌辜，卿决疑事，渾沌難曉，與彼分明可知，孰爲良吏？夫口論以分明爲公，筆辯以荴露爲通，吏文以昭察爲良。深覆典雅，指意難睹，唯賦頌耳。經傳之文，賢聖之語，古今言殊，四方談异也。當言事時，非務難知，使指（意）閉隱也。後人不曉，世相離遠，此名曰語异，不名曰材鴻。淺文讀之難曉，名曰不巧，不名曰知明。秦始皇讀韓非之書，嘆曰：“吾獨不得此人同時。”其文可曉，故其事可思。如深鴻優雅，須師乃學，投之於地，何嘆之有？夫筆著者，欲其易曉而難爲，不貴難知而易造；口論務解分而可聽，不務深迂而難睹。孟子相賢，以眸子明瞭者；察文，以義可曉。

充書違詭於俗。或難曰：“文貴夫順合衆心，不違人意，百人讀之莫譴，千人聞之莫怪。故管子曰：‘言室滿室，言堂滿堂。’今殆説不與世同，故文刺於俗，不合於衆。”答曰：論貴是而不務華，事尚然而不高合。論説辯然否，安得不譎常心、逆俗耳？衆心非而不從，故喪黜其僞，而存定其真。如當從衆順人心者，循舊守雅，諷習而已，何辯之有？孔子侍坐於魯哀公，公賜桃與黍，孔子先食黍而〔後〕啖桃，可謂得食序矣，然左右皆掩口而笑，貫俗之日久也。今吾實猶孔子之序食也，俗人違之，猶左右之掩口也。善雅歌，於鄭爲人（不）悲；禮舞，於趙爲不好。堯、舜之典，伍伯不肯觀；孔、墨之籍，季孟不肯讀。寧危之計，黜於閭巷；撥世之言，訾於品俗。有美味於斯，俗人不嗜，狄牙甘食。有寶玉於是，俗人投之，卞和佩服。孰是孰非？可信者誰？禮俗相背，何世不然？魯文逆祀，畔者三人，蓋猶是之語，高士不舍，俗夫不好；惑衆之書，賢者欣頌，愚者逃頓。

充書不能純美。或曰：“口無擇言，筆無擇文。文必麗以好，言必辯以巧。言了於耳，則事味於心；文察於目，則篇留於手。故辯言無不聽，麗文無不寫。今新書既在論譬，説俗爲戾，又不美好，於觀不快。蓋師曠調音，曲無不悲；狄牙和膳，肴無澹味。然則通人造書，文無瑕穢。《吕氏》《淮南》，懸於市門，觀讀之者，無訾一言。今無二書之美，文雖衆盛，猶多譴毁。”答曰：夫養實者不育華，調行者不飾辭。豐草多華英，茂林多枯枝。爲文欲顯白其爲，安能令文而無譴毁？救火拯溺，義不得好；辯論是非，言不得巧。入澤隨龜，不暇調足；深淵捕蛟，不暇定手。言奸辭簡，指趨妙遠；語甘文峭，務意淺小。稻（舀）穀千鐘，糠皮太半；閱錢滿億，穿決出萬。大羹必有澹味，至寶必有瑕穢，大簡必有大好，良工必有不巧。然則辯言必有所屈，通文猶有所黜。言金由貴家起，文糞自賤室出。《淮南》《吕氏》之〔文〕（不）無累害，所由出者，家富官貴也。夫貴，故得懸於市；富，故有千金副。觀讀之者，惶恐畏忌，雖見乖不合，焉敢譴一字？

充書既成，或稽合於古，不類前人。或曰：“謂之飾文偶辭，或徑或迂，或屈或舒。謂之論道，實事委瑣，文給甘酸，諧於經不驗，集於傳不合，稽之子長不當，内之子云不入。文不與前相似，安得名佳好，稱工巧？”答曰：飾貌以强類者失形，調辭以務似者失情。百夫之子，不同父母，殊類而生，不必相似，各以所稟，自爲佳好。文必有與合然後稱善，是則代匠斫不傷手，然後稱工巧也。文士之務，各有所從，或調辭以巧文，或辯僞以實事。必謀慮有合，文辭相襲，是則五帝不异事，三王不殊業也。美色不同面，皆佳於目；悲音不共聲，皆快於耳。酒醴异氣，飲之皆醉；百穀殊味，食之皆飽。謂文當與前合，是謂舜眉當復八采，禹目當復重瞳。

充書文重。或曰：“文貴約而指通，言尚省而趍明。辯士之言要而達，文人之辭寡而章。今所作新書，出萬言，繁不省，則讀者不能盡；篇非一，則傳者不能領。被躁人之名，以多爲不善。語約易言，文重難得。玉少石多，多者不爲珍；龍少魚衆，少者固爲神。”答曰：有是言也。蓋寡言無多，而華文無寡。爲世用者，百篇無害；不爲用者，一章無補。如皆爲用，則多者爲上，少者爲下。纍積千金，比於一百，孰爲富者？蓋文多勝寡，財富愈貧。世無一卷，吾有百篇；人無一字，吾有萬言，孰者爲賢？今不曰所言非，而云泰多；不曰世不好善，而云不能領，斯蓋吾書所以不得省也。夫宅舍多，土地不得小；户口衆，簿籍不得少。今失實之事多，華虚之語衆，指實定宜，辯争之言，安得約徑？韓非之書，一條無异，篇以十第，文以萬數。夫形大，衣不得褊；事衆，文不得褊。事衆文饒，水大魚多。帝都穀多，王市肩磨。書雖文重，所論百種。按古太公望，近董仲舒，傳作書篇百有餘，吾書亦纔出百，而云泰多，蓋謂所以出者微，觀讀之者不能不譴呵也。河水沛沛，比夫衆川，孰者爲大？蟲繭重厚，稱其出絲，孰爲多者？

充仕數不耦，而徒著書自紀。或虧（戲）曰：“所貴鴻材者，仕宦耦合，身容説納，事得功立，故爲高也。今吾子涉世落魄，仕數黜斥，材未練於事，力未盡於職，故徒幽思屬文，著記美言，何補於身？衆多欲以何趍乎？”答曰：材鴻莫過孔子。孔子才不容，斥逐，伐樹，接淅，見圍，削迹，困飢陳、蔡，門徒菜色。今吾材不逮孔子，不偶之厄，未與之等，偏可輕乎？且達者未必知，窮者未必愚。遇者則得，不遇失之。故夫命厚禄善，庸人尊顯；命薄禄惡，奇俊落魄。必以偶合稱材量德，則夫專城食土者，材賢孔、墨。身貴而名賤，則居潔而行墨，食千鐘之禄，無一長之德，乃可戲也。若夫德高而名白，官卑而禄泊，非才能之過，未足以爲累也。士願與憲共廬，不慕與賜同衡；樂與夷俱旅，不貪與跖比迹。高士所貴，不與俗均，故其名稱不與世同。身與草木俱朽，聲與日月并彰，行與孔子比窮，文與揚雄爲雙，吾榮之。身通而知困，官大而德細，於彼爲榮，於我爲累。偶合容説，身尊體佚，百載之後，與物俱歿，名不流於一嗣，文不遺於一札，官雖傾倉，文德不豐，非吾所臧。德汪濊而淵懿，知滂沛而盈溢，筆瀧漉而雨集，言溶（潏）瀍而泉出，富材羡知，貴行尊志，體列於一世，名傳於千載，乃吾所謂异也。

充細族孤門。或啁之曰："宗祖無淑懿之基，文墨無篇籍之遺，雖著鴻麗之論，無所稟階，終不爲高。夫氣無漸而卒至曰變，物無類而妄生曰异，不常有而忽見曰妖，詭於衆而突出曰怪。吾子何祖？其先不載。况未嘗履墨塗，出儒門，吐論數千萬言，宜爲妖變，安得寶斯文而多賢？"答曰：鳥無世鳳皇，獸無種麒麟，人無祖聖賢，物無常嘉珍。才高見屈，遭時而然。士貴故孤興，物貴故獨産。文孰常在有以放賢，是則澧（醴）泉有故源，而嘉禾有舊根也。屈奇之士見，倜儻之辭生，度不與俗協，庸角（甬）不能程。是故罕發之迹，記於牒籍；希出之物，勒於鼎銘。五帝不一世而起，伊、望不同家而出。千里殊迹，百載异發。士貴雅材而慎興，不因高據以顯達。母驪犢騂，無害犧牲；祖濁裔清，不牓奇人。鯀惡禹聖，叟頑舜神。伯牛寢疾，仲弓潔全。顔路庸固，回杰超倫。孔、墨祖愚，丘、翟聖賢。楊家不通，卓有子雲；桓氏稽可，適出君山。更稟於元，故能著文。

充以元和三年徙家辟〔難〕，詣楊州部丹陽、九江、廬江。後入爲治中，材小任大，職在刺割，筆札之思，歷年寢廢。章和二年，罷州家居。年漸七十，時可懸輿。仕路隔絶，志窮無如。事有否然，身有利害。髮白齒落，日月逾邁，儔倫彌索，鮮所恃賴。貧無供養，志不娛快。歷數冉冉，庚辛域際，雖懼終徂，愚猶沛沛，乃作《養性》之書，凡十六篇。養氣自守，適食則酒，閉明塞聰，愛精自保，適輔服藥引導，庶冀性命可延，斯須不老。既晚無還，垂書示後。惟人性命，長短有期，人亦蟲物，生死一時。年歷但記，孰使留之？猶入黄泉，消爲土灰。上自黄、唐，下臻秦、漢而來，折衷以聖道，析理於通材，如衡之平，如鑒之開，幼老生死古今，罔不詳該。命以不延，吁嘆悲哉！（中華書局，1990年）

葛洪撰，楊明照校箋《抱朴子外篇校箋》卷之四十三《喻蔽》：

抱朴子曰："余雅謂王仲任作《論衡》八十餘篇，爲冠倫大才。"有同門魯生難余曰："夫瓊瑶以寡爲奇，磧礫以多爲賤。故庖犧卦不盈十，而彌綸二儀；老氏言不滿萬，而道德備舉。王充著書，兼箱累袠，而乍出乍入，或儒或墨。屬詞比義，又不盡美。所謂陂原之蒿莠，未若步武之黍稷也。"

抱朴子答曰："且夫作者之謂聖，述者之謂賢。徒見述作之品，未聞多少之限也。吾子所謂竄巢穴之沉昧，不知八紘之無外；守燈燭之霄曜，不識三光之晃朗；游潢洿之淺狹，未覺南溟之浩汗；滯丘垤之位埤，不悟嵩、岱之峻極也。兩儀所以稱大者，以其函涵括八荒，緬邈無表也。山海所以爲富者，以其包籠曠闊，含受雜錯也。若如雅論，貴少賤多，則穹隆無取乎宏燾，而旁泊不貴於厚載也。夫尺水之中，無吞舟之鱗。寸枝之上，無垂天之翼。蟻垤之巔，無扶桑之林。潢潦之源，無襄陵之流。巨鼇首冠瀛洲，飛波凌乎方丈，洪桃盤於度陵，建水（當作木）竦於都廣，沉鯤横於天池，雲鵬戾乎玄象。且夫雷霆之駭不能細其響，黄河之激不能局其流，騏騄追風不能近其迹，鴻鵠奮翅不能卑其飛。雲厚者雨必猛，弓勁者箭必遠。王生學博才大，又安省乎？

吾子云'玉以少貴，石以多賤'。夫玄圃之下，荆、華之巔，九員之澤，折方之淵，琳琅積而成山，夜光焕而灼天，顧不善也？又引庖犧氏著作不多。若夫周公既繇大《易》而加之以禮樂；仲尼作《春秋》而重之以十篇。過於庖犧，多於老氏，皆當貶也？言少則至理不備，辭寡即庶事不暢。是以必須篇累卷積，而綱領舉也。羲和升光以啓旦，望舒曜景以灼夜，五材并生而异用，百藥雜秀而殊治，四時會而歲功成，五色聚而錦綉麗，八音諧而簫韶美，群言合而道藝辨。積猗頓之財，而用之甚少，是何异於原憲也；懷無銓之量，而著述約陋，亦何别於瑣碌也？音爲知者珍，書爲識者傳。瞽曠之調鐘，未必求解於同世；格言高文，豈患莫賞而減之哉！且夫江海之穢物不可勝計，而不損其深也；五岳之曲木不可訾量，而無虧其峻也。夏後之璜，雖有分毫之瑕，暉曜符彩，足相補也。數千萬言，雖有不艷之辭，事義高遠，足相掩也。故曰四瀆之濁，不方甕水之清；巨象之瘦，不同羔羊之肥矣。

子又譏云'乍入乍出，或儒或墨'。夫發口爲言，著紙爲書。書者所以代言，言者所以書事。若用筆不宜雜載，是論議當常守一物。昔諸侯訪政，弟子問仁，仲尼答之，人人异辭。蓋因事托規，隨時所急。譬猶治病之方千百，而針灸之處無常；却寒以温，除熱以冷，期（《藏》本作其）於救死存身而已。豈可詣者逐一道，如齊、楚而不改路乎？陶朱、白圭之財不一物者，豐也。雲夢、孟諸所生萬殊者，曠也。故淮南《鴻烈》始於《原道》《俶貞》，而亦有《兵略》《主術》。莊周之書，以死生爲一，亦有畏犧、慕龜、請粟救饑。若以所言不純，而弃其文，是治珠翳而剜眼，療濕痹而刖足，患荑莠而刈穀，憎枯枝而伐樹也。"

同上，卷之五十《自叙》：

洪既著《自叙》之篇，或人難曰："昔王充年在耳順，道窮望絶，懼身名之偕滅，故《自紀》終篇。先生以始立之盛，值乎有道之運，方將解申公之束帛，登穆（《藏》本作枚，從舊寫本改）生之蒲輪，耀藻九五，絶聲昆吾，何憾芬芳之不揚，而務老生之彼務？"（中華書局，1991年）

范曄撰，李賢注《後漢書》卷四十九《王充傳》：

王充字仲任，會稽上虞人也。其先自魏郡元城徙焉。充少孤，鄉里稱孝。後到京師，受業太學。（《袁山松書》曰：充幼聰朗。詣太學，觀天子臨辟雍，作《六儒論》。）師事扶風班彪。好博覽而不守章句。家貧無書，常游洛陽市肆，閲所賣書，一見輒能誦憶，遂博通衆流百家之言。後歸鄉里，屏居教授。仕郡爲功曹，以數諫争不合去。

充好論説，始若詭异，終有理實。以爲俗儒守文，多失其真。乃閉門潛思，絶慶吊之禮，户牖牆壁各置刀筆。著《論衡》八十五篇，二十餘萬言。（《袁山松書》曰：充所作《論衡》，中土未有傳者，蔡邕入吴始得之，恒秘玩以爲談助。其後王朗爲會稽太守，又得其書，及還許下，時人稱其才進。或曰，不見异人，當得异書。問之，果以《論衡》之益，由是遂見傳焉。《抱朴子》曰：時人嫌蔡邕得异書，或搜求其帳中隱處，果得《論衡》，抱數卷持去。邕丁寧之曰："唯我與爾共之，勿廣也。"）釋物類同异，正時俗嫌疑。

刺史董勤辟爲從事，轉治中，自免還家。友人同郡謝夷吾上書薦充才學，（《謝承書》曰：夷吾薦充曰："充之天才，非學所加，雖前世孟軻、孫卿，近漢揚雄、劉向、司馬遷，不能過也。"）肅宗特詔公車徵，病不行。年漸七十，志力衰耗，乃造《養性書》十六篇，裁節嗜欲，頤神自守。永元中，病卒於家。

論曰：百家之言政者尚矣。大略歸乎寧固根柢，革易時敝也。夫遭運無恒，意見偏雜，故是非之論，紛然相乖。嘗試妄論之，以爲世非胥、庭，人乖鷇飲，化迹萬肇，情故萌生。雖周物之智，不能研其推變；山川之奥，未足况其紆險。則應俗適事，難以常條。如使用審其道，則殊塗同會；才爽其分，則一豪以乖。何以言之？若夫玄聖御世，則天同極，施捨之道，宜無殊典。而損益异運，文樸遞行。用明居晦，回泬於曩時；興戈陳俎，參差於上世。及至戴黄屋，服絺衣，豐薄不齊，而致化則一；亦有宥公族，黥國儲，寬慘巨隔，而防非必同。此其分波而共源，百慮而一致者也。若乃偏情矯用，則枉直必過。故葛屨履霜，敝由崇儉；楚楚衣服，戒在窮賒；疏禁厚下，以尾大陵弱；斂威峻罰，以苛薄分崩。斯《曹》《魏》之刺，所以明乎國風；周、秦末軌，所以彰於微滅。故用舍之端，興敗資焉。是以繁簡惟時，寬猛相濟。刑書鎸鼎，事有可詳；三章在令，取貴能約。太叔致猛政之褒，國子流遺愛之涕，宣孟改冬日之和，平陽循畫一之法。斯實弛張之弘致，可以徵其統乎！數子之言當世失得皆究矣，然多謬通方之訓，好申一隅之説。貴清净者，以席上爲腐議；束名實者，以柱下爲誕辭。或推前王之風，可行於當年；有引救敝之規，宜流於長世。稽之篤論，將爲敝矣。如舟無推陸之分，瑟非常調之音，不限局以疑遠，不拘玄以妨素，則化樞各管其極，理略可得而言與？

贊曰：管視好偏，群言難一。救樸雖文，矯遲必疾。舉端自理，滯隅則失。詳觀時蠹，成昭政術。（中華書局，1965年）

劉勰撰，范文瀾注《文心雕龍注》卷六《神思》：

人之禀才，遲速异分；文之制體，大小殊功：相如含筆而腐毫，揚雄輟翰而驚夢，桓譚疾感於苦思，王充氣竭於思慮，（《論衡·對作篇》："夫論説者閔世憂俗，與衛驂乘者同一心矣。愁精神而幽魂魄，動胸中之静氣，賊年損壽，無益於性，禍重於顔回，違負黄老之教，非人所貪，不得已故爲《論衡》。"《後漢書·王充傳》："充好論説，始若詭异，終有理實。以爲俗儒守文，多失其真。乃閉門潛思，絶慶吊之禮，户牖牆壁各置刀筆。著《論衡》八十五篇，二十餘萬言。年漸七十，志力衰耗，乃造《養性書》十六篇，裁節嗜欲，頤神自守。"）張衡研京以十年，左思練都以一紀，雖有巨文，亦思之緩也。

同上，卷九《養氣》：

昔王充著述，制養氣之篇，驗己而作，豈虚造哉！（《論衡·自紀篇》："章和二年，罷州家居。年漸七十，時可懸輿。……髮白齒落，日月逾邁，儔倫彌索，鮮所恃賴。貧無供養，志不娱快。歷數冉冉，庚辛域際，雖懼終徂，愚猶沛沛，乃作《養性》之書凡十六篇。養氣自守，適食則酒，閉明塞聰，愛精自保，適輔服藥引導，庶冀性命可延，斯須不老。"）夫耳目鼻口，生之役也；心慮言辭，神之用也。率志委和，則理融而情暢；鑽礪過分，則神疲而氣衰。此性情之數也。（人民文學出版社，1958年）

歐陽詢《藝文類聚》卷三十五人部十九《貧》：

謝承《後漢書》曰：王充字仲任，少孤，家貧無書，常游洛陽市肆，閲所賣書。（具雜文部讀書。）

同上，卷五十五雜文部一《談講》：

《抱朴子》曰：王充所著《論衡》，北方都未有得之者。蔡伯喈常到江東，得之，嘆爲高文，恒愛玩而獨秘之。及還中國，諸儒覺其談更遠，搜求其帳中，果得

《論衡》。

同上，《讀書》：

謝承《後漢書》曰：王充，字仲任，家貧無書，至京師市讀書，一見輒誦憶。

同上，卷五十八雜文部四《筆》：

謝承《後漢書》曰：王充於宅内，門户墻柱，各置筆硯簡牘，見事而作，著《論衡》八十五篇。（上海古籍出版社，1999年）

虞世南撰，陳禹謨補注《北堂書鈔》卷一百四藝文部《筆》：

王充門户置筆。［謝承《後漢書》云：王充於宅内門户墻柱，各置筆硯簡牘，見事而作，著《論衡》八十五篇。（補）］

同上，《硯》：

王充硯。（謝《漢書》云：王充於室内門户牆壁，各置筆硯，而作《論衡》。）（《文淵閣四庫全書》本）

劉知幾撰，蒲起龍通釋《史通通釋》卷七《鑒識》：

逮《史》《漢》繼作，踵武相承。王充著書，既甲班而乙馬；張輔持論，又劣固而優遷。（原注：王充謂彪文義浹備，紀事詳贍，觀者以爲甲，乙太史公爲乙也。張輔《名士優劣論》曰："世人論司馬遷、班固之才優劣，多以班爲勝。余以爲失遷叙三千年事，五十萬言，班固叙二百年事，八十萬言。煩省不敵，固之不如遷必矣。"）

同上，卷九《序傳》：

又王充《論衡》之《自紀》也，述其父祖不肖，爲州閭所鄙，而己答以瞽頑舜神，鯀惡禹聖。夫自叙而言家世，固當以揚名顯親爲主，苟無其人，闕之可也。至若盛矜於己，而厚辱其先，此何异證父攘羊，學子名母？必責以名教，實三千之罪人也。

同上，卷十四《惑經》：

昔王充設論，有《問孔》之篇，雖《論語》群言，多見指摘，而《春秋》雜義，曾未發明。是用廣彼舊疑，增其新覺，將來學者，幸爲詳之。（上海古籍出版社，2009年）

馬總撰，王天海譯注《意林全譯》卷三：

《論衡》二十七卷。（王充。）（貴州人民出版社，1997年）

［日］藤原佐世《日本國見在書目録》雜家卅一：

《論衡》卅卷。（後漢徵士王充撰。）（中華書局，1991年）

楊文昌《〈論衡〉後序》：

王氏族姓、行狀，於《自紀篇》述之詳矣。范曄《東漢列傳》云：充字仲任，嘗受業太學，師事班彪，博覽而不守章句。家貧無書，嘗游雒陽市肆，閲所賣書，一見輒能誦憶，遂博通衆流百家之言。充好論説，始若詭异，終有理實。以爲俗儒守文，多失其真，乃閉門潛思，禮絶慶吊，户牖牆壁，各置刀筆，著《論衡》八十五篇，二十餘萬言。釋物類同异，正時俗嫌疑，訂百氏之增虚，詰九流之拘誕，天人之際，悉所會通，性命之理，靡不窮盡，析理折衷，此書爲多。既作之後，中土未有傳者。蔡邕入吴會，始得之，常秘玩以爲談助。故時人嫌伯喈得异書，或搜求其帳中隱處，果得《論衡》，抱數卷持去，邕丁寧之曰："惟我與爾共之，勿廣也。"其後王郎來守會稽，又得其書。及還許下，時人稱其才進，或曰："不見异人，當得异書。"問之，果以《論衡》之益。由是遂見傳焉，流行四方，今殆千載。撰《六帖》者，但摘而爲備用；作《意林》者，止鈔而同諸子。吾鄉好事者，往往自守書櫝爲家寶，然其篇卷脱漏，文字踳駁，魯魚甚衆，亥豕益訛，或首尾顛躓而不聯，或句讀轉易而不紀，是以覽者不能通其讀焉。余幼好聚書，於《論衡》尤多購獲，自一紀中得俗本七，率二十七卷。其一程氏西齋所貯，蓋今起居舍人彭公乘曾所對正者也。又得史館本二，各三十卷，乃庫部郎中李公秉前所校者也。余嘗廢寢食，討尋衆本，雖略經修改，尚互有闕遺。意其謄録者誤有推移，校勘者妄加删削，致條綱紊亂，旨趣乖違，儻遂傳行，必差理實。今研核數本之内，率以少錯者爲主，然後互質疑謬，沿造本源，訛者譯之，散者聚之，亡者追之，俾斷者仍續，闕者復補。惟古今字有通用，稍存之。又爲改正塗注，凡一萬一千二百五十九字。有如日星之麗天，順經躔而軌道；河海之紀地，自源委以安流。其文取譬連類，雄辯宏博，豈止爲談助才進而已哉？信乃士君子之先覺者也，秉筆之士，能無秘玩乎？即募工刊印，庶傳不泯，有益學者。非矜己功，不敢同王、蔡之徒，待搜之然後得而共，問之然後言其益也。時聖宋慶曆五年二月二十六日，前進士楊文昌題序。（《文淵閣四庫全書》本）

李昉等《太平御覽》卷首《經史圖書綱目》：

王充《論衡》。

同上，卷第二天部二《渾儀》：

賀道養《渾天記》曰：昔記天體者有三，渾儀莫知其始，《書》“以齊七政”，蓋渾體也；二曰宣夜，夏殷之法也；三曰周髀，當周髀之所造，非周家術也。近世復有四術：一曰方天，興於王充；二曰軒天，起於姚信；三曰穹天，由於虞喜。皆以臆斷浮説，不足觀也。唯渾天之事，徵驗不疑。

同上，卷第一百九十一居處部十九《市》：

（《後漢書》）又曰：王充家貧無書，嘗游洛陽市閲所賣書，一遍而誦之。

同上，卷第三百八十五人事部二十六《幼智下》：

《會稽典略》曰：王充字仲仁，爲兒童，游戲不好狎侮，父誦奇之，七歲教書、數。

同上，卷第四百三十二人事部七十三《强記》：

（謝承《後漢書》）又曰：王充字仲任，上虞人，家貧無書，常游洛陽肆，閲所賣書，輒能誦憶。

同上，卷第四百八十四人事部一百二十五《貧上》：

謝承《後漢書》曰：王充字仲任，上虞人。少孤，鄉里稱孝。到京師，受業太學，博覽而不守章句。家貧無書，常游洛陽市肆，閲所賣書，目一見輒能誦憶，遂博通衆流。

同上，卷第五百九十九文部十五《品量文章》：

《抱朴子》曰：世謂王充一代英偉，所著文，時有小疵，猶鄧林枯枝，蒼海流芥，未易貶者。

同上，卷第六百二文部十八《著書下》：

《抱朴子》曰：王充作《論衡》，北方郡未有得之者。蔡伯喈常到江東，得之，嘆其文高度越諸子。及還中國，諸儒覺其談論更遠，嫌得异書，或搜求至隱處，果得《論衡》，捉取數卷將去，伯喈曰：“惟吾與爾共之，勿廣也。”

同上，卷第六百十二學部六《博學》：

謝承《後漢書》曰：王充字伯任，好學博覽，常游洛陽市，閲所賣書，一見輒能誦憶，遂博通衆流百家之言。

同上，卷第六百十六學部十《讀誦》：

謝承《後漢書》曰：王充字仲任，家貧無書，至京師入市讀書，一見輒能誦憶。

同上，卷第七百二十方術部一《養生》：

《會稽典録》曰：王充年漸七十歲，作《養生》之書，凡十六篇，養氣自守，閉明塞聰，愛精自輔，服藥道引，庶幾復道。

同上，卷第八百二十七資産部七《市》：

謝承《後漢書》曰：王充家貧無書，常游洛陽市肆，閲所賣書，一見輒能誦憶，遂通衆經。（中華書局，1960年）

王欽若等《册府元龜》卷七百九十八總録部《勤學》：

王充受業太學，師事扶風班彪，好博覽而不守章句。家貧無書，嘗游雒陽市肆，閲所賣書，一見輒能誦憶，遂博通衆流百家之言。後歸鄉里，屏居教授。

同上，卷七百九十九總録部《强記》：

王充家貧無書，嘗游雒陽肆，閲所賣書輒能誦憶。後同郡謝夷上書薦充才學，肅宗詔公車徵，病不行。

同上，卷八百五總録部《弃官》：

王充，上虞人，明帝時仕郡爲功曹，以數諫諍不合去。刺史董勤辟爲從事，轉治中，自免還家。

同上，卷八百十三總録部六十三《退迹》：

王充，會稽上虞人，明帝時仕郡爲功曹，以數諫争不合去。刺史董勤辟爲從事，轉治中，自免還家。友人同郡謝夷吾上書薦充才學，章帝特詔公車徵，以病不行。

同上，卷八百三十六總録部八十六《養生》：

王充，會稽上虞人，刺史董勤辟爲從事，轉治中，自免還家，年漸七十，力志衰耗，乃造《養性書》十六篇，裁節嗜欲，頤神自守。

同上，卷八百四十二總録部九十三《知人》：

王充字仲任，會稽上虞人也。爲郡功曹，諫諍不合，自免居家。初，班固年十三，充見之，拊其背，謂父彪曰："此兒必記漢事。"

同上，卷八百五十四總録部一百四《立言》：

王充，會稽上虞人，仕郡爲功曹。好論説，始若詭异，終有理實。以爲俗儒守文，多失其真，閉門潛思，絶慶吊之禮，户牖牆壁各置刀筆，著《論衡》八十五篇二十餘萬言。（充所作《論衡》中土未有傳者，蔡邕入吴始得之，嘗秘玩以爲談助。其後王朗爲會稽太守，又得其書，及還許下，時人稱其才進，或曰："不見异人，當得异書。"問之，果以《論衡》之益。繇是遂傳視焉。又，時人嫌蔡邕得异書，搜求其帳中隱處，果得《論衡》，抱數卷持去，邕丁寧之曰："唯我與爾共之，勿廣也！"）釋物類同异，正時俗嫌疑。

同上，卷八百八十四總録部一百三十四《薦舉》：

謝夷吾，會稽人。同郡友人王充爲州治中，自免還家，夷吾上書薦充才學，章帝時詔公車徵，病不行。夷吾爲巨鹿太守，左傳下邳令，卒。（中華書局，1960年）

歐陽修、宋祁《新唐書》卷五十九《志藝文三》丙部子録雜家類：

王充《論衡》三十卷。（中華書局，1975年）

釋契嵩《鐔津集》卷七論原《品論》：

王充之言，立异也。（《文淵閣四庫全書》本）

晁公武撰，孫猛校證《郡齋讀書志校證》卷三上子部雜家類：

《論衡》三十卷。右後漢王充仲任撰。充好論説，始如詭异，終有實理。以俗儒守文，多失其真，乃閉門潛思，户牖牆壁，各置刀筆，著《論衡》八十五篇，釋物類同异，正時俗嫌疑。後蔡邕得之，秘玩以爲談助云。（上海古籍出版社，1990年）

林之奇《拙齋文集》卷一《記聞上》：

朱漢章云，少時嘗問其父云："或見王充《論衡》，云不見异人，必得异書。今觀其書，亦無甚高遠之見，乃云爾，何也？"其父曰："汝看是時有釋氏也未？"余因語此，劉夷叔云："人多議李太白、梅聖俞詩未善，曾不知太白以前無如此詩，梅聖俞亦然。當七國五代文弊之後，做出這詩來，亦自可服後來，雖有作者，亦推明廣大之爾。"（《中華再造善本》本，國家圖書館出版社，2013年）

王十朋《梅溪後集》卷一賦《會稽風俗賦并叙》：

儒學則王充以《論衡》顯，（後漢王充字仲任，上虞人，著《論衡》八十五篇。）沈珦以大義稱。謝沈、謝承之史學，孔僉、孔祛之明經。賀孝先擅儒宗之號，虞伯施專博學之名。……（《文淵閣四庫全書》本）

洪適《盤洲文集》卷六十三題跋二《論衡跋》：

右王充《論衡》三十卷。王君是邦人也。帳中异書，漢儒之所争睹。轉寫既久，舛錯滋甚，殆有不可讀者。以數本俾寮屬參校，猶未能盡善也。刻之木，藏諸蓬萊閣，庸見避堂舍蓋之意。（北京圖書館出版社，2004年）

尤袤《遂初堂書目》子雜家類：

王充《論衡》。（《叢書集成初編》本）

魏仲舉《五百家注昌黎文集》卷十二雜文《後漢三賢贊》：

王充者何？會稽上虞。本自元城，爰來徙居。（孫曰：充字仲任，其先魏郡元城人，父誦徙居上虞。）師事班彪，家貧無書，閲書於肆，市肆是游，一見誦憶，遂通衆流。（孫曰：充到京師，授業太學，師事扶風班彪。好博覽而不守章句。家貧無書，常游洛陽市肆，閲所賣書，一見輒能誦憶，遂博通衆流百家之言。）閉門潛思，《論衡》以修。（孫曰：充歸鄉里，屏居教授。以爲俗儒守文，多失其言，乃閉門潛思，著《論衡》八十五篇，二十餘萬言。韓曰：充所爲《論衡》，初中土未有傳者。蔡邕入吴，始得之，常秘以爲談助。其後王良爲會稽守，亦得其書，及還許下，時人稱其才進，或曰："不見异人，當得异書。"）爲州治中，自免歸歟。同郡友人，謝姓夷吾，上書薦之，待詔公車，以病不行，年七十餘。（孫曰：刺史董勤辟充爲從事，轉治中，自免還家。友人同郡謝夷吾，上書薦充才學，肅宗特詔公車徵，以病不行。）乃作《養性》，一十六篇。肅宗之時，終於永元。（《文淵閣四庫全書》本）

高似孫《子略》卷四王充《論衡》：

《論衡》者，後漢治中王充所論著也。書八十五篇，二十餘萬言。其爲言，皆叙天證，敷人事，析物類，道古今，大略如仲舒《玉杯》《繁露》。而其文詳，詳則理義莫能核而精，辭莫能肅而括，幾於蕪且雜矣。漢承滅學之後，文、景、武、宣以來，所以崇厲表章者，非一日之力矣，故學者向風承宣，日趨於大雅多聞之習，凡所譔録，日益而歲有加，至後漢盛矣。往往規度如一律，體裁如一家，是足以雋美於一時，而不足以準的於來世。何則？事之鮮純，言之少擇也。劉向《新序》《説苑》奇矣，亦復少探索之工，闕詮定之密，其叙事有與史背者不一。二書尚爾，况他書乎？袁崧《後漢書》云：“充作《論衡》，中土未有傳者，蔡邕入吴始見之，以爲談助。”談助之言，可以了此書矣。“客有難充書繁重者曰：‘石多玉寡，寡者爲珍；龍少魚衆，少者爲神乎？’充曰：‘文衆可以勝寡矣。人無一引，吾百篇；人無一字，吾萬言。爲可貴矣。’”予所謂乏精核而少肅括者，正此謂歟？（《叢書集成初編》本）

施宿等《會稽志》卷十四人物《王充》：

王充字仲任，會稽上虞人。少孤，鄉里稱孝。後受業太學，師事扶風班彪，好博覽而不守章句。家貧無書，嘗游洛陽市肆，閲所賣書，輒能誦憶，遂博通衆流百家之言。後歸鄉里，屏居教授。仕郡爲功曹，以數諫争不合去。乃閉門潛思，絶慶吊之禮，著《論衡》八十五篇，二十餘萬言。蔡邕入吴，始得之，恒秘以爲談助。王朗爲會稽守，又得其書，許下稱其才雋，或曰：“不見异人，當得异書。”又時嫌蔡邕得异書，或搜求帳中，果得《論衡》，抱數卷去，邕丁寧曰：“惟我與爾共之。”

同上，卷二十古詩文《朱育對》（梁簡文帝）：

有道山陰趙曄，徵士上虞王充，各洪才淵懿，學究道源，著書垂藻，絡繹百篇，釋經傳之宿疑，解當世之盤結，或上窮陰陽之奥秘，下攄人情之歸極。（《文淵閣四庫全書》本）

祝穆《古今事文類聚前集》卷二儒學部著書《著〈論衡〉》：

王充好論説，始詭异，終有理。乃閉門潛思，絶慶吊之禮，户牖牆壁，各置筆硯，著《論衡》八十五篇。蔡邕入吴始得之，秘玩以爲談助。後王朗得其書，時稱其才進，或曰：“不見异人，當得异書。”問之，果以《論衡》之益。

王充作《論衡》，北方都未有得之者，蔡伯喈嘗詣之，或搜求至隱處，果得《論衡》，捉取數卷將去，伯喈曰：“唯我與爾共之，勿廣也。”（《抱朴子》。）

同上，雜著《題王充〈論衡〉後》（吕南公）：

傳言蔡伯喈初得此書，常秘玩以助談，或搜其帳中見之，輒抱以去，邕且丁寧，戒以勿廣也。嗟乎！邕不得爲賢儒，豈不宜哉？夫飾小辯以驚俗，充之二十萬言，既自不足多道；邕則欲以獨傳爲過人之功，何謬如之？良金美玉，天下之公寶，爲其貴於可用耳。小夫下人，偶獲寸片，則卧握行懷，如恐人之弗知，又兢兢於或吾寇也。而金玉果非天下所無，信以充書爲果可用乎？孰禦天下之同貴？有如

不然也，邕之至慮，曾小夫下人之及耶？（《文淵閣四庫全書》本）

陳振孫《直齋書録解題》卷十雜家類：

《論衡》三十卷。漢上虞王充仲任撰。肅宗時人，仕爲州從事、治中。初著書八十五篇，釋物類同异，正時俗嫌疑。蔡邕、王朗初傳之時，以爲“不見异人，當得异書”。自今觀之，亦未見其奇也。（上海古籍出版社，1987年）

黄震《古今紀要》卷三《後漢》：

王充。（市肆書一閲輒誦。《論衡》蔡邕得而秘之，王朗得而方進。其書謂漢太平過前代。）（《黄震全集》本，浙江大學出版社，2013年）

黄震《黄氏日抄》卷五十七《讀諸子三·論衡》：

王充嘗師班彪，博學有獨見。既仕不偶，退而作《論衡》二十餘萬言。蔡邕、王朗嘗得其書，皆秘之，以爲己助。蓋充亦杰，然以文學稱者，惜其初心發於怨憤，持論至於過激，失理之平正，與自名《論衡》之意相背耳。如謂窮達皆出於命，達者未必賢，窮者未必不肖，可矣；乃推而衍之，至以治和非堯舜之功，敗亡非桀紂之罪，亦歸之時命焉，可乎？甚至譏孔、孟而尊老子，抑殷、周而誇大漢，謂龍無靈，謂雷無威，謂天地無生育之恩，而譬之人身之生蟣虱，欲以盡廢天地百神之祀，雖人生之父母骨肉，亦以人死無知，不能爲鬼，而忽蔑之。凡皆發於一念之怨憤，故不自知其輕重夫平如此。至其隨事各主一説，彼此自相背馳，如以十五説主土龍必能致雨矣，他日又曰仲舒言土龍難曉；如以千餘言力辨虎狼食人非部吏之過矣，他日又曰虎狼之來應政失也。凡皆以不平之念，盡欲更時俗之説，而時俗之説之通行者終不可廢，矯枉過正，亦不自覺，其衡决至此也！惟其辨訛正謬，有裨後學見聞者，則取節以列下方。

同上，卷五十九《讀文集一·韓文·雜文》：

後漢《三賢贊》：王充作《養性》，王符著《潛夫》，仲長統著《昌言》，皆傷其不顯於世而贊之。（《黄震全集》本，浙江大學出版社，2013年）

王應麟《玉海》卷六十二《藝文》論《漢〈論衡〉〈六儒論〉》：

《王充傳》：字仲任，會稽上虞人。好論説，始若詭异，終有理實。以爲俗儒守文，多失其真，乃閉目潛思，絶慶吊之禮，户牖牆壁，各置刀筆，著《論衡》八十五篇，二十餘萬言，釋物類同异，正時俗嫌疑。充造《養性書》十六篇。注：“《袁山松書》：充聰明，入太學，觀天子臨辟雍，作《六儒論》。充作《論衡》，中土未有傳者。蔡邕入吴，始得之，常秘玩以爲談助。其後王朗爲會稽太守，又得其書，及還許下，時人稱其才進，或曰：‘不見异人，當得异書。’問之，果以《論衡》之益。由是遂見傳焉。”《抱朴子》曰：時人疑蔡邕得异書，或搜求其帳中隱處，果得《論衡》，數卷持去，邕丁寧之曰：“唯我與爾共之，勿廣也。”

《唐志·雜家》：王充《論衡》三十卷。（《隋志》：二十九卷。今本亦三十卷，八十五篇，《逢遇》第一至《自紀》八十五。）

韓愈《三賢贊》：閉門潛思，《論衡》以修。

《崇文目》有《續論衡》二十卷。（當考。）

同上，卷一百三十四《官制》人物《漢三賢》：

韓愈作後《三賢贊》：王充、王符、仲長統。（江蘇古籍出版社，1987年）

侯克中《艮齋詩集》卷四《爲辟邪説賦》：

洙泗淵源未易窺，聖賢出處豈難知？區區李覯非鄒孟，録録王充毁仲尼。上下七篇仁義府，古今六籍帝王師。堂堂吾道參天地，撼樹蚍蜉亦可悲！（《文淵閣四庫全書》本）

馬端臨《文獻通考》卷二百十四《經籍考四十一》子·雜家：

《論衡》三十卷。

晁氏曰：後漢王充仲任撰。充好論説，始如詭异，終有實理。以俗儒守文，多失其真，乃閉門潛思，户牖牆壁，各置刀筆，著《論衡》八十五篇，釋物類同异，正時俗嫌疑。後蔡邕得之，秘玩以爲談助云。世謂漢文章温厚爾雅，及其東也已衰，觀此書與《潛夫論》《風俗通義》之類，比西京諸書，驟不及遠甚，乃知世人之言不誣。

高氏《子略》曰：書八十五篇，二十餘萬言。其爲言，皆叙天證，敷人事，析物類，道古今，大略如仲舒《玉杯》《繁露》。而其文詳，詳則禮義莫能核，而精辭莫能肅，而括幾於蕪且雜矣。漢承滅學之後，文、景、武、宣以來，所以崇厲表章者，非一日之力矣，故學者向風承意，日趨於大雅多聞之習，凡所撰録，日益而歲有加，至後漢盛矣。往往規度如一律，體裁如一家，是足以雋美於一時，而不足以準的於來世。何則？事之鮮純，言之少擇也。劉向《新序》《説苑》奇矣，亦復少探索之功，闕詮定之密，其叙事有與史背者不一。二書尚爾，况他書乎？袁山松《後漢書》云：“充作《論衡》，中土未有傳者。蔡邕入吴，始見之，以爲談助。”談助之言，可以了此書矣。“客有難充書煩重者曰：‘石多玉寡，寡者爲珍；龍少魚衆，少者爲神乎？’充曰：‘文衆可以勝寡矣。人無一引，吾百篇，人無一字，吾萬言，爲可貴矣。’”予所謂乏精核而少肅括者，正此謂歟？

陳氏曰：充，肅宗時人，仕爲州從事、治中。初作此書，北方初未有得之者，王朗嘗詣蔡伯喈，搜求至隱處，果得《論衡》，捉取數卷將去，伯喈曰：“惟我與爾共，勿廣也。”然自今觀之，亦未爲奇。（中華書局，1987年）

脱脱等《宋史》卷二百五《藝文志四》子類雜家類：

王充《論衡》三十卷。（中華書局，1985年）

楊士奇《文淵閣書目》卷二荒字號第一厨書目子雜：

王充《論衡》，一部七册。王充《論衡》，一部三册。（《叢書集成初編》本）

李賢等《明一統志》卷四十五紹興府《人物》：

（漢）王充。（上虞人，師事班彪，好博覽而不守章句。家貧無書，嘗游洛陽書肆，閲所賣書，一見輒能記憶。肅宗時詔公車徵，病不行。嘗著《論衡》及《養性書》。）（《文淵閣四庫全書》本）

王鏊《姑蘇志》卷三十七宦迹一《王充》：

王充字仲任，上虞人，受業太學，師事扶風班彪。後歸鄉里，屏居教授。明帝時，仕郡爲功曹，以數諫争不合去。刺史董勤辟爲從事，轉治中，自免還家。年漸七十，乃閉門潜思，著《論衡》八十五篇。（商務印書館，2013年）

吕柟《涇野子内篇》卷二《雲槐精舍語第三》：

先生曰：“陳壽之《志》、范曄之《春秋》，皆思過半矣。故王仲淹取其志。”陳詔曰：“王充、張衡之文何如？”曰：“不足稱也，其志則微夫。”（中華書局，1992年）

陸粲《陸子餘集》卷七名宦祠議《名宦事略》（已祀者不列）：

（漢）王充上虞人，爲郡治中，自免歸。閉門作《論衡》，旨不皆粹，亦恢然成一家言。（《文淵閣四庫全書》本）

高儒《百川書志》卷七子雜：

王氏《論衡》三十卷。漢王充仲壬撰，凡八十五篇。（《續修四庫全書》本）

何良俊撰，陳洪注《何氏語林注》卷七《文學第四上》：

王充著《論衡》成，中土未有傳者。（袁山松《後漢書》曰：王充字仲任，會稽上虞人，幼聰明，詣太學，觀天子臨辟雍，作《六儒論》。謝承《後漢書》曰：謝夷吾薦充曰："充之天才，非學所加，雖前世孟軻、孫卿，近世揚雄、劉向、司馬遷，不能過也。"）蔡中郎（蔡邕别見。）到江東，得之，嘆爲高文，恒秘玩以爲談助。及還北，諸公覺其談更遠，檢求其帳中，果得《論衡》一部。（袁山松《後漢書》曰：其後王朗爲會稽太守，又得其書，時人稱其才進，或曰："不見异人，當得异書。"問之，果以《論衡》之益。《抱朴子》曰：時人在蔡邕帳中搜得《論衡》，捉數卷持去，邕丁寧之曰："唯我與爾共之，勿廣也。"）（天津教育出版社，2008年）

歐大任《百越先賢志》卷二《王充》：

王充字仲任，會稽上虞人。師事班彪，好博覽而不守章句。家貧無書，嘗游洛陽書肆，閱所賣書，一見輒能記憶。肅宗時詔公車徵，病不行。嘗著《論衡》八十五篇，二十餘萬言，釋物類同异，正時俗嫌疑。蔡邕入吴得其書，帳中秘玩，以爲談助。王朗守會稽，持還，許下人稱其才進。充年漸七十，志力衰耗，乃造《養性書》十六篇，裁節嗜欲，頤神自守。永元中卒。（據袁崧、謝承《後漢書》《抱朴子》參修。）（《文淵閣四庫全書》本）

晁瑮《晁氏寶文堂書目》卷上子：

王充《論衡》。（南監舊刻。欠一册。）

同上，卷中子雜：

王充《論衡》。（《續修四庫全書》本）

朱睦㮮《萬卷堂書目》卷三儒家：

《論衡》三十卷。（王充。）（《續修四庫全書》本）

陳耀文《天中記》卷十六市《閱賣》：

王充字仲任，會稽人也。家貧無書，常游洛陽市肆，閱所賣書，一見輒能誦憶，遂至博通衆經。（謝承《後漢書》。）

同上，卷三十七諸子《度越諸子》：

王充好博覽而不守章句，閉門潛思，絶慶吊之禮，户牖牆壁，各置刀筆，著

《論衡》八十五篇。（《後書》。）充作《論衡》，北方都未有得之者。蔡伯喈到江東，始得之，嘆其文高度越諸子。及還中國，諸儒覺其談論更遠，嫌得异書，或搜求其帳中至隱處，果得《論衡》，捉取數卷將去，伯喈丁寧之曰：“惟我與爾共之，勿廣也。”（《抱朴》。）邕入吴得《論衡》，恒秘玩以爲談助。其後王朗爲會稽太守，又得其書，及還許下，時人稱其才進，或曰：“不見异人，當得异書。”問之，果以《論衡》之益。由是遂見傳焉。（袁山松《書》。）充一代英偉，所著文，時有小疵，猶鄧林枯枝，滄海流芥，未易貶者。（《抱朴》。）（光緒《聽雨山房》本）

王世貞《弇州四部稿》卷一百三十九説部《札記内篇》：

王充氏賤儒也，其學尼而偏，其識淺而稚，乃嘵嘵然敢於非聖。唉，是寧免於先王之誅！

同上，卷一百四十六説部《藝苑卮言三》：

東京之衰也，其始自敬通乎？蔡中郎之文，弱力不副，見差去浮耳。王充野人也，其識瑣而鄙，其辭散而冗，其旨乖而稚，中郎愛而欲掩之，亦可推矣。

同上，卷一百五十一説部《藝苑卮言》“古人云詩能窮人”條：

曩與同人戲爲文章九命：一曰貧困，二曰嫌忌，三曰玷缺，四曰偃蹇，五曰流竄，六曰刑辱，七曰夭折，八曰無終，九曰無後。

一貧困：……王充游市肆，閲所賣書。

三玷缺：……王充狂誕非聖。（《文淵閣四庫全書》本）

焦竑《國史經籍志》卷四下子類雜家：

王充《論衡》三十卷。（《續修四庫全書》本）

陳第《世善堂藏書目録》卷上諸子百家類各家傳世名書：

《論衡》三十卷。（《續修四庫全書》本）

陳禹謨《駢志》卷五丙部上《王仲任閲書市肆》：

《後漢書》：王充字仲任，少孤，鄉里稱孝。後到京師，受業太學，師事扶風班彪，好博覽而不宏章句。家貧無書，常游洛陽市肆，閲所買書，一見輒能誦憶，遂博通衆流百家之言。

同上，《户牖牆壁各置刀筆》：

後漢王充，好論説，始若詭异，終有理實。以爲俗儒守文，多失其真，乃閉門尋思，絶慶吊之禮，户牖牆壁，各置刀筆，著《論衡》八十五篇，二十餘萬言。

《袁崧書》曰：充所作《論衡》，中土未有傳者。蔡邕入吴，始得之，恒秘玩以爲談助。其後王朗爲會稽太守，又得其書，乃還許下，時人稱其才進，或曰："不見异人，當得异書。"問之，果以《論衡》之益。由是遂見傳焉。

《抱朴子》曰：時人嫌蔡邕爲异書，或搜求其帳中隱處，果得《論衡》，而抱數卷持去，蔡邕丁寧之曰："唯我與爾共之，勿廣也。"（《文淵閣四庫全書》本）

邢雲路《古今律曆考》卷九歷代一歷代考《三王紀》：

王充《論衡》言：魯襄公與韓戰，戰酣日暮，公援戈而揮之，日爲之反三舍。又言：燕太子丹朝於秦，不得去，從秦王求歸，秦王執留之，與之誓曰："使日再中乃得歸。"當此之時，天地佑之，日爲再中。此言皆虚也。日度運行，數有一定，雖聖神不能挽之，魯襄、燕丹豈能揮挽？或謂王充《論衡》八十五篇二十餘萬言，鄙誕者多，誠然！（《叢書集成初編》本）

胡應麟《少室山房筆叢》卷二十八《九流緒論中》"王充氏論衡"條：

王充氏《論衡》八十四篇，其文猥冗茶遝，世所共輕。而東漢、晋、唐之間，特爲貴重，蔡邕秘弗視人，葛洪贊弗容口，劉子弘槌提班、馬不遺餘力，而獨尊信是書。三子皆鴻生碩彦，目無今古，乃昌歜羊棗，异代同心，何哉？秦、漢以還，聖道陸沉，淫詞日熾，莊周、列禦、鄒衍、劉安之屬，捏怪興妖，不可勝紀。充生茅靡瀾倒之辰，而獨岋然自信，攘臂其間，剗虚黜增，訂訛斮僞，詖淫之旨，遏截弗行，俾後世人人咸得藉爲口實，不可謂非特立之士也。故伯喈尚其新奇，稚川大其宏洽，子玄高其辯才，特其偏愎自是，放言不倫，稍不當心，上聖大賢，咸在訶斥；至於《問孔》《刺孟》等篇，而辟邪之功，不足以贖其横議之罪矣。近世誚充太甚，若何氏、沈氏諸説，或未足以大服其衷，故余稍爲次其功罪，以折衷後之君子。

同上，"中郎以論衡爲談助"條：

中郎以《論衡》爲談助，蓋目爲稗官野史之流。且此編驟出未行，而新奇可喜，故秘之帳中，如今人收録异書，文固非所論也。自《論衡》不甚稱，後世究竟舉主，多歸咎中郎者，餘特爲一灑之。

同上，“論衡之問孔”條：

《論衡》之《問孔》，序意自明，以仲尼大聖，其語言應接，有絶出常情者，當時門弟子不能極問，故設疑發難，以待後人之答。藉在孔門，固好學之一事，第詞間傷直，旨或過求，此充罪也。劉子玄輩不能詳察，遽從而效之，以譏詆聖人，至堯、舜、禹、湯，咸弗能免，猶李斯之學荀况矣。

同上，“讀王氏論衡”條：

讀王氏《論衡》，煩猥瑣屑之狀，溢乎楮素之間，辯乎其所弗必辯，疑乎其所弗當疑，允矣其詞之費也。至精見越識，足以破戰國以來浮詭不根之習，則東、西京前，邈焉罕睹。當時以新特而過稱之，近世以冗庸而劇詆之，匪充書异昔也。驟出於秦、漢之間，習聞於伊、洛之後，遇則殊哉。而宋人窮理之功，昭代上儒之效亦著矣。

同上，“論衡謂仲尼爲素王”條：

《論衡》謂仲尼爲素王，桓譚爲素相。又謂仲尼之道傳桓君山，君山傳周長生，何太僕劇罪之，是也。第秦漢間聖賢稱謂，與後世殊不同，臧紇聖於春秋，韓非聖於戰國，揚雄、張衡聖於東、西京，彼何人哉？推此則知孟稱夷、惠，未足盡憑。（韓非、仲尼并稱，見《孔叢子·武臣問世》。但知老子同傳，此更駭聞。）（中華書局，1958年）

孫熊傳、張萱等《内閣藏書目録》卷之二子部：

《論衡》九册，不全。漢王充著。今缺一册。（《續修四庫全書》本）

祁承㸁《澹生堂藏書目》子部一諸子雜家：

《論衡》三十卷，十册。王充著。

同上，子部三類家：

《漢魏叢書》：《論衡》。（《續修四庫全書》本）

徐𤊹《徐氏家藏書目》卷三子部子類：

《論衡》三十卷。漢王充。（《續修四庫全書》本）

錢謙益《絳雲樓書目》卷二子雜家：

《論衡》。（《續修四庫全書》本）

賀復徵《文章辨體彙選》卷二百三十四書三十《與劉德夫書》（王九思）：

又一年而罷歸田里，僕於是時有以自惟：謂朱游廢而《易》教昌，董子退而經訓博，賈誼憂時《新書》乃興，王充屏居爰有《論衡》。此數子者，皆非有怨於世也，蓋知夫時之難得而我生之弗可虛也，所以闡幽發慮，而振藻垂聲於無涯也。（《文淵閣四庫全書》本）

錢曾《錢遵王述古堂藏書目録》卷第三史雜史：

王充《論衡》三十卷六本。（《續修四庫全書》本）

朱彝尊《經義考》卷二百三十二《孟子二》：

王氏（充）《刺孟》，一卷，存。

《後漢書》：王充字仲任，會稽上虞人。師事扶風班彪，好博覽而不守章句，通衆流百家之言。仕郡爲功曹，不合去。刺史董勤辟爲從事，轉治中。同郡謝夷吾，上書薦其才學，肅宗特詔公車徵，病不行。永元中卒。

邵博曰：大賢若孟子，其可議乎？後漢王充，乃有《刺孟》，近代何涉有《刪孟》。《刺孟》出《論衡》，韓退之贊“其閉門潛思，《論衡》以修”矣，則退之於孟子“醇乎醇”之論，亦或不然也。

按《刺孟》計六篇。（中華書局，1998年）

季振宜《季滄葦藏書目》延令宋版書目：

王充《論衡》三十卷。（八本。）

同上，宋元雜板書雜部：

《論衡》三十卷。

《論衡》三十卷（宋板）。（又一部，元板。）（《續修四庫全書》本）

徐乾學《傳是樓書目》卷三子部致字二格諸子：

《論衡》三十卷。漢王充。六本。（《續修四庫全書》本）

王士禎《居易録》卷二十八：

王充《論衡》末篇，自叙家世云：“世祖勇任氣，卒咸不揆於人，怨仇衆多。父誦、伯父蒙，任氣滋甚，在錢唐勇勢凌人。末復與豪家丁伯結怨，徙上虞。充生而恭愿，仁順禮敬，具備矜莊，寂寥有巨人之志。在鄉里慕蘧伯玉之節，在朝廷貪史子魚之行。”又云：“母驪犢騂，無害犧牲；祖濁裔清，不牓（讀如妨）奇人。

鯀惡禹聖，叟頑舜神。顔路庸固，回杰超倫。孔、墨祖愚，丘、翟聖賢。”夫證父攘羊，聖人所惡，况暴祖父之惡，不啻自口出乎？以舜、禹、孔、顔自處，而擬祖父於伯鯀、瞽瞍，不僭且誖乎？若王充者，真人倫之梟獍也，蔡邕秘其書帳中以爲談助，豈不惑哉！（《叢書集成初編》本）

萬斯同《儒林宗派》卷三東漢：

馮衍、桓譚、井丹、班彪、班固（彪子）、崔駰、崔瑗（駰子）、崔寔（瑗子）、傅毅、王充（班彪門人）、張衡、魯丕、許慎、蔡玄、胡廣、周舉、朱穆、李郃、李固（郃子）、樊英、姜肱、蔡邕（胡廣門人）、韓説、荀爽、劉淑、魏朗、盧植、趙典、申屠蟠。

右諸儒，兼通五經。（《文淵閣四庫全書》本）

姚之駰《後漢書補逸》卷十《謝承〈後漢書〉第二・王充》：

王充字仲任，家貧無書。至京師，往寺中省所賣書，一見便憶。於宅内，門牆屋柱，皆施筆硯簡牘，見事而作，著《論衡》八十五篇。（案：充，會稽上虞人。充所著《論衡》，時多拘滯，未見雄偉，而或以爲秘玩，何也？范同。）

謝夷吾薦充曰：“充之天才，非學所加，雖前世孟軻、孫卿，近漢揚雄、劉向、司馬遷，不能過也。”（案：夷吾此《表》，未免獎充過甚。）

同上，《班固》：

固年十三，王充見之，拊其背。謂彪曰：“此兒必記漢事。”（案：固之文詞美矣，特其出入竇氏，以不教學諸子，卒至身陷大戮，視乃父傾側危亂之間，而仕不急進，貞不違人者，將無愧乎？范書附《彪傳》後。）

同上，卷十七《袁崧〈後漢書〉第一・王充》：

王充字仲任，會稽上虞人。充幼聰明，詣太學，觀天子臨辟雍。作《大儒論》。（案：充已見。）

充所作《論衡》，中土未有傳者。蔡邕入吴，始得之，恒秘玩以爲談助。其後王朗爲會稽太守，又得其書，及還許下，時人稱其才進，或曰：“不見异人，當得异書。”問之，果以《論衡》之益。由是遂見傳焉。（案：《論衡》好爲辯駁，時多沾滯，不知當時何以推重若此？《抱朴子》云：“人搜求蔡邕帳中隱處，得《論衡》數卷抱持去，邕丁寧曰：‘惟我與爾共之，勿廣也。’”噫！何其雄視仲任，而於中郎蔑如也。）（《文淵閣四庫全書》本）

嵇曾筠等《浙江通志》卷一百七十六《人物五・儒林中》紹興府：

（漢）王充。（《後漢書》本傳：字仲任，上虞人。少孤，鄉里稱孝。到京師受業太學，師事扶風班彪，好博覽而不守章句。家貧無書，常游洛陽市肆，閱所賣書，一見輒能誦憶，遂博通衆流百家之言。歸鄉教授，仕郡爲功曹，以數諫争不合去。充好論説，以爲俗儒守文，多失其真，乃閉門潜思，著《論衡》八十五篇，二十餘萬言。刺史董勤辟爲從事，轉治中，自免還家。同郡謝夷吾上書薦充才學，肅宗特詔公車徵，病不行。年漸七十，造《養性書》十六篇，裁節嗜欲，頤神自守。永元中，卒於家。）

同上，卷二百三十八《陵墓》四紹興府上虞縣：

漢郡功曹王充墓。《上虞縣志》：在烏石山。（傳詳《儒林》。）（《文淵閣四庫全書》本）

于敏中等《天禄琳琅書目》卷九明版子部：

《論衡》，（二函，十二册。）漢王充著，三十卷。後有宋楊文昌後序。文昌爵里無考，其序作於慶曆五年。稱先得俗本七，率二十七卷，其一程氏西齋所貯。又得史館本各三十卷。於是互質疑謬，沿造本源，又爲改正塗注，凡一萬一千二百五十九字，募工刊印云云。今考晁公武、陳振孫、馬端臨諸家著録，卷目悉符，則文昌校刊之本爲可據矣。此本版心下方，有“通津草堂”四字。紙質墨光，係爲明制，蓋取文昌定本而重加校刻者。（《文淵閣四庫全書》本）

彭元瑞等《欽定天禄琳琅書目後編》卷五宋版子部：

《論衡》，（二函，二十册。）漢王充撰。充字仲任，上虞人。《後漢書》有傳，仕履詳《自紀》。書三十卷，八十五篇。前有慶曆五年楊文昌序，稱幼好是書，得俗本七，率止十七卷。其一程氏四齋貯彭乘校本。又得史館本二，各三十卷，乃季東前所校，爲校正塗注一萬一千二百五十九字。募工刊印，庶傳不泯，其校刊之功可謂勤矣。（《續修四庫全書》本）

乾隆敕撰《大清一統志》卷二百二十六紹興府《陵墓》：

王充墓。（在上虞縣烏石山。）

同上，卷二百二十七紹興府二《人物》：

（漢）王充。（字仲任，上虞人，少孤，鄉里稱孝。受業太學，師事扶風班彪，常游洛陽市肆閱書，一見輒能誦憶，遂通衆流百家之言。後歸，屏居教授。仕郡爲功曹，以數諫諍不合去。充好論説，有理實，著《論衡》二十餘萬言。友人謝夷吾薦充才學，肅宗特詔公車徵，病不行。）（《文淵閣四庫全書》本）

周召《雙橋隨筆》卷一：

明朱君復有《諸子斟淑》一書，歷數成周鬻熊以至於唐馬總，凡五十一家，俱有評論。雖其間推□彈射未必盡確，而數行之内，古人面目，其大略俱已拈出。其論王充之《論衡》也，以爲"春秋戰國以後著書者，皆嗜信异理；甚舛者，膠固前言，守弗敢破。仲任由千載之下，而能獨砥狂瀾，刻虚黜謬，即意有過激，辭間近瑣，乃其精鑒卓識，自當凌厲千古，使在聖門，必不居狂狷之後，孔子之所必取也。中郎、子元之識，豈其出後儒下，而乃以迂腐酸見，力詆豪杰，甚爲之扼腕"。（《文淵閣四庫全書》本）

乾隆《御製文二集》卷三十五雜著《讀王充論衡》：

向偶翻閲諸書，見有王充《論衡》，喜其識博，而言辯頗具出俗之識，其全書則未之覽也。兹因校《文淵閣四庫全書》，始得其全卷而讀之，乃知其爲背經離道、好奇立异之人，而欲以言傳者也。夫欲以言傳者，不衷於聖賢，未有能傳者也。孔、孟爲千古聖賢，孟或可問而不可刺，充則刺孟而且問孔矣，此與明末李贄之邪説何异？夫時命坎坷，當悔其所以自致坎坷耳，不宜怨天尤人，誣及聖賢，爲激語以自表，則已已犯非聖無法之誅。即有韙其言者，亦不過同其亂世惑民之流耳，君子必不爲也。且其《死僞篇》以杜伯之鬼爲無，而《言毒篇》又以杜伯之鬼爲有，似此矛盾處，不可屈指數，予故闢而訶之。讀《論衡》者，效其博辯，取其軼材則可；效其非聖滅道，以爲正人篤論，則不可。（《文淵閣四庫全書》本）

永瑢等《四庫全書總目》卷一百二十子部三十雜家類四《論衡》提要：

《論衡》三十卷（江蘇巡撫采進本），漢王充撰。充字仲任，上虞人。《自紀》謂："在縣爲掾功曹，在都尉府位亦掾功曹，在太守爲列掾五官功曹行事。"又稱："永和三年，徙家辟詣揚州部丹陽、九江、廬江，後入爲治中。章和二年，罷州家居。"其書凡八十五篇，而第四十四《招致篇》有録無書，實八十四篇。考其《自紀》曰："書雖文重，所論百種。案古太公望、近董仲舒傳作書篇百有餘，吾書亦纔出百，而云太多？"然則原書實百餘篇，此本目録八十五篇，已非其舊矣。充書大旨，詳於《自紀》一篇，蓋内傷時命之坎坷，外疾世俗之虚僞，故發憤著書。其言多激，《刺孟》《問孔》二篇，至於奮其筆端，以與聖賢相軋，可謂誖矣。又露才揚己，好爲物先，至於述其祖父頑狠，以自表所長，傎亦甚焉！其他論辨，如日月不圓諸説，雖爲葛洪所駁，載在《晋志》，然大抵訂譌砭俗，中理者多，亦殊有裨於風教。儲泳《袪疑説》、謝應芳《辨惑編》不是過也。至其文反復詰難，頗傷詞費，則充所謂“宅舍多，土地不得小；户口衆，簿籍不得少。失實之事多，虚華之語衆，指實定宜，辨争之言，安得約徑”者，固已自言之矣。充所作别有《譏俗書》《政務書》，晚年又作《養性書》，今皆不傳。惟此書存，儒者頗病其蕪雜，然終不能廢也。高似孫《子略》曰：“袁崧《後漢書》載，充作《論衡》，中土未有傳者，蔡邕入吴始見之，以爲談助。談助之言，可以了此書矣。”其論可云允愜。此所以攻之者衆，而好之者終不絶歟？（中華書局，1965年）

永瑢等《四庫全書簡明目録》卷十三子部十雜家類：

《論衡》三十卷。漢王充撰。原本八十五篇，今佚其一。充生當漢季，憤世嫉俗，作此書以勸善除邪，訂譌砭惑，大旨不爲不正，然激而過當，至於《問孔》《刺孟》，無所顧忌，轉至於不可以訓。又務求盡意，不惜繁詞，其文冗慢而無制。瑕瑜不掩，分别觀之可也。（上海古籍出版社，1985年）

顧櫰三《補後漢藝文志》卷八諸子類：

王充《論衡》八十五篇。（《隋志》：二十九卷。《唐志》入雜家，三十卷。《崇文總目》：二十卷。）

本傳：充字仲任，會稽上虞人。充好論説，始若詭异，終有理實。以爲俗儒守文，多失其真，乃閉門潛思，絶慶吊之禮，户牖牆壁各置刀筆。著《論衡》八十五篇，二十餘萬言，釋物類同异，正時俗嫌疑。

案今本三十卷，自《逢遇》至《自紀》凡八十五篇，内佚《招致》一篇。

王充《六儒論》。

袁山松《書》曰：充幼聰明，入太學，觀天子臨辟雍，作《六儒論》一篇。

王充《譏俗書》《政務書》《養性書》。

本傳：又造《養性書》十六篇。（《金陵叢書》本）

周中孚《鄭堂讀書記》卷五十六子部十之五雜家類五雜説之屬上：

《論衡》三十卷。（《漢魏叢書》本。）漢王充撰。（充，字仲任，上虞人。刺史辟爲從事，轉治中，自免。肅宗詔公車徵，病不行。）（《續修四庫全書》本）

張金吾《愛日精廬藏書志》卷二十一子部藝術類雜説：

《論衡》三十卷。（元刊明修本。）（《續修四庫全書》本）

范欽藏，范邦甸撰《天一閣書目》卷三之一子部雜家類：

《論衡》三十卷（刊本）。漢王充著。宋慶曆五年楊文昌後序。（《續修四庫全書》本）

瞿鏞《銅琴銅劍樓藏書目録》卷十六子部四雜家類雜考：

《論衡》三十卷。（宋刊本。）

《論衡》三十卷。（校元本。）

《論衡》三十卷。（校本。）（《續修四庫全書》本）

丁丙藏，丁仁撰《八千卷樓書目》卷十二子部雜家類雜學之屬：

《論衡》三十卷。（漢王充撰。明刊本《漢魏叢書》本、《通津草堂》本。）（《續修四庫全書》本）

姚振宗《後漢藝文志》卷三子道家撰注：

王充《養性書》十六篇。

范書本傳：充字仲任，會稽上虞人也。到京師，受業太學，師事扶風班彪，好博覽而不守章句。家貧無書，常游洛陽市肆，閲所賣書，一見輒能誦憶，遂博通衆流百家之言。後歸鄉里，屏居教授。仕郡爲功曹，以數諫争不合去。刺史董勤辟爲從事，轉治中，自免還家。友人同郡謝夷吾上書薦充才學，肅宗特詔公車徵，病不行。年漸七十，志力衰耗，乃造《性書》十六篇，（案脱“養”字。）裁節嗜欲，頤神自守。

《論衡·自紀篇》曰：充以元和三年徙家辟詣楊州部丹陽、九江、廬江。後入爲治中。章和二年，罷州家居。年漸七十，時可懸輿。仕路隔絶，志窮無如。事有否然，身有利害。髮白齒落，日月逾邁，儔倫彌索，鮮所恃賴。貧無供養，志不娱快。歷數冉冉，庚辛域際，雖懼終徂，愚猶沛沛。乃作《養性》之書，凡十六篇。

同上，法家撰注：

王充《政務書》。（充始末居道家類。）

《論衡·自紀篇》曰：充又閔人君之政，徒欲治人，不得其宜，不曉其務，愁精苦思，不睹所趨，故作《政務》之書。

又《對作篇》曰：“其《政務》言治民之道。”又曰：“《政務》爲郡國守相、縣邑令長陳通政事所當尚務，欲令全民立化，奉稱國恩。”

按《對作篇》又云：“建初孟年，中州頗歉，潁川、汝南民流四散，聖主憂懷，詔書數至。《論衡》之人，奏記郡守，宜禁奢侈，以備困乏。言不納用，退題記草，名曰《備乏》。酒縻五穀，生起盜賊，沉湎飲酒，盜賊不絶，奏記郡守，禁民酒。退題記草，名曰《禁酒》。”由此言之，唐林之奏，谷永之章，《論衡》《政務》同一趨也。則其書有《備乏》《禁酒》二篇。

同上，雜家撰著：

王充《論衡》八十五篇。（充始末具道家類。）

范書本傳：充好論説，始若詭异，終有理實。以爲俗儒守文，多失其真，乃閉門潜思，絶慶吊之禮，户牖牆壁，各置刀筆。著《論衡》八十五篇，二十餘萬言，釋物類同异，正時俗嫌疑。

袁山松《書》曰：充所作《論衡》，中土未有傳者，蔡邕入吴始得之，恒秘玩以爲談助。其後王朗爲會稽太守，又得其書，及還許下，時人稱其才進。或曰，不見异人，當得异書。問之，果以《論衡》之益，由是遂見傳焉。（又曰：充幼聰明。詣太學，觀天子臨辟雍，作《六儒論》。）

章懷太子曰：《抱朴子》曰："時人嫌蔡邕得异書，或搜求其帳中隱處，果得《論衡》，抱數卷持去。邕丁寧之曰：'唯我與爾共之，勿廣也。'"）

《隋書・經籍志》：《論衡》二十卷，後漢徵士王充撰。《日本國見在書目》：三十卷。《唐・經籍志》：《論衡》三十卷，王充撰。《藝文志》：王充《論衡》三十卷。《宋志》同。

《四庫提要》曰：書凡八十五篇，而第四十四《招致篇》有録無書，實八十四篇。考其《自紀》曰："書雖文重，所論百種。案古太公望、近董仲舒傳作書篇百有餘，吾書亦才出百，而云太多？"然則原書實百餘篇，此本目録八十五篇，已非其舊矣。充書大旨，詳於《自紀》一篇，所作别有《譏俗書》《政務書》，晚年又作《養性書》，今皆不傳。惟此書存，儒者頗病其蕪雜，然終不能廢也。

《四庫簡明目録》曰：充生當漢季，憤世嫉俗，作此書以勸善除邪，訂訛砭惑，大旨不爲不正，然激而過當，至於《問孔》《刺孟》，無所顧忌，轉至於不可以訓。又務求盡意，不惜繁詞，其文冗慢而無制。瑕瑜不掩，分别觀之可也。

同上，小説家：

王充《譏俗書》十二篇。（充始末具道家。）

《論衡・自紀篇》曰："俗性貪進忽退，收成弃敗。充升擢在位之時，衆人蟻附；廢退窮居，舊故叛去。志俗人之寡恩，故閑居作《譏俗節義》十二篇。冀俗人觀書而自覺，故直露其文，集以俗言。"又曰："充既疾俗情，作《譏俗》之書。"又曰："《譏俗》之書，欲悟俗人，故形露其指，爲分别之文。"（《適園叢書》本）

曾樸《補後漢書藝文志并考》卷七《子兵志内篇》第三：

王充《養性書》。（范書：十六篇。）

《論衡·自紀篇》：“庚辛域際，雖懼終徂，愚猶沛沛，乃作《養性書》十六篇。養氣自守，適食則酒，閉明塞聰，愛精自保。適輔服藥引導，庶冀性命可延，斯須不老。既晚無還，垂書示後。”

虞豫《會稽典録》：“王充年漸七十歲，作《養生》之書，凡十六篇。養氣自守，閉明塞聰，愛精自輔，服藥道引，庶幾獲道。”

同上，法家：

王充《政務書》。（卷數佚。）

《論衡·對作篇》：“桓君山《新論》、鄒伯奇《檢論》，可謂論矣。”今觀《論衡》《政務》，桓、鄒之二論也。又《自紀篇》：“充既疾俗情，作《譏俗》之書。又閔人君之政，徒欲治人，不得其宜，不曉其務，愁精苦思，不睹所趨，故作《政務》之書。”

同上，雜家：

王充《論衡》。（《隋志》：二十九卷。新、舊《唐志》：三十卷。《宋志》同。）今存三十卷。

《文淵閣四庫全書提要》：“漢王充撰。充字仲任，上虞人。《自紀》謂在縣爲掾功曹，在都尉府位亦掾功曹，在太守爲列掾五官功曹行事。又稱‘永和三年，徙家，辟詣揚州部丹陽、九江、廬江，後入爲治中。章和二年，罷州家居’。其書凡八十五篇，而第四十四《招致篇》有録無書，實八十四篇。考其《自紀》曰：‘書雖文重，所論百種。案古太公望、近董仲舒，傳作書篇百有餘，吾書亦纔出百，而云太多？’然則原書實百餘篇，此本目録八十五篇，已非其舊矣。充書大旨詳於《自紀》一篇，蓋内傷時命之坎坷，外疾世俗之虚僞，故發憤著書。其言多激，《刺孟》《問孔》二篇，至於奮其筆端，以與聖賢相軋，可謂誖矣。又露才揚己，好爲物先。至於述其祖父頑狠，以自表所長，傎亦甚焉！其他論辨，如日月不圓諸説，雖爲葛洪所駁，載在《晋志》，然大抵訂訛砭俗，中理者多，亦殊有裨於風教。儲泳《祛疑説》、謝應芳《辨惑編》不是過也。至其文反復詰難，頗傷詞費，則充所謂‘宅舍多，土地不得小；户口衆，簿籍不得少。失實之事多，虚華之語衆，指實定宜，辨争之言，安得約徑’者，固已自言之矣。充所作别有《譏俗書》《政務書》，晚年又作《養性書》，今皆不傳，惟此書存。儒者頗病其蕪雜，然終不能廢也。高似孫《子略》曰：‘袁崧《後漢書》載充作《論衡》，中土未有傳者，蔡邕入吴始見之，以爲談助。談助之言，可以了此書矣。’其論可云允愜。

此所以攻之者衆，而好之者終不絶歟？”

王充《譏俗節義》。（《論衡》：十二篇。）

《論衡·自紀篇》：“充升擢在位之時，衆人蟻附；廢退窮居，舊故叛去。志俗人之寡恩，故閑居作《譏俗節義》十二篇。冀俗人觀書而自覺，故直露其文，集以俗言。”又云：“充疾俗情，作《譏俗》之書。”（《二十五史藝文經籍志考補萃編》本，清華大學出版社，2011年）

余嘉錫《四庫提要辨證》卷十五子部六雜家類四：

《論衡》三十卷。漢王充撰。充字仲任，上虞人。《自紀》謂在縣爲掾功曹，在都尉府位亦掾功曹，在太守爲列掾五官功曹行事。又稱永和三年，徙家辟詣揚州部丹陽、九江、廬江，後入爲治中。章和二年，罷州家居。

嘉錫案：《後漢書》卷七十九（《列傳》第三十九）有《王充傳》，略云：“仕郡爲功曹，以數諫争不合去。著《論衡》八十五篇，二十餘萬言。刺史董勤辟爲從事，轉治中，自免還家。肅宗特詔公車徵，病不行。年漸七十，志力衰耗，乃造《養性書》十六篇。永元中，病卒於家。”與《自紀》雖詳略不同，然《提要》之例，凡撰書之人，史有列傳者，皆祇叙其名字爵里，而括之曰事迹具某史本傳而已。今此條獨據《自紀》，詳叙其出處，究之，不過歷仕州郡，無大關係，何其不憚煩也。豈不知《後漢書》有傳耶？

其書凡八十五篇，而第四十四《招致篇》，有録無書，實八十四篇。考其《自紀》曰：“書雖文重，所論百種，案古太公望，近董仲舒，傳作書篇百有餘，吾書亦纔出百，而云太多。”然則原書實百餘篇，此本目録八十五篇，已非其舊矣。充所作别有《譏俗書》《政務書》，晚年又作《養性書》，今皆不傳，惟此書存。

案：《藝文類聚》卷五十八引謝承《後漢書》曰：“王充於宅内門户墉柱各置筆硯簡牘，見事而作，著《論衡》八十五篇。”范書本傳亦云：“著《論衡》八十五篇，二十餘萬言。”《提要》乃謂今本八十五篇，爲非其舊，且一字不及范書，是真不知充有列傳矣。考《抱朴子·喻蔽篇》亦曰：“余雅謂王仲任作《論衡》八十餘篇，爲冠倫大才。”《隋書·經籍志》雜家類有《論衡》二十九卷，後漢徵士王充撰，疑除其《自紀》一卷不數，否則唐初所得隋煬帝東都藏本，偶有闕佚也。然兩《唐志》皆作三十卷，是其完書具存，今本篇數與本傳合，卷數與《唐志》合，固當是相傳舊本。《提要》乃據《自紀》之文，謂其原書當有百餘篇。今案《自紀》，歷叙其所著書，有《譏俗書》（十二篇）、《政務書》、《論衡》、《實論》，（亦所作書名，《提要》未引。）然後假或人之論，設爲問答，自辯其著書體裁甚詳。考其文義，蓋《自紀》一篇，乃統叙平生之著述，不獨爲《論衡》而作。其間所辯者，著書體裁，除指明《論衡》者外，亦兼他著述言之，《論衡》

八十五篇，益以《讖俗書》《政務書》《實論》，固當有百餘篇，惟《養性書》爲晚年之作，叙在自辯各條之後，不在此數内耳。《漢志》《太公》二百三十七篇，其下復分子目，《爲謀》八十一篇、《言》七十一篇、《兵》八十五篇，蓋其書非一種，故隋、唐《志》著録《太公書》，有《六韜》《陰謀》《陰符》《金匱》《兵法》之屬。董仲舒本傳云："仲舒所著，皆明經術之意，及上疏條教，凡百二十三篇。"是《漢志》儒家所録董仲舒書，其文亦非一體，充以二人所作書自比，明所謂百餘篇者，不僅指《論衡》一書。《提要》乃謂八十五篇者非其舊本，誤之甚矣。《吴志·虞翻傳》注引《會稽典録》載翻對王府君曰："有道山陰趙曄、徵士上虞王充各洪才淵懿，學究道源，著書垂藻，絡繹百篇，釋經傳之宿疑，解當世之盤結，或上窮陰陽之奥秘，下據人情之歸極。"此所云絡繹百篇，亦舉其平生著述總計之，不專指一書也。（曄所著有《吴越春秋》《詩細歷神淵》等書。）信如《提要》之言，《論衡》有百餘篇，則趙曄所著之《吴越春秋》，亦當有百篇矣，然乎，否乎？

高似孫《子略》曰，袁崧《後漢書》載充作《論衡》，中土未有傳者，蔡邕入吴始見之，以爲談助。談助之言，可以了此書矣。其論可云允愜，此所以攻之者衆，而好之者終不絶歟。

案：蔡邕以爲談助之説，即充本傳章懷注所引袁山松《後漢書》之語，《隋志》有《後漢書》九十五卷注云："本一百卷，晋秘書監袁山松撰。"《舊唐志》亦作山松，惟《新唐志》作袁崧耳。考山松《晋書》附見《袁瓌傳》，但云："山松少有才名，博學有文章，著《後漢書》百篇。"不云名崧，則高似孫爲承《新志》之誤明矣。（中華書局，1980年）

劉咸炘《舊書别録》卷三《論衡》：

《四庫提要》《論衡》條曰："考其《自紀》曰：'書雖文重，所論百種。案古太公望、近董仲舒傳作書篇百有餘，吾書亦纔出百，而云太多。'然則原書實百餘篇，此本目録八十五篇，已非其舊矣。"按此説似非也。《自紀》所説并有所著《讖俗節義》十二篇及《政務》之書，"出百"一語乃承上文并説，下文乃言《養性書》十六篇，尚不在此中也。《佚文》言《論衡》篇以十數，知未出百矣。充書大旨在《佚文》《書解》《對作》《自紀》四篇，《佚文》曰："《論衡》篇以十數，一言曰疾虚妄。"劉子玄曰："儒者之書，博而寡要，得其糟粕，失其菁華，而流俗鄙夫，貴遠賤近，傳兹抵牾，自相期惑，故王充《論衡》生焉。"此言得其本旨，蓋西漢儒生末流專己守殘，識多迂固，充以博采傳記，獨運思考矯之。黄震曰："其初心發於怨憤，持論至於過激，失理之平，正與自名《論衡》之意相背耳，蓋欲更時俗之説，而矯枉過正，不自覺其衡决。"《提要》曰："内傷時命之坎坷，外疾世俗之虚僞，故發憤著書，其言多激，又露才揚己，好爲物先，至於述其祖父頑狠，以自表所長，傎亦甚焉。其文反復詰難，頗傷詞費，則充所謂辨争之言安得約徑者，固已自言之矣。高似孫《子略》曰：‘蔡邕見之，以爲談助。談助之言，可以了此書矣。’其論可云允愜。”按是書以《問孔》《刺孟》見駭後世，實則充之辨論仍以孔子爲信，《自紀》自言行法孔子，問孔獻疑，不足駭也。自述祖父，爲《史通》所譏，然但言任氣凌人，傷殺怨仇，未嘗言頑狠，漢世任俠風盛，本不以爲諱，末引鯀惡禹聖叟頑舜神，乃或人啁以宗祖無淑懿之基，文墨無篇籍之遺，故極論以對之，非謂其祖父爲鯀、叟也。昔之評者空言誹詆，不足服充，故至近世，而其書反大行，士習嘩恣，争稱其質實銛猛，實則其辨鮮有可取，大旨更無足觀，譚獻、章炳麟之評，見其底裹矣。譚曰：“王仲任文士之見，窮達撓其志趣，所言辨而不中，自名其書曰戒虚妄，而師心妄作者甚多，陰陽灾异，一歸於虚，而篤信命遇，蹇困之事，有激之言，不可爲典要。充訶墨詰儒，歷詆世論，若以聖賢流俗一概相量，持之雖有故，言之不甚成理，究不逮周末九流，偏至振奇，可以自持其説。充於雜家，爲第二流，《吕覽》《淮南》未易企也。”章曰：“善爲蜂芒摧陷，而無樞要足以持守，惟内心之不光頮。”炳麟固盛稱此書者，而言如此，學者可以知矣。其書至《逢遇》以下十四篇言性命，次《奇怪》及《九虚》《三增》十三篇，論書傳虚增，次《問孔》《非韓》《刺孟》三篇，《談天》《説日》二篇，《答佞》一篇，次《程材》以下七篇，言儒學次第，次《寒温》以下十五篇，論灾异符瑞之亂之應。（内《招致篇》闕。）次《齊世》以下六篇，論漢德須鴻文頌之，次《論死》以下十六篇，論鬼妖忌諱術數祭祀，次《實知》《知實》《定賢》三篇，論聖賢，次《正説》《書解》《按書》三篇，考論書傳，次《對作》《自紀》二篇，則述其書之體與大旨也。《答佞》《程材》以下似當在《定賢》後，《寒温》接《説日》甚順，恐是倒亂也。其書雖多，大要不過《偶會》《自然》二篇之説，謂凡事皆自然，天無爲，物無知，不相感應，其相感應者皆偶遇，吉凶之兆，知者占之，非物爲人來，治亂不由政事，性可勉改，而命則一成不易，三命去隨命，自謂合於黄、老之説。（《自然篇》。）其實乃楊朱力命之論，墨翟（《非命》）、荀卿（《天論》）之所已駁。道家無爲，主於静因，充固不知之也。

吾綜其書，蔽以三言，曰蔽，曰癡，曰陋。略舉論之，不能盡也。所謂蔽者，以其所知概所不知，不守闕疑之訓，其論貴效驗而舉例多不倫，每以一概餘，更舉一例以攻之則破矣。如言會稽山不以禹會計名，郡國成名不可説（《書虚》），是不知郡國之名可説者多，不可説者乃失之也。謂國亡在期盡，不在政失，改政無益，猶人死不可復延。（《意虚》。）是不知國非人比也。駁少欲延壽之説，謂草木無欲，壽不逾歲。（《道虚》。）是不知草木非人比也。駁鬼哭，謂青物死，色不復青，人死，聲何能復言。（《論死》。）是不知色非聲比也。又謂人言以有氣力，氣力衰則不能言。是不知聲非言比也。鬼有厲有不厲，怨有報有不報，報有顯有不顯，而《死僞篇》悉一概之，又謂神龍能升天，神龜、神蛇復升天乎？（《龍虚》。）是不知神者固有升有不升。馬之長，人之長，其可同哉？駁忌諱之説，謂使十人居一室中，不犯忌諱，比至百年，能不死乎？（《辨祟》。）是不知死有由祟，有不由祟，豈可同哉？謂十二聖相不同，麟鳳不必一象（《講瑞》），是不知聖以德异，麟、鳳以種异也。上世人强壽，下世人短夭，上世人樸質，下世人文薄，此運之變也。而皆非之，謂若此則天地初立，人可長如防風氏之君，色如宋朝，壽如彭祖，千世之後，人可短如莢英，色如嫫母，壽如朝生乎？（《齊世》。）是則所謂不言九天之上，即言九淵之下，兩末之議也。又謂古有無義之人，今有建節之士，此則所謂剪毫千馬，必有一同，以撿舉之言，非大較之論也。此皆譚氏所謂辨而不中，不甚成理，他多類此，不能備舉。其甚蔽者則駁秋氣殺草謂草適枯（《偶會》），延并霜殺草亦不信矣。駁五行相克，謂天生物，令相爲用，不得相害。（《物勢》。）是不知手可蔽目，口可嚙手也。又謂相克惟筋力，氣性不能相克，是不知筋力生於氣性也。謂人小天大，人不能變天氣。（《變虚》。）是不知人身一孔痛皆覺也。謂周公三公之尊，不當執贄候白屋之士。（《語增》。）是則譚氏所謂“聖賢流俗，一概相量”，適形其陋而已。其自相矛盾者極多，黄東發已舉其二條，如以十五説主土龍必能致雨，而又曰仲舒言土龍難曉，如以千餘言辨虎狼食人，非部吏之過，而又曰虎狼之來，應政失也。今審之猶不止此，如既不信感應，而又言口舌之徵由人感天。（《言毒》。）《訂鬼》羅列諸説，或云見鬼乃病所致，如伯樂見馬，庖丁見牛，或云是衆星之神，故象人與鳥獸，或云鬼爲甲乙之神，又謂鬼爲陽物，皆自伐而不能自圓之説。末曰“天道難知，故具載列”，既知難知，何爲强以人事概之乎？既非感應，又申董仲舒土龍致雨之義。（《亂龍》。又按《書》亦謂土龍出自董仲舒，必將有義。）既謂雩不能致雨，又遵孔子言當雩。（《明雩》。）此猶其不敢師心者也。既謂禱祀無益，但以盡人之心，乃又主薄葬，謂鬼無所知，倍之何損，事死薄無傷於化。此則敢於妄言矣。既駁少欲養壽之説，而晚作《養性書》，養氣服藥，冀延性命（見《自紀》），是自攻也。《實知篇》謂聖人不前知，悉由准况而知，亦其書之大旨，然准况視乎其智，充豈遂自謂智同聖賢耶？末又言“事有不可知，聖人不能知”，既知有不可知，何爲强所不知而妄言耶？所謂癡者以人概天，以形概氣，求深反淺，廣引而失之目睫，辨不成理，多由於是，如駁養生延壽之説，引人變禽獸爲例（《無形》），不悟變形謂變弱變强，非謂化爲异物，謂禹鼎象物，安能解神奸（此處當注充書篇名），不悟象物示民知備，非謂鼎能禦鬼。至如駁子韋處高聽卑，謂天無體與耳（《變虚》），駁雷爲天怒，謂怒用口，天無口（《雷虛》），駁仙人升天，謂無毛羽何用升（《道虛》），駁鬼哭謂人死口喉腐不復動，何能成言，乃又言枯骨有能呻鳴者（《論死》），駁卜筮謂天口耳何在，而得問之，駁解除謂地不能削人民之言，又謂日月水火之精，水火不圓，日月何得圓（《說日》），天如爲物，安得千千萬萬手（《自然》），大不飲食，則無腹腸，無腹腸，則無喜怒，無喜怒，則無禍福，手不能擊人，則知口不能歆氣。（《祀義》。）鯀化黄熊，則謂鯀殛羽山，人不與之處，何能知之。（《死僞》。）紂酒池糟丘，牛飲三千人，本三事，而强合說之，謂若池在庭中，則飲者當之中庭，乃復還坐，則是煩苦不能甚樂。若令池在深室中，則三千人宜臨池坐前俯飲酒，又謂長夜則當不舉燭。（《語增》。）養由基射一楊葉，百發百中，則謂一葉一再射，如就葉在樹射之，則雖不欲射葉，葉茂自中之矣。此皆癡語而猶費詞，是紙筆之殃耳。《紀妖》駁夢魂行之說，謂魯叔孫穆子夢天厭己，天下至地，則樓臺宜壞。又謂足登山，手引木，然後能升，魂無所緣，何能得上天。又謂魂與雲烟等亦不爲疾。又誤解飄風不終日，謂飄風亦不速。此真諺所謂癡人說夢矣。其書辨正虛增，多能推其誤之由，而不能逆志，往往以辭害意，不可與微言，不可與曲言，不可與譎言，不可與略言。如堯十日，魯陽麾日（《感虛》），盧敖游北海（《道虛》），五風十雨，市無二價（《是應》），協和萬國，鶴鳴聲聞九天，闃其無人（《藝增》），皆微譎渾略之言，而一一駁之，駁之之說又皆小兒所知，《問孔》謂孔子嘆鳳鳥、河圖爲不望其本而望其末，《刺孟》謂毁瓦畫墁者非志求食，皆是類也。所謂陋者，不知學有幾門，士有幾等，徒憤博士、儒生之專己守殘，以泛濫多見爲高，施於文筆爲長，著說立名爲榮，處處以與文吏、富人較長短，貪多不精，故終於泛淺。《程材》《量知》二篇辨儒生勝文吏，謂儒生多能，不精吏事，持不更耳，儒生多仁義，文吏爲奸利。《謝短篇》則謂兩皆有短，皆不博覽，儒者但知古而不知今。《效力篇》則謂能上書奏記者爲文儒，力多於儒生。《別通篇》則極言人當多所通覽，如富人多財。《超奇篇》謂："通書千篇以上，萬卷以下，弘暢雅言，審定文牘，而以教授者，通人也。抒其義旨，損益其文句，而以上書奏記，或與論立說，結連篇章者，文人鴻儒也。"極推劉子政父子、楊子雲、桓君山爲文、武、周公并生。又謂："能說一經者爲儒生，博覽古今者爲通人，采掇傳書以上書奏記者爲文人，能精思著文結連篇章者爲鴻儒，鴻儒者超而又超，奇而又奇。"《佚文篇》則舉五文，而以造論著說爲勖，曰："發胸中之思，論世俗之事，非徒諷古經也。論發胸臆，文成手中，非說經藝之人所能爲也。"《書解篇》謂"著作爲文儒，說經爲世儒"，極揚文儒著論之美。《超奇》推谷子雲、唐子高能上書奏記，而不能結連篇章，司馬子長、劉子政抽列古今，而無胸中之造，陸賈、董仲舒不假於外，而淺露易見，獨推陽成子長、楊子雲、桓君山，又謂"繁文之人，人之杰也"。《對作篇》言陽成子長、楊子雲材疑聖人。《定賢篇》言君山爲漢之賢人。其所宗尚如此，譚氏所謂“文士之見”者也。彼徒見繁文之可駭，但以能成一書繁辨世事爲極，不知文章之源流，反以史家爲不如子家，不知諸子之途徑，反以楊、桓之雜爲過於陸、董，力推其鄉人周長生爲鴻儒，幾比於楊、桓，乃所推者不過尚書奏記及《洞歷》之書，《洞歷》者不過一雜史，便能過司馬子長耶？亦自相伐矣。《按書篇》末自負“文偶仲舒，論次君山”，《對作篇》自辨其書爲論，非作非述，乃又等之尚書奏記，自述曾上書奏記，謂謙言耶？抑其自處本卑也。《宣漢》以下頌漢之德，謂漢世功德過於帝王，以地廣瑞多爲説，不知封建之制，而以起匹夫爲難於堯、舜，不知湯十一征，周滅國五十，而以高祖兼勝秦、楚爲力倍湯、武，自謂非求媚稱，而以《須頌》《佚文》終之。自誇其筆，欲獻其伎，意溢於言，乃謂《春秋》爲漢制法，《論衡》爲漢平説，又謂周秦諸子皆論他事，不頌主上，造論之人，頌上恢國，非諸子書傳所能并。《對作篇》自述作旨，比於孟子不得已，而曰“盛褒頌之言，無誹謗之詞，造作如此，可以免於罪矣”，其卑陋誇妄如此。又恐人譏其空言，無益實事，則以鄒衍、孫卿受寵尊顯爲效（《别通》），謂有筆説者皆能建功，上書奏記能爲上官解憂（《超奇》），雖欲自誇而不能自掩，直不知周秦諸子爲何等，毋論六經、孔孟，古之立言皆有宗旨，若充之泛雜無歸，何能見諸行事乎？乃自言其書有益，謂九虚三增使俗務誠，《論死》《訂鬼》使俗薄喪葬（《對作》），眇乎小焉，以非爲是，何其顔厚也。《定賢》一篇論衆流皆非賢，而其所謂賢不過曰心善能辯然否，無惑乎《答佞篇》以儀、秦爲能也，適足以顯其陋而已。大要生長窮鄉，未接通儒，仰椽突思，奮筆縱意，井蛙夏蟲，自大而已。觀其《問孔》《刺孟》，大抵未審文義，執一解而不能通，又或是儒生之説亦混駁之，又駁血流漂杵，謂周、殷士卒皆賫乾糧，無杵血之事，不知杵爲鹵借，是其於經未嘗深講也。《九虚》諸篇所駁，大都諸子傳記之書，而概稱爲儒書，是不知九流也。其書所稱但有墨、韓，老、莊諸家似都未見，於漢世之人但稱陸、董、楊、桓，似并《賈子》《淮南》亦未見也。談天則謂天體平，則不知天算也。甚至不通文義，如謂太平男女异路爲各作一道（《儒增》），以繫而不食謂孔子志欲求食，又駁顔子輔孔子之説，謂賢者在世，未必爲輔，是止知卿相爲輔矣，何其陋歟。其書三十卷，吾有取焉者，《書虚》《語增》《儒增》《非韓》《謝短》《順鼓》《亂龍》《遭虎》《是應》《四諱》《辨祟》《實知》《定賢》《正説》《書解》《對作》十數篇而已，然猶不能純也。（《劉咸炘學術論集·子學編》本，廣西師範大學出版社，2007年）

張之洞撰，范希曾補正《書目答問補正》卷三子部儒家議論經濟：

《論衡》三十卷。（漢王充。明刻單行本，《漢魏叢書》本。）（補）《四部叢刊》影印明通津草堂仿宋本，潮州鄭氏龍溪精舍重刻明《通津草堂本》附諸家校

識。蔣光煦、俞樾、孫詒讓皆有條校。盧文弨手校本，今在江寧龍蟠里圖書館，未刊。（上海古籍出版社，2010年）

案：姚振宗《後漢書藝文志》小説家著録《譏俗書》十二篇，題王充撰。

王充（27—97年？），字仲任，東漢會稽上虞（今浙江紹興）人。祖籍魏郡元城（今河北大名），先世以軍功封會稽陽亭，因家焉。少時好學，九歲受《論語》《尚書》，日諷千字，學日進。在縣衙爲掾功曹，在都尉府爲掾功曹，在太守郡爲列掾五官功曹行事。入州爲從事，以諫諍不合去。廢退窮居，舊故叛去，故閑居作《譏俗節義》十二篇。漢光武帝建武三十年（54年）至京師，受業於太學，師事班彪，好博覽而不守章句。常游洛陽市肆，閲所賣書，一見輒能誦憶，遂博通衆流百家之言。明帝永平二年（59年）歸鄉里，屏居教授，於宅内門户牆柱各置筆硯簡牘，見事而作，著《論衡》八十五篇。章帝元和三年（86年），徙家避難，詣揚州部丹陽、九江、廬江，後入州爲治中。章和二年（88年），罷州家居。友人同郡謝夷吾上書薦充才學，特詔公車徵，以病不行。年漸七十，志力衰耗，乃造《養性書》十六篇，裁節嗜欲，頤神自守。永元中，病卒於家，具體時間無考。范曄《後漢書》有傳。著有《譏俗節義》《政務書》《六儒論》《論衡》《養性書》數種，僅《論衡》存世。今通行有中華書局1990年出版的黄暉《論衡校釋》標點本。

王充《論衡·自紀》曰："俗性貪進忽退，收成弃敗。充升擢在位之時，衆人蟻附；廢退窮居，舊故叛去。志俗人之寡恩，故閑居作《譏俗節義》十二篇。冀俗人觀書而自覺，故直露其文，集以俗言。"又曰："《譏俗》之書，欲悟俗人，故形露其指，爲分别之文。"可知此書原名《譏俗節義》，有十二篇。此書爲王充早期著作。《論衡校釋》所附《王充年譜》定其作在建武二十四年（48年），即充任郡功曹，以諫諍不合去後。書爲有所激憤而發，故直露其言，諷刺俗情。書亦早亡。或以爲《譏俗節義》等書在今本《論衡》中，未曾亡佚，恐未必然。

著書

皇甫謐《高士傳》卷下《郭太》：

郭太，字林宗，太原人也。少事父母以孝聞。身長八尺餘。家貧，郡縣欲以爲吏，嘆曰："丈夫何能執鞭斗筲哉？"乃辭母，與同縣宗仲至京師，從屈伯彦學《春秋》。博洽無不通，又審於人物，由是名著於陳、梁之間。步行遇雨，巾一角墊，衆人慕之，皆故折巾角。士争往從之，載策盈車。凡太知之於無名之中六十餘人，皆言後驗。以母喪歸，徐稚來吊，以生芻一束頓太廬前而去。太曰："此必南州高士徐孺子也。《詩》不云乎，'生芻一束，其人如玉'？吾不堪此喻耳。"凡司徒辟、大常趙典舉有道，皆不就。以建寧二年卒於家。（《四部備要》本）

陳壽撰，裴松之注《三國志》卷五十七《陸瑁》：

時尚書暨艷盛明臧否，差斷三署，頗揚人暗昧之失，以顯其謫。瑁與書曰："夫聖人嘉善矜愚，忘過記功，以成美化。加今王業始建，將一大統，此乃漢高弃瑕録用之時也，若令善惡异流，貴汝潁月旦之評，誠可以厲俗明教，然恐未易行也。宜遠模仲尼之泛愛，中則郭泰之弘濟，近有益於大道也。"艷不能行，卒以致敗。（中華書局，2006年）

葛洪撰，楊明照校箋《抱朴子外篇校箋》卷之二十一《清鑒》：

或難曰："夫在天者垂象，在地者有形，故望山度水，則高深可推；風起雲飛，則吉凶可步。智者睹木不瘁，則悟美玉之在山；覿岸不枯，則覺明珠之沉淵。彗星出，則知鱣魚之方死；日月蝕，則識麒麟之共鬥。華、霍不須稱，而無限之重可知矣；江、河不待量，而不測之數已定矣。鴻鵠之翼，騄騏之足，雖未飛走，輕迅可必也。豪曹之劍，徐氏匕首，雖未奮擊，其立斷無疑也。

"駮子有吞牛之容，鶚鷇有凌鷙之貌。卉茂者土必沃，魚大者水必廣。虎尾不附狸身，象牙不出鼠口。叔魚無厭之心，見於初生之狀；食我滅宗之徵，著乎開胞之始。申童覺竊妻之巫臣，張負知將貴之陳平。范子所以絶迹於五湖者，以勾踐蜂目而鳥喙也；趙人所以息意於争鋒者，以白起首鋭而視直也。文王之接吕尚，桑陰未移，而知其足師矣；玄德之見孔明，晷景未改，而腹心已委矣。

“郭泰中才，猶能知人，故入潁川則友李元禮，到陳留則結符偉明，入外黄則親韓子助，至蒲亭則師仇季知；止學舍則收魏德公，觀耕者則拔茅季偉；奇孟敏於擔負，戒元艾之必敗，終如其言，一無差錯。必能簡精鈍於符表，詳舒急乎聲氣，料明暗於舉厝，察清濁於財色，觀取與於宜適，徵虚實於言行，考操業於闔辟，校始終於信效，善否之驗，不其易乎？”

抱朴子答曰：“余非謂人物了不可知，知人挺無形理也。徒以斯術存乎大明，非夫當人自許。然而世士各謂能之，是以有云，以警付任耳。夫貌望豐偉者不必賢，而形器尫瘁者不必愚，咆哮者不必勇，淳淡者不必怯。或外候同而用意异，或氣性殊而所務合。非若天地有常候，山川有定止也。

“物亦故有遠而易知，近而難料，譬猶眼能察天衢，而不能周項領之間；耳能聞雷霆，而不能識蟻虱之音也。唐、吕、樊、許善於相人狀，唯知壽夭貧富，官秩尊卑，而不能審情性之寬克，志行之洿隆。惟帝難之，况庸人乎？而吾子舉論形之例，詰精神之談，未修其本，殆失指矣。

“夫亡射之箭，皆破秋毫，然凖的恒不得爲工。叔向之母，申氏之子，非不一得，然不能常也。陶唐稽古而失任，姬公欽明而謬授。尼父遠得崇替於未兆，近失澹臺於形骸。延州審清濁於千載之外，而蔽奇士於咫尺之内。知人之難，如此其甚。郭泰所論，皆爲此人過上聖乎？但其所得者，顯而易識；其所失者，人不能紀。

“且夫所貴，貴乎見俊才於無名之中，料逸足乎吴阪之間，掇懷珠之蚌於九淵之底，指含光之珍於積石之中。若伯喈識絶音之器於烟燼之餘，平子剔逸響之竹於未用之前。六軍之聚，市人之會，暫觀一睹，無所眩惑，探其潛生之心計，定其始終之事行，乃爲獨見不傳之妙耳。若如末論，必俟考其操蹈之全毁，觀其云爲之好醜，此爲絲線既經於銓衡，布帛已歷於丈尺，徐乃説其斤兩之輕重，端匹之修短，人皆能之，何煩於哲哉！”

同上，卷之四十六《正郭》：

抱朴子曰：嵇生以爲“太原郭林宗竟不恭三公之命，學無不涉。名重於往代，加之以知人。知人則哲，蓋亞聖之器也。及在衰世，凄凄惶惶，席不暇温，志在乎匡亂行道，與仲尼相似”。

余答曰：“夫智與不智，在於一言。樞機之玷，亂乎白圭。愚謂亞聖之評，未易以輕有許也。夫所謂亞聖者，必具體而微，命世絶倫，與彼周、孔其間無所復容之謂也。若人者，亦何足登斯格哉！林宗拔萃翹特，鑒識朗徹，方之常人，所議固多，引之上及，實復未足也。此人有機辯風姿，又巧自抗遇而善用；且好事者爲之羽翼，延其聲譽於四方。故能挾之見准（各本作推）慕於亂世，而爲過聽不核實者所推策。及其片言所褒，則重於千金；游涉所經，則賢愚波蕩。謂龍鳳之集，奇瑞之出也。吐聲則餘音見法，移足則遺迹見擬。可謂善擊建鼓而當揭日月者耳，非真隱也。

“蓋欲立朝，則世以大亂；欲潛伏，則悶而不堪。或躍，則畏禍害；確爾，則非所安。彰偟不定，載肥載臞。而世人逐其華而莫研其實，玩其形而不究其神。故遭雨巾壞，猶復見效。不覺其短，皆是類也。俗民追聲，一至於是！故其雖有缺隙，莫之敢指也。夫林宗學涉知人，非無分也。然而未能避過實之明。而暗於自料也。勸之以出仕進者。林宗對曰：‘吾晝察人事，夜看乾象，天之所廢，不可支也。方今運在《明夷》之爻，值勿用之位，蓋盤桓潛居之時，非在天利見之會也。雖在原陸，猶恐滄海横流，吾其魚也；況可冒衝風而乘奔波乎？未若岩岫頤神，娱心彭、老，優哉游哉，聊以卒歲。’

“按林宗之言，其知漢之不可救，非其才之所辦，審矣。當仰儕商洛，俯泛五湖，追巢父於峻嶺，尋漁父於滄浪。若不能結蹤山客，離群獨往，則當掩景淵洿，韜鱗括囊。而乃自西徂東，席不暇温，欲慕孔、墨栖栖之事。聖者憂世，周流四方，猶爲退士所見譏彈。林宗才非應期，器不絶倫，出不能安上治民，移風易俗；入不能殫毫屬筆，祖述六藝。行自衒耀，亦既過差，收名赫赫，受饒頗多。然卒進無補於治亂，退無迹於竹帛，觀傾視汨，冰泮草靡，未有异於庸人也。無故沉浮於波濤之間，倒屣於埃塵之中，遨集京邑，交關貴游，輪刓策弊，匪遑啓處？遂使聲譽翕熠，秦、胡景附。巷結朱輪之軌，堂列赤紱之客，軺車盈街，載奏連車。誠爲游俠之徒，未合逸隱之科也。有道之世而臻此者，猶不得復厠高潔之條貫，爲秘迹之俊民；修兹在於危亂之運，奚足多哉！孰不謂之暗於天人之否泰，蔽於自量之優劣乎？空背恬默之塗，竟無有爲之益，不值禍敗，蓋其幸耳。以此爲憂世念國，希擬素王，有似蹇足之尋龍騏，斥鷃之逐鴻鵠，焦冥之方雲鵬，鼷鼬之比巨象也。然則林宗可謂有耀俗之才，無固守之質，見無不了，庶及大用。符采外發，精神内虚，不勝煩躁，言行相伐，口稱静退，心希榮利。未得□玄圃之栖禽，九淵之潛靈也。自槼自媒，士女之醜事也。知其不可而猶效尤師，亞聖之器，其安在乎？雖云知人，知人之明，乃唐虞之所難，尼父之所病。夫以明并日月，原始見終，且猶有失，不能常中。況於林宗螢燭之明，得失半解，已爲不少矣。

“然則名稱重於當世，美談盛於既没，故其所得者，則世共傳聞；而所失者，則莫之有識爾。雖頗甄無名之士於草萊，指未剖之璞於丘園，然未能進忠烈於朝廷，立槼侮於疆埸，解亡徵於倒懸，折逆謀之競逐，若鮑子之推管生，平仲之達穰苴。林宗名振於朝廷，敬於一時，三、九肉食，莫不欽重。力足以拔才，言足以起滯，而但養疾京輦，招合賓客，無所進致，以匡危蔽。徒能知人，不肯薦舉，何异知沃壤之任良田，識直木之中梁柱，而終不墾之以播嘉穀，伐之以構梁棟，奚解於不粒，何救於露居哉！其距貢舉者，誠高操也；其走不休者，亦其疾也。”

嵇生又曰："林宗存爲一世之所式，没則遺芳永播，碩儒俊士，未或指點，而吾生獨評其短，無乃見嗤於將來乎？"

抱朴子曰："曷爲其然哉！苟吾言之允者，當付之於後；後之識者，何恤於寡和乎？且前賢多亦譏之，獨皇生褒過耳。故太傅諸葛元遜亦曰：'林宗隱不修遁，出不益時，實欲揚名養譽而已。街談巷議以爲辯，訕上謗政以爲高。時俗貴之歙然，猶郭解、原涉見趨於曩時也。後進慕聲者，未能考之於聖王之典，論之於先賢之行，徒惑華名，咸競準的，學之者如不及，談之者則盈耳，中人猶不覺，童蒙安能知。'

"故零陵太守殷府君伯緒，高才篤論之士也。亦曰：'林宗入交將相，出游方國，崇私議以動衆，關毁譽於朝廷。其所善則風騰雨驟，改價易姿；其所惡，則摧頓陸沉，士人不齒。折其名賢，遭亂隱遁，含光匿景，未爲遠矣。君子行道，以匡君也，以正俗也。於時君不可匡，俗不可正，林宗周旋清談閭閻，無救於世道之陵遲，無解於天民之憔悴也。'

"又故中書郎周生恭遠，英偉名儒也。亦曰：'夫遇治而贊之，則謂之樂道。遭亂而救之，則謂之憂道。亂不可救而避之，則謂之守道。虞舜，樂道者也。仲尼，憂道者也。微子，守道者也。漢世將傾，世務交游，林宗法當慨然虚心，要同契君子共矯而正之；而栖栖爲之雄伯，非救世之宜也。於時雖諸黄門，六畜自寓耳。其陳蕃、竇武之徒，雖鼎司牧伯，皆貴重林宗，信其言論臧否，取定於匡危易俗，不亦可冀乎？'

"而林宗既不能薦有爲之士，立毫毛之益，而逋逃不仕者，則方之巢、許；廢職待客者，則比之周公；養徒避役者，則擬之仲尼；弃親依豪者，則同之游、夏。是以世眩名實，而大亂滋甚也。若謂林宗不知，則無以稱聰明；若謂知之而不改，則無以言憂道。昔四豪似周公而不能爲周公，今林宗似仲尼而不得爲仲尼也。"

於是問者慨而嘆曰："然則斯人乃避亂之徒，非全隱之高矣。"（中華書局，1991年）

袁宏撰，周天游校注《後漢紀校注·後漢孝桓皇帝紀》下卷第二十二：

（延熹五年）初，稚少年，游國學中，江夏黄瓊教授於家，故稚從之，諮訪大義。瓊後仕進，位至三司，稚絶不復交。及瓊薨，當葬，稚乃往赴吊，進酹哀哭而去，人莫知者。時天下名士，四方遠近，無不會者，各言："聞豫章徐孺子來，何不相見？"推問喪宰曰："頃寧有書生來邪？"對曰："先時有一書生來，衣粗薄而哭之哀，不記姓字。"僉曰："必孺子也。"於是推選能言語者陳留茅季偉候與相見，酤酒市肉，稚爲飲食。季偉請國家之事，稚不答；更問稼穡之事，稚乃答之。季偉還爲諸君説之，或曰："孔子云：'可與言而不與言，失人。'稚其失人乎？”郭林宗曰：“不如君言也。孺子之爲人也，清潔高廉，飢不可得食，寒不可得衣，而爲季偉飲酒食肉，此爲已知季偉之賢故也。所以不答國事者，是其智可及，其愚不可及也，何不知之乎？”

是時宦豎專政，漢室浸亂，林宗周旋京師，誨誘不息。稚以書誡之曰：“大木將顛，非一繩所維，何爲栖栖不遑寧處？”林宗感悟曰：“謹拜斯言。”以爲師表。

同上，《後漢孝靈皇帝紀》上卷第二十三：

（建寧二年）三君八雋之死，郭泰私爲之慟曰：“‘人之云亡，邦國殄瘁。’漢室滅矣。未知‘瞻烏爰止，於誰之屋’。”

泰字林宗，太原介休人。少孤養母，年二十，爲縣小吏，喟然嘆曰：“大丈夫焉能處斗筲之役！”乃言於母，欲就師問，母對之曰：“無資奈何？”林宗曰：“無用資爲！”遂辭母而行。至成皋屈伯彦精廬，并日而食，衣不蓋形，人不堪其憂，林宗不改其樂。三年之後，藝兼游、夏。同邑宗仲，字〔子〕雋，有高才，諷書日萬言，與相友善，閑居逍遥。泰謂仲曰：“蓋昔之君子，會友輔仁，夫周而不比，群而不黨，皆始於將順，終於匡救。濟俗變化，隆化之道也。於是仰慕仲尼，俯則孟軻，周流華夏，采諸幽滯。”泰始（來）至京師，陳留人符融見而嘆曰：“高雅奇偉，達見清理，行不苟合，言不誇毗，此异士也。”言之於河南尹李膺，與相見曰：“吾見士多矣，未有如郭林宗者也。其聰識通朗，高雅密博，今之華夏，鮮見其儔。”友而親之。陳留人韓卓有知人之鑒，融見卓，以己言告之，卓曰：“此太原士也。”他日又以泰言告之，卓曰：“四海内士也，吾將見之。”於是驟見泰，謂〔雄〕（融）曰：“此子神氣衝和，言合規矩，高才妙識，罕見其倫。”

陳留蒲亭亭長仇香年已長矣，泰見香，在而言之。明日起朝之曰：“君泰之師，非泰之友。”

陳留茅容年四十矣，親耕隴畝，避雨樹下，衆人悉踐蹲，容獨釐膝危坐，泰奇其异，請問舍所在，因寄宿。容明旦殺鷄作食，泰謂之爲己也。容分半食母，餘半庋置，自與泰素餐。泰曰：“卿賢哉遠矣！郭泰猶減三牲之具以供賓旅，而卿如此，乃我友也。”起對之揖，勸令學問，卒成盛德。

嘗止陳國，文孝童子魏昭求入其房，供給灑掃。泰曰：“年少當精義〔講〕書，曷爲求近我乎？”昭曰：“蓋聞經師易遇，人師難遭，故欲以素絲之質，附近朱藍耳。”泰美其言，聽與共止。嘗不佳，夜後命昭作粥。粥成進泰，泰一呵之曰：“爲長者作粥，不加意敬，使不可食。”以杯擲地。昭更爲粥重進，泰復呵之，如此者三。昭姿無變容，顔色殊悦，泰曰：“吾始見子之面，而今而後，知卿心耳。”遂友而善之。

巨鹿孟敏，字叔達。客居太原，未有知名。叔達曾至市買甑，荷擔墮地，徑去不顧。時適遇林宗，林宗异而問之："甑破可惜，何以不顧？"叔達曰："甑既已破，視之無益。"林宗以爲有分决，與之言，知其德性，謂必爲善士，勸使讀書，游學十年，知名當世。其宗人犯法，恐至大辟，父老令至縣請之。叔達曰："犯法當死，不應死，自活，此明理也，何請之有？"有父老董敦之，曰："儻其死者，此大事也。奈何理宜適而不受邪？"叔達不得已，乃行見楊氏令，不言而退。令曰："孟徵居高雅絶世，雖其不言，吾爲原之矣。"

初，汝南袁〔閎〕（閬），盛名蓋世，泰見之，不宿而退。汝南黄憲，邦居有聲，天下未重，泰見之，數日乃去。薛恭祖曰："聞足下見袁奉高，車不停軌，鑾不輟軛。從黄叔度，乃彌日信宿，非其望也。"林宗答曰："奉高之器，譬諸泛濫，雖清易挹。叔度汪汪如萬頃之波，澄之而不清，撓之而不濁，其器深廣，難測量也。雖住稽留，不亦可乎？"由是憲名重於海内。

初，泰嘗止陳留學宫，學生左原犯事斥逐。泰具酒食勞原於路側，謂之曰："昔顔涿聚，梁甫之大盗；段干木，晋國之大駔，卒爲齊之忠臣、魏之名賢。且蘧伯玉、顔子淵猶有過，誰能無乎？慎勿恨之，責躬而已。"或曰："何爲禮慰小人？"泰曰："諸君黜人，不托以藜蒸，無有掩惡含垢之義。'人而不仁，疾之已甚，亂也'。吾懼其致害，故訓之。"後原結客，謀構己者，至期曰："林宗在此，負其前言。"於是去。後事發露，衆人咸自以蒙更生之賜於泰。

泰謂濟陰黄元艾曰："卿高才絶人，足爲偉器。然年過四十，名聲著矣。於此際當自匡持，不然將失之矣。"元艾笑曰："但恐才力不然至此年矣！若如所敕，敢自可保，庶不有累也。"林宗曰："吾言方驗，卿其慎之。"元艾聲聞遂隆。後見司徒袁隗，隗嘆其英异，曰："若索女壻如此，善矣！"有人以隗言告元艾，又自生意謂之曰："袁公有女，得無欲嫁與卿乎？"元艾婦夏侯氏，有三子，便遣歸家，將黜之，更索隗女也。夏侯氏父母曰："婦人見去，當分釵斷帶，請還之。"遂還。元艾爲主人，請親屬及賓客二十餘人。夏侯氏便於座中攘臂大呼，數元艾隱慝穢惡十五事，曰："吾早欲弃卿去，而情所未忍耳，今反黜我！"遂越席而去。元艾諸事悉發露，由此之故，廢弃當世。其弘明善惡皆此類也。

後遭母憂，喪過於哀。徐孺子荷擔來吊，以生芻一束頓廬前，既唁而退。或問："此誰也？"林宗曰："南州高士徐孺子者，其人諸生，吾不堪其喻也。"巨鹿孫威直來吊，既而介休賈子序亦來吊，林宗受之。威直不辭而去，門人告之。林宗遣人追之曰："何去之疾也？"威直曰："君天下名士，門無雜賓，而受惡人之唁，誠失其所望，是以去耳。"林宗曰："宜先相問，何以便去邪？鄉里賈子序者，實有匈險之行，爲國人所弃。聞我遭喪，而洗心來吊，此亦未被大道之訓，而有修善之志也，吾故受之。若其遂變化者，弃損物更爲貴用，如其不然，不保其往也。且仲尼不逆互鄉，奈何使我拒子序也！”子序聞之，更自革修，終成善人。其善誘皆此類也。

其所提拔在無聞之中，若陳元龍、何伯求終成秀异者六十餘人；其所臨官，若陳仲弓、夏子治者十餘人，皆名德也。

石雲考從容謂宋子俊曰：“吾與子不及郭生，譬諸由、賜不敢望回也。今卿言稱宋、郭，此河西之人疑卜商於夫子者也，若遇曾參之詰，何辭以對乎？”子俊曰：“魯人謂仲尼東家丘，蕩蕩體大，民不能名，子所明也。陳子禽以子貢賢於仲尼，淺見之言，故然有定邪？吾嘗與杜周甫論林宗之德也，清高明雅，英達瓌瑋，學問淵深，妙有俊才。然其愷悌玄澹，格量高俊，含弘博恕，忠粹篤誠，非今之人，三代士也。漢元以來，未見其匹也。周甫深以爲然。此乃宋仲之師表也，子何言哉！”

於是勸林宗仕，泰曰：“不然也。吾夜觀乾象，晝察人事，天之所廢，不可支也。方今卦在《明夷》，爻直勿用之象，潛居利貞之秋也。猶恐滄海横流，吾其魚也。吾將岩栖歸神，咀嚼元氣，以修伯陽、彭祖之術，爲優哉游哉，聊以卒歲者。”遂辭王公之命，闔門教授。

泰身長八尺，儀貌魁岸，善談論，聲音如鐘，宵行幽暗，必正其衣服。家有書五千卷，率多圖緯星曆之事。與其等類行，晨則在前，暮則在後。所歷亭傳，不處正堂，恒止逆旅之下，先加糞除而後處焉。及宿止，冬讓温厚，夏讓清涼。如鄉里或有爾者，父母諺曰：“欲作郭林宗邪？”

同上，《後漢孝獻皇帝紀》二卷第二十七：

（初平三年）允字子師，太原祁人。容儀雅重，非禮不動。郭林宗稱允曰：“宰相才也。”與之友善。

初，南陽何顒、河内鄭泰好爲奇畫。顒逮郭林宗，與之游學。及黨事起，顒以被禁錮。乃變姓名，亡匿汝南，所至皆結豪杰，名顯荆豫之間。（天津古籍出版社，1987年）

范曄撰，李賢注《後漢書》卷三十一《蘇不韋》：

不韋後遇赦還家，乃始改葬，行喪。士大夫多譏其發掘冢墓，歸罪枯骨，不合古義，唯任城何休方之伍員、太原郭林宗聞而論之曰：“子胥雖云逃命，而見用强吴，憑闔廬之威，因輕悍之衆，雪怨舊郢，曾不終朝，而但鞭墓戮尸，以舒其憤，竟無手刃後主之報。豈如蘇子單特孑立，靡因靡資，强仇豪援，據位九卿，城闕天阻，宫府幽絶，埃塵所不能過，霧露所不能沾。不韋毁身燋慮，出於百死，冒觸嚴禁，陷族禍門，雖不獲逞，爲報已深。况復分骸斷首，以毒生者，使暠懷忿結不得其命，猶假手神靈以斃之也。力唯匹夫，功隆千乘，比之於員，不以優乎？”議者於是貴之。

同上，卷五十三《黄憲》：

郭林宗少游汝南，先過袁〔閎〕（閬），不宿而退；進往從憲，纍日方還。或以問林宗。（《郭泰别傳》曰：“時林宗過薛恭祖，恭祖問曰：‘聞足下見袁奉高，車不停軌，鑾不輟軛；從叔度，乃彌信宿也？’”）林宗曰：“奉高之器，譬諸〔泛〕（氿）濫，雖清而易挹。［奉高，閎（閬）字也。］叔度汪汪若千頃陂，澄之不清，淆之不濁，不可量也。”

同上，《徐稚》：

稚嘗爲太尉黄瓊所辟，不就。及瓊卒歸葬，稚乃負糧徒步到江夏赴之，設鷄酒薄祭，哭畢而去，不告姓名。時會者四方名士郭林宗等數十人，聞之，疑其稚也，乃選能言語生茅容輕騎追之。及於塗，容爲設飯，共言稼穡之事。臨訣去，謂容曰：“爲我謝郭林宗，大樹將顛，非一繩所維，何爲栖栖不遑寧處？”及林宗有母憂，稚往吊之，置生芻一束於廬前而去。衆怪，不知其故，林宗曰：“此必南州高士徐孺子也。《詩》不云乎：‘生芻一束，其人如玉。’吾無德以堪之。”

同上，《申屠蟠》：

家貧，傭爲漆工。郭林宗見而奇之。

同上，卷六十一《黄瓊》：

論曰：……及孝桓之時，碩德繼興，陳蕃、楊秉處稱賢宰，皇甫、張、段出號名將，王暢、李膺彌縫衮闕，朱穆、劉陶獻替匡時，郭有道奬鑒人倫，陳仲弓弘道下邑。其餘宏儒遠智，高心潔行，激揚風流者，不可勝言。而斯道莫振，文武陵隊，在朝者以正議嬰戮，謝事者以黨錮致灾。往車雖折，而來軫方遒。所以傾而未顛，决而未潰，豈非仁人君子心力之爲乎？嗚呼！

同上，卷六十六《王允》：

王允字子師，太原祁人也。世仕州郡爲冠蓋。同郡郭林宗嘗見允而奇之，曰：“王生一日千里，王佐才也。”遂與定交。

同上，卷六十七《黨錮列傳叙》：

自是正直廢放，邪枉熾結，海内希風之流，遂共相摽搒，指天下名士，爲之稱號。上曰“三君”，次曰“八俊”，次曰“八顧”，次曰“八及”，次曰“八厨”，猶古之“八元”“八凱”也。竇武、劉淑、陳蕃爲“三君”。君者，言一世之所宗也。李膺、荀翌、杜密、王暢、劉祐、魏朗、趙典、朱寓爲“八俊”。俊者，言人之英也。郭林宗、宗慈、巴肅、夏馥、范滂、尹勛、蔡衍、羊陟爲“八顧”。顧者，言能以德行引人者也。張儉、岑晊、劉表、陳翔、孔昱、苑康、檀〔敷〕（敷）、翟超爲“八及”。及者，言其能導人追宗者也。度尚、張邈、王考、劉儒、胡母班、秦周、蕃向、王章爲“八厨”。厨者，言能以財救人者也。

又張儉鄉人朱并，承望中常侍侯覽意旨，上書告儉與同鄉二十四人别相署號，共爲部黨，圖危社稷。以儉及檀彬、褚鳳、張肅、薛蘭、馮禧、魏玄、徐乾爲“八俊”，田林、張隱、劉表、薛郁、王訪、劉祇、宣靖、公緒恭爲“八顧”，朱楷、田盤、疏耽、薛敦、宋布、唐龍、嬴咨、宣褒爲“八及”，刻石立墠，共爲部黨，而儉爲之魁。靈帝詔刊章捕儉等。大長秋曹節因此諷有司奏捕前黨故司空虞放、太僕杜密、長樂少府李膺、司隸校尉朱寓、潁川太守巴肅、沛相荀翌、河内太守魏朗、山陽太守翟超、任城相劉儒、太尉掾范滂等百餘人，皆死獄中。餘或先歿不及，或亡命獲免。自此諸爲怨隙者，因相陷害，睚眦之忿，濫入黨中。又州郡承旨，或有未嘗交關，亦離禍毒。其死徙廢禁者，六七百人。

同上，《范滂》：

……遷光禄勛主事。時陳蕃爲光禄勛，滂執公儀詣蕃，蕃不止之，滂懷恨，投版弃官而去。郭林宗聞而讓蕃曰：“若范孟博者，豈宜以公禮格之？今成其去就之名，得無自取不優之議邪？”蕃乃謝焉。

同上，《岑晊》：

晊有高才，郭林宗、朱公叔等皆爲友，李膺、王暢稱其有幹國器，雖在閭里，慨然有董正天下之志。

同上，《苑康》：

苑康字仲真，勃海重合人也。少受業太學，與郭林宗親善。舉孝廉，再遷潁陰令，有能迹。

同上，《劉儒》：

劉儒字叔林，東郡陽平人也。郭林宗常謂儒口訥心辯，有珪璋之質。（《謝承書》曰：“林宗嘆儒有珪璋之質，終必爲令德之士。”）

同上，《何顒》：

何顒字伯求，南陽襄鄉人也。少游學洛陽。顒雖後進，而郭林宗、賈偉節等與之相好，顯名太學。

同上，卷六十八《郭太》：

郭太字林宗，太原界休人也。（界休，今汾州縣。）家世貧賤。早孤，母欲使給事縣廷。林宗曰："大丈夫焉能處斗筲之役乎？"遂辭。就成皋屈伯彦學，三年業畢，博通墳籍。善談論，美音制。乃游於洛陽。始見河南尹李膺，膺大奇之，遂相友善，於是名震京師。後歸鄉里，衣冠諸儒送至河上，車數千兩。林宗唯與李膺同舟而濟，衆賓望之，以爲神仙焉。

司徒黄瓊辟，太常趙典舉有道。或勸林宗仕進者，對曰："吾夜觀乾象，晝察人事，天之所廢，不可支也。"遂并不應。性明知人，好獎訓士類。身長八尺，容貌魁偉，褒衣博帶，周游郡國。嘗於陳、梁間行遇雨，巾一角墊，時人乃故折巾一角，以爲"林宗巾"。其見慕皆如此。（《泰别傳》曰："泰名顯，士争歸之，載刺常盈車。"）或問汝南范滂曰："郭林宗何如人？"滂曰："隱不違親，貞不絶俗，天子不得臣，諸侯不得友，吾不知其它。"後遭母憂，有至孝稱。（《謝承書》曰："遭母憂，歐血發病，歷年乃瘳。"）林宗雖善人倫，而不爲危言核論，故宦官擅政而不能傷也。及黨事起，知名之士多被其害，唯林宗及汝南袁閎得免焉。遂閉門教授，子弟以千數。

建寧元年，太傅陳蕃、大將軍竇武爲閹人所害，林宗哭之於野，慟。既而嘆曰："'人之云亡，邦國殄瘁'。'瞻烏爰止，不知於誰之屋'耳。"

明年春，卒於家，時年四十二。四方之士千餘人，皆來會葬。（《謝承書》曰："泰以建寧二年正月卒，自弘農函谷關以西，河内湯陰以北，二千里負笈荷擔彌路，柴車葦裝塞塗，蓋有萬數來赴。"）同志者乃共刻石立碑，蔡邕爲其文，既而謂涿郡盧植曰："吾爲碑銘多矣，皆有慚德，唯郭有道無愧色耳。"

其獎拔士人，皆如所鑒。［《謝承書》曰："泰之所名，人品乃定，先言後驗，衆皆服之。故適陳留則友符偉明，游太學則師仇季智，之陳國則親魏德公，入汝南則交黄叔度。初，太始至南州，過袁奉高，不宿而去；從叔度，纍日不去。或以問太，太曰：'奉高之器，譬之〔泛〕（氿）濫，雖清而易挹。叔度之器，汪汪若千頃之陂，澄之不清，擾之不濁，不可量也。'已而果然，太以是名聞天下。"］後之好事，或附益增張，故多華辭不經，又類卜相之書。今録其章章效於事者，著之篇末。

左原者，陳留人也。爲郡學生，犯法見斥。林宗嘗遇諸路，爲設酒肴以慰之。謂曰："昔顔涿聚梁甫之巨盗，段干木晉國之大駔，卒爲齊之忠臣，魏之名賢。蘧瑗、顏回尚不能無過，况其餘乎？慎勿恚恨，責躬而已。”原納其言而去。或有譏林宗不絶惡人者。對曰：“人而不仁，疾之以甚，亂也。”原後忽更懷忿，結客欲報諸生。其日林宗在學，原愧負前言，因遂罷去。後事露，衆人咸謝服焉。

茅容字季偉，陳留人也。年四十餘，耕於野，時與等輩避雨樹下，衆皆夷踞相對，容獨危坐愈恭。林宗行見之而奇其异，遂與共言，因請寓宿。旦日，容殺鷄爲饌，林宗謂爲己設，既而以共其母，自以草蔬與客同飯。林宗起拜之曰：“卿賢乎哉！”因勸令學，卒以成德。

孟敏字叔達，巨鹿楊氏人也。客居太原。荷甑墮地，不顧而去。林宗見而問其意。對曰：“甑已破矣，視之何益？”林宗以此异之，因勸令游學。十年知名，三公俱辟，并不屈云。

庾乘字世游，潁川鄢陵人也。少給事縣庭爲門士。林宗見而拔之，勸游學〔宫〕（官），遂爲諸生傭。後能講論，自以卑第，每處下坐，諸生博士皆就讎問，由是學中以下坐爲貴。後徵辟并不起，號曰“徵君”。

宋果字仲乙，（《謝承書》“乙”作“文”。）扶風人也。性輕悍，喜與人報仇，爲郡縣所疾。林宗乃訓之義方，懼以禍敗。果感悔，叩頭謝負，遂改節自敕。後以烈氣聞，辟公府，侍御史、并州刺史，所在能化。

賈淑字子原，林宗鄉人也。雖世有冠冕，而性險害，邑里患之。（《謝承書》曰：“淑爲舅宋瑗報仇於縣中，爲吏所捕，繫獄當死。泰與語，淑懇惻流涕。泰詣縣令應操，陳其報怨蹈義之士。被赦，縣不宥之，郡上言，乃得原。”）林宗遭母憂，淑來修吊，既而巨鹿孫威直亦至。威直以林宗賢而受惡人吊，心怪之，不進而去。林宗追而謝之曰：“賈子厚誠實凶德，然洗心向善。仲尼不逆互鄉，故吾許其進也。”淑聞之，改過自厲，終成善士。鄉里有憂患者，淑輒傾身營救，爲州閭所稱。

史叔賓者，陳留人也。少有盛名。林宗見而告人曰：“牆高基下，雖得必失。”後果以論議阿枉敗名云。

黄允字子艾，濟陰人也。以俊才知名。林宗見而謂曰：“卿有絶人之才，足成偉器。然恐守道不篤，將失之矣。”後司徒袁隗欲爲從女求姻，見允而嘆曰：“得壻如是，足矣。”允聞而黜遣其妻夏侯氏。婦謂姑曰：“今當見弃，方與黄氏長辭，乞一會親屬，以展離訣之情。”於是大集賓客三百餘人，婦中坐，攘袂數允隱匿穢惡十五事，言畢，登車而去。允以此廢於時。

謝甄字子微，汝南召陵人也。與陳留邊讓并善談論，俱有盛名。每共候林宗，未嘗不連日達夜。林宗謂門人曰：“二子英才有餘，而并不入道，惜乎！”甄後不拘細行，爲時所毁。讓以輕侮曹操，操殺之。

王柔字叔優，弟澤，字季道，林宗同郡晋陽縣人也。兄弟總角共候林宗，以訪才行所宜。林宗曰："叔優當以仕進顯，季道當以經術通，然違方改務，亦不能至也。"後果如所言，柔爲護匈奴中郎將，澤爲代郡太守。

又識張孝仲芻牧之中，知范特祖郵置之役，召公子、許偉康并出屠酤，司馬子威拔自卒伍，及同郡郭長信。王長文、韓文布、李子政、曹子元、定襄周康子、西河王季然、雲中丘季智、郝禮真等六十人，并以成名。

論曰：莊周有言，人情險於山川，以其動静可識，而沉阻難徵。故深厚之性，詭於情貌；則哲之鑒，惟帝所難。而林宗雅俗無所失，將其明性特有主乎？然而遜言危行，終亨時晦，恂恂善導，使士慕成名，雖墨、孟之徒，不能絶也。

同上，《符融》：

符融字偉明，陳留浚儀人也。少爲都官吏，耻之，委去。後游太學，師事少府李膺。膺風性高簡，每見融，輒絶它賓客，聽其言論。融幅巾奮褎，談辭如雲，膺每捧手嘆息。郭林宗始入京師，時人莫識，融一見嗟服，因以介於李膺，由是知名。（《謝承書》曰："融見林宗，便與之交。又紹介於膺，以爲海之明珠，未耀其光，鳥之鳳皇，羽儀未翔。膺與林宗相見，待以師友之禮，遂振名天下，融之致也。"）

融同郡田盛，字仲向，與郭林宗同好，亦名知人，優游不仕，并以壽終。

同上，卷七十六《仇覽》：

覽入太學。時諸生同郡符融有高名，與覽比宇，賓客盈室。覽常自守，不與融言。融觀其容止，心獨奇之，乃謂曰："與先生同郡壤，鄰房牖。今京師英雄四集，志士交結之秋，雖務經學，守之何固？"覽乃正色曰："天子修設太學，豈但使人游談其中！"高揖而去，不復與言。後融以告郭林宗，林宗因與融齎刺就房謁之，遂請留宿。林宗嗟嘆，下床爲拜。

同上，卷八十一《范冉》：

冉好違時絶俗，爲激詭之行。常慕梁伯鸞、閔仲叔之爲人。與漢中李固、河内王奂親善，而鄙賈偉節、郭林宗焉。（中華書局，1965年）

劉義慶撰，劉孝標注，余嘉錫箋疏《世説新語箋疏》卷上之上《德行》：

郭林宗至汝南造袁奉高，（《續漢書》曰："郭泰字林宗，太原介休人。泰少孤，年二十，行學至城皋屈伯彦精廬。乏食，衣不蓋形，而處約味道，不改其樂。李元禮一見稱之曰：'吾見士多矣，無如林宗者也。'及卒，蔡伯喈爲作碑，曰：'吾爲人作銘，未嘗不有慚容，唯爲郭有道碑頌無愧耳。'初，以有道君子徵。泰曰：‘吾觀乾象、人事，天之所廢，不可支也。’遂辭以疾。”《汝南先賢傳》曰：“袁宏字奉高，慎陽人。友黄叔度於童齒，薦陳仲舉於家巷。辟太尉掾，卒。”嘉錫案：《廣記》卷一百六十九引《世説》曰：“郭泰秀立高峙，澹然淵停。九州之士，悉凜凜宗仰，以爲覆蓋。蔡伯喈告盧子幹、馬日磾曰：‘吾爲天下作碑銘多矣，未嘗不有慚，唯爲郭先生碑頌，無愧色耳。’”疑所引即是此《注》，其詳略不同者，今本已爲宋人所刊削故也。《寰宇記》四十一曰：“周武帝時除天下碑，唯林宗碑，詔特留。”）車不停軌，鸞不輟軛。詣黄叔度，乃彌日信宿。人問其故，林宗曰：“叔度汪汪如萬頃之陂。澄之不清，擾之不濁，其器深廣，難測量也。”（《泰别傳》曰：“薛恭祖問之，泰曰：‘奉高之器，譬諸泛濫，雖清易挹也。’”）

同上，卷上之下《政事》：

何驃騎作會稽，虞存弟謇作郡主簿，以何見客勞損，欲白斷常客，使家人節量，擇可通者，作白事成以見存。存時爲何上佐，正與謇共食，語云：“白事甚好，待我食畢作教。”食竟，取筆題白事後云：“若得門庭長如郭林宗者，當如所白。（《泰别傳》曰：“泰字林宗，有人倫鑒識。題品海内之士，或在幼童，或在里肆，後皆成英彦六十餘人。自著書一卷，論取士之本，未行，遭亂亡失。”）汝何處得此人？”謇於是止。

同上，卷中之下《規箴》：

陳元方遭父喪，哭泣哀慟，軀體骨立。其母愍之，竊以錦被蒙上。郭林宗吊而見之，謂曰：“卿海内之俊才，四方是則，如何當喪，錦被蒙上？孔子曰：‘衣夫錦也，食夫稻也，於汝安乎？’吾不取也！”奮衣而去。（程炎震云：“林宗之歿，乃先於太丘二十餘年。范書、《蔡集》皆明著之，此之誣謗，可謂巨謬。”）自後賓客絶百所日。（嘉錫案：此出《語林》，見《御覽》五百六十一，文較略。又七百七引較詳。而云“傅信字子思，遭父喪”云云。蓋有兩説。）（所，一作許。）

同上，卷下之下《黜免》：

鄧竟陵免官後赴山陵，過見大司馬桓公，公問之曰：“卿何以更瘦？”鄧曰：“有愧於叔達，不能不恨於破甑。”（《郭林宗别傳》曰：“巨鹿孟敏，字叔達，敦樸質直。客居太原，雜處凡俗，未有所名。嘗至市買甑，荷擔墮地壞之，徑去不顧。適遇林宗，見而异之，因問曰：“壞甑可惜，何以不顧？”客曰：“甑既已破，視之何益？”林宗賞其介决，因以知其德性，謂必爲美士，勸令讀書。游學十

年，遂知名，三府并辟，不就。東夏以爲美賢。”）（中華書局，2011年）

酈道元撰，陳橋驛等譯注《水經注全譯》卷六《汾水》：

又南過平陶縣東，文水從西來流注之。

……汾水又西南徑界休縣故城西，王莽更名之曰界美矣。城東有徵士郭林宗、宋子浚二碑。宋衝以有道司徒徵。林宗，縣人也。辟司徒，舉太尉，以疾辭。其碑文云：將蹈洪崖之遐迹，紹巢、由之逸軌，翔區外以舒翼，超天衢以高峙，禀命不融，享年四十有二，建寧二年正月丁亥卒。凡我四方同好之人，永懷哀痛，乃樹碑表墓，昭銘景行云。陳留蔡伯喈、范陽盧子幹、扶風馬日磾等，遠來奔喪，持朋友服。心喪期年者，如韓子助、宋子浚等二十四人，其餘門人，著錫衰者千數。蔡伯喈謂盧子幹、馬日磾曰：吾爲天下碑文多矣，皆有慚容，惟郭有道無愧於色矣。（貴州人民出版社，2008年）

蕭統編，李善注《文選》卷五十八《郭有道碑文并序》：

先生諱泰，字林宗，太原界休人也。（《漢書》，太原郡有界休縣。）其先出自有周王季之穆，有虢叔者，寔有懿德，文王咨焉。建國命氏，或謂之郭，即其後也。先生誕應天衷，聰睿明哲，孝友温恭，仁篤慈惠。夫其器量弘深，姿度廣大，浩浩焉，汪汪焉，奥乎不可測已。若乃砥節礪行，直道正辭，貞固足以幹事，隱括足以矯時。遂考覽六經，探綜圖緯。周流華夏，隨集帝學。收文武之將墜，拯微言之未絶。於時纓緌之徒，紳佩之士，望形表而影附，聆嘉聲而響和者，猶百川之歸巨海，鱗介之宗龜龍也。爾乃潜隱衡門，收朋勤誨，童蒙賴焉，用祛其蔽。州郡聞德，虚己備禮，莫之能致。群公休之，遂辟司徒掾，又舉有道，皆以疾辭。將蹈鴻涯之遐迹，紹巢、許之絶軌，翔區外以舒翼，超天衢以高峙。禀命不融，享年四十有二，以建寧二年正月乙亥卒。

凡我四方同好之人，永懷哀悼，靡所置念。乃相與惟先生之德，以謀不朽之事。僉以爲先民既没，而德音猶存者，亦賴之於見述也。今其如何而闕斯禮！於是樹碑表墓，昭銘景行，俾芳烈奮於百世，令聞顯於無窮。其辭曰：

於休先生，明德通玄。純懿淑靈，受之自天。崇壯幽浚，如山如淵。《禮》《樂》是悦，《詩》《書》是敦。匪惟摭華，乃尋厥根。宫牆重仞，允得其門。懿乎其純，確乎其操。洋洋搢紳，言觀其高。栖遲泌丘，善誘能教。赫赫三事，幾行其招。委辭召貢，保此清妙。降年不永，民斯悲悼。爰勒兹銘，摛其光耀。嗟爾來世，是則是效。（上海古籍出版社，1986年）

魏收《魏書》卷一百六上《地形志》上汾州西河郡介休：

介休。（二漢屬太原，晋屬。晋亂罷，太和八年復。有木瓜山、鄔城，有郭林宗墓、介休城、太岳山祠。）（中華書局，1974年）

歐陽詢《藝文類聚》卷第九水部下《陂》：

《續漢書》曰：郭泰入汝南，交黄叔度。至南州，先過袁奉高，不宿而去；從叔度，纍日。或以問泰，泰曰："袁奉高之器，譬諸軌濫，雖清而易挹也。叔度之器，汪汪若萬頃之陂，澄之而不清，混之而不濁，不可量也。"

同上，卷第二十人部四《孝》：

《郭林宗别傳》曰：茅容耕於野，避雨樹下，衆皆夷踞相對，獨容危坐愈恭。林宗行，見而异之，與言，因請寓宿。既而日夕，容殺鷄爲饌，林宗謂爲己設。既而以供其母，自以菜蔬供客同飯。林宗起拜曰："卿賢乎我哉！"

同上，卷第二十二人部六《品藻》：

袁山松《漢書》曰：王允，字子師，世仕州郡，爲冠蓋。同郡郭林宗，見而奇之曰："王生一日千里，王佐才也。"遂與之友善。允仕至司徒。

《郭泰别傳》曰：泰字林宗，少游汝南，先過袁閬，不宿而退。遂往從黄憲，纍日方還。或問林宗，林宗曰："奉高之器，譬諸泛濫，雖清而易挹。叔度汪汪君子，若千萬頃陂，澄之不清，混之不濁，不可量也。"

同上，卷第三十七人部二十一《隱逸下》：

（碑）（後漢蔡邕）又《郭泰碑》曰：先生誕膺天衷，聰睿明哲，孝友温恭，仁慈惠敏。夫其器量弘深，姿度廣大，浩浩焉，汪汪焉，奥乎不可測已。於時纓緌之徒，紳佩之士，望形表而景附，聆嘉聲而響臻者，猶百川之歸巨海，鱗介之宗龜龍也。方將蹈鴻崖之遐迹，紹巢許之絶軌，翔區外以舒翼，超天衢以高峙。銘曰：懿乎其純，確乎其操。洋洋搢紳，言觀其高。栖遲秘丘，善誘能教。恭恭（本集作赫赫）三事，幾何其招。委辭名員（本集作召貢），保此清妙。

同上，卷第五十二治政部上《赦宥》：

袁崧《後漢書》曰：賈彪，字偉節，游京師，與郭林宗等爲談論之首，一言一行，天下以爲準的。黨事起，彪謂同志曰："吾不西行，大難不解，即入關，設方略，天子爲之大赦。"

同上，卷第六十七衣冠部《巾帽》：

《郭林宗別傳》曰：林宗常行陳、梁之間，遇雨，故其巾一角沾而折，二國學士著巾，莫不折其角，云作“林宗巾”。其見儀則如此。

同上，卷第七十一舟車部《舟》：

《郭林宗別傳》曰：林宗游洛陽，始見河南尹李膺，膺大奇之，遂相友善，於是名震京師。後歸鄉曲，衣冠諸儒，送至河上，車數千兩。林宗唯與李膺同舟而濟，衆賓望之，以爲神仙焉。（上海古籍出版社，1999年）

虞世南撰，陳禹謨補注《北堂書鈔》卷九十二禮儀部《葬》：

會葬千餘人。[《後漢書》云：郭泰字林宗，卒，四方之士千餘人，皆來會葬。案《謝承書》曰：泰以建寧二年正月卒，自弘農函谷關以西，河内湯陰以北，二千里負笈荷檐彌路，柴車葦裝塞塗，蓋有萬數來赴。（補）又曰：泰之所名，人品乃定，先言後驗，衆皆服之。故適陳留則友符偉明，游太學則師仇季智，之陳國則親魏德公，入汝南則交黄叔度。又《泰別傳》云：泰名顯，士争歸之，載刺常盈車。（附）]

同上，卷九十七藝文部三《博學》：

博通墳素。（《郭泰別傳》云：泰早孤。就學屈伯顔，三年業畢，博通墳素。）

同上，卷一百一藝文部《藏書》：

林宗有書五千卷。[《郭太別傳》云：太字林宗，家有書五千餘卷。案《後漢書》云：太博通墳籍，善談論。河南尹李膺見而大奇之，遂相與友善，於是名震京師。後歸鄉里，衣冠諸儒送至河上，車數千兩。（補）]

同上，卷一百四藝文部《刺》：

載刺盈車。（《郭泰別傳》云：泰名顯，士争歸之，載刺常盈車。）

同上，卷一百二十七衣冠部一《巾》：

遇雨。[《郭林宗別傳》云：林宗嘗行陳、梁間，遇雨，故其巾一角玷而折，二國學士著巾莫不折其角，云作“林宗巾”。其見儀則如此。（補）]

折角。（《郭林宗別傳》，見上。）

同上，卷一百三十七舟部《舟總篇》：

李、郭仙舟。（《郭林宗别傳》云：林宗游洛陽，始見河南尹李膺，膺大奇之，遂相友善。後歸鄉曲，衣冠諸儒送至河上，車數千兩。林宗唯與李膺同舟而濟，衆賓望之，以爲神仙焉。）

同上，卷一百四十四酒食部《粥篇》：

三進一訶。［《郭林宗别傳》云：林宗嘗止陳國文學，見童子魏德公求近其房，供給灑掃。林宗嘗不佳，夜中命作粥，一啜，怒而呼之曰："爲長者作粥，使沙不可食！"以杯擲地。德公更爲進之，三訶，德公姿無變容。（補）］

林宗以杯擲地。（《郭林宗别傳》，見上。）（《文淵閣四庫全書》本）

駱賓王撰，顏文選注《駱丞集》卷三《上司刑太常伯啓》：

折衝千里，魯連談笑之工；師表一時，郭泰人倫之度。（郭泰字有道，性明知人，好訓奬士類。舉孝廉，不就。周旋京師，誨誘不息。徐稚以書戒之曰："大木將傾，非一繩所能維，何爲栖栖不遑寧處？"泰感悟曰："謹拜斯言，以爲帥表。"梁孝標《廣絶交論》"郭泰人倫東國"。）

同上，《上李少常啓》：

折衝千里，魯連談笑之功；師表一時，郭泰人倫之度。（《文淵閣四庫全書》本）

徐堅《初學記》卷十八人部中《師》：

（序）後漢蔡邕《郭有道碑序》："先生誕膺天衷，聰睿明哲，孝友温恭，仁篤慈固。貞固足以幹事，隱括足以矯時。遂考覽六經，探綜圖緯。周流華夏，隨集帝學。故拯文武之將墜，拯微言之未絶。於時纓緌之徒，紳佩之士，望形表而影附，聆嘉聲而響和者，猶百川之歸巨海，鱗介之宗龜龍也。爾乃潜隱衡門，收朋勤誨，童蒙賴焉，用祛其蔽。州郡聞德，虚己備禮，莫之能致。群公休之，遂辟司徒掾，又舉有道，皆以疾辭。"文不具録。（中華書局，2010年）

李吉甫《元和郡縣志》卷十七河東道四汾州介休縣：

郭林宗墳，在縣東三里。周武帝時，除天下碑，惟林宗碑詔特留。（《文淵閣四庫全書》本）

馬總撰，王天海譯注《意林全譯》卷五《傅子》：

郭林宗謂仇智季曰："子嘗有過否？"智季曰："暮飯牛，牛不食，搏牛一

下。”（貴州人民出版社，1997年）

司空圖《司空表聖文集》卷二《題東漢傳後》：

儒衣而武弁者，人望而畏之，是威其德也，必有操戈待之者矣。君子之救時也，必相時度力以致其用。不可，則静而鎮之，以道訓服；苟厲鋒氣，果於擊搏，道不能化，力不能制，是將濟時重困。故元禮之徒，終致鉤黨之禍。至於張儉，又不能引决，以區區之身，殘壞天下，何裨於吾道哉！陳太丘之容衆，郭有道之誘人，其意未嘗沮物，而彼亦不厚其毒，利害可見矣。且鷙獸不革其暴，麟不足爲仁也；惡鳥不息其鳴，鳳不足爲瑞也。况彼三子，甘逞於權豪，呶呶以至於大亂哉！惟據正而能屈己者，庶可與權。（《四部叢刊》本）

李瀚撰，徐子光注《蒙求集注》卷上《李郭仙舟》：

後漢郭泰字林宗，太原介休人。家世貧賤，博通墳籍，善談論，美音制。游洛陽，始見河南尹李膺，膺大奇之，遂相友善，名震京師。後歸鄉里，諸儒送至河上，車數千兩。林宗唯與膺同舟而濟，賓客望之，以爲神仙焉。

同上，卷下《林宗折巾》：

後漢郭泰字林宗，辟舉不應，性明知人，好獎訓士類，容貌魁偉，褒衣博帶，周游郡國。嘗於陳、梁間行，遇雨，巾一角墊，時人乃故折巾一角，以爲“林宗巾”。其見慕如此。或問范滂曰：“林宗何如人？”滂曰：“隱不違親，貞不絶俗，天子不得臣，諸侯不得友，不知其他。”林宗雖善人倫，而不爲危言核論，故宦官擅政而不能傷。及黨事起，名士多被害，惟林宗、袁閎得免。閉門教授，弟子以千數。及卒，四方之士千餘人會葬，同志者共刻石立碑，蔡邕爲其文，謂盧植曰：“吾爲碑銘多矣，皆有慚德，唯郭有道無愧色耳！”其獎拔士人，皆如所鑒。（《叢書集成初編》本）

宋齊邱《玉管照神局》卷中《論心》：

郭林宗觀人有九德：一曰容物之德，（如江河在下，物無不容，招來虚受，浩然不滿也；人則升合之量，豈能如此？）二曰樂善之德，（君子聞人之善，則樂善而喜慕之；小人聞人之善，則惡忌而欲害之也。）三曰好施之德，（君子不貪不吝，有則與人；小人貪鄙好財，而未嘗施於人。）四曰進人之德，（君子先人而後己，小人先己而後人。）五曰保常之德，（有常之德，慎終如始；小人喜怒不常，終始多變。）六曰不妄之德，（言出諸己，未嘗虚妄；小人未嘗有信。）七曰勤身之德，（勉勉好善，能勤於身，不慢不怠；小人慢怠而不勤也。）八曰愛物之德，

（君子視人猶己，所以養羸老而育幼稚也。）九曰自謙之德。（君子謙不自居；小人則好勝争先，豈能不損？）（《文淵閣四庫全書》本）

王朴《太清神鑒》卷四形類《論形》：

……苟無其類，則吉凶無驗矣。故郭林宗觀人有八法：一曰威，爲尊嚴畏憚也。如豪鷹搏物而百鳥自驚，似怒虎投林而百獸自懼，蓋神色嚴嚴而人所畏，則主權勢也。二曰厚，爲風貌敦重也。其量如滄海，器如百斛，引之不來，摇之不動，則主福禄也。三曰清，謂精神翹秀也。如桂林一枝、昆山片玉，灑然高秀而無塵翳，俊才貴也；或清而不厚，近乎薄也。四曰古，謂骨氣岩棱也。其或部位相應，則爲高貴之人；或濁而不清，近乎俗也。五曰孤，謂形骨露也。其項長、肩縮、脚斜、腦偏，其坐如摇，其形如攫，又似水中獨鶴、雨中鷺鷥，則孤獨也。六曰薄，謂體貌劣弱，其形氣輕怯也。色昏不明，神露不藏，如一葉之舟而在重波之上，見之者皆知其微薄，則主貧寒也；縱有衣食，必夭折矣。七曰惡，謂體貌凶頑。蛇鼠之形，豺狼之聲，或性躁神驚，骨傷帶破，主凶惡也。八曰俗，謂形貌昏濁也。如塵埃之中物，縱有衣食，主迍滯也。（《名賢相法》五《總龜八形》，與前觀人《八法》同。）（《文淵閣四庫全書》本）

李昉等《太平御覽》卷首《經史圖書綱目》：

《郭泰别傳》。

《郭林宗别傳》。

同上，卷第一百八十一居處部九《舍》：

（謝承《後漢書》）又曰：陳寔字仲弓，詣大學，郭林宗、陳仲舉爲親友。歸家，立精舍講授，諸生數百人。

同上，卷第一百九十五居處部二十三《逆旅》：

《郭林宗别傳》曰：林宗每行宿逆旅，輒躬灑掃，及明去後，人至，見之曰："此必郭有道昨宿處也。"

同上，卷第二百四十一職官部三十九《北中郎將》：

《郭泰别傳》曰：王叔優問才之所宜，泰曰："當以武官顯。"叔優後至北中郎將。

同上，卷第三百七十七人事部十八《長中國人》：

（范曄《後漢書》）又曰：郭林宗儀貌魁岸，身八尺，聲如鐘。

同上，卷第三百八十人事部二十一《美丈夫下》：

《郭林宗別傳》曰：林宗游洛陽，見河南尹李膺，膺大奇之，於是名震京師。復歸鄉里，衣冠諸儒送至河上，車數千輛。林宗唯與膺同舟而濟，衆賓望之，以爲神仙焉。

同上，卷第三百八十八人事部二十九《聲》：

《郭林宗別傳》曰：林宗儀貌魁梧，身長八尺，音聲如鐘，當時以爲準的。

同上，卷第四百九人事部五十《交友四》：

《郭林宗別傳》曰：郭泰字林宗，入潁川則友李元禮，至陳留則結符偉明，之外黄則親韓子助，過蒲亭則師仇季智也。

同上，卷第四百一十四人事部五十五《孝下》：

《郭林宗別傳》曰：茅容字季偉，陳留人。年四十餘，余耕於野，時與等輩避雨樹下，衆皆夷踞，獨容危坐。惟林宗見而奇异，與共言，因請寓宿。旦日，容煞鷄爲饌，林宗爲已設，既而以供其母，自以菜蔬與客同飯。林宗起拜之曰："卿賢乎哉。"因勸令學，卒以成德。

同上，卷第四百四十四人事部八十五《知人下》：

《郭林宗別傳》曰：郭泰字林宗，入潁川則友李元禮，至陳留則結符偉明，之外黄則親韓子助，過蒲亭則師仇季智，止學舍則收魏德公，觀耕者則拔茅季偉，皆爲名士。至汝南見袁閎（閬），不宿而去。從黄憲，三日乃去。過新蔡，薛勤問之曰："足下見袁奉高，不宿而去，從黄叔度乃彌日，何也？"泰曰："奉高之流，雖清而易挹。叔度汪汪若千畝之陂，澄之不清，撓之不濁，難測量也。"

同上，卷第四百四十五人事部八十六《品藻上》：

袁山松《後漢書》曰：王允字子師，太原人，世仕州郡。郭林宗嘗見允而奇之，曰："王生一日千里，王佐才也。"遂與友善。允至司徒。

同上，卷第四百四十六人事部八十七《品藻中》：

《郭泰別傳》曰：泰字林宗，少游汝南，先過袁閬，不宿而退；往從黄憲，纍日方還。或問林宗，林宗曰："奉高之器，譬諸泛濫，雖清而易挹；叔度汪汪君子，若千頃波，澄之不清，撓之不濁，不可量也。"

同上，卷第四百六十四人事部一百五《訥》：

《晉書》曰：郭林宗謂劉儒，口訥心辯，有珪璋之質。

同上，卷第四百八十五人事部一百二十六《貧下》：

《郭林宗别傳》曰：林宗家貧。初，欲游學，無資。就姊夫貸五千錢，乃遠至成皋，從師受業。并日而食，衣不蔽形，常以蓋幅自障出入，入則户前，出則掩後。

同上，卷第五百二逸民部二《逸民二》：

（謝沈《後漢書》又曰：）郭林宗始入京師，詣融，融一見，與定至交。海内服融高識，公府連徵不就。

同上，卷第五百四十二禮儀部二十一《拜》：

《郭太别傳》曰：鄉人見太，皆於床下拜。

同上，卷第五百六十一禮儀部四十《吊》：

《續漢書》曰：郭太字林宗，退身隱居教授，徒衆甚盛。喪母，友人或千里來吊之。

《郭太别傳》曰：賈淑字子厚，林亭鄉人。雖世有冠冕，而性險害，邑里患之。林宗遭母憂，淑來吊之。而巨鹿孫咸直亦至，咸直以林宗賢，而受惡人吊，心怪之，不進而去。林宗遽追而謝曰："賈子厚誠凶德，然洗心同善。仲尼不逆互鄉，故許其進也。"淑聞之，改過自厲，終成善士。又：林宗有母喪，徐稚往吊，置生芻一束於廬前而去，林宗曰："此必南州徐孺子也。《詩》不云乎：'生芻一束，其人如玉。'吾無德以堪之。"

《語林》曰：陳元方遭父喪，形體骨立，其母哀之，以錦被蒙其上。郭林宗往吊，見錦被而責之，賓客絶百日許。

同上，卷第六百六文部二十二《刺》：

《郭林宗别傳》曰：林宗名益顯，士争歸之，載刺常盈車。

同上，卷第六百十三學部七《教學》：

《郭林宗别傳》曰：泰以有道君子徵，同邑宋子俊勸使往，泰遂辭以疾，闔門教授。

同上，卷第六百八十七服章部四《巾》：

《郭林宗别傳》曰：林宗嘗行陳梁間，遇雨，故其巾一角坫而折，二國學士著巾，莫不折其角，云作“林宗巾”。其見儀則如此。

同上，卷第六百九十二服章部九《笏》：

《後漢書》曰：陳蕃爲光禄勛，范滂爲主事。以公儀詣蕃，執板入閣，至坐不奪，滂投板振衣而去。郭泰責蕃曰：“以階級言，滂宜有敬；以類數推之，至閣宜省（所景切）。”

同上，卷第七百五十七器物部二《甑》：

《郭林宗别傳》曰：巨鹿孟敏，客居太原，墮甑不顧，林宗見而問之，對曰：“甑已破矣，視之無益。”林宗以其分决，勸使學，果爲美士。

同上，卷第七百七十六車部五《當》：

《郭林宗别傳》曰：宿仲琰爲部從事，嘗柴車駕牛，編荆爲當。

同上，卷第八百一十四布帛部一《絲》：

袁宏《漢記》曰：《郭泰傳》，童子魏照求入其房，供給灑掃，泰曰：“當精義講書，何來相近？”照曰：“經師易獲，人師難遭。欲以素絲之質，附近朱藍。”

同上，卷第八百一十五布帛部二《錦》：

《語林》曰：陳元方遭父喪骨立，其母愍之，以錦被蒙其上。郭林宗往吊，見而責之，賓客絶百許日。

同上，卷第八百二十八資産部八《肆》：

謝承《後漢書》曰：郭泰拔申屠子龍於漆工之中，嘉許偉康於屠酤之肆。

同上，卷第八百五十九飲食部十七《糜粥》：

《郭林宗傳》曰：林宗嘗止陳國文學，見童子魏德公，知其有异。德公求近其房止，供給灑掃。林宗嘗不佳，夜中命作粥，德公爲之進焉，林宗一啜，怒而呵之曰：“高明爲長者作粥不如意，使沙不可食！”以杯擲地。德公更爲粥，三進三呵，德公姿無變容，顔色殊悦。林宗乃曰：“始見子之面，今乃知卿心。”遂友善之，卒爲妙士。

同上，卷八百九十九獸部十一《牛中》：

《卞子》曰：郭林宗謂仇季智曰："子嘗有過否？"季智曰："吾嘗飯牛，牛不食，搏牛一下。"（中華書局，1960年）

李昉等《太平廣記》卷一百六十四名賢《郭林宗》：

郭林宗來游京師，當還鄉里，送車千許乘，李膺亦在焉。衆人皆詣大槐客舍而别，獨膺與林宗共載，乘薄笨車，上大槐坂，觀者數百人，引領望之，眇若松喬之在霄漢。（出《商芸小説》。）

同上，卷一百六十九知人一《郭泰》：

郭泰秀立高峙，澹然淵停，九州之士，悉懔懔宗仰，以爲覆蓋。蔡伯喈告盧子幹、馬日磾曰："吾爲天下作碑銘多矣，未嘗不有慚，唯爲郭先生碑頌無愧色耳。"（出《世説》。）（中華書局，1961年）

樂史撰，王文楚等點校《太平寰宇記》卷之四十河東道一并州《人物》：

郭泰，字林宗，太原介休人。

同上，卷之四十一河東道二汾州介休縣：

郭林宗冢，在縣東南二十里。周武帝時除天下碑，惟林宗碑，詔特留。（中華書局，2007年）

王欽若等《册府元龜》卷四百七十臺省部《奏議》：

山簡，懷帝永嘉中爲尚書左僕射，領吏部，欲令朝臣各舉所知以廣得才之路，上疏曰："臣以爲自古興替，實在官人。苟得其才，則無物不理。《書》言：'知人則哲，惟帝難之。'唐虞之盛，元愷登庸；周官之隆，濟濟多士。秦漢以來，風雅漸喪。至於後漢，女後臨朝，尊官大位，出於阿保，斯亂之始也。是以郭泰、許劭之倫，明清議於草野；陳蕃、李固之徒，守忠節於朝廷。然後君臣名節、古今遺典可得而言。……"

同上，卷五百九十八學校部《教授》：

郭林宗博通墳籍，以黨事起，遂閉門教授，弟子以千數。

同上，卷七百五十一總録部《孝》：

郭林宗有至孝，遭母憂，嘔血發病，歷年乃瘳。徵有道，不就。

同上，卷八百八十三總録部一百三十三《形貌》：

郭泰身長八尺，容貌魁偉，聲如洪鐘。後徵有道，不起。（中華書局，1960年）

林寶《元和姓纂》卷十入聲屋韵至乏韵十九鐸《郭》：

周文王季弟虢叔，受封於虢，或曰郭公，因以爲氏。《公羊傳》云虢，謂之郭，聲之轉也。《左傳》齊有郭勖，燕有郭隗。後漢司徒郭丹。郭泰，字林宗。（中華書局，2008年）

無名氏《月波洞中記》卷下《論八限》：

郭林宗觀人有四學堂：一曰眼爲官學堂，（爲長而清，有官而壽。）二曰額爲禄學堂，（其圓而正，主忠信；疏缺而小，主狂妄。）四曰耳門之前爲外學堂，（耳前豐滿光潤，主文學聲譽；反此者，愚下之相。）（按，此條第三學堂缺。）（《文淵閣四庫全書》本）

佚名《寶刻類編》卷一名臣三漢《蔡邕》：

郭有道碑。（文并書。太原。）（中華書局，2016年）

歐陽修、宋祁《新唐書》卷七十四上《宰相世系表》：

昌樂郭氏，亦出自太原。後漢郭泰，字林宗，世居介休。司徒黄瓊辟，太常趙典舉有道，皆不應，世稱爲郭有道。裔孫居魏州昌樂，唐有濟州刺史善愛。（中華書局，1975年）

王存《元豐九域志》卷四河東路望汾州西河郡軍事《古迹》：

郭林宗墳。

同上，次府太原府太原郡河東節度《古迹》：

《郭有道碑》。蔡伯喈文并書。（中華書局，1984年）

司馬光《資治通鑒》卷五十《孝安皇帝中》：

（延光元年）太原郭泰，少游汝南。先過袁閬，不宿而退。進往從憲，纍日方還。或以問，泰曰："奉高之器，譬諸氿濫，雖清而易挹。叔度汪汪若千頃陂，澄之不清，淆之不濁，不可量也。”

同上，卷五十五《孝桓皇帝中》：

延熹七年春二月丙戌，邟鄉忠侯黄瓊薨。將葬，四方遠近名士會者，六七千人。初，瓊之教授於家，徐稚從之諮訪大義。及瓊貴，稚絶，不復交。至是，稚往吊之。進酹，哀哭而去。人莫知者。諸名士推問喪宰，宰曰："先時有一書生來，衣粗薄而哭之哀，不記姓字。"衆曰："必徐孺子也。"於是選能言者陳留茅容輕騎追之，及於塗，容爲沽酒市肉，稚爲飲食。容問國家之事，稚不答；更問稼穡之事，稚乃答之。容還，以語諸人，或曰："孔子云：'可與言而不與言，失人。'然則孺子其失人乎？"太原郭泰曰："不然。孺子之爲人，清潔高廉，飢不可得食，寒不可得衣，而爲季偉飲酒食肉，此爲已知季偉之賢故也。所以不答國事者，是其智可及，其愚不可及也。"

泰博學善談論。初游洛陽，時人莫識，陳留符融一見嗟异，因以介於河南尹李膺。膺與相見曰："吾見士多矣，未有如郭林宗者也。其聰識通朗，高雅密博，今之華夏鮮見其儔。"遂與爲友，於是名震京師。後歸鄉里，衣冠諸儒送至河上，車數千兩。膺唯與泰同舟而濟，衆賓望之，以爲神仙焉。

泰性明知人，好獎訓士類，周游郡國。

茅容年四十餘，耕於野，與等輩避雨樹下，衆皆夷踞相對，容獨危坐愈恭。泰見而异之，因請寓宿。旦日，容殺鷄爲饌，泰謂爲己設。容分半食母，餘半庋置，自以草蔬與客同飯。泰曰："卿賢哉遠矣！郭林宗猶减三牲之具以供賓旅，而卿如此，乃我友也。"起對之揖。勸令從學，卒爲盛德。

巨鹿孟敏，客居太原，荷甑墮地，不顧而去。泰見而問其意，對曰："甑已破矣，視之何益？"泰以爲有分决，與之言，知其德性，因勸令游學，遂知名當世。

陳留申屠蟠，家貧，傭爲漆工。鄢陵庾乘少給事縣廷，爲門士。泰見而奇之，其後皆爲名士。自餘或出於屠沽卒伍，因泰獎進成名者甚衆。

陳國童子魏昭請於泰曰："經師易遇，人師難遭。願在左右供給灑掃。"泰許之。泰嘗不佳，命昭作粥，粥成進泰，泰呵之曰："爲長者作粥，不加意敬，使不可食！"以杯擲地。昭更爲粥重進，泰復呵之，如此者三，昭姿容無變，泰乃曰："吾始見子之面，而今而後知卿心耳。"遂友而善之。

陳留左原，爲郡學生，犯法見斥。泰遇諸路，爲設酒肴以慰之，謂曰："昔顔涿聚梁甫之巨盜，段干木晋國之大駔，卒爲齊之忠臣，魏之名賢。蘧瑗、顔回尚不能無過，况其餘乎？慎勿恚恨，責躬而已。"原納其言而去。或有譏泰不絶惡人者，泰曰："人而不仁，疾之已甚，亂也。"原後忽更懷忿，結客欲報諸生。其日，泰在學，原愧負前言，因遂罷去。後事露，衆人咸謝服焉。

或問范滂曰："郭林宗何如人？"滂曰："隱不違親，貞不絶俗，天子不得臣，諸侯不得友，吾不知其它。"

泰嘗舉有道，不就。（舉有道事，始五十卷安帝建光元年。）同郡宋衝，素服其德，以爲自漢元以來未見其匹，嘗勸之仕，泰曰："吾夜觀乾象，晝察人事，天之所廢，不可支也。吾將優游卒歲而已。"然猶周旋京師，誨誘不息。徐稚以書戒之曰："大木將顛，非一繩所維，何爲栖栖不遑寧處？"泰感寤曰："謹拜斯言，以爲師表。"

濟陰黄允，以雋才知名，泰見而謂曰："卿高才絶人，足成偉器，年過四十，聲名著矣。然至於此際，當深自匡持，不然將失之矣。"後司徒袁隗欲爲從女求姻，見允嘆曰："得婿如是，足矣。"允聞而黜遣其妻，妻請大會宗親爲别，因於衆中攘袂，數允隱慝十五事而去，允以此廢於時。

（延熹九年）……太學諸生三萬餘人，郭泰及潁川賈彪爲其冠，與李膺、陳蕃、王暢更相褒重。學中語曰："天下模楷李元禮，不畏强禦陳仲舉，天下俊秀王叔茂。"於是中外承風，競以臧否相尚，自公卿以下莫不畏其貶議，屣履到門。

同上，卷五十六《孝靈皇帝上之上》：

（建寧二年）……宦官一切指爲黨人，有怨隙者因相陷害，睚眦之忿，濫入黨中。州郡承旨，或有未嘗交關，亦離禍毒，其死徙廢禁者又六七百人。郭泰聞黨人之死，私爲之慟曰："《詩》云：'人之云亡，邦國殄瘁。'漢室滅矣，但未知'瞻烏爰止，於誰之屋'耳。"（《考异》曰：范書以泰此語爲哭陳竇，袁紀以爲哭三君、八俊，今從之。）泰雖好臧否人倫，而不爲危言核論，故能處濁世而怨禍不及焉。

臣光曰：天下有道，君子揚於王庭，以正小人之罪，而莫敢不服。天下無道，君子囊括不言，以避小人之禍，而猶或不免。黨人生昏亂之世，不在其位，四海横流，而欲以口舌救之，臧否人物，激濁揚清，撩虺蛇之頭，踐虎狼之尾，以至身被淫刑，禍及朋友，士類殲滅，而國隨以亡，不亦悲乎？夫唯郭泰，既明且哲，以保其身。申屠蟠見幾而作，不俟終日。卓乎，其不可及已！（中華書局，1956年）

蘇軾《東坡全集》卷七十三《謝張太保撰先人墓碣書》：

黄叔度澹然無作，郭林宗一言，至今以爲顔子。林宗於人材小大畢取，所賢非一人，而叔度之賢無一見於外者，而後世猶信，徒以林宗之重也。（《文淵閣四庫全書》本）

張耒《柯山集》卷四十一《漢世祖光武皇帝廟記》：

……故後世言禮樂稽古，稱東漢焉。孝和以後，漢德不競，破壞板蕩，可謂極矣。而仗節死義之士，如袁安、楊震、李固、陳蕃之徒救於上，符融、郭泰、范滂、許劭之徒助於下，矜尚名節，以震激衰弊，蹈死而不悔。至於獻帝，人主特號而已，而曹操終不敢身自取之，彼其心誠有所畏故也。蓋禮樂之功，風化之美，足以保國長世如此，皆世祖之遺烈也。（《叢書集成初編》本）

劉弇《龍雲集》卷二十七策問上第十一：

問"知人則哲，惟帝其難之，則是堯舜其猶病諸"者，知人之謂也。嘗觀漢高帝語吕后曰："王陵可，然少戇。陳平，智有餘難獨用。周勃，厚重少文，必安劉氏。"已而果然。又謂劉濞曰："後四十年，東南有亂，非若耶？"後濞卒以亂聞。且高帝觀是人也，至如操印圈以契物，了無不驗者，則堯舜之所難者，高帝反易之乎？古人有言，人固未易知，知人亦未易。且武帝得之霍光，孝宣得之邴、魏，劉備得之孔明，苻堅得之王猛，與夫太宗之於房、杜、王、魏，明皇之於姚崇，憲宗之於裴度，類非有唐許小數以探射隱伏也，其知人如此，又何説耶？又嘗觀皋陶九德，止曰亦行有九德爾，非曰某人宜必有某德也。如郭林宗、許子將、許靖、劉邵、趙蕤輩，至以月旦著評人物，命志長短，名説亦無不如志者。彼數子者又果賢於皋陶乎？孔子不逆詐，不億不信，子貢欲方人，子曰"我則不暇"。以是而繩數子，能無類乎？厥今知人之術，固有不得而闕者，彼漢、唐之君與數子之説，其術何在？試言之……（《文淵閣四庫全書》本）

馬永易《新輯實賓録》卷五《八顧》：

後漢《黨錮傳》以郭林宗、宗慈、巴肅、夏馥、范滂、尹勛、蔡衍、羊陟爲"八顧"，顧者言能以德行引人也。《三君八俊録》云："有道太原介休郭泰，字林宗。（天下和雍郭林宗。）太常陳留圉夏馥，字子治。（天下慕恃夏子治。）尚書令河南鞏尹勛，字元伯。（天下英藩尹元伯。）河南尹太山平陽羊陟，字嗣祖。（天下清苦羊嗣祖。）議郎東郡陽平劉儒，字叔林。（天下實金劉叔林。）冀州刺史陳國項蔡衍，字孟喜。（天下雅志蔡孟喜。）潁川太守渤海東城巴肅，字恭祖。（天下卧虎巴恭祖。）議郎南陽安衆宗慈，字孝初。（天下通儒宗孝初。）"

同上，卷十《獎鑒人倫》：

後漢郭泰，字林宗，舉有道不就。善人倫鑒。范滂稱泰"隱不違親，貞不絶俗"。其卒也，同志者共刻石立碑，蔡邕爲其文，既而謂涿郡盧植曰："吾爲碑銘多矣，皆有慚德，惟有道無愧色爾。"史贊曰："郭有道獎鑒人倫。"（《唐宋史料

筆記叢刊》本，中華書局，2018年）

趙明誠《宋本金石録》卷十《目録十》唐：

第一千九百三十七《唐立郭林宗碑》。（行書，無姓名。）

第一千九百三十八《唐郭林宗碑陰》。（中華書局，1991年）

葉廷珪《海録碎事》卷五衣冠服用巾櫛門《折上巾》：

郭林宗遇雨，沾巾角折。後周武帝因制折上巾。（中華書局，2002年）

曾慥《高齋漫録》"李賓王利用"條：

李賓王利用，鄱陽人，躬行君子人也。又善相，嘗云郭林宗作《玉管通神》有四句云："貴賤視其眉目，知慧察其皮毛，（案《學海類編》"智慧"作"安否"。）苦樂觀其手足，貧富觀其頤頰。"（《文淵閣四庫全書》本）

鄭樵《通志二十略·金石略》漢：

郭有道碑。（蔡邕文并書。太原府。）

郭林宗碑。（汾州。）（中華書局，1995年）

洪適《隸釋》卷二十《水經·郭林宗宋子浚碑》：

介休縣有徵士郭林宗、宋子浚二碑。宋衝以有道、司徒徵。林宗，縣人也。辟司徒，舉大尉，以疾辭。其碑文云：將蹈洪崖之遐迹，紹巢、由之逸軌，翔區外以舒翼，超天衢以高峙。禀命不融，享年四十有三，建寧四年正月丁亥卒。凡我四方同好之人，永懷哀痛，乃樹碑表墓，昭銘景行云。陳留蔡伯喈、范陽盧子幹、扶風馬日磾等，遠來奔喪，持朋友服。心喪期年者，如韓子助、宋子浚等二十四人。其餘門人著錫衰者千數。其碑文故，蔡伯喈謂盧子幹、馬日磾曰："吾爲天下碑文多矣，皆有慚容，唯郭有道無愧於色矣。"

同上，卷二十七《天下碑録·漢郭有道碑》：

《漢郭有道碑》。（在太原府平晋縣。蔡邕文并書，在龍泉側。）

同上，《漢郭林宗碑》：

《漢郭林宗碑》。（在汾州介休縣墓側。）（中華書局，1986年）

項安世《項氏家説》卷九説事篇二《讀徐幹中論》：

予讀徐幹《中論》，至《考僞》《遣交》二篇，釋然而笑曰："前篇蓋詆郭林宗之徒，周行郡國，訓掖後學。後篇蓋詆徐孺子之徒，游學四方，千里會葬者也。然以諸賢皆前世所重，故但歷述其行，而不敢正出其名。且言'是人之生也，人抃手而贊之，揚聲而和之，及其死也，又論其遺烈，而恨己不逮'，則其爲林宗諸人明矣。其終篇以爲，此皆聖人之所禁，《春秋》之所誅，奸亂盗賊之人也。嗟夫！士生末世，爲富貴所誘、禍難所迫，雖博聞自好之士，其所議論悖謬至此，况餘人乎？幹雅爲魏氏父子兄弟所敬，想見當時人士講説，大率類此。故魏氏之興，卒變節義而爲通人，則幹之所願亦已行矣。予於是知東都黨錮之後，漢祚未亡之時，學者又有此一等詆名毁學、虧節壞教之議論也。其後何晏、夏侯玄、嵇康、吕安之徒相繼誅死，雖才識器度優劣不同，然大要皆建立名行、表核清濁，正幹等議論之所不赦也。略而言之，互有長短。諸人所爲，誠新國之所不便；如幹等所言，亦豈舊君之所便也哉？"（《叢書集成初編》本）

朱熹《朱子語類》卷一百三十五歷代二：

亂世保身之難，申屠蟠事可見。郭林宗彰而獲免，以稱人之美，而不稱惡，人不惡之。陳仲弓分太守謗，送宦者葬，其爲皆如此。不送其葬亦得，爲之詭遇。（揚。）（《朱子全書》本，上海古籍出版社、安徽教育出版社，2002年）

張栻《癸巳孟子説》卷七《盡心上》"簞食豆羹"：

冀缺與其妻相待如賓，而臼季知其能治民；茅容殺牲先奉其母，而郭林宗知其可以成德。是亦善觀人者也。（《文淵閣四庫全書》本）

張栻《南軒集》卷十七《黨錮諸賢得失如何》：

若諸君子之不爲死生禍福易操，其間如李膺、杜密、陳蕃輩，卓然一時，其天然可謂剛特不群矣。然惟其未知從事於聖門也。故所行雖正，立節雖嚴，未免發於意氣之所動，而非循乎義理之安；出於惡其聲之所感，而未盡夫惻隱之實。處之有未盡，固其宜也。豈非於學有不足歟？使其在聖門，則當入於仲由之科，聖人抑揚矯揉之，其必有道矣。或以爲陳太丘之事爲得其中。以予觀之，太丘在諸君子之中持心勘平，蓋天資又加美焉耳。而其所處張讓之事，亦非中節，在當時隱迹自晦，豈無其方，何至送宦者之葬？此又爲矯失之過。以此免禍，君子亦不貴也。不然，則郭有道乎？識高而量洪，才優而慮遠，足爲當時人物之領袖。然收斂之功猶未之盡，要亦於學有欠也。不然，則黄叔度乎？言論風旨雖不盡見，然其氣象温厚，圭角渾然，見之者有所感於心。其爲勘高乎？使在聖門作成之，當居顔氏之科矣。

（《文淵閣四庫全書》本）

吕祖謙《左氏博議》卷十六《臼季舉郤缺》：

觀茅容之避雨者，未有知容之賢者也，而郭泰獨知之者，非泰之觀异於衆人，泰求士之心异於衆人也。（《後漢》：茅容耕於野，時與等輩避雨樹下，衆皆夷踞相對，容獨危坐愈恭。林宗行見之，而奇其异，遂與共言，因勸令學，卒以成德。）（《文淵閣四庫全書》本）

高似孫《緯略》卷九《郭有道碑》：

蔡伯喈作《郭林宗碑》曰："吾爲人作銘，未嘗不有慚容，唯爲郭有道碑頌無愧耳。"劉長卿詩："獨繼先賢傳，誰刊有道碑？"觀長卿詩，則此碑重矣。泰卒，會葬者千餘人。鄭玄卒，自郡守以下嘗受業者，縗絰赴會千餘人。范丹卒，會葬者二千餘人。陳寔卒，海内會葬者三萬人，亦一時之盛。（《叢書集成初編》本）

吕喬年《麗澤論説集録》卷八《門人集録史説》：

左原爲郡學生，犯法見斥，郭林宗遇諸路，設酒肴以慰之。謂曰："蘧瑗、顔回不能無過，况其餘乎？慎勿恚恨，責躬而已。"林宗此言極得中。尋常人見人見斥，必以桀跖視之。林宗提起蘧瑗、顔回以告之，所以開其善心，其實亦非過譽之。蓋善與惡隔壁耳。東漢風俗善善同其清，惡惡同其濁，見人見斥者，誰肯與之語？亦如今世，士大夫遇此等人，其上者必指目之，下者設酒肴慰之，以助其怒。或雖設酒肴，猶責讓之，以增其怒。唯林宗言勵得體。蓋林宗乃一時名士，原既見斥，忽得一名士與之語，又舉二賢者以告之，此其所以終於悔怍也。

郭林宗宿茅容家，殺鷄爲饌，林宗謂爲己設，既而以供其母，别置果蔬與客同飯。林宗起拜曰："卿賢乎哉。"林宗名重當世，時人蒙其題品者，如馬之遇伯樂，價增數倍。人與之共舟車者，尚謂登仙，况林宗宿於容家！其榮亦甚，容乃視之爲常物，初不以此動心，自非其有所容，安得如此？引之愈深，作之愈安。（《文淵閣四庫全書》本）

劉宰《漫塘集》卷十九序《送洪季揚序》：

故余曰："昔郭有道過袁奉高，不宿而去。見黄叔度，乃留連纍日。此豈有戚疏於其間哉？澄之不清，撓之不濁，叔度固有以留之矣。……抑余聞郭有道當漢之季，深知天時人事之不可爲，然猶周游郡國不已，於行蓋不以時之不可爲，猶庶幾夫人之可爲，其欲扶顛持危之心，至切也。……"（《文淵閣四庫全書》本）

祝穆《古今事文類聚别集》卷二十五人事部行旅《宿處輒掃》：

郭林宗每行宿逆旅，輒躬灑掃，及明去後，人至見之曰："此必郭有道昨宿處也。"

同上，卷二十九人事部貧窮《衣食不充》：

郭林宗二十行學至城阜屈伯參精廬，乏食，衣不蓋形，而處約味道，不改其樂。李元禮一見稱之曰："吾見士多矣，無如林宗。"（《文淵閣四庫全書》本）

潘自牧《記纂淵海》卷二十三郡縣部河東路汾州《人物》：

（漢）郭泰，介休人。禁黨錮時，諸賢被禍，泰獨全。

同上，卷五十二識見部《先知》：

宋衝常勸郭泰曰："吾夜觀乾象，晝察人事，天之所廢，不可支也。"

同上，《鑒别》：

郭泰識張孝仲芻牧之中，知范特祖郵置之役，邵公子、許偉康并出屠酤，司馬子威拔自卒伍。（《後漢》。）

郭泰少游汝南，先過袁閬，不宿而退，進往從憲，纍日方還。

郭泰初游洛陽，時人莫識陳留符融，一見嗟异，以介於河南尹李膺。

同上，卷五十八論議部《因人而重》：

郭林宗游洛陽，始見河南尹李膺，膺大奇之，遂相友善，於是名震京師。（《郭林宗别傳》。）

同上，卷六十八接物部《獎予後進》：

（史）郭泰好獎訓士類，或出於屠沽、卒伍，因泰獎進成名者甚衆。（《漢桓紀》。）（中華書局，1988年）

李劉《四六標準》卷十三及第《回郭正奏》：

墊林宗之巾，夫子步亦夫子。（《後漢書》：郭泰字林宗，太原介休人。與李膺相友善，名震京師。嘗於陳、梁間行，遇雨，巾一角墊，時人乃故折巾一角，以爲林宗巾。其見慕皆如此。《林宗别傳》：林宗遇雨，故其巾一角沾而墊，二國名士著巾，皆折其角，云此林宗巾。其見儀則如此。）老汾陽之考，中書乃不中書。

同上，卷二十制帥《賀黄安撫大卿除工部侍郎仍兼安撫制置副使》：

叔度萬頃之陂，世莫得而澄撓。（《郭泰別傳》：泰少游汝南，先過袁閬，不宿而退；遂往從黄憲，纍日方還。或問林宗，林宗曰："奉高之器，譬諸泛濫，雖清而易挹；叔度汪汪君子，若千萬頃陂，澄之不清，淆之不濁，不可量也。"）次公重臨之政，人轉服其寬明。（《文淵閣四庫全書》本）

包恢《敝帚稿略》卷一策問《策問是非异同》：

彼有核論鄉曲，月更品題，必有如許子將之識，然後知一鄉之善士歟？太守一見，薦達郡士，必有如符偉明之鑒，然後知一國善士歟？天下拔士，咸稱許、郭，必有如郭有道之明，然後知天下之善士歟？然皆惟以人論之善，則又豈知人之正耶？（《文淵閣四庫全書》本）

李新《跨鼇集》卷二十二書《上興元吕守書》：

有道之人倫，平子之品目，許劭之月旦，得於性分。而昔人之器遇，往往在於隻辭片言，故童子以月蝕被賞，孤生以樂句見知。（《文淵閣四庫全書》本）

林同《孝詩・蘇不韋》：

（蘇不韋父謙，爲李嵩掠死。不韋掘嵩父冢，時譏其仇枯骨，郭太謂優於伍員。）

要使生者毒，休譏枯骨仇。看他郭太論，比似伍員優。

同上，《郭林宗》：

（郭林宗性至孝，范滂稱之曰："隱不違親，貞不絶俗，天子不得臣，諸侯不得友。"）

不順諸侯友，那容天子臣！貞乎寧絶俗，隱也不違親。

同上，《茅容》：

（茅容字季偉，郭林宗見其殺鷄，意謂己設。既乃獨奉母，自以飯蔬與林宗食。）

鷄乃爲母設，蔬惟與客同。賢哉茅季偉，誤矣郭林宗。（《文淵閣四庫全書》本）

魏天應編選，林子長箋解《論學繩尺》卷四《郭林宗何如人》（黄道深）：

出處。（東漢《郭太傳》：太，字林宗。或問汝南范滂曰："郭林宗何如人？"滂曰："隱不違親，貞不絶俗，天子不得臣，諸侯不得友。吾不知其他。"）

立説。（賢人君子之用於世，則隆名彰彰，有不待問之而自知者。如林宗之爲人，窮居隱約，負抱未試，而一時人物莫不敬而慕之，不能不起有識者之疑。此或者所以驚駭，而問曰："林宗之爲人，吾不知其人爲何如，而使人如是其敬且慕也？"）

以匹夫而繫天下之望，或者之所甚駭也。夫事之問諸人者，必平昔之所未知而聞見之所未及者也。今有人焉，隆名盛望，彰彰於天下之耳目，而或者顧猶有問焉，豈真有不知者哉？蓋名以用而彰，才以用而見，賢人君子之用於世，澤在生民，功在王室，天下敬之慕之，此固理之必然，人亦信之無疑也。乃若功未加於時，澤未及於物，窮居隱約，負抱未試，而一時人物敬服嘆慕，若將舉天下之大而未見其人焉，則有識之士，獨得無疑乎？嗚呼！此或者之於林宗所以驚駭而問曰："之人也，吾不知其人爲何如，而使人如是其敬且慕也？"郭林宗何如人，請發明或者之問。且或者之於林宗，其知而問之乎？其不知而問之乎？

蓋嘗觀林宗之爲人矣，名震乎京師，則京師知其爲人矣。（本傳：林宗游於洛陽，始見河南尹李膺，膺奇之，遂相友善，於是名震京師。）才冠乎太學，則學校知其爲人矣。（《黨錮傳》：太學諸生三萬餘人，郭林宗、賈偉節爲其冠。）君、厨、俊、及之名表表乎相高，則士君子又知其爲人矣。同舟之仙，衆皆望之。（本傳：林宗與李膺同舟而濟，衆賓望之，以爲神仙。）角巾之折，人皆效之，則匹夫愚婦亦知其爲人矣。（同上：嘗於陳、梁間行，遇雨，巾一角墊，時人故折巾一角，以爲林宗巾。其見慕如此。）夫京師知之，學校知之，士君子知之，匹夫愚婦又知之，則舉天下之大，皆知其爲人矣。而或者獨以爲不知，可乎？斯問也，"吾不知其何如也"？大抵有非常之事，則人信其爲非常之士；有不世之功，則人信其爲不世之人。乃若道未施而人慕其高，學未試而人服其博，功名之鋒未露，事業之軔未發，而天下之人仰之如太山、北斗，望之如景星、鳳凰，且敬且慕，殆以爲伊、周、孔、孟之復出，此不惟或者疑之，雖識者不能不駭且异也。且林宗其人，非才之未試者乎？吾嘗考之矣，舉以有道，而彼不應其舉；（本傳：司徒黄瓊辟，太常趙典舉有道，并不應。）勸以出仕，而彼不屑於仕；（同上：或勸林宗仕進者，對曰："吾夜觀乾象，晝察人事，天之所廢，不可反也。"遂并不應。）卓乎三萬人冠，而無劉陶剴切之言；立乎黨錮之中，而不指斥曹節、王甫之罪。迹其行已，隆中之孔明、新豐之馬周而已。或問孟子曰："周公何人也？"曰："古之聖人也。"或問孔子曰："伯夷、叔齊何人也？"曰："古之賢人也。"周公大功，光耀天地。夷、齊清風，凛凛萬世。尊之以聖人，敬之以賢人，天下後世無异議也。林宗之爲人，吾不知其有周公之功歟？抑有夷、齊之節歟？其出處可觀，其動静可見也。李膺當世之偉人也，而有"今之夷夏，鮮見其儔"之語，（郭太博學善談論，李膺與相見，曰："吾見士多矣，未有如郭林宗者也。其聰明通朗，高雅密博，今之華夏，鮮見其儔。"遂與爲友。）則陳太丘、孔北海之諸人，俱就下風矣。宋衝一時之正人也，而有"自漢以來，未見其匹"之言，（本傳：太嘗舉有道不就，同郡宋衝素服其德，以爲自漢元以來，未見其匹。）則賈董卿雲之諸儒，皆當北面矣。不特此也。黨錮之際，諸賢騈首就禍，而議論不可得而疵，誅戮不可得而辱者，一林宗而已。（司馬温公論曰：唯郭太既明且哲，以保其身，卓乎其不可及也。）夫君子、小人不兩立也，今也君子既敬而愛之，小人又畏而憚之，則其人果爲何如耶？

嗚呼！此或者所以不能無驚駭之言也。昔者玄宗之問李平曰："朕不識真卿何如人，所爲乃若此？"儲子曰："王使人瞷，夫子果有以异於人乎？"或者之於林宗，其如齊王之於孟子，玄宗之於真卿乎？雖然，是特論或者之見而已矣。若林宗者，其果爲何如人耶？昔之論者以有道稱之，（本傳：趙典舉有道。）非也。道也者，孔、孟之所傳，非林宗之所知者也。以道予，林宗不知道者也。道其可以易言耶？韓愈之論陽城曰："陽子固不得爲有道之士矣。"將遂不得爲善人乎？愚敢以愈之言，而答或者林宗之問。（《文淵閣四庫全書》本）

王應麟《玉海》卷一百三十四官制《人物·漢二十四賢》：

《群輔録》：魏文帝旌表二十四賢：杜喬、張奂、向詡、陳蕃、施延、李膺、朱寓、杜密、韓融、荀爽、房植、姜肱、陳球、王暢、申屠蟠、張儉、鄭玄、冉璆、李固、郭泰、朱穆、魏少英、徐稚、皇甫規。明帝述撰其《狀》。（見明帝令及《甄表狀》。）（江蘇古籍出版社，1987年）

王應麟《小學紺珠》卷六名臣類《二十四賢》：

杜喬（叔榮），張奂（然明），向詡（甫興，《後漢》作栩），陳蕃（仲舉），施延（君子），李膺（元禮），朱寓（季陵），杜密（周甫），韓融（元長），荀爽（慈明），房植（伯武），姜肱（伯淮），陳球（伯真），王暢（叔茂），申屠蟠（子龍），張儉（元節），鄭玄（康成），冉璆（孟玉），李固（子堅），郭泰（林宗），朱穆（公叔），魏朗（少英），徐稚（孺子），皇甫規（威魏）。（文帝明旌表。）

同上，《八顧》（以德行引人）：

郭泰（天下和雍郭林宗），夏馥（天下慕侍夏子治），尹勛（天下英藩尹伯元），羊陟（天下清苦羊嗣祖），劉儒（天下珫金劉叔林），蔡衍（天下雅志蔡孟喜），巴肅（天下卧虎巴恭祖），宗慈（天下通儒宗孝初）。（《後漢書》無劉儒，有范滂。）（《叢書集成初編》本）

佚名《翰苑新書前集》卷六十九《薦辟》：

李膺奇林宗。（《後漢郭林宗别傳》：林宗游洛陽，始見河南尹李膺，膺大奇

之，遂相友善，於是名震京師。）（《文淵閣四庫全書》本）

高承撰，李果訂《事物紀原》卷十軍伍名額部五十一《鐵錢》：

皇甫士安《高士傳》曰：史弼迎送郭泰也，輒再屈首，泰一揖而去。門人問之，弼曰："鐵錢曰，故以二當一爾。"此漢末事也。今鐵錢止行於川陜，而二當銅錢之一，自爾時已然也。（中華書局，1989年）

葉適《習學記言》卷二十五《後漢書·傳》：

蘇不韋報仇，郭泰論之，爲議者所貴。泰臧否滿天下，而析理不精。如此等見識，施之一時，取悦俗人可也。

郭泰嘗從閎，不宿而去，以爲譬諸泛濫，雖清而易挹。豈亦有孟子之意乎？按，奉高袁閬字，非閎也，恐誤。（上海古籍出版社，1992年）

鄒浩《道鄉集》卷十二《讀郭有道傳》：

隱不違親與俗通，危言核論絶胸中。紛紛禁錮知名者，何事全無有道風。（《文淵閣四庫全書》本）

張鎡《南湖集》卷一《雜興》：

林宗真杰士，甑墮識孟敏。初無一語交，肺腑已窺盡。人才處東京，郭許能汲引。幾時不生賢，弗遇即泯泯。（《文淵閣四庫全書》本）

胡炳文《純正蒙求》卷中《郭泰温恭、穆子和粹》：

後漢郭泰，字林宗。蔡伯喈嘗曰："先生孝友温恭，仁篤慈惠。"吴衝曰："清明寬恕，澄之不清，撓之不濁，高材偉識，而不爲危言激論，慎疾惡已甚之戒，黨錮之際獨不涉議論，自重之士也。"（《文淵閣四庫全書》本）

陶宗儀《説郛》卷三十四《漫笑録》（徐慥）：

李賓王利用，鄱陽躬行君子人也，嘗云："郭林宗作《玉管通神》，有四句云：'貴賤視其眉目，安否察其皮毛，苦樂觀其手足，貧富觀其頤頰。'"

同上，卷四十六下《商芸小説》（撰人闕）：

郭林宗來游京師，當還鄉里，送車千許乘，李膺亦在焉。衆人皆詣大槐客舍而别，獨膺與林宗共載，乘薄笨車，上大槐阪。觀者數百人，引領望之，眇若松喬之在霄漢。

同上，卷五十七上《群輔録》（陶潛）：

有道太原界休郭泰，字林宗。（天下和雍郭林宗。）……右“八顧”。（《後漢書》無劉儒，有范滂。）

有道太原郭泰，字林宗。（《狀》：泰器量宏深，孝友貞固，名布華夏，學冠群儒，州郡禮命，曾不旋軌，辟司徒，徵有道，并不屈。）……右魏文帝初爲丞相魏王所旌表“二十四賢”，後明帝乃述撰其《狀》，見《文帝令》及《甄表狀》。（《説郛三種》本）

貝瓊《清江文集》卷五《雲間集·剪韭軒記》：

余惟韭，特菜之辛者，非有太牢之美，古之儉者多嗜之，以其適口而易致耳。而郭林宗夜見故人，剪韭爲具，此一時之真意也。代之爲友者，相附以勢，相結以利，相悦以飲食，惡有剪韭之真意乎？（《文淵閣四庫全書》本）

王褘《王忠文集》卷八《雲林小隱記》：

漢范滂之稱郭林宗，有曰：“隱不違親，貞不絶俗。”而史言林宗有至孝，其親欲使給事縣廷，又舉有道皆不應，雖善人倫而不爲危言激論，恂恂善導，使士纂成名，墨、孟之徒不能絶也。

同上，卷九《隱貞堂記》：

予惟進退出處之際，士君子之大節係焉，故論者謂仕者爲入而不出，處者爲往而不返。且以往而不返言之，其隱而不違乎親，貞而不絶俗者，概之中庸之道，其猶有合矣乎？且隱不違親，貞不絶俗者，范滂所以稱郭林宗也。史言林宗早孤，母欲使給事縣廷，又舉有道并不應，有至孝稱，雖善人倫而不爲危言激論，恂恂善導，使士慕成名，墨、孟之徒不能絶也。今由茂弘而視林宗其制行，亦可謂相近也矣。而説者又謂隱不違親，介之推是也。貞不絶俗，柳下惠是也。以書考之，唯母之命，不俯就一時之禄，卒隱以終者，介之推是也。不以三公易其介，遺佚而不怨，阨窮而不憫者，柳下惠也。由林宗而視二子，其制行又可不謂相近也哉？嗟乎！林宗之風，實兼乎二子，而茂弘之操，有類乎林宗。其迹皆往而不返之流，而其大節概之中庸之道，謂其不有合焉，不可也。

同上，卷十八雜著《續志林并序》：

及乎元興以後，閹豎擅政，而小人挾其威福，相煽爲惡，中材顧望，不知所爲。而漢已失其操柄，綱紀大壞矣。然在位公卿大夫，有若袁安、楊震、李固、杜喬、陳蕃、李膺之徒，皆豪杰特起之士，相與發憤，同心戮力，用公義以扶其危，直道正言分别其是非，白黑不少回撓，至於勢有不容，而織羅鈎黨之獄起。而其執彌堅，其行彌厲，志雖不就，而其忠則有餘。天下之士，聞其風慕其義者，人人感慨奮激，如符融、郭泰、范滂、許劭之流，咸立私論，以救其敗闕。而其甚者，至於解印綬，弃家族，骨肉相勉，趨死而不避，而且以不得與其死以爲耻。以故百餘年間，擁兵專地者，雖互相吞噬，而猶莫不以尊漢爲辭。雖以曹操之奸雄，擅强大，覬非望，乃至没身不敢廢漢以自立，豈不以名義有在，知所畏避而自抑乎？（《文淵閣四庫全書》本）

方孝孺《遜志齋集》卷七《鄭叔度字説》：

故聖人之道，公家之度也。取法乎天地，合明乎日月，前同乎三王，後符乎萬世，若周公、孔子者，爲度於天下者也；其次若子思、孟子之徒，明聖人之道，爲一時所師，爲度乎一國者也；次能修身繕行，以善化俗，若郭林宗、徐孺子之流，人稱忠信者，爲度乎一郡者也；次能篤願自持，動静不悖乎法，取與不過乎義者，若元紫芝、陽城之流，出能盡其職，隱能固其志，爲度乎一邑者也。下此則卑矣。（寧波出版社，2000年）

薛瑄《敬軒文集》卷九《過郭林宗墓》：

幾經滄海變桑田，孤冢常留古道邊。彩鳳自應鳴曉日，冥鴻終擬没秋烟。關河迢遞膺舟隔，江漢空茫稚信傳。千載有碑應不愧，路人猶自識高賢。（《文淵閣四庫全書》本）

李賢等《明一統志》卷二十一汾州府《陵墓》：

郭林宗墓。（在介休縣東五里，蔡邕撰碑。）

同上，《古迹》：

郭林宗宅。（在州城東，後廢爲僧舍。）

同上，大同府《人物》：

（漢）郭泰。（介休人，容貌魁偉，博通墳籍，居家教授，弟子至數千人。嘗游洛，見河南尹李膺，膺奇之，遂與爲友。行嘗遇雨，巾一角墊，時争效之，故折巾角，其見慕如此。及卒，蔡邕爲撰墓碑，曰：“吾爲碑銘多矣，惟郭有道銘無愧耳。”）（《文淵閣四庫全書》本）

何喬新《椒邱文集》卷二十一《晋陽懷古十首·懷郭林宗》（介休縣）：

炎光日以曀，群閹弄王綱。忠賢弃野澤，儉狡登岩廊。李范秉清論，侃侃扶天常。豈知稽天浸，一葦詎能航。夫子明且哲，允爲萬夫望。匪夷亦匪惠，相時慎行藏。終然脱奇禍，冥鴻恣高翔。瞻烏止誰屋，感此懷悲傷。中郎發潜德，千載揚休光。（《文淵閣四庫全書》本）

吴寬《家藏集》卷七十二《杜東原先生墓表》：

惟昔東漢之世，仕者固不暇論矣。若危言激論以貶人刺世者，每不得全其身。至深藏遠引而食力養親者，亦足以遂其志。故郭泰雖賢於范滂，不免近於俠；周爕若亞於黄憲，終不失於高。（《文淵閣四庫全書》本）

李夢陽著，郝潤華校箋《李夢陽集校箋》卷六十六《事勢篇第七》：

桃李不言，下自成蹊者，實也。李廣口咄咄不能吐，而亡之日，無識不識哀焉，以實也。黄憲、郭林宗無功業事實文辭於世，而天下頌之、後世信之者，以是也。故名者，非言貌襲取之也。（中華書局，2019年）

何良俊撰，陳洪注《何氏語林注》卷十五《識鑒》：

王叔優與弟季道，小時聞郭林宗有知人之鑒，共往候之，請問才行所宜，以自處業。林宗笑曰："卿二人，皆二千石才也。然叔優當以仕宦顯，季道宜以經術進，若違才易務，亦不至也。"叔優等從其言。後叔優至北中郎將，季道代郡太守。（《王氏世譜》曰：王昶字文舒，太原晋陽人。伯父柔，字叔優。父澤，字季道。）

同上，卷十八《品藻》：

郭林宗目汝南謝子微、陳留邊文禮："二子英才有餘，并不入道。"（後甄以不拘細行爲時所毁，讓以輕侮曹操爲鄉人所構，操告郡就殺之。）（天津教育出版社，2008年）

王世貞《弇州四部稿》卷一百一文部《續高士贊》：

吾乃復繇漢而隋，益之以十六人，人别爲贊，以補仲蔚之闕文。夫魯連先生隱辨者，東方大夫隱吏者，郭林宗隱通者，阮步兵隱酒者，此其人非不高，以非仲蔚意也，姑略不志。（《文淵閣四庫全書》本）

崔銑《士翼》卷三《述言下》：

郭林宗交游當世而無苟就，奬鑒群才而又矜愚，見幾秉哲，終亨時晦，其孔氏之徒與？（《文淵閣四庫全書》本）

顧璘《憑几集續編》卷一雜詩《黄憲墓》：

爾年昔不永，爾墓今猶存。英英弱冠子，誰遽探清渾。廣哉郭有道，成美由片言。（《文淵閣四庫全書》本）

韓邦奇《苑洛集》卷十一《介休三首·郭林宗祠》：

四海誰扶漢室顛，桐江風節一絲傳。知君真隱真明哲，千載人稱范母賢。（《文淵閣四庫全書》本）

吕柟《涇野子内篇》卷之二《雲槐精舍語第三》"先生曰孔廟從祀"條：

先生曰："孔廟從祀之舛，亦由仕路乎？"薛生曰："何也？"曰："汲黯、丙吉、蘇武、黄憲、陳寔、郭泰、諸葛亮、宋璟、韓休、尹焞而不祀，馬融、揚雄而祀，何也？"曰："數子無著述。"曰："七十子之祀者，亦有不知其名者，著述安存乎？夫祀也，紀德則人務實，紀言則人務名。世之治亂所係也，其可苟乎！"

同上，卷之六《柳灣精舍語第十》"光祖曰陳寔"條：

光祖曰："陳寔、郭泰、管寧、陶潛四人，皆杰士也。敢問孰優？光祖欲學焉，孰從？"先生曰："太丘有仁之量，林宗有仁之材，以言其錫類則均也。幼安有仁之信，淵明有仁之智，以言其仗節則均也。子欲學守身，無如管、陶；子欲學及人，無如陳、郭。然必有管、陶之節，而後有陳、郭之用。斯四杰，吾不能爲之優劣。"（中華書局，1992年）

孫承恩《文簡集》卷四十一古像贊《郭有道（泰）》：

貞不絶俗，隱不違親。言論風旨，賢愚傾心。和不辱身，巽不降志。我惟其人，夷惠之似。（《文淵閣四庫全書》本）

余寅《同姓名録》卷三《郭泰三》：

東漢郭泰。《漢書》注云：以同范公泰，"泰"字改爲"太"。此甚無謂。字林宗，太原介休人，受業成皋屈伯彦。游洛陽，友李膺。不應司徒黄瓊、太常趙典舉辟。好奬訓士類。嘗遇雨，巾一角墊，時人故折巾一角，以爲"林宗巾"。范滂嘗評之曰："隱不違親，貞不絶俗，天子不得臣，諸侯不得友。"及黨事起，獨免焉。年四十二卒，四方會葬者千餘人。蔡邕爲碑銘，曰："吾無媿乎文焉爾。"今列其鑒拔如左。

《謝承書》曰：林宗適陳留則友符偉明，游太學則師仇季智，之陳國則親魏德公，入汝南則交黄叔度。然不特此。又，左原以犯法見斥，勸之責躬；茅容初以危坐，又以草蔬同飯，嘆其賢。又，豫識史叔賓之敗，惜邊讓未聞道，俱陳留人也。楊氏孟敏墮甑不顧而异之，勸令游學，知名。拔鄢陵庾乘，初傭，後號徵君。訓扶風宋果以義方，後以烈氣聞官，并州刺史。母憂，受鄉人賈淑之吊，淑改過自厲，終成善士。謂濟陰黄允雖有才，終失之，卒以遣婦事廢於時。謂召陵謝甄不入道，以細行不慎毁弃。謂晋陽王柔以仕進顯，柔弟澤以經術通。又識張孝仲於芻牧之中，范特祖於郵置之役，召公子、許偉康於屠酤，司馬子威於卒伍。同郡郭長信、王長文、長文弟子師、韓文布、季子政、曹子元、定襄、周康子、西河王季然、雲中丘季智、郝禮真等六十人，并以成名。（《文淵閣四庫全書》本）

王世貞《弇州續稿》卷四十四文部《俞仲蔚先生集序》：

蓋俞先生去，諸生即爲贊，贊高士如干人，以寓其微指。而所操論，獨不喜郭林宗，以舍己而就天下之好，布衣而侵大司徒之秉，亡當。（《文淵閣四庫全書》本）

陳耀文《天中記》卷十六《逆旅・灑掃》：

郭林宗每行宿逆旅，輒躬灑掃。及明去後，人至見之曰："此必郭有道昨宿處也。"（《别傳》。）

同上，卷十八《姊妹・姊夫貸錢》：

郭林宗家貧。初，欲游學，無資，就姊夫貸五千錢。乃遠至成皋，從年授乘，并日而食，衣不敝行，常以蓋幅自障出入，入則護前，出則俺（掩）後。（《别傳》。）

同上，卷二十《師第・進粥》：

郭泰嘗止陳國文學，見童子魏昭，號德公，知其有异，求近其房，供給灑掃。林宗嘗不佳，夜中命昭作粥，粥成進泰，一啜，怒而呵之曰："爲長者作粥，而不加敬意，使沙不可食耶？"以杯擲地。昭更爲粥重進，泰復呵之，如是者三，昭姿容無變，顔色殊悦。林宗曰："始見子之面，今乃見子之心。"遂友善之，卒爲妙士。（《别傳》。）

同上，卷二十一《長人・魁岸》：

郭太字林宗，身長八尺，儀貌魁岸，善談論，聲音如鐘。（《後漢紀》。）

同上，卷二十五《德譽·松在霄漢》：

郭林宗來游京師，當還鄉里，送車千餘乘，李膺亦在焉。衆人皆詣大槐客舍而别，獨膺與林宗共載，乘薄圍車，上大槐阪。觀者數百人，引領望之，眇若喬松之在霄漢。（《商常小説》。）

同上，《碑頌無愧》：

郭林宗，李元禮一見稱之曰："吾見士多矣，無如林宗者也。"及卒，同志者乃共刻石立碑，蔡伯喈爲文，既而謂盧植曰："吾爲碑銘多矣，未嘗不有慚容，唯郭有道碑頌無愧色耳。"（《續漢書》。）

同上，《夙惠·庭樹宅法》：

徐稚字孺子，豫章南昌人。與太原郭林宗游學，同稚還家。林宗庭有一樹，欲伐去之，稚乃問其故，林宗曰："爲宅之法，正方如口，口中有木，'困'字，不祥也，是以去之。"稚難林宗曰："爲宅之法，正方如口，口中有人，'囚'字，豈可居之？"林宗默然無對。稚時十一歲。

同上，卷二十六《雅量·擲杯》：

郭林宗常不睡，夜間命作粥，魏德公爲之進焉。林宗一歠，以杯擲地，怒而呵之曰："爲粥不加味，如何可食？"如此之進一呵，德公無變色。（《别傳》。）

同上，卷二十七《品藻·多情》：

衛兹弱冠，與同郡圈文生俱稱盛德。郭林宗與二人共至市，子許買物隨價讎直，文生訾呵減價，乃取。林宗曰："子許少欲，文生多情。此二人，非徒兄弟，乃父子也。"後文生以穢貨見捐，兹以烈節垂名。（《林宗别傳》。）

同上，卷三十九《貧賤·并日而食》：

郭林宗家貧。初，欲游學，無資，就姊夫貸五千錢。乃遠至成皋，從師授業，并日而食，衣不蔽形，常以蓋幅自障出入，入則護前，出則掩後。（《有道别傳》。）（光緒《聽雨山房》本）

凌迪知《萬姓統譜》卷一百十九入聲十藥《郭》：

（漢）郭泰字林宗，介休人。容貌魁偉，博通墳籍，居家教授，弟子至數千人。嘗游洛，見河南尹李膺，膺奇之，遂與爲友。行嘗遇雨，巾一角墊，時争效之，故折巾角，其見慕如此。及卒，蔡邕爲碑，曰："吾爲碑銘多矣，惟郭有道銘

無愧耳！”（巴蜀書社，1995年）

趙崡《石墨鐫華》目録卷一：

《漢郭有道碑》。（蔡邕撰、書。在介休縣。）

同上，卷一跋《漢郭有道碑》：

此碑在介休縣。余邑人王正巳曾爲其縣令，余從其家覓一紙，乃正巳重刻者，深恨不得原刻。近有晋人爲余言，舊石曾在，一秀才極愛之，每往碑下摩挲纍日。一夕盗碑舁去，縣令無奈，重刻一石以應求者，後又磨泐，而王正巳再刻之。秀才所盗之石，竟不得出，异哉！（《文淵閣四庫全書》本）

彭大翼《山堂肆考》卷一百四《人品・業師・進粥致訶》：

東漢郭林宗嘗止於陳，童子魏德公知其有异行，求近其房，供給灑掃。林宗體不佳，夜中命作粥。林宗一啜，怒而訶之曰：“高明爲長者作粥，使沙不可食！”以杯擲地。德公進粥，三進三訶，德公無變容。林宗曰：“始見子之面，今乃知子之心。”遂友善之。一説童子魏照求入事郭泰，供給灑掃，泰曰：“當精義講習，何來相近？”照曰：“經師易獲，人師難遭，欲以素絲之質，附近朱藍。”照與德公，不知是一人否？又後漢左原爲郡學生，犯法，爲諸生見斥。郭林宗遇之於路，乃設酒殽以慰之，人譏林宗不絶惡人，林宗曰：“人而不仁，絶之已甚，亂也。”原後結客，欲報諸生，值林宗在學，愧負前賢，遂罷去。

同上，卷一百五《人品・朋友・擇交》：

東漢郭泰，適陳留則友符偉明，游太學則師仇季智，之陳則親龐德公，入汝南則交黄叔度。

同上，卷一百八《人品・神童・願師郭泰》：

東漢陳國童子魏照，請於郭泰曰：“經師易遇，人師難遭，願在左右，供給灑掃。”

同上，卷一百十《人品・貧士・蓋幅自障》：

東漢郭泰，字林宗。家貧，游學無資，就姊夫貸五千錢。乃遠至成皋，從師受業，并日而食，衣不蔽形，常以蓋幅自障出入，入則護前，出則掩後。

同上，卷一百十五《性行·德量·不顧墮甑》：

東漢巨鹿孟敏，字叔達，桓帝延熹中客居太原。荷甑墮地，不顧而去。郭泰問其意，對曰："甑已破矣，視之何益？"泰以爲有分决，勸令游學。

同上，卷一百三十七《人事·行旅·灑掃輒躬》：

東漢郭林宗宿逆旅，輒躬灑掃，及明去後，人見之曰："此必郭有道昨夜宿處也。"

同上，卷一百五十四《典禮·喪友·慟哭竇武》：

東漢陳蕃、竇武爲中官所害，郭林宗哭之於野，慟，既而嘆曰："人之云亡，邦國殄瘁。"

同上，卷一百九十六《蔬菜·韭·林宗待客》：

東漢郭林宗，有友人夜冒雨至，剪韭作炊餅食之。（《文淵閣四庫全書》本）

徐應秋《玉芝堂談薈》卷三十《古碑銘》：

介休。蔡邕作《郭有道碑》《宋子浚碑》。（《文淵閣四庫全書》本）

胡我琨《錢通》卷十五《貞介》：

郭林宗家貧。初，欲游學，無資，就姊夫貸五千錢。乃遠至成皋，從師授業，并日而食，衣不蔽形，常以蓋幅自障出入，入則護前，出則掩後。（《有道別傳》。）（《文淵閣四庫全書》本）

顧起元《説略》卷九《史別下》：

古人夙惠者多矣，聊摘記其凡。……徐稚十一歲對郭林宗伐宅樹，見《漢史》。（《文淵閣四庫全書》本）

董斯張《廣博物志》卷二十人倫三《師友》：

童子魏照求入事郭泰，供給灑掃。泰曰："當精義講書，何來相近？"照曰："經師易獲，人師難遭，欲以素絲之質，附近朱藍。"（《漢紀》。）

同上，卷二十九藝苑四《著作》：

郭泰題品海内之士，或在幼童，或在里肆，後皆成英彦，六十餘人。自著書一卷，論取士之本，未行，遭亂亡失。（《別傳》。）

同上，卷四十二草木一：

徐孺子與郭林宗游學，同稚還家。林宗庭有一樹，欲伐去之，稚乃問其故，林宗曰："爲宅之法，方正如口，口中有木，'困'字，不祥也，是以去之。"稚難林宗曰："爲宅之法，方正如口，口中有人，'囚'字，豈可居之？"林宗默然無對。（《御覽》。）

同上，卷四十七鳥獸第二：

郭林宗謂仇季知曰："子嘗有過否？"季知曰："吾嘗飯牛，牛不食，一搏牛耳。"（《卞子》。）（岳麓書社，1991年）

趙均《金石林時地考》卷上山西：

（漢）郭林宗墓碑。（建寧二年。蔡邕文并書。又一碑云《漢郭有道碑》，未詳。）介休縣。（又平晋縣。）（《文淵閣四庫全書》本）

賀復徵《文章辨體彙選》卷二百六十九啓四《投秘監韋論書啓》（羅隱）：

某聞樊子昭之處屠沽，發光輝於許劭；郭林宗之游鞏洛，張聲價於符融。

同上，卷五百三十七傳十《杜生傳》（鄭曉）：

論曰：余讀《後漢書》，極慕申屠生、王叔度，可謂近道矣，不摇其神，不失其身，不交於人。郭林宗、符融殆有愧焉，謂其不能忘情於名也。嗚呼！名與身孰親？若杜生者，賢矣哉！（《文淵閣四庫全書》本）

陸世儀《思辨録輯要》卷三十四《史籍類》：

處黨人之中，而怨禄不及者，郭泰也。處黨人之外，而免於評論者，申屠蟠也。二人殆未易優劣。（《文淵閣四庫全書》本）

宫夢仁《讀書紀數略》卷二十二人部輔佐類《二十四賢》（魏文帝旌表）：

杜喬（叔榮）、張奂（然明）、向詡（甫興）、陳蕃（仲舉）、荀爽（慈明）、李膺（元禮）、房植（伯武）、施延（君子）、朱寓（季陵）、杜密（周甫）、韓融（元長）、王暢（叔茂）、陳球（伯真）、張儉（元卿）、姜肱（伯淮）、魏朗（少英）、李固（子堅）、郭泰（林宗）、朱穆（公叔）、申屠蟠（子龍）、冉璆（孟玉）、鄭元（康成）、徐稚（孺子）、皇甫規（威明）。

同上，卷二十五人部美刺類《八顧》（言以德行引人）：

郭泰（天下和雍郭林宗），劉儒（天下瑶金劉叔林），尹勛（天下英藩尹伯元），巴肅（天下卧虎巴恭祖），宗慈（天下通儒宗孝初），夏馥（天下慕侍夏子治），蔡衍（天下雅志蔡仲喜），羊陟（天下清苦羊嗣祖）。《後漢書》無劉儒，有范滂。（《文淵閣四庫全書》本）

倪濤《六藝之一録》卷五十一石刻文字二十七《介休郭有道碑》：

介休城東，有徵士《郭林宗》《宋子浚》二碑。林宗，縣人也。辟司徒舉太尉，以疾辭。其碑文云："將蹈洪崖之遐迹，紹巢、由之逸軌。翔區外以舒翼，超天路以高峙。禀命不融，享年四十有三，建寧四年正月丁亥卒。凡我四方同好之人，永懷哀痛，乃樹碑表墓，昭銘景行云。陳留蔡伯喈、范陽盧子幹、扶風馬日磾等，遠來奔喪。朋友服心喪期年者，如韓子助、宋子浚等二十四人。其餘門人著錫衰者千數。其碑文故蔡伯喈，謂盧子幹、馬日磾曰：'吾爲天下碑文多矣，皆有慚容，唯郭有道無愧色矣。'"

同上，《郭有道碑》：

《漢郭有道碑》，在太原府平晋縣，蔡邕文并書，在龍泉側。又一碑，在汾州介休縣墓側。（《天下碑録》。）

郭有道碑，蔡邕文并漢隸。在山西汾州府介休縣東。（《金石略》。）

此碑在介休縣。余邑人王正巳曾爲某縣令，余從其家覓一紙，乃正巳重刻者，深恨不得原刻。近有晋人爲余言，舊石曾在，一秀才極愛之，每往碑下摩娑纍日，一夕盗碑舁去，縣令無奈，重刻一石，以應求者，後又磨泐。而王正巳再刻之，秀才所盗之石，竟不得出，异哉！（《石墨鐫華》。）

同上，卷一百十一石刻文字八十九（武林石刻）《碑藪》（吴郡陳鑒集）山西碑：

郭林宗墓碑。（建寧四年立，在介休縣，漢隸。）

漢郭有道碑。（蔡邕撰，隸書，在普縣。）

同上，卷一百十六石刻文字九十二《顧南原碑考·水經注八十二碑》：

郭林宗碑，建寧四年。《天下碑録》云："在汾州介休縣墓側。又有《郭有道碑》，云在太原府平晋縣，蔡邕文并書，在龍泉側。"按，有道止一碑，此其誤也。

按：此碑久已不存，歐、趙亦未見。《隸釋》云："凡歐、趙録中所無者，世不復有之矣。今林宗墓側有一碑，乃近人傅山所爲，體既杜撰，迹復醜惡，無知者以爲中郎書，争相傳拓，可笑也。聞鄭簠又書一碑，與傅山并峙，豈以傅山爲非其

人，而欲自擬中郎耶？以五十步笑百步，則何如？”（浙江人民美術出版社，2015年）

陳維崧《陳檢討四六》卷十五《徵田太翁八袠壽言啓》：

子推狷介，并無綿上原田；郭泰孤貧，徒墊雨中巾角。（《郭泰别傳》：林宗豐儀秀偉，嘗遇雨，巾一角墊，時争效之，故折巾一角。其見慕如此。）

同上，卷十六《徵沈韓倬太史母周太孺人八十詩啓》：

……於是西京太學，盡重劉陶；東觀名賢，交推郭泰。（《郭泰傳》：泰字林宗，博學，善談論。李膺曰：“吾見人多矣，未有如林宗者也。”魏照字德公，幼時事泰，曰：“經師易得，人師難遭。”）

同上，卷十九《嘉定侯掌亭先生誄》：

空銘郭泰，徒誄黔婁。（《續漢書》：郭泰卒，蔡邕爲作碑，曰：“吾爲人作銘，未嘗不有慚容，惟有道碑頌無愧耳。”）（《文淵閣四庫全書》本）

湯斌《湯子遺書》卷十《咏史》：

昆侖有瑶樹，丹鳳翔其杪。朝餐玄圃露，暮宿星辰表。皓月滿晴空，羽翮何縹緲。我愛徐孺子，清修自皎皎。韜精在南郡，高卧白雲曉。群賢方碌碌，誰能測渺杳？郭泰獎人倫，申屠躭林沼。浩然凌雲姿，豈復虞繒繳？（人民出版社，2016年）

林侗《來齋金石刻考略》卷上漢《郭有道先生碑》（建寧二年）：

先生諱泰，字林宗，碑文蔡邕撰書。昔人謂中郎書《有道碑》，當知合也。墓在介休縣驛路傍。侗嘗過介休墓下，不見碑石，詢之故老，云漢石久亡。即重刻者，以摹拓之累，明末一夜爲人盜去。此拓本爲潘次耕先生所遺，不知所自出，略存形似，乏神采耳。計二十（闕）行，每行四十（闕）字，高六尺，廣三尺，“介休”碑作“界休”。關西夫子楊公震墓，在潼關内西五七里間，其墓背渭面華岳，前有四知坊，後有饗堂，堂後爲楊氏諸墓纍纍，其中擇高大者，當爲太尉墓。歐陽《集古録》楊墓尚存，漢碑四五通。余數過墓下，不見片石矣。漢隸尠爲難得，即《有道碑》，亦是拓本，不知去本來面目又何若也。《集古録》又云楊氏墓在閿鄉，今潼關以内皆屬，秦爲華陰縣地，閿鄉則屬中州河南耳。（《文淵閣四庫全書》本）

王士禛《池北偶談》卷二十二《論語讖》：

《世説》：“郭林宗還鄉里，送車千乘，獨李膺與林宗共乘薄笨車，上大槐坂，觀者望之，若喬松之在霄漢。”然世止知同舟，而不言同車。（中華書局，1982年）

王士禎《精華録》卷十《郭有道墓》：

大槐坂上逐車塵，争效先生折角巾。至竟清流解亡國，望門投止是何人？（《文淵閣四庫全書》本）

閻若璩《潛邱札記》卷三：

郭林宗墳，在汾州介休縣東三里。周武帝時除天下碑，惟林宗碑詔特留。（《文淵閣四庫全書》本）

萬斯同《儒林宗派》卷三東漢：

譙玄（通《易》《春秋》二經）、索盧放（通《尚書》）、劉茂（通《禮經》）、張純（通《禮經》）、劉般、任延（通《詩》《易》《春秋》三經）、王景、謝夷吾、樂恢、楊由、摯恂（馬融師）、吴佑、北海王睦、戴宏、淳于恭、賀純、周燮、徐防、黄香、楊終、楊統、楊厚（統子）、杜真、高鳳、法真、王符、劉珍、范丹（馬融門人）、張綱、崔琦、劉梁、劉丕、劉寵（丕子）、史弼、應奉、應劭（奉子）、邊韶、荀淑、鍾皓、陳寔、陳紀（寔子）、陳諶（寔子）、陳蕃、李膺、范滂、竇武、蔡衍、檀敷、郭太、庾乘、符融、劉虞、高彪、侯瑾、孔融、仲長統、楊匡、王調（以下并李固門人）、趙承、郭亮、董班、杜訪、鄭遂、王成（并李固門人）、李燮（固子）、趙商（鄭玄門人）、宋忠、繆斐、董扶（楊厚門人）……

右諸儒皆通經學。（《文淵閣四庫全書》本）

吴雯《蓮洋詩鈔》卷一《過介休郭有道祠，見傅公他隸書中郎舊誄，嘆美不已，紀以詩》：

繫馬古槐下，槐花石堂偏。誰書有道碑，古法蛟龍纏。其文中郎舊，書亦堪比肩。嗟哉濁堂老，縱横照秋烟。鴻都迹久蕪，帷幕留殘鎸。夏承誰呵護，靈光猶巋然。巍巍九疑頌，托迹於神仙。此碑妙接武，絶響續千年。梁鵠鄙不爲，頡籀或後先。我來重嘆息，典型欣目前。坐卧欲三日，苦被塵累牽。上馬再回首，孤鵬方高騫。

同上，卷四《再過有道阡》：

有道芳阡接翠微，石門松檜祇依依。風吹葵麥鼪鼯出，日下祠堂蝙蝠飛。墊角何人争慕義，瞻烏誰屋早知機。九原應使先生笑，輦路而今走布衣。（《文淵閣四庫全書》本）

陳大章《詩傳名物集覽》卷九《草·獻羔祭韭》：

又郭林宗待客，夜冒雨剪韭，作炊餅。今洛人皆效之。（《文淵閣四庫全書》本）

張尚瑗《左傳折諸》卷二十三昭公《叔孫所館者雖一日必葺其牆屋》：

第五倫往來所過，輒爲糞除而去，陌上號爲道士。郭林宗所過必掃除，後有至者識之，曰："此郭有道常宿處也。"（《文淵閣四庫全書》本）

張尚瑗《穀梁折諸》卷六昭公《名譽不聞友之罪也》：

良玉隱璞，和氏泣血以相明；驥服鹽車，伯樂解衣而攀哭。許子將平輿月旦，郭有道人倫師表，李元禮世之龍門，樂太叔人之冰鑒。大人君子以名教爲己責，求善若不及，不暇沐與餐，良有爲也。（《文淵閣四庫全書》本）

顧藹吉《隸辨》卷八《碑考下·郭林宗碑》：

《郭林宗碑》，建寧四年。

《水經注》云：介休縣有徵士《郭林宗碑》。林宗，縣人也，以建寧四年卒。蔡伯喈謂盧子幹、馬日磾曰："吾爲天下碑文多矣，皆有慚容，唯郭有道無愧於色矣。"《天下碑録》云："在汾州介休縣墓側。又有《郭有道碑》，云在太原府平晋縣，蔡邕文并書，在龍泉側。"按，有道止一碑，此其誤也。

按：此碑久已不存，歐、趙亦未見。《隸釋》云："凡歐、趙録中所無者，世不復有之矣。今林宗墓側有一碑，乃近人傅山所爲，體既杜撰，迹復醜惡，無知者以爲中郎書，争相傳拓，可笑也。聞鄭簠又書一碑，與傅山并峙，豈以傅山爲非其人，而欲自擬中郎耶？以五十步笑百步，則何如？"（《文淵閣四庫全書》本）

王士俊等《河南通志》卷六十九《流寓》河南府：

（漢）郭泰字林宗，太原介休人。家世貧賤，早孤，母欲使給事縣庭，泰曰："大丈夫焉能處斗筲之役乎？"遂辭。就成皋屈伯彦學，三年博通墳籍。善談論，美音制，乃游於洛，見河南尹李膺，膺大奇之，遂相友善，於是名震京師。及歸，衣冠諸儒送至河上，車數千兩，泰惟與李膺同舟而濟，衆賓望之，以爲神仙。（《文淵閣四庫全書》本）

高士奇《編珠》卷四補遺菜蔬部《剪韭》：

《後漢書》曰：郭林宗見友來，夜冒雨剪韭，作炊餅。（《文淵閣四庫全書》本）

康熙《孝經衍義》卷九十士之孝《愛親》：

郭泰字林宗，家世貧賤，早孤。後遭母憂，有至孝稱，嘔血發病，歷年乃瘳。

臣按：范滂稱林宗：“隱不違親，貞不絶俗，天子不得臣，諸侯不得友。”蓋一時名士，得自全者惟郭泰、袁閎二人而已。其不臣不友，乃合於經所云“忠順不失，以事其上”者也。以此云愛，孰與破家室、戕肢體以爲名者乎？（《文淵閣四庫全書》本）

張英等《淵鑒類函》卷二百五十三人部十二《過友人二》：

《潛確類書》曰：郭林宗見友人范逵至，夜冒雨剪韭，作湯餅。今洛人皆效之。

同上，卷二百六十九人部二十八《慕賢知賢一》：

謝承《後漢書》：符融見郭林宗，便與之交。又介紹於李膺，以爲海之明珠，未耀其光；鳥之鳳凰，羽儀未翔。膺與林宗相見，待以師友之禮，遂振名天下，融所致也。

同上，卷二百八十八人部四十七《乞假二》：

《郭林宗别傳》曰：林宗家貧，初欲游學，無資，就姊夫貸五千錢，乃遠至成皋，從師受業。（《文淵閣四庫全書》本）

查慎行《敬業堂詩集》卷二十《游梁集·汴梁雜詩八首》（其四）：

殺鷄自作高堂饌，草具何妨對客供。一飯成名真有幸，天教季偉遇林宗。（上海古籍出版社，1986年）

中華書局編輯部《全唐詩》卷四十一《咏史四首之二》（盧照鄰）：

大漢昔云季，小人道遂振。玉帛委奄尹，斧鑕嬰縉紳。邈哉郭先生，卷舒得其真。雍容謝朝廷，談笑獎人倫。在晦不絶俗，處亂不爲親。諸侯不得友，天子不得臣。銜情甄負甑，重價折角巾。悠悠天下士，相送洛橋津。誰知仙舟上，寂寂無四鄰。（中華書局，1999年）

陳元龍《格致鏡原》卷十四冠服類二《巾》：

《郭林宗外傳》：林宗常行陳梁之間，遇雨，故其巾一角沾而折，二國學士著巾，莫不折其角，云“林宗巾”。其見儀則如此。

同上，卷二十五飲食類五《麵》：

《事物原始》：郭林宗家有友，冒雨夜來，剪韭作餅食之。即今之麵餅，以韭爲餡也。

同上，卷二十九舟車類二《車》：

《詞林海錯》：笨車，竹車也。顔延之嘗乘笨車，徜徉自得。又東漢李膺與郭林宗，共乘薄笨車上大槐板。

同上，卷六十二蔬類一《韭》：

《郭林宗别傳》：林宗有友人夜冒雨至，剪韭作炊餅，今洛人效之。（《文淵閣四庫全書》本）

陳元龍等《歷代賦彙》卷八十四室宇《過舊園賦》（唐·梁肅）：

夫郭泰之德不違親，貞不絶俗，當罻羅之周布，竟淳白而不辱！（江蘇古籍出版社，1987年）

趙執信《因園集》卷一《并門集·郭有道墓下二絶句》：

斗筲賤役良不屑，識鑒人倫亦偶然。何意舟同李元禮，時流解望作神仙。

中郎無愧至今稱，因憶昌黎豈近名？不是高文能諛墓，黄金何處壽劉生？（《文淵閣四庫全書》本）

朱軾《史傳三編》卷十六名臣傳八漢《李膺》：

論曰：東漢延熹、永康間，大往小來，陽外陰内。《易》曰："君子以儉德辟難，不可榮以禄垂。"戒至深遠矣。當此之時，即括囊肥遁猶懼不免，顧不處於南山之南、北山之北，以弢光隱曜，而互相標榜，敢行幸直立的於此，使人得以彎弓相向，君子高其節，不得不哀其志也。至夫孔融弟争兄死，范滂母歡子義，景毅以子爲膺門徒，自表免歸，皇甫規以西州豪杰，耻不與黨，上書自言宜坐，雖義聲感慨，足以立懦廉頑，然揆諸守死善道之常經，毋乃已激乎？讀元禮、孟博諸《傳》，乃益服郭有道、陳太丘二公之弘識雅量爲不可及也。（《文淵閣四庫全書》本）

李光暎《金石文考略》卷二《郭有道碑》：

此碑在介休。余邑人王正已曾爲其縣令，余從其家覓一紙，乃正已重刻者，深恨不得原刻。近有晋人爲余言，舊石曾有，一秀才極愛之，每往碑下摩挲纍日，一夕盗碑舁去。縣令無奈，重刻一石，以應求者，後又磨泐。而王正已再刻之，秀才所盗之石，竟不得出，异哉！（《石墨鐫華》。）

介休縣城東，有徵士郭林宗、宋子浚二碑。宋衝以有道司徒徵，林宗辟司徒舉太尉，以疾辭。其碑文云："將蹈洪崖之遐迹，紹巢由之逸軌。翔區外以舒翼，起天路以高峙。稟命不融，享年四十有三，建寧四年正月丁亥卒。凡我四方同好之人，永懷哀痛，乃樹碑表墓銘景行云。陳留蔡伯喈、范陽盧子幹、扶風馬日磾等，遠來奔喪。朋友服心喪期年者，如韓子助、宋子浚等二十四人。其餘門人著錫衰者千數。其碑文故蔡伯喈撰，伯喈謂盧子幹、馬日磾曰：'吾爲天下碑文多矣，皆有慚容唯，郭有道無愧於色矣。'"（《水經注》。）（《文淵閣四庫全書》本）

姚之駰《後漢書補逸》卷十一《謝承〈後漢書〉第三・郭泰》：

泰遭母憂，歐血發病，歷年乃瘳。（案：泰字林宗，太原界休人，家世貧賤，篤生畸士，東漢人品卓然第一。"泰"，范書作"太"，此蔚宗私諱，今宜改正。）

泰之所名，人品乃定，先言後驗，衆皆服之。故適陳留則友符偉明，游太學則師仇季智，之陳國則親龐德公，入汝南則交黄叔度。初，泰始至南州，過袁奉高不宿而去，從叔度纍日不去。或以問泰，泰曰："奉高之器，譬之泛濫，雖清而易挹。叔度之器，汪汪若千頃之波，澄之不清，撓之不濁，不可量也。"已而果然。泰以是名聞天下。（案：范書載泰所鑒士，左原、茅容輩十許人，此皆范所遺也。）

泰所識太原郭長信、王長文、長文弟子師、韓文布、季子政、曹子元、定襄周康子、西河王季然、雲中丘季智名靈舉。子師位至司徒，季然北地太守，其餘多典州郡者。（案：此皆泰同郡人也，范不列其官位。）

泰以建寧二年正月卒，自弘農函谷關以西，河内湯陰以北，二千里負笈荷擔彌路，柴車葦裝塞塗，蓋有萬數來赴。（案：范書但言千餘人會葬而已，不詳載。）

同上，《劉儒》：

郭林宗嘆儒有珪璋之質，終必爲令德之士。（案：儒字叔林，東郡陽平人，林宗稱其爲口訥心辯，真儒者也。）

同上，卷十二《謝承〈後漢書〉第四・賈淑》：

淑爲舅宋瑗報仇於縣中，爲吏所捕，繫獄當死。郭泰與語，懇惻流涕，泰詣縣令應操，陳其報怨蹈義之士被赦，縣不宥，之郡上言，乃得原。（案：淑字子厚，林宗鄉人，先以凶德，許其自新，卒爲善士。）

同上，《茅容》：

茅容字季偉，陳留人，年四十餘，耕於野，時與等輩避雨樹下，衆皆箕踞相對，容獨危坐愈恭，郭林宗見而奇之，因請宿寓。旦日，容殺鷄爲饌，林宗謂爲己設，既而以供其母，自以草蔬與客同飯。林宗起拜之曰："卿賢乎哉！"因勸令學，卒以成德。（案：范書容事見《郭泰傳》中。觀人於其所忽，避雨而危坐，是不忽所忽也，故林宗勖號知人。）

同上，卷十四《張璠〈漢記〉第一·王允》：

允字子師，太原祁人也。少有大節，郭泰見而奇之，曰："王生一日千里，王佐之才也。"泰雖先達，遂與定交。三公并辟，歷豫州刺史，辟荀爽、孔融爲從事；遷河南尹、尚書令，及爲司徒，其所以扶持王室，甚得大臣之節，自天子以下皆倚賴焉。卓亦推信之，委以朝廷。

同上，《何顒》：

顒字伯求，少與郭泰、賈彪等游學洛陽，泰等與同風好，顒顯名太學。於是中朝名臣太傅陳蕃、司隸李膺等，皆深接之。

同上，卷十七《袁崧〈後漢書〉第一·岑晊》：

岑晊有高才，郭林宗、朱公叔等皆爲友。李膺、王暢稱其有幹國器。雖在閭里，慨然有董正天下之志。太守弘農成瑨，下車欲振威嚴，聞晊名，請爲功曹。

同上，《賈彪》：

賈彪字偉節，游京師，與郭林宗、李元禮等爲談論之首，一言一行，天下以爲準的。黨事起，彪謂同志曰："吾不西行，大難不解。"即入關，設方略，天子爲之大赦。

同上，《王允》：

王允字子師，世仕州郡，爲冠蓋，同郡郭林宗見而奇之，曰："王生一目千里，王佐才也。"遂與之友善。

同上，卷二十《司馬彪〈續後漢書〉第三·郭泰》：

郭泰字林宗，太原介休人。泰少孤，年二十行學至曲阜屈伯彦精廬，乏食，衣不蓋形，而處約味道，不改其樂。李元禮一見稱之，曰："吾見士多矣，無如林宗者也。"及卒，蔡伯喈爲作碑，曰："吾爲人作銘，未嘗不有慚容，惟爲郭有道

碑頌無愧耳。”初以有道君子徵，泰曰：“吾觀乾象、人事，天之所廢，不可支也。”遂辭以疾。（《文淵閣四庫全書》本）

覺羅石麟等《山西通志》卷二十《山川四》汾州府介休縣：

木瓜山。《地形志》：西河郡介休有木瓜山、鄔城，有郭林宗墓、介休城、太岳山祠。

同上，卷三十五《學校》介休縣：

三賢書院。在郭林宗祠谷高記，後廢。

同上，卷五十八《古迹二》汾州府汾陽縣：

郭林宗宅。東郭天寧寺有遺址，有道先生嘗設教於汾，天寧寺即其地。

同上，介休縣：

郭林宗故宅。北關郭家村，今華嚴寺。按：郭有道，介休人。郭家村，實桑梓地，汾州故宅，其設教處也。

郭有道墓碑。東五里官路南墓前，蔡中郎撰文。

同上，卷六十四《氏族一》郭：

昌樂郭氏，亦出自太原。後漢郭泰，字林宗，世居介休，裔孫居魏州昌樂。

同上，卷八十七《名宦五》太原府：

（漢）宋果字仲乙，扶風人，性輕悍，喜與人報仇，爲郡縣所疾。郭林宗乃訓之義方，舉以禍敗，果感悔，遂改節自飭，後以烈氣聞，辟公府侍御史、并州刺史，所在能化。

同上，卷一百一《人物一》太原府：

（漢）郭泰字林宗，太原介休人。家世貧賤，早孤，母欲使給事縣廷，泰曰：“大丈夫焉能處斗筲之役乎？”遂辭，就成皋屈伯彦學，三年業畢，博通墳籍，善談論，美音制。乃游於洛陽，始見河南尹李膺，膺大奇之，遂相友善，於是名震京師。後歸鄉里，衣冠諸儒送至河上，車數千兩，泰唯與膺同舟而濟，衆賓望之，以爲神仙焉。司徒黄瓊辟，太常趙典舉有道。或勸泰仕進，對曰：“吾夜觀乾象，晝察人事，天之所廢，不可支也。”遂并不應。性明知人，好獎訓士類。身長八尺，容貌魁偉，裒衣博帶，周游郡國，士争歸之，載刺盈車。嘗於陳梁間行，遇雨，巾一角墊，時人乃故折巾一角，以爲林宗巾。其見慕如此。或問汝南范滂曰："郭林宗何如人？"滂曰："隱不違親，貞不絶俗，天子不得臣，諸侯不得友。吾不知其他。"後遭母喪，嘔血發病，歷年乃瘳，有至孝稱。泰雖善人倫，而不爲危言核論，故宦官擅政而不能傷也。及黨事起，知名之士多被其害，唯泰及汝南袁閎得免。遂閉門教授，弟子以千數。建寧元年，太傅陳蕃、大將軍竇武，爲閹人所害，泰哭之於野，慟。既而嘆曰："人之云亡，邦國殄瘁。瞻烏爰止，不知於誰之屋耳！"二年春正月，卒於家，年四十二。自弘農函谷關以西，河内湯陰以北，二千里負笈荷擔彌路，柴車葦裝塞塗，蓋有數萬來赴。同志者乃共刻石立碑，蔡邕爲文，既而謂涿郡盧植曰："吾爲碑銘多矣，皆有慚德，惟郭有道無愧色耳。"

凡泰之所名，人品乃定，先言後驗，衆皆服之。故適陳留則友符偉明，游太學則師仇季智，之陳國則親魏德公，入汝南則交黄叔度。初，泰適袁奉高，不宿而去。從叔度，纍日不去。或問之，泰曰："奉高之器，譬之泛濫，雖清而易挹。叔度之器，汪汪若千頃之陂，澄之不清，淆之不濁，不可量也。"已而果然，泰以是名聞天下。後之好事，或附益增張，故多華詞不經，又類卜相之書，今録其章章效於事者，著之篇末。

巨鹿楊氏人孟敏，字叔達，客居太原。荷甑墮地，不顧而去。林宗見而問其意，對曰："甑已破矣，視之何益？"林宗以此异之，因勸令游學。十年知名，三公俱辟，并不屈去。

陳留人茅容，字季偉，年四十餘，耕於野，時與等輩避雨樹下，衆皆夷踞相對，容獨危坐愈恭，林宗見奇之，遂與言，因請寓宿。旦日，容殺鷄爲饌，林宗謂爲己設，既而以供其母，自以草蔬與客同飯，林宗起拜曰："卿賢乎哉！"因勸令學，卒以成德。

潁川鄢陵人庾乘，字世游，少給事縣廷爲門士，林宗見而拔之，勸游學宫，遂爲諸生傭。後能講論，自以卑第，每處下坐，諸生博士皆就讎問，由是學中以坐下爲貴。徵辟不起，號曰徵君。

晋陽人王柔，字叔優，弟澤字季道，兄弟總角，共候林宗，以訪才行所宜。林宗曰："叔優當以仕進顯，季道當以經術通。然違方改務，亦不能至也。"後果如所言，柔爲護匈奴中郎將，澤爲代郡太守。

扶風人宋果，字仲乙，性輕悍，喜與人報仇，爲郡縣所疾。林宗乃訓之義方，懼以禍敗，果感悔，叩頭謝罪，遂改節自飭，後以烈氣聞。辟公府侍御史、并州刺史，所在能治。

陳留人左原，爲郡學生犯法見斥，林宗嘗遇諸路，爲設酒肴以慰之，謂曰："昔顔涿聚梁甫之巨盗，段干木晋國之大駔，卒爲齊之忠臣，魏之名賢。蘧瑗、顔回尚不能無過，况其餘乎？慎勿恚恨，責躬而已。"原納其言而去。或有譏林宗不絶惡人者，對曰："人而不仁，疾之已甚，亂也。"原後欲報諸生，其日林宗在學，原愧負前言，遂去。後事露，衆人咸謝服焉。

林宗鄉人賈淑，字子厚，雖世有冠冕，而性險害，邑里患之。林宗遭母憂，淑來修吊，既而巨鹿孫威直亦至，威直以林宗賢而受惡人吊，心怪之，不進而去。林宗追謝之曰："賈子厚誠凶德，然洗心向善。仲尼不逆互鄉，故吾許其進也。"淑聞之，改過自厲，終成善士。鄉里有憂患者，淑輒傾身營救，爲州閭所稱。

汝南召陵人謝甄，字子微，與陳留邊讓，并善談論，俱有盛名。每候林宗，未嘗不連日達夜。林宗謂門人曰："二子英才有餘，而并不入道，惜乎！"甄后不拘細行，爲時所毁。讓以輕侮曹操，操殺之。

陳留人史叔賓，少有盛名，林宗見而告人曰："牆高基下，雖得必失。"後果以論議阿枉敗名云。

濟陰人黄允，字子艾，以雋才知名。林宗見而謂曰："卿有絶人之才，足成偉器，然恐守道不篤，將失之矣。"後司徒袁隗欲妻以從女，允聞而黜遣其妻夏後氏，以此廢於時。

林宗嘗識張孝仲芻牧之中，知范特祖郵置之役，召公子、許偉康并出屠沽，司馬子威拔自卒伍，及同郡郭長信、王長文、長文弟允子師、韓文布、李子政、曹子元、定襄周康子、西河王季然、雲中邱靈舉季智、郝禮徵等六十人，并以成名。子師位至司徒，季然北地太守，其餘多典州郡。

同上，卷一百六十五《祠廟二》潞安府介休縣：

郭有道祠。在北關東路北郭家村，有故宅。祠舊在墓前，祠堂、饗堂各三楹。明隆慶三年，縣令劉旁建祠，門一楹，廊屋六楹。二十四年冬，縣令史紀重修，給守者粟月三斗。國朝康熙二十六年，增建捲棚三楹。

同上，卷一百六十九《寺觀二》汾州府汾陽縣：

天寧寺。在東郭西北隅，相傳郭林宗故宅。唐始建寺，名大中，宋名太子院，嘉靖八年修。釋善昭道一，大闡宗風，元至順三年修，明洪武十四年大加修建，更今名，置僧正司。釋了覺寂化寺中。建塔尚存，妙總徒印實，於法興院升坐説偈而逝。內有萬佛樓，參政宋岳重修，郡人王緝書、孔天孕記。

同上，介休縣：

華嚴寺。在北關東北隅郭林宗故宅。元中統二年重建，明洪武十年修，唐空王佛自五臺山還，講經修行於此。

同上，卷一百七十三《陵墓二》汾州府介休縣：

（漢）郭有道墓。謝景初《魏文侯墓碑》曰：“《汾州圖牒》：‘東漢郭林宗之墓，在介休縣東二里，蔡邕作，林宗碑在墓之側。’予於州城東，大中佛寺北廡，得林宗碑，備刻二辭，其一蔡邕之文，其一記林宗後裔纖悉，不刻立碑之年，再推本似隋、唐間，不知何時移置州城也。予今訪求，而林宗墓亡之矣。”

同上，卷一百九十四《碑碣四》後唐《魏文侯墓碑》（宋·謝景初）：

嘉祐戊戌歲，予爲吏汾州。既至，考《圖牒》則曰：“魏文侯都之墓，在孝義縣西五里。東漢郭泰林宗之墓，在介休縣東二里，蔡邕作，林宗碑在墓之側。”他日涉郡守園池，見唐開元二十年孝義令楊仲昌所作《魏文侯碑》在焉。其旁記墓在勝水之陽，與其周旋高大甚備。至大中十年，刺史崔騈自孝義移於此，且盡叙魏之世系始卒於下。而於州城之東大中佛寺北廡，得林宗碑，備刻二辭，其一蔡邕之文，其一記林宗後裔纖息，不刻立碑之年載，推本似隋、唐間，不知何時移置州城也。予遂摹二碑，畀孝義李令復、介休閭邱，令訪求二墓。已而，得魏文侯之藏，而林宗亡之矣。蓋楊氏所建，文侯墓側載述之詳也，惜乎人知愛其碑，恐暴露毀折而徙之，不知其碑徙而墓夷也。今林宗墓既不可得，幸而得文侯之墓，如不表識，久之則亦削平磨滅，如林宗無疑也。於是，使李令改石別刻楊氏之碑，與其所記墓之所在、周環、高大，并崔騈所列者，盡鑱而立之墓側。予是爲記其由，庶幾可考矣。

同上，卷二百十六《藝文三十五》贊《郭林宗贊并引》（明·孫繼魯）：

先生大都高蹈，中郎備矣。乃身栖白屋，心在彤庭，殄瘁有嗟，中郎無述。良以後漢傾頹，磐石摇動，退抑邱壑，進窒經綸，委質未通，聘珍得已，如曾居鼎宰物，攬轡分符，既正君臣，莫逃天地，横流砥柱，豈讓諸人？獨憾丹書約泯，白馬盟寒，英雄昇延，攬之秋黨人丁禁錮之會，芳香蕪穢，氛祲彌漫，東已失明，西何得吉？斯是留神載籍，啓發友生，馳譽當年，流芳後世，豈先生之淵意哉？惟中郎之作碑銘，屬時方重忌諱，詞雖麗則，意遂沈淪，俾先生大隱弗明，致後進長思靡定。假以全身爲是，則龍逢、比干失在夏、殷；若謂濟世爲非，則長沮、桀溺賢於孔、孟。先生有道，夫豈懵然？固知見幾，正憂國也。爰述贊曰：

嗟哉先生，逢時讒慝。鳳伏梟翔，飈回霧塞。煉石無補，杞國徒憂。辟舉托疾，肥遁靈修。岩穴栖栖，經生比比。明哲葆光，矯强不已。敷求漢庭，董子其人。或出或處，易地同神。

同上，卷二百二十一《詩一》五言古詩《題林宗》（明·蘇舜澤）：

高張琴絶弦，暗投珠委路。嗟哉東都士，禍樞踵危步。穆穆郭林宗，深心托幽素。含章貞自抱，誠微幾早悟。仙舟聊可并，墮甑豈堪顧？懿彼烝民章，明哲伊誰賦。

同上，《過有道祠見公他書中郎舊誄嘆美不已因紀以詩》（清・吴雯）：

繫馬古槐下，槐花石堂偏。誰書有道碑，古法蛟龍纏。其文中郎舊，書亦堪比肩。嗟哉濁堂老，縱横照秋烟。鴻都迹久蕪，幃幕留殘鎸。夏承誰呵護，靈光猶巋然。巍巍九疑頌，托迹於神仙。此碑妙接武，絶響續千年。梁鵠鄙不爲，頡籀或後先。我來重嘆息，典型欣目前。坐卧欲三日，苦被塵累牽。上馬再回首，孤鵬方高騫。

同上，卷二百二十二《詩二》七古上《郭林宗祠下觀傅青主鄭谷口重書蔡中郎二碑歌用少陵李潮八分小篆歌韵》（清・周在浚）：

軒頡文字不可見，金石之刻飄殘雲。劫灰之後若瑰寶，西漢以來珍八分。歐趙當時已嘆息，後之寶者誰爲真。太原傅山筆力健，以意摹寫多豐神。我友鄭八號稽古，秦碑漢碣身相親。當時客都下硯山，曾卜鄰石經遺字。數晨夕寢斯食斯，如對當時人重爲。臨摹儼然相祠中，兩兩同西向波撇。矯健俗書遠興來，老腕休屈强中郎。之文無慚容谷口，之字多雄壯千載。萬載難磨宕傅鄭，今時李郭行，我來坐其下，摩娑還作歌。碑乎！碑乎！從此流傳歲月不可紀，風風雨雨奈此貞珸何！

同上，《介休道中大雪用歐公字體并次其韵》（周在浚）：

綿山崒嵂開蓮萼，爾來怪底雲氣薄。曉來鞴馬欲出户，颯颯風聲忽大作。蒼崖不復辨狐岐，林宗祠前莽寥廓。手縮難綰紫游韁，目眩但覺光閃爍。沿村沽酒苦酸澀，敵門乞火嗟冷落。胡爲歲歲勞行役，老我不如邱中貉。聞道此邦春夏旱，弃兒抛婦隨人攫。道傍尚自多流亡，慘傷半似依人雀。馬凍不前惟長嘶，僕餓急走遺芒屩。忽逢年少披貂裘，豪興但誇逐兔樂。執手不暇問姓名，金盌行酒恣傾瀹。擊鮮聊復慰老饕，勖喜乾坤歸淡漠。一時頓忘行路難，掌熱儘堪握冰搠。摇鞭我亦急馳去，回首相看各狂噱。

同上，卷二百二十四《詩四》七律下《題郭有道墓》（明・薛瑄）：

幾經滄海變桑田，高冢長留古道邊。瑞鳳有時鳴曉日，冥鴻終古没秋烟。關河迢遞膺舟隔，江漢空茫雅信傳。千載有碑應不愧，路人猶自識高賢。

同上，卷二百二十六《詩六》七絶《郭有道墓》（清・王士禎）：

大槐坂上逐車塵，争效先生折角巾。至竟清流解亡國，望門投止是何人。

同上，卷二百二十八《雜志一》：

郭泰十四，母使給事縣庭，泰曰："大丈夫安能斗筲之役乎？"乃游京師。（《世説》。）

郭林宗來游京師，當還鄉里，送車千許乘，李膺亦在焉。衆人皆詣大槐客舍而別，獨膺與林宗共載，乘薄笨車，上大槐坂，觀者數百人，引領望之，眇若松喬之在霄漢。（《商芸小説》。）（《文淵閣四庫全書》本）

乾隆敕撰《大清一統志》卷一百五汾州府《古迹》：

郭泰宅，在介休縣北郭家村，即今華嚴寺基。

同上，卷一百六汾州府二《陵墓》：

郭泰墓，在介休縣東五里。《後漢書》本傳：泰卒，刻石立碑，蔡邕爲文，曰："吾爲碑銘多矣，惟郭有道無愧色耳。"《水經注》：介休城東，有徵士《郭林宗碑》，碑文云陳留蔡伯喈、范陽盧子幹、扶風馬日磾等，遠來奔喪。朋友服心喪期年者，如韓子助、宋子浚等二十四人，其餘門人著裼衰者千數。《元和志》：郭林宗墓，在介休縣東三里。周武帝時除天下碑，惟林宗碑特詔留。《縣志》：冢高二丈許，周圍繚以垣牆，有祠堂、享堂各三間。明嘉靖中，又植樹。隆慶三年，增砌甬道，置田十四畝。本朝康熙十八年，增建捲棚、茶亭、臺階、大門。碑久堙没，明萬曆二十一年，郭青螺補書；康熙十二年，太原徵士傅山補書；十三年，江寧鄭簠補書。

同上，《人物》：

（漢）郭泰字林宗，太原介休人，早孤。就成皋屈伯彦學，三年博通墳籍，善談論。游洛陽，見河南尹李膺，膺大奇之，遂相友善，於是名震京師。司徒黄瓊辟，太常趙典舉有道，并不應。汝南范滂稱其"隱不違親，貞不絶俗，天子不得臣，諸侯不得友"。後遭母憂，有至孝稱。獎拔士人，皆如所鑒。平生不爲危言核論，故黨事起，卒不與其難。卒時，年四十二，四方來會葬者千餘人。

同上，卷一百五十三開封府五《流寓》：

（漢）郭泰，介休人。初就成皋屈伯彦學，三年業畢。（《文淵閣四庫全書》本）

顧櫰三《補後漢藝文志》卷七別傳類：

《郭林宗別傳》。

不著撰人姓名。林宗家貧，初欲游學，無資。就姊夫貸五千錢，乃遠至成皋，從師受業。并日而食，衣不蔽形，常以蓋幅自障，入則護前，出則掩後。（《太平御覽·貧》引。）林宗游洛陽，始見河南尹李膺，膺大奇之，遂相友善，於是名震京師。後歸鄉曲，諸儒送至河上，車數千兩。林宗惟與李膺同舟而濟，衆賓望之，以爲神仙焉。（《藝文類聚·舟》引。）林宗嘗行陳、梁間，遇雨，故其巾一角沾而折，二國學士著巾，莫不折其角，其見儀則如此。（《北堂書鈔·巾》引。）林宗儀貌魁岸，身長八尺，聲音如鐘，當時以爲準的。（《太平御覽·聲》引。）泰名顯，士争歸之，載刺常盈車。（《太平》《書鈔·刺》引。）林宗家有書五千餘卷。（《北堂書鈔·藏書》引。案此下當有所言，皆天文圖讖之事，《書鈔》未之引耳。）同郡宋子浚深服其名，以爲漢元以來，未見其匹，嘗勸之仕。（《北堂書鈔·仕》引。）林宗嘗止陳國文學，見童子魏德公求近其房，供給灑掃。林宗嘗不佳，夜中命作粥，一啜，怒而呼之曰："高明爲長者作粥，使沙不可食！"以杯擲地。德公更爲進之，三呵，德公姿無變容。（《太平御覽·粥》引。）林宗每行宿逆旅，輒躬灑掃，及明去，人至見之，曰："此必郭有道昨宿處也。"（《太平御覽·行旅》引。）林宗入潁川則友李元禮，至陳留則結符偉明，之外黄則親韓子助，過蒲亭則師仇季智，止學舍則收魏德公，觀耕者則拔茅季偉，皆爲名士。至汝南見袁奉高，不宿而去。從黄憲，三日乃去。薛勤問之曰："足下見袁奉高，不宿而去，從黄叔度乃彌日，何也？"太曰："奉高之流，雖清而易挹。叔度汪汪若千畝之波，澄之不清，摇之不濁，難測量也。"（《太平御覽·鑒識》引。《黄憲傳》注引作："時林宗過薛恭祖，恭祖問曰：'聞足下見袁奉高，車不停軌，鑾不輟軛，從叔度乃彌信宿也？'"）郭太題品海内之士，或在幼童，或在里肆，後皆成英彦，六十餘人。自著書一卷，論取士之本末，行遭亂亡失。（《廣博物志》引。）茅容字季偉，陳留人。（案陶弘景《靈位業圖》：茅容作茅固，字季偉。當以《後漢書》爲正。）年四十餘，耕於野，時與弟輩避雨樹下，衆皆夷踞相對，獨容危坐愈恭。林宗見而奇之，與言，因請寓宿。旦日，殺鷄爲饌，林宗謂爲己設。既而以供其母，自以菜蔬供客同飯。林宗起拜之曰："卿賢乎哉！"因勸令學，卒以成德。（《藝文類聚·人部》引。《御覽》引同。）巨鹿孟敏，居太原，墜甑不顧，林宗見而問之，對曰："甑已破矣，視之何益？"林宗以其介决，因以知其德性必爲美士，勸使學，果爲美士。（《太平御覽·甑》引。）衛兹弱冠，與同郡圈文生俱稱盛德。郭林宗與二人俱至市，子許買物隨價讎直，文生訾呵減價乃取。林宗曰："子許少欲，文生多情。非徒兄弟，乃父子也。"文生以穢貨見捐，兹以烈節垂名。（《天中記》引。）林宗與徐孺子游學，同稚還家。林宗庭有一樹，欲伐去之，稚乃問其故，林宗曰："爲宅之法，方正如口，口中有木，'困'字，不祥也，是以去之。"稚難林宗曰："爲宅之法，方正如口，口中有人，'囚'字，豈可居之？"林宗默然無對。（《廣博物志》引。）賈淑字子厚，林亭鄉人。雖世有冠冕，而性險害，邑里患之。林宗遭母喪，淑來吊之。而巨鹿孫咸直亦至，咸直以林宗受惡人吊，心怪之，不進而去。林宗遽追而謝曰："賈子厚誠凶德，然洗心同善。仲尼不逆互鄉，故許其進。"淑聞之，改過自厲，終成善士。又林宗有母喪，徐穉往吊，置生芻一束於廬前而去，林宗曰："此必南州徐孺子也。詩不云乎，'生芻一束，其人如玉'。吾無德以堪之。"（《太平御覽·吊》引。）太以有道君子徵，同邑宋子浚使仕，太遂辭以疾，闔門教授。（《太平御覽·疾》引。）宿仲玉爲部從事，嘗柴車駕牛，編荆爲當。（《太平御覽·車》引。）林宗秀立高峙，澹然淵停。蔡伯喈告盧子幹、馬日磾曰："吾爲天下作碑銘多矣，未嘗不有慚，唯爲郭有道碑頌無愧色耳。"（案《文選》注有郭林宗與盛仲明書。）

同上，卷十師承上讖緯類：

有道徵士太原郭泰林宗。

家藏書二千卷，皆言天文圖讖之事。蔡邕《郭有道碑》："考覽六經，探綜圖緯，周流華夏，隨集聖學，收文武之將墜，極微言之未絶。"（《金陵叢書》本）

范欽藏，范懋敏撰《天一閣碑目》續增漢：

《郭有道碑》。（建寧二年正月乙亥。）

又。（康熙三十一年介休令王直重摹。）（《續修四庫全書》本）

姚振宗《後漢藝文志》卷二史雜傳記類别傳：

《郭泰别傳》。

張宗源《隋志考證》曰：《郭泰别傳》見《三國志》注，亦見《太平御覽》《後漢書》注。

侯《志》曰：《魏志·衛臻傳》注引《郭林宗傳》，乃《别傳》也，其事《本傳》不載。《王昶傳》注亦引一條，則本傳載之。餘見本傳注、《黄憲傳》注、《世説》注、《類聚》、《御覽》，引者甚多，間亦足補本傳之缺。然皆范蔚宗所謂"後之好事附益增張"者也。

案：泰，字林宗，太原介休人。建寧二年卒於家，時年四十二。四方之士千餘人，皆來會葬。同志者乃共刻石立碑，蔡邕爲其文，既而謂涿郡盧植曰："吾爲碑銘多矣，皆有慚德，唯郭有道無愧色耳。"范書與符融、許劭同卷，泰作太。章懷太子曰："范曄父名泰，故改爲此太。"又按《御覽·經史圖書綱目》載《郭泰别傳》《郭林宗别傳》，書中又引《郭子别傳》，似相傳不止二本。

同上，卷三子部小説家：

郭林宗《著書》一卷。（郭泰，見史部雜傳記類。）

范書本傳：林宗就成皋屈伯彦學，三年業畢，博通墳籍，善談論，美音制，乃游於洛陽。始見河南李膺，膺大奇之，遂相友善，於是名震京師。後歸鄉里，司徒黄瓊辟，太常趙典舉有道。或勸林宗仕進者，對曰："吾夜觀乾象，晝察人事，天之所廢，不可支也。"并遂不應。性明知人，好奬訓士類。又，林宗雖善人倫，而不爲危言核論，故宦官擅政而不能傷也。其奬拔士人，皆如所鑒，以是名聞天下。後之好事者，或附益增張，故多華辭不經，又類卜相之書。今録其章章效於事者，著之篇末。

《世説·政事篇》注：《郭泰别傳》曰："泰字林宗，有人倫鑒識，題品海内之士，或在幼童，或在里肆，後皆成英彦，六十餘人。自著書一卷，論取士之本，未行，遭亂亡失。"

按：本傳節録凡十則，末云"又識張孝仲、郝禮真等六十人，并以成名"，與《别傳》所言合，蓋自記其鑒識者六十餘人也。南海吴崇曜《校刊侯氏志跋》云："《高齋漫録》稱郭林宗撰《玉管神通》，有云'貴賤視其眉宇，安否察其皮毛，苦樂觀其手足，貧富觀其頤頰'。此贋書，范蔚宗所謂後之好事附益增張者也。"（《適園叢書》本）

曾樸《補後漢書藝文志并考》卷六《記傳志内篇》第二：

《郭泰别傳》。（卷數佚。）

案《世説·德行篇》注引"薛恭祖問黄叔度"，《類聚》二十二引"泰游汝南，過袁閬"，《後漢書·黄憲傳》、本傳注引二條，（事與《世説》《類聚》同。）《書鈔》九十七引"泰早孤，就屈伯彦"，《御覽》二百四十一引"王叔優問才之所宜"，五百四十二引"鄉人見泰，皆床下拜"，五百六十一引"賈淑吊郭林宗"，俱稱《郭泰别傳》。《御覽》三百八十八引："林宗秀立高峙，澹然淵停。蔡伯喈告盧子幹、馬日磾曰：'吾爲天下作碑銘多矣，未嘗不有慚色，唯郭先生碑頌無愧色耳。'"稱《郭子别傳》。餘書俱稱《郭林宗别傳》，范書謂後之好事附益增張，故多華詞不經。可見當時爲泰立傳，不止一家。今《御覽》四百三十四所引《林宗别傳》，與《後漢書·黄憲傳》所引《郭泰别傳》，事同而辭异，疑《郭泰别傳》《林宗别傳》係二人作，非引書者隨意標題也。（《二十五史藝文經籍志考補萃編》本，清華大學出版社，2011年）

案：姚振宗《後漢藝文志》子部小説家著録《著書》一卷，題郭林宗撰。郭泰（128—169年），字林宗，號有道，漢太原介休（今山西介休市）

人。少孤貧，然不屑爲斗筲之役。年二十，貸錢五千，遠至成皋屈伯彦處就學。三年業畢，博通墳籍，善談論，美音制，乃游於洛陽。始見河南李膺，膺大奇之，遂相友善，於是名震京師。後歸鄉里，司徒黄瓊徵辟，太常趙典舉薦，或勸林宗仕進者，對曰："吾夜觀乾象，晝察人事，天之所廢，不可支也。"并遂不應，世因稱爲有道先生。性明知人，好奬訓士類。一經品題，聲價乃定，後亦皆如所鑒，以是名聞天下，人稱人倫東國。林宗雖善人倫，能以德行引人，被士子譽爲"八顧"之首，稱曰"天下和雍郭林宗"，然不爲危言核論，故宦官擅政而不能傷也。建寧二年己酉（169年）春卒於家，享年四十二歲。郭泰逝後，四方會葬者千餘人，同志者爲刻石立碑，蔡邕親爲文，并告盧子幹、馬日磾曰："吾爲碑銘多矣，皆有慚德，惟郭有道無愧色耳！"生平事迹見《後漢書》本傳。本傳名作"郭太"，乃范曄私諱父名，改"泰"作"太"，不可從。其卒年他書皆同，唯洪適《隸釋》卷二十引《水經注·郭林宗碑》云其"享年四十有三，建寧四年正月丁亥卒"。此孤證不立，或洪氏所見本誤，或所記有誤，當以《後漢書》本傳所記爲是。

此書未見前人著録。《世説新語·政事》注引《泰别傳》曰："泰字林宗，有人倫鑒識，題品海内之士，或在幼童，或在里肆，後皆成英彦，六十餘人。自著書一卷，論取士之本，未行，遭亂亡失。"蓋其自著書者，乃論述取士之本，書名爲何，不得而知，姚氏徑以《著書》爲書名，并不妥當。然郭氏既有著書，又不知書名，聊以《著書》爲其書名，不過抓山抵水之義，亦無可指責矣。《後漢書》本傳曰："其奬拔士人，皆如所鑒。後之好事，或附益增張，故多華辭不經，又類卜相之書。"則所傳之書，有類卜相之書，又似後人附益者。又《玉管照神局》卷中引林宗觀人"九德"，《太清神鑒》卷四引林宗觀人"八法"，《月波洞中記》又引林宗觀人"四學堂"，南海吴崇曜《校刊侯氏志跋》云："此贋書，范蔚宗所謂後之好事附益增張者也。"大概離事實不遠。

月旦評（汝南月旦評）

葛洪撰，楊明照校箋《抱朴子外篇校箋》卷之五十《自叙》：

漢末俗弊，朋黨分部。許子將之徒，以口舌取戒，争訟論議，門宗成讎，故汝南人士無復定價，而有月旦之評。魏武帝深亦疾之，欲取其首，爾乃奔波亡走，殆至屠滅。前鑒不遠，可以得師矣。（中華書局，1991年）

袁宏撰，周天游校注《後漢紀校注·後漢孝獻皇帝紀》卷第二十七：

（初平四年）是歲，袁術使孫策略地江東，軍及曲阿。揚州刺史劉繇敗績，將奔會稽，許邵曰："會稽富〔實〕，策之所貪，且窮在海（陽）〔隅〕，不可往也。不如豫章，西接荆州，北連豫（章）〔壤〕。若收合吏民，遣貢獻焉。與曹兖州相聞，雖有袁公路隔在其間，其人豺狼，不能久也。足下受王命，孟德、景升必相救濟。"繇從之。

邵字子將，汝南平輿人也。少讀書，雅好三史，善與人論臧否之談，所題目，皆如其言，世稱"郭（詩）、〔許〕之鑒"焉。廣陵徐球爲汝南太守，請邵爲功曹。球亦名士，解褐事之。同郡陳仲舉，名重當時，鄉里後進，莫不造謁，邵獨不詣。蕃謂人曰："長幼之序，不可廢也。許君欲廢之乎？"邵曰："陳侯崖岸高峻，百谷不得而往，遂不造焉。"嘗至潁川，不詣陳仲弓。或問其故，邵曰："此君之道廣，廣則不周，故不行也。"同郡袁（季）〔本〕初，公族豪俠，賓客輻輳。去濮陽令歸，從車甚盛。將入郡界，嘆曰："吾輿服豈可令許子將見之乎？"謝遣賓客，以單車歸家。邵之見憚，皆此類也。

司空楊彪辟，不就；舉方正，公車徵，不行。或勸邵，邵曰："方今小人道長，王室將亂，吾欲避地淮海，以全老幼。"及天下亂，邵至廣陵，徐州刺史陶謙禮之甚厚。邵曰："陶恭祖外好聲名，内非其真。今徐州穀貴，小人在側，方厭賓客，待吾雖厚，其勢必薄。"乃渡江投劉繇。其後謙捕諸寓士，陳留史堅元、陳郡相仲華逃竄江湖，皆名士也。邵與劉繇俱行，終於豫章焉。（天津古籍出版社，1987年）

陳壽撰，裴松之注《三國志》卷十四《劉曄》：

劉曄字子揚，淮南成德人，漢光武子阜陵王延後也。父普，母修，産涣及曄。

渙九歲，曄七歲，而母病困。臨終，戒渙、曄以普之侍人，有諂害之性。“身死之後，懼必亂家。汝長大能除之，則吾無恨矣。”曄年十三，謂兄渙曰：“亡母之言，可以行矣。”渙曰：“那可爾！”曄即入室殺侍者，徑出拜墓。舍内大驚，白普。普怒，遣人追曄。曄還拜謝曰：“亡母顧命之言，敢受不請擅行之罰。”普心异之，遂不責也。汝南許劭名知人，避地揚州，稱曄有佐世之才。

同上，卷二十三《和洽》：

洽同郡許混者，許劭子也。清醇有鑒識，明帝時爲尚書。（劭字子將。《汝南先賢傳》曰：召陵謝子微，高才遠識，見劭年十八時，乃嘆息曰：“此則希世出衆之偉人也。”劭始發明樊子昭於鬻幘之肆，出虞永賢於牧豎，召李叔才鄉閭之間，擢郭子瑜鞍馬之吏，援楊孝祖，舉和陽士，兹六賢者，皆當世之令懿也。其餘中流之士，或舉之於淹滯，或顯之乎童齒，莫不賴劭顧嘆之榮。凡所拔育，顯成令德者，不可殫記。其探擿僞行，抑損虚名，則周之單襄，無以尚也。劭宗人許栩，沉没榮利，致位司徒。舉宗莫不匐匍栩門，承風而驅，官以賄成，惟劭不過其門。廣陵徐孟玉來臨汝南，聞劭高名，請爲功曹。饕餮放流，潔士盈朝。袁紹公族好名，爲濮陽長，弃官來還，有副車從騎，將入郡界，紹乃嘆曰：“吾之輿服，豈可使許子將見之乎？”遂單車而歸。辟公府掾，拜鄢陵令，方正徵，皆不就。避亂江南，所歷之國，必翔而後集。終於豫章，時年四十六。有子曰混，顯名魏世。）

同上，卷三十八《許靖》：

許靖字文休，汝南平輿人。少與從弟劭俱知名，并有人倫臧否之稱，而私情不協。劭爲郡功曹，排擯靖不得齒叙，以馬磨自給。

評曰：許靖夙有名譽，既以篤厚爲稱，又以人物爲意，雖行事舉動未悉允當，蔣濟以爲“大較廊廟器”也。（《萬機論》論許子將曰：許文休者，大較廊廟器也，而子將貶之。若實不貴之，是不明也；誠令知之，蓋善人也。）

同上，卷五十七《陸瑁》：

時尚書暨艷盛明臧否，差斷三署，頗揚人暗昧之失，以顯其謫。瑁與書曰：“夫聖人嘉善矜愚，忘過記功，以成美化。加今王業始建，將一大統，此乃漢高弃瑕録用之時也，若令善惡异流，貴汝穎月旦之評，誠可以厲俗明教，然恐未易行也。宜遠模仲尼之泛愛，中則郭泰之弘濟，近有益於大道也。”艷不能行，卒以致敗。

同上，卷六十四《諸葛恪》：

……與丞相陸遜書曰：“……自漢末以來，中國士大夫如許子將輩，所以更相謗訕，或至於禍，原其本起，非爲大讎，惟坐克己不能盡如禮，而責人專以正義。夫己不如禮，則人不服。責人以正義，則人不堪。内不服其行，外不堪其責，則不得不相怨。相怨一生，則小人得容其間。得容其間，則三至之言，浸潤之譖，紛錯交至，雖使至明至親者處之，猶難以自定，况已爲隙，且未能明者乎？……”恪知遜以此嫌己，故遂廣其理而贊其旨也。（中華書局，2006年）

范曄撰，李賢注《後漢書》卷六十八《許劭》：

許劭字子將，汝南平輿人也。少峻名節，好人倫，多所賞識。若樊子昭、和陽士者，并顯名於世。故天下言拔士者，咸稱許、郭。

初爲郡功曹，太守徐璆甚敬之。府中聞子將爲吏，莫不改操飾行。同郡袁紹，公族豪俠，去濮陽令歸，車徒甚盛，將入郡界，乃謝遣賓客曰：“吾輿服豈可使許子將見。”遂以單車歸家。

劭嘗到潁川，多長者之游，唯不候陳寔。又陳蕃喪妻還葬，鄉人〔必〕（畢）至，而劭獨不往。或問其故，劭曰：“太丘道廣，廣則難周；仲舉性峻，峻則少通。故不造也。”其多所裁量若此。

曹操微時，常卑辭厚禮，求爲己目。劭鄙其人而不肯對，操乃伺隙脅劭，劭不得已，曰：“君清平之奸賊，亂世之英雄。”操大悦而去。

劭從祖敬，敬子訓，訓子相，并爲三公。相以能諂事宦官，故自致台司封侯，數遣請劭。劭惡其薄行，終不候之。

劭邑人李逵，壯直有高氣，劭初善之，而後爲隙，又與從兄靖不睦，（《蜀志》曰：許靖字文休，少與從弟劭俱知名，并有人倫臧否之稱，而私情不協。劭爲郡功曹，排擯靖不得齒叙，以馬磨自給。）時議以此少之。初，劭與靖俱有高名，好共核論鄉黨人物，每月輒更其品題，故汝南俗有“月旦評”焉。

司空楊彪辟，舉方正、敦樸徵，皆不就。或勸劭仕，對曰：“方今小人道長，王室將亂，吾欲避地淮海，以全老幼。”乃南到廣陵。徐州刺史陶謙禮之甚厚，劭不自安，告其徒曰：“陶恭祖外慕聲名，内非真正。待吾雖厚，其勢必薄。不如去之。”遂復投揚州刺史劉繇於曲阿。其後陶謙果捕諸寓士。及孫策平吴，劭與繇南奔豫章而卒，時年四十六。

兄虔亦知名，汝南人稱平輿淵有二龍焉。［平輿故城（在）今豫州汝陽縣東北，有二龍鄉、月旦里。］（中華書局，1965年）

劉義慶撰，劉孝標注，余嘉錫箋疏《世説新語箋疏》卷中之下《賞譽》：

謝子微見許子將兄弟，曰：“平輿之淵，有二龍焉。”見許子政弱冠之時，嘆曰：“若許子政者，有幹國之器。正色忠謇，則陳仲舉之匹；｛《汝南先賢傳》

曰："謝甄字子微，汝南邵陵人。明識人倫，雖郭林宗不及甄之鑒也。見許子將兄弟弱冠時，則曰：'平輿之淵有二龍。'仕爲豫章從事。許虔，字子政，平輿人。體尚高潔，雅正寬亮。謝子微見虔兄弟，嘆曰：'若許子政者，幹國之器也。'虔弟劭，聲未發時，時人以謂不如虔。虔恒撫髀稱劭，自以爲不及也。釋褐爲郡功曹，黜奸廢惡，一郡肅然。年三十五卒。"《海内先賢傳》曰："許劭字子將，［《續談助》卷四載《殷芸小説》引《許劭列傳》曰："汝南中正周裴表稱：許劭高節遺風，與郭林宗、李元禮、盧子幹、陳仲弓齊名。劭特有知人之鑒。自漢中葉以來，其狀人取士，援引扶持，進導招致，則有郭林宗。若其看形色，目童齔，斷冤滯，摘虚名，誠未有如劭之懿也。嘗以簡别清濁爲務。有一士失所，便謂投之潢污。雖負薪抱關之類，吐一善言，未曾不有尋究欣然。兄子政常抵掌擊節，自以爲不及遠矣。劭幼時，謝子微便云：'此賢當持汝南管籥。'樊子昭幘賈（原作責）之子，年十五六，爲縣小吏。劭一見便云：'汝南第三士也，此可保之。'後果有令名。"按《隋志》：《汝南先賢傳》五卷，魏周裴撰。蓋裴既撰傳以稱頌郡中人士，又表揚劭之功德於朝也。《太平寰宇記》一百六曰："洪州南昌縣，許子將墓在州南三里，縣南六里。"按雷次宗《豫章記》云："劭就劉繇於曲阿。繇敗，隨繇奔豫章，中途疾卒，因焚尸柩。天紀中，太守吴興沈法秀招魂葬劭於此。"杭世駿《道古堂文集》二十一論許劭曰："太史慈暫渡江，到曲阿見劉繇，會孫策至。或勸繇可以慈爲大將軍，繇曰：'我若用子義，許子將不當笑我耶？'（按見《吴志·太史慈傳》）繇固碌碌不足責，劭之鑒裁，此可略見。蔣濟著《萬機論》云：'許子將褒貶不平，以拔樊子昭而抑許文休。'（按見《蜀志·龐統傳注》及本書《品藻篇》注引）諸葛誕《與陸遜書》又以爲'自漢末以來，中國士大夫如許子將輩，所以更相謗訕，或至於禍。原其本起，非爲大仇。惟坐克己不能盡如禮，而責人專以正義'。（按諸葛誕乃諸葛恪之誤，見《吴志·恪傳》。）由二言觀之，則劭所謂月旦評者，特出於汝南一時之俗，傭耳僦目，借劭以自重。未數十年，而四方之士已有起而議之者。吴以知劭之無真賞也。"嘉錫案：袁宏《後漢紀》二十七云："孫策略地江東，軍及曲阿，劉繇敗績，將奔會稽，許劭曰：'不如豫章。'又云：'天下亂，劭渡江投劉繇。與繇俱行，終於豫章焉。'"然太史慈到曲阿之日，正子將依劉繇之時。繇之不以慈爲將，必子將嘗譏貶慈也。杭氏之論當矣。《蜀志·許靖傳》曰："少與從弟劭俱知名，并有人倫臧否之稱，而私情不協。劭爲郡功曹，排擯靖，不得齒叙，以馬磨自給。"《御覽》四百九十六引《典論》曰："汝南許劭與族兄靖俱避地江東，保吴郡。争論於太守許貢座，至於手足相及。"（杭氏論中亦略及此二事）可以知劭所以抑文休之故矣。兄弟之間尚如此，其於他人之褒貶，豈能盡得其平乎？《抱朴子·自叙篇》曰："漢末俗弊，朋黨分部。許子將之徒，以口舌取戒，争訟論議，門宗成讎，故汝南人士無復定價，而有月旦之評。魏武帝亦深疾之，欲取其首。爾乃奔波亡走，殆至屠滅。”就諸葛恪、葛洪之言觀之，則許劭所謂汝南月旦評者，不免臧否任意，以快其恩怨之私，正漢末之弊俗。雖或頗能獎拔人材，不過藉以植黨樹勢，不足道也。］虔弟也。……｝伐惡退不肖，范孟博之風。”（中華書局，2011年）

歐陽詢《藝文類聚》卷第二十二人部六《品藻》：

范曄《後漢書》曰：許劭嘗到潁川，多長者之游，唯不詣陳寔。又陳蕃喪妻還葬，鄉人畢至，而劭獨不往。或問其故，劭曰：“太丘道廣，廣則難周；仲舉性峻，峻則少通。故不造也。”其多所裁量若此。曹操微時，嘗卑辭厚禮，求爲己助，劭鄙其人，而不肯對。操乃伺隙脅劭，劭不得已曰：“君清平之奸賊，亂世之英雄。”操大悦而去。初，劭與從兄靖，俱有高名，好共核論鄉黨人物，每月輒更其品題，故汝南俗有月旦評焉。

同上，卷第三十七人部二十一《隱逸下》：

（碑）梁裴子野劉虯碑曰：……昔許子將謂：“太丘道廣，廣則不周；仲舉性峻，峻則少納。”峻而納，廣而周，君於二陳，折其中矣。（上海古籍出版社，1999年）

虞世南《北堂書鈔》卷七十七設官部二十九《功曹》：

許劭進賢才。（《汝南先賢傳》云。）（《文淵閣四庫全書》本）

李百藥《北齊書》卷四十二《盧懷仁》：

懷仁有行檢，善與人交，與琅邪王衍、隴西李壽之，情好相得。曾語衍云：“昔太丘道廣，許劭知而不顧；嵇生性惰，鍾會過而絶言。吾處季孟之間，去其泰甚。”衍以爲然。（中華書局，1972年）

房玄齡等《晋書》卷四十三《山簡》：

簡欲令朝臣各舉所知，以廣得才之路。上疏曰：“臣以爲自古興替，實在官人；苟得其才，則無物不理。《書》言：‘知人則哲，惟帝難之。’唐虞之盛，元愷登庸；周室之隆，濟濟多士。秦漢以來，風雅漸喪。至於後漢，女君臨朝，尊官大位，出於阿保，斯亂之始也。是以郭泰、許劭之倫，明清議於草野；陳蕃、李固之徒，守忠節於朝廷。然後君臣名節，古今遺典，可得而言。……”

同上，卷六十二《祖納》：

納嘗問梅陶曰：“君鄉里立月旦評，何如？”陶曰：“善褒惡貶，則佳法也。”納曰：“未益。”時王隱在坐，因曰：“《尚書》稱‘三載考績，三考黜陟幽明’，何得一月便行褒貶！”陶曰：“此官法也。月旦，私法也。”隱曰：“《易》稱‘積善之家，必有餘慶；積不善之家，必有餘殃’，稱家者豈不是官？必須積久，善惡乃著，公私何异！古人有言，貞良而亡，先人之殃；酷烈而存，先人之勛。纍世乃著，豈但一月！若必月旦，則顔回食埃，不免貪污；盗跖引少，則爲清廉。朝種暮穫，善惡未定矣。”（中華書局，2000年）

李延壽《南史》卷二十四《王綸之》：

齊永明中，歷位侍中，出爲豫章太守。下車祭徐孺子、許子將墓，圖畫陳蕃、華歆、謝鯤像於郡朝堂。（中華書局，1975年）

羅隱《羅昭諫集》卷六《投秘監韋尚書啓》：

某聞樊子昭之處屠沽，發輝光於許劭；郭林宗之游鞏洛，振聲價於符融。其後物態乖訛，風流委敗，下有自媒之誚，上無相汲之由。某由是反袂興懷，捫心注恨，又安得不屬耳於輿人之論，傾懷於長者之談！（《文淵閣四庫全書》本）

林寶《元和姓纂》卷六八《許》：

汝南平輿縣，後漢功曹許邵居。邵陵縣，漢太尉祭酒許慎。今并無聞。（中華書局，2008年）

李瀚撰，徐子光注《蒙求集注》卷上《許劭月旦》：

後漢許劭，字子將，汝南平輿人。少峻名節，好人倫，多所賞識。時郭泰亦知人，故天下言拔士者，稱許、郭。曹操微時，常卑辭厚禮，求爲己目，邵鄙其人，曰：“君清平之奸賊，亂世之英雄。”操大悦而去。初，劭與從兄靖，俱有高名，好共核論鄉黨人物，每月輒更其品題，故汝南俗有月旦評焉。舉方正、敦樸，不就。兄虔，亦知名。汝南稱平輿淵有二龍焉。（《叢書集成初編》本）

李昉等《太平御覽》卷一百五十九州島郡部五河南道中《蔡州》：

《後漢書》曰：許劭字子將，汝南平輿人也。兄虔亦知名，汝南人稱平輿淵有二龍焉。（平輿故城，今蔡州汝陽縣東北有二龍鄉、月旦里。）

同上，卷二百六十四職官部六十二《功曹參軍》：

（謝承《後漢書》）又曰：許劭仕郡爲功曹，抗忠舉義，進善黜惡，止機執衡，允齊風俗，所稱如龍之升，所貶如墮於淵，清論風行，所吹草偃，爲衆所服。

同上，卷三百六十七人事部八《頬》：

蔣齊《萬機語》曰："許子將褒貶不平，以拔樊子昭，而抑許文休。"劉曄曰："子昭發自賈豎，年至耳順，退能守静，進能不苟。"濟答曰："子昭誠自長幼完潔，然觀其揺牙樹頬，自非文休敵也。"

同上，卷三百八十人事部二十一《美丈夫下》：

皇甫謐《逸士傳》曰：或問許子將："荀靖與荀爽孰賢？"子將曰："二人皆玉也。慈明外朗，叔慈内潤。"

同上，卷四百四十二人事部八十三《知人上》：

謝承《後漢書》曰：許邵字子將，汝南平輿人。清論風行，高唱草偃，多所賞識，拔樊子昭於未聞，天下咸稱許、郭。

同上，卷四百四十四人事部八十五《知人下》：

（《汝南先賢傳》）又曰：謝甄禀氣聰爽，明識達理，見許子將兄弟弱冠之歲，曰："平輿之淵，有二龍出焉。"察其盼睐則賞其心，睹其顧步則知其道。

同上，卷四百四十五人事部八十六《品藻上》：

范曄《後漢書》曰：許劭嘗到潁川，多長者之游，唯不詣陳蕃。蕃喪妻還葬，鄉人畢至，而劭獨不往。或問其故，劭曰："太丘道廣，廣則難周；仲舉性峻，峻則少通。故不造。"其多所裁量若此。曹操微時，常卑辭厚禮，求爲己助，劭鄙其爲人，而不肯對。操乃伺隙脅劭，不得已曰："君清平之奸賊，亂世之英雄。"操大悦。而劭與從兄靖，俱有高名，好共核論鄉黨人物，每月更其品題，故汝南俗有月旦評焉。

同上，卷四百九十六人事部一百三十七《鬥争》：

《典論》曰：汝南許劭，與族兄靖，俱避地江東，保吴郡，争論於太守許貢座，至於手足相及。

同上，卷五百五十六禮儀部三十五《葬送四》：

《豫章記》曰：許子將墓，在郡四里。昔子將以中國大亂，遠來渡江，隨劉繇而卒，藏於閶門里，於時漢興平二年也。吴天紀中，太守吴興沈季，白日於廳事上坐，忽然如夢，見一人著黄單衣黄巾，稱汝南平輿許子將，求改葬，因忽不見。即求其喪，不知處所，遂招魂葬之，命文學施遐爲招魂文。

同上，卷六百八十七服章部四《幘》：

《續漢書》曰：許劭字子將，劭知人，入幘肆，拔樊子昭。

同上，卷八百二十八資產部八《肆》：

皇甫謐《高士傳》曰：許劭名知人，歷客舍則知虞求賢，入幘肆則拔楚子照。（中華書局，1960年）

李昉等《太平廣記》卷第三百一十七鬼二《沈季》：

吴興沈季，吴天紀二年，爲豫章太守。白日，於廳上見一人，著黄巾練衣，自稱汝南平輿許子將，求改葬，倏然不見。季求其喪，不知所在，遂招魂葬之。（《豫章記》。）（中華書局，1961年）

樂史《太平寰宇記》卷十一河南道十一蔡州《人物》：

許劭，字子將，汝南平輿人。評曹操曰："清平之奸賊，亂世之英雄。"

同上，卷一百六江南西道四洪州南昌縣：

許子將墓，在州南三里，縣南六里。按雷次宗《豫章記》云："劭就劉繇於曲阿，繇敗，隨繇奔豫章，中路疾卒，因焚尸柩。天紀中，太守吴興沈法秀，招魂葬劭於此。"（中華書局，2007年）

王欽若等《册府元龜》卷七百七十八總録部二十八《高尚》：

許邵有高行，辟公府掾，拜鄢陵令，方正徵，皆不就。避亂江南，所歷之國必翔而後集，終於豫章。宗人許相沈没榮利，致位司徒，舉宗莫不匍匐栩門，承風而驅，官以賄成，惟邵不過其門。

同上，卷七百八十一總録部三十一《節操》：

許劭字子將，汝南平輿人。從祖敬，敬子訓，訓子相，并爲三公。相以諂事宦官，自致臺司，數遣請劭，劭惡其薄行，終不候之。後司空楊彪辟舉方正、敦樸，皆不就。

同上，卷七百八十三總録部《兄弟齊名》：

許劭字子將，潁川平輿人。與兄虔并知名，汝南人稱"平輿淵有二龍"焉。（平輿故城，今潁川汝陽縣東北有二龍鄉、月旦里。）又，劭與從兄靖，少俱知名，并有人倫臧否之稱。劭司空楊彪辟舉方正、敦樸，皆不就。

同上，卷七百八十七總録部《德》：

許劭字子將，汝南平輿人。爲郡功曹，太守徐璆甚敬之。府中聞子將爲吏，莫不改操飾行。同郡袁紹，公族豪俠，去濮陽令歸，車徒甚衆，將入郡界，乃謝遣賓客曰："吾輿服豈可使許子將見！"遂以單車歸家。

同上，卷七百八十九總録部《知幾》：

許劭，汝南平輿人。初爲郡功曹，後司空楊彪辟舉方正、敦樸徵，皆不就。或勸劭仕，對曰："方今小人道長，王室將亂，吾欲避地淮海，以全老幼。"乃南到廣陵，徐州刺史陶謙禮之甚厚。劭不自安，告其徒曰："陶恭祖外慕聲名，内非真正，待吾雖厚，其勢必薄，不如去之。"遂投揚州刺史劉繇於河曲。其後陶謙果捕諸寓士。

同上，卷八百二十六總録部七十六《品藻》：

傳曰："擬人必於其倫。"古之作者，曷嘗不靈機内照，精鑒外朗，詳識人物，區別淑慝，或察言而知行，或因詩以見志，或窮居而表其操，或目擊而辯其道。乃至哲人既往，遺風可挹，標舉推引，形容摹擬，明其志行之所趣，用俾方來而取法，斯聖賢之深旨也。春秋之時，褒貶尤著。尼丘聖師，其論已博矣。子輿著書，亦頗商榷。厥後，孟堅列九等之序，汝南有月旦之評，皆是物也。歷代而下，話言靡絶。蓋子貢方人，夫子稱其不暇者，誠以賜之多言也，在於品題銓度，取資爲監，夫豈有過哉？

許卲，汝南人。初爲郡功曹，與從兄靖，俱有高名，好共核論鄉黨人物，每月輒更其品題，故汝南俗有月旦評焉。卲嘗到潁川，多長者之游，唯不候陳寔。又陳蕃喪妻還葬，鄉人畢至，而卲獨不往。或問其故，卲曰："太丘道廣，廣則難周；仲舉性峻，峻則少通。故不造也。"其多所裁量若此。或問卲曰："荀靖與荀爽，孰賢？"卲曰："二人皆玉也。慈明外朗，叔慈内潤。"

同上，卷八百二十七總録部七十七《品藻第二》：

（魏）蔣濟字子通，時汝南許靖字文休夙有名譽，既以篤厚爲稱，又以人物爲意，雖行事舉動未悉允當，濟以爲"大較廊廟器也"。（濟《萬機》論許子曰："許文休者，大較廊廟器也。而子孫貶之，若實不貴之，是不明也；誠令知之，蓋善人也。"）濟位至太尉。

同上，卷八百四十二總録部《知人》：

許邵字子將，汝南平輿人也，嘗爲郡功曹。邵，少峻名節，好人倫，多所賞識，若樊子昭、和陽士者，并顯名於世，故天下言拔士者，咸稱許、郭（林宗）。劉曄少有孝行，避地揚州，邵稱曄有佐世之才，後爲魏名臣。又曹公微時，嘗卑辭厚禮，求爲己目，邵鄙其人，而不肯對。公乃伺隙脅邵，邵不得已曰："君清平之奸賊，亂世之英雄。"公大悦而去。（又云：魏太祖嘗問許子將："我何如人？"子將不答。固問之，子將曰："子，治世之能臣，亂世之奸雄。"太祖大笑。）

同上，卷八百七十八總録部一百二十八《計策第一》：

許劭字子將，汝南平輿人。獻帝時，揚州刺史劉繇爲孫策所逐，繇將奔會稽，劭曰："會稽富實，策之所貪；且窮在海隅，不可往也。不如豫章，北連豫壤，西接荆州，若收合吏民，遣使貢獻，與兖州相聞，雖有袁公路隔在其間，其人豺狼不能久也。足下受王命，孟德、景升必相收濟。"繇從之。將奔豫章，又使笮融助朱皓討劉表所用太守諸葛玄，劭謂繇曰："笮融出軍，不顧名義者也，朱文明（皓字）善推誠以信人，宜使密防之。"融到，果詐殺皓，代領郡事。

同上，卷九百四總録部一百五十四《書信第二》：

鍾繇爲相國，策罷就第。吴孫權稱臣，既勝蜀將，太子書報繇，繇答書曰："臣同郡故司空荀爽言：'人當道情，愛我者一何可愛！憎我者一何可憎！'顧念孫權子更嫵媚。"太子又書曰："得報知喜，南能離乎？若權復黠折，當以汝南許邵月旦之評。權優游二國，俯仰荀、許，亦已足矣。"

同上，卷九百九總録部一百五十九《窮愁》：

蜀許靖，汝南人。少與從弟邵俱知名，而私情不協。邵爲郡功曹，排擯靖，不得齒叙，以馬磨自給。

同上，卷九百二十三總録部一百七十三《不睦》：

蜀許靖，汝南人，位至司徒。少與從弟劭俱知名，并有人倫臧否之稱，而私情不協。劭爲郡公曹，排擯靖，不得齒叙，以馬磨自給。

同上，卷九百四十三總録部《不誼》：

蜀許邵爲郡功曹。先是，從兄靖與邵俱知名，有人倫盛名，私情不葉。邵排擯靖，不得齒叙。

同上，卷九百四十八總録部《逃難》：

許邵，汝南人。初爲郡功曹。避地，投揚州刺史劉繇於曲阿。及孫策平吴，邵與繇南奔豫章而卒。

同上，卷九百五十二總録部二百二《交惡》：

許劭，字子將，汝南平輿人。爲郡功曹。邵邑人李逵，壯直有高氣，劭初善之，而後爲隙；又與從兄靖不睦，時議以此少之。（中華書局，1960年）

司馬光《資治通鑒》卷五十八《孝靈皇帝中》：

（中平元年）操少機警，有權數，而任俠放蕩，不治行業；世人未之奇也，唯太尉橋玄及南陽何顒异焉。玄謂操曰："天下將亂，非命世之才，不能濟也。能安之者，其在君乎！"顒見操，嘆曰："漢家將亡，安天下者，必此人也。"玄謂操曰："君未有名，可交許子將。"子將者，訓之從子劭也，好人倫，多所賞識，與從兄靖俱有高名，好共核論鄉黨人物，每月輒更其品題，故汝南俗有月旦評焉。嘗爲郡功曹，府中聞之，莫不改操飾行。曹操往造劭而問之曰："我何如人？"劭鄙其爲人，不答。操乃劫之，劭曰："子，治世之能臣，亂世之奸雄。"操大喜而去。

同上，卷六十《孝獻皇帝乙》：

（初平四年）是時，徐方百姓殷盛，穀實差豐，流民多歸之。而謙信用讒邪，疏遠忠直，刑政不治，由是徐州漸亂。許劭避地廣陵，謙禮之甚厚，劭告其徒曰："陶恭祖外慕聲名，内非真正，待吾雖厚，其勢必薄。"遂去之。後謙果捕諸寓士，人乃服其先識。

同上，卷六十一《孝獻皇帝丙》：

（興平二年）繇同郡太史慈時自東萊來省繇。會策至，或勸繇可以慈爲大將。繇曰："我若用子義，許子將不當笑我邪！"但使慈偵視輕重。……

劉繇自丹徒將奔會稽，許劭曰："會稽富實，策之所貪，且窮在海隅，不可往也。不如豫章，北連豫壤，西接荆州；若收合吏民，遣使貢獻，與曹兗州相聞，雖有袁公路隔在其間，其人豺狼，不能久也。足下受王命，孟德、景升必相救濟。"繇從之。

劉繇使豫章太守朱皓攻袁術所用太守諸葛玄，玄退保西城。及繇泝江西上，駐於彭澤，使融助皓攻玄。許劭謂繇曰："笮融出軍，不顧名義者也。朱文明喜推誠以信人。更使密防之。"融到，果詐殺皓，代領郡事。繇進討融，融敗走，入山，爲民所殺。詔以前太傅掾華歆爲豫章太守。

同上，卷六十七《孝獻皇帝壬》：

（建安十九年）初，劉璋以許靖爲蜀郡太守。成都將潰，靖謀逾城降備，備以此薄靖，不用也。法正曰："天下有獲虚譽而無其實者，許靖是也。（許靖與弟劭并有高名，汝南月旦評，二人者爲之也。）然今主公始創大業，天下之人，不可户説，宜加敬重，以慰遠近之望。"備乃禮而用之。

同上，卷六十八《孝獻皇帝癸》：

臣光曰：……及孝和以降，貴戚擅權，嬖幸用事，賞罰無章，賄賂公行，賢愚渾殽，是非顛倒，可謂亂矣。然猶綿綿不至於亡者，上則有公卿大夫袁安、楊震、李固、杜喬、陳蕃、李膺之徒面引廷争，用公義以扶其危，下則有布衣之士符融、郭泰、范滂、許劭之流，立私論以救其敗，是以政治雖濁而風俗不衰，至有觸冒斧鉞，僵仆於前，而忠義奮發，繼起於後，隨踵就戮，視死如歸。夫豈特數子之賢哉？亦光武、明、章之遺化也。（中華書局，1956年）

吴處厚《青箱雜記》卷七：

徐鉉父延休，博物多學，嘗事徐温爲義興縣令，縣有後漢太尉許馘廟，廟碑即許劭記。歲久，字多磨滅。至開元中，許氏諸孫重刻之，碑陰有八字云"談馬礪畢，王田數七"，時人不能曉。延休一見，爲解之曰："談馬言午，言午，'許'字。礪畢石卑，石卑，'碑'字。王田，乃千里，千里，'重'字。數七是六一，六一，'立'字。"此亦楊修辯虀臼之比也。詩以言志，言以知物，信不誣矣。（《唐宋史料筆記叢刊》本，中華書局，1985年）

劉弇《龍雲集》卷二十七《策問上第十一》：

問"知人則哲，惟帝其難之，則是堯舜其猶病諸"者，知人之謂也。嘗觀漢高帝語吕后曰："王陵可，然少戇。陳平，智有餘難獨用。周勃，厚重少文，必安劉氏。"已而果然。又謂劉濞曰："後四十年，東南有亂，非若耶？"後濞卒以亂聞。且高帝觀是人也，至如操印圈以契物，了無不驗者，則堯舜之所難者，高帝反易之乎？古人有言，人固未易知，知人亦未易。且武帝得之霍光，孝宣得之邴、魏，劉備得之孔明，苻堅得之王猛，與夫太宗之於房、杜、王、魏，明皇之於姚崇，憲宗之於裴度，類非有唐許小數以探射隱伏也，其知人如此，又何説耶？又嘗觀皋陶九德，止曰亦行有九德爾，非曰某人宜必有某德也。如郭林宗、許子將、許靖、劉邵、趙蕤輩，至以月旦著評人物，命志長短，名説亦無不如志者。彼數子者，又果賢於皋陶乎？孔子不逆詐，不億不信，子貢欲方人，子曰"我則不暇"。以是而繩數子，能無類乎？厥今知人之術，固有不得而闕者，彼漢、唐之君與數子

之説，其術何在？試言之……（《文淵閣四庫全書》本）

李新《跨鼇集》卷二十二書《上興元吕守書》：

有道之人倫，平子之品目，許劭之月旦，得於性分。而昔人之器遇，往往在於隻辭片言，故童子以月蝕被賞，孤生以樂句見知。（《文淵閣四庫全書》本）

周行己《浮沚集》卷三《策問·好惡》：

問：章子通國皆稱不孝，而孟子爲之禮貌；仲尼賢於堯舜，而魯人以爲東家丘。夫人好惡之相絶，豈直爲尋常之間哉？昔人有問於吾夫子者，曰："鄉人皆好之，何如？"曰："未可也。""鄉人皆惡之，何如？"曰："未可也。不如鄉人之善者好之，其不善者惡之。"此其爲好惡之説，甚審也。然而物我异觀，是非相埒，彼其善者曰："吾所好者善也，所惡者其不善也。然則所謂善與不善，又孰從而定之哉？"嗚呼！善惡好惡不能定於一鄉，而况於天下乎？昔許劭有人倫鑒，汝南之俗號爲月旦評，至同郡畏其名節，豪杰資其品題，其所裁量，遂爲核論，豈其知人之性素明、成敗之迹已驗歟？（《文淵閣四庫全書》本）

洪適《隸續》卷二《司農劉夫人碑》：

右司農夫人碑，漢太尉許馘之室也。首行有標題之文。石已刓剥，所存數十百字，其漫漶者强半，惟次行獨全。故知其姓劉氏，而爲山陰之人。其辭惟數句可讀，如云"體性純淑，非禮不行"及"孫息盈房"而已。其云"德配古列任似"者，以"姒"爲"似"也。字畫多雜篆體，所書"以"字，全類《孔宙碑》；其他偏旁，多與《故民吴公碑》《中山相薛君題額》相類。應劭漢官儀所載三公，孝靈時有吴郡陽羡、許馘、季軼。范紀："光和四年，馘以衛尉，代劉寬爲太尉。"今許氏兩墓，皆在宜興，而此碑猶在夫人冢旁。吴處厚《青箱雜記》云："義興有許馘廟，其碑許邵所作。唐開元，諸孫重刻，碑陰有八字云'談馬礪畢，王田數七'，徐延休讀之曰：'談馬即言午，言午，"許"字。礪畢必石卑，石卑，"碑"字。王田乃千里，千里，"重"字。數七是六一，六一是"立"字。'"今其殘碑纔有數十字，其間載許君自司農遷衛尉，此又稱劉氏爲司農夫人，則銘墓時許猶未爲衛尉也。其碑在光和之前無疑。建康王厚之云："其友陽羡邵偉，嘗泛舟過許氏叢冢，見水濱一石，舉而察之，則許君殘碑也。邵遂載以歸。"厚之，字順伯，樂古多聞。山陰石臺卿，亦佳士，搜奇抉怪，埤助此書爲多。（中華書局，1986年）

陳淵《默堂集》卷五《復次韵答令德見和來詩及維摩默然之意》：

多言亦焉用，守默良獨難。維摩得此門，衆生病自安。當時許子將，不造寔與蕃。終以月旦評，有愧申屠蟠。忠良覆漢鼎，魯酒圍邯鄲。獨愛千頃陂，滄波照人寒。君豈叔度歟？胸襟江海漫。自然已憒嘆，不須珍柚酸。（《文淵閣四庫全書》本）

趙蕃《淳熙稿》卷五《寄楊溥子》：

昔聞許劭月旦評，人生倚以分重輕。當時初非狗虛名，往往夷考其學行。……

同上，卷二十《贈許季升五首》其一：

東都籍甚汝南許，人物嘗更月旦評。後嗣流傳齊一變，如今推步有知名。（《文淵閣四庫全書》本）

葉適《習學記言》卷二十六《後漢書·列傳·陳寔》：

陳寔以善下人，爲一世所伏，而許劭以爲“太丘道廣，廣則難周”。劭之言，蓋未可輕非，故爲裁量者也。昔顔淵願無伐善，無施勞，若實隱身自約，終不以世利爲己益，故可以蹈其行堯舜之道，必將有取焉。今夫燭已不盡，照物不哲，而借寔之美以行於天下者，未見其成德也。

張鎡《南湖集》卷一《雜興》：

言貌難取人，宣尼竊丁寧。如何汝南許，輒擅月旦評？觀其察曹瞞，一言盡生平。勿謂鑒裁乏，一門稱弟兄。

真才當自重，躍冶非良金。世儒識拔鮮，志士違本心。慷慨自鋪陳，庶幾有知音。但恐北風扇，虛言難保任。快哉東方生，可喜未可欽。

林宗真杰士，甑墮識孟敏。初無一語交，肺腑已窺盡。人才處東京，郭許能汲引。幾時不生賢，弗遇即泯泯。（《文淵閣四庫全書》本）

無名氏《分門古今類事》卷九相兆門上《沈攸乘舟》：

沈攸之字洪先，吴興武康人。初賤時，與吴郡孫超之、全景文，共乘一小船出都。三人共上埭岸，有一人止而相之曰：“君三人，皆當至方伯。”攸之曰：“豈有此？”相者曰：“不驗，便是相書誤耳。”後，攸之爲郢、荆二州，超之廣州，景文南豫州刺史，皆如其言。大抵富貴貧賤，皆註定於稟生之初，而形於相貌之外，惟精於術者始得而知之。許劭嘗云：“懸絲於牖，望之百日，則其絲久而愈大。又懸五彩絲，望之百日，久而顔色愈明。然後可以觀人之形氣。”今之偷妄輩，求衣食，妄言人之形神禍福，安足信哉？（《南史》。）（《文淵閣四庫全書》本）

黄震《古今紀要》卷三後漢：

許邵。（稱許、郭；謂陳寔道廣，陳蕃性峻，皆不造之；曹操奸雄；旦評；去陶謙。）（《黄震全集》本，浙江大學出版社，2013年）

同上，《許子將》：

許子將鄙曹操，不肯爲用，而荀彧乃以其可存匡正，遂托身焉。彧雖有材謀，然與劭相去何遠也！劭之高亮雅達，漢人僅以一二數。光武亦能清言，使劭生其時，未知有所遇否？

同上，卷二十七《三國志·魏志》：

橋玄以曹操爲命世之才，而許劭以爲“治世之能臣，亂世之奸雄”。玄與劭品數大殊，言之高下，固當不同也。操爲劭所鄙，乃爲玄及何顒所异，不知劭自與漢人隔多少重數。操得志後，一時人材，受其生殺榮辱，爲所位叙者，其賢否氣類，又可知矣。劭猶若此，况不爲劭者乎？東漢未亂時猶若此，况三代之盛乎？道之升降，古人所以深致意也。

操十五年令，叙幾人稱帝幾人稱王事，極有始末，當詳看。後世多稱操奸賊狙伺，猶畏迫名義，不敢身自代漢。按操僭亂，顯逼惟孔融，陰沮惟荀彧。二人既死，中外無不迎承自獻，以拒後爲羞名，義安在而尚何所畏迫耶？然天下大物，自戰國秦漢以來，形窺若易，而實取亦難。董卓、袁紹之流，鴟張廣莫，未有能自知節限者，卒皆隨以夷滅。操雖奸賊不仁，然能自知節限，故敢僭而不敢叛，敢取而不敢代，所以諄諄自叙齊、晋、文王、樂毅、蒙恬等事，皆實語，非虚飾。益知許劭之評爲不妄也。

同上，卷二十八《三國志·吴志》：

或勸劉繇可以太史慈爲大將軍，繇曰：“我若用子義，許子將不當笑我耶？”但使偵視輕重而已。由後人言之，必謂許、郭風流自命，敗壞事功，爲此不切情實之論。然當時所謂三君、八俊之儔，無不品局并濟、幹雅兼遂者，皆雍容鎮服於上，而後進雁行奔走於下，未有不肖惡子輒厠其間也。劉備言孔北海，乃復知天下有劉備耶？然則漢中世人物，可以想見，學者自當深識。（上海古籍出版社，1992年）

元好問《遺山集》卷一《雜詩四首》其一：

相士如相馬，滅没深天機。區區銅馬法，徒識牝與驪。人言當塗公，惡人知其微。如何許劭語，受之不復疑？知人固不易，人亦未易知。媸妍在水鏡，鉛粉徒自欺。孰爲仁義人，未假已不歸。伯樂不可作，思與曹瞞期。（《文淵閣四庫全書》本）

陳元晋《漁墅類稿》卷二《上廣東何憲使啓》：

竊以漢人尊許劭之評，推爲清鑒；唐士得蘇公之顧，輒號聞人。蓋公莫公於鄉曲之推揚，而重莫重於監司之題品。（《文淵閣四庫全書》本）

于石撰，吴師道選《紫岩詩選》卷三《許劭》：

四海同推月旦評，是非公論至今存。老瞞敢肆奸雄志，未必不因公一言。

同上，《曹操》：

心非禪代荀文若，目識奸雄許子將。身苟未亡終篡漢，不知何德比文王。（《文淵閣四庫全書》本）

郝經《續後漢書》卷十四《漢臣・許劭傳》：

謹案，目録此下有《許劭傳》，今闕，止存議。

議曰：處士盡矣，漢已亡矣。劭猶硜硜以吻頰爲能，揭揭焉爲月旦評，奔走奪命，幸而獲免，豈尚德之士哉？漢之盛也，公卿耻言人過；漢之衰也，士以口舌競爲人目。觀治體者，可以爲戒矣。

同上，卷六十六上《文藝・文章總叙・易部評》：

先秦二漢所未有。桓靈之季，宦戚專朝，學士大夫，激揚清議，題拂品核，相與爲目。如曰“天下模楷李元禮，不畏强禦陳仲舉”。許劭在汝南而爲月旦評，評之名昉此。至陳壽作《三國志》更史贊曰評，而始名篇，然特論之异名也。（《叢書集成初編》本）

方孝孺《遜志齋集》卷五《許劭》：

不以窮達易其守者，君子也；不以治亂改其節者，良臣也。屈挫於困約者，必不能不驕於富貴；處衰世而爲亂者，豈能效忠於平治之時乎？許劭謂曹操爲“治世之能臣，亂世之奸雄”，昔人以爲確論。余意劭特畏其劫，而陽爲好言以悦之耳。奸黠之人，譬之虎豹豺狼，明主在上，制之以法，束之以威，虎豹豺狼之去玄夜而就白日，特不敢肆，其噬嗑而已，豈遂化而爲麒麟騶虞也哉？夫能臣者，以義處其身，以道事其君，惟以忠國家、成事功爲職，而身之禍福用舍不與焉。如漢諸葛公、唐之郭子儀者，近之矣。故受任於敗亡之際，復起於退閑之餘，有蓋世之功，而欿然不居，挾震主之勢，而人不之忌，彼其存心積慮，一本乎至誠，而不以絲毫之僞雜乎其間，是以上而君安之，下而民悦之。其功業之盛，卓乎無繼者，以是故也。彼曹操者，以權詐爲智，以巧譎爲略，寓誅殺於嘻笑，藏猜狠於簡易，此其事主御人應物達變者，舍詐與譎莫先焉。故雖梟張烏合於一時，能盗漢之天下，而不得天下之心，使其遇英明之主，譬如彭越之歸漢，李密之降唐，亦終爲誅滅而後已，何以爲能臣於治世，固當爲亂世之治臣，操何德而堪之？吾故曰：劭之論，劫於操而發耳，非所以論操也。（《文淵閣四庫全書》本）

李賢等《明一統志》卷三十一汝寧府《人物》：

（漢）許劭，汝南平輿人。少峻名節，好核論鄉黨人物，每月輒更其品題，故汝南俗有月旦評。初爲郡功曹，太守徐璆甚敬之，府中聞劭爲吏，莫不改操飭行。司空楊彪辟，舉方正、敦樸徵，不就。劭兄虔，亦知名汝南，人稱平輿淵有二龍焉。（《文淵閣四庫全書》本）

程敏政《新安文獻志》卷五十四《將赴旌德先寄劉明府粹中》（程文）：

花落花開春已秋，感時傷事自多愁。蜃嘘海市浮人馬，鵲架河橋度女牛。湘水使還雲作伴，石渠人老雪盈頭。稍聞許邵持時論，却喜虞卿老故丘。（《文淵閣四庫全書》本）

李東陽《李東陽集》卷六十二文後稿二《雲谷遺芳集序》：

夫名之在天下，惟鄉黨耳目所逮，有不容僞，然必善者之好，而後爲賢。故汝南之評，非許劭不能任。猶必月一易之者，誠以老少之戒殊，始終之不易保也。且言之毁譽以時，文之褒貶以世，銘表之作，出於蓋棺事定之後。（《湖湘文庫》本，岳麓書社，2008年）

楊慎《譚苑醍醐》卷九《司農劉夫人墓碑》：

右司農劉夫人，漢太尉許馘之妻也。首行有標題之文，石已刓剥，所存數十百字，其漫漶者强半，惟次行獨全，故其姓劉氏，而爲山陰之人。其辭惟數句可讀，如云“體性純淑，非禮不行”，及“孫息盈房”而已。其云“德配古列任似”者，以“似”爲“妙”也。字畫多雜篆體。所書“以”字全類《孔宙碑》，其它偏旁多與《故民吴公碑》《中山相薛君題額》相類。應劭《漢官儀》所載三公，孝靈時有吴郡陽羨、許馘、季軼。《漢紀》：“光和四年，馘以衛尉代劉寬爲太尉。”今許氏兩墓，皆在宜興，而此碑猶在夫人冢旁。吴處厚《青箱雜記》云：“義興有許馘廟，其碑許劭所作。唐開元中，諸孫重刻，碑陰有八字云‘談馬礪畢，王田數七’，徐延休讀之曰：‘談馬即言午，言午，“許”字。礪畢必石卑，石卑，“碑”字。王田乃千里，千里，“重”字。數七六一，六一，“立”字。’”今其殘碑纔有數十字，其間載許君自司農遷衛尉。此文稱劉氏爲司農夫人，則銘墓時，許猶未爲衛尉也。其碑在光和之前無疑。又云《司農夫人碑》，題一行，文八行，行二十八字，石尚餘其半，亦隱隱若有字。右具載洪景伯《隸釋》。吴人盧熊嘗得此刻，云："自伊述夫人以下，合有四言二十五韵，今所存剛、行、同、房、容、宫、香、藏、鄉、忘可考。"（《叢書集成初編》本）

彭大翼《山堂肆考》卷二十八《地理·鄉里·月旦里》：

東漢汝南許劭，與兄靖俱有高名，好共核論鄉黨人物，每月輒更其題品，故汝南有月旦評焉。今汝陽縣東北，有二許兄弟所居，後人因名二龍鄉月旦里。（《文淵閣四庫全書》本）

陳耀文《天中記》卷十七《宗族·不過宗門》：

許劭宗人許相，沉没榮利，致位司徒，舉宗莫不匐匍栩門，承風而趨，官以賄成，惟劭不過其門。（《先賢傳》。）

同上，卷二十二頰頷《樹頰》：

許子將褒貶不平，以拔樊子昭而抑許文林。劉曄曰："子昭發自賈豎，年至耳順，退能守静，進能不苟。"濟答曰："子昭誠自長幼完潔，然觀其摇牙樹頰，自非文休敵也。"（蔣濟《萬機論》。）

同上，卷二十五《德譽·汝南管鑰》：

許劭字子將，虔弟也。山峙淵停，行應規表。邵陵謝子微，高才遠識，見劭十歲時，嘆曰："此乃希世之偉人也。"（《海内先賢傳》。）劭幼時，子微便云："此賢當持汝南管鑰。"（《别傳》。）

同上，《聰敏·許碑重立》：

義興縣有後漢許慎行廟碑，碑即許邵祠。歲久，字多漫滅。唐元和中，許氏諸孫重刻之，碑陰題八字云"談馬礪畢，王田數七"，人莫能曉。邑宰徐延休，鉉之父也，一見解之云："談馬即言午，言午，'許'字。礪畢即石卑，石卑，'碑'字。王田乃千里，千里，'重'字。數七乃六一，六一，'立'字。"

同上，卷二十七《品藻·預知忌記》：

漢高知吴王濞必亂東南，許邵知曹操爲亂世奸臣，孔恂及齊王攸識劉淵必亂，王衍識石勒將爲天下患，潘滔知樹王敦江外爲見賊，張九齡識安禄山必亂幽州，王叔文知劉闢必亂蜀，吕晦知王安石必誤天下，陳瓘識蔡京爲國家賊、天下之大蜮。

同上，卷四十七《幘·幘肆》：

許劭字子將，劭知人，入幘肆拔樊子昭。（《續漢書》。）（《光緒聽雨山房》本）

董斯張《吴興備志》卷三十《詭徵第二十五之一》：

許子將墓，在豫章郡之四里。昔子將以中國大亂，遠來渡江，隨劉繇，而卒於閶門裏，於時漢興平二年也。吴天紀中，太守吴興沈季白日於廳事上坐，忽然如夢，見一人着黄單衣黄巾，稱汝南許子將，求改葬，因忽不見。即求其喪，不知處所，遂招魂葬之，命文學施遐爲招魂文。（《豫章記》。）（《文淵閣四庫全書》本）

陳宏緒《江城名迹》卷二《考古二》：

漢徵士許劭墓，在故松陽門内。漢末，中國大亂，劭爲揚州刺史劉繇奔豫章。時大疫，劭中路被病，繇以舟先送劭至豫章，會卒，權殯於松陽門内，因失其尸。吴天紀二年，太守吴興白日於廳事，恍惚見一人，着黄巾練衣，稱汝南許子將，求葬，因遂不見。時皆莫知柩所在，乃招魂葬之。（《文淵閣四庫全書》本）

方以智《通雅》卷二十《姓名·人名》"有無字無名而後人考出者"條：

許靖，爲子將從兄。《卮言》曰："《真誥》謂蜀司徒許靖字文休，是長史六世族祖；徵士邵字子將，是五世族祖。尤誤。按，子將于文休爲從兄，俱知名，并有人倫之稱，而私情不協。子將爲郡功曹，排擯不得齒叙，以馬磨自給。今注似靖與邵父子，何也？黄長睿欲引以證黄庭之誤耶？"（中國書店，1990年）

倪濤《六藝之一録》卷四十九石刻文字二十五《太尉許馘廟碑》：

義興有漢太尉許馘廟碑，廟碑即許劭所立。字久磨滅，開元中，許氏諸孫再刻之。（《十國春秋》。）

同上，《許司農夫人劉氏碑》：

司農夫人碑，漢太尉許馘之室也。首行有標題之文，石已刓剥，所存數十百字，其漫患者强半。惟次行獨全，故知其姓劉氏，而爲山陰之人。其辭惟數句可讀，如云"體性純淑，非禮不行"，及"孫息盈房"而已。其云"德配士列任似"者，以"似"爲"姒"也。字畫多雜篆體。所書"以"字，全類《孔宙碑》，其他偏旁，多與《故民吴公碑》《中山相薛君題額》相類。應劭《漢官儀》所載三公，孝靈時有吴郡陽羨、許馘、季軼。《漢紀》："光和四年，馘以衛尉代劉寬爲太尉。"今許氏兩墓，皆在宜興，而此碑猶在夫人冢傍。吴處厚《青箱雜記》云："義興有許馘廟，其碑許劭所作。唐開元中，諸孫重刻，碑陰有八字云'談馬礪畢，王田數七’，徐延休讀之曰：‘談馬即言午，言午，許字。礪畢必石卑，石卑，碑字。王田乃千里，千里，重字。數七是六一，六一，立字。’”今其殘碑纔有數十字，其間載許君自司農遷衛尉，此文稱劉氏爲司農夫人，則銘墓時許猶未爲衛尉也。其碑在光和之前無疑。臨川王厚之云，其友陽羨邵偉嘗泛舟過許氏叢冢，見水濱一石，舉而察之，則許君殘碑也，邵遂載以歸。厚之，字順伯，樂古多聞。山陰石臺卿，亦佳士，相與搜奇抉怪，埤助此書爲多。（《隸續》。）

司農劉夫人碑，漢太尉許馘之室也。碑之立，在光和之前。（《漢隸字原》。）

同上，卷一百十五石刻文字九十一《顧南原碑考》：

司農劉夫人碑，闕年月。《隸續》云：在宜興夫人冢傍，無額。《碑式》云：題一行，文七行，行三十八字。石尚餘其半，亦隱隱若字。《隸續》云：夫人，漢太尉許馘之室也。首行有標題之文，石已刓剥，所存數十百字，其漫漶者强半。惟次行獨全，故知其爲劉氏。其辭惟數句可讀，字畫多雜篆體，所書“以”字全類《孔宙碑》，其他偏旁多與《故民吴公碑》《中山相薛君題額》相類。應劭《漢官儀》所載三公，孝靈時有吴郡陽羨許馘。范紀光和四年，馘以衛尉代劉寬爲太尉。吴處厚《青箱雜記》云：“義興有許馘廟，其碑許劭所作。唐開元，諸孫重刻。”今其殘碑纔有數十字，其間載許君自司農遷衛尉，此又稱劉氏爲司農夫人，則銘墓時許猶未爲衛尉也。其碑在光和之前無疑。（浙江人民美術出版社，2015年）

儲大文《存研樓文集》卷十二《漢許太尉墓碑記》：

《縣志》又曰：漢許太尉廟碑，應劭撰。許司農夫人劉氏墓碑，許劭撰。注曰：“許馘嘗爲司農。”洪《隸纂》有劉夫人墓碑，即其配也。蓋宋鄱陽洪相古《隸釋》文載漢時墓碑制甚詳，而吉水《周益公集》亦書之。益公固久僑邑，遍游君陽、善卷諸洞者也。夫《應仲遠集》四卷，又傳《風俗通》，當建安七子前，獨爲海内工文士，寧附冀不附兗。許子將號平輿淵二龍，操月旦評，推論公卿士庶無少爽，太尉能禮下之，二賢又爲碑其廟、碑其墓，然則太尉固非潁川許氏三相伍，而克附華容江夏之列者也。……乾隆五年歲次庚申夏四月一日，邑人豐義儲某書。（《文淵閣四庫全書》本）

孫灝《河南通志》卷二十八《風俗》汝寧府：

好品藻，善譏評，有許邵之遺風焉。（并《汝陽縣志》。）

同上，卷六十六《隱逸》汝寧府：

許劭，字子將，平輿人。少峻名節，多所賞識，初與從兄靖，好核論鄉黨人物，每月旦輒更其品題，故汝南俗有月旦評。司空楊彪辟，舉方正、敦樸，皆不就。後避地豫章。兄虔，亦知名，時人稱曰平輿淵有二龍焉。（《文淵閣四庫全書》本）

乾隆敕撰《大清一統志》卷六十八揚州府三《流寓》：

（漢）許劭，平輿人。獻帝時，欲避地淮海，以全老幼，乃南到廣陵。徐州刺史陶謙禮之甚厚，劭告其徒曰："陶恭祖外慕聲名，内非貞正，待吾雖厚，其勢必薄。不如去之。"遂復投劉繇於曲阿。其後，陶謙果捕諸寓士。

同上，卷一百六十九汝寧府二《名宦》：

許劭，平輿人。徐璆爲汝南太守，所在化行。劭爲郡功曹，璆甚敬之，府中聞劭爲吏，莫不改操飾行。

同上，《人物》：

（漢）許邵，字子將，平輿人。少峻名節，好人倫，多從賞識，與從兄靖俱有高名，好共核論鄉黨人物，每月輒更其品題，故汝南俗有月旦評。司空楊彪辟，舉方正、敦樸，皆不就。後避地豫章而卒。兄虔，亦知名，汝南人稱平輿淵有二龍焉。劭子混，清醇有職鑒，仕魏至尚書。

同上，卷二百三十八南昌府《陵墓》：

（漢）許邵墓，在南昌縣南。《寰宇記》：在洪州南三里，南昌縣南六里。按雷次宗《豫章記》云："劭就劉繇於曲阿，繇敗，隨繇至豫章，中路疾卒，因焚尸柩。吴天紀中，太守沈去秀，招魂葬劭於此。"（《文淵閣四庫全書》本）

趙宏恩等《江南通志》卷三十二《輿地志·古迹三》：

漢司農劉夫人墓碑，在荆溪縣，漢許劭撰。

同上，卷一百七十二《人物志·流寓一》鎮江府：

（漢）許劭，字子將，平輿人。有高名，與兄靖共核論鄉黨人物，每月輒更其品題，故汝南俗有月旦評。或勸劭仕，對曰："方今王室將亂，吾欲避地淮海，以全老幼。"乃南到廣陵。徐州刺史陶謙禮之甚厚，劭謂其徒曰："陶恭祖外慕聲名，内非真正，不如去之。"遂復投揚州刺史劉繇於曲阿。其後，謙果捕諸寓士。

同上，卷二百《雜類志·辨訛·潁州非平輿辨》：

《後漢·地理志》：汝南郡有平輿，有沈亭故國。《新唐書·地理志》：蔡州有平輿。注云："貞觀元年省入新蔡，天授二年復置。"《宋史》：淮西路有壽春、安豐、霍邱，而無平輿，疑是時平輿已入金矣。《輿圖備考》於河南沈邱下，注云："古沈子國，漢平輿。"合諸《漢志》"平輿有沈亭"之説相符，則平輿的在沈邱。《潁州志》以平輿人，如陳蕃、許劭之倫，俱載入者，誤。（《文淵閣四庫全書》本）

謝旻等《江西通志》卷二十九《武事》：

興平元年（甲戌）秋九月，以劉繇爲揚州刺史。（《通鑒綱目》。）

二年（乙亥）冬十二月，孫策擊劉繇於曲阿，破走之。繇攻豫章，笮融走死。以華歆爲豫章大守。（同上。）

袁宏《漢紀》云：劉繇將奔會稽，許子將曰："會稽富貴，策之所貪。且窮在海隅，不可生也。不如豫章，北連豫壤，西接荆州，若收合吏民，遣使貢獻，與曹兖州相聞，雖有袁公路隔在其間，其人豺狼，不能久也。足下受王命，孟德、景升必相救濟。"繇從之。

《吴書・劉繇傳》云：繇奔丹徒，遂泝江南，保豫章，駐彭澤。笮融先至，殺太守朱皓，入居郡中。繇討融，爲所破。復招合屬縣，攻破融，融敗走入山，爲民所殺。繇尋病卒。

同上，卷九十五《寓賢》南昌府：

（漢）許劭字子將，汝南平輿人，少峻名節，好人倫，多所賞識。司空楊彪辟，舉方正、敦樸，皆不就。或勸劭仕，對曰："方今小人道長，王室將亂，吾欲避地淮海，以全老幼。"乃南到廣陵。徐州刺史陶謙禮之甚厚，劭不自安，告其徒曰："陶恭祖外慕聲名，内非真正，待我雖厚，其勢必薄，不如去之。"遂復投揚州刺史劉繇於曲阿。其後陶謙果捕諸寓士。及孫策平吴，邵與繇南奔豫章而卒。（《東漢書》。）

同上，卷一百十《邱墓》南昌府：

（漢）許劭墓，在南昌故松陽門内。劭避亂，隨劉繇奔豫章，中路疾卒。吴天紀二年，太守沈法秀於廳事，恍然如夢，見一人着黄巾練衣，稱汝南許子將，求葬，因忽不見。沈遂具葬事，莫知其遺骸所在，乃招魂葬此。（《太平寰宇記》。）（《文淵閣四庫全書》本）

顧櫰三《補後漢藝文志》卷七别傳類：

《許劭别傳》。

不著撰人姓名。劭幼時見子微，便云：“此賢當持汝南管籥。”（本傳注引。）（《金陵叢書》本）

姚振宗《後漢藝文志》卷三子部小説家：

許劭《月旦評》。

范書本傳：劭，字子將，汝南平輿人也。少俊名節，好人倫，多所賞識。若范子昭、和陽士者，并顯名於世，故天下言拔士者，咸稱許、郭。初爲功曹，曹操微事，常卑辭厚禮求爲己目。劭鄙其人，而不肯對，操乃伺隙脅劭，劭不得已，曰：“君清平之奸賊，亂世之英雄。”操大悦而去。初劭與從兄靖俱有高名，好其核論鄉黨人物，每月輒更其品題，故汝南俗有月旦評焉。司空楊彪辟舉方正、敦樸，皆不就。後避地廣陵，投揚州刺史劉繇於曲阿。及孫策平吴，劭與繇南奔豫章而卒，時年四十六。（惠氏《補注》：《豫章記》曰：“時漢興平二年也。”）

《抱朴子·自叙篇》曰：漢末俗弊，朋黨分部，許子將之徒以口舌取戒，争訟論議，門宗成仇，故汝南人士無復定價，而有紨旦之評。魏武帝亦深疾之，欲取其首耳。乃奔波亡走，殆至屠滅。（按此似興平二年後事。）（《適園叢書》本）

余介庵《論〈汝南月旦評〉》：

《論語》云：“子貢方人。”方人者，比方人物也。推其義，善可勸而惡可懲，宜乎傳誦至今弗衰也。降及後漢，汝南平輿許劭字子將，與其從兄靖，字文休，俱有高名，好共核論鄉黨人物，每月輒更品題。是即子貢方人之遺意，時論多之。或者曰：子貢，聖門之大賢也，子將，一退休之郡功曹耳，今以之相提并論，未免過當。余子曰：“否，不然！固執人微言輕之説而少之，烏乎可哉？其言無補於綱常名教，雖貴至卿相，弗取也。其言有裨於世道人心，雖賤至芻蕘，可采也。觀其賞識樊子昭、和陽士等，後并顯名於世。論陳實、陳蕃，曰：‘太丘道廣，廣則難周；仲舉性峻，峻則少通。’二子聞之，深服其言，力矯前弊，後皆以榮名終。曹操微時，常卑辭厚禮，求爲己目。子將鄙其人，而不肯對。操乃伺隙協之。不得已曰：‘君清平之奸賊，亂世之英雄。操大悦而去。由此觀之，其所以言必有中，非知人則哲，不避權貴，曷克至此？况鼎足三分，群雄割據之時，求所謂定評公論者，曾有幾人！許子，敻乎，尚矣。後世嗣徽音者鮮矣。乃有不營名利之阮君，繼許氏創立潭岡鄉報，已垂十年，悉與許子同其言論宗旨，身丁亂世，易地則皆然，鐵中錚錚，庸中佼佼，洵足以挽頽風而正人心者也。綜是以觀，許子繼端木氏以作月旦評，而阮氏則繼許子以立鄉報，古今三賢哲，同一勸善懲惡之深心，應共名垂千秋而不朽。不知踵阮氏鄉報而起者，又屬何人？噫！求清流於濁世之中，是猶責卵於雄鷄，緣木而求魚也，豈易事哉！後世覽斯文者，能不感慨系之？”

（《潭岡鄉報志》第十卷第一期“論説”）

何育萬《論〈汝南月旦評〉》：

今夫一鄉之内，人亦夥矣，豈能一一認識哉？既不能盡數認識，何計其人之臧否？則爾爲爾，我爲我，所謂“各家自掃門前雪，不管他人瓦上霜”者，奚必加以評論爲？不知鄉人既衆，安得人人皆賢智，則必有愚與不肖雜處其間，不明是非者有之，不念鄉族興亡者有之，浸假遂不免有魯莽之舉動，及軼軌之行爲，而鄉梓遂囂然不净矣。夫愚者冥頑罔覺，不肖者膽大妄爲，都不知人間有羞耻事。苟無人爲之口誅筆伐，恐將來魯莽與軼軌之動作，層出不窮。其個人被外間訾議唾駡不足惜，恐全鄉亦受不美之名，蒙不測之禍，所關係甚大也。藉非有出而潛心考察，嚴定品評，使愚者漸覺其冥頑，不肖者隱消其膽大，則鄉中之賢智，何從而安心任事，肆力維持，導鄉人於正軌，挽鄉族之名譽哉？昔漢世汝南俗有月旦評，得其旨矣。雖然，吾讀史至許劭之好核論其鄉黨也，初竊疑之，以爲劭不過一平輿名士耳，竟敢公然傲睥群倫，以品評鄉里人物，或不免受沽名釣譽之誚。殆細考其生平，實一少持名節之人，平日好人倫，多所賞識，言拔士者，咸仰慕之，與郭泰同稱。則其品行端方，智識高尚，素爲人所折服也可想。且與其從兄靖俱有高名，則其好共核論鄉黨人物，固大有把握於其間，非沽名釣譽者比也。然則汝南俗之有月旦評，不大可重耶！嗟乎！許劭而後，好核論鄉黨者何人？好核論鄉黨而能使多數悦服者又何人？悠悠千古，莽莽神州，丁道德淪亡之會，苟有人目擊鄉族不良，挺身出而撑持，藉評論以警鄉人，使全鄉知所改革者，吾將馨香以頌禱之，望風而下拜之矣。嗟乎！古之許劭往矣，今之許劭何在耶？則此中有人，呼之而欲出也。

（《潭岡鄉報志》第十卷第一期“論説”）

張鈞夫《論〈汝南月旦評〉》：

天下古今之事，是非而已。當然之是非，謂之公論。有國家之公論，有鄉黨之公論。昔汝南許劭與其從兄靖，好核論鄉黨人物，每月則更其品題，時人稱爲鄉黨公論，美其名曰月旦評焉。蘇洵曰：“賞罰者天下之公也，是非者一人之私也。”位之所在，則聖人以其權爲天下之公，而天下以懲爲勸。道之所在，則聖人以其權爲天下之私，而天下以榮爲辱。伊古以來，不在其位，而操權褒貶天下諸侯大夫者，自孔子《春秋》始；核鄉黨人物者，自許劭月旦評始。夫孔子位不在而道在，其奮筆直書也宜矣。若許劭者，位道兩不在，而好論人是非，決人臧否，無乃不可乎！丁奉嘗議之曰：“有諸己而後求諸人，無諸己而後非諸人。劭與靖不協，劭爲郡功曹，非擯靖不得齒叙，以馬磨自給，其敗傷天倫甚矣，何以求人之善，非人之惡哉？”方正學亦云：“劭謂曹操爲治世之能臣，亂世之奸雄，實畏其劫，而陽爲好言以悦之也，非由衷之言也。”彼二子之不滿於邵，良有以哉！雖然，以予觀之，劭雖無位、道之可言，然固享高名於汝南也。揣劭之意，以爲時局已變，群雄蜂起，我既無權力以撥亂，立有形之功業，可不口誅筆伐，作無形之挽救；我又不能褒貶當世，可不核論鄉黨，以懼亂臣賊子乎？孔子曰：“知我者，其惟《春秋》乎？罪我者，其惟《春秋》乎？”許劭亦云然爾。近日鄉間所辦月刊月報，其即汝南月旦評之遺意歟？（《潭岡鄉報志》第十卷第一期“論説”）

師農《論〈汝南月旦評〉》：

有知人之明，而無用人之權，不足多也。有用人之權，而無知人之明，尤不足多也。讀史至汝南月旦評事，未嘗不爲許氏惜，尤不禁爲漢室悲也。夫小人道長，君子道消，自然之理也。許氏既具知人之明，倘能大權在握，起天下賢良而位於朝，則亂臣賊子無由幸達，漢室之隆，將加三代而上之。嗟乎！以許氏具知人之明，而無用人之權，徒以品評鄉里人物終；使曹、董輩相繼而起，漢室以亡，不亦悲乎！語曰：“十步之内，必有芳草；使室之邑，必有忠信。”吾願執國政者，有用人之權，必具用人之明，然後上無奸黨，下無遺才。治國之道，基於是乎？（《潭岡鄉報志》第十卷第一期“論説”）

張覺庭《論〈汝南月旦評〉》：

余幼讀《漢書》，而至汝南月旦評，不能無憾焉，以其有類於處士横議也。雖許劭少持名節，無言責於世也，與從兄靖，縱核鄉里人物，每月輒更其評。許劭云：“太丘道廣，廣則難周；仲舉性峻，峻則少通。”幸其時無有議之者，故不遭李膺、范滂、張儉之禍耳。否則黨錮之禁，吾知其不免焉。及到潁川，門多長者車，不候陳寔，又不赴陳蕃妻喪，以吾觀之，亦屬矯情。當國家泯泯棼棼之秋，而好評論人物，非近好名，即爲輕世。以申屠蟠之因樹爲屋，與世無所短長。孔子曰：“邦無道，危行言遜。”申屠蟠有焉，則汝南月旦之評，吾不敢阿其所好矣。雖然，而其人亦有足多者。（《潭岡鄉報志》第十卷第一期“論説”）

案：姚振宗《後漢藝文志》小説家著録《月旦評》，題許劭撰，未注篇卷。

許劭（150—195年），字子將，東漢汝南平輿（今屬河南）人。少有名節，多所賞識，與從兄許靖（字文休）核論鄉黨人物，每月初輒更其品題，故汝南俗有月旦評。司空楊彪辟，舉方正、敦樸，皆不就。天下大亂，乃南到廣陵，復投揚州刺史劉繇。及孫策平吴，劭與繇南奔豫章，途中染疾而卒，時年四十六歲。兄虔亦知名，汝南人稱平輿淵有二龍焉。二人所居，後人因名二龍鄉月旦里。據今人齊許平考證，“東漢許靖、許劭的月旦評和其故里二龍里是在今汝南縣城内”。范曄《後漢書》有傳。

姚振宗《後漢藝文志》小説家著録許劭《月旦評》，僅列《後漢書》本傳及《抱朴子·自紀》中一段評論，未詳著録該書之依據。歷代公私書目未見著録。按《後漢書》本傳，言許劭與從兄許靖好核論鄉黨人物，每月輒更其品題，故汝南俗有月旦評焉。既然每月核論鄉黨人物，且更其品題，或者形諸筆墨以爲根據，疑此爲《後漢藝文志》著録之原委。本傳又云，許劭初爲功曹，曹操微時，常卑辭厚禮求爲己目。劭鄙其人，而不肯對，操乃伺隙脅劭，劭不得已，曰：“君清平之奸賊，亂世之英雄。”操大悦而去。如真有《月旦評》之書，其言或即此類。因漢末進行月旦評者非衹一地，近人多稱其爲《汝南月旦評》，以作區别。

峨嵋山神异記

陳壽撰，裴松之注《三國志》卷八《張魯》：

張魯字公祺，沛國豐人也。祖父陵，客蜀，學道鵠鳴山中，造作道書以惑百姓，從受道者出五斗米，故世號米賊。陵死，子衡行其道。衡死，魯復行之。益州牧劉焉以魯爲督義司馬，與別部司馬張修將兵擊漢中太守蘇固，魯遂襲修殺之，奪其衆。焉死，子璋代立，以魯不順，盡殺魯母家室。魯遂據漢中，以鬼道教民，自號“師君”。其來學道者，初皆名“鬼卒”。受本道已信，號“祭酒”。各領部衆，多者爲治頭大祭酒。皆教以誠信不欺詐，有病自首其過，大都與黄巾相似。諸祭酒皆作義舍，如今之亭傳。又置義米肉，縣於義舍，行路者量腹取足；若過多，鬼道輒病之。犯法者，三原，然後乃行刑。不置長吏，皆以祭酒爲治，民夷便樂之。雄據巴、漢垂三十年。（《典略》曰：熹平中，妖賊大起，三輔有駱曜。光和中，東方有張角，漢中有張修。駱曜教民緬匿法，角爲太平道，修爲五斗米道。太平道者，師持九節杖爲符祝，教病人叩頭思過，因以符水飲之，得病或日淺而愈者，則云此人信道，其或不愈，則爲不信道。修法略與角同，加施静室，使病者處其中思過。又使人爲姦令祭酒，祭酒主以《老子》五千文，使都習，號爲姦令。爲鬼吏，主爲病者請禱。請禱之法，書病人姓名，説服罪之意。作三通，其一上之天，著山上，其一埋之地，其一沉之水，謂之三官手書。使病者家出米五斗以爲常，故號曰五斗米師。實無益於治病，但爲淫妄，然小人昏愚，競共事之。後角被誅，修亦亡。及魯在漢中，因其民信行修業，遂增飾之。教使作義舍，以米肉置其中以止行人；又教使自隱，有小過者，當治道百步，則罪除；又依月令，春夏禁殺；又禁酒。流移寄在其地者，不敢不奉。臣松之謂張修應是張衡，非《典略》之失，則傳寫之誤。）漢末，力不能征，遂就寵魯爲鎮民中郎將，領漢寧太守，通貢獻而已。民有地中得玉印者，群下欲尊魯爲漢寧王。魯功曹巴西閻圃諫魯曰：“漢川之民，户出十萬，財富土沃，四面險固；上匡天子，則爲桓、文，次及竇融，不失富貴。今承制署置，勢足斬斷，不煩於王。願且不稱，勿爲禍先。”魯從之。韓遂、馬超之亂，關西民從子午谷奔之者數萬家。

建安二十年，太祖乃自散關出武都征之，至陽平關。魯欲舉漢中降，其弟衛不肯，率衆數萬人拒關堅守。太祖攻破之，遂入蜀。魯聞陽平已陷，將稽顙歸降，圃又曰："今以迫往，功必輕；不如依〔杜濩〕赴朴胡相拒，然後委質，功必多。"於是乃奔南山入巴中。左右欲悉燒寶貨倉庫，魯曰："本欲歸命國家，而意未達。今之走，避鋭鋒，非有惡意。寶貨倉庫，國家之有。"遂封藏而去。太祖入南鄭，甚嘉之。又以魯本有善意，遣人慰喻。魯盡將家出，太祖逆拜魯鎮南將軍，待以客禮，封閬中侯，邑萬户。封魯五子及閻圃等皆爲列侯。爲子彭祖取魯女。魯薨，謚之曰原侯。子富嗣。（中華書局，2006年）

葛洪撰，胡守爲校釋《神仙傳校釋》卷五《張道陵》：

天師張道陵，字輔漢，沛國豐縣人也。本太學書生，博采五經，晚乃嘆曰："此無益於年命。"遂學長生之道，得《黄帝九鼎丹經》，修煉於繁陽山。丹成服之，能坐在立亡，漸漸復少。後於萬山石室中，得隱書秘文及制命山岳衆神之術，行之有驗。

初，天師值中國紛亂，在位者多危，退耕於餘杭，又漢政陵遲，賦斂無度，難以自安，雖聚徒教授，而文道凋喪，不足以拯危佐世。陵年五十，方退身修道，十年之間，已成道矣。聞蜀民樸素可教化，且多名山，乃將弟子入蜀於鶴鳴山隱居。既遇老君，遂於隱居之所，備藥物，依法修煉，三年丹成，未敢服餌，謂弟子曰："神丹已成，若服之，當衝天爲真人，然未有大功於世，須爲國家除害興利以濟民庶，然後服丹即輕舉，臣事三境，庶無愧焉。"老君尋遣清和玉女，教以吐納清和之法，修行千日，能内見五藏，外集外神，乃行三步九迹，交乾履斗，隨罡所指，以攝精邪，戰六天魔鬼，奪二十四治，改爲福庭，名之化宇，降其帥爲陰官。先時蜀中魔鬼數萬，白晝爲市，擅行疫癘，生民久罹其害，自六天大魔推伏之後，陵斥其鬼衆，散處西北不毛之地，與之爲誓曰："人主於晝，鬼行於夜，陰陽分别，各有司存，違者正一有法，必加誅戮。"於是幽冥异域，人鬼殊途，今西蜀青城山有鬼市，并天師誓鬼碑，石天地、石日月存焉。（中華書局，2010年）

常璩撰，劉琳校注《華陽國志校注》卷二《漢中志》：

漢末，沛國張陵學道於蜀鶴鳴山，造作道書，自稱"太清玄元"，以惑百姓。陵死，子衡傳其業。衡死，子魯傳其業。魯字公祺，以鬼道見信於益州牧劉焉。魯母有少容，往來焉家。初平中，以魯爲督義司馬，住漢中，斷谷道。魯既至，行寬惠，以鬼道教。立義舍，置義米、義肉其中，行者取之，量腹而已，不得過，過多云鬼病之。其市肆賈平亦然。犯法者三原，而後行刑。學道未信者，謂之"鬼卒"，後乃爲"祭酒"。巴、漢夷民多便之。其供道限出五斗米，故世謂之"米道"。

扶風蘇固爲漢中太守，魯遣其黨張修攻固。成固人陳調素游俠，學兵法，固以爲門下掾。説固守捍禦寇之術，固不能用，逾牆走，投南鄭趙嵩，嵩將俱逃。賊盛，固遣嵩求隱避處，嵩未還，固又令鈴下偵賊。賊得鈴下，遂得殺固。嵩痛憤，杖劍直入。調兵聚其賓客百餘人攻修，戰死。魯遂有漢中。數害漢使，焉上書言“米賊斷道”。

至劉焉子璋爲牧時，魯益驕恣，璋怒。建安五年，殺魯母、弟。魯率巴夷杜濩、朴胡、袁約等叛爲仇敵。魯時使使漢朝，亦慢驕。帝室以亂，不能征，就拜鎮民中郎將、漢寧太守。不置長吏，皆以祭酒爲治。璋數遣龐羲、李〔思〕（异）等討之，不能克。而巴夷日叛，乃以羲爲巴西太守；又遣楊懷、高沛守關頭。請劉先主討魯。先主更襲取璋。

二十年，魏武帝西征魯，魯走巴中。先主將迎之，而魯功曹巴西閻圃説魯北降歸魏武：“贊以大事，宜附托；不然，西結劉備以歸之。”魯勃然曰：“寧爲曹公作奴，不爲劉備上客！”遂委質魏武。武帝拜魯鎮南將軍，封〔襄平〕（閬中）侯，又封其五子皆列侯。（巴蜀書社，1984年）

范曄撰，李賢注《後漢書》卷七十五《劉焉》：

沛人張魯，母有姿色，兼挾鬼道，往來焉家，遂任魯以爲督義司馬，（遂）與别部司馬張修將兵掩殺漢中太守蘇固，斷絶斜谷，殺使者。魯既得漢中，遂復殺張修而并其衆。

張魯以璋暗懦，不復承順。璋怒，殺魯母及弟，而遣其將龐羲等攻魯，數爲所破。魯部曲多在巴土，故以羲爲巴郡太守。魯因襲取之，遂雄於巴漢。

明年，曹操破張魯，定漢中。

魯字公旗。初，祖父陵，順帝時客於蜀，學道鶴鳴山中。（山在今益州晋原縣南。）造作符書，以惑百姓。受其道者輒出米五斗，故謂之“米賊”。陵傳子衡，衡傳於魯，魯遂自號“師君”。其來學者，初名爲“鬼卒”，後號“祭酒”。祭酒各領部衆，衆多者名曰“理頭”。皆校以誠信，不聽欺妄，有病但令首過而已。（《魏志》曰：大抵與黄巾相似。首音式救反。）諸祭酒各起義舍於路，同之亭傳，懸置米肉以給行旅。食者量腹取足，過多則鬼能病之。犯法者先加三原，然後行刑。不置長吏，以祭酒爲理，民夷信向。［《典略》曰：初，熹平中，妖賊大起，〔三輔有駱曜。光和中，東方有張角〕，漢中有張修。〔駱曜教民緬匿法，角〕爲太平道，（張角）〔修〕爲五斗米道。太平道師持九節杖，爲符祝，教病人叩頭思過，因以符水飲之。病或自愈者，則云此人信道，其或不愈，則云不信道。修法略與角同，加施净室，使病人處其中思過。又使人爲奸令祭酒，主以《老子》五千文，使都習，號“奸令”。爲鬼吏，主爲病者請禱。〔請禱〕之法，書病人姓字，説服罪之意。作三通，其一上之天，著山上，其一埋之地，其一沈之水，謂之“三官手書”。使病者家出米五斗以爲常，故號“五斗米師”也。實無益於療病，

〔但爲淫妄〕，小人昏愚，競供事之。後角被誅，修亦亡。及魯自在漢中，因其人信行修業，遂增飾之。教使起義舍，以米〔肉〕置其中，以止行人。又〔教〕使自隱，其小過者，當循道百步，則罪除。又依《月令》，春夏禁殺。又禁酒。流移寄在其地者，不敢不奉也。〕朝廷不能討，遂就拜魯鎮夷中郎將，領漢寧太守，（袁山松《書》：建安二十年置漢寧郡。）通其貢獻。

韓遂、馬超之亂，關西民奔魯者數萬家。時人有地中得玉印者，群下欲尊魯爲漢寧王。魯功曹閻圃諫曰："漢川之民，户出十萬，四面險固，財富土沃，上匡天子，則爲桓、文，次方竇融，不失富貴。今承制署置，勢足斬斷。遽稱王號，必爲禍先。"魯從之。

魯自在漢川垂三十年，聞曹操征之，至陽平，（《周地圖記》曰："褒谷西北有古陽平關。"其地在今梁州褒城縣西北也。）欲舉漢中降。其弟衛不聽，率衆數萬，拒關固守。操破衛，斬之。魯聞陽平已陷，將稽顙歸降。閻圃説曰："今以急往，其功爲輕，不如且依巴中，然後委質，功必多也。"於是乃奔南山。左右欲悉焚寶貨倉庫。魯曰："本欲歸命國家，其意未遂。今日之走，以避鋒鋭，非有惡意。"遂封藏而去。操入南鄭，甚嘉之。又以魯本有善意，遣人慰安之。魯即與家屬出逆，拜鎮南將軍，封閬中侯，邑萬户，（閬中屬巴郡，今隆州縣。）將還中國，待以客禮。封魯五子及閻圃等皆爲列侯。

魯卒，謚曰原侯。子富嗣。（中華書局，1965年）

釋僧佑《弘明集》卷八《辯惑論·妄稱真道一逆》（釋玄光）：

夫質懋纁霞者，言神丹之功。開明净智者，必蕩花之氣。雖保此爲真，而未能無終，况復張陵妄稱天師，既侮慢人鬼，即身受報？漢興平未，爲蟒蛇所噏。子衡奔尋無處，畏負清議之報譏，乃假設權方，以表靈化之迹。生縻鵠足，置石崖頂，謀事辦畢，克期發之。到建安元年，遣使告曰："正月七日，天師升玄都。"米民山獠，蟻集閫外，雲臺治民等，稽首再拜，言："伏聞聖駕玄都，臣等長辭，蔭接尸塵，方享九幽。"方夜，衡入，久之乃出，詭稱曰："吾旋駕辰華，爾各還所治，净心持行，存師念道。"衡便密抽游罥，鶴直衝虚空，民獠愚戇，僉言登仙。販死利生，欺罔天地。

同上，《滅惑論》"三破論云道以氣爲宗"條（梁·劉勰）：

案道家立法，厥品有三：上標老子，次述神仙，下襲張陵。太上爲宗，尋柱史嘉遁，實惟大賢，著書論道，貴在無爲，理歸静一，化本虚柔。然而三世弗紀，慧業靡聞，斯乃導俗之良書，非出世之妙經也。若乃神仙小道，名爲五通福極，生天體盡，飛騰神通，而未免有漏，壽遠而不能無終，功非餌藥，德沿業修，於是愚狡方士，僞托遂滋。張陵米賊，述記升天。葛玄野豎，著傳仙公。愚斯惑矣，智可罔與？今祖述李叟，則教失如彼；憲章神仙，則體劣如此。上中爲妙，猶不足算；況效陵、魯，醮事章符，設教五斗，欲拯三界，以蚊負山，庸詎勝乎？標名大道，而教甚於俗；舉號太上，而法窮下愚。何故知邪？貪壽忌夭，含識所同，故肉芝石華，譎以翻騰；好色觸情，世所莫异，故黄書御女，誑稱地仙；肌革盈虚，群生共愛，故寳惜涕唾，以灌靈根；避灾苦病，民之恒患，故斬縛魑魅，以快愚情；憑威恃武，俗之舊風，故吏兵鈎騎，以動淺心。至於消灾淫術、厭勝奸方，理穢辭辱，非可筆傳。事合氓庶，故比屋歸宗。是以張角、李玄，毒流漢季；盧悚、孫恩，亂盈晋末。餘波所被，實蕃有徒。爵非通侯，而輕立民户；瑞無虎竹，而濫求租税。糜費産業，蠱惑士女。運迍則蠍國，世平則蠹民。傷政萌亂，豈與佛同？

同上，《釋三破論》"論云入身破身"條（釋僧順）：

論云："入身破身。"釋曰："夫身之爲累，甚於桎梏。老氏以形骸爲糞土，釋迦以三界爲火宅。出家之士，故宜去奢華，弃名利，悟逆旅之難常，希寂滅之爲樂。流俗之徒，反此以求全，即所謂殺生者不死，生生者不生也。近代有好名道士，自云神術過人，克期輕舉，白日登天，曾未數丈，横墜於地，迫而察之，正大鳥之雙翼耳，真所謂不能奮飛者也。驗滅亡於即事，不旋踵而受誅。漢之張陵，誣詷貢高，呼曰米賊，亦被夷剪。入身破身，無乃角弓乎？"（中華書局，2013年）

陶弘景《真誥》卷之二《運題象篇第二》：

清虚真人授書曰："黄赤之道，混氣之法，是張陵受教施化，爲種子之一術耳，非真人之事也。吾數見行此而絶種，未見種此而得生矣。百萬之中，莫不盡被考罰者矣。千萬之中，誤有一人得之，得之遠至於不死耳。張陵承此以教世人耳。陵之變舉，亦不行此矣。爾慎言濁生之下道，壞真霄之正氣也。思懷淫欲，存心色觀，而以兼行上道者，適足明三官考罰耳。所謂抱玉赴火，以金棺葬狗也。色觀謂之黄赤，上道謂之隱書，人之難曉，乃至於此。"（中華書局，2001年）

酈道元撰，陳橋驛等譯注《水經注全譯》卷二十七《沔水》：

沔水出武都沮縣東狼谷中。

……沔水又東徑白馬戍南，濜水入焉。水北發武都氐中，南徑張魯城東。魯，沛國張陵孫。陵學道於蜀鶴鳴山，傳業衡，衡傳於魯。魯至行寬惠，百姓親附，供道之費，米限五斗，故世號五斗米道。初平中，劉焉以魯爲督義司馬住漢中，斷絶谷道，用遠城治，因即崤嶺，周回五里，東臨浚谷，杳然百尋。西北二面，連峰接崖，莫究其極。從南爲盤道，登陟二里有餘。濜水又南，徑張魯治，東水西山，上

有張天師堂，於今民事之。庾仲雍謂山爲白馬塞，堂爲張魯治，東對白馬城，一名陽平關。（貴州人民出版社，2008年）

虞荔《鼎録》：

張陵在雲臺山得仙，作一鼎，寫丹經，埋於雲臺山下。（《叢書集成初編》本）

魏收《魏書》卷一百一十四《釋老志十》：

道家之原，出於老子。其自言也，先天地生，以資萬類。上處玉京，爲神王之宗；下在紫微，爲飛仙之主。千變萬化，有德不德，隨感應物，厥迹無常。授軒轅於峨嵋，教帝嚳於牧德，大禹聞長生之訣，尹喜受道德之旨。至於丹書紫字，升玄飛步之經；玉石金光，妙有靈洞之説。如此之文，不可勝紀。其爲教也，咸蠲去邪累，澡雪心神，積行樹功，纍德增善，乃至白日升天，長生世上。所以秦皇、漢武，甘心不息。靈帝置華蓋於濯龍，設壇場而爲禮。及張陵受道於鵠鳴，因傳天官章本千有二百，弟子相授，其事大行。齋祠跪拜，各成法道，有三元、九府百二十官，一切諸神，咸所統攝。又稱劫數，頗類佛經。其延康、龍漢、赤明、開皇之屬，皆其名也。及其劫終，稱天地俱壞。其書多有禁秘，非其徒也，不得輒觀。至於化金銷玉，行符敕水，奇方妙術，萬等千條，上云羽化飛天，次稱消灾滅禍。故好异者往往而尊事之。（中華書局，1974年）

歐陽詢《藝文類聚》卷八十六果部上《桃》：

（《神仙傳》）又曰：張陵，沛人也。弟子趙昇，就陵受學，陵以七事試之。弟七試者，陵與諸弟子登雲臺山，絶岩上有一桃樹，旁生石壁，下臨不測，去三四丈，有桃大實，陵謂諸弟子曰："得此桃者，當告以道要。"弟子皆流汗，無敢視者。昇曰："神人所護，何險之有！"乃從上自擲，正投桃樹上，取桃滿懷。而石壁峻峭，不能得還，乃擲桃樹上二百二枚。陵分桃賜諸弟子，餘二枚，陵自食一，留一以待昇。陵乃申手引昇，昇忽已還，乃以向一桃與昇。（上海古籍出版社，1999年）

釋道宣《廣弘明集》卷八《二教論·服法非老九》（釋道安）：

答曰：……但今之道士，始自張陵，乃是鬼道，不關老子。何以知之？李膺《蜀記》曰：張陵避病瘧於丘社之中，得咒鬼之術書，爲是遂解使鬼法。後爲大蛇所噏，弟子妄述升天。《後漢書》稱沛人，張魯母有姿色，兼挾鬼道，往來劉焉家。益州刺史劉焉，遂任魯以爲督義司馬。魯遂與别部司馬張修，將兵掩殺漢中太守蘇固，斷絶斜谷，殺漢使者。魯既得漢中，遂殺張修，而并其衆焉。於漢，爲逆賊，戴黄巾，服黄布揭。魯字公旗。初，祖父陵，順帝時客於蜀，學道鵠鳴山中，造作符書，以惑百姓，受其道者，輒出米五斗，故世謂之“米賊”。陵傳其子衡，衡傳於魯，魯遂自號天師君。其來學者，初名“鬼卒”，後號“祭酒”，祭酒各領部衆，多者名曰“治頭”。皆教以誠信，不聽欺妄。有病，但令首過而已。諸祭酒各起義舍於同路，同路懸亭置米肉以給行旅。食者量腹取足，過多則鬼能病人。犯法者，先加三令，然後行刑。不置長吏，以祭酒爲治。民夷信向，朝廷不能討，遂就拜魯鎮夷中郎將，通其貢獻。自魯在漢，垂三十年。獻帝建安二十年，曹操征之，至陽平，魯欲舉漢中降，其弟衛不聽，率衆數萬，拒關固守，操破衛，斬之。魯聞陽平已陷，將稽顙歸降，閻圃説曰：“今以急往，其功爲輕，不如且依巴中，然後委質，功必多也。”於是乃奔南山。左右欲悉焚寶貨倉庫，魯曰：“本欲歸命國家，其意未達，今日之走，以避鋒鋭，非有惡意。”遂封藏而去。操入南鄭，甚嘉之。又以魯本有善意，遣人慰安之。魯即與家屬出迎，拜鎮南將軍，封閬中侯。而張角、張魯等，本因鬼言漢末黄衣當王，於是始服之。曹操受命，以黄代赤，黄巾之賊，至是始平。自此已來，遂有兹弊。至宋武帝，悉皆斷之。至寇謙之時，稍稍還有。今既大道之世，風化宜同，小巫巾色，寔宜改復。且老子大賢，絶弃貴尚，又是朝臣，服色寧异？古有專經之學，而無服象之殊。黄巾布衣，出自張魯，國典明文，豈虚也哉！夫聖賢作訓，弘裕温柔，鬼神嚴厲，動爲寒暑。老子誡味，祭酒皆飲。張制鬼服，黄布則齊。真僞皎然，急緩可見。自下略引張氏數條妄説，用懲革未聞。

或妄稱真道。（《蜀記》曰：張陵入鵠鳴山，自稱天師。漢嘉平末，爲蟒蛇所噏。子衡奔出，尋尸無所，畏負清議之譏，乃假設權方，以表靈化之迹。生縻鵠足，置石崖頂。到光和元年，遣使告曰：“正月七日，天師升玄都。”米民之山僚，遂因妄傳，貶死利生逆，莫過此之甚也。）

或制民輸課。（《蜀記》曰：受其道者，輸米、肉、布、絹、器物、紙筆、薦席、五彩，後生邪濁，增立米民。）

同上，《明典真僞十》（釋道安）：

問：“老經五千，勖爲淺略。上清三洞，乃是幽深。且靈寶尊經，天文玉字，超九流，越百氏，儒統道家，豈及此乎？”

答曰：“老子道經，樸素可崇。莊生内篇，宗師可領。暨兹已外，制自凡情。黄庭元陽，采撮法華。以道换佛，改用尤拙。靈寶創自張陵，吴赤烏之年始出。上清肇自葛玄，宋、齊之間乃行。尋聖人設教，本爲招勸，天文大字，何所詮談？始自古文，大小兩篆，以例求之，都不相似，陽平鬼書，於是乎驗。晉元康中，鮑靖造《三皇經》被誅，事在《晋史》。後人諱之，改爲《三洞》。其名雖變，厥體尚存。猶明三皇，以爲宗極。斯皆語出凡心，寔知非教，不關聖口，豈是典經？而張葛之徒，皆雜符禁化俗，怪誕違爽，無爲哀哉？吁！何乃指蟲迹欲比蒼文，以毒乳而方甘露乎？”（依張魯《蜀記》凡有二十四治，而陽平一治勖爲大者。今道士上章及奏符厭，皆稱陽平，重其本故也。以上清爲洞玄，靈寶爲洞真，三皇爲洞神，故曰三皇。）

同上，卷九《笑道論·觀音侍老七》（周·甄鸞）：

又案《蜀記》云：張陵避瘧丘社中，得咒鬼之術，自造符書，以誑百姓。爲大蛇所吞，弟子耻之，云白日升天。陵子衡爲係師，衡子魯爲嗣師，以祖妖法，惑亂天下。《漢書》云：劉焉以魯爲督義司馬，遂殺漢中太守蘇固，便得漢中。鬼道化人，時傳“黄衣當王”，魯遂令其部衆改著黄衣巾帔，代漢之徵，自爾至今，黄服不絶，像服沙門，良可悲也！

同上，《張騫取經十四》（周·甄鸞）：

臣笑曰：《漢書》云：“張陵者，後漢順帝時人，客學於蜀，入鵠鳴山，爲蛇所吞。”計順帝乃明帝七世孫，理不在明帝之前百餘年也。

同上，《老子作佛十八》（周·甄鸞）：

《蜀記》：“張陵被蛇暾注，而白日升天。”《漢書》：劉安伏鉞，乃言長生不死。道家誣老子作佛，詎不怪哉？

同上，《道經未出言出三十一》（周·甄鸞）：

臣笑曰：“修静，宋明帝時人，太始七年，因敕而上經目。既云隱在天宫，爾來一百餘年，不聞天人下降，不見道士上升，不知此經從何至此。昔文成書以飯牛，詐言王母之命。而《黄庭》《元陽》，以道换佛。張陵創造《靈寶》，吴赤烏時始出。《上清》起於葛玄，宋齊之間乃行。鮑静造《三皇》，事露而被誅。文成書飯牛，致戮於漢世，今之學者，又踵其術，又可悲乎？《漢書》：張魯祖父陵，桓帝時造符書以惑衆，受道者出米五斗，俗謂‘米賊’。陵傳子衡，衡傳子魯，號曰‘三師’。三人之妻爲三夫人，皆云白日升天。初受道，名‘鬼卒’，後號‘祭酒’，妖鄙之甚，穿鑿濫行，皆此例矣。”

同上，卷十一《對傅奕廢佛僧表并啓》“奕云海内勤王者”條（釋法琳）：

對曰：……《升玄經》云：“天尊告道士張陵，使往東方詣佛受法。”《道士張陵别傳》云：“陵在鶴鳴山中，供養金像，轉讀佛經。”又云：“東方如來遣善勝大士詣太上曰：‘如來聞子爲張陵説法，故遣我來看子。’語張陵曰：‘卿隨我往詣佛所，當令子得見所未見，聞所未聞。’陵即禮大士，隨往佛所。”

同上，“奕云寺饒僧衆”條（釋法琳）：

對曰：……《魏志》曰：張魯字公旗，祖父陵，客蜀學道，在鶴鳴山造作道書，以惑百姓。從受道者，出米五斗，世號“米賊”。陵死，子衡傳業。衡死，魯復傳之。陵爲天師，衡爲嗣師，魯爲係師，自號“三師”也。素與劉焉善，焉死，子璋立，以魯不順，殺魯母及宗室，魯遂據漢中，以鬼道化民，符書章禁爲中。其來學者，初名“鬼卒”，受道者用金帛之物，號爲“祭酒”，各領部衆，衆多者名“治頭”。有病者令首過，大都與張角相似。《後漢・皇甫嵩傳》云：巨鹿張角，自稱大賢良師，奉事黄、老，行張陵之術，用符水祝法以治病，遣弟子八人使於四方，以行教化，轉相誑惑。十餘年間，衆數十萬，自青、徐、幽、冀、荆、揚、兖、豫八州之民，莫不心應。遂置三十六方，方猶將軍號也。大方萬餘人，小方六千人。訛言“蒼天死，黄天當立。歲在甲子，天下大吉”，以白土書京邑寺門，皆作甲子字。中平元年三月五日，内外俱起，皆著道士黄服黄巾，或殺人祠天。於時，賊徒數十萬衆，初起潁川，作亂天下，并爲皇甫嵩討滅。南鄭反漢而蜀亡，（出《魏書》。）孫思習仙而敗晋，（出《晋書》。）道育醮祭因而禍宋，（出《宋書》。）於吉行禁殆以危吴，（出《吴書》。）公旗學仙而誅家，（出《華陽國志》。）陳瑞習道而滅族，（事在《晋陽秋》。）魏華叛夫，（出《靈寶經序》。）張陵弃婦，（見《陵傳》。）子登背父，衛叔去兄。（出《神仙傳》。）自陵三世，專行鬼道，符書、章醮出自道家，禁厭妖孽，妄談吉凶，奸由兹起。然吴、魏已下，晋宋已來，道俗爲妖，數亦不少，何以獨引衆僧，不論儒、道二教？

同上，卷十二《决對傅奕廢佛僧事并表・第一决》（釋明概）：

傅奕曾爲道士，身服黄衣，不尊李老無爲之風，專行張陵兵吏之法。或身爲“米賊”，聚斂無端，名稱“鬼卒”，咒咀寧忌？湯沐梳櫛，與俗既同；耽荒愛欲，將世何别？加以内懷嫉意，外肆狂言，誹謗紛紜，駡詈重疊，此而可忍，孰不可容！……昔天師貴士，尚拜帝王，今鬼卒賤夫，須跪卿相。宜令道士習其師法，朝謁帝王，參拜官長，編於朝典，不亦宜乎論言？案漢魏已來，時經九代，其間道士左道亂朝，妖言犯國者，披閲圖史，何世而無？後漢獻帝，張陵、張魯詐説鬼語，假作讖書，云漢祚滅後，黄衣得天下，遂與巨鹿張角遠爲外應，造黄巾，披黄帔，聚合徒衆，誑誘愚民，謀危社稷，尋被誅滅。故禮云“左道亂群者殺之”。今者道士，不著李老參朝之服，乃披張魯亂國之衣，師弟相承，賊行不改。人數既多，共結賊黨，或致窺覦，寧不備預？計數有五萬，簡令作丁，年税貲租，歲産男女，則利國益民，兵强農勸。如概愚見，其如法者，遵而奉之；其違禁者，廢而使之。庶莠稗一除，田苗鬱茂，奸邪既遣，徒衆肅清，豈不善歟？

同上，《第三决》（釋明概）：

李老事周之日，未有玄壇；張陵謀漢之晨，方興觀舍。故後漢順帝中，有沛人張陵，客游蜀土，聞古老相傳云“昔漢高祖應二十四氣，祭二十四山，遂王有天下”，陵不度德，遂構此謀，殺牛祭祀二十四所，置以土壇，戴以草屋，稱二十四治。治館之興，始乎此也。二十三所在於蜀地，尹喜一所在於咸陽。於是誑誘愚民，招合凶黨，斂租稅米，謀爲亂階。時被蛇吞，逆釁弗作。至孫張魯，禍亂方興。起於漢中，爲曹操誅滅。自爾迄今，群孽相係，依托治館，恒作妖邪。故漢順帝中平元年，巨鹿人張角自稱黄天部師，有三十六將，皆著黄布巾，遠與張魯相應，衆至十萬，焚燒鄴城，漢遣河南尹何進將兵討滅。

同上，《第四决》（釋明概）；

老子亦言其善者，吾亦善之；其不善者，吾亦善之。不如天師事五將、三神、四司、九府，受咒咀之法，行禁厭之符，怨者令顛狂失心，憎者使驚怖失命，此真世俗之惡神，人間之殺鬼也。如概愚見，今時道士塗炭合氣，禁咒章符，此并非李老正言，乃是張陵邪法，妖惑誑詐，損國害民，請宜禁斷，息其邪僞也。

同上，卷十三《辨正論并序·九箴篇》“外論曰夫聖人應世”條（釋法琳）：

尋漢安元年，歲在壬午，道士張陵，分别黄書，云男女有和合之法，三五七九交接之道，其道真訣在於丹田。丹田，玉門也。唯以禁秘爲急，不許泄於道路。道路，溺孔也。呼爲師友父母，臭根之名。又云，女兒未嫁者十四已上，有决明之道。故注《五千文》，云道可道者，謂朝食美也；非常道者，謂暮成屎也。兩者同出而异名，謂人根出溺，溺出精也。玄之又玄者，謂鼻與口也。陵美此術，子孫三世，相繼行之。汝法如是，穢亂生民，若勸百姓依汝法行，則不孝不恭，世出豺狼之種；無禮無義，家生梟獍之兒，明矣。（《四部叢刊》本）

釋道世撰，周叔迦、蘇晋仁校注《法苑珠林校注》卷第五十五破邪篇第六十二《感應緣·妖惑亂衆第四》：

竊聞聲調響順，形直影端。未見鑽火得冰、種豆得麥。所以蘇、張逢於鬼谷，處浮詐之先；顔、閔遇於孔門，標德行之始。故知習二篇之化，激妙無爲；行三張之風，謀爲亂首。何者？後漢順帝時，沛人張陵客游蜀土，聞古老相傳云：昔漢高祖應二十四氣，祭二十四壇，遂王有天下。陵不度德，遂構此謀。殺牛祭祀二十四所，置以土壇，戴以草屋，稱二十四治。治館之興，始乎此也。二十三所在於蜀地，尹喜一所在於咸陽。於是誑誘愚民，招合凶黨，斂租税米，謀爲亂階。時被蛇吞，釁逆弗作。又陵孫張魯行其祖術，後於漢中自稱師君。禍亂方起，爲曹公所滅。又中平元年，巨鹿人張角，自稱黄天部師，有三十六將，皆著黄巾。遠與張魯相應，衆至十萬，焚燒鄴城。漢遣河南尹何進將兵討滅。（中華書局，2003年）

顔真卿《顔魯公集》卷九《晋紫虚元君領上真司命南岳夫人魏夫人仙壇碑銘》：

故夫人自此隱化淪景，須臾至陽洛山。明日，青童君、太極四真人、清虚王君、三天法師張道陵等，凡四十七真人，降教夫人於隱元之臺。王君令夫人清齋五百，日讀《大洞真經》，并分别登真秘奥。道陵授以新出明威章（闕一字）入静存祝吏兵符籙之訣。衆真各標至訓，三日而去。道教所以備教委曲者，以夫人在世爲女官祭酒，領職理故也。（《四部叢刊》本）

李吉甫《元和郡縣志》卷三十二劍南道蜀州晋原縣：

鶴鳴山，在縣西七十九里，絶壁千尋。張道陵天師得道於此。

同上，卷三十四劍南道陵州：

陵州，(開元，煉一萬七千九百五十五，鄉四十七。元和，煉一千九百八十五，鄉四十七。)《禹貢》梁州之域，秦爲蜀郡地，在漢即犍爲郡之武陽縣之東境也。晋孝武帝太元中，益州刺史毛璩益西城戍以防鹽井，周閔帝元年又於此置陵州，因陵井以爲名。陵井者，本沛國張道陵所開，故以陵爲號。晋太元中，刺史毛璩乃於東西兩山築城，置主將防衛之，後廢陵井，更開狼毒井，今之煮井是也。居人仍舊名，猶曰陵井，其實非也。今按州城内北，二面懸崖斗絶，四面顯敞，南臨井。

同上，仁壽縣：

張道陵祠，在縣西南百步。陵開鑿鹽井，人得其利，故爲立祠。陵即張魯之祖父，學道鶴鳴山，人從受道者，出五斗米，故時人號米賊，亦曰五斗米道。（《文淵閣四庫全書》本）

李昉等《太平御覽》卷四十四地部九關中蜀漢諸山《青城山》：

《五岳真形圖》云：洞天所在之處，其下别有日月分精，以照其中。龍橋處二山，相去百餘步，其峰危竦相對，橋在峰首，其橋中半漸漸促小，可六七寸，長一丈五尺，兩邊懸崖，俯臨不測。山傍有誓石，天師張道陵與鬼兵爲誓，朱華盡山，青崖中絶，今驗斷處，石并丹色，闊二十丈，深六七丈，望之截然。

同上，《靈臺山》：

《十道記》曰：靈臺山，在縣北，一名天柱山。高四百丈，即漢張道陵升真之所。

《郡國志》曰：靈臺山，天柱崖下，有一桃樹，高五尺，皮是桃心，肉似柏，張道陵與王良、趙昇試法於此，四百餘年，桃迄今不朽。小碑記之。

同上，卷一百六十六州郡部十二《蜀州》：

《魏志》曰：蜀州鳴鶴山，張道陵客蜀，學道於此山，造作符書，以惑百姓。

《益州記》：張道陵登仙之所，傳云陵爲蝮蛇所吸，人以爲登仙。

同上，《陵州》：

《郡國志》曰：張道陵於此得鹽井，祠玉女於井内，因謂之陵井，郡因井得名。

同上，卷六百六十二道部四《天仙》：

（《真誥》）又曰：張陵字輔漢，沛國豐人也。本習儒，晚學長生之道，得九鼎丹經。聞蜀中多名山，乃入鳴鶴山，著道書二十餘篇，仙去。

同上，卷六百六十六道部八《道士》：

（《太平經》）又曰：張陵博學，及河洛、天文，悉窮其妙，静處衡門，不求聞達，彈琴咏詩，順志而已。

同上，卷六百七十一道部十三《服餌下》：

（《上元寶經》）又曰：太清正一真人張道陵，沛國人，本大儒，漢延光四年始學道也。漢末，於鳴鵠山。仙官來降，授以正一盟威之教，施化領民，法號天師，即《真誥》云“奉張道陵正一平氣”者是也。《天師靈寶五符序》及《太清金液丹序》，并佳筆，别有傳，已行於世。

同上，卷六百七十九道部二十《傳授下》：

《太真科》曰：太上告張陵天師曰：“内外法契，與天地水三官，折石飲丹爲誓也。”張陵受命爲天師，命弟子扶翼爲嗣師，上崇虚之堂，登白虚之壇，醮奏太一，傳授曰：“訣傳命嗣師，承代基業，行教天人。”

《升玄經》曰：張道陵曰：“不敢以身傳此教。”太上曰：“何得顧難，廢不通法，汝當建意，無謂不可傳。若世有道士得此仙經，披尋首尾，知是真要，無師可授，更得奉行。”

同上，卷七百十服用部十二《杖》：

《神异記》曰：陳敏，孫皓之世爲江夏太守，自建業赴職，聞宫亭廟驗，（言靈驗。）過乞在任安穩，當上銀杖一枚。年限既滿，作杖，擬以還廟，撫捶鐵以爲幹，以銀塗之，尋徵爲散騎常侍，往宫亭，送杖於廟中，訖，即進路。日晚，降神巫宣教曰：“陳敏許我銀杖，今以塗杖見與。”便投杖水中，當送以還之，欺蔑之罪，不可容。部衆取杖看之，見鐵幹乃置之湖中，杖浮江水上，其疾如飛，遥到敏舫前，敏舟遂覆。

同上，卷九百六十七果部四《桃》：

（《神仙傳》）又曰：張陵，沛人也。有天神降之，遂服丹，能變化。有趙昇，就陵受學，陵以七事試之。陵與諸弟子登雲臺山，絶岩上有一桃樹，大如臂，旁生石壁，下臨不測，去上三四丈，桃大有實。陵謂諸弟子曰：“得此桃者，當告以道要。”弟子皆流汗，無敢視者。升曰：“神人所護，何險之有？”乃從上自擲，正投桃樹，取桃滿懷，而石壁峻峭不得返，乃擲桃地上，得二百枚，陵分桃賜諸弟子，餘二枚，陵自食一，留一以待昇。陵乃伸手引昇，昇忽見返，以向一桃與昇。（中華書局，1960年）

李昉等《太平廣記》卷八神仙八《張道陵》：

張道陵者，沛國人也。本太學書生，博通五經，晚乃嘆曰：“此無益於年命。”遂學長生之道，得黄帝九鼎丹法，欲合之。用藥皆糜費錢帛，陵家素貧，欲治生，營田牧畜，非己所長，乃不就。聞蜀人多純厚，易可教化，且多名山，乃與弟子入蜀，住鵠鳴山，著作道書二十四篇。乃精思煉志。忽有天人下，千乘萬騎，金車羽蓋，驂龍駕虎，不可勝數。或自稱柱下史，或稱東海小童，乃授陵以新出正一明威之道。陵受之，能治病。於是百姓翕然，奉事之以爲師。弟子户至數萬，即立祭酒，分領其户，有如官長，并立條制。使諸弟子，隨事輪出米、絹、器物、紙筆、樵薪、什物等。領人修復道路，不修復者，皆使疾病。縣有應治橋道，於是百姓斬草除溷，無所不爲，皆出其意。而愚者不知是陵所造，將爲此文從天上下也。陵又欲以廉耻治人，不喜施刑罰，乃立條制，使有疾病者，皆疏記生身以來所犯之罪，乃手書投水中，與神明共盟約，不得復犯法，當以身死爲約。於是百姓計念，邂逅疾病，輒當首過，一則得愈，二使羞慚，不敢重犯，且畏天地而改。從此之後，所違犯者，皆改爲善矣。陵乃多得財物，以市其藥，合丹，丹成，服半劑，不願即升天也。乃能分形作數十人。其所居門前水池，陵常乘舟戲其中，而諸道士賓客，往來盈庭巷，（“巷”原作“蓋”，據明鈔本改。）座上常有一陵，與賓客對談，共食飲，而真陵故在池中也。其治病事，皆采取玄素，但改易其大較，轉其首尾，而大途猶同歸也。行氣服食，故用仙法，亦無以易。故陵語諸人曰："爾輩多俗態未除，不能弃世。正可得吾行氣導引房中之事，或可得服食草木數百歲之方耳。"其有九鼎大要，唯付王長。而後合有一人從東方來，當得之，此人必以正月七日日中到，具說長短形狀。至時果有趙昇者，不從東方來，（明鈔本無"不"字。）生平未（"未"原作"原"，據明鈔本、陳校本改）相見。其形貌一如陵所說。陵乃七度試昇，皆過，乃授昇丹經。七試者：第一試，昇到門，不爲通，使人罵辱，四十餘日，露宿不去，乃納之。第二試，使昇於草中，守黍驅獸，暮遣美女非常，托言遠行，過寄宿，與昇接床；明日又稱脚痛不去，遂留數日，亦復調戲，升終不失正。第三試，昇行道，忽見遺金三十餘瓶，昇乃走過不取。第四，令昇入山采薪，三虎交前，咬昇衣服，唯不傷身，昇不恐，顏色不變，謂虎曰："我道士耳，少年不爲非，故不遠千里，來事神師，求長生之道，汝何以爾也？豈非山鬼使汝來試我乎？"須臾，虎乃起去。第五試，昇於市買十餘匹絹，付直訖，而絹主誣之，云未得，昇乃脱己衣，買絹而償之，殊無恡色。第六試，昇守田穀，有一人往叩頭乞食，衣裳破弊，面目塵垢，身體瘡膿，臭穢可憎，昇愴然爲之動容，解衣衣之，以私糧設食，又以私米遺之。第七試，陵將諸弟子，登雲臺絶岩之上，下有一桃樹，如人臂，傍生石壁，下臨不測之淵，桃大有實。陵謂諸弟子曰："有人能得此桃實，當告以道要。"於時伏而窺之者三百餘人，股戰流汗，無敢久臨視之者，莫不却退而還，謝不能得。昇一人乃曰："神之所護，何險之有？聖師在此，終不使吾死於谷中耳。師有教者，必是此桃有可得之理故耳。"乃從上自擲，投樹上，足不蹉跌，取桃實滿懷，而石壁險峻，無所攀緣，不能得返。於是乃以桃一一擲上，正得二百二顆。陵得而分賜諸弟子各一，陵自食，留一以待昇。陵乃以手引昇，衆視之，見陵臂加長三二丈，引昇，昇忽然來還，乃以向所留桃與之。昇食桃畢，陵乃臨谷上，戲笑而言曰："趙昇心自正，能投樹上，足不蹉跌。吾今欲自試投下，當應得大桃也。"衆人皆諫，唯升與王長嘿然。陵遂投空，不落桃上，失陵所在，四方皆仰，上則連天，下則無底，往無道路，莫不驚嘆悲涕。唯昇、長二人，良久乃相謂曰："師則父也，自投於不測之崖，吾何以自安？"乃俱投身而下，正墮陵前，見陵坐局脚床斗帳中。見昇、長二人，笑曰："吾知汝來。"乃授二人道畢，三日乃還，歸治舊舍，諸弟子驚悲不息。後陵與昇、長三人，皆白日衝天而去。衆弟子仰視之，久而乃没於雲霄也。初，陵入蜀山，合丹半劑，雖未衝舉，已成地仙，故欲化作七試，以度趙昇，乃知（"知"原作"如"，據明鈔本、陳校本改）其志也。（出《神仙傳》。）

同上，卷六十女仙五《孫夫人》：

孫夫人，三天法師張道陵之妻也。同隱龍虎山，修三元默朝之道積年，纍有感應。時天師得黄帝龍虎中丹之術，丹成服之，能分形散影，坐在立亡。天師自鄱（“鄱”原作“潘”，據《墉城集仙録》改）陽入嵩高山，得隱書制命之術，能策召鬼神。時海内紛擾，在位多危。又大道凋喪，不足以拯危佐世。年五十方修道，及丹成，又二十餘年。既術用精妙，遂入蜀，游諸名山，率身行教。夫人栖真江表，道化甚行，以漢桓帝（按“桓帝”疑當作“衝帝”）永嘉元年乙酉到蜀，居陽平化，煉金液還丹。依太乙元君所授黄帝之法，積年丹成，變形飛化，無所不能。以桓帝永壽二年丙申九月九日，與天師於閬中雲臺化，白日升天，位至上真東岳夫人。子衡，字靈真，繼志修煉，世號嗣師，以靈帝光和二年，歲在己未，正月二十三日，於陽平化，白日升天。孫魯，字公期，世號嗣師。當漢祚陵夷，中土紛亂，爲梁、益二州牧、鎮南將軍，理於漢中。魏祖行靈帝之命，就加爵秩。旋以劉璋失蜀，蜀先主舉兵，公期托化歸真，隱影而去。初，夫人居化中，遠近欽奉，禮謁如市，遂於山趾化一泉，使禮奉之人，以其水盥沐，然後方詣道静，號曰解穢水。至今在焉。山有三重，以象三境。其前有白陽池，即太上老君游宴之所。後有登真洞，與青城、峨眉、青衣山、西玄山洞府相通，故爲二十四化之首也。（出《女仙傳》。）

同上，卷三百九十九井《鹽井》：

陵州鹽井，後漢仙者沛國張道陵之所開鑿，周回四丈，深五百（“五百”二字原缺，據明鈔本補）四十尺，置竈煮鹽，一分入官，二分入百姓家。因利所以聚人，因人所以成邑，萬歲通天二年，右補闕郭文簡奏賣水，一日一夜，得四十五萬貫。百姓貪其利，人用失業。井上又有玉女廟。古老傳云，比十二玉女，嘗與張道陵指地開井，遂奉以爲神。又俗稱井底有靈，不得以火投及穢污，曾有汲水，誤以火墜，即吼沸湧，烟氣衝上，濺泥漂石，甚爲可畏。或云，泉脉通東海，時有敗船木浮出。（出《陵州圖經》。）（中華書局，1961年）

樂史撰，王文楚點校《太平寰宇記》卷七十二劍南西道一益州成都縣：

玉局潭，在城南柳堤玉局觀内，張道陵得道之所其一也。

同上，卷七十五劍南西道四蜀州晋源縣：

鶴鳴山，在縣西北七十九里。《魏志》云：張陵客蜀，學道此山，造作道書以惑百姓。李膺《益州記》云：張陵登仙之傳，傳云常有麒麟、白鶴游翔其上，有銘記云張陵爲蝮蛇所吸，門徒以爲登仙矣。

同上，卷八十三劍南東道二綿州彰明縣：

靈臺山，在縣北，一名天柱山。高四百丈，即漢張道陵升仙之所。又《郡國志》云，靈臺山天柱崖下，有一桃樹，高五丈，外皮似桃，内心似松，道陵與王長、趙昇試法於此，四百餘年，桃迄今未朽。小碑記之。

同上，卷八十四劍南東道三劍州梓潼縣：

蛟龍神祠，在縣東一十九里兜鍪山上，俗呼爲兜鍪神。古老相傳，此神昔用生人祭之，不則瘴疾水潦爲害，張道陵誡之，遂絶。

同上，卷八十五劍南東道四陵州仁壽縣：

陵井，本狼毒井，今名陵井。按《郡國志》云：昔張道陵此處得鹽井，因被紙排車，引役人，唱排車樂，願心齊力。祀玉女於井内，玉女無夫，後每年取一少年擲鹽井中，若不送，水即竭。又蜀郡西山有大蟒蛇吸人，上有祠號曰西山神，每歲土人莊嚴一女置祠傍，以爲神妻，蛇即吸將去，不爾，則亂傷人。周氏平蜀，許國公宇文責爲益州總管，乃改晝爲神婚合媒婚姻，擇日設樂，送玉女像以配西山神，自爾之後，無復此害。始因張道陵，今謂陵井。

同上，籍縣：

陵井監，按圖經，漢時有山神號十二玉女，爲道人張道陵指陵上開鹽井，因此陵上有井，名陵州。今州上有玉女廟，甚靈，監司奏之，若以火墜井中，即雷吼沸湧，烟氣上衝，濺泥漂石，甚可畏也。或云井泉傍通江海，微有敗船木浮出。其井煎水爲鹽，歷代因之。

同上，卷八十六劍南東道五閬州蒼溪縣：

雲臺山，一名天柱山，在縣東南三十五里。高四百丈，上有百里，有魚池，宜五穀，無惡毒，可度灾。《周地圖記》云：漢末，張道陵在此學道，使弟子王長、趙昇投身絶壑以取仙桃，長等七試已訖，九丹遂成，隨陵白日升天。

同上，卷九十二江南東道四常州宜興縣：

張公山，在縣南三十五里，山巔空穴到底。郭璞注云：陽羡有張公山，洞中南北二堂。古老傳云："張道陵居此求仙，因有張公之名。"四面水入圻溪。

同上，卷一百七江南西道五饒州鄱陽縣：

仙鶴山，在縣南八十里。其山，上有三峰，峰有湖，春冬不竭，衆鳥翔集。中峰古觀壇，地高三丈，松竹森聳。古老相承，是張道陵學道處。其山今立仙鶴壇，舊曰鵠鳴山，天寶六年改名仙鶴山。

同上，卷一百四十九山南東道八忠州豐都縣：

平都山，在縣北二里。《神仙傳》云：後漢延光元年，陰長生於馬明生邊求仙法，乃將長生，入青城山中，煮黄土爲金，以示之；立壇啖血，取太青神丹經授之，乃别去。長生後於平都山，白日升天，即此。張道陵所化二十四化，居其一也。大江在縣南一百步。（中華書局，2007年）

吴淑《事類賦》卷十六服用部《鼎》：

逸少之紀書迹，張陵之刻丹經。（《鼎録》曰：張陵得仙鼎十，鼎刻丹經，埋於雲臺山下。）（《文淵閣四庫全書》本）

張君房《雲笈七籤》卷四《道教經法傳授部·道教相承次第録》：

第六代：諸仙别傳，分散世絶，系治官氣并治名。老君念於志學之子，再下平蓋山，授張陵爲雲臺治火芝火仙之經、方術變化、長生不死之藥，登升雲天之道，敕授爲第六代道之外孫，而東海小童君爲陵保舉，師太上老君爲度師，度雲臺治，封陵爲天師。（天師授三百人，中唯三人系代行治：張申、王昇、李忠。）

同上，卷六《三洞經教部·四輔第四正一者真一爲宗》：

太上所説《正一經》，天師自云："我受於太上老君，教以正一，新出道法。"謂之新者，物厭故，舊盛新，新出，名异實同，學正除邪，仍用舊文，承先經教，無所改造，亦教人學仙，皆用上古之法。王長慮後改易法師，故撰傳録文，名爲《正一新出儀》，故天師云："後世男女，必改吾法，貪財愛色，不施散一切。汝曹重檐，地獄爲家，宜各慎之。"《正一經》云，正一法文，一百卷。今《孟法師録》亦一百卷，凡爲十帙，未知并是此經不耳。斯經所明，總述三乘之用。故此經云，正一遍陳三乘，王長所撰。《新出之儀》四十卷，但未有次第。長既隨師升玄於時，多承口訣，秪録爲卷名，未詮次第也。其源流者，《玉緯》云，昔元始天王，以開皇元年七月七日丙午中時，使玉童傳皇上先生白簡青籙之文，自然得乎此法，虚無先生傳於唐堯，又後聖帝君命小有天王撰集宣行青童，云自爾之後，得此文者乃七千人，皆飛龍玄升，或淪化潛引，不可具記。得道者，藏文五岳，精思積感，先得此文極妙，得之隨緣。文來或出河洛，或戒經方，依因結果也。漢末有天師張道陵，精思西山，太上親降，漢安元年五月一日，授以三天正法命爲天師，又授正一科術要道法文；其年七月七日，又授正一盟威妙經、三業六通之訣，重爲三天法師正一真人。按《正一經》治化品目録云，正目經九百三十卷，符圖七十卷，合千卷，付天師正一百卷，即在其内。後會教重，自當具顯。道本《尊卑經》云，真經要妙，其文無雙，三十六萬四千，正言無數，不離正一演氣布化，五千爲宗，真精要妙，三洞爲勖也。然此法雖復久遠，論其所盛，起自漢朝。天師既升天後，以此法降與子孫、弟子、嗣師、係師及諸天人一切内外至信者，修行傳習，屢有傳道之人，今不具載。此文因此行矣。謹按《正一經》圖科戒品，云《太清經》輔洞神部金丹以下仙業，《太平經》輔洞玄部甲乙十部以下真業，太玄輔洞真部五千文以下聖業，正一法文宗道德，崇三洞，遍陳三乘。《太平經》云輔者父也，今言三太輔、三洞者，取其事用，相資成生，觀解若父之能生也。衆生鈍劣，聞深教不解，更須開説翼成，方能顯悟，即是扶贊之義也。

同上，卷二十八《二十八治·二十四治并序》：

謹按張天師《二十四治圖》云：太上以漢安二年正月七日中時，下二十四治，上八治，中八治，下八治，應天二十四氣，合二十八宿，付天師張道陵，奉行布化。張天師，沛國豐縣人也，諱道陵，字輔漢，禀性嚴直，經明行修，學道有方。永平二年，漢帝詔書就拜巴郡江州令。以延和元年三月十日辛丑，詔書拜爲司空，封食冀縣侯，以《芝草圖經》，歷神仙爲事任，采延年藥，餌金液丹。以漢安元年丁丑，詔書遷改，不拜，遂解官入益州部界。以其年，於蜀郡臨邛縣渠亭山赤石城中，静思精至。五月一日夜半時，有千乘萬從來下，至赤石城前，金車羽蓋，步從龍虎，鬼兵不可稱數。有五人，一人自言“吾是周時柱下史也”，一人自言“吾是新出（闕）上老君也”，一人云“吾是太上高皇帝中黄真君也”，一人言“吾是漢師張良子房也”，一人言“吾是佐漢子（闕）天師外祖也”。“子骨法合道，當承老君忠臣之後，今授子鬼號，傳世子孫，爲國師，撫民無期。”於是，道陵方親受太上質敕，當步綱躡紀，統承三天，佐國扶命，養育群生，整理鬼氣，傳爲國師，依其度數，開立二十四治，十九静廬，授以正一，盟威之道，伐誅邪僞，與天下萬神分付爲盟，悉承正一之道也。

同上，《天師所立四治》：

天師以建安元年正月七日，出下四治名備治，合前二十八宿也。星宿治，隨天立曆，運設教劫，劫有受命。爲天師者，各各申明，濟世度人，以至太平。太平君出，更加有司，隨其才德，進位神仙。

天師以漢安元年七月七日，立四治，付嗣師以備二十八宿。

第一岡氏治，在蘭武山，應星宿。

第二白石治，在玄極山，應張宿。

第三具山治，在飯陽山，應翼宿。

第四鍾茂治，在元東山，應軫宿。（此四治説與前大同小异。）

係師以大元二年正月七日，立八品游治。

峨嵋治（在蜀郡界）；青城治（在蜀郡界）；黄金治（在蜀郡界）；太華治（在京兆郡界）；慈母治（在城市山界）；河逢治（在上黨郡界）；平都治（在巴郡界）；吉陽治（在蜀郡界）。

係師者，嗣師子也，諱魯，於陽平山得尸解仙道。又立一治，名係師治。但嗣師治并主簿，是天師門下也，又立一治。今按玄都職治律第九，云代元治、平都治，是巡游治也。是知峨嵋治等亦是游治。

同上，卷一百三《傳・翊聖保德真君傳》：

張守真，子元濟。常齋戒詣宫，真君降言曰："汝父守真，遭逢於吾，故令子孫受福，汝豈不聞？信州龍虎山張道陵，至今子孫不絶，亦逢於上聖得道之後，應及後世。汝亦與吾有緣，直須在家孝於父母，食禄忠於帝王，立身揚名，豈非好事？"

同上，卷一百九《神仙傳・張道陵》：

張道陵字輔漢，沛國豐人也。本大儒生，博綜五經，晚乃計此無益於年命，遂學長生之道。弟子千餘人，其九鼎大要，惟付王長。後得趙昇，七試皆過。第一試，昇初到門，不通，使罵辱之四十餘日，露霜不去。第二試，遣昇於草中守稻驅獸，暮遣美女，詐言遠行，過寄宿，與昇接床；明日，又稱脚痛未去，遂留數日，頗以姿容調升，昇終不失正。第三試，昇行路上，忽見遺金四十餘瓶，昇趨過，不取不視。第四試，昇入山伐薪，三虎交搏之，持其衣服，但不傷，昇不恐怖，顔色自若，謂虎曰："我道士也。少不履非，故遠千里來事師，求長生之道，汝何以爾？豈非山鬼使汝來試也？汝不須爾！"虎乃去。第五試，昇使於市，買十餘匹物，已估直，而物主誣言未得直，昇即捨去，不與争訟，解其衣服賣之於他處，更買而歸，亦不説之。第六試，遣昇守别田穀，有一人來乞食，衣不蔽形，面目塵垢，身體瘡膿，臭惡可憎，昇爲之動容，即解衣衣之，以私糧爲食，又以私米遺之。第七試，陵將諸弟子登雲臺山，絶岩之上有桃樹，大如臂，生石壁，下臨不測之谷，去上一二丈，桃樹大有實；陵告諸弟子："有能得此桃者，當付以道要。"於時伏而窺之三百許人，皆戰慄却退，汗流，不敢久臨其上，還謝不能得，唯昇一人曰："神之所護，何險之有？聖師在此，終不使吾死於谷中矣。師有教者，是此桃有可得之理。"乃從上自擲，正得桃樹上，足不蹉跌，取桃滿懷，而石壁峭峻，無所攀緣，不能得還，於是一一擲上桃，得二百枚，陵乃賜諸弟子各一枚，餘二枚，陵食一，留一以待昇。於是陵乃臨谷伸手引昇，衆人皆見陵臂不加長，如掇一二尺物，忽然引手，昇已得還，仍以向餘一桃與，食畢，陵曰："趙昇猶以正心，自投桃上，足不蹉跌，吾今欲試自投當得桃否。"衆人皆諫言不可，唯趙昇、王長不言。陵遂自投，不得桃上，不知陵所在，四方則皆連天，下則無底，往無道路，莫不驚咄，唯昇、長二人嘿然無聲，良久乃相謂曰："師則父也，師自投於不測之谷，吾等何心自安？"乃俱自擲谷中，正墮陵前，見陵坐局脚玉床斗帳中，見昇、長笑曰："吾知汝二人當來也。"乃止谷中，授二人道要。（書目文獻出版社，1992年）

文同《丹淵集》卷三十四《奏爲乞改陵州州名狀》：

右臣自到本州，求州之所以得名之由。據《地志》云，自秦至齊本犍爲，與蜀二郡之地，在梁常爲懷仁郡，西魏時始改爲陵州，因境内有陵井，故名焉。陵井始後漢，張陵開興，因陵名遂以名井，後復因井名以名其州。隋雖易爲隆山郡，唐又以爲仁壽郡，至乾元中復以爲陵州，遂因仍至今矣。按陵本沛人，世有别傳，載其异事者尤多，臣不敢以聞。然觀其爲井之功，實亦非常人所能建置，此州之民既賴之以爲生，復畏之以爲神，凡過其祠廟及道其所以昔日爲井之事，皆懔然加肅，不敢少懈，如在其上與其前後，若是之恭也。國家亦殊仰其所利，以贍給諸郡。凡三載郊禮，頒賞軍校，一切皆於此取之，是所謂有功於國，而有利及民者也。但今以其名配井與州，而使其下負薪芻、操瓢囊者，無男子、婦人、稚幼、耇老之屬，日日道其名，千萬在口，臣愚竊謂州取其名，於國體固無嫌，若屬之斯民，臣恐於義或有未安者已。（《文淵閣四庫全書》本）

王堯臣等《崇文總目》卷四道書類五：

《剛子丹訣》一卷。（原釋）張道陵撰。（見《天一閣鈔本》。）

同上，道書類七：

《峨嵋山神异記》三卷。張道陵撰。（《叢書集成初編》本）

王存等《元豐九域志》卷八利州路上閬州閬中郡安德軍節度《古迹》：

雲臺山，一名天柱山，上有地，宜五穀，無惡毒，可度灾。張道陵升仙之處也。（中華書局，1984年）

蘇軾撰，施注、馮景補注《蘇詩續補遺》卷下《過安樂山，聞山上木葉有文如道士篆符，云此山乃張道陵所寓二首》：

天師化去知何在，玉印相傳世共珍。故國子孫今尚死，滿山秋葉豈能神？

（《張真人傳》，名道陵，良八世孫。隱天目山，漢章帝、和帝纍召不起。久之，游雲綿洞煉丹，青龍白虎旋繞其上。丹成，餌之，於蜀之雲臺峰升天。所遺經訣、符章、印劍，授子孫，世守之。）

真人已不死，外慕墮空虛。猶餘好名意，滿樹寫天書。（《文淵閣四庫全書》本）

孔平仲《珩璜新論》“劉焉傳有張陵者”條：

《劉焉傳》有張陵者，謂之“米賊”。即今俗所謂張天師也。《真誥》有張生白，亦是也。本傳注，張修爲太平道，張角爲五斗米道，法亦略同，爲人禱病，爲書三通，一上之天，著山上，一埋之地，一沉之水，謂之“三官”。《真誥》有“被考於三官”者是也。注云：“實無益於療病，小人昏愚，競共事之。後角被誅，修亦亡。”（《文淵閣四庫全書》本）

黄裳《演山集》卷三十三《中散大夫林公墓志銘》：

道士張嗣宗，率其徒由龍虎山而來，自稱漢師君二十六代孫，持銅印，出符籙，其文曰“陽平治都功印”。所至風從，有欲必得，公探其僞而治之。案《後漢・劉焉》及《魏志・張魯傳》，以弊其獄，言自東漢張陵，作符書，惑百姓，謂之“米賊”。陵傳之衡，衡傳之魯。漢道既衰，而邪説鬼道横行於天下，力不能討，故魯據漢川垂三十年，有曹操之强，然後委質，操斬衡於陽平關。則所謂“陽平治都功印”，乃賊物耳，以爲能與吾民却禍而邀福，不亦妄乎？而况方今天下有道，豈容漢末所不能制之妖賊亂民罔上，與吾政事相爲利害者耶？於是力究其弊，奏毁印，廢恩例，勢要或爲之地，莫能救。江左妖學遂熄。（《文淵閣四庫全書》本）

葉夢得《避暑録話》卷下“漢末五斗米道”條：

漢末五斗米道，出於張陵，今世所謂張天師者也。凡受道者出五斗米，故云“五斗米道”。亦謂之“米賊”。與張角略相同。張魯蓋陵之孫，然其法本以誠信不欺詐爲本。而魯爲劉焉督義司馬，因與别部司馬張修，共擊漢中太守蘇固，遂襲殺修而奪其兵，惡在其不欺詐耶？王逸少父子素奉此道。逸少人物高勝，必非惑於妖妄者，其用意故不可知。然盧循入會稽，其子凝之爲太守，以入静室求鬼兵，不設備，遂爲循屠其家，亦可見矣。近世江浙有事魔吃菜者，云其原出於五斗米，而誦《金剛經》，其説皆與今佛者之言异，故或謂之金剛禪，然猶以角字爲諱而不敢道也。（《叢書集成初編》本）

馬永易《新輯實賓録》卷三《三張》：

後漢順帝時，張陵客游蜀土，斂租税米，謀爲亂階，時被蛇吞。其後陵孫張魯行其祖術，後於漢中自稱師君，禍亂方起，爲曹公所滅。又中平元年，巨鹿張角，自稱黄天部師，有三十六將，皆着黄巾，衆至十萬。何進將兵滅之。珠林號爲“三張”。（《唐宋史料筆記叢刊》本，中華書局，2018年）

歐陽忞《輿地廣記》卷二十九成都府臨邛郡：

望大邑縣。

唐咸亨二年，析益州之晋原置，屬邛州。有鶴鳴山，後漢張道陵隱居於此，著作符書。有斜江水。

同上，卷三十成都府下州：

望仁壽縣。

漢武陽縣地。晋置西城戍，以爲鹽井之防。梁置懷仁郡。西魏改西城戍，置普寧縣。隋開皇初，郡廢；十八年，改普寧爲仁壽縣；大業初，置隆山郡。唐爲隆州。有陵井，東漢張道陵所開，有毒龍藏井中，及鹽神玉女十二爲祟，天師以道力驅出毒龍，禁玉女於井下，然後人獲鹹泉之利。皇朝不欲斥天師名，故改陵井爲仙井。有天師廟，今爲至道觀。有玉女祠，今號靈真夫人。（四川大學出版社，2003年）

朱勝非《紺珠集》卷二《神仙傳·七試》（葛洪）：

張道陵弟子趙昇，七試皆遇，乃授《肘後丹經》。（《文淵閣四庫全書》本）

葉廷珪《海録碎事》卷七下聖賢人事部上生子門《蘅薇》：

張道陵母，夫人自魁星中以蘅薇香授之，感而有孕。

同上，卷十三上鬼神道釋部道門《七試皆過》：

張道陵弟子趙昇，七試皆過，乃授《肘後丹經》。（中華書局，2002年）

吴曾《能改齋漫録》卷十三《記事·林績毁張嗣宗妖術印》：

南劍尤溪林績，仁宗時，爲吉州安福令。時有張嗣宗者，挾妖術作符籙，自稱漢師君三十三代孫，率其徒自龍虎山至，謂能却禍邀福。百姓翕然以從。績視其印文，曰：“嘻，乃賊物耳！昔張道陵再傳至魯，魯以鬼道教民，自號師君，遂據漢川。垂三十年，方敗於曹操，而歸陽平關。此印所以有陽平治都公之文。今有道之世，詎容妖賊苗裔，公肆誣罔，以害吾治耶？”於是收治之。聞於朝，毁印。而江左妖學遂息。（上海古籍出版社，1980年）

曾慥《類説》卷三《列仙傳·肘後丹經》：

張道陵弟子趙昇，七試皆通，乃授《肘後丹經》。

同上，《高道傳·蘅薇香》：

張道陵母，天人自魁星中以蘅薇香授之，遂感而孕。桓帝永壽中，太上降成都，其地化出玉局，升坐之，授道陵以要道。

同上，卷二十八《异聞集·神异記》：

《神异記》：進士包敬伯，夜夢二黄衣人以符來召，同行道旁，入蕪穢破垣中，見一老婦語曰："吾姓于氏，君之表姑也。生子崔宣，今爲郎中，不幸戾逆，使我三十年在殯，骸櫬暴露，今君的合放回，當使改卜。若以君言爲誣，則當上訴天帝，加厚誅滅。復祈君爲我寫《金光明經》一部，使我承其福力。"又行至一官府，判官云："敬伯禄命未盡，本案誤追。"敬伯因問夭壽貴賤，答曰："冥司事秘，法不當泄。"持簿，以手掩紙，出兩行，云："包淑年三十五釋褐，明州奉化縣尉。"敬伯云："未嘗名淑。"判官曰："非誤也。"既蘇，見于氏子，具陳前事，終不之信。明年，其人受朱泚僞署，賊平，全家坐極刑。後敬伯上封事，令金吾書吏夏淑繕寫其後日月姓名之際，淑誤自書其名。上佳其文，宣付宰相曰："上書人包淑，宜予一官。"遂授明州奉化縣尉。乃寫《金光明經》，飯僧，以薦于氏。（《文淵閣四庫全書》本）

鄭樵《通志二十略·藝文略》第五道家四外丹類：

《峨嵋山神异記》，三卷。漢張道陵撰。（中華書局，1995年）

員興宗《九華集》卷四《隆州》其一：

有客張陵曾寓此，仙乎仙乎生實死。鴻名制作往事空，盛迹今應頌天子。（《文淵閣四庫全書》本）

洪适《隸釋》卷十一《巴郡太守樊敏碑》：

《帝紀》中平元年春，巨鹿人張角反。其秋，巴郡妖巫張修反。注云：修療病癒者，出米五斗，號爲五斗米師。《劉焉傳》：張陵作符書，以惑百姓，受道者出米五斗，謂之米賊。陵傳子衡，衡傳子魯，魯與張修掩殺漢中守，雄於巴漢。注引《典略》云："張修爲太平道，張角爲五斗米道，數説雖小异同。"蓋諸張皆有妖術，總是米巫。惟張角不曾犯蜀，此云"米巫凶虐，奸狡并起"，謂修、魯也。中平五年，益州黄巾馬相攻破州郡，自稱天子。是時蜀人必有淪於僞命者，此云"君

執一心，賴無洿耻”，謂此也。（中華書局，1986年）

邵博《邵氏聞見後録》卷二十八“予嘗以前聞”條：

予嘗以前聞長老言湯保衡遇漢張陵事，刻石於婺中崇壽觀矣。後得吕大臨與叔所作《保衡傳》，尤詳盡。與叔授横渠先生之道，以誠以正爲本，可信其不誣。然漢史建安二十年，曹操破張魯，定漢中。魯祖父陵，順帝時客於蜀，學道鶴鳴山中，造作符書，以惑百姓。受其道者輒出米五斗，時謂之“米賊”。陵子衡，衡子魯，以其法相付授，自號“師君”。其衆曰“鬼卒”，曰“祭酒”，曰“治頭”，大抵與黄巾相類。朝廷不能討，就拜魯鎮夷中郎將，領漢寧太守。則所謂張陵者，果异人乎？今道家者流祖，其事不可辨云。（中華書局，1983年）

洪適《隸續》卷三《米巫祭酒張普題字》：

熹平二年三月一日天表鬼吴胡九（闕二）仙歷道成玄施延命道正一元布於伯氣定召祭酒張曾萌生趙廣王盛黄□（長字）楊奉等諭受微經十二卷祭酒約施天師道法無極耳

右米巫祭酒張普題字，凡七行，六十七字，今在蜀中，威宗熹平二年所刻。范史《劉焉傳》云：順帝時，張陵客於蜀，造作符書，受其道者出米五斗。陵傳子衡，衡傳子魯。其來學者，初名爲鬼卒，後號祭酒。注云：熹平中，妖賊大起，漢中有張修爲太平道，張角爲五斗米道。使病人處静室思過，祭酒以《老子》五千文都習，爲請禱之法。此碑有天師道法及祭酒鬼兵字，而云受微經十二卷，蓋諸張妖黨指傳授之約。觀其詞，以是姓胡老，初入米。

社中故召諸祭酒，受以經法，頗合史氏所載。此碑字畫，放縱敧斜，略無典則，乃群小所書，以同時刻石雜之，如瓦礫之在圭璧中也。《隸釋》前已不收，以其亦熹平遺刻，遂復録之。（中華書局，1986年）

袁説友等《成都文類》卷三十六記寺觀一《修玉局觀記》（彭乘）：

傳云，後漢永壽中，老君與張道陵至此，有局脚玉座自地而出，老君升座，爲道陵演正一之法。既去，而座隱入地，因成洞穴，故以玉局名之。……大中祥符八年十二月日記。（中華書局，2011年）

陸游《陸氏南唐書》卷十七雜藝方士節義列傳第十四《譚紫霄》：

譚紫霄，泉州人，幼爲道士。初有陳守元者，亦道士，劚地得木札數十，貯銅盎中，皆漢張道陵符篆，朱墨如新，藏去而不能用，以授紫霄。紫霄盡能通之，遂自言得道陵天心正法，劾鬼魅，治疾病，多效。（《文淵閣四庫全書》本）

王象之《輿地碑記目》卷四《嘉定府碑記》：

漢靈帝時張道陵碑。（在洪雅縣易俗鄉，上有“嘉平二年三月一日”等字。）（《叢書集成初編》本）

潘自牧《記纂淵海》卷十郡縣部江南東路信州：

（形勝）龍虎山，在貴溪。張道陵所居處。（《輿地紀勝》。）

同上，卷八十六仙道部《道士賜謚》：

（傳記）後漢張道陵有天師之稱。

同上，卷九十二果食部果《桃》：

張陵，服丹，能變化。有趙昇就陵受學，陵與諸弟子登雲臺山，有桃樹旁生石壁下，桃大有實，陵曰：“得此者，當告以道。”昇乃從上自擲，正投桃樹，得二百枚。陵分賜諸弟子，餘二枚，陵自食一，留一以與昇。（《神仙傳》。）（中華書局，1988年）

杜範《清獻集》卷十六《應師老子解序》：

道裂而爲諸子百家，抗吾儒而鼎之，至千百載而未泯者，獨老、釋耳。派遠徒繁，其源浸失，往往背師而馳，惟老氏之徒甚。夫宗虚無，尚柔謙，傷周衰文弊，欲反之樸古者，蓋其著書本意。若圖籙之傳，符咒之術，乃本之張道陵。而寇謙之借李君以文其欺，惑亂世主，後世轉相授受益肆，其詭誕駭异不可詰知。老氏寧有是哉？至於煉度超升之説，不過剽釋氏土苴，以誑愚俗而圖利其身，此又矯誣謬妄之尤者也。（《文淵閣四庫全書》本）

祝穆《古今事文類聚前集》卷三十四道觀《成都玉局觀》：

後漢永壽元年，李老君與張道陵至此，有局脚玉床自地而出。老君升坐，爲道陵説南、北《斗經》，既去，而座隱地中，因成洞穴，故以玉局名之。（《文淵閣四庫全書》本）

祝穆《古今事文類聚續集》卷十七古今文集雜著《論陵州及大寧鹽井》：

陵州井，乃東漢張道陵所開。曰狼毒井，有毒龍藏井中，及鹽神玉女二十爲祟，天師以道力驅出毒龍，禁玉女於井下，然後人獲鹹泉之利。（《郡志》。）陵州鹽井，陰氣襲人，入者輒死。候雨入者，則隨雨施工。後人以木盤滿中貯水，底鑿小竅，釃水如雨點，設於井上，謂之雨，盤終日不絶。井幹於是一新。（沈

《筆談》。）大寧之井，鹹泉出於山竇間，有如飛瀑，民間分而飲之。（《朝野雜記》。）（《文淵閣四庫全書》本）

潛説友《咸淳臨安志》卷二十六山川五於潛縣《生仙山》：

生仙山，在縣南三十里。天師張道陵生於此山之西，因以名之。今集真觀，即其宅基，名生仙觀。山下有煉丹井，尚存。

同上，卷三十七山川十六於潛縣《天目山》：

天目山，許邁煉丹之地。一在縣西三里。觀山，亦許邁煉丹之地。一在縣西三十里。集真觀，天師張道陵煉丹之地。（《文淵閣四庫全書》本）

王應麟《通鑒地理通釋》卷五十道山川考劍南《名山》：

鶴鳴，在蜀州晉原縣西七十九里，（今崇慶府。）絶壁千尋，後漢張道陵學道鶴鳴山中。（一云在縣西八十里。《益州記》：張道陵登仙之所，嘗有白鶴游其上。）（中華書局，2013年）

陳敬《陳氏香譜》卷一《蘅薇香》：

賈善翔《高道傳》云："張道陵母，夫人自魁星中蘅薇香授之，遂感而孕。"（臺灣商務印書館，1983年）

羅璧《識遺》卷七《張道陵》：

《漢書》著張陵字輔漢，光武建武十年生天目山，得道，善以符治病。桓帝永壽元年，於靈峰白日上升，該百二十歲。而邵伯温《聞見録》著漢建安二十年，曹操破張魯，定漢中。曾祖名陵，順帝時客蜀，學道鵠鳴山中，造作符書惑百姓，受其道者，輒出米五斗，時謂之"米賊"。陵子衡，衡子魯，以其法相付授，自號"師君"。其衆曰"鬼卒"，曰"祭酒"，曰"治頭"。大抵與黄巾相類。朝廷不能討，就拜魯漢寧太守，鎮夷中。觀此，則張陵非异人也。道家今祖陵爲天師，初衹泛號，唐始定封也。（《文淵閣四庫全書》本）

佚名《錦綉萬花谷前集》卷六總地里《陵井監》：

天師張道陵，居鶴鳴山，行正一盟威之法。一日，有美女十二列於庭，曰："願爲箕箒妾。"道陵知陰神十二時之直，乃謂之曰："汝等何以爲獻？"女各出玉環一枚爲贄。道陵曰："難以并納，吾將十二環作一環，投入地，有得者納之。"道陵取環投地，淪成一深井，玉女皆脱衣入井探環。井深五百七十尺，環不可得，出井取衣，已爲天師所匿。衆女泣下，天師乃令玉女居於井中。至唐末，王建爲盗，昏時見裸體婦人，追之不能及，以刀刺之，如中鐵石，忽長丈餘，目若電光，捽建之髮，挈而南去，或在虚，或在地，至曉約三百里，置王於地，其形復爲女子。曰："我欲碎爾爲虀粉，爲爾當爲吾國之土地主，當改心易行，富貴至矣。"及平巢賊李茂貞難，建遂有功，梁祖開國，主乃僭位，遣人於鹽井致醮。玉女出半面享之。初，天師以地荒梗，不可耕，乃因玉女遂化鹽井以救窮民，今陵井是也。取天師之名，故曰陵井。（《雲齋廣記》。）

同上，卷三十神仙《張天師》：

張天師道陵，字輔漢，建武十年正月十五日生於天目山。得道，善以符治病。桓帝永壽元年，於靈峰白日上升。唐天寶七年封天師。子孫散處無聞，惟信州有族甚盛，世世有一人類天師，襲其號，傳其印。印之所异者，纍紙百幅，而丹文必徹也。又《集仙傳》張道陵伯九聖七真，朝王母，王母授以《瓊華寶耀七晨素經》，乃歸。（《文淵閣四庫全書》本）

佚名《錦綉萬花谷續集》卷十一成都府路綿州《桃高五丈》：

《郡志》云：天柱崖下有一桃樹，高五丈餘，張道陵與王長、趙昇試法於此桃，迨今不朽。有碑記之。在彰明縣北。（《文淵閣四庫全書》本）

陳景沂《全芳備祖後集》卷五果部《桃》：

張陵，沛人也。弟子趙昇就陵受業，陵七試之。陵與諸弟子登雲臺山絶頂上，有一桃樹，石壁下臨，不測者三四丈，有大桃實，陵謂諸弟子曰："得此桃者，當告以道。"弟子皆流汗，無敢視者。陵曰："神人所護，何險之有？"乃從上自擲，正投桃樹上，取桃滿懷，而石壁峭峻，不能得還，乃擲桃百枚。陵分桃與諸弟子，餘二枚與昇。（《神仙傳》。）（《文淵閣四庫全書》本）

虞集《道園學古録》卷四十七《成都路正一宫碑》：

蜀之山川，高厚而深遠，故其生物也特异。文武材能豪杰之士，世世不乏，然猶不足盡其神氣之秘緼。於是有神人仙者圖赤斧之流，出乎其間，而世所共知者，漢正一天師張陵遺迹，幾遍西南，事勖著。其興利若鹽井之屬，至於今賴之。其後者，朱桃椎、王保和等，尤不可勝數。（《文淵閣四庫全書》本）

謝應芳《辨惑編》卷四异端《神仙方士》：

道書著張陵字輔漢，光武十年生天目。生得道，善以符治病。桓帝永壽元年，於靈峰白日上升，百二十歲。邵伯温《聞見録》，漢建安二十年，曹操破張魯，定漢中。魯祖父陵，順帝時客蜀，學道鳴鶴山中，造作符書，惑百姓，受其道者輒出五斗米，時謂之“米賊”。陵子衡，衡子魯，以其法相付授，自號“師君”。其衆曰“鬼卒”，曰“祭酒”，曰“理頭”，大抵與黄巾相類。朝廷不能討，就拜魯漢寧太守，鎮夷中。觀此，則張陵非异端也。道家今祖陵爲天師，按陵封天師始唐天寶年間，而《北魏史·崔浩傳》已言寇謙之繼陵爲天師，豈天師初祇泛號，唐始定封耶？（《歸正集》。）（《叢書集成初編》本）

釋念常《佛祖歷代通載》卷十二唐：

（甲子改麟德二月初五日）……後漢張陵，造《靈寶經》及章醮等二十四卷。

同上，卷二十二《合氣爲道僞十三》：

故張道陵黄書云：“男女有和合之法，三五七九交接之道，其道真訣在於丹田。〔丹田〕者，玉門也。唯以禁忌爲急，不許泄於道路。道路者，屎孔也。”

同上，《偷佛神化僞十四》：

嗟乎！道教陰蠹佛書，自古至今，造訛揑僞，盜竊釋經言句，圖謀貝葉題名，謗毁如來，贓誣先聖，醜辭惡語，何可言哉？無蒂狂談，實難遍舉。始自張陵杜撰，不遵老氏玄言，謬作醮書，兼集靈寶詐道，從空而得，妄言太上親傳，用三張鬼法以誑惑愚夫，設五運神符而魘奸匹婦。以此觀之，葛孝先徒搜要妙，陶弘景謾述浮辭。杜光庭白拈巧偷，劫賊無异；陸修静外好裏弱，説客何殊？（《文淵閣四庫全書》本）

陶宗儀《説郛》卷七下《枕中書》“鬼谷先生”條（葛洪）：

張道陵爲三天法師，統御六虚，數侍金闕，太上之股肱，治在廬山，三師同宅。

同上，卷三十一上《誠齋雜記》（周達觀）：

張道陵母，夢天人自魁星中以蘅薇香授之，遂感而孕。

同上，卷三十三下《錦里新聞》（闕名）：

玉局觀，以漢永壽初，老子與張道陵至此，有局脚玉床自地而出，老子升座，與道陵説《南斗經》，既去而座隱。

同上，卷五十八下《神仙傳》（葛洪）：

天師張道陵，字輔漢，沛國豐縣人也。

同上，卷一百十三上《西王母傳》（漢・桓驎）：

昔茅盈字叔申，王褒字子登，張道陵字輔漢，洎九聖七真，凡得道授書者，皆朝王母於昆陵之闕焉。時叔申、道陵侍太上道君，乘九蓋之車，控飛虯之軌，越積石之峰，濟弱流之津，浮白水，凌黑波，顧盼倏忽，詣王母於闕下。（《説郛三種》本）

宋濂《宋濂全集》卷七《漢天師世家序》：

嗣漢四十二代天師張真人，以《世家》一卷，命上清道士傅同虚，徵濂序其首簡。濂聞古者名世諸臣，史官必爲序其世系表以傳，所以敦本始，昭功伐也。况於神明之胄，理有不可得而闕者。今所輯《世家》，但始於留文成侯，而其上則無聞焉。濂因據世族群書補之，復用史法，略載其相承之緒，使一閱輒知大都，而其詳别見於左方云。序曰：

張出自姬姓，軒轅子青陽氏第五子揮爲弓正，始造弓矢，張羅以取禽獸，主祀弧星，世掌其職，賜姓張氏。周宣王時有卿士張仲，其後裔事晋爲大夫。張侯生老，老生君巫，君巫生趯，趯生骼，其孫曰抑朔。至三卿分晋，張氏事韓，韓相開地，相韓昭侯、宣惠王、襄哀王。開地生平，相釐王、悼惠王。平生良，字子房，漢太傅留文成侯，居沛之豐邑。生二子，侍中辟疆及不疑。不疑嗣侯，生二子：典、高。典生默，默生大司馬金，金生陽陵公乘千秋。千秋字萬年，生嵩，嵩生五子：壯、贊、彭、睦、述。其後多以功烈著。傳至於唐，列爲安定、范陽、大原、南陽、燉煌、修武、上谷、沛國、梁國、滎陽、平原、京兆等四十三望族中，出宰相凡十七人。高生通，通生無妄，無妄生里仁，里仁生覺，覺生起，起生桐柏真人大順，大順生漢天師道陵，是爲玄教之宗，其傳緒悠長，倍前望族之盛。論者弗察，見留侯再世國除，即意其絶嗣，殊不知流裔南北如斯之繁也。

道陵字輔漢，建武十年生於吴之天目山。暨長，博習群書，從學者千餘人。尋中直言極諫科，拜巴郡江州令，弃官，隱洛陽北邙山，修煉形之術。章帝以博士徵，不赴。和帝即位，召爲太傅，封冀侯，亦不就。乃杖策游淮，入鄱陽，上龍虎山，合九天神丹。訪西仙源，獲制命五岳、攝召萬靈及神虎秘文於壁魯洞。俄往嵩山石室，得黄帝九鼎丹書。及道既成，聞巴、蜀沴氣爲人灾，鋭意入蜀。初居陽平山，遷鶴鳴山，感玄元老君屢受以經籙之法，於是分形示化，復立二十四治，增以四治，以應二十八宿。妖厲爲之衰熄，如發鹹泉、破鬼城之事甚多，不能備載。永壽二年，復還渠亭山，出三五斬邪雌雄劍二、陽平治都功印一，授嗣天師衡，使世世相傳，乃乘雲上升，壽蓋一百二十又三云。

衡字靈真，有長材，詔徵黄門侍郎辟，隱居陽平山，誓以忠孝導民，君子謂其有繼宗開緒、納俗安善之功。衡生京師。

魯字公祺，益纘前人之烈，以鬼道教人，自號“師君”。其來學道者，初皆名“鬼卒”。受本道已信，號“祭酒”，各領部衆，多者爲“治頭大祭酒”。皆教以誠信，不欺詐。有病者，自首其過。復設義倉，置義米、肉其中，任人量腹取飽，過取則有禍。人歸者日益衆，遂雄據漢中，詔授鎮民中郎將，領漢寧太守。其後歸魏太祖，拜鎮南將軍，封閬中侯。五子皆爲列侯。女歸太祖子彭祖。

魯死謚原侯。生盛，字元宗，魏太祖封都亭侯，弗受。始自漢中還龍虎山，創三元日，升壇授籙。盛生昭成，字道融，端坐石室，虎豹逢之皆伏；暨化去，或見騎鶴游空中，發冢驗之，唯冠履留耳。昭成生椒，晋安帝召之，不至。椒生回，回生迥，迥生符，符生祥。祥字麟伯，隨洛陽尉，能吐丹置掌中，光芒穿屋，復吞之。祥生通玄，歲大疫，以標植水中，汲飲者咸愈。通玄生恒，唐高宗問治國，恒對曰：“能無爲則天下治矣。”上嘉之。恒生光，光生慈正，慈正生士龍。士龍忘玉印長安酒家，一少年盡力舉之不動。明日，士龍笑而携去。士龍生應韶，應韶生頤。頤生士元，字仲良，瘠而多髯，居應天山四十年，山多虎，人莫敢謁焉。每大風雨，遥見乘黑龍往來諸峰間。士元生脩，脩生諶。諶生秉一，字温甫，目光如電，夜能視物，嘗負劍行山澤間，叱一老樹，雷即震裂之，擊死二巨蟒及小蛇百餘。秉一生善，善生季文。五代之季，受其籙文者頗衆，乃鑄鐵環券數萬繼之。季文生正隨，宋太中祥符八年召至闕，賜號曰真静先生。後凡稱先生者，皆賜號也。吏部尚書王欽若爲奏，立授籙院。正隨生澄素先生乾曜，乾曜生虚白先生嗣宗。嗣宗生象中，字拱辰，生三月能行，五月能言，七歲朝京師，錫以紫衣。象中生葆光先生敦復，無子，從子葆真先生景端嗣。景端亦無子，從弟虚静先生繼先嗣。繼先字嘉聞，五歲不解言，聞鷄鳴，忽失笑賦詩，人异之。崇寧初，解池鹽水溢，遣使者召見，書鐵符投之，怒霆磔蛟死於水裔。一日隨上入寢殿，宫嬪競以扇求書，繼先以經語書之，皆密契其意。中舉一握稽手書曰：“保鎮國祚，與天長存，乃上所御者也。”上奇之。命禱雨，三日乃止，授大虚大夫，不拜。詔江東漕臣，即山中度地遷建上清觀，改爲上清正一宫。從其學道者恒數十百人。靖康初，上復召。時金人侵汴，行至泗州天慶觀，素筆寫詩，隱几而化，葬於龜山之麓。後十六年，西河薩守堅游青城山，相遇於峽口，繼先以書一封、赤舄一隻，令達嗣天師家。嗣天師大驚，使人啓龜山之窆，唯一舄存。繼先無嗣，以象中之孫時修嗣。時修曰：“繼先從子也，吾烏得後之？”衆曰：“法統所在，孰得而奸？”乃從。時修生正應先生守真。守真在母胎歷十九月始産，毗陵有妖憑樹，詔劾之，一夜風雷拔去，後定濤江衝决，高宗賜以象簡、寶劍、《清静》《陰符》二經。守真生景淵，景淵生慶仙。張公洞有井甚深，慶仙戲折木葉擲之，俄波濤騰湧，有一老翁從中出，慶仙呵戒之而去。慶仙無子，從子觀妙先生可大嗣。可大，守真之曾孫，其祖伯堣，父天麟，皆常攝教事。鄱陽水漲，壞民廬無數，袁提刑甫請可大治之，殛死大白蛇，水遂平。尋又遇旱蝗，可大禁之，雨作而蝗殪，敕授提舉三山符籙，兼御前諸宫觀教門公事，主領龍翔宫，時當宋季。元世祖聞其神异，密遣間使訊之，可大授以靈詮，且謂使者曰："善事爾主，後二十年當混一天下。"逮至元十三年，果驗。可大生宗演，字世傳。世祖平宋，憶其父言有徵應，遣兵部侍郎王世英、刑部郎中蕭郁，齎詔召之，賜玉冠、玉圭，冠以靈應衝和真人之號，仍給三品銀印，令主江南道教事，得自出牒度人爲道士。宗演生與棣，字國華，世祖時宣授體玄弘道廣教真人，賞賜優渥，竟卒於京師。與棣無子，弟與材嗣。與材，字國梁。元貞初，入見大明殿，制授大素凝神廣道大真人。大德二年，海鹽鹽官兩州潮水大作，沙岸百里，蝕齧殆盡，延及州城下。與材投鐵符於水，符踴躍出者三，雷電晦冥，殲怪物，魚首龜身，其長丈餘。堤復故常。五年冬，無雪。上曰："冬無雪，民間得無有灾害乎？"與材爲建壇禱之，是夜雪下盈尺。上大喜，命近臣賜酒曰："卿能感神明一至此耶？"八年，録平潮功，加授正一教主，兼主領三山符籙，給以銀印，視二品。九年，崇明州海堤崩俾，弟子持符往劾之，民夢有神填海者，遂安。至大初，加賜寶冠、金服，制授金紫光禄大夫，封留國公，給以銀印，視一品。與材生太玄，字嗣成。嗣成卒，弟嗣德嗣。嗣德卒，其子正言嗣。正言卒，太玄之子正常嗣。正常，字仲紀，即今天師。國朝，六覲京師。洪武初，制授正一護國闡祖通誠崇道弘德大真人，領道教事，給以銀印，視二品。上復賜以褒文，稱其瞳樞電轉，法貌昂然，人以爲榮。蓋歷代相傳，以眼圓而巨者爲玄應，故上因及之云。

濂聞文成侯年少時學禮淮陽東，謁蒼海君。蒼海君，先儒學士以爲海神是也。後又見异人黄石公下邳圯上，則其未達之際，固已能交通於神明。至其晚年，名遂功成，乃欲辟穀，從赤松子游，實其初志，非曰托之以自逃也。故其九傳至漢天師，感慕興起，學輕舉延年之術，祓除陰慝，一以善道化民。而嗣師、係師繼之，修其業而弗墜，惟恐有人横遭夭閼者。當漢之季，天下雲擾，唯巴、漢之間民生晏然，行者不裹糧，居者不捍關，官府賴以成治，如此者垂二十年，其功之及物可謂侈矣，宜其世有令人出俾至化，奚翅古諸侯之國！天之報施，不亦彰明者哉？或者專歸於名山神氣之結，故能演迤盛大如斯，其論亦淺矣。嗚呼！文成侯子孫，南北在在有之，其以功烈顯著者，小則充法從，大則至宰輔，非不光明俊偉也。曾未幾何，降爲皂隸者，有不免焉。其視玄裔相仍，歷千二百有餘歲而未已者，爲何如？蓋必有其道矣，嗣而興者，尚知勖哉！尚知勖哉！（浙江古籍出版社，1999年）

戴良《九靈山房集》卷六《山居稿》第六《送人游龍虎山序》：

龍虎山，乃張道陵所居，子孫世其業，至於今不替。（《叢書集成初編》本）

王禕《王忠文集》卷二十《叢録》“老子之道本於清静無爲”：

老子之道，本於清静無爲，以無爲爲體，以無爲而無不爲爲用。《道德經》五千餘言，其要旨不越是矣。先漢以來，文帝之爲君，曹參之爲臣，常用其道以爲治，而民以寧一，則其道固可措之國家天下者也。自其學一變而爲神仙方技之術，再變而爲米巫祭酒之教，乃遂流爲异端矣。然而神仙方技之術，又有二焉，曰煉養也，曰服食也。此二者，今全真之教是矣。米巫祭酒之教，亦有二焉，曰符籙也，曰科教也。此二者，今正一之教是矣。煉養之事，黄帝之書，雖頗及之，而皆後人依仿而托之者，及赤松子、魏伯陽者出，實始爲之宗。至於盧生、李少君、欒大之徒，則又變煉養爲服食，其爲術愈偏矣。符籙之事，黄老之書所未嘗道，張道陵、寇謙之等實創爲其法。及杜光庭與林凌素輩，則又變符籙爲經典科教，其爲事益陋矣。（《文淵閣四庫全書》本）

楊士奇等《歷代名臣奏議》卷六十八《治道》：

元成宗時，鄭介夫上奏曰：“……張道陵遠處深山，薩真人一瓢自隨，厭與俗接，何曾妄有希求於人？人亦不敢輕有所與。後來設立符籙、醮禳，誑取錢物，非祖師之初意也。……”（《文淵閣四庫全書》本）

李賢等《明一統志》卷五十一廣信府《仙釋》：

張道陵，漢留侯良八世孫，生於天目山，學長生之術，退隱於山。章帝、和帝纍召不起。久之，遍游名山，東抵興安雲錦溪，升高而望曰：“是有异境！”遂泝流而之雲錦洞，有仙岩焉，煉丹其中。三年，青龍白虎旋繞於上，丹成，餌之。時年六十，容貌益少。又得秘書，通神變化，驅除妖鬼。後於蜀之雲臺峰升天，所遺經籙、符章并印劍，以授子孫。其四代日盛，復居此山。歷代重之，今其子孫世襲真人。

同上，卷六十八保寧府《仙釋》：

張道陵，初入蜀，居鶴鳴山，煉丹修道。感老君，授以秘録，遂領弟子趙昇、王長來雲臺治，復煉大丹，服之。漢永壽二年，自以功成道著，乃於半崖舉身，躍入石壁中，自崖頂而出，因成二洞，崖半曰峻仙洞，崖上曰平仙洞。是年九月九日，將諸品秘録、斬邪二劍、玉册、玉印，授其長子衡，乃與夫人雍氏登雲臺峰，白日升天。時年一百二十三歲。

同上，卷七十一潼川州《仙釋》：

（漢）張道陵，漢留侯之後，生於天目山，學長生之道。入蜀，居鶴鳴山。山有石鶴，每鳴則有得道者。道陵居此，煉丹服氣，石鶴乃鳴。漢安元年，感老君，降授以治身秘録，曰："吾昔爲尹喜説經，今再命汝普度含靈，證汝功行，與吾同升。"道陵拜謝。於是驅邪誅妖，佐國安民。後登雲臺峰，白日升天。（三秦出版社，1990年）

何喬新《椒邱文集》卷五《賜龍虎道士張乾曜號澄素先生》：

天師之號，昉於寇謙之，晋以前無有也。自宋以來，龍虎山張氏始專其號，若乾曜是已。歷元以迄於今，國家崇寵，俾之世襲，或範金爲印、刻玉爲簡以賜之，典禮優异，視曲阜宣聖之裔有過無不及焉。史謂乾曜漢張道陵之後，而張氏自云"道陵，留侯之裔也"。以予考之，留侯卒於惠帝之世，豈真凌虚御氣以從赤松子游耶？道陵者，魯之祖，當漢末，以妖術惑衆，竊據漢中，與黄巾張角等耳，豈有道之士哉？而歷代崇寵如此，其至何歟？謂其有長生久世之術耶？則所謂天師者皆死且葬，未有至今猶存者也。謂其建醮祝釐可以消沴致福耶？則宋之疆埸日蹙，元之豪杰并争，天師末如之何也。謂其清静之行有可嘉耶？則妾媵姬姜之奉與俗不异也。然則何取於斯而崇寵之歟？有天下者，黜其號，散其徒，而焚其所謂符籙者，亦足以祛千古之惑矣。（《文淵閣四庫全書》本）

倪岳《青溪漫稿》卷十一《祖師三天扶教輔玄大法師真君》：

謹按傳記，張道陵字輔漢，光武十年生於吴之天目山，善以符治病。桓帝永壽元年，於靈峰白日上升，百二十歲。唐天寶七年，册贈太師；中和四年，封三天扶教大法師。宋熙寧中，加號三天扶教輔元大法師；大觀二年，册號正一靖應真君。子孫歷代相傳，皆有封號。迨入國朝，仍令傳襲正一嗣教真人之封，秩視二品，歲以正月十五日爲祖師示現之辰，遣官詣大德顯靈宫告祭。又按宋邵伯温《聞見録》："建安二十年，曹操破張魯，定漢中。魯祖陵，順帝時客蜀，學道鳴鶴山中，造作符書惑百姓，受其道者輒出五斗米，時謂之'米賊'。陵子衡，衡子魯，以法相付授，自號'師君'，其衆曰'鬼卒'，曰'祭酒'，大抵與黄巾相類。朝廷不能討，就拜魯漢寧太守，鎮夷中。觀此則陵本非异人，而道家祖陵爲天師者，特因天寶詔稱漢天師而然爾。"今議得正月十五日乃其生辰，自宜其子孫祭於其家，所有前項祭祀，伏乞罷免。（《文淵閣四庫全書》本）

鄭岳《山齋文集》卷一《上清宫修造》：

江國歲仍饑，處處盜尤劇。閭里鮮聊生，况兹興巨役！土木極工麗，輝煌耀金碧。各務出新智，規恢過疇昔。内帑不惜費，列郡捐餘積。畚鍤役萬人，筋力誰顧惜！所祀何代鬼？杳幻難具識。漢季有張陵，五斗米中賊。干戈幸逋誅，遺種復滋

息。竊據山水勝，蔓延遍區域。崇奉日轉加，勢與闕里逼。大道久晦冥，爝火何時熄。（《文淵閣四庫全書》本）

陳暐《吴中金石新編》卷六寺觀《清微道院三官閣碑》（都穆）：

予嘗考之，漢有漢中人張陵，與其子衡，造符書，於蜀之鳴鶴山，制鬼卒、祭酒等號，分領部衆，民有疾者，俾書其氏名及謝罪之意，一上之天，著山上，一薶之地，一沈之水，謂之天地水三官。至衡之子魯，而其術益盛，則三官之名，蓋昉於此。後之道家，創爲土木之像，飾以冠服，儼然南面，以爲實有其神，由是閭巷細民往往趨以祈福。夫道家祖陵稱爲天師。今若此，無乃背其師之説乎？雖然，天下之事多出於襲，而其襲之之久，雖有智者莫能卒變，勢則然也。故今之爲道家者，亦唯謹守其傳以事焚修，求無墜而已矣。（《文淵閣四庫全書》本）

楊慎《升庵集》卷四十八《蜀八仙》：

譙秀《蜀紀》載蜀之八仙：首容成公，云即鬼容區，隱於鴻冢，今青城山也；次李耳，生於蜀，今之青羊宫；三曰董仲舒，亦青城山隱士，非三策之仲舒也；四曰張道陵，今大邑鶴鳴觀；五曰莊君平，卜肆在成都；六曰李八百，龍門洞在新都；七曰范長生，在青城山；八曰爾朱先生，在雅州，有手書石刻五經在洞中。好事繪爲圖。（《文淵閣四庫全書》本）

周復俊《全蜀藝文志》卷六十四行紀題名《鶴鳴山銘記》（李膺《益州記》）：

張道陵爲蝮蛇所吸，門人以爲登仙矣。（線裝書局，2003年）

田汝成《西湖游覽志餘》卷十五方外玄蹤《張道陵》：

張道陵者，漢留侯良八世孫也。生於天目山，學長生之術，隱迹高居。章帝、和帝纍召不起，久之，遍游名山，東抵興安雲錦溪，升高而望，曰："是有异境。"遂溯流而之雲錦洞，有仙岩焉，煉丹其中。三年，青龍白虎旋繞於上，丹成，餌之，時年六十，容貌益姣好，若十七八歲時。又得秘書，通神變化，驅除妖鬼，後於蜀之雲臺峰升天。所遺經籙符章印劍，以授子孫，其四代曰盛復者，徙居廣信之龍虎山，世襲天師之號。今杭州羽流，凡稱正一者，皆其教也。（浙江人民出版社，1980年）

余寅《同姓名録》卷三《張陵三》：

東漢兩張陵：一張霸之孫，官至尚書，元嘉中歲首朝賀，大將軍梁冀帶劍入省，陵敕虎賁奪其劍，劾奏論罪。一張魯之祖，永壽二年白日升天。他書或名道

陵，豈以其爲五斗米道，故稱道陵，其實《魏書》止名陵也。（《文淵閣四庫全書》本）

王世貞《弇州四部稿》卷七十二文部《游張公洞記》：

張公者，故漢張道陵。或曰張果，非也。道陵事在蜀頗著，許遠游貽逸少書稱“金堂、玉室、仙人、芝草”，左元放漢末得道之徒，多在焉。此亦豈其一耶？王子曰：“余向所睹石床、丹竈、鹽米廪及棋局者，仿佛貌之耳。”烏言仙迹哉！烏言仙迹哉！

同上，卷一百七十二説部《宛委餘編十七》：

仙道鬼神姓名，有可考者：……張道陵名輔……

同上，卷一百七十三説部《宛委餘編十八》“譯經圖記云明帝”條：

考之漢史，明帝自元年太傅鄧禹薨後絶不置此官，三公中亦無所謂張衍者，十四年衛尉趙憙行太尉，司空爲牟融，亦不聞有所謂劉善峻也。且道教符籙之興，起於張陵，盛於寇謙之，而極於杜光庭。當時豈知所謂二教，亦豈以白馬一寺，而道士遂與之鬥法哉？此既云“永平十四年，以靈寶諸經鬥法”，而《廣弘明集》云“靈寶創自張陵，赤烏始出；上清肇自葛玄，三洞造於鮑靚”，其自相矛盾可見。

同上，“玄光辯惑論”條：

玄光《辯惑論》攻道家言：“張陵爲蟒蛇所噏，子衡奔尋無處，假設權方，生縻鵠足，置石崖頂，克期告衆云：‘正月七日，天師升玄。’米民山獠，蟻集閾外。方夜，衡入，久之乃出，詭稱云云。密抽游罥，鵠直衝虚空。”與李膺《蜀中記》略同。

同上，卷一百七十四説部《宛委餘編十九》“今所稱正一嗣教”條：

今所稱正一嗣教大真人張氏者，其始祖天師張道陵，即張陵也。同時張角，行天師道，持九節杖，爲符祝，教病人叩頭思過，因以符水飲之。陵法略與角同，加思静室，服罪之人，一著山上，上之天，一埋之地，一沈之水，謂之三官。病者家出五斗米，故號曰五斗米師。角在中國，事露至反，族滅，漢亦因以亡。而陵在蜀漢，用僻，故幸不敗。傳至子衡、孫魯，遂據巴漢，垂三十年，曹操破之，始請降封侯萬户，五子皆侯，傳國纍葉。至唐、宋間，復世掌道教，綉玉繻傳，遂與宣聖之裔相終始，而寵幸時過之，良可笑也。

同上，“李膺蜀記云”條：

李膺《蜀記》云：“張道陵病瘧於邱社中，得咒鬼術書，遂解使鬼法，入鵠鳴山，自稱天師。漢熹平末，爲蟒蛇所噏，子衡奔走尋尸無所，乃假設權方，以表靈化，生縻鶴迹，置石崖頂。到光和二年，遣信告曰：‘正月七日，天師升玄都。’衡爲係師，衡子魯爲嗣師。然則今所傳張道陵者，乃蛇腹之餘餐耳。”李膺非元禮，漢蓋有兩張衡、兩李膺也。（《文淵閣四庫全書》本）

王世貞《讀書後》卷八《書張道陵傳後》：

天師一傳，蓋因世譜而作，其牽合傅會不可言，請得而條辨之。其云：“和帝即位，聞其有道，以三品印綬徵。”是時漢未有三品也。“徵爲太傅，封冀縣侯。”此又因卓茂事而傅之者也。太傅位三公上，大邑通侯，豈平世而遽及草野？且此豈細事，而史册之不載也。神符所受，能執筆一遥畫而千萬鬼衆俱死，又能使之活，則一時西川之厲，太上固頤指靖之而有餘，又何必縱之爲害至極，而假手天師制之也？陽都之人，多深山窮谷，王法所不及施，故天師以便宜攝之，彼地即生齒亦不過數萬耳，何以有三萬六千種外道也？夫一畫而能殺鬼，太上實授之，而又責其過當殺氣穢空者，又何也？張魯以漢中降魏，封侯善終，史傳甚明，而云不受封爵，白日升天；且曹子建著論稱其時道術之士甚詳，而不及魯，魯子衛、隗，俱無所謂奇術者，而况上升也？且豈有子女十餘輩纍代升天，而無一紀者？自晋世而昭成，而椒，而仲回，而迥，而符，而子祥，而通，而仲常，而光，而順，而士元，而修，而諶，而秉一，而善，而季文，而正隨，而乾，其壽高者皆百歲，小亦不下九十，何至乾曜召見之後，子孫之壽皆與常人等？蓋前代系數不明而又少，少則不得不以壽彌縫，不明則可以影響故也。大要與鎮南而後，其印劍符籙雖存，而未必一一修持；其修持者，未必一一皆驗。至宋真宗之世，頗好其事，以故稍稍出而應之，然亦無可以聳動者。至宣政而虚静先生繼先出，其倜儻變幻，君臣各相競爲文彩，而其後人因之有世譜耶？《真誥》雖時時稱天師，第呼之曰陵耳，亦不甚重之。（《文淵閣四庫全書》本）

凌廸知《氏族博考》卷十四附録《仙神姓名》：

仙道鬼神姓名，有可考者：……張道陵名輔……（《文淵閣四庫全書》本）

邢雲路《古今律曆考》卷二十八《藏經考》：

道經比佛經僞書尤多，如張道陵等所撰諸經，多屬僞作，且大半抄謄佛經，改换頭面，以此言天，宜乎不合！（《叢書集成初編》本）

陳耀文《天中記》卷二十四《名字・張衡》：

張陵入鵠鳴山，自稱天師，陵子衡爲係師。

同上，卷三十六《觀・玉局》：

成都玉局觀，相傳永壽初老君與張道陵至此，有局脚玉床自地而出，老君升坐，爲陵説南、北《斗經》，既去，而座隱地中，因成洞穴，故以玉局名之。（彭乘記。）

同上，《道士・天師》：

張陵，字輔漢，沛國豐人也。本大儒，晚學長生之道，得九鼎丹經。聞蜀中多名山，乃入鳴鵠山，著道書二十篇，仙去。（《真誥》。）張天師道陵，隱龍虎山，修三元默朝之道，得黄帝龍虎中丹之術，丹成服之，能分形散景。天師自鄱陽入嵩高山，得隱身制命之術。（《集仙録》。）陵學道於蜀鶴鳴山，時蜀中人鬼不分，灾疾競起，感太山老君，降授正一盟威法，如分人鬼，置二十四治，至今民受其福，有戒鬼壇見在。（《正一經》。）陵七試弟子，與趙昇、王長，三人皆白日衝天而去，衆弟子仰視之，久乃没於雲霄也。（《神仙傳》。）上清真符令玉女二人，引陵與夫人雍氏，於雲臺峰白日升天。（《仙鑒》。）陵將秘籙斬邪劍玉册玉印，授子衡，與雍氏上升。（上。）

按一道陵而所載紛紛若此，故知罔世惑衆，繫風捕影，谷永之説信矣。

同上，《三師》：

《漢書》曰：張陵子衡爲係師，衡子魯爲嗣師，號曰“三師”。三人之妻爲夫人，皆云白日升天。（《笑道論》。）張鎮南在北洞北石壇上，燒香禮拜，固伏而不起，遂乃夜解。明旦視之，形如生。此壇今猶存。（《真誥》。）衡以真人之法付係師，與妻盧氏得道陽平山，白日飛升。（《仙鑒》。）操西征，魯以手板畫地成河，兵不得渡，使者以水師至岸，魯又以手板蓋其河，水中輒出高峰，兵不能進。曹公遣使封之不受，後修諫，白日乘龍升天。（上。）

同上，《米賊》：

沛國張陵，學道於蜀鶴鳴山，游作道書，自稱太清玄元，以惑百姓。其來學者，初名“鬼卒”。受道者用金帛之物，號爲“祭酒”，各領部衆。衆多者，名“治頭”。其供通限出五斗米，故世號“米賊”。道陵死，子衡行其道。衡死，魯復行之。魯母有姿色，兼挾鬼道，往來益州牧劉焉之家。焉以魯爲督義司馬，住漢中。焉死，子璋立，以魯驕恣不順，盡殺魯母家室。魯遂據漢中，以鬼道化氏，自號“師君”。大都與張角相似。雄據巴漢，垂三十年。曹操征魯，魯走巴中。弟衛橫山下陽平城以拒之，夜有野糜數千，突壞衛營，衛大驚懼，以爲大軍見掩，遂降。閻圃説魯降曹公或西歸劉備，魯勃然曰：“寧爲曹公作奴，不爲劉備上客。”遂委質曹公。拜鎮南將軍。（《華陽志》，蜀、魏《志》，《世語》，《破邪論》。）

同上，《蛇噏》：

張陵避瘧丘社中，得咒鬼之術書，遂解使鬼法。熹平末，爲蟒蛇所噏，子衡奔出尋尸無所，畏負清議之譏，乃假設權方，以素靈化之迹，生縻鵠足，置石崖頂，謀事辦畢，克期發之。到光和元年，遣使告曰：“正月七日，天師升玄都。”米民山獠蟻集，閾外雲臺治民等稽首再拜言：“伏聞聖駕玄都，臣等常辭，蔭接尸塵，方享九幽。”方夜，衡入，久之乃出，詭稱曰：“吾旋駕晨華，爾各還所治，净心持行，存師念道。”衡便密抽游罥，鶴直衝虚空，民獠愚憨，僉言登仙。販死利生，欺罔天地，逆莫過此之甚也。（李膺《蜀記》、玄光《辨惑論》，見梁《弘明集》。）

同上，《謀亂》：

後漢順帝中，有沛人張陵，客游蜀土。聞古老相傳云，昔漢高祖應二十四氣，祭二十四山，遂王有天下。陵不度德，遂構此謀，殺牛祭祀二十四所，置以土壇，戴以草屋，稱二十四治。治館之興，始乎此也。二十三所在於蜀地，尹喜一所在於咸陽。於是誑誘愚民，招合凶黨，斂租税米，謀爲亂階。時被蛇吞，逆釁弗作。至孫張魯，禍亂方興，起於漢中。（明概《决對傅奕》。）於時假托神言黄衣當王，魯因與張角相應，合集部衆，并戴黄巾，披道士之服數十萬人，自據漢中，垂三十載。後爲曹公所破，黄巾始滅。（《破邪論》。）張陵弃婦。（事見《陵傳》上。）

夫國志等書去陵不遠，其三張之僞，接於耳目者，當不誣也。而道書依托詭説，流傳不悟焉，悲夫！

同上，《三張》：

後魏之世，嵩山道士寇謙之，自謂遇太上老君云：“張陵去世，無所師授，授汝天師之位，賜汝雲中音鋪科誡二十篇，號曰并進，汝宜宣吾新科，清整道教，除去三張僞法、租米錢税及男女合氣之術。”大道清虚，寧有斯事？（《什老志》。）道家方術，以升仙爲神，因而誑惑，偷潤目下。昔徐福欺妄分國於夷丹，文成、五利妖僞於漢世，三張詭惑於西梁，孫恩搔擾於東越，此之巨蠹，自古稱誣。（《辨惑論》。）

同上，卷三十九《生辰・天人授書》：

張道陵母，夢天人自魁星中以蘅薇香授之，遂感而孕。（《高道傳》。）

同上，卷四十六《鹽・道州所開》：

陵州井，乃東漢張道陵所開，曰狼毒井，有毒龍藏井中，及鹽神玉女二十爲祟，天師以道力驅出毒龍，禁玉女於井下，然後人獲鹽泉之利。（《郡志》。）

同上，卷五十二《桃・雲臺》：

綿州彰明縣雲臺山天柱崖下，有一桃樹，高五丈餘，外皮似桃，内心似松。張道陵與王長、趙昇試法於此，四百餘年，桃迨今不朽。有碑記之。《道經》云，雲臺山有一桃樹，三年一花，五年一實，懸絶無底之谷，趙昇乃自擲，取得桃子，餘者無能取之，治應胃宿。（《郡國志》。）

同上，卷五十六《蛇・登仙》：

李膺《益州記》云："晋原鳴鶴山，張陵登仙之所，傳云常有麒麟白鶴游翔其上。有銘記：'張陵爲蝮蛇所吸，門徒以爲登仙矣。'"（《寰宇記》。）（光緒《聽雨山房》本）

胡應麟《少室山房筆叢》卷三十八《華陽博議上》"道之博於經方"條：

道之博於經方，且饒論述者，漢河上公、張道陵、陰長生、王方平、于吉、宫崇、劉政、茅盈、司馬季主、淳于叔通，晋葛玄、鮑靚，宋陸修静，齊陳顯明，梁章處玄，魏寇謙之，後秦王嘉，唐司馬承禎、張果、張氲、葉静能、羅公遠、王遠知、徐靈府、成玄英、文如海、鍾離權、胡慧超、吕岩、馬湘，蜀杜光庭，宋陳摶、張伯端、薛道光、白玉蟾、林靈素、王中孚，元馬玨、譚處端、劉處玄、丘處機。（王方平，漢時孝廉，顯於唐世。）

同上，卷四十四《玉壺遐覽三》"二張衡俱後漢人"條：

二張衡俱後漢人。一字平子，以文章名世，而精心藝術，作渾天儀等，世以爲聖人。一字靈真，天師張道陵長子，靈帝徵爲黄門侍郎，不就，與妻盧氏并得道，白日飛升。此二人亦易混淆，一升仙，一稱聖，其時又酷相近。然隋時又有張衡，即楊廣遣害文帝者。總之有三，與三王褒絶類云。（《郊祀志》中王褒乃帶劍入廟者，亦妖妄之屬也。）

同上，“仙鑒注稱衡一字子平”條：

《仙鑒》注稱衡一字子平，頗精玄象，學道，繼出事漢，爲隴西刺史，遷侍中。此必後漢列傳中張衡，道家者流不能辨，而以爲張道陵之子也。子平即平子，倒之爲子平耳。（《仙鑒》又有宫嵩，蓋即《後漢書》于吉弟子宫崇，字訛也。）

同上，“二張芝”條：

二張芝：一漢張道陵女，得仙者；一草聖，亦漢人。道陵女見《仙鑒》。（中華書局，1958年）

彭大翼《山堂肆考》卷十六地理山《龍虎》：

龍虎山，在廣信府貴溪縣，兩石對峙，如龍昂虎踞，乃三十一福地。漢張道陵修煉之所，今張天師世襲真人居之。

同上，卷十九地理石《望夫》：

《神异記》：武昌山北有望夫石，狀若人。俗傳昔有貞婦，其夫從役，遠赴國難，携弱子餞送此山立，望夫而死，化爲立石，因名焉。

同上，卷一百四十八道教《玉局》：

成都有玉局觀，東漢永壽元年，李老君與張道陵至此，有局脚玉床自地而出，老君升坐，爲道陵説南、北《斗經》，既去，而座隱洞中，因成洞穴，故以玉局名之。

同上，卷一百七十六器用鼎《埋雲臺山》：

漢張道陵得仙鼎十，刻丹經，埋於雲臺山之下。

同上，卷一百九十四飲食鹽《陵州井》：

《郡志》：陵州井，乃東漢天師張道陵所開，曰狼毒井，有毒龍藏井中，及鹽神玉女爲祟，天師以道力驅出毒龍，禁玉女於井中，然後人獲鹹泉之利。又邛州蒲江縣鹽井，乃祥符中民王鸞所開。

同上，卷二百四果品桃子《生於雲臺》：

《神仙傳》：張陵沛人也，弟子趙昇就陵受學，陵已七次試之。其第七試者，陵與諸弟子登雲臺山絶岩上，有一桃樹，旁生石壁，下臨不測，去三四丈，有大桃實，陵謂諸弟子曰：“得此桃者，當告以要道。”弟子皆流汗，無敢視者。昇獨曰："神人所護，何險之有？"乃從上自擲，正投桃樹上，取桃滿懷，而石壁峭峻，不能得還，乃擲百枚與陵，陵分桃賜諸弟子，餘二枚，陵自食一，留一以待昇。陵乃伸手引昇，昇忽已還，乃以向一桃與昇。（《文淵閣四庫全書》本）

李日華《六研齋筆記》卷二"西蜀道士張素卿"條：

西蜀道士張素卿，因孟昶生日，進《八仙圖》。八仙者，李耳、容成、董仲舒、張道陵、嚴君平、李八百、長壽、葛永璝也。（鳳凰出版社，2010年）

徐應秋《玉芝堂談薈》卷十四《仙人鬼神姓名》：

仙道鬼神姓名，有可考者：……張道陵名輔……

同上，卷十七《張道陵》：

張道陵隱鶴鳴山，煉龍虎大丹，遇神告曰："北嵩山中峰石室，藏三皇羽文九鼎、太清丹經，得而修之，乃升天也。"於是掘得之。能飛行遥聽，分形散影。正月十五夜，老君下降，令治蜀鬼，以福生靈，乃授正一盟威秘籙及經訣劍印。真人按修千日，内顧五藏，外集三萬六千神。又感玉女，教以步罡履斗。於是與鬼王戰，畫山分海，驅喚風雷，衆鬼滅影而逃。以殺鬼過多，擅役風雷，鬼神勤行謝過。九年方得上升，朝元始天尊。彭乘《記成都玉局觀》："相傳永壽初，老君與張道陵至此，有局脚玉床自地而出，老君升座，爲陵説南、北《斗經》；既去，而座隱地中，遂成此洞，故以玉局名之。"按李膺《蜀記》："張道陵病瘧於丘社中，得咒鬼術書，爲是遂解使鬼法，入鶴鳴山，自稱天師。漢熹平末，爲蟒蛇所噏，子衡奔走尋尸無所，乃假設權方，以表靈化，生麋鶴迹，置石崖頂。到光和二年，遣信告曰：'正月七日，天師升玄都。'衡爲係師，衡子魯爲嗣師，以法惑天下。"然則今之崇奉正一教者，總其徒誇詡虚誕之詞，非實録也。

同上，《玉女》：

《集仙録·魏夫人傳》："太極真人命北寒玉女聯涓彈九氣之璈，青童命東華玉女烟景珠彈西盈之鐘，陽谷神王命東華玉女一庭吹鳳唳之簫，清虚真人命飛玄玉女鮮于拊九合玉節。"《陵州圖經》："陵州鹽井上有玉女廟，相傳十二玉女常與張道陵指地開井，遂奉以爲神。"又《天地運度經》："太山北有桂林七十株，天神青腰玉女三千人守之，其實赤如橘，人食之，一年仙宮迎之，有九色飛鳳、寶光珠雀，鳴集於此。"

同上，《白日升天》：

張道陵隱鶴鳴山，煉龍虎大丹於嵩山石室，掘得三皇内文九鼎、太清丹經，老君授以正一盟威秘籙。九年，上升，朝元始天尊。

同上，《仙術渺茫》：

自外道盛行，世俗沉溺魔境，惟所蠱惑。如軒轅崩葬，著於《本紀》，而世有鼎湖騎龍之説；留侯卒，見於《世家》，而世有辟穀輕舉之説；王子晋十七殀亡，而世有緱氏乘鶴之説；張道陵爲蝮蛇所食，尋尸無所，而世有正月七日升天之説；淮南王安謀逆自剄，而世有鷄犬同升之説。

同上，卷二十三《金波寶焰》：

少室玉華峰，山有寶玉氣，遠望光彩。聶矗、張道陵得道於此。

同上，卷二十四《華山神燈》：

眉州彭山縣崌崍山上有天柱峰，夜見五色神燈，莫知其數。張道陵得道於此。

同上，卷二十五《石鼓鳴》：

張道陵隱鶴鳴山，山有石鶴，每鳴則有得道者。陵苦節學道，鶴乃鳴，後道成上升。（《文淵閣四庫全書》本）

曹學佺《蜀中廣記》卷三《名勝記》第三川西道成都府玉局壇：

彭乘《玉局記》云：後漢永壽元年，李老君與張道陵至此，有局脚玉床自地而出，老君升座，爲道陵説南、北《斗經》，既去，而座隱地中，因成洞穴，故以玉局名之。

同上，卷五《名勝記》第五川西道成都府五新都縣繁陽山：

西南十五里有繁陽山，與新繁接。《録异記》云："繁陽山麻姑洞，即二十四化之第一陽平之别名也。在繁水之陽，因以爲名。"《本際經》云："天師張道陵所游，太上説經之處，在成都府新都縣南渡江十五里，衆山連接，孤峰特起，是也。"

同上，雙流縣《張道陵祠》：

《天師觀紀勝》云："在廣都縣北，張道陵祠也。"壇下有井，名伏鬼井。趙閲《道記》："華陽縣衡山有井，妖怪藏其中，道陵運石以鎮之，鬼妖乃絶。邑人爲立祠，植杖井旁，今爲喬木，曰戒鬼木矣。"

同上，卷六《名勝記》第六川西道成都府六灌縣洞天：

《五岳真形圖》云：洞天所在之處，其下别有日月，分精以照其中。龍橋處二山，相去百餘步，峰巒危竦相對，橋在峰首，橋之半漸漸促小，可六七寸，長一丈五尺。兩邊懸崖，俯臨不測，山旁有誓石，天師張道陵與鬼兵爲誓，朱筆劃山青崖中絶，今驗斷處，石并丹色，闊二十丈，深六七丈，望之赩然也。

同上，鬼城山：

《方輿》云："鬼城山在丈人觀西北。"又云："常道觀北有張天師誓鬼壇。"《志》云："漢時龍穴出水，暴害禾稼，張道陵立石臺以鎮之，名誓鬼臺。"《甲記》曰："壬子七月十三日，鬼城山崩，瀑水大至，山高百餘丈，丈人觀居其下，將憂摧壞，俄有大石墜下，堰水向東，竟免漂陷。初，觀中資溪水，日用負汲爲勞。自瀑水之後，流泉直注厨下，甘美不竭。"《碑目》云："昔天師自鬼城山駈鬼於絶域，有鬼界古碑，字盡磨滅，不知年代。"又云："天師戒鬼筆迹，在大龍橋側，深一十三丈，闊十三丈。"

同上，卷七《名勝記》第七川西道成都府崇慶州鶴鳴山：

《寰宇記》云："鶴鳴山，在晋原縣西八十里，絶壁千尋。"李膺《益州記》："張道陵登仙之所，嘗有白鶴游其上。北與邛州交界。"

同上，卷八《名勝記》第八川西道成都府仁壽縣陵井監：

《圖經》："漢張道陵經兹地，有山神，稱十二玉女，指陵上開鹽井，監以陵名，志地也。"文同奏疏謂，因張陵以名井，復因陵井以名州矣。大觀四年，改爲仙井，避其諱云。《郡國志》曰："仙井陰氣襲人，入者輒死。投以火，則烟氣上衝，濺泥漂石，沸吼如雷。今玉女祠是其處。"王象之《碑目》云："張天師靈廟碑。元和十五年，知陵州，李正卿撰文。咸通十五年，邱衝書。"

同上，卷九《名勝記》第九川西道成都府九綿竹縣：

綿竹山有鹿堂致，即二十四化之第二化也。漢元帝時，老子偕張道陵游此，有仙基、仙宫，古人度世之處。李膺《記》云："山崖有隙，出神泉。若詣者精志，則泉流奔湧；其通道不篤，便清源頓竭也。"

同上，卷十一《名勝記》第十一上川南道洪雅縣：

《碑目》云："古夷獠誓碑，在洪雅縣市中。"又云："漢靈帝時，張道陵碑在洪雅之易俗鄉，有'嘉平二年三月一日'等字。"

同上，卷十二《名勝記》第十二上川南道彭山縣：

《神异記》云："犍爲有一白虎，出則衆黑虎隨之，不傷人物。"漢王褒《招碧鷄神詞》"黃龍見兮白虎仁"，蓋指此也。《寰宇記》引秦昭王射白虎事，非。

同上，卷二十四《名勝記》第二十四川北道保寧府一：

《通志》云："文城山，在城東三十里，峰巒聳列，林木葱蒨，一峰拔出，名玄都壇，張道陵授符籙之所。"

同上，蒼溪縣：

其著者東南三十五里，有雲臺山。《寰宇記》云："一名天柱山。高四百丈，上方百里，有魚池，宜五穀，無惡毒，可度灾。"《周地圖》云："漢末張道陵，在此學道，使弟子王長、趙昇，投身絶壑，以取仙桃，長等七試已訖，九丹遂成。"《郡國志》曰："雲臺山天柱岩下，有一桃樹，高五尺，皮是桃心，肉似柏。張道陵與王良、趙昇試法於此，樹四百餘年不朽。小碑記之。"《志》云："山有洞四，曰麻姑、芙蓉、平仙、峻仙；岩二，曰松根、蟠桃；池二，曰浴丹、玉魚。山多榕柏，大者空中，可坐數人。"道經云："永壽二年重九日，道陵將諸品秘籙、斬邪二劍、玉册、玉印，授其長子衡，乃與夫人雍氏登峰絶頂，白日升天，時百二十三歲。"

同上，卷二十六《名勝記》第二十六川北道保寧府梓潼縣：

又有蛟龍神祠，在縣東十九里兜鍪山上，俗呼爲兜鍪神。古老相傳，此神昔用生人祭之，不則瘴疾水潦爲害，張道陵戒之，遂絶。

同上，卷三十《名勝記》第三十川北道潼川州鹽亭縣：

《神异記》云：隋張峻夫游蜀至鹽亭，遇一老嫗泣。問之，嫗曰："地有井蟒，每歲祭以男女方汲，今輪次當以某男女祭。"峻夫聞之愕然，許以除害。次日，縛男女致祭，蟒從井出，將噬，峻夫即杖劍投之，蟒遁山洞滅迹，峻夫登山洞口，封以巨石，書"紫微仙洞"四字。蟒害遂除。上帝命主此山爲神，至今血食。

同上，卷五十一《蜀郡縣古今通釋》第一川西道屬成都府仁壽縣：

西魏之隆山郡也，即鼎鼻山，其山隆起，又曰隆山矣。周閔帝元年，於此置陵州，蓋因張陵而名陵井，又因陵井而名陵州也。陵置縣曰仁壽，從文帝年號。

同上，卷五十九《方物記》第一獸：

李膺《益州記》云："張道陵登仙之所，常有麒麟、白鶴游翔其上。"

同上，卷六十六《方物記》第八鹽譜川西井：

《陵井監圖經》：漢時有山神，號十二玉女，爲道人張陵指陵上開鹽井，因此陵上有井，故名陵州。

《雲笈七籤》云："張天師經行陵州山中，有十二玉女來謁，願奉箕箒，天師知其地下陰神也。謂之曰：'汝等何以爲獻？將觀厚薄而納焉。'玉女各獻玉環，徑皆數寸。天師曰：'獻同奈何？'乃化十二環爲一環，徑尺，投入地，約曰：'有得者即納之。'投地，地陷成井，玉女争脱衣入井，以探環。天師取其衣，藏石匱中，玉女遂不得出。"即陵井也。井直下五百七十尺，透兩重大石方及鹹水。今每年一淘洗，須歌唱喧聒然後入，否則必見玉女裸居井中，不利。淘時或絙索斷損，皮囊墜落，唯於天師前炷香良久，自有爲挂結者，云是玉女之靈也。十二玉女，戌亥二神在天，餘十支在井煎鹽，至戌亥時水必歇。

《陵井監圖經》云：井有玉女廟，號靈真夫人，乃監司奏立者。若以火投井中，即雷吼沸湧，烟氣上衝，濺泥漂石，甚可畏也。或謂井泉傍通江海，徵有敗船木浮出云。

《郡國志》：張道陵於此得鹽源，因投紙排車，引役人唱排車樂，祀玉女於井内。俗傳玉女無夫，歲取一少年擲井中配之，否則水竭。又云：狼毒井，有毒龍藏井中，及鹽神玉女十二爲祟。天師以道力驅出毒龍，禁玉女於井下，然後人獲鹹泉之利。及周平蜀，宇文貴爲益州總管，聞玉女之事，乃曰："吾爲媒以嫁玉女可乎？"於是擇日張樂，迎玉女像，置於西山神祠，云將玉女配山神也。是時，成都西山有蟒害，土人祠之，歲用一童女置祠中，蟒吸去則吉，不然則亂傷人云。

《雲笈七籤》：天師初以陵地荒梗，無人安居，山川不可耕植，化鹽井以救窮民。民聚居井傍，户口日衆，遂置州統之，以天師名，故曰陵州。師誓曰："我所化井，以養貧民；若官奪其利，千年外井當陷。"又云：項年陵井屬東川，有張常侍主鹽務，於事稍怠，而課不登交替，後縻留不得解去，替人素崇道與虔告於天師，願借神力增加所出，爲其填納。自是每日所煎水數如常，而鹽數羨溢，五六日内課足，仍煎如舊，數無復增矣。

沈存中《夢溪筆談》云：陵州鹽井深五百餘尺，皆石也。上下甚寬廣，獨中間稍狹，謂之杖鼓腰。舊自井底用柏木爲幹，上出井口，自木幹垂綆而下方能至水，井側設大車絞之。歲久井幹摧敗，屢欲新之，而井中陰氣襲人，入者輒死，無緣措手。惟候天雨，則陰氣隨雨而下，稍可施工，雨晴復止。後有人作木盤蓋井上，滿中貯水，盤底穿小竅疊水，一如雨點，謂之雨盤，令水下終日不絶，如此數月，井幹爲之一新，而利復舊。

同上，卷六十九《方物記》第十一印璽：

《蜀檮杌》：武成二年，獲玉璞於田，令孜之故第以爲國璽，其文曰："有德承天，其祚永昌。"孟蜀廣政十四年冬十月，望彭山副將頭楊富，獲一銅印於江岸，有六面，方各寸許，皆有篆文，兩面共通一竅，竅中三虚一實，其直可貫，其圓有規，六面篆文共八十二。十分夾其竅，六十均在四傍，各成文章。印過雕鏤，有竅面各一十字，無竅面各十五字，以印進上，嚴築作《瑞篆記》。今載其篆文於左：一面云（省篆文十五字）"天國老君生萬民治中國外國人和璽"十五字也；其相對一面云（省篆文十五字）"老君授生輔天下國安平受道人長生"十五字也；又一面云（省篆文十字）"虚無自然明日月星辰光"十字也；其相對一面云（省篆文十字）"玄女致和氣玉女致天醫"十字也；又一面云（省篆文十五字）"上國仙師天師老君道成明天地政璽"十五字也，其相對一面云（省篆文十五字）"上召吾拜無爲太昊通天下治氣同璽"十五字也。按此當是漢張道陵時物。

同上，卷七十二《神仙記》第二川西道二：

《玄都律》云："治者，性命魂之所屬也。"張天師二十四治圖序曰："太上以漢安二年正月七日中時，下二十四治，上八，中八，下八，應二十四氣，合二十八宿，付天師奉行布化。天師諱道陵，字輔漢，稟性嚴直，經明行修，學道有方。先是，永平二年拜巴郡江州縣令；元和元年三月辛丑拜司空，封食冀縣侯，以芝草圖經歷神仙爲事任；漢安元年丁丑，有詔書遷改，不拜，遂解官。入益部，栖蜀郡臨邛縣渠亭山赤石城中，静思精至，五月一日夜半時，有千乘萬騎來下，至赤石城前，金車羽蓋，部從龍虎鬼兵，不可稱數。有五人，其一云是周柱下史也，一新出太上老君也，一太上高皇帝中黄真君也，一漢師張良子房也，一佐漢子淵，即天師外祖也。各言：'子骨法合道，又承老君忠臣之後，合授子瑰號，傳世子孫，爲國師，撫民無期。'於是道陵親受太上寶敕，步綱躡紀，統承三天，佐國扶命，養育群生，整理鬼氣，傳爲國師，依度數開立二十四治、十九静廬，復授正一明威之道，伐誅邪僞，與天下萬神盟。"

同上，卷七十六《神仙記》第六川北道：

《神仙傳》曰：張道陵者，沛國人也。本太學書生，博通五經，晚乃嘆曰："此無益於年命。"遂學長生之道，得黄帝九鼎丹法，欲合之。用藥須糜費錢帛，陵家素貧，欲治生，營田牧畜，非己所長，乃不就。聞蜀中人多純厚，易於教化，且多名山，乃與弟子入蜀，住鶴鳴山，著作道書二十四篇。乃精思煉要。忽有天人下來，乘萬騎，金車羽蓋，驂龍駕虎，不可勝數。或自稱柱下史，或稱東海小童，乃授陵以新出正一盟威之道。陵受之，能治病。於是百姓翕然，奉事以爲師，弟子户至數萬，即立祭酒，分領其户，有如官長。使諸弟子隨事，輪出彩絹器物紙筆樵薪什物等。令人修復道路，不修復者，皆能疾病。百姓斬草除溷，無所不爲，皆出其意。而愚者不知，將爲此文從天上下也。陵又欲以廉恵治人，不喜使刑罰，乃立條制，使有病疾者，皆疏記生身已來所犯之罪，乃首言，投水中，與神明共盟約，不得復犯法，將當以生死爲約。於是百姓計念，邂逅病疾，輒當首過，一則得愈，二使羞慚，不敢重犯，且畏天地，從此之後，所違犯者皆改爲善矣。陵乃多得財物以市其藥，合丹，丹成，服半劑，不願即升天去，乃能分形作數十人。其所居門前水池，陵常乘舟戲其中，而諸道士賓客往來盈庭，巷座上常有陵與賓客對談，共食飲，而真陵故在池中也。其治病事，皆采取玄素，但改易其大較，轉其首尾，而大途猶同歸。陵語諸人曰：爾輩多俗態未除，不能弃世，正可得吾行氣導引房中之事，或可得服食草木數百歲方耳。其有九鼎、大要，唯付王長。又言：合有一人從東方來，當得之，此人必以正月七日日中到，具説長短形狀。至時，果有趙昇從東方來，生年未相見，其形貌一如陵所説。陵乃七度試昇，皆過，乃授昇丹經。七試者：第一試，昇到門不爲通，使人罵辱，四十餘日，露宿不去，乃内之。第二試，使昇於草中守黍驅獸，暮遣美女非常，托言遠行，過寄宿，與昇接床；明日又稱脚痛不去，遂留數日，亦復調戲昇，昇終不失正。第三試，昇行道，忽見遺金三十餅，昇乃走過不取。第四，令昇入山采薪，三虎交前，咬昇衣服，唯不傷身，昇不恐，顔色不變，謂虎曰："我道士耳，少年不爲非，故遠千里來事神師，求長生之道，汝何以爾也？豈非山鬼使汝來試我乎？"須臾，虎乃起去。第五試，昇於市買十餘匹絹，付直訖，而絹主誣之，云未得，昇即捨去，别脱己衣，買絹而歸，殊無恡色。第六試，昇守視田穀，有一人來，叩頭乞食，衣裳破弊，面目塵垢，身體瘡膿，臭穢可憎，昇愴然爲之動容，解衣衣之，以私糧設食，又以私米遺之。第七試，陵將諸弟子登雲臺絶岩之上，下有一桃樹，如人臂，傍生石壁，下臨不測之淵，桃有大實，陵謂諸弟子曰："有人能得此桃實，當告以道要。"於時伏而窺之者二百餘人，股戰流汗，無敢久臨視之者，莫不却退而還，謝不能得。昇一視，乃曰："神之所護，何險之有？聖師在此，終不使吾死於石中耳！師省教者，必是此桃有可得之理。"乃從上自擲，正得投樹上，足不蹉跌，取桃實滿懷，而石壁險峻，無所攀緣，不能得還。乃以桃一一擲上，正得二百二顆，陵得而分賜諸弟子各一，自食一，留一以待昇。陵乃以手引昇，衆視之，見陵臂加長二三丈，昇忽然已來還，乃以向所留桃與之。昇食桃畢，陵乃臨谷上，戲笑而言曰："趙昇自正心身，投樹上，足不蹉跌。吾今欲自試投下，當應大得桃也。"衆人皆諫，唯昇與王長嘿然。陵遂投空，不落桃上，失陵所在。四方皆仰，上則連天，下則無底，往來道路，莫不驚嘆悲涕，唯昇、長二人，良久乃相謂曰：“師則父也。自投於不測之崖，吾何以自安？”乃俱投身而下，正墮陵前，而陵坐局脚床斗帳中，見昇、長二人，笑曰：“固知汝來。”乃授二人道畢，三日乃還歸治舊舍，諸弟子驚悲不息。後陵與昇、長三人，皆白日衝天而去，衆弟子仰視之，久而乃没於雲霄也。

《雲臺治中内録》曰：“太上老君傳授雲臺正治官圖，治山竈鼎等，得四十一代相承，具人名代數於後。……第六代諸仙别傳，分散世絶系，治官氣并治名。老君於是再下平蓋山，授張陵爲雲臺治，付以火芝火仙之經，方術變化、長生不死之藥，登升雲天之道，敕爲第六代道外孫。而東海小童君，爲陵保舉，師太上老君爲度師，度雲臺治，封陵爲天師。天師授三百人，唯張申、趙昇、李忠系代。”（上海古籍出版社，1993年）

俞汝楫《禮部志稿》卷八十四《神祀備考·神祇祀·會議釐正神祀》：

又有所謂祖師三天扶教輔玄大法師真君者。《傳記》云：“漢張道陵，光武時人，善以符治病。至桓帝永壽元年，百二十歲而没，人傳白日上升。”唐天寶、宋熙寧、大觀間，累號正一靖應真君，子孫亦有封號。國朝仍襲正一嗣教真人之封，秩視二品。然宋邵伯温《聞見録》云：“漢建安二十年，曹操破張魯，定漢中。魯祖陵，父衡，以符法相授受，自號‘師君’。其衆曰‘鬼卒’，曰‘祭酒’，大抵與黄巾相類。朝廷不能討，就拜魯漢寧太守，鎮夷中。蓋陵本非异人，而道家祖陵爲天師者，特因天寶之稱而云爾。”今歲以正月十五日爲陵生辰，遣官詣顯靈宫祭告。夫生辰，自宜使其子孫祭於家，而乃遣官祭告，尤非祀典，亦乞罷免。

同上，卷八十九《僧道備考·裁革真人名號》：

隆慶二年，詔革正一真人名號，奪其印。張氏自東漢建武中，張道陵以修煉符水術起，傳數世有張魯者，即史稱五斗米賊也，號能攝役鬼物，愚民神而事之。魯之子元忠，即道陵煉丹處，設壇授法。唐會昌間，始賜名真仙觀。宋大中祥符間，王欽若奏改爲上清觀。元至正中，賜號正一教主真人，主領符録事。國朝因令承襲，傳至嗣孫張永緒，以淫縱聞，術益衰。永緒死，無嗣。江西守臣因言：“張職名賜印不在典制，且復隱税逃役，公行吞噬，無功於世，有害於民，宜永爲裁革。”禮部覆言：“請革其封號，止以裔孫張國祥爲上清觀提點，鑄給提點印。”上從之。（《文淵閣四庫全書》本）

董斯張《廣博物志》卷十二靈异一《仙》：

老君與張道陵至成都説經處，局脚玉床自地而出，故以名觀。（《成都記》。）

同上，卷二十五《形體》：

張道陵字輔漢，母初夢天人自北斗魁星中降，至地長丈餘，衣綉衣，以蘅薇香授之。既覺，衣服居室皆有异香，感而有孕，於建武十年甲午正月望日生於吴地天目山。時黄雲覆室，紫氣盈庭，室中光氣如日月。年及冠，身長九尺二寸，龐眉廣顙，緑睛朱頂，隆準方頤，目有三角，伏犀貫腦，玉枕峰起，垂手過膝，美鬚髯，龍踞虎步，豐下鋭上。（《真仙通鑒》。）

同上，卷三十九器用諸器物《鼎》：

張陵在雲臺山得仙，作一鼎，寫丹經，埋於雲臺山下。（岳麓書社，1991年）

周嬰《卮林》卷五《李膺張衡》：

《宛委餘編》曰：李膺《蜀記》云："張道陵病瘧於丘社中，得咒鬼術書，遂解使鬼法，入鵠鳴山，自稱天師。漢熹平末，爲蟒蛇所噏，子衡奔走尋尸無所，乃假設權方，以表靈化，生縻鶴迹，置石崖頂。到光和二年，遣信告曰：'正月七日，天師升玄都。'衡爲係師，衡子魯爲嗣師。然則今所傳張道陵者，蛇腹餘餐耳。"李膺非元禮，漢蓋有兩張衡、兩李膺也。（《文淵閣四庫全書》本）

周嘉胄《香乘》卷八香异《蘅薇香》：

漢光武建武十年，張道陵生於天目山。其母初夢大人自北魁星中降至地，長丈餘，衣綉衣，以蘅薇香授之。既覺，衣服居室皆有异香，經月不散，感而有孕。及生日，黄雲籠室，紫氣盈庭，室中光氣如日月，復聞昔日之香，浹日方散。（《列仙傳》。）（九州出版社，2014年）

黄淳耀《陶庵全集》卷十《和陶詩·和讀山海經》：

仙人紫清妃，偶景匹陰陽。假合夫婦名，二曜同久長。凡夫想搔背，終不見神光。咄哉張陵術，誤人赤與黄！（《文淵閣四庫全書》本）

方以智《物理小識》卷十二神鬼方術類《托仙》：

《蜀雜記》云："綿竹縣道人，每歲有白雲載之而去，後乃知爲蟒精所攝。"按張道陵，鳴鶴山中亦爲蟒食，其徒張皇其説，今反以爲神。（商務印書館，1937年）

方以智《通雅》卷二十一《姓名·鬼神》"張天師陵之後也"條：

張天師，陵之後也。正一嗣教大真人張氏，始祖張陵，與張角同法，持九節杖爲符祝，病人叩頭思過，以符水飲之，爲三符，一著山上，言天也，一埋地，一沈水，曰三官，病者家出五斗米。智按《三國志》裴注，角事露至反，族滅。而陵在蜀僻，傳子衡、孫魯，遂據蜀漢，垂三十年，曹操破之，請降，封侯傳國，至唐、宋間，復世掌道教。李膺《蜀記》云："張陵避瘧丘社，得咒鬼書，遂解使鬼，入鵠鳴山，自稱天師。漢熹平末，爲蟒蛇所噏，子衡奔走尋尸無所，乃假設權方，以表靈化，生縻鶴迹，置古崖頂。光和二年，遣信告曰：'正月七日，天師升玄都。'衡爲係師，魯爲嗣師，以遂惑天下。"李膺非元禮，漢蓋有兩張衡、兩李膺也。而隋又有張衡，南史又有子平。張衡亦字子平，爲漢刺史，仙去，道家因附會之。（中國書店，1990年）

張英等《淵鑒類函》卷三百十九道部二道士二：

（增）《真誥》曰：張陵字輔漢，沛國豐人也。本大儒，晚學長生之道，得九鼎丹經。聞蜀中多名山，乃入鶴鳴山，著道書二十篇，仙去。

《集仙録》曰：張天師道陵，隱龍虎山，修三元默朝之道，得黄帝龍虎中丹之術，丹成服之，能分形散景。天師自鄱陽入嵩高山，得隱身制命之術。

《正一經》曰：陵學道於蜀鶴鳴山，時蜀中人鬼不分，灾疾競起，感太上老君，降授正一盟威法，始分人鬼，置二十四治，至今民受其福，有戒鬼壇見在。

《神仙傳》曰：陵七試弟子，與趙昇、王長，三人皆白日衝天而去，衆弟子仰視之，久乃没於雲霄也。

《仙鑒》曰：上清真人符令玉女二人引陵與夫人雍氏，於雲臺峰白日升天。

《笑道論》曰：張陵子衡爲係師，衡子魯爲嗣師，號曰三師。三人之妻爲夫人，皆云白日升天。

《仙鑒》曰：衡以真人之法付係師，與妻盧氏得道陽平山，白日飛升。又曰：曹操西征，魯以手板畫地成河，兵不得渡，使者以水師至岸，魯以手板蓋其河，水中輒出高峰，兵不能進。曹公遣使封之，不受。後修煉，白日乘龍升天。（《文淵閣四庫全書》本）

邁柱等《湖廣通志》卷八《山川志》黄州府蕲水縣：

玉臺山，縣東一里，張道陵自蜀還，修煉於此，丹井尚存。

同上，《鳳栖山》：

鳳栖山，縣東二里，世傳張道陵煉丹者，三鷄食，其一化爲鳳，栖此，因名。東有陸羽烹茶泉。

同上，《丹井》：

丹井城，東南玉臺山下，張道陵煉丹處。（《文淵閣四庫全書》本）

嵇曾筠等《浙江通志》卷十《山川》二杭州府下於潛縣：

生仙山。《咸淳臨安志》："在縣南三十里，天師張道陵生於此山之西，因以名之。"

同上，卷四十《古迹》二杭州府下：

張道陵宅。《名勝志》："在於潛西，天目山南，峭壁高二百餘丈，乃漢天師張道陵隱室，旁有張公小舍。"

同上，卷一百九十八《仙釋一》：

（漢）張道陵。《神仙通鑒》："字輔漢，留侯八世孫，建武十年生於吴郡天目山。時黄雲覆室，紫氣盈庭。年及冠，身長九尺二寸，龐眉廣顙，緑睛朱頂，垂手過膝，美鬚髯，望之儼然，從學者十餘人。天目山南三十里，西北八十里，皆有講誦之堂，臨安神仙觀、餘杭通仙觀即其地也。永元四年，樂蜀之溪嶺深秀，遂隱其山，按方煉龍虎大丹。三年丹成，年六十餘，餌之，而容貌益少。永壽二年九月九日，在巴西赤城渠亭山中，太上遣使者并五帝部從，持玉册授正一真人之號。以盟威都功等諸品秘籙、斬邪二劍、玉册、玉印，授其長子衡，於雲臺峰白日升天，時年一百二十三歲也。"《筆叢》："道陵教法，凡祈禱服罪之人，以三符授之，一著山上，一地下，一水中。"

同上，卷二百六十九《藝文》十一賦上《錢塘賦并序》（宋・葛灃）：

噫嘻！山雖多矣，莫若天目爲大焉。其廣也，厜㕒甗隒，縈繞盤礴，連延負厭，周遭有八百里；其高也，侵接霄漢，彌茫眇眂，莫見其脊，凡三萬九千尺。仰太虚兮日月低，坐絶頂兮乾坤窄。圍八極於寸眸，撫四海於一息。帶絡虹蜺，襟包塊軋。其上則有東西澗、可度谷、塢澳湖、蛟龍池，其冢坦平，兩湖對列，若人之有雙眸，兹其名曰天目。又有洞府三十六所，每至深秋，風雨晦冥而叵測，蓋靈异之所潛藏，神仙於焉居宅。异時嘗有徐五仙、張道陵，或餌霞而服氣，或舉室而飛升。（《文淵閣四庫全書》本）

謝旻等《江西通志》卷九《山川三》臨江府：

閣皁山，在府城東六十里，山形如閣，色如皁，道書第二十三福地。漢張道陵，晋丁令威、葛孝先修煉於此。峰六，曰東峰、西峰、鳳游、蓮花、凌雲、玉女。嶺四，曰觀舍、鶏坑、嶠嶺、西巘。岩二，曰金鐘、藏籙。原五，曰葛憩、會仙、桃花、石臼、鼉原。石四，曰雙鯉、馬迹、石門、朝斗。宫曰崇真，潭曰投龍，塘曰九龍，泉曰漱玉，池曰磨劍。山中有靈仙館，山北有高峰，爲丁真人壇。他景尚多。見宋周必大《崇真宫碑記》。

同上，卷十一《山川五》廣信府：

龍虎山，在貴溪縣南八十里，兩峰相峙，狀若龍虎，道書第三十二福地。漢張道陵於此煉丹，山下有演法觀。古松夾道，丹竈、丹井及飛升臺遺址尚存。上清宫則在龍虎兩岐之間，前對琵琶諸峰，右爲仙岩，一水縈紆，蓮花石横塞水口，真神仙窟宅也。今道陵裔世襲真人居之。

同上，《管坊洞》：

管坊洞，在安仁縣南七十里，群峰峭立，其中深邃可容萬人，有田可耕，有鐵門限及床竈之屬。又有雲錦洞，相傳漢張道陵修煉處。宋王庭珪守饒有“絶境逍遥雲錦洞”之句。

同上，卷四十《古迹》撫州府：

飛升臺。《龍虎山記》：“貴溪縣西南八十里，兩峰相峙，狀若龍虎，漢天師張道陵煉丹於此，下有演法觀，古松夾道，丹竈、丹井及飛升臺遺址尚存。”《張天師草堂名勝志》：“在龍虎山，即上清宫之三清殿。有唐常建詩，載《藝文》。”

同上，卷一百四《仙釋》廣信府：

（漢）張道陵，字輔漢，留侯九世孫也，（《太平廣記》作六世。）母夢神人自北斗魁星中降，授以香草，曰蘅薇也。既覺，衣服居室皆有异香，感而有娠。建武十一年甲午正月十五日，生於吴之天目山。既冠，身長九尺二寸，龐眉廣顙，朱頂緑睛，目三角，戟髭髯，伏犀貫腦，玉枕峰起，垂手過膝，龍踞虎步，見者凛然。博習群書，兼明占候，從學者千餘人。永平二年中，直言極諫，科拜巴部江州令，弃官隱洛陽北邙山，修煉形術。章帝以博士徵，和帝召爲太傅，封冀侯，俱不就。杖策游淮，入鄱陽，上龍虎山，合九天神丹，訪西仙源，獲制命五岳、攝召萬靈及神虎秘文於壁魯洞，復往嵩山石室，得黄帝九鼎書。及道成，聞巴蜀沴氣爲害，遂入蜀。初居陽平山，遷鶴鳴山，感太上，降授正一明威秘籙及三天玉册。太上爲度師，封道陵爲天師，并授三五斬邪雌雄劍、陽平治都功玉印。印之爲异者，纍紙百幅，丹文必徹。於是分形示化，立二十四治，增以四治，以應二十八宿，妖厲爲之衰熄。如發仁壽縣鹽井，破青城山鬼市，靈應甚多，不能備載。桓帝永壽二年，還渠亭山，出經籙印劍授嗣天師衡，使世世相傳，乃於南隆雲臺峰，乘雲上升，世壽一百二十三歲，是爲漢天師第一世。子衡嗣教，居陽平山。衡子魯，以道術治人，領漢寧太守，後歸魏，拜鎮南將軍，封閬中侯，薨謚原侯。以經籙印劍授子盛嗣教。（纂宋賈善翔《天師殿記》、明宋濂《天師世家序》。）（《文淵閣四庫全書》本）

查慎行《蘇詩補注》卷一《過安樂山聞山上木葉有文如道士篆符云此山乃張道陵所寓二首》：

天師化去知何在，玉印相傳世共珍。故國子孫今尚死，滿山秋葉豈能神？

真人已不死，外慕墮空虚。猶餘好名意，滿樹寫天書。

慎按：《漢書》建安二十年，曹操破張魯，定漢中。魯祖父陵，順帝時客於蜀，學道鶴鳴山中。《三國・魏志》：張陵客蜀，學道鵠鳴山，造作符書，以惑百姓。葛洪《神仙傳》：張道陵，沛國人，學長生之術，入蜀，住鵠鳴山。《太平寰宇記》：鶴鳴山，在蜀州晋原縣西北七十九里，張道陵登仙之所。“鶴”與“鵠”古人通用。按以上諸書，皆謂道陵寓鶴鳴山，不云在安樂山也。王象之《碑目》：安樂山有唐高宗時劉真人藏經碑。黄山谷云：“劉真人名珍，字善慶，安樂山乃真人飛升之所。”鄧綰《吏隱閣記》亦謂：安樂山，世傳隋開皇中劉珍先生登真之地。曹學佺《名勝志》：山有天符葉樹，一夕大風雨拔去，後得於容子山，葉如荔枝而長，上有文如蟲篆，或以爲劉真人仙迹。據此數説，則安樂山仙迹乃劉善慶，非天師也。先生舟行過山下，一時所聞，出長年三老之口，恐未必得其真，故爲考證如此。（《文淵閣四庫全書》本）

汪森《粤西叢載》卷十一《張道陵》：

張道陵，字輔漢，生於吴之天目山，時漢光武十年也。善以符治病，隱富川之白霞修煉，至桓帝永壽元年，又往雲臺山，白日飛升，人即其地祠之曰丹霞觀。丹竈藥臼，至今存焉。范純仁謫賀縣，東坡與書云：“丹霞觀，張道陵遺迹，果有良藥异事乎？”據此益信。（《通志》。）（廣西民族出版社，2007年）

張廷玉等《明史》卷五十禮四吉禮四《諸神祠》：

祖師三天扶教輔玄大法師真君者，傳記云：“漢張道陵，善以符治病。唐天寶、宋熙寧、大觀間，累號正一靖應真君，子孫亦有封號。國朝仍襲正一嗣教真人之封。”然宋邵伯温云：“張魯祖陵、父衡，以符法相授受，自號師君。”今歲以正月十五日爲陵生日，遣官詣顯靈宮祭告，亦非祀典。（中華書局，1974年）

杭世駿《三國志補注》卷二《二公孫陶四張傳》：

張魯，字公祺，沛國豐人也。祖父陵，客蜀，學道鵠鳴山中，造作道書以惑百姓，從受道者，出五斗米，故世號米賊。陵死，子衡行其道。衡死，魯復行之。（李膺《益州記》曰："張陵避病瘧於丘社中，得咒鬼術書，遂解使鬼法，入鵠鳴山，自稱天師。漢熹平末，爲蟒蛇所噏。子衡奔走，尋尸無所，乃假説權方以表靈化，生縻鶴迹，置石崖頂。光和二年，遣信告曰：'正月七日，天師升玄都衡，爲係師。衡子魯，爲嗣師。'"）

益州牧劉焉，以魯爲督義司馬。（《水經注》曰："初平中，劉焉以魯爲督義司馬，往漢中，斷截閣道，用遠城治，因即峭嶺，周回五里。東臨浚谷，杳然百尋，西北二面，連峰接崖，莫究其極。從南爲盤道，登陟二里有餘。瀘水又南徑張魯治，東水西山，上有張天師堂，於今民事之。庾仲容謂山爲白馬塞，堂爲張魯治，東對白馬城，一名陽平關。"）

魯欲舉漢中降，其弟衛不肯，率衆數萬人拒關堅守，太祖攻破之。（陳琳爲曹洪與魏文帝書曰："漢中地形，實爲險固。四岳三塗，皆不及也。張魯有精甲數萬，臨高守要，一夫揮戟，千人不得進。而我軍過之，若鯨鯢之决網罟，奔兕之觸魯縞，未足以喻其易。"）（《叢書集成初編》本）

趙宏恩等《江南通志》卷十三《輿地志·山川三》常州府：

張公洞，在宜興縣東南五十五里，相傳以爲風雷所開，高六十仞，周五里，三面皆飛崖絶壁，惟穴其北向。游者秉炬而入，歷百磴至燒香臺，仰視天光。自竅中下屬大石，縱横離立，不可名狀，皆作碧緑色。有仙人房、玄武石、芝田、丹竈、錦屏、瑶草諸异。行三里許，南有小洞，可徑以出，道書在天下福地之數。《風土記》云張道陵嘗修道於此，故名。其側有會仙岩，峭石壁立數仞。宋紹聖間，有見二仙倚石者，因名。岩下有泉，寒洌淵澄，極旱不竭。明代，有人於此闢地得石刻"玉泉"二字題，始知爲古泉也。

同上，都穆《游張公洞記》：

須臾雨霽，道士隨予南行至盂山，捨輿而登，路多草莽，約半里，抵張公洞。詢道士洞之得名，云唐仙人張果老得道之所。予嘗覽周處《風土記》，爲漢張道陵修仙於此，而郭景純亦稱陽羡有張公洞，則知名洞始於道陵，不以果也。

同上，卷一百七十四《人物志·方外一》徐州府：

漢張陵，字輔漢，豐人。七歲通《道德經》，舉賢良方正，不就。入蜀，得九鼎丹經，通變化驅除之術，受上真秘籙。桓帝永壽元年，與妻雍氏白日升舉。

（《文淵閣四庫全書》本）

雍正《世宗憲皇帝御製文集》卷十六《太上清宫碑文》：

天師張道陵，漢時煉丹成道，得神授秘文，祓除陰慝，通靈變化，享壽百二十有三。子孫世嗣其法，所傳經籙符章印劍，代以一人典之。弟子法官，轉相師授，其教以忠孝正直，感動神明，安善驅邪，佑民護國，君臣父子，倫敘秩然。閱數十傳，神應如響，是以歷朝重之，世襲真人之封，於今勿替。貴溪龍虎山者，天師煉形修丹之地，元壇、丹竈在焉。後即其地建上清宫，唐、宋、元、明以來，代有修建。（《文淵閣四庫全書》本）

乾隆敕撰《大清一統志》卷二百十七杭州府二《古迹》：

張道陵宅，在於潛縣天目山南峭壁間，闊五丈，高二百餘丈，即漢張道陵隱室。旁有張公小舍，相去半里，登者捫蘿而入，可坐數人。其西麓爲洪載宅。

同上，卷二百四十二廣信府《仙釋》：

（漢）張道陵，留侯九世孫，建武時生於天目山。永平時，拜江州令，弃官隱洛陽北邙山。章帝、和帝纍召，不就。杖策游龍虎山，修煉道成，入蜀，居陽平山。永壽時，遣渠亭山出其經籙印劍，授子衡，使世世相傳，乃於南龍雲臺峰乘雲上升。是爲漢天師第一世。衡傳子魯，魯傳子盛，盛復居龍虎山。元世祖賜三十六世天師宗演號曰靈應衝和真人，大德中加授嗣天師與材爲正一教主，兼領三山符籙，至今世襲。

同上，二百九十八保寧府二《仙釋》：

（漢）張道陵，初入蜀，修道鶴鳴山，領弟子趙昇、王長來雲臺，煉大丹服之。漢永壽三年，自以功成道著，於半崖舉身躍入石壁中，自崖頂而出，因成二洞，將諸品秘録斬邪二劍玉册玉印，授其長子衡，乃與夫人雍氏登雲臺峰，白日升天。（《文淵閣四庫全書》本）

黄庭桂等《四川通志》卷二十七《古迹》直隸嘉定州洪雅縣《古碑記》附：

漢靈帝時張道陵碑。（在縣易俗鄉，上有“嘉平二年三月一日”等字。）

同上，卷三十八之三《仙釋》成都府：

（漢）張道陵，修真艷陽洞，辟穀煉丹，後羽化，人呼爲艷陽仙人。

同上，保寧府：

（漢）張道陵，居閬中鶴鳴山，煉丹修道，感老君授以秘籙，遂領弟子趙昇、王長來雲臺山，煉大丹，服之。永壽二年，自以功成道著，乃於半崖躍入石壁中，自崖頂而出，因成兩洞，崖上曰峻仙洞，崖半曰平仙洞。是年九月九日，將諸秘籙、玉册、玉印、斬邪劍，授長子衡，乃與夫人雍氏登雲臺峰，白日升天，年一百二十三歲。

同上，直隸潼川州：

（漢）張道陵。（詳見保寧府。）（《文淵閣四庫全書》本）

吉慶等《廣西通志》卷十四《山川》平樂府富川縣：

白雲山，在縣西南一百二十里，側有丹竈山，相傳漢張道陵煉丹所，石臼尚存。

同上，《竈溪》：

竈溪，在縣南一百二十里，丹竈山下，昔傳張道陵煉丹取水於此。宋陶弼有詩。

同上，卷四十三《寺觀》桂林府富川縣：

丹霞觀，在縣西三十里，相傳張道陵於此上升。

同上，卷八十七《仙釋》附：

張道陵，字輔漢，漢留侯八世孫，光武十年生會稽天目山，善以符治病，隱於富川之白霞修煉。至桓帝永壽元年，往雲臺峰，白日飛升。人即其地祠之，曰丹霞觀。丹竈、藥臼，至今存焉。宋范純仁謫賀縣，東坡與書云："丹霞觀，張道陵遺迹。果有良藥异事乎？"蓋指此。（《文淵閣四庫全書》本）

顧櫰三《補後漢藝文志》卷八道書類：

張陵《符書》。（見《法苑珠林》。）

後漢張陵造《靈寶經》及《章醮》等道書二十四卷。（《法苑珠林》。）

張陵入蜀，學道鶴鳴山，作道書，以惑百姓。受其道者出五斗米，號"米賊"。陵死，子衡行其道。衡死，魯復行之。以術教民，自號"師君"。其來學道者，初名爲"鬼卒"，受本道已信，號"祭酒"。領卒衆多者名曰"治頭大祭酒"。皆校以誠信不欺詐，有病者但首其過。請祭酒皆作義舍之亭傳，又置米肉懸之義舍。行路者量腹取足，若過多則鬼道輒病之。犯法者三原，然後行刑。

熹平中，妖賊大起，三輔有駱曜。光和中，東方有張角，漢中有張修。駱曜教民緬匿法，角爲太平道，修爲五斗米道。太平道者，師持九節杖，爲符水咒，教病人叩頭思過，因以符水飲之。得病淺或日淺而愈者，則云此人修道，其或不愈，則以爲不通道。修法略與角同，加施净室，使病人處其中思過。又使人爲奸令祭酒，主以《老子》五千文使都習，號“奸令”。爲鬼吏，主爲病者請禱。請禱之法，書病人姓名，説服罪之意，作三通，其一上之天，其一埋之地，其一沈之水，謂之“三官手書”。使病者家出米五斗以爲常，故號“五斗米師”也。

張陵避病瘧於丘社中，得咒鬼之術，遂解使鬼。熹平末，爲大蛇所噏。子衡尋尸不獲，畏負清議之譏，乃假設權方，以表靈化之迹。生縻鵠足，置石崖顛。謀事辦畢，克期發之。到光和元年，遣使告曰：“正月七日，天師升玄都。”米民巴獠蟻集，關外各治民等稽首再拜言：“伏聞聖駕玄都，常辭蔭接尸塵，方享九幽。”方夜，衡入，久之乃出，詭稱曰：“吾旋駕晨華，爾各還所治，净心持行，存師念道。”衡便密抽游罥，鶴直衝虚空，民獠讚嘆，僉言登仙。販死利生，欺罔天地，莫過此之甚也。（李膺《蜀記》、玄光《辨惑論》。）

陵死，子衡行其道。衡死，子魯行其道。魯母有姿色，挾鬼道往來益州牧劉焉家。焉以魯爲督義司馬，督漢中。焉死，子璋立，魯驕恣不順，盡殺魯母家室，魯遂反據漢中，以鬼道化民，自號“師君”，與張角相似。遂雄據漢中垂三十年。曹操征魯，魯走巴中。弟衛横築平陽城以拒之。夜有野麋鹿數千，決壞衛營，衛大驚懼，以爲大軍至見掩，遂降曹公。或曰西歸劉備，魯勃然：“寧爲曹公作奴，不爲劉備上客！”遂委質曹公，拜鎮南將軍。（《華陽國志》《世語》《破邪論》。）

後漢順帝時，有沛人張陵，客游蜀土。聞古老相傳，高祖應二十四氣，祭二十四山，遂王有天下。陵不度德，遂構此謀，殺牛祭祀二十四所，以土壇，戴以草屋，稱二十四治。治館之興，始乎此也。二十三所在於蜀地，尹喜一所在於咸陽。於是誑誘愚民，招合凶黨，斂租税米，謀爲亂階。時被蛇吞，逆釁漸輟。至孫魯，禍亂方興，起於漢中。於是假托神言黄衣當王，魯因與張角相應，合集部衆，并戴黄巾，披道士之服數十萬人，自據漢中，垂三十載。後爲曹公所破，黄巾始滅。（《破邪論》。）

夫《國志》等書，去陵不遠，其三張之僞，接於耳目，而道書依托，流傳不悟，悲夫！據《釋老志》，後魏之世，嵩山道士寇謙之，自謂遇太上老君云：“從陵去世，無所傳授，授汝天師之位，賜汝《雲中音鋪科儀》二十篇，號道教，除去三張僞法、租米錢税及男女合氣之術。”大道清虚，寧有斯事？（《天中記》。）

晋原鶴鳴山，張陵登仙之所，其上有銘記。張陵爲蝮蛇所吸，其徒以爲登仙矣。（《華陽國志》。）

《抱朴子》：曩有張角、柳根、王歆、李申之徒，或稱千歲，假托小術，坐在立亡，變形易貌，誑眩黎庶。進不以延年益壽爲務，退不以消灾治病爲業，遂以招集奸黨，稱和逆亂，不久自伏其辜。（櫰三案：《後漢書》《華陽國志》《抱朴子》《破邪論》載陵事如彼，而道派依托附會陵事如此，則陵之本末從可知矣。屢朝崇奉，系嗣不絶，不亦惑乎？）（《金陵叢書》本）

姚振宗《後漢藝文志》卷四集之類附録道書：

張陵《道書》。

《華陽國志・漢中志》：漢末，沛國張陵學道於蜀鶴鳴山，造作道書，自稱“太清玄元”，以惑百姓。陵死，子衡傳其業。衡死，子魯傳其業。魯字公祺，以鬼道見信於益州牧劉焉。（《太平廣記》引《神仙傳》云：張道陵者，本太學書生，博通五經，著作道書二十四篇。）

范書《劉焉傳》：焉爲益州牧，沛人張魯母有姿色，兼挾鬼道，往來焉家，遂任魯以爲督義司馬，遂與别部司馬張修將兵掩殺漢中太守蘇固，斷絶斜谷，殺使者。魯既得漢中，遂復殺張修而并其衆。魯字公旗。初，祖父陵，順帝時客於蜀，學道鶴鳴山中山。造作符書，以惑百姓。受其道者輒出米五斗，故謂之“米賊”。（按《漢中志》作米道，亦稱五斗米道。）陵傳子衡，衡傳於魯，魯遂自號“師君”。其來學者，初名爲“鬼卒”，後號“祭酒”。祭酒各領部衆，衆多者名曰“理頭”。皆校以誠信，不聽欺妄，有病但令首過而已。諸祭酒各起義舍於路，同亭傳，懸置米肉以給行旅。食者量腹取足，過多則鬼能病之。犯法者先加三原，然後行刑。不置長吏，以祭酒爲理，民夷信向。朝廷不能討，遂就拜魯鎮夷中郎將，領漢寧太守，通其貢獻。魯自在漢川垂三十年，曹操征之，魯降，拜鎮南將軍，封閬中侯，邑萬户。將還中國，待以客禮。封魯五子及閻圃等皆爲列侯。魯卒，謚曰原侯。子富嗣。

案《通志・藝文略》有張道陵《中山玉櫃神氣訣》一卷，《剛子丹訣》一卷，《神仙得道靈藥經》一卷，《峨眉山神异記》三卷。白雲霽《道藏目録・洞神部》本文類云：桓帝永壽元年正月七日，太上降蜀臨邛，授天師張道陵《北斗延生經》一卷。又有《南斗度人經》《東斗護命經》《西斗護身經》《中斗保命經》，其即世俗道流所謂《五斗金章壽生經》者歟？又《太元部》有《上三天正法經》一卷，亦云太上道君授天師張道陵。此皆陵所作道書之散見者，其真僞莫得而詳已。（《適園叢書》本）

姚振宗《三國藝文志》卷四集部道書類：

《鶴鳴經》一卷。（《華陽國志》：“漢末沛國張道陵學道於蜀鶴鳴山，造作道書，自稱太清玄元，以惑百姓。”）

《天師神器經》一卷。（原注：“器”一作“氣”。案天師即謂張道陵也。詳見《後漢藝文志》。《通志略》有張道陵《中山玉櫃神氣訣》一卷。）（《二十五史藝文經籍志考補萃編》本，清華大學出版社，2012年）

曾樸《補後漢書藝文志并考》卷七《子兵志内篇》第三：

張道陵《峨嵋山神异記》。（《通志·藝文略》：三卷。）

同上，卷九《方伎志内篇》第六：

張道陵《中山玉櫃神氣訣》。（《通志》：一卷。）

張道陵《剛子丹訣》一卷。（《通志》：一卷。）

張道陵《神仙得道靈藥經》。（《通志》：一卷。）

《神仙傳》："張道陵者，沛人也。本太學書生，博通五經，晚乃嘆曰：'此無益年命。'遂學長生之道。乃與弟子入蜀鶴鳴山，著作道書二十四篇。"

陶弘景《真誥》："陵字輔漢，沛國豐人也。本大儒，晚學長生之道，得《九鼎丹經》。聞蜀中多名山，乃入鳴鵠山，著道書二十餘篇，仙去。"

張道陵《二十四治圖》。（卷數佚。）

案《路史·九頭紀》羅蘋注引"伏羲造天地、五龍、山岳也"，稱張道陵《二十四治圖》。（《二十五史藝文經籍志考補萃編》本，清華大學出版社，2011年）

案：曾樸《補後漢書藝文志并考》子兵志小説類著録《峨嵋山神异記》三卷，題張道陵撰。

張陵（？—156年），一名道陵，字輔漢，生年不詳。沛國豐（今江蘇豐縣）人。據《神仙傳》等道教典籍記載，陵爲漢留侯張良八世孫，建武十年（34年）生於吴之天目山，既長，爲太學書生，博采五經，從學者千餘人。尋中直言極諫科，拜巴郡江州令。嘆其無益於年命，弃官，隱洛陽北邙山，修煉形之術。章帝以博士徵，不赴。和帝即位，召爲太傅，封冀侯，亦不就。乃杖策游淮，入鄱陽，上龍虎山，合九天神丹。訪西仙源，獲制命五岳、攝召萬靈及神虎秘文於壁魯洞。俄往嵩山石室，得黄帝九鼎丹書。及道既成，聞巴、蜀沴氣爲人灾，鋭意入蜀。初居陽平山，遷鶴（一作鵠）鳴山，感玄元老君屢受以經籙之法，於是分形示化，復立二十四治，增以四治，以應二十八宿。妖厲爲之衰熄，如發鹹泉、破鬼城之事甚多，不能備載。永壽二年（156年），復還渠亭山，出三五斬邪雌雄劍二、陽平治都功印一，授嗣天師衡，使世世相傳，乃與妻子乘雲升天。《太平御覽》卷六百七十一引《上元寶經》云："太清正一真人張道陵，沛國人，本大儒，漢延光四年（125年）始學道也。"與《神仙傳》等所説不同。而《蜀記》載云："張陵入鵠鳴山，自稱天師。漢熹平

（172—177年）末，爲蟒蛇所噏。子衡奔出，尋尸無所，畏負清議之譏，乃假設權方，以表靈化之迹。生縻鵠足，置石崖頂。到光和元年（178年），遣使告曰：‘正月七日，天師升玄都。’米民之山僚，遂因妄傳，貶死利生逆，莫過此之甚也。”據《後漢書·劉焉傳》，陵順帝時（126—144年在位）客於蜀，學道鶴鳴山中山，造作符書，受其道者輒出米五斗，世謂之“米賊”。又據文同《奏爲乞改陵州州名狀》曰：“右臣自到本州，求州之所以得名之由。據《地志》云，自秦至齊本犍爲，與蜀二郡之地；在梁常爲懷仁郡；西魏時始改爲陵州，因境内有陵井，故名焉。陵井始後漢，張陵開興，因陵名遂以名井，後復因井名以名其州。”則陵順帝時入蜀，不徒學道、傳道，還開掘陵井，爲當地民衆提供井鹽，造福於當地百姓。唐天寶七年（748年），册贈張道陵爲太師；中和四年（884年），封三天扶教大法師。宋熙寧（1068—1077年）中，加號三天扶教輔元大法師；大觀二年（1108年），册號正一靖應真君。子孫歷代相傳，皆有封號。明清仍令傳襲正一嗣教真人之封，秩視二品。

曾樸《補後漢書藝文志并考》著録張道陵《峨嵋山神异記》，依據爲《通志·藝文略》。此書北宋初年《崇文總目》實已著録。《通志·藝文略》又著録有張道陵《中山玉櫃神氣訣》《剛子丹訣》《神仙得道靈藥經》各一卷。《補後漢書藝文志并考》方伎志神仙類著録。姚振宗《後漢藝文志》集之類附録道書著録以上三書，并著録《峨眉山神异記》三卷，案云：“白雲霽《道藏目録·洞神部》本文類云：桓帝永壽元年正月七日，太上降蜀臨邛，授天師張道陵《北斗延生經》一卷。又有《南斗度人經》《東斗護命經》《西斗護身經》《中斗保命經》，其即世俗道流所謂《五斗金章壽生經》者歟？又《太元部》有《上三天正法經》一卷，亦云太上道君授天師張道陵。此皆陵所作道書之散見者，其真僞莫得而詳已。”據今人王文才考證，云：“嘉慶縣志《典籍》著録：‘《峨眉山神异記》三卷，張道陵撰。道陵，留後六代孫，曾得黄帝《丹經》，琅函玉笈之書。’此亦道士僞托之書，妄爲之説。”此説應該符合實情。

後　記

本册資料是在揣松森碩士論文基礎上充實修訂而成。揣松森在從我攻讀碩士學位期間，十分刻苦用功，三年下來，他收集整理的《漢書・藝文志》著録小説資料超過百萬字，獲得了同學們送給他的"揣百萬"的雅號。而通過收集整理資料，大大提高了他搜尋資料和閲讀資料的能力，後來他能夠在報考華東師範大學中國古代文學博士生中勝出，應該得力於這一訓練。本册資料在揣松森原有資料的基礎上，由衡陽師範學院中文系副教授伍光輝博士進行了認真審讀和校對，并補充了少量資料。最後由我審查定稿，包括審讀全部資料和補充修改按語，希望能夠儘量减少失誤。我們真誠希望提供給讀者的這份資料是系統、完整、準確、可靠的，能夠爲需要者提供便利。當然，資料工作又是最瑣碎最繁雜的工作，稍有疏忽，就難免出錯。如果本册資料出現訛誤，主要責任應由我承擔。衷心歡迎讀者諸君不吝賜教。

需要説明的是，本卷資料集是國家社科基金重點項目《二十五史藝文志著録小説資料輯録》的部分成果。該項目已於2017年以"免於鑒定"結項，表達了國家社科基金委對該項研究成果的信任。同年，該項目成果獲得湖北省學術著作出版專項資金資助，湖北人民出版社承擔該書的出版，文史編輯部責任編輯給予了熱情的支持并付出了辛勤勞動，以保證該成果的出版品質。此外，正在進行"國家雙一流"建設的華中師範大學文學院中國語言文學一流學科也爲本書的出版提供了經費支援。對於支持和幫助該項目研究和成果出版的所有同仁和朋友，我在此表示誠摯的謝意。没有他們的幫助和支援，這樣的資料集是很難出版的。

戊戌夏至日王齊洲記於武昌兩學軒